The Solitary Cyclist
The Dancing Men
The Boscombe Valley Mystery
The Red-Headed Leagu
The Abbey Grange
The Final Problem
The Bruce Partington Pla

阿瑟·柯南·道尔爵士
Sir Arthur Conan Doyle (1859—1930)

1859年5月22日，柯南·道尔出生于英国爱丁堡。1885年，获得医学博士学位。在1887年的《比顿圣诞年刊》上，柯南·道尔发表了第一篇福尔摩斯故事《血字的研究》，史上最伟大的侦探由此走向世界。柯南·道尔一生共创作了六十个福尔摩斯故事，包括五十六个短篇和四个长篇。他的作品影响了后世所有的侦探小说作家，改变了侦探小说的历史，为侦探文学乃至世界文学发展作出了重要贡献。1902年，柯南·道尔被封为爵士。1930年7月7日，柯南·道尔在家中逝世，享年七十一岁。他因塑造了大侦探夏洛克·福尔摩斯，毫无争议地成为了侦探文学历史上最伟大的作家。

福尔摩斯探案大全集 I

【英】阿瑟·柯南·道尔 著
贺天同等 译

時代文藝出版社

出版前言

几年前，有人授予林黛玉古代著名女诗人的称号，并且将她的诗选进“古代女诗人诗集”里，结果被当作了笑话。其荒唐处就在于，该选家把虚构的小说人物当成了真实的人。但在国际上也出了一桩同样的事，却被传为美谈。这就是在纪念《福尔摩斯探案大全集》问世一百年的活动当中，英国王室决定授予小说的主人公大侦探福尔摩斯以爵士的爵位。英国王室授爵的条件是十分严肃与苛刻的，而此次却破天荒地授给一个小说中的虚构人物，由此可见，阿瑟·柯南·道尔一百多年前创作的这部名著有多么重要的意义与深远的影响了。恐怕在世界文学史上，这也是绝无仅有的怪事、奇事。福尔摩斯还成了“杰出侦探”的代名词。不久前某报纸在报道我国南方某地允许试行私人侦探时，该消息的标题就是“福尔摩斯们齐聚某市”。这一现象值得人们深思。据截至上世纪80年代中期的不完全统计，世界上专门研究这部作品及福尔摩斯的论文已达八千多篇，到现在想必早已超过万篇了。本书序二即是其中的一篇。为避免重复他人的观点，作者止庵先生独辟蹊径，重新考虑了这部作品的写作视角，帮助读者把自己摆进去，从一个视角，或者说从读者和作者的关系上理解本书的特点。

欧美的侦探小说起源于19世纪初，在众多侦探小说家所创作的大侦探形象中，最为中国读者所熟悉的自然当数柯南·道尔笔下的福尔摩斯了。

阿瑟·柯南·道尔（Arthur Conan Doyle）1859年5月22日出生于苏格兰的爱丁堡。他自幼喜爱文学，17岁时进入爱丁堡大学医学院。这时，他的父亲因酗酒而住进了医院。对于他的父亲，柯南·道尔在他的自传中曾经这样写道：“我父亲一生怀才不遇，充满了悲剧色彩。他和我们大家一样有各种弱点，但他不乏一些非常卓越不凡的特质。”也许柯南·道尔继承了他父亲一生未能展现的才能和卓越不凡的特质。他23岁大学毕业，开始行医，同时利用空闲时间创作小说。他以大学时给他留下深刻印象的约瑟夫·贝尔教授的形象、思维方式和性格特点为原型，创造出使当时的英国妇孺皆知，使人们都信以为真有其人的神探夏洛克·福尔摩斯的不朽形象。30岁便一举成名，32岁正式弃医从文，成为职业作家。1902年，43岁的柯南·道尔因到南非参与布尔战争有功，被英国女王授予爵位。柯南·道尔1930年去世，人们将他安葬在苏格兰温德夏姆的玫瑰园。

除了《福尔摩斯探案大全集》之外，柯南·道尔还著有历史小说和剧本数十种，但是《福尔摩斯探案大全集》以错综复杂的情节、曲折离奇的侦探方法和鲜明的人物形象而成为柯南·道尔的最受读者欢迎的作品。英国著名作家、文艺评论家毛姆曾说：“和柯南·道尔所写的《福尔摩斯探案大全集》相比，没有任何侦探小说曾享有那么大的声誉。”一个世纪以来，柯南·道尔被人们誉称为“侦探小说之父”。《福尔摩斯探案大全集》受到一代又一代读者的喜爱，至今仍然在全世界畅销不衰。

一部小说往往因为有精美的插图而给读者留下终生难忘的印象。这种印象是一部作品的读者回忆它时不可分割的一个有机部分。鲁迅先生在这方面为后人立下了筚路蓝缕之功，高不可没。人们在想起当年读过的那些图文并茂的小说、童话时，往往总是首先想起那些十分精美的插图。《表》、《安徒生童话》、《海蒂》，甚至《钢铁是怎样炼成的》，这些书中的插图留给我们的美好印象是永恒的。本插图版的《福尔摩斯探案大全集》根据华兹华斯出版社1998年版译出。该版本初版于1989年，是根据当年在《海滨杂志》上连载的时间顺序编辑的仿真版，并配有当年在《海滨杂志》上连载时所刊载的五百余幅精美的插图，该版本出版后深受读者喜爱，其后连续三年再版。到1997年再次重印出版，1998年一年连续重印出版两次。本书的插图大多出自于英国著名的插图画家西德尼·佩吉特之手。佩吉特从1891年就开始为在《海滨杂志》上连载的福尔摩斯的故事画插图，是众多的插图画家中最早为福尔摩斯探案故事作画的，也是最著名的一位。其后的福尔摩斯探案插图画家多半是他的模仿者。他以《血字的研究》中华生医生对福尔摩斯的描述为依据，并以他自己的哥哥沃尔特（著名插图画家，代表作为1890年代初为《鲁滨孙漂流记》画的插图）为模特儿，绘制出了这个头戴一顶猎鹿人帽的流传百世的人物形象，他的插图第一次使读者想象中的福尔摩斯具体化了，尽管柯南·道尔在看了他的画后曾抱怨画家把他小说中的主人公福尔摩斯画得不够漂亮，但在其后的一个世纪里有关福尔摩斯的电影中，无论是扮演福尔摩斯的演员形象以及衣着打扮都深受这位插图画家的影响，甚至导演在选择扮演福尔摩斯的演员时的首要标准也是该演员的外貌是否酷似佩吉特插图中福尔摩斯的形象，而将演员的演技如何等等放在第二位考虑。

我们这次的翻译之所以错误更少，行文更通晓流畅，首先要感谢此前我国图书出版界对此书已有的多个版本的译作。正是因为有了它们，我们不再出前人已出过的错，不再走前人已走过的弯路，我们才能在他们的基础上做到更上一层楼。如果没有前人的开拓，也就不会有我们的后来居上。我们以诚信、慎重、严谨、负责的态度重新认真地翻译、编辑了这部名著，并奉献给21世纪的广大读者，希望赢得读者诸君对我们这部译作的认可与喜爱。

编　者

序

《福尔摩斯探案大全集》，我们知道是阿瑟·柯南·道尔的作品，但书里却说出自另外一人之手，即华生医生。他是夏洛克·福尔摩斯的助手、观察者和所破案件的记录者，按照他的说法，是从大量记录中选取一些，整理发表出来。其中最早的《血字的研究》的第一部，直接题为“原陆军军医部医学博士约翰·华生回忆录”。所有这些故事，除了四个（《他的最后致意》和《王冠宝石》系用第三人称叙述方式，而前者严格说来并非侦探小说；《士兵变白》和《狮鬃毛》则是福尔摩斯自己“写”的）之外，“作者”都是华生。凡此种种，当然只是柯南·道尔的一种写作技巧。就侦探小说而言，这并不是由他首创，此方面的鼻祖爱伦·坡所作《莫格街谋杀案》、《玛丽·罗热疑案》等，即是类似写法。柯南·道尔的特点在于把这法子一用再用。按照华生的说法：“夏洛克·福尔摩斯频繁的业务活动达二十三年，其中十七年我被允许和他一起合作，并记录办案经过。”这就有点不同寻常。在我看来，福尔摩斯之所以独具魅力，除了柯南·道尔“能讲好一个故事”（艾弗·埃文斯《英国文学简史》）外，也与此不无关系。

福尔摩斯是个神探，如其本人所说：“从古至今，还没有哪个人像我一样，在刑侦方面做过这样深入的研究呢，而更不会有人有我这么高的天赋。”这不仅因为华生听在耳里，也看在眼中，记在笔下。华生是福尔摩斯的助手、观察者和“传记作家”——在《士兵变白》中，福尔摩斯正是这么称呼他的。然而就第一点而言，虽然二人“一起合作”，华生往往参与破案始末，但他真正所起的作用却十分有限。华生也坦承自己与福尔摩斯之间存在智力差异："我深信我并不比别人愚钝，但在我和夏洛克·福尔摩斯的交往中，我老是因为自己笨拙而深感压抑。这两天的事情，他听到的我都听到了，他看到的我也都看到了，但从他的言谈中可以明显看出，他不仅清楚地看到了所发生的事，而且还预见到将要发生的事，而我仍然感到此事是莫名其妙和荒唐可笑的。"在小说中，这一想法一再得以证实，几乎涉及每个细节。

此种扬彼抑此的对照关系，不算多么不得了的写法；但在柯南·道尔笔下，华生不仅仅是为了充当对照而存在——所有这些都为他所观察，所记述。只要华生目光所及，笔触所至，柯南·道尔就已经设下埋伏，等着读者对华生的感受给予认同。而我们真的如其所愿。如果华生只是笨头笨脑的参与者，或只是赞叹不已的记述者，都很难产生这种效果，必须同时身兼两样儿才行。正如哈里·布拉迈尔斯在《英国文学简史》中所说："一种肃然起敬的情绪使我们与这位伟大人物保持一定的距离，但是由于我们和华生医生一起聆听他的肺腑之言，我们又感到受了优待。"我们如同华生一样觉得福尔摩斯处处才智超人；华生与福尔摩斯的智力差异，也就潜移默化地成了我们与福尔摩斯的智力差异。

首先观察者和记述者华生要具有某种魅力，被观察者和被记述者福尔摩斯对我们才有魅力可言。而前一点往往隐而不彰。我们所以能够认同华生，因为相对于超人福尔摩斯，他只是常人而已，和我们大家一样。所谓"笨拙"，亦即忠厚老实；犯罪与破案都非常人所为，我们意想不到正属当然；而大家所以爱看此类故事，也是出于这一缘故。华生是替我们普通人去参与、观察和记述福尔摩斯的探案经过。

在小说中，华生虽然景仰福尔摩斯，却也指出他知识方面多有局限，只是于其破案无甚妨碍罢了；福尔摩斯的个性和生活习惯，华生并非一概接受。这些有助于我们认同于他，而福尔摩斯因此显得更为真实生动。其实华生不仅不完全赞同福尔摩斯，甚至有所不满："和他在贝克街同住的那些年里，我不止一次地感觉到，在我的朋友那冷静和说教式的态度里，隐藏着极大的虚荣。"以后他还说过："我不止一次地观察到在我的朋友怪癖的性格因素中有很强的自我中心癖，对此颇为反感。"对于同样始终在福尔摩斯面前“为自己的笨拙而深感压抑”的我们来说，偶尔这么反抗一下，倒也不错。

福尔摩斯有一次坦率地谈到与华生的关系：“我之所以要在各种微不足道的调查中不厌其烦地加上一个同伴，并不是出于感情或异想天开，而是因为华生有他自己的特点，可是由于谦虚以及对我工作的过高评价，这些特点他并没有给予更多注意。一个可以预见你的结论以及行动进程的同伴是很危险的，而一个每一步发展都会使他惊讶不已以及未来对他总是遥不可及的人，才是理想的合作伙伴。”这也使人感到，华生有上述念头正是理所当然。然而这也只能归于福尔摩斯确实存在的智力优势——说句老实话，华生与他“一起合作”，多少带点儿受虐快感；我们爱读《福尔摩斯探案大全集》之类作品，恐怕也不无此种意识。对此无须大惊小怪。

柯南·道尔曾一度无心继续写作侦探故事，遂以《最后决战》安排福尔摩斯死去；迫于读者压力，又在《空屋》中让他复活。其间华生有番感慨：“可以想象，我和夏洛克·福尔摩斯的密切交往使我对刑事犯罪产生了浓厚的兴趣，自从他失踪后，凡是公开发表的各种疑案，我都非常仔细地读过，为了满足自己的兴趣，我甚至还不止一次运用他的方法来尝试解决这些问题，虽然都不很成功。”福尔摩斯是唯一的，不可替代的，这是我们最能认同于华生之处——这样一来，塑造了福尔摩斯的作家柯南·道尔也就大获成功。

有趣的是，福尔摩斯不仅为华生所记述，他还是华生的一个读者。小说中他一再表达自己的意见，又以批评不满者居多。这当然只是作家涉笔成趣，但我们也不妨一看，二人见解到底有何不同。在《四签名》中，他们谈起华生的第一本“著作”——《血字的研究》，福尔摩斯说：“我大概看了一遍，说实话，不敢恭维。侦探学是一门，或者应该是一门精确的科学，在论述时应该冷静，而且不带感情色彩。你想给他加上某种浪漫情调，这和在阿基米德定律里加入爱情故事或桃色事件一样，没什么分别！”华生则认为事实如此，他不过照实记述而已。福尔摩斯回答：“有些事可以忽略，至少在处理它们时，应该知道轻重虚实。那个案件中唯一还值得一提的，是运用了奇妙的分析推理，是从结果中找原因，我就是用了这个方法，才成功破获那个案子的。”

按照这种说法，侦探小说被分为两个层面，一层是没有实际意义的，如所说的“感情”、“浪漫情调”以及别处提到的“有声有色”等；另一层是具有实际意义的，亦即他强调的“分析推理”。福尔摩斯可谓一语中的：侦探小说不同于一般小说之处，读者所真正要求于侦探小说之处，正在后一层。他明确指出：“即使我要求公正地对待我的技能，也是因为它不是属于个人的东西——它是超越我个人之上的。犯罪俯拾皆是，逻辑却难得一见。因此你的详细记事应重在逻辑而非罪行。可是你却本末倒置，把本来应该是课程的讲义变成了一系列故事。”也就是说，侦探小说的主人公是逻辑，不是性格。作为逻辑的化身，侦探是个符号，正如在这类故事中，罪犯其实也是符号一样。谁犯罪，谁破案，都不重要；重要的是，犯罪与破案必须作为要素在作品中出现。所以，华生无法替代福尔摩斯，阿加莎·克里斯蒂笔下的波洛、埃勒里·奎因笔下的奎因却足以做到这一点；同样福尔摩斯不仅能在《福尔摩斯探案大全集》里破案，也照样可以破克里斯蒂和奎因的案子。关键在于“犯罪—破案”这一要素要足够奇特，足够复杂，足够严密。附带说一句，就满足奇特，尤其是复杂的要求来说，侦探小说其实应该具有一定篇幅。所以我们现在看柯南·道尔的作品，还以《血字的研究》、《四签名》和《巴斯克维尔的猎犬》等较长小说更为成功，虽然当初真正引起轰动的却是《奇案记》这类短篇故事。而这只能说其时侦探小说尚在草创时期，读者还不具备福尔摩斯那般眼光。

当然，柯南·道尔让福尔摩斯这样说，只是提醒读者不要忽略重要方面罢了；华生亦即他自己并没有按照福尔摩斯的意思去写。此前此后，世间还有许多侦探小说，相比之下，《福尔摩斯探案大全集》未必算写得最好的，但是福尔摩斯却是所有侦探小说的主人公里最有名的，简直成了侦探的化身。这应该归功于华生亦即柯南·道尔的写法——用华生的话说：“我要承认自己在记录中也采用了一些耸人听闻的手法。……但我采用了新颖而有趣的记录手法。”以侦探小说而论，这点文学手段足够好了。结果不是“技能超越于个人之上，”而是福尔摩斯超越于他的技能之上。他说：“我的头脑足以让我功成名就。”但我们跟着华生看到的不止是“头脑”，而是一个人。这个智力超群，习性却不算完美的人物，也就为一代代读者所津津乐道。我们很容易想象出福尔摩斯是什么样子。当《奇案记》在《海滨杂志》连载时，就有画家按照书中所写，画出了他的形象。当然他们还画了华生，这可有点儿杜撰了，因为华生作为“作者”，并没有机会描述自己。直到他成了《他的最后致意》中的一个人物，柯南·道尔才告诉我们他长得粗壮。原来在这方面，华生也正好与身体单薄的福尔摩斯形成对照。

回到福尔摩斯和华生关于写法的争论，更为有趣的是，最终是他而不是华生妥协了——这在他们的关系史上，实乃绝无仅有之事。《士兵变白》被注明“这是第一件由夏洛克·福尔摩斯亲自讲述的奇案”，他也因而终于体会作家的苦衷了：“我朋友华生的主意虽然不多，却非常顽固。很长时间以来，他一直催促我写一写自己的经验。也许这是我自找的，因为我总有机会向他指出，他的描述多么肤浅，指责他没有遵守严格的事实和数字，而去迁就通俗趣味。‘你自己试一试吧，福尔摩斯！’他反驳说，而当手中提起笔时，我才不得不承认，只有这时我才开始意识到，内容必须以吸引读者的方式进行表达。”不妨把这看作柯南·道尔对于多年写作《福尔摩斯探案大全集》，潜心塑造福尔摩斯这一人物的自我揄扬。

止　庵

目录

血字的研究（1887）

第一部　原陆军军医部医学博士约翰·华生回忆录

第二部　圣徒的家园

四签名（1890）

奇案记（1891—1892）

血字的研究（1887）

第一部　原陆军军医部医学博士约翰·华生回忆录

夏洛克·福尔摩斯先生

1878年，我获得了伦敦大学医学博士学位后，到纳特雷攻读陆军军医必修课程。在完成了那里的学习之后，诺森伯兰第五火枪团正式任命我为助理军医。当时该团驻扎在印度，在我去报到之前，第二次阿富汗战争[①]就爆发了。在孟买一上岸，我就得知，我所在的军团已经穿过了隘口，一路挺进，早已深入到敌国后方了。尽管如此，我还是同与我处境相同的军官追赶着部队。我们顺利抵达坎大哈。在那里，我找到了我所在的军团，并且立刻担任我的新职务。

这场战争让许多人获得荣誉，并且被提职，但它带给我的却只有不幸和灾难。我被转调到靠近伯克郡的一个旅，随同该旅参加了曼旺德的决战。在这次战斗中，一粒捷泽尔子弹击中了我的肩部，击碎了肩胛骨，并擦伤了锁骨下的动脉。如果不是我的勇敢的勤务兵莫利对我忠心耿耿，我早就落入杀人如麻的圣战英雄手中了。他把我救起，用一匹马驮着，将我安全地送回英军后方。

我因伤痛而体力衰竭，而长期的艰苦转战更使我弱不禁风。我和一大批伤病员一起被转移到了白沙瓦后方医院。在那家医院里，我的身体开始康复。可是，正当我稍稍能在病房里走动几步，甚至还能移到阳台上晒晒太阳的时候，我又感染了伤寒。那是我们印度属地特有的一种让人倒霉的疾病。一连几个

① 第二次阿富汗战争发生在1879年至1880年。这次战争英国获胜，但代价高昂。——译注

月，我都不省人事，生命危在旦夕，最后我终于清醒了过来，身体也渐渐康复起来。可是，整个人还是特别瘦削，憔悴。医生们在对我进行会诊之后，一致认为我应该马上回英国，刻不容缓。这样，我就受命乘上名为“奥兰第兹”号的部队运输船回国了。一个月后，我在朴次茅斯码头下船，而那时我的身体已经坏到无以复加的地步。仁慈的政府同意给我九个月的休假时间。

我在英格兰没有亲戚，一个人过得倒也逍遥快活，像一个每天有12先令6便士收入的人一样自由自在。而在这种情况下，自然而然地，我就陷进了伦敦这个大染缸。大英帝国所有吊儿郎当、游手好闲的家伙全汇集于此。我在伦敦滨河大道的一家私人旅馆住了一段时间，过着无所事事、无聊透顶的生活。我有多少钱就花多少钱，还常常入不敷出。不久，我的经济状况就让我警觉起来。我认识到，要么我离开这个大都市搬到乡村，要么就得彻底改变自己的生活方式。最后我决定选择后一种：搬出这家旅馆，找一处较干净但价钱又合理的住处。

就在我作出这个决定的当天，当我站在克利特里安酒店的门口时，忽然有人拍了拍我的肩膀。我转过头一看，认出这个人是斯坦福德，在巴兹时他在我手下当过绷带员。对我这样一个孤独的人来说，在人海茫茫的伦敦能见到一个朋友，真是最令人愉快的事了。在过去，斯坦福德和我相处并不甚密，但是此刻，我却热情地同他打起招呼来。而他看见我似乎也很高兴。一阵寒暄之后，我邀请他到霍尔餐厅共进午餐。我们乘上马车，一同前往。

“华生，你最近究竟怎么回事？瞧你骨瘦如柴、脸色乌青的样子！”当我们的马车穿过伦敦熙熙攘攘的街道时，他抑制不住好奇心地问道。

我就把我的经历简单地说了一遍。还没等我说完，我们已到目的地了。

听完我的遭遇后，他同情地说：“可怜的朋友！那你现在都做些什么？”

“我在找住处，”我答道，“想租间舒适、价钱公道的房子，可是不知道能不能解决这个问题。”

“这就怪了，你是今天第二个对我说这种话的人了。”我的同伴说道。

我问："那谁是头一个？"

"是一个在医院化学实验室工作的伙计。他今天早上还在怨天尤人呢，因为没人和他合住他已经找好的房子，而他一个人又负担不起房租。"

我大声说："哎呀！如果他真想找人合租房子，那我就是最佳人选啊！我可不喜欢一个人住，我喜欢有个伴儿。"

斯坦福德颇为诧异地看着我，他一边啜着酒一边说："你还不认识夏洛克·福尔摩斯，也许你会不喜欢与他长期为伴儿呢！"

"怎么，难道他有什么不好？"

"哦，我不是说他有什么不好。我是说，他的想法有点儿怪——他对某些科学领域特别着迷。据我了解，他可算得上是一个正人君子。"

"我猜他是学医的？"

"不是。他研究什么，我也不是很清楚。他精通解剖学，还是个出色的药剂师。据我所知，他从来没有受过系统的医学教育。他所研究的内容非常杂乱，非常古怪。不过他掌握了许多怪异的知识，连他的教授都感到震惊。"

"你从没问过他在研究什么吗？"我问道。

"没有。他这个人可不愿意轻易说出自己内心的想法。不过，要是话题投机，他也挺愿意说的。"

我就说："那我倒想会会他。如果与人合住，我就会选一个愿学、好静的人。我的身体还虚弱，经不起喧闹刺激。在阿富汗，这种苦头我可吃够了，我这辈子都不想再受这种苦了。可我怎么才能见到你的这位朋友呢？"

斯坦福德说："他肯定在实验室。他要不就好几个星期都不去，要去，就待在那儿，没日没夜地工作。如果你愿意，我们吃完午饭就一起去吧。"

我说："当然愿意啦！"随后，我们的话题就转到别的事情上去了。

在我们离开霍尔餐厅，坐车前往医院的路上，斯坦福德又告诉了我一些我未来室友的情况。他说："要是你们俩相处不融洽，那你可不能怪我。我对他也仅仅是略知一二，那也是偶尔在实验室碰到他的时候。除此之外，别的我可就一无所知了。既然是你自己提议要与他会面，那你可不能让我承担责任啊。”

我说：“如果我们没法相处，分开也很容易。”我眼睛紧紧盯着他，然后又说：“斯坦福德，我觉得你想撒手不管这件事，其中必另有原因。难道这位老兄的脾气真那么可怕？还是另有原因？你说话可别拐弯抹角的。”

他笑着说：“这事儿，只能意会不能言传。在我看来，福尔摩斯有点儿太科学化了，几乎到了残酷的地步。记得有一回，他拿了一点儿生物碱给他的朋友尝。你要明白，这绝非是出于恶意，他只不过想对生物碱的药效究根问底而已。说句公道话，我知道他自己也很乐意把它吞下去。他好像对精确地了解事物有着强烈的爱好。”

“可这没什么错呀！”

“是的。可他有时太过分了。他在解剖室用棍子抽打尸体，这有点儿太离谱了吧？”

“抽打尸体？”

“是啊，为的是证实人在死后还会留下什么样的伤痕。我亲眼看见过这个场面。”

“你不是说他不是学医的吗？”

“是啊！天知道他究竟在研究些什么！好了，我们到了。这下，你可以自己瞧瞧他是个什么样的人了。”说着，我们拐进了一条小巷子，经过通向这家医院侧楼的一扇门。这个地方我非常熟悉，不需要人领路。我们走上阴冷的石头台阶，经过一条长长的走廊。走廊两侧的墙壁刷成了白色，两旁开着深褐色的小门。走廊在靠近尽头的地方与低矮的拱形过道岔开，通向实验室。

实验室是间高大的屋子，里面摆放着数不清的瓶子。屋子里还横七竖八地放着几张高矮不一、大小不同的桌子。桌子上立着的都是曲颈瓶、试管和闪烁着蓝色火苗的煤气灯。化验室里只有一个人，俯身在较远处的一张桌子上聚精会神地工作。一听到我们的脚步声，他就回过头，跳起来高声大嚷着：“我发现了！我发现了！”他对着我的同伴大声叫着，向我们这边跑过来，手里拿着一根试管。“我发现了一种试剂，它遇到血红蛋白就会沉淀，而别的就不行。”就算是他发现了一座金矿，也不至于比现在更显得欢喜。

斯坦福德给我们彼此介绍道：“这位是华生医生。这位是夏洛克·福尔摩斯先生。”

“你好！”他热情地说道，一边紧紧握住我的手。他的力气比我想象的要大得多，“我想你去过阿富汗。”

我惊诧地问：“你是怎么知道的？”

“这无关紧要。”他说着咯咯地笑起来，“现在的问题是血红蛋白。不用说，你也看到我的发现的重要性了吧？”

我回答说：“从化学实验上来讲，这肯定很有意思，可若是实际应用起来嘛……”

“怎么，伙计？在法医学上，这可是近几年最实用的发现了。你难道不明白，这为我们提供了一种确实可靠的辨认血迹的方法吗？请过来看！”他急切地抓住我的衣袖，把我拉到他刚才伏案工作的桌旁。“让我们取些新鲜血样。”说着，他用一枚粗针扎破了自己的手指，把渗出的鲜血吸到一根吸管里。“喏，我把这滴血滴到一公升水里。你看，这样的混合液和清水没什么两样。血在水中的比例不会超过百万分之一。但是我还是敢肯定，我们可以得到明显的反应。”他一面说一面往容器里放了些许白色的晶体，然后又加了几滴透明的液体。不一会儿，溶液已经呈现出暗红色，并且还有一些棕色的颗粒，慢慢沉淀到了玻璃容器的底部。

“哈！哈！”他拍手叫嚷起来，高兴得像个得到一个新玩具的孩子，说：“你认为怎么样？”

“这种测试方法好像很精密。”

“太棒了！太棒了！陈旧的愈疮树脂测试法既有难度又不可靠。用显微镜测试血球的方法也差不了多少。假如血迹干了几个小时后，显微镜测试法就不灵了。你看，用这种方法，无论血迹新旧都同样是有效的。如果人们早一点儿发现了这个方法，那么就有成千上万个逍遥法外的罪犯会因为自己的罪行而受到法律的严惩了。”

我低声说：“确实是这样。”

“刑事案件往往取决于这一点。很可能在案发后几个月才能查到一个嫌疑犯，他的麻棉衣物经检查可能发现上面有棕色的斑点，那么，这究竟是血迹，还是泥浆，抑或是果汁儿印？它们到底是什么？这个问题让许多专家感到迷惑，这是为什么？正是因为没有可靠的测试方法。现在，我们有了夏洛克·福尔摩斯的测试方法，一切难题都会迎刃而解。”

说话时，他的眼睛炯炯有神。他手放在胸前，行了一个鞠躬礼，像是面对着许多假想之中的鼓掌欢呼的观众似的。

我看到他激动的模样，不禁感到吃惊。我说：“我们确实应该向你祝贺。”

“比如说去年发生在法兰克福的冯贝索夫一案，如果当时就应用这种检验方法的话，那个家伙一定会被判处绞刑。还有发生在布莱德福的梅森一案，臭名昭著的穆勒案，蒙特利尔的利菲弗案，还有新奥尔良的萨姆森案。采用这种检验方法就能奏效的案子，我可以一下子列举二十多件。”

斯坦福德笑着说：“你好像成了刑事案件的活辞典了。你完全可以创办一份报纸，名字就叫‘旧案重审’。”

“这种读物一定很有意思。”夏洛克·福尔摩斯说着把一小块胶布贴在手指的针眼上，又转脸微笑着对我说：“我可得小心些，因为我常常接触毒药。”说完，他伸出手给我看。我发现他手上贴满了大小一样的胶布。由于强酸的腐蚀，它们已经变了颜色。

“我们来这儿可有正事儿。”斯坦福德说着坐在一条三角高凳上，并且用脚给我推过来一条，然后接着说，“我的朋友要找个住处。你不是抱怨找不到人合租吗？所以我就想，最好让你们两个见见面。”

夏洛克·福尔摩斯似乎对我想与他合租房子一事感到异常高兴，他说：“我看中了贝克街的一套公寓，非常合适两个人合租。我希望你不介意浓烈的烟草味。”

“我自己也常常抽‘船’牌香烟的。”我答道。

“这太好了。我还会经常摆弄一些化学药品，有时还要做些实验。对此你不会恼火吧？”

“绝对不会。”

“让我再想想，我还有什么其他的缺点呢？我会经常心情郁闷，会一连好几天沉默不语。如果碰到这种情况，你千万别以为我有什么事儿不高兴，你别管我就是了，我很快就会好的。你有什么要坦白的吗？在两个人同住之前，我看最好相互了解一下对方最坏的一面。”

这样的交叉盘问让我笑了起来，我说：“我养了一条小哈巴狗。我的神经特别脆弱，最受不了喧哗吵嚷。我还有一个毛病，每天说不准什么时间起床。还有就是，我特别懒惰。原先身体棒的时候我还有其他许多的坏习惯，可眼下，主要的缺点也就是刚才所说的这些。”

他忧心忡忡地问：“你有没有把拉小提琴列入吵闹的范围？”

我答道：“那得看拉琴人的水平了。琴拉得好，是进入仙境般的享受，要是拉得很糟糕的话……”

福尔摩斯高兴得笑出声来，大声说：“我想我们的事就算谈定了。当然，前提是你对房子感到满意。”

“那我们什么时候去看房子？”

他说：“明天中午到这里来找我。我们一起去，把一切事情都办好。”

我握住他的手，说：“好啊！明天中午见。”

我和斯坦福德离开实验室时，他又去埋头工作了。随后，我们俩一起前往我现在下榻的旅馆。

“我随便问一下。”我忽然停住脚步，转向斯坦福德问道，“他怎么知道我去过阿富汗？”我的同伴神秘莫测地笑了笑，说：“这就是他异于常人之处。很多人都不明白那么多问题他究竟是怎么弄清楚的。”

“哦，这是个谜，是吗？”我搓着双手大声说，“有意思。我得感谢你让我们认识。要知道，研究人类最准确的途径还是要研究具体的个人。”

“你可得好好研究研究他，”斯坦福德一边向我道别，一边说，“你会发现，他是个让人捉摸不定的人。我敢打赌，他对你的了解要远远超过你对他的了解。再见吧！”

我说了句“再见！”就走回旅馆，内心对这个新相识的朋友充满了兴趣。

演绎法

第二天，我们如约见了面，并且一起去看了前一天见面时他谈及的贝克街221B的房子。这套房子有两间舒适的卧室和一间宽敞通风的客厅，房间布置得令人赏心悦目，屋子里的两扇大窗户更是使室内异常敞亮。无论从哪方面讲，这套公寓都让我们感到满意，而且房租平摊后也公平合理，这样，我们立刻就成交了，马上租了下来。当天晚上，我就把行李从旅馆搬了出来。随后的第二天一早，福尔摩斯也把几只箱子和皮包搬了进来。有一两天，我们都在整理安置行李箱中的东西，尽可能合理地放好所有物品。收拾妥当后，我们就安顿了下来，开始慢慢熟悉新环境。

福尔摩斯显然不是一个难于相处的人。他为人安静，生活习惯也极有规律。他很少晚上10点钟以后还不睡觉。早上，总是在我还没起床之前，他就吃完早餐出门了。有时，他会整天待在实验室里，而有时是在解剖室；偶尔他也长距离地散步，去的地方好像是伦敦的贫民区。他的工作热情一旦高涨，那种旺盛的精力简直无人可比。可时不时，他也会倦怠消沉，体力下降。他会一连好几天从早到晚躺在起居室的沙发上，几乎不说一句话，也不动弹。遇上这种情况，我都会发现他的眼神里充满了迷惑、恍惚。假如不是我知道他平时自我约束洁身自好的话，我真怀疑他可能是服用某种麻醉剂成瘾了。

几个星期过去，我对他本人兴趣更大了，对于他生活目标的好奇心也慢慢加深。福尔摩斯即使是被人不经意地看了一眼，他的相貌也足以引起旁人注意。他身高6英尺多，身体非常单薄，因而身形显得格外颀长。他目光深邃

（当然我上面提到他神情恍惚的时间除外），细长的鹰钩鼻更给他的面相增添了几分机智果断。他的下巴宽大突出，这显示出他是个非常有毅力的人。虽然他的双手总是沾满了墨水和化学药品，但动作却灵巧机敏，超乎常人。因为，在他摆弄那些精致易碎的化学仪器时，我总是在一旁悄悄观察他。

我已经承认，福尔摩斯这个人大大激起了我的好奇心，而且我经常努力打破他闭口不谈自己的沉默，这样一说，读者肯定以为我是个不可救药的多事之徒吧。不过，在您下结论之前，一定不要忘了我过着多么贫乏空虚的生活，而平时能够吸引我兴趣的事情又少得可怜。我的身体状况是不允许我随便出门散步的，除非遇上气候温和的时候。再说，我也没有朋友拜访可驱散平时生活的单调乏味，所以，我才会对我这个朋友的秘密这样注意，并且也花了大部分时间想来解开其中的谜。

他并不是在研究医学。他在回答我的一个问题时，进一步证实了斯坦福德的看法。显然，他既非想靠钻研某项课程来获得科学学位，也不是走其他任何公认的捷径打入知识界。可是，他对某些领域的研究热情确实让人吃惊：对于一些怪诞的学科，他的知识却异常广博精深，而他的观察结果也往往让我惊诧不已。的确，一个人如果没有明确的目的，绝不会勤奋地工作以获取如此精确的信息。那些盲目的、见书就翻的人，很少做到学识精湛。如果没有充足的理由，一个人是绝不会让自己为这些细枝末节劳神费力的。

而他的无知与他的学识一样令人惊叹。他对当代文学、哲学和政治几乎是一无所知。当我引用托马斯·卡莱尔的文章时，他竟然呆呆地问我卡莱尔是什么人，做过什么事。而让我极为吃惊的是，有一次我偶然发现，他对哥白尼的理论以及太阳系的构成竟然全无了解。在当今19世纪，一个有文化的人竟然不明白地球绕着太阳转的道理，这真是奇怪得让人费解。

“你好像很吃惊似的。”看着我惊诧的样子，他微笑着说，“就算我真的懂得这些，我也要尽量把它忘记。”

“忘记？”

“你要明白，”他解释说，“我认为人的大脑原本像一间空空的屋子，必须有选择地用一些家具来填塞。只有笨蛋才把他碰到的各式各样的破烂都塞进去。一旦这样，那些可能派得上用场的知识就被挤了出来，要不就是和那些破烂混杂在一起，结果呢，在你需要的时候却找不到了。因此，一个善于工作的人，对于把什么东西放入自己的头脑是非常小心的。他只会容纳那些工作中用得着的工具，而且还会把它们分门别类，使其秩序井然。如果有人以为这间屋子的墙壁富有弹性，可以任意扩展，那可就大错特错了。显然，当有一天你吸收了一点儿新知识时，却会把以前熟悉的知识给忘记了。因此，千万不要让那些无用的信息挤掉有用的信息，这一点至关重要。”

“可这毕竟是日心学说啊！”我争辩说。

他不耐烦地打断我：“这对我来说有何意义？你非要说我们是围着太阳转，可就算是我们围着月亮转，它对我和我的工作也不会有任何影响。”

我正要问他都做些什么工作，可他当时的态度告诉我，我的这个问题是不会受欢迎的，于是，我开始反复回顾我和他的简短谈话，竭力想根据我们的谈话内容作出判断。他说他不会关心那些与他的研究无关的知识，所以他具备的所有知识对他而言都是有利用价值的。我在心里暗暗罗列我所了解的他最为精通的学科，甚至还用铅笔给写了下来。可我写完一看，自己也忍不住笑了。内容如下：

夏洛克·福尔摩斯——

1. 文学知识——无；

2. 哲学知识——无；

3. 天文学知识——无；

4. 政治学知识——浅薄；

5. 植物学知识——不全面；对颠茄制剂及鸦片等毒物所知甚详，但对实用园艺学却没有了解；

6. 地质学知识——偏重实用，但很局限；一眼就能分辨出各种土质，他步行回来后，让我看沾在他裤子上的泥点，并就其颜色和硬度为我分析是在伦敦的什么地方溅上来的；

7. 化学知识——渊博；

8. 解剖学知识——精确，但不系统；

9. 恐怖文学——广博，他好像知道近一个世纪出现的每个恐怖案件的所有细节；

10. 小提琴拉得不错；

11. 擅长耍棍棒，精通拳术和剑术；

12. 对于英国具有全面而且实用的知识。

当写完这些以后，我失望地把纸条扔到水里，自言自语地说："如果我把这些才能联系起来以便找出与其相合适的职业，却最终还是搞不明白这位老兄在搞什么名堂的话，那还不如马上放弃这种尝试较好些。"

我前面提到福尔摩斯拉小提琴的本领。他的琴技很高超，但也同他其他的本事一样，让人觉得有些离奇古怪。我知道他能拉一些难度非常大的曲子。应我的要求，他曾经给我演奏过门德尔松的几支浪漫曲及其他一些他喜欢的曲子。但是，当他一人独处时，却很少能拉出什么动听的曲子或是大家都熟悉的曲子。黄昏时，他会斜靠在扶手椅上，双眼紧闭，漫不经心地拨弄放在双膝上的小提琴。那琴声时而嘹亮、忧伤，时而又变得怪诞、欢快起来。很显然，这琴声是他当时情绪的自然流露。但是，我无法确定的是，究竟是他演奏的乐曲激发了他的思绪，还是一切仅仅是一时的心血来潮。好在他在结束这些刺耳的独奏之前，他总一连拉几首我喜欢的曲子，作为对我的耐心的小小的补偿。如若不然，我真的要对他提出抗议了。

开始的几周，我们都没有客人来访。我还以为我的同伴和我一样，是一个无亲乏友的人。不过，不久我就发现，他有很多熟人，而且做什么的都有。其中有一个小个子，面色憔悴，贼头贼脑，长着一双黑眼睛。福尔摩斯向我介绍时，说这是雷斯垂德先生。这个人每星期都要来三四趟。一天上午，一个衣着入时的年轻姑娘来访，待了半个多小时。那天下午，又来了一个客人，那人头发灰白、衣服破烂。他看起来像个犹太小贩，神情显得异常激动。他身后还跟着一个衣衫褴褛的老太婆。还有一次，我的同伴接待了一位满头银发的绅士。还有，一个身穿棉绒制服的火车站搬运工也上门来找他。每当这些相差得让人难以形容的客人上门时，福尔摩斯总是要求使用客厅，我就只好退居到自己的卧室里去了。他总是为他给我带来的不便而深表歉意，说："我必须用这间客厅办公，因为他们都是我的顾客。"这一次我本来又遇上一次直截了当向他发问的机会，可是，我这个人为人拘谨，不想强人所难地逼迫别人说出自己的秘密。当时我想，他避而不谈自己的职业，一定是事出有因。好在没过多久他就主动谈及到这个问题，消除了我的疑虑。

那是在3月4日，我记得非常清楚。那天我比平时起得早些，福尔摩斯还在用早餐。房东夫人对我晚起床早就习以为常，所以饭桌上我的位子还没有布置好，咖啡也没有备好。当时我也不知道为什么突然发起了无名之火，马上按铃并且粗鲁地通知房东夫人，说我已经准备就餐了。然后，我从桌上随手拿起一本杂志来打发时间，而我的同伴则不声不响地吃着面包。杂志上有篇文章用铅笔做了记号，我自然就看起这篇文章来。

文章的标题是《生活之书》，其作者颇自以为是。这篇文章试图说明：一个观察敏锐的人，通过对他所观察的事物进行准确系统的调查，最终会有多大的收获。在我看来，这篇文章引人入胜，虽然笔锋精明机智，却也显得荒唐可笑。它在推理方面认真严密，而在演绎过程中却牵强附会，言过其实。作者宣称，只是根据某个人瞬间的表情、肌肉的抽动或是目光的游移，他就可以推断出这个人的内心活动来。根据作者的观点，对一个观察分析训练有素的人而言，"欺骗"是行不通的。他所得出的结论像阿基米德定律一样准确无误。对那些门外汉来说，他这些结论确实让人吃惊。而他们在了解作者借以得出这种结论的所有步骤之前，一定会把他看作是一个神机妙算的巫师。作者还说：

一个逻辑学家无须亲眼看到或听到大西洋或是尼亚加拉大瀑布，而是根据一滴水就能推断出它有无存在的可能。因此，生活就是一条巨大的链环，只要我们看到其中的一环，整个链条的本质就可以变得一目了然了。像所有的学科一样，演绎分析学也只有通过长期而有耐心的研究，才能掌握。但是，人的生命毕竟有限，一般人在这方面都难以达到极致和完美。然而，一个人在他着手调查那些难度极大的事物的道德及心理方面的因素之前，最好是从一些基本的问题入手。比如在遇到一个人时，应该一眼就能判断出这个人的经历和职业。尽管这样做有些幼稚，但它却可以培养一个人的观察能力，教会人们应该从哪些方面入手进行观察，以及观察些什么。一个人的指甲、衣袖、鞋子、裤膝以及拇指和食指上的茧子、脸部神情、衬衣袖口等——上述任何一点都可以清楚反映出他的职业。如果把这些方面综合起来，还不能使主管某案件调查的人有所启发的话，那才叫不可思议的事情！

读着读着，我把杂志往桌上一扔，高声说："真是无稽之谈！这种废话连篇的文章，我这辈子还没读过。"

"哪篇文章？"夏洛克·福尔摩斯问。

"喏，就是这篇。"我边吃早餐边用椭圆形小匙指着那篇文章说，"我想你已经看过了，因为上面有你的铅笔记号。我承认这篇文章写得很妙，可是看完了还是不免生气。这套理论显然是一个无所事事的人待在自己的书斋里瞎编出来的谬论！太离谱了。我倒想把他关到地铁三等车厢里，让他猜出车厢里所有人的职业。我愿下一千比一的赌注！"

"那你一定输个精光！"福尔摩斯平静地说，"这篇文章的作者就是鄙人。"

"是你？！"

"是的。我有很强的观察和推理能力，我在文章中陈述的那套理论，在你看来也许是异想天开，在我可非常实用，而且我就是靠它来挣面包和奶酪的。”

我脱口问道：“这怎么可能？”

“哦，我有自己的职业。我想在这个世界上，只有我一个人从事这种行当。我是一名咨询侦探。但愿你能了解这一行的意义。伦敦有许多政府侦探和私家侦探，这些人办案时要是遇上麻烦，就会来找我。我会想方设法找到所需要的线索。他们会把所有证据摆在我面前。我呢，就依靠自己对于犯罪历史的知识，一般都能够纠正他们的错误。犯罪行为都有其相似之处。要是你了解一千件案例的细节，却不能澄清第一千零一件的话，那才叫奇怪呢！雷斯垂德先生是一个颇有名气的侦探，他最近被一件伪造案给搞晕了，所以不得不来找我。”

“那其他人呢？”

“他们大都是私家侦探社打发过来的。他们都遇上了难题，需要有人指点，我只听取他们对事情经过的叙述，他们则听取我的评论和建议。我从中收取费用。”

“你的意思是说，尽管别人亲眼看到了事情的所有细节，解决起来却束手无策，而你虽然闭门不出，却能使这些难题迎刃而解？”

“的确是如此，我在这方面有直觉。偶尔也会遇上很复杂的案子，那我就得忙碌上一阵子，亲自去访查一下。你知道，我有许多特殊的知识，可以用来解开这些谜团，而且很轻易就可以解决问题。你很鄙视那篇文章谈到的推理原则，可它们对我的实际工作却是无价之宝。敏锐的观察力是我的第二天性。我们第一次见面时，我说起你是从阿富汗来的，你那时好像感到惊讶。”

“肯定是有人告诉过你。”

“绝对没有。我当时一看就知道你是从阿富汗回来的。由于长年养成的习惯，当时飞快掠过我脑海的是一长串想法，我几乎没有意识到其中的步骤就立刻下了结论。不过，这个过程还是有某种顺序的。我是这样推理的，‘这位先生是从事医务工作的，但又有军人气质，那显然就是位军医。他刚从热带地区回来，因为他的脸晒得很黑，而从他白皙的腕部可以看出，那并非他本来的肤色。他憔悴的脸色说明他历尽艰辛，并经受过病痛的折磨。他左臂受过伤，因为他的左臂有些僵硬而且有些吃力。请问，在哪个热带地区，一个英国军官可能历尽磨难而且还使自己手臂受伤？只有阿富汗。’这一长串的思考发生在一秒钟之内。然后我就对你说，你一定是从阿富汗回来的。而你当时表现得十分惊讶。”

我笑道：“听你这么一说，事情反而简单了。你让我想起埃德加·爱伦·坡笔下的人物——侦探杜宾。真没有想到，现实生活里还真有这样的人存在。”

福尔摩斯站起来点燃了烟斗，说：“当然，你以为把我比作杜宾是在抬举我呢？可是我以为，杜宾不过是一个技艺拙劣的侦探罢了。他要沉默一刻钟才能说出朋友的心事，这未免太浅薄了。他确实有分析的才能，但绝不是爱伦·坡所想象的那种奇才。”

我又问他：“那你看过加博里奥[①]的作品吗？你认为勒考克这个人物如何？算得上是个侦探吗？”

福尔摩斯挖苦似地哼了一声，说：“勒考克也是个笨头笨脑的可怜虫。”他又用颇为不满的语调说：“他只有一点值得称道，就是他有常人不及的精力。可那本书确实让我厌烦透了。书中的主要问题不过是如何找出不知名的罪犯。我可以在24小时内解决这个问题，但勒考克却花了半年时间。这么长的时间，他足可以写出一本侦探教科书，让侦探们学习如何避免犯同样的错误。”

我钦佩的两个人居然让他这么瞧不上眼，这让我感到十分恼火。我走到窗前，站在那里看着外面热闹的大街，对自己说：“这家伙也许真是聪明，不过，也未免太自以为是了！”

福尔摩斯牢骚满腹地说：“这些日子以来一直没有发生什么案件，也没

---

① 埃米尔·加博里奥（1832—1873）：法国小说家，被誉为侦探小说之父，有法国的爱伦·坡之称。成名作是《勒鲁菊事件》。他后来的代表作之一《勒考克侦探》中的主人公被认为是福尔摩斯的先驱。——译注

有犯罪可以分析，那要我们干这行的做什么？我知道，我的头脑足以让我功成名就。从古至今，还没有哪个人像我在刑侦方面做过这样深入的研究呢，更不会有人有我这么高的天赋。可是，结果如何呢？现在居然没有案子让我一展身手。眼下充其量也只有一些拙劣幼稚的犯罪行为，其动机也太显而易见了，就连苏格兰场[①]的警探也一眼就能看穿。”

我对于他言谈当中自命不凡的腔调感到不耐烦，想最好换个话题。

“不知道这个人在找什么？”我指着一个身材魁梧、穿着普通的人问道。那人正在街对面慢慢行走，神情焦虑地看着门牌号码，手中拿着一个蓝色大信封，显然是个送信的。

“你是说那个退役的海军陆战队中士吗？”福尔摩斯问。

我心中暗想：“又开始夸夸其谈了。他明知道我无法证实他说的是对是错。”

这个念头刚在我脑海闪过，只见我们注视的那个人瞧见了我们的门牌号码，他快步从街对面跑了过来，紧接着就传来一阵敲门声，楼下响起低沉浑厚的嗓音和上楼梯时发出的沉沉的脚步声。

来人走进屋子，把信递给我的同伴，说：“这封信是给夏洛克·福尔摩斯先生的。”

这可是煞煞他傲气的机会。刚才他信口开河，可不会想到会有眼下这种局面。我用很温和的语气问：“小伙子，请问你是做什么的？”

“门卫，先生。”那人粗鲁地回答道，“我的制服送去浆洗去了。”

“那你以前是做什么的？”我又问道，一边幸灾乐祸地看着福尔摩斯。

“中士，先生。我曾经在皇家海军陆战队轻步兵中队服过役。先生，您没有回信吗？那好吧，先生。”

他脚跟合拢，抬手敬了个礼，走了。

---

① 苏格兰场：伦敦警察厅侦缉处。——译注

罗里斯顿花园街3号

通过这一新的案例，福尔摩斯那套理论的实用性又一次得到证实。我承认，这确实让我万分震惊，因此，我对他的分析能力越加钦佩起来。然而，我内心仍然对此隐约地有所怀疑，以为这一切都是他事先安排的，为的是让我摸不着边际，可他出于什么目的来欺骗我，却让我百思不得其解。当我仔细看着他，他已经读完了信，眼睛里那恍惚的神情让我知道他又在冥思苦想。

我问他："你是如何推断出来的？"

"推断什么？"他不客气地问。

"喏，就是刚才那个退役的海军陆战队中士啊！"

"我可没时间去扯这些鸡毛蒜皮的小事！"他的回答有些粗鲁无礼，但是接着，他又笑着说："请原谅我的粗鲁，因为你打断了我的思路。不过这也没关系。这么说，你真的猜不出来那个人是前海军陆战队的中士吗？"

"是猜不出来。"

"了解这一点要比让我解释是如何了解到的可要难多了。你知道二加二等于四这个结果肯定是正确的，可是，别人要是让你证明它，你就会觉得有难度了。隔着马路，我就看到那个人手背上文着一只蓝色的大锚，这当然是海员的标志，而那人的举止显然有军人的仪态。他还留着军队规定的络腮胡子的式样。所以我从中得到结论：他在海军陆战队待过。再加上那人还有些趾高气扬、自命不凡的神态，你也注意到他走路的姿势了吧，那种昂首阔步，挺起胸膛的模样。而从他的面部特征上看，他倒是个正派踏实的中年人，所有这一切又让我得出结论——他当过海军陆战队的中士。”

“真是了不起！”我脱口赞叹道。

“这没什么。”福尔摩斯说，不过从他的面部表情看，对于我表现出的惊讶，他是颇为得意的。“我刚才还在说没有案子可办，看来是说错了。你瞧这个！”说着，他把那封刚送来的信扔到我眼前。

“哎呀！真可怕。”我粗粗地看了一遍，不禁失声叫道。

他平静地说：“这事情有点儿蹊跷。你能不能给我大声念一遍？”

下面就是我念给他听的那封信的原文：

亲爱的福尔摩斯先生：

昨天夜里，在离布利西顿路不远的罗里斯顿花园街3号，出了一起命案。今天凌晨两点左右，一名巡警发现屋子里有灯光，而这座房子早已无人居住，所以巡警感到情况不妙。该巡警发现大门敞开，前室空无一物，但有一具男尸。死者穿戴讲究，衣袋中的名片上印着“伊诺克·德莱伯，美国俄亥俄州克利夫兰人”的字样。现场并无抢劫的痕迹，也无任何证物可以表明该男子的死因。房间里有几处血迹，但死者身上并无伤痕。对于死者如何进入空屋，我们真是一筹莫展，这个案件也让我们倍感困惑。若您能在12点以前到现场，我将在那里恭候。在没有听到您的指教之前，我们会将现场保存完好。如果不能前来，我一定会向您奉告详情。如蒙赏光赐教，将不胜感激。

您忠实的托比亚斯·葛莱森

“葛莱森是苏格兰场最出色的警探。”我的朋友说，“他和雷斯垂德是那群废物中的精英。他俩思维敏捷，只是非常墨守成规。他们两个明争暗斗，互相嫉恨，就像两个职业美人一样。要是他们两人都经手侦破此案的话，那我们可就有好戏看了。”

他镇静自若、不急不慢的样子让我非常吃惊，我不由得叫了起来：“现在的情况可是分秒都耽误不得呀！我去给你喊辆马车来吧。”

“我还没决定是不是去呢。我可是这世上最懒的人，当然这是说我的懒劲上来的时候。而我一旦来了情绪，我可是非常敏捷呢。”

“难道这个机会不是你早就盼望的吗？”

“亲爱的朋友，这和我有何干系？假如我把这个案子查得个水落石出，那只能让葛莱森和雷斯垂德把功劳归于自己，只是因为我在其中是个非官方人士。”

“可现在毕竟是他求你帮忙啊！”

“是啊！就是在我面前，他也得承认我技高一筹。可是他宁可把自己的舌头割了，也不愿意当着第三个人的面承认这一点。话虽这么说，我们还是去看看吧。我要独自去摸摸情况，就算查不出什么，也可以看看他们的笑话。走吧！”

他匆匆地穿上大衣，那副急促的样子表明他刚才的漠然已经被一种热切的心情一扫而光。“戴上你的帽子。”他说。

“你希望我和你一起去吗？”

“是的，如果你没有别的什么事情可做的话。”10分钟后，我们坐上辆双座马车，向布利西顿路飞奔而去。

这是一个晨雾迷漫的早晨，天空阴沉，屋顶上蒙着一层灰暗的薄雾，看上去像是脚下泥泞不堪的街道的倒影。我的同伴兴致勃勃、喋喋不休地向我说着克雷莫纳[①]出产的提琴，以及斯特拉迪瓦里[②]和阿马蒂[③]两种提琴之间的不同。我呢，在一边不言不语。我此刻的心情极为压抑，就是因为这阴沉的天气，更因为我们担负的这件令人不安的差事。

---

① 克雷莫纳：意大利城市，以生产阿马蒂小提琴著称。——译注
② 斯特拉迪瓦里（1644—1737）：意大利小提琴制造家。——译注
③ 阿马蒂：16至17世纪意大利克雷莫纳小提琴制造业家族。——译注

到后来，我终于打断了福尔摩斯对音乐的评论，开口说："你好像并没有把眼下这件案子放在心上啊！"

"我们还没有任何材料呢。"他说，"在收集到所有证据前就去盲目推理，那是绝对错误的，那只会把你的判断力引向错误的方向。"

"很快你就能找到材料了。"我用手指着前方说，"要是我没搞错，这里就是布利西顿路。前面就是出事的那所房子。"

"正是。车夫，停车，快停车！"我们离那幢房子还有一百来码距离的时候，他就坚持下车，要步行过去。

罗里斯顿花园街3号，阴森恐怖，似乎有种不祥的气氛。这儿并排有四幢房舍，都远离大路，其中两幢住着人，另两幢空着。3号临街的一面开着三扇大窗户，显得非常凄凉。积着厚厚灰尘的玻璃窗上横七竖八地贴满了写着"出租"字样的纸条，特别像眼睛里长出的白内障。每座房屋的前面都有一个小花园，把房子与街道隔离开来。花园里到处都是杂草，穿园而过的是一条用黏土和碎石子铺成的黄褐色小路。整整一夜的大雨把园子冲得泥泞不堪。花园四周是一堵矮墙，高约3英尺，上面围着木栅栏。一个身材魁梧的警察靠墙而立。他旁边站着几个看热闹的人，伸长脖子拼命往里面张望着。他们想看看里面究竟出了什么事，可是什么也看不见。

我原以为夏洛克·福尔摩斯一定会马上冲进屋子里，立即研究这起命案。可他看上去似乎不急不忙，而他此刻摆出的这种若无其事的样子在我眼里简直就是故弄玄虚。他在人行道上走来走去，茫然地看着地面，然后又看着天空、对面的房屋和墙头的木栅栏。在仔细查看了一番之后，他慢慢走上园中小路，或者说是踩着小路两边的草丛走着，两眼紧紧地盯着潮湿的黏土路面。他中间有两次停了下来。有一次我看见他面带微笑，还听见他满意地说了一声什么。潮湿泥泞的路面上有很多脚印，可是由于警察们出出进进，我丝毫也不指望我的同伴能在那上面有何发现。可是，我毕竟已经见识过他那非同寻常的观察力，因此我相信，他一定已经发现了很多我注意不到的蛛丝马迹。

在房屋门口，一个高个子过来迎接我们，只见他长着亚麻色的头发，面孔白皙，手里拿着个笔记本。他冲上前来，一下握住福尔摩斯的手，说：“你能来真是太好了！我把现场保持得完好如初。”

我的同伴指了指那条小路，说：“除了这条小路，就是有一群野牛经过这儿，情况也不会比现在更糟了。葛莱森，显然你已经有了结论，才允许有这样的事情发生吧？”

这位侦探含糊其辞地说道：“我一直在屋子里忙来忙去。我的同事雷斯垂德先生也在现场，外面的情况由他负责。”

福尔摩斯看着我，嘲弄地扬了扬眉毛，说：“有您和雷斯垂德两位出面，第三个人自然也就查不出什么来了。”

葛莱森搓着手，得意洋洋地说：“我想我们确实已经尽力而为了。可是，这个案子的确蹊跷。我知道，你向来只对这种案子才有兴趣。”

“你不是乘马车来的吧？”福尔摩斯问。

“不是，先生。”

“雷斯垂德呢？”

“也没有。”

“那我们进屋看看吧。”说完这几句前后没有任何关联的话，他大步走进屋子里面，跟在他身后的葛莱森脸上露出非常惊讶的表情。

进屋后，一条短过道通向厨房和贮藏室。过道没有铺地毯，上面积满了厚厚的灰尘。过道两侧各开了一扇门，其中一扇显然关了好几个星期没开过。另一扇就是餐厅的门，神秘的凶杀案就发生在这里。福尔摩斯走了进去，我跟在他后面。看见尸体时，我的心情分外沉重。

这间餐厅呈方形，面积很大，因为没有摆放家具，所以显得格外空旷。墙壁上贴着花里胡哨的墙纸，可是因为发霉，有的地方已经生出了大片的污渍。有些地方，墙纸一条条掉下来，露出里面橙黄色的墙壁。正对着门口，是一个显眼的壁炉。顶上的壁炉架是白色人造大理石砌成的。壁炉架的一角，插着一截红色蜡烛头。屋子里唯一的那扇窗户异常肮脏，使屋子的光线分外昏暗，于是，屋子里的一切都被这种阴暗的色调笼罩起来。而屋子里积满的灰尘更强化了这种阴森不安的气氛。

这些情形全是我后来才注意到的。当时我只看见地板上那具令人惊恐不安的尸体，死者茫然无神的眼睛直勾勾地瞪着褪了色的天花板。死者有四十三四岁，中等身材，长着一副宽大肩膀，头发乌黑卷曲，留着短胡子。他身上穿着厚厚的绒呢礼服上衣和背心，下身穿着一条浅色长裤。他的领口和袖口非常干净，身旁还放着一顶整洁漂亮的礼帽。死者两手握拳，两臂伸直，而两条腿却交叠在一起，仿佛是死前有一番非常痛苦的挣扎。他那僵硬的面孔上留下了万分惊恐的表情。我觉得，我平生也未见过谁有过这种仇恨的表情。他那恶毒扭曲的面容、那塌陷的额头、粗大的鼻子和翘起的下巴，使他看起来与猿猴无异。而他那不自然的扭曲的姿势，更让人感到恐怖。我也见过各式各样的死人，可是像伦敦郊区临街大道旁边这所黑乎乎的屋子里的死者的可怕情形，却是我从未见过的。

身体干瘦，颇有侦探风度的雷斯垂德站在门口，向我和福尔摩斯打着招呼。

“这案子一定会让全城轰动，先生。”他说，“我可不是一个初出道的新手，但我还没见过这样离奇的案子呢！”

“没有线索吗？”葛莱森问道。

“一点儿也没有。”雷斯垂德应声说。

福尔摩斯走到死尸跟前，蹲下身子，专注地检查起来。“你能肯定死者身上没有伤口？”他指着周围的血迹问道。

两个侦探异口同声地说：“绝对肯定。”

“那这血迹就是另外一个人的了……如果真可能是谋杀的话，很可能就是凶手的，这倒让我想起了1834年在马德勒支发生的范·詹森之死那个案子。葛莱森，你还记得那个案子吗？”

“不记得了，先生。”

“你真该把这桩旧案找来看看。世界上没有什么新鲜事，所有这些，都是前人已经做过的。”

说着这番话的时候，他用手指摸摸这儿，碰碰那儿，一会儿又解开衣服检查。他的眼睛里又流露出我前面就提到的那种恍恍惚惚的神情。过了一会儿，他就检查完了，动作细致迅速得让人感到不可思议。最后，他闻了闻死者的嘴唇，又看了看死者漆皮鞋的底子。

“没有人移动过尸体吗？”他问道。

“只是在做必要检查时动过，除此以外没有动过。”

“你们可以把他送到停尸房去了，”福尔摩斯说，“现在已经没什么可检查的了。”

葛莱森已经准备好了一副担架，另外还有四个抬担架的人。只听他一声招呼，那几个人就走进了餐厅，他们抬起死者，往外走。就在这时，一枚戒指“叮当”一声落在地板上。雷斯垂德急忙把它捡起来，看着它，迷惑不解。

“这儿肯定有女人来过。”他叫了起来，“这是女人的结婚戒指。”

他一边说一边把戒指放在手掌上，让周围的人看。大家围了上去，仔细看着那枚戒指。毋庸置疑，这枚朴素的戒指确实是一个新娘的结婚戒指。

“我们这件案子本来就够复杂的了，这样一来，案情可更复杂了。”葛莱森说。

“这戒指难道不是使案件更简单化了吗？”福尔摩斯说，“不过，只盯着它肯定是查不出什么东西来的。你在他口袋里还发现了什么东西？”

葛莱森指着楼梯第一级上零乱堆着的一些东西说：“都在这儿了。一只伦敦巴洛德公司制造的金表，97163号；一根很粗的阿尔伯特[①]金链；一只刻有共济会徽章的金戒指；一枚金别针，上面刻着一只哈巴狗的脑袋，狗眼里镶

① 指阿尔伯特亲王，英国皇族，维多利亚女王之夫。——译注

着两颗红宝石；俄国品牌的名片夹，里面印着‘克利夫兰城伊诺克·德莱伯’的名片，它的首字母E. J. D和他亚麻衬衣上的正好一致。没发现钱包，只有些零钱，一共是7英镑13先令。袖珍版的薄伽丘的《十日谈》，扉页上写着约瑟夫·斯坦杰森的名字。此外，还有两封信，一封是写给伊诺克·德莱伯的，另一封是写给约瑟夫·斯坦杰森的。”

“收信地址是哪儿？”

“滨河大道美国交易所，留给本人自取。两封信都是从盖恩船运公司寄来的，内容都是通知他们轮船从利物浦出发的时间。这个可怜的家伙显然正打算回纽约。”

“对这个斯坦杰森，你有没有调查一下？”

“我马上就去调查了，”葛莱森说，“我在各家报纸上都刊登了寻人广告，还派了一位警察去美国交易所问询情况，但他现在还没有回来。”

“你们和克利夫兰警察局有没有联系过？”

“今天早上发了封电报。”

“电文是怎么写的？”

“我们就把这件凶杀案的情况说明了一下，希望他们能提供对我们有帮助的情况。”

“难道你没有就某些你认为重要的细节进行询问吗？”

“我问了斯坦杰森这个人。”

“再就没有问别的了？这个案件中难道没有什么关键的问题吗？你可不可以再拍个电报？”

葛莱森生气地说：“我已经把该说的都说了。”

福尔摩斯低声笑了一下，他正待开口说话，只见雷斯垂德洋洋得意地走过来，刚才在我们同葛莱森说话的时候，他一直待在前厅。

“葛莱森，我刚才发现了重要的事情。”他说，“如果不是我仔细地检查墙壁的话，那我们可能就把它给遗漏了。”这个小个子男人说话时两眼放光。

很明显，他这次在同事前面出了风头却强压着内心的狂喜。

“过来。”他说着，快步走向餐厅。由于那具吓人的尸体已经被搬走，屋子里的气氛一下子显得清新起来。“好，请站在那儿！”他在靴子上擦亮了一根火柴，举起来照着墙壁。

“你们看看这儿！”他自鸣得意地说道。

我前面已经提及，墙壁上有些地方的墙纸已经脱落。就在这个墙角处，有一大片墙纸从墙面上剥落，露出一块粗糙的黄色粉墙。在这块没有墙纸的墙壁上，只见一行潦草的血字：

RACHE

“请问您对此有何高见？”这位侦探大声说，那神气好像是一个马戏团的老板在炫耀自己的拿手好戏。“因为这个字在房间最黑暗的角落里，所以没有人会想着往那儿看，差点儿给疏漏了。凶手是用自己的血写下的这个字。快看，血从这里沿着墙面滴了下来！不管怎样，这就让我们把自杀的可能性给排除掉了。可是，凶手为什么要选中这个角落来写字呢？让我来告诉你们吧！看见壁炉架上那截蜡烛了吗？当时它还没灭呢，这样，这个角落可就是最明亮的了，而不像现在这样是最暗的。”

“那你发现的这个字，它有什么意思？”葛莱森不屑一顾地问。

“什么意思？它的意思是说，凶手正要写一个女人的名字Rachel，可是没等他写完，就被打断了。你们记住我的话，当这个案子告破时，你会发现有一个名叫雷切尔的女人和这个案件有关。福尔摩斯先生，你现在当然可以嘲笑我，也许你聪明绝顶，可是说到底，姜还是老的辣。”

听了这番话，我的朋友哈哈大笑起来，这可激怒了小个子雷斯垂德。“实在是抱歉。”福尔摩斯说，“你确实功劳卓著，因为是你头一个发现这个血字的，而且也像你所说，血字是昨晚的奇怪案件中另一个在场的人写的。我还没来得及查看这个房间，如果各位同意，我现在就开始检查一下。”

说着，他就马上从衣袋里掏出一卷皮尺和一个又大又圆的放大镜。他拿着这两样东西，一言不发地在屋子里走来走去。他有时停下来，单膝跪在地板上，有时则卧在地。他聚精会神地工作着，好像完全忘了我们的存在。他一直都在自言自语地嘀咕着什么，声音忽高忽低，有时甚至吹起了口哨，有时又像是满怀信心和希望地喊出了声。我凝神注视着他，不禁想起了训练有素的纯种大猎犬在森林里奔来跑去，焦急地发出吠声，直到找到猎物的踪迹才肯罢休。他前前后后检查了有二十多分钟，极为细心地测量着各个标记间的距离，我的眼睛根本看不见那些标记。不时地，他还用皮尺测量着墙壁，令人费解。后来，他从地上小心翼翼地抓起一小撮灰色粉末，然后装到了一个信封里。最后，他又用放大镜检查了墙壁上的血字，仔细地观察着每个字母。做完了这一切，他似乎满意了，最后他把皮尺和放大镜放回到口袋里。

“有人说，‘天才’就是具有无限的能力来吃苦。”他笑着说，“这个定义下得糟透了，不过对侦探这一行却非常合适。”

葛莱森和雷斯垂德一直满怀兴趣地看着眼前他们的这位业余同行的一举一动，虽然同时也带着几分鄙夷。看来，他们根本不明白这样一个事实：福尔摩斯的每个细微的动作都有着实际而准确的目的，我现在对这一点已经是毫不怀疑了。

“先生，你怎么看？”他们俩异口同声地问道。

“如果我冒失地帮助了你们，岂不是掠人之美？”我的朋友用颇带讥讽的口气说，接着他又说，“二位目前进展得这样顺利，任何人的插手都只会把它变成一件憾事。如果你们愿意告诉你们的调查结果，我倒是乐意鼎力相助。现在，我得和发现尸体的巡警谈一谈，可以告诉我他的姓名和地址吗？”

雷斯垂德翻着自己的记事本说：“他叫约翰·兰斯，现在已经下班了。你可以到肯宁顿公园，奥德利大院46号去找他。”

福尔摩斯记下了地址。

“走吧，医生。”他对我说，“我们得去找到他。我还要告诉你们一件事情，它能协助我们破案。”他转头对那两位侦探说，“这是一桩凶杀案，凶手是个壮年男人，身高六英尺多。就身高来讲，他的脚显得小了些。他穿着一双粗皮方头鞋，抽印度方头雪茄烟。凶手和被害人是坐同一辆马车到这里来的。拉车的只有一匹马，那匹马有三只旧蹄铁，它的右前腿蹄铁是新的。凶手有可能面色红润，右手留着长指甲。这些当然只是供你们参考的迹象，但是对你们会有很大帮助。”

雷斯垂德和葛莱森满脸狐疑，相视一笑。

“如果这个人是被谋杀的，”雷斯垂德问道，“那又是怎样被杀的呢？”

“毒药。”福尔摩斯简捷地说了一句，就大步向外走去。走到门口，他又转过身来，补充说，“还有一件事，雷斯垂德，Rache是德语‘复仇’的意思，所以你用不着费神去找什么叫‘Rachel’的小姐了。”

说完这几句临别赠言，福尔摩斯就走出大门，剩下两个对头呆呆地站在原地。

约翰·兰斯的陈述

我们离开罗里斯顿花园街3号时，已经是下午1点钟了。夏洛克·福尔摩斯带我到不远处的一家电报局发了一封很长的电报。随后，他招手叫过来一辆马车，告诉车夫，送我们到雷斯垂德留给我们的那个地址。

“什么也比不上第一手证据可靠。”他说道，“对这件案子，我实际上已经基本清楚了。不过，我最好还是去了解一下应该知道的情况。”

“你真让我感到吃惊，福尔摩斯。”我说，“你对自己推测出来的那些细节，显然并不像你表面上说得那么可靠吧？”

“绝对不会出差错。”他答道，“上午我到那儿注意到的第一件事，就是马路石沿边有马车车轮压出的两道深深的车辙。昨天晚上下雨之前，天一直晴了一个星期，所以那辆留下车辙的马车，肯定是夜里到过那儿，而且，那还有马蹄印儿，其中一只马蹄铁的轮廓比其他三只都要清晰，这显然说明这只是新上的。既然那辆马车是下雨后才到的那儿，据葛莱森所说，整个早晨都再没有马车经过那儿，这就是说，马车是在夜里在那儿停留的，而且就是这一辆马车把两个人送到那座空房子里去的。”

“这未免太简单了。”我说，“那你是怎么推测出其中一个人的身高来的？”

“嗯，人的身高大多可以从他步幅的长度推测出来，这种推算很容易，但是要是让我把枯燥的数字列给你看，可就没多大意思了。在屋外的黏土路上和屋子里的尘土上，我都找到了那个人的脚印，此外，我还有一个办法证实我的计算：当一个人往墙上写字时，他会本能地把字写在他视线以上的地方，而那个血字正好离地面六英尺。这种推算简单得莫过于儿戏。”

“那他的年龄呢？”我又问。

“好，如果一个人不费吹灰之力，就可以一步跨出四英尺半的话，那他绝不会是年老体衰之人。花园小路上的泥坑恰好长四英尺半，他显然是一步跨过去的，而穿漆皮靴的人则是绕过去的，所以这也没有什么神秘的地方。我只不过是把我在那篇文章中谈到的一些观察和演绎的规则应用在日常生活里头罢了。还有什么你不明白的吗？”

“那指甲和雪茄烟呢？”我提醒他。

“墙上的字是一个人用食指蘸着血写下的。用放大镜我看到，在这人写字的时候，有些墙灰被刮下来了。要是一个人的指甲修剪得很短的话，是不会出现这种情况的。我在地板上还发现了一些洒落的烟灰，呈深色的片状——只有印度雪茄烟，才会留下来这种烟灰。我曾经对雪茄烟灰做过专门的研究，实际上，我还就此写过专题论文呢！我可以毫不夸张地说，对任何品牌的雪茄烟或纸烟的烟灰，我都可以一眼分辨出来。正是这些细微之处，才使一个有经验的侦探不同于葛莱森和雷斯垂德那帮家伙。”

“那红润脸膛呢？”我又问。

“哦，那可是一个更大胆的推测，可是我敢肯定我不会有错。不过，从目前所了解的情况看，你还是不要问这个问题了。”

我用手摸摸额头，说：“我的脑子太乱了，越想越觉得不可理解。如果说现场有两个人，那这两个人又是怎么进去的？那个送他们去的车夫呢？一个人怎么能强迫另一个服毒？血又是从哪里来的？凶手有什么目的？现场可没有抢劫的迹象啊！女人的戒指又是怎么来的？最关键的一点是，凶手在离开现场之前，为什么要写下德文‘复仇’那个词？说实在的，我根本不知道怎么才能把这些事实联系在一起。”

我的朋友露出赞许之色，微笑着说道：“你把案情中的可疑之处总结得简明扼要，而且恰到好处。尽管对主要的情况我已经略知大概，但仍有好多地方还不是很清楚。而雷斯垂德发现的血迹，那只不过是一个圈套而已，是为了把警方引入歧途。凶手不过想借此暗示，卷入此案的是什么社会党或秘密社团。写字的人根本也不是德国人，如果留心去看一下，字母A是有些像德文的写法，可是真正的德国人写字一般会用拉丁字体，所以我们有百分之百的把握说，这个写字的不是德国人，他只是一个模仿者，还很拙劣，用的方法太过火。那只不过是想把办案人员引入错误判断的诡计而已。医生，我不想再和你谈论这件案子了。要知道，一旦魔术师把自己的拿手好戏说破了，别人可就不会为他喝彩了。要是我把自己的工作方法全部都讲给你听，你就会得出这么一个结论：福尔摩斯终究也不过是一个普普通通的人罢了。”

“我绝不会这样想的。”我回答说，“侦探终究会成为一门精确的科学，而你差不多已经把它给建立起来了。”

听了我的话，看着我诚恳的样子，他高兴得脸都发红了。我早就注意到，他一旦听到旁人对他的侦探技巧大加夸奖，他会变得特别敏感，就像一个女孩子听到别人夸奖自己的美貌一般。

“我再来告诉你一件事，”他说，“漆皮靴和方头靴同坐一辆马车来。他们像是一对好朋友，可能是手挽手沿着小路走进那座空宅的。进去以后，他们在屋子里走来走去，要是说得更准确些，就是穿方头靴的那位不停地走来走去，而穿漆皮靴的则站在那里待着不动。这一切都是可以从屋子里留下的尘土上看出来的。而且你从他的步幅变得越来越大这点判断，他越走情绪越激动。他可能是一边走一边说，肯定变得怒不可遏，而接下来，悲剧就发生了。好了，我把我了解的情况已经全部讲给你听了，剩下的只不过是些推测和想象了。还好，我们开始工作的基础不错。我们可得抓紧时间，下午我还想去听哈雷的音乐会，好好欣赏一下诺尔曼·聂鲁达的演奏呢。”

说话的工夫，马车已经穿过一条条死气沉沉的大街和沉闷不堪的小巷。在一条肮脏昏暗的巷子口，车夫突然停了车，指着夹在一片灰黑砖房中间的一条小胡同说：“那就是奥德利大院。你们出来时还到这儿来找我。”

奥德利大院可是一个毫无吸引力的去处。一条狭小的通道把我们带向一个四四方方的院子，院子里铺着石板路面，四周的房屋显得破烂不堪。我们和一群群衣衫破旧的孩子擦身而过，钻过一排排晾着的褪了色的旧衣服，才终于来到46号。只见46号门上挂着一块小铜牌，上面刻着“兰斯”这个名字。一打听才知道，我们要找的这个警察还在睡大觉。我们被带到一间小小的会客室等着。

不一会儿，兰斯走了出来。他面带愠色，显然是因为有人吵了他的睡眠而生气。他说：“在警察局，我已经把事情的经过如实报告了。”

福尔摩斯从口袋里掏出一枚半镑金币，心事重重地拿在手里把玩，一边说：“我想听你亲口再讲一遍。”

警察两眼紧盯着那枚金币，马上说：“我愿意如实相告。”

“那就请你把事情的前后经过好好讲一遍吧。”

兰斯坐在马毛呢沙发上，紧锁眉头，好像下决心不让自己在叙述中遗漏任何细节似的。

“那就从开头说起吧！”他说，“我值班的时间是晚上1点到第二天清晨6点。夜里11点时，在怀特·哈特街[①]我遇到有人打架，除此而外，所有巡逻的地段还算平静。凌晨1点多时，天下起雨来，我碰到了哈利·穆契，他也是巡警，负责荷兰园林区的巡逻任务。我们俩站在哈里艾塔街拐角处聊了一会儿。没过多久，大概是两点或两点多一点儿的时候，我想我得回去走走，看布利西顿路上是否一切正常。那条僻静的路上泥泞不堪，除了有一两辆马车从我身边经过，一路上我没看见一个人。我慢慢走着，心想，要是能喝上一杯热杜松子酒就好了。突然，我看见那座空屋子的窗口有微弱的亮光。我知道罗里斯顿花园街那幢房子是空着的，住在3号的最后一个房客得伤寒病死了。所以，我一

① 怀特·哈特街：位于伦敦北部，街名源于这里一家酒馆的名称。——译注

看见窗口的亮光，顿时惊慌起来，疑心出了什么问题。我走到屋门口……”

“你当时停了下来，又走回到花园门口。”我的同伴插了一句，“你为什么要那么做？”

兰斯猛地惊跳起来，脸上露出震惊不已的神色。他睁大双眼，看着福尔摩斯。

“天哪！情况确实如此。先生，你是怎么知道的？上帝啊！要知道，我走到门口的时候，周围真是死一般安静，真是太可怕了。我想最好叫一个人同我一起去。我倒不怕活人闹什么事儿，可是在那会儿，我想起那个得伤寒病死了的房客，也许他正在查看致他死命的那条阴沟吧。这么一想，我吓得转身就回到了花园门口，想看看是不是能看见穆契的提灯，可四下里根本不见他的人影，更不见其他什么人了。”

“街上一个人也没有？”

“一个人也没有，连条狗也没看见。我壮着胆子走回去，把房门打开。屋子里静悄悄的。于是，我就走进那间有光亮的屋子。只见壁炉上点着根蜡烛，是根红蜡烛。借着闪烁的烛光，我看见——”

“行了，你后来看见的情况我都知道了。你在屋子里转了几圈后，在尸体旁跪下来，然后穿过屋子去开厨房的门，再后来——”

听到这儿，约翰·兰斯又跳起来，满脸惊恐，大惑不解，高声说：“那时你躲在哪个角落？怎么看得这么清楚？我看，你知道的也未免太多了。”

福尔摩斯大笑起来。他隔着桌子把自己的名片递过去。“千万可别把我当成嫌疑犯抓起来。我是条猎犬，并不是条恶狼。葛莱森和雷斯垂德先生能够证明这一点。来，再往下讲。接下来你又做了什么？”

兰斯重又坐到沙发上，可是脸上还是疑云未消。

“我走到大门口，吹响警笛。穆契和另外两名警察就闻声赶来了。”

“街上那时还是什么人也没有吗？”

“是的。当然这是指正派人。”

"这是什么意思？"

兰斯咧嘴笑了。"这辈子我见过的醉鬼多了，但是还没见过醉成那副德性的家伙。我出来的时候，他正站在门边，靠在栏杆上，扯着嗓子在唱科隆比纳[①]唱的曲子或是类似的曲子。他摇晃得站都站不稳，真是无可救药。"

"那个人是什么样子？"福尔摩斯问。

约翰·兰斯对福尔摩斯的打岔似乎感到有些不高兴，他说："他倒是个难得一见的醉鬼。当时我们要不是忙得不可开交，一定会把他带到警察局。"

"他的长相，他的穿戴，你留心没有？"福尔摩斯又急不可耐地问道。

"我想我当时是留心来着，因为是我和穆契把他架起来的。他个子很高，赤红色脸膛，下面长了一圈……"

"行了，这就足够了。"福尔摩斯高声叫着，"那个人后来怎么样了？"

"我们太忙了，没去管他。"兰斯抱怨说，"我敢担保，他肯定会记得回家的路的。"

"他穿什么衣服？"

"一件棕色外衣。"

"他手里拿没拿马鞭？"

"马鞭？没有。"

"他一定把它放在车上了。"我的朋友嘀咕着，"后来你有没有看见有马车或听见马车声？"

"没有。"

"这半镑金币归你了。"说着，我的朋友就站起身，戴好帽子，"兰斯，你当警察恐怕是没指望升职了。你的脑袋不应该仅仅是个点缀，还应该派上些用场才对。昨天晚上，你本来可以官升一级的。你昨晚看见的那个醉鬼正是这

① 科隆比纳：定型的舞台角色，起源于1530年左右的意大利喜剧，往往以伶俐的青年女仆面目出现。在法国戏剧中，这个人物变成夫人小姐的侍女。在英国喜剧中通常是女儿或看护，并同丑角哈勒昆相爱。——译注

桩奇案的关键人物，也正是我们要找的人。现在争论已经没有用了。但是实不相瞒，事实确实如此。医生，我们走吧。”

兰斯待在原地，一副将信将疑的模样，而且显然非常不自在。我们出去，找到了来时乘坐的那辆马车。在我们回程的路上，福尔摩斯恶狠狠地诅咒说：“这个愚蠢透顶的笨蛋！你想想，他碰上这么难得的好机会，却让它给白白溜走了。”

“我还蒙在鼓里呢。这个警察描述的那个人就是你设想中的另一个人，这是不错。可是，他既然走了，干吗还回来？这可不合常理。”

“戒指，朋友，那枚戒指，他回来是要找这个的。如果我们没有其他的办法逮住他，不妨用这只戒指放长线钓大鱼。我肯定会把他捉拿归案的，医生，我可以下二比一的赌注。他肯定会上钩的。我真得感谢你呢，要不是你，可能我还不会去呢。而要是那样的话，我岂不是扔掉一次难得的研究机会？我们就叫它‘血字的研究’，好不好？我们为什么不用些艺术术语呢？生活就像一个乱麻线团儿，凶杀案就像是贯穿其中的一条红线。我们的职责就是去发现它，把它从生活中剥离出来，让它昭然于天下。现在我们该吃午饭了，待会儿我们去听诺曼·聂鲁达的音乐演奏会。她的指法和弓法是最棒的。她演奏的那首肖邦的曲子，简直无人可以媲美！特拉——拉——拉——里拉——里拉——莱！”

这位私家侦探坐在马车靠椅里，像只云雀欢快地歌唱。而我则在一边想：人类的大脑真是无所不能啊！

广告招致访客

对于我虚弱的身体来说，整整一个上午我们都太忙碌了。到了下午，我已经筋疲力尽。在福尔摩斯出门去听音乐会之后，我躺在沙发上，一心想睡上两个小时，可是，无论怎么也睡不着。我的头脑因所有发生的这些事情兴奋不已，而且充满了奇思怪想和种种猜测。只要两眼一闭，我的眼前就会浮现出死者那张扭曲得猿猴般的可怕的脸，它给我留下的印象真是太凶恶了。因为凶恶，所以对于把他从这世上除掉的那个凶手，我除了心生感激，再难有别的情感。如果一个人的长相真能表现出恶棍般邪恶的话，那这个人非克利夫兰城的伊诺克·德莱伯莫属。虽说如此，我还是认为应该伸张正义。而从法律的角度看，被害人的恶名昭彰并不能让凶手的罪行得到宽恕。

我越是前后思索，就越是觉得福尔摩斯关于死者是被毒杀的假设不同寻常。我记得他当时闻过死者的嘴唇。可以肯定，他一定是找到了让他产生这种设想的某个线索。再则，死者身上既无伤痕，也没有扼杀的印记，如若不是服毒，那还会有什么死因？可是，要是换个角度看，地板上的那摊血迹又是什么人的呢？现场没有任何搏斗的迹象，被害人身上也没有发现什么可以打伤凶手的凶器。只要这些问题还没有答案，那我想，无论是我还是福尔摩斯，都不会睡踏实的。他那从容不迫、胸有成竹的姿态，使我深信他有办法解决这些问题，只是我现在还无法知道他的真实见解而已。

福尔摩斯很晚才回来。我想，单是去听音乐会不会花去这么久时间。晚餐已经摆上桌了，他才出现。

“音乐会真是太棒了！”他在饭桌边坐下来，说，“你还记得达尔文对音乐的评论吗？他说，早在具备语言能力之前，人类就有了创造音乐和欣赏音乐的能力。可能就是因为这个原因，我们对音乐才会有如此敏锐的感受力吧；在我们灵魂深处，仍然对世界初现时万物混沌的岁月有着模模糊糊的记忆吧。”

“这样说未免太泛泛了。”我说。

“如果人们要理解大自然，”他回答道，“那他的想象力就得和大自然一样的宽广。你怎么了？是不是不舒服？布利西顿路的凶杀案让你心烦了？”

“老实说，”我说，“我确实被这个案子弄得心烦意乱。在阿富汗经历了战争之后，我已经变得麻木不仁了。在曼旺德那场战役中，当时我亲眼看见同伴们被砍得血肉横飞，可我也没被吓住。”

“这可以理解。这桩案子的某些神秘之处引发了你的联想。如果没有联想，也就根本不会有什么恐惧。你看过今天的晚报了吗？”

“还没有。”

“晚报对这个案件报道得很详细，但是没有提及尸体被搬出去时，掉出一枚女子结婚戒指这个细节。我看没有提到反而更好。”

“为什么？”

“你来看看这则广告。”福尔摩斯说，“今天上午去了现场后，我立刻就在各家报纸上刊登了这则广告。”

他递给我报纸。我看了一眼他指的位置。那是“失物招领”栏中的头一条广告，内容如下：“在布利西顿路的白鹿旅馆和荷兰园林路之间，拾得金质婚戒一枚。请失主今晚8至9时到贝克街221B华生医生处认领。”

“请原谅我用了你的名字。”福尔摩斯说，“如果我用了自己的名字，那些个蠢家伙侦探里面就会有人知道，更会平白插一脚进来的。”

“这倒没有关系。”我说，“可是，要是有人前来认领，可我没有戒指啊！”

“啊，有的。”他说着递给我一枚戒指，“这完全可以蒙混过去。而且，它简直就是那只的复制品。”

“那你指望谁来认领这只戒指呢？”

“啊，就是那个穿棕色外套的人，我们那位穿方头靴子的红脸膛朋友。即使他自己不来，他也会派一个同谋来的。”

“难道他不觉得，这是在冒险？”

“完全不会。如果我对这个案件的判断准确无误，我就有充分的理由相信，我不会弄错的。就是冒再大的风险，这个人也不愿意失去这枚戒指。照我看，他是在俯身查看德莱伯尸体的时候，把戒指给掉出来的。可是他当时竟没有发现。离开空屋后，他才发现戒指不见了。可是等他匆匆赶回去的时候，警察已经到了。而这完全是因为他自己太马虎，没有吹灭蜡烛才引来的。他在这个时候出现在空屋子的门口，很有可能引起怀疑，所以他为了哄骗警察，就装出一副烂醉如泥的样子。现在你不妨站在他的立场想一想。在反复回想事情发生的经过之后，他一定会猜测，那枚戒指可能是他在离开房子以后掉在路上了。那他会怎么办？他肯定会焦急地找来晚报，希望在“失物招领”栏里找到线索。看到这则广告，他一定会喜出望外，说不定会惊喜若狂呢。他怎么会担心这其中有假？在他的眼里，最没有道理的，就是把戒指和凶杀案联系在一起。他会来的，肯定会来的，一小时之后，你就会见到他。”

“那接下来呢？”我问。

“噢，到那时我来对付他。你有什么武器吗？”

“我有一支服役期间用过的左轮手枪，还有些子弹。”

“你最好把它擦干净，把子弹装好，来人肯定是个亡命徒。虽然我会趁他不备制服他，但为了以防万一，我们还是做些准备。”

我到卧室里，照他所说，准备好了手枪。当我拿着枪出来，餐桌已经收拾好了。福尔摩斯在专心地拉着他的小提琴，这是他最喜欢的娱乐。

我一走进去，福尔摩斯就说：“案情更复杂了。我发到美国的电报刚才收到回电。果然未出我的所料。”

“那就是说……”我急切地问。

“我的提琴要是能换换新弦就好了。”他说，“你把手枪放在衣袋里。那家伙进屋后，你要心平气和地跟他交谈。其他一切都交给我好了。别死盯着他，免得让他看出破绽。”

“现在是8点了。”我看了看表说。

“是的，可能他几分钟后就会到。把门稍稍打开一条缝儿，好，把钥匙插在里锁上。谢谢！这儿有一本我昨天在书摊上偶尔买到的珍版旧书《论各民族的法律》，是拉丁文的，1642年在苏格兰出版。这本小册子出版时，查理一世的脑袋还没有落地呢。”

“这书是谁出的？”

“菲力普·德克洛伊。弄不清是什么人物。书前面的扉页上写着‘戈里奥米·怀特’，也不知道这个怀特是何许人也。我猜大概是19世纪某个自命不凡的律师吧，它的文体还有一点儿法律公文的书写风格呢。我看，我们等的人已经来了。”

他话音未落，就听到门外铃声大作。夏洛克·福尔摩斯轻轻站起来，朝房门口挪了挪椅子。我们俩都听见女仆进入门厅，还有她开门时门闩发出的清脆响声。

“华生医生住在这里吗？”外面响起一个响亮而刺耳的声音。我们没有听见仆人的应答，只听见大门关上了，有人走上楼来。我的同伴竖起耳朵听着，脸上露出吃惊不已的神情。只听来人的脚步缓慢沉重，这声音沿着过道缓缓而来，然后就是轻轻的敲门声。

“请进！”我大声说道。

应声而入的并不是我们想象的凶汉，而是一位满脸皱纹的老婆子。她走进来，步履蹒跚。好像是因为屋里的灯光，她一下子连眼睛也睁不开了。她行了礼，然后就站在那儿，两只浑浊的眼睛不停地打量我们，然后，手指哆嗦着在衣袋里摸索个不停。我偷看了一眼福尔摩斯，发现他闷闷不乐起来。我只好保持镇定自若的样子。

只见老太婆拿出一张晚报，指着我们刊登的那条广告，开口道："我是为这个来的，好心的先生们。"她说着，又行了个礼，"上面说，您在布利西顿路拾到了一个结婚戒指，那是我女儿莎丽的东西。她去年这个时候结的婚，她丈夫是英国一条轮船上的船员。我不敢想象，要是他回来发现她弄丢了戒指，还指不定怎么发脾气呢！他这个人平时就是个急性子，要是喝点儿酒，就更不得了啦！对不起，事情是这样的，昨晚，她在看马戏，是和……"

"这是她的戒指吗？"我问。

"感谢上帝！"老太婆大叫起来，"今晚莎丽可要高兴坏了。是的，是她弄丢的戒指。"

"那你住在哪儿？"我拿起一支铅笔，询问道。

"霍兹迪奇路，邓肯街13号。离这儿还挺远的呢。"

"布利西顿路可不在马戏团和霍兹迪奇路之间。"福尔摩斯突然插口说道。

老太婆一下子转过脸，用她那双发红的小眼睛尖锐地看了一眼福尔摩斯，然后说："那位先生刚才问的是我的地址。莎丽住在贝肯汉街，梅菲尔德公寓3号。"

"您贵姓？"

"我姓索耶，莎丽姓丹尼斯，她的丈夫叫汤姆·丹尼斯。出海时，他可是个能干、正派的小伙子，是公司最信任的好船员。可是一下船，他就又嫖女人又贪杯……"

我看见福尔摩斯打了个手势，就打断她的话，说："这戒指既然是你女儿的，那我很高兴你失而复得。"

她嘀咕不休地说了很多感谢的话，然后把戒指装进衣袋，步履沉重地走下楼去。老太婆一走，福尔摩斯就跳起来，冲进自己的房间。没过几秒钟，只见他穿了一件斗篷，系着围巾出来了。他焦急地说："我要去跟踪她，她肯定是个同伙，我会从她那儿找到凶手的。你先别睡，等我回来。"大门刚在老太婆身后关上，福尔摩斯就下了楼。我从窗口向外看，只见老太婆慢慢腾腾地在街对面走着，福尔摩斯在不远处紧紧地跟在她的身后。我暗自想：要么是福尔摩斯的整个推论都弄错了，要么这一次他会解开谜团。他根本没必要嘱咐我等他，事实上，我在没有听到他这次冒险行动的结果之前，是无论如何也睡不着的。

他出门的时候差不多有9点了。我不知道他要去多久，只好呆呆地坐在那里，抽着烟斗，随手翻开一本亨利·穆勒的《波希米亚人的生活》。10点过后，我听见女仆回房睡觉的脚步声。11点，房东夫人的脚步声从我门前经过，她也回屋休息了。快12点时，我听见福尔摩斯用钥匙开门的声音。一见到他，我就知道，这次他没有结果。喜悦和懊丧好像在他心里交织在一起，最后，喜悦占了上风，他突然开怀大笑。

“我可不能让苏格兰场的警探们知道这件事。”他大声说，随后坐到椅子里，“我取笑他们太多了，这次他们肯定会没完没了地嘲笑我。不过，我经受得起。因为我知道，以后我和他们总会扯平的。”

“到底是怎么回事？”我问道。

“唉，我索性把这次倒霉的事告诉你吧，这也没什么关系。那家伙没出去多远，就装出一瘸一拐脚疼的样子。过了一会儿，她停下来，叫了一辆路过的四轮马车。我尽可能靠近她，希望能听到她说的要去的地点，可是事实上我根本用不着这么心急。她说话的声音特别大，连马路对面的人也可以听得见。她大声说：‘去霍兹迪奇路，邓肯街13号。’我想，这大概是真的了。看见她确实真的坐上了马车后，我也纵身跳上了马车后部。这可是每个侦探都应该具备的本领。好了，马车一路前行，直到她刚刚提到的那条街才停下来。车还没有到门前，我就跳了下来，悠闲自在地走在马路上。我看见那辆马车停下来，车夫跳下车，把车门打开，还在一边等候。可是，半天没人下车。我走到车夫身边，只见他正在黑乎乎的车厢里乱摸一气，嘴里还恶狠狠地咒骂着，那恐怕是我听到过的最难听的骂人的话了。乘客不见影踪，他也没得着半个子儿。我到

13号一打听，才知道那里住着一位为人正直的裱糊匠，名叫凯斯威克。他从未听说过什么叫索耶或是丹尼斯的人。”

“你意思是说，”我惊异地问道，“那个虚弱得连路都走不稳的老太婆，居然能在马车的奔跑中，瞒过你和车夫，飞身下车了？”

“那个该死的老东西！”福尔摩斯气急败坏地说，“我们才是稀里糊涂的老太婆呢，竟然上了这样一个大当！他肯定是个年轻小伙子，而且肯定是个身手不错的家伙。另外，他还是个无人可比的演员，装扮得足以让你难辨真假。显然，他知道有人在跟踪，就来了这么一手，趁我不备给溜了。这也说明，事实并不是我们所想象的那样。我们在找的这个人可不是孤身一人，他有愿意为他出力的朋友。好了，医生，你看上去已经疲倦得不行了。听我的劝告，赶快休息吧！”

我确实累极了，因此听从他的劝告，上床休息，只留下他独自一人坐在闪着微光的壁炉边。在深夜，我还听见他那低沉郁结的琴声在屋子里飘荡。我知道，他还在思考着他一定要去解决的那个奇怪难题。

托比亚斯·葛莱森卖弄身手

第二天，各家报纸都用了较大篇幅报道所谓“布利西顿奇案”。每家报纸都刊登了长篇文章，有的报纸还刊登了专题评论，在这些文章中，有些情况还是我没有了解到的。我的剪贴簿里至今还保留着不少当时关于这起凶杀案的报道的剪报和摘录。下面我摘登几条：

《每日电讯》这样报道：在犯罪史上，再没有比这个案件更让人感到奇怪、悲惨的了。被害人用的是一个德国姓名，并未发现有任何作案动机，而墙上那个仇恨的字样，更说明这是一桩政治难民和革命党犯下的罪行。社会党在美国有许多派别，死者一定是触犯了他们内部的天条，才被一直追杀到英国，最后落得惨死荒宅。

在简略提到过去的德国秘密法庭案、矿泉案、意大利烧炭党人案、伯利维里侯爵夫人案、达尔文理论案、马尔萨斯原理案以及雷特克利夫公路谋杀案之后，文章在结尾时向政府提出忠告，倡议以后应严加注意那些逗留英国的外籍人士。

《旗帜晚报》评述说：只有在自由党执政期间，通常才会发生这类暴行。民众思想混乱及由此引发的政府权力的削弱是这些暴力事件出现的主要原因。死者是一位美国绅士，他在伦敦已经逗留了几个星期，被杀前住在坎伯韦尔区特克街的查朋杰尔夫人的寄宿公寓里。旅行期间，他与自己的私人秘书约瑟夫·斯坦杰森先生结伴而行。两人于本月4日向房东夫人告辞后，前往约斯顿车站，据说两人计划乘快车前往利物浦。后来，有人看见他们出现在站台上，可是再往后，就无人知晓他们的下落了。据报道，在离约斯顿车站数英里以外的布利西顿路的一座空宅中，发现了德莱伯先生的尸体。他是怎么到达空宅的，又是如何遇害的，这些都是未解之谜。斯坦杰森先生至今下落不明。有消息说，苏格兰场的雷斯垂德先生和葛莱森先生同时出马，负责调查此案。我们深信，这两位鼎鼎有名的侦探很快就会使本案水落石出。

《每日新闻报》评论道：毋庸置疑，这是一起政治谋杀案。由于在欧陆各国蔓延的专制主义和对自由主义的痛恨，结果有许多人被驱逐到我们这个国家。这些人如果不是积习难改，是极可能成为良好的公民的。这批流亡者内部有着严酷的“法典”，一旦触犯，就会被处决。目前，必须尽一切努力找到死者生前的秘书斯坦杰森，以便查明死者生前生活的琐碎细节。死者生前寄宿的公寓地址现已查清，这使案情获得极大进展。而这项进展，得完全归功于行事干练、思路敏捷的苏格兰场警官葛莱森。

吃早餐时，福尔摩斯和我一起读这些报道。他好像觉得这些东西十分好笑。

“我和你说过，无论案情有什么进展，最后的功劳一定是雷斯垂德和葛莱森的。”

“那也得看案子结果如何吧。”

“唉，天哪！这可没有半点儿关系。如果案犯被抓，自然是因为他们全力以赴，办案得力。如果凶手不见踪影，他们又会说，他们已经尽了最大的努力，可是……无论怎么样，他们都不会吃亏的。不管他们做什么，总是会有人站在他们一边，有句法国俗语说得好：‘蠢材虽蠢，可是终究有比他们更蠢的蠢材赏识他。’”

我们正聊得热闹的当口，门厅里和楼梯上响起了乱哄哄的脚步声，其中还有房东夫人的埋怨声。我不禁叫道：“这究竟是什么声音？”

“这是侦缉队贝克街分队。”我的同伴说。他的话音未落，就见六个街头流浪儿冲到屋子里来。我还从未见过如此衣衫褴褛、全身污渍的孩子呢。

“立正！”福尔摩斯厉声喝道，只见六个脏孩子像六尊肮脏的小泥塑似的站成了一行，“以后你们只能派维金斯一人上来报告，其余的都给我在街上听命。维金斯，找到了吗？”

“还没呢，先生，我们还是没找到。”一个孩子回答说。

“我也没指望你们找着。你们还要继续找，找不着可不行。这是给你们的工钱。”他给每个孩子发了一个先令，“行了，走吧。下回希望你们给我带来好消息。”

只见福尔摩斯一挥手，六个孩子就像一群老鼠似的，从楼梯飞奔而下。没一会儿，街上就响起他们刺耳的喊叫声。

“你从这样一群小叫花子身上得到的收获，要比一大帮警察还多。”福尔摩斯说，“只要一看见你是警察，人们就会嘴巴紧闭。可是，这帮小家伙却什么地方都能去，什么消息都能打探到。他们能干着呢，像针尖一样无孔不入。他们只是缺乏组织性罢了。”

“你雇他们来，是帮你查布利西顿路的案子吗？”

“是的，我要核实清楚一件事情，而这不过是个时间问题。嗨，你看着吧，我们马上要听到些报复性的新闻了。看，葛莱森在街上朝我们这儿走过来了。你看他春风得意的样子。我料到他是要到我们这儿来的。喏，他站住了，果然是他！”

一时门铃大作。几秒钟后，这位发式讲究的侦探就上了楼。他三步并作两步跨上来，闯进了客厅。

“亲爱的朋友，”他紧紧抓着福尔摩斯毫无反应的手，高声说：“向我祝贺吧！我已经把这个案子查个水落石出了。”

我似乎看见，福尔摩斯表情丰富的脸上掠过了一丝焦虑不安的影子。

“你是说弄到真正的线索了？”他问。

“那当然，老兄！我已经把凶手关押起来了。”

“他叫什么名字？”

“亚瑟·查朋杰尔，皇家海军的一名中尉。”葛莱森一边搓着他胖嘟嘟的肥手，一边挺着胸脯自负地说。

福尔摩斯颇感欣慰地松了口气，如释重负地微笑起来。他说："请坐，抽支雪茄吧。我们倒想听听，你是如何查出来的。要不要来点儿加水威士忌？"

"那就来点儿吧。"这位警探答道，"这两天我殚精竭虑，真是把我累得够呛。我也应该知道，干我们这一行，虽然不见得消耗多少体力，可是得费脑子啊！福尔摩斯先生，你是了解其中滋味的，毕竟我们干的都是脑力活儿。"

"你对我过奖了。"福尔摩斯一本正经地说，"告诉我们，这个可喜可贺的成绩，你是怎么得来的？"

大侦探在扶手椅上坐下来，得意洋洋地抽着雪茄烟。过了一会儿，他猛地一拍大腿，自以为好笑地开了口。

"真滑稽，说不定那个傻瓜雷斯垂德还以为自己有多聪明呢！可他完全弄错了。他去寻找秘书斯坦杰森的下落，可这家伙像刚出生的毛孩子一样，和这个案子没有一点儿干系。我敢肯定，他这阵子已经将那个人拘捕起来了。"

说到这儿，葛莱森哈哈大笑起来，直笑得有点儿喘不过气来。

"那你究竟是如何找到线索的？"

"哦，我会详细地讲给你们听的。华生医生，这件事可绝对不能随便透露风声，只能限于自己人之间私下说说。首先要解决的难题，就是查清这个美国人的来历。要是给某些人办这事，他可能只会刊登一则广告，坐在家里死等着别人的回复，要不就是等着死者的亲友主动来提供情况。可是我葛莱森却不是这种作风。你们还记得死者身边的那顶帽子吗？"

"记得，"福尔摩斯说，"是在坎布韦尔路129号，约翰·安德伍德父子礼帽店售出的。"

葛莱森马上像泄了气的皮球，说："没想到你也注意到那顶帽子了。你去过那家店了？"

"没有。"

"哈！"葛莱森又来了精神，"不管机会多么微不足道，你也不应该放过它。”

“对一个伟大的智者来说，没有任何事情是微不足道的。”福尔摩斯说话的口气就像是在引用什么格言警句似的。

“好了。我去了安德伍德礼帽店，问店主他们是不是出售过一顶这么大号码和这种样式的帽子。他翻阅了售货记录，很快就找到了结果。帽子是送到住在特克街查朋杰尔出租公寓的一位房客——德莱伯先生的。这样，我就找到了死者的住址。”

“漂亮，做得真是漂亮！”福尔摩斯低声赞叹道。

“接下来，我就去拜访了查朋杰尔夫人。”侦探接着说，“我发现她面无血色，神色不安。她女儿也在房子里，那可是个非常漂亮的姑娘。当我与她说话时，她眼圈发红，双唇不停颤抖。这一切我都观察到了，于是我感到这其中定有可疑之处。你是了解的，福尔摩斯先生，这就是你找到正确线索时才会有的那种感觉——你会感到所有的神经都一下子兴奋起来了。我问她：‘你们有没有听说，从克利夫兰来的德莱伯先生，就是你们原来的那位房客，被人谋杀了？’

“母亲点了点头，她似乎连一句完整的话都讲不出来了，女儿却在一边流出了眼泪。我更是觉得她们是此案的知情人了。

“我又问她：‘德莱伯先生离开你们家上火车站，那会儿是几点钟？’

“‘8点钟，’她说，嗓音哽塞，努力想抑制自己内心的不安，‘他的秘书斯坦杰森先生说，有两班发往利物浦的火车，一班是9点10分的，一班是11点。他们想赶头一班。’

“‘这是你们最后见到他吗？’

“我这个问题一提出，那个女人的脸色就大变了。过了好一会儿，她才说了两个字，‘是的’。可她说这话时，声音发抖，很不自然。

“在沉默了一会儿后，姑娘说话了。她态度自然，吐字也清楚。

“‘说假话没有任何好处，妈妈，’她说，‘当着这位先生的面，我们最

好还是说出真相吧。后来，我们确实又看见过德莱伯先生。’

“‘愿上帝宽恕你！查朋杰尔夫人举起双手，叫喊了一声，然后就倒在椅子上。‘你害了你哥哥啊！’

“‘亚瑟也希望我们说真话。’姑娘态度坚定地说。

“我说：‘你最好是把事情前前后后的情况详细告诉我。你这样吞吞吐吐，还不如不说。再说，你们还不知道我掌握的情况有多清楚呢！’

“‘都是你的错，艾丽丝！’母亲大声叫道，说完又转向我，‘我把事情的前后情况都告诉你，先生。可是你千万别以为我为儿子担心，就说明他和这件案子有牵连。他可是清白的。我只是担心，在你和别人看来，他有最大的嫌疑。可这不是真的。他有高尚的品行，体面的职业和清白的过去。这些都不允许他做出这种事来。’

“‘你最好把事情给我说清楚，’我回答道，‘你要相信我，你的儿子如果真是清白的，那他也自然没什么事儿。’

“她就说：‘艾丽丝，你回避一下，我和这位先生谈。’

“于是，她的女儿就退了出去。她接着说：‘好吧！先生，我本来不想和你说这些，可既然我女儿已经说破，我也没有别的选择。我一旦决定说出真相，就会无所保留。’

“我说：‘这就对了。’

“‘德莱伯先生在我这儿住了有三个星期。他和他的秘书斯坦杰森先生一直在欧洲旅行。我看到他们的行李箱上贴着哥本哈根的贴签，显然，他们是刚从哥本哈根来此处的。斯坦杰森先生性格温和，不爱说话。可他的老板，要我说，与他正好相反。这个人为人恶劣，行为下流。他在刚搬来的当天晚上，就喝得不省人事，一直到第二天中午12点，他都没有清醒过来。他对女仆的态度让人讨厌，非常放肆无礼。最让人受不了的是，他对我的女儿也是这副德性，而且还好几次对她讲下流的话。好在艾丽丝单纯，也不明白他在说些什么。有一次，他甚至拦住我女儿，把她一下子抱在了怀里。他这样没教养的可耻行

为，连他的秘书都斥责他，说他像个畜生。'

"我忍不住问道：'可是，你干吗非要容忍这一切呢？要是你愿意，完全可以把他从你这里轰走啊！'

"被我这一问，查朋杰尔夫人马上脸红了，说：'要是他第一天到的时候我就拒绝，那就好了！可是，他给出的房租太诱人了。他们每天每人付一镑，一个星期就是14镑。而现在，生意正是萧条的时候。我是个寡妇，儿子在海军服役，开销很大。我实在是舍不得丢掉这笔收入，所以就想忍气吞声。可是，他最后一次做得太过分了，就是因为这个，所以我才把他轰走了。这就是他们搬出去的原因。'

"'那还有呢？'

"'当我看到他们坐车离开，心里真是觉得如释重负。这段时间，正好我儿子在家休假。不过，在我儿子面前，对这件事我始终只字未提。因为他是个火爆性子，又特别疼爱妹妹。当他们走后关好大门时，我觉得心里的一块石头落了地。可是，没有过一个钟头，有人按响了门铃。那个德莱伯又回来了。他特别兴奋，显然是喝醉了。当时我和女儿坐在屋子里，他硬是闯了进来，胡言乱语，说他们没有赶上火车。说罢，他又转身对艾丽丝说起话来，他居然当着我的面，劝艾丽丝和他私奔，他说：'你是成年人，没有任何法律可以约束你了。我有钱，你别管这个老太婆了。现在马上就跟我走，往后你活得会像一个公主。'可怜的艾丽丝害怕起来，拼命地躲避他。可他还是抓住了她的手腕，使劲儿地往门口拉她。我尖叫起来。我儿子就闻声进来了。接下来发生了什么，我也不知道。他们乱哄哄扭打起来。我吓得不敢抬头。后来，等我抬起头来，只看见亚瑟站在门口哈哈大笑，手里抓着一条木棍，说：'我敢说这个混蛋再也不敢来骚扰我们了。我出去跟他一会儿，看他还要什么花样。'说完，他就拿起帽子，下了楼。第二天上午，我们就听说德莱伯被人杀了。'

"这些话都是查朋杰尔夫人亲口讲的。她说话时，时断时续。有时她的声音很小，简直听不清楚。但是，我把她的话做了速记，所以肯定是不会有什么错误的。”

“的确非常刺激。”福尔摩斯打了个哈欠，“后来呢？”

“查朋杰尔夫人说完这通话以后，”葛莱森继续说，“我就清楚这个案子的关键问题了。于是，我就用那种对女人很起作用的眼光死死地盯着她，问她，她儿子是什么时候回的家。她答道：‘不知道。’

“‘不知道？’

“‘是的。他有大门钥匙，自己能进来。’

“‘是你上床休息的时候回来的？’

“‘是的。’

“‘那你是什么时间睡的觉？’

“‘约莫11点。’

“‘这就是说，你儿子外出至少有两个小时？’

“‘是的。’

“‘也可能是四五个小时？’

“‘可能吧。’

“‘他在外面干了些什么？’

“‘我真的不知道。’房东夫人说到这儿，脸色发白，连嘴唇都没血色了。

“自然，问到这儿，接下来也没什么好问的了。我找到查朋杰尔的下落，找了两个警官就把他拘捕了。我拍了拍他的肩膀，告诉他老老实实地跟我们走，没想他竟放肆地说：‘你们抓我，是不是以为我和德莱伯的死有牵扯？’真是不打自招，让人起疑。

“没错儿。”福尔摩斯说。

“他手里还拎着那根大木棒，就是他母亲说他去追德莱伯时手里的那根。那可是根又粗又硬的橡木棍。”

“那你对此如何推理呢？”

“嗯，照我的看法，他跟踪着德莱伯一直到了布利西顿路。他们在那儿又大吵一场。争吵中，德莱伯挨了一棍子，可能正好打在胸口，所以虽然被打死了，可身上也没留下什么伤痕。夜里下大雨，周围又没有人，所以查朋杰尔就把尸体拖进了空宅。至于说那蜡烛、血迹、戒指和墙上的血字，只不过是他布下的迷魂阵，目的是为转移警方视线。”

“干得好，葛莱森。”福尔摩斯大加赞许地说，“老实说，你真是长进飞速，将来肯定会大有作为。”

“我这事是办得干净利索。”这位侦探颇为得意地说，“可那小子在录口供时，说他跟了德莱伯一阵子，就被他发现了。德莱伯上了马车，甩掉了他。在回家的路上，他遇到一个在一条船上工作过的同事，他陪那个人走了很久。我问他那个同事的地址，他却说不出个所以然。我认为整个案子的前后细节都是环环相扣的。最让我感到可笑的是雷斯垂德，他从一开始就没上正道儿，只怕他不会有什么收获。你看，正说他，他就来了。”

来人果然是雷斯垂德。我们交谈时，他上了楼，走进屋子里。他先前一向自以为是、洋洋自得的穿着派头和行为举止此时不见了踪影。只见他心情烦躁，愁眉紧锁，衣服皱皱巴巴，不成体统。一看到葛莱森，他立刻有些不知所措，动作也拘谨起来。显然，他是来向福尔摩斯请教的。他站在屋子当中，两手摆弄着自己的帽子，不知如何是好。最后，他终于说道：“这案子真是太离奇古怪了，真是让人想不明白。”

“嗨！你也这么想，雷斯垂德先生？”葛莱森万分得意地说，“我早就知道你会下这个结论的。你找到那个秘书，约瑟夫·斯坦杰森先生了吗？”

“今天早上6点左右，那个秘书在哈里德私人旅馆被人杀了。”雷斯垂德声音沉闷地说。

黑暗中的光明

听到雷斯垂德这个重大而让人意外的消息，我们三个人都惊呆了。葛莱森从椅子上跳起来，把杯中剩下的威士忌酒都给打翻了。我无言地注视着福尔摩斯，只见他紧闭两眼，眉头紧锁。

“斯坦杰森也死了，”福尔摩斯说，“看来案情越来越复杂了。”

雷斯垂德找了把椅子坐下来，嘀咕着说道：“先前就已经够复杂的了。我好像是卷入了什么军事会议里来了。”

“那你——你这个消息可靠吗？”葛莱森张口结舌地说。

“我刚从他那个房间过来，”雷斯垂德说，“我是第一个发现他被杀的人。”

“我们刚才一直在听葛莱森对这个案子的看法。”福尔摩斯说，“你能不能也给我们谈谈，你都做了些什么？”

“我没意见。”雷斯垂德坐好后说道，“我愿意承认，开始时我以为斯坦杰森和德莱伯的死有关系。可事情的发展证明我错了。在抱定这个看法后，我就开始查找斯坦杰森的下落。3号晚上8点半左右，有人曾在约斯顿车站看见他们俩在一起。4号凌晨2点，德莱伯的尸体就在布利西顿路被人发现了。我面临的问题就是，查清8点半以后到凶杀案发生这段时间内，斯坦杰森都做了些什么，后来他又怎么样了。我给利物浦方面发了电报，描述斯坦杰森的外貌，还提醒他们要注意美国轮船。接着，我立刻开始查访约斯顿火车站附近的旅馆和公寓，因为，我的看法是：德莱伯和他的同伴分手之后，斯坦杰森肯定会在车站附近的什么地方过夜，第二天早上再去火车站。”

“他们很可能事先就约好了见面地点。”福尔摩斯说。

“的确是这样。昨晚我查了一个晚上，可是没有任何结果。今天早上我起了个大早，开始查访。8点钟，我到了小乔治街的哈里德旅馆。我一打听，是不是有个叫斯坦杰森的人住在这儿，他们马上说有。

“他们说：‘你肯定是他一直在等的先生。他已经等了你两天了。’

“‘他现在在哪儿？’我问。

“‘他还在楼上睡觉呢，他让我们9点钟叫醒他。’

“‘我要现在就见到他。上楼去找他！’我说。

“我当时以为，我的突然出现肯定会让他惊慌失措，他肯定会一不留神就说漏了嘴。擦鞋的门房主动领我上楼。那是在三楼的一个房间，一条很短的走廊直通那儿。门房把房间指给我看，就准备下楼了。可是这个时候，我看到的一个景象让我极其恶心。虽然我干侦探这行已经20年了，可我还是忍不住想吐。房门底下弯曲流出一条鲜红的血迹，流过走廊，汇集在对面的墙角下。我突然大叫起来，门房听到，回过头来。他看到血迹，差点儿昏死过去。房门反锁着，我们用肩撞开了门。屋里窗子大开，窗户边是一具身穿睡衣的尸体，缩成一团儿。他四肢冰冷，看来已死多时了。我们把尸体翻过来，门房一下子就认出，死者正是他的房客，那个自称约瑟夫·斯坦杰森的人。他的身体左侧被匕首深深地刺入，他因此而丧命，而它一定刺穿了他的心脏。还有一件最为奇怪的事，你们猜死者脸上有什么？”

福尔摩斯还未开口，我就感到了不寒而栗。我想这事真是太可怕了。

“是用血写的‘Rache’。”福尔摩斯说。

“正是这个字。”雷斯垂德心有余悸地说，一时间我们都不再说话了。

这个隐藏起来的凶手作案既有章法，又让人难以理解，这更给他的罪行增添了几分恐怖的色彩。虽然我身在战场时能做到从容不迫，但此刻一想到那种场面，还是不禁要感到恐惧。

“不过，有人见到凶手了。”雷斯垂德继续说，“一个送牛奶的孩子在去牛奶房的路上，正好经过旅馆后面的那条小巷。这条小巷通向旅馆后面的马棚。他发现平时横放在那儿的梯子，不知被什么人给竖了起来，靠在三楼的一扇窗户上。那面窗户大开着。走过去之后，那孩子又回头看了看，正好看见一个男人从梯子上下来。他的动作很轻，神情坦然自若。那孩子就以为他是给旅馆干活儿的木匠呢，所以也没在意他。那孩子根本没想到，在这个时候工作未免太早了些。他说那个男人身材高大，红脸膛儿，穿件棕色外套。他杀了人以后，肯定还在屋子里待了一会儿，因为我发现脸盆的水里有血，就是说，凶手在这水里洗过手。床单上也有血迹，这说明凶手不急不忙地用床单擦过匕首。”

一听到雷斯垂德描述的凶手的特征和福尔摩斯的推测不谋而合，我不禁看了他一眼，却没看到他脸上有一点儿心满意足或自鸣得意的表情。

“你在房间里没有发现其他任何有助于破案的线索吗？”

“没有。斯坦杰森身上带着德莱伯的钱包，但这似乎没什么问题，因为平时就是他带着的，总是由他来付账。钱包里一共有80多镑现金，可是分文不少。无论这个令人不解的案子有何作案动机，谋财害命显然不在之列。死者的衣袋里也没有证件，没有记事本，只有一封电报，是一个月前从克利夫兰发来的，电文是‘J. H. 在欧洲’，没有落款。”

“再没有其他东西了？”福尔摩斯问道。

“没什么重要的东西。床上有一本小说，可能是死者入睡前看的。他的烟斗放在身边的一把椅子上。桌上有杯水。窗台上有个装药的木匣子，里面有两粒药丸。”

福尔摩斯高兴地叫喊了一声，从座椅上一跃而起，他兴奋地说：“这是最后一个环节了，我的推论到此算是完整了。”那两位侦探神情诧异地看着他。

“我已经掌握了所有让这个案子变得好像错综复杂起来的线索。”我的朋友自言自语地说，“当然，还有些细节是需要补充的。不过，从德莱伯与斯坦杰森在火车站告别，到发现斯坦杰森的尸体，对这些主要事实我已经了如指掌。我倒是愿意给你验证一下我的看法。你可能弄到那些药丸了吧？”

“我带来了。”说着，雷斯垂德拿出一个白色的小匣子，“我把药丸、钱包和电报都随身带着，本想是放到警察局某个安全的地方。而我拿着这些药丸也纯属偶然，我声明，我认为这两颗药丸本来就是无关紧要的东西。”

“请拿过来吧。”福尔摩斯说，“喂，医生，”他转向我说，“你看看，这是普通的药丸吗？”

这确实不是两颗普通的药丸。它们又小又圆，呈珍珠一样的灰白色，对着亮光照的话，几乎就是透明的。我就说：“从重量和透明度来看，要是把它们放到水里，是可以溶解的。”

“确实如此。”福尔摩斯说，“麻烦你下楼把那条可怜的狗带来好吗？这狗病了好久了，昨天房东夫人不是还请你把它弄死，免得它活受罪吗？”

我于是下楼，把那条狗抱上来。这条狗呼吸困难，眼光呆滞，看来是活不了几天了。它那白白的鼻子和嘴唇就已经说明，它的寿命早已超出一般狗类应有的正常寿命了。在地毯上的一块垫子上，我把它放下来。“现在我要把其中一粒药丸切成两半。”福尔摩斯一边说，一边拿着小刀把药丸切开，“半粒我们放回去，留着将来用。这半粒我把它放进杯子里，这只水杯里有一匙水，你们都看清楚了吧？我们医生朋友说得对，它很快就溶解了。”

“真有趣。”雷斯垂德颇为气恼地说，那语气分明是猜测福尔摩斯在故意让他出丑，“我可看不出来，这和斯坦杰森的死有什么关系！”

“别急，朋友，别急！用不了多久你就会发现，这两者之间可大有关系。现在我往里面加些牛奶，味道就会好多了。把它端给狗，它会把它舔个精光。”

说着，他就把酒杯里的溶液倒进一个碟子里，然后放在狗的跟前。狗很快就把它舔光了。福尔摩斯做得非常仔细认真，这让我们信服有加。我们坐在那儿，静静地，目不转睛地看着那条狗，期待着让人吃惊的事情发生。然而，任何使人意外的事也没发生，狗还是趴在地上艰难地喘着气。不过，有一点显而易见，就是药丸既没有什么好作用，也无任何坏结果。

福尔摩斯掏出怀表。时间一分一秒地过去了，什么也没有发生，极度失望与懊丧的表情出现在他脸上。他双唇紧咬，手指敲着桌子，显得非常急躁不安。看到他这副焦虑不堪的模样，我不禁为他难过起来。可那两个警探却讪笑着，他们感到万分高兴，因为他们看见福尔摩斯被难倒了。

“这不可能是巧合，”他叫道，站起身，烦躁地在屋子里走来走去，“绝不可能仅仅是个巧合。在德莱伯案件中，我就怀疑有人在用药丸作案，现在斯坦杰森死了，这个药丸也随之出现了。可是它们竟然没有效力！这是怎么回事？我的推理不可能出错，绝对不可能！可这条可怜的狗的确一点儿事也没有。啊，我知道了！我知道了！”福尔摩斯高兴地尖叫了声，直奔那只药匣。他把另一颗药丸也切成两半，将半粒用水溶开，然后加了牛奶，端到狗的跟前。这次，那条可怜的狗甚至连舌头还没舔湿，便四蹄抽搐，仿佛是被雷电击中，一下子僵死在那里。

福尔摩斯长出了一口气，他擦了擦额上的汗珠，说：“是我对自己的信心还不够坚定。到这个时候我应当明白，如果犯罪行为与一系列推论相违背，那一定还有其他行得通的解释。那个药匣中有两颗药丸，一颗是剧毒，另一颗则无毒，甚至在看一眼药匣前，我就应该推断出这一点了。”

在我看来，他最后这句话未免太惊人了，这让我怀疑他此刻的神志是否清醒。而躺在那里的死狗却证明，他的话并无错误。我开始觉得自己头脑中的疑团在一点儿一点儿的消散，而对案件的真相也大约有了模糊不清的认识。

“在你们看来，这一切似乎都很离谱。”福尔摩斯又说，“那是因为从一开始接手案子，你们就忽略了暴露在眼前的唯一正确线索的重要性，而我有幸抓住了这个机会。而这以后发生的每件事，都说明我最初的假设是对的，而且所发生的一切也和我的推理结果相符。因此，对你们来说好像是迷惑难解、让案情变得更复杂的细节，对我却是最有启发的。它们更坚定了我的想法。错误在于把奇特和神秘混为一谈。最平常普通的案子，往往是最神秘的。这是因为它没有一点儿新奇特别的地方，让你用作推理的依据。要是这件凶杀的受害人的尸体是在大街上被发现的，而且也没有那些使案子显得不同寻常的荒诞恐怖的情节的话，那这个案子就更难侦破了。所以，那些离奇的情节非但没有增加这个案件的难度，反而让我们的工作容易了许多。”

听着这番议论，葛莱森显得很不耐烦。他此刻终于忍不住说：“听我说，福尔摩斯，你是一个精明干练的人，这是我们大家都有目共睹的。你是有一套自己的工作方法。可是，我们现在对理论和说教可没有兴趣。我们只想知道如何捉拿凶手。我把我办案的情况已经讲过了。这样看来，是我弄错了。年轻的查朋杰尔不可能卷入第二起凶案的。而雷斯垂德一直怀疑斯坦杰森有作案嫌疑，看来也错了。你说这说那的，好像知道得比我们哪一个人都多。那你知道凶手的姓名吗？”

“我也由衷地同意葛莱森的意见，先生。”雷斯垂德附和道，“我们两个虽然失败了，可都尽了自己的努力。从我进了这间屋子以后，就不止一次地听你说，你已经获得了一切有用的证据。想必现在你也愿意告诉我们了吧？”

“对于捉拿凶手的任何延误，”我也说道，“都可能让他有机会再一次行凶。”

被众人这么一逼，福尔摩斯反而显得有些犹豫不决。他仍然在屋子里走来走去，头向下低着，紧锁双眉。他在思索问题的时候，总是这副模样。

“不会再有什么凶杀案了。”他终于停下脚步，转身对我们说，“对于这件事，你们大可不必再感到忧心忡忡。你们刚才问我，是不是知道凶手的姓名。我知道。可是知道凶手姓名，这根本算不得什么。要是能抓到他本人，那才算真本事呢。但是据我看，我们很快就能抓住他。我有信心按照我的计划来完成这项工作，虽然实际处理起来，还是颇有难度。这是因为，我们的对手是一个狡猾的亡命之徒。而且，我以前说过，他还有一个与他同样敏捷的家伙在帮助他。我们有可能抓住他，但是前提是他还不知道有人可能掌握了线索。所以，如果他稍有怀疑，便会马上隐姓埋名，在这个有四百万居民的大城市里完全消失。官方警察可绝对不是他们的对手。我这样说，可没有伤害两位感情的意思，但这确实是我没有请求你们帮助的原因。如果我失败了，我自然会承担这种差错带来的后果，而且我也准备承担一切责任。但现在我只能保证，如果情况不再影响我的整个计划，在那个时候，我一定告诉你们这个案件的真相。”

葛莱森和雷斯垂德对福尔摩斯的这种保证极为不满，或许是因为他贬低了警察而对他感到不满。听完他的话，葛莱森的脸变得通红，一直红到了耳根。而雷斯垂德则大睁着那双圆圆的小眼睛，既好奇又气恼。可是，还没等他们开口说什么，就听到一阵敲门声。来人是那个街头流浪儿的代表，个头瘦小、一身臭气的小维金斯。

维金斯抓着额前的头发，说：“先生，请吧！我已经叫来了车，在楼下等着呢。”

“好孩子！”福尔摩斯亲切地说，“你们苏格兰场为什么会使用这种样式的手铐？”说着，他从抽屉里拿出一副手铐，“看，多好用的弹簧，一下子就卡住了。”

“只要能抓到犯人，”雷斯垂德说，“老式的也一样好用。”

“很好，很好。”福尔摩斯笑着说，“让车夫帮助搬一下箱子，维金斯，去把车夫喊上来。”

福尔摩斯这番话让我万分吃惊，他好像真的要离家远行。可是他怎么从未和我提起过呢？房间里放着一只小旅行箱，我的同伴把它拖出来，开始系箱子上的皮带。在他正忙着的时候，车夫进来了。

“车夫，帮我扣上这个皮带扣。”福尔摩斯半跪在地上，头也没回地说。

那车夫脸色阴沉，好像极不情愿地往前挪了几步，伸出两只手去帮忙。就在这一瞬间，只见福尔摩斯突然跳起身来，说时迟那时快，只听“咔嚓”一声，手铐就把那个人铐上了。

“先生们，”他目光炯炯地说，“让我来介绍杰弗逊·霍普先生——杀死伊诺克·德莱伯和约瑟夫·斯坦杰森的凶手！”

整个事情就发生在这短短的一瞬间——简直短促得让人无暇思索。我至今仍历历在目的情景就是，在那个时刻，福尔摩斯脸上出现了胜利的表情。马车夫还没有回过神来似的看着自己腕上的手铐，好像那是被施了魔法套上来的，而他的脸上只剩了茫然和狂暴。当时我们都呆住了，像石像一样呆立了几秒钟。接着，车夫狂怒地大吼一声，一下子挣脱了福尔摩斯抓着他的手，猛地朝窗户撞去。窗框和玻璃一下子就被撞碎了。可是，在他还没来得及钻出去的时候，葛莱森、雷斯垂德和福尔摩斯就像三条猎犬，一下子上去把他给揪了回来。一场激烈的搏斗开始了。马车夫力大无比，我们四个人一次次地被他甩开。他那股蛮劲儿好像是癫痫病人发作起来似的。他的脸和手在跳窗户时被划破了，此刻鲜血淋漓。可是，他并未因此放弃反抗。最后雷斯垂德用手扼住他的脖子，直到快要窒息的时候，他才知道自己的反抗是徒劳无益的。虽说这样，我们却心有余悸，我们就把他的脚也给铐了起来。铐好之后，我们才站起身，一个个气喘吁吁，心惊肉跳。

“他的马车还在这儿，”福尔摩斯说，“我们就用他的车送他到苏格兰场吧。好了，先生们，”他高兴地笑着，“这个案子终于可以告一段落了。现在，我欢迎各位尽管提问，我绝不会拒绝回答。”

第二部　圣徒的家园

大荒原上

在北美洲中部，有一片荒凉的沙漠。多年来，它已成为阻挡文明和进步的屏障。从内华达山脉到内布拉斯加，从北部黄石河到南部科罗拉多，完全是一片荒芜死寂的所在。不过，在这片无人居住的地区里，大自然的景色却毫不单调。这里有积雪封顶的高山峻岭，有阴森幽暗的山谷，有在峡谷间激湍奔腾的河流，还有那无边无际的荒原，冬天白雪覆盖，满目苍茫。而在夏季，则是裸露在外的一片盐碱地。可是无论如何，这里的景色只能让人感到萧瑟和凄凉。

这片环境险恶的地区杳无人烟，偶尔会有一队波尼人或是黑脚人[①]穿过这里，前往别的地区狩猎。就是最强悍的勇士，也愿意尽早离开这片令人生畏的荒原，重返自己能够赖以生存的大草原。在这里的灌木丛中悄悄出没的，只有北美洲郊狼，也有老鹰在空中展翅飞翔。在昏暗的峡谷中，还有身体笨重的灰熊穿行，在岩石缝中寻找食物。它们是荒原中的唯一居民。世界上再也没有比布兰卡山脉北坡地带更凄凉的景色了。远远望去，只有一片平坦的盐碱地，中间有一丛丛的槲树丛将它们成片隔开。目之所及，只见重峦叠嶂，峰顶的积雪在闪闪发光。这片广阔的土地上没有生命，而且也不适合任何生命生存。在灰色的天空中，飞鸟绝迹；而在灰蒙蒙的大地上，更不见有动物在活动。这里只

① 波尼人和黑脚人均为美国印第安民族的支系。——译注

有死寂。侧耳倾听，也不会有任何声音传来。在这片广袤苍凉的土地上，除了寂静还是寂静，让人灰心，令人沮丧。

据说，这片广阔的荒漠中没有任何生命存在。其实也不尽然。站在布兰卡山脉向下观望就能看见，在沙漠中蜿蜒而过的是一条曲折蛇行的小路，它消失在遥远的天际。小路上留下的，有马车压过的痕迹，还有无名的探险家留下的足迹。阳光下面，有白晃晃的东西在反光，这里一堆那里一堆地散落开来，在盐碱滩上显得特别醒目。等你上前一看，才会发现那全是白骨。牛骨粗大，人骨细小。在这长达一千五百英里而且时时险象环生的商旅之途上，人们是沿着路边的白骨缓步前行的。

1847年5月4日，一个孤独的旅行者站在山巅俯瞰这片凄凉景象。从他的装扮看，他简直就是守护这个地界的神灵或魔鬼。一个人具有再敏锐的观察力也难以断定，他究竟是四十来岁，还是已有六十岁。他面容清癯，异样憔悴，骨瘦如柴。他长长的栗色头发已经完全花白。他那隐藏在眼眶中的双眼，却放射着奇异的光芒。他那只握着枪的手青筋暴露。他站在那儿，身体靠那支来复枪支撑着。他那高大的个头、魁梧的体格让人一眼就能看出，他过去可是个结实强壮的人。可是，此刻他枯槁的面容和罩在身上飘来荡去的宽大衣衫，却让他看起来羸弱不堪。这个人饥渴交加，已濒临死亡了。

他跋山涉谷，历尽艰辛，好不容易才爬上了这片高地，抱着最后的希望来找水源。可是，展现在他眼前的，只有空旷无边的盐碱地。而他举目望去，也只看见地平线尽头层峦起伏的荒山。这里没有草木，而只有植物能生长的地方才会有水。在这茫茫荒原上，看来没有一点儿希望。他瞪着充满野性的眼睛，困惑地望向四周。他这才意识到，自己漂泊不定的生涯此刻已到了尽头。他的生命就要在这寸草不生的蛮荒之地上结束了。“死在这里，和二十年后死在盖着鹅绒被的床上，两者有什么区别呢？”他一边嘀咕，一边在一块巨大岩石的阴影中坐了下来。

坐下来之前，他把那只已经派不上用场的来复枪放在地上，然后把挎在右肩上用灰色披风包着的包袱也放下了。他似乎精疲力竭了，已经再也背不动一点儿东西了。于是他在扔下那只包袱时，着力稍稍大了些，包袱里立刻传出一阵尖细的呜咽声。只见里面露出一张惊恐不安的小脸，那脸上，一双棕色的眼睛闪闪发亮。接着，两只脏兮兮的小拳头从包袱里伸出。

“你摔疼我了！”一个孩子稚气的声音，略带责备的语气说。

“是吗？”男人后悔不迭地说，“我不是有意的。”说着，他打开了包袱，从里面抱出一个大约五岁的漂亮小姑娘。她穿着一双漂亮的鞋子，身上是一件同样漂亮的粉色上衣和一个亚麻围兜。这些装束显然表明，女孩子有一个对她体贴入微的母亲。这个孩子虽然说同样面带倦色，脸容苍白，可是她那活蹦乱跳的身体说明，她受的罪可比她的同伴轻多了。

“现在好些了吗？”他关切地问。因为他看见，小女孩的手伸进乱蓬蓬的金发中揉着脑袋后面。

“你亲这儿一下就好了，”她把头上挨磕的地方指给他看，一本正经地说，“妈妈过去就是这样做的。妈妈在哪儿呀？”

“妈妈走了，不过你很快就会见到她的。”

“咦，她走了？”小女孩说，“奇怪啊！她还没和我说再见呢！以前她去姨妈家喝茶的时候，总是会和我说声再见的。可是这次，她都走了三天了呀！哎呀，我渴得不行了。难道什么吃的喝的都没有吗？”

“是的，宝贝儿！我们什么也没有了。你要忍耐一会儿，过会儿就好了。来，把头靠在我身上。对，这样你就会感觉好多了。要是你的嘴唇干得像皮革，那你说话就要费劲儿了。可我也不想骗你。你手里拿着的是什么？”

“漂亮的小玩意儿，好看极了！”小女孩高兴地叫喊着，拿起两块闪闪发光的云母片给他看，“等回了家，我要把它送给鲍伯弟弟。”

“你很快就能看见比它们还漂亮的东西，”男人以十分肯定的口气说，“你再等一会儿。我刚才正要告诉你——你还记得我们离开那条河的情形吗？”

“记得呀！”

“那好。我们在那会儿还估计用不了多久，就能再碰到一条河，知道吗？可是，不知在哪里出了问题，指南针，还是地图，或是别的什么，以后我们再也没找到河流，水也喝光了。只剩下一丁点儿，来留给你这个孩子喝。还有——还有——”

“还有，你没有办法洗脸了。”小家伙严肃地打断了他的话，同时抬起脸，看着他那脏污不堪的脸。

“不单单是不能洗脸，连喝的也没了，后来，班德先生第一个离开了，接着是印第安人皮特，随后是梅格雷格夫人，约翰尼·霍恩斯，再后来，宝贝儿，就是你妈妈了。”

“那么，妈妈也死了。”小女孩哭了，她用围兜捂住脸，抽泣着。

“是的，他们都走了，只剩下你和我。我原以为沿着这个方向可以找到水，于是就把你背着，走到了这儿。看来我们的处境可不容乐观，我们活下去的机会非常小了。”

“你是说，我们也快死了？”孩子忍住哭声，扬起脸问。她的脸上满是泪痕。

“我想只能是这种结果吧。”

“你怎么不早点儿说呢？你吓了我一跳。哎呀，现在只要我们一死，就能可以和妈妈在一起了。”女孩一下子又高兴起来了。

“是的，一定会的，亲爱的。”

“你也会见到她的。我要告诉妈妈，你对我很好。我知道，她一定在天堂的门口等我们。她会端出一大罐水，还有许多麦饼，还是热的呢，两边都烤得发黄，就是鲍伯和我过去最喜欢吃的那种。那我们离死还要多久？”

“我也不知道，不会很久的。”男人看着远方的地平线。此时蓝灰色的天空下出现了三个黑点。那黑点越来越大，飞快地逼近了。那是三只棕色的大鸟，在他们这两个漂泊者的头上盘旋，最后落在他们上方的几块岩石上。这就是秃鹰，在美国西部又被称作兀鹫。它们的到来，就是死亡的前兆。

“公鸡和母鸡。”女孩指着那三只不祥之物，兴高采烈地叫道。她使劲儿地拍着手掌，想把它们给轰起来。“嗳，这个地方也是上帝创造的吗？”

“当然是的。”她的同伴答道。孩子提出的问题让他吃了一惊。

孩子又说：“那边的伊利诺伊州是他造的，密苏里州也是他造的。我猜这个地方一定是别人造的，因为这里造得没那么好，他怎么把树木和水都给忘记了。”

“做做祷告，怎么样？”男人迟疑地说。

“还没到晚上呢。”孩子答道。

“没关系，这也不是什么正式的祷告。再说，上帝也不会介意，你只管放心。就像我们经过荒原时在牛群里做过的祷告那样，你现在就做吧。”

“你自己怎么不做呢？”孩子诧异地问，眼睛睁得大大的。

“我把祷告词给忘了。”男人说，“我自从长到有那支枪一半高的时候，就没再祷告过了。不过我想，就算现在祷告，也不算太迟。你把祷告词念出来，我在旁边和你一起念。”

“那你要跪下，我也一样。”说着，小女孩把披肩平铺在地上，“你的手还要这样举起来，这样你会感觉好一些。”

除了秃鹰，此刻没有人目睹这个情景。在那块小小的披肩上，两个漂泊者双双跪着，一个是天真无邪的小姑娘，另一个则是饱经沧桑的大男人。她圆圆的脸蛋，他瘦削冷峻的面孔，一齐仰望着晴朗的天空，虔诚地向那无所不在、令人生畏的上帝祷告着。两个声音，一个稚嫩，一个粗哑，同时祈求上帝的宽恕与怜悯。祷告结束后，他们两个又一齐回到了岩石的阴影下，小姑娘靠着她保护人的宽阔的胸膛，慢慢睡着了。他看着她那安静的模样，自己好像也无法抵抗自然的力量，因为一连三天三夜，他也没有得到过休息和安睡。他的眼皮慢慢耷拉下来，遮住了满是倦意的两眼，头低在胸前，灰白的胡须与小姑娘黄金色的头发混杂在一起。两个人睡得昏昏沉沉。

这个流浪者若是再晚半个小时入睡，那他可就能看到一幅奇景了。在盐碱地遥远的尽头，只见尘土飞扬，虽然起初并不明显，让人觉得似乎是天边的雾气，可是慢慢地，那尘土扬得越来越高，形成了一块浓重的云块。这种场面显然说明，那里有大队人马经过。如果是在水草丰美的大草原，人们一定会以为那是在草原上放牧的大队牛群。可是，此刻在这个毫无生机的荒原上，这种情形显然并不可能。遮天蔽日的烟尘向两个落难者休息的石崖这边挪过来，而在滚滚的飞尘中，依稀可辨帆布顶篷牛车和全副武装的骑士。原来这是一支规模庞大的车队向西部挺进的壮观场面。这支队伍确实壮观！它的前端已经来到山脚前，而其尾部却还在地平线那边，遥不可见。在这片一望无垠的荒野上，马车一辆连着一辆地行驶。一些男人骑在马背上，一些则徒步前行，这使队伍看起来有些散乱。还有许多女人身上背着重重的包袱，在小路上慢慢向前走着。也有不少孩子，他们在车前马后跑来跑去，或者是从白色顶篷里伸出脑袋，好奇地向外张望着。看得出来，这绝不是一支普通的移民队伍，而是一个游牧部落，他们为环境所迫，不得已背井离乡，另寻家园。此刻，由于这一队人马的经过，天空里回响着嘈杂喧哗的声音，只听人嚷马嘶，车声滚滚。可是，这喧天震地的声音，也没能吵醒山上那两个疲倦至极的旅行者。

在这队人马的前端，是二十几个神情严肃、坚毅的骑马人。他们身穿浅黑色的粗布衣服，肩挎来复枪。一到悬崖脚下，他们就停了下来，简单地商议了一会儿。

“井就在右前方，弟兄们。”一个紧绷双唇、头发灰白、脸庞刮得很干净的人说道。

“朝着布兰卡山右侧前进，我们就会到达格兰德河。”另一个说。

“不用担心水的问题，”第三个人高声说道，“能从岩石缝中引出水来的上帝，绝不会抛弃他的选民。”

“阿门，阿门！”他们齐声响应着。

正当他们准备重新上路时，突然，一个目光敏锐的小伙子尖叫了一声，手指着他们头上那块陡峭的岩石，让众人看。原来山顶上飘着一个粉红色的东西，在它后面灰黑岩石的衬托下，格外醒目。人们看见那东西都勒住马，持枪在手。后面的骑手也赶紧跑到前面来支援。人们异口同声地惊喊：“是印第安人！”

“这里不可能有印第安人！”一个像是头领的长者说道，“我们已经穿过了波尼人的地界，在翻过这座大山之前，是不可能出现其他部落的。”

“斯坦杰森兄弟，我上去查看一下。”队伍中一个声音说道。

“我也去。”“还有我。”队伍中一下子有十几个声音同时响起。

“把马匹留在山下。我们在这里等你们。”长者说。年轻小伙子们立刻飞身下马，爬上险峻的山坡，朝着那个激起了所有人好奇心的目标前行。他们动作迅速敏捷，悄无声息，镇定自若，显然是训练有素。山下的人注视着他们，只见他们在山崖间健步如飞，不一会儿就到达了高高的山顶。那个最先发现情况的青年走在最前头。突然，跟在他后面的人看见他举起了双手，似乎是被眼前的景象给惊呆了。待到他们也跟上前来，也立刻变得目瞪口呆。

在这块光秃秃的山顶上的一片高地上，耸立着一块巨大的岩石。岩石边躺着一个高个子的男人，只见他面貌冷峻，骨瘦如柴，长着长长的头发和胡须。他安详的面孔和均匀的呼吸都说明，他正在梦乡。他的身边睡着一个小孩子，她白嫩的圆胳膊搂着男人黝黑粗壮的脖子，而她那满头金发的小脑袋，正靠在身着棉绒外衣的那个男人胸前。小女孩红润的嘴唇微微张开，露出两排洁白整齐的牙齿，满是稚气的脸上还留着淘气的微笑。她那双胖乎乎的小腿穿着雪白的短袜，而她那双精致的鞋子上亮晶晶的纽扣在闪闪地发着光。所有这一切，与她身边同伴的枯瘦的四肢和憔悴的面孔都形成了奇特的对比。在他们头顶的大岩石上，是三只黑色的秃鹰。它们一见到人来，就发出几声失望的嘶叫，不情愿地拍打着翅膀，飞走了。

秃鹰的嘶叫惊醒了熟睡的人。他们看着周围的人，满眼的困惑。那个男人站起身，摇摇晃晃地用骨瘦如柴的双手揉揉眼睛，朝山下的荒原眺望。在困倦向他袭来时还是不见一人的荒原，此时却是人嚷马喧。他的脸上现出怀疑的神色，他摇摇头，喃咕着说：“这就是人们所说的‘谵妄病’吧。”孩子一言不发地站在他身边，紧紧抓着他的衣襟，用小孩子特有的惊奇的眼神，看着围在她身边的这些人。

他们的救星立刻就让他们相信，他们看到的可不是什么幻觉。一个人抱起了女孩，把她放到肩膀上。另外两人搀起她那瘦弱的同伴。他们一起向山下走去。

“我叫约翰·费里尔。”这个漂泊者自我介绍说，“我们一共二十一个人，现在就剩我们两个了。在南边时，其他人因为没有吃的喝的，都死了。”

“她是你的孩子吗？”有人问道。

“她现在就是我的孩子！”没想到那男人不顾一切地大声说道，“因为我救了她，那她就是我的孩子，任何人也别想从我身边把她夺走。从现在起，她就叫露茜·费里尔了。可是，你们，你们究竟是什么人啊？”他好奇地看着这些高大健硕、面孔黝黑的救命恩人，又说道：“你们的人数可不少呢。”

“有将近一万呢。”一个年轻人告诉他说，“我们是遭受迫害的上帝的儿女，是梅洛纳天使的选民。”

“我从来没有听说过这位天使的名字。”这位漂泊者说，“不过，他选中的看来可是一批很好的选民。”

“说到神圣的名字，可不许开玩笑！”一个人严厉地说，“我们都信奉摩门法典。我们的祖先用埃及语把它刻在金箔上，在帕尔米拉岛传给神圣的约瑟夫·史密斯。我们来自伊利诺伊州的诺伍城，在那儿我们建造了教堂。现在，我们即使身处这样荒凉的沙漠中，也在所不惜，因为这样，我们就躲避了那些暴徒和亵渎神灵的人。”

那个人一说到诺伍城，费里尔就好像一下子想起了什么，他说：“我知道了，你们是摩门教徒。”

“我们是摩门教徒。”众人一齐叫道。

“那你们打算去哪儿？”

“我们也不知道，上帝派先知给我们引路，你必须要去见他，他会指示怎么来处置你们两个人。”

这时，他们已经走到了山脚下。一大群人马上围拢过来，这些人当中，既有面色苍白的安静的妇人，也有活蹦乱跳的孩子们，还有目光温厚的男子。当大家看到面前的这两个人，一个幼小无靠，一个憔悴落魄，都不禁满怀怜悯地感叹起来。但是护送他们的人并没有停下来，他们推开人群，继续向前走。在他们身后，跟着一大群摩门教徒。最后，他们在一辆马车前停下脚步。这辆马车特别高大，华丽精致，引人侧目。它套着六匹马，而其他车上只有两匹，或最多只有四匹马。在车夫的旁边，坐着一位至多三十岁出头的人，可是他那大大的头颅和坚定的表情都可以表明，他是一个领头的人物。他正在看一本棕色封面的书。人群走到他跟前的时候，他把书放下，聚精会神地听着他们对这件事的描述。然后，他转脸看着那两位被救的人。

“如果我们带你们一起走，”他表情威严地说，“那你们就得信奉我们的教义，我们绝不会让狼混入羊群。与其让你们成为日后腐蚀整个果实的坏人，不如让你们在这片荒野留下尸骨。你愿意接受这个条件，和我们一起走吗？”

“我们愿意，无论什么条件都行。”费里尔强调夸张的语气把那些老成持重的长者也给逗笑了。只有那位头领一直保持着那种让人敬畏的冷峻表情。

“斯坦杰森兄弟，”他又开口说，“收下他吧，给他食物和水。还有那个孩子，你要负责把我们神圣的教义传给她。我们耽误太多时间了，出发吧！向锡安山行进。”

“前进！向锡安山前进！”摩门教徒们齐声喊着，这命令如同波浪，一层一层地向下传去，声音直到远处，慢慢变得模糊。随着阵阵马鞭声抽打起来，随着车轮声重新响起，庞大的队伍又启程了，队伍开始蜿蜒前行。负责照顾两位落难者的长老领着他们上了自己的马车，车上已为他们备好了食物。

“你们就待在我这里。”长老说，“几天后，你们就可以从疲劳中恢复了。还有就是，你们要牢牢记住，以后永远都是我们的教民了。杨百翰是这样传达的，他是约瑟夫·史密斯[①]的代言人，也是上帝的代言人。”

---

① 约瑟夫·史密斯（1838—1918）：摩门教第六任会长。1844年，他的叔父、摩门教创始人圣约瑟夫·史密斯和他的父亲希罗姆·史密斯在伊利诺伊州迦太基监狱被杀，他即与母亲随大多数教徒逃往犹他州。——译注

犹他之花

我们这里不再描述摩门教徒们在最终抵达乐土前，是如何经历途中的种种磨难和遭遇食物短缺的。从密西西比河两岸到落基山西麓的长途跋涉中，他们以惊人的毅力奋力前行。他们以盎格鲁撒克逊人不屈不挠的精神，战胜了蛮人、野兽、饥渴、疲倦和疾病所带来的一切灾难。然而，那漫长的征途和无边的恐怖，就是他们中间最勇敢的人，也曾为之胆寒。因此，当沐浴在阳光中的犹他山谷呈现在他们脚下，当首领向他们宣布，这片处女地就是神赐予他们并且是永远属于他们的乐土时，他们无一不立即跪倒，虔诚感恩。

没多久，事实就证明，杨不仅是一个坚毅果断的首领，还是一个精明干练的长官。在绘制完整地图和设计图之后，未来城市的全景就呈现在众人眼前。城市四周的耕地按每个教民地位的高低而予以分配。商人依然从商，工匠还是工匠。城市的街道、广场都像变魔术一样建成完工。在乡村，人们挖沟修渠，拓荒开垦，景象一片繁忙。第二年夏天，整个乡村就已经麦浪滚滚，一片丰收的喜悦。在这片过去曾是那样偏僻、荒凉的地区，如今到处都蒸蒸日上，欣欣向荣，特别是他们在市中心兴建的大教堂也日渐拔高。每天从早到晚，晨昏日暮，教堂里总是会传来繁忙的劳作声。这座教堂是摩门教徒为感谢他们的上帝而造成的，因为他在危险时刻引导他们度过劫难，走向了平安之境。

约翰·费里尔认领小姑娘为养女，两人相依为命。他们也和这些摩门教徒一起走到了迁徙之旅的终点。小露茜·费里尔十分惹人喜爱。她被收留在斯坦杰森长老的车篷里，与他那三个妻子和一个儿子住在一起。他儿子十二岁，任性、早熟。因为孩子有更强的适应能力，小露茜不久就从失去母亲的打击中恢复过来了。她深得三个女人的宠爱，而且也适应了这种漂泊不定、四处为家的新生活。大概与此同时，费里尔也摆脱了困顿，恢复了元气，并且做起了向导和猎人的行当，这倒也使他显得有点儿与众不同起来。很快，他就赢得了旁人的尊重，所以当他们最后结束那漫漫征程的时候，大家一致同意，费里尔应该像所有移民一样，分得一大片土地，当然这其中不包括先知杨、斯坦杰森、肯博尔、约翰斯顿和德莱伯这4位长老。在他那块分到的土地上，费里尔建起一座坚固的木房。后来，由于不断翻修，它渐渐变成了一座宽敞的乡间别墅。他性格踏实，为人真诚，心灵手巧。由于有一副钢筋般的身子骨，他可以从早到晚在田间劳作不休，他的农田和家业也因此非常兴旺。三年后，他就超过了邻居；六年后，他成为小康之家了；九年后，他变得非常富有；而十二年后，整个盐湖城里，和他差不多家业殷实的，也只不过有五六家。从盐湖这个宽阔的内陆海到遥远的瓦沙契山脉，约翰·费里尔一时名闻遐迩。

可是，在一件事上，费里尔却刺伤了教友们的感情。不论别人怎么劝他，同他争执，都不能够说服他按照其他教友的方式娶妻生子。他也从来不解释自己不愿意结婚的原因，只是一味地固执己见。有人指责他，对自己信仰的教义三心二意，也有人说他这样做是怕丧失钱财，还有人猜测他原来有过什么风流韵事，说不定在大西洋沿岸的什么地方有一位等着他的金发姑娘。不管是什么理由，费里尔还是依然如故，过着死板的独身生活。除此而外，他从各方面讲都是一个好教民，他遵奉教义，恪守传统，而且作风正派，为人诚实，所有这一切都给他赢得美名。

在这座木屋里，露茜·费里尔一天天长大。她帮助养父照料所有的事情。山间清新的空气和松林里的油脂香像慈母一样，抚育着少女的成长。岁月匆匆，时光飞逝，露茜已出落成亭亭玉立、漂亮健康的姑娘。她双颊红润，步态轻盈。在费里尔农庄的大道旁，人们总是会看见露茜那轻盈的身影飞快地穿过麦田，或是看见她飞身跨上父亲的骏马，纵情驰骋，浑身上下散发着西部少女特有的魅力，每当这个时候，往昔的岁月就会引起他们的遐想。当年的那个嫩芽已经长成了一朵奇丽的鲜花，随着岁月的流逝，她的父亲成为当地最富有的农民，而她自己，则已经长成为太平洋沿岸地区最美丽的美洲姑娘。

然而，第一个发现她从小女孩长成为大人的，可不是她的父亲。这种事可难得由父亲第一个发现。这中间的变化既神秘又微妙，而且发生得也极其缓慢，不是靠时日可以计算得出来的。而少女自己，也是在她听到某人的声音或是在碰到某人的手指时心开始怦怦跳的时候，才对自己的变化有所察觉。她这才明白，一种全新的更加奔放的激情在她心里产生了。世间很少有人会不记得那个特殊的日子，或是不能回想起自己生活中萌动的那些细小之事。就露茜来说，且不说这种变化会给她的命运和别人的命运带来何种影响，仅就事情本身而言，情况已非常严重了。

在6月的一个温暖的早晨，摩门教徒们像蜜蜂一样忙碌着——而他们也确实用蜂巢作为自己族群的象征。在田野里，在街道上，到处是劳作的人们发出的嘈杂声。在烟尘飞扬的大道上，一队队驮着重物的骡群缓缓经过。它们正向西部进发，因为此时的加利福尼亚已经掀起了淘金的狂潮，他们必途经摩门人选定的这座城市，而这座城市正好是横贯美洲大陆的道路。大路上，既有从远离城市的牧场赶来的羊群和牛群，也有行色匆忙、成群结队的移民，他们在经过了长途的跋涉之后，显得人困马乏，疲倦不堪。露茜·费里尔凭着自己高超的骑术，策马飞奔在这人群汇聚、车马杂陈的混乱中。她美丽的脸庞因奋力驰骋更显红润，一头栗色长发散开飘在身后。她是被父亲派来进城办事的，她心无旁骛，凭着年轻人的冲劲儿，一心只想着把事情办好。而那些风尘仆仆的探险家们，都不禁诧异地看着眼前的情景，就是那些运送皮货的印第安人看见这个美丽的少女，也感到吃惊，平时他们脸上常挂着的那种漠然冷酷的表情，此刻也不见了踪影。

露茜来到城郊，看到六个面目凶恶的牧人从荒原赶下一大群牛，把那里道路一下子堵得水泄不通。露茜感到非常不耐烦，就策马冲进牛群中的一条窄隙，想借此越过这个阻碍。可是，她刚进入牛群，就被围得严严实实。她立刻意识到自己陷进了一片牛海之中，到处都是长着双角、眼睛又瞪得很大的家伙在涌动。好在她自己平时和牛打惯了交道，所以倒没有觉得惊慌。她策马前行，打算从牛群中冲出一条路来。可是不幸的是，一头牛突然用角猛地刺了一下她那匹马的一侧，马因受了惊吓，一下子狂暴起来。它前蹄跃起，狂烈地嘶鸣。它一会儿暴甩四蹄，一会儿猛尥蹶子，要是没有高超的骑术，一般人肯定会被它重重地甩到地上。此刻情况非常紧急，因为惊马每次跳起来，都让它再一次受到牛角的顶撞，这更让它惊跳不止。露茜只好紧紧贴在马鞍上，因为她若稍有闪失，便会葬身于群牛的乱蹄之下。由于从来没经历过这种意外情况，此时的露茜只觉得头晕目眩。她紧紧拉住的缰绳此刻好像也要松开了，而周围弥漫的尘土和乱成一团的牛群发出的刺鼻臭气也让她快喘不过气来了。就在这危险时刻，她身边响起了一个亲切的声音，使她相信终于有人对她伸出了援助之手。如果没有这个人出现，她可真的要放弃了。只见来人伸出结实有力的棕色大手，一把揪住了皮缰绳。他在牛群中生生挤出一条路来，带着露茜匆匆冲出了牛群。

“小姐，但愿你没有受伤吧？”这位救星彬彬有礼地说。

她抬起头，看了一眼他那黝黑粗犷的脸，大大咧咧地笑了，天真地说：“我是给吓坏了，谁想竟给一群牛吓成了这样！”

“感谢上帝，你没从马鞍上掉下来。”他一脸诚恳地说。这是位高个子的年轻人，率直豪爽。他骑的是一匹高大的花毛骏马，身上是猎人常穿的那种粗布衣，肩上挎着一杆长筒来复枪。“我想，你就是约翰·费里尔的女儿吧？”他说，“我看见你是从他那边的农庄骑马过来的。你回家后问问他，是不是还记得圣路易城的杰弗逊·霍普。如果他就是我说的费里尔，那我们两家还是世交呢！”

“你为什么不自己去问他呢？”她有些拘谨地问道，“那不是更好吗？”

听了这个建议，年轻人一下子似乎变得很高兴。他那双黑眼睛闪烁着快乐的光芒。“我会去的。”他说，“我们在山里已经待了两个月了，事情还没结束呢。再说这副样子也不便拜访。请别在意。”

“他一定会重谢你的，我也一样。”她说，“他非常爱我。要是我给那些牛踩死了，他一定会非常伤心的。”

年轻人突然说：“我也会伤心的。”

“你？哈哈……我可看不出，这和你有什么关系？你又不是我们的朋友。”

年轻的猎人听了这番话，一下子沉下脸。露茜一见，又大笑起来。

“好了，我不是那个意思。”她说，“当然，你现在已经是我的朋友了。你可千万要来看看我们呀！我要走了，要不然，爸爸以后不会再交代事情让我办了。再见！”

“再见！”他一面道别，一面举起手里的宽边帽，低头吻了一下她的小手。她调转马头，挥动马鞭，在尘土弥漫的大道上飞奔而去。

年轻的杰弗逊·霍普和他的同伴们继续前行。他一直闷闷不乐，少言寡语。他和同伴们一直在内华达山区寻找银矿，正打算返回盐湖城筹集资金，去开采他们已经发现的矿脉。他原本像他的同伴们一样，对这件事充满了热情，可是，刚才的突然遭遇使他的思路偏离了常轨。这位美丽女孩的突然出现，她那如山野之风一样的清新纯洁，深深触动了这颗热情奔放的狂野心灵。在她从他眼前消失的一瞬间，他突然意识到，这才是他生命最紧要的关头，无论是开采银矿，还是其他什么别的事情，与刚才的这件令他神思恍惚的事相比，都一下子显得无足轻重了。他心中此刻萌发的爱情，绝不是小男孩那种突发奇想、变幻无常的爱情，而是一个意志坚定、性格刚毅的成熟男人才会具有的狂热炽烈的激情。他向来没有遇到过自己办不成的事，于是他在心中暗暗发誓，如果一个人通过不屈不挠的努力，就能够获得成功的话，那么，他的这一次努力也绝不应该失败。

当天晚上，年轻人就拜访了约翰·费里尔。后来，他又多次登门拜访。最后，他与男主人的相处终于不再拘束了。在这十二年来，约翰·费里尔完全闭锁在深谷之中，一心埋头于田间的劳动，所以对外部世界所知甚少。而霍普却能绘声绘色地讲述他这些年在外边的所见所闻，这让父女俩听得津津有味。霍普是早年加利福尼亚的拓荒者，于是，他可以说出许多奇闻轶事，他会讲述，在那并不安稳的岁月里，有多少人一夜暴富，有多少人倾家荡产。他做过杂役，猎人，采矿者，还经营过牧场。哪里有激动人心的冒险，他就会出现在哪里，奋力探索上一番。他很快就得到了费里尔的好感，他对年轻人的刚毅勇敢赞不绝口。而在这种时候，露茜就会默不作声，可她那变红的两颊和明亮幸福的眼睛，都已表明，她已心有所属。她那老父亲可能还没有在意她身上这些表现，可是，这哪里逃得过已被姑娘爱上了的年轻小伙子锐利的眼睛。

一个夏日的夜晚，霍普骑马跑在大道上。他来到费里尔家门口收住缰绳，跃身下马。等在门口的姑娘上前迎接他。他把手里的缰绳甩在篱笆上，沿着门前的小径，大步走来。“露茜，我要走了。”他抓住她的双手，温柔地看着她的脸，“这次我不能让你和我一起走，可是我下次再来，你会不会和我一起走呢？”

“可是，你下次什么时候才会再回来啊？”姑娘羞红着脸，微笑着说道。

“最多两个月，到那个时候，你就是我的人了。谁也不能阻挡我们，亲爱的。”

“可是，”她问，“父亲他会同意吗？”

“他已经同意了，只要我们银矿开采的事顺利就没问题。我不担心这个。”

“那好吧。只要你和父亲已经把一切都安排好了，我就放心了。你不用多说了。”她轻声说，把脸紧贴到他宽阔的胸膛上。

“感谢上帝！”他声音沙哑地说，低头吻着她，“好了，就这么说定了。我在这里待得越久，就越是舍不得离开你了。他们还在峡谷那儿等着我。再见，我的宝贝儿！再见！再过两个月，我们一定会再见面的！”

说着，他才下狠心放开了姑娘，飞身上马，头也不回地急驰而去，好像只要一回头，看到他忍痛分开的姑娘，自己的决心就会动摇似的。她呆立在门口，目送他远去。直到他的身影消失在远方，她才转身回屋。此刻，她是犹他州最幸福的姑娘。

约翰·费里尔与先知交谈

杰弗逊·霍普和他的同伴离开盐湖城已经有三个星期了。约翰·费里尔一想到年轻人回来自己就会失去女儿，心里就会感到痛苦。可是，女儿那张明朗快乐的脸又让他愿意听从这种安排。他原来曾下过决心，就是无论如何，也不能把女儿嫁给一个摩门教徒。在他看来，这样的婚姻简直就是奇耻大辱，根本就算不上是什么婚姻。不管他对摩门教有什么看法，在这点上，他是绝不含糊的。但是，对这个问题，他却不得不三缄其口。因为在摩门教盛行的地方散布有违教规的言论，可是非常危险的。

这确实是非常危险的，而且这种危险使教会里最圣洁的圣徒也只敢私下里交换一下他们对教会的看法。他们害怕自己的话遭人误解，从而给自己惹来杀身之祸。过去那些遭受过迫害的人，出于报复心，在他们摇身一变为迫害者后，变本加厉，也更残酷阴险。就是塞维利亚的宗教法庭、德国的地下刑事法庭、意大利的秘密组织等与摩门教那种让犹他州乌云四盖的宗教组织相比，也只能自愧不如。

这个组织活动非常隐秘，而这种神秘色彩更让它显得恐怖。它似乎无所不知，无所不能，但是人们既看不见它，也听不到它。谁要是声称自己反对教会，那他就会突然失踪，没有人会知道他的下落，也没有人会知道他究竟出了什么可怕的事情。家中妻女望眼欲穿，可父亲却从此杳无音讯，再也没有机会告诉他们自己落到秘密审判者魔掌中经历的一切。如果哪个人说话稍有不慎，行为偶有闪失，那马上就会引来杀身之祸。而且没有人知道，能够控制这一切的可怕势力究竟是什么。所以，人们心惊胆战，谨小慎微，就是在荒郊野岭也没有人敢把心头的疑惑告诉第二个人，这也就不足为怪了。

起初，这种可怕的势力只对付教会内部的叛教者——那些原先信奉摩门教，后来却想叛离它的人。可是后来，其控制范围就扩大了。当时，成年妇女日渐短缺，一旦没有足够多的妇女，摩门教的一夫多妻制的教规就名存实亡了。这样，各种各样奇怪的传闻便蔓延开来。有些移民被途中杀害，他们的营帐被抢劫一空，而那是印第安人从来也没有出没过的地区。几乎是与此同时，一些陌生的女人出现在摩门长老们的妻妾群中。她们脸色憔悴，掩面而泣，脸上挂着无法消除的恐惧。那些常在山里早出晚归的牧民说，在夜幕低落时，他们总是会看见一队队蒙面匪徒骑着马悄然从他们身边经过。这些故事与传说都有根有据，还不断得到确认证实，到后来，还有了一个具体的名目，人们知道的一个名字。直到今天，在西部荒凉的大草原上所流传的“丹奈特匪帮”和“复仇天使”，让人联想到的仍然是不祥和邪恶。

对这一组织所犯罪行了解越多，人们在头脑中已经存在的那种恐惧就会越强烈。没有人知道，究竟有哪些人属于这个邪恶组织。那些以宗教为掩护进行血腥残暴活动的人们的姓名是无人知晓的。你把自己对先知和教会的担忧如实地告诉一个朋友，而这个朋友却有可能就是夜间出动、大肆进行烧杀抢掠以弥补本教缺憾的暴徒之一。人们对左邻右舍心存疑虑，没有人敢随便道出自己的真实想法。

一个晴朗的早晨，约翰·费里尔打算下田。忽然，他听到门闩响了一声。他透过窗子向外看去，只见沿着小路走来一个浅褐色头发的强壮中年人。他着实吃了一惊，因为登门而来的，正是大人物杨百翰。他有些慌张，因为他知道，大人物的到访对他来说，肯定是没有什么好事。费里尔赶快跑到门口，迎接这位摩门教的首领。可是，杨百翰对他的热情却极为冷淡，他沉着脸，和他一起走进客厅。

“费里尔兄弟，”他一坐下就开口说，从浅色睫毛下射出的目光，严厉地盯着眼前这个农民，“上帝忠诚的信徒一直待你不薄，你在荒漠里差点儿被饿死的那会儿，是我们救下你的。我们给你食物，把你平安带到神赐之地，还分给了你一大片土地，让你在我们的保护下慢慢富有起来。我说得对不对？”

“正是如此。”约翰·费里尔答道。

“而我们做出这一切，只对你提出一个要求，就是你必须要信奉我们正统的教义，在各方面严格遵守教规。这点你也是答应了的。不过，要是大家的报告属实的话，看来在这一点上，你忽略了自己应尽的职责。”

“我，我是怎么忽略了呢？”费里尔摊开双手，争辩说，“我没有交纳基金吗？我不是一直去教堂做礼拜的吗？难道……”

“那你的妻子们呢？”杨百翰看了看四周，说，“你把她们都喊出来，我倒想见见她们。”

“我没有娶妻，”费里尔说，“这确实是事实。可是，女人们本来就少，很多人比我还需要她们呢。再说我也不是孤单一个，我还有个女儿照料我呢。”

“我正要和你谈谈你女儿的事儿呢。”这位摩门教首领说，“她已经成年了，而且算得上犹他州地区的一朵鲜花了。在本地，连很多有身份的人都很喜欢她呢。”

约翰·费里尔心中不禁连连叫苦。

“可有不少关于她的传闻，”杨百翰说，“说她已经和某位异教徒订了婚。我倒不相信这种传闻，这里面肯定有什么人在编派是非。圣约翰·史密斯法典第13条是什么？‘摩门教中的每位少女，都要嫁给上帝的子民。如果她嫁给一个异教徒，她就犯下弥天大罪。’法典上就是这样说的。既然你已经正式入教了，就绝不能让你的女儿去触犯教规。”

约翰·费里尔一言不发，只是不安地抓着手里的鞭子。

“所以我们要考验一下，看你在这点上是不是忠诚。四圣会已经做出了一项决定。你女儿还年轻，我们是不会让她嫁给一个老头子的，更不会完全剥夺她选择的自由。我们那些长老都已经有不少‘小母牛’了，可是我们的孩子还不全有。斯坦杰森有个儿子，德莱伯也有一个儿子，他们都极愿意把你的女儿迎进家门。让她在这两个年轻人当中挑一下吧。他们年轻，有钱，信教。你有什么意见吗？”

费里尔沉默不语，紧锁眉头。

“您给我一点儿时间考虑考虑吧。”他最后说，“我女儿还太年轻，没到出嫁的年纪呢。”

“我们给她一个月的时间来选择，”杨说着，站起身来，“一个月期限一到，她就得做出决定。”

他正要跨出房门，突然掉过头，脸色凝重，目露狰狞，说：“约翰·费里尔，你若是敢自不量力，违抗四圣会的决定，那你们倒不如当年烂死在布兰卡山里的好。”

他挥舞拳头威吓着，然后转身走了。费里尔听到他重重的脚步声，小径上的碎石在他脚下发出脆响声。

正在他双手支膝，沉思呆坐，想着怎么向女儿提及此事的当口，一只柔软的小手放在了他的手上。费里尔抬起头，看见女儿站在他身边。她那张惨白、充满了恐惧的脸说明，她已经听到他们刚才的谈话了。

“我没法不听见，”看见他满脸愁苦，女儿开口说，“他声音那么大，房间的每一个角落都能听得到。天哪，爸爸，你说我们该怎么办呢？”

“你不要害怕，”他说着，把她拉到怀里，用粗糙的手抚摸她栗色的长发，“总是有办法的。你对小伙子的恋情还没冷淡吧，是不是？”

露茜只是抓着老人的手，低声啜泣。

“不会的，当然不会的，我可不愿意听你说反悔的话。他是个可靠的小伙子，还是一个基督徒。单单是这一点，他就强似这里所有的人，虽然他们这些人总是祷告布道。明天有人要去内华达，我想给他捎个信儿，告诉他我们遇上麻烦了。要是我对这个年轻人没看走眼，那他一定会用发电报的速度，飞快赶到的。”

听了父亲这番话，露茜破涕为笑了。

“只要他回来，他就会想出最好的办法。但是，爸爸，我在为你担心。有人说，反对先知的人都没有好结果，他们说那些人总是会遇上杀身之祸。”

“可是我们没有反对他呀！”父亲说，“我们有时间躲避危险，我们还有一个月的时间呢。在最后期限到来以前，我们一定得想办法从犹他这个鬼地方逃走。”

“离开犹他？”

“只能这样。”

“那农庄呢？”

“我们只能筹些现金，其他就管不了许多了。说真话，露茜，我早就想这么做了。我不在乎屈从于别人，就像这里的人屈从于那该死的先知一样。可我是一个自由的美国人，我实在无法习惯这里的一切。我想我是老了，学不会这里的那一套。但是，如果有人敢在我的农庄里捣乱，那他得准备尝尝我大铅弹的滋味。”

“但是，”女儿反驳说，“他们是不会放过我们的。”

“一等杰弗逊回来，我们就能逃出去了。现在，你不用犯愁，我的乖女儿，也别把眼睛哭得肿肿的。要不然，他回来见你这样，一定要拿我是问的。没有什么可怕的，也别担心什么危险。”

约翰·费里尔颇有信心地安慰着女儿。可是，女儿还是发现，在那天晚上，父亲特别小心地检查门窗是否都关好了，而且还取下了挂在卧室墙上的那把旧猎枪，他把它仔细擦拭干净，上好了子弹。

逃　生

在与摩门教先知谈话后的第二天早晨，约翰·费里尔就动身前往盐湖城。在那里，他找到了那个将要启程去内华达山脉的熟人，把一封写给杰弗逊·霍普的信托他带走。在信中，他告诉了年轻人他们所陷入的困顿，叮嘱他一定要回来。办完这件事，他才感到如释重负，心情愉快地回家了。

在快到田庄的时候，他惊奇地发现，在大门两边的门柱上，各拴着一匹马。他走进去，看到客厅里有两个年轻人。这时他更感诧异了，只见摇椅上靠着一个脸色苍白的家伙，他把两只脚跷得很高，架在火炉上。另一个家伙脖短面丑，现出一副得意忘形的模样，站在窗前，双手插在口袋里，嘴里哼着流行的赞美曲。费里尔进屋时，他们两个都向他点头，靠在摇椅上的那个家伙先开了口。

“也许你还不认识我们，”他说，“这位是德莱伯长老的儿子。我呢，是约瑟夫·斯坦杰森。当我们的上帝伸出手，把你们带进摩门教徒中间后，我就和你们一起同行。”

“上帝在最恰当的时候把所有人引上正途，”另外一个家伙带着浓重的鼻音说，“他细致关切，用心良苦，虽然缓慢，但无一疏漏。”

约翰·费里尔颇为冷淡地点了点头，他明白了两人的来历。

“我们今天来，”斯坦杰森说，“是奉家父之命来向你女儿求婚的，让你们看看，我们中哪个更合适。我只有四个夫人，可德莱伯兄弟已经有七个了。所以，我的需要比他的可要更迫切。”

“不，不，斯坦杰森兄弟，”另一个立刻大嚷道，“问题可不在于我们已经有了几个夫人，而是在于我们到底能不能养活她们。我父亲已经把他的磨房交给我了，我可比你有钱。”

“可是，我比你更有前途。”另一个激动地说，“我父亲去见上帝的时候，我就可以继承他的鞣皮厂和制革厂了。到了那个时候，我可就是你的长老了，而我在教会中的地位也肯定要比你高。”

小德莱伯一边对着镜子轻笑，一边说：“还是由这位姑娘来决定吧，我们最好是让她来挑选。”

两个家伙你一言我一语地争论着。约翰·费里尔站在门口，早已怒火冲天。他几乎要扬起马鞭，抽这两个不速之客的后脊背。

最后，他大步走到这两个家伙跟前，说道：“你们给我听着，除非我女儿喊你们来，你们才可以踏进我的家门。否则，我不愿意再见到你们两个。”

两个摩门教徒看着老人，万分惊讶。在他们看来，他们两个争相向姑娘求婚，无论是对姑娘还是对她父亲，都应该是一件深感荣耀之事。

“这屋子有两条路可走，”费里尔大声吼道，“一是门，一是窗户，你们选择哪一个？”

他棕色的脸庞已经怒不可遏，那只青筋突起的手更是让人感到可怕。两个来访者吓得一下子跳起来，慌乱而逃。老人追在他们后面，来到门口。

“你们想好了选哪条路之后，”他嘲笑地说道，“一定别忘了告诉我。”

斯坦杰森气得脸色发白，气急败坏地叫道：“你这是自讨苦吃！居然公开违抗四圣会和先知，你会后悔莫及的！”

“上帝不会饶过你们的！”小德莱伯也叫喊着，“他能让你生，就能让你死！”

“那我就先把你们杀了！”费里尔怒吼起来，要不是露茜紧紧拉住他的胳膊，他真的会冲上楼去找枪了。他还没来得及挣脱开露茜的手，门口就响起了马蹄声。他知道他们已经逃了，想追也追不上了。

他擦了一把额头上的汗，高声说："这两个满口胡言的小流氓！我的孩子，我宁愿你死，也强似嫁给他们中的任何一个！"

"爸爸，"她颇有骨气地说，"我一定会这样做的。好在杰弗逊很快就会回来了。"

"是啊，他很快就会回来了，他回来得越快越好，我们还不知道他们下一步会下什么毒手呢。"

确实，在这样的一个时刻，这个坚毅的老人和他的养女，他们最需要的就是有人帮他们想个主意，伸出援助之手。在摩门教移民区的历史上，还从来没有出过这种公开违抗四圣会命令的事情。在这里，一些微不足道的事情都会遭受严厉的惩罚，那像现在他们犯下的这种滔天大罪，可想而知会是什么结局！费里尔知道，他的财富，他的地位根本于事无补。在他之前，像他一样出名和富有的人，还不照样给除掉了，他们的财产最后全部留给了教会。他是一个勇敢的人，可是，一想到随时降临的无形的恐怖，他也禁不住感到颤抖。任何外在的危险，他都可以顽强不屈地担当起来，可是，这种让人拿不准的担忧，却让他寝食难安，精神沮丧。虽然这样，他还是把顾虑藏在心里，不愿意让女儿知道，还装作对这件事不以为意。但是女儿那双聪明的满是关切的眼睛，早已看穿了这一切：父亲正惶惶不安。

他估计自己这番举动会招来杨的责难或是告诫，但是，他万万没想到，对方采取的却是如此的警告方式：第二天一早，费里尔刚一起床就发现，在床罩上，正好贴着他胸口的地方，钉着一张四方纸条，上面歪歪斜斜地写着几个醒目的大字：

限你29天之内悔改，否则——

句子最后的破折号比任何恐吓都要令人胆寒。这则警告究竟是怎么给钉到床罩上的，费里尔无论如何想不明白。仆人们就睡在外面的小屋里，而门窗都关得严严实实的。他把纸揉成一团儿，这件事他没对女儿提半个字，而在内心，他感到恐怖，这“29天”显然就是杨规定的日子的最后期限。面对这样一个有着神秘力量的对手，光有力气和勇气有何用处呢？那只钉纸条的手本来可以用刀刺穿他的心脏，而他就是死了也不会明白谁是凶手。第二天一早，费里尔更加震惊。吃早饭时，露茜突然惊叫了一声，她用手指着头顶上方。只见在天花板正中，胡乱地涂了一个数字“28”，一看就是用烧焦的炭棒写的。露茜对这个数字感到奇怪，而他也没有告诉她其中的隐情。这天晚上，他一夜无眠，手里抓着猎枪，通宵守卫着。他没有听到有任何动静，也没有看到人影儿。然而，第二天清晨，门外边的木板上还是写了一个大大的“27”。

日子一天天地过去，而每天一到清晨，他就发现那个隐藏的对手一天不空地记着数字，而且每次还是在一个显眼的地方，提醒他一个月的期限还剩下了几天。那个不祥的数字有时会出现在墙壁上，有时会是地板上，有几次是写在挂在花园门上或篱笆上的小木牌上面。虽然约翰·费里尔日夜警醒，可他还是没有发现，这些每日必来的警告是怎么送来的。每次他一看见这些警告，就会迷信般感到慌乱。他开始心神不定，憔悴不堪。他的两眼则流露着如同被围困的野兽般惊恐的表情。现在，他的生命只有一线希望，那就是那个年轻猎人尽快从内华达回来。

二十天变成了十五天，十五天又变成了十天，可远方的人还是不见踪影。时间一天天减少，可就是不见霍普回来。马路上只要一响起马蹄声，只要一响起有人驱赶拉车牲畜的声音，老人就会立刻跑到大门口，以为救星到了。最后，当期限从五天变为四天，从四天又变成三天，他才变得彻底绝望了，也完全放弃了自己逃跑的想法。一个人势单力孤，而且他对移民区周围山区的地形根本也不熟悉，他明白自己是无能为力了。关隘要道都被人严密封死了，没有四圣会的命令，任何人都不可能通行。无论他怎么选择，也必定会大祸临头。可是，虽然如此，老人的决心却没有动摇。他宁愿死，也不愿意女儿被人侮辱。

一天晚上，他独自一人坐着，思索着自己所面对的困境。可是无论他怎么想，也想不出摆脱这种困境的办法。那天早上，屋子里的墙壁上又赫然出现了一个“2”字。明天就是期限的最后一天了。接下来会发生什么事？他幻想着各式各样令人恐怖的景象。他死了，女儿的命运该是怎样？难道他们注定无法逃脱这无形的天罗地网？想到自己竟如此无能，他不禁伏在桌子上哭了起来。

什么声音？在一片静寂中，他听见一阵轻微的刮擦声。虽然声小，可是在这夜里却听得很清楚。声音是从大门那边传来的。费里尔轻轻走进客厅，屏住呼吸，静静倾听。声音停住了。过了一会儿，那个轻微的令人恐怖的声音又响了起来。显然是有人在门上弄出了这个声音。难道是刽子手在这个时刻来执行秘密法庭的杀人任务了吗？还是他们的某个手下在写还有最后一天期限？约翰·费里尔突然觉得，就是死了，也比经受这种让人胆战心惊的折磨强。于是，他跳起来，拉开门闩，一下子把门打开了。

门外一片寂静，夜色正浓，满天的星星在黑漆漆的天空里闪烁个不停。老人仔细观察，只见小花园栅栏完好，小路上也不见任何人的踪影。他看了看，松了口气。可是，在他无意中低下头时，登时魂飞魄散。只见一个人四肢伸得挺直，面朝下趴在地上。

见此情形，老人惊恐万分，不由得向后靠在了墙壁上。他用手捂住嘴，才忍住没叫嚷出声。一开始，他还以为这个趴在地上的人受了伤，或者是快要死了。可再一看，才发现那人在地上手足并用地向前爬着，像是一条蛇，无声而敏捷地爬进了客厅。进了屋里，那人才站起来，马上关好门。出现在老人面前的竟是杰弗逊·霍普，他的脸上挂着凶狠坚忍的表情。

“天哪！”约翰·费里尔这才换过一口气来，“你可把我吓死了！你为什么要这样进门？”

“快给我点儿吃的，”霍普声音沙哑地说着，“我两天没吃没喝了。”他看见仍放在桌上的晚餐，立刻跑过去，抓起冷肉和面包，狼吞虎咽地吃了起来。吃饱后，他才问：“露茜还没事儿吧？”

“还好，她还不知道这局面到底有多险恶呢！”老人回答说。

“这就好。你们房子周围到处都有人监视，所以我只好爬进来。他们可厉害着呢，不过，想抓住一个瓦肖人[1]的猎手，想必没那么容易。”

因为忽然出现了忠实可靠的帮手，约翰·费里尔顿时感到精神振奋起来。他像是变成了另一个人，他热切地抓住年轻人的大手，说：“我真为你感到骄傲！现在，已经没有别人愿意来和我们一起分担危险和困难了！”

“是的，您说对了！”年轻猎人说，“我很敬重您。如果陷入麻烦的只有您一个人，那我在钻这个套儿之前会三思而行，可现在是露茜把我带到这里来的。在他们对她下手之前，我要带她远走高飞。往后，犹他州再也不会再有霍普家族的人了。”

“我们现在怎么办？”

“明天是最后一天，要是今晚还不行动，就没有机会了。有头骡子和一匹马在鹰谷等着我们。您现在有多少现钱？”

“两千块金币，五千纸钞。”

“够了。我还有更多一些，凑在一起就够了。我们要穿过大山赶到卡森城。您最好想办法现在叫醒露茜。幸亏仆人没睡在这间屋子里。”

费里尔去叫露茜的时候，杰弗逊·霍普把所有能够找到的食物都装到了一个小包里，他还把一个陶罐装满了水。他的经验告诉他，山里水源极少，而且相隔极远。他还没收拾好，老人就带着女儿出来了。他们已经穿好衣服，准备出发。两个恋人只是短促地亲密问候了一下，因为此刻，一分一秒对他们都异常宝贵，再说他们要做的事情还有不少。

“我们必须马上出发。”杰弗逊·霍普说，声音低沉坚定。他深知此刻的危险，却决心已定，准备勇敢面对将要发生的一切。“前后的出路都有人把守。只要小心，我们就可以从侧面的窗户跳出去，穿过麦田逃走。只要到大路上，我们离鹰谷就只有两英里路了。马匹在那里等我们。天亮之前，我们就应

---

① 瓦肖人：北美印第安人支系之一。——译注

该已经在山上了。”

“如果有人阻拦，怎么办？”费里尔问道。

霍普拍拍衣襟下鼓起的左轮手枪的枪柄，冷笑道：“就算他们人多势众，我们也可以干掉他两三个。”

房子里的灯早已熄灭了。透过黑乎乎的窗户，费里尔凝视着这片属于自己的田地，而现在，他只能放弃这一切了。很久以来，对于自己要付出的巨大的牺牲，他一直心存顾虑。但是，一想到女儿的名誉和一生的幸福，他就是倾家荡产也不在乎了。树林在沙沙作响，原野一望无际，这里的气息弥散着安宁和幸福。可是谁会想到，却有幽灵般的刽子手埋伏在周围。年轻人苍白的面色和焦急的神情表明，在他潜入这间屋子来的时候，他已深知这里隐藏了多么巨大的危险。

费里尔拎着钱袋，杰弗逊背着食物和水，露茜挎着一个小包，里面是她自己的一些重要物品。他们小心谨慎、动作缓慢地打开窗户，然后，在一大片乌云飘过四周沉入黑暗时，他们才一个接一个跳窗出去，进了小花园。他们大气也不敢出，弯着腰，跌跌绊绊地穿过花园，来到暗处，然后又沿着篱笆来到一个通向麦田的缺口。他们刚走到那个缺口，霍普就一下子把父女二人拖住，他把他们拉到阴暗处。他们静静地伏在那里，吓得全身颤抖。

霍普在草原上磨炼已久，耳朵自然如山猫一样灵敏。他们几个人刚刚趴倒，就听到不远处响起了一声猫头鹰的尖叫。不远处，马上也有同样的一声回应。突然，一个黑乎乎的身影从他们刚才经过的缺口处闪了出来。那个人又发出一声尖利的暗号，于是有另一个人应声从暗处出现了。

“明天夜里12点，鹰叫三声就动手。”头一个人说，显然他是一个头目。

“好的，”另一个人答道，“要我往下传给德莱伯兄弟吗？”

“传给他，再让他传给别人，九到七。”

“七到五。”另外那人接着说。随后，两个人就各自跑开了。他们最后说的这句话，显然是接应暗号。那两个人的脚步声刚一消失，霍普就跳起来，拉着他的同伴跨过缺口。随后，他们便以飞快的速度穿过了麦田。露茜体力不支时，霍普还得连搀带拖地扶着她跑。

“快跑！赶快跑！”他上气不接下气地催促着，“我们已经跑过警戒线了，能不能成功就看是不是跑得快了。快跑！”

到了大路上，他们跑得更快了。在途中，他们只有一次发现有人，就赶快躲进了旁边的麦田，以免被人发觉。快到城边时，年轻的猎人带他们拐进了一条通向山里的崎岖小道。在苍茫的夜色中，只见两座黑乎乎的山峰赫然出现在他们眼前。山峰之间的小道正是鹰谷，马匹就在那里等候着他们。霍普靠着准确的判断，在一片巨石中艰难而行。顺着一条干涸了的溪流，他们来到巨石掩蔽下的安静位置，只见骡子和马正拴在那里。露茜骑上了那匹骡子，费里尔挎着钱袋骑上了一匹马，霍普则骑上了另一匹马，带领他们沿着险峻的山路前行。

对那些不太习惯大自然荒凉和原始的人们来说，这一定是一条让人望而生畏、惊慌失措的山道。道路的一侧是巍岩峭壁，黑漆漆的，高耸挺拔。峭壁上那一条条黑黑的石脊，好像是魔鬼化石身上的一根根肋骨。在小路的另一侧，乱石横堆，人在其间无法行进一步。在中间的这条小道，有的地方极其狭窄，只容得一个人侧身而过，而且山路还崎岖不平，只有骑术高超的人才可能穿过去。虽然有千难万险，可几个逃命的人还是感到高兴，因为他们每前进一步，就离他们刚刚逃生的意欲吃人的虎口更远了一程。

但是，事实说明，他们跑到这儿，还是没有逃出摩门教徒管辖的区域。在他们走到山路上最偏僻冷清的一段时，露茜突然尖叫起来，她指着上方。只见上面是一块可以俯视小径的巨大岩石，在夜色中突兀阴冷，而岩石上正站着一个孤独的岗哨。就在逃命的人发现他的同时，他也发现了他们。于是，寂静的山谷里响起了类似军队里查问口令的声音：“谁在那里？”

“去内华达的施行者。”霍普答道，伸手抓住了马鞍旁边的来复枪。

他们看见岗哨手扣着扳机，向下张望着。他好像对他们的回答不甚满意。

“是谁批准的？”他又喝问道。

“四圣会。”费里尔开口道，凭着对摩门教徒的了解，他知道，这可是教会中的最高权力了。

“九到七。”哨兵叫道。

“七到五。”杰弗逊马上接了口，他想起了在花园里听到的这句暗号。

“走吧！上帝与你们同在。”上面的人说。走过这个岗哨后，道路一下子变得开阔了，马匹也可以跑着前进了。回头看去，他们还可以看见那个孤零零地站在那儿的岗哨。他们知道，他们已经越过了摩门教徒的最后哨卡，自由就在前方！

复仇天使

整整一夜，他们都是在乱石横飞、曲折险峻的山间小路上穿行。好几次他们都迷了路，多亏霍普熟悉山里面的情况，他们才找到正道。黎明时，他们眼前出现了虽说荒凉却也非常壮观的景色。他们周围是白雪皑皑的群山，只见重峦叠嶂，起伏绵延到地平线。山路的两旁是壁立万仞的悬崖，上面奇松怪树，好像是正挂在头顶上一般，只要有狂风吹过，就会直直地砸到他们的头上。这种担忧可并非是单纯臆测，因为这深山幽谷当中，树木茂盛，乱石交错，树木砾石都很容易这样从高处坠落。就在他们行走在山谷的时候，一块巨石雷鸣般轰然塌落，沉闷的声音在山谷中回荡，把疲倦的马匹惊得狂跳不已。

当太阳从东边慢慢升起时，群山就像节日里的彩灯，一只一只接连着被点亮，一直到朝霞让所有的山峦都披上了红装。看到这壮丽的景色，三个逃亡者的心情一下子快活起来，仿佛是获得了新的力量。在一条欢腾的急流旁，他们停下了脚步，稍作休息，匆忙地吃了些东西。露茜和父亲都想在这里多做些停留，可是杰弗逊·霍普却不容分说地催促着他们："要是休息，他们就会赶上我们。能不能成功，就只能看我们跑得快不快了。只有到了卡森城，我们才会安全。到那儿就是休息一辈子，也不要紧了。"

整整一天，他们都在山道上拼命赶路。黄昏时他们估测了一下，他们已经逃出有30多英里了。到夜里，他们在一块突起的大岩石下，风无法吹入的地方安顿下来。为了互相取暖，他们紧靠在一起睡了几小时。天还没亮，他们就又出发了。在路上，他们并没有发现有人跟踪的迹象。杰弗逊·霍普觉得，他们已逃出魔掌了，那个与他们为敌的可怕组织的魔爪已经没有办法控制他们了。但让他万万想不到的是，他低估了那铁腕一样势力的影响力，他更没有料到，那只魔掌已经离他们越来越近，最终会把他们捣成齑粉。

在他们逃出后的第二天中午，他们的食物就吃光了。可是，年轻的猎人并没有因此感到不安。在深山老林中，到处可以捕获猎物来充饥。在过去，他就是靠着那支来复枪活下来的。他选择了一个隐蔽的位置，拾了一堆枯树枝生起了火。这样，他的两个同伴就可以暖和一下身子了。他们身处海拔五千英尺的高山之巅，冷风吹来，寒气刺骨。他拴好骡马，和露茜告别，然后挎上来复枪，出发去寻找猎物，看凭运气会不会有所收获。他转过身，看到老人和女儿正围在火堆旁边烤火取暖，骡马在旁边一动不动地站立着。再往前走了几步，老人和姑娘就被挡在巨大的山石后面，看不见了。

他翻山越岭，走了两英里还多的路，可是却一无所获。从树干上留下的印痕和其他一些迹象判断，这里有野熊出没。可他搜索了两三个小时，却什么也没发现。最后，在他打算就这样空手而回的时候，他抬眼一看，不禁喜出望外。在离地面三四百英尺高的一块突出的岩石上，站着一头像是野羊的动物，头上却长着一双巨大的犄角。这只通常被叫做“大犄角”的野兽此刻可能正在为年轻猎人没有看见的一大群同类放哨呢。幸好它背对着猎人，所以也没有看见他。他马上趴在地上，把枪支在一块岩石上，准确无误地慢慢瞄准之后，才扣动了扳机。只见那只野兽腾空跳起，在岩石边挣扎着，随后滚到了下面的山谷。

这是一只又大又重的野兽，霍普一个人无法背动它。他只好割下来死兽的一条腿，还有一些腰上的肉。此刻暮色已重，他匆忙背上猎物，向来路往回赶。可是，没走几步，他就发现自己陷入了困境。原来他一心只想找到猎物，已走出他认得的那个山谷太远，而想要找回来路，可就太难了。他现在目之所及，好像突然冒出来许多无数个山谷似的，而且个个都很相似，简直没有办法区分。他沿着一条山谷走了一英里多远，来到一条山溪边。他立刻肯定自己来的时候没有见过这条山涧。在判断自己走错了路之后，他马上又掉回头走另一条路。可是，还是同样的结果。夜幕已经降临，等他最后找到一条熟悉的小路时，天已经黑了。尽管走上了自己的熟悉的路，可是，想保证不发生偏差，也绝非易事。月亮还没有升起来，山路两边高耸的峭壁更使得视线所及一片模糊。他身上的重物也把他压得直不起腰，而这半天的忙乱已让他快要精疲力竭了。然而，他还是紧咬牙关继续赶路。他暗暗给自己鼓劲儿，想着每前进一步，也就离露茜更近了一步，再说他还带回了食物，此后行程中的供应已经有了保证。

这时，他来到中午离开时老人和姑娘所在的那个峡谷的入口。虽然此刻夜色已深，但他还认得出耸立在狭路两旁的绝壁。他想，他们一定等他等得心急了，因为他这一走，可就是五个小时。他满怀兴奋，两手放在嘴边，借着山谷的回音，高声喊道“喂”，向他们表示自己已经回来了。他等了一会儿，期待那边传来回音。可是，在这寂静、荒凉的山谷中震荡的，只有他自己刚才的声音，那回声逐渐远去。他用比刚才更响亮的声音又喊了几次，但是，与他分了手的同伴还是没有回应。他心头隐隐地生出莫名的恐怖，情急之中，他丢下珍贵的猎获物，发狂地飞奔前去。

一转过弯路，他就看见了他们刚刚生火取暖的那个角落。那堆柴火余光未熄，可是显然看得出来，他走后，就没有人往里面添加过木柴了。四周一片死寂，他的担忧变成了现实，他快步上前。火堆旁没有任何东西，骡马、老人和姑娘全都不见了。显然，在他离开之后，可怕的灾难突然间发生了。他们都没能逃离厄运，而且连一点儿痕迹都没有留下。

这突来的变故让杰弗逊·霍普惊慌失措。他只觉得天旋地转，要是他不是本能地抓紧了来复枪支撑住自己，怕是会一下子跌倒。不过，他毕竟是一个勇于行动的男人，没过多久，他就从片刻的软弱中恢复过来了。从火堆的余烬中，他拔出一节没有完全熄灭的炭棒，把它吹燃。借着微弱的火光，他观察了一下这片营地。地上到处都是马蹄印，这说明，有大队人马追上了逃亡者。从他们后来留在地上的足迹看，他们是回了盐湖城。他们是不是把两个人都抓走了？杰弗逊·霍普断定，他们把老人和姑娘都一齐给带走了。可就在这时，他一眼看见一样东西，让他全身发凉。在离他们歇脚处不远的地方，有一个新堆的红土包，原先它肯定是没有的。绝对没错，这是一个新堆的坟墓。年轻的猎人走上前去，看见坟头上插着一根木棍，木棍中间劈开，夹着一张纸条。上面的铭文虽简短，却明白：

约翰·费里尔

生前系盐湖人

死于1860年8月4日

那个刚正的老人就这样死了，他离开他只有这短短的一个下午。这简单的几个字竟然成了他的墓志铭。霍普又拼命寻找，看是不是还有第二座坟头。结果没有。露西一定是被那帮可怕的追踪者给带走了，服从她早已注定的命运，去给某个长老的儿子做小老婆。年轻人突然觉得她的命运已不可更改，而他自己竟然回天乏术，他真想和这位老人一起长眠在这个他最终安息的坟墓里。

但是，他积极向上的精神还是战胜了由于绝望而产生的颓丧。就算他今生一无所有，他至少还可以给露西报仇。霍普有着不屈不挠的毅力，心里已经萌生了百折不挠的复仇的决心。这股牛劲儿可能是他和印第安人相处的时候学来的。他站在冷清的火堆旁边，感到只有彻底痛快地去报仇，才能平息心中的悲愤。他痛下决心，要把坚强的意志和旺盛的精力都用于这个最大的目标。他铁青的脸色露出狰狞的神情。他回到来路，走到刚才把兽肉扔掉的地方。他把火堆重又燃起，然后把所有肉都烤熟，以备此后几天中有食物。他把烤好的肉捆成了一包。尽管此刻他异常疲倦，但还是沿着那复仇天使留下的足迹，翻山越岭，向回走去。

他沿着来时骑马走过的山路，一直走了五天，直到疲惫不堪，脚疼难忍。夜里，他就睡在乱石当中，抽空儿睡几个钟头。而每当天光未亮，他就又动身赶路了。第六天，他来到鹰谷。他们那不幸的逃亡之旅，就是从这里开始的。站在鹰谷，他向下眺望摩门教徒的家园。此时，他虚弱不堪，精力耗尽。他手扶来复枪，对着脚下这座死寂的大城市，狠狠地挥动着他干瘦的拳头。就在往下看时，他发现城市的几条主街上旗帜飘扬，到处挂着一些节日的标志。就在他猜测市区里为什么要张灯结彩之际，忽听一阵马蹄声传来，一个人策马到他身边。直到来人靠上前来，他才认出，那是名叫考伯的摩门教徒，有好几次，他都得到过霍普的帮助。考伯一走近，霍普就与他搭话，想知道露茜究竟结果如何。

“我是杰弗逊·霍普，你还记得我吗？”他问道。

那位摩门教徒看着他，露出不加掩饰的诧异表情。确实，眼前这个面色苍白、一脸凶气、衣衫褴褛的流浪汉，一点儿也让人联想不到过去那个英俊敏捷的年轻人。然而，当他确认此人就是霍普时，他脸上的诧异马上变成了惊慌失措的表情。

“你怎么还敢到这里来？”他失声喊道，“你简直疯了！要是有人看见我和你说话，我这条命也会搭进去的。你帮助费里尔父女逃跑，四圣会已经发出了抓捕你的通缉令。”

“我不怕他们，”霍普如实说道，“也不怕什么通缉令。你一定了解这件事，考伯，答应我，一定要回答我几个问题。我们一直是朋友，看在上帝的分上，不要拒绝我。”

“什么问题？”这个摩门教徒紧张不安地问道，“快说吧，在这里，恐怕连这些岩石也长耳朵，那些树木也长眼睛呢！”

“露茜·费里尔现在情形如何？”

“昨天她嫁给了小德莱伯。别这么垂头丧气，嗨！振作一点儿！你怎么了？”

“别管我！”霍普有气无力地说。他的嘴唇一点儿血色都没有了，瘫坐在刚才靠着的那块大石头上，“你说她结婚了？”

“是的，就是在昨天。新房上挂的彩旗就是为了这件事啊！小德莱伯和斯坦杰森两个人为了争着娶她，还大吵了一番呢。他们俩还去追赶逃掉的父女俩儿。斯坦杰森开枪打死了她父亲，所以他以为自己更有资格得到她。他们在四圣会争执不休的时候，由于德莱伯家族更有权势，先知就只好把她交给了德莱伯。可是，不管最后是谁娶了她，她都活不了多久。昨天我看见她，面无血色，不成人样儿，哪里还像个女人，简直像是个魔鬼。喂喂……你要走了？”

“对，我要走了。”霍普站起身。他的脸仿佛大理石的雕塑，神色冷峻，目现凶光。

“你要去哪儿？”

“你别管。”他答道，一面抓起枪，大步走进山谷，奔向大山深处只有野兽才会出没的地方。即使在兽群之中，恐怕再没有比霍普更凶猛、更危险的动物了。

那个摩门教徒的预言果真应验了。由于父亲惨死，由于被迫成亲而感到悲恨交加的可怜的露茜一直颓丧消沉，日渐瘦削。不到一个月，她就死了。她那个酒鬼丈夫之所以要娶她，只是因为约翰·费里尔的钱财。所以，他对于她的死，根本没有丝毫悲痛，倒是他那些妻妾们给她料理了后事。她们依照摩门教的习俗，在下葬前通宵给她守灵。第二天凌晨，就在她们围坐在灵柩旁的时候，房门突然被人闯开，一个衣衫褴褛、面目凶恶、风尘仆仆的人大步走了进来，女人们吓得目瞪口呆。这个人并未多看一眼那些吓得发抖的女人，而是默默地走到曾经有着那么纯洁的一个灵魂的露茜的遗体旁。他低下头，在她那冰凉的额头留下深情的一吻，然后，抓起她的手，从手指上取下了那只婚戒。“她绝不能戴着这个东西下葬！”他悲凉地嘶喊着。在人们还没有来得及喊人的时候，他就已飞身下楼，消失不见了。这段突如其来的插曲异常古怪，要不是标志着新娘身份的那只戒指真的不翼而飞，当时在场的目击者中任何一个都不敢相信这是真的，更别说让别人相信了。

杰弗逊·霍普在山里游荡了好几个月，过着原始人一样的流浪生活，心中念念不忘复仇的决心。那时候，一个传闻在城里流传，说有一个神秘莫测的人潜伏在城郊一带，出没于重山幽谷之间。有一次，一颗子弹从斯坦杰森的窗户前呼啸而过，射在离地面不到一英尺的墙壁上。还有一次，当德莱伯经过悬崖峭壁时，一块巨石从他头上落下，吓得他赶紧趴在地上，才躲过了一次劫难。没过多久，这两个年轻的摩门教徒就明白了有人想取自己人头的原因。于是，他们很多次深入深山峻岭，指望着能活捉或是干掉他们的敌人，可是却一无所获。这样，他们就只好小心从事，从不敢单独外出，而在天黑之后，更不敢随便出门，还叫人把自己的宅院守卫起来。过了很久，他们才有所松懈，因为他们再没有听说过仇人的一点儿消息，也没有发现他的任何行踪。也正因此，他们希望时间会浇灭仇敌心中复仇的火焰。

可是，事情远不是他们所希望的那样。他们的仇敌，随着时间的推移，复仇之心反而更加强烈了。霍普本来就具有超人的意志力，而此刻，除了对复仇念念不忘，他的心中再也没有别的情感的位置。而且，他还是一个特别实际的人。没过多久他就认识到，就是钢筋铁骨，也承受不了这种过度的劳累。日晒雨淋，风餐露宿，短衣缺食，这一切都让他困顿不堪。如果他最后像条野狗一样暴尸于荒郊野岭，那谁来完成复仇大业？他要是这样坚持下去，最后只有死路一条。他意识到，如果落得这种结局，那岂不正中敌人下怀？因此，在万般无奈之下，他只好回内华达他原来待过的银矿去了。他要在那里恢复体力，养精蓄锐，积攒钱财，才能实现自己的复仇目的，而不是陷于衣食无着的可怕贫困之中。

他原先计划只离开一年，可是，由于许多意外情况，他在矿区一待就是五年的时间。尽管五年过去了，可往日的深仇大恨仍然清晰地留在他的脑海，他报仇雪恨的愿望还像那个让他永生难忘的夜里站在费里尔坟边时一样强烈。他乔装打扮，隐姓埋名，又回到盐湖城。他只求报仇，而把自己的生死倒是看得极轻。可一到盐湖城，等着他的又是坏消息：摩门教徒数月前发生过一次分裂，一部分年轻教徒反抗长老的统治，结果是很多叛教者退出教会。他们离开犹他州，成为异教徒，在这些人中间，就有德莱伯和斯坦杰森，没有人知道他们的去向。据传说，德莱伯变卖了他的大部分财产，在他离开时已是一个腰缠万贯的富翁了。而他的同伙斯坦杰森和他比却要穷酸些。至于他们现在在何处，也无人知晓。

一般的复仇者，如果遇上这种难缠的局面，不管他有多么坚韧的复仇心，恐怕就会放弃自己的复仇念头了。可是，杰弗逊却绝不会动摇。他带着一点儿微薄的积蓄，从美国的一个城市走到另一个城市，寻找着他的仇敌，而走到哪儿，他也只能找些零活儿勉强糊口。一年一年，岁月流逝，他的一头黑发也渐渐变白。可他仍然四处漂泊着，就像一条嗅觉敏锐的猎犬，一心一意地投身在自己为之努力的复仇事业上。苍天不负有心人。有一天，他在一扇窗口瞥见了一张面孔，但是就是这一瞥却使他断定：他在追踪的那两个仇敌就住在俄亥俄州的克利夫兰城。他回到自己简陋的住所，开始周全详细地准备自己的复仇计划。可是，碰巧的是，德莱伯那天在窗口也一眼就认出了这个流浪汉，而且还看出他面露杀机。因此，他让斯坦杰森陪同着——那时，斯坦杰森已经是德莱伯的私人秘书了——急急忙忙地找到一位地方治安官，向他报告说，由于遭到旧时一个情敌的嫉恨，自己的生命受到了威胁。杰弗逊·霍普在当天晚上就被捕了。他找不到保人，被拘留了几个星期。等他被放出来的时候，德莱伯早已不知去向。德莱伯和他的秘书动身前往欧洲了。

霍普的复仇计划又一次落了空。可是他心里由仇恨而累积的激情却仍然没有中途衰退。可是，因为没有钱，他不得不再工作一段时间，把每分钱都省下来，只为将来的报复做准备。最后，他攒了一笔钱，动身前往欧洲。在欧洲各地，他同样一个城市一个城市地寻找仇敌。沿途，他做过各式各样的低贱工作养活自己，可也没有找到那两个亡命者。当他来到圣彼得堡时，他们已经启程往巴黎去了。当他赶到巴黎，又得知他们去了哥本哈根。在丹麦首都，他来晚了几天，而他们则又去了伦敦。在伦敦，霍普终于找到了他们。而在此前发生的一切，我们还是引用华生医生详细记录下来的故事吧。这是猎人自己叙述的故事，这个故事，我们刚刚读过了。

华生医生回忆录续篇

我们的罪犯进行激烈的反抗，显然并非是因为他对我们大家心怀仇恨。在他发现自己的挣扎只是徒劳的时候，他突然友善地笑起来，并且表示，希望他的反抗没有伤及我们中的任何人。“我想，你要把我送到警察局去，是吧？”他对福尔摩斯说，“我的马车就停在大门口。要是你们把我的腿松了绑，我会自己走下楼上车的。我可不会像以前那样容易让人抬起来了。”

葛莱森和雷斯垂德交换了一下眼色，好像觉得这种要求也未免太大胆了。可是福尔摩斯当即听信了他的话，解开了捆在他脚上的毛巾。他站起身，伸伸两腿，好像是证实一下它们真的获得了自由。我还清楚记得，在我注视他的片刻，我心中不禁想，我真是没有见过比他更强壮魁梧的人了。他那张黝黑的面孔上显露出的刚毅的神态，就像他惊人的体格一样让人望而生畏。

他看着我的同伴，言语中流露出坦然的钦佩之情，“如果警察局局长一职还有空缺的话，”他说，“我想，那你就是最合适的人选。你侦破这个案子的手法，确实是周全细致。”

“你们最好是和我们一起去吧。”福尔摩斯对那两个侦探说道。

“我可以给你们驾车。”雷斯垂德说。

“太好了！那葛莱森就和我一起坐车吧。还有你，医生，你对这个案子一直兴趣不小，不如和我们一同去吧。”

我欣然同意了。我们一起下了楼梯。案犯根本无意逃脱，他平静地跨上了那辆原本属于他的马车。我们随后上了车。雷斯垂德坐在车夫的位置上，抓起鞭子策马前行，很快就把我们送到了目的地。我们被领进一间小屋，里面的警察把案犯的姓名还有被他杀掉的两个人的姓名一一做了登记。这位警察面孔白净，表情冷淡，机械刻板地办理着所有这些例行的公事。“地方法院将在本周之内对案犯进行审讯。”他说，“杰弗逊·霍普先生，在此期间，你还有什么要交代的吗？我要事先通知你，你在此所说的一切都要被记录在案，而且可能作为指控你的证据。”

“我是有许多话要讲，”我们的犯人慢慢地说，“我想当着各位先生的面，把这件事的前前后后都说个清楚。”

“等到审讯的时候再交代不是更好吗？”警察问。

“我可能永远不会受到审讯了。”他回答说，“你们不必感到奇怪，我不会自杀的。您是医生吗？”说到最后这句话，他凶狠发亮的黑眼睛看着我。

“是的，”我说，“我是医生。”

“那好，请你用手摁摁这儿。”说着，他笑了一下，用铐住的手指了一下自己的胸口。

我用手摁了摁他的胸部，立刻感到他的胸腔里有种不同一般、紊乱的悸动。他的胸腔就像一个摇摇欲坠的房间里开动着一台功率超大的机器，在不停地颤抖着。屋子里沉寂无声，我甚至可以清楚地听到他胸膛里发出的嘈杂的嗡嗡声。

“怎么？”我一下子叫起来，“你得了动脉血瘤？”

“他们都是这么说的。”他平静地说，“上个星期，我去看医生，他说，过不了多久，血瘤就会崩破。这病一年一年恶化了。我得这个病，就是因为在盐湖城的山里面缺吃少睡、过于辛苦的缘故。我现在大仇已报，所以什么时候死有什么紧要！只是，我想在死前，把这件事交代清楚。我可不希望被世人看成是一个普通的杀人犯。”

警察和两个侦探简短地讨论了一下，想知道让他此刻讲述案情是否合适。

“医生，”警察问，“你认为他的病真的有突然恶化的危险吗？”

“确实如此。”我答道。

“既然如此，”警察说，“为了维护法律的公正原则，我们的职责就是录下他的口供。先生，你现在可以讲了。不过我还是交代一句，你的话都将被记录在案。”

“请原谅，我得坐下来说。”犯人一边说，一边自己坐下了。“我的血瘤症很容易让我疲倦，再加上我们半小时前还拼力扭打了一阵子，这对我的病肯定没有好处，有的只是坏处罢了。我是个快死的人，所以我不可能说谎。我所说的一切没有半句是假。至于你们如何处置，那也不是我关心的。”

说着，杰弗逊·霍普就靠在椅子上，说出了下面这番让人颇感意外的供词。他说话时态度镇定，叙述流畅，好像他所讲的事情最为平淡不过了。我可以保证，这篇供词绝对准确无误，因为后来我有一个机会看到了雷斯垂德的笔记。在他的笔记本上，他对案犯的交代一句未漏。

“我究竟为何痛恨这两个家伙，”他说，“这一点对你们来说是不关痛痒的。关键是，这两个家伙罪大恶极，他们害死了两个人——父女两人。而杀人是必须要偿命的。所以，他们这个下场也是罪有应得。他们犯下罪行后，已事隔多年，我也不可能找到任何罪证，到任何一个法庭上去指控他们。但是我心里清楚，他们最终难逃报应。所以我下了决心，自己一人来担任法官、陪审员和刽子手。如果你们是堂堂男子汉，如果你们和我处境相同，那你们也会像我一样行事的。

“我刚才提到的那个姑娘，在10年前，她本来是要嫁给我的。可是，她却被逼着嫁给了这个德莱伯，所以她才会伤心而死。我从她遗体的手指上摘下了这个结婚戒指，当时我就发誓，一定要德莱伯看着这个戒指去死。还有就是，在他死前我要让他明白，正是因为他罪孽深重才会遭此报应。我带着这枚戒指找遍了两大洲，直到最后才追到了德莱伯和他的帮凶。他们指望着东奔西走就可以把我拖垮，可他们白费了心机。就算是我明天就死掉——这是极有可能的——我也知道，在这个世上我已经完成了使命，而且完成得还不错。他们两个都死了，而且是我亲手杀死的。这样，我也就别无他求了。

“他们都有钱，可我却是个穷人。这样，我想要追到他们，对我来说就更为困难。在我到达伦敦的时候，我已经是一贫如洗了。当时我觉得自己得赶快找个生路。赶车，骑马，这些对我来说就像走平路一样容易，所以我就去一家马车行申请工作，不久也得到了这份工作。每星期我都要向雇主交纳一定数目的租金，剩下的钱才归我自己所有。尽管所剩无多，可我还是可以勉强度日。最头疼的问题就是我不认路。我认为在所有交通情况复杂的城市中，伦敦的路是最让人费尽心力、一筹莫展的。所以，我只能随身带一张地图，直到我能认出一些主要旅馆和车站的走法，我的工作才能开始。

“没过多久，我查出了这两个家伙的住处。我一直东找西找，到最后才偶然碰到了他们。他们住在泰晤士河对岸的坎伯韦尔区，在那儿的一个寄宿公寓里。在我找到他们的那一刻我就知道，他们这下逃不掉了。我蓄了胡子，他们不可能认出我来。我得紧紧跟着他们，一有机会就把他们干掉。我暗下决心，这次可不能让他们再从我眼皮底下溜走了。

“虽说如此，还是差一点儿让他们给逃了。无论他们走到哪里，我都如影随形，有时赶车，有时步行。赶车是最好的办法，因为这样他们不容易逃脱。我一般只是在清晨和半夜才能拉上几个客人，赚上一点儿钱，可这样一来，我就不能按时向车主交钱了。可是，只要我能如愿以偿地杀死这两个东西，我根本就不在乎其他的。

“不过，他们也确实够狡猾，他们肯定是感到自己身后有人在跟踪，所以一般都不会单独外出，晚上也不出门。两个星期以来，每天我都赶着车跟在他们后面，可一次也没见过他们分头行动过。多数时候，德莱伯都会喝得大醉，可斯坦杰森却一点儿也不含糊。我从早到晚盯着他们，可就是没有合适的机会下手。不过，我也没有因此而灰心，因为我知道，复仇的时刻就在眼前了。我唯一担心的是我胸口的这个病，要是它突然发作，那我的计划就泡汤了！

“终于有一天黄昏，我赶着车在他们寄宿的街区来回转着圈，看见一辆马车停在他们公寓的门口。不一会儿，我见有人搬行李出来。又过了一会儿，德莱伯和斯坦杰森也出现了，他们上了车离开了。我赶紧挥着鞭追上去，跟在他们后面。当时我心神不定，怕他们换住处。他们在约斯顿车站下了车。我找了个男孩子帮我看住马车，自己跟他们上了站台。我听见他们要买去利物浦的车票，可是车站上的人告诉他们，去利物浦的车刚刚开走。几小时之内不会有第二班。斯坦杰森一听，就有些不高兴，可是德莱伯却好像兴奋异常。我混在吵嚷的人群里，离他们不远，所以能听清他们说的每一句话。德莱伯说他有件私事要去办，如果斯坦杰森愿意，他过一会儿就回来。他的同伴马上劝阻他，还提醒他说，不管是在哪里，他们都要行动一致。德莱伯说，这件事很隐秘，他得一个人去才行。我没听清斯坦杰森说了句什么，就听见德莱伯破口大骂起来，指着他说，他不过是自己花钱雇来的一个跟班儿的而已，竟不自量力指使起主人来了。听了这番话，他那个秘书一下子泄气了，不再说什么。接着他同德莱伯商量，要是没赶上最后一班去利物浦的火车，就去哈里德私人旅馆碰头。德莱伯答应11点以前赶回火车站，说完他就离开了。

“我等待已久的机会终于来了，我的仇敌已完全落在了我的掌握之中。他们两个统一行动，确实可以互相保护。可是他们一旦分开，就只能听我摆布了。虽然如此，我知道还是不能急于求成，草率行事。我早已制定好了一个计划。我以为，要是不让仇人知道他自己死于谁手，不知道自己因何得到这种最严厉的处罚，那我对这种报复行为绝对不会感到满意。而我的复仇计划早已安排妥当。按照这个计划，我要让这个害人不浅的家伙明白，他罪该万死，而且死有余辜。碰巧，有一位先生前几天搭我的马车去过布利西顿路看房子，结果把其中一幢房子的钥匙落在我的车上了。虽然他当天就把丢失的钥匙取了回去，可是在此之前，我就给它做了一个模印，照样配了一把。而有了它，我在这座大城市里也就可以找到一个可靠的地方，可以自由行动，不受打扰。而此刻我面临的难题，是如何把德莱伯弄到那幢房子里去。

“他在街上走着，中间进了一两家酒馆。在第二家酒馆里，他坐了差不多有半个小时。在他出来的时候，已经酩酊大醉，走路都摇摇晃晃的了。在我前面正好有辆双轮马车，他招呼上了车。我一路跟在后面，我的马鼻子离他们那辆车的距离还不到一码远。我们跑过滑铁卢桥，又在大街上跑了几英里远。而让我非常诧异的是，我们最后又回到了他原来住过的地方。我猜不出他回那里要做什么，可我还是跟在后头，在离房子约有一百码的地方，我把车停下。他进了屋，他乘坐的马车也离开了。请给我一杯水，说的太多了，我口渴了。”

我递给他一杯水，他一饮而尽。

“这好多了。”他接着说，“嗯，我等了15分钟，或许还要更久，突然屋子里传来一阵吵闹声，像是有人在打架。紧接着，房门一下子打开了，出来了两个人，一个是德莱伯，还有一个我从来没有见过的小伙子。那个年轻人扯着德莱伯的衣领，在走到台阶边时，他用力一推，接着又是一脚，把德莱伯踹到了大街上。他挥着手里的大木棒，对德莱伯高声喊着：‘你这个狗东西！你再敢侮辱良家妇女，看我怎么教训你！’小伙子怒气冲天，我以为他会把德莱伯暴揍一顿呢。不过那个恶棍从地上爬起来没命地逃了，他逃到大街拐角处，看见我的马车，就招呼一声上了车，说：‘送我去哈里德私人旅馆。’

“他在马车里坐好后，我简直就是喜出望外，心脏跳得更快了。我一下子担心起来，生怕这个时候血瘤一下子崩裂了。我慢慢驱赶马车，心里盘算着怎么才能把事办得漂亮。我本可以把他拉到乡下去，在某处僻静的乡间小路上同他做个了断。就在我主意已定的时候，倒是他给我解决了一个问题。他这时又犯了酒瘾，要我在一家豪华酒店外面停下来。他走进去，吩咐我在外面等他。他在里面一直待到酒店打烊的时分。他出来时，已是烂醉如泥。我知道自己胜券在握了。

“别以为我会用残忍的手段干掉他。如果我这么干，只不过像是例行公事一样进行审判而已，我不会这么做的。我早就决定要给他一个机会，如果他抓住了这个机会，那他还有活下去的希望。在美洲大陆流浪的那个时候，我做过各种各样的工作，我曾经在约克学院实验室当过门房和清洁工。有一天，教授在给学生们讲授毒药方面的知识，他把一种叫做生物碱的东西给学生们看。他从南美洲土人造的箭毒里提炼出这种毒药，它毒性巨大，只要服用一点点儿，就可以立刻置人于死地。我当时就记住了放瓶子的位置，在他们都离开之后，我就从里面倒了些出来。我可是个不错的配药专家，我把这些毒药配成了一些容易溶解的小药丸，把每粒药丸都放进了小盒子里，然后在每个盒子里放上一颗一模一样可是没有毒的普通药丸。当时我就下了决心，一旦得到机会，我的仇人就得从盒子里挑一颗药丸吃下，而我则吃剩下的那颗。这种做法就像在枪口上蒙着手帕射击，它一样能致人死命，并且声响不大。从那天起，我就把小盒子带在身边。现在，它终于有了派用场的时候了。

“当时已是后半夜，快一点钟了。这是一个寒冷的风雨夜，狂风吹起，大雨倾盆。虽然天气恶劣，我却感到高兴，高兴得简直要大喊大叫起来。你们各位先生中如果有哪位为一件事情朝思暮想，二十年来耿耿于怀，而此时突然机会降临让你得手，那他就一定会理解我那个时刻的心情。我点了一支雪茄烟，大口地吐出烟雾，想让自己激动的情绪平静一下。可我的双手还是抖个不停，太阳穴也突突直跳。我驾车前行时，好像看见约翰·费里尔和亲爱的露茜在黑暗中看着我，向我微笑。那景象真是清楚，就像我现在可以看见你们站在这里一样清楚。一路上，他们都在我的前方，在马的两侧一边一个，直到我把车停在布利西顿的那所空屋子外。

“当时四周不见一个人影儿，只有哗哗的雨声，再也没有别的响动。我透过车窗往里看，发现德莱伯缩成一团儿，在座位上醉卧不醒。我摇着他的胳膊，说：‘该下车了。’

“‘好的，车夫。’他说。

“我知道，他还以为到了他说的那家旅馆，因为他也不多说什么，就下了马车，跟着我走进了花园。因为他还在左右摇晃，所以我就扶着他，免得他跌倒。走到门口，我打开门，搀他进了前厅。我敢向你们保证，一路上，那父女俩一直在给我引路。

“他还乱跺着脚说：‘这里怎么这么黑！’

“‘很快就会有灯的，’我说，然后擦亮一支火柴，点着了一根我带来的蜡烛。我一边转身，一边举起蜡烛照着自己的脸，说：‘好了，伊诺克克·德莱伯，你看看我是谁？’

“他醉眼蒙眬地看了我好一阵子，突然两眼露出惊恐万状的神色，整个脸都抽搐起来。我知道他认出我来了。他吓得面色发青，跌跌撞撞地往后倒退，大滴的汗珠从额上流到眉毛上，两排牙格格地上下打架。看到这个情景，我靠在门上大笑起来。我早就知道，报仇肯定是件让人快活的事儿，可是也没料到这种快乐竟是如此强烈！

“‘你这个狗东西！’我说，‘我从盐湖城一路追到圣彼得堡，可每次都让你逃脱了。现在，你逃命的日子该结束了，因为，要么是你，要么是我，明天就再也见不着太阳了。’我说话的时候，他又向后退了好几步。从他脸上看，他一定是以为我疯了。当时我确实是疯了，太阳穴里的血管里像是有万马在奔腾。我相信，当时若不是我的鼻孔在流血，让我的病情得以片刻缓解的话，我的病恐怕早就发作了。

“‘现在你来说说，露茜到底被你怎么样了？’我把门锁上，叫喊了起来，还把钥匙在他面前晃了几下，‘惩罚来得是有些迟了，可最后毕竟还是没让你跑掉。’我看见他两唇发颤，他还想求我饶他一命呢，可是他自己也清楚，这是枉费心机。他结结巴巴地问：‘你要谋杀我吗？’”

“‘这根本就说不上是谋杀，’我回答说，‘杀死一条疯狗，算得上是谋杀吗？在你把我可怜的心上人从她被谋杀的父亲身边拉走的时候，在你把她锁进你那该诅咒的无耻的新房的时候，你对她生出过一丁点儿怜悯吗？’

“‘我可没杀她的父亲！’”他叫道。

“‘可是，你伤透了她那纯洁的心！’我怒吼道。我把药盒推到他面前，说：‘让万能的上帝来为我们做出公正的裁断吧！你挑一颗吃吧。一颗会让人死，另一颗可以让人捡一条命。我吃你剩下的那颗。我倒是要看看，世上还有

没有公道正义。让我们听天由命吧！’

“他又叫嚷起来，吓得躲开了，嘴里不断地求饶。但是我拔出了尖刀，架在他的脖子上，直到逼着他吃了一颗，接着，我也吃了另一颗。我们面对面静静站了一两分钟，等着看到底谁死谁活。在第一次疼痛出现时，他知道是自己吃了有毒的药，脸上一下子出现了惊惧痛苦的神色。他那副样子我永远也忘不了，看着他，我大笑起来。我把露茜的戒指在他眼前晃着。没一会儿，生物碱的毒性就发作起来了，痉挛使他的脸变了形。他两手向前伸，像是想要抓住什么似的挥舞着，然后惨叫一声，倒在了地上。我用脚把他踢转过来，用手摸了摸他的胸口。他的心跳没了，死了！

“这个时候鼻子里的血不停地流出来，可我一点儿也没注意到。我也不知道怎么想到那个主意的，蘸着血在墙壁上写下一个字。可能只是一个恶作剧，想让警方误入歧途，因为我当时确实感到心情愉快。我记起纽约曾经发生过一起德国人被谋杀的案子，那个死者身上就写着‘Rache’这几个字母。当时报纸上还有争论，说那是一个秘密党成员干的。我想，既然这几个字母让纽约人不明所以，那它同样也会让伦敦人莫明其妙。这样，我就用手指蘸着自己的血，顺手在墙壁上写了这个字。然后我就回到自己的马车那儿，发现外面风大雨急，四下里还是不见一个人。我赶车走出去好远了，一摸平常放着露茜戒指的口袋，才发现戒指不见了。我大吃一惊，因为这个戒指可是她留给我的唯一的纪念物了。我想了一下，觉得戒指可能是在我低头看德莱伯尸体的时候掉下去的。于是，我马上赶着车往回走。我把车停在旁边的一条街上，大着胆子走向空屋。就是冒再大的风险，我也要找回这只戒指。我刚走到那幢房子外，就和一个从屋子里出来的警察撞了个正着。我只好装出喝醉了，以免引起他的怀疑。

“这就是伊诺克·德莱伯的死亡经过。我接下来要干的，就是用同样的办法来对付斯坦杰森，为约翰·费里尔报仇。我知道斯坦杰森住在哈里德旅馆，我就整日地在那家旅馆旁边转悠。可是，他根本不出来。我想，可能是德莱伯没有如约回来，他起了疑心。斯坦杰森确实非常狡猾，总是行事谨慎。

“可是，如果他以为，只要待在屋子里我就无法接近他，那他可就大错特错了。我很快就搞清楚了他的卧室窗户的方位。第二天一早，我就用放在旅馆后面一条小巷里的梯子，趁着天还没大亮的时候，爬进他的房间。我把他叫醒，告诉他，许多年前他杀过人，现在偿还血债的时候到了。我给他讲了一遍德莱伯死去的经过，让他同样选择一颗药丸吃了。他却不愿意接受我给他的让他活命的机会，竟从床上跳起来，想扑上来掐我的脖子。为了自卫，我就一刀扎进他的心脏。不管用哪种办法，结果肯定是一样的，因为上帝不会让那颗无毒的药丸给他那只沾满血腥的手拿去的。

“我还有几句话要补充。说了也好，因为我也活不了多久了。完事之后，我又赶了一两天车，本想再干几天，攒出回美国的路费。

“那天我正站在车行的院子里，忽然来了一个穿戴破烂的小孩子，他在打听有没有一个叫杰弗逊·霍普的车夫，还说贝克街221B的一位先生要雇用他的马车。我一听，一点儿也没有怀疑地就来了。接下来，我就被这个年轻人铐住了手腕，这种利落的身手，我还从未见过呢。先生们，这就是我全部的经历。你可能认为我是一个杀人犯，可是在我看来，我和你们一样，同样也是一个执法者。”

霍普的叙述让人激动，他的神态镇定自若，让我们每个人都听得聚精会神，一言不发。就是对各种刑事犯罪细节都非常熟悉的职业侦探，也听得津津有味。他说完，我们都静静地坐着，而打破这种寂静的，只有雷斯垂德在记录最后几句话时，铅笔划在纸上发出的沙沙声。“我想要多了解的还有一点。”福尔摩斯开口了，“我登了失物招领广告后，来我这里认领戒指的你那个同伙究竟是谁？”

案犯对我的同伴调皮地眨了眨眼。“我可以说出自己的秘密，但是我不想连累别人。一看到广告我就猜想这是个骗局，不过它也可能是我想找回的戒指。我的朋友愿意帮我来打探一下真假。你得承认，他干得很漂亮吧！”

“确实漂亮！”福尔摩斯由衷地说。

“现在，先生们，”警官一本正经地说，“法律程序必须要遵守。这周四，该犯将被提交地方法庭审理，届时各位必须出庭。开庭前，该犯完全由我负责。”

说完，他摁了一下铃。杰弗逊·霍普被两位看守带走了。我和我的朋友也离开了警察局，乘上马车，回到了贝克街。

尾声

我们事先得到通知，要求我们本周四出庭。可是到了周四，我们却用不着去了。一位上级审判者接手这个案件，杰弗逊·霍普被接到一个特别的法庭受审去了，在那里，他最终得到公正的审判：就在那天夜里，他的血管就崩裂了。

第二天一早，人们发现他躺在牢房的地板上，脸上带着安详的微笑，好像在死神降临时，他感到的也只是大仇已报，并未虚度光阴。

“葛莱森和雷斯垂德要是知道他死了，一定会气疯了不可。”第二天傍晚，在我们聊到这件事时，福尔摩斯说，“一旦如此，他们还有什么可以拿出来吹嘘的？”

“在把凶手捉拿归案这件事上，我没看出来他们有多大功劳。”我说。

“在这个世界上，你到底做了什么倒不重要，”我的同伴沮丧地说，“关键在于，你怎么能让人相信你做了什么。”过了一会儿，他又轻快地说：“不过这没什么。不管发生什么事，我也不会放弃对这个案件的调查的，再没有比它更精彩的了。虽然它很简单，但有几点值得重视。”

“简单！”我几乎叫出声来。

“是啊，真的是很简单。除了这个词，再没有更合适的词来形容它了。”看着我颇感吃惊的样子，夏洛克·福尔摩斯微微笑了。“你看，无需任何人的帮助，我只是用平常的推理，没出三天，就抓住了罪犯。这足以说明这个案件有多么简单了。”

“事实确实如此。”我说。

“我已经对你说过，凡是超出常规的事物，一般倒不会搅乱人们的思路，反而只会给人启发。在解决这种问题时，最重要的是逆向推理能力，它很有用，也容易掌握，可是人们却很少运用这种能力。在日常生活中，顺向推理要更为实用，所以人们一般也就忽视了逆向推理的方法。如果有五十个人用综合推理的方法，那可能只会有一个人用到解析推理的方法。”

“说实话，”我说，“我还是没听懂你的意思。”

“我也没指望你听懂，让我看看能不能说得更清楚些。要是你向别人描述一系列的事实，那大多数人都会告诉你可能会产生的结果，因为他们会在脑子里把这些事件联系起来，最后综合它们，得出某个结论。但是有少数人，在你告诉他们某件事情的结果后，他们能够通过自己的内在意识推导出造成这个结果的每个事先步骤。这就是我刚才说的逆向推理法或是解析推理法。”

“我懂了。”我说。

“你看，这个案子就是一个例子。你只知道它的结果，而其他的一切你只能靠自己去发现。现在我给你说一下我对这个案子做推理分析时的每个步骤，从头说起吧。你也知道我是步行到那幢空屋去的，当时我的脑袋里没有任何事前的想法，很自然，我就从查看沿路的迹象入手了。我向你说过，我清清楚楚地看到那里有马车压过的痕迹。经过仔细查看，我判断那一定是夜里留下的。我又看出车轮距离很近，于是可以断定这是辆出租马车，而不是一辆私家马车，因为伦敦城里几乎所有的出租马车的车身都要比私家马车窄。

“这就是我第一个调查收获。随后，我慢慢沿着花园小路走，那是条黏土路，很容易留下印迹。在你眼里，那无非就是一条被人踏得乱七八糟的小路而已，然而在我这双经过特别训练的眼睛看来，小路上的每个印迹都有特别的意义。在侦探学的各门分科当中，足迹学最为重要，可是也最不受人重视。幸亏这门学问还是我的一项专长，而长期的实践使它几乎成了我的第二天性。我看见警察们踏出的笨重靴印，可是也看出了先前的人留下的足印。他们两个人的脚印是更早于其他人留下的，这点很容易证实，因为在有些地方，他们的脚印被来回践踏，已经彻底消失了。这样一来，就形成了我推理的第二个环节，而这个环节说明夜里的来客共有两个人，一个个头高大（这是我从他的步距推测的），另一个则衣着时髦（我从他留下的小巧考究的鞋印上得出这个结论）。

“一进屋，我前面的推论就得到证实。那个穿着考究皮鞋的男人就躺在我面前。那如果是谋杀，高个子男人就是凶手了。死者身上没有伤，可是他脸上留下的那种惊恐万分的表情却让我断定，在他死前，他就早已料到自己会是如此下场。因为那些死于心脏病，或是因为别的原因自然死亡的人，他们的脸上绝对不会留下这种扭曲可怕的表情。我闻了闻死者的嘴唇，发觉有种酸味，所以我又断定，他是因毒致死。而且，我又根据他脸上那种憎恨恐怖的表情看出他是被逼服毒。我得出这个结论，用的是排除法，因为其他任何假设都与它不能相符。你别以为这是骇人听闻的假想，强迫服毒在犯罪史上可不是什么新鲜事儿。任何一个毒物学家都会清楚记得奥德萨的多尔斯基一案和蒙彼利埃的莱特里尔一案的。

“接下来最重要的问题，就是谋杀动机了。杀人的目的绝不是抢劫，因为死者身上的财物都在。那么这是政治谋杀，还是情杀？这是我当时面临的问题。我比较倾向于后一种假设，因为政治谋杀案的凶手一旦得手，就会逃离现场。可这个案子却不然。凶手杀起人来不急不慢，而且屋子里到处都是他留下的痕迹，这也说明，从始至终他都在作案现场。这个案子一定是因为个人间的宿怨，而不是政治暗杀。只有仇杀才会采用这样经过深思熟虑的报复手段。在发现了墙壁上的血字后，我更加坚信了自己的判断。那个字只是一个障眼法，这再明显不过了。而等到发现了戒指，问题就算解决了。显然，凶手就是拿出这个戒指，让仇敌想到某个已死去的或是一个不在场的女人。就这一点，我还问过葛莱森在发往克利夫兰的电报里，是不是问到德莱伯过去生活里有没有任何异常的事件。不知你是不是还记得，他当时说没有。

“随后，我就仔细地检查那幢屋子，结果也证实了我对凶手的身高的判断。我还发现了一些细节，比如印度产的雪茄烟，凶手的长指甲，等等。屋子里没有打斗的痕迹，所以我就判断，屋里的血迹是凶手因兴奋而流出的鼻血。我发现，只要是有血迹的地方，就有他的脚印。除非是那种血气特别旺盛的人，一般人可不容易因感情激动而大量流鼻血。所以我可以断定，凶手是一个红脸膛壮汉。事实也证明我的推断是正确的。

“离开凶杀现场后，我就去完成葛莱森忽略的事情。我给克利夫兰警察局发了份电报，只是查询伊诺克克·德莱伯婚姻方面的情况。回电更使我确信无疑。电报里说，德莱伯曾指控过一个叫杰弗逊·霍普的往日情敌，还请求警方保护。而这个霍普，目前就在欧洲。我知道自己已经掌握了这个神秘案件的线索，接下来的问题就是捉拿凶手了。

“我当时就认定：和德莱伯一起走进空屋的人，就是那个赶车的人。因为当时从小路上的印迹看，拉车的马曾经四处乱走，要是旁边有人看着它，就不会出现这种情况。那么，车夫除了去屋子里，还能上哪儿去呢？再说，如果假设一个有理智的人会当着一个日后会检举他的第三者的面乐极生悲，那这未免太可笑了。最后一点，如果一个人在伦敦想到处跟踪另一个人，那他除了做马车夫，显然没有更好的办法了。出于这些想法，我就得出了下面这个不可能被推翻的结论：杰弗逊·霍普这个人，只能到伦敦的出租马车车夫当中去寻找。

“如果他做过车夫，那就没有理由判断他洗手不干了。相反，从他自己的角度出发，如果突然不干了，反而更容易引起别人的怀疑。至少他在短期之内，还会干这行。他认为，他也没有理由用假名字，在一个没有人知道他真实姓名的国家，他为什么要改名换姓呢？于是，我就组织了一个街头流浪儿的侦察队，按照计划，派他们到伦敦的每一个车行去打听我要寻找的人。你一定记得，他们干得有多么漂亮。我这支队伍的行动是多么迅速。杀死斯坦杰森确实让我意外，可是现在看来，他也是无法避免的。正如你已经知道的，斯坦杰森被杀了后，我们发现了两粒药丸，而我早就推断了它们的存在。你看，整个案件主要是一个逻辑上的前后连接，它是一条没有中断的链条。”

“真是漂亮！”我大声叫道，“你这项成果应该公之于众，得到社会的承认才好，你应该把这个案件的过程发表。你自己要是不愿意，我来给你发表。”

“医生，你愿意怎么样就怎么样吧。”他说道，“你看看这个，”他说着，递给我一张报纸，“看这儿！”

这是一张今天的《回声报》，他的手指按住的那段，正是对我们这个案件的报道。

报道如下：“霍普之猝死，使公众失去了一个轰动一时的话题。霍普是谋杀伊诺克克·德莱伯和约瑟夫·斯坦杰森的凶犯。虽然有足够的证据表明，这是一桩由持续已久的男女情仇引发的凶杀案，其中涉及爱情与摩门教等问题，但是很可能没有任何人知晓案件的细节。两个被害人年轻时都是摩门教徒，而猝死的凶犯霍普也来自盐湖城。假设这个案件的破获并无其他意义，那它至少成绩卓然地显示了我们警方破案之神速，并且以此告诫外国人，他们最好是在自己的国家解决个人的宿怨恩仇，而不要把它带到不列颠的国土。本案件得以迅速侦破的功绩，完全应该归于苏格兰场的两位警官：雷斯垂德和葛莱森先生，而这目前已是公开的秘密。据悉，凶手是在一位名叫夏洛克·福尔摩斯的家里被捉的，此人作为一名私家侦探，在此行当中表现出一定的才干。相信他在两位神探的指点下，将来定能成大器。两位警官将被特别嘉奖，作为对其工作的表彰。”

“一开始时我是不是对你说过？”夏洛克·福尔摩斯哈哈大笑道，“这就是对血字进行研究的结局：让他们得到了嘉奖！”

“没什么，”我说，“我把一切事实的经过都记在了记事本里，公众迟早会了解事情的真相。只要意识到自己的成功，你就应该知足了，就像古罗马智者所言：

由人说东道西，

我独孤芳自赏。

四签名（1890）

演绎法

夏洛克·福尔摩斯把瓶子从壁炉台的一角上拿下来，又从整洁的山羊皮盒里取出一个皮下注射器。他卷起衬衫左袖口，用修长、白皙而显得神经质的手指调试着细细的针头。他看着自己强壮的手臂和腕部，沉思了一会儿，只见那上面满是针眼儿。最后，他插入针头，摁下小小的活塞，接着就坐在扶手椅里，心满意足地长出了一口气。

几个月来，我这已经是第三次看见他做这种事了。不过，我对此还没有习以为常。相反，每次见到这种情景，我就会感到焦虑不安。一想到自己没有勇气来劝止他，我的良心就会受到谴责。每次我都想如实地把自己的心里话告诉他，可是他那冷峻坚毅的表情总是让我感到难以启齿。他有着过人的才干、不凡的气度，而我也多次领教了他的本领，这让我总是没有足够的勇气来劝阻他。可是，那天下午，不知是因为中午就餐时喝多了，还是我为他那无所谓的态度感到生气，我突然觉得自己没法再忍下去了。

“你今天注射了什么？”我问，“是吗啡还是可卡因？”

他正在看一本字体古老的旧书，只见他无精打采地抬起了头。

“是可卡因，”他说，“加了百分之七的溶液。想不想来点儿？”

“我才不想呢！”我粗暴地说，“我的体质还没有从阿富汗战役中恢复过来呢，我的身体可受不了任何毒素！”

他对我的生气只是微微一笑。“也许你是对的，华生。”他说，“我知道，这是对身体有害。不过，我发现它可以有效地让大脑保持清醒。所以，就算是有副作用，也不值得一提了。”

“可是你要小心！”我严肃地说，“你付出的是什么代价！要是真像你所说的那样，大脑兴奋激动，可这也是一个致病的过程，它会引发器官组织变质，少说也会产生永久性的衰弱。你当然知道它的副作用有多么可怕，这是得不偿失的，为什么要以失掉超乎常人的智慧为代价而得到一时的快感？作为医生，我不仅对你身体负责，我也是看在朋友的关系上，才说这番话的。”

他好像并没有生气，而是把十个指尖合在一起，双肘支在围椅扶手上，像是谈兴正浓的样子。

“我的大脑不能停止思考，”他说，“我要有难题，有工作，有难以破解的密码，有最复杂的工作，有合适我的气氛，只有这样，我才不需要什么外在的刺激。我讨厌枯燥的生活，只求精神可以振奋。就是因为这个，我才选择了这份特殊的职业，或者说，是我创造了这种职业，因为我是这个世界上唯一从事这种职业的人。”

“唯一的私人侦探？”我扬起眉头问道。

“唯一的私人咨询侦探，”他回答说，“我是侦探行业中的最高上诉法庭。当葛莱森、雷斯垂德、阿瑟尼·琼斯遇上难题时——这在他们可是常有的事儿——难题就会摆到我的面前。我以专家的身份查看材料，发表意见。这样做我可不是为了图名誉，因为报纸上根本也不会刊登我的名字。对于我最大的回报，是工作本身，是我的特殊才能得以发挥而产生的那种快乐。我在杰弗逊·霍普一案中所用的工作方法，你不是亲眼见过的吗？”

“确实是的，”我诚心实意地说，“那是我平生印象最深刻的一个案件。我已经把它写成了一本小册子，取的题目也比较新颖：血字的研究。”

他颇为不满地摇摇头。

“我大概看了一遍，”他说，“说实话，不敢恭维。侦探学是一门或者应该是一门精确的科学，在论述时应该冷静，而且不带有感情色彩。你想给它加上某种浪漫情调，这和在阿基米德定律里加入爱情故事或桃色事件一样，没什么分别！”

“可事实确实是那么浪漫，”我反驳说，“我不能篡改事实。”

“有些事可以忽略，至少在处理它们时，应该知道轻重虚实。那个案件中唯一还值得一提的，是运用了奇妙的分析推理，是从结果中找原因，我就是用了这个方法，才成功破获那个案子的。”

他的批评让我大感不快，因为我的作品之所以写出来，只是为了让他高兴。说实话，我之所以生气，是因为他那种要求字里行间都要描写他个人特殊行为的自我中心主义。和他在贝克街同住的那些年里，我不止一次地感觉到，我朋友那冷静和说教式的态度里隐藏着极大的虚荣。我再没说话，只是坐着照料我那受过伤的腿。前不久，我的腿还中过子弹，虽然还没妨碍到行走，可是一旦天气变坏，就会感到疼痛。

“我的业务最近已经发展到欧洲大陆了。”过一会儿，福尔摩斯装满了那支欧石楠根做的烟斗，说，“上周，弗朗索瓦·勒·维拉德向我请教，你可能知道他这个人，近来在法国侦探界崭露头角。他具有凯尔特民族直觉的判断力，但是缺少可以提高自己水平的广博的知识。案件颇有意思，涉及一份遗嘱。我让他去查看两宗相似的案件，一个是1857年发生在里加市的案件，另一个是1871年发生在圣路易市的案件。这两个案例给他提示了破案的最好途径。今天早上，我收到了他的感谢信。”

说着，他递给我一张发皱的外国信纸。我看了一眼，信中只有赞美之辞，什么“伟大”、“超人的艺术”、“有力的行动”，这些都说明这位法国人心里满是热烈的感激之情。

“他好像是一个在和老师说话的小学生。”我说。

“啊，他把我给他的帮助评价得太高了。”福尔摩斯轻声说，“他有天赋，具有一个完美的侦探应该具有的大部分素质。他有观察能力，有推理能力。他缺少的只是学识，而这，他总有一天会得到的。他正在把我的几篇作品翻译成法文。”

“你的作品？”

“噢，你还不知道？”他笑起来，大声说，“说来惭愧，我写了几篇论文，都是关于技术方面的。比如说，有一篇名叫《论如何识别各种烟灰》，这篇文章列举了一百四十种雪茄烟、卷烟、烟斗烟丝的烟灰，还配有插图说明各种烟灰的区别。这是刑事审判中常常出现的重要证据，有时还会给破案提供重要的线索。举例说，要是你已经断定一起谋杀案是由一个抽印度雪茄烟的男人所为，那你显然缩小了侦查范围。在训练有素的人看来，印度雪茄烟的黑色烟灰与‘鸟眼’的白色烟灰相比，就像白菜和土豆的差别一样大。”

“你有着分辨细节的非凡本领。”我评说道。

“我是特别注重细节。我写了一篇关于脚印跟踪的专题论文，里面谈到用熟石膏保存脚印的办法。还有一篇新奇的小论文，是谈职业对双手形状的影响，并配着石匠、水手、木匠、排字工、纺织工和磨钻石的工人的手形插图，这对于科学办案有很高的实用价值，特别是在那种无人认领的死尸的案件中，或是判断犯人过去经历的案件中非常有用。我的这些爱好让你感到厌烦了吧？”

“一点儿也不厌烦，”我诚恳地说，“我对这个很有兴趣，特别是能有机会看到你如何实际应用它们。而你刚才说到观察与演绎，显然，在某种程度上讲，这两种方法是有关联的。”

“啊，不一样。”他边说边舒服地靠在扶手椅里，嘴里吐出一口浓浓的蓝色烟圈儿。“比如说，根据观察，我知道你今天早上去了韦格摩尔街邮局。可是，若是根据演绎，我才知道你在那儿发了一份电报。”

“是啊！”我说，“两件事都是对的。真搞不明白你是怎么知道的。我一时心血来潮去发电报，可没有对任何人讲过啊。”

“这可太简单了，”他对我的意外感到好笑，继续说，“甚至没有必要解释。不过，解释一下倒是有助于划分推理和演绎的界线。我看到你的鞋面上沾了些红色的泥土。韦格摩尔街邮局对面正在修路，挖出来的泥土就堆在路上，走进邮局肯定会踩到鞋子上。而那个地方的泥土有种特别的红色，据我所知，附近再没有别的地方可以找到与这种颜色相同的泥土了。这就是观察，其余的就是演绎。”

“那你是怎么知道我发了电报？”

“那当然。我知道你没写过一封信，因为整个上午我就坐在你对面，我还看到你桌上有一整版邮票和厚厚一打明信片。那你去邮局不是去发报又是去干什么呢？排除所有其他因素，剩下的显然就是事实了。”

“确实是如此。”我稍加思索，说道，“如你所说，这件事太简单了。要是我想让你这套理论经受一次严格的考验，你不会认为我是无理吧？”

“恰恰相反，”他回答说，“那样，我就不用再打一针可卡因了。我倒是很乐意探究一下你提出的问题。”

“你和我说过，一个人用过的物品，很难不在上面留下他自己的印记。受过训练的观察者可以明察秋毫。现在，我这里有一块最近得来的手表，你可以把这只表原来主人的性格和习惯讲给我听听吗？”

我把表递过去，心中暗自窃喜。因为我认为这种测试是不会有结果的，这也算是给他平时那种武断脾气来个教训吧。他看着手里的表，先是仔细审视表壳，又打开后盖，先用眼睛然后又用一个高倍放大镜来看部件。最后，他合上后盖儿，把表递给我。看到他那张神情沮丧的脸，我差一点儿笑出声来。

“几乎找不出什么痕迹。”他说，“这只表刚清洗过不久，把最有价值的痕迹完全洗掉了。”

“不错，”我说，“我拿到之前就清洗过了。”

我暗自指责他，竟会用这种不能成立的借口来给自己的失败找理由。可就算是一只没有清洗过的表，他又能找到什么痕迹呢？

“虽说不能令人满意，可我的观察也并非没有结果。”他说道，眼睛茫然地看着天花板，“如果有不对的地方，请你指正。我可以肯定的是，这只表是你哥哥的，是你父亲传给他的。”

“你肯定是从表面儿上的H.W两个字母猜出来的吧？”

“是的，字母W是你的姓。这只表是在大约五十年前制造的。缩写字母和表一样旧，显然是上一辈人刻上去的。而珠宝一般会传给长子，长子也很可能袭用父亲的名字。我若是没记错的话，你父亲已经去世多年，所以这只表一直在你哥哥手里。”

“这些都对，”我说，“还有什么？”

“他是个不修边幅的人，一点儿也不爱干净，很粗心。他本来有美好的前途，但是没抓住机会，有段日子还潦倒不堪，但偶尔也有心境好的时候。他最后因嗜酒而死。这就是我推断出的所有内容。”

我一下从椅子上跳了起来，心烦意乱地在屋子里走来走去，精神被痛苦攫住了。

“这就是你的不对了，福尔摩斯。”我说，“真不敢相信你竟会说出这种话。你已经调查过我不幸的哥哥的经历，还假装是自己神机妙算推断出来的事实。我才不会相信，这些都是你从这只旧表上看出来的。你真是无情无义，老实说，你这不过是在玩骗术！”

“我亲爱的医生，”他和善地说，“请接受我的道歉。我把这个当成了一个理论上的问题，没想到会让你这么痛苦。但我向你保证，在你给我看这只手表之前，我真不知道你还有一个哥哥。”

“那你是怎么推断出来这些事实的呢？你说的每一点都是对的。”

“啊！那不过是侥幸罢了。我只是说出了某种可能性，实在没想到这样准确。”

“那么，这不是猜测？”

“不，不，我从不猜测，那可是个坏习惯，它只会妨碍逻辑思维。你所以感到奇怪，是因为你没有跟上我的思路，也没有发现所有重大事件都是依靠某些小事推断出来的。比如说，一开始时我说你哥哥很粗心，那你看看这块表，下面的边缘上有两处损伤的凹痕，而整个表面儿上也都是划痕，这是因为他习惯于把硬币、钥匙之类的东西和表放在同一个衣袋里。这样随便地对待一块价值50英镑的手表，这说明他是一个粗心的人，应该并不为过吧。一个继承了这样贵重东西的人，说他在别的方面也手头宽裕，应该是说得过去的吧。”

我点头表示同意他的推断。

“在英国，当铺老板的一般做法是，用针尖在表壳里面刻上当票的号码，这比贴标签要方便得多，号码不会遗失，也不会搞混。我用放大镜看过，发现表壳里面这样的号码不下四个。所以结论是：你哥哥时常陷入生活困顿，而另一个结论则是，他有时境况又会好起来，要不就不会再把表赎回来了。最后，请你看一下上发条的钥匙孔，孔的四周有很多印痕，那是插钥匙时留下的痕迹。一个人要是头脑清醒，那他在插钥匙时怎么会留下这种痕迹呢？可是，一个醉汉的表却必定会留下这种痕迹。他在夜里上弦，所以留下了手腕发抖的痕迹，这还有什么玄妙的地方吗？”

“听你这么一说，真是明明白白。”我说道，“我真后悔对你那么发火，我应该完全相信你的聪明才智。你眼前是不是正在调查一个案件？”

“没有，所以我才注射可卡因。离开思考，我是没法活下去的。离开思考，还活什么劲儿呢？你站到窗前来。难道有过这样沉闷、凄凉、毫无趣味可言的世界吗？你看，大街上沙尘滚滚，遮蔽了一幢幢灰乎乎的房屋。难道有比这更无聊、更庸俗的事吗？医生，一个英雄若是无用武之地，那他光有才智有何用处？犯罪不过也是平常事，生存也是平常事。在这个平常又平常的世界上，才智能有什么鬼用处！”

我正要开口回应他那激烈的措辞，这时突然传来响亮的敲门声。我们的房东进来，手托铜盘，上面放着一张名片。

“先生，有位年轻女士求见。”她对我的朋友说。

“玛丽·摩斯坦小姐，”他念道，“嗯，没听说过这名字。赫德森夫人，请她进来。别走，医生，我希望你留在这儿。”

陈述案情

摩斯坦小姐步履坚定，神态镇定地进了屋。这是位年轻的金发姑娘，小巧、漂亮、戴着手套，衣着得体。不过，她那朴素的衣着说明她的生活并不富裕。她的外套是暗灰色斜纹呢布料，没有装饰，也没有镶边。她头上是一顶暗灰色的女帽，只在帽边上插着一根白色的羽毛。她的长相算不上最美，不过神情却温柔可爱，一双蓝色的大眼睛满是神采，含情脉脉。我到过三大洲，去过许多不同的国家，见过各式各样的女人，可是还不曾见过像她这样优雅敏感、未加雕饰的美。福尔摩斯请她坐下时，我发现她的双唇在微颤，手在轻轻发抖，显示了她内心的紧张与不安。

“福尔摩斯先生，”她说，“今天我来找你，是因为你帮助过我的主人赛西尔·弗里斯特夫人处理过一桩家庭小纠纷。你的仁慈和做法给了她很深的印象。”

“赛西尔·弗里斯特夫人，”他反复念着这个名字，回忆这个人，“我好像是帮过她一个小忙，那是一个很简单的案子。”

“她可不这么想。至少你不能说，我这个案子和它同样的简单。我简直想不出比我目前的处境更离奇、更让人困惑的事情了。”

福尔摩斯搓着双手，眼睛发亮。他坐在椅子里，身子向前倾，那张轮廓分明、像鹰一般的面孔露出了全神贯注的神情。

“陈述一下你的案情。”他用稍显急促但又是例行公事的口吻说道。

我觉得我的在场有些碍事。

“请原谅，失陪了。”我一边说，一边站起身。

让我颇感诧异的是，这位年轻姑娘抬起她戴着手套的手留住了我。

“如果你的朋友愿意留下来，”她说，“他会给我很大帮助的。”

我又坐回到椅子上。

“简单地说，”她说道，“事情是这样的：我父亲是驻扎在印度的军官，在很小的时候，我就被送回家。母亲去世后，我在英国举目无亲。我被送到爱丁堡，在一家条件不错的学校上学，在那里一直到十六岁。1878年，身为军团老上尉的父亲请了一年探亲假。他在伦敦给我发了电报，告诉我已平安到达，住在朗格汉旅馆，催促我前去和他见面。我记得他电报上那种慈爱关切的语气。我一到伦敦，就坐车赶往朗格汉旅馆。旅馆里的人告诉我，摩斯坦上尉确实住在那儿，但他头一天晚上外出，一直没有回来。我等了一整天，没有一点儿消息。那天晚上，在旅馆老板建议下，我和警方取得联系。第二天早上，各家报纸上都刊登了寻人启事。可是还是没有结果。从那以后，一直没有我父亲的消息。他满怀希望回到故乡，本想得到安宁和舒适，可是……”

她手放到喉部，已是泣不成声。

“哪天？”福尔摩斯打开记事本，问道。

“他是在1878年12月3日失踪的，差不多有十年了。”

“他的行李呢？”

“在旅馆里，那里面可没什么能提供线索的东西——只是一些衣服，一些书，还有大量的安达曼群岛[①]的古玩。他曾经在那里看管过犯人。”

“他在城里有朋友吗？”

“我只知道有一个，叫舒尔托的少校，和我父亲是一个兵团的，孟买第34步兵团。少校是在我父亲回来前不久退伍的，他住在上诺伍德。我们已经和他

① 安达曼群岛：位于印度安达曼与尼科巴中央直辖区。印度革命家V. D. 萨瓦尔迦尔曾被监禁在此。——译注

联系过了，可是他还不知道我父亲回国的事。”

“奇怪的案子。”福尔摩斯说。

“更奇怪的事我还没讲呢。大约在六年前，确切说就是在1882年5月4日，《泰晤士报》刊登了打听玛丽·摩斯坦小姐的广告。广告上说，如果她回应，对她会有好处。这则广告没有署名，也没有留下地址。那时我刚到赛西尔·弗里斯特家里当家庭教师。她建议我也在报纸广告栏里登出我的住址。就在当天，我就收到了邮局寄来的一个小纸盒，里面装着一颗大大的闪闪发光的珍珠，没有字条。从那以后，在每年的同一天，我都会收到同样的一个小纸盒和同样的珍珠。可我连寄出人的一点儿线索也没有。我让专家鉴定，他们说这些珠子是稀世珍宝，价值连城。你们自己看看，这些珠子确实很美。”

说着，她打开了一个扁平的盒子。我看见平生从未见过的六颗珍珠。

“你说的事情确实有趣，”福尔摩斯说，“还发生别的事情了吗？”

“是的。就是在今天。所以我才来找你。今天早上，我收到了这封信。你自己看看吧。”

“谢谢！”福尔摩斯说，“还带着信封。邮戳：伦敦西区，7月7日。嗯，信封角上有一个男人的拇指印，也许是邮递员的。极好的纸张，六便士一扎的信封，这个人非常讲究。没有留下地址。‘今晚7点，请到莱西姆剧院外面左边的第三根柱子旁边等候。如果不放心，可以和两个朋友同来。你是受过委屈的姑娘，一定获得公道。不要带警察来，如若不然，一切都是徒劳。你不认识的朋友。’啊，这真是件小小的怪事！摩斯坦小姐，你有什么计划？”

“我正想问你呢。”

“那我们一定得去，你和我，噢，还有华生医生。信中不是说‘和两个朋友同来’吗？他和我做过搭档。”

“他肯去吗？”她恳切地说。

“能为你效劳，我非常荣幸。”我热切地说。

“你们俩真好。”她说，“我过着隐居的生活，没有可以求助的朋友。我

6点到这儿，可以吗？”

“不能再晚了。”福尔摩斯说，“还有一点，这封信的笔迹和珠宝盒上落款的笔迹是不是一样？”

“我全带来了。”说着，她拿出六张纸来。

“你真是一个模范的委托人，考虑这么周到。好，我们看看吧。”他把纸都放在桌上，一张接一张飞快地扫视着。“除了这封信，全是做过手脚的。”他说，“但是毫无疑问这是同一个人所为。你们看这个希腊字母e，它显得多么突出，再看末尾s的写法，显然是出自同一人之手。摩斯坦小姐，我并不想给你无用的猜想，但这笔迹和你父亲的笔迹有任何相似之处吗？”

“一点儿也没有。”

“这可是我希望听到的。我们等你，6点整。请让我留着这些字条，我想在去之前，再研究一下。现在才3点半。好吧，再见。”

“再见！”我们的客人答道，她用善良的眼睛看了我们一眼，把珠宝盒塞进怀里，匆匆离开了。

我站在窗口，目送她朝街那边走去，直到她灰色的帽子和白色的羽毛在阴暗的人群里消失。“多么迷人的女人！”我转身对我的朋友说道。

只见他又点燃烟斗，闭上双眼倒在椅子里，懒懒地说：“是吗？我倒没注意。”

“你真是一台机器——一台会计算的机器，”我叫道，“有时简直就是缺乏人性。”

他温和地笑了。

“最重要的事情是，”他说，“不要让个人趣味影响到你的判断力。对我来说，委托人就是一个单位，一个问题当中的某种要素。个人趣味有损于清醒的理智。我认识一个最迷人的女人，她为了保险金毒死了三个小孩，结果被绞死了。我认识的最不讨人喜欢的男人，却是一个慈善家，他捐了25万英镑给伦敦的贫民。”

“可是，这一次……”

“我从不把任何事情当作例外，例外会破坏法则。你不是也研究过笔迹学吗？对这个人的笔迹，你有何高见？”

“他的字迹清楚、整齐，”我说道，“是一个有商业历练，而且性格坚毅的人。”

福尔摩斯摇了摇头。

“你看他写的长字母，差不多都没有高出一般的字母，d写出来像是个a，l像是个e。有个性的人不管字迹有多潦草，可是字母的长短还是能分得出的。你看他的k写得犹豫不定，写大写字母时又有些自命不凡。我要走了，得去了解一些情况。我介绍一本书给你，是一本最杰出的著作，是温伍德·瑞德写的《成仁记》。过一个小时我回来。”

我捧着书坐在窗前，可心思却完全不能集中在那本书的作者所做出的大胆推测上。我想着刚才来过的客人——她的笑容、深沉的嗓音，给她生活带来冲击的神秘事件。如果她父亲失踪时她只有十五六岁，那她现在也已有二十五六岁了——正值芳华，这个年龄的女子已无稚气，阅历使她开始成熟。我就这样坐在那儿胡思乱想，一直到脑子里产生了危险的念头，才赶紧坐回到桌前，开始细读一篇最新的有关病理学的论文。我算是什么人，一个军医，残着一条腿，银行里也没存下几个钱，怎么敢有这种非分之想呢？她只是案件中的一个单位，一个因素——再不是别的什么了。如果我这个人没什么前途，那我也得像个男子汉来面对现实，而不是凭虚幻的想象来让它变得光明起来。

寻求解决

一直到5点半，福尔摩斯才回来。一有案子，他就会明朗、兴奋、情绪昂扬，而不是心灰意冷、无聊沮丧。

“这个案子没什么神秘之处，”他端起了我给他泡好的茶，说道，“事实表明，只存在一种解释。”

“怎么！你已经弄明白了？”

“还不能这样说。我找到了一个有启发性的事实，特别有启发性，只是还需要补充一些细节。在翻阅《泰晤士报》的旧报合订本时，我发现住在上诺伍德的那个前孟买34军团的舒尔托少校，他在1882年4月28日已死掉了。”

“也许我不够聪明，福尔摩斯，我可看不出这有什么启发性。”

“看不出？你真让我吃惊。那我们来看一下这个案子吧。摩斯坦上尉失踪了。在伦敦，他拜访过的人只有舒尔托少校，而舒尔托上校不承认知道他在伦敦。四年后，舒尔托少校死了，而在他死后一周，摩斯坦上尉的女儿就收到了一件贵重的礼物，以后每年都会收到一次。现在，她又收到一封信，说她是个受了委屈的姑娘。除了失去父亲，她还可能受什么委屈呢？为什么舒尔托一死，她就开始收到礼物了？难道是舒尔托的继承人知道其中的秘密，用这个来补偿罪过吗？你有什么看法？”

“这可是最让人奇怪的补偿！再说，为什么他六年前不写信，要等到现在才写呢？还有，信中说要给她公道，她能得到什么公道呢？这不是比假设她父亲还活着还要更离奇吗？而你又不知道她是不是还受过别的委屈！”

“还有些难点，当然还有难点。”福尔摩斯沉思着说，“不过，我们今晚的冒险会让一切水落石出。啊，来了一辆四轮马车，摩斯坦小姐在上面。你准备好了吗？我们下去吧，时间不早了。”

我拿起帽子和那支笨重的手杖，看见福尔摩斯从抽屉里取出自己的手枪，塞进了口袋里。显然，在他看来今晚的行动事态严重。

摩斯坦小姐披了件黑色的斗篷，她那张敏感的脸神色镇定，只是有些苍白。

要是她对我们今晚的冒险无动于衷，那只能说明她是一个非同寻常的女人。显然她能很好地控制自己，很快回答了福尔摩斯提出的一个新问题。

“舒尔托少校是父亲特别要好的一个朋友，”她说，“他在信中总是提到这位少校。他们两个人都曾经在安达曼群岛做过驻军指挥官，所以经常待在一起。还有，我在父亲的抽屉里发现了一张根本看不懂的纸条，我想它也许并不重要。可能你想看看，所以我就带来了。就是这张。”

福尔摩斯小心地把纸条展开，平放在膝盖上，然后用双层放大镜认真地审视了一番。

“这纸是印度当地产的。”他说，“它曾经被钉在木板上。纸上面的图案好像是一个大建筑物当中的一部分，有许多大厅、走廊和通道。一个地方用红墨水画了一个十字，上方用铅笔模糊地写着‘左3.37’。左角有一个神秘的符号，像是左右相连的四个字。符号旁边字迹潦草地写着：‘四人签名——乔纳森·斯茂，穆罕默德·辛格，阿卜杜拉·克汉，多斯特·阿克巴’，我实在看不出，这张图和我们这个案子有什么关联，但它确实是一份很重要的文件。这张图一直被小心地保存在皮夹子里，因为两面都很干净。”

“我是在他的皮夹子里找到的。”

“请很好地保存，摩斯坦小姐，也许它对我们会有用处。我现在觉得，这个案子比我们当初的预计要更为奇特，也更让人费解。我得调整一下我的看法了。”

他靠在车座里，双眉深锁，眼神凝重，我看出他又陷入了深思。摩斯坦小姐和我低声交谈，猜测我们眼下这个行动和它可能产生的后果。但一直到目的地，我们的朋友始终保持了让人猜不透的沉默。

9月的夜晚，还不到7点钟，天就阴沉起来，蒙蒙细雨般的浓雾笼罩着这个大都市，像乌泥一样的云团低悬在泥泞街道的上空。河岸两边的路灯好像蒙胧的睡眼，将黯淡的光影撒在泥泞的人行道上面。微弱的黄色光线透过商店的橱窗，穿过迷蒙的雾气，照到拥挤不堪的大街上。在我眼里，那朦胧发暗的灯光照在络绎不绝的行人身上，古怪得如幽灵一般——有人脸色忧郁，有人喜形于色，有人憔悴，有人快乐。所有的人都在从黑暗走向光明，又从光明走向黑暗。我并非多愁善感，但是在这个让人心情阴郁的夜晚，还有我们即将卷入其中的事件，都让我感到万分紧张不安。摩斯坦小姐脸上的表情，让我知道她和我有着同样的感受。

只有福尔摩斯没有受到任何不良影响。他把笔记本放在膝上，借着随身带来的手电筒的微光，时不时写下一些数字和其他材料。

莱西姆剧院前车水马龙，人来车往。从双轮马车和四轮马车上走下来穿着晚礼服的男人和肩披围巾佩戴珠宝的女人们。我们刚走到约好的第三根柱子旁边，就有一个面色黝黑身材瘦小的一身马车夫装束的人和我们打招呼。

“你们是和摩斯坦小姐同来的朋友吧？”他问道。

“我是摩斯坦小姐，他们两位是我的朋友。”她说。

他用异常尖锐和疑问的目光审视着我们。

“请原谅，小姐，”他说，态度颇为强硬，“我向你提出过要求，你的同伴中不能有警官。”

“我担保。”她答道。

他吹了一声口哨，马上就有一个街头流浪汉引来一辆四轮马车。我们打开车门，进了车厢。和我们说话的男人跳上了车夫的座位，还没等我们坐稳当，车夫就扬鞭策马，飞驰穿过雾气重重的大街。

此情此景异常奇特。我们既不知道要去哪里，也不知道要去干什么。对我们的这次邀请如果不是一个彻头彻尾的骗局——这可是令人难以置信的假设——那我们就有理由相信，这次旅行会给我们一个重要的结论。摩斯坦小姐的态度还是如先前那般镇定。我努力想让她快活起来，就开始讲些我在阿富汗时的冒险经历。可是，由于我对我们的处境实在感到不安，对我们的命运也感到不可捉摸，我的故事也因而讲得心不在焉。

直到现在，她还常拿我当时讲的一个故事来取笑我：深夜，一支枪杆钻进我们的帐篷，我马上拿起双筒老虎枪开火……

起初，我还能认出经过的路线和方向。但是，由于车速极快，大雾弥漫，而我对伦敦又不是太熟悉，没有多久我就迷向了。我只知道我们走了很远，其他就什么也不知道了。但是，福尔摩斯并没有迷路，在马车穿过广场，行进在弯曲的小路上时，他低声说出了几乎所有我们经过的地方的路名。

"罗彻斯特街。"他说，"现在是文森特广场。现在我们到了沃克斯霍尔大桥路。很明显，我们的正前方是萨里郡的边缘。是的，没错，我们上桥了，你们可以看到河了。"

我们果然看到了泰晤士河，只见灯光映照在宽阔平静的水面上。我们的马车继续奔驰，不久又驶入了河对岸弯弯曲曲的街道中了。

"沃兹沃斯路，"我的朋友说，"修道院路，拉克霍尔街，斯托克威尔街，克尔德港。马车好像没有把我们带到上流社会人士居住的区域。"

我们确实来到了一个让人生疑而又生畏的地方。街拐角的酒吧射出粗俗刺眼的灯光，映出一排排灰暗的砖房。随后，我们看到的是几排两层楼住宅，每幢前面有一个小花园。然后是一排抢眼的新砖房——城郊扩建的住宅群。最后在一条新街区的第三栋房子前面，我们的马车才停了下来。

这附近其他的住户中都没有人。我们的马车停下来的地方和周围的房屋一样漆黑，只有一线微光从厨房的窗子里射出来。一敲门，立刻有一个印度仆人开了门。

他头上围着黄头巾，穿着宽大的白衣服，系着一条黄饰带。在郊外的一幢三等住宅的门口出现一身这样装束的东方仆人，可是显得有些不太协调。

“主人一直在等你们。”他话音未落，就听里面有人高声喊道，“吉姆达尔[①]，把他们带到我这里，直接带到我这儿来。”

① 吉姆达尔：印度语，仆人的意思。——译注

秃头的故事

我们跟在印度人身后，穿过一条肮脏的过道，光线昏暗，陈设简陋。走到右边一个门，他把门推开。昏暗的灯光从屋子里照到我们身上。灯光下，站着一个身材矮小的男人。他那高高突出的秃顶油光发亮，四边是一圈红发，好似枞树丛里立着的一座山峰。他站在那里，紧紧握着两手，脸上的肌肉在不停抽搐——一会儿笑着，一会儿皱眉头，一刻也没有平静过。他的下唇往下耷拉着，露出一排歪歪斜斜挤在一起的黄牙。他不停地用手遮着下半张脸，可是毫无用处。虽然谢了顶，但这个人看起来还年轻，实际上，他也不过是三十岁出头儿。

“摩斯坦小姐，我愿意为你效劳。”他不断地高声重复说，“先生们，我也愿意为你们效劳。请到我的小房间里来吧。小姐，这间房子虽小，却是依我个人喜好摆设的。这可是伦敦南郊荒凉沙漠里的一片小小的艺术绿洲啊。”

我们被让进了屋。里面的摆设让我大吃一惊。整体破烂的屋子和小房间里的陈设一点儿也不协调，好像是一颗极品钻石被放到了一座铜托子上一样。墙壁上挂着华丽精美的窗帘和壁毯，毯子用环儿结起来，露出了装裱精致的油画和富有东方特点的花瓶。琥珀色和黑色的地毯又软又厚，踩在上面特别舒服，就好像是踩到了一层苔藓。横铺在地上的，是两张大虎皮。屋角席子上放着两只很高的水烟筒，完全是东方情调的富丽气派。屋顶中央，一根隐约可见的金线挂着一盏银鸽式的吊灯。灯火燃烧着，发出淡淡的清香。

“我是撒迪厄斯 · 舒尔托。”矮个子男人说，脸上的肌肉又抽搐起来，笑得极不自然，“你一定是摩斯坦小姐了。两位是——”

“这位是夏洛克·福尔摩斯先生，这位是华生医生。”

“哦，医生！”他兴奋地叫了起来，“你带听诊器了吗？如果你愿意——我可不可以请你——我担心我的心脏二尖瓣有毛病，请你帮个忙。我的大动脉还不错，但我想听听你对我的二尖瓣的看法。”

照他的要求，我听了听他的心脏。但是没有发现有任何不正常的迹象，他只是因为极度紧张而引起了全身的颤抖。

“心脏很好，不必紧张。”我说。

“请原谅我的焦虑，摩斯坦小姐。”他语气轻松地说，“我可是个受了苦的人。很久以来，我也一直怀疑心脏不好。既然正常，我就高兴了。摩斯坦小姐，如果你父亲能克制自己，没伤及自己的心脏，那他现在应该好好活着呢。”

我特别气愤，真想打他一个耳光。这种敏感的事情，他竟轻描淡写，若无其事地讲出来。只见摩斯坦小姐坐了下来，脸色有些苍白。

“我心里早知道，他已经死了。”

“我会把一切都告诉你，”他说，“而且，我要给你主持公道。不管我哥哥巴托洛梅会说什么，我也会给你主持公道。你有两位朋友把你护送至此，我非常高兴，他们对我的所作所为也可以做见证。我们三个人尽可以大胆地对付巴托洛梅，但是不得再有外人了——绝对不能有警察和官员。根本不要外人，我们就可以圆满地解决一切问题。巴托洛梅最讨厌的就是把事情公之于众。”

他坐到一把低靠背椅上，闪着他那双无神的、满是泪花的蓝眼睛，期待地看着我们。

“我个人担保，严守你说出的所有秘密。”福尔摩斯说道。

我也点头表示同意。

“太好了！太好了！”他说，“摩斯坦小姐，可以敬你一杯香槟吗？或者是托考伊，行吗？我没有别的酒。我开一瓶，好不好？那好吧。我想你不会反对我抽烟的，不会讨厌东方烟草的香气。我有点儿紧张。我发现我的水烟可是一种无价的镇静剂。”

他把点烟的蜡捻儿放在大烟斗上，只见烟从烟斗的玫瑰香水里缓缓飘出来。我们三个人围坐成一个半圆，脑袋凑在一起，双手托着下巴。神色古怪、面部痉挛的矮子把他那高而发亮的秃头凑在我们中间，不安地喷吐着烟雾。

“当时我决定和你取得联系时，就应该告诉你我的住址。”他说，“但我担心你会忽视我的请求，把一些不合适的人给带来。所以，我冒昧地做出了这种安排，就让我的仆人威廉斯先和你见面，我信得过他随机应变的能力。我嘱咐他，如果发现情况有异，立刻放弃。事先做出这种安排，万请见谅。因为我是一个性情孤傲的人，也可以说是一个品味高雅的人，而最俗不可耐的，就是警察了。我天生就讨厌粗俗的实用主义，根本不与粗俗之人为伍。正如你们看见的，我生活在优雅的情调中。我觉得自己是个艺术家，而这也正是我的嗜好。这幅风景是柯罗的真迹。尽管有的鉴赏家可能会怀疑那幅萨尔瓦多·罗萨的作品，但是这一幅，我敢肯定是布盖洛的原作。我对法国现代派情有独钟。”

“请原谅，舒尔托先生，”摩斯坦小姐说，“我们被请来，是想要知道你想要告诉我们的事情。时间不早了，我想我们的谈话还是直接些好。”

“先别忙，”他答道，“因为我们一定要去上诺伍德，去和我哥哥巴托洛梅见面。要是我们想战胜他，就只能一同前往。他已经被我采取的合情合理的步骤给气坏了，昨天晚上我们还吵了一架。你们根本想象不出来，他发怒的时候有多可怕。”

“要是我们还得去上诺伍德，那我看我们最好是立刻动身。”我斗胆说。

他笑得涨红了脸。

“这样做可太冒失了。”他说，“如果突然把你们带去，我还不知道他会说什么呢！不，我必须告诉你们，我们需要如何配合，好让你们也有所准备。我首先要说明，这段故事里有几点连我自己至今也没弄明白。我只能就我所知的，告诉你们。

“也许你们已经猜到了，我的父亲就是原来在印度军团里服务过的约翰·舒尔托少校。大约在11年前，他退役了，住在上诺伍德的樱塘别墅。他在印度时发了财，带回来一大笔钱和很多贵重的古董，还有当地几个的仆人。有了这些，他就给自己买了别墅，过着奢侈的生活。他只有两个孩子，巴托洛梅和我，我们是孪生兄弟。

“摩斯坦上尉失踪时所引起的轰动我至今还清楚地记得，我是在报纸上看到详细报道的。我知道他曾是我父亲的一个朋友，所以在父亲面前无拘无束地谈论过这件事。他也常和我们一起猜测这件事是怎么发生的。我们没有想到的是，他竟会一直把秘密埋藏在自己的心里——事实上只有他一个人知道约翰·摩斯坦的命运。

“但是我们也知道，一种神秘的恐怖威胁着父亲。他从不独自出门，还雇用了两个职业拳击手在樱塘别墅给他当保镖。今晚给你们赶车的威廉斯就是他们两个中的一个，他曾是英国拳击轻量级冠军。父亲对他自己究竟害怕什么，从来都守口如瓶。但他十分憎恨木腿人。有一次，他朝一个木腿人开枪，结果那个人只是一个到处揽生意的商贩，人家可并无恶意。我们只好赔偿一大笔钱了结此事。哥哥和我都以为，这件事不过是父亲的一时冲动，但是后来发生的事情却让我们改变了看法。

“1882年春天，父亲收到一封从印度寄来的信，这封信好像是一个晴天霹雳，他打开信后差点儿昏倒在早餐桌旁。他自那以后，就一病不起。我们一直也不知道那封信的内容。在他拿着信封时，我看到上面只有非常潦草的几行字。他多年来一直患有脾大，这下病情急剧恶化了。4月底我们得知，他已经毫无指望了，他想最后见我们一面。

“我们走进他的房间时，看见他靠着枕头，呼吸急促。他让我们把门锁上，到他床边来。然后，他拉着我们的手，给我们讲了一个惊人的故事。他因为情绪激动和身体上的痛苦，声音一直断断续续。我现在尽量向你们复述他当时的原话。

“他说：‘在我死前，只有一件事放不下。我亏待了摩斯坦可怜的女儿。我一生的罪恶就是万恶的贪婪，我独吞了她的财宝，而这些财宝有一半应该属于她。可是我自己也没用过这些财宝——世上最盲目愚蠢的就是贪婪！因为强烈的占有欲，我不愿意与他人分享财宝。你们看，放在奎宁瓶旁边那个珍珠项链。尽管那是我挑出来想送给她的，可是最后我还是舍不得。你们两个，我的儿子，要把阿格拉财宝公平地分给她。但在我死前，不要给她任何东西——包括那个项链。也难说，一个人病成我这样，也可能会好起来。’

“他继续说：‘我告诉你们摩斯坦是怎么死的。他多年来一直有心脏病，但是他不想让别人知道，只有我知道这件事。在印度时，他和我两个人，由于接连发生的怪事，得到了一大笔财宝。我把财宝带回了英国。摩斯坦回到英国的当天晚上，就直奔我这里来，想领取属于他的那一部分。他是从车站步行到这里来的，我们已故的老仆人拉尔·乔达给他开了门。摩斯坦和我在分配财宝上意见不合，我们就吵了起来。盛怒之下，摩斯坦从椅子里跳了起来。他突然摁着胸口，面色惨白，身子向后倒去，头撞到了珠宝箱的角上。我弯下腰看他，天哪！他死了！’

“‘我坐了很久，吓得一时间不知所措。我头一个念头，就是想去报警。但是我转念一想，那样一定会指控我谋杀。他是在争吵当中死的，头部还有伤口，这对我不利。还有，要是警方进行调查，那一定会发现财宝的事，而这可是我特别要保守的秘密。他已经告诉我，他来找我没有任何一个人知道。所以，我也没有必要让任何人知道这件事。’

“‘就在我还不知如何是好的时候，忽然看见仆人拉尔·乔达站在门口。他悄悄地走进来，随手关好门。他说，别害怕，老爷，没有人会知道是我杀了他。要是把他藏起来，那谁会知道呢？我说我可没有杀他。拉尔·乔达摇摇头，笑了。他说他全都听见了。他听见我们在争吵，还听见撞击声，但他什么也不会讲。屋子里的人全睡了。我们把他弄走吧。他的话让我下了决心。如果连我自己的仆人都相信我有罪，那我怎么可以指望在陪审团的12个愚蠢的商人面前说清楚事实真相呢？当天夜里，拉尔·乔达和我就处理了他的尸体。几天后，伦敦各家报纸就登出摩斯坦上尉神秘失踪的消息。从我所说的当中你们也能看出，这件事很难说就是我的错。我的错仅在于，我们不仅把他的尸体给藏了起来，还隐藏了财宝。我得了自己的一份，还霸占了本应属于摩斯坦的一份。所以，我希望你们物归原主。把你们的耳朵放到我的嘴边来，财宝藏在——'

"就在这时，他的脸色一下大变，可怕极了。只见他双眼圆睁，下巴耷拉下来，用一种我永远也不会忘记的声音喊着：'赶走他！看在上帝的分上，把他赶走！'我们俩一齐回头，朝他眼睛看着的窗户望过去。黑暗中，一张脸正注视着屋子里的我们。我们可以看见他那在玻璃上压得发白的鼻子。那个人满脸胡须，目光凶恶，神情可憎。我和哥哥马上奔向窗户，可是他跑了。当我们回到父亲身边，他头已垂下，心跳停止了。

"我们当晚搜遍了花园，只在窗下的花圃上发现一只明显的脚印，此外没有任何不速之客的痕迹。如果仅凭这个脚印，那我们可能还会怀疑，那张凶神恶煞一般的脸可能真的出自我们的幻觉。然而没过多久，我们就得到了更确切的证据，说明我们的周围确实有神秘人物在活动。第二天一早，我们发现父亲屋子里的窗户被打开了，橱柜和箱子都被人翻过。在他的胸前还别着一张破纸，上面潦草地写着'四签名'。我们一直也没弄明白，这几个字是什么意思，那个神秘访客又是何许人。我们所能断定的是：虽然所有的东西都被翻过，但是父亲的财宝并未丢失。哥哥和我自然就把这件事和父亲平时的恐惧联系到了一起。但是一直到如今，它仍然是个谜。"

矮子停下来，重新点起了他的水烟筒，陷入沉思似的吸着烟。我们坐在那儿，聚精会神地听他讲着这个离奇的故事。讲到摩斯坦小姐父亲死的时候，她脸色苍白。我真担心她会昏倒，我悄悄地从旁边桌上威尼斯式的水瓶里给她倒了一杯水。她喝了水，才好了起来。福尔摩斯靠回到椅子里，一副心不在焉的样子，眼睑低垂，盖住了他闪闪发亮的眼睛。看着他，我不由想起，就在今天，他还在抱怨人生平淡无味。不过，眼前的问题对他的智慧来说，可是一次最严峻的考验。撒迪厄斯·舒尔托审视着我们，显然是因他讲述的故事所产生的效果而感到骄傲。他吸着水烟，又开了口。

“你们可以想象，我和哥哥为父亲提到的财宝感到有多么兴奋。好几个星期，好几个月，我们挖遍了花园里的每个角落，但是也没有找到藏宝的地方。想到他提起藏宝时话到嘴边就死了，我们简直要发疯。单是从他拿出的那个项链我们就可以推断，这笔财宝有多么贵重。我和哥哥巴托洛梅商量了怎么处理那串项链。那无疑是特别值钱的珍珠，他有些舍不得。他这个人对待朋友和我父亲有着一样的缺点。他也想过，要是我们留着项链，可能会引出闲话，从而招来麻烦。我只有说服哥哥，让我找到摩斯坦小姐的住址，然后定期寄给她一颗拆下来的珍珠。这样她就不会过贫穷的生活了。”

“这可是个慈悲的想法。”我朋友说，“看得出来你是个好人。”

矮个子摇手表示反对。

“我们只是财产的受托人。”他说，“当然这只是我的想法，哥哥巴托洛梅可不会用这种眼光来看问题。我们自己的钱够多了，再多的钱对我也没用处。再说，用这样卑劣的手段对待一个年轻姑娘，在情理上也是说不过去的。‘卑劣是万恶之首’，还是法国人的概括比较精辟。我们的分歧越来越大，我就带着一个印度仆人离开了樱塘别墅，建了自己的家。可是就在昨天，我得知发生了一件重要的事：财宝找到了。我马上就和摩斯坦小姐取得了联系。现在，我们就要坐车去上诺伍德，去取我们的那一份。昨天晚上，我和巴托洛梅说过我的想法。也许我们是他不喜欢的客人，不过他还是会等着我们的。”

撒迪厄斯·舒尔托先生不再说话了，他坐在舒适的矮椅上，身子不停地颤抖。我们都沉默着，想着这件怪事中出现的新进展。福尔摩斯第一个站起了身。

“先生，你从始至终都做得很好。”他说，“我们还可以告诉你一些你还不知道的事，以此作为对你小小的回报。摩斯坦小姐说得对，时间是不早了，事不宜迟，我们行动吧。”

我们的新朋友小心地收好水烟筒，从帐子后面取出一件羊羔皮袖领的轻便长袍。虽然夜里天气发闷，可他还是把长袍紧紧地裹在身上，最后还戴了一顶兔皮帽，用帽檐盖住耳朵。这样一来，他除了那张表情多变而又瘦削的脸，全身的其他部位都看不见了。

“我身体有些虚弱，”带我们走出过道时，他说，“我命里注定是个体弱多病的人了。”

马车在等着我们。这一切显然都是事先安排好的，因为车夫马上挥鞭疾驰。撒迪厄斯·舒尔托不停地说着话，他的声音很高，甚至压过了车轮声。

“巴托洛梅可是一个聪明人。”他说，“你们猜，他是怎么找到那笔财宝的？他最后断定财宝在屋里的某个地方，就计算了整座房屋的体积，仔细丈量每个地方，连一英寸的地方也不放过。他算出整幢房子高七十四英尺。他打穿了楼板，量了厚度，然后把每间房的高度和楼板的厚度加在一起，但发现只有七十英尺。还剩下的四英尺呢，显然就是楼顶了。这样，他就在顶层的用板条和熟石膏制成的天花板上打了个洞。在那儿，就是在那儿，他发现了一个封死的、没有人知道的小阁楼，而财宝箱就放在正中间的两根椽子上。他把箱子从洞口放下来，并立刻就把它给打开了。据他估计，珠宝的价值不少于50万英镑。”

听到这个巨大的数目，我们都瞪大眼睛，彼此观望。如果摩斯坦小姐得到本应归她的那一份的话，那她将会从一个穷家庭教师一夜间变成全英国最有钱的继承人。毫无疑问，一个真诚的朋友应该为这个消息感到高兴。但是，令我羞愧的是，自私一下占据了我的心，它一下子变得如铅般沉重起来。我支支吾吾地说了几句祝贺的话，便低头坐在那儿，连我们的朋友说了些什么，我甚至都没听见。很显然，他是一个疑难病症患者。我好像听他没完没了地说了一大堆症状，并恳求我告诉他江湖秘方的配方和它们的作用，他还把一些秘方记在随身带在口袋中的皮夹子里。我敢说，那天晚上我讲给他的任何回答，他可能都已经记不起来了。福尔摩斯后来告诉我，他记得我告诫那个矮子服用蓖麻油时，不要超过两滴，还建议他用大量剧毒的士的宁当镇静剂来使用。不管怎样，马车戛然停下，车夫跳下车时，我才终于松了一口气。

“摩斯坦小姐，这就是樱塘别墅。”撒迪厄斯说，伸手扶她下车。

樱塘别墅惨案

我们到达这个晚上冒险行动的最后一站时，已经快到11点了。大都市潮湿的雾气已被我们甩在身后，而夜色是如此迷人。西边吹来了暖风，厚厚的云层开始消散，半弯月亮不时闪露在云端。现在已经可以看到较远处的地方了，但撒迪厄斯·舒尔托还是从马车上取下了一盏灯，以便我们看得更清楚些。

樱塘别墅建在独立的一片广场上，四周建有围墙，墙头插着碎玻璃。唯一的入口就是一张窄窄的铁夹板门。我们的向导像邮递员一样，在门上面重重敲了两下。

“什么人？”里面的人粗声粗气地问。

“麦克默多，是我，你知道我这个时候会来的。”

传来一阵抱怨声，然后是哗啦哗啦的钥匙声。门沉重地向后打开了，只见一个身材矮小胸膛宽阔的男人站在门口。在昏黄灯光照射下，我们看见一张向外窥探的脸，还有两只不停眨巴着的多疑的眼睛。

“撒迪厄斯，是你吗？这几个人是谁？老爷可没有告诉我，说还有别的人要来。”

“没告诉你？麦克默多，你真让我吃惊！我昨晚就告诉了哥哥，说我会带几个朋友来。”

“巴特洛梅先生今天还没出过他的房间呢，我可没接到什么吩咐。你知道，我可得守规矩。我可以让你进来，至于你的朋友，他们得等在外面。”

这可出乎我们所有人意料。撒迪厄斯看着他，也有些不知所措。

“麦克默多，这可太不像话了！”他说，“我给他们担保，这总行了吧？还有一位小姐呢，你总不至于让她在这种时候等候在外面吧？”

“真是抱歉，撒迪厄斯先生。”看门人不留余地地说，“这帮人可能是你的朋友，不过，他们可不一定就是我家老爷的朋友。老爷待我不薄，我可得尽心尽职。你的朋友，我可一个也不认识。”

“噢，麦克默多，你认识的。”只听福尔摩斯非常和气地说，“你总还记得我吧？四年前的那个晚上，在艾利森场子里为你举行的拳击赛，一个业余选手和你拼了三个回合。你还记得吗？”

“这不是夏洛克·福尔摩斯先生吗？”这位职业拳击手一下子叫起来。“我的天呐！我怎么没认出来？你站在那儿干吗不做声？过来在我头上来几下你那套交叉出拳，我不就可以认出你来了吗？唉，你的天赋给浪费了，真是给浪费了！如果你持之以恒，那你会取得很高成就的。”

“你看，华生，我要是一事无成，还有一门科学的职业等着我来干呢！”福尔摩斯笑着说道，“我看，我的朋友是不忍心让我们站在外面受冻的。”

“请进，先生，请进！你和你的朋友都快进来吧。”他答道，“可是还是十分抱歉，撒迪厄斯先生，主人的命令很严，在他们进来前，你一定得保证他们都是你的朋友。”

院子里，穿过荒凉空地是一条碎石铺成的小路，它弯弯曲曲，通向一幢方形的普通大房子。整座房子都罩在阴影中，只有一线月光，照在房屋的一角，在顶楼窗户上隐隐闪现。外形巨大的住宅，在死一般的寂静中，让人感到毛骨悚然。就连撒迪厄斯·舒尔托也显得不安起来，他手里的灯不住地抖动，发出嘎嘎的声音。

“真是弄不明白，”他说，“一定是出了什么事。我确实是告诉了巴托洛梅我们会来的，可他的窗户里没有灯。这究竟是怎么回事？”

“他总是这样戒备森严吗？”福尔摩斯问道。

“是的，他继承了我父亲的习惯，他毕竟是我父亲的儿子。我经常感到奇怪，父亲告诉他的事情可要比告诉我的多。月亮照着的那扇窗就是巴托洛梅的，可是他没开灯。”

“是没有，”福尔摩斯说，“但我看见门旁边的那扇小窗户有灯光。”

“噢，那是管家住的，伯恩斯通老夫人住在那儿，她会告诉我们一切的。不过，你们还是在这儿等一会儿。她不知道我们要来，如果我们一下子都过去，她会害怕的。可是，嘘！什么声音？”

他举起灯，手不停地颤抖着，光影在我们周围摇动着。摩斯坦小姐抓紧了我胳膊，我们站住了，心跳得厉害，都竖起了耳朵。在寂静的夜里，那所巨大黑暗的房子里传来一阵撕心裂肺、让人恐惧的声音——这是一个受了惊吓的女人发出的凄惨哭声。

“是伯恩斯通夫人，”舒尔托说，“屋子里只有她一个人。等着，我马上就回来。”

他直奔门口而去，以他特有的方式敲开了门。一个身形高大的老夫人一看见他，就像是见了亲人一般，立刻把他让进了屋里。

“哦，撒迪厄斯先生，你来了就好！你来了就好，撒迪厄斯先生！”

我们听到她不断地重复这些话，直到门关上了，我们还可以听见她的声音。

我们的向导把提灯留给了我们。福尔摩斯慢慢转动着提灯，仔细查看房子和堆在院子里的大堆垃圾。摩斯坦小姐和我手拉手地站在一起。爱情可真是神奇！我们就这样站在一起，而在此前，我们并不曾约会，不曾让人传过话，也没有过暗送秋波。然而，就在这危险的时刻，我们的手却本能地拉在了一起。日后一想到这件事，我就会感到惊奇，但是在当时，我走向她是那么自然。而她也说，当时是本能地转向了我，想得到我的安抚和保护。于是，我们就像是两个孩子，手拉着手站在一起，虽然周围万分凶险，可我们心中却全然毫无畏惧。“多么奇怪的地方啊！”她说，眼睛看着四周。

“好像英格兰的鼹鼠都给放了出来。我在柏拉兰特的山里见过这样的情景，那里是探矿工人生活的地方。”

“这是同一个原因，”福尔摩斯说，“都是寻宝人留下的痕迹。别忘了，他们六年来一直在找这份财宝，所以这个地方才弄得像个采石场。”

就在这时，大门突然打开了，撒迪厄斯·舒尔托狂奔出来，两手向前伸着，眼睛里满是恐惧。

“巴托洛梅出事了。”他大声叫嚷着，“吓死我了！我受不了啦！”

他惊恐万状，那张从羊羔皮衣里伸出来的脸在一个劲儿地痉挛着，像死人一般苍白。他那祈求帮助的神情就像是一个孤独无助的孩子。

“我们进去！”福尔摩斯当机立断地说。

“好，走！”撒迪厄斯·舒尔托恳求道，“我可不敢再带路了。”

我们跟着他，一同进了管家的房间，这个房间在过道的左边。只见老妇人搓着两手，惊恐不安地在屋子里走来走去。不过，摩斯坦小姐的出现似乎给她带来些安慰。

“天呐，这张脸多么甜美文静啊！”她歇斯底里地带着哭腔说，“见到你，我真的好多了！今天我可真受够了！”

我们的朋友轻轻地拍了拍她那双粗糙干瘦的手，低声说了几句温柔、安慰的话，这才使老妇人苍白的脸色有所恢复。

“老爷把自己锁在屋子里，都不和我讲话。”她解释说，“我整天都在等他的吩咐，而他平常就喜欢这样一个人待着。刚才我担心是出了什么事儿，就上楼，在钥匙孔里偷偷地往里面看了看。撒迪厄斯先生，你可一定要上去，你要亲自去看看。我和巴托洛梅·舒尔托先生相处了10年，见过他高兴的样子，也见过他难过的样子，可是我还从来没看见过他现在这种面孔。”

撒迪厄斯·舒尔托已经吓得牙齿打战，于是福尔摩斯提着灯，在前面引路。撒迪厄斯给吓成这样，上楼时我都不得不伸手搀扶了他一把，因为他的两膝也开始哆嗦了。上楼时，我们看见福尔摩斯有两次从口袋里拿出放大镜，仔细查看着楼梯上的棕毛垫上的痕迹。在我眼里，那只是一丁点儿看都看不清的灰斑。他慢慢地拾级而上，把灯放得很低，从左到右认真地查看着。摩斯坦小姐跟在后面，陪着受到惊吓的管家。

上了第三段楼梯，前面是一段比较长的甬道。甬道的右边是一幅巨大的印度挂毯，左边开着三扇门。福尔摩斯小心谨慎地沿着甬道慢慢向前走，我们紧跟其后，把长长的暗影投在了身后的甬道上。我们要找的是第三道门，福尔摩斯敲了敲门，没有回应。他随后旋转门钮，想一下子把门推开。但是我们把灯贴近门缝时，才发现门从里面用一根又宽又结实的门闩给插上了。钥匙虽还在旋转，可是钥匙孔还没有被完全遮盖住。福尔摩斯弯腰朝里面看了看，立刻立起身，倒吸了一口凉气。

"情况不太对头，华生。"他说。我还从未见过他表现得如此激动。"你要不要看一下？"

我弯下腰，看着钥匙孔，也一下子被吓得缩了回来。隐约闪现的月光照亮了屋子。只见一张脸悬在空中，注视着我，而脸部以下全都浸在黑暗里——那分明就是撒迪厄斯的那张脸。同样高而发亮的头，同样的一圈红头发，同样苍白的脸。然而他脸上露出的却是狰狞和恐怖，龇牙咧嘴，肌肉发僵。屋子里在宁静的月光照射下的这种狞笑，比任何凄惨痛苦的脸或扭曲变形的脸都要让人更加毛骨悚然。这张脸和我们矮个子朋友的脸真是太像了，我不禁转回头，看看他是不是还在我们身边。我想起他说过的话，他们兄弟俩是双胞胎。

"太可怕了！"我对福尔摩斯说，"我们该怎么办？"

"我们得打开门。"说着，他朝门猛撞，把全身的重力都压在锁头上。

门吱嘎作响，可还是没有打开。我们一齐用力朝门猛撞，这才砰的一声把它撞开了。我们进了巴托洛梅的卧室。

这间房子布置得像一间化学实验室。门对面的墙壁上摆着双排带玻璃塞的玻璃瓶，桌上到处是实验用的灯、试管和蒸馏器。墙角是一些盛满了酸液的瓶子，放在柳条编的篮子里。一个瓶子似乎有点儿漏，也许已经被打破了，流出黑色的液体。屋子里散发着一股刺鼻的柏油气味。屋子的一边，在堆放得乱七八糟的板条和灰泥上立着一架梯子，只见天花板上是一个大得可以穿过一个人的洞口，梯子下面零乱地堆放着一根长长的绳子。

房屋的主人就坐在桌子旁边的扶手椅上，他的头靠在左肩，脸上露出恐怖的令人难以理解的笑容。他已经全身僵硬发冷，显然已经死了好几个小时了。在我看来，他的面孔和四肢蜷曲的模样十分古怪。他扶在桌子上的那只手旁边，摆着一件奇怪的东西——一根纹理细密的棕色木棍，上面用粗麻绳捆着一块像是锤子似的石头。旁边放着一张破纸，上面字迹潦草地写了几个字。福尔摩斯看了一眼，就把它递给了我。

“你看看吧。”他对我使了个眼色。

在提灯光的照射下，我惊恐地看见那上面写着“四签名”。

“天啊，这是怎么回事？”我问道。

“是谋杀。”他一边说，一边弯下腰查看尸体，“啊，我猜到了。你看！”

他指着死者耳朵上方的头皮，在那儿扎着一根黑色的长刺。

“像是根刺。”我说。

“就是一根刺！把它拔出来。当心！有毒！”

我用拇指和食指拔出长刺。刺拔出来后，头皮上只留下一个小血点，此外没有留下任何别的痕迹。

“真是让人捉摸不透的谜！”我说，“不仅没有弄明白，反而越弄越糊涂了。”

“正好相反，”福尔摩斯说，“很快就会水落石出的，只需再弄清几个遗漏的环节，案情就会真相大白了。”

进屋以后，我几乎把我们的同伴忘记了。他还站在门口，神色不安，绞着双手，独自唉声叹气。可是突然之间，他失望地尖声高叫起来。

“财宝没了！”他说，“他们抢走了财宝！我们就是从那个洞口把财宝给取下来的，是我帮他取下来的！我是最后一个见到他的人！昨晚离开他下楼时，我听见他锁好了门。”

“什么时候？”

“10点钟。可是，现在他死了！警察会来的，他们肯定会怀疑是我干的。哦，一定会的，他们会怀疑我的。先生们，你们不会这样想吧？你们肯定不会认为是我干的吧？如果是我害了他，那我还会带你们来吗？哦，天啊！天啊！我要疯了！”

他的手不停地抽搐，他使劲儿地跺着脚。

“舒尔托先生，你没有理由害怕。”福尔摩斯拍着他的肩膀温和地说，“听我的话，驾上车到警察局去报案，答应全力帮助他们。我们在这里等你回来。”

矮个子神情茫然地听从了福尔摩斯的话，我们听见他摸黑跌跌撞撞地下了楼梯。

福尔摩斯做出推断

福尔摩斯搓着双手，说："华生，现在我们还有半个小时，要好好利用。我和你说过，这个案子就要了结了。但是我们可不能因为过分自信而出差错。现在看来，案情似乎很简单。可是，也许中间隐藏着更玄妙的东西呢。"

"简单？"我不禁发问。

"当然简单！"他说话的口吻，就像是临床教授在给学生上课。"你就坐在那个角落里，别让你的脚印把事情给弄复杂了。开始工作吧！这帮人是怎么进来，又是怎么出去的呢？房门从昨晚开始就没有被打开过。窗户呢？"他提着灯走到窗户边，大声说着他所观察到的一切，好像并不是在对着我讲话。"窗户也是从里面锁好的。窗框很牢固，旁边没有铰链。打开看看！附近没有水管，屋顶也离得很远。但确实有人爬上了窗户。昨晚下了小雨，窗台上有个脚印，这里是一个圆形的泥印子，地板上有一个，桌子旁边又有一个。华生，你看这儿，这真是一个很好的证据。"

我看了看那几个清晰的圆形泥印。

"这可不是脚印。"我说。

"这对我们更有价值，这是木桩留下的印子。你看窗台上，那是一个带宽大金属后跟儿的靴子印，旁边则是一个木桩印。"

"是木腿人！"

"一点儿没错！但是，还有一个人——一个精干利索的同谋。医生，你能爬上那面墙壁吗？"

我看着窗外，月光依然明亮地照在屋角上，我们离地面足有六十英尺高。从我这儿看，外面墙壁上没有任何立足之处，甚至连个裂缝都没有。

“绝对爬不上来。”我答道。

“没有别人帮助，是爬不上来的。那你想想，要是上面有个朋友，他把角落里那根粗绳子扔给你，再把另一端牢牢拴在墙上的大挂钩上。我想，只要你是一个能动弹的人，就是装着一条木腿，也可以爬上来。当然，你还可以用同样的办法下去，你的同伙再把绳子扯上来，从大挂钩上解下来，关上窗户，从里面闩上，再从来的地方逃走。还有一个需要注意的细节，”他指着绳子，继续说，“我们那位装着木腿的朋友虽然墙爬得不错，但他还不是一个职业水手，他的手还不够粗硬。我用放大镜看出来，绳子上不止一处有血迹，特别在绳子的末端。他往下滑时速度太快，把手掌磨破了。”

“这都不错。但事情变得更加扑朔迷离了。那个神秘同谋是谁？他是怎么进来的？”

“对，那个同谋！”福尔摩斯沉吟道，“说到这个同谋，确实有些有趣的事情。他把这个案子给搅和得更复杂了。我认为，这个同谋在我国的犯罪史上开辟了一条新路子——类似的案件只在印度发生过。如果我没记错的话，在塞内冈比亚也发生过这样的事。”

“那他究竟是怎么进来的？”我反复地问，“门是锁着的，窗户又高不可攀，那是从烟囱里进来的吗？”

“烟囱太小了，”他说道，“我已经考虑过这种可能性了。”

“那他到底是怎么进来的？”我追问道。

“你总是不按照我的规则考虑事情。”他摇头说道，“我和你说过好多次，当你排除了不可能的，那剩下的就是必然的事实，不管它多么让人难以置信。我们知道，他不是从门进来的，也不是从窗口进来的，更不是从烟囱进来的。我们也知道，他不可能预先藏在屋子里面，因为屋子里根本没有藏身之处。那他到底是从哪里进来的呢？”

“那他就是从天花板上的那个洞口进来的。”我说。

“当然是从那里进来的，我敢肯定。要是你愿意给我提着灯，那我们的搜索范围就会扩大到房顶上那个找到财宝的密室。”

他爬上梯子，一手抓住一根椽子，跃身进了阁楼。随后他探出头来，伸手接过灯。我也跟着上了阁楼。

这是一间约十英尺长六英尺宽的阁楼。地板是用椽木做成的。椽木之间铺着一层薄薄的板条和灰泥，这样，走路时就必须踩着一根根椽木。屋顶呈人字形。这里就是这座房子的真正顶部了。阁楼里没有任何家具，地板上的灰尘显然厚积多年了。

“你看，”福尔摩斯说，手扶着人字形屋顶，“这就是通向屋顶外面的暗门，我可以推开，这是没有什么坡度的屋顶。这么说，这里就是第一位来者经过的路线。让我们再看看，是不是还可以找到其他让我们知道这个人特征的痕迹。”

他拿起灯，照着地板，这时，我又一次看见那天晚上他脸上再次露出的吃惊的神情。我朝他看着的地方望去，吓得浑身发凉。地板上到处都是赤脚脚印，清晰明显，保存完整，但是那脚印竟不到常人脚印的一半大。

“福尔摩斯，”我迟疑地说，“想不到一个孩子竟也会做出这种事来。”

他立刻冷静下来。

“我开始也吃了一惊，”他说，“但是也没有什么好奇怪的，记忆一时出错了，我本该想到这点的。这里没有什么可查看的了，我们下去吧。”

“对那些脚印，你怎么看？”一回到屋里，我就迫不及待地问。

“亲爱的华生，你也应该动动脑筋嘛！”只听他不耐烦地说，“你知道我的方法，你也得用才行啊，而这有助于我们比较各自得出的结论。”

“从这些事实中，我可得不出任何结论。”

“你很快就会知道的。”他不假思索地说，“我想这个地方没什么重要的线索了，不过我还是想看看。”

他取出放大镜、卷尺，然后跪在地板上飞快地测量、比较、观察着。他那细长的鼻子离地面只有几英寸，深陷的眼睛也闪闪发亮，就像是鹰的眼睛。他动作敏捷，悄无声息，神秘难解，就像是一只训练有素的警犬，在不停地寻找气味。我不禁想到，如果他的精力和才智不是用来维护法律而是用来触犯法律，那他将会是一个多么可怕的罪犯啊！他一面查看，一面不停地嘀咕，最后发出一声惊喜的尖叫。

"我们真幸运。"他说，"现在没有什么问题了。第一个不幸踩在了杂酚油里。在这种气味难闻的东西旁边，你可以看到他的小脚印。你看，这只瓶子给踩破了，里面的东西流了出来。"

"那又怎么样呢？"我问道。

"我们已经逮住他了，就是这样。"他说，"我知道狗可以顺着这种气味走到世界的尽头。如果狼群能闻着鲱鱼的气味穿过一个郡，那一条训练有素的警犬不也可以闻着这种刺鼻的气味做到这一点吗？这就像是一道比例计算题：内项的积和外项的积相等，则结果必然是——啊，警察来了。"

只听楼下传来沉重的脚步声和吵嚷声，大厅的门砰的一声关上了。

"趁他们还没上来，"福尔摩斯说，"你摸摸这个可怜的家伙的胳膊和他的腿，有什么感觉？"

"他的肌肉像木头一样僵硬。"我答道。

"确实如此。这是极度痉挛的后果，而且远远超过了普通僵尸的硬度。你再看这张扭曲的脸，这种歇斯底里式的笑，或者像那些老作家们所说的'惨笑'，你从中可以得出什么结论？"

"死于某种植物性剧毒生物碱，"我答道，"某种可以导致破伤风的类似士的宁类的物质。"

"一看到他面部收缩的肌肉，我就想到了这一点。一进屋，我就想弄明白这种剧毒究竟是怎么进入他体内的。你已经看到了，我发现了一根很容易就能扎进他头皮里的刺。你看，如果当时死者正直坐在椅子里，那他被刺扎中的部位，正好对着天花板上的那个洞。你再检查一下这根刺。”

我仔细拿出那根刺，放在灯光里。只见那是一根又长又尖的黑刺，尖端发亮，上面涂着已经发干的胶质物，而较钝的那一端是用刀子削圆了的。

“是生长在英国的刺吗？”他问。

“不，绝对不是的。”

“有了这些材料，你就应该做出较合理的推论了。但是眼前正规军已到，该是辅助部队撤退的时候了。”

在他说话时，过道上的脚步声已经越来越近了。一个身材矮胖、结实强壮、穿着灰色制服的男人大步走进了屋子。只见来人面色红润，身强力壮，一看就是个多血质的人，他鼓胀的眼袋里是一双小而闪亮的眼睛。在他身后，是一位身穿制服的巡佐和仍然全身在发抖的撒迪厄斯·舒尔托。

“我们在执行公务！”他嚷道，“我们真正是在执行公务！可这些是什么人？这里怎么热闹得像一个养兔场？”

“阿瑟尼·琼斯先生，我想你还应该记得我吧？”福尔摩斯轻声问道。

“哦，当然记得，”他喘着粗气说，“是大理论家夏洛克·福尔摩斯先生啊！我记得。我永远都不会忘记你对主教门珠宝案的起因、推理和结论所做的讲解，你确实把我们引向了正轨。不过你也得承认，那一次破案主要是因为运气好，而不是靠什么正确的指导。”

“那不过是一个非常简单的推理。”

“哦，好了，好了，别不好意思承认了。这里怎么回事？真是糟糕！糟糕透了！这里只有严峻的事实，可不会有什么做理论的余地。真走运，我正好在办另一个案子，才到上诺伍德来了！报案时我正好在警察局。你认为这个人是怎么死的？”

“噢，这个案件似乎用不上我的理论。”只听福尔摩斯极为冷淡地说。

“不，不！你有时还真能说中呢。天哪！我听说门可是锁着的，那价值50万的珠宝是怎么不见的？窗户怎么样？”

“关得很严，不过窗台上有脚印。”

“好了，好了，如果窗户是关死的，那窗台上的脚印就和本案无关。这可是常识。人倒是会突然暴死，可是珠宝怎么会不翼而飞呢？啊，我有个理论！我有时也会来些灵感呢。——巡官，请你先出去，还有你，舒尔托先生。你的朋友可以留下，——福尔摩斯先生，你认为这是怎么回事？舒尔托自己承认昨晚和他哥哥在一起。他哥哥死了，结果是舒尔托捞到了财宝。是不是这样？”

“这死人还起身仔细关好了门呢。”

“嗨，这是个破绽。我们考虑这个案子时，最好是用常识。这个撒迪厄斯·舒尔托确认他和他哥哥在一起。他们之间还发生过争执，这些我们都已经知道了。他哥哥死了，而珠宝也不见了，这也是我们知道的。撒迪厄斯离开后，就没有人再见过他哥哥，也没有人睡过他的床。撒迪厄斯显然做贼心虚。他的外表，啊，可并不太吸引人。你看，我正在向撒迪厄斯发起攻击，大网正向他收拢呢。”

“你还不太了解事实。”福尔摩斯说，“我有最充分的理由相信，这根刺上有毒，曾经扎在死者的头皮里，伤痕还在。你看看放在桌上的这张纸，旁边还放着这个非常奇怪的绑着石头的木棍。要是用你的理论，怎么解释这些情况？”

“各方面均已得到证实。”胖警官颇为自负地说，“屋子里到处是印度古董。那根刺是撒迪厄斯带来的。如果它有毒，那撒迪厄斯同样可以像别人一样用它来杀人。而这张纸，它不过是像变戏法中常用的障眼法一样，没有任何意义。现在唯一的问题是，他是怎么出去的？哈，有了，屋顶上有一个洞！”

由于身体肥胖，他费了九牛二虎之力才爬上了梯子，从洞口进了阁楼。没过多久，我们就听见他得意地喊起来，说他找到了暗门。福尔摩斯耸了耸肩膀，说：“他倒也能发现一些东西，有时也还有些模模糊糊的理性。可是法国谚语说得好：‘与有思想的混蛋更难相处！’”

“你看，”阿瑟尼·琼斯一边说，一边放下梯子。“还是事实胜于雄辩！我对这个案件的判断已经被证实了。有一个暗门通向屋顶，那扇门还半开着呢。”

“那是我打开的。”

“哦？是吗，那你也发现暗门了？”他马上有些沮丧，“好吧，不管是谁发现的，它总说明凶手是怎么逃掉的。巡佐！”

“是，先生！”过道里有人答道。

“把舒尔托先生喊过来！——舒尔托先生，我有责任告诉你，无论你现在说什么，都会对你不利。因为你哥哥的死与你有关，所以，我要以女王的名义逮捕你。”

“天哪！你们看看，我不是跟你们说过了吗？”可怜的矮个儿伸出双手，朝我们大声嚷道。

“舒尔托先生，”福尔摩斯说，“你用不着担心，我会给你澄清事实的。”

“不要轻率下结论，理论家先生，不要轻率下结论！事情也许不像你想象的那么简单！”侦探插嘴说道。

“琼斯先生，我不仅可以洗清他的罪名，还可以告诉你昨晚到这个房间里来的两名凶手中的一个的姓名和模样。我有充分的理由断定，他叫乔纳森·斯茂。他文化程度不高，身材矮小，但人很机灵。他右腿断了，装了一条木腿，但木腿的内侧已经损坏了。他左脚靴底呈方形，粗糙，鞋跟钉着铁掌。他是个中年人，肤色黝黑，坐过牢。这些特征，还有他的手掌脱落了很多皮的事实，也许对你会有用。至于另一个人么——”

“哦？另一个人呢？”阿瑟尼·琼斯冷笑着说。不过我还是可以看出，他对另一个凶手的特征推断极感兴趣。

“那是一个非常古怪的人。”说着，福尔摩斯转过身来，“我想用不了多久，就可以把这两个人介绍给你。华生，我和你说句话。”

他把我带到楼梯口。

“这个意外的插曲让我们忘记了到这里来的目的。”他说。

“我也这么想，”我说，“让摩斯坦小姐留在这所阴森恐怖的房里真的不太合适。”

“对，你最好送她回去。她住在下坎伯韦尔，在赛西尔·弗里斯特夫人家，离这里不算远。要是你愿意再来，那我在这里等你。你是不是很累了？”

“一点儿也不累。不把案子弄个水落石出，我是睡不好安稳觉的。我也算见过世面，可老实说，今天晚上发生的这些怪事还是把我的神经给搅乱了。既然已经走到这一步，那我倒愿意和你一起把这个案子了结了。”

“你在这里会给我很大的帮助。”他说道，“我们应该单独行动。琼斯那家伙想干什么就让他干去好了。你把摩斯坦小姐送回去以后，去河边莱姆贝斯街品钦巷3号。右边第三幢楼住着一个养鸟人，叫谢尔曼。你会看到窗户上画着一只黄鼠狼抓着一只小兔。把那个老头叫醒，告诉他，我要急用他的托比。把托比随车带来。”

“那是一条狗吧，我猜？”

“是的，是一条奇特的混血狗，嗅觉灵敏。我只想让托比来帮忙，而不想得到伦敦所有警犬的帮助。”

“我一定把它带来。”我说，“现在是1点，如果能换匹马，3点前一定能返回来。”

“我要找伯恩斯通夫人和那个印度仆人了解情况。”福尔摩斯说，“撒迪厄斯先生说，那个仆人就睡在隔壁顶楼。然后，我还要研究一下这位伟大的琼斯先生的方法，再聆听一番他的挖苦话。”

“‘有些人总喜欢对自己不了解的事情进行挖苦，对此我们已习以为常。’歌德的话总是这样精辟入理。”

木桶的插曲

警察是坐马车来的，我于是驾着这辆马车，把摩斯坦小姐护送回家。她是一位像天使一样的女人，只要还有比她更脆弱的人需要帮助，她就会镇定地伸出援手。刚才我还看到她安静镇定地坐在备受惊吓的女管家身边，可一上车，她就一下昏倒了，接着开始啜泣——痛苦地经历了这一夜离奇遭遇后，她再也控制不住自己了。后来她对我说，那天晚上我对她一路上表现得太冷漠，太疏远了。她哪里知道我当时内心的斗争和强忍着自己的痛苦呢。我心中的同情与爱怜伸向她，正如在院子里对她伸出手一样。如果没有这一天的奇遇，那多年形成的习惯恐怕难以让我认识清楚她那既温柔又勇敢的天性。倾慕的话刚到嘴边，而心里生出的双重考虑又使我欲言又止。她一时软弱无靠，精神和神经都受了强烈刺激，如果在这个时候向她求爱，未免有乘人之危的嫌疑。而更让我为难的是，如果福尔摩斯的努力最后成功，她就会成为非常富有的继承人。一个收入微薄的医生，利用这种偶然的亲近关系向她求爱，这公平吗？体面吗？难道她不会以为，我只是个粗俗的淘金者吗？我可不想冒险让她对我生出这种想法。这些阿格拉[①]财宝，成了我们之间不可逾越的鸿沟。

到达赛西尔·弗里斯特夫人家时，差不多已经两点了。仆人们早已休息，可是弗里斯特夫人仍坐在屋里，等着摩斯坦小姐归来。她显然是对摩斯坦小姐收到的那封奇特的信放心不下。她亲自打开了门。这是一位优雅的中年妇女，

① 阿格拉：印度北方邦城市，以古迹众多闻名。著名的泰姬陵遗址即坐落在此。——译注

看到她温柔地搂着摩斯坦小姐的腰，并以慈母般的口吻向她问候。我真是万分高兴。显然，她不仅是一个受雇用的老师，而且还是一个受人尊重的朋友。经过介绍后，弗里斯特夫人诚恳地邀我进屋，让我给她讲述这一晚上的奇特遭遇。我只好向她解释，我还有要事在身，并认真地答应她，我会随时前来向她通报这件案子的一切进展。在驾车返回的时候，我回过头，看见楼上两个最为优雅的女人正手拉手依偎在一起。我还看见半掩的房门，大厅的灯光，彩色玻璃的温馨，屋里的晴雨表和光洁的扶梯。置身在这个纷扰杂乱的事件中，突然看到这样一个优雅宁静的英国家庭，真是让人倍感欣慰。

对于所发生的一切，想得越多，就越感到难以理清头绪。驱车穿过被煤气灯照亮的寂静的街道时，我又在想着这一连串离奇的事件。最初的疑问现在已经解开了，摩斯坦上尉的死，寄来的珠宝，刊登的广告，还有这封信——这些现在已经是水落石出了。但是这个事件却让我们卷入了一个更难解的更可怕的巨大怪圈之中。印度财宝，摩斯坦行李中发现的神秘图案，舒尔托少校临死时的怪状，财宝的重新发现，随之而来的财宝发现者的遇害，还有与谋杀有关的种种迹象，小孩的脚印，怪异的凶器，上面写着与摩斯坦上尉留下的图案上的字相同的写有字的破纸——这可真是一个迷宫，而一个人要是没有福尔摩斯那样的天赋，是根本无法找到任何线索的。

品钦巷是莱姆贝斯街尽头一排破旧的两层砖楼。我在3号门上敲了很久，才有人应答。最后，百叶窗缝里露出一线烛光，从上面的窗户里探出一个人的脑袋。

“快滚开，你这个醉鬼！”那人高声喝道，“你要是再叫喊，我就打开狗窝，放出四十三条狗来咬你！”

“放一条就够了，我就是为了这个才来的。”我说。

“滚开！”那人吼道，“我袋子里有把雨刷，你再不滚开，我就把你脑袋打开花！”

“可我要的是狗！”我嚷道。

“少废话！”谢尔曼喊道，“站远点儿！喊到三，我可就扔刷子了！”

“夏洛克·福尔摩斯先生——”我这才说道，这几个字像是有魔力一般，只见窗户一下子关上了。不到一分钟，门就打开了。谢尔曼先生是个身材高瘦的老头，他双肩下垂，脖子上青筋暴露，戴着一副蓝色的眼镜儿。

“福尔摩斯的朋友可是随时欢迎的。”他说，“先生，请进来。小心那只獾，它可是会咬人的。去！淘气的家伙！别咬这位先生。”他对着从笼子里钻出一只可怕的脑袋、睁着一对红色眼睛的鼬鼠喊道。“先生，用不着害怕，是条蛇蜥，还没长毒牙呢。我把它放出来，让它吃甲虫。请原谅我刚才的失礼，因为孩子们总是来我这里捣乱，吵得我睡不安生。先生，福尔摩斯先生想要什么？”

“他想要你的一条狗。”

“啊，那一定是托比。”

“对，就是托比。”

“托比在左边的第七个笼子里。”

只见他举起蜡烛，在他收养的奇禽异兽间慢步穿行。在微光中我隐约看见，屋里的每个角落都有闪亮的眼睛在向我们窃笑。就连我们头顶上方的椽子上，都落有一排罕见的野鸟，它们被我们的响动给吵醒了，开始将重心懒洋洋地从一只爪移到另一只爪上面。

托比是一条丑陋的长毛垂耳狗，它是长毛垂耳狗和猎狗的混血种，毛色黄白间杂，走起路来摇摇摆摆。在片刻的迟疑之后，它吃掉了谢尔曼先生让我喂给它的那块糖，我们之间也就因此建立了友谊。它跟着我上了车，一路上都很听话。当我再次回到樱塘别墅时，皇宫里的钟刚敲响三下。我发现，曾经是职业拳击手的麦克默多被作为同谋逮捕了，他和舒尔托先生被带往警察局。两名警察把守着那张狭窄的大门，在我说出警官的名字之后，他们就让我带着狗进去了。

福尔摩斯站在台阶上，两手插在口袋里，嘴里叼着烟斗。

“啊，你把它带来了！”他一看到我就开了口。“好狗！阿瑟尼·琼斯已经走了。你走后我们大吵了一顿。他不仅带走了我们的朋友撒迪厄斯，还把看门人、女管家和那个印度仆人也给带走了。除了楼上的那位巡官，这里可就是我们的天下了。把狗留在这儿，我们上楼去。”

我们把狗拴在大厅里的桌子腿上面，然后就上了楼。房间还是原来的模样，只是死者身上多了一张床单。一脸倦色的巡官靠在角落里。

“巡佐，把你的牛眼灯借我用一下。”我的朋友说，“把这块纸板系在我的脖子上，这样我就可以把灯挂在胸前了。谢谢！现在我得脱掉鞋子和袜子。华生，你把鞋袜带到楼下去，我得爬行一段距离。把这块手绢在杂酚油里蘸一下。好了，好了，跟我到阁楼上去一会儿。”

我们从洞口爬上去。福尔摩斯又用灯照了照灰尘上的脚印。

“我希望你特别注意一下这些脚印。”他说，“发现什么值得注意的东西了吗？”

“还不是小孩或是小妇人的脚印。”我答道。

“除了脚印的大小，就没有别的了吗？”

“好像和别的脚印没什么不同。”

“好吧！你看这儿！这是灰尘上的脚印，现在我在旁边再踩一个，主要区别在哪里？”

“你的脚趾是并拢的，那只脚印上的脚趾是分开的。”

“不错！这就是关键，记住这一点。你再到吊窗前，闻一闻木框的边缘。我得站在这儿，因为我手里还拿着这条手绢。”

我照他所说的去做了，立刻闻到了一股强烈的杂酚油的刺鼻味道。

“那就是他逃走时踩过的地方。如果你都可以闻得出来，那托比更不会成问题。好了，下楼去，放开托比，当心绷索。”

我下楼到院子里时，福尔摩斯已经上到了屋顶。只见他像一只巨大的萤火虫，在屋脊上慢慢地爬行着。有一阵儿，他在烟囱后面消失了，可不一会儿，他又出现了，然后又消失在屋脊对面。我绕到那边，只见他坐在屋檐的一角。

“是华生吗？”他喊道。

“是我。”

“就是这儿。下面那个黑东西是什么？”

“是个水桶。”

“有盖儿吗？”

“有。”

“有没有看见梯子？”

“没有。”

“该死的家伙！这可是个危险的地方。可他能从这儿爬上来，我就可能从这里爬下去。水管好像很结实。我下来啦！”

接着就是一阵哗啦啦的细微响声。只见他提着灯沿墙边缓缓而下，然后轻轻一跳，落在了木桶上，接着又跳到地面上。

“要跟踪他并不难。”他边穿起鞋袜边说道，“沿道儿上的瓦都给踩松了，在匆忙中，他还丢下了这个东西。正像你们医生所说，这证实了我的诊断。”

他递给我看的是一个小袋子，那是一只用彩色草绳编成的烟袋，外面装饰着几颗俗气的珠子，它的大小很像烟盒。袋子里面有六根黑色的木刺，一头尖、一头圆，和扎到巴托洛梅·舒尔托头皮上的那根一模一样。

“这可是致命的凶器，”他说，“当心伤了自己。得到这个，我真是高兴极了，因为这很可能就是他的全部凶器，用不着担心它会扎到我们身上了。我宁可挨枪子儿，也不愿意中毒刺。华生，你还能不能再跑六英里的路？”

“没问题。”我答道。

“腿受得了吗？”

“受得了。”

“那就好了。过来，托比！闻闻这儿，托比！闻闻这儿！”他把蘸着杂酚油的手绢放在狗的鼻子上。托比叉着毛茸茸的双腿立起来，滑稽地扬起头，翘着鼻子，就像是一位鉴赏家在闻陈年佳酿。福尔摩斯丢掉手帕，在狗的脖子上系了根结实的绳子，把它牵到木桶旁边。这时，狗接连发出尖厉而颤抖的吠声，鼻尖贴地，尾巴朝天，循着气味向前面狂奔而去。我们拉着绳子，以最快的速度在后面紧紧跟随。

东方已经微明，在灰蒙蒙的寒光中，我看到了远方。四四方方的大院子，那灰暗死寂的窗户，光秃秃的高墙，凄然耸立在我们的身后。我们穿过院子，拐向右边。院子里已是坑洼不平，到处是散乱的垃圾和丛生乱长的灌木，更让这里看起来就如同昨夜发生在这里的惨案一般惨淡荒凉。

到了界墙时，托比跑上去，在高墙的阴影下焦躁不安地嘶叫着，最后在一处长着山毛榉的角落里停了下来。两堵墙在此处相合，有几块砖石已经松动，剩下的砖缝已经磨损不堪，低处的墙缝已经被磨圆了。这情景好像是因为常常被当作梯子使用才形成的。福尔摩斯爬上墙，从我手里接过狗，放到墙的另一边。

“这里有木腿人的手印。”我爬到他身边时，他对我说，“你看，白灰上还留着血迹。幸好昨晚没有下大雨！虽然时间过了28小时，可气味还留在路上。”

我曾经担心伦敦大街上川流不息的车马会破坏杂酚油的臭味。但我的担心很快就消除了，托比嗅着地面，摇摇摆摆，毫不犹豫地向前奔跑。显然，杂酚油的气味比路面上的任何气味都要强烈。

“不要以为我们能破获这个案子，只是因为案犯偶然踩上了化学药品。我知道有许多种不同的方法可以帮助我们找到凶手。但是，既然命运把这个最快捷、方便的办法送到了我们手中，那我们就得好好利用它。如果我忽略了这一点，那我应该受到责备。然而，这让本案简单化了。我们一直以为，破获此案需要一点儿智慧。如果不存在这个显而易见的线索，我们或许还能凭此得到些许赞赏。”

“还是功不可没，真的。”我说，“福尔摩斯，我觉得你破获本案的方法，比破获杰弗逊·霍普一案的方法还要让我感到诧异。我觉得这件事情更神秘，更让人难以理解。比如说，你怎么那么自信地描述出木腿人的特征呢？”

“嗨，老兄！那个太简单了，我可不想夸张，事情明白得可以摆到桌面上。两个负责看管囚犯的官员听到了一个藏宝的重大秘密，而一个叫乔纳森·斯茂的英国人给他们画了一张图，你还记得吧，我们在摩斯坦上尉的纸条上看见过这个名字。他自己签了名，还替他的同伙也签了名。而这就是他所谓的‘四签名’。凭借着这张图纸，这两个官员——或者是其中的一个——找到了那份财宝，并把它带回了英国。我们可以设想，他并没有信守诺言。那么，乔纳森·斯茂为什么不亲自去取财宝呢？答案很明显，画图的日期正是摩斯坦和囚犯接触最密切的时期。而乔纳森没有亲自取回财宝，是因为他和他的同伙都是囚犯，他们都脱不了身。”

“这只不过是推测吧。”我说。

“不只是推测，而是合乎事实的唯一假设。让我们看看，这与以后发生的事情是如何相互吻合的吧。舒尔托上校得到财宝后，过了几年安稳的日子。后来他收到了一封从印度寄来的信，这封信让他惊恐万分。为什么呢？”

“信中说，被他欺骗过的人都获释了。”

“或是越狱逃跑了，这种可能性更大，因为他肯定知道他们的刑期，否则，他不会感到惊恐。那么他会怎么样呢？他处处提防着那个木腿人——注意，是一个白种人，他误把一个白种商人给打伤了，而图纸上只有一个白种人的姓名，其他几个全是印度教徒或是伊斯兰教徒的名字，里面没有第二个白种人了。因此，我们完全有把握说，木腿人就是乔纳森·斯茂。你觉得这样的推测是不是有漏洞？”

“没有，很清楚，也很精辟。”

“好吧，那我们就站在乔纳森·斯茂的角度，从他的立场来分析下面的事实吧。他抱着两个目的来到英国，一是要拿到他认为自己有权得到的东西，二是要报复那个欺骗他的人。他找到了舒尔托先生的住址，很可能还和他家里的什么人建立了联系。有一个名叫拉尔·拉奥的男管家，我们没有见过此人。伯恩斯夫人说他品行不端。斯茂并不知道财宝藏在什么地方，除了少校和他死去的忠实仆人，再没有人知道。斯茂这时突然得知少校病危，他担心财宝的秘密被少校带到棺材里，所以才暴跳如雷，冒着被守门人抓住的危险，来到了垂死的少校的窗前。只是因为少校的两个儿子在床前，他才没有进屋。他对死者一直怀恨在心，当天夜里就又潜入到屋子里，翻遍了少校的私人文件，希望能够找到财宝的线索。临走时，他留下一张写着简短留言的字条，表示他已经来过。毫无疑问，对于杀死少校然后在他身边留下'四签名'的字条，他是早有预谋的。它表示这不是一件普通的谋杀案，而是站在四个同伙的立场伸张正义的行为。这种怪诞离奇的想法在犯罪史上也是常见的，通常能够让我们发现与罪犯有关的一些极有价值的线索。明白吗？"

"非常清楚。"

"那么乔纳森·斯茂是怎样采取下一步行动的呢？他只能暗地里留心别人搜寻财宝的动静。他很可能会离开英国，偶尔回来打探一下消息。后来阁楼被发现了，他立刻就知道了。这又证明他是有内线的。乔纳森装着个木腿，他不可能爬上巴托洛梅·舒尔托家的屋顶。但他带来了一个相当奇特的同谋，此人爬上了屋顶，却一脚踩进了杂酚油里。所以我们找来了托比，还让一个腿上有伤薪水减半的军官跟着我们一起跑了六英里。"

"那就是说，凶手是那个同谋，而不是乔纳森了？"

"是的，从乔纳森进屋跺脚的情形来看，他是反对这样做的。他与巴托洛梅·舒尔托无冤无仇，他只想把他捆起来，堵住他的嘴。杀人偿命，他可不想把自己送上绞刑架。可是，事已至此，已无可挽回。他的同伙蛮性大发，使用了毒刺。于是，乔纳森留下纸条，带上财宝跑了。这就是我对事情经过的解释。至于说他的相貌，他一定是一个皮肤黝黑的中年人，因为他在骄阳如火的安达曼蹲了多年的大牢。他的身高很容易从他脚印的长短推算出来。我们还知道他留着胡子，这是撒迪厄斯·舒尔托从窗口亲眼看见的。我想大概没有什么遗漏了吧。”

“那他的同谋呢？”

“啊，这没什么神秘的，真相不久就会大白。早晨的空气多么新鲜啊！你看，天边的云霞像巨大的火烈鸟身上的羽毛在空中飘飞。一轮红日穿透了伦敦上空的云层，阳光普照，可它照不到像你我这样负有特殊使命的人身上。在大自然的威力面前，我们的这点儿雄心和斗志显得多么渺小啊！你熟悉让·保尔[①]的著作吗？”

“稍稍熟悉一点儿，我是在读过卡莱尔[②]的作品后才开始研究他的作品的。”

“这就好似顺着小溪找到了湖泊。他说过这样一句奇特而意味深长的话：‘人类真正伟大之处，在于他能够认识到自己的渺小。’这句话谈的是比较和鉴别的威力，这种威力本身就是崇高的证明。里希特尔[③]的作品中则有精神的食粮。你带手枪了吗？”

“我有手杖。”

“要打入他们的巢穴，我们可能会需要这类东西的。我把乔纳森交给你，他的同伙要是难以对付，我就开枪打死他。”

说着，他掏出了左轮手枪，装了两颗子弹，然后放进右边的口袋。

我们跟在托比后面，走上通向伦敦的大道。路旁是半乡村式的别墅，接着，就是向远方延伸的大街。街上的人们和码头工作都已开始劳作，慵懒的妇人们正打开窗户清扫台阶。街角边，四方屋顶的酒吧开始营业。只见一个粗野的男人从酒吧里走出来，用袖子擦抹着嘴上的酒沫。野狗在街上奔跑，好奇的

---

① 让·保尔（1763—1825）：德国小说家。——译注

② 卡莱尔（1795—1881）：苏格兰散文作家和历史学家。——译注

③ 即让·保尔。——译注

眼睛在盯着我们。而我们举世无双的托比却从不左顾右盼，用鼻子嗅着地面，直往前奔，偶尔还发出急切的吠叫，这说明那气味还是很浓。

我们经过斯特汉姆、布莱克斯顿、坎伯韦尔，穿过奥弗尔东边的小街，来到了肯宁顿小巷。我们的跟踪目标选择这么一条曲曲折折的道路，可能就是想遮人耳目。只要能拐进平行的小巷，他们就绝不走大路。在肯宁顿小巷的尽头，他们穿过证券街和麦尔斯向左边拐去。托比这时不再向前跑，只是来回乱转，一只耳朵耸起，一只下垂着，一副不知所措的模样。它摇摇摆摆地转了好几个圈子，不时抬头看看我们，似乎在请求我们同情它的无奈。

"托比这是怎么啦？"福尔摩斯问，"他们肯定不会是坐车更不会坐着气球逃跑的呀。"

"他们可能在这里停留了一会儿。"我说道。

"啊！好了，它又上路了。"我的朋友显然松了一口气。

托比确实又上路了，它四处嗅了嗅，突然下了决心似的，用以前所未有的力气飞奔。气味似乎比以前更浓了，因为它不再用鼻子嗅地面，而是使劲儿拖着绳子朝前跑着。从福尔摩斯的眼神看，我们离他们的老巢不远了。

穿过九榆树，我们来到了白鹰饭店旁边的布罗德里克和纳尔逊大木场。托比兴奋得好像发了狂，从侧门跑进了已经开工的木场。它穿过锯屑和刨花，飞快地向前奔跑，绕着两堆木材之间的过道，来到一条小路上。最后，它得意地叫了一声，跳到了一只扔放在手推车上的大木桶上。托比伸着舌头，眨着眼睛站在木桶上，好像想得到我们的赞赏。桶板和车轮上都沾满了黑色的液体，空气中散发着浓浓的杂酚油的气味。

我和福尔摩斯面面相觑，不禁哈哈大笑起来。

贝克街小分队

“现在我们怎么办？”我问，“托比显然已经靠不住了。”

“它已经是尽力而为了。”福尔摩斯把它从木桶上抱下来，带它离开了木场。“你只要想一想伦敦每天杂酚油的运输量，就不会对我们跟踪的失误感到奇怪了。现在，杂酚油的用途很广，特别是可以用于木头的防腐。我们不应该责备可怜的托比。”

“我们最好还是回到气味发生混杂的地方去。”我提议说。

“对。幸好路还不算远。托比在骑士街路口徘徊了半天，那里一定有两条方向相反的线路，我们走错了路。现在看来，只剩下另一条路可走了。”

事情并不难，我们把托比带回到它先前出现错误的地方，它转了一个大圈子，然后就朝着一个新的方向跑去。

“我们要留神，别再让它把我们带到杂酚油运出来的地方去了。”我说。

“我知道。你看，它现在是在人行道上跑，运木桶的车一般都走马路，所以我们这次找到了真正的线索。”

穿过贝尔蒙特路和普林斯大街后，托比朝河边跑去。到了布罗特街的尽头，它就开始径直向水边跑。那里有一个小小的木码头。托比把我们带到了码头的旁边，停下来，望着肮脏的河水低声嘶叫。

“运气不好，”福尔摩斯说，“他们已经从这里上船走了。”

在码头边上的河道里，有几艘平底船和小艇。我们把托比带到每一条船上，虽然它在每个地方都认真地嗅了一遍，但没做出任何表示。

离这个简陋的码头不远处，有一座小砖房，只见那里的第二个窗口挂着一块木牌。木牌上写着几个大字：莫迪凯·史密斯，下面写着：船只计时计日出租。门上还写着此处还备有小汽船——码头上那一大堆煤炭证实了这一点。福尔摩斯四下观望，显得很不高兴。

"情况不妙。"他说，"这帮家伙比我想象的可要狡猾，他们早有计划，显然掩盖了行踪。"

他朝门口走去。门突然打开了，从屋里冲出来一个六岁左右的卷发男孩。一个肥胖的红脸女人拿着一块海绵追了过来。

"杰克，快回来洗澡，"她叫着，"回来，混账东西！你爸爸回来看到你这个样子，一定不会轻饶了你！"

"小朋友！"福尔摩斯趁机说道，"你的红脸蛋多可爱啊。杰克，你想要什么？"

小家伙想了想。

"我想要一个先令。"他说。

"不想要更好的东西吗？"

"那给我两个先令更好。"小家伙想了想，又说。

"好吧，拿着！史密斯夫人，这个小孩儿真乖。"

"先生，他就是这么淘气。我丈夫一出去就是好几天，我可真有点儿管不了这个小东西！"

"他出去了？"福尔摩斯有些失望。"真不凑巧，我有事要找他。"

"先生，他昨天早上就出去了，真是急死人啦！不过，你要是想租船，找我就行了。"

"我想租他的汽船。"

"噢，先生，他就是坐小汽船出去的，我急就急这个，我知道船上的煤可不够去伍尔维奇打个来回的。要是他坐平底船去，那我也用不着这么急了。因为他常去格雷夫森德办事，要是事情多的话，怕他给耽搁了。可是汽船没了煤，那可怎么办呢？”

“他可能会在下游的码头买些煤。”

“可能吧，先生。但是一般是不会这么做的。我总是听他唠叨，说零售的煤有多贵多贵。再说，我也不喜欢那个木腿人，样子丑不说，还一口外国腔。他常往这里跑，也搞不清有什么破事儿！”

“木腿人？”福尔摩斯万分惊讶。

“真的，先生。那个脸黑黑的像个猴子的家伙总是来找我男人。昨天晚上，就是他把我男人喊起来的。我男人知道他会来，早就把汽船给发动了。说真的，先生，我就是放心不下。”

“可是，史密斯夫人，”福尔摩斯耸耸肩膀说，“你用不着担心。你怎么知道昨晚来的就是那个木腿人呢？我不明白你怎么会这么肯定。”

“他的声音，先生，我对他的声音再熟悉不过了，总是粗声粗气，含含糊糊的。他那会儿在窗户上拍了几下——差不多是3点钟。他说：‘伙计，起来，该走了。’我男人又叫醒了我的大儿子吉姆，他们也没和我说半句话，就走了。我还听到那条木腿在石头上碰出的咚咚的声音呢！”

“是木腿人一个人来的吗？”

“是的，先生，没有听到还有别的人。”

“史密斯夫人，麻烦你，我想租那条汽船，因为我早就听说过——让我想想，它叫什么来着？”

“‘曙光’号，先生。”

“哦，是不是那条绿色的，横梁上画着宽宽的黄线的旧船？”

“不，不是，它和河上别的小船一样干净，刚刷过漆，船是黑色的，上面有两道红线。”

“谢谢！我想用不了多久，你就会得到史密斯先生的消息。我们现在顺水出发，如果碰到‘曙光’号，会告诉他，你很着急。你刚才说船的烟囱也是黑色的吗？”

“是的，先生，黑色的烟囱上系着条白色的带子。”

“哦，对了，船身是黑色的。史密斯夫人，再见！华生，这里有条渔船，让他们把我们带到河那边去。”

“和那种人打交道，”上了船后，福尔摩斯对我说，“一定不能让他们觉得，他们所提供的情况对你有用处，否则，他们就会对你装聋作哑。你要是假装并不怎么乐意听他们讲话，你就很可能会得到你想要了解的一切。”

“我们要做的事似乎很清楚了。”

“那你该做什么？”

“雇一条汽船，顺河追踪‘曙光’号。”

“我亲爱的朋友，那可太费事了。现在，‘曙光’号可能早就停靠在从这里到格林尼治之间的某个码头上了。桥那边数英里之内，都是停船的好地方。如果你挨个去找，那得要好几天的时间。”

“那么让警察来找好了。”

“不，不到最后关头，我是不会把阿瑟尼·琼斯叫来的。那个家伙并不坏，我不想做出给他职业带来不利影响的事情。既然已经到了现在这一步，那我就想独自干下去。”

“可不可以刊登广告，让码头上的老板提供情况？”

“那更糟了。那帮人一旦知道我们在跟踪，他们就会逃往国外。他们很可能已经做了外逃的准备，但只要他们还觉得安全，就不会仓促行事。在这点上，琼斯显然对我们有利，因为报纸上每天都会登出他对本案的审理情况。这样，那帮逃犯就会认为，大家都在向错误的方向追踪他们。”

“那我们该怎么办？”在密尔班克教养所下船时，我问福尔摩斯。

“坐这辆马车回家，吃点儿早餐，睡上一个钟头，说不定今晚还得赶夜路呢。车夫，请在电报局停一下！我们得把托比留下来，还会用得着它的。”

我们在大彼得街电报局停下来，福尔摩斯发了份电报。

“知道我给谁发电报吗？”

“不知道。”

“还记得在杰弗逊·霍普那个案子里，我们雇用的贝克街小分队吗？”

“记得。”我笑着说。

“他们对这个案子可能用处不大。如果他们派不上用场，我会另想办法。不过我还是要先试试他们，电报就是发给小队长维金斯的。我想我们在用完早餐前，他和他的伙伴就会赶来的。”

现在已是早晨八九点钟了。一夜的奔波之后，我早已是筋疲力尽，走起路来都是一瘸一拐的。我缺乏我的朋友身上那种对于自己职业的热情，也没有把这件事当成一道艰深的智力难题。至于巴托洛梅·舒尔托的惨死，我因为很少听人说他的好话，所以对杀死他的凶手也未产生强烈的厌恶，当然财宝是另一回事。那份财宝的全部或其中的一部分，应该归于摩斯坦小姐。只要有机会找到那份财宝，我愿为之赴汤蹈火也在所不惜。确实，一旦我找到了财宝，可能就再也不会和她接触了。然而，要是爱情被这种想法所左右，那它一定是渺小而自私的。如果福尔摩斯能找到凶手，那我就要付出多于他十倍的努力去把财宝给找回来。

回到贝克街，我洗了个澡，把自己收拾干净，觉得分外清爽。下楼回到房间，早餐已经摆好。福尔摩斯正在倒咖啡。

“你看，”他指着摊开的报纸，对我说，“看这儿！这位精力超人的琼斯和一个普通的记者已经把案子给了结了，可你还在为这个案子活受罪呢。还是赶快吃点儿火腿和鸡蛋吧。”

我从他手里接过报纸，看了看短标题——《上诺伍德之奇案》。

《旗帜晚报》消息，晚上12时许，上诺伍德樱塘别墅的主人巴托洛梅·舒尔托先生暴死于家中，显然是谋杀。据悉，死者身上没有暴力伤痕，但是死者从父亲处继承来的大宗价值连城的财宝全部被窃。死者的弟弟撒迪厄斯·舒尔托先生和应邀同往的夏洛克·福尔摩斯先生及华生医生首先发现尸体。所幸之事是：警署著名侦探阿瑟尼·琼斯先生当时正在上诺伍德警察分署，在接到报警后，半小时就赶赴现场。他训练有素，经验丰富，一到现场，就发现了凶手的线索，结果死者的弟弟撒迪厄斯·舒尔托因重大嫌疑被捕，同时被捕的还有女管家伯恩斯通夫人，印度仆人拉尔·拉奥以及守门人麦克默多。现已确证，凶手对房屋异常熟悉，琼斯先生在应用了娴熟的技术和精确的观察后确信，凶手没有通过门窗进入室内，他一定是穿过屋顶，经过一道暗门，然后潜入与死者卧室相通的某个房间里面的。正如事实清楚显示的，此案绝非普通偷窃案。而警方所采取的及时得力的行动表明，在这种情况下，必须要有经验丰富的资深老手亲临现场。这个案件的破获表明，把全市警力均匀分布，以便案发后有人可以及时赶到现场进行调查的建议，是值得认真考虑的。

“太棒了！”福尔摩斯说。他喝着咖啡，发出咯咯的笑声，“你有何看法？”

“我想，我们差点儿就给当成是嫌疑犯抓起来了。”

“我也这么想。如果他什么时候又精力过盛，那我们的安全可就成问题了。”

正在这时，门铃响起来。我听见房东赫德森夫人扯着嗓门，在和什么人争吵。

“天呐！福尔摩斯，他们真的来抓我们来了。”我起身说道。

“不，不会那么糟的。这是非官方部队——贝克街小分队的人来了。”

话音未落，我们就听到了光脚踩在楼梯上的声音和喧嚷声。十几个衣衫褴褛的街头小流浪儿闯进门来。虽然进屋子的时候吵闹不休，但他们还是有点儿纪律的，马上站成了一排，用期待的眼神看着我们。其中一个，个子稍高，年纪稍大的孩子站在前面，一副神气活现的样子，在这群穿戴肮脏不堪的人当中，就尤其显得滑稽好笑了。

“先生，”他说，“接到你的命令后，我马上就把他们都带来了。车钱一共是三先令六便士。”

“给你。”福尔摩斯拿出一些银币给他。“往后，他们要先向你报告，然后只你一个人来找我，我可不想把这个地方弄得乱七八糟。但既然来了也好，你们都听听我的命令。我要找一条名叫‘曙光’号的汽船，船主叫莫迪凯·史密斯。船身是黑的，有两道红线，黑色的烟囱上系着一条白色的带子。这条船现在正在下游的什么地方。我要你们中间的一个人守在密尔班克教养所对面的莫迪凯·史密斯码头，只要船一回来，就来向我报告。你们必须严密看守两岸，一有情况，马上报告。都听明白了吗？”

“听明白了，长官。”维金斯说。

“工钱还是老规矩，找到船的人可以得到一个金币，预付你们一天的工钱。好了，走吧！”他给每个孩子发了一个先令。他们兴高采烈地下了楼，没多久就消失在大街上。

“只要那只汽船仍浮在水面上，他们就可以找到它。”福尔摩斯从桌边站起来，点着烟斗，说道，“他们可以到处跑，可以看到各种各样的事情，可以偷听到任何人的谈话。我希望在天黑前就有找到那条船的消息，只有找到‘曙光’号或是莫迪凯·史密斯，我们才能重新找到中断了的线索。”

“托比吃我们剩下的饭菜就可以了。福尔摩斯，你要不要睡一会儿？”

“不，我不累。我的体质很奇怪，工作起来，从不知道疲倦。可一没事干，就萎靡不振。我想抽会儿烟，仔细回想一下我们的女委托人交给我们办理的这件怪事。我们手头的事情并不复杂，装木腿的人虽并不多见，但我想，另外那个，一定是绝无仅有。”

“又是另外一个！”

“我并不想把他神秘化，但你也该有自己的见解。好吧，考虑一下这些线索：小脚印，从未穿过鞋子的脚趾，光脚，绑着石头的木棍，敏捷的身手，带毒的刺。对这些你有何高见？”

“一个土著人！”我喊道，“要不就是乔纳森·斯茂同伙当中的一个印度人。”

“还是不太像。”他说，“当初见到这种让人奇怪的武器，我也是这么想的。但那些奇特的脚印让我改变了自己的看法。印度半岛有矮小的土著人，但他们都不会留下这种脚印。印度土著人的脚很长，也很瘦。而穿便鞋的伊斯兰教徒的脚拇指和其他脚趾是分开的，这是因为鞋带正好在拇指和其他脚趾之间。还有这些毒刺，想发射它们，只有一种办法，那就是用吹管。这样，我们得上哪里去找这个原始人呢？”

“南美洲！”我说。

他伸手从书架上取下来一本厚厚的书。

“这是刚出版的地名辞典的第一卷，可以说是最新的权威书籍。我们看里面是怎么写的：‘安达曼群岛位于孟加拉湾苏门答腊以北340英里处。’啊，看看这些，潮湿的气候，珊瑚礁，鲨鱼，布勒尔港，囚犯营，罗德兰岛，杨树林……啊，找到啦！‘安达曼群岛的土著人，以世界最矮小的人种而著称，尽管某些人类学家认为，非洲的布须曼人，美洲的迪格尔印第安人和火地人才是最矮小的人种。此处土著人平均高度不足4英尺，而许多成年人比这还要矮。他们生性凶狠残暴，极难相处。但一经取得信任，就可以和他们建立最忠诚的友谊。’注意这点，华生。好，你再接着听。‘他们天生可怕，长着畸形的头颅，凶恶的小眼睛，相貌怪异。他们的脚和手都异常短小。因其凶蛮，英国政府竭尽全力也未能争取到他们。他们是遇难船只的水手们最危险的敌人，他们会用镶着石头的木棒打碎幸存者的头，或是用毒箭将其射死。这种屠杀最后常以一场人肉宴告终。’好极了，真是些可爱的人！华生，要是我们让这个家伙逍遥法外，那后果不堪设想。我想，既然事实是这样，那乔纳森·斯茂雇用他，可能也是迫不得已。”

“可他究竟是怎么找到这位奇特的同谋的呢？”

“啊，这个我们就不得而知了。可是，既然我们知道斯茂是从安达曼来的，那么这个人和他在一起也就没什么好奇怪的。毫无疑问，一切很快就会水落石出。华生，你看起来很疲倦了，躺在那张沙发上，看我是不是能让你睡一会儿。”

他从屋角处拿起小提琴，我舒展全身，他开始演奏声音低沉、如梦似幻的抒情曲——曲子显然是他自己编的，他确实是即兴创作的天才。直到今天，我仍依稀记得，他那瘦削的手、真诚的脸以及拉琴的姿态。那时，我仿佛置身于温柔的海浪声中，很快进入了梦乡，梦见玛丽·摩斯坦甜美的脸向我微笑。

线索的中断

待我醒来时，已是傍晚了。我感到体力充足，精神焕发。福尔摩斯还坐在原来的地方，他已放下小提琴，在专心致志地看书。我起身时，他看了我一眼。我发现他脸色阴沉，一副迷茫的表情。“你睡得真香。”他说，“我还担心我们的谈话会把你吵醒呢。”

“我什么也没听见。”我说，“有什么新情况吗？”

“不幸得很，还是没有。我感到困惑，也感到失望。我原来估计，到这个时候，肯定是会有消息来的。维金斯刚才报告，没找到汽船的一点儿踪影。真让人恼火，因为现在每时每刻都很关键。”

“我可以做什么？我体力已经完全恢复过来了。我准备外出，再干一夜。”

“不，现在我们什么也做不了，只能等待。要是我们出去了，消息来了我们却不在，那会误事儿的。你有事情的话，尽可以去办。我必须在这里等候。”

“那好吧，我想去坎伯韦尔拜访赛西尔·弗里斯特夫人，昨天她邀请了我。”

“是拜访赛西尔·弗里斯特夫人吗？”福尔摩斯的眼里闪着笑意。

“当然还有摩斯坦小姐，她们都很想知道发生的一切。”

“要是我，才不会告诉她们那么多。”福尔摩斯说，“不能完全相信女人，就是最好的女人也不能相信。”

对他这种粗暴的言论，我未做争辩。

“我去一两个小时就回来。”我说。

“好吧，祝你好运！嗳，你要是过河的话，最好把托比送回去。我们暂时用不着它了。”

我照他的吩咐，把托比送还了品钦巷的主人，并给了他半个英镑。到了坎伯韦尔后，我发现摩斯坦小姐经过那一夜的奇遇后显得有些疲惫，但她还是急切地想知道新消息。弗里斯特夫人更是好奇。我给她们讲了我们所遭遇的一切，但把那些可怕的情节略去了。我提到了舒尔托先生的死，但是没有描述现场的惨状以及凶手所使用的方法。尽管省掉了许多细节，可是已够她们感到惊诧的了。

“传奇故事！”弗里斯特夫人高声说，“一个被伤害的女人，50万的财宝，一个黑脸土著人，还有一个装着木腿的凶犯，他们可取代了旧式的骠骑兵和邪恶的伯爵那种故事。”

“还有两位前来营救的骑士。”摩斯坦小姐说，一边愉快地看着我。

“摩斯坦小姐，我们这次搜索可决定着你的命运，可你好像并不着急。你想想，一旦你变得富有，全世界都会拜倒在你的脚下。”

让我颇感欣慰的是，她并没有因为我的话而激动。相反，她摇了摇头，反应很冷淡。

“我最担心的，是撒迪厄斯·舒尔托先生，其他东西对我并不重要。我觉得在事情进展的全部过程中，他的表现让人尊敬。我们有责任帮助他洗清这莫须有的罪名。”

我在坎伯韦尔一直待到晚上，回家时已经很晚了。我看见我朋友的书和烟斗都放在椅子旁边，而他本人却不见了踪影。我四处搜索，希望能找到他的留言条，可是我什么也没有找到。

赫德森夫人上楼来放窗帘时，我对她说：“我猜福尔摩斯先生一定外出了。”

“没有，先生，他回自己屋子里去了。”她压低声音说。“先生，你知道吗？我很担心他的身体。”

“他生病了吗，赫德森夫人？”

“唉，先生，他可是个怪人。你走后，我见他在屋子里走来走去，他的脚步声都让我感到心烦意乱，后来我还听见他自言自语。每次只要门铃一响，他就会跑到楼梯口，大声喊：‘是谁，赫德森夫人？’而现在，他又把自己关在屋子里，可我还能听到他来回走动的声音。先生，我真希望他没有生病。刚才我冒失地和他提起镇静药，可他回头瞪了我一眼，吓得我磕磕绊绊地从他房间里跑出来。”

“我想你用不着担心，赫德森夫人。”我说，“我以前就见过他这副模样。他心里有事，所以才会心神不定。”

我轻松地和我们忠实的房东夫人聊着，可是在这个漫漫长夜里，我不断听到他那沉重的脚步声，让我自己也开始感到不安。我知道，他是因为一时不能采取行动，那种急切心情就越发焦躁不安了。

早餐时，他看上去疲倦瘦削，面颊发红。

“你会把自己累垮的，老兄！”我说，“我听见你整夜都在走来走去。”

“我睡不着，”他说，“这该死的难题把我搞垮了。所有问题都解决了，可是却被一个小小的障碍给难住了。我真不明白，我已经知道了凶手、汽船，什么都知道，可就是没有汽船的消息。我已经发动了其他力量，动用了所有办法，整条河的两岸都搜索遍了，可就是没有消息。史密斯夫人也一直没有她丈夫的消息。我几乎得出这样的结论：他们把船沉到了河底。但是，这也讲不通。”

“也许是史密斯夫人隐瞒了实情。”

“不会的，这种顾虑尽可以消除。我已经让人调查过了，是有那么一条大船。”

“会不会是朝上游去了？”

“我也考虑过这种可能性。我的一支搜索队会往上游去，一直找到里士满。如果今天还没有消息，我明天就亲自出马去找凶手，而不是再找什么汽船。当然，当然还是会有消息的。”

可是，我们终于没有得到消息，维斯金和其他方面都没有消息。已有多家报纸报道了上诺伍德惨案，人们似乎都在痛恨那个可怜的撒迪厄斯·舒尔托。除了提及第二天开庭审讯，这些报纸上再没有新的内容了。晚上，我来到坎伯韦尔，向女士们通报了我们的失败。回来时，我发现福尔摩斯情绪低落，双眉紧锁。他无心回答我的问题，整夜都在忙着做一个奇怪的化学分析，我被蒸馏器加热后发出的气味赶出了房间。直到第二天清晨，我还可以听到试管的碰击声。我知道他还在做着那个臭气熏天的实验。

拂晓时分，我醒了过来，惊讶地发现他就站在我床边。他身穿粗糙的水手制服，外面套着一件粗呢大衣，脖子上系着一条红色的围巾。

“华生，”他说，“我要去一趟下游。我考虑半天，还是觉得只有这条路可走，无论如何也应该试试。”

“那我和你同去吧？”

“不行，你留在这儿做我的代表，会更有用处。我也不愿意离开，因为今天白天肯定会有消息来的，尽管维金斯昨晚还很泄气。我希望你拆看所有的来信和电报，如果有消息，就按你自己的判断来行事，好吗？”

“当然可以。”

“我行踪不定，恐怕你没有办法给我发电报。如果运气好，我想我不会耽搁太久的，我一定带消息回来。”

早餐时还没有他的任何消息。翻开《旗帜晚报》，我发现对案件有了新的说法：

据悉，上诺伍德惨案的案情要比预料的更复杂，也更神秘。有新的证据表明，撒迪厄斯·舒尔托与本案无关。他与管家伯恩斯通夫人在昨晚已获释。警方称，已发现真凶的线索。此案由伦敦警署精明干练的阿瑟尼·琼斯先生负责，估计抓获案犯指日可待。

我想，这还颇让人欣慰。我们的朋友舒尔托总算获得了自由。但我不明白，所谓新的线索是指什么。警方在出错时，总是会来这一手。

我把报纸扔到桌上，但忽然间瞥见寻人启事栏里一则广告。内容如下：

寻人：船工莫迪凯·史密斯及其长子吉姆于星期二凌晨3点左右乘汽船“曙光”号离开史密斯码头。船身为黑色，带两道红线，烟囱为黑色，系有白带。知道莫迪凯·史密斯及其“曙光”号下落者，请与史密斯码头史密斯夫人或贝克街221B号联系。当面即致五英镑作为酬谢。

这显然是福尔摩斯刊登的，贝克街的地址就可以说明这一点。这种聪明的办法让我惊讶，因为逃犯们看到广告，只会以为这是妻子对丈夫的担心，而不会知道其中的真意。

又是漫长的一天。每次听到敲门声或是穿过街道的脚步声，我都会以为是福尔摩斯回来了，要不就是看到广告的人送信儿来了。我想看看书，可满脑子都是奇特的追踪，还有那两个极不般配的可憎的逃犯。我怀疑我的朋友的推理可能发生了根本性的错误。难道他是在自欺欺人？难道他善于思索的聪明的大脑把这一个惊人的理论建立在完全错误的前提之上？我还从没有见过他做出过错误的推断，可是，毕竟智者千虑也必有一失。我想，他可能把推理做得过于精细，因而出现了错误——一个平常不过的案子到他手里，他也会做出奇妙的、不同凡响的解释。但是话说回来，我毕竟也亲眼看到了证据，亲耳听过他告诉我他推理的理由。回想着所发生的这一切怪事，我发现，有些事情显然无关紧要，但事实都指向了同一个方向。我不得不承认，就算是福尔摩斯真的推理出了错，那正确的结论也一定会特别离奇而惊人。下午3点，只听门铃大作，大厅里传来了命令式的说话声。没想到来者不是别人，而是阿瑟尼·琼斯先生。他的态度显然变了，在上诺伍德接管本案时，他既粗暴又蛮横。现在呢，只见他垂头丧气，举止温和，还透着一丝歉意。

“你好，先生，你好！”他说，“听说夏洛克·福尔摩斯先生外出了？”

“是的。不过我不知道他什么时候回来。请你等一等，请坐吧，抽支烟。”

“好的，谢谢！”他说，用红色绸巾擦了擦脸。

“来一杯威士忌加苏打水怎么样？”

“好的，来半杯吧。已经这种时候了，天气还这么热，我的心情又这样烦躁。你还记得我对上诺伍德案情的推断吗？”

“我是记得你做出了一种推断。”

“嗨，我现在要重新考虑此案了。本来我已经把舒尔托先生牢牢罩在网里了，可是先生，他半道儿上又突然从网眼儿里溜掉了。他提供了不在现场的证明，而那是无可怀疑的。离开哥哥的房间后，他一直和别人待在一起。所以，爬上屋顶从暗门进入房间的，肯定不会是他。这案子太奇特了，我做警察怕是威望难保了，我很希望得到别人的帮助。”

“有时候我们大家都需要帮助。”我说。

“先生，你的朋友福尔摩斯可是一个了不起的人，”他用非常肯定的口吻说，“谁也斗不过他。我知道他办过许多案子，而且他把每个案子都弄得清清楚楚。他的方法千变万化，虽然有点喜欢往理论上靠，但总的来说，他有希望成为一名优秀的警官，而我真是自叹不如啊。今天早上，我收到了他的电报。我想，他对舒尔托的事情有了新的线索。这就是他的电报。”

他从口袋里拿出电报递给我。电报是12点从波普拉发出的，电文如下：

请速去贝克街。如我未归，请等候。我即将找到舒尔托案的真凶。如想看到本案的结局，今晚请与我们同行。

“太好了！”我说，“他显然重新找到了线索。”

“唉，他也出错了！”琼斯得意洋洋地说，“就连我们最好的侦探也会出错啊。当然，这很可能是假报警。可是身为警官，我就有责任抓住每一个机会。门口有人，可能是他。”

我们听到朝楼上走来的沉重的脚步声，同时还伴随着因呼吸困难而发出的喘气声。他中途停下来两次，好像是爬楼梯太吃力，但是终于还是进了屋。他的外表与我们听到的声音倒是极为吻合。来人是一个老者，他穿一身水手服，外面套着件破旧的粗呢上衣，纽扣一直扣到了喉结跟前。他弯着腰，两膝发颤，不停地喘着粗气。他扶着一支粗重的栎木拐杖，耸着双肩在喘气。他的下巴上围着一条花围巾，除了露在外面的一双锐利的眼睛，面部的其他地方都被白色的眉毛和长长的胡须遮盖住了。此人给我的印象是：年事已高的航海家，虽穷困潦倒但让人尊敬。

“老人家，有事吗？”我问。

他用老人惯有的那种慢腾腾的方式，环顾一下四周。

“夏洛克·福尔摩斯先生在家吗？”他问道。

“不在，但是我可以代表他，有什么事，你可以和我说。”

“我要对他本人说。”他说。

“可我已经告诉了你，我能够代表他。是和莫迪凯汽船有关的事吗？”

“是的，我知道船在哪里，也知道他要追赶的人在哪里，还知道财宝在哪里，我什么都知道。”

“那就告诉我好了，我会转告他的。”

“我要告诉他本人！”他用老人那种易怒而固执的口气重复说。

“那你只有等他了。”

“不行，不行！你不能让我这一天就这么白白浪费了。如果福尔摩斯不在，那他自己去调查这些事情去好了。我和你们素不相识，我一个字都不会讲的。”

说着，他便朝门口走去。阿瑟尼·琼斯把他给拦住了。

“请等一等，朋友。”他说，“你带来了重要的消息，所以你不能走。不管你是不是愿意，我们都得留住你，直到我们的朋友回来。”

老人想夺门而逃，但阿瑟尼·琼斯用他那宽阔的肩膀挡住了门，他知道抗争是无济于事了。“真是岂有此理！”他嚷叫着，用拐杖敲打着地板，“我可是来见一个朋友的，而你们两个是我根本不认识的人，竟敢抓着我不放，还这样无礼！”

“你还是留下吧！”我说，“我们会补偿你付出的时间。请坐到这边的沙发上，等不了多久的。”他颇为不悦地坐在了沙发上，双手托着脸。琼斯和我又开始了闲聊。但是突然间，传来了福尔摩斯的说话声。

“我想你们也该给我一支雪茄烟吧？”

我们俩傻坐在椅子里，目瞪口呆。福尔摩斯就坐在我们身边，脸上一副有趣的表情。

“福尔摩斯！”我惊诧道，“你怎么在这里？老人呢？”

“老人在此，”他拿出了一堆白发说，“他就在这儿——假发、络腮胡子、眉毛，全都在这儿了。我想我的伪装还不差吧？真没想到还经受住了考验。”

“好啊！你这个坏蛋！”琼斯高兴地喊道，“你应该去当演员——一个天才演员。你模仿老人的咳嗽，还有那打战的双腿，可换得来一周10镑的收入呢。我想你的眼神还是瞒不过我。你看，你并没有那么轻易地骗过我们。”

“我今天一整天都是这副模样。”他说，一边点起了雪茄烟，“要知道，很多犯罪团伙现在已经认识了我，特别是我们这位朋友发表了一些有关我破了案的消息之后。所以，侦探有时候只能化装。收到我的电报了吗？”

“收到了，所以我才来了这儿。”

“你的案子进展如何？”

“一切都泡了汤，我只好释放了那两个人，另外两个人也是证据不足。”

“没关系，我们会给你另外找两个人来替代他们，但你要听我的安排。所有官方的荣誉最后都归你，但是得按我说的去做。同意吗？”

“完全同意，只要你帮我抓到凶手就行。”

“那好吧。首先，我需要一艘警用快艇——一艘汽船——今晚7点，在威斯敏斯特等候。”

“好说好说，那儿平时就备有一艘，不过我还是去对面打电话落实一下。”

“我还需要两个体格健壮的人，以防凶手反抗。”

“船里就有两三个呢。你还要什么？”

“抓到凶手，我们就可以得到财宝。我想，我的这位朋友肯定乐意把财宝送到那位年轻小姐的手里——这财宝的一半可理应归她所有，得让她第一个打开箱子。嗨，华生，你看如何？”

“我非常乐意。”

“这可不符合程序。”琼斯摇着脑袋说，“不过，这件案子整个就不合常规，我们就装装糊涂吧。不过，完事之后必须得把财宝交给政府，以待官方做出查验。”

“没问题，这好办。还有一点，我想听乔纳森·斯茂亲口说出此案的详情。你知道，我只希望弄明白我经手办的案子的详情。在对他进行严密看守的情况下，我要和他在我房间里或是别的什么地方做一次非官方的审讯，你不反对吧？”

“你是掌握全部案情的人。我还无法证明有乔纳森·斯茂这样一个人存在呢。不过，只要你能抓住他，我就没有理由拒绝你审讯他。”

“那就是说你同意了？”

“完全同意。还有别的要求吗？”

“最后一个要求：和我们共进晚餐。半小时之内，晚餐就可以准备好。我这里有牡蛎和一对松鸡，还有上等的白酒。华生，我理家的才能，你还没发现呢！”

凶手的下场

我们这顿饭吃得很高兴。福尔摩斯心情愉快时向来喜欢说话，而那天晚上，他确实也心情愉快。他说起话来神采飞扬，妙趣横生，滔滔不绝。我还从不知道他有这般渊博的学识，他天南海北地说到很多问题——从魔术剧到中世纪的陶器，从意大利的斯特拉迪瓦里的小提琴，到锡兰的佛教和未来的战舰——他好像对各个问题都做过专门的研究。他神清气爽，几天来的沉郁之气一扫而光。阿瑟尼·琼斯在放松的时候，倒也是一个不失随和的人，他兴致勃勃地饱餐了一顿。我一想到案子要了结，心里就感到兴奋，而我也明白福尔摩斯兴奋的原因。我们宾主三人开怀畅饮，而谁也没有提及我们是因何而聚。

待饭桌收拾干净，福尔摩斯看看表，他斟满三杯葡萄酒。

“为我们今晚小小的冒险活动干杯！”他说道，“好，我们也该动身了。华生，带上手枪没有？”

“抽屉里还有一支军用左轮手枪。”

“那最好带上，有备无患嘛。马车已经到门口了，我是定好6点半来接我们的。”

我们抵达威斯敏斯特码头时，刚过了7点。汽船在等着我们。福尔摩斯警觉地查看了一番。

“船上有警察标志吗？”

“有，旁边那盏绿灯就是。”

“把它拿掉。”

做过小小的修饰后，我们上了船，解开了船缆。我、福尔摩斯和琼斯坐在船尾，两位精干的警员坐在船头，另有一人掌舵，一人守着发动机。

“去哪儿？”

“去伦敦塔。让他们把船停靠在杰克伯森船坞的对面。”

我们的船确实开得飞快。在我们赶上并超过另一艘汽船时，福尔摩斯满意地笑了。

“我们可以赶上河道里所有的船。”他说。

“哦，那可不一定。不过，能超过我们的，确实也不多。”

“我们一定要追上‘曙光’号，它也号称是快艇呢。华生，我给你说说案情吧。我因一件小事烦恼过，你还记得吧？”

“记得。”

“我通过专心地做化学实验，让自己的头脑得到了彻底的休息。一位大哲学家曾经说过，变换工作内容就是最好的休息。确实如此。当我成功地做完碳氢化合物溶解实验后，才再次回到舒尔托这个案子上来。我把整个案情又考虑了一遍。我派出去的孩子们找遍了上游和下游，可就是没有结果。那条船既没有停在哪个码头里，也没有折回来。我想，他们不会为了掩盖自己的踪迹而把船沉掉，如果什么地方也找不到，那凿船也是可能的。我知道，这个叫斯茂的人狡猾多端，但我想他还不至于把一切事情安排到如此周密的地步。办事缜密是受到高等教育的结果。我又想，既然他在伦敦住过一段时间——我们有证据表明，他对樱塘别墅窥伺已久——绝不可能只是匆匆一瞥就立刻离去。他总需要一点儿时间，哪怕只有一天时间，来安排好自己的事情。无论如何，这是一种可能性。”

“我倒觉得不太可能。”我说，“出发前，他肯定已经把一切都安排好了。”

“不，我不这样想。在他确信自己已经用不上这个藏身之处前，不到万不得已，他是不会轻易出逃的。我还想到一层，乔纳森·斯茂肯定已经意识到，不管如何乔装改扮，他那同伙的相貌也会引起别人的议论，可能会让人一下子联想到上诺伍德凶杀案。他肯定警觉地看出了这一点。他们乘夜色离开巢穴，计划在天亮前返回。史密斯夫人说，他们是3点后上的船，而再过一两个小时，天就会亮，街上的行人就会多起来。所以，我想他们并没有走多远。他们给了史密斯很多钱，以此堵住他的嘴，并预订了他的汽船，在最后外逃时使用，然后就带着财宝，回到了自己的住处。他们用了一两天看报纸上的消息，听听风声，然后趁黑夜赶到格雷夫森德或道斯，显然他们已经订好了从那里到美国或者是殖民地去的船。”

“可是他们不可能把汽船也给带走啊。”

“当然不能。我想，尽管我们没有找到汽船，但它不会离开太远。然后，我把自己放在斯茂的角度，以他的眼光来看待这件事。他可能会想，如果警察在追踪他，那要是把汽船送回去或是把它停放在某个码头，都会被警察轻易发现。那么怎么可以把它藏起来，在需要时又随手可得呢？如果我处在他的位置，我会怎么办？我只能想出一个办法。我会把船送到某个船坞或修理站，巧作修饰。这样，既可以把船隐藏起来，又可以在提前几小时通知的情况下得到汽船。”

“这听起来很简单。”

“正是因为简单，才容易被忽视。于是我决定按照这种想法来行事。我马上换上了这身安全的水手服，到下游所有的船坞去询问。头15家一无所获，问到第16家，也就是杰克伯森船坞，我得知在两天前，一个木腿人把‘曙光’号送到他们那里修理船舵。那个老板说：‘那条带红线的汽船就在那儿，船舵没什么毛病。’说话间，失踪的船主莫迪凯·史密斯过来了，他喝得醉醺醺的。我当然不认识他，是他自己喊出了自己的姓名和他汽船的名字。他说：‘今晚8点我要用船，8点整，记住了，我有两个朋友等着要用。’显然他们付给他丰厚的报酬，因为他的口袋里胀鼓鼓的。他还朝那里的工人们拍着自己口袋里的先令。我跟踪着他走了一会儿。他进了一家啤酒店，我就又回到船坞。路上正好碰上一个我派出去的孩子，我让他给我盯住汽船。只要他们的船一出船坞，就站在水边向我挥动手帕，我们在船里等着。要是抓不到他们，拿不回财宝，那才怪呢！”

“不管他们是不是真凶，你安排得都很周密。”琼斯说，“不过，这件事要是落在我手里，那我就会派几个警察守在杰克伯森船坞。只待他们一出现，就将其一网打尽。”

“这只是纸上谈兵。斯茂可是一个很狡猾的家伙，他肯定会派一个人在前面探路，只要稍见有风吹草动，他就会再躲上一个星期。”

“那你就应该盯紧莫迪凯·史密斯，这样就可以找到他们的老窝。”

“那样我只会白白浪费一整天的时间。我想史密斯肯定不知道他们在哪儿，只要有了酒和钱，他对别的事情概不过问，只是听他们使唤。我考虑了各方面的可能性，这是最佳的方案。”

说话中间，我们已经穿过了泰晤士河上的几座桥。驶出伦敦市区的时候，晚霞在圣保罗教堂的十字架上闪动着金光。还未到伦敦塔，夜幕就已降临。

“那里就是杰克伯森船坞。”福尔摩斯指着萨里区河岸船桅林立的地方说，“在这些来来往往的驳船的掩护下，我们的船可以慢慢穿行。”他从口袋里拿出了一副夜视望远镜，朝着对岸观察了一会儿，然后说：“我看见了看守汽船的孩子，他还没有挥动手帕。”

“我们还是往下游走一段，在那里等他们吧。”琼斯着急地说。

这时，我们的心情都有些着急，就连对接下来要发生的事一无所知的警察和船工也开始跃跃欲试起来。

“我们不可以想当然，”福尔摩斯回答说，“虽说他们十有八九是朝下游走，可是也不能绝对肯定。从这里，我们可以清楚看见船坞的入口，但他们却几乎看不见我们。今天晚上没有雾，还有月光。我们必须待在应该守住的地方。你看，那边煤气灯下挤满了人。”

“都是从船坞下班的工人们。”

“他们看上去肮脏粗鲁，但是在他们的内心却都有一股不会泯灭的生气。单是从外表看，你是看不到这一点的。人真是不可思议！”

“有人说，人是万物之灵。”

“温伍德·瑞德对此倒有一番精辟的见解。”福尔摩斯说，“他说，虽说每个人都是一个难解之谜，但是在总体中，他就成了数学上的必然。例如，你不能预知某个人会干什么，但是你可以准确说出平均数的总和。单项是可变的，可统计所得的可能性是不变的。统计学家也是这么说的。我是不是看见手帕了？没错儿！那边有个白色的东西在挥动。”

“对，是你派出的男孩，”我喊道，“我看得清清楚楚。”

“‘曙光’号神不知鬼不觉地出发了。”福尔摩斯喊道，“全速前进，轮机员！赶上那条有黄灯亮着的汽船。我对天发誓，如果追不上它，我绝不会原谅自己。”

汽船开出了船坞，在超过两三条小船后，消失不见了。我们再次看到它时，它已经在全速行驶，它朝下游急驰如飞。琼斯看着那条船，着急得直摇头。

“它跑得可太快了，就怕我们追不上。”

“必须得追上，”福尔摩斯咬着牙说，“船工，快加煤！我们要使尽全力跟上它。就是把船烧了，也要抓住他们。”

我们紧随其后。锅炉火焰猛烈，强劲的引擎呼哧作响，好像是一颗巨大的金属心脏。船头则如利箭一般，划破了平静的河水，在我们左右两边翻起滚滚浪花。随着引擎的每一次振动，我们就如同一个生命体，在一起颠簸、震颤。船舷上那盏黄色的大灯在前方的水面上投下长长的闪亮光束。远处的黑点就是“曙光”号，船后那一条白色的浪影可以看出它前进的速度。一条条驳船、汽船和商船被我们甩在了身后。我们一会儿置身于众船之中，一会儿又冲了出来；一会儿赶上了一条船，一会儿又绕过另一条船冲到了前面。那划破黑暗的隆隆的机器轰鸣声，在为我们欢呼，而“曙光”号也发出了雷鸣般的巨响。我们已紧紧跟在了它的后面。

“加煤，伙计！快加煤！”福尔摩斯对着机舱喊道，“把蒸汽烧足了。”锅炉里熊熊的烈火照亮了他那张焦急的鹰一般的面孔。

“我想我们已经赶上不少了。”琼斯盯着“曙光”号说。

“当然，”我说，“再有几分钟就赶上了。”

就在这时，不幸的事发生了。只见一艘拖了三艘船的大拖船横在我们的面前。幸好我们急转船舵，才没有和它相撞。“曙光”号已一下子驶出了二百码，但还在我们视线里。朦胧的暮色已经在群星闪烁的夜空中隐去。我们锅炉的火力也烧到了最大，驱车前进的动力异常强劲，使脆弱的船壳嘎吱作响。我们穿过普尔，西印度船厂，往下经过了德特福德河段，又往上绕过了多格斯岛。前方的黑点正是“曙光”号，它又清晰出现在我们的眼前。琼斯用探照灯照着它，我们看清了船上的人影。只见一个人坐在船尾，膝下跨着一个黑乎乎的东西，他俯身在那个黑东西上面。他旁边蹲着一个黑影，像是条纽芬兰狗。一个男孩在掌舵。在炉火的红光中，我看到了史密斯，他上身光着，在拼命加煤。起初，他们也许还不能肯定我们是不是在追赶他们。可在我们跟着他们绕了一个又一个弯之后，他们对此就不再怀疑了。到达格林尼治时，我们离他们大约只有300步远。到达布莱克沃尔时，两船相距最多不过只有250步远。我一生当中在许多国家追逐过猎物，但都没有今晚在泰晤士河上追人这样惊险刺激。我们的船紧紧跟随，步步紧逼。在这寂静的夜里，我们能听见前面船上机器发出的突突的轰鸣声。坐在船尾的人还蹲在那里，双手似乎在忙个不停，还不时抬起头估量与我们之间的距离。两艘船的距离越来越近了。琼斯喝令他们停船。此时两船只有四个船身的距离，但是还在疾速前行。快到河口了，一边是巴肯开阔地，一边是阴沉沉的普林斯迪沼泽地。听我们一喊，坐在船尾的那人暴跳而起，向我们挥动双拳，高声咒骂着。他身材高大，体格健壮，叉着两腿站在船尾。我们看到，他的一条腿实际上是一根木柱。听到他尖利刺耳的怒骂声，他身边蜷缩的黑影动了动，并站起来。原来那是一个矮种人——是我见过的最矮小的一个人——长着一个畸形的大脑袋，满头乱蓬蓬的毛发。一看见这个野蛮古怪的原始人，福尔摩斯就掏出了手枪。我也跟着掏出了枪。只见他裹着一件既像外套又像毯子的黑色东西，露出半张脸，那是我从未见过的狰狞模样。他那两只小眼睛闪出凶光，厚嘴唇从牙根往外翻卷，以近乎兽类的暴怒向我们狂呼。

"他一抬手就开枪。"福尔摩斯轻声说。

此时，我们仅有一船之隔了，对面的船几乎伸手可触。我看见那两个人站在那儿，白人叉着双腿不停地谩骂，而满脸狰狞的小矮人则咬牙切齿，露出满口的大黄牙。

只见那个矮人从毯子里掏出一根像是木尺的又短又圆的木棒，放在嘴边。幸好我们看他们看得很清楚，我们同时开了枪。他打了个趔趄，高举两臂，"啊"的一声跌落到河里。他那双恶毒的眼睛很快就在白色的漩涡中消失了。这时，木腿人冲向船舵，猛力扳动控制杆，汽船直直地朝南岸冲去。我们躲过了船尾，但两船相距不过几英尺，我们立刻绕过来追赶它。他们的船已快到南岸了。岸上是满目荒凉的旷野，月光照着空阔的沼泽地。地面上到处是一潭一潭的死水和腐败变质的植物。只听噗的一声，汽船在泥滩上搁浅了。船头伸向天空，船尾没在水里。凶手跳出了汽船，但他的木腿立刻就陷进了淤泥里。他用力挣扎，但无济于事，已经寸步难移。他狂怒地在泥水中猛蹬左腿，但这只能让他的木腿在泥泞的河岸中越陷越深。我们把船开到岸边时，他已经被死死困在那里。我们扔出绳套，套住他的双肩，像拖鱼似的把他从泥沼里拖了出来。史密斯父子神情木然地坐在船里，听到我们的命令，才老老实实地上了我们的船。我们把"曙光"号拖了过来，让它靠在我们的船尾上。在汽船的甲板上，有一只印度制造的结实的铁箱子。无疑，那就是给舒尔托带来厄运的财宝箱。箱子很重，也没有钥匙。我们小心地把它搬进了我们的船舱。我们向上游慢慢前行，探照灯四下闪烁，再也不见土著人的身影。那个奇异的小矮人已经葬身于泰晤士河底的淤泥之中了。

“你看这儿。”福尔摩斯说，“我们开枪差点儿晚了。”就在我们刚才站立过的地方，插着一根毒刺。它肯定是在我们开枪的一瞬间向我们发射过来的。福尔摩斯耸耸肩，轻轻一笑。但是，每次只要一想到那个差点儿把命搭上的夜晚，我仍不免感到后怕。

大宗阿格拉财宝

我们的犯人坐在船舱里。他面前就是他为之历尽艰险、等待日久才得到的铁箱子。他的皮肤被日光烤得黝黑发亮，眼睛里射出凶狠蛮横的光芒。他脸上到处都是皱纹，就好似一张破网，这表明他曾饱尝野外生活的千辛万苦。他满是胡须的下巴朝前突起，表明他是那种不达目的誓不罢休的人。此人大约五十多岁，他原本黑色的卷发已经灰白了。尽管在刚才发怒时我看见他浓重的眉毛和凶狠的下巴觉得非常狰狞可怕，但是等他平静下来，这张脸却也并不招人讨厌。他坐在那里，被铐的双手放在膝盖上，头垂到胸前，而那双锐利的眼睛仍紧紧地盯着那个让他犯下罪行的铁箱子。在我眼里，在他这种呆滞的表情里，他的悲痛要远远多于愤怒。他抬头看了我一眼，眼里露出一丝苦笑。

"乔纳森·斯茂，"福尔摩斯开口道，一边点了一支雪茄烟，"看到这样的结局，我可并不高兴。"

"我同样也感到难过，先生。"他坦率地说，"我自知是逃不掉的。但是我发誓，我没有杀死舒尔托先生，是托格那个小崽子朝他射了支毒箭，这与我并不相干。我真是伤心，好像他射死的是我的亲人。我用绳子把那个小魔鬼痛打了一顿。可是，事情已经发生，无法挽回了。"

"抽支烟吧，"福尔摩斯说，"你全身都湿透了。喝口我的酒暖和一下吧。你在爬绳子时，怎么能知道那样一个矮小无力的人可以敌得过舒尔托先生？"

"先生，你怎么知道这么多，莫非你在现场？事实上，我希望房子里没有人就好了。我对那里的生活习惯非常熟悉。那个时候，舒尔托先生通常是下楼吃晚饭了。我还是说实话吧，我给自己最好的辩护，就是说出真相。要是当时老少校在，我会毫不怜惜地掐死他。我会觉得把他杀了和把这支烟抽完并无区别。没想到我却因为小舒尔托被抓。我和他可是素无冤仇啊！”

“现在，你由苏格兰场的阿瑟尼·琼斯先生看管，他会把你带到我家里。我会向你询问案情真相，你最好如实相告。如果你表现好，我会帮助你的。我可以证明毒刺的毒性发作得极快，在你进屋之前，舒尔托就已经中毒身亡了。”

“他当时是已经死了，先生。我爬进窗户，看见他歪着头朝我狞笑。我吓了一大跳，确实是吓了一大跳，先生。如果托格不是跑掉了，那我一定会把他打个半死。他也因此丢下了那根木棒和那袋毒刺。我敢说，一定是这些东西让你们找到了我们的行踪。但是我不明白，你们是怎样把这些东西和这个案子联系在一起的。这件事确实是古怪得很呢。”他苦苦一笑，接着又说，“我本来有权利得到50万英镑，可我的前半生却在安达曼群岛修筑防水堤，而我的后半生更可能去达特沼泽地去挖掘排水沟。自从认识了商人阿奇麦特，自从与阿格拉财宝结下不解之缘那一天，我就开始倒霉了。拥有这份财宝的人招人唾骂，此外只能是一无所获。舒尔托少校因此担惊受怕，自觉罪孽深重，还赔上了性命。而我，会因此终生服劳役。”

这时，船舱口出现了阿瑟尼·琼斯那张宽大的脸和粗壮的双肩。

“真像是一场家庭聚会啊。”他说，“福尔摩斯，我也要来一杯酒。我们要互相祝贺一下。遗憾的是没有抓住另一个活物，不过那是没办法的。福尔摩斯，幸亏你下手及时，要不然，我们都会遭他暗算的。”

“一切皆大欢喜。”福尔摩斯说，“不过我也没料到‘曙光’号竟开得那么快。”

“史密斯说，它是河道里最快的汽船之一。如果他还多一个帮手驾船，那我们恐怕是追不上了。他发誓说，他根本就不知道什么上诺伍德凶杀案。”

“他确实不知道。”我们的犯人大声说，“我看中了这条船，因为我听说它有快艇之称。我对他什么也没有多讲，只是付给他一大笔钱。要是我们到了格雷夫森德，搭上开往巴西的翡翠号轮船，那我还会再给他一大笔钱。”

“好了，要是他没干坏事，就不会招致罪名。我们追捕罪犯的速度很快，可是，定罪的速度还没有这么快。”琼斯在抓获到罪犯后表现出的那种神态极其可笑，而福尔摩斯脸上的微笑显然说明，他已经听到了琼斯的这番话。

“我们马上就到沃克斯豪尔大桥了。”他说，“华生医生，你带上财宝箱下船吧。要知道，我这样做是不合程序的，也要担负重大的责任。不过，你也得守信用。我会派一名警察护送你，因为财宝毕竟贵重。你要坐车去吗？”

“是的，坐车去。”

“可惜没有钥匙，要不然，我们可以先清点一下。你只好去把箱子砸开了。伙计，钥匙在哪里？”

“在河底。”斯茂简短地说了一句。

“哼，给我们增添这种不必要的麻烦，实在是不应该。我们找到你真是费了九牛二虎之力。不过，医生，我还是得提醒你小心。回来时把财宝箱带回到贝克街，我们在那里等你，然后再去警署。”

我带着沉重的铁箱，在沃克斯豪尔桥下了船。一个温和坦诚的警官陪着我。一刻钟后，我们就到了赛西尔·弗里斯特夫人家。仆人对我们深夜的来访甚感吃惊，她说赛西尔·弗里斯特夫人整晚都没有在家，可能要很晚才会回来。不过，摩斯坦小姐在客厅里。我就拿着铁箱进了客厅，善解人意的警官留在马车里面。

她坐在打开的窗前，身穿一件白色透明的衣服，脖子上和腰间系着红丝带。她靠在藤椅上，从网罩射出的柔和光线照在她身上，照着她端庄美丽的脸，给她蓬松的秀发染上了一层光晕。她把一只洁白柔弱的胳膊搭在扶手上，神态间流露出深深的忧郁之色。不过，一听到我的脚步声，她就站了起来，苍白的脸因高兴而微微泛红。

“我听见马车的声音了，”她说，“还以为是弗里斯特夫人提前回来了呢。真是做梦也没想到会是你。你给我带来了什么样的消息？”

“我带来的东西比消息更好，”我把箱子放在桌子上，兴奋地说，虽然内心感觉很沉重。“我给你带来的，是比世界上任何消息都要更有价值的东西，我带给你的是财富。”

她瞥了一眼铁箱子，冷淡地说：“那就是财宝吗？”

“是的，这就是大宗阿格拉财宝。它的一半属于你，另一半属于撒迪厄斯·舒尔托先生，你们各得25万英镑。你想一想，每年的利息就是一万英镑啊！在英国，比你更有钱的人可不多。这难道不是让人高兴的事情吗？”

我想，我的高兴劲头一定是太夸张了。她似乎觉察出在我的祝贺中诚意不够，只见她轻抬双眼，好奇地打量了我一眼。

“如果我获得了财宝，那可是你的功劳啊。”她说。

“不，不，”我答道，“不是我的功劳，应该是我的朋友夏洛克·福尔摩斯的功劳。他竭尽自己的分析天才，最后找到线索。要是我，才不会找到什么线索。虽然如此，我们在最后关头还是差一点儿前功尽弃。”

“华生医生，请坐下来把发生的一切都说给我听听。”她说。

我简要地介绍了我和她上次见面后所发生的事情：福尔摩斯的搜索又获新进展；发现“曙光”号；阿瑟尼·琼斯再度参与调查；夜间的探险；泰晤士河上惊心动魄的追捕。她目瞪口呆地听着我讲述我们的遭遇。当我讲到毒刺差一点儿要了我们的命时，她突然脸色惨白，几乎晕倒。

我赶快给她倒了杯水。“不要紧，”她说，“我已经好了。我让我的朋友遭遇这种可怕的危险，心中真是不安。”

“都已经过去了，”我说，“这算不了什么！我就不给你说这些让人心烦的事情了，还是说点儿高兴的事吧。财宝就在这儿，还有什么会比这个更让人高兴的？这是我获准特意给你带来的，好让你先睹为快。”

“那我再高兴不过了。”她说。可是她的话语并没有让人感到有心情急切的意味。显然她受了感动。如果她对这件来之不易的财宝真的是漠不关心，那未免有点儿太不知领情了。“多么漂亮的箱子，”她低头看着箱子说，“我想一定是印度制造的吧？”

“对，是贝拿勒斯[1]金属制品。”

“好沉呐！”她抬了抬箱子说，“这箱子本身就很值钱了。钥匙在哪儿？”

“被斯茂扔到泰晤士河里去了。我得借用一下弗里斯特夫人家的火钳。”

箱子前方是一个粗大的搭扣。搭扣上雕刻着一尊佛像。我把火钳插进搭扣下面，用力一转，只听它砰的一声就弹开了。我用颤抖的手抬起箱子盖。我们站在那里惊呆了。箱子竟然是空的！

箱子四周的铁皮足有三分之二英寸厚，难怪它会这么沉了。箱子既牢固又精致，好像是专为装财宝使用的。可是里面，竟然空无一物！

“财宝不见了。”摩斯坦小姐平静地说。

我听出了她话里的深意。那片巨大的阴影立刻从我心里消失了。我不知道阿格拉财宝压在我心头有多沉重，可是现在，它终于挪开了。不错，这是自私的，不诚恳的，也是错误的。但是，我除了知道横在我们俩之间的金钱的障碍已然消除外，其他真的已一概不知了。

“感谢上帝！”我情不自禁地喊出了声。

她的眼神飞快地扫了我一眼，审视地一笑。

“此话怎讲？”

“因为你对我来说，不再是可望而不可即的了。”我边说边拉住了她的手。她并没有缩回去。“玛丽，我爱你！这就像任何一个男人爱一个女人那样真诚。让我对你难于启齿的，就是财宝，是财富。现在财宝不见了，我可以放心告诉你我有多爱你了。所以我才会说：‘感谢上帝。’”

我把她揽在身边，只听她轻声低语：“那我也应该说‘感谢上帝。’”

不管谁那天丢失了财物，那天晚上，我却得到了一件珍宝。

---

① 印度北方邦东南部城市，宗教圣地，也以工艺品和音乐舞蹈著称。——译注

乔纳森·斯茂传奇

那位警官是位颇有耐性的人。等我再回到车上，时间已经过了很久。我把空箱子拿给他看时，他的脸色阴沉起来。

“奖金全泡汤了！”他郁闷地说，“财宝不见，那奖金也就落空了。要是财宝还在的话，我和山姆·布朗今晚每人就可以得到十英镑呢！”

“撒迪厄斯·舒尔托可是个有钱人，”我说，“不管财宝在不在，他都会酬谢你们的。”但是警官还是失望地摇着头。

“糟糕透了！”他重复着说，“阿瑟尼·琼斯也会这样想的。”

真给他说中了。当我回到贝克街，把空箱子送到他面前时，那位侦探有些茫然若失。福尔摩斯、犯人和琼斯他们也是刚刚到家。他们在路上改变了原先的计划，先去警察局报告了案情。我朋友还是像往常一样，懒洋洋地躺在扶手椅里。斯茂呆呆地坐在他的对面，木腿搭在那条好腿上。在我把空箱子拿给大家看的时候，他坐在椅子里哈哈大笑。

“这都是你干的好事，斯茂！”阿瑟尼·琼斯气急败坏地说。

“不错！我已经把财宝藏到你们谁也找不着的地方去了。财宝是我的，如果我得不到，那任何人也别想碰到它。告诉你们，除了安达曼囚犯营里的那三个人和我之外，任何人都无权得到它。我清楚我现在已经用不上这些财宝了，他们也用不着，所以我就把它给处理掉了。这是为了他们，也是为了我自己。我们每次都是四人签名，他们都会赞同我的做法的。我们宁愿把财宝沉到泰晤士河的河底，也不愿意让舒尔托或是摩斯坦的亲属得到它。我们干掉阿奇麦特，可不是为了让这些人发财。财宝和钥匙还有托格都葬在一起了。看到你们的船就要追上我们的时候，我把财宝藏到了安全的地方。这一次，你们一个子儿也别想得到。”

“你在说谎，斯茂！”阿瑟尼·琼斯尖声喊道，“如果你把财宝扔进泰晤士河，那连箱子一起扔掉岂不更省事？”

“我若是扔得省事，那你们找起来不也省事了？”他狡猾地眯起双眼。“有本事追到我的人，也一定有本事从河底里捞起一只铁箱子。我把财宝撒在了五英里长的河道里，这样，找起来可就不是那么容易了。我这样做可是迫不得已。你们快追上我时，我急得都快发疯了。可是，悲伤已经于事无补。我这一生大起大落，而我也学会了从不后悔。”

“这是一个严重的事件，斯茂。”侦探说，“扶持正义，而不是阻断它，那在审判时才会得到从轻处罚。”

“正义！”犯人咆哮起来，“多么美好的正义！财宝不是我的又会是谁的？财宝不是他们赚来的，却要落在他们手中，这难道就是正义吗？看看我是如何得到这笔财宝的吧！我在瘟疫横行的热带沼泽中忍受了漫长的二十年，整天在红树丛里做苦役，夜里还要戴着镣铐被关在臭气熏天的囚牢里。蚊虫叮咬，疾病折磨，那些喜欢拿白人寻开心的该死的黑人警察还轮流欺负我们。我就是这样得到阿格拉财宝的。因为我不愿意把用如此沉重的代价换来的财宝让别人去挥霍，你来和我大谈什么正义吗？我就是给绞死，就是被托格的毒刺毒死，也不愿意活在牢房里，眼睁睁地看着别人拿着本来属于我的钱去寻欢作乐。”

斯茂一扫他的平静冷淡，激烈的言辞奔涌而出。他两眼放光，手铐随着激动的手势铿锵作响。看到他这副激愤的模样，我才明白为什么舒尔托少校一听说他亏待过的囚犯寻上门来，就吓得魂飞魄散，这其中原来自有缘由。

“你忘了，我们对这一切一无所知。”福尔摩斯轻声说道，“你没有给我们讲过你的身世，我们也就无从知道本应属于你的那份公道。”

“啊，先生！你对我说的话还算仗义。虽然你给我戴上了这副手铐，我也得感谢你，并且也不为此对你怀恨在心。这是公正的，光明正大的。你如果想听我的身世，那我就照实来说。老天在上，我说的每一句话都是真的。麻烦你把杯子放在我旁边，要是我渴了，就可以把嘴凑过去。

“我是伍斯特郡人，出生在珀肖尔附近。很多斯茂家族的人都住在那里，你去看看就知道了。我常想回去看看，但我是个不肖之子，他们不会欢迎我回去的。他们都是些老实规矩的教徒，受同乡邻里的敬重，而我呢，一直不过就是个流浪汉。可是，我到了十八岁，就没再给他们添过麻烦了。我爱上一个姑娘，不能自拔。为了摆脱这种麻烦，我就当了兵，给女王效忠，加入了开往印度的第三步兵团。

“然而，我在军营里注定待不长久。我刚学会走正步和使用步枪，就傻乎乎地跳到恒河里去游泳，幸好连队军士约翰·霍尔德也在水里，他是部队里的游泳好手。我游到一半，一条鳄鱼拖住了我，把我的右腿给齐膝盖咬掉了，好像做外科手术一样干净利索。由于惊吓和失血，我昏过去了。要不是霍尔德抓住我，把我拖上岸，我怕是早就给淹死了。我在医院里面一住就是五个月，最后在残肢上绑上了这条假腿。我因伤残奉命退伍，从此再也没有找到合适的工作。

“你可以想象，我当时有多背运。还不到二十岁，我就成了个没用的瘸子。好在不久，我就时来运转了。一个叫阿贝尔·怀特的人到那里种植槐蓝[1]，他想雇个监工，来监管苦力们干活儿。他碰巧是我们团长的朋友，而那次出事后，团长对我就格外关照。简单地说吧，就是团长推荐了我。做这个活儿主要是骑在马上，所以我的腿并不碍事，因为我的左腿还可以控制马鞍。我的工作就是骑着马在庄园里巡逻，监督苦力们做工，谁要是偷懒，就报告给主人。我的工钱不错，住得也好，总之，我愿意在槐蓝种植园里度过余生。阿贝尔·怀特先生是个善良的人，我常来我的小屋，和我一起抽烟，聊天。那儿的白人彼此间都很友好，跟这里完全不一样。

① 即靛蓝染料的原材料。——译注

"唉！谁知道好景不长。在预先没有任何征兆的情况下，突然发生了大暴乱。头一个月，就像在萨里和肯特一样，全印度表面上一派祥和宁静，可是第二个月，20万黑鬼没有了约束。印度一下子变成了人间地狱。当然，先生们，你们知道的肯定比我还要多，可是，看报读书那样的事和我扯不上边儿，我只知道我亲眼所见的一切。我们的庄园在一个名叫马图拉的地方，和西北的几个省份交界。一连好几个晚上，天空都被房屋燃烧的冲天火光照得通亮。一连有好几天，总是有一群群的欧洲士兵带着妻儿老小从我们的庄园经过，到阿格拉附近的军营去避难。阿贝尔·怀特是个固执的人，在他看来，事件被夸大渲染了，它很快就会平息下去的。他仍旧坐在阳台上喝酒抽烟，可事实上他周围的乡村早已乱成一片。当然，我和管账理家的道森夫妇并没有背弃他。可是，有一天本来好好的，变故突然从天而降。我到远处一个庄园去了一趟，黄昏时悠闲地骑着马回家，突然看见在陡峭的峡谷深处有什么东西蜷伏在那里。我骑马过去，想看个明白。面前的情景顿时让我感到毛骨悚然。原来是道森的妻子，她被撕成了碎块儿，豺狼和野狗把她吃去了一大半儿。道森本人在不远的地方趴着，也死了，手里还握着空枪，前面躺着压在一起的四个印度兵。我勒住缰绳，一时间不知所措。就在这时，我看见阿贝尔·怀特家的房顶浓烟四起，火苗蹿得很高。我自知无法救出主人了，卷入这种事，只会把自己的性命搭上。从我站立的地方，我看见几百个披着红斗篷的黑鬼，正围着烈火熊熊的房屋狂呼乱叫。他们里面已经有一个在向我瞄准，一粒子弹从我耳朵旁边呼啸而过。我只好穿过稻田逃命，直到深夜才赶到阿格拉城。

"然而，待在阿格拉也并不见得就安全。这个国家就像是捅烂的马蜂窝。英国人聚集在一起的地方，也只不过是他们的枪支暂时可以保护的地方，而其他地方的英国人，则全是些没有依靠的逃难者。这是几百万人对付几百人的一场战争。让人痛心的是，匪兵无论是步兵，骑兵还是炮兵，他们都是受过我们训练的精兵强将，用的也都是我们的武器，甚至连军号的调子都和我们一样。孟加拉第三火枪团就驻扎在阿格拉城内，还有一些锡克兵、两支马队，一个炮兵连，后来又成立了一个由职员和商人组成的志愿团。我就带着这条木腿，参加了志愿团。7月初，我们开赴沙干治迎战敌军。有一阵子我们击退了他们，但终因弹药不够，只好退回到城里。

“坏消息从四面八方传来——这并不奇怪——因为你只要看一下地图就会知道，我们正好处在叛乱的中心地带。勒克瑙在东边一百英里处，坎普尔在南边一百英里处。到处都是痛苦、残杀和暴行。

“阿格拉这个城市很大，聚集着各种各样的盲流和残忍的异教徒。我们英国人是少数，分布在狭窄弯曲的街道旁边。首领带我们渡过河，把阿格位古堡当作阵地。不知道你们中间是不是有人读到过或是听说过那个古堡。那可是个奇特的地方。我到过不少奇特的地方，可是在这些地方中，这座古堡是最为奇特的。首先，那个地方大得惊人，我估计，它占地足有好几英亩。比较现代化的部分，它足以容纳下驻军、女人、孩子们和备用物资。而那块古老的荒地，它的面积要比这块位置较好的地方大得多。没有人到那里去过，那里是蝎子和蜈蚣的天下，到处是荒废的大厅、弯曲的过道和走廊，所以，一般人进去很容易迷路。所以，很少有人进到那里面去，但偶尔也有人打着火把去探险。

“古堡前面是一条河流，它成了天然的护城河。古堡的两侧和后边有许多道门，需要守卫，当然，更需要守卫的是那块荒地和我们的驻军所在的那块地方。我们人手不够，没有足够的人可以拿起枪支来保护古堡的每个角落。我们只好在古堡正中建了一个中央守备所，让一个白人带着两三个当地人看守各个边门。我被指派在夜里的某个时间把守西南边一道孤立的小门，有两个锡克兵听我的调遣。如果遇到意外，我可以开枪，这样马上就可以得到中央守备所的增援。可是，守备所离我们足有两百步远，而且隔着许多迷宫一样的通道和走廊，我怀疑在遇到突然袭击时，援兵是不是可以及时赶到。

“我是名新兵，还瘸着条腿，当了一个小头目，自然很得意。头两天晚上，我和两个旁遮普邦的人看守城门。其中一个人叫穆罕默德·辛格，另一个叫阿卜杜拉·克汉。他们高大凶狠，久经沙场，在齐连瓦拉战争中曾经做过我们的对手。他们的英语说得很好，但我能听到的却很少。他们总喜欢凑在一起，嘀嘀咕咕地用锡克语交谈。而我呢，常常一个人站在城堡门外，眺望宽阔弯曲的河道和远方大城市闪烁的灯火。咚咚的鼓声，当当的锣声，吸食了鸦片和麻醉剂的叛军的狂呼乱喊声，这一切都在整夜地提醒我们，河对岸的敌人是多么危险。为确保平安无事，每隔两个小时，巡夜的军官就会到各个哨卡巡视一遍。

"值勤的第三天夜里，天空阴云四起，下着小雨。在这种天气里站上几小时才是活受罪。好几次我都想和那两个锡克兵说说话，但那两个家伙都不理我。于是我就放下枪，拿出烟斗，划着火柴。突然，两个锡克兵冲到我跟前，一个抢过枪对着我的脑袋，一个把刀子放在我的脖子上，咬牙切齿地说，只要我一动，就刺穿我的喉咙。

"我第一个念头就是，这两个家伙是叛军的同伙。这是突袭的开始。如果城堡大门落到他们手里，整座城池也就完蛋了，和坎普尔城同样的灾祸就会落到这里的妇女和孩子们身上。先生们，你们可能会认为，我是在为自己辩解。但是我敢发誓，一想到这件事，我就会感到刀尖扎在喉管上。我张嘴想喊叫，因为我哪怕是喊出最后一声，也可以向中央守备所发出警报。抓着我的那个人好像看透了我的心思，因为我刚想喊，就听他说：'别出声！城堡很安全，这里没有叛军。'他没有撒谎。而我也知道，一旦我出声，必死无疑。从他那双棕色的眼睛里，我明白地看到了这一点。我就安静地等着，看他们究竟要让我做什么。

"那个凶狠高大名叫阿卜杜拉·克汉的人说：'先生，听我说，你或是和我们合作，或是永远不要出声，事关重大，不可犹豫。要么向上帝起誓，忠实地和我们合作到底，要么就让我们把你的尸首扔在阴沟里，而我们过河找到我们的叛军兄弟。没有别的选择。是生是死，你自己来决定吧！给你3分钟来考虑。时间紧迫，在换岗前必须了结此事。'

"我说：'可你们也没说让我干什么，我怎么决定呢？但是我可以告诉你

们，如果是不利于城堡安全的事，你就是把我杀了，我也不会干的。’

“‘与城堡毫不相干，’他说，‘我们让你干的事就是你们英国佬来我们这儿想干的事。我们让你发财。如果你今晚加入我们的行动，我们对这把出鞘的刀起誓——锡克教徒从来不违背自己的誓言，你就会公平地得到一份财宝。财宝的四分之一归你所有。没有比这更公平的了。’

“‘那到底是什么财宝？’我问，“告诉我怎么做，我愿意和你们一起发财。’

“他问道：‘你可以以你父亲的生命、你母亲的名誉和你自己的信仰起誓，无论是现在和将来，都永远不背叛我们吗？’

“‘我起誓，前提是城堡不会受到威胁。’我说。

“‘我的同伴和我一同起誓，我们分给你四分之一的财宝，我们四人平分。’

“‘可我们只有三个人啊！’我说。

“‘不，多斯特·阿克巴必须也得到一份。在等他们的这段时间，我可以把这件事讲给你听。穆罕默德·辛格，你在门口望风，他们来了通知我们。先生，事情是这样的，我相信欧洲人是守信用的，所以我信任你，并告诉你这件事。如果你是一个说谎的印度人，哪怕你对庙里所有的神像都发过誓，我们也会刀子上见血，再把你的尸首扔到河里去。但锡克人了解英国人，英国人也了解锡克人。那好，你听我说吧。’

“‘北方省有一个王公，他的领地虽然不多，可是很富有。他从父亲那里继承了一大笔财产，但这财富更多的是他搜刮来的。他爱财如命，又吝啬异常。在暴乱刚开始的时候，他既做狮子的朋友，也做老虎的朋友——既和印度兵偷好，又与盟友修睦。然而没过多久，他就觉察到白人的末日到了，因为到处都是他们惨遭屠杀、溃不成军的消息。他是个谨小慎微的人，所以就做出了这样的安排：不管发生什么事，他至少可以保住自己的一半财产。他把金银财宝都藏在王宫的地下室，而把贵重的宝石和最好的珍珠都放在了一个铁箱子里，派一个亲信化装成商人，把它带到阿格拉城堡藏起来，直到叛乱结束。这样，一旦叛军获胜，他就可以保住自己的金银财产；要是白人获胜，他又能保住自己的珠宝。于是，在分好了财宝之后，他就投到印度兵一边，因为他们在边境地区实力很强。先生，照你看来，这种两面三刀的人的财产，是不是应该属于忠心耿耿只为一方效忠的人呢？’

“‘这个乔装成商人，化名为阿奇麦特的人，此时就在阿格拉城里，准备潜入城堡。他的同伴多斯特·阿克巴是我的堂兄，他知道这个秘密。阿克巴答应今晚带他从边门进入城堡。他选定了我们把守的这个城门。再等一会儿他就会到，他知道我和穆罕默德·辛格在这儿等着。这个地方很偏僻，没有人知道他会来。阿奇麦特这个商人就要从这个世界消失了，而王公的财产正等着我们来平分呢。你看如何？’

“在伍斯特郡，人的生命是伟大而神圣的，然而当你正在经受血与火的洗礼，情况就会不同，你随时都会丧命。在我看来，商人阿奇麦特的生死无足轻重，然而一说到财宝，我却动了心。想着回到老家后如何花钱，同乡邻里要是看到我这个从不干好事的浪子带着满口袋的金子回来了，肯定会眼睛瞪圆了来看我。于是我心一横。可是，阿卜杜拉·克汉以为我还在徘徊不定，就又紧紧逼问了一句。

“‘先生，’他说，‘你想想，这个人要是被指挥官抓住了，肯定会给绞死，或是枪毙。他的财产充公，谁也得不到一个子儿。可他既然落在了我们手里，干吗不干掉他呢？与其让珠宝落到当官的白人手里，还不如落到我们手中呢。这些珠宝让我们每个人都可以变成巨富。没有人会知道的。我们这个地方很偏远。还有比这更好的事情吗？先生，明说吧，你到底是与我们合作，还是与我们为敌？’

“‘我的心和灵魂都和你们在一起。’我说。

“‘太好了！’说着，他把枪还给了我，‘你知道我们是信任你的。你和我们一样不会食言。现在就等我们的兄弟和那个商人来了。’

“‘你兄弟知道你要干什么吗？’我问道。

“‘这是他的主意，全是他一手安排的。我们到城门那儿，和穆罕默

德·辛格一起守门吧。’

“雨还不停地下着，那时正好是雨季刚开始。天空中乌云翻滚，投石之远，不见一物。城堡门前是一道深沟，某些地段还没有积水，很容易就可以走过来。我心中奇怪，自己怎么会和两个粗蛮的旁遮普邦人站在一起，等着一个商人前来送死呢？

“突然，我看见深沟对面出现了蒙了布的提灯发出的微光。灯光忽然又在城墙那边消失了，但接着，他们又出现了，并慢慢向我们这边靠近。

“‘他们来了。’我喊道。

“‘先生，你像往常一样盘问他，’阿卜杜拉低声说，‘不要吓唬他。让我们带他进门。你在这儿等着，我们去干掉他。准备好灯。别把人给弄错了！’

“那灯光闪烁着，时急时缓，向前移动着。我看清了深沟对面的两个人影，等他们下了斜坡，趟过淤泥，爬到我这边时，我才低声问道：‘是谁？’

“‘是朋友。’只听来人开口道。我开灯照了照他们。站在前面的，是一个身材高大的锡克人，浓黑的长须几乎到了腰带处。我只是在舞台上才看见过这么高大的人。另一个则是个矮个儿，胖得圆头圆脑，系着长长的黄头巾，手里拎着一个用围巾包着的包裹。他已经吓得全身发抖，双手打战，像是在发疟疾。他的两只小眼睛发出亮光，滴溜溜地向两边看，那神情就像是一只刚出洞的老鼠。一想到要干掉他，我就心惊肉跳。可是一想到财宝，我就铁了心肠。他看到我是白人，立刻高兴地跑了过来。

“‘先生，’他喘着粗气说，‘求你保护我，保护我这个可怜的商人阿奇麦特。我从拉杰普塔诺来，来阿格拉城堡避难。他们抢劫、鞭打、侮辱我，只是因为我是白人军队的朋友。今天晚上我可安全了，谢天谢地，我和我的东西可都安全了！’

“‘你的包裹里是什么？’我问他。

“‘是个铁箱子。’他回答道，‘里面有一两件祖传的小玩意儿，别人看着都不值钱，可是我舍不得扔了。我不是穷要饭的，年轻的先生，只要你的长

官同意我避难，我一定会报答你们的。’

“我不敢再和他说下去，越是看着他那张惊恐万状的脸，我就越不忍心加害他，真的还不如放他一条生路。

“‘把他带到总部去。’我命令道。两个锡克人一左一右，高个子跟在后面，把他带进了黑洞洞的门道，从没有人被死亡如此逼迫。我提着灯，留在了门口。

“我听到死一般寂静的走廊里想起了沉重的脚步声。突然，脚步声停止了，接着传来拳脚相加的扭打声。不一会儿，一个人上气不接下气地朝我跑来。我心中一惊，提起灯，向又长又直的通道照去。只见那个胖子满脸是血，向我这边跑过来。黑胡子大汉紧跟其后，手里抓着一把明晃晃的大刀，像是一头恶虎。我还从没见过什么人跑得像那个小商人那么快，眼看那个锡克人被他甩掉了。我想只要他越过我逃到门外，就能保住一条性命。我对他动了恻隐之心，但是一想到财宝，我的心又狠了下来。就在他要越过我时，我用枪插在他的双腿中间。他像一只被打中了的野兔，连翻了两个跟头。还没等他爬起来，锡克人就扑了上去，在他的肋上连刺两刀。他躺在地上，没动静了。我想，他在跌倒的那个时候可能就已经死了。先生们，我是说到做到的，不管这些对我是不是有利，我都照实说了。”

他停了下来，伸出戴着手铐的手，拿起福尔摩斯为他倒好的威士忌和水。这个人的所作所为让我感到毛骨悚然，不仅因为他参与了这桩血腥的事件，更因为他说起这件事来的得意忘形和满不在乎。无论最后加在他身上什么样的惩罚，我想我都不会对他心生怜悯。福尔摩斯和琼斯坐在那儿，双手放在膝上，对他的故事好像很有兴趣，可他们的脸上也露出了同样厌恶的表情。他似乎对此有所察觉，因为他随后的声音和神态突然带出了几分挑衅。

“毫无疑问，一切都糟透了！”他说，“我倒想知道有多少人在我这样的处境中，宁愿被为非作歹的家伙割断脖子，而不愿得到一份财宝！再说，一旦他进了城堡，不是他死，就是我死。要是他活着出了城，那整件事情就会败露，我肯定是要受到军纪惩处，挨枪子儿。到了那个时候，任何人也不会宽恕我的。”

“继续讲你的事情。”福尔摩斯干脆地说。

“我和阿卜杜拉、阿克巴把他抬进来。他虽然矮小，却沉得很。穆罕默德·辛格留在那里守门。我们把他抬到了锡克人已经给他准备好的地方，离这儿挺远。那条弯曲的走廊一直通向空荡荡的大厅。大厅里的墙面早已破损了。地上有一个低坑，是一个天然的墓穴。我们就把阿奇麦特埋在那里，用碎砖石把他盖好。把他弄停当，我们就去看财宝。

“财宝就在他被击倒的地方。那个箱子，就是现在开着放在桌子上的这个，钥匙用丝带系在盖子上雕着花的提手上。我们打开箱子。灯光照着珠宝，那简直就和我小时候在珀肖尔从书里看到或是想象到的一模一样，真是让人眼花缭乱。在大饱了眼福之后，我们拿出了所有的珠宝，并且开了一张清单。一共是143颗上等钻石，其中有一颗叫‘莫卧儿大帝’，据说是世界上第二大宝石。还有97块非常美丽的绿宝石。170块红宝石，虽然其中有些很小。40块红玉，210块青玉，61块玛瑙，还有许多绿玉、缟玛瑙、猫眼石、土耳其玉石，还有一些我当时叫不上名字来的宝石，但后来我就认得了。此外，还有300颗上等珍珠，其中12颗镶在一个金项圈上。顺便说一句，我找到箱子后又清点了一次，除了那个项圈，其他的都在。

“清点完了之后，我们就把财宝放回箱子，拿到城门口，给穆罕默德·辛格看。接着，我们庄严地再次起誓：同生共死，永守秘密。我们约定，先把箱子藏到安全的地方，等战争结束，再平分财宝。当时分是不行的，因为一旦给人发现我们有这么贵重的财宝，那一定会引起怀疑的。城堡里没有私人的住所，所以也就没有可以藏宝的地方。这样，我们就带着箱子来到了埋着商人尸体的大厅，在保存尚好的墙上挖了一个洞，把财宝藏到了砖下。我们仔细记好了藏宝的位置。第二天，我画了四张图，每个人一张，并签了我们四个人的名字，因为我们已经发了誓，每个人单独行事，都代表着四个人，谁也不能占便宜。我手放在胸前发誓，我从来没违背誓约。

“好了，先生们！印度叛乱的结果就用不着我告诉你们了。威尔逊占领了德里，柯林爵士收复了勒克瑙后，叛乱就平息了。新兵开到，那那·萨希伯先生从前线逃走。葛雷斯德上校带着一支突击队来到阿格拉，击退了叛军。国内似乎恢复了平静。我们四个人就盼着平分财宝，远走高飞。但是没过多久，我们的希望就破灭了，因谋杀阿奇麦特，我们四个人一起被捕。

“事情过程是这样的。王公把财宝交给阿奇麦特，是因为他觉得此人极为可靠。但是，东方人生性多疑，于是，他就派了一个更可靠的心腹暗中跟随阿奇麦特的行踪，并让他紧紧盯着阿奇麦特。于是，他就如影相随。那天夜里，他也跟在阿奇麦特身后，看着他进了城堡。当然，他以为阿奇麦特在城里安顿了下来，所以第二天，就请求进入城堡。但是，他再也没有找到阿奇麦特的行踪。他觉得事情蹊跷，就和守卫班长说了。班长通报了指挥官，于是对整个城堡进行了一次彻底的搜查，结果发现了尸体。就在我们以为自己很安全的时候，没想到却被捕了。我们被指控谋杀，因为我们三个人当晚把守那个城门，而另一个则被认为是引来被害者的人。在审判中，我们对财宝的事只字未提，因为王公被罢黜并被逐出印度，所以再也没有人和这份财宝有直接关系了。但谋杀是事实，我们四个人都卷入其中。三个锡克人被判了终身监禁，我则被判了死刑。后来我被减刑，和他们一样了。

“我们当时的处境很奇特。四个人的腿被绑在一起，几乎没有出狱的机会，但我们共守了一个秘密：只要能找回财宝，就有享不尽的荣华富贵。忍受着看守的拳打脚踢，吃糠咽菜，而那么一大笔财宝却在监狱外面白等着，想到这个，就让人痛不欲生。我都快急疯了，但我这个人天生倔强，我忍受一切，等待时机。

“后来，机会终于来了。我从阿格拉被转到马德拉斯，又从那里转至安达曼群岛的布莱尔岛。那里白人囚犯不多，我一到那儿就表现良好，不久就开始得到优待。在好望镇的哈里特山坡上，我有自己的一间小茅屋，过得还算不错。那是一个可怕的热带病流行地区。在我们周围，住着野蛮的吃人部落。只要一有机会，他们就会向我们射毒刺。我们整天挖沟修渠，栽种山芋，还要干其他杂役。天天忙个不停，只有到晚上，才有一点儿自己可以安排的时间。另外，我学会了给外科医生配药，算是一知半解地懂了些外科医术。我一直都在寻找外逃的机会，但是，这个地方离陆地有数百英里，而且这一带的海面平常也没有风，想要逃出去是很难的。

“萨莫顿医生是个放荡不羁的年轻人，有些年轻军官经常去他屋里整夜玩牌。我配药的外科手术室就紧挨着他的起居室，两个房间只隔着一个小窗户。我孤独的时候，就吹灭手术室的灯，站在窗户下面，听他们聊天儿，看他们玩牌。我自己也喜欢玩牌，所以看着他们玩，倒也充满了乐趣。在那儿玩的有舒尔托少校、摩斯坦上尉和布朗尼·布朗，他们都是当地驻军的头目，还有医生本人，两三个看守。这些人精明、老练，凑在一起玩得还算开心。

“可是不久，有一件事引起了我的注意：军人总是输，而文职人员却总是赢。我并不是说这不公平，可事实确实如此。看守们来到安达曼群岛，除了玩牌，成天无所事事，他们很清楚彼此的玩牌技巧。而其他人玩牌，不过是为了打发时间，拿了牌只会乱甩一气。夜复一夜，军人越输越多，越输越玩儿得放不下。舒尔托少校输得最惨。起初，他用钞票和金币，可是不久，他就开始用期票，而且赌注也下得越来越大。有时他也会赢几局，胆子也就会随之大起来。可是接下来又是输，越输越多。他整天没精打采，借酒浇愁。

“一天晚上，他输得比以往都要惨。他和摩斯坦上尉跌跌撞撞地回家时，我正好坐在我的小茅屋里。他们两个情同手足，形影不离。这时，少校正抱怨他输得太多了。

“‘摩斯坦，我全完了。’路过茅屋时，我听见他说，‘我得辞职了。完蛋了！’

“‘别胡说，老兄！’上尉拍着他的肩膀说，‘比这还糟的事我也见过，但是……’我听到的也就是这些，但是我开始思量起来。

“几天后，舒尔托少校在沙滩上散步。我就过去和他攀谈起来。

“‘少校，我有事向你请教。’我说。

“‘什么事儿，斯茂？’他拿开嘴里的雪茄烟，问道。

“‘先生，’我说，‘我想知道把隐藏起来的财宝交给谁合适。我知道一笔价值五十万的财宝埋藏在哪里，我自己用不着它，我想最好还是把它交给合适的长官。这样，他们说不定还会给我减刑呢。’

“‘斯茂，50万英镑？’他急促地问道，眼睛死死盯着我，想弄清我是不是在说真话。

“‘是的，先生，是珠宝，埋藏在一个任何人都可以找得到的地方。奇怪的是，它的主人已被驱逐出国，不可能再得到它了。那谁先找到它，它就是谁的。’

“‘斯茂，交给政府，交给政府！’只听他吞吞吐吐地说着。我心里明白，他已经上了我的圈套。

“‘先生，你是不是认为我应该把这件报告给总督？’我轻声问。

“‘嗯，你先别忙，要不然你会后悔的。斯茂，你说给我听听，一定说真话。’

“我就把全部经过都告诉了他，只是做了小小的修饰，让他找不到藏财宝的地方。我说完，看见他呆呆站着沉思。他双唇发抖，显然正在进行着激烈的思想斗争。

“他终于还是开了口：‘斯茂，事关重大，你不能对任何人说。我会再来找你。’

“两天后的一个深夜，他和他的朋友摩斯坦提着灯，来到我的茅舍。

“‘斯茂，我想请你亲口对摩斯坦上尉再说一遍你的故事。’他说。

“我就照以前的话，又说了一遍。

“‘听起来像是真的，对不对？是不是值得一干？’他问道。

“摩斯坦上尉点了点头。

“‘斯茂，’少校说，‘我和我这位朋友已经合计过了。我们认为，你的这个秘密和政府没有关系，纯粹是你个人的私事，你当然有权自作主张。现在的问题是，你要求什么交换条件？如果能达成协议，我们愿意办理此事，至少也可以做个调查。’他说话时尽量保持着镇静，一副满不在乎的神态。可我在他的眼睛里看见了兴奋和贪婪。

“‘先生，说到价钱，’我也极力冷静地说道，虽然心里面和他一样兴奋。‘处在我这种情况，我只能提一个条件，我想得到你的帮助，让我和我的三个同伴获得自由，然后让你们入伙，分给你们两个人五分之一，由你们来平分。’

“‘哼！五分之一，不值得一干！’他说。

“‘每个人能得到五万呐！’我说。

“‘可是，我们怎么才能让你们得到自由呢？你很清楚，这种要求是无法满足的。’

“‘这不成问题，’我说，‘我已经考虑好了。我们逃走的唯一问题是没有船和干粮。加尔各答或马德拉斯有很多小快艇和双桅快艇，我们用得着这个，你们得带一艘过来。我们要想办法在夜里上船，只要把我们送到印度沿海的随便什么地方，你们就算尽到义务了。’

“‘如果只答应你一个人呢？’他说。

“‘要么一个也不走，要么都走。’我说，‘我们立过誓，四个人必须一起行动。’

“‘摩斯坦，’他说，‘你看，斯茂是个有信用的人，他不肯背弃朋友。我想我们可以信任他。’

“‘这是一桩肮脏的交易，’上尉说，‘不过，如你所说，这笔钱可以让我们体面地保住军衔。’

“‘斯茂，我想我们只好答应你了。’少校说，‘当然，我们得先证实一下，看你说的是不是都是真的。告诉我们箱子藏在哪儿，我请假，乘坐每月一趟的轮船，回印度去查清此事。’

“他越是着急，我越是冷静。我说：‘先别急，我必须得到另外三个朋友的同意才行。我说过，我们四个人患难与共。’

“‘岂有此理！’他插嘴说，‘那三个黑鬼和我们的协议有什么关系！’

“‘黑也罢，蓝也罢，我可是和他们一起发过誓的，必须一起行动。’我说。

“第二次见面商议此事时，穆罕默德·辛格、阿卜杜拉·克汉、多斯特·阿克巴都在场。我们商量再三，才最终达成协议：我们给两位官员提供阿格拉城堡的藏宝图，在藏宝的那面墙上做了记号。舒尔托少校去印度调查财宝一事，如果找到箱子，不能拿走，而是要立刻给我们派出一艘小快艇，停在罗特兰德岛，接我们出逃，最后他重回自己的岗位。然后，摩斯坦上尉要请假，到阿格拉和我们碰头，在那里平分财宝，由他取回他和少校应得的那份。对这些协议，我们用自己所能想出的誓言，庄重地发了誓。我连夜赶画图纸，到了早上，画出两张，并签下了我们四个人的名字：阿卜杜拉、阿克巴、穆罕默德和我自己。

“先生们，我的故事让你们感到厌烦了吧？我知道，琼斯先生早就不耐烦了，他想早点儿把我送到监狱。那我就简单点儿说吧。舒尔托那个恶棍到印度后一去不回。不久，摩斯坦上尉给我看了一张一艘邮船上的旅客名单，舒尔托的名字在里面。他叔叔死了，留给他一笔钱。他不仅欺骗了我们四个人，还欺骗了第五个。不久后，摩斯坦到了阿格拉，不出我们所料，他发现财宝确实不见了。那个恶棍没有履行我们说出秘密时的任何条件，就将财宝席卷而去了。从那以后，我活着就是为了报仇，为此事我日思夜想。我什么都不在乎了，不管什么法律，也不在乎什么绞架。我唯一的想法就是逃跑，抓住舒尔托，亲手掐死他。和杀掉舒尔托这个心愿比起来，阿格拉财宝在我心中已经不算什么了。

“我这一生立下不少志愿，还没有一件没办成的。可是，一直度过漫长艰难的岁月，我的机会才来。我告诉过你们，我学过一些医药知识。一天，萨莫顿医生发高烧，卧床不起。安达曼岛上的一个土著人在快病死的时候，找了个僻静的地方，一心等死，却被一个囚犯从林子里给捡了回来。我亲手护理他，尽管他像一条小蛇一般凶狠。过了两个月，他的病被我治好，也可以走路了。这样，他对我可是感恩戴德，也不肯回林子里，总是守在我的茅屋周围。我从他那里学了几句土话，他更喜欢我了。

“他叫托格，是一名优秀的船工，有一条很大的独木舟。在我发现他对我忠实并愿意为我赴汤蹈火后，我就找到了出逃的机会。我和他谈了我的想法，他也同意在某个晚上驾着独木舟过来，停在某个无人看守的旧码头，接我上船。我让他准备了几葫芦水，还有一些山芋、椰子和甘薯。

“小托格忠诚可靠，没有人比他更忠诚了。在约好的那个晚上，他划着独木舟来到码头边。事情也巧，一个看守正好走了过来，那人正是经常侮辱伤害我的可恶的帕坦人[①]。我曾经发誓要报复他，现在，机会真的来了。好像是命运冥冥中的安排，他就在我面前，让我在最后离开前还有机会报仇雪恨。他背朝着我站在岸边，枪扛在肩上。我想找块石头砸碎他的脑袋，可是一块也没有找到。

“这时，我的脑海里出现了一个奇怪的念头：我可以使用一件武器。我在暗处坐下来，解开木腿，然后猛跳了三下，冲到他面前。他的枪还扛在肩上。我猛力朝他击去，打破了他的脑门。你们看，我这木腿上现在还有裂痕，那就是打他时留下来的。由于失去了平衡，我和他同时倒地。不过站起来时我发现，他躺在那儿已经不会动弹了。我朝独木舟走去，不到一个小时，我们就出海了。托格带上了他所有的家产，还有他的武器和神像。他带了一根竹子做的长矛和一张安达曼椰树叶编成的席子，我用这些东西做了一面船帆。我们听天由命，在大海上飘游了十天。在第十一天，一艘从新加坡开往吉达的商船搭救了我们。那艘船上满载着马来西亚的朝圣者，这些人都很古怪。但是不久，我和托格就与他们混熟了。他们有一个良好的习惯：只管让我们独自待着，并不问长问短。

“如果我把我和托格所有的冒险经历都告诉你们，你们会厌烦的，因为若是那样，你们得在这儿一直待到明早太阳出来。我们在世界各地流浪，可就是

① 分布在阿富汗东南部和巴基斯坦西北部的民族。——译注

去不了伦敦。但是，复仇的念头从来没有在我心中消失。在夜里，我总是会梦见舒尔托，而在梦中我杀过他一百次。三四年前，我们终于回到英国。我很容易就找到了舒尔托的地址。我想弄清楚，他有没有窃得财宝，或是那份财宝是不是还在他手里。我和那个肯帮助我的人交上了朋友——我可不想说出任何人的名字，因为我不想让其他人卷进这个案子里来——而不久我就发现，财宝还在他那里。随后，我就试着用不同的办法来接近他，但是他确实狡猾，除了他有两个儿子和一个印度仆人，他还由两个拳击手保护着。

“可是有一天，我听说他快死了。我匆忙赶到他的花园，生怕他溜出我的手心。我透过窗户，看见他躺在床上，两个儿子一左一右守在身边。我恨不得冲进去，和他们父子三个人拼了。可就在这时，他的下巴耷拉下来，已经咽了气。我连夜潜入他的房间，翻看了他所有的文件，想找到隐藏财宝的线索，可是我一无所获。我只好愤然离去，临走前我突然想到，若是我的锡克朋友知道，我已经留下了表达我们仇恨的标记，那他们肯定会感到高兴的。于是，我潦草地写下了我们四个人的名字——和图纸上的一样——把纸条别在他的胸前。被他抢劫和欺骗过的人，在他入土前要是不给他来点儿标记，那可就太便宜他了。

“那时候，我们在集市上和在另外一些地方把可怜的托格当作吃人的原始黑人向人们展览，以此来维持生计。他吃生肉，跳土著舞蹈，这样一天下来，我们还可以得到满满一帽子的铜板。我们也仍然可以知道来自樱塘别墅的消息，其实多年来，除了知道他们仍然在寻找财宝外并没什么新鲜的东西。最后，我们等待已久的消息终于来了。财宝找到了。财宝就藏在巴特洛梅·舒尔托的化学实验室的屋顶。我马上前往查看，但是碍于我这条木腿，我想不出可以爬上顶屋的办法。可我听说，屋顶上有道暗门，并知道了舒尔托先生吃晚饭的时间。我想，有托格在，办这件事还是轻而易举的。我就把他带在身边，在他腰里拴了根长长的绳子。他真的像猫一样爬了上去，不一会儿就到了屋顶。但是不幸的是，巴特洛梅还在屋子里，所以他就遇害了。托格以为杀了舒尔托是非常聪明的行动，因为当我顺着绳子爬上去时，发现他正在屋子里走来走去，活像只骄傲的孔雀。直到我抓起绳子抽打他，骂他是个吸血鬼时，他才大吃一惊。我拿到了财宝箱，把箱子放下去，接着自己也爬了下去。我在桌上留了个‘四签名’的字条，表示财宝终于物归原主了。最后，托格收好绳子，关好窗户，从他进来的地方离开了。

“我不知道还有什么没有讲。我听一个船工说起，史密斯的‘曙光’号有快艇之称。所以我就想把这条汽船用作我们逃生的工具。我与老史密斯取得了联系，并且答应他，只要他把我们安全送到大船，我就给他一大笔钱。很明显，他觉得这件事有些奇怪，但他并不知道其中的隐情。我所说的都是实话。先生们，我说这些并不是想取悦你们，你们其实也帮不上我什么。我这么做只是因为，我相信我能做的最好的辩护就是实话实说，让所有的人都知道舒尔托少校是如何地背信弃义，而对他儿子的死，我是清白的。”

“讲得真精彩！”福尔摩斯说，“这桩有趣的案子终于有了恰如其分的结局。除了不知道绳子是那样带上去的以外，你后半部分的陈述并未出我所料。我顺便问一句，我原以为托格的毒刺全丢了，但他在船上又向我们射了一支。”

“先生，是全丢了。可是，吹管里还剩下最后一根。”

“噢，当然，”福尔摩斯说，“真是没有想到。”

“还有什么要问的吗？”罪犯颇为热情地问。

“没有了，谢谢！”我的同伴回答说。

“嘿，福尔摩斯，”琼斯开了口，“你可真是好脾气。我们都知道你是分析罪行的行家里手，但职责就是职责，我今天对你和你的朋友可算是仁至义尽了，但要等到把这个说书匠安全地锁进监狱，我才能安心。马车还等在那儿呢，楼下有两位巡佐。非常感谢两位的帮忙。当然，开庭时还要有请两位出席做证。晚安。”

“二位先生晚安！”乔纳森·斯茂说。

“走前面，斯茂！”出门时，行事谨慎的琼斯说，“我可得当心你像在安达曼群岛对付那位先生一样，用你的木腿来打我。”

“唉！我们这场小小的戏剧该结束了。”我们抽着烟坐了一会儿，我说道，“恐怕这是最后一次向你学习破案方法的机会了。摩斯坦小姐已经接受了我的求婚。”

他发出了一声低沉的叹息。

“我已料到了，”他说，“可是我真的不会向你道喜。”

我的心里感觉很不舒服。

“你对我的选择感到不满意吗？”我问道。

“不，不，我想，她是我见到的最迷人的姑娘，而且对我们从事的这种工作可能还会很有用，她在这方面有天分。你看，她从她父亲的所有文件中单挑阿格拉图纸保存起来。但爱情是属于感性的东西，感性会妨碍真实冷静的推理，而我把推理看作高于一切的东西。我本人绝不结婚，以免影响我的判断力。”

“我相信，”我笑着说，“我的判断力还经得起这次考验。你有些累了。”

“是的，我已经感觉到了。这一周我会毫无生气的。”

“奇怪，”我说，“在别人身上我觉得是懒散的东西，在你这里怎么会变成充沛的精力呢？”

“是的，”他答道，“我生来就是一个懒散的人，但我同时也是一个精力充沛的人。常常想到歌德的一句话：‘上帝只造肉身。金玉其外，败絮其中。’顺便说一句，在上诺伍德案中，我曾怀疑他们有内线，此人不是别人，正是仆人拉尔·拉奥。琼斯撒了一网，倒也网着了一条大鱼。这确实是他的功劳。”

“可是分配太不公平，”我说。“我从中得到了妻子，琼斯得到了荣誉，你办理了全案，又得到了什么呢？”

“我吗？”夏洛克·福尔摩斯说，“留给我的，是那只可卡因瓶子。”说着，他伸出修长白皙的手去拿瓶子。

奇案记（1891—1892）

波希米亚丑闻

一

对夏洛克·福尔摩斯来说，她始终是“那位女子”，我难得听见他用其他的称呼提到她。在他的眼中，她是女子中的佼佼者，无人可比。这并不是说他曾对艾琳·艾德勒有过类似爱情的感情。所有的情感，特别是爱情都是和他那刻板而严谨的头脑格格不入的。我认为，他简直就是这世上少有的，进行推理和观察的最完美的机器；但是，作为情人，他总会把自己置于错误的位置。他说话从不多愁善感，何况还常常带着嘲弄和奚落的口吻。对于一个观察者来说，情感是值得赞赏的——因为它们能揭开人们动机和行为的面纱。但对于一位训练有素的推理者来说，让情感袭扰他缜密而精细的气质，就会使他精神涣散，使他聪明的头脑受到蒙蔽。这类人的天性中一旦掺入了强烈的感情，其危害不亚于精密仪器中掺入沙子，或是他那个高倍放大镜有了裂纹。然而，福尔摩斯的记忆中还至今念念不忘一个女人，这个女人就是已故的艾琳·艾德勒。

我近来很少见到福尔摩斯。我结婚后，我俩疏于往来了。我的完满无瑕的幸福和初为一家之主所感到的天伦乐趣，吸引了我的全部注意力；而福尔摩斯生来豪放不羁，他讨厌一切社会礼仪，整日待在贝克街的宅子里，埋头于旧书堆中。有时，他沉溺于可卡因；有时，他雄心勃勃地为事业而奔忙；有时，他要靠药物催眠；有时，他热烈的性格会激发起他旺盛的精力。但无论在什么情况下，他始终醉心于研究犯罪行为，并用他那广博的才能和非凡的观察力寻找线索、解开谜团，而这些谜团是被警察局认为毫无头绪而一筹莫展的。我经常隐隐约约听到一些关于他活动的传闻：关于他如何被召到奥德萨去处理特雷波夫谋杀案；如何侦破亭可马里[①]非常离奇的阿特金森兄弟惨案；以及最后如何巧妙而成功地为荷兰皇族完成了使命。除了这些我和其他读者一样仅仅是从报纸上得知的一星半点的消息之外，关于我这位老朋友和老伙伴的其他情况我就知之甚少了。

1888年3月20日夜晚，我出诊归来（此时我已重操行医的旧业），恰好经过贝克街那所宅子的熟悉的大门。在我的心目中，它总是让我想起我所追求的事业和“血字的研究”一案中的神秘事件。当我从门前经过时，我突然很想进去看看福尔摩斯，和他聊聊，看看这精力过人的人究竟在做些什么。

他的屋子里全都亮着灯光，我抬头张望，两次看到窗帘上掠过他那瘦高个子的黑色身影。他深埋着头，两手紧握在背后，在屋里很快地来回踱着步。我深谙他的各种心境和习惯，所以对我来说，他的这种举止本身就说明了一切——他又在工作了。想必他是刚从服药后的睡梦中惊起，正在全神贯注地思索着某些新问题的线索。我按响了门铃，走进了他的寓所，这寓所以前是我和他一起合住的。

他并没有像以往那样热情地接待我。但是，我认为他仍然很高兴能见到我。他几乎没有说什么，但是目光温和，示意让我在扶手椅上坐下，扔给我他的雪茄烟盒，并指了指放在墙角的酒柜和苏打水加水机。然后，他站在壁炉前，用他那独特的审视的神态凝视着我。

“看来结婚生活对你很合适啊。”他评论说，“华生，我看自从我们上次见面以来，你体重起码增加了7磅半。”

“7磅。”我回答说。

“是吗？那估计得多了一点儿。华生，实际上，只是多半磅而已。据我的

---

① 亭可马里：斯里兰卡海港城市。——译注

观察，你又开业了吧？可是，你从没对我说过你打算重操旧业啊。”

“你是怎么知道我已经开业行医了呢？”

“我看出来的，我推断出来的。不仅如此，我还知道你近来常被雨淋湿衣服，而且还雇了一名最笨最粗心大意的女仆呢。”

“亲爱的福尔摩斯，”我说，“你简直太行了。要是活在几世纪以

他站在壁炉前凝视着我。

前，你一定会被当作妖魔被火刑烧死的。不错，星期四我徒步去过乡间，回家时被雨淋成了落汤鸡。可是我早已换了衣服，你居然还是能够推断出来。至于女佣玛丽·珍，她简直是无可救药了，我的妻子已经把她辞了。但是，我还是不明白你究竟是怎么推断出来的。”

他自己也呵呵地笑了起来，搓揉着他那双细长的神经质的手。

“事情本身很简单。”他说，“我看到你左脚穿的那只鞋的里侧，也就是炉火火光照到的那块鞋面上，有六道几乎完全平行的擦痕。显然，这些擦痕是有人为了刮掉沾在鞋跟周围的泥巴，笨手笨脚地刮出来的。因此，你瞧，我由此就得出了两项推断：一是你曾经在恶劣的天气中徒步出过门；二是你脚上穿的是被伦敦女用人擦坏的皮鞋的典型样品。至于你开业行医嘛，试想如果有人走进我家，他身上散发着碘的气味，右手食指上有硝酸银的黑色斑点，他的大礼帽右侧面突出一块——表明那里是藏听诊器的地方，而我却看不出他是一个忙碌的医生，那我岂不是太迟钝了嘛。”

他解释推理的过程是如此轻松自如，我不禁笑了起来。“当我听你推理时，”我说，“我总觉得事情简单得可笑，我自己也能推理。在你将你的推理过程解释清楚之前，我对你能如此料事如神总是感到迷惑不解。但我自信我的眼力并不比你差呀！”

“你的眼力确实不差，”他点燃了一支烟，舒展地倚靠在扶手椅里回答道。“但你是在看而不是在观察，这二者之间是有明显区别的。比如说，从下面大厅到这间屋子的楼梯你经常走过吧？”

“是的。”

“走过多少次了？”

“嗯，大约几百次了吧。”

“那么，有多少级台阶？”

“多少级台阶！我不知道。”

“你看你看！你没有观察，你只是看而已。这正是我要指出的问题所在。

你瞧，我知道共有17级台阶，因为我不仅看了，而且观察了。顺便说说，由于你对这些小问题有兴趣，又由于你善于记录我的点滴经验，你对这东西也许会感兴趣的。”他把一直放在他桌子上的一张粉红色的便条扔了过来。“这是邮差刚刚送来的。”他说，“你不妨大声念念。”

这张便条没有日期，也没有签名和地址。便条中写道：

> 今晚7点45分将有人前来阁下府上登门拜访，来者有至关紧要之事拟与阁下相商。您近来为欧洲王室的效力充分说明，我们完全可以放心地委托阁下承办大事，我这样说毫无言过其实之意。对阁下的这种评价已是有口皆碑。届时敬请在家等候，来访者如戴有面具，还望海涵为幸。

“这的确有点儿神秘。”我说，“你认为这是什么意思？”

“我还没有得到这方面的资料。在得到资料之前就妄加论断，岂不大错。有人总是牵强附会地让事实服从理论，而不是让理论适应事实。不过，现在就这么一张便条。你能从中推断出什么吗？”

我仔细地检查了笔迹和这张写字的纸条。

“写这张便条的人大概很有钱。”我努力模仿我伙伴的推理方法说，“这种纸至少要半个克朗[1]一打，纸质特别结实挺括。”

“特别——这两个字用得好，”福尔摩斯说，“这纸根本不是英国造的。你举起来对着亮光照照看。”

我照他说的做了，看到纸质纹理中印有一个大写“E”和一个小写“g”，一个大写“P”以及一个“G”和一个小写“t”。

“你知道这代表什么吗？”福尔摩斯问道。

---

① 英国旧制5先令硬币。——译注

我仔细地检查这张纸和上面的笔迹。

“毫无疑问，是造纸者的姓氏，更确切地说，是他姓名的字母组合。”

“完全不对。‘G’和小写‘t’代表的是‘Gesellschaft’，也就是德文‘公司’的意思，像我们的‘Co.’这个惯用的缩写词一样。当然，‘P’代表的是‘Papier’[1]。现在再说说‘Eg’。让我们翻一下《大陆地名词典》。”他从书架上拿下一本棕色书皮的厚书，“Eglow，Eglonitz——对了，Egria（埃格

① 德文纸张的意思。——译注

里亚），它是说德语国家中某地的地名——位于波希米亚，离卡尔斯巴德[①]不远。‘由于华伦斯坦[②]在该地逝世而远近闻名，同时该地也以其玻璃工厂和造纸厂众多而出名。’哈，哈，老兄，你知道这是什么意思了吗？”他的眼里闪着光，洋洋得意地吐出了一口蓝色的香烟烟雾。

“这种纸是在波希米亚制造的。”我说。

“完全正确。写这张纸条的人是德国人。你是否注意到‘对阁下的这种评价已是有口皆碑’这种句子的特殊结构？法国人或俄国人是不会这样写文章的，只有德国人才这样乱用动词。问题是这位用波希米亚纸写字，要用面具掩盖其真面目的德国人到底想干什么——瞧，要是我没搞错的话，他来了，他将为我们打开疑团。”

果然，街上响起了一阵清脆的马蹄声和马车轮子碾过石子的轧轧声，接着有人使劲拉门铃。福尔摩斯吹了一声口哨。

“听声音是两骑马，”他说，“没错，”他接着说，眼睛朝窗外瞟了一眼。“一辆小四轮马车和一对漂亮的马，每匹值150畿尼[③]。华生，要是不出问题的话，这个案子可能赚钱呢。”

“我想我得告辞了，福尔摩斯。”

“千万别走，医生，你就待在这里，你就是我的鲍斯韦尔[④]，你不在旁边我会拿不定主意的。这个案子一定很有意思，万万不可错过。”

“可是你的委托人……”

“别管他。我需要你的帮助，他也需要你的帮助的。他来啦！你就坐在那椅子上别动，医生，仔细听我们说些什么吧。”

楼道上传来一阵缓慢而沉重的脚步声，脚步声在门口停止了，接着是响亮的

---

① 卡尔斯巴德：今捷克共和国西部温泉疗养城市卡罗维发利的德语称谓。——译注

② 华伦斯坦（1583—1634）：捷克贵族，三十年战争中神圣罗马帝国的军事统帅。——译注

③ 旧英国金币名。——译注

④ 鲍斯韦尔：英国著名文学家约翰生的一名得力助手。——译注

敲门声。

“请进！”福尔摩斯说。

进来的人身高起码有6英尺6英寸，身材魁梧，四肢强健有力。他的衣着华丽，但过于富丽堂皇，在英国人看来显得有点儿品位太低。他的袖子和双排扣的上衣前襟开叉处都镶着很厚的阿斯特拉罕[①]羔皮镶边，肩上披着用猩红色的丝绸做衬里的深蓝色披风，领口别着一只镶嵌着单颗火焰形绿宝石的饰针。他脚上穿着一双靴口镶着深棕色毛皮，高到小腿肚的皮靴，他的整个外表给人留下了粗俗奢华的深刻印象。他手里拿着一顶

一个人走了进来。

① 俄国地名，盛产羊皮。——译注

大檐帽，脸的上半部戴着一个黑色的盖过颧骨的面罩。面罩显然是进门前才戴上的，因为他进门时手还没有放下来。从他下半张脸看，他像是个性格坚强的人。他的嘴唇厚而下垂，下颚又长又直，表示出一种近乎固执的果断。

“你收到我的信了吗？”他问道，声音深沉而沙哑，带着浓重的德国口音。“我告诉过你，我要来拜访你。”他来回瞧着我们两个人，好像拿不准该跟谁说话才对。

“请坐。”福尔摩斯说，“这位是华生医生，他是我的朋友和同事，他一直是我办案的得力助手。我该如何称呼您呢？”

“你可以称呼我冯·克拉姆伯爵。我是波希米亚贵族。我想，你的这位朋友一定是位值得尊敬和办事慎重的人，我应该可以把极为重要的事托付给他。否则，我希望跟你单独谈。”

我起身打算离开，可是福尔摩斯一把抓住我的手腕，将我推到我坐的扶手椅里。“要谈就一起谈，要不就不谈。”他对来客说，“您打算跟我说什么，尽管可以在这位先生面前说。”

伯爵耸了耸宽宽的肩膀。“那么，我就开门见山吧。”他说道，“请你们二位在两年内对我说的事绝对保密，两年后此事就无关紧要了。目前，就是说它重要到可以影响欧洲的历史也不过分。”

“我保证。”福尔摩斯答道。

“我也保证。”

“请你们原谅我戴着面罩。”我们这位奇怪的来客继续说，“派我前来办事的人不愿意让你们知道他派来的人是谁，因此，我可以承认刚才我称呼自己的头衔并不是真的。”

“这我知道。”福尔摩斯冷冷地答道。

“情况十分棘手，我们必须采取一切措施，防止事态演化成一桩大丑闻，这样才能使一个欧洲王族免遭严重损害。坦率地说，此事牵扯到高贵的奥姆施泰因家族，波希米亚世袭国王。”

“这我也知道。”福尔摩斯喃喃地说道，随即靠在扶手椅里，眯起了眼睛。

我们的来客用惊讶的目光扫了一眼这个一脸倦容、懒洋洋的人，这人在来客的心目中，无疑是被奉为欧洲分析问题最透彻的推理者和精力过人的侦探。福尔摩斯不紧不慢地重新睁开双眼，不耐烦地瞧着这位身躯魁伟的委托人。

“如果陛下肯屈尊将情况详细说明，”他说，“我愿更好地为您效劳。”

这人从椅子里跳了起来，在屋子里情绪激动地踱来踱去，无法自制。接着，他以破釜沉舟的姿态扯掉脸上的面罩，扔到地下。

“你说对了，”他喊道，“我就是国王。我何必躲躲藏藏呢？”

“嗯，果真如此吗？”福尔摩斯喃喃地说，“陛下不说，我就知道，正和我交谈的是卡塞尔-费尔施泰因大公、波希米亚的世袭国王、威廉·哥特莱西·西吉斯蒙德·冯·奥姆施泰因。”

“但愿你能理解。”我们奇怪的来客重新又坐了下来，用手摸了一下他那白皙的高高前额，“你知道我不惯于亲自出马办理这种事。可是这件事是如此微妙，我如果轻易向任何一名侦探透露，难免日后受他摆布。我是专程从布拉格赶来找你的。”

“既然如此，就请谈吧。”福尔摩斯说道，随即又闭上了眼睛。

“简单地说，事情是这样的：大约五年以前，我在华沙长期访问期间，认识了大名鼎鼎的女冒险家艾琳·艾德勒。你肯定熟悉这名字吧？”

“医生，劳驾在我的资料索引中查查艾琳·艾德勒是何许人也。”福尔摩斯喃喃地说，仍然闭着眼。多年来，他一直把有关的人和事摘要记录下来加上索引，以便随时查找。所以，遇到不能立刻想起的人或事，一查索引便知细节。关于这件案子，我找到了关于她的个人才料。这材料夹在一个犹太法学博士材料和另一个写过一篇关于深海鱼类论文的人的材料中间。

“让我瞧瞧。”福尔摩斯说，“嗯！1858年生于新泽西州。嗯，是个女低音！意大利歌剧院，嗯！华沙皇家歌剧院首席女歌手，对了！已经退出歌剧舞

他扯掉脸上的面罩，扔到地上。

台，哈！现在住在伦敦，正是如此！据我看，陛下是和这位年轻女子有瓜葛。您给她写过几封有伤您尊严的信，现在想把那些信索回。”

“一点儿不错。但是，你怎么……”

“曾经和她私订终身吗？”

“没有。”

“没有法律文件或证明吗？”

“没有。”

“那我就不明白了，陛下，如果这位年轻女人想用信来达到讹诈或其他的目的，她怎么证明这些信是真的呢？”

“那是我的笔迹。”

“笔迹是可以伪造的呀。”

“那我的私人信笺。”

“那是可以偷到手的呀。”

“有我的个人印鉴。”

“可以仿造啊。”

“有我的照片。”

“可以买啊。”

“有我们两人合影的照片。”

“噢，天哪！那就太糟啦！陛下的确是有失检点了。”

“我当时真是疯了，精神不正常了。”

“您已经对您自己造成了严重的损害。”

“当时我还是个很年轻的王储。我现在也不过才三十岁呀。”

“必须把那张照片收回。”

“我们已经试过，但都失败了。”

“陛下必须出钱，把照片买过来。”

“可她不卖。”

“那就只好偷了。”

“已经试过5次了。有两次我出钱雇小偷到她的住宅翻箱倒柜。一次她在旅行时我们使了调包计。还有两次我们对她实行了拦路抢劫。可是都无功而返。”

“那张照片毫无线索吗？”

“毫无线索。”

福尔摩斯笑了。“这倒是个无足轻重的小问题。”他说道。

“但是对我而言，却是个非常严重的问题。”国王的口气有点儿生气。

“十分严重，的确如此。那她打算拿照片干什么用呢？”

“把我毁掉。”

“如何毁法？”

“我就要结婚了。”

“这我听说了。”

“我将和斯堪的纳维亚国王的二公主克劳尔德·洛特曼·冯·萨克森-迈宁根缔结良缘。你可能听说过他们家族的严格家规吧？她自己就极为敏感，只要她对我的行为稍存疑心，就会使这婚事告吹。”

“那么艾琳·艾德勒呢？”

“威胁说要把照片送给他们。而她是会说到做到的，我知道她是会那样做的。你不了解她，她的心像钢铁一般坚硬。她既有最美丽的女人的姣好容貌，又有最刚毅的男子之心肠。只要我和另一个女人结为夫妻，她是什么事都做得出来的。”

“您敢肯定她还没有把照片送出去吗？”

“我敢肯定。”

“为什么？”

“因为她说过，她要在我们宣布婚约的当天把照片公开，也就是下星期一。”

“噢，那咱们还有三天时间。”福尔摩斯打着哈欠说道，“太幸运了。因为目前我还有一两桩重要的案情要调查。当然，陛下暂时要滞留伦敦了吧？”

“对，你在兰厄姆旅馆能找到我。我用的名字是冯·克拉姆伯爵。”

“我将写短信告知您我们的进展情况。”

“请一定来信，我急于知道此事的进展。”

“那么，关于钱的事怎么样？”

“由你说。”

"当真吗？"

"告诉你，为了得到那张照片，我愿意拿我王国中的一个省来做交换。"

"那么眼下的费用呢？"

国王从他的披风下拿出一个沉甸甸的羚羊皮钱袋，放在了桌上。

"这里是300镑金币和700镑钞票。"他说。

福尔摩斯从笔记本上扯下一张纸，草草写了收条，递给他。

"那女士的地址呢？"他问道。

"圣约翰伍德，塞彭泰恩大街，布莱宁府第。"

福尔摩斯记了下来。"还有一个问题，"他说道，"照片是6英寸的吗？"

"是的。"

"那么，再见，陛下，我相信您不久就会听到好消息的。"

"华生，再见。"他接着对我说，这时皇家四轮马车已向街心驶去。"我想请你明日午后3点钟再来，我跟你聊聊这件小事情。"

二

3点整，我如约来到了贝克街，福尔摩斯尚未回来。女房东告诉我，他是在早晨8点多钟出门的。我在壁炉旁坐下，打算不管多久都要等他回来。我已经对他的调查产生了浓厚的兴趣，虽然这案子没有我记录过的前两桩凶案那样残忍和不可思议，但就其性质及委托人的高贵身份而言，却有其独特之处。的确，除了我的朋友正在调查的案子的性质之外，他巧妙地掌握情况和敏锐而透彻的推理方式，以及他解决错综复杂的疑团的迅速而精细的方法，都值得我很好的研究和效仿。他不断成功侦破案子，我对此已是习以为常，所以，我头脑里容不得他也有可能出现闪失的想法。

将近4点钟时，屋门开了，进来一个邋邋遢遢，留着络腮胡须，面红耳赤，衣冠不整的醉醺醺的马车夫。我朋友高明的化装术经常使我难辨真伪，我再三审视才敢肯定这马车夫就是他。他对我点点头就进了卧室，不到5分钟，他就和往常一样身穿花呢衣服，风度翩翩地出现在我的面前。他把手插在衣袋里，在壁炉前伸长双腿，开怀地大笑了一阵。

“噢，真是的！”他喊道，上气不接下气地大笑不止，直笑得浑身无力地躺在椅子上。

“什么事这么好笑？”

“简直太有趣了。你无法想象我一上午都在忙什么，忙一上午的结果是什么。”

“我想不出来。也许你是在跟踪观察艾琳·艾德勒小姐，也许在调查她的宅子。”

一个醉醺醺的马车夫进来了。

“正是如此，结果出乎预料。还是听我从头说来吧。今天早晨8点多种我离开家，化装成一个找工作的马车夫。马车夫之间是那样的互相同情，相互接济。只要你和他们打成一片，你就可以了解你要想知道的一切。我很快就找到了布莱宁府第。那是一幢小巧雅致，有后花园的两层楼别墅，面对着马路。门上挂着把大锁。右边是宽敞的起居室，内部摆设华贵，高大的窗户几乎落到地面，然而那些蹩脚的英国窗门连小孩都能打开。除了从马车房的房顶可以够得着过道的窗户以外，没有什么其他特别的地方。我绕着别墅转了一圈，从各个角度仔细观察，也没有发现什么特别的地方。

“接着，我顺着街道漫步，果不出我所料，在靠着园墙的小巷里，我发现了一排马房。我帮马车夫们梳洗马匹，为此还赚得了两个便士、一杯混合酒[①]、两满袋板烟丝，并从他们嘴里得到了我想知道的有关艾德勒小姐的所有情况。不仅如此，他们还告诉了我她的邻居的情况，对此我丝毫不感兴趣，不过听听罢了。”

“艾琳·艾德勒的情况如何？”我问道。

“噢，她使那一带所有的男人都神魂颠倒。在塞彭泰恩大街马房，大家都说她是这世上最优雅的美人。她过着宁静的生活，在音乐会上演唱。每天5点钟出门，7点钟回家吃晚餐。除了演唱外，其余时间多半深居简出。她只与一个男人交往，而且关系亲密。他肤色黝黑，英俊潇洒，生龙活虎。他每天至少来拜访她一回，经常是两回。他是住在坦普尔的戈弗雷·诺顿先生。知道当一名心腹车夫的好处吗？车夫们为他赶车，从塞彭泰恩大街马房送他回家不下十几次，对他的事了如指掌。听完他们所谈的之后，我便在布莱宁府第附近徘徊，思考我的行动计划。

“这个戈弗雷·诺顿显然是这件事的重要人物。他是一位律师。这职业使人想起了打官司。他们两人之间是什么关系呢？他不断来看她的目的何在呢？她是他的委托人，是他的朋友，还是他的情人？如果是前者，她大概已经把照片交给他保管了。如果是后者，则不大可能那么做。这个问题将决定我是应当继续对布莱宁府第进行调查呢，还是把我的注意力转向那位先生在坦普尔的住宅。这是必须谨慎抉择的，这扩大了我调查的范围。我担心这些琐碎的细节会使你感到腻味，但是，为了使你理解目前的形势，我必须让你明白我碰到这个

① 由淡烈两种酒掺成的酒。——译注

小小难题。”

“我正在洗耳恭听呢。”我回答道。

“我正在独自左右为难之际，只见一辆双轮马车径直来到布莱宁府第门前，从车里跳下一位绅士。他相当英俊，肤色黝黑，动作矫健，留着小胡子——显然他就是我刚打听到的那个人。他仿佛心急火燎的样子，大声吩咐车夫等着他，女仆开门后，他从她面前擦身而过，走进屋子，毫无客人的拘泥神态。

“他在屋子里逗留了大约半小时，我通过起居室的窗户，瞥见他在来回踱步，挥动着手臂兴奋地谈着。但我无法看到艾德勒的人影。随后，他走了出来，看上去比刚才更加心急火燎。登上马车时，他从口袋里掏出一块金表，匆匆看了一眼，喊道：‘快快驾车赶路，先到摄政街格罗斯·汉基旅馆，然后到埃基韦尔路的圣莫尼卡教堂。要是能在20分钟之内赶到，我就赏给你半个畿尼！’

“他们的马车绝尘而去，我正在犹豫是否应该紧紧尾随其后，忽然从小巷里来了一辆小巧别致的四轮马车，那马车夫的上衣纽扣还没来得及扣好，领带歪在一边，马具上所有的马肚带都还没有扎进皮带扣中。车还没停稳，艾德勒就奔出大门，一头钻进车厢。我只来得及瞥了她一眼，果然是个可爱的女子，其容貌足以令所有的男人拜倒在她脚下。

“‘约翰，去圣莫尼卡教堂，’她喊道，‘要是你能在20分钟之内赶到，我就赏给你半镑金币。’

“华生，这真是天赐良机。我正权衡是应当雇辆马车对他们进行追踪，还是干脆直接攀在她的马车后面时，一辆出租马车恰好经过。赶车人似乎嫌我给的车费太少，但我没等他拒绝就跳进车里。‘圣莫尼卡教堂，’我说，‘要是你在二十分钟之内赶到，我给你半镑金币。’那时是11点35分，可能发生什么事呢，且听我继续道来。

“我的马车夫赶得飞快。我还从未坐过这么快的马车，但前两辆马车已经先到了。等我赶到时，它们早已停在门前了，两匹马正气喘吁吁地冒着热汗。我付了车钱，急忙走进教堂。里面只有我所追踪的两个人和一个身着白色法衣，好像正在劝诫他们的牧师。他们三个人都站在圣坛前。我像个无所事事的闲人，信步顺着侧面的通道朝前走。令我惊异的是，忽然间，在圣坛前的这三个人都不约而同朝我扭过脸来。戈弗雷·诺顿飞快向我跑来。

"'谢天谢地！'他喊道，'来来来，你来帮帮忙！'

"'这是怎么回事？'我问道。

"'来，老兄，来，只需占用你3分钟时间，否则仪式就不合法了。'

"我被他拖上了圣坛。在我还没有摸着头脑以前，我已经在对我耳边低低的话语喃喃地作答，为我尚不清楚的事情做证了。换句简单的话说，就是我当了未婚女子艾琳·艾德勒和单身男子戈弗雷·诺顿相互结合的证婚人。这都是在很短的时间内完成的。接着男方在我这一侧对我表示感谢，女方在我另一侧对我表示感谢，而牧师则在我对面冲着我微笑。这是我有生以来从未遇到过的最荒唐的事，刚才我就是想到这件事才禁不住大笑的。看来他们的结婚证明有点儿不合手续，牧师在没有证婚人的情况下，断然拒绝给他们完婚，幸好我及时赶到，才使得新郎不至到大街上去找傧相。新娘赏给我一镑金币，我打算把它拴在表链上以纪念这次奇遇。"

"这事真是出乎我的意料。"我说道，"后来呢？"

"哎，我意识到我的计划面临着严重的威胁。看来这对新人有可能远走高飞，因此我必须立即采取有效的措施。然而，他们在教堂门口分了手，男的坐车回坦普尔，女的则回到她自己的住处。'我还像平常一样，五点钟坐马车到公园去，'女的在和男的告别时说道。我就听到这些。他们各自乘车驶向不同的方向，我也就离开了那里——该为自己做点儿安排啦。"

"做什么安排呀？"

"一盘牛肉和一杯啤酒。"他按了一下铃答道，"我一直忙得连吃东西的工夫都没有，今晚我可能更忙。顺便说一句，医生，我需要你的合作。"

“我发觉自己正喃喃地对耳边低声的话语做出回应。”

“我很乐意。”

“你不怕犯法吗？”

“一点儿也不。”

“也不怕万一被捕吗？”

“只要有好的理由，我不怕。”

“噢，有再好不过的理由！”

“那么，我就听您吩咐了。”

“我早就知道我是可以依靠你的。”

“可是你打算怎么办呢？”

“等特纳夫人送来吃的东西后，我再告诉你。现在，”他饥肠辘辘地转向女房东拿来的简单食品，“我们必须边吃边谈了，剩的时间不多了，现在快到5点了，我们必须在两个钟头内赶到行动地点。那位艾琳小姐——不，该称她夫人——将在7点钟坐车回家。我们必须在布莱宁府第制造一个与她巧遇的机会。”

“然后呢？”

“这以后的事必须由我来办，我已有所安排。我必须强调一点：不管发生什么情况，你都一定不要干预，明白吗？”

“难道让我袖手旁观吗？”

“无论如何别插手，可能会发生些许不愉快的小小事件，你千万别介入。一旦我被送进屋里，不愉快的事就会结束的。四五分钟以后，她起居室的窗户将会打开。你要在打开的窗下守候。”

“是。”

“你一定要盯着我，我会让你看见我的。”

“是。”

“我像这样把手一举，你就把我让你扔的东西扔进屋去，同时，扯开嗓门喊‘失火了’。你完全听清楚我的话了吗？”

“完全听清楚了。”

“不会发生什么可怕的事的。”他从口袋里掏出一只像雪茄烟模样的卷筒说，“这是一只铅管工用的普通烟火筒，两头都有盖子，扔出后会自燃冒烟。你就负责这个东西。当你高喊失火的时候，一定会有许多人来救火。你要趁机走到街的另一头去。10分钟之内我会来和你会合。我希望你已经完全明白了，是吗？”

“我应该先做个局外人，躲在窗下，注视着你，一见信号，就把这玩意扔进去，然后高喊失火了，并且到街拐角去等你。”

“完全正确。”

“那你放心吧！”

“这太好了。我想，该是我为扮演新角色做准备的时候了。”

他摇身一变，装扮成了一个单纯朴实的牧师。

他走进卧室里。几分钟后，他摇身一变，装扮成了一个和蔼可亲而单纯朴实的新教牧师了。他头戴宽大的黑帽，裤子松垮，打着白领结，面带富于同情心的微笑，露出专注、仁慈而好奇的神态，非约翰·里尔先生[①]不能与之媲美。福尔摩斯不仅是换了装束，他的神情、举止，由里到外似乎都随他所扮的角色而焕然一新。可惜他是一位研究罪行的专家，否则舞台上会多一位出色的演员，甚至科学界也会多一位敏锐的推理家。

我们6点一刻离开贝克街，提前10分钟赶到达塞彭泰恩大街。夜幕降临，

① 约翰·里尔：19世纪中叶到20世纪初英国著名喜剧演员。——译注

我们在布莱宁府第外面来回踱步，等候宅主归来时，街灯已亮。这所宅子和我根据福尔摩斯的简单描述所想象的完全一样，只是所处的位置并不像我预料的那么僻静。相反，对于邻近街道却很安静的一条小街来说，它显得异常喧闹。街头拐角都有一群群穿着破烂的人在抽烟说笑，此外，还有一个带着脚踏砂轮的磨剪子师傅，两个正在同保姆调侃说笑的警卫，以及几个衣着体面、嘴里叼着雪茄烟来回游荡的年轻人。

“你看，”当我们在宅子前面来回踱步时，福尔摩斯说道，“他们结了婚倒使事情简单化了。那张照片现在变成了双刃剑，我们的委托人怕它被公主看见，同样艾德勒也怕照片被戈弗雷·诺顿看见。眼下的问题是：我们到哪里去找那张照片呢？”

“是啊，到哪儿去找呢？”

“那是张6英寸的照片，她不可能随身带着，藏在女人的衣服里未免太大了。她知道国王会拦劫和搜查她，这样的事已经发生过两次了。因此，我们可以断定她没有随身带着照片。”

“那么，照片在哪儿呢？”

“在她的银行家或者在她的律师手里。这两种可能性都有。但我倾向于两者都不是。女人天生就好保密，她们喜欢自己隐藏东西。她为什么要把照片交给别人呢？她相信自己的保管能力，但她觉得如果交给银行家或律师，一旦事情败露其政治后果将难以预料。此外，别忘了她是决定要在几天之内使用这张照片的，照片一定藏在她随手就能取到的地方，一定在她自己的闺房之中。”

“但是她家已有两次被盗了。”

“哼！那些人根本不知道如何去找。”

“那你打算怎么去找？”

“我根本不用找。”

“什么？”

“我要她自己告诉我照片在哪儿。”

“她不会那么干的。”

“她一定会那么干的。且慢，我听见车轮声了，那是她坐的马车。现在要不折不扣地按照我的命令行事。”

正说着，只见马车的侧灯沿着弯曲的大街照过来。一辆漂亮的四轮马车驶到了布莱宁府第门前。马车刚停下，街角一个想讨点儿赏钱的流浪汉便上前去开车门，但是另一个也想讨赏钱的流浪汉冲了过来，用胳膊肘把他顶开了。于是爆发了一场激烈的争吵，两名警卫站在前一个流浪汉一边，磨剪刀师傅则同样起劲地站在后一个流浪汉一边，双方僵持不下，争吵愈演愈烈，最后终于拳脚相加，刚刚下车的女士顿时被卷进一堆满面怒容、拳打脚踢、挥舞棍棒、野蛮斗殴的人群当中了。福尔摩斯一头冲入人群去护着那女士，但是，刚到她的身边，他就大叫一声，摔倒在地，满脸淌血。见他倒地，警卫朝一个方向溜之大吉，流浪汉们朝另一方向逃之夭夭，同时，那些衣着比较整洁，只看热闹而没有动手打架的人挤了进来，为那女士解围并照顾伤者。艾琳·艾德勒——我仍然喜欢这样称呼她——已急忙跑上台阶，但是她在最高一级台阶站住了，门厅的灯光映衬出了她那超凡脱俗的身材轮廓，她朝街上回过头来。

“那位可怜的先生伤得厉害吗？”她问道。

“他已经死了。”几个声音一起喊道。

“不，不，他还有口气呢。”另一声音高声嚷道，“但只怕是等不到送进医院，人就会死的。”

“他真有胆量。”一个女人说道，“要不是他的话，夫人的钱包和表早被他们抢走了。他们是一帮凶暴的家伙。啊，他活过来啦。”

“他不能就这样躺在大街上。能发发善心让我们把他抬进您屋里去吗，夫人？”

“当然可以，把他抬到起居室里去，那儿有一张舒服的沙发。请这边走。”

众人小心翼翼地把他抬进布莱宁府第，安置在客厅里，而我则站在靠近窗口的地方注视着整个事情的进展。灯都点燃了，可是窗帘还没有放下，所以

福尔摩斯刚跑到她身边，就大叫一声，摔倒在地，满脸淌血。

我可以看到在沙发上躺下的福尔摩斯。我不知道他当时对自己扮演的角色是否感到内疚，反正当我眼睁睁看着我们密谋算计的优雅美人慈爱地陪伴在伤者身旁时，我实在是羞愧难当。可是如果现在将福尔摩斯托付我扮演的角色半途而废，未免是对他最卑鄙的背叛。我硬下心来，从长外套里取出烟火筒。我想，我们毕竟不是在伤害她，我们不过是阻止她伤害别人罢了。

福尔摩斯已经从那张长沙发上坐了起来，我看他做了一个好像感到呼吸困难的动作。一个女仆连忙过去将窗户推开。就在此刻，我看到他举手示意。我见此暗号便将烟火筒扔进屋去并高喊“失火啦”。我的喊声立刻惊动了众人，无论是穿着体面的还是衣冠不整的，是绅士还是马车夫、女仆，全都齐声尖叫“失火啦”。屋内顿时弥漫着滚滚浓烟，并从打开的窗户冒了出来。只见人群慌不择路地匆忙逃散。片刻之后，屋里传出福尔摩斯的喊声，他告诉大家这火警是一场虚惊。我快步穿过呼叫的人群，来到街角。10分钟后，我高兴地和我的朋友会合，他拉着我的胳膊逃离纷乱的现场。我们大步快行，有几分钟都默默无言，最后来到埃基韦尔路的一条僻静的街道。

“医生，你干得真漂亮。”他夸道，“没有比这更好的了，一切顺利。”

“你搞到那张照片了？”

“我知道照片在哪儿了。”

“你是怎样发现的？”

“是她告诉我的，我说过她会这样做的。”

“我仍然不明白。”

“我并不想故弄玄虚，”他笑着说道，“这事非常简单。你当然看得出来，大街上的人都是咱们的同谋，他们都是我特地为今晚的事雇来的。”

“我也猜到了八九分。”

“我手掌里有一小块湿的红颜料。当他们吵架时，我冲上前去，假装倒地，把手捂在脸上，就成了一副令人可怜的模样。这是老花招了。”

“这个我也看出来了。”

“然后我被他们抬进屋。她只有让我进屋，除此之外，她还能怎么办？我被安置在起居室里，这正是我有所怀疑的那间屋子。照片就藏在这间屋子和她的卧室之间，我决定要看看到底是在哪间屋子里。他们把我放在长沙发上，我装出呼吸困难的样了，他们只好打开窗户，于是你的机会就来了。”

“你为什么要这样安排呢？”

“这太重要了！当一个女人听说她的宅子失火时，本能会让她立刻冲向她最最珍贵的东西。这是一种不可抗拒的本能，我已经不止一次地利用过这种本能了。在达林顿的冒名顶替丑闻案中，在阿恩沃思城堡案中我都如法炮制。做了母亲的女人首先抢救她的小宝宝，而未婚的女人首先想到的是首饰盒。现在我已摸清，对于今天这位女士来说，她宅子里没有比我们要找的那件东西对她更为珍贵的了，她一定会冲过去抢救照片的。你的一声失火喊得令人叫绝，烟雾和喊叫足以动摇坚强的神经。她的反应正中我的下怀。那张照片就藏在右边门铃拉索上方那块滑动嵌板后面的壁龛里。她立刻跑到那里，当她把那张照片抽出一半时，被我看到了。当我高喊火警是一场虚惊时，她又把照片放了回去，瞥了一眼烟火筒，从屋子里跑了出去，此后我就没再看到她了。我站了起来，找个借口从宅子里溜了出来。我曾犹豫是否该立即把照片取走，但这时进来一个马车夫，他死盯着我，因此暂且不动手似乎更安全。否则，稍有鲁莽，就会前功尽弃。”

“现在怎么办？”我问道。

“我们的调查实际上已经大功告成了。明天我将同国王一块去拜访她，如果愿意受累跟我们一起行动的话，你也去。仆人会把我们引进起居室里等候那女士，只恐怕她出来会客时，她既找不到我们，也找不到那照片了。国王陛下能亲手拿回那张照片，一定会非常满意的。”

“那么你们什么时候去拜访她呢？”

“早晨8点钟。她还没起床，因此没人在旁边。另外，我们必须尽快行动，因为她的生活习惯在婚后必定有了很大的改变。我必须立即给国王拍个电报。”

此时，我们已经来到贝克街家门口。他正从口袋里掏钥匙的时候，有人路过这里，并招呼道：

“晚安，夏洛克·福尔摩斯先生。”

此时人行道上有好几个人，可是这招呼好像出自一个个子细长、身穿长外套的匆匆而过的年轻人。

有人路过，并打了个招呼："晚安，夏洛克·福尔摩斯先生。"

“这声音我好耳熟。”福尔摩斯惊讶地俯视着昏暗的街道说，“奇怪，这人到底是谁呢？”

三

那晚我在贝克街过夜，我们早晨起来吃烤面包、喝咖啡的时候，波希米亚国王一头闯了进来。

“你果真搞到那张照片了！”他两手抓住夏洛克·福尔摩斯的双肩，热切地盯着他的脸喊道。

“还没呢。”

“可是有希望了吧？”

“有希望。”

“那么，走吧。我简直等不及啦。”

“我们必须雇辆马车。”

“不必啦，我的四轮马车在外面等着呢。”

“这样事情就简单了。”

我们走下台阶，再次动身到布莱宁府第去。

“艾琳·艾德勒已经结婚了。”福尔摩斯说道。

“结婚！什么时候？”

“昨天。”

“跟谁结的婚？”

“跟一个叫诺顿的英国律师。”

“但她是不可能爱他的呀！”

“我倒是但愿她爱他。”

“那是为什么呢？”

“因为这样就省得陛下老是害怕将来出麻烦了。如果这位女士爱她的丈夫，她就不爱陛下。如果她不爱陛下，她又何苦要干涉陛下的终身大事呢。”

“真是这样。可是——咳！如果她出身高贵多好啊！她会是一位多么了不起的王后呀！”他又陷入郁郁寡欢的沉默之中，直到我们来到塞彭泰恩大街上。

布莱宁府第的大门敞开着，一位老妇人站在台阶上，她用嘲笑的眼光看着我们从四轮马车里下来。

“我想，是夏洛克·福尔摩斯先生吧？”她说道。

“我是福尔摩斯。”我的伙伴诧异地看着她答道。

“果然！我的女主人告诉我你多半会来的。今天早晨她跟她的先生一起走了，他们乘5点15分的火车从查令十字站到欧洲大陆去了。”

“什么！”夏洛克·福尔摩斯向后退了一步，懊恼和惊异使他脸都白了。“你是说她已经离开英国了吗？”

“再也不回来了。”

“那么，那张照片呢？”国王嘶哑地问道，“这下全完了！”

“我去看看再说。”福尔摩斯一把推开女仆，冲进客厅，国王和我紧跟其后。屋内家具乱七八糟，从拆开的架子和拉开的抽屉来看，这位女士好像在她逃离前曾慌忙地翻箱倒柜收拾过一番。福尔摩斯冲到响铃拉索处，拉开一扇小拉门，伸进手去，掏出一张照片和一封信。照片上是穿着晚礼服的艾琳·艾德勒。信封上写着：“夏洛克·福尔摩斯先生（来访时）亲启。”我的朋友把信拆开，我们三人一起读这封信。信是凌晨写的，信中这样写道：

亲爱的夏洛克·福尔摩斯先生：

你的确干得非常漂亮，你完全把我骗了。直到听见有人喊着火之后，我都完全没有怀疑。但是后来当我发觉我竟然泄露了自己的秘密时，我开始思索。数月以前就有人劝我要提防你。他们说国王若是要雇侦探的话，肯定是你。他们给了我你的地址。可是，即便如此，你仍然使我泄露了你想要知道的秘密。甚至在我产生怀疑之后，我仍然难以相信这么一位和蔼可亲的老牧师会心怀叵测。但是，你知道，我自己就是个训练有素的女戏子。男性的戏装对我并不陌生。我时常女扮男装，以享受化装给我带来的自由。是我派车夫约翰来监视你的，然后，我跑上楼，穿上我的散步便服（我这样称我的男戏装），我下楼时，你正好离开。

随后，我紧跟你来到你家门口，确定了对我感兴趣的人的确就是你这位鼎鼎大名的夏洛克·福尔摩斯先生。于是，我冒昧地祝你晚安，然后赶到坦普尔我丈夫那儿。

我们被你这么一位对手盯上是可怕的事情，因此，我俩都认为只有远离你才是上策；因此在你明天来访时，这里已是人去楼空。至于那张照片，你的委托人大可放心。我爱的人远比他强，而且他也爱我。国王自可随心所欲，而不必顾虑受他委屈的人会给他带来什么麻烦。我保留那张照片，只是为了保护自己，犹如保存一件武器，无论将来他可能采取何种手段，都能使我免受其害。留下照片一张，想必他愿意保留。谨此向您，亲爱的夏洛克·福尔摩斯先生，致意。

艾琳·艾德勒·诺顿敬上

“多么出色的女人，噢，一个多么出色的女人啊！”当我们三人一起念这封书信时，波希米亚国王这样感叹道，“我告诉过你们，她是个机敏和果敢的女人。她如果当王后，难道不是一位令人钦佩的王后吗？她不能和我白头偕老是多么遗憾啊！”

“就我对这位女士的了解来说，她的确很难和陛下您这样的人白头偕老。”福尔摩斯冷冷地说道，“我很遗憾没能给陛下一个更圆满的结局。”

“恰恰相反，亲爱的先生，”国王叫道，“再没有比这更圆满的结局了。我知道她是说话算数的。现在已经平安无事了，如同那张照片已经被付之一炬

“这张照片！”

一般。”

“听到陛下这么说，我很高兴。”

“我真的对你万分感激。请告诉我，我能够用什么方式报答你。这只戒指——”他从他的手指上脱下一只蛇形的绿宝石戒指，放在手掌心上递给福尔摩斯。

“我觉得陛下还有一件比这戒指更有价值的东西。”福尔摩斯说道。

“你只管说来。”

“那张照片！”

国王惊异地睁大眼睛注视着他。

“艾琳的相片！”他喊道，“当然，如果你想要的话。”

“谢谢陛下！那么，这事就到此为止了。我谨恭祝您今早愉快。”他鞠了个躬，对国王伸给他的手视而不见，转身而去，在我的陪同下，返回住处。

这就是波希米亚王国险些暴出一桩大丑闻，以及夏洛克·福尔摩斯最好的计划竟然被一个女人的智慧所挫败的整个经过。他过去常取笑女人头发长见识短，但我近来再没有听到他的这类取笑了。而当他提到艾琳·艾德勒，或者当他谈到她的那张照片时，他始终使用“那位女子”这样的尊称。

红发会

去年秋天某日，我去拜访我的朋友夏洛克·福尔摩斯先生的时候，他正在和一位身材矮胖，面色红润，有着一头火红色头发的老绅士深谈。我为自己打搅了他们的谈话而表示抱歉，正打算退出时，福尔摩斯却上前一把将我拉进了房间里，并随手关上了门。

“真是来得早不如来得巧，亲爱的华生。”他亲切地说道。

“我恐怕你没有空，看你有客人。”

“我是没空，你说得很对。”

“既然如此，我不妨到隔壁房间等等。”

“大可不必。威尔逊先生，给你介绍一下，这位先生是我的朋友和助手，他帮助我办过许多重要的案子，我相信，他对你的案子也会有极大帮助的。”

矮胖的绅士从椅子里站起身，微微欠身向我点头致意，他那小眼睛里掠过一线怀疑的目光。

“请在长靠背椅子上坐。”福尔摩斯说道，自己重新坐回到扶手椅上，两手的指尖合拢着，这是他思考案件时的习惯动作。“亲爱的华生，我知道，你和我一样，不喜欢日常生活中平淡乏味、单调无奇的东西，而是喜欢不同寻常的东西。你一直热情地编写破案大事记，这说明你对破案工作很感兴趣。说实话，你这样做使我的许多小冒险增加了不少色彩呢！”

“我的确对你办过的案子有着浓厚的兴趣。”我说道。

“你还记得那天在我们讨论玛丽·萨瑟兰小姐所提到的那个简单问题之

前，我所发的一番议论吧：我们必须深入生活，才能得到新奇的效果和不同寻常的配合，生活总是远比任何人的想象都更加大胆。”

“恕我直言，我对你的这一看法有点儿怀疑。”

“你可以怀疑，医生，但是，迟早你会同意我的看法的，我会不断向你提供事实，直到你的看法站不住脚，到时你就会承认我是对的了。好，言归正传，承蒙这位杰贝兹·威尔逊先生今天一早前来拜访，并要对我讲一个相当离奇的故事。你已听我说过，最离奇的事情往往不是发生在惊天大案中，而是在不起眼的小案子中，有时你甚至会怀疑是否真的有人犯了罪。目前我还不能说现在这个案子中是否就有人犯了罪，但是，事情的经过实在是太离奇了。威尔逊先生，劳驾请你将事情从头再讲一遍。这不仅因为我的朋友华生医生没有听到故事的开头，而且，这故事太奇特，我不能错过任何细节。照理说，只要我听到一些事情的细节，我就会用我记忆中其他类似的案例来启发自己。但我不得不承认，眼下这个案子与其他案子都不同。”

矮胖的委托人挺起胸膛，露出一点儿骄傲的神色，他从大衣口袋里掏出一张又脏又皱的报纸。他将报纸平铺在膝盖上，向前伸出脑袋看着报纸的启事栏。我仔细打量他，努力模仿我的伙伴，对他的服饰和外表做一番研究。

然而，我这番观察没有收到多大效果。这位客人只是个肥胖笨拙、模样浮夸的普通英国商人。他穿着一条松松垮垮的灰格呢裤，一件不太干净的燕尾服，胸前的扣子敞开，里面是一件褐色背心，系着一条阿尔伯特式的粗铜链和一块带四方孔的小圆金属装饰品。他身旁的椅子上放着一顶磨旧的礼帽和一件褪色的棕色大衣，线绒的大衣领子皱皱巴巴。总的来说，这人除了他一头火红色的头发、一脸懊丧的表情外，没有什么引人注目的地方。

福尔摩斯目光锐利地一眼看出了我在做什么，看到我询问的目光，他微笑着摇了摇头。“他曾经干过体力活，他吸鼻烟，他是个共济会[①]会员，他到过

① 该会系国际性秘密互助团体，故后文中在公开场合佩戴胸章有违会规。——译注

杰贝兹·威尔逊先生

中国，近来他写了不少东西。除了这些显而易见的事实外，我推断不出别的什么了。”

杰贝兹·威尔逊先生突然在椅子上吃惊地直起了身子，他的指头仍然放在报纸上，但目光已转向了我的朋友。

“我的天！福尔摩斯先生，你是怎么知道这一切的？”他问道，“比如，你怎么知道我干过体力活？千真万确，我最初是在船上当木匠的。”

“你的那双手，亲爱的先生，你的右手比左手大，因为你用右手干活，肌肉自然要发达得多了。”

“嗯，是这样，那么吸鼻烟和共济会会员呢？”

“我就不告诉你我是怎么看出来的吧，以免贬低了你的智力，何况你还违背了你们团体的严格规定，在胸前佩戴着会员的胸针呢。”

“啊，对，对，我忘了取下来啦。可是你怎么知道我写作呢？”

“你右手袖口上已经被磨得油光发亮，而左胳膊肘因老在桌面上撑着，所以打上了补丁，这还不能说明问题吗？”

“哦，那你怎么知道我去过中国呢？”

“你右手腕上刺的那条鱼的图案是出自中国文身匠之手。我对文身图案略有研究，甚至为此写过文章。用细腻的粉红颜料文出鱼鳞图案的技法是中国的绝技。此外，我还看见你表链上吊着一块中国钱币，这就更能说明问题了。”

杰贝兹·威尔逊哈哈大笑。“哎呀，我真没想到啊！”他说，“我原本以为你有什么更聪明的办法，现在明白了不过如此而已。”

“华生，”福尔摩斯说道，“我突然发现这样做解释是个错误。你知道为人要‘深藏不露’，如果我总是如此率真，我那点儿可怜的名声就要遭到灭顶之灾啦。威尔逊先生，你找到那个启事了吗？”

“是的，我找到了。”他用肉红色的粗手指头指着启事栏回答道，“就在这儿，一切都是由它开始的。先生，请你自己看吧。”

我从他手里接过报纸，读道：

致红发会：

由于原美国宾夕法尼亚已故黎巴嫩人伊齐基亚·霍普金斯捐献的遗产，现有一职位空缺，凡红发会会员皆可申请该职，每周薪金四英镑，工作仅仅是挂名而已。凡年满21岁，身体健康，心智健全且有一头红发之男性，均符合申请条件。申请者本人请于星期一上午11时到舰队街教皇院7号红发会办公室邓肯·罗斯处面谈。

“这究竟是什么意思啊？”我读了两遍这则离奇的启事后失声喊道。

福尔摩斯在椅子上捧腹大笑，他情绪高涨时总是这样。“这启事有悖常理，是不是？”他说道，“威尔逊先生，现在该你谈谈你自己，你的家庭，以及这个启事对你有什么影响。医生，你把报纸的名称和日期记一下。”

“这是1890年4月27日的《纪事早报》，正好是两个月以前的。”

“很好。威尔逊先生请继续讲吧。”

我读了这则离奇的启事后失声喊道：“这究竟是什么意思啊？”

“嗯，夏洛克·福尔摩斯先生，正如我刚才对你说的，”杰贝兹摸了摸前额说，“我在市区附近的科伯格广场开了家小当铺。近年来，生意不好，只能勉强维持生活。以前我雇两个伙计，现在只剩一个。勉强还能付他的工钱，因为他自愿只拿一半工钱，只图跟我学手艺。”

“这位通情达理的年轻人叫什么名字？”夏洛克·福尔摩斯问道。

“他名叫文森特·斯波尔丁，他已经不是年轻人了，究竟多大年纪我不知道。福尔摩斯先生，我的这个伙计很精明能干。我清楚，他如果到别处谋生，可以赚更多的钱。可是，既然他愿意在我这里干，我就不必自找麻烦了。”

“哦，是真的吗？你真幸运，能以最低的工钱雇到个好伙计，这样的事还不多见哩！看来你的这个伙计和你带来的启事一样很不同寻常。”

“啊，他也有些毛病。”威尔逊先生说。“他特别爱照相，整天拿着相机到处拍，有点儿不务正业。为了冲洗照片，他常像兔子钻洞一样钻进地下室。这是他最大的缺点。不过总的说来，他没有坏心眼，是个好伙计。”

“我猜他现还在你那里干吧。”

“是的，先生。他和一个十四岁的小女孩。这个女孩负责做饭、打扫房子之类的简单家务。我屋里就这么多人，因为我是个单身汉，没有成过家。我们三个人的生活很平静，我们相依为命，赚钱还债，本来应该没事的。

“是这个启事打破了我们的平静。八个星期前，斯波尔丁拿着这张报纸走进办公室说：

“‘威尔逊先生，我真希望我是个红头发的人。’

“‘那是为什么呢？’我问。

“‘为什么？’他说，‘红发会又有了空缺。谁要谋得这个职位，就等于发了笔财。据我了解，空缺比红发人多，受托人绞尽脑汁不知道该拿这笔钱怎么办。要是我的头发能变颜色该多好啊。我就可以去坐享其成啦。’

“‘怎么会这样呢？’我问他。你可知道，福尔摩斯先生，我很少出门。我的买卖是别人上门，用不着我出门奔走，我常常一连几个星期都不出门。我

“红发会又有了空缺。谁要谋得这个职位，就等于发了笔财。”

对外面的事情有点儿闭塞视听，所以，听到点儿新闻我总是很高兴的。

“‘你从来没有听过红发会的事吗？’斯波尔丁睁大两只眼睛反问我。

“‘从来没有。’

“‘是吗，真奇怪，因为你自己就很符合申请条件的。’

“‘这职位能赚多少钱？’我问道。

“‘一年有个一两百英镑，但工作很轻松，你同时可以干其他事情。’

“唔，不难想象，这话引起了我的兴趣，因为这几年来我的生意一直不好，这个职位可以使我每年多赚200英镑呢。

“‘你把情况对我详细说说吧。’我对他说。

“‘好的。’他把启事递给我说，‘你看，红发会有个职位空缺，启事上也有办理申请的地址。据我所知，红发会的发起人是一个名叫伊齐基亚·霍普金斯的美国百万富翁。他是个性格古怪的人。他自己是红头发，所以对所有红发人都很有好感。他死后人们才知道他把他的巨额财产交给了财产托管人，并留下遗嘱要用他遗产的利息为红发男子提供这个闲差。我听说，这差事挣钱多，事情少。’

“‘可是，’我说道，‘会有成千上万的红发男子前去申请的。’

“‘没有你想的那么多，’他答道。‘要知道实际上范围只限于伦敦，而且必须是成年男子。这个美国人年轻时是在伦敦发迹的，他想给这个古老的城市一点回报。而且我还听说要想得到这个职位，连浅红色或深红色头发都不行，必须是真正耀眼的火红色。所以，威尔逊先生，如果你去申请的话，尽管去就是了。但是，只怕你不值得为了几百英镑前去惹一身麻烦。’

“先生们，正如你们所见，我的头发是火红色的。因此我认为，如果为了得到这个职位需要竞争的话，我是可以稳操胜券的。文森特·斯波尔丁似乎对此事非常了解，我想他也许能助我一臂之力。所以我要他和我一起去，他很高兴能得到一天休假出去逛逛。于是，我们就关了店门，前往启事上登的那个地址。

“福尔摩斯先生，我从未见过那样的场面。各色红发男人从四面八方涌到城里，申请启事上的职位。舰队街挤满了红头发的人群，教皇院看上去就像水果贩放满红橘的手推车。我真没想到一则启事竟能招来这么多的红发人。他们头发的颜色真是五花八门——草莓色、柠檬色、橘红色、砖红色、爱尔兰猎狗色、肝色、黏土色等等。但是，正如斯波尔丁所说的那样，真正的火红色并不多。我看到那么多人，感到没有指望，想放弃，但斯波尔丁执意不肯。他带着我连推带挤，穿过人群，来到通向办公室的楼梯前。楼梯上分成两股人流，一股充满希望往上走，一股大失所望往下走；我们用尽全力朝上挤，终于挤进了办公室里。”

“你的这段经历真是太有趣了。请继续讲下去吧。”福尔摩斯说道。委托人停了一下，使劲吸了一撮鼻烟，进一步回想当时的情景。

“办公室里只有几把木椅和一张办公桌。办公桌后面坐着一个头发比我还红的小个子男人。他对每个走上前去的申请人都说上几句，然后对他们挑点儿毛病，把他们打发走。看来这个空缺的职位并不是那么容易到手的。然而，轮到我们时，这男子对我态度格外好。我们一进去，他就把门关上，开始和我们单独谈。

“‘这位是杰贝兹·威尔逊先生，’我的伙计说道，‘他请求填补红发会的空缺。’

“‘他很适合这个职位。’对方回答道，‘他符合我们的一切条件。我还没见过有谁的头发比他更好的了。’他后退一步，歪着脑袋，盯着我的头发

“他向前一步握住我的手，热烈地祝贺我得到了这个职位。”

看，直看得我怪不好意思的。然后，他跨前一步握住我的手，热烈祝贺我得到了这个职位。

“‘我要是再犹豫不决就有失公正了。’他说，‘可是，请不要介意，我必须谨慎才行。’说着，他双手揪住我的头发，使劲地拔，痛得我大声喊叫他才松手。‘瞧瞧，你眼泪都流出来啦。’他松手后对我说，‘看来是真的。可是我必须提防，因为我们被骗了两次，一次是假发、一次染发。他用鞋线蜡将头发染红，听了都叫人恶心。’他走到窗户跟前声嘶力竭地高喊：空缺职位的人选已定。窗下应声传来一阵大失所望的叹息声，红发人群朝四面八方散去，不一会儿，就只剩下我和那个管事两个红发人了。

“‘我名叫邓肯·罗斯。’他说，‘我自己就是别人遗赠的养老基金的受益人。威尔逊先生，你娶妻生子了吗？’

“我回答说没有。

“他的脸顿时一沉。

“‘哎呦！’他严肃地说，‘这事可有点儿严重啊！我为此感到遗憾。不用说，设立这笔基金既是为了维护红发人，也是为了生育更多的红发人。你竟然是个单身汉，这真是太不幸了。’

“福尔摩斯先生，听到他这么说，我很沮丧，心想这眼看到手的职位丢了。但是他考虑再三之后，又说问题不大。

“‘如果换了别人，’他说，‘很可能就不行。但是，看在你这一头红发的分上，我们破例照顾你。你什么时候能来上班？’

“‘唔，这有点儿难办，因为我有一个店铺要照看。’

“‘别担心店铺的事，威尔逊先生，’文森特·斯波尔丁说，‘我替你照管你的生意。’

“‘那么上班时间呢？’我问。

“‘上午10点到下午两点。’

“福尔摩斯先生，当铺的生意多半在晚上，特别是发薪前两天，也就是星期四、星期五晚上，所以利用上午的时间多赚几个钱何乐而不为呢？而且我知道我的伙计不错，他会把店照料好的。

“‘时间合适。薪金多少呢？’我说道。

“‘每周四英镑。’

“‘干什么工作呢？’

“‘只是个闲差。’

“‘你说的闲差是什么意思？’

“‘嗯，上班时间你必须始终待在办公室里，至少不能离开这楼房。如果离开，就等于永远放弃了这个职位。这一点在遗嘱上说得很清楚，只要在上班时间内离开办公室一步，就是违背了遗嘱的规定。’

“‘一天总共也只有4个小时，’我说，‘我会寸步不离的。’

“‘你不能用任何理由做借口，’邓肯·罗斯先生说，‘无论是有病、有事或其他理由都不行。你必须老老实实待在那里，否则你会失去这个工作。’

“‘具体是什么工作呢？’

“‘你的具体工作是抄写《大不列颠百科全书》，这是版本的第一卷。你要自带墨水、笔和吸墨纸，我们只给你提供这张桌子和这把椅子。明天来上班，不会有问题吧？’

“‘当然没问题。’我答道。

“‘好，那就明天见，杰贝兹·威尔逊先生，让我再次祝贺你幸运地得到这个重要职位。’他向我鞠躬告别。我和我伙计一起回家去。我为我的好运气高兴得简直不知所措了。

“哎，我整天都在琢磨这件事。到晚上，我的情绪渐渐低沉下来，总觉得这事有点儿蹊跷，说不定是个骗局，可我又想不出其目的何在。有人立下遗嘱，愿意付那么多钱，只是让人做抄写《大不列颠百科全书》这样的简单工作，真是不可思议。文森特·斯波尔丁竭力劝我别瞎想。到就寝时，我已打定主意不去上当。可是，第二天早上，我又决定不管怎样，且先去看个究竟。于是，我花一便士买了一瓶墨水、一根羽毛笔、七张书写纸，动身前往教皇院。

“嘿，使我惊喜的是，那里一切都安排得很好。桌子已给我摆好了，邓肯·罗斯先生在那里张罗着，好让我顺利地开始工作。他让我从字母A的词条抄起，然后离开我。但他不时进来看看我工作进行得是否顺利。下午两点钟他和我告别，并夸我抄得真不少。我走出办公室后，他就锁上了门。

“福尔摩斯先生，事情就这样一天天继续下去。到了星期六，那管事进来，付给我四个英镑的金币作为我一周工作的报酬。第二个星期是这样，第三个星期还是这样。我每天上午10点上班，下午两点下班。渐渐的，邓肯·罗斯先生有时候一个上午只来一次，再过一段时间，就根本不来了。但我还是片刻也不敢离开办公室，因为我担心他随时可能来，而这个工作这么好，我不愿意失去它。

“就这样，过了八个星期。我抄写了‘男修道院院长’、‘射箭术’、‘铠甲’、‘建筑学’和‘雅典人’等词条。由于我的勤奋努力，眼看就要开始抄写以字母B为首的词条了。为买纸张我花了不少钱，我抄好的稿子几乎堆满了一格架子。接着，事情突然终止了。”

“突然终止？”

“是的，先生。就在今天上午，我照例10点钟去上班，但是门关着，而且上了锁，在门上用平头钉钉着一张方形硬纸片。就是这张硬纸片，请你们看看。”

他举着一张约有便条纸大小的白色硬纸片，上面这样写着：

红发会已宣布解散，专此布达。

1890年10月9日

我和夏洛克·福尔摩斯看了看这张简短的通告，又看了看那个一脸懊丧的人，这事的滑稽可笑，使我俩不禁捧腹大笑起来。

“我看不出这事有什么可笑之处。”我们的委托人满面通红，气急败坏地

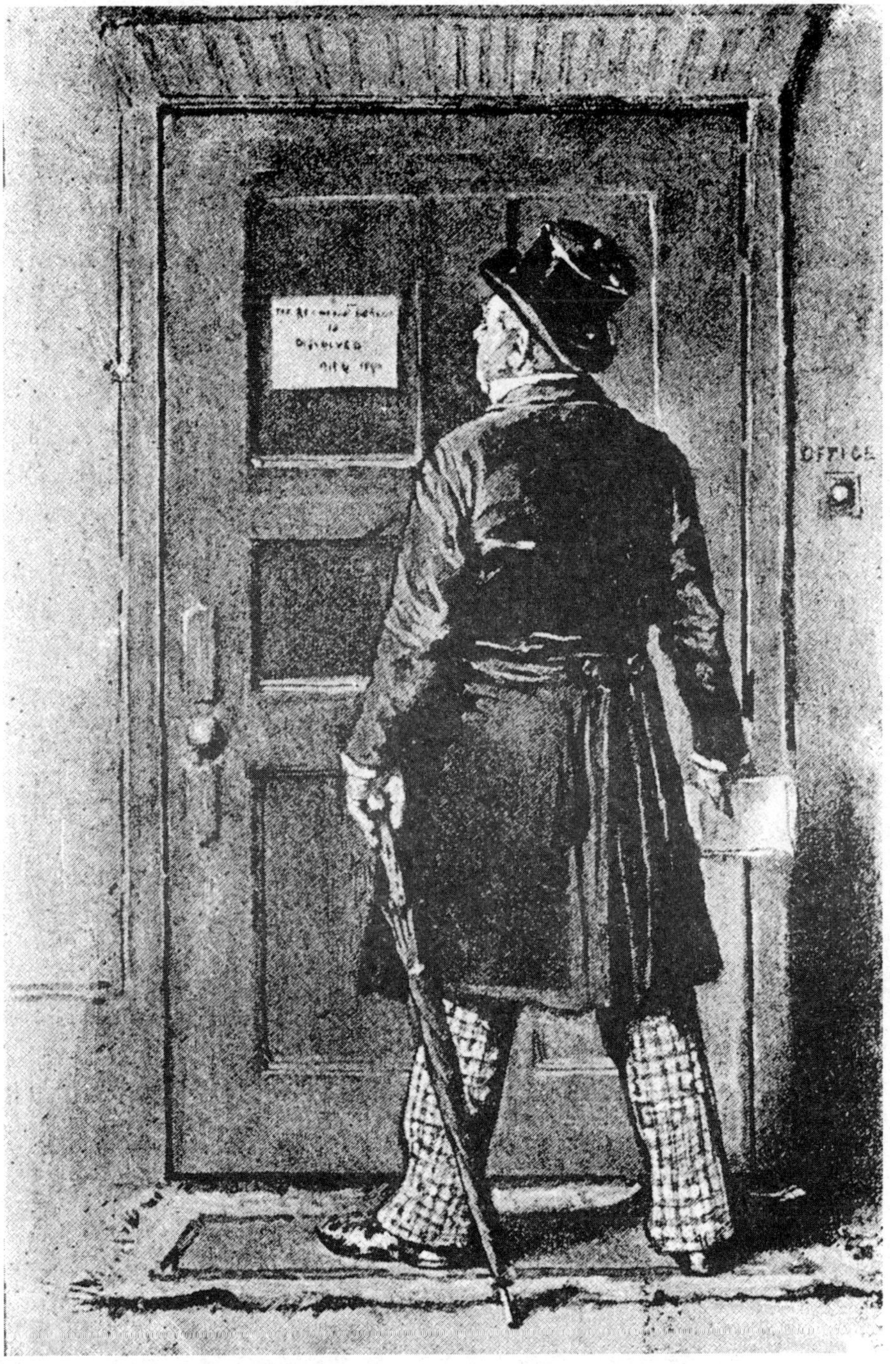

门关着，而且上了锁，在门上用平头钉钉着一张方形硬纸片。

嚷道。“如果你们只会取笑我，别的干不了的话，我可以到别处去。”

“不，不，不，”福尔摩斯大声说着，将已经半站起身的威尔逊按回椅子里。“这个案子我说什么也不会放过，它真是太稀奇、太不寻常了。但恕我直言，我还是觉得此事实在有点儿滑稽可笑。请问，你在发现门上的硬纸片后做了些什么？”

“先生，我感到很意外，我不知道该怎么办才好。接着，我向办公室周围的街坊打听，但谁也不知道是怎么回事。最后，我去找住在楼下那个当会计的房东，我问他知不知道红发会解散究竟是怎么回事。他说他压根就没听说过有这样一个团体。我又问他邓肯·罗斯先生是什么人。他回答说这名字他也从没听说过。

“‘嗯，就是住在4号的那位先生。’我说道。

“‘什么，那个红头发的人？’

“‘对，就是他。’

“‘噢，他名叫威廉·莫里斯。’他说，‘他是个小律师，因为他的新家还没有安顿好，暂住在我的房子里。昨天他搬走了。’

“‘到哪儿能找到他呢？’

“‘噢，在他的新办公室。他的确把地址给了我。是的，爱德华国王街17号，就在圣保罗教堂附近。’

“福尔摩斯先生，我立刻动身前往那里，但是，等到那个地方一看，我知道那是个制造护膝的工厂，那里没人听说过有个叫威廉·莫里斯或邓肯·罗斯的人。”

“那你后来怎么办呢？”福尔摩斯问道。

“我回到我在萨克斯—科伯格广场的家。我的伙计劝我耐心等待，说迟早会收到来信的。我接受了他的劝告，但是，这帮不了我。福尔摩斯先生，等信并不是好办法。我不愿意不明不白就失去这个职位。我听说您总是愿意给倒霉的人指点迷津，我就找您来了。”

“你这样做很明智。”福尔摩斯说道，“你这案子是桩极其重要的案子，我很乐意接手。从你谈的情况来看，我认为它可能牵扯的问题比看起来要严重得多。”

“已经够严重的啦！”杰贝兹·威尔逊先生说道，“我每周要损失4英镑啊。”

“就你本人来说，”福尔摩斯又说，“我倒不认为你对这个奇怪的团体有什么可抱怨的。正相反，你赚了三十多个英镑，况且抄了那么多A字头的词条，增长了不少知识，你并没有吃什么亏嘛！”

“是没有吃亏，先生。但是，我要找到他们，搞清楚他们是什么人，如果他们是在拿我开玩笑的话，其目的又是什么。他们花32个英镑跟我开这个玩笑值得吗。”

“我们将努力替你查清这些问题。不过，威尔逊先生，我要先问几个问题。伙计给你看启事时，他在你那里工作多久啦？”

“大约有一个月了。”

“他是怎么来的？”

“他是看到我的招聘启事应征来的。”

“只有他一个人应征吗？”

“不，有十来个人。”

“你为什么选中他呢？”

“因为他能干，工钱不多。”

“事实上，他只要一半工钱？”

“正是。”

“这个文森特·斯波尔丁长得什么模样？”

“个子瘦小，体格健壮，动作灵活；虽然年龄不下三十，脸上却没留胡子。他的前额有一块被硫酸烧伤的白色伤疤。”

福尔摩斯十分兴奋地在椅子上挺直了身子。“和我想到的一样。”他说道，“你是否注意到他的耳朵穿了戴耳环的孔？”

“是的，先生。他对我说过，那是他年轻的时候一个吉卜赛人给他穿的孔。”

“唔。”福尔摩斯说，渐渐陷入沉思，“他还在你那里吗？”

“哦，是的，先生，我来之前他还在。”

“你出门在外时，店铺一直由他照料吗？”

“他的活儿干得无可挑剔，先生。上午本来就生意不忙。”

“行啦，威尔逊先生，我很乐意为你效劳，我将在一两天内告诉你我对此事的看法。今天是星期六，我想星期一就可以得出结论了。”

“好啦，华生，”客人走后，福尔摩斯对我说道，“依你看，这到底是怎么回事呢？”

“我看不出什么头绪。”我坦率地回答说，“这件事太奇怪了。”

“一般说来，”福尔摩斯说，“愈是奇怪的事，一旦真相大白，会发现其实很简单。而普普通通、平凡无奇的案子反而令人费解，就像相貌平淡的人最难辨认一样。尽管如此，我必须尽快处理此事。”

“那么你打算怎么处理呢？”我问道。

“抽烟，”他回答道，“起码要抽上三袋烟才能解决这样的问题，我请你在50分钟内不要同我说话。”他低头抱腿蜷缩在椅子里，瘦削的膝盖几乎碰着他的鹰钩鼻子。他闭目静坐着，叼着黑色陶制烟斗，就像是怪鸟的长嘴。我当时还认为他是在打瞌睡，因此我也打起瞌睡来，可他却忽然从椅子里跳起来，一副胸有成竹的神态，随手将烟斗搁在了壁炉台上。

“今天下午萨拉沙特在圣詹姆士音乐厅演出。”他说道，“华生，你怎么样？你的病人能让你空闲几个小时吗？”

“我今天没什么事，我的病人一直不很多。”

“那好，戴上帽子，咱们走吧。我们先顺路到市区吃点儿午饭。我注意到节目单上有不少德国音乐。我对德国音乐比对意大利或法国音乐更喜欢。德国音乐是发人深省的，而我现在需要的正是深思。走吧！”

我们乘坐地铁来到奥德斯各特，再步行一小段路，便来到了红发人当铺的所在地萨克斯-科伯格广场。这地方狭窄而破败，四排灰暗的两层楼砖房外围着铁栏杆的围墙，院落里是一块杂草丛生的草坪和几簇凋谢了的月桂树丛，正在烟雾弥漫和不适意的环境里苟延残喘。街道拐角的一所房子的门楣上有一块棕色木板和三个镀金的圆球，木板上用白漆写着“杰贝兹·威尔逊”这几个大字，这就是我们红头发委托人的店铺了。夏洛克·福尔摩斯在房子前面停下，歪着脑袋细细观察了一番，眼睛在布满皱纹的眼皮中闪闪发光。随后，他在街上慢慢走了一圈，然后再回到这个拐角，仔细看了好一会儿。最后他来到当铺门前，用手杖对那里的人行道使劲地敲打了两三下，便走上前去敲门。门应声而开，出来一个看上去颇精明能干、胡子刮得精光的年轻人，请他进去。

福尔摩斯低头抱腿蜷缩在椅子里。

“谢谢你。”福尔摩斯说，“我只想打听一下从这里到滨河大道怎么走。”

“从第三个街口朝右拐，再到第四个街口朝左拐。”那个伙计匆匆回答

门立即被打开，出来一个看上去颇精明能干、胡子刮得精光的年轻人，请他进去。

道，随即关上了门。

“我看他果真是个精明的家伙。”当我们离开时，福尔摩斯说道，“据我的判断，他的精明算得上是伦敦的第四号人物了；至于他的胆量，也许能排第三。我早就了解他了。”

“显然，”我说，“威尔逊先生的伙计是这个红发会神秘事件中的重要人物。我肯定你去问路只不过是想看他一眼的借口。”

“不是看他。”

“那是看什么呢？”

“是看他裤子的膝盖头。”

“你看见什么了？”

“看到了我想看的东西了。”

“你为什么要敲打人行道？”

“亲爱的医生，现在是留心观察的时候，而不是谈话的时候。我们现在是深入敌国的间谍，我们了解了萨克斯-科伯格广场的一些情况。现在该去广场后面探查一下了。”

拐过偏僻的萨克斯-科伯格广场拐角后，展现在我们面前的道路和刚才的截然不同，就像一幅画的正面和背面截然不同一样。那是伦敦市区通向西边和北边的交通大动脉。这路上车水马龙，生意人来来往往地川流不息，人行道被摩肩接踵的行人踩得发黑。看着那一排排富丽堂皇的商店和鳞次栉比的商业楼房，简直难以相信这地方和我们刚才离开的破败而萧条的广场是紧靠在一起的。

“让我看看，”福尔摩斯站在拐角，顺着那大道瞥了一眼说，“我要记住这些房子的排列顺序。确切了解伦敦是我的一种嗜好。这里有一家叫莫蒂默的烟草店，那是一家卖报纸的小店，再过去是城市与郊区银行的科伯格支行，那是素食餐馆、麦克法兰马车厂，一直延伸到另一个街区。好啦，医生，我们的工作完成了，该去消遣一会儿了。来份三明治和一杯咖啡，然后到音乐厅转转，去听听那里的美妙悠扬悦耳的音乐，不会有红头发委托人用他的难题来麻烦我们啦！”

我的朋友是个热情奔放的音乐家，他才气横溢，不但能演奏，还能作曲。整个下午，他都坐在音乐厅里，满心喜悦地随着音乐节拍轻轻地拍着他那瘦长

整个下午，福尔摩斯都坐在音乐厅里。

的手指；他温和的笑脸和如痴如梦的倦怠眼神与平时那个铁面无情、足智多谋、行动果断的侦探福尔摩斯几乎判若两人。他的这两重天性在他那古怪的性格中交替展现。我常常想，他平时的精确、敏锐和偶尔在他身上占主导地位的诗人气质，形成了多么鲜明的对照啊。他性格的这种变化使他有时极其懒散，有时精力过人。我很了解，当他一连几日懒洋洋地躺在扶手椅中沉思默想的时候，是他最令人生畏的时候。而强烈的探案欲望此时会重新支配他，从而使他的推理能力升华到一种直觉的水平，直致那些不了解他做法的人会怀疑他是否具有超乎常人的知识。那天下午，当我看到他在圣詹姆士音乐厅陶醉于音乐旋律之中时，我觉得即将被他追捕的人们将难逃厄运了。

“医生，你一定想回家了吧？”当我们从音乐厅出来时，他说道。

“是的，你也该回家了。”

“可我还要花几个小时去调查一件事情。科伯格广场的事件可是桩重大案件啊！”

“为什么是重大案件呢？”

“有人正在密谋策划一起重大罪行。我们务必及时制止他们。但是，今天是星期六，这使事情复杂了。今晚我需要你的帮助。”

“什么时间？”

“10点钟。”

“我10点到贝克街来。”

“很好。不过，医生，可能有点儿危险，请你务必把你在军队里用过的那把左轮手枪带上。”他招了招手，转过身去，转眼便消失在人群中了。

我深信我并不比别人愚钝，但在我和夏洛克·福尔摩斯的交往中，我老是因自己笨拙而深感压抑。这两天的事情，他听到的我都听到了，他看到的我也都看到了，但从他的言谈中可以明显看出，他不仅清楚地看到了所发生的事，而且还能预见到将要发生的事，而我仍然感到此事是莫名其妙和荒唐可笑的。当我乘车回到我在肯辛顿的家里时，我又把这件事情从头到尾重新思索了一遍，从红发人抄写《大不列颠百科全书》的离奇遭遇、萨克斯-科伯格广场现场调查，到福尔摩斯和我分手时所说的话。为什么要深夜外出？为什么要我携带武器？我们准备到哪里去？去干什么？福尔摩斯暗示我，当铺老板的那个光脸伙计是个难对付的家伙，这家伙可能很有手段。我试图把这些事情理出个头绪来，结果总是失望，只得作罢，反正今晚就会真相大白的。

我9点一刻从家里动身，穿过公园和牛津街，然后到达贝克街。两辆双轮双座马车停在门口等候。当我走进过道的时候，只听得楼上传来说话声。我走进福尔摩斯的房间，看见他正和两个人热烈交谈。我认出其中一个是警察局的官方侦探彼得·琼斯；另一个是一脸苦相的瘦高个男人，头戴一顶崭新的帽子，身穿一件厚厚的非常讲究的长大衣。

“好！人都到齐了。”福尔摩斯一面说一面扣上他的粗呢大衣，并从架上把他那根粗重的打猎鞭子取下。“华生，我想你认识苏格兰场的琼斯先生吧？让我介绍你认识梅里韦瑟先生，他今晚和我们一起前去冒险。”

“医生，你瞧，我们又成为搭档了。”琼斯用自大的口吻说，“我们的朋友在着手追查线索方面是一把好手，但他仍然需要像我这样的老手帮忙才能最后捕获到猎物。”

“我只希望这次行动不要落空才好。”梅里韦瑟悲观地说。

“先生，你对福尔摩斯先生应当充满信心才是。”那位警探趾高气扬地说，“他有自己的一套办案方式。可是恕我直言，他的方式有点儿太流于理论和异想天开了，但他是一名好侦探。在诸如舒尔托凶杀案和阿格拉珍宝盗窃案中，他的判断都比官方侦探更加准确，这毫不夸大。”

“喔，琼斯先生，对此我并无异议！”那个陌生人顺从地说，“不过，我还是要坦率地说，我错过了我的牌局，这是我27年来头一次星期六晚上不打牌。”

“过一会儿你就会知道，”夏洛克·福尔摩斯说，“你今晚下的赌注是最大的，而且这次牌局更加惊心动魄。梅里韦瑟先生，你的赌注约值三万英镑；而你的赌注，琼斯先生，是你想要逮捕的人。”

“约翰·克莱这个杀人犯、盗窃犯、抢劫犯、诈骗犯，年纪虽不老，却是犯罪集团的头目了。梅里韦瑟先生，在伦敦的所有罪犯中，我最迫不及待要抓的就是他了。他是个值得注意的人物，人称‘小约翰·克莱’，因为他的祖父是王室公爵，他本人在伊顿公学和牛津大学读过书。他的头脑灵活、身手利落。虽然我们处处都发现了他的蛛丝马迹，但却始终抓不住他的狐狸尾巴。他这个星期在苏格兰砸烂一个儿童床，下一个星期却在康沃尔捐款建孤儿院。我已经跟踪他多年了，但就是没见过他。”

“我希望今晚能有幸介绍你和他认识一下。我也和这个约翰·克莱交过两次手。你刚才说得很对，他是个犯罪集团的头目。但是，现在已经10点多了，我们该出发了。请你们二位坐第一辆马车，我和华生坐第二辆马车跟着。”

一路上，夏洛克·福尔摩斯没讲话，他靠在马车座位上，哼着当天下午听过的乐曲。马车在被煤气灯照亮的如同迷宫般漫无尽头的马路上驶过，最后到达法林顿街。

“现在我们快到了。”我的朋友说，“梅里韦瑟是银行的董事长，他对这个案子非常关注。我带上琼斯一起来有好处。他虽然是个无能的警探，但人不坏，而且他有一个显著的优点：一旦抓起罪犯来，他就勇猛得像条叭喇狗[①]，不屈不挠的像只龙虾。哦，我们到了，他们已经在等着我们了。”我们又来到上午来过的那条拥挤不堪的大马路。我们把马车打发走，在梅里韦瑟先生的带领下，走过一条狭窄的通道，他给我们打开一扇旁门，我们走了进去。里面有条小走廊，走廊尽头是扇巨大的铁门。梅里韦瑟先生打开那扇铁门，眼前是盘旋的石梯，石梯端头是另一扇阴森的大门。梅里韦瑟先生停下，点亮提灯，然后领我们下到一条有一股泥腥气味的通道，并打开了第三道大门，进入了一个庞大的、周围堆满板条箱和大箱子的地下室里。

“你们这个地下室从上面看果然深藏不露。”福尔摩斯举起提灯，四下查看着说。

“下面也是如此。”梅里韦瑟先生边用手杖敲打铺地的石板边说，“哎哟！听声音底下是空的。”他惊讶地抬起头来。

“请你安静点儿好吗！”福尔摩斯厉声说，“你这样大叫大嚷会毁了我们的这次远征计划。我请你行行好坐在箱子上面，别打扰我好吗？”

---

① 亦称斗牛狗，一种颈粗性猛的狗。——译注

梅里韦瑟先生停下，点亮一盏提灯。

这位庄重的梅里韦瑟先生只得一脸委屈地坐到一只板条箱上。福尔摩斯跪在石板地上，举着提灯和放大镜开始仔细检查石板间的缝隙。很快，他就得到了满意的结果，站起身来，把放大镜放回到口袋里。

“我们起码要等一个小时。”他说道，“因为在那个当铺老板睡死以前，他们是不会动手的，而他们一旦动手，会非常迅速，因为干得愈快，逃跑的时间就愈多。医生，你肯定已猜到了，我们现在所在的地方，是伦敦一家大银行市内支行的地下室。梅里韦瑟先生就是这家银行的董事长，他会告诉你，为什么伦敦的大胆窃贼会对这个地下室发生兴趣。”

“这里存有法国黄金。”董事长低声说，“我们已接到多次警告，说有人企图盗窃这里的黄金。”

“法国黄金？”

“是的，几个月以前，我们遇到了增加我们资金来源的好机会，为此我们向法兰西银行借了三万法国金币。我们一直没有工夫开箱，因此金币仍然存放在地下室里。我屁股下面这个板条箱里就有两千法国金币，是用层层锡箔包装着的。我们的黄金储备现在已经大大超过了一家支行平常应该拥有的数量，董事们对此天天提心吊胆。”

“他们的担心是有道理的。”福尔摩斯说，“现在让我们来安排一下。我估计在一小时内事情就会水落石出。梅里韦瑟先生，我们必须用罩子把提灯蒙上。”

“摸黑坐着等吗？”

“恐怕只能这样。我口袋里有一副牌，本想我们正好四人，也许可以打打牌混时间。但是，现在我觉察到敌人已开始行动了，所以我们不能冒险。首先，让我们选好位置。这些人都是亡命之徒，我们虽然占据主动，但稍不小心，仍会受到他们的伤害。我将站在这个板条箱后面，你们都藏在那些箱子后面。当我把灯光照向他们的时候，你们就迅速出击。华生，如果他们开枪，就毫不留情地还击。”

我把子弹上膛的左轮手枪搁在我面前的木箱上，我就蹲在后面。福尔摩斯把提灯前面的滑板拉上，周围陷入一片漆黑之中，我以前从来没有在这样伸手不见五指的地方呆过。金属被火烤的气味说明灯还燃着，一有动静就可以重放光亮。我紧张地守候着，在那突然一片漆黑的阴湿寒冷的地下室里，我不禁感到了压抑和沮丧。

“他们唯一的退路，”福尔摩斯低声说，“就是退回到屋子里，然后逃到萨克斯-科伯格广场。琼斯，你照我的要求布置了吧？”

“我已派了几名巡捕在前门守候了。”

“那他们就无路可逃了。现在我们必须静静地守候。”

时间过得真慢！事后看表，总共只等了1小时15分钟，但是我仿佛觉得等了一夜，上面天都要亮了似的。由于不敢出声，累得手脚僵硬发麻。我虽然紧张，但听觉却十分敏锐，不仅能听见同伴们轻轻的呼吸声，而且还能将胖子琼斯又深又粗的吸气和银行董事长很轻的叹息声分辨开来。从我躲藏的木箱上望过去，就是石板地面的方向。突然，我看见了隐约闪现的亮光。

起先只是石板地面上闪现出苍白的光点。后来，光点连成了一条黄色的光带，接着，石板地面上无声无息地出现了一道裂缝，裂缝里伸出一只手，一只白嫩得像女人的手在那一小块光亮中摸索。一两分钟后，这手的指头蠕动着伸出了地面，片刻之后又突然缩了回去。周围又是一片漆黑，只有一点儿苍白的光亮从石板缝里透出来。

不过，那只手只是缩回去了一会儿。随着一声刺耳的响声，地板中间的一块宽大的白石板被掀开来，露出了一个四四方方的洞口，一缕提灯的亮光从洞口射出。洞口边冒出一张孩子般的清秀的脸，他敏捷地向四周查看了一下，然后，两只手撑着洞口爬了上来，单膝跪在洞边。随后，他起身站在洞旁，并伸手将下面的同伙拉了上来。他的同伙面色苍白，一头蓬乱的很红的头发，个子矮小，但动作矫健。

“上面没有问题。”他小声地说，“你把凿子和袋子都带来了吗？不好了！有警察，艾奇，跳，赶紧跳下去，上面由我来对付！”

夏洛克·福尔摩斯一个箭步跳过去一把揪住了盗贼的领子。他的同伙跳进了洞里，琼斯伸手一把抓住了他的衣角，我听到衣服撕破的声音。一支左轮手枪的枪管在灯光中闪现了一下，但福尔摩斯举起猎鞭抽打盗贼的手腕，手枪应声掉在石板地上。

“约翰·克莱，那是徒劳的，”福尔摩斯不动声色地说，“你逃不了啦！”

福尔摩斯说：“那是徒劳的，约翰·克莱，你逃不了啦。”

“我看也是。”对方非常冷静地回答说，“可我的朋友会没事的，你们只揪住了他的衣角。”

“三个巡捕正在门口等着他呢。”福尔摩斯说。

“噢，是吗？看来你们办事挺周全啊，我真该向你们表示敬意呀！”

“你也不赖啊！”福尔摩斯回答道，“你的那个红发人的点子很新鲜，很起作用。”

“你会同你的朋友愉快地会面的。”琼斯说，“他钻洞真快，居然从我手里溜了。伸出手来，让我铐上。”

“请不要用你们的脏手碰我，”当我们给这囚犯扣上手铐时，他说，“你们也许不知道我是皇族后裔。请你们跟我说话时，别忘了用‘先生’和‘请’。”

“好吧。”琼斯瞪大眼睛，忍不住暗自发笑。“唔，‘先生’，请你上台阶吧，上去后我们用马车把阁下您送到警察局去，好吗？”

“这样说话才对。”约翰·克莱安详地说。他向我们三人鞠了个躬，然后默默无言地在警探的押送下走上了台阶。

“福尔摩斯先生，说真的，”当我们走出地下室的时候，梅里韦瑟先生说道，“我真不知道我们银行该怎么感谢和酬劳你才好。毫无疑问，这起盗窃银行案是精心策划的，全靠你完善周密的方法才得以侦破。”

“我自己和约翰·克莱也有几笔小账要算。”福尔摩斯说，“为侦破此案我花了点儿钱，我希望银行能偿还给我。但是，除了钱以外，我还得到了另一项丰厚报酬，那就是在侦破这个非常独特的案件时所获得的经验，并听到了红发会这个不寻常的故事。”

“华生，你看，”凌晨，我们在贝克街喝威士忌酒加苏打的时候，福尔摩斯解释说，“从一开始就十分明显，红发会那个古怪的启事和让当铺老板抄写《大不列颠百科全书》的目的就是使这个有点儿糊涂的典当行老板每天离开他的当铺几个小时。这种做法很新奇，但确实很巧妙。在这个办法中，克莱利用了他同谋犯的红头发，无疑是别出心裁。每周四英镑是肯定会引他老板上钩的诱饵，对他们这些想盗窃成千上万英镑的人来说，这点儿钱算得了什么呢？他们登了启事，一个恶棍搞了个临时办公室，另一个恶棍怂恿他老板去申请那个职位，他们合谋使这个老板每天上午离开店铺。我一听说那伙计愿意拿一半工资为他老板干活时，就知道他另有图谋。”

“可是，你是怎么猜出他究竟有什么图谋的呢？”

“如果在那当铺里有女人的话，我可能会怀疑到男女的风流韵事。但是，这种可能被排除了。这个当铺老板是小本经营，店铺里没有什么值钱的东西值得他花那么多心思和钱去做准备。因此，他们的目标肯定不在当铺。那么，是什么呢？我想到这个伙计爱好照相，想到他动不动就躲进地下室里去。地下室！这就是这团错综复杂的线索的线头。随后，我调查了这个神秘的伙计，竟发现我要对付的是伦敦头脑最冷静、胆子最大的罪犯之一。他在地下室里肯定是在搞什么名堂，而且必定是每天要花几个小时，连续数月才能做完的事情。那再问一下，可能在搞什么名堂呢？我想只能是在挖一条通往其他楼房的地道。

“抱着这个想法，我去查看了作案地点。我用手杖敲打人行道时，你曾经感到惊讶。我当时是要弄清地下室是朝屋前还是朝屋后挖的。它不是朝屋前挖的。然后我按了门铃，如我所料，伙计出来开门。我们曾经较量过，只是彼此从未正面见过。我几乎没看他的脸，我想要看的是他的膝盖。你自己也一定觉察到，他的裤子膝部又脏又破。这正是长时间跪在地下挖掘地道磨破的。剩下的问题是，他们为什么挖地道。于是，我在那拐角周围巡视一番，我看到原来‘城市与郊区银行’和我们的朋友的房子紧挨着，我立刻心里有数了。当你在听完音乐会坐车回家的时候，我去拜访了苏格兰场和这家银行的董事长，后来结果如何，你都已经看到了。”

“你是怎么断定他们会在今晚动手的呢？”我问他。

“喔，是这样的，他们撤销红发会办公室就是个信号，说明他们对杰贝兹·威尔逊先生是否在当铺已经不在乎了。换句话说，地道已经挖成了。但他们必须尽快利用这条地道，这很重要，因为地道有可能随时被发现，黄金有可能随时被转移。他们选星期六动手，这天比其他日子更合适，因为有两天的时间可让他们逃跑。基于上述这些理由，我预料他们会在今晚动手。”

“你的推理真是太令人信服了。”我大加赞叹道，“这一长串事件环节众多，而你的推断却环环相扣，准确无误。”

“这能使我免受倦怠之苦。”他打个哈欠答道，“唉！我已感到倦怠在向我逼来。我一生都在努力摆脱碌碌无为的生活，这些小小的案件使我如愿以偿。”

“而且，你也给人们带来了福音。”我说道。

他耸了耸肩。“嗯，也许这终究是有点儿作用的。”他说道，“正如居斯塔夫·福楼拜[1]在给乔治·桑[2]的信中所说的，‘人是渺小的——工作是永恒的。’”

---

① 居斯塔夫·福楼拜（1821—1880）：法国小说家。——译注

② 乔治·桑（1804—1876）：法国女小说家。——译注

分　身

“亲爱的老弟，”我同福尔摩斯两人坐在贝克街他寓所的壁炉前聊天时，他这样说道，“生活十分奇妙，远超过人们头脑中的任何想象。生活中习以为常的事，我们连想都想不出来。如果我们能够一起飞出那扇窗，在这巨大城市的上空飞翔，悄悄透过屋顶，去观察生活中正在发生的诸如离奇的巧合，密室的阴谋，同室的操戈，以及诸如此类不断发生着的，结果让人吃惊的一连串奇怪事件，那一定会使一切老生常谈般的，一看开篇便知结局的小说变得索然无味，谁也不看了。”

“可我却不这样认为。”我回答说，“一般来说，报纸上披露的那些案件都是单调乏味、俗不可耐的，警方的报告也过于现实，你得承认，它们既无趣味，也没有艺术性。”

“真实的效果在于对案子素材的选择和判断。”福尔摩斯评论道，“警察报告恰恰缺乏选择和判断，报告里强调的是长官们的陈词滥调，而不是突出观察者判断事件必不可少的细节。相信我，世界上没有什么东西比人云亦云更矫揉造作的了。”

我笑着摇摇头。“我相当理解你的想法。”我说，“当然，你是当今遭遇困境的人们顶礼求助的对象，这地位使你有机会接触到一切稀奇古怪的人和事。可是，瞧这儿。”我从地上捡起一份晨报，“让我们拿实际的东西来试试看，这是我一眼看到的一个标题：“丈夫虐待妻子”。这则新闻足足占了半版，可是我一看就知道说的是什么，不外乎是外遇女人、酗酒、打骂、鼻青脸肿以及富有同情心的姊妹或者房东夫人之类。哪怕最蹩脚的作者也写不出比这更乏味的东西了。”

“其实，很不幸，你所举的例子对证明你的论点是很不利的。”福尔摩斯拿过报纸，大略扫了一眼。“这是邓达斯家分居的案子，案发时，我曾澄清过此案的一些细节。丈夫是个绝对戒酒的人，不碰别的女人。被控的行为是，他有一个怪习惯，每顿饭后，总要取下假牙，朝他的妻子用力掷去。你应该承认这种事不是一般作者所能想象出来的吧。来一点儿鼻烟吧，医生，你所举的例子不合适，认输吧。”

他手里拿着旧的金鼻烟壶，壶盖的中心镶着一块紫水晶，其光彩夺目完全不同于他平素自然简朴的生活作风我禁不住对此做了一番评论。

“啊！”他说道，“我差点儿忘了我们已有好几个星期没见面了。这是波希米亚国王为酬谢我在艾琳·艾德勒相片案中的工作而赠送的小小纪念品。”

“那个戒指呢？”我瞥了一眼他手指上闪闪发光的钻石戒指问道。

“这是荷兰王室送的，我给他们破的案子非常微妙，即便是对你这么一位一直把我的点滴事迹记录下来的好心的朋友，我也不便透露。”

“那么，目前你手上有什么案件吗？”我很感兴趣地问道。

“有那么十几件，但是没有一件是有趣的。它们都很重要，这你知道，但谈不上有趣。我发现，通常在不重要的案件里倒是需要颇费周折地进行仔细观察和探究，使得调查工作兴味盎然。罪行越大，往往越简单；因为一般说来，罪行越大，其动机就越显然。在这些案件中，除了马赛的那个案件颇费周折外，其他的都很一般。不过，可能过不了多大一会儿，就会有一个比较有趣的案子要找上门来的。如果我没有猜错的话，我的一位委托人此时已经来了。”

他起身来到两幅拉开的窗帘之间，注视下面那灰暗朦胧的伦敦街道。我从他身后朝外看去，只见对面人行道上站着一个高个子的女人，围着厚厚的毛皮围脖，头上戴着一顶插着一支红色羽毛的宽边帽，帽子很俏地微微歪在一边。她虽服饰华美，却神色紧张、犹豫不决地来回走动着，频频抬头窥视我们的窗子，手指烦躁不安地摆弄着手套的纽扣。突然，如游泳者跳入水中那般，她匆匆穿过马路，我们随即听到了一阵刺耳的门铃声。

“这种情况，我以前都看见过。”福尔摩斯把烟头扔进壁炉里，说道，“在人行道上来回走动的女人多半是陷入了情网。她想得到别人的指点，但事情过于微妙，她又难以对别人启齿。就在这点上也要有区别。当女人被男人严重伤害时，她是不会来回走动，犹豫不决的，通常是会急得把你的门铃线都要拉断。眼下姑且认为是发生了一桩恋爱纠葛，不过这个女士看上去并不生气，只是有点儿迷惘或忧伤。不过她已登门前来解开我们的疑团了。”

话音刚落，便听到敲门声。穿着制服的男仆进来报告说，玛丽·萨瑟兰小姐求见。话音未落，那女士就从穿黑色制服，身材矮小的仆人身后闪出，犹如一艘商船紧跟领港小船扬帆而来。夏洛克·福尔摩斯以挥洒自如而又彬彬有礼的姿态将她迎进屋，随手关上门，鞠了一躬，请她在扶手椅上坐定，然后以他特有的那种漫不经心的神态对她打量了片刻。

“你的眼睛近视，还要打那么多字，不费劲吗？”他问道。

“开始的确有点儿费劲。”她回答道，“现在不用看就知道字母的位置了。”随即，她意识到了他问这句话的意思，十分震惊，抬起头来看着他，她饱满和善的脸上露出害怕和惊异的神色。“福尔摩斯先生，您听说过我吧？”她叫道，“不然，您怎么知道这些呢？”

“别介意。”福尔摩斯呵呵笑着说道，“我的工作就是要了解各种事情。可能我已经锻炼得能够看到别人忽略的地方。否则，你就不会来找我了。”

“先生，我之所以来找您，是因为埃思里奇夫人对我说起过您。警察和大家都认为埃思里奇夫人的丈夫已经死了，不必继续查找，而您却毫不费力就把他找到了。哦，福尔摩斯先生，我希望您也能这样帮助我。我并不富裕，但是除了打字所挣得的那点儿工钱外，我还继承有遗产，每年的收入约有一百英镑。只要能得到霍斯默·安吉尔先生的消息，我愿意付出全部财产。”

“你为何要如此匆忙地离家前来找我呢？”福尔摩斯两手的手指尖合在一

福尔摩斯以彬彬有礼的态度将她迎进屋。

起，眼望着天花板问道。

玛丽·萨瑟兰小姐有点儿迷惘的脸上再次现出惊讶的神色。“对，我是匆忙离家而来的。”她说道，“因为温迪班克先生——就是我的父亲——对此事漠不关心，使我非常生气。他不去报告警察，也不愿找您帮忙，他除了不停地说‘不会有什么事的’之外，什么都不做。我终于发火了，穿上外衣，直奔您这里来了。”

“你的父亲？”福尔摩斯说，“恐怕是你的继父吧，因为不是同姓。”

“对，是我的继父。我叫他父亲，这听起来很可笑，因为他只比我大5岁零两个月。”

“你母亲还健在吗？”

“哦，是的，我母亲还健在。福尔摩斯先生，我父亲死去不久，她就又结婚了，而且嫁给了一个比她几乎年轻15岁的男子，这使我很不高兴。我父亲生前是在托特纳姆法院街做管子生意的，他留下相当大的一个作坊，由母亲和工头哈迪先生继续经营。可是，温迪班克先生一来就要母亲把这作坊卖了，因为他是个兜售法国葡萄酒的旅行推销员，很有地位。他们变卖作坊共卖得4700英镑。如果父亲还活着，肯定能卖个更好的价钱。”

我本以为夏洛克·福尔摩斯会对她不着边际、没头没脑的叙述感到不耐烦的，可谁知相反，他却全神贯注地倾听着。

“你继承的那份遗产收入就是来自这个作坊吗？”

“噢，先生，不是的，那是另一笔遗产，是奥克兰的奈德伯父遗留给我的。是新西兰的股票，利率是4分5厘。股票面额2500英镑，但我只能动用利息。”

“我对你说的情况极感兴趣。”福尔摩斯说，“凭你每年一百英镑巨款的收入，加上你自己工作所挣的钱，你完全可以四处旅行，过舒适的生活。我相信，一位独身女子一年只要有六十英镑的收入就可以过得很舒服了。”

“我用不了这么多钱也可以过得很好，福尔摩斯先生。但是，您也许能理解，我这个人是不愿意成为他们的累赘的，所以我在家同他们一起住的时候，他们就用我的钱。当然，并不总是这样的。温迪班克先生每季度把我的利息提出来交给我母亲，可我觉得自己仅靠打字挣的钱就能过得很好。每打一张挣两便士，一天常常能打上15到20张。”

“你已经把你的处境谈清楚了。”福尔摩斯说，“这位是我的朋友华生

“我是在煤气装修工的舞会上和他初次认识的。”

医生，在他面前和在我面前一样，不用拘束，随便谈。能否请你把同霍斯默·安吉尔先生的关系原原本本告诉我们呢？”

萨瑟兰小姐的脸上泛起了红晕，她的手不安地摆弄着短外衣的镶边。“我是在煤气装修工的舞会上和他初次认识的。”她说道，“我父亲在世时，他们总是送票给他。父亲去世后，他们还记得我们，把票送给我母亲。温迪班克先生不愿意我们参加舞会，他总是哪儿也不愿意让我们去，甚至我想参加主日学堂的远足[①]，他也会大为恼火。但这次我决心已定。他有什么权利阻止我呢？他说什么父亲生前的朋友都会去参加舞会，那场合对我们不合适。他还说什么我没有合适的衣服穿，而我的那件紫色长毛绒外衣，几乎一直放在柜子里没穿过。最后，他没有办法，为了公司的差事跑到法国去了。我和母亲就跟着我们以前的工头哈迪先生一起去参加了舞会。我正是在那里遇到了霍斯默·安吉尔先生。”

① 指主日学校举办的活动，如远足等。——译注

“我估计，”福尔摩斯说，“温迪班克先生从法国回来后，对你去过舞会的事一定很恼火。”

“嗯，他态度倒是挺好的。我记得他笑了笑，耸了耸肩，说阻止女人做她们想做的事是徒劳的，因为她们总是我行我素。”

“我明白了。我想你是在煤气装修工舞会上与那位叫霍斯默·安吉尔先生初次相遇的。”

“是的，先生，那天晚上我遇见了他。第二天他来看我，看我们是否都已平安回家。此后，我们又会见过他一次，福尔摩斯先生，我是说，我同他一起散过两次步，但是后来我父亲又回来了，而霍斯默·安吉尔先生就再不能到我家来了。”

“不能来了吗？”

“唉！您知道我父亲讨厌有人来找我。要是办得到，他总是想方设法不让任何客人来访，他总是说，女人应该快快乐乐地待在自家人的圈子里。后来，我常常对母亲说，女人首先要有她自己的社交圈，而我却没有。”

“那么霍斯默·安吉尔先生又如何呢？他没有设法来看你吗？”

“唉！父亲一星期内要再次去法国。霍斯默来信说，等他走后我俩再见面为好。此间我们可以通信，他那时每天都来信。我一大早就把信拿进来，没有让父亲知道。”

“这时你和那位先生订婚了没有？”

“啊，是的，福尔摩斯先生，我们在第一次散步后就订了婚。霍斯默——安吉尔先生[①]——是莱登霍尔街一家事务所的出纳员，而且……”

“什么事务所？”

“我不知道，福尔摩斯先生，最糟糕的问题就在这里。”

① 这女士首先称他的名，表示他们之间关系的亲密，后发现自己说漏了嘴，故改称其姓。——译注

“那么，他住在哪儿呢？”

“就住在事务所。”

“你竟然不知道他的地址？”

“不知道……只知道莱登霍尔街。”

“那么，你的信寄到哪里呢？”

“寄到莱登霍尔街邮局，等他本人去取。他说，如果寄到事务所去，同事会取笑他和女人通信的。为此，我提出用打字机把信打出来，像他给我的信那样，但是他又不肯，他说，读我亲笔写的信就如同与我本人往来，而读打字的信，总觉得我们俩中间隔着一部机器。福尔摩斯先生，这表明他是多么喜欢我，连一些细小的事也想得很周到。”

“这是最能说明问题的。”福尔摩斯说，“长期以来，我一直在说，细枝末节的小事有极大的重要性。你还记得霍斯默·安吉尔先生的其他小事情吗？”

“他很腼腆，福尔摩斯先生。他只愿同我在晚上散步，不愿白天散步，他说他很不愿意惹人注意。他为人谦恭，颇有绅士风度，连说话的声音都很柔和。他告诉我，他小时候患过扁桃腺炎和颈腺肿大，以后嗓子就一直不大好，说起话来语音含混。他衣着讲究，始终十分整洁，但是他和我一样视力很弱，所以才戴有色眼镜，遮挡阳光。”

“喔，你继父温迪班克先生再次到法国去以后情况如何呢？”

“霍斯默·安吉尔先生又来我家里，并且提出在父亲回来前就结婚。他非常认真，要我把手放在《圣经》上起誓，无论发生什么事，我都要永远忠实于他。母亲说，他要我对天起誓正表明了他对我的热情。母亲从一开始就处处为他说好话，她甚至比我更喜欢他。这样，当他们谈到要在一星期内举行婚礼时，我就提起父亲来。但是他们两人都说，不用先和父亲商量，事后再告诉他，母亲还说，她会劝父亲同意的。福尔摩斯先生，我并不喜欢那样。他只不过比我大几岁，而我出嫁却一定要得到他的允许，这未免有点儿可笑。但是，明人不做暗事，所以我还是给父亲写了封信，寄到他的公司驻法国办事处所在地波尔多。但是就在我结婚那天早晨，信退回来了。”

“也就是说他没收到这封信？”

“是的，先生，这封信寄到时，他已经动身回英国了。”

“哈！真不巧。那么，你已经安排在星期五举行婚礼。是准备在教堂举行吧？”

“是的，先生，但没有声张。我们决定在皇家十字勋章路口的圣救世主教堂举行婚礼。婚礼后到圣潘克拉饭店用早餐。霍斯默乘了一辆双轮双座马车来接我们。但是由于我们总共三人，他就让我和母亲先上车，他自己坐上路过的一辆四轮出租马车。我们先到教堂，四轮出租马车随后到达，我们等他下车，却一直不见他出来。马车夫从赶车的座位上下来，打开门一看，马车里是空的！车夫说他不知道人到哪里去了，他是亲眼看到他坐进车厢的。福尔摩斯先生，那是上星期五的事，从那以后，他就生死不明、音信全无了。”

马车夫从赶车的座位上下来，打开门一看，马车里是空的！

“在我看来，他这样对待你，真是太让你蒙羞了。”福尔摩斯说。

“噢，不，不，先生，他对我很好，很体贴，不会就这样离开我的。您想，他一早都在对我说，不管发生什么事情，我都要忠于他；哪怕发生了什么意外使我们分开了，我也要永远信守誓约，因为他迟早会回来的。在举行婚礼的早上说这番话似乎有点儿怪，但就后来发生的事来看，他这话不是凭空说说的。”

“多半可以肯定是这样的。那么，你自己是否认为他发生了什么事呢？”

“是的，先生。我估计他是预感到了什么危险，不然他不会讲那番话的。后来，我想肯定是他所预感的事终于发生了。”

“你想过可能是什么事吗？”

“没想过。”

“还有一个问题，你母亲是怎样看待这件事的呢？”

“她很生气，并且对我说，永远别再提这件事了。”

“那你父亲呢？你告诉他了吗？”

“告诉了，他好像跟我想的一样，认为霍斯默出了什么事，但是我迟早会得到他的消息的。他说，把我们带到教堂门口，然后一走了之，对谁有好处呢？如果他借了我的钱，或者结婚后得到了我的财产，那还解释得通，但是霍斯默在钱的问题上，向来是依靠自己的，他从来没用过我一分钱。既然如此，还会发生什么事呢？为什么连信也不写呢？哎，想起来我都要疯了！我通宵不能合眼啊！”她从皮手笼里抽出一块手帕，蒙着脸失声痛哭起来。

“我要为你调查此事，”福尔摩斯起身说道，“我一定要查个水落石出，这可以肯定。你就放心吧，别着急。最重要的是，尽量让这个霍斯默先生从你的记忆中消失吧，就像他从你的生活中消失了一样。”

“这么说来，您认为我再也见不到他了吗？”

“恐怕是的。”

“那么，他出了什么事呢？”

“我会解答你这个问题的。我想请你把这个人给我准确描述一下，并把你保留的他的所有信件给我。”

“我在上星期六的《纪事报》上登过寻人启事，”她说，“就是这个启事。这是他的四封信。”

“谢谢！你的通信地址呢？”

“坎伯韦尔区，里昂街31号。”

“我知道你一直不知道安吉尔先生的地址，那么，你父亲的工作地点在哪里呢？”

“他是芬丘奇街的法国红葡萄酒大进口商韦斯特豪斯和马班克商行的旅行推销员。”

“谢谢你！情况已说得很清楚了。请你把这些文件留给我，记住我的劝告，把这事彻底忘掉，别让它影响你的生活。”

“您的心真是太好了，福尔摩斯先生，可是我做不到，我要忠实于霍斯默，我要等他回来和他举行婚礼。”

尽管我们的客人头戴一顶奇特的帽子，一脸迷惘的神色，但是她那近乎单纯的忠诚却十分高尚，使我们对她肃然起敬。她把一沓文件放在桌上就离开了，答应需要她的时候，随时能来。

福尔摩斯双手指尖相对，伸长双腿，抬眼凝视着天花板，默默地思索了几分钟。然后，他从架子上取下满是油腻的旧的陶制烟斗，这烟斗是他的思考问题时的顾问。点燃烟斗后，他靠在椅子上，嘴里吐出浓浓的蓝烟，脸上现出无限倦怠的神情。

“这位少女是个相当有趣的研究对象，”他说，“我觉得她本人比她遇到的问题更有意思。顺便说一下，她遇到的问题不过是一种被人常用的伎俩。不信你翻阅一下我的索引，早在1877年安多弗的案子中就有类似的例子，而且去年在海牙也发生过某种类似事件。虽说都是故伎重演，但也不乏新意。可这案子给我留下最深印象的还是那少女。”

“你似乎在她身上看到了很多我看不到的东西。”我说道。

“不是看不到，华生，而是你不知道该看什么，所以所有重要的地方都被你忽略了。所以你总是不能像我那样在袖子、大拇指指甲或者鞋带上得到重大发现。你从这少女的外表上看到了些什么呢？描述描述吧。”

她把一沓文件放在桌上就离开了。

“嗯，她头上戴着一顶石板色的草编宽边帽，帽上插着一支砖红色的羽毛。她的短外套是黑色的，上面点缀着黑色的小珠儿，外套的边缘镶嵌小巧的黑色玉饰。她的上衣是褐色的，比咖啡色要深得多，领子和扣子上镶着紫色的窄条长毛绒。手套是浅灰色的，右手食指已经磨破。我没有注意她穿的靴子。她稍微有点儿丰满，戴着金耳环，总的看来，她收入颇丰，言谈举止普普通通、令人舒心而随和。”

夏洛克·福尔摩斯轻轻地将双手合十，咯咯地笑了起来。

“华生，你的确大有长进，你观察得可谓细致。可惜你还是忽略了所有重要的地方，但你起码掌握了方法，而且你的眼睛对色彩很敏锐。老弟，千万不要被草草的一般印象所迷惑，而要把注意力集中到细节上。我一般首先要看看女人的袖子。如果是男人，也许最好首先观察他裤子的膝头。正如你见到的，这个女人的袖子上有长毛绒，这是表露蛛丝马迹的最有用的材料。两只手腕上面的纹路是打字时在桌上磨蹭出来的，这就说明了她的职业。使用手摇式缝纫机也磨出类似的痕迹，不过只有左臂才有，而且在离开大拇指最远的一侧，而不是像打字痕迹那样横过最阔的部分。此后我注意了她的脸，只见鼻梁上有夹鼻眼镜留下的两个印痕，于是，我大胆做出近视和打字这两个结论，结果似乎使她大吃一惊。”

“也使我大吃一惊。”

“可是，事实正是如此，这是非常明显的。我接着往下看，发现尽管她脚上所穿的那双靴子，乍看起来是一双，实际上不是。一只靴尖上有皮花装饰，另一只没有。此外，一只靴子的五个扣子中只扣了下面两个，而另一只靴子则只扣上了第一、第三和第五个扣子。你想，这么一位衣着整洁的青年女子，出门时脚上的两只靴子不配对，而且靴扣也没有扣齐，这就不难推论她是在匆忙间离开家的。”

“还有什么别的吗？”我问道，我对我朋友的精辟推理总是抱有强烈的兴趣。

“附带说一下，我注意到她离家前写过一张纸条，但是写这张纸条时衣服已经穿戴好。你观察到她右手手套的食指是破的，但你显然没有看到手套和食指都沾上了紫墨水。她的纸条写得很匆忙，蘸墨水时笔插得太深了。纸条一定是今天早晨写的，否则墨迹不会清晰地留在手指上，这一切虽然都很简单，但却很有趣。不过我得言归正传了，华生，给我念一念寻找霍斯默·安吉尔先生的启事好吗？”

我把那张启事凑到灯前。

> 14日晨，霍斯默·安吉尔先生失踪。此人身高约五英尺七英寸，身体健壮，肤色略黄，头发油黑，有少许秃顶，蓄着浓密的黑色络腮胡子和小胡子，戴浅色眼镜，讲话略显吃力。失踪前上身穿丝镶边黑大衣，黑马夹，佩带阿尔伯特式金链，下身穿哈里斯粗花呢裤，有褐色绑腿，穿着侧松紧带的皮靴。据悉，此人曾在莱登霍尔街某事务所就职。若有发现此人者……

“好了。”福尔摩斯说，“至于那些信件，”他瞥了一眼，继续说道，“很普通，除了引用了一次巴尔扎克的话以外，没有任何有关霍斯默先生的线索。不过，有一点很值得注意，它肯定会使你大吃一惊的。”

“这些信件是打字机打的。”我说。

“不仅如此，连签名也是打的。请看信结尾打得工工整整的这几个小字‘霍斯默·安吉尔’。信上有日期，但是地址只含糊地写着‘莱登霍尔街’。这个签字很说明问题，事实上，它是决定性的。”

“关于哪方面呢？”

“亲爱的伙伴，难道你连这签字与本案的关系都看不出来吗？”

“我不敢肯定，是不是他想一旦有人起诉他毁约时，他能轻易否认这个签名呢。”

“不，问题还不在此。不过，为了解决问题，我要写两封信。一封给伦敦的一家商行，另一封给这女子的继父温迪班克先生，问他明晚6点钟能否同我们在此见面。该同她的男亲属打打交道了。好啦，医生，在收到这两封信的回音之前，我们无事可做了，可以把这小小的问题暂时放在一边啦。”

我对我朋友细致入微的推理和精力过人的行动寄予深深的信赖，因此他之所以对这个奇特疑案如此胸有成竹和从容不迫，想必自有他的道理。我知道他只失败过一次，那就是波希米亚国王和艾琳·艾德勒的照片案，但是当我回顾“四签名”与“血字的研究”中的种种怪事都被他一一看破时，我觉得如果有什么疑案连他都破不了，那才真正是千古疑案了。

我离开他时，他仍然在抽着黑陶烟斗，我相信明晚再来时，他已掌握了最终揭示玛丽·萨瑟兰小姐的失踪新郎的身份的所有线索。

当时，我的诊所有一个重病患者，因此，第二天我在诊所整整忙碌了一天。直到将近6点钟我才得空出门，跳上一辆双轮小马车径直来到贝克街，生怕自己到得太晚了。只见夏洛克·福尔摩斯独自在家，瘦长的身子蜷缩着深

福尔摩斯独自在家，瘦长的身子蜷缩着深陷在扶手椅中，半睡半醒。

陷在扶手椅中，半睡半醒。一大排各式烧瓶和试管散发出刺鼻而清香的盐酸气味，一看便知他一整天都在进行他所酷爱的化学试验。

“嘿，问题解决了吗？”我边问边走进门。

“是的，是硫酸氢钡。”

“不，不，我是问那个失踪之谜！”我叫道。

“啊，失踪之谜！我还以为你是在问我研究的这种盐呢。正如我昨天所说，虽然这个案子毫无神秘可言，但还是有些有趣的细节。唯一可惜的是我担心没有一条可以惩罚那个恶棍的法律。”

“那他是谁呢，他离弃萨瑟兰小姐的目的何在？”

话音刚落，福尔摩斯尚未来得及回答，楼道里就传来一阵沉重的脚步声，随即听到了敲门声。

“是那位姑娘的继父詹姆斯·温迪班克先生，”福尔摩斯说道，“他来信说他将于6点钟前来。请进来！”

进来的是个身体强健、中等身材的男人，约三十来岁，胡须刮得干干净净，肤色略黄，一副态度和蔼、曲意巴结的模样。他的眼睛是灰色的，目光锐利逼人。他询问地打量了我们俩一眼，把那顶有光泽的大礼帽搁在餐具柜上，微微鞠了个躬，顺势坐在椅子上。

“晚上好，詹姆斯·温迪班克先生。”福尔摩斯说道，“我想这封信是你用打字机打的吧，你在信中约定6点钟和我们见面，是吗？”

“是的，先生。我稍微来迟了点儿，但是，你要知道，我身不由己啊！我很抱歉萨瑟兰小姐拿这种微不足道的事来麻烦你，因为我是主张家丑不能外扬的。她来找您，是完全违背我的意愿的。你们也已注意到了，她是个容易冲动任性的姑娘，她一旦决定要做一件事情，别人很难左右她。当然我并不介意让你们知道这事，毕竟你们与警察不同。不过把家庭的这种不幸到处张扬毕竟令人不快。而且，这毫无用处，因为你是不可能找到霍斯默·安吉尔这个人的。”

“恰恰相反，”福尔摩斯平静地说，“我完全有理由相信，我会找到霍斯默·安吉尔先生的。”

温迪班克先生的身子猛然抖动了一下，手套掉在了地上。“听到你这么说，我很高兴。”他说道。

“奇怪的是，”福尔摩斯说，“打字也像写字一样能反映人的性格。除非打字机是崭新的，否则两台打字机打出来的字绝不可能完全相同。字母的磨损程度各不相同，有轻有重，磨损部位也不同。温迪班克先生，请看你自己打的这封短信，字母‘e’总是有点儿模糊不清，字母‘r’的尾巴总有点儿缺陷。此外，还能找出14个更加明显的特征。”

“我们的来往信函都是用事务所里的打字机打的，所以磨得旧了一点儿。”我们的客人回答道，发亮的小眼睛迅速地瞥了一下福尔摩斯。

“温迪班克先生，现在让我告诉你什么是真正有趣的研究。”福尔摩斯继续说，“我想在这几天再写一篇短的专题论文来阐述打字机以及打字机与犯罪的关系。这是我较为关注的题目。我手边有四封来自那个失踪男人的信，全是打字机打的。不仅每封信中字母‘e’都很模糊，字母‘r’都没有尾巴，而且如果你愿意用我的放大镜看看的话，那么我提到的那其余14个特征也就一目了然啦！”

温迪班克先生从椅上跳了起来，拿起了帽子。“福尔摩斯先生，我不想浪费时间听你在此空谈。”他说，“你要是能抓到那个人，就去抓他，抓到他时，请告诉我一声。”

“当然当然，”福尔摩斯跨前一步，锁上房门，“我现在就告诉你，我已经抓到他了。”

“什么，在哪里？”温迪班克先生喊道，吓得嘴唇发白，像被夹住的老鼠那样四下张望着。

“得啦，别装模作样啦。没有用的，”福尔摩斯温文尔雅地说，“温迪班克先生，赖是赖不掉的。事情是那么的一目了然。你居然说我不可能解决这个

“什么，在哪里？”温迪班克先生喊道，吓得嘴唇发白，像被夹住的老鼠那样四下张望着。

简单的问题，真是岂有此理！坐下，咱们来谈谈这事吧。”

客人瘫坐在椅子上，脸色苍白，额上渗出了汗水，“这……这还没到打官司的程度哩。”他结结巴巴地说。

“我也觉得多半还不到这程度。但是，温迪班克先生，我仍然要说，这是我所见过的最残忍、最自私、最无情、最猥琐的诡计了。我先把事情前因后果说一遍，如果不对，你可以纠正。”

温迪班克缩成一团瘫在椅子里，耷拉着脑袋，像一只斗败的公鸡。福尔摩斯把脚搁在壁炉台的台角上，手插在口袋里，向后靠在椅子上，仿佛是在自言自语。

“一个贪图金钱的男人跟一个年龄比他大得多的女人结了婚。”他说道，“只要女儿跟他们住在一块儿，他就可以心安理得地花女儿的钱。就他们的处境来说，这是一笔数目不小的钱。有没有这笔钱，境况将大不相同，所以得挖空心思来保住这笔钱。女儿为人心地善良、和蔼可亲，但过于多情和热心。显然，像她这样性格良好和优越条件的姑娘是不会长期独守空闺的。然而，她一旦嫁人，他的继父就会每年损失一百英镑的收入，那么，他如何才能阻止她出嫁呢？起先，他千方百计把她关在家中，不让她和同年龄的男友交往。不久，他发现这不是长久之计。她变得不那么听话了，她开始坚持自己的权利，后来居然执意要去参加舞会。如此一来，她那个诡计多端的继父该怎么办呢？他想出了一条恶毒的妙计。得到妻子的默许和帮助，他对自己进行了伪装，他戴上墨镜遮住他那双锐利的眼睛，他在脸上粘上了假胡须，他把自己原本清晰的嗓门憋成了结结巴巴的耳语。由于女儿近视，这些伪装就更加难以识破。于是，他化名霍斯默·安吉尔先生出现了。他自己向女儿求爱，以便将其他男子拒之门外。”

“我起先只是跟她开开玩笑，”那人抱怨地说，“我们绝对没有料到她会如此痴情。”

“多半不是这样吧。不管怎样，那个年轻女子确实坠入了情网，她满以为那些天继父是去了法国，丝毫也没有怀疑过自己是上了大当。那位男士的殷勤使她昏了头，加之她母亲的一派溢美之词更使效果倍增。于是安吉尔先生开始登门拜访，为了使诡计最终奏效，必须使事情达到一定的火候。只有幽会和订婚之后，才能确保这姑娘不会移情别恋。但是骗局不能永远继续下去，谎称出差去法国的事情也太麻烦。于是，下一步就是将此事以戏剧性的方式收场，以便在这年轻女子的心里留下永不磨灭的印象，避免她有朝一日会另觅新欢。因而就有了手按《圣经》发誓两情长久，举行婚礼当天的早晨暗示有可能发生不测等事。詹姆斯·温迪班克要萨瑟兰小姐对霍斯默·安吉尔从一而终，而且故意要她不明他的生死，以便使她在此后至少十年内不会再去谈婚论嫁。霍斯默陪她来到教堂门口，他当然不能进去，便耍了个老花招，从四轮马车的这扇门钻进去，又从那扇门钻出来若无其事地溜走了。我认为事情的经过就是这样的，温迪班克先生！”

听着福尔摩斯的叙说，我们的客人已恢复了一点儿自信，他从椅子里站起身来，苍白的脸上露出讥讽的神态。

“也许是，也许不是，福尔摩斯先生，”他说道，“可你既然如此聪明过人，你应该知道现在是你在做违法的事，而不是我。我自始至终就没有做什么可对我提起诉讼的事情，而你却把我锁在你家里，仅此一项就足够让你因人身攻击和非法拘禁而受到起诉。”

“正像你所说的那样，法律对你这样的人也无可奈何。”福尔摩斯说着打开锁，推开门。“可是没有谁比你更应该受到惩罚的了。看在朱庇特[①]的分上！假如这位年轻姑娘有兄弟或朋友的话，他们真该用鞭子抽你！”看到那男人脸上那不怀好意的冷笑，他愤怒得涨红了脸接着说，“虽说我对我的委托人没有这个义务，但我手头正好有条猎鞭，我要痛痛快快抽你……”他迈开大步去取鞭子，但没等他把鞭子拿到手，楼梯上就响起了一阵脚步声，沉重的大门砰地响了一声，我们从窗子里看见詹姆斯·温迪班克先生在马路上没命地逃走了。

“真是个无耻的败类！”福尔摩斯呵呵地笑着说道，重新坐进他的扶手椅里。“那家伙还会不断犯罪，直到有一天因罪大恶极被送上绞架。从几个方面

① 罗马神话中的主神名。——译注

福尔摩斯迈开大步去取鞭子。

来看，这个案件还是蛮有趣味的。”

“我现在还不能完全理解你的推理步骤。”我说。

“嗯，一开始就应该清楚地看到这个霍斯默·安吉尔先生的奇怪行为必定是有目的的，同样清楚的是，唯一能够从这个事件中真正得到好处的人就是那个继父。然后，两个人从来没有同时出现过，而总是当一个人不在时另一个人才出现，这个事实就很说明问题。同样说明问题的是：墨镜和奇怪的嗓门、浓密的络腮胡子之类的伪装的效果。他信上的签名是打字机打的，由此可以推断她对他的笔迹是相当熟悉的，他害怕她一眼就能辨认出是他写的信，凡此种种使我的怀疑得到了证实。你看，所有这些孤立的事实和细节加到一起，都指向了同一个方向。”

“你是怎样证实它们的呢？”

“一旦认出了犯人，就很容易确证了。我知道这个人工作的商行。我一看到那份寻人启事，就从其描述的外貌特征中排除掉络腮胡子、墨镜、嗓音之类可能是伪装的结果，然后将其寄给商行，要求他们告诉我启事中找的人是否像他们商行里某个旅行推销员。我已注意到了打字机的特点，我按他的办公地址给他本人写信，问他能否来一趟。结果，他的回信果然是用打字机打的，而且从信里字迹的种种细微的缺陷特征判断，是出自同一台打字机。此外，邮局给我送来了一封来自芬丘奇街韦斯特豪斯和马班克商行的信，信中说，启事的外貌特征与他们的雇员詹姆斯·温迪班克在各个方面都完全相似。全部情况，就是这样。”

“那么，萨瑟兰小姐呢？”

“即使我把真相告诉她，她也不会相信的。你也许还记得有句波斯谚语是这样说的，‘欲消除女人心中的错觉如同从虎口抢夺幼虎一般危险。’哈菲兹[①]的哲理跟贺拉斯[②]一样丰富，对人间万事的理解也一样深邃。”

---

① 14世纪的波斯诗人。——译注

② 古罗马诗人及讽刺家。——译注

博斯库姆溪谷

一天早上，我和妻子正在一起吃早餐，我们的女仆送进来一封电报。那是夏洛克·福尔摩斯打来的，电报上这样写道：

> 你能否抽一两天时间？我不久前收到从英国西部发来的有关博斯库姆溪谷惨案的电报。如能有你同行，我将十分高兴。该地的空气和风景都是最好的。拟定于11时15分于帕丁顿起程。

“亲爱的，你怎么决定？”我的妻子在餐桌对面看着我说，“你想去吗？”

“现在等我看病的人很多，我真不知道该不该去。”

“噢，安特卢瑟会替你做这些工作的。你最近有点儿累。我想，换换环境是会对你有好处的，再说你对夏洛克·福尔摩斯的案子又总是那么感兴趣。”

“要知道，我从他身上的确学到了不少东西，倘若不去，未免太遗憾了。”我回答道，“但是，如果我要去的话，必须立即打点行装，因为只有半个小时就到出发时间了。”

在阿富汗度过的军营生活把我锻炼成了一个说走就走的利索的旅行者。我随身携带的用品十分精简，所以在半小时内我就带着旅行皮包坐上了出租马车，向帕丁顿车站驶去。夏洛克·福尔摩斯已在站台上踱来踱去等着我了。他身穿一件长长的灰色旅行斗篷，戴着一顶紧紧贴着头的布帽，使他那瘦长的身躯看上去越发显得瘦长了。

“你能来真是太好了，华生！”他说道，“有个可以绝对信赖的人在一起，情况会完全不一样的。地方上的协助往往不是毫无用处，就是帮倒忙。你去占着那角落里的两个座位，我去买车票。”

我和福尔摩斯占了一间车厢[1]，座位上堆满了他随身带来的一大卷杂乱的报纸。他翻阅着这些报纸，有时做些摘记，有时闭目沉思，直到我们的车驶过了雷丁为止。然后，他忽然把所有报纸卷成一大捆，扔到行李架上。

我和福尔摩斯占了一间车厢。

① 英国的客车一般分割成许多小间，每间可乘坐六位乘客。——译注

“你听说这个案子的情况了吗？”他问道。

“一无所知，我有好几天没看报纸了。”

“伦敦的报纸未做详细报道。我一直在看最近的各种报纸，以便掌握详细情况。从我收集的报纸来看，这个案子好像是属于那种既复杂又简单的案子。”

“这话听起来有点儿矛盾。”

“但却是耐人寻味的事实。奇怪的案子总是能给你提供一些线索，而越是没有什么特征的平常的案子就越难侦破。他们已对这个案子下了结论，说它是一起儿子谋杀父亲的惊天大案。”

“这么说来，是一起谋杀案了？”

“嗯，他们是这样认定的。在没有亲自调查这个案件之前，我是不会轻易下结论的。我现在就把到目前为止我所了解的情况，说给你听听。

“博斯库姆溪谷位于赫里福德郡，是距离罗斯不远的一个乡村地区。该地区最大的一个农场主就是约翰·特纳先生。他在澳大利亚赚了钱，几年前返回了老家。他把他的一个农场——哈瑟利农场，租给了也是从澳大利亚回来的查尔斯·麦卡锡先生。他们两人是在澳大利亚认识的。因此，当他们回国定居时，彼此结为近邻也是合乎情理的。两人相比，显然特纳要富有得多，所以麦卡锡成了他的佃户，不过，他们还是和过去一样，常来常往，平等相待。麦卡锡有一个儿子，是个18岁的小伙子，特纳有个同龄的独生女。他们两个人的妻子都已不在人世。他们和本地的英国人家很少交往，过着隐居般的生活，不过，麦卡锡父子俩喜欢运动，因此经常出现在乡村赛马场上。麦卡锡有两个仆人，一个男仆和一个女仆。特纳是一大家子，至少有6口人。这就是我尽可能了解到的这两家人的情况。现在再说说案发经过。

“6月3日，即上星期一，麦卡锡于下午3点钟左右从他在哈瑟利的家里出来，步行到博斯库姆池塘。该池塘是从博斯库姆山谷流淌下来的溪水汇成的一个小湖。那天上午，他曾经同仆人去过罗斯，并对仆人说由于他下午3点钟有一个重要约会，必须抓紧时间赶回。他去约会之后，就没有活着回来。

“哈瑟利农场距离博斯库姆池塘有四分之一英里，曾有两个人亲眼见他朝池塘走去。一个是老夫人，报道中没有说她的姓名，另一个是特纳先生雇用的猎场看守人威廉·克劳德。这两个证人都发誓做证说，麦卡锡先生当时是独自一个人走过的。那个猎场看守人还说，麦卡锡先生走过去后不到几分钟，他又看到麦卡锡先生的少爷詹姆斯·麦卡锡先生腋下夹着一支枪也在同一条路上走过。他肯定当时这位父亲确实还在他的视线范围内。当时他没有多想什么，当晚便听说发生了惨案。

“在麦卡锡父子从猎场看守人威廉·克劳德的视线范围内消失之后，另一个人又见到了他们。博斯库姆池塘周围树林茂密，塘边长满杂草和芦苇。博斯库姆溪谷庄园看门人的女儿佩兴斯·莫兰是个14岁的小女孩，当时就在附近的树林里采鲜花。她说，她在那里看见麦卡锡先生和他家少爷在靠近池塘的树林边好像为什么事在激烈争吵。她听见老麦卡锡先生在厉声呵斥他家少爷；她还看见少爷举起手，好像要打他的父亲。她被这场面吓得掉头便跑，回家告诉她母亲说，她刚才看到麦卡锡父子正在博斯库姆池塘附近吵架，恐怕会打起来。她的话音刚落，麦卡锡少爷便冲进她家里说，他发现他的父亲死在林子里了，他请求看门人帮助。他当时十分激动，没带枪也没戴帽子，在他的右手和袖子上可以看到刚沾上的血迹。他们跟随他来到现场，发现尸体仰面躺在池塘旁边的草地上。死者头部被人用钝器猛击了好几下，头骨已经破裂凹陷。从伤痕看，很像是用少爷的枪托砸的，枪就扔在离尸体几步远的草地上。在这种情况下，这个年轻人当即遭到了逮捕，星期二传讯时被定为犯有‘蓄意谋杀罪’，星期三将提交罗斯地方法官审判，罗斯地方法官现已将该案提交下一次巡回审判庭审理。这些就是验尸官和违警罪法庭目前对这个案子的处理情况。”

“这真是个该诅咒的案子，没有什么案子比这个案子具有更充分的现场证据了。”我说道。

“现场证据是非常掩人耳目的东西。”福尔摩斯若有所思地回答道，

他们跟随他来到现场，发现尸体仰面躺在池塘边的草地上。

“它看上去好像可以直接证明某种罪行，但是，如果你稍稍改变一下看法，你就会发现它也能同样确凿地证实全然不同的另一种情况。但必须承认，案情对这个年轻人十分不利，而且他也可能确实就是杀人犯。当地有几个人，其中包括农场主的女儿特纳小姐，相信他是无辜的，并且委托雷斯垂德承办该案，为麦卡锡少爷辩护。你可能还记得，雷斯垂德就是参加过‘血字的研究’一案侦破工作的那个人。但是，雷斯垂德感到这个案子过于扑朔迷离，所以才找我帮忙。因此，我们两个人才以每小时五十英里的速度赶到英国西部，而没有在吃饱早餐后消消停停地待在家里。”

“我看这个案子的事实太明显了。”我说道，“恐怕你在这个案子里得不到多大的益处。”

“没有比明显的事实更具有欺骗性的了。”他笑着回答道，“况且，我们也许可以找到一些雷斯垂德没有注意到的明显事实。我要用雷斯垂德根本没有能力使用甚至无法理解的方法来肯定或推翻他的结论，你对我很了解，该不会认为我是在自吹自擂吧？举个眼前的例子吧，我十分清楚地看到你卧室的窗户是在右边，而我看雷斯垂德先生就未必会注意到这样一个一目了然的事实。”

“你究竟怎么会知道……”

“亲爱的老伙计，我对你很了解，我知道你保持着军人的整洁习惯。你每天早起刮胡子，在目前这个季节里，你是借着窗外的阳光刮的。看你的左颊越往下越没刮干净，刮到下巴底下时就应付了事了，因此可以肯定左边的光线没有右边好。有你这样好习惯的人，在两边光线一样好的情况下，怎么可能把自己的胡子刮成这样呢？这只是我为了说明观察和推理而举的一个小小例子而已。观察和推理正是我所擅长的，也许对我们当前正在进行的调查有帮助。我觉得对在传讯中提出的一两个小问题尤其值得关注。”

“是什么问题？”

“看来那个少爷不是当场被捕的，而是回到哈瑟利农场以后才逮捕的。当警官宣布他被捕时，他表示这不奇怪，这是他罪有应得。他的这段话自然完全打消了验尸官和陪审团心目中尚存的任何一点儿疑虑。”

“他是在认罪伏法呀！”我反驳道。

“不是，因为随后便有人断言他是无辜的了。”

“发生了这种该诅咒的事件之后竟然断言他是无辜的，真是令人难以置信。”

“正相反，”福尔摩斯说，“那是目前我所能看到的透过云缝射出的一线最亮的光。不管那少爷是多么天真，也不可能愚钝到连他当时的处境有多么险恶都不知道。如果他被捕时表示惊讶或假装气愤，我倒会怀疑他了，因为在那种情况下表示惊讶和气愤都是不自然的，可能是诡计多端的人在要花招。他坦然接受当时的现实，表明他要么清白无辜，要么极有自我克制力而且性格坚强。至于他说他罪有应得，如果你考虑一下，就会觉得同样并非不合情理，因为他曾站他父亲的尸体旁边，而且无疑就在那一天，他身为儿子居然犯上，对自己的父亲恶言相向，正如那个提供了十分重要证据的小女孩说的，他甚至好像还要动手打他的父亲。我看他那番话饱含自我谴责和内疚感，这不正说明他是一个心智健全的人而不是罪犯吗？”

我摇了摇头。“有许多人在证据比这少得多的情况下也被送上了绞架呢。”我这样评论道。

“是啊是啊！有多少人成了被错判的冤鬼啊！”

“那个年轻人自己对此事是如何陈述的呢？”

“他自己的陈述对支持他的人并不有利，虽然也有一两个可以洗清罪名的地方。报纸上有，你自己看吧。”

福尔摩斯从那扎报纸中抽出一份赫里福德郡当地的报纸，翻出其中一页，指出那不幸的年轻人对所发生情况所做陈述的那一大段。我安稳地坐在车厢的一个角落里仔细地阅读起来。其内容如下：

死者的独生子詹姆斯·麦卡锡先生出庭时的证言如下：

“我曾离家三天去布里斯托尔，直到上星期一（3号）上午才回家。我到家时，父亲不在，女用人告诉我，他和马车夫约翰·科布驱车去了罗斯。我到家不久就听见马车驶进院子的声音，我从窗口看见父亲下车后很快朝院子外面走去，我当时并不知道他要到哪里去。于是我拿着枪慢慢朝博斯库姆池塘的方向走去，打算到池塘那边的养兔场去看看。正如猎场看守人威廉·克劳德在他的证词中所说的，我在路上见到了他。他误认为我是在跟踪我父亲。我压根儿不知道他在我前面。当我走到距离池塘有100码时，我听见有人喊‘库伊’，这是我们父子之间常用的信号。于是我赶快往前走，发现他就站在池塘旁边。他见到我显得十分惊讶，并且厉声喝问我到那儿去干什么。接着我俩你来我往地吵开了，吵到几乎动手打了起来，因为我父亲的脾气甚是暴躁。我看见他情绪很坏，而且真的发作了，便离开了他，转身返回哈瑟利农场。但是，我走了不到150码，背后就传来一声惨叫，我赶忙跑回去，发现父亲已经倒在地上快要死了，他头部受了重伤。我扔下枪，将他抱起来，但他几乎当即断了气。我在他身旁跪了几分钟，然后就到离案发地点最近的特纳先生的看门人那里去求援。我回到父亲身旁时并没有看见任何人，我一点儿也不知道他究竟是怎么受伤的。他这个人的人缘不好，因为他对人很冷漠，令人望而生畏，不敢接近。但是，就我所知，还不至于有什么仇人想要杀他。别的我就不知道了。”

验尸官：“你父亲临终前对你说过什么没有？”

证人：“说了几句话，但含混不清。我只听清一个音，好像是‘拉特’。”

验尸官：“你认为这个‘拉特’是什么意思？”

证人：“我不知道这是什么意思，我想他当时已经神志不

“我扔下枪，将他抱起来，但他几乎立即断了气。”

清了。”

验尸官：“你和你父亲最后一次争吵的原因是什么？”

证人：“我还是不回答这个问题为好。”

验尸官：“我认为你必须回答。”

证人：“我确实不能说。但我可以保证，这和本案毫无关系。”

验尸官："是否有关，要由法庭来裁决。你该明白，拒绝回答问题，在将来起诉你时，对你将会产生相当不利的影响。"

证人："我实在不能回答这个问题。"

验尸官："据我了解，库伊——是你们父子之间常用的信号。"

证人："是的。"

验尸官："如果是这样，那为什么他还没有见到你，甚至还不知道你已从布里斯托尔回来就使用这个信号呢？"

证人（相当慌乱）："我不知道。"

一个陪审员："当你听到喊声转身回去，并发现你父亲身受重伤时，你没看见什么值得你怀疑的东西吗？"

证人："说不上有什么值得我怀疑的东西。"

验尸官："你这话是什么意思？"

证人："我赶紧跑回去的时候，心里很乱，很紧张，我脑子里只想着我的父亲。不过，我好像模糊地记得：在我往前跑的时候，好像看到我左边的地上有一件什么东西。我觉得好像是灰色的，仿佛是大衣之类的东西，也可能是件方格花呢披风。当我从我父亲身边站起来时，我转身去找它，那东西已经不见了。"

"你是说，在你去找人帮忙之前就已经不见了？"

"是的，已经不见了。"

"你不能肯定它是什么东西？"

"不能肯定，反正只是感到那里有件东西。"

"它离尸体有多远？"

"大约有十几码。"

"离树林边缘有多远？"

"也是十几码。"

"那么，如果有人把它拿走，也是在你离开它只有十几码远的时候。”

“是的，但当时我背对着它。”

对证人的审问到此结束。

“我明白了，”我一面看报纸一面说，“我觉得验尸官提出了一些击中麦卡锡少爷要害的问题。他以充分的理由指出了他供词中不能自圆其说的地方，即他父亲还没见他回来就给他发出信号；他还指出了证人拒绝交代他和他父亲谈话的细节，以及他对死者临终前所说的话的奇怪解释。所有这一切对这个少爷都是十分不利的。”

福尔摩斯轻声地笑了，他伸腿半躺在软垫靠椅上。“你和验尸官都在不遗余力地强调对这个年轻人不利的因素。”他说道，“你难道没有发现，你实际上是一会儿在说他想象力太丰富，一会儿又在说他想象力太贫乏吗？说他想象力太贫乏，是因为他没有编造他和他父亲吵架的原因来博得陪审团的同情；说他想象力太丰富，是因为从他自己的内在感觉中演化出了死者临终前那声奇怪的‘拉特’，以及衣物突然不见的事实。不，先生，我认为这个年轻人所说的是实情，而且我将以这样的假定为前提来调查这个案件，让我们看看这种假设将把我们引向何处。这是我的《彼特拉克[①]诗集》袖珍本，你拿去看吧。在我亲临作案现场之前，不想再谈这个案子了。我们去斯温登吃午饭，还有20分钟就可以到了。”

我们经过风景秀丽的斯特劳德山谷，越过泛着波光的宽阔的塞文河，终于在大约4点的时候到达罗斯这个风景宜人的小镇。一个瘦削的、侦探模样的诡秘男子正在站台上等候我们。尽管他遵照当地风俗穿了件浅棕色的风衣并打了皮裹腿，我还是一眼就认出他是苏格兰场的雷斯垂德。我们和他一道乘车到赫

① 彼特拉克（1304—1307）：意大利文艺复兴时期的诗人和学者，以写十四行诗著名。——译注

里福德阿姆斯旅馆，他已经为我们预定了房间。

“我已雇好马车。”当我们坐下来喝茶的时候，雷斯垂德说，“我知道你生来是个精力充沛的人，你现在肯定恨不得立刻赶到作案现场去吧？”

“承蒙夸奖。”福尔摩斯回答道，“去不去要看晴雨表才能定。”

雷斯垂德一脸茫然。“我没有听懂你的话。”他说道。

“水银柱上是多少度？我看是29度。没有风，天上无云。我这里有一盒香烟可抽，这里的沙发也比一般农村客店的要舒服。我想今晚我多半不会用你的马车了。”

雷斯垂德放声大笑起来。“你无疑已经根据报纸上的报道下了结论。”他说道，“这个案子的案情已经大白，你愈是深入了解就愈是昭然若揭。尽管如此，我们仍然不好拒绝一位为人相当好的女士的要求。她是久仰你的大名，想要亲耳听听你的看法，虽然我一再对她说，我办不到的事，你也未必就能办到……啊，我的天，她的马车已经到了！”

话音刚落，一位可爱动人的年轻女子匆匆忙忙地走进了我们的房间。她蓝色的眼睛晶亮，双唇微微张开，面颊略微泛着红晕，她情绪激动，心事重重，几乎忘了保持女性的矜持稳重。

“噢，夏洛克·福尔摩斯先生，”她喊道，轮流打量了我们两人一番，最后，凭着女人的直觉，她的目光锁定在了我同伴的身上。“你能来我太高兴了！我赶到这里来就是为了告诉你这一点，我知道詹姆斯不是凶手，我知道这点，我也希望你在着手调查时能了解这一点，不要怀疑这一点。我们从小就互相了解，我对他的缺点比谁都清楚，他这个人心软得连蚂蚁都不忍心踩。真正了解他的人都认为对他的这种控告太荒谬了。”

“我的确希望能澄清他，特纳小姐。”福尔摩斯说，“请放心，我会尽力而为的。”

“你已经看过证词了，你已经有了某种结论了吧？你没看出其中的漏洞吗？难道你不认为他是无辜的吗？”

雷斯垂德耸了耸肩，说："恐怕他的结论下得太早了吧。"

"我想他可能是无辜的。"

"你听听！"她扭头以轻蔑的眼光看着雷斯垂德大声说，"你听啊！他给了我希望。"

雷斯垂德耸了耸肩。"恐怕他的结论下得太早了吧。"他说。

"但他是正确的，噢！我知道他是正确的。詹姆斯决没有干这种事。至于他和他父亲争吵的原因，他之所以不愿意对验尸官讲，我敢肯定是因为怕牵连到我。"

"如何牵连到你的呢？"福尔摩斯问道。

"没有时间再隐瞒什么了。詹姆斯和他父亲之所以吵翻都是为了我的缘故，麦卡锡先生急于希望我们结婚。我和詹姆斯一直如同兄妹般两小无猜。当然，他还年轻，生活阅历不多，而且……而且……嗯，他自然还没有想到结婚的事。所以他们父子时常为此争吵。我肯定他们那次吵架就是为了这个。”

“那你的父亲呢？”福尔摩斯问道，“他同意这门亲事吗？”

“不，他也反对。只有麦卡锡先生一个人是主张这门婚事的。”

当福尔摩斯将他表示怀疑的锐利眼光投向她时，她年轻娇嫩的脸上忽然红了一下。

“谢谢你提供这个情况。”他说道，“如果我明天前去拜访的话，可以见见你父亲吗？”

“我怕医生会反对父亲接待客人的。”

“医生？”

“是啊，你没听说吗？我可怜的父亲几年前身体就垮了，发生这件事后他的身体更不行了。他一直卧病在床，威罗医生说，他的健康受到了很大的损害，他的神经系统已经崩溃了。在维多利亚[①]时，麦卡锡先生是唯一认识我父亲的人。”

“哈！在维多利亚！这很重要。”

“是的，在矿场。”

“这就对啦，在金矿，据我了解，特纳先生的钱就是在那里挣的。”

“是的，确实如此。”

“谢谢你，特纳小姐，你给了我重要的帮助。”

“如果明天有什么新消息的话，请告诉我。你也许会去监狱看詹姆斯的吧。噢，如果你去的话，福尔摩斯先生，请务必告诉他，我相信他是无辜的。”

“好的，特纳小姐。”

“我现在必须回家了，因为我爸爸病得很厉害，我的离开会让他不放心

① 澳大利亚的州名。——译注

的。再见，上帝保佑你调查顺利。”如同来时一样，她情绪激动地匆忙离开了我们的房间，随后，听到她乘坐的马车从街上驶过时的车轮声。

“福尔摩斯，我真替你感到羞愧。”雷斯垂德在沉默了几分钟以后不无尊严地说，“你为什么要让人家空抱希望呢？我虽说不是慈悲心肠的人，但还是认为这样未免太残忍了。”

“我相信我会为詹姆斯·麦卡锡洗清罪名的。”福尔摩斯说，“你拿到探监的许可令了吗？”

“拿到了，但我只能带你去。”

“看来，我今天还得出门一趟。我们今晚还有时间乘火车到赫里福德去看他吗？”

“时间充裕得很。”

“那就这么办吧。华生，我希望你别嫌事情进行得太慢了，我这次去只需要一两个小时。”

我和他们一道步行到火车站，送他们走后我在小镇上闲逛了一会儿，然后回到旅馆。我躺在旅馆的沙发上，随手拿起一本黄封皮的流行小说来消磨

我躺在沙发上，随手拿起一本黄封皮的流行小说来消磨时间。

时间。但是那些平庸无奇的故事情节同我们正在调查的错综复杂的案情相比简直太浅薄了，我根本无法看下去，相反，我的注意力不断地从小说的情节转移到当前的案情之中，最后我干脆把小说随手一扔，全神贯注地考虑起当前的案情来。假定说这个不幸的青年人所说的情况完全属实，那么，从他离他父亲而去到他听到惨叫而急忙赶回的那段时间内，究竟发生了什么令人恐怖、料想不到的和异乎寻常的不幸事件呢？那是某种令人毛骨悚然的致命的事件。究竟是什么样的事件呢？难道凭我医生的直觉就不能从死者的伤痕上看出点儿问题来吗？我拉铃叫人把县周报送来，那上面有详细的审讯记录。在法医的验尸证明书上写道：死者脑后的第三个左颅骨和枕骨的左半部因遭钝器猛击而破碎。我在自己头上摸索着这些部位，显而易见，凶手是从死者背后袭击他的。这一情况在某种程度上对被告有利，因为目击证人看见他们父子是面对面争吵的。不过，这仍然说明不了多大问题，因为死者也可能是在转过身去以后被打死的。尽管如此，仍然值得提醒福尔摩斯留意这一点。此外，那人死时喊了一声“拉特”。这是什么意思呢？这不可能是神志不清的谵语。一般来说，遭突然猛击而致死的人是不会处于谵语状态的。不是的，仅有的可能是他想说明他遇害的原因。可是，这话又能说明什么呢？我绞尽脑汁也想不出可能的解释。还有麦卡锡少爷看见的那件灰色衣服又是怎么回事呢？如果确有此事，那么衣服一定是在凶手逃跑时掉下的，估计可能是他的大衣，而且他居然胆敢在麦卡锡少爷背对他跪在离他不过十几码远的地方把衣服取走。这案子是多么扑朔迷离，多么不可思议啊！我对雷斯垂德的一些看法并不觉得奇怪。但是，我更加相信夏洛克·福尔摩斯的洞察力，所以，我们应该满怀希望的继续找寻新的事实来进一步证实麦卡锡少爷是无辜的。

夏洛克·福尔摩斯回来得很晚。雷斯垂德在城里住下了，他是独自回来的。

“晴雨表的水银柱仍然很高。”他坐下来的时候说，“希望在我们去查看现场前千万别下雨，这可是事关重大啊！但是在另一方面，做这种重要工作必须精力充沛、思维敏捷才行，所以我不愿意在经过长途跋涉而疲劳不堪的时候去看现场。我已经见到了麦卡锡少爷。”

“你从他那里了解到什么情况？”

“没有了解到什么情况。”

“他不能提供点儿什么线索吗？”

“一点儿也没有。我曾认为他知道谁是凶手，只是在为他或她掩盖。但是，我现在确信，对这件事他和别人一样迷惑不解。他虽然相貌清秀，但却不是很机敏，不过，我认为他心智是健全的。”

“如果他真的不愿意和像特纳小姐这样迷人的年轻姑娘结婚的话，”我评论道，“那我对他的品位就不敢恭维了。”

“噢，这里涉及一个相当痛苦的故事。这个小伙子曾经爱她爱得如痴如狂。但是，她曾经离家五年，在寄宿学校读书，所以他一直没有真正了解她，大约两年前，那时他还很年轻，他做了件傻事，在布里斯托尔被一个酒吧女郎缠住了身，并在婚姻所和她登记结了婚。这件事没有人知道，但可想而知，他事后为此急得发狂，因为他知道自己做了绝对不应该做的事，为此，他将在劫难逃。当他父亲在最后一次和他谈话呵斥他为什么还不向特纳小姐求婚的时候，他急得双臂乱舞。他无力供养自己，他的父亲为人十分刻薄，一旦得知实情，肯定会将他赶出家门的。前三天他是在布里斯托尔和他那个当酒吧女郎的妻子一起过的，此事他是瞒着他父亲的。请注意这一点。这点很重要。但是，坏事变成了好事。那个酒吧女郎在报上得知案情，就和他断绝了关系。她写信称她原来已有丈夫，她丈夫在百慕大码头工作，所以她和这个小伙子不过是逢场作戏而已。这对吃尽苦头的麦卡锡少爷来说是个好消息。”

“但是，如果他是无辜的，那谁是凶手呢？”

“啊！谁是凶手吗？我要提醒你特别注意两点。第一，被害人和某人约定在池塘旁见面，这个人不可能是他的儿子，因为他的儿子当时并不在家，他不知道他什么时候回来。第二，有人听见被害人曾大声喊‘库伊’，而此时被害人并不知道他的儿子已经回来。这两点是此案的关键。现在，如果你愿意的话，让我们来聊聊乔治·梅瑞狄斯[①]吧。把那些琐碎问题留到明天再说。”

正如福尔摩斯预言的，那天没有下雨，清早，阳光明媚，万里无云。9点钟的时候，雷斯垂德乘坐马车前来接我们，于是，我们一行动身前往哈瑟利农场和博斯库姆池塘。

“今天早上有重大新闻，”雷斯垂德说道，“据说庄园主特纳先生病情严重，已经危在旦夕。”

“我想他年纪大概不小了吧？”福尔摩斯说。

“六十岁左右，他在国外时身体就已经垮了，他健康状况不佳已有多年了。眼下这件事对他打击很大。他不仅是麦卡锡的老朋友，而且，据我所知还是麦卡锡的恩人，因为我听说，他把哈瑟利农场给了麦卡锡，而且不收他的租金。”

“的确！这很有趣。”福尔摩斯说。

“噢，是的！他给他的帮助真是多得数也数不清，他的仁慈善良在这一带是远近闻名的。”

“真的吗！那么这个本来并没有多少钱，又受了特纳那么多的恩惠的麦卡锡，却还要逼他的儿子和特纳的女儿，也就是特纳全部产业的当然继承人结婚，而且采取的方式又是如此的专横，好像这事只有他说了算，你们对此不感到有点儿奇怪吗？更奇怪的是，我们知道，特纳本人却是反对这门亲事的。这些都是特纳的女儿亲口对我们说的。你从中不能推断出什么来吗？”

“我们已经进行了推论。”雷斯垂德对我眨眨眼说，“福尔摩斯，我觉得核实事实就已经够费神的了，哪有闲工夫去空谈理论和胡思乱想呀！”

“你说得对。”福尔摩斯假装一本正经地说，“你总算知道要核实这件事

---

① 乔治·梅瑞狄斯（1828—1909）：英国小说家、诗人和批评家。——译注

是很难的了。”

“不管怎么说，我已经掌握事实，而你似乎还不清楚。”雷斯垂德有点儿激动地说。

“是什么事实？”

“那就是老麦卡锡是被小麦卡锡杀死的，其他一切说法都是说大话。”

“唔，大话略胜于谬误。”福尔摩斯哈哈大笑着说，“左边不就是哈瑟利农场了吗，是不是？”

“是的。”

女仆让我们看了她主人遇害时穿的那双靴子，也让我们看了少爷的一双靴子，但不是凶案发生时穿着的那双。

那是一所占地面积很大，样式宜人的两层石板瓦顶楼房，灰色的墙上布满黄色的苔藓。屋里窗帘低垂，烟囱没有冒烟，一副凄凉颓败景象，笼罩着发生惨案后的浓厚恐怖气氛。我们叫开了门，进去后，女仆应福尔摩斯的要求，让我们看了她主人遇害时穿的那双靴子，也让我们看了少爷的一双靴子，但不是凶案发生时穿着的那双。福尔摩斯在这些靴子上的各个部位仔细地量了又量，然后，请女仆把我们领到院子里，最后，我们顺着一条弯弯曲曲的小径来到了博斯库姆池塘旁。

每当福尔摩斯潜心思索的时候，他的神态就和平时完全不同。只熟悉贝克街那个沉默寡言的思想家和逻辑学家的人，现在肯定认不出他来的。他的脸色忽而通红，忽而阴沉。他双眉紧皱，两道粗黑的眉毛下，双眼射出刚毅的光芒。他低着头，躬着背，紧闭着嘴，细长的脖子上青筋暴露，犹如条条鞭绳。他张着鼻孔，煞似一头渴望捕捉猎物的野兽。他如此全神贯注地进行侦查，如果此时对他提问或说话，他根本听不进，或者最多给你一个不耐烦的简单回答。他默默地迅速沿着横贯草地的那条小路朝前走去，然后穿过树林走到博斯库姆池塘。那里是块沼泽地，地面潮湿，而且整个地区都是这样。地面上有许多脚印，小路和路边的草地上到处散布着脚印。福尔摩斯时而急急忙忙往前赶，时而停下来一动也不动。有一次他走到草地里去绕了一圈。雷斯垂德和我跟在他后边，这个官方侦探态度冷漠，面带蔑视的神情，我却兴致勃勃地注视着我朋友的一举一动，因为我深信他的每一举动都自有他的目的。

博斯库姆池塘是最宽处约50码的一小片水域，周围长满芦苇，它的位置是在哈瑟利农场和富裕的特纳先生私人花园之间的交界处。池塘对岸是一片树林，树林上面可以看到房屋耸立的红色尖顶，标志着那片地方是有钱地主的住宅。靠哈瑟利农场这一边池塘的树林里，树木茂密；从树林边缘到池塘一侧的那片芦苇之间，是一片仅二十步宽的狭长的湿草地带。雷斯垂德给我们指出了发现尸体的准确地点，那里地面十分潮湿，死者倒地留下的痕迹尚依稀可见。

我从福尔摩斯脸上的急切表情和锐利的目光看出，在这有着许多脚印的草地上他一定发现了不少蛛丝马迹。他转了一圈，就像一只嗅出了气味的狗一样，扭头转向雷斯垂德。

“你到池塘里干什么来着？”他问道。

“我用草耙打捞了一番，想找找有没有武器或其他东西。但是，你怎么知道……”

“噢，得啦！得啦！我没有时间给你解释这个！这里到处都是你向里拐的左脚的脚印，连鼹鼠都能跟踪你的脚印，脚印就消失在芦苇丛的另一边。唉，要是我能在他们像一群水牛那样在这池塘里打滚以前就来调查，事情会简单得多。看门人领着那帮人就是从这里走过来的，尸体周围六到八英尺的地方全都是他们的脚印。但是，这里有三对脚印是单独的，这三对脚印出自同一双脚。”他垫着防水油布趴在地上，掏出放大镜，以便看得更清楚些，整个过程中他都在自言自语着。“这些是麦卡锡少爷的脚印。他来回走了两次，有一次他跑得很快，所以脚板的印迹很深，而脚后跟的印迹几乎看不清。这证实他讲的是实话。他看见他父亲倒在地上就赶快跑了过来。看，这里是他父亲来回走动的脚印。那么，这是什么呢？这是儿子听父亲说话时枪托支在地上的痕迹。那么，这个呢？哈，哈！这又是什么东西的印迹呢？脚尖的！脚尖的！而且是方头的，这可不是普通的靴子！这是走过来的脚印，那是走过去的，然后又是折回来的脚印……显然这是为了折回来取大衣的脚印。那么，这一路脚印是从哪里来的呢？”他四处查看，脚印有时消失，有时又出现，一直连到树林边的一棵大山毛榉树——附近最大的一棵树——的树荫下。福尔摩斯再一次脸朝下趴在地上，并且得意地轻轻喊了一声。他在那里一直趴了好久，拨开树叶和枯枝，把在我看来像是泥土般的东西放进一个信封里。他不仅用放大镜检查地面，而且还检查树皮。连苔藓中的一块锯齿状的石头，他也仔细检查并收藏了起来。然后他顺着一条小道穿过树林，一直走到公路上，那里一切踪迹都消失了。

他在那里趴了很久，拨开树叶和枯枝，把像是泥土般的东西放进一个信封里。

“这是一个相当有趣的案件。”他说道。这时，他已恢复了常态。“看来右边这所灰色的房子一定是门房，我要去找莫兰说句话，也许给他写个便条。办完这些事我们就可以坐马车回去吃午饭了。你们先步行到马车那里等我，我马上就来。”

我们大约走了十多分钟才到马车那里。随后，福尔摩斯带着他在树林里捡来的那块石头回来，我们便乘马车回罗斯了。

“雷斯垂德，你也许会对这块石头感兴趣的。”他取出那块石头对雷斯垂德说，“这就是杀人的凶器。”

“我看不出有任何迹象。”

“是没有迹象。”

“那你怎么知道这就是凶器呢？”

“石头底下的草还活着，说明这块石头放在那里只放了几天时间。没有任何痕迹能说明这块石头是从哪里来的。这块石头的形状和死者的伤痕正好吻合。此外找不到任何其他凶器的踪迹。”

“那么凶手呢？”

“凶手是一个高个子的左撇子，男性，右腿是瘸的，脚上穿的是后跟很高的狩猎靴，身上是一件灰色大衣。他抽印度雪茄，并使用烟嘴，他的口袋里装有一把很钝的小折刀。还有其他一些迹象，但是，这些就足以帮助我们进行侦查了。”

雷斯垂德哈哈笑了。“我看我还是有疑问。你说的毕竟是纸上谈兵的理论，但是和我们打交道的英国陪审团要的是证据。”

“我们自有办法。”福尔摩斯冷静地回答道，“你有你的方法，我有我的方法。今天下午我会很忙，要回伦敦，恐怕得乘晚班车了。”

“案子没有结束就走吗？”

“不，案子已经结束了。”

“那么凶手呢？”

“凶手已经查明。”

“是谁？”

“我刚刚描述的那位先生。”

“可是，他是谁呢？”

“此人肯定不难找到，附近一带的居民并不很多。”

雷斯垂德耸了耸肩。“我是个讲求实际的人，我实在不能走村串户地找寻一个瘸腿的左撇子先生，那样我会成为苏格兰场的笑柄。”

“好吧，”福尔摩斯平静地说，“我是给了你机会的。你的住处到了，回头见。在我离开以前，我会写信通知你的。”

雷斯垂德在他的住处下车后，我们便回到了旅馆，此时，旅馆已经为我们备好了午饭。福尔摩斯默默无言，面带痛苦的表情，陷入沉思，这是他身处左右两难的困境时常有的表情。

“华生，你坐下，听我说。”饭后，福尔摩斯说道，“我很难确定该怎么办，我想听听你的意见。来，点上一根雪茄，让我先说说我的看法。”

“请吧。”

“唔，就该案的案情而言，麦卡锡少爷所谈的情况中有两点当即引起我的注意，尽管我的想法对他有利，而你的想法对他不利。第一点是：据他说，他的父亲在见到他之前就在喊‘库伊’。第二点是：死者临死时说了‘拉特’。死者断气前含糊地咕哝了几句，他儿子说，他听清了‘拉特’。我们必须从这两点出发来研究案情，我们不妨在假定这个小伙子所说的一切都是实情的基础上开展我们的研究。”

“那么这个‘库伊’是什么意思呢？”

“唔，显然这个词不是对他儿子喊的。他当时认为他的儿子在布里斯托尔。他儿子只是路过，偶然听到他父亲在喊‘库伊’而已。死者当时喊‘库伊’是为了联络约见他的那个人。而‘库伊’显然是澳大利亚人的一种叫法，并且只是在澳大利亚人之间使用。因此完全可以这样假定：麦卡锡想要在博斯库姆池塘会晤的是一个曾经在澳大利亚待过的人。”

“那么‘拉特’又是什么意思呢？”

夏洛克·福尔摩斯从他口袋里掏出一张折好的纸，把它铺在桌上。“这是一张殖民地维多利亚的地图，”他说，“是我昨天晚上打电报到布里斯托尔要来的。”他用手指摁在地图的一个点上。“你念一下这是什么？”他问道。

“阿拉特。”我念道。

“你再念。”他把手抬起来说道。

“巴勒拉特。”

“对了，这就是死者喊的那个词，而他的儿子只听清了这个词的后两个音节。他当时是想说出谋杀他的凶手的名字：巴勒拉特的某某人。”

“真是太好了！”我赞叹道。

“真是太明显了。你看，研究的范围被我大大地缩小了。现在假定儿子的话是正确的，就可以完全肯定凶手有一件灰大衣，这是第三点。我们对凶手的勾画由模糊逐渐清晰了：他是个有一件灰大衣的来自巴勒拉特的澳大利亚人。”

“应该是这样。”

“他对这个地区很熟悉，因为要到这个池塘来必须经过这个农场或庄园，这个地方，陌生人几乎是进不来的。”

“确实是这样。”

“我们今天远道而来。我检查了现场，了解了一切细节，我已经把罪犯的特点告诉了低能的雷斯垂德。”

“你是如何了解到这些细节的呢？”

“我的方法你是知道的，我靠的是对细枝末节的仔细观察。”

“我知道你可以根据步子大小判明大约的身高，根据脚印来辨认靴子。”

“正是，那是一双很特别的靴子。”

“怎么看出来他是个瘸子呢？”

“他所有的右脚印都不如左脚印那么清楚，可见右脚着地的力较小，为什么？因为他走路一瘸一拐，他是个瘸子。”

“那你又是怎么知道他是个左撇子的呢？”

“你已注意到审讯中法医对死者伤痕的记载。那致命的一击是从死者背后打的，而且是打在左侧。如果凶手不是左撇子，怎么会打在左侧呢？当父子两人在谈话的时候，这个人一直站在树后。他甚至还抽烟呢。我发现有雪茄的烟灰，我对烟灰有特殊的研究，所以能够断定他抽的是印度雪茄。我对烟灰的研究花了很大的精力，你知道，我写过论述140种不同的烟斗丝、雪茄和香烟灰的专题论文。发现了烟灰以后，我继续在周围寻找，结果在苔藓里发现了他扔的烟头。那是印度雪茄的烟头，这种雪茄可以和在鹿特丹卷制的雪茄媲美。”

“那么，雪茄烟嘴呢？”

“我看出他没有用嘴叼过烟头，可见用了烟嘴。雪茄烟末端是用刀切开而不是用嘴咬开的，但切口很不整齐，因此我推断是用一把很钝的小折刀切的。”

“福尔摩斯，”我说道，“你已把这个人收进了你布下的罗网，他无路可逃啦！同时，你还拯救了一个无辜者的性命，斩断了套在他脖子上的绞索。我

当父子两人谈话时，那个人一直站在树后面。

看事情几乎是要水落石出啦！只是那罪犯……”

“约翰·特纳先生来访。”旅馆侍者一面推开我们的房门领进了客人，一面说道。

进来的是个相貌威严的陌生人。他步履蹒跚，一瘸一拐，驼着肩，显得垂垂老矣，但是他那轮廓分明的脸和骨骼粗壮的四肢表明他具有超常的体力和刚毅的个性。他的弯弯的胡须，斑白的头发和下垂的浓眉都使他风度甚是尊贵和威严，但是他脸色灰白，嘴唇和鼻端发青。一眼便知，他身患不治之症。

“请坐在沙发上。”福尔摩斯彬彬有礼地说，“你收到我的信了？”

“是的，看门人把你的信交给我了。你说，你想在这里和我见面，免得引起满城风雨。”

“我想，如果我到你的庄园去拜访你，会引起人们的议论。”

“你为什么要见我呢？”他用疲惫而绝望的眼神打量着我的同伴，仿佛他已经得到了答复似的。

“是的。”福尔摩斯回答道。他这是在回答对方的眼神，而不是回答他的问话。“正是这样的，我对麦卡锡了如指掌。”

这个老人双手掩面垂下了头。“上帝保佑我吧！”他喊道，“但是，我不会让这个年轻人受到伤害的，我向你保证，如果法庭宣判他有罪，我会站出来为他鸣冤的。”

“约翰·特纳先生来访。”旅馆侍者一边推开我们的房门领进了客人，一边说道。

“你这么说我很高兴。”福尔摩斯严肃地说。

“若不是为了我亲爱的女儿，我早就说出来了。我被捕后……如果我被捕，她会伤心欲绝的。”

“也许结果还不致如此吧。”福尔摩斯说。

“你说什么？”

“我不是官方侦探，是你女儿请我到这里来的，我现在是在替她办事。我务必要使小麦卡锡无罪开释。”

“我是个眼看就要入土的人了，”老特纳说，“我患糖尿病已有多年。我的医生说，我恐怕活不到一个月了。可我要死在自己家里，我不能死在监狱里。”

福尔摩斯起身来到桌旁坐下，提起笔，将纸放在面前。“请告诉我事实真相吧，我把事实记录下来，请你签字，这位华生是见证人。到了万不得已的时候，为了拯救麦卡锡少爷，我有可能出示你的自白书。我保证，除非绝对必要，否则我不会那样做。”

“这样也好。”那老人说，“我能不能活到开庭还是个问题，所以我并不太在乎这个，但我不想让艾丽斯受到震惊。现在长话短说，我把事情经过对你说清楚。

“你不了解这个死鬼麦卡锡，他真是个魔鬼，是真的。老天有眼，你千万不能落入他这样一个人的手心。20年来，他一直抓住我的把柄不放，我这一生都被他毁了。我首先告诉你我是怎样落入他的掌心的。

“那是19世纪60年代初，在澳洲金矿。那时我还年轻，极易冲动，很不安分，无所不为；我和不三不四的人拉帮结伙，吃喝玩乐，开矿失败，当上了强盗。我们一伙共有6人，过着放荡不羁的生活，经常抢劫车站并拦路抢劫矿场的马车。我当时的绰号是‘巴勒拉特的黑杰克’，直到现在，那里的人们还记得我们这一伙——巴勒拉特帮。

“有一天，我们拦路抢劫了从巴勒拉特开往墨尔本的黄金运输车队。那个车队有6名骑警护送，我们也是6个人，可以说是势均力敌，我们开枪打死了四名骑警。我们也有三个弟兄丧命，才搞到了那笔钱财。我用手枪指着马车夫的脑袋，他就是现在的这个麦卡锡。上帝啊，如果我当时把他一枪崩了该多好啊！但是，我却放了他一条生路。记得当时他眯缝着双眼狠狠盯着我，好像要把我的脸牢牢记住似的。我们得到了那笔黄金，发了大财，随后来到了英国而没有受到怀疑。在英国，我和我的弟兄们分道扬镳，各奔东西，我下决心从此金盆洗手，安分守己，过有尊严的生活。于是，我买了当时正在出售的这份田产，用我的钱做点儿好事来弥补我大发不义之财的罪孽。我也结了婚，可我的妻子不幸早逝，只给我留下了亲爱的小女艾丽斯。那时，她还是个婴儿，可她的小手比任何东西都更有力地指引着我浪子回头。总之，我悔过自新，尽自己最大的努力来弥补我过去的过失。本来一切都很好，不料却陷入了麦卡锡的魔掌。

“有一天我到城里去办理投资的事，在摄政街撞见了他，他当时身无分文，脚上连鞋都没有。

“‘杰克，我们又见面了，’他拉着我的胳膊说，‘我家现在只有父子两人，你收留我们一家人如何，我们会和你像一大家人一样好好过日子的。不过，如果你不答应的话……英国可是个严格遵照法律办事的国家啊，只要我喊一声，警察就会过来的哟。’

“唔，他们就这样来到了西部农村，从此我就再也无法摆脱他们了。从那时起，他占用了我最好的土地，租金分文不给。此后，搞得我永无宁日，往日的阴影缠身。不管我走到哪里，他那狡诈的狞笑总在眼前。随着艾丽斯的长大，情况更糟，因为他看得出，我怕女儿知道我过去的底细胜过怕警察。于是他更加肆无忌惮，土地、金钱、房子，不管他想要什么，他都非要弄到手不可，不管是什么，我都必须拱手相让，直到最后他向我要了一件我不能给人的东西。他要我的艾丽斯。

“你知道，他的儿子已经长大成人，我的女儿也待字闺中，大家都知道，我的身体不好，让他的儿子插手我的全部财产，对他当然有利可图。可我坚决不答应，我绝不能让他那该死的血统和我的血统联姻，其实我倒是并不讨厌那个小伙子，但他身上毕竟流着他老子的血，这是我所不能忍受的。我断然拒绝了这门亲事。麦卡锡又以往事相威胁。我就对他说，哪怕他使出最毒辣的手段我也不在乎。于是，我们约定在我们两家房子之间的那个池塘会面，以便解决此事。

“当我走到那里时，我看到他正在和他儿子谈话，我只好点了支雪茄在一棵树后等着，想等剩他独自一人时再过去。但是，听着他说的那番话，我心里积压了多年的积怨和愤怒像火山一样爆发了。他在逼他儿子和我女儿结婚，根本不考虑我女儿本人是否愿意，好像她只是个街头的妓女似的。一想到我和我心爱的女儿竟然要受这样一个恶棍的主宰，我简直气疯了。我决心冲破这个束缚！我已是一个不久人世、毫无指望的人了。虽然我头脑还清醒，四肢还相当强壮，但我知道我的气数已尽。我只是难忘往事和放心不下我的女儿啊！只有杀了这个邪恶的人，我和我的女儿才能安生。福尔摩斯先生，我杀了他，杀了他也不解我的心头之恨啊！我是个罪孽深重的人，理当为了赎罪一辈子受苦受难。但我的女儿是无辜的，把她也卷进是非，我是绝不能容忍的。我打倒了他，打倒了这头凶恶的野兽，心中没有丝毫的悔恨。听见他的呼喊声，他儿子赶了回来。这时我已躲进了树林里，但我不得不再跑回去把我那件逃跑时丢下的大衣取回来。先生，这就是那天所发生的情况。”

“嗯，我是无权审判你的。”那老人在那份记录的自白书上签了字后，福尔摩斯当即说道，“但愿我们自己永远不会遭受这种诱惑。”

“我也但愿如此，先生。你打算怎么做呢？”

“考虑到你的身体情况，我什么也不打算做。你自己也清楚，你不久就要为你干过的事而受到比巡回审判庭更高的审讯。我定会将你的自白书妥为保存。如果麦卡锡少爷被判有罪，我就不得不将其公之于众。如果麦卡锡少爷无罪开释，它就会永远成为秘密。即使在你死去后，我也保证为你保密。”

“那么，别了！”那老人庄严地说，“您让我这个垂死老人安然而去，有朝一日，你自会得到善报。”身躯高大的老人蹒跚着走出了房间。

那位老人庄严地说："那么，别了。您让我这个垂死老人安然而去，有朝一日，您自会得到善报。"

福尔摩斯沉默良久。"上帝啊，求你帮助我们吧！"他说道，"为什么命运老是对那些孤助无告的可怜的人如此不公呢？每当听到这一类案件时，我都会想起巴克斯特[①]的话，并对自己说，'夏洛克·福尔摩斯之所以能成功全凭上帝保佑。'"

基于福尔摩将大量雄辩的申诉意见提交给了辩护律师，詹姆斯·麦卡锡在巡回法庭上终于被宣告无罪释放。在和我们谈话以后，老特纳活了七个月，现在已经不在人世了。极可能会出现这样的前景：那家的儿子和这家的女儿也许会幸福地共同生活在一起，那过去岁月里曾经笼罩着的阴霾，他们是永远不会知道的了。

① 巴克斯特（1615—1691）：英国清教徒学者及作家。——译注

五个橘核

我粗略地浏览了一遍从1882年至1890年间我对福尔摩斯探案所做的笔记和记录，发现里面所记录的材料是那么的离奇有趣、丰富多彩，实在难以取舍。有些案件通过报纸已经家喻户晓、妇孺皆知，但是，也有些案件却没有可供我的朋友尽情施展其卓越才能的足够空间，而这又恰恰是那些报纸最感兴趣的题材。还有些案件使得他擅长分析的本领不能得到淋漓尽致的发挥，故事的讲述有头无尾。又有一些案件，仅探明了部分案情，对案情的揭示是基于推测或臆断，而不是以准确无误的逻辑论证为依据，而这后者正是我的朋友所一贯主张的。然而，在这最后一类案件中，有一个案件情节异常、结局离奇，使我不禁动了对该案案情做一叙述的念头，尽管与该案有关的一些真相以前未曾查明过，而且以后也许永远也不会查明了。

我们在1887年间办理过一系列有趣的和不大有趣的案件，我始终保留着有关这些案件的记录。在这一年的十二个月的标题中，有“帕拉多尔大厦案”“业余乞丐团案”，这个业余乞丐团在一个家具店库房的地下室拥有一个穷奢极侈的俱乐部，“美国帆船‘索菲·安德森’号失事真相案”“格赖斯·彼得森在乌法岛上的奇案”，还有“坎伯韦尔投毒案”。记得在最后这个案子里，当夏洛克·福尔摩斯给死者的表上发条时，发现表的发条在两小时前已经上紧了，从而证明死者在此期间已经上床睡觉，这一推断对于查清案情至关重要。有朝一日，我要把这些案件一一描述，但是其中没有一个案件比我眼下正在动笔描述的案件更加扑朔迷离和情节离奇的了。

时值9月下旬，秋分时节的暴风雨开始袭来。一整天狂风呼啸，倾盆大雨拍打着窗户，甚至在这人工建造起来的庞大的伦敦城内，人们此时也不得不从日常生活中抬起头来，承认那伟大自然力的存在。它犹如铁笼中未被驯服的猛兽，隔着人类文明的铁栅栏向人类大发淫威。夜色降临时，急风暴雨愈加猛烈。风时而大声呼啸，时而低声呜咽，好像一个躲在烟囱里的小孩在哭泣。福尔摩斯心事重重地端坐在壁炉旁整理着案件记录的互见索引；而我则坐在另一旁，埋头阅读一本克拉克·拉塞尔写的有关海洋的小说。不知不觉间，屋外的风雨声变成了海浪似的咆哮，仿佛和小说里的情景融为一体了。当时，我的妻子已回娘家探亲，所以这几天我又回到了贝克街我原来住过的那个房间里。

“奇怪，”我说，抬头望了望我的同伴，“那确实是门铃声，今夜谁会来呢？莫非是你的朋友？”

“除了你，我没有朋友。”他回答道，“我不欢迎客人。”

“那么，是位委托人吧？”

“如果是这样，案情一定很严重。否则，谁会在这种时候来呢？我猜多半是房东夫人家的客人。”

福尔摩斯猜错了，因为过道传来脚步声，接着是敲门声。他伸手把身边那盏灯转向为客人留的空椅子。“进来吧。”他说道。

进来的人很年轻，从外貌看大约二十二岁，他衣着整洁，服饰考究；温文尔雅，彬彬有礼。他手中滴水的雨伞和身上水光发亮的长雨衣，说明他一路风吹雨打而来。他在灯光下焦急地环顾四周。我见他脸色苍白，眼神疲倦。这种神情说明他正被某种巨大的焦虑压得喘不过气来。

“我很抱歉！”他边说边戴上一副金丝夹鼻眼镜。“希望我没有打扰您！我担心我这一身泥水弄脏了您整洁的房间。”

“把雨衣和伞给我，”福尔摩斯说，“我把它们挂在钩子上，转眼就会干的。我看，你是来自西南部吧？”

“是的，我从霍尔舍姆来。”

他在灯光下焦急地环顾四周。

"你鞋尖上粘着混合在一起的黏土和白垩土，我一看便知你是从那里来的。"

"我是来向您讨教的。"

"这很容易。"

"并且还要请您帮助。"

"这可就不一定那么容易了。"

"您的大名我早有耳闻，福尔摩斯先生。我听普伦德加斯特少校说过，是您把他从坦克维尔俱乐部丑闻案件中拯救了出来。"

"啊！是的。他被人诬告用假牌行骗。"

"他说没有什么问题能难倒你。"

"他过奖了。"

"他还说您从来没有失败过。"

"我曾失败过四次——三次败于男人之手，一次败于一个女人之手。"

"可是，与您的成功相比这算什么。"

"确实，一般来说我还是成功的。"

"那么，对于我的事，您可能也会成功的。"

"请你把椅子往壁炉这边挪挪，谈谈你这件案子的详细情况。"

"这不是个普通的案子。"

“普通的案子不会来找我的。我这里几乎成了最高上诉法院啦！”

“可是，先生，我怀疑您是否听说过比我这个古怪家族中所发生的一连串怪事更神秘、更费解的事情。”

“您引起了我的兴趣。”福尔摩斯说道，“请你从头开始，告诉我们主要事实，我随后会问你一些我认为重要的细节。”

那年轻人将椅子朝前挪动了一下，把脚上的湿鞋子伸向炉火边。

“我名叫约翰·奥彭肖。”他说，“据我所知，这一可怕的事件和我本人没有多大关系，这是上一代的问题。因此，为了便于您了解事实，我必须从头说起。

“我的祖父有两个儿子，也就是我的伯父伊莱亚斯和我的父亲约瑟夫。我父亲在考文垂有一家小工厂，在发明自行车后，工厂扩大了，并享有奥彭肖耐用车胎的专利权，生意十分红火，以致后来他将工厂出让后获得一笔巨款，过着衣食不愁的退休生活。

“我的伯父伊莱亚斯年轻时侨居美国，成了佛罗里达州的一个种植园主。据说他经营得很好。南北战争期间，他在杰克逊的南军效力，后来投奔胡德将军，并升任上校。南军统帅罗伯特·李投降后，伯父卸下戎装，返回种植园，在那里度过了三四年时间。大约在1869底或1870年初，他回到欧洲，在苏塞克斯郡霍尔舍姆附近置办了一小块地产。他在美国赚了大钱，之所以要离开美国回到英国，是因为他讨厌黑人，对共和党给予黑人选举权的政策也颇为反感。他为人怪癖，性格暴躁，生气时出言不逊，性情孤独。自定居霍尔舍姆以来，他深居简出，很少进城。他有一座花园，房子周围有两三块田地，他可以在那里活动腿脚，可是他却往往一连几个星期都待在家里。他喝大量的白兰地酒，烟瘾也很大。他不好社交，没有朋友，甚至和自己的亲兄弟也很少来往。

“他对我漠不关心，但实际上，却喜欢我。他初次见到我时，我才十一二岁。那是1878年，他回国八九年之后，他就对我父亲提出要让我搬过去同他住在一起，他对我很好。在他清醒的时候，喜欢同我一起玩十五子游戏[①]和跳棋。他还授权让我代表他跟下人和生意人打交道。所以我十六岁时，已俨然成了他家里的小主人。我掌管着所有的钥匙，只要不打扰他的隐居生活，我想到哪里就到哪里，想做什么就做什么。但是，只有一个奇怪的地方是个例外，那就是位于顶楼的一间堆满杂物的房间，那房间一直是锁着的，无论是我还是任何人，都不准进去。出于孩子的好奇心，我曾从钥匙孔向屋内窥视，但里面除了堆满旧箱子和杂物之外，没有别的。

“1883年3月的一天，一封贴有外国邮票的信送到了上校的餐桌上，就搁在他的餐盘前。他很少接到信件，因为他的账单随时付清，他也没有什么朋友。‘从印度寄来的！’他一边说一边拿起信来，‘本地治里[②]的邮戳！这是怎么回事？’他急忙拆开信封，五粒小小的干橘子核掉了下来，落在他的盘子里。我正要发笑，他的脸色把我的笑容吓了回去。只见他耷拉着嘴唇，面如土色，双眼直愣愣地瞧着瑟瑟发抖的手拿着的那个信封。‘K. K. K！’他尖叫了起来，接着喊道，‘上帝啊，上帝，我的劫数到了！’

“我叫道：‘伯父，什么事啊？’

“‘死亡！’他从桌旁站起身来说道，转身回到了自己的房间，剩下我一人吓得心惊肉跳。我拿起信封，只见信封口的里面，也就是封口胶的上端，有人用红墨水潦草地写着三个K。信封里除了那五粒干瘪的橘核，别无他物。究竟是什么吓得伯父魂飞魄散呢？我离开餐桌上楼时，他正好走下楼来，一手拿着一只生了锈的旧钥匙——一定是顶楼的钥匙，另一手捧着一个像钱盒似的小黄铜匣。

“‘让他们来好啦，我不怕，我会彻底打败他们的。’他指天发誓地说道，‘告诉玛丽今天我房间里要生火，再派人去霍尔舍姆，把福德姆律师找来！’

---

① 又称斗双陆，是一种双方各有15枚棋子，掷骰子决定棋格数的游戏。——译注

② 本地治里：中央直辖区，也是海滨旅游胜地。——译注

“我照他的吩咐办了。律师来到后，又过了一会儿，我被叫进他的房间里。炉火燃得正旺，炉栅里有一堆黑色蓬松的纸灰烬。那黄铜匣放在一旁，盖子打开着，里面是空的。我瞧了那匣子一眼，大吃一惊，因为那匣子盖上印着我上午在信封上所见到那三个K。

“‘约翰，’我伯父说道，‘我希望你做我的遗嘱见证人。我把我的产业，连同它的一切好处和坏处，都留给我的兄弟——也就是你的父亲。无疑，以后你父亲又会让你继承的。如果你能平平安安地享有它们，当然好；如果你发觉不能这样，那么，孩子，我劝你把它留给你的死敌。我很遗憾给你留下这样一柄双刃剑般的遗产，但是我也不知道事情会如何发展。请你按照福德姆律师的要求，在遗嘱上签上字吧。’

“我在律师指的位置签了字，律师就将遗嘱带走了。可以想象，这件怪事让我十分纳闷。我反复猜测，也猜不出其中奥秘。可是我始终无法摆脱这件事留给我的隐隐约约的恐怖感觉。好在数日之后，我的不安渐渐平息，也没有发生任何干扰我们日常生活的事。然而，我发现我的伯父从此发生了变化。他酒喝得比以往更多，并且更加回避一切社交场所。他大部分时间都把自己反锁在房间里；但是有时他又像发酒疯般地冲出房间，手握左轮手枪，在花园中狂奔一气，尖声叫喊，说什么他谁也不怕，还说不管是人是鬼，谁也不能把他像绵羊似的关在羊圈里。就这样疯狂地发作一通之后，他会心神不定地慌忙躲进房间里，拴上门，仿佛终于被心灵深处充满的恐惧彻底压倒而无力反抗和继续掩盖了。在这种时刻，我见到他的脸满是汗水，好像刚在洗脸盆里浸过一般，哪怕天再冷，也是这样。

“噢，福尔摩斯先生，现在就告诉你此事的结局，免得你久等。有一夜，他又耍起了酒疯，突然跑出去，可是这一回，却再也没有回来。我们四处寻找，结果发现他扑面倒在花园角落的一个泛着绿色的污水坑里。没有任何遭到暴力的迹象，水坑也不过两英尺深，因此，陪审团考虑他平日行为古怪，认定是‘自杀’。可是我知道他是个很怕死的人，很难相信他会自寻短见。但是事

我们四处寻找，结果发现他扑面倒在花园角落的一个泛着绿色的污水坑里。

情就这样不了了之了。我父亲继承了他的地产以及他在银行的大约14000英镑的存款。”

“等等，”福尔摩斯打断道，“我感到这案情的确非常奇怪。请把你伯父收到那封信的日期和他被人认定是自杀的那天的日期告诉我。”

“收信日期是1883年3月10日，死亡发生在7个星期后的5月2日。”

“谢谢！请你继续讲下去吧。”

“父亲继承了霍尔舍姆房产，在我的要求下，他仔细检查了长年上锁的顶楼。我们在那里发现了那个黄铜匣子，匣内的东西已经被毁掉了。匣盖内有个写着K. K. K三个大写字母的纸标签，下边还写有‘信件、备忘录、收据和一份记录’等字样。我们估计奥彭肖上校所销毁的就是这样一些文件。除了一堆零散的文件和记有我伯父在美洲生活情况的日记外，顶楼上没有什么别的重要东西。日记中有些是关于南北战争的情况和在军中如何尽职尽责的记述，有些是关于战后美国南方各州重建期间的记述，大多与政治有关，显然我伯父当时曾积极参加反对那些北方派来的政客的活动，那些北方政客身上带着毯制的旅行袋，四处搜刮钱财。

"嗯，我父亲是在1884年初搬进霍尔舍姆的，直到1885年元月，一切都还平安无事。元旦后的第四天，我们正在一起用早餐，我突然听到父亲一声惊叫，只见他一手举着一个刚刚拆开的信封，另一只摊开的手掌上有五个干瘪的橘核。他平常总嘲笑我，说我讲的伯父的遭遇是无稽之谈，不料同样的事又发生在他身上，他也吓得面如土色，神情恍惚。

"'啊，这到底是怎么一回事，约翰？'他结结巴巴地问道。

"我的心一下变得沉重起来。'这是K. K. K。'我说。

"他看了看信封的内层。'没错，'他叫道，'正是这几个字母。这上面还写着什么？'

"'把文件放在日晷仪上。'我从他身后望着信封念道。

"'什么文件？什么日晷仪？'他又问。

"啊，这到底是怎么一回事，约翰？"

“‘只有花园里有一个日晷仪，别处没有，’我说，‘文件一定是被烧掉的那些。’

“‘呸！’他鼓足勇气说，‘这是在文明的地方，不容许有愚蠢的举动！信是哪里来的？’

“‘从邓迪[①]来的。’我看看邮戳答道。

“‘真是个荒唐的恶作剧，’他说，‘我与日晷仪和文件有什么关系？我不会去理睬这些鬼话的！’

“‘如果是我，肯定要去报告警察的。’我说道。

“‘好让他们来取笑我的痛苦吗？不干！’

“‘让我去报告吧？’

“‘不，你也不准去。我不愿为这种无聊的事而小题大做。’

“与他争是没有用的，因为他很顽固。我只好走开，心里充满不祥的预感。

“接到来信后的第三天，父亲离家前去看望他的一位老朋友弗里博迪少校。他现在是普茨当山某要塞的指挥官。他出门我感到高兴，我似乎觉得他离开家就可以避开危险。可我错了。他离家的第二天，我便接到少校的电报，要我立即赶到他那里去。我父亲跌进了一个很深的白垩矿坑里，当地这样的矿坑很多。他跌破了头骨，昏迷不醒。我匆匆跑去看他，可是他再也没有醒来，就这样离开了人世。看来，他是在天黑时分才从费尔哈姆回家的。由于他对乡间道路不熟，白垩坑周围又没有栏杆，验尸官便毫不迟疑地做出了‘意外死亡’的判断。我仔细检查了与他死亡有关的每一个事实，找不到任何可能是谋杀的证据。现场没有暴力迹象，没有脚印，没有发生抢劫，也没有曾在路上发现过任何其他陌生人出没的记录。您一定知道，我的心情很难平静。我几乎可以肯定他是被什么人蓄谋害死的。

“我就是在这种种凶兆之中继承了遗产。您也许会问：为什么不把这遗产

① 邓迪：苏格兰工业、海港城市，盛产黄麻纤维涂以鲸油后织成的地毯衬里。——译注

卖掉？我要回答您的是：因为我深信，我们的灾难多半是由我伯父生前的什么意外遭遇造成的，因此，无论我住到哪里，都无法逃脱危险。

“可怜的父亲是在1885年1月死的，至今已两年8个月了。此间，我在霍尔舍姆的生活过得还算愉快，我开始希望随着上一代人的离去，灾祸已远离我家。可我高兴得太早了。昨天早上，我父亲当年遭到的打击又落在了我的身上。”

年轻人从背心口袋里取出一个皱巴巴的信封，走到桌旁，抖落在桌上五粒又小又干的橘子核。

“就是这个信封。”他继续说道，“盖的是伦敦东区的邮戳。和我父亲接到的信一样，信封里写的是：‘K. K. K’和‘把文件放在日晷仪上’。”

那年轻人取出一个皱巴巴的信封，抖落在桌上五粒又小又干的橘子核。

"你采取什么措施了吗？"福尔摩斯问道。

"没有。"

"什么也没有？"

"说实话，"他低下头，用细长白皙的双手捂着脸，"我感到无望，我觉得自己像一只被毒蛇盯住的倒霉的兔子，我好像被某种不可抗拒和残酷无情的邪恶力量紧紧抓住了，这是既无法预见，也无法防范的。"

"胡扯！"福尔摩斯嚷道，"你务必要采取行动，先生，否则，你就没救了！如果想要挽救你自己，只有马上振作起来，没有时间唉声叹气啊！"

"我找过警察了。"

"啊？"

"但是他们一边听我诉说一边发笑。我相信警探认为那些信不外乎又是恶作剧而已，我的两位长辈之死纯属意外，正如陪审团所说的那样，和那些先兆没有什么关系。"

福尔摩斯挥舞着他紧握的双拳。"令人难以置信的愚蠢说法！"他喊道。

"不过他们同意派一名警察，同我一起待在那房子里。"

"他今晚同你一起出来了吗？"

"没有，他的任务是守在房子里。"

福尔摩斯又愤怒得挥舞起拳头来。

"那你为什么来找我？"他叫道，"更重要的是，你为什么不早点儿来找我？"

"我不知道，今天我才向普伦德加斯特少校说起我遇到的麻烦，是他劝我来找您的。"

"你收到那封信已经整整两天了。我们应当在两天前就采取行动的。除了你已经向我提供的情况以外，你想想，还有没有其他可能对我们有帮助的凭证呢？"

"有一件。"约翰·奥彭肖说。他从上衣口袋里掏出一张褪色的蓝纸，摊开在桌上。"我隐约记得，"他说，"那一天，我伯父焚烧文件时，我发现被烧的文件的纸边就是这种特殊的颜色。我在伯父屋子里的地板上发现一张这样的纸。我估计它是从一叠纸里掉下来的，所以没被烧掉。这纸上除了提到橘子核之外，没有什么别的对我们有帮助的线索。我估计这是日记中的一页，字迹肯定是我伯父的。”

福尔摩斯移动了一下灯，我们俯身仔细查看那张纸。纸边参差不齐，表明它是从本子上撕下来的。抬头写着“1869年3月”，下面是一些令人费解的记载：

4日：哈德森来。仍然坚持原来的看法。

7日：将橘核交给圣奥古斯丁的麦考利、帕拉米诺和约翰·斯温。

9日：麦考利已除去。

10日：约翰·斯温已除去。

12日：访问帕拉米诺。颇为顺利。

“谢谢你！”福尔摩斯说着把那张纸折起来还给客人。“现在你分秒不能再耽搁了。我们已经没有时间来讨论你的情况了。你必须马上回家，并采取行动。”

“我该做什么呢？”

“只需做一件事，而且刻不容缓，你必须把刚才给我们看过的这张纸放进那个黄铜匣子里去。此外还要放进一张条子，说明其他文件全被你伯父烧了，只剩下这一张。你一定要说得使他们能够相信你说的是事实无疑。然后，你必须立即把黄铜匣子按信上所说的放在日晷仪上。明白了吗？”

“完全明白了。”

“别去想如何复仇，别动任何这类念头。我认为我们可以通过法律的手段来达到复仇的目的。他们已经布下了罗网，我们不能坐以待毙。现在的首要问题是消除你遇到的迫在眉睫的危险，其次才是查明真相，惩罚犯罪集团。”

“我感谢您，”年轻人起身说道，并穿上了雨衣。“您给了我新的希望。我一定会照您说的去做的。”

“片刻也不要耽搁。同时，最重要的是照顾好自己，因为我可以肯定一个真实的危险正在向你逼近。你怎么回去？”

“从滑铁卢车站乘火车回去。”

“眼下9点不到，街上人还很多，我想你会平安回去的。但是，千万多加小心。”

“我带有武器。”

“那就好。明天我就着手办你这个案子。”

“那么，我们在霍尔舍姆再见？”

“不，你的案子的谜底在伦敦，我就在伦敦查找线索。”

福尔摩斯默默地坐了一会儿，低头凝视着壁炉的火光。

“那么我过一两天再来看您，告诉您关于那铜匣子和文件的消息。我会照您的吩咐去办的。”他和我们握手告别。门外狂风依旧在怒号，瓢泼大雨不停地拍打着窗户。这个奇怪而险恶的故事仿佛是随暴虐的风雨而来——如狂风中的一片落叶随风而来，又随风而去了。福尔摩斯默默地坐了一会儿，低头凝视着壁炉的火光。随后他点起烟斗，躺在椅子上，眼望蓝色的烟圈一个跟着一个地飘向天花板。

“华生，我想我们经办的案件中没有比这个更奇怪的了。”他评论道。

“也许除了‘四签名’之外。”

“嗯，对，也许除了‘四签名’之外。可是我觉得约翰·奥彭肖面临的危险似乎比舒尔托的更大。”

“但是，你是否已经确定了这是什么样的危险？”我问道。

“危险的性质是没有疑问的了。”他回答道。

“那么是什么呢？谁是K. K. K？他为什么要纠缠这个不幸的家庭呢？”

夏洛克·福尔摩斯闭上了眼睛，胳膊肘支在椅子扶手上，指尖合在一起。“对于一个合格的推理家来说，”他说，“当别人对他说明了事情的一个方面以后，他就能由此推断出事情的各个方面，以及由此可能产生的一切后果，正如居维叶[①]通过思考能根据一块骨头准确地描绘出一个完整的动物一样。因此，一个观察家只要能透彻了解一系列事件中的一个环节，就应该能确切地说明前后的所有其他环节。我们还不能做到仅靠推理就能得到结果的地步。只有深入研究才能解决问题，所有仅凭感觉就解决问题的人没有不失败的。不过，要使这种技艺达到炉火纯青的地步，推理家要善于利用他已经掌握的全部事实，你知道，这就意味着要掌握渊博的知识，而这样的人才即使在有了免费教育和百科全书的今天也是不多见的。不过，一个人要掌握对他工作可能有用的全部知识，也不是不可能的。我就一直在努力这样做，我记得，在我们刚结识

① 乔治·居维叶（1769—1832）：法国博物学家。——译注

不久时，你曾经一针见血地指出了我知识的局限性。”

“是的，”我笑着回答道，“那是一份奇怪的知识分析表。我记得对你分析的结果：哲学、天文学、政治学，是零分；植物学，尚可；地质学，对伦敦周围50英里以内任何地区的泥迹了如指掌，所知甚详；化学，有独到见解；解剖学，知识不够系统；惊险文学和罪行记录，卓越；是小提琴音乐家、拳击手、击剑运动员、律师；是服可卡因和吸烟的自我毒害者。这些就是我分析的要点。”

福尔摩斯听到最后一项，呵呵地笑了。“嗯，”他说，“我过去这样说，现在还是这样说：就像在小顶楼里堆满可能需要使用的一切家什一样，一个人应当给他的头脑装满知识。其余的可以存放在藏书室里，需要的时候，随时可取。现在，为了今晚的案件，我们需要把所有的资料集中起来。请把你身边书架上的《美国百科全书》里K字部的那一册递给我。谢谢你！让我们研究一下，看看能做出什么推论。首先，我们可以从假定开始，但这个假定是有充分依据的，那就是奥彭肖上校离开美国肯定是有原因的。他那样年纪的人是不愿轻易改变他的生活习惯的，他也不会无缘无故地离开气候宜人的佛罗里达回到英国来过孤苦伶仃的乡间生活。他对英国孤寂生活的极端喜爱意味着他心中惧怕什么人或什么事，因此我们不妨假设，他就是出于对什么人或什么事的恐惧被迫离开美国的。至于他所惧怕的是什么，我们只能通过他和他的两个继承人收到的那几次可怕的信件来进行推断。你留意那几封信的邮戳了吗？”

“第一封寄自本地治里，第二封寄自邓迪，第三封寄自伦敦。”

“寄自伦敦东区。你能从中推断出什么来吗？”

“这几个地方都是海港，写信的人是在船上。”

“对极了，我们总算有了一条线索。很可能，不，应该说是极其可能，写信的人当时是在一条船上，这无须怀疑。现在我们再考虑另外一点。本地治里一案，从收到恐吓信起到出事时止总共7个星期。至于邓迪一案，仅仅三四天。这是否也说明什么问题呢？”

“前者路程要远一些。”

“可是信件也要经过较远的路程呀？”

“那我就不知道了。”

“至少可以这样认为：这个人或这些人坐的是一条帆船。看来他们总是出发前发出某种特定的警告。你看接到邓迪的来信后，紧接着事情就发生了，多快啊！如果他们是从本地治里乘轮船而来，那他们会同那封信同时到达。可事实上他们是在过了7个星期后才到的。我想这7个星期正是送信的邮轮和写信人乘坐的帆船的时差。”

“非常可能。”

“不仅可能，估计就是如此。所以这案子可以说是十万火急，所以我再三告诫小奥彭肖要提高警惕，灾祸总是随着发信人旅程终了而来。这一回是从伦敦来，所以我们绝不能迟疑了。”

“天哪！”我叫道，“这种无情的迫害究竟意味着什么？”

“奥彭肖手上的那份文件显然对于帆船里的那个人或那些人有着生死攸关的重要性。我认为事情很明显，他们肯定不止一个人。一人单枪匹马不可能使两个人连续死于非命，而且采取的方式连验尸官和陪审团也能瞒过。必然是几个人，而且是有谋略和果断的人。不管文件藏在谁那里，他们不弄到手绝不罢休。由此可见K. K. K已不是一个人名的缩写，而是一个团体的标志。”

“什么样的团体呢？”

“你没有——”福尔摩斯俯下身来小声说道，“你从来没有听说过三K党吗？”

“从来没有。”

福尔摩斯一页一页地翻阅着放在他膝盖上的百科全书。“瞧这儿。”他念道：

“克尤·克拉克斯·克兰[①]。这个名字来源于来复枪枪栓的声音。这个恐

① 即英文“Ku Klux Klan”（三K党）。——译注

怖的秘密组织是南方各州的前南方同盟的士兵在南北战争之后组成的，此后很快在全国各地成立了分会，其中在田纳西、路易斯安那、卡罗来纳、佐治亚和佛罗里达各州的组织特别引人注目。他们利用他们的势力来实现其政治目的，主要是恫吓黑人选民，对反对他们观点的人们进行谋杀或将他们驱逐出国。他们在迫害某人之前通常先寄给这人某种形状奇怪但可以辨认的东西作为警告，例如，一束橡树叶、几粒西瓜籽或几个橘子核。被迫害者接到警告后，要么公开宣布放弃原有观点，要么亡命国外。如果不理不睬，则必然会以某种奇怪的和从未见过的方式被杀害。这个团体组织完善，作案方法系统严密，以致在所有记录的案件中，被害者几乎无人能够幸免于难，施暴案犯也从未被侦破归案过。尽管美国政府和南方上层社会多方努力，该组织仍在数年内得以迅速蔓延。最后，到了1869年，该团体突然垮台，但此后类似暴行仍时有发生。”

“你一定看到了，”福尔摩斯放下手中的书说道，“这个组织的突然瓦解和奥彭肖带着文件离开美国是同时发生的，两件事很可能有因果关系，难怪奥彭肖和他的一家人始终被一些幽灵纠缠不放。你一定明白，这个记录和日记可能涉及美国南方的某些头面人物。再则，可能有很多人不找到这些东西就睡不踏实。”

“那么，我们看到的那一页……”

“正如我们所料。我记得那上面写着‘送橘核给甲、乙和丙’，那就是把组织的警告送给他们。后面又接着写道：甲和乙已除去，或者已出国。最后还说访问过丙。我担心这意味着丙要倒霉了。嗯，医生，我想我们可以让这个无头的案子获得一线生机，同时，我相信小奥彭肖只有按照我告诉他的去做才能有机会逃脱厄运。今夜，就谈到此吧。请你把小提琴递给我，让我们轻松半个小时吧，把这可悲的天气和人们更可悲的遭遇暂且置之脑后。”

清晨，天已转晴，太阳透过笼罩在伦敦上空的晨雾射出柔和的光芒。我下楼时，见福尔摩斯已经在吃早餐了。

“请原谅我没有等你。”他说，“我今天恐怕要为小奥彭肖的案子忙上一整天呢！”

“你准备采取什么步骤？”我问道。

“这得看我初步调查的结果如何而定。总之，我可能还是要到霍尔舍姆去一趟才行。”

“是先到霍尔舍姆吗？”

“不，先从城里开始，你要想喝咖啡的话就请拉拉铃，女佣会给你送来的。”

我边等咖啡送来边拿起桌上还没动过的报纸扫了一眼。一个标题吸引了我的目光，我心里一下凉了半截。

“福尔摩斯，”我失声嚷道，“你太迟啦！”

“福尔摩斯，”我失声嚷道，“你太迟啦！”

“啊！”他放下了杯子答道，“我最担心的就是这个。怎么搞的？”他说这些话时显得很平静，但我看出他内心的骚动。

奥彭肖的名字和“滑铁卢桥附近的悲剧”这一标题十分醒目。该报道内容如下：

> 昨夜9时至10时间，凶杀部的警探库克巡逻至滑铁卢桥附近时，忽听得有人呼喊救命以及落水的声音。当夜狂风暴雨交加，伸手不见五指，虽有数位过路人帮忙，营救仍未能成功。警报发出后，经水上警察协助，遂捞起一具尸体。经验明，尸身系一年轻绅士。从其口袋中的信封得知死者名叫约翰·奥彭肖，家住霍尔舍姆附近。据推测，死者可能急于赶乘滑铁卢车站的末班火车，慌忙之间不辨方向，误入一轮渡码头，失足落水。尸体未见有任何暴力的痕迹。死者无疑系因意外不幸而遇难。此事应引起市政当局对沿河码头设施安全的注意。

我们默默无语地坐了几分钟，我从未见过福尔摩斯像现在这样沮丧和震惊。

“我的自尊心受到了伤害，华生。”他终于开口说道，“虽说这种感觉显得有点儿小气，但我的自尊心受到了伤害。现在它成了我个人的事了。如上帝能给我足够的时间，我要亲手解决这帮暴徒。他来向我求救，而我却让他出去送死……”他猛地起身在屋里踱来踱去，情绪激动得难以控制。他瘦削的双颊上泛着红晕，瘦长的双手不安地时而手指交叉，时而松开。

“他们一定是帮狡猾的恶魔，”最后，他大声说道，“否则他们怎么能把他诱骗到那儿去呢？河岸和火车站并不在一条路上呀！在这样一个狂风暴雨的黑夜，桥上的人十分稀少，可即使如此，他们也不敢在桥上下手。唉，华生，咱们走着瞧吧，看谁是最后的胜者！我现在就要出去了！”

“去找警察吗？”

“不，我自己当警察。但要等我布置好捉拿凶犯的罗网之后，而不是在这之前。”

这一整天我忙于给病人看病，返回贝克街时已经很晚了。福尔摩斯还没回来。直到快10点钟时，他才回来，脸色苍白，显得十分疲惫。他来到橱柜旁，掰下一大块面包，狼吞虎咽地嚼着，并喝了一大杯水。

“你饿坏了。”我说。

“饿坏啦！一直忘记吃东西了，早餐后就滴水未进。”

“滴水未进？”

“滴水未进，没工夫吃。”

“事情顺利吗？”

“还可以。”

“有线索了吗？”

“线索尽在我的掌握之中。小奥彭肖的仇一定能报。嘿，华生，让我们以其人之道还治其人之身吧！这是我仔细研究的结果！”

“什么意思？”

他从橱柜里拿出一只橘子来，掰成几瓣儿，把橘子核挤出来，放在桌上，从中选了五粒，装进信封里。他在信封封口内侧写上“夏·福代约·奥”[①]的字样。他封上信封，写上地址：“美国，佐治亚州，萨凡纳，‘孤星’号三桅帆船，詹姆斯·卡尔霍恩船长收。”

“等他进港时，这封信已经在等着他了。”他得意地笑着说，“这封信会使他整夜合不上眼的。他还会发觉这封信预示着他的死亡，如同奥彭肖从前体验到的那样。”

“这个卡尔霍恩船长是什么人？”

“他是这帮暴徒的首领。还有其他几个人，一个一个来，首先是他。”

---

① 即夏洛克·福尔摩斯代约翰·奥彭肖之意。——译注

“你是怎么查出来的呢？”

他从口袋里掏出一张纸来，纸上满是日期和姓名。

“我费了一整天时间，”他说，“查阅劳埃德船舶协会[1]的船舶登记册和陈旧的档案卷宗，查找1883年头两个月停靠过本地治里港的每艘船的去向。根据记载，在这两个月内抵达那儿的大吨位船总共有三十六艘，其中一艘叫做‘孤星’号的船只立即引起了我的注意。因为根据记载，这艘船虽然是在伦敦结关离港的，但却用了美国的一个州来命名。”

“我想，是得克萨斯州。”

“我一直弄不清是哪一个州，不过我知道它一定是艘美国籍的船。”

“后来呢？”

“我又查阅了邓迪的记录，发现记录中记载着1885年1月三桅帆船‘孤星’号曾抵达那里，这一下我的猜测得到了确证。接着我又查询了目前停靠在伦敦港内的船只。”

“结果如何呢？”

“‘孤星’号于上个星期到达伦敦港。我跑到埃伯特码头，得知该船今天早晨已趁早潮返回萨瓦纳港了。我发电报给格雷夫森德，得知这船早已驶过该港。由于风向是朝东的，我敢肯定该船此刻已开过古德温斯，已经快到怀特岛[2]了。”

“那么，你准备怎么办呢？”

“我要把他逮捕归案。据我所知，他和他的两个帮凶是那船上仅有的美国人，其余都是芬兰人和德国人。我还了解到他们三人昨晚曾离船上岸。这消息是给他们装过货的码头工人告诉我的。等他们这艘帆船驶抵萨瓦纳时，邮船已经把这封信带到了，同时，萨瓦纳警方也得到了电报通知，告诉他们这三位先

---

① 劳埃德船舶协会系伦敦皇家交易所内一个促进商业，尤其是海上保险业的组织，该协会由保险业者、商人、船主和经纪人组成。——译注

② 以上这些英国地名表示该船尚未驶出英国海域。——译注

生是正在被英国通缉追捕的谋杀犯。”

然而，人的计划再周密，也难免有所疏漏。谋杀约翰·奥彭肖的凶手看来永远也收不到那几个橘子核了，因此他们也永远不会知道世界上还有一个和他们同样善用计谋，同样果敢的人正在全力追捕他们。那年秋分时节的暴风刮得长久而猛烈。我们长时间地等待着来自萨瓦纳的有关“孤星”号的消息，却一直没有音信。后来我们终于听说：有人在遥远的大西洋里看到一块破碎的船尾柱在海浪中漂浮着，上面刻着“L. S.”①两个字母，关于“孤星”号的命运，我们就只知道这些了。

① 即“Lone Star”（孤星号）的缩写。——译注

歪唇男人

圣乔治大学神学院已故院长伊莱亚斯·惠特尼的兄弟艾萨·惠特尼吸食鸦片烟成瘾，难以自拔。据我了解，他在大学念书时曾经沉溺于德·昆西[1]对梦幻和激情的描绘，由此产生了一个愚蠢的怪念头——将烟草在鸦片酊里浸泡后再吸，以期进入德·昆西所描述的梦幻意境，久而久之便上了瘾。和许多吸毒成瘾的人一样，他后来才发觉一旦上瘾，想要戒除可就难了，所以此后多年他都无法摆脱毒品，以至于他的亲朋好友们都对他既厌恶又同情。他的那副神态我记得很清楚：面色蜡黄憔悴，眼皮下垂，双眼无神，身子蜷曲在椅子里，一副破落户子弟的潦倒模样。

1889年6月的一个夜晚，正当人们睡意蒙眬、抬眼望钟的时候，有人在外按我家的门铃。我从椅子里坐起身来，我妻子将手中的针线活搁到膝盖上，脸上露出不快的神情。

“是个病人。”她说，“你又得出诊了。”

我抱怨地嘟哝了一句，因为我已经累了一整天，刚刚回家。

我们听到开门的声音和几句急促的话音，接着是一阵快步走过地毯的脚步声。随后我们的房门大开。一位身着黑衣、头蒙黑纱的女士走进屋来。

“请原谅我这么晚来打搅您！”她说着，一时不能克制自己，几步向前一把抱住我妻子，伏在她的肩上啜泣起来。“噢！我遇到了大麻烦！”她哭着说

① 托马斯·德·昆西（1785—1859）：英国作家。——译注

道，“我多么需要得到一点儿帮助啊！”

“啊！”我的妻子掀开她的面纱说，“原来是凯特·惠特尼啊！你把我吓了一跳，凯特！你进来时我简直没能认出你来！”

“我不知道怎么办才好，就直接来找你了。”情况老是这样，朋友们一有愁事，就来找我的妻子，好像夜鸟飞向巢穴一样。

“你能来我们很高兴！不过，你应先喝一点儿兑水的酒，坐下来冷静一会儿，再告诉我们是怎么一回事。要不我让詹姆斯先进屋睡觉，如何？”

“哦！不，不！我也需要医生的指点和帮助。我来是为了艾萨，他两天没回家了，我很为他担心！”

我作为一个医生，我妻子作为她的一个老朋友和老同学，已经不是第一次听她向我们诉说她丈夫给她带来的苦恼了。我们只能尽可能地安慰她，诸如，问她是否知道她丈夫在哪儿，我们是否可能替她把他找回来。

看来她知道她丈夫的下落。有人确切地告诉她说，近来她丈夫的烟瘾一发作，就跑到伦敦东郊的一个鸦片烟馆去过瘾。原来他出外放荡总是不超过一天。每到晚上他就瑟缩发抖、有气无力地回到家里。可是这次出去已经48小时了。无疑他现在还躺在烟馆里，不是在和码头上的三教九流一起抽着鸦片，就是抽足后正在酣睡。她确信到斯旺德姆巷的黄金酒店就一定能找到他。可是，她该怎么办呢？她这样一个年轻怯弱的女子，又怎能闯进那种地方，把她丈夫从一群恶棍和无赖中间拉走呢？

情况就是这样，而且办法也当然只有一个。是否就让我陪她前去呢？转念一想，何必让她跟去呢？我是艾萨·惠特尼的医药顾问，想必他会听我的话的。我独自前去，可能更好解决些。我答应她，如果她丈夫的确在她说的那个地方，我会在两小时内雇辆马车把他送回家去。于是，不到10分钟，我已离开了我的扶手椅和舒适的起居室，跳上一辆双轮小马车，朝伦敦东郊方向疾驶而去。当时我已经隐隐约约感到这趟差事有点儿奇怪，但直到后来才知道它离奇到了何种程度。

但是，我的这趟冒险一开始并没有多大的困难。斯旺德姆巷是一条肮脏的小巷，位于伦敦桥东泰晤士河的北岸，隐藏在高大码头建筑物后边。在一家廉价服装店和一家杜松子酒店之间的一条通向黑乎乎洞穴般的缺口的陡峭阶梯处，我发现了我要找的那家烟馆。我叫马车停下来等着，顺着石梯下去。这石梯的中部已被络绎不绝的醉汉们踩得凹陷不平。借着门上挂着的油灯的闪烁灯光，我摸到门闩，走进一个长长的低矮的房间，里面充满了浓重的棕褐色的鸦片烟的烟雾，一排排的木榻靠墙摆放着，犹如一艘移民船的前甲板下的船舱一般。

借着微弱的灯光，我隐隐约约看到有些人歪歪斜斜地躺在木榻上，有的躬着背，有的屈膝侧卧，有的仰面朝天，这些人用失神的目光不时从各个角落打量着新来的客人。这些黑乎乎的身影不时吮吸着燃着鸦片的金属烟锅，发出红色的小火光，如鬼火般时隐时现。大多数人默默地躺着，也有人在自言自语，还有人用奇怪、低沉而单调的声音滔滔不绝地交头接耳，交谈一会儿之后，又各自嘟囔着自己的心事，全然不去听旁人在说些什么了。在房间的端头，有一小盆熊熊的炭火。火盆旁一只三条腿的木板凳上坐着一个高个子的干瘪老头，双手捏拳托着腮帮子，胳膊肘支在膝盖上，双眼凝视着炭火。

我一进屋就有一个面色苍白的马来人伙计迎上前来，递给我一杆烟枪和一份烟剂，招呼我到一张空榻上去。

“谢谢你，我不是来抽烟的。”我说，“这里有我的一位朋友艾萨·惠特尼先生，我想和他说句话。”

我右边有人翻身并叫了一声。借着暗淡的灯光，我瞧见苍白、憔悴而邋遢的惠特尼正在盯着我。

“上帝啊！是华生！”他说。他的反应显得十分可怜，每条神经都绷紧着。“嘿，华生，几点了？”

“快11点了。”

“哪天的11点？”

“星期五，6月19日。”

“我的天！我还以为是星期三呢！今天就是星期三，你别吓唬我好吗？”说着，他掩面失声痛哭起来。

“我跟你说过了，伙计，今天是星期五。你的妻子等你两天了。你应当为自己感到羞耻！”

“我确实应当感到羞耻。不过你肯定是搞错了，华生，因为我在这里只不过待了几个小时，抽了三四锅……我也记不得抽了多少锅了。现在我跟你回去。我不该让可怜的凯特担心害怕！搀我一把！有马车吗？”

一个高个子的干瘪老头坐在木板凳上，双眼凝视着炭火。

“我雇的一辆马车在外等着呢。”

“那我就坐这辆马车。不过，我一定欠了账。你去看看我欠了多少钱，华生。我一点儿力气也没有了，我自己什么也做不了。”

我走过两排木榻间的狭窄过道，屏住气息，不去闻那令人作呕和昏眩的鸦片烟气，四处寻找掌柜的。我走过火盆旁的那个高个子时，觉得我上衣的衣角被人猛地拉了一把并听见有人低声说：“走过去，然后回头看我！”这声音我听得十分清晰。我低头看了一眼。这话只能是我身边那个老头说的，可是，此时他还是和刚才一样，全神贯注地坐在那里凝视着炭火。他形容瘦削，脸上满是皱纹，驼着背，一支烟枪靠在他双膝之间，好像是因为他的手指无力，拿不稳而滑落的。我向前走了两步，回头一看，我极力克制自己才没有失声惊叫出来。他转过身来，除了我，没人看得见他。他直起了腰，挺起了背，脸上的皱纹舒展开来，昏花的老眼变得炯炯有神。他坐在炭火边看着吃惊的我而咧嘴发笑，他不是别人，竟是夏洛克·福尔摩斯。他不动声色地示意我靠近他一些，然后半转过身去，侧面对着众人时，顿时又换了一副老眼昏花、龙钟老态的模样。

“福尔摩斯！”我低声说，“你到烟馆干什么来啦？”

“尽量小声点儿，”他回答说，“我耳朵不聋。如果你能先把你的那位瘾君子朋友打发走，我会很高兴和你谈上几句话的。”

“我雇的马车在外边。”

“那就让他坐车回去吧！你可以放心，他显然已经没有精神再去胡闹了。我建议你托马车夫给你妻子捎个信，就说你又要和我同甘共苦啦。你先出去等着，我五分钟后就出来。”

要拒绝夏洛克·福尔摩斯的任何要求都是很难的，因为他的要求总是非常的明确，而提出要求的方式又是那么的从容不迫和不容回绝。再说，我觉得只要把惠特尼送上回家的马车，我的任务实际上就算完成了。然后，我巴不得能够和我的这个热爱冒险生涯的老朋友共同再去进行一次奇特的冒险。我花几

“福尔摩斯！”我低声说，“你到烟馆干什么来啦？”

分钟时间写好了便条，给惠特尼付清了账，带他出去上车，目送马车消失在黑夜中。没过多久，一个老人从那鸦片烟馆里出来，我就这样同夏洛克·福尔摩斯一起来到街上。大约走了两条街的路程，他始终驼着背，走路颤颤巍巍。后来，他朝四下里迅速地扫视了一眼，直起了腰，突然开怀大笑。

“华生，”他说，“我想你一定认为我除了有注射可卡因和其他一些在你这个医生看来尚可谅解的小毛病之外，还有鸦片瘾吧？”

“在那种地方见到你，我当然很惊讶。”

“在那种地方见到你，我更惊讶。”

“我来找一位朋友。”

“而我是来找一个敌人的。”

“敌人？”

“是的，我的一个天敌，或者叫我的天然捕获物。简单地说，华生，我正在着手一项很不寻常的调查工作，希望能从这些烟鬼的呓语中找出一条线索，我从前曾经这样干过。一旦我在那烟馆里被人认出来，就连一个小时也活不到了，因为以前我曾为自己的事情到那烟馆去调查过。那个开烟馆的无赖印度水手曾指天发誓要找我报仇。在靠近保罗码头拐角处的那座楼房的后面有一道活动门，在没有月色的黑夜里，通过这道活动门的是一些奇怪的东西。”

“什么！你该不是在说那是些尸体吧？”

“哎，正是尸体，华生。只要能从每一个在那个烟馆里被搞死的可怜鬼身上得到1000镑，就能成为财主啦！那烟馆是沿河一带最最险恶的谋财害命的黑店。我怕内维尔·圣克莱尔是进得去出不来了。可是我们就应当把陷阱设在这个地方。”他把两手的食指含在嘴里，吹出尖锐的哨声，远处也回应起同样的哨声，片刻之后，就传来一阵车轮声和马蹄声。

只见一辆高轩的单匹马拉车从夜色中驶出，两旁车灯发出黄色的灯光。“现在，华生，”福尔摩斯说，“你愿意跟我一块去吗？”

“如果我能对你有用的话。”

“哦，可靠的同伴总是有用的，记事的人更是不能少。我在雪松园的房间里有两张床铺。”

“雪松园？”

“是啊，那是圣克莱尔先生的房子，我进行调查时就住在那里。”

“雪松园在什么地方？”

“在肯特郡，离李镇不远。我们要赶7英里的路程。”

“对你的调查我完全不知情啊。”

“现在是这样，但不久你就会明白所有的情况的。上车吧！好了，约翰，我们不用麻烦你了，给你半克朗。明天大约11点钟等着我。丢下缰绳吧，再见。”

他将鞭子朝马身上轻轻一甩，马车就朝一条条黑洞洞的寂静无人的街道疾驰而去，路面渐渐宽阔起来，马车从一座有栏杆的大桥上飞驰而过，桥下阴森森的河水缓缓地流着。前面满眼是砖石和灰泥构成的单调的荒芜景象。偶尔打破这里寂静的只有巡警沉重而有规律的脚步声，或者归途中余兴未尽的狂欢作乐者的歌声和怪叫声。一堆堆散乱的云在夜空缓缓飘过，间或有几颗星星从云

福尔摩斯将鞭子朝马身上轻轻一甩，马车就朝寂静无人的街道疾驰而去。

缝里闪出微弱的光芒。福尔摩斯默默地驾着车，低头无语，仿佛陷入了深思。我坐在他旁边，一心想搞清楚这件使他耗费这么多精力的新案子的底细，但又不敢打断他目前的思路。我们驱车走出好几英里，来到郊区别墅一带的边缘，这时他才晃晃身子，耸耸肩膀，点燃了烟斗，显出了一种对自己所采取的行动非常满意的神气。

“你真能保持缄默，华生。”他说，“这更使你成为我非常可贵的伙伴。相信我，能和什么人谈谈，对我来说是件非常重要的事情，因为我自己的想法不一定就那么正确。我正在想今晚那位可爱的女人到门口来迎接我时，我该对她说些什么。”

“别忘了我对这件事还一无所知呢。”

“我正可以趁到达李镇之前的这段时间给你说明一下这个案子的情况。这案子看似简单，却让我无从下手。毫无疑问，有很多的线索，但我却找不出头绪。现在，让我将情况扼要地讲给你听，华生，也许你能找到使案情柳暗花明的线索。”

“请讲吧。”

“几年前，确切地说，是1884年的5月，有位名叫内维尔·圣克莱尔的绅士来到李镇，这人看起来好像很有钱。他置下了一座大别墅，把庭园整治得井井有条，并过着豪华的生活。渐渐地，他和不少邻居交上了朋友。1887年，他娶了当地一个酒厂老板的女儿为妻，现在有两个孩子。他没有职业，但在几家公司里有投资。他每天早晨进城，下午5点14分从坎农街坐火车回家。圣克莱尔先生现年37岁，生活习惯良好，可以说是个好丈夫和慈爱的父亲，而且和周围的人相安无事。我想在这里补充一句，据我们查明，目前他的全部债务共计88镑10先令，而他在城市和郊区银行里的存款是220镑。因此，没有理由认为他会为钱的问题而烦恼。

“上星期一，圣克莱尔先生进城的时间比平时要早得多。临走前他说过此去要办两件重要事情，还说要给小儿子带一盒积木回来。事有凑巧，就在那个星期一，他离家后不久，他的夫人收到一封电报说有个她一直在期盼着的贵重的小邮包已经寄到亚伯丁运输公司办事处。如果你对伦敦的街道很熟悉的话，你就知道这公司的办事处位于弗雷斯诺街。那条街有一条岔道通向斯旺德姆巷，就是你今晚找到我的地方。于是，圣克莱尔夫人在午饭后进了城，在商店买了些东西就前往公司办事处，取出邮包，她回车站路过斯旺德姆巷的时间正好是下午4点35分。我说的这些你都听明白了吗？”

“听得很明白。”

“如果你还记得的话，星期一那天的天气特别热，圣克莱尔夫人放慢步伐，边走边四下张望，想叫一辆马车，因为她不喜欢这一带的街道。正当她路过斯旺德姆巷时，突然听见一个声音，像是喊叫声，她抬头看到她的丈夫正从三层楼的窗口探头望着她，好像在向她招手示意，把她吓得手脚冰凉。那窗户是打开的，她能很清楚地看到他的脸，据她描述说，他当时的脸色非常可怕，他朝她拼命地挥手，然后他在一瞬间突然从窗口消失，好像有什么人从他身后用力将他拉走了。凭她女人特有的敏锐目光所看到的奇怪之处是，他虽然仍然穿着他进城时穿的那件黑色上衣，可是衣领和领结却都没有了。

“她断定他是出了什么事，便飞快地冲下台阶——这房子就是今晚你找到我的那个烟馆——冲进那栋房子的前屋，奔向通往二层的楼梯。可是在楼梯口，她遇到了我说过的那个印度无赖，他把她挡了回去。接着那个丹麦伙计，也就是他的助手，过来帮着他把她推到了街上。她带着无穷的疑虑和恐惧，匆匆跑出小巷，谢天谢地，在弗雷斯诺街头，凑巧遇见了正在巡逻的一位巡佐和几名巡警。那巡佐同两名巡警随她回到烟馆，他们不管那烟馆老板百般阻拦，径直来到了刚才发现圣克莱尔先生的那间屋子。在那间屋子里他们没有找到他。事实上，在整个那层楼上，除了一个好像是住在那里的面目可憎的瘸子以外，没有见到其他任何人。这家伙和那个印度无赖一起指天发誓说，那天下午没有任何人到这层楼的屋子里来过。他们的矢口否认使得巡佐感到为难，并且几乎相信是圣克莱尔夫人看错了人。这时，她突然大叫一声，朝桌上的一个小

在楼梯口，她遇到了那个印度无赖，他把她挡了回去。

松木盒猛扑过去，掀开盒盖，哗啦啦地倒出来一堆儿童玩具积木，这是他曾答应要带回家去的玩具。

“这一发现，加上那瘸子脸上明显的慌乱神情，使巡佐认识到这事情的严重性。他们仔细检查了所有的房间，所有的检查结果都表明这里曾经发生过一件令人憎恶的罪行。前屋的陈设十分简陋，是起居室。这起居室通向一间小卧室，小卧室的窗口正对着一排码头的背面。在码头和卧室窗户之间是一长条狭窄的河滩地带，退潮时是干涸的，涨潮时这地段至少被四英尺深的河水淹没。卧室的窗户很大，是由下往上拉开的那种窗户。检查过程中发现窗框上有血迹，而且卧室的地板上也有一些血滴。在前屋的一个帷幕后面发现了圣克莱尔先生的全套衣服，只缺那件上衣。他的靴子、袜子、帽子和手表都在那里。这些衣服上没有任何暴力的痕迹，此外就没有圣克莱尔先生的任何其他踪迹了。显然，他一定是跳窗而逃的，因为没有发现有别的出路。从窗框上那些预示着凶兆的血迹来看，他想游过河滩逃生的希望是微乎其微的，因为悲剧发生时，正是潮水涨得最高的时候。

“现在再说说与本案直接有关的这几个歹徒吧。那个印度无赖是个犯有前科的恶棍。不过，根据圣克莱尔夫人的讲述，她的丈夫在窗口出现以后只有几秒钟，他就已经在楼梯口了。因此，这人充其量不过是罪犯的一个帮凶而已。他辩解说他绝对不知道这件事，还辩解说他对楼上的房客休·布恩的一切行动都一概不知。对于为什么在屋子里发现了那位失踪的先生的衣物，他也说不出个所以然来。

“烟馆老板印度无赖的情况就是这些。那个阴险的瘸子住在烟馆的三层，他肯定是最后看见圣克莱尔先生的人。他名叫休·布恩，他那张丑恶的脸对所有常到伦敦旧城区来的人来说并不陌生。他靠乞讨为生，但为了躲过警察的驱赶，他假装是卖火柴的小贩。就在针线街朝前不远的街左边，有一个小小的墙角，也许你已注意到了那个地方，他整天盘着腿坐在那里，膝上放着稀稀拉拉的几盒火柴。由于他有一副可怜相，在他身边人行道上的那顶油腻腻的皮帽子里，总是装满了好心人如小雨点般投来的铜板。在我想到要对他为何成为乞丐有所了解之前，我曾不止一次地注意到这个家伙，我对他能在短短的时间里讨到那么多钱深感吃惊。你知道，他的外表十分引人注意，从他面前路过的人没有不看他一眼的。他一头蓬乱的赤黄色的头发，苍白的脸被那道可怕的伤疤弄得更加难看，由于这道伤疤，只要他脸上的肌肉一收缩，上嘴唇就会被拉得歪向一边。他的下巴像一条巴儿狗，他的黑眼睛目光异常尖利，这双眼睛和他头发的颜色形成鲜明的对照。这一切使他和一般叫花子显得不同。而且，他还十分聪明，不管路人是给他钱还是拿他开心，他都能说上一段词儿。现在我们知道他就是寄宿在烟馆里的人，并且也正是最后看到我们所寻找的那个绅士的人。”

“可是他是个瘸子啊！”我说，“他能把一个年轻男子怎么样？”

“他走路一瘸一拐，的确是个瘸子；但是，从他身体的其他方面看，他显

他靠乞讨为生，但为了躲避警察的驱赶，他假装是卖火柴的小贩。

然很有力气而且营养很好。凭你的医学经验，你肯定知道，华生，四肢中的一肢发生了残缺，常常会使其他肢体变得格外强壮。”

“请接着讲。”

“圣克莱尔夫人一见窗框上的血迹当即就晕了过去，一位巡警用车把她送回了家，即使她留在现场也没有什么作用。负责本案的巴顿巡佐将房屋里里外外仔细检查了一遍，但没有发现与本案有关的其他线索。当时犯了一个错误，没有把休·布恩立刻抓起来，这样他就有了和他那印度朋友串供的时间。不过，这个错误很快就得到了纠正。他被拘捕并受到搜查，但却没有发现任何可以将他定罪的证据。他衬衫右手袖子上的确有些血迹，但他指着他左手第四指靠近指甲处的一个刀口说，血是从这个被刀割破的伤口里流出来的。他还说他的手割破后曾到窗户那边去过，所以在那里发现的血迹无疑也是他手上的。他一口否认曾见过圣克莱尔先生，至于在他的房间里发现的衣服，他发誓说他和警方同样感到是个谜。至于圣克莱尔夫人所说的她确实看到她丈夫在窗前出现过这一点，他说她肯定不是疯了，就是在白日做梦。后来尽管他大声叫喊表示抗议，警方还是把他带到警察局去了，同时巡佐留在那楼房里，希望在退潮后能找到一点儿新线索。

“果不其然他们找到了，但他们在那泥滩上所找到的并不是他们一直担心可能会找到的东西，也就是说他们找到的并不是内维尔·圣克莱尔本人，而是他的上衣。这件上衣一览无余地留在了退潮后的河滩上。你知道他们在这上衣口袋里发现了什么吗？”

“我想象不出来。”

“谅你也猜不出来。所有的上衣口袋里都装满了便士和半便士——总共421个便士和270个半便士。难怪这上衣没有被潮水卷走。如果是人的尸体那就又当别论了。房子和码头之间的退潮，其势凶猛。尸体很可能已被潮水卷进了河里，而这件上衣由于太沉重，留了下来。”

“但是他们在那间屋子里发现了所有别的衣服，难道尸体上只裹着一件上衣吗？”

“不，老弟，但是事情可以说得通。假定布恩在没有任何人看见的情况下把内维尔·圣克莱尔推出了窗外。那么接下来他会干什么呢？他当然会立刻想到处理掉那些可能暴露真情的衣服。他会抓起上衣，扔出窗外。但此时他会想到上衣会漂在水上，沉不下去的。这时他时间已经不多了，因为他已听到那位夫人在楼下吵着要冲上楼来，也许他已听到印度同伙说有几个警察正朝这条街赶来。这时已经不能再迟疑了。他冲到他这个乞丐藏钱的地方，大把地抓起钱币，将所有的衣袋都塞得满满当当以确保上衣能沉到水底。他把这件上衣扔出去以后，如果不是已听到楼下匆促的脚步声的话，还会用同样的方法将其他剩下的衣服处理掉的。所以当警察赶上楼来时，他刚刚来得及把窗户关上。”

“看来，很可能是这样。”

“那么，在没有更好的假定之前咱们就姑且将它作为正确的假定吧。我已经说过，休·布恩被捕了并被送进了警察局，可从他身上看不出有什么犯罪的嫌疑。多年以来人们都知道他一直以乞讨为生，但他的生活好像是平静而清白的。目前情况就是这样，需要解决的问题依然是：内维尔·圣克莱尔在烟馆里干什么？他在那里发生了什么？他现在身在何处？休·布恩和他的失踪有什么关系？我承认在我所经历的案子中，还没有像这个案子这样看上去简单，实际上相当困难的了。”

在夏洛克·福尔摩斯给我详细叙说这些奇怪事情的时候，我们疾驶的马车已经穿过了伦敦的郊区，把郊外零零落落的房子甩在了后面。接着马车顺着两旁有篱笆的乡间小路前行。他刚把事情讲完的时候，我们正好从两个分散的小村庄之间驶过，有几家人家还亮着微弱的灯光。

“我们已经到了李镇的郊区。”我的伙伴说，“我们这趟短短旅行，却一路经过了英格兰的三个郡县，从米德尔赛克斯出发，经过萨里的一角，最后到达了肯特郡。看到树丛中的灯光了吗？那就是雪松园。在那灯旁坐着一个万分焦急的女子，我估计她已经听到了我们的马蹄声了。”

“可是你为什么不在贝克街办这件案子呢？”

“因为有许多事情要在这里进行调查。圣克莱尔夫人早已为我们安排下了两间屋子。你别担心，她一定会热烈欢迎我的朋友和同事的。华生，我真不愿意在我还没有得到她丈夫的消息以前见她。我们到啦！”

我们在田园中的一座大别墅前将马车停下。一个马童跑过来拉住了马头。我跳下车来跟着福尔摩斯走上通往别墅的弯曲的小碎石道。我们刚到门口，门

他大把地抓起钱币，将所有的衣袋都塞得满满当当以确保上衣能沉到水底。

便打开了，一位金发女子站在门口，她身穿浅色细纱布的衣服，颈口和腕口镶有粉红色透明的薄纱边。灯光照着她站立的楚楚动人的身影，她一手扶门，一手热切地半举着。她的身子微微前倾，向前探着头，她渴望的目光和微微张开的双唇，好像要问我们什么问题。

“啊？”她喊道，“情况如何啊？”她看到我们是两个人，充满希望地喊着。可是看到我的伙伴摇摇头耸耸肩时，就失望地叹息起来。

“没有好消息吗？”

“没有。”

“没有坏消息吗？”

“没有。”

“谢谢上帝！请进来吧！你们累了一整天，一定很辛苦了。”

“这是我的朋友，华生医生。他在办过的几个案件中都起了很大的作用，我很幸运能把他请来和我一同进行调查。”

“我很高兴见到您。”她和我热烈握手，“由于我们受到了突然的打击，如果我们对您有什么招待不周的地方的，相信您能原谅的。”

“亲爱的夫人，”我说，“我是个久经沙场的老战士，即使不是如此，您也大可不必如此客气。只要我能对您或者对我的老朋友有所帮助，我就非常高兴了。”

“福尔摩斯先生，”圣克莱尔夫人说，这时我们已经走进了灯光明亮的餐厅，餐桌上摆好了冷餐，“我要向您提一两个直截了当的问题，请您也能直截了当地回答我。”

“当然可以，夫人。”

“别担心我的情绪，我不会歇斯底里，也不会晕倒，我只想听听您的真实看法。”

“什么看法？”

“在您内心深处，您认为内维尔还活着吗？”

这问题似乎把夏洛克·福尔摩斯难住了。

“请您说实话，请您说啊！”她重复道，站在地毯上紧紧盯着正仰身坐在一把柳条椅里的福尔摩斯。

“那么，夫人，说老实话，我不这样认为。”

“你认为他死了？”

“是的。”

“请您说实话，请您说啊！”她重复道，站在地毯上紧紧盯着正坐在一把柳条椅里的福尔摩斯。

“被谋杀了？”

“我没有这样说，也许是，也许不是。”

“他是哪一天死的？”

“星期一。”

“那么，福尔摩斯先生，能否请您解释一下我今天怎么会收到一封他的来信呢？”

夏洛克·福尔摩斯像触电一样从椅子上跳了起来。

“什么？！”他吼道。

“是的，今天。”她微笑地站着，举起了一张小纸条。

“我可以看看吗？”

“当然可以。”

他一把接过那张纸条，把它摊在桌上，挪过灯来，专心地查看着。我离开座椅，从他背后凝视那张纸。信封很粗糙，盖有格雷夫森德的邮戳，发信日期就是当天，或者说是前一天，因为此时早已过了午夜了。

“字迹潦草，”福尔摩斯喃喃说道，“这肯定不是您丈夫的笔迹，夫人。”

“不不，信是他写的。”

“我还觉得，不管是谁写的信封，地址都是事后问到的。”

“您为什么这么说？”

“您看，这人名完全是用黑墨水写出后阴干的，其余的字呈灰黑色，这说明写后是用吸墨纸吸干的。如果是一气写成，都是用吸墨纸吸干的，那么字的深浅就不会不同了。这个人先写人名，地址是事后才写的，这说明他不熟悉地址。这当然是件小事，但是没有比小事更重要的了。现在让咱们来看看信吧。哈！随信还附了件东西呢！”

“是的，是戒指，是他的图章戒指。”

“您能确定这是您丈夫的笔迹吗？”

“这是他笔迹中的一种。”

“一种？”

“是他匆忙时的一种笔迹，和他平时的笔迹很不一样，不过我完全认得出来。”

亲爱的：

别害怕，一切都会好起来的。一个巨大的错误已经铸成，需要一些时间才能弥补过来。请耐心等待。

“信是用铅笔写的，信纸是一张八开书本的扉页，纸上没有水纹。嗯！信是今天从格雷夫森德寄出的，寄信人的大拇指很脏。哈！信封的口是用胶水粘的，据我看来，写这封信的人还在嚼着烟草呢。夫人，您一点也不怀疑这是您丈夫的笔迹吗？”

“不怀疑，就是内维尔写的。”

“信是今天从格雷夫森德寄出的。好啦，圣克莱尔夫人，事情有转机了，虽然我不敢说危险已经过去。”

“可是他一定还活着，福尔摩斯先生。”

“除非他们巧妙地伪造了这封信来把我们引入歧途。说到底，那戒指证明不了什么，可以是从他手上取下来嘛！”

“不不不，这就是他的亲笔信啊！”

“很好。不过，它可以是星期一写的，到今天才寄出来。”

“那是可能的。”

“如果是这样的话，这期间可能发生许多事。”

“哦，您别净说让我丧气的话吧，福尔摩斯先生。我知道他一定没出什么事。我们两人之间有一种互相感应的力量，如果他遭到不幸，我一定能感觉到。在我最后见到他的那一天，他在卧室里割破了手，而我在餐厅里感到他准是出了什么事，便马上跑上楼去。您想对这样一桩小事都反应得这么快，对他的死亡，我会毫无感应吗？”

“我见过的世面太多了，当然知道女人的印象可能比分析推理家的论断更有价值。这封信确实是支持你看法的有力的证据。可是，既然您的丈夫还活着，而且还能写信，那他为什么还待在外面而不回到您身边呢？”

“我想不出原因。这是很难想象的。”

“星期一他离开您时没说什么吗？”

“没有。”

“您在斯旺德姆巷见到他时是不是大吃一惊？”

“非常吃惊。”

“窗户是打开的吗？”

“是的。”

“那么，他应该可以喊您了？”

“他应该可以喊。”

“但他只是发出了不清楚的喊声。”

“对。”

“您认为那是在呼救吗？”

“是的，他还挥了手。”

“但那也可能是一声吃惊的叫喊，他出乎意料地看到您而大吃一惊也可能会使他举起手的呀。”

“这是可能的。”

“您认为他是被人拉回去的吗？”

“他突然一下就不见了。”

“他可能是躲开窗口呢。您没有看见房里还有别人吧？”

“没有，但是那个可怕的人承认他曾在那里，还有那个印度无赖在楼梯脚下。”

“不错。就您当时所见，您的丈夫穿的是他平常那身衣服吗？”

“可是没有了硬领和领结，我看得很清楚，他光着脖子。”

“他以前是否提到过斯旺德姆巷？”

“从来没有。”

“您是否发觉过他有抽鸦片的迹象？”

“从来没有。”

“谢谢您，圣克莱尔夫人。这些正是我想弄清楚的要点。让我们来吃点儿晚饭，然后早点儿睡觉，因为明天我们多半要忙上一整天呢。”

我们过夜的房间宽敞而舒适，里面有两张床铺。我一头钻进被窝里，因为在连夜奔波之后已经十分困乏了。可是夏洛克·福尔摩斯却不然，当他脑子里有尚未解决的问题时，他就会连续数天甚至一个星期不休息，反复思考，重新梳理他所掌握的事实，并从不同角度进行分析研究，直到问题水落石出，或是确信自己所掌握的材料仍然不够才罢休。果不其然，他今夜准备坐一个通宵。他脱下了上衣和背心，穿上一件宽大的蓝色睡衣，然后在屋子里忙乎着把他床上的枕头以及沙发和扶手椅上的靠垫拿下来。他用这些东西铺成一个东方式的坐榻。他盘腿而坐，面前放着一盎司浓烈的板烟丝和一盒火柴。我见他在那昏

福尔摩斯坐着在那儿，嘴里叼着烟斗，满屋飘荡着浓重的烟雾。

暗的灯光下端坐着，叼着一只旧烟斗，两眼茫然地凝视着天花板一角，默默无声、一动也不动地在那里吞云吐雾。灯光正照在他那山鹰般的坚定面容上。我渐渐入睡，他却仍然这样坐着。我一觉醒来，睁开双眼，夏日的阳光已照进窗来。他仍然坐着，嘴里还是叼着烟斗，满屋飘荡着浓重的烟雾，昨夜我看到的那堆板烟丝已经全部抽完了。

“醒了吗，华生？”他问道。

“是啊。”

“早上赶车出去走走如何？”

“当然好啊！”

“那就穿上衣服吧。都还没起床呐，可是我知道那小马童睡觉的地方，我们很快就能把马车套上的。”他边说边呵呵地笑着，两眼炯炯有神，和昨夜那个冥思苦想的他完全不同了。

穿衣时我瞅了一眼表，这时才4点25分，难怪还没有人起床。我还没有完全穿好衣服，福尔摩斯就回来说马童正在套车。

“我要检验一下我小理论。”他拉上靴子说道，“华生，我认为你现在正站在全欧洲的一个最大的大笨蛋的面前！我该被人们一脚从这儿踢到查令十字街[①]去！可是我想我已经找到了开启这个案子的钥匙了。”

“钥匙在哪里呢？”我微笑着问道。

“在盥洗室里。”他回答道，“哦，是的，我不是在跟你开玩笑。”他看见我有点儿不相信的样子，就继续说下去。“我刚到那里去过，我已经把它拿出来放进了提包里了。走吧，伙计，让咱们去看看这钥匙对不对得上锁。”

我们尽可能地轻手轻脚走下楼梯，出门沐浴在明媚的晨曦之中。套好的马车已经停在路旁，那个衣服还没来得及穿好的马童站在马车前等着。我们

---

① 查令十字街：伦敦特拉法尔加广场与白厅街之间的路口，被认为是伦敦的中心点。——译注

两人跳上车，就顺着伦敦大道疾驶而去。路上已经能见到几辆运蔬菜进城的农村大车，可是道路两旁一排排别墅里仍然悄然无声，沉寂得如同梦境中的城市。

“从某些迹象可以看出这是一桩奇案。”福尔摩斯边扬鞭催马边说道，“我承认我曾一度陷入了迷茫之中，不过现在变聪明一些还来得及。”

当我们驱车经过萨里镇的街道时，镇上早起的人们刚刚睡眼蒙眬地打开他们的窗子。马车驶过滑铁卢大桥，经过威灵顿大街后向右急转弯，来到了鲍尔街。福尔摩斯跟警察局里的人都很熟，门旁两个巡警向他敬礼。一个巡警勒住马头，另一个便领我们进去。

“谁值班？”福尔摩斯问。

“布莱特雷德巡官，先生。”

“啊！布莱特雷德，你好！”一位身材高大的巡官走下石板铺的通道，头戴鸭舌便帽，身穿带有盘花纽扣的外套。“我能同你单独谈谈吗，布莱特雷德？”

“可以，福尔摩斯先生。请到我屋里来谈。”

这是一间小房间，看上去有点像办公室，桌上放着一大本厚厚的登记册，墙上装着电话机。巡官在桌旁坐下。

“我能帮您什么忙吗，福尔摩斯先生？”

“我是来找乞丐休·布恩的。这人被控与李镇内维尔·圣克莱尔先生的失踪有关。”

“是的，他是在这里关押候审。”

“这我知道。他现在在吗？”

“在单人牢房里。”

“他老实吗？”

“哦，很规矩。不过这恶棍太脏了！”

“太脏了？”

“对，我们费了很大的劲才让他洗了洗手。他的脸黑得像个补锅匠。咳，等他的案结了，一定要他按监狱的规定洗个澡。您见了他就会同意我所说的了。”

“我很想见见他。”

“您想见他吗？那很容易，跟我来。您可以把手提包留在这里。”

“不，我还是带着。”

“好吧，随你便。请跟我来！”他领着我们走下通道，打开一道上闩的门，步下一条盘旋的楼梯，来到了一处墙上刷着白灰的走廊，两侧各有一排牢房。

“他就在右手第三个牢房。”巡官往里瞧了一眼说道。

“他睡着了。”他接着说，“你可以很清楚地看到他。”

我们两人从隔栅往里瞧，那囚犯脸朝我们躺着，睡得很死，呼吸缓慢而深沉。他中等个子，穿着和他乞讨的行当很相称的粗布衣服，从破烂的上衣裂缝处露出一件贴身的染过色的衬衫。正如巡官所说，他肮脏之极。可是他一脸的污垢仍然掩盖不住他那令人可憎的丑恶面容：从眼角一直到下巴有一道很宽的旧伤疤，这伤疤收缩时把上唇的一边往上吊起，三颗牙齿露在外面，好像还在没完没了地吼叫着，一头鲜亮的红发低低覆盖着两眼和前额。

“他是个大美人儿，是不是？”巡官说。

“他确实需要好好洗洗。”福尔摩斯说，“我想了个主意能让他好好洗洗，为此我还自作主张地带了些工具来。”他边说边打开那个手提旅行包，取出了一块很大的洗澡海绵，使我吃了一惊。

“哈！哈！您可真够风趣的！”巡官不禁笑了。

“听着，如果您愿意帮忙悄悄打开这牢门，咱们马上能让他看起来要体面得多的。”

“行，没有问题。”巡官说，“他这副模样不会给咱鲍尔街看守所增光的，是不是呀？”他用钥匙把门锁打开，我们悄悄走进牢房。那睡着的家伙翻了个身，又沉沉睡去。福尔摩斯弯下腰在水罐里蘸湿了海绵，在囚犯的脸上使劲地来回擦了两下。

“让我来给你们介绍一下，”他喊道，“这位是肯特郡李镇的内维尔·圣

福尔摩斯打开那个手提旅行包，取出了一块很大的洗澡海绵。

克莱尔先生。”

我一辈子从没见过这种情况。这海绵如同剥树皮一样从他的脸上剥下了一层皮。那粗糙的棕色不见了！横在脸上的那道可怕的伤疤和那让人感到一直在冷笑的可憎的歪唇也不见了。那一堆乱蓬蓬的红头发也被一把揪掉了。这时，在床上坐起来的是一个面色苍白、神情忧郁、模样漂亮的男子。他有一头黑发，皮肤很光滑。他揉揉眼睛，睡眼惺忪地茫然四顾。忽然间他知道事情已经败露，一声尖叫扑倒在床，把脸埋在枕头里。

“老天爷啊！”巡官叫道，“他果然就是那个失踪的人。我在相片上见过他。”

那囚犯转过身来，摆出一副听天由命、无所谓的样子。“就算是我，”他说，“请问，我又犯了什么罪？”

“你杀害了内维尔·圣……哦，不行，除非他们把这案件当作自杀未遂案。”巡官咧嘴笑着说，“咳，我当了27年警察，这下我要出人头地了。”

他明白事情已败露，突然尖叫一声扑倒在床。

“如果我是内维尔·圣克莱尔先生，那么，显然我并没有犯什么罪。因此，我是受到非法拘禁。”

“没有犯罪，但犯了一个极大的错误！”福尔摩斯说，“如果你信任你的妻子，你会干得更好的。”

“不是我的妻子，而是我的儿女们。”那囚犯叹息道，“上帝保佑，我不愿他们为他们的父亲所做的事而蒙羞。我的上帝！让人们知道了多丢人啊！我该怎么办呢？”

福尔摩斯在他身边坐了下来，友善地拍了拍他的肩膀。

“如果由法庭来调查此事，”他说，“当然不可避免会搞得人人皆知。但是，如果你能使警局相信，此事不足以向你提出控告，我想该案子的详情就没有理由公诸报端。我相信布莱特雷德巡官会把你说给我们听的都记录下来并提交给有关当局的。这样，这案子就根本不会提交法庭审理了。”

“上帝保佑您！”那囚犯热情地高喊起来，“我情愿忍受拘禁，甚至被处决，也不愿把我这可悲的秘密作为家庭的污点留给我的孩子们。

“这是我第一次向人们讲述我的身世。我父亲是切斯特菲尔德的小学校长，我在那学校受过良好的教育。青年时代我热爱旅行，喜欢上台演戏，最后成为伦敦一家晚报的记者。有一天，我的编辑想要一组反映城市乞丐生活的报道，我自愿提供这方面的稿件。这就成了我一切历险的开端。为了得到报道素材，我只有装扮成乞丐。我当过演员，自然学到了一些化装的技巧，我的化装技巧在演员里是小有名气的。这回我的这套本领可以有用武之地了。我先在脸上涂满油彩，然后，为了使我的模样尽量引起人们的怜悯，我用一小条肉色的橡皮膏做出一个逼真的伤疤并使嘴唇一边向上歪起来。我戴上一头红发，配上行乞的衣服，在城里人最多的地区选了一个地方，表面是卖火柴的小贩，实际上是当乞丐。我这样干了七个小时，晚上回到家中我惊讶地发现我竟讨到了26先令4个便士。

“完成报道工作后，我就将此事置之脑后了。可是后来有一天，我为一位朋友担保了一张借据，不久竟接到一张要我赔偿25英镑的传票，我拿不出这么多钱，急得像热锅上的蚂蚁，这才突然想到个办法。我请求债主宽限半个月让我去筹款，又在雇主那里请了几天假。然后我又化装成乞丐到城里去乞讨，只用了10天就凑够了钱，还清了债。

“哎，请你们想想吧，当我发现只要我在脸上抹上一点儿油彩，把帽子放在地上，坐着不动，一天就能挣两英镑的时候，再要我去做那一星期才能挣两英镑的苦差事，是多么困难了。我在自尊和金钱之间徘徊良久。最后金钱占了上风，我抛弃了记者职业，每天就坐在我选的那个街角，用一副可怕的面容博得人们的怜悯，让铜板塞满我的口袋。只有一个人知道我的秘密，他就是我在斯旺德姆巷寄宿的那下等烟馆的老板。我每天早晨在那里扮成有一个污秽的乞丐出来行乞，晚上又恢复成一个衣冠楚楚的绅士。我给了那个印度无赖很高的房租，所以我知道他会为我保密。

“不久，我就攒起了一大笔钱。我并不是说伦敦的街头的乞丐一年都能挣到700英镑（这还不到我乞讨的平均收入），但我的化装和我老道的演技，在行乞过程中越练越精，这就使我成为城里人人皆知的有名的叫花子了。每天大小银币如流水般向我投来，一天起码能收到两英镑，否则就算运气不佳了。

“我越有钱，越贪婪。我在郊区买了房子，我结了婚。没有任何人怀疑过我的职业究竟是什么。我的爱妻只知道我在城里做生意，她被我蒙在鼓里。

“上个星期一，我刚结束一天的乞讨，正在烟馆楼上的房间里换衣服。当我向窗外张望时，竟见到我妻子站在街上，正看着我，这使我惊恐不已。我惊叫了一声，慌忙用手臂遮住脸，接着立即跑到我的心腹印度无赖那里，求他拦住任何想要上楼来找我的人。我听见她在楼下的声音，知道她一时半会儿还上不来，便迅速脱下衣服，穿上乞丐的行头，涂上满脸的油彩，戴上假发。我的伪装肯定会让我自己的妻子也无法识破的。不过我当即想到也许会有人来搜查房间，我的衣服会泄露我的秘密。我忙打开窗户，由于用力过猛，碰破了我清晨在自家卧室里割破的小伤口。我抓起我的上衣，用平常放在皮袋里的乞讨来的钱把上衣装得沉甸甸的，然后扔出窗外。它掉在泰晤士河里不见了。我本想将其他的衣服也扔下去，但是就在此时，警察正冲上楼来。他们竟然没有认出我就是内维尔·圣克莱尔先生，而是把我当作谋杀嫌疑犯逮捕了起来，我承认这反而使我大大地松了口气。

“我不知道还有没有需要我进一步解释的地方。我当时决定尽可能长久地保持我那化装的样子，所以我希望脸上越脏越好。想到我的妻子一定焦急万分，我就取下戒指，趁警察不注意时，托付给那印度无赖，还匆匆写了几行字，嘱咐我的妻子不要害怕。”

“她昨天才收到那封信。”福尔摩斯说。

“哦，上帝！她这个星期该多难熬啊！”

“那个印度无赖被警察监视了，”布莱特雷德巡官说，“所以他很难有机会把信寄出去而不被发现。也许他把信又转托给某个水手烟客，而那家伙过了好几天才想起把信寄出去。”

“就是这样的，”福尔摩斯点头表示同意说，“我相信就是这样的。可是你从来没有因为行乞而被控告过吗？”

“有过好多次，但是，一点儿罚款对我来说算不了什么。”

“事情必须到此为止了。”布莱特雷德说，“如果要警察局不将此事声张出去，你必须永远不再扮演休·布恩出来行乞。”

“我已郑重发誓绝不再行乞了。”

“如果是这样，我想我们对此事也就不会再继续深究了。可是，倘若再发现你行乞，那我们就要把所有的情况都公开。福尔摩斯先生，我们非常感谢您帮助我们澄清了这个案件！我很想知道您怎么会想到结果会是这样的？”

“这个结果，”我的朋友福尔摩斯说，“是我靠在五个枕头上，抽了一盎司板烟丝后得出的。华生，我想如果我们坐车去贝克街，还正好能赶上吃早饭呢。”

蓝宝石

圣诞节后的第二天早晨，我前去看望我的朋友夏洛克·福尔摩斯，祝贺他圣诞快乐。他身穿一件紫红色的睡袍，悠闲地斜靠在一张长沙发上，右手边有一个烟斗架，身边放着一堆折皱了的晨报，显然已经仔细翻阅过了。沙发旁边有一把木椅，椅子靠背上挂着一顶肮脏破旧的硬毡帽。帽子上有好几处裂缝，

沙发旁边是一把木椅，椅子靠背上挂着一顶非常破旧的硬毡帽。

简直不能再戴了。椅垫上放着一个放大镜和一把镊子，看来我的朋友之所以把那顶帽子挂在眼前，是为了便于对它进行一番检查。

“你正在忙着吧。”我说，“看来我打搅你了。”

“哪里，能有一位朋友前来和我一起讨论我的研究结果，我高兴极啦！这是一件毫无价值的东西。”他说着，用大拇指指了一下那顶帽子，“不过，同它有关的几个问题却很有趣，甚至还很能说明一些问题。”

我在扶手椅上坐下，在劈啪作响的炉火上烤着手。严冬已至，玻璃窗上都结满了冰花。“据我看来，”我说道，“尽管这是一顶普普通通的帽子，但它一定涉及什么人命关天的故事，它是引导你解开某个疑团并惩罚某种犯罪行为的线索。”

“不，不，这里并无犯罪行为。”夏洛克·福尔摩斯笑着说，“这只不过是许多离奇怪事中的一桩小事而已。400万人口拥挤在一块仅有几平方英里的城市里，这类事难免发生。在如此稠密的人群的你争我夺之中，什么错综复杂的事情都可能发生。有些问题看起来很惊人也很怪异，但并不存在犯罪行为。我们对于这类事情早已经司空见惯了。”

“正是如此。”我说，“我最近记录的6个案件中，就有3个完全与犯罪行为无关。”

“具体地说，你是在指艾琳·艾德勒相片事件，玛丽·萨瑟兰小姐奇案和歪唇男人事件。我不怀疑这件小事也属于无犯罪事件的一类。你知道看门人彼得森吗？”

“知道。”

“这就是他的战利品。”

“这是他的帽子？”

“不，不是，是他拣来的。帽子的主人是谁尚不清楚。但请你一定不要小看这顶破旧的圆顶礼帽，它可是一个需要动脑筋才能解决的问题呢！首先说说这顶帽子是怎么来的。它是和一只大肥鹅一起在圣诞节早晨被人送来的。我相信，那只鹅现在正在彼得森的炉子里香喷喷地烤着呢！事情是这样的：圣诞节凌晨大约4点钟的时候，彼得森（如你所知，他的为人非常诚实）在参加了一个欢宴之后正取道托特纳姆法院路回家的途中，在煤气灯下，他看见一个个子高高的人在他前面走着，步履有些蹒跚，肩上背着一只白鹅。当彼得森走过古治街的拐角时，这个陌生人突然和几个流氓争吵起来。一个流氓把他的帽子打落在地，于是他抡起棍子进行自卫，他棍子抡得过高，把身后商店的玻璃橱窗砸碎了。彼得森见状挺身而出，想帮助这个陌生人对付这帮无赖，但是那人见自己打碎了商店的玻璃，十分惊慌，加之转眼又见一个身穿制服、如同警官的人朝他冲来，吓得他丢下鹅，拔腿就跑，很快就消失在托特纳姆法院路后面如同迷宫般的小巷里。那帮流氓一见彼得森也都四散而逃。这样，这战场上就只剩下彼得森一人，而且掳获了这两样战利品：一顶破旧的毡帽和一只可以成为

那帮流氓一见彼得森出现都四散而逃。

圣诞餐桌上美味佳肴的大肥鹅。”

“他肯定想把这些东西归还原主吧？”

“亲爱的伙伴，问题就出在这里。的确，那只鹅的左腿上系着一张小卡片，上面写着‘献给亨利·贝克夫人’，而且这顶帽子的衬里上的缩写‘H. B.’也还清晰可见，但是，在伦敦城里，姓贝克的人数以千计，而名叫亨利·贝克的人也是成百上千，想要找到失主，归还原物，可不是件容易的事情。”

“那彼得森是怎么办的呢？”

“因为他知道我对一些极细小的问题也很感兴趣，所以就在圣诞节早晨将帽子和鹅送到我这里来了。那只鹅我们一直留到今天早晨。尽管天气较冷，但有些迹象表明还是把它吃掉为好，再放下去可能就不能吃了。彼得森把它拿走了，这只鹅终于成了人们餐桌上的美味，而那位失去了圣诞肥鹅的不知名的先生的帽子则由我继续保留。”

“他没有在报上登寻物启事吗？”

“没有。”

“那你有关于这个人的身份的线索吗？”

“只有凭目前所有的物件去推测。”

“凭这顶帽子？”

“对。”

“你在开玩笑吧，从这顶破旧的毡帽上能推测出什么来呢？”

“这是我的放大镜，你知道我研究问题的方法。你能推测出这顶帽子的主人的个性吗？”

我手拿那顶破帽子，很不情愿地将它翻过来看看，这是一顶普普通通的黑色圆顶硬毡帽，已经破旧不堪，简直不能再戴了。里面的红丝绸衬里已经完全褪色，商标也没有了，但是正像福尔摩斯说过的，在帽子的一侧，有两个潦草的姓名缩写字母“H. B.”。帽檐上穿有系带子的小孔，但松紧带已经没有了。总之，尽管帽子上几块褪色的补丁曾用墨水涂黑过，但还是到处布满裂缝、灰尘和污迹。

“我什么也看不出来。”我边说边把帽子递还给我的朋友。

“恰恰相反，华生，你一切都看到了，但你没有从你所看到的东西中做出推论。你对做推论太谨小慎微了。”

“那就请你告诉我，你能从这顶帽子上做出什么推论呢？”

他拿起帽子，以他独特的，展示他的个性的思考方式凝视着它。“这顶帽子能说明的问题可能不多。”他说道，“但有几点推论还是很明确的，而其他几点推论的几率至少是很大的。从帽子的面料来看，很明显这个人是个相当有学问的人，而且在过去三年里，生活非常富裕，不过目前已十分窘迫了。他曾是个深谋远虑的人，可是，现在已经眼光短浅了，再加上家道中落，因此，精神消沉，估计他已经受到某种不良的影响，譬如说酗酒之类的恶习，显然，为此他的妻子已不再爱他了。”

“嘿，亲爱的福尔摩斯！”

“尽管如此，他还多少保持着自尊。”他没有理睬我的劝阻的口吻，继续说下去。“他这个人习惯长期待在书斋里，很少出门，更谈不上锻炼身体，他是个中年人，头发已经灰白，最近几天刚刚理过发，头发上涂有柠檬膏，这些就是根据这顶帽子所推断出来的较为肯定的事实。还有，顺便提一下，他家里是绝对不可能使用煤气灯的。”

“你多半是在开玩笑吧，福尔摩斯。”

“完全不是开玩笑。难道现在我把结果都告诉了你，你还是不知道推论是怎样做出来的吗？”

“看来我真够愚蠢的，但是我必须承认我不能理解你说的这些。举个例子说吧，你是怎样推断出他是个学问渊博的人呢？”

福尔摩斯一把将帽子扣在头上。帽子把整个前额罩住，并压到了鼻梁上。“这是一个脑袋大小的问题。”他说，“有这么大脑袋的人，头脑里不会没有装些东西吧！”

“那么你是怎么推断出他家道中落的呢？”

“这顶帽子已经用了三年多了，当时就时兴这种平檐、帽边向上卷起的圆顶帽。这顶帽子的质地是第一流的，你看这螺纹丝绸箍带儿和华贵的衬里。如果这个人三年前买得起这么贵的帽子，而此后再没有买别的帽子，那么毫无疑问是因为他的家境越来越差了。”

“噢，这一点倒是说得很清楚了，但是为什么说这个人有‘远见’，又为什么说他‘精神消沉’呢？”

夏洛克·福尔摩斯哈哈大笑起来，“这就说明有远见。”他边说边把手指放在帽带上的小圆盘和搭环上。“帽子出售时从来不附带这些东西。这个人这样定做，正好说明他有远见，之所以加上帽带为的是防止帽子被风刮跑。可是我们又看到那根松紧带已经断了，而他又不愿意费事换上一条新的帽带，这清楚地说明他已经变得眼光短浅了，同时这也是他日渐消沉的一个明确证明。另一方面，他拿墨水来涂抹帽子上的污痕，力图掩盖其破旧之处，这就说明他尚未完全丧失自尊心。”

“你的推论听上去煞是有理。”

“此外，我推断的他是个中年人，头发灰白，刚理过发，头上抹过柠檬膏这几点，都是通过对帽子衬里下部的仔细检查得出的结论。通过放大镜看到了许多被理发师剪刀剪下来的整齐的头发碴儿，头发碴儿都是黏糊糊的，而且有很重的柠檬膏的气味。而帽子上的这些灰尘，你观察一下就知道，它们并不是街道上的沙尘，而是房间里的棕色绒毛灰尘。这说明帽子多半是挂在房间里的，此外，衬里的汗斑说明戴帽子的人动不动就满头大汗，因此，不可能是一个很喜欢锻炼身体的人。”

“可是他的妻子——你刚才说她不再爱他了。”

“这顶帽子已经有好几个星期没有掸刷灰尘了。亲爱的华生，如果我看到你的帽子上沾满了灰尘，而你的妻子却视而不见，任凭你戴着它出门会客，我会同样担心你是否也不幸地失去了你妻子对你的一片感情。”

“那他就不可能是个单身汉吗！”

“不可能，因为那天晚上他是要把那只鹅带回家去作为圣诞礼物献给他妻子的。可别忘了那张系在鹅腿上的卡片。”

“这个问题回答得好，可是你究竟是怎样推断出他家里没安煤气灯的呢？”

“一两滴烛油，或许是偶然滴上的，可我看到至少有五滴烛油，因此我可以肯定地认为这些滴在帽子上的烛油说明他家时常点着蜡烛。譬如夜里上楼时，他很可能是一手拿着帽子，一手拿着淌着烛油的蜡烛。不管怎么说，总不可能从煤气灯上沾上烛油。这回答你满意了吧？”

“嗯，你的推断真巧妙。”我笑着说，“但是既然你刚才说过这事情并不涉及犯罪行为，除了丢失一只鹅以外，并无其他危害，那么如此仔细研究这顶破帽子岂不是浪费精力吗？”

夏洛克·福尔摩斯刚要张嘴回答，房门突然打开，看门人彼得森大惊失色地冲进屋子里来。

“那只鹅，福尔摩斯先生！那只鹅，先生！”他上气不接下气地说。

“噢，那只鹅怎么啦？难道又活了过来，从厨房的窗户飞了出去？”福尔摩斯在沙发上扭过身来以便把这个人的激动面孔看得更清楚一些。

“瞧，先生，你瞧我妻子从鹅的嗉囊里发现了什么！”他伸出手来让我们看他掌心上的一颗光彩夺目的蓝宝石。这颗蓝宝石比蚕豆粒稍小一点，可是晶莹明亮，犹如从他黑乎乎的手心里闪出的一道电光。

夏洛克·福尔摩斯吹了一声口哨，坐起身来。“天啊，彼得森！”他叫道，“这可是一件稀世珍宝啊！我想你知道你手上的东西是什么吗？”

“一颗钻石，对吗，先生？一颗宝石。用它切玻璃就像切油灰。”

“这不仅仅是颗平常的宝石而已，而恰恰就是那颗宝石。”

“莫非是莫卡伯爵夫人的蓝宝石吗？”我失声喊道。

“正是。因为我最近每天都看《泰晤士报》有关这颗宝石的启事，所以我

“瞧，先生，瞧我妻子从鹅的嗉囊里发现了什么！”

知道它的大小和形状。这颗宝石绝对是稀世珍宝，它价值连城，难以估量。可是悬赏的1000英镑肯定还不到这宝石市价的二十分之一。”

“1000英镑！老天爷发发慈悲吧！”看门人一屁股跌坐在椅子上，瞪大眼睛轮番看着我和福尔摩斯。

“那只是赏钱，我完全有理由知道伯爵夫人由于某些暧昧的感情上的考虑，只要能够找回这颗宝石，哪怕将她的一半财产分出来也在所不惜。”

“我好像记得，这颗宝石是在‘世界旅馆’丢失的。”我说道。

“正是如此，12月22日，也就是5天以前，管工约翰·霍纳被控从伯爵夫人的首饰匣里窃取了这颗宝石。由于犯罪证据确凿，此案现已提交法庭。我想报纸上还有些关于这事件的记载。”他翻开那堆报纸，一张张查找着上面的日期，最后把一张报纸铺平，对叠起来，念出了下面的文章：

“世界旅馆”宝石失窃。约翰·霍纳，26岁，管工，因本月22日从莫卡伯爵夫人首饰匣中窃取一颗名贵的“蓝宝石”而被法院起诉。旅馆招待领班詹姆士·赖德对此案的证词如下：案发当日，他曾带领约翰·霍纳上楼到莫卡伯爵夫人的化妆室内焊接壁炉的第二根脱落的炉栅。起先他一直和霍纳在一起，后来他被人叫走。等他重新返回时，发现霍纳已经离去，而梳妆台已被人撬开，梳妆台上有摩洛哥小首饰匣一只，里面空无一物。事后方知此乃伯爵夫人存放宝石的匣子。赖德当即报案，霍纳于当晚被捕。但从霍纳身上及其家中均未搜得宝石。伯爵夫人的女仆凯瑟琳·丘萨克发誓曾听到赖德发现宝石被窃时的惊呼，并说她跑进房间时所目睹情况和赖德所述相符。B区布莱特雷德巡官证明霍纳被捕时曾进行激烈抗拒，并且措词强硬地申辩自己是清白无辜的。鉴于该嫌犯以前曾有过类似盗窃犯罪记录，地方法官拒绝仅凭一面之词定案，而是将此案提交巡回审判庭处理。在审讯过程中一直情绪激动的霍纳，在听到此判决后，当场昏厥，被抬出法庭。

“哼！这就是警察和法庭的判决。”福尔摩斯随手把报纸扔到一边，若有所思地说。

“我们现在要解决的问题是，从首饰匣被盗到托特纳姆法院路拾到那只鹅的嗉囊里发现宝石，这一系列事件之间的关系是什么。你看，华生，这样一来，我们的小小推论的重要性已经大为增加，而不涉及犯罪的可能性却大大减少了。这是一颗蓝宝石，它来自于那只鹅，那只鹅来自于亨利·贝克先生。对这位先生的烂帽子以及其他性格特征我已给你分析过了。因此，当务之急是把这位先生找到，并搞清他在这个神秘事件中扮演的是什么角色。为此，我们必须先使用最简单的方法。这方法自然是在所有晚报上刊登一则招领启事。如果这方法不成，再用其他方法不迟。”

“招领启事怎么写呢？”

“给我一支铅笔和一张纸。就这样写：

兹于古治街街口拣到肥鹅一只和黑色毡帽一顶。请亨利·贝克先生于晚6点半到贝克街221B垂询认领。

这样写简单明了。”

“确实，一目了然，不过他能见到这则启事吗？”

“当然，对于一个损失如此惨重的倒霉的人，他肯定会注意看报的。显然，由于他当时打破了商店的橱窗，又见到彼得森向他逼近，他一时为自己闯下的祸而惊慌失措，因而拔腿就跑，别的什么也顾不上了。可是，事后他一定会后悔莫及，恨自己一时冲动而丢下了那只鹅。另外，报上一旦登了他的名字，认识他的人都会提醒他去看报的。彼得森，这给你，尽快把它送到广告公司，务必要刊登在今天的晚报上。”

“登在哪家报纸上，先生？”

“这个嘛，《环球报》、《星报》、《蓓尔美尔报》、《圣詹姆士新闻》、《新闻晚报》、《旗帜晚报》、《回声报》和任何一家你能想到的报纸。”

“好的，先生。那么这颗宝石？”

“啊，这宝石暂由我保存着。谢谢你。哦！还有，彼得森，回来的路上你给我买一只鹅送来，因为我必须给这位先生准备一只鹅，他的那只已经被你们全家人吃得精光了。”

看门人走后，福尔摩斯拿起宝石对着光线仔细鉴赏。“真是一颗绝美的宝石。”他说，“看看它的光彩多么耀眼呀！当然，它又是罪恶的渊源。颗颗珍宝都是如此，它们都是魔鬼的诱饵。在每颗古老的宝石的闪光面上都有着一段血淋淋的故事。这颗宝石出世还不到20年，是在中国南部的厦门河岸上发现的。由于它是蔚蓝色而不是鲜红色，却又具有红宝石的一切特点而身价百倍，尽管它问世时间不长，可是已经有过一段血腥历史了。为了这颗重40谷[1]的结晶碳，已经发生了两起凶案，一起硝镪水毁容案，一起自杀案，以及几起抢劫案。谁能想到这么美丽的饰物竟然同绞刑架和监狱联系在一起呢？我要把它锁在保险柜里，并给伯爵夫人写封信，告诉她我们已经找到了这颗宝石。”

“你认为名叫霍纳的这个人是冤枉的吗？”

“我说不准。”

“好，那么你认为名叫亨利·贝克的人和这件事有牵连吗？”

“我认为亨利·贝克多半是清白无辜的。他完全不可能知道他手里的鹅比一只金鹅还要值钱得多。不过，一旦我的启事有了反应，我就能通过一个极其简单的方法来证实这一点。”

“这之前你就无事可做了吗？”

“无事可做了。”

“既然如此，我就回去工作了，不过我今晚一定要按你说的时间准时回来的，因为我倒要看看你是怎么解决这个如此复杂的事情的。”

“你来我会很高兴，我7点钟吃晚饭，我相信会吃到一只山鹬。顺便提一下，考虑到最近出现的情况，也许我应该请赫德森夫人检查一下那只山鹬的嗉囊。”

我为了给病人看病耽误了一点儿时间，重新回到贝克街时，已经过了6点半了。我走近寓所时，看见一个身穿一件带苏格兰帽上衣的个子高大的男人，他上衣的纽扣一直扣到下巴底下。他正站在半圆形窗照射在屋外的灯光下。我到门口时，门正好打开，我们一起进入了福尔摩斯的房间。

① 谷是英美最小的重量单位，等于64.8毫克，原为小麦谷粒的平均重量。——译注

“我相信你就是亨利·贝克先生。”他边说边从扶手椅上站起身来，很快显出一副平易近人的亲切神态迎接来客。“请坐在靠近壁炉的这把椅子上，贝克先生，今天晚上好冷哪，从你的血液循环我观察到你适合过夏天而不是冬天。啊，华生，你来得正好。这是你的帽子吗，贝克先生？”

“是的，先生，这正是我的帽子。”

他身材魁梧，双肩浑圆，脑袋显得很大，宽宽的脸显得很有知识，灰白棕色的络腮胡连着下巴上一撮尖尖的山羊胡。鼻子和面颊略带红润，伸出来的手微微颤抖，这些特征和福尔摩斯对于他的判断全都吻合。他褪色的黑大衣扣子扣得严严实实，领子竖起，细长的手腕露出在大衣袖子外，看不到袖口或衬衣。他说话有些结结巴巴，措词小心谨慎，给人总的印象是一个不得志的文人学者。

“我们保存这些东西已经有好几天了。”福尔摩斯说，“我们一直期待着通过你的寻物启事得到你的地址。可我不明白你为什么不登报呢？”

我们的客人不好意思地笑了笑。“我口袋里的钱已经不如过去那么多了。”他说道，“我认为袭击我的那伙流氓已经把我的帽子和鹅都抢走了。想找回来是毫无希望的，又何必为此花钱呢？”

“说得很有道理。顺便提一下，我们迫不得已，已经把你的那只鹅吃掉了。”

“吃掉了！”我们的客人激动得差一点儿跳起来。

“不错，如果不吃，那只鹅就无法食用了。不过，我看橱柜上那只鹅的重量和你的那只相当，而且很是新鲜，味道会使你满意的。”

“哦，当然啦，当然啦！”贝克先生舒了一口气说。

“当然，那只鹅的羽毛、掌、嗉囊等等我们还为你保留着。所以，如果你希望……”

这个人不禁哈哈大笑起来。“这些东西也许可以作为我那次历险的纪念品吧。”他说道，“除此以外，我真不知道这些杂碎对我还有何用处。不，先生，如果你不介意的话，我要说我就看中了您橱柜上的那只肥嫩的鲜鹅。”

夏洛克·福尔摩斯飞快地瞟了我一眼，微微耸了耸肩。

“那么，这是你的帽子，还有这只鹅。”他说道，“顺便打听一下，你那只鹅是从哪里买来的？我很喜欢饲养家禽，我很少能看到比你那只长得更好的鹅。”

“当然可以，先生。”他站起身来，并且把赔给他的鹅夹在腋下说，“我们几个熟人经常出入博物馆附近的阿尔法小酒店，因为我们白天都待在博物馆里，你明白吗？今年，我们的店主温迪盖特办起了一个肥鹅俱乐部，平时我们每星期向这个俱乐部交纳几个便士，所以在圣诞节前我们都收到了俱乐部赠送的一只肥鹅。我从来都是按时付钱的。后来发生的事你已经都知道了。先

他把赔给他的鹅夹在腋下，向我们两人庄严地鞠了一躬，然后迈步走出房间。

生，我的年龄和身份都不适合戴一顶苏格兰帽，所以谢谢你为我找回了我的帽子。”他以一种令人发笑的自负神态向我们两人庄严地鞠了一躬，然后迈步走出房间。

“亨利·贝克先生的故事到此结束。”福尔摩斯边说边随手关上了门。“很显然，他对此事毫不知情。你饿了吗，华生？”

“不太饿。”

“那我就建议把我们的晚餐改为消夜，咱们趁热打铁继续追查线索。”

“完全可以。”

这是一个寒冷的冬夜，我们都穿上了长大衣，围上了围巾。屋外，无云的夜空中群星闪烁着寒光，过往行人嘴里喷出的团团冷雾，如同许多手枪互相射击。我们的脚步声清脆而响亮。我们快步穿过了道科特街、威姆波尔街和哈利街，然后又穿过了威格摩尔街来到牛津街，不到一刻钟，我们便来到了博物馆区的阿尔法小酒店。这是一家坐落在通向霍尔伯恩的一条街角处的小小酒店。福尔摩斯推开店门，向脸色红润、腰系白围裙的老板要了两杯啤酒。

“如果你的啤酒能像你的鹅一样出色，那可就是上乘的啤酒了。”他说道。

“我的鹅！”老板似乎很吃惊。

“是啊，就在半小时以前我刚和你们俱乐部的成员亨利·贝克先生聊过。”

“啊，是的，我明白了。可是你要知道，先生，那些鹅并不是我们的！”

“是吗！那是谁的呢？”

“噢，我从考文特花园一个推销员那里买了24只。”

“是吗！我认识那里的几个人，是哪一个呢？”

“他的大名是布莱肯里奇。”

“噢，不认识。行了，老板，为你身体健康，生意兴隆干杯！再见。”

“现在去找布莱肯里奇。”我们走出酒店来到寒风中。他边扣外衣边继续说道，“记住，华生，虽然在链子的 端只是一只鹅这样不起眼的东西，可在另一端却是一个多半要被判处7年徒刑的人，除非我们能够证明他无罪。可是，我们的调查也许多半只能证明他有罪。不管怎么说，有一条被警察忽视的调查线索碰巧落入了我们之手。我们要顺藤摸瓜查个水落石出。现在，方向朝南，让我们快步前进！”

我们穿过霍尔伯恩街，转进恩德尔街，接着又走过弯弯曲曲的市井区来到了考文特花园市场。在一些大货摊中有一个招牌上写的是布莱肯里奇的名字。摊主长着一副马脸，瘦削的长脸上蓄着整齐的络腮胡子，此时，他正在帮他的伙计收摊。

“晚上好，今晚真冷哪！”福尔摩斯说道。

摊主点点头，怀疑地打量了一下我的同伴。

“看样子鹅都卖完了。”福尔摩斯又用手指着空荡荡的大理石板说道。

“明天早晨，我可以卖给你500只鹅。”

“那不管用。”

“唔，亮着煤气灯的那个货摊上还剩有几只。”

“啊，可是人家介绍我来找你的。”

“谁介绍的？”

“阿尔法酒店的掌柜。”

“噢，是的，我给他送过24只鹅。”

“那些鹅可真肥美啊！不过，鹅是从哪儿弄来的呢？”

我没有想到这个问题竟惹得摊主大发脾气。

“好啦，先生。”他昂头叉腰地说道，“你这是在说些什么呀？你能不能直截了当地把话说得明白点儿啊！”

“已经够直截了当的了，我就是想知道你供应阿尔法酒店的那些鹅是谁卖给你的？”

“噢，是这样，我不告诉你，你又怎样！”

“噢，这不是什么了不起的事，我不明白你何必为这等小事而大动肝火？”

“大动肝火！如果你也像我这样被人纠缠不休的话，可能你也会大动肝火的。我出的价钱高买的货就好，事情就是这样。你不停地问：‘鹅在哪儿？’‘你把鹅卖给谁了？’‘你用这些鹅换些什么东西啊？’听到这些唠唠叨叨的问题会让人以为这些鹅是什么稀世珍宝呢。”

“听着，我和其他提出过这些问题的人毫无关联。”福尔摩斯漫不经心地说，“如果你不愿意告诉我们，我的赌就打不成了，如此而已。但我还是要坚持我对家禽的看法。我敢断定我吃的那只鹅是在乡下喂大的，为此我已下了5英镑的赌注。”

“哼，你那5英镑算是输掉了，因为它是在城里喂大的。”摊主不耐烦地说道。

“不会是这样的吧？”

“我说是这样的。”

“我不相信。”

“你以为你对于家禽的了解比我这卖了一辈子家禽的人还要内行吗？我告诉你，所有送到阿尔法酒店的鹅全是在城里喂大的。”

“我根本就不相信你说的。”

“那你愿意打赌吗？”

“那你就等着输钱吧。因为我知道我不会错的。但是我还是愿意拿出一个英镑的硬币和你打赌，叫你以后别再固执己见。”

摊主咧着嘴笑了起来。“把账本给我拿来，比尔。”他说道。

小伙计取来一个薄薄的小账本和一个沾满油腻的大账本，把它们一起放在吊灯下。

“喂，自信过了头的先生。”摊主说道，“刚才我以为我把鹅都卖光了，可是在我收摊之前，你会发现我店里还剩有一只鹅，看见这个小账本了吗？”

“嗯？”

“这就是卖鹅给我的人的名单，看见了吗？嗯，在这一页上都是乡下人的名字，在他们名字后面的数字是他们在分户总账上的页码。看！你看见用红墨

“现在看一下第三个人名，大声念给我听。”

水写的另外一页了吗？这是一张卖鹅给我的城里人的名单。现在看一下第三个人名，大声念给我听。”

“奥克肖特夫人，布里克斯顿路117号——249页。”福尔摩斯念道。

“正是如此。现在再查查分户总账吧！”

福尔摩斯翻到了他所指的那一页。“一点儿不错，奥克肖特夫人，布里克斯顿路117号，鸡蛋和家禽供应商。”

“那上面最后记的一笔账是什么？”

“‘12月22日，24只鹅，售价7先令6便士。’”

“对，是这样，那么在这行下面呢？”

“‘卖给阿尔法酒店温迪盖特，售价12先令。’”

“你现在还有什么可说的呢？”

夏洛克·福尔摩斯装出一副懊恼的样子。他从口袋里掏出一个英镑的硬币扔在大理石板上，带着一种难以用语言形容的厌恶神情转身走开了。他没走出几步，就在一个路灯杆子下站住，以他特有的方式无声而会心地笑了起来。

“当你遇到像他那样一脸络腮胡子而又不愿意透露实情的人时，你用打赌的方法总可以使他吐露真情的。”他说，“我敢说，即使我刚才给他一百镑，也不如通过打赌的方式得到的情况多。喔，华生，我想我们的调查已经接近尾声了。现在唯一需要决定的是，我们是今晚就去找到这位奥克肖特夫人呢，还是应该等到明天再去。从那个粗暴无礼的家伙的口中，显然可以看出还有一些人也急于打听此事，因此，我必须……”

他的话突然被一阵喧闹声打断，声音就来自我们刚刚离开的那个货摊。我们回头一看，只见一个鼠头鼠脑的小个子正站在货摊吊灯的灯光下。那个摊主布来肯里奇堵在货摊的门口，凶狠地向那个缩头缩脑的人挥舞着拳头。

“你和你的鹅都让我受够了！”他喊叫着，“你们都见鬼去吧！如果你再来胡搅蛮缠，我就放狗咬你。你把奥克肖特夫人叫来，我给她解释，但是和你无关！我的鹅又不是从你那里买来的。”

“虽说不是，那里面有一只鹅是我的呀！”那个小个子哀叫道。

“那你去找奥克肖特夫人要吧！”

“她让我来找你要。”

“噢，哪怕你去向普鲁士国王要，我也管不着。够了，够了，给我滚开吧！”他恶狠狠地冲过去，小个子转眼就消失在黑暗中了。

“哈，我们可以不到布里克斯顿路去了。”福尔摩斯悄悄对我说，“跟我来，看看能从这个家伙身上查出点儿什么来。”穿过在店铺四周灯光下闲逛的人群，我的同伴几步赶上了那个小个子，并拍了拍他的肩。那人猛然转过身来，他的脸色在汽灯下毫无血气。

“你是谁？你要干什么？”他用颤抖的声音问道。

“对不起。”福尔摩斯冷冷地说，“我刚才在无意间听到了你和那个摊主的谈话，我想也许我能帮你一点儿忙。”

“你？你是谁？你怎么会知道这件事的。”

“我的名字是夏洛克·福尔摩斯。我的工作就是了解别人不知道的事。”

“但是你对这件事能知道什么？”

“对不起，这件事我全知道了。你急于要找到那几只鹅的下落。那几只鹅是布里克斯顿路的奥克肖特夫人卖给名叫布莱肯里奇的那个商贩的，然后又通过他转卖给了阿尔法酒店的温迪盖特先生。温迪盖特先生又把鹅转给他俱乐部的人，亨利·贝克先生就是俱乐部的成员。”

“哎呀！先生，你就是我要找的人。”这个身材矮小的人瑟瑟缩缩地伸出双手喊着，“我难以向你说清楚我对这件事有多么感兴趣。”

夏洛克·福尔摩斯叫住一辆路过的四轮马车。“既然如此，我们何必在寒风里挨冻，到房间里舒舒服服地慢慢讨论这个问题岂不更好？”他说，“不过，在我们出发为你效劳之前，能否请教你的尊姓大名？”

这人犹豫了片刻。“我名叫约翰·鲁宾逊。”他眼睛向旁斜视着回答道。

“不不不，我要的是你的真实姓名。”福尔摩斯柔和地说道，“用化名办事情总是让人感到狼狈。”

这个陌生人苍白的脸顿时涨得通红。“好，好。”他说，“我真名是詹姆斯·赖德。”

“完全正确，‘世界旅馆’的领班。请上车吧！我很快就会把你希望知道的一切都告诉你的。”

小个子男人站在那里，用将信将疑、恐惧和希望参半的眼神来回打量着我们两人。这正是一个对于自己的处境感到吉凶未卜的人的表情。随后他上了马车，半小时以后，我们便回到了贝克街的起居室。一路上我们没有说什么，可是我们这个新伙伴喘着粗气，两手时而紧握，时而放松，显得十分紧张。

“我们到家了！”我们相继走进屋子时，福尔摩斯高兴地说道，“在这种天气里能围着这炉火真是太好了！你看上去很冷，赖德先生。请在这把藤椅上

“哎呀！先生，你就是我要找的人。”

坐下吧。等我先换上拖鞋，再来解决你的这件小事。好，行了，你是想知道那些鹅的下落吧？”

“是啊，先生。”

“也许，更确切地说，你是想知道那一只鹅的下落吧。我想你感兴趣的只有一只鹅，也就是那只白色的、尾巴上有一道黑的鹅。”

赖德激动得颤抖了一下。“哦，先生！”他喊道，“您能告诉我这只鹅的下落吗？”

“它在我这里。”

“你这里？”

“是的，它果然是一只最奇异的鹅，难怪你对这只鹅如此感兴趣。这只鹅死后下了一个蛋——人们从来没有见过的最美丽最耀眼的蓝色小蛋。我已经把它收藏在我的博物馆里了。”

我们的客人站起身来跌跌撞撞地，走了几步，右手扶住壁炉架。福尔摩斯打开他的保险箱，高举那颗蓝宝石，那宝石如同一颗耀眼的寒星，光芒四射。赖德站在那里拉长了脸，死死盯着宝石，不知是该认领还是该否认。

“这出戏该收场了，赖德。”福尔摩斯平静地说，“站稳了，伙计，不然你会跌到壁炉里去的。把他搀回椅子上去，华生。他还没有胆量干那瞒天过海的罪恶勾当。给他喝点儿白兰地。看，现在看起来他气色好些了。没错，他的个子真够矮小的！”

有一阵子，他踉踉跄跄，几乎倒下。喝了一口白兰地，他的脸上稍微恢复了些血色。他又坐了下来，神色恐惧地盯着他的指控人。

“我几乎掌握这个案子的每个环节和我需要的一切证据。所以不需要你告诉我什么了。但为了使这件案子有一个交代，有些小事要弄清楚。赖德，你听说过莫卡伯爵夫人的蓝宝石吗？”

“是凯瑟琳·丘萨克告诉我的。”他结结巴巴地说。

“我明白了，是伯爵夫人的侍女。哼，这笔唾手可得的横财对你的诱惑实在太大，就如同它以往曾引诱过比你本领高强的人一样；但你采用的方法却不细致。据我看，赖德，你天生是一个相当狡诈的家伙。你知道管工霍纳这个人从前曾有过盗窃行为，所以人们会很容易怀疑到他的身上。那么你是怎么干的呢？你和你的同谋丘萨克在伯爵夫人的房间里设了个小小的骗局。你安排霍纳

“看在上帝的面上，饶了我吧！”

进到房间里来干活，等他走后，你才撬开首饰匣，随后大叫有贼，使这个不幸的人被捕入狱。然后你……”

赖德扑通一声跪在了地毯上，抓住我朋友的两膝。“看在上帝的面上，饶了我吧。”他哀求道，“我上有父母！这会使他们心碎的。我以前从没干过坏事！以后我再也不敢了，我可以发誓。我可以对天发誓。噢，别把我送交法庭！看在基督的分上，别那样做！”

“到你的椅子上去坐下！”福尔摩斯厉声说道，“现在你知道下跪求饶了，可是你没有想过可怜的霍纳却因莫须有的罪名被送上了被告席。”

“我逃走，福尔摩斯先生。我离开英国，先生。这样对他的指控就会撤销了。”

“嗯哼！这个我们要考虑一下。不过现在先让我们听听这第二场戏是怎么回事吧。这颗宝石是怎样落进鹅的肚子里，而那只鹅又是怎样到市场上去的呢？跟我们讲老实话，只有这样才能保你平安无事。”

赖德舔了舔他干裂的嘴唇。“我一定如实相告，先生。”他说，“霍纳被捕后，我就想还是立即携带宝石逃走为妙，因为我怕警察会随时来搜查我和我的房间。藏在旅馆里是肯定不安全的。于是我假装出差离开了旅馆，躲到了我姐姐家。她和一个名叫奥克肖特的人结了婚，住在布里克斯顿路。她在那里靠养鹅到市场上去出卖维生。我觉得在路上碰到的每一个人都像是警察或侦探。因此，尽管那天晚上十分寒冷，可我还没有到达布里克斯顿路就已是汗流满面了。我姐姐问我出了什么事，又问我为什么脸色这么难看。我只是对她说旅馆发生了一起珍宝盗窃案，所以使我心烦意乱。随后我来到后院，一边抽着烟斗，一边盘算着此事该如何是好。

“我有过一个朋友叫莫兹利，他犯过法，刚在培恩顿维尔①服完刑。有一天他碰到我，并和我谈起了盗窃和销赃的手法。我相信他不至于出卖我，因为我知道一两件有关他的事，于是我下定决心到基尔伯恩他的住处去找他，并把事情的真相告诉他。他一定会教我如何才能把宝石换成钱的，但是怎样确保自己能安全到达他那里呢？我想起了我从旅馆跑来的路上担惊受怕的心情。我随时都有可能遭到逮捕和搜查，而宝石就藏在我背心的口袋里。当时我正靠墙站

① 培恩顿维尔：1842年在伦敦北部建成的专门囚禁男犯的监狱。——译注

着，只见一群鹅在我身边摇摇摆摆地走来走去，我突然想起了一个办法，这方法可以瞒过这世上最厉害的侦探。

“几个星期以前，我姐姐曾对我说过，让我随意挑选一只她的鹅，算是她送给我的圣诞节礼物。我姐姐对我很好，既然她这么说过，我现在就可以把鹅拿走，这样我就可以把宝石藏在鹅的肚子里带到基尔伯恩去。我姐姐院子里有一个小鹅棚，我从棚子里赶出来一只尾巴上有一道黑边的大白鹅。我抓住它，撬开它的嘴，用手指将宝石塞进它喉咙的最深处。鹅咕嘟一口就把宝石吞下去了，我摸到宝石已经顺着鹅的食道落到了它的嗉囊里。那只鹅拍打着翅膀拼命挣扎，这时我姐姐听到动静走出屋来看个究竟。正当我转身和她讲话的当儿，这鹅却从我的手里挣脱出来，扇着翅膀一头窜回鹅群里去了。

“‘杰姆，你抓那只鹅干什么？’她问道。

“‘喔，’我说，‘你不是说过要给我一只鹅过圣诞节吗？我在挑一只最肥的！’

“‘哦，’她说，‘我们早已把要送给你的鹅给准备下了，就是那只叫杰姆的鹅，就是那边那只大白鹅。我一共养了26只鹅，一只给你，一只留给我们自己吃，还有24只准备卖到市场上去。’

“‘谢谢你，麦琪，’我说，‘但是如果你不在乎的话，我还是想要我刚才抓到的那一只。’

“‘我们留给你的那只比你刚才抓的那只足足重三磅呢！’她说：‘那是我们特意为你喂肥的。’

“‘没关系，我就要我抓的那只，我现在就把它带走。’我说。

“‘唉！随你的便吧。’她有点儿生气地说，‘你要的是哪一只呢？’

“‘那只尾巴上有一道黑的白鹅，就在那群鹅里面。’

“‘哦，好吧，把它宰了带走吧。’

“就这样，我照她说的做了，福尔摩斯先生，并带着这只鹅跑到基尔伯恩。我把我所做的全告诉了我的朋友，因为他是我在这类事情上的心腹之交。

他乐得合不拢嘴。我们用刀将鹅剖开。我的心一下子凉了半截，嗉囊里根本不见蓝宝石的踪影，我知道一定是搞错了。我扔下鹅，急忙跑回姐姐家里，匆匆来到后院。后院里一只鹅也没有了。

"'麦琪，鹅都到哪里去了？'我喊道。

"'已经送到鹅贩子那儿去了，杰姆。'

"'哪家贩子？'

"'考文特花园的布莱肯里奇。'

"'其中是否有一只尾巴上有条黑道的鹅？和我挑选的那只一样的？'我问道。

"'有的，杰姆，有两只鹅的尾巴上都有黑道，连我都分不清呢。'

"这下我明白了。等我拼命跑到布莱肯里奇摊主那里时，所有的鹅都卖光了，而且他坚决不肯告诉我，鹅究竟卖到哪里去了。你今夜已经亲自听到他是怎么说的了，他总是那样回答我的。我姐姐以为我要发疯了，有时候我也觉得自己是要发疯了。现在，我不仅没有得到我出卖人格偷到的财宝，而且还惹了一身臊，白担了窃名。上帝宽恕我吧！上帝宽恕我吧！"只见他双手捂脸，抽搐着哭泣起来。

长时间的沉默，只听到他沉重的啜泣声和夏洛克·福尔摩斯的手指头有节奏地叩打桌沿的声音。突然，我的朋友站起身来，拉开了门。

"滚出去！"他说。

"什么，先生！噢，愿上帝保佑你！"

"什么也别说了，滚吧！"

什么也不需要说了。只听见楼梯上一阵咚咚的脚步声和砰的关门声，接着是这人在街上跑过的清脆的脚步声。

"说到底，华生，"福尔摩斯边说边伸出手去拿那只陶制烟斗，"警察局并没有请我向他们提供他们缺乏了解的案情呀！如果霍纳仍处于危险境地，那就是另外一回事了；但是这个家伙是不可能再出来指控他了，这个案子也就不

他突然双手捂脸，抽搐着哭泣起来。

成立了。我看我是在减轻一个人的重罪，但很可能我还挽救了一个人的灵魂。这个人将不会再做坏事了，他已经吓破了胆。要是把他送进监狱的话，只能是多了一个终身囚犯。再说，得饶人处且饶人嘛！我们有幸碰上这么个奇特古怪的问题，能将其妥善解决也就算是得到报酬了。如果你愿意按一按铃，医生，我们可以开始另一桩案件的调查，其中的关键仍然是一只家禽。”

The Solitary Cyclist
The Dancing Men
The Second Stain
The Speckled Band
The Reigate Squire
The Boscombe Valley Mystery
The Red-Headed Leagu
The Abbey Grange
The Final Problem
The Bruce-Partington Pla

福尔摩斯
探案大全集 II

【英】阿瑟·柯南·道尔　著
贺天同等　译

時代文藝出版社

目录

奇案记（1892—1893）

奇案记（1892—1893）

斑斓带

我大略地看一下八年来我为研究我的朋友夏洛克·福尔摩斯的破案方法而记录下来的七十多个案例，发现这些案例既有悲剧性的，也有喜剧性的，大部分都是离奇古怪的，但没有一例是平淡无奇的。这是因为，他做这项工作与其说是为了赚钱，不如说是出于对这项工作的热爱，因此，除了独特或离奇得近乎不可理喻的案情外，他从来不参与对一般案情的调查。然而，在所有这些精彩纷呈的案例中，我却想不起还有比萨里郡斯托克莫兰著名的罗伊洛特家族案更为奇特的了。该案发生在我和福尔摩斯结交的早期。那时，我还是单身汉，在贝克街和他同住一个寓所里。我本该早就将此事列入我的记录之中，但是，当初我曾答应当事人对此严加保密，直到上个月，作为此事的当事人的那位女士不幸撒手人寰之后，我的保密义务才得以解除。现在，应该是让世人了解事实真相的时候了，我知道，对于格里姆斯比·罗伊洛特医生之死，社会上的流言甚多。这些谣言大多耸人听闻，远与事实不符。

那是在1883年4月初的一天早上，我被夏洛克·福尔摩斯叫醒。只见他已经穿好了衣服，正立在我的床头。我知道他素来爱睡懒觉，而此时壁炉架上的时钟显示，才刚7点一刻。我眨了眨眼睛，惊异地看着他，心里甚至还有点儿发毛，因为我的生活习惯是很有规律的。

“把你叫醒了，我非常抱歉，华生。”他说道，“但是，今天早上你我只能认命了。赫德森夫人先被敲门声吵醒，接着她气哼哼地来吵醒我，现在是我来叫醒你。”

“出了什么事，失火了吗？”

“不，来了一位委托人，好像是一位情绪相当激动的年轻女士，她坚持一定要马上见我不可，现在她正在起居室里等着呢。年轻的女子一大清早就在城市里跑，甚至还把别人从床上吵醒，想必事情非常严重，不得不找人商量。假如这是一件有趣的案子，我敢肯定你一定希望从头开始了解事情的经过。所以我认为不管怎样也要把你叫醒，给你这个机会。”

“我的老伙计，我从来不愿意失去这样的机会。”

没有什么比跟着福尔摩斯一起进行调查工作，欣赏他迅速的推论更使我感兴趣的事了。他的推论是如此之敏捷，就好像完全是靠直觉做出的，而实际上却总是以逻辑推理为基础的。靠这样的逻辑推理，他总能解决委托人提给他的问题。我匆忙穿上衣服，几分钟后就跟我的朋友一起来到了楼下起居室。一位身穿黑衣、头戴面纱的女士端坐在窗前。在我们走进房间的当口儿，她站了起来。

“早上好，小姐。”福尔摩斯兴致勃勃地说道，“我名叫夏洛克·福尔摩斯。这位是我的好朋友华生医生。在他面前你可以随意谈话，如同在我面前一样。哈！赫德森夫人已经升起了壁炉，她能如此周到我很高兴。请靠壁炉坐近些，我叫人给你送一杯热咖啡，我看你在发抖。”

“我不是因为冷才发抖的。”那个女子低声说道，并按福尔摩斯说的换了个靠近壁炉的座位。

“那是为什么呢？”

“是因为害怕，福尔摩斯先生，因为恐惧。”她一边说一边掀起面纱，我们看到她的确显得万分焦虑，甚是可怜。她脸色阴沉，两眼惊恐不安，就像是一只被追逐的动物。从身材和相貌来看，这个女人约莫三十岁，可是，两鬓已有些灰白，她的表情也萎靡而憔悴。夏洛克·福尔摩斯迅速地对她上下打量了一番。

“你别害怕。”他向前欠身，轻轻地拍拍她的手臂，安慰道，“我肯定你的事情我们很快就会处理好的，我看你是今天早上坐火车来的吧？”

她掀起了面纱，我们看到她的确显得万分焦虑，甚是可怜。

“这么说来，你认识我？”

“不，我注意到你左手的手套里露出半截回程车票。你动身一定很早，而且你是乘坐轻便双轮马车在崎岖而泥泞的道路上行驶了很长一段路程后，才到达车站的。”

那位女士大惑不解地凝视着我的同伴。

“没什么可奇怪的，亲爱的小姐。”他笑了笑说，“你外套左臂上，至少溅上了七个泥点。这些泥点都是才沾上没多久的。只有那种轻便双轮马车才会这样溅起泥水来，而且你是坐在车夫的左面。”

“真不知道你是怎么判断出来的，但你说得完全正确。”她说，“我不到6点钟就离家上了路，6点20到达莱瑟黑德，然后乘坐第一班火车到了滑铁卢车站。先生，我实在是紧张得再也受不了了，这样下去我会发疯的。除了一个人关心我之外，没有任何人能帮助我，可是他很可怜，对我也是爱莫能助。有人对我说起过你，福尔摩斯先生，就是法林托歇夫人，你曾经在她最需帮助的时候帮过她。你的地址就是她告诉我的。噢，先生，请你也帮帮我的忙，好吗？起码给绝望的我指出一线希望吧！眼下我无法报答你对我的帮助，不过在一个月或一个半月之内，我就会结婚，到那时我就能支配我自己的收入了，你将会发现，我绝不是一个忘恩负义的人。”

福尔摩斯转身走进办公桌，打开抽屉的锁，取出一册小小的笔记本，翻了一下。

“法林托歇，”他说，“啊，是的，我想起了那个案子，猫眼石头饰案。华生，这还是你认识我之前的事情。小姐，我要说我很愿意为你效劳，就像我曾经为你的朋友效劳一样。至于酬劳，我的职业本身就是我的酬劳。不过，你可以在你认为最适当的时候，支付我在这件事上可能付出的费用。好了，现在请你把有关情况详细告诉我们，以便我们对此事做出判断。”

“唉！”我们的客人叹息道，“我的处境之所以可怕就在于我所害怕的东西是模糊不清的，引起我疑虑的全然是一些在别人看来可能是微不足道的琐碎小事。所有的人，甚至最该给我帮助和指点的人，也把我所说的一切视为一个神经质女人的胡思乱想。他嘴里虽没有这么说，我却能从他安慰我的答话和回避的眼神中看出来。我听说，福尔摩斯先生你最能洞察人的内心。也许你会告诉我，在这种处境险恶的情况下，我该如何是好。”

“我会仔细听你讲的，女士。”

“我名叫海伦·斯托纳，我和继父生活在一起，他是英国最古老的撒克逊家族之一，位于萨里郡西部边界的斯托克莫兰的罗伊洛特家族的最后一个还活在世上的人。”

福尔摩斯点点头。“这个家族的名字我很熟悉。”他说。

“这个家族曾经是英国最富有的家族之一，它不仅在本郡广有田产，而且超出了边界，北至伯克郡，西至汉普郡，到处都有。然而到了上个世纪，由于连续四代子嗣的放荡和挥霍，摄政统治时期[①]，其家族中的一个赌棍终于将家产输得精光。除了几英亩地和一座有两百年历史的老宅外，什么也没有留下，而那座老宅也因繁重的债务被典押得差不多了。最后的一位乡绅在那里勉强维持，过着破落贵族的凄凉生活。但是他的独生子，也就是我的继父，觉得这样维持下去不是办法，便向他的亲戚借了一笔钱，他用这笔钱读书获得了医学学位，然后出国到加尔各答行医，凭着他的医术和顽强性格，他创办了一个很大的诊所。可是，由于家里多次被盗，他一时暴怒，打死了本地管家，差点儿被判死刑。结果，他坐了很长时间的牢。返回英国时，他已是一个郁闷孤僻、失意潦倒的人。

“罗伊洛特医生是在印度和我的母亲结婚的，我母亲是孟加拉炮兵司令斯托纳少将的年轻遗孀，也就是斯托纳夫人。我的姐姐朱莉娅和我是孪生姐妹，我母亲再婚时，我们只有两岁。母亲相当有钱，每年收入不少于1000英镑。我们和罗伊洛特医生住到一起之后，母亲就立下遗嘱把财产全部归他，附带的一个条件是在我们结婚后，每年要拨给我们一定数目的金钱。我们返回英国不久，母亲就去世了。她是8年前在克鲁附近一次火车事故中丧生的。罗伊洛特医生放弃了重新在伦敦开业的打算，带我们回到斯托克莫兰祖先留下的老宅。母亲留给我们的钱足够我们花的，我们本该很幸福。

“但是，就在此时，我们的继父发生了可怕的变化。起初，乡邻们见到斯托克莫兰的罗伊洛特的这个古老家族的后裔重归故里，都相当高兴，可是他既不和别人交朋友，也不和邻居来往，整天把自己关在房子里，很少出门，偶尔出门也是不管碰到什么人，都要和别人大吵大闹。他的这种近乎癫狂的暴戾脾气是这个家族的遗传。我认为由于我的继父长期旅居于热带地区，所以他的坏脾气就越发厉害了。此后发生了一系列使人丢脸的争吵，其中两次，一直吵到了打官司的地步。结果，他成了村里人人都害怕的人，人们

① 即英王乔治四世皇太子的摄政时期，自1811年至1820年期间。——译注

他把村里的铁匠一把抱起来，越过栏杆扔进了河里。

都唯恐避之不及，因为他的力气相当大，一旦发怒，谁也奈何不了他。

“上星期他把村里的铁匠一把抱起来，越过栏杆扔进了河里，我花了我手头所能凑够的所有的钱，才在众人面前给他保住了面子。除了那些四处流浪的吉卜赛人之外，他没有任何朋友。他让那些流浪者在属于他家族地产的几英亩荆棘丛生的土地上搭帐篷。他还到他们的帐篷里去接受他们好客的款待，甚至随他们一起四处流浪数周之久。他特别热爱印度的动物，那是一个记者送给他的。他目前有一只印度猎豹和一只狒狒，它们就在他的土地上自由自在地四处游逛，村民害怕它们就像害怕它们的主人一样。

“根据我说的情况，你们可以想见我和可怜的姐姐朱莉娅的生活真是毫无乐趣可言。连仆人也不愿意同我们长期相处，多年以来，全靠我们自己操持所有的家务。我姐姐死的时候年仅30岁，可是她早已未老先衰、两鬓斑白了，几乎和我现在的头发一样白。”

“这么说来，你姐姐已经死了？”

“她是两年前死的，我来就是要告诉你有关她去世的事。你可以想象，过着我刚才所描述的那种生活，我们很难见到和我们门当户对的同龄人。好在我们有一个姨妈，我母亲的老处女妹妹霍洛拉·韦斯法尔小姐，住在哈罗附近，继父偶尔允许我们到她家去玩两天。两年前的圣诞节，朱莉娅到她家去玩时认识了一位领半薪的海军陆战队少校，并和他订了婚。姐姐回来后，我继父得知此事时并未表示反对。但是，就在举行婚礼前不到两周的时候，发生了一件可怕的事情，使我失去了我唯一的伙伴。”

一直闭着眼睛躺在椅子上、头埋在靠垫里的福尔摩斯，此时半睁开眼，看了看他的客人。

“请你把详细的情况说清楚一些。”他说道。

“这我不难做到，那个可怕时刻所发生的每件事情都深埋在我的记忆里。我已经说过，庄园的宅子是很古老的，现在只有一侧的一排房子还住着人。卧室在这排房子的一楼，起居室位于宅子的中部。卧室中第一间是罗伊洛特医生的，第二间是我姐姐的，第三间是我自己的。这些卧室彼此互不相通，但是房门外共有同一条过道。不知我讲清楚了没有？”

“很清楚了。”

“三间卧室的窗外都是草坪。发生不幸的当晚，罗伊洛特医生早早就钻进了自己的卧室，不过我们知道他并没有睡觉，因为我姐姐闻到一阵阵继父最爱抽的印度雪茄的刺鼻难闻的烟味。因此，她离开了自己的房间，到我的卧室来待了一会儿，和我谈起她即将举行的婚礼。11点钟的时候，她起身回自己的卧室，但在门口时她停下了脚步，回过头来。

"'告诉我，海伦，'她说，'你是否听到过有人在深夜吹口哨？'

"'从来没有听到过。'我说。

"'我想你睡着的时候是不可能吹口哨的吧？'

"'当然不可能，可你为什么要问这个呢？'

"'因为这几天的深夜，大约凌晨3点时，我总能听到低而清晰的口哨声。我是一个容易被惊醒的人，这声音把我吵醒了。我说不出这声音来自何方，像是来自隔壁卧室，又像是来自草坪。我当时曾想过，我要来问问你是否也听到了这种声音。'

"'没有，我没听到过。那一定是种植园里那群可怜的吉卜赛人发出的吧。'

"'很有可能。但是如果是从草坪传来的，我感到奇怪，为什么你却听不到呢？'

"'啊，可能我睡得比你死吧。'

"'唔，管它呢，反正这无关紧要。'她扭头对我微微一笑，关上了我的房门。过了不大一会儿，我就听到她用钥匙锁门的声音。"

"是这样？"福尔摩斯说，"你们夜里总是习惯把自己锁在屋子里吗？"

"总是这样的。"

"为什么呢？"

"我想我已经告诉过你，医生养着一只印度猎豹和一只狒狒。不锁门，我们没有安全感。"

"是这样。请你继续说下去。"

"那晚我无法入睡，我心头有一种模模糊糊的大祸将临的预感。你知道，姐姐和我是孪生姐妹，紧紧连接我们两颗心灵的纽带该有多么微妙。那是个暴风雨之夜，窗外风雨交加。突然，在风雨的呼啸声中，传来一声女人

“我看见我姐姐出现在她的门口，她的脸由于恐惧变得煞白，双手瑟瑟发抖。”

恐怖的狂叫声，我听出那是我姐姐的声音。我猛地下床，裹上披肩，冲到过道。就在我开门的当儿，我仿佛听到一声我姐姐描述过的那种低低的哨声，稍停，又听到好像是一块金属落地的声音。当我顺着过道跑去时，我姐姐的门开了锁，门正在慢慢打开。我不知道里面会出来什么，双眼瞪着门，吓呆了。借着过道的灯光，我看见我姐姐出现在她的门口，她的脸由于恐惧而变得煞白，双手瑟瑟发抖地寻求帮助，整个身体摇晃着，就像醉汉一样。我跑上去抱住她，可是她双膝一软，跌倒在地。她像在忍受着剧痛那样满地翻滚，四肢可怕地抽搐。起先我以为她没有认出我来，可是当我俯下身来时，她突然发出了一声令我此生难忘的凄厉叫喊：‘唉，我的上帝啊！海伦！带子！一条斑斓的带子！’她的手指举在空中，指向医生的房间，似乎还想说些什么，但是抽搐再度发作，她说不出话来了。我飞快地跑过去，大声呼喊继父，正碰上他穿着睡衣匆忙从他的房间出来。等他赶到我姐姐身边时，她已经失去了知觉。他给她灌下了白兰地，并从村里请来了医生，但一切都是徒劳，她慢慢地咽了气，再也没有恢复知觉。我亲爱的姐姐就这样悲惨地死去了。”

“等一下，”福尔摩斯说，“你敢肯定你听到了口哨声和金属碰撞声了吗？你能发誓吗？”

“本郡验尸官在调查时也这样问过我。我听到了，我的印象非常深。可是由于外面的风暴声和老宅的嘎吱嘎吱声，也有可能是我听错了。”

“你姐姐穿好衣服了吗？”

“没有，她穿着睡衣。她的右手捏着一根烧焦了的火柴，左手里有个火柴盒。”

“这说明在出事时，她划燃火柴向周围看过，这一点很重要。验尸官得出了什么结论？”

“由于罗伊洛特医生在当地已是声名狼藉，验尸官对这个案子的调查也格外认真，但却始终未能找出令人信服的死亡原因。我的证词证明，卧室房门总是从里面锁上的，每天晚上，带有粗铁窗闩的老式百叶窗都是关得严严实实的。仔细地敲击墙壁说明四面墙壁都很坚固，彻底检查了地板，结果也是一样。烟囱很宽大，但也是用了栅栏加上四把大锁锁上的。因此，可以肯定我姐姐在遭遇不幸时，屋里只有她独自一人。再说，她身上没有任何受到暴力侵犯的痕迹。”

“那么有没有可能是中毒？”

“医生们都检查过，但查不出来。”

“那你认为这位不幸的女士为什么会死呢？”

“我相信她是受到恐惧和惊吓而死，尽管我想象不出究竟是什么东西吓坏了她。”

“当时种植园里有吉卜赛人吗？”

“有的，那附近几乎总有吉卜赛人。”

“哦，你认为她提到的带子，带斑点的带子是什么意思？”

“有时我认为那只是她精神错乱时说的胡话，有时又觉得，可能指附近的某一班人[1]，也许就是指种植园里那群吉卜赛人。我不知道她说的斑斓带是不是就是指他们头上戴的有花斑点的头巾。”

福尔摩斯摇摇头，好像这种说法远远不能使他感到满意。

“事情没有那么简单。”他说，“请接着讲下去。”

“自那以后，两年过去了，近来我的生活比以前更加孤单寂寞。然而，一个月前，我的一位认识多年的亲密朋友向我求婚。他名叫阿米塔奇——珀西·阿米塔奇，是住在里丁附近克兰沃特的阿米塔奇先生的二少爷。我继父也不反对这件婚事，我们准备在春天结婚。两天前，老宅西侧的房子开始进行翻修，我卧室的墙壁打了洞，所以我不得不搬到我姐姐被吓死的房间，睡她睡过的那张床。昨天晚上，我躺在床上睡不着，想着她那可怕的命运，就在这夜深人静之际，我突然听到了那低低的哨声，那曾经预兆我姐姐死亡的哨声，可想而知，我当时吓到什么地步！我跳下床，点着灯，但是房间里并没有什么。我实在吓坏了，再也不敢上床。我穿好衣服，等天一亮就悄悄出来，在老宅对面的克朗旅店雇了一辆马车到莱瑟黑德，从那里径直赶到你家，只是希望能得到你的救助。”

“你这样做很明智，”我的朋友说，“但是你是否把该说的全说了？”

“是的，全说了。”

“罗伊洛特小姐，你并没有全说，你在袒护你的继父。”

“噢，你这是什么意思？”

福尔摩斯掀起了她放在腿上的那只手的黑色花边袖口，作为对这个问题的回答。只见她白皙的手腕上有五块青紫的小伤痕，那是一只大手掌留下的指痕。

---

① 英语中“带子”（band）这个词也有“一班人”的意思。——译注

“他欺负你了。”福尔摩斯说。

这位女士羞红了脸，掩住受伤的手腕。“他是个壮汉，”她说道，“他自己都不知道自己的力气有多大。”

一阵长时间的沉默，福尔摩斯只顾托着下巴，看着劈啪作响的炉火发呆。

“这事情很有点儿玄。”他最后说道，“在我决定采取行动之前，我还要了解大量的细节。可是时间不等人，如果我们今天到斯托克莫兰去，有没有可能在你继父不知道的情况下，让我查看一下那里的房间呢？”

“真巧，他说今天他要进城办理一件特别重要的事情。他很可能一整天都不在家，你可以放心检查房间，没有人打搅你。我们有一个上了年纪的女管家，她老眼昏花，糊里糊涂，我随时可以把她支开。”

“好极了，华生，你不反对我们一起去做一番调查吧？”

“完全不反对。”

“那么，咱们走吧。小姐你自己在城里还有什么事要办吗？”

“既然进了城，我就顺便办一两件事。不过，我将乘坐12点的火车回去等着你们光临。”

“估计我们要到午后才能到，我自己也有些小事要办。你吃了早点再走好吗？”

“不，我要走啦！向你倾吐了我的烦恼之后，我心情好多了。下午再见。”她拉下厚厚的黑色面纱将脸遮住，轻手轻脚地走出了房间。

“华生，你对这一切的看法如何？”夏洛克·福尔摩斯仰靠在椅背上问道。

“我看是一个极其险恶的阴谋。”

“极其阴险毒辣。”

“可是，如果房间的地板和墙壁果真如那女士所说的那样没有受到什么破坏，没人能由门窗和烟囱钻进房去，那她姐姐不明不白被吓死的当晚，无疑卧室里只有她独自一人。”

“可是，那深夜的哨声是怎么回事？那女人临死时说的非常奇怪的话又做何解释呢？”

“我想不出来。”

“深夜的哨声以及与这位老医生关系十分亲密的一帮吉卜赛人的出现，使我们有充分理由相信医生有阻止他的继女结婚的企图。那句临死时提到的有关带子的话，还有海伦·斯托纳小姐听到的当啷一下的金属碰撞声，很可能是百叶窗上的金属窗闩落下发出的。凡此种种，只要把所有情况联系起来考虑，抓住这些线索不放，就可以解开这个谜了。”

“可那些吉卜赛人都干了些什么呢？”

“我想象不出。”

“我看单凭推理往往靠不住。”

“我也这样看。正是因为如此，我们今天才要到斯托克莫兰去。我想看看我的推理是靠不住呢，还是可以解释得通——嘿，干什么，真是活见鬼啦！”

我的伙伴之所以这样喊叫是因为我们的门突然被一个彪形大汉撞开了。他的衣着很古怪，既像医生，又像务农的。他头戴黑色礼帽，身穿长礼服，脚上却穿着一双有绑腿的高筒靴，手里还挥动着一条猎鞭。他的个子很高，帽子差不多都擦到房门上的横楣了；他的块头很大，几乎把一扇门给堵住了；他那张充满邪恶神情的宽脸上满是皱纹，被太阳烤得发黄。他反复打量着我们两个。他深陷的眼睛凶光毕露，加上细长的鹰钩鼻，使他看起来活像一只老猫头鹰。

“你俩谁是福尔摩斯？”这个怪物问道。

“先生，鄙人就是，可是恕我无礼，你是何人？”我的伙伴平静地说。

“我是斯托克莫兰的格里姆斯比·罗伊洛特医生。”

“喔，是医生。”福尔摩斯和蔼地说，“请坐吧。”

“少跟我套近乎，我的继女到你这里来过吧，我一直在跟踪她。她对你都说了些什么？”

“到了这个时候天气还这么冷真有点儿反常。”福尔摩斯说。

“她都对你说了些什么？”老头暴跳如雷地吼道。

“你俩谁是福尔摩斯？”

“不过，我听说番红花将开得很好。”我的伙伴神情自若地接着说。

“哈！你在和我兜圈子，是不是？”我们这位客人朝前迈了一步，抖动着手中的猎鞭说，“我知道你，你这个无赖！我早就听说过你。你是福尔摩斯，一个专爱管别人闲事的家伙。”

我的朋友微微一笑。

“福尔摩斯，你这个好管闲事的家伙！”

他笑得更加开心。

“福尔摩斯，你这个苏格兰场自以为是的小侦探！”

福尔摩斯呵呵笑了起来。“和你谈话真有意思。”他说，“你出门时别忘了把门关上，因为这里有一股子穿堂风。”

“我要把话说完才走。你居然胆敢干预我家的事。我知道斯托纳小姐到你这里来过，我跟踪了她。我可是个不好惹的人，最好别惹我！看看这个。”他迅速向前抓起火钳，用他那双褐色的大手一下子将它扭弯了。

“当心别落到我的手里。”他边吼边顺手把扭弯的火钳扔到壁炉里，大步走出了房间。

“这个人可真是非常和蔼可亲呢。”福尔摩斯哈哈大笑道，“尽管我的个子没他大，但是如果他还没走，他会看到我的手劲并不比他的差。”说着，他拾起那把火钳，猛一用力，又把它重新弯了过来。

“这蛮横的家伙居然把我和警探混为一谈，可笑！他也算博得了我们轻松的开怀一笑，我只希望那女士不要再遭受这个畜生的折磨才好。好了，华生，我们吩咐他们开饭吧，早餐后我要先到医师协会去，我希望在那儿能搞到一些对这个案子有用的资料。”

夏洛克·福尔摩斯从外面回来时已快到一点了。他手中拿着一张记满文字和数字的蓝纸。

“我看了那位已故妻子的遗嘱。”他说，“为了确定遗嘱的确切含义，我不得不对遗嘱中所列的那些资产进行了一番计算。那位女主人的全部收入在她去世时将近1100英镑，基于目前农产品价格下跌，按市价算目前只有不到750英镑。可是一旦女儿结婚，每人就有权得到250英镑的收入。因此，很明显，如果两姊妹都成了家，剩给这个怪人的钱就没多少了，哪怕只嫁一个女儿，他也会很狼狈的。我这一上午没有白费，因为这遗嘱证实了他有阻止女儿结婚的强烈动机。华生，目前情势很严峻，容不得半点儿懈怠，特别是那老头已经知道了我们在对他进行调查，所以，如果你已经做好准备，我们这就去雇辆马车，赶往滑铁卢车站。如果你能带上你的左轮手枪，我将非常感激。要对付这个能把火钳扭弯的老先生，最好是带上一把利剑。不过，我想我们只需要带上一把牙刷和一把手枪就足够了。”

我们在滑铁卢车站正好赶上一班开往莱瑟黑德的火车。到那儿后，我们从车站旅店雇了一辆轻便马车，沿着宜人的萨里单行车道行驶了五六英里。那天天气晴好，阳光明媚，天高云淡。路边的树木刚刚抽枝发芽，空气中散发着沁人心脾的湿润泥土的气息。我不禁觉得这春意盎然的景色和我们从事的凶案调查很不协调。我的伙伴双臂交叉地坐在马车里，帽子遮着眼睛，突然从低头沉思中惊醒过来，拍了拍我的肩膀，指着前面的草地。

“看哪！”他说。

只见在缓坡上是一片茂密的园林，一直延伸到最高处，形成了一片密密的丛林。树丛之中矗立着一座老宅的灰色山墙和高高屋顶。

“那是斯托克莫兰吗？”他问。

“是的，先生，那是格里姆斯比·罗伊洛特医生的宅子。”马车夫回答。

“那边正在翻修老宅。”福尔摩斯说，“这就是我们要去的地方。”

“村子在那儿。”马车夫指着左面的一簇屋顶说，“但是，如果你们想去老宅，可以抄近路，先跨过篱笆两边的台阶，然后顺着地里的小路走。看，就是那位女士正在走着的那条小路。”

“我想，那位女士就是斯托纳小姐。”福尔摩斯手遮着阳光，仔细看着说，“好，我看我们就照你指的路走。”

我们下车付了车钱，马车夫拉马回头朝莱瑟黑德驶去。

“我是这样想的，”当我们走上台阶时，福尔摩斯说，“还是让这个车夫把我们当成建筑师，或者是生意人为好。这样可以省得他到处去说三道四。你好，斯托纳小姐。你瞧，我们说来就来了。”

我们这位早上认识的委托人非常高兴地匆忙上前来迎接我们。“我正在着急等着你们呢！”她边和我们热情地握手边大声说道，“看来一切顺利。罗伊

我们下了车，付了车钱。

洛特医生进城了，估计他要到傍晚才能回来。”

“我们已有幸认识了这位医生。”福尔摩斯把大致的经过说了一番。斯托纳小姐听后嘴唇变得煞白。

“天哪！”她叫道，“他居然一直在跟踪我。”

“看来是这样。”

“他太阴险了，我不知道该如何防范他。他回来后会怎样对付我呢？”

“他必须先保护他自己，没准儿有比他更狡猾的人正在跟踪他呢。今晚你务必要锁上你的门不让他进去。如果他发狂，我们就送你去哈罗你姨妈家。现在，我们要抓紧时间，请马上带我们去检查那些房间。”

这是一座用灰色的石头砌成的宅子，石壁上满是青苔，宅子的中部高高矗立，两侧的房子像一对蟹钳似的呈弧形向两边展开。一侧的房子门窗破碎，用木板堵着，房顶也部分地坍陷了，看上去犹如残破的废墟。房子的中央部分经过修补，而右边那一排房子却比较新，窗上挂着窗帘，烟囱冒着袅袅的蓝烟，说明有人居住在这里。靠山墙搭有脚手架，石头墙已经凿通，但是我们却没见到干活的工人。福尔摩斯在那块修剪不善的草坪上缓慢地走了一个来回，特别注意检查了窗外的草坪。

“我估计这就是你过去的寝室，中间是你姐姐的卧室，挨着主楼的那间是罗伊洛特医生的卧室。”

“完全正确。只是我现在住中间那间卧室。”

“我想这是因为你的那间卧室需要修缮所致。顺便问问，那座山墙看上去好像并不急需修缮吧。”

“根本不需要，我相信那只是让我从我卧室搬出来的一个借口。”

“啊！这里很有文章。嗯，这排狭窄房子的另一边是那条三间卧室的门对着的过道。过道里面应该也有窗子的吧？”

“有的，不过窗子非常窄小。人钻不进去。”

“既然你俩的房门晚上都是锁着的，就不可能从过道那边进入你们的房间了。现在，请你到你的房间里去，并且闩上百叶窗。”

斯托纳小姐照办了。福尔摩斯仔细检查打开的窗子，并想方设法打开百叶窗，但就是打不开，连插进一把刀子去撬起窗闩的裂缝都没有。随后，他用放大镜检查了合叶，合叶是铁制的，牢牢地嵌在坚硬的石墙上。“哼！”他托着下巴，疑惑不解地说，“看来我的判断有点儿问题。只要这些百叶窗闩上了，没人能钻进去的。嗯，我们再来看看屋内是否能找到什么有用的线索。”

一扇小侧门通向刷成白色的过道，过道上可以看到三间卧室的房门。福尔摩斯不需要检查第三间卧室，所以我们进到了第二间，也就是斯托纳小姐的姐姐在里面遇到厄运而她自己现在暂时使用的卧室。这是一间按照传统乡村住宅盖起来的普通的小卧室，天花板较低，有着敞开的壁炉。墙角有一个带抽屉的褐色衣柜，卧室的另一头是一张罩着白色床罩的窄床，窗户的左边有一个梳妆台。这些家具加上两把藤椅就是这卧室里的全部摆设，此外在卧室中央还有一块四方形的威尔顿地毯，卧室的木板和墙板是褪了色的棕色橡木，上面满是蛀孔，十分陈旧，看来从建房至今一直没有更换过。福尔摩斯把一把椅子搬到墙角，默默地坐着，用目光上下左右不停地仔细观察房间里的每个细节。

“这个铃通哪个房间？”最后，他指着挂在床边的一根粗粗的铃绳问道。那绳头的流苏几乎就搭在枕头上。

“通到管家的房间里。”

“它看上去还挺新的。”

“是的，才装上一两年。”

“我看是你姐姐要求装上的吧？”

“不是，我从来没有听她用过。我们有什么事情总是自己动手。”

“看来这里确实没有必要安这么好一根铃绳。请原谅，我要花一点儿时间检查一下地板。”他手里拿着放大镜趴到地上，迅速而仔细地反复检查木板间的裂缝，随后又仔细地检查了墙板。最后，他走到床前，凝神屏息地仔细看了好一阵子，然后又沿着墙面来回查看。最后他用手使劲地拉了一下铃绳。

“哟！这只是个摆设。”他说道。

“铃不响吗？”

“不响，根本就没有接上。这很有趣，现在你能看到这绳子是系在通风口上面的钩子上的。”

“多么奇怪的做法啊！我从来没有见过这样的铃绳。”

“非常奇怪！”福尔摩斯手持铃绳喃喃说道，“这房间里有几处与众不同的地方。譬如说通风口本来是应该通向户外的，可建房子的人竟会愚蠢到将通风口朝向隔壁房间。”

“那也是最近才装的。”那女士说道。

“是和铃绳同时安装的吗？”福尔摩斯问。

“是的，同时进行了好几处小改动。”

“这些东西真是太滑稽了，做摆设的铃绳，不对外通气的通风口。斯托纳小姐，我们能否到里面那一间去检查一下？”

格里姆斯比·罗伊洛特医生的房间比他继女的房间大一些，但里面的布置同样简单。一眼看去，房间里只有一张帆布床，一个小木书架，上面摆满书籍，大部分是技术方面的书。床边是一把安乐椅，靠墙放着的是一把普通木椅、一张圆桌和一只较大的铁保险柜。福尔摩斯在房间里慢慢地走了一圈，怀着浓厚的兴趣把每件东西都仔细地检查了一遍。

“这里面是什么？”他敲敲保险柜问道。

“我继父的工作文件。”

“哦，这么说来你打开看过？”

“只有一次，那是几年以前的事了。我记得里面装满了文件。”

“这里头该不会有一只猫吧？”

“怎么可能呢，多怪的念头啊！”

“你看看这是什么！”他从保险柜顶上拿起一个盛奶的小碟子。

“那你看看这是什么！”他从保险柜顶上拿起一个盛奶的小碟子。

“不，我们没养猫。不过有一只印度猎豹和一只狒狒。”

“啊，是的，当然！嗯，印度猎豹就是一只大猫，可是，我敢说一碟子牛奶怕远远不够它吃的。我还要落实一个问题。”他蹲在木椅前，聚精会神地检查了起来。

“好了，事情有眉目了。”说着，他站起来将放大镜放进口袋里。“喂，这个东西很有意思呢！”

他看到的是挂在床头的一根小打狗鞭子。不过，这根鞭子是盘成一个圈后打上活结的。

“你认为这是什么，华生？”

“只是一根平常的鞭子。我只是不明白，为什么要打成活结？”

“恐怕不那么平常吧，是吗？哎，这邪恶的世界！没有比聪明人把脑筋用在犯罪上更糟的了。我看就检查到此吧！斯托纳小姐，如果可以的话，我们不妨到外面草坪上去走走。”

我从未见过我的朋友在离开调查现场时，脸色这么难看，眉头皱得这么紧。我们在草坪上来回走着，我和斯托纳小姐都不想打断他的思路，直到他自己停止沉思为止。

“斯托纳小姐，”他说，“从现在起，你一切都必须绝对按我说的去做，这非常重要。”

“我一定照你说的做。”

“事情异常严重，容不得半点儿犹豫。你是否照我的话行事将关系到你的生死。”

“我保证听你吩咐。”

“首先，我和我的朋友今晚要在你的房间里过夜。”

我和斯托纳小姐都惊愕地看着他。

“对，必须如此，让我解释一下。我相信那边是个乡村旅店吧？”

"正是，那是克朗旅店。"

"太好了。在那儿能看得见你的窗子吗？"

"当然能。"

"等你继父回来，你一定要把自己关在房间里假装头疼。等他夜里睡觉后，你必须打开你窗子上的百叶窗，打开窗闩，并放上一盏灯作为给我们的信号，然后带上你要用的所有东西，悄悄回到你本来的卧室。尽管那间卧室还在修理，住上一夜应无问题。"

"是的，没问题。"

"其余的事情由我们处理。"

"可是，你们要做什么呢？"

"我们要在你的卧室里待上一夜，我们要调查那惊扰你的声音究竟是什么。"

"福尔摩斯先生，我想你已经打定了主意。"斯托纳小姐拉着我同伴的袖子说。

"看来是这样的。"

"那么你能告诉我，我姐姐的死因是什么吗？"

"这要等有了更确凿的证据之后再说。"

"至少请你告诉我，我的想法是否正确，她是否是受到突然的惊吓而死的。"

"不，我不这样认为，我认为应该有更为明确的原因。好吧，斯托纳小姐，我们必须走了，否则，罗伊洛特医生回来见到我们，我们的这次旅行就徒劳无功了。再见，拿出点儿勇气来，只要照我的话去做，相信我们很快就会解除你的危险的。"

夏洛克·福尔摩斯和我顺利地在克朗旅店订了一间卧室和一间起居室。房间在二层，窗外可以俯瞰斯托克莫兰庄园林荫道旁的大门和住人的那排房子。黄昏时分，我们看到格里姆斯比·罗伊洛特医生坐着马车回来了，坐在

“拿出点勇气来，只要照我的话去做，相信我们很快就会解除你的危险。”

给他赶车的瘦小少年身旁，他那高大的身躯显得格外显眼。男仆在打开沉重的大铁门时，动作迟缓了点儿，只听到医生声嘶力竭地吼叫着，并怒气冲冲地对那男仆挥舞拳头。马车驶进大门继续前进。几分钟后，我们看到树丛里突然闪出一道灯光，那是起居室里点上了灯。

“你知道吗，华生？”福尔摩斯说。此时，我们在渐浓的夜色中正坐在一起谈话。“今晚我要你一起来，内心非常犹豫，因为我们面临着很大的危险。”

“我不能帮助你吗？”

“你在场对我大有帮助。”

“既然如此，我完全该来。”

“非常感谢！”

“你说我们将面临很大的危险，这显然说明你在这些房间里看到了许多我没有发现的事情。”

“也不尽然，不过，我可能做出了一些推断。至于看到的东西，我想，咱们俩看到的都是一样的。”

“除了铃绳，我没有看到其他特别打眼的东西。但我怎么也弄不明白那玩意儿究竟有什么用处。”

“你也看到那个通风口了吧？”

“是啊，不过在两个房间之间开个小洞，也不是什么稀奇的事情。再说洞口那么小，连个耗子都很难钻过去。”

“在我们来斯托克莫兰之前，我就知道，这里会有一个通风口。”

“啊，好一个福尔摩斯！”

“哦，是的，我知道的。你记得她曾提到她姐姐能闻到罗伊洛特医生的雪茄烟味，这不是表明这两个卧室之间必有相通之处吗。只是这个通道一定很小，不然验尸官不会发现不了的。我由此断定是一个很小很小的通风口。”

“但一个小小的通风口对她有什么伤害呢？”

“唔，至少在时间上的巧合令人怀疑，凿了一个通风口，挂了一条铃绳，睡在床上的女士丧了命。你不感到这里有什么文章吗？”

“我还是看不出它们有什么联系。”

“你观察到那张床的一个非常奇特之处吗？”

“没有。”

“它是固定在地板上的。你以前见这样固定床的吗？”

“恐怕没有。”

“女士不能移动她的床，那张床就必然始终处于既面对通风口，又对着铃绳的相对位置上，这里我们姑且还是称它为铃绳，尽管它从来也没有被当作铃绳用过。”

“福尔摩斯，”我叫道，“我似乎开始领悟到你的暗示了。我们正好来得及阻止一件阴险而可怕的罪行。”

“的确阴险可怕。这个堕落的医生就是罪魁祸首，他有胆量也有知识。帕尔默和普里查德就是他们这一行中的能手，但此人手段更高明。但是，华生，我想我们会比他更高明。不过在黑夜过去之前，我们还要经历一番恐怖。看在上帝的分上，让我们静静地抽一斗烟，在这几个小时内脑筋里尽量想点儿愉快的事情吧！”

大约9点钟，树丛中的灯光熄灭了，庄园老宅一片漆黑。两个小时慢慢过去了，时钟刚打11点时，我们的正前方突然出现了一盏明亮的灯光。

“那是我们的暗号，”福尔摩斯跳起身来说，“是从中间那个卧室照出来的。”

我们出门时，福尔摩斯对旅店老板解释说我们要连夜去访问一个老友，可能会在外面过夜。片刻之后，我们就来到了漆黑的路上，冷风吹着我们的脸，昏黄的灯光在我们的前方闪烁，在朦胧的夜色中引导我们前去执行那严峻的使命。

由于园墙破旧，有不少缺口，所以我们很容易地进入了庭院。我们穿过树丛，来到草坪上，正要越窗进屋，突然，一个看上去颇像是个丑陋畸形的孩子般的东西从一丛月桂树中扭动着四肢纵身跳到草坪上，随即飞快地跑过草坪，消失在黑暗中。

“天哪！”我悄声说，“你看到了吗？”

此刻，福尔摩斯和我一样也吓了一大跳。紧张之中，他的手像老虎钳似的攥住了我的手腕。后来，他小声笑了起来，把嘴凑近了我的耳朵。

“瞧这一家子！”他低声说，“这就是他的那只狒狒。”

我都忘了这个医生所宠爱的奇特动物了。还有一只印度猎豹呢！也许它随时都有可能爬到我们的肩上来。我跟着福尔摩斯，脱下鞋，钻进卧室。应该承认，直到这时，我才松了口气。我的伙伴轻轻关上百叶窗，把灯挪到桌上，向屋子四周扫了一眼。室内和我们白天见到并无两样，他无声无息地走到我跟前，把手握成喇叭形，再次对我悄声耳语，声音轻得我勉强能听到。

“哪怕弄出一点儿动静，我们的计划就泡汤了。”

我点头表示我听见了。

“我们必须熄灯守候，他会从通风口看到亮光的。”

我又点了点头。

“千万别睡着，这可是性命交关的事。把你的手枪准备好，以防万一。我坐在床边，你坐在那把椅子上。”

我取出左轮手枪，放在桌子上。

福尔摩斯将随身带着的一根细长的藤鞭放在身边的床上。床边还放了一盒火柴和一个蜡烛头。然后，他吹熄了灯，我们在黑暗中开始守候。

那次可怕的守候令我终生难忘。我听不见一点儿动静，甚至连呼吸声也听不见。可是我知道，我的伙伴正睁大眼睛坐在离我很近的地方，和我一样高度紧张。百叶窗遮住了最微弱的光线，我们在漆黑一团中守候着。外面偶尔传来猫头鹰的叫唤，有一次就在我们的窗下传来两声猫叫似的长声哀嚎，这声音告诉我们那只印度猎豹正在到处游逛。远远的，我们还听到教堂传来的低沉钟声，每隔一刻钟就敲响一次。多么漫长的一刻钟啊！12点、1点、2点、3点，我们静静地坐在那里等待着可能发生的任何事情。

突然，通风口那个方向闪出一道微光，转瞬便消失了，随之而来的是一股燃烧灯油和加热金属的浓重气味。隔壁卧室里的人点着了一盏遮光灯。我听到了轻轻的脚步声。后来，又没有任何声音了，但那气味却越来越浓。我凝神静听了足足半个小时，突然，我又听到了另一种声音，一种非常轻柔而催眠的声音，就像烧开的水壶发出的嘶嘶声。一听到这声音，福尔摩斯猛地从床上跳了起来，划着了一根火柴，扬起那根藤鞭猛烈地抽打那根铃绳。

“你看见了吗，华生？”他大声喊道，“你看见了吗？”

可我什么也没看到。就在福尔摩斯划着火柴的那一刻，我听到一声低沉

福尔摩斯从床上跳了起来，划着了一根火柴，扬起藤鞭猛烈地抽打那根铃绳。

而清晰的口哨声。但是，我疲倦的双眼被那突如其来的耀眼火光照花了，没能看清我朋友刚才拼命抽打的是什么东西。不过我却能看到，他充满恐怖和憎恶的脸像死人一样的苍白。

他此刻已经停止了抽打，抬头注视着通风口，这时，在黑夜的寂静之中，突然发出一声我此生从未听到过的令人毛骨悚然的尖叫。这叫声越来越高，交织着疼痛、惧怕和恼怒，粗哑嚎叫变成了令人毛骨悚然的尖声哀号。这哀号想必能把远在村里，甚至另一教区的人们都从熟睡中惊醒。这声哀号使我们浑身颤抖。我呆呆地望着福尔摩斯，他也呆呆地望着我，直到最后的回声渐渐消失。

“这是什么意思？”我气喘吁吁地说。

“这意思是一切都结束了。”福尔摩斯答道，“或许这是最好的结局。拿上你的手枪，我们到罗伊洛特医生的卧室去。”

他神情严峻地点着了灯，领我走过过道。他敲了两次卧室的房门都未见回音，接着，他扭动门把手，进入了屋内，我手里握着打开保险的手枪，紧随其后。

在我们眼前出现的是一幅奇特的景象。桌上放着一盏遮光灯，遮光罩半开着，一道亮光照到柜门半掩的保险柜上。格里姆斯比·罗伊洛特医生就端坐在桌旁的那把木椅上，身上披着一件灰色长睡衣，下面露出一双赤裸的脚脖子，脚上是一双红色土耳其无跟拖鞋，我们白天看到的那把短柄长鞭就在他的膝盖上。他的下颚向上翘着，僵直的双眼恐怖地盯着天花板的一角。他的额头上盘着一条带褐色斑点的奇特的黄带子，那条带子似乎紧紧地缠在他的额头上，我们进门时，他既没有出声，也没有任何动静。

“带子！斑斓带！”福尔摩斯低声说。

我朝前走了一步。只见他那条奇怪的头饰开始蠕动起来，从他的头发丛中伸出了一条毒蛇的令人恶心的三角形的脑袋和胀鼓鼓的脖子。

“这是一条沼地蝰蛇！”福尔摩斯喊道，“一种印度的剧毒蛇。医生被咬

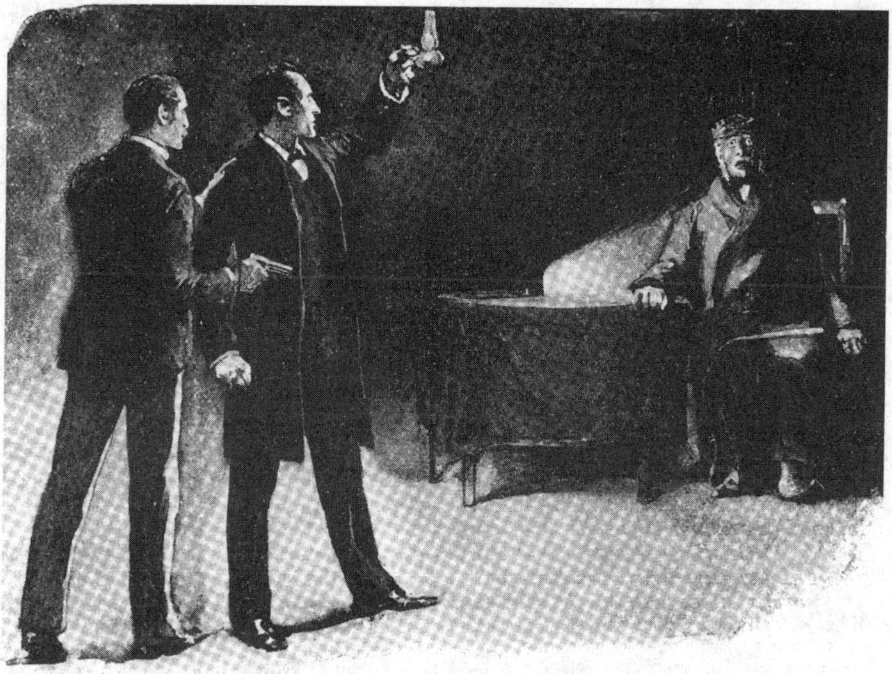

我们进门时，他既没有出声，也没有任何动静。

后不到10秒钟就一命呜呼了。真是罪有应得！机关算尽太聪明，反误了自己的性命。让我们把它塞回它的老巢里去，然后把斯托纳小姐转移到一个安全的地方，并将案情报告地方警察。”

说着，他飞快的取过死者膝盖上的打狗鞭，甩过活结套住那条蛇的脖子，将盘在死者脑袋上的这条可怕的蛇扯了下来，伸长了手臂提着它，扔进保险柜，顺手将柜门关上。

这就是斯托克莫兰的格里姆斯比·罗伊洛特医生之死的真实情况。这个叙述已经太长了，所以对于我们是如何把这悲痛的消息告诉那饱受惊吓的女士；如何送她乘坐早车到哈罗她好心的姨妈家；拖拖拉拉的警方调查又是如何最后得出结论，认为医生是在玩弄他豢养危险宠物时不慎丧生的等等情况，就不必在此多加赘述了。第二天，在回城的路上，福尔摩斯把有关这件案子中我还不太了解的一些情况告诉了我。

“亲爱的华生，”他说，“我曾经得出过一个错误的结论，这说明在材料不充分的情况下就进行推论是多么的危险。那些住在周围的吉卜赛人，那可怜的小姐所说的‘band’（斑）这个词，无疑都是她仓皇中在火柴光下隐约所见的东西，这些情况足以引导我去追踪一个完全错误的线索。后来我断定了那威胁卧室里的人的危险既不可能是破窗而入的，也不可能破门而入的。我便立即开始重新考虑原来的想法，只有这一点才是我取得的成绩。正如我对你说过的那样，我的注意力很快就被那个小通风口和那个悬挂在床头的铃绳吸引住了。接着我发现那根铃绳竟是个摆设，而那张床又是被固定在地板上的，这两件事立刻引起了我的怀疑，我怀疑那根绳子只不过是为了让什么东西钻过通风口落到床上来的一个桥梁。我首先想到的是蛇，我知道医生豢养了一些从印度带来的动物，当我把这两件事进行联想时，我开始确信我的思路多半是正确的。使用难以被任何化学试验检验出来的毒液害人，这种念头正是一个在东方待过的狡诈而冷酷的人很容易想到的。在他看来，这种毒药的最可取之处就是能使人瞬间致命。确实，那毒牙咬过的两个小黑点儿太难以辨认了，除了眼光极其敏锐的验尸官以外，一般人是很难觉察的。接下来，就是那口哨声。他当然必须在天亮前把蛇召回去，以免被他企图谋害的人发现。他将那条蛇训练成能一听到哨声便爬回去，我们见到的牛奶很可能就是他用来训练蛇的。他会在他认为最适当的时候让蛇爬过通风口，确保它会顺着那根绳子爬到床上。蛇是否会咬上这卧室里的人就难说了，也许她整整一周的晚上都侥幸躲过了厄运，但她迟早是在劫难逃的。

“我在进入他的卧室之前就已经得出了这个结论。我检查了他的椅子，发现他常常站在椅子上，这是为了使自己能够得到通风口。后来见到的保险柜，那一碟牛奶和打成活结的鞭绳消除了我剩余的全部怀疑。显然，斯托纳小姐听到的金属碰撞声是他继父慌忙将那条可怕的毒蛇塞进保险柜时发出的。由此我做出了决定，后来我采取了些什么步骤来验证这件事你已经知道了。我一听到那蛇发出的嘶嘶声，就马上擦着了火柴并对它狠狠抽去。我肯定你也听到那嘶嘶声了。”

“就这样把它赶回了通风口。”

“不仅如此，而且还令它爬回去反咬了它的主人一口。经我用藤鞭着力抽打，这条毒蛇被彻底激怒了，所以它回过去之后就狠狠地咬了它主人一口。如此说来，我对格里姆斯比·罗伊洛特医生的死无疑负有间接的责任。但是，我的良心却永远不会为此而受到一丝谴责。”

工程师的大拇指

在我和我的朋友夏洛克·福尔摩斯密切交往的那几年里，在别人委托他办理的所有案子当中，只有两件案子是通过我介绍给他的：一件是哈瑟利先生大拇指案，另一件是沃伯顿上校发疯案。在这两件案子中，机敏而又有创意的观察者一定会对后一件产生兴趣。其实，前一件一看就十分奇特，深究又非常富有戏剧性，虽然我朋友那卓有成效的推理法在这个案子中并没有多少施展的余地，却仍然值得加以记述。我相信，这个故事在报纸上已经登载过不止一次了。但是，就像所有对这类事件的叙述一样，它仅用了半栏篇幅，结果远未引起读者兴趣。不如将事实娓娓道来，并随着每一项新发现，逐渐接近事实真相，慢慢揭开谜底更能吸引读者。当时的情景给我留下了很深的印象，时光荏苒，不觉两年过去了，我的印象丝毫没有减弱。

我现在要讲的这个事件发生在我结婚后不久的1889年的夏天。那时，我已经重操旧业，开起了诊所，并搬离了贝克街的寓所，留下福尔摩斯一个人住在那里，不过，我时不时地回去看看他，有时甚至还劝他去掉他那不羁的习性到我家来做做客。我的诊所生意一天天好起来，刚好我就住在帕丁顿车站附近，我的不少病人是铁路员工。他们中间有一个人因为我治好了他久治不愈的病痛，逢人便夸我医术高明，竭力将他认识的病人都介绍到我这里来就诊。

一天早晨，7点还不到的时候，女用人的敲门声就将我吵醒。她对我说，有两个从帕丁顿来的人正在诊室里等我。经验告诉我，铁路上来的病人，病情多半相当严重，因此我急忙穿上衣服，匆匆下楼。下楼后，我非常熟悉的那个铁路警察从诊室里出来，随手紧紧把门关上了。

“我把他带到这儿来了。”他竖起大拇指朝肩后指着悄声地说，“他现在没事了。”

“是怎么回事？”我问道，因为他的做法似乎使我感到他把一个怪物关在我的房间里了。

“是一个新来的病人。”他悄悄说，“我想还是我亲自把他送来为好，免得他趁机溜掉了。现在，我已经把他交给你了，我也该走了，医生，我和你一样都有忙不完的活儿。”说完，还没有来得及等我谢他，他就走了。

我走进诊室，只见一位先生坐在桌旁。他衣着朴实，穿着花呢套装，在我的一叠书上放着他的一顶软帽。他的一只手裹着一块手帕，手帕上染满了血迹。他是个年轻人，看来不超过25岁，五官端正，但脸色极为苍白。给我的印象是，他正在用他的全部的意志力忍着剧痛。

“我很抱歉一大早就把你吵醒了，医生。”他说，“我在夜里遭遇到一件非常严重的事故。早晨我坐火车过来，在帕丁顿车站打听哪里可以找到医生，此时，一个值得信赖的人好心地把我送到了你这里。我给了女用人一张名片，她把它放到旁边的桌子上了。”

我拿起名片，只见这位客人的姓名、身份和地址是：“维克托·哈瑟利先生，水压工程师，住址：维多利亚街16号A座（四楼）。”

“对不起，让你久等了。”我边说边坐在我的靠椅上，“坐了一整夜的车，我知道坐夜车是很单调乏味的。”

“喔，我的这一夜可不单调乏味。”他放声哈哈大笑着说。他的笑声又高又尖，身子仰靠在椅子上，全身抖动着。我的职业本能对这种笑声产生了极大的反感。

“别笑了！”我喊道，“你安静一点儿！”我顺手拿过玻璃水瓶给他倒了一杯水。

然而，毫无作用。他的笑完全是一种歇斯底里的发泄，有个性的人在躲过巨大灾难之后常常如此。过了一会儿，他恢复了正常，精疲力竭，满脸羞愧之色。

“我真是丢人现眼了。”他气喘吁吁地说。

“别这么说，快把它喝下去吧！”我往水里掺了些白兰地，那张苍白的脸开始有了血色。

“我感到好多了！”他说，“现在，医生，请你给我看看我的大拇指吧，或者不如说是看看我的大拇指原来所在的部位。”

他解开手帕，伸出手来。那手连我这个当医生的都不忍心看。只见伸出的四根手指和一片血肉模糊的伤口，大拇指已经没有了。那大拇指是被连根剁掉的或是硬拽掉的。

“天哪！”我喊着，“多么吓人的创伤啊！一定流了很多血吧？”

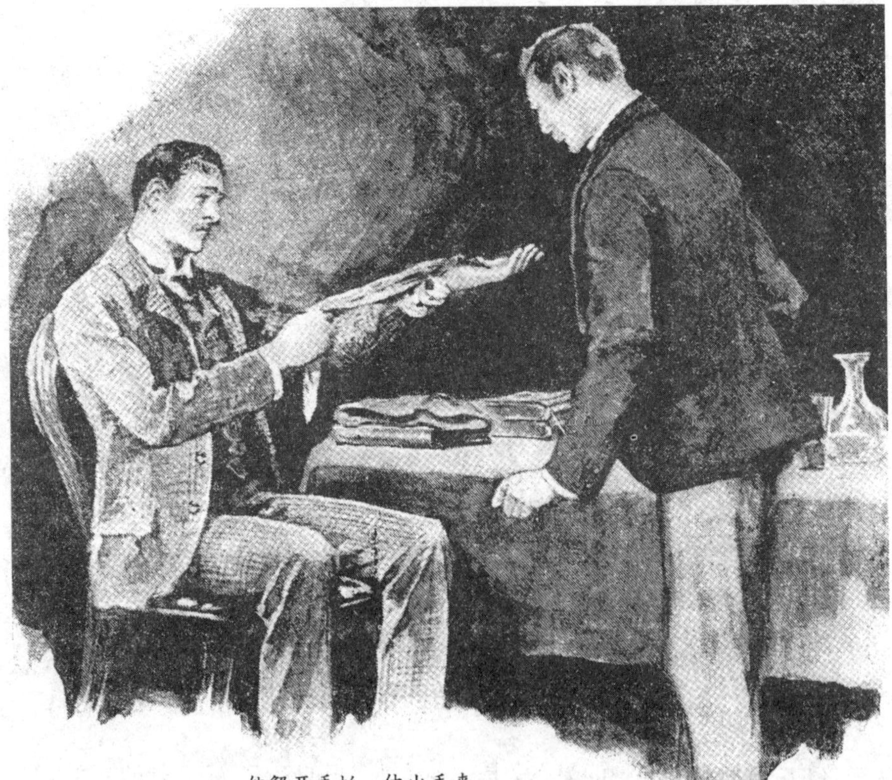

他解开手帕，伸出手来。

“哎，流的血可多啦！我当即就昏了过去，估计有很长一段时间我都不省人事。等我恢复知觉时，伤口仍在流血，因此我用手帕紧紧地缠在手腕上，并用一根小树枝把它绷紧。”

“好极了！你简直就是一名外科医生啊！”

“你知道，这是流体力学的问题，属于我的专业知识范畴。”

“这是用一件非常沉重、锋利的器具砍的。”我边检查伤口边说道。

“像是用剁肉的刀砍的。”他说。

“我估计是意外事故吧？”

“不是，不是。”

“什么？难道是有人蓄意伤害你？”

“就是蓄意伤害。”

“真可怕。”

我用海绵洗净伤口，敷药后用脱脂棉和消毒绷带包扎起来。他躺在那里一动不动，只是不时地咬紧牙关。

“现在感觉怎样？”包扎好后，我问道。

“好多了！你的白兰地和绷带使我换了个人，本来我非常虚弱，但是我还有许多事情要办。”

“我看你最好还是别谈这事。显然，这对你的神经是一种折磨。”

“噢，现在不会了。我还得去报告警察。但是，和你说实话，如果没有我这个伤口为证，他们要是相信我的话，那才让我吃惊呢！因为这件事情太不寻常了，而我又没有什么证据来证实我说的话。即使他们相信我，我也无法提供明确的线索，他们是否会替我主持公道还是个问题哩。”

“哈！”我喊道，“如果你真想解决这样的问题，我向你郑重推荐我的朋友夏洛克·福尔摩斯先生。在你去找警察之前，应该先去找他。”

“哦，我听说过这个人。”我的客人回答说，“如果他愿意承接这个案子，我将非常高兴，不过我还是要报告警察的。你能为我介绍一下他的情况吗？”

福尔摩斯让他躺在沙发上，还在他的脑后放了一个枕头，并倒了一杯掺水的白兰地搁在他的旁边。

“我不仅要给你介绍，我还要亲自带你去。”

“那就太感谢你了！”

“我们雇辆马车一道去，还赶得上同他一起吃早餐。你的身体能吃得消吗？”

“没问题，不把我的遭遇说出来，我心里会不舒服的。”

“好，我让我的用人去雇辆马车，我去去很快就来。”我匆匆上楼，把事情简单地对妻子解释了一下。5分钟后，我已经和这位新相识坐上马车直奔贝克街了。

正如我所料，夏洛克·福尔摩斯还穿着睡衣在他的起居室里一边踱步，一边读着《泰晤士报》上刊载的私人广告启事栏，嘴上叼着烟斗。他早餐前抽的都是前一天抽剩的、经仔细烘干后堆积在壁炉架角落上的烟丝。他态度和蔼地接待了我们，叫来了咸肉和鸡蛋，跟我们共进早餐。用过早餐后，他让我们的新相识躺在他的沙发上，还在他的脑后放了一个枕头，并倒了一杯掺水的白兰地搁在他的旁边。

“不难看出你的遭遇很不寻常，哈瑟利先生。”他说，“请在这里安心躺着休息，不必拘礼。有精神时就给我们讲讲情况，说累了就休息休息，喝口白兰地提提神。”

“谢谢你！”我的病人说，“自从医生给我包扎以后，我就感到好多了，而你的这顿早餐已经使我感到完全好了。为了尽量不多占用你的宝贵时间，我这就开始讲述我的奇怪经历。”

福尔摩斯坐在他的安乐椅里，表面看来疲倦而困乏，内心却敏锐而热切。我坐在他的对面，静静倾听我们的客人细说他的遭遇。

“你们可知道，”他说，“我是个孤儿，是个单身汉，我独自一人住在伦敦。我的职业是水压工程师。我在格林尼治那家著名的文纳和马西森公司学艺7年，获得了丰富的工作经验。两年前，我学艺期满，加之老父去世后我继承了一笔相当可观的遗产，于是我决定自己开业，并在维多利亚大街租了几间办公室。

“我想人人都会发现的，首次独立开业总不会是一帆风顺的。对我来说，尤其如此。两年之间，我只接过3次咨询业务和一件小工程，我的职业带给我的就是这些了。我的总收入共计27英镑10先令。我每天从上午9点到下午4点都在我的斗室里守候着，直到最后心灰意冷为止。我不得不相信我的生意是再也做不下去了。

“然而，昨天正当我打算离开办公室的时候，我的办事员进来告诉我说有位先生为业务上的事情要见我。他还拿来了一张名片，上面印着莱桑德·斯塔克上校的名字。随后进屋的就是上校本人，一个身材中等偏高，但是极其瘦削的人。我从来没有见到过这么瘦削的人。他那张脸上瘦得只剩下鼻子和下巴，面皮紧绷在凸出的颧骨上。不过，看来他是天生形容憔悴，而非疾病所致，因为他的双眼炯炯有神，步伐利索，举止充满自信。他的衣着虽然简朴，却十分整洁。据我判断，他的年龄大约40岁。

“‘是哈瑟利先生吗？’他说，带有点儿德国口音，‘哈瑟利先生，有人向我推荐说，你不仅精通业务，而且为人谨慎小心，能够保守秘密。’

“我鞠了一躬，就像所有年轻人一样，听到这类恭维话总会感到颇为得意。‘我能否问一下，是谁在对我如此美言呢？’

“‘哦，也许我暂时还是不告诉你的好。我同样还听说你是一个孤儿，是一个单身汉，独自住在伦敦。’

“‘一点儿也不错。’我回答说，‘但恕我冒昧，我看不出这些和我业务能力有什么关系，据我所知，你来找我是为了一件业务上的事。’

莱桑德·斯塔克上校

“‘完全正确。但是你会发现我说的每句话都很重要。我们有一件工作要委托给你，但是要绝对保密，这是最重要的，绝对保密，懂吗？当然，我们认为独居者总比和家人生活在一起的人更能做到绝对保密。’

“‘如果我答应你我保证严守秘密，’我说，‘那你就可以绝对相信我是一定会做到的。’

“我说话的时候，他的眼睛一直死死地盯着我，我好像还从未见过如此猜忌多疑的目光。

“‘那你能答应吗？’最后他说。

“‘能，我答应。’

“‘在事前、事情过程中以及事后，绝对并完全地守口如瓶，绝口不提此事，无论是口头上和书面上，能做到吗？’

“‘我已经向你保证过了。’

“‘那好极了。’他突然跳起身来，闪电般地跑过去推开房间的门。外面的过道上并无一人。

“‘这样就好！’他说着走了回来。‘我知道职员们有时对他们老板的事情特别好奇。现在，我们可以安全交谈了。’他把椅子拉得紧挨着我，再次用将信将疑的目光盯着我。

“面对这骨瘦如柴的人的古怪行径，一种反感和近乎恐怖的感觉油然而生，我甚至不顾失去这位主顾的可能，抑制不住地流露出不耐烦的情绪。

“‘请你谈生意吧，先生，’我说，‘我的时间是很宝贵的。’愿上帝饶恕我，我真不该说这后一句话，但已经说出来了。

“‘工作一晚上给你五十畿尼，你以为如何？’他问道。

“‘真够多的。’

“‘说是一晚上的工作，实际上只需要一个小时就差不多了，我只不过是想请教你有关一台水力冲压机齿轮脱节的问题。只要你指出故障所在，我们自己很快就能动手修好。你觉得这个工作怎样？’

“‘工作看来不难，报酬也很丰厚。’

“‘正是这样。我们要你今晚乘末班车来。’

“‘到哪儿去？’

“‘去伯克郡的艾津。那是在离牛津郡不远的一个小地方，离雷丁不到7英里。你在帕丁顿车站坐11点15分左右的车就能到那里。’

“‘很好。’

“‘我会用马车来接你。’

“‘还得坐马车赶一段路程吗？’

“‘是的，我们是在乡下的小地方，离艾津车站还有整整7英里呢。’

“‘这么说午夜前很难赶到那儿了。我估计当晚回不来了，看来我不得不在那儿过夜了。’

“‘是的，我们很容易给你安排过夜的地方。’

“‘真够麻烦的，我不能换个更方便的时候去吗？’

“‘我们认为你应该晚上来。正是因为多有不便之处，我们才对你这个初出茅庐的年轻人付出可以请到你们行业中老手的大价钱。当然，如果你想推掉这笔生意，现在完全来得及。’

“我想着那50畿尼以及这笔钱对我将多么有用。‘怎么会呢，’我说，‘我愿意照你希望的办。但我想再了解清楚一点儿，你希望我做的是什么工作。’

“‘有道理。很自然，我们要你严守秘密会引起你的好奇心，我们并不打算让你蒙在鼓里去办一件事情。绝对没有人偷听我们的谈话吧？’

“‘绝对没有。’

“‘那好，事情是这样的。你也许知道，漂白土是一种非常贵重的矿产，在英国，只发现一两处地方有漂白土。’

“‘这个我听说了。’

“‘不久以前，我在距雷丁不到10英里的地方买了一小块地——非常小的一块地。我很幸运，其中一块地里发现了漂白土矿层。然而，经过勘察，我发现这个矿床层比较小，但它的两边都连接着两个大得多的矿层。可是，这两处都在我邻居的地里。这些老实人却浑然不知在他们的地里就蕴藏着如同金矿一样值钱的矿藏。自然，我很想赶在他们发觉他们土地的真正价值之前把他们的地买下来。但是，很不幸，我没有买地的资金。为此，我找了我的一些朋友秘密相商。他们建议我们应该悄悄地开采我们自己的那块小矿，这样挣到钱之后再用来购买邻居的地。我们这样干了一段时间。为了便于开采，我们安装了一台水压机。正如我说过的那样，这台机器出了故障，我们希望你去看看并提出你的看法。我们一直严守着秘密，可是，万一有人知道我们曾请过水压工程师光临我们的茅舍，很快就会引起人们的猜疑。一旦他们知道了真相，那我们的计划就砸锅了，地也买不成了。所以我要你保证不告诉任何人你今晚要到艾津去。不知道我是否把一切都说清楚了？'

"'我完全清楚了，'我说，'只有一点还不太明白，水压机对你挖漂白土有什么用处？据我所知，挖漂白土就像从坑里挖砾石一样。'

"'啊！'他漫不经心地说，'我们有我们自己的方法，我们把挖出来的漂白土碾压成砖坯的样子，这样在搬运的时候不会被人看出来。但这都是些细节。现在我已经将全部秘密都告诉你了，哈瑟利先生，我已经向你表示了我是多么信任你。'他边说边站了起来。'好吧，11点15分我在艾津等你。'

"'我一定准时到那里去。'

"'不能对任何人说！'他再一次以怀疑的目光久久凝视着我，最后用他湿冷的手和我握了一下，匆匆走出了房间。

"后来，当我冷静下来对我所接受的这件突如其来的业务细细思量时，感到十分意外，这一点也许你们两位已经想象到了。一方面我当然很高兴，因为他给的费用至少比我提供这样的服务应该得到的要多出10倍，并且更多的业务很可能会接踵而至。另一方面，我的主顾的那副尊容和举止给我留下了很不愉快的印象，我觉得他对开采漂白土的解释并不能说明为什么非要让我在深夜到那里去，也不能说明他为什么那么担心，唯恐别人得知我的去向。尽管如此，我还是把所有的惧怕都抛到了脑后，吃了一顿满意的晚饭后便坐车前往帕丁顿，一路遵照约定，守口如瓶。

"我不但要在雷丁换车，而且必须换车站。好在我总算赶上了开往艾津的最后一班火车，11点钟以后，就到达了那灯光暗淡的小站。在那里下车的乘客只

“他以怀疑的目光久久凝视着我，最后用他湿冷的手和我握了一下，匆匆走出了房间。”

有我一个，站台上除了一个手提灯笼、显得困乏的搬运工人之外，再没有其他人影。当我走出检票口时，我发现我早上结识的那个人正在另一边的黑暗处等着我。他一声不吭就攥住了我的胳膊，把我拉上一辆车门敞开着的马车。他拉上两边的窗子，敲了敲车上的板子，马就用最快的速度飞快地奔跑起来。”

“只有一匹马吗？”福尔摩斯突然插进来问道。

“是的，只有一匹。”

“你注意到马的颜色了吗？”

“注意到了。我跨上车时，借着边灯的灯光，我看到是匹栗色的马。”

“马看上去很累还是精力充沛？”

“嗯，它看上去生龙活虎，毛色油光水滑。”

“好了，抱歉打断了你，请继续你那最有趣的叙述吧。”

“就这样，我们上了路，马车起码行驶了有一个多小时。莱桑德·斯塔克上校说过只有7英里路，但从我们马车的速度和所费的时间来看，我觉得至少有将近12英里的路程。整个行程中，他一直坐在我的身边一言不发，有几次我扭头看他，发现他一直在紧张地盯着我。那个地方的乡间道路看来十分糟糕，因为马车颠簸摇晃得很厉害，弄得我们东倒西歪。我很想看看窗外我们到了什么地方，但窗子是毛玻璃，除了间或闪过的模糊灯光外，我什么也看不清。我不时地想和他聊几句话来打破旅途的沉闷，但是上校只用简单话语应付了事，因此谈话无法继续。最后，马车离开了崎岖不平的道路，进入了砾石道路，不再颠簸而变得平稳，不久就停了下来。我跟着莱桑德上校跳下马车，他突然伸手一把将我拽进了我们面前敞开着的大门。我们几乎是一下马车便入大厅，以致我连这房子的正面是什么样子都没能看见。我一跨进门槛，门就在我的身后砰的一声关上了。我隐约地听到了门外的马车离开时的车轮声。

“房子里黑咕隆咚的，上校低声地咕哝着，摸索着找火柴。这时走廊另一端的一扇门忽然打开了，从里面射出一道长长的金色亮光。灯光越来越亮，接着出现了一个女人，手里高高地举着一盏灯，朝前探身注视着我们。我能清楚地看到她长得很漂亮，灯光照着她黑色的衣裳，从反射的光泽判断那衣料很华贵。她说了几句外国话，听语气像是在问些什么。上校粗暴地简单回答她时，她惊得连手里的灯都差一点儿掉下来。斯塔克上校走到她身边，对着她的耳朵悄悄说了几句后就把她推回了那个房间。然后，他提着灯朝我走来。

"'请你在这房间里稍等片刻。'说着，他推开了另一扇门。这是一间布置简单的小房间，中间放着一张圆桌，桌上散乱地堆着几本德文书。斯塔克上校把灯放在门旁边一架小风琴上。'我不会让你久等的。'说着，他就隐没在黑暗中。

"我看了看桌子上的书，虽说我不懂德文，但能分辨出有两本是科学论文，其他是诗集。接着我走到窗口，想看一看窗外是何景象，但是栎木百叶窗将窗子遮得严严实实。房间里是死一般的沉寂，除了能听到在走廊里不知何处的一座旧钟在滴答作响之外，什么也听不见。我开始隐隐约约感到一阵阵的不安。这些德国人是些什么人？他们在这穷乡僻壤干些什么？这个地方究竟是哪儿？我只知道这里距离艾津10英里左右，但却分不清东南西北。

"就这个地方所处的位置来看，很可能还有雷丁的其他一些大镇也都在这个半径范围之内，所以这个地方应该并不是很偏僻。然而，这里是如此寂静，可以断定是在某个乡间。我在房间来回走着，低声地哼着小调来壮胆，并感到那50畿尼已经挣到手了。

"在没有任何动静的情况下，我房间的门突然慢慢无声地打开了。门缝里露出那个女人的脸，她身后是黑暗的大厅，我屋里那盏灯的昏暗灯光照亮了她那张美丽的脸。我一眼就看出了她惊慌不安的神色，这情景令我感到一阵寒冷。她颤抖地举起一只手指让我不要出声，急匆匆地对我说了句蹩脚的英语。她慌张地回头注视身后的黑暗处，眼神就像一匹受惊的马驹那样。

"'如果我是你的话，我就走。'她好像竭力保持着平静地说道，'我要是你，就一跑了之，我不会待在这儿。待在这里你会倒霉的。'

"'可是，夫人，'我说，'我来这里所要做的工作都还没做呢。我要等

将机器的故障检修好之后，才能离开这里。’

“‘不值得，不值得。’她接着说，‘走吧，你可以从这扇门出去，没人会来阻拦你的。’她见我微笑着摇头，突然摆脱局促，两手握在一起向前迈了一步。‘看在上帝的分上！’她低声说，‘快点儿逃走吧，否则就来不及啦！’

“但是我这个人生来有点儿固执，平时工作中越是遇到挫折越是不回头。

“快逃走吧，否则就来不及啦！”

我想到就要到手的50畿尼酬金，那一趟疲惫的旅行，还有看来摆在我面前的这个漫长的不眠之夜。难道这一切就这样白费了吗？她为什么要我不完成委托给我的任务，放弃我应得的报酬而偷偷溜走呢？我当时想，这个女人莫非是个偏执狂。因此，尽管我承认她紧张的神态令我很是惊诧，我却仍然固执己见地摇摇头，表明我执意要留下。她正要再次张嘴劝说的当儿，只听到楼上传来很响的关门声，紧接着是从楼梯上传来的脚步声。她侧耳细听了片刻，摊开双手做了一个无可奈何的姿势，然后和她出现时一样，悄然无声地消失了。

“进来的是莱桑德·斯塔克上校和一个身材矮胖的人，这人的双下巴的肉褶上长着栗色胡须。上校对我介绍说他是弗格森先生。

“‘这位是我的秘书兼经理，’上校说，‘哎，我记得我刚才是把这扇门关着的。我怕你会被穿堂风吹着。’

“‘恰恰相反，’我说，‘这门是我自己打开的，因为我觉得这房里有点儿闷。’

“他半信半疑地看了我一眼。‘那好，让我们来着手办我们的事吧，’他说，‘我和弗格森先生领你到上面去看看机器。’

“‘我看我最好还是戴上帽子吧。’

“‘噢，不必了，机器就在这所房子里面。’

“‘什么？你们在房子里面挖漂白土？’

“‘不不不，我们只是在这里把土压成砖坯。不过这无关紧要，我们只是要你检查一下机器，并让我们知道它的毛病在哪儿。’

“于是，上校提着灯走在前面，我和胖经理跟在他后面一起上了楼。这是一座像迷宫般的老房子，有许多走廊、过道、狭窄的盘旋式楼梯和低矮的小门，历经几代人的践踏，几乎所有的门槛都被踩凹了。底层的地板上既没有地毯，也没有放置过任何家具的痕迹，墙灰已经剥落，令人不快的绿色污渍上渗着水汽。我尽量表现出一副漫不经心、潇洒自如的样子，但是我并没有忘记那位女士的警告，虽说我对她的警告并不太在意，我对那两个人还是格外加了小心。弗格森看样子是个乖僻沉默的人，但通过他的片言只语我判断出他至少是英国人。

“最后莱桑德·斯塔克上校停在一扇矮门前，将门锁打开。里面是一个四方形的小房间，小得几乎连我们三个人都不能同时容下。弗格森留在外面，上校把我带了进去。

“‘我们现在实际上是在水压机里面，’他说，‘万一此时有谁把它开动的话，我们可要遭殃了。这个小房间的天花板，实际上是活塞冲压锤的工作面，当它降下落到下面这个金属地板上时要产生好几吨的压力。外面是若干横向的小水柱，里面的水受压后就会按照你所熟悉的方式传导和增加所受的压力。机器可以随时运转起来，但在运行时有些卡滞现象，这就要损失一部分压力。请你检查一下，并告诉我们怎样才能把它修好。’

“我从他手里接过灯，对机器进行了非常彻底的检查。这果然是一台能产生巨大压力的庞大机器。但是当我来到外面压下操纵杆时，机器发出的嘶嘶声使我马上明白，机器发生了轻微的泄露，导致水经过一个侧活塞产生回流。检查表明传动杆的头部有一个橡胶垫圈已经变形，因而这个传动杆和它在其中来回移动的套筒之间产生了缝隙。显然这就是压力损失的原因，我向他们指明了这一点。他非常仔细地听我讲，并问了几个关于应该怎么修复的实际问题。给他们说清楚以后，我回到机器的主压舱内。好奇心促使我仔细地观察着这个小舱。明眼人一看便知关于漂白土的故事纯属胡扯。因为功率如此巨大的机器绝不可能设计来用于压砖坯。压舱壁是木头做的，但是底板却是个大铁槽。仔细一看，那上面积了满满一层金属碎屑。我正弯下腰去想用手指挖来看看到底是什么东西时，只听到一声德语的惊叫，同时看到上校那张惨白的脸正在盯着我。

“‘你在干什么？’他问道。

“由于他那精心编造的故事使我受了骗，我感到很生气。‘我正在欣赏你的漂白土，’我说，‘我想如果我知道了这台机器的真实用途，我可以给你提

供更好的建议。'

"话刚出口，我就后悔自己过于口无遮拦了。他的脸色一沉，灰色的眼睛里充满了恶意。

"'很好，'他说，'我现在就让你彻底了解一下这台机器的威力！'他退后一步，砰地关上了小门，用钥匙将门锁上了。我向门冲去，拉住把

"我向门冲去，拉住把手。"

手，但门已经关得死死的了，我又踢又推，门却纹丝不动。

“‘喂！’我大声叫道，‘喂，上校！让我出去！’

“这时，我在寂静中突然听到一种声音，这声音差点儿使我急得心都要跳出来。那是杠杆的哐当声和汽缸漏水的嘶嘶声。他把这机器开动了。灯还在地板上，那是我检查铁槽时放在那里的。灯光下我看到那黑乎乎的‘顶棚’正慢慢地、晃晃悠悠地落下来，而我比谁都清楚，它的压力片刻之间就能把我压成肉酱。我不禁尖声呼叫，又撞门又抠锁，我恳求上校放我出去，但我的呼喊被杠杆的哐当声无情地淹没了。‘顶棚’离我的脑袋只有一两英尺了，只需举起手就能摸到那坚硬粗糙的表面。这时候我突然想到我死的时候的痛苦很大程度上取决于我临死时的姿势。如果我趴着，重量就会落在脊椎骨上，而想到脊骨被压断时的声响，我不禁浑身打战。也许换个姿势要好受一点儿，但我可有胆量仰面朝天眼巴巴地看着那团致命的黑影晃晃悠悠地向我压来？我已经站不直了，突然我看到一件东西，心里有了一线希望。

“我曾经说过，虽然这压舱的顶和底都是铁的，舱壁却是木头的。在我绝望地环顾四周时，发现两块墙板之间有一线微弱的黄色亮光。随着我将一小块嵌板一点儿一点儿推开，光线越来越亮，一瞬间我简直不敢相信我确实找到了一扇能让我死里逃生的活门。我一头钻了出去，躺在墙的另一边差点儿昏过去。我钻出来后嵌板又恢复了原位，但是那盏灯被压碎的声音以及稍后两块金属板撞击在一起的声音告诉我，我险些就成了压死鬼。

“什么人拼命地拉扯我的手腕使我苏醒过来，发现自己躺在一条狭窄走廊的石头地上。一个右手拿着一根蜡烛的女人正弯腰用左手使劲拽我。她就是那位曾经对我发出警告而被我拒绝了的好心女人。

“‘快！快！’她气喘吁吁地喊着，‘他们马上要到这里来了，他们会发现你不在那里。噢，时间来不及啦，快！’

“至少这次我没有无视她的忠告，我摇摇晃晃地站了起来，跟随她沿走廊跑去，下到一条盘旋楼梯的下面。下面通向一条宽宽的过道，刚跑到过道，便听到有奔跑的脚步声和两个人的叫嚷声，一个在楼上，也就是我们刚才下来的那一层，另一个在楼下，两个人互相呼应着。给我带路的女士停了下来，走投无路地四下里张望着。接着她推开一扇门，那是一间卧室，明亮的月光通过窗户照在床上。

“‘这是你唯一的机会了，’她说，‘窗户很高，但也许你能跳下去。’

“正说着，过道的另一头出现了灯光。我看到莱桑德·斯塔克上校一只手提着灯，另一只手拿着一把类似切肉刀的东西飞奔而来的瘦削身影。我没命地跑进卧室，一把推开窗户向外望去。在皎洁月光下，这花园是多么静谧宜人、生机盎然啊！它在窗户下面最多不过30英尺。我爬上窗台，但一想到我的救命恩人面对追赶我的恶棍会发生什么事情时，我踌躇着没有跳下去。如果她遭到什么不测，我会冒一切危险回去解救她的。正这样想着，只见他已跑到了门口，一把推开她想闯进来，但是她伸开双臂抱住了他，不让他过来。

“‘弗里茨！弗里茨！’她用英国话喊道，’记住你上次答应我的话，你说过这种事情再也不会发生了。他不会说出去的！噢，他不会说出去的！’

“‘你疯啦，爱丽丝！’他吼叫道，竭力挣脱她的双臂。‘你要毁了我们吗？他看到的太多了，我说，让我过去！’他把她推到在一边，奔到窗口，抡起他那沉重的凶器朝我砍来。这时我身子已越过窗外，但一只手还吊在窗台上，他一刀砍来，我感觉到一阵剧痛，松开了手，掉到了下面的花园里。

“我跌得很重，但并没有摔伤，我急忙起身尽全力冲进了矮树丛，我知道我还远没有逃脱危险。可是，正当我向前跑的时候，我突然感到一阵剧烈的晕眩和难受。我低头瞥了一眼那只疼得阵阵抽搐的手，才发现我的大拇指被砍掉了，血正从伤口喷涌出来。我设法用手帕把伤口包了起来，可是突然一阵耳鸣，我随即昏倒在蔷薇花丛中。

“我不知道昏迷了多久，时间一定很长，因为当我苏醒过来时，月亮已经不见，明亮的晨曦已经降临。我一身露水，袖口被血浸透。剧烈的疼痛使我顿时记起了夜里的凶险，一想到追赶我的人可能还没有罢手，我猛地跳了起来。

他举起凶器向我砍来。

但是令我大惑不解的是，当我起身朝四周张望时，既看不到房子，也看不到花园。原来我一直躺在公路旁边树篱的角落里，眼前不远处是一座矩形的建筑物。我走近一看，原来就是我昨晚下车的那个车站。要不是我的手断了一根大拇指，我会以为此间所发生的一切只是一场噩梦。

“我迷迷糊糊地走进车站，询问早班车的时间，得知一小时内将有一班开往雷丁的火车。我发现值班的还是我来时见到的那个搬运工。我问他是否知道莱桑德·斯塔克上校这个人。他说他压根不知道这个名字；我问他看到昨天晚上等候我的那辆马车没有，他说没有；我问他附近是否有警察局，他说3英里外有。

“像我这样疲惫不堪而且身上带伤，一段3英里的路对我来说是太远了。我决定回城后再报警。回到城里时才6点多，所以我先去包扎伤口。多亏这位医生陪我来到你这里，我把这个案子交到你的手里，并一切照你说的做。”

我们两个人听完这段不寻常的叙述之后沉默了好一会儿。然后，夏洛克·福尔摩斯从书架上取下一本贴着剪报的大本子。

“这里有一则寻人启事你一定会感兴趣的。”他说，“所有的报纸在大约一年以前都刊登过这则启事。你听我念念：

‘寻人启事：杰里迈亚·海林先生，现年26岁，水压工程师，于本月9日晚10时离家后下落不明。此人身穿……’

哈！我想，这无疑说明上一次这个上校也请人给他的机器进行过大检修。”

“天哪！”我的病人叫道，“难怪那个女士那样说。”

“毫无疑问。事情很清楚，那个上校非但十分冷酷而且敢于铤而走险，他绝不会让任何人妨碍他的小营生，就像那些地道的海盗不会在被他们截获的船上留下活口一样。好啦，现在已刻不容缓，所以，如果你还能挺得住的话，我们务必马上赶到苏格兰场去报案，这是我们去艾津所要做的第一件事情。”

大约3个小时后，我们一行人全都上了火车，从雷丁出发前往伯克郡的小村子。我们这一行人包括夏洛克·福尔摩斯、那个水压工程师、苏格兰场的布莱特雷德警探，还有一位便衣侦探和我。布莱特雷德在座位上铺开一张本郡的军用地图，专心致志地用圆规以艾津为中心画了一个圈。

“就在这儿。”他说，“这个圆圈是以村子为中心，10英里为半径画的。我们要找的那个地方大约是在靠近这条线的什么地方。先生，我记得你说过是10英里。”

“马车整整跑了一小时。”

“你认为是他们在你昏迷不醒的时候把你从那儿送回来的吗？”

“我想是这样的，我隐隐约约地记得好像是被人抬着到过什么地方。”

“那我就不理解了。”我说，“当他们发现你在花园里昏迷不醒时为什么会饶了你呢？难道是那个恶棍听了那个女人的求情而心软了？”

“我觉得那不太可能，我从没见到过比那恶棍更冷酷的面孔。”

“哦，我们很快就能把这一切搞清楚的。”布莱特雷德说，“看，我已经画好这个圆圈，我只想知道我们在什么位置才能找到那个家伙。”

“我想我能指出来。”福尔摩斯平静地说。

“真的吗！”警探叫了起来，“你已经得出了结论！那好，让我们看看咱们的看法是否一致。我认为是在南面，因为那一带是特别荒凉的乡村。”

“我认为在东面。”我的病人说。

“我认为在西面。”那便衣侦探说道，“那一带有好几个偏僻的小村子。”

“我认为在北面。”我说，“因为那一带没有山，而我们的朋友说他坐马车去的路上没有上过坡。”

“瞧！”警探哈哈笑着喊道，“真是各说不一。我们整整兜了一圈哩，你究竟同意谁呢？”

“你们全错了。”

“我们怎么可能全错呢！”

“哦，是的，你们全错了。我的观点是，”福尔摩斯将手指放在圆圈的中心，“我们一定能在这里找到他们。”

“但是，不是离这里有12英里的路程吗？”哈瑟利气喘吁吁地说。

“去6英里，回来6英里。没有比这再简单的了。记得你曾经说过当你上马车的时候，那匹马精力充沛，毛色油光水滑。如果它已经跑了12英里那么糟糕的路，怎么可能是那样呢？”

“是啊，这很有可能是个诡计。”布莱特雷德若有所思地评论道，“当然，这伙人的犯罪性质也是毫无疑问的了。”

“当然是毫无疑问的啦！”福尔摩斯说，“他们是大规模伪造货币的罪犯，他们用那台机器铸造冒充银币的合金假币。”

“我们早就发现有一伙神出鬼没的坏蛋在干着这个肮脏的勾当。”警探说，“他们长期地大批铸造半克朗硬币。我们一直在追踪他们，甚至追到了雷丁，但雷丁以外线索就断了，因为他们行踪诡秘无常，所以很难查找他们的踪迹。这说明他们是一伙老谋深算的惯犯。多亏这次这个侥幸的机会，他们终于无处可逃了。”

但是这位警探说错了，命中注定这伙罪犯不会落入法网。当我们乘的火车驶进艾津车站时，只见从村子附近的一个小树丛后面冒出一团滚滚浓烟，形似一片硕大无比的鸵鸟毛飘荡在田园的上空。

“是房屋着火了吗？”当火车喷着气开出车站时，布莱特雷德问道。

“是的，先生。”车站站长回答道。

“什么时候着火的？”

“我听说是夜里，先生。但是火越烧越旺，现在那地方已是一片火海。”

“那是谁的房子？”

“比彻医生的。”

“告诉我，”工程师插了进来，“那个比彻医生是不是个长得很瘦，鼻子又长又尖的德国人？”

站长放声大笑起来，“不，先生，比彻医生是个英国人，在我们这个教区里没人比他穿得更阔绰的了。我听说有位先生和他住在一起，那位先生是外国人，是医生的病人，但他的模样看起来似乎需要多吃几份上好的牛排。”

没等站长说完，我们已急忙朝失火的方向奔去。我们顺路登上一座不高的小山顶上，展现在我们眼前的是一座高大的白灰粉刷的建筑物，它的每一扇窗、每一道缝仍然在向外喷着火舌，前面的花园里三辆救火车正在尽力想把最后的火势压下去。

“就是这里！”哈瑟利激动地喊道，“这碎石路！我躺过的蔷薇花丛。那第二扇窗就是我逃生的地方！”

“如果是这样的话，”福尔摩斯说，“至少你的仇已经报了。可以肯定地说，是你放在机器里的那

“是房子着火了吗？”

盏油灯被机器压碎的时候烧着了木板墙。他们只顾追赶你，以致当时没有发觉。你现在睁大眼睛注意看，看在这些人群里有没有你昨天晚上遇到的那几个人，不过，我担心他们早已逃到100英里以外去了。”

福尔摩斯的担心果然成为事实。从那一天起直到现在，再也没有了那个漂亮的女人、那个阴险的德国人和那个乖僻的英国人的任何消息了。当天清晨，有一个农民见到过一辆载着几个人和几只沉甸甸的大箱子的马车朝着雷丁的方向疾驶而去。此后，这几个逃亡者就销声匿迹了，甚至连聪明的福尔摩斯也无从找到有关他们下落的任何线索。

这房子里面的布置很奇怪，使消防队员们感到很不安。更使他们不安的是，在三层窗台上发现了一截砍下来不久的大拇指。大约在太阳下山的时候，经过他们的努力，终于控制了这场大火。但是房顶已经烧塌了，那里已变成了一片废墟，连我们不幸的朋友差点儿为之付出了生命代价的那台机器也已经烧得仅剩下一些弯曲的汽缸和铁管子了。我们在其中的一间屋子里发现了大量镍锭和锡锭，但却没有找到硬币。这也许可以说明为什么上面提到的那几只大箱子是沉甸甸的了。

好在花园里松软的泥土给我们留下了清晰的足迹，才使我们这位水压工程师是如何从花园里被送到他恢复知觉的那个地方的问题没有成为千古之谜。脚印明显表示他是被两个人抬走的。一个人的脚很小，另一个人的脚却异常的大。看来很可能那个沉默寡言的英国人比他的同伙胆小而心软，是他帮助那个好心的女人抬着失去知觉的工程师逃离险境的。

“哎！”在我们坐火车返回伦敦时，这位工程师沮丧地说，“我本来还以为自己得到了一笔大生意哩！结果，我失去了大拇指，失去了50畿尼的工钱，可我得到了什么呢？”

“经验！”福尔摩斯呵呵笑着说，“你要知道，这件事情对你的价值可能你现在还没法直接了解；但只要你将此事一公开，你公司的名声就会大振，你也将为此而终身受用的。”

贵族单身汉

圣西蒙勋爵的婚事及其出人意料的结局，早就不再是这位不幸的新郎所身处的上流社会津津乐道的话题了。社会上其他新的丑闻层出不穷，而且更加妙趣横生，这就使得4年前的这个戏剧性事件相形之下黯然失色，渐渐被人淡忘。然而，据我所知这件事情的整个真相从未向公众披露过，而我的朋友夏洛克·福尔摩斯在调查这个事件的时候曾起过举足轻重的作用，所以，即使是为了对他的工作有一个全面的记录起见，也该将这件很不寻常的事件做一个简要的记述。

那是我结婚前几个星期的一天，那时我还和福尔摩斯同住在贝克街。福尔摩斯下午散步回来，发现桌上放着一封给他的信。由于那天突然下雨，加上刮着秋风，我当年参加阿富汗战役时留在手臂里的那颗步枪子弹，又隐隐作痛起来，所以我整天待在家里。我靠在一把安乐椅里，双腿搁在另一把椅子上，身边摆满报纸，直到我看完了当天的所有新闻，才疲惫地把报纸放到一边，懒洋洋地靠在那里，打量着桌上那信封上端的大饰章和字母图案，琢磨着这究竟是福尔摩斯的哪位贵族朋友写来的。

“这儿有一封上流社会的来信。”他进屋时，我说道，“如果我没有记错的话，你今天早晨收到的是一个鱼贩子的信和一个海关官员的信。”

“没错，我收到的信件肯定是来自各个阶层的。”他笑着回答说，“通常地位越是低贱的人，写的信就越有趣。可是这封信看起来就像一封令人讨厌的社交请帖，它不是令你感到厌烦就是要逼你去虚与周旋。”

他拆开信封，看了看信的内容。

福尔摩斯拆开信封，看了看信的内容。

“噢，且慢，这封信说不定倒是关系到一件有趣的事呢！”

“那它不是社交请帖了？”

“不，是封有关业务的信。”

“而且是来自一位贵族委托人吗？”

“英国地位最高的贵族之一。”

“老伙计，这下我该祝贺你啦！”

“说实话，华生，我对委托人的社会地位如何并不感兴趣，我感兴趣的是他的案情。然而，在这个案件中，案情很可能和他的社会地位有着密不可分的关系。你最近一直在看报，是吗？”

“可不是吗。”我指了指角落里的一大堆报纸沮丧地说，“我没有别的事可做。”

“那就好，或许你能给我提供一些最新的消息。我是只看犯罪的消息和广告启事栏，别的一概不看的。广告启事栏里内容很丰富。你既然一直关注近来所发生的事，想必你一定看到过有关圣西蒙勋爵举行婚礼的消息了吧？”

“噢，可不是吗，而且这消息还引起了我极其浓厚的兴趣呢！”

“那好，这封信就是圣西蒙勋爵写来的。我读给你听听，你听后要翻翻最近的报纸，把有关这件事的消息告诉我。信是这么写的：

亲爱的夏洛克·福尔摩斯先生：

巴克沃特勋爵告诉我您的分析和判断能力非常值得信赖，因此我决定前来拜访您，就与我婚礼有关的令人非常痛心的事件向您讨教。苏格兰场的雷斯垂德先生已经受理此案。不过他告诉我，他不仅非常愿意与您合作，而且还认为您的合作可能会对他大有帮助。我将在下午4点准时前来拜见您，如您另有其他约见，希望能够改期，因为我这件事至关重要。

您忠实的圣西蒙

“这封信今天寄自格罗夫纳大厦，是用鹅毛笔写的。尊贵的勋爵不小心在他的右手小指头上沾了一滴墨水。”福尔摩斯边叠信边说道。

“他约定4点钟来。现在是3点，还有一小时他就要来了。”

“在这点儿时间里请你帮我把这件事弄明白。翻一下这些报纸，把有关的摘录按时间顺序排好，同时我来查查我们这位委托人的身世。”他从壁炉架旁的一排参考书中抽出一本红皮书。“在这儿呢。”他说着坐下来，把书放在膝盖上，“罗伯特·沃尔辛厄姆·德维尔·圣西蒙勋爵，巴尔莫拉尔公爵的次子。嗯！天蓝色的纹章，黑色绶带上别着三个铁蒺藜。生于1846年，现年41岁，是该结婚的年龄了。曾任上届政府的殖民地政务次官。他的父亲，那位巴尔莫拉尔公爵，曾任过一个时期的外交大臣。他们继承了安茹王朝[①]的血统，是它的直系后裔。母系血统为都铎王朝[②]。哈！这些并不能说明什么问题。华生，我看我还得请你帮忙提供一些更有用的情况。”

“我已经找到了你想要了解的情况。”我说，“事情刚发生没多久，给我留下的印象很深，只是我一直没敢对你说。因为我知道你正在忙着调查一件案子，而你是不喜欢在调查案子时被人打扰的。”

“噢，你是指格罗夫纳广场家具搬运车那件小案子吧？现在已基本搞清楚了——其实从一开头事情就很明白。请把你查阅报纸所了解的情况告诉我吧。”

“我找到的第一条消息登在《晨邮报》的启事栏里。日期是几周以前：‘如果传闻属实的话，巴尔莫拉尔公爵之次子罗伯特·圣西蒙勋爵与美国加利福尼亚州旧金山阿洛伊修斯·多兰先生之独生女哈蒂·多兰小姐的婚事已定，近期即将举行婚礼。’就这些。”

“简明扼要。”福尔摩斯说着，在火炉旁伸直了他那又瘦又长的腿。

同一周内一份上流社会的报纸上对此事做了更详细的报道。啊，在这儿：

我们的婚姻市场急需予以保护，因为目前这种类似自由贸易的婚姻原则似乎对本国的国民极其不利。大不列颠的名门望族一个接一个地落入了来自大西洋彼岸的姻亲之手。上周，被这些迷人的入侵者夺走的战利品名单中，又多了一位重要人物。二十多年来从未中过爱神之箭的圣西蒙勋爵，现在已明确宣布即将与加利福尼亚百万富翁的女儿哈蒂·多兰小姐结婚。多兰小姐是这位百万富翁的独生女。她优雅的体态和动人的美貌在韦斯特伯里宫的庆典宴会上引起了众人的注目。最近有消息说，她的嫁妆将大大超过6位数字，

---

① 安茹王朝（1154—1399）：亦称金雀花王朝，自亨利二世至理查三世时期的英国王朝名。——译注

② 都铎王朝：英国自1485年至1603年之间的王朝。——译注

而且将来还会有其他收入。众所周知，巴尔莫拉尔公爵近年来已经落到了不得不出卖藏画的地步，而圣西蒙勋爵除了有一块伯奇穆尔地产之外，已一无所有，而这位加利福尼亚的女继承人通过这一联姻，将由一位女共和党人摇身一变成为不列颠的贵妇，显然这桩婚事对双方而言都是各得其所。

“还有什么别的消息吗？”福尔摩斯打着哈欠问道。

“噢，有，多着呢！《晨邮报》上还有一条消息说，婚礼将绝对不事张扬，并预定在汉诺佛广场的圣乔治大教堂举行，届时将只邀请一些亲朋好友。婚礼后，新婚夫妇及亲友等将返回阿洛伊修斯·多兰先生在兰开斯特盖特租下的带家具的寓所。两天后，也就是上星期三，报上又登载了一则简单的通告，宣告婚礼已经举行，新婚夫妇的蜜月将在彼得斯菲尔德附近的巴克沃特勋爵别墅度过。新娘失踪以前的全部报道就是这些。”

“在什么以前？”福尔摩斯吃惊地问道。

“在那位女郎失踪以前。”

“那她是在什么时候失踪的呢？”

“在婚礼的早餐上。”

“原来如此。这可比原来想象得要有趣得多，事实上，相当具有戏剧性啊！”

“是啊！正是由于有点儿反常，才引起我注意的。”

“新娘常有在婚礼仪式前失踪的，偶尔也有在蜜月期间失踪的。但是我还想不起来有哪一件是在婚礼早餐上失踪的，请你把详细情况说给我听听。”

“我要事先说明一下，我的这些材料是很不完整的。”

“也许我们可以使它们完整起来。”

“昨天晨报上有一篇文章，我来读给你听听。标题是：上流社会婚礼中的奇怪事件。‘罗伯特·圣西蒙勋爵的婚礼过程中所发生的奇怪的痛苦事件，使他们全家惊慌失措。正如昨天报纸上简要报道过的那样，婚礼是在前天上午举行的；可是直到现在，才终于可以对不胫而走的奇怪传闻加以证实了。尽管朋友们努力不使舆论哗然，此事已引起公众关注。由于此事已经弄得满城风雨，才必须正视此事，以正视听。

“‘简单的婚礼是在汉诺佛广场的圣乔治大教堂举行的。只有新娘的父亲，阿洛伊修斯·多兰先生、巴尔莫拉尔公爵夫人、巴克沃特勋爵、尤斯塔斯勋爵和克拉拉·圣西蒙小姐（新郎的弟弟和妹妹）以及艾丽西亚·惠廷顿夫人参加了婚礼。婚礼后，他们一起来到兰开斯特盖特的阿洛伊修斯·多兰先生寓所，那里已经为大家备好了早餐。此时一个身份不明的女人跟在婚礼的队伍后面，声称她有权向圣西蒙勋爵提出要求，试图强行闯入寓所。经过长时间的纠缠，男管家和仆役才好不容易把她撵走。好在新娘已在这件不愉快的事情发生之前进入了室内，同大家一起就座准备用早餐。这时，她说她突然感到不舒服，就回到自己的房间去了。她离开的时间很长，引起了人们的议论，她父亲便去找她。但她的女仆说女主人只到她的卧室待了短短的一会儿，拿上了一件外衣和一顶帽子，便匆忙下楼去了。一个男仆声称他看到一个穿外衣戴帽子的夫人出门去了，但没有想到那就是他的女主人，以为她还和大家在一起呢。阿洛伊修斯·多兰先生在肯定女儿的确是失踪了以后，就和新郎一起立刻报了警，目前警方正在大力调查，希望能将这件怪事很快搞清楚。然而，直到昨天深夜，这位失踪的女郎依然没有消息。人们对此议论纷纷。据说警方认为那个一早去新娘家找麻烦的女人，出于妒忌或其他动机，可能与新娘奇怪的失踪有关，因而已经将她拘押起来。’”

“就这些吗？”

“在另一份晨报上只有一小条消息，但是很能说明问题。”

“是什么内容？”

“弗洛拉·米勒小姐，也就是找麻烦的那个女人，已经被捕。她好像曾经在阿利格罗当过芭蕾舞演员，并和新郎认识多年。此外就没有其他消息了。报纸上的消息就这些了，现在看你的了。”

经过长时间的纠缠，男管家和仆役才好不容易把她撵走。

“我看这是一件非常有趣的案子，我绝不会放过它。华生，有人按门铃了，时钟刚刚敲过4点，无疑是我们高贵的委托人来了。你别想走，华生，因为我很需要一个见证人在座，哪怕只是给我一点儿提示也好。”

“罗伯特·圣西蒙勋爵到！”我们的童仆推开房门报告说。一位仪表堂堂的绅士走了进来，他有着高高的鼻梁和苍白的脸，嘴角显得任性，双眼圆睁、眼神镇定，一看便知此人生来养尊处优，惯于发号施令。他的举止潇洒利落，但其整个外表与年龄很不相称，因为他走路时，背略有点儿驼，还有些屈膝。头发也是如此，当他摘下那顶帽檐高高卷着的帽子时，只见他头发已经开始灰白，并且已经开始秃顶。至于他的穿着，则近于浮华：高领，黑礼服，白背心，黄手套，发亮的皮鞋和浅色的绑腿。他慢慢地走进房内，眼睛从左边看到右边，手里晃动着系金丝眼镜的链子。

“你好，圣西蒙勋爵。”福尔摩斯说着，站起身来鞠了个躬。“请在这把藤椅上坐。这位是我的朋友和同事，华生医生。往前靠火炉近一点儿如何？我们好好谈谈这件事吧？”

“你应该清楚这事情使我万分痛苦，福尔摩斯先生，我因此而深受伤害。先生，我知道你曾经处理过几件类似的微妙案子，不过你的当事人的社会地位没有和我一样高的吧？”

“有，而且比你高。”

罗伯特·圣西蒙勋爵

“什么？”

“我上次这类案子的当事人是个国王。”

“噢，真的吗？我没听说。请问是哪国的国王陛下啊？”

“斯堪的纳维亚国王。”

“什么！他的妻子也失踪了吗？”

“请理解，”福尔摩斯和蔼地说，“我对其他委托人的事情和对你的事情一样要保守秘密。”

“当然！很对！很对！请你原谅。对于我自己的这个案子而言，只要有助于你做出判断，我什么都能说。”

“谢谢你。到目前为止我只是看到了报上的全部报道而已。我估计报上说的都是真实的情况吧，例如这篇有关新娘失踪的报道。”

圣西蒙勋爵看了看。“是的，这篇报道说的情况完全属实。”

“但是，在提出看法以前，我还需要大量的补充材料。我想我可以通过直接向你提问的方式得到我所需要的事实。”

“请吧！”

“你是在什么时候第一次遇到哈蒂·多兰小姐的？”

“一年以前，在旧金山。”

“当你在美国旅行的时候？”

“是的。”

“你们当时订婚了吗？”

“没有。”

“但是保持着亲密的交往？”

“我能和她交往感到很高兴，她也能看出我很高兴。”

“她的父亲很富有？”

“据说他是太平洋彼岸最富有的人。”

“他的钱是怎么来的呢？”

“开矿。若干年前，他还一无所有。后来他挖到了金矿，于是投资开采，由此很快发了财。”

“你对那位年轻的小姐，也就是你妻子的性格印象如何？”

这位贵族凝视着炉火，手上的链子晃得更快了。“你知道，福尔摩斯先生，”他说，“我的妻子在她的父亲发财以前，已经有20岁了。在此期间，她在矿上过着自由自在的生活，整天在山上或树林里游玩，所以她所受的教育与其说是学校教师的讲课，不如说是大自然的熏陶。她个性很强，泼辣任性，不受任何习俗的约束，是我们英国人所说的那种‘假小子’。她耐性很差，几乎可以说是暴躁。她很容易感情用事，一旦决定干什么就不顾后果。另一方面，如果不是我认为她毕竟是一位高贵的女人的话（他庄重地咳嗽了一声），我是绝不会让她享受我的贵族称号的。我相信，她是个宁愿牺牲自己的利益，也不愿意做出任何有损名誉的事情的女人。”

“你有她的照片吗？”

“我随身带着。”他打开表链盒，我们看到的是一位非常漂亮的女人的肖像。那不是一张照片，而是一个象牙肖像。艺术家将她的一头黑发、大而黑的眼睛和精巧的小嘴画得极有感染力。福尔摩斯长久而认真地端详着那副肖像，然后盖好小盒，递还圣西蒙勋爵。

“这位年轻的小姐后来来到伦敦，于是你们重叙旧情？”

“正是这样，她父亲今年初夏带她到伦敦来参加社交盛会的活动。我和她有过好几次约会，后来我们订了婚，现在又结了婚。”

“我听说她带来了一份相当可观的嫁妆？”

“嫁妆合适，合乎我们家族的门第。”

“既然实际上已经举行了婚礼，这份嫁妆理当归你所有了？”

“这事我倒确实还没来得及过问呢。”

“情理之中。婚礼的头一天你见过多兰小姐吗？”

“见过。”

“她心情愉快吗？”

“她心情十分愉快，一直和我谈着我们未来生活的打算。”

“真的！非常有趣。那么在结婚当天的早上呢？”

“她高兴极了，至少一直到婚礼结束时都是如此。”

“此后你注意到她有什么变化吗？”

“啊，说实话，后来我第一次发现了她性格变化的一个迹象，她的脾气开始有些急躁。不过那是件微不足道的小事，并且与这个案件可能毫无关系。”

“虽说是小事，还是请你讲讲为好。”

“唉，简直是耍孩子脾气。当我们走进教堂的时候，她手里的花束掉在了地上。当时她正走过前排座位，花束就掉在座位前面。后来，前排座位上的一位先生帮她把花束拾了起来。看来这束花一点儿也没有摔坏。可是当我和她谈起此事时，她的回答很不耐烦。乘马车回家途中，她似乎还在为这件微不足道的小事烦恼，实在令人好笑。”

“的确！你刚才说在前排座位里坐着一位先生，那么当时有不少外人也进到了教堂里吗？”

“哦，是的，教堂门开着的时候，他们自然是可以进去的。”

“这位先生是否可能是你妻子的一位朋友呢？”

“不会，不会，我之所以称他先生是出于礼貌，其实他不过是一个很普通的人。我几乎没有注意到他的长相。但是，我想我们是否离题太远了？”

“圣西蒙夫人婚礼后回家时的心情远没有婚礼前那么愉快。那么，当她重新回到她爸爸寓所的时候，她做了些什么呢？”

“我见她在和她的女佣说话。”

“她的女佣是什么人？”

“她名叫艾丽丝，是美国人，和她一起从加利福尼亚来的。”

“一名贴身女佣？”

“不知这么说是否妥当。在我看来似乎她的女主人对她非常随便，不拘礼

前排座位上的一位先生帮她把花束拾起来并递给她。

仪。当然，美国人对主仆关系的看法可能和我们不同。”

“她和这位叫艾丽丝的女佣谈了多久？”

“哦，有好几分钟。当时我正在想一些其他的事情。”

“你一点儿也没有听到她们都在说些什么吗？”

“圣西蒙夫人谈到了什么‘强占别人土地’之类的话，她老喜欢说些俚语。我听不太明白她指的是什么。”

“美国的俚语有时是很能说明问题的。你夫人和女佣谈话之后又做了些什么？”

“她走进饭厅吃早餐。”

“你挽着她一起进去的吗？”

“不，她一个人。她一向是这样不拘小节的。后来，在我们就座后大约10分钟，她就急急忙忙地站起身来，喃喃地说了声‘对不起，失陪了’，就匆匆离开了房间。就这样她再也没有回来。”

“但我听说那女佣艾丽丝证实她的女主人走进自己的房间，在新娘的礼服上罩上了一件外衣，戴上一顶帽子，就出去了。”

“是这样的。此后，有人看到她和弗洛拉·米勒一道走进海德公园。弗洛拉·米勒就是那个现在被拘留的女人。那天早上，她曾在多兰寓所门前闹过事。”

“啊，是的。我很想知道一点儿关于这个年轻女子的具体情况以及你和她是什么关系。”

圣西蒙勋爵耸耸肩，扬了扬眉毛，说：“我们结交已有多年，可以说关系非常亲密。她过去常在阿利格罗。我对她很好，她对我也不错。但是，福尔摩斯先生，你是了解女人的，弗洛拉很可爱，她性子很急，而且热恋着我。她听到我要结婚的消息后，曾给我写过几封措辞激烈的信。老实说，我之所以把婚礼办得不事张扬，就是怕万一在教堂里引起风波。她刚好在我们举行仪式回来时赶到了多兰先生的大门前，企图闯进去，她居然用污言秽语当众辱骂我的妻子，甚至还威胁她。好在我事先有所防范，在门口安排了两名便衣警察。他们很快就把她撵了出去，她眼看吵架不会有什么好结果，也就悄悄走了。”

“这些事情你妻子都听到了吗？”

“没有，谢谢上帝，她没有听到。”

“后来就有人看到她和这个女人在一起？”

“是的，正因为如此，苏格兰场的雷斯垂德先生才十分重视这件事。他认为是弗洛拉把我的妻子诱骗出去，并对她设下了某种可怕的圈套。”

“噢，这种推测不是完全没有道理的。”

“你也这样认为吗？”

“我认为这种可能性不太大，你自己也是这样看的吧？”

“我认为弗洛拉连蚂蚁都不肯踩死的。”

“可是妒忌会使人丧失理智。请告诉我，你自己对这件事情怎么看呢？”

“哦，我到你这里来是求教的，不是来谈自己的看法的。不过，我已经把全部事实都告诉你了，既然你问起，我也不妨说说，我觉得可能是这件婚事使我的妻子过于兴奋，加上她意识到自己的社会地位有了急剧的提高，所以导致了她精神有点儿错乱。”

“简而言之，她突然一下子精神错乱了？”

“嗯，说真的，当我考虑到她抛弃了我，而且抛弃了那么多女人可望而不可即的东西时，我无法做出其他解释。”

“噢，这当然也是一种可信的假设。”福尔摩斯微笑着说，“现在，圣西蒙勋爵，我想我差不多已经了解了全部材料。请问一下，你们坐在早餐桌上能看到窗外的情况吗？”

“可以看到马路的对面和公园一带。”

“我想也是。看来没必要再耽搁你了，我会随时跟你联系的。”

“愿你好运，顺利解决这个问题。”我们的委托人站起身来说道。

“我已经解决了。”

“嗯？你说什么？”

“我是说这个案子我已经解决了。”

“那我的妻子在哪里呢？”

“我很快就能让你知道这个细节。”

圣西蒙勋爵摇摇头：“看来我得去找一个比你我都要聪明的脑袋才行了。”说着，他用老式的礼节庄严地鞠了个躬，转身离去了。

“承蒙圣西蒙勋爵把我的脑袋和他的相提并论，我深感荣幸。”夏洛克·福尔摩斯哈哈笑着说道，“经过这一大堆询问，我想需要来一杯威士忌加苏打并抽上一支雪茄了。其实，我们的这位委托人进屋之前，我就已经得出了这个案子的结论。”

“啊，了不起，福尔摩斯！”

“我曾经办过好几起类似的案件，但如我所说，没有一件像这件这么干脆。我的这番调查对于肯定我的推测有极大的帮助。旁证往往非常令人信服。用梭罗[①]的话来说，就像你在牛奶里发现了一条鳟鱼一样。”

“但是，你所听到的一切我也都听到了呀。”

“但你缺少我过去处理案子的那些对我十分有用的经验。几年前在阿伯丁就有一个同类的案子。普法战争后一年，在慕尼黑又有一件案子和它很相似。这个案子就是这类案子之一。哦，瞧，雷斯垂德来了！下午好，雷斯垂德！餐柜上有一只大号的酒杯，盒子里有雪茄烟。”这位警探身穿一件水手粗呢上衣，戴着一个老式领结，看上去俨然像个水手。他手里提着一只黑色的帆布包，简单打过招呼后他坐了下来，点过一根递给他的雪茄。

“情况怎么样啦？”福尔摩斯眨了眨眼睛问道，“你的样子看上去好像很不满意。”

“我确实感到很不满意，为的就是圣西蒙勋爵这件倒霉的婚姻案，我到现在为止一点儿也摸不着头脑。”

“当真！你可让我吃了一惊。”

“谁听说过这样一个无头疑案？连一条线索也抓不住。我为此忙了一整天。”

“忙得浑身都打湿了。”福尔摩斯一只手搭在他那件粗呢上衣的胳膊上说道。

---

① 梭罗（1817—1862）：美国作家。——译注

“是的，我一直在塞彭廷湖[1]里打捞。”

“哦，上帝，打捞什么？”

“搜寻圣西蒙夫人的尸体。”

福尔摩斯仰天哈哈大笑起来。

“你怎么不到特拉法加广场的喷水池里去打捞呢？”他问道。

“咦，你这是什么意思？”

“因为在这两处你都有机会找到那位夫人的。”

雷斯垂德生气地瞪了我的同伴一眼。“你好像什么都知道了似的！”他吼叫说。

“唔，我也是刚刚才听到事情经过，不过我的主意已经定了。”

“噢，是吗！这么说来，你认为塞彭廷湖和这案子没有关系？”

“我认为很难有什么关系。”

“那也许你能解释一下，我们为什么会在那里面捞到这些东西？”他边说边打开他的提包，倒出一件结婚礼服，一双白缎子鞋以及一顶新娘的花冠和面纱。由于经水浸泡，它们都褪了色。“看看吧！”他说，把一只新的结婚戒指放到这堆东西上面。“这个难题要请你来解决了，福尔摩斯大师。”

“噢，确实。”我的朋友说着，朝天喷出一串蓝色的烟圈。“这些就是你从塞彭廷湖中打捞上来的？”

“不是，是一个园丁发现这些东西漂浮在湖边。已经证实这些是她的衣服。我认为既然衣服在那里，尸体也不会太远。”

“照这样明智的推断，在每个人衣橱附近都能找到她的尸体喽！请问你想通过这个得出什么结论？”

“弗洛拉·米勒失踪的证据已经找到。”

“恐怕没有那么简单。”

---

① 塞彭廷：伦敦海德公园内的一个人形池。——译注

“看看吧！”雷斯垂德说，“这个难题要请你来解决了，福尔摩斯大师。”

“你真这么想吗？”雷斯垂德生气地喊了起来。“我恐怕，福尔摩斯先生，你的推理有点儿不灵了。你在两分钟内就犯了两个大错，这些衣服确实说明了弗洛拉·米勒小姐的下落。”

“如何说明？”

“衣服上有口袋，口袋里有名片盒，名片盒里有张便条，这就是那张便条。”他把便条顺手扔在他面前的桌子上，“听我念念：‘一切准备好后，你会见到我的。马上来。F. H. M.’我始终认为圣西蒙夫人是被弗洛拉·米勒诱骗出去的，因此她和她的同谋者，无疑应该对这夫人的失踪负责。这张便条后面的签字就是她名字的缩写。无疑这是在门口悄悄塞到夫人手里的，诱使她落入她们的圈套。”

“好极了，雷斯垂德，”福尔摩斯哈哈笑着说道，“你的确很不简单。让我看看。”他漫不经心地拿起那张纸条，但这纸条很快就吸引了他的注意力，他满意地叫了一声。“这的确非常重要。”他说道。

“哈哈，你也发现它重要了？”

“极其重要。我热烈祝贺你。”

雷斯垂德以胜利者的姿态站起身来，低下头去看那纸条。“怎么？”他失声叫了起来，“你看反了！”

“恰恰相反，这才是正面。”

“正面？你疯了！这一面才是用铅笔写的便条。”

“但是这一面看来是一张旅馆的账单，我对它更感兴趣。”

“那上面没有什么。我看过。”雷斯垂德说，“‘10月4日，房费8先令，早餐2先令6便士，鸡尾酒1先令，午餐2先令6便士，葡萄酒8便士。’我看不出这里有什么名堂。”

“你多半看不出，但它却是最重要的。至于便条，也很重要，至少缩写字母的签字是如此。所以我要再次向你祝贺。”

“我不想再浪费时间了。”雷斯垂德说道，并站了起来。“我相信艰苦的工作，不相信坐在壁炉旁编造出来的理论。再见，福尔摩斯先生，看我们谁先查明事情的真相吧！”他把衣服收拾起来塞进提包，向门口走去。

“我给你一个提示吧，雷斯垂德，”福尔摩斯在他的对手走出门之前，懒洋洋地说道，“让我来告诉你此事的真实答案。圣西蒙夫人是个谜，这个人现在不存在，过去也没有存在过。”

雷斯垂德不无伤感地看了我的同伴一眼，接着扭头瞧瞧我，在前额上拍了三下，沉重地摇了摇头，匆忙地走了。

还没有等他把身后的房门关上，福尔摩斯就站了起来，穿上外衣。“这老兄说的户外工作倒是很有必要。”他说，“所以我想我得出去一趟。华生，你留下看报吧。”

夏洛克·福尔摩斯是5点多钟出门的，但是我没有感到寂寞，因为还不到一个小时，就有一个点心铺的伙计送来了一个很大的盒子。他带来的一个小伙子帮他打开盒子，他们将盒子里的一份冷食晚餐摆在了我们简陋寓所的餐桌上，其丰盛程度令我瞠目。送来的东西有两对山鹬，一只野鸡，一块肥鹅肝饼和几瓶陈年老酒。摆好这些美味佳肴之后，两位不速之客就像天方夜谭里的神怪那样消失了，走前没有做任何解释，只是说明这些东西是有人付过账后吩咐他们送货到门的。

刚要到9点钟的时候，福尔摩斯轻快地走进房间。他神情严肃，但目光炯炯有神，这使我相信，他的结论并没有使他失望。

“他们已经把晚餐摆好了吗？”他搓着手说道。

“你好像有客人要来，他们摆了5个人的晚餐。”

“是的，我想会有客人要来的，”他说，“我很奇怪为什么圣西蒙勋爵还没有到。哈！我想我听到他上楼的脚步声了。”

匆匆而来的人的确就是我们上午的客人，他比上午更起劲地晃动着他的眼镜，在他那贵族气派中透露着非常不安的表情。

“你收到我的信了？”福尔摩斯问道。

“是的，我承认信的内容令我震惊到了无法形容的程度。你说的话有凭有据吗？”

“有到目前为止最充分的凭据。”圣西蒙勋爵手按前额，一屁股坐到椅子里。“如果公爵听说他的家族成员有人受到如此的羞辱，”他小声嘀咕着，“他会怎么说呢？”

“这纯粹是一场误会，我不赞成说这是一种羞辱。”

“啊，你是从另一观点来看待这些事情的。”

“我不认为有谁该受到责备，虽然这位女士的做法过于突然，无疑令人感到遗憾，但我却看不出她除此之外还有什么别的办法。何况她遇到这样的情况，又没有母亲在跟前，没有人可以商量。”

“这是对我的蔑视，先生，当众对我的蔑视。”圣西蒙勋爵用手指敲着桌子说。

“你一定要谅解这位可怜的姑娘，她的处境无人承受过。”

“我不能原谅她，我确实非常生气，因为我蒙受了耻辱。”

“我想我是听到门铃声了。”福尔摩斯说，“不错，楼梯上有脚步声。如果我无法劝你对此事宽宏大量的话，圣西蒙勋爵，我请来的一位我的拥护者也许会成功的。”他打开门，请进来一位女士和一位先生。“圣西蒙勋爵，”他说，“请允许我介绍弗朗西斯·海·莫尔顿先生和夫人。这位女士，我想你已经见过了。”

一见到进来的客人，我们的委托人从椅子上跳了起来，笔直地站着，目光下垂，一只手插进礼服的前胸，摆出一副尊严受到侵犯的模样。那位女士匆忙向前走了几步，向他伸出手，但他仍然不肯抬眼看她，他决心不看她的脸，因为她那张充满恳求神情的脸是很难拒绝的。

“你生气了，罗伯特。”她说，“嗯，你完全有理由生气。”

“请别向我道歉。”圣西蒙勋爵满怀怨恨地说。

他笔直地站着，一只手插进礼服的前胸，摆出一副尊严受到侵犯的模样。

“哦，是的，我知道我大大地伤害了你。我离开前应当对你说一声才对，但是当时我没有顾得上。当我在这里再次见到弗兰克之后，我就变得手足无措了。我奇怪我当时居然没有昏倒在圣坛前。”

“莫尔顿夫人，也许你希望我和我的朋友离开这房间一下，以便让你做进一步的解释吧？”

“如果能让我谈谈我的看法的话，”那位陌生的先生说道，“我们对这件事情已经保密得有点儿过头了。就我而言，我希望全欧洲和美洲的人都能了解事情的真相。”这位先生瘦长结实，皮肤晒得黝黑，脸上刮得很干净，面目英俊，举止潇洒。

“那让我马上就把事情的经过告诉你们吧。”那位女士说道，“我和这位弗兰克是1884年在落基山附近的迈圭尔营地认识的。爸爸当时正在那里经营一个矿场。我和弗兰克订了婚。后来有一天爸爸意外地挖到了一个金矿，从此财源滚滚，而可怜的弗兰克的土地上的矿脉却渐渐减少直至耗尽。我的爸爸越来越富，弗兰克却越来越穷。所以，后来爸爸终止了我们的婚约，把我带到了旧金山。但弗兰克不愿意放弃，因此他也跟着去了那里，并且瞒着爸爸偷偷和我约会。让爸爸知道只会使他发火，所以，我们就私订了终身。弗兰克说，他也要去发一笔财，不混到和爸爸一样富有，不回来娶我。我答应他我会终身相守，并且发誓只要他活着，我绝不嫁人。‘既然如此，我们何不马上就结婚呢？’他说，‘这样我就可以放心而去，不必等到我回来以后再娶你为妻。’嗯，就这样，我们决定了，他安排好了一切，请来了牧师，我们随即举行了婚礼。过后，弗兰克就离开了我去开辟前程，而我则回到了爸爸身边。

“我再次听到弗兰克的消息是他到了蒙大拿，后来又到亚利桑那探矿。接着我又得到了他在新墨西哥的消息。此后报上登出过长篇报道，说亚利桑那印第安人袭击了一个矿工营地，死者名单中就赫然有我的弗兰克的名字。见此消息我当即昏厥过去。接着我重病缠身，卧床不起达数月之久。爸爸认为我得了肺痨，带我遍访了旧金山的医生。由于一年多来，毫无音信，我对弗兰克的死并没有产生过任何怀疑。后来，圣西蒙勋爵来到旧金山，我们一起到了伦敦，定下了婚事，爸爸非常高兴。但我一直觉得世界上没有任何男人能够取代我心中的可怜的弗兰克。

“尽管如此，只要我嫁给了圣西蒙勋爵，我还是会对他尽我的义务的。爱情虽不能强制，但我们的行动是可以强制的。我怀着努力做他的好妻子的想法，和他一起走向圣坛。但是请你们想想，当我走到圣坛栏杆前回过头来忽然看到弗兰克站在第一排座位望着我时，我的感觉是什么。起初我还以为那是他的幽灵。但是当我再回首时，发现他仍在那里，一脸的疑惑，仿佛在问我，见到他，我是高兴还是难过。我居然没有昏过去，真怪。但我感到头昏目眩，牧师的声音像嗡嗡的蜜蜂在我耳边响着。我简直不知所措了。我是否该打断婚礼仪式，弄得教堂里人人皆知呢？我又瞟了他一眼。他好像明白了我在想什么，把手指放在嘴唇上，叫我别作声。接着我见他在一张纸上草草写了几笔，我明白他是在给我写条子。出教堂时我经过他的座位，故意让花束掉落在地，当他捡起花束给我时，悄悄把纸条也塞给了我。纸条上只写着一旦他向我示意时，就跟他走。当然，我没有片刻怀疑过我首先应该向他尽责，我决定他怎么说我就怎么做。

“回寓所后我告诉了我的女佣。她是在加利福尼亚时认识他的，并且也是他的朋友。我嘱咐她不要说出去，并替我收拾一些东西，准备好我的长外衣。我本该向圣西蒙勋爵做出解释，但在他母亲和那些重要客人面前实在难以启齿，只得下决心不辞而别，留待以后再做解释。我在餐桌旁坐了不到10分钟，就看见窗外弗兰克站在马路对面。他向我招手示意，然后走进了公园。我穿戴好后悄悄出门随他而去。路上遇到一个女人在我面前说了些关于圣西蒙勋爵的事情，听她的口气好像他在结婚前也有他自己的一点儿小秘密，但是我设法摆脱了她，很快就跟上了弗兰克。我们一起坐上马车，驶往他在戈登广场租下的寓所，久盼之后，我们终于真正结婚了。弗兰克在亚利桑那曾遭到印第安人囚禁，后来他逃了出来，并来到旧金山。他了解到我误

“路上遇到一个女人给我说了些关于圣西蒙勋爵的事情。”

认为他已经不在人世，并已经去了英国，便追踪到了这里，终于在我举行第二次婚礼的早上找到了我。”

“我是在报上看到的，”这位美国人解释道，“报纸上登着她的名字和举行婚礼的教堂，但没有提到她的住处。”

“接着我们就商量该怎么办，弗兰克主张公开此事。但是我感到非常难为情，真想从此销声匿迹，永远不再遇到他们当中的任何人，只给爸爸写封信，说明我尚在人间就行了。一想到那些爵爷和贵夫人们围坐在早餐桌旁等我回去的情景，我心里就难受极了。所以，弗兰克为了使别人无法找到我，将我的结婚礼服等物捆成一包，扔在一个没人找得到的地方。若不是这位福尔摩斯先生今天晚上找到我们的话，我们本该明天去巴黎的。我真不知道他是怎样找到我们的住址的，他诚恳而明确地指出我错了，而弗兰克是对的，如果我们继续这样躲躲藏藏，那就要酿成大错。然后，他要给我们机会同圣西蒙勋爵单独谈谈，所以，我们就马上到这里来了。罗伯特，你现在全都明白了吧。如果我给你带来了痛苦，那我非常抱歉，还望你别把我想象得太卑鄙了。”

圣西蒙勋爵仍然坚持着他那僵硬的姿势，不过他紧皱双眉，闭着双唇，听完了她长长的叙述。

“请原谅，”他说，“我不习惯这样公开地谈论我个人的私事。”

“这么说来，你是不愿意原谅我了？难道你不愿意在我走以前和我握握手吗？”

“噢，当然可以，如果这样能使你高兴的话。”他伸手冷冷地握了一下她伸过来的手。

“我原本希望，”福尔摩斯提议道，“你能和我们友好地共进晚餐的。”

“我想你的要求是有点儿过分了。”勋爵回答道，“我可以对此事的意外结局被迫表示默认，但总不至于要我为此而欢庆一番吧。我想如果诸位允许的话，我现在就祝各位晚安了。”他向我们微微地鞠了个躬，便大步走出了房间。

“我相信至少你们会给我和我伙伴一点儿面子吧。”夏洛克·福尔摩斯说，“我一贯喜欢和美国人结识，莫尔顿先生，包括我在内的许多人都相信，先辈的愚蠢和错误并不妨碍后人的欢聚一堂，英美两国本是同宗嘛！”

“这个案子很有趣，”客人走后福尔摩斯说，“它很清楚地说明，一件乍看起来几乎毫无头绪的事情，答案可能是多么简单。这位女士所叙述的事情发生的先后次序真是再自然不过了。可是在苏格兰场的雷斯垂德先生之辈的眼里，这事情的结局真是再奇怪不过了。”

“那你就一直都没有弄错过吗？”

“我想如果诸位允许的话，我现在就祝各位晚安了。”

“从一开始，我觉得有两件事情非常清楚。一是那位女士本来是心甘情愿举行婚礼的；另一个是她回家后不到几分钟就变卦了。显然，那天早上一定是发生了什么事，才使得她后悔了。那么是什么事呢？出了教堂门以后，新郎一直陪伴着她，她不可能同任何人说话。那她是否遇到了什么熟人呢？如果是，此人必然来自美国，因为她到英国的时间很短，不可能会有什么人给她的影响深刻到只需一见面就能使她完全改变计划的地步。就这样，经过分析我们已经得到这样一个结论：她可能遇到了一个美国人。这个美国人是谁呢？他何以对她具有如此之大的影响呢？他可能是个情人，他也可能是她的丈夫。我知道，她少女时代历经坎坷，生活的环境也很奇特。这是在我听到圣西蒙勋爵的叙述之前所了解到的情况。后来他告诉我们在教堂前排座位的一个男人使新娘的态度起了变化，以及显然是为了接过纸条而假装递花的情节，加之她求助于她的心腹女仆以及她提到的很有含义的暗示‘侵占土地’的话，这在采矿者的行话中意味着占据属于别人的矿产，于是，整个情况就一清二楚了。她跟一个男人跑了，这个男人若不是她的情人，便一定是她以前的丈夫，后者的可能性要大一些。”

“你究竟是怎么找到他们的呢？”

“本来应该是很难找的，可是我的朋友雷斯垂德手里掌握的那份资料的价值连他自己都不知道。对啦，那个姓名的字母缩写是关键，但是比这还要有价值的是，它暴露了他在一周内曾在伦敦一所最豪华的旅馆结过账。”

“你如何推断出那是最豪华的旅馆呢？”

“根据昂贵的价格：房费8先令，一杯葡萄酒8便士，由此可见，那是一家最昂贵的旅馆。伦敦收费如此昂贵的旅馆并不很多。在诺森伯兰大街我调查的第二家旅馆里，通过查阅登记簿，我得知有一位叫弗朗西斯·莫尔顿的美国先生，刚刚离开一天。在查看他的账目清单时，我发现这账目和我手上的那张复写收据联上的账目完全一致。他留给旅馆的留言上写明将他的信件转交戈登广场226号。于是，我就去了，很幸运，这对爱侣恰好在家。我冒昧地以长辈的口吻对他们提出了忠告，并向他们指出，无论从哪方面来说，他们都应该向公众有个交代，特别是向圣西蒙勋爵将他们的处境加以说明。我邀请他们到这里来和勋爵见面，就这样，我也使勋爵如约而来了。”

“但是，结局不尽如人意。”我评论道，“他太不够大度了。”

“哈！华生，”福尔摩斯微笑着说道，“假如你经过求婚、结婚等一系列的麻烦事之后，却发现一眨眼工夫妻子和财富都被剥夺了，也许你也不会很大度的。我想我们对圣西蒙勋爵应该宽容一些，并且祈求上苍不要让我们有一天也落到这步田地。将椅子向前挪挪，把我的小提琴递给我，剩下来需要我们解决的唯一问题是，我们该如何消磨这接下来的萧瑟秋夜啦！”

绿玉皇冠

“福尔摩斯，”一天早晨，我站在窗前俯瞰街道时说，“看，有个疯子正在朝这儿走来。他的家人怎么能让他独自一人跑出来呢，真是可悲。”

我的朋友懒洋洋地从靠椅里站了起来，双手插在睡衣口袋里，从我背后看了一眼窗外。这是一个晴朗的二月的早晨。马路上仍然覆盖着昨天下的一层厚厚积雪，在冬日的阳光下闪着白光。贝克街马路中心的雪已经被来往车辆的车轮碾压成一条条灰褐色的轮迹，但是两旁人行道上堆得高高的雪却仍然洁白如初。灰色的人行道上的雪已经扫过了，但十分滑溜，一不小心就要摔跤，所以，路上的行人比平常少得多。从伦敦车站方向朝这边走来的，其实只有孤零零的一位先生，他怪异的举动引起了我的注意。

此人约五十岁光景，身材高大肥胖，五官周正，相貌不凡。他的衣着朴实而华贵，他身穿一件黑色礼服，头戴一顶锃亮的礼帽，脚蹬一双别致的棕色高筒靴，珠灰色的裤子剪裁考究。然而，此人滑稽的举止与他体面的衣着和外貌相反，显得有失尊严。因为他正在一路狂奔，偶尔还要跳跃几步，模样就像一个难得跑跳的人那样笨拙可笑。他跑动时，双手急剧地上下摆动，脑袋跟着摇晃，脸部肌肉抽搐得十分反常。

“他到底怎么啦？”我不禁问道，“他在看这些房子的门牌号码呢。”

“我相信他是来找我们的。”福尔摩斯搓着手说道。

“找我们？”

“是的，或者说他是来找我问事的，我能辨认出这种迹象。哈！果然不出我所料！”正说着，此人已经上气不接下气地冲到我们门口，把门铃拉得满屋子响。

片刻之后，他进到了我们房间，气喘吁吁地打着手势说不出话来，两眼直愣愣的，充满了悲哀和绝望。我们收敛了笑容，深感震惊和同情。他一时还说不出话来，身体摇动着，并抓着头发，仿佛完全失去了理智。接着，他突然一跃而起，猛地一头撞向墙壁，好在被我们两人一把拉住，拖了回来。夏洛克·福尔摩斯将他按到靠椅上坐下，自己也坐在了他的旁边，轻轻拍了拍他的手，并娴熟地用轻松的语调安慰起他来。

“你来是为了要将你的事情告诉我，不是吗？”他说，“你急忙跑来是太累了，请歇一歇，等缓过来气后再把你的问题告诉我。”

那人坐了片刻，仍然喘着粗气，努力控制着自己的情绪。然后他用手帕擦了擦额头，紧闭着嘴，对我们转过身来。

“你们肯定认为我是疯子吧？”他说。

“我看你准是遇到大麻烦啦！”福尔摩斯答道。

“老天爷知道，我的确是遇到了麻烦！祸从天降，简直要令我丧失理智了。我可要在众人面前丢脸啦，尽管我这个人一辈子也没有出过什么纰漏。命里注定人人都会有苦恼，但是这两桩飞来横祸，简直令我痛不欲生。再说，此事不止涉及我一个人。如果不设法解决这件可怕的事情，大英帝国最尊贵的人都可能要受到连累。”

“先生，请冷静冷静。”福尔摩斯说，“请告诉我们你是谁？究竟出了什么事？”

“我的名字，”我们的客人回答说，“你们也许早有耳闻，我就是针线街霍尔德·史蒂文森银行的亚历山大·霍尔德。”

我们的确对他的大名早有耳闻，他是伦敦第二家最大私人银行的主要合伙人。这位伦敦的上等公民为何落到这步田地，我们充满好奇地等着他缓过气来之后好说明原委。

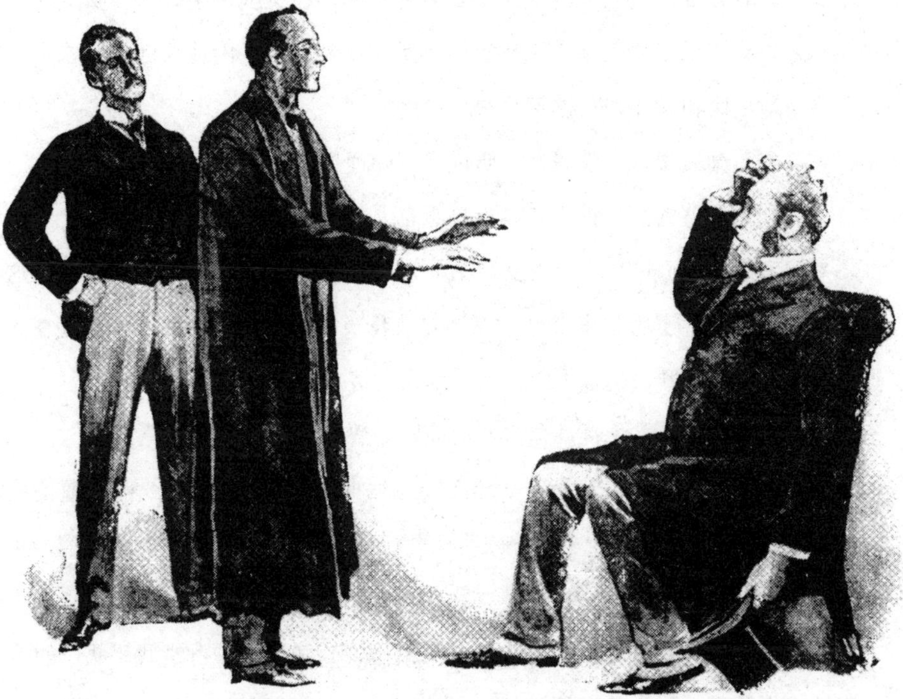

他脸上充满了悲哀和绝望，然后他用手帕擦了擦额头，对我们转过身来。

“我觉得时间很宝贵，”他说，“所以我遵循警官要我和你们合作的建议，匆忙赶来了。由于马车在雪地上行驶缓慢，我是乘地铁后又步行了一段路才来到贝克街的。所以我刚才累得喘不过气来，都怪我平时活动太少的缘故。现在我好多了，我尽量简明地把事实告诉你们。

“你们应该都很清楚，善于将资金拿来进行获利丰厚的投资，同时能增加业务联系和存户数量的银行才是成功的银行。我们投资获利最丰厚的方法之一是在绝对可靠的担保之下，对外发放贷款。过去几年，我们做成了多笔这类交易，不少名门望族以他们的名画、图书或金银餐具做抵押，从银行借贷了大笔款项。

“昨天上午，我在银行办公室里，我的一个职员递给我一张名片。一看名字，吓了我一跳，因为这不是别人，而是，嗯，也许，即使是对你们，我也不道出他的真名为好，我只能说他是个四海皆知的，在英国最崇高最尊贵的人。见他进来，我深感不胜荣幸，正想表白一番，他却开门见山地谈起生意来，像是要匆匆地尽快和我办完一桩不愉快的公事。

"'霍尔德先生，'他说，'听说贵行办理贷款业务。'

"'如果有值钱的抵押物，本行是愿意办理此种业务的。'我回答道。

"'我急需5万英镑，'他说，'十万火急。我完全能够向朋友借到比这多10倍的钱，但我宁愿公事公办，而且要由我亲自来办。你不难理解，处在我这种地位，因随便开口朝别人借钱而欠别人的情是不明智的。'

"'可否问一下，您需要借多长时间？'我问。

"'下星期一我可以收回一大笔钱，届时就能归还借款，利息随便你定，只要你认为合适就行。但我必须马上拿到这笔钱，这对我来说是最为重要的。'

"'我本该无条件地把我私人的钱贷给您，'我说，'可惜我手头一时拿不出这么大数目。如果我以银行的名义放贷，为了公平起见，即使是对您，我也必须坚持，应当要有符合业务要求的抵押。'

"'我就喜欢这样。'他说着从他座椅旁边拿起一只四方形黑色摩洛哥皮盒，'你肯定听说过绿玉皇冠吧？'

"'这是我们英国一件最贵重的国宝。'我说道。

"'一点儿不错。'他打开盒子，只见衬着柔软肉色天鹅绒的盒子里放着他所说的那件灿烂夺目的珍宝。'且不说有39块大绿宝玉，'他接着说道，'即便上面的镂金雕花也价值连城。这皇冠起码值我所要借的钱的两倍。我打算将它作为抵押物。'

"我手拿着珍贵的宝盒，有些茫然地抬起头来看着这位高贵的委托人。

"'你在怀疑它的价值？'他问。

"'不是怀疑它的价值，而是怀疑……'

"'怀疑用它做抵押是否适当吗？对此你尽管放心。我绝对有把握在4天

“我手拿着珍贵的宝盒，有些茫然。”

之内把它赎回，否则我也不敢用它做抵押的。这纯粹是个手续。这件抵押品够吗？’

“‘完全够了。’

“‘你要明白，霍尔德先生，基于我对你的了解，我才把它交给你，这是我对你的信任。相信你不仅会非常小心谨慎，而且不会让此事传出去，弄得满城风雨，但最重要的还是要竭尽全能保管好这顶皇冠，一旦它受到任何损坏，就会和它丢失了一样，后果不堪设想，因为这些绿玉是稀世珍宝。然而，出于对你的信赖，我把它留在你这里，星期一上午我将亲自回来赎取。’

“看到我的委托人慌着要走，我二话没说，叫来出纳员，让他给了委托人50张票面为1000英镑的钞票。剩我独自一人在办公室时，面对桌子上的这只宝盒，我不免因责任重大而忐忑不安起来。无疑，正因为它是一件国宝，一旦发生什么意外，必定会引起满城风雨。为此，我开始有点儿后悔将它留下了，但后悔已晚，我只得将它锁进我私人的保险箱里，然后继续做其他的工作了。

“傍晚时分，我觉得把如此贵重的物品丢在办公室里未免太轻率。在此之前，银行的保险箱被撬并不新鲜，谁说得准我的保险箱就不会被撬呢？万一出了这样的事，我的处境该有多可怕啊！因此我决定随身携带着这只盒子来回上下班，让它始终和我寸步不离。于是，我雇了一辆马车带着这件珍宝回到我位于斯特里特哈姆的家中。直到我上楼，将它锁在我起居室的大柜子里之后，我才松了一口气。

“现在说说我家里的情况，福尔摩斯先生，以便你对整个情况有个全面的了解。我的马车夫和仆役不是睡在我宅子里面的，因此这两个人可以完全排除不谈。我有三位已跟随我多年的女佣，她们都绝对可靠。此外，还有一个叫露茜·帕尔的侍女，才来我家干了几个月，然而她性格很好，使我深感满意。她是个非常漂亮的姑娘，偶尔会招来一些爱慕她的人，这是我们发现她身上唯一的不足之处，但我们都相信，她在各方面都是个很好的姑娘。

“我家仆人的情况就是这些。我家庭本身人不多，无须多说。我是个鳏夫，只有一个名叫阿瑟的独生子。他一直都令我很失望，福尔摩斯先生，失望得令人伤心。这无疑只有责怪我自己，人们都说是我宠坏了他，很可能确实是这样。在我爱妻去世后，我觉得他是我唯一疼爱的人，哪怕他脸上没有了笑容我都受不了，我对他从来都是有求必应。如果我能对他严格一点儿，也许对我们俩都有好处，但我也是为了他好。

“我自然希望他将来能继承我的事业，可是他不是经商的材料，他放荡而又任性。说实在的，我真是无法放心让他来处理大笔钱财。他年纪轻轻就已经是贵族俱乐部的成员了，由于他风度翩翩，在那里很快就结识了一批挥霍成性的纨绔子弟。他学会了玩牌赌马，一次又一次求我预支他的生活津贴费好去还赌债。他不只一次想和他那帮狐朋狗友断绝关系，但是每次都被他的朋友乔治·伯恩韦尔爵士拉了回去。

“乔治·伯恩韦尔爵士这样的人能够对他施加影响，我并不奇怪，我儿子常把他带到家里来，连我自己都不免被他的潇洒风度所迷惑。他比阿瑟年纪大，是一个玩世不恭的人。他什么地方都去过，什么事情都见过，他能说会道，是个很有个人魅力的家伙。然而，透过他外表的魅力，冷静思考他的为人，通过他冷嘲热讽的谈吐，以及他看人的眼神，我确信他是个完全不可信赖的人。我是这样想的，我的小玛丽也有同感，她具有一种女性的善于一眼看透他人性格的本领。

“讲到这里，只剩下玛丽的情况需要介绍了。她是我的侄女。我兄弟5年前去世，剩下她孤苦伶仃一个人，因此我收养了她，把她看作我的亲生女儿一样。她温柔、可爱、美丽，是我家里的阳光，她不仅是个好管家，而且极具女性应有的那种恬静、温柔的气质。她是我的好帮手，我真不知道没有她我该怎么办。她只在一件事上违背了我的意愿，我的儿子两次向她求婚，因为他真心爱她，但两次都被她拒绝了。我想如果说有谁能让我儿子浪子回头的话，就非她莫属了，我想结婚会改变他的全部生活。可是现在，哎呀！太晚了，一切都太晚了！

“福尔摩斯先生，现在你已经了解了我家里所有的人，下面我继续讲我这可悲的故事。

“当晚回来吃过晚饭，我在客厅里喝咖啡时，对阿瑟和玛丽讲了这件事的经过，并且告诉他们那件贵重的宝物就在家里，我只是没有说出那个委托人的名字。露茜·帕尔端来咖啡以后就离开了房间，这点我可以肯定，但是她出去时是否将门带上了，我就不敢肯定了。玛丽和阿瑟听了很感兴趣，并想看一眼这顶皇冠，但是我想还是不去动它为好。

“‘你把它放在哪里了？’阿瑟问。

“‘在我自己的柜子里。’

“‘嗯，但愿今夜我家不会被偷才好。’他说道。

“‘柜子锁上了。’我回答道。

“‘噢，任何旧钥匙都能开那把锁的。我小时候就用橱柜的钥匙打开过它。’

“他就是喜欢这样随口乱说话，所以我没有介意他说些什么。然而，那天晚上他阴沉着脸跟着我来到我的房间里。

“‘嗯，爸，’他垂着眼皮说，‘你能不能给我200英镑？’

“‘不，不行！’我严厉说道，‘在用钱方面我对你过于放松了！’

“‘你对我一直很好，’他说，‘我必须拿到这笔钱，否则，我就没脸再进俱乐部了！’

“‘那不太好了吗！’我嚷着。

“‘是的，总不能这样不光彩地离开吧，’他说，‘我忍受不了这种耻辱。我必须搞到这笔钱。如果你不给我，我就想别的办法。’

“噢，任何旧钥匙都能开那把锁的。我小时候就用橱柜的钥匙打开过它。”

“我很生气，因为他在这个月里已经向我要了3次钱。‘你休想再得到我一分钱。’我大声吼道。听我这么说，他鞠了一躬，默默离开了房间。

“他走后，我打开柜子的锁，确定我的宝物还在里面，然后我再把柜子锁上。接着我到房子各处转了转，看看一切是否安全。平时，我总是让玛丽做这件事，当晚我想最好由我自己亲自查看。当我下楼时，看见玛丽一人站在大厅的窗旁。等我走近她时，她就关上了窗并插上了插销。

“‘告诉我，爸，’我觉得她有点儿心神不定地说，‘今晚侍女露茜出门是经过你允许的吗？’

“‘没有啊！’

“‘她刚从后门回来。我相信她刚才是出去见什么人，我觉得这样很不安全，应该拦住她。’

“‘明早你要和她谈谈，如果你希望我和她谈，就由我来谈。你肯定各处都关好了吗？’

“‘没有问题，爸。’

“‘那么，晚安！’我吻了吻她，便上楼到卧室里去，很快就睡着了。

“我尽量将跟案件可能有关的一切都告诉你，福尔摩斯先生。我没讲清楚的，你就问我好了。”

“恰恰相反，你讲得非常清楚。”

“现在我要说的是我想特别强调的那一部分。我不是睡得很死的人，加上心里有事，无疑我无法睡得比平时更沉。约在凌晨两点左右，屋里发出的动静将我惊醒了。在我还没有完全醒过来时那动静就停止了，但在我印象中，那好像是有一扇窗户被轻轻关上的声音。我侧耳倾听。忽然间，我吓坏了，从隔壁房间里清晰地传来轻轻的脚步声。我很害怕，下了床，从我起居室的门缝悄悄往外看。

“‘阿瑟！’我尖叫起来，‘你这流氓，你这个贼！你竟敢碰那皇冠？’

“我原来放在那里的煤气灯还半亮着，我的倒霉的孩子只穿着衬衫和裤子，站在灯旁，手里拿着那顶皇冠。他好像正在用尽力气在上面扳着什么，或者说在用力拗着它。听到我的喊声，他手一松，皇冠落到了地上。他的脸死一般苍白。我一把拾起来一看，发现冠冕上镶有3块绿玉的一个金冠角不见了。

“‘你这无赖！’我气得大叫起来，‘你把它毁了！你要让我一辈子抬不起头来了！你把宝石偷到哪儿去了？’

“‘偷？’他叫道。

“‘是的，你这贼！’我晃着他的肩膀吼叫道。

听到叫喊声，他手一松，皇冠掉到地上。

“‘没有少什么呀，不可能少什么的。’他说。

“‘少了3块绿玉，你一定知道。你不但偷了东西，而且还想骗我吗？我明明看见你正在想把另一块绿玉也扳下来！’

“‘你骂我也骂够了，’他说，‘我无法再忍受了。既然你侮辱了我，我对此事就不再说什么了。明天一早我离开这个家，到外面去自己谋生。’

“‘你迟早要落入警察之手！’我气得狂喊道，‘这件事我绝不放过！’

“‘你从我这里什么也了解不到。’他从来没有那样激动地说道，‘如果你要叫警察，就让警察来找好了！’

“这时候，全家都被我们的大喊大叫吵醒了。玛丽首先奔进我的房间，一见那顶皇冠和阿瑟的脸色，她就什么都明白了，只听得她一声尖叫，倒在地上昏了过去。我立刻让女佣去请警察马上来进行调查。当一位警探带着一名巡警进屋的时候，愠怒的阿瑟交叉着两臂问我是不是打算控告他偷窃。我回答他说这事已经不再是家里的私事了，它已经成了一件必须公了的事情，因为这顶弄坏了的皇冠是国家的财产。我决定让法律来了断这一切。

“‘至少，’他说，‘你不会让人这就把我抓走吧。如果我能离开这间屋子5分钟，对你我两人都有好处。’

“‘你想乘机逃跑吗，想把偷得的东西藏起来吗？’我说。想到我可怕的处境，我恳求阿瑟不要忘记，这事不仅危及到我，而且危及到一位比我高贵得多的人的名誉，弄得不好就会惹起一桩震惊全国的丑闻。但是只要他告诉我那3块失踪绿玉的下落，就能避免丑闻的发生。

“‘你应该正视这件事，’我说，‘你是被当场抓住的，拒不认罪只会加重你的罪行，只要你告诉我们绿玉在什么地方，那么一切都可以宽恕，不予追究。’

“‘将你的宽恕留给那些乞求宽恕的人吧。’他回答道，轻蔑地一笑，转身背朝着我。我看他如此顽固，再多说也没有用。无奈之下，只好叫警察进来把他扣了起来。随即开始了搜查，他的身上、他的房间以及屋里一切可能藏匿宝石的角落都查遍了，也没有发现任何宝玉的踪影。尽管我们好说歹说，这倒霉的孩子始终不张嘴。他今天早上被关进了牢房。而我在警局办完了手续后，便急忙赶来找你帮助破案。警察公开承认他们目前一筹莫展。为此事你需要花费多少钱就花多少钱。我已经悬赏一千英镑了。我的天啊，我该怎么办哟！我的信誉、我的宝石和我的儿子在一夜之间全没有了。噢！我该怎么办哟！”

他双手抱着脑袋，身子晃来晃去，低低地呻吟着，像一个有痛苦却不会说话的孩子。

夏洛克·福尔摩斯皱着眉头，两眼凝视着炉火，默默地坐了几分钟。

“你平时家里客人多吗？”他问道。

“不太多，只有我的合伙人和他的家眷，偶尔还有阿瑟的朋友。最近，乔治·伯恩韦尔曾来过几次。此外，没有什么人了。”

“你常出去和人交往吗？”

“阿瑟常出门。玛丽和我待在家里。我们俩都不爱与人交往。”

“年轻姑娘很少不爱交往的啊！”

“她生来好静。再说她也不很年轻了，她已经24岁了。”

“听你所说，此事好像也使她受到很大惊吓。”

“极其震惊！她可能比我更为震惊。”

“你们俩都一点儿也不怀疑你的儿子肯定有罪吗？”

“我们怎么可能怀疑呢，我亲眼看见皇冠在他手里呀！”

“我很难相信这就是确凿的证据。皇冠的其余部分受到损坏了吗？”

“是的，它被扭歪了。”

“你没想过他或许是要将它弄直？”

“上帝保佑你！你是在为我们父子尽你所能，但是，这个差事太难了一点儿。他究竟在那里干什么？如果他是无辜的，为什么不说呢？”

“反过来同样可以问，如果他确实有罪，他为什么不编个谎言呢？我看他的沉默有两种解释。这案子有几个奇怪的地方。警察认为把你从睡梦中吵醒的声音是什么呢？”

“他们认为这可能是阿瑟关他卧室房门的声音。”

“说来倒也像！好像一个存心偷东西的人会用力关门把全家吵醒似的。那么他们对宝石的失踪又是怎么说的呢？”

“他们还在家里搜查，希望能找到它们。”

“他们想没想过到房子外面去找找？”

“想过了，他们十分卖力，整个花园都搜查过了。”

“那么，亲爱的先生，”福尔摩斯说，“这不正说明这件事确实比你或警察起初所想的要复杂得多吗？在你们看来，这只不过是一桩简单的偷窃案；但在我看来它要复杂得多。想想你们的推断是些什么吧。你认为你的儿子从床上下来，冒着很大的风险，来到你的起居室，打开柜子取出皇冠，用力从上面掰下一小部分，然后到另一个地方，把39块绿玉中的3块藏得让任何人都找不到，然后又不顾被人发现的极大危险，带着剩下的36块回到房间里来。试问，这个推断站得住脚吗？”

“可是还能做什么别的推断呢？”这位银行家失望地嚷道，“要是他的动机是清白的，为什么不解释清楚呢？”

“我们的任务就是要查明真相。”福尔摩斯回答说，“所以，霍尔德先生，如果你不反对，我们现在就一起动身到你家里去，花上一个小时进行一次更周密细致的调查。”

我的朋友坚持要我陪同他们一起去调查，这正是我求之不得的，因为我们刚才听到的故事引起了我的好奇和同情。我承认，我当时和这位不幸的父亲看法一样，认为这银行家的儿子明显做了犯法的事；但是我更相信福尔摩斯的判断力，既然他对这种可以为大家接受的解释并不满意，那就说明可能事情并不像我们所想的那样简单。在去南郊的一路上，他一言不发，低垂着头，用帽子遮住眼睛，陷入了深深的思考。我们的委托人，由于看到眼前似乎有了一线希望，心情显得好多了，他甚至和我随意地聊了一些业务上的事情。坐了一段火车，再步行一段路程，我们就到了这位大银行家位于费尔班的大宅。

这是一所用白石砌成的大宅子，离马路有点儿距离。一块积雪的草坪里有一条双行车道一直通到两扇紧闭着的大铁门前。右面是小灌木丛，其间有一条两旁有小树篱的狭窄小径从马路口一直通到厨房门前，这是送货的小贩出入的必经之道。左边一条小道通向马厩，这条小道不在宅地之内，是一条少有人来往的公共小路。福尔摩斯让我们等在门口，他自己慢慢地绕着宅子走了一圈，从屋前那条小贩走的小道，绕到花园后面，进入通往马厩的小道。他来回走了很久，于是，霍尔德先生和我干脆进屋在餐室的壁炉边等他。正当我们默默坐在那里的时候，房门开了，进来了一位年轻的女士。她个子中等偏高，身材苗条，苍白的皮肤衬托着黑色的头发和眼睛。我真没见过脸色如此苍白的女子，连她的嘴唇也是毫无血色的，但她的眼睛却哭红了。她无声无息地走了进来，给我的印象，似乎她的痛苦比银行家今早所表现的痛苦更甚。由于她看来显然是一位性格坚强、极有自制力的女子，她的痛苦就更显得楚楚动人。她没有理会有我在场，径直走到她叔父跟前，以女子的温柔抚摸着他的头。

“你已经叫他们把阿瑟放了，是吗，爸？”她问。

“没有，没有，我的孩子，这件事必须追查到底的。”

“但是我敢肯定他是清白的。你了解女人的直觉。我知道他没有做什么坏事，你对他这么凶是要后悔的。”

“如果他清白，为什么不开腔呢？”

“谁知道？也许他认为你不该这样怀疑他才生气的。”

“我怎么能不怀疑他呢？我明明看到他手里拿着那顶皇冠。”

“喔，但他只是将它拾起来看看。噢，相信我，他是无罪的。这件事就到此为止，别再提它了。想到我们亲爱的阿瑟被关进了监狱就感到可怕！”

“不找到绿玉我绝不罢休，绝不，玛丽！你对阿瑟的感情使你变得盲目了，看不到此事对我的严重后果。这事远没有完，我从伦敦请了一位先生来进一步调查这件事。”

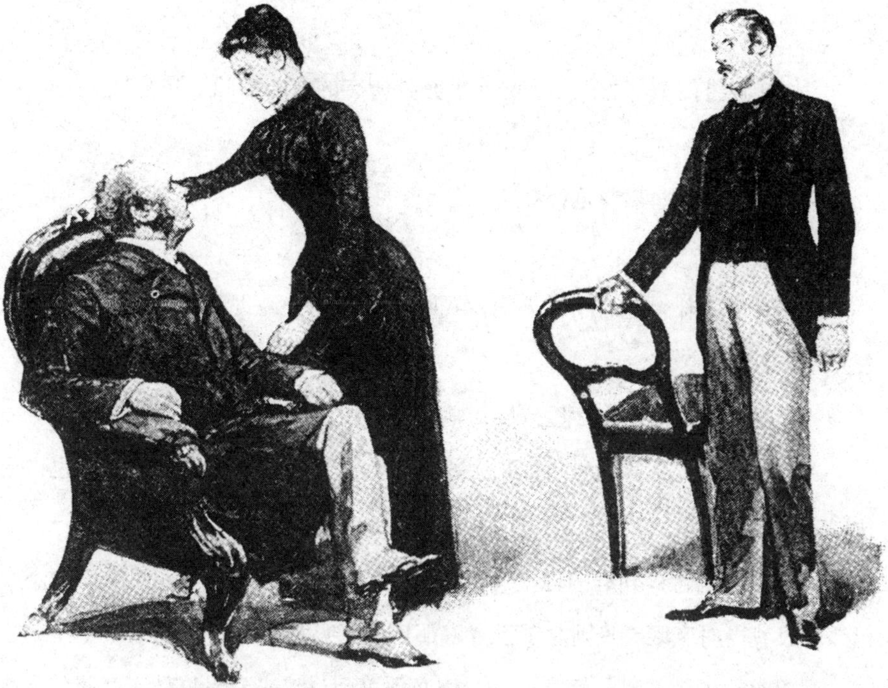

她没有理会我在场，径直走到她叔父跟前，以女子的温柔抚摸着他的头。

“是这位先生吗？”她转过身来看着我问道。

“不，是这位先生的朋友。他要我们把他一个人留在外面。他现在正在通向马厩的那条小道上。”

“通向马厩的小道？”她扬起黑眉毛，“那里能找到什么呀？哦，我想进来的就是他吧。先生，我相信你一定能证明我的判断是正确的，我的堂兄阿瑟是清白的。”

“我完全同意你的看法，而且，我相信，在你的帮助下，我们能证明这一点。”福尔摩斯一边在门垫上把鞋底的雪擦掉，一边回答道，“我想我有幸交谈的是玛丽·霍尔德小姐吧，我能否问你几个问题呢？”

“请吧，先生，只要能澄清这件可怕的事件。”

“昨夜你可曾听见什么动静吗？”

“在我听到我叔父大声说话之前一直没有听到什么。我听见后，就下楼来了。”

“你昨晚将门窗都关上了。你有没有将所有的窗户都闩上呢？”

“都闩上了。”

“今天早上这些窗户是否都还闩着？”

“都还闩着。”

“你有个女仆，她有个情人吧？我听说你昨晚曾经告诉过你叔叔，说她出去会过情人？”

“是的，她当时在客厅里侍候，她也许听到了叔叔关于皇冠的谈话。”

“我明白了，你是说她可能出去将这事告诉了她的情人，而他们俩也许合伙盗窃了这顶皇冠。”

“但是这些含糊其辞的理论有什么用？”银行家不耐烦地叫道，“我不是已经说过我当时亲眼看见阿瑟手里拿着那顶皇冠吗？”

“等等，别急，霍尔德先生，我们必须再回过头来看看这件事。霍尔德小姐，关于这位女仆，我想你看见她是从厨房门附近回来的，是吗？”

“是的，当我去查看厨房门是否锁好时，我碰见她偷偷地溜了进来。我还看见那个男人躲在暗地里。”

“你认识他吗？”

“噢，是的，他是给我们送蔬菜的小贩，他叫弗朗西斯·普罗斯珀。”

“他站在门的左侧，”福尔摩斯说，“也就是说，离这门还有一些距离的路上？”

“是的，是这样。”

“他还有一条木头假腿？”

这位年轻女士富于表情的黑眼睛里掠过了一丝害怕的神色。“哎呀，你真是料事如神啊！”她说，“你怎么知道的呢？”她微笑了起来，但是福尔摩斯瘦削而认真的脸上却没有笑容。

“我想马上上楼去看看，”福尔摩斯说，“我可能还要出去再看看，也许上

这位年轻女士的黑眼睛里掠过一丝害怕的神色。

楼之前我最好再看看楼下的窗户。”

他迅速地从一扇扇窗户跟前走过，在那扇可以从大厅向外望到马厩小道的大窗户前，他停了下来。他打开窗，用随身带来的高倍放大镜很仔细地检查窗台。“现在我们可以上楼去了。”他最后说道。

这位银行家的起居室是一间布置简洁的小房间，地上铺着一块灰色地毯，屋里有一个大柜子和一面长镜子。福尔摩斯先走到大柜子跟前，仔细看上面的锁。

"这锁是用哪把钥匙开的？"他问道。

"就是我儿子说的那把开贮藏室橱柜的钥匙。"

"钥匙在你这里吗？"

"就是那把放在梳妆台上的钥匙。"

福尔摩斯把它拿过来打开了大柜子。

"这把锁开起来没有声响，"他说，"难怪你没有被吵醒。我想这只盒子就是装那皇冠的盒子吧。我们倒要见识见识。"他打开盒子，将皇冠取出来放在桌子上。这是一件做工精致的宝物，那36块绿玉精美绝伦。皇冠的一边有一道裂口，一个冠角上的3块绿玉被扳掉了。

"霍尔德先生，"福尔摩斯说，"这个冠角和那个绿玉被盗的冠角是对称的。请你试试看能否将它掰掉。"

那银行家惊慌地往后退缩。"我就是做梦也不敢。"他说道。

"那么我来。"福尔摩斯猛地用力一掰，但是没有作用。"我觉得它只是轻微松动了一下。"他说，"但是，虽然我的手劲不算小，要掰开它也不是轻而易举的。一般人是不可能把它掰开的。试想一下，霍尔德先生，如果真的被我掰断了，会发生什么情况呢？那就会发出像手枪枪声一样的巨响。你敢说在离你的床仅数码之远的地方发生这样的事情你会一无所知吗？"

"我不知道该怎么想，我完全糊涂了。"

"但是我们会使事情越来越清楚的。你怎么想，霍尔德小姐？"

"我承认我和我的叔叔一样困惑不解。"

"当你看到你的儿子时，他没有穿鞋或拖鞋吧？"

"没有，只穿了裤子和衬衫。"

"谢谢你，你的回答给了我们很大的帮助，真幸运。如果到现在我们还不能把这事情弄清楚的话，那就完全是我们自己无能了。霍尔德先生，请允许我再到外面去继续调查。"

他独自一个人出去了。他要求这样，他解释说，人去多了会把外面的脚印搞乱，使他的调查变得困难。他工作了一个多小时，回来时脚上满是积雪，脸上的表情仍然讳莫如深。

“这里该看的我都看过了，霍尔德先生。”他说，“我想回去，以便更好地为你效劳。”

“但是那些绿玉，福尔摩斯先生，它们在哪里？”

“我还不知道。”

这位银行家搓着双手。“再也找不回来了！”他大声喊道，“还有我的儿子呢？你不是给了我希望吗？”

“我并没有改变我的看法呀！”

“上帝啊，昨晚上我屋子里究竟是怎么了？”

“明天上午9到10点钟请你到贝克街我的住所来找我，我将尽我所能把事情讲得更清楚些。我认为你全权委托我替你办这件事，只要我能找回那些绿玉，你会不惜一切代价。”

“只要能找回来，我愿拿出我的全部财产。”

“很好，从现在到明天上午以前这段时间我将研究此事。再见，也许傍晚以前我们还得再来一趟。”

显然我的伙伴对这个案件已经胸有成竹了，只是我完全不知道他究竟有了些什么样的结论。在回家的途中，我多次想探听一点儿他的口风，但是他总是把话题岔开，最后我只好失望地打消了这个念头。我们回来后还不到下午3点。他匆匆进到他的房间，几分钟后下楼时已经把自己化装成一个流浪汉。他的衣领翻着，破外衣磨得油亮亮的，脖子上围着红围巾，脚上穿着一双破皮靴，好一个典型的流浪汉。

“我想这样化装能起作用。”他边说边对着壁炉上的镜子照着，“我真希望你能跟我一起去，华生，但是恐怕不行。我也许能找到线索，也许只是瞎忙一通，不过很快就能见出分晓。我几个小时内就会回来。”他在餐柜上切了一块牛肉，夹在面包里，塞进口袋，就出发了。

他把自己化装成一个随处可见的流浪汉。

我刚喝完茶，他已经兴高采烈地回来了，手里拎着旧靴子的松紧带晃着。他随手把旧靴子扔在角落里，给自己倒了杯茶。

“我正好路过，所以进来看看。”他说，“我马上就得走。”

“到哪里去？”

“噢，到西区那边去，可能要去相当长的时间。估计我会回来得很晚，你就别等我了。”

“事情进行得怎样了？”

“噢，就是那样，还算顺利吧。我又到斯特里特哈姆去了一趟，只是没进屋。有个小问题我不能轻易放过。我不能待在这里闲聊啦，现在我必须脱掉这套流浪汉的衣服，重新穿上我自己那套体面的衣服。”

从他的言谈举止中，我看出他一定收获不小。他的目光炯炯有神，苍白的面颊上甚至泛出了红晕。他急忙上楼，片刻之后，我听见大厅的门砰地一响，我知道他又出发去追逐猎物去了。

这次直到半夜，他仍然没有回来，我就回房休息去了。连续几天几夜外出跟踪追查线索对他来说是家常便饭，所以我并不感到奇怪。我不知道他是什么时候回来的，但是当我早晨下楼吃早餐时，他已经在那里一手端着咖啡，一手拿着报纸，精神抖擞，容貌整洁。

“对不起，华生，我没有等你下来便先吃起来了。”他说，“你应该记得我们的委托人今天上午要来吧。”

“哦，9点过了。”我回答说，“我想一定是他来了，门铃响了。”

果然，我们的那位金融家朋友来了。他的变化简直令我震惊，他天生丰满结实的脸瘦得瘪了下去，头发也白了许多。他进门时精神萎靡，满脸倦容，他现在的痛苦好像远甚于前一天早晨的狂暴，他无力地瘫坐在扶手椅上。

“我真不知道是造了什么孽竟要遭到如此的厄运。”他说，“两天前我还是个幸福和富裕的人，没有什么烦恼，现在竟落到了晚年要过孤独和不光彩生活的境地。真是雪上加霜啊！我的侄女玛丽离弃了我。”

“离弃了你？”

“是啊。今天早晨我发现她昨夜就没有在家睡，她已人去屋空，大厅的桌子上有一封留给我的信。我昨晚曾经伤心地责怪她说，要是她答应和我儿子结婚，我儿子也不至落到这个地步。也许我伤了她。她的信是这样写的：

最亲爱的叔叔：

我深感自己给您带来了烦恼，如果我换一种不同的做法，也许这可悲的事件就不会发生了。一想到此，我就没有办法再继续在您家待下去了。我想我还是就此永远离去为好。您不必为我的将来担心，老天自会关照我的。您一定不要寻找我，那不仅是徒劳的，而且对我不利。无论我是生是死，我永远是您亲爱的玛丽。

“她这封信是什么意思，福尔摩斯先生？你认为她是在暗示她准备去自杀吗？”

“不，不，绝不是那样。或许这是最好的解决办法。我相信，霍尔德先生，你的苦恼即将结束了。”

“哈！是吗？你听说什么了吗，福尔摩斯先生？你一定听说了什么？那些绿玉在哪里？”

“你看，一块绿玉值1000英镑不为过吧？”

“我愿付10000英镑。”

“不必，3000英镑解决此事足矣。我看外加一笔小小的酬金。支票簿带着吗？给你笔，就开一张4000英镑的支票吧！”

银行家一脸茫然地如数开了支票。福尔摩斯走到办公桌前，取出一个装着3块绿玉的三角形的小金纸包，顺手扔在桌上。

我们的委托人喜出望外地尖叫一声，一把将它抓在手中。

“你找到了！”他气喘吁吁地说，“我有救了！我有救了！”

他现在的惊喜和以前的悲哀一样来势凶猛，他将失而复得的绿玉紧紧地贴在胸前。

“你另外还欠了笔债，霍尔德先生。”福尔摩斯异常严厉地说。

“欠了笔债？”他拿起笔，“你说欠多少钱，我这就开支票。”

“不，不是欠我的债。你对不起你的儿子，那个高尚的小伙子，你应该向他表示深深的歉意，他把这件事一人承担了下来。如果我有这样的儿子，我会感到骄傲的，可惜我没有。”

“这么说来不是阿瑟偷的？”

“我昨天就说过，今天我再说一遍，不是他。”

“你已经肯定了！我们马上去找他，告诉他真相已经大白了。”

“他已经知道了。我在这事落实后去找他谈过，他本不愿意告诉我实情，我就先以实情相告，他听后才承认了我说的都是事实，并且还补充了几个我没能搞清的细节。然而，你今天早晨带来的消息，必定能使他开口。”

“看在上帝分上！快告诉我这离奇的谜底吧！”

“我会的，并且会对你说明我调查此事的步骤。让我从头说来，首先，这事情对我来说有点儿难以说出口，对你也将难以入耳。乔治·伯恩韦尔爵士和你的侄女玛丽私下有约，他们已经双双逃走了。”

“我的玛丽？不可能！”

“很不幸，这不仅可能，而且是肯定的事实。当乔治·伯恩韦尔爵士成为你们家的座上客时，你或是你的儿子都不很了解他的底细。他是英国最危险的人物之一，一个潦倒的赌徒，一个亡命的歹徒，一个泯灭了良知的家伙。你的侄女对他的真面目一无所知。当他使出他曾经对成百个其他女人惯用的伎俩，对她甜言蜜语、信誓旦旦的时候，她为自己真的赢得了他的心而喜出望外。这个魔鬼竭尽花言巧语之能事使她心甘情愿听他摆布，她几乎每晚都要和他幽会才行。”

“我简直不能相信，也绝不会相信这事！”银行家面如土色地嚷道。

“那就让我来告诉你你家前天晚上发生过的情况。当你的侄女见你已经回到你的房间去后，便偷偷来到那扇面向马厩小道的窗口和她的情人谈话。伯恩韦尔在外面站了很久，所以雪地里留下了他深深的脚印。她和他谈到那顶皇冠。他听后顿时起了对金子的邪恶贪欲，于是就迫使她服从他的意志。我相信她是爱你的，但有的女人对情人的爱会超过对其他人的爱，她无疑就是这样的女人。她还没来得及听完他的指使，就见你下楼来，她慌忙关上窗，并在你面前告状说那女仆和她那装木头假腿的情人的不轨行为，那倒是确有的事。

“你儿子阿瑟和你谈话后便上床睡觉了，但由于欠人赌债，心里不安而难以入睡。半夜时分，他听见自己门前有轻轻的脚步声，便起床看个究竟，他吃惊地看到他的堂妹蹑手蹑脚地从过道上走过，走进了你的起居室。你儿子万分诧异，随手披上一件衣服躲在暗处看她究竟要干什么。这时只见她又从起居室里走了出来，借过道的灯光，你儿子看到她手里拿着那顶珍贵的皇冠走下楼去，他感到事情不妙，闪身隐藏在靠近你门口的帘子后面，从那里他可以看到楼下大厅里所发生的一切。他看见她偷偷打开窗户，把皇冠递出去交给暗处的什么人，然后重新关上窗户，从他躲藏的帘子前面经过，匆匆回到了她自己的房间。

“当她还在场时，你儿子是不可能采取什么行动的，他不愿意让他心爱的女人当场出丑。所以她刚一进屋，他马上意识到这件事会使你蒙受巨大的损失，并决定立刻采取行动追回失物。他披着衣服，光着脚急奔下楼，打开那扇窗户，翻身跳到外面雪地里，顺小道跑去，他看见月光下有个黑影。乔治·伯恩韦尔爵士正要拔腿逃跑，被阿瑟一把揪住，两人在雪地里扭打起来，你儿子抓着皇冠的一边，而他的对手抓着另一边。扭打之间，你的儿子一拳打中了乔治爵士的眼部。这时，手里的东西被骤然拉断了。你儿子发现皇冠已经到了自己的手里，便急忙跑回来，关上窗户，上楼到你房内。正在检查扭坏了的皇冠并用力要把它扳正的时候，你出现了。”

“这可能吗？”银行家紧张地说。

“他本以为你会大大夸奖他的，不料你却劈头盖脸一顿臭骂，这使他顿时怒气难平，如果他说明了事实真相就会出卖他不愿意出卖的女人，为此他处于两难境地。骑士风度终于使他将她的秘密隐藏了起来。”

“难怪她一看到那顶皇冠便一声尖叫昏死过去。”霍尔德先生大声嚷着，“噢！我的上帝！我真是瞎了眼！难怪我的孩子当时曾要求我让他出去五分钟！我的孩子是想到雪地里去找回皇冠被拉断的一角。我是多么残忍地冤枉了他啊！”

“我到你家去的时候，”福尔摩斯接着说，“我首先到四周仔细查看，看雪地里有什么痕迹有助于我的调查。从前天晚上到现在没有再下过雪，此间天寒地冻，印迹已经冻结。我看到在商贩所走的那一条小路上，脚印已经被踩得无法辨别了。但在离厨房门稍远的地方，却发现了一个女人同一个男人站在那里谈话时留下的脚印，其中有一个脚印是圆的，说明此人有一条木制的假腿。我甚至可以根据雪地上脚印的前端深于后端的形状，断定有人惊动了他们，那个女人是赶紧跑回去的。那个装木头假腿的人看来在那里待了一会儿才走开。

乔治·伯恩韦尔爵士正要拔腿逃跑，被阿瑟一把揪住，两人在雪地里扭打起来。

我那时就估计这是那女仆和她情人的脚印。有关他们的事你已经告诉过我。后来经过调查我证实了这一点。我到花园里绕了一圈，除了杂乱的脚印外，别的没看到什么，我知道这是警察留下的；但是当我检查到通往马厩的小道时，雪地上一段很长很复杂的脚印引起了我的注意。那里留下的一个人的脚印是穿靴子的，另一个人的脚印是打赤脚的。我立刻根据我所了解的情况判断出这后一组脚印是你儿子留下的。前一个人的脚印是来回走的，而后一组脚印则是跑得很快的脚印，而且赤脚的脚印在有些地方盖在穿靴的脚印之上，显然赤脚人是后来走过去的。我随着这些脚印走，发现它们通向大厅的窗户，那穿靴人曾在这里等候多时，因为周围的雪都被他踩实了。随后我到另一边，这里从那小道走下去约有一百多码。在那里我看出那穿靴人曾转过身来，地上的脚印纵横交错，一片狼藉，好像曾经发生过一场搏斗，最后我还在那里发现有几滴血迹，这说明我没弄错。接着是那穿靴人沿着小道逃跑的脚印，那里又有一小摊血说明他受了伤。他的脚印一直连到大路上，由于人行道扫过雪，脚印就此中断。

“你记得，我进屋后曾用我的放大镜检查大厅的窗台和窗框，我立刻发现有人从这里进出过。脚的轮廓还依稀可辨，因为一只湿脚跨进来时曾踩过窗台。于是，我对于这里发生过的事情就形成了初步的看法。一个人曾等候在窗外；有人将绿玉皇冠带到那里；这情况正好被你儿子发现了。他奋起追贼，与他搏斗；他们两人拉扯皇冠，使劲争夺，才造成单独一个人无法造成的损坏。他夺回了皇冠，但断掉的那一小部分落在了他的对手的手里。我当时所能判断的就是这些。现在的问题是，那个人是谁？又是谁将皇冠拿给他的？

“我记得有一句古老的格言说道，一旦排除了不可能，剩下的无论看起来多么不可能，却必定是事实。首先，你不可能将皇冠拿下来，所以剩下的只有你的侄女和女仆们。但是倘若是女仆干的，你儿子何必替她顶罪呢？这是毫无理由的。他为什么要为她保密呢，最好的解释是由于他爱他的堂妹，何况这是一件不光彩的秘密，所以他更要为她守住这个秘密。想到你说过曾经看到她站在窗户旁边，以及后来她一见皇冠便昏了过去，我就肯定我的猜测是确切的事实了。

“那么，谁是她的同谋呢？显然是她的情人，因为除了情人还有谁能胜过她对你的爱和感恩之情呢？我知道你很少出门，朋友有限，其中就有乔治·伯恩韦尔爵士。我以前曾风闻他在对待女人方面名声很臭。拿走失落绿玉的穿靴人必定是他。尽管他明白自己已被阿瑟发觉，他依然有恃无恐，因为他知道阿瑟不敢声张，以免全家遭殃。

“嗯，诸位很聪明，不难想到我采取的下一个步骤是什么。我化装成流浪汉到乔治爵士住处，和他的贴身仆人混熟后了解到他的主人前天晚上头被打破。最后我花了6先令买下了一双他主人扔掉的旧靴子。我带着那双靴子再次来到斯特里特哈姆，经核对，它和穿靴人的脚印完全相符。”

“昨晚我在那条小道上看到过一个衣衫褴褛的流浪汉。”霍尔德先生说。

“正是，那就是鄙人。我感到我已经查明了案犯，便回家换了衣服。我接着需要扮演一个微妙的角色，因为，为了避免引起丑闻，此案绝不能起诉，而且我明白这个狡猾的恶棍也一定会看出我们在这件事上奈何他不得，于是我前去找他。开始他矢口否认。但是，当我将具体情况一一道来之后，他从墙上拿下一根防身棒威吓我。然而，我知道该如何对付他，在他没有来得及举棒打来之前，我掏出手枪对准他的脑袋。这时他才开始有点儿老实了。我对他说我们愿意出钱买下他手里的绿玉——1000镑一块。他做出万分后悔的样子。‘哎呀，糟糕！’他说，‘我已经把那3块绿玉以600英镑的价格卖给人家了。’我答应不告发他，从他那里得到了收赃人的住址。我找到那人，经过一番讨价还价，我以1000镑一块的价格把绿玉赎了回来。随后我去找了你的儿子，把一切告诉了他。就这样，在经过了艰难的一天之后，我在两点钟左右才上床睡觉。”

“这一天可是把英国从一桩公开的大丑闻中救了出来。”银行家站起身来说道，“先生，我真不知道该如何感谢你才好。我一定会报答你。我从来没有见过像你这样有本领的人。现在我要马上去见我亲爱的儿子，为我冤枉了他而向他道歉。至于可怜的玛丽，真让我心痛。恐怕连你这样有本事的人也说不出她现在是在哪里吧！”

“我想我们可以肯定地说，”福尔摩斯回答说，“她是和乔治·伯恩韦尔爵士在一起。同样可以肯定地说，天网恢恢，他们终究难逃法律的严厉制裁。”

“在他没有来得及举棒打来之前，我掏出手枪对准他的脑袋。”

铜山毛榉

“一个真正热爱艺术的人，”夏洛克·福尔摩斯将《每日电讯报》的广告版随手一扔说道，“往往能从最不显眼和最卑贱的形象中发现饶有趣味的东西。华生，从你为我们的案件所做的那些记录中，我高兴地看到你已经明白了这个道理。而且，我敢说你偶尔还做了修饰和润色，你并不去重点描述那些我曾经参与侦破的许多著名案件和轰动一时的审讯，而是突出那些情节看来平凡琐细，却有大大发挥推理和逻辑综合才能的案件，而这恰恰是我最擅长的领域。”

“不过，”我微笑着说，“我要承认自己在记录中也采用了一些耸人听闻的笔法。”

“也许你有错，”他边评论边用火钳夹起通红的炉渣，点燃他那长长的樱桃木烟斗，当他在争论问题而不是在思考问题的时候，常常用这个烟斗而不是用陶制烟斗。“也许你错就错在老是想把你的每篇记述都写得有声有色，却没有着重去记述事物因果关系的严谨推理。而这恰恰是最值得注意的特点。”

“平心而论，我对你案子的记述还是十分公正的。”我有点儿冷淡地说。因为我不止一次地观察到在我的朋友怪癖的性格因素中有很强的自我中心癖，令我颇为反感。

“不，这不是我自私或狂妄。”他回答说。和往常一样，他不是针对我所说的话而是摸透了我的心思。“即使我要求公正地对待我的技能，也是因为它不是属于个人的东西——它已经不是我个人的东西了。犯罪俯拾皆是，逻辑却难得一见。因此你的详细记事应重在逻辑而非罪行。可是你却本末倒置，把本来应该是

福尔摩斯用火钳夹起通红的炉渣，点燃他那长长的樱桃木烟斗。

课程的讲义变成了一系列的故事。”

这是初春一个寒冷的早晨。我们两人吃过早餐后，坐在贝克街寓所的壁炉旁烤火。对面一排排灰色宅子之间弥漫着滚滚的浓雾，宅子的窗户在这团团浓雾中，隐隐约约成为一片模糊不清的东西。点着的汽灯照在雪白的台布上，照亮了餐桌上的瓷瓶和金属器皿，因为当时餐桌还没有来得及收拾。夏洛克·福尔摩斯整个早晨一直默默无语地翻阅着一些报纸的广告栏，最后，他显然不想再查阅了，这才用教训的口吻数落起我文笔上的缺陷来。

“况且，”他停顿了片刻之后，一边抽着他的长烟斗，一边盯着炉火说，“没人会指责你是危言耸听，因为在这些你深感兴趣的案件中，很大一部分从法律意义上来说并非犯罪行为。我帮助波希米亚国王解决的那件小事，玛丽·萨瑟兰小姐的离奇遭遇，歪唇男人之谜，贵族单身汉事件，全都是属于法律范畴之外的事件。你没有刻意地写得耸人听闻，但只怕你的记述过于繁琐了。”

“结果可能是这样。”我答道，“但我采用了新颖而有趣的记录手法。”

“咳，老伙计，对不善于观察的广大普通读者来说，他们压根不可能从一个人的牙齿判断出他是否是一名编织工人，或从一个人的左拇指判断出他是否是一名排字工人，他们才不会去留意分析和推理之间的细微区别呢！但话说回来，即使你确实写得太繁琐，我也不能责怪你，因为惊天大案的时代已经一去不复返了。现在的人，或者说现在的刑事犯，已经不像过去那样敢于冒险和创新了。我的这个行当，似乎也退化到一个经纪人的地步，只能帮助人们寻找一些类似铅笔之类的失物，以及替寄宿学校的年轻姑娘们出出点子而已了。总之，我的事业已经在走下坡路并无可挽回了。我想我今天早上收到的这封信，正是我的事业已经一落千丈的标志。你读读这封信吧！”他将揉得皱巴巴的一封信扔给了我。

这是前天晚上从蒙塔格奇莱斯寄来的，内容如下：

亲爱的福尔摩斯先生：

关于我是否应该接受人家聘请我当家庭女教师的问题，我急需找您商量一下。如果方便的话，我明天10点30分前来拜访您。

您的忠实的维奥莱特·亨特

“你和这位年轻小姐认识吗？”

“不认识。”

“现在已经10点半了。”

“对，我敢说是她在拉门铃。”

“这件事恐怕比你想象的要有意思得多，你可记得开始研究蓝宝石事件时也只不过是一时的兴趣，后来却发展成为严肃的调查，此事可能同样是如此。”

“嗯，但愿如此。事情很快就会见分晓。如果我没搞错的话，当事人已经来了。”

话音未落，门开了，一位年轻的小姐走进房间。她衣着朴素而整齐，相貌活泼而伶俐，脸上长着小小的雀斑，举止利索，看上去是个很有主见的女子。

“希望您能原谅我来打扰您。”当我的同伴起身迎接她时，她说道，“我遇到了一件很奇怪的事，由于我没有父母也没有其他亲人可以商量，不知该怎么办，所以特来向您请教。”

“请坐，亨特小姐，我将很高兴能为你效劳。”

显然福尔摩斯对这位新委托人的举止言谈印象不错，他用审视的眼光打量了她一番之后，低下眼，两手指尖对拢，认真地听她的故事。

“‘我在斯彭斯·芒罗上校的家里当了5年的家庭教师。’她说，‘两个月以前，上校奉命到新斯科舍的哈利法克斯去工作，他把他的几个孩子一起带到了美洲，为此我失业了。我登报求职，也根据报纸上的招聘启事前去应聘，但都没有成功，最后我手头的少量积蓄几乎用完，我已到走投无路的地步。’

“西区有一家叫做韦斯塔韦的出名的介绍所，专门介绍家庭女教师，我每星期都要到那里去看看是否有适合我的职位。韦斯塔韦是这家介绍所创办人的名字，但是实际上的经理是一位名叫斯托珀的小姐。她坐在她的小办公室里，逐个地接待等候在接待室里的求职女子，她在登记簿上查找是否有适合她们的职位。

“嗯，上个星期我又来到那间小办公室时，发现这次里面不止斯托珀小姐一人。一个厚实的下巴上长满了一层摞一层赘肉的身材粗壮的男人正满脸堆笑地坐在她的身旁，鼻子上架着一副眼镜，仔细地打量着进来的女子。当我走进去时，他在椅子上动了动身子，很快扭头面对斯托珀小姐。

“‘就是她了，’他说，‘我觉得她就够好的了。顶好！顶好！’他仿佛十分热情，搓着两手，表现出非常亲切的样子。他相貌十分和善，使人看了感到很愉快。

“‘你是来找职业的吧，小姐？’他问。

“我觉得他就够好的了。顶好！顶好！”

“‘是的，先生。’

“‘做家庭女教师？’

“‘是啊，先生。’

“‘你要多少工资？’

“‘我以前在斯彭斯·芒罗上校家每月工资4英镑。’

“‘喔，啧啧！小气……太小气啦！’他边嚷边伸出一双肥胖的手，情绪激动地在空中挥舞着。‘怎么会有人出这么一点儿钱雇你这样一位既有魅力又有学问的女士呢？’

“‘我的学问嘛，先生，可能不如你所想的那么多，’我说，‘懂一点儿法文，懂一点儿德文、音乐和绘画……’

“‘啧啧！’他惊叹道，‘这些都不成问题，关键是你有没有一位有教养女子的举止和风度。问题就在这里，如果没有，那你就不适于教育一个有朝一日可能会对国家的历史起到重大作用的孩子；但如果你有，为什么竟有人委屈

你接受少于三位数的工资呢？小姐，我给你一年最少100镑的工资。’

“福尔摩斯先生，你可想而知，这样的待遇对一个走投无路的人来说简直如同做梦一般！大概这位先生觉察到了我脸上怀疑的表情，他便打开钱包，拿出一张钞票。

“‘我还有个习惯，’他笑得两只眼睛在他那布满皱纹的脸上眯成了两条发亮的细缝，‘就是给年轻的女士们预付一半工资，给她们作为旅费并添置些服装。’

“我还从来没遇到过考虑这么周到的人。由于我当时还欠着债，这预付款可以解我的燃眉之急。然而，我总觉得整个接洽过程中有什么地方不大对劲，决定多了解了解再说。

“‘请问先生，你住在什么地方？’我说。

“‘汉普郡，迷人的乡村。铜山毛榉，它离温切斯特才5英里。可爱的乡村，亲爱的年轻女士，可爱而古老的乡村宅子。’

“‘那么我的职责呢，先生？我很想知道我的工作是什么。’

“‘看孩子——一个刚满6岁的小把戏。哦，你不知道，他能用拖鞋打死蟑螂！啪！啪！啪！眨眼工夫，3只蟑螂就被他打死了！’他靠在椅子上，直笑得眼睛又眯成了一条缝。

“孩子取乐的这种事有点儿令我诧异，而他父亲的笑声又使我觉得这也许只是个玩笑话而已。

“‘那么，照管一个孩子就是我的全部工作吗？’我问道。

“‘不不不，不止这个，不止这个，亲爱的年轻女士，”他大声说道，‘我想你很聪明，一定知道你的任务是听从我妻子的任何指令，只要这些指令是能为一位女士所接受的。该没有困难吧，是吗？’

“‘我很希望自己能对你们有用。’

“‘那就好。比如说服装吧，我们是讲究时尚的，你知道，有时尚癖，但出于好心。如果我们给你件服装要你穿的话，你该不会拒绝我们的小小嗜好

吧，是吗？’

“‘不会。’我说，但对他的话感到非常惊异。

“‘或是让你坐在这儿，或者坐在那儿，这该不会冒犯你吧？’

“‘哦！不会的。’

“‘或者让你在来之前把头发剪短呢？’

“我简直不敢相信自己的耳朵。如你所见到的，福尔摩斯先生，我的头发长得相当浓密，并且有着栗子般的特殊光泽，人们认为我的头发很具有艺术色彩，要我随便牺牲这头秀发，我可办不到。

“‘恐怕这是办不到的。’我说道。他本来用小眼睛热切地盯着我，听我这么一说，只见他脸上掠过了一道阴影。

“‘但恐怕这一点却非常重要，’他说，‘这是我妻子的小小嗜好，女人的嗜好。你知道吗，小姐，女人的爱好是必须考虑的，这么说来你是不愿意剪掉你的头发了？’

“‘是的，先生，我实在不能。’我坚决地回答道。

“‘啊，好吧，这事就算了吧。很遗憾，你其他方面倒的确都很合适。既然这样，斯托珀小姐，我最好再在其他的年轻姑娘里挑选一下。’

“我们谈话时，那位女经理一直在忙着看文件，没有插一句话。可是现在她十分恼怒地瞪着我，使我不禁怀疑她可能因为我的拒绝而失掉了一笔可观的佣金。

“‘你希望将你的名字仍然留在登记簿上吗？’她问道。

“‘如果可以的话，斯托珀小姐。’

“‘哼！既然你轻率地拒绝了人家提供的最优越的机会，就是留在登记簿上似乎也没有什么用处了。’她尖刻地说，‘别想让我们再帮你找到这样的好机会了，再见，亨特小姐。’她按了一下桌上的铃，叫仆人进来把我带了出去。

“唔，福尔摩斯先生，我回到家里，见到我的食橱里面已经空空如也，桌子上还放着两三张催款单，我才开始怀疑自己是不是做了一件很愚蠢的事。这些人虽然有奇怪的癖好并希望别人满足他们这种最怪异的要求，但他们至少愿意为他们的怪癖付出不菲的代价。在英国，一个家庭女教师要得到一年100镑的工资是不多见的，再说，我的头发留着对我有什么用？不少女子剪了短发之后反而显得更精神了，我也不妨把头发剪短。第二天，我想我多半是错了，第三天我肯定自己是错了。在我差不多要打消了面子的顾虑，再次到那家介绍所了解那个职位是否还空着的时候，我接到了那位先生的亲笔来信。我随身带来了，让我来念给你听。

亲爱的亨特小姐：

多亏斯托珀小姐将你的地址告诉了我，我才能给你写信，我想知道你是否重新考虑过你的决定呢。我妻子天天盼着你能到来，因为我向她介绍了你的情况之后，你对她产生了很大的吸引力。我们愿意每季度给你30英镑，也就是年薪120镑，用以补偿我们的怪癖可能带给你的小小不便。这些要求对你毕竟不是过分的苛刻。我的妻子偏爱深蓝色，所以希望你早晨在家里穿这种颜色的衣服，并不是说要你自己去花钱买，因为我们有现成的，那是我们亲爱的女儿艾丽丝（她现在在美国费城）的衣服，我看那衣服对你就很合身。至于要求你坐在这里或是坐在那里，或者按照我们要求的方式进行消遣的问题，都不会使你感到有任何不便的。关于你的头发，无疑是很可惜的，特别是我上次有幸目睹你的芳容后，我也不禁赞赏不已。但我恐怕这点是必须坚持的，但愿增加的工资能弥补你的损失。至于照管孩子方面的工作，倒是很轻松的。一定请你前来，我将乘马车到温切斯特来接你。请告知我你乘坐的火车班次。

你忠实的杰夫罗·鲁卡斯尔

于温切斯特附近的铜山毛榉

“这就是我刚接到的信，福尔摩斯先生，我打算接受这个工作了，不过我想最后决定之前最好让你知道事情的全部经过，以便你帮助我拿主意。”

“嗯，亨特小姐，既然你主意已定，那就去吧。”福尔摩斯微笑着说。

“这么说你并不劝我拒绝这份工作？”

“我承认如果我有姐妹我是不想让她们去应聘的。”

“那你究竟是什么意思，福尔摩斯先生？”

“啊，我没有掌握材料，说不好。也许你有自己的看法吧。”

“嗯，对我来说似乎只有一种可能。鲁卡斯尔先生看来为人和蔼，脾气很好，他的妻子却说不定是个疯子，由于他担心妻子进精神病院，所以他希望此事不要张扬。为此他想方设法来满足她的怪癖以防止她发神经？”

“这种可能性很大，甚至可能实际上就是如此。但是无论如何，一位年轻小姐到这样一户人家去好像不太合适。”

“可他们给很多钱，福尔摩斯先生，很多钱啊！”

“嗯，是啊，工资当然很高……太高了。正是这点令我担心，为什么他们要给你120英镑一年，他们本可以出40英镑就能雇到一个家庭教师的呀！这其中必有原因。”

“我想先把情况如实告诉你，以防今后万一有事相求，你能明白是怎么回事。而且，有你做我的后盾，我的胆子会大得多。”

“哦，你可以带着这种感觉前去，可以肯定地说，你的问题会成为我今后数月内最感兴趣的事。这里显然有一些很奇怪的征兆，一旦你遇到问题或危险……”

“危险？你预见到有什么危险吗？”

福尔摩斯严肃地摇了摇头。“如果我们能够事先确定危险，那危险也就不称其为危险了。”他说，“但是不论白天或是夜晚，有事只需拍个电报，我马上就会来帮助你的。”

“这我就放心了。”她脸上的焦虑一扫而光，活泼地从座椅上站起来。

“如果我们能够事先确定危险，那危险也就不能称其为危险了。”

“我现在可以安心去汉普郡了，我会马上给鲁卡斯尔先生回信，并在今天晚上就把我的头发剪掉，明天一早就动身去温切斯特。”她向福尔摩斯道了谢，就和我们告别了。

“至少，”听到她下楼时迅速而坚定的脚步声，我说道，“她好像是一个能很好照顾自己的年轻女子。”

“她今后将很需要好好照顾自己的。”福尔摩斯严肃地说道，“估计要隔许多天才能听到她的消息了，否则就是我估计错了。”

事实证明我朋友的估计果然是对的。两个星期过去了，在此期间我发现我时常想起她的那件事，担心这个孤苦伶仃的女孩子会误入某种人间的歧途。不平常的工资，怪异的条件，轻松的工作，这一切都有些反常，尽管我无法判断她的主人究竟是出于一时的怪癖还是出于什么阴谋，也不知道他究竟是个慈悲为怀的人还是个恶棍。至于福尔摩斯，我常见他皱着眉头，独自出神地一坐就是半天，可是只要我一提到这件事，他就会挥手打断我。“材料！材料！材料！”他不耐烦地嚷着，“巧妇难为无米之炊！”可是事后他又常犯嘀咕，说他绝不会让自己的姐妹接受这样的工作。

一天深夜我们终于收到了一封电报。当时我正打算上床睡觉，而福尔摩斯正要准备着手开始通宵进行他所迷恋的化学研究——通常在这种情况下，他总是弯着腰在试管或曲颈瓶上搞实验，我晚上离开他时是这样，次日早上我下楼吃早餐时他还是那样——他打开电报看了一眼内容，就把它扔给了我。

“马上查一下火车时刻。”他说道，说完就转身继续去搞他的化学研究了。

这是一份加急的电报：

务请于明天中午到温切斯特黑天鹅旅馆来。一定要来！我已经没有什么办法了。

亨特

“你愿意跟我一起去吗？”福尔摩斯抬头看了我一眼问道。

“我愿意去。”

“那就查查火车时刻表。”

“9点半有一班车，”我查看火车时刻表之后说，“11点半到达温切斯特。”

“这班正合适，看来我得将我的丙酮分析推迟一下了，因为明天早上我们必须精神饱满才行。”

第二天11点，我们已上路前往英国的旧都了，福尔摩斯一路只顾埋头看报，直到过了汉普郡边界以后，他才扔下报纸，开始欣赏起窗外的风景。这是一个宜人的春日，湛蓝的天空中几朵白云由西向东飘去。阳光明媚，虽早春的寒意犹存，但也令人精神清爽。远在奥尔德肖特周围的层层山峦中，在青翠的嫩绿中到处隐现出红色和灰色的农舍小屋顶。

“多么清新秀美的景色啊！”我从雾气弥漫的贝克街来到这里，不禁感到新鲜，所以热情赞叹起来。

但福尔摩斯严肃地摇了摇头。

“你知道吗，华生。”他说，“我每观察一件事都必定要和我所探讨的具体问题相联系，我生来就是这样的性格，没有办法。当你看到树丛间稀稀落落的农舍时，它们给你留下的印象是很美丽。但当我看到它们时，心里唯一的想法是这些房子与世隔绝，会使那里可能发生的犯罪行为不能及时被察觉。”

“上帝啊！”我喊道，“谁能把这些可爱的古老农舍和犯罪联系起来呢？”

“我对这些地方总是充满了莫名的恐怖感，根据我的经验，华生，我得出了这个看法，在这些看似令人赏心悦目的农舍里发生的罪行可能比伦敦最污秽的小街小巷里的罪恶更加凶险。”

“你这话真让我害怕。”

“但这是不争的事实，城市里的舆论压力能起到法律所起不到的作用。即使再糟糕的陋街小巷，孩子挨打的哀叫或醉汉撒野打人的声音，都会立即引起左邻右舍的同情和愤怒。而且，警察局和法院近在咫尺，一提出控诉就有人来采取行动，犯罪离被告席只有一步之遥。再看看这些孤零零的农舍，各自坐落在自己的田地里，里面住着的多半是愚昧无知的农民，他们不太懂得法律。所以，凶残的暴行，见不得人的罪恶，可能年复一年在这些地方发生而无人知晓。如果向我们求援的这位女士是住在温切斯特，我完全不必为她的安全担忧，但她是住在5英里之外的农村。不过，很清楚，她个人安全目前还没有受到威胁。”

“没有，她能够到温切斯特来和我们见面，说明她是脱得开身的。”

“一点儿不错，这说明她是有行动自由的。”

“那她究竟发生了什么事情呢？你能解释吗？”

“我设想过七种不同的解释，每一种都和到目前为止我们所知道的事实相符。但其中哪一种是正确的呢，无疑只能在了解到新情况后才能做出判断。好了，那边就是教堂的尖顶，我们很快就能听到亨特小姐要告诉我们些什么了。”

“黑天鹅”是一家有名的小客栈，在大路边，离火车站不远。我们看到那位年轻的小姐正在那里等着我们，她已经预定了一个房间，还为我们备好了午餐。

“你们能来我真是太高兴了！”她热情地说，“非常感谢你们两位。我确实是不知道该怎么办了，所以只有劳驾你们来帮助我了。”

“你们能来我真是太高兴了！”

“请告诉我们你遇到了什么事情。”

“我会告诉你们的，我这就讲，因为我答应鲁卡斯尔先生我要在3点钟以前回去，我是今天早上向他请假到城里来的，不过他不知道我来干什么。”

“请你将全部情况依次讲来。”福尔摩斯将他瘦长的腿伸到火炉边，冷静地准备倾听。

“首先，总的说来，我并没有受到鲁卡斯尔先生和夫人的虐待，这是事实。但问题是我无法理解他们，我内心很不放心他们。”

“你无法理解他们什么？”

“我无法理解他们行为的原因。让我把事情的缘由告诉你。当初我到来时，鲁卡斯尔先生在这里接我，并用他的马车把我送到铜山毛榉。正如他所说的，那里环境优美。但是房舍本身却并不美。因为那是一幢四四方方的大宅子，虽刷成白色，却被风雨侵蚀得满是斑驳的污渍。宅子周围有地，三面是树林，另一面是一块斜坡地，直通向从这房子门前大约一百码处拐弯的南安普敦公路。屋前的这块地和这所房子是属于他的，而周围的树林则是萨瑟顿领主的部分防护林木。由于有一丛铜山毛榉长在这屋子大厅门前的正对面，所以这地方就叫铜山毛榉。

“我的雇主还是和以往一样和蔼可亲地为我赶着马车，当晚，他介绍我认识了他的妻子和孩子。福尔摩斯先生，我们在贝克街你们寓所里所猜测的情况与事实不符。鲁卡斯尔夫人没有疯，她是一个沉默寡言、脸色苍白的女人，比她的丈夫年轻许多，我看不超过30岁；而她的丈夫则不会小于45岁。通过他们之间的谈话，我了解到他们结婚大约已有七年。他原来是个鳏夫，他的前妻遗留下来的唯一的孩子，也就是他的女儿，已经到美国费城去了。鲁卡斯尔私下对我说，他的女儿之所以离开他们是因为她对她后母有一种莫名其妙的反感。他女儿肯定20岁出头了，可想而知，她和年轻的后母相处一定很为难。

“在我看来，鲁卡斯尔夫人的智力和相貌都很平常，她给我留下的印象不好不坏，她是个不引人注意的人。很容易看出她非常专注地爱着她的丈夫和她的小儿子。她浅灰色的眼睛不住地东张西望，以便满足他们的任何一点儿小小的要求。他对她也很好，只是方式稍嫌暴躁。总的来说，他们似乎是一对幸福的夫妇。然而这个女人仍然有一些难言之隐，她时常会愁云满面地出神。我不止一次发现她偷偷抹泪，我有时想她这样心事重重一定是为了她的孩子。我从来没有见过被宠坏到这种地步的小家伙。他的个子小得和他的年龄不相称，脑袋却大得不成比例。他整天不是撒野，便是闹脾气。他唯一的消遣似乎就是虐待弱小的动物。他捉起老鼠、小鸟和昆虫来真算是一把好手。不过，我还是暂且不谈这个小家伙吧，福尔摩斯先生，其实他与我的事情并没有什么关系。”

“我很高兴能听到所有的细节，”我的朋友说，“不管你认为它们与你的事情有无关系。”

“我尽量不漏掉任何重要的事情。我一到这个家就感到仆人们的外表和行为令我非常不快。这家人只有两个仆人，一个男仆以及他的夫人。男仆名叫托勒，他为人粗野，一头灰白的头发，满脸的大胡子，一身酒气熏天。自打我来后，他就大醉了两次，然而鲁卡斯尔先生似乎完全不在意。他的夫人是一个粗壮的高个子女人，相貌令人讨厌，她和鲁卡斯尔夫人一样沉默寡言，但远不如她和气。这对夫妻令人憎恶。好在我大部分时间是待在保育室和我自己的房间里。这两间房间是毗连的，位于屋子的一角。

“到铜山毛榉后的头两天，我的生活很安静。第三天，鲁卡斯尔夫人一吃完早餐就下楼来，和她丈夫低声说了些什么。

“‘噢，是的，’他转向我，‘我们十分感谢你，亨特小姐，你为了满足我们的癖好甚至剪掉了头发。我肯定地告诉你这对你的容貌毫无损害。现在让我们来看看你穿上深蓝色衣服是什么模样。衣服就放在你房间的床上，你去就能看到，如果你肯穿上，我们两人都万分感谢你。’

“放在那里的那件衣服是特殊的深蓝色。料子极好，是一种叫哔叽的料子，但一眼就能看出是穿过的旧衣服。这件衣服非常合身，就像是专门为我定做的。鲁卡斯尔先生和夫人看了都很高兴，甚至到了喜出望外的程度。他们在客厅等我。这间客厅十分宽敞，占据了房子的整个前半部，有3扇落地窗，靠中间那扇窗前放着一把靠椅。他们要我在这张椅子上坐下。接着，鲁卡斯尔先生在房间的另一边来回踱步，开始给我讲一连串我从来没有听过的最好笑的故事。你们无法想象出他有多滑稽，我大笑不止，直笑得筋疲力尽。但鲁卡斯尔夫人显然毫无幽默感，甚至连笑都不笑一下，只是双手放在膝盖上端坐着，脸上是悲伤和焦虑的神情。约过了一小时光景，鲁卡斯尔先生忽然说该开始我一天的工作了，我可以换衣服到保育室去照管小爱德华了。

“两天以后在完全类似的情况下又同样表演了一番。我再次换好衣服，坐到窗旁，我再次听我的主人讲无休止的笑话而大笑不止。后来，他给了我一本黄色封面的小说，并将我的座椅向侧面移了一下，以免我自己的影子挡住了看书的光线。他请我大声朗读给他听。我随便翻到一章，朗读了大约10分钟，当我一个句子还没有念完时，他突然叫我停下去换衣服。你不难想象，福尔摩斯先生，我多想知道这种奇怪的表演究竟是什么意思。我察觉到他们总是小心地让我背对着那扇窗，这样我就特别想知道我背后到底发生了什么事情。起初，我无法看到后面的情况。不久我想出了一个办法。我的一面手镜被打破了，于是我偷偷地把一片碎镜子藏在手帕里。在下一次的表演中，我正笑得欢的时候，将手帕举到眼前，没有费什么事就能看到我背后的一切了。我承认开始时我很失望，因为我什么也没有看见。

“至少我的第一个印象是这样的。可是当我第二次再看时，就察觉到有一个留着小胡子，穿着灰色衣服的男人正站在南安普敦路上，好像在向我张望。这是一条重要的公路，路上通常总是有人。可是此人却斜依在我们土地的围栏上，目不转睛地朝这边张望。我放下了手帕，瞥了一眼鲁卡斯尔夫人，发现她正在用万分锐利的目光盯着我。她没有说什么，但是我肯定她已经猜出我手里有一面镜子，并且看到了我背后的情形。她立刻站了起来。

“‘杰夫罗，’她说，‘那边路上有一个无礼的家伙正盯着亨特小姐瞧呢！’

“‘该不是你的朋友吧，亨特小姐？’他问道。

“我随便翻到一章，朗读了大约10分钟。”

“‘不，我在这里没有认识的人。’

“‘哎呀，多么没有礼貌啊！请你转过身去，挥手把他打发走。’

“‘我看还是不理他为好。’

“‘不，不，那他会经常到这里来转悠的。请你转身挥手叫他走开。’

“我照他说的做了，同时，鲁卡斯尔夫人将窗帘拉了下来。这是一星期以前的事，从那以后我不再坐到窗前，不再穿那身蓝衣服，也没有再看到路边的那个男人了。”

“请说下去。”福尔摩斯说道，“你说的事情看来非常有趣。”

“我恐怕你会认为我说得毫无头绪。也许我说的这些事情之间相互毫无关联吧。在我刚到铜山毛榉的头一天，鲁卡斯尔先生曾把我带到厨房门外的一间小屋。当我们走近那小屋时，我听到了铁链的哗啦声和一头大动物发出的动静。

“‘从这儿朝里看！’鲁卡斯尔先生让我从两块板缝中往里看，‘它漂亮吗？’

“我通过板缝朝里探望，只见黑暗处有一双炯炯发亮的眼睛和一个模糊的躯体。

“‘别害怕，’我的雇主说，看见我害怕的样子他哈哈大笑起来，‘那是我的大狼狗卡罗。说是我的，实际上只有我的男仆老托勒才对付得了它。我们一天只喂它一次，而且喂得不太多，所以它始终保持高度警觉。托勒每晚将它放出来，如果有哪个私闯民宅的人碰上了它的尖牙，那他可要遭殃了。看在上帝的分上，你晚上在任何情况下都不要跨过那道门槛，否则就是拿自己的生命开玩笑。’

“这警告是有根据的。过了两个晚上，我在凌晨大约两点钟的时候醒来，从卧室窗口向外眺望。当晚月光皎洁，屋前的草坪泛着银白色的月光，明亮得如同白天一样。我正沉醉在这宁静的月色中，突然发现在铜山毛榉树的阴影下有东西在移动。当它来到月光下时，我清楚地看到它原来是如同小牛犊般大的满身黄毛的大狗，它的颚骨宽厚下垂，有着一张黑色的大嘴，骨骼硕大。它慢慢地走过草坪，消失在另一角的阴影里。这个可怕的守卫使我不寒而栗。我想无论碰到什么窃贼也不会把我吓成这样。

“现在，我要说说一件很奇怪的事。你知道我的头发是在伦敦剪短的，而剪下的一大绺头发被我放在了箱底。一天晚上，我安顿小孩子睡觉后，开始检查房间里的家具，整理自己的零碎东西，以打发时光。房间里有一个旧衣柜，上面两只抽屉没有上锁，里面是空空的，下面的一只抽屉是锁上的。于是我在上面两只抽屉里装满了我的衣物，但是还有不少东西放不下，因此看到那第三个抽屉锁着，我感到很懊恼。但转念一想，它是否可能是无意中被锁上的呢，所以我取出一大串钥匙试着打开它，正好试第一把钥匙就打开了这把锁。抽屉里只有一件东西，但是你们永远也猜不到——它是我的那绺头发！

“我捧起那绺头发仔细查看。头发的色泽和密度同我的一模一样。虽说不可能是我的，但事实却摆在我眼前。我的头发怎么会锁在这个抽屉里呢？

“我捧起那绺头发仔细查看。头发的色泽和密度同我的一模一样。”

我紧张地将我的箱子打开，倒出了里面所有的东西，从箱底取出我自己的头发。我把两绺头发放在一起，我敢向你们发誓，它们完全一模一样。这不是太离奇了吗？简直太不可思议了，我不明白这是什么意思。我把那绺奇怪的头发放回抽屉，这怪事我没有对鲁卡斯尔夫妇提起，因为我不想让他们知道我私自打开了他们锁上的抽屉。

“你可能注意到我天生喜欢留心观察事物，福尔摩斯先生。不久我对整所房子的大致情况了解得很清楚了。看来这宅子有一边的一排房子根本无人住。托勒一家住处的对面有一扇门可以通向这排房子，但是这扇门一直是锁着的。有一天我正在上楼时，碰到鲁卡斯尔先生手里拿着钥匙从这扇门里走出来。只见他当时由于生气，满脸通红，紧皱双眉，激动得太阳穴上的青筋直冒，和他平时愉快的样子完全不同。他闩好那扇门后，匆匆地从我身边走过，连看也没有看我一眼。

“这使我十分好奇，所以当我带着孩子到屋外地里散步时，便兜到房子那一边，以便看到这一部分房子的窗户。那一排房子有四扇窗户，其中三个房间堆着破烂，第四个拉着百叶窗，关得严严实实。显然这些房间都久已弃置不用了。当我来回转悠、不时观察它们的时候，鲁卡斯尔先生和往常一样心情愉快地来到我的面前。

“‘啊！’他说，‘我刚才从你身边走过去，没有和你打招呼，别以为我是故意粗鲁无礼。亲爱的小姐，我刚才实在太忙了。’

“我叫他别在意，我并没有为此生气。‘顺便问一下，’我说，‘好像上面有一整套空房间，其中一间的窗板是关着的。’

“他看上去有点儿吃惊，并且，我觉得我的话使他很有点儿恐慌的样子。

“‘我爱好照相，’他说，‘我把那边几间房间当暗室用。哎哟！我们家来了一位多么细心的小姐啊！谁想得到呢？谁想得到呢？’他的口吻是打趣的，但眼光却不是。我从他的眼神里看到的只有怀疑和烦恼，而绝不是玩笑。

“唔，福尔摩斯先生，一旦我觉察到这套房间里有些东西在瞒着我，我就更想知道个究竟了。虽然我和别人一样都很好奇，但这与其说是出于好奇，不如说是出于责任感，我隐约感到识破这地方的真相说不定是件好事。大家都知道女人的直觉，也许我的感觉就是女人的直觉。总之，这种感觉的确存在。我时时留意找机会进入这道禁门。

“等到昨天机会才来。我看到除了鲁卡斯尔先生外，还有托勒和他的妻子都曾在这空房间里忙活过。有一次我看见托勒抱着个大黑布袋从那房里出来。最近，他常常放肆地酗酒，昨晚他就喝了个酩酊大醉。我上楼时，发现钥匙还插在那扇门上，我肯定是他留在那里的。鲁卡斯尔夫妇当时都在楼下，孩子和他们在一起，这可是难得的良机。我轻轻扭动钥匙，打开了那扇门，悄悄溜了进去。

“进门后是一条小过道，这过道的墙既没有裱糊过，地上也没有铺地毯。过道尽头转弯处是一个直角。转弯后有三扇并排的门，第一扇和第三扇是开着的。里面是空的，又脏又阴暗，一间有两扇窗，另一间只有一扇窗，窗户上积满厚厚的灰尘，使傍晚的光线更加难以照射进来。中间一扇门关着，门上横着一根铁床上的粗铁杠，一头锁在墙上的一个环上，另一头用粗绳子绑在墙上。这扇门本身还上了锁，但钥匙不在上面。这扇锁得如此严实的门显然和外面所看到那扇关得严实的窗是同一个房间的，而且从门缝下面的微弱光线中，我知道房间里并不是黑的，里面肯定有天窗让光线从上面照进去。我站在过道里，注视着那扇可怕的门，琢磨着这里面究竟隐藏着什么秘密。这时，我忽然听到房间里传来脚步声，从门缝底下透出来的微光中我看见一个人影在来回走动。见此情景，我不禁感到害怕得要死。福尔摩斯先生，我突然神经紧张得无法自制，扭头便跑，只觉得身后有一只可怕的手要抓住我的衣裙似的。我沿着过道没命地跑，跑过那扇门，便一头撞进了等候在外面的鲁卡斯尔先生的怀里。

“‘果然是你，’他微笑着说，‘不出我所料，我一看见门开着，就知道是你。’

“‘啊，我好害怕啊！’我喘着气说。

“啊，我好害怕啊！”

“‘亲爱的小姐！我亲爱的小姐！’你们也许想象不到他的态度有多么亲热，多么体贴。‘是什么让你这么害怕呀，亲爱的小姐？’

“他的声音带着一点儿哄小孩的意思。他哄得过分了一点儿，于是我提防着他。

“‘我真傻，居然闯进了那排空房子里，’我回答说，‘那里光线昏暗，显得十分凄凉可怕，吓得我又跑了出来。啊，那里面寂静得可怕！’

“‘就为这个？’他目光锐利地瞧着我说。

“‘还不够吗？你是怎么认为的呢？’我问他。

“‘你认为我为什么要把这个门锁上呢？’

“‘我确实不知道。’

“‘为的是不让闲人进去，你明白吗？’他仍然用最和蔼的笑容对着我。

“‘如果我知道，那我肯定不会……’

“‘嗯，那么你现在知道了！如果你再次迈过那道门槛……’说到这里，他的微笑转眼变成生气的狞笑，一张脸像魔鬼似的瞪着我，‘我就把你扔去喂那条大狗。’

“我当时吓得不知所措，我想我大概是从他的身边飞快地跑开了，一直跑进了我的房间。等我回过神来时发觉自己浑身颤抖地躺在床上。这时我想到了你，福尔摩斯先生。我需要得到别人的帮助，否则我无法再在那里待下去了。我害怕那所房子、那个男人、那个女人、那些仆人，甚至那个孩子，他们在我心中都是那么恐怖。如果我能领你们去一趟就好了。当然，我本可以一逃了之，但我的好奇心和我的恐惧同样强烈。我很快下了决心，我要拍一封电报给你。我戴上帽子，穿上外衣，走了约半英里路去了电报局；回去的路上，心里踏实多了。但当我走近大门时，不觉得又担忧起来，担心那只大狗已经被放出来了。但我记得托勒那晚已喝得烂醉，不省人事，而且我还知道在这家里除了他没有别人敢冒险把那可怕的畜生放出来。于是我偷偷地溜了进去，好在没有发生什么事。晚上躺在床上，想到不久就能见到你们，我兴奋得大半夜没合眼。今天早上我顺利地请了假到温切斯特来。但是3点钟以前我必须赶回去，因为鲁卡斯尔先生和夫人今晚都要出门做客，所以今晚他们都不在家，我必须赶回去照看孩子。看，我已经对你们讲了我的全部历险经过，福尔摩斯先生。要是你能告诉我这一切意味着什么，我将非常高兴，最要紧的是，请告诉我，我应该怎么办？”

福尔摩斯和我着迷地听完了这离奇的故事。我的朋友起身，两手插在衣袋里在房间里来回踱着步，神情异常严肃。

“托勒是否仍然酒醉未醒？”他问道。

“是的，我听见他的夫人对鲁卡斯尔夫人说，她拿他毫无办法。”

“那好。鲁卡斯尔夫妇今天晚上要出门去？”

“是的。”

“那宅子里是否有一间有着一把牢固大锁的地下室？”

“有，就是那个藏酒的地窖。”

“亨特小姐，从你谈的情况来看，你真算得上是一个非常机智勇敢的姑娘。我希望你考虑一下，能否再冒一次险。我之所以这样要求你，是因为我认为你这个女子非常出众。”

“我试试吧，要我冒什么险？”

“我和我的朋友7点钟到达铜山毛榉。那时候鲁卡斯尔夫妇已经出门去了。而我们估计托勒到时候还没能完全醒过来。剩下托勒夫人可能会报警。要是你能把她弄到地窖里去干活，然后把她锁在里头，那这件事就可以顺利进行了。”

“我可以做到。”

“好极了！让我们彻底调查这件事。看来唯一可能的解释是他们请你到他家去冒充某个人，而实际上的那个人却被囚禁在那间屋子里，这是显而易见的。至于这个被囚禁的人是谁，我敢断定就是他的女儿艾丽丝·鲁卡斯尔小姐。如果我没记错的话，他们是说她已经到美国去了。你之所以被选中，无疑是因为你的身材、体形和头发的颜色和她的相同。好端端的头发被一刀剪掉多半是因为她得过什么病，因此你也必须牺牲你的头发。出于好奇，你发现了她的那绺头发。那个公路上的男人无疑是她的朋友，多半是她的未婚夫。由于你穿着那个姑娘的衣服，又很像她，所以每当他看见你，通过你的笑容和姿态，他相信鲁卡斯尔小姐确实很快乐，并相信她不再需要他的关怀了。晚上放出那只狗就是为了防止他和她见面。这一切都一目了然，这案件中最严重的一点就是那孩子的性情。”

“怎么又扯上那孩子了呢？”我不禁叫道。

“亲爱的华生，你作为一个医生深知通过研究孩子的父母可以了解一个孩子的癖性，可你没想到反之亦然的道理吗？我就常常通过研究孩子来深入了解其父母的品格。这孩子的性格异常残忍，而且有虐待癖。我怀疑这种性格不是他笑眯眯的父亲就是他母亲的遗传，但无论如何对于遭到囚禁的姑娘都注定是个灾难。”

“我很赞成你的看法，福尔摩斯先生。”我们的委托人大声说道，“回想起所发生的许多事实都能证明你的判断，现在让我们尽快去救助那个可怜的人吧！”

“我们务必多加小心，要知道我们要对付的是一个极其狡猾的人。7点钟以前我们反正也办不了什么事了，一到7点我们会和你会合的，我们很快就能解开这个谜。”

我们如约7点整到达铜山毛榉，将马车停放在路旁一家小客栈。那一丛铜山毛榉树上的黑叶像擦亮了的金属，返照着夕阳的光辉。据此我们就可以断定就是那幢房子，何况亨特小姐已经站在门口台阶上微笑着向我们打招呼了。

“你都安排好了吗？”福尔摩斯问。

这时从地窖传来了响亮的撞击声。“地窖里是托勒夫人。”她说，“她的丈夫还躺在厨房的地毯上酣睡呢。这是他的钥匙串，这串和鲁卡斯尔先生的那串完全一样。”

“你确实干得好！”福尔摩斯先生热情地赞扬道，“现在你带路，我们很快就能揭示这桩见不得人的勾当了。”

我们上楼，打开那房门的锁，沿着过道前行，径直来到亨特小姐所说的那扇挂着好几把锁的门前。福尔摩斯割断拴粗铁杠的绳索，将其挪开，然后他用那串钥匙逐一地试开那些门锁，但都打不开。房间里没有丝毫动静，在这寂静中，福尔摩斯的脸沉了下来。

“我相信我们来得并不太晚。”他说，“亨特小姐，你最好还是不要跟我们进去。华生，你用肩膀顶住门，看看我们能不能把门顶开。”

这扇摇摇晃晃的门已经有些年头了，我们一起使劲，门被应声顶开。我们两人冲了进去，只见里面空空荡荡，除了一张简陋的小床，一张小桌子以及一筐衣服外，什么也没有。天窗是开着的，我们要找的人已经不在了。

“这里有名堂。”福尔摩斯说，“估计是这个家伙已经猜到了亨特小姐的意图，先下手一步，将受害者弄走了。”

“但怎么弄出去的呢？”

“从天窗。我们很快就能搞清楚是怎么弄出去的。”他爬到屋顶。“啊，是这样。”他叫道，“这里有一架长梯子靠在屋檐上，原来如此。”

“怎么可能呢！”亨特小姐说，“鲁卡斯尔夫妇出去的时候，那里还没有这梯子呢。”

“他又回来搬的，我说过他是一个狡猾而危险的人物。我现在听到了上楼的脚步声。毫不奇怪，就是他来了。华生，我看你最好还是把你的手枪准备好。”

他刚说完，一个肥胖而粗壮结实的人，手里拿着一根棍棒，已经出现在门口。亨特小姐一看见他便大声尖叫起来，背靠墙壁缩着身子。但夏洛克·福尔摩斯却纵身向前，勇敢地面对着他。

“你这恶棍！”他说，“你把你的女儿弄到哪里去了？”

这胖子的眼睛四周乱转了一番，然后抬眼看了看打开的天窗。

“这话该由我来问你们才对！”他尖叫道，“你们这帮贼！你们这帮奸细！我可捉住你们了，对吗？你们落入了我的手里，我要让你们知道厉害！”他转身跑下楼去，发出了很大的脚步声。

“他是要去带那只狗来！”亨特小姐叫道。

“我有左轮手枪！”我说。

“你这恶棍！”福尔摩斯说，“你把你的女儿弄到哪里去了？”

“最好下去把大门关上。”福尔摩斯说。于是我们一起冲下楼去。还没等我们跑到大厅，便听见狼狗的狂吠声，紧接着是一阵凄厉的尖叫声和令人毛骨悚然的狼狗撕咬声。一个满脸通红的老头儿晃着胳膊，歪歪倒倒地从边门走了出来，他就是托勒。

“我的上帝啊！”他大声喊道，“是谁把这狗放了出来啊。我已经有两天没喂过它了，快点儿啊，快点儿，否则就要出人命了！”

我和福尔摩斯急忙出门，转过房角，托勒紧跟在我们身后。只见那只大饿狗的黑嘴紧紧咬着鲁卡斯尔先生的喉咙，疼得他在地上打滚哀嚎，我上去就是一枪，打碎了它的脑袋。它倒了下去，白生生的锋利犬牙仍然死死咬着鲁卡斯尔那满是赘肉的脖颈。我们用了吃奶的力气才把狗嘴掰开，将他抬进房。人虽没死，却已血肉模糊，惨不忍睹了。我们让他躺在客厅的沙发上，

我上去就是一枪，打碎了它的脑袋。

并让吓呆了的托勒去给鲁卡斯尔夫人送信。我尽力减轻他的痛苦。正当我们围着他忙成一团时，一位瘦高个子的女人开门走了进来。

“是托勒夫人！”亨特小姐失声喊道。

“是我，小姐，鲁卡斯尔先生一回来就把我放了出来，然后才上楼去找你们的。啊，小姐，你何苦将你的打算瞒着我呢。因为我本来可以告诉你，那样也不致闹到这步田地。”

“哈！”福尔摩斯用锐利的目光注视着她说，“看来托勒夫人对一切都了如指掌啊！”

“不错，先生，的确如此。我这就把我知道的一切如实相告。”

“那就请坐下来，让我们听听是怎么回事，对这桩事情我确实还搞不太明白呢。”

“我说了你就会明白的，”她说，“要是我能早点儿从地窖里出来的话，我早就可以告诉你们了。如果这件事要打官司的话，你要记住我是站在你们一边的朋友，我也是艾丽丝小姐的朋友。

“自从她的父亲再娶后，艾丽丝小姐在家里就没有一天是快活的，她在家里没有地位，对任何事情都没有发言权。但是她在朋友家里碰到福勒先生之前，情况还没有糟糕到后来那样。据我所知，母亲的遗嘱中留给了艾丽丝小姐一笔她有权支配的钱，但是她是如此逆来顺受，从来只字不提这笔钱的事，而将一切都交给鲁卡斯尔先生处理。他知道对女儿他完全可以放心，但一旦招来一个女婿，那他一定会要求法律规定给她的权利的。所以她父亲认为要防止这样的事情发生。为此，他要女儿签下字据，声明无论她结婚与否，她的钱都归他使用。她不同意，在他威逼之下，她得了脑炎，生命垂危有六个星期之久。后来她虽然渐渐康复，却已瘦得皮包骨头，并剪去了一头秀发。尽管如此，她的男友并没有变心，他对她仍然一往情深，不改初衷。”

“啊！”福尔摩斯说，“你说的这些情况使我们豁然开朗，剩下的我可以推断出来。我估计，鲁卡斯尔先生于是就将她监禁了起来？”

“正是如此，先生。”

“专门从伦敦请来了亨特小姐，为的只是摆脱福勒先生的纠缠？”

“一点儿不错，先生。”

“可是福勒先生并不死心，他像守望的水手那样监视着这所房子。后来他找到你，通过花钱或其他办法说服了你，使你相信你的利益和他的利益是一致的。”

“福勒先生是个待人和蔼、出手大方的先生。”托勒夫人不动声色地说。“他给你钱供你那个酒鬼男人买酒喝，并让你在主人出门后准备一架梯子。”

“你说得完全对，先生，事实就是这样的。”

“真要谢谢你啦，托勒夫人。”福尔摩斯说，“因为无疑是你澄清了我们头脑里的一切迷惑。现在你们村里的外科大夫和鲁卡斯尔夫人快赶到了，华生，我看我们最好护送亨特小姐回温切斯特去，因为我似乎感到我们在这里是否合法已成问题了。”

门前有棵铜山毛榉的那所不吉祥宅子里的谜团就此破解。鲁卡斯尔先生虽大难不死，却从此一蹶不振，只是多亏他忠心耿耿的妻子照料，才得以苟延天年。仆人们仍然和他们住在一起。他们对鲁卡斯尔这家人的底细过于了解，以致鲁卡斯尔先生不敢将他们打发走。福勒先生和鲁卡斯尔小姐在他们出走后的第二天，于南安普敦办理了结婚手续。福勒先生现在毛里求斯岛的政府部门供职。至于维奥莱特·亨特小姐，令我相当失望的是，由于她不再是我的朋友福尔摩斯面临的问题中的中心人物，他便对她没有进一步的兴趣了。她现在是沃尔索尔地区一家私立学校的校长，我相信她在那里一定会大有作为的。

银色白额马

“华生，恐怕我不得不去一次了。”一天早晨，福尔摩斯和我一起吃早餐时，他说道。

“去哪儿？”

“去达特穆尔，金斯皮兰。”

这并不令我吃惊。老实说，福尔摩斯对一件已成为英国各地热门谈资的奇案至今不闻不问，反而使我很不解。今天一整天，他都低头皱眉地在屋内来回踱步，嘴里叼着烟斗，吸着烈性烟草，装满一斗又一斗，好像完全没有听到我所提的问题和所发的议论。送报人给他送来了当天的各种报纸，他只是草草看上一眼就扔到一边。尽管福尔摩斯一言不发，我也知道他在思考什么。当前，只有一个为公众关心的问题能使福尔摩斯的分析和推论能力面临挑战，那就是韦塞克斯杯锦标赛中有名的赛马离奇失踪和驯马师惨死一事了。因此，当听到他突然表示要到发生戏剧性奇案的现场去时，我感到这正是我所预料和希望的。

“我很想和你一起去，如果我不碍事的话。”

“亲爱的华生，如果你能去，我真是求之不得。我想你会不虚此行的，因为这件案子很有特点。我想，此时去帕丁顿刚好能赶上火车，路上我会把关于此案的情况详细告诉你的。请帮我个忙，把你的双筒望远镜带上。”

一小时以后，我们已坐在向埃克塞特疾驶的头等车厢里了，福尔摩斯戴了一顶有护耳的旅行帽，使他那张脸的轮廓更加分明，他一直埋头在当天的报纸堆里，那是他在帕丁顿车站买的。列车早已驶过了雷丁站，他终于放下最后那张报纸，拿出香烟盒来递烟给我。

“火车够快的，”福尔摩斯望着窗外，看了看表说道，“现在的车速是每小时53英里半。”

“我没有去注意每隔四分之一英里一个的路杆。”我说道。

“我也没有。可是这条铁路线旁的电线杆的间距是60码，所以计算起来很简单。我想你已经听说关于约翰·斯特雷克被害和银色白额马失踪的事了吧。”

“我看《电讯报》和《纪事报》的报道了。”

“对这件案子，推理者应该将他的注意力放在仔细查明已知的细节上，而不是去寻找新的证据。这件惨案非同一般，如此错综复杂，与许多人有利害关系，值得我们花力气去反复揣摩。困难在于，需要把那些无可争辩的确凿事实与那些记者的不实报道严加区分。我们要在事实的基础上得出结论，在一团乱麻中找出主要的线索。星期二晚上，我接到马主罗斯上校和警探格雷戈里发来的电报，格雷戈里邀请我和他合作侦破此案。”

“星期二晚上！”我吃惊地叫道，“现在已经是星期四早晨了。你为什么昨天不动身呢？”

“亲爱的华生，这就是我的失策之处，恐怕我所犯的错误，远比那些仅靠你的回忆录来了解我的人所想象的要多得多呢。事实是，我不相信那匹英国有名的赛马真会失踪，特别是在达特穆尔北部这种人烟稀少的地方。直到昨天我还在期盼着马匹失而复得的消息，而只要找到那个拐马人，也就找到了杀害约翰·斯特雷克的凶手。谁知到了今天，除了逮捕年轻人菲茨罗伊·辛普森之外，他们什么也没有做。我感到该由我出马了。不过，从某种程度上说，昨天的时间也并没有白费。”

“你是说你已经做出了逻辑判断？”

“至少我已经抓住了此案的一些主要事实。我要一件一件地说给你听，因为没有比对别人讲述案情更能帮助自己理清思路的了。此外，如果我不把我所了解的情况告诉你，也很难指望得到你的配合啊！”

我靠在椅背上，抽了一口雪茄，福尔摩斯俯身向前，用他那瘦长的食指在他左手掌上比划着，向我简要介绍着事件的经过，而我们此次出行正是为了解决这个事件。

“银色的白额马，”福尔摩斯说道，“是艾索莫密种，和它大名鼎鼎的祖先一样保持着极好的记录。它已经5岁了，每次都能在赛场上为它走运的主人罗斯上校赢得头彩。在此次不幸事件发生前，它是韦塞克斯赛场上最受赌马者

我靠在椅背上，福尔摩斯俯身向前，用他那瘦长的食指在他左手掌上比划着，向我简要介绍着事件的经过。

欢迎的马，他们在它身上下的赌注都是赢一输三。尽管如此，它仍然是赛马场上最受公众喜爱的马，而且从来没有让他们失望过。因此，每次赌马，在它身上都押有巨款。显然，有人为了自己的切身利益，千方百计设法阻止这匹银色白额马去参加下星期二的比赛。

“当然，在上校驯马场所在地金斯皮兰，他们对此早有提防，所以，对这匹名马严加保护。驯马人约翰·斯特雷克原是罗斯上校的赛马手，后来因体重增加，才换了别人。斯特雷克在上校家当了5年骑师，7年驯马师，在主人眼里他是个热心而诚实的仆人。斯特雷克手下有3个小马倌。他的马厩不大，里面总共只有4骑马。一个小马倌晚上睡在马厩里，另外两个睡在草料棚中。3个小伙子的品格都不错。约翰·斯特雷克已经结婚，住在离马厩200码的一座小别墅里。他没有儿女，只有一个女佣，生活舒适。那地方非常荒凉，但在北边半英里以外，有几座别墅，是塔维斯托克镇的承包商建来给病人疗养以及给愿意到达特穆尔来享受新鲜空气的人住的。向西两英里是塔维斯托克镇，穿过荒野，大约也是两英里以外，还有一个较大的梅普里通驯马场，属于巴克沃特勋爵所有，管理人名叫赛拉斯·布朗。原野其他方向则是一片荒凉，只有少数流浪的吉卜赛人在那里落脚。星期一晚上那件祸事发生时的基本情况就是如此。

“当晚，这些马匹像往常一样经过训练、刷洗，在9点钟被关进了马厩并上了锁。两个小马倌回到斯特雷克家的厨房去吃晚饭，剩下一个小马倌内德·亨特留下看马厩。9点刚过，女仆伊迪丝·巴克斯特前往马厩给内德送晚饭，送的是一盘咖喱羊肉。因为马厩里有水，她就没有带饮料。守马房的人在值夜班时，按照规矩是不能喝酒的。因为天很黑，小路穿过荒原，所以女仆随手拎着一盏提灯。

“伊迪丝·巴克斯特来到离马厩还有30码处时，从暗处走出来一个人，叫她站住。提灯一照，只见此人穿着打扮像个绅士，他身穿灰色花呢套装，头戴一顶呢帽，脚上是带绑腿的高筒皮靴，手持沉甸甸的圆头拐杖。然而给她印象最深的是他那极其苍白的脸和紧张不安的举止。她估计此人的年龄不

女仆端着餐盘，来到离马厩还有30码处时，从暗处走出来一个人，叫她站住。

会小于30岁。

“‘能告诉我此地是什么地方吗？’他问道，‘多亏了你的灯光，我原来已经打定土意就在这荒野里过夜了。’

“‘这里是金斯皮兰驯马场的马厩。’女仆说。

“‘哦，是的！多好的运气啊！’他叫道，‘我知道这里每晚要留下一个小马倌看守。你大概就是给他送晚饭的吧。我相信你不会不愿赚点儿买新衣服的钱吧？’那人从背心口袋里掏出一张叠好的纸，‘你今晚亲手把这东西交给那孩子，你就能赚到买一件最漂亮新上衣的钱。’

“他的样子把伊迪丝吓坏了，连忙从他身旁跑开，来到她平时给马倌送饭的窗下。窗户是开着的，亨特正坐在小桌旁边。伊迪丝刚要开口告诉他刚才的事，那陌生人已经走了过来。

“‘晚安，’陌生人从窗外向里探着头说，‘我有话要对你说。’姑娘发誓说，她发现他说话时手里就攥着那张小纸片。

“‘你到这里来有何贵干？’小伙子问道。

“‘我来是为了使你的口袋能鼓起来，’陌生人说道，‘你们有两匹马要参加韦塞克斯杯锦标赛，一匹是银色白额马，一匹是贝阿德。你给我透个信儿，我不会让你吃亏。听说在5弗隆[①]距离赛马中，贝阿德能超过银色白额马100码的距离，所以你们把赌注押在了贝阿德身上，是吗？’

“‘嘿，你这个该死的探子！’小马倌喊道，‘现在我要让你知道，金斯皮兰人是怎样对付探子的。’他跑过马厩去放狗。这姑娘则扭头赶紧往家里跑去，不过她边跑边回头张望，只见那陌生人还在窗口探头探脑。可是，一分钟后，当亨特将猎狗放出来时，那人已经走了，亨特带着狗绕着马厩找了一圈，没有发现他的踪影。”

“等一等。”我问道，“小马倌带着狗跑出去时，没有把门锁上吗？”

“问得好，华生，问得好！”我的伙伴喃喃说道，“我也曾琢磨过这个重要的问题，为此我昨天专门给达特穆尔发了一封电报查问。他们说小马倌在离开前把马厩门锁上了。至于那扇窗子，人是不能钻进去的，因为它很小。

“等另外两个小马倌回来以后，亨特便派人给驯马师报信，把发生的事情

---

① 弗隆：英国长度单位，等于八分之一英里。——译注

告诉他。斯特雷克听到消息后非常不安，虽然他不太明白此事的真实含义。这件事使他心神不安，斯特雷克夫人在半夜一点钟醒来时，发现他正在穿衣服。斯特雷克对他妻子解释说，他放心不下那几骑马，所以睡不着，打算到马厩去看看它们是否平安。斯特雷克的妻子听到雨点打在窗上的声音，劝他别去，可是他不听，披上雨衣出了门。

“早晨7点，斯特雷克夫人一觉醒来，发现她丈夫还没回来，急忙穿上衣服，叫醒女仆，到马厩去看个究竟。只见马厩的门大开，亨特的身子缩成一团坐在椅子上，完全不省人事，马厩内的马已经不见踪影，驯马师也不知去向。

“她们急忙叫醒了睡在草料棚里的另外两个小马倌，可是他们两人睡得很死，晚上什么也没听到。亨特显然服了强烈的麻醉剂，无法清醒，两个小马倌和两个女子只得丢下亨特不管，出去寻找失踪的驯马师和马匹。他们原以为驯马师一早把马拉出去训练去了，他们登上离房子不远的可以将周围原野尽收眼底的小山丘，却不见失踪马匹的踪影，但他们却发现了预示这里发生过不幸悲剧的迹象。

“在离马厩四分之一英里远的荆豆花丛中，他们看到了斯特雷克的大衣。在荒野上的一片低洼地里，他们发现了不幸的驯马师的尸体。斯特雷克的头颅已被沉重的凶器砸得粉碎。他大腿上也有一道很长的伤口，显然是被利器割的。他右手握着一把小刀，刀把上凝结着血块，无疑，他曾与凶手搏斗过。他的左手紧紧攥着一条黑红相间的丝质围巾，女仆认出这是头天晚上到马厩来的那个陌生人戴的围巾。

“亨特苏醒后，也证实了这条围巾是那个陌生人的。他肯定就是这个陌生人在窗口趁机朝他的咖喱羊肉里下了麻醉药，使马厩无人看守。

“至于那匹丢失的马匹，山谷底部泥地上的蹄印证明搏斗时它也在场。可是自打那天早晨起就再不见它的踪影了，尽管重金悬赏使达特穆尔所有的吉卜赛人都在找马，却毫无结果。最后还有一点，小马倌吃剩下的晚饭经过化验证明里面含有大量麻醉剂，当晚斯特雷克家里吃的也是同样的菜，却没人出事。

“这就是该案的主要事实，去掉了一切推测，尽可能如实陈述。现在我把警署对此案所采取的措施讲一讲。

“调查该案的警探格雷戈里很有能力。要是他能再有一点儿想象的才能，他准会青云直上，步步高升。他一到出事现场就立刻找到了那个嫌疑犯，并把他逮捕了。找到那人并不太难，因为他就住在我提到的那些小别墅里。我记得

在荒野上的一片低洼地里，他们发现了不幸的驯马师的尸体。

他的名字好像是菲茨罗伊·辛普森。他出身高贵，颇有修养，只是在赛马场上一掷千金，将钱财挥霍殆尽，现在靠在伦敦体育俱乐部里做马票预售员维生。通过查看他的赌注记录，发现他用5000镑的赌注押银色白额马失败。

“被捕以后，辛普森主动交代他到达特穆尔是去打听有关金斯皮兰赛马的情况，同时了解有关另一匹有名的赛马德斯巴勒的情况。照管德斯巴勒的是梅普里通马厩的赛拉斯·布朗。对头天晚上的事，他并不否认，但声称他并无不轨的念头，只是想了解一些第一手的情报而已。当他看到那条围巾时，他脸色顿时煞白，无法说清楚他的围巾是如何落到被害人之手的。他的衣服很湿，说明头天夜里曾冒雨外出，而他的槟榔木手杖头上镶着铅，完全可以用作凶器通过反复击打置人死地，正像驯马师遭到的打击所证明的那样。

“可是从另一方面看，辛普森自己却没有受伤，而斯特雷克刀上的血迹说明至少有一个袭击他的凶手身上受了伤，总的说来，情况就是这样。华生，如果你能谈谈你的高见，我将非常感激。”

福尔摩斯把事情说得清楚明了，我带着极大的兴趣听完了他的讲述。我尽管了解了大部分事实，但却看不出哪些重要，哪些次要，以及这些事实之间的相互关系。

“有没有这种可能：在搏斗时，斯特雷克的脑部受了伤，所以自己把自己割伤了？”我提出了看法。

“不仅可能，而且可能性很大。”福尔摩斯说道，“如果是这样的话，一个对被告有利的证据就没了。”

“此外，”我说道，“我到现在也不知道警察的看法是什么。”

“我担心他们的看法可能正好和我们的推论相反。”我的朋友说，“据我所知，警察的看法是，菲茨罗伊·辛普森把看守马房的马倌麻醉以后，用他事先配好的钥匙打开马厩大门，拉出了那匹银色白额马。显然，他打算把马偷走。由于马没有上辔头，辛普森就将围巾套在马嘴上，然后，让门那么敞着，把马牵到荒野上，半路上他遇到了驯马师，或者是被驯马师追上了，一场格斗在所难免，斯特雷克用他的那把小刀自卫，但却丝毫没有伤及辛普森，而辛普森则用他那沉重的手杖把驯马师的脑袋打碎了。后来，不是这个偷马贼把马藏了起来，就是那马在他们搏斗时跑了，现在正在荒野中游荡。这就是警察对此案的看法。尽管这种看法有点儿站不住脚，可是所有其他的解释更加站不住脚。不管怎样，等我到达现场后就能很快把情况查清了，目前，我们知道的就这么多了。”

我们在傍晚时分才抵达坐落在达特穆尔辽阔原野中心的小镇塔维斯托克。只见车站上已有两位绅士在等着我们，一位身材魁梧，长相潇洒，有卷曲的头发和胡须，淡蓝色的眼睛炯炯有神。另一个则身材矮小，异常警觉而利索，身上穿着大衣，脚上是一双有绑腿的高筒靴，络腮胡子梳理得很整齐，戴着一副夹鼻单眼镜，此人就是鼎鼎大名的赛马爱好者罗斯上校。前一个人则是英国有名的警探格雷戈里。

“福尔摩斯先生，我真高兴你能前来。”上校说道，“警探已做了很大努力，我要尽我所能为可怜的斯特雷克报仇，并找回我的马。”

“有什么新的进展吗？”福尔摩斯问道。

“我要遗憾地说我们的进展很小。”警探说道，“外面有一辆敞篷马车，你一定很想在天黑前赶到现场去看看吧，让我们在路上边走边谈吧。”

转眼，我们就坐上了舒适的马车，穿过德文郡的这个古城。警探格雷戈里了解到的情况真不少，一路上讲个没完。福尔摩斯只是偶尔提出问题或插话。我带着浓厚的兴趣仔细倾听这两位侦探的对话，罗斯上校则拉下帽檐遮住双眼，交叉双臂靠在椅子上。格雷戈里原原本本地说明了他的看法，他的看法几乎和福尔摩斯在火车上谈过的看法不谋而合。

“看来菲茨罗伊·辛普森是难逃法网啦！”格雷戈里说道，“我看他就是凶手，可惜目前证据还不确凿，事态的进展也有可能推翻这种证据。”

“那么斯特雷克的刀伤说明了什么呢？”

“我们的结论是，那是他倒下去时自己划伤的。”

“我真高兴你能前来，福尔摩斯先生。”

“在到这里来的路上，我的朋友华生医生也是这样推测的。如果真是这样的话，情况就对辛普森不利了。”

“那是毫无疑问的了。虽然辛普森没有刀，也没有伤，但却有对他很不利的证据。他对那匹失踪的名驹一直很有兴趣，他有给小马倌下药的嫌疑，他在暴雨之夜出门，他手里拿着沉重的手杖，人们发现他的围巾攥在被害人手中。我看完全可以对他提出诉讼了。”

福尔摩斯摇了摇头。“聪明的律师可以把这些证据一一驳倒。”福尔摩斯说道，“他为什么要把马厩中的马偷走？假如他想伤害这匹马，何不就在马厩内动手呢？在他身上找到过配制的钥匙吗？是哪家药店卖给他烈性麻醉剂的呢？再说，他一个外来陌生人能把马藏到何处去呢，况且还是这样一匹有名的赛马？对了，他自己是如何解释他要女仆转交给小马倌那张纸的事的呢？”

“他解释说那是一张10镑的钞票。他的钱包里的确有一张10镑的纸币。不过，问题并不像你所想象的那么复杂。他对这个地区并不陌生。他每年夏季都要到塔维斯托克镇来住两次。麻醉剂则多半是从伦敦带来的。至于钥匙，也许在用完后早已扔掉了。而那匹名马则多半落到了荒野的坑穴里或废弃的矿坑里了。”

“他是怎么解释那条围巾的呢？”

“他承认那是他的围巾，可又说他早已遗失了。不过有一个新的事实完全可以证明是他把马从马厩中牵出来的。”

福尔摩斯认真地听着。

“我们发现许多脚印，说明星期一夜晚有一群吉卜赛人到过距凶杀案发生地一英里之内的地方。他们是在星期二离开的。我们假定辛普森和吉卜赛人之间有某种默契，那么，当辛普森眼看要被人追上时，他不是可以把马交给吉卜赛人吗？现在那匹马不是可能仍在吉卜赛人手中吗？”

“完全有这种可能。”

“我们正在荒原上搜寻这些吉卜赛人。塔维斯托克镇方圆10英里以内所有马厩和房屋都检查过了。”

“听说这附近还有一家驯马场？”

“对，我们当然不会忽视这一点。因为他们的那匹马德斯巴勒也是有名的赌马之一，银色白额马的失踪对他们非常有利。据说驯马师赛拉斯·布朗在此次赛事中下了很大赌注，再说，他与可怜的斯特雷克的关系并不好。不过，我们已经检查了这些马厩，没有发现和此事有关的蛛丝马迹。”

“辛普森这个人和梅普里通驯马场有什么关系吗？”

“没有任何关系。”

福尔摩斯向后靠在车座靠背上，谈话就此中断。几分钟以后，马车停在路旁一座有着长屋檐的红砖小别墅前，穿过驯马场不远，是一幢长长的灰瓦房。周围是长满枯草的起伏荒原，一直延伸到天边，只有塔维斯托克镇的一些尖塔散落在荒原上。继续向西，还散落着一群房屋，那就是梅普里通驯马场。除了福尔摩斯以外，我们都下了车。福尔摩斯靠在车座上，遥望着天空出神。我过去拍了拍他的肩膀，他才迅速跳下车来。

“对不起，”福尔摩斯转身对有点儿吃惊地看着他的罗斯上校说道，“我正在做白日梦。”他的眼里发出光彩，尽力抑制着内心的兴奋，我一看便知他已经有了线索，只是不知道他的线索是从何而来。

“也许你愿意立刻就到案发现场去吧，福尔摩斯先生？”格雷戈里说道。

“我想我情愿先在这里稍事停留，查清一两个细节。斯特雷克的尸体已经抬回到这里了吧？”

“是的，停在楼上。明天验尸。”

“他在这里为你服务多年了吧，罗斯上校？”

“我一直认为他是一个极好的仆人。”

“探长，我想死者衣袋里的东西已经翻看过并开了清单了？”

“遗物都放在起居室里，你可以去看看。”

“我很想看看。”

我们一起走进前厅，围着中间的一张桌子坐了下来。探长打开一个方盒子，将里面的东西放在我们面前。有一盒火柴，一截两英寸长的动物油蜡烛，一支ADP牌的根雕烟斗，一个海豹皮烟袋，里面装着半盎司细长的板烟丝，一块带金表链的银怀表，5个1英镑面值的金币，一个铝制铅笔盒，几张纸，一把象牙柄小刀，刀刃薄而坚硬，上面刻着“伦敦韦斯公司”字样。

“这把刀很奇特。”福尔摩斯打量了一会儿那把刀说道，“我想，刀上有血迹，这就是死者手里拿着的那把刀吗？华生，你一定很熟悉这种刀吧。”

“这就是我们所说的白内障手术刀。”我说道。

“我也这样想。刀刃很薄，适合做非常精密的手术。奇怪的是一个人带着这样的小刀在恶劣的天气里出门，又不把它放到衣袋里。”

“我们还在他的尸体旁找到了这把小刀的软木圆鞘。”警长说道，“他的妻子告诉我们这把刀原来放在梳妆台上，是他出门时随手带上的，这不是好的防身武器，可是情急之下，也聊胜于无吧。”

“非常可能。那么这些纸是怎么回事呢？”

“三张是干草贩子打的收据，一张是罗斯上校给他的信，另一张是女子服饰商开的37镑15先令的发票，开票人是邦德街莱苏丽尔夫人，发票是开给威廉·德比希尔先生的。斯特雷克夫人告诉过我们，德比希尔先生是她丈夫的朋友，往来信件有时就寄到她这里。”

“德比希尔夫人倒很舍得花钱呢，”福尔摩斯看了看发票说道，“22畿尼一件衣服可不算便宜。不过，这里没有什么可查看的了，我们现在可以到案发现场去了。”

我们刚出起居室，一个正在过道等着的女人走上前来，一把拉住探长的衣袖。她的面容憔悴瘦削，表情急切，一副备受惊吓的样子。

“你找到他们了吗？你抓到他们了吗？”她气喘吁吁地问道。

“还没有，斯特雷克夫人。不过伦敦的福尔摩斯先生已经赶来了，我们会尽力破案的。”

“不久以前我肯定在普利茅斯一次公园聚会上见过你，斯特雷克夫人。”福尔摩斯说道。

“不，先生，你认错人了。”

“怎么可能呢？我敢打赌。你当时穿的是一件淡灰色镶鸵鸟毛的外套。”

“我从来没有这样的衣服，先生。”这个女子答道。

“啊，那就是我记错了。”福尔摩斯道歉后就随着探长走了出来。走不多远，便穿过荒原来到发现死尸的现场，坑边就是曾经挂着大衣的荆豆花丛。

“你找到他们了吗？你抓到他们了吗？”

“我听说那晚并没有刮风。”福尔摩斯说道。

“没有，只是下大雨。”

“那么这大衣绝不是被风刮过来的，而是有人放到荆豆花丛上的。”

“对，是有人放在荆豆花丛上的。”

“你这话使我兴趣倍增。我发觉这里有许多足迹。不用说，从星期一夜晚起，有不少人到过这里。”

“在尸体旁边曾经放了一张草席，大家都站在席子上。”

“太好了。”

“这袋子里有斯特雷克穿的一只长筒靴，菲茨罗伊·辛普森的一只皮鞋和银色白额马的一块马蹄铁。”

“亲爱的探长，真有你的！”福尔摩斯接过布袋，走进低洼地，把草席拉到中间，伏在上面伸长脖子，双手托着下巴，仔细查看周围泥土上的脚印。“哈！这是什么？”福尔摩斯突然喊道。这是一根烧了一半的蜡火柴，这根蜡火柴上面裹着泥，乍一看，像一根小木棍。

“没想到我竟然没有注意到它。”探长一脸懊恼地说道。

“它落在泥土里，很难发现，我之所以能找到它，是因为我有意要找它。”

“什么！你事先就料到会找到它吗？”

“我想这并不是不可能的。”

福尔摩斯从袋子里拿出长筒靴和地上的脚印逐个比较，然后爬到坑边，慢慢匍匐前进到羊齿草和荆豆花丛间。

“这里恐怕不会有新的痕迹了。”探长说道，“周围100码之内我都仔细检查过了。”

“的确！”福尔摩斯站起来说道，“既然如此，我就不必费劲了。可是我想在天黑前到荒原上走走，以便明天能熟悉这里的地形，我想把这块马蹄铁装在我衣袋里，以求好运。”

罗斯上校对我的伙伴这样不紧不慢、井井有条的工作方法表现出很不耐烦的神情，看了一眼表。

“探长，我希望你和我一起回去。”罗斯上校说道，“有几件事，我想听听你的看法，特别是我们是否应该当众宣布把我们的那匹马从参加赛马的名单中去掉。”

“当然不必要。”福尔摩斯斩钉截铁地高声说道，“我要让它参加比赛。”

上校鞠了一躬。“听你这么说，我真高兴，先生。”罗斯上校说道，“请你在荒原上走过之后，到可怜的斯特雷克家来找我们，然后我们一起乘车到塔维斯托克镇去。”

罗斯上校和探长转身走了，我和福尔摩斯两个人在荒原上慢慢走着。夕阳开始隐没在梅普里通驯马场的后面，眼前一望无际的荒原上洒满了落日的余晖，羊齿草和黑莓都沐浴着晚霞的光芒。可是我的伙伴却无意欣赏这片壮丽的景色，沉浸在深深的思考之中。

“我看这样，华生，”他最后说道，“让我们暂且把杀害约翰·斯特雷克的凶手的问题放一放，先集中精力寻找失踪马的下落。假如说在发生悲剧时或发生悲剧后，那匹马逃跑了，它能跑到哪里去呢？马是群居动物。离群的马按其本性不是要回到金斯皮兰的马厩去，就是要跑到梅普里通的马厩去的。它怎会在荒原上疯狂地乱跑一通呢？到现在为止它一定已经被人发现了。为什么吉卜赛人要把它拐走呢？这些人是不喜欢招惹是非的，因为他们害怕警察找他们的麻烦。他们绝没有胆子把这样一匹有名的马拐来卖掉，更没有胆量带上它到处流浪，这应该是很清楚的道理。”

“那么，马在哪里呢？”

“我已经说了，不是到金斯皮兰就是到梅普里通去了。既然金斯皮兰没有，那一定在梅普里通。我们就按这个假想寻找，看结果如何。探长说过，这一带荒原的土质很是坚硬、干燥，可是梅普里通附近的地势比这里低，从这里你可以看到那边有一个长长的低洼地带，那里在星期一夜晚必定很潮湿。我想那匹马一定曾经经过那片低洼地，我们能在那里找到它的蹄印。”

我们一边谈一边快步而行，几分钟以后，就来到了我们要找的低洼地了。福尔摩斯要我从右边走，他自己从左边走，可是我走了还不到50步，就听到他喊我并且向我招手。原来福尔摩斯在稀软的泥地上发现了一些清晰的马蹄印，他取出口袋里的马蹄铁与地上的蹄印一比较，两者完全吻合。

“看，想象力是多么有价值啊！”福尔摩斯说道，“格雷戈里恰恰就是缺乏想象力。我们想象可能发生了什么事情，并按设想采取行动，结果发现自己的设想是正确的。让我们继续下去吧。”

我们穿过低洼的湿地，走过了四分之一英里的干燥而坚硬的草地，下了个坡，又一次发现了马蹄印，接着马蹄印中断了约半英里，然后在梅普里通附近又再次出现。首先发现马蹄印的福尔摩斯站在那里，脸上带着胜利者的表情用手指着印迹，在马蹄印旁边可以看出还有一个男人的清晰脚印。

“在这以前马是独行的。”我大声说道。

“完全如此。到这里以前它是独行的。嘿，这是什么？”

原来这两种足迹突然折回，又朝金斯皮兰方向而去。福尔摩斯吹了声口哨，我们两个人循着脚印而去。福尔摩斯死死盯着足迹，可是，我偶尔朝旁边看了一眼，使我惊奇的是，旁边那排足迹是这些足迹走到前面后又折回来时留下的。

“好样的，华生。”在我指给福尔摩斯看时，他说道，“你使我们少跑好多路，否则走到前面还是要回头。我们现在就跟着回去的足迹走吧。”

我们走了没有多远，足迹在通往梅普里通马厩大门的柏油路上中断了。当我们走近马厩时，从里面出来一个马车夫。

“这里不准闲人逗留。”他说道。

“我只想问一个问题。”福尔摩斯把拇指和食指插到背心口袋里说道，“如果明早5点我来拜见你的主人赛拉斯·布朗先生，是否太早？”

“没问题，先生，谁来那么早他都会接见的，因为他每天都是第一个起床的人。且慢，他来了，先生，你去问他本人吧。哦不，这可不行，先生，如果让他看见我拿你的钱，我的饭碗就砸了，假如你愿意给我钱的话，请过一会儿再给吧。”

福尔摩斯刚要从口袋里掏出一块半克朗的金币，听他这么说，又塞进了口袋，一个相貌可怕的老人手中挥舞着一条猎鞭，大步走出门来。

“你在干什么，道森？！”他吼道，“不许聊天！干你的活去！还有你们，你们跑到我这里来搞什么名堂？”

“我们要和你谈10分钟，我的好先生。”福尔摩斯语调柔和地说。

“我没工夫和你们这些游手好闲的人闲扯，我们这里闲人免进。走开，否则我放狗咬你们。”

福尔摩斯俯身向前，在这位驯马师耳旁嘀咕了几句。他猛地跳起来，满脸通红。

“这是谎言！”他喊道，“无耻的谎言！”

“走开，否则我放狗咬你们！”

“很好！我们是在这里当众争论呢，还是到你客厅里去谈谈呢？”

“哦，要是你愿意，进来吧。”

福尔摩斯面露微笑。“华生，我最多进去几分钟。”福尔摩斯说道，“现在，布朗先生，听你的吩咐。”

过了20分钟，福尔摩斯和他重新走出来时，夕阳的余晖已经完全隐没了。赛拉斯·布朗在此期间的变化真是令我叹为观止。他面如土色，额上满是豆大的汗珠，双手颤抖不已，手中的猎鞭像风中的枝条瑟瑟摆动。他那一脸的专横也完全消失了，像一条跟着主人的狗一样缩头缩脑地跟在我伙伴的身旁。

“我会照你说的做，照你说的做。”他说道。

“绝不能出错。”福尔摩斯回头看着他说道。在福尔摩斯目光的威逼下，他抖作一团。

“啊，不会的，不会出错的，它会去那儿的。我要不要改变它？”

福尔摩斯想了一会儿，然后放声大笑。“不，不要改。”他说，“我会写信告诉你的。别耍花招，否则……”

“啊，你尽管对我放心，尽管放心！”

“好，我想我可以放心。好吧，明天等我的信。”福尔摩斯毫不理睬布朗伸出的颤抖的手，扭头便走，于是，我们开始返回金斯皮兰。

“像赛拉斯·布朗这样时而霸气十足，时而胆小如鼠、鬼鬼祟祟的人，真是少见。”在我们一起艰难地往回走时，福尔摩斯说道。

“这么说来，马在他手里？”

“他本想抵赖。可是，我将他那天早晨干的事说给他听，我说的和他实际干的一模一样，使他认为他所干的一切都被我亲眼看见了。想必你已经注意到了那个特殊的方头鞋印，那是布朗的长筒靴留下的。还有，下人是没有胆量干这种事的。我根据他每天第一个起床的习惯，向他描述了他是如何发现一匹奇怪的马在荒野上徘徊，他又是如何走上前去的，当他认出那匹马正是有名的白额马时，又是如何地喜出望外，因为只有这匹马才能和他下了大赌注的那匹马匹敌，而这心腹之患却自己送上门来了。接着我又描述了他起初也曾想把马送回金斯皮兰，可是后来鬼迷心窍，想把马一直藏到比赛结束，于是把马牵回，藏在梅普里通。当我原原本本讲给他听后，他不得不承认了一切，只想保全自己的名誉了。”

“可是他的马厩不是被搜查过吗？”

“喔，像他这样的老马油子，诡计多着呢。”

“既然这马与他切身利益有关，现在马还在他手里，你难道不担心那马受到伤害吗？”

“老伙计，他会像保护眼珠一样保护它的。因为他知道只有保证那马的安全，他才有希望得到宽恕。”

“我印象中罗斯上校不是一个肯轻易饶恕别人的人。”

“这并不取决于罗斯上校。我有我的办法，我可以有选择地将情况或多或少地告诉他一些。这就是我们优越于警方之处。华生，不知你是否发现，罗斯上校对我的态度有点儿傲慢。现在我打算和他寻寻开心，不把这马的下落告诉他。”

“没有你的许可我也肯定不会告诉他的。”

“而且这件事与杀害约翰·斯特雷克的凶手是谁的问题相比，真是不值一提了。”

“你打算全力查清凶案吗？”

“正相反，我们乘夜车返回伦敦。”

我朋友的话令我感到意外。我们到德文郡才几个小时，正当案子调查旗开得胜的时候，他却要打道回府，这就令我十分不解了。一路上不论我怎样追问，他都闭口不言。我们返回驯马师寓所时，上校和探长早已在客厅等着我们了。

“我和我的朋友要乘夜车回城。”福尔摩斯说道，“我们呼吸了你们达特穆尔的新鲜空气，真令人舒畅。”

探长睁大了双眼，上校则轻蔑地撇了撇嘴。

“那么，你对捉拿杀害可怜的斯特雷克的凶手没有信心了？”上校说道。

福尔摩斯耸了耸肩。“这事情困难重重。”他说道，“然而，我完全有希望让你的马参加星期二的比赛，请你安排好赛马骑师吧。我是否可以请你给我一张约翰·斯特雷克的照片呢？”

探长从口袋里掏出一个信封，从中抽出一张照片递给福尔摩斯。

“亲爱的格雷戈里，我想要的东西，你都事先想到了。请你在这里稍等片刻，我想问女仆一个问题。”

“我不得不说，这位从伦敦来的顾问先生真是令我大失所望。”我的朋友刚一出去，罗斯上校便直言不讳地说，“他下车伊始到现在简直是一无所获。”

“至少他已保证你的马一定能参加比赛。”我说道。

“是的，他向我保证了。”上校耸了耸肩说道，“但我要的是马而不是什么保证。”

我正打算为我的朋友说几句公道话，福尔摩斯又进屋来了。

“先生们，”福尔摩斯说道，“现在我准备去塔维斯托克镇。”

在我们上马车时，一个小马倌打开车门让我们好上车。福尔摩斯脑子里好像是突然产生了什么念头，俯身拉了拉小马倌的衣袖。

“你们的围场里有一些绵羊。”福尔摩斯问道，“看羊人是谁？”

“是我，先生。”

“最近你发现它们有什么不对劲的地方吗？”

“嗯，先生，倒是没什么大问题，只是有3只羊的腿瘸了。”

我能看出福尔摩斯听后极其满意，他呵呵地笑着，搓了搓双手。

“孤注一掷的买卖，华生，完全是孤注一掷的买卖。”福尔摩斯碰了一下我的手臂，说道，“格雷戈里，我建议你关注一下羊群中的这种怪病症。走吧，车夫！”

福尔摩斯听后极其满意，他呵呵地笑着，搓了搓双手。

罗斯上校脸上仍然挂着对我朋友的能力颇为不满的神态，可是我从探长脸上看出，福尔摩斯的话引起了他的注意。

“你认为这重要吗？”格雷戈里问道。

“极其重要。”

“你还有什么其他需要我注意的问题吗？”

“在那天夜里，恰好狗的反应也很奇怪。”

“那天晚上，狗什么反应也没有啊。”

“怪就怪在这里。”夏洛克·福尔摩斯评论道。

4天以后，我和福尔摩斯又坐上了去温切斯特市的火车，去看韦塞克斯杯锦标赛。罗斯上校按照约定在车站迎接我们，我们坐上了他那高大的马车到城外跑马场。他的面色阴沉，态度极其冷淡。

“我仍然没有得到任何有关我那匹马的消息。”上校说道。

“如果你看到它，总能认得它吧？”福尔摩斯问道。

上校非常生气。“我在赛马场已经有20年了，还从来没人问过我这样的问题。”他说，“连小孩子也认得银色白额马的白额头和它那色泽斑驳的右前腿。”

“赌注怎么样？”

“这是最让人疑惑不解的。昨天的赌注特大，可是现在越来越小了，不到原来的五分之一了。”

“哼！”福尔摩斯说，“很清楚，有什么人得知了什么消息。”

马车驶抵看台的围墙，我看到赛马牌上参加赛马的名单。

韦塞克斯金杯赛

赛马年龄：四至五岁。赛程：1英里5弗隆。每匹押金50镑。第一名除获得金杯外还能得到奖金1000镑。第二名奖金300镑。第三名奖金200镑。

1. 希恩·牛顿先生的赛马尼格罗。骑师穿棕黄色上衣，戴红帽。

2. 沃德洛上校的赛马帕吉利斯特。骑师穿黑蓝色上衣，戴桃红帽。

3. 巴克沃特勋爵的赛马德斯巴勒。骑师穿黄色上衣，戴黄帽。

4. 罗斯上校的赛马银色白额马。骑师穿红色上衣，戴黑帽。

5. 巴尔莫拉尔公爵的赛马艾里斯。骑师穿黄黑条纹上衣，戴黄帽。

6. 辛格利福特勋爵的赛马拉斯波尔。骑师为黑色衣袖，戴紫色帽。

“我们寄希望于你说的话，没有另外准备马来参加比赛。”上校说道，“什么，那是什么？银色白额马？”

“我赌银色白额马赢！”赛马赌客高声喊道，“银色白额马！我赌德斯巴勒输！其余赛马跑平！”

“所有的赛马都编了号。”我大声说道，“6匹马都出场了。”

“6匹马都出场了？这么说，我的马也出来了。”上校焦急不安地喊道，“可我怎么没看到它，没有看到那种颜色的马呀。”

“刚跑过5匹，那么这匹一定是你的。”

我正说着，有一匹矫健的栗色马从围栏内跑出来，从我们面前慢慢经过。马背上的人正是上校那位众人熟悉的黑帽红衣骑师。

“那不是我的马，”马主人高喊道，“这匹马身上一根白毛也没有。你到底搞了什么名堂，福尔摩斯先生？”

“行啦，行啦，让我们来看看它跑得怎样吧。”我的朋友不动声色地说，他用我的双筒望远镜聚精会神地观看了几分钟。“太棒了！一上来就跑在了前头！”他又突然喊道，“它们过来了，已经拐弯了！”

我们从马车上放眼望去，6匹马紧挨在一起跑来，不分胜负，等跑到中途时，梅普里通驯马场的黄帽骑师开始领先。可是，等它们跑过我们面前时，德斯巴勒的气力开始不支，而罗斯上校的那匹有名的赛马却开始遥遥领先，在终点处一冲而过，比它的对手领先了6个马身的距离，巴尔莫拉尔公爵的艾里斯名列第三。

“这样看来，真是我那匹马了。”上校用手遮着双眼望着，气喘吁吁地说道，“真令我摸不着头脑。你不认为你应该早点儿告诉我吗，福尔摩斯先生？”

“当然了，上校，你马上会知道一切情况的。我们现在顺便一起去看看这匹马。它在这里。”福尔摩斯说道。这时我们已经走进围栏，这地方只有马主人和他们的朋友才可以进去，“你只要用酒精把马面和马腿擦洗一下，就能还那匹银色白额马的真面目了。”

“你真令我吃惊不小啊！”

“我从盗马者那里找到了它的下落，便自作主张让它这样来参赛了。”

“亲爱的先生，你真神奇。这匹马看来状态很好，它还从来没有跑得像今天这样好。我起先怀疑过你的能力，真是有眼无珠。你找回了我的马，帮了我的大忙。如果你能抓到杀害约翰·斯特雷克的凶手，就帮我更大的忙了。”

“我已经这样做了。”福尔摩斯平静地说。

上校和我都吃惊地望着福尔摩斯。“你已经抓到他了？那么，他在哪里？”

“他就在这里。”

“这里！在哪儿？”

“此刻就和我在一起。”

上校又气得憋红了脸。

“我承认你为我办了好事，福尔摩斯先生。”上校说道，“可是我认为你刚才的话，不是无聊的玩笑就是对我的侮辱。”

福尔摩斯哈哈大笑。“请相信我并没有把你和罪犯混为一谈的意思，上校。”福尔摩斯说道，“真正的凶手就在你的身后。”

他走过去，把手放到这匹良种马光滑的颈项上。

“凶手是这匹马！”我和上校不约而同地惊叫道。

“是啊，凶手就是这匹马。假如我说它是为了自卫杀人，它的罪过就能得到减轻。而约翰·斯特雷克是个完全不值得你信任的人。噢，铃响了，我要在下一场比赛中赢一把。我们另找适当的机会详谈吧。”

当晚上我们搭乘卧铺客车返回伦敦，一路上，我们入神地听着我的朋友详细讲述星期一夜晚达特穆尔驯马场里发生的事以及他是如何侦破此案的，我想，罗斯上校一定和我一样，觉得旅程太短了。

福尔摩斯走过去，把手放到这匹良种马光滑的颈项上。

“我承认，”福尔摩斯说道，“我根据报纸报道所形成的看法是完全错误的。可是这里仍然有一些非常重要的线索，只是被一堆繁琐的细节所掩盖了。我到德文郡之前，也深信菲茨罗伊·辛普森就是罪犯。当然，那时我也觉得证据不够确凿。而在我乘坐马车来到驯马师房前时，我突然想到咖喱羊肉是个重要的线索。你们该记得，在你们都从车上下来时，我仍坐在车上出神。我当时是在奇怪自己怎么居然忽略了这样一条明显的线索。”

“我承认，”上校说，“直到现在我也看不出咖喱羊肉和这案子有什么关系。”

“它是我一系列推理中的第一个环节。要知道麻醉剂粉末总是有气味的，这气味虽不难闻，可是一闻便知。要是把它掺在普通的菜饭里面，吃的人很快就能觉察，也就不会再吃了。而咖喱的气味足以掩盖它的气味。不可能设想，那天晚上驯马人家里吃咖喱烧菜是这个陌生人菲茨罗伊·辛普森的主意。反过来设想也是完全不可能的，那就是当晚他带着麻醉剂粉末前来，正好碰到他们家吃可以掩盖这种气味的咖喱菜肴，这种巧合当然是令人难以置信的。因此，辛普森下麻醉剂的嫌疑可以排除。于是，我把调查的重点放到了斯特雷克夫妇身上。只有这两个人有条件选择咖喱羊肉作为那天晚上的晚餐。麻醉剂是在菜做好以后当即放进了专门给小马倌准备的那份里面，所以别人虽然也吃了同样的菜，但却安然无事。那么，他们两个人中哪一个过去给这份菜肴下药而未被女仆发现呢？

“在回答这个问题之前，我首先必须了解重要的一点，那就是看守马厩的狗当夜为什么没有叫，因为可靠的推论总是一环扣一环的。辛普森的出现告诉我，马厩中有一条看门狗，然而，尽管有人进来，并且把马牵走，它竟一声都没有叫，没有惊动睡在草料棚里的另外两个马倌。显然，这条狗非常熟悉这个半夜到马厩来的人。

“我已经或者几乎已经确信是约翰·斯特雷克在深更半夜来到马厩，把马牵走了。他的目的是什么呢？显然是不怀好意，否则何必给自己的小马倌下麻药呢？可我一时难以想出他的目的究竟是什么。以前有过一些案子，驯马师通过代理人以大笔赌注押自己的马失败，然后做手脚阻止自己的马得胜。或是在比赛中故意放慢速度而输掉，或是采用更有把握更阴险狡猾的手法。这次是什么手法呢？我希望死者衣袋里的东西能帮我得出结论。

“事实果然如此，你们该没有忘记死者手中发现的那把奇特的小刀吧，头脑正常的人是不会拿它来当武器使用的。正像华生医生告诉我们的那样，这是眼科手术室用来做最精密手术的手术刀。那晚，这把小刀也是准备用来做精密手术的。罗斯上校，你对赛马的经验可谓丰富，你总该知道，在马的后踝骨腱子肉的外皮上轻轻划上一小道伤痕，是绝对难以觉察的。被这样划伤的马会出现轻微的跛足，人们会认为是训练过度或是轻微风湿痛，却没有人会觉察这是个卑鄙的阴谋。”

“恶棍！无赖！”上校大声嚷道。

“我们已经解释了为什么约翰·斯特雷克要把马牵到荒野去。这样一匹烈马一旦被刀割伤，一定会奋蹄嘶鸣，难免会惊醒睡在草料棚里的人，所以绝对需要到荒野去干。”

“我真瞎了眼！”上校高喊道，“你说得对，难怪他要用蜡烛和火柴了。”

“毫无疑问是这样，幸运的是，经过检查他的东西，我不仅发现了他的犯罪手法，而且找到了他的犯罪动机。上校，你是个饱经世故的人，你当然知道谁也不会把别人的账单装在自己的口袋里。正常情况下都是自己的账单自己付清。所以我很快断定，斯特雷克是在过着重婚的生活，并且另外安了一个家。那份账单表示此案还牵扯一个爱挥霍的女人。即使像你这样对下人十分大度的主人，也很难料想到他们居然能花20畿尼给女人买一件衣服。我曾经在斯特雷克夫人不知情的情况下向她打听过这件衣服的事，可是她对此事一无所知，这使我明白了这件事和她没有关系。我记下了服饰商的地址，预感到我带上斯特雷克的照片去拜访一定能轻易搞清这位神秘的德比希尔先生究竟是谁。

“从那时起，一切就迎刃而解了。斯特雷克把马牵到一个低洼地里，为的是不让人家看见蜡烛光。辛普森在逃走时把围巾丢了，被斯特雷克捡到，心想可以用它来绑马腿。在低洼地里，他来到马后，点起蜡烛的一瞬，突然的亮光使马受到惊吓，动物特异的本能使它预感到有人要加害于它，便猛地尥起蹶子，后蹄正踢中斯特雷克的额头，当时斯特雷克不顾下雨，已经把大衣脱掉，准备动手做细致的手术，被马踢中后他应声倒地，倒下时手术刀划破了自己的大腿。我说得清楚吗？”

“太清楚了！”上校喊道，“太清楚了！就像你亲眼所见一样。”

“我承认，我最后的一点推测大有孤注一掷的色彩。在我看来，像斯特雷克这样一个诡计多端的人，不经过一番实验，是不会轻易在马踝骨腱肉上下手的。他能在什么东西上做实验呢？我看到了绵羊，问了一个问题，连我自己也感到惊讶，结果证明我的推测是正确的。

“回伦敦后，我拜访了那位服装商人，她认出斯特雷克是就那个化名德比希尔的阔佬。他有一个打扮入时的妻子，特别喜好阔绰的服饰。我敢肯定就是这个女人使斯特雷克欠了一屁股的债务，从而落到了谋财害命的可悲下场。”

“你把一切都解释清楚了，只是有一个问题，”上校嚷道，“这匹马到哪里去了呢？”

“啊，它跑走了，后来是你的一位邻居收留看管了它。我想在这个问题上我们就不必深究了。如果我没有弄错的话，这是到了克拉彭站了吧？再过不到10分钟，我们就到维多利亚车站了。如果你愿意到我家去吸袋烟，上校，我愿意把你感兴趣的其他一些细节讲给你听。”

硬纸盒

为了选择一些能说明我朋友夏洛克·福尔摩斯的超群才智的典型案子，我竭力选择那些不是依靠耸人听闻的手法，却又最能显示他才能的案件。然而，很不幸，要想把耸人听闻和犯罪截然分开似乎又是不可能的。是将那些对于他的叙述必不可少的细节忍痛割爱，从而使记录的问题给人一种虚构的印象呢，还是不加选择地信笔写来为好呢，记录者不禁陷入了两难的境地。说了这番简短的开场白之后，我要展开记录一连串可怕而离奇的案例了。

这是8月的一个炎炎夏日。贝克街被晒得像火炉一般，阳光照在街对面房子的黄色砖墙上，晃得我的眼睛生疼。真让人很难相信这就是在冬天的蒙昽迷雾中隐约出现的那些砖墙。我们的百叶窗放下一半，福尔摩斯躺在沙发上，反复看着早班邮差送来的一封信。至于我，由于在印度工作过，所以特别怕冷而不怕热，即使华氏90度的气温我也不在乎。晨报毫无趣味。议院早已散会。人人都出城去了，我也一心向往到新森林或南海海滨去玩玩，无奈银行存款已经用完，只得把假日一推再推。至于我的这个朋友，无论是到乡下还是到海边度假对他都丝毫没有吸引力。他喜欢待在有着五百万人口的城市中心，伸出他的触角，探寻所有尚未侦破的罪案的每一个疑点。在他的所有天赋中就是没有欣赏自然的才能。只有当案情需要他把精力从城里的作恶者转向乡下的不干好事的老兄们时，才是他唯一出城的机会。

看到福尔摩斯聚精会神地看信，不想谈话，我也把乏味的报纸扔在一边，靠在椅子上陷入了沉思。突然，我朋友的声音打断了我的思路。

看到福尔摩斯聚精会神地看信，我也把乏味的报纸扔在一边，靠在椅子上陷入了沉思。

“你是对的，华生。”他说，“那看来是一种解决争执的最荒谬的办法。”

“最荒谬！”我惊呼道，接着突然意识到他说的也正是我内心想要说的话。我在椅子上直起身来，吃惊地凝视着他。

“这是怎么一回事，福尔摩斯？”我叫道，“这真是出乎我的想象啊！”

看见我一脸迷惑不解的样子，他会心地哈哈笑了起来。

“你记得，”他说，“不久前我给你读过爱伦·坡的一篇短文中的一段，里面描写一个人把他同伴没有说出来的想法全都推论了出来。你当时认为那只是作者的一种文学手法。当时我就说过，我也常常有同样的推理习惯，你听后表示出不相信的神态。”

“哦，不！”

“你虽口中不说，亲爱的华生，但目笑存之。所以，当我刚才看到你扔下报纸陷入沉思时，我很高兴有机会对你内心的想法加以推断，为此，我终于打断了你的思索，以证明我和你是心心相印的。”

但这远远没有使我的疑惑得到满意的解答。“在你给我读的那个例子中，”我说，“那个推论者的结论是通过观察他同伴的动作得出的。我好像记得，他的同伴被一堆石头绊倒，他抬起头来看天上的星星，等等。可是我一直安静地坐在我的椅子里，这又能给你提供什么线索呢？”

“你这样说就对你自己太不公正了。脸部是人们用来充分表达感情的部位，而你的面部表情十分忠实地为你做到了这一点。”

“你是说你从我的面部表情上看出了我内心的想法？”

“通过你的面部表情，特别是通过你的眼睛。或许你自己也想不起来你是怎样陷入沉思的吧？”

“是的，我想不起来了。”

“那就让我来告诉你。你扔下报纸的这个动作引起了我对你的注意。此后，你表情木然地坐了片刻。接着你的目光落到了你最近配上镜框的戈登将军的照片上。通过你脸部表情的变化，我知道你开始思考了，不过还没有陷入深思。你又将目光转到放在你书上的那张还没有配镜框的亨利·华德·比彻[①]的照片上。然后，你抬头望墙，你肯定是在想，一旦把这张照片也装上框子，正好可以挂在那面墙上的空白处，和戈登的照片遥遥相对。”

“你一直在细致地观察着我！”我惊叫道。

“至少到目前为止，我还没有看错。你的思路回到比彻身上，你一直凝视着他的肖像，好像你是在研究他的五官相貌。然后，你不再皱眉，不过你的眼光变得心事重重。你在回想比彻的一生事业。显然你想到了内战期间，比彻代表北方所承担的使命，因为我记得，你认为英国人对他态度不公，你曾对此表示过强烈的不满。你对此事的感受是如此强烈，因此我知道，当你想到比彻时，你不可能不想到这些。过了片刻，我看见你的视线从照片上移开，我估计

① 亨利·华德·比彻（1813—1887）：美国牧师及演说家。——译注

你是在对内战进行思索。我看到你紧闭双唇，两眼闪闪放光，并紧握着两手，于是我断定你是在回想南北战争中的悲壮场面。但是接着，你的脸色又变得更哀伤并摇了摇头。你在回想那场悲惨、恐怖的战争和无数葬身沙场的冤魂。你的手伸向身上的旧伤疤，嘴唇颤动着，露出一丝微笑，这表明，你已经在思考这种解决国际问题方式的荒谬可笑之处。在这一点上，我和你一样认为那是愚蠢透顶的，同时，我为自己做出了正确的推断而高兴。”

“完全正确！”我说，“既然你已经解释了，我承认，我仍然很惊讶。”

“华生，这是非常肤浅的观察。要不是那天对此有所怀疑的话，我是不会用这件事来分散你的注意力的。不过，我现在有一个小问题，解决它肯定比观察别人的思维要困难得多。你看到了没有，报上有一篇文章，说克罗伊登十字大街的库辛小姐从邮局收到一包东西，里面装的东西出人意料？”

“没有，我没有见到。”

“啊！那你一定没有注意。把报纸扔给我。在这儿，在金融栏下面。请你大声念念吧。”

我拿起他扔给我的报纸，念了他说的那一段。文章的标题是《令人毛骨悚然的邮包》。

住在克罗伊登十字大街的苏珊·库辛小姐成了一次特别令人作呕的恶作剧的受害者，除非这件事另有更为险恶的用心。昨天下午两点，邮差给她送去了一个牛皮纸小包裹。包裹里是一个硬纸盒，盒内装满粗盐。库辛小姐倒出粗盐，惊恐地看见里面有两只显然是刚割下没多久的人耳朵。包裹是头天上午从贝尔法斯特邮局寄出的，上面没有写明寄件人是谁。更令人费解的是，库辛小姐是一位50岁的老处女，过着深居简出的生活，来往友人和通信者寥寥无几，更难收到邮包。然而，数年前，当她居住在彭奇时，曾把房间出租给医学院的3个学生。后来由于他们过于吵闹，生活习惯又不规律，她就叫他们搬走了。警方认为，很可能就是这3个年轻人为报复库辛小姐而为。他们将解剖室的残留物邮寄给她，以示恐吓。另一种看法认为这些青年中有一个是北爱尔兰人，库辛小姐认为此人就是贝尔法斯特人。目前此事正在积极调查中。负责处理此案的正是我们最精明强干的警探雷斯垂德先生。

“这就是《纪事日报》所披露的情况。”我读完后，福尔摩斯说道，“现在来谈谈我们的朋友雷斯垂德吧。我今天早晨收到他一封信。他在信里说：‘我认为此案很适合由你来调查。我们相信此案一定能查个水落石出的，但感到无从着手。当然，我们已经给贝尔法斯特邮局发去了询问情况的电报。但由于每天交寄的包裹甚多，他们无法回忆寄件人是谁。这是一只半磅装的甘露烟草盒，仅此一项对我们毫无帮助。我仍然认为此案系医学院学生所为的可能性最大，但如果你能花几个小时来一趟，我将非常高兴和你面谈。我不是在家里就是在警察局。’你看怎么样，华生？你愿不愿意冒着酷暑跟我到克罗伊登走一趟，为你的记事本增加一页内容？”

“我正想找点儿事情干呢。”

“那你算是有事干了。请按铃叫仆人把靴子拿来，再去叫辆马车。我换好衣服，装满烟丝盒后，马上就来。”

我们上火车后，外面下了一场大雨。克罗伊登不像城里那样炎热。福尔摩斯行前发过电报，所以瘦长结实、衣着整洁、一副侦探派头的雷斯垂德已在车站等候我们。步行了5分钟后，我们到达库辛小姐所住的十字大街。

这是条很长的街道，街道两旁是两层楼的清洁而整齐的砖房，屋前是灰白的石阶，三三两两的系着围裙的妇女在门口闲聊。走过半条街后，雷斯垂德停下来敲了敲一家人的大门。一个小女仆开了门。我们被带进前厅，库辛小姐正坐在那里。她是个文静的女子，有着一双温柔的大眼睛，两鬓垂落着灰色的卷发。她的膝上搁着一只没有绣完的椅背套，身边的椅子上放着一个装有各色丝

我们被带进前厅，库辛小姐正坐在那里。

线的篮子。

“那可怕的东西在外屋。”当雷斯垂德走进去时，她说道，“我希望你把它们都拿走。”

“是要拿走的，库辛小姐。我放在这儿，只是让我的朋友福尔摩斯先生能当着你的面看看这东西。”

“为什么要当着我的面，先生？”

“说不定他想问你一些问题的。”

“我告诉过你，我对此事一无所知，向我提问又有什么用处？”

“确实如此，女士。”福尔摩斯用安慰的语气说道，“我不怀疑，这事已经够让你生气的了。”

“确实太让我生气啦，先生。我是个喜欢安静的女人，过着深居简出的生活。看见我的名字登在报上，警察到我家里来，我很不习惯。我不愿意让这东西放在我这儿，雷斯垂德先生。如果你们要看，就到外屋去看吧。”

那是屋后小花园里的一间小棚子。雷斯垂德进去拿出一个黄色的硬纸盒，一张牛皮纸和一段细绳子。在小路尽头有个石凳，我们都坐在石凳上。福尔摩斯在那里仔细查看雷斯垂德递给他的东西。

“绳子特别有意思。”他说着，把绳子举到亮处，用鼻子嗅了一嗅。“你看这绳子是什么做的，雷斯垂德？”

“涂了焦油的。”

“说对了，是涂过焦油的麻绳。你看到了吗，库辛小姐是用剪刀把绳子剪断的。从绳子断开的痕迹就能看出这一点。这很重要。”

“这有什么重要的呢？”雷斯垂德说。

“重要就在于原来的绳结还在，何况这个绳结打得与众不同。”

“这个结打得很利落，对此我已经注意到了。”雷斯垂德洋洋自得地说。

“关于绳子就谈这么多吧。”福尔摩斯笑了笑说，“现在来看包裹纸。牛皮纸，有一股很浓的咖啡味。怎么，你竟然没有注意到？这是很明显的呀！地址的字写得很零乱：‘克罗伊登十字大街库辛小姐收’，用来写字的笔头很粗，可能是J字型的笔头，墨水很差。‘克罗伊登’一词中的字母‘i’，被改成字母‘y’了。字体显然是男人的字体。由此可见，这个包裹是个男人寄的，此人没有受过多少教育，对克罗伊登镇也不熟悉。到目前为止，一切顺利！这是个能装半磅甘露烟草的盒子。除了下角有指印外，盒子上没有其他明显的痕迹。里面装的是用来储存兽皮或其他防腐商品的粗盐，藏在盐里的就是这奇怪的东西。”

他边说边取出两只耳朵放在横在他膝头上的纸板上，仔细地观察着。我和雷斯垂德各在一边弯着身子，一会儿看看这可怕的残留物，一会儿又看看我们同伴的那张聚精会神的脸。最后，他把它们放回盒子里，坐在那里沉思了一会儿。

“你们当然都注意到了，”他最后说道，“这两只耳朵并不是一对儿。”

“是的，我们注意到了。但如果这真是解剖室的学生们搞的恶作剧，他们是很容易随便找到两个不同人的耳朵的。”

“不错。但这并非是恶作剧。”

“你能肯定吗？”

“根据我的推测，这不像是恶作剧。解剖室里的尸体一般都注射过防腐剂。这两只耳朵看来没有注射过防腐剂，是新鲜的，而且是用很钝的刀子割下来的。如果是学生干的，情况不会是这样。还有，医院里使用的防腐剂是苯酚或蒸馏酒精，而不是粗盐。我再说一遍，这不是什么恶作剧，我们是在侦查一桩严重的犯罪案件。”

听了福尔摩斯的这番话，看着他越来越严肃的脸色，我不由得起了一身鸡皮疙瘩。他的这段开场白给我留下了恐怖的阴影。然而，雷斯垂德却半信半疑

福尔摩斯边说边取出两只耳朵放在横在他膝头上的纸板上，仔细地观察着。

地摇摇头。

“毫无疑问，恶作剧的说法是站不住脚的。”他说，“可是另外一种说法就更站不住脚了。我们知道，20年来，这个女人一直在彭奇过着一种平静而舒适的生活。此间，她很少出门，罪犯为何偏要把犯罪的证据送给她呢？她如果不是同我们一样，对此事一无所知，那她就是个善于伪装的女演员。”

“这正是需要我们解答的问题。”福尔摩斯回答说，“至于我呢，我要从我认为是正确的推理开始我的工作。这是一桩两条人命的谋杀案。一只耳朵形状纤巧，穿过耳环，显然是女人的。另一只晒得很黑，已经变色，是男人的，也穿过耳环。看来这两个人可能都已经不在人世了，不然他们早就会把他们的遭遇告诉我们了。今天是星期五。包裹是星期四上午寄出的，由此推断，这场悲剧多半是发生在星期三或星期二，甚至更早一些。如果这两个人已经被害，那给库辛小姐寄出这东西的除了凶手还可能是谁呢？因此，我们可以设想，寄包裹的人就是我们要找的凶手。不过，他为什么要把包裹送给库辛小姐呢，其中必有原因。是什么原因呢？一定是告诉她，事情已经办完或者是为了使她痛心。这样，她就应该知道此人是谁。她知道吗？我怀疑。如果她知道，又何必报告警察呢？她完全可以把耳朵埋掉了事，谁也查不出来。如果她想包庇罪犯的话，她就应该这么干。但是，如果她不想包庇罪犯，她就会把他的姓名告诉我们。需要我们去查明的症结就在这里。”他说话的嗓门一直很高，语气很急促，茫然瞪着外面的花园篱笆，可是现在，他轻快地站了起来向屋里走去。

“我想向库辛小姐提几个问题。”他说道。

“那么，我还有些事要办，先告辞了。”雷斯垂德说，“我想我没有什么问题需要再问库辛小姐了。你如果要找我就到警察局来。”

“我们上火车回去前，会顺道去看望你的。”福尔摩斯回答说。过了片刻，他和我走进前屋，那位缺少热情的女士仍然在静静地绣她的椅背套。我们进屋时，她把椅背套放到膝上，用她那双坦率、充满疑问的蓝眼睛看着我们。

“先生，我深信这件事是搞错了。”她说，“这包裹绝对不是寄给我的。

这一点，我已经对苏格兰场的那位先生说过多次了，可是他总是对我一笑了之。我在这个世界上又没有任何仇人，别人何苦要这样捉弄我呢？”

“我也这样想，库辛小姐。”福尔摩斯边说边在她身旁的椅子上坐了下来。“我想有一种可能更大——”他停住了。只见他紧紧地盯住这位小姐的侧面，这令我吃惊。片刻间，他严肃而认真的脸上露出了惊异而满意的神色。她听他话说到一半，便抬起头来看他，但他已恢复了原来平静而认真的常态。我仔细打量着她那光滑的灰白头发，整洁的便帽，金色的小耳环和她那温和的面容，但是，始终看不出使我的同伴那样激动的原因究竟是什么。

“有几个问题——”

“啊，我被问题弄得烦透了！”库辛小姐不耐烦地说。

“你是否有两个妹妹？”

“你怎么知道的呢？”

“进屋时，我看见壁炉架上放着一张3位女士的合影。其中一位无疑是你本人，另外两位长得跟你非常相像，毫无疑问你们是姐妹关系。”

“不错，你说得没错。她们是萨拉和玛丽，我的两个妹妹。”

“在我旁边还有一张你妹妹在利物浦拍的照片。和她合影的男子，从制服来看，好像是海轮上的船员。我看，当时她还没有结婚。”

“你的观察力真够敏锐的。”

“这是我的职业。”

“嗯，你说得很对。过了没多久她就嫁给布朗纳先生了。拍这张照片的时候，他在南美洲的船上工作。可是他太爱她了，不想长期离开她，所以就转到了走利物浦至伦敦这条航线的船上工作。”

“哦，是‘征服者’号吗？”

“不，我上次听说是在‘五月’号。吉姆[1]曾经来看过我一次。那还是在

① 吉姆是布朗纳的名字。——译注

他破戒之前。后来他一上岸就酗酒，喝一点儿就发酒疯。哎！他真不该又沾上酒这个玩意儿。他最先不跟我来往，接着跟萨拉闹翻，现在连给玛丽的信也不写了，我们不知道他们的情况怎么样了。”

显然，库辛小姐对这个话题好像是深有感触。像所有性格孤僻的人一样，刚开始和人打交道时她很害羞，习惯之后就打开了话匣子。她告诉了我们关于她那个在船上当差的妹夫的许多情况，然后话题又转到了她原先的几个学医的年轻房客身上，有关他们的话题谈了很久，还将他们的姓名，在什么医院工作都告诉了我们。福尔摩斯全神贯注地听着，不时提出问题。

“关于你的二妹萨拉，”他说，“既然你们两个都没有结婚，我奇怪你们为什么不住在一起呢。”

“啊！你是不知道萨拉的脾气，否则你就不会感到奇怪了。来到克罗伊登以后，我曾试着和她一起住过，直到大约两个月前才不得不分手。我并不想在背后说我亲妹妹的坏话，可是萨拉特别爱管闲事，很不好打交道。”

“你说她跟你在利物浦的亲戚发生过争吵？”

“是的，他们原来曾经是最好的朋友。哎，她到那儿去住本来是想和他们和睦相处的。结果搞得她对吉姆·布朗纳一肚子的意见。她住在这里的最后半年内，整天埋怨他喝酒和数落他的不是。我估计他也发现了她爱管闲事的毛病，所以骂了她一顿，从此就成了冤家。”

“库辛小姐，谢谢你。”福尔摩斯说完，起身点了点头。“你刚才说你妹妹是住在瓦林顿的新街，是吗？好，再见。我为你感到很遗憾，因为，正如你所说，这件事情应该是和你完全无关的。”

我们来到门口，正好碰到一辆马车。福尔摩斯叫马车停下了。

“到瓦林顿有多远？”福尔摩斯问道。

“只有半英里，先生。”

“很好。上车，华生。我们要趁热打铁。案情虽然并不复杂，但还有一两个非常有意义的细节需要落实。车夫，请在电报局门口把车停一下。”

“到瓦林顿有多远？”福尔摩斯问道。

福尔摩斯下车发了一封简短的电报后，就一路靠在车座上，把帽子扣在鼻梁上遮挡迎面射来的阳光。车夫把马车停在了一所住宅前。这座宅子和我们刚才去过的那座十分相似。我的朋友吩咐车夫等着，他刚要举手敲门，门就打开了。一位身穿黑衣、头戴礼帽、态度严肃的年轻绅士出门站在台阶上。

“库辛小姐在家吗？”福尔摩斯问道。

“萨拉·库辛小姐重病在床，”他说，“她昨天得了脑病，病情很严重。作为她的医生，我不能允许她现在接待任何客人，建议你10天后再来。”他戴上手套，关上门，大步向街上走去。

“好吧，不能见就不见吧。”福尔摩斯高兴地说道。

“也许她不能或者说她不愿意告诉你什么的。”

“我并不希望她能告诉我什么，我只是想看她一眼。不过，我想我已经知道了一切我所想要知道的东西了。车夫，带我们去找一家清洁的饭店，我们要吃午饭，饭后再上警察局去拜访我们的朋友雷斯垂德。”

我们在一起愉快地吃了一顿饭，吃的时候，福尔摩斯除了小提琴，什么也不谈。他兴致勃勃地告诉我，他是如何买到他那把斯特拉迪瓦里提琴的。那把提琴至少值500畿尼，可是他只花了55先令就从托特纳姆宫廷路的一个犹太掮客手里买了下来。他从提琴又谈到帕格尼尼[1]。我们在饭店里喝着红葡萄酒，闲聊了一个多小时，他告诉了我这位杰出人物的许多逸闻趣事。下午不觉过去，灼热的阳光已被柔和的晚霞所取代，这时我们来到警察局。雷斯垂德站在门口等着我们。

“有你的电报，福尔摩斯先生。”他说道。

“哈！来回电了！”他撕开电报看了一下，然后塞进口袋。“没有问题啦！”他说。

“你查出什么了吗？”

“我已经查明了一切！”

“什么！”雷斯垂德不敢相信地望着他，“你在开玩笑吧！”

“我还从来没有这样严肃过呢。有人犯下了一桩惊天罪案，而眼下此案的一切细节都已在我的掌握之中。”

“那么罪犯呢？”

福尔摩斯在他的一张名片后面草草写下了几个字，扔给雷斯垂德。

“就是他。”他说，“你最快也要到明天晚上才能逮捕他。我希望你在办这个案子时根本不要提到我的名字，因为我只参与那些难破的案子。走吧，华生。”我们大步向车站走去，留下了雷斯垂德一人盯着福尔摩斯扔给他的那张

① 帕格尼尼（1782—1840）：意大利著名小提琴家和作曲家。——译注

纸片，喜笑颜开。

“这个案子，和你所记述的‘血字的研究’和‘四签名’这样的案子的侦破工作类似。”那天晚上，当我们在贝克街的住所里抽着雪茄聊天的时候，福尔摩斯说道，“我们不得不倒过来从结果去推测起因。我已写信给雷斯垂德，要他把我们现在需要的详细情况提供给我们，而这些情况只有在他抓到那个人之后才能得到。他做这种工作完全值得信赖，虽然他缺乏推理能力，但一旦他知道自己该做什么时，他会像一只哈巴狗那样不屈不挠。确实，他正是凭着这股倔强劲，才在苏格兰场坐上头把交椅的。”

“这么说，你还没有把这个案子搞完？”我问道。

“基本上已经完成了。虽然此事中的一个受害者的情况尚未弄清，但我们起码已经知道这件坏事是谁干的了。当然，你也有你自己的结论了吧。”

“我推想，你怀疑的对象是利物浦海轮的船员吉姆·布朗纳吧？”

“哦！不仅是怀疑。”

“可是，除了隐隐约约感到他有些不对劲之外，别的我什么也看不出来呀！”

“而对我来说正好相反，这事是再清楚不过了。让我把主要过程说一下。你记得，一开始我们接触这个案子时，头脑里没有任何先入为主的想法，这总是一个有利条件。我们没有形成什么看法。我们只是去进行观察，并通过观察得出结论。我们首先看到的是什么？一位面容和蔼值得尊敬的女士，她好像并没有什么不可告人的秘密。接着就是那张告诉我们她有两个妹妹的照片。我脑子里立刻想到那只盒子是要寄给她们之中的某一个的。我把这个念头暂且放在一边，可以否定，也可以肯定，全都由我们决定。然后我们到花园里去，我们看到了黄纸盒子里的非常奇怪的东西，这你应该记得。

“包裹上的绳子是海轮上缝帆工人用的那种绳子。打开包裹时我们还闻到了一股海水的腥味。我看到绳子打的结是通常所谓的水手结；包裹是从海港寄出的；那只男人的耳朵曾经穿过耳环，而穿耳环在水手中是很普遍的，远比在陆地上工作的人普遍。由此我断定，这场悲剧中的全部男主角肯定都是海员。

“我查看了包裹上的地址，发现它是寄给S.库辛小姐的。现在已经清楚库辛小姐是三姐妹中的老大。虽然她的名字缩写是“S”，但包裹同样可能是寄给另外两个妹妹当中的任何一个的。在这种情况下，我们就不得不在新的基础上开始我们的调查。为了弄清这一点，我决定登门拜访。当我正要向库辛小姐担保，说我相信这事情一定是搞错了时，你可能还记得，我突然住了口。因为就在那时我有所发现，这发现使我大为惊讶，同时也大大缩小了我们的调查范围。

“华生，作为医生，你应该知道，人体上任何器官都不像耳朵那样独特。人与人的耳朵千差万别，这是众所周知的。我还写了两篇关于这一问题的短文刊登在去年的《人类学杂志》上。对纸盒里的两只耳朵我以专家的眼光进行了检查，并从解剖学的观点仔细注意这两只耳朵的特点。当我注视库辛小姐时，发现她的耳朵同我研究过的那只女人耳朵极为相似，我当时的惊愕心情你

吉姆·布朗纳

应该可想而知了。这绝不可能是巧合。两只耳朵的耳翼都短，上耳的弯曲度都很大，内耳软骨的卷曲形状也相同。从所有重要部位上看，这两只耳朵简直是一模一样。

“我当即意识到这一发现的重要性。显然受害者是她的血缘亲属，可能还是很近的近亲关系。于是，我就同她谈起她的家庭，你记得吧，她立即就告诉了我一些极有价值的详细情况。

“首先，她的妹妹叫萨拉，直到不久以前她们还住在一起，所以，错误是怎么发生的，包裹究竟是寄给谁的，就变得非常清楚了。接着，我们又听说那个海员娶了三妹，并了解到他曾和萨拉小姐关系亲密，所以她才到利物浦和布朗纳一家相邻而居。后来因发生争吵才分开，并使他们停止通信达数月之久。所以，如果布朗纳要寄包裹给萨拉小姐，他当然会寄到她原来的老地址。

“于是事情开始变得有眉目了。我们已经知道有个海员，他是个富于感情、容易冲动的人——你记得，他为了和妻子团聚舍弃了一个非常好的差事——而且偶尔要酗酒。我们有理由相信，他的妻子已被谋害，而同时有一个男人——假定是一个海员——也遭到了杀害。人们首先想到的这一罪行的动机就是妒忌。那凶手为何把这次凶案的证据寄给萨拉·库辛小姐呢？也许是因为她在利物浦居住期间，她曾做了什么导致了这个悲剧发生的事情。你知道，这条航线沿途要停靠的港口有贝尔法斯特、都柏林和沃特福德，因此，假定布朗纳是凶手，作案后立即上了‘五月’号，那么，他能够寄出那个可怕包裹的第一个码头就是贝尔法斯特。

“在这一阶段，显然还有第二种可能，而且，虽然我认为这样的可能性微乎其微，可是我还是决定在继续下去之前把它说清楚。谋杀布朗纳先生和布朗纳夫人的可能是一个失恋的情人，那只男人的耳朵可能就是丈夫的。这一说法会遭到许多人的反对，但这种情况不是完全不可能的。所以我给我在利物浦警察局的朋友阿尔加发了个电报，请他去查明布朗纳夫人是否在家以及布朗纳先生是否已随‘五月’号离去。然后，我和你就去瓦林顿拜访萨拉小姐去了。

“我最想看看这家人的耳朵和她的耳朵相似到什么程度。她也许可能告诉我们十分重要的情报，但我对此并不抱太大的希望。由于克罗伊登已经闹得沸沸扬扬，她肯定在前一天已经听说了此案，而且只有她一个人心里明白这个包裹是寄给谁的。如果她有意协助司法部门，她早就向警方报告了。显然前去对她进行拜访是我们应尽的职责，所以我们去了。我们发现，包裹到达的消息不仅使她病倒了，而且对她的影响如此之大，以致使她患了脑病。这就更加清楚地表明，她了解此事的全部意义，但同样清楚的是，我们必须耐心地等待，才能得到她的帮助。

“然而，实际上我们并没依靠她的帮助。警察局已经找到了我们需要的答案，我叫我的朋友阿尔加将答案送来。没有什么比这答案更能说明问题的了。布朗纳夫人的宅子关门闭户已有3天之久，邻居都认为她去南方看亲戚去了。从轮运公司已经查明，布朗纳已乘‘五月’号出航。我算了一下，该轮将在明晚到达泰晤士河。等他一到，就会遇到迟钝却又果断的雷斯垂德。我相信，我们将得到全部详情。”

夏洛克·福尔摩斯的希望没有落空。两天之后，他收到一大包信札，里面有探长雷斯垂德的一封短信和几大张打字文件。

“雷斯垂德已经把他抓住了，”福尔摩斯说，瞟了我一眼，“听听他说些什么，也许会使你感兴趣的。”

亲爱的福尔摩斯：

依照我们制定的用来检验我们的看法的计划（“华生，他的这个‘我们’用得很好，对吧？”），我于昨日下午6时登上了停靠在阿伯特码头的‘五月’号轮船。该轮属于利物浦、都柏林、伦敦轮船公司。经查实，船上确有一名叫吉姆·布朗纳的船员，由于他在航行过程中举止反常，船长不得不停止他的工作。我下到他的舱位，只见他坐在一只箱子上，两手抱着脑袋，身子前后摇晃。此人身材魁梧，脸刮得干干净净，皮肤黑黝黝的，和曾在冒牌洗衣店一案中助过我们一臂之力的那个阿尔德里奇颇有些相像。他知道我的来意后，就跳了起来。我吹响警笛，叫来了两名守候在拐角的水警，但是他似乎无动于衷，静静地伸出手来让我们给他戴上手铐。我们把他带到密室里，把他的箱子也拿去了，因为我们以为箱子可能会找到什么罪证，但除了大多数水手都有的一把匕首之外，没有找到我们需要的证据。然而我们发现我们已经不需要更多的证据了，因为他一到警察局，就表示要招供。速记员记录了口供，打出了3份。一份随信附上。结果证明，正如我一直预料的那样，此案件

“他静静地伸出手来让我给他戴上手铐。”

极其简单。对于你对此案调查所提供诸多帮助，深表谢意。

你的忠实朋友雷斯垂德

“嗯！调查确实很简单。”福尔摩斯说道，“但我并不认为他在当初邀请我们的时候就是这样想的。不过，还是让我们来看吉姆·布朗纳是怎么招供的吧。这是罪犯在谢德威尔警察局向蒙特戈默里警长所作供词的原本记录。”

“我有什么可说的吗？有，我有很多要说的。我要把一切都说出来。你可以绞死我，也可以放了我。我不在乎你们把我怎样发落。我告诉你，自从我干了那件事以后，我睡觉都没闭过眼，我相信我至死也不会再闭上眼睛了。有时候眼前出现的是他的脸，而更多的是她的脸。我眼前出现的不是他就是她。他皱着眉头，像个黑人，而她是一脸的惊恐神色。哎，我的白色的小羔羊啊！当她从一张以前对她除了爱意很少有别的表情的脸上看到死神的影子时，她怎能不大惊失色呢。

“但那是萨拉的过错，愿一个被毁男人的诅咒使她遭殃，并让她的血在血管里腐败！我绝不是为自己开脱。我知道我破戒后又喝起了酒，就像个畜生。但是，如果不是那个女人闯进了我的家门，她是会原谅我的，她会像一根绳子紧扣滑轮那样和我相依为命的。因为萨拉·库辛爱我——这是罪恶的根源——她爱我，但是当她知道与她相比我更爱我自己的妻子时，她对我全部的爱就变成了恶毒的仇恨。

“她们总共三姊妹。姐姐是个规矩女人，老二是个魔鬼，老三是个天使。萨拉33岁。我结婚的时候，玛丽29岁。我们住在一起，日子过得很愉快，整个利物浦没有哪个女人比得上我的玛丽。后来，我们请萨拉来住了一个星期，从住一个星期变成了住一个月，就这样一直住了下来，她成了我们家里的人。

“当时我戒了酒，存了一点儿钱，一切都美好得令人欣喜。我的上帝，谁会想到会落到今天这步田地？做梦也没想到啊！

“我经常回家过周末，遇到船等待装货时，我可以在家住上一个星期，这样我经常见到我的姨姐萨拉。她身材高挑，皮肤黝黑，活泼而热情，喜欢骄傲地昂着头，目光如火石上迸发的火花。可是，只要小玛丽在的时候，我从来没有想到过她。我发誓，并乞求上帝的宽恕。

“有时候，我觉得她好像喜欢和我单独在一起，或是哄我和她一起出去散步，可我从来没有想到过那种事。有一天晚上我才开了眼。我从船上回家，发现妻子不在家，只有萨拉在家。‘玛丽呢？’我问道。‘啊，她去付账去啦。’我等得有点儿不耐烦了，就在房间里走来走去。‘玛丽不在家你就不能高兴一会儿吗，吉姆？’她说，‘和我在一起这么一会儿你都不乐意，我感到太遗憾了。’‘我并没有不乐意，我的姐姐。’我说着，善意地把手向她伸去，她立刻用烫得像在发烧的双手握住了我的手。我注视着她的眼睛，从她的眼神里明白了一切，此时无须多言。我皱了皱眉头，把手抽了回来。她默默地在我身边站了一会儿，然后用手轻轻抚摸我的肩膀。‘多老成持重的吉姆啊！’她说完，嘲弄地哈哈大笑着，跑到屋外去了。

“嗯，自那以后，萨拉把我恨透了。她真是个能爱能恨的女人。我真蠢，居然还让她这样和我们住在一起，我真是个糊涂的蠢货。但我对玛丽只字未提此事，因为我知道她知道后会难过的。就这样又过了一段时候，我开始发现玛丽也发生了一点儿变化。她过去是如此天真淳朴，如今变得古怪而多疑，我到哪儿去过，我做了些什么，我的信是谁写来的，我口袋里装的是什么，以及诸如此类的没完没了的问题，她都要打破沙锅问到底。她一天比一天古怪，一天比一天容易发脾气。她经常和我莫名其妙地吵架。这真使我感到迷惑。萨拉现在总是避开我，但她和玛丽简直形影不离。我现在明白了，正是她挑拨、哄骗并唆使我的妻子和我作对。可是，当时我瞎了眼居然没有看出来。后来我开了戒，又喝酒了，可是，如果玛丽像以前那样对待我，我是不会这样的。她现在有理由讨厌我了。我们之间的隔阂越来越深。就在这时，又插进来一个阿利克·费拜恩，这使事情糟到极点。

“起先他到我们家是来看望萨拉的，不久就是来看我们大家的了。他很会

“我善意地把手向她伸去，她立刻用烫得像在发烧的双手握住了我的手。”

讨好人，走到哪儿都能交上朋友。他是个闯劲十足、虚张声势的小伙子，很漂亮，有一头卷发。他去过很多地方，见过世面，十分健谈。我不否认，和他结交很有趣。作为一个海员，他举止文雅，我看他在船上当差时多半是掌舵的而不是爬桅杆的。有一个月他在我们家进出频繁，谁会想到他表面温和而诙谐，实则心怀叵测。终于有些事情引起了我的怀疑。从那天以后，平静的生活就一去不复返了。

“那也只不过是件小事而已。一次我突然闯进客厅，进门时，我明明看见我妻子脸上露出欢迎的神色，可是等她看清来者是谁时，那神情顿时消失，并失望地扭身而去。我受不了了。她除了把我的脚步声误认为是阿利克·费拜恩的之外，还能有谁。如果当时他在场，我早把他杀了，当我的脾气失去控制时我会像疯子一样。玛丽从我眼睛里看出了魔鬼的凶光，她跑过来拉住我的衣袖。‘别这样，吉姆，别这样！’她说道。‘萨拉呢？’我问道。‘在厨房里。’她说。‘萨拉，’我边说边走进厨房，‘那个叫费拜恩的家伙从今往后再也不准进我家的门。’‘为什么不准？’她说。‘因为我说不准。’‘喔！’她说，‘要是我的朋友不配进你家的门，那我也不配了。’‘你愿意怎么做随你，’我说，‘不过，要是费拜恩胆敢再来，我就把他的一只耳朵送给你做纪念。’我想她当时被我的脸色吓坏了，因为她再没说什么，当晚就离开了我的家。

“嗯，我到现在还不知道究竟是这个女人施展了她的魔法呢，还是为了让我和我的妻子反目而唆使我的妻子去做出不轨的行为。反正，她在离我们家两条街的地方找了个房子，并出租给水手。费拜恩常待在她那儿，玛丽也去同她姐姐和他一起喝茶。我不知道玛丽是否经常去。有一天，我尾随她闯进门去，费拜恩见我来像只吓破了胆的臭鼬鼠，越过后花园的墙跑了。我对我妻子发誓说，要是再让我看见她和他在一起，我就杀死她。她哭天抹泪，浑身发抖，脸白得像一张纸，被我接回了家。我们之间已经没有爱情可言。我看得出来，她恨我，怕我，我为此借酒消愁，她仍然鄙视我。

“萨拉感到自己无法再在利物浦待下去了，就回去了。我得知她住到克罗伊登她姐姐家了。我的家庭矛盾仍然持续着。直到上个星期，这个家才被悲惨地毁掉了。

“事情是这样的：我们的‘五月’号在海上航行了7天。船上的一个大桶松了，滚动中使一个横梁脱了节，我们只好回港停泊12小时修理。我下船回家，心想妻子见我回来一定会大吃一惊。我满心希望她见我这么快就回来，能高兴才好。正想着，我转入我家所在的那条街道，这时，一辆马车从我身边驶过。只见她和费拜恩一起坐在马车里，两人说说笑笑，压根没有注意到我正站在人行道上注视着他们。

“老实说，从那会儿起，我就动了杀机。现在想来，真如噩梦一场。我近来酒一直喝得很多，加上这件事，使我完全昏了头。现在，我脑袋里像有把水手锤在敲打，可是那天上午，在我耳里轰响的简直就是整个尼亚加拉瀑布啊！

“于是我悄悄跟着那辆马车。我手里有一根沉重的橡木手杖，我说过我已起了杀机，但我还知道稍微离他们远一点儿，以免被他们发觉。他们很快到了火车站。售票处周围人很多，因此我离他们很近，他们也发现不了我。他们买了去新布莱顿的车票。我也买了，但我坐在他们后面，隔着3节车厢。到站以后，他们朝帕拉德广场走去，我和他们保持不超过100码的距离。最后，我看见他们租了一条船，开始划起船来，因为那天很热，他们一定想到水上凉快凉快。

“看来他们是逃不出我的手掌了。当天有点儿雾气，几百码以外模糊不清。我也租了一条船，跟在他们后面。我可以隐隐约约地看见他们的小船，但他们的船划得和我的船几乎一样快，在我赶上他们之后，他们已经离岸有一英里了。我们周围的雾气像一块幕布，这里面就只有我们3个人。我的上帝啊，能否让我忘记当他们看见向他们划过去的小船里的人是谁的时候他们的脸色呢？她大声尖叫起来，而他像发疯似的大骂起来，用桨朝我戳来，因为他一定看到了我杀气腾腾的眼睛。我躲过了他的桨，用手杖朝他猛击一下，他的脑袋就像鸡蛋一样破裂了。尽管我已经丧失了理智，但本来我还是会饶过她的，可是她却用胳膊搂住他，对着他又哭又喊，她叫他的昵称‘阿利克’。于是我又猛击了一下，她倒在了他的身边。当时，我像一头疯狂的野兽，简直杀红了眼。如果当时萨拉在场，她也会遭遇和他们同样的下场。我抽出刀子，并且——嗯，算了！我已经说得够多的了。当我想到萨拉看到她多管闲事带来的后果会有什么感觉时，我就有一种狂放的快感。接着，我把两个尸体捆在船上，将船板凿穿，等船沉后我才离去。我相信船主一定会以为他们在雾里迷失了方向，漂到海里去了。我把我的衣服弄干净，上岸回去，没有任何人知道这里发生的事。当晚我包好了寄给萨拉·库辛的包裹，第二天把它从贝尔法斯特寄了出去。

“这就是整个事情的经过。你们可以绞死我，但随便你们怎样处置我，也无法代替我业已受到的惩罚。我不敢闭眼，一闭眼就会出现那两张盯着我的脸，就像他们看到我的小船穿过雾气逼近时，他俩盯着我的样子。我狂怒之下很快杀死了他们，而他们杀我却要慢得多。如果我再过一个这样的不眠之夜，我不是疯就是在半夜里死去。你不会把我单独关在牢房里吧，先生？可怜可怜我吧，别这样，积点儿德为我设身处地想一想吧！”

“这意味着什么，华生？”福尔摩斯放下供词，严肃地说道，“所有这些无止境的痛苦、暴力和恐惧，其目的究竟是什么？一定是想要达到某种终极目的，否则，我们的宇宙就是被偶然所支配了，那是难以想象的。可最终的目的是什么呢？这是一个人类的理性思维永远无法解答的永恒的疑问。”

“他用桨朝我戳来，我躲过了他的桨，用手杖朝他猛击过去。”

黄　脸

我根据大量的案件素材发表了一些短篇小说，在这些案件中，我朋友奇特的才能不仅使我成了他最忠实的听众，而且最后身不由己地成为这些奇特的戏剧性案件侦破工作的参与者之一。所以，很自然，我着重描写的是他的成就而不是失败。我这样做并不是为了往福尔摩斯的脸上贴金，虽然每逢山穷水尽之时，他的精力和广博才能实在令我赞叹不已，我之所以忽略了他的失败是因为如果连福尔摩斯也失败了，别人更不会成功，那样一来，我的故事就永远没有一个结束的时候了。何况常常发生这样的情况，即便他出现了错误，最后真相还是被他查明了。我曾注意到有不少这种类型的案子，其中有两件案子最令人感兴趣，一件是“马斯格雷夫典礼案”，一件就是我现在要讲述的故事。

夏洛克·福尔摩斯很难得仅仅为了锻炼身体而进行体育活动。很少有人能真正善于运用自己的体力，而他在与他同体重的人中，毫无疑问是最优秀的拳击家。不过，他把没有目的的健身看成是浪费精力，所以除了与他职业有关的项目以外，他很少参与其他体育活动。可是他是个精力非常充沛、绝对不知疲倦的人。他在这种情况下仍然保持着对自己的训练也很不容易。他的饮食总是最清淡的，生活简朴到接近苦行僧的地步。除了偶尔注射些可卡因以外，福尔摩斯没有其他恶习。而且他只有在手头没有案件可办，而报纸新闻又枯燥无味时，才求助于麻醉剂，以打发眼前的单调生活。

早春的一天，他闲来无事，陪我到公园散步。此时榆树已冒出嫩绿的幼芽，栗树梢头开始长出五瓣形新叶。我俩一起默默散步了约两个小时，因为我们相互深深了解，所以无须多言。回到贝克街时，已经快到5点了。

“请原谅，先生。”我们的小仆人开门时说道，“有一位绅士来找过您，先生。”

福尔摩斯抱怨地望了我一眼。“这都是午后散步坏的事！”福尔摩斯说道，“这位绅士已经走了吗？”

“是的，先生。”

“你没有请他进来吗？”

“请了的，先生，他进来过。”

“他等了多久？”

“他等了半小时，先生。那位绅士看上去很着急很不安，先生，他一直着急地在房里走来走去，并且直跺脚。我在门外等着，先生，可是我能听到他发出的动静。最后他走出来，在过道里大声叫喊：‘是不是他不打算回来了？’这是他的原话，先生。我说：‘请再等一会儿。’他想了想，说：‘我到外面去等，我在这里都快要憋死了，过一会儿我就回来。’说完他就走了，我好说歹说也留不住他。”

“好啦，好啦，你尽力啦。”我们走进屋中，福尔摩斯说道，“真叫人生气，华生。我正发愁手里没有案子呢。从这个来客着急的样子看来，这是一件重要案子呢。喂！这桌上的烟斗不是你的！肯定是他把这烟斗丢下了。这是一只很好的欧石南根烟斗，烟嘴很长，是用烟草商称作琥珀的材料做的。我不知道在伦敦真正的琥珀烟嘴有多少，有人认为真正的琥珀里面应该包着苍蝇。嗯，他竟把显然很珍爱的烟斗忘在这里了，说明他一定有很烦心的事。”

“你怎么知道他很珍爱这只烟斗呢？”我问道。

“嗯，我看这烟斗的原价是7先令6便士。你看，它已经修补过两次，一次在木柄上，另一次是在琥珀烟嘴上。你仔细看看，每次都用的是银箍来修补的，花的钱比烟斗的原价还要高得多。这个人宁愿去修理烟斗，也不愿花同样的钱去买一只新的，这不正说明他很珍爱这只烟斗嘛。”

福尔摩斯拿着烟斗，用他那细长的食指敲了敲，好像一个在讲授骨骼构造的教授。

“还有别的吗？”我问道，因为福尔摩斯还在以他独特的沉思神情来回摆弄着手里的烟斗。

福尔摩斯拿着烟斗，用他那细长的食指敲了敲，好像一个在讲授骨骼构造的教授。

“烟斗有时也会是极其有趣的东西。”福尔摩斯说道，“除了表和鞋带以外，就要数烟斗最能体现人的个性了。然而这只烟斗上的标志既不明显也不是很多。烟斗的主人显然是一个身强力壮的人，他是个左撇子，一口结实的牙齿，有粗心大意的习惯，衣食不愁。”

我的朋友轻而易举地道出了这番话，我看到他斜视着我，看我是否明白他的推论。

“你认为一个手里拿着价值7先令烟斗的人，就是有钱的人吗？”我问道。

“这是格罗夫纳板烟，每盎司8便士。”福尔摩斯说着，把烟斗里的烟丝磕出一点儿在手心里，“用这一半的价钱，他就可以抽上等烟了，所以我说他是个衣食不愁的人。”

“那么，其他几点呢？”

“他有个习惯，喜欢在油灯和煤气喷灯上点烟斗。看，这烟斗的一边已经烧焦了。如果使用火柴是不会弄成这样的。谁会用火柴点烟斗而把烟斗的侧面烧焦呢？但在油灯上点，就难免要烧焦烟斗。这只烟斗只有右侧被烧焦了，由此，我推测他是个左撇子。不信你就到灯上去点你的烟斗试试，因为你用右手，烟斗的左边就自然侧向火焰了。你也许有时也换一换手，但这毕竟不是经常的。他却始终用的是左手。琥珀烟嘴已被咬穿，说明他身强力壮，牙齿结实。如果我没有听错，我听到他已上楼来了，看来我们可以研究一些比他的烟斗更有趣的问题了。”

片刻之后，我们的门开了，一个个子高高的年轻人走进屋来。他穿着一套深灰色的衣服，讲究而不浮华，手中拿着一顶褐色宽边帽。我估计他的年龄在30岁左右，虽然他的实际年龄可能还要大几岁。

“对不起啦！”他有些窘迫不安地说道，“我本来应当先敲门的。是的，我当然应该先敲门的。可是我心里很不安以致忘了敲门，请你们别介意。”他把手放在额头上，就像马上要晕过去一样，与其说是坐下，不如说是倒在了椅子上。

“我看你大概有一两夜没有合眼了吧。”福尔摩斯用随和的语调说道，“失眠可比工作还要伤神，甚至比寻欢作乐还要伤神呢。请问我能帮你什么忙吗？”

“我需要得到您的指教，先生。我不知道该怎样办，我的整个生活好像要崩溃了。”

“你希望雇我做你的咨询侦探？”

“不仅仅是这样。您是个多谋善断的人，一个见过世面的人，所以我需要听听您的看法。我要知道我下一步该做什么，我真诚地希望您能告诉我。”

他断断续续地急促地说着，好像连说话本身也是件痛苦的事，他始终竭力用意志抑制着自己的冲动。

“这是一件非常棘手的事。”他说道，“谁也不会轻易对外人谈起自己的家务事，尤其不会在两个完全陌生的人面前来议论自己妻子的行为，这样做简直太可怕了。可是，我是被逼无奈，也顾不得这些了。”

“亲爱的格兰特·芒罗先生……”福尔摩斯开口说道。

我们的客人从椅子上跳了起来。

“怎么？”他大声说道，“你知道我的姓名？”

我们的客人从椅子上跳了起来。

“你的名字就写在你的帽子衬里上。”福尔摩斯微笑着说道，“假如你不想让别人知道你的姓名，以后就不要再把名字写在帽子的衬里上，或者在别人家做客时，别把帽子的衬里露在外面。我正要说，我和我的朋友在这间屋子里听到过许多奇怪的故事和秘密，而且我们曾给许多备受折磨的人带来了安宁。我相信我们也能为你做到这一点的。时间很宝贵，能否请你不要再等了，赶快把事情的原委告诉我们吧。”

我们的客人似乎很痛苦地再次把手放到额头上。从他的动作上来看，他是一个沉默寡言、具有自制力的人，天生有点儿傲慢，不愿意把自己的伤口轻易暴露给他人。后来，他忽然捏紧拳头做了个坚定的手势，好像下定了决心打破保守，他开始说了。

“事情是这样的，福尔摩斯先生。”他说道，“我是个已婚男人。结婚有3年了。在这3年中，我和我的妻子像任何一对恩爱夫妻一样，相亲相爱。我们所想的所说的和所做的都没有任何分歧。可是自从上星期一开始，我们之间突然出现了一道障碍。我发现我对她的生活和思想并不了解，就好像陌生的路人一般。因此，我们疏远了。我要知道这是为什么？

“不过，在我继续讲下去之前，我要先让您知道一件事，福尔摩斯先生。艾菲是爱我的，对此请不要产生任何错觉。她真心实意地爱着我，而且从来没有像现在这样爱我。我能感觉得到，我对此没有什么怀疑。一个男人很容易察觉女人在爱他。不过我们之间存在着这样一个秘密，在这个秘密解开以前，我们很难相爱如初了。”

“芒罗先生，请你把事实告诉我。”福尔摩斯有点儿不耐烦地说道。

“我先把我所知道的艾菲的历史告诉您。我初次见到她时，虽然她很年轻，仅仅25岁，却已是个寡妇了。那时她叫赫伯龙夫人。她从小就去了美国，住在亚特兰大城，在那里嫁给了那个赫伯龙，他是个很有名望的律师。他们有一个孩子，可谁料那地方流行黄热病，她的丈夫和孩子不幸都得病而死，我看过赫伯龙的死亡证明。这使她对美国产生了很坏的印象，便回国和她的老处女姑母一起住在米德尔塞克斯的平纳尔。我还想提一下，她的丈夫给她留下了约有4500英镑的一大笔遗产。她丈夫在世时投资很成功，所以她可以得到7厘的平均年利。我遇见她时，她到平纳尔才6个月，我们相爱了，几星期后就结婚了。

“我本人是个啤酒花商人，每年的收入有七八百镑左右。我们在诺伯里租了一座年租金是80镑的小别墅，生活过得很不错。我们这小地方虽离城很近，却很有田园风光。离我们不远，有一家小旅馆和两所房屋，我们门外隔着一片田野有另外一所小农舍。除此以外，就只有去车站的路上才有房子了。我为生意上的事情要在一定的季节才进城去办事，夏季我通常很少进城。因此我可以和我的妻子在乡下别墅里尽情享受生活。我可以告诉您，在这件不幸的事情发生之前，我们夫妇之间从来没有产生过任何阴影。

“还有一件事，在我继续讲下去之前应当先告诉您。我们结婚后，妻子把她的全部财产都给了我——这有违我的本意，因为我觉得如果我的生意垮了，后果将很难堪。然而她执意要给，我只好接受了。嗯，大约6个星期以前，她来找我。

“‘杰克，’她说道，‘当你接受我的钱财时，你说过，我要钱时随时可以来找你要的。’

“‘当然，’我说道，‘那本来就是你自己的钱嘛。’

“‘嗯，’她说道，‘我要100镑。’

“我听后有些惊讶，因为我原以为她是要钱买一件新衣服之类的东西。

“‘要这么多钱干什么？’我问道。

“‘噢，’她用开玩笑的口吻说道，‘你说过你只不过是我的银行，你知道，银行是从来不问人家拿钱干什么用。’

“‘如果你真的需要，你当然可以拿去。’我说道。

“‘啊，是的，我真的需要。’

“‘你不打算告诉我用这笔钱干什么吗？’

“‘杰克，也许过两天吧，但现在不行。’

“于是我同意了，但我们夫妇之间第一次有了这样一个秘密。我给了她一张支票，过后也就没有再去多想。也许这件事和后来发生的事并没有什么关系，但我想我还是都说出来的好。

“嗯，我刚才说过，离我们宅子不远，有一所小农舍。在我们住所和小农舍之间是一片田野，要去那个小农舍，就要走大路，然后再绕到一条小路上去。小农舍过去有茂密的苏格兰枞树，我平常很喜欢在那里散步。因为，树林使人心情舒畅。8个月来，这所小农舍一直是空着的，真可惜，因为那是一座漂亮的两层楼的农舍，有一个古色古香的门廊，周围开满了金银花。我每次到那里都在想，住在这里该有多舒服啊！

“上星期一傍晚，我去散步时，在小路上遇到一辆空的篷车，同时看到门廊旁的草地上堆着地毯和其他杂物。很明显，这所农舍终于租出去了。我走过去，作为路过的闲人停下来打量了一番，想看看我们这位新来的近邻究竟是什么人。可是我正在看时，突然发现楼上一扇窗户里有一张脸也在看着我。

“福尔摩斯先生，当时我虽然没有把那张脸看得很清楚，可是，却几乎出了一身冷汗。我站得离农舍有一定距离，所以看不清那人的相貌，不过那张脸有点儿不自然而且不像是活人的脸。我当时的印象就是如此。我快步向前走去，以便能更清楚地看看那张注视着我的脸。但我走近以后，那张脸突然不见了，仿佛突然被人猛地拉到了屋子里的黑暗处了。我站在那里琢磨了5分钟，打算把我的印象很好地分析一下。我很难确定这张脸究竟是男人的，还是女人的，我离它太远了。可是那张脸给我留下了很深的印象。它是铁青色的，像死人一样发黄，而且毫无表情，呆板而不自然得令人害怕。我心里不安，决定好好看看这所农舍的新住户。我走到农舍前敲了敲门，一个大个子的瘦女人立刻出来把门打开了，这女人一脸的凶相，让人不敢接近。

“‘你来干什么？’她问道，带着点儿北方口音。

“‘我是你对面的邻居，’我把头朝我的住处点了点，说道，‘我看你们

“你来干什么？”

是才搬来的，所以来看看能不能帮你们做些什么……’

“‘哎呀，需要你时，我们会来请你的。’她说完，当着我的面把门关上。这种拒人于千里之外的态度使我非常生气，我转身朝家走去。当晚，尽管我尽量去想其他事情，但我脑中始终摆脱不了窗口的那个幽灵和开门的那个粗鲁的女人。我决心不把这些事情告诉妻子，因为她是一个胆怯而感情脆弱的女人，我不愿意让她分担我所得到的不快的印象。然而，在我临睡以前，我告诉她那所农舍现在已经有人住上了，她对此却没有回答。

“我一般睡得很熟。家里人经常开玩笑说夜里什么声音也不能把我吵醒。可是在那天夜里，不知道是否是由于白天那件事情的刺激还是其他原因，我没有像平常睡得那么安稳。似睡非睡之间，我隐约感到室内有人在走动，渐渐看清是我妻子已经穿好衣服，披上了斗篷，戴好了帽子。我含含糊糊地说了几句表示吃惊的话，并对她深更半夜这种奇怪行为提出了异议。突然我迷糊的目光落到我妻子被烛光照亮的脸上，这使我一时惊异得说不出话来。她脸上的表情是我从未见过的，也绝不是人所能假装出来的。她脸色灰白，呼吸急促，在她扣紧斗篷时，偷偷朝床上瞟了一眼，看是否把我吵醒了。后来，她认为我没醒，便无声无息地溜出了房间，过了一会儿，我听到一阵刺耳的嘎吱声，这是开我家大门发出的响声。我从床上坐起来，用手关节敲铁床的栏杆，看看我是不是真的醒着。然后我从枕下拿出表来，已是凌晨3点钟了。我妻子在凌晨3点钟到外面去，究竟要干什么呢?

“我坐了约20分钟，脑中翻来覆去地想着这件事，想找到可能的解释。我越想越觉得此事非同寻常。正当我百思不得其解的时候，我又听到了轻轻的关门声，并听到我妻子上楼的脚步声。

“‘你深更半夜究竟跑到哪儿去了，艾菲？’她一进来，我便问道。

“她闻言顿时大惊失色，并发出一声尖叫。她的吃惊和尖叫比其他的事更让我烦恼，因为这说明她有什么见不得人的事情瞒着我。我妻子向来为人真诚而直爽，看到她悄悄溜进自己的屋内，面对自己丈夫的问话如此惊慌不安，真令我寒心。

“‘你醒了，杰克！’她神色紧张地笑了笑，大声说道，‘嘿，我还以为什么声音也不能把你吵醒呢。’

“‘你上哪儿去了？’我更加严厉地问道。

“‘你这样惊奇我并不怪你。’她说道。我看到她在解开斗篷纽扣时，手指一直颤抖。‘哎，我记得我以前从未这样做过。事实是：我觉得这里有些气闷，很想出去呼吸一下新鲜空气。如果我不出去，早就晕倒了。我在门外站了几分钟，现在已经恢复过来了。’

“她说话时，目光始终躲着我，她的语调也和平常完全不同。显然她是在说假话。我没有回答，扭头冲着墙壁，暗自伤心，脑子里充满千奇百怪的猜测和怀疑。我妻子有什么事情瞒着我呢？她深更半夜究竟到哪里去了呢？我感到在我查明这件事之前，我是难以安心的。可是，既然她对我说了假话，我也不愿再去问她什么了。这一夜我翻来覆去，无法入眠，想来想去，想不出个所以然来。

“第二天我本应进城去，但我心烦意乱，也顾不得照顾生意上的事了。我妻子看来和我一样心神不安，她不停地对我察言观色。我从她那疑问的目光得知，她已经知道我并没有相信她讲的话，现在她不知如何是好。早餐时我们没有多说什么，然后我立即出去散步，希望清晨的新鲜空气能有助于我的思考。

“我一直走到克里斯特尔宫，在那里待了一个小时，回到诺伯里时已经1点钟了。我正巧路过那所农舍，便停下脚步对着窗户张望，看是否能见到昨天看我的那张脸。福尔摩斯先生，请想象一下我有多么惊讶，当我站在那里时，农舍的门突然打开，我妻子走了出来！

“见到她，我惊呆了。可是当我们目光相遇时，她显得比我更加惊讶。有那么一瞬间，她又想回到农舍中去。后来，眼看躲不过了，她面色苍白，目光惊惧地走上前来，嘴上挂着强装的微笑。

“‘噢，杰克！’她说道，‘我来看看能否给新邻居帮点儿忙。你为什么这样看着我，杰克？你该不会在生我的气吧？’

“‘看来，’我说道，‘你昨夜就是到这里来了。’

“‘你这是什么意思？’她喊道。

“‘你昨夜就是到这里来了，我敢肯定。这里住着什么人，你竟然在深更半夜来看他们？’

“‘我从来没到这里来过。’

“‘你怎敢对我当面说假话？’我大声嚷道，‘你说话的声音都变了。我什么时候有秘密瞒着你呢？我要进去，把这事弄个水落石出。’

“‘不，不要进去，杰克，看在上帝的面上！’她激动得无法控制自己，气喘吁吁地说道。等我走到门口时，她一把扯住我的袖子，猛地用力将我拉回来。

“‘我求求你别这样，杰克。’她大声说道，‘我发誓总有一天我会把一切全都告诉你，如果你进这农舍里去，只能是自找苦吃。’我想挣脱她，但她紧紧把我拉住，苦苦哀求着。

“‘相信我，杰克！’她叫道，‘就相信我这一次，你不会后悔的。你知道，要不是为了你的缘故，我就不会有任何秘密要瞒着你。这事关系到我们的整个生活。如果你和我一起回家，什么事也没有，如果你执意要进这农舍，我俩之间就到此结束了。’

“她的态度这么诚恳，行动又是这么不顾一切，她的话打动了我，我犹豫不决地站在了门前。

“‘要让我相信你，你必须答应我一个条件，只有一个条件，’我终于说道，‘那就是从现在起这种秘密活动必须结束。你可以不告诉我你的秘密，但你必须保证夜里不再出来，不再瞒着我做任何事情。如果你答应我将来不会再出现这样的情况，我就忘掉所发生的一切。’

“‘我知道你会相信我的，’她松了口气，说道，‘我会照你的要求办的。离开这里吧，噢，离开这里回家去吧。’

“她拉着我的衣袖离开农舍。我回头看了看，只见楼上窗户有一张铁青的黄脸正向我们张望。我妻子和这个怪物有什么关系呢？我昨天遇到的那个粗鲁的女人和她又有什么关系呢？这是一个费解的谜。我知道，在解开这个谜之前，我的心无法再平静。

“相信我，杰克！就相信我这一次，你不会后悔的。”

“此后两天我待在家里，我妻子似乎很遵守约定，就我所知，她没有离家一步。然而，第三天，我有充分的证据证明，她居然不顾庄严的约定，再次受到那股神秘力量的吸引，背弃了她的丈夫和她的承诺。

“那一天我进城去了，可是我是乘2点40分的火车而不是像往常那样乘3点

36分的火车返回的。我一进门，女仆惊慌地跑进大厅。

“‘女主人在哪儿？’我问道。

“‘我想她是出去散步去了。’她答道。

“我心里顿时产生了怀疑。我跑到楼上看她是否确实不在家。这时我偶然从楼上的窗户向外一望，瞅见刚才和我说话的女仆穿过田野，向农舍跑去。我很快明白这是怎么回事了。我妻子又去了，而且还吩咐女仆，一见我回来，就去叫她。我气得发抖，冲下楼朝农舍跑去，决心这次不搞清楚绝不罢休。我看到我妻子和女仆匆匆沿小路跑回来，可是我没有停下来搭理她们。这所农舍里肯定有鬼，它使我们的生活罩上了阴影，我发誓，怎么也不能再让这样的情况继续下去了。我来到农舍前，甚至连门也没敲，就破门而入冲进过道里。

“楼下悄然无声，厨房里只有炉灶上的水壶在发出响声。篮子里卧着一只大黑猫，但却不见以前我见过的那个女人。我跑进另一间屋子，也同样没有人。接着我跑上楼去，楼上两间屋子也是空的。原来整个农舍空无一人。屋子里的家具和画都极为粗糙，但我从窗户看到怪脸的那间寝室却布置得舒适而幽雅。当我看到壁炉台上摆着一张我妻子在我的要求下拍摄的全身照片时，我的全部怀疑变成了痛苦的烈焰。

“我在室内待了很久，确认这里的确没有人后，才怀着从未有过的沉重心情离开了那里。回到家里时，我妻子到前厅来迎我，可是我伤心而愤怒得不愿和她说话，和她擦身而过，冲进了我的书房。可是她没等我把门关上，就随我走了进来。

“‘对不起，我没能信守我的诺言，杰克，’她说道，‘可是你如果知道了真情，我相信你会原谅我的。’

“‘那就把一切都告诉我吧。’我说道。

“‘我不能，杰克，我不能！’她叫道。

“‘如果你不告诉我住在那农舍里的人是谁，你把你的照片送给了什么人，我们之间就没有信任可言了。’我说着，从她身旁走开，离开了家。这

“那就把一切都告诉我吧。”

是昨天的事，福尔摩斯先生，从那时起我就再没有见过她。对于这件奇怪的事，我就只知道这些。这是我俩之间第一次出现阴影，这使我十分震惊，不知该怎么办才好。今天早晨我突然想到应该找你给我帮助，所以我便匆忙赶到你这里来了，我把我的事情就完全拜托给你了。如果我还有什么地方没有说清楚，你尽管问。不过，我想尽快知道我该怎么办，因为我实在忍受不了这种痛苦了。”

我和福尔摩斯极有兴趣地听完了这个人在情绪极其激动之下，用断断续续的方式讲完的奇怪故事。我的伙伴用手托着下巴，默默地坐在那里，陷入了沉思。

“告诉我，”他终于说道，“你能保证你从窗户看到的是一张男人的脸吗？”

“我每次看到都有一些距离，所以我无法肯定。”

“但显然这张脸给你留下的印象很不好。”

“那脸色很不自然，而且脸上毫无表情。我一走近，它就突然不见了。”

“自你妻子向你要100英镑到现在有多长时间了？”

“将近两个月了。”

“你看到过她前夫的照片吗？”

“没有，他死后没多久，亚特兰大发生了一场大火，她保留的有关他前夫的所有文件都被烧毁了。”

“但她有一张她前夫的死亡证明，你说你见过的，是吗？”

“是的，那是火灾以后，她拿到的一份副本。”

“你是否遇到过她在美国认识的其他人呢？”

“没有。”

“她有没有提到过要再回去看看？”

“没有。”

“或者接到过那里的来信？”

“据我所知没有。”

“谢谢你。现在我需要好好思考一下这件事。如果这所农舍就此空下去，事情就有些难办了。不过，我想昨天在你进去以前，有人事先告诉了里面的人，所以那人躲了起来，现在可能又回屋了。我们很容易就能查清的。我劝你回诺伯里去，再查看一下那所农舍的窗户。如果肯定里面有人居住，你不要进去，给我和我的朋友拍一个电报就行了。我们收到电报后一小时就能赶到，很快就能让真相大白。”

“要是那农舍现在还空着呢？”

“那样的话，我明天去，再和你商量。再见！不过，重要的是，在不明真相的情况下，别再自寻烦恼了。”

“华生，我恐怕这是件很讨厌的事情呢。”我的朋友送走格兰特·芒罗先生后说道，“你的看法呢？”

“我看这里有名堂。”我回答道。

“是的，如果我没弄错的话，这里有敲诈的嫌疑。”

“是谁在敲诈呢？”

“啊，那一定是住在唯一一间舒适的房间里、并在壁炉架上摆着她照片的那个人。华生，我敢说窗户里那张铁青的脸有些非常值得研究的地方，我一定要抓住这个案子不放手。”

“你做出判断了吗？”

“是的，一个暂时的判断。但如果这个判断不正确，倒会让我惊异了。农舍里住着的是这个女人的前夫。”

“你这样判断的根据是什么呢？”

“如果不是这样的话，又该如何解释她生怕让她的第二个丈夫进屋去的那份莫名其妙的焦虑呢？据我看事实多半是这样的：这个女人在美国结婚后，她的丈夫沾染了一些恶习，或者说，染上了什么令人讨厌的疾病，被别人嫌弃和看不起。她终于抛弃了他，回到英国，隐姓埋名，重新开始生活。她和现在的丈夫结婚已经3年，她用一张别人的死亡证明对第二个丈夫谎称她的前夫已经死了，所以她认为自己的处境已经非常安全了。可是她的前夫或者是和他有瓜葛的某个荡妇突然发现了她的踪迹。他们给这个妻子写信，威胁说要来揭她的老底。为了封住他们的嘴，她就要了100英镑给他们。他们得了钱却还是来了。当丈夫向妻子随口提到农舍里搬来了新住户时，她想到这有可能就是在追踪她的人。等丈夫熟睡以后，她便跑出去设法说服他们不要再对她纠缠不休。一次没有成功，她次日早晨又去的时候被她的丈夫撞见了，正如她丈夫已经告诉过我们的那样。于是她对丈夫保证从此不再去了。但过了两天，为了摆脱这家可怕的邻居，她不得不再次上门试试，而且还带去了他们向她索要的照片。正当她和她的前夫交涉时，女仆匆忙跑进来说主人已经回家。她估计丈夫回来后不见她的人影必定会径直到农舍来找她，便要她的前夫等人从后门溜出去躲进附近的树丛里。所以，他进去后不见人影。但他今晚再去，如果房子还空着那我才会感到惊异呢。你认为我的推论如何？”

"这完全是猜测。"

"但至少是个会和全部事实相符的推论。一旦发现了与我的推论不符的新的情况，我们还来得及重新加以考虑。目前我们没有别的事情可做，只有等到在诺伯里的那位朋友有了新消息之后再说了。"

好在我们没有等多久。我们刚刚用完茶点，新消息就来了。

电文这样写道：

农舍依旧有人居住。再次看到了窗内的那张脸。我会去接7点钟那班火车，在你们到来前我不会采取任何行动。

我们下火车时，他已在月台上等候，在车站灯光下，我们看到他脸色苍白，由于心情不安而颤抖着。

"他们还在那里，福尔摩斯先生。"他拉住我朋友的衣袖说道，"我出门时，还看到农舍里有灯光。现在我们应该当机立断了。"

"你的计划是什么呢？"当我们走在幽暗的林荫道上时，福尔摩斯问道。

"我打算闯进去，亲眼看看在那屋里的人是谁。我希望你们两位做个见证。"

"你妻子警告过你，最好不要去揭开这个谜，你仍然决定要这么干吗？"

"是的，我决定了。"

"嗯，我想你这样做是对的。与其无休止地怀疑下去，不如弄清真相。我们最好立刻就去。当然，从法律上说，我们这样做是完全错误的，不过我想值得这样做。"

当晚的天色极其黑暗，我们离开公路后，来到一条两旁全是树篱的狭窄小路，天开始下起小雨，格兰特·芒罗先生心急火燎地跑在前面，我们也跌跌撞撞地紧随其后。

"那是我家的灯光。"他指着树丛中的灯光，喃喃说道，"而这就是我说的那个农舍。”

说着，我们已在小路上拐了弯，来到了农舍跟前。门半掩着，里面露出黄色的灯光，楼上的一个窗户也被灯光照亮。我们看见窗帘上有个人影掠过。

“就是那个怪物！”格兰特·芒罗喊道，“你们可以亲眼看到这里住着的人。跟我来，我们很快就会知道一切的。”

我们走近门口，突然从黑暗处走出来一个女人，站在屋里照出的灯光下。由于太暗，我看不清她的脸，但看到她苦苦哀求地高举起双臂。

“看在上帝分上，别这样，杰克！”她叫道，“我预感到你今晚会来。好好想想，亲爱的！再相信我一次，你绝不会后悔的。”

“我相信你太久了，艾菲。”他厉声喝道，“放开我！你拦不住我。我和我的朋友要彻底解决这件事。”他把妻子推开，我们紧跟在他的后面。当他把门推开时，一个老妇人跑上前来企图阻拦，被他一把推开，转眼我们都到了楼上。格兰特·芒罗跑进亮着灯光的房间，我们也跟了进去。

这是一间布置得很舒适的卧室，桌上和壁炉台上各点着两支蜡烛。房间的角落里，好像有个小女孩俯身坐在桌旁。我们一进门，她就把脸转了过去，我们只能看到她穿着一件红上衣，戴着一副长长的白手套。在她突然对我们转过头来时，我不由得惊叫起来。她的脸是奇怪的铁青色，呆板得毫无表情。这个谜很快就被揭开了。福尔摩斯哈哈笑着，将手伸到这孩子耳后，从她脸上摘下来一张假面具，露出一张像黑炭一样颜色的黑人小女孩的脸。看到我们吃惊的样子，她高兴得露出了一口洁白的牙齿。看到她那欢喜的样子，我也不禁大笑起来。可是格兰特·芒罗却用手按着自己的喉咙，站在那里呆住了。

“我的上帝！”他叫道，“这是怎么回事啊？”

“我告诉你这是怎么回事。”他妻子自豪而不动声色地扫视了我们一眼，大声说道，“你逼得我不得不告诉你，那么我们两个人必须找出一个妥善解决的办法来。我的丈夫死在了亚特兰大，可我的孩子还活着。”

“你的孩子！”

福尔摩斯从她脸上摘下来一张假面具，露出一张像黑炭一样颜色的黑人小女孩的脸。

她从怀里取出了一个大银盒。“你还没有见它打开过吧。”

“我以为它是打不开的。”

她按了银盒一下，盒盖弹开了。里面是一张男人的肖像，长相极其英俊而潇洒，但其特征显然带有非洲血统。

“他就是亚特兰大的约翰·赫伯龙，”这女士说道，“他是世上最高尚的人。我不顾种族的差异嫁给了他，他活在世上时，我从来没有后悔过一天。可是我们唯一的孩子，偏偏继承了她父亲祖先的血统。这是这种通婚常有的事，不足为奇。小露西的肤色比她父亲的还要黑。再黑，她也是我亲爱的小女儿，是母亲的心肝宝贝儿。”听到这些话，小家伙跑过去偎依在她的身旁。

“我之所以把她一个人留在美国，”她继续道，“只是因为她的体质很弱，换了地方怕水土不服。于是我把她交给了我们以前的仆人，一个忠诚的苏格兰女人抚养。我一刻也没有想到过要遗弃我的孩子。自从遇到了你，杰克，我爱上了你，我不敢把孩子的事告诉你。上帝原谅我，我怕我会失去你，没有勇气告诉你。我只有做出选择，可怜我为了你只有舍弃我的小女儿。3年来我一直向你隐瞒了这个秘密，但保姆常有消息给我，我知道我女儿一切都好。可是后来我再也无法克制自己想见孩子的愿望了。我虽然竭力控制自己，可毫无作用。虽然我明知这样做很危险，我还是决定让孩子来和我见上一面，哪怕住上几个星期也好。于是我寄给保姆100英镑，告诉她这里有个空的农舍，她可以来装作是和我没有关系的邻居。我甚至要她别让孩子白天出门，并把孩子的脸和手都遮住，即使有人从窗外看到她，也不会因为邻宅来了一个黑孩子而说三道四。我如果不是太过于小心的话，我本来是办得更妥帖一些的。但我太怕你知道这件事了，所以做出了这样的蠢事。

“是你第一个告诉我有人住进这农舍的消息的。我本应等到早晨再去，可是我太激动了，简直无法入眠，我知道你一向睡得很死，所以就悄悄溜了出去。事情还是被你觉察了，于是我的麻烦开始了。第二天你原谅了我的秘密，没有追究。3天以后，你从前门闯进去时，保姆和孩子刚从后门逃走。既然今晚你什么都知道了，我且问你，你打算怎样发落我和我的孩子呢？”她合握双手，等待着他的答复。

过了漫长的两分钟后，格兰特·芒罗打破了沉默。他的答复正是我所希望的。他抱起那小女孩，吻了她一下，然后，一手抱着孩子，一手伸向他的妻子，转身朝门口走去。

“让我们回家去从长计议吧.”他说道，“我并不是个大好人，艾菲，但总比你想象的要好得多，我想。”

我和福尔摩斯随他们一道出门来到那条小路上，这时，我的朋友拉了拉我的衣袖。“我想，”他说道，“现在我们回伦敦比留在诺伯里更有用些。”

当天晚上他对本案的事情只字未提，直到他拿着点燃的蜡烛准备进卧室时

他一手抱着孩子，一手伸向他的妻子，转身朝门口走去。

才开口说话。“华生，”他说，“今后任何时候只要你觉得我对自己的能力过于自信，或是对案子的事情下的工夫还不够时，你就在我耳旁轻轻说一声‘诺伯里’，我将会对你感激不尽的。”

证券公司的职员

我婚后不久，就在帕丁顿区从老法夸尔先生那里买了一个诊所。他的这个诊所曾经兴旺一时，可是由于他的年事渐高，加之又得了舞蹈症这种怪病，登门找他看病的人就越来越少了。因为，人们都自然而然地相信这样一条原则，那就是：能治病救人的医生自己不会有治不了的病；如果连自己的病也无药可治，那人们就要怀疑他是否能使别的病人药到病除了。如此一来，随着我的这位老前辈身体越来越差，他的诊所也越来越冷落，到我买下他的诊所时，他的收入已由每年1200镑锐减到300多镑了。然而，凭我的年龄和精力，我充满了自信，相信要不了几年，这个诊所的生意就能再度兴旺起来。

买下诊所后三个月，我一直忙于诊所的工作，很少见到我的朋友夏洛克·福尔摩斯。我太忙了，抽不出时间到贝克街去，而他是除了侦探业务的需要，很少到别处走动的人。所以，当6月的一天清晨，早餐后，我正坐在家里阅读《不列颠医学杂志》，一阵门铃声后，传来我朋友有点刺耳儿的高声时，我感到十分意外。

“啊，亲爱的华生，”福尔摩斯大步走进屋里说道，“我非常高兴见到你。‘四签名’案件使华生夫人受了惊，现在应该已经完全恢复了吧.”

“谢谢你，我们两个人都很好。”我热情地握着他的手说。

“我也希望如此。”他坐到摇椅上，继续说道，“你不会因为埋头诊所的业务，而把对推理的兴趣置之脑后了吧？”

“恰恰相反，”我回答道，“昨天夜晚，我还翻阅了原来的笔记，并且还对我们办案的结果进行了分类呢。”

“我相信你不会认为资料搜集到此为止了吧？”

“不会，我希望今后能有更多这样的经历。”

“譬如说，今天如何？”

“好哇，就今天，如果你愿意的话。”

“若是到伯明翰这样远的地方去呢？”

“当然可以，如果你愿意。”

“你诊所的业务怎么办？”

“我邻居外出，我就替他照看诊所。他很感激，总想着有一天也要帮我的忙。”

“哈！真是再好不过了！”福尔摩斯靠在摇椅上，眯缝着双眼，敏锐地望着我说道，“我觉得你最近身体不太好，热伤风是很难受的。”

“上星期我热伤风很厉害，三天没有出门。可是，我现在已经完全好了。”

“哈！真是再好不过了！”福尔摩斯靠在摇椅上，眯缝着双眼，敏锐地望着我说道。

“确实如此，你看上去相当健壮。”

“你是怎么知道我得了热伤风的呢？”

“老伙计，你知道我的方法。”

“通过推理。”

“当然是的。”

“从什么地方开始推理的呢？”

“从你的拖鞋。”

我低头看了一眼我脚上的那双新式皮拖鞋，“拖鞋……”没等我问完，福尔摩斯就先开了口。

“你的拖鞋是新的。”他说道，“你买来肯定还不到几个星期。可是我看你对我翘起的那只脚上的鞋底轻微地烧焦了。开始我曾经想过是不是拖鞋打湿了在火上烘干时烧焦的。可是鞋面上有个小圆纸片，上面写着店员的代号。如果拖鞋打湿过，这小纸片早就泡掉了。所以你一定是将脚伸到炉火上去烤的时候烤焦了鞋底。人要是没有病，哪怕天气再潮湿，也不会在6月天去烤火的呀！”

就像福尔摩斯的所有推理一样，一旦解释清楚，事情本身就非常简单。他看出了我的想法，苦笑起来。

“恐怕我这么一解释，就亮了我的底。”他说道，“不明原因的结论给人的印象更深。那么，你是准备到伯明翰去了？”

“当然。是什么案子？”

“上火车后再告诉你。我的委托人在门外的四轮马车上。你能立刻就走吗？”

“稍等片刻。”我匆匆给邻居写了一张条子，跑上楼去对妻子说明了缘由，在门外石阶上赶上了福尔摩斯。

“你的邻居是个医生？”福尔摩斯看着隔壁的黄铜门牌说。

“是的，他和我一样，买了一个诊所。”

"也是个老诊所吗？"

"和我的一样。从房子一建成，这里就有两个诊所。"

"啊！那么，你这个诊所的生意比他的好吧？"

"我想是的。可你怎么知道的呢？"

"从台阶上看出来的，伙计。你门前的台阶比他家的要多磨去了3英寸。马车上那位先生叫霍尔·派克罗夫特，他是我的委托人。让我来给你们介绍一下。喂，车夫，把马赶快点儿，否则我们就赶不上火车啦。"

派克罗夫特先生在我对面坐着，他是一个身材结实、气度不凡的年轻人，有一张坦率而诚实的脸，留着微微有点儿卷曲的黄色山羊胡子。他戴着一顶闪亮的高高的礼帽，穿一套整洁的黑礼服，使人一眼就能看出他是个机灵的城市青年。他们被人们戏称为"伦敦东区佬"，但殊不知他们不仅是义勇军团的主要组成人员，而且他们之中涌现的优秀体育家和运动员比英伦三岛上的任何其他阶层都多。他那红润的圆脸自然地洋溢着欢快的表情，只有通过他下垂的嘴角才能发现他隐藏的心事。在我们坐进头等车厢，动身去伯明翰的途中，我得知了他是因为什么麻烦来找夏洛克·福尔摩斯的。

"火车要跑70分钟才能到达我们的目的地。"福尔摩斯说道，"霍尔·派克罗夫特先生，我要你把对我谈过的那些非常有趣的经历，全部讲给我的朋友听，如果可能，请再详细一些。再听一遍事件的前因后果对我也有用。华生，这件案子里面可能有文章，也可能没有，但至少含有一些不同寻常的奇怪特征，这是你我都喜欢的，现在开始，派克罗夫特先生，我不再打扰你了。"

我们的年轻旅伴用明亮的双眼望着我。

"最糟糕的是，"他说道，"我在这件事情中充当了一个狼狈的大傻瓜。当然，也许后果并不像我想的那样糟糕，我也看不出我还有什么别的选择。不过，如果我果真落得个鸡飞蛋打，一无所获，那我真成了一个无可救药的傻瓜了。华生医生，我不善于讲故事，事情的经过是这样的：

“我过去在德雷珀广场旁的考克森和伍德豪斯公司工作，但是今年初春，这家公司卷入了委内瑞拉债务案，想必你还记得此事，商行的生意从此一落千丈。最后商行破产，我们27名职员被全部辞退。我在公司工作了5年，临走时，老考克森给了我一封评价很高的推荐信。我拿着推荐信四处求职，但和我命运相同的人太多，所以很长一段时间工作都没有着落。我在考克森公司时每星期有3英镑的薪水，我共攒下了大约70英镑，这点儿积蓄没有能维持多久就被我很快用完了。我到了走投无路的地步，几乎连应聘的信封和邮票都买不起。为了找工作我的鞋都磨破了，可是工作仍然没有着落。

“最后我听说隆巴德街的一家大证券公司——莫森和威廉斯公司有职务空缺。我敢说你对伦敦东部的情况可能不太熟悉，让我告诉你，这是伦敦一家最富有的公司。该公司规定，只能通过函件应聘。于是我给他们寄去了我的推荐信和申请书，但完全没有抱什么希望。不料他们给我回信说，如果我下星期一能到他们那里去，而我的外表也符合要求的话，我就可以立即得到这份新职务。不知道他们的决定是怎么做出来的。有人说，经理把手伸到一堆申请书里，随手抽出一份就算数。不管怎么说，算我走运，我别说有多高兴了。薪水开始是一星期一镑，职务和我在考克森公司一样。

“现在我该说这件事的古怪之处了。我住在汉普斯特德附近波特巷17号的一个寓所里。就在得到通知的当晚，我正坐在家里吸烟，房东夫人手拿一张名片进屋来，名片上印着‘财务经纪人阿瑟·平纳’的字样。我以前从未听说过这个名字，也不知道他找我有什么事。不过我还是让她请那人进来。来客是中等身材，黑头发，黑眼睛，黑胡须，鼻子有点油光。他动作利索，说话简洁，像是一个很珍惜时间的人。

“‘我想，你就是霍尔·派克罗夫特先生吧？’他说。

“‘是的，先生。’我回答道，同时给他拉过一把椅子。

“‘以前是在考克森和伍德豪斯公司工作吗？’

“‘是的，先生。’

“我想，你就是霍尔·派克罗夫特先生吧？”

“‘是莫森公司新录用的职员吗？’

“‘没错。’

“‘嗯，’他说道，‘情况是这样的，我听说你的理财能力非同一般。你记得考克森的经理帕克吗？他提起你总是夸个没完。’

“听到他这样说，我当然高兴。我在公司一向精明能干，但没想到伦敦城里竟有人用这种口吻夸奖我。

“‘你的记忆力很好吗？’他说道。

“‘还算不错。’我谦虚地答道。

“‘你失业以后，对市场行情还留意吗？’他问道。

“‘是的，我每天早上都要看证券交易所的行情表。’

“‘这表示你很用心！’他大声说道，‘这就是发达之路！你不介意让我来测验你一下吧，介意吗？让我想想！请问埃尔郡股票的价格？’

“‘106镑5先令至105镑17.5先令。’

“‘新西兰统一股票呢？’

“‘104英镑。’

“‘英国布罗肯·希尔恩股票呢？’

“‘7镑至7镑6先令。’

“‘好极了！’他举起双手喊道，‘和我知道的行情完全相符。伙计，老伙计，你到莫森公司去当职员有点儿大材小用啦！’

“可想而知，他的话使我感到惊奇。‘嗯，’我说道，‘别人对我的看法可能和你不尽相同吧，平纳先生。我好不容易才找到这份差事的，我很高兴能得到这份工作呢。’

“‘不，伙计，你应该看得更远才对，干这事你太屈才。现在让我来告诉你我是怎么看待你的。我要给你的和你的能力相比还远远不够，但和莫森公司相比，那简直是一个天一个地了。你打算什么时候到莫森公司去上班呢？’

“‘下星期一。’

“‘哈，哈！让我冒险跟你打个赌，你压根不会到那里去上班的。’

“‘不到莫森公司去？’

“‘不去，先生。到那天你要当上法国米多兰德五金有限公司的业务经理，该公司在法国城乡有134家分公司，此外在布鲁塞尔和圣雷莫还各有一家

分公司。'

"这使我大为惊讶。'我从未听说过这家公司。'我说道。

"'你多半是没听说过。该公司很少张扬，因为它的资本是向私人筹集的，公司办得很好，无须在社会上兴师动众。我兄弟哈里·平纳是创办人、董事会成员、总经理。他知道我在这里长袖善舞，就要我替他找一个能干而价码不高的人，一个年轻肯干的小伙子。帕克谈到了你，所以我今晚才来找你。我们开始只能给你区区500镑的年薪。'

"'年薪500镑！'我大喊起来。

"'这只是开始。此外，凡是你作为经纪人完成的营业额，你都可以拿到百分之一的佣金。我保证你的这笔收入会超过你的薪水。'

"'可是我一点儿也不懂五金生意啊。'

"'啧啧啧，伙计，你会算账啊。'

"我头脑在嗡嗡作响，简直都快坐不稳了。可是我心头突然涌出一点疑问。

"'我必须坦率相告，'我说道，'莫森公司虽然只给我200镑年薪，可是莫森公司是有保障的。而我，说真的，我对你们的公司了解得太少……'

"'啊，精明，精明！'他欣喜若狂地嚷道，'你正是我们所需要的人！你不轻易相信别人，这也是我们需要的。听着，这是一张100镑的钞票，如果你认为我们可以成交，你就把它作为预支薪水收进你的口袋里吧。'

"'真慷慨！'我说道，'我该什么时候去上班呢？'

"'明天1点钟在伯明翰，'他说道，'我口袋里有一张便条，你可以拿它去见我兄弟。这家公司的临时办公室位于科波莱森街126B，你在那里能找到他。当然你的最终任用与否要取决于他的认可，但在我俩之间此事已不成问题了。'

"'真是的，我简直不知如何感谢你才好，平纳先生。'我说道。

"'不用客气啦，伙计。这本是你应该得到的。我还必须和你落实一两件小事，这只是个手续。你手边有一张纸，劳驾在纸上写下：本人真心希望就任

法国米多兰德五金有限公司的业务经理，最低年薪为500镑。’

“我照他所说的写了，他把这张纸塞进了他的口袋里。

“‘还有一个细节，’他说道，‘你打算如何对莫森公司说呢？’

“我太高兴了，以致把莫森公司的事忘了个一干二净。‘我给他们写信，把那工作辞掉。’我说道。

“‘这正是我不希望你做的。为你的事，我和莫森公司的经理吵翻了。我去他那里打听你的情况，他非常无礼，说了一些我挖了他们公司墙角之类的话。我终于忍不住了。要想把能人留下，你就应当给他们个好价钱，我这样说道。他情愿在我们这里拿低薪，也不会到你们那里拿高薪的，他说。我和你赌5个金镑，一旦他接受我的聘请，他就会从你这里一去不回头的。赌就赌！他说，我们用他是雪中送炭，他不会轻易离开我们的，他这样说道。’

“‘这个无赖！’我叫道，‘我连见都没见到他，我为什么非到他那里去不可呢？如果你认为不给他们写信为好，我就不写吧。’

“‘好！一言为定！’他从椅上站起来说道，‘嗯，我很高兴替我兄弟找到了你这样一个出色的人。这是给你的100英镑订金，这是那封信。记住地址，科波莱森街126B，记住约好的时间是明天下午1点钟。晚安，祝你好运！’

“这就是我所记得的我们两人之间的谈话。华生医生，你可以想象，我交了如此难得的好运，该有多高兴。夜里我翻来覆去，兴奋得无法入睡。第二天一早我就乘火车去伯明翰赴约。我在新大街的一家旅馆定了房间，然后去找那个地址。

“我比约定的时间早到一刻钟，可是我想这无关紧要。126B是两家大商店中间的一个通道。通道的尽头是一道弯曲的石梯，上面有许多套房，出租给公司或生意人当办公室。墙上写着租户的名称，但找不到法国米多兰德五金有限公司的招牌。我站在那里，心里不安起来，难道这是一个精心策划的骗局？正想着，一个人走上前来跟我打招呼。他和昨晚我遇见的那个人很像，身材和嗓门相同，但他的胡子刮得很光，头发的颜色比较浅。

“‘你是霍尔·派克罗夫特先生吗？’他问道。

“‘正是。’我说道。

“‘啊！我知道你今天要来，可是你来得早了一点儿。我今天早晨接到我哥哥一封来信，他在信上对你大为赞扬。’

“‘我正在寻找你们的办公室，正好你来了。’

“一个人走上前来跟我打招呼。”

“‘我们还没有把我们公司的招牌挂上，因为上星期我们才租到这几间临时办公室。请跟我上楼来，我们去谈谈公事。’

“我随他上楼到了最顶层，就在楼顶石板瓦下面，有两间布满尘埃的空屋子，没有铺地毯，也没有挂窗帘，他领我走了进去。我原来想象这里会和我以前工作过的公司一样，是一间宽敞的办公室，油光发亮的办公桌，坐着一排排职员。可是我看到屋里的全部家当就只有两把松木椅、一张小桌子、一本放在桌上的总账和一个废纸篓。

“‘别泄气，派克罗夫特先生，’我的新相识见我拉长了脸，便说道，‘罗马不是一天建成的，我们有雄厚的资金，但没有用在办公室的摆设上。请坐，把那封信给我。’

“我把信交给他，他非常仔细地看了一遍。

“‘看来你给我的哥哥阿瑟留下了很深刻的印象，’他说道，‘我知道他看人很准的。你知道，他特别相信伦敦人，而我相信伯明翰人，可是这回我依他的，你已被确定录用了。’

“‘我的职责是什么呢？’我问道。

“‘你将来要管理巴黎的大货栈，它要把英国造的陶器批发给法国134家代销商。采购在一星期内完成，在这段时间内你要待在伯明翰，使你能对我们有用。’

“‘如何有用呢？’

“他从抽屉里取出一本大红书来。‘这是一本巴黎工商行业名录，’他说道，‘名字后面是所从事的行业。我想请你把它带回家去，把五金商和他们的地址都抄下来。这对我们有很大用处。’

“‘我记得不是有分类名录的吗？’我建议说。

“‘那些名录全不可靠。他们的分类和我们的不同。加紧抄吧，请在星期一的12点钟把名单交给我。再见，派克罗夫特先生。只要你继续表现得热情而能干，公司绝不会亏待你的。’

“我夹着那本大名册回到旅馆，心里感到十分矛盾。一方面，我已被正式录用了，口袋里装着100镑钞票；另一方面，这个办公室的样子，墙上没有挂牌子，以及一个明眼人一看就明白的其他情况，使我对顾主的地位产生了不好的印象。不过，好歹我拿到了钱，于是我坐下来完成我的任务。星期日我苦干了一整天，可是到星期一我才完成了字母H。我便去找我的顾主，还是在那间像被遗弃的屋子里找到了他。他告诉我可以一直抄到星期三再去找他。可是到星期三我还没有完成，于是又拼命抄到星期五，也就是昨天。然后带着我抄好的东西去找哈里·平纳先生。

“‘多谢你啦！’他说道，‘恐怕我过于低估了这项任务的困难。这份名单对我有很大的用处。’

“‘可花了我不少时间。’我说道。

“‘现在，’他说道，‘我要你再抄一份家具店的名单，因为这些家具店都出售瓷器。’

“‘很好。’

“‘你可以在明天晚上7点钟到这里来，告诉我进展情况。别太劳累了，工作一天之后，晚上到戴斯音乐厅去欣赏两小时音乐，对你是没有害处的。’他说话时张口大笑，这一笑令我毛骨悚然，因为我看到他左上边第二个牙齿是颗金牙。”

夏洛克·福尔摩斯高兴地搓着双手，我惊异地盯着我们的委托人。

“看来你很惊奇，华生医生，事情是这样的，”他说道，“我在伦敦和那个家伙谈话时，他听我说不去莫森公司了，便张开嘴笑，我注意到他的第二个牙齿也是金牙。两次我都见到了嘴里的金光一闪，加上这两人的声音和体形一模一样，所不同的只有那些可以用剃刀或假发修饰改变的地方。因此，我怀疑，他们是同一个人。亲兄弟长得一模一样，这是完全有可能的，但再像也不可能像到在嘴里同一个地方都镶着同样形状的金牙。他对我鞠躬道别，我走到街上，不知道头脑里想些什么，也不知道下一步该做什么。我回到旅馆，将头浸在一盆冷水里，想把这件事情弄明白。他为什么要把我从伦敦支使到伯明翰来？他为什么要比我先来呢？他又为什么自己给自己捎一封信呢？这些问题实在令我费解，怎么也想不明白。后来我突然想到什么事也难不倒夏洛克·福尔摩斯。所以我就赶夜车回到城里，今天一早就来拜访福尔摩斯先生，并请你们二位和我一道回伯明翰去。”

这位证券交易所的职员讲完了他奇怪的经历之后，我们都沉默不语。后来夏洛克·福尔摩斯瞟了我一眼，仰靠在椅子上，脸上露出一种满意的想要发表评论的神情，好像一位品酒的人刚刚品完了第一口美酒似的。

“相当不错，是不是，华生？”他说道，“这故事里有许多使我很感兴趣的地方。我想你一定同意我的意见，我们到法国米多兰德五金有限公司的临时办公室去拜访一下阿瑟·平纳先生，这对我们一定是一次相当有趣的经历。”

“我们以什么名义去拜访他呢？”我问道。

“啊，太容易啦！”霍尔·派克罗夫特高兴地说道，“我就说你们是我的朋友，想找工作，所以我就带你们两人来找总经理了，还有比这更顺理成章的吗？”

“当然！这样很好！”福尔摩斯说道，“我很想见见这位先生，看看我是否能够看穿他耍的鬼把戏。我的朋友，你到底有什么本领使他们对你如此感兴趣呢？是否可能是因为……”说到这里，他开始咬他的指甲，茫然地凝望着窗外，直到我们到达新大街，都没有听到他再讲一句话。

当晚7点钟，我们三个人来到了科波莱森街这家公司的办公室。

“不到时间是见不到他的。”我们的委托人说，“他显然每次到这里来都是为了找我，除了他指定的时间外，这个房间里是没有人的。”

“这倒是很有意思。”福尔摩斯说。

“哦！天哪，看！”这位职员叫道，“他就在我们前面走着呢。”

他指向一个身材矮小、黑黑的、衣着整洁的人，这人正在马路的另一边匆匆走着。我们见到他时，他在穿过马路，躲避着公共马车和出租马车，过了街，从一个报童手里买了一份晚报，然后，手里拿着报纸，走进门去。

“他进去了！”霍尔·派克罗夫特喊道，“他进他公司的办公室去了。跟我来，我会尽我所能把事情安排好的。”

我们跟着他爬上五层，来到一间半开着门的房间前。我们的委托人轻轻敲了敲门，就听到里面有人说：“进来。”我们走进一间正如霍尔·派克罗夫特所描述的没有什么家具的房间。我们刚才在街上见到的那个人正坐在唯一的一张桌子旁边，面前摊开放着那张晚报。当他抬起头来看我们时，我看到的是一张从未见过的忧心忡忡的脸，不仅如此，而且带着一种很少见的恐惧神情。他的头上大汗淋漓，脸白得像鱼肚子一样。他的眼神是狂乱的，他盯着他的职员的神态就好像不认识他了一样。我从我们向导脸上惊异的表情可以看出，他顾主平时的表情绝不是这样的。

“你脸色很难看，平纳先生。”霍尔说。

那个人正坐在桌子旁边，面前摊开放着那张晚报。当他抬起头来看我们时，我看到的是一张从未见过的忧心忡忡的脸。

“是的，我有点儿不舒服。”平纳答道，显然想恢复镇静，开口前舔了舔干燥的嘴唇，“你带来的这两位先生是谁？”

“一位是伯蒙奇的哈里斯先生，另一位是本镇的普赖斯先生。”我们的委托人随口应答道，“他们是我的朋友，并且有丰富的经验，可是他们失业有一阵子了，他们希望能在你的公司里找到点儿活干。”

“非常有可能！非常有可能！”平纳先生勉强笑了笑，大声说道，“没问题，我肯定我们能帮助你们的。哈里斯先生，你最擅长干什么呢？”

“我是个会计。”福尔摩斯说道。

“啊，好，我们正需要这样的人才。你呢，普赖斯先生？”

“我是个职员。”我说道。

“我相信公司会收下你们的，一旦我们决定之后，我会很快告诉你们的。现在请你们走吧，看在上帝面上，让我一个人待着！”

最后几句话他简直就是在嚷嚷，好像失去了自我控制力一样。我和福尔摩斯相互看了一眼，霍尔·派克罗夫特向桌前跨了一步。

“平纳先生，你忘了，我是按照约定前来听你吩咐的。”他说道。

“哦，对对对，派克罗夫特先生，对。”这人用比较冷静的语调说道，“你可以等一会儿再走，你的朋友也可留下等你，请你耐心等我三分钟，我一定完全听从你们的吩咐。”他彬彬有礼地站起身来，对我们鞠了一躬，从屋子的另一扇门走了出去，随手关上了门。

“现在怎么办？”福尔摩斯悄悄说道，“他是不是溜了？”

“不可能。”派克罗夫特答道。

“为什么呢？”

“那扇门通往里间。”

“没有出去的门吗？”

“没有。”

“里面有家具吗？”

“昨天里面还是空的。”

“那么他进去干什么呢？这件事真有点儿费解，这个平纳可是吓疯了？什么事能把他吓得浑身发抖呢？”

“他怀疑我们是侦探。”我提出了我的看法。

“可不是吗！”派克罗夫特大声说道。

福尔摩斯摇了摇头。“他不是见了我们才吓得脸色发白的，我们进这房间时他已经脸色苍白了。”福尔摩斯说道，“唯一的可能是……”

里屋传来一阵响亮的打门声，打断了福尔摩斯的话。

“他干什么自己在里面敲门？”职员喊道。

打门声又响起来，而且声音更大了。我们都盯着那扇关着的门，看会发生什么。我瞟了福尔摩斯一眼，只见他的神情变得严肃起来，异常紧张地俯身向前。接着，突然传来一阵低低的喉头咕噜声，一阵低沉的敲打木器的响声。福尔摩斯猛地向前冲去，用力推那扇门。可是门已从里面闩上了。我们跟着他，用全身的力气撞门。一个门合叶被撞断，接着另一个也断了，门砰然倒下。我们冲进了里屋，里屋是空的。

我们一时感到不知所措，不过很快就发现靠近屋角还有一道小门。福尔摩斯一个箭步上前把门推开，只见一件外衣和背心扔在地板上，法国米多兰德五金有限公司的总经理用自己的裤子背带绕着脖子在门后的挂钩上自缢了。他的双膝向上抬着，头被悬得和他的身体成了一个可怕的直角，刚才发出的咚咚声就是他的脚后跟敲打木门的声响。我飞快抱住他的腰，把他举起，福尔摩斯和派克罗夫特把有弹性的，已经嵌进他发青的皮肤中的裤子背带解开。我们把他弄到另一间屋子里。他面如土色地躺在那里，发紫的嘴唇随着喘息而蠕动，才五分钟，他就成了这副可怕的模样。

“你认为他还有救吗，华生？”福尔摩斯问道。

我俯身对他进行了检查。他的脉很弱而且不规则，但呼吸间隔却越来越长，他的眼睑微微眨动，露出发光的白眼球。

我们冲进了里屋，里屋是空的。

“他差点儿就没命了，”我说道，“可是现在活过来了。快打开窗户并把水壶递给我。”我解开他的衣领，在他脸上倒了一些冷水，把他的手臂上上下下活动了几下，他终于长长地呼了一口气。

“现在只是时间问题了。”我说着从他身旁走开。

福尔摩斯站在桌旁，低着头，双手深深地插在裤兜里。

“我看现在应当把警察找来了。”他说道，“我承认，等他们来后，我想把此案交给他们全权受理。”

“我简直摸不着头脑了。”派克罗夫特搔着脑袋叫道，“他们特地把我弄到这里来，然后就……”

“哼！这一切再清楚不过了！”福尔摩斯不耐烦地说道，“就是为了这最后的突然行动。”

“那其余的情况你都清楚了吗？”

“我想这是相当明显的，华生，你的看法呢？”

我耸了耸肩。

“我必须承认我不明白。”我说道。

“哦，当然，如果你们把这事前后仔细想想，就只能得出一个结论。”

“什么结论呢？”

“嗯，有两点是自始至终要考虑的。第一点是他让派克罗夫特写了一份到这家反常的公司就职的声明。你还看不出这里面的文章吗？”

“我恐怕没有留心这一点。”

“唔，他们为什么要他这样做呢？这不符合生意场上的规矩，因为这类工作安排通常都是用口头约定的，这一次并没有什么生意上的理由一定要打破惯例。年轻的朋友，你没有看出他们只有通过这样的办法才能搞到你的笔迹吗？”

“为什么要我的笔迹呢？”

“确实，为什么呢？如果我们能回答这个问题，案子也就大有进展了。为什么？只能有一个理由，就是有人要模仿你的笔迹，不得不花钱买你的笔迹样本。现在如果我们再看看第二点，就能发现这两点是相互关联的。第二点就是平纳要你不要辞职，让那家重要公司的经理抱着希望，希望他从未见过面的霍尔·派克罗夫特先生星期一早晨会走进他的办公室。”

“我的上帝！”我们的委托人喊道，“我真是瞎了眼了！”

“现在你知道他为什么要弄到你的笔迹了吧。假设有人冒充你去上班，可是字迹和你递交的申请书上又完全不相同，那这冒名顶替的把戏不是要露馅了吗？但如果在这几天内那个无赖学会模仿你的笔迹，那他就能安全地冒充你去上班了，因为我相信那家公司没有人见过你。”

“没有任何人见过我。”霍尔·派克罗夫特叹道。

“很好。当然，最最重要的是不能让你改变主意，并防止你从任何人那里得到那个冒名顶替的人已经在莫森公司上班的消息。所以他们预支给你一笔可观的订金，把你支到米多兰德，在那里他们给你安排下足够的工作，使你没有时间返回伦敦，因为一旦你回到伦敦就可能识破他们的伎俩。这一切是再清楚不过的了。”

“可是为什么这个人要假装他自己的哥哥呢？”

“唔，这也相当明显。参与此案的显然只有他们两人。另一个人已经冒名顶替进了莫森公司，剩下这个人既要当中间人又要充当你的顾主，但他很不愿意让第三者参与他们的阴谋，所以他就尽其所能乔装打扮，即使别人发现他们模样相似，也会认做是两兄弟。你要不是发现他的金牙，也不会起疑心的。”

霍尔·派克罗夫特挥舞着双拳。“上帝啊！”他喊道，“在我受此人蒙骗之际，那个假霍尔·派克罗夫特在莫森公司里做了些什么呢？福尔摩斯先生，我们该怎么办？告诉我该怎么办？”

“我们必须给莫森公司发一封电报。”

“他们每个星期天12点关门。”

“没关系。他们会留下看门人或警卫……”

“啊，是的，我在伦敦城里听人说过，他们有常年守卫的警卫以确保他们大量贵重证券的安全。”

“很好，我们给他发一份电报，看那里情况如何，是否有个职员冒充你在

霍尔·派克罗夫特挥舞着双拳，喊道，“上帝啊！在我受此人蒙骗之际，那个假霍尔·派克罗夫特在莫森公司里做了些什么呢？”

那里工作。这一问就清楚了，可是，我还不太清楚的是，刚才那个无赖为什么一看到我们就立即跑出房间去寻短见呢？”

“报纸！”我们身后传来了一阵嘶哑的声音。这个无赖已坐起身来，面无血色，眼神已经恢复正常，用手神经质地抚摸着脖子上红色的勒痕。

“报纸！可不是吗！”福尔摩斯突然激动地喊道，“我真是个白痴呀！我一心想着到这里来看个究竟，竟然没有想到报纸。毫无疑问，秘密就在报纸上。”他把报纸在桌上摊开，嘴里发出了胜利的喊叫。

“看啊，华生。”他叫道，“这是伦敦的报纸，早版的《旗帜晚报》。文章在这里，看看这标题：‘伦敦抢劫案；莫森和威廉斯公司发生凶杀案；有预谋的大抢劫；罪犯落入法网。’华生，我们急于要知道的就是这个，请给我们大声读读。”

从报道在报纸上占的位置来看，这是伦敦城里的头等要案，报道内容如下：

今日下午，伦敦发生了一起有预谋的抢劫案，有一人死亡，凶犯已被抓获。伦敦有名的莫森和威廉斯证券公司存有超过百万英镑以上的巨额证券。经理意识到此事关系重大，特地在公司添置了最新式的保险柜，并在楼里安排了一名武装警卫日夜守卫。据说上周公司招收一名叫霍尔·派克罗夫特的新职员。结果查明此人不是别人，就是鼎鼎大名的伪币制造犯和大盗贝丁顿。该犯与其兄弟曾被判五年苦役，新近刑满获释。尚不知该犯采用何种手段用假名成功骗得这家公司的职位，他利用该职位之便配制了各种保险柜的钥匙，并对保险库和保险柜的设置情况了如指掌。

根据莫森公司的惯例，星期六中午职员放假。所以当伦敦警察局的警官图森看到一个人在下午1点20分才手持提包走出公司时，颇感惊异，立即对此人产生了怀疑，进行了跟踪。罪犯虽然疯狂拒捕，但在警察波洛克的协助下，图森终于将其制服。一起胆大包天的大劫案随即告破。在案犯手提包中发现价值近10亿英镑的美国铁路公债券，以及矿业和其他公司的巨额股票。在检查公司大楼时，发现警卫的尸体被塞进了一个大保险柜里，若不是警官图森的果断行动，尸体要到星期一早晨才会被人发现。该警卫的颅骨被人从身后用拨火棍砸碎。可以确定，贝丁顿假装遗忘了什么东西，潜入楼内，杀死了警卫，迅速把大保险柜内的东西洗劫一空，然后携带赃物逃跑。他弟弟一般都要和他共同作案，此次却没有参与的迹象，警方正在全力追查此人的下落。

“嗯，在这方面我们可以让警察局少费些劲了。”福尔摩斯瞟了一眼在窗旁缩成一团的人，说道，“华生，人类的天性真是一种奇怪的混合体。瞧瞧，甚至连一个恶棍和杀人犯也会在得知自己的兄弟要被送上绞架时，感情冲动得不惜自寻短见。然而，对这样的案犯我们没有别的选择。我和医生留下看着他，派克罗夫特先生，只有麻烦你亲自去把警察找来了。”

福尔摩斯瞟了一眼在窗旁缩成一团的人。

格洛里亚·斯科特号

“我手里有些文件，华生，”一个冬夜，我和我的朋友夏洛克·福尔摩斯对坐在壁炉旁烤火时，福尔摩斯说道，“我确实认为很值得你看一看。这些是有关‘格洛里亚·斯科特’号三桅帆船奇案的文件。治安官老特雷弗读了这些文件后就吓得一命呜呼了。”

福尔摩斯从抽屉里取出一个皱巴巴的小纸筒，解开系带，交给我一张灰色的纸。这是一封字迹潦草的短信，上面写着：

伦敦游戏尚未结束。总管哈森已经说出订货全部。粘绳尽早变成块桃。

读完这封令人难以理解的短信，我抬起头，看见福尔摩斯正看着我脸上的表情暗自发笑。

“你似乎觉得有点儿莫名其妙吧？”他说道。

“我看不出像这样的一封短信有什么令人可怕之处。在我看来，这简直是令人莫名其妙。”

“确实有点儿像。但事实上，那位健壮的老人，读完这封短信后就像吃了枪子一样倒地而亡。”

“你引起了我的好奇心。”我说道，“但你刚才为什么说我特别应该研究一下这个案子呢？”

“因为这是我经手的第一桩案子。”

我一直都在千方百计地向我的同伴打听当初是什么原因使他立志从事侦探工作的，但总是没有遇到能让他开口的好时机。现在，他膝盖上放着文件，俯身坐在扶手椅上，然后点起烟斗，把文件翻看了一阵子。

“我还从来没对你谈起过维克托·特雷弗吧？”他问道，“他是我在大学两年中结识的唯一的朋友。我本不是个善于交往的人，华生，平时多半是一个人待在房里冥思苦想，研究我自己的推理思维方法，所以很少和我的同龄人来往。除了剑术和拳击以外，我很少有其他体育爱好，加之我的学习方法也和同学们完全不同。因此，我们没有什么共同点。我只和特雷弗有来往，这也是出于一次意外：

“一天早晨，我去小教堂时，他的恶犬咬了我的脚踝，从此我们就相识了。

“我们的友谊开始虽很平淡，但与日俱增。我在床上躺了十天，特雷弗常来探望我。起先他只是来和我闲聊一会儿就走，可是不久，他来看我的时间就越来越长了。到学期结束前，我们已成了十分亲密的朋友。他是个诚恳而讲义

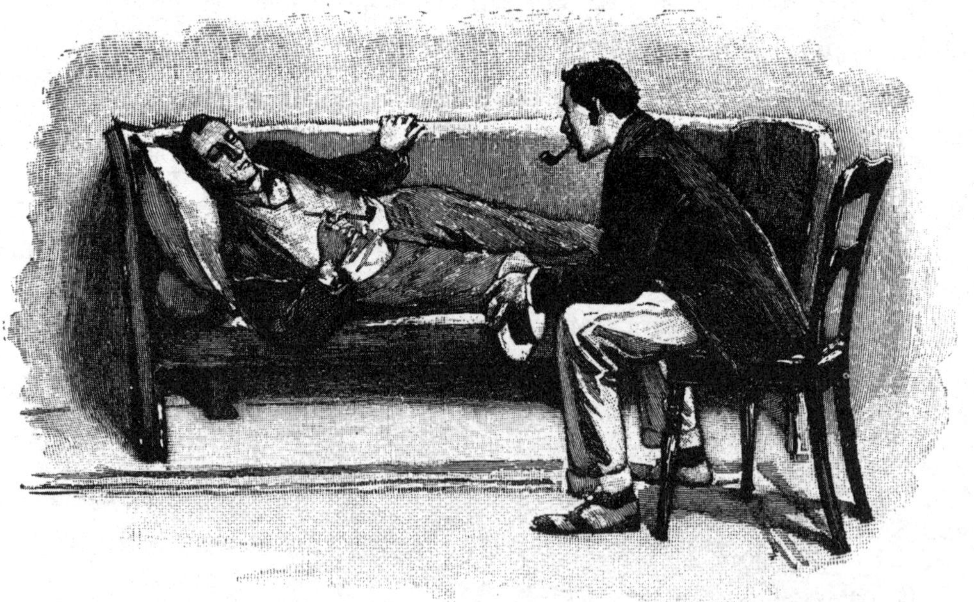

“我在床上躺了十天，特雷弗常来探望我。”

气的人，精神饱满，精力充沛，在许多方面和我正好相反，但我们也有一些相同之处。当我发现他也和我一样没有多少朋友时，我们就结成了莫逆之交。后来，他邀请我到诺福克郡的敦尼索普村他父亲家做客，我接受了他的邀请，在那里度过了一个月的假期。

“老特雷弗分明是个有钱有势的人，他是地方治安官，又是一个地主。敦尼索普村在布罗德市郊外，是位于朗麦尔北部的一个小村庄。特雷弗的宅邸是一所老式的、面积很大的橡木梁砖瓦房，门前是一条两旁长着茂盛菩提树的通道。宅邸周围有些沼泽地，是打野鸭子和钓鱼的好去处。家里有精致的小小藏书室，据说那些书是从原来的房主手中随房屋一起买下的。此外，有一位可以接受的厨子。如果有人在这种地方度上一个月的假还不满意，那他未免就太过挑剔了。

“老特雷弗是个鳏夫，我朋友是他唯一的儿子。他原来还有一个女儿，据说因患白喉，死在了去伯明翰的途中。这位老父亲引起了我极大的兴趣。他是个没有多少文化的人，但却有着极强的体力和脑力。他几乎没有读过什么书，却行过万里路，见过许多世面，对于旅行中所经历的事情，他都能记得很清楚。他看起来粗壮结实，有着一头蓬乱的灰白头发和一张饱经风霜的褐色面孔，那双蓝眼睛锐利得近乎凶残。但他在乡邻之间却有着仁慈和乐施好善的美名，大家都知道他在法院量刑时也常常以慈悲为怀。

“到他家不久后的一天晚上，我们饭后坐在一起喝葡萄酒，小特雷弗开始谈到我当时已经归纳成形的观察和推理，虽然我还不知道这种习惯将支配我的一生。这位老人显然认为他的儿子夸大了我的这点雕虫小技。

“‘来，福尔摩斯先生，’他开怀大笑着说，‘我就是一个极好的主题，看你能对我做出点儿什么推论来。’

“‘我怕我推断不出什么，’我回答道，‘我猜你在过去一年里时常担心什么人想要袭击你。’

“这位老人顿时收敛了笑容，大惊失色地瞪着我。

“‘嗯，这确实是事实。维克托，你知道，’老人转身对他儿子说，‘在我们把那帮偷猎者撵走之后，他们曾发誓要用刀子对付我，爱德华·霍比先生就遭到了袭击。从那以后我就一直小心提防着，但不知你是怎么知道的呢？’

“‘你有一根非常漂亮的手杖，’我答道，‘从手杖上刻的字来看，你用了还不到一年。可是你却花了不少力气在手杖柄上凿了个洞，并将熔化的铅灌了进去，使它变成了一件让人望而生畏的武器。我想如果不是有什么危险，你是不会采取这种预防措施的。’

“‘还有吗？’他微笑着问道。

“‘你年轻时经常玩拳击。’

“‘你又说对了。你怎么知道的呢？是不是看到我的鼻子被打歪了？’

“‘不，’我说道，‘是你的耳朵。你的耳朵特别扁特别厚，玩拳击的人都这样。’

“‘还有吗？’

“‘从你手上的老茧看，你曾做过许多挖掘工作。’

“‘我的钱都从金矿上赚来的。’

“‘你到过新西兰。’

“‘又说对了。’

“‘你到过日本。’

“‘一点儿不错。’

“‘你曾经和一个姓名的缩写字母是J. A. 的人关系密切，可是后来，你又极力想把他彻底忘掉。’

“这时老特雷弗先生慢慢地站了起来，他瞪着我的那双蓝色大眼睛里有一种奇怪而疯狂的眼神，随即一头向前栽去，脸朝下扑倒在桌布上的果壳堆里，失去了知觉。

“华生，你想象一下，我和他儿子当时是多么震惊。然而，他失去知觉的时间并不长，因为当我们解开他的衣领，把杯中的冷水洒到他脸上时，他喘了一口气就坐起来了。

“‘啊，孩子们！’他勉强微笑着说道，‘我希望我没有吓着你们。我虽貌似强壮，其实心脏很弱，很容易昏倒。福尔摩斯先生，我不知道你是怎么推断出来的，不过我觉得所有实际生活中的侦探和书本中的侦探都无法和你相比。先生，你可以把它作为你终生的职业。记住我这个饱经世事的人所说的话吧。’

“相信我，华生，正是他的劝告以及对我的能力的溢美之词，第一次使我想到我一直作为业余爱好的推理，可以用来从事一种职业。然而，当时，我对老主人突然生病深感不安，没有多想此事。

“‘我希望我没有说什么使你痛苦的话。’我说道。

“‘呃，你确实触到了我的痛处。我能否问一下，你是怎样知道的，并且知道多少？’他现在是在用半开玩笑的口吻说话，但他眼里仍留有一丝惊骇。

“‘这本身是很简单的，’我说道，‘那天当你卷起袖子去捉鱼时，我见你胳臂弯上刺着J. A. 的字样。字迹尚可辨认，但已被弄得模模糊糊了，而且字的周围染着墨迹，显然你曾设法要把那字迹抹去。由此可见，这两个缩写字母代表的人本来和你很熟悉，后来你却希望把他忘掉。’

“‘你的眼睛可真厉害啊！’他如释重负地吁了一口气，说道，‘事实和你所说的完全一样。不过我们不谈这个吧，反目成仇的知心朋友是最可怕的。我们到弹子房去安静地坐着吸支烟吧。’

“从那天以后，在老特雷弗对我的亲切态度中就带有了几分疑虑的神色，甚至连他的儿子也注意到了这一点。‘你可把这个老治安官吓了一跳，’小特雷弗说道，‘他再也无法确切知道，什么事你知道，什么事你不知道了。’我相信老特雷弗并不是有意要表示对我的疑虑，但他的一举一动都流露出他内心的强烈的疑虑。最后，我深信他内心的不安完全是由我引起的，便决定告辞而去。可是就在我要走的头一天，发生了一件事，事后证明那是一个非常重要的意外事件。

“正当我们三个人坐在花园草坪的椅子上边晒太阳边欣赏布罗德的美景时，女仆跑出来说门口有人要见老特雷弗先生。

“‘他叫什么名字？’我的老东道主问道。

“‘他不愿意告诉我。’

“‘那他来干什么呢？’

“‘他说你认识他，他只要同你谈上一会儿就行。’

“‘把他带到这里来吧。’片刻之后，便进来一个举止畏缩、步履拖沓的干瘪家伙。此人身穿一件袖口上有一块柏油污迹的敞开的夹克，红花格子衬衫，棉布裤子，脚上是一双破旧不堪的靴子。他有一张焦黄而瘦削的脸，模样狡猾，面带假笑，露出满口歪歪斜斜的黄牙。他的手上布满皱纹，半握着拳，显然是个水手的样子。在他没精打采地穿过草坪向我们走过来时，我听到老特雷弗喉中发出一种类似打嗝的声音。他从椅子上跳下来，冲进屋里，转眼又跑了回来。当他从我身边经过时，我闻到一股浓烈的白兰地酒味。

“‘呃，老伙计，’他说道，‘我能为你做些什么吗？’

“那个水手站在那里，眯缝着双眼望着老特雷弗，脸上依然挂着微笑。

“‘难道你不认识我？’水手问道。

“‘哦，我的天，是哈德森！’老特雷弗惊异地说道。

“‘我正是哈德森，先生。’这个水手说道，‘哎呀，我们已经有30多年没有见面了。你现在有家有室了，而我仍四海为家。’

“‘什么话，你会明白我并没有忘记以前的日子。’老特雷弗一面大声说一面走到水手跟前，压低声音说了些什么。‘请到厨房里去，”他接着又提高嗓门说道，“那里有吃的和喝的。我肯定可以给你安排一个位置。’

“‘谢谢你，先生！’水手掠起他的额发说道，‘我在航速八海里的货船上颠簸了两年，刚刚下船，船上人手少，我需要休息休息。我想我要么去找贝多斯先生，要么就来找你。’

“‘啊！’老特雷弗叫道，‘你知道贝多斯先生在哪儿吗？’

“我正是哈德森，先生。”这个水手说道。

“‘上帝保佑你，先生，我知道我所有的老朋友在哪儿。’这家伙狞笑着说道，无精打采地跟着女仆走进厨房。老特雷弗先生含糊其辞地告诉我们说，他曾和这个人同船前去金矿采矿。说完就离开草坪，回屋里去了。我们过了一小时进屋去，发现老特雷弗已经喝得烂醉，直挺挺地躺在餐厅的沙发上。这家发生的这件突如其来的事情，在我心中留下了极其不快的印象。因此，第二天我离开敦尼索普村时，毫无惜别之情。我觉得继续在他家住下去会使我的朋友难堪。

“这是在漫长假期的头一个月发生的事。我回到了伦敦的住所，用了七个星期的时间做有机化学实验。然而，深秋中假期就要结束时的一天，我收到一封我朋友的电报，请求我回到敦尼索普村去，并说他急需我的指教和帮助。我立即放下了手里的事情，再次赶到了北部。

“他坐马车到车站接我，我一眼就看出这两个月他的日子很不好过，他变得瘦削而憔悴，不像往日那样兴高采烈、谈笑风生了。

“‘老治安官快不行了。’这是他见到我的第一句话。

“‘不可能！’我叫道，‘怎么回事？’

“‘中风，神经受到严重刺激。今天一直处在病危状态，我担心我们回去后他是否还活着。’

“华生，你可想而知，这个意外的消息使我多么吃惊。

“‘是怎么引起的呢？’我问道。

“‘啊，问题就在这里。请上车，我们边赶路边谈。你还记得你走的前一天晚上来的那个家伙吗？’

“‘记得很清楚。’

“‘你知道那天我们请进屋里的是个什么人吗？’

“‘这我可不知道。’

“‘是个魔鬼啊，福尔摩斯！’他大声喊道。

“我吃惊地望着他。

“‘是啊，他就是个魔鬼。自从他进了我家门以后，我们再也没有片刻安宁了。从那天晚上起，老治安官的头就再也没有抬起来过，现在他已经生命垂危了，他的心也碎了。这全怪那个该诅咒的哈德森。’

“‘那家伙手上有什么法力吗？’

“‘啊！这正是我要搞清楚的。像老治安官这样慈祥、宽厚的好老头儿，怎么会落到这种无赖的手中呢！福尔摩斯，你能来我真高兴。我对你的判断和处事能力深信不疑，我知道你会替我想出最好的解决办法的。’

“马车在平坦的乡间大路上疾驶，眼前是落日红霞之中的布罗德的开阔视野。在左边的一片小树林后面，已经依稀可见那位治安官屋上高高的烟囱和旗杆了。

“‘我爸爸让这家伙当我家的园丁，’我的同伴说道，‘后来，那人不满意这工作，又被提升为管家。于是他几乎成了我们全家的主宰，他整日东游西逛，想干什么就干什么。女仆们抱怨他酗酒成性，说话下流。老爸就多给她们工钱，以平息她们的怒气。这家伙经常划着小船，带上我爸爸最好的猎枪去打猎散心。他脸上始终挂着一副轻蔑、恶意的蔑视和傲慢无礼的神情，要不是看他年纪大了，我早就狠狠揍他了。福尔摩斯，说实在的，在这段时间里，我一直压抑着我的怒火，现在我自问，我这样压制自己是否明智。

“‘唔，我们的处境越来越糟糕。哈德森这个畜生变得越来越无礼，有一天，他竟当着我的面，傲慢无礼地跟我父亲顶嘴，我抓住他肩膀把他推出门去。他脸色发青，眼露凶光，鬼鬼祟祟地走了，他眼神里露出的恫吓神情比语言更厉害。此事发生后，我不知道可怜的父亲和他说了些什么，第二天父亲来找我，问我是否能向哈德森道个歉。你想这怎么可能，我当然拒绝了，并且问父亲为什么要容忍这样一个坏蛋在我们全家面前，特别是在他面前如此放肆。’

“‘啊，我的孩子，’我父亲说道，‘按道理你说的当然是对的，可是你不知道我有多么为难。不过，维克托，我要你知道无论发生什么事，我都不会瞒着你的。你总该相信你可怜的老爸爸是不会让你受到伤害的吧，孩子？’他非常激动，那一天剩下的时间里都把自己关在书房里，我从窗户望见他正在忙着写些什么。’

“‘那天晚上，有件事使我大大地松了口气，因为哈德森告诉我们，他打算离开我们。我们吃过晚饭后，正在餐桌旁，他喝得半醉地走了进来，嗓音嘶哑地说出了他的打算。

“‘我在诺福克受够了，’他说道，‘我要到汉普郡贝多斯先生那里去。我敢说，他见到我会和你一样高兴的。’

“‘哈德森，我希望你不要怀着恶感离开我们。’我父亲驯服地说，这使我简直无法忍受了。’

“‘我还没有得到我应得的道歉呢。’他瞟了我一眼，绷着脸说道。

“‘维克托，你应该承认，你对我们的朋友太无礼了。’我爸爸转身对我说道。

“‘恰恰相反，我认为我们对他过于容忍了。’

“‘啊，你们过于容忍了，是吗？’哈德森大声吼叫道，‘那好极了，小子。我们走着瞧吧！’

“他晃晃荡荡地走出了房间，半小时后便离开了我家，使爸爸处于惶惶不可终日的状态。我听到他一夜又一夜地在屋子里踱来踱去，就在他刚要恢复自己的信心时，他遭到了致命的打击。”

“‘是什么样的打击？’我急忙问道。

“‘这事怪极了！昨晚老爸收到一封盖着福丁哈姆邮戳的信。老爸看过之后，双手抱头，失魂落魄地在屋里绕起圈子来。我连忙把他扶到沙发上，可他的嘴和眼皮都歪向了一边。我知道他中风了。福德哈姆医生很快就被请来了。我们将他老人家扶到床上，可是他的瘫痪症状急剧恶化，完全失去了知觉，我

“我还没有得到我应得的道歉呢！”

想他可能不久于人世了。’

“‘特雷弗，你在吓唬我吧！’我大声说道，‘信里有什么会导致这样严重的后果呢？’

“‘什么也没有。这是最令人费解之处。那是一封莫名其妙的信。啊，我的上帝，我一直担心会发生这样的事！’

“说着，我们已来到林荫道的转弯处，只见在微弱的灯光下，所有的窗帘都放下了。我们匆匆来到门口，我的朋友满脸悲伤，一位穿着黑衣服的绅士从屋子里走了出来。

“‘医生，事情是什么时候发生的？’特雷弗问道。

“‘几乎在你刚刚离去的时候。’

“‘他可曾恢复过知觉？’

“‘弥留之际有过片刻的清醒。’

“‘给我留下什么话吗？’

“‘他只说那些纸都在日本衣柜的抽屉里。’

“我的朋友和医生一起走进死者的房间，而我留在了书房里，在脑子里翻来覆去地思考着这件事情，感到异常的忧郁。过去曾经是拳击家、旅行家、淘金者的特雷弗老爹，怎么会落到备受一个水手欺凌的地步？还有，为什么当我提到他手臂上刺的姓名缩写字母时他竟会顿时昏厥过去，而一封从福丁哈姆寄来的信居然能把他吓死呢？这时，我想起在汉普郡的福丁哈姆是贝多斯先生的老家，而那个水手就是到他那里去了，很可能是敲诈去了。那么这封信要么是水手哈德森寄来的，信中说他已经把特雷弗过去犯罪的秘密说出来了；要么是贝多斯发来的，信中警告老特雷弗他的秘密就要保不住了。事情似乎很清楚了。但这封信怎么会像他儿子所说的那样，内容莫名其妙呢？他一定是没有看懂。如果是这样，信里就一定有隐语和密码。我必须亲眼看看这封信。如果信里真有隐语，我相信我能将其破解。我坐在黑屋子里将这个问题反复思考了将近一个小时，直到一个泪流满面的女仆拿进一盏灯来，她身后跟着我的朋友小特雷弗。他脸色苍白，但十分克制，手中拿着几张纸，就是现在放在我膝头上的这些纸。他在我对面坐下，把灯移近，让我看写在灰纸上的潦草的短信，信的内容正如你看到的：

伦敦野味供应正稳步上升。我们相信总管哈德森现已奉命接受所有粘蝇纸的订货单，并保存你的雌雉的生命。

“我敢说我刚看到这封信时脸上的表情和你一样迷惑不解。然后，我又非常认真地重读了一遍。显然如我想的那样，这些奇怪的词组里隐含着其他的意思。‘粘蝇纸’和‘雌雉’也有可能是事先约好的暗语。这种暗语很难琢磨，根本无法找出其真正的含义。但我不愿意就此罢休，而‘哈德森’这个名字的出现似乎说明了信的主题和我的猜想是一致的。而且这封短信是贝多斯而不是那个水手写的。然后，我试着把词句倒过来读，可是诸如‘生命’、‘雌雉’等词组却看不出个所以然来。于是我又试着隔一个词一读，但也看不出有什么带有特别的含义之处。但是突然间，柳暗花明，我找到了揭开这个谜底的钥匙。我发现从第一个词开始，每隔两个字一读，就可以读出足以使老特雷弗陷入绝境的含义。

“词句简短扼要，是警告。我当即把它读给我的朋友听：

游戏结束。哈森说出全部。尽早块桃（快逃）！

“维克托·特雷弗将脸埋在颤抖的双手里。‘我早料到是这样的，’他说道，‘这比死还糟糕，因为这意味着蒙受耻辱。可是“总管”和“雌雉”这两个词儿又是什么意思呢？’

“‘这些词儿在信中没有什么意思，可是对于让我们找到那位发信人倒是大有用处的。你看他开始写的是“The game is…”等等，他先将要表达的意思

“突然间，我找到了揭开这个谜底的钥匙。”

写好，然后在每两个词之间填进两个词，他自然会用头脑中首先浮现的词。可以肯定，他是一个喜爱打猎的人，或是一个喜爱饲养家禽的人。你了解贝多斯的情况吗？’

“‘嘿，既然你提到他，’他说道，‘我可以告诉你，他每年秋季都要邀请我可怜的爸爸到他那里去打猎。’

“‘那么这封信毫无疑问是他寄来的了。’我说道，‘我们现在只需查明，那个水手哈德森究竟掌握了什么秘密，可以用来要挟这两位富有而受人尊敬的人。’

“‘唉，福尔摩斯，我恐怕那只能是罪恶和耻辱啦！’我的朋友叫道，‘不过对你我是不必保密的。这就是老爸得知来自哈德森的危险迫在眉睫时写下的信，我按医生说的在日本衣柜里找到的。拿去并读给我听听吧，因为我自

己既没有力气也没有勇气读了。’

“华生，这几张纸就是他交给我的，那天晚上我在老书房给特雷弗读过，现在我给你读。你看，这几张纸外面写着：‘格洛里亚·斯科特号三桅帆船航海记录。1855年10月8日自法尔茅斯起航，同年11月6日在北纬15度20分，西经25度14分沉没。’里面是用写信的方式记述的，内容如下：

我最亲爱的儿子，日益迫近的耻辱已经开始使我的暮年生活黯然失色。我可以毫不隐讳地说，我之所以痛心，并不是出于对法律的畏惧，也不是害怕失去我在本郡的地位，更不是担心被熟人看不起。当我想到你这样爱我，这样尊敬我，却要因为我而蒙受耻辱，才使我悲痛欲绝。但是如果灾难迟早要降临的话，那么我希望你读一下这个记录，从中你可以直接了解到我该受到何种责骂。可是，万一我侥幸逃脱灾难（愿万能的上帝赐福！），万一这记录还没有毁掉而落入你手中，我恳求你，看在上帝面上，看在你亲爱的母亲面上，看在我们父子情分的面上，烧掉它，永远别再想起它。

但如果此信果真让你看见，则说明我的事情已经败露，我要么已经被捕入狱，要么已与世长辞，因为你知道我的心脏很不好。但无论是何下场，我已经得到解脱，我发誓我对你说的一切都是千真万确的肺腑之言，并希望得到你的宽恕。

亲爱的孩子，我的真名不是特雷弗，年轻时我叫詹姆斯·阿米塔奇，缩写为“J. A.”。由此你就明白几个星期以前，你大学的朋友的那番话使我觉得他知道了我的秘密时，我为何震惊了。作为阿米塔奇，我进过伦敦银行；也是作为阿米塔奇，我触犯了英国法律，遭到放逐。我的孩子，不要把我想得太可怕了。这只是一笔我不得不偿还的所谓的赌债，我只是用了不属于我自己的钱去偿还罢了，我之所以这样是因为我有把握能补上这个亏空。可是我的运气实在是糟透了，我所指望的填补亏空的钱竟然落了空，又加上银行提前查账，我的问题败露了。如果是今天，这案子不致判得那么重的，要知道三十年前的法律比现在的要严酷得多。于是在我二十三岁生日那天，我成了重罪犯，和其他三十七名罪犯一起带着镣铐被送上了“格洛里亚·斯科特”号帆船的甲板，登上了流放澳洲的饥饿航程。

那是1855年，克里米亚战争[①]战事正酣。大部分运送犯人的船只都调到黑海做军事运输船，政府只能用一些条件较差的小船来运送犯人。“格洛里亚·斯科特”号帆船是跑中国沿海进行茶叶贸易的一艘船头低陷、船身很宽的老式三桅帆船。这样的船早就被新式快速帆船所淘汰了。该船载重五百吨，船上除了三十八名囚犯以外，还有二十六名水手，十八名士兵，一名船长，三名船副，一名医生，一名牧师和四名看守。在法尔茅斯起航时，船上共有一百人左右。

这艘船的囚室隔板不像通常囚犯船那样用厚橡木板制成，而是一些薄板。关在我隔壁囚室里的人早在码头上时，就特别引起了我的注意。这是一个没有胡须的年轻人，有着细长的鼻子，有力的下颚。他总是一副洋洋得意的神情，走起路来大摇大摆，最引人注目的是他高大的身材，他比我们大家都高出一头，至少有六英尺半高。他的那张精力充沛而坚定果敢的面孔，在那么多忧郁沮丧的犯人中，非常显眼。看到他这张脸，就像看到暴风雪中的炉火。因此发现他是我的邻居时，我非常欢喜。一天夜深人静，我听到耳边有人说话，原来他在隔板上挖了一个洞。

---

① 指1853—1856年的克里米亚战争，以英、法、土及萨丁尼亚为一方，以帝俄为另一方的战争。——译注

“喂，好朋友！”他说道，“你叫什么名字？为什么被关在这里？”

我回答了他，然后问他是谁。

“我叫杰克·普伦德加斯特。”他说，“上帝知道，认识了我你会有好运气的。”

我听说过他的案子，因为在我被捕以前不久，他的案子轰动了整个英国。他出身于一个很好的家庭，很有能力，但沾染了不可救药的恶习，用欺诈的手段从伦敦巨商手中骗取了巨额款项。

杰克·普伦德加斯特

“哈，哈！你想起我的案子了。”他骄傲地说道。

“是的。”

“那么，你可记得我的案子有什么奇特之处吗？”

“有什么奇特之处呢？”

“我骗得了近二十五万镑巨款，知道吗？”

“听别人这么说过。”

“但这钱没有被

追回，听说了吗？”

“没听说。”

“唔，你猜这笔钱现在在什么地方？”

“我怎么知道。”我说道。

“这笔钱就在我的手里，”他大声说道，“上帝做证！我手里的金镑数比你的头发丝还多。小子，要是你有钱，又懂得如何用钱，那你就没有办不到的事啦！嗯，你总不至于认为一个什么都能办到的人，会甘心在这满地耗子和臭虫的破旧中国帆船的恶臭货舱里听天由命吧？不，先生，这样的人不仅会照顾好自己，还会照顾他的难友。你就放心大胆地干吧！凭《圣经》起誓，跟着我这样的人你一定能得救的。”

他说话的腔调就是这样的，起先我认为这不过是说说而已。可是过了一会儿，他试探了我一番，并对天发誓说他确实有一个劫船的秘密计划。上船前，有十几个犯人已经事先做了准备，普伦德加斯特是组织者，他的动力就是金钱。

“我有一个同伙，”普伦德加斯特说，“他是个完全信得过的难得的好人，钱就是由他保管着。你猜此人现在在哪里？嘿嘿，他就是本船的牧师，是牧师啊，不是别人！他上船时身穿牧师的黑袍，一切手续齐备，箱子里钱装得满满的，能把一切人买通。全船的水手全都死心塌地听他的。在他们受雇上船之前，他就用钱将他们全收买过来了。他还收买了两个看守和二副梅勒，只要他认为值得，连船长本人也能收买。”

“那么，我们究竟要干什么呢？”我问道。

“你认为呢？”他说，“我们要让一些士兵血染船头。”

“可他们都有武器啊。我说道。

“朋友，我们也不是赤手空拳啊！我们每个人都要手持双抢。如果有全体水手做后盾，我们还不能夺取船只，那我们真连娘儿们都不如了。今夜你和你左边囚室里的人谈一谈，看看他是否信得过。”

我照他说的做了，并发现我的左邻是个和我的处境相同的年轻人，犯的是伪造货币罪。他本叫伊文斯，不过已经改名，和我一样。他现在是英国南方一个富有而成功的商人。他完全赞同这一密谋，因为这是我们唯一的逃生之路。这样一来，在我们的船横渡海湾之前，全船犯人只有两人不知道我们的秘密。一个是意志脆弱者，我们不敢相信他，另一个人患有黄疸病，他会成为我们的累赘的。

劫船行动开始很顺利。水手们是一群乌合之众，很适合干这种事。假牧师身背一个黑包，外表看上去像是满腹经纶，实际上是不断到我们的囚舱来给我们送东西。经过他几天的忙碌传递，到第三天，我们每个人的床脚都藏着一把锉刀、两支手枪、一磅炸药和二十发子弹了。两个看守是普伦德加斯特的帮手，二副是他的心腹。船上只有船长、两个船副、两个看守、马丁中尉和他的十八名士兵以及那位医生和我们作对。尽管事情看来万无一失，但我们还是决定加倍小心，准备到了夜晚再进行突然袭击。然而，结果动手比我们预料的要早。事情是这样的：

在我们开航后第三个星期的一天晚上，医生下到囚舱给一个生病的犯人看病。他在病人的床上，摸到了下面藏着的手枪。如果他当时能沉住气，不动声色地去告发我们，我们的计划就可能泡汤，但他是个神经质的胆小鬼，竟然惊得大叫一声，脸色变得苍白，那个犯人马上明白了是怎么回事，一把揪住了他。他还没有来得及呼救，便被我们堵住了嘴，绑到床上。医生下来时打开了通往甲板的门锁，我们得以破门而出，冲上甲板。两个哨兵被打死，一个班长跑来看看发生了什么事，也被打死。另有两个士兵把守着船长室的门，他们的枪好像没有装弹，因为他们没有开枪。就在他们打算上刺刀时我们把他们击毙了。于是我们向船长室冲去，当我们破门而入时，里面响起了枪声。推开门一看，只见船长已倒下，一头扑在桌上的大西洋航海图上，牧师手里拿着冒烟的手枪，站在尸体的旁边。两个船副已被水手抓住，看来我们的计划成功了。

船长室旁边就是头等舱，我们拥进去，坐在长靠椅上，因为再次获得自由而畅谈起来。头等舱里都是货箱，假牧师威尔逊打开了一箱红葡萄酒。我们打碎瓶颈，把酒倒进酒杯，正要一饮而尽的时候，突然枪声大作，头等舱里顿时硝烟弥漫，隔着桌子竟看不见对面的人影。等硝烟散尽，头等舱里已是血流成河。威尔逊和其他

推门一看，船长已倒下，一头扑在桌上的大西洋航海图上，牧师手里拿着冒烟的手枪，站在尸体的旁边。

八个人倒在地上垂死挣扎。至今我想起那桌上的血和红葡萄酒还觉得恶心。我们被眼前的情景吓蒙了，要不是普伦德加斯特，我们一定束手就擒了，他不顾一切地怒吼着冲出门去，所有还活着的人也都随他冲了出去。冲到舱外一看，只见船尾站着中尉和他手下的十名士兵，头等舱顶部有一个天窗，就在桌子上方，天窗半开着，他们就是从天窗向我们开火的。我们趁他们重新装弹之际，先向他们开火。面对我们的火力，他们虽然个个都是好汉，但无奈我们先下手，不到五分钟就把他们全干掉了。我的上帝啊！这究竟是帆船还是屠宰场！普伦德加斯特犹如一个狂怒的恶魔，把那些士兵像小孩一样拎起来，不论死活，一律扔进大海。有一个身受重伤的中士，还令人惊叹地在海里游了一阵，直到有人一枪打碎他的脑袋他才痛快地死去。战斗结束后，对方只剩下两个看守、两个船副和一名医生了。

我们为如何处置他们的问题发生了严重的分歧。我们许多人因为得以重获自由，高兴之余已经无心继续杀人。打死手里还拿着枪的士兵是一回事，眼睁睁看着俘虏被残杀则不可。我们五个犯人和三个水手总共八人表示不同意杀死他们，但普伦德加斯特和站在他那边的一伙人却执意要杀。他说，为了我们自己的安全，唯一的选择就是不留一个将来可能站到证人席上指控我们的活口。争执不下，我们差一点儿又被他们拘禁起来，不过他后来松口说，只要我们愿意的话，他将允许我们乘小艇离开他们。我们对这个建议表示赞同，因为我们已厌恶了这里的残杀，而且我们预料此后这船上还会发生更残酷的事。于是，普伦德加斯特给了我们一人一套水手服，另外还给了我们一桶淡水，一小桶腌牛肉，一小桶饼干和一个指南针。他扔给我们一张航海图，他要我们对别人说我们是从一艘失事的船上侥幸逃生的水手，我们的船是在北纬15度、西经25度沉没的。然后他割断缆索，任凭我们在茫茫大海中漂流。

我亲爱的儿子，下面我要讲的是整个故事最惊心动魄的部分了。在劫船的时候，水手们曾经落帆逆风行驶，但在我们离船之后，他们又重新扬起风帆，乘东北风驶离了我们。我们的小艇随波漂流。艇上只有我和伊文斯受过一些教育。我们坐在船板上查看航海图，确定我们所在的位置，计划我们应向哪个海岸行驶。这是一个需要好好考虑的问题，因为我们北面约五百英里是佛得角群岛，我们东面约七百英里是非洲海岸。由于风向转北，我们认为最好向塞拉利昂行驶，于是我们掉转船头向该方向驶去。这时在我们船尾方向的三桅帆船已渐渐快要隐没在海平线上。正在我们向它远眺的时候，突然看到一股浓烟冲天而起，像一棵巨大的怪树升起在海平线上。几秒钟后，我们听到了一声雷鸣般巨响，等烟雾渐散，已不见了"格洛里亚·斯科特"号帆船的踪影。我们立即再次掉转船头，拼命朝发生惨祸而余烟未尽的海面驶去。

我们过了很久才赶到那里，我们担心来得太晚，耽误了救人。我们看到一条破碎的小船和一些断桅残板在海上随波漂浮，看来帆船已经在这里沉没了，但海面上不见一个活人。就在我们失望地掉转船头时，忽听得有人呼救，放眼一看，只见不远处有一个人躺在一块船板上。我们把他拖上了小艇一看，原来是个年轻的水手，名叫哈德森，他被烧伤了，而且已经精疲力竭，所以直到第二天清早，他才告诉我们船上发生的事情。

看来是在我们离船后，普伦德加斯特和他那一伙人就开始处决那剩下来的五名俘虏。他把两个看守枪毙后扔进海里，对三副也照此处置。然后，普伦德加斯特下到中舱亲手割断了医生的喉咙。唯一剩下的就只有胆大过人的大副了。他看到普伦德加斯特手持带血的利刃向他走来，便挣脱了已经事先弄松了的绳索，跑下甲板，一头钻进了尾舱。

十二个手持手枪的犯人搜索而来，发现他手里拿着一盒火柴坐在一个打开的火药桶旁，船上共有一百桶火药。大副发誓说，谁要是敢动他一下，他就叫全船人同归于尽。片刻之后船就爆炸了。哈德森认为爆炸是犯人开枪误中火药桶，而不是大副用火柴点火所致。但不管是什么原因所致，反正“格洛里亚·斯科特”号帆船和那伙劫船的暴徒就此永远葬身鱼腹了。

我亲爱的孩子，简单说来，这就是和我有关的可怕事件的整个过程。第二天，一艘驶往澳洲的双桅船“热刺”号搭救了我们。这艘船的船长毫不怀疑地相信了我们是遇难客船的幸存者。英国海

“我们把他拖上了小艇一看，原来是个年轻的水手，名叫哈德森。”

军部已经将“格洛里亚·斯科特”号运输船作为海上失事船只归档封存起来，其真实情况从来无人知晓。“热刺”号一路顺风到达悉尼，我们上了岸，伊文斯和我改名换姓后去了金矿，那里的人来自世界各地，没有人能知道我们的过去。

无须赘言，后来我们发了财，到各地周游了一番，以富有的侨民身份返回英国，购置了地产。二十多年来，我们的生活平静而充实，我们希望把过去永远埋葬。想象一下，当我一眼认出前来找我的这个水手就是我们从海上救起来的那个奄奄一息的人时，我的感觉是什么。不知他是怎么找到我的，他抓住了我们的恐惧心理，对我们进行敲诈勒索。你现在该明白，为什么我总是对他低声下气的了，你也该对我内心的恐惧多少有点儿同情了吧。他之所以离开我，只是要去恫吓另一个受害者而已。

（下面是用战栗的手写的字，字迹几乎难以辨认）贝多斯写来密信说：哈德森已把一切都说了。上帝啊，拯救我的灵魂吧！

“这就是那天晚上我为小特雷弗读的航海记录。华生，我想这个事件在那种情况下可以说是相当富有戏剧性的了。我的好友听后悲痛欲绝，迁到特拉伊种茶树去了，我听说他在那里过得不错。至于那个水手和贝多斯，自从有了那封告警信以后，便从此销声匿迹了。没有人向警察局告发，所以贝多斯是被哈德森的威胁虚惊一场。有人看到哈德森曾在这附近出没，警察局认为是他杀害了贝多斯以后畏罪潜逃。而我深信事实恰恰相反。我想有极大的可能是贝多斯在忍无可忍的情况下杀死了哈德森，携款逃往国外去了。此案的情况就是如此，医生，如果你觉得这些资料值得你收集的话，我愿意为你效劳。”

马斯格雷夫仪式书

我的朋友夏洛克·福尔摩斯的生活没有规律常常到了使我感到震惊的程度。虽然他的思维方式比任何人都要清晰，都要有条理，虽然他着装相当整洁，可是他的个人生活习惯却十分反常，谁和他同住都会叫苦不迭。我并不是说我自己在这方面是多么有规律。我生性自由散漫，加上在阿富汗工作时过的那种动荡的生活，已使我与一个循规蹈矩的医生相去甚远了，但我还多少有所节制。比起有人把烟卷放在煤斗里，把烟叶放在波斯拖鞋上面，把一些尚未回复的信件用一把大尖刀钉在木制壁炉台正中，我觉得自己已经相当不错了。更有甚者，我一贯认为，手枪射击无疑应当是一种在户外进行的活动，而福尔摩斯的一个最奇怪的嗜好就是坐在一把扶手椅中，用他那把手枪和100匣子弹，以忠于维多利亚女王的爱国热情，将对面的墙壁打得弹痕累累，这令我深感不满，认为这样影响了我们室内的气氛和外观。

我们的屋子里总是到处塞满了化学药品和捉拿罪犯的各种物证，而这些东西经常会被放到它们不该放的地方，它们会突然在黄油盘里，甚至在更不该出现的地方出现。他的文件最让我头疼。他最怕销毁文件，特别是那些与他过去办过的案子有关的文件，但他却要过一两年才去集中整理一次文件。因为，正如我在这些零零星星的回忆录里曾经提到的那样，当他破案后名声大振时，他才有兴致整理文件。但随后又会变得懒散，在此期间，他每天不是拉小提琴就是看书，除了从沙发到饭桌外几乎很少走动。如此一来，月复一月，他的文件就会堆积如山，直到将屋里每个角落都堆满一捆捆的手稿，他也绝不销毁，而且除了他自己，谁也不准乱动他的那些文件。

在一个冬夜，我们坐在炉旁，我大胆地向他建议道，既然他已经把文件的摘要抄进了他的备忘录，是否可以花点儿时间将房间整理一下，以便住得舒服一点儿。他无法拒绝我的正当要求，一脸不高兴地走进卧室，出来时身后拖着一只铁皮大箱子。他把箱子放在地板当中，坐在大箱子前的小板凳上，打开箱盖。我看到箱子里有三分之一已经装满了用红带子绑成小捆的文件。

“华生，这里有的是案件。”福尔摩斯调侃地望着我说道，“我想，如果你知道了我这箱子里装的都是什么，那么你不但不会劝我把文件装进去，而且会希望我把文件翻出来。”

“这里装的都是你早期侦破案子的记录，是吧？”我问道，“我一直想对这些案件做些摘记呢。”

“是的，老伙计，这都是我成名前处理的案子。”福尔摩斯小心翼翼地取出一捆捆的文件。“这些案子并不都是成功的，华生，”他说道，“但其中也不乏耐人寻味的案子。这些记录是关于塔尔顿凶杀案的，这是范贝里酒商案，这是俄国老妇历险案，还有铝制拐杖奇案以及跛子里科里特和他可恶妻子的案子。还有，啊！这个案子才确实有点儿奇特呢。”

他把手伸进箱底取出一个小木匣，匣盖是滑动的，就像放儿童玩具的盒子。福尔摩斯从匣内取出一张皱巴巴的纸，一把古老的铜钥匙，一个缠着线球的木钉和3个生锈的金属圆片。

“喂，老伙计，你猜这些东西是什么？”福尔摩斯看着我脸上的表情，忍不住笑着问道。

“这是一些古怪的收藏品。”

“非常古怪，而和它们有关的故事会使你感到更加古怪。”

“这么说，这些杂物还有一段历史喽？”

“可以说，它们本身就是历史啊。”

“这话什么意思呢？”

“这是一些古怪的收藏品。”

福尔摩斯将这些东西一件一件拿出来，沿着桌边摆好。然后，他又回到椅子上坐下，满意地打量着这些东西。

“这些东西，”他说道，“都是马斯格雷夫仪式书一案留给我的纪念品。”

我不止一次听他提到过这件案子，但此案的详情我一直不知道。

“如果愿意将此案讲给我听，那我将非常高兴。”我说道。

“就让这些东西这样乱放在外面吗？”他调侃地大声说道，“华生，这就又要破坏你爱整洁的习惯啦。可是我很高兴你能将这个案子记入你的大事记中去，因为这个犯罪记录不仅在英国，而且我相信，在其他国家里也是很少见的。在我的破案记录中如果不记载这件离奇的案子，那这个记录将是不完整的。

“你可能还记得‘格洛里亚·斯科特’号三桅帆船事件以及我讲的那个不幸的人的遭遇吧。正是我和他的谈话，才第一次使我想到我要以侦探作为我终身的职业的。现在我已功成名就，无论是公众还是警方，都普遍把我当作疑难案件的最高上诉法院。甚至当你和我刚刚认识的时候，也就是我正办理被你记录为‘血字的研究’的案子时，虽然那时还没有到业务繁忙的地步，但已有不少委托人登门了。你很难了解我开始从事这项工作的困难有多大，我花了多长的时间才打开局面。

“我第一次来到伦敦就住在离大英博物馆拐角处不远的蒙塔格街，那时我将太多的空闲时间全部用来专心研究各门科学，以便使自己将来的破案工作更有成效。那时偶尔有人上门求我破案，主要都是我的一些老同学给我介绍的主顾。因为我在大学的最后几年，同学们对我和我的思维方式已经有所了解。我破的第三个案件就是马斯格雷夫仪式书案。正是我对它那一系列奇怪事件的浓厚兴趣，以及被事实证明的成功的重大突破，使我向今天的职业迈出了第一步。

“雷吉纳德·马斯格雷夫和我曾在同一所学院读书，我和他来往不多。他在大学生中落落寡合，然而，我总觉得他表面的骄傲实际上是力图掩盖他极其羞怯的天性。从外表上看，他是个具有典型贵族气派的人，身材瘦削，高鼻梁，大眼睛，举止温文尔雅。他确实是大英帝国一家最古老贵族一支的后裔，只是他的祖上是该家族中的次子的后裔，而且在16世纪的时候就从北方的马斯格雷夫家族中分了出来，定居在苏塞克斯西部，那里的赫尔斯通庄园也许是该地至今还有人居住的最古老的建筑了。在他身上好像总可以找到一些他出生地的痕迹，每当我看到他那苍白而敏感的脸或者是他的举止做派的时候，就不能不联想到那些中世纪古城堡的灰色的拱道和直棂的窗户以及种种古老遗迹。我曾经和他交谈过一两次，我还记得他曾经不止一次地表示他对我的观察和推理的方法极有兴趣。

“有4年时间我一直没有见到他，一天早晨他突然来到了我的家中。他并没有多大的变化，穿戴得像一个时髦的年轻人——他本来就有点儿花花公子的气派，依然保持着他从前那种超凡脱俗的温文尔雅的风度。

“‘别来无恙吗，马斯格雷夫？’我们热情地握手以后，我问道。

“‘你大概已经听说我可怜的父亲去世的消息了吧，’马斯格雷夫说道，

雷吉纳德·马斯格雷夫

‘他是两年前离开人世的。从那时起我就不得不管理起赫尔斯通庄园了。由于我还是我们那个地区的议员，所以我的日子过得相当忙碌。福尔摩斯，我听说你现在正在实际生活中施展你那些曾经令我们惊叹不已的才华？’

“‘是的，’我说道，‘我在靠我这点小小的本领谋生呢。’

“‘听你这么说我很高兴，因为目前你的意见对我将极其宝贵。我们赫尔斯通最近发生了许多怪事，警察对此一筹莫展。都是些最不寻常和最不可思议的事情。’

“你可以想象，听他这么一说之后，我的心情有多么急切了。华生，几个月来我在无所事事中苦苦等待的工作机会终于来了。我内心深信我能办成别人办不成的事，现在我终于有机会一试身手了。

“‘愿闻其详。’我高声说道。

“雷吉纳德·马斯格雷夫在我对面坐下，点燃了我递给他的香烟。

“‘你必须知道，’他说，‘我虽然是一个单身汉，但在赫尔斯通庄园我必须雇用相当多的仆人，因为那是一座偏僻的老庄园，人少了照料不过来。我也愿意留下他们，而且在猎野鸡的季节，我通常都要在我的宅子里举行家宴，人手不够怎么行。总共算来我有8个女仆，一个厨师，一个管家，两个男仆和一个小听差，此外还有园丁和马车夫等等。管家布伦顿是在我家当差最久的仆人。我父亲当初雇他时，他是个小学教师，教书的工作对他不合适。他精力充沛，很有个性，不久之后，我们全家人就都认为他是个难得的管家了。他是个发育很健全，长得很漂亮的男子，他的前额特别好看。他到我们家来已经有20年了，但至今年龄还不满40岁。他能说几国语言，几乎能演奏所有乐器，这样一个多才多艺的人居然甘愿寄人篱下，真是少有的事情。但在我看来，他对自己的现状相当满意，并不打算去改变它。凡是到赫尔斯通来拜访过我们的人都记得这位管家。

“‘可是他并不是个完美无瑕的人，他有一点儿像唐璜[①]，你可以想象得到，像他这样的人在偏僻的乡村里扮演这种风流角色是毫不费力的。

“‘他结婚时还没有这样的毛病，但自从他的妻子去世后，他就开始给我们惹来了无穷无尽的麻烦。几个月以前，他与我们家的女仆雷切尔·豪厄尔斯订了婚，我们本希望他能再一次收收心，谁料他却把雷切尔甩了，转而又与猎场看守的女儿珍妮特·特雷杰里斯好上了。雷切尔是一个很好的姑娘，但却不乏威尔士人那种好冲动的性格。她得了一场严重的脑膜炎，现在刚能在家里走动——或者确切地说，是直到昨天才开始下床走路——她完全变了个人，简直就像是她过去的黑影。这是在赫尔斯通发生的第一出戏剧性事件。但紧接着发

① 英国大诗人拜伦同名长诗的主人公，风流好色之人的代称。——译注

生的第二出戏剧性事件很快使我们把它忘在了脑后，那就是管家布伦顿干了有失体面的事情并被解雇了。

“‘我已经说过，管家是个聪明人，但也正是他的聪明把他害了，因为他的聪明使他对所有与他本人没有任何关系的事都想知道个究竟。我原本没有在意他这种好奇心会导致什么后果，直到发生了一件纯属意外的事情，才使我睁大了眼睛。

“‘我说过，我家是一座凌乱的老宅。上星期的一天晚上——更确切地说是上星期四晚上——我在晚餐后喝了一杯浓咖啡，睡不着觉，翻来覆去地一直到清早两点钟。我想反正睡不着，干脆起床点起蜡烛，打算去看我当时正在看的一本小说。由于这本书放在弹子房里，所以我便披上睡衣前去拿书。

“‘我必须下一截楼梯，然后经过通往书房和枪库的走廊才能到弹子房。我朝走廊方向望去，看见书房的门敞开着，里面射出一道微弱的亮光，你可以想象我当时是多么惊奇。临睡前是我亲手熄了书房的灯，关上了书房的门。我自然首先想到是有贼。赫尔斯通老宅里的走廊墙壁上装饰着各种各样古代武器的战利品。我便从中顺手抽出一把战斧，然后，放下蜡烛，蹑手蹑脚地走过走廊，通过开着的门朝书房里窥视。

“‘待在书房里的人原来是管家布伦顿。他穿着衣服坐在一把安乐椅里，膝上摊着一张像是地图的纸，手托着前额，正在沉思。我惊异得说不出话来，就待在暗中注视着他。桌边放着一支小蜡烛，发出的微弱烛光使我能看到他的衣服是穿得整整齐齐的，突然，我看到他从椅上站了起来，走到写字台跟前打开了抽屉的锁。他从中取出一份文件，又回到原来的座位，把文件放在蜡烛旁开始聚精会神地研究起来。看到他竟然若无其事地翻看我家的文件，我忍不住朝前走了一步，布伦顿抬头看见了我。他猛地跳了起来，脸吓得灰白，慌慌张张地把那份类似地图的文件塞进了怀里。

“‘哼！你就是这样报答我们对你的信任的吗！明天你就卷铺盖走吧。’我说道。

他猛地跳了起来，脸吓得灰白。

“‘布伦顿一言不发地垂着头从我身边走开了。蜡烛仍然在桌上，我借着烛光仔细看了一眼他从写字台里取出的文件究竟是什么。谁知道那文件根本就一点儿用也没有，只是一份叫“马斯格雷夫仪式书”的古老仪式中问答词的抄本而已。这种仪式是我们家族的特有仪式。过去几世纪以来，凡是马斯格雷夫家族的人，一到成年就要举行这种仪式。这纯粹是我们家族内部的事，和我们家族的纹章图记一样，是家族的标志之一，除了考古学家会觉得有用，对别人毫无实际用处。’

“‘我们最好还是回头再谈那份文件的事吧。’我说道。

“‘如果你认为确有必要的话，’马斯格雷夫略有迟疑地答道，‘现在我就继续讲下去。我把布伦顿打开的抽屉重新锁好，刚准备离开，却惊奇地发现管家已经回来站在了我的面前。

“‘先生，马斯格雷夫先生，’他感情激动，声音嘶哑地高声喊道，‘我不能忍受这样的耻辱，先生。我虽身为仆人，但一生都很高傲，与其忍辱活下去，不如去死。先生，我的命就攥在你的手里，的确如此，如果你逼人太甚的话。先生，如果因为今晚的这件事你再也不能留我，那么，看在上帝的分上，请允许我在一个月内离开，就像是我自己要走得那样。马斯格雷夫先生，我可以离开，但不能让你当着我所有熟人的面把我赶出去。’

“‘你还有脸提出这么多要求吗，布伦顿，’我说，‘你的行为无耻至极。不过，念你在我们家这么多年了，我也不想让你当众丢丑。但一个月时间太长了，你自己在一星期之内随便找个什么理由离开吧。’

“‘只给一个星期，先生？’他绝望地叫道，‘两个星期吧，至少也得给我两个星期吧！’

“‘一个星期。’我重复道，‘我这样宽待你，你也该知足了！’

“‘他低垂着头，绝望地悄悄走开了。我熄了灯，回到了自己的房里。

“‘接下来的两天，布伦顿卖力干活，非常尽职。我也闭口不提发生的事，只看他如何挽回脸面。可是，到了第三天早晨，他没有像以往那样在早餐后到我面前来接受一天的工作安排。我离开餐厅时，碰巧遇到女仆雷切尔·豪厄尔斯。我告诉过你，这女仆最近刚大病初愈，她看上去仍然虚弱苍白，因此我劝她别干活，继续休息。

“‘你应当卧床休息，’我说，‘等身体好了再干活。’

“‘她带着奇怪的表情望着我，使我开始怀疑她的脑子是不是出了毛病。

“‘我身子够结实的了，马斯格雷夫先生。’她说道。

“‘这要听医生的，’我答道，‘你现在必须停止工作。你到楼下时，告诉布伦顿，我要找他。’

“‘管家已经走了。’她说。

“‘走了！到哪儿去了？’

“‘他走了。没有任何人看见他。他不在他的房间里。噢，是的，他走了——他走了！’雷切尔说着靠在墙上，发出一阵又一阵的尖声狂笑。这种突然的歇斯底里的发作把我吓得毛骨悚然，我急忙拉铃找人来帮忙。姑娘被人搀回房去，我一向她询问布伦顿的情况，她就尖叫着抽泣不止。看来布伦顿确实是走了。他的床昨夜没有人睡过，从他前夜回房以后，再没有人见到过他。也很难搞清楚他是怎样离开宅子的，因为早晨门窗都是闩着的。他的衣服、表，甚至钱，都在屋里——但是他常穿的那套黑衣服不见了。他的拖鞋也穿走了，靴子却留了下来。那么管家布伦顿夜里到哪里去了呢？他现在又怎么样了呢？

“‘我们把整个宅子从地下室到阁楼都搜了个遍，仍然不见他的踪影。我说过这老宅如同迷宫一般，特别是那些从未修缮的厢房，现在实际上已无人居住。可是我们反复搜查了每个房间和地下室，仍然不见失踪者的蛛丝马迹。他留下他的所有财物空手而去的做法令我费解，再说他又能到什么地方去呢？我叫来了当地警察，但也没有用。前夜曾经下过雨，我们检查了宅子周围的草坪与小径，一无所获。就在一筹莫展之际，又出现了新的情况，它吸引了我们的注意力。

“‘雷切尔·豪厄尔斯这两天病得很重，忽而神志不清，忽而歇斯底里，我便雇了一个护士晚上照看她。在布伦顿失踪后的第三个夜晚，护士见病人睡得很安稳，便在扶手椅上打起瞌睡来，次日一早醒来，发现病床上是空的，窗户是打开的，病人已不知去向。我被叫醒后就带着两个仆人立即出门寻找那个失踪的姑娘。由于她是翻窗出去的，根据她的脚印可以知道她的去向，所以我们毫不费力地穿过草坪，来到小池塘边，可是在通向园子的石子路附近脚印消失了。这个小池塘水有8英尺深，我们认为可怜的疯姑娘已投湖自尽，你可以想象我们当时的心情如何了。

“‘不用说，我们立即着手打捞并寻找遗物，但始终不见尸体的踪影，却出乎预料地捞出了一件东西。那是一个亚麻布口袋，里面装着锈迹斑斑的金属器皿和一些失去光泽的水晶和玻璃制品。除此之外，一无所获。虽然昨天我们到处查找询问，却仍然没有找到雷切尔·豪厄尔斯和理查德·布伦顿的下落。地方警察局也爱莫能助，最后我只好来找你了。’

“华生，你想想，在听到这么一连串奇怪事件的时候我是多么的焦急，我极力寻找它们之间的关系，企图找出把它们连在一起的共同主线。

“管家失踪了，接着女仆也不见了。女仆曾经爱过管家，但后来又有理由怨恨管家。这姑娘是威尔士血统，性情急躁，易动感情。管家失踪后，她的情绪就完全失去了控制，是她把装着乱七八糟东西的口袋投进池塘里的。这些因素都是我们需要考虑到的，但没有一个因素能真正揭示问题的核心。这一连串事件的起点是什么？现在有的只是一团乱麻般的尾巴。

“‘我必须看看那份文件，’我对马斯格雷夫说，‘就是你的管家宁愿冒丢掉差事的危险也要看一看的那份文件。’

“‘我们家族的仪式书是十分荒唐的。’马斯格雷夫回答道，‘不过它毕竟是古人留下的，情有可原。如果你想看看，我这里有仪式书问答词的抄本。’

“华生，马斯格雷夫当时给我的文件就是我现在拿着的这份文件，它是马斯格雷夫家族中每个成年人都必须遵从的奇怪教义。我把答词的原文读给你听听：

它属于谁？

它属于已经离去者。

谁将拥有它？

即将到来者。

太阳在何处？

橡树之上。

阴影在何处？

榆树之下。

如何丈量法？

向北十步加十步，向东五步加五步，向南两步加两步，向西一步加一步，此地之下是也。

我们以何物换取它？

我们的一切。

我们为何该给予呢？

为了守信。

“‘原件没有留下日期，但是，用的是17世纪中叶的书法。’马斯格雷夫说道，‘不过，恐怕这对你解决疑案帮助不会太大吧。’

“‘至少，’我说道，‘它给了我们另外一个难解之谜，而且比第一个谜更有趣味。很可能解开一个谜，另一个也就迎刃而解了。恕我直言，马斯格雷夫，据我看来，你的管家似乎是个非常聪明的人，并且比你们家十代主人的头脑都要清楚得多。’

“‘我很难理解你的意思，’马斯格雷夫说道，‘我觉得这份文件好像没有什么用处。’

“‘但我却觉得它太有用了，我估计布伦顿也是这样看的。他可能在被你当场抓住那晚之前早已看过这份文件了。’

“‘很可能。我们也没有特意把这份文件藏起来呀。’

“‘我估计他最后这一次只是要再次牢记一遍问答词的内容罢了。我认为他正用各种地图、草图和问答词进行对照，当你出现时，他就慌忙地塞进了衣袋。’

“‘正是这样。不过他和我们家族的这种古老习惯有什么相干呢？而这段冗长的对话到底是什么意思呢？’

“‘我看要把这个弄明白并不是件很困难的事情，’我说道，‘只要你愿意，我们可以坐头班车去苏塞克斯，到现场去实地调查一下。’

“我们两个当天下午就到了赫尔斯通。你多半已经见过那座著名的古老建筑物的照片和有关它的描述，那是一座L型的建筑物。短的一排房是古代遗留下来的，长的一排则是后来扩建的，所以比较新。在老房子中部的低矮笨重的门楣上，刻着1607年的字样。不过专家们一致认为，那屋梁和石头构件实际上还要古老得多。由于老房子的墙壁又高又厚，窗户也很小，所以这家人在上一世纪就盖了那一排新房。现在老房只用作库房和酒窖，不再住人。房子周围是茂密的古树，形成一个幽雅的小花园，我的委托人曾提到过的那个小池塘就紧挨着林荫路，离房屋的距离大概有两百码左右。

“华生，我已经断定这3个谜团并不是孤立的，它们是一个谜，只要我能正确地理解‘马斯格雷夫仪式书’的含义，就能抓住查明与管家布伦顿和女仆豪厄尔斯有关的事实真相的线索。于是我集中精力攻破这个谜。为什么那个管家那样急于掌握古老仪式书的那些语句？显然是因为他看出了被这个家族历代的掌门人所忽略了的奥妙，而他希望能从中牟利。那么，那里面究竟有什么奥秘呢？它对管家的命运又有什么影响呢？

“我把仪式的问答词读了一遍，便觉得心中有数了，其中提到的丈量方法无疑是指找到问答词中某些语句暗示的某个地点的方法，只要找到了这个地点，就能揭穿马斯格雷夫的先人用这种奇妙方式留给后代的秘密。这里面提到了两个着手的地点：一棵橡树和一棵榆树。要找到橡树完全不成问题，就在房屋的正前方，车道的左侧，橡树林中有一棵最古老的，我还没有见过那么高大

马斯格雷夫答道："这棵橡树有23英尺粗呢。"

的树呢。

"'起草你家仪式书文件的时候这棵橡树就在了吗？'当我们驾车经过橡树时，我问道。

"'这棵树很可能在诺曼人[①]征服英国时就长在这里了。'马斯格雷夫答道，'这棵橡树有23英尺粗呢。'

① 诺曼人：北欧维金人的一支，曾派出远征军征服意大利南部和西西里以及英格兰、威尔士、苏格兰和爱尔兰，并向这些地区移民拓殖。——译注

“我要找的第一个地点就这样确定了。

“‘你们家有老榆树吗？’我问道。

“‘从前在那边有一棵很古老的榆树，10年前遭到雷击，我们把树干锯掉了。’

“‘你能指出那棵榆树的位置吗？’

“‘哦，当然啦。’

“‘没有别的榆树了吗？’

“‘老榆树只有那棵，不过新榆树还有不少。’

“‘我想看看那棵老榆树。’

“我们乘坐马车到那里后，没有进屋，委托人直接把我带到草坪的一个低洼处，指出了那棵榆树生长的地方。它几乎就在橡树和房屋的中间。我的调查看来已经有了进展。

“‘我想你不记得过去这棵榆树有多高了吧？’我问道。

“‘我可以立即告诉你，树高64英尺。’

“‘你怎么知道的呢？’我吃惊地问道。

“‘以前我的老家庭教师经常教我做三角练习，通常教我如何测量物体的高度。我还是个孩子时就测算过庄园里的每棵树和每幢建筑物的高度。’

“这真是意外的收获，没想到这些数据能得来全不费工夫。

“‘告诉我，’我问道，‘你的管家是否问过你这类问题？’

“雷吉纳德·马斯格雷夫吃惊地望着我。‘你这么一问我想起来了，’他回答道，‘几个月以前，布伦顿在同马车夫争论这个问题时，的确问过我榆树的高度。’

“这真是个好消息，华生，它说明我的思路是正确的。我抬头看看太阳，太阳已经偏西，我算了一下，不消一小时，太阳就要落到老橡树的顶上了。仪式书中提到的一个条件对上了。

“榆树的阴影一定是指阴影的远端，否则为什么不选树干做基准呢？于是，我着手寻找太阳偏过橡树顶时，榆树阴影的最远端落在何处。”

“榆树已经不在了，测量一定很困难吧，福尔摩斯。”我说道。

“嗯，至少我想布伦顿能做到的，我也能做到，再说也并不很难。我和马斯格雷夫走进他的书房，削好了这个木钉，将这条长绳子拴在木钉上，绳子每隔一码打一个结当尺子用，然后将两根钓鱼竿绑在一起，使其长度正好是6英尺，一切就绪后，便和我的委托人回到老榆树的地点。这时太阳正好落在橡树顶上方。我把钓竿一端固定在地上，标下阴影的方向，丈量了阴影的长度。阴影长9英尺。

“这样一来，计算就很简单了。已知竿长6英尺时其投影为9英尺，则树高64英尺时，其投影应为96英尺。钓竿阴影的方向也就是原来那棵榆树的阴影的方向。我丈量出这段距离，差不多就达到了宅子的墙根。我在这地方钉下木钉。想象一下，华生，当我发现离木钉不到两英寸的地方有个锥形的小洞时，我是多么欣喜。我知道这洞是布伦顿丈量时留下的标记，我正在跟踪追击呢。

“我们从这点开始步测，首先我用袖珍指南针定下方向，顺着宅子墙壁向北走了20步，钉下木钉。然后向东迈10步，再向南迈4步，便到了旧房大门门槛下。再向西迈两步，我来到了石板砌成的通道上，这就是我们要找的地方。

“华生，我那时真是大为失望，当时我甚至怀疑我的计算有问题。斜阳把通道照亮，看着那上面那些古老而且被塌陷了的灰色的石板仍然被水泥牢固地浇筑在一起，肯定自建成以来就没有被移动过。布伦顿没有在这里留下任何动过手的痕迹。我敲了敲石板，到处声音都一样，而且没有任何洞穴和裂缝。不过，好在和我一样异常兴奋的马斯格雷夫开始明白了我的想法，拿出手稿帮助我核对我计算的结果。

“‘就在下面，’他高声喊道，‘你忽略了一句话：此地之下是也。’

“我本以为要进行挖掘的，这下我立即知道我想错了。‘通道下面有地下室吗？’我大声说道。

“‘是的，地下室和这宅子一样古老，就在这下面，通过这扇门进去。’

“我们沿着迂回的石阶下去，我的同伴划了一根火柴，点着了放在墙角木桶上的提灯。灯光下我们立刻发现我们总算找对地方了，而且，这地方最近还有人来过。

“这里一直是堆放木料的仓库，可是显然有人将原来满地凌乱的短木头堆积到了两旁，从中间腾出一块空地。空地上有一块很重的大石板，石板正中有个生锈的铁环，铁环上缚着一条厚厚的黑白格子围巾。

“‘我的天！’我的委托人叫道，‘那是布伦顿的围巾。我肯定看到他戴过这条围巾。这个坏蛋跑到这里来干什么？’

“我们请来了两名当地警察，然后我抓住围巾，用力提石板。可是我一个人无法搬动它，在一名警察的帮助下才勉强把石板挪到一旁。我们看到下面是一个漆黑的地窖。马斯格雷夫跪在地窖旁，用提灯朝下照。

“我们下面的这个地窖大约7英尺深，4英尺见方。地窖的一边放着一个有黄铜箍的木箱，箱盖打开着，锁孔上插着的就是这把奇怪的古老钥匙。箱子外面积了厚厚的灰尘，箱板遭到虫蛀和潮气的侵蚀已经朽烂，到处长满了铁灰色的木菌。一些金属圆片——显然是古币——就是我手里拿的这些，散放在箱底，其他就没什么了。

“然而，当我们发现有个东西蜷缩在木箱旁边时，我们就顾不得那个小箱了。那是个人，一个穿着一身黑衣服的人，蹲在那里，前额抵在箱子边上，两臂抱着箱子。这个姿势使他脸上充血，扭曲的猪肝色的面容令任何人都难以辨认。但我们把尸体从箱子跟前拉开来一看，死者的身材、衣着和头发，一切都说明他就是那个失踪的管家。他已经死了好几天了，但身上并无伤痕，不知他是怎样落到这个可怕的下场的。当我们把他的尸体运出地下室时，我们仍然面对着和起初一样难以解决的问题。

“华生，我承认当时我对调查感到了失望。我本以为按照仪式书的暗示找到这个地方后，谜底就能解开。可是现在地方虽然找到了，但却仍然不知道这个家族的祖先如此精心藏匿的究竟是什么。我们虽然知道了布伦顿的下场，但却不知道他是如何落到这个下场的；而那个失踪的姑娘和这件事情又有什么关系呢？我坐到墙角的一个小桶上，仔细地反复思量着。

“我来到了石板砌成的通道上，这就是我们要找的地方。”

一个穿着一身黑衣服的人，蹲在那里，前额抵在箱子边上，两臂抱着箱子。

“华生，你是知道我在这种情形下的思维方法的。我会设身处地想一想，首先衡量一下对方的智力水平，设想我在相同情况下会怎么办。这样一来，事情就简单了。因为布伦顿是个非常聪明的人，借用天文术语说就是，他和我的观察之间不会有‘个人观测误差’，他知道那里面一定藏着一些有价值的宝物。他设法找到了这个地方。但他发现石板盖太重，一个人是无法挪动的。他下一步会怎么办？即使他在外面有信得过的人，也要冒着被人发现的危险开门放他进来。不会的，他肯定是在宅子里找助手。可是，是谁呢？对啦，那个姑娘曾经热烈地爱过他。男人总是认为无论他对一个女人多坏，他也不会真正失去那女人的爱情的。于是他再次向豪厄尔斯姑娘献殷勤并得以和她和好如初，然后约她一起动手。这样，他俩在夜间便一起摸到了地下室，一起用力掀开了石板。至此我能了解他们的行踪，犹如我曾亲眼所见一般。

“不过仅靠两个人掀开那块石板，特别是其中一个还是女人，这仍然是件吃力的工作。因为就连我和结实的苏塞克斯警察一起掀开那石板的时候也不轻松。那么他们会想什么办法呢？如果是我又会怎么办呢？我起身仔细地查看了地上凌乱的木料，我的估计很快被证实了。一根约3英尺长的木料的一端有压坏的缺痕，还有几块木头侧面都被很重的东西压扁了。显然，他们一面把石板往上提，一面用木头塞进去垫着，当把石板提到能钻进一个人的高度时，用一块木头支住石板。这根木头承受了石板的全部重量，而由于这木头着地的一端嵌在另一块石板边缘上，因此产生了缺痕。至此我的推断都找到了可靠的证据。

“现在的问题是我如何继续重现那天夜里发生的事情。显然地窖只能钻进一个人，那就是布伦顿。那姑娘一定是在上面等着。然后布伦顿打开了木箱，把箱子里的东西拿出来，递上去——因为他们大概未被发现——后来——那么，后来发生了什么呢？

“究竟是那个容易感情冲动的凯尔特姑娘一见亏待过她的人——他亏待她的程度也许远远超过我们的想象——现在落到了她的手里的时候，她久藏心中的报复念头终于发作了，还是支撑石板的木头突然倒下，把布伦顿关在了这个成了他坟墓的地窖中呢？她的唯一罪过是否只是隐瞒了这个真情呢？抑或是她亲手突然把支木顶开，让石板落下？不管是哪种情况，我都似乎看见一个女人的身影，她抓住宝物，在曲折的阶梯上飞奔，也许她耳朵里还响着她身后传来的即将窒息而死的薄情郎所发出的沉闷的尖叫声，以及拼命捶打石板的声音。

“这就是第二天早晨她面色苍白，全身发抖，狂笑不止的原因所在。可是箱子里是些什么东西呢？她将这些东西弄到哪里去了呢？箱子里的东西当然就是我的委托人从池塘里打捞上来的旧金属和水晶石了。她做的第一件事情就是找机会把这些东西扔到了池塘中，以便销毁证据。

“我在那里一动也不动地坐了20分钟左右，把整个事情思考了一遍。马斯格雷夫依然面色苍白地站在那里用提灯朝石洞里四下照探着。

“‘这些是查理一世时代的古币，’他从木箱中取出几枚金币，说道，‘你看，我们推算的文件写成的时间是完全正确的。’

“‘我们还可以找到查理一世时代的其他东西，’我突然想到仪式书的头两句问答可能有的含义，便大声喊道，‘让我看看你从池塘里捞出的袋子里装的东西吧。’

“我们回到他的书房，他把那袋子里的东西堆在我面前。一见这堆东西，我就知道他压根没有把这些东西当回事，因为金属已经发黑，石块也毫无光泽。然而，我随手拿起一块用袖子擦了擦，它竟然在我手心里发出了耀眼的光芒。那金属件是个双环形的制品，不过已经扭曲得变了形。

“‘你应该记得，’我说道，‘甚至在英王查理一世死后，保皇党还在英国武装暴乱。当他们败北逃亡时，可能埋藏了许多极贵重的财宝，以待天下太平后再回来取。’

“‘我的祖先拉尔夫·马斯格雷夫爵士是查理一世时代有名的保皇成党员，在查理二世流亡时，是他的得力助手。’我的朋友说道。

“‘啊，果然如此！’我答道，‘嗯，好，我们需要的最后的环节终于找到了。看来我得祝贺你获得了带有悲剧色彩的，但却是无价的珍宝，而且，这

还是有着更加重大意义的历史珍品呢。’

“‘这到底是什么呢？’马斯格雷夫大惑不解地问道。

“‘这是英王查理一世的王冠啊。’

“‘王冠！’

“‘正是。考虑一下仪式书上的话吧！它怎么说来着？“它属于谁？它属于已经离去者。”这指的是查理一世已经被处死。接着是“谁将拥有它？即将到来者。”这指的是查理二世，并且已经预见到查理二世即将回国登基。我肯定这顶破旧不堪的王冠曾经属于斯图亚特王室。’

“‘它怎么跑到池塘里去了呢？’

“‘啊，这就是个需要花点儿时间才能回答的问题了。’我说着，将我所做的一系列推测和论证全部告诉了他，直到夜色降临、明月高悬时分我才讲完。

“‘为什么查理二世回国后不取走王冠呢？’马斯格雷夫把遗物放回亚麻布袋时问道。

“‘啊，你问了一个我们也许永远也回答不出的问题。可能是掌握这个秘密的马斯格雷夫在国王回来前就去世了，而死前出于疏忽又没有把仪式书的秘密告知后人。从那时至今，这个仪式书世代相传，直到终于被一个人识破，而这人也为此枉送了性命。’

“这就是马斯格雷夫仪式书的故事，华生。赫尔斯通家族还保留着那顶王冠。不过，他们为了这顶王冠在法律上也遇到了一些麻烦，而且付出了相当大的一笔钱最后才得以保留这顶王冠。我相信，你只要在他们面前提到我的名字，他们会很乐意把王冠拿给你看的。至于那个女人，我们再也没有听到有关她的消息，她多半已经离开英国，带着犯罪的记忆到大洋彼岸去了。”

赖盖特

过度的操劳影响了我朋友夏洛克·福尔摩斯先生的身体健康，直到1887年春天，他的健康都尚未恢复。不久前发生的荷兰—苏门答腊公司案和莫波吐依兹男爵的庞大计划案件，在公众心中还记忆犹新，而且这些案件与政治、经济关系过于密切，不适于我们用作一系列回忆录的主题。然而，那两起案子又间接地牵涉到一个奇怪而复杂的问题，这问题的解决使我的朋友有机会展示一种新的破案方法的价值，这方法是他在与犯罪行为做斗争中所使用的众多方法中的一种。

通过查阅笔记，我看到在4月14日，我曾收到一封来自里昂的电报，这电报通知我，福尔摩斯病倒在那里的杜朗旅馆里。我在24小时之内就赶到了他的病房，发现他的症状并不严重，我这才放心下来。然而，经过长达两个多月的艰苦调查，此间他每天至少工作15个小时，而且据他说他曾多次连续几天几夜不睡觉，所以哪怕他是个铁打的汉子，也不免要被累垮。即使他辛劳的工作得到了胜利的结果也无法抵消这长期劳累给他的影响。就在他的名字传遍整个欧洲，各地发来的贺文在他屋里堆积如山的时候，我发现福尔摩斯依然神情忧郁。虽然他知道在3个国家的警察都失败之后，他却成功侦破了欧洲最难对付的诈骗犯，也不足以使他的精神为之一振。

3天以后，我们一起回到了贝克街。我想给我的朋友换个对他恢复健康有利的环境，况且我自己也极想趁着大好春光，到乡下去住上一个星期。正好我在阿富汗时的一个病人——我的老朋友海特上校现在在萨里郡的赖盖特附近买了一所宅子，经常邀请我去他家做客。在最近的一次邀请中他还说，如果我的朋友愿意和我一起去，也会得到盛情的接待。和福尔摩斯谈这样的事情是需要采取委婉的方法的，但当他听说主人是个单身汉，而且他在主人家可以享受完全的自由时，他便一口答应了我的计划。于是在从里昂回到英国后的一个星期，我们便住进了上校的家。海特是一个很好的老军人，见的世面很多，而且正如我所预料的那样，他很快就发觉他和福尔摩斯很谈得来。

到他家的那天晚上，吃过晚餐后，我们来到上校的贮枪室里。福尔摩斯伸开四肢躺在沙发上，海特和我正在看他收藏的武器。

“顺便说一下，”上校突然说道，“我想从这里拿一支手枪带上楼去，以防万一。”

“万一？”我说道。

“是啊，最近我们这个地区不太安宁。上星期一有人闯进本地的一个富绅老阿克顿的住宅。他虽然没有遭到很大损失，可是那些家伙却依然逍遥法外。”

“没什么线索吗？”福尔摩斯斜视着上校问道。

“现在还没有。但这是我们乡下的一个小小的犯罪案件，比起你办过的国际性大案件来简直不值一提吧，福尔摩斯先生。”

福尔摩斯对他的恭维摇了摇手，但脸上却露出了笑容。

“这案子有什么令人感兴趣的特征吗？”

“没有。盗贼把藏书室搜了个遍，费了很大的劲，却没有找到什么值钱的东西。整个藏书室被翻了个底朝天，抽屉被撬开，书报扔得到处都是。结果只拿走了一卷蒲柏[1]翻译的《荷马史诗》、两只镀金烛台、一个象牙镇纸、一个橡木制的小晴雨计和一团线。”

“大千世界真是无奇不有！”我喊道。

“哦，这些家伙显然是顺手牵羊地拿了这些东西。”福尔摩斯在沙发上咕

① 蒲柏（1688—1744）：英国诗人。——译注

咴了一句。

“本地的警察应当能在现场发现一些线索的呀，”福尔摩斯接着说道，“这不是明摆着……”

可是我伸出手指制止了他。“老伙计，你是到这里来休息的。看在老天的分上，在你的神经还没有得到松弛之前，别接手新的案子吧。”

福尔摩斯耸了耸肩，无可奈何地看了上校一眼，我们便转到其他话题上去了。

然而，命中注定我作为医生对他的提醒全都是白费。因为第二天早晨，事态的发展就迫使我们不得不参与了这个案子，我们谁也没有料到我们的乡村之旅会发生这样的变化。我们正在吃早餐时，上校的管家不顾一切地闯了进来。

“您听到消息了吗，先生？”他上气不接下气地说道，“在坎宁安的家！先生。”

“又是盗窃？”正要喝咖啡的上校大声地说道。

“杀人了！”

上校吹了声口哨。“天哪！”他说道，“谁被杀了？是治安官还是他的儿子？”

“都不是，先生，是马车夫威廉。子弹射穿了他的心脏，先生，他当场就死了。”

“是谁杀了他呢？”

“是那个盗贼，先生。他杀了人后就逃得无影无踪了。他从厨房窗户闯进他们家时，正好被威廉撞见。威廉是为了保护主人的财产而死的。”

“是什么时候发生的？”

“是在昨天夜里，先生，大约12点钟。”

“啊，好吧，我们过会儿去看看。”上校说道，又冷静地坐下来吃早饭了。“真是太糟糕了！”管家走后，上校说道，“老坎宁安是我们这里很有影响的人物，为人非常正派。这事一定让他很伤心，因为这个马车夫已经侍候他

可是我伸出手指制止了他。“老伙计，你是到这里来休息的。”

家好多年了，是个很好的仆人。显然，杀人犯就是闯进阿克顿家的窃贼。”

“就是偷了一些不值钱的东西的那个人吗？”福尔摩斯若有所思地说道。

“正是。”

“哼！这看来是世界上一件最简单的案子了，不过，初看起来，还是有点儿费解，不是吗？在人们意料中，照说一伙乡村盗贼总是要不断变换他们的作案地点的，他们不会于几天之内在同一地区两次入室盗窃。昨晚当我听你说到要采取防范措施时，我脑子里就想过：这地方也许应该是盗贼最会光顾的英国教区了，这说明我们要了解的事情还有很多呢。”

“我估计这是本地的小偷干的。”上校说道，“如果是这样的话，由于阿克顿和坎宁安家正好都是本地的大户人家，他们自然首先光顾他们的家。”

“他们也是本地最富有的人家吗？”

“嗯，应当算是。不过他们两家已经打了多年的官司，因此两家都伤了元气。老阿克顿曾经提出坎宁安家的一半财产是属于他们的，而律师们则从两家手里得好处。”

“如果这果真是当地盗贼作的案，要抓到案犯并非难事。”福尔摩斯打着哈欠说道，“好了，华生，我不打算干预这件事。”

“警官福雷斯特来了，先生。”管家突然打开门，说道。

一个长相机敏的年轻警官走了进来。“早安，上校。”他说道，“我希望我没有打扰你们，我们听说贝克街的福尔摩斯先生在你家里。”

上校对着我朋友的方向挥挥手，警官向他鞠了个躬。

“我们想，也许您愿意帮帮我们，福尔摩斯先生。”

“命运之神又要违背你的意志了，华生。”福尔摩斯哈哈地笑着说道，“我们正好在议论这个案子呢，警官。或许你能给我们介绍更多的细节。”

当看到他以我熟悉的方式向后仰靠在椅子上时，我知道这个案子他肯定要过问了。

“我们还没有关于阿克顿案件的任何线索。但是第二个案子我们却有足够的线索。毫无疑问，这两个案子是同一个人干的。有人看到他了。”

“啊！”

“是的，先生。他开枪打死了可怜的威廉·柯万之后，撒腿就跑了。坎宁安先生从卧室的窗户看到了他，亚历克·坎宁安先生从后面的过道看到了他。是11点45分发出警报的。那时坎宁安先生刚刚睡下，亚历克先生则穿着睡衣正在吸烟。他们两人都听见了马车夫威廉的呼救声，亚历克先生循声下楼去看个究竟。后门敞开着。当他来到楼梯口时，只见有两个人在外面扭打。其中一人开了一枪，另一个应声倒下。随后凶手跑过花园，翻过篱笆逃跑了。坎宁安先生从卧室窗口望出去，看见那家伙窜到大路上，转眼就不见了。亚历克先生过去看看那个被害的人是否还有救，所以凶手就这样逃掉了。目前只知道凶手是中等身材、穿着深色衣服，此外我们没有其他线索，但我们正在努力调查，如果他是外面来的人，我们很快就能抓到他。”

福雷斯特警官走进来了。

“当时那个威廉的情况怎么样？他临终前说了什么没有？”

“什么也没有说。他和他母亲住在下人居住的房间里。他是个非常可靠的人，我们估计他到厨房里去可能是想看看那里是否一切正常。阿克顿案件使大家都提高了警惕。那个强盗肯定是刚刚把锁撬开，一进门就迎头碰到了威廉。”

“威廉在出去之前跟他母亲说什么了吗？”

“他母亲年龄很老了，而且耳聋，从她那里打听不到什么消息。受到这次惊吓后，她几乎变糊涂了。但我知道她平常也不是很清醒的。不过，有一个情况非常重要。看看这个！”

警官从笔记本里取出一张不规则的纸片，把它在膝头上摊了开来。

“这是在死者的手里发现的。看来它是从一大张纸上撕下来的。您会注意到，上面写的时间正是这个可怜的人遇难的时间。显然这纸片若不是凶手从死者手中撕下的，就是死者从凶手手里夺回来的。它看来很像是一张约会的条子。”

福尔摩斯拿起这张小纸片。这纸片的复制件如下图：

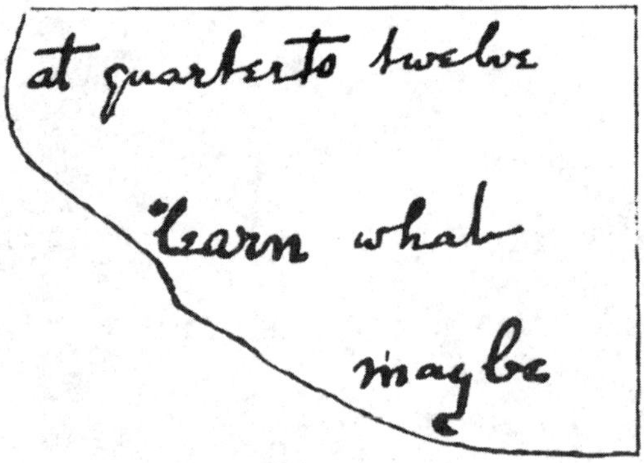

“假如这的确是一张约会的条子，”警官继续说道，“那么尽管威廉·柯万有着为人诚实的名声，也不排斥他有和盗贼串通一气的可能。他还可能是在家里做内应，甚至可能帮助盗贼破门而入，后来两人可能因为什么事情又闹翻了。”

“这字体倒是非常有趣。”福尔摩斯非常认真地研究着这张纸条，说道，“这里面的文章比我想象的要复杂。”他把头埋在手里思索着。警官看到这位大名鼎鼎的伦敦侦探也被这案子难倒了，不禁笑了起来。

“你刚才说，”福尔摩斯过了一会儿说道，“这仆人可能和盗贼串通，这张条子也许是他们的密约信。这个看法很有道理，这并非不可能。可是这张纸条上明明写着……”他又把头埋在手里，沉思了片刻。当他再抬起头时，我很惊讶地看到他的脸上有了血色，眼里放出了光彩，他完全恢复到生病前的样子了。他颇有生气地从椅子里站起来。

“我对你们说，”他说道，“我很想静静地研究一下这个案子的细节。它对我产生了极大的吸引力。如果你允许的话，上校，我想暂时离开一下你和我的朋友华生，和警官一起去验证一下我的一些看法。我半小时后就回来。”

过了一个半小时后，只有警官独自一人回来了。

“福尔摩斯先生还在外面田野里转悠呢。”他说道，“他要我们四个人一起到那所宅子去一趟。”

“是到坎宁安先生家吗？”

“是啊，先生。”

“去干什么呢？”

警官耸了耸肩。“我也不清楚，先生。我这可是只跟你说，我觉得福尔摩斯先生的病还没好利索。他的行为十分奇怪，而且非常激动。”

“我看你完全不必担心。”我说道，“我知道通常当他看上去好像有点儿癫狂的时候，就是他已经发现了什么蛛丝马迹了。”

“不了解他的人会说他有点儿疯疯癫癫。”警官咕哝着说，“不过他急于要着手开始工作，上校，所以如果你们准备好了，我们最好马上就去。”

我们看到福尔摩斯双手插在裤兜里，正低着头在田野上转悠。

“这件事变得越来越让我感兴趣了，”福尔摩斯说道，“华生，你的乡村之旅可以说是大获成功啊！我度过了一个美妙的早晨。”

“我看你已经去过犯罪现场了？”上校说道。

“是的，我和警官一起做了现场勘察。”

“有收获吗？”

“嗯，我们看到了一些非常有趣的东西。我们边走边谈吧，我们所做的第一件事是看到了那具尸体。他确实像验尸报告所说的那样是死于枪伤。”

“难道你曾对此有过怀疑吗？”

“哦，对每件事都还是眼见为实才好。我们的现场调查并没有白费力气。后来我们见到了坎宁安先生和他的儿子，他们指出了凶手逃跑时越过花园篱笆的确切地点。这是我极其关心的问题。”

“这是很自然的。”

“接着我们又见到了那个马车夫的母亲。由于她年迈体弱，从她嘴里没有打听到什么。”

“您调查的结果究竟如何呢？”

“结果使我确信这件罪案不同寻常。希望我们的亲临现场能减少破案的障碍。警官，我认为我们两人都一致认为死者手里的纸片上写的时间就是他死去的时间，这一点极其重要。”

“这就给我们提供了一个线索，福尔摩斯先生。”

“这确实给我们提供了一个线索。不管写这张条子的人是谁，总之，威廉·柯万就是为了这个人才在那个时间起床的。问题是这张纸的另一半在哪儿呢？”

“我仔细在地上检查过，但没有找到。”警官说道。

“它是从死者手里撕走的。为什么有人要急于抢走它呢？因为这张纸条会暴露他的罪行。抢走后他会如何处理呢？多半会随手塞进衣袋里，而且他压根没有发现还有一角残片捏在死者手里。只要我们能够找到被撕走的纸，就能解开这个谜。”

“是啊，可是我们抓不到罪犯，怎么可能翻他的衣袋呢？”

“是啊，是啊，这问题值得想想。而且还有一点也是明摆着的，这张纸条是给威廉送来的。写纸条的人绝不是交纸条的人，不然的话，他完全可以亲口对他说了。那么，送条子的人是谁？是通过邮局寄来的吗？”

"我已经查过了，"警官说道，"威廉昨天下午收到邮局送来的一封信，信封已经被他毁掉了。"

"好极了！"福尔摩斯拍拍警官的背，大声叫道，"你已经见到邮差了。和你一起工作真是荣幸。唔，这就是仆人的房间，上校，如果你愿意进去，我会把案发现场指给你看的。"

我们走过被害者住的小屋子，走上一条两旁有橡树的林荫道，看到一所安妮女王①时代的老宅，门楣上刻着马尔普拉凯战役②的日期。福尔摩斯和警官领着我们一直转到侧门。侧门外是一个花园，花园的篱笆外是一条大路。一个警察站在厨房门旁。

"把门打开，警官。"福尔摩斯说道，"我们现在的位置就是当晚两个人发生扭打的地方，小坎宁安先生就是站在那个楼梯上看到这个场面的。老坎宁安先生就是在左边第二扇窗子旁看到那个家伙从矮树丛左边逃跑的。他儿子也看到了。他们两个人都肯定那人是从矮树丛那里逃走的。随后亚历克先生跑出来，跪在受伤的马车夫身旁。你们看，这地面很坚硬，所以没有给我们留下任何痕迹。"

他正说着时，只见有两个人绕过屋角，沿花园小径而来。年长者面部轮廓鲜明，刻着深深的皱纹，目光深邃；另外一个是生气勃勃的年轻人，他满面的笑容和华丽的衣着与我们前来处理的案件形成了奇怪的对比。

"还在为这件事忙着呢？"他对福尔摩斯说道，"我本以为你们伦敦人是无所不能的呢，但看来你们办事情也不麻利呀。"

"啊！破案总是需要时间的呀。"福尔摩斯心情愉快地说道。

"你需要时间。"亚历克·坎宁安说道，"可我却看不出有什么线索。"

"只有一个线索。"警察回答道，"我们认为只要我们能找到……上帝

---

① 安妮女王（1665—1714）：詹姆士二世之女，于1702—1714年间为英国女王。——译注

② 1709年因法国入侵而引发的英法战争。——译注

啊！福尔摩斯先生，您怎么啦？”

只见福尔摩斯的脸上突然现出极其可怕的表情。他的两眼直往上翻，脸部被痛苦所扭曲。他忍不住哼了一声，朝下跌倒在地。他突然病得这样厉害，我们着实吓坏了。我们急忙把他抬到厨房里，让他躺在一把大椅子上。他费力地喘息了一阵子，最后他为自己身体虚弱而感到不好意思，抱歉地站了起来。

“华生知道我是个大病初愈的人。”福尔摩斯解释道，“我的神经痛经常突然发作。”

“上帝啊！福尔摩斯先生，您怎么啦？”

“要不要我用我的马车送你回家去？”老坎宁安问道。

“嗯，既然我已经到了这里，有一点我还是要落实一下。我们能把它搞清楚的。”

“是什么呢？”

“嗯，在我看来，可怜的威廉很可能不是在盗贼进屋之前，而在盗贼进屋之后才出来的。而你们却认为，虽然门被弄开了，强盗却没有进屋。”

“我看这是很明显的。”坎宁安先生严肃地说道，“唔，我的儿子亚历克还没有睡，如果有什么动静，他一定能听到。”

“他当时坐在何处？”

“他当时正坐在更衣室里吸烟。”

“哪一扇窗子？”

“左边最后一扇窗子，我父亲卧室旁边那扇。”

“两个房间都亮着灯吧？”

“当然。”

“有几点很奇怪。”福尔摩斯微笑着说道，“一个盗贼，而且是一个有作案经验的盗贼，在看到两个房间里还亮着灯光时，却还要闯进屋里去，这不有点儿反常吗？”

“他一定是个老手。”

“嗯，当然，若不是这个案子扑朔迷离，也不会请你来了。”亚历克先生说道，“不过，你说威廉是在盗贼进了这间屋子劫掠之后才动手抓他的，我认为这种看法太荒唐了。如果是那样，屋子就已被搞乱了，那我们发现丢了什么东西了吗？”

“这要看是什么东西了。”福尔摩斯说道，“要记住我们是在跟一个老道而狡猾的盗贼打交道。瞧，举个例子说，他从阿克顿家拿走的都是些什么古怪东西啊？一个线团，一个镇纸，以及一些我不知道的零星杂物。”

“嗯，这事就全靠你了，福尔摩斯先生。”老坎宁安说道，“我们会完全按照你或警官的吩咐行事的。”

“首先，”福尔摩斯说道，“我想请你自己悬赏——自己出钱悬赏，因为官方悬赏会对赏金的数额争论不休而耽误时间，不能马上办成的。我已经起草了一个格式，你只需在上面签字就行。我想，50英镑就足够了。”

“我愿意出500英镑。”治安官接过福尔摩斯递给他的纸和铅笔，说道。“不过这不完全正确。”他看了一眼文件，补充了一句。

“我起草得十分匆忙。”

“你看你开头写的是‘鉴于星期二凌晨零点三刻发生了一次抢劫未遂案’，事实上，时间应该是十一点三刻。”

这个差错令我很痛心，因为我知道，福尔摩斯对自己任何细小的疏忽都是不能容忍的。他的专长就是准确地落实事实。可惜他最近的一场病使他变了，这个小小的差错足以说明他的身体还远远没有恢复正常。显然，他一时感到很狼狈。警官扬了扬眉毛，亚历克·坎宁安则不禁放声大笑起来。那个老绅士把写错的‘零’字改成了‘十一’，把这张纸还给了福尔摩斯。

“拿去尽快复印吧。”老坎宁安说道，“我认为你的这个主意非常好。”

福尔摩斯却把这张纸小心翼翼地夹进他的记事本里。

“现在，”他说道，“最好是我们一起把这宅院仔细检查一遍，看看这个奇怪的盗贼是否真的没有从这里拿走任何东西。”

进屋之前，福尔摩斯仔细检查了那扇被撬过的门。显然，有人用一把凿子或一把坚固的小刀把锁撬开过，木头上还留下了利器的痕迹。

“你们不用门闩吗？”福尔摩斯问道。

“我们认为没有必要。”

“你们没有养狗吗？”

“养了，但它被铁链子拴在了房子的另一边。”

“仆人一般什么时候睡觉？”

“10点钟左右。”

“威廉平时也在这个时候睡觉吗？”

“是的。”

“可是出事的那天夜晚，他却在这个时候起来了，这真奇怪。现在，劳驾你领我们去查看一下这所住宅好吗，坎宁安先生？”

通过厨房旁边的石板走廊，我们踏上木楼梯，来到宅子的二楼的楼梯平台。它正对着另一条通向前厅的装饰得较为华丽的楼梯。通过这个楼梯平台，就是客厅和几间卧室，其中包括坎宁安先生和他儿子的卧室。福尔摩斯慢吞吞地走着，注视着这所宅子的建筑样式。从他的表情我可以看出，他是在积极地搜寻着，但我不知道他在搜寻什么。

“喂，先生，”坎宁安先生有些不耐烦地说道，“在这些地方搜寻完全没有什么必要。楼梯端头就是我的卧室，我儿子的卧室就在我的隔壁。请你判断一下，如果这贼上了楼，我们怎么可能会都不知道呢？”

“我想，你应当到宅子的周围去寻找新的线索。”坎宁安的儿子说道，脸上带着恶意的笑容。

“请你们少安毋躁。我只是，譬如说吧，想看看从卧室的窗口可以望多远。我知道，这是你少爷的卧室。”福尔摩斯把门推开说道，“我猜这就是事情发生时他正坐着吸烟的更衣室吧。它的窗子朝向何处啊？”福尔摩斯走过卧室，推开门，打量了一下另一个房间。

“我希望现在你应该满意了？”坎宁安先生不耐烦地说道。

“谢谢你，我想看的都看到了。”

“如果你认为确有必要的话，就到我房间去看看吧。”

“如果不太麻烦的话。”

治安官耸耸肩，把我们带进了他的卧室。室内的陈设简单，是一间普普通通的房间。当我们穿过房间向着窗子走去时，福尔摩斯放慢了脚步，使得我和他都落在了大家的后面。床的旁边有一张小方桌，桌上有一盘橘子和一瓶水。我们经过床边时，出乎我的意料，福尔摩斯故意探身向前把方桌推翻，桌上的玻璃瓶被摔得粉碎，水果滚得满屋子都是。

“瞧你，华生，”福尔摩斯不动声色地说道，“你把地毯弄得乱七八糟了。”

我急忙俯身捡起水果，心想我的朋友这样做总有他的原因。其他人也帮着捡水果，并把桌子摆好。

“哎呀！”警官喊道，“他去哪儿了？”

福尔摩斯转眼不见了。

“你们这里等着我。”亚历克·坎宁安说道，“我看这家伙脑子有点儿问

福尔摩斯故意探身向前把方桌推翻，桌上的玻璃瓶被摔得粉碎，水果滚得满屋子都是。

题，父亲，你跟我来，看看他究竟跑到哪儿去了！”

他们冲出房间，留下警官、上校和我在房间里面面相觑。

“我倒是同意主人亚历克的看法。”警官说道，“可能是他生病后脑子受到了影响，可是在我看来……”

他的话音未落，我们便听到一声突然的尖叫：“救命啊！救命啊！杀人了！”我听出这是我朋友的声音，惊恐万分。我不顾一切地冲出屋子，冲向楼梯平台。呼救声渐渐变弱，成了嘶哑而含糊的喊叫声，从我们首先查看的那间房间里传出。我猛冲进去，直扑里面的更衣室。只见坎宁安父子二人将夏洛克·福尔摩斯按在地上，小坎宁安的双手掐住了福尔摩斯的喉咙，而老坎宁

坎宁安父子二人正在将福尔摩斯按在地上，小坎宁安的双手掐住了福尔摩斯的喉咙，而老坎宁安扭住了他的手腕。

安扭住了他的手腕。我们三个人立即过去把他们从福尔摩斯身上拉开。福尔摩斯摇摇晃晃地站起来，脸色苍白，看来已经筋疲力尽了。

“警官，逮捕这两个人。”福尔摩斯喘着气说道。

“以什么罪名？”

“谋杀他们的车夫威廉·柯万！”

警官困惑地盯着福尔摩斯。“噢，算啦，福尔摩斯先生。”警官终于说道，“我相信您不是这个意思……”

“啧啧，伙计，你瞧瞧他们的脸！”福尔摩斯厉声喝道。

我还确实从来没有见过比他们的脸上更明显的认罪表情了。那老家伙麻木的脸上略带愠怒，而那位少爷却一改原有的活泼神态，漂亮的脸扭曲得像一头凶恶的野兽，黑眼睛里露出凶光。警官不再说什么了，他走到门口，吹了声警笛。他手下的两名警察立即赶到了。

“我没有别的选择了，坎宁安先生。”警官说道，“我但愿这一切都是一场荒唐的误会，不过你要明白——哎呀，你要干什么？放下枪！”他猛击一掌，把亚历克手里上了膛的手枪打落在地。

“休想拿它。”福尔摩斯说道，稳稳地将脚踩在了手枪上。“你会发现到审讯时这东西才有用呢。不过，这才正是我们真正需要的东西。”他举起一个小纸团说道。

“被撕掉的那张纸！”警官喊道。

“可不是吗。”

“在哪儿找到的？”

“在我认为会找到的地方找到的。我这就把全案给你们清楚地说一遍。上校，我想你和华生现在可以回去了，我最多一小时后就会和你们会合。我和警官必须对犯人进行讯问，但午餐时你们一定能见到我。”

夏洛克·福尔摩斯说话算数，一小时以后，他就回到了上校的吸烟室里。陪他一起来的还有一个矮小的老绅士。福尔摩斯介绍说他就是阿克顿先生，第一宗盗窃案就发生在他家。

“我希望我在向你们解释这个小案件时，阿克顿先生也在场，”福尔摩斯说道，“因为他肯定会对案子的详情很感兴趣。亲爱的上校，你是否后悔不该接待一个像我这样风风火火的人呢。”

“正相反，”上校热情地答道，“我认为这是我学习你工作方法的难得的机会。我承认，这事情完全出乎我的意料，我也完全不知道你的结论是怎么得来的，我甚至看不出任何蛛丝马迹。”

“只怕我解释之后你们会失望的，但我的习惯无论是对我的朋友华生，还是其他真正对我的工作方法感兴趣的人，都毫无保留地公开我的工作方法。只是，上校，由于我在更衣室里遭到了他们的打击，我想先喝一点儿白兰地提提神，我可以说是筋疲力尽了。”

“我相信你再也不会突然发作神经痛的毛病了。”

夏洛克·福尔摩斯放声大笑起来。“等一会儿自然要谈到这件事。”福尔摩斯说道，“我将按照时间顺序把这件案子讲给你们听，并告诉你们是什么使我做出了判断。如果你们觉得有什么不清楚的地方，请随时打断我。

“侦探艺术中最重要的就是能从一系列事实中分出哪些是要害问题，哪些是偶然的问题，否则，你的注意力就不能集中了。对于本案，我从一开始就毫不怀疑，事情的关键必定和死者手中那张碎纸有关。

“在说明这点之前，我想请你们注意，如果亚历克·坎宁安所讲的情况是真的，如果刺客在杀死威廉·柯万之后便立即逃跑了，那显然就不是凶手从死者手中撕去了那张纸。但如果不是凶手撕的，那就一定是亚历克·坎宁安本人撕的，因为在那个老人下楼时，仆人们已经在场了。这一点很简单，却被警官忽略了。因为他从一开始就把一切建立在本案和这几个乡绅无关的基础上的。于是我决心不带任何偏见，完全以事实为依据进行调查。因此，刚开始调查时，我便对亚历克·坎宁安先生扮演的角色产生了怀疑。

“接着，我极其认真地研究了警官给我们的那张纸条残片。我立即意识到这是一个重要的物证。这张条子就在这里。你们到现在还没有看出它里面的文章吗？”

“字迹很不统一。”上校说道。

“亲爱的先生，”福尔摩斯说道，“它毫无疑问是由两个人交替着写出来的。请你们注意‘at’和‘to’中那两个刚劲的‘t’字，再请你们把它跟‘quarter’和‘twelve’中那两个无力的‘t’字对比一下，马上就能明白是怎么回事了。简单分析一下这四个字，你们就可以充满自信地说‘learn’和‘maybe’是出自刚劲者的手笔，而‘what’则是笔头无力者写的。”

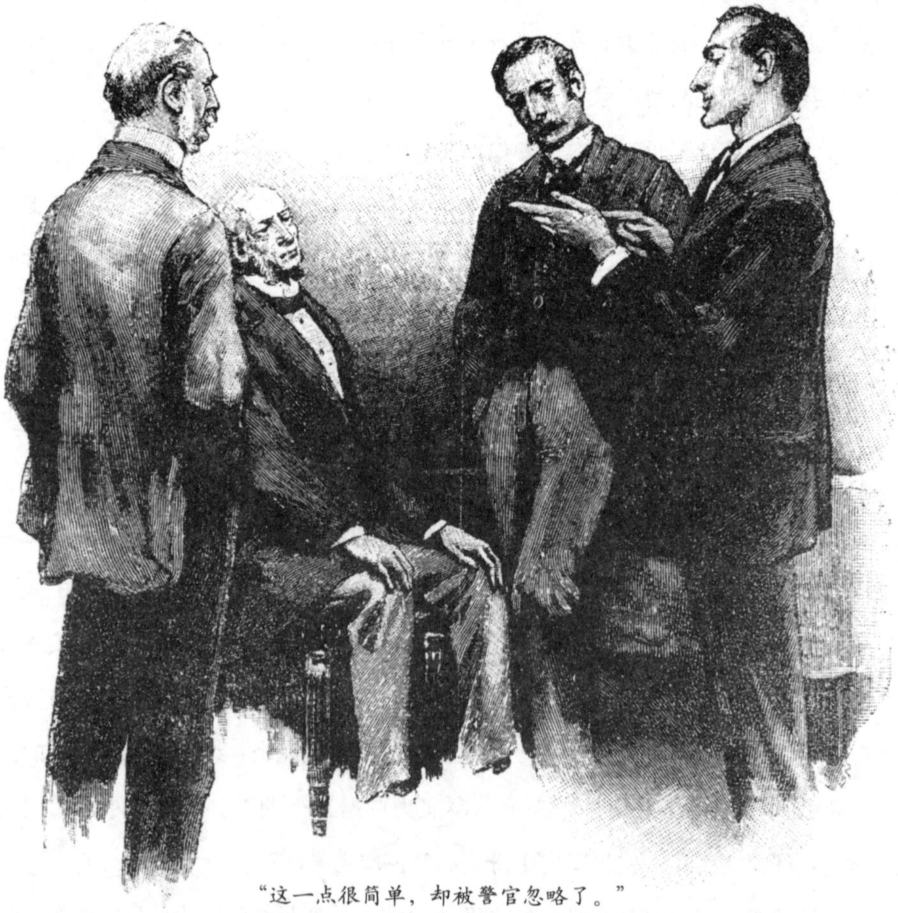

“这一点很简单，却被警官忽略了。”

“天哪，果然如此！”上校喊道，“这两个人究竟为什么要用这种方式来写信呢？”

“显然不是好事，其中一个人由于不相信另一个人，所以决定不管干什么两个人都要捆在一起。这两个人中间，显然那个写‘at’和‘to’的人是主谋。”

“你是怎么推断出来的呢？”

“我们可以通过将两人的笔迹进行对比推断出来。不过我们有比这个假设更确定的理由。如果你仔细研究一下这张纸，你就会得出这样的结论：那个字体刚劲的人首先把他要写的都写上，留下空白让另一个人去填写。而这些空白位置并不都很够，你们可以看到，第二个人在‘at’和‘to’之间填写‘quarter’一词时，就几乎写不下了，这不正说明‘at’和‘to’这两个字是事先写好的吗。先写者无疑就是策划此案的主谋。”

“说得太好了！”阿克顿先生高声叫好。

“可是，更好的还在后面哩。”福尔摩斯说道，“现在我们来谈谈重要的一点。你们可能还不知道，专家现在已经可以根据一个人的笔迹相当准确地推断他的年龄，在正常情况下，可以相当准确地断定一个人的岁数。我说，‘在正常情况下’，这是因为即使是年轻人，在生病和体弱的情况下，其字迹也会产生老年人的迹象。在本案中，一个人的笔迹粗壮有力，另一个人的笔迹虽然软弱无力，而且‘t’字上还少了一横，但字迹仍可辨认，我们就可以断定其中一人是年轻人，而另一人虽非老朽，却已是长者了。”

“说得好极啦！”阿克顿先生又高声叫好。

“然而还有一点更微妙也非常有趣。这两人的笔迹有些相似之处，他们应该是血亲关系，能让你们一眼就辨认出来的可能就是那个写得像希腊字母‘ε’的‘e’字了。而在我看来，可以说明同样问题的细微之处不胜枚举。我从两种笔迹断定他们是一家人。我现在所说的只是我研究这张纸得出的主要结果，还有23条其他推论可能专家比你们更感兴趣。而所有这一切使我最后断定写这条子的就是坎宁安家里的父子二人。

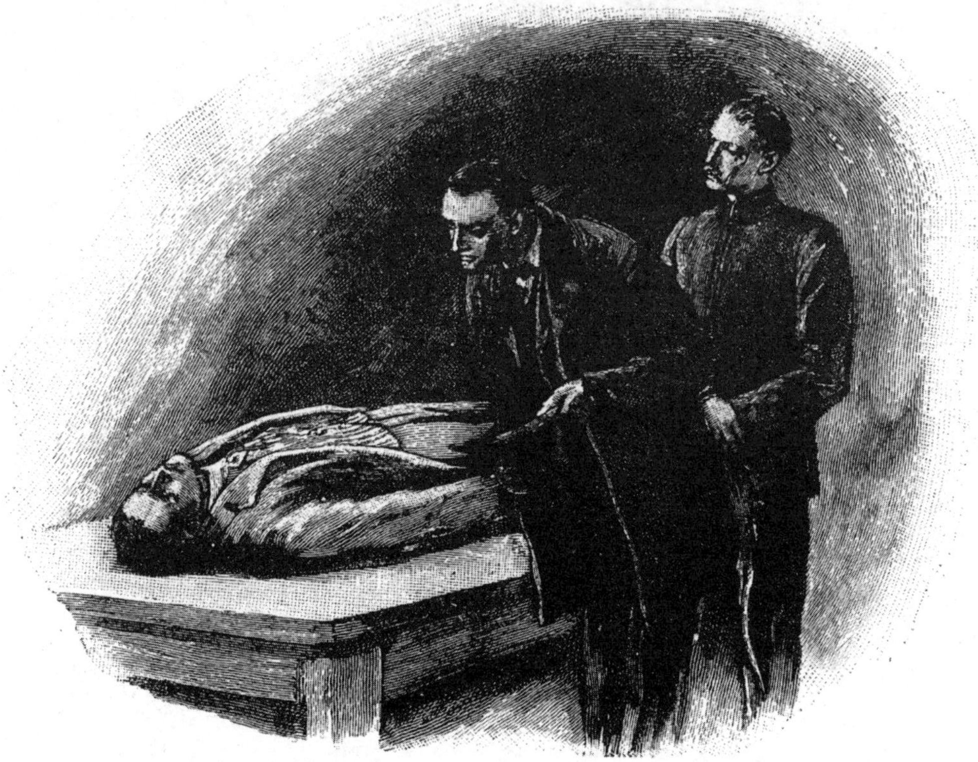

死者衣服上没有被火药喷黑的痕迹。

“得出这些推断之后，接下来当然是调查犯罪的细节，看看它们是否能验证我们的推断。我和警官一起到了他们的家，看到了我们所要看的一切。我敢断定死者身上的伤是用手枪在四码开外打的。死者衣服上没有被火药喷黑的痕迹。因此，亚历克·坎宁安说凶手在搏斗中开枪显然是撒谎。还有，父子二人都说这个人是逃往大路去了。而恰好在那里有一条宽沟，沟底是稀泥。由于沟里没有发现任何脚印，我不仅断定坎宁安父子又撒了谎，而且肯定现场根本没有来过任何外人。

“现在让我们来研究一下这件奇案的犯罪动机。为此，我首先要确定在阿克顿先生家发生的第一宗盗窃案的起因。我从上校那里得知，你，阿克顿先生正在和坎宁安家打官司。于是，我自然立即想到，他们是为了偷取打官司的重要文件而夜闯你家书房的。”

“正是如此，”阿克顿先生说道，“他们的这种意图不容怀疑。我完全有权提出他们现有财产的一半是属于我的。可是如果他们能找到我的那份文件——好在我把它锁在律师的保险箱里了——他们就一定能够胜诉。”

“你干得好！”福尔摩斯微笑着说，“他们是铤而走险，我感到这是小亚历克干的。由于没有找到什么，他们就顺手拿走一些东西，布下普通盗窃案的疑阵。这一点是显而易见的，但是还有不少疑点。首先，我要找到丢失的那截纸片。我敢肯定是亚历克把它从死者手中撕走的，也能肯定他一定随手把它塞进了睡衣的口袋里。他还能把它放到什么别的地方呢？唯一的问题是，它是否仍然还在睡衣口袋里。值得下工夫去找一找。为了这个目的，我们一起到了他们的家里。

“你们一定记得，坎宁安父子是在厨房门外遇到我们的。此时最重要的当然是不要在他们面前提起这张纸的事，否则他们就会毫不迟疑地把它毁掉。所以在警官正要对他们提起我们对这张纸有多重视时，我急中生智，假装发病，突然晕倒在地，终于把话题岔开了。”

“上帝啊！”上校笑着喊道，“你是说我们白白地为你着急了一场，原来发病是假装的？”

“从职业角度来说，装得令人叹服！”我惊奇地望着这位经常用各种机敏的办法把我骗得很狼狈的人，大声说道。

“这是一种需要经常使用的艺术。”福尔摩斯说道，“恢复常态以后，我又施了个计策，让老坎宁安写了‘twelve’这个字，以便和写在纸条上的‘twelve’进行对比。”

“哦，我是多么蠢笨啊！”我失声叫道。

“我看得出当时你对我的身体虚弱充满了同情。”福尔摩斯微笑着说道，“我为给你带来的这种不快的感觉表示歉意。接着我们一起上了楼。进屋后，看到睡衣挂在门后，我便故意掀翻一张桌子，引开他们的注意力后，我就回去检查那件睡衣的口袋。果然不出我所料，那张纸片就在他的睡衣口袋里。我刚刚取出来，坎宁安父子二人就把我按倒在地。如果不是你们及时赶来救我，我一定会被他们当场掐死。因为，那个年轻人已经掐住了我的喉咙，他父亲则扭过我的手腕，想夺回那张纸。他们知道我已经了解了事情的全部真相，他们原以为万无一失的，现在情况突变，绝望之下他们就铤而走险了。

“后来，我和老坎宁安谈到了他的犯罪动机问题。他伏法了，但他儿子却是一个十足的恶魔，如果他手上有枪，他会和大家同归于尽。坎宁安看到案情铁证如山，无心抗辩，便认了罪。事情是这样，那天晚上，当威廉的两个主人突然闯入阿克顿的住宅时，威廉悄悄地跟在了他们后面。因此，威廉掌握了他们的秘密，他便对他们进行敲诈勒索。然而，亚历克先生是一个善于玩弄手段的危险人物。他灵机一动，看出这件震惊乡里的盗窃案是他杀人灭口的一个机会。于是他们把威廉骗了出来，并将他打死。他们只要把那张纸条完整地弄到手，并对他们同谋作案的细节严格保密，就很有可能永远不会引起别人的怀疑了。”

“那么，那张纸条呢？”

夏洛克·福尔摩斯把撕破的纸条拼放在我们面前。

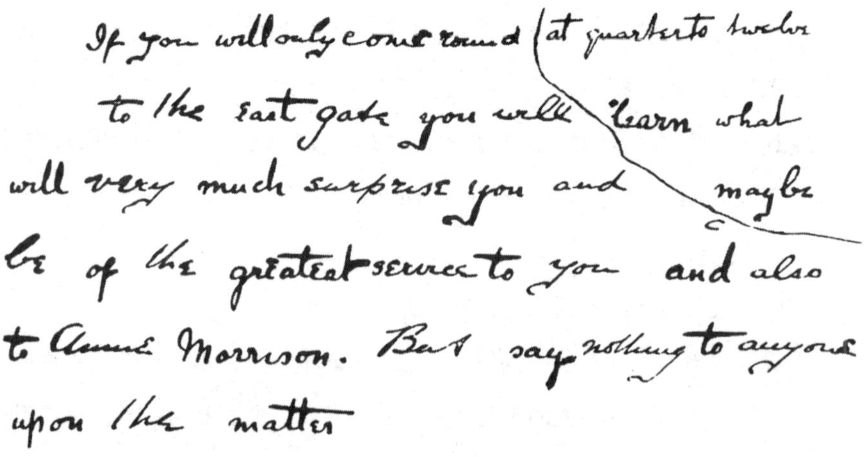
If you will only come round at quarter to twelve
to the east gate you will learn what
will very much surprise you and maybe
be of the greatest service to you and also
to Annie Morrison. But say nothing to anyone
upon the matter

纸条内容如下：

如果你在12点差一刻到东大门，你将得知一件对你和安妮·莫里森都有极大好处的令你极其惊喜的事。但切勿将此事告诉任何人。

“这正是我想要得到的东西。”福尔摩斯说道，“当然，我们还不知道在亚历克·坎宁安、威廉·柯万和安妮·莫里森之间有什么关系。事情的结局表明，这个陷阱设置得非常巧妙。我相信，当你们发现那些‘p’和‘g’的笔尾的特点都相同时，一定会感到很高兴。那老人写‘i’不打上面那一点，也很有个性。华生，我认为我们在乡间的静养已经大获成功，明天我一定能精力充沛地回到贝克街去了。”

驼背人

在我婚后数月的一个夏日的夜晚，由于白天的工作累得我筋疲力尽，我坐在壁炉旁吸最后一斗烟，手里捧着一本小说不住地打盹。我的妻子已经上楼去了，刚才传来了门厅上锁的声音，这说明仆人们也要休息了。我站了起来，将烟斗里的烟灰磕掉，就在这时，门铃突然响了起来。

我看了看表，已经是差一刻12点了。这么晚，谁会来拜访我呢。显然是病人，可能还是一个需要通宵护理的重病号呢。我耷拉着脸到门厅去打开大门。出乎我的意料之外，门口台阶上站着的是夏洛克·福尔摩斯。

“啊，华生，”福尔摩斯说道，“我希望我来得还不算太晚。”

“老伙计，快请进。”

“你看上去有点儿惊讶，这也难怪！看到是我你放心了吧！哈！你怎么还在吸你当单身汉时吸的那种阿卡迪亚混合烟丝呢！从落在你衣服上蓬松的烟灰看，我说得准没错儿。人们很容易判断出你是一直习惯于穿军服，华生。你如果不改掉将手帕藏在袖子里的习惯，就不像一个纯粹的平民。今晚你能留我在你家过夜吗？”

“欢迎之至。”

“你对我说过，你有一间单身客房，我看现在没住客人。你的衣帽架是空的。”

“你能在我家过夜，我很高兴。”

“谢谢你啦。那我就要占用一个衣帽钩啦。很遗憾，我发现曾经有个工人

“谢谢你啦。那我就要占用一个衣帽钩啦。”

到你屋子里来过。他是一个不祥的预兆。该不是来掏阴沟的吧？”

“不，是煤气工。”

“啊！他的靴子在你的油地毡上留下了两个鞋钉印，灯光正好照在上面。

不，谢谢你，我已经在滑铁卢车站吃过晚饭了，不过我很乐意和你一起吸一斗烟。”

我把烟斗递给他，他在我对面坐下，默默无言地吸了一阵儿。我深知，他这个时候来找我一定是有什么重要的事情，因此，我耐心地等待他开口。

“我看你近来的业务很繁忙哩。”他用锐利的目光瞟了我一眼，说道。

“是啊，我今天忙了一整天。”我回答道，“也许你会觉得我很愚蠢，”我补充说道，“可是我确实不知道你是怎么推断出来的。”

福尔摩斯呵呵地笑了。

“亲爱的华生，我对你的习惯了如指掌。”福尔摩斯说道，“你出门到近的地方一般走路去，到远的地方就乘马车。我看你的靴子虽然是旧的，可完全没有弄脏，便知道你现在经常乘车出远门了。”

“对极了！”我叫道。

“十分简单。”福尔摩斯说道，“一个推理者总能语惊四座，只是因为他周围的人忽略了作为推理的基础的一些细枝末节。同样的道理，老伙计，你在写作品时大加渲染，故意给读者留下伏笔和悬念，产生的效果也是如此。眼下，我也和那些读者一样，因为我虽然掌握了一件令人绞尽脑汁的奇案的某些线索，但却缺乏使我的推理更加完善的根据。不过我会找到的，华生，会找到的！”他的双眼闪着光，瘦削的双颊微微发红。有一瞬间，他脸上的热情取代了矜持，不过，这仅仅是一瞬间。当我再将目光瞟向他时，他的脸又恢复了印第安人般的刻板，使人以为他不是人而是一架机器。

“在这种案子中有一些很有趣的特点，”他说道，“我甚至可以说，是从来没有想到过的特点。我已经研究了案情，而且我认为就要大功告成了。在这最后一步上，如果你能助我一臂之力，那你给我的帮助就太大了。”

“我很乐意帮忙。”

“明天你能到奥尔德肖特去一趟吗？”

“没有问题，杰克逊可以替我照顾诊所。”

“很好。我想从滑铁卢车站乘11点10分的火车动身。”

“我来得及做准备。”

“好，如果你还不太困的话，我这就把所发生的情况以及还需要做的事告诉你。”

“你没来时我确实很困乏，现在我十分清醒了。”

“我尽量讲得简明扼要，但不遗漏任何重要情节。也许你已经在报纸上读过有关此事的某些报道了。那就是驻奥尔德肖特的芒斯特步兵团巴克利上校假定被杀案，我目前正在调查此案。”

“我一点儿也没听说过。”

“这个案子除了在当地引起轰动外，别的地方还没有引起多大的注意。案子发生才两天。简要情况是这样的：

“你知道，芒斯特步兵团是不列颠军队中一支远近驰名的爱尔兰军团。在克里米亚和印度两次平叛战役中，它建立了奇功。从那时起，一直功勋卓著。直到本星期一夜晚，这支军队一直由勇敢的詹姆斯·巴克利上校指挥。他本是一名普通士兵，由于对印度叛军作战勇敢，而得到不断提升，直至任该团的指挥官。

“当巴克利上校还是个军士的时候，他就结了婚，他妻子原是南希·德沃伊小姐，是该团前任上士的女儿。因此，可以想象，这对年轻夫妇——他们当时还很年轻——在新的环境中，难免经受一些社会摩擦。不过他们很快就适应了新的环境，我听说，巴克利夫人在该团的女眷中人缘很好，她的丈夫在同级军官中也是如此。此外，她是一个非常美的女子，即使在她结婚三十多年后的今天，姿色仍然不减当年。

“巴克利上校的家庭生活似乎一直很美满。墨菲少校给我说了很多有关他们的情况，他肯定地说，他从来没有听说过这对夫妇之间闹过什么别扭。总的来说，他认为巴克利上校对他妻子的爱胜过了他妻子对他的爱。巴克利上校哪怕离开他妻子一天工夫，也会坐立不安的。另一方面，她虽然也爱巴克利并忠实于他，但是不像他那么有着滚烫的热情。不过他们是该团公认的一对模范的中年夫妇。在他们的夫妻关系方面，谁也不会料到今后的悲剧。

“巴克利上校本人的性格也有其古怪之处。在正常情况下他是个生龙活虎的军人，但偶尔他会表现得相当粗暴，报复心强。不过他从来没有对他妻子发过脾气。我曾经交谈过的5名军官中的3名军官和墨菲少校都曾注意到另一个事实：上校偶尔会处于极其抑郁的状态。少校说，有时巴克利上校正在餐桌上和大家谈笑风生，他脸上的笑容会忽然收敛，仿佛有一只无形的手在左右着他。他在遇难前的几天就是处于这种极其抑郁的状态中的。这种抑郁状态和一定的迷信色彩是他的性格在他同事们眼中唯一不同寻常之处。他的迷信表现在他不喜欢一人独处，特别是在天黑以后。他这种奇怪的特性难免引起人们的议论和猜测。

“芒斯特步兵团——老117团——的第一营多年来驻扎在奥尔德肖特。带家眷的军官住在军营外。上校这些年来一直住在一所距北营约半英里叫做‘拉芩’的小别墅中。别墅有着自己的院落，但西边离公路不到30码。他家只雇了一个车夫和两个女仆。由于巴克利夫妇没有孩子，平时也少有客人来访，所以整个‘拉芩’别墅就只有上校夫妇和这3个仆人居住。

“现在说说上星期一晚上9点到10点钟之间在‘拉芩’别墅发生的事情。

“看来，巴克利夫人是个天主教徒，她很关心瓦特街小教堂举办的圣乔治慈善会的事业。慈善会专门为穷人施舍旧衣服。那晚8点，慈善会要举行会议。巴克利夫人早早吃过晚饭，便去参加会议。在她出门的时候，车夫听见她像通常出门那样嘱咐了丈夫几句话，说自己很快就会回来。然后她就去邀请住在附近的一个叫莫里森的年轻小姐一起前去开会。会开了40分钟，9点15分巴克利夫人回家，在莫里森小姐家门口和她分了手。

“‘拉芩’别墅有一间屋子是用作起居室的，它面对公路，有一扇大玻璃门通向草坪。草坪有30码宽，只有一堵墙头安有铁栏杆的矮墙与公路隔开。巴克利夫人回家的时候，就是进的这间屋子，因为这间屋子通常在晚上不怎么使用，所以那时窗帘还没有放下。可是，巴克利夫人却一反常态，自己点上了灯，然后按了按铃，要女仆简·斯图尔特给她送去一杯茶。那时上校正坐在餐厅里，听见妻子回家了，便也来到起居室。车夫看到上校经过大厅，进入了那间屋子。上校再也没能活着出来。

“10分钟后，巴克利夫人要的茶才准备好，可是当女仆走近门口时，她惊奇地听到她的男女主人正在激烈地争吵。她敲门也没人答应，于是又转了转门把手，发现门已经从里面锁上了。于是她跑回去告诉了女厨师，这两个女仆便和车夫一起来到大厅，听到两人仍在争吵。他们异口同声地证实说，他们只听见巴克利和夫人两个人的声音。巴克利的声音很低，而且是断断续续的，因此他们三个人都听不清他说的是什么。而女主人的声音却非常严厉，当她提高声音说话时，可以听得很清楚。‘你这个胆小鬼！’她翻来覆去地说道，‘现在怎么办呢？现在怎么办呢？把我的岁月还给我。我再也不愿和你在一起生活了！你这个胆小鬼！你这个胆小鬼！’他们听到的就是这些对话。接着，仆人们听到那男主人突然发出一声可怕的叫喊，同时听到轰然倒地的声音和女主人发出的一声惊心动魄的尖叫。尖叫声一阵又一阵地从里面传出，车夫知道发生了悲剧，便冲到门口，想破门而入。然而，他没有办法把门打开，两个女仆已经吓得惊慌失措，无法帮他。他急中生智，从前厅的门跑出去，经过草坪绕到那扇落地窗下。由于当时是夏季，落地窗的一侧窗户是开着的，于是车夫便毫不费力地从窗子爬了进去。这时他的女主人已不再尖叫，昏倒在长沙发上；而那个不幸的军人则双脚搭在椅子的扶手上，头倒在地上，靠近火炉挡板的一角，死在了血泊之中。

“车夫发现他的男主人死了，自然首先想到把门打开。但奇怪的是，钥匙没有挂在门的里侧锁上，他在屋里找遍了也没有找到钥匙。于是，他再次越窗而出，请来一个警察和一个医生帮忙。女主人的嫌疑自然很大，由于她仍然神志不清，被抬回了她自己的房中。上校的尸体被安放到沙发上，随后，他们仔细检查了惨案发生的现场。

车夫冲到门口，想破门而入，但没有办法把门打开。

“人们发现这位不幸的老军人后脑有一处约两英寸长的致命的伤口，显然是被钝器猛击所致。这凶器是什么也不难推测。就在尸体旁边不远的地上就放着一根骨柄雕花硬木棒。上校生前到各国征战，收集了各式各样的武器。据警察猜测，这根木棒就是他的战利品之一。但仆人们都说从未见过这根木棒，不过，他家里珍贵的物品那么多，区区一根木棒是很可能不被人注意的。警察在这间屋里没有发现其他什么重要的线索，只是有件事令人十分费解，那就是在巴克利夫人身上和在受害者身上都没有找到房门的钥匙。最后，从奥尔德肖特找来锁匠才把门打开。

“案子的情况就是这样，华生，我应墨菲少校的邀请，在星期二早晨去奥尔德肖特帮助警察破案。我想你一定承认这是件很离奇的疑案了吧，我经过观察之后意识到，这件案子实际上比我最初想象的更加不可思议。

“在检查这间屋子之前，我曾经盘问过仆人们，所得到的事实也不外乎是刚才我对你说过的那些。女仆简·斯图尔特回忆起另外一个很重要的细节。你一定还记得，她一听到争吵声，就回头去把另外两个仆人也找了来。开始，当她还是一个人在那里的时候，她说她男女主人的争吵声音很低，她几乎听不清，她不是根据他们说些什么，而是根据他们的语调，判断他们是在吵架。可是，在我再三追问下，她又记起了她曾听到这位夫人两次提到‘大卫’这个词。这一点对于我了解他们突然争吵的原因来说是极其重要的。你记得，上校的名字叫詹姆斯。

“此案中有一件事给仆人和警察留下的印象最深，那就是上校的脸变了形。据他们说，上校死时脸上是一种极度恐惧的表情，那是一种非常人所能有的表情。其面容如此可怕，竟使不止一个看到他的人都几乎当场昏倒。他肯定是预见到了自己的下场，从而引起了他极度的恐怖。警察的说法看来很合乎情理，那就是上校可能已经看出他妻子要杀他了。他是从脑后遭到袭击的事实和这种说法也并不十分矛盾，有可能是他转身躲闪时遭到一击的。巴克利夫人因发急性脑炎，暂时神志不清，所以从她那里无法得到确认。

“我从警察那里得知，那天晚上和巴克利夫人一起出门的莫里森小姐，你应该还记得这个人，她说她完全不知道为什么她的这位女伴回家后会大为光火。

“华生，了解到这些情况之后，我抽了好几斗烟，并琢磨着这些情况，想分清哪些是关键的，哪些是偶然的。无疑，此案中最耐人寻味的一点，就是房门钥匙奇怪地失踪了。在室内进行了十分细致的搜查，也没有找到。看来十分清楚，一定是有人把钥匙拿走了。但上校和他的妻子都没有钥匙，因此，一定有第三个人曾经进过这个屋子。而且，这个第三者只能是从窗子翻进屋里。我觉得仔细检查一次这房间和草坪，也许可以发现这个神秘人物的蛛丝马迹。华生，你是知道我的调查方法的。在此案的调查中，我的调查方法都用上了。结果我发现了踪迹，但和我的预料很不一样。有一个男人曾经从大路穿过草坪，进过这间屋子。我一共找到了此人5个非常清晰的脚印：一个是在大路旁他翻越矮墙时留下的；两个在草坪上；还有两个是当他越窗而入时，在窗子旁的地板上留下的不太清晰的脚印。显然，他是从草坪奔跑过来的，因为他的脚尖印比脚跟印要深得多。不过使我感到惊奇的并不是这个人，而是他的同伴。”

“他的同伴！”

福尔摩斯从口袋里掏出一张很大的薄纸来，小心翼翼地摊开在自己的膝头上。

“你看这是什么？”他问道。

纸上是小动物的爪印。有5个很清楚的爪趾，长长的爪尖，整个足迹像一个小勺子那么大。

“这是一条狗。”我说道。

“你听说过狗能爬上窗帘吗？可我在窗帘上发现了这个动物爬过的清楚的足迹。”

“莫非是一只猴子？”

“可是这不是猴子的爪印。”

“你看这是什么？”

“那是什么呢？”

“它不是狗，不是猫，也不是猴子，不是我们所熟悉的任何动物。我曾经尝试根据爪印的大小把它画出来。这是它站着不动时留下的4个爪印。你看，从前瓜到后爪的距离不少于15英寸，加上头和颈部的长度，估计这动物不短于两英尺长——如果有尾巴，那就更长了。不过现在再来看看另外的尺寸。这个动物曾经动过，因此我们量出了它移动一步的距离。它每迈一步只有3英寸距离。由此可见，这东西身子很长，腿很短。这东西没有留下什么毛发，其大致形状，和我所说的八九不离十，它能爬上窗帘，是一种食肉动物。”

“你是怎么推断出来的呢？”

“因为它之所以爬上窗帘，是看到窗户上挂着一只金丝雀笼子，它的目标似乎是要吃掉那只鸟。”

“那它究竟是什么动物呢？”

“啊，如果我知道，破案就省力了。估计多半是鼬鼠和白鼬之类的小动物——不过比我见过的要大得多。”

“但这与犯罪案有何相干呢？”

“这仍然是个疑问。不过我们知道的已经不少啦。我们知道，曾经有人站在大路上，看到巴克利夫妇吵架——因为窗帘没拉上，屋里亮着灯。我们还知道，此人带着一只奇怪的动物，跑过了草坪，闯进屋里，很可能是他袭击了上校，也可能是上校看到他后，吓得跌倒在地上，脑袋在炉角上撞破了。最后，我们还知道这样一个怪事，就是这个闯入房间的家伙在离开时拿走了房间的钥匙。”

“你的这些发现似乎把事情搞得比以前更复杂了。”我说道。

“正是如此。这些情况无疑说明此案比我们想象的要复杂得多。我思考过这个案子，得出的结论是：我必须换一个角度去调查这个案子。哎呀，华生，我把你耽误得太晚了，明天在我们去奥尔德肖特的路上再继续讲吧。”

“谢谢你，不过你已经说到了节骨眼上，别停下。”

“可以肯定地说，巴克利夫人7点半离开家门时，和她丈夫的关系还很好。我想我已经说过，她虽然不十分温柔多情，可是就车夫听到她和上校说话的口气来说，还是很和蔼的。现在，同样肯定的是，她一回家就走进那间起居室里，不想见到她丈夫；她吩咐仆人给她沏茶，女人心神不定时常常就是这样。后来，当上校进到这个房间里时，她便再也忍不住，激烈地责备起上校来。因此，在7点半到9点钟之间，一定发生了什么事情使她完全改变了对上校的感情。可是在这一个半小时之内，莫里森小姐始终和巴克利夫人在一起。因此，可以完全肯定，不管莫里森小姐怎么否认，事实上她一定知道此事的内情。

“开始我曾经怀疑是不是这个年轻的女人和这位老上校有染，那晚这女人主动向上校夫人承认了他们的关系。这就能解释为什么上校夫人气冲冲地回了家，也可以说明为什么这女子矢口否认她们那段时间曾经发生过什么事。这种猜测和仆人听到的那些话也并不完全矛盾。但是争吵中曾经提到了‘大卫’，而且上校对他妻子的忠实是众所周知的，看来又不是这么回事，更说不上什么第三者闯入了，这显然和我们上面说的情况不符。这样一来，下一步棋就很难走了，不过，总的来说，我倾向于放弃上校和莫里森小姐之间有染的猜测，但我却毫不怀疑这个女子知道巴克利夫人为什么突然憎恨起她丈夫的原因。于是我采取了最直截了当的办法，就是去拜访莫里森小姐，向她说明，我完全肯定她掌握着情况，并且使她确信，如果不把这事弄清楚，她的朋友巴克利夫人将被当作疑犯送上审判台。

"莫里森小姐是一个娇小柔弱的女孩，眼中带着羞涩，有着一头金发，而且我发现她是个懂事明理的女人。我讲完后，她坐在那里想了一会儿，然后向我转过身来，开门见山地告诉了我下面的情况。

"'我曾经答应我的朋友，绝不说出这件事，答应别人的事情是应该做到的，'她说道，'但是如果我能帮她解脱这么严重的罪名，我宁愿破一次例，何况她自己又因病不能开口呢。我这就把星期一晚上发生的事，如实告诉你。

"'我们从瓦特街慈善会回来时大约是8点45分。路上要经过非常僻静的赫德森街，街上只有左边的一盏路灯亮着。我们走近这盏路灯时，我看到一个驼背人向我们迎面走来，他的肩上扛着一个像小箱子似的东西。他看来是个残疾人，走路时不仅因驼背而低着头，而且双膝弯曲着。我们从他身旁走过时，他仰起脸来借着路灯看了我们一眼，这一看不要紧，他停下脚步，发出一声可怕的尖叫："上帝啊，你是南希！"巴克利夫人的脸色顿时变得像死人一样惨白。如果不是那个相貌可怕的人上前扶住她，她会跌倒在地的。我正要去叫警察，可是却吃惊地发现巴克利夫人对这个人说话相当客气。

"'30年了，我以为你已经死了，亨利。'巴克利夫人声音发抖地说道。

"'我的确是死了。'那人说道。他说话的语调听起来十分可怕。他的脸色阴沉，他眼里的神情令我至今常在噩梦中惊醒。他的头发和胡须都已经灰白了，他的脸干瘪得像风干了的苹果。

"'亲爱的，你先走吧，'巴克利夫人对我说道，'我要和这个人说几句话。没有什么可怕的！’她竭力镇定自若，可是她面色仍然苍白得可怕，双唇抖得几乎说不出话来。

“‘我照她说的离开了他们，他们又交谈了几分钟。后来她两眼冒着怒火离开他向我走来，我看到那个驼背人还站在路灯杆旁，捏着拳头向空中挥舞着，气得发疯的样子。一路上她一句话也没有说，直到我家门口，她才拉住我的手，求我不要把路上发生的事告诉任何人。“这是我的一个老相识，现在落魄了。”她说道。我答应她什么也不说，她便亲了我一下。从那以后，我再也没有见到她。我现在已经把全部真相告诉了你。我之所以没有告诉警察，是因

“上帝啊，你是南希！”

为我并没有意识到我朋友的处境有多么危险。我现在知道，把一切情况说明反而会对她有利。'

"这就是莫里森小姐的陈述，华生。可以想象，这些情况对我多么有用。以前毫无联系的每一件事，都立即有了意义，我对整个案件的过程已经基本有数了。下一步当然应该去找那个能使巴克利夫人如此震惊的人。如果此人还在奥尔德肖特，应该不难找到。这地方居民并不多，而一个驼背人更是惹眼。我找了一整天时间，傍晚时分，也就是今天傍晚，我找到了他。他叫亨利·伍德，就在那两个女人遇到他的那条街上住宿。他刚到此地才5天时间。我假装人口登记员的身份和女房东闲聊了一番。原来这个人是一个玩杂耍的，每天晚上都要到各个私人经营的士兵俱乐部去转悠，在每个俱乐部都表演几个节目。他经常随身带着个什么动物，就装在那个小箱子里。女房东好像非常害怕这东西，因为她从未见过这样的动物。据她说，这人常用动物来耍把戏。女房东说的，就是这些。她还说，像他这样一个浑身残疾的人还能活着真是奇迹，这人有时会说一些奇怪的话，近两天，女房东听到他夜间在卧室里呻吟和哭泣。他好像并不缺钱，可是他在付租房定金时，付给女房东的竟是一枚像弗罗林[①]样的银币。她把那银币给我看了，华生，那居然是一枚印度卢比。

"亲爱的朋友，现在你明白我为什么要来找你了吧。事情非常清楚，这个人和那两个女人分开后，他便远远地尾随着她们，他从窗外看到了夫妻之间的争吵，便越窗而入，而他小木箱里装着的那个动物跑了出来。事情肯定就是这样。世界上只有这个人能告诉我们究竟那间屋子里发生的事情。"

"你打算去问他吗？"

"肯定要问的。但需要有一个证人在场。"

"你要我做证人吗？"

"如果你愿意的话。如果他能把事情说清楚，很好。假如他不说，我们别

---

① 弗罗林：欧洲古币。——译注

无选择，只有申请逮捕他。”

“可是你怎么知道，我们回到那里时，他还在呢？”

“请相信，我已经采取了措施，我让贝克街的一个孩子去盯着他，无论他走到哪里，都无法甩掉这个孩子。明天我们会在赫德森街找到他，华生。要是我再不让你去睡觉，真是罪过了。”

中午时分，我们赶到了发生惨案的现场，我的朋友福尔摩斯带着我立即前往赫德森街。尽管他善于隐藏他的感情，我还是一眼就看出他是在竭力控制着他的兴奋情绪，而我也因为能有这样一个出门探究奥秘的机会而兴致勃勃。我每次和他一起调查案件时都能感受到这种心情。

“就是这条街。”当我们拐进一条两旁都是二层砖瓦楼房的短街时，福尔摩斯说道，“啊，辛普森来报告了。”

“福尔摩斯先生，他在里面呢！”一个小流浪儿向我们跑过来，大声喊道。

“干得好，辛普森！”福尔摩斯拍了拍流浪儿的头，说道，“快来，华生。就是这间房子。”福尔摩斯递过一张名片，说有要事商量。片刻之后，我们就见到了我们想见的那个人了。虽然天气很热，这人却缩在火炉旁，他那间小屋子也热得像个烘箱。这个人弯腰驼背地蜷缩在椅子里，那模样使人感到难以形容的丑陋，但当他朝我们转过脸来时，我发现他那枯槁黑瘦的脸虽然饱经风霜，却想必曾经是非常漂亮的。他用那双发黄的眼睛怀疑地瞪着我们，既不说话，也不起身，只是指了指两把椅子让我们坐下。

“我想，你就是从前在印度的亨利·伍德吧。”福尔摩斯和蔼地说道，“我是为巴克利上校之死这件小案子来的。”

“这和我有什么相干呢？”

“这正是我要搞清楚的问题。你一定明白，如果不把这件事搞清楚，你的老朋友巴克利夫人就有可能因谋杀罪而受到审判。”

这个人猛地一惊。

“我想，你就是从前在印度的亨利·伍德吧。”福尔摩斯和蔼地说道。

“我不知道你是谁，”他大声喊道，“也不知道你是怎么知道这件事的，但你能发誓你对我说的是真话吗？”

“可不是嘛，只等她一恢复知觉，他们就要逮捕她了。”

“我的上帝！你也是警察吗？”

“不是。”

“那这事与你有什么关系呢？”

“伸张正义，人人有责。”

“相信我，她是无辜的。”

“那么你是有罪的了？”

“不，我没有罪。”

“那是谁杀了詹姆斯·巴克利上校呢？”

“是老天杀了他。不过，告诉你吧，如果我能如愿以偿，把他的脑袋打开花，那也是他自己罪有应得。如果不是他自己罪孽深重而摔死，我发誓我一定会杀死他。你要我把这故事告诉你。哼，我没有什么可害怕的，因为我问心无愧。

“事情是这样的，先生。你看我现在背驼得像头骆驼，肋骨也不整齐了，但想当年，下士亨利·伍德在117步兵团可是个美男子啊！那时我们驻扎在印度，我们的兵营在一个叫作布尔蒂的地方。几天前死去的巴克利和我同在一个连，他和我一样也是个军士。那时，团里有一个美女，是陆战队上士的女儿南希·德沃伊。我们两个人都爱上了她，而她只爱我们其中的一个，你们看我缩在火炉前的这副可怜相，再听到我说那时她是因为看我长得英俊才爱我时，一定会觉得非常可笑。

“哎，虽然我赢得了她的心，无奈她父亲却把她许给了巴克利。我那时少年气盛，冒冒失失，不顾后果，而巴克利受过教育，已经晋升军官。可是那姑娘仍然忠实于我，我们本来已经可以成为夫妻了，不料发生了叛乱，整个印度都乱了。

“我们那个团、半个炮兵连、一个锡克教连，还有许多平民和妇女都被困在了布尔蒂。我们被一万叛军重重包围，就像一群凶猛的猎狗围着一个鼠笼一般。围困到第二个星期，我们的饮水就用尽了。那时尼尔将军的纵队正在向内地移动，他们的接近给了我们唯一能逃生的时机。然而，部队带着妇女和孩子是无法突围的。于是我便自告奋勇突围去向尼尔将军求援。我的请求被批准了，我就和巴克利中士商量。他对当地的地形比任何人都熟悉，他给我画了一张路线图，告诉我如何穿过叛军防线。当夜10点钟，我出发了。我们有1000条生命在等待着救援，但是，当我在那天夜晚翻过城墙时，心里只想着一个人。

“我要经过一条干涸的河道，本想靠它的掩护我可以顺利通过敌军的岗哨，可是当我刚爬过河道的转弯处时，竟一头闯进了6名敌军的埋伏圈中，他们正蹲在黑暗中等候我。我顿时被他们打昏过去，手足都被缚住。可是我真正

“当我刚爬过河道的转弯处时，竟一头闯进了6名敌军的埋伏圈中，他们正蹲在黑暗中等候我。”

受到的打击是在心里，而不是在头上，因为当我醒过来听到他们谈话时，我才明白原来我的伙伴，也就是给我画路线的那个人，通过一个当地的仆人把我出卖给了敌人。

“哎，对当时的情况我不想多说了。你们该知道詹姆斯·巴克利是个什么样的人了吧。第二天，尼尔将军赶到布尔蒂解了围，可是我却被逃跑的叛军带走了。此后好多年我都没有见到一个白人。我受尽了折磨，千方百计逃跑，又被抓回，再次受折磨。所以我才变成了你们今天看到的这副模样。后来他们有些人带着我一同跑到了尼泊尔，后来又逃亡到大吉岭。当地的山民把帮助我逃跑的那几个叛军杀死了，这样一来我不但没有逃脱，反而又一次沦为他们的奴隶。等我再次有机会逃跑时我没有向南逃，而是向北逃，一直逃到了阿富汗。我在那里流浪了几年，最后又回到旁遮普。我生活在土人中，学会了杂耍，以此挣钱糊口。像我这样一个可怜的跛子，又何必再回到英国，让我的老朋友笑话呢？我渴望复仇，但却不愿回去。我宁愿南希和我的朋友们认为我亨利·伍德已经死了，也不愿让他们看到我活着的惨状。他们都以为我已经死了，我也愿意他们这样想。我听说巴克利已经娶了南希，并且在团里连连晋升，可是即便如此，我也不想道破真相。

“可是无奈人老思乡。多年来，我一直梦想着英格兰的绿色山林和田园。后来我终于决定在我未死之前再看一眼我的故乡。我攒够了回乡的盘缠，便来到驻军的地方，因为我了解士兵的生活，知道他们喜欢什么，我就靠给他们玩杂耍挣钱糊口。”

“你的故事很有趣。”夏洛克·福尔摩斯说道，“我已经听说你遇到了巴克利夫人，你们都认出了对方。我想，后来你尾随她回家去，从窗外看到她和她丈夫争吵起来，当时巴克利夫人肯定是当面谴责了他对你的行为。你控制不住自己的感情，穿过草坪，闯进了他们的房间。”

“我是闯了进去，先生。看到我，他大惊失色，脸色十分可怕。接着他朝后一头栽倒在炉子护板上。他在栽倒以前就已经死了，他的面相表明他已经死了，这是非常明显的。我的出现犹如一颗子弹射穿过了他那有罪的灵魂。”

“后来呢？”

“后来南希晕了过去，于是我从她手里拿了开门的钥匙，打算开门找人帮忙。可是转而一想，不如一走了之，因为情况对我很不利，一旦被抓，我的秘密就暴露无遗了。所以我匆忙把钥匙塞进口袋，丢下我的手杖去捕捉爬在窗帘上的特迪。我把它捉住放回箱子里，便赶紧离开了那间屋子。”

“特迪是什么？”福尔摩斯问道。

这个人俯身拉开屋角一个笼子的门，眨眼间从笼子里跑出来一只漂亮的红褐色小动物。它体型细小而柔软，长着鼬鼠似的腿，一个细长的鼻子，一双很美的红眼睛，我从未见过什么动物的眼睛有这样美丽。

“这是一只猫鼬。”我喊道。

“对，有些人这样叫它。”那个人说道，“我称它捕蛇鼬，特迪捕捉眼镜蛇是把好手。我这里有一条去掉了毒牙的蛇，特迪每晚就在士兵俱乐部里表演捕蛇，给士兵们取乐。还有其他问题吗，先生？”

“嗯，如果巴克利夫人遇到大麻烦时，我们再来找你。”

“如果是那样的话，我自己就会来的。”

“但如果不是那样，就不必把死者以前的丑事拿来到处宣扬了。你现在既然知道了他30年来一直为自己过去的行为备受良心的谴责，至少也该满意了吧。啊，墨菲少校已经走到街对面了。再见，伍德。我想了解一下从昨天到现在又发生了些什么事。”

少校还没走到街拐角处，我们就及时赶上了他。

“啊，福尔摩斯，”少校说道，“我想你已经听说这件事完全是出于一场虚惊吧。”

“那究竟是怎么回事呢？”

“验尸刚刚结束，医生证明上校是死于中风。你看，原来这不过是一件十分简单的案子。”

“噢，再简单不过了。”福尔摩斯微笑着说道，“华生，我想我们在奥尔德肖特已经无事可干了。”

“还有一件事，”当我们来到车站时，我说道，“她丈夫的名字叫‘詹姆斯’，而另一个人叫‘亨利’，她在和丈夫争吵时提到的‘大卫’是谁呢？”

“亲爱的华生，如果我果真是你笔下理想的推理家的话，我认为我可以从这一个词推想出整个的故事。这显然是一个贬义词。”

“贬义词？”

“是的，你知道，大卫有一次也像詹姆斯·巴克利中士一样偶然失足犯了

“你看，原来这不过是一件十分简单的案子。”

错误。你记得乌利亚和拔示巴[①]的传说吗？恐怕我对《圣经》已经有点儿淡忘了。但只要你去看看《圣经》的《撒母耳记》第一章或第二章，就会找到这个故事。”

① 乌利亚和拔示巴：《圣经》中记载，以色列王大卫为了娶以色列军队中赫梯人将领乌利亚之妻拔示巴为妻，把乌利亚派到前方，结果乌利亚遇伏被害。——译注

住院病人

我大致浏览了一遍有点儿不太连贯的回忆录，我之所以写这些回忆录是为了说明我的朋友夏洛克·福尔摩斯先生过人的聪明之处，但围绕我的这个目的选材时却遇到了极大的困难。因为在我所记录的这些案子中，虽然展现了福尔摩斯运用推理思维的天分，证实了他那独特的调查研究方法的价值，但所涉及的案件本身却过于平淡，我实在不好意思公之于众。另一方面，也经常出现这样一种情况——他参与调查的案件颇有戏剧性，但他在破案过程中所起的作用，却又不像我这个传记撰写人所希望的那样重要。我曾经记录过一个题目叫“血字的研究”的小案件，后来又写了一个有关“格洛里亚·斯科特”号惨案的故事，这都是些能使历史学家叹为观止的惊险案例。现在我要记载的这件案子，在其侦破过程中虽然我的朋友并没有起到举足轻重的作用，但整个案情却很扑朔迷离，我觉得应该纳入我的记录之中。

由于有些材料已经遗失，我记不得确切的日期了，但想必是我和福尔摩斯共同居住在贝克街的头一年的年末。那是10月里一个寒冷的日子，我们两个都在家里待了整整一天，我是担心我虚弱的身体经不起那萧瑟的秋风，而福尔摩斯则埋头于他那深奥难懂的化学实验。然而，临近黄昏时分，由于他打破了一支试管，终于停止了实验，他从椅子上跳起来，一脸的不耐烦和阴沉的表情。

“一天的工作就这么泡汤了。”他说着，大步走到窗旁。“哈！星星出来了，风也停了。到伦敦城里去逛逛如何？”

我对我们的小起居室已经感到了厌倦，很高兴能到傍晚的街头去透透气。

我们一起在舰队街和河滨溜达了近3个小时，观赏人间万象。福尔摩斯已经摆脱了他的愁闷心境，他富有个性的谈吐，细致入微的观察力和巧妙的推理能力，令我叹服。我们返回贝克街时，已经10点钟了。一辆马车正在我们寓所的门前等候。

“嗯！据我看这是一位医生——普通医生的马车。”福尔摩斯说道，“行医不久，找他看病的人也不多。我估计他是来找我们商量事情的。我们回来得真巧！”

我深知福尔摩斯判断事物的方法，知道他如何进行推理。我知道他是根据车内灯下挂着的那只里面装着各种医疗器械的柳条篮子做出的判断。从楼上我们窗户的灯光可以看出，这位客人确实是来找我们的。为什么一个医生要在这个时候来找我们呢？我有点儿好奇，紧随福尔摩斯走进我们的寓所。

一个面色苍白、脸型尖瘦、长着络腮胡子的人，见我们进屋，从壁炉旁的一把椅子上站起来。他的年纪也就是三十三四岁，但他面容憔悴，未老先衰。他的举止显得紧张和腼腆，看来是个十分敏感的绅士，而他站起来时，扶在壁炉台上的那只瘦长而白皙的手，与其说是像外科医生的手，不如说像艺术家的手。他的衣着朴实无华：黑礼服大衣，深色裤子和一条略带色彩的领结。

“晚安，医生。”福尔摩斯和气地说道，“我很高兴只让你等了我们几分钟。”

“你问过我的车夫了吗？”

“不是的，我是从那张桌子上的蜡烛看出来的。请坐，请告诉我，你有何贵干。”

“我是珀西·特里维廉医生。”我们的客人说道，“家住布鲁克街403号。”

“你是《原因不明的神经损伤》那篇论文的作者吧？”我问道。

听到我知道他的著作，他苍白的脸上泛出了兴奋的红晕。

“我难得听人谈到我的著作，出版商说我的这本书销路不广，我还以为没

我们一起在舰队街和河滨溜达了近3个小时，观赏人间万象。

有人知道它呢。”客人说道，“我估计你也是个医生吧？”

“我是一个退役的外科军医。”

“我始终对神经病学很感兴趣。我很希望能够使它成为一门专门的学科，当然，路要一步步走。可是，我今天来不是为了谈这些的。夏洛克·福尔摩斯先生，我知道你的时间很是宝贵的。问题是我那所在布鲁克街的寓所里，近来发生了一连串的怪事。今晚，这些事情已经怪到了使我感到不能不马上来请你帮忙的地步了。”

夏洛克·福尔摩斯坐下来，点起了烟斗。“欢迎你！”福尔摩斯说道，“但请务必把那些使你感到不安的事情详细告诉我。”

“其中有一两点简直不值一提，”特里维廉说道，“简直使我感到羞于启齿。不过这件事非常奇怪，而且近来变得更加复杂，我只能求助于你了，请你细听端详。

“首先，我不得不提及我的大学生活。我曾是一名伦敦大学的学生，坦率地说，我的教授认为我是一个很有前途的学生，请不要认为我是在自吹自擂。毕业以后，我在皇家大学附属医院谋得了一个小小的职务，继续致力于医学研究。幸运的是，我对倔强症[①]病理的研究引起了人们极大的兴趣，最后我的论文，就是你的朋友刚才提到的关于神经损伤的专题论文，终于获得了布鲁斯·平克顿奖金和奖章。说实在的，那时人们都认为我前程远大。

“可是我最大的困难就是缺乏资金。也许你知道，一个志存高远的专家要想有所成就，必须在卡文迪什广场区12条大街中的一条街上开业。这就需要一大笔资金来购买医疗设备和支付房租。除此之外，他还必须筹备维持自己数年生活的钱款，还得租一辆像样的马车。我实在没有这样的财力来达到这些要求。我只希望通过10年的积蓄能挂牌行医就行。然而，一件意料不到的事给我带来了新的转机。

“这就是一位和我素不相识的名叫布莱辛顿的绅士的来访。一天早晨他突然走进我家，一见面就谈起了他的来意。

“‘你就是那位在事业上颇有成就，最近获奖的珀西·特里维廉先生

① 一种发病时全身肌肉僵硬的神经性障碍疾病，亦称全身僵硬症。——译注

吗？’他说道。

“我鞠了一躬。

“‘请坦率地回答我的问题，’他继续说道，‘因为这样对你会有好处。你很有才华，这会使你成功的。你明白吗？’

“听到这样突如其来的问题，我不由得笑了起来。

“‘我相信我会尽力而为的。’我说道。

“‘你有不良嗜好吗？不酗酒吗？’

“‘哪儿话，先生！’我大声说道。

“‘太好了！这太好了！不过我必须问问，像你这样的资历，为什么不开业行医呢？’

“我耸了耸肩。

“‘啊，啊！’他赶忙说，‘原来如此。脑子里装得满满的，可惜口袋里却空空如也，是吧？要是我帮你在布鲁克街开业，你意下如何？’

“我惊异地盯着他。

“‘哦，这是为了我自己，并不是为了你。’他大声说道，‘我对你十分坦率，这样做对你我都有好处。我准备用几千英镑来搞投资，明白吗？我要把这些钱投给你。

“‘但这是为什么呢？’我忙问道。

“‘嗯，和其他的投机一样，但风险却比其他的小。’

“‘那我该做些什么呢？’

“‘让我来告诉你。我负责给你租房子，置家具，雇女仆，管理整个诊所。你只管给病人看病就行了。我给你零用钱和其他一切费用。然后你赚的钱交给我四分之三，你自己留下剩下的四分之一。’

“这就是那个叫布莱辛顿的人向我提出的奇怪的建议，福尔摩斯先生，至于我们是如何讨价还价，如何谈判成交的，我就不再此赘述了，以免耽误你的

“我惊异地盯着他。”

时间。结果是，我在报喜节[1]搬进了那个寓所，并按我和他说好的条件开始营业。他自己也作为一个住院病人搬来同我住在一起。他的心脏似乎很衰弱，需要在医院监护。他占用了二楼两间最好的房子，一间当起居室，一间当卧室。他这个人有些古怪的习惯，为人孤僻，很少出门。他的生活很不规律，但就某一方面而言，却又很有规律。他在每天晚上都会准时到我的诊室来检查账目，

① 报喜节：每年3月25日举行的一个宗教节日。——译注

将我当天看病的收入中的每一畿尼[①]留给我5先令3便士，其余的他就拿去存放到他房间里的保险箱中。

“我可以自信地说，他对这项投机生意是永远不会后悔的。诊所从一开始就很成功。我的医术加上我在附属医院的声望，使我在同行中很快就出了名，不到几年，我就使他成了一个富翁。

“福尔摩斯先生，我过去的经历以及和布莱辛顿先生的关系，就是这样的。现在我要告诉你的是，究竟发生了什么事使我今晚来找你。

“几星期之前，布莱辛顿先生下楼来找我，他的心情好像相当紧张。他提到在伦敦西区发生了一些盗窃案，我记得我当时感到他似乎紧张得有点儿过了头，他说，我们必须立刻把门窗加固。整整一星期，他都坐立不安，不断向窗外张望，就连午餐前出去散散步的习惯也改变了。他的举动使我感到他对什么事或是什么人怕得要死，可是当我向他提及此事时，他态度粗暴，使我不敢多问。随着时间推移，他的恐惧似乎逐渐消失了，他又恢复了常态。可是新近发生的一件事情，又使他处于惶惶不可终日的状态。

“事情是这样的：两天以前，我收到一封信，我这就念给你听。信上既没有地址，也没有日期。信上这样写着：

> 一位侨居在英国的俄罗斯贵族，希望能到珀西·特里维廉医生的诊所就医。他患倔强症已有数年的时间，而特里维廉医生是医治这种病症的公认的权威。该患者拟于明晚6点一刻左右前往就诊，如果特里维廉医生方便，请在诊所等候。

“此信引起了我极大的兴趣。因为研究倔强症的难处就在于这是一种罕见的疾病。所以当小仆人在指定的时间领进病人时，我已经在我的诊室里等候着了。

---

① 1畿尼等于21先令。——译注

“患者是一个身材瘦小、动作拘谨的普通老人，没有一点儿俄罗斯贵族的气派。陪他来的人的相貌却给我留下了深刻的印象。他是一个身材高大的年轻人，有着一张黝黑而冷酷的面孔，漂亮得令人吃惊，有一副大力神般的肢体和胸膛。他搀着老人的一只胳膊走了进来，把老人扶到椅子跟前，从他粗壮的外表，你很难料到他对老人的照顾会如此细致入微。

“‘打搅你了，医生。’他用稍微有点儿蹩脚的英语对我说道，‘这是我父亲，他的健康对我极为重要。’

“见他如此孝顺，我深为感动。‘或许，你愿意留下陪他看病吧？’我说道。

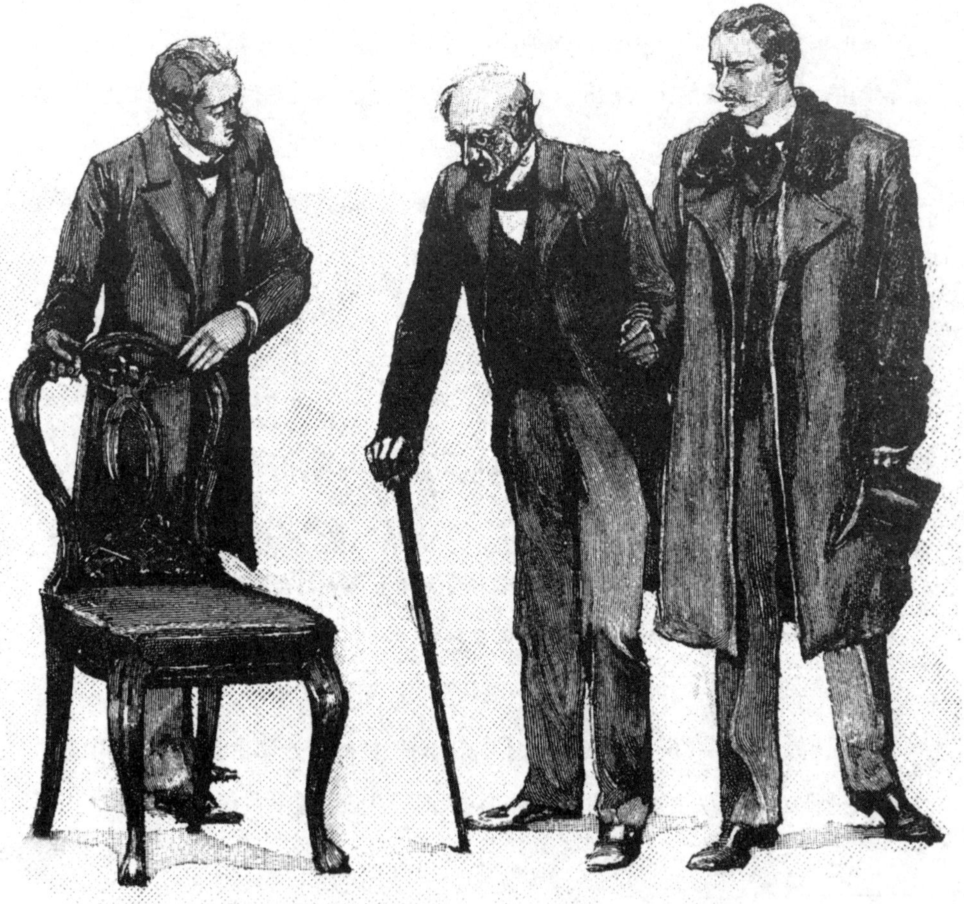

他搀着老人的一只胳膊走了进来，把老人扶到椅子跟前。

“‘这不可能，’他有点儿惊恐地叫道，‘那会使我太痛苦的。我不忍心眼睁睁地看着我父亲疾病发作时的那种可怕的样子。我的神经过于敏感。如果你允许，在你给我父亲看病时，我到候诊室等着吧。’

“我表示同意，年轻人便退了出去。我开始给病人看病，并把他的病情详细地记了下来。他的智力很弱，回答问题常常含糊不清，我想这可能是由于他不太能听懂我说的话所致。然而，正当我坐着写病历的时候，他突然停止了回答我的询问，我扭头吃惊地发现他僵直地坐在椅子上，直愣愣地盯着我，脸上毫无表情，肌肉僵直。他那神秘的疾病又发作了。

“正如我刚刚说的，我首先感到的是怜悯和惊恐。接着，我体验到了职业上的满足感。我记录着患者的脉搏和体温，测试他肌肉的僵直程度，检查他的反应能力，没有发现任何不符合这种病例的现象。我过去使用烷基亚硝酸吸入剂治疗这种病，疗效很不错。现在正是再次验证其疗效的好机会。由于药放在楼下的实验室里，我便离开患者，下楼去取药。找药大约花了5分钟的时间，然后我回到楼上。当我发现诊室里空无一人，患者已不知去向时，想想看我是多么惊讶啊！

“在这种情况下，我理所当然首先跑到候诊室去找他的儿子，可是他也不在了。前门已经关上，可是没有上锁。我那个接待病人的小仆人是一个新来的，不太机灵。通常他总是等在楼下，听到我在诊室按铃，才跑上来把患者领走。他也不知道患者的去向，这事就成了一个谜。没多久，布莱辛顿先生散步回来了，可是我对他只字未提这件事，因为，老实说，近来我是能不告诉他的就尽量不告诉他。

“嗯，我想我不会再见到这个俄罗斯人和他儿子了，不料今天夜晚在同一时刻，他们两人又像昨天那样走进了我的诊室，想想看，我是多么惊讶啊！

“‘我为我昨天的突然离去表示歉意，医生。’我的病人说道。

“‘你的行为确实让我感到非常奇怪。’我说道。

“‘唔，事实是这样的，’他说，‘我每次发病后清醒过来，就会对以前

“他像一个吓得发疯的人一样，冲进我的诊室。”

的事情一团模糊。我好像觉得我醒来时是在一间陌生的屋子，当你不在时，我就迷迷糊糊地走到街上了。’

“‘我看到我父亲从候诊室门口走过，’他儿子说道，‘我以为病已经看完了。直到我们回到家里，我才知道是怎么回事。’

“‘好啦，’我笑着说道，‘这倒也没有什么关系，只是你们着实把我吓了一大跳。先生，那就请你再到候诊室去吧，我很高兴能把老人的病看完。’

“我给那个老绅士看病大约花去了半个小时，接着，我给他开了处方，然后，他在他儿子的搀扶下走出去了。

“我已经向你们说过，布莱辛顿先生每天通常是在这个时候出去活动活动腿脚。没有多久他回来上了楼。片刻之后，我听到他跑下楼来，像一个吓得发疯的人一样，冲进我的诊室。

“‘谁到我的屋子里去过？’他吼道。

“‘没有谁。’我说道。

“‘撒谎！’他怒吼道，‘你上来看看！’

“我没有在意他粗暴的态度，因为他害怕得几乎要发疯了。上楼后，他把浅色地毯上的几个脚印指给我看。

“‘难道这是我的脚印吗？’他嚷道。

“这些脚印肯定比他的要大得多，而且显然是刚刚留下的。你们知道，今天中午曾经下过大雨，而我的病人只有刚才来过的那父子俩。看来一定是在候诊室等着的那个人，出于某种我们不知道的原因，趁我在忙于给那个老人看病时，到我的住院病人的房间里去过。房间里的东西没有动过也没有少，不过这些脚印证明确实有人进去过。

“虽然任何人遇到这样的事情都会心烦，可是布莱辛顿先生的紧张情绪却大大出乎我的意料。他居然一屁股坐在扶手椅上大哭大闹起来，我完全无法听清他都在说些什么。是他让我来找你的，我也觉得应该来找你。因为尽管他对这件事有点儿小题大做了，但这事情确实有点儿怪。如果你能和我一起乘我的马车回去，即使你不能把这件事解释清楚，也至少可以使他平静一点儿。”

夏洛克·福尔摩斯带着浓厚的兴趣，聚精会神地听完他长长的叙述。他的脸上和以往一样毫无表情，可是他眯缝着双眼，大口地吸着烟斗，认真地琢磨着这位医生故事中的每一个离奇的情节。我们的客人话音刚落，福尔摩斯就不声不响地站起身来，把我的帽子递给我，从桌上抓起他自己的帽子，跟着特里维廉医生出了门。不到一刻钟，我们便来到布鲁克街这位医生寓所门前。一个矮个子小仆人领我们进屋，踏上了宽阔的、铺着上等地毯的楼梯。

可是一件怪事使我们都停住了脚步。楼上的灯光突然熄灭了，黑暗中传来颤抖的尖叫声。

“我有手枪。”那声音说，“你们再往上走我就要开枪了。”

“休得无礼，布莱辛顿先生。”特里维廉医生高声喊道。

“哦，原来是你，医生。”那人松了一口气说，“可是其他几位先生该不会是冒充的吧？”

看来他在暗中对我们已经观察好久了。

“好吧，好吧，没事了。”那声音最后说道，“你们可以上来了，很抱歉，我刚才对你们失礼了。”

他边说边把楼梯上的汽灯重新点着，我们看到一个相貌奇怪的人，他的外表和说话的声音都表明他的神经过度紧张。他很胖，但显然他以前比现在胖得多，因为他的双颊皮肉松弛，像一头猎犬。他一脸的病容，他头上那稀稀疏疏的几根黄毛好像由于感情冲动而竖了起来。他手握一支手枪，我们走近时，他把手枪塞进了衣袋里。

“晚安，福尔摩斯先生。”他说道，“你能来我非常感激。我太需要你的

他手握一支手枪，我们走近时，他把手枪塞进了衣袋里。

指教了。我想特里维廉医生已经把有人完全未经我的许可，擅自闯入我房中的事告诉你了吧。”

“是的。”福尔摩斯说道，“那两个人是谁，布莱辛顿先生？他们为何要有意捉弄你？”

“嗯，嗯。”那位住院病人神情紧张地说道，“当然，这很难说。我也说不清楚，福尔摩斯先生。”

“你的意思是说你不知道吗？”

“请进来，请吧！拜托你们请进来一下。”

他把我们领进他卧室里。卧室很宽敞，布置得很舒适。

“你们看到了吧，”他指着他床头那只大黑箱子说道，“我从来都不是一个很富有的人，福尔摩斯先生。特里维廉医生可能已经告诉你了，这是我一生中唯一的一次投资。可是我信不过银行，我从来就信不过银行，福尔摩斯先生。我只告诉你，我所有的那点儿钱都在这只箱子里。所以你会理解当我知道有身份不明的人闯入我的房间里时，我是什么心情了！”

福尔摩斯用询问的眼神看着布莱辛顿，摇了摇头。

“假如你想欺骗我，我是无法帮助你的。”福尔摩斯说道。

“可是我已经把一切都告诉你了。”

福尔摩斯反感地挥了挥手，转过身。“晚安，特里维廉医生。”他说道。

“你不愿意给我一些忠告吗？”布莱辛顿用发抖的声音大叫道。

“我给你的忠告就是要说实话，先生。”

一分钟以后，我们已经来到街上，走在回家的路上。我们穿过了牛津街，走到哈利街时，我才听到我的朋友福尔摩斯发话。

“华生，真抱歉把你带出来为这样一个蠢人白跑了一趟。”他终于说道，“但说到底这是个很有趣的案子。”

“我看不出所以然来。”我承认道。

“嗯，显然，有两个人——或许还要多一些，不过至少是两个人——为了某种原因，决心要找到这个叫布莱辛顿的家伙。我可以肯定那个年轻人两次都闯入了布莱辛顿的房间，而他的同伙则用了假装看病的手段，使医生无法觉察。”

“可是他不是患有僵强症吗？”

“那是装的，华生，在这方面，我不想在你这个专家面前夸口。要装这种病是很容易的，我就装过。”

“那么后来呢？”

“巧就巧在布莱辛顿两次都不在家。他们之所以要选这样的时间来看病，就是为了避免在候诊室里遇到其他病人。然而，这个时间恰好是布莱辛顿散步的时间，看来他们对布莱辛顿的日常生活习惯还不了解。当然，如果他们只是为了偷盗，他们至少会搜寻财物。再说，我从布莱辛顿的眼神里可以看出，他已经被吓得失魂落魄了。显然这个家伙和那两个人有仇，他却假装不知道。我肯定他知道这两个人是谁，而由于他自身的原因，他不敢承认而已。也许明天他会告诉我们一点儿真情的。”

“是否有另外的一种可能呢？”我说道，“尽管这种可能性不大，也不妨想象一下。会不会是特里维廉医生自己居心不良，闯进了布莱辛顿的房间，而信口编造出了僵强症患者父子的故事呢？”

借着汽灯的灯光我看到福尔摩斯对我的看法感到好笑。

“老伙计，”福尔摩斯说道，“起初我也这样想过。不过我很快就证实了医生的话。那个年轻人在楼梯地毯上留下了脚印，和他在室内留下的那些脚印是一样的。我只要告诉你，他的鞋是方头的，而布莱辛顿的鞋是尖头的，而且还比医生的鞋长1.3英寸，所以你就完全不必怀疑是那个年轻人留下的脚印了。好吧，今天暂且说到这里，我们睡觉吧。如果明天早晨我们听不到布鲁克街的新消息，那才怪哩。”

夏洛克·福尔摩斯果然说准了，而且还是充满戏剧性的方式。第二天早晨7点半，天刚亮，我就看到福尔摩斯穿着晨衣站在我的床头。

“华生，外面有一辆马车在等着咱们呢。”福尔摩斯说道。

“是吗，是什么事？”

“布鲁克街的事。”

“有新消息吗？”

“悲剧，不过尚待证实。”福尔摩斯边说边拉起窗帘，“请看这个，这是从笔记本上撕下来的一张纸条，上面用铅笔草草写着：‘看在上帝的分上，请立即前来。珀西·特里维廉。’我们的这位医生朋友在写这张便条时一定很着急。跟我走吧，老伙计，情况已经是十分紧急了。”

大约一刻钟左右，我们又来到这位医生的寓所。他一脸的恐惧，跑来迎接我们。

“哦，竟会出这种事情！”他双手捂住脑袋，大声喊道。

“出了什么事？”

“布莱辛顿自杀了！”

福尔摩斯吹了一声口哨。

“是的，他昨晚上吊身亡了。”

我们进屋后，医生把我们引进了那间显然是候诊室的房间。

“我真不知道应该做些什么。”他叫道，“警察已经在楼上了。可真把我吓坏了。”

“你是什么时候发现的？”

“女仆每天一早都要给他送去一杯茶。大约7点钟，女仆开门一看，这个不幸的人已在屋子中央上吊了。他把一根绳子绑在平常挂那盏笨重的煤气灯的钩子上，然后他就站在昨天给我们看的那个箱子上吊死了。”

福尔摩斯站在那里沉吟了片刻。

“如果你允许的话，”福尔摩斯终于说道，“我想上楼去把这件事调查一下。”

我们两个人走上楼去，医生跟在我们身后。

我们一进卧室门，迎面看到的是一幅可怕的景象。我曾经说过那个布莱辛顿脸部肌肉松弛。吊死后，他的样子更加难看，简直无法辨认了。他的脖子拉得老长，就像一只拔了毛的鸡脖子，相比之下，他身体显得更加肥大和不自然。他只穿着一件长睡衣。睡衣下，直挺挺地伸着那双难看的脚和那肿胀的脚脖子。尸体旁边，站着一位精干的侦探，正在笔记本上做记录。

“啊，福尔摩斯先生，”警长一见我的朋友就亲切地招呼道，“见到你我很高兴。”

“早安，兰纳。”福尔摩斯答道，“我想你不会把我认作是闯进屋子的罪犯吧？你对此案发生前的情况有所了解吗？”

“是的，了解一些。”

“你的看法如何？”

“依我看，这个人已被吓得半死了。你看，他在这张床上躺了很久，有很深的压痕。你知道，自杀常常发生在早晨5点钟左右。估计他也是在这个时候上吊的。看来，他是经过再三考虑才走上绝路的。”

“根据肌肉僵硬的情况判断，我估计他已经死了大约3个小时了。”我说道。

“注意到屋子里有什么异常现象吗？”福尔摩斯问道。

“在洗手池上发现一把螺丝刀和一些螺丝钉，还发现他夜里似乎抽过不少烟。这是我从壁炉上捡来的四个雪茄烟头。”

“啊！”福尔摩斯说道，“你找到他的雪茄烟嘴了吗？”

“没有，我没有看到。”

“那他的烟盒呢？”

“找到了，烟盒在他的外衣口袋里。”

福尔摩斯把烟盒打开，拿起一支雪茄烟闻了闻。

“喔，这是一支哈瓦那烟，而壁炉台上的烟是荷兰从东印度殖民地进口的。你知道，这些雪茄通常都包着稻草，并且比别的牌子的烟要细些。”他从口袋里拿出放大镜对那四个烟头进行检查。

“两支烟是用烟嘴吸的，两支不是。”福尔摩斯说道，“两个烟头是用一把不很快的小刀削下来的，另两个烟头是用牙齿咬下来的。这不是自杀，兰纳先生，这是一起蓄谋已久的残酷的谋杀案。”

“不可能！”警长嚷道。

“为什么？”

“如果是谋杀，又何必用上吊这样的笨办法呢？”

“这就是我们要调查清楚的事。”

“他们怎么进来的呢？”

“从前门进来的。”

“早晨门是锁着的呀！”

“那一定是在他们走后才锁上的。”

“你怎么知道的？”

“我看到了他们留下的痕迹。请稍等片刻，我也许就能向你们进一步说明情况了。”

他走到门口，转了转门锁，细致地检查了门锁。然后把插在门背面的钥匙取了下来，检查了一番。接着他又依次检查了床铺、地毯、椅子、壁炉台、死者的尸体和绳索。检查完后，在我和警长的帮助下，割断了绳子，把死人安放在地上，盖上床单。

“这条绳子是哪儿来的？”他问道。

福尔摩斯拿起一支雪茄烟闻了闻。

“是从这儿割下来的。”特里维廉医生从床底下拖出一大卷绳子，说道，“他总担心失火，所以平时准备着这卷绳子，以便在楼梯燃烧时，他可以从窗户逃生。”

“这倒是给凶手省去了很多麻烦。”福尔摩斯若有所思地说道，“是啊，事实很清楚，如果到下午我还不能把他的死因告诉你，那就怪了。我要把壁炉台上布莱辛顿这张照片带走，它对我的调查有利。”

“可是你什么也没告诉我们！”医生嚷道。

“哦，事情发生的前后经过已是明白无疑的了。”福尔摩斯说道，“此事涉及三个人：那个年轻人，老人和第三者。关于第三者的身份，我还没有线索。前两个人，不用说，就是那假冒的俄罗斯贵族父子，所以我们对他们已是了如指掌。他们是被这所房子里的一个同谋放进来的。如果你愿意接受我的建议的话，警长，那就应当逮捕他家的小仆人。据我所知，医生，他是最近才到你的诊所当差的。”

“这个小顽童已经不见了。”特里维廉说道，“女仆和厨师刚才还找过他。”

福尔摩斯耸了耸肩。

“他所扮演的角色可不是不重要的啊，”福尔摩斯说道，“这3个人是踮着足尖上楼的，那个老家伙走在前面，年轻人走在中间，那个来历不明的人走在后面……”

“亲爱的福尔摩斯！”我喊道。

“啊，显然脚印上已经摞着脚印了。但我还是可以从重叠的脚印中分辨出哪些是他们昨天晚上的脚印。后来，他们上了楼，来到布莱辛顿的门前，他们发现房门已经锁上了。然而，他用一根铁丝去转动里面的钥匙。即使不用放大镜，你们也可以从这把钥匙榫槽上的划痕看出他们是如何把门打开的。

“他们进屋后，首先当然是把布莱辛顿先生的嘴给塞住。他当时不是睡着了，就是已经吓瘫了，喊不出声来。这屋子四壁的墙都很厚，即使他喊，也没人能听到他的呼救声。

“他们三人把他控制住后，显然是询问了他一番，这种询问很可能带有起诉的性质。询问持续了相当长的时间。在这段时间里，他们吸了这几支雪茄烟。老人坐在那张藤椅上，他抽烟时用了烟嘴。年轻人坐在远处，他把烟灰磕在了衣柜旁边。第三个人则在屋子里来回走动着。我估计这时布莱辛顿只能是笔直地坐在床上，不过我不敢完全断定这一点。

“唔，询问完后，他们就把布莱辛顿吊了起来。他们事先做好了准备，随身带来了设置绞架的某种滑轮。那把螺丝刀和那些螺丝钉就是为了安装滑轮用的。然而，他们看到了屋梁上的吊钩，所以就省事了。完事后，他们就逃跑了，他们的同谋随即就把门锁上了。”

我们都怀着浓厚的兴趣听福尔摩斯讲述昨晚发案的情况，这都是他凭借种种蛛丝马迹推导出来的，甚至在他给我们指明了当时的真相后，我们仍然无法跟上他的推理。后来，警长匆忙跑去追查小仆人的下落，我和福尔摩斯则回到贝克街去吃早餐。

“我在3点钟以前回来。”早餐后，福尔摩斯说道，“警长和医生3点要到这里来见我，我想利用现在这段时间把这个案子里的一些疑点查清楚。”

我们的客人如约到来，可是福尔摩斯直到3点45分左右才回来。他进门后的表情告诉我，一切都很顺利。

“有什么消息吗？警长。”

“我们已经把那个小仆人捉住了，先生。”

“好极了，我也找到那几个人了。”

“你找到他们了！”我们三个人同声喊道。

“嗯，至少我已查清了他们的身份。正如我所料，那个所谓的布莱辛顿和他的仇人，在警察局里都是挂了名的。那三个人分别叫比德尔、海沃德和莫法特。”

“是抢劫沃辛顿银行的那一伙。”警长喊道。

“正是。”福尔摩斯说。

“你找到他们了！”我们三个人同声喊道。

“那么，布莱辛顿一定是萨顿了。”

“还能是谁。”福尔摩斯说。

“噢，原来如此。”警长说。

可是我和特里维廉却感到不知所云。

“你们一定记得抢劫沃辛顿银行的那桩大案吧。”福尔摩斯说道，“该案涉及五个人，刚才说的这四个人，外加一个叫做卡特赖特的人。他们杀死了银行保管员托宾，抢了7000英镑逃之夭夭。该案发生在1875年。他们五个人全部被捕，但由于证据不足，无法定罪。这伙人中最坏的布莱辛顿，也就是萨顿，反而告发了他们。由于有他做证，卡特赖特被判处绞刑，其他三个人均被判处15年徒刑。前几天他们被提前释放，他们出来后决心找到出卖他们的人，为他们死去的同伙报仇。他们到他家两次都没有找到他，所以没能下手，结果，第三次成功了，情况就是这样。特里维廉医生，还有什么不清楚的吗？”

“我认为，你已经把事情说得一清二楚了。”医生说，“他那天之所以那么心神不安，就是因为从报上看到了那几个人被提前释放的消息。”

“正是。他说的盗窃案完全是为了掩人耳目。”

“可是他为什么不敢将这件事告诉你呢？”

“唔，亲爱的先生，他知道他的那帮老同党势必要前来找他复仇，他便尽其所能向所有的人隐瞒自己的身份。他的秘密是个耻辱，他不可能自己说出来的。但是，无论他是个多么卑鄙的家伙，却仍然受到英国法律的保护，警长，你看尽管法律最终没能保护他，但我毫不怀疑正义之剑仍然会为他复仇。”

这就是关于那个住院病人和布鲁克街医生的奇怪的故事。从那天夜晚起，警察再没有能找到那三个凶手的踪迹。据苏格兰场的推断，他们三人肯定是乘坐那艘倒霉的“诺拉克列依娜”号轮船逃跑了。那艘船已于数年前在葡萄牙海岸距波尔图以北数十海里的海上遇难，全船人无一幸免。对那个小仆人的起诉，因证据不足，无法定罪。这起被称为“布鲁克街疑案”的案件，各家报纸至今都没有详细报道过。

希腊语翻译员

在我和夏洛克·福尔摩斯先生长期而密切的交往过程中，很少听他提起他的亲属，更很少听他回忆自己的早年生活。他的这种对自己身世无言的沉默，使我更觉得他与众不同，以致有时我把他看作一个与世隔绝的、有头脑却没有情感、智力过人却不食人间烟火的人。他不好女色，闭门谢客，带有典型的缺乏情感的性格特色，但没有比他完全闭口不提自己的亲人更显得感情冷漠的了。我甚至已经开始相信他大概是一个举目无亲的孤儿了。可是有一天，让我大吃一惊的是，他突然同我谈起了他的哥哥。

那是夏日的一个傍晚，喝完茶后，我们在一起海阔天空地闲聊起来，从高尔夫球俱乐部谈到黄赤交角的变化，最后讨论到返祖现象和遗传适应性，讨论的要点是一个人的特殊才能究竟多半是依靠遗传，还是依靠自己早年所受的训练。

"就拿你来说吧，"我说道，"从你告诉过我的情况来看，我觉得你的观察才能和独到的推理能力，都应该归功于你所受到的系统的训练。"

"在某种程度上是这样。"福尔摩斯若有所思地说道，"我祖上是乡绅，乡绅的生活看来都大同小异。不过，我的这种秉性是来自家族的遗传。可能是继承了我祖母的血统吧，因为她是法国美术家威尔奈的妹妹。艺术天赋最容易以奇怪的方式遗传。"

"可是你怎么知道是遗传的呢？"

"因为我哥哥迈克罗夫特的天赋比我还要高。"

我可从来没有听到他提起过他的哥哥。假如英国还有另外一个人也具有福尔摩斯这样的本领，警署和公众怎么会对他一无所知呢？我提出了这个问题并委婉地说我的朋友是出于谦虚才承认他的哥哥比他强的。福尔摩斯听后不禁哈哈大笑起来。

“亲爱的华生啊，”福尔摩斯说道，“我不赞同那些把谦虚列为美德的人。对于逻辑学家来说，对所有的事情都应该是实事求是的态度，对自己估价过低和夸大自己的能力一样，都是违背事实的。所以，我说迈克罗夫特比我更具有观察力，你可以相信我完全没有夸张，而是实事求是的。”

“你哥哥比你大几岁？”

“比我大7岁。”

“他为什么会默默无闻呢？”

“哦，他在他自己的圈子里是很有名气的。”

“在什么地方呢？”

“嗯，比如说，在第欧根尼俱乐部里。”

我从来没有听说过有这样一个俱乐部，想必是我脸上露出了惊异的表情，夏洛克·福尔摩斯掏出表来看了一眼。

“第欧根尼俱乐部是伦敦最古怪的俱乐部，而迈克罗夫特是个最古怪的人。他从下午4点45分到7点40分都在那里。现在已经6点了，如果你有兴趣跟我一起去一趟，我会让你眼见为实的。”

5分钟后，我们走到了街上，向摄政广场走去。

“你一定很奇怪，”我的朋友说道，“为什么迈克罗夫特不将他非凡的能力用在做侦探工作上呢？原因是他不可能当侦探。”

“但我想你说过……”

“我说的是他观察和推理的能力比我强。假如侦探这门艺术只需坐在家里推埋，那我哥哥早就是个举世无双的大侦探了。可惜他既没有这个愿望，也没有这样的精力。他甚至都不愿意出门去验证一下自己的判断是否正确，宁肯被

福尔摩斯掏出表来看了一眼。

认为是错了，也不愿去证明自己是对的。我遇到问题常去找他，而他对问题的解释事后都被证明是正确的。不过，在案子提交给法官或陪审团之前，如果需要他去进行调查，那他是绝对不行的。”

“那他不是个职业侦探了？”

“压根儿就不是。对我来说是谋生的手段，而对他来说只不过是业余爱好而已。他的数字概念很强，常到政府部门去审查账本。迈克罗夫特住在蓓尔美尔街，离他上班的白厅[1]不远，只须转个弯就到。他每天早出晚归，多年来除了步行上班之外没有其他活动，除了到他住所对面的第欧根尼俱乐部去之外，他从来不到别处去的。”

“我想不起我曾听说过这个俱乐部了。”

“当然想不起。你知道，伦敦有这样一些人，他们有的生来腼腆，有的愤世嫉俗，不愿与人来往。可是他们并不反对坐在舒适的椅子上，读读最新的期刊。为此，第欧根尼俱乐部便应运而生了，它现在的会员都是伦敦城里最孤僻和最不爱交际的人。会员之间不准互相打听对方的情况。除了在会客室，绝对不准许交谈，如果三次违规，引起俱乐部委员会的注意，谈话者就会被开除。我哥哥是该俱乐部的发起人之一，我本人觉得这个俱乐部的气氛令人感到相当舒心。”

我们边走边谈，转过詹姆斯街，不觉来到蓓尔美尔街。夏洛克·福尔摩斯在离卡尔顿大厅不远的一个门口停了下来，叮嘱我不要说话之后，他把我领进了大厅。我通过玻璃门瞥见一间宽大而豪华的房间，里面坐着许多看报的人，互相井水不犯河水。福尔摩斯把我带进一间临靠蓓尔美尔街的小屋，然后，离开我出去了一会儿，回来时带着一个人，我知道这人肯定是他的哥哥。

迈克罗夫特·福尔摩斯比他弟弟的个子要高大得多。他相当的肥胖，他的脸虽然很肥大，却和他弟弟一样有轮有廓。他的双眼呈晶莹的淡灰色，仿佛始终在沉思之中，这种眼神，我只在夏洛克全神贯注思考问题时看到过。

“我很高兴见到你，先生。”他伸出一只肥厚的大手说道，“多亏你写的东西，我才对夏洛克的所作所为了如指掌。顺便说一下，夏洛克，我还以为你上星期会来找我商量那件庄园主住宅案呢。我想你可能有点儿力不从心了吧。”

“不，我已经把那案子结了。”我的朋友微笑着说道。

① 白厅：伦敦的一条街道，是英国政府机关所在地。——译注

“案犯准是亚当斯无疑了。”

“是的，是亚当斯。”

“我一开始就确信这点。”两个人一起坐在俱乐部的窗旁。“对于一个想要研究人的人来说，这可是个最好的地方啊！”迈克罗夫特说道，“看，多么典型的人啊，看这两个向我们走过来的人吧！”

“你是说那个弹子记分员和另一个人吗？”

迈克罗夫特·福尔摩斯

“正是。你对那另一个人是怎样看的呢？”

正说着，那两个人在窗对面停了下来。我可以看出，其中一个人的背心口袋上有粉笔痕迹，说明他就是弹子记分员。另一个人是个黑瘦的小个子，帽子戴在后脑勺上，腋下夹着好几个小包。

“我看他是一个老兵。”夏洛克说道。

“而且是才退伍的。”他哥哥搭话道。

“我看，他在印度服过役。”

“还是一个军士。”

“我估计他是皇家炮兵队的。”夏洛克说道。

“他是个鳏夫。”

“但有个孩子。”

“不止一个，亲爱的弟弟，他不止一个孩子。”

“得啦！”我不禁笑道，“你们

真行。”

“毫无疑问，”夏洛克答道，“这人一看就有一种果敢的表情，他的皮肤被太阳晒得黝黑，肯定是军人无疑，而且不是个普通军人；他刚从印度回来不久。”

“他脚上穿着的那双他们所谓的炮兵靴子也说明他刚退役不久。”迈克罗夫特说道。

“他走路的步伐不像个骑兵，但是他的军帽歪向一边戴着，这一点可以从他前额的一侧没有被太阳晒得很黑看出来。他的身材肥胖说明他不可能是工兵。所以我说他是炮兵。”

“此外他看上去很悲伤，这说明他失去了一个最亲的人。他自己出来买东西，表明他可能丧妻。另外，他在给孩子们买东西。那个拨浪鼓说明孩子不大。他妻子可能是在产后去世的。他腋下夹着一本儿童画书，是为另一个孩子买的。”

这时我才理解为什么夏洛克·福尔摩斯说他哥哥比他本人的观察力还要敏锐。夏洛克看了我一眼，会心一笑。迈克罗夫特从一个玳瑁匣子里取出鼻烟，用一块大红丝巾把掉在身上的烟末掸净。

“还有，夏洛克，”迈克罗夫特说道，“我有件能让你高兴的事，那就是我正在研究一个非常不一般的问题。但我确实没有能力把它彻底解决，不过我可以充分利用我的推理能力。如果你愿意听的话……”

“亲爱的迈克罗夫特，我很愿意听。”

迈克罗夫特从笔记本上撕下一页，匆忙写了几个字，按了按铃，把纸交给了侍者。

“我派人去请梅拉斯先生到这儿来。”他说，“他就住在我楼上，我和他认识不久，他遇到疑难问题喜欢来找我。据我所知，梅拉斯先生是希腊血统，精通多国语言。他在法院当译员，也给那些住在诺森伯兰街旅馆的阔绰的东方人做向导，以此养家。我看还是让他亲自告诉你们有关他的奇怪经历吧！”

几分钟过后，进来了一个五短身材的人，他的脸是橄榄色的，头发漆黑，说明他是南方人，可是他的谈吐大有一个受过教育的英国人的味道。他同夏洛克·福尔摩斯热切地握手。听说这位专家急于了解他的奇遇，他非常高兴。

“我相信警察会认为我的故事是编造的。”他悲叹道，“因为这种事情他们闻所未闻。可是我知道，如果我不弄清那个脸上贴着橡皮膏的可怜人的下场，我的心就无法安宁。”

“愿闻其详。”夏洛克·福尔摩斯说。

“现在是星期三晚上。”梅拉斯先生说，“嗯，那么，这事是发生在星期一夜晚，也就是两天以前。我是一个翻译，也许我的邻居已经告诉你们了。我能翻译所有的语言，或者说几乎是所有的语言，可是我出生在希腊，取的也是希腊名字，我主要从事希腊语的翻译。多年来，我是伦敦最有名气的希腊语译员，各家旅馆都知道我的名字。

“遇到了困难的外国人，或者是到达伦敦很晚的游客，往往要赶来请我给他们当翻译，这是经常发生的事情。因此，星期一夜晚，一位穿着时髦、自称是拉蒂默先生的年轻人来到我家，要我陪他一起乘坐马车外出时，我毫不感到意外。他说，他家来了一位希腊朋友，他自已除了英语之外，不懂任何外国话，因此需要请一位翻译。他告诉我他家住在离这里较远的肯辛顿，他样子非常着急，我们到街上，他就把我推进了马车。

“坐进马车后，我顿生疑虑，因为我发现我坐的并不是一辆普通四轮马车。这辆马车相当宽敞，里面的装饰虽然有些破旧，但却十分考究，不像伦敦大街上那些简陋的普通四轮马车。拉蒂默先生坐在我对面，我们经过了查令十字街，转入谢夫特斯伯里大街，又来到牛津街，我刚要开口说这样走到肯辛顿是绕远的时候，同车人的一种奇怪的举动使我没能把话说出来。

“他从怀里取出一根令人望而生畏的灌了铅的大头短棒，前后挥舞了几次，似乎是在试试它的作用，然后不声不响地把它放在身旁座位上，接着他把两边的车窗拉上。我发现，窗上都蒙着纸，好像是存心不让我看到外面，这使

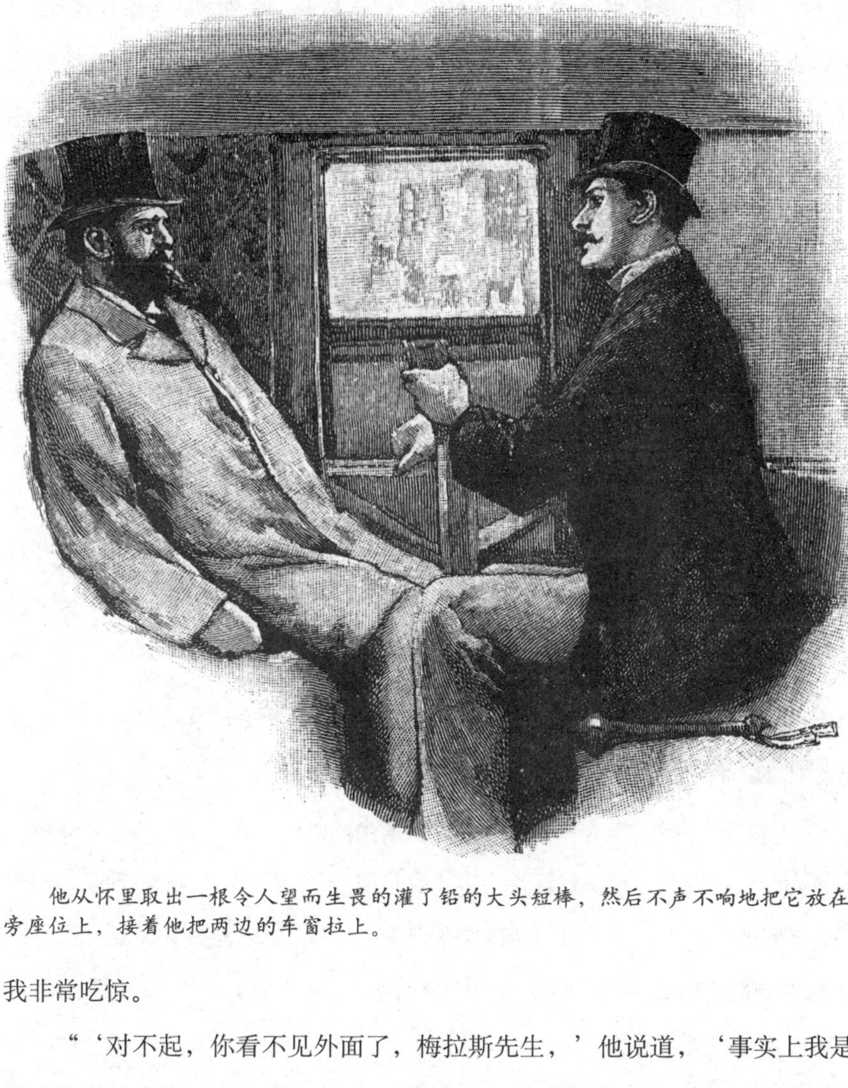

他从怀里取出一根令人望而生畏的灌了铅的大头短棒，然后不声不响地把它放在身旁座位上，接着他把两边的车窗拉上。

我非常吃惊。

“‘对不起，你看不见外面了，梅拉斯先生，’他说道，‘事实上我是不想让你看到我们要去的地方。如果你知道了我们走过的路，那对我可能就不方便了。’

“你们想象得到，他这话使我极为惊恐。我这个同车人是个强壮有力的年轻人，别说他有武器，就是赤手空拳我也绝不是他的对手。

“‘这样做有点儿不合情理吧，拉蒂默先生，’我结结巴巴地说，‘要知道，这是不合法的。’

“‘不错，这是有点儿冒失，’他说，‘不过我们会给你补偿的。但是，我必须警告你，梅拉斯先生，今晚任何时候，只要你企图报警或做出其他对我不利的事，后果将会非常严重。你要记住，现在没人知道你的下落，同时，不论在这辆四轮马车里还是在我的家里，你都要服从我的意志。’

“他说话的声音很轻，但却充满了威胁的口吻。我默默地坐在那里，心中纳闷，他到底为何要用这种非同寻常的方式来绑架我呢。不管怎样说，有一点我是很明白的，那就是抵抗是没用的，只能静观事态的发展了。

“我就这样稀里糊涂地坐在马车里行驶了大约两个小时。有时车轮发出咯噔咯噔的声音，表明马车是走在石板路上；有时车轮平稳无声，说明马车是走在柏油路上。除了车轮声音的变化之外，没有什么能让我猜出我们是在什么地方。车窗被纸遮得密不透光，前面的玻璃也拉上蓝色的窗帘。我们离开蓓尔美尔街时是7点一刻，而当马车终于停下来时，我的表已经是8点50分了。同车人把车窗打开，我看到了一个低矮的拱形门道，上面点着一盏灯。我连忙跳下马车，门打开了，我进入宅院，隐隐约约记得往里走时看到一片草坪，两旁长满树木。我说不准这究竟是私人宅院，还是乡村的庭院。

“大厅里面点着一盏彩色煤油灯，拧得很小，所以我只能看到大厅很宽敞，里面挂着一些图画。在暗淡的灯光下，我看到那个开门的人是个身材矮小、面容猥琐、驼背的中年人。他向我们转过身来，亮光一闪，原来他戴着眼镜。

“‘是梅拉斯先生吗，哈罗德？’他问道。

“‘是的。’

“‘干得漂亮，干得漂亮！梅拉斯先生，我们可没有恶意呀，可是我们没有你不行。只要你能和我们好好合作，你是不会遗憾的，但要是你跟我们耍花招，那上帝也救不了你！’

“他说话时心神不安，显得神经很紧张，并不时发出咯咯的笑声，可不知道为什么，他给我的印象比那个年轻人更可怕。

“‘你要我干什么呢？’我问道。

“‘只是向我们的那位希腊客人提几个问题，并把他的答复告诉我们。不过我们叫你说什么你就说什么，否则……’他又发出咯咯的笑声，‘否则，你没有好果子吃。’

“说着，他打开门，把我领进一间陈设华丽却只点着一盏小灯的房间。这个房间很大，我进屋时，双脚踏在软绵绵的地毯上，是很高级的地毯。我还看到了一些丝绒面软椅，一个高大的白色大理石壁炉台，旁边好像还挂着一副日本铠甲，灯的正下方有一把椅子，那个年长一点儿的人示意让我坐下。年轻人走了出去，当他从另一道门回来时，带着一个穿着宽松睡衣的人，慢慢向我们走来。当他走到昏暗的灯光下时，我才看清楚他，他的模样叫我不寒而栗。他面无血色，十分憔悴，但两只凸出的眼睛闪闪发亮，说明他身体虽弱，却精神亢奋。最令我震惊的还不是他羸弱的身体，而是满脸贴着横七竖八的橡皮膏，他的嘴就被一大块纱布用橡皮膏封着。

“‘你把石板拿来了吗，哈罗德？’当这个怪人颓然倒在椅子里时，年长一点儿的人大声问道，‘给他的手松绑了吗？给他一支笔。梅拉斯先生，你向他提问题，让他把回答写下来。首先问他是否准备在文件上签字。’

“那个人的眼里冒出了怒火。

“‘绝不！’他用希腊文在石板上写道。

“‘任何条件都不谈了吗？’我按我们这位暴君的吩咐问道。

“‘唯一的条件是让我看到她在我认识的希腊牧师的主持下举行婚礼。’

“那家伙听后发出令人毛骨悚然的咯咯笑声。

“‘那么，你知道这样做等着你的下场是什么吗？’

“‘我自己遭到什么下场我都不在乎。’

“上面这些问答只不过是我们这场连说带写的奇怪对话中的一部分而已，我不得不一而再再而三地问他是否愿意让步，在文件上签字；而每次得到的都是同样愤怒的回答。很快我就灵机一动，我决定在每次问话时加上自己要问的内容——起先问一些无关紧要的话，看看旁边的两个人是否能听出来。后来，

“当他走到昏暗的灯光下时，我才看清楚他，他的模样叫我不寒而栗。”

我发现他们完全听不懂，便放心地向他打听起来。下面就是我们大致的谈话。

“‘你这样固执是没有好处的。你是谁？’

“‘我不在乎。我在伦敦举目无亲。’

“‘你的命运掌握在你自己手里。你在这里有多久了？’

“‘随他去吧。有三个星期了。’

“‘这财产绝不可能归你的。他们是怎么折磨你的？’

“‘它也绝不会归这帮恶棍所有。他们让我挨饿。’

“‘只要你肯签字，你就能获得自由。这是谁的宅子？’

“‘我绝不签字。我不知道。’

“‘你这样对她可没有一点儿好处。你叫什么名字？’

“‘让我听她自己怎么说吧。克莱蒂特。’

“‘只要你签了字，你就能见到她。你从哪儿来的？’

“‘那我宁愿永远不见她。雅典。’

“福尔摩斯先生，要知道，再多五分钟，我就能当着他们的面把全部情况打听清楚了。再问一个问题就够了，谁知此时房门突然打开了，一个女人走了进来。我无法看清她，只觉她身材修长而优美，有着一头黑发，身穿宽大的白色睡衣。

“‘哈罗德！’那女子用不熟练的英语说道，‘这里我再也待不下去了。太寂寞了，只有……啊，我的上帝，是保罗！’

“最后的几句话是用希腊语说的，就在同时，那人用力扯下了嘴上的橡皮膏，尖声叫喊着‘索菲！索菲！’，并一头扑到了那女人的怀里。然而，他们只拥抱了片刻，年轻人便把那女人拖出了房间。年长者则毫不费力地把那个瘦弱的受害者从另一道门拖了出去。转眼屋里就只剩下我一人，我猛地站起来，头脑里产生了一个模糊的念头：我或许可以趁机寻找一下线索，看看这到底是什么地方。不过，幸好我没来得及轻举妄动，因为当我抬起头来时，我看到那年长者已经站在了门口，两眼直盯着我。

“‘行啦，梅拉斯先生，’他说道，‘你看我们对你是信任的，才让你介入了我们的私事。我们本来不该麻烦你，可是一开始帮我们谈判的那位能讲希腊语的朋友因急事回东方去了。我们必须另找一个人帮忙，我们很幸运能找到你这样一个希腊语很好的人。’

“我鞠了一躬。

“这是给你的5英镑，’他向我走过来，说道，‘我希望这足以表示我们的谢意了。但你务必记住，’他轻轻地拍了拍我的胸脯，咯咯地笑着说道，‘如果你胆敢将此事透露给任何人，不管是什么人，那就只有乞求上帝拯救你的灵魂了！’

“我无法向你们形容这个面容猥琐的家伙是多么令我讨厌和憎恶。现在借着灯光，我把他的面目看得更清楚了。他的面容枯瘦而憔悴，留着一撮稀稀

那人用力扯下了嘴上封的橡皮膏，尖声叫喊着“索菲！索菲”，并一头扑到了那女人的怀里。

拉拉的山羊胡，他说话时把脸朝前伸，嘴唇和眼睑颤动不止，活像个舞蹈病患者。我禁不住想，他不时发出的刺耳的怪笑声莫非也是他得了某种神经疾病的表现吧。然而，他脸上最可怕的还要数他那双闪着冷酷凶光、暗藏杀机的铁灰色眼睛了。

“‘如果你把这事说出去，我们会知道的，’他说，‘我们自有办法得到消息。现在外面有辆马车在等着，我的朋友会送你离去的。’

“我急忙穿过前厅，钻进了马车，又看了一眼树木和庭院。拉蒂默先生寸步不离地紧跟着我，一声不吭地坐在了我的对面。我们又是默默地行驶了很长的路程，车窗依然遮挡着，直到半夜，马车才停下。

“‘你就在这里下车吧，梅拉斯先生，’押送我的人说，‘很抱歉把你甩在离你家很远的地方，可是只能这样。如果你企图跟踪我的马车，结果只能是伤害你自己。’

“他说着打开车门，让我下车，我的脚刚着地，车夫便扬鞭催马而去。我茫然地环顾四周，原来他把我甩在了荒郊，周围是一片黑乎乎的灌木丛。远处有一排亮着灯的房屋。我看到另一边是铁路的红色信号灯。

“送我来的那辆马车已经无影无踪了。我呆呆地站在那里四下张望，想搞清楚这里究竟是什么地方，这时我看到有人从黑暗处向我走来。等他走到我面前，我看出来原来是个铁路搬运工。

“‘你能告诉我这里是什么地方吗？’我问道。

“‘旺兹沃思荒地。’他回答。

“‘我能从这里搭火车进城吗？’

“‘你要步行一英里左右到克拉彭枢纽站，’他说，‘正好能赶上去维多利亚车站的末班车。’

“就这样我的历险总算告一段落。福尔摩斯先生，除了刚才对你讲的情况之外，我既不知道我去的是什么地方，也不知和我谈话的是什么人，更不知道任何其他情况。不过我知道那里正进行一场肮脏的交易。如果可能，我就要帮

“我看到有人从黑暗处向我走来。等他走到我面前，我看出来原来是个铁路搬运工。”

助那个不幸的人。第二天早晨，我把全部情况告诉了迈克罗夫特·福尔摩斯先生，随后就向警察报了案。”

听完了他这段不同寻常的叙述之后，我们默默地坐了一会儿。后来夏洛克望望他哥哥。“该如何着手？”夏洛克问道。

迈克罗夫特拿起桌上的一张《每日新闻》，递了过去。

> 兹有来自雅典的不懂英语的希腊绅士保罗·克莱蒂特以及一名叫索菲的希腊女子双双失踪，有告知其下落者，将获重赏。X2473号。

“今天各家报纸都登载了这则寻人启事，但毫无回音。”迈克罗夫特说道。

“希腊使馆知道了吗？”

“我问过了，他们一点儿也不知道。”

“那就向雅典警察总部发个电报吧。”

“夏洛克在我们家精力最充沛。”迈克罗夫特转身向我说道，“嗯，你要尽力把这案子查清。有了消息，别忘了告诉我。”

“那是当然的，”我的朋友起身答道，“我会告诉你的，也会通知梅拉斯先生的。梅拉斯先生，如果我要是你的话，在此期间一定会特别警惕，因为他们看到这个寻人启事后，会认为一定是你告发了他们。”

在我们一起步行回家时，福尔摩斯在一家电报局发了几封电报。

“你看，华生，”福尔摩斯说，“我们今晚没有白跑一趟。迈克罗夫特经常这样将一些重大的案子转给我来经办。我们刚刚听到的问题，虽然只能有一个答案，却是很特别的答案。”

“你有信心侦破此案吗？”

“嗯，既然我们已经了解了这么多情况，如果还不能把问题的全貌弄清楚，那就不合情理了。你对刚才听到的情况也一定有了一些自己的见解吧。”

“有的，不过还不太明确。”

“说说你的想法好吗？”

“依我看，明显是那个叫哈罗德·拉蒂默的英国青年拐骗了那个希腊姑娘。”

“从哪儿拐骗来的？”

“多半是从雅典。”

夏洛克·福尔摩斯摇了摇头。“那个年轻人根本就不懂希腊话，那个女子却能说英语。看来她应该已经在英国待过一段时间了，而那年轻人却没有到过希腊。”

“有道理。那么，我们假定她是来英国访亲探友的，是那个哈罗德诱劝她和自己一起逃走。”

“这种可能性要大些。”

“后来她哥哥——反正我想应该是她的什么亲属吧——从希腊赶来找她。结果不慎落到那个年轻人和他的老同伙手中。他们捉住了他，对他动武，强迫他在一些将那位希腊女子的财产转让给他们的文件上签字，而她哥哥恰恰就是这笔财产的托管人。他当然拒绝签字。为了和他谈判，那年轻人和他的老同伙只有找一个译员才行，以前用过一个译员，后来才把梅拉斯先生找去的。那姑娘根本不知道他哥哥已经来了，他们能相见纯粹出于偶然。”

“分析得真好！华生。”福尔摩斯大声说道，“我认为你的看法确实与事实非常相近了。看来我们已经掌握了所有的筹码，唯一要提防的是他们突然杀人灭口。只要我们赶在他们动手之前，他们肯定难逃法网。”

“可我们怎样才能找到他们的住宅呢？”

“嗯，如果我们的推断不错，而那个姑娘的名字确实叫索菲·克莱蒂特，找到她就不是件难事。我们只能寄希望于先找到她，因为她哥哥完全是个陌生人。显然，哈罗德与那姑娘结识已经有一段时间了，至少有几星期了吧，所以她在希腊的哥哥听到消息后就赶来了，如果此间他们一直住在某个地方没动过，那么我们就有可能从迈克罗夫特登的那则寻人启事中找到答案。”

我们边走边谈，不觉回到贝克街寓所。我们上了楼，福尔摩斯打开房门，不觉吃了一惊。我探头一看，也吃了一惊，原来他哥哥迈克罗夫特正坐在扶手椅上吸烟呢。

“二位先生，进来吧。”迈克罗夫特温和地说道，看到我们吃惊的样子，他笑了。“你没料到我还有这样的精力吧，夏洛克？但这案子确实吸引了我。”

“你是怎么来的？”

“我的双轮马车从你们身旁驶过。”

“有什么新的进展吗？”

“二位先生，进来吧。”迈克罗夫特温和地说道。

“我的寻人启事有回音了。”

“啊！”

“是的，你们刚走几分钟我就得到了回音。”

“找到他们了吗？”

迈克罗夫特·福尔摩斯取出一张纸来。

“看看吧。”他说，“信是一个中年人用扁头钢笔写在淡黄色印刷纸上的，笔迹虚弱无力。信的内容如下：

先生：

今日获悉先生刊登之寻人启事，现予以答复如下。容禀鄙人对先生查找之年轻女士颇多了解，若肯屈尊来寒舍一晤，吾当将彼女士之痛苦经历悉详告之。该女士暂住于贝克纳姆的默特尔兹寓所。

你忠实的达文波特

“这信是从下布里克斯顿发出的。”迈克罗夫特·福尔摩斯说道，“夏洛克，你不认为我们现在该乘车到他那里去了解一下详情了吗？”

“亲爱的迈克罗夫特，救哥哥的性命比听妹妹的故事要重要得多。我认为我们应当找苏格兰场的警长葛莱森一起直扑贝克纳姆。要知道，这可是人命关天、刻不容缓的事啊！”

“最好顺路请梅拉斯先生也一起去，”我建议，“我们可能需要他给我们当翻译呢。”

“说得对。”夏洛克·福尔摩斯说，“吩咐仆人快去找辆四轮马车，我们马上就走。”我看到他边说边打开桌子的抽屉，把手枪塞到了衣袋里。“不错，”他见我正在注视着他，便说道，“从我们了解到的情况来看，我们要去对付的应当说是一伙非常危险的亡命之徒。”

当我们到蓓尔美尔街梅拉斯先生家中时，已经是晚上了。有一位绅士在我们到他那里之前已经把他请走了。

“你知道他们去哪儿了吗？”迈克罗夫特·福尔摩斯问。

“我不知道，先生。”给我们开门的女人回答，“他和一位绅士一起坐马车走了。”

“听说那位绅士的姓名了吗？”

“没有，先生。”

“他是不是个年轻英俊、肤色黝黑的大个头儿？”

“嗯，不，先生，他个子不大，戴着眼镜，脸很瘦，不过人很开朗，说话时一直在笑。”

“快走！”夏洛克·福尔摩斯突然喊道，“情况已经非常危急了。”我们向苏格兰场赶去时，他说道，“那个家伙又把梅拉斯弄走了。那恶棍前天夜晚就发现梅拉斯被他们吓坏了，是个胆子很小的人，他们肯定又把他弄去给他们当翻译了，不过，一旦翻译完，他们可能会杀了他灭口。”

我们本想乘火车可以比坐马车早一点儿赶到贝克纳姆。可是，我们赶到苏格兰场后，却用了一个多小时才找到警长葛莱森，总算办完了允许进入私宅的法律手续。我们到伦敦桥时已经9点45分了，10点半时我们一行4个人来到了贝克纳姆火车站，又乘马车行驶了半英里左右，才赶到默特尔兹。这是一所背靠公路的阴森森的大宅院。我们把马车打发走，沿车道一起向宅院走去。

“窗户都是黑的，”警长说道，“这所宅子好像没有人。”

“看来已经是人去楼空了。”夏洛克·福尔摩斯说道。

“何以见得？”

“一辆满载着行李的四轮马车刚离开还不到一小时。”

警长笑了笑。“我借着大门的灯光倒是看见了车辙，可满载行李又是从何说起呢？”

“你看到的可能是原来的车辙。我说那道刚才离开的车辙非常深，因此可以断定，车上载着重物。”

“你观察得比我细致。”警长耸耸肩说道，“想要撞开这道门看来还有点儿费事，我们先叫门试试，如果没人答应，只有破门而入了。”

警长又是用力敲打门环，又是拼命按铃，可是里面依然毫无动静。夏洛克·福尔摩斯离开了几分钟，又返回来。

“我已经打开了一扇窗户。”福尔摩斯说道。

“幸好你是赞成破门而入的，福尔摩斯先生。”警长看见我的朋友如此灵活机动，说道，“看来我们也只有不请自入了。”

我们依次越窗进入一间大屋子，这显然就是梅拉斯先生上次来过的地方。警长把提灯点上，灯光照处，我们看到了梅拉斯对我们提到过的两扇门、窗帘、灯和一副日本铠甲。桌上有两个玻璃杯、一个空白兰地酒瓶和一些吃剩的食物。

“什么声音？”夏洛克·福尔摩斯突然问道。

我们全都凝神屏息地侧耳倾听。从我们头顶上什么地方隐约传来一阵很轻的呻吟声。夏洛克·福尔摩斯急忙向门口冲去，跑进前厅。这凄惨的声音是从楼上传来的。他跑到楼上，我和警长也紧跟在他身后，他哥哥迈克罗夫特虽然身体肥胖，却也不甘落后。

上到二层，只见面前有三扇门。那时高时低的可怕的呻吟声从中间那扇门传出来。门锁上了，可钥匙却挂在外面。夏洛克·福尔摩斯迅速打开门冲进去，不过马上又用手捂着喉咙，退了出来。

“里面有炭火！”他喊道，“等一会儿，让毒气散去。”

我们朝房间里张望，只见房间中央有一个冒着暗蓝色火焰的小铜盆，朝四周地板上散发出一圈青灰色的光芒，借着微弱的光线我们隐约看到两个模糊不清的人影蜷缩在墙边。房门开处，一股呛人的毒气冒了出来，熏得我们透不过气来，并不停地咳嗽。夏洛克·福尔摩斯跑到顶楼换了一口气，然后，冲进室内，打开窗户，把铜盆扔到了花园里。

“我们要再等一会儿才能进去。”夏洛克·福尔摩斯又飞快地跑了出

福尔摩斯用手捂着喉咙，迅速退了出来。“里面有炭火！”他喊道，“等一会儿，让毒气散去。”

来，上气不接下气地说道，“这里有没有蜡烛啊？就是有，我看在这样的空气里也无法擦燃火柴。迈克罗夫特，现在你拿着灯站在门口，我们进去把他们救出来！”

我们冲了进去，把那两个中毒的人拖到了灯光明亮的前厅。他们嘴唇发青，面部浮肿、充血，双眼凸出，全都失去了知觉。他们面部已经变了形，我们好不容易才从其中一个人的黑胡子和肥胖身材认出了他就是几个小时前才在第欧根尼俱乐部和我们分手的那位希腊译员。他的手脚被人捆绑得结结实实，一只眼睛上有遭到毒打的伤痕。另一个和他一样被五花大绑的个子高大的人，脸上贴着一些乱七八糟的橡皮膏，模样实在惨不忍睹。我们把他放下时，他已经停止了呻吟，我一眼看出，他已经没有救了。好在梅拉斯先生还有一口气，我们用阿摩尼亚和白兰地使他苏醒过来，不到一小时，他睁开了眼，我很满意能及时把他从死神手里救回来。

梅拉斯只能简单地向我们讲述了事情发生的经过，他的讲述证实我们的推断是正确的。那个去找他的人，一到他家就凶相毕露，从衣袖中抽出一支短棒，威胁着要打死他，梅拉斯只好再次被他绑架而去。这位通晓几国语言的译员的确已被那个满脸狞笑的暴徒吓得面如土色，双手颤抖不已，一句话也不敢说了。转眼，他就被绑架到了贝克纳姆，再次为他们充当谈判的翻译，这次谈判甚至比上一次更富有戏剧性。那两个英国人威胁那个被囚禁者：如果不答应他们的要求，就要立即杀死他。后来见他坚决不肯屈服，只好把他继续囚禁起来。接着，他们对梅拉斯大兴问罪之师，说他在报上登寻人启事把他们出卖了，他们用棒子把他打昏，此后梅拉斯便一直不省人事，直到我们把他救醒。

这就是希腊译员的奇案，至今仍然有些未解之谜。后来，我们从答复我们寻人启事的那位绅士那里查明了如下的情况：那位年轻女士出身希腊富家，到英国是为了寻亲访友，在英国遇到了一个名叫哈罗德·拉蒂默的年轻人，这个人控制了她，终于说服她一同私奔。她的朋友得知此事后大吃一惊，迅速通知她住在雅典的哥哥前来找回自己的妹妹。她哥哥赶到英国后不知底细，落到了拉蒂默和他那个叫威尔逊·肯普的同伙手中。肯普是一个恶名远扬的家伙。两个恶棍发现他不懂英语，在伦敦又举目无亲，便把他囚禁起来，对他进行毒打，并不给他吃饭以迫使他同意在交出他和他妹妹财产的协议上签字。他妹妹并不知道他们把她哥哥囚禁在宅子里，为了使这姑娘即使万一见到了她的哥哥也无法认出他来，恶棍们便在他脸上贴了许多橡皮膏。然而，出于女性的敏感，当希腊译员来这里和她哥哥交谈时，她一眼就认出了她的哥哥。不过，这可怜的姑娘自己也落入魔掌，身不由己，因为在这所宅院里，除了那马车夫和他夫人之外，没有任何其他人。而马车夫和他夫人则是这两个恶棍的帮凶。两个恶棍见真相已被识破，被拘禁者又死也不屈服于他们的淫威，便在几小时之前带着姑娘弃宅逃跑。这所家具齐全的宅子是他们租的，他们就是要在这里对那个公然反抗他们的人和那个出卖他们的人进行报复。

几个月后，我们收到寄自布达佩斯的一张剪报。剪报上说的是两个英国人带着一个女子在旅行途中遭到横祸身亡的消息。两个男人都是被刀子捅死的，看来他们是为了女人争风吃醋而互相残杀身亡的。匈牙利警方的看法也是如此。然而，夏洛克·福尔摩斯的看法却与此不同。我想，时至今日他依然认定，如果有人能找到那位希腊姑娘，那他一定能了解到她是怎样为自己和她哥哥报仇的。

海军协定（上）

我时常回忆我婚后那年的7月，因为那时我有幸与夏洛克·福尔摩斯一起对3起重大案件进行了侦破，借此机会得以研究了他的破案方法。我所记录的这几个案件的标题是："第二块血迹"、"海军协定"和"疲惫的船长"。然而，由于其中的第一个案件牵扯到许多重大机密和不列颠王国众多的显贵人物，所以今后多年也不可能公之于世。然而，在福尔摩斯经手的案件中，再没有什么案子能比这个案子更清楚地体现出他分析方法的价值并给合作者留下更深刻的印象了。我至今还一字不漏地保留着一份福尔摩斯和巴黎警署的杜布克先生和格但斯克的著名专家弗里茨·冯沃尔鲍有关该案真相的谈话记录，他们两个人曾在这个案子上花过许多时间和精力，结果却不得要领，收效甚微。可惜的是，这个故事恐怕要等到下个世纪才能发表了。于是，我把目光转向我记录的第二个案件，该案一度也曾经牵涉到国家的重大利益，而且其中的一些事件使它相当不同凡响。

在学生时代，我和一个名叫珀西·费尔普斯的少年关系亲密。虽然他比我高两级，其实他的年龄和我差不多大。他是个很有天分的孩子，几乎获得过学校颁发的所有奖项，他的结业成绩优秀，获得了奖学金，被送到剑桥大学继续深造。我记得他家的亲戚都是些极有头脸的人物，甚至当我们都还是小孩子的时候，就知道他舅舅是霍尔德赫斯特勋爵，一位著名的保守党政客。这些显贵亲戚并没有给他在学校里的处境带来一丁点儿的好处。相反，我们喜欢在操场上追打他，并故意用玩具铁环撞他的腿，拿他开心。但等他长大成人后，情况就不同了。我好像听说他凭着自己的能力和他那些有权有势的亲戚的关系，在外交部谋得了一个很好的职位，以后我几乎把他完全忘记了，直到接到下面这封信时，才又想起他来。

亲爱的华生：

我想你一定还记得“蝌蚪”费尔普斯吧，那时我在五年级，你在三年级。可能你还听说了我靠我舅舅的关系在外交部谋到了一个很好的差事，备受信任和尊敬。可是没有想到一个飞来横祸毁了我的前程。

我不想在信里详细叙述那件可怕的事情。如果你答应我的请求，我会把一切当面告诉你的。我的脑子出了点儿毛病，已经有9个星期了，现在刚刚恢复，身体仍然非常虚弱。你能否请你的朋友福尔摩斯先生到我这里来？尽管当局告诉我他们对此案已经是无能为力了，但我还是想听听福尔摩斯先生的意见。请你一定尽快邀他前来。我生活在惊恐不安的状态下，度日如年。请你向他解释清楚，我之所以没有及早征求他的意见，并不是因为我小看了他的才能，而是因为这个突然的打击使我昏了头。现在我已经清醒了，只是仍然不敢多想此事，担心旧病复发。我现在仍然非常虚弱，所以我只能口授这封信。请务必把福尔摩斯先生请来。

你的老校友珀西·费尔普斯

于沃金的布里尔布雷

这封信多处打动了我，特别是他反复恳请福尔摩斯前往，令人同情。我深受感动，所以哪怕再难办，我也要试一试。但是，我很了解福尔摩斯，他爱他的事业，只要他的委托人相信他，他总是随时愿意给他们以帮助。我的妻子也同意我的看法，让我一刻也不要耽误，立即把这事告诉福尔摩斯。所以，早餐后不到一小时，我就又回到了贝克街的老住处。

福尔摩斯身穿睡衣坐在台桌旁，正在埋头做化学试验。一个大曲颈蒸馏瓶在本生灯通红的火焰上剧烈地沸腾着，蒸馏水滴入一个容积为两升的容器中。我进去时，他连头也没抬，我想他的试验一定很重要，便坐在旁边的椅上等。他一会儿朝试管或瓶子里滴上一滴溶剂，一会儿用玻璃吸管从试管或瓶子里吸出几滴液体，最后，他取出一个盛有溶液的试管到桌上。他右手拿着一张石蕊试纸。

福尔摩斯身穿睡衣坐在台桌旁，正在埋头做化学试验。

“你来得正巧，华生。”福尔摩斯说道，“如果试纸保持蓝色不变，就一切正常。如果它变成了红色，那溶液就能置人于死地。”他把试纸浸入试管，试纸立即变成了污浊的暗红色。“嘿！果然不出我所料！”他高喊道，“华生，请再稍等片刻，我这里马上就可以结束了。你可以在波斯拖鞋里找到烟叶。”他转身坐到书桌旁，草草拟了几份电报，把它们交给了小听差，然后坐到我对面的椅子上，曲起双膝，双手紧抱住瘦长的小腿。

“一件极其平常的凶杀案。”他说道，“我相信你给我带来的案子会有趣得多。华生，你是无事不登三宝殿啊，出了什么事呢？”

我把信递给他，他聚精会神地读着。

“这信没有告诉我们究竟发生了什么事情，对吗？”福尔摩斯把信交还给我时说道。

“几乎没有。”我说道。

“但笔迹倒很有意思。”

“但这笔迹不是他自己的。”

“正确。那是女人的笔迹。”

“是男人的笔迹，我肯定！”我大声说道。

“不，是女人的，而且是一个性格与众不同的女人。你看，从调查一开始，我们就知道了你的委托人和一个女人有密切关系，而那个女人，无论好坏，都具有非同一般的性格。这件案子现在已经激起了我的兴趣。如果你准备好了的话，我们可以立即动身前去沃金，去看看那位官司缠身的外交官和为他代笔写这封信的女士。”

我们很幸运，一到滑铁卢车站就赶上了早班火车，不到一小时，我们已来到了沃金的冷杉和石南花丛中。原来，布里尔布雷是一所孤零零的大宅邸，坐落在一片开阔的土地上，从车站只需步行几分钟就到了。我们递上名片之后，被带进了一间陈设雅致的客厅里，几分钟后，一个相当壮实的男子非常好客地接待了我们。他的年龄估计已近40岁，但他红光满面，目光愉悦，仍然给人一种近似顽童的率真印象。

“你们能来我真是太高兴了！”他和我们握了握手说道，“珀西整整一个上午都在打听你们的消息。哎，我那可怜的老朋友，他是不会放过一根救命稻草的。他的父母要我来迎候你们，他们提起这件事就感到非常痛苦。”

“我们对这案子的详情还一无所知哩，”福尔摩斯说道，“我看你不是他们家里的一员吧？”

我们的新相识显得有点儿吃惊，他低头看了一下，随即放声大笑起来。

“显然你是看到我项链坠上的‘J. H.’这个姓名字首了。”他说道，“我一时还以为你有什么更聪明的办法哩。我叫约瑟夫·哈里森，由于珀西准备和我的妹妹安妮结婚，我至少能算作他的一个姻亲吧。我妹妹现在在珀西的房间里，两个月来她不辞辛苦地照料他。或许我们最好现在就进去，我知道珀西已经等得着急了。”

我们要去的房间和会客室在一层楼上，它的布置既像起居室，又像卧室，屋子里摆满了鲜花。一位面色苍白、形容憔悴的年轻人躺在靠近窗户的长沙发上。窗子开着，花园里浓郁的花香和初夏的和风扑面而来。一个女人坐在他身旁，我们进屋时，她站起身来。

“要我离开吗，珀西？”她问道。

珀西把她的手紧紧抓住不放。

“你好吗，华生？”珀西亲热地打招呼，“你留着胡须，我几乎认不出你了。我敢说你也不认识我了。我猜，这位就是你的朋友，鼎鼎大名的夏洛克·福尔摩斯先生吧？”

我简单地给他们介绍了一番，两人一同坐下。那个壮实的中年人离开了这个房间，但他妹妹的手被病人拉着，只得留下。她是个惹人注目的女子，身材稍嫌矮胖了一点儿，看上去略微有些不匀称，但她有美丽的橄榄色的皮肤，一双又黑又大的意大利人的眼睛和一头漆黑的浓密秀发。与她光彩照人的容貌相比，她的苍白面孔越发显得憔悴不堪。

“我不想多占用你们的时间。”珀西从沙发上坐起来说，“所以就闲话少说，言归正传了。我是一个快乐而成功的男子，福尔摩斯先生，而且眼看就要结婚了。可是一件飞来横祸毁掉了我一生的前程。

“华生可能已经告诉过你了，我在外交部供职，靠我舅舅霍尔德赫斯特勋爵的关系，我很快就被升任要职。在我舅父被任命为本届政府的外交大臣后，他交给我一些重要任务，我总是能够圆满完成，终于赢得了他对我能力和才智的完全信任。

“大约是在10个星期以前——更确切地说是在5月23日——他把我叫到他

“我不想多占用你们的时间。”珀西从沙发上坐起来说。

的私人办公室里，在对我的工作成绩称赞一番之后，他告诉我，他要我执行一项新的重要任务。

“‘这个文件，’他从写字台里拿出一个灰色的纸卷说道，‘是英国和意大利签订的秘密协定的原本，我要很遗憾地说明一点，报界对此已经有了一些传闻。现在最重要的是，不能再有任何消息透漏出去了。法国和俄国大使馆将会不惜巨资来打探这些文件的内容。如果不是急需一份副本，我是绝不会让这文件离开我的办公室一步的。你办公桌的抽屉带锁吗？’

“‘是的，先生。’

“‘那么，把这协定拿去锁起来。我应当交代清楚的是：你等别人下班后自己留在办公室里，这样你可以放心地抄写副本，而不必担心被别人偷看。抄好后再把原件和副本锁到抽屉里，明天早晨亲手交给我本人。’

“我接过这份文件，并……”

“对不起，打断你一下。”福尔摩斯插话道，“谈话时只有你们两人在场吗？”

“绝对是这样。”

“在一个大房间里？”

“有30英尺见方。”

“你们是在屋子的中间吗？”

“对，差不多是这样。”

“说话声音很轻吗？”

“我舅舅说话声音向来很低，我几乎没有说话。”

“谢谢你，”福尔摩斯闭上双眼，说道，“请接着讲下去吧。”

“我完全照他的吩咐做了，下班后等着其他几个职员离开。我办公室里只留下一个名叫查尔斯·戈罗特的人还需要加一会儿班，于是我就先出去吃晚饭。我回来时，他已经走了。我急于把这件公事办完，因为我知道约瑟夫，也就是你们刚才见过的哈里森先生，正在城里，他要乘11点钟的火车回沃金去，我也想尽可能赶上这趟火车和他同行。

“把这协定拿去锁起来。”

“当我看了一下这份协定之后，便立即发觉这确实是一份极其重要的文件，舅父一点儿也没有夸大其词。不用细看，我就可以说，它确定了大不列颠王国对三国同盟的立场，同时也确定一旦法国海军在地中海对意大利海军占完全优势时，英国所要采取的对策。协定涉及的问题完全是海军方面的。协定最后是双方高级官员的签字。我草草看过之后，就坐下来开始抄写副本。

“这是一份用法文写成的包括26项条文的很长的文件。我尽可能加快抄写的速度，可是到9点钟时也才抄了9条，看来，要赶11点火车是没有希望的了。由于整日劳累加上晚餐吃得过饱，我感到昏昏欲睡，反应迟钝。我想喝杯咖啡可以清醒清醒头脑。在楼下的一个小门房里，有一个守夜的看门人，通常都是由他负责给加夜班的职员用酒精灯煮咖啡。因此，我就按铃叫他。

“令我吃惊的是，我喊来的竟是一个女人，一个身材高大、满面皱纹、身上系着一条围裙的老太婆。她解释说她是看门人的妻子，在这里当勤杂工，于是我就吩咐她去给我煮咖啡。

“我又接着抄了两项条款，更加感到困顿得难受，便起身在屋内踱步，伸展一下腿脚。咖啡一直没见送来，我想去看看究竟是什么原因要等这么久，便开门顺走廊过去看个明白。从我的办公室出来就是一条光线昏暗的笔直走廊，这是我办公室的唯一出口。走廊通向一条转弯的楼梯，看门人的小门房就在楼梯下面的过道旁。楼梯的中间有一个平台，它连接着另一条与这个楼梯形成丁字形的走廊。这第二条走廊尽头有一段楼梯通向侧门，这是专供仆役进出的，也是从查尔斯街过来的上班的职员走进大楼的一条捷径。这就是那个地方的示意草图。”

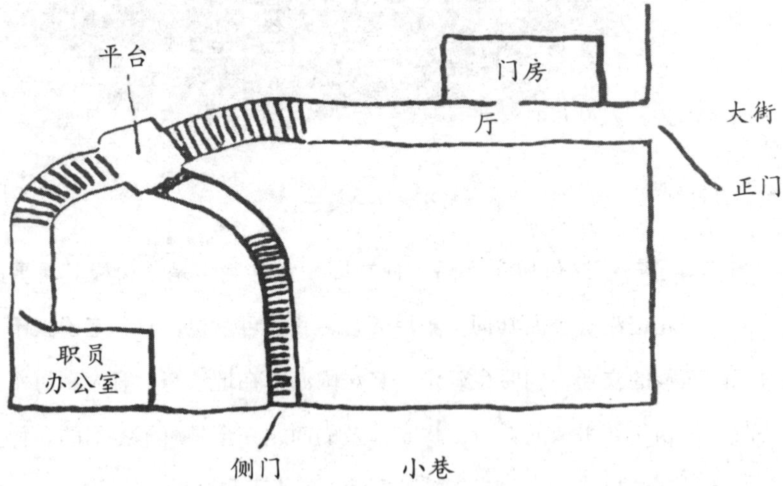

“这就是那个地方的示意草图。”

“谢谢你，我想我已听懂你所说的情况了。”夏洛克·福尔摩斯说道。

“我下面说的极其重要，请务必注意。我下楼走进大厅，发现看门人正在小门房里酣睡，酒精灯上的咖啡壶早已烧开，沸腾的咖啡都溢到了地板上，我拿下壶，灭掉酒精灯，我正准备伸手去摇醒那个仍在酣睡的看门人，他头顶上的铃突然大声响了起来，他立刻被惊醒了。

“我下楼走进大厅，发现看门人正在小门房里酣睡，酒精灯上的咖啡壶早已烧开，沸腾的咖啡都溢到了地板上。”

“‘费尔普斯先生！’他茫然地看着我说道。

“‘我是下来看我要的咖啡煮好了没有。’

“‘我正在替你煮呢，可不由得就睡着了，先生。’他望望我，又抬头看看仍在颤动着的铃，脸上露出了更加惊奇的表情。

“‘既然你在这里，先生，那还能是谁在按铃呢？’他问道。

“‘按铃？’我问，‘是什么地方的铃？’

“‘这是你办公室的铃啊！’

“我的心顿时一紧。这么说，有人进了我的办公室，而我那绝密的协定就放在办公桌上啊。我发疯似的跑上楼，奔向走廊。走廊里空无一人，福尔摩斯先生。办公室里也没有人，一切都和我离开时一模一样，只是我放在桌上的那份重要文件的原件，已经被人拿走了，抄本还在桌上。”

福尔摩斯从椅子上坐直身子并揉着双手。我知道他已经对这个案子有了兴趣。“请告诉我你接下来都做了些什么？”他低声问道。

“我当时首先想到贼一定是从侧门上楼的。他如果是从正门上来是会被我碰上的。”

“你不认为他一直藏在你的办公室内，或是藏在走廊里吗？你不是说走廊的灯光很昏暗吗？”

“那是绝对不可能的。无论是办公室，还是走廊，连一只老鼠也藏不住，根本就没有地方可以藏人。”

“谢谢你，请接着讲吧。”

“看门人见我脸都吓白了，知道出了什么严重的事，就跟着我走上楼来。我们两人顺走廊奔向通往查尔斯街的那节陡楼梯，楼底下的侧门关着，但没有上锁。我们推开门，冲了出去。我清楚地记得下楼时我听到附近的时钟敲了3下，正是9点45分。”

“这一点极其重要。”福尔摩斯边说边在他的衬衫袖口上记着。

“当晚天色很黑并下着毛毛细雨，查尔斯街上空无一人，可是，街尽头的白厅路上却像平常一样车水马龙。我们连帽子也没顾得戴，就沿人行道跑过去，到拐弯处后，发现有一个警察站在那里。

“‘发生了盗窃案，’我上气不接下气地说，‘一份极其机密的文件被人从外交部偷走了。见到什么人从这条路上过去吗？’

“‘我才在这里站了一刻钟，先生，’警察说道，‘这段时间只有一个人经过这里，是个女的，个子很高，是个老妇人，披着一条佩兹利披巾。’

“‘啊，那是我夫人。’看门人高声喊道，‘还有别人过去吗？’

“‘没有了。’

“‘看来，这个小偷一定是从另一头逃走了。’这个家伙扯着我的袖子喊道。

“可是我并不相信，他想把我引开，反而增加了我的怀疑。

“‘那个女人是向哪边走的？’我大声问道。

“‘我不知道，先生，我只看到她走过去，可是我没有理由老盯着她看。她好像有点儿急匆匆的。’

“‘她过去多长时间了？’

“‘哦，没有几分钟。’

“‘5分钟左右，有吗？’

“‘嗯，不超过5分钟吧。’

“‘你这是在浪费时间，先生，现在每分钟都很重要啊！’看门人大声嚷道，‘我敢说这事和我的夫人一丁点儿关系也没有，快到另一头去找吧！哎呀，你不去我去。’说着，他就朝另一头跑去了。

“可是我立刻追了上去，抓住了他的衣袖。

“‘你住在哪儿？’我问。

“‘我住在布里克斯顿的艾维巷16号，’他回答道，‘你可不要胡乱猜疑啊，费尔普斯先生。我们到这条街的另一头去看看能不能打听到点儿什么。’

“我想他说得也许有道理，我们和警察急忙朝另一头跑去，但见那边街上车来人往，可是大家只是一心想早点儿回家躲雨，没有任何人能告诉我们是否看见什么人从这里走过。

“于是我们回到外交部的办公室，把楼梯和走廊搜查了一遍，可是没有发现什么。通往办公室的走廊上铺着一种乳白色的漆布，很容易看到脚印。我们细细检查了一番，可是没有发现任何脚印。”

“那天整晚都在下雨吗？”

“大约从7点钟就开始下雨了。”

“那么，那个老妇在大约9点钟左右进到楼内，穿着拖泥带水的靴子，怎能不留下脚印呢？”

“我很高兴你指出这一点，我当时也想到了这点。这个勤杂女工有个习惯：进楼前先在门房里脱掉靴子，换上布拖鞋。”

“这就很清楚了。那么说，虽然当晚天下着雨，却没有发现脚印？这一连串事件的确非常有趣。接下来你们又做了些什么呢？”

“我们把办公室也检查了一遍。这间办公室不可能有暗门，两扇窗户离地面足足有30英尺高，而且都从里面插上了插销。地板上铺着地毯，这就排除了有任何地道门的可能性，天花板是普通白灰刷的。我敢拿性命打赌，无论是谁偷了我的文件，他只能从房门逃跑。”

“壁炉的情况呢？”

“根本就没有壁炉，只有一个火炉。电铃在我办公桌的右边，谁要按铃都必须到我办公桌右边去按。可是罪犯为什么要去按铃呢？这是一个最难解的谜。”

“这案子确实非同一般。你们后来还采取了什么措施呢？你们检查了房间，我估计，看看那个盗贼是否留下了什么诸如烟蒂、手套、发夹之类的东西，是吗？”

“可是什么也没有发现。”

“没有闻到什么气味吗？”

“唔，我们竟没有想到这一点。”

“啊，在调查这样的案件时，即使是一点烟草气味我们也不能放过。”

“我自己从不吸烟，所以我想，屋里哪怕有一点儿烟草味，我也能觉察的，可是完全没有呀！唯一可以确定无疑的事实就是看门人的妻子——她的名字叫坦盖夫人——是从那里慌忙走出来的，看门人也无法对此做出解释，只是说他妻子通常是在这个时间回家。警察和我一致认为，假如文件确实是那个女人拿走的，那我们最好赶在她还没把文件脱手之前就把她抓住。

“此时苏格兰场已接到报警，侦探福布斯先生立即赶来，投入全部精力侦破此案。我们租了一辆双轮双座马车，半小时后就赶到了看门人告诉我们的地址。开门的是一个年轻女子，原来她是坦盖夫人的长女。她母亲还没回家，她让我们进到前厅等候。

“大约10分钟以后，有人敲门。这时我们犯了一个我应该责备自己的严重错误。我们没有亲自前去开门，而是让那个姑娘去开了门。我们听到她说：‘母亲，家里来了两个人，正等着要见你呢。’接着我们就听到一阵急促的脚步声从过道上传来。福布斯猛然把门推开，我们两人跑进厨房，那个女人已经在里面了。她用敌意的目光瞪着我们，接着，她突然认出了我，脸上露出了十分诧异的表情。

“‘哟，这不是部里的费尔普斯先生吗！’她大声说道。

“‘等等，等等，你以为我们是什么人？你见了我们为什么要跑？’我的同伴问道。

“‘我以为你们是掮客呢，’她说道，‘我们和一个商人在生意上有点儿麻烦。’

“‘这不是理由，’福布斯回答道，‘我们有理由相信是你从外交部拿走了一份重要文件，然后跑到这里处理它。你必须随我们一起到苏格兰场去接受搜查。’

“我们不理睬她的抗议和抵抗。四轮马车来后，3个人都坐了进去。走之

“哟，这不是部里的费尔普斯先生吗！”

前，我们检查了厨房，尤其是厨房里的炉火，看看她是否在她进厨房的瞬间把文件扔进火里烧了。然而，我们没有发现丝毫纸片或灰烬的痕迹。一到苏格兰场，我们就把她交给了女检查员。我急于知道搜查的结果，但是，女检查员出来报告说没有在她身上找到文件。

“这时，我才真正的害怕起来，出事后我一直忙于寻找，根本没有好好想想。我一直深信那份协定很快就能找回来的，我根本不敢想万一找不到，后果会如何。可现在我已是无处可找了，反而有时间来想想自己的处境了。太可怕了！华生知道，我在学校的时候是一个神经质的、敏感的孩子，我生来就是这样。我想到我舅父和他内阁里的同僚，想到我给他，给我自己以及给我所有的亲友所带来的耻辱。我个人成了这个离奇事件的牺牲品倒也罢了，可是外交利益事关重大，岂能出岔？我算毁了，可耻地毁了，毫无希望了。我不知道我做了些什么。我想我一定是当众出尽了丑。我只模糊地记得当时有一些同事围着我，竭力安慰我。有一个同事陪我一起乘车到了滑铁卢车站，把我送上了去沃金的火车。我相信，当时如果不是我的邻居费里尔医生也在这趟车上，我的那位同事一定会一直把我送到家的。费里尔医生好心地照顾着我，多亏了有他照顾，因为我在车站上就昏倒过一次，在我到家之前我已经失去了理智，满口胡言乱语了。

“你可以想象，当我家里人听到医生按响的门铃从床上爬起来，开门看到我这副样子时是何心情。可怜的安妮和我母亲都难过极了。费里尔医生把刚才在车站听侦探讲的事由告诉了我的家人。他们一听就明白了，我的病恐怕一时半会儿好不了了，于是，约瑟夫不得不马上搬出他心爱的卧室，用它做了我的病房。福尔摩斯先生，我在这里已经躺了九个多星期了，神志不清，精神恍惚，多亏哈里森小姐的守护和医生的治疗，否则只怕是到今天我也和你们说不了话。安妮小姐白天照顾我，晚上则请了一位护士守护，因为我发病时，我可能什么事都做得出来。我的头脑逐渐清醒过来，但我的记忆力是最近几天才完全恢复的。有时我甚至希望我永远不要恢复记忆才好呢。恢复后我做的第一件事就是给经办这个案子的福布斯先生发了一封电报。他来到我这里，告诉我虽然他们尽了一切努力，却仍然没有发现任何线索，对看门人和他的夫人进行了反复的盘查，也完全无济于事。于是警方又把年轻的戈罗特列为怀疑的对象，读者想必还记得，戈罗特就是那天晚上下班以后留在办公室里加班到很晚的那个人。实际上他身上只有两点是值得怀疑的：一是他走得晚，另一个就是他的法国姓名。可是，事实是，我是一直等到他走了之后才开始抄写那份协定的；他的祖先是胡格诺派教徒[1]，但他自己的习惯和感情却和你我一样，完全英国化了。在他身上怎么也找不到什么值得怀疑的确凿依据。于是案子到这里就无法继续深入调查了。福尔摩斯先生，我把最后的希望完全寄托在您身上了。如

① 胡格诺派教徒是16—17世纪期间的法国新教徒。——译注

果您也不能帮助我，那我的荣誉和地位就真的全完了。”

由于病人话说得太多，感到疲乏，便斜靠在垫子上，护士给他服了镇静剂。福尔摩斯双目微闭，向后仰着头，默默不语地坐着，不了解他的人会以为他这是一副无精打采的样子，不过我知道他正在紧张地思索问题。

“你讲的情况太清楚了，”他终于说道，“所以我需要问的问题其实已经不多了。不过，还有一个极其重要的问题，你是否向任何人透露过你手上的这项特殊任务呢？”

“没有向任何人说过。”

“对这里的哈里森小姐也没说过吗，例如？”

“没有。在我接受命令到执行任务期间，我没有回来过。”

“没有熟人碰巧去看过你吗？”

“没有。”

“熟人中有谁对办公楼里的路径都很清楚吗？”

“哦，是的，来过的人都应该很清楚。”

“不过，既然你没有对任何人讲过有关协定的事，这样的担心显然就是多余的了。”

“我确实没有对他们讲过。”

“你了解那个看门人吗？”

“不了解，只知道他原来是个老兵。”

“是哪个军团的？”

“哦，我听说是——科尔斯特里姆警卫队吧。”

“谢谢你。我相信福布斯会把有关详情告诉我的。警方非常善于搜集情报，只可惜他们往往不能随时利用这些情报。啊，玫瑰花多可爱啊！”

他走过长沙发，来到开着的窗户跟前，随手摘了一朵怒放的玫瑰花，欣赏着嫩绿的叶子和火红的花团。这可是我对他性格的一个新发现，因为我以前还从未见过他对花草树木之类的东西表现出这样大的兴趣。

“没有什么事比宗教更需要推理的了。”他斜靠在百叶窗上说道，“推理学者可能会将它形成一门学科。按照这样的推理，在我看来，上帝的最大仁慈就是给这世界创造了鲜花。因为世上的万物：人的各种本领，人的七情六欲，人的食物等等都是人类生存所必需的。而这玫瑰花则不然。它的花香和它的色彩是生命的点缀，而不是生存的条件。只有善良和仁慈才能给这个世界带来不同凡响的美。所以我再说一遍，人类在鲜花中寄托着巨大的希望。”

珀西·费尔普斯和他的护理人眼睁睁地望着福尔摩斯进行这段雄辩的推论，不禁流露出惊奇和万分失望的表情。福尔摩斯手中拿着玫瑰花陷入了沉思，这样过了几分钟，那位年轻的女子打破了沉默。

“您究竟能不能解决这个疑案呢，福尔摩斯先生？”她问话的声音有点儿刺耳。

“噢，这个疑案！”福尔摩斯一愣，才又回到现实生活中来，回答道，“嗯，只要不是蠢人，就都知道这件案子相当复杂难解。但我向你们保证，我要深入调查此事，并会把我调查的结果如实奉告。”

“啊，玫瑰花多么可爱啊！”

“您看到什么线索了吗？”

“你已经给我提供了7条线索，不过，我当然必须首先对它们进行检验，然后才能断定它们的价值。”

“您是否怀疑什么人？”

“我怀疑我自己——”

“什么？”

“我怀疑我自己的结论下得太快。”

“那就回伦敦去检验您的结论吧！”

“承蒙指教了，哈里森小姐。”福尔摩斯起身说道，“华生，我想没有比这更好的办法了。费尔普斯先生，你不要抱太大的希望，这件公案太复杂了。”

“我将焦急万分地等待再次和您见面！”这位外交官员大声说道。

“唔，明天我还是乘这班车来看你，只是我带给你的消息可能会令你们失望。”

“愿上帝保佑吧！”我们的委托人高声说道，“只要我知道有人在为这事情奔忙，我就有了新的希望。顺便说一下，我接到霍尔德赫斯特勋爵的一封信。”

“哈，他说了些什么？”

“他态度冷淡，却没有严厉责怪我。我肯定是因为他考虑到我重病在身才没有那么做。他再三说这事非常严重，并说我的前途已是无法挽回的了，除非我恢复健康，并找回文件，否则我将被革职。”

“嗯，这是合情合理而又考虑周到的。”福尔摩斯说道，“华生，我们走，我们回伦敦后还要忙一整天哩。”

约瑟夫·哈里森先生用马车把我们送到火车站，我们搭上了去朴次茅斯的火车。福尔摩斯一路无言，沉浸在深思之中，直到我们过了克拉彭枢纽站，他才说话。

“进伦敦的铁路线都比地面高出许多，能居高临下地看着那些房子，真是惬意啊！”

我以为他是在开玩笑，因为这景色实在很糟糕，可是他很快就做出了解释。

“你看那一片耸立在青石上的孤立的大楼，就像灰色海洋中的一个砖瓦之岛。”

“那是寄宿学校。”

“那是灯塔，老伙计！未来的灯塔！每一座灯塔里都装满了千百颗光辉灿烂的小种子，他们一旦发芽开花就会使未来的英国更理性更美好。我想，费尔普斯这个人不喝酒吧？”

“进伦敦的铁路线都比地面高出许多，能居高临下地看着那些房子，真是惬意啊！”

“我想他不会喝酒。”

“我也这样想，可是我们应该设想一切可能性。这个倒霉蛋已陷入水深火热之中，问题是我们能不能把他救上岸。你怎么看哈里森小姐？”

“她是一个性格坚强的姑娘。”

“对，如果不是我看错了的话，我觉得她属于好人之列。她和她的哥哥是诺森伯兰附近一个铁器制造商的仅有的两个孩子。她和费尔普斯是在去年冬天旅行时订的婚，她哥哥这次是陪她来见费尔普斯的家人的。恰好就出了这件不幸的事，她便留下来照顾未婚夫，她的哥哥约瑟夫·哈里森发觉这里相当舒适，也就留了下来。你看，我已经做了一些单独的调查工作。不过今天还有一天的调查工作要做哩。”

“我诊所的事……”我说道。

“喔，如果你觉得你诊所的事情比我这案件更重要的话……”福尔摩斯有些尖刻地说道。

“我是想说诊所的事情可以耽搁一两天，因为这是一年里病人最少的时候。”

“那好极了！”福尔摩斯说道，又恢复了好的心情。“那我们就一起来调查这件案子吧。我想我们首先应该访问福布斯。我们应该能从他那里得知我们所需要的一切细节，这样我们就可以确定从哪一方面来着手破案了。”

“你莫非已经有了线索？”

“唔，我们已经有了几条线索，不过只有经过进一步调查，才能辨明其真伪。犯罪目的不明的案件是最难办的。但该案并非没有犯罪动机。谁能从中获利呢？是法国大使，还是俄国大使，还是那个准备把该协定出卖给他们的人，抑或是霍尔德赫斯特勋爵本人？”

“霍尔德赫斯特勋爵本人！”

“唔，一个政治家利用自己的地位可以毫不手软地制造意外机会来销毁这样一份文件。”

“霍尔德赫斯特勋爵不是一般政客，而是一个有辉煌经历的内阁大臣。”

“可能是这样，这也无可否认。我们今天就去拜见这位高贵的勋爵，看看从他嘴里能说出什么情况。其实我已经在同时进行调查了。”

“同时进行？”

“是啊，我从沃金车站给伦敦各家晚报都拍了电报。每家晚报都将刊登这样一则启事。”

他说着交给我一张从日记本上撕下来的纸，上面用铅笔写着：

悬赏10英镑——5月23日晚9点45分，曾有一辆马车停在查尔斯街外交部门口或附近，若有知道马车车牌号者，请告知贝克街221B便能领赏。

“你确信那盗贼是乘马车来的吗？”

“即使不是也没有关系呀。如果事实真如费尔普斯说的那样，办公室或走廊都没有藏身之处的话，那么盗文件者势必来自楼外。当夜阴雨连绵，盗贼离开后竟然没有在地上留下湿漉漉的脚印，那他多半就是乘马车来的。对，我想我们可以肯定地说，他是乘马车来的。”

“说得倒也是。”

“这就是我刚才说的线索之一。它说不定能让我们发现些什么呢。当然，还有那铃声，这是本案的最大疑点。为什么要按铃呢？是盗贼虚张声势？还是有什么人发现了盗贼，按铃报警？或者是出于无意？或者是……”他又陷入了紧张的思索之中，我是很了解他的，他这一定是突然又想到了一些新的可能性。

我们到达终点站时，已经3点20分了，在餐馆匆忙吃过午餐后，立即赶到苏格兰场。福布斯接到了福尔摩斯的电报，出来迎接我们。这人个子矮小，模样狡猾，表情尖刻，毫不友善，特别是他听说了我们的来意之后，对我们更加冷淡。

“久仰大名，福尔摩斯先生。”他尖酸刻薄地说道，“看来你的破案方法就是利用警方提供的情报，破案后把功劳归于你自己。”

“久仰大名，福尔摩斯先生。”他尖酸刻薄地说道，“看来你的破案方法就是利用警方提供的情报，破案后把功劳归于你自己。”

“恰恰相反，”福尔摩斯说道，“在我过去破获的53件案子里，只有4件是以我的名义结案的，其余49件案子的荣誉全归于贵警方。我不想和你计较，因为你不了解情况，因为你年轻，没有经验。不过我有一言相劝：如果你想在你的新职业中求得上进，那你最好和我合作而不要跟我作对。”

“承蒙指教。”侦探改变了态度，说道，“从办案的经验来说，我确实是个无名小辈。”

“你采取了什么措施？”

“看门人坦盖被我们监视了起来，不过他原来在警卫队时名声很好，我们也没有发现他有什么可疑的地方。他夫人可不是个好东西，我估计她知道这件事的底细，只不过她表面上装糊涂而已。”

“你监视过她吗？”

“我们派了一个女侦探跟踪她。坦盖夫人爱喝酒，女侦探就趁她喝得醉醺醺的时候和她套近乎，可是她什么也没有打探到。”

“我听说有一些掮客到过她家？”

“是的，可是她已偿清了欠他们的债务。”

“她的钱是从哪儿来的呢？”

“钱是她自己的。看门人得了一笔年薪，但看起来他们手头并不宽裕。”

“那天晚上费尔普斯先生按铃叫咖啡，为什么是她上楼去而不是她丈夫呢？”

“她说，她丈夫很累了，所以她就代劳了。”

“嗯，后来他果然倒在椅子上睡着了，听起来倒是合乎情理。这么看来，除了这个女人的人品不好以外，他们就没有什么别的问题了。你有没有问过她，那天晚上她为什么匆忙离去呢？连警察都注意到她那慌张的神情了。”

“她那天已经比平常晚了，所以急于赶回家去。”

“你有没有给她指出，你和费尔普斯先生至少比她晚动身20分钟，却比她早到？”

“她解释这是因为双轮双座马车比公共马车快的缘故。”

“她有没有说清楚，为什么她到家后要躲进厨房里去？”

“她说，因为她的钱放在厨房里，要取出来付给掮客。”

“她倒是有问必答啊。你有没有问她，在她离开现场时，可曾遇到或是看见什么人在查尔斯街上徘徊？”

“除了警察她没有看见什么人。”

“唔，看来你对她盘问得很彻底。你还采取了别的措施吗？”

“9个星期以来我们一直在监视职员戈罗特，但毫无结果。我们找不出他有什么嫌疑。”

“还有什么？”

“嗯，没有了，因为没有证据。”

“你想没想过电铃为什么会响呢？”

“唔，我必须承认，这个问题把我难住了。不管他是谁，肯定是个老手，不仅来了，而且还敢弄出动静来。”

“是啊，这事真够怪的。多谢你给我提供的这些情况。如果我要你去抓这个人，我会通知你的。华生，我们走吧。”

“我们现在到哪里去呢？”我们离开警局时，我问他。

“我们要去访问霍尔德赫斯特勋爵，这位内阁大臣和未来的英国首相。”

海军协定（下）

我们很幸运，赶到唐宁街时，霍尔德赫斯特勋爵还在办公室。福尔摩斯递进名片，我们立即被召见了。这位内阁大臣按他所擅长的旧式礼节接待了我们，让我们在放在壁炉两旁的豪华安乐椅上坐定，他站在我们中间的地毯上。他的个子瘦长，面部轮廓分明，若有所思，卷曲的头发过早地变成了灰白色，他似乎显得与众不同，果然是一副贵族气派。

“久仰大名，福尔摩斯先生。”他微笑着说道，“当然，我不应该假装不知道你的来意。因为我们部里只有一件事能引起你的关注。能否问问你是受谁之托而来的？”

“受珀西·费尔普斯先生之托。”福尔摩斯回答道。

“啊，我那倒霉的外甥！你应该理解由于我们有亲属关系，我就更不能以任何方式袒护他了。我恐怕这件意外事故必将对他的事业造成很不利的影响呢。”

“可是如果找到那份文件呢？”

“啊，那情况当然就会不同了。”

“我想问你几个问题，霍尔德赫斯特勋爵。”

“我会尽我所知予以回答。”

“你就是在这个办公室里安排他抄写文件的吗？”

“是的。”

“那么，你们的谈话不可能被偷听吧？”

这位内阁大臣看上去似乎与众不同，果然是一副贵族气派。

“完全不可能。”

“你是否对任何人提到过，你打算叫人抄写这份协定？”

“绝对没有。”

“你肯定吗？”

“绝对肯定。”

“唔，既然你从来没说过，费尔普斯也守口如瓶，此事除了你们就没有人知道了，那么，盗贼到办公室来就纯属偶然了。他只是顺手牵羊，偷走了文件。”

这位内阁大臣笑了。“这就不是我所能回答的问题了。”他说道。

福尔摩斯考虑了片刻。“还有另外一点也极为重要，我想和你讨论一下。”他说道，“据我所知，你担心这协定的详情一旦泄露，会带来极其严重的后果。”

这位内阁大臣富有表情的脸上掠过一丝阴影。“的确会带来极其严重的后果。”

“已经产生严重后果了吗？”

“还没有。”

“假如说这份协定已经落到法国或俄国外交部手里，你认为你能得到消息吗？”

“应该能。”霍尔德赫斯特脸色阴沉地说道。

“既然事发至今已经有将近10个星期了，却一直没有听到任何消息，那么我们完全有理由假设，由于某种原因，协定还没有落到他们手中。”

霍尔德赫斯特勋爵耸了耸肩。

“福尔摩斯先生，难道盗贼偷走这份协定只是为了装进柜子，或是把它挂起来吗？”

“或许他是在等待时机，以高价出售。”

“只怕是再等下去，那文件就根本一文不值了。因为再过几个月，这份协定就不再是秘密了。”

“这一点非常重要。”福尔摩斯说道，“当然，还可以设想，盗贼突然病倒了……”

“比如说，脑子出了毛病，是吗？”内阁大臣飞快地扫了福尔摩斯一眼，问道。

“我并没有这样说。”福尔摩斯平静地说道，“好啦，霍尔德赫斯特勋爵，我们耽搁了你的宝贵时间，现在我们告辞了。”

“不管罪犯是谁，我祝你调查成功。”这位贵族把我们送出门外，向我们点头说道。

“这个人不错。”我们走到白厅街时，福尔摩斯说道，“不过他要花一番工夫才能保全他的官职了。他远远谈不上富有，可是应酬颇多。你可注意到他的长筒靴子已经换过鞋底了？华生，我不再多耽误你了。今天我已经没有什么事了，除非我那则寻找马车的启事有了回音。不过，如果你明天能和我一起乘车去沃金，我将非常感激。”

第二天早晨我如约同他一起乘火车到沃金去。他说，他的启事毫无回音，案子的调查也毫无进展。他说话时，脸上的表情像印第安人一样呆板，因此我完全看不出他对这件案子的现状是否满意。我记得他一路上谈的是贝蒂荣[①]的人体测定法，他对这位法国学者十分崇敬。

我们的委托人依然由他那位忠心的护理人精心照料，但看起来已经大有起色。我们一进门，他就毫不费力地从沙发上站起来跟我们打招呼。

“有什么消息吗？”他急切地问道。

“正像我昨天说过的，我带来的消息可能会令你失望。”福尔摩斯说道，“我见到了福布斯，也见到了你的舅父，还做了几个可能会有用的调查。”

“那么说，您还没有失去信心？”

“当然没有。”

“上帝保佑您不要失去信心。”哈里森小姐高声说道，“只要我们不失去勇气和耐性，事情的真相总会搞明白的。”

“我们要告诉您的比您所告诉我们的可是要多一些。”费尔普斯重新坐到沙发上时说道。

“我但愿你能发现什么。”

“是的，昨晚我又险遭不测，而且非常严重。”他说话时表情非常严肃，

---

① 贝蒂荣（1853—1914）：法国刑事侦查学家，曾提出“人体测定法”，即根据犯人身体各部分的尺寸及特点开展刑侦的方法，被称为“贝蒂荣测定法”。——译注

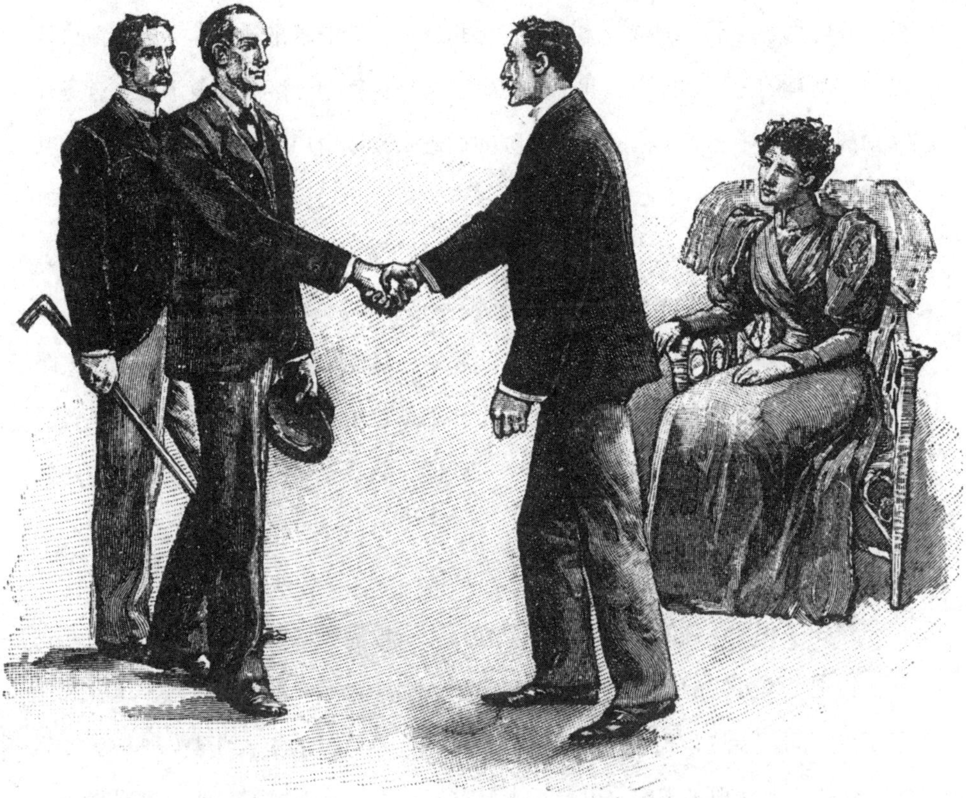

“有什么消息吗？”

眼里露出恐怖的神色。“你可知道，”他说，“我开始相信，我已不知不觉地成为一个罪恶阴谋的中心，而他们的目标不仅是要毁了我的名誉，而且还想要我的性命。”

“啊！”福尔摩斯叫道。

“听起来令人难以相信，因为就我所知，我在世上并没有一个仇敌。可是从昨晚发生的事情看来，我只能得出这样的结论。”

“请讲给我们听。”

“你要知道，昨晚是我头一夜不要人护理，独自睡觉。因为我感到好多了，觉得自己可以不需护理了。不过我还是点着一盏夜灯。嗯，大约凌晨两点钟，我正半睡半醒着，突然被一阵轻微的动静惊醒，那声音就像是老鼠在啃木板。我以为是老鼠，就躺着静听了一会儿。不料动静越来越大，突然从窗口传来一阵刺耳的金属摩擦声。我惊异地坐了起来，确切无疑地知道了这究竟是什么动静。起先是有人从两扇窗户缝隙间插进工具撬窗户的声音，接着便是拉开窗闩的声音。

“此后有10分钟左右完全没有了动静，好像那人在看我是否被他吵醒了。接着我又听到轻轻的吱吱声，窗户被慢慢打开了。我的神经本来就变得脆弱了，此时我再也忍不住了，便从床上跳起来，猛然拉开百叶窗，只见一个人蹲在窗旁。由于他脸上蒙着布，脸的下半部都蒙住了，所以我没能看清他是谁。但有一点是肯定的，那就是他手中拿着凶器。我看是一把长刀，在他转身逃跑时，我清楚地看到刀光一闪。”

“这倒很有趣。”福尔摩斯说道，“请问，接下来你是怎么做的？”

“如果我身体好的话，我一定要翻窗去追他。可惜我心有余而力不足，只能按铃把全家人叫醒。由于铃装在厨房里，而仆人们又都睡在楼上，这就耽误了不少时间。不过，我很快就叫醒了大家，叫来了约瑟夫。约瑟夫和马车夫都在窗外花坛上发现了脚印，可是近来已有好几天没有下雨了，他们追到草地，脚印就不见了。然而，路边的木栅栏上倒是留下了一些痕迹，他们说那痕迹看起来好像是有人在翻越栏杆时，把栏杆尖碰断了。因为我要先征求您的意见，所以还没有告诉本地警察。”

委托人的这段经历显然打动了夏洛克·福尔摩斯。他从椅上站起来，在房间里激动地来回踱着步。

“真是祸不单行。”费尔普斯在备受惊吓之余仍强作笑颜地说道。

“你确实担着一份风险呢。”福尔摩斯说道，“你能带我到宅院四周去转转吗？”

“哦，当然可以，我也需要晒晒太阳。约瑟夫也一起去吧。”

“我也去。”哈里森小姐说道。

“恐怕你还是不去为好。”福尔摩斯摇头说道，“我想我必须请你就留在这里。”

这个年轻女子有点儿不高兴地回到原来的位置上，而她哥哥则和我们一起出去，我们一行4人出了门。我们走过草坪，来到那个房间的窗下。正如年轻的外交官所说的那样，草坪上的确有一些痕迹，可已经依稀难辨了。福尔摩斯俯身查看了一番，然后起身耸了耸肩。

“我看谁也不能从这些脚印上发现什么线索。”他说道，“让我们围着宅子转转，看看盗贼为什么偏偏要从这间房间进来。照说客厅和餐室的大窗户应该更容易进去。”

“可是那些窗户面对着大路，很容易被人看见。”约瑟夫·哈里森先生提醒道。

“啊，难怪了。可是这里有一道门，他完全可以试着从这里进去啊！这道门是干什么用的啊？”

“这是供小贩们进出的侧门。夜晚是锁着的。”

“以前这里发生过夜盗的事情吗？”

“从没有过。”我们的委托人说道。

“你房子里有金银餐具或其他招引盗贼的东西吗？”

“没什么值钱的东西。”

福尔摩斯双手插进衣袋，以一种少见的漫不经心的神情，在宅子周围转悠。

“顺便问问，”福尔摩斯对约瑟夫·哈里森说道，“听说你发现那人曾翻越栏杆。让我们到那里去看看！”

这个矮胖的年轻人把我们带到了那个地方，那里有一根木栏杆的端头被人碰断了，还没有掉下来。福尔摩斯把它掰下来，仔细地查看。

“你认为这是昨天夜晚碰断的吗？这看来碰断已经很久了，不是吗？”

“唔，可能是这样。”

“这儿也没有翻越栏杆的脚印。不，我看在这儿是找不到什么线索的，还

福尔摩斯把那木片掰下来，仔细地查看。

是让我们回卧室去把这件事情讨论一下吧。”

珀西·费尔普斯在他未来的姻兄约瑟夫·哈里森的搀扶下，慢慢地走着。我和福尔摩斯快步穿过草坪，回到卧室里开着的窗前，把那两个人远远落在后面。

“哈里森小姐，”福尔摩斯极其郑重其事地说道，“你务必要整天守在这里不动，发生任何事情也不得离开一步。这是极其重要的。”

“如果你希望我这样做，福尔摩斯先生，我一定照办就是。”姑娘惊奇地说道。

“在你去睡觉前，请从外面把屋门锁上，自己拿着钥匙。请答应照我说的去做。”

“那珀西呢？”

“他要和我们一道去伦敦。”

“那我留在这里吗？”

“你留下来是为了他，你可以帮他很大的忙。快！答应吧！”

她很快点了点头，表示应允，这时那两个人刚好走进屋来。

“你为什么愁眉苦脸地坐在这里，安妮？”她哥哥叫道，“出去晒晒太阳吧！”

“不，谢谢你，约瑟夫。我有点儿头痛，这间屋子里荫凉，我感觉舒服点儿。”

“你现在有什么打算，福尔摩斯先生？”我们的委托人问道。

“嗯，我们不能因为调查这件小事而转移了我们的主要调查目标。如果你能和我们一起到伦敦去，那会对我的调查就大有帮助的。”

“立刻动身吗？”

“嗯，你方便的话，越快越好，一小时内动身如何？”

“我感到身体恢复健康了，我真能助你一臂之力吗？”

“非常可能。”

“大概你是打算要我今晚在伦敦过夜吧？”

“我正打算这样向你建议呢。”

“那么，如果我那位半夜来访的朋友再来拜访我，他就会扑空了。福尔摩斯先生，我们一切听您安排，但您一定要让我们对您的打算心里有数才行。或许您想让约瑟夫和我们一起去，以便照顾我？”

“喔，不，你知道，我的朋友华生是医生，他会照顾你的。如果你允许，我们想在你家吃了午饭之后，三个人一同去伦敦。”

一切都照他的建议安排妥当，只有哈里森小姐按照福尔摩斯的吩咐，找了个借口留在这间卧室里。我猜不到我朋友的葫芦里装的是什么药，莫非他想让这女子离开费尔普斯？费尔普斯则因为身体康复并能参加行动而兴高采烈地和我们一起在餐厅吃饭。不料福尔摩斯还有一招更是我们没有想到的：他在陪同我们到车站并送我们上车后，不动声色地说，他并不打算离开沃金。

“我要留在这里把几件小事弄清楚后再走。”他说道，“费尔普斯先生，你不在这里，在某种程度上反而对我更有利。华生，答应我，你们到伦敦后，一定要立即和我们的朋友一同乘车到贝克街去等我回来。好在你们是老同学，正好可以在一起叙叙旧。今晚费尔普斯先生可以住我的卧室。我明早赶8点的火车到滑铁卢车站，回来和你们一起吃早餐。”

“可在伦敦进行调查的事怎么办呢？”费尔普斯沮丧地问道。

“我们明天再调查。我想现在我必须留在这里。”

“你回布里尔布雷之后可以告诉他们说，我想明天晚上回去。”火车刚要离开月台时，费尔普斯喊道。

“我多半不会回布里尔布雷去的。”福尔摩斯答道，火车离站时，他向我们高高兴兴地挥挥手。

一路上费尔普斯和我都在谈论这件事，可是谁也不能对福尔摩斯这个新举动找到一个说得通的理由。

“我估计他是想找出昨夜盗窃案的线索，如果真是盗窃案的话。但我认为那绝不是个普通的盗窃案。”

“那你认为是什么呢？”

“老实说，不怕你笑话我神经过敏，我敢说围绕着我正在展开一场诡秘的

“我多半不会回布里尔布雷去的。”福尔摩斯答道，火车离站时，他向我们高高兴兴地挥挥手。

政治阴谋，而且出于某种我不能理解的原因，这些阴谋家想置我于死地。这听起来似乎有些荒诞不经，可是请考虑一下事实吧！盗贼为何要撬开无物可盗的卧室窗户？他手里为何拿着长刀呢？”

“你肯定那不是撬门用的撬棍吗？”

“噢，不，是刀。我清楚地看到刀光一闪。”

“可是究竟是什么深仇大恨以至非杀了你不可呢？”

“啊，问题就在这里了。”

“嗯，这倒是可以说明福尔摩斯为什么采取这一行动的原因，对吗？假设你的想法是对的，他能抓住那个昨夜要杀你的人，那他就找到了侦破海军协定被盗一案的钥匙。很难设想你会有两个仇人：一个偷了你的文件，还有一个要置你于死地，那未免太荒谬了。”

“可是福尔摩斯说他不回布里尔布雷去。”

“我了解他，”我说道，“他做任何事情都有充分的理由。”说到这里，我们便转到了其他话题上。

这一天我很疲惫。费尔普斯久病之后仍很虚弱，他的遭遇又使他紧张不安。虽然我尽力讲一些我在阿富汗和印度的往事以及一些社会问题以期引起他的兴趣，但都没有作用。他总是念念不忘那份丢失的协定，他惶惶不安，疑神疑鬼，冥思苦想，琢磨着福尔摩斯正在干什么，霍尔德赫斯特勋爵正在采取什么措施，明天一早我们会听到什么消息。夜深之后，他因激动变得痛苦异常。

“你很信赖福尔摩斯吗？”他问道。

“我亲眼见他办过一些出色的案子。”

“可是他还从未侦破过像这样毫无头绪的案子吧？”

“哦，不，我知道他解决过比你这件案子线索还要少的案子。”

“但案情没有这么严重吧？”

“这我倒不清楚，我只知道他经办过欧洲3家王室的极其重要的案子。”

“还是你了解他，华生。我觉得他是一个不可思议的人物，我永远也无法理解他。你认为他能成功吗？你认为他能侦破此案吗？”

“他什么也没说。”

“这是个坏兆头。”

“恰恰相反。我了解他，如果失去了线索他总是会说出来的。然而当他抓到一条线索但还没有十分把握的时候，他绝不会随便开口。好啦，亲爱的朋友，别为这事烦心啦，这样于事无补，快上床歇息，看明天早上的消息如何再说吧。”

我终于说服他接受了我的劝告，但看他那不安的样子，我知道他是很难入眠的。受到他情绪的感染，我自己也在床上折腾了半夜，无法入睡，反复琢磨着这个疑案，做了无数的推论，又一个个地推翻了。福尔摩斯为什么要留在沃金？他为什么要让哈里森小姐整天留在病房里呢？为什么他如此谨慎地不让布里尔布雷的人知道他打算留在他们附近呢？我绞尽脑汁，竭力寻找符合这一切事实的答案，直到昏昏入睡。

我醒来时已是7点钟了，起身推开费尔普斯的房门，发现他脸色不好，想必是彻夜未眠。他见我便问福尔摩斯是否已经回来。

“他既然答应过，”我说道，“就一定会准时回来的。”

果然，刚过8点钟，一辆马车疾驰而来，福尔摩斯从车上下来。我们站在窗前，看到他左手缠着绷带，他的面色阴沉而苍白。他进门后过了一会儿才来到楼上。

“看来他是累坏了。”费尔普斯嚷道。

我不得不承认他说得对。“说到底，”我说道，“此案的线索可能还得在城里找。”

费尔普斯发出一声叹息。

“我不知道究竟发生了什么事，”他说，“但我对他是抱着希望的。不过他的手为什么这样缠着？究竟发生了什么事呢？”

“你受伤了吗，福尔摩斯？”我的朋友进屋时，我问道。

“咳，不小心擦伤了点儿皮而已。”他边点头道早安边回答道，“费尔普斯先生，和我过去办过的所有案子相比，你的这个案子确实是最难办的了。”

“我真怕你会因此放弃此案。”

“这是一次最难忘的经历。”

“你手上的绷带说明了这点。”我说道，“能告诉我们发生了什么事吗？”

“等吃完早餐再说吧，亲爱的华生。别忘了我一大早从萨里赶了30英里的路啊。我那份寻找马车的启事大概还没有着落吧？算啦，算啦，我们不能指望事事顺心。”

餐桌已摆好，我们坐下，没等我按铃，赫德森夫人就送来了茶点和咖啡。几分钟以后，她又送上3份早餐，福尔摩斯狼吞虎咽地吃着，令我有点儿好奇，费尔普斯的心情则处于极其郁闷不乐的状态。

“这早餐是赫德森夫人临时应付的。”福尔摩斯揭开装着咖喱鸡的盘子盖说道，“她的手艺有限，但毕竟是个苏格兰女人，早餐的花样还挺多。华生，你吃的是什么？”

“火腿蛋。”我答道。

“好！费尔普斯先生，你要吃什么，咖喱鸡还是火腿蛋？要不，我看你就吃你面前的那一份吧。”

“谢谢你，我完全没有胃口。”费尔普斯说道。

“噢，别这样！就尝尝你面前的那份吧。”

“谢谢你，我确实不想吃。”

“哎呀，”福尔摩斯调皮地眨眨眼，说道，“我想你不会拒绝我的好意吧。”

费尔普斯揭开盘盖，突然发出一声惊叫，面色煞白，两眼盯着盘子。原来盘内放着一个蓝灰色纸卷。他拿起来放到眼前凝视着，然后把那纸卷按在胸前，高兴得在屋子里手舞足蹈起来，由于身体本来虚弱，加之过分激动，他最终筋疲力尽地倒在椅子里。我们给他喝了一杯白兰地，他才没有昏过去。

“好啦！好啦！”福尔摩斯轻轻拍着费尔普斯的肩膀，安慰道，“我真不该

费尔普斯揭开盘盖，突然发出一声惊叫，面色煞白，两眼盯着盘子。

让你受到这样突然的刺激，不过华生会告诉你，我一向喜欢戏剧性的效果。”

费尔普斯抓着福尔摩斯的手狂吻不止。

“上帝保佑你！”他嚷道，“你挽救了我的名誉。”

“唔，你知道，这也关系到我的名誉。”福尔摩斯说道，“告诉你吧，我办案失败，和你失信于人一样，都是令人不能容忍的。”

费尔普斯把这份珍贵的文件揣进他上衣的贴身口袋里。

“我绝不是想继续打搅你用早餐，可是我急于知道你是怎样找到它的，在哪里找到的。”

夏洛克·福尔摩斯喝完一杯咖啡，吃完火腿蛋，才起身点上烟斗，坐到椅子上。

“我来告诉你们我先做了些什么，后来又是怎么做的。”他说道，“从车站和你们分手后，我就轻松地信步经过优美的萨里风景区，来到一个名叫里普利的小村庄，在小客店里吃过茶点，然后灌满水壶，口袋里装了一块三明治，做好了一切准备。我一直等到黄昏才回到沃金，当我来到布里尔布雷旁边的公路时，太阳已经下山了。

“嗯，我一直等到公路上不见人影之后（那条公路上的人本来就很少）才爬过栅栏，来到宅子后面的院子里。”

“那大门日夜都是开着的啊！”费尔普斯突然喊道。

“是的，可是我特别喜爱隐蔽的方式。我在树丛的掩蔽下接近宅子，宅子里没人能看到我。我潜伏在宅子旁动的灌木丛中，在树丛间匍匐前进，所以我的裤子膝盖全磨破了，我一直爬到你卧室窗户对面的杜鹃花丛旁，蹲在那里，静观事情的发展。

“你卧室的窗帘还没有放下，我看见哈里森小姐坐在桌旁看书。她到11点15分时才合上书，关牢百叶窗，离开卧室。

“我清楚地听到她关门和用钥匙锁门的声音。”

“钥匙？”费尔普斯突然喊道。

“对，我事先给哈里森小姐交代过，在她离开你的卧室回去睡觉时，要把你的卧室门锁上，并把钥匙拿走。她完全按照我的吩咐做了，要是没有她的合作，现在已经在你上衣口袋里的那份文件肯定无法找回来。后来她走开了，灯也熄了，我继续蹲在杜鹃花丛中守候。

“夜色宜人，但守候令人厌烦，不过心情却像等着鱼儿上钩一样激动。只是时间等得很久而已，华生，几乎就像你我在调查‘斑斓带奇案’时，守候在那间死气沉沉的屋子里的时间一样长。沃金教堂的钟声一刻钟一刻钟地敲响着，我不止一次地想，也许今晚什么也不会发生。可是，在凌晨两点钟左右，我终于听到了拉开门闩和转动钥匙的响声。片刻之后，仆人的门开了，只见约瑟夫·哈里森先生出门走进了月光之中。”

“约瑟夫！”费尔普斯惊叫道。

“他光着头，肩上披着黑斗篷，那是准备在遇到紧急情况时蒙脸用的。他蹑手蹑脚地走到墙壁阴影下，走到那间卧室的窗下，将刀插入窗框，拨开窗闩，撬开窗户，然后用刀子插进百叶窗缝中，打开了百叶窗。

片刻之后，仆人的门开了，只见约瑟夫·哈里森先生出门走进了月光之中。

“从我隐藏的地方可以清楚地看到他在卧室里的一举一动。他将壁炉台上的两支蜡烛点燃，将门旁的地毯掀起一角。他俯身取下一块检修煤气管道接头的木盖板。木盖板下面是煤气管三通接头，其中一根管子是给厨房供煤气用的，通往楼下厨房。约瑟夫从盖板下面取出一卷纸后，把盖板还原，地毯铺平，吹熄蜡烛，由于我此时已经站在窗外守候着，所以他出来时一头撞进了我的怀里。

“嘿，我可真是小看了这个约瑟夫先生！他拿刀凶恶地向我扑来，我在抓他的过程中手被他的刀子划伤，最后我终于占了上风。由于他的一只眼被我打伤，看起来更像个‘杀人犯’了，可是在我的规劝之下，他终于交出了文件。我拿到文件，便放他走了。不过今天早上我给福布斯去了一份电报，告知了详情。如果福布斯动作迅速，能抓住他自然好。不过我估计等他赶到那里已经晚了，不过，这样对保全政府的名声也有好处。据我看，无论是霍尔德赫斯特勋爵还是珀西·费尔普斯先生都不想让这个案子闹到法庭审理的地步吧。”

“我的上帝！”我们的委托人叹道，“你是说在这难熬的10个星期里，这份失窃的文件一直在我的房间里吗？”

“是啊，正是这样。”

“那么约瑟夫！约瑟夫是一个恶棍和盗贼了！”

“哼！恐怕约瑟夫是一个比他外表看来更狡猾、更阴险的人物。从我今天早上听他说的情况来看，我估计他在股票交易中亏了血本，为了翻本，他准备不择手段。由于他极端自私，一碰到机会，就既不考虑他妹妹的幸福，也不顾及你的名誉了。”

珀西·费尔普斯坐到椅子里。“我头昏，”他说道，“你的话使我晕头转向。”

“这案子最主要的困难，”福尔摩斯以说教的口吻说道，“就在于线索太多，重要的线索反而被毫不相干的表象遮掩了。摆在我们面前的事实很多，必须从中筛选出必要的，并找到它们之间的联系，这样才能抓住这一连串怪事的各个环节。我之所以对约瑟夫产生怀疑是有根据的。记得文件失窃的当晚，你说过要和他一起回家，我很自然地想到他必然会来找你，因为他对外交部很熟悉，而且也顺路。当我听你说有人急于要进入你那间卧室时，我想，只有约瑟夫才可能把东西藏在那间卧室里，因为我记得你对我们说过，出事那天医生陪你一起回家时，是怎样让约瑟夫腾出那间卧室的，这样，我的怀疑就变成了肯定。特别是头一夜没有人守护你过夜时，就有人企图潜入室内，这说明此人对你家的情况是很熟悉的。”

“我真是瞎了眼啊！”

“我所查明的案情是这样的：约瑟夫·哈里森从通向查尔斯街的那个侧门进入外交部，他很熟悉那里，正当你离开办公室的那一段时间，他直接闯了进去，发现里面没有人，就顺手按起电铃来，正在按铃时，他瞥见了桌上的文件。他发现这是一份极有价值的国家文件，觉得机不可失，就顺手把它揣到口袋里扬长而去了。正如你在回忆当时情况时所说的那样，过了几分钟，打盹的看门人醒来之后曾经对你提到铃声的问题，这时盗贼早已从从容容地逃跑了。

“他乘头班车回到沃金，检查了赃物，发现它果然极为珍贵，便把那份协定藏到他认为非常安全的地方，准备在适当的时候取出来，送到法国大使馆或他认为可以卖得高价的其他任何地方。可是你突然返回家中，他措手不及，又被迫从那间卧室搬了出来。从那时起，卧室里就始终有至少两个人在场，使他根本无法取走赃物。这种情况简直使他心急如焚。不过后来他终于有了机会。他本想潜入室内，不料你没有睡熟，他的计划又没有成功。你可能还记得，那天晚上你没有服用平常吃的那种药。”

“我记得。”

“想必他那天在你每晚要服的药里做了手脚，因此他相信你一定会失去知觉的。当然，我知道，他不会甘心就此罢手，只要他觉得没有危险的时候，他会再次设法进入卧室。你离开卧室自然是给了他一次最好的机会。我之所以吩咐哈里森小姐整天待在那间卧室里，就是为了不让他趁我们不在时先下手。我一方面给他造成一种没有危险的假象，一方面，我悄悄留下监视着卧室内的动

“还有什么需要我进一步说明的吗？”

静。我早就知道文件多半就藏在这卧室里，但我不愿拆地板，卸壁脚，大动干戈地搜寻它。我让他自己从藏匿之处取出来，岂不省却了我许多麻烦？还有什么需要我进一步说明的吗？”

“第一次他为什么要撬窗户而不从门进去呢？”我问道。

“从门进他得穿过好几间卧室呀！再说，从窗户可以毫不费力地跳到草坪上。还有什么问题吗？”

“你认为，他有任何杀人的企图吗？”费尔普斯问道，“还是那把刀子只是他用来撬窗的工具？”

“都有可能。”福尔摩斯耸耸肩答道，“我能肯定的只有一点，约瑟夫·哈里森先生虽然是个绅士，但我绝对不能相信他是个慈悲为怀的绅士。”

最后决战

我怀着沉重的心情提笔写下这最后一幕，将我的朋友夏洛克·福尔摩斯先生与众不同的杰出才能昭告于世。从“血字的研究”第一次把我们联系在一起开始，直到无疑是因为有了他的介入才使一场严重的国际纷争得以避免的“海军协定”一案为止，尽管我深感我的记录缺乏系统和连贯，在充分表现他的才能方面也实在是难尽人意，但我总算是尽了我的绵薄之力把我和他共同的奇异经历做了一些记载。我本来打算写完“海军协定”一案便就此搁笔，而不去提那件给我的生活造成痛苦，而且尽管如今已事隔两年，我的痛苦仍然丝毫未减的案件。然而，最近詹姆斯·莫里亚蒂上校发表了几封为他已故的哥哥辩护的信迫使我重新提起了笔，我没有别的选择，只有把事实真相公之于众。只有我了解事情的全部真相，能有这样一个说明真相的时机我很满意，继续沉默下去已经毫无意义了。就我所知，新闻界对此事只做过3次报道：1891年5月6日《日内瓦日报》上有一次；1891年5月7日英国各报刊载的路透社电讯也有报道；最后一次就是我上面提到的最近才发表的几封信。第一次报道和第二次报道都极其简短，而最后一次，正如我要在下面澄清的那样，完全是对事实的歪曲。因此，将莫里亚蒂教授和夏洛克·福尔摩斯之间发生的事实真相如实告诉公众便成了我义不容辞的责任。

大家可能还记得，自从我结婚并在婚后重新开业行医之后，福尔摩斯和我之间极为亲密的关系在某种程度上比以前疏远了些。当他在办案调查中缺乏助手时，还是经常来找我，只是找我的次数变得越来越少了。比如说，我发现在

1890年，我仅仅只记录了他的3件案子。这一年冬天和1891年初春，我从报上得知福尔摩斯受法国政府的委托，承办一件极为重要的案子。我收到过福尔摩斯的两封信：一封发自纳博讷，一封发自尼姆。由此，我估计他一定会在法国逗留很长时间。因此，当我在1891年4月24日晚见他走进我的诊室时，不禁感到有点儿吃惊。尤其使我吃惊的是，他比原来更加苍白和瘦削了。

“是啊，我这段时间简直是疲于奔命啊。”他看到我疑惑的表情，便这样主动解释道，“最近我承受的压力比较大。我把你的百叶窗关上，你不介意吧？”

室内仅有的这点儿灯光就是我摆在桌上准备看书用的那盏灯。福尔摩斯顺着墙边走到窗前，关上了两扇百叶窗，并插上了插销。

“你不会是在害怕什么吧？”我问道。

“呃，我害怕。”

“怕什么？”

“怕遭到气枪袭击。”

“亲爱的福尔摩斯，你这是怎么啦？”

“华生，我想你是非常了解我的，知道我绝不是那种胆小怕事的人。可是话说回来，如果你拒绝承认自己所面临的危险，那也不是有勇气，而是愚蠢的表现。劳驾递给我一根火柴，好吗？”福尔摩斯点着香烟深深吸了一口，仿佛这样能使他平静一些。

“我很抱歉这么晚来打扰你，”他说道，“我还必须请你破例允许我现在从你家的后园翻墙离去。”

“可是这一切究竟是怎么回事啊？”我问道。

他伸出了他的手，我在灯光下发现他的两个指关节都受了伤，还在流血。

“你看，不是我神经过敏吧，”福尔摩斯笑道，“这是真有其事，差点儿把我的手砍下来呢。尊夫人在家吗？”

“她到朋友家去了。”

“真的！家里就你一个人吗？”

福尔摩斯伸出了他的手，我在灯光下发现他的两个指关节都受了伤，还在流血。

“可不是。”

“那我就可以放心地向你提出请求，你跟我一起到欧洲大陆去待一个星期如何？”

“到什么地方呢？”

“噢，任何地方都行，对我都一样。”

这一切都有点儿奇怪，按照福尔摩斯的脾气，他是从来不无缘无故度什么假的，而我从他那苍白憔悴的面容也能看出他的神经已紧张到了极点。福尔摩斯从我的眼中看出了我的满腹疑问，便把胳膊肘支在膝上，两手的手指交叉在一起，对他目前的处境做了一番解释。

“你可能从来没听说过莫里亚蒂教授吧？”他说道。

“从来没有。”

“啊，真是大千世界无奇不有啊！”福尔摩斯叹道，“此人可谓是伦敦一霸，却没有一个人听说过他，这就使他的犯罪达到了创纪录的地步。说真的，华生，如果我能打败他，如果我能为社会除掉这个败类，那我本人的事业也就应该创了纪录，从此我就可以过一种比较安静的生活了。有件事我们俩知道就行，近来我为斯堪的纳维亚皇室和法兰西共和国办的那几件案子改变了我的处境，使我能如愿以偿地过一种我所喜爱的安静生活，并且能集中精力从事化学研究工作。可是，华生，只要我想到在伦敦还有像莫里亚蒂教授这样无法无天的人时，我是无法安心的，我不能在家里坐视不管。”

“那么，他究竟干了些什么呢？”

“此人可非同一般啊！他出身很好，受过良好的教育，极有数学天赋。他21岁时写了一篇关于二项式定理的论文，曾在欧洲引起轰动。他也因此在一所二流大学里获得了数学教授的职位，其前程无可限量。可惜此人继承了他先祖的凶恶秉性，他超群的才智不但没有抑制他身上流淌着的犯罪的血缘，反而使之变本加厉，潜藏着更大的危险性。由于他在大学里的种种劣迹，他终于被迫辞去教授职务，来到了伦敦，在军队中充当一名教练。人们对他的底细就只了解这么多，我下面要告诉你的是我自己发现的一些有关他的情况。

“你是知道的，华生，没有人比我更了解伦敦的高级犯罪活动的了。近年来，我一直觉得在这些罪犯背后有一股势力，有一股组织严密、对抗法律的势力在庇护着那些作恶的人。在我办理包括伪造案、抢劫案、凶杀案等等五花八门的案件过程中，我始终感到这股力量的存在，我通过推理发现了在一些未能被侦破的犯罪案件中就存在着这股势力的活动，虽然这些案子我并没有介入。多年来，我一直想揭开这股势力的黑幕，现在机会终于来了。我抓住了线索，顺藤摸瓜，经过无数的艰难曲折，终于找出了那个有名的数学家、以前的教授莫里亚蒂。

“他可以说是罪犯中的拿破仑，华生。伦敦城中的犯罪活动有一半是他组织的，几乎所有无法侦破的悬案都是他一手策划的。他是个天才，哲学家，深奥的思想家，他的头脑是第一流的。他像一只蜘蛛一样一动不动地蛰伏在蜘蛛网的中央，蜘蛛网却千丝万缕地伸向四面八方，他对每一根蛛丝的震颤都了如指掌。他自己很少亲自出马，他只出谋划策。他的党羽众多而且组织严密。无论要干什么坏事，譬如说要盗窃文件，要打家劫舍，要暗杀某人，只要传给教授一句话，马上就能通过严密的组织来执行犯罪。他的党羽可能被捕，在这种情况下，他马上能弄到钱将他保释出来，或为他辩护。可是这些党羽背后的中心人物却从未被捕过，而且连一丝嫌疑也没有。这就是我推断出的他们的组织情况，华生，我在尽全力揭露和破获它。

“这位教授周围的防范措施可是异常的巧妙和严密，我怎么也找不到能把他送上法庭的罪证。你是知道我的能力的，亲爱的华生，可是3个月较量下来，我不得不承认我终于碰到了一个势均力敌的对手。我对他手段高超的佩服压倒了我对他罪行深重的憎恶。可是他终于出了纰漏——那是一个很细小的纰漏——不过，在我严密监视的情况下，这点纰漏就足以让他露出马脚了。于是我抓住机会，扩大战果，到目前为止我已对他布下了天罗地网，万事俱备，只等收网了。要不了3天，到了下星期，一旦时机成熟，伦敦警方就要把教授和他那一伙主要党羽一网打尽。到那时，本世纪以来对罪犯的最大一次审判将在伦敦进行，四十余起悬案将水落石出，他们一伙将被全部送上绞架。但是，你知道，只要我们稍有不慎，他们就会在最后关头从我们手中逃脱。

“唉，如果能在此事尚未被莫里亚蒂教授觉察之前就下手，那就能大获全胜。不过莫里亚蒂实在诡计多端，凡是我针对他的一举一动，他都有所觉察。他几次三番地破网而逃，每次都被我重新收入网中。我告诉你，我的朋友，如果把这场无声暗斗的细节记载下来，那必能成为侦探史上侦破和反侦破的最光辉的案例。我此生从未达到过这样的高度，也从来没有遇到过如此难以对付的对手。但魔高一尺，道高一丈。今天早晨我已经做完了最后的部署，只需3天就能结案。我正坐在屋里考虑这件事的时候，房门突然打开了，莫里亚蒂教授站在了我面前。

“我的神经算是久经考验的了，华生，不过我必须承认，当我看到迈进我家门槛的不是别人正是我的冤家对头时，不禁吃了一惊。我十分熟悉他的外貌。他是个又高又瘦的人，发青的前额隆起，眼窝凹陷。他的脸刮得干干净净，面色苍白，有点儿像苦行僧，保持着某种教授风度。由于长期伏案读书，他的肩背有些佝偻，他探头探脑，脑袋还不停地摇摆着。他眯缝着双眼，极其好奇地打量着我。

莫里亚蒂教授

“‘你的前额并不像我所想象的那样发达，’他终于说道，‘在睡衣口袋里摆弄一把上了子弹的手枪，可是个危险的习惯啊！’

“事实上，他一进来，我就立即意识到我面临的巨大危险。因为事到如今他只有杀了我，才能求得一条生路。所以我飞快从抽屉里抓起手枪趁其不注意塞进了睡衣口袋里，并且隔着衣服将枪口对准了他。听他这么一说，我干脆把手枪掏了出来，放在了桌上。他依然眯着眼微笑着，但笑里显然暗藏着杀机，我不禁暗自庆幸我手头有这支手枪。

“‘你显然不了解我。’他说道。

“‘恰恰相反，’我答道，‘我认为我很了解你。请坐，如果有什么话要说，我可以给你5分钟时间。’

“‘我要说什么你心里应该有数。’他说道。

“‘我将如何回答你，你心里也应该有数。’我回敬道。

“‘你不肯让步吗？’

“‘绝不。’

“见他猛地把手插进口袋里，我也一把拿起了桌上的手枪。但他掏出来的是一本备忘录，上面潦草地记录着一些日期。

“‘1月4日你阻截过我；’他说道，‘23日你又妨碍了我；2月中旬你给我制造了很大的麻烦；3月底你完全破坏了我的计划。到4月底时，我发现，由于你不断跟我作对，我已经到了随时有可能丧失自由的地步。我是不可能容忍这种处境的。’

“‘你有什么建议吗？’我问道。

“‘你必须停止和我作对，福尔摩斯先生！’他晃着脑袋说道，‘必须停止！’

“‘星期一以后就停止了。’我说道。

“‘啧，啧！’他说道，‘我完全相信一个像你这么聪明的人会明白咱们的事只能有一种结局，那就是你必须首先放开手。你可不要把我们逼上了绝路。看到你今天这副狼狈样子，可真是我智力上的一种享受。老实说吧，我也不愿意被逼到被迫采取任何极端措施的地步。你在笑，先生，可是我告诉你，我说的是真的。’

“‘危险对我来说只不过是家常便饭。’我说道。

“‘这不是危险，’他说道，‘而是毁灭。你所面对的不是一个人，而是一个庞大的组织。你就是再聪明，也永远无法把这样一个组织搞垮。把道让开来，福尔摩斯先生，否则你会被踩死的。’

“‘恐怕，’我站起来说道，‘我们谈得太多了，我还有其他事情要办。’

“他也站了起来，一声不吭地望着我，悲伤地摇摇头。

“‘哎呀呀！’他终于说道，‘很可惜呀，不过我已经做到仁至义尽了。你的一举一动都别想逃过我的眼睛。星期一以前你将一事无成。福尔摩斯先生，不是你死就是我活。你想把我送上被告席吗？告诉你，办不到。你想打垮我？告诉你，你永远也别想打垮我。如果你真的聪明到了能把我逼上毁灭之路的地步，告诉你，你将与我同归于尽。’

“‘承蒙夸奖了，莫里亚蒂先生，’我说道，‘来而不往非礼也，我也告诉你，为了公众的利益，只要能除掉你，我将很乐意与你同归于尽。’

“‘我保证会有这一天的，但不是你除掉我。’他吼叫着，转过身去将他的驼背对着我，眨巴着眼睛，探头探脑地走出了房间。

“这就是我和莫里亚蒂教授初次见面的谈话。我承认，它在我心中留下了不愉快的印象。他的话掷地有声，很有分量，不像出自普通罪犯之口。当然，你会说：‘为什么你不找警察来对付他呢？’因为我确信他会叫他的手下对我动手。我有最充分的证据，证明事情一定是这样的。”

“你已经遭到过他们的袭击了吗？”

“亲爱的华生，莫里亚蒂教授可不是一个坐失良机的人。那天中午，我到牛津街去办事，刚来到从本廷克街到韦尔贝克街十字路口的转角时，一辆两匹马拉的货车风驰电掣般地向我猛冲过来。千钧一发间我急忙跳上人行道，才幸免于难。货车冲过马里利本巷，转眼不见了。发生这次事故后，我只走人行道。可是，当我走到维尔街时，一家屋顶上突然掉下一块砖头，在我身边摔得粉碎。我叫来警察对那家屋顶进行了检查。屋顶上堆满了修房用的砖头瓦块，他们说砖头是被大风刮下来的。我心里其实很明白，只是苦于没有证据来证明有人要加害于我。这以后，我便叫了一辆马车，到蓓尔美尔街我哥哥家，在那里过了一天。刚才在我来你这儿的路上，又遭了一个暴徒的棍棒袭击。我打倒了他，警察把他抓了起来。我一拳打在那个人的门牙上，把指关节都碰破了。不过我敢肯定，警察根本无法查出这个家伙和那个退职的数学教授之间的关系。毫无疑问，那位教授现在正站在10英里以外的一块黑板上做数学计算呢。华生，正是因为我的这些经

“莫里亚蒂教授他转过身去将他的驼背对着我，眨巴着眼睛，探头探脑地走出了房间。”

历，所以我来到你家后首先要你关好百叶窗，然后又请你允许我从你的后墙而不从前门离开住宅，以防被人发现，你现在不感到奇怪了吧？”

我一向佩服我朋友的勇气，现在更加佩服了。经历了整整一天的恐怖事件，现在他竟然还心平气和地坐在那里对着我讲述。

“你今晚在我这里住吗？”我问道。

“不，朋友，我在这里过夜会给你带来危险，我的计划已经定了，一切都安排好了。现在事情已进展到即使没有我的帮助，他们也难逃法网的地步，我只是等着将来出庭做证就行了。所以，在即将逮捕他们之前，我还是回避为妙，让警察们放手去抓捕他们吧。如果你能同我一起到欧洲大陆去旅行，那我就太高兴了。”

“最近看病的人很少。”我说道，“我的邻居又总想能在我不在的时候助我一臂之力，我很高兴能同你一起去。”

“明天一早就动身行吗？”

“如果需要的话，可以。”

“哦，是的，非常非常需要。既然这样定了，那下面我要交代的事情是很重要的，亲爱的华生，我请你务必要完全地遵照执行，因为你现在所面对的是欧洲最狡猾最有势力的犯罪集团。请听好了！不管你托运什么行李，上面一定不要写明发往的地址，并在今夜派一个可靠的人送到维多利亚车站去。明天一早你要雇一辆马车，但要嘱咐你的仆人千万不要雇头两辆主动来揽生意的马车。你坐上马车后，要车夫驶往滨河大道的劳瑟街的尽头，将具体地址写在纸条上交给车夫，并叮嘱他不要把这纸条扔掉。你要先把车费付了，等车一停，立即穿过马路，务必在9点一刻来到马路对面。你会见到马路边上有一辆四轮小马车在等着你，车夫身上披着一件深黑色斗篷，领子上镶有红边。这辆马车会把你及时带到维多利亚车站搭乘开往欧洲大陆的快车的。”

“我在哪里和你会合？”

“在车站。我们订的座位在从前往后数第二节头等车厢里。”

“那我们在车厢碰头，对吗？”

“对。”

我留福尔摩斯在我家过夜，没有留住。显然，他之所以执意要走是为了避免给我家带来麻烦。他匆忙地交代了我们明天的计划之后，就起身和我一起来到花园里，从花园翻过墙就是莫蒂默街，我听他打了一声呼哨，叫来一辆马车，随后我听见马车疾驶而去。

第二天早晨，我完全按照福尔摩斯的交代行事，为了防止雇来的马车有诈而落入对方事先设下的圈套，我专门预定了一辆双轮马车。吃过早饭，我立即乘车飞快地驶往劳瑟街。果然一位身材非常魁梧、披着黑斗篷的车夫，驾着一辆四轮小马车正在等着我，我一跳上车，他就扬鞭策马，朝维多利亚车站驶去，我下车后，他立即调转车身，头也不回地疾驰离去了。

到目前为止，一切顺利得让人赞叹不已。我的行李已在车上，我很顺利地找到了福尔摩斯约定的车厢，因为只有这节车厢上标着“已预定”的字样。现在只有一件事令我心急如焚，那就是福尔摩斯还没有来。我看了看车站上的钟，离开车时间只有7分钟了。我在旅客和送别的人群中搜寻我朋友那瘦长的身躯，却始终不见他的踪影。我花了几分钟时间帮助一位年长的意大利教士，他正在用蹩脚的英语费力地对搬运工说明他的行李是要托运到巴黎去。然后，我又向四周打量了一番，才回到车厢里，发现那个搬运工不管车票的座位号，竟把那位意大利老者带进了我的车厢。尽管我对他解释说这个位置已经预定了，却一点儿用也没有，因为我的意大利语比他的英语更糟糕，无可奈何之下，我只能耸了耸肩，继续焦急地寻找我的朋友。我担心他没有来是因为昨夜可能遭到了袭击，不由得紧张得手脚冰凉。火车所有的门都关上了，汽笛长鸣，此时……

“亲爱的华生，”有人说道，“你还没有向我道早安呢。”

我不由得一惊，回过头来，只见那老教士已向我转过脸来。他那一脸的皱纹顿时不见了，鼻子隆起了，下嘴唇不再向外突出，嘴巴也不瘪了，无神的两眼又放出了光彩，弯腰驼背的身体挺直了。然后，又恢复了弯腰驼背的样子，福尔摩斯的消失和出现一样突然。

“老天爷啊！”我不禁喊道，“你把我吓得够呛！”

“现在仍然需要万分的谨慎小心。”福尔摩斯悄悄说道，“我有理由认为他们正对我们紧追不舍。啊，那就是莫里亚蒂教授本人。”

福尔摩斯话音刚落，火车便启动了。我朝外一看，只见一个高个子从人群中猛冲出来，挥着手，仿佛想叫火车停下来。不过他晚了一步，因为火车开始加速，转眼就出了车站。“由于采取了措施，我们才得以顺利地脱身。”福尔

我发现那位意大利老者竟然坐在我的车厢里。

摩斯微笑着站起来，脱下黑色教士衣帽，装进手提袋里。

“你看了今天的晨报吗，华生？”

“没有。”

“那你不知道关于贝克街的消息喽？”

“贝克街？”

“昨夜他们放火烧了我们的房子，好在没有造成重大损失。”

“我的天哪，福尔摩斯，这简直不能容忍！”

“看来从那个用大棒袭击我的人被抓之后，他们就失去了我的行踪，否则他们不会以为我回家了。不过，显然他们已经盯上了你，所以莫里亚蒂才跟踪来到了维多利亚车站。你来时一路上没有暴露行踪吗？”

“我是完全照你说的做的。”

“你找到那辆双轮马车了吗？”

“对，当时它等在那里。”

“你认识那个马车夫吗？”

“不认识。”

“那是我哥哥迈克罗夫特。在这种节骨眼上，可不能轻信外人。不过我们现在必须考虑对付莫里亚蒂的计划了。”

“既然这是快车，而轮船又是买的联运票，我认为我们已经成功地把他甩掉了。”

“亲爱的华生，我曾对你说过这个人的脑子和我一样好使，你显然并未完全理解这话的分量。如果我是他的话，你会认为这么一点儿小小的挫折就能把我难倒吗？所以，千万不要小看了他啊！”

“他又能怎样呢？”

“我能怎样，他就能怎样。”

“那如果是你，你会怎样呢？”

“定一辆专车。”

“那也太晚了。”

“不晚，不晚。这趟车要在坎特伯雷站停车，通常至少要耽搁一刻钟才能上船。他会在那儿抓住我们的。”

“那别人还以为我们是罪犯呢。我们何不先下手为强？”

“那样会使我3个月的心血付诸东流。我们虽然能捉住这条大鱼，但那些小鱼会因受惊而漏网，所以不能考虑提前逮捕他。”

“那怎么办呢？”

“我们在坎特伯雷站下车。”

“然后呢？”

“嗯，然后我们横穿英国，到纽黑文，然后再到迪埃普。我知道莫里亚蒂一定会以为我们到了巴黎，他会认出我们托运的行李，并在车站等着我们去取。而我们却声东击西，买上两个毡睡袋，让沿途国家的睡袋商也赚点儿钱，然后从从容容地经过卢森堡和巴塞尔到瑞士去。”

于是，我们在坎特伯雷站下了车，结果发现还要等一小时才有车到纽黑文。

我沮丧地目送着那辆上面装着我们全部行李的行李车疾驰而过，这时福尔摩斯拉了拉我的衣袖，指了指远处。

“你看，车已经来了。”他说道。

只见远处的肯特森林中冒出缕缕的黑烟，一分钟后，机车牵引着列车经过弯道，向车站疾驶而来。我们刚刚在一堆行李后面躲好，那列车就鸣着汽笛隆隆驶过，一股热浪扑面而来。“他走了。”见那列车飞快地越过山丘，福尔摩斯说道，“你看，我这位朋友的智力毕竟有限。尽管他机关算尽，我还是略高一筹。”

“如果我们被他追上的话，他会怎么样呢？”

“他会毫不手软地置我于死地。不过，我们之间现在还难分胜负。现在的问题是我们就在这里吃午饭呢，还是到了纽黑文再去上饭馆，到纽黑文可能就有点儿晚了。”

当夜我们就赶到了布鲁塞尔，在那里度过了两天，第三天我们到了斯特拉斯堡。星期一早晨福尔摩斯向苏格兰场发了一封电报，当晚我们回旅店就收到了回电。福尔摩斯拆开电报，骂了一声，顺手将电报扔进了炉子里。

“我应该早点儿预料到这点！”福尔摩斯生气地说道，“他逃脱了。”

“莫里亚蒂吗？”

“苏格兰场破获了整个集团，就是没抓到莫里亚蒂，他从他们手里溜走了。我知道我一离开英国，就没人能对付得了他了，可是我确实认为我已经为苏格兰场做好了一切准备。我看你最好还是回英国去，华生。”

“为什么？”

“因为你现在继续和我在一起已经相当危险了。那个人的窝已经被端掉了，他只要一回到伦敦，就会落网。我摸透了他的性格，他会不择手段地找我复仇。在那次和我简短的谈话里，他就已经露出了杀机。我肯定他会找我报仇的。因此我必须劝你回去继续经营你的诊所。”

作为他的老助手和老朋友，我不能同意他的这个建议。因此，我们坐在斯

我们刚刚在一堆行李后面躲好，那列车就鸣着汽笛隆隆驶过，一股热浪扑面而来。

特拉斯堡的饭馆里对这个问题争论了半个多小时，结果决定当夜继续旅行，我们平安到达日内瓦。

我们在罗讷河谷[1]度过了令人神往的一周，然后，从洛伊克取道前往盖米山口[2]，山上依然覆盖着很厚的积雪，最后，经过因特拉肯，到达迈林根[3]。这是一次令人心旷神怡的旅行，山下是满目苍翠的春光，山上却是白雪皑皑的寒冬。可是我很清楚，福尔摩斯一刻也无法摆脱横在他心中的阴影。无论是在充满田园风光的阿尔卑斯山上，还是在人烟稀少的山隘关口，他都时刻警惕着每一个从我们身旁经过的人。看来他确信，不管我们走到哪里，我们都无法摆脱被人跟踪的危险。

记得有一次，当我们通过盖米山隘，沿着令人忧郁的道本湖的边沿行进时，从右方的山脊上突然轰隆隆地滚落下来一块巨大的石头，石头与我们擦身而过，坠入了我们身后的湖中。福尔摩斯立即奔上山脊，站在高处向四面搜寻着。尽管我们的向导再三对他解释说，这个地方在春季经常发生山石坠落的现象，他还是不相信。福尔摩斯什么也没有说，但他冲我微笑着的脸上带着他早就料到会发生这种事情的神情。

尽管他十分警惕，情绪却一点儿也不消沉。相反，我过去还从未见过他这样精神抖擞过。他不止一次地说，如果他能为社会除掉莫里亚蒂教授这个祸害，那么，他的侦探生涯就可以画上一个圆满的句号了。

“华生，我可以毫无愧色地说，我这一生没有虚度。”他这样自我评价道，“如果我生命的旅程注定要在今夜结束，我也会问心无愧地走完剩下的路。伦敦的空气因为有了我的存在而变得更加清新。我经办的案件有1000多件，我相信，我把我的全部能力都用在了我该用的地方。近来我开始喜欢研究大自然所提出的问题，而不太喜欢研究那些完全由社会人为造成的浅薄问题

---

① 罗讷河谷：在法国中东部地区。——译注

②③ 均为瑞士名胜。——译注

当我们沿着道本湖行进时，从右方的山脊上突然轰隆隆地滚落下来一块巨大的石头，石头与我们擦身而过，坠入了我们身后的湖中。

了。华生，等我把那个欧洲最危险又最有能耐的罪犯捉拿或是消灭的时候，你的回忆录也就可以收尾了。”

我将尽量简明扼要而又准确无误地讲完剩下的故事。其实我本不忍心过多地讲述这段往事，可是我知道把所有细节原原本本地告诉大家是我义不容辞的责任。

5月3日，我们到了瑞士迈林根的一个小村子，住在老彼得·斯泰勒开设的名叫“大英旅店”的客栈里。店主是一个聪明人，曾在伦敦格罗夫纳旅馆当过三年差，能说一口流利的英语。4日下午，我们再次踏上旅程，按照店主的建议，我们两人打算翻山越岭到罗森洛依的一个小村庄去过夜。不过，店主叮嘱我们不要错过了位于半山腰的莱辛巴赫瀑布，建议我们可以绕一小段路去欣赏一下那里的景致。

那里果然是个万分险恶的去处。融化的雪水从山上飞泻而下，落入万丈深渊，飞溅的水雾犹如房屋失火时冒出的团团浓烟。巨大的山谷仿佛是被瀑布劈开的一般，两岸矗立着陡峭的黑色山崖，往下，山谷变窄了，白沫翻腾的水流直泻入无底的深壑，发出雷鸣般的响声，绿色的水帘一刻不停地发出哗哗声，湍急的水流与喧嚣声使人头晕目眩。我们站在山谷的边上凝视着飞泻的瀑布，倾听着深渊里回荡着的宛如怒吼般的隆隆声。

半山坡上，沿瀑布辟出一条让游客观赏瀑布全景的小路，可是小径突然终止，游客只好原路返回。当我们转身返回时，见到一个瑞士少年手里拿着一封信从小路上跑来，信上有我们刚刚离开的那家客栈的印章，是店主写给我的。他在信里告诉我们，在我们离开不久，他的客栈里来了一位英国夫人，已经到了肺结核后期。她是到达沃斯普拉茨[1]过冬的，现在要到卢塞恩去看朋友。不料她突然咯血，看来有生命危险，如能有一位英国医生给她看病，对她将是极

---

① 达沃斯普拉茨：瑞士东部城镇，19世纪60年代以后成为上流社会的疗养地。现为负有盛名的滑雪运动中心。——译注

大的安慰，问我能否回去看一看等等。好心的店主斯泰勒还在附言中说，这位夫人断然拒绝让瑞士医生给她看病。他身负着人命关天的重大责任，如我能前去救死扶伤，他本人将对我感激不尽。

对这种请求，是不能置之不理的。我绝不可能拒绝一位身在异国、生命垂危的女同胞的请求。可是要离开福尔摩斯，又使我十分犹豫。然而，最后我俩商定，在我回迈林根看病期间，他把这位送信的瑞士小伙子留在身边做向导和旅伴。福尔摩斯说，他要在这瀑布旁再待一会儿，然后再翻过这座山，前往罗森洛依，我在傍晚时赶到那里和他会合。我转身离去时，看到福尔摩斯背靠山崖，双臂交叉在胸前，低头凝视着飞泻的瀑布。谁知这竟成了我和他的永别。

当我快到山脚时，我回头张望，在这个位置已经不可能看到瀑布了，但从山腰通向瀑布的蜿蜒崎岖的那条小路却依然可见。我记得，当时看见有一个人沿小路飞快往上走去。

在他身后一片绿荫的衬托下，我能清楚地看到他黑色的身影。我注意到了他，注意到他走路时那很有力的步伐，可是因为我有救人的重任在身，很快就把这事忘了。

大约走了一个多小时，我才到迈林根。老斯泰勒正站在客栈的门廊上。

“嘿，”我急忙走过去说道，“我想，她的病情没有加重吧？”

他的脸上露出吃惊的表情，一见他不解地扬起了眉毛，我的心不由得猛地一沉。

“这封信不是你写的吗？”我从衣袋里掏出信来问道，“客店里没有一位生病的英国女人吗？”

“当然没有！”他大声说道，“可是这上面有我客栈的印章！哈，这一定是那个在你们走后没多久才来的那个高个子英国人写的。他说……”

可是我再也顾不得继续听店主解释了，我万分惊恐地回头沿村路飞快地奔向刚才走过的那条小路。我来时是下坡，走了一个多小时，现在回去是上坡，尽管我拼命地飞跑，等我来到莱辛巴赫瀑布时，已经是两个多小时过去了。福

我转身离去时，看到福尔摩斯背靠山崖，双臂交叉在胸前，低头凝视着飞泻的瀑布。

尔摩斯的登山杖依然靠在我们分手时他背靠着的那块山崖上，但是却不见他的踪影，我大声呼唤也是枉然，耳边只有四周山谷传来的回声。

见到我朋友留下的登山杖，我不寒而栗。这表明他并没有到罗森洛依去，他是在这条一边是陡壁，一边是深涧的3英尺宽的小路上遭到了仇敌的暗算。那个瑞士小伙子也不见了踪影。他可能是被莫里亚蒂买通了的，所以留下这两个人，自己溜走了。后来发生了什么事？有谁来告诉我们后来发生了什么事呢？

我完全被这意外的情况吓蒙了，呆呆地站了几分钟，尽量使自己镇静下来，然后试着用福尔摩斯的方法来查明这场悲剧。情况是再明白不过的了。我们谈话时，还没有走到小路的尽头，登山杖所在的位置就是我们谈话的地方。黑色的岩土长期受到水花的侵蚀，变得非常松软，即使一只鸟落在上面也会留下爪印的。在我脚下有两排清晰的脚印一直通向小路尽头，却没有返回的脚印。离小路尽头几码处，地面被践踏成泥泞，小路边上的荆棘和羊齿草被踩乱，倒伏在泥水中。我俯身看了看悬崖，只见水花在我周围喷溅。我离开旅馆时，天色就已经开始黑了下来，现在我只能看到黑色的峭壁上水珠的亮光以及峡谷中浪花的波光。我大声呼唤，可是被那瀑布的奔腾咆哮吞没了。

不过命中注定我会找到我的朋友和同志的临终遗言。我刚才说过，他的登山杖斜靠在小路旁的一块凸出的山崖上。我发现在这块圆石顶上有一件东西在闪闪发光，我过去把它取下来一看，原来那是福尔摩斯一直带在身边的银烟盒。我拿起烟盒，压在烟盒下面的叠成小方块的纸飘落在地。我把它打开来，原来是从笔记本上撕下来的3页纸，是写给我的。福尔摩斯的性格就是这样，放的这个标志物是如此的精确，而写信的笔法又是如此刚劲有力，仿佛是坐在书房里写成的。信上写道：

亲爱的华生：

我得以给你留下这封简短的书信，是沾了莫里亚蒂先生君子风度的光，他现在就在一旁等着，等着对我俩的旧账做最后的清算。

我拿起烟盒，压在烟盒下面的叠成小方块的纸飘落在地。

他已将他是如何摆脱英国警察的追捕以及如何找到我们行踪的情况对我坦言相告，这再次证明了我的确没有低估他的能力。一想到我能为社会除掉由于他的存在而带来的祸害，我很欣慰，尽管这样的结局可能会给我的朋友们，特别是给你，我亲爱的华生，带来悲哀。不过，我已经跟你解释过了，我的一生的事业已经面临着一个紧要关头，而对我来说，再没有比这样的结局更能令我问心无愧的了。我应该向你坦白地承认，我很清楚地知道迈林根的来信是一场骗局，我之所以让你走开，是因为我知道他们来者不善，情况将难以预料。请转告警长帕特森，他所需要的给这伙匪徒定罪的材料在M字首的文件夹里一个写着“莫里亚蒂”的蓝色信封中。在离开英国时，我已处理了我的全部财产，并已转交给了我的哥哥迈克罗夫特。别了，我的老朋友，请务必代我向尊夫人问候。

你忠诚的夏洛克·福尔摩斯

后来的情况就无须赘述了。经专家现场勘察，这两人无疑曾展开过一场生死搏斗，最后两人紧紧地扭打成一团，坠入了深渊，同归于尽。想找到他们的尸体是绝对不可能的，当代最危险的罪犯和最卓越的护法卫士就这样永远葬身于可怕的无底深渊之中了。从此没有人再见到过那个瑞士小伙子，他肯定是莫里亚蒂花钱雇来的帮凶。至于那伙匪徒，大概公众都还记得，由于福尔摩斯所搜集的罪证非常充分，他们的组织以及死去的莫里亚蒂的铁腕对他们的严密操纵都得到了彻底的揭露。在诉讼过程中，法庭很少涉及这伙匪徒的头目，我现在之所以不得不把他的所作所为公之于世，完全是由于那些自作聪明的辩护士们不遗余力地想通过对福尔摩斯的人身攻击来给莫里亚蒂树碑立传，而在我的心目中，福尔摩斯永远是我所遇到的最优秀和最聪明的人。

最后两人紧紧地扭打成一团，坠入了深渊，同归于尽。

The Solitary Cyclist
The Dancing Men
The Boscombe Valley Mystery
The Red-Headed Leagu
The Final Problem
The Bruce-Partington Pla

福尔摩斯
探案大全集Ⅲ

【英】阿瑟·柯南·道尔　著
贺天同等　译

时代文艺出版社

目录

巴斯克维尔的猎犬（1901—1902）

福尔摩斯复出（1903—1904）

巴斯克维尔的猎犬（1901—1902）

夏洛克·福尔摩斯先生

夏洛克·福尔摩斯先生坐在早餐桌旁。他经常因为夜里工作，早上起来很晚。我站在壁炉前的地毯上，拾起拜访者前天晚上遗落的拐杖。那是一根精致而结实的手杖，顶端是植物的根结，这种手杖是用素有“山槟榔木笞杖”之称的悬钩藤制成的。就在顶端的下方有一圈宽宽的银带，差不多有一英尺宽。手杖上刻有“皇家外科医生协会会员詹姆斯·莫蒂默惠存，C. C. H. 的朋友们敬赠”，另外上面还标明了日期“1884”年。这不过是家庭医生常用的一款老式手杖，但显得庄重、厚实，好用。

“喂，华生，你看出什么名堂了吗？”

福尔摩斯正背对着我，我根本没有向他提及我在干什么。

“你怎么知道我在做什么？难道你是脑后长了眼睛？”

“是啊，至少那是因为我面前摆着一个擦得很亮、外表镀银的咖啡壶。”他说道，“但是，华生，你得告诉我，你从我们拜访者的拐杖上看出了什么没有？虽然我们无缘和他当面相见，对他此次拜访的目的一无所知，这件意外的纪念品就是很重要的信息。你仔细看看这根手杖，我想听听你对这个人的描述。”

“我想，”我一边说着，一边考虑尽量和我的同伴想的一样远，“莫蒂默医生是位功成名就、受人敬重的年长医生，所以认识他的人会送给他这个表示敬意的礼物。”

“好极了！”福尔摩斯说，“说得太好了！”

“我猜想，他可能是位乡村医生，经常步行外出就诊。”

“此话怎讲？”

“因为这根手杖看起来精致漂亮，但已磨损得很厉害了，很难想象一位城里行医的人还会用这样的手杖。下端坚实的铁制包头已经磨光，显然它已经跟随主人走了很多地方。”

“一点儿不错！”福尔摩斯说道。

“还有，手杖上刻着‘C. C. H. 的朋友们’，我猜想这可能是个猎人会，他大概给当地的这个组织的成员看过病，因此他们送他这件小小的礼物以表谢意。”

“华生，你真是大有长进。”福尔摩斯一边说着，一边把椅子往后面推了推，点燃了一根香烟。“我很想说的是，在叙述我微不足道的成就时，你却习惯于低估自己的能力。也许可以说你不是发光者，但你是光的传播者。有些人没有什么天才，却有激发天才的禀赋。我承认，老朋友，我真是多亏了你。”

他以前从来没有说过这么多话。我必须承认，他的话给了我极大的快乐。过去我钦佩他，并把他的推理方法公之于众，但他经常是漠然视之，这使得我的自尊心受到伤害。而现在我也掌握了他的方法，并能活学活用，赢得了他的赞许。一想到这个，我就感到自豪。此时，他从我手中拿过手杖，仔细看了一会儿，然后兴致勃勃地放下香烟，把手杖拿到窗前，在放大镜下仔细地观察。

“虽然简单，但很有意思。”他说着走回他喜欢的长椅的一端坐下，“手杖上肯定还有一两处线索，可以给我们提供推理的依据。”

“还有些我漏掉了吗？”我有些自责地问道，“我自信没有什么忽略掉的线索了。”

“亲爱的华生，恐怕你的推断多半是错误的呢。坦率地说，当我说你激发了我，意思是说，当我觉察到你的错误时，也就把我引向了真理。当然，你也没有完全说错，他是个乡间郎中，并且经常是徒步出门。”

“那样我就没有错了。”

“但也就仅此而已。”

“可那就是全部事实。”

“不，不是的，亲爱的华生，无论怎么说，那绝不是全部。比如，我一举个例说，那件礼物很可能来自一家医院，而不是来自狩猎人。因为C. C两个大写字母置于H代表的医院前，那这两个单词很可能就是‘Charing Cross’（查令十字街）。”

他把手杖拿到窗前，用放大镜仔细地观察。

“也许你是对的。”

“很可能是这样。如果这一假设成立，那么就有了新的依据，从而可以推断这个不认识的来访者是个怎样的人。”

“那么好吧，就假设‘C. C. H.’指的是查令十字医院，那么我们能推理出什么新结论呢？”

“难道就没有别的什么线索了吗？既然你掌握了我的推理方法，那就运用一下吧！”

“我只能肯定的一个结论是他在乡下行医之前，在城里开过诊所。”

“我想，我们可以大胆地进一步推理。照此思路往下推，赠送这样的礼物最可能发生在什么样的场合？显然是莫蒂默在离开医院而独自行医的时候。那么我们说这次赠礼，是在这样的情况下发生的，不算离谱吧？”

“当然有这种可能。”

“现在，你应该看得出来，他不可能是医院的主治医生，因为只有一个在伦敦行医，而且已有相当声誉的人才会有这种地位，而这样一个人是不会转到乡下去的。那么，他到底是干什么的呢？如果他在医院里工作而又算在主治医生之列，他顶多是个住院外科医生或者是住院内科医生——地位稍微高于高年级医科学生。他是五年前离开的——日期已经刻在手杖上了。如此一来，你想象中的那位庄重的年长的医生就消失了，变成了一个随和的、胸无大志的、心不在焉的、年纪不超过30岁的年轻人。也许他还养了一条可爱的小狗，比小猎犬大，比大驯犬小。”

我不以为然地笑了。福尔摩斯靠在长椅上，朝着天花板吐出袅袅的烟圈儿。

“至于后面说的，我没法证明。”我说，“不过要找出几点有关他的年龄和生平倒是不难。”

我从小小的医学书架上取下一本医学手册来，翻到人名栏。里面记录了好几个姓莫蒂默的人，但肯定只有一个是我们的拜访者。我大声读出关于他的记录：

詹姆斯·莫蒂默，1882年毕业于皇家外科医学院，德文郡，达特穆尔格林潘人。1882至1884年担任查令十字医院住院外科医生。凭借论文《疾病是否隔代相传》获得比较病理学奖金。瑞典病理学会通讯会员。代表作有《几种隔代遗传的畸形症》（发表在《柳叶刀》，1882年）和《我们进步了吗？》（发表在《心理学报》，1883年第3期）。曾经担任格林潘、索利斯和海巴罗的医务官。

“一个字也没有提到当地的猎人会呀，华生！”福尔摩斯带着嘲弄人的微笑说道，“正如你所察觉的那样，他只不过是个乡间医生。我认为我的推理还是比较准确的。至于那些形容词，假如我没有记错的话，我用了‘随和，胸无大志和心不在焉’。根据我的经验，世界上只有随和的人才会收到别人的礼物，只有平实淡泊的人才会离开伦敦跑到乡下去，只有粗枝大叶的人才会在你屋里等了一个小时以后没有留下名片，走时却忘了拿手杖。”

“那狗怎么说？”

“经常叼着这根手杖跟随主人后面。由于手杖很重，狗不得不咬着中央，因此留下了很深的牙痕。从这些牙印之间的空隙来看，我认为这只狗比小猎犬下巴要宽，而比大驯犬下巴要窄。它可能是——卷毛的长耳灵犬。”

他起身，一边说话一边在屋里来回踱步。现在他在突出到墙外的窗台前站住了，他的言辞里充满了自信。我抬头惊奇地望着他。

“老朋友，对于这一点，你依据什么可以如此肯定呢？”

“理由很简单，我现在已经看见那只狗在我们大门口的台阶上，而且也听到了来客按门铃的声音。请你不要走开，华生。他是你的同行，你在场也许对我会有所帮助。华生，最富有戏剧性的时刻来了，你听见上楼梯的脚步声了吗？他正走进你的生活，可你无从知道是祸还是福。这位詹姆斯·莫蒂默医生要向犯罪问题专家夏洛克·福尔摩斯请教些什么呢？请进！”

这位客人的外表让我吃了一惊。我先前想象着这是一位典型的乡村医生，而眼前的这位却又高又瘦，长长的鼻子像是鸟嘴，在一双敏锐的灰色眼睛中间高高突起。他两眼离得很近，在眼镜后面闪烁个不停。他穿着医生常穿的衣服，可是外衣已经很脏了，裤子也已磨损，看上去一副穷愁潦倒的模样。他虽然还年轻，可是已经有些驼背，走路时头向前探着，颇有绅士风度。他一进来，目光就落在福尔摩斯手中的手杖上。

他高兴地喊了一声，向它跑过去。“我太高兴了！”他说，“我记不清把它落在这里还是轮船公司了。我宁可不要整个世界，也不愿失去这根手杖。”

“我猜想这是别人馈赠的礼物吧。”福尔摩斯说道。

“是的，先生。”

他一进来，目光就落在福尔摩斯手中的手杖上。

“是查令十字医院的朋友送的吗？”

“是那里的两个朋友送给我的生日礼物。”

“哎呀，天哪，真糟糕！”福尔摩斯一边说话一边摇着头。

莫蒂默医生眨巴的眼睛里流露出惊奇。

“为什么这样说？”

“那是因为你打乱了我们几个小时来的推理。您是说在结婚的时候，对吗？”

“是的，我一结婚就离开了医院，也彻底放弃了成为顾问医生的打算。可是，为了建立自己的家庭，我必须这样做。”

“啊，太好了！我们总算没有完全说错。”福尔摩斯说道，“现在，詹姆斯·莫蒂默医生——”

“您称我先生好了，我是皇家外科医学院一个微不足道的学生。”

“很明显，您还是个精明能干的人。”

“一个略知科学常识的人，福尔摩斯先生，一个在宽广无垠的海洋的岸边采集贝壳的人。我原本以为只是单独和夏洛克·福尔摩斯先生交谈，而不是……”

“不，这是我的朋友华生医生。”

“很高兴认识您，先生。我曾经听到有人把您和您朋友的名字相提并论，使得我对您产生了兴趣，福尔摩斯先生。我没有料到会看见这样长的头盖骨，还有如此深邃的眼窝。您不介意我用手指沿着您的头盖骨的边缘摸一摸吧，先生？在得到像您这样的原初头盖骨之前，如果依照您的头颅做个模型，在任何人类学博物馆都将是一件出色的标本。我无意冒犯，可是我真是太羡慕您的头盖骨了。”

夏洛克·福尔摩斯以手示意来访的客人在椅子上就座。“看得出来，先生，您和我一样，很热心思考职业问题。”他说道，“从您的食指来看，您是抽自己卷的烟，请自便点上香烟吧。”那人拿出烟纸和烟丝，非常熟练地卷好了一根。他长长的手指颤动着，好像昆虫的触角。

福尔摩斯异常平静，可他转来转去的眼珠向我暗示出，他已经对我们这位奇怪的访客产生了兴趣。

“我觉得，先生，”他终于开口了，“您昨晚光临，今天又驾到，恐怕不仅仅是为了研究我的头盖骨吧？”

“不，先生，尽管我对您的头盖骨感兴趣，但这不是我的目的。我之所以来找您，福尔摩斯先生，那是因为我自己缺乏现实的经验，而又突然遇到一个严重而且特别的困难，而您是欧洲第二位最高明的专家……”

“啊，先生！请问，荣幸地排在第一位的是谁呢？”福尔摩斯有些刻薄地问道。

“就头脑缜密的科学性来讲，贝蒂荣先生办案的方式总是很有力度的。”

“那您去请教他不是更好吗？”

“先生，我的意思是，就头脑的科学缜密性而言。可是就具体的经验来说，大家都知道，您是无可比拟的。我坚信，先生，我没有故意——”

“只是稍微有一些罢了。”福尔摩斯说道，“我想，莫蒂默医生，您最好把需要我效劳的地方明白地告诉我。”

巴斯克维尔的咒语

“我口袋里有一份手稿。”莫蒂默医生说道。

“您进屋时我就观察到了。”福尔摩斯说。

“是一篇旧手稿。”

“是18世纪初的，要不然就是赝品。”

“您是如何知道的，先生？”

“您说话的时候，我看到那手稿露出一两英寸。如果一位专家把一份文件的年代估计得相差大约十几年的话，那他就是一位差劲的专家了。也许您阅读过我那篇关于这一问题的文章。根据我的判断，这篇手稿完成于1730年。”

“确切年代是1742年。”莫蒂默医师从胸前的口袋里把手稿拿出来，“这份祖传的家书是查尔斯·巴斯克维尔爵士托付给我的。3个月前他突然惨死，在德文郡引起了极大的影响。可以说，我是他的朋友，同时也是他的私人医生。他意志坚定，思维敏捷，经验丰富，并和我一样讲求实际。他把这份手稿看得很重，他已经有了接受这样的结局的心理准备了，而这样的事情最终发生了。”

福尔摩斯接过手稿，把它平铺在膝盖上。

“华生，你留心看，长S和短S的换用，我就是依据这个来确定其产生的年代的。”

我凑在他肩后看着发了黄的纸张和褪了色的笔迹。顶头上面写着“巴斯克维尔庄园”，下面是潦草的数字“1742”。

莫蒂默把手稿拿到光亮处，以高亢而略带嘶哑的声音朗读着这个奇特而古老的故事。

“看起来像是个什么记载。”

“对了，是一个关于巴斯克维尔家族的传说。”

“不过我想您先来找我，是为了眼下最迫切的事情吧？”

“是迫在眉睫的事，也是最为急切和紧要的事情，必须在24小时内做出决定。手稿内容不多，但与这件事密切相关。如果您同意的话，我就念给您听一听。”

福尔摩斯靠在椅背上，两手的指尖相对，闭上了眼睛，摆出一副无所谓的样子。莫蒂默把手稿拿到光亮处，以高亢而略带嘶哑的声音朗读着这个奇特而古老的故事：

关于巴斯克维尔猎犬的传奇众说纷纭。我是雨果·巴斯克维尔的直系后代，我是从我父亲那里知道这件事的，而我父亲又是从我祖父那里了解到的。因此我相信的确有那么回事，于是就把它写下来。孩子们，我希望你们相信，公正的神明能够惩罚罪恶，也可以宽恕罪恶，只要你祈祷忏悔过。你们知道这件事后，不必因为先人得到的报应而惊恐，只要自己以后小心谨慎，以免我们家族过去遭逢的灾难再次发生在我们这些败落的后代身上。

据说在大叛乱时期（我真心向你们推荐，应该去看看博学的克拉伦登伯爵[①]所记载的历史），这栋巴斯克维尔庄园本来为雨果·巴斯克维尔所占用，毋庸置疑，他是一个卑鄙龌龊、目无上帝的人。事实上，如果仅此而已的话，乡邻还是可以原谅他的，因为这一带圣教从来没有兴盛过。他天性狂妄残暴，在西部已经是臭名昭著了。这位雨果先生爱上（如果还能用这样纯洁的字眼来称呼他那肮脏的情欲的话）了一个住在巴斯克维尔庄园附近的少女。而这位姑娘冰清玉洁，名声很好，自然要回避他，她也是害怕他那可怕的名声。后来，在米迦勒节[②]那天，这位雨果先生得知姑娘的父亲和兄

① 克拉伦登伯爵（1609—1674）：英格兰政治家和历史学家，著有《英国叛乱和内战史》。——译注

② 米迦勒节：9月29日，是英国一个重要的小季度结账日。——译注

弟都出门了，于是就带领五六个游手好闲的流氓朋友一起偷偷把她给抢了过来。他们把她押到庄园，禁闭在楼上的一间小屋里。雨果就和朋友们像平常的夜里那样围坐着狂欢痛饮起来。楼上可怜的少女听见楼下的狂呼乱语和那些不堪入耳的脏话，惊恐万分，不知所措。有人说，不管是谁，如果有人重复雨果·巴斯克维尔醉酒以后的狂言，那他都会遭到上天的谴责。最后，她在极度恐惧下竟做出了连最勇敢、最聪明的人都为之叹服的事来。她从窗口顺着那些至今还爬满了南墙的蔓藤爬了下去，然后穿越沼泽地，朝9英里以外自己的家跑去了。

没有多久，雨果撇下客人，带着食物和酒——说不定还有更糟糕的东西——去找刚抢回来的女孩，却发现笼中之鸟已经飞了。随后，他就像疯了似的跑下楼，跳上大餐桌。眼前的酒瓶、盘子什么的全给踢翻了。他冲着那帮狐朋狗友大声吼叫，说只要当晚能追上那个贱人，他愿意把灵魂和肉体全都献给魔鬼，听任摆布。就在那些纵酒狂欢的浪子们被他的暴怒吓傻了的时候，有一个特别凶狠的家伙——也许是因为他比其他人醉得更厉害——叫嚷着说应该放猎犬去追她。雨果听这么一说立刻跑出去，高呼马车夫牵马备鞍并把狗窝的猎犬全都放出来，让它们嗅了嗅少女落下的头巾，然后把它们一窝蜂似的赶出去。这些猎犬在一片狂吠声中朝月光下的沼泽地狂奔而去。

这群乌合之众一个个目瞪口呆地站着，不知道这样手忙脚乱地折腾了半天究竟是怎么了。好一阵子他们才明白去沼泽地的目的，于是又开始大叫大嚷开了，有的喊着要拿手枪，有的找自己的马，还有人甚至想再带上一瓶酒。最后，他们狂乱的头脑清醒了些，13个人全都骑上马去追。月光下，他们沿着少女回家的必经之路策马飞奔。

他们跑了一二英里的时候，碰见了沼泽地里一个放牧的人。他们大声斥问看到他们要追的人没有。据说那个放牧的人被吓得一句话也说不出来。待了一会儿，他才说他的确见到了那可怜的姑娘，后面还有一群追逐她的猎犬。“我见到的还不止这些。”他说道，“雨果·巴斯克维尔也骑着一匹黑马跑过去了，还有一只一声不吭的大黑狗紧跟在他后面。上帝啊，可别让那猎犬跟着我后面！”那些醉鬼把放牧人臭骂了一通就又骑着马往前追去。可是不久他们就吓得哆嗦了。他们听到了沼泽地里传来的马蹄声，接着就看见了那匹黑马嘴里流着白沫跑了过去，马背上没有人，缰绳拖在地上。这时候他们这伙人紧紧挤在一起。他们此时感到无比恐惧，可是却依然往沼泽地里跑着。如果他们是单独一人，没准就掉头回去了。他们就这样慢慢骑着马往前走，最后终于赶上了那群猎犬，这些狗都是凶猛的良种狗，可此时却都缩成一堆，挤在沼泽地的一条深沟的尽头，竞相哀鸣。有的逃之夭夭，有的则颈毛矗立，两眼直直地盯着前面的小沟。

这帮人勒住马，可以想象得到，他们现在比出发的时候要清醒多了，大多数人放弃往前追赶的念头。有3个胆大的继续策马向沼泽地的沟里跑去。他们也许是醉得最为厉害的。前面出现了宽阔的平地，中间耸立着两根巨大的石柱——它们现在还可以看到——是前人竖立在这里的。月光把那块空地照得通亮，那位因为恐惧和疲惫而死的姑娘躺在空地中央。

可是使这3个胆大包天的酒鬼吓破了胆的不是姑娘的尸体，甚至也不是她旁边雨果·巴斯克维尔的尸体，而是在雨果身旁正在撕扯着他的喉咙的那个可怕的怪物。那东西又大又黑，样子像猎犬，可是谁都没有看到过这么大的猎犬。正当他们待在那儿看着那怪物撕扯着雨果·巴斯克维尔的喉咙时，它忽然回转头来将闪着光的眼睛和流

雨果·巴斯克维尔骑着一匹黑马跑过去了，还有一只大黑狗紧跟在他后面。

那位因为恐惧和疲惫而死的姑娘躺在空地中央，她旁边是巴斯克维尔先生的尸体，那个可怕的怪物正在撕扯着他的喉咙。

着口水的大嘴朝向了他们。3个人吓得大叫起来，掉转马头就逃命，甚至穿过沼泽地时还在拼命尖叫。据说其中一个因为惊吓过度，当晚就死了。而另外两个也从此精神错乱。

孩子们，那只猎犬的传奇故事就是这样来的。而且据说那只猎犬从此就一直骚扰着我们整个家族。我之所以要记下来，还因为我明白道听途说或者主观臆测，比这完完全全知道的东西更为可怕。不容否认，我们家族的人有许多都是不善而终，死得突然、凄惨而且神秘。但愿慈爱的上帝不至于惩罚我们家族第三甚至第四代人，他们都是虔诚地笃信基督的。孩子们，我乞求神明，规劝你们多加小心，千万不要在暮色降临、恶势力嚣张的时候穿越沼泽地。

（以上是雨果·巴斯克维尔告诫两个儿子罗杰和约翰的家书，并谆嘱两人千万不能将此事告诉妹妹伊丽莎白。）

莫蒂默医生念完这篇奇怪的记录后把眼镜架到了前额上，眼睛注视着夏洛克·福尔摩斯。福尔摩斯打了个哈欠，把烟头扔进了壁炉。

“哦。”他吭了一声。

“您不觉得这很有意思吗？”

“这对喜欢收集传奇故事的人来说可能很有意思。”

莫蒂默医生从口袋里拿出一张折起来的报纸。

“福尔摩斯先生，我现在告诉您一桩不久前发生的事。这是一张今年5月14日的《德文郡纪事报》，上面记载着前几天查尔斯·巴斯克维尔爵士死亡的简短报道。”

我的朋友略微向前探着身子，神情开始变得专注起来。

我们的来访者重新戴好眼镜，接着读起来：

最近，查尔斯·巴斯克维尔爵士的突然死亡令全郡人悲悼。据说，他可能当选德文郡自由党候选人。查尔斯爵士在巴斯克维尔庄园虽然居住不久，但他的厚道和慷慨已经博得周围群众的景仰。就在这个充满暴发户的年代，像查尔斯这样的名门之后，竟然能重振家业，衣锦还乡，解救深陷困境之中的家属亲戚，实在可喜可贺。家喻户晓的查尔斯爵士曾经因为在南非投机而致富。但他比那些运气不好时才收手的人聪明，他带着变卖家财所得的巨款回到英国故里。他回到巴斯克维尔庄园只有两年，大家都在谈论他庞大的重整和修葺计划，但是计划因为他本人的过世中断了。他没有合法继承人，所以公开表示，在他有生之年整个乡镇都会得到他的资助。因此，很多人对他的突然去世深感悲哀。至于他对本地及德文郡慈善机构的捐赠，本报已多有报道。

验尸结果没能澄清查尔斯爵士的死因，至少已消除了由于当地的迷信而引发的种种谣传。但也没有理由怀疑其中有暴力行为，或推想死亡不是由于自然原因造成的。查尔斯爵士鳏居，据说他时有精神失常的表现。他虽然巨富，但爱好简单。巴斯克维尔庄园的仆人只有巴里摩尔夫妇两人，丈夫是管家。他们两人的证词已经被几个朋友所证实：查尔斯爵士有过身体状况不好的表现，尤其是有心脏病症状，表现为面容突变，呼吸困难，神经严重衰弱。而且还有他的朋友和私人医生詹姆斯·莫蒂默做证。

案情尤为简单。查尔斯·巴斯克维尔有一个习惯，每晚就餐前，他都要沿着巴斯克维尔庄园的水松夹道散步。巴里摩尔夫妇的证词里也说明了这一点。5月4日，查尔斯爵士曾说他想第二天去伦敦，并嘱咐巴里摩尔为他准备好行李。当晚他照常去散步，跟以往一样抽着雪茄，可是他再也没有回来。12点钟的时候，巴里摩尔发现大厅的门还敞开着，吃了一惊。于是点上灯盏，出去寻找主人。当时地面很潮湿，所以很容易看到爵士的脚印。小路的中央有个通往沼泽地的栅门。种种迹象都表明查尔斯爵士曾经在门口逗留过，然后沿着夹道走了下去，他的尸体就是在夹道尽头被发现的。

他的尸体是在夹道尽头被发现的。

但有一点无法解释，巴里摩尔说，他主人的脚印过了栅门之后就变了形状，是踮着脚在走。有个叫墨菲的吉卜赛马贩子当时正在沼泽地，而且距离出事地点不远，他说他自己当时醉得很厉害。他说他曾经听到呼喊声，但没有搞清楚是来自哪个方向。查尔斯身上没有发现暴力痕迹，可是医生的证明中指出他面容变形几乎到了令人难以置信的程度。但躺在他面前的人的确是他的朋友和病人的尸体——据说，这是一种呼吸困难和心力衰竭而死的常见特征。尸体解剖证明了这一说法，说明死者很长时间以来官能上的确存在着障碍。法院验尸官提交了一份和医生证明一致的报告。这样的结局比较理想，查尔斯爵士的后代仍将住在巴斯克维尔庄园里，并且将继续因不幸而中断的善举。因此，这一证明极为重要。假使验尸官的发现依然无法平息乡里流传的谣言，那么要想为巴斯克维尔庄园再找个住户就很困难了。据了解，爵士最近的亲戚就是他弟弟的儿子亨利·巴斯克维尔先生。据说这位年轻人目前在美洲。有关方面正在调查中，以便通知他前来继承这笔巨额遗产。

莫蒂默重新把报纸折叠好，塞回口袋。

“福尔摩斯先生，这些有关查尔斯·巴斯克维尔爵士死亡的情况都是众所周知的。”

“十分感谢您！”夏洛克·福尔摩斯说，“您引起了我对这件案子的兴趣。我看过一些报道，但那时候我一心扑在梵蒂冈宝石那件小案子上。在教皇急切的敦促下竟忽略了英国发生的一些案件。您说这段新闻已经包括了全部公开的事实，对吗？”

“对。”

“那就再告诉我一些不为人知的消息吧！”他靠在椅背上，五指对五指，流露出极其冷静的、类似法官的表情。

“这样的话，”莫蒂默医生开始激动起来，“就会把我没有对任何人提及的情况全说出来了，我连验尸官也隐瞒了。因为一个科学工作者最害怕在公众面前好像相信了类似迷信的说法。我还想，正如报纸说的那样，如果事情没有任何进展，只会使得巴斯克维尔庄园的名声更坏，那就真的没有人敢住到里面去了。为此，我想还是别把所有掌握的情况都讲出来的好，因为那样做了，也不会有什么益处。可是对于您，我没有理由不打开天窗说亮话，我只有和盘托出。

“沼泽地上的居民彼此住的很远，而住的近的住户关系就密切一些。这也是我为什么经常能和查尔斯爵士见面的原因。除了拉福特庄园的弗兰克兰先生和生物学家斯特普尔顿先生以外，方圆数十里内再没有别的受过教育的人。查尔斯爵士喜欢深居简出，可是他的病把我们俩拉到了一起，对科学的兴趣更使我们的交往变得亲近起来。他从南非带回来很多科学资料，我们一起共同度过许多美好的傍晚，一起讨论对布须曼人和霍屯督人[①]的比较解剖学。

“最后几个月里我看得越来越清楚，查尔斯爵士的神经已经紧张到了极点。他深信我刚刚给你读过的那则传说——虽然他经常在自己的宅院里散步，但一到晚上，他怎么都不愿意到沼泽地里去了。福尔摩斯先生，您会以为难以理喻，可是他却坚信自己会大难临头。当然，他从上辈人那里听来的传说确实让人沮丧，心里情不自禁地会想到可怕的灾祸会降临。他不止一次地向我问及是否在夜里看到什么怪物，或是听见过一种猎犬的吼叫。后面这个问题他反复问过我多次，而且询问的时候总是神情紧张，声音发颤。

“我清楚地记得，有一天傍晚我驾车去他家，那是在此次灾难发生以前的大约3个星期的时候。他正巧站在正厅门前，我从马车上下来走到他面前。我忽然看见他那充满极度恐惧的眼睛死死地盯着我的身后。我猛然转过身去，

① 即科伊科伊人（意为“人中人”），非洲土著居民，活动于南非和纳米比亚一带。——译注

“我从马车上下来走到他面前，看见他那充满极度恐惧的眼睛死死地盯着我的身后。”

正好看到一个大牛犊似的黑乎乎的东西飞奔而过。他被吓得惊魂失魄，我不得不走到那东西经过的地方四处寻找了一番，但已经不见了。这件事在他心里留下了恐怖的阴影，我陪着他待了整整一个晚上。就在那天，他把我刚才读过的那篇记载托付给我保存，以此来说明他惊恐的原因。我之所以要提及这个小插曲，是因为这对以后导致的悲剧关系重大。可当时，我没有认真把它当作一回事，觉得这微不足道，他也用不着那么大惊小怪。

“查尔斯在我的劝告下决定去伦敦。我明白，他的心脏受到了影响，经常处于恍惚焦灼之中。不管那理由多么让人难以置信，但还是极为明显地损害了他的健康。我想，过几个月的都市生活也许有助于他调整身体和康复。我们共同的朋友斯特普尔顿先生也十分关心他的健康，他和我的意见一致。但这可怕的灾祸竟在他临行前的夜晚发生了。

“事发的当晚，管家巴里摩尔立刻派了马车夫珀金斯来找我。我睡得很晚，所以一小时后我就赶到巴斯克维尔庄园。我核实了验尸过程中涉及的现象。我沿着水松夹道检查了他的脚印以及对着那扇栅门的周围环境。一切表明他好像在那里等过什么人，我也注意到了此处之外的足迹变化情况。我发现除了巴里摩尔留下的足迹就再也没有别的痕迹。我最后也仔细检查了尸体，我来以前还没有人动过。查尔斯爵士趴在地上，双臂伸开，手指插在泥土里，面部肌肉因为情绪紧张绷得很紧，甚至都无法辨认了，不过的确没有什么其他痕迹，其他什么也没有看到。可是，我却看见了——就在相距不远的地方，痕迹清晰可见。”

“是脚印吗？”

“对，脚印。”

“男人的还是女人的？”

莫蒂默奇怪地审视了我们一阵，回答的声音低得像是自言自语一般：

“福尔摩斯先生，是一只巨大的猎犬留下的爪印！”

悬 疑

坦率地说，一听到这些话我就浑身发抖，医生述说时的声音也在颤抖，这表明他本人也为给我们说这件事而情绪激动。福尔摩斯先前倾斜着身子，一双惊讶的眼睛也流露出那种因为感兴趣而产生的特有的炯炯发亮的专注神采。

“您确实看到了吗？”

“就好比现在我看见您一样。”

“您一言不发吗？”

“说了又有什么用？”

“为什么别的人没有看到呢？”

“爪印距离尸体有20码左右，没人注意到。我想，假如我不知道有这么个传奇故事，恐怕也难以觉察。”

“沼泽地里有许多牧羊犬吗？”

“当然很多，但是我看到的可不是牧羊犬。”

“您说那狗很大吗？”

“庞然大物。”

“它没有靠近尸体吗？”

“没有。”

“那天夜里气候怎样？”

“又潮又冷。”

“没有下雨吧？”

“没有。”

“夹道是什么样子？”

“左右是两行水松树篱，12英尺高，密密麻麻，人无法穿过，中央是一条宽8英尺的小径。”

“在树篱和小径之间还有什么吗？”

“有一条6英尺左右宽的草地。”

“我猜想树篱有一处是被栅门切断了吧？”

“对，就是对着沼泽地开的那个栅门。”

“还有其他缺口吗？”

“没有了。”

“这么说来，要进到水松夹道里去，只能通过宅院或者是由沼泽地的栅门进去了？”

“另一头的凉亭还有一处缺口。”

“查尔斯爵士走到那里去没有？”

“没有，他躺着的地方距离那里还有50码左右。”

“请告诉我，莫蒂默医生——这点至关重要——您看到的脚印是在小径上，而不是在草地上，对吗？”

“草地上没有任何痕迹。”

“是在小径上开有栅门的那一面吗？”

“是的，是在栅门对着的路边上。”

“您的话引起了我极大的好奇。还有，栅门是关着的吗？”

“是的，上面还挂着锁。”

“门有多高？”

“大约4英尺。”

“这样说来，任何人都可以爬进来了？”

“是的。”

“您在栅门上看到痕迹没有？”

“没有什么特别值得注意的。”

“奇怪了，难道没有人检查吗？”

“检查过，我亲自检查过了。”

“没有任何发现？”

“简直让人稀里糊涂，显然查尔斯先生在那里站了5到10分钟左右的时间。”

“您是如何知道的呢？”

“因为他的雪茄曾两次掉下烟灰来。”

“太棒了，华生，这是一位同行，思维方式和我们一样。可脚印呢？”

“那一小片沙砾地上到处是他的痕迹，我看不出有别人的脚印。”

福尔摩斯不耐烦地敲着自己的膝盖。

“如果当时我在就好了！”他叫出了声，“这显然是一个非常有意思的案件，它为犯罪学专家提供了分析研究的好机会。我本来可以在那片沙砾地里发现很多线索的，可是那些痕迹现在都让雨水和看热闹的农民的鞋底弄没了。哎！莫蒂默医生，为什么您当时没有叫上我呢？说真的，您真该为此事负责。”

“福尔摩斯先生，我没法在请您去的同时，而又不把这些真相揭示出来，况且我也已经说明了不愿意这样做的原因。另外——”

“您怎么这样支支吾吾呢？”

“有些悬疑即使是最精明干练的侦探也会束手无策。”

“您是说，这件事超乎自然的力量了吗？”

“我并没有这样说。”

“您的确没有这样说，不过，很明显您是这么考虑的。”

“福尔摩斯先生，自从这个惨剧发生以来，我听见了一些不符合自然规律的说法。”

“请举个例吧！”

“我知道在这件可怕的事情发生之前，有些人曾经在沼泽地看到过这个和巴斯克维尔怪物形状相同的动物，而且不是科学界已知的兽类。他们众口一词说那是个庞然大物，身上发着光，狰狞得像魔鬼。我还仔细询问过那些见证人，其中一位是聪明的庄稼汉，一位是马蹄铁匠，还有一位是沼泽地里的农夫，他们讲述的都是同样的遭遇，完全同传说故事里狰狞可怕的猎犬相吻合。

“说真的，您真该为此事负责。”

您不必怀疑，整个这片区域的人都快被恐惧吞噬了。敢在夜里走过沼泽地，真可算得上是一位了不起的勇士了。”

“难道您这样一位有科学素养的人也相信这是超乎自然的力量吗？”

“我也不知道应该相信什么。”

福尔摩斯耸了耸肩膀。

“迄今为止，我的侦探工作还只是局限于人间。”他说，“我只与罪犯多少做了些斗争，但是与万恶的魔鬼较量，就不是我力所能及的事情了。不管怎么说，您总得承认，脚印是实实在在地存在啊！”

“这条古怪的猎犬确实存在，它可以撕碎人的喉咙，而且的确像个恶魔。”

“看得出来，您差不多已经是一个超自然论者了。可是，莫蒂默医生，请您告诉我，您既然这么想，那为什么还要来找我呢？您说对查尔斯爵士之死的调查毫无用处，可您又希望我去调查。”

“我可没有说过希望您去调查啊！”

“那么，我怎么帮助您呢？”

“我希望您告诉我，对将要到达滑铁卢车站的亨利·巴斯克维尔爵士，我应该如何应对？”莫蒂默医生看了看表，“再有一小时一刻钟，他就要到了。”

“他就是继承人吗？”

“对。查尔斯爵士死后，我们调查了这位年轻的绅士，发现他一直在加拿大务农。据了解，不管从哪个方面看，他都可以说得上是个好人。我现在不是作为一个医生说话，而是作为查尔斯爵士遗嘱的委托人和执行人在说话。”

“我想，没有其他申请继承遗产的人了吧？”

“没有了。他的亲属当中，我们唯一能够找寻到的另一个人只有罗杰·巴斯克维尔了。兄弟3个之中他最年轻，查尔斯爵士最大，英年早逝的二哥就是亨利这孩子的父亲。三弟罗杰是个孬种，他真可谓得了那蛮横的老巴斯克维尔血统的遗传。据说，他长得和老雨果一模一样。他折腾得在家里待不下去了，跑到中美洲，1876年得了黄热病死在当地。亨利就成了巴斯克维尔家族中仅存的继承人。1小时5分钟后，我就要到滑铁卢车站去接他。我接到电报说，他今天早晨已经到了南安普敦。福尔摩斯先生，现在您觉得我该怎么安排他呢？”

“为什么不让他住进祖屋呢？”

“道理上应该如此。可是考虑到每个巴斯克维尔家族的人只要住进那屋就会遭遇厄运。我想，假如查尔斯爵士临死前还来得及向我交代什么的话，他一定会告诫我，不要把这个古老家族的最后传人和巨额财产的继承人带到这要命的地方来。可是，也无法否认，整个贫困、荒芜乡村的繁荣昌盛都寄托在他的身上。如果庄园里没有主人，查尔斯爵士做过的一切善举都将随他而烟消云散。由于我个人也很关注这件事，也害怕个人的想法有碍事情的合理解决，所以才将这案子告诉您并征求您的意见。”

福尔摩斯思考了一会儿。

“简单说来，事情就是这样。”他说，“您的看法是，有一种魔鬼般的力量使那个沼泽地变成了不适合巴斯克维尔家族的人居住的地方——是这样的吗？”

“至少可以这样说，而且有些迹象说明事实就是这样。”

“是的，可以确切地说，假使您那超乎自然的说法成立的话，那么这位青年在伦敦也会跟在德文郡一样倒霉。一个魔鬼不可能像社区教堂一样，只在本地施展权威。”

“福尔摩斯先生，如果您亲自经历了其间的过程，也许就不会这样轻率地下此断言了。据我掌握的情况，您认为这位年轻人在德文郡和在伦敦一样安全。他50分钟内就要到了，您说该怎么办吧？”

“先生，我建议您租上一辆马车，带上您的正在抓挠我前门的长耳灵犬，到滑铁卢车站去接亨利·巴斯克维尔爵士。”

“接下来呢？”

“在我考虑清楚以前，什么也不要告诉他。”

“您需要多久才能考虑清楚呢？”

莫蒂默把约会的事情用笔记在了袖口上。

“24小时。如果您在明天10点来这儿，莫蒂默先生，那我就太感谢了，而且如果你能让亨利·巴斯克维尔爵士也一块来的话，那对我制订计划就更有帮助了。”

“我一定带他来，福尔摩斯先生。”他把约会的事情用笔记在了袖口上，然后就带着怪异的眼神和心不在焉的神态匆匆离去了。他刚走到楼梯口，福尔摩斯又把他叫住了。

“再问您一个问题，莫蒂默医生，您说在查尔斯·巴斯克维尔爵士去世前曾经有多少人在沼泽地里看到那个怪物来着？”

“有3个人看到过。”

“后来还有人看到过吗？”

“那就没听说了。”

“谢谢您，再见！”

福尔摩斯带着满足而平和的神情回到了自己的座位上，这表明他已经发现合乎他口味的东西了。

“打算出去吗，华生？”

“是的，但是如果您需要我待在这儿，我就不出去了。”

“不，只有采取行动，我才会求助于你。真有意思，这件事情从某个角度看来有些特别。路过布莱德利商店时，请你让他们送来一磅味道雄劲点儿的烟草来，先谢谢了。如果方便的话，请你黄昏以前不要回来。我很想在这段时间里把早晨获得的有关这个案子的信息再好好梳理一下。”

我知道，高度集中思想，分析细微证据，做出各种假设，最后确定哪些重要，哪些不真实，这个时候，我的朋友最需要的是整天闭门思索。这样，我就把全部时间消磨在俱乐部里了，夜色降临前，我一直没有回贝克街。将近9点钟的时候，我才又回到了起居室里。

我打开门，第一个感觉就是屋里似乎着火了。因为整个房子里全是烟，连台灯的光都变得模糊不清。走进去以后，我才安下心来。浓烈的烟味呛得我咳嗽起来了。透过烟雾，我依稀看见福尔摩斯穿着睡衣躺卧在安乐椅中的身影，口里叼着那个黑色的陶制烟斗，旁边放着一卷一卷的烟纸。

“感冒了吗，华生？”他询问道。

“没有，都是被这烟雾搞的。”

“啊，你说得对，我想烟雾确实太浓了。”

“浓得简直无法忍受。”

“那么就请打开窗户吧！看得出来，你整天都待在俱乐部里了。”

“我亲爱的福尔摩斯！”

“我猜得对吗？”

“当然，可是——”

他嘲笑着我不知所措的表情。

“华生，看见你心情轻松愉快，我就想找些小把戏来拿你开心。一位绅士在泥泞的雨天出门，晚上回来时身上还干干净净，帽子和鞋子还都闪亮，他一定是整天待在某处。他也没有亲近的朋友，那他还能上哪里去呢？这是最明显不过的事了。”

“对，非常明显。”

“世界上明显的事情没有被看出来多的是，你觉得我是待在什么地方呢？”

“你不是待在这里没动吗？”

“正相反，我到德文郡去了一趟。”

“‘魂灵’跟过去了吗？”

“是的，我的躯体一直坐在这把安乐椅里。可遗憾的是，我竟然在‘魂灵’出窍远游期间喝掉了两大壶咖啡，抽了多得难以置信的烟草。你走了没多久，我派人去斯坦福警察局取来了沼泽地一带的地图。我的‘魂灵’在这张地图上转悠了一整天，我自信对那一带的道路已经了如指掌了。”

“我想那一定是一张十分详细的地图吧？”

“很详细。”他把地图打开一部分摊在膝盖上，“这里就是同我们关系密切的地区。中间这片地方就是巴斯克维尔庄园。”

“周围全是树林吗？”

“是啊，我想，那条水松夹道虽然没有标示出来，但一定是顺着这条路一直下去的；而沼泽地呢，也不难看出，在它的右侧。这一片房子就是格林潘村。我们的朋友莫蒂默医生的住房就在这里。在半径5英里之内，你只能看到几座零散的房子。这就是案件里提到过的拉福特庄园。这里有一所标明的房

福尔摩斯把地图打开摊在膝盖上，说：“这里就是同我们关系密切的地区。中间这片地方就是巴斯克维尔庄园。”

屋，可能就是那位生物学家的住宅。如果我没记错的话，他叫斯特普尔顿。这里是沼泽地的两家农户，高岩岗和弗麦尔，14英里开外就是普林斯顿镇的监狱。这些分散的地点和那荒芜凄凉的沼泽地就是曾经上演悲剧的舞台。在我们的帮助下，也许还会上演几出好戏！”

“这片一定是荒野。”

“哎，周边的环境真是太合适了。我是说，如果魔鬼真的要插手人间的事情……”

“这样看来，你本人也倾向于恶魔作怪的说法了。”

“恶魔的代表也许就是血肉之躯，难道不是这样吗？我们面临两方面的问题：第一，到底有没有发生过犯罪；第二，这罪行究竟是什么性质，是如何进行的。当然啦，如果莫蒂默医生的怀疑没有错误的话，我们就要和超自然的势力较量了，那样的话，我们的侦察工作就没必要进行下去了。我们只能是在各种假设无法成立的时候，才又回到原路上来探究。如果你不介意的话，我想我们现在该关上窗子了。真奇怪，我老觉得浓重的空气可以使人集中注意力。虽然我还不至于钻到箱子里才能思考问题，可是我深信，如果再这样下去，肯定是这样的结果。这案子你考虑过没有？”

“思考过了，白天的时候就想了很多。”

“你怎么看？”

“太扑朔迷离了。”

“这个案子确实有些独特之处，它有好几个突出的特点。譬如说吧，那足迹的变化，关于这一点你怎么看？”

“莫蒂默说了，那人在那一段夹道上是踮着脚在走。”

“他只是重复了一个傻瓜在验尸时说过的话。一个人有什么必要在夹道上踮着脚走路呢？”

“那怎么解释？”

“他是在跑，华生——拼命地跑，他在逃命，一直跑到心脏出问题了才倒在地上死去。”

“那他是在逃避什么呢？”

“悬疑就出在这儿，种种迹象表明，他在开始跑以前已经吓坏了。”

“何以见得呢？”

“我想他的恐惧来自沼泽地。如果这样的话，那么只有一个被吓得魂飞魄散的人才会不朝房子而是朝着相反的方向跑。如果那吉卜赛人的证词值得信赖的话，他就是边跑边喊救命。而他奔跑的方向是最没有可能有人来救助的。另外，那天晚上他在等谁呢？为什么要在水松夹道而不是在自己的房间里等呢？”

“你觉得他是在等人吗？”

“那人年纪较大身体又虚弱，我们可以理解，他会在傍晚的时候散步，可那天地面潮湿又很阴冷。莫蒂默医生的智慧的确值得赞赏，他根据雪茄烟灰判断他站了5至10分钟。难道可以说这是很自然的事情吗？”

“可是他每天晚上都出去啊！”

“我不认为他每天都会站在通往沼泽地的栅门前等候。相反，有证据表明他一直在回避沼泽地。然而那天晚上他还在那里等过，而且是在他打算动身前往伦敦的那个晚上。事情快有眉目了，前后就可以联系上了。华生，请把小提琴递给我。这件事等我们明早同莫蒂默医生以及亨利·巴斯克维尔爵士见面的时候再说。”

亨利·巴斯克维尔爵士

我们的早餐桌早早地就收拾干净了。福尔摩斯穿着睡衣在等着约定的来访。我们的客人很守时，钟刚敲10点，莫蒂默医生就到了，后面跟着年轻的爵士。爵士个子不高，却很精神，长着一双黑眼珠，大约30岁年纪，人很结实，眉毛浓重，还有一张坚强而且好斗的面孔。他身穿浅红色苏格兰式服装，从外表看来是个饱经沧桑，大部分时间在户外的人，可是他那深沉的眼神和平静自信的态度显示出绅士风度。

“这就是亨利·巴斯克维尔爵士。”莫蒂默介绍说。

“噢，我就是。”亨利爵士说道，“很奇怪，夏洛克·福尔摩斯先生，就是我的这位朋友不介绍我今天早晨来拜访您，我自己也会来的。我知道您能够解释谜一样的问题。今天早晨我就遇见一件事，百思不得其解。”

“请坐，亨利爵士。您是说您到伦敦以后遇到了一些奇怪的事吗？”

“没什么紧要的事，福尔摩斯先生，大概是开玩笑吧。如果您认为这是信的话，我今天早晨就收到了一封。”

他把信放在桌上，我们都起身去看。信纸很普通，是灰颜色。收信地址是“诺桑勃兰旅馆”，字迹潦草，盖的邮戳是“查令十字街”，发信时间是前一天傍晚。

“谁会知道您将住在诺桑勃兰旅馆呢？”福尔摩斯用敏锐的目光扫视着来客问道。

“谁也不可能知道啊！我是在和莫蒂默医生见面后才决定的。”

“但是莫蒂默医生肯定已经去过那里了吧？”

“没有，我以前是和一个朋友待在一起。”医生说道，“我们并没有说过要到那家旅馆去。”

“哦，好像有人对你们的行动关心着呢。”他从信封里拿出一页四折叠的半张13×17英寸的信纸，他把信纸打开铺在桌上，中间是一行铅字组合成的句子：

如果你珍惜自己生命的价值或者重视自己的理性，那就远离沼泽地。

亨利·巴斯克维尔爵士

只有“沼泽地”几个字是用墨水写的。

“现在，”亨利·巴斯克维尔爵士说道，“福尔摩斯先生，或许您可以向我说明这是什么意思？究竟是谁对我的事情如此感兴趣呢？”

“您怎么看待这件事情，莫蒂默医生？不管怎么讲，您得承认这里面绝对没有什么超自然的成分吧？”

“当然没有，先生。可是寄信人却坚信有超自然的事情。”

“这是怎么回事？”亨利爵士急切地追问道，“你们两位看来对我的事比我自己还要了解得多。”

“我保证您离开这间屋子的时候也会了解我们所掌握的情况，亨利爵士。”福尔摩斯说道，“眼下还是请您允许我们只谈一谈昨天傍晚拼凑而寄出的这封信吧。有昨天的《泰晤士报》吗，华生？”

“在墙角里放着呢。”

“劳驾帮我拿过来好吗？请翻到评论专栏那一版。”他迅速地从上到下扫阅了一遍，“这篇重要的评论谈的是自由贸易，我来给你们读一读其中的一段：‘也许你还会被花言巧语哄骗住，以为保护税法会对你本行业的生意或工业具有激励作用，但如果从理性出发，往长远来看，此种立法定会使国家远离富足，减少进口总价值，并降低此岛屿国家普遍的生活水平。’”

“华生，你是如何看待这些说法的？”福尔摩斯非常欢快地叫了起来，满意地搓着手。“这难道不是让人敬佩的感情吗？”

莫蒂默医生用他那职业兴趣的目光注视着福尔摩斯，而亨利·巴斯克维尔爵士那双茫然的眼睛却盯着我。

“我不是很懂得税法的事情。”亨利爵士说，“可是依据我的思路来看，就这封信而言，我们有点儿离题了。”

“恰恰相反，我们正好是在关注正题，亨利爵士。华生比你要熟悉我的侦探方法，但恐怕他也无法了解这句长话的重要性。”

“是的，我承认自己看不出这两者之间会有什么关联。”

“可是，亲爱的华生，两者之间的联系十分密切，短信中的每个单字都是从这个长句子里抽出来的。比如：‘你’、‘你的’、‘生’、‘命’、‘理性’、‘远离’等，你现在还看不出来其中的奥妙吗？”

“天哪！太妙了！哎呀，你可真是明察秋毫，聪明透顶啊！”亨利爵士喊出了声音。

“如果对此还有什么疑虑的话，从‘远离’和‘价值’这几个词由同一处剪下来这一点，就足以消除疑虑了。”

福尔摩斯迅速地从上到下扫阅了一遍。

“啊！此时……真的是！”

“的确，这是我无论如何也想不到的。”莫蒂默医生惊讶地盯着我的朋友说，“无论谁说这些字是从报纸上剪下来的，我都会相信。可您居然能说出是哪一份报纸，还指出是剪自一篇重要的评论文章，我还没听说过这么神奇的事。您是如何知道的呢？”

“我想，医生，您一定可以区分黑人和爱斯基摩人的头盖骨吧！”

“当然。”

“但是如何区别呢？”

“因为那是我的特别嗜好，差别是非常明显的，眉骨的隆起状况，面部的斜度，腭骨的线条，还有……”

“这也是我的爱好呀！那区别特别明显，正如同黑人和爱斯基摩人在您眼中的差别。在我看来，《泰晤士报》里所用的小5号铅字和半个便士一份的晚报所使用的拙劣字体之间，也有着明显的区别。区分报纸的字体，对犯罪学专家来说，是最基本的功夫。不过，坦率地说，我年轻时也有过混淆《利兹信使报》和《西方晨报》的时候。但是《泰晤士报》评论栏所使用的字形是很特别的，不可能被误认为其他报纸。因为这封信是昨天拼贴而成的，所以从昨天的报纸里可能找到这些文字。”

“我知道了，如此看来，福尔摩斯先生。”亨利·巴斯克维尔爵士说道，“拼贴这封信的人用的是一把剪刀……”

“是指甲刀。”福尔摩斯说，“您会发现，那把剪子的刀刃很短，因为在剪下‘远离’两个字的时候剪了两下。”

“正是这样。那就是说，有个人用一把小指甲剪剪下了这封信里的字，然后用糨糊贴上去……”

“用的是胶水。”福尔摩斯说。

“用胶水贴在纸上。可是我弄不明白，为什么‘沼泽’两字却是手写的呢？”

“因为报纸上找不到这两个字，其他字在任何报纸上都可能找到，是常用字，但是‘沼泽’却不常用。”

“对了，这样就能说得通了。您从这封信里还看出别的什么了吗，福尔摩斯先生？”

“还有一两处迹象值得推敲。他为了消灭一切线索，的确是煞费苦心。这地址，您看得出来，写得十分潦草。可是这份《泰晤士报》只有受过高等教育的人才会看。因此，我们可以假定，这封信是受过相当教育的人制作的，可是他要装成一个没有文化知识的人。但是从他尽力掩饰自己的笔迹来看，似乎他害怕自己的笔迹会被人认出或者是查出来。另外，您可以发现，那些字没有贴成一条直线，有些贴得比其他高出很多。比方说‘生命’这个词吧，没有贴到位。这也反映剪贴的人粗心、激动或者是慌张。总之，我倾向于后一种说法。因为很明显，这件事十分重要，而编造这封信的人也不是一个马马虎虎的人。如果是紧张，这就引出了一个值得关注的新问题了：为什么他会紧张？因为清早寄出的信，在他离开旅馆之前就可能送到亨利爵士手中。写信人是怕被撞见吗——可他怕得又是谁呢？”

“现在我们简直是在胡乱猜测。”莫蒂默医生说道。

“哈，应该是说在推测各种可能性，并把最符合实际情况的假设筛选出来，这就是科学地运用想象力。可靠的事实根据永远是我们进行思考的出发点。现在，还有一件事，您一定会觉得是瞎猜，可是我几乎可以肯定地说，这信的地址是在一家旅馆写成的。”

“您依据什么这样肯定呢？”

“仔细检查一下，您就不难发现，笔尖和墨水都曾经给写信人造成不少麻烦。在写一个字的时候，笔尖就两次挂住了纸面，墨水溅了出来。写这样短短的地址过程，墨水就干了3次，说明瓶中的墨水不多了。您想想看，私人的钢笔和墨水瓶是很少出现这种情况的。而这次这两种情况居然同时出现，自然是少见的事了。要知道，旅馆的钢笔和墨水却常常出现这种情况。真的，可以肯定地说，如果我们到查令十字街附近的各个旅馆去检查一下那里的纸篓，只要找到那份被剪破的《泰晤士报》，我们就可以找到那个发出这封怪信的人。啊，这是什么？”

他把贴着字的那张信纸拿到离眼睛只有一二英寸远的地方仔细查看起来。

“怎么了？”

“没什么。”他说着扔下了信纸，“这是半张空白信纸，上边连个水印都没有。我想，我们从这封怪信上只能了解这么多信息了。啊，亨利爵士，您到伦敦后，还发生了什么引起关注的事情吗？”

“没有，福尔摩斯先生，我想没有了。”

“您没有发现有人关注您的行动或是跟踪您吗？”

“我仿佛是走进了一本情节奇特的小说里了。”我们的客人说，“见鬼，跟踪我干什么？”

“我们马上就要讨论这个问题。在谈这问题之前，您还有什么可以告

福尔摩斯把贴着字的信纸拿到离眼睛只有一二英寸远的地方仔细查看起来。

诉我们的吗？”

“哦，这就要看什么样的事情你们认为是有意义的了。”

“我认为生活中任何让人觉得反常的事都可以讲讲。”

亨利爵士笑起来。

“对英国人的生活，我懂得的还不是很多。因为我全部的时间几乎都是在美国和加拿大度过的。我想丢了一只皮鞋应该不会是日常生活中经常有的吧？”

“您丢了一只皮鞋？”

“我亲爱的爵士，”莫蒂默医生叫了起来，“那可能是您放错了地方，您回到旅馆之后会找到的，何必拿这些小事来烦扰福尔摩斯先生呢？”

“啊，是他问及我日常生活里还发生过什么事情的呀！”

“是的，”福尔摩斯说，“不管这件事看起来多么可笑。您刚才是说丢了一只皮鞋吧？”

“还不知道是不是放错了地方。昨晚我把两只鞋放在门外，今早醒来发现就剩一只了。我去询问擦皮鞋的伙计，也没得到个什么结果。最倒霉的是，我昨天刚从滨河大道买回这双高筒皮鞋，还没来得及穿呢。”

“您既然没有穿过，为什么拿到外面去擦呢？”

“那双浅棕色高筒皮鞋没有上过油，因此我就把它放在外面。”

“如此说来，您一到伦敦就去买了一双高筒皮鞋，对吧？”

“我买了很多东西，莫蒂默医生陪我逛了好多地方。您知道，既然我要到那里去做乡绅，那么就应该穿上当地的服装式样。也许我在美国西部的生活已经让我显得有些不重衣装了。除了其他东西，我花了六美元买的那双浅棕色的高筒皮鞋一次也没穿，就被偷走了一只。”

“被偷走的东西不成对可就没有多大用处了。”福尔摩斯说道，“我赞同莫蒂默医生的看法，那只失踪的皮鞋不久就会重新找到的。”

“咳，先生们，”亨利爵士语气坚决地说，“我认为把自己的事情都说了。现在，你们应该实现你们的承诺，把我们都很关心的事情明明白白地告诉我吧。”

“您的要求完全合理。”福尔摩斯回答道，“莫蒂默医生，您还是把昨天说过的事情再讲一遍吧。”

听了这番话，我们这位从事科学工作的朋友从口袋里掏出手稿，像昨天早晨那样重复了全部案情。亨利·巴斯克维尔聚精会神地听着，不时发出惊讶的叫声。

“哎，看来我是继承了一份潜藏着宿怨的财产。”听完长篇叙述后亨利说道，“当然，我从小就听说过有关这只猎犬的事情，这是我们家族最爱讲述的一则故事，但是我从未相信过。联想起来，我伯父的去世——唉，这令我内心非常不安，至今我还没弄清楚其中的来龙去脉，而且好像你们也没有区分清楚，这究竟是警察管理还是牧师管理的案子。”

“是啊！”

“现在又多出一封寄到我旅馆的信。我想这也多少有些关联。”

“这说明，沼泽地上发生的事情有的人知道得比我们还要多。”莫蒂默医生说道。

“另外，”福尔摩斯说道，“那人对您并无恶意，他仅仅是给您发出有危险的警告。”

“也许是为了自己的目的，想把我们吓跑。”

“当然也不排除那种可能。我十分感激您，莫蒂默医生，您给我介绍了一个表现出各种可能性的有趣案子。我想说的是，亨利爵士，眼下一个十分现实的问题是，您必须做出选择，到底是去巴斯克维尔庄园住，还是不去呢？”

“我为什么不去呢？”

“考虑到那里有危险。”

“您所说的危险是来自于家族传说中的恶魔呢，还是来自于活人呢？”

“那正是我们需要弄清楚的问题。”

“不管为了什么，我的回答是肯定的，根本就没有什么魔鬼，福尔摩斯先生，而且世界上也没有人可以阻止我返回故里。您可以认为这是我的决定。”说话的时候，他浓眉紧锁，面孔也涨红起来。可以看得出，巴斯克维尔家族的暴躁脾气，在他们唯一一位继承人的身上并没有彻底消失。“同时，”他接着说，“对于你们刚才告诉我的全部情况，我还没来得及仔细分析和思考。这事很关键，仅仅聚谈一次，谁也不可能全面了解并做出决定。我想进行独立思考后再行决定。喂，福尔摩斯先生，现在是11点半了，我打算立刻回旅馆去。如果您和您的朋友华生能在两点钟的时候来和我们共进午餐，那时，我想我可以更为清醒地告知你们这件事情对我的震惊有多么严重。”

“华生，你看这样方便吗？”

“没问题。”

“那您就等着我们吧。我为您叫一辆马车吧，好吗？”

“我转一转，这件事实在让我太激动了。”

“很乐意陪您散步。”他的同伴说。

“那么，我们就说好两点钟碰面，再见！”

我们听见客人下楼的声音和关上前门时砰的一声。

福尔摩斯突然由一个懒散、睡眼惺忪的人变成了一个行动迅速的人。

“穿戴好鞋帽，华生，动作要快！抓紧时间！”他冲进屋里，几分钟时间就脱下睡衣，换上外套出来了。我们匆忙走下楼梯来到街上。我们看到莫蒂默医生和巴斯克维尔爵士在前面，朝牛津街方向大约200码的地方。

“要不要我跑去把他们叫住？”

“天哪，千万不要这样，我亲爱的华生。你能陪着我，我就十分满足了。我们的朋友的确精明，今天早晨散步真是再好不过了。”

我们加快了步伐，使我们彼此的距离缩短了一半。以后一直跟在他们后面，总是保持100码的距离。我们尾随他们走过了牛津街，然后转到摄政街。有一次，他们俩站住了，向商店的橱窗里探望着。福尔摩斯也同样看着路边的橱窗。没多久，他高兴地叫出了声。顺着他急切的视线，我看见停靠在街对面的一辆双轮马车此时慢慢前进了，里面坐着一名男子。

“就是那个人，华生，赶快！即使别的什么也不干，我们也得把他看清楚。”

就在那一瞬间，我通过马车旁边的窗子瞥见一张面孔，上面有一绺浓密的黑胡子和一双咄咄逼人的眼睛，这时正向我们转过头来。突然，他打开了车顶的滑动窗，朝马车夫喊了几句，马车就沿着摄政街疯狂地飞奔而去。福尔摩斯着急地四处张望，想找一辆马车，可是没有空车。接着他就朝前冲去，在车马的洪流中疯狂地追赶着。但是那马车跑得太快了，转眼间就跑出了我们的视线。

“唉！”福尔摩斯气喘吁吁，脸色发白，从车流里钻出来，埋怨道，“我们的运气怎么这么差，这么不顺利？华生，如果你为人诚实，就应该记下这件事，说明我们并不总是战无不胜。”

“那人是谁？”

“不知道。”

“是盯梢的吗？”

“怎么说呢，从得到的信息来判断，很明显巴斯克维尔一到伦敦就被人盯上了。要不然，怎么会那么快就有人知道他要住进诺桑勃兰旅馆呢？假如第一天有人盯梢的话，第二天也一样会有。你可能已经注意到了，莫蒂默医生讲述那个传奇故事时，我到过窗前两次。”

“是的，我还记得。”

“我是在街上寻找假装闲逛的人，可是一个也没有看到。我们的对手也相当精明啊，老兄。这事很微妙。虽然我还无法肯定对方是善意还是恶意，但我可以感觉到他是个精明强干的人。我们的朋友一出门，我们就跟上了，为的是想发现暗中盯梢者。但是他狡猾得很，连走路也觉得不稳妥，于是给自己雇了一辆马车。这样他就可以跟在后面溜达，或者从他们身边快速冲过，而不至于

“就是那个人，华生，赶快！”

引起他们的注意。他的这个办法还有个特别的优势，他们如果坐马车的话，他也能跟得上。但是，也有弊端。”

“这样他就受制于马车夫了。”

“一点儿不错。”

“我们没有记下车号，太可惜了。”

“我亲爱的华生，虽然我显得有些笨拙，可是还不至于连车号都会忘记关注吧？车号是2704。但是，目前这还对我们没有用处。”

“我没能看出你当时还干了些什么？”

“我看到那辆马车的时候，本来应该掉转头来往回走，再不慌不忙地租上一辆马车，保持相当距离地跟在那辆马车的后面，或者索性坐车到诺桑勃兰旅馆去守候。等那个来历不明的人跟着巴斯克维尔到旅馆之际，我们就可以用相同的方法跟住他，看他到哪里去。可惜当时我慌慌张张，使得我们的对手先发制人采取了行动，我们不仅丧失了目标，还暴露了自己。”

我们一边交谈着一边沿着摄政街散步，我们前面的莫蒂默医生和他的伙伴早就不见了。

“现在再跟在他们后面就没用了，”福尔摩斯说道，“盯梢的人溜了就不会再回来。我们得想一下，我们手里还有哪几招，要采取行动就得果断。你能想起车上的人的相貌吗？”

“我只认得出他的胡须来。”

“我也能——可是我猜想那一定是假胡须。对于一个干这种细致工作的聪明人来说，一绺胡须只起到改装换貌的作用。到这边来吧，华生！”

他走进了本区的一家佣工介绍所，受到经理热情的接待。

“啊，威尔森，看来你还记得我帮过你忙的那桩小案子！”

“当然记得，先生。您挽救了我的名声，甚至可以说还救了我的命。”

“老伙计，你言过了。威尔森，我记得你的助手里有个叫卡特莱特的小孩，那次调查中他也显示了身手。”

“是的，先生，他现在还在我这里呢。”

“可以叫他出来吗？谢谢！我想请您把这张五英镑的钞票兑成零钱。”

一个14岁左右、神采奕奕、聪慧机灵的孩子应声出来了。他站在那里，满怀崇敬之情地仰望着大侦探。

“请把那本首都旅馆指南递给我。”福尔摩斯说道，“谢谢！嗨，卡特莱特，这里有23家旅馆的名字，都在上面，它们全都位于查令十字街附近，你看到了吗？”

“看到了，先生。”

“我想让你一家一家地去这些旅馆。”

“好的，先生。”

“每到一家就给看门人一个先令。”

“是，先生。”

“你告诉他们，你要看一看昨天的废纸。你就说你在找一份送错了的重要电报。清楚了吗？”

“清楚了，先生。”

“可是真要找的是一张被剪子剪坏了的《泰晤士报》。这里有一份《泰晤士报》，就是这一篇，你很容易认出来的。你可以办到吗？”

“一定办得到，先生。”

“看大门的每次都会把服务客厅的人叫来，你也得给他们一个先令。再给你23个先令。这23家中你可能会发现大多数旅馆的废纸昨天就已经烧毁或者运走了，其中三四家可能将一堆废报纸指给你。你就在那废纸堆里找这张《泰晤士报》，但也许什么也找不着。再给你10先令应急。傍晚以前，你往我贝克街的家发个电报，告诉我查寻结果。现在，华生，我们接下来要做的事只有打电报查找那个马车夫了，车号是2704，然后到证券街的一家美术馆去消磨一下时间，再去旅馆。”

“卡特莱特，这里有23家旅馆的名字，它们全都位于查令十字街附近，你看到了吗？”

三条中断的线索

福尔摩斯有着很强的排遣烦恼的能力。一直困扰着我们的怪事在这两小时里似乎已经完全被他遗忘了，他聚精会神地欣赏着比利时近代大师们的作品。从美术馆到诺桑勃兰旅馆的路上，除了艺术，他别的什么也不谈。其实，他对艺术的见解是很粗浅的。

“亨利·巴斯克维尔爵士正在楼上等候你们呢。”接待人员招呼说，“他吩咐我你们一来就立刻把你们领上去。”

“我想看看你们的旅客登记簿，你不介意吧？”福尔摩斯说。

“当然不。”

从登记簿上可以看到，在巴斯克维尔之后又来了两批客人。一批是来自新堡的肖菲勒斯·约翰森一家，另一批是来自奥尔顿的海洛吉的欧摩夫人及其女仆。

“这一定是我认识的那个约翰森吧。”福尔摩斯问守门人说，“他是个律师，头发花白，走路有点儿跛，对吧？”

“不，先生，这位约翰森先生是煤矿主，一位闲不住的绅士，年纪没您大。”

“你肯定是把他的职业弄错了吧？”

“不会的，先生！他在我们旅馆住了好多年，我们都很熟悉了。”

“啊，这就行了。还有欧摩夫人，这名字我似乎也记得。请原谅我的好奇心，可是在拜访一位朋友的时候遇到另外一个朋友，这也是常有的事呀。”

“她是一位病得很厉害的夫人，先生。她丈夫曾经当过格罗斯特市的市长。她进城时总是在我们这里下榻。”

“谢谢你，恐怕她不是我认识的熟人。”

“刚才我们问过的问题已经证明了一个很重要的事实，华生。”我们一起上楼时他低声说，“现在我们终于清楚了，那些对我们的朋友感兴趣的人并没有和他住在同一个旅馆里。这就意味着，虽然如我们所看到的那样，他们非常急于监视他，但同时他们也害怕被人察觉出来。这一事实很能说明问题。”

“能说明什么呢？”

“它说明——上帝啊，亲爱的朋友，你这是怎么啦？”

我们快爬到楼顶上时，迎面遇见了亨利·巴斯克维尔爵士。他气得满脸通红，手里提着一只满是灰尘的旧高筒皮鞋，气得一言不发。而当他开口说话时，要比早晨激动高亢得多，西部口音也更加明显。

“这旅馆的人看我好像容易欺负似的。”他喊道，“他们得收敛点儿，不然的话，他们会发现开玩笑找错了人。福尔摩斯先生，他们这回真是太过分了！”

“还在找皮鞋啊？”

“是啊，而且非找到不可。”

“可是您说过，您丢的是一只浅棕色的新高筒皮鞋啊？”

“是啊，现在又丢了一只黑色旧皮鞋。”

“什么！难道您说的是……”

“我想说的是，我总共有3双鞋——棕色的新鞋、黑色的旧鞋和我现在穿的这双漆皮皮鞋。昨天晚上他们偷走了我一只棕色皮鞋，今天又拿走了一只黑色的——嗨，你找到了吗？说呀，别站在那儿光瞪眼！”

一个惊魂未定的德国籍侍者走到了跟前。

“没有发现，先生。旅馆里我都问遍了，结果却全找不到。”

“好吧，天黑以前，一定要给我把鞋找回来，否则我就要去见你们老板，

亨利·巴斯克维尔爵士气得满脸通红，手里提着一只旧高筒皮鞋。

告诉他，这旅馆没法再住下去了。”

“一定能够找到的，先生，只要您稍微耐心点儿，我保证肯定能找回来。”

“但愿如此吧。在贼窝里我可再也不能丢东西了。咳，福尔摩斯先生，请原谅我还会因为这样的事烦扰您……”

“我认为这倒是件值得费尽心思的事。”

“您把它说得过于严重了吧。”

“您怎么解释这事呢？”

“我根本就不想去解释。在我身上所发生的事情当中，这件可以说是最让人心烦和最不能理解的了。”

“也许是最捉摸不透的……”福尔摩斯意味深长地说。

“您怎么看待这事呢？”

“噢，我不敢说已经有了明确的想法。您的这件案子十分复杂，亨利爵士。把这件事和你伯父的死联系起来看待，我还真不敢说。在我参与的500件大案里，还没有类似曲折离奇的呢。可是我们已经了解到了几条线索，其中肯定有一条是指向真相。我们可能会在错误的线索上浪费一些时间，但迟早我们会发现正确的线索。”

我们一起吃了一顿愉快的午餐，吃饭的过程当中很少谈及令人烦心的案子。饭后，福尔摩斯在客厅里询问巴斯克维尔的去留意向。

“我要到巴斯克维尔庄园去。”

“什么时候？”

“周末。”

“总而言之，”福尔摩斯说道，“我认为您的决定是英明的。我有充分的证据说明，您在伦敦已经被监视起来了。在如此大的城市里，在成千上万的人群中，很难区分清楚他们是什么人，他们的目的是什么。假使他们怀有敌意，他们会给您带来不幸，我们还无力阻止。莫蒂默医生，您还不知道今天早晨你们从我家出来之后就被人盯住了吧？”

莫蒂默医生非常惊讶。

“我们被盯上了，谁？”

“真不走运，我还不知道。您在达特穆尔的邻居和熟人中间有没有胡须又黑又长的人？”

“没有——哦，让我想想看——啊，对了，查尔斯爵士的管家巴里摩尔蓄着络腮黑胡须。”

“巴里摩尔在什么地方？”

“他一直待在那座庄园里。”

“我们最好证实一下，他是否真的待在庄园里。说不好他此刻就在伦敦呢！”

“您如何证实呢？”

“给我一张电报纸，写上‘是否为亨利爵士收拾好了一切？’这样就可以了，发往巴斯克维尔庄园，巴里摩尔先生收。距离庄园最近的地方是哪里？格林潘吗？好极了，我们再发一封电报给格林潘的邮政局长，就写‘发给巴里摩尔先生的电报请务必交给本人。如不在，请回电通知诺桑勃兰旅馆的亨利·巴斯克维尔爵士。’如此一来，晚上我们就可以得知巴里摩尔是不是在庄园了。”

“这主意棒。”巴斯克维尔说道，“可是，莫蒂默医生，这个巴里摩尔究竟是个怎样的人呢？”

“他是已故老管家的儿子，他们家四辈人负责照看这座庄园。据我所知，他们夫妇俩在乡里是颇受人尊敬的。”

“同时，”巴斯克维尔说道，“事情十分明白了，只要我们家没人住，那里就是他们美满幸福的家园了，而且没有什么操劳的了。

“这倒不假。”

“巴里摩尔从查尔斯爵士的遗嘱分配到什么好处没有？”福尔摩斯问道。

“他和他妻子各得500镑。”

“他们知道自己可以得到这笔款子吗？”

“知道，查尔斯爵士很喜欢谈论他遗嘱的内容。”

“这十分有趣。”

“我希望，”莫蒂默医生说道，“您不要用怀疑的目光来看待每个从查尔斯爵士遗嘱里得到好处的人。他还留给我1000英镑呢！”

“是吗？还有没有别的人？”

“还有很多给个人和公共慈善事业的大小不等的款项。其余都归亨利爵士。”

“剩余财产有多少呢？”

“74万英镑。”

福尔摩斯惊奇地扬起了眉毛说：“我没有想到居然有那么一大笔款子。”

“查尔斯因巨富而闻名，可是我们在查验他的证券之前，并不知道他到底有多富有。他全部财产总值将近100万英镑。”

“上帝啊！任何人见了这样大的一笔财产都想赌一把。可是还有一个问题，莫蒂默医生，假如我这位年轻的朋友遭遇不幸——请原谅我这令人不愉快的假设——谁来继承这笔遗产？”

“因为查尔斯爵士的弟弟罗杰·巴斯克维尔没有结婚就过世了，所以财产应该转给远房的表兄弟戴斯蒙德家里的人了，詹姆斯·戴斯蒙德是威斯特摩兰的一位年长的牧师。”

“谢谢您！这些详情都是很有用处的。您见过詹姆斯·戴斯蒙德先生吗？”

“见过，他来拜访过查尔斯爵士。他是个仪态庄重的人，过着圣洁的生活。我还记得，他不愿意从查尔斯爵士那里得到任何财产，虽然查尔斯执意馈赠。”

“这个毫无癖好的人竟要成为查尔斯爵士上百万家产的继承人。”

“他将成为产业的继承人，这是法律赋予的。而且他还将继承钱财，除非现在的所有者另立遗嘱——当然他爱怎么处置都可以。”

“亨利爵士，您立过遗嘱吗？”

“没有，福尔摩斯先生，我还没有时间来考虑这个问题呢，因为我昨天才知道怎么回事。但是，不管发生什么，我认为钱财不应该和产业、爵位分离。

这也是我那可怜的伯父的想法。如果主人没有足够的资本来维护产业，他如何能够恢复巴斯克维尔家族的荣耀呢？房地产和资本绝不能分开。”

“完全正确，亨利爵士。关于您应该马上去德文郡这个问题上，我同意你的看法。但有一个条件，那就是你不可以单独前往。”

“莫蒂默医生同我一起回去。”

“可是莫蒂默医生有事务缠身，况且他家离您住的地方还有好几英里。尽管他对您怀有无比的友善，恐怕也是爱莫能助啊。不行，亨利爵士，您必须找一个可靠的人一起去，而且他必须时刻陪同在您身旁。”

“您本人去有可能吗，福尔摩斯先生？”

“如果情况危急的时候，我一定尽可能亲自出马，但是请您谅解，我必须接受各方面的咨询和来自各地的请求，不可能无限期地离开伦敦。眼下就有一位令人敬畏的英格兰人正在受到别人的威胁和污蔑，而只有我才能制止这一灾难性的恶果。您会明白，现在让我去达特穆尔沼泽地是不可能的。”

“那么，您有什么人可以推荐呢？”

福尔摩斯的手搭在我的胳膊上。

“如果我的朋友愿意的话，那么处于危难之中的您想要找一个人来陪伴和保护，就没有谁比他更合适了。”

这个出人意料的建议让我不知所措。我还没来得及回答，巴斯克维尔就一把抓住我的手，热情地摇晃起来。

“啊，华生医生，这真是太好了！有关我的处境，你和我知道得一样多。如果您能到巴斯克维尔庄园陪我共渡难关，我将永世难忘！”

冒险对我来说永远都有诱惑力，更何况我无法抵抗福尔摩斯的恭维和爵士待我的一片真挚。

“我去，我很愿意去。”我说道，“这样利用我的时间非常有价值。”

“你得仔细向我报告。”福尔摩斯说道，“当危险降临的时候——危险迟早会出现的——我会建议你如何采取措施。我想，星期六就准备起程吧。”

亨利·巴斯克维尔爵士一把抓住我的手，热情地摇晃起来。

“华生医生方便吗？”

“没问题。”

“这样，除非我另有通知，我们说好星期六在车站会面，坐从帕丁顿开来的10点30分的那班车。”

正当我们起身告辞时，巴斯克维尔忽然发出喜悦的欢呼，并且冲向墙角，从橱柜底下拖出一只棕色的高筒皮鞋。

“这就是我丢失的那只鞋！”他喊了起来。

“但愿我们所有可能遭遇的困境都能像这件事一样最终得以解决。”福尔摩斯说道。

“这真是一件意想不到的怪事。”莫蒂默医生说道，“中饭以前我已经在房间里仔细找过了。”

“我也翻遍了，”巴斯克维尔说道，“到处找遍了。”

“这么说来，一定是在我们吃午饭的时候侍者放到那里去的。”

我们把德国籍的侍者叫过来盘问时，他竟对此一无所知，无论怎样询问，都问不出个所以然来。目的不明的神奇事件一桩接一桩地出现，现在又多了一件。除去查尔斯突然死亡前前后后可怕的事情以外，这一两天之内又发生了好几起无法解释的事情，其中包括收到通过铅字拼剪成的信件，双轮马车里那个留着黑胡须的盯梢人，新买的棕色皮鞋的丢失和旧黑皮鞋的失踪，还有现在被送还的这只棕色皮鞋。回贝克街的路上，福尔摩斯一言不发地坐在车里，我从他那紧锁的双眉和严峻的面孔可以看出，他的心里正和我一样，在忙于各种推理和联想，以便能使这些神秘的而且显然没有什么关联的事情自圆其说。整个下午一直到深夜，他都呆坐着，沉浸在烟雾和深思之中。

晚饭前送来了两封电报。

第一封是：

刚刚获知，巴里摩尔在庄园。

巴斯克维尔

第二封是：

照吩咐寻查了二十三家旅馆，非常抱歉，没有发现被剪破的《泰晤士报》。

卡特莱特

“这两条线索都无果而终，华生。再没有比案子不顺的感觉更让人烦恼的了。我们得换个思路另找线索。”

“我们还可以去找那个给盯梢人赶车的马车夫啊！”

“对，我已经发了电报要求执照管理科查清他的姓名和地址——要是现在来的就是我那电报的答复的话，我也不会感到意外。”

事实上，一听到门铃，即使没想到希望，也让人欣喜无比。门开了，进来一个举止粗鲁的家伙，他就是我们要找的人。

“我接到总局的通知，说这里有一位先生要找2704号的车夫。”他说道，“我做赶车这行7年了，还没有听见过乘客对我不满。我从车场直接到这里来了，目的是想要当面问清，您对我什么地方不满意。”

“伙计，我对你没有丝毫不满。”福尔摩斯说道，“相反，如果你明白无误地回答我的问题，我会给你半镑金币。”

车夫听了高兴地笑了，说：“啊，我今天交什么好运了。先生，您要问我什么？”

“首先，你的姓名和地址，以便以后需要时好找你。”

“我叫约翰·克雷顿，住在特皮街3号，我的车是从滑铁卢车站附近的希波利车场租来的。”

福尔摩斯记下了这些。

“现在，克雷顿，请你告诉我今天早上来监视这幢房子，然后又在摄政街尾随两位绅士的那个乘客的情况。”

那人看上去十分惊讶，并且有些不知所措。

“嗨，这件事似乎用不着再告诉您了，因为我和您知道得一样多。”他说，“实际情况是，那位绅士说他是个侦探，并且告诫说他的事不要对别人去说。”

“好伙计，此事非同一般。如果你想对我隐瞒任何细节，你都会倒霉的。你说你的乘客对你讲他是侦探吗？”

“是啊，他就这么说的。”

“什么时候说的？”

“他离开的时候说的。”

“他还说过别的什么没有？”

“他说了他的名字。”

福尔摩斯迅速瞥了我一眼。“哦，他说起了他的名字，是吗？那可真有些唐突，他说他叫什么名字？”

“他的名字，”车夫说，“是夏洛克·福尔摩斯，先生。”

“他的名字，”车夫说，“是夏洛克·福尔摩斯，先生。”

我从没有看到我的同伴如此目瞪口呆，刹那间他惊讶得坐在那儿一声不响，接着，就放声大笑。

“妙啊，真是妙到家了，华生。”他说，“我想他和我的智力不相上下。上次他可把我折腾得够难受了——他叫夏洛克·福尔摩斯，对吗？”

“是的，就是那位绅士的名字。”

“告诉我他是在哪里上的车，以后怎样了？”

“他9点半在特拉法尔加广场租了我的车，他说他是侦探，又说如果我整天绝对听他的差遣而不提任何问题的话，他将给我两个金镑。我高兴地同意了。我们首先去了诺桑勃兰旅馆，一直等到两位绅士出来并坐上马车。我们跟着他们的马车，直到他们到了这里下车。”

“就是这个大门。”福尔摩斯说道。

“啊，这一点我不敢肯定。可是，我敢说我的乘客无所不知。我们停在街上等了半个小时。后来有两位绅士从我们身边走过，我们就沿着贝克街跟踪下去，并顺着……”

“后面的我知道了。”福尔摩斯打断了他。

“我们在摄政街走到大约四分之三的地方时，忽然那位绅士打开了车顶滑窗，高声喊叫着让我以最快的速度赶往滑铁卢车站。我鞭策着马，不到一分钟就到了。他真的给了我两个金镑就进站了。就在他准备离开时，他掉过头来说：‘你要是知道了乘客就是夏洛克·福尔摩斯，你也许会有兴趣。’我就是这么知道他的名字的。”

“是这样的，你以后没再碰见他吗？”

“他进站以后，我就没见到他了。”

“现在你会如何描述夏洛克·福尔摩斯先生呢？”

马车夫挠了挠头皮，“啊，他可真不好描绘。我看他有40岁左右，中等身材，比你要矮2到3英寸，先生。穿着考究像个绅士，留的黑胡须修剪得十分整齐，脸色苍白。我记不起来更多的情形了。”

“眼珠是什么颜色呢？”

“想不起来了。”

“别的还有什么想得起来的吗？”

“不，想不起来了。”

“好吧，这是半个金镑。如果以后你能够带来更多的消息，我还可以给你半个金镑。再见！”

“再见！先生，谢谢您。”

约翰·克雷顿心满意足地离去了。福尔摩斯耸耸肩膀，带着失望的笑容掉转头来。

“我们的第三条线索也断了，刚开始就结束了。”他说道，“这个狡猾的坏蛋！他掌握了我们的情况，他也知道亨利爵士会来找我们。他在摄政街就看出了我是谁，想到我肯定记下马车号码，然后去找车夫，于是准备好这个消息送给我。我说，华生，这下我们遇着敌手了。我在伦敦已经遭到过一次挫折。但愿你在德文郡的遭遇会好一些。可是我心中的悬疑还是让我难以释怀。”

“有什么担心的吗？”

“派你去，我不放心。这事很难办，华生，难办而且又危险。这事我越想越不对劲。亲爱的朋友，你也许觉得没什么，可是我要说，如果你平平安安地回到贝克街，我就谢天谢地了。”

巴斯克维尔庄园

在约好的那天，亨利·巴斯克维尔爵士和莫蒂默医生都做好了准备。我们按商量好的前往德文郡。夏洛克·福尔摩斯一直送我到车站，并对我做了些临别的指导和建议。

“我不想因为各种说法和怀疑影响你，华生。”他说，“我只要求你把各种事实尽可能详细地告诉我，至于归纳和推理就让给我来做吧。”

“哪方面的事实呢？”我问道。

“与本案相关的任何事实，不管是多么的间接，特别是年轻的巴斯克维尔同邻里的关系，或者查尔斯爵士突然死去的任何新的线索。前些天，我曾经亲自做了一些调查，但是这些调查恐怕都起不了作用。只有一件事可以确定，就是下一个继承人詹姆斯·戴斯蒙德先生是一位年事稍长的牧师，心地十分善良，因此这些迫害不可能是他做出来的。我认为我们真可以排除他来思考问题，剩下的实际上也就只有沼泽地那些待在亨利·巴斯克维尔身边的人了。”

“先辞去巴里摩尔夫妇不行吗？”

“千万别，要不你就犯大错误了。假如他们都是无辜的，那就太不公平了！假如他们犯了罪，这样一来，反而让他们逍遥法外了。不，不，不可以那样，我们可以把他们列入嫌疑犯名单。如果我没有记错的话，还有一个车夫和沼泽地的两个农夫，还有我们的朋友莫蒂默医生。我相信他的诚实，但是他的夫人，我们就一无所知了。生物学家斯特普尔顿还有他的妹妹，据说是位颇有姿色的年轻女郎，拉福特庄园的弗兰克兰先生，对他们的情况也知道得不多。

还有其他一两个邻居。这些都是需要你格外关注的人物。”

“我会竭尽全力的。”

“我想你带上武器了吧？”

“带了，我想还是随时准备的好。”

“应该，你的左轮手枪应该日夜不离身，不能有一丝一毫的疏忽。”

我们的朋友给我们预定了头等车厢的座位，他们正在站台上等候我们。

“我们最近还没有进一步的消息。”福尔摩斯回答了我们朋友的问题，“可是有一件事我敢保证，前两天我们没有被人监视。我们出去，没有一次不留意观察，要有的话，也逃不过我们的眼睛。”

“我想你们总是在一起的吧？”

“除去昨天下午，我每次进城来，总是要用一天的时间放在消遣上。所以我把昨天下午整个的时间都消耗在外科医学院的陈列馆里了。”

“我去公园看热闹去了。”巴斯克维尔说道，“但是我们并没有遭遇任何的麻烦。”

“无论如何，还是太放松警惕了。”福尔摩斯一边说一边非常严肃地摇着头，“亨利爵士，我请求您不要单独行动，否则就可能大难临头。您找到另外那只黑皮鞋了吗？”

“没有，先生，再也没有发现。”

“真是有趣。好吧，再见了。”当火车徐徐开动的时候，他站在站台上说，“亨利爵士，要把莫蒂默医生讲过的那个古老而神奇的传说记在心上——不要在黑夜降临、罪恶势力张狂的时候走过沼泽地。”

我们远离站台时，还回头去望，只见福尔摩斯肃穆而修长的身影还站在那里，一动不动地目送我们远去。

这真是一次短暂而又愉快的旅行。在这段时间里，我和我的两位同伴更加亲近了，时不时我还逗一逗莫蒂默医生的小狗。火车走了数小时后，棕色的大地逐渐变成了红色，砖房变成了石头建筑。枣红色的牛群在树篱圈起来的草

我们的朋友们正在站台上等候我们。

地上吃草。绿油油的草地和繁茂的菜园表明这里的气候潮湿，好收成可以说是指日可待。年轻的巴斯克维尔兴致勃勃地凝视着窗外，一看到德文郡熟悉的风景，就欢快地叫了起来。

“自从离开家乡以后，我去过世界上很多的地方，华生医生。”他说道，“可是没有一个地方有这么美。”

“我还没见过一个不赞美故乡的德文郡人。”我说道，“不仅是当地的地理环境，就是本地人也都给人好印象。”

“那是因为这里人种的缘故。”莫蒂默医生说道，“来瞧瞧我们这位朋友，圆圆的头盖骨就属于典型的凯尔特型的，里面洋溢着凯尔特人的激情和力量。可怜的查尔斯爵士是个例外，属于一种罕见的头型，他的一半特点像是盖尔人，另一半像是艾弗人。以前看见巴斯克维尔庄园的时候年纪还很小，是吧？”

“我父亲去世的时候我还只有十几岁。那时他住在南边靠海的一幢小房子里，所以我从未见过这片庄园。我父亲去世后，我直接去了美洲的一个朋友那里。跟您说吧，对于这片庄园我跟华生医生一样感到陌生，我很想看一看沼泽地。”

“是吗？那好办，您很快就可以实现愿望了，因为您马上就可以看到沼泽地了。”莫蒂默医生一边说着一边用手指着窗外。

在那被切割成无数绿色方格的田野和连成一条曲线的树梢尽头，一座灰暗苍郁的小山耸立在那里，山顶上有一些形状怪异、参差不齐的缺口，远远望去，朦朦胧胧，恍如梦幻中的景致。巴斯克维尔两眼盯住那小山，浮想联翩。从他动情的面部表情可以看出，这地方对他的吸引力有多么巨大。那怪异的、被同族人掌管了那么久的、处处引发人想象的地方第一次出现在他的面前。他穿着苏格兰式样的服装，说话带着美洲口音，坐在一节普普通通车厢的角落里。可是他黝黑而富有表情的面孔，总让我们真切地感受到他确实是那个高贵、热情家族的后裔，而且具有一家之主的风范。他那浓重的眉毛、神经质的鼻孔和栗色的大眼睛显示出尊严、豪情和力量。如果那恐怖的沼泽地里真的出现什么艰难险阻，他一定是个切实可靠、勇于承担责任的人。

火车在一个小站停下来了，我们下了车。低低的白色栏杆外停着一辆由两匹短腿小马拉着的四轮马车，在那里迎候。显然，我们的到来惊动了大家。站长和脚夫都向我们围拢过来，帮着我们搬运行李。这里本来是一个静谧、可爱而又朴实的地方，但是，出口处出现了两个穿着黑色制服的军人模样的人，不由得使我大觉惊讶。他们身挎来复枪，两眼直勾勾地盯着我们，从我们身边走过。车夫是个身材短小的人，相貌冷酷而又粗野，他向亨利·巴斯克维尔鞠了一躬。几分钟之后，我们便顺着宽阔的灰白色大道疾驶而过。绵延的草场在大道的两侧无限延伸着。透过浓密树荫的空隙，可以看到一些墙头和屋顶都被修葺成人字形的古老建筑，阳光下宁静的村庄后面出现了起伏不断的、被傍晚的暮色衬托出来的阴森沼泽地，中间还排列着几座高低不一、形状陡峭的小山。

这时候四轮马车来到了附近的岔路口，穿过了被车轮在好几百年里压成的、深深下陷的狭窄的车辙。弯弯曲曲的道路两旁长满了湿润的苔藓和枝叶丰满的羊齿植物。古铜色的蕨类和色彩不一的苔藓在夕阳的余晖下闪闪发亮。我们一直往前走，过了一座花岗岩的石桥，然后就沿着一条湍急奔腾的小溪向前进。水流很急，泡沫翻滚，在灰色的乱石之间咆哮而去。峡谷里长满了密密麻麻的橡树，道路沿着迂回曲折的小河蜿蜒逆流而上。在每一个弯道，巴斯克维尔都要发出欢快的叫声。他一面好奇地环顾四周，一面向我们问这问那。在他看来，所有的景致都是优美的。只是我觉得这一带的乡间弥漫着一股凄凉和凋零如秋天的意味。小路上铺满了枯黄的落叶。我们经过时，辚辚的车轮声也没有了——这些东西对我来说都是造物主在巴斯克维尔重返家园时在他的车轮后撒下的不吉祥的礼物。

前面出现了布满了石楠丛灌木的陡峭的斜坡，这是沼泽地边缘突出来的一块地方。最高的地方有一个士兵骑在马上，远远望去就像是一座石碑上的雕像，黝黑而严峻，马枪搭在伸向前方的左臂上，随时准备射击。他在监视着我们走过的这条道路。

“嗨！”莫蒂默医生叫了起来，“那是什么人，珀金斯？”

车夫掉转身来说道：“普林斯顿镇逃脱了一个罪犯，先生，他已经出逃3

天了。狱卒们监视着每一条道路和每一个车站，可是到现在还没有他的线索，附近的农户都很不放心，老爷，这倒不假。”

“哦，明白了。要是谁提供线索，就可以得到5英镑的赏金。”

“对啊，老爷，但是冒着被人割断喉咙的危险不顾，而只想到拿赏钱，这就未免太可怜了。要知道，他可不是一个普通的罪犯，他是一个亡命徒啊！”

“那么，他到底是谁呢？”

“他叫塞尔丹，诺丁山来的杀手。”

“那桩案子我记得十分清楚，此人真是罪大恶极，暗杀用的都是血腥的暴力手段，此案引起了福尔摩斯的兴趣。后来这个凶手之所以免去死刑，是因为他的手段太残酷，大家怀疑他精神上有问题。”

我们的马车爬上了斜坡的顶端，迎面出现的是广袤的沼泽地，上面散布着许许多多圆锥形的石头和凹凸不平的岩岗，色彩斑驳陆离。一阵冷风从沼泽地吹来，我们不由打起了寒战。在那荒无人烟的平地上，那个恶魔一样的人可能就像野兽似的潜伏在这山沟里，对拒绝他的人怀着强烈的怨恨。光秃秃的荒地，冷飕飕的寒风和阴沉的天空，再加上这个越狱犯，使眼前的景象越加恐怖。就连巴斯克维尔也沉默不语了，他把衣服裹得更为严实。

富饶的乡间已经消失在我们身后的山坡，我们回头遥望，只见夕阳西下，把流水照得像条条镶边的金丝带，初耕的红土地和茂密的森林也熠熠生辉。前面褐绿相杂的斜坡上的道路更是显得荒凉萧瑟，到处散布着巨大的石头。我们路过沼泽地的小房子，墙和屋顶都是用石头建造成的，墙上没有蔓藤植物掩饰石制的粗野轮廓。我们的视线所俯瞰到的有一处像碗状的凹地，那里一小片一小片苍老而矮小的橡树被多年的狂风吹弯了腰身，树林中形成了两个又高又细的塔尖。

车夫用鞭子指了指说道：“那就是巴斯克维尔庄园。”

庄园的主人站立起来，双颊泛红，两眼出神地凝视前方。然后，我们就到了庄园门口。大门是用稠密的，交织在一起的、图案怪异的铁条制成，一边是

车夫用鞭子指了指说道："那就是巴斯克维尔庄园。"

一根饱经风雨侵蚀的柱子，长满了苔藓，显得很脏，柱顶刻着的是野猪头。门房已经变成了一片废墟，只剩下黑色的花岗岩和一根根光秃秃的椽木。而它的对面是一座查尔斯爵士利用南非赚来的黄金刚刚建了一半的房子。

一进大门就上了一条小道。这时车轧在落叶上，没有一丝声响。老树的枝丫在我们的上空形成了一条阴暗的拱道。而车道的尽头一幢房屋如同幽灵似的发着亮光。巴斯克维尔情不自禁地倒抽了口凉气。

“就是在这里出的事吗？”他低声问道。

“不，不是，是在水松夹道的另一端。”

这位年轻的继承人脸色阴郁地巡视了一下四周的情形。

“住在这样的地方，难怪我伯父总感觉会大难临头。”他说，“这里可以让任何人感到恐惧。我打算在6个月的时间里在厅堂前安装好一排斯旺牌和爱迪生牌灯泡，那时恐怕您再也认不出这个地方了。”

小路一直通往一片宽阔的草地，房子已经可以看到。在微弱的灯光下，我看见中间是一幢坚实的楼房，楼房前面是一个突出来的门廊。房子的前墙爬满了常春藤，而在窗户或者装有装饰物的地方这些植物就被修理掉了，给人的感觉就好像黑色面罩上打了个补丁。中间这幢楼上有一对古老的塔楼，开有枪眼和瞭望孔。在塔楼的两侧，各有一座设计新颖、用黑色花岗岩组建的翼楼。微弱的光线洒落在窗栏坚实的窗口上，高高耸立的烟囱里吐出来一条黑色的烟柱。

“亨利爵士，欢迎！欢迎您光临巴斯克维尔庄园！”

走廊的阴影里出现了一个高个子男人，他打开四轮马车的车门。在厅堂里淡黄色的灯光下，又折射出一个女人的身影，她走上前来帮那男人取下我们的行李。

“亨利爵士，如果我就这样回家去，您不会责怪吧？”莫蒂默医生说道，“我夫人还在等候着我呢。”

“您还是待会儿吃了晚饭再走吧。”

“亨利爵士，欢迎！欢迎您光临巴斯克维尔庄园！”

“不了，我得走了，也许家里还有什么事情需要我去处理。我本应留下来，带您参观一下房间。但是既然有了巴里摩尔，他更是个好向导。再见吧，只要用得着，就马上叫我好了，不管是白天还是夜里。”

亨利爵士和我一同步入客厅，就听不见小路上的车轮声了，身后接着传来沉重的关门声。房子宽敞阔绰，因为年久失修而黯淡了的橡木巨梁密密麻麻地排列着。高高矗立的铁犬塑像后面是一个巨大的旧式壁炉，里面大火熊熊燃烧着。亨利爵士和我伸手烤火，长途的旅行让我们都浑身上下感觉麻木了。我们环顾四周，看见了在中央吊灯柔和的光线下，有狭长的镶嵌着各种图案的玻璃窗户，橡木做的精巧的窗格，还有用鹿头做的标本，以及墙上悬挂的盾徽，这些都使气氛显得幽暗而且沉闷。

“这跟我想象中的情况是一致的。”亨利爵士说道，“这就是一个古老家族有代表性的形象吗？这难道就是我们家族居住了500年的大厅吗？一想到这儿，我就觉得心情沉重。”

他向四周巡视时，我发现了他那黝黑的脸上出现了孩童般的热情。巴里摩尔将我们的行李送到我们的房间后就回来了。他以受过良好训练的仆役所特有的温顺态度站在我们的面前。他仪表堂堂，黑胡须修剪得整整齐齐，模样白净而且标致。

“爵士，您马上想要进晚餐吗？”

“准备好了吗？”

“一会儿就可以进餐，爵士。你们的卧室已经预备好了热水，亨利爵士。在您做出新的计划以前，我和我的妻子都乐意为您效劳。可是您得知道，在这样的情况下，这所房子里确实需要多雇一些用人。”

“你指的是什么情况？”

“爵士，我的意思是查尔斯爵士过着完全隐居的生活，因此我们可以照顾得来。而您呢，可能需要多一些人和您在一起，因此您一定会对家里的状况做适当的改变和调整。”

“你是说，你和你的妻子准备辞职吗？”

“爵士，这当然也是在您感觉熟悉方便之后了。”

“可是你们家族和我们家族已经同住了好几代，不是吗？如果是因为我的到来而彻底改变这种久远以来的深厚联系，我也会对此不安的。”

我看到管家白皙的脸上略微感受到了激动的情绪。

“我也有同感，爵士，我的妻子也是这样。说实话，爵士，我们俩都十分敬爱查尔斯爵士，他的过世我们也感觉非常震惊。这种人去而风景依然的感觉的确让人难受，我担心自己在巴斯克维尔庄园的生活再也不会有那种宁静和温馨的感觉。”

“你有什么新想法吗？”

“爵士，我想，如果有条件经营点儿小买卖，可能会成功。查尔斯爵士对我们的厚爱和施予让我们有办法了。先别说这些了，我带你们去看自己的房间吧。”

古老的客厅的上方装修有一轮方形的回廊，需要从回旋的楼梯走上去。由中央大堂延伸出的两条笔直的走道一直贯穿了整个建筑，所有的房间都向这条走道开设着门。我和巴斯克维尔爵士的卧室在同一边，差不多紧挨着。这些房间的布局和设计看来比大楼中部的房间的样式要新。色彩鲜艳的墙纸和无数蜡烛的光亮也有助于消除刚刚停留在我们内心的阴沉感。

紧邻大厅的饭厅却是处于昏暗阴沉的区域。

这是一间长方形的房子，有一段台阶把房子从中间分成高低不同的两部分，高一点的地方是留给自己家人的，低一点的地方是供用人就餐的。在饭厅的上方都设有演奏的空间。乌黑的梁木横跨过我们的上方，房的顶层就是被烟熏黑了的天花板。如果燃起一排熊熊的大火，把屋子照个透亮，再加上热闹宏大的宴会气氛，也许可以冲淡此时的沉闷和阴郁。但是眼前的实际情形是，两位黑衣绅士坐在灯罩射出的光亮处，说话低沉，精神自然也就感觉到了压抑。一列隐约可见的祖先牌位，里面的画像穿着各式服装，从伊丽莎白女王的骑士时代直到乔治四世王子摄政时代的花花公子，他们都睁大了眼睛看着我们，一声不响地陪伴着我们，也给了我们某种威慑感。我们默默无语，但是我还是很高兴地吃完了这顿晚餐，接着我们就可以到新式的弹子房去抽上一根香烟。

“说真的，这地方实在不能让人愉悦。”亨利爵士说道，“我本来打算慢慢就会习惯的，可是总是觉得不太对劲。我伯父待在这样的环境下会变得郁郁

两位黑衣绅士坐在灯罩射出的光亮处，默默无语地吃完了晚餐。

寡欢也就没什么奇怪的了。哎，要是您没意见，我想今天早早休息吧，也许明天起来的时候心情会好起来。”

上床前我拉开了窗帘，并且朝窗外望了望。这扇窗户对着大厅前面的草坪，草坪再过去有两丛树林，树木在越来越大的风的吹刮下呻吟摇摆。弯弯的月亮从飞奔的云层里露出脸来。在昏暗的月光下，我看到了树丛后面那参差不齐的山岗和连绵起伏的沼泽地。我拉上了窗帘，觉得现在的感觉和刚来时没有多大差别。

但这不是最后的印象。我虽然困倦，却辗转反侧，难以入睡，思绪越多，越无法安睡。死一般的沉寂压在古老的建筑上。不远处，每过一刻钟就会传来报时的钟声。没过多久，突然一个声音划破寂寞的长夜，清晰而响亮。听得出来是一个女人在抽泣，就好像是一个压制不住内心的创伤和剧痛而又勉强在压抑着的声音。我从床上坐了起来，全神贯注地听着。这个声音肯定不会从远处飘来，而就来自房子里面。我每根神经都紧张起来，等了30分钟后，就只听见敲钟声和墙外风吹常春藤的声音了。

斯特普尔顿的家：梅里皮特别墅

第二天清晨再见到清新秀丽的景色，多少减弱了巴斯克维尔庄园在我心里留下的阴郁和恐怖的第一感觉。巴斯克维尔爵士和我坐着吃早餐，透过高耸的窗格的缝隙射进来的阳光，经过窗户上有图案的玻璃的折射，在我们眼前变成一片微弱的淡光，也有些通过深色护墙板折射出类似青铜色的光亮。很难想象这就是昨晚还在我们内心投下阴影的同一个餐厅。

“我觉得只有责备自己，不能埋怨房子！”亨利爵士说道，“对这个地方最初产生不快的感觉，是因为我们经过了旅途的颠簸，一路上也疲惫不堪且遭受了风寒。现在，我们的疲劳也已经解除，所以恢复了内心的光明和喜悦。”

“但是，这不仅仅是感觉的问题。”我回答说，“您听见了夜里——我猜想是位妇女——在抽泣吗？”

“这就怪了，我半梦半醒的时候隐约听到了有人哭泣的声音。我的思维游移了许久，但是以后就没再听见了，所以我以为可能是自己梦里的幻听。”

“我听得清清楚楚，我敢保证是一个女人的声音。”

“我们需要立刻查清这件事。”他摇铃招来了巴里摩尔，询问他夜里有人哭泣是怎么回事。我发现巴里摩尔在听到主人的疑问后，白皙的脸色变得越发没有血色了。

“亨利爵士，在房子里住的只有两位女人。”他回答说，“一位是女用人，她睡在对面的厢房里；另一位是我的妻子。我发誓哭声不是她发出来的。”

但是他隐瞒了什么，因为早饭后，我无意在走廊里撞见了巴里摩尔夫人，阳光正好照在她的脸上。她体格健硕，外表冷漠，略微肥胖，嘴角流露出严肃的表情，她的双眼红红的，并且她还用红肿的眼神扫了我一下。应该说，是她夜里哭了。假如她确实哭了，她丈夫就会有所察觉，但是他为什么要否认呢？他这样做的目的是什么？此外，她为什么哭得如此伤心呢？这个面色白皙、漂亮、留着黑胡须的人流露出一种神秘而阴沉的情绪。他发现了查尔斯爵士的尸体，我们也是通过他来了解当时的情况。难道我们在摄政街突然之间看到的马车内的那个人就是他不成？胡须完全有可能是一模一样的。车夫说是个身材不高的人，可是这也许是错误的印象。我如何才能解释清楚这一点呢？显然，应当去找找格林潘的邮政局长，核实一下发给巴里摩尔的试探性电报是不是真的送交到了他的手里。不管结论如何，我至少可以把这个疑点报告给福尔摩斯。

早饭后，亨利爵士有许多文件要过目，因此我正好可以出去走走。这次散步令人愉快。我沿着沼泽地的边缘走了4英里，最后来到了一个荒凉的小村庄。村里有两处比其他都高的房子。后来经打听知道了，一幢是客栈，一幢是莫蒂默医生的房子。那位邮政局长也是当地杂货店老板，他仍然清楚地记得那封电报的事。

“不会错，先生，”他说道，“我完全遵照指示派人把电报交到了巴里摩尔手上。”

“谁送的？”

“我的儿子送去的。詹姆斯，上次是你把电报给巴里摩尔先生送去的吧？”

“对，爸爸，是我送去的。”

“是他亲自查收的电报吗？”我问道。

“啊，他当时在楼上，所以我没能亲自交到他手上。可是我交给了巴里摩尔夫人，她答应我立即送到楼上去。”

“但是你没有见着他，怎么肯定他就在楼上呢？”

“他夫人应该知道他在哪里啊！”邮政局长开始变得不耐烦了，“他到底收到了没有，或者真出了什么差错也该是由他来查问吧？”

看来指望不上继续调查下去了。有一点十分清楚，那就是虽然福尔摩斯使用了妙招，但是我们没办法证明巴里摩尔没有去过伦敦。如果事实就是这样——如果他就是最后见着查尔斯爵士活着的人，他就是首先跟踪为了继承遗产刚来伦敦的亨利爵士，那又说明了什么呢？他是受人指使，还是个人阴谋？谋杀巴斯克维尔家族的人对他有什么好处？我联想起用《泰晤士报》拼贴而成的那封警告信。真的就是他干的，还是有人为了检举揭发他而干的？唯一可以想到的动机就是亨利爵士也想过的，即，假设庄园主人被吓得不敢来住的话，那么巴里摩尔夫妇就能够在这个地方长久地住下。可是这样一种假设，仍旧难以阐明缠绕在年轻爵士周围的那虽说无形但确实存在的蓄谋已久的阴谋。福尔摩斯也说过，在他经手过的一连串案子里，好像还没有比这个更艰深复杂的呢。我顺着灰白而静寂的道路往回走，心里在默默地祈祷，同时盼望着我的朋友能够从他繁忙的事务中抽出空来，帮助我卸下内心沉重的负担。

一阵跑步声和叫喊声突然打断了我的思绪。我掉转头来，心想一定是莫蒂默医生，但是意想不到的是，追赶我的人居然是个从未见过的陌生人。他个子矮小瘦弱，胡子修得十分干净，相貌端正，长着淡黄的头发和尖窄的下巴，年龄大概三四十岁，身穿灰色的衣服，头戴草帽，肩上挂着植物标本匣，手里拿着一个绿色的捕蝶网。

“相信您会原谅我的冒昧，华生医生。”他气喘吁吁地追到我跟前，“在这片沼泽地大家都情同一家人，彼此认识，用不着正式的介绍。我猜想您可能已经从我们的朋友莫蒂默医生那里知道了我的名字，我就是住在梅里皮特的斯特普尔顿。”

“您的标本盒以及捕蝶网已经告诉我您是谁了。”我说道，“我早就知道斯特普尔顿是一位生物学家。可是您怎么会认出我来呢？”

“我拜访莫蒂默医生的时候，您恰好从他窗户前走过，所以，他就指给我看。因为我们同路，所以我就跑过来主动打个招呼。我想，亨利爵士经过这

追赶我的人是个从未见过的陌生人。

趟旅行之后都还好吧？”

“他很好，谢谢您。”

“我们都在担心查尔斯爵士去世后这位新来的爵士也许不愿意住在这里。要让一个有钱人屈尊住在这样一个地方，确实有些勉为其难。可是，用不着我多说，这对我们这个贫陋的乡村来说又的确意义重大。我想，亨利爵士对这样的事不会有什么迷信和恐惧心理吧？”

“估计不会吧。”

“您一定听说过关于纠缠着这一家族的魔鬼似的猎犬的传说吧？”

“有所耳闻。”

“这里的农民真是太容易迷信了！他们每个人都发誓说，在这片沼泽地见到过这样一个怪物。”他面带微笑地说着话，可是从他眼里看得出来，他对这件事的态度是一本正经的。“这件事深深影响到查尔斯爵士的心理状态，我相信，就是这件事使得他落得了这样一个不幸的结局。”

“怎么这样说呢？”

“他的神经紧张到一见到狗就会害怕，使他本已有病的心脏受到致命的影响。我猜想他临死的那天晚上，在水松夹道里，他肯定是见到了那头猎犬。以前我也总是担心那位老人会遭遇什么不测，因为我喜欢他，也知道他心脏不好。”

“你是怎么知道的呢？”

“我的朋友莫蒂默医生告诉我的。”

“那么，在您看来，是一只猎犬追赶着查尔斯爵士，结果把他给吓死了，是不是？”

“除此之外，难道你还有别的解释吗？”

“我还没有任何结论性的想法。”

“福尔摩斯先生呢？”

他的提示使我屏住了呼吸，再看一下我的同伴温和而又平静的面容和冷静执著的目光，我就觉得他不是故意要让我惊讶。

“要想让我假装不认识您，那是不可能的，华生医生。”他说道，“我们这里早已经见识过您侦探案情的叙述了，而且您也无法做到在褒扬您的朋友的时候，而又保持自己的籍籍无名。莫蒂默医生和我谈到过您也无法否认您的名声和影响。现在您既然来到这里，那么可以推断得出福尔摩斯本人也对该案产生了兴趣，要是问我的话，当然也想得到对这件事的明确解释。”

“恐怕我回答不了您的问题。”

“冒昧地问一下，他是否会亲自光临？”

“眼下他还在城里，正专心于别的案子。”

“真可惜！他也许可以把这个扑朔迷离的案子理出些眉目来。您在调查的过程中，如果用得着我的时候，尽管吩咐好了。假如我知道您的疑问或者您打算怎样来调查的话，我也许可以给些帮助或者提供一些建议。”

“请相信，我来这里只是为了拜访我的朋友亨利爵士，不需要别人的协助。”

“好呀！”斯特普尔顿说道，“您这样小心谨慎完全是有理由的，而我受到这样的斥责也是活该，也许我就是在瞎搅。我向您保证，以后不提这事了。”

我们走过了一条野草丛生的路，迂回曲折地绕过沼泽地。可以看出，我们右侧陡峭的乱石多年前被开发成了花岗岩采石场；对面就是黑乎乎的悬崖，那些山岩的缝隙里长出了羊齿植物和荆棘；远处的山坡上飘荡着一阵灰色的烟雾。

“沿着这条沼泽地的小路慢慢走，一会儿就能够到达梅里皮特了。”他大声说道，“也许您还有多余的一小时可以节约出来吧，我想介绍您认识一下我的妹妹。”

我马上想到应该有人陪着的亨利爵士，可是随即又想到摆在他桌子上的那一大堆文件和证券，而这些事情我又帮不了忙，而且福尔摩斯也提起过，我还应当对这片地区的邻居加以调查，于是，我接受了他的邀请，一起上了小路。

“这片沼泽地可真是片神奇的地方。”他说道，同时环顾着起伏不平的山峦，这山峦就像绵延的绿色浪涛。参差不齐的花岗岩山头就像是被浪涛激起来的奇形怪状的浪花。“您永远也不会对这片沼泽地产生厌倦的，您无法琢磨透其中的奥妙。它是太广袤、太静谧、太神秘了。”

“这么说，您对沼泽地还很有研究了？”

“我在这里已经住了两年，可当地居民仍然把我看作新住户。我们迁到这儿来的时候，查尔斯爵士也是刚刚来住。出于我的专业爱好，我观察了村里的每一个角落，所以我想关于这片地方，几乎没有多少人会比我了解得还要多。”

“弄清楚很困难吗？”

“确实费周折，比方说吧，北边的这个大平原，中间隆起来的几座奇形怪状的小山，您看得出有什么特别之处吗？”

“这倒是一个难得的可以策马驰骋的好地方。”

“您肯定会这样想，但是就是到了今天，这种想法不知让多少人丧了命。您注意到了那些长满了嫩芽绿草的地方吗？”

“看到了，那些地方好像比其余的地方肥沃。”

斯特普尔顿笑了起来。

“那就是格林潘大泥潭。”他说道，“那个地方稍不小心，人畜都有可能随时丧命。昨天我看见一匹小马跑了进去，再也没有回来。过了好一阵子，我才发现它挣扎着从泥坑里探出头来，但是最终还是陷落下去了。即使在干燥的季节，穿越沼泽地也是危险的。下过几场秋雨后，就更加恐怖了。但是我可以找到去泥塘中心的路，并且还能平安地返回。上帝啊，又有一匹小马掉进去了。”

这时，可以看到绿色的草丛中间有个棕色的东西在上下翻滚，脖子拼命地往上升，随后发出一阵痛苦的长鸣，可怕的鸣声在沼泽地上空回旋。这一场面吓得我直打哆嗦，可我同伴的意志力看来要比我坚强得多。

“完蛋了！”他说道，“泥潭把它吞噬了。两天的时间就葬送了两匹马，以后说不定还会掉进去更多呢，因为马喜欢在干燥的时候跑到里面去。它们也只有身陷绝境时才知道其中的情形远不是它们想象得那样。格林潘确实是个危害极大的陷阱。”

“您不是说有办法可以穿过去吗？”

“那就是格林潘大泥潭。”

“是啊，这里有一条小路，只有聪明的人才可能走过去，我已经发现了捷径。”

“可是您为什么想到要走到如此可怕的地方去呢？”

“噢，您注意到对面的小山了吗？那其实是被泥塘隔绝了的绝妙小岛。如果能够想法子过到那边去，那边稀有的植物和蝴蝶多得很。”

“什么时候我也去试试运气。”

他不可思议地看着我。

“天哪，放弃这个打算吧！”他说道，“那样就等于是我谋害了您。我敢断定您绝对无法活着回来。我是通过记住那些错综复杂的标记才能进到里面去的。”

“上帝啊！”我大声喊道，“那是什么声音？”

只听那边传来一声又长又低、无比凄惨的呻吟，这呻吟回荡在整个沼泽地的上空，可就是无法弄清楚声音是从哪里传来的。开始是不太清楚的哼哼，随后变成了深沉的怒吼，然后再转变成为忧伤发颤的呻吟。斯特普尔顿好奇地张望着。

“沼泽地真是无奇不有啊！”他说道。

“这到底是怎么回事呢？”

“农民说这是巴斯克维尔猎犬在寻找猎物。我曾经也听到过一两次，只是声响没这么大。”

我紧张得直发抖，一边环顾四周点缀着一片片绿色树丛的原野。广阔的草原上，除了一对大乌鸦在我们背后的岩岗上哇哇叫唤之外，真的就是一片沉寂。

“您是个受过教育的人，应该不会迷信这些无稽之谈吧？”我说道，“在您看来，这些奇怪的声音会是怎么发出来的呢？”

“泥潭有时候就发出这样的怪声，污泥下沉或是地下水往上冒，或是别的什么现象。”

“不，不，那是一个活着的东西发出的声音。”

“哦，也许您是对的。您听见过鹭鸶的叫声吗？”

“没有，从来没有。”

“英国有一种罕见的鸟类——实际上已经绝种了——可是在沼泽地里什么奇迹都可能出现。假使刚才听到的是最后几只鹭鸶叫唤的声音，我也不奇怪。”

“这是我有生以来听见过的最恐怖、最奇特的声音。”

“对啊，这真是一个神奇而且可怕的地方。请看那边的小山坡，您说那些是什么玩意？”

整个陡峭的山坡上全是灰色石头围成的圆圈，至少有20个。

“那是什么呢？是羊圈吗？”

“不，那是我们伟大的祖先住过的地方。史前时期沼泽地里人口稠密，从那以后就荒无人烟。所以我现在看着的那些石屋的布置仍然和当时的情形一样。不过，那些建筑都没有屋顶。假如您想满足好奇心打算到里面转一圈的话，您还可以发现那里有他们的炉灶和床。”

“简直可以构成一个市镇的规模。什么时候有人在那里住过？”

“大约是新石器时代——确切的年月已经不可考证。”

“那时他们干些什么？”

“他们在那些山坡上放牛。青铜器开始代替石器时代的时候，他们懂得了开掘锡矿。您瞧对面的壕沟，那就是他们开掘的痕迹。华生医生，您会发现沼泽地里有一些非同寻常之处。噢，对不起，恕我失陪！一定是赛克罗派茨大飞蛾。”

一只不知是蝇还是蛾的东西翩翩飞过了小路，斯特普尔顿立即以不可思议的力量和速度扑了上去。令我惊讶的是，那只飞蛾竟一直向泥潭飞了过去，而我的朋友竟然挥舞着网兜，刻不容缓地在树丛间跳跃着跟进。他穿着灰色的衣服，加上左右奔跳的弯曲动作，使他自己看上去也像是一只大飞蛾。我站在那里，望着他朝前追赶着小动物，一方面羡慕他轻巧敏捷的动作，另一方面也担心他会不知不觉地陷进泥潭里。这时，我听到了脚步声，等我转过身来，我发现路边不远处站着一个女人。她是从梅里皮特方向来的，那边正飘过来一抹烟雾。由于一直被沼泽地的低洼处挡住了视线，所以直到她离得很近了我才发觉。

我猜想这就是我听说过的斯特普尔顿小姐。因为在沼泽地一带的女性很少，而且我还记得有人说她是个美人。现在朝我走过来的这个女人的确应该属于不同寻常的一类。他们兄妹相貌完全不同，这再也明显不过了。斯特普尔顿先生的肤色适中，淡色的头发和灰色的眼睛，而她的肤色则比我在伦敦见过的深肤色女郎的更深。她身材苗条，仪态优雅。而且她天生有一副高傲秀美的脸庞，五官极其协调。就是那性感的双唇和美丽热情的黑眸才使这面相充满了激情。完美无缺的身段，再加上华贵的衣着，她简直就是这寂静小道上的美妙仙女。我转过身来的时候，她正注视着她的哥哥，接着她就向我快步走来。我摘下帽子正准备开口，她的话把我的思绪引到了别处。

"回去吧！"她说道，"马上回伦敦去，马上就走。"

我目瞪口呆，一言未发地看着她。她那一双洋溢着火光似的眼睛看着我，同时一只脚不耐烦地在地上磕打着。

"我为什么要回去呢？"我问道。

"我不可以解释。"她的声音低沉而恳切，声音有些怪异，像是话说不利索。"您就看在上帝的分上，您就去这么做吧。回去吧，不要再踏上这片沼泽地。"

"但是我才刚来啊！"

"哎呀，您这个人哪！"她激动地喊了起来，"难道您看不出来这个劝诫是为了您好吗？回伦敦去，今晚就走！不管怎么样离开这个地方！嘘，我哥哥回来了！我说过的话，一个字也别提。能请您帮我摘下杉叶藻旁边的那朵兰花吗？我们这片沼泽地的兰花特别多，不过您来的不是时候，已经过去了，您也

“回去吧！马上回伦敦去，马上就走。”

无法欣赏到这里的美景了。”

斯特普尔顿已经不打算去追扑飞蛾了，他此时累得上气不接下气，热得脸也通红。

“啊哈，贝丽尔！”他说道。

但是我感觉出他打招呼的热情并不是很真诚。

“噢，杰克，你很热了吧？”

“是啊，我刚才在追扑一只飞蛾，这是深秋时节很少见到的。可惜没成功。”他漫不经心地说，可是他那明亮的小眼睛却在我和他妹妹之间不停地打量着。

“看得出来，你们已经认识上了。”

“是啊，我正在和亨利爵士说，他来的不是时候，已经看不到沼泽地里的美丽景色了。”

“咳，你以为他是谁啊？”

“我想一定是亨利·巴斯克维尔爵士了。”

“不，不是的。”我说，“我是爵士的朋友，一个很普通的人，我是华生医生。”

她那表情丰富的脸因为难堪而泛起了红晕。

“我们竟然阴差阳错地聊开了。”她说道。

“无所谓，你们没有聊多久啊！”他哥哥仍然以怀疑的目光审视着我们俩。

“我没把华生医生当作客人看待，而是把他当作本地人来交谈的。”她说道，“对他而言，兰花的迟开早开没什么关系。可是您不想见识一下我们的梅里皮特别墅吗？”

别墅转个弯就到了，这是沼泽地中一所荒僻孤独的房子。过去兴旺的时候，这里是牧人的农场，现在经过修理，已经变成一幢新式住宅了。周围到处都是果树，可是那些树木就跟沼泽地里的一样，全都生得矮小，发育不好，整个环境给人一股压抑沉闷的气氛。一个穿着褪色旧衣服的老人引领我们进去了，他模样怪异、干瘦，倒是显得与这所房子搭配。屋子很大，室内装饰得整洁而高雅，由此可以想到那位女士的品位。我隔窗眺望，连绵无垠，布满了花岗岩的沼泽地一直朝着地平线的方向延伸着。我情不自禁地问自己，是什么原因使得这位受过高等教育的男子和这位美丽优雅的女士到这种地方来生活？

“奇怪，挑选了这么个地方，对吧？”他好像在答复我的想法，“我们在这里自得其乐呢，是不是，贝丽尔？”

“是很快乐。”她说，但她的语调并不坚定。

“我曾经开办过一所学校。”斯特普尔顿说道，“地点在北方。那种工作对我这样性情的人来说，不免厌倦乏味。但是能够和青年们生活在一起，帮助和指导他们成长，并用自己的理想和品行去影响他们，在我看来更加珍贵。无奈命运与我们作对，学校里发生了传染病，死了3个孩子。经历这场教训，学校从此一蹶不振，投入的资金也都亏了。但如果不是因为失去了与那些孩子做伴的乐趣，我可以忘记那些不幸的事。由于我对动植物学十分感兴趣，在这里有考察不完的项目，而且我妹妹也和我一样十分沉醉于大自然。当你凝望窗外出神的时候，您的表情透露了您的想法，华生医生。”

“我的确想过，您和令妹在这里的生活过于单调乏味，但也许对您很有益。”

“不，不，我从不感到单调。”她慌忙补充说。

“我们有书本，有研究工作，而且我们还有一些很有意思的邻居。莫蒂默医生在他的行业里是最有学问的人。可怜的查尔斯爵士也算得上一个有趣的伙伴。我们十分了解他，而且也很怀念他。您认为我今天下午该不该去冒昧地拜访一下亨利爵士呢？”

“我可以保证您去他一定会非常开心。”

“那最好您顺便提一提，就说我有意前去拜访。说不定在他习惯这一带新环境之前我们可以起到一点微薄的作用，使他感觉方便。华生医生，您想到楼上去参观一下我收集的昆虫标本吗？我想我的收藏应该是英国西南部地区所能收集的最为完整的一套。等您看完，午餐可能也就准备好了。”

我一心想着早点儿回去看我的委托人。阴森凄惨的沼泽地，不幸丧命的可怜的马，以及同巴斯克维尔猎犬传说相关联的令人毛骨悚然的怪声，所有这一切都给我的思绪蒙上了一层阴郁困惑的色彩。与这些比较模糊的印象相比，给我更深的印象是，斯特普尔顿小姐那特别清楚的警告。她说话的语气表现得如此恳切，使我相信警告后面必然存在着充分而且令人担忧的理由。我礼貌地拒绝了他们的邀请，不打算留下来吃饭，决定赶紧回去。这样，我就顺着来时长满野草的小路返回了。

仿佛是路熟的人可以发现捷径似的，我还没有走上大路，就看见斯特普尔顿小姐正坐在路旁的一块石板上。她双手叉在腰际，看得出来，她因为剧烈运动，脸上泛起了红晕。

“为了追上您，我连帽子也没来得及戴就赶来了，华生医生。很抱歉我误把您当成是亨利爵士，还是请您忘记我说的那些话吧，那些警告和您没有关系。等您更多地了解我之后，您就会明白，我并不是一个对自己言行能够解释得很有条理的人。”

“别，别这样说。我还记得您发抖的声调，还有您说那番话时的表情。噢，还是请您直截了当地说吧，斯特普尔顿小姐。我刚来这里，就发觉四周充斥着谜团，生活变得跟格林潘的泥潭一样了，处处都是散布着的丛林和草地，人们可能随时掉进泥潭里，而又没有向导可以指出一条路来。请您明白地告诉我，您的话到底意味着什么，我担保一定把您的告诫转达给亨利爵士。”

她的脸上流露出犹豫不决的神情，等她回答我的问题时，她双眼的目光马上显得坚定起来。

“您多虑了，华生医生。”她说道，“我和哥哥获悉查尔斯爵士不幸的消息时都觉得异常震惊。我们彼此都很熟悉，他最喜欢穿过沼泽地到我们住的这边来散步。他们家族的这场厄运的阴影也一直压在他身上。不幸发生后，我很自然地想到，他所流露出的恐惧绝不是凭空而来。现在，这个家族的继承人又来这里居住，我当然十分担心。我预感危险也会发生在他身上，所以我想应该给他个警告，这就是我想告诉他的。”

“那个猎犬的传奇故事您听说了吗？”

“可是您所指的危险是什么呢？”

“那个猎犬的传奇故事您听说了吗？”

“我不相信这样的荒唐传说。”

“但是我信。要是您还能对亨利爵士产生一定影响的话，那就请您把他带走，使他避免这场家族的灾难。天地之广，处处可以安身立命，何必跑到这么一个凶险的地方来呢？”

“正是因为它的凶险，他才来这里住下，这就是亨利爵士的性情。如果您无法提出一些详细的事实，我恐怕，他是不会那么轻易回避的。”

“我讲不出个所以然来，因为我根本就不太清楚具体的情况。”

“我再问您一个问题，斯特普尔顿小姐。假如您当初和我说过的话的潜在含义不是这样，您为何不愿让您的兄长听到呢？您说过的那些话并没有能引起他或者其他人反感的地方啊！”

“我哥哥特别希望这座庄园的传人能住下去，他认为这样对沼泽地的穷人会有好处。假如他得知是我劝说亨利爵士离开的话，他真的可能会发脾气的。毕竟我也尽了职责，我什么也不说了。我该走了，要不然他会猜到我是来见你的，再见了！”她转身离去，几分钟后就消失在乱石之中了。我怀揣着说不出的恐惧赶回了巴斯克维尔庄园。

华生医生的第一份报告

从此刻起，我需要按照事情发生的先后顺序，把摆在我面前桌子上的，我写给福尔摩斯先生的信件抄录下来。尽管里面有一页信纸已经丢失了，但我确定现在写的东西是准确清楚的。我对发生过的不幸事情记得十分清楚，可是这些信仍然可以准确地传达我当时的情绪和感受。

亲爱的福尔摩斯：

我以前写过的信和发去的电报，已经让你了解了这个荒凉的角落里发生的一切。一个人在这里待的时间越长，沼泽地的晦气就越会侵入人的精神。它威力无穷，可以说是无孔不入。一旦你来到沼泽地的中心，你就感受不到任何英国气氛了。可是，从另一个角度来看，你可以目睹一些史前人的建筑和智慧的结晶。你出去走动的时候，周围分布的就是那些人们已经遗忘了的房屋，还有那些墓地和巨大的石头柱子，这些石柱也就是过去庙宇林立的地盘。如果你注意到了斑驳的斜坡上那些暗色石头砌成的房屋，你就想不起来自己所处的时代了。假使你见到一个穿着兽皮、满是毛发的人从低矮的门洞里爬出来，他们把石头制成的箭搭在弓弦上，你会生出一种感觉，认为他们更适宜待在这里，反倒是你显得格格不入。最让人费解的是，这片土地贫乏，但是人口却曾经是如此稠密。尽管我不是考古学家，但是我能想象得到，他们都是些拒绝战争，却饱受蹂蹒的民族，最后只好接受了这片一般人不愿意落户的土地。

很清楚，这些情况基本上与你派遣我来这儿的任务不太相关，并且对你这样一个讲求实效的人来说，有些令人乏味。我记得在讨论到底是太阳绕着地球转还是地球绕着太阳转时，你漠不关心。言归正传，我还是谈谈有关巴斯克维尔爵士的案情的事情吧。

我之所以前几天没有把我的报告呈交给你，那是因为总是没有什么可以呈报的东西，后来倒是出现了令人惊讶的情况，我现在就一五一十地告诉你吧。首先，我希望让你对整个情形中的其他相关因素有略微的了解。

其中之一就是沼泽地里的那个越狱犯。有关他的情况我以前很少涉及。目前已经可以肯定，他已经跑掉了。这对本地区的大面积散居的住户来讲，可以长长舒一口气了。他已经消失两个礼拜了。在这段时间里，没有人看到过他。他如果一直藏身于沼泽地，那是不可思议的事情。当然，要是仅就躲藏起来而言，这是不用费什么劲。任何一间小石屋都可以藏身。但是他只能捕杀沼泽地里的羊，要不然就没有其他的食物。所以，在我看来，他真的逃远了，而那些偏远的农户们就可以安心入睡了。

我们有4个彪壮强悍的男人住在一起，因此我们可以很好地照顾自己。只是我一想起斯特普尔顿一家人来，我就觉得心神难定。他们居住的地方四周数英里之内都没有人烟。只有一个女仆、一个老男仆和他兄妹俩在家里住着，而哥哥也是个文弱书生。假使那位诺丁山罪犯真的闯到那里去，他们就被掌控在一个亡命之徒的手下，真的会叫天天不灵，呼地地不应。亨利爵士和我都十分挂念他们，有人建议让马车夫珀金斯过去住，但是斯特普尔顿却不当回事。

实际情况是，我们这位年轻的爵士已经开始对我们的女邻居表现出极大的热情了。对爵士这样一个活泼的人来说，这也没有什么

斯特普尔顿带我们去参观了据说是邪恶雨果传奇故事的发生地点。

可奇怪的。在这样一个荒郊野岭的地方，日子实在烦闷。而她那么楚楚动人，身上还散发着热烈的异国情调。这同她兄长的冷淡克制形成了鲜明的对比，但我们还是可以感受到他内心的满腔热情。他无疑具有一种影响她的力量。因为我观察到，她在说话时会经常看他，仿佛她总在取得他的同意后才发表自己的看法。我相信他很关心她。他双目炯炯有神，薄而果敢的嘴唇表明了他有一种独断专行的倾向。我想你一定会对研究他很有兴趣。

第一天他就来探访了巴斯克维尔。第二天上午，他又带着我们两人去参观据说是邪恶雨果的传奇故事发生地点。我们在沼泽地里走了好几英里才到。那地方寂静荒芜，很容易让人情不自禁地担心害怕，从而编造出那么个故事来。我们在两堆乱石岗之间找到一个小山谷。顺着小山谷走下去，我们就来到了一片开阔的草坪，长的都是白棉草。空地的中间耸立着两块巨大的石头，顶端已经被风化成尖顶状，仿佛什么庞然怪物的獠牙。这个景象同传奇故事里的不幸场面极其吻合。亨利爵士非常有兴致，他多次问到斯特普尔顿是否真的相信妖魔鬼怪会干扰人类事务。他询问的时候显得毫不在意，可是内心却是一本正经，非常严肃认真。斯特普尔顿回答得小心翼翼，看得出来他尽量少发言是在照顾爵士的情绪——他并没有把自己的想法都讲出来。他和我们谈论了类似的事件，说有些家族也经历过恶魔的困扰。这让我们感觉他对这种事情的态度和一般人是相同的。

回来的路上，我们去梅里皮特别墅吃了饭，亨利爵士就是在那里认识斯特普尔顿小姐的。他似乎对她一见钟情，而且这种相恋之事不是单方面的。我们后来回家的路上，他还不断说到她。从那以后，我们差不多天天都与他们兄妹会面。

今晚我们一起吃饭的时候就谈到下礼拜我们去他们那里的事

宜。人们一定会以为，如果他们两人结合，斯特普尔顿先生一定会很乐意。但是，我经常观察到的是，每当亨利爵士对他妹妹注视的时间长了点儿，他就有些恼怒。他已经离不开她了。显然，他的生活要是没有了她，肯定会变得十分寂寞。但要是他因此而阻止她这样美好的婚姻，那就未免太自私了。我可以断定，他并不希望妹妹与亨利的亲密关系发展成为爱情。另外，我还发现，他总是不愿让他们有单独在一起的机会。你还告诉过我，不要让亨利爵士单独出去。其他种种的困难之外又加上了爱情，这个任务就更让我难办了。如果还要按照你的指示跟着亨利爵士，我就会成为一个令人讨厌的人了。

那一天，确切地说就是星期四，莫蒂默和我们一起共进午餐。他在有草的丘陵地发掘了一座古坟，得到了一个史前人的头盖骨，他为之欣喜若狂。真没见过像他这样用心专一的狂热者！没多久，斯特普尔顿兄妹也来了。在亨利爵士的请求下，这位善良的医生带领我们去了水松夹道，给我们讲述查尔斯爵士丧命的那天夜里事情发生的详细过程。这次散步漫长又沉闷，那条水松夹道被夹在两行高高的、修剪整齐的树篱之中。小径两边各有一片狭长的草地，尽头是一个破旧的凉亭。那扇开向沼泽地的小门居中，老绅士曾在那里留下了雪茄烟灰。那是一扇装有门闩的白色木板门，外面就是无垠的沼泽地。我想起你对这件事的看法，极力在心中想象着事情发生的实况。可能是老人站在那里看到了什么穿过沼泽地向他跑来，那东西吓得他惊慌失措，所以拼命地狂奔起来，一直跑到心衰力竭而亡。他就是沿着水松夹道跑的。可是，为什么他要跑呢？仅仅因为沼泽地上有一只牧羊犬，或者是看到了传说故事里的黑色大猎犬？有人在其中捣鬼吗？该不是文静而警觉的巴里摩尔对情况还有所隐瞒吧？这一切都掩映在迷雾里，可是我隐约觉得幕后有着罪恶的阴影。

上次给你发完信后，我又遇见过一个乡邻，就是拉福特庄园的弗兰克兰先生。他住在南面距离我们4英里的地方。他是一位老人，面色红润，须发银白，性格暴戾。他对英国的法律特别感兴

莫蒂默带我们去了水松夹道，指给我们看那扇开向沼泽地的小门。

趣，并且因为诉讼费耗尽了大量财产。他之所以与人打官司，是为了获得赢官司的快感。至于说站在哪一边，他都无所谓，难怪他会觉得诉讼是个费钱的玩意。有时他居然封闭一条路并公然抗拒教区让他开放的命令；有时他亲手拆毁别人的大门，并宣称很久以前这里就是一处通道，以反驳原主对他提出的侵犯诉讼。他通晓旧庄园制度和公社权益法。他一会儿利用自己的知识维护弗沃西村居民的权益，一会儿又采取敌视村民的立场。因此他时而被人欢呼着举起来在村中游行，时而会有人按他的样子做出模型，然后放火焚烧。据说他现在手里还有七宗案子，说不定这些案子会耗光他所有的家当和财产。到那时候他就是一只被拔了毒刺的黄蜂，再也无法伤人了。除却法律问题不谈，他还算是个和蔼可亲的人。我也只是提提他罢了。他还特意嘱咐我，应该把周围一些人的情况也写信给你参考。他此时正忙个不停。他还是一名业余的天文学家，有一架性能特别优良的望远镜。他成天伏在自己的屋顶上，用它在沼泽地里扫视，希望可以发现那个越狱犯。假使他把全部的精力耗费在这上头，那就相安无事了。根据谣传，他打算起诉莫蒂默医生私掘坟墓，因为他没有征求死者近亲的允许就这样做了，而且还掘出了一个新石器时代的头盖骨。这位弗兰克兰先生对于打破我们的平静呆板的生活起着推波助澜的作用，使我们的生活轻松愉快起来。

以上给你介绍了越狱犯、斯特普尔顿兄妹、莫蒂默医生和拉福特庄园的弗兰克兰先生。最后我要讲一件最重要的事，那就是巴里摩尔，尤其是昨晚那令人震惊的事态进程。

首先就是那封企图试探巴里摩尔是不是真待在巴斯克维尔的发自伦敦的电报。我前面说过，邮政局长的话证实那次检验是没有效果的，我们证明不了什么。我把事情的真实情况告诉了亨利爵士，可他以他率直的作风立即把巴里摩尔召来，询问他是否亲自收到了那封电报。巴里摩尔说是的。

“那孩子亲自交到你手里的吗？”亨利爵士问道。

巴里摩尔显得十分惊讶，稍微回忆了一下。

“没有。”他说道，“我当时在楼上的小房间里，是我妻子送上来的。”

“是你亲自回的电报吗？”

“不是，我告诉了妻子怎么写，她就下楼代劳了。”

当晚，巴里摩尔再次提起这件事。

“我不明白，亨利爵士，您今早为什么问起那些问题来？”他说道，“我猜想，您之所以要提那些问题，会不会是由于我做了什么事让您失去了对我的信任？”

亨利这时只好保证断无此意。为了让他安心，亨利爵士把自己的许多旧衣服送给了他，因为伦敦添置的新衣服都到了。巴里摩尔夫人引起了我的注意。她长得胖而结实，表现得刻板和拘谨，总有些清教徒的感觉，很难想象有比她更难动感情的人。

我已经跟你说过，我来这里的第一天夜里就听到了她伤心的哭声。从那以后，我不止一次地看到她脸上残留着泪痕。看得出来，巨大的悲哀在吞噬着她的灵魂。有时我会想，她内心是不是有什么驱不散的郁闷；有时我怀疑巴里摩尔会不会是个粗暴的人。我总觉得这个人身上存留一些奇特和可疑的地方。昨晚的奇特遭遇证实了我的全部疑虑。

可能事情本身不值得小题大做。你知道，我睡觉很轻，再加上是在这样的房子里，我更加保持着警惕，因此睡得比平时更不安稳。昨天夜里，大约两点了，我被门外悄悄的走路声惊醒。我翻身起来，打开房门往外窥视。一个长长的黑影在走廊上掠过。那个人手里拿着蜡烛，悄悄地在走廊里飘过，穿着衬衫和长裤，

光着脚。我只瞥见他的身影和轮廓。从他的身材来判断，我想他就是巴里摩尔。他蹑手蹑脚，整个样子显得鬼鬼祟祟，似乎有着

他注视着漆黑的沼泽地，脸部表情显得紧张而严峻。

不可告人的事情。

我向你描述过，环绕大厅的走道插进了一段阳台，走廊接着阳台另一端，再延伸到更远的地方。我一直等到他走得看不见了，然后才悄然跟上。我走近阳台时，他已经走到走道的尽头了。我看见了从一扇开着的门里射出来的灯光，我明白他已经进了一个房间。由于这些屋里没有家具，也没有人居住，所以他的行动就越发显得诡秘了。灯光很稳定，可以推知他是一动不动地站着了。我踮着脚尖儿往过道那头走，并从门向里面窥探。

巴里摩尔端着蜡烛，凑近玻璃，身子伏在窗前，头的一边侧对着我。他注视着漆黑的沼泽地，脸部表情显得紧张而严峻。他一直站在那里全神贯注地看了好几分钟，随后他深深叹了口气，做了个不耐烦的手势熄灭了烛光。我赶紧退回房间，很快，门外再次传来鬼鬼祟祟往回走的脚步声。

过了好一阵子，我昏昏然要睡过去的时候，突然听到什么地方传来开锁的声音，可是无从知道声音来自何处。我猜不出这意味着什么，但是我认为，在这阴森森的房子里一定发生着什么秘密的勾当。我们迟早会把它弄得清清楚楚，明明白白的。我不想多说自己的看法，因为你只要求我提供事实。今天清晨我同亨利爵士做了一次长谈，我们已经根据我所观察到的情况制订了一个行动计划。我现在还不打算讲，但它一定会使我下一份报告趣味横生。

华生于巴斯克维尔庄园

10月13日

华生医生的第二份报告

亲爱的福尔摩斯：

如果说我开始承担这项任务而被迫离开你的时候，我还没有多少消息，那么现在我正在弥补自己浪费的时间。因为现在事实已经向我们纷至沓来了。在我最近的那篇报告里，我只讲到巴里摩尔站在窗户前面就没再说下去。要是我的估计没有偏差的话，此时我已经了解到令你震惊的材料了。从某些方面看来，在过去两天的时间里，事态已经越发清晰了；可是从另外一些方面来看，又显得复杂了。我现在把所有情况都汇报给你，请你自己判断吧。

半夜冒险后的第二天早饭前，我穿过走道去查看巴里摩尔去过的房子，结果发现他往外凝视过的西边的窗户同其他房子里的窗户有些不同——那是看到沼泽地最近的地方。从西面的窗口望去，穿过外面两棵树之间的空隙恰好可以观察到沼泽地，而从其他窗户则只能隐约看到一点儿。由此可以这样假定，巴里摩尔大概是在寻找什么东西或者什么人，因为只有通过那扇窗户可以达此目的。那天夜里很黑，因此我也很难推断他看到了什么。我还突然冒出个想法，他会不会是在玩偷情的把戏，这或许可以解释为什么他的行动诡秘而他的妻子总是郁郁寡欢。巴里摩尔这个男人仪表堂堂，完全可以吸引乡间任何一名女子，因此这一推断不无道理。等我回到自己的房间时，我听到有开门的声音，也许就是他们出来约会。第二天早晨我认真思考了一番，尽管结果可能证明这种怀疑有合理的地方，但还是难以成立，还是把我的疑虑告诉你吧。

不管巴里摩尔的行为怎样来说明才算合理，我总觉得，在我可以解释清楚之前，把这件事都结在心头对我是个沉重的包袱。所以早饭后我去亨利爵士的书房见他时，就把我看到的一切告诉了他。可是他听后并不如我想象的那样惊讶。

“我早知道巴里摩尔常常夜间游走，我本打算找他谈谈。”他说，“有好几次我听见他在走廊里来回走动，也差不多是在你讲的那个时间。”

“如此说来，他几乎每天都会去那个窗户探望一次。”我提醒说，“说不定，假如真的是这样，我们不妨跟踪他一次，打探一下他到底在做什么。”

“我不知道您的朋友福尔摩斯如果在这里的话，他会怎么办。”

“我相信他一定也会这么去做的，”我说道，“他会跟在巴里摩尔的后面，看看他究竟在做什么。”

“那我们一起行动吧。”

“可是我们跟在他后面他会察觉的。”

“没关系，他耳朵有点儿不好使。无论如何，我们得抓住这个机会。今晚我们就一起坐在房间里迎候他。”亨利爵士兴奋地搓着手。看得出来，这次冒险可以缓解一下沼泽地平淡无味的生活。爵士也很想一试。

亨利爵士已经和当初为查尔斯爵士工作过的设计师，从伦敦来的建筑商，以及从朴次茅斯来的装修工和家具商碰过头。所以我们很快就会看到这里发生的巨大变化。显然，我们的朋友志向远大，而且具备相当的实力。他打算不辞辛苦、不计代价地要重建这个古老家族逝去的辉煌。这座庄园修整翻新以后就只欠缺一个女主人了。从各方面的情况看来，只要斯特普尔顿小姐应允，这一点遗憾就会即刻消失。可以说，他对我们美丽的芳邻如此动情，我还很少见。但是这段诚恳的恋情并不像我们通常想象的那样发展顺利。比如说今天吧，宁静的爱情之海就被一场意料不到的风浪给搅乱了，给我们的朋友增添了巨大的痛苦和烦恼。

在谈完有关前面说到的关于巴里摩尔的事情之后，亨利爵士戴着帽子打算出门，这时我也戴上了帽子。

“怎么，您也去吗，华生医生？”他神情怪异地看着我问道。

“如果您去沼泽地的话。”我说。

“是啊，我是去那儿。”

“那，您应该知道我的任务。我十分抱歉干扰了您。可您也知道，福尔摩斯再三强调我不可以离开您，尤其是不应该让您单独去沼泽地。”

亨利爵士高兴地把手搭在我的肩膀上。

“我亲爱的伙伴，”他说道，“福尔摩斯虽然聪明过人，可也没有算计我到沼泽地以后发生的事情。您懂得我的意思吗？我相信您是不愿意扫别人兴致的人。我只能单独去。”

这可让我十分为难，不知该说什么，也不知该做些什么。就在我犹疑不定的时候，他拿起手杖就走了。

我站在那儿仔细掂量着这件事，我的良心遭到了极大的谴责，因为我居然让他一个人离开了。我真难想象，一旦真的因为我没有尽职而酿成不幸的后果而我又不得不回到你身边忏悔的时候，我会有怎样一种感觉。一想到这儿，我脸就红了。也许马上去追他还来得及。于是，我也迅速朝着梅里皮特别墅的方向出发了。

一路上，我以飞快的速度往前赶，一直走到沼泽地的岔路口，我才远远望见亨利爵士。当时，我因为怕走错路而爬上那里的一座小山——就是那座插入阴森采石场的小山。在那里可以俯瞰周边的一切。我很快就看见了他。他走在沼泽地的小路上，距离我大概四分之一英里，身旁还有一位女士。除了斯特普尔顿小姐不可能会是别的人。看得出来，他俩已经建立了默契，而且约好了在这里会面。他们并肩慢慢往前走，谈得兴高采烈。我看见她急促地比划着手势，似乎对自己说的话很认真。他则全神贯注地听着，有时还会

亨利爵士高兴地把手搭在我的肩膀上。

摇两下头，好像是表示不能完全苟同。我站在乱石中间眺望着他们，不知道接下来该如何是好。走上前去打断他们的亲密交谈，似乎有些不识趣，但我的任务就是时时刻刻监管着他。追踪并窥视一个朋友，实在是一件令人头痛的事。不管怎么样，我只有在山头观望，事后再向他忏悔以求心安理得，除此之外，还有什么别的法子呢？老实说，如果当时真有什么意想不到的危险发生，我离得那么远，也是于事无补。我相信，就我当时的处境，你一定会赞同我的做法，而且我已经尽力了。

我们的朋友亨利爵士这时和那位女士停下来，站在小道上热烈地交谈着。我突然发觉，看着他们约会的不止我一人，因为我一眼瞧见前方有个绿色的东西在动。定睛一看，才知道那东西装在一个杆子顶端，扛着杆子的人正在蜿蜒曲折的路上走着。原来是斯特普尔顿拿着捕蝶网在走，他离那对情人比我的距离要近得多，仿佛是正朝他们的方向走去。这时，亨利爵士一把将斯特普尔顿小姐拽到身旁，用胳膊搂着她。她把脸侧向另一边，似乎在极力挣扎，想要从他怀里逃走。他把头凑近她，但她像是拒绝似的举起一只手来。接着我看着他们很快分开了，并且慌忙地转过身来，原来是斯特普尔顿打扰了他们。他朝他俩狂奔过去，那只捕蝶网在他身后逗人似的摇来晃去。他在那对情人面前气恼地张牙舞爪。我想象不出这究竟是因为什么。看情形，好像是斯特普尔顿在愤怒地谴责亨利爵士。爵士努力辩解着，可还是无济于事，斯特普尔顿拒绝听下去。这样两个人之间的气氛变得格外的紧张。那位女士此时则站在一边，高傲地仰着头，一言不发。最后，斯特普尔顿先生掉转头来，蛮横地向妹妹挥手。她迟疑地看了一眼亨利爵士后就跟哥哥走了。那位生物学家的手势说明，他对自己的妹妹也十分气恼。亨利爵士望着他们的背影站了一阵，接着低下头，垂头丧气地沿着来时的路往回走。

我不明白这究竟是怎么一回事。我因为自己在朋友不知道的情况下偷窥这一切而感到自责和羞愧。我从山坡上跑下来，在山

亨利爵士一把将斯特普尔顿小姐拽到身旁，用胳膊搂着她。她把脸侧向另一边，似乎在极力挣扎。他把头凑近她，但她像是拒绝似的举起一只手来。

脚下碰到了爵士。他气得满脸通红，双眉紧皱着，一副无可奈何的样子。

“天哪，华生，您是从哪里冒出来的，”他说道，“难道您真的跟在我后面了吗？”

我向他做了一番解释，告诉他，我觉得自己如何不可以待在家里，我如何跟踪他，以及我如何看到了所发生的情况。有一阵子我感觉他的眼里要冒出火来，可是我的真诚让他的怒气有所缓解，最后他还是苦涩地笑了起来。

“我还以为沼泽地中间是一个遮人耳目的地方呢。”他说道。“可是，我的天哪，好像全乡的人都可以看到我在求婚似的——而且是糟糕透顶的求婚！你在什么地方找到了一个座位？”

“就在那座小山上。”

“原来是远远的后排啊！但是他哥哥居然跑到前排来了。您看到他朝我们奔过去了吧？”

“是的，看到了。”

“你以前见过他这种发疯的样子吗？——她的那位尽心尽责的兄长！”

“没有见过。”

“我必须说的是，他根本不疯。迄今为止，我一直觉得他头脑清醒。但是，请相信我，总归有一天，不是他进疯人院，就是我进。我不明白，我到底是怎么了？华生，您在我这里住了好几个礼拜了。您就和我直接讲吧，我哪些地方不好，当不成我所爱的女人的优秀丈夫？”

“我的看法是，您没有什么不好的地方。”

“他不至于是因为我的社会地位而和我作对吧？这样看来，问题还是出在我身上。但是我究竟是哪里遭他反感了？在我所认识的人当中，无论男女，据我所知，我还没有得罪过谁。可是，他连我碰她的手指都不允许。”

“他这样说了吗？”

“岂止这些。我和您讲吧，华生，我和她认识只有几个星期，可是从一开始，我就觉得她是为我而生出来的；而她呢，也持这样的想法——我敢发誓她和我在一起的时候十分开心，因为女人的眼神比语言更能够说明问题。可是他一直阻碍我们在一起。今天我才找到一个单独和她交流的机会。她很高兴见到我，可是会面以后，她又回避谈及爱情。如果她能阻止我的话——甚至不许我谈。她不停地对我讲，这是一个危险的地方，除非我离开这里，要不然她永远不会快乐。我跟她讲，自从见着了她，我就不想急着离去。假如她真的要我离开那里的话，除非她设法和我一起离开。讲到这里，我说了很多想要和她结婚的话。但是她还来不及回答，她哥哥就朝我们跑来了，那样子就像疯了似的。他的脸色苍白，就连那双浅色的眼睛里也燃起了怒火。我怎么会做让斯特普尔顿小姐感到不体面的事呢？我也没有自以为自己是爵士就不得了呀！如果他不是她的兄长的话，我知道以什么方式对待他更好。当时，我只对他说，我对他妹妹的爱情没有什么见不得人的，而且我盼望她能和我结婚，做我的妻子。可是我的话反而使情况更加糟糕。随后，我也失去了控制。也许因为她当时在我身边，我的回答所流露出的态度有些过分。结果你也看到了，她和他一起离去了。而我的处境是尴尬至极，不知所措。华生，如果您能解释清楚这些事情，我真是感激不尽了。”

虽然当时我做了一两种推测，可是实际上，我自己也糊涂了。我们的朋友从身份、财产、年纪、性情和外表来说，各方面都是出类拔萃的。除了他家连续不断的厄运以外，我根本找不到对他不利的地方。令人难以置信的是，他的要求还没有得到斯特普尔顿小姐本人的认可就遭到了断然拒绝。当天下午，斯特普尔顿的到访才算是把我们的疑虑和猜测消除。他是为了自己早晨粗鲁的态度来道歉的。他们单独在亨利爵士的书房交谈了很长时间。从我们计划下周五去梅里皮特吃饭这件事可以推断，他们之间的隔阂已经消除了。

“我此刻并不认为他就不是一个疯子了。”亨利爵士说，“今天早晨他冲过来的那个样我是忘不了了。可我必须承认，再没有人能做到他那种程度，可以把道歉的话说得那么诚恳和深刻。”

“他是怎么解释自己今天早晨的行为的？”

“他说妹妹是他生活的依靠。这个很自然，而且他如此看重她，我也很高兴。他们从来就是生活在一起，用他的话来说，他是个非常孤单的人，身边唯有她，所以只要想到从此会失去她，内心就感觉恐怖。他说原来不认为我是爱上了他妹妹，因此当他看到今早的那一幕，就感到仿佛我会把她夺走，因此非常恐慌，以至于当时自己无法控制住情绪。他对发生的事深感不安，并且意识到，自己竟想要把妹妹这样秀美的女子绑在自己身边，这种感情太愚蠢太自私了。假如她最终要离开他的话，他愿意将她嫁给我这样的人，而不是别的人。无论如何，这对他是一个重大打击，因此他需要一些时间，以便他很好地考虑一下将来的生活。如果我答应把婚事暂且往后搁一段时间，今后3个月内只是发展与斯特普尔顿小姐的友情，而不是向她寻求爱情，他就不再反对了。我答应了，于是事情就这么解决了。”

我们就这样弄清了其中的一个谜团。这种感觉就好像是我们在泥潭挣扎的时候，突然在什么地方触到了底。现在我们清楚了为何斯特普尔顿对妹妹的追求者看不顺眼——尽管那位追求者是亨利爵士这样优秀的人士。

让我从一团乱麻的清理中转到另外一件事情的线索上去吧。那就是关于半夜的哭声和巴里摩尔夫人满面泪痕的秘密，还有管家溜到西面花格窗前去的秘密。向我表示庆贺吧，亲爱的福尔摩斯，你可以说我没有辜负你的托付，你不会因为派我来时寄予的厚望而后悔。这些问题通过一夜的努力就都彻底地解决了。

我说“通过一夜的努力”，实际上是两个夜晚的努力。因为第一夜我们什么也没搞明白。我和亨利爵士坐在他的房间里一直等到将近凌晨3点，结果除了楼梯上大钟报时的声响外，我们什么也没有听见。那可真是白熬了一个晚上，最后我们都坐在椅子里睡着了。值得庆祝的是，我们并没有因此垂头丧气，而是决定重新再来一次。第二天我们把灯关上，一声不响地坐在椅子里抽烟。时间过得特别的慢。我们当时的心情就像是猎人窥探着自己布置好的陷阱，是靠期待着猎物不慎掉进来的耐心和兴致熬过来的。时钟敲了一下，然后是两下，绝望之中我们都要坚持不下去、准备放弃了。就在此时，走道里传来咯吱咯吱的脚步声，我们两人一下子在椅子上坐直了，已经懈怠的所有器官一下子变得警觉而且敏感了。

我们从门里听到蹑手蹑脚的动静，然后静止下来。爵士轻轻打开了门，我们开始了追踪行动。那人已经绕进了回廊，走道漆黑一片。我们轻轻走到另一侧厢房，在那里刚好可以瞥见他留着黑胡须的高大身影。他弯曲着背，蹑手蹑脚地掠过走廊，随后进到上次去过的房间。黑暗中门框的轮廓被烛光映照了出来，一道黄光射过阴沉的走廊。我们小心谨慎地潜伏跟进，每踏上一块地板，我们都要先试一试，以防出声。我们没有穿鞋，虽然如此，老旧的地板还是咯吱作响。我们有时候都怀疑他是不是听到我们的脚步声了。幸亏巴里摩尔的耳朵不灵，而且一心在做自己的事情。我们终于走近门口，偷偷向里望了一眼，看见他正弯腰站在窗户前，手里举着蜡烛，苍白而恍惚的面孔紧紧挨着窗户玻璃，正如我前几天见到的情形。

我们事前没有打算采取行动，可是对爵士这种性情中人，最简便省事的方式就是最自然的办法，他直接走了进去。巴里摩尔飞快地从窗口跳开，他迅速倒抽了一口凉气，在我们跟前站定了，脸色忽然变得惨白，全身瑟瑟缩缩，抖个不停。他先望着亨利爵士，接着再看看我，那双闪闪发亮的眼睛里充满了惊恐。

“你来这儿做什么，巴里摩尔？”

“没什么，爵士。”强烈的惊吓使得他差不多话也说不出来了。手中的蜡烛止不住地抖动，人影也随着摇摆飘忽。“爵士，我夜里溜达，查看房间的窗户是不是都关上了。”

“二楼的吗？”

“对，所有的窗户。”

“听我说，巴里摩尔，”亨利爵士神情严厉地说，“我们一定要让你说实话，所以你最好是快点儿讲出来，免得招惹麻烦。好了，说吧，别撒谎！你在窗户前干什么？”

那家伙垂头丧气地看着我们，仿佛陷入了无比的恐惧和痛苦之中，双手缠绕在一起。

“我没做什么坏事，只是把蜡烛放在窗户边。”

“可是你为什么要这样做呢？”

“别问了，亨利爵士，别问了！老实告诉您吧，这不是我个人的秘密，我不可以泄露出去。假若与别人无关而只是我的事情的话，我一定不会对您隐瞒的。”

我突然灵机一动，把蜡烛从管家手里夺过来。

“他一定是用这个来发信号的。”我说，“我们试一试看会有什么动静。”我照他的样子，把蜡烛靠近窗户，眺望着漆黑的窗外。月亮被乌云遮住了，我只能隐隐约约辨识出一排黑色的树影和颜色暗淡的广袤的沼泽地。一个黄色的亮点忽然出现在漆黑的远处，映照在窗户框的中央的玻璃上。那光亮刺破了漆黑的暮色。我兴奋地叫了起来。

“在那儿呢！”我大声喊道。

“你来这儿做什么，巴里摩尔？”

“不，不，爵士，那什么也不是——什么也不是！”巴里摩尔插嘴道，“我向您担保，爵士……”

“请您把蜡烛移开，华生！”爵士叫开了，“看啊，那个光亮也移开了！啊，你这老流氓，难道你还要辩解那不是信号吗？算了吧，快交代吧！你的同谋是谁？你们在搞什么名堂？”

巴里摩尔此时竟表现出一副大义凛然的样子。“这是我的私事，与您没有关系，我什么也不会讲的。”

“那你马上就要被解雇了。”

“那太好了，如果我必须走的话，我一定离开。”

“你是很不体面地离开的。天哪！你真该感到羞耻。你们家族和我的家族同处一个屋檐下都一百多年了，而现在我竟然发现你在处心积虑地害我。”

“不，不是，不是害您啊，爵士！”一个女人的声音传了过来，巴里摩尔夫人出现在门口，脸色比她丈夫更加苍白，神情也更加惊恐。要不是她脸上带着惊恐的表情，她穿着裙子、披着披肩的庞大身躯也许会更加滑稽可笑。

“我们一定得走了，伊莱扎。事情算是走到头了。去把我们的东西整理一下。”巴里摩尔说道。

“噢，我的约翰啊，都是我连累了你，这都是我的缘故，亨利爵士——都是我的错，都是为了我，他才那样做的。”

“那么都说出来吧，到底是怎么回事？”

“我那可怜的弟弟还在沼泽地里饿着肚子呢，我们不能眼睁睁看着他在我们门前饿死。灯光就是告诉他食物已经准备好，而他的灯光是说明送饭地点。”

“这样说来，你弟弟是……”

“他就是那个越狱犯，爵士，他就是那个逃犯——塞尔丹。”

“这就是事实，爵士。”巴里摩尔说道，“我说过，那不是我个人的秘密，所以我不可以泄露给您。但是，现在您都听见了，您会明白的。即使有什么阴谋的话，也不是要谋害您啊！”

这就是有关深夜潜行和窗前灯光之谜的答案。亨利爵士和我瞪大了眼睛看着眼前的这个女人。难道这位顽强而可敌的女人和那个全国臭名昭著的越狱犯是同一个母亲生的吗?

“是的，爵士，我本姓塞尔丹，他是我弟弟。他小的时候，

“他就是那个越狱犯，爵士，他就是那个逃犯——塞尔丹。”

家里太溺爱太放纵他了，一切事情都顺着他，结果他以为这个世界就是因为他的存在而运转的，以为他可以在这个世界上为所欲为。他长大以后，认识的全是有恶习的朋友，也就跟着变坏了。他让我母亲操碎了心，让我们全家名誉扫地。他接二连三地犯罪，愈陷愈深，不能自拔。要不是上帝开恩，他早就上了绞刑架了。可是对我来说，他在我眼里永远是那个我曾经照顾过、共同嬉戏过的弟弟。他之所以从监狱里逃出来，爵士，就是因为他知道我住在这儿，知道我们会帮他。一天深夜，他空着肚子，拖着疲惫不堪的身子来到这里，警察在他后面穷追不舍。我们只好这样了，保护他，照顾他，给他饭吃。后来，您回来了。我弟弟觉得风险过去以前，他待在沼泽地里会相对保险一些，所以他就躲到那里头去了。每隔一个晚上，我们就到窗户前放盏灯，看看他是不是还在那儿。假如有回应的信号，我丈夫就给他送去面包和肉。我们每天都盼望着他快些离开，远走高飞。但是只要他在一天，我们不能对他弃置不顾。以上就是所有真实的情况。我是个笃信的基督徒，您知道，要是这样做有什么罪过的话，不能责怨我的丈夫，而应该怪我，因为他之所以这样做，全都是为了我。”

那女人说得十分诚恳，她的话本身就可以证明事情的真相。

“是这样的吗，巴里摩尔？”

“是的，亨利爵士，句句是实话。”

“好啦，我不会责怪你站在夫人一边，忘记我刚才说过的话。你们现在可以回自己房间去了。具体的事情我们明天再谈吧。”

他们走后，亨利爵士把窗户打开，我们又朝窗外看去，夜里的寒风吹到了我们脸上。漆黑的远方，那小小的黄色灯光还在闪动。

“我没料到他竟然胆敢这么做。”亨利爵士说道。

“也许那亮光只有在这里才可以看见。”

“很有可能，您看那里到这儿距离有多远？”

“我想是在裂口山那边。”

“大概一两英里远。”

“也许还没有。”

“对，巴里摩尔送饭去的地方不会很远，那个坏家伙还在灯火旁等着呢。天哪，华生，我真想过去生擒那个坏蛋。”

我脑子里闪过相同的想法。这样说来，巴里摩尔夫妇不是很信任我们，他们的秘密是迫不得已才泄露给我们的。那家伙给社会构成了危害，完全是个恶棍式的人物，对待他既不应该同情，也不可饶恕。假如我们趁这个机会把他送进监狱，使他不再危害别人，那我们也尽了我们的责任。反过来说，假如我们袖手旁观，依照那家伙的残暴凶狠的本性，很有可能别人会为此付出代价。比方说哪一个晚上，我们的邻居斯特普尔顿都有可能遭到他的突然袭击。也许正是因为这个原因，亨利爵士才急着采取行动。

“我也去。”我说道。

“那么带上您的左轮手枪，穿上高筒皮靴。我们动作越快越好，要不然那家伙灭掉蜡烛就跑了。”

5分钟之内我们就动身开始了冒险之旅。在秋风萧瑟、落叶萧飒声中我们急急忙忙穿越了夜色里的低矮树丛。这时，夜晚的空气里带着一股浓重的潮湿腐败的气味，月亮也从云缝里探出头来，流云在空中飞舞。我们刚到沼泽地，天上就下起了蒙蒙细雨。那火光却依然在眼前闪烁。

“您带武器了吗？”我问道。

“我带了一根鞭子。”

“我们必须迅速把他包围住。要知道他是个亡命之徒，我们必须突然袭击，在他反应之前，我们就得将他制服了。”

“我想问一句，华生。”爵士说道，“这样做，福尔摩斯会怎么说？在这样罪恶嚣张的夜里到底会发生什么事？”

仿佛是对他的话做出回应似的，广袤而阴森的沼泽地里突然传来了一阵怪异的吼叫声，同我在格林潘泥潭里听到的一样。这声音乘着风声划破了寂静的夜空，起先是一声长而深沉的低鸣，而后一阵高声的吼叫，接着又是凄厉的呻吟，随后逐渐消失。那声音是一阵接一阵地传过来的，其声势尖厉、狂野而吓人，整个旷野都为之颤抖起来。爵士一把抓住我的袖子，黑暗中他的脸色也变得惨白。

“我的天哪，华生，那是什么声音？”

“我不知道，那声音是从沼泽地里传出来的，我以前听到过一次。”

我们听不到刚才的动静了，随后死一般的寂静紧紧地向我们侵袭过来。我们一动不动，仔细倾听着，可是一点儿声音也没有了。

“华生，”爵士说道，“这是猎犬的声音。”

我感到浑身的血一下凝固了。从他说话时的停顿来看，我感觉到他内心即刻间充满了恐怖。

“他们把这叫做什么？”他问道。

“他们是谁啊？”

“乡间的人啊！”

“他们全是一些无知的人，您不必在意他们管这叫什么！”

我迟疑了片刻，觉得无法回避这一问题。

“告诉我，华生，他们管这叫什么？”

“他们说这是巴斯克维尔猎犬的声音。”

他轻声自言自语了一番，好一会儿没有吭声。

“一只猎犬。”他终于喊出了声，“但是那声音似乎从数英里以外的地方传来，我猜想大概是从那边。”

“很难断定是从哪边传来的。”

“声音随着风势必然有高有低。那边不就是格林潘的方向吗？”

“嗯，对啊！”

“就是那边。喂，华生，您不觉得那是猎犬的声音吗？我又不是小孩，别害怕，说实话吧。”

“我上一次听到的时候，是和斯特普尔顿在一起。他说那可能是一种怪鸟的叫声。”

“不，不对，那是猎犬。我的天哪，难道这些传说有些是真的吗？难道我真的因为不明不白的原因而身处险境了吗？您相信这是真的吗，华生？”

“不，我绝不相信。”

“这件事在伦敦可以一笑了之，可是身在此处，就站在漆黑的沼泽地里，听着那样的吼叫，情形就不同了。我的伯父过世以后，尸首旁边有猎犬的足迹，这些都在一起出现了。我不认为自己是个胆小鬼，可是华生，刚才的吼叫声让我的血都凉了。您摸摸我的手！”

他的手冰冷得如同大理石。

“您明天一早就没事了。”

“我想已经无法忘记那吼叫声了，它深深地潜藏在我的脑海里了。您认为我们此刻该怎么办呢？”

“我们回去吧！”

“不，绝不，我们是出来抓逃犯的，一定得坚持下去。我们是来搜查逃犯的，可说不定后面有一只魔鬼似的猎犬在追逐着我们。来吧！即使洞穴中所有的妖魔鬼怪都放到这沼泽地来，我们也要把事情做完。”

我们在黑暗中跌跌撞撞地慢慢前进着，小山那边高低不平的黑乎乎的影子裹挟着我们。前面黄色的灯光依旧亮着。漆黑的夜里，再没有什么比这一盏灯显示的距离更有欺骗性了。有时那灯光像是远在天边，有时又像近在咫尺。终于我们发现了灯光是哪里发出来的了，此时我们才知道的确已经很近了。一支淌着烛泪的蜡烛被插在石头缝里，两边用岩石遮住了。如此一来，既可以挡住风，而且只能从巴斯克维尔庄园的方向看得到。一块突起的岩石挡住了我们的去路，于是我们在石头后面弯下腰，尽量观察着那只作为信号的灯光。一支蜡烛在沼泽地里燃烧着，而四周却毫无生气——唯独看见那向上的黄色火苗和两侧被照得透亮的岩石。这情形着实令人诧异。

“我们此刻怎么做？”亨利爵士轻声问道。

“在这里守候，他肯定不会离开烛光很远。看看我们可不可以发现他。”

我的话音刚落，蜡烛附近的岩石后面探出一张惊恐的黄色面孔来——一张吓人的野兽般的面孔，表情狰狞，肮脏不堪，络腮胡须又粗又硬，头发蓬乱，简直就是一个古代山中的穴居野人形象。烛光由下方照亮了他那狡黠的小眼睛，这双眼睛在黑夜里搜索着，左右探视，那个人好像是一只听到了猎人脚步声的野兽。

看得出来，有些迹象引起了他的怀疑。也许是他和巴里摩尔商量好的我们无从知晓的暗号，或许是那家伙因为别的原因感到情况不妙，他从光亮处跳开，消失在无尽的夜色里。我突然扑了上去，紧接着亨利爵士也跟过来，那罪犯看见我们，厉声喊叫了一句，接着甩过来一块石头，正好打在掩护我们的大石头上，被撞得粉碎。他跳起来转身欲跑，恰好月亮从云层里探出头来，我一眼瞧见了他的身影，矮胖而粗壮。我们冲过了小山头。他从山坡的另一面飞奔而下，一路上在乱石之间像山羊一样窜来窜去。要是我此时开枪又瞄得准的话，可以把他的腿打残废了。但是我带枪只是在生命受到威胁的时候用来自

蜡烛附近的岩石后面探出一张惊恐的黄色面孔来——一张吓人的野兽般的面孔，表情狰狞，肮脏不堪。

卫的，而不是用来射击一个逃命的手无寸铁的人。

我们俩都是快腿，而且正值壮年。可是不久我就发现追不上他了。借着月光，我们过了一阵才看见他，直到他在远处一座山前的乱石堆中间变成了一个迅速移动的小点。我们不停地跑，直到精疲力竭。我们的距离也越拉越远。最后，我们只好作罢，坐在两块大石头之间气喘吁吁地歇息，眼看着他消失在远方。

此刻，突然又发生了一件始料不及的怪事。当时我们已经从石头上站了起来，准备放弃无望的追捕掉头回家了。月亮低低地悬挂在后方的天空，浑圆的月亮的下半部分衬托出一座高耸的花岗岩。我注意到了一个男子站在岩石的顶端，在明亮的背景衬托下，恍若一尊漆黑的铜像。你不要以为那是我的幻觉，福尔摩斯。我可以确定，我这一生里还没有看得如此真切。根据我的判定，那是一个高瘦的男人。他两腿稍微分开，双臂交叉，低着头，好像是面对广袤的原野和散布的乱石岩思考着什么。他说不定就是那个恐怖地带的恶魔呢！他不是那个逃犯，因为他离逃犯逃跑的地方很远，况且他的身材也显得高大得多。我惊呼一声，预备指给亨利爵士看。可就在我转身拉亨利手臂的时候，他消失不见了。花岗岩石顶端依旧是遮着月亮的下半部，可是顶端却看不到刚才还立在上面不动的人影。

我本来打算朝那边走去，将岩石搜寻一遍。但是因为距离太远，而且自从听到那可怕的家族传说中的吼叫声后亨利爵士的神经也一直很紧张，不准备再去冒险。他没有看见岩石顶端的那个孤单的人影，所以他没有那个人影怪异的出现和那威风凛凛的架势带给我的惊恐。“是个追捕囚犯的警察，不会错的。”他说，“自从那家伙越狱以后，沼泽地里周边的人都在找他。”或许他的解释是合理的，但是我想取得进一步的证据。今天我预备同普林斯顿镇的人联系，那里才是他们应该搜寻的地方。我们很遗憾没有把囚犯带回来，而这是我们昨天晚上冒险行动的目的。你必须承认，福尔摩斯先生，我的报告还是很出色的。我汇报给你的东西有些地方是没有多少联系，但是我想，还是一五一十地把所有情况都告诉你，由你

我注意到了一个男子站在岩石的顶端，在明亮的背景衬托下，恍若一尊漆黑的铜像。

自己筛选出来那些最有利于你做出结论的材料和信息。我们的调查肯定是在不断取得进展。从巴里摩尔他们的角度来说，我们已经弄清楚了他们行事的动机，因此使案情明朗了许多。但是沼泽地连同它神秘怪异的潜伏者依然和从前一样高深莫测。也许在我的下一份报告里可以提供一些线索。你要是能亲自来一趟，那是最好的了。不管怎样，过不了两天你还会收到我的信。

华生寄自巴斯克维尔庄园

10月15日

华生医生日记摘录

到目前为止，我一直在引用自己早些日子写给福尔摩斯的报告。但是到这里，我不得不放弃这种写法，而凭借当时的日记来叙述往事。记忆深处不可磨灭的点点滴滴随之浮现出来。接下来，我继续叙述那天早晨追捕逃犯半途而废后沼泽地里发生的怪事。

10月16日。阴雨连绵，雾气沉沉。云在宅院上空翻滚，沼泽地的轮廓在云雾起伏中不时露出，显得格外阴沉。山势蜿蜒，勾上了一道银边。远处，潮湿的石面反射着日光，闪烁不定。四周一派肃杀。亨利爵士因昨夜的怪事情绪低落，我心里也沉甸甸的，感觉到一种险恶，一种即将降临的、无处不在的险恶。我难以确定这种险恶究竟是什么，因而更觉得恐怖。

我的感受是臆断吗？那一连串发生的事情，都说明我们周围存在着某种危险。先是庄园的前一个主人死亡，毫不偏差地印证了这家族的传说，后来不断有农夫报告沼泽地里有怪兽出没。有两次，我也听到一种声音，远远的像犬吠。要说那是超自然的东西，是既不可信也不可能的。一只幽灵般的狗会留下实实在在的脚印，又能嚎叫，不可思议。斯达普莱顿和莫蒂默也许抱有这种迷信，可是我死也不会相信这种事。如果我这么想，就是把自己的身份贬低同那些乡下穷汉一样了。那些人不满足于仅仅说它是一只猎犬，还把它描绘成一个口眼喷出火的恶魔。福尔摩斯不会理这些鬼话，而我是他的助手。但事实摆在那里，我又两次听到沼泽地有犬吠。如果真有一只大猎犬在那里，倒也好解释。可那里又怎么藏得住一只猎犬？它在哪里觅食？它从哪儿来？为什么白天没有人看见？没有适当的合乎逻辑的解释。而且撇开猎犬不谈，在伦敦的确有人参与，那个马车里的人，那封警告亨利爵士远离沼泽的信。这些都是事实，可是没有办法分辨这是朋友的善意还是敌人的故意。现在这个朋友或者敌人又在哪儿？留在了伦敦？跟着我们到了这儿？会不会就是我们在夜晚看见站在小山岗上的那个人？

的确我只看了他一眼，不过有几点我能确定。我认识这儿所有的居民，但从没见过此人。他的个子比斯特普尔顿高许多，比弗兰克兰瘦许多。也可能是巴里摩尔，不过我们已经甩下他了，他肯定跟不上我们。一个陌生人在这儿跟着我们，正如在伦敦一样，我们还没有甩掉他。如果我能抓住他，或许一切问题就将迎刃而解。为完成这个目标，我得全力以赴。

开始我想告诉亨利爵士我的全部计划，后来我认为还是单独行动，尽量保密更好。亨利爵士沉默不言，心不在焉，被沼泽地的声音给吓住了。我不愿多说什么来增添他的烦恼，我要独自完成此事。

早饭后发生了一件小插曲。巴里摩尔要求单独跟亨利爵士谈话。他们关在书房里密谈了一会儿，我坐在弹子房，几次听到他们提高了嗓门，所以很清楚他们在说些什么。不一会儿，爵士打开了房门叫我。

“巴里摩尔觉得他有点儿委屈。”他说，“他认为他被迫告诉了我们秘密，我们就去追捕他的内弟，那是不公平的。”

管家站在我们面前，脸色灰白却十分镇静。

“也许我说话太激烈了，爵士。”他说，“如果是那样，请您包涵。可是我今天早晨真是大吃了一惊，我听说两位老爷曾去追捕塞尔丹。那可怜的家伙，我就是不去给他添乱，他也够受的了。”

“如果真是你主动告诉了我们，那就是另外一回事了。”爵士说，“事实是出于万不得已，你，或者不如说你夫人才不得不告诉

管家站在我们面前，脸色灰白却十分镇静。

我们。”

“我没想到您会利用这点，亨利爵士——我真没想到。”

“那个人很危险。沼泽地周围的房子都是单门独户，而他又无法无天。你只要看看他的脸就会清楚的。你看斯特普尔顿的房子吧，那里只有他一个人看着。塞尔丹要不给抓起来，谁也安全不了。”

“他不会闯进任何人家的，爵士，我向您发誓，而且他再也不给这个国家添乱了。亨利爵士，我向您保证，要不了几天我们就能安排妥当，把他送到南美去。看在上帝的分上，爵士，我求您别告诉警察他还在沼泽地里。他们已经不在那儿追捕他了，他可以安静地待着直到上船。您告发了他，我和我妻子也得倒霉。我求求您，爵士，别跟警察说。”

“您看怎么办，华生？”

我耸耸肩。“如果他能安全地离开这个国家，那倒是减轻了纳税人的负担。”

“可是万一他走之前又去抢劫怎么办？”

“他不会傻到那样，爵士。我们什么都跟他说了，犯罪只会暴露他的行踪。”

“倒也是。”亨利爵士说，“行了，巴里摩尔——”

“上帝保佑您，爵士，我衷心感谢您！他要是再被捉住，我妻子会没命了。”

“我想我们这么做是在和重罪犯同谋吧，华生？不过听到他的话后，我不打算去检举那人了，到此为止吧。好了，巴里摩尔，你可以走了。”

那人结结巴巴地说了几句感谢的话，转过身子，犹豫了一下，又回过头来。

“您对我们这么好，爵士，我该尽力报答您。亨利爵士，我知道有件事，也许应该早点儿说，可是我发现这件事时，审讯早就完了。我从来没有对别人说过，这件事和可怜的查尔斯爵士的死有关系。”

爵士和我都站了起来。“你知道他是怎么死的吗？”

“不，爵士，那个我可不知道。”

“那你知道什么？”

“我知道他当时去大门口的原因，他是去见一个女人。”

“一个女人！他？”

“是的，爵士。”

“那女人是谁？”

“名字我不知道，爵士，不过我知道她姓名的缩写，是两个L。”

“你怎么知道的，巴里摩尔？”

“爵士，查看他每天信都很多，因为他是名人，谁都知道他心地善良，所以，人们有事爱来求他。可是那天早上碰巧只有一封信，所以我留意了。是从库姆·特雷西寄来的，还是女人写的。”

“是吗？”

“是的，爵士，我没有多想。要不是我女人的话，我绝不会再想起这件事。几星期前她清扫了查尔斯爵士的书房，那间房子自从他死后还没动过。她发现了壁炉里信件烧过的灰。信大半都烧焦了，只有末端一小片纸还在，虽然上面的字在黑纸上变成了灰色，不过还看得出，好像是信末尾的附笔，写着：‘您是绅士，请您务必烧掉此信，并于10点到大门来。’下面的署名是L. L. 。”

“纸片你们留着吗？”

“没有，爵士，纸片一碰就碎了。”

“查尔斯爵士还收到过同样笔迹的信吗？”

“爵士，他的信我没有多留神。要不是那天就一封信，我也不会注意的。”

“L. L. 是谁，你多少知道点儿吗？”

“不知道，爵士，我和您一样糊涂。不过我在想，要是找到那位女士，查尔斯爵士的死就会清楚一些了。”

“我不明白，巴里摩尔，你为什么隐瞒这么重要的线索？”

“这个嘛，爵士，那事以后我们自己就麻烦缠身了。还有就是，爵士，我们夫妇都爱查尔斯爵士，他对我们恩情太重。把这些事情翻出来对可怜的主人已经于事无补，而且牵涉一位女士的事还是谨慎些。我们这些人再大方……”

“你认为这会损害他的声誉？”

“啊，爵士，我认为这里没有好事。可现在领了您这么多情，我要不把自己知道的都告诉您就太不地道了。”

“很好，巴里摩尔，你可以走了。”管家一离开，亨利爵士就转身对我说，“华生，这新线索您怎么看？”

“事情越搞越复杂。”

“我有同感。不过只要我们找到L. L.，事情就会真相大白了。我们已经了解到很多情况，知道有人了解真相，找到她就好了。你看我们下一步该怎么办？”

“立刻让福尔摩斯知道一切，这是供他查下去的线索。要是这时还不能让他来，我就大错特错了。”

我迅速走回自己的房间，就今天早晨的对话写成给福尔摩斯的汇报。很明显他最近很忙，因为从贝克街寄给我的信既少又短，对我提供的信息和我的使命只字不提。毫无疑问，一定是那件勒索案占据了他的全部身心。不过这个新情况一定会引起他的注意，重新提起他对这件事情的兴趣。我盼望他能赶快到这儿来。

10月17日一整天大雨倾盆。雨水冲刷着常春藤，从屋檐下一泻如注。我想起了那个犯人在沼泽地里，凄凉、寒冷，连避雨的地方都没有。可怜的家伙！不管他犯了什么罪，他吃的苦也抵得上惩罚了。我又想起了另外一个人——马车上那张脸，月光下那个身影，那个暗处的俯视者，那个隐身人，他也置身于这暴风雨中吗？夜晚我穿好雨衣，朝远处的沼泽地走去，四周一片黑暗，雨点打在脸上，狂风在耳边呼啸。愿上帝保佑那些此时还在大沼泽地跋涉的人们吧！因为就算坚实的高地，此时也变成了一片泥泞。我找到了那个黑色的小山岗，我就是在那儿瞧见那个孤身窥视者的。我站在犬牙交错的山顶上，俯视着凄风惨雨的高地。狂风暴雨冲刷着红褐色的大地，浓重的乌云低垂，还有几缕却拖在天边。左边远处的洼地里，巴斯克维尔庄园两座高高的塔楼耸立在树丛中，其余的都在雨中半隐半现。除了山坡上到处可见的史前人洞穴外，目力所及的范围只有两座高塔还表明此处有人烟。前天我在这里看到的那个独行者现在踪迹全无。

回家的路上我碰见了莫蒂默医生。他驾着双轮马车走在沼泽地的简易小道上，这条路一直通往远处的弗麦尔农庄。他非常热心，几乎每天都来庄园打听事情进展。他非要送我回家不可，于是我就上了他的车。我发现他正为那只小哈巴狗不见了而不安。那只狗游荡到沼泽地后就再没有回来。我说了一堆安慰他的话，不过一想到格林潘泥潭里的那只小马，就认定那只小狗再也找不回来了。

“啊，对了，莫蒂默，”我们在小道上颠簸，我开腔了，“我想这一带马车能去的人家，你很少有不认识的吧？”

“应该都认得，我想。”

“那你知不知道哪位女士的姓名缩写是L. L.？”

我站在犬牙交错的山顶上，俯视着凄风惨雨的高地。

他想了一想。

“不知道。”他说，“吉卜赛人和打工的人中间有我说不上名字的，可这一带的种田人或者乡绅没有谁这么称呼的。慢点，唔。”他歇了口气说，“有个叫劳拉·莱昂斯的，缩写就是L. L.。不过她住在库姆·特雷西。”

“她是什么人？”我问。

“她是弗兰克兰的女儿。”

“什么，弗兰克兰那个老怪物？”

“正是，她嫁给了一个来沼泽地写生的画家，叫莱昂斯的。那人根本就是一个混球，把她给抛弃了。我听说好像两方都有错。她父亲和她断绝了关系，因为他根本不同意这门婚事，也许还有别的原因吧。总之，这对父女关系很糟，那姑娘日子很难过。”

“她靠什么生活呢？”

“我猜老弗兰克兰给了她一小笔津贴，不过也不可能有多少，他自己还自顾不暇呢。不管她是如何自作自受，也不能看着她堕落也不帮她一把呀。她的事传开了，有几个乡邻就帮她赚几个正当钱。斯特普尔顿帮过她，查尔斯爵士也帮过。我自己也帮了点儿忙，让她干了点儿打字的活儿。”

他想知道我问这些的目的，我只随便说了几句搪塞他，满足他的好奇。我们现在不应该相信任何人。明天一大早我就要去库姆·特雷西。如果能见到那名声不佳的劳拉·莱昂斯夫人的话，就极有可能揭开这一长串神秘事件中的一环了。莫蒂默不断地追问，我不好回答，就随口问他弗兰克兰的颅骨属于哪一类，这样一来一路上我们就只谈颅骨学了。我可真是越来越滑头了，这几年没有白跟着福尔摩斯。

在今天这个狂风暴雨的日子还发生了另外一件事，我得记下来。我刚刚与巴里摩尔对话了，谈完后我又多了一张好牌，可以在适当的时候亮出来。

莫蒂默留下来吃晚饭，随后又和爵士玩起了双人扑克。管家到书房来给我送上咖啡，我正好要问他几个问题。

“哦，”我说，“你那宝贝亲戚是走了呢，还是仍躲在那儿？”

“我不知道，先生。他要是走了，我倒是谢天谢地，他尽在这儿添乱。上次我送给他食物后就再没有听到过消息了，那是3天前。”

“那你见到他了吗？”

“没有，先生，不过我再去那地方时食物已经不见了。”

“那么说他一定还在那儿？”

“是吧，先生，除非是另外一个人拿走的。”

我端起杯子正要往嘴边送，这时停下来看着他。

“这么说，你知道那儿还有个人？”

“是的，先生，沼泽地里还有一个人。”

“你见过吗？”

“没有，先生。”

“那你怎么知道有人呢？”

“塞尔丹一两个星期前跟我说过。他也是躲在那儿，不过就我目前看来，他不像犯人，其实我不喜欢这样说，华生医生——我实话实说吧，先生，我不喜欢这样。”他突然脸变得严肃。

“好了，听我说，巴里摩尔！我只关心你主人的事，我来这儿就是要帮他。实话告诉我，你为什么不喜欢？”

巴里摩尔犹豫了片刻，他似乎对刚才的冲动后悔了，要不就是表达不出自己的感情。

“这儿老出事，先生。”他终于嚷了出来，手对着那扇朝着沼泽的窗户一挥，这时雨水还在不停地打着窗玻璃，“这儿有丑恶的游戏。有人给谋杀了，肯定是有人起了黑心，我敢发誓！先生，亨利爵士要是能回伦敦去，我会很高兴。”

“这么说，你知道那儿还有一个人？”

“可是有什么事让你这么担心呢？”

“看看查尔斯爵士是怎么死的吧！糟透了，验尸官就这么说的。你再说夜晚沼泽里的声响吧，你钱出得再多，也没有人愿意日落后去那里。再就是躲在那里的陌生人，他老等着不知道在看些什么！他等着什么呢？那意味着什么？那意味着对任何姓巴斯克维尔的人都没有好处。亨利爵士的新助手要来接手，我不干了，这真是太好了！”

“可关于陌生人的事，”我说，“你还能再说点儿什么吗？塞尔丹怎么说的？他找到他的藏身之处了吗？知不知道他在做什么？”

“他见过这人一两面，不过他很有城府，一点儿迹象也不露。开始以为他是警察，可是很快就发现他另有目的。他认为这人是上层人物，不过做些什么却搞不清楚。”

“那他有没有讲过那人住在哪儿？”

“住在山坡上那些老屋子里，就是古人住过的那些石头房子。”

“可吃什么呢？”

“塞尔丹发现他雇用了一个小男孩为他送东西。我敢说，他所有的东西都是从库姆·特雷西运来的。”

“太好了，巴里摩尔，改天我们再详谈。”

管家走后，我踱到窗前，外面已是茫茫夜色，透过玻璃，隐约看见云层在急剧翻滚，风刮来刮去，树木连成一线，不断地摆动。这时候待在家里都觉得天气恶劣，更不用说待在沼泽地的洞穴里了。这时候躲在那种地方，心中的仇恨该有多深啊？得有怎样深沉而急切的用心才会吃这么大的苦啊？让我心烦意乱的问题，症结就在沼泽地的石屋里。我发誓明天一定要搞清楚真相。

山岩上的男人

在上一章我的个人日记摘录中，我开始叙述了10月18日那天发生的一些奇怪的事情，这些事情很快地演变成可怕的后果。后来几天里发生的事件，不经意却又深深地印在我的记忆之中，我几乎不用翻看当时的记录就能全部回想起来。那么还是从那天开始吧。

在那天之前，我确立了两个极具重要性的线索：第一，库姆·特雷西的劳拉·莱昂斯夫人给查尔斯·巴克斯维尔先生写过约见信，而有人就在见面的那个时间和地点看见了他的死；第二，潜藏在荒野中的男人肯定能在山坡上藏身的小棚屋中被发现。即使已经掌握到这两个线索，我感到，如果不能得到更多的情况的话，无论智力还是勇气我都觉得自己勉为其难。

那天晚上我一直没有机会告诉爵士关于莱昂斯夫人的事情，因为他和莫蒂默医生玩牌玩得很晚。不过第二天进早餐的时候，我把自己的发现告诉了他，并问他是否愿意陪我一起去库姆·特雷西。开始他急着想去，但是我们讨论了一下，认为还是由我单独去可能更合适。我们的拜访越正式，能了解到的情况就越少，因此，我把亨利先生留了下来。虽然心里有些内疚，但还是启程开始寻找新的线索。

我一到库姆·特雷西，就吩咐珀金斯安置马匹，我自己则去打听我想找的那位女士。我很快就找到了她的家，她家的房子位置适中，屋里的摆设也很不错。一个女仆没有向里面通报就引着我走进了屋子。我走进起居室，坐在一台雷明顿打字机旁的一位女士站了起来，微笑着向我施礼。当她发现是一个陌生人时，笑容立刻消失了，重新坐下问起我来访的原因。

莱昂斯夫人给人的第一印象是她出奇的美丽。她的眼睛和头发都是深褐色，两颊虽然有少许雀斑，却显出一抹微红，被她深色的皮肤衬得格外动人，就像黄玫瑰花中间娇艳的粉红色花蕊。我想再说一遍，这是她给我的第一印象。不过，多看一会儿，我就感觉到一些缺憾。这种缺憾确实难以察觉——她脸上的表情有些粗俗，眼神也似乎有点儿冷漠，嘴角向两边垂下，破坏了她完美的形象。当然，这都是我后来才意识到的。当时我觉得这位女士具有惊人的美貌，直到她向我问起来访的目的，我才反应过来，知道自己要绝对谨慎。

“我非常荣幸，”我说，“认识您的父亲。”

这是很愚蠢的介绍，我从她脸上的表情看得出来。

“我和我父亲没有任何关系。”她说，“我不欠他什么，他的朋友并不是我的朋友。如果不是因为有已故的查尔斯·巴克斯维尔和其他几位好心人，我早就被我父亲弄得沿街乞讨去了。”

“我来看你就是为了已故的查尔斯·巴克斯维尔爵士的事情。”

这位女士的脸一下子白了，脸颊上的雀斑更加明显了。

“关于他，我能告诉你什么呢？”她问道，手指紧张地敲击着打字机上的符号键。

“你认识他，是吗？”

“我已经说过，我对他感恩戴德，我现在能养活自己，很大程度上是因为他在我困难的时候帮助了我。”

“你给他写过信吗？”

女士猛地抬起头看着我，深褐色的眼睛中冒着怒火。

“你提这些问题是什么目的？”她厉声问道。

“目的是避免一场丑闻。现在我对你提出这些问题，我认为，比事情传开后由别人来问更好。”

她不言语了，脸色苍白依旧。最后，她抬起头，用不顾一切的眼神看着我。

“好吧，那我就说。”她说道，“你想知道什么？”

“你给查尔斯爵士写过信吗？”

“我当然写过，写了一两次，表示我对他慷慨照顾的感谢。”

“你还记得写信的日期吗？”

“不记得了。”

“你见过他吗？”

“在他来库姆·特雷西的时候见过一两次，但他是一个不事声张的人，宁可悄悄地做好事。”

“可是，你既然很少见他，又不常写信，他又怎么得知你的境况并且来帮助你呢？而且你还说他为你做了很多事情。”

显然她对我的提问似乎早已有所准备。

“有几位认识我的父亲的绅士知道我的不幸，他们一起帮助我，其中还有斯特普尔顿先生，他是查尔斯爵士的邻居，他们的关系非常密切，他心肠很好，把我的困难告诉了查尔斯爵士。”

我已经知道查尔斯爵士确实托过斯特普尔顿先生赠送救济品，这个女人的话证实了这一点。

“你曾写信给查尔斯爵士，表示要约见他，是吗？”我接着问道。

莱昂斯夫人由于生气而面红耳赤。

“真是的，先生，这问题问得实在太离谱了！”

“我很抱歉，夫人，可我不得不问。”

“那我就回答你，我当然没有写。”

“查尔斯爵士死的那天你也没写？”

女士脸上的红色立刻消失了，变成了一片死灰色。她嘴唇干涩，要吐出“不”字显然非常困难，与其说是我听到了，还不如说是我看出了。

“很显然你一定记错了。”我说，“我都能说出信中的一部分呢。信上是这样写的——‘您是绅士，请您务必烧掉此信，并于10点到大门口来。’”

“真是的，先生，这问题问得实在太离谱了！”

我以为我说的这些话会让她紧张得昏过去，但是她却挣扎着使自己振作起来。“难道真的没有君子风度这种事了吗？”她嗫嚅着说道。

“你冤枉查尔斯爵士了。他确实烧了这封信，但有时候烧掉的东西也能辨认出来。现在你承认你写过那封信了？”

“是的，我确实写过！”她喊道，似乎要把满腹的心事都倾倒出来，“我是写了，为什么不承认呢？这没有什么见不得人的，因为我希望他能帮助我。我相信只要能见到他，他就会答应帮助我，所以我求他能见我一次。”

“可是为什么要选在那个时候？”

“因为我当时刚知道他第二天要去伦敦，也许几个月不会回来，而且出于别的原因我又不能早一点儿去。”

“可你为什么约他在花园里见面，而不是在屋子里呢？”

“一个女人那么晚到一个单身男子屋里去你会怎么想呢？”

“好吧，就算那样，那你去了以后又怎么样了呢？”

“我根本就没有去！”

“莱昂斯夫人！”

“是的，我对天发誓，我没有去，因为出了点儿事，我没有去成。”

“出了什么事？”

“是我的个人私事，我不能告诉你。”

“也就是说，你承认你确实约过查尔斯爵士，可是他就在你们约好见面的时间和地点死了，而你却说你没有赴约。”

“事实就是这样。”

我反复地盘问她，可是毫无结果。

“莱昂斯夫人，”我站了起来，要结束这次漫长却收获甚微的谈话，“如果你不能原原本本地把情况说清楚，那你要承担的责任可就大了，而且你的处境也会很危险。要是我不得不惊动警察的话，你就会明白，你脱不了干系。如果你真的是无辜受牵连，为什么你一开始就否认你那天给查尔斯爵士写过信？”

“因为我担心人们从中得出错误的看法，我可不愿意让自己卷到丑闻里面去。”

“那么，你为什么一再地要求查尔斯爵士把信处理掉呢？”

“你既然看过，就应该明白了。”

“我没说我看过全信啊！”

"可你刚才还念了一段。"

"我念的是信后附言。我说过，信已经烧毁了，已经不能认出全部的内容。我再问你一遍，为什么你一再要查尔斯爵士把信毁掉？他收到信的当天就死了。"

"这涉及隐私。"

"再则，你为什么要逃避公开的调查？"

"我告诉你，如果你听说过我的不幸遭遇，就该知道我没遇上正人君子，早已后悔莫及了。"

"这个我倒是听说了。"

"我丈夫不断地骚扰我正常的生活，我恨透了他。我每天都在担心，他会来强迫我和他一起生活。我听说，只要付一定的费用，就有希望获得自由，于是就写了那封信给查尔斯爵士。对我来说，那意味着一切——心灵的平静、幸福和尊严——所有这一切。我知道查尔斯爵士很慷慨，而且我觉得，只要他能听到我的话，就会帮助我。"

"那你怎么又不去了？"

"因为那时我又从别人那里得到了资助。"

"那你为什么不写信给查尔斯爵士，向他做些解释？"

"如果不是第二天早上我在报上看到他死去的消息，我想我会写的。"

这个女人倒是能自圆其说，我再也问不出什么破绽了。我所能核实的，也就是看悲剧发生前后，她是不是真的在办离婚手续。

看来，要是她真的去过巴斯克维尔庄园，那她是不敢轻易否认的。因为她只能坐马车去，而且直到第二天一早才能返回库姆·特雷西。这么转来转去是瞒不过任何人的，所以她说的可能是实话，至少说出了部分实情。我无精打采地回来了。我又一次走进了死胡同，好像通向破案的所有出路都被堵死了。可是，只要一想到那个女人的面孔和神态，我就觉得她有什么事情瞒着我。为什么她的脸色会变白？为什么每次她都万般抵赖，只是到了实在赖不掉的时候，才会认账？她在事发时为什么三缄其口？显然，她做的事情并非像她嘴上说的那么清白。现在我没办法深入调查下去了，我得换个方向，去调查另一个线索，去寻找藏在沼泽地石屋里的那个人。

然而，这条线索十分模糊，在回家的路上我想到这一点。我注意到，山上到处都是先人的遗迹。巴里摩尔只是说，那个陌生人住在这样一间空屋子里。可是，在沼泽地里到处都是这样的屋子，成百上千。不过我自己也有个目标，因为我曾看到过那个人站在黑色的崖顶。那么，我就得以此为中心展开调查。我要从那里开始，探查沼泽地里每间屋子，这样总是会有结果的。如果这个人正好在屋子里，那我一定让他亲口告诉我，他到底是谁，为什么跟了我们那么久？如有必要，我还会用枪逼问他。若是在摄政街的人群中他还能甩开我们的话，那他要想在荒凉的沼泽地里做到这个，显然就不是那么容易了。换种情况说，如果我找到了屋子，可他却不在里面的话，那我就得等在那里，不管多久，也要等他回来。在伦敦，福尔摩斯没有抓到他。他没追到的要是被我追到了，那无疑是我胜利了。

在这次案件的调查中，命运好像一直都在和我们作对。不过现在，它总算是来帮我的忙了。而它送来的好运，就是弗兰克兰先生。这个胡子花白、脸色红润的家伙正站在他花园的大门外。我那时正从他门外的大道前经过。

“你好啊，华生医生！”他高声嚷嚷着，那副好心情在他身上可不多见。“你得让马儿歇口气啊！进来喝一杯，给我道喜吧！”

自从我知道他怎么对待自己的女儿后，我对他就没有一点儿好感了，可是，我想让珀金斯和马车早点儿回去，这下倒碰上个好机会。我下了车，给亨利爵士留了个信，说我会准时走回去用晚餐，然后就跟着弗兰克兰进了餐厅。

“今天是我的好日子，先生，是我一生当中的重大节日啊！”他笑呵呵地嚷着说，“我的两宗案子都结了。我就是要教训教训他们，让他们明白，法律就是法律，而这里有一个人就是不怕打官司！我已经证明了，老米德顿花园正中有一条公用的道路，穿过整个花园。先生，就在他家前门外100码之内。怎

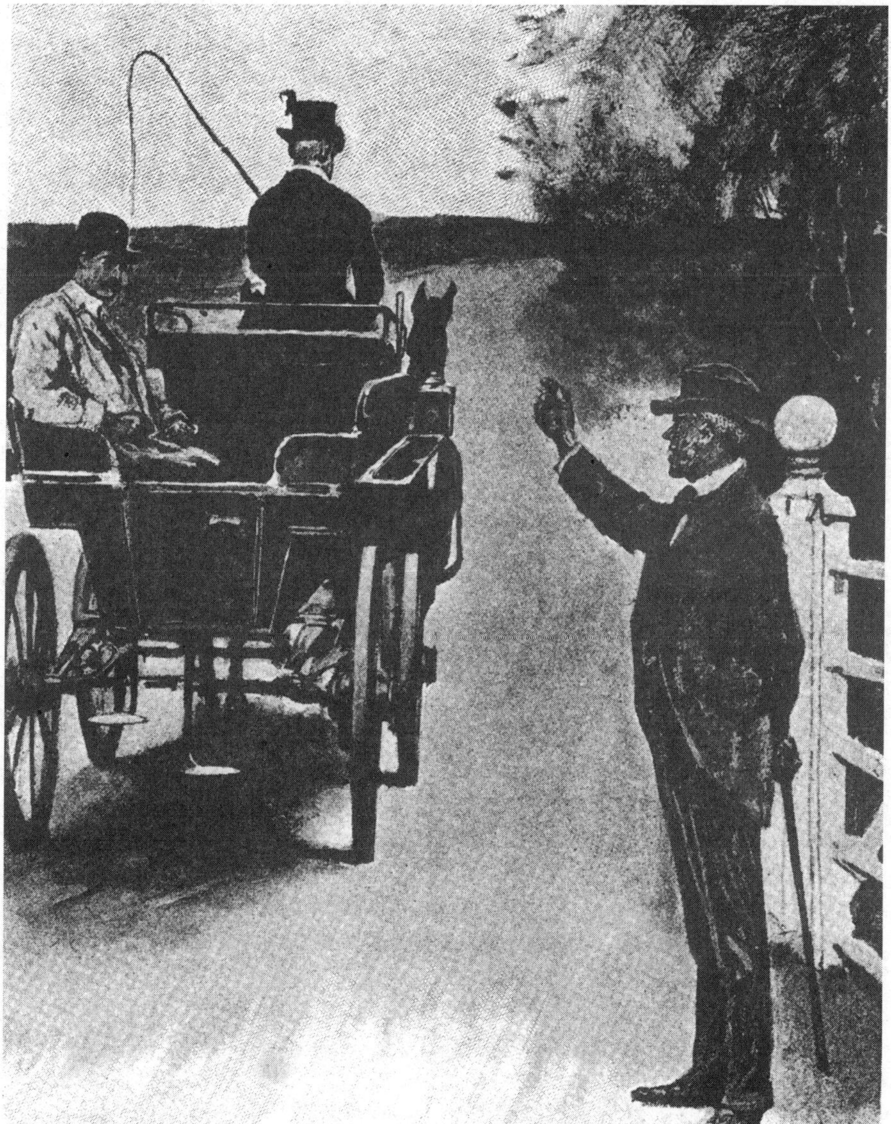
“你好啊，华生大夫！”他高声喊道。

么样？我们要给那些大人物一个教训，不能让他们无视普通人的权利。那帮杂种！我还封了林子，弗沃西家里的人总是在那里野餐。那些个混蛋好像不知道什么是个人产权。他们为所欲为，把纸屑和瓶子扔得到处都是。两个案子都结了，华生医生，而且都是我赢了。上次我状告约翰·莫兰在他自己的猎场开枪侵权，从那以后，我还没有这么高兴过呢。”

“你到底是怎么干的呢？”

“去看看记录吧，先生。那可值得一读——弗兰克兰对莫兰，女王法庭。我花了200镑，可我最后赢了官司。”

“你得到了什么好处？”

“没有，先生，什么也没有。可我引以为荣的是，我干这事没有半点儿私心，纯粹是为了社会正义。比如说，我毫不怀疑，今天晚上弗沃西一家就会点火焚烧我的模拟人像。上次他们就是这么干的，我报了警。他们应该阻止这种卑鄙行径。县警察局真的是恶劣透顶，他们没有保护我，先生，这本来是我应得的。弗兰克兰起诉女王政府的案子一定会引起公众注意的。我对他们说过，他们这样对我，总有一天会后悔莫及。我的话果真应验了。”

“怎么回事？”我问道。

这老头摆出一副无所不知的派头。

“因为他们非常想知道。我本来是可以告诉他们的。不过，我可不会给那些个混蛋们帮忙。”

我刚才还一直在寻思，想找个什么借口离开，不再听他唠叨。可是这时，我又想多听他说一点儿。我知道这个老家伙喜欢和别人对着干，一旦你流露出好奇，他立刻就会生出疑心，对任何事都闭口不谈。

“是一件偷猎的案子，对吧？”我满不在乎地说。

“哈哈，伙计，比那个可要重大多了！沼泽地里的犯人怎么样？”

我听了大吃一惊。“你是说，你知道他在哪儿？”我说。

“我也许说不上具体的位置，不过肯定可以帮警察抓到他。想要抓到那个人，就得先找出他在哪儿弄到食物，然后顺藤摸瓜就可以找到他。你没有这样想过吗？”

他确实已经快要弄清真相了，这让人不安。“不错。”我说，“可是，你怎么知道他在沼泽地里呢？”

“我知道，因为我看见了那个给他送饭的家伙。”

我想到巴里摩尔，心直往下沉。要是给这个爱管闲事的老头儿逮着了，情况可就不妙了。可他说出的另一番话，却让我如释重负。

“他的饭是一个孩子送去的。你一定很吃惊吧？我每天都在屋顶上用望远镜看他。他在同一个时间走过同一条路，如果不是去那个犯人那里，又会去哪里呢？”

真是我的运气！不过，我还是装出不动声色的样子。一个孩子！巴里摩尔说过，有个小孩给我们那位无名氏送东西。弗兰克兰发现的是他的行踪，而不是犯人的。要是我能知道他已经查明白的事，就不用花工夫再去寻查了。不过，我此刻最有用的工具还是表现出怀疑和漠不关心。

“依我看，这多半是沼泽地里哪个牧羊人的儿子，在给自己的父亲送饭吧。”

只要听到一丁点儿反对自己的意见，那老家伙就会生气。他恶狠狠地盯着我，花白的胡子朝上翘起，活像只发怒的公猫。

“真是的，先生！”说着，他伸手指着向远处伸展的沼泽。“你看见那边的黑色山崖了吗？好，你看见下面那座稍低一些的山了吗，就是长满荆棘的那座？在整个沼泽地里，那一带的岩石最多。一个牧人会待在那种地方吗？先生，你的看法可真够荒唐的。”

我恭敬万分地对他说，我对整个地区缺乏了解，才那样说的。我的谦虚让他很得意。他更把我当知心人对待了。

“你尽可以相信我，先生。我每发表一个看法，都是有充分理由的。我一次又一次地看见那个孩子扛着包裹，每天都如此，有时一天两次，我都能……等等，华生医生，是我看花了眼，还是有东西正往山坡上爬？”

那是几英里开外了。不过我可以清楚地看见，在暗绿和灰色的背景上，有一个小黑点。

“来，先生，来吧！”弗兰克兰说着冲上了楼梯。“你亲眼看看后再下结论吧！”

在屋顶的铅板平台上，有一台支在三脚架上的吓人的望远镜。弗兰克兰把眼睛凑上去，发出一声欢呼。

弗兰克兰把眼睛凑上去，发出一声欢呼。

“快点儿，华生医生，快点儿，他就要翻到山那边去了。”

没错，一个小家伙扛着一小包东西，在慢慢往山上爬。当他爬到山顶时，我看见深蓝色天空中突然出现了一个衣冠不整的壮汉。他鬼鬼祟祟地四下张望，好像害怕被人跟踪。后来，他们走到山那边不见了。

“怎么样？我说得没错吧？”

“确实如此。那个小男孩似乎是在干秘密活动。”

“他们干什么，连县里的警察也可以猜出来。可他们别指望从我这里打听到一个字。我请你也保守秘密，华生医生，一个字也别说，你明白吗？”

“听您的吩咐。”

“他们那么对我，真是不要脸，太不要脸了！等弗兰克兰起诉女王政府一案真相大白时，我敢说全国上下一定会群情激愤。我无论如何也不会给警察帮忙的。他们只关心绑在柱子上被火烧的人是不是我，才不会去管那帮混蛋做的模拟人像呢！你不要走！你得和我干了这瓶酒！这是多么了不起的胜利啊！”

可是我回绝了他的请求。他说要陪我走回家去，我也想法打消了他这个念头。我沿着大路往前走，直到他看不见我了，才突然转身，穿过沼泽地，朝那个小孩消失的地方——岩石山走去。现在一切顺利，我发誓，绝不能因为一时疏忽而与这种捡来的机会失之交臂。

在我到达山顶时，太阳已经西斜。脚下的山坡一面映成金绿，另一面则开始蒙上一层暗淡的阴影。天边暮色苍茫，衬托出贝利弗山脉和维克森山脉那千奇百怪的山形。辽阔的大地一片沉寂。蓝色的天空上，一只灰色的大鸟在高高飞翔，可能是海鸥，或者是麻鹬。在这苍穹之下，荒漠之上，似乎只剩下我和它两个活物了。一时间，这凄凉的景象，孤独的感觉和神秘而紧迫的任务一齐涌上我的心头，让我浑身一颤。四下里已看不见那个小孩。我脚下有一圈石头古屋，中间有一间还有屋顶，能够遮风挡雨。我一看见它，心就怦怦直跳。那个陌生人一定就躲在那里。我终于踏上了他藏身之所的门槛——他的秘密总算让我抓着了。

我小心翼翼地走近屋子，就像斯特普尔顿举着捕网慢慢靠近蜘蛛一样。我高兴地发现，那个地方确实有人居住。乱石堆中，一条小道依稀可辨，它一直延伸到一处坍塌的入口，那就是门了。里面一片寂静，那个无名者可能藏在里面，也可能去沼泽地里游荡去了。一种冒险感让我兴奋不已，我扔掉香烟，紧握枪把，一下子窜到门前，向里望去。里面空空荡荡。

然而，屋里的东西充分表明我找对了地方，这里肯定有人住。在新石器时代的人类睡过的石板上，放着一张毛毯，毛毯裹着雨布卷成一团。屋里还有一堆灰烬，旁边是厨具，还有半桶水，一堆空罐头盒，显然表明有人在这里已经住了一段时间了。我的眼睛渐渐适应了屋子里昏暗的光线，看见屋角里放着一个小杯和半瓶酒。屋子当中是一块大平板石，是当桌子用的，上面有只小布包。没错，那正是我在望远镜里看见的那个小孩扛着的布包。包里有一块面包，一听牛舌、两听桃罐头。我一一查看，然后放了下来。突然，我心中一惊，看见下面有张写了字的纸。我拿起来，只见上面用铅笔潦草地写着：

华生医生到库姆·特雷西去了。

我拿着那张纸，怔住了，心里想着这短短一句话含义何在。这就是说，这个神秘的家伙追踪的人物不是亨利爵士，而是我。他并没有亲自跟踪我，而是派了个助手，也许就是那个小孩，来调查我的去向。而这就是他的报告。从我来到沼泽地，可能每一步他都了如指掌。这让人清楚地感觉到，有股模糊的力量似乎精心编织了一张网，在不知不觉中，我们已被罩在其中了。而到了最紧要的关头我们才明白，自己已身陷网底。

这样的报告绝不止一份。我在屋子里四处搜寻，结果却一无所获。甚至这古怪地方的住客有什么习惯和打算，我也看不出丝毫的痕迹，只觉得他可能有斯巴达人的遗风，无须舒适的生活。而一想到眼前这破烂的屋顶如何抗得住狂风暴雨，我就明白了，这人得怀着多么坚强的信念，才能在这种偏僻的地方

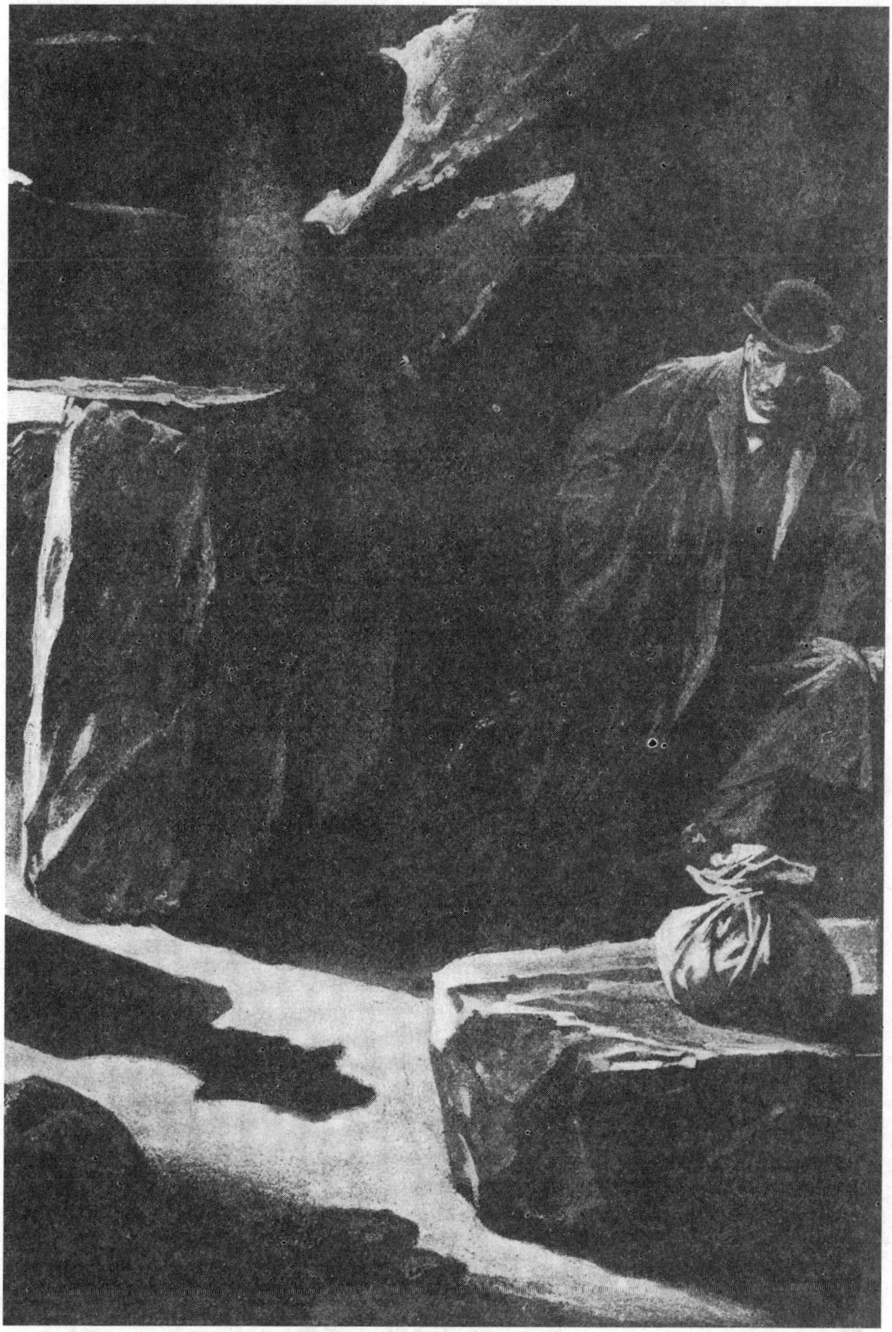

一道黑影落在了屋子的入口处。

住下去啊！他到底是凶狠的敌人，还是我们的幸运天使？我下定决心，不弄清楚，绝不离开小屋。

屋外，太阳已经落山了。西天映出一片火红的晚霞。远处，格林潘大泥潭中的几处水洼闪着星星点点的红光。从这里能看到巴克斯维尔庄园的那两座塔楼，而远处烟雾升腾的地方正是格林潘村。在这两地之间，在小山后面，就是斯特普尔顿的房子。在傍晚的金色余晖中，一切都显得温馨、宁静。但是在我眼里的一切，却丝毫也没有显示大自然的宁静。一想到即将迎来的时刻，我就心慌意乱。虽然感到不安，可我还是铁下心坐在小屋的黑暗深处，心情沉重地等待住客的归来。

这时，我终于听到他来了。远远地传来了他皮靴踏在石头上的声音，一步接一步，越来越近。我缩进黑乎乎的角落，手伸进口袋，打开扳机，决定先把来人看清了再露面。这时，脚步声停了下来，这说明他站住了。然后，脚步声又近了，一道黑影落在了屋子的入口处。

“黄昏可真美啊，亲爱的华生！”只听一个万分熟悉的声音说道，“说真的，我敢肯定，你出来比待在里面可要舒服多了。”

命丧荒野

我坐在那里，屏声息气，简直不能相信自己的耳朵。随后我醒悟过来，心里马上有如释重负之感。这种尖刻、冷静的嘲讽口吻，只属于世上的一个人。

“福尔摩斯！”我大叫道，“福尔摩斯！”

“出来吧，”他说，“小心走火。”

我弯腰走出了破烂不堪的门栏，只见他坐在门外的一块石头上。看到我一脸吃惊的模样，他那灰色的眼睛高兴得转来转去。他很瘦，显得疲惫不堪，但是仍然保持着清醒、警觉。他那张敏锐的脸由于风吹日晒而变得黝黑而粗糙。他身穿粗呢外套，头戴布帽，像是一个前来沼泽地旅行的游客。不过，他的下巴还是很光洁，衣服干净，竟然和在贝克街时一样。他就是这种个性，总喜欢像只猫一样把自己收拾得整洁异常。

“我活了这么大，还没有这么开心过呢。”我说着，紧紧握住了他的手。

“也没这么吃惊过吧？”

“哈，那我只好这样承认了。”

“说真的，感到吃惊的也不只你一个人。我没想到你竟会找到我这个临时住所，更没想到你会躲在里面。我是走到离门口20步时，才发觉……”

“是我的脚印，我猜？”

“不是，华生。我想我还没有能耐从全世界的脚印当中把你给认出来。你要真想骗过我，那你得换个香烟牌子才行。我一看见上面印着‘布雷德利，牛津大街’的烟头，就知道我的朋友华生在这里。烟头在路边，你可以看见。你

我弯腰走出了破烂不堪的门栏，只见福尔摩斯坐在门外的一块石头上。

肯定是在冲进空房子的时候扔掉的。”

“没错。”

“我这么一想，又知道你一向喜欢穷追不舍，我就认定你坐在暗处，手里握着武器，等着主人回来。那好，你真的以为我是罪犯？”

“我那时还不知道是谁，可是我下了决心一定把他找出来。”

“太好了，华生！不过你是怎么找到这个地方来的？抓逃犯的那个晚上，你是不是看见我了？那晚我太大意了，竟然站在月光底下。”

“是的，我就是在那个时候看见你的。”

“那你一定是看遍了这一带的石头房子，才找到这一间的吧？”

“没有，有人发现了你那个小男孩，我因此才确定了搜索的范围。”

“肯定是那个老先生用望远镜看见的，我第一次看见镜头反射发出的亮光，还没弄清那是什么呢！”他站起身，向屋里看了一眼。“哈，我看见卡特莱特送来了必需品。这张纸是什么？这么说，你去过库姆·特雷西了？”

“是啊。”

“去见劳拉·莱昂斯夫人了？”

“没错。”

“干得好！看来，我们调查的方向是一致的。要是把我们两个人查出来的结果收集到一起，我想我们就能全面了解这个案子了。”

“嗯。有你在这儿，我真是从心底里感到高兴，因为这个案子责任重大，又古怪难解，我实在是难以胜任。可是你为什么想到了要来这儿？你都干了些什么？我还以为你在贝克街那边调查那桩敲诈案呢。”

“我就是希望你这么想。”

“原来你在利用我，还不相信我！”我气得直嚷，“我想你不应该这么对我，福尔摩斯。”

“我的好朋友！不管是在这件还是在别的案子里，你对我来说都是无价之宝。如果我真的对你有所隐瞒，那还请你多多原谅。说真的，我这么做有一半是为了你，正是感到你处境危险，我才亲自到这里来调查的。我要是和你还有亨利爵士待在一起，我的看法也肯定会和你们的一样。而且只要我一露面，我们的对手就会警觉，就会有所收敛。而我现在这样，则可以到处走动，要是住到了庄园里，可就做不到这个了。所以，我在这件事中扮演了一个不能露面的人物，准备在关键的时候奋力出击。”

“可你为什么要瞒着我？”

“因为你要是知道了，对我们也没有一点儿好处，还会把我给暴露了。你一定会想着跑来告诉我些什么事，或是给我带些什么让我感到舒适的东西来，那可是没有必要的冒险。我带着卡特莱特——你还记得快递公司的那个小伙子吧——我的简单用品就让他来操办：一块面包，一件干净衣服。一个人还需要什么呢？他眼明手快，不可多得，可帮了我的大忙了。”

“那我的报告岂不都白写了？”想到自己写报告时那么辛苦同时又是那么自豪，我的声音都不禁颤抖起来。

只见福尔摩斯从口袋里掏出一卷纸来。

“这就是你的报告，我的好朋友。我向你保证，我全部都仔细地看过了。我做了精心安排，它们在路上只耽搁了一天。没有比这件案子更棘手难办的了，而你却表现了非凡的热情和智慧，我应该向你表达我最诚挚的敬意。”

我受了骗，还是感到不快。不过，福尔摩斯的一番溢美之词消除了我心头之火。我也暗自承认，他说得极对。我不知道他在沼泽地里，这对我们只有好处。

“好多了吧？”他看到我的脸色有所缓和，接着说，“现在，告诉我你拜访劳拉·莱昂斯夫人的结果吧。我一下子就猜到了，你去库姆·特雷西，就是找她去了，因为我已经知道，那里只有她能够帮助我们查这个案子。其实，就算你今天没去，我也准备明天去。”

太阳西斜，沼泽地上暮色苍茫。空气变得刺骨寒冷，我们只好躲进小屋取暖。在昏暗的天色中，我们坐在一起。我向他讲述我和那位女士的谈话。他对这件事非常关注，有些地方我得重复两遍，他才感到满意。

“这事非常重要。”听我讲完这事后，他说，“这案子错综复杂，有些地方我原先总是弄不明白，现在总算一目了然了。你可能知道吧，那位女士和斯特普尔顿关系极为密切。”

“我不知道他们有什么密切的关系。”

“这一点确凿无疑，他们经常见面、写信，彼此十分了解。现在，我们手里又多了一个重要的武器。只要我利用这一点去挑拨他的妻子——”

“他妻子？”

“刚才你告诉我那么多情况，现在轮到我向你报告了。这里有位斯特普尔顿小姐，其实那正是他的妻子。”

“我的老天！福尔摩斯，你说的可都是真的？他怎么能看着亨利爵士爱上她呢？”

“亨利爵士陷入情网，对谁都不会有害处，那只会害了他自己。他时刻提防，不让亨利爵士有机会表白，这你是亲眼见过的。我再说一遍，那位女士是他妻子，不是妹妹。”

“可是，他为什么要精心策划这一场骗局呢？”

“因为他预感，她要是装成一个未婚的小姐，那对他会大有用处。”

我原来藏在心里的那些疑问，那些模模糊糊的怀疑，现在一下子变得清晰起来，而所有疑点都集中到了那位生物学家身上。这个头戴草帽、手持捕网的人为人冷淡，少言寡语，而我也隐约在他身上看到了某种可怕的东西——他深藏不露，狡猾奸诈，一张笑容可掬的面孔后面却是一副最恶毒的心肠。

“这样说来，在伦敦跟踪我们的就是他，就是这个对手了？”

“我就是这样解开谜底的。”

“那警告一定是她发出的？”

“完全正确。”

很久以来，我一直深感困扰，而现在，我们一边证实，一边猜测，这桩罪案终于逐渐现出真形。

“不过你真的弄清楚了吗，福尔摩斯？你是怎么知道那个女人是他妻子的？”

“因为你初次见到他时，他得意忘形，顺口说出了一点儿真实身世。我敢说，从那一刻开始，他不定有多么后悔呢！他在英格兰北部当过校长。如今，想要调查一个校长的下落，那可是再容易不过的事情。我们在教育机构可以查到干过这一行的所有人的情况。我只是稍稍做了点儿调查就查到，有一所学校遇到麻烦停办了，而办校的那个人却和妻子一道不见了踪影。当然姓名是不同的，不过外形特征都很吻合。我了解到这位失踪者也酷爱昆虫学，他的身份便可确定了。”

黑暗已经褪去，但有些事情仍然罩着一层阴影。

“如果这个女人真的是他的妻子，那劳拉·莱昂斯夫人在其中又扮演什么角色呢？”我问道。

“这一点还是你亲自调查出来的呢。你和那位女士的谈话已经清楚显示了目前的情况。我以前还不知道她打算和她丈夫离婚。在那种情况下，她当时又以为斯特普尔顿尚未婚娶，很显然，她在指望着做他的夫人呢！”

“那她要是发现上当了呢？”

“那样一来，我们就又多了个帮手。我们现在要做的，就是去见她，我们俩一起去，明天就去。你有没有觉得，华生，你离开你的岗位已经太久了？你的位置应该在巴斯克维尔庄园。”

最后的一道晚霞在天边消散，沼泽地夜幕低垂，在紫蓝色的夜空中，几颗星星闪着黯淡的光芒。

“最后一个问题，福尔摩斯，”我说着站起了身，“我们俩之间用不着保密。这一切都是冲什么来的？他想要干什么？”

“这是谋杀，”福尔摩斯声音沉重地说道，“华生，这是蓄谋已久、冷酷残忍的谋杀。别再问我详细情况了，我已经对他撒开了大网，就像他对亨利爵士那样。有你的帮忙，他差不多已经落在我的掌握中了。现在我们只怕一点，只怕我们还没来得及动手，就给他抢先一步了。再过一天，最多两天，我就要了结这个案子。不过在那之前，你得尽忠职守，要像母亲守护病儿一样紧紧看着他。你今天下午干得不错，可是我还是希望你不要离开他一步。你听！”

一声惨叫——一声又一声痛苦恐怖的叫喊打破了沼泽地的寂静。我听到那个声音，全身顿感冰凉。

“噢，天哪！”我大声喊着，“什么事？出了什么事？”

福尔摩斯一跃而起，只见他健美的身影黑乎乎地堵住了门口。他弯着腰，头伸到外面，向黑暗中张望。

“嘘！”他压低嗓门，“嘘！”

由于是狂叫，所以这声音很大。它从远处黑漆漆的荒野上传来，只听它越来越近，越来越响，越来越急，似乎就在我们耳边轰鸣。

“在哪儿？”福尔摩斯小声地说，我听出他的声音在打战，看来这个铁打的人也感到害怕了，“在哪儿，华生？”

“我想是在那边。”我指着黑暗处。

“不对，是那边。”

那惊恐的叫喊声又一次划破了寂静的夜空，声音比刚才更大更近。这时，掺进了一种新的声音，那是一种低沉的咕咕哝哝声，很有乐感但是也很可怕，高低起落像无休无止的浪涛声。

“是猎犬！”福尔摩斯大叫一声，“来，华生，快来！老天，千万别晚了！”

他向沼泽地冲过去，我紧随其后。可是就在这时，就在我们前方不远处的乱石滩上，传来一个人最后一声绝望的呻吟，接着是一种沉重的撞击声。我们停步细听，可是再也没有别的声音了。这个没有风的夜晚又恢复了刚才那死一般的寂静。

我看见福尔摩斯按住额头，像发了狂似的，死劲跺脚。

“他打败我们了，华生。我们太晚了。”

“不！不！绝对没有！”

“我太愚蠢了，竟然袖手旁观。而你，华生，瞧瞧你擅离职守弄出的乱子！唉，天哪！要是出了大祸，那我们一定不轻饶他。”

我们在黑暗中乱跑，不时撞到石头上。我们跑过金雀花丛，气喘吁吁地跑到了山顶，又冲下山坡，一直朝惨叫声传来的地方跑去。每到高处，福尔摩斯都焦急地四下张望。可是，沼泽地周围一片漆黑，阴沉沉的地面上不见一丝动静。

“你看见什么没有？”

“什么也没看见。”

“可是，听！是什么声音？”

我们的耳边传来低低的呻吟声，接着又是一声。就在左边！在那边石岭的尽头，是陡峭的石崖，崖下的坡地乱石横飞。就在那崎岖不平的地面上，躺着一堆黑乎乎的东西，它的形状极不规则。我们跑上前一看，原来那团黑乎乎的东西竟是一个人。他趴在地上，头向胸前折曲着，模样很可怕。他的肩膀向里弯着，全身蜷曲，好像在翻跟头。他的身体已经没有丝毫生气了。福尔摩斯伸手去摸，立刻恐怖地大叫了一声，往后缩回了手。他划着火柴，照见手指上斑斑的血迹。那个受害者头骨破裂，鲜血流了出来，在地上积了一摊。借着火光，我们对眼前的情景不禁大惊失色——死者正是亨利·巴斯克维尔爵士！

我们俩谁也忘不了他那身颇有风格的红色粗呢外套——他第一次到贝克大街见我们时，穿的就是这一身，我们一眼就认了出来。这时，火柴光闪了一下，就熄灭了，就如同希望也从我们心中消失了一样。福尔摩斯痛苦地叹着气，黑暗中都可以看到他发青的脸色。

“畜生！畜生！”我两拳紧握，大声叫道，“噢，福尔摩斯，我留下他一个人，让他惨遭毒手，我永远都不会原谅自己。”

“我的过失更严重，华生。我为了要抓住他，竟然置当事人的性命不顾。在这么多年的工作中，这次对我的打击最大了。可我又怎么知道，怎能知道，我那么一再告诫他，他还要冒着生命危险，一个人跑到这荒原上来？”

“我们听到了他的惨叫，我的天哪！那是种什么样的惨叫声啊！我们却一点儿也救不了他！那只害死他的猎狗，那个畜生在哪儿？这会儿它说不定还藏在岩石堆里呢。斯特普尔顿呢，他又在哪儿？他会得到报应的！”

福尔摩斯划着火柴，看见那个人朝下趴在地上，头向胸前折曲着，模样很可怕。

“一定会的，我一定饶不了他。伯侄两个都给害死了，一个一看到那野兽还以为是妖魔，给吓死了；另一个被它追得无路可逃，摔死了。眼下，我们得证明那个人和那个畜生的关系。除了听来的传闻，我们还没有办法证明那个野兽的存在。亨利爵士很明显是摔死的。可是，上帝做证，不管他有多么狡猾，我明天一定抓住他。”

我俩痛心疾首地站在这血肉模糊的尸体旁边。我们辛苦劳累了这么久，却碰上了这么一场不可挽回的灾祸，最后落得个悲惨结局。月亮升起了，我们爬到岭上，我们的朋友就是从这里摔下去的。我们在山崖上朝沼泽地看去，那里阴沉沉的，半明半暗。几英里开外，在格林潘那个方向，有一点黄光一直在闪烁不停。那是从斯特普尔顿那间孤零零的房里发出来的。我看着那边，挥拳咒骂。

“我们为什么不立刻抓住他？”

“我们证据不足，那个家伙老奸巨猾，问题不在于我们知道了什么，关键要看我们可以证明什么。只要我们走错一步，那个家伙就会逃之夭夭。”

“那我们该怎么办？”

“明天可够我们忙活的。今夜我们只能为我们可怜的朋友料理一下后事了。”

我们一起走下山坡，向尸体走去。在月光冷照的乱石堆上，那具黑色的尸体清晰可见。我看到他那四肢扭曲的惨状，不禁心如刀割，泪水涌出眼眶。

“我们得找人帮忙，福尔摩斯，我们可不能就这样扛着他去庄园。天哪，你疯了吗？”

刚才他还大叫一声，弯腰去看尸体。现在，他又手舞足蹈，一边笑，一边抓着我的手乱摇一气。这还是我那个向来严谨自律的朋友吗？是因为再也无法抑制心头的怒气了吧？一定是这样的。

“胡子！胡子！这个人有胡子！”

“胡子？”

“不是爵士，他是……嗯，是我的近邻，那个逃犯！”

我们一阵狂喜，急忙把尸体翻了过来。一撮滴着血的胡须翘向那轮冷清的明月。他那突出的前额和如同野兽一般深陷的眼眶，绝对不会错。正是这张脸，那天在烛光的照射下，从岩石后面瞪着我，是那个逃犯塞尔丹的脸。

这时我突然恍然大悟，我记了起来，男爵对我说起过，他如何把旧衣服都送给了巴里摩尔。巴里摩尔为了帮助塞尔丹逃跑，就把衣服转送给了他。靴子、衬衣和帽子，全是亨利爵士的。这出悲剧虽然仍让人沮丧，但是依照法律，他的死至少也是适得其所。我高兴异常，把事情的原委告诉了福尔摩斯，心中不住地谢天谢地。

“那么说，是这件衣服让这个可怜虫送了命。”他说，“很清楚，那条猎狗闻了亨利爵士的一件东西，十有八九是旅馆里丢了的那只靴子，所以猎狗才会对他穷追不舍。不过，有一点我还是不明白：天这么黑，塞尔丹怎么知道那条狗是在追他？”

“他听到声音了吧。”

“塞尔丹这种蛮汉绝对不会被沼泽地里的一条狗吓得魂不附体，他居然狂呼乱叫，也不怕被人抓住。从他的叫喊声听起来，他知道那条猎狗在追他后一定是跑了很长一段路。他怎么知道的呢？”

“还有一件事，我觉得更加不可思议。假定我们对案情的分析都是对的，那这条猎狗——”

“我从不假定。”

“啊，好吧。为什么这只狗今晚要放出来？我猜它不会老是待在沼泽地上。斯特普尔顿也不会轻易就放狗出来，除非他有把握，知道亨利爵士要来沼泽地。”

“这两个问题中，我的问题更难解决。你那个问题，我想很快就会有答案。而我的，则可能永远都是一个谜了。现在的问题是，我们怎么处理这个可怜家伙的尸体呢？总不能扔在这里喂乌鸦和狐狸吧。”

我们把尸体翻了过来，那是逃犯塞尔丹的脸。

“我说，就把他放到石屋子里去吧，等和警察联系上再说。”

“好吧。我相信我们两个人可以把他搬进去。啊哈，华生，那是什么？是他来了。真是胆大包天！可别让他看出你在怀疑他，一个字也不要说，要不然，我的计划就泡汤了。”

沼泽地那边，一个人向我们走过来，我看见雪茄烟烟头一明一暗的微光。月光照在他身上，我甚至可以看出，那位小个子生物学家的步伐是多么得意。一看见我们，他就停下了脚步，但他马上又走上前来。

“啊！这不是华生医生吗？这么晚了，没想到还能在沼泽地里看到您。天哪！这是怎么回事？有人受伤了吗？不！别对我说这是我们的朋友亨利爵士。”他急忙从我身边走过去，低头看那尸体。我听到他倒吸了一口气，夹在指间的香烟也掉了下来。

“谁？……这是谁？”他结结巴巴地说。

“是塞尔丹，普林斯顿镇的那个逃犯。”

斯特普尔顿转过身来，面色一片死灰，但他以惊人的自制力掩盖住了自己的吃惊和失望，他那锐利的目光在我和福尔摩斯身上扫来扫去。

“我的天！真让人吃惊！他是怎么死的？”

“看样子，是从岩石上摔下来的，折断了脖子。我和我朋友正在沼泽地上闲逛，就听到有人在叫喊。”

“我也听到叫声了，所以才出来看看，我放心不下亨利爵士。”

“为什么对他放心不下？”我忍不住问道。

“因为我请他来，可他没来，我就觉得奇怪了。所以一听到有人在沼泽里叫喊，自然担心他遇上了危险。对了，”他不再看我，转而盯着福尔摩斯，“除了那声叫喊，你还听见别的声音了吗？”

“没有。”福尔摩斯说，“你呢？”

“没有。”

“那，你为什么这么问呢？”

“哦，你知道，那些村民总是说有只猎犬幽灵什么的，据说晚上在沼泽地里能听见。我就想，今天晚上是不是出现了这种声音。”

“这个我们可没有听到。”我说。

“那么，依你们看，这个可怜的家伙是怎么死的？”

“谁？……这是谁？”

“我想他肯定是露宿荒野，急昏了头，疯疯癫癫地在沼泽地里乱跑，结果就掉下山崖了，还摔断了脖子。”

“这倒是个合乎情理的说法。”斯特普尔顿说，长出了一口气。我想，这一下他算是放心了。“您怎么看，夏洛克·福尔摩斯先生？”

我的朋友躬身行礼。

“你眼力挺好的嘛！”他说。

“自从华生医生来了以后，我们就盼着您来这里。您一来，倒正好遇上这桩意外的不幸。”

“确实如此，我相信事情就像我的朋友刚才说的那样。明天，我得带着不快的记忆回伦敦了。”

“噢？您明天就回去？”

“我是这样计划的。”

“我想您这次查出一些名堂了吧？我们可让这些事情给弄糊涂了。”

福尔摩斯耸耸肩。

“一个人不可能总是心想事成啊。做调查需要的是事实，而不是什么传说或谣言。这次对案件的调查说不上成功。”

我朋友说这番话的时候态度坦然，神情随意。斯特普尔顿仍然紧紧地盯着他，随后他又看着我。

“我本想把这个可怜的人抬到我屋子里去，可那样一来，会把我妹妹吓坏的。所以，我决定还是不那么做。我想，我们拿什么东西盖好他的脸就可以了，明天再说吧。”

于是，我们就那样办了。福尔摩斯和我没有接受斯特普尔顿的盛情邀请。我们迈步向巴斯克维尔庄园走去，让那位生物学家一个人回家了。我们回头看去，在空旷的沼泽地上，一个背影慢慢向远方移去，在他身后月光普照的山坡上，有一团浓重的黑影，而那正是尸体横陈之处。

“我们终于抓住他了。”我们一起走出沼泽地时，福尔摩斯说道，“这家伙的神经可真够坚强的！他发现自己错杀了人，所面临的局面本应使他万分惊恐，可他却表现得那么镇定。我在伦敦曾和你说过，华生，现在我还要和你说，我们还从没遇见过比他更凶险的对手呢。”

“很遗憾，他看到了你。”

“我也这么觉得，可这是无法避免的事。”

“他可能会谨慎行事，也许他马上会采取不顾一切的手段。和大多有点儿小聪明的罪犯一样，他可能过高估计了自己的才能，并且自以为完全蒙骗了我们。”

“我们马上逮捕他不好吗？”

“我亲爱的华生，你天生就是急性子，你的本能总是激起你想痛痛快快地干点儿什么。想想看吧！如果我们今晚就把他逮捕了，这样对我们有何好处？对他不利的证据，我们什么也弄不到。这真是魔鬼一般的狡猾手段！如果他是通过某个人来进行活动，那我们还会找到些证据，可是假如我们在光天化日之下将一条大狗拉出来，这丝毫无助于我想抓获它主人的计划。”

“我们当然有证据啊！”

“连个影子还没有呢——我们的证据无非是些推测与猜想。如果我们掌握的是这样的‘证据’，那人家会把我们从法庭里给轰出来。”

“查尔斯爵士的死不就是证据吗？”

“他死时身上没一点儿伤痕，虽然你和我都清楚，他是被吓死的，而且我们也知道是什么把他吓死的。可是我们怎么做才能使陪审团的12个人也相信猎狗的踪迹和狗牙的痕迹呢？我们当然知道，猎狗不咬死尸，而查尔斯爵士又是在那畜生追上他之前死的。这些东西都需要我们证明才行。可是，现在还办不到。”

“那么，今晚的事也证明不了吗？”

“今天晚上，我们的情形也没好多少。又和上次一样，猎狗与那个人的死并无直接的联系。我们没有看见那只猎狗，虽然听见了声音，可是这并不能证明它就跟在那人的后面，那是站不住脚的。不，老朋友，我们得承认一个事实：我们目前对整个案子还没有得出完整合理的结论，只要能获得合理证据，我愿意尝试一切冒险行动。”

“那该怎么办呢？”

“我希望劳拉·莱昂斯夫人能给我们一些帮助，只要把事情给她讲清楚就行了。另外，我还有自己的计划。今天只管今天，何必为明天发愁呢？不过，我希望明天我们能胜过他。”

他再也不愿多谈什么了，在到巴斯克维尔庄园的路上，他一边行走，一边苦思冥想。

“你也进去吗？”

“嗯，我没有理由再躲起来了。不过，还有一件事我得叮嘱你，华生，千万别对亨利爵士提那猎狗的事，就让他把塞尔丹的死因想成斯特普尔顿编造的那样吧。这样他就能以坚强的神经去迎接明天必须经受的苦难了。如果我没记错你的报告的话，他们已约好明天到斯特普尔顿家去吃晚饭了。”

“他们也约了我。”

“那你一定得找个借口谢绝。他必须要单独去，那样才好安排。现在，我们已经错过了吃晚饭的时间了，我想我们两个就吃夜宵吧。”

收　网

亨利爵士见到福尔摩斯时，与其说惊奇，不如说高兴，因为这些天他一直就在盼着他从伦敦到这里来。可是，当他看到我的朋友没有带行李，也没有为此做出解释时，他脸上又露出疑虑的神色。吃夜宵时，我们把我们经历的事情中可以让爵士知道的东西都尽量告诉他了。此外，我还得把这一消息透露给巴里摩尔夫妇。对巴里摩尔先生来说，说不定这还是件使他们得以解脱的事。可他妻子听了之后撩起围裙拭泪，显得很难受。对全世界来说，他是个凶狠的野兽和可怕的魔鬼一般的人物；然而在她的心目中，他却永远是幼时和她朝夕相处的那个人，是紧抓着她的手不放的孩子。一个人在临死时，若是连一个为他哭泣的女人都没有，那他可真是十恶不赦了。

“早上华生离开后，我一整天都闷在家里。”爵士说道，“我想我还是听话的，因为我恪守诺言。要是我没发过誓，说我绝不单独外出的话，那我可就会有一个愉快的夜晚了，因为斯特普尔顿曾来过一封信，邀请我到他那里去。”

“我相信，如果您真的去了，确实会度过一个愉快的夜晚。”福尔摩斯冷冷地说道，“可是，我们那会儿还以为您摔断了脖子而为您伤心不已呢！我想，您总不会因为知道了这一点而感到高兴吧？”

亨利爵士睁大了眼睛，惊奇地问：“这到底是怎么回事？”

“那个可怜的笨蛋穿着您的衣服，只怕都是您的仆人送给他的。说不定警察会来找他的麻烦呢。”

“不会的，我知道，那些衣服上没有任何记号。”

“那他真幸运——事实上你们都很幸运，因为在这件事上，从法律来讲，你们全家都触犯了法律。作为一个正直的侦探，我肯定，我的责任首先是将你们全家逮捕。华生的报告就是给你们定罪的最有力的证据。”

“那我们这桩案子怎么样了？”爵士问道，“在这一团乱麻里，您摸到什么头绪了吗？我觉得，自从华生和我两个人来到这里，情况并没有起色。”

“我想，用不了多久，我们会了解更多的情况。这真是一个最困难、最复杂的案件，现在还有几点我们没弄明白——可是很快就会水落石出。”

“华生一定和您讲了，有一次我们在沼泽地里听到那猎狗的声音，我敢发誓，那绝不是荒唐的迷信。在美洲西部的时候，我曾养过狗，我一听叫声就知道是怎么回事。您得给这只狗戴上笼头，套上铁链，才能让我承认您是一个绝世侦探。”

“我想只要您肯帮忙，我就准能给它戴上笼头，套上铁链。”

“您让我干什么都可以。”

“很好，您最好是服从命令，而不是老问为什么。”

“我听您的。”

“您若是这样做，那我们的小问题不久就能迎刃而解。我坚信——”

他突然停住不说了，凝神注视着我头顶上方。灯光正好照着他那神情专注的面孔，那么平静，就像是一座轮廓分明的古典雕像——象征着智慧和希望的雕像。

“怎么了？”我们两个人都站起身来。

他垂下眼睛。我看得出，他在努力抑制着内心的激动。他的表情虽然仍旧镇静自若，但眼睛却因狂喜而闪闪发光。

“请原谅一个鉴赏家的崇敬心情吧。”说着，他抬手指着对面墙壁上的一排肖像。“华生认为我不懂艺术，但这不过是嫉妒罢了，因为我们对一件作品的看法往往截然相反。啊，这些像画得真是太好了。”

福尔摩斯突然停住不说了，凝
神注视着我头顶上方。

“啊，听您这样说，我很高兴。”亨利爵士说着，用惊异的目光看了看我的朋友。“尽管对这一点，我不敢冒充内行，我只会对马或是对牛品评一番。我真不知道您怎么会有时间弄这些玩意儿。”

“我一眼就能看出好在哪里，哦，现在就看出来了。我敢发誓，那一张是克内勒画的，就是那边那幅穿着蓝色绸衣的女人像，而那幅戴着假发的胖绅士像肯定是出自雷诺兹之手。我想，这些全是您家族里的人的画像吧？”

“全都是。”

“您都知道名字吗？”

“巴里摩尔曾经详细地跟我说过，我想我还没有忘记呢。”

“拿着望远镜的那位绅士是谁呢？”

“巴斯克维尔少将，在西印度群岛罗德尼麾下任职。那位穿着蓝色外套、拿着一卷纸的，是威廉·巴斯克维尔爵士，他曾在彼得手下做下议院委员会的主席。”

“还有我对面的这位骑士——身披黑天鹅绒斗篷，肩挂绶带的这位呢？”

“啊，您一定得认识他——品行不端的雨果，巴斯克维尔猎狗的传说就是从他那里开始传开的。我们不会忘掉他。”

我也兴致勃勃地惊奇地望着那张肖像。

“天啊！”福尔摩斯说，“他看上去很像一位慈祥而柔顺的人，可我敢说，他眼里暗藏着暴戾的神气。在我的想象中他比这还要粗暴、凶残得多呢。”

“这幅画像的真实性是不容置疑的，画布背面写着姓名，还有年代——‘1647’呢。”

福尔摩斯没再多说，可是他似乎对那老酒鬼的画像着了魔，吃夜宵时，他还一直抬头看着它。直到亨利爵士回卧室后，我才知道其中的原因。他又把我带到宴会厅，手里举着从卧室带来的蜡烛，照着墙壁上那由于年代久远而变得色彩黯淡的肖像。

“你在画像上能看出点儿什么呢？”

我望着那装有羽饰的宽檐帽，额边的鬓发，镶着白花边的领圈和中间那副神色严肃的面孔。它虽说不上暴戾，却相当粗鲁、冰冷和严峻，薄薄的双唇紧闭着，还有一双冷漠而顽固的眼睛。

“像不像某个你认识的人？”

“下巴有点儿像亨利爵士。”

“也许稍稍有一点儿。等会儿！”他站在一把椅子上，左手举起蜡烛，抬起右臂掩住宽檐帽和下垂的长条发卷。

“天啊！”我惊奇地叫了起来。

斯特普尔顿的面孔就像是从画布里跳了出来。

“哈哈，看出来了！我的眼睛经过多年的训练，辨别容貌时不会被附加的饰物所蒙蔽。侦探的看家本领就是能看破任何伪装。”

“简直太妙了，说不定这就是他的画像呢！”

“是啊，这真是个返祖现象的有趣例证，而且在肉体和精神两方面同时表现了出来。研究家族肖像会使人相信投胎转世的说法。显然，这家伙是巴斯克维尔家的后代。”

“还怀有夺取财产继承权的阴谋呢。”

“的确如此，这张画像还碰巧给我们提供了一个迫切需要的线索，我们算是把他抓住了。我敢保证，明晚之前他就会在我们的网里，像被他捕到的那些蝴蝶一样绝望地乱拍翅膀了。只需一根针、一块软木和一张卡片，我们就可以把他陈列在贝克街的标本室里了。”

离开那幅画像时，他突然发出少有的大笑。我很少听到他笑，他一笑，可就意味着有人要倒霉了。

第二天早上我起得很早，可是福尔摩斯比我起得更早。我穿衣服时，看到他已经沿着车道从外边回来了。

“啊，今天我得好好地干一天！”他说道，因即将采取行动的喜悦而搓着双手。“网已撒好，只等着往回拉了。今天就会有结果，看我们究竟是逮住这条尖嘴大梭鱼，还是让它从我们的网里溜掉。”

“你到沼泽地去过了吗？”

“我已从格林潘发了一份有关塞尔丹死亡的报告到普林斯顿镇了。我想我可以保证，这件事再也不会烦扰你了。我还和忠实的卡特莱特联系了一

福尔摩斯站在一把椅子上，左手举起蜡烛，抬起右臂掩住宽檐帽和下垂的长条发卷。“天啊！”我惊奇地叫了起来。

下，要是不让他知道我平平安安，他准会像一只守在主人坟墓旁边的小狗一样，在我的小屋门口焦急死的。”

“下一步的计划是什么？”

“得找亨利爵士商量一下。啊，他来了。”

“早安，福尔摩斯。”爵士说道，“您真像是个正在和参谋长策划一次战役的将军。”

“正是这样，华生正向我请战呢。”

“我也是来听候差遣的。”

“太好了！听说您今晚要应约去我们的朋友斯特普尔顿家吃饭？”

“希望您也去。他们很好客，而且我敢说，他们见到您一定会很高兴。”

“华生和我恐怕必须回伦敦。”

“回伦敦？”

“是的，我想，这个时候我们回伦敦比在这里更有用。”

看得出来，爵士心里有点儿不高兴。

“我希望您能陪着我度过这一关。一个人独自住在这个庄园和沼泽地里，可不是一件愉快的事。”

“亲爱的朋友，您一定得相信我，完全按照我的吩咐去做。您可以告诉我们的朋友，说我们本来是想跟您一起去，可是我有件急事，必须马上回到城里去，我们希望不久就能回到德文郡来。您能把这个口信给他带去吗？”

“如果您认为必须的话。”

“我跟您说吧，只能这样了。”

爵士眉头紧锁。可以看出，他觉得我们是撇下他不管了，因而深感不快。

“那么打算什么时候动身呢？”他冷冷问道。

“吃了早餐就走。我们先坐车到库姆·特雷西去，不过华生会把行李和杂物留下来，所以他保证会回来。华生，你应该写封信给斯特普尔顿，说明你不能赴约的原因，并向他表示歉意。”

“我真想和你们一起去伦敦，”爵士说，“我何苦要一个人留在这里。”

“因为这是您的职责。您曾答应，让您干什么您就干什么，所以我就让您留在这里。”

“那好吧！我就留下来。”

“再提一个要求，我希望您坐马车去梅里皮特别墅，然后把马车打发回来，让他们知道您准备走回家。”

“走过沼泽地吗？”

“是的。”

“这可是您经常嘱咐我不能做的事呀！”

“这一次您可以这样做，保证安全。如果我对您的精神和勇气没有信心，我也不会提出这种建议来。您一定得这么做。”

“那我就这样做吧！”

“如果您看重自己的生命的话，在穿过沼泽地时，除了从梅里皮特别墅直通格林潘的大路外，不要走别的方向，那是您回家的必经之路。”

“我一定按您说的做。”

“很好，我倒是希望早饭后越快动身越好，这样下午就能到伦敦了。”

虽然我记得福尔摩斯昨晚和斯特普尔顿说过，他的拜访第二天就结束，可是他这个行程计划还是让我大为吃惊。我无论如何也不会想到，他会希望我跟他一起走。我也不理解，在这种他所说的最危险的时候，我们两人怎能都离开呢？然而我没有办法，只能无条件服从。于是，我们说服了那位恼怒的朋友。两小时后，我们抵达库姆·特雷西车站，又把马车打发走。一个小男孩在月台上等我们。

“要我帮忙吗，先生？”

“卡特莱特，你乘这趟车进城。下车以后，以我的名义发一封电报给亨利·巴斯克维尔爵士，告诉他，我忘了带记事本，如果他看到了，要他用挂号寄到贝克街来。”

“是，先生。”

“你再去车站办公室看看有没有我的信。”

没多久，小男孩就带回来一封电报，福尔摩斯看完后递给我，上面写着：

电报收悉，已持空白拘票前来，5点40分到。

雷斯垂德

“这是答复我早晨寄出的那份电报的。我觉得他算得上是官方侦探中最好的，我们说不定需要他的协助呢。华生，我想咱们不妨现在去拜访一下你认识的那位劳拉·莱昂斯夫人。”

他的行动计划已经初露端倪。他想通过爵士让斯特普尔顿夫妇相信，我们确已离开，然而，只要有必要，我们随时可以回去。如果亨利爵士在斯特普尔顿夫妇面前提到伦敦来的电报，一定能够消除他们的最后一丝怀疑。我仿佛看到，我们向那条尖嘴梭鱼撒下的网正在慢慢拉紧网口。

劳拉·莱昂斯夫人在办公室里。夏洛克·福尔摩斯单刀直入地开始了谈话，这使她颇感意外。

“我正在调查与查尔斯·巴斯克维尔爵士的死有关的情况。”他说道，“我这位朋友华生医生告诉我，你们已经谈过话了，可是你对掌握的情况有所保留。”

“我隐瞒了什么？”她不服气地说。

“你承认曾让查尔斯爵士10点钟去门口。我们都知道，那正是他的死亡时间和地点。你没有说出这些事情之间有什么联系。”

“没有任何联系。”

“如果真是那样，可就太凑巧了。不过，我认为我们会找到这种联系的。我想跟你说句大实话，莱昂斯夫人，我们认为这是一起谋杀案，有证据表明，涉嫌此案的不但有你的朋友斯特普尔顿，而且，还有他的妻子。”

这个女人惊讶得从椅子上弹了起来。

“他妻子？！”她叫道。

“这件事不再是秘密了。他称作妹妹的那个人，其实就是他妻子。”

莱昂斯夫人重新坐下来，她双手死死地抓住扶手。我看到，她那粉红的指甲由于用力都变白了。

“他妻子！”她又说道，“他妻子，他没成家啊！”

夏洛克·福尔摩斯耸了耸肩。

莱昂斯夫人惊讶得从椅子上弹了起来。

“给我证据，给我证据，你要是能拿出证据……”她那可怕的眼神说明了一切。

“我来这里就是为了给你看证据。”福尔摩斯从衣袋里拿出几张纸，说道，“这张相片是他们夫妇四年前在约克郡照的，后面写着‘凡戴勒先生和夫人’，你要认出他来并不难。如果你认识他妻子，也不难认出她来。这里是3份由几位可靠的证人提供的关于凡戴勒夫妇俩的材料，当时他在开办圣·奥利弗私立小学。读一下这些材料，看看是否可信。”

她匆匆地看了一遍材料，然后抬起头来看着我们，表情呆滞，悲痛欲绝。

“福尔摩斯先生，”她说道，“这个人曾经答应过我，只要我跟我丈夫离婚，他就和我结婚。这个混蛋，他想尽办法欺骗我，从来没有对我讲过一句真话。可是为什么……为什么？我一直以为，他都是为了我。现在我才知道，我只不过是他利用的工具。他从来没有真诚地对待过我，我又何必忠于他呢？我何必这么护着他，不让他遭受自己恶行的报应呢？您想问我什么，只管问吧，我什么也不会隐瞒。但是有一件事情我向您发誓，那就是：我当初写信，根本没有想到会加害那位老先生，他一直待我很好，并且是我最好的朋友。”

“我充分相信你，夫人。”夏洛克·福尔摩斯说道，“回忆这些事一定让你倍感痛苦。我先说一下事情的经过，若是有根本性的错误，你就加以更正。那封信是斯特普尔顿叫你写的吧？”

“内容是他提供的。”

“我猜，他叫你写信，给出的理由是，你可以因此从查尔斯爵士那里得到经济上的帮助，以备离婚诉讼之用。”

“正是这样。”

“你发了那封信后，他又叫你不要如约前往见面。”

“他说，要是有人发现了这笔钱是用在了离婚上，他会觉得自尊心受了伤害。他还说，他虽然没有多少钱，但即使把钱花光，他也要排除阻挡我们结合的障碍。”

“看起来他倒像一个说话算数的人。在报纸上看到那件死亡案件的报道以前，你没听到任何别的消息吧？”

“没有。”

“他有没有叫你发誓，不向别人提起与查尔斯爵士约会的事？”

“是的。他说那死亡很神秘，如果把事情泄露出去，我一定会引起人们的怀疑。他这么一说，吓得我只好闭口不说了。”

“确实如此，可是你对他就没有一点儿怀疑？”

她犹豫着垂下了眼皮。

“我了解他。”她说道，“但是只要他忠于我，我也会永远忠于他。”

“我想，你总算幸运地摆脱了他。”夏洛克·福尔摩斯说道，“你掌握着他的性命，他自己也明白这一点。可是你竟然活着，没有被他害死。几个月来，你的处境一直很危险，现在我们要跟你说再见了，莱昂斯夫人。说不定你很快又能得到我们的消息了。”

“我们已经做好了破案前的准备工作，并且排除了一个又一个困难。”我们站着等城里来的快车时，福尔摩斯说道，“很快我就可以写一本当代最离奇的犯罪小说了。研究犯罪的学生们会记得类似1866年发生在俄罗斯的格罗德诺的案件，当然还有北卡罗来纳州发生的安德森谋杀案。可是这个案子有一些与众不同之处。直到现在，我们还没有找到将这个狡猾的家伙绳之以法的确切证据，不过，要是今晚睡觉前还找不出证据的话，我才觉得奇怪呢。”

伦敦来的快车轰轰隆隆进了站。从一等车厢里跳下来一个矮小而壮实的人。我们三人握了握手。雷斯垂德敬畏地看着我的伙伴。我立刻看出来，自从他俩合作以来，他已经从福尔摩斯那儿学到了不少东西。我清楚地记得，善于推理的这一位是怎样讽刺和激怒注重实际的那一位的。

“有好消息吗？”他问道。

“这是我这几年来最大的收获。”福尔摩斯说道，“距行动开始还有两个小时，我想，咱们不妨在这段时间里吃完晚饭。然后，雷斯垂德，你要呼吸一

我们三人握了握手。

下达特穆尔沼泽地晚上的清新空气，驱散你喉咙里从伦敦带来的雾气。还没去过那里吧？好啊！我想这次出游一定会给你留下很深的印象。”

巴斯克维尔的猎犬

福尔摩斯有一个缺点——如果这可以称作缺点的话，就是在事成之前，从不愿向任何人透露自己的计划。这有一部分原因显然出自他的本性，即喜欢控制一切，让他周围的人吃惊；还有一部分原因是出于工作谨慎的需要，使他不敢心存侥幸。这就往往使他那些委托人和助手颇为难堪，我经常遇到这种难堪的场面。然而最令人难受的，却是这一次黑暗中长时间的驾车旅行。我们面临着严峻的考验，就要发起最后冲击，可福尔摩斯却一声不吭，我只能猜测他的心思。最后，当冷风吹到我们脸上，狭窄的道路两旁变得黑乎乎的，我才知道，我们离最后的冒险越来越近了。车夫是雇来的，因此我们不能自由交谈，只好聊一些无关紧要的琐事。由于激动和期待，我们的神经其实已经处于高度紧张的状态了。终于，我们过了弗兰克兰的家，离庄园和出事地点不远了。而直到此时，我先前不自然的紧张才有所缓解。我们没有在房子大门前，而是在靠近车道的地方下了车。我们付过车钱，就叫车夫立刻赶回库姆·特雷西，然后朝梅里皮特别墅走去。

“你有没有带枪，雷斯垂德？”

这位矮个子侦探微微一笑，说道：“我的裤子后面有个口袋，我总会在口袋里装着那个玩意儿。”

“好！我和我的朋友也都做好对付紧急情况的准备了。”

“你对这事可真是守口如瓶啊，福尔摩斯先生。我们现在该怎么办？”

“耐心等着吧。”

“我说，这可是个好地方。”那侦探说道，同时打了个冷战，环顾着周围阴沉沉的山坡和格林潘泥潭上空的雾霭。“我看见前面有所房子的灯亮了。”

“那就是梅里皮特别墅，也是我们此行的终点。现在我请你们务必踮起脚尖走路，压低嗓音说话。”

我们小心地沿着小路往前行，好像要直奔那所房子而去。然而走到距房子约两百码时，福尔摩斯叫我们停下了。

“就在这里好了，”他说道，“右边这些石头可以给我们做天然的屏障。”

“我们就在这里等吗？”

“是的，我们就在这里安排一次小小的伏击。雷斯垂德，跳到这个坑里去。华生，你到过这所房子里面吧？你能不能辨认出这些房间的位置？这边装了格子窗的是哪几个房间？”

“我想这些是厨房的窗户。”

“远一点儿那个很亮的房间呢？”

“那间肯定是餐厅。”

“百叶窗都拉上了。你最熟悉这里的地形，你悄悄走过去，看一看他们在干什么，但千万别被他们发觉了。”

我踮着脚尖穿过小径，猫着腰来到一堵矮墙后面。墙内是树木繁盛的果园。在阴影的掩护下我来到一个位置，透过没挂窗帘的窗户，我可以直接看到里面。

房里只有两个人，亨利爵士和斯特普尔顿。他们坐在圆桌的两边，我只能看到他们的侧面。两个人都在抽烟，面前的桌上摆着咖啡和葡萄酒。斯特普尔顿正在情绪激动地说着什么，爵士却脸色苍白、心不在焉的样子。也许他在想，过一会儿自己还要独自穿越那片不祥的沼泽地，所以心情沉重。

我正看着他们，斯特普尔顿突然站起身离开了房间。亨利爵士又倒了一杯酒，仰靠在椅子上吐着烟圈。我听到门吱呀一响，然后是靴子走在石子路上的嘎吱声，脚步声经过了矮墙另一面的小路。越过墙头，我看见那位生物学家在

果园边上的一间小屋子前面停住了。只听钥匙孔一响，接着从里面传出了奇怪的扭打声。他在房子里只停留了一分钟左右，我又听到了一个关锁的声音。接着，他沿着围墙另一面的小路回到屋里。我看到他又和他的客人待在一起了，便悄悄地回到我的伙伴们等我的地方，把我看到的一切告诉了他们。

“华生，你是说那位女士不在房间里吗？”我讲完之后，福尔摩斯问道。

“是的。”

我踮着脚尖穿过小径，来到一堵矮墙后面。

“那么她可能在哪里呢？除了厨房，其他房间都没有亮灯啊！”

“我想不出她在哪里。”

我已经说过，格林潘大泥潭上空悬浮着一层薄雾，此时白雾正朝我们这个方向慢慢靠近，然后逐渐堆积在我们身边，像一堵墙。白雾压得很低，但是很厚，界线也很分明。月光射在沼泽地上，使它看上去像一片冰原，远处山冈的顶部则如同冰原上的岩石。福尔摩斯把脸转过去，看着慢慢浮动的浓雾，不耐烦地嘀咕着：“雾正在朝这边移动呢，华生。”

“这很严重吗？”

“很严重，真的，可能会因此破坏我的计划呢。好了，他不会在里面待很久的，已经10点钟了。我们的成功和他的性命可能都取决于他能否在雾气移到小路之前出来。”

夜色清新而美好，天上寒星闪烁，半圆的月亮在沼泽地上洒下了一片柔和而蒙胧的清辉。我们面前矗立着房屋的阴影，它那尖尖的屋顶和高耸的烟囱被布满星星的天空勾勒出清晰的轮廓。下面窗户里射出了几道宽宽的黄色光线，落在果园和沼泽地上。有一个窗户的灯灭了，仆人们离开了厨房。只有餐厅的灯还亮着，里面的两个人仍在边抽烟边闲聊，一个是暗藏杀机的主人，一个是毫无察觉的访客。

“如果15分钟内他不出来，这条路就会被雾遮住，半小时后，我们就看不见自己的手了。”

“我们向后往高处移动一下是否会更好些。”

“行，我想也许会好些。”

于是，当浓雾向前弥漫时，我们便往后退却，一直退到距离房子有半英里远的地方。然而那白色的“海水”，在银色月光的照耀下，缓慢而势不可挡地向前奔涌着。

“我们走得太远了。”福尔摩斯说道，“他会在接近我们之前被人追上，我们不能冒这个险，无论如何我们一定要守在此地。”他曲下双膝，把耳朵紧贴在地面上。“谢天谢地，我想我听见他过来了。”

一阵急促的脚步声打破了旷野的沉寂。蹲伏在碎石之中，我们全神贯注地注视着面前那段银色的雾堤。脚步声越来越响，我们守候的那个人穿过浓雾，如同从一面幕帘中走出来似的。他走出浓雾，出现在繁星闪烁的晴朗夜色中，此时，他惊恐地朝四周望了望，然后又飞快地沿着小路走过来，从离我们潜伏地很近的地方经过，随后就朝身后那道长长的斜坡走去。他边走边局促不安地左右张望。

“嘘！”福尔摩斯惊呼了一声，我听见了手枪扳机尖细而清脆的扣动声。“小心！有动静。”

从缓缓弥漫的雾堤中传来连续不断的轻微脚步声。那雾团距离我们埋伏的地点大约50码。我们3个人都目不转睛地盯着，拿不准那雾中会忽地冒出什么可怕的怪物。我紧挨着福尔摩斯，我朝他的脸瞥了一眼，他脸色发白，但却有些得意，眼睛在月光下明亮闪烁。但就在这时，他突然两眼向前，严厉地目不转睛地盯着一点，嘴唇惊诧地张开着。与此同时，雷斯垂德惊骇地大叫一声，扑倒在地。我随即跳起来，迟钝的手紧握着手枪。雾影中向我们扑来的那只形状恐怖的怪物吓得我魂飞魄散。原来真是一只猎犬，那猎犬身躯庞大，浑身漆黑如炭，但不是人们平常所见到的那种猎犬。它张开大口，向外喷射出火焰，眼睛也闪亮得像冒火一样，嘴和鼻子、颈毛、脖子以下的垂皮亮光闪闪。即使神志混乱的人在怪诞的梦里也想象不出比这头从雾堤扑向我们的躯体漆黑、面孔凶猛的怪兽更可怕，更令人毛骨悚然、凶如恶魔的怪物了。

那巨大的黑怪物沿着小径，大步跳窜，死死地追赶着我们的朋友。我们被这个幽灵吓得目瞪口呆。等到我们恢复了常态时，才意识到它已经从我们的眼皮底下窜过去了。随后，福尔摩斯和我两人一齐开火，那怪物发出一阵恐怖的嚎叫，表明至少有一人已经击中了它。可它并没有停下脚步，而是不停地朝前奔窜。在小路远处，我们看见亨利爵士正回头张望。月光下，他脸色苍白，战战兢兢地扬起手，很无奈地瞪眼望着那个对他穷追不舍的怪物。

我们蹲伏在乱石之中，看见他惊恐地朝四周望了望。

巴斯克维尔的猎犬

可是，那怪犬痛苦的嚎叫已将我们所有的恐怖一扫而光。只要它怕攻击，它就会受到致命的伤害。只要我们能击伤它，也就能把它杀死。那天晚上我从没见过有谁能跑得像福尔摩斯那么快。我一向健步如飞，可是他却超过了我，就如同我已把那位小个儿职业侦探远远甩在身后一样。我们沿着小路向前飞奔，我们听见前方传来亨利爵士一阵又一阵的惨叫声以及那猎犬发出的深沉的吼叫声。我赶到时，正好看见那怪兽窜向爵士，将他扑倒在地。在它正要撕咬他的喉咙时，说时迟那时快，福尔摩斯将他左轮手枪里的5颗子弹全部射进那怪兽的腰窝，随着最后一声痛苦的嚎叫，那怪兽向空中恶狠狠地咬了一口，便摇摇晃晃倒了下去，四只脚疯狂地乱蹬乱踢，然后侧身瘫倒不动了。我俯下身，气喘吁吁，用手枪顶着那可怕的泛着暗淡火光的头，此时扣扳机已无用，那家伙已经死了。

亨利爵士人事不知，躺在原来跌倒的地方。我们解开他的衣领，发现他身上并没有伤痕，抢救还来得及。福尔摩斯情绪激动，不停地祈祷。这位朋友的眼皮动了一动，做了一番微微的努力，想要挪动一下。雷斯垂德把他的白兰地酒瓶嘴塞进爵士的牙齿之间。这时他睁开两只惊恐的眼睛，朝上打量着我们。

“天啊！”他轻声嘀咕，“刚才那怪物是什么？到底是个什么东西啊？”

“不管它是什么，反正已经上了西天。”福尔摩斯说道，“我们已将你家的那只恶魔彻底地收拾了。”

撇开别的不说，单就体积与力量而言，四肢伸展直挺挺地躺在我们面前的这个怪物就足以把人吓晕。它不属纯种大猎犬，也不属那种纯种大獒犬，倒像是这两类犬的杂交种，外貌瘦骨嶙峋，凶恶可怕，足足有一头小母狮那么大。即使在此时它死了不能动弹，那血盆大口好像还在滴淌着蓝蓝的火焰，那细小而深陷、凶残阴森的眼睛周围都染上了一层火。我摸了摸它那光亮的嘴和鼻子的周围，抬起手一看，我的手指在黑暗中闪闪发出亮光。

“黄磷。”我说道。

“真是老谋深算。”福尔摩斯说着用鼻子闻了一下那只死犬。“没有什

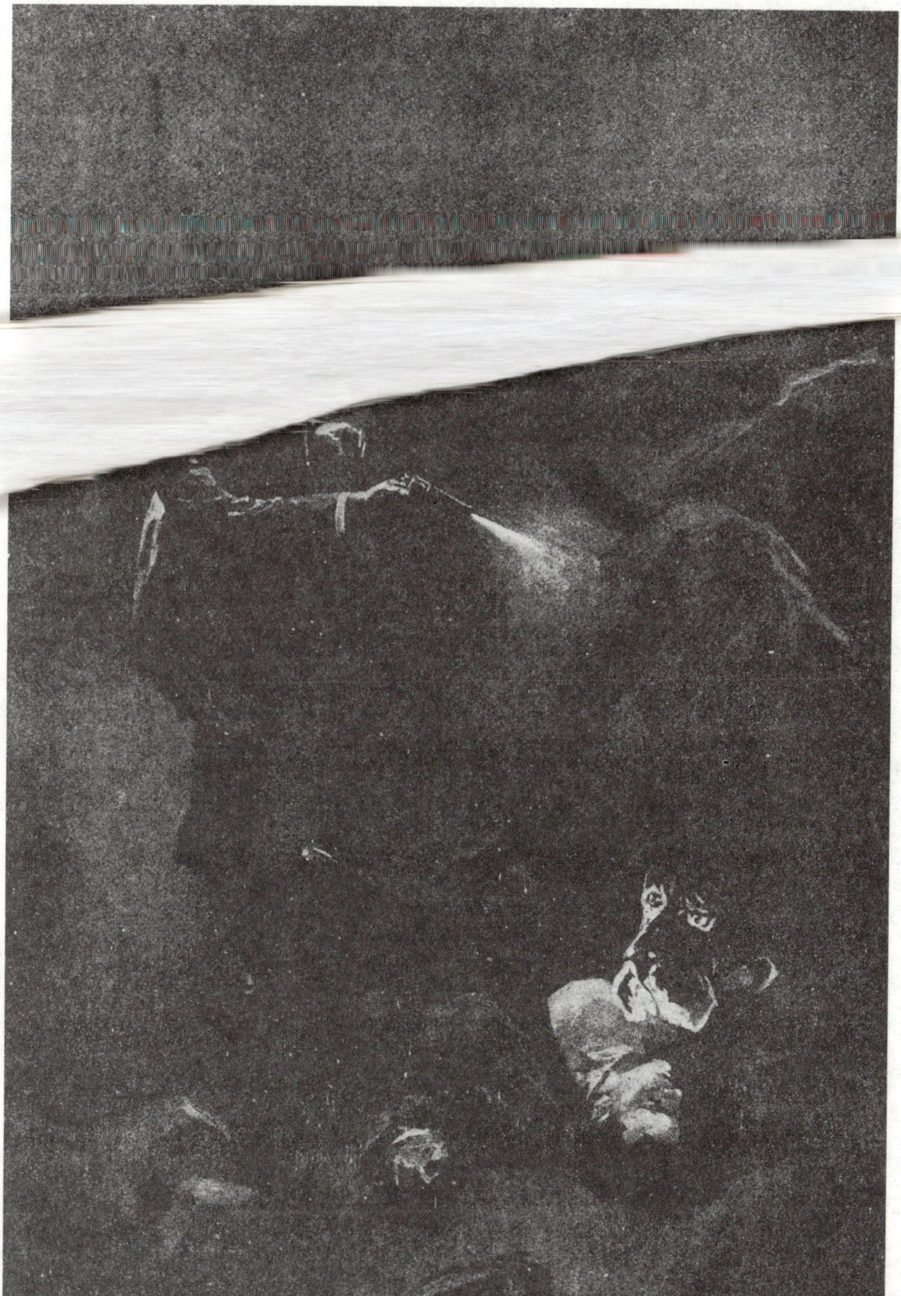

在它正要撕咬亨利爵士的喉咙时，福尔摩斯将他左轮手枪里的5颗子弹全部射进那怪兽的腰窝。

么气味能干扰它的嗅觉。让您受到这样的惊吓，我们真是抱歉，亨利爵士，我原以为它只是一只普通猎犬，没想到是这种。雾太重了，我们没来得及抓住它。”

“您终于救了我一命。”

“您受了如此的惊吓，还能挺得住吗？”

“给我来口白兰地，我就什么也不在乎了。啊！好了。劳驾把我扶起来吧，依你之见，该如何行动呢？”

“您就留在这里，今晚您不宜冒风险了。如果您愿意，等一下我们派一个人随您回庄园去。”

他吃力地摇摆着站起身，但脸色仍然苍白，四肢抖个不停。

我们搀着他来到一块石头边，他坐下来，直打哆嗦，把脸埋在手里。

“我们现在得离开您了。”福尔摩斯说道，“我们下一步的工作非干不可了，每一分钟都至关重要。我们已掌握了充分的证据，现在就只需捉拿那家伙了。”

“要想在房子里找到他，这种可能性微乎其微。”在我们往回走，顺着原来的小路飞速赶去的时候，他又接着说，“那些枪声已经通知他，他的圈套已彻底失灵。”

“当时，我们离他的距离已比较远，这场大雾可能已使枪声的传播大大减弱。”

“可以肯定，他一直尾随着那只猎犬，便于控制——这一点是毫无疑问的。不，不，此时他已经离去！不过我们还是把房子搜查一番，证实一下为好。”

前门敞开，我们冲了进去，匆忙地挨屋搜查。在过道里，我们碰到了吓得发抖、步履蹒跚的老男仆。饭厅有灯光，别处都是漆黑一片。福尔摩斯急忙拿起一盏油灯，房子里任何一个角落也没漏过，但是根本没有发现我们追寻的那个人。可在二楼我们发现，有一间卧室的门是紧锁着的。

“黄磷。”我说道。

“里面有人！”雷斯垂德叫喊了起来，“我听到里面有动静，把门打开。”

从屋里传出微弱的呻吟和沙沙的声音。福尔摩斯用脚底朝门上使劲一蹬，一下子就把门蹬开了。我们3人拿着手枪，一齐冲进屋里。

但是没有任何迹象表明，我们想要找的那个孤注一掷、胡作非为的凶犯就在里面。呈现在我们面前的是非常奇怪而我们又没有料想到的情景，我们呆立在那里打量着，惊愕不已。

这间屋子被布置成了个小博物馆的样式，墙上的一排盒子上安装着玻璃盖，里面装的全是蝴蝶和飞蛾，那个心怀鬼胎而凶狠的家伙居然把采集这些东西当作娱乐和消遣。屋子的中央竖立着一跟木桩，这木桩是过去某个时候竖起来为了支撑那根横贯屋顶、被虫蛀了的旧房梁的。柱子上绑着一个人，脸被布单捆得严严实实，不能出声，无法在瞬间辨认出是男还是女。一条毛巾缠着那人的脖子，系在背后的柱子上，另一条毛巾蒙住了脸的下半部分，只露出两只眼睛——眼里满是痛苦与羞耻的神情，还夹杂着让人害怕的疑虑——死死地盯着我们。一眨眼工夫，我们就把堵在那人嘴上的东西及捆在身上的东西都解了下来，斯特普尔顿夫人倒在了地上。她那美丽动人的头低垂在胸前，在她的脖子上，我看到了鞭子抽打出的红色鞭印。

“这都是那个畜生干的？”福尔摩斯叫喊道，“哎，雷斯垂德，把你的白兰地拿过来，把她放在椅子上！她因受虐待而虚脱，现在已经昏厥过去了。”

她又睁开了眼睛。

“他现在平安无事吧？”她问道，“他跑掉了吗？”

“他逃不出我们的手心，夫人。”

“不对，不对，不是指我丈夫，亨利爵士呢？他现在脱险了吗？”

“他平安无事。”

“那只猎犬呢？”

“已经上西天了。”

她满意地长叹了一声。

“感谢上帝，感谢上帝！啊，这个该死的家伙，你们看看他是怎么对待

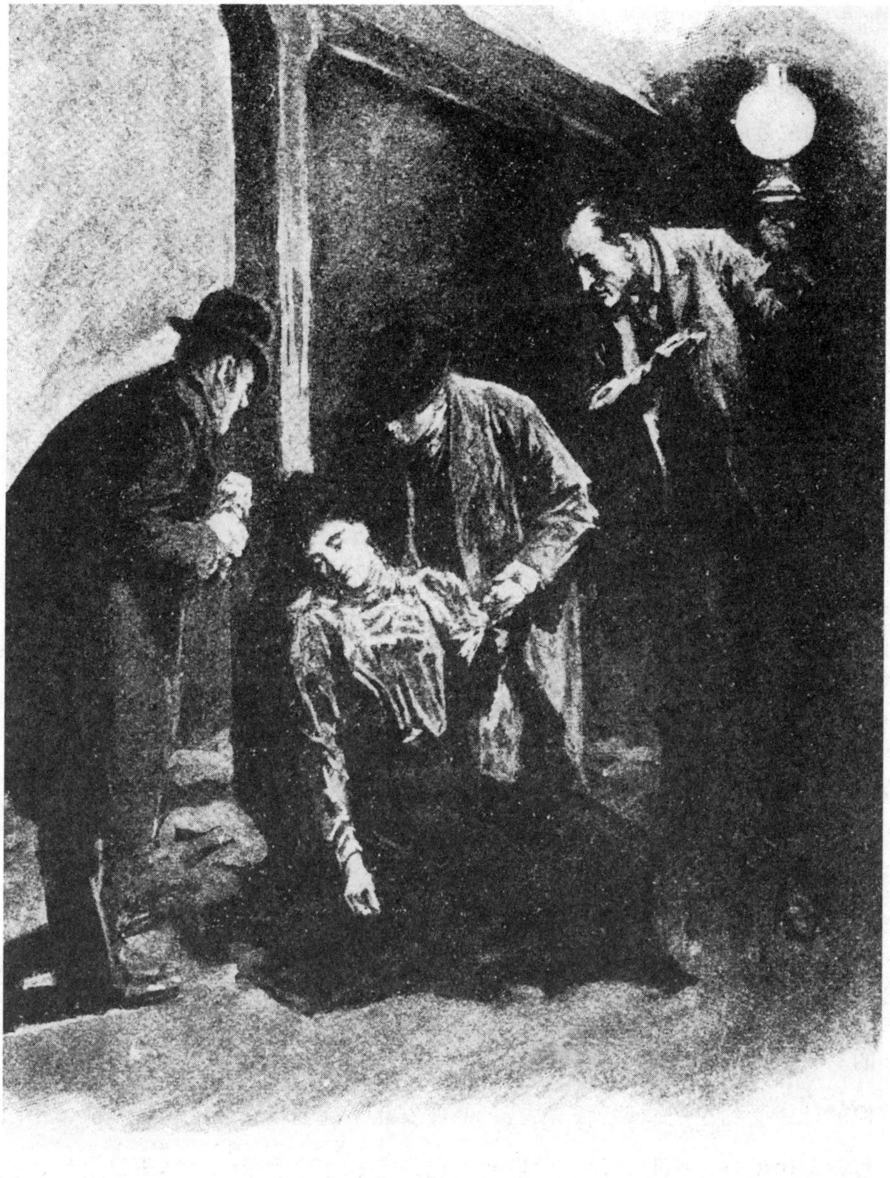

斯特普尔顿夫人倒在了地上。

我的！”她猛然拉起衣袖，伸出胳膊。我们看见她手臂上伤痕累累，心里禁不住感到恐惧。“这些并没有什么了不起！最可恨的是他折磨了、玷污了我的心灵。原来我还心存希望，心想只要他依然爱我，无论是虐待、寂寞、受骗上当的生活，我都可以忍受，但现在我看透了，根本不是那么回事！我成了他欺骗的对象和役使的工具。”

她说着说着，突然伤心地抽泣起来。

“他对您已绝情了，夫人。”福尔摩斯说道，“那么，请告诉我们，在哪里可以找到他。您要是曾帮助他干过坏事的话，现在就请协助我们来将功补过吧。”

“他只有一个地方可逃。”她回答道，“在沼泽地中心的一个小岛上，有一座废弃的锡矿，他把猎犬藏在那儿的，并且还在那儿做了防备，好来隐藏。他肯定逃到那里去了。”

雾堤像雪白的羊毛紧紧围在窗口外面。福尔摩斯提着灯走到窗前。

“瞧，”他说道，“今晚恐怕没人能找到进入格林潘沼泽的道路。”

她大笑起来，拍着手，眼里和牙齿都闪耀着极度狂喜的光芒。

“也许他会找到进去的路，可是做梦也别想再出来了。”她嚷了起来，“今晚他怎么看得清那些木棒路标呢？是他和我两人一起插下的，用来标明穿过沼泽地的小路的。啊，我今天要是都给他拔掉多好啊，那样他真的就成了瓮中之鳖了。”

很明显，在浓雾散去之前，任何追捕都不会有结果。我们留下了雷斯垂德，让他照看屋子。我，福尔摩斯和爵士一起动身，回到了巴斯克维尔庄园。有关斯特普尔顿家里发生的实情再也瞒不住他了，当他了解到他所钟爱的女人的真实情况时，竟然还挺受住了这种打击。然而夜间所受的惊骇已使他的神经受到了刺激。天还没亮，他便发起了高烧，在床上昏睡不醒，不过莫蒂默医生被请来照料他。他们两人已商定，在亨利爵士身体康复之后，便去世界各地旅行。想当初，他在遇上这份不吉利的财产之前，曾是多么精神抖擞，健壮有力啊！

好了，这个离奇的故事讲到这里就要结束了。我想让读者体会故事中那些深藏的恐惧与模糊的猜测。我们的生活曾因它而蒙上阴影，结局更是悲惨不堪。在猎犬丧命的第二天上午，雾气散尽，在斯特普尔顿夫人的带领下，我们找到了一条贯通沼泽地的小路。这地方是他们发现的。她带领我们去追捕她的丈夫时，表现出急切和喜悦的神情，看到这一点，我便能意识到这个女人过去的生活曾是多么可怕。我们和她站在一个荒僻的小岛上，小岛地面坚实，土硬似泥煤。这块小岛越往沼泽地延伸，面积越变得窄小。从这小岛的起点开始，就在四处插立着一根又一根的小木棒，标示出这条蜿蜒曲折的小路，它从一堆乱树丛转到另一堆乱树丛，中间还有漂着绿沫的浅水坑和污浊的泥坑，陌生人根本无法穿行。丛生的芦苇和茂盛细长的水草散发出腐烂的臭味，浓重的沼气直扑面孔。同时，我们一次又一次失足陷入深没膝盖的、乌黑的泥沼里。这样艰难地走了数码远，黏糊糊的泥还是沾在脚上。我们往前走，烂泥一直紧紧拖着我们的脚跟。我们一陷入泥窝，就好像有一只邪恶的手使劲往下拽，要把我们拽到污泥的深处，而且拽得毫不含糊，似乎蓄谋已久。偶尔我们也看到一处踪迹，表明有人曾在我们之前越过了那条危险重重的路。在泥沼的一堆杂乱的棉草中，有一件黑色的东西显露了出来。福尔摩斯越出那条小路，想去抓那东西，却一下子陷入齐腰深的泥沼中，要不是我们眼疾手快赶过去把他拉出来，他就再也不会踏上这块坚实的陆地了。他挥动着一只黑色的皮靴，里层的皮上印着“梅尔斯·多伦多”。

“这个泥水浴没白洗。”他说道，“这就是我们的朋友亨利爵士弄丢的那只皮靴。”

“是斯特普尔顿逃跑时扔在这里的。”

“没错。他用这只靴子引导猎犬追踪之后，还把它留在手中。他知道圈套会被戳穿，因而出逃的时候，仍把这靴子紧紧抓在手里，奔逃途中就丢弃在这里。这说明，至少到这里，他还是安全的。”

但是我们无法知悉更为详细的情况，虽然我们可以做出种种臆测。在沼泽地里根本不可能找出脚印，因为涌出的泥水已迅速把脚印盖住了。可是一走出沼泽地，踏上硬实的土地，我们便急切地寻找脚印，可就是找不出半点儿踪

福尔摩斯一下子陷入齐腰深的泥沼中，我们赶过去把他拉出来，他挥动着一只黑色的皮靴，里层的皮上印着“梅尔斯·多伦多”。

迹。如果我们在地上所看到的没有出错的话，那么斯特普尔顿昨晚并没有到达他挣扎着穿过浓雾所要去的那个避难的小岛。在格林潘大沼泽地中央某个地方，沼泽地里污秽的泥浆早已将他吞噬了。这个冷酷无情、狼心狗肺的家伙永远被埋葬在这里了。

在他藏匿他那只凶猛的伙伴、周围被泥沼所围绕的小岛上，我们发现了很多与他有关的痕迹。一个大传动轮，一个填了一半垃圾的竖坑，表明这矿坑早已废弃不用了。旁边是零星散落的矿工居住后丢下的遗留物件，那些矿工无疑是被周围泥沼的浓烈臭味给熏跑了。在其中一间屋里，我们发现了一个U形钉、一条链子和一些啃过的骨头，可以看出这里就是禁闭那只畜生的地方。一具骨骼上面粘着一团乱糟糟的棕色头发，散置于残留碎物中。

“原来是一只猎狗！”福尔摩斯说道，“啊，是一只卷毛长耳狗。可怜的莫蒂默再也见不到他宠爱的狗了。哼，我不清楚这里还有什么是我们没有彻底弄清的秘密。他可以藏起他的猎犬，但没法封住猎犬的嘴，所以才会传出狗叫声，就是在白天也非常刺耳惊心。在紧急情形下，他还可以把那只猎犬关在梅里皮特的库房里，但这是要冒风险的，而且只有在时机成熟的那一天，并且他认为是万无一失的时候，他才敢采取行动。那只铁桶里黏糊糊的东西不用问就是涂抹在那畜生身上的发光的混合剂，自然，这方法是由于家族中流传下来关于地狱之犬的故事而得到启发的，其用意是要吓死查尔斯老爵士。怪不得就是那个穷途末路的凶恶逃犯，一看见这样的一只怪兽穿过黑暗的沼泽地尾随其后时，也会一边跑，一边尖叫，就像我们的那位朋友那样。不过，轮到我们，说不定也会那样的。这是一个阴险的诡计。因为除了想陷人于死地的人外，哪个农夫有胆子深入调查他有可能看见的这只猎犬呢？在沼泽地上尽管有不少人见过它。华生，我在伦敦时就说过，现在我再重复一遍，我们从没有追捕过比葬身此地的人更为危险的凶犯。”他挥动着手臂，指向那片茫茫的满目绿色的沼泽地。它伸向远方，与那片赤褐色的沼泽地和斜山坡浑然连在一起。

在其中一间屋里，我们发现了一个U形钉、一条链子和一些啃过的骨头，可以看出这里就是禁闭那只畜生的地方。

案情回顾

11月末的一个阴冷有雾的夜晚，在贝克街家中熊熊燃烧的壁炉旁，我和福尔摩斯相对而坐。德文郡惨案之后，他又接了两件颇为重要的案子。在第一桩案子里，他对阿普伍德上校的丑行陋迹予以揭露，指出后者与“天字第一号”俱乐部那件臭名昭著的纸牌舞弊丑闻有牵连。在第二桩案子里，他则替蒙特邦西亚夫人洗刷了不白之冤：这个不幸的女人因丈夫前妻的女儿的死而被罗织杀人罪名。而真相却是：“死者”卡莱小姐在案发半年后仍安然在世，还在纽约结了婚。我的朋友因为在这些棘手而重要的案子里大显身手而异常振奋。也正是因为这一点，我才一个劲儿地要求他谈一谈神秘的巴斯克维尔一案的详情。我可是一直非常耐心地等待着这样一个机会。因为就我所知，福尔摩斯从不会容忍案件之间发生交叉干扰。他那条理清楚、逻辑分明的大脑，从不把过去的记忆和眼下的工作相混淆，从而分散对目前工作的注意力。此外，亨利爵士和莫蒂默医生当时也在伦敦。他们正准备动身去进行一次长途旅行，据说这有助于安抚亨利爵士备受惊吓的神经。也就是在那天的下午，他们拜访了我们，因此话题也就自然而然地转到了这个案子上。

“整个案件的过程，”福尔摩斯说，“对那个自称是斯特普尔顿的人而言，是简单明了的。可它对我们来说，由于一开始对他的行为动机和犯罪事实都缺乏了解，而我们对罪行所知甚少，因此案情也就显得异常复杂。但是，在我和斯特普尔顿夫人有过两次谈话之后，我感到整个案件到此已经水落石出，不再有什么不解之谜了。在我备有检索的卷宗里，在条目B当中，你们可以找到一些有关这个案件的记录。”

“可是，你能不能凭着记忆，给我们谈谈这个案子的大概过程？”

“当然可以，虽然我不能保证我记住了全部事实。高度紧张的神经往往会抹掉过去发生的事，这可是一种奇怪的现象。正在办案的一个律师也许可以就手上的案子和一位专家当庭辩论，而他在后面的一两周内，就会把这个案子忘得精光。我办案的时候也是这样，后一件案子总是取代前一件所留下的记忆。

“你能不能凭着记忆，给我们谈谈这个案子的大概过程？”

卡莱小姐那个案子让我忘了巴斯克威尔庄园一案。或者明天又会有新的小问题吸引我的注意力，那同样，我又会忘掉那漂亮的法国女人和那个恶名昭彰的阿普伍德上校。尽管这样，我现在还是愿意尽可能忠实地给你们说说那件猎犬案的始末。如果我有什么遗漏之处，请随时给我提醒。

“很显然，我的调查证实了那组家庭画像并没有说谎，那个家伙确实是巴斯克维尔家族的成员，他就是罗杰·巴斯克维尔的儿子，而后者正是查尔斯爵士的亲弟弟。罗杰曾身背恶名远走南美洲。据说他在那里终身未娶，可事实上，他不仅结了婚，还生了个儿子。这小家伙的名字和他父亲一样，也叫罗杰·巴斯克维尔。他和哥斯达黎加的一个名叫贝丽尔·加西亚的漂亮姑娘结了婚。此后，他贪污了一笔数目巨大的公款，逃到了英格兰，改名叫万德勒。他在英格兰约克郡东部建了一所学校。他之所以开始做这种特殊行当，起因于那次回家的海上旅行。在那次旅行中，他遇到一位身患肺病的家庭教师。他原想利用那个人的才智大赚一笔钱，可是，事与愿违，那个名叫弗雷泽的教师一病不起，很快就去世了，而那间学校也因此衰败。万德勒夫妇这次迫不得已又改名为斯特普尔顿。然后，他带着剩下的财产，带着对未来的计划以及他对昆虫学的爱好，迁家到英格兰南部。我从大英博物馆得知，他曾是昆虫学界公认的权威。早在约克郡的日子里，他就发现了一种飞蛾，而后来，这种飞蛾就以他万德勒的名字命了名。

“我们现在谈到他的这段生活，确实会引起我们极大的兴趣。这个家伙显然已经调查清楚，并且知道，只要除掉两个人，就可以得到一笔可观的房产。我相信，在刚到德文郡时，他的计划还远未成型。但是，他把妻子以妹妹的身份带在身边，单是从这点看，那时他就图谋不轨。虽然此时他还没有确定这个计划的详细步骤，但他已经决定用她来做诱饵了。他决心弄到房产，为此将不择手段，甚至铤而走险。他所采取的第一个步骤，就是把家安在离祖宅尽可能近的地方。然后，他决定和查尔斯·巴斯克维尔爵士以及街坊邻里搞好关系，培养感情。

“查尔斯爵士告诉了斯特普尔顿自己家族史中那只猎犬的事，也因此为自己的死埋下了祸根。斯特普尔顿，以下我就这样叫他吧，还从莫蒂默医生那里得知老人的心脏不好，不能受惊吓。他还听说查尔斯爵士特别迷信，并且特别相信那个可怕的传说。他那聪明的大脑马上就生出一条妙计，它既可以将男爵置于死地，又可以让真凶无处可查。

“办法一经想出，他就煞费苦心开始实施。一般的罪犯顶多不过会用猎狗来作案，可他却要高明些，想出了用人工的方法，把猎狗涂抹得像恶魔一般。狗是他从伦敦福尔汉街买来的，是狗贩子罗斯和曼格斯手里的最凶猛的狗。他乘北德文郡专线列车把狗悄悄地带回来，故意沿着沼泽走了很长一段路，以免引起别人注意。早在捕猎昆虫时，他就学会了如何穿越格林潘的泥潭。到这时，他就给狗找了个安全的所在。他把狗锁在那儿，只等机会了。

“但是机会难逢，老绅士在夜里绝不愿出门。斯特普尔顿带着他的狗白白地潜伏了几夜，但是一无所获。而在这几次徒劳的等待中，它，更确切地说是他的同伙——那只猎狗，被农民们发现了。于是，有关‘魔狗’的传言越发变得真实了。他也希望他的妻子能把查尔斯带向毁灭，可是没有想到的是，她在这件事上表现得非常独立，她不愿意把老绅士拉入情网，以使他落入他的敌人之手。斯特普尔顿的威胁，甚至——遗憾地说——打骂，都对她不起作用，她就是不干。斯特普尔顿一时陷入无计可施的地步。

“可是他终于抓住了机会，走出了困境。已把他当作朋友的查尔斯爵士让他管理一个慈善部门，负责救济一个名叫劳拉·莱昂斯的不幸女人。斯特普尔顿假扮单身汉，很快就对她施加了影响。他故意让她以为，只要她和丈夫离婚，他就会娶她。而此刻，他的计划突然变得刻不容缓。因为在莫蒂默医生的建议下，查尔斯爵士准备离家旅行。对于这一点，他不得不一面假装赞同，一面意识到必须尽早动手，要不然，已经快到手的猎物就远走高飞了。他因此逼着莱昂斯夫人给老绅士写了一封信，恳求他在离开伦敦前的一个傍晚见她一面。等到他们约定见面的时刻，斯特普尔顿又用模棱两可的理由，阻拦她前去。这样，他盼望已久的动手的机会终于来了。

“当晚，他从库姆·特雷西坐车回来，从容不迫地把狗牵了出来，并给它全身涂了层可怕的涂料。然后，他就把狗带到大门口附近，他相信，老绅士一定会在那里等候。那狗受到主人的唆使，跳过小门，直向可怜的老绅士扑去。老绅士被追着，在水松夹道上狂奔呼叫，魂飞魄散。在那么一个阴湿黑暗的夹道里，突然看见一条黑色的庞然怪物向自己扑来，嘴里眼里都喷着火焰，这情景确实让人毛骨悚然。于是，就在夹道的尽头，患有心脏病的查尔斯爵士因为过度受惊而倒地身亡。老爵士沿着小路仓皇逃命，那条狗则踩着草地在后面追赶，所以，现场除了老爵士的足印，并没有其他任何痕迹。那条狗看见老人倒地不动了，它很可能上去闻了闻，发现他确实是死了，才掉头而去。也就是在这时，它留下了足迹。这足迹后来被莫蒂默医生所发现。狗很快就被喊了回去，又被关回到格林潘沼泽地。但它留下的却是让当局困惑、让村民震惊的谜案。这个案子最后交到了我们手里。

“查尔斯·巴斯克维尔的死就说到这里。从中你们可以看到，凶手作案的手法是多么高超。我们几乎无法立案侦查，寻获真凶。他唯一的同谋永远也不会将他暴露，而他超乎常人的想象力令他使用奇招，并使自己的罪行得逞。牵涉到这个案子里的两个女人，斯特普尔顿夫人和劳拉·莱昂斯夫人都对斯特普尔顿产生了极大的怀疑。斯特普尔顿夫人知道他对老人早有企图，而且也知道狗的存在。莱昂斯夫人不知道这些，但是，案发时间正好是她与老绅士并未取消的约会时间。而这件事也只有斯特普尔顿知道。因此，她也深感怀疑。但两个女人都受到他的控制，他对她们心无疑惧。他计划的前半部分已经顺利完成，而后半部分却更难办了。

“斯特普尔顿也许并不知道，在加拿大还另有一个继承人。可是，他很快就从他的朋友莫蒂默医生那里知道了这一点。而且，通过这个朋友他还知道，亨利·巴克斯维尔来了。斯特普尔顿的第一个念头，就是在伦敦干掉这位从加拿大赶来的陌生青年，免得他再来德文郡。自从他夫人拒绝帮助他陷害老爵士，他就不再信任她了。但是，他又不敢把她单独留下，怕这样一来完全失去对她的控制。因此，他到伦敦时，还是带上了她。我发现他们住在克雷文街麦克斯巴热的私人旅馆里，我曾派人到那里寻查证据。在那儿，他把妻子关在房间里，自己则戴了假胡子，跟踪莫蒂默，先到贝克街，然后到了火车站和诺桑勃兰旅馆。他的妻子隐约觉察了出了他的阴谋，但是，出于对他的恐惧，那种被野蛮虐待后产生出的恐惧，她不敢写信警告那个身处危险当中的人。这种信万一落在丈夫手里，她就自身难保了。最后，正如我们所知，她采取了权宜之计：用报纸上剪下来的字凑成了那条消息，并用伪装的笔迹写好收信人地址，寄给了准男爵亨利爵士。这是她首次向他发出的危险信号。

“对斯特普尔顿来说，重要的是弄到亨利爵士的衣物，因为他不得不使用猎犬，得给它提供追踪的凭据。他马上亲自迅速而大胆地干了这件事。毫无疑问，旅馆里那些男女用人都从他那里得到了好处，所以他进行得很顺利。不料，偷来的第一只鞋子是崭新的，对他毫无用处。他就让人送了回去，然后又偷来一只——这个细节颇有启发意义。这让我确信，我们要对付的，是一条真正的猎狗。否则我们也无法解释，为什么他急于弄到旧鞋子，而不要新鞋。事实越是离奇古怪，就越是值得深究。那些似乎让案情复杂化的疑点，如果对其进行认真考虑和科学处理，往往会成为破案的要点。

“第二天早上，我们的朋友拜访了我们，斯特普尔顿则又在出租车里尾随其后。从他对我们房间和我外貌的了解程度，还有他平时的行为方式看，我想他的犯罪经历绝不止巴斯克维尔这一桩。这让我想到在过去的3年里，西部乡村已经发生过4起重大的盗窃案件，但是还没有一宗案子的案犯被捉拿归案。而5月份发生在福克斯通大院儿的最后那一桩，尤其引人注目。那个蒙面匪徒因为受到童仆的意外惊吓，竟开枪把他击毙。我相信斯特普尔顿就是用这种办法来不断补充他那日渐匮乏的财产。这么些年来，他一直就是一个危险的亡命徒。那天早晨，他成功地从我们手里逃脱了。他通过马车夫把我自己的名字转告给我时，我就领教了他的足智多谋和胆大妄为。也就是从那一刻起，他知道我接手了这个案子，因此他在伦敦也就没有作案的机会了。所以他返回了沼泽地，在那里等准爵士的到来。”

“等等。”我说，“显然，你极尽客观地描述了事件的全过程，但是，有一点你忘了解释：当主人在伦敦时，狗怎么办？”

“我也注意到了这一点，它非常重要。毫无疑问，斯特普尔顿有一个亲信，尽管斯特普尔顿不可能把自己的全部计划都告诉对方而使自己受制于人。在梅里皮特别墅有个名叫安桑尼的老仆人，他同斯特普尔顿夫妇认识多年，可以追溯到他办学校的年月，因此他知道这对男女主人是夫妻关系。这人现在已经不见了，从乡下逃走了。在英国，‘安桑尼’这个名字并不多见，这就像在西班牙或是在说西班牙语的美洲国家里，‘安东尼奥’这个名字随处可见一样。这一点也是颇有启发意义的。那个人像斯特普尔顿夫人一样可以说一口流利的英语，可是总是会带一点儿奇怪的大舌头的口音。我亲眼看见过那个人沿着斯特普尔顿标出提示的小路穿过格林潘沼泽。因此，很有可能的情况是，主人不在时，他就负责照看那条猎狗，尽管他有可能不知道这条狗的用处。

“随后，斯特普尔顿夫妇回到了德文郡。在那里，他们很快就被你和亨利爵士跟上了。现在我插一句，说说我当时的想法。你们也许还记得，当时我检查了那张贴着剪字的信纸。在仔细检查水印时，我把它放到离我的眼睛一两英寸的地方。当时我闻到了一股淡淡的白色迎春花的香气。香水共有75种，一个犯罪学专家应该区分开每一种。这是非常必要的。在我办案的经历中，不止一桩案子的成功是因为迅速辨识了香味。这香味提示了一位夫人的存在。我已想到了斯特普尔顿夫妇。这样，我也猜到了猎狗的存在。在我们来到西部乡村之前，我就猜出了真正的凶手。

“我的方法就是监视斯特普尔顿。但是很清楚，我要是和你们待在一起，就无法做到这一点。对他必须严加防范，因此，我就制造了一个还留在伦敦的假象，把每个人，包括你们，都给骗过去了。当人们都以为我还在伦敦的时候，我已经悄悄潜入了沼泽地。我所遇到的困难并没有你们想象得那么大，再说，这种小事也不会影响案件的调查。我大部分时间都待在库姆·特雷西，在有必要接近犯罪现场时，我才会到沼泽地的小棚里住上一阵子。卡特莱特是和我一起来的，他装扮成乡村小男孩，给了我极大的帮助，我吃穿可全靠他了。在我监视斯特普尔顿时，卡特莱特就不时地监视你们。这样，我才得以控制全局。

“我已经说过，你的报告很快就转到了我的手中。因为它们一到贝克街，就被转到库姆·特雷西。这些材料对我用处极大，特别是那份关于斯特普尔顿生平的真实材料。这样，我就确认了那个男人和那个女人的身份，并最终得出正确的结论。那个逃犯和巴里摩尔的关系确实曾让案情一度复杂化了。这点你们也已经有效地弄清楚了，尽管我通过自己的观察，早就得出了同样的结论。

“你在沼泽地里发现我的时候，我对全部案情已经了如指掌。但是，我还没有收集到可用于起诉的全部证据。那晚斯特普尔顿企图谋杀亨利爵士，结果却导致了那不幸的逃犯的死，即便是这个事实，也无法给我们提供有力的罪证。除了当场将真凶擒获，我们别无选择。因此，我们不得不利用亨利爵士当诱饵，让他一个人处在没有任何保护的情境中。我们确实这么做了。而我们也成功地了结了此案，把斯特普尔顿逼上了绝路，但当事人也受到了极度的惊吓。我承认，亨利爵士的遭遇是我办案中的缺失。但是，那个野兽显示出的让人完全丧失抵抗能力的一幕，显然是我们无法预知的。我们同样更无法预知那场突如其来的大雾。我们为了结案付出了代价。但是据专家和莫蒂默医生确证，这个代价只是暂时的。对我们的朋友来说，一次长途旅行就能让他恢复过来，当然不只是他受伤的神经，还有他那受了伤的情感。他对那位夫人的爱是真实诚挚的，可她却欺骗了他。对他来说，在整个黑色交易中，这是最令人痛心的部分。

“现在剩下的，就是这位夫人在本案中扮演的角色了。很显然，她是受斯特普尔顿控制的，而这也许是出于爱情，也许是出于恐惧。更有可能的是两者皆有，因为它们本来就不是水火不相容的感情。这种力量至少是非常有效。在他的授意下，她装成他妹妹。但是，当他想胁迫她成为谋杀的从犯时，他发现，他对她的控制程度是有限的。她也在不牵连丈夫的情况下，准备向亨利爵士发出警告，而且她确实再三地这样做了。斯特普尔顿似乎很爱嫉妒，当他看见准男爵在向自己的妻子求爱时，不禁大发雷霆——而这事实上又暴露了他深藏在平静外表下的暴躁本性——虽然这同样是他计划当中的一部分。他纵容这种暧昧关系，相信亨利爵士会经常来梅里皮特，而他也迟早会找到下手的机会。然而，就在事发的当天，妻子却突然背叛了他。她已得知逃犯之死，而且她还知道，在亨利爵士来赴宴的傍晚，那条狗就拴在外面的小屋里。她谴责丈夫图谋不轨。在狂怒中，他第一次告诉她，他已另有新欢。她对他的忠诚顷刻间化成了痛苦和仇恨。他知道她一定会背叛自己，就把她捆了起来，这样，她就没有办法通告亨利爵士了。同时他还希望，一旦全乡人都把亨利爵士的死归咎于他自己家族的命运——他们肯定会这样认为的——他也就能够重新赢得妻子，并且让她接受既成事实，对自己知道的一切都守口如瓶。我想，在这一点上，他无论如何是打错了算盘。如果不是我们及时赶到，她可能早就身亡了。一个身体里流着西班牙鲜血的女人，绝不会这样轻易地就宽恕伤害自己的人。好了，亲爱的华生，对于这桩奇特的案子，我所记得的就是这些。其余的部分，最好是参看记录，也不知道我刚才的解释有没有遗漏？”

“他别指望用对付老爵士的办法来用狗吓死亨利爵士。”

“那条狗很凶狠，而且还饿得很。就算它的样子不能把猎物吓死，也至少可以消除有可能出现的抵抗。”

“那倒是。我还有一个难点，如果斯特普尔顿继承了财产，他又如何来解释这个事实？作为继承人的他，为何竟要隐姓埋名，生活在离祖产这么近的地方呢？他怎么才能在得到财产的情况下不受到怀疑也不被调查呢？”

“这可是一个无法解答的问题。如果你期待我解决这样的问题，那你对我未免期望过高了。我的调查范围是过去和现在，至于一个人将来要干什么，这个问题可不太好回答。斯特普尔顿夫人曾经听她丈夫说过几次这个问题，有3种可能性。他可能在南美洲申请这笔财产，向那里的英国当局证实自己的合法身份，根本用不着来英格兰就可以得到财产。或者，在被困于英格兰的时候，他可以暂时乔装打扮。当然还有一种可能，那就是收买一个同谋。把证据和文件都交给他，让他扮作继承人，然后，从那人手里得到财产。以我们对他的了解，毫无疑问，他会找到离境的办法。现在，亲爱的华生，我们已经苦干了好几个星期。今晚，我想我们可以换换脑筋，做些更有趣的事才好。我在于格诺剧院订了个包厢。你听说过德雷斯克演唱的歌剧吗？半个小时之内，你应该能够做好准备吧？这样，我们就可以顺路到玛西尼饭店吃晚餐了。”

“半个小时之内，你应该能够做好准备吧？”

福尔摩斯复出（1903—1904）

空　屋

1894年的春天，尊敬的罗纳德·阿代尔在最不寻常、最莫名其妙的情况下被谋杀了，这引起了整个伦敦的注意，并震惊了上层社会。公众已经了解了警方调查中所公布的具体案情，但是很多细节被删去了，因为诉讼理由极为充足，没有必要再公开全部证据。直到现在，将近10年过去了，我才得到允许来补充整个不平凡的案件中所遗失的那些环节。案件本身耐人寻味，可是与令人意想不到的结局相比，这种趣味对我来说根本算不上什么。在我充满冒险的生涯中，这个结局是最让我感到震惊和诧异的。即使现在，过了这么长时间，一想起来，我仍然非常激动，又一次感受到了当时完全淹没我心灵的那种突如其来的欢欣、惊讶和难以置信的感觉。让我向那些对我偶尔谈起的一个非凡人物的思想及行为感兴趣的公众说，不要责怪我没有让他们分享我所知道的一切，若不是他亲口下令明确禁止我这么做，我会把它当作我的首要任务，而这项禁令上个月3号才刚刚被取消。

可想而知，我是在和夏洛克·福尔摩斯的密切交往中对刑事犯罪产生了浓厚的兴趣的。自从他失踪后，凡是公开发表的各种疑案，我都非常仔细地读过，为了满足自己的兴趣，我甚至还不只一次运用他的方法来尝试解决这些问题。虽然都不很成功，但是，没有一个案件能像罗纳德·阿代尔惨案这么吸引我。当我读到审讯时提出的证据时，正是根据这些证据判断尚未查明的某个人或某些人蓄意谋杀，我比以往更清楚地意识到了夏洛克·福尔摩斯的去世给社会带来的损失。我敢肯定，这桩奇怪的案件中有几点会特别吸引他，而且这位欧洲首屈一指的刑事侦探，以其训练有素的观察力和敏捷的头脑足以弥补警方的不足，甚至更有可能预计警方的行动。我一整天巡回出诊，脑子里一直考虑着这件案子，却找不到一个自认为合理的解释。我冒着讲一个老生常谈的故事的风险，再把审讯结束时公之于众的案情讲述一遍。

尊敬的罗纳德·阿代尔是梅努斯伯爵的次子，伯爵当时任澳大利亚一个殖民地的总督。阿代尔的母亲已经从澳大利亚回国做白内障手术，她和儿子阿代尔及女儿一起住在帕克路427号。年轻人初入上流社会，就目前所知，他并无仇人，也没有特别的恶习。他和卡斯泰尔斯的伊迪丝·伍德利小姐订过婚，不过几个月前双方同意解除了婚约，之后也看不出有多深的眷恋。至于其他方面，年轻人生活的圈子狭小、保守，因为他性情温和，性格冷漠。可是就在1894年3月30日夜晚10点到11点20分之间，死亡却以最奇特、最出人意料的方式降临到了这个性情随和的贵族青年身上。

罗纳德·阿代尔喜欢玩纸牌，而且经常玩，不过赌注从未大到有损自己的地步。他是鲍德温、卡文迪什以及巴加特尔纸牌俱乐部的会员。遇害当天，晚饭后他曾在后一个俱乐部玩过一盘惠斯特[1]。下午他也在那儿玩牌。和他一起玩牌的人——默里先生、约翰·哈代爵士和莫兰上校——证明他们玩的是惠斯特，牌的好坏很平均。阿代尔可能输了5英镑，不会再多了。他的财产丰厚，这种损失对他不会有任何影响。他差不多每天不是在这个俱乐部就是在那个俱乐部玩牌，不过他玩得很谨慎，通常都会赢。证词中还说，几个星期以前，他和莫兰上校搭档，一口气赢了戈弗雷·米尔纳和巴尔莫拉尔勋爵420镑。审讯中提到的有关他的近况就是这些。

案发当晚，他从俱乐部回家是10点整。他的母亲和妹妹去亲戚家了。女佣证实，听到他进了三层的起居室，那里一向是他的客厅。女佣已经在屋里生了火，因为冒烟，她把窗子打开了。一直到11点20分梅努斯夫人和女儿回来之

① 惠斯特：一种类似桥牌的纸牌游戏。——译注

前，屋里没有动静。夫人想进儿子屋里说声晚安，门从里面锁上了，叫喊、敲门都没有回应，于是找人来把门撞开。只见可怜的年轻人躺在桌子旁边，他的脑袋被左轮手枪的爆裂弹打碎了，模样恐怖，可是屋里却没有发现任何武器。桌子上放着两张10英镑钞票，还有17镑10先令的金币银币，这些钱分成了数目不等的几小堆。另外有一张纸，上面记着几个俱乐部朋友的名字，名字后面是一些数字，据此推测，遇害前他正在计算自己打牌的输赢。

对现场的详细调查只是使案情变得更加复杂。首先，没有理由能说明年轻人为什么要从里面把门锁上。有可能是凶手干的，然后从窗户逃跑了。可是，从窗口到地面至少有21英尺，窗下的花坛里盛开着藏红花。花丛和地面都没有人踩过的痕迹，房子和道路中间一块狭长的草地上也没有人的足迹。因此，显然是年轻人自己把房门插上的。可他又是怎么遇害的呢？没有人能爬上窗户却不留下任何痕迹。假设有人从外面朝窗户开了一枪，能用左轮手枪造成这种致命伤的，一定是个射击高手。其次，帕克路是一条人来人往的大道，离房子不到100码就是马车站。没有人听到过枪声，可是这个人却死了，还是一发像铅头子弹一样射出后就会开花的左轮枪子弹，因而造成了肯定是立即致死的创伤。这就是帕克路疑案的情况，由于完全缺乏动机而变得更加复杂，因为正像我前面说过的，年轻的阿代尔没有任何仇人，而且屋子里的钱和贵重物品也没有人动过。

我脑子里一整天都在反复思考这些情况，努力想找到一个能解释得通的理论，找到一条最通畅的途径，我已故的朋友称这为一切调查的起点，我承认进展不大。晚上，我漫步穿过帕克街，6点钟时来到了帕克路尽头连接牛津路的地方。一群游手好闲的人聚在人行道上，都抬头看着一扇窗户，他们指给我看我要找的房子。一个戴着墨镜的瘦高个子正在讲述他自己的某种理论，其他人挤在旁边听着，我非常怀疑他是个便衣侦探。我尽可能靠近他，可是他的话听起来实在荒谬，我有点儿厌恶地又退了出来。我往外退时，撞上了身后一个身有残疾的老人，还碰掉了他拿着的几本书。我记得当我为他捡起那些书时，看

我往外退时，撞上了身后一个身有残疾的老人，还碰掉了他拿着的几本书。

见了其中一本书，叫《树木崇拜的起源》，我想老人肯定是个穷藏书家，收藏一些鲜为人知的书籍作为职业或者爱好。我极力为此道歉，可是这些不幸被我碰掉的书在其主人眼里却是无价之宝。老人轻蔑地吼了一声，转身就走，我看着他弯曲的背影和灰白的络腮胡子消失在人群中。

我对帕克路427号的观察并没有澄清我所关心的问题。这栋房子和大街只隔着一道带栅栏的矮墙，高不过5英尺。因此，任何人想进花园都非常容易，可是那扇窗户却进不去，因为没有水管或者别的东西能帮助身体灵巧的人爬上去。我更感到迷惑不解，只好走回肯辛顿。刚进书房不到5分钟，女佣进来说有人想见我。让我吃惊的是，来人正是那个古怪的老藏书家，他灰白的须发中露出那张枯槁的脸，右胳膊下夹着他那些宝贵的书，至少有十来本。

“看见我很吃惊吧，先生。”他声音奇怪而沙哑地说。

我承认我很吃惊。

“嗯，我觉得过意不去，刚才我一瘸一拐地在后面跟着你，碰巧看见你进了这栋房子，我就对自己说，我要进来看看那位好心的先生，告诉他，如果说我刚才的态度有点儿粗暴，可没有恶意，我很感谢他把书给我捡起来。”

“这点儿小事你看得太重了。”我说，“能不能问一问，你是怎么认出我来的？”

“嗯，先生，如果不太冒昧的话，我是你的邻居，我的小书店就在彻奇街拐角，我很高兴见到你。你也收藏书吧，先生。这儿有《英国鸟类》、《卡图卢斯》，还有《圣战》——每本书都很便宜。再有5本书，你就可以把第二层的空隙填满了。这样不太整齐，不是吗，先生？”

我转过头看看后面的书柜。等我回过头来，夏洛克·福尔摩斯就站在书桌前对我微笑着。我站起身，惊讶地盯着他看了一会儿，接着我好像晕了过去，这是我一生中第一次，也是最后一次失去知觉。的确有一团白雾在我眼前旋转，等雾气消散后，我才发现我的领口被解开了，嘴唇上还有白兰地的辛辣余味。福尔摩斯正低头看着我，手里拿着一个扁酒瓶。

夏洛克·福尔摩斯就站在书桌前对我微笑着。

“亲爱的华生，”那个熟悉的声音说，“我万分抱歉，我没想到你会经受不住。”

我一把抓住他的胳膊。

“福尔摩斯！”我喊着，“真是你吗？你真的还活着？你竟然从那可怕的深渊中爬了出来？”

“等一等。”他说，“你真觉得有精神来谈这些事了吗？我多此一举的戏剧性出现给了你这么大的刺激。”

“我很好，不过说真的，福尔摩斯，我简直不敢相信我的眼睛。天哪，想到你——竟然是你——站在我的书房里！”我又抓起他的袖子，摸着里面那只精瘦而有力的胳膊。“嗯，不管怎么说，你不是鬼。”我说，“亲爱的伙计，见到你我太高兴了！坐下来告诉我，你是怎么从那个可怕的峡谷里逃生的。”

他坐在我对面，若无其事地照老样子点燃了一支烟。他裹在卖书商人的破旧长大衣里，其他的东西只有一堆白发和桌子上那些旧书。福尔摩斯比以往更清瘦、更敏锐，可是他那张鹰隼似的脸上带着一丝苍白，我看得出来他最近的生活不太规律。

“我很高兴能伸直腰，华生。”他说，“让一个高个子一连几个小时把身材矮去几英寸可不是闹着玩的。我亲爱的朋友，如果我能请求与你合作的话，我们面前还有一晚上艰苦而又危险的工作呢。也许最好等工作干完以后，我再把全部情况告诉你。”

“我太好奇了，我想现在就听到。”

“你今晚愿意跟我一起去吗？”

“随便什么时候，随便什么地方。”

“真像过去一样。咱们出发前还有时间吃口晚饭。那好吧，就说说那个峡谷。我从峡谷中逃出来并没有多大困难，原因非常简单，因为我根本就没有掉下去。”

“你根本没有掉下去？”

“对，华生，我根本没有掉下去。我给你的便条完全是真的。当我发现现在已故的莫里亚蒂教授那可怕的身影站在通往安全地带的狭窄小道上时，我毫不怀疑我的末日已经到了。我从他灰色的眼睛里觉察到了他的意图。因此，我和他谈了几句，得到他彬彬有礼的许可，写了那封后来你收到的短信。我把信、烟盒和手杖放在一起，然后沿着那条小道走着，莫里亚蒂仍然跟在后面。我来到路的尽头，便无处可去了。他没有掏出武器，却扑过来抱着我。他知道一切都完了，急着想向我报复。我们两人在瀑布边上扭成一团。不过我懂点儿日本式摔跤，过去曾经不止一次派上过用场。我从他的胳膊下钻了出来，他发出一声可怕的尖叫，疯狂地踢了几下，两只手在空中乱抓。可是他费尽了全力，还是无法保持平衡，掉下了深渊。我探头往下看，看见他向下坠了很长一段距离，然后撞上一块岩石，又被弹出去，砰地掉进了水里。”

我惊奇地听着福尔摩斯一边抽烟一边做的解释。

“可是那些脚印呢！”我大声说，“我亲眼看见两个人走在小道上的脚印，却没有一个走回来的。”

“事情是这样的。就在教授掉进深渊的一刹那，我突然想到命运给我安排了再幸运不过的机会。我知道发誓要置我于死地的人不止莫里亚蒂一个，至少还有3个人。由于头领的死，他们想报复我的欲望只会更强烈，他们都是最危险的人物，肯定有人会找到我。另一方面，如果全世界都相信我死了，这些人就会随便露面，这样我迟早能消灭他们。到那个时候，我就可以宣布我还活着。我的大脑活动非常迅速，我想，在莫里亚蒂教授还没有坠到莱辛巴赫瀑布潭底时，我已经想出了这一切。

“我站起来观察身后的悬崖。几个月后我津津有味地读着你那篇生动的描述，你把它称为峭壁。其实并不是这样，还是有几个窄小的踏脚点，还有一块很像岩架的地方。悬崖非常高，想爬上去显然不可能，要沿着那条湿漉漉的小道走而不留下脚印同样不可能。的确，我可以像以前一样把鞋子倒着穿，不过沿着同一方向出现3行脚印，无疑是骗人的。所以总的来看，我最好冒险爬上悬崖。这可不是件好差事，华生，瀑布在我脚下轰隆作响，我不是一个爱幻想的人，不过我敢说，我好像听到了莫里亚蒂教授从深渊中冲着我喊叫，只要走错一步就全完了。有几次我手没抓住草丛或者脚从湿漉漉的岩石缺口中滑出来，我以为我完了。可我还是拼命往上爬，终于爬上一块几英尺宽的岩架，上面长着柔软的绿苔，我可以舒舒服服地躺下而不被人发现。亲爱的华生，当你和随后赶来的人极其同情而又毫无效率地调查我的死亡现场时，我就躺在那儿。

“最后，当你们都做出了无可避免的完全错误的结论时，就离开那里往旅馆去了，只剩下我一个人。我以为我的冒险就此结束了，没想到发生了一件非常出乎意料的事，我明白还会有很多让我吃惊的事。一块巨大的岩石从上面落下，轰轰隆隆掠过我身边，砸在那条小道上，又骨碌碌滚进了深渊。当时我还以为是一场意外，可是过了一会儿，我抬起头，看见昏暗的天空中露出一个人头来，又有一块石头砸在我躺着的地方，离我的头部不到一英尺。当然，意思很明显，莫里亚蒂并非独自一人。教授对我下手时，还有一个手下在一旁观望。我只看了一眼就知道这个手下是一个多么危险的人物。在一旁观望，他躲在我看不见的地方，亲眼目睹了他朋友被淹死，而我又逃脱了。他一直等着，然后绕道上了悬崖顶，企图实现他朋友未能完成的意愿。

“我思考这些并没有花多长时间，华生。我又看见那张冷酷的面孔从悬崖顶上往下张望，就知道又有一块石头要落下来了。我爬到下面的小道上，爬下去的时候我可不是满不在乎，这可比往上爬困难上一百倍。可是我没时间考虑这种危险了。就在我两手攀住岩架边缘时，又一块石头从我身旁呼啸而过。爬到一半时我脚下一滑，多亏上帝保佑，正好掉在小道上，摔得鲜血淋漓。我站起来，在山里摸黑走了10英里，一个星期后，我来到佛罗伦萨，确信世界上再也没有人知道我出了什么事。

“我只有一个可以信赖的人——我哥哥迈克罗夫特。我实在该向你道歉，亲爱的华生，可是当时最要紧的是让人以为我死了，你要是不相信我真死了，就不可能写出那么令人信服的关于我的不幸结局的故事来。这3年里，我好几次提笔想写信给你，可是又害怕你对我的深切关心会使你不够谨慎而暴露我的秘密。因为这个原因，今天傍晚你碰掉我的书时，我只能避开你，因为我当时的处境很危险，你流露出的任何惊讶和情感都可能使人注意到我的身份，从而造成可悲的、无法弥补的后果。至于迈克罗夫特，我只能相信他，这样才能得到我需要的钱。在伦敦，事情的发展并不像我想象的那么顺利，在对莫里亚蒂团伙的审理中，两个最危险的成员却逍遥法外，他们是我不共戴天的仇人。因此，我到西藏旅行了两年，常常去拉萨跟大喇嘛一起待几天。你也许看过一个名叫西格森的挪威人写得非常出色的探险记，不过我敢说，你肯定从来没想过你正在接收朋友发来的消息。然后我经过波斯，游览了麦加，又到喀土穆对哈里发[①]做了一次简短而有趣的拜访，并把拜访结果告诉了外交部。回到法国后，我花了几个月时间研究焦煤油的衍生物，这是在法国南部蒙彼利埃的一个实验室进行的。我满意地结束了这项研究，又得知我的仇人只有一个留在伦敦，我就准备回来，这时奇特的帕克路疑案的消息加速了我的行动，不仅因为这件案子本身吸引了我，也因为它似乎给我个人提供了最难得的机会。我立即回到伦敦贝克街自己家里，把赫德森夫人吓得歇斯底里。迈克罗夫特把我的房间和记录照原样保留着。就这样，亲爱的华生，今天下午两点我就坐在那个老房子的旧椅子上了，真心希望能见到我的老朋友华生也坐在对面他常坐的那把椅子上。”

这就是4月的那天晚上我所听到的离奇故事——如果不是亲眼见到我以为再也见不着的瘦高身材和热切的脸庞，这件事简直是无稽之谈。他不知怎么知道了我丧友后的沉痛，用动作代替语言表达了他的同情。“工作是解除悲伤的良药，亲爱的华生。”他说，“今天晚上，我给咱们俩安排了一件工作，如果能顺利解决，就不枉活在世上。”我徒劳地请求他讲得再详细些。“天亮前足够你听，足够你看的。”他回答说，“咱们有3年的往事要谈，但只能谈到9点半，接着就要开始这次特别的空屋历险了。”

真像过去一样，一到9点半，我就挨着他坐在一辆双座马车上，口袋里装着左轮手枪，心里充满了历险的激动。福尔摩斯冷静、镇定，一言不发。街上的路灯光照在他严峻的脸上，我看见他低眉沉思着，薄薄的嘴唇紧闭着。我不知道我们要在犯罪充斥的黑暗的伦敦丛林中搜寻什么样的野兽，但是从这位狩

---

① 哈里发：穆罕默德的继承人，中世纪政教合一的阿拉伯国家和奥斯曼帝国国家元首的称号。——译注

猎能手的神态上来看，我完全相信这是一次非常危险的行动，他那苦行僧似的阴沉的脸上不时露出讥讽的微笑，预示着我们要搜寻的对象是凶多吉少。

我本来以为我们要去贝克街的，可是在卡文迪什广场拐角的地方，福尔摩斯让马车停了下来。我发现他下车时往左右扫视了一下，接着在走过的每条街的拐角上又非常细心地看是否有人在跟踪他。我们走的路线无疑非常独特。福尔摩斯极为熟悉伦敦的偏僻小道，这一次，他迅速而有把握地穿过一连串我从来都不知道的小巷和马厩。最后我们来到一条小路上，路两旁是一些阴暗的老房子。我们沿着这条小路来到曼彻斯特街，然后来到布兰福德街。他迅速从这里拐进一条狭窄的通道，穿过一扇木门来到一个荒凉的院子，用钥匙打开一栋房子的后门。等我们进去后，福尔摩斯关上了门。

里面一团漆黑，但很明显是一栋空房子。光秃秃的地板在我们脚下吱呀吱呀地响着，我伸手碰到一面墙，上面糊的纸一条条地往下垂着。福尔摩斯用冰凉、细长的手指抓住我的手腕，领着我走过长长的过道，直到我模模糊糊看见门上方昏暗的扇形窗。这时福尔摩斯突然往右转，我们便来到了一个空荡荡的正方形的大房间，角落里很暗，不过正中间被外面的街灯照亮着。旁边没有灯，窗户上积了厚厚的灰尘，我们只能看清彼此的轮廓。我的同伴把手放在我肩膀上，嘴凑近我的耳朵。

"知道咱们在哪儿吗？"他小声问。

"当然是在贝克街了。"我回答说，眼睛透过昏暗的窗户往外看。

"不错，我们在卡姆登宅，就在咱们自己的老房子对面。"

"可是我们为什么要到这儿来呢？"

"因为从这儿可以很清楚地看见对面的高楼。麻烦你，亲爱的华生，靠窗户近点儿，千万别暴露自己，然后抬头看我们的老房间——我们许多小小的冒险经历不都是从那儿开始的吗？看一看我离开这3年是不是完全失去了让你惊奇的能力。"

我蹑手蹑脚地走过去，看着对面那扇熟悉的窗户。我的视线一落在窗户上，就吃惊地叫了一声。百叶窗已经放下了，屋里灯火通明。明亮的窗帘上映出一个人坐在椅子上的笔挺的身影。头部的姿势、宽阔的肩膀、轮廓分明的面庞，绝不会错。那张脸转过去一半，效果就像我们的祖父母喜欢装裱起来的一幅剪影。完全是福尔摩斯本人。我吃惊得伸出手去，想弄清楚他是否还站在我身边。他不出声地笑得浑身发抖。

“怎么样？”他问。

“天哪！”我小声说，“太棒了！”

“我相信岁月的流逝没能使我无尽的变化枯竭，经常使用也未能使其变得陈腐。”他说。我从他的声音里听出了这位艺术家对自己的创造感受到的高兴和得意。“真是挺像我的，是不是？”

“我可以发誓那就是你。”

“这个功劳得归功于格雷诺布尔的奥斯卡·穆尼埃先生，他花了几天时间做的模型，那是一座蜡像。其他的是我今天下午在贝克街自己布置的。”

“可这是为什么呢？”

“因为，亲爱的华生，我有非常充足的理由希望有人认为我就在那儿，而事实上我在别处。”

“你认为有人在监视那些房间？”

“我知道他们在监视。”

“谁？”

“我的宿敌，华生，一伙可怕的人。他们的头领此刻正躺在莱辛巴赫瀑布下。你可别忘了，他们知道我还活着，也只有他们知道。他们相信我迟早会回来的，他们一直在监视着，而且今天早晨他们看见我回来了。”

“你怎么知道的？”

“因为我往窗户外面看时，认出了他们派来放哨的人。那是一个不足为害的人，名叫帕克，以杀人抢劫为生，也是个出色的犹太口琴演奏家。我一点儿也不在乎他，可是我在乎他背后那个可怕得多的人，他是莫里亚蒂的知心朋

我蹑手蹑脚地走过去，看着对面那扇熟悉的窗户。

友，也是从悬崖上往下扔石头的人，是伦敦最狡猾、最危险的罪犯。今天晚上追我的就是这个人，华生，而这个人却一点儿也不知道我们正在追他。”

我朋友的计划渐渐显露出来。在这个有利的隐蔽所里，监视者正在被监视，跟踪者正在被跟踪。那边窗户上瘦削的影子是诱饵，我们则是猎人。我们一起沉默地站在黑暗中，注视着在我们面前匆匆来往的行人。福尔摩斯一句话不说，一动不动，可是我看得出他在高度警觉着，眼睛专注地盯着来往的人流。这是个寒冷、喧嚣的夜晚，风在长长的街道上呼啸。街上行人来来往往，大都紧裹着外套和围巾。有一两次我似乎看见了刚刚见过的同一个人，我还特别注意到有两个人像是在附近一家门道里避风。我想让我的同伴注意这两个人，可是他不耐烦地嘟哝了两声，又继续盯着街上。有几次他不安地挪动着脚步，手指不停地在墙上敲着。显然，他也有些担心了，计划并没像他预想的那样实现。最后，接近午夜时分，街上行人渐渐稀少，他不耐烦地在屋子里来来回回地走着。我正准备对他说点儿什么，抬头看了看亮灯的窗户，我又像以前一样大吃了一惊，我抓住福尔摩斯的胳膊，往上指了指。

“影子动了！”我喊着。

的确，现在不是侧影而是后背对着我们。

3年的时间仍然没有消除他粗暴的脾气，也没有减少他对智力低于他的人表现出的急躁。

“当然动了。”他说，“华生，难道我是一个那么可笑的笨蛋，支起一个一看就认得出的假人，希望靠它来骗过欧洲最狡猾的人吗？我们在这屋里待了两个小时了，赫德森夫人已经把蜡像换过8次了，一刻钟一次。她是从前面换的，这样她自己的影子就不会被人看见。啊！”他激动、兴奋地倒吸了一口气。在昏暗的光线中，我看见他往前探着头，全身由于高度注意而紧张起来。外面大街上已经空无一人，那两个人也许还蜷缩在门道里，可是我已经看不见他们了。周围一片漆黑，一切都那么寂静，只有面前明亮的黄色窗帘中央映着一个黑色的影子。在一片静寂中，我听到了那种只有在强忍住极度兴奋时才会发出的细微的嗞嗞声。不一会儿，他把我拉到最黑的屋角里，一只手捂着我的嘴，他的手指在颤抖。我从来没见过我的朋友像现在这么激动过，可是漆黑的街道仍旧荒凉、寂静地伸展在我们面前。

他跪下来靠着窗口时，街上的灯光清清楚楚地照在他脸上。

可是，我突然感觉到了他那超人的感官已经察觉到的东西。一阵轻轻的、蹑手蹑脚的声音传到了我耳朵里，不是从贝克街的方向，而是从我们躲着的这栋房子后面。门打开又关上了。不一会儿，走道里响起脚步声——这脚步本来不想弄出声，可是却在空荡荡的房子里刺耳的回响着。福尔摩斯靠墙蹲着，我也照样蹲下来，手里紧紧地抓着手枪枪柄。朦胧中，我模模糊糊地看见一个人，比门外的黑暗更深的一个人影。他站了一会儿，然后弯下腰，不怀好意地悄悄走进屋子里。这个可怕的人影离我们不到3码远，我准备好了等他扑过来，这时才明白他根本不知道我们在这儿。他从我们身边走过，悄悄靠近窗子，轻轻地、无声地把窗子推开半英尺。他跪下来靠着窗口时，街上的灯光不再受积满灰尘的玻璃的遮蔽，清清楚楚地照在他脸上。这个人似乎兴奋得过度，两眼像星星似的放着光，面部不停地抽搐着。这是个上了年纪的人，鼻子瘦小突出，前额又秃又高，留着浓密的花白胡子。一顶折叠式大礼帽推在后脑勺上，解开的外套里露出晚礼服的白前襟。他的脸又瘦又黑，满是凶悍的深深的皱纹。他手里拿着的像是手杖，可是他把东西放在地上时，却发出了金属似的当啷声。然后他从外衣口袋里掏出一大块东西，忙了半天，最后是清脆的咔嗒声，好像是挂上了一根弹簧或者栓子之类的。他仍然跪在地板上，弯腰把全身的力量压在一个杠杆上，接着是一阵长长的旋转和摩擦声，最后又是有力的咔嗒声。这时他站起身来，我看清他手里拿着的是一把枪，枪托的形状很奇怪。他拉开枪膛，把什么东西放进去，又啪的一声推上枪膛。然后他弯下腰，把枪筒架在窗台上。我看见他的长胡子垂在上面，闪亮的眼睛对着瞄准器。他把枪托紧贴右肩时，我听到他发出了一声满意的叹息，看见了那个令人惊异的目标，就是黄色窗帘上黑色的人影，清楚地暴露在枪口前。有一会儿，他紧张得一动也不动，然后手指压下了扳机。先是奇怪而响亮的嗖嗖声，然后就是一连串清脆的玻璃破碎声。这时，福尔摩斯像只老虎似的猛扑到射手的后背上，把他脸朝下摔倒了。那人立刻爬起来，用尽力气掐住福尔摩斯的喉咙。我用手枪柄对着他脑袋打了一下，他又倒在地板上了。我扑过去压在他身上，我的朋友吹响了一声刺耳的警笛。人行道上马上响起一阵跑步声，两个穿制服的警察和一个便衣侦探穿过前厅冲进屋子里。

“是你吗，雷斯垂德？”福尔摩斯问。

“是我，福尔摩斯先生，我把任务接过来了。很高兴看到你回伦敦来，先生。”

“我想你需要点儿非官方的帮助。一年里有3件谋杀案破不了可不行，雷斯垂德。你处理莫尔赛的案子不像你平时——也就是说，你处理得还不错。”

大家都站了起来，我们的囚犯大口大口地喘着气，他两边各站着一个身材高大的警察。街上已经聚集了几个闲人。福尔摩斯走到窗前，关上窗户，放下百叶窗。雷斯垂德已经点上了两支蜡烛，警察们也打开了他们的手提灯。我终于能好好看一看这个囚犯了。

对着我们的是一张精力充沛却又非常邪恶的脸。他长着哲学家的前额和

那人立刻爬起来，用尽力气掐住福尔摩斯的喉咙。

酒色之徒的下颌，似乎天生具有大善或者大恶的禀赋。可是只要一看他那冷酷的蓝眼睛，那下垂、讥诮的眼睑，或者看一看他那凶狠、挑衅的鼻子和那咄咄逼人的眉毛，就能认出大自然最明显的危险信号。他对我们不屑一顾，只盯着福尔摩斯的脸，眼上充满了仇恨和惊异。“你这个魔鬼！”他不停地嘟哝着，“你这个狡猾的魔鬼！”

“啊，上校！”福尔摩斯整理着弄皱的衣领说，“就像老戏里常说的，‘不是冤家不碰头’。自从在莱辛巴赫瀑布的悬崖上承蒙关照以后，我就没见过你了。”

上校仍然像个精神恍惚的人似的，目不转睛地盯着我的朋友。他能说的只有一句“你这个狡猾的魔鬼”。

“我还没给你们介绍呢。”福尔摩斯说，“这一位，先生们，是塞巴斯蒂安·莫兰上校，曾经在女王陛下的印度陆军中效力，也是我们东方帝国所造就的最优秀的射手。上校，我想这样说应该没错，你在猎虎方面的成就仍然是举世无双吧？”

这个凶恶的老人一句话不说，仍然盯着我的同伴，那不驯的眼睛和倒立的胡须使他活像一只老虎。

“奇怪，我这么简单的策略竟然骗了一个这么老练的猎手。”福尔摩斯说，“你肯定很熟悉这一套。你不是也在一棵树下拴只小山羊，自己带着来复枪藏在树上，等着这只作为诱饵的小山羊把老虎引来吗？这栋空房子就是我的树，你就是我的老虎。你可能还带着几支备用的枪，以防出现好几只老虎，或者万一你没瞄准。这些，”他指着周围说，“就是我的备用枪。这个比拟太对了！”

莫兰上校怒吼一声往前冲过来，但被两个警察拽了回去，他脸上的怒色真是吓人。

“我承认有一点你让我吃惊了。”福尔摩斯说，“我没想到你也会利用这栋空屋子和这扇方便的前窗。我本来以为你会从街上行动，我的朋友雷斯垂德

莫兰上校怒吼一声往前冲过来，但被两个警察拽了回去。

和他的随从在那儿等着你。除此之外，一切都如我所料。”

莫兰上校转身看着那位侦探。

“你可能有，也可能没有逮捕我的正当理由。”他说，“可是至少你没有理由让我受这个人的嘲弄。如果我现在受法律控制，就按法律办事吧。”

“好吧，这合乎情理。”雷斯垂德说，“在我们走之前，你没有别的要说了吗，福尔摩斯先生？”

福尔摩斯从地板上拿起那把威力强大的枪，仔细查看着它的结构。

“真是一件了不起的罕见武器，”福尔摩斯说，“无声而且威力强大。我认识那个双目失明的德国机械师冯·赫德，这支枪是他为已故的莫里亚蒂教授特制的。我知道这支枪已经有几年了，不过以前从来没有机会摆弄它。我特别要求把这支枪，还有这些子弹交给你保管，雷斯垂德。”

“你可以放心交给我们保管，福尔摩斯先生。”雷斯垂德说，这时大家都在朝门口走。“还有什么要说的吗？”

“就问一下你们准备以什么罪名提出控诉？”

“什么罪名，先生？当然是企图谋杀夏洛克·福尔摩斯先生了。”

“这不行，雷斯垂德。我根本不想在这件事里露面。这次出色的逮捕是你的功劳，而且只是你的功劳。对了，雷斯垂德，恭喜你！你以你经常表现出的智勇双全抓住了他。”

“抓住了他！抓住了谁，福尔摩斯先生？”

“所有警察一直没能找到的这个人——塞巴斯蒂安·莫兰上校，是他在上个月30号晚上，把一颗开花子弹装进枪膛，对准帕克路427号三层开着的窗户打死了尊敬的罗纳德·阿代尔。就是这个罪名，雷斯垂德。现在，华生，如果你能忍受破窗户里吹进的冷风，就请到我书房里待上半个小时，抽一支雪茄，你也可以这样稍微休息一下。”

多亏了迈克罗夫特·福尔摩斯的监督和赫德森夫人的直接照顾，我们的老房子仍然跟以前一样。一进门，我就发现屋里的整洁确实少见，不过原有的标志仍然如故。这个角落是做化学试验的地方，摆着那溅了酸液的桃木桌。那边架子上摆着一排大本的剪贴本和参考书，那是许多伦敦人非常想烧掉的东西。我环顾四周，那些挂图、提琴盒、烟斗架——甚至还有装烟丝的波斯拖鞋——都一一出现在眼前。房间里已经有两个人——一个是我们进门时笑脸相迎的赫德森夫人；另一个是在今晚的历险中起了重要作用的相貌奇特的假人。这是我朋友的蜡像模型，做得栩栩如生。蜡像放在一个小独腿桌上，披着福尔摩斯的一件旧睡衣，从大街上看过来，非常逼真。

“一切预防措施你都遵守了吧，赫德森夫人？”福尔摩斯问。

“我是照您的吩咐，跪在地上干的，先生。”

“很好，你完成得非常好。你看见子弹打在什么地方了吗？”

“看见了，先生。恐怕子弹打坏了您那座漂亮的半身像，子弹正好穿过头部撞在墙上。我从地毯上把子弹捡起来了——这就是！”

福尔摩斯把子弹递给我。“你可以看到，这是一颗铅头左轮手枪子弹，华生。真巧妙，谁会想到这是从气枪里打出来的呢。很好，赫德森夫人，非常感谢你的帮助。现在，华生，请你在老位子上再坐下来，我还有几个地方想和你讨论一下。”

他已经脱掉了那件旧礼服，换上从蜡像上取下来的灰褐色的睡衣，又变成原来的福尔摩斯了。

“这个老猎手竟然手也不抖，眼也不花。”福尔摩斯一边检查被子弹打碎的蜡像的前额，一边笑着说。

“对准头的后部正中，正好穿过大脑。他是印度最好的射手，我想伦敦也很少有能超过他的。你听说过这个名字吗？”

“没有，没听说过。”

“好吧，好吧，这就叫出名！不过，如果我没记错的话，你也没听说过詹姆斯·莫里亚蒂教授，他是本世纪最杰出的学者之一。请你把架子上那本传记索引递给我。”

他靠在椅子上，大口喷着雪茄烟，懒洋洋地翻着那本索引。

“我搜集在‘M’部里的材料真不少。”他说，“莫里亚蒂本人无论放在哪里都很出众，还有投毒犯摩根、遗臭万年的梅里杜，还有在查令十字街的候诊室里把我左边的虎牙打掉的马修斯，最后就是我们今晚的这位朋友。”

他把书递过来让我看：“塞巴斯蒂安·莫兰，上校，无业，原属班加罗尔轻工兵一团。1840年出生于伦敦。原英国驻波斯公使奥古斯塔斯·莫兰爵士之子。曾就读于伊顿公学和牛津大学。参加过乔瓦基战役、阿富汗战役，曾在查拉西阿布（派遣）、谢尔布尔及喀布尔服役。著有《喜马拉雅山西部大猎物》

“我搜集在‘M’部里的材料真不少。”

(1881)及《丛林中的3个月》(1884)。地址：管道大街。俱乐部：英印俱乐部、坦克维尔俱乐部及巴加特尔纸牌俱乐部。”

旁边的空白边上是福尔摩斯清晰的批注：“伦敦第二号危险人物。”

“真让人惊奇，”我把书还给他说，“他的职业竟然是一个可敬的军人呢。”

“没错，”福尔摩斯回答说，“从某一点来说，他干得不错。他一向有着钢铁般的意志，至今印度仍然流传着他怎样爬进水沟去追一只受伤的吃人猛虎的事迹。华生，有些树木长到一定高度时，会突然长成非常难看的形状。这一点也经常在人身上看到。我有个理论，个人在发展中会再现其祖先的全部发展过程，这种突然变好或变坏表明他的家系中的某种强烈影响。事实上，这个人就是他的整个家族历史的缩影。”

“这倒很有意思。”

“好吧，我不坚持。不管出于什么原因，莫兰上校开始堕落了。虽然他在印度没有出现任何公开的丑闻，可是印度已经容不下他了。他退伍了，回到伦敦，又得到一个坏名声。就在这时，他被莫里亚蒂教授挑中了，一度曾是莫里亚蒂的参谋长。莫里亚蒂很大方地提供给他钱，只让他干过一两次普通罪犯承担不了的棘手的案子。你可能还记得1887年在劳德的斯图尔特夫人被害的案子。不记得了？好吧，我可以肯定莫兰是主谋，不过一点儿证据也没有。上校隐蔽得非常好，就连莫里亚蒂团伙被破获的时候，我们也无法控告他。你还记得那天我到你家去看你，为了防暗枪，我不是把百叶窗都关上了？你肯定觉得我是在想入非非。我很清楚自己在做什么，因为我已经知道有这样一支不同寻常的枪，而且还知道这支枪的后面会出现一个世界一流的射手。我们在瑞士的时候，他和莫里亚蒂一起跟踪着咱们，毫无疑问，就是他给了我在莱辛巴赫岩石上那非常可怕的5分钟。

“你可以想到，我在法国逗留时注意看报纸，就是为了找机会制服他。只要他在伦敦逍遥法外，我活在这世上就毫无意义。他的影子日日夜夜笼罩着我，他迟早会有机会对我下手。我能怎么做？总不能当面开枪打死他，这样我自己就得受审。向地方长官求救也毫无用处，他们不能根据看起来只是轻率的怀疑就进行干预。所以我无计可施。可是我留心犯罪新闻，知道我早晚能抓住他。后来就是这个罗纳德·阿代尔被杀。我的机会终于来了！就我所知的情况，难道不是明摆着是莫兰上校干的吗？他跟年轻人一起玩牌，然后从俱乐部一直跟踪到他家，对准敞开的窗户开枪打死了阿代尔。这是毫无疑问的。光凭这种子弹就足以送他上绞架。我马上回到伦敦。那个放哨的发现了我，我知道他会让上校注意我的出现。他不可能不把我的突然归来和他犯的案子联系在一起，而且非常恐惧。我敢说他想立刻把我除掉，而且为了这个目的，他还会再拿出这把枪来。我在窗口给他留了一个明显的记号，还预先通知警察到时可能需要他们的帮助——顺便说一下，华生，你准确无误地看出他们待在那个门道里——然后找了一个我觉得万无一失的监视点，根本没有想到他会选择同一个地点来袭击我。现在，亲爱的华生，还有什么别的需要解释吗？”

‘有，”我说，“你还没有说明莫兰上校杀害尊敬的罗纳德·阿代尔的动机。”

“啊！亲爱的华生，我们只能推测了，不过就连逻辑性最严密的头脑也可能会出错。每个人都可以根据现有的证据做出自己的假设，你我的假设可能都对。”

“那么你已经有假设了？”

“我想，解释这些情况并不难。很明显，莫兰上校和年轻的阿代尔合伙赢了很多钱。现在，莫兰肯定是作弊了——我早就知道。我相信阿代尔在被害当天，发现了莫兰在作弊。他很可能私下对莫兰说了，还威胁说要告发他，除非他自动退出俱乐部并答应从此不再玩牌。像阿代尔这样的年轻人不太可能立刻去揭发一个比他大得多的颇有名望的人，他很可能像我估计的那样做了。而对于以玩牌骗钱的莫兰来说，被开除出俱乐部就等于毁灭自己。于是莫兰就杀死了阿代尔，阿代尔当时正忙着计算自己该退还多少钱，因为他不愿意从搭档的作弊中谋利。他把门锁上，以免母亲和妹妹突然闯进来，非得知道他弄那些人名和钱干什么。这样行吗？”

“我毫不怀疑你说的都是事实。”

“审讯中可以证实或者驳回。另外，不管什么情况，莫兰上校都不会再给我们惹麻烦了，冯·赫德这支了不起的气枪将为苏格兰场博物馆增添光彩，而夏洛克·福尔摩斯先生又可以献身于调查复杂的伦敦生活经常引起的各种有趣的小问题了。”

下诺伍德建筑商

“从刑事专家的角度来看，”夏洛克·福尔摩斯先生说，“自从莫里亚蒂教授死了之后，伦敦已经变成了个非常乏味的城市。”

“我想正派的市民很少会同意你的看法。”我回答说。

“好吧，好吧，我不能太自私了。”福尔摩斯笑着说，一边把椅子从早餐桌旁推开。“这当然对整个社会有好处，除了可怜的专家无事可做之外，谁也没有损失。那个人还在活动时，每天的早报上提供了许许多多可能性。通常只是非常小的线索，华生，非常模糊的迹象，可是却足以让我知道那个恶毒的大人物在那儿，就像蜘蛛网边缘微弱的颤动会使人想到潜伏在正中心的可恶的蜘蛛一样。小偷小摸、任意殴打、随意的暴行——对一个掌握了线索的人来说，这些都可以连成一个整体。对于一个研究上层犯罪社会的学者来说，欧洲没有一个首都能提供当时伦敦所提供的便利条件。可是现在——”他耸了耸肩，幽默地表示了对他自己费尽心思而造成的现状的不满。

当时福尔摩斯回国已经有几个月了，我在他的要求之下，卖掉了诊所，搬回贝克街的老房子和他一起住。一个名叫弗纳的年轻医生买下了我在肯辛顿的小诊所，他毫不犹豫地照我冒昧提出的最高价买了下来，真让人觉得奇怪——几年以后，我发现弗纳原来是福尔摩斯的远房亲戚，这才明白实际上是我的这位朋友在为我筹钱。

我们合作的那几个月并不像他说的那样平淡无奇，因为我在翻看笔记时，发现那段日子里包括前穆里洛总统的文件案，还有荷兰汽船“弗里斯兰”的惊人案件，后一件案子差点儿让我们两人丧命。不过，他那冷峻、骄傲的性格一向不喜欢任何形式的公开赞扬，他还用最严格的规定来约束我不许说一句有关他、他的方法或者他的成功的话——我已经解释过，这项禁令直到现在才刚刚解除。

发表完古怪的抗议之后，夏洛克·福尔摩斯往椅子背上一靠，悠闲地打开晨报，这时，一阵猛烈的门铃声引起了我们的注意，接着是一阵“咚咚”的敲门声，像是有人在用拳头敲打大门。门开了，有人急急忙忙地冲进过道，然后是上楼的急促的脚步声，很快，一个两眼发直的年轻人发狂似的冲进房间里，他面色苍白，衣着凌乱，浑身发抖。他来回看着我们两个，在我们疑问的目光注视下，他意识到自己这样无礼地闯进来，需要表示一下歉意。

“对不起，福尔摩斯先生，”他大声说，“您别责怪我，我都快疯了！福尔摩斯先生，我就是那个倒霉的约翰·赫克托·麦克法兰。”

他这样自我介绍着，似乎名字本身就足以解释他为什么来，为什么这样来了。可是从我同伴那张毫无反应的脸上看得出来，他对这个名字就像我一样一无所知。

“抽支烟吧，麦克法兰先生。”他说着，把烟盒递了过去。“我相信，照你这种症状，我朋友华生医生可以给你开一张镇静剂处方。这几天，天气实在太热了。现在，如果你觉得安定一些了，请在那把椅子上坐下，慢慢地告诉我们你是谁，想干什么。你提起你的名字，似乎我应该知道，可是我可以保证，除了知道你是个单身汉、律师、共济会会员以及患有哮喘这些显而易见的事实之外，我对你一无所知。”

我很熟悉我朋友的方式，因此并不难理解他的推理，是这位年轻人凌乱的衣着、手里的一札法律文件、表链上的装饰以及喘气的声音使他得出这种推测。可是我们的委托人却惊呆了。

“没错，您说的都是我，福尔摩斯先生，除此之外，此刻我还是全伦敦最倒霉的人。看在老天的分上，别不管我，福尔摩斯先生！请他们给我时间，让

一个两眼发直的年轻人发狂似的冲进房间里。

我把整个事实都告诉您，再让他们逮捕我也不迟。只要我知道有您在外面替我奔走，我就可以高高兴兴地进监狱。”

“逮捕你！”福尔摩斯说，“这真是太——太有意思了。那你会因为什么罪名被捕呢？”

“因为谋杀了下诺伍德的乔纳斯·奥尔达克先生。”

我同伴那张富于表情的脸上流露出同情的神色，恐怕或多或少还掺杂一丝快意。

“天哪！”他说，“刚才吃早饭时，我还在对我的朋友华生医生说，耸人听闻的案件已经从我们的报纸上消失了呢。”

我们的客人伸出一只颤抖的手去拿福尔摩斯膝盖上的《每日电讯报》。

“如果您看过这个，先生，您就会立刻明白我今天早晨来找您的原因。我觉得现在肯定人人都在谈论我的名字和我的不幸了。”他把报纸翻到中间一版。“就在这儿，如果您允许的话，我念给您听。听听吧，福尔摩斯先生。标题是：‘下诺伍德的神秘事件：一位著名建筑商失踪，怀疑为谋杀纵火案。犯罪线索。’那就是他们正在追踪的线索，福尔摩斯先生，而且我知道它肯定会引到我身上来。我在伦敦桥站就被跟踪了，而且我相信他们就等着逮捕令来抓我了。这会让我母亲伤心的——会让她伤心的！”他非常恐惧地绞着两只手，在椅子上来回摇晃。

我饶有兴致地看着这个被指控行凶的人。他长着亚麻色的头发，相貌清秀，可是显得十分疲惫，蓝眼睛里写满了恐惧，脸庞刮得干干净净，嘴敏感而柔弱。他年龄大约27岁，衣着和举止都像一位绅士。浅色夏季外衣口袋里露出一卷签署过的文件，证明了他的职业。

“我们必须好好利用这段时间。”福尔摩斯说，“华生，请你把报纸拿过来，把那一段念一念，好吗？”

在我们的委托人引述过的大标题下面，有一段富有暗示性的叙述，我念道：

昨晚深夜，或今日凌晨，下诺伍德发生了一件意外事件，疑为严重犯罪行为。乔纳斯·奥尔达克先生是该区颇有名望的居民，经营建筑业多年。奥尔达克先生独身，现年52岁，住在锡德纳姆路尽头的迪普迪恩宅。他性情古怪，沉默寡言，喜欢离群索居。他在建筑业积聚了相当的财富，近年来实际上已逐渐退出建筑业。但其住宅后仍有一个小贮木场，昨晚12点左右，贮木场报有火警。救火车不久立刻赶到现场，但干木材火势凶猛，无法扑救，直到木材烧尽。至此，事件仍属正常，可是新的迹象表明可能是严重犯罪行为。火灾现场未发现主人踪迹，令人吃惊，之后的调查表明主人已经失踪。对卧室进行检查时，发现床没有睡过，房间里的保险柜被打开，许多重要文件散落在房间里，最后还发现了激烈格斗的迹象，房间里有少量血迹，还有一把橡木手杖，把手上也有血迹。经查明，乔纳斯·奥尔达克先生当晚曾在卧室里接待过一位客人，是伦敦一位名叫约翰·赫克托·麦克法兰的年轻律师，他是中东区格雷沙姆大楼426号格雷厄姆及麦克法兰事务所第二合伙人。警方相信已掌握足够证据说明犯罪动机，总之，该事件无疑会有惊人的发展。

稍后。——就在我们准备付印时，有谣传说约翰·赫克托·麦克法兰先生已经因谋杀乔纳斯·奥尔达克先生的罪名被逮捕了，至少可以肯定逮捕令已经下发。在下诺伍德进行的调查又有不祥的发展。除了可怜的建筑商房间里有格斗的迹象外，现在又查明其卧室（位于底层）的落地窗是开着的，似乎有大块物体从窗口被拖往木材堆的痕迹，最后，在灰烬中发现被烧焦的残骸的说法已被证实。警方认为这是一起极为恐怖的凶杀案，受害人在自己的卧室里被打死，文件被盗，尸体被拖到木材堆里焚烧以毁灭所有犯罪证据。案件调查已交由苏格兰场富有经验的雷斯垂德警官进行，他正以其素有的精力和机智追查线索。

夏洛克·福尔摩斯闭着眼睛，两手指尖合拢听着这篇惊人的报道。“这件案子的确有几点值得注意。”他慢吞吞地说，“麦克法兰先生，我想先问一下，既然有足够证据逮捕你，你为什么还能逍遥法外呢？”

“我和父母一起住在布莱克希斯的托灵顿，可是昨天晚上，因为和乔纳斯·奥尔达克先生处理业务弄得很晚，我就住在下诺伍德的一家宾馆里，从那儿直接到事务所来的。我什么也不知道，一直到上了火车，才看到您刚才听到的报道。我立刻意识到自己处境很危险，马上就来找您了。要是我在城里的办公室或者在家里，我肯定早就给抓走了。有个人从伦敦桥站就一直跟踪着我，我毫不怀疑——天哪，谁来了？”

门铃响了，楼梯上立刻响起沉重的脚步声。不一会儿，我们的老朋友雷斯垂德出现在门口。在他身后我看见外面站着两个穿制服的警察。

“你是约翰·赫克托·麦克法兰先生吗？”雷斯垂德说。

我们那位可怜的委托人一脸惊恐地站了起来。

“我以蓄意谋杀下诺伍德的乔纳斯·奥尔达克先生的罪名逮捕你。”

麦克法兰绝望地转身看着我们，“扑通”一声跌在椅子上。

“等一等，雷斯垂德，”福尔摩斯说，“半个小时对你来说无关紧要，这位先生正准备告诉我们这件有趣的事，这或许能帮助我们弄清事实。”

“我想弄清事实并不难。”雷斯垂德严肃地说。

“不过，如果你允许的话，我很有兴趣听一听他的说法。”

“好吧，福尔摩斯先生，我很难拒绝你，因为过去你给我们帮过一两次忙，我们苏格兰场还欠着你人情呢。”雷斯垂德说，“同时，我必须跟我的犯人待在一起，我有义务警告他，他所说的任何话都将成为对他不利的证据。”

“这再好不过了。”我们的委托人说，“我只请求您能够听完，了解所有的事实。”

雷斯垂德看了看表。“我给你半个小时。”他说。

“我必须首先解释一下，”麦克法兰说，“我对乔纳斯·奥尔达克先生一无所知。他的名字我很熟悉，因为很多年以前我父母跟他认识，不过后来他们疏远了。所以昨天下午3点钟，他走进我在城里的办公室时，我非常吃惊。可是当他告诉我他来的目的时，我更吃惊了。他手里拿着几张笔记本上撕下来的纸，纸上潦潦草草地写满了字——就在这儿——他把这些纸放在我的桌子上。

“‘这是我的遗嘱，’他说，‘我想让你，麦克法兰先生，把它按法定格式写出来。你写你的，我就坐在这儿。’

“我开始抄遗嘱，当我发现他除了保留一些东西之外，把所有财产都留给我时，您可以想象到我有多么惊讶。他是一个像小雪貂似的古怪老头，连眼睫毛都是白的，我抬头看着他时，发现他那双敏锐的灰眼睛正盯着我，眼睛里有一种很愉快的神情。我读着遗嘱的条款时，简直不敢相信自己的感觉。可是他对我解释说，他一直独身，没有什么亲戚，他年轻时就认识我的父母，他一直听说我是一个值得信任的年轻人，相信他的钱交到了适当的人手里。当然了，我只能结结巴巴地说着感谢的话。遗嘱按格式写好了，签了字，由我的职员当证人。就是这张蓝纸上写的，这些小纸条，我已经解释过了，都是草稿。接着乔纳斯·奥尔达克告诉我，另外还有许多文件——建筑租约、房契、抵押契据、收据等等——我应该看，应该明白。他说，除非所有的事都处理完了，不然他的心就无法安宁，他请我当天晚上带着遗嘱到他在下诺伍德的家里，把事情安排好。‘记住，我的孩子，在所有的事情办完之前，不要对你父母说一个字，给他们一个小小的惊喜。’他非常坚持这一点，并且让我答应一定做到。

“您可以相信，福尔摩斯先生，我不可能拒绝他的任何要求。他是我的保护人，我所有愿望就是完完全全地实现他的愿望。我拍了封电报回家，说我手头有重要的工作，不好说多晚才能回家。奥尔达克先生说过，想让我9点钟和他一起吃晚饭，因为他那之前可能不在家。可是他住的地方不太好找，我快9点半时才找到。我发现他——”

“等一等！”福尔摩斯说，“谁开的门？”

“一个中年妇女，我猜是他的管家。”

“我想，是她叫出了你的名字吧？”

“一点儿不错。”麦克法兰说。

“请继续。”

麦克法兰擦了擦额头上的汗继续说：

“那个女人领着我来到客厅，里面已经摆好了简单的晚餐。后来，乔纳斯·奥尔达克先生领着我来到他的卧室，里面有一个沉重的保险柜。他打开保险柜，取出很多文件，我们一起看着，直到11点到12点之间才看完。他说我们不要打扰女管家。他领着我从落地窗出来，当时窗子一直开着。”

“百叶窗放下来了吗？”福尔摩斯问。

“我不太确定，不过我想只放下了一半。没错，我还记得他把窗帘拉起来好打开窗户。我找不着我的手杖了，他说，‘不要紧，我的孩子，我希望从现在起能经常见到你，我会把你的手杖收好，等你下次来取。’我就走了，当时保险柜还开着，那些票据分成小包放在桌子上。当时天太晚了，我没办法回布莱克希斯，于是我就在阿纳利·阿姆斯过了夜，别的什么也不知道，直到今天早晨看到这则可怕的报道。”

“您还有什么别的要问吗，福尔摩斯先生？”雷斯垂德问，他在听这段不同寻常的解释时，扬起了一两次眉毛。

“在我去布莱克希斯前没有了。”

“你是说去下诺伍德吧？”雷斯垂德说。

“噢，对，我就是这个意思。”福尔摩斯带着他高深莫测的笑容说。雷斯垂德从以往的经验中知道，福尔摩斯的头脑就像一把锋利的刀，可以切开他所不知道的东西，他只是不愿承认这一点。我看见他好奇地看着我的同伴。

“一会儿我想跟您说句话，夏洛克·福尔摩斯先生。”他说，“现在，麦克法兰先生，我们两位警察在门口，一辆四轮马车在等着。”可怜的年轻人站起来，恳求地看了我们最后一眼，从房间里走出去了。警察领着他来到马车上，可是雷斯垂德没有走。

福尔摩斯已经拿起了那几张遗嘱草稿看着，脸上显出极有兴趣的样子。

“这份遗嘱有些特点，对不对，雷斯垂德？”福尔摩斯把遗嘱推过去说。

那位警官疑惑地看着。

可怜的年轻人站起来，恳求地看了我们最后一眼，从房间里走出去了。

“我能看清前几行，第二页中间几行，还有最后的一两行。这些都像印的一样清楚。”他说，“可是其余的就太糟糕了，还有两三处根本不知道是什么。”

“你有什么看法？”福尔摩斯问。

“嗯，你又有什么看法？”

“这是在火车上写的，清楚的地方说明是在站台上，不清楚的地方说明火车在行驶，什么也看不出的地方说明火车正经过道岔。有经验的专家可以立即说出这是在一条郊区线上写出来的，因为除了在大城市附近，别的地方不可能连续碰上岔道。假设他一路上都在写遗嘱，那这列火车就是一辆快车，只在下诺伍德和伦敦桥之间停过一次。”

雷斯垂德大笑起来。

“你在理论分析上比我强得多，福尔摩斯先生。”他说，“这跟案子有什么关系呢？”

“嗯，它可以证实年轻人所说的，这份遗嘱是乔纳斯·奥尔达克先生昨天在旅途中写的。很奇怪——不是吗？——一个人竟然会以这么随便的方式来写一份这么重要的文件，这说明他认为这份遗嘱不重要，只有不打算让自己立的遗嘱生效的人才可能这么做。”

“嗯，同时他也给自己写了一张死亡判决书。”雷斯垂德说。

“哦，你这么认为吗？”

“你不这么认为吗？”

“嗯，很有可能，不过案子我还不太清楚。”

“不清楚？好吧，如果这还不算清楚，什么才叫清楚？一个年轻人突然得知如果一个老人死了的话，他就会继承一笔财产，他会怎么做呢？谁也不告诉，却安排了一个借口当天晚上就去拜访他的委托人，他等到房子里仅有的另一个人睡着之后，在老人独自在房间里时谋杀了他，在木材堆里烧掉他的尸体，然后来到附近一家旅馆。房间里的血迹和手杖上的血迹都很浅。很可能他想象着一点儿血迹也没有，还希望只有把尸体烧掉，就可以隐藏所有可能肯定会指向他的证据。这一切不是都很明显吗？”

“我的好雷斯垂德，我觉得这有点儿太明显了。”福尔摩斯说，“你没有把想象力加进你别的许多优点中去，可是如果你能暂时让自己处于这个年轻人的位置，你会选择立遗嘱的当晚就来犯罪吗？你不觉得把这两件事联系得这么紧实在太冒险了吗？另外，你会选择用人领你进来，有人知道你在房子里的时机吗？最后，你会费尽心机地隐藏尸体，却留下自己的手杖当作犯罪证据吗？雷斯垂德，你得承认，这一切都不可能。”

“至于那根手杖，福尔摩斯先生，你我都知道，罪犯总是慌里慌张的，往往会做出一个头脑清醒的人不会做的事。他很可能是害怕再回到房间里。再给我一个符合事实的理论吧。”

“我可以很轻易地给你好几个。”福尔摩斯说，“比如，这就是有可能而且非常可能的一个，我可以当礼物送给你。那个老人出示的文件显然非常重要。一个路过的流浪汉从窗户外面看见了，百叶窗只拉下一半。律师出去了，流浪汉进来了！他抓起一根手杖，他在那儿看见的，杀了奥尔达克，然后烧掉尸体逃跑了。”

“流浪汉为什么要把尸体烧掉呢？”

“就这一点来说，麦克法兰为什么要这么做呢？”

“隐藏他的某些证据。”

“可能流浪汉根本不想让人知道有谋杀案。”

“为什么流浪汉什么也没拿走呢？”

“因为那些票据都是不能兑换的。”

雷斯垂德摇摇头，不过我觉得他的态度不像刚才那么肯定了。

“那好吧，夏洛克·福尔摩斯先生，你可以去寻找你的流浪汉，你找他的时候，我们不放这个年轻人。将来可以证明谁是对的。注意这一点，福尔摩斯先生：目前为止，我们知道票据没有被动过，囚犯是这个世界上最没有理由拿走它们的人，因为他是法定继承人，他无论如何都会得到这些票据。”

这句话似乎打动了我的朋友。

“我并不否认，从某些方面来说，这些证据对你的理论非常有利。”福尔摩斯说，“我只想指出还有其他的可能性，就像你说的，将来会决定的。再见！我今天大概就会去下诺伍德看一看你进展得怎么样。”

那位侦探走了之后，我的朋友站起来准备当天的工作，带着一个人面对自己非常感兴趣的任务时的敏捷神情。

“我的第一个行动，华生，”他匆匆忙忙穿上外套说，“就像我说的，必须朝着布莱克希斯方向。”

“我的第一个行动，华生，”他匆匆忙忙穿上外套说，“就像我说的，必须朝着布莱克希斯方向。”

“为什么不是下诺伍德呢？”

“因为在这件案子里，一件事紧接着另一件事发生。警方的错误是把注意力集中在第二件事上，因为这件事正好就是犯罪行为。但是在我看来，处理这件案子的合理的方法显然应该从设法说明的第一件事着手——奇怪的遗嘱，这么突然地草拟出来，而且给了一位意想不到的继承人。这也许可以简化后面的事。不行，亲爱的伙计，我想你帮不了我的忙。不会有危险的，不然我不会想到一个人行动。我相信晚上见到你时，就可以向你报告，我能替这位前来寻求我的保护的可怜的年轻人做点儿什么。”

我的朋友回来得很晚，只看了一眼他那张疲惫、焦虑的脸，我就知道，他出发时的那些期望没能实现。他拉了一个小时单调的提琴，想平息自己烦躁的心情。最后，他猛地放下提琴，开始详细讲述他失败的经历。

“全错了，华生——全都错了。我在雷斯垂德面前装着不在乎，可是我心里，我相信这一次这小子对了，我们错了。我所有的直觉是一回事，可所有的事实又是另一回事，恐怕英国陪审团的智慧还没能达到情愿相信我的理论而不相信雷斯垂德的高度。”

“你去布莱克希斯了吗？”

“去了，华生，我到了那儿，很快发现死去的奥尔达克是一个很了不起的恶棍。麦克法兰的父亲出去找儿子去了。母亲在家——一个蓝眼睛、小个子、愚昧无知的女人，又气又怕得直发抖。当然，她认为儿子绝不可能犯罪。不过，她对奥尔达克的死既不觉得吃惊，也不觉得遗憾。相反，她深恶痛绝地说起奥尔达克，不知不觉地在支持警方的观点，因为，当然了，如果她儿子听母亲这么提起奥尔达克的话，就会不由自主地对他产生憎恨并使用暴力。‘他简直不是人，是个恶毒狡猾的怪物，’她说，‘他从年轻时就一直这样。’

“‘那时你就认识他？’我问。

“‘认识，我很了解他。事实上，他是最早向我求婚的一个。谢天谢地，我还有眼力拒绝他，嫁给了一个比他穷却比他好的人。我和奥尔达克先生订过婚，福尔摩斯先生，后来我听到一件可怕的事，说他把一只猫放进大鸟笼子里。他这种残忍的暴行让我觉得恐怖极了，我再也不愿跟他有任何关系。’她在写字台里翻着，不一会儿拿出一张女人的照片，脸上被刀划得支离破碎。‘这是我的照片，’她说，‘我结婚当天的早晨，他就这样把照片连同他的诅咒还给了我。’

“‘嗯，’我说，‘至少他现在已经原谅你了，因为他把所有的财产都留

给了你儿子。’

“‘不管乔纳斯·奥尔达克是死是活，我和我儿子都不想要他任何东西。’她郑重其事地大喊着，‘天上有一个上帝，福尔摩斯先生，上帝已经惩罚了那个邪恶的人，上帝会在适当的时候证明，我儿子手上没有沾他的血。’

“这是我的照片，”她说，“我结婚当天的早晨，他就这样把照片连同他的诅咒还给了我。”

“唉，我又试了一两个线索，可是没有一个能证明我们的假设，还有几点可以反驳我们的假设。最后我放弃了，去了下诺伍德。

“迪普迪恩宅这个地方是一座现代化的大别墅，全部用烧砖建成，坐落在庄园后面，前面是种了一丛丛月桂树的草坪。右边离马路稍远一些就是贮木场，也是火灾现场。这是我在笔记本上画的草图。左边的窗户是奥尔达克的房间，从路上就可以看到。这是我今天唯一可以感到安慰的地方。雷斯垂德不在那儿，不过他的警长接待了我。他们刚刚发现了一个巨大的宝藏。他们在木材灰烬中寻找了一上午，除了烧焦的有机体残骸之外，他们还发现了几个变色的金属圆片。我仔细检查了一下，原来是裤子上的纽扣。我甚至还辨认出其中一个纽扣上写着‘海厄姆斯’的名字，他是奥尔达克的裁缝。然后我又仔细搜索草坪，寻找痕迹和线索，可是干旱把一切都变得像铁一样硬。除了一具尸体或是一捆东西被拖过与木材堆在一条直线上的低矮的女贞树篱笆之外，别的什么也看不见。当然，这一切都与警方的理论一致。我顶着8月的烈日在草坪上爬来爬去，可是一小时之后爬起来时，我还是跟以前一样迷惑。

“唉，既然没有什么收获，我就进去检查卧室。血迹非常淡，只是溅了几点，而且没什么颜色，但无疑是新鲜的。手杖已经被挪动了，不过上面的血迹也非常淡。手杖确实是我们这位委托人的，他也承认了。地毯上有两个人的脚印，可是再也没有第三者的，这又是对对方有利的地方。他们一直在不停地得分，我们却原地未动。

“我只有一线希望——可是也落空了。我检查了保险柜，大部分东西都被拿出来放在桌子上了。票据都被封在信封里了，其中一两份被警方打开了。据我的判断，这些票据也没有太大意义，存折上也看不出奥尔达克先生究竟有多富裕。可是我觉得并不是所有票据都在。有些指向其他事件的东西——可能是更有价值的——我却找不到。如果我们可以确认的话，这就可以推翻雷斯垂德的辩驳，有谁会去偷明知道自己不久就能得到的东西呢？

“我搜查了所有的地方，也没有得到任何线索，最后不得不去找管家碰碰运气。雷克辛顿夫人是一个沉默寡言、皮肤黝黑的小个子，长着一双多疑、斜视的眼睛。她如果愿意，就能告诉我们一些东西——我确信这一点。可是她的口风甚紧。没错，她是9点半带麦克法兰先生进来的，她后悔不该让他进来。她10点半上床睡觉，她的房间在房子另一头，什么也没听见。麦克法兰先生把他的帽子和她相信是他的手杖放在门厅里。她被火警惊醒了，她可怜的好主人一定是被谋杀了。他有仇人吗？嗯，谁都有仇人。可是奥尔达克先生很少跟人来往，只有生意上的往来。她看见那些纽扣了，确信是他昨晚穿的那件衣服上的。木材堆非常干燥，因为一个月没下过雨了，像火种似的烧得特别快，等她赶到现场时，除了熊熊大火，别的什么也看不见了。她和消防队员都闻到了肉烧焦的味道。那些票据她什么也不知道，更不知道奥尔达克先生的私事。

“所以，亲爱的华生，这就是我的失败报告。可是——可是——”他突然坚定地握紧了拳头。“我知道一切都不对，我骨子里感觉得到。有一件事还没弄清楚，那个女管家知道。她的眼睛里有一种愠怒和反抗，这只能说明她觉得自己有罪。可是，再说这些也没什么用了，华生，除非我们走运，恐怕这起下诺伍德失踪案无法写进我们的破案记录里了，我觉得耐心的公众也只能容忍了。”

“那，”我说，“这个年轻人的外表会打动陪审团吧？”

“这可是个危险的观点，亲爱的华生。你还记得1887年想让我们替他开脱罪责的那个可怕的凶手帕特·史蒂文斯吗？还有比他态度更温和、更像主日学校①孩子的年轻人吗？”

“这倒是真的。”

“除非我们能够确立另外一种假设，不然这个人就完了。在这件现在就可以对他提起诉讼的案子里，你几乎找不到一点儿破绽，进一步调查反而更加强了起诉的理由。我想起来了，那些票据有一点非常奇怪的地方，也许可以作为一个侦破点。我在查看银行存折时，发现余额不多主要是因为去年一年里大

① 主日学校：星期日对儿童进行宗教教育的学校，大多附设于教堂之中。——译注

量支票被开给了科尼利厄斯先生。我承认我很想知道这位科尼利厄斯先生是什么人，一位退休的建筑商竟然跟他有这么大笔的交易。会不会他在这件案子里也有份？科尼利厄斯可能是一个中间商，可是我们找不到和这几笔大额付款对应的收据。既然没有别的迹象，我必须找银行查询这位兑换支票的先生了。可是，我亲爱的朋友，我担心这件案子最终将以雷斯垂德绞死我们的委托人而不光彩地结案，这无疑将是苏格兰场的一次胜利。”

我不知道当天晚上夏洛克·福尔摩斯究竟睡得怎样，可是当我下楼吃早餐时，我发现他脸色苍白，满面愁云，明亮的眼睛因为周围的黑眼圈而愈发明亮。椅子周围的地毯上扔满了烟头和几份当天的早报。桌子上放着一封打开的电报。

“你有什么看法，华生？”他把电报扔过来问我。

是从下诺伍德发来的，电文如下：

新获重要证据。麦克法兰罪名确定。奉劝放弃此案。

雷斯垂德

“听起来很严重。”我说。

“这是雷斯垂德自鸣得意的小胜利。”福尔摩斯苦笑着回答说，“不过放弃这件案子也许太早了点儿。不管怎么说，新的重要证据是一把双刃剑，说不定会朝着雷斯垂德想象不到的方向切开呢。先吃早饭吧，华生，我们一起去看看有什么能做的。我觉得我今天需要你的陪伴和你的精神支持。”

我的朋友自己没吃早饭，因为这是他的特点之一，在比较紧张的时候，他就不吃任何东西，我见过他滥用体力，直到因为营养不足昏倒为止。“现在我不能分散精力和脑力来消化食物。”他会这么回答我从医学角度提出的忠告。因此，今天早晨他一口早饭也没吃就和我出发去下诺伍德，我一点儿也不奇怪。一群病态的旁观者仍然围在迪普迪恩宅周围，这所郊外的别墅跟我描述过的一样。雷斯垂德在大门里迎接我们，满面红光，得意洋洋。

“喂，福尔摩斯先生，证明我们错了吗？找到你的流浪汉了吗？”他大声问。

“我还没有得出任何结论。”我的同伴回答说。

“可是我们昨天已经得出结论了，现在证明是对的。所以你不得不承认这一次我们走在你前头了，福尔摩斯先生。”

“你的样子确实像发生了不寻常的事。”福尔摩斯说。

雷斯垂德大笑着。

“你和我们一样不喜欢被别人超过。”他说，“人不可能总是事事如意，对不对，华生医生？请这边走，先生们，我想我可以彻底说服你们凶手就是约翰·麦克法兰先生。”

他领着我们走出过道，来到里面昏暗的门厅里。

“年轻的麦克法兰在犯罪完成之后，一定是从这里出去取回帽子的。”他说，“现在，看看这个。”他突然划着一根火柴，照出白灰墙上有一点血迹。他把火柴凑近点儿，我看到那不只是一点血迹，那是一个很清楚的大拇指指纹。

“用你的放大镜看，福尔摩斯先生。”

“没错，我正在用放大镜看。”

“你知道没有两个大拇指是完全一样的吗？”

“我听说过类似的话。”

“那好吧，请你把这个指纹和我今天早晨下令从年轻的麦克法兰的右手拇指上取下来的蜡模指纹比较一下吧。”

他把蜡模指纹凑近墙上的血迹，不用放大镜也能看得出，这两个无疑是同一个拇指的指纹。很明显，我们这个不幸的委托人完了。

“这是决定性的。”雷斯垂德说。

“没错，是决定性的。”我不由自主地附和说。

“用你的放大镜看，福尔摩斯先生。”

“是决定性的。”福尔摩斯说。

我从他的语调中听出了点儿什么，转身看着他。他脸上发生了一种奇特的变化，由于内心的高兴而抽动着。他的两只眼睛像星星一样闪闪发光。我觉得，他似乎拼命地想忍着不爆发出大笑。“天哪！天哪！”他终于说，“唉，谁能想得到是这样呢？外表实在是太不可靠了，一点儿不假！看上去这么好的年轻人！这件事教训我们不要相信自己的判断，对不对，雷斯垂德？”

“没错，我们有些人就是有点儿过于自信了，福尔摩斯先生。”雷斯垂德说。这个人的傲慢太让人生气了，可是我们只能忍耐。

“这个年轻人把帽子从挂钉上取下来时，会用右手大拇指在墙上按一下，这简直是天意！多自然的动作，如果你仔细想一想的话。”福尔摩斯外表显得很冷静，可是他说话时，整个身体都由于抑制不住的兴奋而颤抖着。“顺便问一下，雷斯垂德，是谁做出这个伟大发现的？”

“是女管家雷克辛顿夫人，她告诉值夜班的警察的。”

“夜班警察当时在哪儿？”

“他在案发时的卧室里守着，不让人动里面的东西。”

“可是警察昨天为什么没有看见这个记号呢？”

“嗯，我们没有理由仔细检查门厅。此外，这个地方也不显眼，你也看到了。”

“对，对，当然不显眼了。我想这个记号肯定昨天就有了吧？”

雷斯垂德看着福尔摩斯，似乎在想他是不是发疯了。我承认，连我都对他那种兴奋的态度和奇怪的话语感到吃惊。

“我不知道你是不是在想，麦克法兰只是为了增加对自己不利的证据，才深夜从监狱里跑出来。”雷斯垂德说，“我可以让任何专家来鉴定，这是不是他的指纹。”

“这毫无疑问是他的指纹。”

“得，这就够了。”雷斯垂德说，“我是一个讲究实际的人，福尔摩斯先生，只要有证据，我就得出结论。如果您还有什么要说的，我就在客厅里写报告，您可以去那儿找我。”福尔摩斯已经恢复了平静，不过我从他的表情中还是看得出来他觉得很可笑。

“唉，这是很可悲的发展，华生，是不是？”他说，“不过还是有一些奇特的地方，可以给我们的委托人留下点儿希望。”

“我很高兴听一听。”我由衷地说，“我还怕他已经完了呢。”

“我可不会这么说，亲爱的华生。事实上，我们的朋友如此看重的证据里有一处非常严重的缺陷。”

“真的，福尔摩斯！是什么？”

“是这样的，我知道我昨天检查门厅时还没有那个记号。现在，华生，我们到太阳底下散散步吧。”

我脑子里一片混乱，心里却注入了希望的温暖，我陪着我的朋友在花园里散步。福尔摩斯轮流看了房子的四面墙，饶有兴趣地查看了一遍。然后他带头走进屋里，从地下室到阁楼仔细检查了整栋房子。大多数房间里都没有家具，可是福尔摩斯还是非常仔细地检查了一遍。最后到了顶层的楼梯上，那里有3间空闲的卧室，他突然又变得兴奋起来。

“这件案子的确有一些非常独特的地方，华生。”他说，“我想，现在是对我们的朋友雷斯垂德说真话的时候了。他已经嘲笑过我们了，如果我对这个问题的看法证明是正确的话，我们也许可以照样回敬他。没错，没错，我想我知道该采取什么办法了。”

苏格兰场警官还在客厅里写报告，福尔摩斯进去打断了他。

“我知道你在写这件案子的报告。”他说。

“没错。”

“你不觉得有点儿为时尚早吗？我总觉得你的证据不够充分。”

雷斯垂德很了解我的朋友，知道他的话不可忽视。他放下笔，好奇地看着他。

"你是什么意思，福尔摩斯先生？"

"我只是说，有一个重要的证人你还没有见过。"

"你可以引见吗？"

"我想可以。"

"那就把他带来吧。"

"我会尽力。你有多少警察？"

"可以召集来的有3个。"

"太好了！"福尔摩斯说，"请允许我问一下，他们都是身强力壮、嗓门洪亮的人吗？"

"当然是，不过我不明白他们的嗓门跟这件事有什么关系。"

"也许我可以帮助你明白这一点以及其他一两件事。"福尔摩斯说，"请召集你的人，我来试一试。"

5分钟后，3个警察已经在门厅里集合了。

"外面的小屋里有一大堆稻草，"福尔摩斯说，"我要让你们搬两捆进来。我想，这可以帮上大忙，把我需要的证人找来。非常感谢！你口袋里肯定有火柴，华生。现在，雷斯垂德先生，我想让你们都陪我上顶层楼梯的平台上去。"

我已经说过，那3间空闲的卧室外面有一条宽阔的走廊。福尔摩斯把我们全都集合在走廊一头，警察咧着嘴笑，雷斯垂德盯着我的朋友，脸上不停地出现惊奇、期盼和讥笑的神情。福尔摩斯站在我们前面，活像一个正在变戏法的魔术师。

"请派你的一名警察取两桶水来，行吗？把稻草放在这儿，不要碰着两边的墙。现在，我想一切都准备就绪了。"

雷斯垂德的脸开始变红，他生气了。

"我不知道你是不是在跟我们开玩笑，夏洛克·福尔摩斯先生。"他说，"如果你知道什么，你可以直说，用不着这种毫无意义的举动。"

“我向你保证，我的好雷斯垂德，我所做的一切都有充分的理由。你可能还记得几个小时前阳光照着你的时候，你跟我开了玩笑，所以现在你也不能埋怨我太郑重其事。华生，请你打开窗户，然后划根火柴把稻草点着，行吗？”

我照做了，穿堂风刮起一股白烟在走廊里盘旋，干燥的稻草烧得啪啪作响。

“现在我们就来看能不能替你找到那个证人，雷斯垂德。请大家一起喊‘失火了！’行吗？那好，现在开始，一、二、三——”

“失火了！”我们一起喊着。

“谢谢你们！再来一次。”

“失火了！”

“再来一次，先生们，一起喊。”

“失火了！”喊声肯定震动了全下诺伍德。

喊声还未消失，一件令人吃惊的事发生了。走廊尽头那面看起来坚实的墙上突然开了一扇门，一个矮小、干瘦的男人从里面冲了出来，像一只兔子从地洞里蹦出来似的。

“好极了！”福尔摩斯平静地说，“华生，往稻草上倒一桶水。行了！雷斯垂德，请允许我向你介绍你的主要失踪证人，乔纳斯·奥尔达克先生。”

侦探难以置信地看着这个陌生人。走廊里明亮的阳光晃得他不停地眨着眼睛。他看看我们，又看看仍在冒烟的火堆。这是一张可憎的脸——狡诈、邪恶、狠毒，两只多疑的浅灰色眼睛，白色的眼睫毛。

“这是怎么回事？”雷斯垂德终于说话了，“你这么长时间都在干什么，嗯？”

奥尔达克看见愤怒的侦探气得通红的脸，害怕了，紧张地笑了笑。

“我没有害人。”

“没害人？你费尽心机想把一个无辜的人绞死。如果不是这位先生，说不定你已经得逞了。”

走廊尽头那面看起来坚实的墙上突然开了一扇门，一个矮小、干瘦的男人从里面冲了出来。

这个坏家伙开始抽泣起来。

“先生，我只是开个玩笑。”

“哦！一个玩笑，是吗？我可以保证，你是笑不出来的。把他带到下面的客厅里等着我。福尔摩斯先生，”人被带走之后，他又接着说，“在警察面前我不能说，可是在华生医生面前，我不怕承认，这是你干得最出色的一件事。不过你是怎么做的，对我来说还是个谜。你拯救了一个无辜的人的性命，阻止了一个可怕的丑闻，这本来很有可能毁掉我在警队中的声誉。”

福尔摩斯笑着拍了拍雷斯垂德的肩膀。

“不仅没有被毁掉，我的好警官，你还会发现你的声誉大增呢。只要在你写的报告中稍加改动，他们就会明白，想迷惑雷斯垂德警官的眼睛有多困难。”

“你不想让自己的名字出现吗？”

“一点儿不想，工作本身就是奖励。等将来某一天，我允许这位热心的历史学家再拿起笔的时候，也许我会得到称赞——嗯，华生？对了，现在我们看一看这只耗子藏身的地方。”

离走廊尽头6英尺的地方是一个板条抹灰的小隔间，墙上巧妙地装了一扇暗门。小屋里只有屋檐缝隙里透进来的光线。里面有几件家具，一些食物和水，还有一些书和报纸。

“这就是身为建筑商的好处。”我们出来时，福尔摩斯说，“他可以给自己准备一间密室而不需要任何帮手——当然了，除了那个宝贵的女管家，我应该马上把她收进你的口袋里，雷斯垂德。”

“我会接受你的建议。不过，你是怎么知道这个地方的呢，福尔摩斯先生？”

“我就知道这个家伙藏在屋子里。我在走廊上走时，发现它比楼下对应的走廊短了6英尺，他藏在什么地方就很清楚了。我想他不可能在火警当前时坐得安稳。当然了，我们也可以直接进去抓住他，不过让他自己现身更有趣。此外，今天上午你嘲笑了我，我也应该迷惑你一下，雷斯垂德。”

福尔摩斯笑着拍了拍雷斯垂德的肩膀。

“好吧，先生，你算是报复我了。不过你到底怎么知道他就在屋子里藏着呢？”

“那个拇指印，雷斯垂德，你说过它是决定性的，的确是，不过是从一种完全不同的意义上来说的。我知道前一天还没有，我非常注意细节情况，你可能也已经发现了，我检查过门厅，确定墙上是干干净净的。所以，指纹是晚上被弄上去的。”

“可是怎么弄的呢？”

“很简单。在给那些分成小包的票据封口时，乔纳斯·奥尔达克让麦克法兰把大拇指放在软火漆上，好把封口封严。年轻人很快而且很自然地做了这个动作，我敢说连他自己都想不起来了。很可能这只是碰巧，奥尔达克当时也没有想到要用这个指纹。他在自己的小窝里回想整个案子时，突然想到他可以用这个拇指印造成麦克法兰犯罪的绝好证据。从火漆上取一个蜡模，用针刺出足够的血涂在蜡模上，再亲自动手或让女管家夜里把指纹印在墙上，一切对他来说轻而易举。如果你检查一下他带到小屋里的那些文件，你肯定能找到那个有指纹的火漆印，我敢打赌。”

“太好了！”雷斯垂德说，“太好了！经你一说就完全清楚了。不过这个大骗局的目的又是什么呢，福尔摩斯先生？”

看着这位傲慢的侦探突然变得像一个向老师请教问题的学生，我觉得很好笑。

“嗯，我觉得这不难解释。正在楼下等着的这位先生是一个非常狡猾、恶毒、记仇的人。你知道他曾经被麦克法兰的母亲拒绝过吗？你不知道！我告诉过你应该先去布莱克希斯，再来下诺伍德。好吧，这种伤害，他认为是伤害，就在他邪恶、诡计多端的头脑里产生了怨恨，他一生都想要报复，可是一直没有机会。最近一两年里，情况开始对他不利——我想是暗中投机吧——他发现自己处境不妙。他决定欺骗债主们，为此他给一位科尼利厄斯先生开出了大额支票，我想这个人就是他自己用的另外一个名字。我还没有查到那些支票，不过我相信这些支票都用这个名字存在某个小镇的银行里，奥尔达克先生时不时去那儿过另一种身份的生活。他想彻底改名换姓，把钱取走，然后消失，在别处开始新的生活。”

“嗯，这很有可能。”

“他想到，如果他能让人以为他是被旧情人的独子谋杀的，那他就可以完全销声匿迹，同时彻底地报复了那位旧情人。这真是一个恶毒的杰作，他像位大师一样实现了这个计划。为了造成明显的犯罪动机而立下的遗嘱、父母都不知道的秘密拜访、留下的手杖、血迹、木材堆中的动物残骸和纽扣。一切都令人赞叹。几个小时之前，我还认为这张网是牢不可破的。可是他缺少艺术家那种知道适可而止的天赋，他试图改进本来已经非常完美的计划——让套在不幸的受害人脖子上的绳索更紧些——却毁掉了一切。我们下楼吧，雷斯垂德。我还有一两个问题想问问他。”

那个恶棍在自己的客厅里坐着，两边各站着一名警察。

“这只是个玩笑，我的好先生，只是一个玩笑，没有别的意思。”他不停地哀求着，“我可以保证，先生，我藏起来只是想看一看我失踪后的效果，我想你不至于认为我会让年轻的麦克法兰先生受到什么伤害吧。”

“这得由陪审团来决定。”雷斯垂德说，“不管怎么说，即使不是谋杀未遂，我们也要控告你密谋罪。”

“你很可能还会看见你的债主们要求冻结科尼利厄斯先生的银行账户。”福尔摩斯说。

小个子男人吃了一惊，转过身恶狠狠地盯着我的朋友。

“我得好好感谢你了，”他说，“总有一天我会报答你的。”

福尔摩斯毫不在意地笑了笑。

“我想今后几年你的时间都安排得满满的。”他说，“顺便问一下，除了那条旧裤子，你还在木材堆里放什么了？一只死狗、兔子，还是别的什么？你不想说？天哪，你也太不讲义气了！好吧，好吧，我想几只兔子就足以解释那些血迹和烧焦的骨灰了。华生，要是你打算写这个故事，就说是兔子好了。”

舞人图

福尔摩斯已经一声不响地坐了好几个钟头了，他弯着瘦长的脊背，低头看着一支化学试管，里面正煮着一种味道奇臭的东西。他脑袋垂在胸前，从我的角度看，活像一只瘦长的怪鸟：身上披着深灰的羽毛，头上的冠子却是黑色的。

“华生，”他突然说，“你不打算投资南非证券了？”

我吃了一惊。虽然我已经习惯了福尔摩斯的奇特本领，可是他这样突然地说出我的心事，实在是无法解释。

“你怎么知道的？”我问。

他从凳子上转过身来，手里拿着一支冒着热气的试管，深陷的眼睛里露出好笑的神情来。

“现在，华生，你也承认你自己非常吃惊。”他说。

“我是很吃惊。”

“我应该让你签字画押承认这一点。”

“为什么？”

“因为5分钟后，你会说这一切简直简单得可笑。”

“我保证不说这样的话。”

“你看，亲爱的华生”——他把试管放回架子上，像教授对学生讲课似的说了起来——“要做出一连串推理，使每个推理都取决于前一个，而且每一个推理本身都很简单，这其实并不难。在推理完成之后，只要把中间的推理全都去掉，只向听众宣布你的出发点和结论，就可以制造出惊人却有些浮夸的效果。现在，只要观察一下你左手拇指和食指之间的虎口，就不难断定你没有把不多的资金投到金矿上。”

“我看不出这之间有什么联系。”

“似乎没有，不过我可以很快让你看出这之间的紧密联系。这个非常简单的链条中所缺少的环节是：1．昨天晚上你从俱乐部回来时，左手的拇指和食指之间有白粉；2．你打台球时手上之所以有白粉，是为了稳定球杆；3．除了瑟斯顿，你从来没有跟别人打过台球；4．四个星期前，你告诉我说，瑟斯顿手上有购买某项南非产业的特权，一个月之后就要过期，他想让你跟他合买；5．你的支票簿锁在我抽屉里，你一直没跟我要过钥匙；6．你不打算拿钱进行这种投资。”

“实在太简单了！”我大声说。

“的确是！”他有点儿不高兴地说，“一旦把问题给你解释清楚，就变得非常幼稚。这里有一个没弄清楚的问题，看看你怎么解决，华生朋友。”他把一张纸扔在桌子上，又转身做他的化学分析去了。

我惊奇地看着纸上那些荒诞无稽的符号。

“喂，福尔摩斯，这是孩子画的吧？”我大声说。

“哦，你是这么想的！”

“别的还会是什么？”

“这也是诺福克郡赖丁·索普庄园的希尔顿·丘比特急于知道的问题。这个小谜语是今天第一班邮车送来的，他坐下一班火车到。有人按门铃，华生。如果是他，我不会感到太吃惊。”

楼梯上传来沉重的脚步声，不一会儿，一个高大、健壮、脸刮得很干净的绅士走了进来，明亮的眼睛和红润的面庞说明他生活在远离贝克街的浓雾的地方。他进门时，似乎带进了一股浓郁、清新、凉爽的东海岸空气。他跟我们握过手准备坐下时，看见了那张画着奇怪符号的纸，那是我刚刚看完放在桌子上的。

"好吧，福尔摩斯先生，您对这些有什么看法？"他问道，"他们告诉我说您喜欢稀奇古怪的谜，我想没有比这更奇怪的了。我先把纸寄给您，这样您可以在我来之前先研究一下。"

"这的确是一样非常奇怪的东西。"福尔摩斯说，"第一眼看上去像是孩子的恶作剧，在纸上画了许多可笑的跳舞的小人。你为什么会对这张奇怪的画这么重视呢？"

"我绝不会，福尔摩斯先生。不过我妻子很重视，这张画把她吓得要死。她什么也没说，可是我从她眼睛里看得出她非常恐惧。所以我想把这件事彻底调查清楚。"

福尔摩斯举起那张纸，让太阳光照在上面。那是从笔记本上撕下来的一张纸。那些符号是用铅笔画的，排列成这样：

福尔摩斯看了一会儿，然后小心地把纸折起来，夹在袖珍本子里。

"这将是一件非常有趣而且不同寻常的案子。"他说，"你在信里告诉了我一些细节，希尔顿·丘比特先生，不过如果你能给我的朋友华生医生再讲一遍，我会非常感激。"

"我不太会讲故事。"客人说，他那双强壮有力的大手一会儿紧张地握着，一会儿又放开。"我没说清楚的您可以再问。我得从去年结婚时开始讲起，不过首先我要说明，虽然我不是很有钱，不过我们家人住在赖丁·索普已经有500年了，诺福克郡没有比我们更有名的家族了。去年我到伦敦参加五十年节[1]，住在拉塞尔广场的一家旅店里，因为我们教区的帕克牧师住在那儿。那儿还有一位年轻的美国小姐叫埃尔西·帕特里克。于是我们成了朋友，还没

① 五十年节：每隔49年举行一次的天主教节日。——译注

福尔摩斯举起那张纸，让太阳光照在上面。

满一个月，我已经深深地爱上了她。我们悄悄在登记处结了婚，然后作为夫妻回到了诺福克郡。你会认为这是发疯吧，一个名门后代竟然这样就娶了一个他一无所知的妻子，不过如果你见了她，认识了她，你就会明白了。

“她在这一点上很直爽，埃尔西很直爽。她一直在给我机会让我改变主意，可是我不想这么做。‘我曾经跟一些可恶的人来往过，’她说，‘我想把这些都忘了。我希望永远不要提起过去，因为这会使我太痛苦。如果你愿意娶我，希尔顿，你娶的是一个没有任何事使她自己觉得羞愧的女人，可是你只能满足于我所说的话，允许我对我嫁给你之前的一切经历保持沉默。如果你认为这些条件太苛刻，那你就回诺福克去，让我继续过我孤独的生活吧。’就在我们婚礼的前一天，她对我说了这些话。我告诉她，我愿意相信她的话，而且我一直遵守着诺言。

“嗯，我们结婚已经一年了，一直很幸福。可是大概一个月以前，也就是6月底，我第一次看见了烦恼的先兆。一天，我妻子收到了一封美国来信。我看见了美国邮戳。她面色苍白，看完信就把信烧了。后来她再也没提到过那封信，我也没提，答应就是答应了。可是从那时开始，她再也没有片刻安宁。她脸上总是带着恐惧的神情——似乎在等待什么，盼望什么。她本来应该相信我，她会发现我是她最好的朋友。可是她不开口，我什么也不能说。请注意，她是一个值得依赖的女人，福尔摩斯先生，不管她过去有什么麻烦，也不是她的错。我只不过是诺福克郡的一个普通乡绅，可是全英格兰没有人比我们家族的声誉更高。她很清楚这一点，在嫁给我之前她就很清楚了。她绝不会让我的家族蒙羞——这我完全相信。

“好吧，现在我来说一说可疑的地方。大概一个星期以前——是上个星期二——我在一个窗台上发现了许多奇怪的跳舞的小人，跟这张纸上的一样。像是用粉笔画的。我以为是养马的小伙子画的，可是他发誓说什么都不知道。不管怎么说，那些画是在夜里画上的。我让人把画擦掉，后来对我妻子说了一声。让我吃惊的是，她对这件事非常认真，请我以后再有的话，一定要让她看一看。连着一个星期，什么也没出现，昨天早晨我在花园的日晷仪上发现了这张纸。我拿给埃尔西看，她立刻晕倒了。从那以后，她就像在做梦一样，晕晕乎乎的，眼睛里一直充满了恐惧。直到那时，我才写信，连同这张纸一块寄给了您，福尔摩斯先生。我不能把这张纸交给警察，他们肯定会嘲笑我，可是您会告诉我该怎么办。我不是一个有钱人，可是要是有什么危险威胁我的小女人的话，我一定会竭尽全力保护她。”

他是一位土生土长的英国美男子，纯朴、正直、温柔，长着一双诚实的蓝眼睛和清秀的脸庞。从他的脸上可以看出他对妻子的爱和信任。福尔摩斯聚精会神地听着他的故事，坐着沉思了一会儿。

“你不觉得，丘比特先生，”他终于说，“最好的办法就是跟你妻子谈一谈，让她把秘密告诉你吗？”

希尔顿·丘比特摇了摇头。

“诺言就是诺言，福尔摩斯先生。如果埃尔西想告诉我，她会跟我说的。如果她不愿意，我也不会强迫她。可是我总可以自己想办法吧——我一定得想办法。”

“那我会全心全意帮助你。首先，你有没有听说附近来了什么陌生人？”

“没听说。”

“我想那是一个非常僻静的地方。任何新面孔都会引起议论的，是吗？”

“在很近的地方，是这样。可是离我们不远，有几个饮牲口的地方，农民经常留人在那儿住宿。”

“这些符号显然是有含义的。如果只是随意画的，我们根本解决不了。不过，如果是有规律的，我相信我们可以把它弄清楚。可是这个图形太短，我也无从下手，你告诉我的情况太不确定，调查没有基础。我建议你先回诺福克，密切注意出现任何新的跳舞的小人，照原样临摹下来。那些用粉笔画在窗台上的跳舞的小人没有复制下来，实在太可惜了。还要仔细打探一下附近有没有陌生人。搜集到新证据之后，你再来找我。这是我能给你的最好的建议了，希尔顿·丘比特先生。如果有任何紧急的新发展，我随时可以赶到你在诺福克的家里。”

这次会见使福尔摩斯陷入了深思，接下来几天，我好几次看见他从笔记本里拿出那张纸条，久久地、急切地看着上面画的奇怪的符号。不过，他一直没提这件事，直到两个星期后的一天下午。我正准备出门，他把我叫了回来。

“你最好留在这儿，华生。”

“为什么？”

“因为我今天早晨收到了希尔顿·丘比特先生的电报——还记得希尔顿·丘比特先生吗，那些跳舞的小人？他1点20分到利物浦街，他随时可能到这儿。我从他的电报里推测，又发生了重要的新情况。”

我们等的时间不长，这位诺福克的乡绅从车站坐马车直接赶来了。他看上去焦虑而沮丧，眼神疲惫，额头上满是皱纹。

“这件事真让我受不了了，福尔摩斯先生。”说着，他像一个精疲力竭的人一屁股坐进椅子里。“感觉自己无形之中被人包围、被人算计已经够窝心的了，再加上又看到这件事在一点点儿地折磨我妻子，真让我受不了。她一点点儿地憔悴，就在我眼前一点点儿地憔悴。”

“她说什么了吗？”

“没有，福尔摩斯先生，她什么也没说。可是好几次，可怜的姑娘想开口，又鼓不起勇气。我想帮助她，可是我想我做得太笨拙了，反而吓得她不敢说了。她谈起我的古老的家族，我们在郡里的名气，我们引以为自豪的清白的声誉，我总以为就要说到这件事上了，可是话到嘴边就又岔开了。”

“可是你发现什么情况了吗？”

“很多情况，福尔摩斯先生。我又带来了几张新的跳舞的小人的图形给您，更重要的是，我看见那个家伙了。”

“什么，画画的人吗？”

“对，我看见他正在画了。不过我还是按顺序给您讲吧。上次我来拜访过您以后，第二天早晨我最先看见了一行新的跳舞的小人，是用粉笔画在工具房的黑木门上的，工具房就在草坪旁边，正对着前窗。我完完整整地照描下来了，就在这儿。”他打开一张纸放在桌子上，下面就是这幅图形：

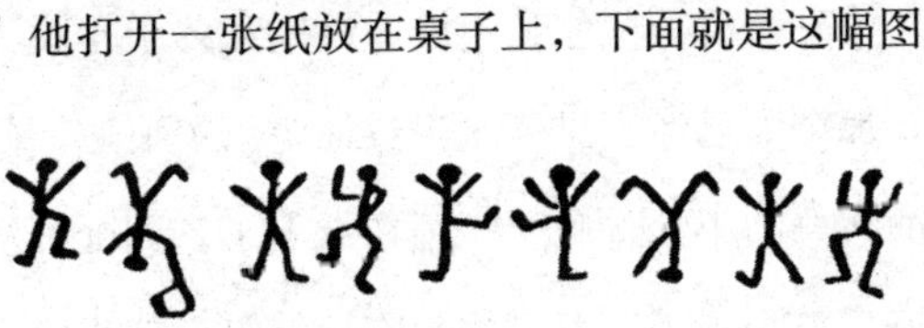

“太好了！”福尔摩斯说，“太好了！请继续。”

“照描完之后，我把这些符号都擦掉了，可是两天之后的早晨，新的图形又出现了。我又临摹了一张。”

福尔摩斯搓着双手，高兴得笑了出来。

“我们的材料积累得真快。”他说。

“三天以后，我在日晷仪上找到一张纸条，压在一块鹅卵石下。在这儿，你也看到了，这些小人跟上一张一模一样。后来我决心夜里守着，于是我拿出左轮手枪，坐在书房里不睡，从那儿可以俯视花园和草坪。大约凌晨两点，我坐在窗户旁边，除了外面的月光，一切都处于黑暗之中，这时，我听到身后传来脚步声，是我妻子穿着睡衣进来了，她求我上床睡觉。我坦白告诉她，我想知道是谁在这样捉弄我们。她说这只是毫无意义的恶作剧，让我别理它就是了。

“‘如果这事真让你生气的话，希尔顿，我们就去旅游，你和我，躲开这种讨厌的事。’

“‘什么，让一个恶作剧的人把我们从房子里赶走？’我说，‘不行，这样全郡的人都会笑话我们的。’

“‘行了，去睡吧，’她说，‘我们明天早晨再讨论吧！’

“正在我们说话时，在月光下，我看见她的脸色突然变得煞白，一只手紧紧抓住了我的肩膀。在工具房的阴影里，有什么东西在移动。我看见一个黑乎乎的人影弯着腰绕过墙角，蹲在门前。我抓起手枪想冲出去，妻子使劲把我抱住。我想挣脱她，可是她拼命抱住我不放。后来我终于挣脱了她，可是等我打开门来到门前时，那个人已经不见了。不过他留下了痕迹，门上又出现了一行已经出现过两次的跳舞的小人，我已经画在纸上了。到处都没有那个家伙的踪影，可我还是找遍了整个院子。可是让人吃惊的是，他肯定一直在那儿，因为

“我抓起手枪想冲出去，妻了使劲把我抱住。我想挣脱她，可是她拼命抱住我不放。”

当我早晨再看门上时，他在我看见的那行小人下面又画了一些图形。”

“新图形你有吗？”

“有；很短，不过我还是照描下来了，在这儿。”

他又拿出一张纸。新的舞蹈是这样的：——

“告诉我，”福尔摩斯说——看他的眼睛，我知道他非常兴奋——“这是加在第一行后面呢，还是完全独立的？”

“在另外一块不同的门板上。”

“太好了！这一点对我们至关重要。我心里充满了希望。那么现在，希尔顿·丘比特先生，请继续讲你这一段最有意思的故事吧。”

“没什么要说的了，福尔摩斯先生，除了那天晚上，我对我妻子很生气，我本来是可以抓住那个偷偷摸摸的恶棍的，她却把我拉住了。她说她害怕我会受伤。当时我脑子里突然闪过一个念头，也许她其实是害怕他受伤，因为我不怀疑她知道那个人是谁，画这些奇怪的符号想干什么。可是福尔摩斯先生，我妻子的语调、不容置疑的眼神使我相信她脑子里确实在想着我的安危。这就是整个情况，现在我需要您建议我怎么做。我自己想找五六个农场里的小伙子藏在灌木丛里，等这个家伙再出来时，狠狠地揍他一顿，以后我们才能安宁。”

“这么复杂的案子，简单从事恐怕不行。”福尔摩斯说，“你能在伦敦待多久？”

“我今天必须回去，无论如何不能让我妻子晚上一个人待在家里。她太紧张了，让我一定回去。”

“你说得对。可是要是你能待得住，说不定过一两天，我可以跟你一起回去。另外，你把这些纸都留给我，我很可能不久就可以去拜访你，帮助解决你的问题了。”

夏洛克·福尔摩斯保持着他职业性的沉着冷静，直到客人离开。可是我很了解他，我看得出来他其实非常兴奋。希尔顿·丘比特宽阔的背景刚从门口消失，我的朋友就冲到桌子旁边，把所有跳舞小人的图形都摆在眼前，开始进行精细复杂的分析了。我一连两个小时看着他画着、写着，完全沉浸在工作中，完全忘记了还有我在。有所进展的时候，他就吹着口哨，唱着歌；被难住的时候，他就皱起眉头，两眼茫然地坐着。最后，他满意地大叫一声，一下子从椅子上跳了起来，搓着两手在屋子里来来回回地走着，然后他在电报纸上写了一封长长的电报。“如果回电能像我希望的那样，你就可以在你的记录中添上一个有趣的故事了，华生。”他说，“我希望我们明天就能到诺福克郡去，给我们的朋友带去一些非常明确的消息，让他知道他烦恼的根源。”

我承认我心里充满了好奇，不过我知道福尔摩斯喜欢在他选好的时间，以他的方式宣布他的发现，于是我就等着，等到他认为适合向我说明的一天。

可是电报迟迟没有回音，我们不耐烦地等了两天，门铃一响，福尔摩斯就竖起耳朵听着。第二天晚上，希尔顿·丘比特来了一封信，说一切平静，只是当天早晨日晷仪的底座上出现了长长的一幅画。他在信里附来了那画：

福尔摩斯伏在桌子上，对着这张怪诞的图案看了几分钟，然后突然惊讶而沮丧地跳了起来。他的脸上因焦急而憔悴万分。

“我们不能再让这件事发展下去了。”他说，“今晚有到北沃尔瑟姆的火车吗？”

我找出时刻表。最后一班车刚刚开走。

“那我们明天提前吃早饭，坐第一班车去。”福尔摩斯说，“我们必须到场了。啊！我们盼着的电报来了。等一等，赫德森夫人，也许需要回电。不用了，正跟我想的一样。看完这封电报，我们更需要尽早让希尔顿·丘比特知道事情是怎么回事，因为我们这位纯朴的诺福克乡绅陷进了一个特别而又危险的罗网中了。”

事实证明果然如此，在我该结束这个我曾经以为幼稚、荒唐的故事的时候，我又一次感受到了当时心里所充满的忧虑和恐惧。如果我能给读者一个更美好的结局该有多好，可是这是在记录事实，我必须把这一连串奇怪的事件讲出来，这些事件使赖丁·索普庄园一度成为整个英格兰家喻户晓的一个名词。

我们刚刚在北沃尔瑟姆下车，说起我们的目的地，站长就急忙朝我们走过来。“我想你们是从伦敦来的侦探吧？”他说。

福尔摩斯脸上显得有些厌烦。

“你为什么会这么想？”

“因为从诺里奇来的马丁警官刚走。不过你们也许是外科医生吧。她还没死——至少最后的消息说她还没死。你们还赶得上救她——不过也只是为了送她上绞刑架罢了。”

福尔摩斯的脸上焦急万分。

“我们要去赖丁·索普庄园。”他说，“不过我们还不知道那儿发生了什么事。”

“太可怕了！”站长说，“他们都被枪打中了，希尔顿·丘比特先生和他夫人。她开枪打了丈夫，然后打了自己——用人是这么说的。男的已经死了，女的也没多大希望了。可怜，可怜，诺福克郡最古老的一个家族，最有声望的一个家族啊！”

福尔摩斯一句话也没说，匆匆上了一辆马车，在长长的7英里路程中，他没有开过口，我很少见他这么彻底地失望过。从伦敦来的路上他也一直心神不宁，我看见他一直忧心忡忡地焦急地翻着早报，可是现在，突然见到他最担心的事成为现实，他感到一种茫然的忧郁。他靠在椅背上，沮丧地想着这一切。然而周围有许多让我们感兴趣的东西，因为我们正穿过英格兰最独特的乡村地区，零零散散的房舍说明现在这里的人口并不多，周围方塔形的教堂矗立在平坦青翠的土地上，讲述着昔日东安格利亚的荣耀与繁华。一片边缘呈青紫色的

我们刚刚在北沃尔瑟姆下车，说起我们的目的地，站长就急忙朝我们走过来。

日耳曼海终于出现在诺福克海岸边缘，马车夫用马鞭指着从小树林中露出的两面老式砖木结构的山墙。“那就是赖丁·索普庄园。”他说。

马车驶到带有圆柱门廊的大门前，我看见了网球场旁边引发我们种种奇怪联想的黑色工具房和日晷仪。一个动作机敏、衣冠楚楚、留着胡子的小个子刚刚从一辆一匹马拉的马车上走下来。他自我介绍说是诺福克警察局的马丁警官，听到我同伴的名字时，他非常惊讶。

“哦，福尔摩斯先生，这件案子今天凌晨3点才发生。您怎么可能在伦敦就听说，而且跟我一样快地赶到现场了呢？”

“我已经料到了，我来是想阻止它发生。”

“那您一定已经掌握了我们所不知道的重要证据，因为据说他们是一对非常和睦的夫妻。”

“我只有跳舞的小人的证据。”福尔摩斯说，“我以后再给你解释这件事。另外，既然已经没法阻止这场悲剧，我非常希望用我所掌握的材料来伸张正义。你是愿意让我参加你的调查呢，还是让我独立行动？”

“如果能和您一起行动，我会感到非常自豪，福尔摩斯先生。”那位警官诚恳地说。

“既然这样，我希望立刻听取证词，检查现场，一点儿也不能耽误。”

马丁警官非常明智地让我的朋友自行其是，而他自己则满足于把结果记录下来。当地的外科医生是一个头发花白的老人，他刚刚从希尔顿·丘比特先生的房间里出来，他报告说夫人伤势严重，不过不一定致命。子弹是从她前额穿过去的，很可能要过一段时间她才能醒过来。至于她是被打伤还是自伤，他不敢冒昧表达明确的意见。无疑子弹是从近距离发射的。房间里只发现了一把枪，只打了两发子弹。希尔顿·丘比特先生的心脏被子弹打穿。可以认为是他先开枪打伤了妻子，然后又自杀，也可以认为她是凶手，因为手枪就在他们中间的地板上。

“有人动过他吗？”福尔摩斯问。

“除了那位夫人，我们什么也没动。我们总不能让她受伤躺在地上。”

“你到这儿多久了，医生？”

“4点钟到的。”

“还有别人吗？”

“有，这位警察。”

“你什么也没动过吧？”

“没动过。”

“你考虑得很周到。谁去请你来的？”

“女佣桑德斯。”

“是她报的警吗？”

“她和厨子金夫人。”

“她们现在在哪儿？”

“我想在厨房吧。”

“我们最好马上听一听她们怎么说。”

这间镶着橡木墙板、留着高高的窗户的旧门厅变成了调查办公室。福尔摩斯坐在一把老式的大椅子上，面容憔悴，毫不留情的眼睛里闪闪发光。我能从他眼睛里看出一种坚定不移的决心，他会矢志不渝地把调查进行下去，直到为他没能拯救的委托人报仇雪恨为止。这一群奇怪的人还包括衣着整齐的马丁警官、头发花白的老医生、我和一位呆头呆脑的乡村警察。

两个女人讲得很清楚。她们在睡梦中被一声爆炸声惊醒，紧接着又是一声。她们睡在两间连着的屋子里，金夫人冲进了桑德斯的房间里，她们俩一起下了楼。书房的门开着，桌子上点着一支蜡烛。男主人脸朝下趴在房间正中央，他已经死了。女主人蜷缩在窗户旁，头靠在墙上。她伤势严重，满脸是血。她大口大口地喘着气，可是说不出话来。过道里、房间里到处是烟雾，还有浓浓的火药味儿。窗户是关着的，而且从里面插上了，两人都可以确定这一点。她们立刻派人去找医生和警察。然后在马车夫和小马倌的帮助下，她们把受伤的女主人抬到卧室里。出事前夫妻两人已经上了床。女主人穿着衣服，男主人睡衣外面套着便袍。书房里什么东西都没动过。就她们所知，这对夫妻从来没吵过架。她们一直认为他俩是一对非常和睦的夫妻。

用人的主要证词就是这样。她们在回答马丁警官时，都肯定地说每扇门都从里面关上了，谁也不可能逃走。在回答福尔摩斯先生时，她们说刚从顶楼自己的房间里跑出来时，就闻到了那股火药味儿。“我请你注意这个事实。”福

在回答福尔摩斯先生时，她们说刚从顶楼自己的房间里跑出来时，就闻到了那股火药味儿。

尔摩斯对他的职业同行说，“现在，我想我们应该仔细搜查这间屋子了。”

书房很小，三面都摆满了书，一张写字台对着一扇普普通通的窗户，窗户正对着花园。我们首先注意到了那位不幸的绅士的尸体，他那魁梧的身躯就横躺在房间里。他衣着凌乱，说明他是突然从睡梦中惊醒的。子弹从正面打过来，穿过心脏后留在了身体里。他当时就死了，而且毫无痛苦。便袍和双手上也没有火药痕迹。据乡村医生说，女主人脸上有火药痕迹，可手上没有。

“手上没有痕迹什么也说明不了，不过手上如果有痕迹则可以说明一切。”福尔摩斯说，“除非火药装得很不合适，会朝后面喷出来，不然打多少枪也不会在脸上留下痕迹。我建议现在可以把丘比特先生的遗体搬走了。医生，我想你还没有取出打伤女主人的子弹吧？”

“需要做一次复杂的手术才能取出来。不过手枪里还有4发子弹。打了两发子弹，造成两处伤口，所以每一发子弹都有着落了。”

“好像是这样，”福尔摩斯说，“也许你还可以解释打在窗户上的那一发子弹吧？”

他突然转过身去，细长的指头指着离窗框最下面一英寸地方的一个窟窿。

“的确如此！”警官大声说，“您怎么看见的？”

“因为我在找它。”

“真奇妙！”乡村医生说，“您说得很对，先生。那就是又开了一枪。因为肯定还有第三者在场。可会是谁呢，他又是怎么逃走的呢？”

“这正是我们现在要解决的问题。”夏洛克·福尔摩斯说，“马丁警官，用人们说她们一离开房间就闻到一股火药味儿时，我当时说过这一点非常重要，你还记得吗？”

“记得，先生，可是我得承认我不太明白。”

“这说明在开枪时，窗户和门都是开着的，否则火药的烟雾不可能这么快就吹进屋子里，书房里有穿堂风才会这样。不过，窗户和门都只开了很短的时间。”

“您怎么证明这一点呢？”

“因为蜡烛还没有滴下蜡油来。”

“妙极了！”警官喊着，“妙极了！”

“确定案发当时门和窗户都是开着的，我相信案发时还有第三者在场，他就站在窗外朝屋里开了一枪。如果从屋里对着窗外这个人开枪，就可能打中窗框。我找了找，那儿果然有一个弹孔。”

“可是门和窗户怎么又被关上了呢？”

“女主人本能的第一个动作是关上窗户。不过，这又是什么？”

书桌旁有一个女士用的手提包——是一个鳄鱼皮镶银边的小巧精致的提

包。福尔摩斯打开提包，把里面的东西倒了出来——是20张英格兰银行50英镑的纸币，用橡皮圈捆在一起——没别的了。

“这得留着，还要出庭做证呢。”福尔摩斯把包连同里面的东西都递给了马丁警官。“现在我们得想办法解释这第三颗子弹了，从木头碎片来看，这发子弹显然是从屋里打出去的。我想再见一见厨子金夫人。金夫人，你说过你是被一声响亮的爆炸声惊醒的，你的意思是不是说比第二声响？”

“哦，先生，我是被爆炸声惊醒的，所以很难说。不过的确很响。”

“你觉得会不会是两发子弹几乎同时发射了？”

“我可不敢说，先生。”

“我相信肯定是这样。马丁警官，我想书房里没什么可研究的了。如果你愿意跟我一起走走的话，我们看看花园里还有没有什么新证据。”

外面有一座花圃，一直延伸到书房的窗前，我们来到近前，都不约而同地惊叫起来。里面的花都被踩倒了，潮湿的泥土上全是脚印。那是男人的大脚印，脚趾尤其细长。福尔摩斯在草丛和树叶中寻找着，像猎犬找回被打中的鸟儿一样。接着，他高兴地叫了一声，弯下腰捡起一个黄铜做的小圆筒。

“我就知道，”他说，“手枪有推顶器，这就是第三发子弹的弹壳。马丁先生，我想我们的案子差不多办完了。”

马丁警官对福尔摩斯神速巧妙的进展惊讶万分。开始时，他还想讲一讲自己的主张，可是现在，他心里无限钦佩，随时准备听从福尔摩斯的指引。

“您怀疑谁？”他问。

“我以后再解释，这个问题里有几个地方我还不能给你解释。既然我已经到这一步了，最好还是按我自己的想法办，然后再完整地解释整个经过。”

“您请便，福尔摩斯先生，只要我们能抓住凶手。”

“我不想故弄玄虚，不过行动的时候不可能进行冗长而复杂的解释。我已经掌握了所有的线索，就算这位女士再也无法清醒，我们仍然可以把昨晚发生的事一一设想出来，从而伸张正义。首先，我想知道这附近是否有一个叫‘埃尔里奇’的小旅馆？”

用人们都被问过了，可是谁也没听说过这个地方。小马倌记得有一个叫这个名字的农民住在东拉斯顿方向离此几英里的地方。事情有了点儿眉目。

“那是一个偏僻的农场吗？”

“很偏僻，先生。”

“昨晚这儿发生的事，他们可能还不知道吧？”

“可能不知道，先生。”

福尔摩斯想了一会儿，然后脸上现出一种奇怪的微笑。

福尔摩斯高兴地叫了一声，弯下腰捡起一个黄铜做的小圆筒。

“备好一匹马，孩子。”他说，“我想让你送一封信到埃尔里奇农场。”

他从口袋里掏出各种跳舞的小人的纸条，把它们摆在面前，在书桌上画了一会儿。最后他把一张纸条递给小马倌，告诉他一定要交到收信人手里，特别注意不要回答任何可能提出的问题。我看见信外面的字写得非常潦草，一点也不像福尔摩斯平时严谨的字体。信是写给诺福克郡东拉斯顿埃尔里奇农场的阿贝·斯莱尼先生的。

“警官，”福尔摩斯说，“我想你最好拍电报让人派警卫来，因为如果我估计正确的话，你可能有一个非常危险的犯人要押送到郡监狱去。送信的这个男孩可以把你的电报发出去。如果今天下午有火车回伦敦的话，华生，我想我们完全可以回去，因为我还有一项有趣的化学试验要完成，而且这项侦查工作马上就要结束了。”

年轻人带着信离开之后，夏洛克·福尔摩斯先生吩咐所有的用人如果有人要来拜访希尔顿·丘比特夫人的话，千万不能说出她的病情，不过要立即把他带到客厅里来。他叮嘱用人时态度非常认真。最后他领着我们走进客厅，说事情现在已经不在我们的控制之下了，我们尽量休息一下，看看会发生什么情况。医生已经离开去看他的病人了，只有我和警官留了下来。

“我可以用一种好玩而有益的方法，帮助你们消磨一个小时。”福尔摩斯说着，把椅子挪到桌子旁，把那几张画着跳舞小人的纸条在自己面前摆开。“至于你，亲爱的华生，我欠你一笔债，让你的好奇心至今没能得到满足。至于你，警官，整件事可以当作一次非常奇特的业务研究。我必须首先告诉你一些有趣的情况，那是希尔顿·丘比特先生到贝克街找我商量时说的。”然后他把我前面讲过的情况简单扼要地讲述了一遍。“我面前摆着的这些特别的临摹品，如果不是这场可怕悲剧的先兆，谁看了都会发笑的。我非常熟悉各种形式的密码，也写过关于这个问题的粗浅的论文，其中分析了160种不同的密码。可是，还得承认，这一种我还是第一次见到。发明这套方法的人的目的很明显，就是为了不让人看出这里传达的信息，并且让人以为只是孩子们信手涂抹的。

“不过，只要看出这些符号是代表字母的，再运用密码书写的规律来分析，结果就很简单了。我收到的第一条消息很短，只能比较确定这个符号代

表字母E。你们也知道，字母E是英文字母表中最常见的，它出现的频率非常高，即使在一个很短的句子中，它也是最常见的。在第一条消息中的15个符号中，4个是一样的，因此认为它就是字母E是合情合理的。有时候这个字母背着一面小旗，有时候没有，从小旗的分布来看，很有可能这些小旗是为了把这个  句子断成一个个的单词。我把这当成一个假设，记录下来这个符号代表字母E。

“可是现在最难的问题来了。除了E之外，英文字母的排列顺序并不很清楚，平均一页纸上出现的排列顺序在短短一句话里可能正好相反。简单来说，字母按出现次数排列的顺序是T、A、O、I、N、S、H、R、D和L；可是T、A、O、I几乎并驾齐驱，要把每一种组合尝试一遍得出一种含义，将会是一项没有止境的工作。所以我只好等着新材料。在我和希尔顿·丘比特的第二次会见中，他又给了我两个短句子和一条消息，像是——因为没有小旗——单独一句话。这些符号在这儿。在这个由5个字母组成的单词中，第二个和第四个字母都是E。可能是‘sever’（切断），或者是‘lever’（杠杆），也可能是‘never’（绝不）。毫无疑问，用最后一个词来回答一项请求是最有可能的，而且各种情况表明这是女主人写的一封回信。假设这是正确的，我们现在就可以说下列符号 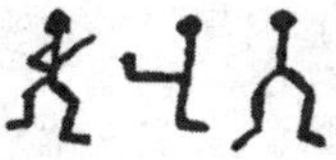 分别代表字母N、V和R。

“即使现在，我仍然觉得难度很大，可是一个很妙的想法使我知道了另外几个字母。我突然想到，如果像我想象的，这些恳求是从一个和女主人年轻时代起就非常亲近的人写来的话，那么两个E中间夹着另外3个字母的单词很有可能是‘ELSIE’（埃尔西）这个名字。我一检查，发现这个词曾经3次构成一句话的结尾。这肯定是在请求埃尔西。这样我又找到了字母L、S和I。可是会是什么请求呢？‘埃尔西’前面的一个单词只有4个字母，而且是以‘E’结尾

的，这个词肯定是‘COME’（来）。我又试了所有以E结尾的词，发现都不对。于是现在我就知道了C、O和M，再来试一试第一条消息，把它分成两个词，把还不知道的字母用点来代替。这么处理后，就成了下面这个样子：

.M. ERE.. E SL. NE

“这样第一个字母只可能是A，这是最有用的发现，因为它在一句话里出现了3次，第二个词里的H也非常明显。现在就变成了：

AM HERE A. E SLANE.

再把名字中所缺的字母添上：

AM HERE ABE SLANEY（阿贝·斯莱尼到此）

现在有了这么多字母，我可以很有把握地解释第二条消息了，这句话是这样的：

A. ELRI. ES

这里，我只有在缺字母的地方加上T和G才有意义（住在埃尔里奇），并且假设这个名字是写信人所住的某栋房子或小旅馆的名字。”

我和马丁警官聚精会神地听着我的朋友完整而清晰地讲着他如何找到答案，这把我们的一切疑问都解决了。

“后来您怎么做的，先生？”警官问。

“我有充分理由认为这个阿贝·斯莱尼是美国人，因为阿贝是一个美国式的缩写，而且这一切麻烦的起因又是一封来自美国的信。我还有充分的理由认为这件事中有犯罪的秘密在内。女主人暗示自己过去的话、不肯把实情告诉丈夫，都说明了这一点。因此我问纽约警察局的朋友威尔逊·哈格里夫，他也曾不止一次利用过我所知道的有关伦敦犯罪的情况。我问他知不知道阿贝·斯莱尼这个名字。这是回信：‘此人是芝加哥最危险的骗子。’我收到回信的当晚，希尔顿·丘比特给我送来了斯莱尼写的最后一条消息。根据我们已经知道的字母，这条消息是这样的：

ELSIE. RE. ARE TO MEET THY GO.

加上一个P和一个D就可以把这句话补充完整了（埃尔西，准备去见上帝），我知道这个恶棍已经从劝诱发展到恐吓了。据我对芝加哥骗子的了解，我想他会很快付诸实施。我立刻和我的朋友兼同事华生医生一起来到诺福克，可是不幸的是，最糟糕的情况已经发生了。”

“和您一起办案，我感到非常荣幸。”警官热情地说，“不过如果我话说得太坦率，您得原谅我。您只需向自己负责，可我却要向上级负责。如果这位住在埃尔里奇的阿贝·斯莱尼的确是凶手，我坐在这儿的时候他却跑了，我就有大麻烦了。”

“不用担心，他不会逃跑的。”

“您怎么知道？”

“逃跑就意味着承认自己有罪。”

“那就让我们去逮捕他吧。”

“我想他随时会到这儿来。”

“可是他为什么来这儿？”

“因为我写信请他来了。”

“可是这太难以置信了，福尔摩斯先生！为什么您邀请他，他就得来呢？”

“我想我知道怎么编那封信。”夏洛克·福尔摩斯说，“事实上，要是我没看错，那位先生正往这儿走呢。”

一个男人正大踏步走在通往门口的小路上。他是一个高大、潇洒、皮肤黝黑的家伙，穿着灰色法兰绒西装，戴着一顶巴拿马帽，浓密的黑胡须，咄咄逼人的大鹰钩鼻，一边走一边挥舞着手杖。他大摇大摆地走着，好像这个地方是他的一样，我们听到他响亮地按响了门铃。

“先生们，”福尔摩斯小声说，“我们最好都藏在门后。对付这种人一定得多加小心。你得准备好手铐，警官。让我来跟他谈。”

我们静静地等了一会儿——那是让人永生难忘的时刻。接着门开了，那个人走了进来。福尔摩斯立刻用手枪抵在他脑袋上，马丁把手铐套在他手腕上。

一切完成得那么快，那么熟练，这家伙还没明白怎么回事就无法动弹了。他发着火的眼睛挨个看着我们，然后突然苦笑起来。

“唉，先生们，这一次你们赢了。我好像撞上什么硬东西上了。不过我是收到希尔顿·丘比特夫人的信才到这儿来的。这件事里没她的份儿吧？她不会跟你们合伙给我设了这么个圈套吧？”

“希尔顿·丘比特夫人伤势严重，快要死了。”

那个人凄厉地叫了一声，声音传遍了整个房子。

“你疯了！”他拼命叫着说，“受伤的是那个男的，不是她。谁会伤害小埃尔西呢？我可能威胁了她，上帝饶恕我吧，可是我绝不会伤她一根头发。收回你的话——你！告诉我，她没有受伤！”

“发现她时，她伤势严重，倒在她死去的丈夫身边。”

他呻吟一声倒在长靠椅上，用被铐住的双手捂住自己的脸。有5分钟，他一句话也没说。接着他又抬起头来，绝望地说话了。

“我没有什么要向你们隐瞒的，先生们。”他说，“我开枪打了一个先向我开枪的人，这不算是谋杀。可是如果你们以为我会伤害这个女人，那你们就不了解我，也不了解她。我告诉你们，这个世界上没有第二个男人能像我爱她那样爱一个女人，我有权利娶她。很多年以前，她就发誓要嫁给我了。这个英国人凭什么分开我们？我告诉你们，我是第一个有权利娶她的，我只是在要求自己的权利。”

“当她发现你是什么样的人之后，就摆脱了你的势力。”福尔摩斯严厉地说，“她出逃美国为了躲避你，嫁给了一位体面的英国绅士。你紧追着她不放，使她痛苦万分，就是为了让她抛弃心爱的丈夫跟你这个让她又恨又怕的人逃跑。结果你让一个正直的人死于非命，逼得他妻子自杀。这就是你干的这件事的记录，阿贝·斯莱尼先生，你将受到法律的惩罚。”

“如果埃尔西死了，我也就什么都不在乎了。”那位美国人说。他张开一只手，看了看手里揉皱的一张信纸。“您瞧瞧，先生。”他眼睛里有些怀疑地

福尔摩斯用手枪抵在他脑袋上，马丁把手铐套在他手腕上。

他呻吟一声倒在长靠椅上，用被铐住的双手捂住自己的脸。

喊着，“您不是在吓唬我吧？如果她真像您说的伤势这么重，那又是谁给我写的这封信呢？”他把信往前扔到桌子上。

“是我写的，为了让你到这儿来。”

“您写的？除了我们帮会的人以外，没有人懂得跳舞的小人的秘密。您怎么写得出来呢？”

“既然有人发明，就有人看得懂。”福尔摩斯说，“有一辆马车会把你带到诺里奇，斯莱尼先生。不过，你还有点儿时间对你所造成的伤害稍加弥补。

希尔顿·丘比特夫人正蒙受杀害丈夫的重大嫌疑，只是因为有我在场，以及我碰巧掌握的材料，她才没有受到指控，这你知道吗？至少你应该向全世界声明，她对丈夫的惨死没有任何直接或间接的责任。”

“这最好不过。”这位美国人说，“我想最能证明她无罪的办法就是讲出全部事实。”

“我有责任警告你，这可能成为不利于你的证据。”警官带着英国刑法秉公办案的神情大声说。

斯莱尼耸了耸肩。

“我愿意冒这个险。”他说，“首先，我想让你们明白，埃尔西还是个孩子时，我就认识她了。我们这个芝加哥帮总共有7个人，埃尔西的父亲是帮会的头儿。他是个聪明人，这个老帕特里克。就是他发明了这种书写方法，除非你看得懂，不然就会以为是小孩在乱涂乱画。嗯，埃尔西对我们的事有所耳闻，可是她受不了这种事，而且她手里还有一些正经来路的钱，于是她就趁我们不注意的时候逃跑，跑到伦敦来了。我和她已经订婚了，如果我干了另一行，说不定她早就跟我结婚了，可是她无论如何也不愿意跟这些事有任何牵连。一直到她跟这个英国人结婚之后，我才找到了她。我给她写信，可是没有回音。后来我就到英国来了，既然写信没用，我就把要说的话写在她能看见的地方。

“嗯，我到这儿现在有一个月了。我住在那个农场里，在楼下租了一间房子，每天晚上都可以进进出出，没有人知道。我想尽办法想把埃尔西骗走。我知道她看了那些话，因为有一次她在下面写了一句回话。于是我急了，开始威胁她。她就给我写了一封信，求我离开，说如果损害了她丈夫的名声，她的心会碎的。她还说，如果我答应离开，再也不骚扰她，她会等到凌晨3点丈夫睡着以后，下楼在最下面那扇窗户那儿跟我说几句话。她下来了，还带着钱，想买通我走。我生气极了，就抓住她的胳膊，想把她从窗户里拽出来。正在这时，她丈夫拿着左轮手枪冲了进来。埃尔西瘫倒在地板上，我就和他面对面了。我手里也有枪，我举起手枪想把他吓跑，我好逃走。他开了枪，可是没打中我。我几乎同时也开了枪，他立刻倒下了。我连忙从花园里逃走，这时还听到身后关窗户的声音。这全是实话，先生们，每一句话都是真的，后来我就什么也不知道了，一直到这个小伙子骑马送信来，让我像个傻瓜似的走到这儿来，把自己送到你们手里。”

在这个美国人说话时，马车已经到了，两名穿制服的警察坐在里面。马丁警官站起来，碰了碰囚犯的肩膀。

“我们该走了。”

“我能先看看她吗？”

“不行，她还没醒。夏洛克·福尔摩斯先生，如果以后再有重要案件，我希望还能荣幸地有您在我身边。”

我们站在窗户前，看着马车驶走了。我转过身来，看见了犯人扔在桌上的纸团。那是福尔摩斯用来诱捕他的信。

“看看能不能看懂，华生。”他笑着说。

上面没有字，而是一行跳舞的小人：

“用我刚刚给你解释的密码，”福尔摩斯说，“你就会发现它的意思不过是‘马上到这里来’。我相信这个邀请他不会拒绝，因为他绝不会想到，这封信不是埃尔西写的。所以，亲爱的华生，最后我们把这些作恶多端的跳舞的小人变成有益的文字，我想我也履行了自己的诺言，给你的笔记本里增添一些不同寻常的东西。我们的火车是3点40分，我们还来得及回贝克街吃晚饭。”

最后，再说一句话结尾。那个美国人阿贝·斯莱尼在诺里奇冬季大审判中被判处死刑，可是考虑到一些可以减轻罪行的情况，再加上确实是希尔顿·丘比特先开的枪，因此他的刑罚改成了劳役。关于希尔顿·丘比特夫人，我只听说她完全康复了，现在仍然孀居，把全部精力用于照顾穷人和管理丈夫的产业。

孤身骑车人

从1894年到1901年间，夏洛克·福尔摩斯先生非常繁忙。可以说，在这8年中，公开的各种疑难案件没有不曾请教过他的，还有数百宗私人案件，其中许多是非常离奇、非常复杂的，他都在其中起过重要作用。在他连续工作的这段较长时期内，有许多惊人的成就，也有不可避免的失败。所有这些案件，我都保存了完整的记录，并且也亲自参加过其中许多案件的处理，因此不难想象，到底该选择哪些案件公之于众，绝不是一件容易的事。不过，我还是遵循以前的原则，首先选择那些不是以犯罪的凶残著称，而是以结果的巧妙和引人入胜的戏剧性案件。因此，现在我就要给读者朋友们讲述与查林顿的孤独骑车人瓦奥莱特·史密斯小姐有关的事情，以及我们调查到的奇特结局，这件事是以出人意料的悲剧告终的。的确，这些情况并未使我朋友因此著称的才能有所张扬，可是案件中有几点在我记录的那些长篇犯罪记录中显得非常突出，我正是从这些长篇记录中搜集素材写出这些小故事的。

我翻阅了1895年的记录，查出那是在4月25号星期六，我们首次听说了瓦奥莱特·史密斯小姐。我记得，福尔摩斯对她的来访非常冷淡，因为他当时正全神贯注于著名的烟草大王约翰·文森特·哈登的独特遭遇。那是个十分复杂而深奥的问题。我的朋友最喜欢的就是精确和思想集中，最恨正在办手头上的事时被打断。不过，他生性并不严苛，很难拒绝那位年轻漂亮的姑娘讲述她的遭遇。她身材苗条、举止优雅、仪态万方，而且又是这么晚的时候亲自来到贝克街请求福尔摩斯帮助和指点。福尔摩斯说他的时间都已经排满了也没有用，因为这位小姐非要讲自己的经历不可。很明显，只有动用武力才能让她离开。福尔摩斯露出无奈的神色，勉强笑了笑，请这位漂亮的不速之客坐下，把她的麻烦告诉我们。

“至少跟你的健康没关系吧。”福尔摩斯敏捷的眼睛迅速把她打量了一番说，“像你这样爱骑车的人，一定是充满活力的。”

她吃惊地看着自己的双脚，我发现她鞋底一边已经被脚蹬子磨得起毛了。

“没错，我经常骑车，福尔摩斯先生，这跟我今天来拜访您的原因有关。”

我的朋友拿起姑娘没有戴手套的手，不动声色地全神贯注检查着，就像科学家看标本似的。

我的朋友拿起姑娘没有戴手套的手，全神贯注检查着。

“我相信你会原谅我的，这是我的工作。”他放下姑娘的手说，“我差点儿误以为你是个打字员了，很显然你是个音乐家。华生，你注意到这两种职业都会有的刀型指尖了吗？不过，她脸上有一种风采”——他轻轻地把那张脸对着灯光——“这是打字员所没有的。这位小姐是一位音乐家。”

“没错，福尔摩斯先生，我教音乐。”

“从你的脸色来看，我想是在乡下吧。”

“对，先生，靠近法纳姆，在萨里边界上。”

“是一个非常美丽的地方，而且有很多非常有趣的联想。你还记得吧，华生，我们就是在那附近抓住那个造假币的阿奇·斯坦福德的。现在，瓦奥莱特小姐，在靠近法纳姆，萨里边界上发生了什么事吗？”

年轻小姐开放而又镇定，清晰地讲了下面这段离奇的话：

“我父亲已经去世了，福尔摩斯先生。他叫詹姆斯·史密斯，曾经是老帝国剧院的指挥。我和母亲在这个世界上没有别的亲人，只有一个叔叔拉尔夫·史密斯，他25年前去了非洲，从那以后，我们就没有他的任何消息。父亲去世时，我们生活很贫穷，可是有一天，有人告诉我们，《泰晤士报》登了一则广告，寻找我们的下落。您可以想象我们是多么兴奋，因为我们想是有人给我们留下了一笔遗产。我们立刻按报纸上登的姓名去找那位律师。我们在那儿又遇到了两位先生，卡拉瑟斯先生和伍德利先生，他们是从南非回来探亲的。他们说我叔叔是他们的朋友，他几个月以前在约翰内斯堡死于极度贫困中，他临死前请他们帮他找他的亲属，并务必使他的亲属不至于穷困潦倒。我们觉得很奇怪，拉尔夫叔叔活着的时候没有关心过我们，死了竟然还会想到照顾我们，可是卡拉瑟斯先生解释说，这是因为我叔叔刚刚听到他哥哥的死讯，觉得对我们负有责任。”

“对不起，”福尔摩斯说，“这次见面是在什么时候？”

“去年12月——，4个月以前。”

“请继续。”

“我觉得伍德利先生非常讨厌。他一直对我挤眉弄眼——他是个头发披散在额头两边、脸庞浮肿、长着红胡子的粗俗的年轻人。我觉得他实在面目可憎——我相信西里尔不愿意让我认识这样一个人。”

“哦，他叫西里尔！”福尔摩斯笑着说。

年轻的小姐红着脸笑了。

“是的，福尔摩斯先生，他叫西里尔·莫顿，是一个电气工程师，我们计划在夏末结婚。天哪，我怎么说起他来了呢？我想说的是，伍德利先生非常可恶，不过年纪大得多的卡拉瑟斯先生倒挺和气。他脸色灰黄，沉默寡言，脸刮得很干净，可是他举止文雅，笑容可掬。他问我们情况怎么样，发现我们很穷时，就建议我去教他10岁的独生女儿音乐。我说我不想离开我母亲，他建议我每个周末回家，每年可以付给我100英镑，这报酬当然十分优厚。于是我就答应了，来到离法纳姆大约6英里的奇尔特恩·格兰奇。卡拉瑟斯先生是一个鳏夫，不过他雇用了狄克逊夫人照料家事。老夫人非常令人尊敬，孩子也非常可爱，一切都让人满意。卡拉瑟斯先生非常和善，又热爱音乐，我们一起过了许多愉快的夜晚。每到周末，我就回到城里看望母亲。

“我的快乐生活中第一个缺憾就是红胡子的伍德利先生的到来。他来了一个星期，天哪，对我来说就像3个月！他是一个可怕的人，对谁都很霸道，对我就更糟糕。他丑态百出地表示爱我，吹嘘自己多么有钱，说只要我嫁给他，我就可以拥有伦敦最漂亮的钻石，我始终对他不理不睬。一天晚饭后，他竟然一把把我搂在怀里——他太强壮了——发誓说如果我不吻他，他就不放我走。这时，卡拉瑟斯先生进来把我拉走。他竟然对主人翻了脸，把他打倒在地，脸也被弄破了。他的来访就这么结束了。卡拉瑟斯先生第二天向我道歉，保证我以后绝不会再受到类似的侮辱。从那以后，我就没再见过伍德利先生。

“现在，福尔摩斯先生，我终于谈到今天来向您请教的具体事情了。您一定知道，我每星期六上午骑车到法纳姆火车站，好赶上12点22分的火车回城。从奇尔特恩·格兰奇出来的路很荒凉，有一个地方几乎没有人迹，这段路有一英里多长，一边是查林顿荒原，另一边是查林顿庄园外围的树丛。在到达克鲁克斯伯利山附近的公路以前，再也找不到比这里更荒凉的地方了，而且很难遇到一辆马车或者一个农民。两个星期前，我骑车经过这里，碰巧回过头，看见我身后200码的地方也有一个人骑着自行车。他看上去中等年纪，留着短短的黑胡须。到达法纳姆之前，我再回头看时，那个人已经不见了，我也就没再多想。可是福尔摩斯先生，当我星期一回来时，我又在那条路上看见了那个人，您能想象到我是多么惊讶。接下来的星期六和星期一，同样的事情又发生了，跟以前一模一样，我越来越惊讶。他一直跟我保持着距离，绝不打扰我，可是这件事还是太奇怪。我告诉了卡拉瑟斯先生，他似乎对我说的很感兴趣，告诉我他已经订购了一匹马和一辆轻便马车，将来我再经过那段偏僻的路时，就不用担心没有同伴了。

“马和轻便马车本来这星期就应该到了，可是不知什么原因没有运来，我又只好骑车到车站。这是今天早晨的事。来到查林顿荒原时，我留神一看，一点儿不错，那个人就在那儿，跟两个星期前一模一样。他一直离我很远，我看不清他的脸，不过肯定是我不认识的人。他穿着一身黑衣服，戴着一顶布帽子。我只看清他脸上的黑胡子。今天我不害怕了，却是满腹疑团，决定弄清楚他是谁，想干什么。我放慢车速，可是他也慢了下来。我干脆停下来，可是他也停住了。我想出了一个计谋。路上有一个急转弯，我飞快地骑过去，然后停下来等着。我以为他马上就会过来，而且来不及刹车就从我面前骑过去。可是他一直没有出现。我又回去，往拐弯的地方看。我可以看见一英里的路程，可是没看见他。更令人奇怪的是，这个地方并没有岔路可以让他走掉。”

福尔摩斯轻轻地笑着，搓着双手。“这件事确实有些独特。”他说，“从你拐过弯到你发现路上没人有多长时间？”

“两三分钟。”

“那他也不可能原路返回，而且你说也没有岔路？”

“没有。”

“我放慢车速，可是他也慢了下来。”

“那他肯定走了哪条小路。”

“不可能是灌木丛那一边，不然我就看见他了。”

“通过排除法，我们可以得到一个事实，他是往查林顿庄园去的，而据我所知，查林顿庄园就在路的一边。还有别的情况吗？”

“没有了，福尔摩斯先生。只是我很担心，除非见到您，得到您的指点，否则我没法安心。”

福尔摩斯沉默不语地坐了一会儿。

“跟你订婚的那位先生在什么地方？”他最后问道。

“他在考文垂的米德兰电气公司。”

“他不会突然来看你吧？”

“噢，福尔摩斯先生！我还不了解他？”

“你还有没有别的追求者？”

“我认识西里尔之前有过。”

“后来呢？”

“那就是这位可怕的伍德利先生了，如果他也算是追求者的话。”

“没有别的了？”

我们这位漂亮的委托人似乎有点儿为难。

“是谁？”福尔摩斯问。

“哦，这也可能只是我自己在胡思乱想，可是有时候，我觉得我的雇主卡拉瑟斯先生对我也感兴趣。我们经常见面。晚上我给他伴奏。他从来没说过什么。他是一位非常好的绅士。不过一个姑娘家，心里总是明白的。”

“哈！”福尔摩斯看上去很严肃。“他靠什么为生呢？”

“他是一个富有的人。”

“连马和马车都没有的人？”

“嗯，至少他相当富裕。不过他每星期进城两三天。他很关心南非的黄金股票。”

“有什么新进展你一定要告诉我，史密斯小姐。我现在很忙，不过我会抽出时间来调查你这件案子。另外，不要没通知我就采取行动。再见，我相信我们会听到你的好消息的。”

“这样的姑娘有追求者，这是很自然的。”福尔摩斯若有所思地抽着烟斗说，“不过不要选择在偏僻的路上骑自行车去追嘛。毫无疑问，这是一个偷偷爱上她的人。可是这件案子里有一些颇为奇怪而且令人深思的细节，华生。”

“就是他只在那个地方出现？”

“一点儿不错。我们首先要查明是谁租下了查林顿庄园的房子，然后再查卡拉瑟斯和伍德利之间有什么关系，因为这两个人简直截然不同。他们怎么可能都急于查找拉尔夫·史密斯的亲属呢？还有一点，家里离车站6英里也没有一匹马，却宁肯花市场两倍的价钱聘请一位家庭教师，这是什么治家之道啊？奇怪，华生——太奇怪了！”

“你想调查下去吗？”

“不，亲爱的华生，是你调查下去。这可能只是一个无足轻重的小阴谋，我不能因此中断别的重要的调查工作。星期一你一早就到法纳姆去，藏在查林顿荒原附近，你可以亲自观察这些事实，然后根据自己的判断行动。调查完庄园的住户以后，你就回来向我报告。现在，华生，在找到可靠的证据有望结案之前，我没什么可说的了。”

姑娘已经告诉我们她将乘坐9点50分离开滑铁卢站的火车，因此我一早出发，赶上了9点13分的火车。在法纳姆车站，我毫不费力地问明了查林顿荒原。错过让姑娘害怕的地段是不可能的，因为路两边一边是开阔的荒原，一边是古老的紫杉树篱，环绕着一座花园，花园里巨树参天，里面有一条长满地衣的石子路，两侧的石柱上满是破烂的纹章图案。可是除了中间这条车道以外，我还发现树篱上有几道缺口可以过人。从路上看不见房子，不过周围的一切都显得阴暗、破败。

荒原上点缀着一丛丛黄色的金雀花，在明媚的春日的阳光下闪闪发光。我在一丛花后选好藏身之处，既看得见庄园的大门，又看得见两边一大段路。我离开大路时，路上还空无一人，可是这时我看见一个人骑着车朝我来时的方向驶去。他穿着一身黑衣服，我看见他留着黑胡子。快到查林顿庄园尽头时，他跳下车，推车穿过一道树篱，从我的视线中消失了。

一刻钟过去了，又出现了一个骑自行车的人。这一次是那个姑娘从火车站来。我看见她骑到查林顿荒原时四下张望着。很快，那个男人就从隐身处走了出来，跳上自行车紧跟着姑娘。辽阔的荒原上只有两个行驶的身影，仪态万方的姑娘笔直地骑在自行车上，跟着她的那个男人却伏在车把上，一举一动都带着可疑的鬼鬼祟祟的迹象。姑娘回头看看他，放慢了车速。他也放慢下来。姑娘停下来。他也立刻停了下来，离她200码远。姑娘的下一个动作却出其不意地迅猛。她突然扭转车轮，直直地朝他冲了过去！可是那个人却像姑娘一样迅速，不顾一切拼命地逃跑了。她又回到路上，骄傲地扬着头，不屑于再理会那个不声不响的追随者了。他也转过身来，仍然保持着距离，直到转过弯我看不见他们为止。

我仍然躲在藏身的地方，这样做是明智的，因为那个男人很快就不慌不忙地骑车回来了。他拐进庄园大门下了车。我看见他在树丛中站了几分钟。他抬起双手，似乎在整理领带，然后又骑上车从我身旁经过，朝庄园骑去。我穿过荒原，从树丛中间看过去。我隐隐约约地看到了远处那座古老的灰楼和矗立的都铎式烟囱，可惜那条车道穿过一片浓密的灌木丛，我没看到那个人的踪影。

不过我觉得我今天早晨已经干了一件漂亮的事，便兴高采烈地走回法纳姆。关于查林顿庄园，当地的房地产经纪人什么也说不出来，指点我去蓓尔美尔一家著名的房地产公司。我回家途中到那里停留了一下，受到经纪人的热情款待。他说我不能租用查林顿庄园避暑了，我来得太晚了，一个月以前已经租出去了。租房子的是一位威廉森先生，他是一位体面的老先生。彬彬有礼的经纪人没有多说什么，因为他不能议论委托人的事。

当天晚上，夏洛克·福尔摩斯先生专心地听完了我的长篇报告，我期望得到他简短的称赞，也很重视他对我的称赞，可是一句也没有听到。相反，当他评论我做过的和没做到的事时，严峻的面容甚至比平时更加严肃。

“亲爱的华生，你的藏身之处实在太糟糕了。你本来应该躲在树篱里，仔细看看那个有意思的人。可实际上，你离得却有几百码远，告诉我的东西还不如史密斯小姐多。她说不认识那个人，我相信她认识。要不然，他为什么那么担心姑娘走近了看清他的面貌来？你说他一直伏在车把上。你看，这也是为了不被认出来。你干得实在太糟糕了。你回到家来，还想查出他是谁。你竟会跑到一个伦敦经纪人那儿去！”

“那我应该怎么做？”我有些激动地喊着。

“到最近的酒店里去，那是村子里的闲话中心。人们会告诉你每个人的名字，从主人到帮厨的女仆。威廉森！我一点儿印象也没有。如果他是位老先生，他就不是那个在姑娘迅速敏捷的追赶下仍然逃脱了的灵敏的骑车人。你这一趟远行又有什么收获呢？可以知道姑娘所说的都是真的，我从来没有怀疑过这一点；可以知道骑车人和庄园有关系，我也没有怀疑过这一点；可以知道庄园是威廉森先生租用的，谁能保证这一点呢？行了，行了，亲爱的华生，别灰心丧气了。我们只能一直等到这个星期六了，另外我要亲自做一两次调查。”

第二天一早，我们收到了史密斯小姐的信，简短而准确地讲述了我所见到的情况，可是信的要点却是在附言里：

福尔摩斯先生，当我告诉您我的处境变得非常困难，因为我的主人已经向我求婚时，我相信您一定会替我保守秘密。我相信他的感情是非常真挚、非常高尚的。当然，我也告诉他我已经订婚了。他把我的拒绝看得非常严重，但是又非常和气。可是，您一定能理解，我的处境有些尴尬了。

“我们这位年轻朋友看起来陷入困境了。”福尔摩斯看完信后，若有所思地说，“这件案子比我想象的有趣得多，进展的可能性也多得多。不过我还是应该到乡下去过一两天安静的日子，我想今天下午就去，并且检验一下我想到的一两个想法。”

福尔摩斯在乡下的安静日子的结局非常奇特，因为他深夜回到贝克街时，嘴唇划破了，额头上还青肿了一大块，样子也很狼狈，活脱脱一个苏格兰场调查的对象。他对自己的历险感到非常高兴，一边讲一边由衷地哈哈大笑着。

“积极锻炼总是有好处的，可惜我锻炼得太少。”他说，“你知道我精通一些英国旧式拳击，偶尔也能派上用场。比如说，今天要是没有这一手，我可就败惨了。”

我请他告诉我发生了什么事。

“我找到了给你建议过的乡村酒店，在那里小心翼翼地做了些调查。在酒吧间里，饶舌的店主把我想知道的一切都告诉了我。威廉森是一个白胡子老人，他和几个仆人住在庄园里。有谣言说他现在是牧师或者过去当过牧师，不过他住在庄园的短短的时间里发生了一两件事，使我觉得他不像牧师。我查询过一个牧师机构，他们说过去有一个叫这名字的牧师，但他的行为极不光彩。店主还对我说，庄园里一到周末总有些来客——‘是一伙下流胚，先生’，特别是一个留着红胡子，叫伍德利的先生，他总在那儿……我们正说到这儿，那位先生竟然走了进来，他一直在酒吧间喝酒，我们的谈话他全听到了。你是谁？想干什么？问这么多问题是什么意思？他口若悬河，辞藻华丽。他漫骂了一通，最后凶恶地反手一击，我没来得及躲开。接下来的几分钟就很有趣了。我给了那个凶恶的歹徒一连串打击，我就成了这个样子。伍德利先生是坐马车回去的。我的乡村旅行也就此结束了，我必须承认，虽然很有趣，但我的萨里边境之行并不比你更有收获。”

星期四，我们又收到了委托人的一封信。

“听到我要辞去卡拉瑟斯先生的聘请，福尔摩斯先生，”她说，“您不会感到吃惊吧。虽然报酬优厚，可我还是无法忍受这种难堪的境地。我星期六回城，不打算再回来了。卡拉瑟斯先生备好了一辆马车，所以如果说过去那条偏僻路上有什么危险的话，现在也都已经结束了。

“至于我离开的具体原因，不仅仅是我和卡拉瑟斯先生的尴尬关系，还因为那个可恶的伍德利先生又出现了。他一直很可怕，现在则显得更可怕了，他好像刚出了事，很不像样子。我是从窗户里看见他的，我很高兴没有遇到他。他和卡拉瑟斯先生谈了很长时间，之后卡拉瑟斯先生显得很激动。伍德利肯定就住在附近，因为他没在这儿过夜，而且我今天早晨又看到他在灌木丛里鬼鬼

“我给了那个凶恶的歹徒一连串打击。”

祟祟地活动。我很快就会在这里遇到这头凶狠的野兽了，我说不出有多么憎恨和害怕。卡拉瑟斯先生怎么能忍受这样的家伙？不过，我的麻烦星期六就要结束了。”

“我相信是这样，华生，我相信是这样。”福尔摩斯严肃地说，“围绕着这个姑娘正酝酿着一场阴谋，我们有责任保证不让别人在最后的旅行中骚扰她。华生，我想星期六早晨我们必须抽时间去一趟了，以便保证我们这次奇特而没有结论的调查不会导致任何不幸的结果。”

我承认直到现在，我并没有认真看待这件案子，我只觉得有些荒诞、怪异，而没觉得有什么危险。一个男人埋伏着等待一个漂亮的女人并且尾随着她，这也不是没听说过的事。这个人胆小得不仅不敢向她表白，而且姑娘接近的时候，他反而逃跑了，这就不是什么可怕的歹徒。那个恶棍伍德利则另当别论，不过除了那一次之外，他再也没有骚扰过我们的委托人，现在他来到卡拉瑟斯家，也没有闯到她面前。骑车人无疑就是人们所说的庄园周末聚会里的人，可是他是谁，想干什么却不清楚。福尔摩斯态度严肃，而且离开之前，他把一支手枪放进口袋里，这才使我觉得这一系列的怪事之后可能隐藏着悲剧。

晚上下了雨，第二天一早阳光灿烂，长满石南的乡村里点缀着一丛丛盛开的金雀花，对于厌倦了伦敦的阴郁和灰暗的人来说，显得更加美丽。我和福尔摩斯走在宽阔的沙石路上，呼吸着清晨新鲜的空气，欣赏着鸟语花香。从克鲁克斯伯利山山肩的坡路上，可以看见阴森森的庄园耸立在古老的橡树丛中，橡树虽然古老，比起环抱着的建筑物，却仍然显得年轻。福尔摩斯指着长长的一段路，这段路蜿蜒在棕褐色的荒原和一片嫩绿的树林间。远处有一个小黑点，那是一辆车正朝我们驶来。福尔摩斯焦急地叫了一声。

“我差了半个小时。”福尔摩斯说，“如果那是她的马车，她肯定要赶早点的火车了。华生，恐怕等我们赶上她时，她已经过了查林顿了。”

从走过路坡开始，我们就再也没见过那辆车，一直急着赶路，速度很快，我马上就显出了平时久坐的坏处，不得已落在后面。可是福尔摩斯一直锻炼有素，因为他有取之不竭的旺盛精力。他轻快的步伐一直没有放慢，突然，在我前面100码的地方，他停住了，我看见他举手做了一个伤心而绝望的手势。与此同时，一辆空马车拐过大路的转弯处，马慢步小跑着，缰绳拖在地上，马车吱吱嘎嘎地朝我们驶了过来。

“太晚了，华生，太晚了！”我气喘吁吁地跑到福尔摩斯旁边，他大声喊着，“我太傻了，竟然没想到她会赶早点的火车！一定是劫持，华生——劫持！谋杀！天知道！把路挡住！拦住那匹马！好了。现在上车，看看我能不能弥补我的大错造成的后果。”

“太晚了，华生，太晚了！”福尔摩斯大声喊道。

我们跳上马车，福尔摩斯调转马头，狠狠地抽了一鞭子，我们便顺着大道往回疾驶。转过弯后，庄园和荒原之间的整个地段就一目了然。我猛地抓住福尔摩斯的胳膊。

“就是那个人！”我倒抽了一口凉气说。

一个孤身骑车人正朝我们冲过来。他低着头，肩膀浑圆，全身的力气都用在脚蹬子上，像比赛似的骑得飞快。突然，他抬起长满胡子的脸，看见我们近在眼前，就停下车，从车上跳下来。他那乌黑的胡子和苍白的脸色形成鲜明的对比，他两眼放光，像发烧一样。他直直地盯着我们，盯着那辆马车，脸上流露出难以置信的表情。

“喂！停下！”他大声喊着，用自行车挡住我们的路。“你们怎么弄到这辆马车的！停下来，伙计！”他从侧面的口袋里掏出一把手枪，大喊着，“停下来，我说，不然我就把你的马打死。”福尔摩斯把缰绳扔到我腿上，跳下马车。

“我们想见的就是你。瓦奥莱特·史密斯小姐在哪儿？”福尔摩斯清晰而迅速地问道。

“我也正想问你们呢。你们在她的马车里，你们才应该知道她在哪儿。”

“我们在路上碰到这辆马车，车里一个人也没有，我们才把车驶回来想帮助那位年轻姑娘。”

“天哪！天哪！我该怎么办哪？”陌生人极度绝望地喊着，“他们把她弄走了，该死的伍德利和该死的牧师。快来，先生，如果你们真是她的朋友的话，赶快来，跟我一起去救她，就算让我陈尸查林顿也无所谓。”

他手里拿着枪，像疯了似的朝树篱中间的一个缺口跑去。福尔摩斯跟在后面，我把马放在路边吃草，也跟在福尔摩斯后面跑了过去。

“他们就是从这儿过去的。”那个人指着泥泞的小路上的几个脚印说，“喂！停一下！谁在灌木丛里？”

是一个大约十七八岁的小伙子，衣着像个马车夫，穿着皮裤，打着绑腿。他躺在地上，双膝蜷起，头上有一道可怕的伤口。他已经失去了知觉，不过还活着。我看一眼他的伤口，知道没有伤着骨头。

“是马车夫彼德。”陌生人喊着，“给姑娘赶车的就是他。这帮畜生把他拉下车用棍棒把他打伤了。让他躺着吧！我们救不了他，但是我们可以把一个女人从最悲惨的命运中救出来。”

我们发疯似的沿着蜿蜒在树林间的小路跑着。来到环绕在房子周围的灌木丛时，福尔摩斯停了下来。

“他们没进屋子。左边是他们的脚印——在这儿，在月桂树丛旁边！啊，我说得没错！”

正在这时，从前面一片浓密的绿色灌木丛中传来一个女人凄厉的喊声——是一种带着极度恐惧的颤抖的喊声。喊叫声在叫得最大时突然停下来，接着是一阵窒息声。

“这边！这边！他们在滚球场。”陌生人穿过灌木丛喊道，“啊，这些胆小鬼！跟我来，先生们！太晚了！太晚了！天哪！”

我们突然闯进一片古树环绕的可爱的林间草地，在草地尽头一棵大橡树的树荫下站着3个人。一个是女人，就是我们的委托人，低着头，已经晕过去了，嘴上蒙着手帕。对面站着一个相貌凶残、留着红胡子的年轻人，打着绑腿，叉着腿站着，一只手叉腰，另一只手挥着马鞭，流露出得意洋洋的架势。中间站着一个灰白胡子的老头儿，穿着浅色花呢衣服，外面罩一件白色的短法衣，显然刚主持完婚礼仪式，因为我们一到，他就把祈祷书装进口袋，拍了拍阴险的新郎的后背，兴高采烈地向他祝贺。

“他们结婚了！”我倒吸了一口气说。

“快来！”我们的向导喊着，“快来！”他穿过林中空地，我和福尔摩斯紧随在后。我们冲过去时，姑娘摇摇晃晃地靠在树干上。牧师威廉森嘲弄地向我们鞠了一躬，野蛮的伍德利大吼一声，得意忘形地向我们冲了过来。

“你可以摘掉胡子了，鲍勃。”他说，“我太了解你了。好吧，你和你的朋友来得正是时候，我正好给你们介绍一下伍德利夫人。”

我们的向导的回答很特别。他一把撕掉伪装的黑胡子，扔在地上，露出一张刮得干干净净的浅黄色的长脸。接着他举起枪，对准那个正挥舞着危险的马鞭冲上前来的年轻恶棍。

“没错，”我们的同伴说，“我就是鲍勃·卡拉瑟斯，我要看到保证这位姑娘安然无恙，就算绞死我也在所不惜。我警告过你，你要是敢骚扰她，我会怎么做，而且我会说到做到！”

“你来得太晚了。她已经是我妻子了！”

我们冲过去时，姑娘摇摇晃晃地靠在了树干上。

“不，她是你的寡妇。”

枪响了，我看见鲜血从伍德利胸前流出来。他尖叫一声转过身，仰面倒在地上，丑陋的红脸突然变得斑驳而苍白。那个老头儿仍然穿着法衣，突然破口大骂起来，那些脏话简直闻所未闻，他拔出自己的枪，可是还没等举起枪，福尔摩斯已经用枪对准他了。

“够了，”我的朋友冷冷地说，“把枪扔下！华生，捡起来！顶着他的头！谢谢！你，卡拉瑟斯，把枪也给我，都别动武了，来吧，给我！”

“你又是谁？”

“我叫夏洛克·福尔摩斯。”

“天哪！”

“看得出来，你听说过我的名字。在警察来之前，我先代表他们。喂，你！”他对着林中空地那边一个吓呆了的马车夫喊道，“到这儿来，赶快骑马把这张纸条送到法纳姆去。”他从笔记本上撕下一页纸，草草地写了几个字。“交给警察局局长。在他来之前，我只好先监管你们了。”

福尔摩斯那坚定的、主宰一切的气势控制了这一幕悲剧性的场面，所有人都乖乖地听他摆布。威廉森和卡拉瑟斯把受伤的伍德利抬进屋里，我扶着受惊的姑娘。把受伤的人放在床上后，福尔摩斯让我先给他检查一下。我向他报告结果时，他就坐在挂着挂毯的老式餐厅里，面前是他的两个囚犯。

“他不会死。”我说。

“什么！”卡拉瑟斯从椅子上跳了起来，“我先上楼把他干掉再说。那个年轻姑娘，那个天使，要一辈子受恶霸杰克·伍德利的控制吗？”

“这不用你管，”福尔摩斯说，“她根本不可能成为他的妻子，有两个非常充分的理由。首先，我们完全有把握怀疑威廉森先生主持婚礼的权利。”

“我受过圣职。”那个老无赖喊着。

“早就被免职了。”

“一天为牧师，终身为牧师。”

枪响了，伍德利尖叫一声转过身，仰面倒在地上。

“我可不这么想。那结婚证书呢？”

“我们有结婚证书，就在我口袋里。”

“那你们就是靠耍阴谋得来的。不过不管怎么说，反正强迫婚姻不成婚姻，而是非常严重的罪行，到时你们就会发现。往后你会有10年时间想清楚这一点，除非我说错了。至于你，卡拉瑟斯，你最好把枪放进口袋里。”

“我现在才开始这么想，福尔摩斯先生。可是我一想起为了保护这个姑娘，我所做出的一切预防措施——因为我爱她，福尔摩斯先生，我一生中第一次知道什么是爱——想到她落入了南非最残忍的恶魔手里，此人的名字从金伯利到约翰内斯堡人人害怕，我简直快发疯了。唉，福尔摩斯先生，您很难相信这一切，可是自从我聘请了这个姑娘以后，每次她从这栋房子经过时，因为我知道这帮恶棍藏在这儿，我都要骑着自行车护送她，以免她遭到危险。我和她保持着距离，还戴着胡子，让她认不出我，因为她是一个善良、品质高贵的姑娘，如果她知道是我骑着车在乡村道路上尾随着她，她肯定不会长期受我的聘用。”

“你为什么不告诉她有危险呢？”

“因为那样一来，她就会离开我，我不愿意接受这样的事。就算她不爱我，只要能在家里看到她秀丽的容貌，听到她的声音，我就很满足了。”

“嗯，”我说，“你说这是爱，卡拉瑟斯先生，可我要说这是自私。”

“也许两者都有。不管怎么说，我不愿意让她走。而且，周围有这帮人，最好还是有人在身边照顾她。后来我接到电报，知道他们准备行动了。”

“什么电报？”

卡拉瑟斯从口袋里掏出一封电报。

“就是这个。”他说。

电报简明扼要：

老头儿已死。

“唔！”福尔摩斯说，“我想我已经明白这是怎么回事了，而且我也明白，就像你所说的，这封电报为什么会让他们走向极端。我们一边等，你们一边尽可能把知道的都告诉我。”

那个穿白色法衣的老恶棍脱口说出了一连串的脏话。

“我发誓，”他说，“鲍勃·卡拉瑟斯，如果你敢泄露我们的秘密，我就要用你对付杰克·伍德利的手段来对付你。你可以随心所欲地编造那个姑娘的事，因为这是你自己的事，可是你要是敢把你的老朋友出卖给这位便衣警察，那你就要倒霉了。”

“牧师阁下用不着这么激动。”福尔摩斯点着一支烟说，“这件案子显然对你们不利，我只是出于个人好奇，想问几个细节而已。不过，如果你们不方便告诉我，那就让我来说吧，你们也就明白你们还能隐藏多少秘密了。首先，你们3个人从南非来玩这场把戏——你威廉森，你卡拉瑟斯，还有伍德利。”

“头号谎言。”老头儿说，“两个月以前我才头一次见到这两个人，而且我一辈子也没去过南非，所以你可以把这个谎言放进烟斗里一块儿烧了，爱管闲事的福尔摩斯！”

“他说的都是真的。”卡拉瑟斯说。

“好吧，好吧，是你们俩来的。尊敬的牧师阁下是我们的国产货。你们在南非结识了拉尔夫·史密斯。你们有理由相信他活不了多久了。你们发现他的侄女要继承他的遗产。怎么样——嗯？”

卡拉瑟斯点着头，威廉森咒骂着。

“毫无疑问，她是最近的亲属，你们也知道老人不会留下遗嘱。”

“不会读，也不会写。”卡拉瑟斯说。

“所以你们就来了，你们俩一起来寻找这位姑娘。你们是想其中一个跟她结婚，另一个分得部分赃款。出于某种原因，伍德利被选上做丈夫。为什么呢？”

“我们旅途中用她做赌注打牌。他赢了。”

“我明白了。你们把姑娘请到家里，伍德利可以在那儿追求她。她看出伍德利是个酗酒的恶棍，坚决不愿和他来往。同时，你也爱上了这位姑娘，这就打乱了你们的安排。你再也无法容忍让这个恶棍占有这位姑娘了。”

“没错，天哪，我实在容忍不了！”

“于是你们争吵起来。他气冲冲地走了，把你撇在一边，开始打起自己的算盘来。”

“威廉森，我们也没多少可以告诉这位先生的了。”卡拉瑟斯苦笑着大声说，“没错，我们吵了一架，他把我打倒了。不过我们俩在这方面是不相上下的。后来我就没见过他。原来当时他在这里认识了这位被免职的牧师。我发现他们把这儿的房子租了下来，这正是她去火车站必须经过的地方。从此以后，我就留心盯着她，因为我知道有人要加害于她。我时不时地看见他们，因为我急于知道他们到底想干什么。两天前，伍德利带着这封电报来到我家里，电报上说拉尔夫·史密斯已经去世。他问我还愿不愿意遵守条约。我说不愿意。他问我愿不愿意跟那个姑娘结婚，然后分一笔财产给他。我说我愿意，可是姑娘不愿意。他说，‘我们先把她娶到手，过一两个星期，她的看法可能就不一样了。’我说我不愿意动用武力。于是他就骂骂咧咧地走了，表现出一个出言不逊的无赖本质，并且发誓说他一定要把她弄到手。她这个周末就要离开我，我弄到一辆轻便马车送她去车站，但我还是放心不下，就骑上自行车跟在后面。可是她已经走了，没等我追上她，不幸的事就发生了。我一看到你们两位先生赶着她的马车回来，就知道情况不妙了。”

福尔摩斯站起来，把烟蒂扔进壁炉。“我的感觉一直很迟钝，华生。”他说，“你在报告中说你看见那个骑车人在灌木丛里整理领带，这一件事本来就足以告诉我一切。不过，我们还是应该庆幸，遇上了一件奇怪而又有些独特的案子。我看见车道上来了3位乡村警察，而且很高兴地看到那个小马车夫也能跟上他们。看来，不管是他还是那个有趣的新郎，在今天早晨的历险中都没有受重伤。华生，我想你可以凭借你的医术照料史密斯小姐，并且告诉她，等她完全康复了，我们就送她回她母亲家去。如果她还没有康复，你就暗示说，我们打算给米德兰的一位年轻工程师拍电报，她很可能就会痊愈了。至于你，卡拉瑟斯先生，我想你对你所参与的阴谋活动，已经尽可能地进行了补救。这是

福尔摩斯站起来，将烟蒂扔进壁炉。

我的名片，如果在审判中，我的证词能对你有所帮助的话，请随时通知我。”

在我们接连不断的活动中，读者诸君很可能已经发现，我很难对我的叙述加以润色并且提供好奇之士们所期待的最终结果。每一件案子都是另一件案子的序幕，而且危机一过，那些演员就永远从我们忙乱的生活中消失了。不过，我还是找到了有关这件案子的手稿，手稿结尾有一段简要记载，瓦奥莱特·史密斯小姐的确继承了一大笔遗产，她现在是西里尔·莫顿的妻子，莫顿和肯尼迪都是威斯敏斯特著名的电气工程师，两人合伙创办了公司，西里尔是公司的高级合伙人。威廉森和伍德利都因绑架和伤害罪受到审判，威廉森被判处7年徒刑，伍德利被判处10年。至于卡拉瑟斯的命运，我没有记录，不过我相信法庭不会严重地看待他所犯的伤害罪，因为伍德利才是一个十恶不赦的恶棍，我想几个月的监禁已足以维护正义了。

修道院公学

在贝克街这个小小的舞台上，我们见到了许多大人物入场、退场，可是没有什么比荣获过硕士、博士学位的桑尼克罗夫特·赫克斯泰布尔的首次出场更突然、更令人震惊的了。那张几乎印不下他所有的学术头衔的小名片刚送进来几秒钟，他就紧跟着进来了——身材高大、仪表不凡、气宇轩昂，看上去非常稳重，泰然自若。可是门一关上，他竟摇摇晃晃地靠在桌子上，接着就跌倒在地板上，魁梧的身躯倒在壁炉前的熊皮地毯上，失去了知觉。

我们急忙站起来，默默地盯着这具庞大的躯体，显然在他生命的海洋上突然掀起了致命的风暴。福尔摩斯急忙拿起一个靠垫放在他脑袋下面，我赶紧把白兰地递到他嘴边。那张阴沉而苍白的脸庞上布满了忧愁的皱纹，他双目紧闭，眼窝发黑，松弛的嘴角悲哀地下垂着，脸颊上的胡须没有修剪，显得凹凸不平。

“怎么回事，华生？”福尔摩斯问。

“极度衰竭——可能只是因为饥饿劳累。”我一边说，一边用手搭着他微弱的脉搏，那里生命的流动仿如一线游丝。

“麦克尔顿的回程票，在英格兰北部。”福尔摩斯从来人放表的口袋里拿出一张车票说，“现在还不到12点，他一定动身很早。”

来人紧闭的眼睑开始颤动，他抬起一双失神的灰色眼睛看着我们。紧接着他爬起来，羞愧得满脸通红。

“请原谅我的衰弱，福尔摩斯先生，我有点儿太累了。谢谢您，最好能给我一杯牛奶和一块饼干，我就会好多了。我亲自前来，福尔摩斯先生，是想让

他双目紧闭，那张阴沉而苍白的脸上布满了忧愁的皱纹。

您跟我一起回去。我怕拍电报无法让您相信这件案子十分紧迫。”

“等你先恢复好了——”

“我已经好了。想不到我变得这么虚弱。福尔摩斯先生，我希望您和我一起坐下一趟火车去麦克尔顿。”

我的朋友摇摇头。

“我的同事华生医生可以告诉你，我们现在很忙。我需要处理费勒斯文件案，阿伯加文尼谋杀案很快就要开庭。只有非常重大的案件才能让我离开伦敦。”

“重大！”来人摊开双手说，“难道您没有听说霍尔德内斯公爵的独生子被绑架的事吗？”

"什么！那位前内阁大臣吗？"

"一点儿不错。我们努力不让新闻界知道，可是昨晚环球剧院有了一些谣言。我想也许传到您耳朵里了。"

福尔摩斯伸出又瘦又长的胳膊，从他的百科参考资料中拿出"H"卷。

"'霍尔德内斯，第六任公爵，嘉德勋爵[1]，枢密院顾问。'——头衔够多的！'贝弗利男爵、卡斯顿伯爵'——天哪，真够长的！'1900年起任哈勒姆郡治安长官。1888年与查尔斯·阿普尔多尔爵士的女儿伊迪丝成婚。继承人独子萨尔蒂尔勋爵。拥有约25万公顷土地。在兰开夏郡和威尔士有矿产。住址：卡尔顿住宅区，哈拉姆郡霍尔德内斯府邸，威尔士班戈卡斯顿城堡。1872年海军大臣，首席国务大臣——'嗯，此人当然是皇室最伟大的臣民之一了！"

"最伟大也可能是最富有的。福尔摩斯先生，我知道您专业精通，而且愿意为事业竭尽全力。不过，我可以告诉您，公爵大人亲口对我说，谁能告诉他儿子在哪儿，就可以得到一张5000英镑的支票；谁能说出绑架他儿子的人，就可以再得到1000英镑。"

"报酬实在是太丰厚了。"福尔摩斯说，"华生，我看我们应该陪赫克斯泰布尔博士去英格兰北部一趟。赫克斯泰布尔博士，等你喝完牛奶，麻烦你告诉我发生了什么事，什么时候、怎么发生的，最后告诉我，麦克尔顿附近修道院公学的桑尼克罗夫特·赫克斯泰布尔和此事有什么关联，他为什么会在事发3天后——你的胡须说明已经过了3天——来请求我微薄的帮助。"

客人喝完牛奶，吃完饼干。他的眼睛里有了一些光芒，脸颊也红润起来，这时他才开始清晰有力地叙述事情的经过。

"我必须告诉你们，先生们，修道院是一所预备学校，我是学校的创建人兼校长。《赫克斯泰布尔关于贺拉斯之管见》或许能让你们想起我的名字。修

---

① 嘉德勋爵：英国骑士的最高等级。——译注

道院毫无疑问是全英格兰最优秀的预备学校。莱弗斯托克勋爵、布莱克沃特伯爵、卡思卡特·索姆斯爵士——都把儿子交给了我。可是3个星期以前，霍尔德内斯公爵派他的秘书詹姆斯·怀尔德先生来告诉我，他准备把他的独生子和继承人——10岁的萨尔蒂尔勋爵交给我管教时，我觉得我的学校达到了鼎盛时期，却万万没想到这竟是我一生中最悲惨厄运的前兆。

“5月1日，那个孩子来了，那时刚好夏季学期开始。他是一个可爱的孩子，很快就适应了学校的生活。我可以告诉您——我相信我说话一向谨慎，可是在这种情况下，不说真话就太荒唐了——他在家里不太快乐。这是个公开的秘密，公爵的婚姻生活并不平静，最后双方同意分居，公爵夫人在法国南部定居。这事就发生在不久之前，人人都知道这个孩子对母亲有非常深厚的感情。母亲离开霍尔德内斯府之后，他一直闷闷不乐，因此公爵才打算把他送到我的学校来。这个孩子到学校才两个星期，就和我们非常熟悉了，而且显得非常快乐。

“最后一次有人见到他是在5月13日晚上——也就是上个星期一。他的房间在三层，要穿过一个大点儿的房间才能进去，大房间里睡着两个男孩。这两个孩子什么也没看见，什么也没听见，因此可以肯定小萨尔蒂尔没有从这儿走出去。他的窗户开着，一棵茁壮的常春藤连到地面。我们在下面没有发现脚印，但是可以肯定，这是唯一的途径。

“星期二早晨7点钟发现他失踪了。床上有睡过的痕迹。他走之前已经穿戴整齐，穿着他平时的校服，黑色的伊顿上衣[①]和深灰色的裤子。也没有外人进来过的痕迹，如果有任何厮打或喊叫的声音肯定能听到，因为睡在里间屋里的年龄稍大的孩子康特睡觉一向很轻。

“发现萨尔蒂尔勋爵失踪后，我立刻召集全校点名，所有的学生、教师，

① 伊顿上衣：英国著名的伊顿公学所穿的校服上衣，长袖，前胸翻领较大，长短仅及腰部。——译注

包括仆人。直到这时我们才确定萨尔蒂尔勋爵不是一个人出走的。德语教师海德格也不见了。他的房间在三楼，在楼的另一头，和萨尔蒂尔勋爵的房间对着同一个方向。他的床上也有睡过的痕迹，可是他显然没有穿好衣服就走了，因为他的衬衣和袜子还扔在地板上。他无疑是顺着常春藤爬下去的，我们可以看见他落脚的草地上都是他的脚印。他的自行车就放在草地旁边的一间小棚子里，现在也不见了。

“他在这儿已经有两年了，来的时候带来的推荐评语非常好，可是他是一个忧郁的、沉默寡言的人，不管教师还是学生们都不太喜欢他。根本查不到逃亡者的踪迹，到了星期四，我们还和星期二一样一无所知。当然我们立即去霍尔德内斯府查询过。霍尔德内斯府只有几英里远，我们猜他也许突然想家，回到他父亲那儿去了，可是谁也没有他的消息。公爵本人非常焦虑——至于我，你们也看到了，担忧和责任感已经使我筋疲力尽了。福尔摩斯先生，我请求您能全力以赴处理这个案件，因为这是您一生中最值得办的一件案子。”

夏洛克·福尔摩斯专心致志地听着这位不幸的校长的叙述。他紧皱双眉，说明他已经开始全神贯注地思考问题了，用不着再劝说他，这件案子除了报酬非常优厚外，也满足了他对于复杂和不寻常案件的喜好。他拿出笔记本，记下了几点情况。

“你太疏忽了，应该早点儿来找我。”他严肃地说，“直到出现了重大障碍，才让我开始调查。比如说，如果让专家来调查，就不会查不出常春藤和草地上的线索。”

“这不能怪我，福尔摩斯先生。公爵大人绝对不想造成任何丑闻。他担心这会把他的家庭不幸公之于众。他非常害怕出现类似情况。”

“官方不是已经做了一些调查了吗？”

“对，先生，可是结果令人大失所望。很快就有了明显的线索，据说，有人从邻近火车站看见一个孩子和一个年轻人登上了早班列车。直到昨天晚上，我们才知道这两个人一直被跟踪到利物浦，后来证明他们跟这件案子毫无关系。我在绝望和失望中度过了一个不眠之夜后，就坐早班火车直接到您这儿来了。”

“我想在追踪这个假线索的时候，本地的调查就放松了吧？”

“完全停止了。”

“所以3天时间就浪费了。这个案件的处理太不妥当了。”

“我感觉到了，也承认这一点。”

“可是这个问题最终还是能够解决的。我很愿意进行调查。你查到这个失踪的孩子和那位德语老师之间有什么关系了吗？”

“毫无关系。”

“他在那位老师班里吗？”

“不在，而且据我所知，他没跟那位老师说过一句话。”

“这真是太奇怪了。孩子有自行车吗？”

“没有。”

“别的自行车有丢的吗？”

“没有。”

“确定吗？”

“很确定。”

“嗯，你的意思是说，那个德国人不可能在漆黑的夜里抱着一个男孩骑着自行车走，是吗？”

“当然不可能。”

“那你认为是怎么回事？”

“这辆自行车也许只是个幌子，可能藏在了什么地方，然后两个人走掉了。”

“很有可能，不过这个幌子太荒谬了，对不对？棚子里还有别的自行车吗？”

“有几辆。”

“如果他想让人以为他们是骑自行车跑掉的，他难道不会先藏起来两

“那你认为是怎么回事？”

辆吗？”

“我想他会。”

“当然会。幌子的说法行不通。可是这件事却可以作为调查的良好开端，想隐藏或者毁掉一辆自行车毕竟不那么容易。还有一个问题，孩子失踪的前一天，有人来看他吗？”

“没有。”

“他收到过信吗？”

“收到过，有一封。”

“谁的信？”

“他父亲的。”

“你平时拆过孩子的信吗？”

“没有。”

“那你怎么知道是他父亲的信呢？”

“信封上有他家的家徽，而且笔迹也是公爵特有的刚劲笔迹。另外，公爵也记得写过信。”

“这之前他收到信是什么时候？”

“几天以前。”

“他收到过法国来信吗？”

“没有，从来没有。”

“你当然明白我这个问题是什么意思。孩子要么是被劫持的，要么是自愿出走。在后一种情况下，可以想象，只有外界的唆使才会让这么小的孩子做出这样的事。既然没有人来看他，教唆一定来自信里。所以我才想弄清楚他和谁通信。”

“恐怕我帮不了多大忙。据我所知，唯一和他通信的就是他父亲。”

“在他失踪当天写信给他。父子两人的关系亲近吗？”

“公爵跟谁都不亲近。他致力于处理公众的重大问题，对于普通的情感完全无动于衷。不过，就他本人来说，他对这个孩子还是很和善的。”

“可孩子还是同情母亲？”

“对。”

“他这么说过吗？”

“没有。”

“那公爵呢？”

“上帝，也没有。”

“那你怎么会知道呢？”

“我和公爵大人的秘书詹姆斯·怀尔德先生私下里谈过。萨尔蒂尔勋爵的感受是他告诉我的。”

“我明白了。顺便问一下，公爵的最后一封信——孩子走了之后，在他屋里发现了吗？”

“没有，他把信带走了。我想，福尔摩斯先生，我们该动身去尤斯顿了。”

“我去叫一辆四轮马车。一刻钟后，我们就听从你的召唤了。你可以拍一封电报回去，赫克斯泰布尔先生，最好让周围的人都以为调查仍然在利物浦进行，或者是那个假线索让你们想到的任何地方。同时，我要在你的学校附近悄悄地做点儿工作，也许味道还没有完全消失，我和华生这两只老猎犬还能嗅出来点儿东西。”

当天晚上，我们就来到了空气凉爽、令人心旷神怡的皮克镇，这里就是赫克斯泰布尔博士著名学校的所在地。我们到时，天已经黑了。门厅的桌上放着一张名片，管家对主人耳语了几句，博士非常激动地转过身来。

“公爵来了，”他说，“公爵和怀尔德先生在书房里。来吧，先生们，我来介绍你们认识。”

当然了，我很熟悉那位著名政治家的照片，可是他本人和照片大不相同。他身材高大，神态庄严，衣着考究，脸庞瘦而憔悴，鼻子长得很怪，又长又弯。他面如死灰，在长而稀疏的红润的胡须映衬下，脸色显得更吓人，胡须垂在他雪白的背心上，表链在流苏中闪闪发光。公爵就这样神态庄严地站在赫克斯泰布尔博士家的壁炉前的地毯中央，冷冷地看着我们。旁边站着一个年轻人，我知道一定是他的私人秘书怀尔德。他个子不高，神态慌张而警觉，淡蓝色的眼睛显示着聪明，面孔富于变化。他马上用尖刻而肯定的语调开始了谈话。

“今天早晨我打电话来，赫克斯泰布尔博士，太晚了，没能阻止你前去伦敦。我知道你的目的是邀请夏洛克·福尔摩斯先生来调查这件案子。公爵大人非常吃惊，赫克斯泰布尔博士，你竟然不跟他商量就走了这一步。”

“我知道警察无法——”

“公爵大人绝不认为警察无法处理。”

公爵神态庄严地站在赫克斯泰布尔博士家的壁炉前的地毯中央，冷冷地看着我们，旁边站着一个年轻人。

“可是真的，怀尔德先生——”

“你非常清楚，赫克斯泰布尔博士，公爵大人极力避免让公众知道。他希望知道的人越少越好。”

“这很容易补救。”受威吓的博士说，“夏洛克·福尔摩斯先生明天一早可以返回伦敦。”

“不用，博士，不用。”福尔摩斯毫不在意地说，“北方的空气非常舒适，令人精神振奋，所以我想在你们的荒原上住几天，好好地想一想。是让我住在你家里，还是住乡村旅馆，当然由你来决定。”

我看得出可怜的博士十分犹豫，但是红胡须公爵那低沉而响亮的声音帮了他的忙，那声音简直像晚饭的铃声。

“赫克斯泰布尔博士，我同意怀尔德先生的意见，你应该先跟我商量一下。不过既然你已经告诉了福尔摩斯先生，不请他帮忙就太荒谬了。千万不要住旅馆，福尔摩斯先生，如果你愿意跟我一起住到霍尔德内斯府来，我会非常高兴。”

“谢谢公爵大人。为了调查方便，我想留在案发现场会更明智一些。”

“随便你，福尔摩斯先生。当然了，你可以随时向我和怀尔德先生了解任何情况。”

“我很可能要去府上见您。”福尔摩斯说，“现在我只想问问您，先生，您对儿子的神秘失踪有什么想法吗？”

“没有，先生，我没什么想法。”

“请原谅我会提到让您痛苦的事，不过我也是不得已。您觉得公爵夫人会不会跟这件事有关系？”

可以看出这位伟大的大臣有些犹豫不决。

“我想没有。”他最后说。

“另外一个最明显的解释就是这个孩子被绑架了，目的是为了索取赎金。没有人向您勒索吧？”

“没有，先生。”

“还有一个问题，公爵大人。我知道案发当天，您给儿子写过一封信。”

“没有，我是前一天写的。”

“没错，可他是当天收到的吧？”

“对。”

“您信里写过什么让他觉得心里不安，或者致使他那样做的话吗？”

“没有，先生，当然没有。”

“是您亲自寄的那封信吗？”

公爵正要回答，他的秘书有些急切地打断了他。

“公爵不会亲自寄信。”他说，“这封信跟其他信一起放在书房桌子上，是我亲自放进邮袋里的。”

“你确定那封信也在里面吗？”

“对，我看见了。”

“公爵大人那天一共写了几封信？”

“二三十封，我的书信来往很多，不过这没有什么关系吧？”

“并非完全没有关系。”福尔摩斯说。

“至于我，”公爵继续说，“我已经让警察把注意力放在法国南部了。我说过，我不相信公爵夫人会唆使孩子做出这种可怕的举动，不过这个孩子非常刚愎自用，他有可能在那个德国人的帮助和教唆下，跑到公爵夫人那儿去。赫克斯泰布尔博士，我们现在该回去了。”我看得出福尔摩斯还有些问题想问，可是这位贵族突然的举动说明会见已经结束了。显然，跟一个陌生人谈论他的家庭私事，这与他浓厚的贵族气质是格格不入的，他担心每提出一个新问题，他精心掩盖的某些事件就会被无情地揭开。

那位贵族和他的秘书离开之后，我的朋友立刻以他一贯的紧迫投入到调查中去了。

我们仔细查看了孩子的房间，除了确信他只能沿着窗户逃走之外，我们一无所获。德国教师的房间和财物也没能提供更多的线索。他窗户下的一棵常春藤承受不住他的重压折断了，借着灯光，我们看到草地上有他脚跟落地时的脚印。矮草丛里的脚印是他令人费解的夜间逃脱的唯一证明。

夏洛克·福尔摩斯一个人离开屋子，11点以后才回来。他弄到一张这个地区的大地形图，他把地图拿到我房间里，在床上铺开，把灯放在地图正中间，然后对着地图开始抽烟，偶尔还用味道浓烈的烟斗指着应该引起注意的地方。

“这件案子让我很感兴趣，华生。”他说，“肯定有几个地方跟案子有关系。在刚开始的阶段，我希望你先记住这些地理特征，这将和我们的调查有很大关系。

“看这张地图。黑色的方块是修道院公学。我插上一根针。这条线是大路。你看，大路是东西方向的，从学校旁穿过，而且一英里之内两旁都没有小路。如果这两个人是沿着大路走的，就只有这条路。”

“一点儿不错。”

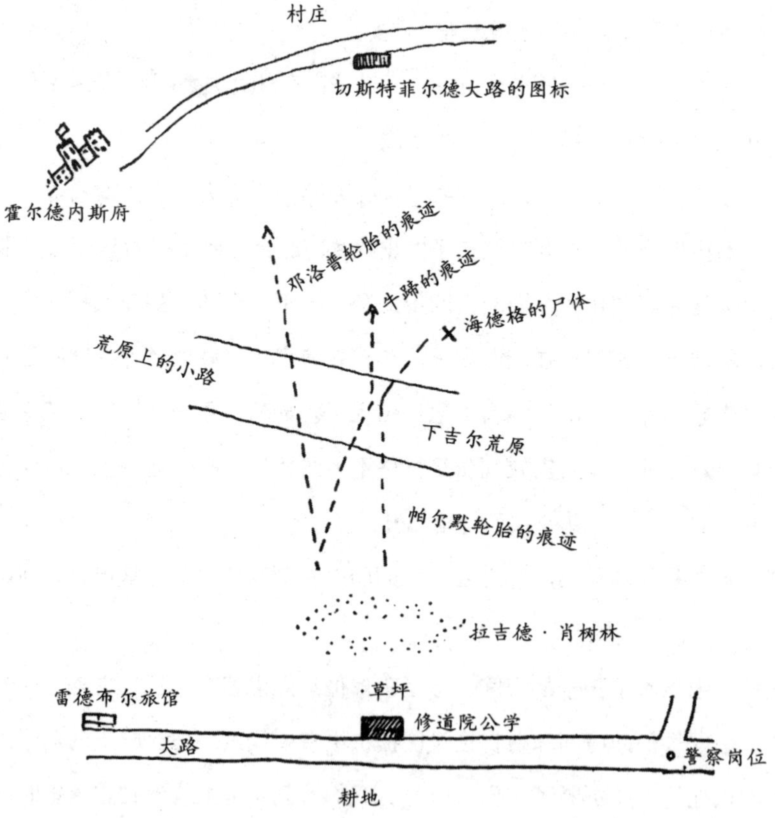

案件事发地的草图

“如果我们幸运的话，可以大概查清当天晚上有什么人从这条路上经过。这儿，我的烟斗指的地方，有个乡村警察从夜里12点到凌晨6点值勤。你可以看到，这是东边的第一个路口。那个警察说他一刻也没有离开过岗位，并且肯定如果大人或小孩从这儿经过的话，他一定看得到。我今天晚上跟这位警察谈了谈，我觉得他是一个非常可靠的人。所以这边没有情况。我们现在再来看另外一边。这儿有一个小旅馆，叫雷德布尔，女店主病了。她派人去麦克尔顿找医生来，可是医生出诊看另一个病人了，直到第二天上午才来。旅馆里的人一晚上没睡，等着医生来，他们中一直有人盯着路上，他们都说没有一个人经过。如果他们的证词可靠，那我们可以幸运地认为西面也没有情况，还可以说逃亡者根本没走大路。

“可是自行车呢？”我反问道。

“没错，我们很快就要说到自行车了。继续进行我们的推理：如果这两人没有走大路，他们肯定是穿过村子往学校的北面或者南面去了。这是可以肯定的。我们来衡量一下这两种情况。可以看到，学校南面是一大片耕地，分割成几小块，中间有石头墙。我认为在这儿骑自行车根本不可能。可以否定这一点。再来看乡村北部。这儿有一片小树林，标着‘拉吉德·肖’，远处延伸着一大片起伏的荒原，‘下吉尔荒原’，延伸约10英里，逐渐往北升高。在这儿，在荒原的一边，是霍尔德内斯府，沿大路走约10英里，可是穿过荒原只有6英里。这是一个非常偏僻的荒原。有几个农民有小块土地，他们在那儿放养牛羊。除了这些，从这儿一直到切斯特菲尔德公路，唯一的居民就是千鸟和杓鹬。那儿有一座教堂，你看，几间农舍，一个小旅馆。再往北，山就变陡了。当然，我们的调查应该在北面进行。”

“可是自行车呢？”我坚持问。

“好吧，好吧！”福尔摩斯不耐烦地说，“好骑手根本不需要大路。荒原上小路纵横，而且月光很好。喂！是谁？”

外面传来急促的敲门声，很快，赫克斯泰布尔进了房间。他手里拿着一顶蓝色的板球帽，帽子顶上有白色的V形图案。

“我们终于有线索了！”他大声说，“谢天谢地！我们终于找到孩子的去向了！这是他的帽子。”

“在哪儿发现的？”

“在荒野上露营的吉卜赛人的大篷车上。他们星期二走的。今天警察找到他们，检查了他们的大篷车，发现了这顶帽子。”

“他们怎么解释？”

“他们支支吾吾地撒着谎——说他们是星期二早晨在荒原上发现的。他们知道他在哪儿，这些无赖！谢天谢地，他们都被关起来了。法律的威严，要么是公爵的金钱会让他们说出实情的。”

“这样就好，”博士终于离开后，福尔摩斯说，“至少说明我们必须沿着下吉尔荒原寻找线索。除了逮捕这些吉卜赛人，警察确实也没做什么。瞧这儿，华生！有一条河道穿过荒原，你看地图上这儿标出来了。有些地方，河道变宽成了沼泽，尤其是在霍尔德内斯府和学校之间的这片地区。在这么干燥的气候下，从别的地方寻找痕迹只是徒劳，不过在这儿，肯定会留下什么痕迹的。明天一早我来叫你，你和我一起去试试，看能不能找到解开这个谜的办法。”

天刚亮，我一睁眼就看到福尔摩斯的瘦高身影站在我的床边。他已经穿戴整齐，而且显然已经出去过了。

“我检查了草地和车棚，”他说，“还在拉吉德·肖走了一趟。现在，华生，隔壁房间里已经准备好了可可。我必须请你快一点儿，今天我们有很多事要做。”

他两眼发光，脸颊兴奋得发红，就像一位杰出的工匠看到自己的杰作即将完成似的。这是一个灵活、机敏的福尔摩斯，跟贝克街上那个内向、肤色苍白的梦想家完全不同。看着他那灵活的身体充满了生机与活力，我觉得等待我们的肯定是非常劳累的一天。

可是这一天的开始却令人大失所望。我们满怀期待穿过满是泥炭的黄褐色的荒原，荒原上羊肠小道纵横交错，最后来到一片开阔的沼泽地，这正是我们和霍尔德内斯府中间的湿地。显然，如果那个孩子回家的话，他肯定要经过这里，而且一定会留下痕迹。可是这里既没有他的痕迹，也没有那个德国人的。我的朋友阴沉着脸，独自走在空地上，急切地检查着沼泽地上的每一块污泥。到处都是羊的脚印，在几英里以外，还有奶牛的痕迹。别的什么也没有了。

“赶紧检查。”福尔摩斯忧郁地看着起伏的荒原说，“前面还有一片沼泽地，中间有一条小道。喂！喂！喂！这是什么？”

我们走到一条很窄的黑色小道上。在小路中间，湿润的泥土上清晰地印着一行自行车车轮印。“啊！”我喊着，“我们找到了。”

可是福尔摩斯摇着头，脸色迷惑，似乎在期待着什么，丝毫没有高兴的神情。

“是自行车，但却不是那辆自行车。”他说，“我熟悉42种自行车轮胎的痕迹。你也看见了，这是邓洛普自行车，外胎是加厚的。海德格的自行车是帕尔默的，有条状花纹。数学教师埃夫林可以确定这一点。因此，这并不是海德格的自行车痕迹。”

“那是孩子的？”

“可能，如果我们能证明他有一辆自行车的话。可是这一点根本证明不了。你看，车胎的痕迹说明这个人是从学校方向过来的。”

“会不会是往学校方向？”

“不是，不是，亲爱的华生。痕迹较深的是后轮，因为重量主要压在后轮上。你看，这里有几个后轮的痕迹，盖住了前轮比较浅的痕迹，肯定是要离开学校。这跟我们的调查可能有关系，也可能没有关系，不过，在离开之前，我们还是返回去看看吧。”

我们返回去，走了几百码后，来到一块沼泽地，自行车痕迹消失了。我们沿着小路继续走，来到另外一个地方，一条小溪从这里流过。在这儿，我们又发现了自行车的轨迹，可是差不多都被牛蹄的痕迹抹掉了。再往前就没有痕迹了，可是小路直接通向拉吉德·肖，就是学校后面的那片小树林，自行车一定是从小树林里出去的。福尔摩斯坐在一块石头上，手托着下巴，我抽了两支烟，他才说话。

“嗯，嗯。”他最后说，“当然了，有可能是这样，一个狡猾的人会换掉自行车的轮胎，留下让人不容易辨认的车痕。我很乐意和能想出这种办法的罪犯打交道。我们先不管这个问题，还是回到沼泽地去，还有很多地方没查看呢。”

我们继续对沼泽地边缘进行全面检查，不久就得到了良好的成绩。在这片沼泽地的低洼部分，有一条泥泞的小路。走近小路时，福尔摩斯高兴地叫出了声。路中间有一片一大捆电线似的痕迹。正是帕尔默轮胎的车痕。

“就是赫尔·海德格，一点儿不错！”福尔摩斯兴高采烈地说，“我的推理非常正确，华生。”

“恭喜你。”

“不过我们还有很多事要做。请不要踩在路上，我们现在沿着车印走。恐怕不会太远了。”我们往前走时，却发现这片荒原上穿插着许多沼泽地，车轮的痕迹虽然不时隐没，我们总能再一次发现。

“你看见了吗？”福尔摩斯说，“骑车人肯定是在加快速度，这是毫无疑问的。看这个车痕，两个轮胎印一样清楚，两个一样深。这只能说明骑车人把全部重量都压在车把上，像在比赛中一样。天哪！他摔了一跤！”

一个不规则的大泥点盖住了几码自行车轮印。然后是几个脚印，接着车轮痕迹又出现了。

“是滑倒的。”我说。

福尔摩斯扶起一束被压坏的金雀花。让我觉得恐怖的是，我看见黄色的花朵上溅满了紫红色的污点。小路上、石南丛里都有已经凝固了的暗红的血迹。

“糟糕！”福尔摩斯说。

“糟糕！走开，华生！别踩上脚印！从这儿能看出什么？他受伤跌倒了，站起来，骑上车，继续往前走。可是没有别的自行车痕迹。这边路上有牛走

路中间有一片一大捆电线似的痕迹，正是帕尔默轮胎的车痕。

过，他不会是被牛抵死的吧？不可能！可是我也看不出来还有别的人。我们还要往前走，华生。有血迹，还有自行车印，他一定跑不了。”

我们走得并不远。轮胎印开始在潮湿光滑的路面上急剧地打弯。我往前一

我们急忙跑过去，可怜的骑车人就躺在那儿。

看，突然看到浓密的金雀花丛里有一件金属物品在闪闪发光。我们从花丛里拖出一辆自行车，轮胎是帕尔默牌的，一只脚蹬子弯了，车前面全是血污和一道道血痕，非常可怕。矮树丛的另一边露出一只鞋。我们急忙跑过去，可怜的骑车人就躺在那儿。他身材高大，满脸胡须，戴着眼镜，一只镜片已经不见了。死亡原因是由于头部受到沉重的一击，部分颅骨粉碎。受到这样的重伤之后还能继续骑车，说明他具有非凡的勇气和精力。他穿着鞋，可是没穿袜子，敞开的上衣里面是一件睡衣。这肯定就是那位德语教师了。

福尔摩斯恭敬地把尸体翻过来，非常仔细地检查着。然后他坐下沉思了一会儿，从他紧皱的眉头可以看出，他认为这个可怕的发现对我们的调查并没有太大推动。

“我有点儿不知该怎么办了，华生。”他终于开口说了，“我的想法是继续调查下去，我们已经花掉了这么多时间，所以一刻也不能再耽误了。另一方面，我们必须把这件事向警方报告，让人照顾好这个可怜人的遗体。”

“我可以回去送信。”

“可我还需要你的陪同和协助。等等！那儿有一个人正在挖泥煤。把他叫来，让他找警察去。”

我把那个农民带来，福尔摩斯让这个受惊的人把一张便条给赫克斯泰布尔博士送去。

“现在，华生，”他说，“今天早晨我们得到了两个线索。一个是装有帕尔默轮胎的自行车，而且让我们有了刚才的发现。另外一个是装有邓洛普牌加厚轮胎的自行车。开始调查之前，先看一看我们到底掌握了哪些情况，才好充分利用这些情况，并且把必然事件和偶然事件分开。”

“首先我希望你能明白，这个孩子的确是自愿离开的。他从窗户爬下来走掉了，或者一个人，或者跟别人在一起。这是肯定的。”

我表示同意。

“嗯，现在，我们再回到这个可怜的德语教师身上。那个孩子逃跑时穿戴整齐，可是这位德国人却没穿袜子，他肯定是临时行动的。”

“的确。”

“他为什么要走？因为，他从卧室窗户里看见那个孩子跑了，他想追上他把他带回来。他抓起自行车去追那个孩子，在追的过程中遇害了。”

“好像是这样。”

“现在就到了我的推理中最关键的地方。成人追孩子时，一般来说是跑着去追，他知道能追上孩子。可是这个德国人没这么做，他骑上了自行车。我听说他车骑得非常好，要不是看到那个孩子有某个迅速跑掉的工具，他是不会这么做的。”

“还有一辆自行车。”

“我们继续我们设想的情况。离学校5英里的地方，他遇害了——注意，不是中弹，连孩子都会开枪，而是被一只强壮的手臂给了他致命的一击。那么，孩子在逃跑过程中肯定有一个同伴。他们跑得很快，那么擅长骑车的人追了5英里才追上他们。我们检查了案发现场，发现什么了？几个牛蹄印，别的什么也没有。我在现场周围绕了一大圈，50码之内没有别的路。另外一个骑车的人可能跟这件谋杀案没什么关系，而且那儿也没有人的脚印。”

“福尔摩斯，”我大喊道，“这不可能！”

“对极了！”他说，“说得太对了。按照我所说的，的确不可能，所以我肯定有地方说错了。可是你自己也看到了，能看出什么地方错了吗？”

“他会不会因为摔倒才碰碎了颅骨？”

“在沼泽地里会吗，华生？”

“我想不出别的可能了。”

“啧，啧，我们已经解决了几个最麻烦的问题。至少我们已经有足够的素材了，只要能利用上。既然已经查清了帕尔默轮胎，现在来看看邓洛普牌加厚轮胎能给我们提供些什么线索。”

我们找到那辆自行车的轨迹，沿着它往前走了一段路。荒原很快变成了长长的斜坡，斜坡上长满了一丛丛的石南灌木，我们还越过了那条水道。自行车轨迹没能提供更多的线索。在我们最后一次看见邓洛普轮胎印的地方，既可以通往霍尔德内斯府，那雄伟的尖顶就在我们左边几英里外耸立着，还可以通往前面一个低矮的灰色村庄，这正是地图上标志着切斯特菲尔德大路的地方。

我们来到污秽而阴森的客栈，客栈门上的牌子上画着一只正在搏斗的公鸡，福尔摩斯突然呻吟一声，一把抓住我的肩膀以免摔倒。他以前也曾经突然扭伤过踝骨，这让人毫无办法。他费力地跳到门口，一个皮肤黝黑的人正站在那儿，抽着一支黑色的泥制烟斗。

福尔摩斯费力地跳到门口，一个皮肤黝黑的人正站在那儿，抽着黑色的泥制烟斗。

“你好，鲁本 海斯先生。”福尔摩斯说。

“你是谁，怎么会这么准确地知道我的名字？”乡下人狡猾的眼睛里射出怀疑的目光回答道。

“哦，你头顶的牌子上写着呢。看出谁是一家之主很容易。我想你的马厩里没有马车吧？”

“没，我没有。”

“我的脚简直没法落地。”

“那就别落地。”

“可我没法走路啊！”

“那就跳吧。”

鲁本·海斯先生的态度非常不礼貌，不过福尔摩斯却若无其事地接受了。

“你瞧，朋友，”他说，“我确实非常困难。只要能往前走，怎么走我并不介意。”

“我也不介意。”乖戾的店主说。

“这件事非常重要。你要是能借给我一辆自行车，我可以给你一个沙弗林[①]。”

店主竖起了耳朵。

“你要去哪儿？”

“霍尔德内斯府。”

“你们是公爵的人吧？”店主讥讽地看着我们沾满泥土的衣服说。

福尔摩斯毫不在意地笑了笑。

“不管怎么说，他很高兴见到我们。”

“为什么？”

“因为我们会给他带去有关他失踪的儿子的消息。”

店主显然吃了一惊。

“什么，你们追踪到他的去向了？”

---

① 沙弗林：英国旧时面值1英镑的金币。——译注

“有人说他在利物浦，警察随时会找到他。”

店主那张阴沉的、长满胡须的脸上的表情又一次迅速地变化着，他突然变得和蔼起来。

“我不像别人那样祝公爵好运是有理由的。”他说，“我曾经是他的马车夫头儿，他对我非常残忍。就是他，听信那个撒谎的谷物销售商的话，一句话也没有就把我给解雇了。不过，听到小勋爵在利物浦的消息，我还是很高兴的，我帮你们把情况送到公爵府上去吧。”

“谢谢你！”福尔摩斯说，“我们得先吃点儿东西。然后你把自行车拿来。”

“我没有自行车。”

福尔摩斯举起一个沙弗林。

“我告诉你，朋友，我没有自行车。我可以给你两匹马到公爵府去。”

“好吧，好吧！”福尔摩斯说，“我们先吃点儿东西再说这件事。”

石板盖的厨房里只剩下我们俩时，福尔摩斯扭伤的脚踝好了，其恢复速度之快实在惊人。夜幕即将降临，从清早到现在，我们什么也没吃，所以我们吃饭花了些时间。福尔摩斯陷入沉思中，有一两次，他走到窗户旁，焦急地盯着外面。窗户对着肮脏的院子。远处的角落里有一个铁匠炉，一个邋遢的小伙子正在干活。另一头就是马厩。福尔摩斯走回来接着坐下，突然他大叫一声，从椅子上跳了起来。

“天哪，华生，我相信我弄明白了！”他大声喊道，“对，对，肯定是这样。华生，你还记得今天看见过的牛蹄痕迹吗？”

“记得，有几个。”

“在哪儿？”

“嗯，到处都是，沼泽地里，然后是路上，然后是可怜的海德格遇害的地方附近。”

“一点儿不错。嗯，现在，华生，你在荒原上看见了几头牛？”

“我不记得看见过牛。”

“真怪，华生，我们一路上看见许多牛蹄痕迹，可是整个荒原上连一头牛也没见到，非常奇怪，华生，是不是？”

“对，是很奇怪。”

“现在，华生，好好想一想，回过头想！你在小路上见过牛蹄的痕迹吗？”

“对，见过。”

“华生，那些痕迹有时像这样”——他把一些面包屑排列成这样的形状——：：：：：——“有时又像这样”——：·：·：·：——“有时又像这样”——．．．．。“你还记得吗？”

“不，我不记得了。”

“可是我记得，我可以发誓。要是有时间，我们可以回去证实一下。我真是太轻率了，当时没有得出结论！”

“你的结论是什么？”

“这可真是一头不同寻常的牛，可以走，可以慢跑，还可以飞奔。天哪，华生，普通的乡下人绝不可能想出这个骗局！除了在铁匠炉干活的那个小伙子，看来道路已经畅通。我们溜出去，看能找到什么。”

摇摇欲坠的马厩里有两匹鬃毛蓬乱、没有梳理的马。福尔摩斯抬起其中一匹马的后蹄，大声笑了起来。

“马掌是旧的，不过是新钉上去的——旧马掌，新马钉。这件案子太典型了。我们到铁匠炉去吧。”

那个小伙子干着活，没有理睬我们。我看见福尔摩斯的眼睛迅速地扫视着散乱地堆在地上的铁片和木块。可是突然，我们听到身后传来脚步声，是店主过来了，他浓眉紧皱，目光凶狠，黝黑的面孔激动地抽搐着。他手里拿着一根金属头的木棒，气势汹汹地走上前来，我马上抓紧了口袋里的手枪。

“你们这两个该死的密探！”他大喊着，“你们在这儿干什么？”

“噢，鲁本·海斯先生。”福尔摩斯冷静地说，“别人还会以为你害怕我们发现什么呢。”

那个人努力控制住自己，紧绷的嘴角挤出一丝假笑，这比他皱眉头还可怕。

“你可以随便搜查我的铁匠炉。”他说，“不过先生，不经过我的允许就在我的地方探头探脑可不行，你越早结账离开这儿，我就越高兴。”

“好吧，海斯先生——我们没有恶意。”福尔摩斯说，“我们看了看你的马，不过我想我还是走路吧，我相信路也不太远。”

“到公爵府大门不超过两英里。走左边那条路。”他阴鸷的眼睛盯着我们，一直到我们离开他的地方。

我们沿着大路走了没多远，一拐过弯，店主看不见我们时，福尔摩斯就马上停了下来。

“就像孩子们说的，住在旅馆里才暖和。”他说，“我觉得每离开客栈一步就更冷。不行，不行，我不能离开。”

“我相信，”我说，“这个鲁本·海斯知道整件事。我没见过比他更坏的恶棍。”

“哦！他给你留下了这个印象，是不是？那两匹马，铁匠炉。没错，这真是一个有意思的地方，这个斗鸡客栈。我们还是悄悄地再看一看吧。”

我们身后是一个斜长的山坡，山坡上散布着大块的石灰石。我们离开大路往山上走去，我回头看霍尔德内斯府时，看见一个人骑着自行车疾驰而来。

“快蹲下，华生！”福尔摩斯一只手用力压着我的肩膀。我们刚蹲下，那个人就从我们旁边的路上疾驶而过。在飞扬的尘土中，我看见了一张苍白而激动的面孔——脸上每一条皱纹里都流露出恐惧，嘴张着，眼睛慌乱地盯着前方，就像是我们前一天晚上见到的衣冠楚楚的詹姆斯·怀尔德的漫画像。

“公爵的秘书！”福尔摩斯大喊着，“来，华生，看看他干了什么。”

我们急忙爬过一块块石头，一会儿就来到一个能看见客栈前门的地方。怀尔德的自行车就靠在墙边。客栈里没人走动，窗户上也没有露出人脸。太阳渐渐沉到霍尔德内斯府的高塔后，夜幕慢慢降临了。在昏暗中，我们看到客栈马厩里的马车上挂了两盏灯，不一会儿就听到了马蹄的嗒嗒声，马车渐渐转到大路上，朝切斯特菲尔德的方向疾驰而去。

“你看这是怎么回事，华生？”

我们刚蹲下，那个人就从我们旁边的路上疾驰而过。

福尔摩斯小声问。

“像是逃跑。”

“据我看，马车上只有一个人，肯定不是詹姆斯·怀尔德先生，因为他正站在门口呢。”黑暗中突然现出一片红色的光，灯光中心是秘书的黑影，他探头出来，往黑夜中窥探着，显然他是在等一个人。最后大路上终于传来了脚步声，灯光下立刻出现了第二个人影，门关上，一切又变成了黑暗。5分钟后，二层的一个房间里点上了灯。

“斗鸡客栈的规矩还真是奇怪。”福尔摩斯说。

“酒吧在另一头。”

“的确。这些是人们常说的私人住客。在这个时候，那个詹姆斯·怀尔德先生到底在那儿干什么呢，到那儿跟他见面的又是谁呢？来，华生，我们必须冒一次险，把这件事调查得更清楚一点儿。”

我们一起悄悄走下山坡来到大路上，偷偷溜到客栈门前。那辆自行车仍然靠在墙上。福尔摩斯划着一根火柴照着后车轮，灯光照在一个加厚邓洛普牌轮胎上时，我听到他轻轻地笑了一声。我们头顶上就是有灯光的房间。

“我必须往里看看，华生。要是你弯腰靠在墙上，我就能看见了。”

很快他的两只脚就踩在我肩膀上了。可是还没来得及站直就又下来了。

“行了，我的朋友，”他说，“我们今天一天工作的时间够长了，我想我们已经得到能弄到的所有情况了。走回学校还有很长的路呢，我们越早走越好。”

我们疲惫地穿过荒原时，他几乎没有开口说话，到学校时他也没进去，却继续往麦尔克顿车站走去，在那儿他发了几封电报。深夜我又听到他安慰赫克斯泰布尔博士，博士为了那位教师的死亡悲伤不已，后来他又来到我房里，像早晨刚出发时一样精神焕发。“一切顺利，我的朋友。”他说，“我保证明天晚上之前，我们就可以找到这桩神秘案件的答案了。”

第二天上午11点，我和我的朋友已经走在霍尔德内斯府著名的紫杉大道上

福尔摩斯划着一根火柴照着后车轮，灯光照在一个加厚邓洛普牌轮胎上时，我听到他轻轻地笑了一声。

了。仆人带领我们穿过壮观的伊丽莎白式门厅，来到公爵阁下的书房。我们见到詹姆斯·怀尔德先生端庄而有礼，可是他那诡秘的眼睛和颤抖的面容里仍然隐藏着昨天夜里极度恐惧的痕迹。

“你们来见公爵大人吗？很遗憾，公爵大人身体很不好，不幸的消息让他一直很不安。昨天下午，我们收到赫克斯泰布尔博士发来的电报，告诉了我们您的发现。”

“我必须见公爵，怀尔德先生。”

“可是他在卧室。”

“那我必须进他卧室。”

“我相信他正躺在床上。”

“那我就在那儿见他。”

福尔摩斯冷静坚决的态度使这位秘书明白，劝阻他是徒劳的。

“很好，福尔摩斯先生，我去通报他您来了。”

等了半个小时，那位伟大的贵族出现了。他面如死灰，两肩下垂，我觉得他好像比昨天早晨老了很多。他庄严地和我们寒暄后，就在书桌前坐下，发红的胡须垂在桌子上。

“怎么样，福尔摩斯先生？”他问道。

可是我朋友的眼睛一直盯着那位秘书，他正站在主人的椅子旁边。

“公爵大人，如果怀尔德先生不在场，我说话可以更随意一些。”

秘书的脸色更苍白了，恶狠狠地瞪了福尔摩斯一眼。

“如果公爵大人想——”

“好，好，你最好走开。好了，福尔摩斯先生，您想说什么？”

我的朋友一直等着秘书退下，关上门。

“事实上，公爵大人，”他说，“我的同事华生医生和我曾经得到过赫克斯泰布尔博士的许诺，说案子办成是有报酬的。我希望先听您亲自证实一下。”

“当然，福尔摩斯先生。”

“如果我听到的没错，谁能告诉您儿子在哪儿，就可以得到5000英镑，是吗？”

“一点儿不错。”

“谁能说出谁绑架了他，就能再得到1000英镑，是吗？”

“一点儿不错。”

“当然，后一项不仅包括那些带走他的人，还包括那些想共谋扣押他的人，对不对？”

“对，对，”公爵不耐烦地大声说，“只要你干得好，夏洛克·福尔摩斯先生，报酬就不会低。”

我的朋友显出贪婪的样子，搓着两只瘦长的手，这使我感到很吃惊，因为我知道他一向生活俭朴。

“我想我看到公爵大人桌子上的支票簿了。”他说，“如果您能给我开一张6000英镑的支票，我会非常高兴。最好您再划上两条平行线[①]。我的代理银行是‘城乡银行牛津街支行’。”

公爵大人非常严肃地端坐在椅子上，冷冷地看着我的朋友。“这是开玩笑吗，福尔摩斯先生？这可不是能开玩笑的事。”

“根本不是，公爵大人，我一生中从来没有这么认真过。”

“那你是什么意思？”

“我的意思是我挣到报酬了。我知道您儿子在哪儿，而且我知道至少有几个人绑架了他。”

公爵的红胡须在苍白得吓人的面孔上显得越发红得可怕。

“他在哪儿？”他喘着气问道。

“他现在，或者说昨天晚上在斗鸡客栈，离您的花园大门约有两英里。”

---

① 划两条平行线：在支票上划两条平行线，意味着只能在银行转账而不能支取现金。——译注

公爵跌坐在椅子上。

“你指控的是谁？”

夏洛克·福尔摩斯的回答非常令人吃惊。他快步向前，按着公爵的肩膀。

“我指控您。”他说，“现在，公爵大人，请您开支票吧。”

我永远也忘不了公爵的表情，他紧握着双手从椅子上跳起来，像一个掉进深渊里的人。然后，他又用贵族式的极强的控制力坐了下来，把脸埋在手中。过了几分钟，他才说话。

“你都知道了吗？”他头也不抬地问。

“昨天晚上我看见你们在一起了。”

“除了你的朋友，还有别人知道吗？”

“我谁也没说过。”

公爵用颤抖的手拿出一支笔，打开支票簿。

“我会遵守诺言的，福尔摩斯先生。我准备给你开支票，无论你得到的情况对我多么不利。一开始定报酬的时候，我没想到事情会发生变化。不过你和你的朋友都是谨慎的人，对吗？”

“我不太明白，公爵大人。”

“我必须说清楚，福尔摩斯先生。既然只有你们俩知道这件事，没有理由再传出去。我想我总共应该付给你们12000英镑，对不对？”

可是福尔摩斯笑着摇了摇头。

“公爵大人，恐怕事情没这么容易解决。学校教师的死亡也要考虑在内。”

“可是詹姆斯对此一无所知，你不能让他负这个责任。都是那个残忍的恶棍干的，他很不幸雇用了这么个人。”

“公爵大人，我必须这样看。当一个人犯下一桩罪行的时候，他应该对由此而引发的其他罪行负有道义上的责任。”

“道义上的，福尔摩斯先生，无疑你说得很对。可是法律不这么看，一个不在谋杀现场的人不应该受到刑罚，而且他也像你一样痛恨和憎恶谋杀。他一听到这件事，就立刻向我坦白了，他又恐惧又悔恨，马上跟杀人犯断绝了所有关系。哦，福尔摩斯先生，你一定得救救他——你一定得救救他！我告诉你，你一定得救救他！”公爵再也控制不住自己了，他在屋里走来走去，面孔痉挛着，紧握的拳头在空中挥舞着。最后他控制住自己，又在书桌旁坐了下来。“你没有告诉任何人就直接来我这儿，我很感激你。”他说，“至少我们可以商量一下怎样制止可恶的流言。”

“一点儿不错，”福尔摩斯说，“公爵大人，我想我们之间只有彻底的坦白才能实现这一点。我会尽最大可能帮助公爵大人，但是为此，我必须仔细了解所有细节。我知道您说的是詹姆斯·怀尔德先生，他不是杀人犯。”

“不是，杀人犯已经逃跑了。”

夏洛克·福尔摩斯拘谨地笑了笑。

“公爵大人可能没有听到过我的小名气，不然您不会认为这件事轻易就能瞒过我。昨天晚上11点，根据我的报告，鲁本·海斯在切斯特菲尔德被逮捕了。今天早晨我离开学校之前，收到了当地警长的电报。”

公爵靠在椅子上，吃惊地盯着我的朋友。

“你好像有非同寻常的能力。”他说，“那么鲁本·海斯已经被捕了？我很高兴听到这件事，但愿不会影响詹姆斯的命运。”

“您的秘书？”

“不，先生，是我儿子。”

轮到福尔摩斯大吃一惊了。

“我得承认我完全不知道，公爵大人，请您讲得详细一些。”

“我对你毫不隐瞒，是詹姆斯的愚蠢和妒忌把我们引到这样的绝境中。我同意你的说法，只有彻底坦白才是最好的办法，不管这对我来说有多么痛苦。福尔摩斯先生，我年轻时，这一生只有一次热情的恋爱过。我向那位小姐求婚，可是她拒绝了，说这会妨碍我的前途。如果她还活着，我绝不会和别人结婚。她死了，留下这个孩子，由于她的缘故，我珍惜、宠爱着这个孩子。我

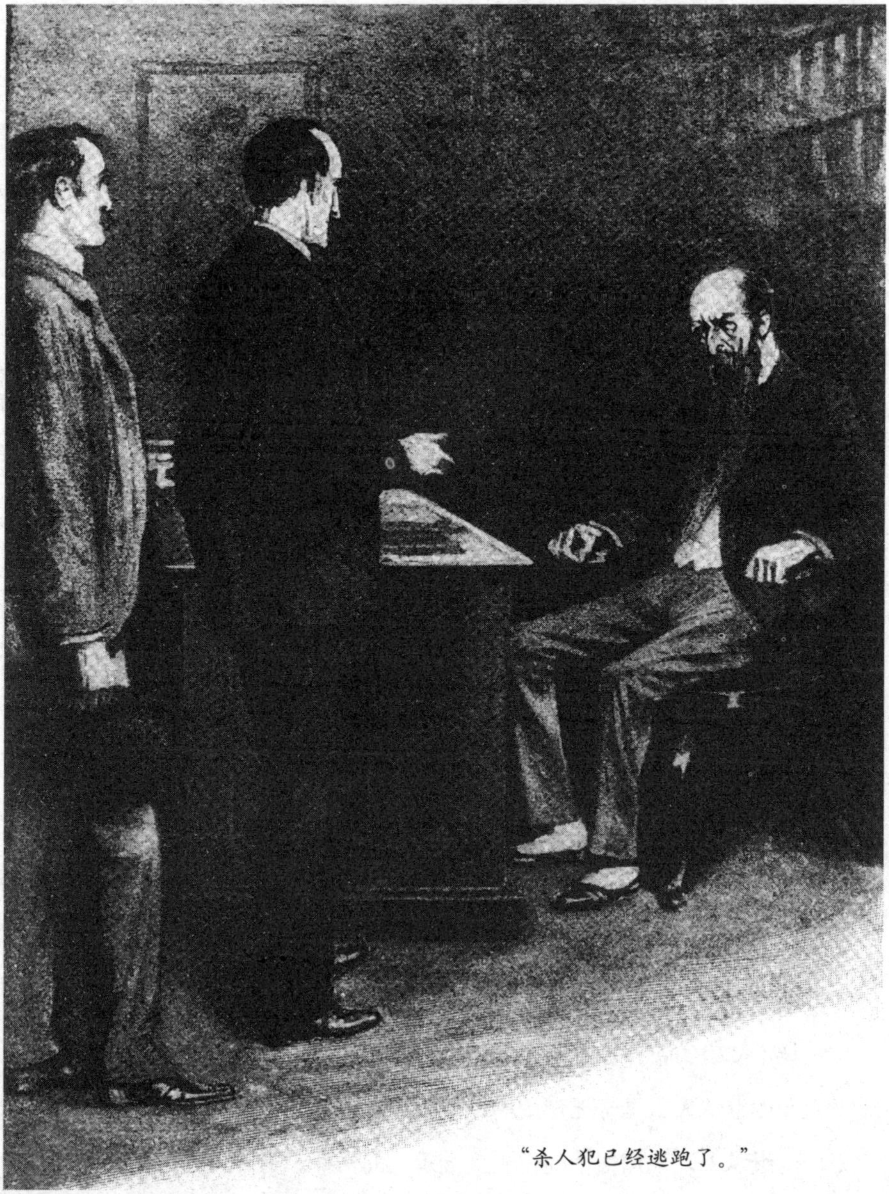

“杀人犯已经逃跑了。”

不可能对人承认我们的父子关系，我给了他最好的教育，长大以后，我就把他留在身边。可是他无意中得知了我的秘密，从此以后他滥用我给他的权力，随意散布流言蜚语，这是我最厌恶的。我的不幸的婚姻跟他的存在有一定关系，尤其是他一直憎恨我的年轻的合法继承人。你一定会问我，为什么在这种情况下，我仍然留詹姆斯在家里。那是因为从他的脸上，我还能看到他母亲的脸，由于她的缘故，我受的痛苦永无终结。她所有的可爱之处——詹姆斯都能使我联想或者回忆起来。我不能让他走。可是我很害怕他会对阿瑟做出什么事来——就是萨尔蒂尔勋爵——为了安全，我把他送到赫克斯泰布尔博士的学校去了。

“詹姆斯和海斯这家伙有来往，因为海斯是我的佃户，詹姆斯是收租人。这家伙从一开始就是个无赖，可奇怪的是，詹姆斯和他成了密友。他总是喜欢结交下流朋友。詹姆斯决定绑架萨尔蒂尔勋爵时，就是利用了这个人的帮助。你还记得，最后一天我给阿瑟写了一封信。唉，詹姆斯拆开信，放进一张纸条，让阿瑟在学校一个叫拉吉德·肖的小树林里和他见面。他用的是公爵夫人的名义，这样孩子就来了。当天晚上，詹姆斯骑着自行车去了——我告诉你的这些情况都是他亲口对我说的——他在小树林里见到阿瑟，对他说他母亲很想见他，而且正在荒原上等他，如果他半夜再到小树林里去，就会看见一个人骑着马，那个人会带他去见他母亲。可怜的阿瑟落进了圈套。阿瑟去赴约，看见了海斯这个家伙牵着一匹小马。阿瑟上了马，两人一起出发了。好像——不过詹姆斯昨天才听说——有人在追他们，海斯用棍子打了那个人，那人受伤死了。海斯把阿瑟带到他的斗鸡旅馆里，把他关在楼上的一个房间里，由海斯夫人照料，海斯夫人心地善良，可是完全被凶残的丈夫控制着。

“唉，福尔摩斯先生，两天前我第一次见到你时，情况就是这样。我当时和你一样不知道实情。你会问我詹姆斯这么做的动机到底是什么。我只能说，他憎恨我的继承人，是毫无理由的、疯狂的憎恨。在他看来，他才应该是我所有财产的继承人，他痛恨使他得不到继承权的法律。另外，他还有一个明确的动机，他急切地想让我废除确定的继承权顺序，他认为我有权力这么做。他想和我讨价还价——废除阿瑟的继承权，这样就可以通过遗嘱把财产都留给他。他很清楚，我绝不会让警察来处罚他。我是说他本来会这样要挟我，可是他并没有这么做，事情变化得太快了，他没有时间把计划付诸实施。

“使他的整个邪恶计划毁灭的是你发现了海德格的尸体。詹姆斯听到这个消息，非常害怕。昨天我们在书房时，听到了这个消息，赫克斯泰布尔打来一封电报。詹姆斯又惊又怕，我本来就有些怀疑，怀疑立刻变成了肯定，我责备了他的所作所为。他彻底向我坦白了一切。接着他求我替他多保密3天，好给他那个可怜的同谋犯一个保命的机会。我对他的哀求让步了——我一向都在对他的哀求让步，詹姆斯立即赶到斗鸡客栈警告海斯，并且资助他逃跑。我白天去那儿肯定会引起议论，可是晚上一到，我立刻赶去看亲爱的阿瑟。我发现他安然无恙，可是亲眼目睹的恐怖行为使他极为惊恐。为了遵守我的诺言，虽然违背我的意愿，我也只好答应让海斯夫人再照顾阿瑟3天，显然向警察报告孩子在那里而不说出谁是杀人犯是不可能的，而且我也很清楚，杀人犯一旦受到惩罚，不可能不牵连到可怜的詹姆斯。你要我坦白，福尔摩斯先生，我也相信你，因为我已经把全部经过都告诉你了，丝毫没有保留或者隐瞒。你是不是也会对我同样坦白呢？”

“我会的。”福尔摩斯说，“公爵大人，首先我应该告诉您，在法律面前，您处于非常不利的地位。您宽恕了重罪犯，并且协助杀人犯逃跑，因为我不能不怀疑，詹姆斯·怀尔德资助他的同案犯逃跑的钱是从公爵大人那儿得来的。”

公爵点头同意。

“这件事的确很严重。我觉得更应该受到谴责的，公爵大人，是您对小儿子的态度，您把他继续留在虎穴里3天。”

“他们庄重地做了保证——”

“保证对这些人来说算得了什么？您保证不了他不会再被人拐走。为了迁就犯罪的长子，您让无辜的幼子处于本不该遭受的极度危险中。这是非常错误的行为。”

骄傲的霍尔德内斯公爵不习惯于在自己的府内受到这样的评价。热血冲上他高高的额头，可是良心使他保持着沉默。

“我可以帮助您，但是必须有一个条件。把您的用人叫来，让我来吩咐他。”

公爵一句话也没说，按响了电铃。一个仆人走了进来。

“你听了一定很高兴。”福尔摩斯说，“小主人找到了。公爵希望你立刻驾马车到斗鸡客栈去把萨尔蒂尔勋爵接回来。”

“现在，”兴高采烈的仆人走了之后，福尔摩斯说，“我们既然已经把握住了将来，对过去就可以宽容一点儿。我不代表官方，只要能够伸张正义，我也没有必要把知道的一切都说出来。至于海斯，我什么也不会说。绞刑架在等着他，我也不会救他。他会说出什么，我不知道，不过我相信公爵大人可以让他明白，保持沉默对他是有好处的。从警方的角度来看，他绑架这个孩子是为了得到赎金。如果他们自己查不出来，我也没有必要让他们把问题看得更复杂。可是，公爵大人，我得提醒您，詹姆斯·怀尔德先生如果继续留在府上，只会带来不幸。”

“我明白，福尔摩斯先生。我们已经说好，他将永远离开我，去澳大利亚自己谋生。”

“这样的话，公爵大人，既然您自己也说过，您婚姻生活中的不幸是由他所造成的，我建议您尽量和公爵夫人和好，恢复你们不幸中断的关系。”

“这件事我也安排了，福尔摩斯先生。我今天上午给公爵夫人写了一封信。”

“既然这样，”福尔摩斯站起来说，“我和我的朋友可以感到庆幸了，我们在北部的短暂停留取得了一些很好的成绩。还有一件小事，我想弄明白。海斯这家伙给马掌钉上了冒充牛蹄印的铁掌，他是不是从怀尔德先生那儿学到这种不同寻常的招数的？”

公爵站着想了一会儿，脸上露出非常惊讶的表情。接着他打开门，领我们来到一间装饰得像博物馆似的大房间里。他带我们走到角落里一个玻璃柜前，指给我们看上面的铭文。

“这些铁掌，”上面写着，“是从霍尔德内斯府的护城河里挖出来的。供马使用，但铁掌底部打成偶蹄形，以使追赶者迷失方向。铁掌应属中世纪经常征战的霍尔德内斯男爵所有。”

福尔摩斯打开柜子，他把手指沾了点水，摸了摸铁掌，他的皮肤上留下了薄薄的一层新泥土。

“谢谢您！”福尔摩斯关好玻璃柜子说，“这是我在北部碰到的第二件最有意思的东西了。”

“第一件是什么？”

福尔摩斯收起支票，小心翼翼地放进笔记本里。他珍惜地拍了拍笔记本，一边把本子放进内衣口袋的最深处，一边说：“我是一个穷人。”

黑彼得

无论从精神上，还是身体上，我都没有见过我的朋友像在1895年那样状态良好。他的声誉日隆，不断有委托人找上门来。一些地位显赫的人物也曾光临我们在贝克街的简陋住所。哪怕我只是暗示一下这些人的身份，也会被人指责为缺乏谨慎。但就像所有大艺术家一样，福尔摩斯是为了他的艺术而生活的。据我所知，除了霍尔德内斯公爵一案，他很少为自己难以估量的工作索取丰厚报酬。他是那么的清高——或者说是任性——如果案子不能引起他的兴趣，他往往会拒绝那些有钱有势的客户。但如果案子本身离奇，具有戏剧性，能对他的才智提出挑战的话，那就不管客户的身份如何卑微，他也会一连几个星期专心投入。

在这令人难忘的1895年中，他处理了一连串案情奇特、矛盾百出的案子，从调查红衣主教托斯卡的猝死，到逮捕臭名昭著的金丝雀训练师威尔逊——前者是在尊敬的教皇大人指示下进行的，而后者则除掉了伦敦东区的一个毒瘤。紧接着这两个著名案件的，是发生在伍德曼·李的悲剧事件。如果不算上这次有关彼得·加里船长之死的离奇案件，夏洛克·福尔摩斯的破案记录就称不上完整了。

7月的第一周里，我的朋友经常不在我们的住所，而且消失的时间还很长。我知道他手头有案子。在这段时间里，几个样子粗俗的人曾经来访，打听一个叫巴塞尔的船长。我明白，福尔摩斯是在用假名工作。他有不计其数的假名，以此来掩盖他令人生畏的身份。他在伦敦各处至少有5个小小的临时住

“天哪，福尔摩斯！”我喊道，“你没有夹着那个东西在伦敦城里走来走去吧？”

所，可以供他改变自己的身份。他从未对我说过他在做什么，而强迫别人坦白也不是我的习惯。终于有一天，他使我对他的调查方向有了了解，不过所使用的方式却是极不寻常的。那天早饭前他就出去了。正当我坐下来准备吃饭时，他大踏步走了进来，头上戴着帽子，胳膊下夹着一把像伞似的有倒刺的短矛。

“天哪，福尔摩斯！”我喊道，“你没有夹着那个东西在伦敦城里走来走去吧？”

“我去了一家肉铺，现在回来了。”

“肉铺？”

“而且我现在胃口好极了。我亲爱的华生，早餐前锻炼身体的好处确实是不容置疑。不过我敢打赌你肯定猜不到我是怎么锻炼的。”

“我根本就不去猜。”

他一边低声笑着，一边给自己倒上咖啡。

“如果你刚才到阿拉代斯肉铺的后面去，你就会看到天花板的钩子上吊着一头死猪，还有一位绅士穿着衬衫正用这件武器朝它猛刺。那个精力充沛的人就是我，而我也很满意我没费多大力气就一下把它刺穿了。你是不是也想试试？”

“绝对不想。不过你为什么要这么做呢？”

“因为在我看来，这和发生在伍德曼·李的神秘案件多少有些关系。啊，霍普金斯，我昨天接到了你的电报，一直在等你来。过来一起吃早饭吧！”

我们的客人是个看上去很机警的人。他大约30岁，穿一身素雅的西装，但仍保持着那种习惯于穿制服的笔挺身姿。我马上认出他就是斯坦利·霍普金——福尔摩斯对之寄予厚望的年轻警长。而这年轻人也因为福尔摩斯科学破案的手段，对这位著名侦探怀着学生般的景仰。霍普金斯愁眉紧锁，十分沮丧地坐了下来。

“不用了，先生，谢谢！我来之前已经吃过了。我昨天来伦敦汇报，所以晚上就住在城里。”

“你汇报了什么？”

“失败，先生，彻底的失败。”

“一点儿进展也没有吗？”

“没有。”

“是吗？我可要研究研究这个案子了。”

“向上天起誓，我真希望您这么做，福尔摩斯先生。这是我第一次真正的机会，可我已经一筹莫展了。看在上帝面上，请您去一趟，帮帮我吧！”

“碰巧我已经看过了目前所有的资料，包括那份审讯报告，而且还看得挺仔细。顺便问一句，你怎么看那个在现场发现的烟丝袋？那上面没有线索吗？”

看得出霍普金斯吃了一惊。

“那是死者本人的烟丝袋，先生，里面有他名字的缩写。而且还是海豹皮的——他可是个捕捉海豹的老手。”

“可是他没有烟斗。”

“是的，先生，我们没有找到烟斗，他确实抽的很少。不过他也许会为朋友准备一些烟草。”

“当然。我提起烟丝袋，是因为如果我来破案，我会把它作为我调查的起点。不过，我的朋友华生医生还对此案一无所知，而我再听一遍案件的过程也没有什么坏处。就请你给我们扼要讲讲案件的基本情况吧。”

斯坦利·霍普金斯从口袋里掏出一张纸条。

“我这里有一些日期，可以使我们了解已经死去的彼得·加里船长的一生。他生于1845年，死时刚好50岁。他是一个最勇敢、最成功的捕捉海豹和鲸鱼的水手。在1883年，他是丹迪港[①]的‘海洋独角兽’号的船长，连续几次出海，收获颇丰。第二年，也就是1884年，他退休了。旅行了几年后，他在苏塞克斯郡买了一小块地，叫伍德曼·李，离弗里斯特住宅区不远。他在那里住了6年，直到上周死去。

“这个人有些非常奇怪的地方。在日常生活中，他可算是个严格的清教徒——阴郁，很少说话。他家里有妻子，一个20岁的女儿和两个女仆。仆人经

① 苏格兰东部海港。——译注

常更换，因为家里的气氛永远很不愉快，有时更是令人无法忍受。这个人时不时就会喝得烂醉，而一旦喝醉，就变成了地地道道的魔鬼。周围的人都知道他有时半夜把妻子和女儿赶出屋子，打得她们满院子跑，直到全村的人都被她们的尖叫声吵醒。

“有一次那个教区的牧师到他家中批评他的做法，居然被他暴打一顿。他还因此被传讯。简而言之，福尔摩斯先生，您要找到一个比彼得·加里更危险的人是很难的。我听说他当船长时脾气也是如此。在那一行里，人们称他为黑彼得。之所以叫他黑彼得，不仅是因为他的肤色和大胡子是黑色的，还是因为他那令所有人胆寒的脾气。不用我说，你们也能知道所有邻居都憎恶他，避之唯恐不及，而且对于他悲惨的下场，我从未听到过任何一句表示遗憾的话。

“福尔摩斯先生，您在审讯报告中一定已经读到这个人有个小木屋，不过您的朋友可能还没有听说过。他在家里的房子外面盖了一间小木屋——他总是叫它‘船舱’——离他家房子几百码远，这就是他每晚睡觉的地方。那是个单间小房，16英尺长，10英尺宽。钥匙放在他自己口袋里，他自己铺床，自己收拾，谁也不准跨进小屋的门槛。屋子的每面墙上都有小窗户，但都挂着窗帘，而且从不打开。其中一扇窗户朝着大路。每天晚上看见里面亮着的灯，人们就会互相指着它，猜测他在里面干什么。福尔摩斯先生，调查所取得的一点儿情况，就是由这扇窗户提供的。

“您一定还记得，在出事前两天凌晨1点钟的时候，一个叫斯雷特的弗里斯特石匠路过那里。他透过树林看到窗户里的灯光还亮着。他发誓说在窗帘上清楚地看到了一个男人头部的侧影，而且那个影子不是彼得·加里的，因为他很熟悉彼得。那是个长着胡子的男人，不过是短胡子，而且往前翘着，和船长的胡子不一样。他是这么说的，不过他当时已经在酒馆里待了两个钟头，而且公路离房子还有一段距离。另外，这是星期一的事，而谋杀发生在星期三。

“到了星期二，彼得又发了最可怕的一次脾气。他喝得醉醺醺，满脸凶相，仿佛一只野兽。他在房子附近转来转去，他的妻子和女儿听到他来了，便慌忙逃命去了。晚上他回到了他的小屋。他的女儿睡觉总开着窗子，在凌晨两点钟的时候，她听到小屋方向传来一声可怕的喊叫。但由于他喝醉时大喊大叫是再平常不过的事，所以她也没有在意。早上7点，一个女仆起床时，发现小木屋的门敞开着。但由于此人在人们心中造成的恐惧过大，所以直到中午才有人敢走过去看看他到底出了什么事，从门缝里看到的景象把他们吓得面无人色，一哄而去。不到一个小时，我就来到现场，接手了这个案子。

“福尔摩斯先生，您知道我的神经是相当坚强的，可是坦白地说，当我把头伸进那个木屋时，我也吓了一跳。成群的绿头苍蝇像小风琴一样嗡嗡叫个不停，地面和墙上看上去就像屠宰场。他把那里叫‘船舱’确实有道理，因为你会觉得自己是在一艘船上。屋子一头有张床，一个船上用的储物箱，还有地图和航海图，一张‘海洋独角兽’号的图片，一个架子上还摆着一排航海日志，完全是我们在船长室里看到的景象。在这些东西当中就是我们的主人公本人。他面部扭曲，一副灵魂在受折磨的样子，花白的大胡子由于痛苦向上翘着。一支鱼叉穿透了他宽阔的胸膛，深深嵌入他身后的木墙中。他就像一只被钉在硬纸板上的甲壳虫。显然，他在发出那声痛苦的喊叫后就死了，一直保持着这个样子。

“先生，我了解您的方法，而且我也用了那些方法。在屋里的东西被移动前，我仔细检查了屋外的地面和屋内的地板。凶手没有留下任何脚印。”

“你是说你一个也没看见？”

“我向您保证，先生，一个脚印也没有。”

“我的好霍普金斯，我调查过许多罪案，但还没见过任何飞行动物作的案。只要罪犯还有两条腿，就一定会留下脚印、蹭过的痕迹以及一些不明显的移动痕迹，一个运用科学手法的侦探是可以发现这些的。这间溅满鲜血的屋子不可能没有提供任何可以帮助我们的线索。不过，从你的调查报告看，你是不是忽略了什么东西？”

我朋友这番讥讽的话刺痛了年轻的警长。

“我真是个笨蛋，没有当时就把您请去，福尔摩斯先生。但是现在后悔也没有用了。不错，屋子里是有些东西值得特别注意。一个是那件作为凶器的鱼叉，它是从墙上一个架子上拿下来的。另外两把还在墙上，旁边空着一个位置。鱼叉的木柄上刻着‘蒸汽船，海洋独角兽号，丹迪’。这似乎说明凶手是在狂怒之下抓起手边最近的武器行凶的。凶杀发生在凌晨两点，可彼得·加里却还穿着白天的衣服，这说明他和凶手是约好见面的，桌子上的一瓶朗姆酒和两个用过的杯子则证明了这一点。”

“是的。”福尔摩斯说，“我想两个推论都有道理。屋里除了朗姆酒还有其他酒吗？”

“有，储物箱上有个小酒柜，里面有白兰地和威士忌。不过这对我们来说并不重要，因为酒瓶都是满的，所以肯定没有人喝过。”

“即使如此，它们的存在还是有意义的。”福尔摩斯说，“不过先让我们来听听你认为和这个案子有关的东西。”

“桌子上有这个烟丝袋。”

“桌子上什么地方？”

“就在桌子中间，是用生海豹皮做的——上面带着毛，用一条皮绳可以系住。烟丝袋盖子的里侧写着‘P. C.’，里面装着半盎司那种海员用的味道浓烈的烟丝。”

“好极了！还有什么？”

斯坦利·霍普金斯从口袋里掏出一个褐色封皮的笔记本。本子的表面粗糙，已经破损，里面的纸张也已经褪色。第一页上写着“J. H. N.”和日期“1883”。福尔摩斯把它放在桌面上，仔细检查着。霍普金斯和我则分站两侧，从他肩膀两侧向前看着。第二页上写着字母“C. P. R.”，以后几页全是数字。接着出现的标题有“阿根廷”、“哥斯达黎加”、“圣保罗’等，每个标题后都跟着几页的标记和数字。

“你对这些怎么看？”福尔摩斯问。

福尔摩斯把它放在桌面上，仔细检查着。

“看上去像是证券交易所的报表。我觉得J. H. N. 是一个经纪人的名字缩写，而C. P. R.可能是他的客户。”

“试试看，会不会是加拿大太平洋铁路（其英文缩写为C. P. R.）。”福尔摩斯提醒道。

斯坦利·霍普金斯低声责骂着自己，用拳头猛击大腿。

“我可真笨！”他叫道，“当然是您说的那样。那我们要解决的只有J. H. N. 了。我检查过证券交易所的旧报表，可在1883年我没有找到任何所内或所外经纪人的缩写是J. H. N. 。但我觉得这是我手中最重要的线索。福尔摩斯先生，这可能就是当时在现场的第二个人的名字缩写，换句话说，也就是凶手的。您得承认，确实有这个可能。我还认为，这个与大笔债券有关的笔记本的发现，第一次给我们指出了谋杀的动机。”

夏洛克·福尔摩斯脸上的表情说明，案情的这一新进展完全出乎他的意料。

“我必须承认你说的两点都很有道理。”他说，“坦白说，无论我以前有什么看法，这个笔记本的出现也把它们全改变了。我从案情得出结论时完全没有考虑到这个笔记本的存在。你有没有设法调查里面提到过的债券？”

“我们正在交易所进行调查，但我担心这些南美大公司的股票持有者的完整名单都在南美，而且等我们查到这些股票的下落时，时间都过去几个星期了。”

福尔摩斯正在用放大镜检查笔记本的封面。

“这儿有些弄脏了。”他说。

“是的，先生，那是血迹。我应当告诉过您我是在地板上捡到它的。”

“血迹是在上面还是在下面？”

“是在挨着地板的那面。”

“这当然说明笔记本是在发生谋杀后才掉在地上的。”

“完全正确，福尔摩斯先生，我完全同意这一点，而且我猜想凶手是在慌忙逃跑时将它掉落的。它就掉在离门口不远的地方。”

“我想在死者的财产里并没有发现这些债券吧？”

“没有，先生。”

“有没有理由怀疑是被抢劫了？”

“没有，先生，似乎没有任何东西被动过。”

“哎呀，这真是件有意思的案子。那么现场有一把刀吗，有没有？”

“有一把带鞘的刀，仍然插在鞘里，就在死者的脚边。加里夫人已经证明那是她丈夫的东西。”

福尔摩斯沉思片刻。

“那么，”他终于说道，“我想我得亲自去看看现场。”

斯坦利·霍普金斯发出一声快乐的叫声。

"谢谢您，先生。这确实让我放下了心里的一块大石头。"

福尔摩斯朝警长摇摇手指。

"一个星期前这本可以是件容易得多的任务，"他说，"但即使现在去，也还不至无功而返。霍普金斯，如果你能叫一辆四轮马车的话，我们一刻钟内就可以出发去弗里斯特了。"

在路边小站下车后，我们又在一片残留的森林中穿行了几英里。这片森林被称为不可逾越的"丛林"，当年曾使撒克逊入侵者望而却步，阻止他们长达60年之久。现在大部分林地已被砍伐，因为这里曾是英国第一个钢铁厂的厂址，树木都被砍伐去炼铁。现在，钢铁业已被吸引到北部更加富饶的地区，只有这些被蹂躏的树丛和土地上巨大的创痕表明人类过去的功绩。在青翠的山坡上，有一片空地，一幢狭长、低矮的石屋矗立其上，一条弯曲小路穿过田野直通门口。离公路较近的地方，有一座小屋，三面围绕着灌木，屋子的大门和一扇窗户正对着我们。这就是发生谋杀的现场。

斯坦利·霍普金斯先领我们来到大房子，将我们介绍给一位面容憔悴、头发灰白的妇女。这就是被害人的遗孀，她面孔瘦削，上面布满皱纹，眼圈发红，眼光躲闪，充满恐惧，一看就知道是一位长年生活在苦难和虐待中的不幸妇女。和她在一起的是她的女儿，一个面色苍白的金发姑娘。她告诉我们，她对父亲的死感到很高兴，并且要祝福那个将她父亲打倒的人。说到这些时，她的眼睛里闪耀着反叛的光芒。黑彼得竟然把自己的家人折磨成这个样子。当我们走出屋子来到阳光下时，心情才略感轻松。我们沿着一条死者生前踩出来的小路朝小木屋走去。

木屋是最简陋的那种，木制墙壁，木头屋顶，房门旁边有一扇窗户，还有一扇窗户在房子的另一头。斯坦利·霍普金斯从口袋里掏出钥匙，弯腰正要开锁，却忽然停住了，脸色变得凝重，有些吃惊。

"锁被人撬过。"他说。

他说的一点儿没错。木头上有刀痕，上面的油漆被刮掉，露出了白木茬儿，看上去像是刚刚被撬过。福尔摩斯这时在检查窗户。

"锁被人撬过。"

"有人还想把窗户打开。不管是谁，反正他没能进去。这一定是个倒霉的小偷。”

“这真是太奇怪了。”警长说，“我敢发誓，这些划痕昨天晚上还没有。”

“也许是村里什么好奇的人。”我提醒道。

“不太可能。很少有人敢到这附近来，更不要说偷着进去了。您怎么看，福尔摩斯先生？”

“我认为我们的运气很好。”

“您是说那个人还会再来？”

“很有可能。他来的时候以为门会开着，所以他只好用一把小折刀来撬锁。他没能进去，那他会怎么办？”

“带上更合适的工具第二天晚上再来。”

“我也这样认为。要是我们不在这儿等着迎接他，那就是我们不对了。现在，让我来看看屋里的情况。”

凶杀的痕迹已经被清理干净，但屋内的家具还像那天晚上一样摆着。一连两个钟头，福尔摩斯都在细心检查屋内的每件物品，但他的神色表明他并没有什么新发现。在耐心的搜寻中，他只停下过一次。

“你从架子上拿走过什么东西吗，霍普金斯？”

“没有，我什么也没动过。”

“有件东西被拿走了。架子这个角上的灰尘比别的地方少。可能是本倒着的书，也可能是个盒子。好了，我没什么事可做的了。华生，我们到这些漂亮的树林里走走吧，欣赏几小时的鸟语花香。霍普金斯，我们今晚在这儿碰头，看看能不能和昨晚来过的先生来个近距离接触。”

我们布置好埋伏时，已经过了夜里11点。霍普金斯主张让小木屋的门开着，但是福尔摩斯认为这样会引起陌生访客的怀疑。锁是很简单的那种，只需一把结实的刀就可以打开。福尔摩斯还提议我们不要守在屋内，而是躲在屋后窗户下的灌木里。这样，如果他点灯的话，我们就可以看到他，也可以看看他深夜悄悄来访的目的。

等待漫长而乏味，但也令人振奋，好像猎人守在水塘边等待捕获来喝水的动物一样。黑暗中悄悄走出来的将是什么样的野兽呢？是一只凶猛的老虎，要用利爪和白牙经过殊死搏斗后才能被降服呢？还是一只躲躲闪闪的豺狼，只对软弱和毫无防备的人才构成威胁？

我们静静地伏在树丛里，等待着可能发生的一切情况。开始，一些迟归村民的脚步声和从村里传来的人声使我们紧绷的神经稍稍放松下来；但这些不相干的声音渐渐消失，我们被一片死寂包围起来，只有远处教堂的钟声告诉我们夜的进程，还有细雨打在我们头上树叶的声音。

钟已敲过凌晨两点半，这是黎明前最黑暗的时刻，门口方向突然传来一声低沉而尖锐的咔哒声，我们全都一惊。有人走上了小道。接着又是一片沉寂，我不禁开始担心那只不过是一场虚惊。这时小屋另一侧传来悄悄的脚步声，接着是金属的摩擦声和撞击声。那人正在撬锁！这次，他的技术高超了，或者是他的工具顺手了。因为只听吧嗒一声，门开了。有人点燃了一根火柴，接着小屋内部被稳定的烛光照亮了。透过薄纱窗帘，我们全神贯注地注视着室内的情景。

这位深夜来客是个身体瘦弱的年轻人，黑色的胡须更衬托出他死人般苍白的脸。他最多不过20出头。我从没见过有人像他这样惊恐万状，他的牙齿显然在打冷战，全身都在不停颤抖。他的衣着像个绅士，穿着诺福克上衣[①]和灯笼裤，头戴便帽。他惊恐地环视四周，然后把蜡烛头放在桌子上，走到一个角落里，从我们的视线中消失了。回到烛光下时，他手里拿着一个大本子，是架子上那排航海日志中的一本。他趴在桌子上，很快地浏览着，直到翻到要找的项目。他握紧拳头做了个愤怒的手势，合上本子把它放到角落里，然后吹熄了蜡烛。他正要转身离开，霍普金斯的手已经揪住了他的脖子。当他明白他已跑不

① 一种有腰带和长方形褶皱的单排扣男用宽上衣，源于诺福克郡猎野鸭者所穿的上衣。——译注

那位深夜来客趴在桌子上，快速地浏览着。

掉时，我听见他长叹一声。

我们重新点起蜡烛。可怜的俘虏蜷缩在警长的大手下抖个不停。他瘫坐在储物箱上，无助地看看这个，又望望那个。

他瘫坐在储物箱上，无助地看看这个，又望望那个。

“好了，我的好伙计。”斯坦利·霍普金斯说，“你是谁，来这儿干什么？”

那人打起精神，强作镇定地看着我们。

“我想你们是侦探吧？你们以为我和彼得·加里船长的死有关。我向你们保证，我是清白的。”

“这个我们会调查的。”霍普金斯说，“首先，告诉我们你叫什么？”

“约翰·霍普莱·内里根[①]。”

我看见福尔摩斯和霍普金斯迅速交换了一下眼色。

“你在这儿干什么？”

“你们能替我保密吗？”

“不，当然不能。”

“那我为什么要告诉你们？”

“如果你不回答，在法庭上可能对你不利。”

年轻人害怕了。

“好吧，我说，干吗不呢？只是我不愿意让过去的丑闻再流传开来。你们听说过道森暨内里根公司吗？”

从霍普金斯的脸上，我知道他没有听说过；但福尔摩斯却显得非常感兴趣。

“你是说那两个西部银行家吗？”他说，“他们亏损了100万英镑，康沃尔郡的一半家庭都破了产，而内里根也失踪了。”

“不错，内里根就是我父亲。”

我们终于得到了一些东西，可一个负债潜逃的银行家和被自己的鱼叉钉在墙上的彼得·加里船长之间，仍然有很大的距离。我们全都专注地听着这个年轻人的故事。

① 其英文首字母缩写为J. H. N.。——译注

“那件事主要和我父亲有关。道森那时已经退休。我刚刚10岁，不过已经能感觉到这件事带来的羞辱和恐惧。人们一直说是我父亲携带所有债券逃走了。这不是事实。他相信只要给他时间，一切情况都会好转，所有债权人都会拿回他们的钱。所以就在逮捕令签发前，他坐着他的小艇去了挪威。我现在还记得他走前跟我母亲道别的情景。他给我们留下了一张他带走的债券的清单，并且发誓说他会回来洗刷自己的名声，所有曾信任过他的人都不会再受苦。但从那以后我们就再也没有听到过他的消息。他和他的游艇就这样消失了。我母亲和我都认为，他和他的游艇，还有他带走的那些债券都已沉到了海底。可是我们有一个忠实的朋友，他是个生意人。不久前他发现在伦敦市场上出现了我父亲当年带走的债券。你们可以想象得到，我们当时有多惊讶。我花了几个月的时间追查这些债券的来源。经过许多波折和困难，我终于发现最初出售这些债券的人就是彼得·加里船长，也就是这小屋的主人。

“自然，我对这个人进行了一些调查。我发现在我父亲渡海去挪威的那段时间，他刚好是一艘从北冰洋返航的捕鲸船的船长。那年秋季多风暴，一直刮着强劲的南风。我父亲的游艇很可能被吹到北方，遇到了加里船长的船。如果真是这样的话，我父亲怎么样了呢？不管怎样，如果我能从彼得·加里船长提供的情况中查明这些债券是如何出现在伦敦市场上的，便可以证明我父亲并没有出售这些债券，而且在他带走它们的时候，也并没有想自己发财。

“我来苏塞克斯郡是想见见这位船长，可就在这个时候他被凶残地谋杀了。我在警方的报告中看到了这间小屋的介绍，上面说那只船的航海日志还保留在屋里。我突然想到，如果我能看到1883年8月在‘海洋独角兽’号上发生的事，我也许能揭开我父亲的生死之谜。我昨晚想来看看那些日志，可是没能进来。今天我又来了，而且成功了，但我发现那个月的日志已经被人撕掉了。就在这时我发现自己成了你们的俘虏。”

“就是这些？”霍普金斯问。

“是的，就是这些。”说话的时候，他的眼神不停地闪烁着。

“没有别的要告诉我们吗？”

他犹豫着。

“没有。”

“昨天晚上以前，你没有来过吗？”

“没有。”

“那你怎么解释这个？”霍普金斯举起那个笔记本叫道。本子的第一页上还有他名字的缩写，封皮上还带着血迹。

可怜的人垮掉了，他把脸埋在手里，全身颤抖。

“你们从哪儿找到它的？”他呻吟道，“我不知道，我以为我把它丢在旅馆了。”

“够了，”霍普金斯厉声道，“不管你还有什么要说的，到法庭上去说吧，现在你和我到警察局去。福尔摩斯先生，我非常感谢您和您的朋友到这里来帮助我。不过现在看来，根本没有必要请您来。没有您，我也一样会圆满解决这个案子，不过我仍然很感激您。我们在勃兰布莱特旅店给二位订了房间，现在我们可以一起到村里去了。”

第二天早上我们回伦敦时，福尔摩斯问我：“华生，你对这事怎么看？”

“我看得出来你并不满意。”

“喔，不，我亲爱的华生，我非常满意。可是我并不欣赏斯坦利·霍普金斯的方法，我对他很失望，我本来希望他能表现得更好些。一个侦探总应该探索是否还有另一种可能性，并且提防这种可能性的出现。这是调查犯罪的首要原则。”

“那么这案子的另一种可能是什么呢？”

“就是我一直在调查的线索。也许我们什么都得不到，很难说，但至少我要追查到底。”

在贝克街，几封信正等着福尔摩斯。他抓起一封打开，然后发出一阵胜利的笑声。

“好极了，华生，另一种可能性有了进展。你有电报纸吗？替我写两封信：‘瑞特克利夫大街，海运公司，萨姆纳。请派3个人来，明早10点到。——巴塞尔’，这就是我在那片地区用的假名。然后另一封信：‘布瑞斯顿区，洛德街46号，警长斯坦利·霍普金斯。明早9点半务必来吃早饭。如不能来，回电。——夏洛克·福尔摩斯。’好了，华生，这件讨厌的案子已经纠缠了我10天。从现在起，我要它完全从我面前消失。我相信我们明天就会看到它的最终结果。”

斯坦利·霍普金斯警长在约定时间准时到了。我们一起坐下来吃赫德森夫人准备的丰盛早餐。案件的成功解决使年轻的警长兴致很高。

“你真的认为你的方法是正确的吗？”福尔摩斯问。

“我想不出比这更圆满的案子了。”

“你的结论能解释所有疑点吗？”

“当然。我查明这个内里根就在罪案发生当天住进了勃兰布莱特旅店。他借口说到这里打高尔夫球。他的房间在旅馆的一层，所以他可以自由出入。那天晚上他来到伍德曼·李，在小屋中和彼得·加里见了面，他们争吵起来，他就用鱼叉杀了他。他被自己做的事吓坏了，逃出小屋时把笔记本掉在了地上，这是他带来要质问彼得关于债券的事的。您可能已经注意到有些债券上面打了勾，而大部分还没有。那些打了勾的是在伦敦市场上被追查出来的；而其他那些应该还在彼得·加里手中。根据内里根自己的说法，他急于追回这些债券，以便偿还给他父亲的债主。逃走后，有一段时间他不敢再接近小屋，但最后他还是强迫自己回来了，以便得到他需要的信息。这不是很简单，也很明显吗？”

福尔摩斯笑着摇了摇头。

“在我看来，只有一个漏洞，霍普金斯，那就是这根本不可能。你有没有试过用鱼叉刺穿一个人的身体？没有？嗨，我亲爱的先生，你必须注意这些细节。我的朋友华生会告诉你，我曾花了一个早晨的时间来进行这项运动。那不是一件容易的事，需要一只强壮、久经训练的胳膊。那致命的一击发力非常之大，矛头都嵌进了后面的墙壁。你认为那个贫血的年轻人能够发出如此凶猛的一击吗？是他和黑彼得在半夜共饮朗姆酒吗？案发两天前出现在窗帘上的侧影是他吗？不，不，霍普金斯，一定是另外一个身强体壮得多的人。他才是我们要找的人。”

警长的脸在福尔摩斯说话时越拉越长，他的希望和雄心都在破灭，但他还不想这么轻易就放弃阵地。

“但您不能否认案发当晚内里根确实在现场，福尔摩斯先生，笔记本能证明这一点。即使您能挑出漏洞，可我想我还有足够的证据说服陪审团。再说，福尔摩斯先生，我已经抓到了我的罪犯。至于您说的那个可怕的人，他在哪儿呢？”

“我想他就在楼梯上。”福尔摩斯安详地说，“华生，我想你最好把左轮手枪放在容易拿到的地方。”他站起身，把一张写着字的纸条放在靠墙的桌子上，然后说：“我们准备好了。”

刚才外面传来一阵粗野的说话声，这时赫德森夫人推门进来，说外面有3个人要见巴塞尔船长。

“让他们一个一个进来。”福尔摩斯说。

第一个进来的人个子矮小，红红的脸蛋，长着蓬松、雪白的连鬓胡子，样子很滑稽。福尔摩斯从口袋里掏出一个信封。

“你叫什么？”福尔摩斯问。

“詹姆斯·兰开斯特。”

“对不起，兰开斯特，可是铺位已经满了。这里有半个英镑，麻烦你了。请到那个房间等一下。”

第二个人细长，干瘦，头发稀疏，两腮都塌了下去。他叫休·帕廷斯。他同样没有被雇用，但得到了半个英镑，也被命令到另一个房间等候。

第三个人的外貌甚是奇特，一副牛头犬模样的凶恶面孔被蓬乱的头发和胡须簇拥着，在向下垂着的浓重眉毛下，两只黑色的眼睛毫无畏惧地闪闪发亮。他向我们问过好，按水手的方式站在那里，手里转动着他的帽子。

“你叫什么？”福尔摩斯问。

“帕特里克·凯恩斯。”

“叉鱼手？”

“是的，先生。出过26次海。”

“我想是在丹迪港？”

“是的，先生。”

“准备跟一艘探险船出海吗？”

“是的，先生。”

“挣多少钱？”

“一个月8镑。”

“你能马上出海吗？”

“一拿到工具箱就可以。”

“带着你的证件吗？”

“带着，先生。”他从口袋里掏出一卷已经揉皱的油花花的单子。福尔摩斯看了一眼，把东西交还给他。

“你正是我们要找的人。”他说，“合同在靠墙的桌子上，你签个字，事情就定了。”

水手蹒跚地穿过房间，拿起笔。

“签在这里可以吗？”他问，弯腰俯向桌面。

福尔摩斯从他身后探过身去，两只手绕过了他的脖子。

“这样就行了。”他说。

我听到了金属的撞击声和一声公牛般的怒吼。转眼间，福尔摩斯就和这个水手在地上扭打起来。虽然福尔摩斯已经敏捷地给他戴上了手铐，但他力大无比，要不是霍普金斯和我冲过去帮他，福尔摩斯很快就会被这个水手制服。当

“签在这里可以吗？”

我把冰冷的枪口对准他的太阳穴时，他才终于明白抵抗是没有用的。我们用绳子捆住他的脚踝，然后气喘吁吁地站起身来。

“我必须道歉，霍普金斯，”夏洛克·福尔摩斯说，“炒鸡蛋怕是已经凉了。不过如果你想到你已经成功地解决了这个案子，你一定会吃得更香，是不是？”

斯坦利·霍普金斯吃惊得一句话也说不出来。

“我不知道该说什么，福尔摩斯先生。”他终于红着脸说道，“看来从一开始我就是个笨蛋。我现在明白了，我永远都不该忘记我是学生您是老师。即使我亲眼看见了您所做的事，可我还是不明白您是怎么做的，也不明白这意味着什么。”

“好了，好了，”福尔摩斯好脾气地说，“我们都是吃一堑长一智。而这次你的教训就是，切不可忽略另一种可能性。你把全部注意力都集中在了年轻的内里根身上，从而完全忽略了谋杀彼得·加里的真正凶手——帕特里克·凯恩斯。”

那个水手的沙哑声音打断了我们的谈话。

“你看，先生，”他说，“你们这样对我，我并没有抱怨，但是我希望你们说话不要用错了词。你说我谋杀了彼得·加里，可我说我宰了彼得·加里，这可有很大区别。也许你们不相信我的话，认为我在编故事。”

“完全不会。”福尔摩斯说，“你有什么要说的，尽管告诉我们。”

“这不用太长时间，而且我向上帝发誓，我说的每个字都是真的。我非常了解彼得·加里，所以当他掏出刀子时，我就用鱼叉戳死了他，因为我知道不是他死就是我亡。他就是这么死的。你可以管这个叫谋杀。不管怎样，我宁可被绞死，也不想被黑彼得用刀捅死。”

“你怎么会到那儿去的？”福尔摩斯问。

“还是从开头说起吧。不过让我坐起来一点儿，这样说话方便些。那是在1883年那年的8月，当时彼得·加里是‘海洋独角兽’号的船长，我是后备叉鱼手。我们正从北冰洋出来往回走，一直顶风，大南风一直刮了一个星期。我们从海上救了一只被刮到北边的小船。船上有个人，他以前从未出过海。那只船上的水手可能以为它要沉了，所以都弃船坐舢板向挪威海岸去了。我猜他们全都淹死了。一句话，我们把这个人救上了船。他和我们的头儿在舱里谈了很长时间。和他一起抢救上来的只有一只锡制的箱子。没人提到过这个人的名字，至少我没听说过。而且第二天晚上他就不见了，就像从没来过一样。船上传说他不是跳海了，就是被大浪卷下去了。只有一个人知道他出了什么事。这个人就是我。因为我亲眼看见，在深夜第二班，也就是12点到凌晨4点的时候，船长捆住他的脚，把他扔到了船舷外。又过了两天，我们就看见了瑟特兰灯塔。

“这事我对谁也没提过，我等着看会发生什么。我们回到苏格兰的时候，这件事很容易就被瞒了下来，也没人问什么问题。一个谁也不认识的人意外死了，谁都懒得去问。过了不久，彼得·加里就不再出海了。过了好多年我才知道他在哪儿。我想他是为了箱子里的东西，所以干出了杀人的勾当，我想他现在应该给我一笔钱让我闭嘴。

“我是从一个水手那里知道他的下落的，那个水手在伦敦见过他，于是我就找他来要钱。第一天晚上他还挺讲理，并且准备给我一笔钱，让我下辈子不用再出海。我们商量好，两天以后把事情搞定。可我再去时，却发现他已经喝得半醉，脾气很坏。我们坐下来喝着酒，聊着过去的事。可他喝得越多，脸色就越不好看。我瞥见了墙上的鱼叉，心想在我完蛋前也许还用得着它。最后，他终于朝我发作起来，又啐又骂，眼露凶光，手里亮出了刀子。他还没来得及把刀拔出鞘，我的鱼叉已经刺穿了他。天啊！他那一声惨叫，还有那张脸，总是让我睡不着觉。我站在那儿，周围全是他的血。我等了会儿，可没人过来，于是我又镇定下来。我四处看了看，那个小箱子就在架子上。不管怎么说，我和彼得·加里 样有权得到它，所以我就拿着它离开了小屋。可我这笨蛋却把烟丝袋落在了桌子上。

“我们坐下来喝着酒，聊起过去的事。”

“下面是最奇怪的事了。我已经走出了屋子，却听见有人过来，于是我就藏到了树丛里。一个男人鬼鬼祟祟走来，进了屋子，大叫一声，仿佛撞见了鬼，然后撒腿就跑，一会儿就不见影儿了。我不知道他是谁，也不知道他来干什么。我走了10英里，在坦布里奇韦尔斯上了火车，来到了伦敦。我真是再蠢不过了。

“当我检查那只箱子时，发现里面根本没有钱，只有一些债券，可我又不敢卖。我没从黑彼得那儿敲到钱，现在被困在伦敦，口袋里没有一分钱。我只剩下自己的手艺。我看到了招叉鱼手的广告，给的钱也很多，所以我就去了海运公司，他们叫我到这儿来。我就知道这么多。再说一遍，我杀了黑彼得，法律应该感谢我，我替他们省了一条麻绳钱。”

“口供非常清楚。”福尔摩斯说着，举起烟斗点燃。“霍普金斯，我想你应该马上把你的囚犯转移到一个安全的地方。这个房间并不适合做牢房，而帕特里克·凯恩斯先生在地毯上占的地方也太大。”

“福尔摩斯先生，”霍普金斯说，“我不知道该如何表达自己的感激。直到现在，我也不明白您是怎么破的案。”

“只不过一开始我就幸运地抓住了正确的线索。如果我早知道那个笔记本的事，我也很可能像你一样被引入歧途。但是我所听到的情况全都指向一个方向。惊人的力气，使用鱼叉的技巧，朗姆酒加水，海豹皮的烟丝袋，再加上里面的粗制烟丝——这些都让人想到一个水手，而且是个做过捕鲸手的水手。我相信烟丝袋上的缩写‘P. C.’并不是指彼得·加里，而只是个巧合，因为他很少抽烟，而且屋子里也没有发现烟斗。你记得我曾经问过屋里是否有白兰地和威士忌，你说有。有多少没出过海的人在有这些酒的时候，会喝朗姆酒呢？是的，我相信凶手是个水手。”

“那您是怎么找到他的呢？”

“我亲爱的先生，这就是个非常简单的问题了。如果凶手是水手的话，那只能是和彼得·加里在‘海洋独角兽’号上待过的人。据我所知，他并没有在别的船上干过。我给丹迪港去了电报，3天后他们给我寄来了1883年‘海洋独角兽’号全部船员的名单。当我找到鱼叉手帕特里克·凯恩斯的名字时，我的调查就已经接近尾声了。我认为这个人很可能在伦敦，而且急于离开英国一段时间。所以我在伦敦东区花了几天时间，编造了一个北极探险队，并且以巴塞尔船长的名义，以优厚的条件招募叉鱼手——看，这就是结果！”

“太棒了！”霍普金斯大声说，“太棒了！”

“你要尽快释放年轻的内里根。”福尔摩斯说，“坦白说，我认为你应该向他道歉。小箱子应该退还给他，不过彼得·加里卖掉的那些债券当然找不回来了。马车来了，霍普金斯，你可以把你的人带走了。如果审判时需要我，我和华生的地址将是挪威某个地方——详细地址我会写信给你。”

米尔沃顿

我现在说的事发生在很多年前。即使这样，我提起它的时候还是有些担心。因为在很长时间内，哪怕以最谨慎的方式也不可能透露这件事。但现在故事的主角已不再受人类法律的裁判，所以在做了适当保留后，故事可以被公开而不至于伤害到什么人。它所记录的，是夏洛克·福尔摩斯和我的职业生涯中一段非常奇特的经历。如果我删去了日期或其他能够使人追溯到真实事件的情节，希望读者原谅。

一个寒冷的冬日，福尔摩斯和我在进行了惯常的散步后回到寓所，当时大约是晚上6点钟。福尔摩斯打开灯，灯光照出桌面上有一张名片。他瞥了一眼，厌恶地哼了一声，把它扔到了地板上。我捡起来念道：

查尔斯·奥古斯塔斯·米尔沃顿

代理人

阿普尔多尔塔

汉普斯特德区

“他是谁？”我问。

“伦敦最坏的人。”福尔摩斯说着，在壁炉前坐下，伸腿烤着火。“名片后面写着什么吗？”

我把它翻过来。

“6点半来访。C. A. M. 。”我说。

“哼！他马上就要来了。华生，当你在动物园里站在蛇的面前，看着那种滑溜溜的有毒爬行动物时，看着它们可怕的眼睛和邪恶扁平的脸时，你有没有一种皮肤发紧、浑身不自在的感觉？这就是米尔沃顿给我的印象。在工作中，我和50个杀人犯打过交道，但其中最坏的也没有像他那样让我厌恶。可我还不能不跟他打交道——事实上，他还是我邀请来的。”

“可他是什么人呢？”

“我这就告诉你，华生，他是敲诈犯里的大师。愿上帝帮助那些隐私和名誉受到他要挟的男人，更要帮助那些女人。他满面堆笑，却心如铁石，对他们无情地敲骨吸髓，直到把他们榨干。那家伙从某种角度讲是个天才，本可以在更体面的行业中大展手脚。他的方法是这样的：他让人们知道，他愿意高价收买可以要挟有权有势的人的信件。他不仅从背叛主人的贴身仆人那里得到这些东西，而且经常从上流社会的流氓手里弄到，因为他们骗得了轻信女人的信任和爱情。他做买卖绝不小气。我偶尔听说为了一张只有两行字的便条，他付给了一个男仆700英镑，而这导致了一个贵族家庭的毁灭。只要市场上有的东西，就会落到米尔沃顿手中。在这偌大的城市里，有成百上千的人听到他的名字会吓得面无血色。没人知道他的魔爪会落到谁的头上，因为他太有钱，也太狡猾，绝不会轻易罢手。他可以把一张牌留上好几年，直到价码最高时再拿出来。我说过他是伦敦最坏的人，试问，一个发脾气时殴打夫人的暴徒怎么能和他相提并论呢？为了扩充自己已经满满的钱囊，他能够从容而有条不紊地折磨人们的灵魂和神经。”

我很少听到我朋友这样感情激愤地说话。

我说：“不过他一定会受到法律的制裁。”

“从法律角度说，是的，但实际上却做不到。比如说，控告他让他坐几个月牢，但紧接着自己身败名裂，这对一个女人有什么好处呢？所以，那些受害者不敢还击。如果他敲诈过一个清白的人，那我们一定可以抓到他。可他狡猾得像魔鬼。不，不，我们必须用其他方法对付他。”

“那他来这里干什么？”

“因为一个当事人把她不幸的案子托付给了我。她就是著名的伊娃·布莱克威尔小姐，上季度进入社交界的最美丽的女士。两个星期后，她将嫁给德温考伯爵。这恶棍弄到了几封轻率的信——只是轻率，华生，没有什么别的——信是写给一个年轻的穷乡绅的。可这些信足以毁了这桩婚事。如果米尔沃顿得不到一大笔钱，他就会把信交给德温考伯爵。我受当事人委托约见他，并且要尽量把价钱压低。”

这时街上传来了马蹄声和车轮声。我向窗外望去，看见一辆气派非凡的双驾马车停在楼前。明亮的车灯照着那对栗色骏马的光润腰身。一个仆人打开车门，一个矮小敦实、穿着蓬松黑色羊皮大衣的人下了车。一分钟后，他来到了屋里。

查尔斯·奥古斯塔斯·米尔沃顿大约50岁左右，头很大，显得很有学识，肥胖的圆脸上看不见一根胡子。脸上总挂着冷笑，两只机灵的灰眼睛在金边大眼镜后闪闪发亮。他的样子让人想起匹克威克[①]的仁慈，但那虚伪的假笑和犀利、不安分的眼神却使这种印象不攻自破。他的声音像他的面孔一样，圆滑而优雅。他一面伸着小胖手向我们走来，一面低声说很遗憾第一次来的时候没有见到我们。福尔摩斯没有理会那只手，毫无表情地盯着他。米尔沃顿的嘴咧得更大了些。他脱下大衣，在沙发背上精心地叠好，然后坐下来。

“这位先生是谁？”他朝我这边一指，说道，“这样做慎重吗？这样可以吗？”

“华生医生是我的朋友兼搭档。”

“很好，福尔摩斯先生，我刚才提出异议是为您的当事人着想，这件事很微妙——”

① 英国小说家狄更斯作品《匹克威克外传》的主人公，以慷慨仁慈著称。——译注

查尔斯·奥古斯塔斯·米尔沃顿

"华生医生已经知道了。"

"那我们就可以谈正事了。您说您代表伊娃女士，她是不是已经授权您接受我的条件了？"

"你的条件是什么？"

"7000英镑。"

"有其他选择吗？"

"亲爱的先生，我觉得讨论条件是很不愉快的，但如果我14号收不到钱的话，18号就肯定不会有婚礼。"他那让人无法忍受的冷笑更加得意洋洋了。

福尔摩斯想了一会儿。"在我看来，"他终于说道，"你好像太自以为是了。我自然很了解那些信的内容，我的当事人肯定会照我的建议做。我将建议她向未婚夫坦白，相信他会宽宏大量。"

米尔沃顿咯咯笑了。

"你显然不了解伯爵的为人。"他说。

从福尔摩斯不快的脸色看，我知道他其实很了解。

"信里有什么呢？"他问。

"那些信写得很愉快——非常愉快。"米尔沃顿说，"那位女士的确是一个很讨人喜欢的通信人。可我向您保证，德温考伯爵是不会欣赏那些信的。但是既然您不这么认为，那我们就不多谈了。这只不过是笔买卖。如果您认为把这些信交到伯爵手中是对您当事人最有利的事，那出这么大一笔钱把它们买回去当然是太傻了。”他站起身去拿他的羊皮大衣。

福尔摩斯又气又恼，脸色发青。

“等等，”他说，“你的结论下得太快了。在这么微妙的事情上，我们当然要尽量避免流言蜚语。”

米尔沃顿重又坐回到椅子上。

“我知道您迟早会明白的。”他嘀咕道。

福尔摩斯继续说：“不过，伊娃女士并不富有。我向你保证，2000镑就会耗尽她的财产，你开的价钱是她不可能办到的。所以，我请你重新考虑你的条件，按我说的价钱退还那些信件。我向你保证，这是我们能出的最高价钱了。”

米尔沃顿笑得更开心了，他诙谐地眨着眼睛。

“我知道，您所说的那位女士的财产情况是真实的。”他说，“但您得承认，一个女人的婚礼是她的亲戚朋友为她效劳的最好时候。对于选什么样的结婚礼物他们可能要犹豫。但是我向你们保证，买这沓信带给他们的快乐，要比伦敦的所有美味珍馐还要多。”

“这是办不到的。”福尔摩斯说。

“哎呀，哎呀，多么不幸！”米尔沃顿叫道，同时掏出一个厚厚的本子。“如果这些女士不做些努力的话，那我就不得不认为她们太不明智了。你们看！”他举起一个印有家徽的信封。“这是——唉，也许明天早晨以前不该说出这个名字。可是，到那时候这封信就会落到这位女士的丈夫手中。这只不过是因为她不能弄到一笔少得可怜的钱。其实她只要愿意把钻石首饰换成假的，不用一个小时就能弄到钱。这真是太可惜了！你们还记得麦尔兹女士和多尔金中尉突然解除婚约的事吧？离婚礼只有两天了，《晨报》上却登出消息说婚礼取消了。为什么？说起来让人难以相信，只要拿出1200镑这么一笔小小的款子来，问题本来是可以解决的。这难道不可惜吗？您是个聪明人，您当事人的前途和名誉岌岌可危，您却还在和我讨价还价。您真让我吃惊，福尔摩斯先生。”

“我说的是事实，”福尔摩斯说，“她没法弄到这笔钱。毁坏这位女士的一生对你没有任何好处，接受我提出的为数并不少的钱，对你岂不更好？”

“这您就错了，福尔摩斯先生。把事情抖出去，间接地对我大有好处。我手上还有八九件事快到办理的时候了。如果那些人都知道我已拿伊娃女士做了反面教材，他们会变得更加通情达理的。您明白我的意思了？”

福尔摩斯从椅子上一跃而起。

“到他后面去，华生！不要让他出去！好了，先生，让我们看看那个本子里都有些什么。”米尔沃顿像老鼠一样窜到了墙边，背靠墙站着。

“福尔摩斯先生，福尔摩斯先生，”他一边说，一边敞开衣襟，露出里侧口袋里一支大左轮手枪的枪柄。“我早料到你会做出些不寻常的事。人们常常这么做，可又有什么用呢？老实告诉你，我可是全副武装。既然法律会保护我，我是准备好动枪的。再说，你要是以为我会把那些信夹在本里带来，你就大错特错了。我是不会做那种傻事的。现在，先生们，我今天晚上还要见一两个人，而回汉普斯特德区的路又很远。”他一步步走过来，拿起大衣，手握着枪柄，然后朝门口走去。我拎起一把椅子，可福尔摩斯摇了摇头，于是我又把它放下了。米尔沃顿鞠了个躬，微笑着眨眨眼，转身走了出去。不一会儿，我们就听到了马车的关门声和滚滚的车轮声。

福尔摩斯一动不动坐在炉火边，双手深深插在裤子口袋里，耷拉着下巴，凝视着发光的余烬。他这样默默无言、一动不动地坐了半个小时。然后，他带着主意已定的样子猛地站起身，走进了卧室。过了一会儿，从卧室里却出来一个俏皮的年轻工人。他长着山羊胡子，样子甚是潇洒。下楼前，他在灯上点着泥制的烟斗。“华生，我过一会儿回来。”他说完就消失在夜色里。我知道他已经开始了与查尔斯·奥古斯塔斯·米尔沃顿的较量，但我做梦也没想到这场

他一边说，一边敞开衣襟，露出里侧口袋里一支大左轮手枪的枪柄。

较量会采取这么奇怪的形式。

那一阵子，福尔摩斯整天穿着这身衣服出出进进。不用说，他一定是在汉普斯特德区出没，而且很有收获。但至于他都做了什么，我一无所知。终于，在一个风雨大作的夜晚，在呼啸的狂风中，他结束最后一次出征回来了。他卸去伪装，坐在炉火前，以他那种无声内敛的方式开心地笑了。

“你不会认为我快结婚了吧，华生？”

“当然不会！”

“那你一定很有兴趣知道我订婚了。”

“我亲爱的朋友，祝贺——”

“和米尔沃顿的女仆。”

“天哪，福尔摩斯！”

“我需要情报，华生。”

“可你是不是做过头了？”

“我不得不走这一步。我装成一个生意不错的管子工，叫埃斯科特。每天晚上我都陪她出去散步，和她聊天。天啊，都说了些什么啊！不过我弄到了我想知道的情况，我对米尔沃顿的家已经了如指掌。”

“可那姑娘呢，福尔摩斯？”

他耸耸肩。

“我亲爱的华生，这是没办法的事。桌上的赌注这么大，你只好尽力出牌了。不过我很高兴地告诉你，我有一个可恨的情敌，只要我一转身就会把我挤掉。今天晚上的天气多好！”

“你喜欢这样的天气？！”

“它对我要做的事有利。华生，我计划今天晚上潜入米尔沃顿的家。”他一字一字坚定地说道。

我不禁倒吸一口凉气，全身发冷，就像一道闪电照亮原野的各个角落，我似乎看到了此举可能产生的每个后果——被发现，被抓住，光荣的事业以不可挽回的失败和耻辱而告终，而我的朋友也将听任可恶的米尔沃顿摆布。

“看在上帝分上，福尔摩斯，想想你在干什么。”我叫道。

“亲爱的朋友，我已经仔细考虑过，我从不鲁莽行事，如果还有其他可能，我也不会走这么危险的一步。让我们客观地仔细分析一下，我想你会承认这样做在道义上无可厚非。其他，闯入他的家，就像抢夺他的笔记本一样——你是准备帮我抢的。”

我想了想。

“是的，”我说，“只要我们的目的是拿走那些被用于非法用途的东西，我们的行动就是正当的。”

“完全正确。既然道义上无可厚非，那么我只要考虑一下个人风险问题。当一位女士迫切需要帮助时，一个绅士不该过多考虑个人安危，是不是？”

“你会被人误解。”

“是的，那是风险的一部分，但没有其他办法拿回那些信。这位不幸的女士没有钱，又没有可以信任的亲人。明天就是期限的最后一天，除非我们今天晚上拿回那些信，否则那个恶棍就会说到做到，使她身败名裂。所以，我要么让自己的当事人听天由命，要么就是打这最后一张牌。华生，我只能和你说，这是米尔沃顿和我之间的生死决斗。你看见了，他赢得了第一回合；但我的自尊和名声一定要我战斗到底。”

“唉，我不喜欢这样做，可我想我们不得不去。”我说，“我们什么时候出发？”

“你不去。”

“那你也不能去。”我说，“我已经说过要去——这辈子我还从没有说话不算数。你要是不让我一起去，我就坐马车直接上警察局告发你。”

“你帮不了我。”

“你怎么知道？谁也不知道会发生什么，反正我决心已定。除了你，别人也有自尊，甚至也有名声。”

福尔摩斯有些不耐烦，但终于还是展开了眉头。他拍拍我的肩膀。

“好了，好了，我亲爱的朋友，就这么办。我们在一个屋檐下生活好几年了，要是最后在一个牢房里生活，那倒很有意思。华生，不怕你笑话，我一直有个想法，就是我也可以成为一个效率颇高的罪犯。今天晚上就是我展示这方面才华的难得机会。你看！”他从抽屉里拿出一个整洁的皮套子，套子里有一些发亮的工具。“这是最高级、最先进的盗窃工具：镀镍的撬棒，镶着金刚石的玻璃刀，万能钥匙，以及人类发展所需要的各种现代发明，还有在黑暗中用的灯。一切都准备好了。你有走路不出声的鞋吗？”

“我有橡胶底的网球鞋。”

“好极了。面罩呢？”

“我可以用黑绸子做两个。”

“看得出来你在这方面很有天赋。很好，你去做面罩。走前我们要吃点儿现成的东西。现在是9点半。11点我们就会到教堂住宅区，再到阿普尔多尔塔又需要15分钟。这样午夜之前我们就可以开工了。米尔沃顿每天准时10点半上床，而且睡得很沉。只要幸运，我们两点以前就可以口袋里装着伊娃女士的信回来了。”

福尔摩斯和我穿上晚礼服，看上去就像两个看完戏正在回家的人。在牛津街我们叫了一辆马车，给了他在汉普斯特德区的一个地址。到达后，我们付了车钱。天气很冷，狂风仿佛要把我们吹透。我们扣上外衣，沿着石南树丛走着。

“这件事要做得非常谨慎。”福尔摩斯说，“那些信就锁在这家伙书房的保险柜里，而书房就在他卧室外面。不过，和所有会照料自己的壮汉一样，他睡觉睡得很死。我的未婚妻阿加莎说，仆人们把叫不醒主人当笑话讲。他有个忠心耿耿的秘书，白天从不离开书房。这就是我们为什么要晚上来。他还在花园里养了条恶狗。前两天晚上我和阿加莎约会很晚，她把那畜生锁了起来，好让我利落地走掉。这就是那幢房子，院子里的那幢大房子。进大门——然后向右穿过月桂树。我想我们在这儿把面罩戴上吧。你看，窗户全都没有灯光，一切都很顺利。”

戴着黑色丝绸面罩，我们两个似乎成了整个伦敦城里最凶猛好斗的歹徒。我们悄悄走近这座沉寂而阴郁的房子。房子一侧有一个带瓦顶的走廊，两扇门和几个窗户。

“那就是他的卧室。”福尔摩斯悄声说，“这扇门进去就是书房。这儿对我们最合适，但是门不仅插上了，还上了锁，要进去会弄出太大声响。到这边来，这儿有个花房，进去就是客厅。”

花房上着锁，不过福尔摩斯割去一圈玻璃，从里面打开了门。我们走进去关上门。从这时起，我们在法律上已经成了罪人。花房里温暖、厚重的空气和奇花异草浓郁的香气迎面袭来，使我们几乎窒息。他在黑暗中握住我的手，领我穿过一丛灌木，灌木的叶子蹭着我们的脸。福尔摩斯通过潜心修炼，练就了非凡的本领，可以在黑暗中辨认事物。他一只手拉着我，另一只手打开了一扇门。我隐约感到我们来到了一个大房间，而且不久前还有人在这儿抽过雪茄。他在家具中摸索着往前走，又打开一扇门，待我们进去后又悄悄关上。伸出手，我能摸到挂在墙上的衣服，我知道我们现在是在过道里。穿过这条过道，福尔摩斯轻手轻脚地打开右手的一扇门。有个东西蓦地冲了出来，我的心一下跳到了嗓子眼，可我紧接着差点儿笑出声来，原来那是只猫。这间屋子里点着火，而且同样充满了浓重的烟草味。福尔摩斯踮着脚走进去，等我也进去后轻轻关上了门。我们已经来到了米尔沃顿的书房，对面的门帘表明那就是通往他卧室的入口。

炉火烧得很旺，照亮了整个屋子。在靠近门口的地方，我看见了电灯开关。但即使开灯安全，也完全没有必要。壁炉的一侧有个很厚的窗帘，窗帘后面就是我们在外面看到的观景台；另一侧就是通往外面走廊的门。屋子中间摆着一张书桌，后面有把转椅，转椅的红色皮革在炉火映衬下闪闪发光。桌子对面是一个大书柜，顶上摆着一个雅典娜的大理石像。在书柜和墙之间的角落里，立着一个高高的绿色保险柜，锃亮的黄铜把手反射着炉火的光亮。福尔摩斯轻轻走过去，打量着它。然后他蹑手蹑脚走到卧室门口，侧着头凝神倾听。什么声响也没有。这时我突然想到，通往外面的那扇门很适合做退路，所以我试了试那扇门。我又惊又喜地发现它居然没有上门闩也没有上锁！我碰碰福尔摩斯的胳膊，他转过戴着面罩的脸朝那里望去。我看见他吓了一跳，显然他和我一样很吃惊。

“这不对头。”他在我耳边悄声说，“可我也不明白这是怎么回事。不管怎样，我们得抓紧时间。”

福尔摩斯蹑手蹑脚走到卧室门口，侧着头凝神倾听。

“我能做点儿什么？”

“守在门边。如果听到什么人来，从里面把门闩上，这样我们就可以从来路出去。如果他们从那边来，我们要是办完了事，就可以从这扇门出去，要是还没办完，我们可以藏在那个窗帘后面。你明白？”

我点点头，站在门边。我最初的恐惧感已经消失，取而代之的是激情澎湃。当我们身为法律的捍卫者时，我从未体验过如此强烈的感情。我们行动的目的是高尚的，无私而富于骑士精神，而我们的对手则是丑恶的。这些都令我们的冒险像比赛一样有趣。我不仅没有丝毫的内疚感，反而在危险中感到兴奋。我崇拜地看着福尔摩斯打开工具袋，像正在进行复杂外科手术的医生一样，冷静、科学、准确地挑选着他的工具。我知道，开保险柜是他的特殊嗜好，我也理解面对这绿色怪物时他所感到的喜悦。正是这条毒龙吞噬了许多美丽女士的名声。福尔摩斯将大衣放在椅背上，卷起晚礼服的袖子，拿出两把手钻，一根撬棒和几把万能钥匙。我站在中间的门旁，两眼盯着其他的两扇门，防备出现紧急情况。至于情况真的发生时应该怎么办，我却并不清楚。福尔摩斯专心致志干了半个小时，像个熟练的技师一样放下一件工具拿起另一件。终于，我听到嗒的一声，保险柜的绿色大门打开了。里面有许多纸包，分别捆着，用火漆封着，上面还写着字。福尔摩斯拿出一包，但在闪烁的火光下看不清上面的字。米尔沃顿就在隔壁房间，开灯太危险，于是他拿出了自己的夜灯。突然，我看见他猛地停了下来，凝神倾听着。眨眼间，他关上了保险柜的门，拿起大衣，把工具塞进口袋，朝窗帘后跑去，同时示意叫我也过去。

我跟着他藏到窗帘后，才听到使他警觉起来的声音。房子里的什么地方有响动，远处有砰的关门声，然后是迅速走近的脚步声，在重重的脚步声中还夹杂着模糊、低微的沙沙声。脚步声在外面的过道里，并在门外停了下来。门开了，紧接着咔嗒一声灯亮了。门关上了，一股浓烈的雪茄味直冲我们的鼻孔。在离我们几码远的地方，有人在踱来踱去。最后，椅子吱嘎一响，脚步声停止了。钥匙在锁眼里转动的声音，紧接着是纸张的沙沙声。

我一直没敢往外看，但是这时我轻轻分开面前的窗帘向外窥探。福尔摩斯的肩膀紧压着我的肩膀，所以我知道他也在看。米尔沃顿又宽又圆的后背正对着我们，几乎伸手就能碰到。显然我们对他的行为完全估计错了，他根本没有睡觉，而是在房子另一侧的吸烟室或台球室里抽烟，那侧的窗户我们刚才没有看见。他的头又大又圆，头发已经灰白，掉光头发的地方在灯光下显得很亮。他仰靠在红皮转椅上，伸着两条腿，嘴里斜叼着一支雪茄。他穿一件紫红色军服似的吸烟服，领子是黑绒的。他手里拿着一沓很厚的法律文件，一边懒洋洋地看着，一边惬意地吐着烟圈。从他舒服的姿势和闲散的样子，看不出他会很快离开。

福尔摩斯悄悄抓住我的手，用力握了一下给我信心，好像在说情况都在他的掌握之中，他的心情也很放松。我不知道他是否看到了从我这里很容易就能看见的情况：保险柜的门没有关好，米尔沃顿随时可能发现。我心中打定主意，只要我从他的眼光中看出柜子引起了他的注意，我就立刻跳出去，用大衣蒙住他的头，把他按住，其余的事就交给福尔摩斯。但米尔沃顿根本没有抬头，他懒散地看着手里的文件，一页一页翻阅着律师的意见。我想，至少他看完文件，抽完雪茄后，就会回他的房间去；可还没等他翻到文件的末尾，事情有了意外的发展，完全改变了我们的想法。

米尔沃顿曾几次看他的手表，有一次还带着不耐烦的样子站起又坐下。但我从没想到他会在这么意想不到的时间里约了人，直到我听到外面阳台上传来隐约的声响。米尔沃顿放下文件，在椅子里坐直身子。微弱的声音再次传来，接着是轻轻的敲门声。米尔沃顿站起身，打开门。

他不客气地说：“你迟到了将近半个小时。”

怪不得那扇门没有锁，米尔沃顿这么晚也没有去睡觉。我们听到一位妇女的衣裙的轻微的沙沙声。刚才米尔沃顿朝这边转过脸来时，我已经合上了窗帘中的缝隙，但现在我又小心翼翼地把它打开。他又坐回到了椅子上，嘴角上仍然傲慢地叼着雪茄。在明亮的灯光下，一位身材颀长、苗条的女士站在他对面。她皮肤黝黑，戴着黑色面纱，下颌处系着斗篷。她的呼吸急促，柔软的身躯似乎每一寸都因情绪激动而颤抖。

米尔沃顿说："亲爱的，你已经让我这一夜没法好好休息了，希望你不会让我白等。你在别的时间来不行吗？"

那位女士摇摇头。

"好吧，不行就不行吧。如果伯爵夫人是个很难对付的女主人，你现在有机会报复了。上帝保佑她，你为什么在发抖？这就对了！打起精神来。我们现在谈买卖吧！"他从抽屉里拿出一个笔记本。"你说你有5封信，它们可以抓住达尔伯特伯爵夫人的小辫子。你想卖，我想买。这很好。现在只剩下价钱要谈了。我当然要检查这些信。如果它们是好货——天哪，是你？！"

那女人一句话没说，她揭开面纱，解开斗篷。出现在米尔沃顿面前的，是一张美丽、清秀、黑黝黝的面孔，高鼻梁，浓密的黑眉毛下是一双坚定、闪闪发光的眼睛，薄薄的嘴唇上挂着一丝危险的微笑。

"是我，"她说，"那个被你毁了一生的女人。"

米尔沃顿笑了，但恐惧使他的声音发抖。"你太固执了，你为什么要逼我走极端呢？我向你保证，为了我自己，我连一只苍蝇也不会伤害，但是每个人都有自己的生意，我能怎么办呢？我要的价钱完全是你能办到的，可你不愿意。"

"所以你就把信交给了我的丈夫，世界上最高尚的人，我连替他系鞋带都不配。这些信伤透了他的心，他死了。你记得最后那天晚上我从那扇门进来，恳求你发发慈悲，可你讥笑我，你现在仍在讥笑我，只是你那懦夫的心在让你的嘴唇发抖。是的，你没想到还会再见到我，但正是那天晚上教会了我如何见你，而且是单独见你。好了，查尔斯 · 米尔沃顿，你还有什么要说的？"

"别以为你能吓唬我，"他一边说一边站起来，"我只要一喊，就能叫我的仆人抓住你，但我体谅你克制不住自己的愤怒。你怎么来的马上怎么走，我就说这些了。"

“你在别的时间来不行吗？”

那女人站在那儿，一只手放在胸前，薄薄的嘴唇上仍然挂着冷冷的微笑。

“你不会再像毁坏我的一生那样再去毁坏别人的生活了，你也不会像绞杀我的心一样再去绞杀更多人的心了，我要替这个世界除掉你这个毒兽。吃这一枪，你这恶狗，还有这一枪！这一枪！——这一枪！——再一枪！”

她掏出一支发亮的小左轮手枪，将子弹全部射入了米尔沃顿的身体，枪口离他的胸膛不到两英尺。他猛地向后一缩，然后向前扑倒在桌子上。他拼命地咳嗽着，抓挠着桌上的文件。然后他挣扎着站起来，又挨了一枪，倒在地板上。“你杀了我。”他叫道，然后躺着一动不动了。那女人仔细看了看他，又

他挣扎着站起来，又挨了一枪，倒在地板上。

用鞋跟朝他仰躺着的脸踩了一脚。她又看了他一眼——仍然没有动静。我听到衣服的摩擦声，接着夜晚的冷空气吹进温暖的室内。复仇者已经走了。

即使我们干涉也不可能挽救这个人的性命。但当那女人将子弹一颗一颗打进米尔沃顿的身体时，我正要跳出去，福尔摩斯冰凉、有力的大手抓住了我的手腕。我明白他这一握的意思：这不是我们的事，是正义惩罚了一个恶棍，我们不能忘记自己的责任和目的。但那女人刚一冲出屋子，福尔摩斯便迅速走到另一扇门前，把门锁上。几乎同时，我们听到房子里有说话声和急促的脚步声，枪声惊动了房子里所有的人。福尔摩斯沉着地穿过房间来到保险柜前，将一捆捆的信件抱出来，扔在壁炉里，他一遍又一遍地干着，一直干到保险柜空了为止。福尔摩斯迅速环视四周，那封预报米尔沃顿死期的信仍然摆在桌子上，溅满了他的血迹，福尔摩斯把它也扔到熊熊燃烧的信件中。然后他拔下通往外面的门的钥匙，在我之后出了门，然后从外面将它锁上。“这边走，华生，”他说，“这边花园的墙我们能翻过去。”

我简直不敢相信警报会传得这么快。回头一看，整幢房子已经灯火通明了。前门大开着，人们正顺着车道追下去。花园里到处都是人，当我们从阳台上出来时，一个家伙大喊一声，然后便紧紧追来。福尔摩斯似乎对这儿的地形非常了解，他迅速穿过小树丛，我紧跟其后，离我们最近的追赶者的喘气声我都听得到。挡住我们去路的是一堵6英尺高的围墙，但福尔摩斯一下就跳上去，翻了过去。我也跳了上去，但身后的那个人抓住了我的脚踝，我踢开他的手，翻过扎满玻璃片的墙头，脸朝下跌在灌木丛中。福尔摩斯马上扶我起来，我们一起飞快地跑过宽阔的汉普斯特德荒地。我估计我们一直跑了两英里，福尔摩斯才停下来，侧耳倾听，我们身后是一片死寂。我们已经摆脱了追赶者，平安无事了。

在这次奇特事件后的第二天，我们刚吃完早饭，正在抽烟，赫德森夫人将苏格兰场的雷斯垂德先生引进了我们简朴的客厅。他面容严肃，令人肃然起敬。

“早晨好，福尔摩斯先生。”他说，“请问您现在很忙吗？”

“还不至于忙得没时间听你讲话。”

“我想，如果您手头没有什么特别的事，您也许愿意帮助我们解决一起非常奇特的案件，是昨天晚上发生在汉普斯特德区的一件案子。”

“天哪！”福尔摩斯说，“是什么案子？”

“谋杀——最奇特、最富戏剧性的谋杀案。我知道您对这类案子很感兴趣，如果您能去阿普尔多尔塔一趟，给我们一些建议，我会不胜感激。这不是普通的犯罪。我们注意这个米尔沃顿先生有一段时间了，而且说实话，这是个不折不扣的恶棍。人们都知道，他持有一些用于敲诈目的的文件。这些文件都已经被杀人犯们烧了。他们没有拿走任何贵重物品，所以犯人们可能都是有地位的人，他们的目的只是要阻止这些文件流传出去。”

“犯人们！”福尔摩斯说，“不止一个！”

“是的，一共有两个，他们差点被当场抓住。我们有他们的脚印，也知道他们的外貌特征，十有八九我们会查出他们来。第一个动作敏捷，第二个被花匠的徒弟抓住，经过挣扎才得以逃脱。他中等身材，身体强壮——方下巴，粗脖子，留有胡子，戴着面罩。”

“这太笼统了。”夏洛克·福尔摩斯说，“哎呀，这也可能是在描述华生啊！”

“是的，”警长说，觉得很有趣，“这也可能是在描述华生。”

“雷斯垂德，恐怕我帮不了你。”福尔摩斯说，“事实上，我知道这个米尔沃顿，我认为他是伦敦最危险的人物之一，而且我认为有些犯罪是法律无法管辖的，所以私人报复是可以接受的。不，不必说了，我决心已定，我同情的是那些罪犯，而不是受害者，所以我不会办理这个案子。”

关于我们亲眼目睹的悲剧，那天上午福尔摩斯对我没有提一句话。我看见他一直在沉思，而且他迷茫的眼神和心不在焉的样子，让我觉得他是在努力回忆什么事情。我们正在吃午饭时，他突然跳起来。“天啊，华生，我想起来

福尔摩斯正凝视着橱窗里的一幅照片，我顺着他的目光望去，看到一位穿着朝服的皇族女士。

了！”他叫道，“拿上你的帽子！跟我来！”他用最快的速度走过贝克街和牛津街，一直来到快到摄政街广场的地方。在左手边有一个商店橱窗，里面全是当时著名人物和美人的照片，福尔摩斯的眼睛正凝视着其中一幅。我顺着他的目光望去，看到一位穿着朝服的皇族女士，高贵的头上戴着高高的镶钻头饰。我看着那精巧的曲鼻梁、独特的浓眉、端正的嘴和那刚强的小小下巴。当我读到这位女士的丈夫——一位伟大的政治家和贵族——古老而高贵的头衔时，我不禁屏住了呼吸。我和福尔摩斯对视一眼。当我们转身离开橱窗时，他将一根手指放在嘴唇前示意，让我对此事保持缄默。

六座拿破仑半身像

苏格兰场的雷斯垂德先生有时晚上到我们这里来坐坐，这已经不是什么新鲜事了。福尔摩斯欢迎他来访，因为这可以使他及时了解警察总部正在做些什么。作为回报，福尔摩斯总是专注地倾听这位侦探讲述办案的细节，并在不干涉办案过程的情况下，根据自己渊博的知识和丰富的经验，偶尔提供一些建议和意见。

这天晚上，雷斯垂德聊完了天气和报纸后，便默默无语、若有所思地抽起了雪茄。福尔摩斯敏锐地注视着他。

“手上有什么不寻常的案子了？”他问。

“哦，不，福尔摩斯先生，没什么特别的。”

“那就和我说说。”

雷斯垂德笑了。

“好吧，福尔摩斯先生，没有必要否认我心里确实有事。这件事很荒谬，所以我不知道是否该打扰你。但从另一方面说，事情虽小，却怪诞得很。我知道你对这类不寻常的事很有兴趣。不过我认为它倒和华生医生的职业更有关系。”

“是什么病吗？”我问。

“起码是疯病，而且是很奇怪的疯病。你们肯定想象不到，今天还有那么痛恨拿破仑一世的人，居然看到他的塑像都要打破。”

福尔摩斯向后靠在椅背上。

“这不是我的事。”他说。

“不错，我也是这么说的。可是当这个人闯入别人的家里，打破并不属于他自己的塑像时，这就不是医生的事，而是我们警察的事了。”

福尔摩斯又坐直了身子。

“闯入别人家里？这就有趣多了。我们来听听细节吧。”

雷斯垂德掏出工作日志，根据上面的记录回忆着。

“第一次有人报案是在4天前。”他说，“事情发生在位于肯宁顿街的摩

雷斯垂德掏出工作日志，根据上面的记录回忆着。

斯·哈德森的商店，这个商店专门出售图片和塑像。店员刚刚离开柜台一会儿，就听见前面一阵稀里哗啦的声音。他赶紧跑回去，发现一座本来和别的艺术品一起摆在柜台上的拿破仑半身像被摔在地上，打得粉碎。他冲出去来到街上，虽然有几个行人说看见一个男人跑出了商店，但他们既没有看到，也无法指认这个无赖。这像是时常发生的毫无理智的流氓行为。事件也这样报告给巡警的。石膏像最多值几个先令，而整个事件也显得像个恶作剧，不值得专门调查。但第二个案子就严重得多，奇怪得多了，它就发生在昨天晚上。

“在肯宁顿街离摩斯·哈德森商店几百码远的地方，住着一位很有名的巴尼考特医生。他是泰晤士河南岸业务最繁忙的医生了。他的家和主要诊所是在肯宁顿街，但在两英里以外的下布里克斯顿还有一个分诊所和一个药房。这位巴尼考特医生是拿破仑的忠实崇拜者，家里到处都是关于这位法国皇帝的书籍、画像和遗物。不久前他从摩斯·哈德森那里买了两座复制的拿破仑石膏半身像。这个头像很有名，是法国著名雕塑家迪万的作品。一座他放在肯宁顿街的家中，另一座放在下布里克斯顿诊所的壁炉架上。今天早晨，当巴尼考特医生下楼时，惊讶地发现昨天晚上有人闯入了他的家，但除了大厅里的石膏头像外，窃贼并没有拿走其他东西。窃贼将头像拿到室外，在花园的墙上将它摔得粉碎。”

福尔摩斯搓了搓手。

“这确实是非同一般。”他说。

“我知道这会让你感兴趣的，但我还没讲完。巴尼考特医生应该在中午12点到他的诊所。他到达那里时，发现窗户在夜里被人打开了，屋子里到处都是另一座半身雕像的碎片。你们可以想象他有多吃惊。就在它以前摆放的地方，头像被打得粉碎。在这两起案子里，我们没有找到任何线索可以查到制造这起恶作剧的罪犯或疯子。好了，福尔摩斯先生，事情的经过就是这样。”

“确实很奇特，而且很荒诞。”福尔摩斯说，“请问，在巴尼考特医生房中被摔碎的头像，和摩斯·哈德森店中被摔碎的头像，是同一作品的复制品吗？”

“是用同一个模型制作的。”

“这就是说那人这样做，并不是出于对拿破仑将军的痛恨。在伦敦城里，这位法国皇帝的雕塑得有成千上万，一个反对偶像崇拜的人恰恰选择同一模型制作的3座雕像动手，这种说法并不符合情理。”

“是的，开始我也这样想。”雷斯垂德说，“但是摩斯·哈德森是伦敦那个区唯一的雕像供应商，而这几年当中，这3座头像是他店中仅有的拿破仑雕像。所以，即使如你所说，伦敦城里有成千上万个拿破仑雕像，但在那个地区这可能是仅有的3个。所以，一个当地的疯子很可能从这3座雕像下手。你怎么看，华生医生？”

“偏执狂的表现各式各样，数不胜数，其中有一种被法国心理学家称为‘固定观念’，患者在性格上只有轻微表现，其他方面则完全正常。一个人关于拿破仑的小说读得太多，或者在那场大战中受过家庭创伤，都有可能形成‘固定观念’，从而在它的影响下，做出任何偏执的行为来。”

“不能这么解释，我亲爱的华生。”福尔摩斯边说边摇头，“这种‘固定观念’的影响再大，也不可能使你这位有趣的偏执狂找出这些头像分布的地方。”

“那么你怎么解释呢？”

“我不想去解释。我只是认为这位先生奇怪的行为中有某种规律可循。例如，在巴尼考特医生家里，如果出声就会吵醒全屋的人，所以他把雕像拿到屋外才打碎；而在诊所里，由于根本不担心有人听见，所以他在原地就把雕像打碎了。这件事看起来无关紧要，可我以前几件经典大案开始时也很不起眼，但我可不敢说它们无关紧要。华生，你一定还记得，阿伯奈特家那件可怕的案子是怎么引起我注意的。只不过是热天里芹菜在黄油里能沉多深罢了。所以，雷斯垂德，我不能对你这3座被打碎的头像一笑置之，如果你能让我知道这一奇特的事件有何新进展，我会非常感谢。”

我朋友期待的新进展来得比他想象的要快，也悲惨得多。第二天早上，我还在穿衣服，福尔摩斯便敲门走了进来，手里拿着一封电报。他大声读道：

“马上到肯辛顿皮特街131号来。”

“是怎么回事？”我问。

“不知道——什么事都有可能。不过我怀疑雕像的事有了进展。如果是这样，那我们这位打碎雕像的朋友就已经开始在伦敦其他地区活动了。桌上有咖啡，华生，我已经叫了马车，就在门口。”

半小时后，我们到了皮特街。这条安静的小街与伦敦繁忙的生活洪流相比，就好像是它旁边的一潭死水。131号就坐落在一排整洁、实用的房屋中。马车走过去时，我们发现房子前的栅栏外围了一圈好奇的人们。福尔摩斯吹了声口哨。

“哎呀！这少说也是谋杀未遂，否则也不会拴住信差的腿。看哪，那个人缩在地上，脖子伸着，果然是暴力犯罪。这是什么，华生？上面的台阶被冲洗过，其余的却很干燥。不过脚印倒是够了。啊，雷斯垂德在前面窗户那儿，我们马上就能知道是怎么回事了。”

这位警官面色严肃地迎接了我们，并把我们领进客厅。一个异常邋遢的上了岁数的人，正穿着一件法兰绒晨衣在屋里不安地走来走去。根据介绍，他就是这屋子的主人——中央报刊辛迪加的霍勒斯·哈克先生。

“又是拿破仑半身像，”雷斯垂德说，“福尔摩斯先生，昨天晚上你似乎对这件事很感兴趣，所以我想既然事情已经变得严重得多，你也许会愿意到现场来。”

“那么变成了什么样呢？”

“谋杀。哈克先生，请你把发生的事一五一十地告诉这两位先生。”

穿着晨衣的男人愁眉苦脸地来到我们面前。

“这真是太不寻常了。”他说，“我一辈子都在收集别人的新闻，可现在一条真正的新闻发生在自己身上时，我却忐忑不安，一个字也写不出来了。如

那位老人是屋子的主人——中央报刊辛迪加的霍勒斯·哈克先生。

果我以记者的身份来到这儿，我早该采访完了自己，在每份晚报上发表两个专栏。可现在我却把宝贵的资料一遍又一遍地透露给不同的人，我自己却毫无作为。不过我听说过你的名字，福尔摩斯先生，如果你能解释一下这件事，我讲给你听也就不是徒劳了。”

福尔摩斯坐下听着。

“事情似乎就是围绕我在4个月前专门为这个房间买的那座拿破仑半身石膏像。那是我在高街车站旁边的哈定兄弟商店买的，很便宜。我经常是在夜里写稿，而且一直写到凌晨。所以这就是今天的事。我的书房在顶层。大约3点钟的时候，我正在书房里写东西，忽然听到楼下有响动。我再一听，声音又没有了，所以我想声音一定是从外面传来的。然后又过了5分钟，突然传来一声凄惨的喊叫——我所听到的最可怕的叫声，福尔摩斯先生。只要我活着，这声音就将在我耳边萦绕。我吓得僵坐了一两分钟，然后抓着通条来到楼下。我走进这个房间时，看见窗户大开着，而且我马上发现壁炉架上的半身像不见了。我不明白为什么会有窃贼拿走这样一件东西，因为那只是座石膏像，根本不值钱。

“你自己也可以看到，无论谁从这个窗户出去，只要迈一大步就能跨到门前的台阶上。窃贼显然也是这么做的，所以我就走过去打开了门。黑暗中，我差点儿被绊倒在躺在那儿的一个死人身上。我跑回去拿灯一照，啊，那可怜的家伙喉咙上有个大伤口，血流了一地。他仰面躺着，膝盖弯曲，嘴张得老大。我做梦都会看见他。我赶紧吹了一声警哨，然后就什么都不知道了。我一定是昏倒了，因为我醒来时，已经是在大厅里，这位警官正在一旁看着我。”

“那么，被杀的人是谁？”福尔摩斯问道。

“没有东西可以证明他的身份。”雷斯垂德说，“你可以在停尸房检查尸体，不过目前我们还没有从上面得到任何线索。他个子很高，皮肤黝黑，很强壮，最多不超过30岁。衣服破烂，但又不像体力劳动者。身旁的血泊里扔着一把牛角柄的折刀。我不知道这是谋杀的凶器，还是死者的遗物。死者的衣服上没有名字，口袋里只有一个苹果，一根绳子，一张一先令的伦敦地图和一张照片。这是照片。”

照片显然是用小型相机拍摄的快照。照片上是张机警、五官突出像猿一样的脸，眉毛粗重，脸的下半部分奇怪地向前凸出，仿佛是狒狒的下巴。

福尔摩斯仔细看过照片后，问：“那座半身像怎么样了？”

“你们来之前刚得到消息，在坎普登街一幢空房子的花园里找到了它，已经被打得粉碎。我正要过去看看，你们来吗？”

“当然，但我要先看看这里。”他检查了地毯和窗户。“这人要么腿很长，要么很灵活。”他说，“窗户离地这么高，要跳上窗台并且打开窗户并不容易。不过从这儿出去就相对容易些。能和我们一起去看看你那座半身像的碎片吗，哈克先生？”

那个闷闷不乐的记者已经坐在了写字台前。

“尽管我知道今天的第一批晚报已经出版，而且登着这件事的细节，但我一定要再试试看。”他说，“我的命就是如此！还记得唐卡斯特看台倒塌的事吗？我是那个看台上唯一的记者，而我的报纸也是唯一没有报道此事的报纸，因为我受惊过度，没法写了。现在动手写发生在我家门口的谋杀案也已经太晚了。”

离开客厅时，我们听到他在纸上刷刷地写了起来。

发现塑像碎片的地方离这里只有几百码远。这还是我们第一次看见这位伟大皇帝的雕像。它在某个未知的人的心里似乎引起了毁灭性的疯狂仇恨。雕像的碎片散落在草丛里。福尔摩斯捡起一些碎片，仔细查看着。从他专注的表情和目的明确的行为中，我知道他找到了线索。“怎么样？”雷斯垂德问。

福尔摩斯耸耸肩。

“我们要走的路还很长。”他说，“不过——不过，我们已经掌握了一些情况，可以告诉我们应该怎样去做。在罪犯眼里，占有这座半身像要比人命还值钱。这是一点。还有，如果他的目的只是打碎雕像，他既没有在房子里，也没有一出屋子就打碎它，这一点也很奇怪。”

“也许是因为遇见另外刚才那个人让他惊慌失措。他简直不知道自己在干什么了。”

“嗯，很有可能。不过我希望你特别注意他为什么在这幢房子的花园里打碎雕像。”

雷斯垂德四下看了看。

“这是一幢空房子，所以他知道花园里不会有人打扰他。”

“是的，可是这条街那边还有一幢空房子，他到这儿来必定要经过那幢房子。他拿着半身像，每多走一码，被人碰见的危险也就越大，那他为什么不在那幢房子那儿打碎呢？”

“我不知道。”雷斯垂德说。

福尔摩斯指指我们头顶的路灯。

“他在这儿能看见自己干的事，而在那儿看不见，这就是为什么。”

“天哪！真是这样。”这位侦探说，“现在我想起来了，巴尼考特医生的雕像被打碎的地方离他的台灯不远。那么，福尔摩斯先生，我们怎么看待这一点呢？”

“记住它——把它写进备忘录，以后我们也许会碰到和这一点有关的事。雷斯垂德，你认为我们现在该怎么办？”

“我看，解决问题的最好办法就是查明死者的身份，这应该不难做到。等我们发现他是谁，和哪些人有联系，我们就有了一个很好的开端，可以查明他昨晚在皮特街干什么，是谁在霍勒斯·哈克先生的家门口遇上并杀了他。你看呢？”

“你说得不错，不过这和我处理这个案子的办法并不完全一样。”

“那么 你会怎样做？”

“你不能让我影响你！我建议我们分别按自己的思路走，以后我们可以交换意见，取长补短。”

“很好。”雷斯垂德说。

“如果你回皮特街，你可能会见到霍勒斯·哈克先生。请转告他，说我已经得出结论，昨晚闯入他家的是一个危险的杀人狂，而且极度仇视拿破仑。这会对他写文章有用。”

福尔摩斯指指我们头顶的路灯。

雷斯垂德瞪大了眼睛。

“你不是真这么想吧？”

福尔摩斯笑了。

“不是吗？好吧，也许不是。但我肯定，这会使霍勒斯·哈克先生和中央报刊辛迪加的订户们感兴趣的。华生，我们今天还有很多很复杂的事要做。雷斯垂德，如果你今天晚上6点能到贝克街来和我们见面，我会很高兴。在这段时间里，我想先保留这张在死者口袋里发现的照片。如果我的推理是正确的话，或许要请你晚上陪我们出去一趟。晚上见，祝你好运！”

夏洛克·福尔摩斯和我一起步行到高地街，走进卖半身像的哈定兄弟商店。一个年轻的店员告诉我们哈定先生下午才来，他是新来的，无法提供任何消息。福尔摩斯显得有些失望和烦恼。

“好吧，好吧，我们不能指望事事如意，华生。”他终于说，“如果哈定先生下午才来的话，我们也只有那时再来找他了。华生，你肯定已经看出，我正在努力追查这些塑像的来源，看看是否有什么特殊的原因导致它们遭遇这样的命运。现在我们去肯宁顿街的摩斯·哈德森商店，看看他是否能给我们一些启发。”

我们坐了一个小时的马车来到这家专卖图片的商店。哈德森身材不高，身体粗壮，面色红润，脾气急躁。

“是的，先生，就在我的柜台上。”他说，“真不知道我们纳税是为了什么，哪个流氓都可以闯进来打碎你的东西。是的，先生，是我卖给巴尼考特医生那两座雕像的。太不像话了，先生！肯定是恐怖主义行为。只有无政府主义者才会到处去砸碎雕像。我从哪儿进的这些塑像吗？我看不出这有什么关系。如果你真想知道，我就告诉你。我是从斯特普尼区教堂街的盖尔德尔公司进的货。它在这一行中很有名，已经有二十多年了。我进了多少座？3座——两座加一座是3座——两座卖给了巴尼考特医生，一座被人光天化日之下在我的柜台上打碎了。我认识不认识照片上的人？不，不认识。啊，不，我认识。这不是贝波吗？他是个意大利人，干零活儿的，曾经在我店里帮忙。他会点儿雕刻，会镀金，做画框，干点儿边边角角的活儿。这家伙上星期走了，从那儿以后我就没听到他的消息了。不，我不知道他从哪儿来，也不知道他去了哪儿。他在这儿干得不错。半身像被打碎时，他已经走了两天了。”

从商店出来后，福尔摩斯对我说：“能从摩斯·哈德森先生这里了解到的情况，我们都得到了。肯宁顿和肯辛顿两个案子里都有贝波，就凭这一点，我们走了10英里也是值得的。华生，现在我们去斯特普尼区的盖尔德尔公司，那是这些半身像的源头。要是我们在那儿得不到有用的情况，那才奇怪呢。”

我们迅速穿过伦敦的一系列繁华地带：林立的旅馆、戏院、图书馆、商业中心和码头，最后来到一个有十来万人口的泰晤士河沿岸的小镇。这里的分租房里住满了欧洲来的流浪汉，并且充斥着他们的臭气。在一条原是伦敦富商居住的宽阔街道上，我们找到了要找的雕塑公司。公司外面有个很大的院子，里面堆满了石碑。里面是一间很大的屋子，大约50个工人正在干活。经理是个身材高大的金发德国人。他礼貌地接待了我们，并且清楚地回答了福尔摩斯的所有提问。他查过记录后告诉我们，迪万制作的拿破仑大理石头像已经复制了几百座，但大约一年前卖给摩斯·哈德森的3个和另外3个是同一批货，那3个卖给了肯辛顿的哈定兄弟商店。这6个和其他塑像没有任何不同。他猜不出为什么会有人要毁坏它们——事实上，这想法让他觉得好笑。它们的批发价是6先令，但零售商可以卖到12先令以上。复制品是在大理石头像前后分别做出模片，再把两个模片扣在一起，便成为一个完整的头像。这种工作通常由意大利人在我们刚才看见的那个屋子里完成。头像做好后，就放在过道的桌子上晾干，待干后再存放起来。他能告诉我们的就是这些。

但当我们拿出照片时，经理的表情立刻发生了很大变化。他的脸气得发红，日耳曼人的蓝眼睛上方双眉紧皱。

“啊，这个混蛋！”他叫道，“是的，我当然知道他。我们公司的名声一向很好，警察唯一一次到这儿来就是因为这个家伙。那是一年多以前了，他在

“啊，这个混蛋！”

街上用刀捅了另外一个意大利人。他前脚刚进工厂，后脚警察就来了，就在这儿把他抓走了。他叫贝波——我从来就不知道他姓什么。我真是活该，雇了一个模样的人。不过他干活是把好手，一流的。”

“给他定的什么罪？”

“那个人没死，他被判了一年。我相信他现在已经出来了，不过他没敢再在这里出现。这儿有个人是他表弟，我想他会告诉你们他在哪里。”

“不，不，”福尔摩斯大声说，“什么也不要和他表弟说——什么也别说，我请求你。这件事很重要，而且我越追查，它就显得越重要。你查看账目时，我看见卖出的日期是去年6月3日。请告诉我贝波是什么时候被捕的？”

经理说：“我查一下工资单可以告诉你大概日期。”他翻了一会儿说：“是的，他最后一次领工资是5月20号。”

“谢谢！”福尔摩斯说，“我想我不必再耽误你的时间，给你添麻烦了。”他再次叮嘱经理不要把我们的调查告知任何人，然后我们便动身往回走了。

一直忙到下午晚些时候，我们才在一家饭馆匆匆忙忙吃了午饭。饭馆门口的报栏里写着：“肯辛顿的耻辱。疯子杀人。”霍勒斯·哈克先生的文章终于见报了。报道占了两栏，文字生动而华丽。福尔摩斯把报纸立在调味瓶架子上一边吃一边看，有一两次咯咯笑出了声。

“这就对了，华生。”他说，“你听：‘我们很高兴地了解到，专家对这一案件的意见没有分歧，因为经验丰富的警探雷斯垂德先生和著名的咨询侦探福尔摩斯先生均得出同一结论，以如此悲惨结局告终的这一系列荒诞事件，是出于疯子之手，而不是精心策划的犯罪。整个事件只能用精神失常解释。’“只要你知道怎样利用，报纸便可以成为非常宝贵的工具，华生。如果你现在吃完了，我们就回肯辛顿去，看看哈定兄弟商店的经理怎么说。”

这个大百货商店的创始人是个短小精悍的人，衣冠楚楚，口齿伶俐。

“是的，先生，我已经看过晚报上的报道。霍勒斯·哈克先生是我们的顾客。我们几个月前卖给了他那座雕像。那种雕像我们从盖尔德尔公司订购了3座。现在已经全部售出。卖给谁了？这很容易，我们这里有记录。你看，一个卖给了哈克先生，一个卖给了齐西克区拉布诺姆街的乔赛亚·布朗先生，第三个卖给了瑞丁区下丛林街的桑德福特先生。不，我没见过照片上的这个人。这张脸你如果看过，很难忘记的，先生，因为我很少见到比他更丑的人。我们的店员中有没有意大利人？有，工人和清洁工中有几个是意大利人。他们要想偷看销售记录并不难，因为我觉得没必要把它藏起来。啊，是的，这真是一件怪事，如果您知道了什么情况，希望您能告诉我。”

哈定先生谈话期间，福尔摩斯记下了一些东西。看得出来，他对事情的进展很满意。但他只是对我说，如果我们不赶快干，就会误了和雷斯垂德的约会。此外，他什么也没说。果然，当我们到达贝克街时，那位警长已经到了，正不耐烦地来回踱着步。他脸上的急切表情说明他这一天的工作并没有白费。

“怎么？”他问，“有什么发现，福尔摩斯先生？”

“我们忙了一天，不过很有收获。”我的朋友答道，“我们见过了雕像的零售商和批发商。我现在可以查到每座雕像的来源和去处。”

“雕像！”雷斯垂德大声说，“好，好，你有你的方法，福尔摩斯先生，我不应该反对，不过我认为我今天的收获要比你大。我查出了死者的身份。”

“真的吗？”

“并且查出了犯罪的原因。”

“太棒了！”

“我们有个侦探，专门负责萨弗伦山和意大利人区的治安。死者脖子上挂着天主教十字架[①]，再加上他的肤色，所以我认为他可能是南欧的移民。那个侦探一眼就认出了他。他叫皮耶特罗·万努奇，从那不勒斯来。他是伦敦最有名的暴徒，和意大利黑手党有联系。你知道，这是一个秘密的政治组织，靠谋杀宣扬自己的信条。你看，现在事情逐渐明朗起来。另外那个人很可能也是意大利人，而且是黑手党成员。他大概违反了黑手党的纪律，而皮耶特罗在追杀他。我们在他口袋里发现的照片可能就是他的，带照片是为了防止杀错人。他跟踪这个人，看见他进了一幢房子，便在外面等着，但在搏斗中却自己送了命。怎么样，福尔摩斯先生？”

① 十字架分拉丁和希腊两种，天主教十字架属拉丁十字架，横向短而竖向长。——译注

福尔摩斯赞赏地拍起了手。

“好极了，雷斯垂德，好极了！”他大声说，“但我还不太明白你如何解释他为什么要打碎那些半身像。”

“半身像！你总是忘不了那些半身像。毕竟那算不了什么，小偷小摸，顶多判6个月。我们调查的是谋杀案，而且我认为我已经掌握了所有的线索。”

“下一步呢？”

“很简单，我要和希尔侦探一起到意大利人区，找到照片上的那个人，然后以谋杀罪逮捕他。你和我们一起去吗？”

“我想我不去了。我觉得我们可以更简便地达到目的。我不能肯定，因为这——因为这取决于我们无法控制的一个因素。不过，我倒认为希望很大——可以说有三分之二的把握——如果你今晚和我们一起去，我能帮你逮捕他。”

“在意大利人区？”

“不，我认为在齐西克更可能找到他。如果你今晚和我们一起去齐西克，雷斯垂德，我保证我明天会和你一起去意大利人区，耽误一个晚上并无大碍。我们要等到11点以后再出去，所以大家最好先睡几个小时，因为我们大概天亮前才能回来。雷斯垂德，你和我们一起吃晚饭，然后请到沙发休息。华生，你最好叫一个快递员来，我有封信要送，而且要马上送出去。”

整个晚上，福尔摩斯都在阁楼上翻阅收集在那里的旧报纸。当他终于走下楼来时，他什么也没说，但眼睛里却闪耀着胜利的光芒。这个复杂的案子几经周折，我自始至终注视着他办案的方法。虽然我并不清楚我们的目标，但我很肯定福尔摩斯认为这个荒谬的罪犯会去偷其他两座半身像。我记得其中一个是在齐西克区。毫无疑问，我们行动的目的就是要将他当场抓获。我不得不钦佩我朋友的智慧。他通过晚报放出假消息，使那个人认为他还可以继续作案而不受惩罚。当福尔摩斯建议我带上左轮手枪时，我并不感到吃惊。他自己则拿了装满子弹的猎枪，那是他最喜爱的武器。

11点时，一辆四轮马车来到门前。我们上车穿过哈默史密斯桥，福尔摩斯告诉车夫在此等候。我们步行片刻，来到一条僻静的路上。路两旁是一幢幢漂亮的独立房屋。借着路灯的灯光，我们找到了写有“拉布诺姆宅”的门牌。宅子里的人显然都已休息，因为周围一片漆黑，只有从大门扇形窗里透出的光线在花园小道上映出暗淡的一圈。隔开花园和大路的木栅栏在园内投下一片浓黑的阴影，我们就躲在这片阴影里。

“恐怕我们要等很久。”福尔摩斯低声说，“谢谢老天爷，今晚没有下雨。我想我们不能抽烟来打发时间。不过我很有把握我们会有收获，不会白等。”

不过我们的等待并不像福尔摩斯担心的那么长，而且结束的方式也奇特而突然。我们事先没有听到任何声音，花园的门就突然开了。一个灵活的黑影像猴子一样迅速而敏捷地冲上花园小道。他迅速穿过小道上那圈灯光，消失在房子的阴影里。接着是一片沉寂，我们不禁屏住了呼吸。突然，一声轻微的吱嘎声传来，窗户被打开了。吱嘎声停下了，接着又是一阵长时间的沉寂，那个人正在进去。我们看见屋内猛然闪过一道微弱的光线，他要找的东西显然不在这里，因为我们看到灯光来到了另一间屋里，接着是第三间。

“我们到窗户那儿去，我们可以在他出来的时候抓住他。”雷斯垂德悄悄说。

但还没等我们起身，那个人已经出来了。当他经过那圈光线时，我们看见他胳膊下夹着什么东西。他鬼鬼祟祟四下张望，街上阒无一人，这使他放了几分心。他转身背对我们，把东西放下，接着我们听到啪嗒一声，然后是连续的咔嗒声。我们穿过草地悄悄走过去，他干得非常专心，居然没有听见。福尔摩斯饿虎扑食般将他压在身下，雷斯垂德和我分别抓住他的手腕，给他戴上了手铐。当我们把他转过来时，我看到了一张两颊凹陷、丑恶无比、怒气冲天的脸。我知道，这正是照片上的人。

但福尔摩斯注意的并不是我们的囚犯，他蹲在台阶上，仔细检查着这个人从屋里拿出来的东西。那是一座拿破仑半身像，和我们今天上午看到的一样，

福尔摩斯饿虎扑食般地将他压在身下，雷斯垂德和我分别抓住他的手腕，给他戴上了手铐。

而且也同样被摔成了碎片。福尔摩斯把一个个碎片拿到灯光下仔细查看着，但它们似乎都没有什么特殊之处。他刚刚检查完，屋里的灯亮了。门一开，屋子

门一开，一个面容和蔼的胖子穿着衬衫和长裤出现在我们面前。

的主人，一个面容和蔼的胖子穿着衬衫和长裤出现在我们面前。

“我想您是乔赛亚·布朗先生吧？”福尔摩斯说。

“是的，先生，那您无疑就是福尔摩斯先生了？我收到了您让快递员送来的信，而且完全照您说的做了。我们从里面锁上了所有的门，然后静观其变。很高兴看到您抓住了这个流氓。先生们，请进来吃些东西。”

但雷斯垂德急于把犯人送到安全的地方，所以几分钟内我们就叫来了马车，4个人一起上路回伦敦。我们的犯人一言不发，眼睛从乱蓬蓬的头发下恶狠狠地瞪着我们。一次我的手离他太近，他便饿狼一样张口扑了过来。我们将他带到警察局，搜身后发现他身上只有几个先令和一把刀身很长的刀，刀把上还有新鲜的血迹。

“没关系，”雷斯垂德说，“希尔侦探很了解这些人，他会查出这个人是谁。你们会发现，我的有关黑手党的理论肯定不会错。不过，福尔摩斯先生，我还是很感谢你这么巧妙地抓住了他，我到现在还不明白到底是怎么回事。”

“时间已经很晚了。”福尔摩斯说，“再说，还有一两个小细节没有搞清楚，而这个案子是绝对值得一查到底的。如果你明晚6点到我家来，你会发现你到现在也没有完全了解这个案子的意义。这个案子有些地方非常独特，值得在犯罪史上留下一笔。华生，如果我同意你继续记录我办的案子，我敢说拿破仑半身像案一定会使你的记录增色不少。”

第二天晚上见面时，雷斯垂德已经掌握了这个罪犯的许多情况。他叫贝波，姓氏不祥。在意大利人区，他是个有名的混混。他曾经是个技术熟练的雕刻师，过着老老实实的日子，但后来走上了邪路，已经两次入狱了——一次是因为小偷小摸，另一次是因为捅伤了一个同乡。这我们已经知道。他能说很流利的英语。目前还不清楚他打碎雕像的原因，而且他拒绝回答这方面的问题。但警察发现这些雕像很可能是他亲手做的，因为他在盖尔德尔公司就是做这种工作的。这些情况大部分我们已经知道，但福尔摩斯还是礼貌地听着；可我太了解他了，我知道他的思想在别处。在他惯常的面部表情下，我察觉到了交织在一起的不安和期待。这时门铃响了，他猛地坐直身子，双眼蓦地亮了起来。一分钟后楼梯上传来脚步声，赫德森夫人领进一位面色红润、留着灰白连鬓胡须的长者。他右手提着一个老式的旅行袋，进门后把它放在桌上。

“夏洛克·福尔摩斯先生在吗？”

我的朋友点头微笑，说：“我想您是瑞丁区的桑德福特先生？”

“是的，先生，我想我迟到了一会儿，不过火车太不方便了。您写信给我，提到我的一座雕像。”

“是的。”

“您的信在这儿。您说：‘我想要一座仿迪万的拿破仑半身像，我愿意出10镑买您的那座。’是这样吗？”

“正是。”

“您的信让我很吃惊，因为我不明白您怎么知道我有这么一座雕像。”

“您当然会觉得吃惊，不过解释起来很简单。哈定商店的哈定先生说他把最后一座卖给了您，是他给我您的地址的。”

“原来是这样。他告诉您我花了多少钱吗？”

“没有，他没有告诉我。”

“我虽然并不富有，但却是个诚实的人。我买那个半身像只花了15先令。我想在我拿走您的10镑以前，您应该知道这一点。”

“我敬重您的审慎，桑德福特先生。不过我已经出了这个价钱，就不想变了。”

“您很慷慨，福尔摩斯先生。我照您说的把雕像带来了，它在这儿。”他打开袋子。我们终于看到了一座完整的拿破仑像。在这之前我们已不止一次看到被摔成碎片的。

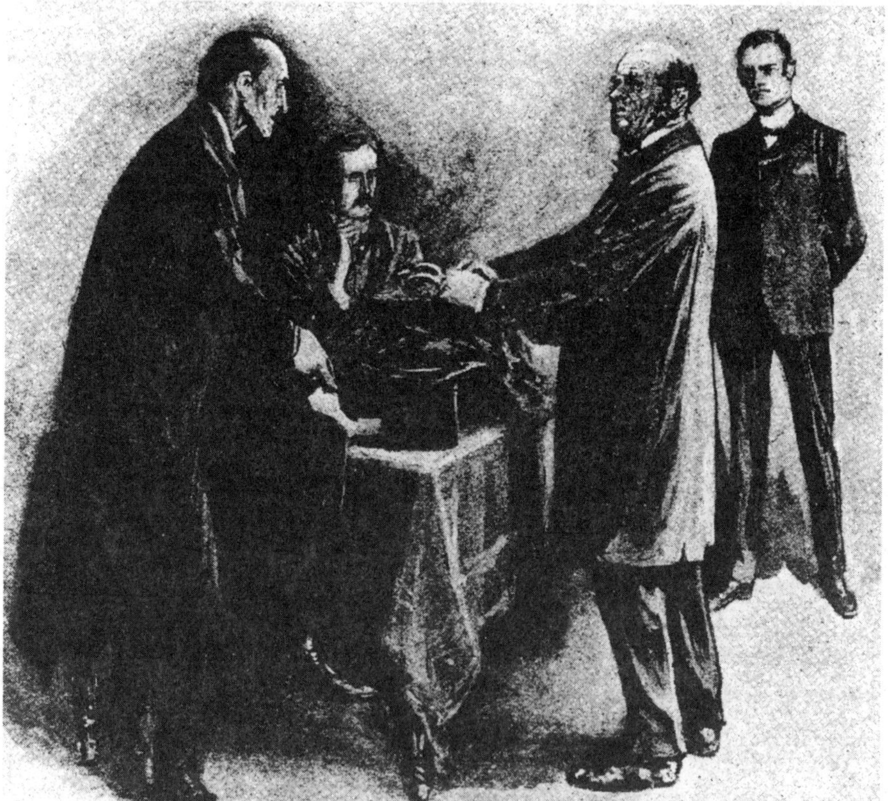

“我照您说的把雕像带来了，它在这儿。”

福尔摩斯从兜里掏出一张纸，并且将一张10英镑的钞票放在桌子上。

“桑德福特先生，请您当着在场的几位在这张纸上签个名。这只是说您将与这座雕像有关的一切权利全都转让给我。您看，我是个循规蹈矩的人，没人知道以后会发生什么事。谢谢您，桑德福特先生，这是您的钱，祝您晚安。”

客人走了以后，夏洛克·福尔摩斯的举动吸引了我们的注意。他先从抽屉里拿出一块白布铺在桌上，然后把新买来的雕像放在白布中央。接着他举起猎枪，给了拿破仑的头部狠狠一击，雕像被打得粉碎，福尔摩斯急切地在碎片中找寻着。突然，他胜利地大喊一声，高高举起一块碎片，碎片中央嵌着一颗深色的圆形物体，就像布丁上的葡萄干。

“先生们，”他大声说，“请允许我向你们介绍著名的博尔吉亚黑珍珠。”

雷斯垂德和我呆坐片刻，接着几乎同时鼓起掌来，就像看到了精彩戏剧的高潮。福尔摩斯苍白的脸上泛起一丝红晕，他向我们鞠躬致谢，仿佛大剧作家在答谢观众的盛情。只有在这种时刻，他才不再是一台推理的机器，而表现出喜欢掌声和赞赏的人之常情。朋友的惊叹和赞扬竟然能深深打动这样一个骄傲、寡言、蔑视世俗和荣誉的人。

“是的，先生们，”他说，“这就是世界上现有的最著名的黑珍珠。我很幸运，能通过一系列推理，从科隆那王子在达卡尔旅馆的房间——这颗黑珍珠失踪的地方——开始，一直追查到盖尔德尔公司制造的6座拿破仑半身像中的最后一座。雷斯垂德，你一定还记得，这颗珍贵的珠宝失踪以后造成了多么大的轰动，而且伦敦警方试图找回它的努力也以失败而告终。在这件案子上，他们征求过我的意见，但我也没能提供任何帮助。疑点最后落在王妃的女仆身上。她是意大利人，在伦敦有个弟弟，但我们没有发现两人之间有什么联系。女仆叫卢克丽霞·万努奇。我毫不怀疑两天前被杀害的皮耶特罗就是她的弟弟。我查过旧报纸上的日期，珍珠是在贝波因为伤人被捕前两天失踪的。他是在盖尔德尔公司被逮捕的，而当时工厂正在制作这些雕像。现在，你们明白事情发展的来龙去脉了。当然，我思考时，思路正好与事情发展的顺序相反。贝波拿到了珍珠，他或许是从皮耶特罗那里偷来的；或许他就是皮耶特罗的同谋；他也有可能是皮耶特罗和他姐姐之间的中间人。真实情况到底怎样，对我们来说并不重要。

“最重要的是他占有了这颗珍珠，但当他身上带着珍珠时，却遭到了警察的追捕。他跑到开着工的工厂，他知道他只有几分钟时间来藏匿这颗无价之宝，否则就会在搜身时被警察发现。过道里，6座拿破仑半身像正在风干，其中一座还是软的。贝波是个手艺熟练的工人，眨眼间，他就在湿石膏上挖了个小洞，将珍珠放了进去，然后又抹了几下，把表面抹平。那是个理想的藏宝处。不可能有人发现。但贝波被判了一年徒刑，在这期间，6座半身像被卖到了伦敦各处。他不知道哪座里面藏着他的宝藏，只有把它们打碎才能看到。光摇一摇是没有用的，因为当时石膏还没有干，珍珠很可能会粘在上面——事实上，你们也看到了，它确实黏在了上面。贝波没有绝望，他相当聪明，也很有毅力，就这样开始了他的搜寻。通过一个在盖尔德尔公司工作的表弟，他找到了购买这些雕像的零售商店。他设法在摩斯·哈德森商店找了份工作，并且查到了其中3座的下落。珍珠不在里面。然后在其他意大利工人的帮助下，他又查到了另外3座雕像的去处。一座是在哈定先生家。在那儿他被他的同伙跟上了。那人认为是他偷走了珍珠，接着两人发生打斗，他刺死了那个人。”

“如果那人是他的同伙，那他为什么还要带着贝波的照片呢？”我问。

“如果他想向别人打听贝波的下落，就可以拿照片给他们看。起码表面看来是这个原因。贝波杀人后，我认为他会加快、而不是推迟行动。他担心警察发现他的秘密，所以会抢在警察之前找到那颗珍珠。当然，我并不知道他在哈定的雕像里没有找到珍珠，我甚至不能肯定雕像里藏的是珍珠。不过我很清楚他是在找什么东西，因为他拿走半身像后，经过了几幢房子，才在头顶有灯的花园里打碎了它。因为哈定的雕像是3座中的一座，所以就像我说的，珍珠在里面的可能性是三分之一。还剩下两座雕像，显然他会先去找伦敦城里的那个。我通知了房子的主人，以免悲剧重演。我们赶去了，取得了最理想的结果。当然，到那时，我已断定我们要找的是博尔吉亚黑珍珠。被害人的姓名把这两件事联系了起来。现在只剩下一座半身像了——瑞丁区的这个——珍珠肯定在里面。我当着你们的面，从主人手里买下了它——珍珠就在这儿。”

我们静静地坐了一会儿。

雷斯垂德说：“福尔摩斯先生，我看见你处理过很多案件，但还没有哪个案子处理得如此巧妙。我们苏格兰场的人不嫉妒你。不，先生，我们以你为荣，如果你明天能来的话，从最年长的警长到最年轻的巡警，都会高兴地和你握手表示祝贺。”

“谢谢！”福尔摩斯说，“谢谢！”当他转过身去时，我发现我还从没见他如此激动过。过了一会儿，他又恢复成了平时那个冷静、务实的思考者。“把珍珠放到保险柜里，华生。”他说，“然后把康克—辛格尔顿伪造案的档案拿出来。再见，雷斯垂德。如果你再遇到什么小问题，我会尽力提供帮助。”

The Solitary Cyclist
The Dancing Men
The Second Stain
The Speckled Band
The Reigate Squire
The Boscombe Valley Mystery
The Red-Headed Leagu
The Abbey Grange
The Final Problem
The Bruce-Partington Pla

福尔摩斯
探案大全集Ⅳ

【英】阿瑟·柯南·道尔　著
贺天同等　译

时代文艺出版社

目录

福尔摩斯复出（1903—1904）

福尔摩斯回忆录（1908—1913）

恐怖谷（1914—1915）

福尔摩斯复出（1903—1904）

橄榄球中后卫失踪

在贝克街，我们已经习惯于收到各种奇怪的电报，但我对其中一封印象尤其深刻。那是在七八年前天色昏暗的2月的一个早晨。这封电报的到来曾使我的朋友福尔摩斯苦苦思索了一刻钟。电报是写给他的，内容如下：

请等我。非常不幸。右中后卫失踪，明日必需。

奥弗顿

“河滨区的邮戳，10点36分发出。”福尔摩斯一边说，一边反复读着，“奥弗顿先生在发这封电报的时候，显然情绪非常激动，所以有些语无伦次。不过我敢肯定，等我看完《泰晤士报》，他就会到这里了。到那时，我们就能知道是怎么回事了。在这样乏味的日子里，即使是最不起眼的问题，我也是欢迎的。”

那段日子我们确实过得很闲散。而且根据过去的经验，我已经开始害怕这种单调的日子。因为我知道，我朋友的大脑异常活跃，让这样的大脑闲置、无所事事，实在是很危险。曾几何时，对药物的依赖几乎断送了他的侦探生涯，这么多年来，我已渐渐使他摆脱了药物的束缚。现在我知道，在一般情况下，他已不再需要这种人为的刺激物，但我也明白，那个魔鬼并没有完全死去，而仅仅是在昏睡，而且我也知道它很容易就会被唤醒。遇到无事可做的时候，每当我看到福尔摩斯苦行僧般的脸上那种憔悴的神情，以及深陷的眼窝中那种若有所思的目光，我就知道离那魔鬼醒来的时候不远了。所以，不管这位奥弗顿先生是什么人，我都感激他，因为他情绪激动的电报打破了目前可怕的沉寂，而这沉寂在我朋友波涛汹涌的一生中，要比任何风浪都更危险。

我们料想的不错。电报到达后不久，发报人就紧接着登门送上了他的名片。上面写着：剑桥，三一学院，西里尔·奥弗顿先生。这是一个身材健硕的年轻人，足有16英石[①]重，宽阔的肩膀挤满了整个过道。他站在那里，来回打量着我们两个。他有着一张漂亮的脸，但现在却由于焦虑而显得憔悴。

"夏洛克·福尔摩斯先生？"

我的朋友鞠躬致意。

"我去过苏格兰场，福尔摩斯先生。我见过斯坦利·霍普金斯先生，他建议我来找您。他说根据他的了解，这个案子找您比找警方更合适。"

"请坐！告诉我是怎么回事。"

"太可怕了，福尔摩斯先生，太可怕了！我真奇怪我的头发居然还没有变白。您一定听说过戈弗雷·斯汤顿，是不是？他是我们整个球队的核心。只要戈弗雷能回来，我宁愿不要另外两个中后卫。不管是传球、抢球、还是运球，谁也别想碰到他，他是我们的领袖，能把我们大家团结起来。我该怎么办？我就想问您这个，福尔摩斯先生。当然我们还有替补摩尔豪斯，可他是踢中场的，却总喜欢挤进去抢球，而不是守在边线上。不错，他是个踢定位球的好手，但他缺乏判断力，而且不善于奔跑。牛津队那两个速度极快的球员，莫顿和约翰逊，完全能把他盯死。史蒂文森倒是够快，可他却不会从25码远的地方踢落地球。一个中后卫既不会凌空抽射，又不会踢落地球，那他根本就不配出场。福尔摩斯先生，如果您不能帮我找到戈弗雷·斯汤顿，我们肯定完了。"

我的朋友有些吃惊，但仍饶有兴致地听完了这段长篇大论。我们的客人带着不同凡响的气势急切地诉说着，动情处还以强壮的大手拍击大腿以加强

---

① 英石：重量单位。1英石相当于14英磅。——译注

语气。客人说完后，福尔摩斯伸手取出那卷标有“S”的档案。在这信息宝库中，他第一次无功而返。

“这里有阿瑟·斯汤顿，一个很有前途的年轻造假者。”他说，“还有亨利·斯汤顿，在我的帮助下，他已经被送上了绞架。不过戈弗雷·斯汤顿这个名字对我来说却是完全陌生的。”

这回轮到我们的客人表示惊讶了。

“怎么，福尔摩斯先生，我以为您什么都知道呢。”他说，“既然您没听说过戈弗雷·斯汤顿，那您一定也不知道西里尔·奥弗顿了？”

福尔摩斯好脾气地摇了摇头。

“怎么，福尔摩斯先生，我以为您什么都知道呢。”

“我的天！”这位运动健将叫了起来，“在和威尔士队的比赛中，我是英格兰队的第一替补，而且今年我是剑桥大学校队的领队，不过这都算不了什么！我真没想到英国居然还有人不知道戈弗雷·斯汤顿。他是最好的中后卫，剑桥、布莱克西斯都请他打中后卫，他还代表国家队参加过5次国际比赛。我的天！福尔摩斯先生，您过去一直住在什么地方？”

面对我们年轻客人的天真和震惊，福尔摩断不禁大笑起来。

“奥弗顿先生，你生活在和我完全不同的世界里，一个更有趣、更健康的世界。我的工作涉及社会的许多领域，但却从未接触过体育界，不过对此我倒很高兴。因为体育现在是英国最美好、最健康的事情。但是你今天的意外来访却告诉我，即使在充满新鲜空气和提倡公平竞争的世界里，也可能有需要我的时候。所以，我亲爱的先生，现在请你坐下，慢慢告诉我到底发生了什么事情，以及我怎样才能帮助你。”

奥弗顿年轻的脸上重新出现了为难的神情，这在惯于使用肌肉、而不是智力的人身上，并不少见。但他还是把他奇怪的故事慢慢讲给了我们。其中许多重复、模糊之处我在这里就省略了。

“是这样的，福尔摩斯先生。我已经说过，我是剑桥大学三一学院橄榄球队的领队，而戈弗雷·斯汤顿是我最好的球员。明天我们就要和牛津队比赛。昨天我们来到这里，住在班特莱旅馆。晚上10点时，我巡视了一遍，以确保全部球员都已休息，因为我相信严格的训练和充足的睡眠可以使球队保持状态。戈弗雷回来时，我和他聊了两句。他脸色有些苍白，而且似乎有什么烦心事。我问他怎么了，他说没事，只是有点儿头疼。我跟他道了晚安，然后就走开了。半个小时后，门房告诉我一个样子粗鲁的大胡子男人给戈弗雷送来了一张字条。他还没有睡觉，所以门房就把字条送了上去。戈弗雷看完字条就倒在了椅子上，好像被钉在了那里。门房很害怕，想去叫我，可戈弗雷叫住了他。他喝了杯水，似乎振作了些。然后他下了楼，和仍在大厅等待的那个男人说了几句话，之后，两人便一起出去了。门房最后看到他们的时候，他们正朝河滨方向跑。今天早晨，戈弗雷的房间空着，床也没人睡过，他的东西还像我昨晚看到的那样放着。他就这样在看过字条后和那个陌生人离开了，从那以后就再也没有他的消息。我想他不会回来了。他是戈弗雷，一个地道的运动员，如果不是因为极其重要的原因，他绝不会放弃比赛，让他的领队为难。是的，我觉得他已经永远消失了，我们再也见不到他了。”

夏洛克·福尔摩斯专注地听着这个不寻常的故事。

“你都做了些什么？”他问。

“我给大学发了电报，看看那里是否有他的消息。我已经得到了回信，没人看见过他。”

“他有没有可能已经回剑桥了？”

“有，夜里有一班火车，在11点15分。”

“不过据你所知，他并没有上那班车？”

“是的，没人看见过他。”

“你后来又做了什么？”

“我给蒙特-詹姆斯爵士发了电报。”

“为什么？”

“戈弗雷是个孤儿，蒙特-詹姆斯爵士是他最近的亲戚——我记得是他的舅舅。”

“很好。这或许给了我们一点儿希望。蒙特-詹姆斯爵士是英国最富有的人之一。”

“我听戈弗雷这样说过。”

“那他们的关系很近了？”

“是的，戈弗雷是他的继承人。老家伙已经快80岁了，而且还有痛风。人们说他的手指关节肿得厉害，可以在打台球时用作记分的黑板。他是个十足的守财奴，从未给过戈弗雷一分钱，不过他的财产早晚都要归戈弗雷。”

“你收到蒙特-詹姆斯爵士的回信了吗？”

“还没有。”

“有什么原因会使你的朋友去找蒙特-詹姆斯爵士呢？”

“嗯，头天晚上他好像有什么心事，如果和钱有关，那他有可能去找最近的亲戚，反正他有的是钱。不过根据我所听到的情况，他弄到钱的可能性并不大。老人并不喜欢戈弗雷。如果不是被逼无奈，戈弗雷不会去他那儿。”

“这一点我们很快就能查清楚。如果你的朋友是去找他的亲戚蒙特-詹姆斯爵士，那你就得解释那个样子粗鲁的人为什么那么晚来找他，还有，他的到来为什么会使戈弗雷那么不安。”

西里尔·奥弗顿双手抱头，说：“我根本解释不了。”

“好吧，今天我没有其他事，很高兴来查一查这件案子。”福尔摩斯说，“不过我还是建议你在没有这年轻人的情况下准备比赛。正如你所说，他这样不辞而别一定是有非常迫切的原因，而这样的原因很可能会使他一时回不来。走，我们一起去你住的旅馆，看看门房会不会提供一些新线索。”

在帮助地位低下的证人放松心情方面，福尔摩斯可说是一位大师。很快他就在戈弗雷的房间里，从门房口中得到了他所知道的全部情况。那天晚上的来访者既不是一位绅士也不是工人。在门房口中，他就是个“穿着很一般的家伙”。大约50岁，花白的络腮胡子，脸色苍白，衣服的颜色很朴素。他本人看上去也很不安，他把字条递过来的时候，门房注意到他的手在颤抖。戈弗雷·斯汤顿把字条塞进了自己的钱包。他没有和等在大厅里的人握手。他们只是简单地交谈了几句，门房听见他们提到了“时间”这个词。然后，他们就急急忙忙出去了，那时大厅里的钟正指着10点半。

福尔摩斯坐在斯汤顿的床上，说：“让我想想。你是白天值班，是不是？”

“是的，先生，我11点下班。”

“那你昨天是不是一直都在这里？”

“是的，先生。”

“有没有给斯汤顿先生送过其他信件？”

“有，先生，是一封电报。”

“啊哈！这倒很有意思。那是什么时候的事？”

“大约6点。”

“收到这封电报的时候，斯汤顿先生在哪里？”

“就在这里，他的房间里。”

“有没有给斯汤顿先生送过其他邮件？”

“他打开电报的时候你在场吗？”

“是的，先生，我等着看他是不是要回信。”

“那他回信了吗？”

“是的，先生。他写了封回信。”

“你去发的？”

“不是，他自己去发的。”

“但他是当着你的面写的？”

“是的，先生，我就站在门口。他背朝我，在这张桌子上写的。写完后，他说：‘好了，门房，我自己去发。’”

“他是用什么笔写的？”

“钢笔，先生。”

“用的就是桌上的那种电报纸吗？”

“是的，先生，就是当时最上面的那张。”

福尔摩斯站起身，从桌上拿起那沓电报纸来到窗前，仔细查看着最上面的那张。

“很可惜，他没有用铅笔。”他一边说，一边失望地耸耸肩，把它们扔到一边。“华生，你肯定经常会看到，字迹总是会印到下面的纸上——这已经导致了很多美满婚姻的破裂。但是在这上面，我什么痕迹也没找到。啊，太好了，他是用粗头的鹅毛笔写的，我想我们很可能会在吸墨纸上找到字迹。啊，是的，正是我们要找的！”

他撕下一条吸墨纸，向我们展开。

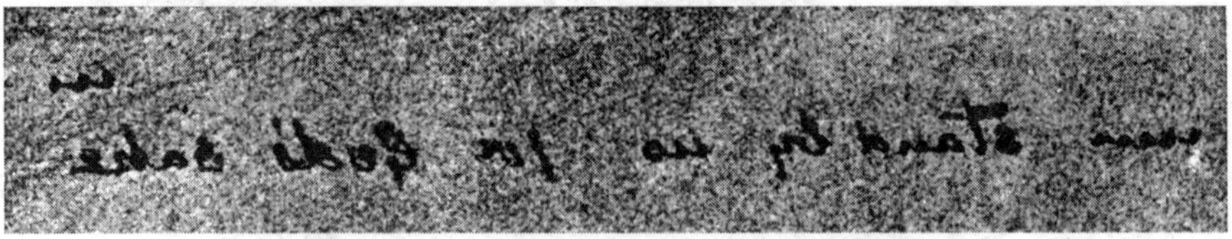

西里尔·奥弗顿非常兴奋。他叫道：“把它拿到镜子前去看！”

福尔摩斯说：“没有必要。纸很薄，翻过来看就能知道他写了些什么。你们看。”他把纸条翻过来，我们念道：

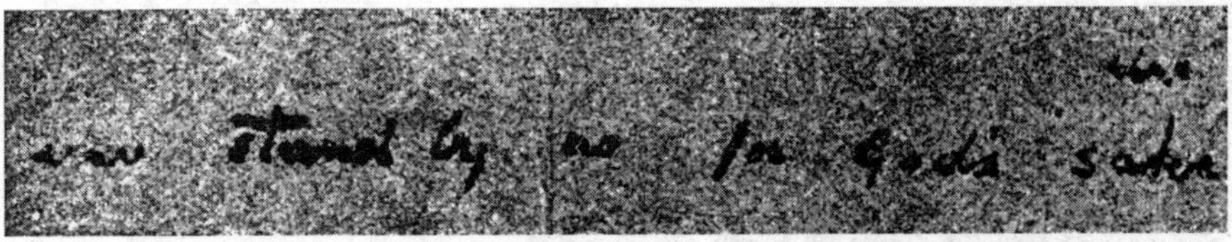

“这就是戈弗雷·斯汤顿在失踪前几个小时所发的那封电报的结尾。电报里至少还有6个字我们没有看到，但剩下的一句话——‘看在上帝面上，请支持我们！’证明这年轻人已经看到有巨大的危险即将降临在他身上，而有人能够帮助他抵御这种危险。请注意‘我们’！这就是说这件事还关系到另外一个人。除了那个看上去也很是不安的脸色苍白的大胡子，还能是谁呢？那么，戈弗雷和这个大胡子之间是什么关系呢？他们共同求助的第三者又是谁呢？现在我们的调查范围已经大大缩小了。”

我建议道：“我们只要找出电报是发给谁的就行了。”

“完全正确，我亲爱的华生。你的想法虽然很精辟，不过我也想到了。但是我想你也知道，如果我们就这样闯进邮局，要求看别人电报的底稿，邮局职员很可能会不太乐意。办这种事的手续麻烦极了！不过我想只要运用一些技巧，还是可以办到的。奥弗顿先生，现在趁你在场，我想查看一下桌上的这些文件。”

桌上有一些信件、账单和几个笔记本。福尔摩斯快速地翻着它们，明察秋毫的眼睛飞速地搜寻着。“没有什么。”他说，“顺便问一句，我想你朋友的身体一定很健康——他没有什么病吧？”

“他壮得像头牛。”

“你听说他生过病吗？”

“一天也没病过。有一次他胫骨受伤躺过一段日子，还有一次滑倒，伤了膝盖骨，不过都不是什么大事。”

“也许他并不像你想得那么健壮。我倒认为他可能有什么不为人知的毛病。如果你同意，我要带走一两份材料，它们或许会对我们以后的调查

“等一下！等一下！”

有用。”

“等一下！等一下！”一个急躁的声音喊道。我们抬起头，发现门口站着一个浑身抽搐的奇怪小老头。他穿着一身老旧的黑衣服，戴着一顶帽檐极宽的礼帽，松松垮垮地系着一个白色领结——整体效果就像一个土气十足的人，要么就是收钱替人送葬的人。尽管他外表落魄，甚至怪诞，但他的声音尖锐，态度急切，使我们不得不洗耳恭听。

他问道：“这位先生，你是谁？你有什么权力碰这位绅士的文件？”

“我是一个私人侦探，目前正在调查他失踪的案件。”

“哦，是吗？你是谁？是谁请你来的？”

“这位先生，斯汤顿先生的朋友。是苏格兰场建议他来找我的。”

“那么你又是谁呢，先生？”

“我叫西里尔·奥弗顿。”

“那么说是你给我发的电报喽。我是蒙特-詹姆斯爵士。我接到电报就坐车尽快赶来了。这么说你已经请了一个侦探？”

“是的，先生。”

“那么你准备来付账喽？”

“先生，等我们找到我的朋友戈弗雷，我肯定他会付账的。”

“可如果再也找不到他呢？嗯？你倒说说看！”

“如果这样，他的家人肯定——”

“别来这一套，先生！”这小老头儿尖声叫道，“不要指望我拿出一分钱——一分钱也没有！侦探先生，你要明白这一点！这个年轻人的家人就只有我一个。我可告诉你，我对此事不负任何责任。如果他对我还有什么指望，那只是因为我从来没浪费过任何钱，而且我现在也不打算开始干这件傻事。至于你擅自拿走的那些文件，我可以告诉你，如果那里面有什么值钱的东西，你将对一切后果负责。”

福尔摩斯答道：“很好。我能否问一下，您对这年轻人的失踪可有什么解释？”

“没有，先生，我没有什么解释。他已经长大了，可以自己照顾自己。如果他笨到连自己都丢了，那我拒绝承担寻找他的任何责任。”

福尔摩斯眼里闪着恶作剧的光，说道：“我很明白您的意思，不过您可能不太了解我的意思。看来戈弗雷·斯汤顿没有什么钱。如果他是被绑架了，那肯定不是为了属于他的什么东西。蒙特-詹姆斯爵士，您的富有早已名扬海外，很有可能一帮窃贼绑架了您的外甥，以便从他那里得到有关您的房子、财产和生活习惯的情报。”

这位令人不快的小老头儿霎时变得脸色苍白，白得就像他的领结一样。

“天啊，先生，想想看吧！真没料到有人能干出这样可恶的事来！世界上居然有如此不仁不义的歹徒！可是戈弗雷是个好孩子——是个坚强的孩子，无论什么都不会诱使他出卖自己的舅舅。今天晚上我就把值钱的餐具送到银行去。还有，侦探先生，您一定要不遗余力！我要您无论如何都要把他安全地带回来。至于说费用，只要是5镑、10镑这样的数目，您尽管找我要。”即使已经被吓得魂不附体，这位身份高贵的吝啬鬼还是没能提供任何有用的信息，因为他对自己外甥的私生活知之甚少。我们唯一的线索就是那张残留的电报。福尔摩斯手拿电报，试图发现更多的线索。我们这时已经摆脱了蒙特-詹姆斯爵士，而奥弗顿已去找其他队员商讨如何面对降临在球队身上的灾难。

离旅馆不远的地方有一家电报局。我们在它外面停下了脚步。

福尔摩斯说：“值得试一试，华生。当然，如果有法院的许可令，我们就可以要求查看电报的原稿，不过我们现在还没有到那一步。这地方很忙，我想他们不会记得客人的脸。我们去试试看。”

栅栏后面站着一位年轻妇女。福尔摩斯以他最柔和的方式说：“很抱歉打扰您，不过我昨天发的电报里有个小小的错误。我到现在还没有收到回信，我担心我可能忘了在最后写上名字了。您能不能帮我查一下是不是这么回事？”

年轻女人翻过一沓电报原稿。

“当时是几点？”她问。

“6点过一点儿。”

“收信人是谁？”

福尔摩斯看了我一眼，将一根手指举到嘴唇前，然后很信赖对方似的悄声说：“电报的最后几个字是‘看在上帝面上，请支持我们！’我现在急于得到回音。”

年轻女人从一堆原稿中抽出一张。

“就是这张。没写名字。”她一边说，一边将它在柜台上抚平。

福尔摩斯说：“原来如此。怪不得我到现在还没收到回信。天哪，我可真笨，太笨了！再见，小姐，谢谢您帮我把事情搞清楚。”我们再次来到街上时，他一边搓着手，一边咯咯地笑了。

“怎么样？”我问。

“有进展，华生，我们有进展。为了能看那电报一眼，我设计了7种方案，可没想到第一种就成功了。”

“那么你有什么收获呢？”

“我知道从哪里开始调查了。”他伸手叫了一辆出租马车，对车夫说，“去国王十字街火车站。”

“那我们有很远的路要走了？”

“是的，我想我们必须去一趟剑桥，所有的线索似乎都指向那里。”

我们的马车经过格雷酒店路时，我问道：“关于他失踪的原因，你是不是已经有了一些想法？在我们过手的所有案件中，还没有一件案子的动机像这个案子这样叫人看不透。你当然不会真的认为他是被绑架，以便供出对他舅舅不利的情报吧？”

“我亲爱的华生，我必须承认，这种解释在我看来并没有多大可能。不过我当时突然想到，这却是能使那个令人讨厌的老家伙感兴趣的最好理由。”

“实际情况也确实如此。不过你真正的想法呢？”

“我有几种想法。你必须承认，在这么重要的比赛的前一天发生这样的事，而且发生在对比赛获胜至关重要的队员身上，确实很奇怪，也很发人深省。这当然可能是巧合，但依然很有意思。非职业比赛是不进行博彩的，但社会上还是有许多人在上面下注，所以可能会有人在比赛前陷害一名球员，就像赛马场上的流氓陷害一匹赛马一样。这是一种解释，显然还有另一种解释。无论这年轻人现在如何拮据，但他毕竟是一大笔财产的继承人，所以有人将他绑架，索要赎金也不是不可能的事。”

“但这些推测都和那封电报没有关系。”

“完全正确，华生。那封电报目前仍然是我们手头唯一的确凿线索，我们绝不能忽略它。就是因为要知道这封电报的目的，所以我们现在才在去剑桥的路上。我们的调查目前还不很明确，不过我相信，傍晚前，即使我们没有解决这个案子，也会有非常重大的进展。”

我们到达大学城时，天色已经暗了下来。福尔摩斯在车站叫了一辆马车，告诉车夫去莱斯利·阿姆斯特朗医生家。几分钟后，我们在一条繁华街区的一幢大房子前停了下来。仆人将我们让了进去。又等了很长时间后，我们终于来到了医生的诊室。医生本人就坐在书桌后。

我以前居然没有听说过莱斯利·阿姆斯特朗医生的名字，这说明我对我的专业已经生疏到了什么地步。现在我知道，他不仅是剑桥大学医学院的著名教授，而且还是在许多领域内享誉欧洲的学者。然而即使对他辉煌的成就一无所知，但只要看他一眼，你就会被他所吸引。他有着一张方方正正的大脸，浓密的眉毛下是一双深邃的眼睛，倔强的下巴仿佛是用花岗岩制成。一个富有内涵、敏锐、严厉、克己、独立、坚强的人——这就是我眼中的阿姆斯特朗医生。他接过我朋友的名片，抬起头，阴郁的脸上没有任何喜悦的表情。

“我听说过您的名字，夏洛克·福尔摩斯先生。我也了解您的职业，不过这绝不是我赞赏的职业。”

“在这一点上，您会发现您的看法和这个国家中所有罪犯的看法一致。”我的朋友平静地说。

“由于您的工作是打击犯罪，所以它理应得到社会一切通情达理的人士的支持，但我毫不怀疑政府的警察机构已经足以实现这一目的。当您窥探别人的隐私，翻起别人的家庭隐秘，同时还浪费远比您忙得多的人的时间时，您的工作就会受到更多的质疑和批评。比如现在，我本应当是在写论文，而不是和您谈话。”

“您说得完全有理，医生。不过这次谈话也许会比您的论文更为重要。我顺便可以告诉您，我们所做的工作正好和您所描述的相反，我们是在尽量避免家庭隐私的暴露。而如果这些案子是由警方来处理，那么您说的那种情况才会不可避免地发生。您可以把我看作是非正规的先遣队，后面才是国家的正规军。我是来询问有关戈弗雷·斯汤顿的情况的。”

“他怎么了？”

“您认识他，是不是？”

“他是我一个很好的朋友。”

“您知道他失踪了吗？”

“噢，是吗？”医生布满皱纹的脸上没有任何表情。

“昨晚他离开了旅馆，之后就再也没了消息。”

“他肯定会回去。”

“明天就是大学橄榄球赛了。”

他接过我朋友的名片，抬起头，阴郁的脸上没有任何喜悦的表情。

“我对这些幼稚的比赛毫无好感。这年轻人的命运是我最关心的，因为我了解他，也喜欢他。而橄榄球比赛却根本不是我要考虑的东西。”

“那么我希望您对我的调查感兴趣，因为这调查关系到斯汤顿先生的生命。您知道他在哪里吗？”

“当然不知道。”

“您昨天以来没有见过他？”

“没有。”

“斯汤顿先生身体很健康吗？”

“当然。”

“您知道他生过病吗？”

“从来没有。”

福尔摩斯将一张纸举到医生面前。“那您也许愿意解释一下这张13畿尼的收据。这是上个月戈弗雷·斯汤顿先生付给剑桥大学的莱斯利·阿姆斯特朗医生的。我是从他桌上的文件里发现的。”

医生愤怒地涨红了脸。

“我不认为我有必要向您提供解释，福尔摩斯先生。”

福尔摩斯将收据放回他的笔记本。“如果您更愿意当众解释，那是迟早的事。我已经对您说过，别人肯定会把事情张扬出去，而我却会保守秘密。所以您更明智的做法是把真相告诉我。”

“我什么都不知道。”

“您是否收到过斯汤顿先生从伦敦寄来的信？”

“当然没有。”

“哎呀，哎呀，又是邮局的差错！”福尔摩斯无奈地叹口气，“昨天晚上6点15分，戈弗雷·斯汤顿曾从伦敦给您发来一封非常紧急的电报——这封电报无疑和他的失踪有关——而您却还没有收到。这太不应该了！我一定要去这里的邮局投诉他们。”

莱斯利·阿姆斯特朗医生从桌子后面跳了起来，黑黑的脸由于愤怒涨得通红。

他说："请您走出我的房子，先生。您可以告诉您的雇主蒙特-詹姆斯爵士，我不愿意和他或他的代理人打任何交道。不，先生，一个字都不要再说了！"他愤怒地摇了摇铃。"约翰，带这两位先生出去。"一个衣着华丽的管家表情严肃地把我们带到门口，不一会儿，我们就来到了街上。福尔摩斯忍不住爆发出一阵大笑。

"莱斯利·阿姆斯特朗医生显然是个精力充沛、个性很强的人。"他说，"如果他把天赋用到邪路上去，我看没有人比他更适合填补莫里亚蒂教授留下的空白了。现在，我可怜的华生，我们被困在这个极不好客的小城里了，一个朋友也没有。不过如果这样离开，我们就只能放弃这个案子了。阿姆斯特朗医生家对面这个小旅馆正好符合我们的要求。请你去订一个临街的房间，然后买些晚上要用的必需品。趁这段时间，我要去做一些调查。"

这些调查显然比福尔摩斯所设想的花费了更多时间，因为他将近晚上9点才回到旅馆。他面色苍白，一脸沮丧，一副风尘仆仆、又累又饿的模样。晚餐就放在桌子上，已经冰凉。吃过晚饭，再点上烟斗，他便又恢复了案子进行不顺利时那种超然、又带着些许诙谐的样子。这时，街上传来一阵马车声。他站起身，朝窗外望去。只见明亮的煤气灯下，一辆由两匹灰马拉着的四轮马车停在了医生家的门口。

"马车已经出去了3个小时。"福尔摩斯说，"它出发的时候是6点半，现在才回来。这就是说他大概走了10或12英里远，而他几乎每天都要这么出去一次，有的时候还是两次。"

"这对一个出诊的医生来说是很正常的事。"

"但阿姆斯特朗并不是一个普通的出诊医生，他是个教授，还是个顾问，他并不热衷于一般的出诊，因为这会影响他著书立说。那么，他为什么还要走这么远的路呢？这对他来说显然并不是件愉快的事。而他去看的那个人又是谁呢？”

“他的车夫——”

“我亲爱的华生，你不会认为我连这个也没想到吧？我第一个去找的人就是他。不知道是因为他天性无赖，还是他的主人已对他有所吩咐，他居然放狗出来咬我。不过我的拐杖没让狗，也没让人占到任何便宜。不过事情就这样黄了。关系已经弄僵，我也不可能再从他那里问出任何东西来了。我所得到的情况全部来自我们旅馆院子里一个友善的本地人。是他告诉了我医生的日常习惯和天天出去这一情况。他正跟我说着，那辆马车就来接医生了，正好证实了他的话。”

“你不能跟踪那马车吗？”

“好主意，华生！你今天晚上真是才华横溢。我当时确实想到了这个办法。你可能已经注意到，我们旅馆隔壁有家卖自行车的商店。我跑进商店，在马车还没消失前骑着自行车追了上去。我很快就追上了它，然后在后面100码左右的地方尾随着它的车灯，一直出了城。我们已经到了乡间的土路上，却发生了一件让人很是沮丧的事。马车停了下来。医生下了车，快步向我停车的地方走来，然后很是嘲讽地对我说，他担心马路太窄，希望他的马车没有挡我的路。他当时说话的样子真是叫人佩服。我只好骑车超过马车，沿着大路一直走了几英里，然后在一个方便的地方停下，看看马车是否跟了上来。不过它已经连影子都没有了。我在路上看到有几条岔道。显然马车是走到其中一条小路上去了。我骑车往回走，可还是没有看见马车。而现在，你看到了，它回来得比我还晚。本来开始的时候，我并没有把医生的这些出行和戈弗雷·斯汤顿的失踪联系在一起。我去调查，只是因为阿姆斯特朗医生目前的一举一动都值得关注。不过，既然我已经发现他在出去的时候如此在意是否有人跟踪，那这件事就显得严重多了。不把这件事搞清楚，我是不会罢休的。”

“我们可以明天跟踪他。”

“可以吗？不像你想象的那么容易。你对这附近的地形不很熟悉吧？这里几乎没有什么藏身之处。我今天晚上骑车经过的所有地方都是又平坦又干净，就像你的手掌心一样。而且我们要跟踪的人也不是傻瓜。你从他今晚的表现就能知道了。我已经给奥弗顿发了电报，伦敦如有什么进展，他会写信到我们的旅馆。在此期间，我们只能把全部注意力放在阿姆斯特朗医生身上。邮局那位好心的女士让我在斯汤顿的电报原件上看到了他的名字。他知道那个年轻人在哪儿——这一点我敢发誓——如果他知道的话，我们也一定要知道，否则就是我们的不对了。现在，必须承认事情的主动权掌握在他的手里，而你也知道，华生，我可不习惯让事情处于这种状态。”

但第二天我们并没有取得任何进展。早饭后，有人送来一张便条。福尔摩斯看后，微笑着递给了我。便条上写着：

> 先生，我可以向您保证，跟踪我的行动是在浪费您的时间。正如您昨晚所发现的，我的马车后面有个窗户。如果您想骑车走20英里，然后一无所获回到原处，那您尽管跟踪我好了。同时，我可以告诉您，侦查我对戈弗雷·斯汤顿先生没有任何好处。我相信，您为他所能做的最好的事就是回伦敦去，然后告诉您的雇主您找不到他。您待在剑桥绝对是在浪费时间。
>
> 您忠诚的朋友莱斯利·阿姆斯特朗

“我们的医生确实是一位直率、诚实的对手。”福尔摩斯说，“哎呀，他倒激起了我的好奇心，我在放过他之前一定要知道更多的情况。”

“他的马车现在就停在他家门口，”我说，“他上车了，我看见他朝我们这里望了一眼。这次我骑车去碰碰运气？”

“不，不，我亲爱的华生！我不是不尊重你的聪明才智，但你大概不是那个医生的对手。我想我可以通过一些独立的调查达到我们的目的。恐怕我得让你自己待一阵了。在这个宁静的小城，如果出现两个探头探脑的陌生人，一定会引起不必要的传言。这里历史悠久，我相信你会找到一些令你感兴趣的古迹。希望在天黑前，我能带回来对我们有利的情报。”

但我的朋友注定要再次失望。他天黑才回来，疲惫不堪，一无所获。

“我今天没有任何进展，华生。因为已经知道了医生出行的大致方向，所以我一整天都在剑桥的那个部分走街串巷，而且和酒馆老板以及当地新闻记者谈了不少。切斯特顿、希斯顿、沃特比奇和奥金顿，这些地方我都查过了，但结果令人失望。在这么偏僻的地方，一辆四轮马车如果天天出现是不会不被注意的。这一回合医生又赢了。有我的电报吗？”

“有一封。我已经拆了。在这里，‘向三一学院的杰瑞米·狄克逊要庞培’，我不明白这是什么意思。”

“哦，这很清楚。这是我们的朋友奥弗顿写来的，是对我一个问题的回答。我只要给这位杰瑞米·狄克逊写个字条，然后我相信我们就要转运了。哦，对了，橄榄球比赛有什么消息吗？”

“有，本地的晚报有一段很精彩的描述。牛津进一球、在对方球门线后带球触地两次。报道的最后写道：‘穿浅蓝色球衣的牛津队的失利，完全是由于戈弗雷·斯汤顿的不幸缺阵造成的。观众时刻都能感觉到这位国际级选手缺席所造成的遗憾。虽然所有队员已全力以赴，但后防线的混乱和进攻、防守上的薄弱大大削弱了全队的实力。’”

“那么我们的朋友奥弗顿的预言不幸被证实了。”福尔摩斯说，“从我个人角度上来说，我倒是同意阿姆斯特朗医生的看法。橄榄球并不是我感兴趣的运动。今天早点儿睡，华生，因为我觉得明天大概会有许多事发生。”

第二天早上我第一眼看到福尔摩斯时，不禁吓了一大跳，他正拿着皮下注射针管坐在壁炉前。看到他手里发亮的针管，我就想到了他性格当中唯一的缺点。我担心最坏的情况已经出现了。看到我惊慌的样子，福尔摩斯哈哈大笑，将针管放到了桌上。

“不，不，我亲爱的伙计，没必要大惊小怪。这次，它可不是堕落的工具，而是揭开我们谜底的钥匙。在这针管上，寄托着我的全部希望。我刚刚进行完一次小小的侦查活动，情况对我们非常有利。好好吃顿早餐，华生，因为今天我们要跟踪阿姆斯特朗医生。一旦出发，我就不会停下来休息或吃饭，直到我们找到他的老窝为止。”

我说：“如果这样，我们不如带着早餐上路，因为他总是走得很早。他的马车已经在门口了。”

“没关系，让他走。他要是能去什么我找不到的地方，那才怪呢。吃完饭，和我一起下楼，我给你介绍一位侦探。在我们马上要开展的工作里，他可是个赫赫有名的专家。”

下楼后，我跟着福尔摩斯来到马厩。他打开一个马厩的门，放出一只胖墩墩的狗。它的长耳朵耷拉着，毛色白褐相间，属于猎兔犬和猎狐犬之间的某个品种。

福尔摩斯说：“让我给你介绍庞培。庞培是本地最出色的追踪猎犬。它的速度并不快，这你从它的体型上也可以看出来，可它一旦闻到什么气息就绝不会轻易放弃。好了，庞培，你跑得可能不快，不过对两个中年伦敦绅士来说，你的速度还是他们赶不上的。所以我要冒昧地把这条皮带拴到你的项圈上。好了，小伙子，来吧，让我们看看你有多大能耐。”他拉着狗来到医生的门前。狗低头闻了片刻，然后便兴奋地大叫一声，沿着街道跑去，使劲地抻着福尔摩斯手里的皮带。半小时后，我们就出了城，来到了一条乡间小路上。

“你都做了哪些工作，福尔摩斯？”我问。

“我的办法古老又没有新意，不过有时却很有用。今天早晨，我去过医生家的院子，把一针管的茴香子油都倒在了他马车的后车轮上。追踪猎犬闻到茴香子味能从这儿一直追到苏格兰去。我们的朋友阿姆斯特朗要想摆脱庞培的追踪是不可能的事。哎呀，这狡猾的东西！那天晚上他就是在这里甩掉我的。”

庞培这时突然从大路转到了一条长满青草的小道上。又走了半英里，我们来到另一条宽阔的大路上。追踪的路从这里向右一转朝城里指去，我们刚刚才

我们出了城，来到了一条乡间小路上。

我们刚刚在篱笆下藏好，马车就从旁边驶了过去。

从那里出来。大路通往城南，而我们是从城北出发的。

“这么说他故意绕这么大个圈子完全是为了我们？”福尔摩斯说，“怪不得我在这附近的村子打听却一无所获。医生这把戏玩得确实不错，让人更想知道布置这么精心的骗局到底是为了什么。我们右边应该是特兰平顿村了。哎呀！马车拐过来了！快，华生，快，否则我们就要被发现了！”

他拉着心不甘情不愿的庞培跳进一道栅栏门，来到一片地里。我们刚刚在篱笆下藏好，马车就从旁边驶了过去。匆匆一瞥之下，我看见了车里的阿姆斯特朗医生。他弓着肩膀，把脸埋在手里，看上去极度忧伤。从福尔摩斯脸上严肃的表情，我知道他也看见了。

“我担心我们的调查结果会很不幸。”他说，“不久我们就会知道了。来，庞培！啊，就是地里的那间茅屋！”

毫无疑问，我们的追踪已经到了终点。庞培在栅栏门外又跳又叫，地上马车的车辙还清晰可见。一条羊肠小道直通那孤零零的茅屋。福尔摩斯将狗拴在栅栏上，然后我们两个继续向前走去。他敲了敲简陋的屋门，没有回声。他又敲了敲，还是没人回答。但屋里肯定有人，因为我们能听到里面有低低的声音——充满悲哀和绝望的呻吟，包含着无法描述的忧伤。福尔摩斯迟疑了。他回头看了看我们来时的路。一辆四轮马车正朝这里驶来，那对灰马明白无误地告诉我们那正是医生的车。

“哎呀，医生回来了！”福尔摩斯叫道，“这下好办了。看样子我们必须在他回来前看看这到底是怎么回事了。”

他推开门，我们走了进去。呻吟声渐渐变大，直到变成了一声悲痛的哀号。声音是从楼上传来的，福尔摩斯朝楼上走去，我紧随其后。他推开一扇虚掩着的门，眼前的景象顿时令我们惊呆了。

床上躺着一个年轻、美丽的女人，显然已经死去。一团浓密的金发围绕着她平静、苍白的脸，蔚蓝色、已经失去光泽的眼睛大睁着，望着屋顶。一个青年男子半坐半跪在床角，脸深深地埋在床单里，绝望地抽泣着。他沉浸在巨大的痛苦中，直到福尔摩斯把手放到他的肩膀上，他才抬起头来。

“你是戈弗雷·斯汤顿先生？”

“是的，是的，我是——可你们来得太晚了。她死了。”

这年轻人所受的巨大打击使他根本不明白我们并不是来帮他的医生。福尔摩斯试图安慰他几句，并让他知道他的突然失踪让他的朋友多么担心。这时，楼梯上传来了脚步声，阿姆斯特朗医生出现在门口，阴沉、严厉的脸上写着疑问。

“先生们，”他说，“这么说，你们已经达到了目的，并且选择了这样一个不幸的时刻来打扰我们。在死者面前，我不想争吵，不过我向你们保证，如

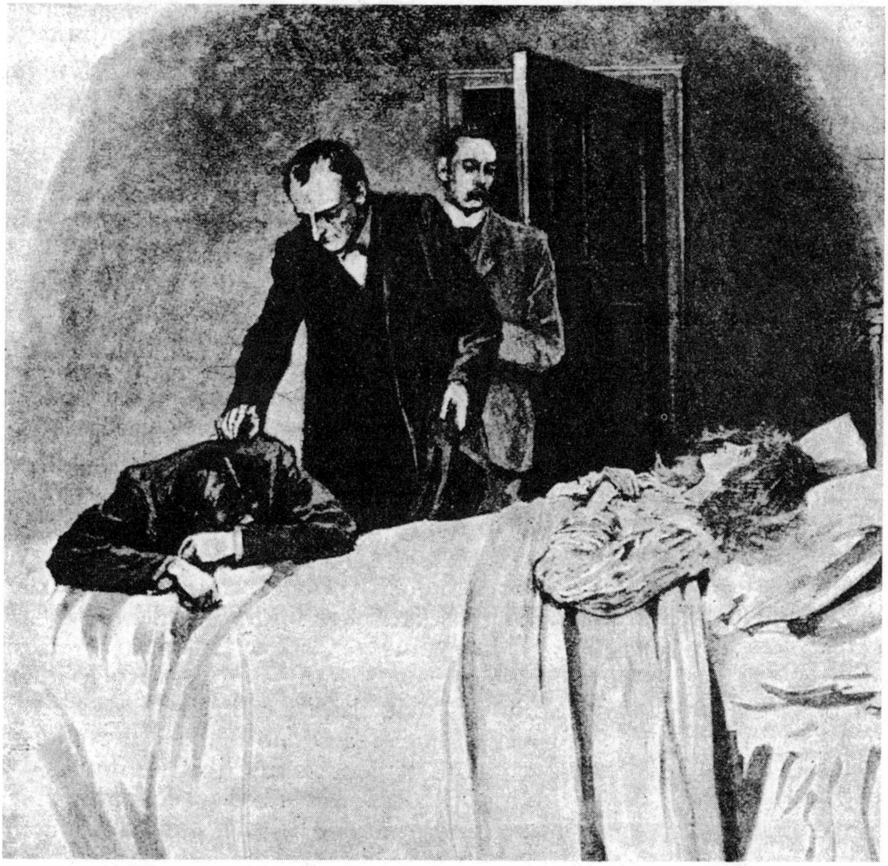

那个青年男子半坐半跪在床角，脸深深地埋在床单里，绝望地抽泣着。

果我再年轻几岁，你们的无耻行为一定会受到惩罚。”

“对不起，阿姆斯特朗医生，我想我们之间可能有些误会。”我的朋友庄重地说，“请您和我们一起到楼下去，这样我们可以彼此做些解释。”

一分钟后，满面怒容的医生就和我们一起到了楼下的起居室。

“怎么回事？”他问。

“首先，我希望您能明白，我不是受雇于蒙特-詹姆斯爵士，而且我在这件事里绝对没有站在那位贵族大人一边。当一个人失踪时，我的任务就是要确定他到底出了什么事。只要做到这一点，我的任务就算完成了。只要不存在犯罪事件，我更愿意平息流言蜚语，而不是将它们公之于众。如果这件事里没有违法的事情——我是这样看的——您完全可以信任我，我绝对不会使这件事见诸报端。”

阿姆斯特朗医生向前快走一步，紧紧握住了福尔摩斯的手。

“您是个好人，”他说，“我错怪您了。把可怜的斯汤顿一个人悲惨地留在这里，我于心不忍。感谢上帝，他让我回来认识了您。既然您已经知道了这么多，事情说起来就简单多了。一年前，斯汤顿在伦敦住过一段日子，而且深深地爱上了他房东的女儿。后来他娶了她。她不仅美丽、善良，还很聪明。任何人有这样的妻子都会感到骄傲。但戈弗雷是那个性情乖戾的老头儿的继承人。如果他结婚的消息传出去，他的继承权就会被剥夺。我和这个年轻人很熟，我欣赏他身上很多优秀的品质。我竭尽全力帮他处理这件事。我们把这件事瞒过了所有人，因为一旦消息传出去，很快就会变得尽人皆知。多亏有这座偏僻的小屋，而戈弗雷又非常谨慎，所以他把这件事成功地瞒了起来。他们的秘密只有我和一个忠实的仆人知道。那个仆人现在到特兰平顿去找人帮忙了。可最终打击还是来了。他的妻子得了很重的病，一种最危险的肺病。可怜的孩子伤心得都要发疯了，可他还得去伦敦参加比赛，因为他不能毫无理由地退出比赛，这样就会暴露他的秘密。我给他发了一封电报，希望他能振作起来。他给我回了一封，请求我全力而为。这就是您不知用什么办法曾经看到过的那封电报。我没有告诉他病情的严重性，因为我知道他留在这里也帮不上什么忙。但我把真相告诉了姑娘的父亲，可他却又非常不明智地告诉了戈弗雷。结果，他发疯一样跑了出来，直到现在还是那个样子。他一直跪在他妻子的床前，直到今天早晨死亡结束了她的痛苦。这就是事情的真相，福尔摩斯先生，我相信您和您的朋友能够保守这个秘密。”

福尔摩斯握了握医生的手。

我们走出那座充满悲伤的茅屋，来到冬日苍白的阳光中。福尔摩斯开口道：“咱们走吧，华生。”

三个大学生

那是在1895年，我和福尔摩斯因为一些事情，在著名的大学城里住了几个星期。我现在要讲述的故事就发生在这时候。事情虽然不大，但却富有教育意义。当然，透露任何可以使读者猜出这所学校或罪犯的细节，都是不明智和失礼的。这样令人痛心的丑闻确实应该让它烟消云散。不过，只要审慎有度，我还是可以描述一下事件本身，因为它能够说明我朋友的一些杰出品质。我会在描述中尽力避免使用那些透露事件发生地和当事人的词句。

那个时候，因为夏洛克·福尔摩斯正在对英国早期宪章进行辛勤地研究，所以我们就住在一幢离图书馆很近、带家具出租的寓所里。他的研究结果惊人，也许会成为我以后一篇故事的主题。一天晚上，我们的一个朋友希尔顿·索姆斯先生来访，他是圣路加学院的导师兼讲师。索姆斯先生身材很高，体型瘦削，容易激动而且有些神经质。我知道他一向都显得很烦躁，但这次他却显得异常不安，很明显发生了什么不寻常的事。

“我相信您能为我牺牲一两个小时的宝贵时间，福尔摩斯先生。圣路加学院刚刚发生了一件令人痛心的事，如果不是您正好在这里，我真不知道该怎么办。”

“我现在很忙，而且我也不想分散精力。”我的朋友回答道，“我想你应该叫警察来帮忙。”

“不，不，我亲爱的先生，绝不能这样做。一旦诉诸法律，事情便无法挽回了。而这件事涉及学院的声誉，所以万万不能张扬出去。您不仅办案能力超群，而且能够守口如瓶，再说您也是世界上唯一能帮助我的人。我请求您，福尔摩斯先生，请您尽力而为。”

离开贝克街的舒适环境后，我朋友的脾气有些不好。没有了他的报纸剪贴簿、化学药品和邋遢的住所，他觉得非常不舒服。他不太礼貌地耸了耸肩膀，我们的客人便连说带比划地把事情倒了出来。

“我必须向您解释一下，福尔摩斯先生，明大就是福蒂斯丘奖学金考试的第一天了。我是主考人之一。我负责的科目是希腊文。考试的第一题是翻译考生们没有见过的一段希腊文。这段文章已经印在了试卷上，如果学生事先做了准备，就会占很大便宜。所以，我们很重视这份试卷的保密问题。

“今天下午3点钟，印刷厂送来了试卷的清样。翻译试题里包括半章修昔底德[①]的著作。我必须仔细校对，因为原文一定要准确无误。到4点半时，我还没有校对完，但我已经答应一位朋友到他那儿去喝茶，所以我就把清样放在桌子上离开了。我走了大约一个多钟头。

“您知道，福尔摩斯先生，我们学院的屋门都是两层的——里侧的门蒙着绿色粗呢，外面的门是橡木的。当我回来走近外侧的门时，惊讶地发现门上插着钥匙。一开始我还以为我把自己的钥匙落在那儿了，可我摸摸口袋它还在里面。据我所知，仅有的另一把钥匙在我的仆人班尼斯特手中。他替我收拾房间已经有10年了，而且绝对诚实可靠。后来我知道，那钥匙确实是他的。他到我屋里问我是否要喝茶，出来的时候不小心把钥匙落在那里了。他一定是在我离开后不久去我屋里的。要在平时，他忘了钥匙也不会有什么问题，可今天却造成了最不幸的后果。

“我一看自己的桌子就知道有人动过我的试卷。清样一共有3张，我是把它们摞在一起放的。可现在有一张掉到了地上，另一张在窗户边的桌子上，剩下的一张还在原地。”

---

① 修昔底德：希腊历史学家。——译注

“您太让我吃惊了，您怎么可能知道呢？”

福尔摩斯第一次动了动身子。

“在地板上的是试卷的第一张，在窗户边的是第二张，而留在原处的是第三张。”他说。

“完全正确，福尔摩斯先生。您太让我吃惊了，您怎么可能知道呢？”

“请你继续，你的故事很有意思。”

“开始，我以为是班尼斯特擅自偷看了试卷，这真是不可饶恕。可他坚决否认了，我相信他说的是实话。那另一种可能就是有人路过，看见门上插着钥匙，知道我出去了，所以就进来偷看了试卷。这个奖学金的金额很高，所以这关系到一大笔钱。某个厚颜无耻的家伙很可能会冒这个险，以便胜过他的同学。

“这件事让班尼斯特心烦意乱，当我们发现试卷确实被人动过时，他差点儿昏了过去。我给他喝了点儿白兰地，把他扶到一把椅子上，然后仔细检查了整个房间。我很快发现，除了被弄乱的试卷外，这个不速之客还留下了其他痕迹。靠窗的桌子上有削铅笔留下的木屑，还有一块铅笔芯的碎头儿。显然，这混蛋抄卷子时太匆忙，不小心弄断了铅笔，所以不得不重削。”

“好极了！”福尔摩斯说。他越来越被这个案子吸引，好脾气也在逐渐恢复。“你的运气真不错。”

“还不止这些。我有一个新写字台，桌面是精致的红色皮革。我和班尼斯特敢发誓，桌面非常光滑，没有一点污迹。可我现在却发现桌面有一条3英寸长的明显划痕——不是东西擦过的痕迹，而是实实在在的划痕。不仅如此，我还在桌子上看到一个黑色的小面团，也许是泥球，上面还沾着些东西，好像是锯末。我相信这是那个弄乱我卷子的人留下的。屋里没有脚印或其他证据可以表明这人是谁。我正不知道该怎么办时，突然高兴地想起您就在城里，所以我就径直跑来向您求救。请帮帮我，福尔摩斯先生！您明白我的处境。我要么找到这个人，要么推迟考试，重新出题。但这样做，我必须做出解释，而这不可避免会引起可怕的丑闻，这不仅会使我们学院，而且会使整个大学的名誉受辱。所以，我希望能谨慎、毫不张扬地解决这件事。”

“我很愿意处理这件事，并且尽可能向你提供我的意见。”福尔摩斯一边说，一边站起身穿上外衣。“这个案子还是有些意思。你拿到试卷后，是否有人进屋去看过你？”

“有，道拉特·拉斯，一个印度学生，和我住在同一幢楼。他进来问了我一些有关考试的问题。”

“他报名参加这次考试了？”

“是的。”

“当时试卷就在你的桌子上？”

“我相信我把它们卷起来了。”

“但仍有可能看出是清样？”

“有可能。”

“除了他，没有其他人来过？”

“是的。”

“有人知道清样会送到你那儿吗？”

“没有，除了印刷工人。”

“班尼斯特认识这个印刷工人吗？”

“不，不认识，谁也不认识他。”

“班尼斯特现在在哪儿？”

“可怜的人，他身体很不舒服。我把他扶到椅子上，他就瘫在那里了。我着急过来找您。”

“你就让门开着？”

“我已经把试卷锁起来了。”

“索姆斯先生，这就是说，除非那个印度学生认出了那卷纸就是清样，否则偷看试卷的人事先根本不知道它们在那里，只是偶然碰上了。”

“我也这么想。”

福尔摩斯令人费解地笑了笑。

“好了，”他说，“让我们过去看看。这不属于你的职业范围，华生。不是身体问题，而是心理问题。不过你要愿意，那就一起去。现在，索姆斯先生，静候您的吩咐！”

我们当事人起居室的一扇窗户正对着这座古老学院的庭院。窗户长长的，装着花窗棂，而且开得很低。哥特式拱门的后面就是通往这幢楼的残破的石梯。索姆斯先生的房间在第一层，上面有3个学生，每人住一层。当我们来到

福尔摩斯走近窗户，踮起脚，伸长脖子向里看去。

出事现场时已经是傍晚时分。福尔摩斯停下脚步，急切地注视着那扇窗户。然后他走近窗户，踮起脚，伸长脖子向里看去。

“他肯定是从大门进去的。除了窗户上的玻璃，这里再没有别的入口了。”我们见多识广的向导说。

“哎呀！”福尔摩斯说，一边奇怪地笑着看了一眼我们的同伴。“好吧，如果这里发现不了什么，我们最好还是进去吧。”

这位导师用钥匙打开外面的门，领我们走进房间。我们站在门口时，福尔摩斯检查了地毯。“恐怕这里没有什么痕迹。”他说，“天气这么干燥，也很难指望找到东西。你的仆人似乎已经恢复了。你说你把他扶到了一把椅子里，哪一把？”

“靠近窗户的那把。”

“我知道了，靠近小桌子的。你们可以进来了，地毯我已经检查过了。让我们先来看看这张小桌子。当然，发生的事情已经很清楚。那个人走进屋子，从中间的大桌子上一张一张拿起试卷，然后拿着卷子来到靠近窗户的小桌子这儿，因为从这儿他可以看见你穿过庭院回来，便于逃跑。”

“事实上，他看不见我。”索姆斯先生说，“因为我是从侧门进来的。”

“啊，好极了！不管怎么说，他当时是这样想的。让我看看这3张清样。没有指纹——居然没有指纹！他先拿走了这张。如果尽可能用缩写，他用多长时间能抄完呢？最少也要一刻钟。然后他把它扔到一边，抓起第二张。他正在抄这张卷子时，你突然回来了。他不得不匆忙跑掉——非常匆忙，因为他都没时间把这些卷子放回去，而这肯定会让你知道有人来过。你走进外面的屋门时，有没有听到台阶上有匆忙的脚步声？”

“没有，我想没有。”

“他抄得太急，把铅笔尖弄断了，所以不得不重削一次，这你也看到了。这很有意思，华生，这不是普通的铅笔。它比一般的铅笔粗，笔芯是软的；铅笔杆是深蓝色，制造商的名字是银白色，笔只剩下一英寸半长。索姆斯先生，找到这支铅笔，也就找到了你要的人。还有，这人有一把又大又钝的刀，这样你就又多了一个线索。”

这一连串的消息让索姆斯先生有些糊涂。“别的我还能理解。”他说，

"但至于铅笔的长度——"

福尔摩斯举起一小片铅笔屑，上面写着字母NN，后面空着。

"你明白了？"

"不明白，我仍然——"

"华生，我以前对你太不公平了。原来别人也这样。这个NN可能代表什么呢？这是一个字的最后两个字母。你们知道JOHANN FABER是最大的铅笔制造商。这还不清楚吗？铅笔用得已经只剩下JOHANN后面的一段了。"他将小桌子的桌面倾斜对着灯光。"我希望如果他用的纸很薄的话，也许会在光滑的桌面上留下痕迹。没有，我什么也没看到。我想这里已经找不到什么了。现在来看看屋子中央的大桌子。我想这就是你说的那个黑色的小面团。形状近似金字塔形，中间是空的。正如你所说，上面还有锯末。哎呀，这真是太有意思了！然后这个刀痕——确实是刀痕，开始是很浅的划痕，最后却是边缘不整齐的窟窿。很高兴你让我来处理这个案子，索姆斯先生。那扇门通到哪里？"

"我的卧室。"

"出事之后，你进去过吗？"

"没有，我直接就去找您了。"

"我想进去看看。多么漂亮的古色古香的屋子！请你们等一下，让我先检查检查地板。没有，我没有找到什么。这块帘子是怎么回事？啊，你在后面挂衣服。如果有人被迫在这间屋子里藏身，那他一定会躲在帘子后面，因为床太低了，而衣柜又不够厚。我想不会有人在这儿吧？"

当福尔摩斯拉开帘子时，他整个人显得有些紧张和警觉，我知道他是在防备什么。但帘子打开后，里面除了几套挂在衣钩上的衣服外，什么也没有。福尔摩斯转身走开，却又突然蹲在地板上。

"哎呀，这是什么？"他说。

那是一小块金字塔形状的黑色泥状东西，和书房桌子上的那块完全一样。福尔摩斯把它放在手心，拿到灯光下端详着。

“索姆斯先生，你的这位访客在你的书房和卧室里都留下了痕迹。”

“他到卧室里干什么？”

“我想这很清楚。你突然回来，他完全没有防备，直到你来到门口时才知道。他怎么办呢？他抓起自己的东西，冲到你的卧室里藏了起来。”

“天啊，福尔摩斯先生，您是说我和班尼斯特在屋里说话的时候，他一直藏在这里，只是我们不知道而已？”

“我是这样看的。”

“但是还有另外一种可能，福尔摩斯。我不知道您是否注意过我卧室的窗户？”

“玻璃窗上有花窗棂，框子是金属的，一共3扇，一扇有折叶，可以钻进人来。”

“正是。窗户对着庭院，但从庭院里却看不到整个窗户。他可能是从那里进来的，而且在经过卧室时留下了痕迹，然后发现大门开着，就从那里逃出去了。”

福尔摩斯不耐烦地摇摇头。

“我们还是现实一些。”他说，“你说过，有3个学生进出要走这个楼梯，而且总是经过你的门前。”

“是的。”

“他们都报名参加这次考试吗？”

“是的。”

“你是否认为其中一个嫌疑要大些？”

索姆斯先生犹豫了。

“这问题很难回答。”他说，“没有证据，我不想怀疑什么人。”

“你说你的怀疑，我去找证据。”

“那么，我就简单介绍一下住在这里的3个学生的性格。住在二层的叫吉尔克里斯特，一个优秀的学生，同时也是一个出色的运动员。他参加了学校的足球队和板球队，跨栏和跳远都得过奖。他是个优秀、有风度的孩子。他父亲就是声名狼藉的杰贝兹·吉尔克里斯特勋爵，因为赛马破了产。这个学生很穷，但他很努力，很勤奋。他会大有前途。

“三楼住的就是那个印度学生道拉特·拉斯。他像大部分印度人一样，是个安静但难以接近的人。他的学习成绩很好，不过希腊文是他的弱项。他性格平稳，办事很有条理。

“住在顶楼的是迈尔兹·麦克拉伦。他如果用功，可以是个很出色的学生。他是整个学校最聪明的学生之一，但他不务正业，生活放荡。第一学期就因为打牌、作弊差点儿被开除。这一学期他都在混日子，所以他肯定很害怕这次考试。”

“那么你怀疑的就是他了？”

“我还不敢这么说。不过在这3个人里面，他还是最有可能的。”

“很好，索姆斯先生，现在让我们见一见你的仆人班尼斯特。”

这个仆人个子不高，面色苍白，脸刮得很干净，头发已经斑白，年纪在50岁左右。平静的生活被打乱后，他还没有恢复过来。由于紧张，他圆圆的脸还在抽搐，手也在不停地颤抖。“我们正在调查这件不幸的事，班尼斯特。”他的主人说。

“是的，先生。”

福尔摩斯说：“听说你把钥匙落在门上了？”

“是的，先生。”

“恰恰在屋里有试卷时，你出了这样的差错，这是不是很奇怪？”

“这确实很不幸，先生。但我以前偶尔也出过这样的差错。”

“你什么时候进的屋？”

“大概是4点半，那是索姆斯先生喝茶的时间。”

“你在屋里待了多长时间？”

“我看见他不在，马上就出来了。”

“你怎么会把钥匙留在门上？”

“你看了桌上的试卷吗？”

“没有，当然没有。”

“你怎么会把钥匙留在门上？”

“我手里拿着托盘，我想等出来时再拿钥匙，后来却忘了。”

“外面的门有弹簧锁吗？”

“没有，先生。”

“那么它一直是开着的？”

“是的，先生。”

“不管是谁都可以从屋里出去，是吗？”

“是的，先生。”

“索姆斯先生回来后叫你，你很不安，是吗？”

“是的，先生。我在这儿很多年了，这种事从没发生过。我几乎昏倒，先生。”

“我知道。你开始觉得不舒服时，你在哪里？”

“我在哪里，先生？就在这儿，靠近门口。”

“这就怪了，你坐的是那边靠近墙角的椅子。为什么要放着这些椅子不坐，非要坐在那里呢？”

“我不知道，先生。我坐在哪儿都一样。”

“福尔摩斯先生，我认为他确实不知道。当时他看上去糟透了，脸色惨白。”

“你主人离开后，你就一直坐在那儿？”

“我只坐了一两分钟，然后我就锁上门，回自己房间了。”

“你怀疑谁呢？”

“噢，我可不敢随便说，先生。我不相信这所大学里会有人做出这种损人利己的事来。不，先生，我不相信。”

“谢谢，就是这些了。”福尔摩斯说，“啊，再问一句，你没有向你服侍的那3位先生透露出事了吧？”

“没有，先生，一个字也没说。”

“你还没有见过他们？”

“没有，先生。”

“很好。现在，索姆斯先生，请和我们一起到院子里走一走。”

夜色越来越浓，楼上三层的窗户里都有黄色的灯光射出。

福尔摩斯抬头望着那些窗户说：“你的三只小鸟都回巢了。哎呀！那是什么？看来他们当中有一个很是坐立不安。”

原来是那个印度学生。窗帘上突然出现了他的侧影。他正在屋里迅速地走来走去。

“我希望能看他们每个人一眼。”福尔摩斯说，“能办到吗？”

“一点儿不难。”索姆斯回答说，“这些房间是学院里最古老的，常有客人来参观。来吧，我亲自带你们去。”

当我们敲吉尔克里斯特的房门时，福尔摩斯说：“请不要提名字！”开门的是一个亚麻色头发的细高个儿青年。听到我们的来意后，他把我们迎进了屋。屋内有一些罕见的中世纪室内结构。福尔摩斯对其中一个非常感兴趣，一定要将它画在笔记本上，却弄断了笔尖，不得不向屋子的主人借了把刀来削铅笔。在印度人的房间里，他也做了同样的事情。这是一个沉默、矮小、长着鹰钩鼻子的青年。他斜眼看着我们，当福尔摩斯终于画完建筑结构图时，他显得很高兴。我看不出福尔摩斯在这两处找到了他所查寻的线索。我们没能看到第三个学生。大门敲不开，从门内传来的是一串骂人话。“我可不管你们是谁。去你妈的！”那愤怒的声音叫道，“明天就要考试了，谁也别来打搅我！”

我们的向导气得满脸通红。他一边下楼梯一边说：“没有礼貌的家伙。当然，他不知道敲门的是我，但这样做也太不礼貌了，而且在目前的情况下，也很可疑。”

福尔摩斯的回答却很奇怪。

“你能告诉我他的确切身高吗？”

“这个我可说不准，福尔摩斯先生。他比印度学生高，但比吉尔克里斯特矮，我想大概是5英尺6英寸。”

“这很重要。”福尔摩斯说，“现在，索姆斯先生，我祝你晚安。”

我们的当事人又惊讶又失望，大声叫了出来：“天啊，福尔摩斯先生，您不会突然把我扔在这里吧！您好像还不了解我的处境。明天就要考试了，我今天晚上必须采取一定的措施。如果已经有人偷看了试卷，我就不能让考试如期进行。我们必须面对这种情况。”

“你现在什么都不要做。明天一大早我会过来和你详谈此事，那时也许我可以告诉你怎么办。在这期间，你什么也不要做。”

福尔摩斯对屋内的中世纪室内结构非常感兴趣，要将它画在笔记本上，却弄断了笔尖，不得不向屋子的主人借了把刀来削铅笔。

“很好，福尔摩斯先生。”

“你心里可以完全放松。我们肯定能找到办法解决你的困境。我要带走那个小泥团和铅笔屑。再见。”

来到院子里时，我们再次抬头看了看那些窗户。印度学生还在踱来踱去，但看不到另外两个人的影子。

“华生，你怎么看？”我们来到大街上时，福尔摩斯问道，“这简直就是客厅里的小游戏，从3张牌中抽一张，是不是？我们有3个学生，肯定是他们当中的一个。你挑你的牌，你认为是谁？”

“那个住在顶层骂人的家伙，他的记录最差。不过那印度人也是个滑头，他干吗老是走来走去？”

“这没什么奇怪的，很多人在背书时都这样。”

“他看我们的样子很奇怪。”

“如果你正在为第二天的考试做准备，每一分钟都很宝贵，这时却进来一帮陌生人，你也会这样看他们。不，我认为这也很正常。还有铅笔和小刀——都没有问题。但我实在搞不懂那个人。”

“谁？”

“啊，班尼斯特，那个仆人。他在这件事里是什么角色呢？”

“他给我的印象是一个非常诚实的人。”

“我的印象也是如此。但这正是让我搞不懂的地方。为什么一个绝对诚实的人——啊，这儿有家大文具店。我们就从这里开始调查。”

大学城里只有4家比较大的文具店。福尔摩斯每到一家就拿出铅笔屑，要求高价购买一支同样的。所有商店都同意他可以预定，因为这不是一支普通的铅笔，很少有存货。我的朋友并没有因此而失望，只是耸耸肩，表示无奈。

“没办法，我亲爱的华生。这是我们最有力的线索，但却没找到什么结果。不过我深信，没有它，我们仍然能解决这个案子。哎呀！我亲爱的朋友，已经快9点了，女房东还唠叨过7点半给我们做好豌豆汤呢。华生，你老是不停地抽烟，吃饭还不准时，我想房东要通知你退房了，而我也得陪着你倒霉了——不过，我们还是先解决眼下的问题吧，这毕竟关系到一个紧张的老师、一个粗心的仆人和3个富于进取心的学生。”

当天，福尔摩斯没有再提这件事，但在迟到的晚饭后，他却沉思了很久。第二天早晨8点，我刚刚洗漱完毕，他便来到了我的房间。

他说：“华生，我们现在要去圣路加学院了。你不吃早饭行吗？”

“当然可以。”

“如果我们不告诉索姆斯一些确切的消息，他会坐立不安的。”

“你有确切的消息吗？”

“我想是的。”

“你已经得出了结论？”

“是的，我亲爱的华生，我已经解开了这个谜。”

“可你并没有得到什么新证据啊？”

“我今天6点就早早起了床，而且没有徒劳无功。我辛苦工作了两个小时，走了至少5英里，而且终于找到了一些东西。你看！”

他伸出手，手心上有3颗金字塔形状的黑色小泥团。

“哎呀，福尔摩斯，你昨天只有两颗！”

“今天早晨又多了一颗。第三颗泥球来自何方，第一、第二颗泥球便来自何方，这样说并不过分。好了，华生，让我们一起去解救朋友索姆斯吧！”

我们找到索姆斯时，可怜的他正在房间中焦急地等待。几个小时之后，考试就要开始了，可他还在进退维谷——是公布事实，还是听凭罪人参加竞争这笔高额奖学金。他简直连站都站不稳了，一看见福尔摩斯，便伸着双手跑了过来。

“感谢上帝，你们终于来了！我真担心您会因为没有办法而放弃这件事。我该怎么做？考试继续进行吗？”

“是的，无论如何要进行。”

“可这个骗子——？”

“他不会参加的。”

“您知道是谁了？”

“我想是的。如果这件事不能宣扬出去，我们就必须给自己点儿权威，组成一个秘密军事法庭。索姆斯，请你坐在那里。华生，你坐这儿。我坐在中间这把椅子上。我想我们现在足以震慑一个有罪的人。请按铃！”

铃声过后，班尼斯特走了进来。他看见我们那副法官的模样，又惊又怕，不禁向后退了一步。

“请你关上门。”福尔摩斯说，“现在，班尼斯特，请告诉我们昨天发生的事的真相。”他的脸立刻变得苍白。

“我全都说了，先生。”

“没有要补充的？”

“没有，先生。”

“那么好，我必须提醒你一下。昨天当你坐在那把椅子上的时候，你是不是想要掩盖某个东西？这个东西可以说明是谁进过屋了。”

班尼斯特吓得脸色惨白。

“不是，先生，当然不是。”

“我只是提醒你一下。”福尔摩斯温和地说，“坦白说，我并不能证明这一点。但有一点很有可能，就是当索姆斯先生一转身，你就放走了藏在卧室里的人。”

班尼斯特舔了舔他发干的嘴唇。

“没有人，先生。”

“啊，太可惜了，班尼斯特。你本来可以说实话，可我知道你在撒谎。”

班尼斯特沉着的脸表现出一副倔强的模样。

“没有人，先生。”

“好了，班尼斯特，说出来吧！”

“不，先生，确实没有人。”

“这样的话，我们就没什么可谈的了。是否请你留在这里？站到卧室门边去。好，索姆斯先生，劳驾你上楼去吉尔克里斯特房中，请他到你这儿来。”

不一会儿，导师就带着那个学生回来了。这个年轻人体形健美，身材高挑，动作轻巧而灵活，步伐矫健，面容开朗而愉快。他的蓝眼睛不安地扫视了我们，最后惊慌失措地停在了墙角的班尼斯特身上。

“请关上门。”福尔摩斯说，“好，吉尔克里斯特先生，我们这儿没有别人，我们之间的谈话也不会有别人知道。所以我们可以开诚布公。吉尔克里斯特先生，我们想知道，像你这样一个可敬的人为什么会做出昨天那样的事来？”

这不幸的年轻人摇晃着退了一步，用恐惧和责备的眼光看了一眼班尼斯特。

“不，不，吉尔克里斯特先生，我一个字也没说——一个字也没说！”仆人叫道。

“是的，可你现在说了。”福尔摩斯说，“吉尔克里斯特先生，你必须明白，班尼斯特这样说了之后，你已经没有办法了，你唯一的机会就是彻底坦白。”

不一会儿，导师就带着那个学生回来了。

吉尔克里斯特抬起手，极力控制着自己不停抽搐的身体。接着，他跪倒在桌子旁，双手捂着脸，激动地呜咽起来。

“好了，好了，”福尔摩斯和蔼地说，“谁都有犯错误的时候，至少没人会说你是个没心没肺的罪犯。如果由我把发生的事告诉索姆斯先生，说得不对，你来纠正，这样你也许会觉得容易一些，是不是？啊，不，不用回答。你听我说，看看我是否冤枉了你。

“索姆斯先生，你曾经告诉过我，没有任何人知道试卷在你屋中，包括班尼斯特。从那时起，我就对这案子有了一个明确的看法。印刷工当然可以排除，因为他完全可以在自己的办公室里偷看试卷。我也没有怀疑那个印度人。如果试卷是卷起来的，他不可能知道那是什么。另外，如果说是有人闯进屋子，而试卷恰巧在桌子上，这也过于巧合，可能性不大。我也排除了这种情况。进到屋子里的人知道试卷在哪儿。他怎么知道的呢？

“我走近你屋子的时候，检查了窗户。你当时认为我在想是不是有人在光天化日之下破窗而入。你真有意思，这种想法是荒谬的。我是在看一个人要有多高才能看到屋子中间桌子上的试卷。我身高6英尺，要看到桌面还要费点儿力。那么能看到试卷的人至少要有6英尺高。所以你看，我有理由认为，如果你的3个学生中有一个身高出众，那么他就是最有嫌疑的人。

“我走进屋子，并且发现了靠窗小桌子上的线索，这些我已经告诉过你。在大桌子上我没有发现什么，但你在提到吉尔克里斯特时说他是个跳远运动时，我马上明白了事情的整个过程。我只是还需要一些旁证，不过我很快就得到了这些旁证。

“事情是这样的，这个年轻人昨天下午一直在操场练习跳远，他回来时带着他的跳鞋。你们知道，跳鞋鞋底上有几个尖钉。路过你的窗户时，由于他个子很高，所以他看到了你桌子上的清样，并且猜到了那是什么。如果不是他在经过你门口时，发现了你仆人粗心留在门上的钥匙，本来这件事不会造成什么伤害。在一阵冲动下，他走进屋子，看看那是否真的就是试卷清样。这样的行

吉尔克里斯特跪倒在桌子旁，双手捂着脸，激动地呜咽起来。

动并没有什么危险，因为他完全可以装作进来是要问个问题。

“当他发现那确实就是清样时，他没有抵制住诱惑。他把跳鞋放在桌子上。你放在靠窗那把椅子上的是什么？”

“手套。”年轻人说。

福尔摩斯胜利地看着班尼斯特。“他把手套放在椅子上，然后将清样一张张拿去抄写。他认为他的导师一定会从院子大门进来，这样他就可以看见。而我们知道，他是从侧门进来的。他突然听到老师已到了门口，他已经无处可逃。他抓起跳鞋跑进了卧室，却忘了手套。你们看到桌面上的划痕一头浅，而朝着卧室的一头却渐渐加深，这本身就可以说明偷看试卷的人是朝那个方向抓起跳鞋的，而且就藏在卧室里。鞋钉周围的泥土留在桌子上，另一块掉在了卧室的地板上。我要加一句，今天早上我去过操场，看见跳坑里的黑色黏土上洒着金色的锯末，以防运动员滑倒。我说的是不是事实，吉尔克里斯特？”

那个学生已经站直了身子。

“是的，先生，是事实。”他说。

“天啊，你难道没有什么要说的吗？”索姆斯先生痛苦地说。

“是的，先生，我有话要说，但是被这样不光彩地揭露出来，我已经不知所措了。索姆斯先生，这儿有封信。这是我一夜未眠，在今天早上写的，也就是说在我知道我的罪行被揭发出来之前写的。给您，先生。您会看到我写道：‘我已经决定不参加这次考试。我已经收到罗得西亚警察总部的任命，我将马上动身去南非。’”

“听到你不打算用欺骗手段获得奖学金，我很高兴。”索姆斯说，“但你为什么改变了想法呢？”

吉尔克里斯特指了指班尼斯特。

“是这个人让我走上了正路。”他说。

“好了，班尼斯特。”福尔摩斯说，“我已经讲得很清楚，为什么只有你才能放走这个人，因为你当时留在这个屋子里，而且走时一定把门锁上了。至于他从窗口逃跑，那是不可能的。你能不能为我们解开这个谜团里最后一个疑点，告诉我们你为什么这么做？”

“要是您知道，原因就很简单了；不过，尽管您很聪明，您也不可能知道我曾经是这位年轻先生的父亲——吉尔克里斯特勋爵——的管家。他破产后，我来到这所大学当仆人，但我从来没有因为老主人没落而忘记他。看在过去日子的分上，我尽量在照顾他的儿子。先生，昨天出事后，我走进屋子第一眼看见的就是椅子上放着吉尔克里斯特先生的棕黄色手套。我知道这副手套是谁的，我也知道这意味着什么。如果索姆斯先生看见了它们，一切就都暴露了。我赶紧坐在那把椅子上，一动不动，直到索姆斯先生离开去找您。这时我可怜的小主人出来了，他是我抱大的。他对我承认了一切。我要救他，这不是很自然吗？我要像他死去的父亲一样教育他不应该这样投机取巧，这不是也很自然吗？您能因此而责怪我吗？”

“不，当然不。”福尔摩斯热情地说，从椅子上一跃而起。“好了，索姆斯，我想我们已经弄清楚了你的小问题，而我们就要回家吃早饭了。来吧，华生！至于你，先生，我相信在罗得西亚有你光明的前途。这次你摔倒了，但你将来必定前程无量。”

“给您，先生。”

金边夹鼻眼镜

记录我们1894年工作的手稿一共有厚厚3大本。看着它们，我承认，要从这么丰富的资料中，选择一些最有趣味、又最能说明我朋友的特殊才能的案子，确实是件很不容易的事。翻阅这些手稿，我看到了令人厌恶的红水蛭事件和银行家克罗斯比的惨死，还看到了阿德尔顿的悲剧和英国古墓内的奇异葬品。著名的史密斯—莫蒂默继承权案也发生在这一时期。在同一时期，福尔摩斯还追踪并逮捕了香榭丽舍大街的刺客休瑞特，并因此得到了法国总统的亲笔感谢信和法国勋章。这些都可以作为故事的素材，不过总的来说，我认为它们都比不上约克斯雷旧居的事件。这里有许多扣人心弦的情节，不仅有青年威洛比·史密斯的惨死，还有案件起伏跌宕的发展和奇特的作案动机。

那是11月底一个风雨大作的深夜，福尔摩斯和我整晚默默坐在一起，他在用高倍放大镜分辨一张残留古旧手稿上的字迹，而我正在专心阅读一篇最近发表的外科论文。屋外，狂风呼啸掠过贝克街，雨点猛烈敲打着窗户。说来也怪，身处城市中心、周围方圆十英里全是人工建筑，却仍能感到大自然的强大力量，而且还意识到，在宇宙的巨大力量前，伦敦看起来就像野外的无数小土丘一样。我走到窗前，看着屋外空无一人的街道。相隔甚远的街灯照在泥泞的小路和发光的人行道上。一辆单骑出租马车正从牛津街的尽头溅着泥水走来。

“华生，幸好我们今晚不用出去。”福尔摩斯说着放下放大镜，卷起手稿。“我已经干得不少了，这可真伤眼睛。依我看，这不过是15世纪后半期的一所修道院的记事簿。哎呀，哎呀，这是什么声音？”

在呼啸的狂风中，传来了嗒嗒的马蹄声，还有车轮擦到马路边沿的吱嘎声。我刚才看到的那架马车停在了我们门口。

一个男人走下了马车。“他想干什么？”我大声说。

“想干什么？他想找我们。至于我们，华生，我们得准备大衣、围巾、套鞋等坏天气用的各种东西。不过等等！马车又走了！这下好了。如果他想让我们出去，他一定会让马车在外面等着。亲爱的华生，其他人都已经睡了，你快下楼去开门。”

这位深夜来访者刚走到大厅的灯光下，我就认出了他。他就是年轻的斯坦利·霍普金斯，一位很有前途的侦探，福尔摩斯曾几次对他的工作表示出特殊的兴趣。

“他在吗？”霍普金斯急切地问。

“上来吧，我亲爱的先生。”福尔摩斯的声音从上面传来，“希望在这样的天气里你不会对我们有什么要求吧？”

侦探走上楼梯，灯光照在他的雨衣上闪闪发光。我帮他脱下雨衣，福尔摩斯则把壁炉的火拨得更旺。

“我亲爱的霍普金斯，过来离火近点儿，烤烤你的脚，”福尔摩斯说，“来支雪茄。我们的医生还有一剂处方，这样的夜晚，一杯热柠檬水是上等的良药。这样的天气跑到这里来，一定有什么要紧事吧？”

“确实是要紧事，福尔摩斯先生，今天下午我忙得不可开交。您看了晚报上约克斯雷那件案子吗？”

“15世纪以后的事我今天都没看。”

“报上的报道很短，而且完全不符合事实，所以您并没有错过什么。我没有浪费任何时间。约克斯雷是在肯特郡，离查塔姆7英里，离铁路线3英里。我下午3点一刻接到电话报案，5点到了约克斯雷旧居，进行了现场侦查，然后乘最后一班火车到了查令十字街，直接就坐马车到您这儿来了。”

“那就是说你对案子还不太清楚？”

这位深夜来访者就是年轻的斯坦利·霍普金斯。

“是的，我还没有弄清案子的来龙去脉。在我看来，它和我以前处理的案子一样复杂，但开始时却显得非常简单，好像根本不可能弄错。这正是让我搞不懂的地方——我找不到动机。一个人死了——这点毫无疑问——但我却看不出任何人有伤害他的理由。”

福尔摩斯点燃雪茄，靠在椅背上。

“讲来听听。”他说。

“发生的事情我已经弄得很清楚了。”斯坦利·霍普金斯说，“我想知道的就是它们意味着什么。根据我的调查，事情是这样的：几年前，一位年长的教授考瑞姆买了这栋约克斯雷旧居。他是个体弱多病的人，一半时间都躺在床上，其余的时间就拄着拐杖，在房子周围一瘸一拐地走走，或者坐在轮椅上，让园丁推着在院子里转转。有些邻居拜访过他，他们都很喜欢他。他在当地是个有名的博学之人。他家里有一个上了年纪的女管家马可夫人，还有一位女佣苏珊·塔尔顿。他搬到这里之后，她们就一直在服侍他，而她们看上去性格都很不错。教授正在撰写一本深奥的书，所以大约一年前，他觉得需要雇用一位秘书。他开始用的两位都不合适，第三位威洛比·史密斯先生是个刚从大学毕业的年轻人，他似乎具备教授所要求的一切素质。他的工作包括上午记录教授的口述，晚上查阅与第二天工作有关的资料和文章。威洛比·史密斯无论是在家乡还是在剑桥，口碑都很好。我看过他的证书，他一直是个品行端正、性情平和，而且工作很努力的年轻人，没有任何不良记录。正是这样一个年轻人，今天上午死在了教授的书房里。所有情况都表明这是一次谋杀。”

狂风在窗外咆哮怒吼。我和福尔摩斯向壁炉移近了些。年轻的侦探不慌不忙地向我们讲述着这一离奇案件。

他说：“你就是找遍整个英格兰，也不可能找到一幢比教授家更与世隔绝的房子了。好几个星期里，他家可以没有一个人走出花园的大门。教授埋头于他的工作，对其他事不闻不问。年轻的史密斯一个邻居也不认识，过着和他主人一样的生活。而那两个女人也没有什么事情要到外面去。那个推轮椅的园丁莫蒂默是个退伍军人，曾参加过克里木战争，也是个很好的人。他不在房子里住，而是住在花园尽头一套有3个房间的村舍。这就是住在约克斯雷旧居里的所有人。还有，花园的大门与从伦敦到查塔姆的大路相距只有100码。门上有门闩，除此之外就没有别的防护措施了。

“现在我要告诉你们的是女仆苏珊·塔尔顿的证词，只有她还说了些有用的情况。事情发生在上午11点到12点之间。她当时正在楼上的前卧室里挂窗帘。考瑞姆教授还没有起床，因为碰上天气不好的时候，他很少在中午之前起来。女管家正在房子后面忙着。威洛比·史密斯在他的卧室兼起居室里。她听见威洛比穿过走廊，下楼走进正好位于她脚下的书房。女仆并没有看见他，但她说她绝对不会弄错他那种有力、迅速的脚步声。她没有听到书房门关上的声音，但一两分钟之后，里面传来了一声惨叫。叫声疯狂、嘶哑，听上去奇怪、不自然，所以分辨不出是男人还是女人的声音。同时，又传来重重的砰的一声，震得整幢房子都晃动了，然后一切又安静了。女仆吓呆了，站了一会儿才鼓起勇气跑下楼去。书房的门关着，她把门打开。威洛比·史密斯四肢摊开躺在地上。开始时她没有看见伤口，但当她想把他扶起来时，却看见鲜血正从他脖子下面喷涌出来。他的脖子被刺了一个不大但却很深的伤口，切断了颈动脉，凶器就扔在他身旁的地毯上。那是一把老式书桌上封文件用的小刀，刀把是象牙的，刀身很坚硬。这把刀本来是教授书桌上的文具。

“开始时女仆认为威洛比已经死了，但她从冷水瓶里拿了些凉水倒在他额头上，他竟睁开了眼睛。他喃喃道：‘教授，是她。’女仆愿意发誓证明这是他的原话。他右手举在空中，竭力想再说些什么，但随即倒下死了。

“这时女管家也来到了现场，但她晚了一步，没有听到威洛比的遗言。她让苏珊守着尸体，自己跑到教授的房间。他正神色惶恐地坐在床上，因为根据听到的叫声，他知道发生了可怕的事情。马可夫人发誓说，教授当时还穿着睡衣。没有园丁莫蒂默的帮助，他是不可能自己换衣服的。而莫蒂默接到的指令是中午12点再来给主人换衣服。教授说他听到了远处的叫声，但除此之外就一无所知了。他无法解释年轻人的临终遗言‘教授，是她。’不过他认为这是昏迷时的胡话。他相信威洛比·史密斯在这个世界上没有任何仇敌，也无法解释他被害的理由。他的第一反应是叫花匠莫蒂默去报警。又过了一会儿，当地警长给我送了信。我到达现场前，一切都没有动过，而且他还严格规定任何人都不得从小道走近那幢房子。福尔摩斯先生，这案子是运用您的理论的绝好机会，条件已经完全具备。”

“完全具备？好像还差了夏洛克·福尔摩斯。”我的朋友带着点儿苦笑说，“让我们先听听你的意见，你认为这件案子是怎么回事呢？”

“首先请您看看这张草图，福尔摩斯先生，从图上可以看出书房的位置以及其他与案情有关的各处的位置。这样您就可以了解我调查的过程。”

他打开草图，放在福尔摩斯膝盖上。我站起来，走到福尔摩斯背后，越过他的肩膀看着这张地图。现在我将它原样复制在这里。

“这张图当然很不详细，我只画了那些在我看来最重要的地方，其他地方您可以到现场考察。首先，假设凶手是从外面进来的，他或她是怎么进来的呢？毫无疑问是经过花园小道从后门进来的，因为那里直通书房。而任何其他

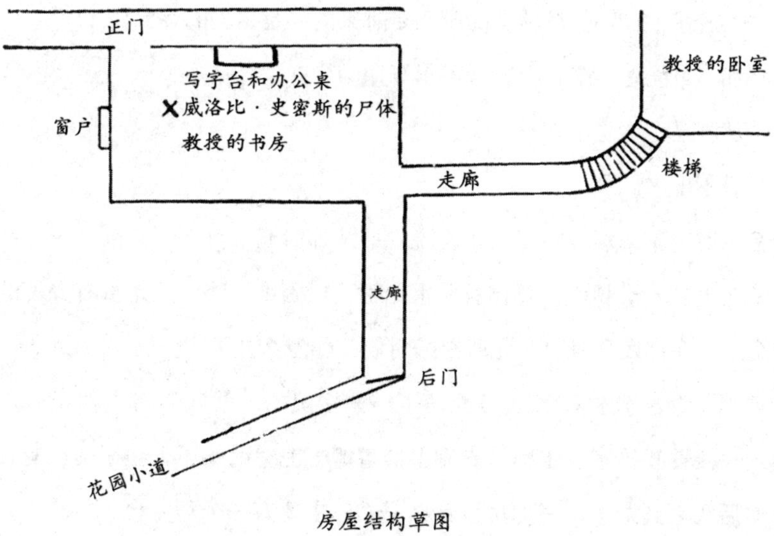

房屋结构草图

路径都要复杂得多。凶手肯定也是顺原路逃跑的，因为当时苏珊从楼上跑下来，这条路行不通，而另一条路则直通教授的卧室。于是我立刻开始检查花园小道。最近刚下过雨，路上很潮湿，一定能看得出脚印。

“我在侦查中发现，我在对付的是一个谨慎、老练的罪犯。小道上没有留下任何脚印。但是小道旁边的草地肯定被人踩过，他这样做，就是怕留下脚印。我没有找到任何证据，但那里的草确实被踩倒了，肯定有人走过。这个人一定就是凶手，因为雨是昨天夜里下的，花匠和其他人早上还没有去过那里。”

“等一下。”福尔摩斯说，“这条小道通向哪里？”

“通向大路。”

“它有多长？”

“100码左右。”

“那在花园门口附近，你一定可以找到足迹吧？”

“不幸的是从那里开始小道上就铺了砖。”

“那大路上呢？”

“大路全踩成了烂泥。”

“太遗憾了！那么草地上的脚印是进来的还是出去的呢？”

“那不可能看出来，根本看不出脚印的模样。”

“那脚是大还是小呢？”

“看不出来。”

福尔摩斯不耐烦地哼了一声，说：“从那时起一直在下大雨，风也刮得很猛，现在再去分辨脚印，要比看中世纪手稿还困难。唉，这是没有办法的事。霍普金斯，在你发现自己一无所获的时候，你怎么办了呢？”

“福尔摩斯先生，我还是弄清了一些情况的。我知道有人很小心地走进了房子，接着我检查了走廊。走廊上铺着椰子毛编的垫子，垫子上没有任何痕迹。然后我来到书房，书房里没什么家具，主要有一个写字台，一个固定在地板上的办公桌。桌子两侧有两排抽屉，中间是一个小柜子。抽屉没有锁，但小柜子锁着。看样子抽屉从来都不上锁，里面也没什么值钱的东西。小柜子里有一些重要文件，但不像被翻弄过。教授也对我说没有丢东西。显然并没有发生窃案。

“我走到年轻人的尸体旁。尸体在办公桌的左边，图上已经标明。伤口是在脖子的右侧，是从后往前刺去的，所以不可能是自杀。”

我站起来，走到福尔摩斯背后，越过他的肩膀看着这张地图。上面标明尸体在办公桌的左边。

“除非他摔倒在刀子上。”福尔摩斯说。

“正是，我也这么想过，但我们是在离尸体几英尺远的地方发现刀子的，所以这不可能。当然，年轻人临死前说的话也可以证明。另外，还有一件最重要的证据，是在死者右手中发现的。”

斯坦利·霍普金斯从口袋里掏出一个小纸包。他打开纸包，里面是一副金边夹鼻眼镜，眼镜一端垂着两条已经断开的黑丝带。“威洛比·史密斯的视力很好。”他说，“这毫无疑问是他从凶手脸上或身上拽下来的。”

夏洛克·福尔摩斯接过眼镜，认真查看着。他把眼镜架在自己鼻梁上，试着看东西，又走到窗口，向街上望去，然后又把眼镜拿到灯下，仔细地研究着。最后，他笑了笑。他在桌边坐下，在一张纸上写了几行字，然后扔给对面的斯坦利·霍普金斯。

“我只能告诉你这么多了。”他说，“这也许会有些用处。”

吃惊的侦探拿着纸条念道：

> 缉捕一位举止优雅、衣着体面的妇女。她鼻子很宽，两眼离得很近。前额有皱纹，总带着凝视的表情，很可能有些隆肩。有迹象表明，最近几个月内她至少两次去过同一家眼镜店。她的眼镜度数很深，而城里的眼镜店并不多，所以找到她应该不难。

霍普金斯惊得目瞪口呆，而我的表情大概也好不到哪去。福尔摩斯对霍普金斯微微一笑，说：“我的推论很简单。没有什么东西能像眼镜那样说明问题，何况是这样一副很特别的眼镜。眼镜很精巧，所以我断定它属于一个女人的，当然，还有那年轻人临死时的话。至于说她穿着得体、优雅，那是因为这副镜架是由纯金制成，很难想象一个戴这样眼镜的人会在其他方面随随便便。你看，眼镜的夹子很宽，你都戴不了，说明这位女士的鼻梁非常宽。这种鼻子一般很短，也不秀气，不过也有很多例外，所以我没有那么教条，把这一条也

福尔摩斯把眼镜架在自己鼻梁上，试着看东西。

写下来。我自己的脸很窄，但我的眼睛仍然对不上镜片的中心。所以说这位女士的眼睛是紧靠鼻梁的。华生，你能看出镜片是凹陷的，度数很深。一个女人若平时总是眯着眼看东西，那一定会对她的外貌产生影响，使她的前额、眼睑和肩膀具有某些特点。”

我说："是的，我能明白你的推理过程。但是我承认，我不理解你怎么能看出她两次去过同一家眼镜店。"

他说："你们可以看见，眼镜的夹子上衬着软木，以免压痛鼻子。其中一块软木已经褪了色，而且已经磨损，但另一块还是新的。显然有一块软木掉了，并且换了新的。而这块旧软木，我认为换上也不过几个月。两块软木完全相同，所以我推断，这位女士去了同一家眼镜店两次。"

"天啊，太棒了！"霍普金斯不禁大声喝彩，"想想看，线索都在我手里，我却根本不知道！不过我本来也想过去查问伦敦的眼镜店的。"

"你当然应该去。你还有什么要告诉我们吗？"

"没有了，福尔摩斯先生。我想您知道的和我一样多——也许比我知道的还多。我们已经派人去调查，看是否有人在大路上或火车站看到过陌生人，目前还没有结果。最让我伤脑筋的就是完全不知道凶手犯罪的目的，我们连动机的影子都找不到。"

"哎呀！这我就帮不了你了，但我想，你希望我们明天去看一看？"

"如果这要求不太过分的话，我当然希望你们能去，福尔摩斯先生。明天早上6点有火车从查令十字街开到查塔姆，八九点钟就可以到约克斯雷旧居。"

"那我们就坐这趟车。你的案子里有些地方让我很感兴趣，我很愿意去看一看。啊，已经快一点了，我们最好还是睡几个小时。你可以在壁炉前的沙发上休息，明早出发前，我可以用酒精灯给你煮杯咖啡。"

第二天一早，大风已经停了。但我们上路时，天气依然很冷。严冬的太阳从荒凉的沼泽地上升起，照在毫无生气的泰晤士河上。一段疲惫的长途旅行后，我们在离查塔姆几英里远的一个小站下了车。车夫备马时，我们匆匆吃了早饭，这样一到约克斯雷旧居，我们就可以立即开始工作了。在花园门口我们碰上了一位警察。

"你好，威尔逊，有什么消息吗？"

“没有，长官，什么消息也没有。”

“没有人报告说看到过陌生人？”

“没有，长官。车站的人很肯定，昨天既没有生人来，也没有生人离开。”

“问过旅店和其他可以投宿的地方吗？”

“问过了，长官，但找不到一个可疑的人。”

“这儿离查塔姆并不远，任何人都可以躲在查塔姆或从那里上火车，而不被别人注意。这就是我说的那条花园小道，福尔摩斯先生，我可以发誓，昨天小道上确实没有足迹。”

“草地上的脚印是在哪一侧？”

“这边，先生，就是小道和花床中间这块草地。现在什么也看不见了，但我昨天还看得很清楚。”

“是的，是的，确实有人从这里走过。”福尔摩斯一边说，一边弯腰检查着。“这位女士一定走得很小心，不然的话，再往这边一点儿，她就会在小道上留下足迹，而再往那边一点儿，就会在花床上留下更清晰的脚印。”

“是的，先生，她一定是个很冷静的人。”

我看见福尔摩斯脸上掠过一道热切的神情。

“你说她肯定是从这条路逃走的？”

“是的，先生，没有别的路。”

“从这片草地上逃走？”

“当然，福尔摩斯先生。”

“啊哈！非常不寻常的举动——很不寻常。我想我们已经检查完了小道，现在来看看别的。我想这花园的门总是开着的吧？那么这位客人只要直接进来就可以了。她并没有计划杀人，否则她就会准备武器了，而不会从写字台上抓起那把刀子。她走过这条走廊，在椰子毛的垫子上没有留下痕迹。然后她来到了书房。她在这里待了多久？我们无法判断。”

“不过几分钟，先生。我忘了告诉您管家马可夫人不久前刚刚打扫过这里。她说大约是出事一刻钟以前。”

“这就给了我们一个大致时间。这位女士走进书房，做了些什么呢？她走到写字台旁。为什么？不是为了抽屉里的东西。如果里面有什么东西值得她拿，那抽屉早就锁上了。不，她是为了小柜子里面的东西。哎呀！小柜子上面的划痕是怎么回事？点根火柴，华生。你为什么没有告诉我这个，霍普金斯？”

他看到的那条划痕是从钥匙孔右边的铜片上开始的，大约有4英寸长，小柜表面的漆也被划掉了。

“我看见它了，福尔摩斯先生。可是钥匙孔旁边总是有划痕的啊！”

“可这划痕是新的，很新。你看，铜片上被划过的地方有多亮。旧划痕的颜色应该和铜片表面的颜色是一样的。用我的放大镜看一看，这里的油漆——划痕两边的油漆像犁沟两边翻起的土一样。马可夫人在吗？”

一个面容愁苦、年岁较大的妇女走进书房。

“你昨天上午打扫过这个办公桌吗？”

“打扫过，先生。”

“你有没有看到这条划痕？”

“没有，先生，我没看见。”

“我相信你没看见，不然抹布会把翻起的油漆擦掉的。谁拿着这个小柜子的钥匙？”

“钥匙挂在教授的表链上。”

“是一把普通的钥匙吗？”

“不是，先生，那是一把保险锁。”

“很好。马可夫人，你可以走了。现在我们有了一点儿进展。这位女士走进书房，来到办公桌前，打开，或者正要打开小柜子。就在这时，威洛比·史密斯走了进来。她匆忙抽出钥匙，不小心在柜门上划了一下。威洛比抓住了她，她拿起一件靠近手边的东西，朝威洛比扎了过去，想让他放开她。这件东

“你昨天上午打扫过这个办公桌吗？”

西正好是那把刀。那是致命的一击。威洛比倒在了地上，她逃跑了，也许带着她要拿的东西，也许没带着。女仆苏珊在吗？苏珊，在你听到那声喊叫后，有没有人能从那扇门跑掉？”

“不，先生，那不可能。要是走廊里有人，我在楼梯上就能看见。再说，那扇门也没有打开过，不然我能听到声音。”

“那么这条路就不可能了。毫无疑问，她是顺着原路逃走的。我知道另一条路通往教授的房间。那边没有出口吧？”

“没有，先生。”

“我们应该去看一下，顺便认识一下教授。哎呀！霍普金斯，这点很重要，非常重要。通往教授房间的过道也铺着椰子毛垫子。”

“是的，先生，这又怎么样呢？”

“你难道没有看出这和案子的关系吗？好了，好了，我不再坚持了，显然是我错了，但我觉得这很有启发。我们一起去，你帮我介绍一下。”

我们穿过这条走廊，它和通往花园的那条走廊一样长，过道的尽头有一小段楼梯。霍普金斯敲敲门，然后将我们领进了教授的卧室。

这是一个很大的房间，屋里堆满了书。书架已经装不下，所以书柜下、墙角里都堆满了。床放在屋子中央，这幢房子的主人正靠着枕头躺在床上。我还很少见到长相如此奇特的人。那是一张瘦削、像老鹰一样的脸，浓密、成簇的眉毛下藏着一双锐利的深色眼睛。他的头发和胡须全白了，只有嘴巴附近的口髭奇怪地有些发黄。蓬乱的白胡须中一支雪茄正在一闪一灭，整个屋子中都充满了刺鼻的陈旧烟草味。当他向福尔摩斯伸出手时，我注意到他的手也被尼古丁熏黄了。

“抽烟吗，福尔摩斯先生？”他英语说得很好，奇怪地带点儿口音，听起来有些装腔作势。“请您抽一支吧。您呢，先生？我向您大力推荐这烟，因为这是亚历山大港[1]的艾奥尼迪斯为我特制的。他每次给我送1000支，但我很遗憾地说，每两周我就不得不让他再寄一次。这不好，先生们，很不好，不过一个老人已经没有太多乐趣了，留给我的只有雪茄和工作了。”

福尔摩斯点燃一支雪茄，四下打量着屋子。

“雪茄和工作，可现在只剩下雪茄了。”老人感慨地说，“唉！这真是致

① 埃及的一个海港。——译注

命的打击。谁能预料这么可怕的灾难呢？多好的一个年轻人！我敢担保，再经过几个月的训练，他就可以成为一个很好的助手。您对这事怎么看，福尔摩斯先生？”

“我还没有想好。”

“如果您能帮助我们弄清这件毫无头绪的案子，我会非常感激。对于我这样一个书呆子和残废，这样的打击几乎是毁灭性的。我似乎已经失去了思考能力。但您是个干实事的人，善于处理各种事情。这是您日常生活的一部分。无论在任何紧急情况下，你都能处之泰然，有您在身边，我们真是非常幸运。”

教授讲话时，福尔摩斯一直沿着一侧墙壁走来走去。我注意到他抽烟的速度很快。显然，他和主人一样，很欣赏亚历山大港的新鲜雪茄。

“是的，先生，确实是毁灭性的打击。”老人继续说，“那边小桌子上的一沓纸是我的著作，是我对在叙利亚和埃及的科普特寺院中发现的文献所作的分析，它将对现有宗教的基础产生深远的影响。现在我的助手被杀害了，而我的健康状况又每况愈下，我真不知道是否能完成它。天哪，福尔摩斯先生，您抽烟比我还快！”

福尔摩斯笑了。

“我是个鉴赏家。”他说着，又从烟盒里抽出一支雪茄，并用上根烟的烟蒂点燃，这已经是第四根了。“我不想占用您太长时间，考瑞姆教授，因为我想凶杀发生时，您正在床上，所以不可能知道什么。我只想问一个问题，那可怜孩子的最后一句话是：‘教授，是她。’您认为他是什么意思？”

教授摇摇头。

“苏珊是个乡下姑娘。”他说，“您也知道那些人蠢得令人难以置信。我猜想那可怜人只是在昏迷中咕哝了一些不连贯的词句，而苏珊却把它们曲解成了这句毫无意义的话。”

“我明白了。您自己对这个悲剧有何解释？”

“可能只是个意外，也许是自杀——我只是在咱们之间这样说。年轻人有他们不为人知的麻烦，比如爱情之类，这是我们永远无法知道的。这比谋杀的可能性要更大些。”

“但是眼镜怎么解释呢？”

“啊，我只不过是个读书人，一个好空想的人，我无法解释生活中的具体问题。但是，我的朋友，我们都知道爱情的晴雨表有时会表现得很奇怪。请再拿一支雪茄，能有人这么欣赏它们，我真是很高兴。一个人自杀时，谁知道他会把什么当作心爱之物拿在手上呢？也许是把扇子，也许是只手套或者一副眼镜。这位先生提到过草地上的脚印，不过在这种情况下，其他东西很容易被误认为是脚印。至于那把刀，很有可能是那不幸的人在摔倒时扔出去的。也许我的话听起来很幼稚，不过我认为威洛比·史密斯是自杀的。”

这样的理论似乎使福尔摩斯顿有所悟。他继续在屋内走来走去，一边沉思，一边一支又一支地抽着雪茄。

“告诉我，考瑞姆教授，”他终于开口道，“书房那个小柜子里装的是什么东西？”

“没有什么贼会感兴趣的东西。家里人的证件、我妻子的信，还有一些大学颁发给我的证书。这是钥匙，您可以去亲自检查。”

福尔摩斯拿过钥匙看了看，然后把它递了回去。

“不用了，我想这帮不了我什么忙。”他说，“我想一个人到您的花园走走，把这件事仔细想想。您所提出的自杀理论确实有些道理。请原谅我们这样打扰了您，考瑞姆教授。我保证，午饭前我们不会再来打扰了。下午两点我们再来，向您报告这期间可能发生的情况。”

福尔摩斯奇怪得有些心不在焉。我们默默无语地沿着花园小径走了几个来回。

“有线索了吗？”我终于问道。

“这取决于我刚才抽的那些雪茄。”他说，“有可能我完全搞错了，那些雪茄会告诉我的。”

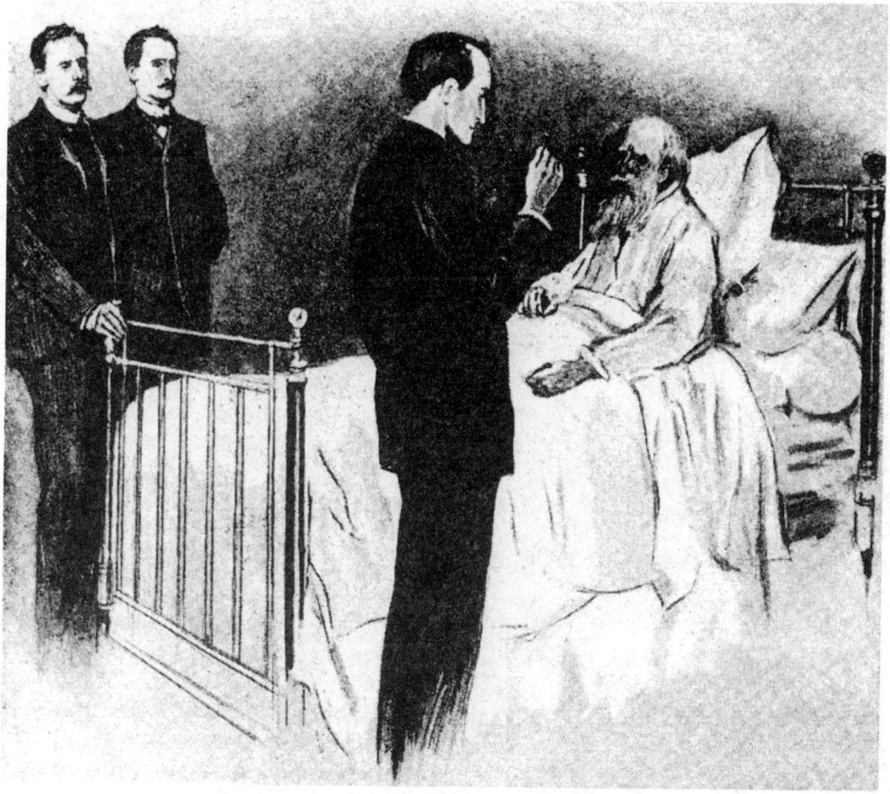

福尔摩斯拿过钥匙看了看，然后把它递了回去。

“我亲爱的福尔摩斯，”我惊叫道，“这到底——”

“好了，好了，你会明白的。如果情况不像我想象的那样，这样做也不会有什么害处。当然，我们还有眼镜店那条线索，不过在可能的情况下，我还是愿意走捷径。啊，亲爱的马可夫人！让我们来和她聊5分钟，看看能有什么收获。”

我大概早已提到，只要福尔摩斯愿意，他可以很讨女人的欢心，而且很容易就会赢得她们的信任。在不到两分半钟的时间里，他就已经赢得了马可夫人的信任。他们像相识多年的老朋友一样聊了起来。

“是的，福尔摩斯先生，您说得一点儿不错，他抽烟抽得很厉害，从早到晚，有时候还整夜地抽，先生。有一天早晨，我见过那屋子——唉，先生，你会以为那是伦敦大雾呢。可怜的史密斯先生，他也抽烟，但不像教授那么凶。至于他的身体，我也说不好抽烟是让他身体更好了呢，还是更坏了。”

福尔摩斯说：“啊！不过这一定让他的胃口很不好。”

“这我可不知道，先生。”

“我猜教授是不是吃得非常少？”

“不一定，有时多有时少，这我敢肯定。”

“我敢打赌，他今天一定没吃早餐，而且看他抽了那么多雪茄，我想他一定连午饭也不吃了。”

“啊，这您就错了，先生，事实上，他今天早上吃得很多。我到这儿来之后，还从没见他吃过这么多东西，而且午饭他还要了一大盘肉排。我真是很奇怪，因为自从昨天我看见史密斯先生倒在地上后，我连看都不敢看吃的东西一眼。不过这世上什么样的人都有，教授并没让这件事毁了他的胃口。”

我们在花园里打发了整个一上午。据说前天早晨，有几个孩子在查塔姆大路上看见过一个陌生女人，斯坦利·霍普金斯到村里去调查此事了。至于我的朋友，他似乎已经完全丧失了往日的生龙活虎，我还从未见他处理哪件案子像这样心不在焉。霍普金斯回来了，他找到了那几个孩子，而且证实他们确曾看见过一个戴着眼镜、符合福尔摩斯描述的女子。但是这样的消息也没有引起福尔摩斯的丝毫兴趣。伺候我们午饭的苏珊说，出事那天早上史密斯曾出去散过步，而且是在事发半小时前才回来。对于这一信息，福尔摩斯倒是显得更加注意。我不知道这个小插曲和我们手上的案子有什么关系，但我明确感到福尔摩斯已将它和自己脑子里形成的理论联系在了一起。突然，他从椅子里跳了起来，看了看手表，“两点了，先生们，”他说，“我们必须上楼去，和我们的教授朋友把事情说清楚。”

这位老人刚刚吃过午饭，空空的盘子也确实证明了女管家所说的好胃口。当他向我们转过雪白的头颅，露出闪闪发亮的眼睛时，我不得不承认他确实是个难以捉摸的人物。一成不变的雪茄仍然在他嘴里叼着。他已经换好了衣服，正坐在壁炉前边的一把扶手椅中。

“啊，福尔摩斯先生，您是否已经解开了这个谜团？”他把身边桌子上的雪茄盒子朝我的朋友推了过来。福尔摩斯这时也伸出了手。一不小心，雪茄盒子掉到了地上。在接下来的一两分钟里，我们大家都跪在地上，拣拾着撒落四处的雪茄烟。当我们站起身来时，我注意到福尔摩斯的眼睛在闪闪发光，两颊也泛起了红晕。我只有在一次危急的时刻，见到过他这种一闪而逝的战斗信号。

“是的，”他说，“我已经解开了。”

斯坦利·霍普金斯和我都吃惊得瞪大了眼睛。教授瘦削的脸上似乎掠过一丝讥讽的微笑。

“真的！就在花园里？”

“不，在这里。”

“这里！什么时候？”

“就在此刻。”

“您一定是在开玩笑，福尔摩斯先生。您使我不得不说，不应该用这样的方式对待这么严肃的事。”

“我推理的每一步都经过了严格论证，考瑞姆教授，我相信它们都是正确的。你的动机是什么，或者你在这件奇怪的事中扮演了什么角色，我还无法解释。也许再过几分钟，你就会亲口告诉我。同时，为了方便你，我将把发生过的事从头讲述一遍，这样你便会知道我还有哪些地方需要补充。

“昨天，一位女士走进了你的书房，她是要来拿走你书柜里的某些文件。我曾有机会检查过你的钥匙，上面并没有那个划痕能够造成的轻微褪色，所以她自己一定有把钥匙。这就是说你不是同谋。根据我所掌握的证据，她是在你不知情的情况下来到这里抢劫你的。”

教授嘴里喷出一阵烟雾。“这真是有趣极了，而且极富启发性。”他说，“你还有什么要补充的吗？既然你对这位女士已经了解了这么多，那你一定也知道她后来怎么样了。”

“我会尽力。首先，你的秘书抓住了她。为了逃跑，她刺伤了他。我倾向于认为这是一个不幸的意外，因为那位女士本无意造成如此严重的伤害。如果来的是一个刺客，她不会不携带武器。这场意外使她无比震惊，狂乱中她逃离了犯罪现场。但不走运的是，她在争斗中丢掉了眼镜，而由于她非常近视，所以一旦没了眼镜，她几乎什么也看不见。她沿着一条走廊跑去，以为那是她进来的路，因为两条走廊上都铺着同样的椰子毛织的垫子。当她发现自己走错了路时，已经太晚了，她的退路也已经被堵死。她怎么办呢？她不能回去，也不能站在原地，她只能往前走。于是她继续往前走，走上一段楼梯，推开一扇门，来到了你的房间。”

那老人坐在椅子里，张大嘴巴恶狠狠地盯着福尔摩斯，表情丰富的脸上显示出吃惊和恐惧。他强作镇定地耸耸肩，爆发出一阵假笑。

“你说的一切都很出色，福尔摩斯先生。”他说，“只是在你精彩的理论当中只有一个小小的漏洞。我本人就在这个房间中，而且我一整天都没有离开过。”

“这一点我知道，考瑞姆教授。”

“那你是说我躺在那张床上，却居然没有意识到一个女人走进了我的房间？”

“我从来没这样说过。你知道她走了进来，你和她说过话，并且认出了她，而且还帮助她逃跑。”

教授再一次尖笑起来。他站了起来，两眼像炭火一样发亮。

“你真是疯了！”他叫道，“你简直是一派胡言！我帮她逃跑？那她现在在哪儿？”

“她就在这里。”福尔摩斯说，指了指墙角一个高高的书柜。

我看见那老人猛地挥了挥手，冷酷的脸上掠过一阵可怕的痉挛，然后一屁股跌坐在椅子上。就在这时，福尔摩斯所指的那个书柜忽然开了，一个女人冲到了房间里。“你说对了！”她用一种奇怪的外国腔调大声说，“你说对了！我在这里。”

她身上沾满灰尘，衣服上还挂着从藏身之处蹭来的蜘蛛网，脸上也带着一道道的灰尘。她绝对说不上漂亮，因为她完全符合福尔摩斯的描述，而且还有一个长长的、倔强的下巴。由于视力太差，也因为刚刚从暗处来到光亮中，她不停地眨着眼睛，努力辨认着我们的方位和身份。尽管有着所有这些不利因素，但她的举止中却透着一种高贵，倔强的下巴和高昂的头颅都显示着勇敢，使人不禁肃然起敬。斯坦利·霍普金斯抓住她的胳膊，宣布她已被逮捕，但她轻轻挥手叫他走开，那种气势和端庄令人只能服从。教授靠在椅子上，脸颊抽搐着，若有所思地望着她。

那个书柜忽然开了，一个女人冲到了房间里。

“是的，先生，我现在是你的犯人。”她说，“从我藏身的地方，我可以听到你们说的一切，我知道你们已经掌握了真相。我全都承认，是我杀死了那年轻人。不过刚才说这是个意外的那个人说对了。我当时甚至不知道我手里拿的是一把刀，因为绝望当中，我顺手抓起了桌上的一件东西朝他刺去，我只想让他放我走。我说的都是实话。”

福尔摩斯说：“夫人，我相信这都是实话。我担心您现在身体状况不太好。”

她的脸色很差，由于脸上带着一道道的灰，就越发显得可怕。她在床沿上坐下，继续说道：“我的时间不多了，但我想把全部事实告诉你。我是这个人的妻子。他不是英国人，他是俄国人，我不想说出他的名字。”

那老人第一次有了动静。“上帝保佑你，安娜！”他大声说，“上帝保佑你！”

她用最最蔑视的眼光朝他的方向看了一眼。“你为什么还如此留恋这可悲的生命呢，塞尔吉斯？”她说，“你这一生伤害了许多人，却对任何人都没有一丝好处——甚至对你自己也是如此。但在上帝召唤你之前，却不该是我来结束你那脆弱的生命。自从我跨进这该诅咒的房子的门槛，我的灵魂已经饱受煎熬。但我必须把一切都说出来，否则就太晚了。

“先生们，我已经说过，我是这个人的妻子。我们结婚时，他50岁，而我还是一个20岁的傻姑娘。那是在俄国的一座大城市里，是在一所大学——我不想说出那地方的名字。”

“上帝保佑你，安娜！”老人又一次低声道。

“我们当时是改革家——或者革命者——或者说是无政府主义者，他和我，还有其他许多人。后来我们遇到了麻烦，一个警官被杀了，我们许多人被逮捕，警方在悬赏寻找证据。为了保住他自己的性命和得到一大笔赏金，我的丈夫背叛了他的妻子和同志。是的，由于他的供词，我们都被逮捕了。一些人上了绞架，一些人被流放到了西伯利亚。我属于第二类，但不是终身流放。我丈夫带着他的不义之财来到了英国，并且过上了隐居的生活。他知道，如果我们的同志知道了他的下落，不出一个星期正义就会得到伸张。”

老人伸出一只颤抖的手，拿起一支雪茄。“我听候你的处置，安娜。”他

“我听候你的处置，安娜。”

说，“你过去一直对我很好。”

她说：“我还没有告诉你们他最大的罪恶。在我们的同志中，有我最亲爱的一个朋友。他高尚、无私、充满爱心——他具备我丈夫所缺乏的一切优点。他痛恨暴力。如果暴力革命是罪过的话，那我们都有罪，但他没有。他在信中总是劝说我们放弃暴力路线。这些信件本来可以救他。还有我的日记，因为每天我都写日记，记录我对他的感情和我们每个人所持有的观点。我丈夫发现了这些信和我的日记，把它们藏了起来。他费尽心机要剥夺那年轻人的生命。他没能得逞，但亚历克西斯仍被当作罪犯流放到了西伯利亚，在那里的一个盐矿做苦力。想想吧，你这恶棍，此时此刻，亚历克西斯过着像奴隶一样的生活，而我却放过了你，虽然你的命就在我的手中。”

“你一直是个高尚的女人，安娜。”老人说，继续抽着雪茄。

她站起身，却又发出一声痛苦的叫声跌坐下去。

她说："我必须把话说完。我刑满释放后，就发誓要找回那些信件和我的日记，因为如果把它们交给俄国政府，就可以使我的朋友获得释放。我知道我丈夫来到了英国。经过几个月的找寻，我发现了他的住处。我知道他还保存着我的日记，因为我在西伯利亚时，曾收到过他的一封信，他在信里指责我，并且还引用过我日记里的一些段落。但我了解他那狭隘、睚眦必报的性格，他不可能自愿把它们交还给我，我必须自己拿回它们。为此，我雇用了一个私人侦探，他以秘书的身份来到了我丈夫的家里。塞尔吉斯，他就是你的第二个秘书，那个很快就离开的人。他发现那些文件藏在那个小柜子里，而且还弄到了钥匙的印模。他只愿意做到这步。他给我画了房子的平面图，而且告诉我秘书上午要在这里工作，所以那个时候书房一般没有人。于是我鼓足勇气，亲自来拿回这些文件。我成功了，可付出了多大代价啊！

"我刚刚拿到文件，正要关上柜子，那个年轻人抓住了我。我那天早晨见过他。那是在往这里来的路上，我向他打听考瑞姆教授的住处，我当时并不知道他就在这里工作。"

"这就对了！"福尔摩斯说，"秘书回来后，告诉教授他遇到了一个怎样的女人。临死前，他试图告诉教授就是她——那个他们刚刚谈论过的女人。"

"你让我说完。"那女人用一种命令的口吻说。她的五官抽搐，似乎在忍受着巨大的痛苦。"他倒下后，我冲出房间，慌不择路，逃到了我丈夫的房间里。他说要告发我。我告诉他，如果他这样做，他的性命就掌握在我的手中。如果他把我交给警方，我就会向我们的组织告发他。我不是为了自己苟活才这样做，我只是想完成我的使命，救出我的朋友。他知道我说到就能做到，也明白我们两人的命运是紧紧连在一起的。也正是因为这个，他才同意把我藏起来。他把我塞进那个漆黑的角落，那是这老房子过去留下来的，只有他自己知道。他在自己房间用餐，这样就可以分一部分给我。我们说好了，警察一走，我就悄悄在夜里离开，从此再不回来。可不知通过什么方式，你识破了我们的计划。"她从胸口拿出一个小包裹。"我要说的就是这些。"她说，"这个

福尔摩斯健步穿过房间，从她手里夺下一个小药瓶。

小包裹可以救亚历克西斯。我把它托付给你，我相信你的荣誉感和正义感。拿着！你一定要把它交给俄国大使馆。我已经完成了我的使命，现在——”

“抓住她！”福尔摩斯大喊。他健步穿过房间，从她手里夺下一个小药瓶。

“太晚了！”她说着，缓缓倒在床上，“太晚了！我出来之前就已经服下了毒药。我的头好昏！我要死了！我请求你，不要忘了那个小包裹。”

在我们回城里的路上，福尔摩斯对我说：“案子很简单，但从某种角度说，却很有启发性。一开始，案子就围绕着夹鼻眼镜展开。如果不是那年轻人碰巧抓到了那副眼镜，我想我们也许永远也破不了案。根据镜片的厚度，我确信，戴眼镜的人如果失去了它，就会变得什么也看不见。霍普金斯，当你试图说服我相信她沿着那条狭窄的草地逃走，却没有走错一步时，你也许还记得我回答说这真是很不寻常。在我心中，我已经确信这是不可能的，除非她还有一副备用眼镜，而这又不太可能。于是我不得不慎重考虑另一种可能性，也就是她可能还留在房子里。当我发现两条走廊非常相似时，我知道她很有可能走错了路，走进了教授的房间。所以我对任何可以证明这一假设的东西都很注意。我仔细检查了教授的房间，看看是否有藏身之处。地毯是整块的，而且牢牢钉在地上，所以我排除了有暗门的可能性。书柜后面很可能有躲藏的地方。你们知道，这在老式的书房里很常见。我注意到地板上到处都堆满了书，只有一个书柜前面是空着的。那里很可能就是一扇门。我看不到任何脚印，但地毯的颜色很深，这就很便于检查。我故意抽了很多那种上等雪茄，并且在那可疑的书柜前掸了很多烟灰。这种手段很简单，却非常有效。然后，我就下了楼，并且当着你的面证实教授的饭量增加了。华生，你当时还不明白我问话的目的。显然，他还在为另一个人提供饭食。后来，我们再次来到教授的房间。我打翻了雪茄盒子，并借此机会仔细检查了地毯。根据烟灰上留下的脚印，我能清楚地看到在我们不在的时候，那个人曾从她的藏身之处出来过。好了，霍普金斯，已经到了查令十字街。祝贺你，案子得到了圆满解决。我知道你要回总部。那么，华生，我们两个就坐车去俄国大使馆吧。”

格兰奇庄园

1897年冬天，一个滴水成冰的寒冷早晨，有人推着我的肩膀把我从睡梦中唤醒，原来是福尔摩斯。他手里举着一支蜡烛，俯视着我，脸上布满焦虑。我马上明白一定是出事了。

“起来，华生，快起来！”他叫道，“游戏开始了。什么也别问！穿好衣服起来！”

10分钟后，我们就坐上马车沿寂静的街道向查令十字街车站驶去。冬日的天边渐渐泛起鱼肚白，我们能偶尔看到几个经过身边的早起的工人。在伦敦乳白色的浓雾中，他们的身影模糊而朦胧。福尔摩斯一言不发蜷缩在厚厚的大衣里，而我也一样，因为早晨的空气清冽刺骨，我们两个也都没吃早饭。在车站喝了些热茶后，我们便坐上了开往肯特郡的火车。这时，我们才渐渐暖和起来。福尔摩斯开始讲述案情，而我也有心情听了。他从口袋里掏出一张字条，大声读道：

肯特郡，马尔舍姆，格兰奇庄园

凌晨3点30分

亲爱的福尔摩斯先生：

如果您能立即来帮我处理这件奇特的案件，我将不胜感激。这件案子完全符合您的口味。现在除了将那位女士松绑外，我将确保现场一切东西保持原样。但我请您一分钟都不要耽搁，因为把尤斯塔斯爵士一个人留在这里很困难。

您的忠实朋友斯坦利·霍普金斯

“霍普金斯曾经向我求援过7次，而且每一次案件都证明确实值得一去。”福尔摩斯说，“我想这些案件都已经被你收到了回忆录里。而且我必须承认，你选择案子很有眼光，这弥补了你在叙事上的不足。你有一个很要命的习惯，就是把一切都看作是故事，而不是科学实践，否则这些经历本来可以成为具有示范性、教育意义的案例，甚至成为经典。你对最精确、最微妙的破案细节一笔带过，却鸿篇大论地描写耸人听闻的情节，这样也许能刺激读者，但却不能使他们受到教育。”

“起来，华生，快起来！游戏开始了。”

“那你为什么不自己写呢？”我问，有些不高兴。

“我会的，亲爱的华生，我会写的。你知道，我现在非常忙，但等我老了，我会致力于写一本教科书，把侦破的所有艺术压缩在一卷里。我们现在要调查的看来是一起谋杀案。”

“那么你认为尤斯塔斯爵士现在已经死了？”

“我想是的。霍普金斯的信表明他相当激动，可他并不是个情绪化的人。是的，我相信现场一定发生过暴力事件。尸体正躺在那里等我们检查。如果是自杀，他不会写信要我去。至于那位女士，很可能是在悲剧发生时，一直被锁在她的房间里。还有，我们要去的是上流社会人家，华生，信纸的质地很好，上面印有字母‘E. B.’，还有盾形家徽，地址也是在风景不错的地方。我相信霍普金斯不会辜负大家对他的期望，而我们也将度过一个很有意思的上午。罪案一定发生在午夜之前。”

“你怎么会知道？”

“查查火车时刻表，再计算一下时间。罪案发生后，人们一定先要找当地警察局，而当地警察局又要和苏格兰场联系，然后霍普金斯要到现场去，之后再写信给我。这些足以用去一整晚的时间。好了，已经到奇斯尔赫斯特火车站了。我们这些疑问很快就会得到解答。”

在狭窄的乡间公路上走了两英里后，我们来到了一座大门外。一个上了年纪的看门人给我们开了门，他憔悴的脸色证明这里确实发生了巨大的不幸。一条大路穿过富丽堂皇的花园，在高大古老的榆树的掩映下，一直通向一幢不高、但占地很广的房宅。宅子正面装饰着帕拉迪奥[①]风格的柱子。宅子的中间部分显然已年代久远，外面长满了常青藤；但宽大的窗户显然是新修的，而且宅子的一翼看上去完全是新建的。在宅子开着的大门里，我们遇到了年轻的侦探斯坦利·霍普金斯。他一脸的警觉和急切。

① 意大利建筑家。——译注

“我很高兴您能来，福尔摩斯先生。还有您，华生医生！不过要是事情能重来一次，我就不会再麻烦您了。因为夫人已经苏醒过来，并且清楚地告诉我们发生了什么。我们已经没有太多事要做了。您还记得刘易舍姆那伙儿强盗吗？”

“什么，那3个姓兰德尔的吗？”

“是的，父亲和两个儿子，是他们干的，我对这一点毫不怀疑。两星期以前，他们在西德纳姆作过案，有人看见了他们，还描述过他们的长相。这么快就在这么近的地方再次作案，可真够冷血的。不过肯定是他们，毫无疑问。这次他们要被判绞刑了。”

“这么说尤斯塔斯爵士已经死了？”

“是的，他的脑袋被他自家的通条打烂了。”

“车夫告诉我，爵士的全名是尤斯塔斯·布莱肯斯特尔。”

“是的，肯特郡最富有的人之一。布莱肯斯特尔夫人在晨间起居室里。可怜的人，刚刚经历这么可怕的事。我刚看见她的时候，她简直像个半死的人。我想您最好见见她，听听她的描述。然后我们再一起去检查餐厅。”

布莱肯斯特尔夫人绝不是个普通人。我很少看到过如此优雅、端庄的体态和这么美丽动人的面貌。她有着白皙的皮肤、金黄色的头发和湛蓝的眼睛，如果不是昨晚的遭遇使她显得忧郁、憔悴，那她的脸色也应当是完美无缺的。看来，她所遭受的磨难不仅是精神上的，也是肉体上的，因为她的一只眼睛高高肿了起来，她的女仆正在不停地用稀释了的醋帮她冲洗。这个女仆身材高大，样子显得很严厉。夫人疲惫地躺在睡椅上，但我们一进去，她便专注地看着我们，脸上现出非常机警的神情。显然，她的智慧和勇气并没有因昨晚的可怕经历而动摇。她穿着一件宽松的蓝色与银色相间的晨衣，身旁还放着一件镶有白色金属片的黑色餐服。

“我已经告诉了您所发生的一切，霍普金斯先生。”她疲倦地说，“您不能替我重复一遍吗？好吧，如果您认为有必要，我就把发生的事告诉这两位先生。他们已经去过餐厅了吗？”

“我认为他们最好还是先听听夫人的话。”

“如果您能处理这些事，我会很感激。想到他还躺在那里，真是太可怕了！”她哆嗦了一下，双手捂住了脸。这时，晨衣宽大的袖子从她小臂上滑了回去。福尔摩斯惊叫了一声。

“夫人，您还有别的地方受了伤！这是什么？”在她一只白皙、圆润的手腕上有两个明显的红肿伤痕。她急忙将胳膊掩盖起来。

“没什么，这和昨晚的事没有关系。如果您和您的朋友能够坐下来，我就把我知道的一切告诉你们。

“我是尤斯塔斯·布莱肯斯特尔爵士的妻子。我们结婚大概一年了。我们的婚姻并不幸福，我想我没有必要掩饰这一点。即使我想否认，我担心我们的邻居也会告诉你们真相。婚姻的失败一部分也许是我的错。我生长在澳大利亚南部，那里与这里相比，要自由得多，也不这么保守。这里循规蹈矩、讲究礼节的英国生活对我来说并不合适。但最主要的原因尽人皆知，那就是尤斯塔斯爵士是个众所周知的酗酒者。和这样的人待一个小时也是不愉快的。而一个敏感、活泼的女人却不得不日日夜夜拴在他身边，你们能想象这意味着什么吗？谁要是说这样的婚姻还要维持下去，那简直是亵渎神圣，是犯罪，是道德败坏！你们国家这些可怕的法律将会给你们这片土地带来诅咒——上帝不会允许这样的邪恶存在。”说到这里，她坐了起来，两颊泛红，红肿的眼眶里发出愤怒的光。那个外表严厉的女仆用强壮的手将女主人的头温柔地放回到靠垫上。她的愤怒渐渐变成了激动的抽泣。最后，她终于继续说道：

“我告诉你们昨晚发生了什么。你们可能已经发现，家里的仆人都是在新建的那一侧睡觉。宅子中间的这一部分有起居室、后面的厨房，还有我们在楼上的卧室。我的女仆特丽萨住在我卧室楼上的房间里。睡在宅子那一侧的仆人听不到这里的声音。那些强盗肯定知道这一点，否则他们也不会那么大胆。

“尤斯塔斯爵士大约10点半就休息了。仆人们也都回自己房间去了。只

“我是尤斯塔斯·布莱肯斯特尔爵士的妻子。”

有我的女仆还没有睡，她在宅子顶层的房间里等着我叫她。我在这个房间里看书，一直看到夜里11点。上楼休息前，我四处看看是否一切就绪。平时我总是亲自查看，因为我说过，尤斯塔斯爵士是靠不住的。我去过了厨房、食品室、猎枪室、弹子房、客厅，最后来到了餐厅。餐厅的窗户上挂着厚厚的窗帘。我向窗子走过去的时候，忽然觉得风吹在我脸上。我意识到窗子是开着的。我拉开帘子，迎面竟站着一个肩膀宽阔的人。他一步就跨进了房间，看上去年纪已经不轻了。餐厅的窗户是那种高高的落地窗，简直就是一扇直接通往草坪的门。我手里举着蜡烛。借着烛光，我看见那男人身后还有另外两个人，他们正从窗户里进来。我往后退去，但那个男人已经扑了上来。他先抓住我的手腕，然后就扼住了我的脖子。我想叫，但他一拳狠狠打在我的眼睛上，把我打倒在了地上。我一定是昏过去了几分钟，因为当我醒过来时，他们已经扯下了叫仆人的铃绳，把我紧紧绑在了餐桌一头的橡木椅上。我被捆得一动不能动，嘴里还被塞进了手帕，一个字都喊不出来。就在这时，我那不幸的丈夫走了进来。他一定是听到了什么可疑的声音，因为他来时已经有所准备。他穿着衬衫和睡裤，手里拿着他最喜欢用的黑刺李木棒。他朝其中的一个强盗冲去，但另外一个强盗——那个年纪大的人——弯腰从炉栅里拿起了通条，在他走过时狠狠打了他一下。他哼都没哼一声就倒在了地上，再也不动弹了。我再次昏了过去，但肯定时间并不太长。当我再次睁开眼时，看见他们从餐具柜里拿出了那套银餐具，还有里面的一瓶葡萄酒。他们每个人手里都拿着一个杯子。我是不是已经告诉过你们，那个年纪大的人留着大胡子，而另外两个则还是未成年的孩子。他们很可能是父亲和两个儿子。他们低声谈论着，然后走了过来，看看我是否还被绑得很牢靠。最后他们终于离开了，还关上了窗户。大概过了一刻钟的样子，我才吐出了嘴里的手帕。我的喊声叫来了我的女仆。其他仆人也很快被叫了起来。我们派人去了本地的警察局，他们很快就和伦敦取得了联系。我能告诉你们的就是这些，先生们。我希望再次复述这些痛苦的事确实能对你们有所帮助。”

“有什么问题吗，福尔摩斯先生？”霍普金斯问道。

“我不想再耽误布莱肯斯特尔夫人的时间，也不想令她不耐烦。”福尔摩斯说，“在我去检查餐厅之前，我想先听听你讲讲事情的经过。”说这话时，他看着夫人的女仆。

“在他们进屋之前，我就看见了他们。”她说，“当时我坐在我卧室的窗户前。月光下，我看见远处的大门那儿有3个男人，但我当时没把这当回事。一个多小时以后，我听到了女主人的喊声。我跑下楼，看见她就像她所说的那样被绑在椅子上，而男主人就躺在地板上，鲜血和脑浆溅了一屋子。一个女人被捆在那里，衣服上溅满她丈夫的鲜血，这足以让她发疯。但阿德莱德港的玛丽·弗雷泽小姐从不缺乏勇气，即使成为格兰奇庄园的布莱肯斯特尔夫人后也没有改变。先生们，你们已经盘问她很长时间了。现在，她要和她的老特丽萨回房间去。她现在很需要休息。”

这身材瘦削的女人带着母亲般的温柔，扶着她的女主人离开了房间。

“她一直跟着她的女主人。”霍普金斯说，“夫人还是个孩子时就由她来照顾。18个月前夫人第一次离开澳大利亚来到英国时，她也一起跟了过来。她叫特丽萨·怀特。这种女仆你现在是找不到了。福尔摩斯先生，请这边走！”

福尔摩斯表情丰富的脸上已经没有了急切的好奇。我知道，随着谜底的揭开，这案子的魅力也烟消云散了。剩下的工作就是逮捕罪犯，但这些普通的恶棍又怎能让他屈尊大驾呢？一个渊博、高深的专家被请去出诊，却发现患者得的只不过是普通的麻疹，这时他所感到的沮丧大概和我的朋友类似。但格兰奇庄园餐厅里的奇特景象还是吸引了他的注意力，重新唤起了他的兴趣。

餐厅很大，屋顶很高，天花板上的橡木板上雕刻着图案，房间的四壁装饰着一排精致的鹿头和古时的武器。正对着房门的就是我们听说过的那扇落地窗。右手的墙壁上有3扇较小的窗户，冬日冷冷的阳光从那里射进，洒满整个房间。左手是一个又大又深的壁炉，上面是巨大的壁炉架。壁炉旁边有一把带扶手的沉沉的橡木椅，下面还有横木。椅子上绑着一根紫红色的绳子，绳子的两端系在下面的横木上。在放开夫人时，绳子被解开了，但横木上打的结还在。这些细节都是我们后来才注意到的，因为当时我们的注意力完全被壁炉前老虎皮地毯上的尸体吸引住了。

死者身材高大，体格魁梧，大约40岁左右。他仰面躺在地上，短短的黑胡子中露出龇着的白牙。他双手紧握举在头上，旁边躺着一根沉重的黑刺李木棒。他肤色黝黑，相貌堂堂，有着鹰一般的俊气，但此时却面目扭曲，充满复仇性的痛恨，这使得那张死去的面孔带着一种魔鬼的表情。他在被惊动时显然已经上了床，因为他穿着华丽的绣花睡衣，裤腿下露出的脚连袜子都没穿。他的头受伤很重，整个屋子溅满的血迹和脑浆都证明了这一点。在他身边躺着那根沉重的通条，在那重击之下已经弯曲。福尔摩斯仔细检查了通条和它所造成

死者身材高大，体格魁梧， 大约40岁左右。

的致命伤害。

“这个老兰德尔一定是个力大无比的家伙。”他最后说。

“是的。”霍普金斯说，“我那里有一些关于这个家伙的记录，他确实是个非常残暴的人。”

“那你找到他应该并不困难。”

“非常容易。我们本来就一直在搜捕他。有消息说他逃到了美国。既然现在我们知道这伙强盗还在这里，我想他们没有办法再逃脱了。我们已经把消息发到了各个港口，天黑之前我们就会发出悬赏缉捕令。让我不明白的是，他们怎么会做出这么疯狂的事。他们明明知道夫人能向警方描述他们的长相，而我们也会毫不费力地认出他们。”

“不错。人们本来会以为他们也会杀了布莱肯斯特尔夫人灭口。”

我提醒道：“也许他们没有发现她已经醒过来了。”

“很有可能。如果她看上去不省人事，他们也许不会要她的命。这可怜的死者呢，霍普金斯？我好像听到过有关他的一些奇怪故事。”

“他清醒的时候是个好人，可喝醉后就是个地道的魔鬼，或者说喝到半醉时就已经是魔鬼了，因为他很少能喝到极致。在这种时候，他就好像被魔鬼附身，什么事都做得出来。根据我听到的情况，即使他地位显赫，名气很大，但也有一两次差点儿被逮捕。一次，据说他把一只狗浇上汽油，然后用火烧——而更令人气愤的，那就是他夫人的狗——这件事费了很大劲儿才平息下来。还有一次他把水瓶掷向那个女仆特丽萨，这件事也惹了不少麻烦。总而言之，私下说说，我倒认为这所宅子没有他倒是清净了许多。您在看什么？”

福尔摩斯正跪在地上仔细检查着那段绳子的绳结，然后他又仔细打量着绳子被强盗从铃绳上扯断的那一头。

“绳子被揪断时，厨房里的铃一定响得很厉害。”他说。

“没人能听见。厨房在宅子的最后面。”

“强盗怎么会知道没人能听见？他怎么敢这么肆无忌惮地把叫人的铃绳拉

断呢？”

“是的，福尔摩斯先生，是的。这个问题我也问了自己一遍又一遍。毫无疑问，这个家伙一定很了解这幢宅子，还有这里住户的习惯。他一定知道这里的仆人很早就会休息，而且厨房里的铃声不会有人听到。所以他一定和这里的某个仆人很熟。这一点很明显。但这里一共有8个仆人，而且个个品行端正。”

福尔摩斯说：“其他情况如果都一样，那人们通常会怀疑那个曾被主人扔过水瓶的仆人。但这似乎又要她背叛她那么忠心耿耿服侍的女主人。好了，好了，这一点并不重要。等你找到兰德尔，就可以毫不费力地找出他的同党。夫人的故事如果需要证实的话，那这屋里的一切都在证实她的话。”他走到落地窗前，将它推开。“没有脚印，不过土地硬得像铁一样，没人会希望在上面看到脚印。壁炉上的那些蜡烛看样子被点着过。”

“是的，这些强盗就是借着这些蜡烛和夫人拿来的那只蜡烛的光出去的。”

“他们拿走了什么东西？”

“没拿太多东西——只有餐具柜里的半打盘子。布莱肯斯特尔夫人认为尤斯塔斯爵士的死让他们也很慌乱，所以没有将房子洗劫一空，否则他们一定会这么做。”

“毫无疑问，确是这样。不过我听说他们还喝了些酒。”

“一定是为了镇定他们的情绪。”

“完全正确。那么我想餐具柜里的3个大玻璃杯一定被动过了？”

“是的，酒瓶还照原样摆在那里。”

“我们去看看。哎呀！哎呀！这是什么？”

3个杯子摆在一起，里面都留有酒的残迹，其中一个还有陈年葡萄酒才有的薄膜。酒瓶就摆在旁边，里面的酒还剩三分之二。在它旁边放着一个长长的、被酒渍浸透的软木塞。酒瓶的样式和瓶身上的积土说明这些强盗喝的可不是一般的存货。

“哎呀！哎呀！这是什么？”

福尔摩斯的态度已经改变，那淡漠的表情已经消失。在他热切的眼光里，我再次看到了警觉和好奇。他举起木塞，仔细地打量着。

“他们怎么把它拔出来的？”福尔摩斯问。

霍普金斯指了指一个半开着的抽屉，里面放着一些亚麻餐巾和一个很大的瓶起子。

“布莱肯斯特尔夫人说他们用瓶起子了吗？”

“没有，您记得她说过，在他们开瓶子的时候，她已经失去了知觉。”

“正是。事实上，他们根本没有用过这个瓶起子。瓶子是用一把小刀上带的螺旋打开的。这个螺旋不会超过一英寸半。如果你仔细检查木塞的头，你会发现螺旋被插进去3次，才把瓶塞打开。瓶塞根本没有被刺穿。如果是用那个瓶起子，其实只需一下就能把瓶塞挑出来。等你抓到这个人时，你会发现他身上有把多功能小刀。”

“太精彩了！”霍普金斯说。

“但我得承认，这些玻璃杯确实让我有些搞不懂。布莱肯斯特尔夫人确实亲眼看见那3个男人喝了酒，是不是？”

“是的，这一点她很肯定。”

“那事情就到此为止吧。还有什么要说的呢？不过你必须承认，霍普金斯，这3个玻璃杯确实非常奇特。什么，你什么也没看出来？好了，好了，这件事就让它过去吧。也许一个人像我这样，拥有特殊知识和特殊才能时，他总会试图找到一个复杂的解释，而其实就有一个更简单的答案近在手边。好了，再见，霍普金斯。我想我在这里已经帮不了你什么，而这件案子你也相当清楚了。如果兰德尔被逮捕，或案情有了什么新进展，请一定告诉我。我相信不久我就将祝贺你再次成功破案。走吧，华生，我想我们在家里会更有收获。”

在回来的路上，我从福尔摩斯的脸上能看出来，他正在被刚才见到的什么东西深深地困扰着。偶尔，他会提出些结论或说点儿什么，好像这案子已经清楚了，但紧接着疑虑就会涌上他的心头。紧锁的眉头和茫然的眼神表明他的思绪再次飘回了惨案发生的地点——格兰奇庄园的餐厅。突然，当我们的火车正要驶出一个郊区小站时，他猛地跳到了站台上，并且把我也拽了下来。

在回来的路上，我从福尔摩斯的脸上能看出来，他正在被刚才见到的什么东西深深地困扰着。

“对不起，我亲爱的朋友。”他说。我们望着火车的最后几节车厢消失在拐弯处。“很抱歉，我的突发奇想让你也受了牵连。不过我发誓，我不能把案子就这样丢下不管，华生。我所有的直觉都在反对我这样做。不太对头，完全不对头，我发誓这事有问题。但夫人的故事是完整的，而女仆的旁证也很充足，所有的细节也都很确切。我用什么来反对这一切呢？只有3个玻璃杯。但如果我没有想当然地接受他们的结论，如果我用一贯的严谨重新审视这个案子，再如果没有什么编造的故事扰乱我的思路，那我是不是会有更具体的证据呢？当然是这样。华生，在椅子上坐一会儿，我们等下一班火车回奇斯尔赫斯特。现在我把证据摆出来给你看，但首先你要排除下列想法，即夫人和她的女仆所说的话一定是事实。一定不要让夫人的个人魅力扰乱你的思路。

“如果我们冷静地看待夫人的故事，里面有些地方确实会引起我们的怀疑。两星期前，这些强盗刚刚在西德纳姆做了一起大案。关于他们相貌的描写和画像已经上了报纸，如果有谁想编造有关强盗的故事，肯定会想到他们。事实上，一般来说，刚做完一笔大买卖的强盗更愿意安静地享受胜利的成果，而不是急于再次冒险；再说，强盗这么早就实施抢劫也太反常了；还有，强盗想阻止女人喊叫，通常也不会打她，因为这只会让她叫得更大声；而且在他们人数绝对占优势，可以轻易制服一个人时，他们通常也不会实行谋杀；还有，在这么多财宝唾手可得的情况下，他们通常也不会就拿那么少东西走；最后，我要说，这种人通常也不会把一瓶酒没喝完就放下。你对这些反常的地方怎么看，华生？”

“把这些疑点放在一起，效果当然很可观，但独立来看，每一点却又都有可能。在我看来，最反常的事是他们把夫人绑在椅子上。”

“啊，这一点我倒不这么想，华生，因为很明显，他们要么杀了她，要么就得这样捆住她，使他们有足够的时间逃走。但我是不是已经说明，在夫人的故事里有一定的不可信性？而最重要的是那三个酒杯。”

“酒杯怎么了？”

“你真正看清楚它们了吗？”

“我看得很清楚。”

“她告诉我们3个男人都喝了酒。这在你看来可能吗？”

“为什么不可能？每个酒杯里都有酒。”

“正是，但只有一个酒杯里有薄膜。你一定已经注意到了这点。这在你看来意味着什么？”

“最后倒酒的杯子里最可能有薄膜。”

“完全不对。酒瓶里满是薄膜，没有理由头两个杯子里什么都没有，而只有最后一个杯子里才有薄膜。有两个合理的解释，只有两个。第一，第二杯酒倒完后，酒瓶被猛烈地晃动过，所以第三杯里才会有薄膜。这看来不太可能。是的，是的，我相信我是对的。”

“那你认为是怎么回事？”

“只有两个杯子被用过，然后两个杯子里的剩酒都倒进了第三个杯子里，以便造成有3个人在场的假象。如果是这样，所有的薄膜就都会集中在第三个酒杯里，是不是？是的，我相信情况就是这样。但如果说我找到了这件小事的真实解释，那么这个普通事件立刻就变成了一起非同寻常的案件，因为这只能意味着布莱肯斯特尔夫人和她的女仆故意对我们撒谎，她们的故事一个字都不能相信，这意味着她们有强烈的动机要掩盖真实的罪犯，也意味着我们要在没有她们帮忙的情况下自己解决这起案件。这就是我们面临的任务，华生，好了，去奇斯尔赫斯特的火车到了。”

格兰奇庄园的人对我们的去而复返很是惊讶。斯坦利·霍普金斯已经离开，回总部去汇报情况。福尔摩斯径自来到餐厅，从里面把门锁上，对现场进行了两个小时的侦查。他精彩的推理正是建立在这样周密、辛勤的侦查基础上。我就像一个正在注视教授演示的学生，坐在角落里看着他的一举一动。窗户、窗帘、地毯、椅子以及铃绳——每件东西他都仔细查看、认真思考过。不幸的是，男爵的尸体已经被抬走，但其他东西还都像早上那样原封没动。然后，令我大吃一惊的是，福尔摩斯居然爬上了巨大的壁炉架。在他头的上方悬挂着那根断了的红绳子，绳子剩下的几英寸还系在铁丝上。他仰头端详了它很长时间，然后为了离它再近一些，他一条腿跪在了墙上的一个木托座上。这样，他的手离绳子头只有几英寸远。但吸引他注意力的似乎并不是绳子，而是木托座本身。最后，他终于满意地叹口气，跳了下来。

“好了，华生，”他说，“我们的案子已经清楚了——这大概会是你回忆录里最奇特的案件之一。不过，天哪，我怎么会如此迟钝，我险些犯下我一生中最大的错误！现在，我想我的推理环节已经基本齐全了，只差几个地方还不太清楚。”

“你已经找到了那些罪犯？”

“是一个罪犯，华生。罪犯只有一个，但却非常可怕。他像狮子一样强壮——看看那打弯通条的一击。他身高6英尺3英寸，像松鼠一样灵活，还有一双灵巧的手；最后，他还有一个机智的头脑，因为整个巧妙的故事就是他一手炮制的。是的，华生，我们所面对的是一个出色罪犯的作品。但在那条铃绳上他却为我们留下了明白无误的线索。”

“线索在哪里？”

“华生，如果你要扯下一段铃绳，你认为它会从什么地方断开呢？当然会是它和铁丝相连接的地方。可它怎么会像这样在离铁丝3英寸远的地方断开呢？”

“因为那里磨损了？”

“正是。绳子的这一端，也就是我们能看到的这一端，确实是磨损了。他很狡猾，用他的刀子把这一端弄毛了。但绳子另一端却根本没有磨损。站在这里你看不到，但如果你站到壁炉架上去，你就会看到绳子是被切断的，没有任何磨损的痕迹。你可以想象当时的情况。那个人需要这段绳子，他不能把它拽下来，因为害怕铃声会惊动其他人。他怎么办？他跳上了那个壁炉架，一条腿跪在木托座上——从上面的灰尘你可以看出来——然后用他的刀子割断了铃绳。我的手离绳子至少还有3英寸远，所以我推测他是个比我至少

“看，那个橡木椅子上有东西！那是什么？”

还要高3英寸的大个子。看，那个橡木椅子上有东西！那是什么？”

“是血迹。”

“毫无疑问是血迹。仅此一点就足以推翻夫人的故事。如果罪案发生时，她是坐在椅子上，那上面又怎么会有血迹呢？不，不，她是在丈夫死后才被扶到椅子上去的。我敢打赌，那件黑色餐服上肯定也有同样的血迹。华生，这次不是我们的滑铁卢[1]，而是我们的马伦戈[2]，因为我们是先败后赢。现在，我想和那个女仆特丽萨谈谈。为了要得到我们所需要的情况，我们必须小心才好。”

这个澳大利亚女仆是个很有意思的人。她沉默寡言，戒心很重，而且非常无礼。但福尔摩斯始终彬彬有礼，并且接受了她关于案件的所有说法。终于，这块坚冰慢慢融化了，变得友善了。她丝毫没有掩饰她对死去男主人的憎恶。

“是的，先生，他的确向我扔过水瓶。我听见他骂我的女主人，所以我就对他说，如果她哥哥在这里，他根本就不敢这样说话。于是他就抓起那个水瓶向我砸了过来。要是手边有的话，他会一连扔上十几个，那样我美丽的小鸟就只能一个人孤零零地留在世上了。他一直在虐待她，她又骄傲得从不抱怨。她甚至对我都不说他对她做的那些事。您今天早上在她胳膊上看到的那些伤痕，她对我都没有提过，不过我知道那是他用别针扎的。这个可恶的魔鬼——现在他已经死了，上帝原谅我这样说他，但如果说这世上真有魔鬼的话，那一定就是他。我们第一次见到他的时候，他简直可爱可亲极了，那只不过是18个月前的事。可我们两人的感觉就像是已经过了18年。那时她刚到伦敦，是的，那是她第一次出门——以前她还从未离开过家。他的头衔、金钱，还有伦敦式的虚情假意骗取了她的心。如果说她犯了错误，那她已经为此付出了代价。我们是几月份遇到他的？就在我们刚到伦敦不久。我们是6月份到的，遇见他是在7月份。去年1月他们结了婚。是的，她已经下楼去了起居室，我想她一定会见您。但您一定不要问她太多问题，因为她所经历的一切已经不是常人所能忍受得了的。”布莱肯斯特尔夫人仍然靠在早上的那张睡椅上，不过看上去要比早

① 比利时中部城镇，1815年拿破仑军队大败于此，比喻让人失败的东西。——译注
② 1800年，拿破仑在意大利北部村镇马伦戈击败奥军，比喻让人胜利的东西。——译注

上精神好一些。女仆也和我们一起进来，开始为女主人热敷青肿的眼睛。

夫人说：“我希望你们来不是为了再次盘问我。”

福尔摩斯用他最具绅士风度的声音回答：“不，我不会给您造成任何不必要的麻烦，布莱肯斯特尔夫人。我所有的愿望就是减轻您的烦恼，因为我知道您已经遭受了许多磨难。如果您能把我看作朋友，相信我，您会发现我是完全值得信赖的。”

“您想让我做些什么？”

“告诉我真相。”

“福尔摩斯先生！”

“不，不，布莱肯斯特尔夫人，这没有用。您也许听说过我小小的名声。我可以用我的名誉打赌，您所说的完全是编造出来的。”

女主人和女仆全都面色苍白，惊恐地瞪大了眼睛看着福尔摩斯。

“你这无耻的混蛋！”特丽萨喊道，“你是说我的女主人撒了谎？”

福尔摩斯站了起来。

“您没有什么要对我说吗？”

“我已经把一切都告诉了您。”

“再想想，布莱肯斯特尔夫人。坦率一些不是更好吗？”

一时间，她美丽的脸上现出了犹豫之色。继而，某个坚定的念头使她的脸再次变成了一张面具。

“我已经把我知道的一切都告诉了您。”

福尔摩斯拿起帽子，耸了耸肩，说了声“对不起”，然后便一言不发的和我走出了宅子。花园里有一个水塘，我的朋友就向这个水塘走去。水塘已经结了冰，但为了一只孤独的天鹅，人们在冰面上打了个洞。福尔摩斯看了看那个洞，然后便朝花园的大门走去。在门口，他给霍普金斯匆匆写了封短信，并把它交给了看门人。

“这可能一击而中，也可能完全失败，但仅仅为了证明我们第二次没有白

水塘已经结了冰，但为了一只天鹅，在冰面上打了个洞，福尔摩斯看了看那个洞。

来，我们也一定要为霍普金斯做点儿什么。”福尔摩斯对我说，“我现在还不想把所有情况都告诉他。我想我们下一个目标就是阿德莱德至南安普顿航线的海运办公室。如果我没记错，它应该是在培尔美尔街的尽头。从南澳大利亚到英国还有另外一条航线，不过我们还是要先看看这家比较大的公司。”

公司经理接到福尔摩斯的名片后，马上就接见了我们。福尔摩斯很快就得到了他所需要的情况。在1895年6月，该公司只有一条船从国外回到英国。它叫“直布罗陀磐石”号，是该公司最大最好的客轮。乘客名单显示，阿德莱德港的弗雷泽小姐和她的女仆确实是乘坐该船到英国的。这艘船目前正在驶往澳大利亚，现在应该是在苏伊士运河南部附近。船上的船员和1895年时完全一样，只有一个变动——大副杰克·克鲁克已经成了船长，即将掌管该公司的一艘新船“巴斯磐石”号。两天之后这艘船就要开往南安普顿。杰克·克鲁克目前住在西德纳姆。如果我们愿意等，也许能见到他，因为今天上午他很可能要来公司听候指示。

不，福尔摩斯先生并不打算见他，但很乐意了解他过去的记录和人品。

他的工作记录非常出色。在整个公司里，没有人能比得上他。至于他的人品，工作时他是个非常可靠的人，但到了岸上，他则变得爱冲动，非常情绪化，但他心地善良，诚实而且忠诚。这正是福尔摩斯所需要的东西。他心满意足地离开了阿德莱德-南安普顿船运公司。然后，我们坐车去了苏格兰场。但他没有进去，而是眉头紧锁坐在车里，沉思了许久。最后，他叫车夫掉头去了查令十字街的电报局，发了封信，然后我们便驱车回到贝克街。

我们进屋时，福尔摩斯说：“不，华生，我不能那么干。逮捕令一旦发出，那就什么也救不了他了。在我的侦探生涯里，曾有一两次我确实感到，我发现罪犯所造成的伤害要比犯罪行为本身造成的伤害还要大。现在我已学会了谨慎，我宁愿戏弄英国的法律，也不想戏弄自己的良心。在行动前，我们最好还是多了解一些情况。”

下午晚些时候，侦探斯坦利·霍普金斯上门拜访。他那边的情况进展并不顺利。

“福尔摩斯先生，我相信您一定是个巫师。有时候我确实认为您拥有一些人类根本不具备的能力。您怎么知道那些失窃的银器在那个水塘里呢？”

“我不知道。”

“但您告诉我去检查水塘。”

“这么说你找到了？”

“是的，我找到了。”

“很高兴能对你有所帮助。”

“但您并没有帮助我，您把事情弄得更复杂了。这是什么强盗？偷了银器又把它们沉到最近的水塘里？”

“这种行为当然很奇怪。我只不过有这么一个想法：如果拿走银器的人其实并不需要它们，把它们拿走只不过是个障眼法，那他们自然急于要把这些东西扔掉。”

“但您为什么会有这种想法呢？”

“我只是认为有这种可能性。他们从落地窗一出来就能看见那个水塘。冰面上还有一个很诱人的窟窿，就在他们眼皮底下。还有比这更好的地方藏东西吗？”

“啊，藏东西的地方——这就明白了！”斯坦利·霍普金斯叫道，“是的，是的，现在我明白了！那是一大早，路上还有行人，他们害怕别人看见他们拿着那些银器，所以就把它们沉到了水塘里，等事情平息后再回来取。太棒了，福尔摩斯先生——这比您说的障眼法还能说明问题。”

“你说得很对，你已经有了一个很不错的解释。毫无疑问，我的想法有些出格，但你得承认，正是这些出格的想法帮你找到了那些银器。”

“是的，先生，是的，这都是您的功劳。不过我有一个很坏的消息。”

“坏消息？”

“是的，福尔摩斯先生，今天早晨，兰德尔那伙人在纽约被逮捕了。”

“哎呀，霍普金斯，可你认为他们昨晚在肯特郡犯下了谋杀案——这显然和你的理论不符啊！”

“这简直是致命的打击，福尔摩斯先生，绝对致命。不过，除了兰德尔那伙儿强盗，还有其他3个一帮的强盗群；也没准儿这是一个新的盗窃团伙，我们警方还没有听说过。”

“你说得对，这绝对有可能。怎么，你要走吗？”

“是的，福尔摩斯先生，不把事情弄个水落石出，我就歇不下来。您还有什么线索可以告诉我吗？”

“我已经给了你一个。”

“是什么？”

“我刚才提到了障眼法。”

“可是为什么呢，福尔摩斯先生，为什么？”

“当然，这确实是个问题。不过我建议你考虑考虑这个可能性，也许你会发现一些东西。你不留下来吃晚饭吗？好吧，再见，有什么进展一定告诉我们。”

吃完晚饭，收拾完桌子后，福尔摩斯再次提到了这件案子。他点上烟斗，把穿着拖鞋的脚伸到烧得很旺的炉火旁。突然，他看了看手表。

“我想案件很快就会有进展，华生。”他说。

“什么时候？”

“就是现在——几分钟之内。我敢说，你一定认为我刚才对斯坦利·霍普金斯的态度不好，是不是？”

“我相信你的判断力。”

“很明智的回答，华生。但这件事你必须这么看：我知道的情况是非官方的，而他知道后就变成官方的了。我有权私下做出个人的判断，而他不行。他必须将一切情况上报，否则就是对职业的背叛。在案件有疑点的时候，我不想使他处在这么痛苦的境地。所以在我还没有把自己的疑虑搞清楚之前，我将保留我所知道的情况。”

“但那要等到什么时候呢？”

“已经到时候了。这是一部不寻常的戏，你马上就要看到它的最后一幕了。”

楼梯上传来了脚步声。门开了，进来的是一个我所见过的体型最标准的男子。这是一个身材非常高大的年轻人，金色小胡子，湛蓝的眼睛，皮肤

门开了，进来一个身材非常高大的年轻人。

是受热带阳光炙烤过的棕色。他步履轻捷，这说明他不仅强壮，而且非常灵活。他随手将门关上，紧握双拳站在门口，胸膛剧烈地起伏着，似乎在极力抑制内心的激动。

“请坐，克鲁克船长。你收到我的电报了？”

我们的客人在一把扶手椅上坐下，用疑问的眼光轮流打量着我们。

“我收到了你的电报，而且在你说的这个时间来了。我听说你还去过公司，看来摆脱你是不可能的了。开门见山吧，你打算把我怎么样？逮捕我？你说啊！你别想坐在这儿，和我玩猫捉老鼠的游戏。”

“给他一支雪茄，”福尔摩斯说，“朝雪茄发泄吧，克鲁克船长，控制住自己的情绪。有一点你可以放心：如果我认为你只不过是个普通的罪犯，我是不会和你坐在一起抽烟的。对我实话实说，对我们都有好处。倘若你跟我耍花招，我会叫你的下场很难看。”

“你想要我干什么？”

“把昨晚发生在格兰奇庄园的真实情况告诉我——听清楚了，真实情况，不要添加，也不要删减。我已经了解很多情况，如果你耍一点儿花招，我就会吹响这个警笛，到那时，我就再也管不了这件事了。”

船长思考了片刻，然后用他被太阳晒黑的大手在腿上用力一拍。

“我就冒这个险吧！我相信你是个说话算话的人，一个正直的人。我把一切都告诉你。不过有一件事我必须先说清楚。就我个人来说，我绝不后悔，也不害怕。如果事情再发生一次，我还会那么干，而且感到很自豪。那个混蛋，他就是像猫一样有9条命，我也要把它们全都结束！但是夫人，玛丽——玛丽·弗雷泽——我永远不会用她丈夫那被诅咒的姓来称呼她，我不想给她带来麻烦。我宁愿用我的生命换她美丽脸上的笑容，她的笑能让我的心全部融化。可是，可是我还能怎么办呢？先生们，我把一切都告诉你们，然后我要问你们，作为一个男人，我除此之外还能怎么办呢？

“我得从头说起。你似乎已经什么都知道了，所以我想你一定知道我是在她乘坐‘直布罗陀磐石’号的时候认识她的。当时我在那艘船上做大副。从我见到她的第一天起，她就是我心中唯一的女人。旅途中每过一天，我对她的爱就增加一分。深夜值班时，我多少次跪在地上亲吻甲板，就因为我知道她曾经从上面走过。我和她之间从未有过任何约定。她待我就像其他女人对待所有的男人一样。我不抱怨什么，那只是我的单相思，而她对我则只有友谊。我们告别时，她仍是个自由的女人，可我已不再自由了。

“我第二次从海上回来时，听到了她结婚的消息。她为什么不能嫁给自己喜欢的人呢？地位和财富——还有谁比她更有权利得到这些东西呢？她生来就是要享受一切美好和高贵的东西的。我并没有因为她结婚而悲哀，我不是那么自私的人。我只是很高兴她能得到幸福，而没有嫁给我这个一文不名的水手。我就是这样爱着玛丽·弗雷泽。

“我从未想到还能再见到她。可上次航行后，我得到了提升。不过新船还没有造好，所以我只好和我的船员在西德纳姆等两个月。一天，在一条乡间小道上，我遇见了她的女仆特丽萨·怀特。她告诉了我关于她和她丈夫的所有情况。说实话，先生们，我简直被气疯了。那个醉鬼，连舔她靴子的资格都没有，居然敢动手打她！我后来又见过特丽萨，最后，见到了玛丽——一共两次。可她不愿意再见我了。一天，我接到通知，一个星期后就要出海。我决心在走前再见她一面。特丽萨一直很帮我，因为她爱玛丽，也和我一样痛恨那个混蛋。从她那里，我知道了那幢宅子里的情况。玛丽习惯晚上在楼下的小房间里读书。昨天晚上，我悄悄走了过去，敲了敲她的窗户。开始她不肯让我进去，可我知道她心里是爱我的，不会忍心让我在那么冷的夜里待在外面。她小声要我到房子前面的大窗户去。我绕过去发现那窗户开着，这样我就走进了餐厅。从她嘴里，我再次听到了那些让我发狂的事。啊，我诅咒那个折磨我心爱女人的恶棍。先生们，我和她正站在窗户前——上帝做证，我们是清白的——就在这个时候，她丈夫像个疯子一样冲了进来，用最恶毒的语言骂她，还用手里的木棒打她的脸。我跳过去拿起了通条。我们两个之间完全是一场公平较量。看，他第一下打在了我的胳膊上。然后轮到我了，我一下就把他的头像南瓜一样打烂了。你们以为我会后悔吗？一点儿也不！当时的情况不是他死就是我亡，不过更主要的是她的安全。你们想，我怎么会把她留在这样一个疯子手里？我就这样杀了他。我做错了吗？如果你们两个处在我的位置，你们又会怎么办呢？

“他打她的时候，她叫了起来。特丽萨听到声音从楼上下来。餐具柜里有瓶酒，我打开酒瓶，倒了一杯给玛丽，因为她当时已经昏了过去。然后我给自己也倒了一杯。特丽萨非常镇定，这个故事就是我和她一起想出来的。我们必须把现场弄得像那帮强盗干的一样。特丽萨一直在对她的女主人重复我们编好的故事，而我则爬上去割断了铃绳。然后，我把她捆在椅子上，并把绳子的端头弄毛，让它看上去像是被磨损了一样，否则人们肯定会怀疑强盗怎么会爬上去把绳子割断。然后我收集了一些银器带走，以证实这是一次抢劫。临走前，我告诉她们在我离开一刻钟后报警。我把银器沉在水塘里，然后回了西德纳姆，心里从未觉得这样充实过。这就是全部事实，福尔摩斯先生。即使这可以把我送上绞架，我还是全都告诉了你。”

福尔摩斯沉默不语，抽了阵雪茄。然后他走过去，握住了我们客人的手。

他说：“这和我想的一样。我知道你说的每个字都是真的，因为你所说的一切都在我的预料之中。只有杂技演员和水手才能借助木托座够到铃绳，也只有水手才会打椅子上的那种绳结。夫人一生中只有一次和水手打过交道，那就是来英国的旅途中。而且这个人一定和她地位相当，因为她一直在极力替他隐瞒，这也说明她爱这个人。你看，一旦我追踪的方向正确，我很容易就可以找到你。”

“我本以为警方永远不会识破我们的计谋。”

“警方确实还没有发现真相，而且我相信他们永远也不会。现在，克鲁克船长，虽然我承认你是在受到极其严重的挑衅后才动手的，但这毕竟是件很严重的事。我不知道你的自卫行为是否合法，但这要由英国陪审团来决定。同时，我非常同情你的处境，如果你在接下来的24小时内消失，我保证没有人会阻拦你。”

“那么这件事就可以了结了？”

“当然可以了结。”

水手气得涨红了脸。

“这算什么对男子汉的建议？我多少懂点儿法律，我知道玛丽会被当作同谋。你以为我会自己溜掉，让她一人面对惩罚？不，先生，让他们绞死我好了，但是看在上帝分上，请想想办法不要牵连玛丽。”

福尔摩斯第二次向船长伸出了手。

“我只是在试探你，而你再一次经受住了考验。我要为我即将做的事承担巨大的责任。不过我已经给了霍普金斯一条重要的线索，如果他没有能力利用，那我也没有办法。克鲁克船长，我们要按法律形式处理这件事。你现在是被告。华生，你是陪审团——我还没遇见过比你更合适的代表。而我就是法官。现在，各位陪审团成员，你们已经听取了证词。你们认为被告是否有罪？”

“无罪，法官大人。”我说。

“人民的呼声就是上帝的呼声。克鲁克船长，你被无罪开释。只要法律没有冤枉其他人，我便不会找你的麻烦。一年之后，你可以回到这位女士的身边，希望你和她的未来能证明我们今晚的裁决没有错。”

第二块血迹

我本来想以“格兰奇庄园奇案”作为我朋友夏洛克·福尔摩斯探案故事的终曲。我之所以做出这个决定，并不是由于缺乏素材，因为我手里还有好几百起我从未提到过的案子；也不是因为我的读者对这位奇人的独特性格和特殊破案方式的兴趣有所降低。真正原因是福尔摩斯本人不愿意自己的经历被这样不断地公开。在他还是个侦探的时候，发表他的成功经历对他还有一些实际帮助；但自从他离开伦敦，潜心到苏塞克斯丘陵地带养蜂和研究学问后，他的名气就给他带来了负面影响。所以他一再要求我尊重他的愿望，不要再发表关于他的故事。但我告诉他，我已经向读者保证过：在时机成熟时发表“第二块血迹”，而且以这一具有国际影响的案件作为这一系列探案的终篇是再合适不过了。这样，他才同意我在不泄露某些机密的前提下发表这个故事。如果读者发现这个故事中有些细节没有交代清楚，也就会明白我这样做的原因。

在今后一年，甚至是10年的时间里，我还不能讲明下面这些人物的名字。在秋天的一个星期二上午，有两位在整个欧洲都赫赫有名的人物来拜访了我们在贝克街的简陋寓所。其中一位面色严峻，鼻梁挺拔，有着鹰一般锐利的眼睛。他就是大名鼎鼎，两度出任英国首相的贝林杰勋爵。另一个皮肤黝黑，面目清秀，举止优雅，看样子还不到中年，不仅外貌俊秀，而且思维也很敏捷。他就是尊敬的特里劳尼·霍普，负责欧洲事务的大臣，也是英国最有前途的政治家。他们并排坐在堆满文件的沙发上。从他们疲惫而焦虑的脸上，可以看出让他们到这儿来的事一定非同小可。首相瘦削、青筋暴露的手紧握着雨伞的象

他们并排坐在堆满文件的沙发上。

牙伞把，瘦削、苦行僧般的脸转向福尔摩斯，又转向我。欧洲事务大臣紧张地揪着自己的胡子，还不时扯扯怀表的表链。

“福尔摩斯先生，今天早上8点，当我发现东西丢失后，我立即报告了首相。他提议我们一起来找您。”

“你们通知警方了吗？”

“没有，先生。”首相以他出名的迅速、果断的方式说，“我们没有这样做，也不可能这么做。从长远角度讲，告诉警方也就是告诉公众。这恰恰是我们特别想避免的。”

“为什么，先生？”

“因为丢失的文件非常重要。它的内容一旦公布，很容易——我甚至可以说很可能——会导致欧洲局势复杂化。即使说战争、和平全系于此也毫不过分。如果无法将其悄悄追回，那还不如根本不找回来，因为窃取文件的人的目的正是要公众知道文件的内容。”

“我明白。现在，特里劳尼·霍普先生，请您仔细讲讲文件是在什么情况下丢失的。”

“几句话就够了，福尔摩斯先生。我们所说的文件其实是一封欧洲君主写来的信。我们是在6天前收到的。这封信非常重要，所以我从没有把它放在我办公室的保险箱里，而是每天晚上将它带回我在白厅住宅街的家中，锁在卧室的文件箱里。昨天晚上它还在那儿。这一点我可以肯定。我换衣服去吃晚饭时，曾打开过文件箱，看见它就在里面。可今天早晨它就不见了。整个晚上文件箱就放在梳妆台的镜子前。我睡觉很警醒，我妻子也是。我们两个都敢发誓，昨天晚上根本不可能有人进过卧室。但是那封信确实不见了。”

“您昨晚吃晚饭是在什么时候？”

“7点半。”

“又过了多长时间您上床睡觉？”

“我妻子去戏院看戏。我一直在等她。我们回房间的时候是11点半。”

“那么在这4个小时里，那个文件箱一直没有人照看？”

“除了我和我妻子的贴身仆人，还有早晨打扫房间的用人，其他人是不允许进去的。他们都是很可靠的人，而且已经跟我们很长时间了。再说，他们也不可能知道文件箱里有极其重要的东西，都是平常部门间的往来信函。”

“有谁知道那封信是在文件箱里呢？”

“家里没别人知道。”

“您妻子当然知道了？”

“不，先生，直到今天早晨信丢失，我什么也没对她说过。”

首相赞许地点点头。

他说："先生，我很久以前就知道您的责任心很强。我相信，该文件的重要性已经使它超越了家庭中最亲密的亲情。"

欧洲事务大臣鞠躬表示感谢。

"先生，正是这样。今天早晨以前，关于这件事我一个字也没对我妻子说过。"

"她有可能猜到吗？"

"不，福尔摩斯先生，她不可能猜到——谁也不可能。"

"您以前丢失过文件吗？"

"没有，先生。"

"那么在英国，还有什么人知道有这样一封信？"

"昨天通知了所有的内阁大臣有这样一封信，但每次内阁会议上都要强调保密原则，而这次首相更是特别叮嘱过。天哪，想想看，没过几个小时，我居然自己把它弄丢了！"他双手揪着自己的头发，英俊的五官由于绝望而扭曲。在这一瞬间，我们猛然看出他原来是一个热情、冲动、非常敏感的人，但眨眼间，他就又恢复了贵族的绅士面孔，用温文尔雅的声音继续说道："除了内阁大臣以外，还有一两位部级官员知道这封信。除此之外，再没有人知道了，我向您保证，福尔摩斯先生。"

"可是在国外呢？"

"我相信除了写信的人以外，还没有任何人见过它。我确信，他在写信前并没有征求过他的大臣们的意见。"

福尔摩斯思考了片刻。

"先生，现在我不得不问一下，这到底是一封什么样的信？为什么它的失踪会导致如此严重的后果？"

两个官员迅速交换了一下眼色。首相皱起了蓬乱的眉头。

"福尔摩斯先生，那封信的信封很长，比较窄，颜色是淡蓝的。信封上面有红色火漆，火漆上印有一只蹲伏的狮子。信封上的手写字体很大，也很醒目，信是写给——”

福尔摩斯打断了他的话：“先生，这些细节确实很有意思，也很重要。不过我问的问题要更根本一些。那封信的内容是什么？”

“这是国家机密，恐怕我不能告诉您，而且我认为这也没有必要。如果您能用人们所说的才能找回我描述的那个信封，连带里面装的东西，那您就是为国家立了一大功，您将获得我们能力范围内所给予的最大奖赏。”

夏洛克·福尔摩斯微笑着站了起来。

“二位是英国最繁忙的两个人。”他说，“而我虽然只是个小小的侦探，却也有很多事要做。非常遗憾，在这件事上我不能帮你们的忙，所以谈话再继续下去也是浪费时间。”

首相蓦地站了起来，深陷的眼睛里闪出犀利的光芒。这样的眼光曾经震慑了整个内阁。

“先生，我不习惯——”他转而控制住了自己的愤怒，重新坐了下来。我们就这样在沉默中对峙着。然后这位老人耸了耸肩膀。

“我们只能接受您的条件，福尔摩斯先生。毫无疑问，您是对的。如果我们不充分信任您，又怎能希望您为我们工作呢。”

年轻的官员说：“我同意您的看法，先生。”

“那么我就告诉您。我们信任您和您的同事华生医生。同时，我也相信你们的爱国心。因为这件事一旦曝光，整个国家将遭受莫大的不幸。”

“您完全可以信任我们。”

“这封信是某一外国执政者写来的。他对本国最近的殖民开发极为不满。这封信是匆匆写就，而且完全是他个人的意志。我们的调查显示，他的大臣们对此事一无所知。这封信的措辞很不得体，而且具有强烈的挑衅意味。如果公布，必然会在国内引起轩然大波，激起危险的敌对情绪。我敢说，这封信若被公布，不出一个星期，英国就会卷入一场战争。”

福尔摩斯在纸上写了一个名字，然后递给首相。

“不错，正是他，也正是这样一封信不可思议地失踪了。这封信很可能意味着上亿英镑的支出和几十万人的生命。”

“您是否已经通知了写信的人？”

“是的，先生，已经发了一封密码电报。”

“也许他希望这封信被发表。”

“不，先生，我们有充分的理由相信，他已经明白自己的行为很不谨慎，是一时头脑发热。如果这封信公开，那对他和他的国家将是更大的打击。”

“如果是这样，那这封信发表对谁有利呢？为什么会有人想偷走或发表这封信呢？”

首相蓦地站了起来，深陷的眼睛里闪出犀利的光芒。

“福尔摩斯先生，这就涉及高层国际政治了。但如果您考虑到欧洲局势，您就不难发现动机了。整个欧洲现在是一个武力对峙的地方，分为两个联盟，军事力量大体相当。而大不列颠是维持双方力量均衡的杠杆。如果英国被迫与一方开战，那么另一方不管参战与否，都会从此占到上风。您明白吗？”

“您解释得很清楚。那么得到并公布这封信对那位执政者的敌国有利，因为这样可以分裂该国与英国的关系？”

“是的，先生。”

“如果这封信落到了敌国手里，他们会把这封信送给谁呢？”

“交给欧洲任何一个大国的高官。也许这封信现在就在路上，火速赶往目的地呢。”

特里劳尼·霍普的头垂到了胸前，发出痛苦的呻吟。首相把手安抚地放在他的肩膀上。

“我亲爱的朋友，这是你的不幸。没有人责怪你，你已经采取了所有的预防措施。现在，福尔摩斯先生，您已经了解了所有情况。您认为应该采取什么措施？”

福尔摩斯悲哀地摇了摇头。

“先生，您认为除非找到这封信，否则一定会爆发战争吗？”

“很有可能。”

“那么，先生，准备打仗吧。”

“这么说太残酷了，福尔摩斯先生。”

“先生，请考虑一下实际情况。信不可能是昨晚11点半以后被盗的，因为我知道霍普先生和夫人从那以后一直在房间里，直到今天早晨发现文件丢失。那么信就是昨晚7点半到11点半之间被盗的，而且可能更接近7点半，因为偷信的人显然知道它在那里，所以自然会尽早把它弄到手。如果在那个时候这么重要的文件已经被盗，那它现在会在哪里呢？没人会把它留在手上，信肯定已经送到了那些需要它的人手里。我们还有什么机会截取或追踪它呢？这是我们力不能及的。”

首相从沙发上站了起来。

“您所说的完全合乎逻辑，福尔摩斯先生。这件事我们确实已经无能为力了。”

“从理论上讲，如果我们可以这样假设，信是被女仆或先生的贴身男仆拿走了——”

“可他们都是老用人，而且很可靠。”

“我记得您说过您的卧室是在二楼，从房子外面不可能进去，而如果从房子里面上去，则不可能没人看见。那么，拿信的一定是房子里的某个人。这个贼会把信交给谁呢？给某个著名的国际间谍或特务。这些人的名字我可相当熟悉。其中有3个可以说是这一行当中的领袖人物。我将首先调查这几个人是否还在原来的位置上。如果真有人不见了——特别是从昨晚开始——那我们就知道这封信可能去哪儿了。”

“他为什么会不见了呢？”欧洲事务大臣说，“他完全可以把信交给伦敦的某个大使馆。”

“我想不会。这些特工都是独立执行任务，而且他们和大使馆的关系一向紧张。”

首相点头表示同意。

“福尔摩斯先生，我相信您是对的。这么珍贵的战利品，他会亲手交到总部。我认为您的建议非常好。同时，霍普，我们不能因为这件不幸的事，就忽略了其他职责。福尔摩斯先生，如果今天情况有什么进展，我们会和您联络。当然，也请您把调查的结果通知我们。”

两位官员起身鞠躬，然后迈着庄严的步伐走了出去。

我们的贵客离开后，福尔摩斯点燃烟斗，沉思良久。我打开晨报，上面有一篇耸人听闻的报道，是关于昨晚发生在伦敦的一起案子。我正读得起劲，福尔摩斯忽然大叫一声站了起来，把烟斗放到了壁炉架上。

他说："是的，没有比这更好的办法了。情况确实非常糟糕，但还不是完全没有希望。即使是现在，如果我们能知道是谁得到了那封信，那它仍有可能还在他手里。毕竟，这些人想要的无非就是钱，而我现在有英国财政部做后盾。如果信已经到了市场上，那我就把它买下来——估计英国的个人所得税又得再加一便士了。这个人很可能会拿着这封信，看看哪一方出价最高。这么胆大包天的事，只有我说过的那3个人敢干：奥贝斯坦、拉罗蒂耶尔和爱德华多·卢卡斯。我会分别去找他们。"

我瞥了一眼手里的报纸。

"是住在戈多尔芬街的爱德华多·卢卡斯吗？"

"是的。"

"你见不到他了。"

"为什么？"

"昨晚他在自己家里被杀害了。"

在我们的破案生涯中，我的朋友经常让我大吃一惊。所以现在看到我居然让他那么吃惊，我心中不禁有些得意。他诧异地瞪着我，然后一把抢过我手里的报纸。刚才他从椅子里站起来时，我正在读这一段：

威斯敏斯特教学谋杀案

昨晚，在戈多尔芬街16号，发生了一起神秘的罪案。这片18世纪的住宅位于泰晤士河和威斯敏斯特教堂之间，离议会大厦咫尺之遥，样式古老，环境幽静。这幢精致小楼的主人就是在伦敦社交界颇有名气的爱德华多·卢卡斯先生。他不仅性格颇具魅力，而且还是英国最著名的业余男高音歌唱家之一。卢卡斯先生已在此地居住多年。他今年34岁，未婚，家中有一位上了年纪的女管家普林格夫人和他的贴身男仆米顿。女管家住在阁楼，每晚休息得很早。他的男仆昨晚不在家，去看望哈默史密斯的一个朋友。所以10点过后，家中只有卢卡斯先生一人。这段时间发生了什么尚不清楚，但在11点45分，警察巴瑞特在路过戈多尔芬街时，发现16号的大门半开着。他敲了敲门，但没有人回答。他看见一个房间里有灯光，便推门走了进去，继续敲门，但依然没有回答。他于是推开房门，走了进去。屋内一片混乱，所有的家具都被推倒在一边，还有一把椅子倒在屋子中央。椅子旁边躺着不幸的房子主人，一只手还紧紧攥着椅子腿。一把刀刺入了他的心脏，他一定是当场毙命。凶器是一把弯曲的印度匕首，本来是挂在墙上的装饰品。那面墙上有许多来自东方的武器。凶杀的动机似乎并不是抢劫，因为屋里的贵重物品根本没有被动过。爱德华多·卢卡斯先生很有名，也深受大家喜爱，他离奇惨死一定会在他的朋友中引起广泛的关注和深切的同情。

“华生，你对这事怎么看？”过了许久，福尔摩斯问道。

“这是个有些意外的巧合。”

“巧合！我们这出戏里，只有3个人可能成为男主角，而当我们刚知道这出戏要开幕时，他却突然惨死。这不大可能是巧合，这完全没有道理。不，我亲爱的华生，这两件事是有联系的——肯定有联系。我们的任务就是要找出其中的关系。”

“不过警方一定什么都知道了。”

“不可能，他们只知道他们在戈多尔芬街看见的东西。至于欧洲事务大臣家里发生的事，他们不知道，也不可能知道。两件事全都知道的只有我们，也只有我们能追查两者之间的关系。不过有一件事确实让我怀疑到了卢卡斯：戈多尔芬街离白厅住宅区只有几分钟的路。而我提到的另外两个特工则全都住在西城尽头。所以，卢卡斯更容易和那位大臣家里的人建立联系或得到消息。这件事虽然微不足道，但由于所有事都发生在短短几个小时里，所以它很有可能是至关重要的。哎呀！看看这是什么？”

“我亲爱的华生，这两件事是有联系的——肯定有联系。我们的任务就是要找出其中的关系。”

赫德森夫人拿着托盘走了进来，上面摆着一位夫人的名片。福尔摩斯看了一眼名片，扬了扬眉毛，把名片递给了我。

“请希尔达·特里劳尼·霍普夫人上来。”他对赫德森夫人说。

我们的住所今天真是蓬荜生辉，早晨刚刚接待过两位贵客，现在又有伦敦最可爱的女士光临了。我对培尔明斯特公爵小女儿的美丽早有耳闻，但那些描述以及报纸上的黑白照片都不曾使我料到，她的五官居然如此精致，面容居然如此姣好。但在这个秋日的上午，她留给旁观者的第一印象并不是美丽。她的脸庞十分可爱，但却激动而显得苍白；双眸虽然明亮，但却过度焦躁；她的嘴唇紧紧抿着，显然是在极力控制自己的情绪。当我们漂亮的客人出现在门口时，首先映入我们眼帘的却是她的恐惧——而不是美丽。

“我丈夫来过吗，福尔摩斯先生？”

“是的，夫人，他刚才来过这里。”

“福尔摩斯先生，我请求您不要告诉他我来过。”

福尔摩斯冷冷地鞠了个躬，示意她在椅子上坐下。

“夫人，您的要求使我很为难。请您坐下，告诉我您来的目的，但恐怕我不能做什么无条件的许诺。”

她匆匆走过房间，背朝窗户坐了下来。她简直就像是个王后——挺拔、优雅，极富女性魅力。

她戴着白手套的手不停地握紧又张开，她说“福尔摩斯先生，我会对您坦诚相告，因此也希望您对我开诚布公。我丈夫和我几乎在所有问题上都是无话不说的，只有一件事是例外，那就是政治。在这种事上，他一向守口如瓶，什么也不对我说。现在，我知道昨天晚上在我家里发生了一件非常不幸的事，我知道一份文件不见了。但由于这件事关系到政治问题，所以我丈夫不愿把一切都告诉我。但我必须彻底了解发生了什么——这很重要，非常重要。除了那些政府官员，您是唯一知道真相的人。所以，我请求您，福尔摩斯先生，告诉我到底发生了什么，以及会有什么后果。把一切都告诉我，福尔摩斯先生。请您不要因为顾虑客户的利益而拒绝我，因为我可以向您保证，让我彻底了解这件事，就是最大限度地维护他的利益。我真希望他也能明白这一点。被偷走的到底是一份什么文件？”

“夫人，您的问题我不可能回答。”

她痛苦地呻吟一声，用手蒙住了脸。

“您必须明白这一点，夫人。我是个职业侦探，在向您丈夫保证保守秘密的情况下，才知道了全部情况。如果您丈夫认为您不应该知道这件事，难道我能告诉您他不愿意说的事吗？您应该去问他。”

“我问过他。我来找您也是迫不得已。但是福尔摩斯先生，如果您愿意回答我一个问题，您依然可以帮我很大的忙，而且您不必告诉我任何具体情况。”

“什么问题？”

“这件事是否会影响我丈夫的政治前途？”

“夫人，如果不妥善解决，这件事的后果可能会非常不幸。”

“啊！”她深深吸了口气，仿佛所有疑问都得到了解答似的。

“再问一个问题，福尔摩斯先生。出事后，我丈夫极度震惊。从他的只言片语中，我知道丢失这个文件可能会在国内造成可怕的后果。”

“既然他已经这样说了，那我当然不能否认。”

“会是什么样的后果呢？”

“不，夫人，您又在问我不能回答的问题了。”

“那我不再耽误您的时间了。福尔摩斯先生，您不愿意告诉我更多的情况，我并不责怪您。我相信，您也不会因为我想分担我丈夫的忧虑而看轻我，虽然他不会同意我这样做。我再一次请求您不要对人说起我来过这里。”站在门口，她回身最后看了我们一眼。那充满忧虑的美丽面庞、受惊的双眼和紧闭的嘴唇，再一次给我留下了深刻印象。然后她便走了出去。

楼下大门“砰”的一响，将裙裾的摩擦声关在了门外。福尔摩斯微笑着说道：“好了，华生，女性属于你的研究范围。这位漂亮的夫人在玩什么把戏？她到底想知道什么？”

“她已经说得很明白了，再说她的不安也是很正常的。”

“哼！想想她的样子，华生——她的举止、不安、极力掩饰的激动，还有问问题时的那种固执。别忘了，她那个阶层可是不轻易流露感情的。”

“她确实显得受了很大震动。”

“而且别忘了，她一再向我们保证让她了解情况对她丈夫有利。这不奇怪吗？她这么说是什么意思？而且你一定已经注意到了，华生，她是那么小心地背光坐下，她不想让我们看见她脸上的表情。”

“不错，她挑了屋里唯一一把背光的椅子。”

“不过女人的心理真是很难揣摩。你还记得，在马盖特，我曾因为同样原因怀疑过那位妇女，而真实原因却只是因为那天她鼻子没有擦粉。在这么不可靠的证据上，你能有什么结论呢？她们微不足道的行为有时可能意义重大，但有时最反常的行为却可能只是为了一个发夹或一把卷发火剪。再见，华生。”

站在门口，她回身最后看了我们一眼。

“你要出去？”

“是的，我要去戈多尔芬街，和我的警察朋友消磨这个上午。我们问题的答案一定与爱德华多·卢卡斯有关。不过我必须承认，我还不太清楚两者之间的关系到底是什么。在没有掌握事实前，就先得出结论，这是天大的错误。请你提高警惕，我亲爱的华生，不管什么人来，都要接待。如果可能，我会回来和你一起吃午饭。”

当天以及接下来的两天中，朋友们会说福尔摩斯很缄默，但其他人则会认为他很郁闷。他跑进跑出，没完没了地抽烟；忽而拉两下小提琴，忽而陷入冥想。他不定时地塞个三明治下肚，丝毫不理会我随意提出的问题。我很清楚，他的调查进行得并不很顺利。他对案件只字不提，我从报纸上才知道了一些调查的细节，才得知死者的男仆约翰·米顿曾被逮捕，继而又被释放。验尸官已经得出显而易见的结论：死者是被蓄意谋杀，但依然不知涉案人。警方也没有发现动机。屋子里到处都是值钱的东西，但一件也没有丢失。死者的文件也没有被动过。警方仔细检查了这些文件。显然，死者对国际政治有着浓厚的兴趣，且热衷于传播小道消息。他语言能力出众，来往信件频繁。他与几个国家的政治领袖都保持密切联系。但在众多的文件中，人们并没有发现任何非同寻常的东西。至于与异性的关系，他似乎有众多女性朋友，但关系都不深。他认识很多女人，但朋友很少，而且没有一个是他所钟爱的。他没有什么特殊爱好，行为举止也很正常。他的死绝对是个谜，而且看样子很难找到谜底。

至于逮捕那个男仆约翰·米顿，这只不过是绝望中的权宜之计，因为这总要强于什么都不做。但警方根本没有起诉他的证据。案发当晚，他去哈默史密斯看望朋友，不在现场的证据非常充分。当然，他起程回家的时间比较早，很有可能在案发前就已回到威斯敏斯特。但他解释说有一段路程他是步行的。考虑到当晚天气确实很好，所以他的话可信度很高。他与主人的关系一直不错。警方在他的箱子里发现了死者的一些东西——特别是有一小包剃刀，但他解释说那是主人送给他的，而女管家也证实了这一点。米顿已经为卢卡斯工作了3年。有一点值得注意的是，卢卡斯去欧洲大陆时从未带上过米顿。有时，他去巴黎一去就是3个月，而米顿则被留在戈多尔芬照看房子。而且女管家在案发当晚并没有听见过任何响动。如果有人来拜访过她的主人，那他一定是自己开门让他进来的。

根据我在报纸上看到的新闻，这件案子一连3天没有丝毫进展。如果说福尔摩斯知道更多情况，他也没有对我提起过。不过他告诉我，侦探雷斯垂德已经同意将警方的调查结果全部告诉他。我知道，他已经和各个部门都取得了联系。第四天，《每日电讯》上刊登了一条来自巴黎的消息。案件似乎已经告破。

巴黎警方已经取得重大进展，揭开了围绕爱德华多·卢卡斯先生之死的谜团。周一晚上，爱德华多·卢卡斯先生在威斯敏斯特区戈多尔芬街的住宅中被杀害。读者应该还记得，死者是在自己的家里被人刺死。警方曾经怀疑过他的贴身男仆，但由于他有不在现场的证据，所以只好将他释放。昨天，几个仆人向巴黎警方报告，说他们的女主人亨利·弗纳耶夫人忽然精神失常。她住在奥地利街附近的一幢小房子里。调查显示，弗纳耶夫人确实患上了严重的精神疾病，而且是终身性的。警方在调查中发现，弗纳耶夫人本周二刚刚从伦敦回来，而且有证据表明她与发生在威斯敏斯特的凶杀案有关。警方在对比两人的照片后得出了结论：亨利·弗纳耶夫人和爱德华多·卢卡斯夫人原为同一人；死者出于某种原因在巴黎和伦敦两地过着双重生活。亨利·弗纳耶夫人是克里奥尔人，性情极易激动，过去就曾几次因嫉妒而发狂。据估计，正是在这种状态下，她才犯下了这起震惊伦敦的大案。警方还未查明她在周一晚上之前的行动，但在周二早晨，一个符合她外貌特征的妇女曾在查令十字街的火车站出现过，因为她狂怒的外貌和粗暴的举止引起了人们的注意。所以，她要么是在癫狂状态下犯下了谋杀罪，要么就是在杀人后不久便精神崩溃了。目前，她还无法就发生的事提供连贯的证词，医生认为她已不可能恢复理智。周一晚上，有人曾看见一位妇女一连几个小时注视着戈多尔芬街的那幢房子。她很可能就是弗纳耶夫人。

“你认为怎么样，福尔摩斯？”他吃完早饭后，我把这段新闻念给他听。

他从桌边站起身，在屋里来回踱着。“我亲爱的华生，你一定已经忍了很久。不过如果说我过去3天里什么也没告诉你，那是因为确实没有什么可说的。就是现在这条来自巴黎的消息，对我们也没有什么帮助。”

“不过它显然能解释这个人为什么被杀。”

“这个人的死只不过是个意外，和我们真正的任务比起来，只不过是个小插曲。我们是要找回文件，使欧洲免于战祸。过去3天里，只发生了一件重要的事，那就是什么事也没有发生。我几乎每隔一个小时就会收到政府的消息，可以肯定，欧洲目前任何地方都没有动乱的迹象。如果这封信是被弄丢了——不，它不可能是丢了——可如果信没有丢，它能在哪儿呢？是谁拿着它？为什么要扣在手里呢？这些问题像锤子一样敲打着我的脑袋。卢卡斯在信件失踪的当晚被害，这难道只是巧合吗？信是否已经到了他的手里？他那发了疯的妻子把它带走了？如果是这样，信是在她巴黎的住所吗？我怎么才能去找这封信的同时又不引起巴黎警察的怀疑呢？我亲爱的华生，在这件案子里，我们不仅要面对罪犯，还要面对法律。所有人都在和我们作对，而事情又关系重大。如果我能成功解决这件案子，那无疑将是我事业中的无上荣耀。啊，我的前线最新消息！”他匆匆扫了一眼赫德森夫人拿进来的便条。“啊哈！雷斯垂德似乎发现了一些有趣的事情。戴上帽子，华生，我们到威斯敏斯特走走。”

这是我第一次来案发现场。这幢房子又高又窄，显得很阴暗。它结实、简洁、一本正经，很符合它所诞生的那个世纪的风格。房子前面的窗户上映着雷斯垂德牛头犬般的影子。一个身材魁梧的警察打开房门，将我们让了进去。雷斯垂德热情地和我们打了招呼。我们进去的房间正是凶杀案发生的地方，但除了地毯上一块难看的不规则的血迹外，已看不出任何痕迹。这块正方形的小地毯摆在房间中央，其他地方都是由小方块木板铺成的老式地板，很漂亮，擦得也很亮。在壁炉上方的墙壁上，很壮观地挂着许多武器，其中一个就被用作了当晚的凶器。靠近凸窗的地方摆着一张书桌。屋内的一切摆设，包括墙上的画、武器和地毯，无不显示出主人奢华的品位，甚至有些女性化。

雷斯垂德问：“看过巴黎的报道了？”

福尔摩斯点点头。

“看样子这次我们的法国朋友算是抓到了要害。毫无疑问，事情正像他们所说的那样。她敲了敲门——我想这是一次意外拜访，因为他将生活掩饰得滴水不漏。他开门放她进来——因为不能让别人看见她。她告诉他她是如何找到了他，并且责备他。谈话越来越不投机，她便顺手拿起匕首要了他的命。她不是一下就得手的，因为屋里的椅子都翻倒了，而且他手里还拎着椅子腿，似乎是想用它挡开她的进攻。这些我们已经很清楚，就像亲眼看见一样。”

福尔摩斯扬了扬眉毛。

“可你还是写信让我过来？”

“啊，是的，是因为另一件事——一件小事，不过是您感兴趣的那种事。您知道，很奇怪，也许可以说是反常。不过它和主要案情无关——至少从表面看，不可能有关。”

“到底是什么事？”

“这个，您知道，发生这类案件后，我们总是非常小心地保护现场。屋里一切东西都没有被动过，而且还有警察日夜看守。现在死者已经安葬，调查也已经结束，所以今天上午我们就想把屋子整理一下。你们看，这块地毯不是固定在地板上的，只是铺在地上。我们碰巧把它抬了起来。我们发现——”

“什么？你们发现——”

福尔摩斯的脸由于急切而变得紧张。

“我想您100年也猜不到我们究竟发现了什么。您看见地毯上的血迹了？肯定有很多血渗透了地毯，是不是？”

“这是肯定的。”

“可白色地板上的相应位置并没有血迹，这是不是很奇怪？”

“没有血迹？这不可能——”

“是的，您一定会这么说。但事实是地板上确实没有血迹。”

他抓起地毯的一角，把它掀了起来。正如他所说，下面的地板上果然没有血迹。

“但地毯背面和正面一样，都浸满了鲜血，肯定应该在地板上留下了痕迹。”

看到自己让这个著名的大专家困惑不解，雷斯垂德不禁笑出了声。

“现在，我要让您看看谜底。确实有第二块血迹，但它并没有和地毯上的

雷斯垂德抓起地毯的一角，把它掀了起来。

血迹处在相应位置上。您自己看看。”说完，他掀起了地毯的另一角，果然，那里的白色地板上有一大块紫红色的血迹。“您怎么看，福尔摩斯先生？”

“这很简单。两块血迹本来是处在相同位置上的，但后来地毯被移动过。地毯是正方形的，又没有固定，地毯很容易挪动。”

“福尔摩斯先生，不用您告诉，警方也知道地毯肯定被移动过。这是显而易见的，因为如果您把地毯这么放，上面的血迹正好盖住下面的。可我想知道的是，是谁挪动了地毯，为什么？”

福尔摩斯面色严峻，我知道他的内心激动万分。

他说：“告诉我，雷斯垂德，门口的那个警察是不是一直在看守这所房子？”

“是的。”

“那么请按我的建议去做。你要详细地盘问他，不要当着我们的面。我们在这里等，你把他带到后面去。你单独和他谈，更容易听到真话。问问他，他怎么敢让人进来，而且还让他们单独待在这间屋子里。别问他是不是这么干了，一口咬定他就是这么做了。告诉他，你知道有人来过。逼问他。告诉他彻底坦白才是获得宽恕的唯一机会。照我说的去做！”

“我的上帝，如果他真的知道，我一定会问得出来！”雷斯垂德叫道。他冲进过道，不一会儿，后面就传来了他严厉的吼声。

福尔摩斯急切地说道：“快，华生，快！”他一改刚才暴君似的面孔，再也掩饰不住内心的激动，精神大振。他将地毯拖到一边，眨眼间就跪在地上，试探着每一块木板。其中一块在他的指甲下活动起来，像箱子盖一样打了开来，露出一个小黑洞。福尔摩斯急切地把手伸了进去，但紧接着失望地怒骂一声，把手拿了出来。里面是空的。

“快，华生，快！把它放回去！”我们把木板盖上，又把地毯拖回原处。这时，走廊里已经传来了雷斯垂德的说话声。他进来时，福尔摩斯正懒散地靠在壁炉架上，一副听天由命、很有耐心的样子，同时尽力掩饰着抑制不住的哈欠。

“对不起，让您久等了，福尔摩斯先生。看得出来，这件事让您觉得很无聊。是这样，他已经坦白了。进来，麦克弗森，让两位先生听听你不可原谅的行为。”

那个大个子警察扭捏地走进来，满脸通红，一副悔不当初的样子。

“我真的不是有意的，先生。那个年轻女人是昨天晚上来的——她说她走

福尔摩斯将地毯拖到一边，跪在地上，试探着每一块木板。其中一块在他的指甲下活动起来，像箱子盖一样打了开来，露出一个小黑洞。

错了地方，然后我们就聊了起来。一个人值了一天班，确实很寂寞。”

“后来怎么样了？”

“她想看看犯罪现场——她说她在报纸上看到过关于这个案子的报道。

先生，她看上去很体面，而且很会说话。我想让她看看也不碍事。可她一看见地毯上的血迹，就一头栽倒在地板上，好像死了一样。我跑到后面房间拿了些水，可还是叫不醒她。所以我就到街道拐角处的‘常青藤商店’买了些白兰地。等我回来时，那个女人已经醒过来走了。她肯定是觉得不好意思，不敢再见到我。”

“地毯怎么会被动过呢？”

“是这样，先生，我回来的时候，地毯确实有些不平。您看，地板很光滑，地毯也没有固定，而她就摔倒在地毯上。我后来把它弄平了。”

“麦克弗森警官，这对你是个教训，你骗不了我。”雷斯垂德严肃地说，“毫无疑问，你以为没人能发现你的玩忽职守，可我只看了地毯一眼，就知道有人来过这里。你很走运，这里没丢东西，否则你可有苦头吃了。福尔摩斯先生，很抱歉因为这件小事把您叫来，不过我想，两块血迹不相对应，您也许会感兴趣。”

“当然，这非常有意思。警官，这个女人只来过一次吗？”

“是的，先生，只来过一次。”

“她是谁？”

“我不知道她叫什么，先生。她是来应征打字员的，可是看错了门牌号。她是一位举止文雅、很有修养的女士，先生。”

“高个儿？很漂亮？”

“是的，先生，她长得很好看。我想您可以说她很漂亮，也许有些人会认为她非常漂亮。她说：‘警官，请让我瞧一眼！’她很可爱，很会甜言蜜语。我想让她从门口看一眼也不会有什么关系。”

“她的穿着怎么样？”

“很朴素，先生——她穿着一件拖到脚面的长袍。”

“当时是几点？”

“那时天已经黑了。我买白兰地回来的时候，人们正在上灯。”

福尔摩斯说："很好。华生，我们走，我想我们在别处还有更重要的事做。"

我们离开时，雷斯垂德还留在房间里。那个已经悔过的警察替我们开了门。福尔摩斯在台阶上转过身，手里拿着一样东西。警察仔细地打量着。

"我的上帝，先生！"他吃惊地叫了起来。福尔摩斯举起一根手指放到唇边，然后把手里的东西放回了胸前口袋。我们走在街上时，他哈哈大笑起来。"好极了！走，华生，最后一场的大幕已经拉起来了。你听到这些一定会很高兴：不会再有战争了，尊敬的特里劳尼·霍普先生辉煌的事业也不会受到影响，那位莽撞的君主也不会为此而受到惩罚，首相也不用再担心欧洲局势恶化。只要我们能比较巧妙地处理这件事，就可以避免使它成为丑闻，而且任何人也不会因为此事而受连累。"

面对这位出色的人物，我不禁肃然起敬。

"你已经解决了？"我叫道。

"还没有，华生。有些地方还和以前一样不清楚，但是我们已经知道了这么多，要是再不能弄清其他事情，那就太不应该了。我们现在直接去欧洲事务大臣白厅的家，把事情弄个水落石出。"

来到那位大臣的家后，福尔摩斯对仆人说他要求见希尔达·特里劳尼·霍普夫人。我们被让进了起居室。

夫人的脸由于愤怒而涨得通红。"福尔摩斯先生！您这样真是太不公平，太狭隘了！我已经说过，我不希望别人知道我去拜访过您，以免我丈夫认为我在干涉他的事情。而您现在却跑到这儿来，表明我们之间有业务往来，从而损害我的名誉。"

"夫人，不幸的是，我没有其他选择。我受委托要找回那份非常重要的文件。所以，夫人，我不得不请求您把它交给我。"

夫人猛地站了起来，美丽的脸骤然间变了颜色。她双眼圆睁，身子晃了几晃。我想她大概要昏过去了，但她竭力稳定住情绪，脸上各种复杂表情消失了，取而代之的是极度的震惊和愤怒。

“您——您侮辱我，福尔摩斯先生。”

“好了，好了，夫人，这没有用，把信给我。”

她快步朝召唤仆人的手铃走去。

“管家会带你们出去。”

“不要摇铃，希尔达夫人。如果您这样做，那我避免丑闻发生的一切努力就都白费了。把信交给我，一切就都没事了。如果您和我合作，我会安排好一

“您——您侮辱我，福尔摩斯先生。”

切。如果您和我作对，那我肯定会揭发您。”

她勇敢而庄严地站在那里，仿佛王后一般，眼睛牢牢盯着福尔摩斯，似乎要把他看透。她的手就放在手铃上，但克制着自己没有去摇它。

“您在恐吓我。跑到这里来威胁一个女人，这样做并不怎么绅士，福尔摩斯先生。您说您知道一些情况。您都知道什么？”

“请您坐下，夫人。如果摔倒，您会受伤的。您坐下我就告诉您。谢谢！”

“我给您5分钟时间，福尔摩斯先生。”

“1分钟就够了，希尔达夫人。我知道您去见过爱德华多·卢卡斯，把那份文件交给了他，昨晚又巧妙地进过那屋子，从地毯下面拿走了它。”

她凝视着福尔摩斯，面如死灰，努力了两次才终于开口道：“您疯了，福尔摩斯先生——您真是疯了！”

福尔摩斯从口袋里掏出一小块硬纸片。那是一张从照片上剪下来的女人的脸。

“我一直带着这个，因为我想这也许会有用。”他说，“那个警察已经认出您了。”

她喘了口气，垂下了头。

“好了，希尔达夫人，那封信在您手里。这件事依然可以挽回。我根本不想给您制造麻烦。只要我把丢失的信件交还给您丈夫，我的任务就完成了。听我的话，对我实话实说，这是您唯一的机会。”

她的勇气真是令人佩服，即使到了这个时候，她依然不肯认输。

“我再对您说一次，福尔摩斯先生，你简直是荒谬。”

福尔摩斯从椅子上站了起来。

“我真替您感到遗憾，希尔达夫人。我已经尽力替您着想了，不过看来是没用了。”

他摇了摇铃。管家闻声走了进来。

“特里劳尼·霍普先生在家吗？”

“他差一刻1点的时候回来，先生。”

福尔摩斯看了眼手表。

“那还有1个小时的时间，”他说，“很好，我在这儿等。”

管家刚刚走出去，希尔达夫人就跪倒在了福尔摩斯的脚边。她举起双手，望着福尔摩斯，美丽的脸上已然满是泪水。

“啊，饶恕我吧，福尔摩斯先生！”她苦苦哀求道，“看在上帝分上，别告诉他！我那么爱他！我不愿意让他的生活有一丝阴影。我知道这会让他心碎的。”

福尔摩斯扶她起来。“感谢上帝，夫人，您终于在最后一刻明白过来了。现在一分钟也不能耽搁。信在哪里？”

她跑到一个写字台前，打开抽屉，拿出一个长长的蓝色信封。

“在这里，福尔摩斯先生。真希望我从来没有看见过它！”

“我们怎么把它放回去呢？”福尔摩斯喃喃自语着，“快，快，我们必须想出个主意！文件箱在哪里？”

“还在卧室里。”

“真是太运气了！快，夫人，把它拿到这儿来！”

不一会儿，她就拿着一个扁平的红箱子回来了。

“您上次是怎么打开它的？您配了一把钥匙？是的，您肯定是配了一把钥匙。快把它打开！”

希尔达夫人从胸前取出一个小钥匙。箱子开了，里面装满了文件。福尔摩斯把蓝信封塞进去，夹在其他一些文件中间。然后夫人重又把箱子锁上，送回到卧室。

“好了，我们现在可以等他回来了，”福尔摩斯说，“还有10分钟。希尔达夫人，为了保护您，我尽了不少力。我希望在这段时间里，您能坦白地告诉我这到底是怎么回事。”

“福尔摩斯先生，我会把一切都告诉您。”夫人大声说，“哦，福尔摩斯先生，我宁愿砍掉自己的右手，也不愿意看见他难过！伦敦没有人像我这样深爱着自己的丈夫。可是如果他知道我干了什么——被迫干了什么——他一定不会原谅我。他极其珍视自己的名誉，也不会忘记或宽恕别人的过失。帮帮我，福尔摩斯先生！我的幸福、他的幸福，甚至我们的生命现在都在受到威胁！”

“快，夫人，没有时间了！”

“全都是因为我写的一封信，福尔摩斯先生。那是我在结婚前写的一封很轻率的信——当时我在恋爱，一时冲动写了那封很愚蠢的信。我没想伤害任何人，但他会这样想。如果他看了这封信，他就永远不会再信任我了。信是好多年前写的。我以为这件事早就过去了。可后来我听说那个卢卡斯弄到了那封信，而且还要交给我丈夫。我去求过他。他说只要我把我丈夫文件箱里的一份文件交给他，就会把信还给我。他还向我描述了文件的样子。他在我丈夫的办公室里安插了间谍，知道有这么一份文件。他向我保证这不会对我丈夫有任何影响。设身处地地想一想，福尔摩斯先生，我能怎么办呢？”

“向您丈夫坦白。”

“我不能，福尔摩斯先生，我不能！拿我丈夫的文件虽然可怕，但这属于政治上的事，我也不了解会有什么后果。可如果不答应他，对我就意味着毁灭。爱情和信任对我来说太宝贵了，我不能失去它们。我答应了，福尔摩斯先生！我取了钥匙的模子，那个卢卡斯给我配了一把钥匙。我打开文件箱，拿了信，然后去了戈多尔芬街。”

“后来呢？”

“我按约定敲了敲门。卢卡斯来开了门。我跟着他走进屋子，让外面的大门虚掩着，因为我害怕和这个人单独在一起。记得我进去的时候，屋子外面有个女人。我们的事很快就处理完了。他把我的信放在书桌上；我把文件交给他，他把信还给了我。就在这时，大门响了一下，过道里传来了脚步声。卢卡斯迅速把地毯掀到一边，把信放到了那个小洞里，然后又把它盖上。

“后来发生的事简直就像一场噩梦。我现在还能看见那女人黑黝黝的脸。

她神情癫狂，用法语喊着：‘我没有白等，我终于发现你和她在一起！’然后两个人激烈地扭打起来。我看见他拎着一把椅子，而她手里则拿着一把亮闪闪的刀。当时的场面可怕极了，我扭头跑了出去。第二天，我从报纸上才知道他被杀了。那天晚上我很高兴，因为我拿回了自己的信，可我那时还不知道后来会怎样。

“第二天早上，我才意识到我只是用新麻烦代替了旧麻烦。发现文件丢失后，我丈夫的痛苦让我不安极了。我当时差一点儿就跪在他面前，告诉他我做了什么。但这就意味着要坦白过去的事，所以我忍住了。那天上午我到您那里去，就是想知道我到底闯了多大的祸。从我知道这件事的后果起，我脑子里只有一个想法，那就是怎么拿回我丈夫的文件。它肯定还在卢卡斯的地毯下面，因为他是在那可怕的女人进屋前把信藏好的。当时如果不是她进来，我还不会知道那封信藏在什么地方。我怎么才能进入那个房间呢？我观察了那个地方两天，可门口总是有人把守。昨晚，我又试了一次。您已经知道我是怎么进去把信弄到手的了。我把信带回来，正在考虑是不是要把它烧掉，因为我不知道怎么把信还给他又不用向他坦白以前的过错。天哪，他上楼来了！”

欧洲事务大臣激动地冲了进来。

“有消息吗，福尔摩斯先生，有消息吗？”他叫道。

“我认为有希望。”

“啊，感谢上帝！”他不禁满脸喜色。“首相来和我一起吃午饭，可以把这个好消息告诉他吗？他是个意志坚强的人，但我知道这件可怕的事情发生后，他几乎没有睡过觉。雅各布，请首相上楼来。亲爱的，这是政治，你先去餐厅，我们过几分钟就来。”

首相表现得很平静，但从他闪闪发光的眼睛和微微颤抖的大手上，我知道他和那个年轻人一样激动。

“福尔摩斯先生，听说您有事情要对我说？”

我的朋友回答：“文件可能在的地方，我都已经调查过，到目前为止还没有发现，而且我相信我们不用再担心这封信会带来危险。”

“但这还不够，福尔摩斯先生。我们不能永远生活在火山口上，我们必须确定它在哪里。”

“我认为有希望找到它，这就是我来这里的原因。这件事我越考虑越觉得它不可能离开过这所房子。”

“福尔摩斯先生！”

“如果它真的被拿走，到现在肯定已经被公布了。”

“可为什么会有人把它拿走又放在这屋子里呢？”

“我不相信有人把它拿走了。”

“那文件箱里为什么没有呢？”

“我不相信它曾离开过文件箱。”

“福尔摩斯先生，这个玩笑开得很不是时候。我向您保证，信肯定不在文件箱里。”

“周二上午以后您又检查过文件箱吗？”

“没有，没有必要。”

“您很有可能是看错了。”

“我告诉您，这不可能。”

“可我觉得有可能，我知道以前就发生过这样的事。我想箱子里肯定还有其他文件，它可能和其他文件混在一起了。”

“信就放在箱子最上面。”

“可能有人摇晃过箱子，所以弄乱了。”

“不，不，我把里面的东西都拿出来了。”

首相说：“这很容易解决，霍普，叫人把文件箱拿来。”

欧洲事务大臣摇了摇手铃。

“雅各布，把我的文件箱拿下来。这太可笑了，完全是在浪费时间。不过如果只有这样做您才满意，那就按您说的办。谢谢，雅各布，把它放在这儿。

首相从他手里一把抢过那个蓝色信封。

箱子的钥匙一直挂在我的表链上。你们看，文件都在这里。麦罗勋爵的信，查尔斯·哈代爵士的报告，贝尔格莱德寄来的备忘录，关于俄—德粮食税问题的记录，马德里来的信，弗洛尔勋爵的信——我的天哪！这是什么？贝林杰勋爵！贝林杰勋爵！”

首相从他手里一把抢过那个蓝色信封。

“是的，是它——信没被动过。霍普，我祝贺你。”

“谢谢！谢谢！我心里一块大石头终于落了地。这真太不可思议了——简直不可能。福尔摩斯先生，您简直是个巫师，一个魔术家！您怎么知道信在里面？”

“因为我知道它不可能在别的地方。”

“我简直不敢相信自己的眼睛！”他兴高采烈地朝门口跑去。“我妻子在哪儿？我要告诉她没事了。希尔达！希尔达！”他眨眼间就到了楼梯上。

首相一双炯炯有神的眼睛紧盯着福尔摩斯。

他说：“好了，先生，事情绝不仅仅是这样。信为什么会回到箱子里去？”

福尔摩斯微笑着转开脸，避开了那双锐利的眼睛。“我们也有我们的外交秘密。”他说完，拿起帽子朝门口走去。

福尔摩斯回忆录（1908—1913）

约翰·斯科特·艾克尔斯先生的奇遇

我发现我的笔记本里是这样记的，那是1892年3月末阴冷、多风的一天。我们一起进午餐的时候，福尔摩斯收到一份电报。他草草地拟了一个回文。他没有说话，但在想着这件事。他默默地站在壁炉前，吸着烟斗沉思着，偶尔瞥一眼那份电文。突然，他冲我转过身来，眼睛里闪着诡谲的目光。

“华生，我想我们得把你高看成一个文人。”他说，“你怎么给‘荒唐’这个词儿下定义？”

“过分的……奇怪。”我试探着说。

他听了后摇摇头。

“肯定不止于此，”他说，“我看它有强调悲剧与骇人的意味。如果你回顾一下那些你曾被刺痛而且也长时间困扰公众的故事，你就会认识到荒唐已经常常变成了犯罪。想想红头发人那件小事吧。开始时仅仅只是荒唐而已，最后却在失望中变成了抢劫。还有，最最荒唐的就是五颗橘子核儿那件事，干脆导致成一场凶杀阴谋。”

“电文里有这个词吗？”我问道。

他读电文给我听。

不才今遇一难以相信的荒唐之事，可否向您请教？

斯科特·艾克尔斯

发自查令十字街邮局

“是男的还是女的？”我问。

“啊，当然是男的了。女人不会发垫付回电费的电报的，她宁肯自己来一趟。”

“你会见他吗？”

“亲爱的华生啊，你知道自从我们关押了卡拉塞斯上校后，我是多么心烦啊！我的心像个空转的引擎，因为搭不上专为它设计的配件，自己先成了碎片。生活平庸，报纸无聊，好像铤而走险和风流浪漫这类事都已从这个罪恶累累的世界上永远消失了似的。于是，你会问我是不是想调研个新问题，而不论它的论证作用是多么微小？不过，除非我弄错了，咱们的委托人这就来了。”

楼梯上传来有节奏的脚步声，紧接着，一位身材高大的先生被引进屋里。他那灰白的连鬓胡须和庄重的相貌令人顿生敬畏之情。他的人生经历写在他沉重的面容和自负的风度里。从他穿的鞋罩到他戴的金边眼镜都可以看出他是一个保守党人、国教信徒、守法公民，一个不折不扣的守旧派人物。但是某个骇人的遭遇已打乱了他平时的宁静心态。他拂乱的头发、气得发红的面容和激动的举止就是这次遭遇留下的蛛丝马迹。他迫不及待地说起他的遭遇。“我遇见了一件极不寻常的令我不快的事，福尔摩斯先生。”他说，“我有生以来还从来没有身处这样的境况。真是太不像话、太可气了！我非得弄清楚它不可。”他越说越气不打一处来。

“请先坐下，斯科特 · 艾克尔斯先生。”福尔摩斯用缓和的口吻说，“首先，我可以问问您为什么要来找我吗？”

“啊，先生，是这样的。这似乎不是一件惊动警方的事。还有，在您听了事实后，您一定会承认我不能扔下它一走了之。私人侦探是我绝对不敢苟同的一类人，但尽管如此，久闻您的大名……”

“原来如此。但是，顺便问一句，为什么您不马上来呢？”

“您这是什么意思？”

福尔摩斯看了一眼手表。

“现在是两点一刻。”他说，“您的电报大约是一点钟发出的。如果不知道您是一醒来就心慌意乱的话，谁也不会注意您洗漱过没有。”

我们的委托人理顺了他没有梳过的头发，摸了摸没有刮须的下巴。

“您说得对，福尔摩斯先生，我根本就没想到洗漱。我为自己能离开那样的住处，高兴还来不及呢！可是我来您这里之前，我到处乱打听来着。我去房产代理商那儿，谁知他们竟说加西亚先生的房租已经全部付清，而且，威斯塔利亚客舍一切正常。”

“我来您这里之前，我到处乱打听来着。”

“说下去，说下去，先生。”福尔摩斯笑着说，“您很像我的朋友华生医生。他有个坏习惯，讲故事老是颠三倒四，没有头绪。请先理理您的思路，再按顺序一五一十地告诉我那些令您不洗不梳，衣冠不整，连靴子都没穿好，扣子也没扣上就跑出来求助的事件。”我们的委托人低头看看自己有失体统的外表，露出后悔的神情。

“我知道这副样子一定很糟，福尔摩斯先生，我没有意识到我这辈子还会遇到这样倒霉的事情。我要告诉您这件蹊跷事情的整个情况。我相信，我这么狼狈不堪，是足以取得您的谅解的。”

但是，他的叙述才刚刚开了个头就被打断了。外面一阵骚动，接着，赫德森夫人打开门，让进来两个膀大腰圆、官员模样的人。其中一个是我们熟悉的苏格兰场的探长葛莱森。他精力充沛，为人豪爽，在其权限之内算得上是一个能干的侦探。他同福尔摩斯握过手，便给我们介绍他的同行萨里警察厅的贝恩斯侦探。

“福尔摩斯先生，我们一路追踪，追着追着，就上这儿来了。”他那双警犬似的眼睛转向我们的委托人。“住在波帕姆宿舍的约翰·斯科特·艾克尔斯先生是你吗？”

“是我。”

“我们跟了你一上午了。”

“你们肯定是通过电报找到他的。”福尔摩斯说。

“正是这样，福尔摩斯先生。我们在查令十字街邮局找到线索，就跟到了这里。”

“但是你们为什么要跟踪我？你们需要什么？”

“斯科特·艾克尔斯先生，住在伊舍附近威斯塔利亚客舍里的阿洛伊修斯·加西里先生昨夜死了。我们想就导致他死亡的有关情况得到一份证词。”

我们的委托人瞪着眼一下坐直了身子，惊愕得脸色都变了。

“死了？您是说他死了吗？”

“是的，先生，他死了。”

“怎么死的？偶然事故？”

“谋杀，自古以来就有的谋杀。”

“天哪！这太可怕了！您不是——不是说我有嫌疑吧？”

“在死者的口袋里发现你写的一封信，我们从那封信知道你打算昨晚在他的房里过夜。”

“我是住在那儿了。”

“啊，你住过了，是吗？”

探长取出笔记本。

“等一下，葛莱森。”夏洛克·福尔摩斯说，“你们只是想得到一份简洁明白的证词，是不是？”

“我的职责是警告斯科特·埃尔科斯先生，这份证词可能会对他不利。”

“你们进来的时候，艾克尔斯先生正要告诉我们这件事呢。华生，我想白兰地和苏打汽水不会伤了他吧。先生，现在，我提议您就当作没有外人，还是我们两个听众，就像没有被打断过那样，把您要讲的话照原来的样子讲下去。”

我们的来访人吞了一大口白兰地，脸色恢复了正常。他犹豫地瞅了一眼探长的笔记本，随即开始谈起了他那非同寻常的经历。

“我是一个单身汉，”他说，“生性喜欢社交，结识了许多朋友。在这些朋友中有一个姓梅尔维尔的退休酿酒商，住在肯辛顿的阿尔贝玛尔大厦。就是在他家的饭桌上，几个星期前我认识了一个叫加西亚的年轻人。我认为他是西班牙后裔，并且和该国大使馆有某种关系。他说一口漂亮的英语，风度翩翩，招人喜欢。在我见过的人中，他算得上是个美男子。

“这个年轻小伙儿和我不知怎么一拍即合，十分友好。他好像从一开始就对我特有好感，我们认识不到两大，他就到李街看我了。有第一次，就有第二次，最后一次是他邀请我去他在威斯塔利亚的住处小住几天。那个地方在伊舍

“天哪！这太可怕了！您不是——不是说我有嫌疑吧？”

和奥克斯肖特之间。我昨天傍晚就是去伊舍践约的。

“我去之前他已经给我描述过他家的情况。他和他的一个忠实的仆人住在一起。那人是他的同民族人，照顾他的生活，会说英语，给他管理家务。他说，到时候会有一个出色的厨子，是他在旅途中偶尔碰到的一个混血儿，为我们做一手绝好的饭菜。我还记得他赞叹说，能在萨里中心地区找到这样一个家真是怪了。我附和他的话，虽然它实际上比我想的还要怪得多。

“我驱车去那儿——大概在伊舍以南两英里。那所宅子相当大，背对着大路，有一条曲线形的车道，车道两旁是两排高耸蓊郁的常青灌木林。一幢百年老屋年久失修，摇摇欲坠。当我的轻便双轮马车在长满青草的车道中停在锈迹斑斑、风蚀严重的大门前时，我曾怀疑自己应邀拜访这么一位认识尚浅的人是否明智。然而，他亲自开门，热情有加地欢迎我。我被交给一位男仆。这位看上去神情阴郁、肤色发黑的男仆拎着我的提包领我去给我准备的房间。整所宅子令人感到很压抑。我们面对面地共进晚餐。尽管我的东道主尽其热情地款待我，但他的思想似乎一直是游离的，说话含糊，有时根本不着边际，我简直听不懂他在说什么。他不断地用手指敲打桌面，啃咬指甲，还有种种表现，都流露出他焦躁不安的心情。这顿饭既没有人服务，做得也不好，而且，站在一旁一声不出的那个阴郁的仆人也无助于我们进餐的兴致。我希望你们相信，那晚有好多次我真想编个借口回李街去。

“我想起一件事，或许同二位先生正在调查的事有关。我刚才是一时忘记了。在快吃完晚饭的时候，仆人递进来一张条子。我注意到我的东道主读了以后，变得好像比以前更加精神恍惚和怪异了。他干脆放弃装模作样的谈话，只是坐着没完没了地抽烟，完全迷失在自己的沉思当中。但是他根本没提及条子的内容。幸好大约11点钟的时候，我去睡觉了。过了一会儿，加西亚到我的房门口向里张望——屋里那时已很黑了——问我是不是按过铃。我说我没有按过。他说很抱歉这么晚了还来打扰我，说现在快一点钟了。这事过去后我就一头睡了过去，一觉睡到大天亮。

“现在，我要说到这件事里叫人惊骇的地方了。我睡醒时，天已大亮。我一看表，都快9点钟了。我特别打过招呼，让人8点钟叫醒我，所以对没有人来叫我感到特别惊愕。我一下跳起来就按铃叫仆人。没有人回应。我一再按铃，均无回应。这时我还认为是铃坏了。我胡乱穿上衣裳，匆匆跑到楼下，气冲冲地吩咐给我打热水。你们应该想象得出，当我发现整座宅子里此时已空无一人时我是多么惊讶。我在门厅里叫人，没有人应答。我挨屋找人。所有的房间全都空荡荡了。头一夜我的东道主曾让我看过他的房间，所以我去敲他的房门。没有人答应。我拧开门把手，走了进去。屋里是空的，床上没有人睡过的迹象。他与其他人一起跑了。外国房主，外国仆人，外国厨子，一夜之间全都消失不见了！这就是我拜访威斯塔利亚的结果。”

夏洛克·福尔摩斯搓着两手咯咯地笑了，因为他收集的奇闻逸事中又多了这个奇异的偶然事件。

“就我所知，您的这种遭遇还没有过。”他说，“可以问问您后来干什么了吗，先生？”

“我愤怒了。我第一个想到的就是，我是一个荒唐的恶作剧的受害者。我收拾好我的东西，砰地关上大门，手拎提包向伊舍出发。我向村中主要的房产代理商阿兰兄弟公司询问，发现属于这家公司的那栋别墅已经租出去了。使我震惊的是，这件事的前后情况几乎不大可能是出于为了愚弄我的目的，其主要目的一定是为了逃掉租金。现在是3月末，快到按季结账的日子了。但是这么推理也不对呀！代理商理应对我的提醒表示感谢，可是他告诉我房租已经预付过了。然后我择路回城，去了趟西班牙大使馆。他们不认识这个人。这之后，我去见梅尔维尔。我最初就是在他家结识加西亚的，可是我发觉他对加西亚的了解竟然比我还少。最后，当我收到您给我的电报的回文后，就上您这儿来了，因为我知道您是个给人排忧解难的人。不过现在么，探长先生，从您进这屋里后所说的话里，我就知道您能把这件事处理妥当，因为发生了悲剧事件。我请您相信我说的每一个字都是真实的，除了我告诉过您的这些之外，关于那个人的厄运，我是一点儿都不知道。我唯一的愿望就是尽可能地为法律出力。”

“这我是相信的，斯科特·艾克尔斯先生，我相信。”葛莱森探长说，口气十分和缓，“我要十分肯定地说，你所说的每一件事同我们注意到的基本上是一致的。譬如，那个吃饭中间送上来的条子。你凑巧看见后，它被怎么处置了？”

“是的，我看见了。加西亚把它揉成一团扔进火里了。”

“你对此有什么要说的吗，贝恩斯先生？”

这个乡镇侦探是个粗壮肥胖的红发汉子，面孔多亏有两只不同寻常的明亮眼睛才没显得过于臃肿，而脸蛋和额头上的肉褶都快把那对眼睛盖住了。他脸上慢慢堆上笑靥，同时从口袋里抽出一张折皱的、变了色的纸片。

“炉子有一个铁护栅，福尔摩斯先生，他把条子扔过了护栅。我从护栅背

“炉子有一个铁护栅，福尔摩斯先生，他把条子扔过了护栅。我从护栅背后捡到了没有烧完的纸片。”

后捡到了没有烧完的纸片。”

福尔摩斯微笑着表示对他赞赏。

“为了找一个小纸团，你一定已经仔仔细细地搜查过那所宅子了。”

“是的，福尔摩斯先生，那是我的行事办法。要我读一下这个条子吗，葛莱森先生？”那个伦敦人点了点头。

“这个条子写在普通米色直纹纸上，没有水印标记。纸有四分之一张大，是用一把短剪刀分两次裁开的。它已经被折叠过3次还多，并用紫蜡密封，匆匆封上后，用一个椭圆形的东西压过。它写着‘寄给威斯塔利亚客舍的加西亚先生’。条子上写道：‘我们自己的颜色，绿和白。绿是打开，白是闭上。主楼梯，第一过道，右边第七，绿台面呢。上帝保佑成功。D.’这是一个女人的笔迹，用的是一支尖头钢笔，但地址是用另一支钢笔写的，也可能是另一个人写的。你看，笔画又粗又重。”

“一张非同小可的纸条。”福尔摩斯溜了一眼那张纸条，说，“贝恩斯先生，就冲你的检查工作能够做得这样细致入微，我就非得恭维你不可。或许还可以补充几个微不足道的末节问题。那个椭圆形的封印无疑是一个平展的袖口纽——还有什么东西会是这个形状呢？那把剪刀是折叠的指甲刀。两处的剪迹离得太近，一眼就可以看出两处的曲线全都是一样的。”那个乡下侦探咯咯笑了。

“我以为我已经挤干了所有的水分了呢，不过，我看还有一个小小的忽略。”他说，“应当说，我手头有了点儿材料后，并没把这张条子当回事。而现在又有一个女人，一般来说，事情都起因于女人。”

斯科特·艾克尔斯先生在这场谈话过程中一直如坐针毡。

“我很高兴您发现了这张纸条，因为它更加证实了我说的事。”他说道，“但是我请求你们明白告诉我，我还不知道加西亚先生遇到了什么事，也不知道他的家后来怎么样了。”

“加西亚的事好回答。”葛莱森说，“今天早上在奥克斯肖特公地，离他家一英里处的地方，发现他已死了。他的脑袋被人用沙袋一类东西打出了脑浆，是被打碎了，而不是受伤。该处是个偏僻的角落，案发现场四分之一英里之内没有任何人家。他显然先是从背后遭到袭击的，但袭击者在他死后还继续打了他很久。这是一起十分恶劣的偷袭。罪犯没有留下任何脚印或一丁点儿线索。”

“抢劫？”

“不像，根本不存在抢劫的企图。”

“这事叫人太痛苦，太难过，太可怕了！”斯科特·艾克尔斯先生声音凄惨地说，“这真的实在让我难以接受。我的东道主深夜出门走失，却落到一个这样悲惨的结局。这本与我毫不相干，我怎么会卷进这个案子里来呢？”

“非常简单，先生。”贝恩斯侦探答道，“在亡者口袋里发现的唯一文件是您给他的一封信，说您将要在他死亡的那一夜和他在一起。是这封信的信封告诉了我们死者的姓名和住址的。我们是在今天早上9点钟以后赶到他的住处的，在宅子里既没有看见你，也没有发现其他任何人。我打电报给葛莱森先生，叫他在我搜查威斯塔利亚客舍的同时在伦敦追踪你。然后，我又进城来，与葛莱森先生会合，于是便到了这里。”

“我想现在，”葛莱森说着站了起来，“这件事咱们最好公事公办，您先同我们去局里一趟吧，斯科特·艾克尔斯先生。让我们把您的证词笔录下来。”

“当然可以，我立即就来。但是我要请您帮我，福尔摩斯先生。我请求您鼎力相助，不遗余力，弄清真相。”

我的朋友转向那个乡镇侦探。

“我想您不反对我同您合作吧，贝恩斯先生？

“我真的是不胜荣幸，先生。”

“您好像对您已经着手的事胸有成竹了。请问，那个遭遇横死的人，已经有什么线索了吗？”

“一点钟的时候他已到了那里，当时下着雨，他一定是下雨前就死了。”

“但这根本不可能，贝恩斯先生，”我们的委托人叫道，“我是不会听错他的说话声的。我可以发誓，他就是在那个钟点向我屋里打招呼的。”

“太对了，可是并不是不可能。”福尔摩斯说，他笑了。

“您有线索了？”葛莱森问。

“尽管它表现出某种新奇与令人感兴趣的特征，但从表面看，这个案子不是特别复杂。有必要进一步了解更多的情况，我才敢提出最后的确定意见。顺便问一下，贝恩斯先生，除了那张纸条外，您在搜查那间屋子时还发现过别的重要物证吗？”

那个侦探用一种独特的样子看看我的朋友。

“有呀，”他说，“有一两样特别的东西。也许在局子里办完事后，您会乐意出来给我讲您对它们的看法。”

“我完全听从您的吩咐。”夏洛克·福尔摩斯说着按响了铃，“赫德森夫人，请送送这几位先生。还请把这封电报交给邮局当差的，给他5先令的回文费。”

在来的人都走了以后，我俩默默地坐了一会儿。福尔摩斯狠狠地吸着烟，紧锁的双眉压住了他那犀利的目光；脑袋向前探着，他这个人着起急来就是这么一副样子。

“喂，华生，”他突然对我扭过身来，“你怎么看这件事？”

“我对斯科特·艾克尔斯的神秘遭遇说不出什么看法。”

“构得成犯罪吗？”

“啊，从那个人的同行伙伴都踪影全无这一点看，应该说他们同凶杀有某种关系，所以才逃跑了呢。”

“当然有这种可能性，但从表面上看，你必须得承认它是够奇怪的：他的两个仆人合谋算计他，偏偏要在他有客人的那个晚上向他发起攻击。一个星期的任何一个晚上都是他们袭击他的好机会。”

“那他们为什么逃跑呢？”

“问得好，他们为什么要逃跑？这是一个大问题。另一个大问题是，我们的委托人斯科特·艾克尔斯的奇怪遭遇。至此，我亲爱的华生，如果能对这两个大问题一并做出一个解释，那是不是超出了一般人的思维了呢？假如有一个解释还能够说得通那张有神秘字句的条子，喏，那也只是一个勉强可以暂时接受的假设。如果我们以后知道的新材料本身能与那个阴谋契合起来的话，我们的假设才有可能逐渐地变成结论。”

“可是我们的假设在哪里呢？”

福尔摩斯半闭双眼，向后靠在椅子上。

“亲爱的华生，你得承认，说空话是不行的。当下的情况严重，迹象已经表明，哄骗斯科特·艾克尔斯去威斯塔利亚客舍都同他们有关。”

“但可能有什么样的关系呢？”

“让咱们一环接一环地推演。从表面上看，那个年轻的西班牙人和斯科特·艾克尔斯之间那种奇怪而突然发生的友谊就是很不自然的，是西班牙人主动促进的。他和他们在伦敦相识的第二天晚上就去拜访了斯科特，并同他频频接触，直到斯科特到伊舍回访他。现在要问，他想要从斯科特那儿得到什么呢？艾克尔斯又能给予他什么呢？我看不出那个人有什么危害性。他不是一个特别有智慧的人，也不像是一个会和一个头脑敏捷的拉丁人性情投合的人。那么，为什么加西亚会在认识的那么多人里单单看中了他？为了他的什么目的呢？难道他有什么突出的地方吗？我看问题就在这里。他是一个典型的英国传统人士，让另一个英国人相信的见证者，就是他这样的人。你也亲眼看到了，两个侦探谁都没想到对他实际上相当奇怪的证词提出任何质疑。”

“但是，他会见证什么？”

“事情已过去了，他什么也见证不了了。但是要是用另一种方式看的话，一切还有救。我就是这样理解这件事的。”

“我明白了，他已经做了他不在现场的证人。”

“正是这样，我亲爱的华生，他已经证明了不在现场。为了便于讨论，我们假设威斯塔利亚客舍的房主是一伙同谋者。且不说是什么企图，假设说要在一点钟以前实施。闹钟被做了手脚，他们很可能让斯科特·艾克尔斯比他以为早的时间睡下，可是无论怎么看，加西亚都有可能打破自己的常规去告诉他当时是一点钟，而实际上还没过12点。如果加西亚能够做好他想做的事，并能在他提到的那个钟点回到住处，显然他就能有力地回答对他的任何指控。有这个无可挑剔的英国人随时准备在法庭上发誓证明，被告那时正在他的屋里。这就保证对付得了最糟的情况。”

“是呀，这点我懂了。但是他的仆人全都不见了是怎么回事呢？”

“虽然我还没有了解到全部情况，但我认为不会有什么不可逾越的困难。还有，仅凭现有的材料就发议论，那就错了。你已经在不知不觉地自圆自说了。”

“那么，那张条子呢？”

“它是怎么说的来着？‘我们自己的颜色，绿和白’听去像是在赌赛马。‘绿是打开，白是闭上。’这显然是一个暗号。‘主楼梯，第一个过道，右边第七，绿台面呢。’这是约好的地点。我们也许会在最后发现一位吃醋的丈夫。这显然是一个危险的问题。她好像不会说什么‘上帝保佑成功’吧。‘D’应该是向导的简写。”

“那个男人是一个西班牙人，我看‘D’代表常见的西班牙女人的名字‘多洛雷斯’。”

“好，华生，非常好——但是根本不可能啊！西班牙人给西班牙人写东西只用西班牙文，写这个条子的人肯定是个英国人。我们只需镇静地耐心等待，那个了不起的探长自会回来找我们的。我们还得感谢走了好运，免受几个小时因无聊所产生的难以忍耐的痛苦。”

我们的萨里警局的官员们回来之前，我们收到了给福尔摩斯电报的回文。他读过后打算把它夹进他的笔记本中时，注意到我企盼的目光，他笑了一下，把它扔给了我。

“我们进了上层圈子里了啊！”他说道。

回文是一长串姓名和地址：

哈林比勋爵，住丁格尔；乔治·弗利奥特爵士，住奥克斯肖特·托尔斯；海尼斯·海尼斯治安官先生，住普尔迪·普雷斯；詹姆斯·贝克·威廉斯先生，住福顿老厅；亨德森先生，住高盖博；乔舒亚·斯通牧师，住尼泽尔·瓦尔斯林。

福尔摩斯笑了一下，把它扔给了我。

“非常明显，这大大缩小了我们的工作范围。”福尔摩斯说，“毫无疑问，办事有条理的贝恩斯已经采取了某个相类似的方案。”

“我还不十分明白。”

“喏，我亲爱的伙计，我们已经有了结论了：加西亚在饭桌上收到的那张条子是与人约会，也即幽会的。至此，假如我们的解读是正确的，那么，为了去践约，那个人就得走下楼梯，在走道里找到第七个门，很明显，那是一所相当大的宅子。同样可以肯定的是，这所宅子离奥克斯肖特不能超过一二英里远，因为加西亚是朝那个方向走的，按照我们对所知情况的解读，他是希望能及时返回威斯特利亚客舍，好证明他不在现场，而这只能在一点钟以前才能证明有效。由于奥克斯肖特附近的大宅子毕竟为数有限。我用了一个简单的办法：给斯科特·艾克尔斯提到的那个房产代理商发了份电报，并得到了一份住户的名单。这不都在这份电文里了？我们要清理的这团乱麻的线头肯定就在这些人当中。”

当我们在贝恩斯探长的陪同下来到伊舍的漂亮的小村时，才发觉都快晚上6点钟了。我和福尔摩斯都带了过夜的物品，并在布尔吃了一顿可口的晚饭。

我们终于和那位侦探一同出发前往威斯特利亚客舍了。这是3月的一个寒冷的夜晚，寒风凛冽，小雨打在我们的脸上，一路上经过的荒原气氛倒也符合我们正要去处理的悲惨事件的性质。

圣佩德罗[1]之虎

我们在寒冷和凄惶中走了两英里路，来到一扇高大的木门前，门里有一条栗树林荫路。曲线形的林荫车道将我们引向一座低矮黑暗的宅子。衬着深灰色的天空，它显得更加黝黑了。从木门左侧的前窗口里，露出一丝微弱的灯光。

“有一位警官在这里值班。”贝恩斯说，“我来敲一下窗子。”他走过草地用手拍拍窗扇。透过模糊的窗玻璃，我看见一个人从炉旁的椅子上跳起来，同时，屋内传出一声尖叫。只一瞬间，就见一个脸色发白的警察喘着气把门打开了，他发颤的手里捏着根蜡烛。

“怎么了，沃尔特斯？”贝恩斯警觉地问道。

那人用手帕擦擦额头，放心地出了口长气。

“我可把您盼回来了，长官。这个晚上好长啊，我觉得我的神经都受不了了。”

“你有神经？沃尔特斯，我还以为你的身体里没有神经哪。”

“哦，长官，这座宅子寂静、孤独，厨房里还有反常的怪事。在您拍打窗子的时候，我还以为它又来了呢。”

“刚才又来什么了？”

“鬼，长官，我认为是鬼，就在窗子那儿。”

① 圣佩德罗：在南美洲好几个国家有同名地区，但在本文中没有指明它是哪一个国家的圣佩德罗，所以本小说中人物的姓名全部拉美化。——译注

“我无意间抬头看了一眼，却看见一张脸正从窗户下方向屋里盯着我看。”

“窗子那儿，什么时候？”

“大约两小时之前。当时灯光变暗，我正坐在椅子里读书。我记不得是什么事使我抬头看了一眼，却看见一张脸正从窗户下方向屋里盯着我看。老天，长官，那张脸太可怕了！我以后得夜夜做噩梦了。”

“得了，得了，沃尔特斯！一个警官可不该说这样的话。”

“我懂，我懂，长官，可它确实吓坏了我。长官，不承认是不管用的。长官，它不黑，也不白，我也不知是什么颜色的，但形状十分稀奇古怪，像是一块泥上溅上了牛奶。它的大小么，大概有你两张脸那么大，长官。它的面孔上有滚动着闪亮珠子的大海眼，一排白花花的牙齿——活像一头饥饿的野兽。长官，我可以告诉您，在它一闪而过，跑掉之前，我一根指头都动弹不了，一口气都喘不出来。我跑出屋子，穿过灌木丛。啊，感谢上帝，一个人影也没有。”

“沃尔特斯，要不是我知道你是一个好小伙儿，为了这个事，我就给你记上一次过失了。即使那个东西是个鬼，一个当班的警官也绝不应该因为自己没有抓住它而感谢上帝。我看这些全是幻觉，是你神经过敏了吧？”

“这事很容易查实的。”福尔摩斯说着点亮他的袖珍提灯。“对，”他简短地检查了草地后说，“我看是12号大的鞋子。假如他的脚有这么大的话，他肯定是个大高个子。”

“他后来怎么样了？”

“好像是穿过灌木丛朝大路方向跑了。”

“好了！”探长一脸严肃地说，“不管他是什么人，也不管他想干什么，他眼下是跑了，我们还有更紧要的事要做。现在，福尔摩斯先生，请允许我领您看看这所宅子吧。”

那么多房间和会客厅竟然没有任何东西可以仔细搜查。很明显，房客们随身带的东西很少，甚至就没有带什么物品。从最大到最小的家具，全是与房间一起包下来租用的。扔下的一大堆衣服上有在海霍尔本注册的马克斯公司的标记。原先已做的电文调查表明，马克斯只知道他的这位顾客付款情况良好，对其他情况一概不知。在零零碎碎的物品里有几个烟斗；几本小说，其中有两本是西班牙文的；一支过时的针式左轮枪；在个人用品当中还有一把吉他。

“一无所获啊！”贝恩斯说。他手持蜡烛，大步从一个房间走进另一个房间。“不过，福尔摩斯先生，我请您注意一下厨房。”

它是在宅子后部的一间光线黑暗的高顶棚的屋子。在它的一个角落里有一个小小的稻草铺位，它显然是给厨师准备的床。桌子上堆满了吃了一半的饭菜，是昨天晚上的残羹剩饭。

“看看这个，”贝恩斯说，“您怎么看这个东西？”

他把蜡烛向上高举，停在碗柜后面的一个奇特东西的前面。那个东西皱得一塌糊涂，萎缩和枯萎得十分严重，很难看出它原来是个什么东西了。只能说它是一个黑色的皮质物体，同侏儒十分相似。起初，我审视它的时候以为它是一具黑人孩子的木乃伊，继而又觉得它像一只变形厉害的古代猴子。我最后也不知道它是人还是动物。这个东西的中间拴着两串白贝壳。

“有意思，太有意思了！”福尔摩斯说，眼睛盯着这个邪恶的古董，“还有什么吗？”

贝恩斯默默地领我们去洗碗槽，到那儿后把蜡烛举向前方。一只白色的飞禽被野蛮地撕得七零八落，扔在槽里的肢体碎片上还带着羽毛。福尔摩斯指着鸟头上的碎肉。

“一只大白鸡。”他说，“太有意思了！真是一桩非常离奇的案子！”

贝恩斯要我们把这件大罪孽看完。他从洗碗槽底下拖出一个盛满血的铝桶，然后又从桌子上拿来一只浅盘子，上面堆满了烧焦的碎骨头。

“杀过些什么，烧过些什么，这些都是我们从火里扒拉出来的。我们今天上午找来一个医生，他说这些都不是人身上的东西。”

福尔摩斯搓着手笑了。

“探长，我得祝贺你能够这样创造性地和启发性地处理案件。不是我恭维你，看来你的能力超出了你的机会。”

贝恩斯探长的小眼睛闪出欣喜的光。

“您说得不错，福尔摩斯先生。我们这小地方比较闭塞，像这样的案子难得有机会碰上一个，所以希望自己能办好。您怎么看这些骨头？”

“我该说它是一只羊羔还是一个小孩儿呢？”

“您不是说是只白公鸡吗？”

“离奇啊，贝恩斯先生，真离奇。我应当说这简直是个独一无二的案件。”

“有意思，太有意思了！”福尔摩斯说，眼睛盯着这个邪恶的古董。

“是呀，先生，在这所宅子里一定住过一些行事特别怪的怪异之人，死者是他们当中的一个。是他的同伙跟踪他并把他杀死的吗？如果是这样，我们应当已经抓住了他们，因为每一个港口都有人在看守着。但是我有我自己的看法。是这样，先生，我的看法就与您大不一样。”

“那么，你有自己的一套理论喽？”

贝恩斯从洗碗槽底下拖出一个盛满血的铝桶。

“我将自己证明它有用，福尔摩斯先生。我这么做只是在尽自己的职责。您已功成名就，可我还在争取。我愿在事成之后高兴地说，我是在没有您的帮助下自己解决此案的。”

福尔摩斯宽厚地笑起来。

“好，好，探长，”他说道，“你走你的路，我走我的路。如果你用得着我的话，尽管说话，我随时听候吩咐。我认为我想看的东西我已经在这所宅子里全看到了，我的时间用在别处也许会更有用处。再见了，祝你好运！”

我能够从细微变化的表情看出，福尔摩斯正在急切地寻找着线索。他的这些难以捉摸的微妙表情，除我之外，别人是觉察不出来的。这位对事从来都刨根问底的观察者一如既往地不露声色，他明亮的眼睛里仍然不急不躁，微微流露出的一丝紧张和轻快的举止使我确信这场比赛已经开始了。他的习惯是什么都不说，我的习惯是什么都不问。我只需分享这场比赛并对最后的抓捕助以绵薄之力就够了，不要分散他的精力，以免打断他专心致志的思绪。到了该我知道的时候，我自然一切都会知道的。

所以，我就耐心等着——可是，我深深失望了，我白等了一场。一天天过去了，我的朋友毫无进展。有一天，他在城里度过一上午。我从旁人那里得知，他去参观了大英博物馆。除了这次游览外，他还整天整天地散步，常常是一个人散步，要不就是和他新近在村里认识的那些好嚼舌头的人聊天。

“华生，我相信在乡间的一个礼拜对你有莫大的好处。”他评说道，“看到树篱抽出新绿，榛树林重又扬花，令人感到非常愉快。一把小锄，一个小桶，加一本植物学初级读物，就可以度过这些有意义的日子了。”他带着这些东西四处转悠，但他傍晚带回来的不过是几株有代表性的植物。

我们在漫步时偶尔碰见贝恩斯探长。他发红的胖脸上露出笑容，跟我的同行者打招呼时小眼睛闪闪发亮。他绝口不提案子的情况，但是仅从这一点点迹象上，我们就知道他对事情的进展也不是很满意。然而，我必须承认，案发5天之后，我打开晨报看到以下标题时还是有些吃惊：

奥克斯肖特谜案告破　杀人嫌疑犯被捕

我读完这个标题后，福尔摩斯好像被针刺了一下似的从椅子上跳了起来。

“哎呀！”他叫道，“你是说贝恩斯已经抓住他了吗？”

“好像是吧。”我说完又往下看这篇报道：

昨夜晚些时候传来与奥克斯肖特凶杀案有关联的逮捕消息后，在伊舍及其附近地区引起巨大轰动。人们还会记得，住在威斯塔利亚客舍的加西亚先生被人发现死于奥克斯肖特公地，他的尸体表明他遭受过极端残暴的攻击；而他的仆人和厨子都在当天晚上逃逸，带有参与这桩罪行的嫌疑。然而，只有疑点而尚未证实的是，那位已故的绅士有可能在该住处存有贵重物品，作案的动机便是窃取这些宝物。负责此案的贝恩斯探长所做的种种努力，就是要查出逃犯的藏匿之处。现在他有充分的理由相信，逃犯并没有远走高飞，就潜伏在附近事先准备好的隐蔽地。然而，首先肯定的是，他们最终必会被发现，譬如，有一两位从窗口见过那个厨子的商人为证：他的外部特征十分明显——他是一个高大丑陋的混血儿，黄种人式的五官，具有显著的黑人特征。此人在案发后曾经露过面。他竟然胆敢在出事的当晚重返威斯塔利亚客舍，结果被警官沃尔特斯发现并追踪。贝恩斯探长断定，他敢重返旧地必定怀有一定的目的，极有可能再来。他于是离开宅子，在灌木丛里设下埋伏。这个人昨夜走进埋伏圈，一番搏斗后终于被擒。警官唐宁在搏斗中被歹徒严重咬伤。我们认为，在将犯人提交地方长官之前，警察局会提出押候。由于这次抓捕成功，本案有望取得重大进展。

那个高大丑陋的混血儿昨夜走进埋伏圈，一番搏斗后终于被擒。

“我们真的必须立即去见贝恩斯。”福尔摩斯抓起他的帽子叫道，“我们必须在他开始前截住他。”我们匆忙来到村中的街道上，正如我们料想的那样，我们赶到时他正准备离开他的住所。

“您读过报纸了吗，福尔摩斯先生？”他边问边伸手递给我们一份报纸。

“是的，贝恩斯，我读过了。我如果好心好意给你一句忠告，千万别认为是冒犯啊。”

“忠告？福尔摩斯先生。”

“我已经用了一些心思研究这个案子，不能确信你的路子是对的。我不想让你走得太远，除非你有非常的把握。”

“您是好心，福尔摩斯先生。”

“我向你保证，我这么说完全是为你好。”

我看见贝恩斯先生的一只小眼睛像是眨眼似的瞬息之间闪了一下。

“我们俩是各自为战的，福尔摩斯先生。那就是我的做法。”

“啊，很好，很好。”福尔摩斯说，“请别见怪啊！”

“哪里，哪里，我知道您对我的好意。不过咱们俩各有各的办案办法，福尔摩斯先生。您有您的办案办法，我有我的。”

“那以后咱们就不要再提这个事儿了。”

“永远欢迎您利用我的情报。这个家伙是个十足的野蛮人，壮得好像一匹拉车的马，凶得像是个恶鬼。在制服这小子的时候，他差点儿把唐宁的手指头咬下来。他不会说英语，叽里咕噜的，从他嘴里什么也问不出来。”

“你认为你已经拿到他杀他主人的证据了吗？”

“我没那么说啊！福尔摩斯先生，我没那么说。我们都有自己的小小办法。您用您的，我用我的。咱们已经说好了。”

我俩出来后，他耸耸肩膀。“我搞不明白这个人，他看来是在蛮干。也好，像他说的那样，我和他各用各的办法，看谁笑到最后。不过，在贝恩斯探长身上有某种我不能十分理解的东西。”

“坐在那把椅子上，华生。”我们回到在布尔的住所后，夏洛克·福尔摩斯说，“因为今天晚上我需要你帮忙，我想让你了解一下当前的形势。让我给你谈谈案子进展的情况，这是仅就我能跟上的案情而言的。它的主要特点其实还是那么简单，在抓捕的问题上仍然是困难重重。在这方面有一些破绽，等着我们去弥补。

“我们先回到加西亚殒命的那个晚上交到他手中的那张条子上。我们不妨先把贝恩斯认为加西亚的仆人涉案的设想放到一边。他的这一设想出自于是加西亚安排了斯科特·艾克尔斯在场，他这么安排的目的是为其不在现场做证。所以，在那个夜晚作案的是心中已有了歹意并准备犯罪的加西亚。他在作案中死于非命。我这么说是因为一个人只有准备犯罪的时候，才会生出制造不在现场的意念。那么，是谁要了他的命呢？当然是他的歹意对准的那个人了。到目前为止，我认为我们的根据还是可靠的。

“我们现在可以看清加西亚的仆人逃逸的原因了。他们全都是我们现在还不清楚的一桩罪行里的同案犯。如果加西亚回去时已经得手，那个英国人的做证就会把任何疑难都排除掉，一切都会好好的。但是那个作案企图风险很大，如果加西亚在指定的钟点没有回去，那他就有可能已经赔上自己的命了。所以，事情是这么安排的：他的两个下人在事发后，会去事先安排好的某个地点藏匿。他们在那儿既可以避开调查，又可以在以后随时重新作案。这样讲不就能把事情说圆了，是不是呀？”

纠缠不清的一团乱麻似乎一下就在我面前理顺了。我还是像从前那样，叹息自己为什么在这之前没看出来。

“可是为什么会有个仆人回去呢？”

“我们可以这样设想：在厮打的混乱中，他丢失了一件他不能须臾离身的宝物。只能这样解释他坚持要回去的动机，你说是不是？”

“好，那下一步说什么？”

“下一步就说说加西亚在饭桌上收到的那张条子。它暗示有一个同伙儿在另一端。问题是，另一端在哪儿？我已经告诉过你了，它只能在那所大宅子里，而宅子里的大房间是那么有数的几间。我在村里住的头几天不光是不停地散步。在散步中利用研究植物学的间隙，我勘查了所有的大宅子，并且详细了解了那些住户们的家世。有一所宅子，只有这所宅子使我分外注意，它就是海盖博的雅各宾老田庄。它离奥克斯肖特远端一英里，距离案发现场不足半英里。其他大宅子的主人都是与奇闻怪事不沾边的老实人。可是，人们都说住在海盖博的亨德森先生是个怪僻的人，怪事有可能落到他头上。所以我就把注意力集中在他和他家里人的身上。

“那是一伙行止怪僻的人，华生，在这伙人里，最怪的一个人就是他自己。我编了个无懈可击的借口想法见到了他，可是我从他深陷的黑眼睛里的沉思目光中看出来，他已经完全了解了我的真止身份。他年约50岁，健壮、活跃，铁灰色的头发下露着粗粗的黑眉毛，走路像鹿一样敏捷，有帝王派头——一个暴烈的大丈夫，在他粗糙得如同羊皮纸似的面孔后面滚动着一股激昂的精神。他不是外国人就是在热带长期居住过，因为他发黄枯槁的皮肤像马裤呢那样粗糙。他的朋友兼秘书卢卡斯先生就毫无疑问是个外国人了，棕褐色的皮肤，温文尔雅，有猫一般的狡黠，说话温和却暗含刻毒。华生，你看，我们已经谈完两拨外国人了，一拨是在威斯塔利亚客舍的，一拨是在海盖博的。这样我们所说的破绽就开始在合拢了。

“这两个亲密的知己朋友是这个家的中心人物，但是还有另一个人对我们的目标讲可能更加重要。亨德森有两个女儿，一个11岁，一个13岁。她们的家庭教师是伯内特小姐，一个40岁上下的英国女人。此外，还有一个忠实的男仆。这几个人组成了一个真正的家庭，因为他们一起集体出行。亨德森更是个大旅行家，总在不停顿的旅行之中。他在出去一年后，刚刚回到海盖博几个星期。我可以补充说，他非常富有，想要什么都可以轻而易举地得到满足。至于其他的人么，这个家里总是有配膳师，脚夫，女仆，以及一个英国乡间大户人家才有的平时吃得太多而干活太少的人。

“我说的这些情况一半来自村中人们的闲谈，一半来自我自己的观察。再没有比被解雇后怀恨在心的用人更好的利用对象了，我就有幸找到了这么一位。我说有幸，其实如果我不去找他的话，他也不会自己上门来找我。就像贝恩斯说的那样，我们各有各的办案方法。是我的办案方法使我发现约翰·华纳的。他是海盖博的园丁，前不久刚让他那霸道的主人解雇，心里怨气正大。他在没走的仆人里有几个要好的，那几个对他们的主人也是又恨又怕。这样，我就有了解开这所大宅子秘密的钥匙。

“一伙怪人，华生！我不敢说我看清了其中的原委，但他们肯定特别怪。宅子的住房分成两侧，仆人们住一侧，家庭成员住另一侧。除了主人的那个给全体人员送饭的贴身仆人外，两边的人不相往来。什么东西都送到一个指定的门口，两边的人只在那儿发生联系。女家庭教师和孩子们除了偶尔去去花园外，一般足不出户。亨德森先生更是绝少单独散步。他那个黑脸秘书与他形影不离。仆人们中传言，他们的主人有一样特别惧怕的东西。华纳说：‘他为了钱把灵魂都卖给魔鬼了，我们就盼着债主突然出来要他的狗命呢。’债主从哪儿来，是些什么人，他们都没想过。他们非常残暴，亨德森两次用抽狗的鞭子抽打过小百姓。他是用鼓鼓的钱包和大笔的赔偿才使自己没有被送上法庭的。

“喂，华生，现在让我们根据这个新材料，判断一下当前的案情吧。我们可以这样认为，那张条子就出自这个奇怪的家，邀请加西亚去执行某个已经策划好的企图。那张条子是谁写的呢？是躲在这所宅子里的某个人，是个女的。除了伯内特小姐，还能是谁呢？我们的推理好像推到点上了。但我们还是把这看成一种假设，最终还要看它会引出什么样的结果。我再多说一句，伯内特小姐的年纪和性格更坚定了我当初的想法——在这个事件中不可能有风流韵事。

“假如是她写的条子，可以推测她是加西亚的朋友和同伙。那么，如果她听到了他的死讯，又会让她去干什么呢？如果他是在干见不得人的坏事中殒命的，那她就会守口如瓶。可是，她在心里会牢牢记住痛苦，痛恨杀死他的那些人。还可以推测，只要能帮得上忙，她会为给他报仇雪恨出一把力。那么，我们可以见她并利用一下她吗？这是我的第一个想法。我们现在将碰到罪孽深重的事。从发生谋杀的那夜以来，没有任何人见过伯内特小姐。从那天晚上起，她就完全销声匿迹了。她还活着吗？她是不是同她召去的朋友一样，也在同一个夜晚惨遭不幸？或者只是被软禁起来？这是我们必须确定的问题。

“你将会意识到目前案情的难度。我们没有可以要求进行搜查的材料。如果把我们设计的方案放在地方法官面前的话，它无异于是一派胡言乱语。那个女人的消失并说明不了什么，因为在那所奇怪的宅子里，任何人都有可能无缘无故地消失一个礼拜。现在这个时刻，她的生命可能正在危险当中。我现在能做的就是监视那所宅子，留下我的代表华纳看住所有的门。不能让局面再这样下去了，如果法律无能为力的话，那我们只好自己冒险行事了。”

“你这是什么意思？”

“我知道哪间屋子是她的房间，从房顶上就能进去。我建议你和我今天晚上就去，看看我们能不能对谜案的要害发起攻击。”

我必须承认这可不是一件令人向往的好事。那所老宅还处在凶杀案的气氛中；古怪而又凶残的居住者；进去后随时会碰到不可预知的危险；而且我们的行为只有假定的合法性。想到这一切，我的热情先就没了一大半。但福尔摩斯在推理中表现出的冷静又叫人无法对他提出的冒险行动提出异议。要知道，只有这样才能找到解决问题的办法。我一声不响地拍了一下他的手，事情就这样拍板定了下来。

但是命运并没有让我们冒那么大的危险去做调查。大约在5点多的时候，3月的傍晚开始降临。就在这时，一个土里土气的乡下人闯进我们的房间。

“他们走了，福尔摩斯先生，他们坐火车走了。那个女士挣脱了他们，我把她放在出租马车里，已到了楼下。”

“好极了，华纳！”福尔摩斯叫着跳起来，“华生，破绽马上就弥合了。”

马车里瘫坐着一个因紧张过度而筋疲力尽的女人。她瘦骨嶙峋的脸上还残留着悲伤的表情。她无精打采地向前垂着脑袋，却抬起眼皮，向我们投来灰暗的目光。我看见瞳仁在她浅灰色的虹膜中已变成两个黑点。她鸦片中毒了。

“福尔摩斯先生，我遵照您的吩咐监视着大门。”我们的使者——那个被解雇的园丁说，“马车出门后，我一直跟踪到火车站。她好像是个梦游者，但就在他们想把她拉进火车车厢时，她突然醒了过来，拼命抗争。他们把她推进马车，她又挣扎着跳出来。我站在她一边，把她弄进一辆出租马车，然后就到这里来了。我再也忘不掉我领她夺路而逃时，露在马车窗口上的那张脸了。如

他们把她推进马车，她又挣扎着跳出来。

果那个怒瞪黑眼睛的黄鬼得手的话，非折我的寿不可。”

我们把她抬到楼上，放在沙发上，给她灌了两杯浓咖啡，她很快就从药物中毒中清醒过来。福尔摩斯已叫来了贝恩斯，告诉他说案情突然有了变化。

“喂，先生，您已拿到了我想要的这个证据。”这位探长热情地握着我朋友的手说，“我和您从一开始就在寻找同一条线索。”

“什么！你也在注意亨德森？”

“啊，福尔摩斯先生，当您埋伏在海盖博的灌木丛里的时候，我就在园子里的一棵树上向下看着你呢。关键是看谁先得到他的证据。”

“那你为什么要抓那个混血儿呢？”

贝恩斯咯咯地笑了。

“当他自称是亨德森的时候，我就肯定真亨德森已知道自己被怀疑了。只要他认为有危险，他就躲着不出来活动。我故意抓错人就是让他认为我们已经停止搜寻他了。我知道他很可能会溜走，给我们一个得到伯内特小姐的机会。”

福尔摩斯把一只手搭在探长的肩头。

“你要高升了。你有直觉，有悟性。”他说。

贝恩斯喜形于色。

“我派人穿着便服在火车站守候了一个礼拜。海盖博的人去哪儿，他都看在眼里。但是，当伯内特小姐逃跑时，他准是有些不知所措了。不过，您的人救下了她，结果还不错。很清楚，我们得不到她的证词，是不能抓人的。所以，我们要越快越好地得到一份证词。”

“她每一分钟都在康复。”福尔摩斯瞅了一眼女家庭教师，说道，“但是请问贝恩斯，这位亨德森是何许人物？”

“亨德森嘛，”探长答道，“就是唐·穆里洛，曾经被人叫做圣佩德罗之虎。”

圣佩德罗之虎！我脑子里一下子就闪过了这个人的全部历史。他曾以文明的名义统治过某小国，以一个最荒淫无耻和残忍嗜杀的暴君而臭名远扬。他凭着暴戾、胆大妄为和强悍这些丑德恶行，竟然在一个战战兢兢的民族头上作威作福了十一二年。在整个中美洲地区，人们提到他的名字无不谈虎色变。到他统治的后期，各地纷纷起来反对他，但是他的狡黠和他的残暴一样过人，刚刚冒出对他不利的苗头，他就秘密派亲信向海外转移财产。造反者第二天攻打下来的宫殿已是空空如也了。这个独裁者，他的孩子以及秘书裹挟着财富已经逃之夭夭。从那时起，他就从这个世界上消失了。他只是欧洲报刊经常谈论的一个话题。

“是他，先生，圣佩德罗之虎的唐·穆里洛。”贝恩斯说，“如果您检阅一下资料，便会发现圣佩德罗的旗帜是绿色与白色的，和纸条子上说的正好一样，福尔摩斯先生。他自称是亨德森，可我追溯过他的行踪。他曾到过巴黎、罗马和马德里，他转移财宝的船只1886年到达巴塞罗那。人们一直在寻找他，要清算他的罪行，可是直到现在才开始找到他的踪迹。”

“人们一年前就发现他了。”伯内特小姐说。她已坐起来，注意地听着我们谈话。“有一次他曾经差一点儿丧命，却得到某个邪恶的精灵的保护。这次，倒下的又是高贵的骑士加西亚，他这个魔鬼却安然无恙。但是，还会有下一次，下一次不行，还会有下下次，正义最终会得到伸张，就像明天的太阳必定要升起一样。”她紧握着瘦小的双手，憔悴的面容因仇恨显得发白。

“不过，伯内特小姐，你是怎么卷进这件事的？”福尔摩斯问，“一位英国女士怎么会卷进凶杀这样的事情中呢？”

“我参加进去是因为在这个世界上，除此之外无法伸张正义。英国的法律管得了多年前在圣佩德罗的血流成河吗？管得了载着这个人偷来的财富的船只吗？对你们来说，他们就像是另一个星球上的罪犯。但我们知道，我们是从悲怆与痛苦中渐渐切身体会到真相的。对我们来说，地狱中的撒旦也比唐·穆里洛善良，受他迫害的人们无日不想着要找到他报仇。”

“他肯定像你说的那样坏。”福尔摩斯说，“我听说他十分残暴，你们怎样受到摧残的？”

“我这就向您全说了吧。这个恶鬼的方针政策是，凡是有迹象表明以后有可能会成为他对手的男人，都要用这样那样的借口杀掉。我的丈夫，啊，我的真实姓名叫西尼奥拉·维克多·杜兰多。我的丈夫是圣佩德罗派到伦敦的公使。他在那里认识我并与我结婚。他是世上从未有过的高尚之人。不幸让穆里洛听说他是个出类拔萃的人杰，便找了个借口把他召回去枪杀了。出于对不测命运的预感，他拒绝带我同行。他的财产被悉数没收，只留给我仅够糊口的补贴和一颗破碎的心。

“后来暴君下台了。他像您刚才说的那样逃跑了。但那么多人死在他的手里，死者的至爱亲朋饱受他的折磨，或死或残，这些人是绝不会放过他的。他们组织成团体，不报仇雪恨绝不善罢甘休。组织在发现这个下台的暴君摇身变成亨德森后，便派我打进他的家中卧底，向组织上通报他的一举一动。家庭女教师的身份是我打进他家最稳妥的办法。他万万想不到，每顿饭坐在他对面的这个女人就是他一道手谕便在一小时之内被匆忙处死的那个男人的妻子。我笑脸与他相对，教他的孩子们学习，耐心地等待时机。我们在巴黎时曾想下手，未遂。我们匆忙穿过欧洲，甩掉追杀者，转移到这里，最后又回到那所他第一次来英国时买下的宅子。

“但是，在这里也有正义的人们在等待他。加西亚的父亲生前是圣佩德罗手下最有地位的神职人物。当他得到穆里洛返回此地的情报后，便带了两个忠实的手下人在此静候他。他们3个人心中都燃烧着熊熊的复仇之火。因为穆里洛处处谨言慎行，没有在公开场合被称为洛佩兹的卢卡斯跟随，他从不出门，所以加西亚在等待期间无从下手。但是他在夜里是单独一个人睡觉的，复仇者有可能在这个时候下手。在一个事先已经安排好的晚上，我给我的朋友送去确切的消息：那个人警觉性很高，老是不停地换房间睡觉。我在看到门打开后，在面向车道的窗口亮起绿灯或白灯，表示安全，或者推迟下手的日子。

“但是我们行事不慎。我多少表露出有些不同寻常的激动，引起了洛佩兹秘书的怀疑。他埋伏在我身后，当我刚刚写完那张条子，他就跳起来摁住我。他和他的主子把我拉进我的房间，把我当成女叛徒大加审讯。当时那种情况，如果他们能想出逃避他们行为的后果的话，早就用刀子捅穿我的身体了。最后，经过一番争辩，他们认为杀我还太危险，却决定要彻底干掉加西亚。他们叫我张嘴，穆里洛狠扭我的胳膊，逼我说出了加西亚的住址。我敢发誓说，我要是知道这对加西亚意味着什么，宁肯让他扭断我的胳膊。洛佩兹在我刚写下的那张条子上写上地址，用他的袖夹封上，让一个叫何塞的仆人送去。我只知道是穆里洛亲手打倒他的，至于他们是怎样杀死他的，就不知道了，因为我被留下来的洛佩兹看守着。我认为他一定是躲在荆豆丛中守候着，等加西亚经过那条弯弯曲曲的小路时袭击他。起先，他们想放他进到屋子里来，然后再把他当作窃贼杀掉，但发生了分歧，说如果他们官司缠身，在法庭上追查起来，他们的真实身份马上就会暴露，将会招来仇人们的报复。加西亚的死可以使复仇的追杀就此偃旗息鼓，因为死一个人没准儿会吓退其他人。

“如果不是我知道他们干下的坏事，他们现在可能已经如愿以偿了呢。毫无疑问，我在他们手中时时都有丧命的危险。我被圈在自己的房间里，受着最厉害的恐吓，他们用极为残忍的手段妄图摧垮我的精神——看看我肩上的这块伤疤，还有两条胳膊上的累累疤痕。有一次我想向窗外呼喊，被他们把嘴堵上。因为这残酷的囚禁延续了5天，我基本上没有吃喝，人几乎虚脱了。今天午后他们给我端来一顿丰盛的午饭，但等我吃完之后，才知道自己中了毒。我记得我在似醒似睡的状态中被半领半拉着走向马车，又被拉往火车站。只是当车轮开始启动的那个时刻，我突然猛醒到这个时候我才能靠自己获得自由。我跳出来，他们又要拉我回去，要不是这位好心人帮我进了出租马车，我就永远甭想逃出来了。现在，感谢上帝，我永远地脱离魔掌了。”

我们都全神贯注地听着这番奇特的叙述。又是福尔摩斯打破了沉默。

“我们的困难没有结束。”他摇着头说，“侦查工作结束了，但法律程序才刚开始。”

“的确是这样。”我说，“一个能言善辩的律师会把它说成是一次自卫行动。他们可以在背地里犯一百次罪，但只有这一次被人告了。”

“他和他的主子把我拉进我的房间，把我当成女叛徒大加审讯。”

“好啦，好啦！”贝恩斯轻松地说，“我看法律还不至于那样吧！自卫是一回事，把一个人当作谋杀的对象，残酷地引诱他上当是另一回事，而不管你这样做时是否害怕他会给你带来什么危险。不，不会的，我们在下一次的吉尔福德巡回法庭上看到海盖博的这些房客时，正义是会得到伸张的。”

然而，历史就是这样，在圣佩德罗之虎理应遭到惩罚之前，让他逃窜了一段时间。他和他那一伙人，狡诈大胆地溜进埃德蒙顿大街上的一所客舍，然后又从后门逃进柯曾广场。从那天起，在英格兰就没有了他们的踪影。大约6个月后，蒙塔尔瓦侯爵和他的秘书鲁利先生双双被人杀死在他们在马德里埃斯科里亚尔店里的房间里。这桩罪行被认为是民粹主义分子所为，但始终没有抓到凶手。贝恩斯探长到贝克街访问我们时，带来描述那个黑脸秘书和他主子特征的图文材料。他的主子有一双磁性的眼睛和浓重的眉毛。我们一看便知道，虽然多少来得迟了些，正义终于得到了伸张。

“一桩混乱的案子，我亲爱的华生。”福尔摩斯在抽完晚间的烟后说，“你不可能用你已经熟悉的那套办法讲清这个案子。它牵涉两个大洲，关系到两批神秘的人物，其中又有我们十分敬重的朋友斯科特·艾克尔斯，案子更复杂了。但他提供的情况让我看到，已故的加西亚工于心计，有很强的自我保护意识。仅从我们可以在隐蔽得十分好的树丛中，同我们可敬可叹的合作者探长一起，一直紧紧抓住要害不放，并由此得以在崎岖的小路上深入跟踪这件事上看，就相当了不起。你还有什么不清楚的地方吗？”

“那个混血儿厨师回去的目的是什么？”

“我认为可以用厨房里的那个怪东西解释这个问题。那个人是从圣佩德罗荒蛮丛林中出来的原始蛮人，那个东西是他的崇拜偶像。在他和同伙逃到事先安排好的地方躲藏起来之前——那儿肯定已经有一个同伙了——在同伙的劝说下，他已经把那个东西丢下了。但混血儿心里还惦着那个东西，所以第二天就身不由已地又回去了。在他从窗子向里面探头探脑的时候，却看到了正在值班的警官沃尔特斯。在等了3天之久，他的虔诚，也就是迷信，逼得他还要去一次。平时就很精明的贝恩斯探长在我面前对这个案子非常轻视，实际上已经看到了它的关键，并设下圈套，抓住了那个家伙。还有什么问题吗，华生？”

“撕碎的禽类，那桶血，烧焦的骨头，在那间异常的厨房里的这一切都是怎么回事？”

福尔摩斯笑了，在他本子里翻出一张条子。

“我在大英博物馆用了一上午研读这个问题，当然还有别的问题。这是从埃克尔曼的著作《伏都教和黑人宗教》上摘录下来的：

> 真正的伏都教信徒认为世上最重要的事，就是向他的需要抚慰的不洁的诸神祭奠牺牲品。在无物可祭的极端情况下，可用人体作为这一礼仪中的祭品，祭完之后再分而食之。平时用得较多的牺牲品是活剥的白公鸡，或者是用割断脖子然后烧掉身体的黑山羊。

“你可以看到咱们的那位野蛮人朋友在祭奠时是多么规矩了吧。这就是荒唐，华生。”福尔摩斯补充了这么一句，慢慢合上本子。“不过，我曾经在一个场合说过，从荒唐到可怕只有一步之差。”

布鲁斯-帕廷顿计划

1895年11月的第三周，一场浓雾笼罩了伦敦。我怀疑从星期一到星期四，从我们在贝克街的窗口是不是还有可能看得到对面的那些建筑物隐隐呈现的影子。第一天，福尔摩斯一整天都在给他那部庞大的参考书编修检索。第二天和第三天是在他最近喜好上的中世纪的音乐中耐心地度过的。但是，到了第四天就不行了。在把椅子放回早餐桌子下面后，我们看着被油烟污染成黄褐色的沉甸甸的雾气从眼前飘过，凝结成油珠落在窗棂上，我的同伴的急躁和活跃的天性终于不堪忍受这毫无生气的状态了。他焦躁地在我们的客厅里来回踱步，压抑着无处发泄的精力，咬着手指，拍打着家什，不甘心虚度光阴。

“报上一点儿有意思的东西都没有吗，华生？”他问道。

我知道他说的有意思。福尔摩斯是指有没有什么犯罪的消息。报上有发生革命的消息，有战争即将爆发的消息，有政府更迭迫在眉睫的消息，但是，这些都不是我的同伴考虑的事。我在报上看到的都还算不上什么有价值的犯罪消息。福尔摩斯又不耐烦地踱起步来，嘴里发着牢骚。

“伦敦的罪犯肯定都是些呆子。”他说话的声音像是一个输掉了比赛的运动员。“看看窗外，华生，看看是不是有人影从浓雾里出来又进去的。小偷和杀人犯在这样的天气里像林中的老虎，只看见他的受害人，却看不见他跳出来。”

“有哇，”我说，“这样机灵的贼人多了去了。”

福尔摩斯嗤之以鼻，表明他的蔑视。

“这个大舞台，这么昏暗阴沉，就是为上演与之相符的什么事准备的。”他说，“我不是罪犯，真是这个社会的幸运！”

“真是这样哪！”我发自真心地说。

“假如我是布鲁克斯或伍德豪斯，或是有充分理由杀我的50个人中的某一个，我能在我自己的跟踪下活多久？一张传票，一次假约会，就全都解决了。在谋杀成风的拉美国家没有这样的大雾天。啊哈！总算有事来打破这单调乏味的日子了。”

是一位少女来送电报。福尔摩斯拆封后，笑出声来。

“好哇，好哇！下面会是什么呢？”他说，“我哥哥迈克罗夫特正往这儿赶呢。”

“为什么？”

“为什么吗？就像你在乡下田埂上碰上有轨电车那么稀奇。迈克罗夫特是有轨道的，他从来都走轨道。他的生活圈子是——蓓尔美尔的住处。第欧根尼俱乐部，白厅。他来过这里一次，只有一次。出了什么冲天大事让他脱轨了？”

“他没有解释吗？”

福尔摩斯递给我他兄长的电报，电文为：

为卡多根·韦斯特之事，必须见你。立即就到。

迈克罗夫特

“卡多根·韦斯特？我听说过这个名字。”

“它唤不起我任何回忆。可迈克罗夫特一反常态的举动一定是有什么事了！行星有时还会偏离轨迹呢。还有，你知道迈克罗夫特是干什么的吗？”

我模糊地记得，在侦查“希腊译员案件”的时候听说过。

“你那时告诉我说，他在大不列颠政府当个小职员。”

福尔摩斯咯咯笑了。

“那时候我还不十分了解你。人在谈到政府高层的事情时必须出语谨慎。你以为他在大不列颠政府工作是说对了。如果在特殊情况下说他就是大不列颠政府，在一定程度上，也是对的。”

“我亲爱的福尔摩斯啊！”

“我思忖我说不定会吓着你呢。迈克罗夫特一年挣450英镑，甘心做一个小职员，既不求名也不求利，没有任何野心，但仍是国家最不可或缺的一个人。”

“那是为什么？”

“就在他的位置是独一无二的。这个位置是他自己干出来的。这之前或这之后，都不会有这个位置了。他的头脑极其清醒和有条理，是当代事情记得最多的人。我是在侦探方面有能力，他是把同样的能力用在这件特殊的业务上了。每个部门的结论都要送到他那里，他是交换中心，也就是进行协调的情报交换所。别的部门的人都是专家，他的专业则是无所不知。我们可以假定，一位大臣需要海军、印度、加拿大方面的情报，以及金银复本位制的问题，他可以从各个相关部门得到各自的方案。但只有迈克罗夫特能够同时对付所有这一切问题，当即说出各个因素之间是如何互相影响的。人们起初使用他是为了便捷，为了方便，现在他使人们离不开他了。在他那个事事记忆清楚的脑袋里，什么情报都摆放得井井有条，随时可以拿取。一而再，再而三，他说的话就成了国家政策。他生活在其中，心无旁骛。只有在我去找他请教一两个小问题的时候，他才松弛一下，权作一次脑筋练习。可是，今天朱庇特从天而降。这究竟是怎么回事呢？谁是卡多根·韦斯特？他跟迈克罗夫特是何关系？”

“我知道了！”我叫道，一下扑到沙发上的报纸堆里。“对，对，就在这儿，肯定，没错儿！卡多根·韦斯特就是星期二早晨死在地铁里的那个年轻人。”

福尔摩斯注意地坐直身体，烟斗半耷拉在嘴唇上。

“这一定严重了，华生。一个人的死竟然使得我哥哥改变了他的习惯，这绝不是件寻常的事。他会同这件事有什么关系呢？我记得这件案子没有任何特殊之处。那个年轻人很明显是从列车里掉出来摔死的。他没有被人抢劫，也没有特殊的理由怀疑受到过暴力。难道不是这样吗？”

“已经调查过一次了，”我说，“发现了很多新证据。再仔细想想，我应当肯定地说，这是一宗离奇的案件。”

“从它对我哥哥的影响来看，我应该想到这是一件不同寻常的案子。”他偎依在躺椅里。“现在，华生，咱们来研究那些证据吧。”

“那个人叫阿瑟·卡多根·韦斯特。27岁，未婚，是伍尔维奇兵工厂的一名小职员。”

“政府雇员。你看，你看，跟我哥哥迈克罗夫特还能拉上关系。”

“他是星期一夜里突然离开伍尔维奇的，最后看见他的人是他的女朋友维奥利特·韦斯特伯里小姐。他是在当晚7点半钟的时候在大雾中突然舍她而去的。两人没有吵架，她也说不出他离去的动机。最后是，一个名叫梅森的铁路养路工在伦敦地铁阿尔德盖特站外发现了他的尸体。”

“什么时间？”

“尸体是在星期二早上发现的。尸体横躺在东去方向左侧的铁道上。尸体离车站不远，正是火车刚刚开出隧道的地方。他的头部伤势很重，很可能是从列车上跌下时所致。他的身体在那种情况下只能是那样落在铁道上。假如是从邻近的街道抬过去的，必然要经过车站上的一些关卡，可关卡处总是站着一名检票员。这一点是完全可以肯定的。”

“很好，案情已经够清楚的了。这个男人，是死是活，是掉下来的还是被人从车上猛扔下来的，我都听清了。继续吧。”

“从被发现的尸体旁开过的列车都是从西向东开的，有的纯粹是市内车，有的则是从威尔斯登和城乡交界处开来的。可以肯定地说，这个遭遇死亡的年轻人是在那天后半夜朝这个方向行驶的，但不可能准确说出他是几点钟上的列车。”

“这从他的车票上自然就可以知道。”

“他的衣袋里根本没有票。”

“没有车票！天那，华生，这可真的奇怪了。依我的经验，在大城市不出示车票，根本就进不了车站。假定他有过票，难道是为了掩饰他从哪个车站上的车而被扔掉了吗？有这个可能。或者是他失落在车厢里了？也有这个可能。但这总归是个有趣的疑问。我的理解是没有被抢劫的迹象，是吧？”

“显然没有。这里有一张清单，记着他的随身物品。他的钱包里有两英镑50便士，还有一个首都暨州郡银行的支票本。从这些物品便确认了他的身份。还有两张伍尔维奇剧场的包厢戏票，上面的日期就是当晚。还有一小袋技术资料。”

福尔摩斯发出一声满意的惊叹。

“华生，我们终于弄明白这件事了！大不列颠政府——伍尔维奇的兵工厂——技术资料——迈克罗夫特兄长，这个链条全齐了。但是，如果我没说错的话，他来这儿就是为了替自己辩解的。”

过了一会儿，迈克罗夫特·福尔摩斯那高大魁梧的身影被让进屋里。他结实的大块头使人想到“五大三粗”这个词，但在这笨拙的身体上端长着一颗不凡的脑袋——眉宇间透着英气，钢灰色的深眼窝里满是机警，唇际显示出刚毅，每一丝表情都那么细腻。只要看了第一眼，你就会忘记他那粗人似的外表而只记住他显示出的才智。

接踵而来的是我们的老朋友苏格兰场的雷斯垂德——他瘦削而严峻。他们二位一脸沉重的表情已经告诉我们事情的严重程度。在场的这位侦探搓着手，一言不发。迈克罗夫特使劲脱下他的外套，乱丢在躺椅里。

“一件极其恼火的事，夏洛克。”他说，“我非常非常讨厌改变我的生活习惯，但是当局可不管这个。就目前的状况而言，最尴尬的局面是我离开工作岗位。可是这是一次真正的危机。我从没见过首相如此惶惶不安。海军部像被

迈克罗夫特·福尔摩斯走进屋里，后面跟着雷斯垂德。

捅翻了的马蜂窝，乱成了一团。你研究过案子了吗？”

“我们刚看过。技术资料是些什么东西？”

“啊，关键就在这个上面！好在没有全部丢失，要不然，新闻界会问个没完。这个倒霉的青年口袋里装的是布鲁斯-帕廷顿潜水艇计划。”

迈克罗夫特·福尔摩斯说这些话时表情庄重，显示他对这个问题的重视。他弟弟和我坐着，等着听他说下去。

“怎么，你们没听说过这个计划？我原来就认为谁都听说过它了。”

“只听过名字。”

“它的重要性用不着夸张，是所有的政府机密中防备最严的。你们可以从我这儿得知，在布鲁斯-帕廷顿的行动范围之内，任何海军力量都不是它的对手。两年前，国家预算悄悄拨了一大笔钱，作为这项计划的专用款。为此采取了十分严密的保密措施。这项计划相当复杂，由大约30个独立的专利发明构成，每一项都对整体至关重要。这套资料全保存在与兵工厂相通的保密办公室中的一个精致的保险柜里，存放处并装有防盗门窗。谁都休想把计划从保密局里偷走。即使海军总技师想要看这些资料，也得去伍尔维奇总部提出申请。可我们却在伦敦的中心地区，在一个死去的下级职员的口袋里发现了这些东西。在一个官方人员的眼里，这简直是太可怕了！”

“你找回来了吗？”

“没有，夏洛克，没有！情况紧急，我们还没有找回来。从伍尔维奇盗走了10份资料，有7份在卡多根·韦斯特口袋里，3份最重要的资料被盗——无影无踪了。夏洛克，你必须放下手头的一切事情，别管你平时关心的那些警察局里的小偷小摸的事了，你现在必须解决至关重要的国际问题。卡多根为什么拿这些资料？丢失的资料在哪儿？他怎么死的？他的尸体怎么会在发现的那个地方？怎样挽狂澜于既倒？解决了这些问题，就是你为国家立下了汗马功劳。”

“你为什么不自己解决呢，迈克罗夫特？我看到的，你都能看到啊！”

“可能吧，夏洛克，但收集细枝末节是个难题。你告诉我你收集到的细节，我就可以坐在这张躺椅里回报你一个专家的真知灼见。但是，东奔西走地盘问铁道卫士，拿着放大镜观察——这些不是我的专长。理清这件事的人不是我，而是你哟！假如你想在下一次颁布的受勋者名册上看见你的大名——”

我的朋友笑着直摇头。

“我只是为帮忙而帮忙。”他说，“不过此事中肯定会有几个有趣的问题，我将非常高兴地研究它们。请再讲些情况。”

“我在这张纸上草草记下了几个重要情况，还附带记下了几个地址，或许你还能用得上。实际负责保护机密资料的官员是著名的政府专家詹姆斯·瓦尔特勋爵。他的各种大小头衔和夸饰之词在一本参考书里占了整整两行。他干保密工作干到头发花白，是一位绅士，是大多数上级单位都喜欢的客人。此外，他的爱国主义不容置疑。只有两个人持有那个保险柜的钥匙，他是其中的一个。我补充一句，星期一办公期间资料肯定全放在办公室里。那天3点钟，詹姆斯勋爵带着他那把钥匙去了伦敦。在这个事件发生的时候，他整晚都在位于巴克利广场的辛克莱海军上将的家里。”

“得到证实了吗？”

“得到了，他的弟弟沃伦廷·瓦尔特上校证实他从伍尔维奇离开；辛克莱上将证实他到达了伦敦。所以，詹姆斯勋爵不再是事件中的一个直接因素。”

“另一个有钥匙的人是谁？”

“高级职员绘图员悉德尼·约翰逊先生。他40多岁，已婚，并育有5个孩子。这是个沉默寡言的人，但总的说，他在公共服务工作中一贯表现很好。虽然他不大受同事的欢迎，但工作踏实肯干。据他自己说，只有他妻子可以为他做证，他星期一下班后，一晚上都待在家里，那把钥匙一直挂在表链上，没有离身。”

“跟我们讲讲卡多根·韦斯特的情况。”

“他来局里10年了，工作得很好。他得到一个头脑容易发热、性子太暴的名声，但却是一个爽直诚实的人。我们对他没有反感。他在办公室里是悉德尼·约翰逊的下属。他的职责便是每天让他的这位上级单独处理那个计划。那些资料不许别的人接触。”

“那天晚上是谁锁的资料？”

“高级职员悉德尼·约翰逊先生。”

“好，那就非常清楚是谁拿走资料的了。这些资料实际上都是在这个下级职员卡多根·韦斯特身上发现的，好像这就是结论了，是不是这样？”

“是这样，夏洛克先生，它还留下很多疑团没有解开。首先，他为什么要拿走资料？”

“我想它们很值钱吧？”

“他拿这些资料会很容易就得到几千英镑。”

“除了卖钱外，你能提出拿资料去伦敦的动机吗？”

“不能，我提不出来。”

“那么，我们就必须为我们的工作做假设。年轻的韦斯特拿走了资料，得先有一把另配的钥匙，才能做到这一点——”

“有几把另配的钥匙，他还得开大门和二门。”

“于是他就有几把另配的钥匙。他把资料拿到伦敦去出卖机密，无疑是想赶在第二天上午上班之前再把它们放回保险柜。在伦敦进行这件叛国大罪的时候，他却一命呜呼了。”

“怎么死的呢？”

“我们设想他被杀并被从车厢里扔出来，是发生在他坐车回伍尔维奇的路上。”

“发现他尸体的地方阿尔德盖特已经过去伦敦大桥那站很远了。大桥是他回伍尔维奇的必经之路。”

“可以想象出他从伦敦大桥下经过时的多种情况。譬如说，车厢里有一个人，是他急着要见的人。他们见面后发生了暴力冲突，他在这场冲突中丧了命。又有可能，他想离开车厢，跌落到铁轨上，结果要了他的命。那个人关上车门。当时雾那么大，谁也看不见。”

“就我们目前了解的情报，做不出更好的解释。夏洛克，想一想，你有不少情况还没有说到呢。为了有利于讨论，我们可以这样设想：年轻的卡多根·韦斯特已经决心去伦敦传递这些资料了。很自然，他已经和那个外国间谍约会好了，并使人们不怀疑他那个晚上的行迹。他为此反而买了两张戏票，并陪他的女友走了一半路程，然后突然离去。”

“瞎说。”一直坐在一旁带着几分不耐烦听着这场谈话的雷斯垂德说话了。

“说得太离奇了，这是第一个不通地方。第二个不通地方是：我们不妨假设他去伦敦并见到那个外国间谍。他必须在早上上班前赶回来把资料放回原处，否则就会被人发现资料曾丢失过。他拿走了10份，但在衣袋里只有7份。其他3份的下落呢？他肯定不会自己故意留下它们。还有，再说，他出卖资料所得的酬金在哪儿呢？人们大概希望会从他的衣袋里翻出一大笔钱吧。”

“我认为事情已经十分清楚了。”雷斯垂德说，“发生的这些事，我一点儿也不怀疑：他拿走资料，他见到了间谍，他们在酬金上谈不拢；他起程回去，但那个间谍跟上了他。在火车里，间谍杀死了他，拿走了更为重要的资料，并把他的尸体从车厢里扔出去。这不就解释清楚了吗？”

“他为什么没有车票？”

“车票有可能暴露离间谍住所最近的是哪个车站，所以就从死者的衣袋中消失了。”

“说得好，雷斯垂德，说得很好，”福尔摩斯说，“你的说法把这些都说通了。可是，如果真是这样的话，案子就该结了。一方面，叛国贼已经死了，另一方面，布鲁斯-帕廷顿潜水艇计划想必已到了欧洲。我们还有什么可干的呢？”

“行动起来，夏洛克，行动吧！”迈克罗夫特跳起来叫道，“我从直觉上就抵触这种说法。拿出你的能耐来！到犯罪现场去！访问有关的人！全力行动起来！你干了这么多年了，从来没有这么好的为国效力的机会。”

“好了，好了！”福尔摩斯耸耸双肩，说，“喂，华生！还有您，雷斯垂德！能不能劳你二位的大驾，陪我出去一两个钟头？咱们先从阿尔德塞特火车站开始调查。再见了，迈克罗夫特。我傍晚前后让你得到一份报告，不过得预先告诉你别抱什么希望。”

一小时后，福尔摩斯、雷斯垂德和我已经站在地铁的铁道上了。这里就是火车开出隧道即将到达阿尔德塞特站的那个地方。铁路公司的代表是一位谦和的红脸庞的老先生。

“这里就是那个年轻人的尸体躺过的地方。”他指着大约离铁道3英尺远的一处地方说，“它不可能是从上面掉下来的，因为，正如你们看到的，这些全是没有门窗的墙壁。所以，它只能是从火车上掉下来的。而火车，根据我们的追查，肯定是星期一半夜开过的那一趟。”

“检查那列火车车厢里有暴力留下的迹象吗？”

“没有，也没有发现车票。”

“发现车门打开过的迹象吗？”

“没有。”

“我们今天上午得到一个新的证据，”雷斯垂德说，“一位乘坐星期一夜里11点40那趟普通市内列车的乘客说，就在火车就要进站之前，他听见砰的一声重响，好像一个人的身体砸在铁轨上似的。可是当时雾太大，什么都看不见，他就没有立即报告。哟，福尔摩斯先生怎么了？”

我的朋友神情紧张地站在那里，注视着曲曲折折伸出隧洞的铁轨。阿尔德盖特是一个联轨点，在这里有一个个的道岔交汇成铁路网。他怀疑的目光停留在这个地方，在他敏锐的目光下是紧抿着的嘴唇，他鼻翼微颤，浓眉紧锁。我对这种表情已经很熟悉了。

“道岔，”他小声嘀咕着，“那个道岔。”

“道岔怎么了？你这是什么意思？”

“我推想别处都没有这里这么多的道岔。”

“没有吧，别处几乎没有。”

“还是弯曲的，道岔，弯曲的。啊哈！要真是这样就好啦！”

“怎么回事，福尔摩斯先生？你有了线索了？”

“只是一个想法——迹象而已。但这个案子一定会越来越有意思。独特极了，太独特了！难道不是吗？我没有在铁轨上看到任何血迹。”

“几乎没有。”

“可是据说伤势严重。”

“骨头都碎了，但没有大的外伤。”

“还是应当有血迹。我能查看一下乘客听见有东西在大雾中掉下的那列

福尔摩斯神情紧张地站在那里，注视着曲曲折折伸出隧洞的铁轨。

车吗？”

“恐怕不成了，福尔摩斯先生。那列车在你们来之前已经被拆解，车厢重新分挂了。”

“我可以向您保证，福尔摩斯先生，”雷斯垂德说，“每一节车厢都被仔仔细细地检查过了，我亲自查的。”

我朋友最明显的一个弱点，就是与不及他机敏灵通的人相处时不够耐心。

“很有可能。”他说着转过身子，“刚好不是我想查看的那几节车厢。华生，我们已经做完了我们在这里能做的事了。我们不必再麻烦您了，雷斯垂德先生。我认为我们现在必须赶往伍尔维奇去进行我们的调查工作了。”

福尔摩斯在伦敦大桥给他哥哥写了一份电报。在发出以前，交给我看。电文如下：

黑暗里有一线光明，但很可能一闪即灭。与此同时，请派送报员送贝克街一份已知的在英国的国际间谍的完整名单，并附上详细住址。等我回去。

夏洛克

“那份名单会大有用处，华生。”我们坐上开往伍尔维奇的列车时，他对我说，“迈克罗夫特给我们介绍了这么耐人寻味的案子，我们当然得感谢他。”

他急切的脸上仍流露出紧张而生机勃勃的表情。这种表情向我表明，某种新奇和富有启示的情况已经打开了一条令人振奋的思路。想一想垂着双耳、耷拉着尾巴在狐狸窝附近兜圈子的猎狐犬，比较一下目光炯炯、肌肉紧绷地追踪着气味狂奔的同一只猎狐犬吧——这就像福尔摩斯在这个上午的前后变化。同仅仅几个小时之前那个穿着鼠灰色的睡衣，在大雾包围的房间里不耐烦地发着牢骚的懒惰、散漫的人相比，此时他已判若两人。

“这里有材料，有意图。”他说，“我确实是笨，竟没有明白其中的可能性。”

“我现在还糊涂着呢。”

“最后的结局我也看不出来，可是我已经牢牢抓住一个大概会领着我们向前行进的想法了。那个人是在别处死的，他的尸体被放在车厢顶上了。”

“车厢顶上！”

“太绝了，不是吗！可是想一想事实吧。发现尸体的地方刚好是火车开到道岔处，车身出现摇晃的地方，难道会是巧合吗？能让车厢顶上的东西掉下的地方不就是这儿吗？道岔影响不到列车里面的物体。尸体不是从车顶上掉下来的，就是发生了离奇的巧合。但现在要考虑的是血的问题。当然，要是尸体上的血在别处已经流光了，在这个地方就不会留下血迹。每一件事实本身都有启发性，集中在一起，就形成了力量。”

“还有车票的事呢！”

“对，我们刚才解释不了车票为何缺失，这回就能了，每一件事都契合上了。”

“不过，即使是这样，我们离解开他死因的谜团还远着呢。真的，事情变得不是更简单，而是更奇怪了。”

“也许是这样吧，”福尔摩斯若有所思地说，“也许。”他立即陷入了梦一般的沉默之中，他这场白日梦一直到列车缓缓开进伍尔维奇车站才醒。他叫了一辆出租马车，从口袋里取出迈克罗夫特的纸条。

“今天晚间我们有几个地方要拜访。”他说，“我认为詹姆斯·瓦尔特是我们应该第一个关注的。”

这位著名官员的住所是一栋白色的别墅，绿色的草坪延展到了泰晤士河滨。我们到那里时，雾气正在飘散，阳光穿过水气照耀着。一个男管家听到铃声来到门口。

“找詹姆斯爵士吗，先生？”他神色庄重地说，“詹姆斯爵士今天早上死了。”

“天哪！”福尔摩斯惊诧不已地叫道，“他是怎么死的？”

“也许您愿意进来见见他的兄弟沃伦廷上校吧？”

“是的，我们非常愿意。”

我们被领进光线昏暗的客厅里，立刻见到已故科学家的弟弟。他年约50岁，是个英俊的高个子男士，留着浅浅的连鬓胡须。他眼中微露愠色，双颊发白，头发凌乱，这些都表明这个家庭遭到突然降临的打击。他在说起这件事时，话语都是磕磕绊绊的。

“那是一件可怕的丑闻。”他说，“我哥哥詹姆斯爵士是个对名誉十分敏感的人，碰上这样的事哪会偷生。这件事打破了他的心。他一直为他部门的高效率感到自豪，所以这次打击是致命的。”

“我们原本希望他会给我们一些指点，帮助我们弄清楚这件事呢。”

“我可以向你们负责任地说，这件事对他，也像对您和我们大家一样，是一个谜。他已经服从警方的要求，交代了他知道的一切。当然，他不怀疑卡多根·韦斯特有罪。可剩下的事全都太不可思议了。”

“你能不能对事件有所说明呢？”

“我除了听说的和看到的外，什么都不知道了。福尔摩斯先生，恕我失礼了，我想您会理解我家目前正乱成一团，我得要求您尽快结束采访。”

“这的确是没有想到的一个新情况。”在我们重新进入马车的时候，我的朋友说，“我怀疑他是不是自然死亡，这个可怜的人有可能是自杀的！如果是自杀，可不可以看作是自愧渎职而采取的自责行为呢？我们可以把这个问题留到以后解决。咱们现在去卡多根·韦斯特家。”

城郊一座小巧却收拾得整洁的房子里住着一位心中凄苦的母亲。老夫人因为正处在丧子的悲痛中，给我们帮不了任何忙，但她身旁有一位面色苍白的年轻女子。她自我介绍是死去的韦斯特的女友维奥利特·韦斯特伯里，是在他死去那夜最后一个看见他的人。

“我无法解释，福尔摩斯先生。”她说，“惨案发生后，我就没有合过眼睛，白天黑夜都在想呀，想呀想，想这件事的真正意义会是什么。阿瑟是世界上头脑最单纯、最讲义气和最爱国的人。他要先把自己的右手砍掉后，才会出卖让他保管的国家机密。凡是了解他的人都觉得这件事太可笑，太不可能，太荒谬绝伦了。”

“但是事实怎么说呢，韦斯特伯里小姐？”

“对，对，我承认我无法解释既成的事实。”

“他很缺钱吗？”

“不，他的需要非常简单，工资已经足够了。他存了几千英镑，我们打算过年时结婚。”

“他没有什么情绪激动的迹象吗？说吧，韦斯特伯里小姐，你要跟我们实话实说。”

我伙伴敏锐的眼睛已经注意到她有了微微的变化。她脸红了，欲说还休。

“好吧。”她最后还是说了，“我已经感觉到他好像心里有事。”

“多久了？”

“只有一星期左右。他若有所思，心事重重。有次我逼问他，他承认是有事，关系到他的公职生涯。他说，‘这件事对我来说十分重大，甚至对你都不能说。’我什么也没问出来。”

福尔摩斯表情相当严肃。

“往下说，韦斯特伯里小姐，即使说出来对他不利，也说下去。说不定就会有什么线索出来。”

“我真的没有更多的事可说了。有一两次，我觉得他马上就要告诉我那件事了。有一天晚上他说那件机密的重要性。我记得，他说外国间谍为得到那个机密，会付一大笔钱。”

我朋友脸上的表情越发严肃了。

“还有别的吗？”

“他说，对于这样的事，我们太懈怠了——叛国者会很容易就拿到计划的资料。”

“他说这些话就在最近这些天吗？”

“对，很近的几天。”

“那么，现在跟我们讲讲最后那个晚上的事吧。”

“我们打算去看戏。雾太大，没法儿坐马车，我们就步行。我们走过办公室附近时，他突然一下窜进了大雾里，不见了。”

“没有留下一句话？”

“他大喊了一声，就是这些。我等着，可是他再没有回来。我后来就走回家了。第二天上班后，人们来打听他。大约12点钟的时候，我们听到了那件可怕的新闻。啊，福尔摩斯先生，你可要为他挽回名誉啊！名誉对他太重要了。”

福尔摩斯伤心地摇摇头。

“来，华生，”他说，“咱们的路在别处。我们下一站必须去资料被盗走的那间办公室。”

“此前情况对这个青年可真够不利的，但我们查询过以后对他更不利了。”马车隆隆开动后，他说，“他即将来临的婚事是他犯罪的动机，他当然急需钱。从他说出那事后，他脑子里就一直有着这个想法。他告诉她他的计划，差一点儿使那个姑娘成了他叛国的同谋。情况非常糟糕啊！”

“不过，福尔摩斯，是不是跟人的个性也有关系呢？要不他怎么会在大街上就突然扔下女友，去干坏事去了呢？”

“的确是这样！肯定有这方面的缺陷。但是他们不得不面对一道难以逾越的关口。”

高级职员悉德尼·约翰逊先生在办公室里会见了我们。我的同伴的名片总是为我们赢得敬意。他是个瘦瘦的中年人，挺凶的样子，戴着眼镜，双颊显出憔悴；因为处于被动的地位，他紧张得两只手不住地发颤。

“福尔摩斯先生，事情很糟，非常糟！我们的主管死了，您听说了吗？”

“我们刚刚从他家来。”

“那个地方散摊子了。主管死了，卡多根·韦斯特死了，我们的资料被偷了。唉，星期一晚上下班的时候，我们这个部门还是政府里效率最高的呢。天哪，真是想起来就让人害怕！那么多人里，偏偏是那个韦斯特干了这种事！”

“这么说，你肯定他有罪喽？”

“除此之外，我看不出还有别的解释。可是我还曾像信任自己那样信任他呢。”

“你们办公室星期一下班是几点钟关门的？”

“5点钟。”

“是你关的门吗？”

“我总是最后一个走出办公室的人。”

“计划的资料当时放在什么地方？”

“保险柜里，我亲手放的。”

“大楼没有保安人员吗？”

“有，但他还兼顾看守别的部门。他是一个老兵，完全可以信赖的一个人。那天晚上他没有发现情况。当然，当时雾实在太浓了。”

“假设卡多根·韦斯特下班后想溜回大楼，他得有3把钥匙，否则便接近不了那些资料，对吗？”

“对，他得有3把钥匙，大门的、办公室的，还有保险柜的。”

“只有詹姆斯爵士和你有这些钥匙？”

“我没有门钥匙，只有保险柜的钥匙。”

“詹姆斯爵士平时是一个很有条理的人吗？”

“对，我想是。我知道他一直把这3把钥匙放在同一个钥匙环儿上。这是我平常看见的。”

“他去伦敦时带那个钥匙环儿了吗？”

“他说他带了。”

“你那把钥匙从来没有离身吗？”

“一刻都没有过。”

“那么，假如韦斯特是罪犯的话，他必定有一把复制的钥匙。可在他衣袋里并没有发现。这就有了另一个问题：如果这个办公室里有一个想出卖资料的职员，他为什么不自己照抄一份，反倒弃易就难，像实际已经发生的那样，偷取资料的原件呢？”

“可能是从效果方面考虑，抄录原件需要相当的专业知识。”

“但是，我想无论是詹姆斯爵士，还是你或韦斯特都具备有关的知识吧？”

“我们无疑都懂一些，但我请您不要把我搅进这起事件中，福尔摩斯先生。在从韦斯特身上发现原始资料后，我们还在这件事上纠缠有什么用呢？”

“啊，假如他能拿走给他带来同样回报的抄本，他却冒险盗取原始资料，当然是奇怪反常了。”

“对，是奇怪反常——可是他就是这么干了。”

“在这个案子中，每一项查询都揭示了让人难以理解的东西。现在为止，仍有3份资料下落不明。我认为是3份最重要的资料。”

“是的，正是这样。”

“你的意思是说，不管是谁，只要手中有了这3份资料，不需要另外7份资

“不管是谁，只要手中有了这3份资料，不需要另外7份资料就可以造一艘布鲁斯-帕廷顿潜水艇了？”

料就可以造一艘布鲁斯-帕廷顿潜水艇了？”

“我就这个意思向海军部做过报告。可是今天我又翻了一下图纸，反倒没有什么把握了，带自我调节槽的双层阀门画在已回来的一张图纸上。外国人除非自己发明出来，一般是造不出来舰艇的。当然，他们很有可能很快克服这个难关。”

“丢失的3份图纸是最重要的吗？”

“毫无疑问是。”

“我想在你允许的情况下，现在就在这个现场随便转一转。我原来想问的问题，现在一个也想不起来了。”

他认真地查看保险柜的锁，房间的门，最后又看了铁制的窗叶。他的兴致只是我们到了外面的草坪上时才变得高涨起来。窗外有一棵月桂树，它的几根枝条上有被人攀折过乃至折断的痕迹。他用放大镜仔细地检查那些枝杈，然后又细细观看在它下面的地上留下的模糊印记。最后，他要那个高级职员把窗叶关上，指给我看它们的中缝合不拢，所以外面的人有可能看见屋里的情况。

“耽搁了3天使得那些痕迹遭到了破坏。它们或许能透露些讯息，但也许毫无意义。喂，华生，我看伍尔维奇帮不了咱们什么忙了。这些就是咱们在这里所有的收获。看看在伦敦咱们能不能干得更好。”

但在离开伍尔维奇车站之前，我们又增加了一分收获。售票处的工作人员蛮有把握地说，他在星期一晚上看见他只是面熟的卡多根·韦斯特，他乘8点15分开往伦敦桥方向的列车去伦敦了。他是一个人，拿的是三等车厢的单程票。当时韦斯特紧张激动的举止神态颇令这个工作人员吃惊。他紧张得几乎接不住找给他的零钱，还得这个工作人员帮忙。从一张发车时间参考表上可以看到，8点15分的这趟列车有可能是韦斯特7点半钟离开女友后坐上的第一趟列车。

“华生，咱们重新构想吧。”沉默了半小时后，福尔摩斯说，“我发现，在咱们俩联合办案的经历中，我们还没有遇到过一宗比这更为棘手的案件。我们好不容易往前迈进了一步，每次却又面对一道更陡的山脊。好在我们已经取得了足以宽慰自己的进展。

“我们在伍尔维奇车站查询的结果，基本上都对年轻的卡多根·韦斯特不利，但窗外地上的痕迹或许会导致对他有利的假设。让咱们来设想，譬如，他已被某个外国间谍拉拢了，很可能已经发过防止他说出这件事的誓言，并且，从他对女友说的话来看，这种誓言已经影响了他的思想。很好，我们现在再做假设，在他和女友去戏院的路上，他突然在大雾中瞥见那个间谍正往办公室方向走去。他的责任感战胜了一切，他尾随那个人来到窗外，看见资料已空，便跟上那个贼。这样，那个‘在能抄录的情况下没人会取走原始资料’的说法便能说通了。这个外国人就要拿原件。至此，这些就都说通了。”

“下一步怎么走？”

“我们碰到了难题，一般人认为在这种情况下年轻的卡多根·韦斯特采取的第一个行动应该是抓住坏人，然后报警。他为什么没有那么做呢？拿走资料的人会不会是一名他的上级官员呢？这才解释得通韦斯特为什么没有那样做。也有可能那个贼趁韦斯特不备，在大雾中溜走了。韦斯特立即前往伦敦，想赶在那个人前头，阻止他进自己的房间——假设那人知道他的住处——当时的情况一定非常紧急，因为他离开大雾中的女友后就没有和她联系。我们的线索到这儿就断了，每一种假设都难以说通衣袋里装有7份资料的韦斯特的尸体何以会躺在一列市内列车顶上。现在我凭直觉倒是从相反的一端得到启发。如果迈克罗夫特给了我们一份地址名单，我们就能够挑出我们要找的人，不是跟踪一个，而是双管齐下了。”

果然有一份名单在贝克街等着我们。是一位公差按急件送来的。福尔摩斯扫了一眼后，递给了我。

虽净是些区区无名之辈，却也有一两个可担此重任之士。他们是：住在威斯敏斯特，大乔治街13号的阿道夫·梅耶；住在诺丁山，坎普登大厦的路易斯·拉·罗斯埃尔；住在肯辛顿，考尔菲尔德花园街13号的雨果·奥伯斯坦。据说，最后一位在星期一时还在城里，据说，现在已经离开了。欣悉你已见到些许光明。内阁切盼得到你的最终报告。最高层派来处理紧急事务的代表已到。只要你需要，倾全国之力支持你。

迈克罗夫特

“我只怕，”福尔摩斯笑道，“女王的御马和臣仆悉数驾临也无济于事。”他摊开一张伦敦大地图，着急地俯下身子。“好啦，好啦！”他这时满意地喊着，“事情终于开始朝我们这边转化了。喏，华生，我诚心诚意地认为，咱们最终一定会取得胜利。”他突然欢快地拍了一下我的肩膀。“我现在出去一下，只是做一次侦查。没有我身边这位可以信任的同志和传记作家，我将一事无成。你待在这里别动，大约一两个小时后才会再见到我。如果时间延长了，你就拿一大张纸和一支笔，写写咱们是怎么拯救国家的吧。”

我心中为他的欢欣感到鼓舞，因为我很了解，除非有了真正值得高兴的原因，他一般是不会这么一反谨言慎行的常态的。在漫长的11月的冬夜里，我不耐烦地等着他回来。最后，9点钟刚过，一位送信人送来一张条子：

敝人在肯辛顿的格洛斯特路的格尔迪尼饭馆就餐。请立即来与我会合。随身带上一根撬棍，一盏灯，凿刀，还有左轮枪。

夏·福

带着这些东西行走在雾气弥漫的昏暗街道上，对一个正经的公民来说，真是成何体统。我把它们严严实实地包在我的大氅里，乘车直奔指定的那个地址。在这家艳俗的意大利饭馆进门不远处，我的朋友坐在一张小圆桌旁。

“你吃过东西了吗？那就和我一起来一杯咖啡和柑橘酒吧。抽一支专为老板特制的雪茄，这种雪茄可没有人们想的那么毒。你带的工具呢？”

“都在这儿，我的大氅里呢。”

“棒极了！我来给你简单地讲一讲我刚才办过的事，顺便说说咱们下一步要办的事。华生，那个青年的尸体是放到列车顶上的，这个你一定已经很清楚了。我当时一下就断定了他是从车顶上而不是从车厢里掉下去的事实。这在当时就很清楚。”

“它不会是从一座桥上掉下去的吗？”

“我看绝不可能。你仔细看看车顶，就会发现车顶呈微微的圆坡，而且周围没有围栏。所以，我们可以肯定地说，年轻的卡多根·韦斯特是被放在上面的。”

“那是怎么放上去的呢？”

“这就是我们必须解答的问题。只有一种可能的办法。你知道地铁开到西区[①]一带时没有隧洞，只有一些道岔。我大约记得我乘车经过那里时，偶尔看见车窗刚好高过我的头。现在假设一列火车在这样一扇窗口前停下，从窗口往车厢顶上放一具人尸会很困难吗？”

“似乎太不可能了。”

“我们只好求助于那句老话：在其他所有的可能性都不灵验之后，剩下的那个不可能就是事实了。现在，在这件事中，其他所有的可能性都已不灵验。当我发现刚离开伦敦的那个外国大间谍就住在紧靠地铁的一排房子里后，高兴得连你都为我突然变得轻佻而有点儿吃惊。”

“啊，是吗？”

“是，是那样。住在考尔菲尔德花园街13号的雨果·奥伯斯坦已经成了我注意的目标。我在格洛斯特路车站开始我的行动。那里有一个乐于助人的官员陪同我沿线散步，这不仅可以使我如愿看到考尔菲尔德花园的后楼窗户是朝着

① 伦敦市中心的西部，有商业街、俱乐部、高级宾馆、电影院和剧院。——译注

铁路线打开的，而且还知道了更加重要的事情：那里是一条主要铁路干线的交汇处，地铁列车常常在该地停留几分钟。”

“了不起，福尔摩斯！你真行啊！”

“仅此而已，仅此而已，华生。我们前进了，但目标还远呢。喏，看过了考尔菲尔德花园的后面，我又去看前面，才确实地知道要找的那个人已经溜了。那座宅子很宽大，据我判断，楼上各个房间里没有任何家具。奥伯斯坦和一个单身男仆住在一层里。那个男仆有可能是他的心腹同伙。我们必须注意，奥伯斯坦赴欧洲是去销赃的，但他并不打算逃走，因为他没有理由害怕被抓。可以肯定，他绝不会想到会有一个非职业侦探对他的住所进行搜查性的拜访。但这恰恰就是我们所要做的。”

“咱们能弄张搜查证，使咱们的行动合法吗？”

“证据不足，很难办。”

“那咱们还能希望干什么呢？”

“我们不清楚那里会不会有什么信件之类的东西。”

“我讨厌那样做，福尔摩斯。”

“我亲爱的伙计，我要你在街上守望着就行了，犯罪的事我来做。现在不是在小节上纠缠的时候。想一想迈克罗夫特的电报，想一想海军部，想一想内阁和那些等着消息的上层人士吧！我们得赶快行动了。”

我的回答是从桌旁站起来。

“你说得对，福尔摩斯！我们得马上行动了。”

他跳起来握住我的手。

“我知道你最终不会畏缩的。”他说。过了一会儿，我在他眼睛里看见我原来看见过的那种近乎温柔的表情，只一瞬间，便又恢复了他平常那副习惯以我为主的老练神态。

“不到半英里远，不必着急，咱们步行去吧！”他说，“当心，别把工具掉出来。你要是不幸被当成嫌疑人抓起来，那可就没法说清了。”

“哎呀！华生，这是什么？”

考尔菲尔德花园属于伦敦西区里维多利亚时代中期的典型建筑——这些有扁平的正面和带廊柱的回廊的建筑在那里随处可见。隔壁邻居不时发出孩子们幼稚的欢声笑语；阵阵的钢琴声回荡在夜空里，好像正在举办儿童们的派对晚会。仍在弥漫着的大雾用它友好的阴影遮挡住我们的视线。福尔摩斯已点亮那盏灯，忽闪着照了一下那扇庞大的门。

“这回事情可严重了。”他说，“门不但上了锁，还从里面闩上了。到那个地下室里后我们才能更好地行动。那边有一个非同寻常的拱道，是防备过分热情的警察万一突然闯进来时的退路。来，帮个忙，华生，待会儿我再帮你。”

一分钟后，我们俩都到了那个地下室。我们几乎还没来得及躲进阴影里，上面雾里就传来警察的脚步声。那有节奏的脚步声消失后，福尔摩斯动手撬低处的门。我眼看着他曲躬弯背地使劲用力，不一会，随着一声尖响，门一下敞开。我俩关上身后的门，跳进黑黑的通道。福尔摩斯在前头领路，顺着没有地毯的楼梯向上曲曲折折地走。他提的灯在低矮的窗户上照出一小片黄色的光。

“我们到了，华生——肯定是这扇窗户。”他用力打开它。与此同时，随着低沉、刺耳的嗡嗡声由小变大，一列火车在黑暗中从我们旁边呼啸着驶过。福尔摩斯提着灯沿窗棂照了一遍。从过往的机车里散出的烟垢在这里积成厚厚的一层煤灰，但黑色的表层上有几处留有被人接触过的印记。

“你可以看见这是他们停放尸体的地方了。哎呀！华生，这是什么？这毫无疑问就是一块血迹啊！”他指着在窗子的木边上的一块已经褪色了的淡淡的痕迹。“这儿也有，在楼梯的石头台阶上。血迹已经很完整了。咱们待在这里等列车停下。”

我们没有等多久。下面一列火车像以前一样呼啸着从隧洞里开出，但一出了隧洞它就放慢了速度，接着便刹闸，立即在我们的下方停了下来。从车厢顶到窗边的距离还不到4英尺。

福尔摩斯轻轻地关上窗户。

“到现在为止，咱们的判断是正确的。”他说，“华生，你对这个事怎么看？”

“了不起！你还从没有像这次这样超水平发挥呢。”

“这我就不能同意你了。自打我有了尸体是被放在车厢顶上的想法后，觉得这可不是什么非常深奥的想法，接着发生的那些事就都是顺理成章的了。如果这件事不是关系到重大的利益，这也没有什么了不起的。我们的面前还有很多困难。不过，我们在这里的发现或许会对我们很有帮助。”

我们走下厨房的楼梯，走进一层的套间房屋。一间是餐厅，寥寥几件家什而已，提不起人的任何兴趣。第二间是卧室，几乎也是空的。最后一间似乎有些看头儿，我的同伙停下来进行系统的检查。报纸书刊扔的哪儿都是，显然是一间书房。福尔摩斯迅速而讲究方法地一个抽屉一个抽屉地，一个书柜一个书柜地翻看了其内容，但没有一线成功的光线照亮他那严肃的脸。一小时过去了，他的工作和刚开始一样，没有取得进展。

“狡猾的狗掩盖住了他的足迹。”他说，“他没有留下任何可以给他定罪的痕迹。凡是有可能暴露他的信函全都被销毁或转移了。这是我们最后的机会。”

写字台上放着一个放现金的小锡盒子。福尔摩斯用凿刀把它撬开。里面有几卷纸币，外面写着数字和算式，没有注明它们指的是什么。来回就是这么几个字：“水压”、“对平方英寸的压力”，这些让人想到有可能同潜水艇有关。福尔摩斯不耐烦地把它们丢到一边。最后只剩下一个里面装着几片剪报的信封了。他把信封里的剪报抖落到桌子上，我立刻从他着急的脸上看到了增加了希望的神情。

“这是什么，华生？呃？这是什么呀？是报纸广告栏里刊登的许多消息。从印刷和纸张看，是《每日电讯报》上的寻人启事栏。一个版面的右上角。没有日期，但启事本身是有条理地排放好了的。这肯定是第一条：

盼尽快告知。条款同意。在所赠名片上写全地址。

皮埃罗

“下一条：

叙述过于复杂，报告务必完整。阿睹物等你交货。

皮埃罗

“然后是：

事情紧急。除非合同执行完毕，不得不撤回报价。函约、广告确定。

皮埃罗

“最后一条是：

周一晚9点钟后敲两下。只我们自己，不必多疑。货到付硬币。

皮埃罗

“华生，多完整的一份记录啊！假如我们能见到那一头的这个人该多好啊！”他用手指弹着桌面，坐下沉思。最后，他站起身来。

“好了，也许事情最后没有想的那么难。华生，这里没有更多的事可做了。我看咱们倒不如乘车去一趟《每日电讯报》的办公地点，就此结束咱们一天的繁忙工作吧。”

迈克罗夫特和雷斯垂德第二天早饭后如约过来了。夏洛克·福尔摩斯向他们重复了一遍我们头一天所做的工作。这位专家听到我们讲到自己的盗贼行为时，禁不住直摇脑袋。

“我们的权力部门也不能做这种事啊，福尔摩斯先生。”他说，“难怪你们的收获超过了我们。但往后这几天，你如果走得太远的话，你和你的朋友难免要遇到麻烦。”

“为了英格兰，为了家乡和美好生活，喂，是不是呀，华生？甘当祖国祭坛上的烈士。不过，你是怎么想的呢，迈克罗夫特？”

“好极了，夏洛克！只有赞赏啊！但你将怎么利用它呢？”

福尔摩斯拿起放在桌子上的《每日电讯报》。

“你见到皮埃罗今天在报上做的启事了吗？”

“什么！他又做广告了？”

“对，在这儿呢！‘今晚，老时间老地方。敲两下。重要之至。与你的安全密切相关。皮埃罗’”

我们的俘虏还惊魂未定，门已被关上，福尔摩斯站着，用背挡住门。

“太棒了！”雷斯垂德叫道，“他要是去赴约，我们就抓住他了！”

“我念这条广告时，就这么想了。我想要是您二位方便的话，晚上8点钟左右同我俩一起去一趟考尔菲尔德花园，我们或许有望离结论更近一些。”

夏洛克·福尔摩斯有许多过人之处，其中一个就是，一旦确信他的工作不再有益，他有能力停止他的思考，并立即让自己去想轻松的事情。我现在还记得，在那难忘的一天里，他一整天都沉浸在构思他的论文《论拉苏斯[1]的和音赞美诗》当中。至于我自己，我这个人一点儿都不超然，所以，便觉得那天长

① 拉苏斯（1530—1594）：比利时作曲家。——译注

得让人特别难熬。事关国家的重大问题、上层的关切以及我们行事的直截了当的实验性质，这些搅和到一起，向我压来，让我紧张得不行。只是吃了一点儿东西后又出发继续我们的侦探的时候，我才觉得轻松了一些。迈克罗夫特和雷斯垂德如约与我们相会于格洛斯特路车站外面。奥伯斯坦家地下室的门头一天晚上开始一直开着，对我来说这很必要，因为迈克罗夫特·福尔摩斯极为愤怒地拒绝爬围栏进去打开大门。到9点钟的时候我们都已坐在书房里，耐心地等我们的客人到来。

一个小时过去了，又一个小时过去了。在11点的时候，教堂那口大钟发出的均匀的声音像是为我们所抱的希望敲的丧钟。雷斯垂德和迈克罗夫特已经坐不住了，差不多每一分钟就看两次手表。福尔摩斯默默地坐着，十分沉着。他微闭双眼，其实每根神经都像是箭在弦上那么警觉。他突然一激灵，抬起头。

“他来了。”他说。

一阵偷偷摸摸的脚步声经过门口，这时又转回来了。我们听见门外有蹭脚的声音，接着，是两声清脆的敲门声。福尔摩斯站起身，同时示意我们坐着别动。厅里的煤气灯只有一丁点儿亮光。他打开外面的门，等一个黑影从他身旁一下溜进来后，又把门关上并闩牢。“这边来！”我们听见他说，接着我们的客人已站在我们面前了。福尔摩斯紧跟在他身后，那人转身发出一声惊叫，他机警地抓住来客的衣领，把他拉回房间里。我们的俘虏还惊魂未定，门已被关上，福尔摩斯站着，用背挡住门。那个人茫然地看看自己的周围，身体摇晃了两下，然后就昏倒在地了。在他吃惊跌倒的瞬间，他的宽檐帽子从头上掉下来，捂着嘴部的围巾滑落，露出脸上的浅浅胡须，一张英俊的脸，此人正是沃伦廷·瓦尔特上校。

福尔摩斯惊讶地叫出声来。“这一次你可以记下我是一头蠢驴了，华生。”他说，“这不是我在寻找的那个人。”

“他是谁？”迈克罗夫特着急地问。

“潜水艇部门的主管、已故詹姆斯·瓦尔特的弟弟。是呀，是呀，我看见牌落地了。他会来的。我想你们最好把他留给我来检查。”

我们把卧在地上的人抬到沙发上。这时我们的俘虏已坐起身来，惊悚的脸环顾了一下自己周围，用手抹了一把前额，好像对自己的处境仍然难以置信。

“这是怎么了？”他问，“我是来见奥伯斯坦先生的。”

“一切都清楚了，瓦尔特上校。”福尔摩斯说，“一位英国绅士的举动竟然会如此下作，出乎我的理解能力。你同奥伯斯坦的全部交往和关系，我们已经全都掌握了。与青年卡多根·韦斯特的死有关联的情况我们也清楚了。我奉劝你至少要有起码的忏悔心情，坦白交代，因为还有一些详情我们只能从你的口中才能了解到。”

这个人呜咽了几声，把脸埋在两只手里。我们等他开口，他却沉默着。

“我可以这样告诉你，”福尔摩斯说，“最重要的情况我们都已经知道了。我理解你是为金钱所迫；你复制了你兄长掌管的钥匙；你与奥伯斯坦有了交往，他通过《每日电讯报》的广告栏给你回信。我们知道你在星期一那天晚上冒着大雾去了办公室，但你被先前已经怀疑上你的卡多根·韦斯特发现并跟踪。他看见了你的偷窃行为，但又不能报警，因为你拿资料很有可能是带给你在伦敦的哥哥的。他撇开了他的所有个人私事，像个好公民应当作的那样。他在大雾中在你身后紧跟不舍，直追到你走进这所房子。他进行了干涉，然后，就是你，瓦尔特上校，除了叛国外，又犯下了更加严重的罪行：谋杀。”

“没有，我没有杀人！我在上帝面前发誓，我没有杀人。”我们的俘虏气急败坏了。

“那你告诉我们，在你们把他放到列车车厢顶上之前，卡多根·韦斯特是怎么死的。”

“我说，我说，我向你发誓我一定说。剩下的事是我做的，我坦白。跟你说的一样，因为必须偿还一笔交易所的欠款，我急需钱用。奥伯斯坦援助了我5000英镑，我才没有被毁。但是说到谋杀，我跟你一样清白。”

“当时雾大得什么也看不见，我们没有费多大力气就把韦斯特的尸体放在下面的车厢顶上了。”

“当时是什么情况？”

“正像你说的那样，他原先就怀疑我，便跟踪着我。但我在进这个门前根本没有察觉。那天雾太大，视线不出3码远。我敲了两下门，奥伯斯坦开的门。那个青年冲进来，要求告诉他我们想拿这些资料干什么。奥伯斯坦有一件防身的家伙，一直随身带着。当韦斯特强行闯进房间里的时候，奥伯斯坦打了他的脑袋。那一击要了他的命，他只5分钟就死了。他就躺在厅的那个地方，我俩绞尽脑汁都不知怎么处置他的尸体。后来，还是奥伯斯坦想到了停在他家后窗下面的火车。不过，他先仔细看完了我带去的资料。他说其中3份重要，他必须留下。‘您不能留，’我说，‘如果不把它们放回去，伍尔维奇非炸了锅不可。’‘我必须留下它们，’他说，‘因为它们的技术性太强，这么点儿时间不可能抄录下来。’‘那它们也得在今夜一起拿回去。’我说。他想了一小会儿，然后叫道，说他有办法了。‘这3份我要留下，’他说，‘剩下的咱们全塞进这个年轻人的衣袋里。在他被发现的时候，整个事件肯定全都会归咎于他。’我看不出还有什么更好的办法，于是就按他说的那样做了。我们在窗口等了半个钟头，就有一列火车停在那里。当时雾大得什么也看不见，我们没有费多大力气就把韦斯特的尸体放在下面的车厢顶上了。我所知道的，那件事就这么完结了。”

“你哥哥是怎么回事？”

“他什么话都不说，但有一次他看见我动他的钥匙，我想他已起了疑心，我从他的眼光里可以看出他怀疑我了。你要知道，他从那以后再没抬起头来。”

屋里没有人说话，还是迈克罗夫特打破了沉寂。

“你能做些补救吗？这样做既能够宽慰你的良心，还可能减轻对你的惩罚。”

“我能怎样补救呢？”

“拿着资料的奥伯斯坦现在在哪儿？”

“不知道。”

“他没给过你地址吗？”

“他说寄到巴黎卢浮宫饭店的信最终都会到达他的手中。”

“你还有补救的机会。”夏洛克 · 福尔摩斯说。

“只要我能办到，做什么都行。我对这个家伙毫无好感，他毁了我，使我身败名裂。”

“这是纸和笔。坐在桌子前，我说，你写。直接在信封上写上已给的地址，写在右边。现在写信：‘亲爱的先生，——关于我们的交易，到目前您无疑已经注意到，缺少一张关键的细节图。我有一张摹图可使之完整。然而，这已给我招来不必要的麻烦，我不得不向您要求再预支500英镑。我不信任从邮局汇寄，而且我只收金条或英镑。我将在国外见您，但如果我现在就离开英国的话，必定会过于显眼。所以，我希望能在星期天中午在查令十字街饭店的吸烟室里见到您。记住，只收英镑或金条。’这样写就非常好。这要引不来我们的客人那才叫怪呢。”

这封信成功了！历史就是这样——一个国家的秘史常常比它公开的编年史亲切和有趣得多。急着要成就他一件终生大事业的奥伯斯坦先生被诱捕后，被羁押在不列颠监狱15年。在他的提箱里缴获了无价之宝布鲁斯-帕廷顿计划——他曾在欧洲的各个海军总部拍卖过它。瓦尔特上校在判刑入狱的第二年岁末死于狱中。至于福尔摩斯嘛，他又回去润色他那篇《论拉苏斯的和音赞美诗》的专题论文了。这篇论文在印出来后只在私人中间传阅，专家们评论它是对这个专题的定论。几个星期以后，我偶尔得知我的朋友在温莎小住了一天，带回来一枚非常漂亮的绿宝石领带别针。我问他是不是买的，他回答说那是一位少妇赠与的礼品。为了这位慷慨的贵妇的利益，他不胜荣幸地执行了一桩小小的使命。他不再多说，可我能够猜出那位少妇的芳名，并毫不怀疑那枚绿宝石别针将使得我的朋友永远记得为布鲁斯-帕廷顿计划所经历的奇人奇事。

魔鬼的脚跟

在我用文字回忆我和我长期的密友夏洛克·福尔摩斯一起合作的经历时，他不愿公之于众的态度总是使我感到难堪。我们时时遇到一些稀奇古怪的事情，留下一些有趣的记忆。出于愤世嫉俗的消极态度，他讨厌一切捧场。当成功地办完案件后，他就怕在向某个循规蹈矩的官员进行交接时，官员带着假笑倾听，言不及义的套语赞扬他。在我的朋友一方，他的态度的确就是这样。我在几年后动笔写我的回忆录准备公开发表时，当然不乏增光添彩的有趣材料。但我跟他办过一些案件的情况永远是藏在我心里不能随便吐露出去的隐秘。

然而，就在上星期二，我收到福尔摩斯的一份电报——在能拍电报的地方，他从不写信。电文说："为什么不告诉人们我办过的最奇特的科尼什恐怖案"。我不知道是什么心血来潮的怀旧情绪使他想起了这个案件，或者是什么突发奇想使他希望我详细地把它写出来；但是，我趁他还没有发来有可能撤销这份电报的电报，赶紧翻出供给我那个案件详情细节的笔记，赶紧记下并将它奉献于我的读者面前。

那是1897年春天的事了。从他偶尔流露出的力不从心中看得出，福尔摩斯钢铁般的体格渐渐支撑不住经常过于苛刻和超负荷的艰苦工作了。那年3月，住在哈利街的医生穆尔·阿加（我哪天会写写他是怎样被戏剧性地介绍给福尔摩斯的）正言告诫这位著名的私人侦探，如果他不想彻底垮掉的话，就应该放下他所有的案子，完全彻底地休息。他的健康状况不是一件他感不感兴趣的事，因为他的精神绝对是超然的，但是，由于担心今后真的会永久性地失去工作能力，他最后还是听从了医生的劝告，决定换一个完全不同的环境和气氛。这样，那年初春，我们一起来到康沃尔半岛最顶端靠近波尔都海湾的一间小屋里住下。

这是一个奇特的地方，正好和我的病人那种恶劣的心情相吻合。我们居住的小屋位于长满青草的高岬上，风吹雨打下已经略显破旧了。从它的窗口望去，可以看见芒茨海湾下面险恶的半圆形全景。那里，海湾的黑色峭壁和汹涌的波涛下的暗礁是远航船只的葬身之地，无数海上好手在此丧命。北方的微风吹来时，这里一片平静，庇护和吸引饱受风浪颠簸的船只来此休息和躲避风暴。然后，风会突然转向，从西南猛然袭来，下锚的船和处在下风的海岸纠缠在一起，在乳白色的激浪中做最后的决战。明智的航海人是会远远地躲开这个凶险之地的。

与陆地相接的这一面，同临海的一面一样险恶。那是一片起伏绵延的沼泽地，空旷寂寥，满目土褐色，显得单调乏味。偶尔露出的一角教堂尖顶表明，那里有一个古老的村庄。在这片沼泽地上，某个早已作为过客而消亡的种族留下的遗迹俯拾即是。它留下的唯一记载是些奇怪的石碑和形状不规则的土墩，那里盛着烧剩的死人骨灰和似乎是用于史前战争的奇特土制器物。这个地方因有被人遗忘的种族而有一种阴惨的不祥气氛，这种神秘感和魅力激起我朋友的想象力，他的大部分时间都消磨在长久的散步和对那片沼泽地的苦思冥想上了。远古的康沃尔语言也引起了他的关注，我记得他做出了一个设想，即康沃尔语大都是从做锡生意的腓尼基商人那里派生出来的，与迦勒底语相近；他并且开始安下心来准备向纵深研究这个课题了。就在这时，突然使我感到悲哀而却令他惊喜的是，我们突然发现甚至在这个迷梦般的地方，而且就在与我们近在咫尺的邻里发生了一起突发事件，其诡谲、迷人与神秘莫测，比我们所逃离的伦敦有过之而无不及。我们平静简朴的日常生活一下被打乱了，随后我们便介入了一连串的事件中。这起事件不仅震动了康沃尔，而且震动了整个西英格兰地区。虽然伦敦报纸上的报道非常不全面，我的读者中有许多人或许还记得这件当时被称作“康沃尔恐怖案”的案子。在此，在事情过去13年后，我将向不明真相的公众披露这个难以想象事件的细节。

我已说过，零星散布的教堂塔尖表明在康沃尔这一带分布着一些村庄。其中离得最近的是特里丹尼克沃拉斯，在一座长了苔藓的古老教堂四周聚集着

福尔摩斯的大部分时间都消磨在长久的散步和对那片沼泽地的苦思冥想上了。

二百多户村民。教区牧师朗德海先生喜好考古，已同福尔摩斯成了熟人。他是个中年男子，身材魁梧，为人和气，学识丰富，尤其是对当地相当了解。我们应他的邀请去他那里喝茶，不期而遇，也认识了莫蒂默·特里金尼斯先生。他是一位富裕得无须为生计操劳的绅士，在宽敞分散的牧师住宅里租住了几间空房，使手头拮据的牧师略有补偿。身为单身汉的牧师虽然与他的这位房客几乎没有共同点，却十分高兴能有这样的安排。绅士先生戴着眼镜，又瘦又黑，弯腰驼背，让人觉得他身体有点儿残疾。在这次短暂的走访中，我们发现牧师一直喋喋不休，而那位房客却奇怪地沉默着，愁云满面，目光游移地坐着，显然在想着自己的心事。

3月16日星期二那天，我们刚刚吃过早点，正在一起吸烟，打算出门去沼泽地做每天例行的漫步。这两个人突然走进我们的小小会客室。

“福尔摩斯先生，”牧师说，声音直发颤，“昨天夜里发生了一件离奇的悲剧事件。这种事从未听说过。我们只能把您正好在这个时候来到这里归于天意，为了全英格兰，您就是我们需要的那个人。”

我挺不友好地看了一眼莽撞闯进的牧师，但福尔摩斯拿出含在嘴上的烟斗，在椅子里坐直了身子，好像一只听到召唤的猎犬。他伸手指了指沙发，我们心神不定的来客与和他同来的伙伴靠在一起坐下。莫蒂默·特里金尼斯先生比牧师表现得镇静一些，但他微微发颤的瘦手和黑眼睛里的目光表明他俩的情绪一样激动。

“你说还是我说？”他问牧师。

“啊，不管是什么事，看样子好像是你先发现的，牧师是间接知道的，最好还是你先说吧。”福尔摩斯说。

我瞥了一眼衣冠不整的牧师，坐在他旁边的房客则穿得整齐规矩。福尔摩斯三言两语就说破了这一点，使他们不禁露出惊讶的神情。我看在眼里，心中感到很得意。

“还是我先说几句吧，”牧师说，“然后你们看看，是听特里金尼斯先

“福尔摩斯先生，”牧师说，“昨天夜里发生了一件离奇的悲剧事件。”

生补充细节呢，还是赶快就去事件发生的现场。那我现在就说了。我们的这位朋友昨晚陪他的两个兄弟，欧文和乔治，还有他的妹妹布伦达，在他们位于特里丹尼克瓦萨村的家里玩牌。他家就在沼泽地老石十字路附近。他们几个人围坐在饭桌四周玩牌玩得兴致很高，他10点钟刚过就走了。今天早上，他这个一贯早起的人照例在早饭前散步，朝他家的那个方向走去。路上搭上理查兹医生的马车。医生说刚刚有人叫他去特里丹尼克瓦萨村去看一个急诊。莫蒂默·特里金尼斯先生很自然就跟他同路去了。在他到了特里丹尼克瓦萨村以后，却发现情况大为不妙。他的兄弟和妹妹坐在桌子边上，同他昨夜离开时的坐姿一样。纸牌仍在他们面前摊着，蜡烛已经燃烧到了底座。他妹妹僵直地背靠在椅子里，已经死去，她的两边各坐着一个兄弟，他们已经灵魂出窍，正在笑呀，叫呀，唱呀。3个人中，女的死了，两个男的精神失常，他们的脸上都留下了受过极度惊吓的表情。除了老厨娘兼管家的波特夫人外，屋里没有外人去过的任何迹象。波特夫人声称她一宿都睡得很沉，没有听见任何动静。没有失窃或被人乱动过，根本无法解释是什么样的恐怖能把一个女人吓死，两个大男人吓疯。福尔摩斯先生，情况就是这样让人不可理解，如果您能帮我们弄清楚这个案子，真的是功德无量啊！”

我曾希望能哄骗我的伙伴到这里来过平静的生活，这本是我们此行的目的。可是，我只看了一眼就从他紧张的面孔和紧锁的眉头知道，我的希望已经落空。他坐了一小会儿，没有说话，全神贯注于打破我们的平静的这起离奇案件。

“我得深入研究这件事。”他最后说，“从表面上看，这是起十分反常的案件。你亲自去过现场了吗，朗德海先生？”

“没有，福尔摩斯先生。特里金尼斯先生把这个消息带回牧师住宅，我立即就和他一起请教您来了。”

“发生这起奇怪的惨剧的住宅离这里有多远？”

“往内陆，大约一英里。”

“那我们一起走着去吧。但在出发之前，我必须问你几个小问题，莫蒂默·特里金尼斯先生。”

这一位这段时间一直没有说话，可是我观察到，他的情绪虽然控制得很好，但内心的波澜比情感外露的牧师更剧烈。他坐着，拉长的面孔苍白，神情不安地盯着福尔摩斯，两只瘦弱的手痉挛地捏在一起。当他听到那件灾难降临他家里人的头上时，他失去血色的嘴唇颤抖着，黑色的眼睛里好像反映出现场的那种恐怖。

“您尽管问吧，福尔摩斯先生。”他赶忙说，“真不愿说这件倒霉的事，但我会据实回答您的问题。”

“讲讲昨天晚上的情况。”

“好，福尔摩斯先生，我在那儿吃的晚饭，这个刚才牧师已经说了。吃完饭，我哥哥乔治提议打牌，玩惠斯特。我们坐下时大约在9点钟。我是10点一刻时离座告辞的。我走时他们围坐在桌旁，玩得十分高兴。”

“谁送你走的？”

“波特夫人已经睡下了，所以我就自己走了。我关上身后厅堂的门。他们在的那间屋子的窗户是关着的，但百叶窗没有全放下来。今天早上门窗都还是老样子，也没有理由认为有陌生人进去过。他们还都坐在那里，被吓疯了，布伦达受惊吓而死，头悬在椅子的扶手上。只要我活着，我心里就永远抹不去那间屋里的惨状。”

“你说的这些情况当然再怪不过了。”福尔摩斯说，“我权且认为你自己也不知道能够解释清楚事情的原因，是吧？”

“是鬼，福尔摩斯先生，是鬼啊！”莫蒂默·特里金尼斯叫道，“它不是来自这个世界。进入那房间的东西熄灭了他们心中的理智之光。人所设计的阴谋诡计哪能做得到这一点呢？”

“如果那件事不是人能做得到的，”福尔摩斯说，“那当然也是我力所不及的了。但我们必须先得竭尽做出合乎自然的解释，不行的话，再给自己找类似这样的理由下台阶吧。就拿你来说，特里金尼斯先生，我认为从某种意义上看，你和你家里的人分家了，因为他们住在一起，而你分出去住了，是这样吗？”

“是这样，福尔摩斯先生，尽管事情已经过去了，无法改变。我家原来是雷德鲁斯的一个锡矿业主，不过后来我们把矿产转卖给了一家公司，得到的钱足够我们生活之用的，于是，就不再做矿产的营生了。我不否认，为了分钱，家人之间有一段时间有隔阂，但这些全都取得了谅解，并被忘到了脑后，大家在一起成了最好的朋友。”

“回想回想你们一起度过的那个晚上，你记不记得有什么特别的地方有可能显露出那个悲剧的端倪？仔细想一想，特里金尼斯先生，任何的蛛丝马迹对我都可能有所帮助。”

“一点儿也想不起来了，先生。”

“你家人的精神状态都还正常吗？”

“好得不能再好了。”

“他们是不是有些神经质？有没有表现出已预感到要有危险了？”

“毫无征兆。”

“这么说，你没有什么能够帮助我的话可补充了？”

莫蒂默·特里金尼斯先生挺着急地回忆了片刻。

“有一件事，我想起来了，”他最后说，“我们坐在桌旁时，我是背对着窗户的，和我联手的乔治哥哥面对着窗户。有一次看见他从我肩头向后望了一眼，我也回过头看了看。百叶窗开着，而窗户关着，但我能辨认出草坪上的灌木丛，当时觉得有个什么东西在灌木丛里动弹。我说不上那是人还是动物，只是认为那儿有个东西罢了。我问他在看什么的时候，他告诉我的和我的感觉一样。我能说的就是这么多。”

“你没过去看看吗？”

“没有，我没把它当回事，过去就过去了。”

“你离开他们的时候，还没有什么不好的征兆吗？”

“一点儿都没有。”

“我不清楚你怎么今天一早就得到了这个消息。”

“我有早起的习惯，通常早饭前要散步。今天早上我还没有开始散步，就被医生用他的马车接去了。他告诉我波特夫人派了个孩子叫他去看急诊。我跳上马车，坐在他身旁，与他一起去了。我们到了那里，径直进了那间可怕的房间。蜡烛和炉火一定早在我们来到之前几个小时就烧光了，他们在黑暗中一直坐到天亮。医生说布伦达起码已经死了6个小时了。没有暴力行为的迹象。她斜靠在椅子的扶手上，脸上带着那样的表情。乔治和欧文正唱着不成曲调的歌曲，口中含混有词，像两只大猩猩。唉，看着真可怕！我看不下去，医生吓得面色煞白。他甚至跌在椅子里，像是晕了过去，差点儿倒要我们去照顾他。”

“奇怪，太奇怪了！”福尔摩斯说着拿上帽子站起来，“我看不能再拖延了，我们最好这就去特里丹尼克瓦萨。我得坦言承认，我很少见过头一眼看来就这么离奇的案子。”

我们在第一个上午做的调查几乎没有什么进展，但是，一开始就有一件事在我心上留下了极为不祥的印象。在去往发生事故的现场时，要走一条曲折而狭窄的村中小巷。当我们沿这条小巷赶路时，听到一阵响声，是一辆马车迎面朝我们驶来，我们闪到旁边给它让路。在那辆马车从我们身旁经过时，我瞥了它一眼，看见一张严重变了形的狰狞面孔正从撩开的窗帘里向外看我们。那两只凝视的眼睛和紧紧咬着的牙齿从我们眼前一掠闪过，像是一个可怕的幻影。

“我的兄弟！”莫蒂默·特里金尼斯叫道，连嘴唇都青了，“他们被送往赫尔斯顿去了。”

这辆黑色的马车过去后，我们带着惊恐望着它远去，然后又朝他们莫名其妙地遭到厄运的那座凶宅走去。

这是一座宽大明亮的住宅，不是别墅，胜似别墅，在康沃尔的气候下，它的大花园里早已开满春天的鲜花。客厅的窗户正面朝向花园，据莫蒂默·特里

在那辆马车从我们身旁经过时，我看见一张严重变了形的狰狞面孔正从撩开的窗帘里向外看我们。

金尼斯说，那个邪恶的东西肯定就是从那儿进屋，以极端的恐怖，只一瞬间就把他的亲人吓得或死或疯了。福尔摩斯在进屋前，沿着小径慢慢地踱步，在花丛中沉思着。我记得他的思想是那么专注，踱步中绊倒了一个水桶，打湿了我俩的脚和花园小径。进到屋里后，我们见到了康沃尔人老管家波特夫人。她在一位小姑娘的协助下，照看着这个空荡荡的家。她有条不紊地回答着福尔摩斯的问话。她夜里没有听到任何动静；她的雇主们情绪极好地玩到很晚；她从来没见过他们这么高兴和大方地玩过。早上她进屋后看到桌旁那几个人的样子，几乎吓昏过去。在她清醒过来后，先打开窗户放进早上的空气，然后跑到外面的巷子里，派一个农家小孩去请医生。女士就停放在楼上屋里的床上，如果想看的话可以去看。4个壮汉把那兄弟俩弄进精神病院的马车。她本人在这所宅子里一天也不愿待了，出事的当天晚上就回到了她在圣艾夫斯的家中。

我们上楼看了尸体。布伦达·特里金尼斯小姐虽然已经快到中年了，可还是一个非常漂亮的姑娘。她微黑的面孔棱角分明，甚至在死后，看上去仍很美，但脸上仍然留着她生前最后一种人类表情——极端的恐惧。从那个房间出来，我们到楼下的客厅，那件奇怪的惨剧就发生在这里。炉格上有昨夜烧过的灰烬；桌子上有4支下部堆着淌蜡的蜡烛，已经烧光；桌面上散乱地摊着纸

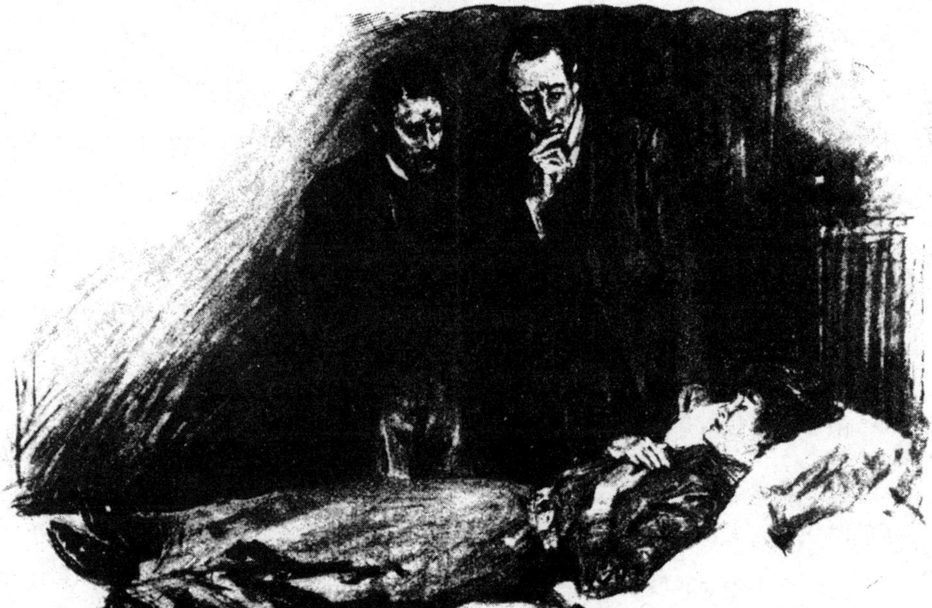

我们上楼看了尸体。

牌；几把椅子已放回靠墙处。别的都是昨晚的老样子。福尔摩斯迈着轻快的步子在屋里走来走去，又在几把椅子上坐了坐，把椅子拉出来，重新摆放了一回它们的位置。他在测试每个位置能看到的花园有多大；他仔细观察地板、天花板和壁炉，然而，我始终没有看到他的眼睛突然发亮，嘴唇抿紧。我知道那是他在黑暗中见到了光明的表情。

“为什么生火？”他这么问了一句，“春天的晚上，在这间小屋里，他们总是生火吗？”

莫蒂默·特里金尼斯解释说因为那个晚上又冷又潮。因此，他到达之后便生了火。“您现在将做什么呢，福尔摩斯先生？”他问。

我的朋友笑了，把手搭在我的臂上。“我想，华生，我将恢复研究你老是很正确地诅咒的烟草中毒。”他说，“要是列位允许，我们将回我的小屋里去了，因为我看不出这里会有什么新的因素值得我们注意的了。特里金尼斯先生，我回去好好想想已有的事实，有什么新想法，再跟你和牧师联系。就这样吧，祝你们二位早安啦！”

我们回到波尔都的小屋，福尔摩斯就一直沉默着。他蜷缩着身子坐在摇椅里，他那苦巴巴的面孔几乎消失在烟草冒出的蓝色烟雾里了。他双眉下垂，紧锁前额，眼睛茫然地望着远处。他终于放下烟斗，跳了起来。

“不行，华生！”他笑了一声，说，“咱们一起去悬崖上走走，找一找火石箭头。找到火石箭头的可能性都比找到这个案件的线索大。让大脑在没有材料的情况下思考，就像开动一只空引擎，早晚会裂成碎片。华生，有了海的空气，阳光，还有耐心，也就会有别的。”

“现在，让我们冷静地看看自己的处境吧，华生。”当我们沿着悬崖兜圈子的时候，他又说，“我们要紧紧抓住我们的确知道的那一点儿情况，这样，当新的情况出现时，我们才能够马上发现它们在整个事件中的确切位置。我认为，首先，我们俩谁都不会认为是一起鬼怪侵犯人类的事件。我们在开始工作前，先得从心中完全排除这种想法。很好。然后才是那3个被某种有意识或无意识的人类行为严重伤害了的人。这是着手办案的坚实基础。那么现在再说，那事发生在什么时间呢？很明显，假设他说的都是事实，就发生在莫蒂默·特里金尼斯先生刚刚离开以后。这是非常重要的一点。现在假定是，就发生在他走后几分钟之内。纸牌还在桌子上。刚刚过了他们平时睡觉的时间。但他们还没有交换座位，也没有把椅子放回桌下。我再说一遍：事故就发生在他刚刚走开以后，不会晚过昨晚11点钟。

“显然，我们采取的下一步是，尽我们的最大能力核查莫蒂默·特里金尼斯先生离开房间后的行动。做到这一点不难，似乎没有什么可疑的。你当然知道我的工作方法，知道我笨手笨脚地碰倒那个水桶是一个计策，并得到了他的清晰的脚印。若用别的方法不会这么清晰。用打湿了的沙子路取到的脚印最好不过。你也许记得，昨天的夜也是湿的，在得到一个样品印记后，在众多脚印中认出他的足迹并监视他的行动就不难了。显然他是迅速朝牧师住宅的方向走去了。

“如果后来，在莫蒂默·特里金尼斯先生从那个现场消失后，还有个外人伤害了那几个打牌的人，我们怎么能够设想那个人是怎样制造出那种恐怖效果的呢？可以排除波特夫人，她显然没有害人之心。有没有这样的证据：有人匍匐到花园窗户上，用一种办法产生出一种可怕的东西，把那些看见那东西的人吓得失常？向这个方面提示的是莫蒂默·特里金尼斯先生本人，他说他的兄弟告诉他说，在花园里有个东西在动。那么说肯定不大对头，因为那天夜里刮风下雨，而且很黑。有意要吓唬他们一下的那个人会用力把脸贴在玻璃上，然后再让人看见。那个窗户外面有一条3英尺长的花阶，但却没有留下脚印。所以很难想象一个外人会做出什么样的怪态，并能吓坏那几个人。我们也找不到他这么奇怪的精心策划是什么动机。华生，你看到我们的困难了吗？”

“困难实在是太清楚了。”我非常明确地答道。

“不过，如果我们知道的再多一点儿，我们也许会证实它们并不是不能逾越的。”福尔摩斯说，“我想，华生，在你保存丰富的案卷里，你大概会找到与之相近的无头案吧。不管怎么说，我们先把它搁在一边，等有了更准确的资料再说。我们把今天上午剩下的时间全都用于去寻找新石器时代的人类遗迹吧。”

我即使批评过我的朋友有精神不够集中的毛病，但我绝不怀疑在康沃尔那个春天的上午，他的表现更是无以复加：整整两个小时里，他轻松愉快地把玩石凿、箭头和碎石片，好像根本就没有一件可怕的案子在等他解决似的。直到我们下午回到自己的小屋，发现有一个人在等我们，我们的心思才回到正在办理的案件上。我俩谁都不需要让人介绍来者是谁。庞大的身躯，面孔上刀凿斧刻般的皱纹，一对锐利的眼睛和鹰钩鼻，乱蓬蓬的头发几乎触到了我们小屋的顶棚，鬓角处呈黄色，在接近嘴唇的地方有一块白斑，那是他抽雪茄给他留下的永久性烟斑。所有这些特征在伦敦同在非洲一样为人熟知，只能让人想到大名鼎鼎的猎狮大王——探险家利昂·斯滕代尔博士。

我们不仅耳闻他来到这个地区，而且还在沼泽地的小路上见过一两次他的高大身影。他没理我们，我们也不想去理他，因为人们都知道他喜欢离群索居。他旅行中的大部分间歇时间都在比彻姆阿兰斯树林中的一间孤独陋室里隐居。在那里，他埋头于书本和地图当中，过着一种与世隔绝的生活，只有最简单的需求，对周围的事一概不闻不问。所以，当我听见他用急切的口吻问福尔摩斯对这段神秘插曲的侦探有没有取得进展时，我颇感惊讶。“郡上的警察全都不行。”他说，“但你见多识广，心中已经有数了。我唯一请求你信任的事是，我在这个地区多次居停期间，慢慢与特里金尼斯一家人认识并熟悉了——其实，我母亲一方是康沃尔人，所以我还可以叫他们表弟表妹——他们的离奇厄运当然使我十分震惊。我可以告诉你，我将去非洲，已经到了普利茅斯，但今天早上得知这个消息后，我立即返回这里帮助破案。”

福尔摩斯扬起眉毛。

“你为这件事放弃了你的航行？”

“我会搭下一班船。”

“天哪！这才是友谊啊！”

“我跟你说过，我们是亲戚。”

“不错，是这样——你外祖母那一边的亲戚。你的行李还在船上吗？”

“船上只有几件，主要的行装已放在客店里了。”

“我明白了。只是这则新闻不会已经上了普利茅斯的早报吧？”

“不会，先生，我刚收到一份电报。”

“可以问问是何人发去的吗？”

探险家的脸上掠过一缕阴影。

“你是要问到底啊，福尔摩斯先生。”

“我是干这个的嘛！”

斯滕代尔博士尽力恢复他失去的镇静。

“我不妨告诉你，”他说，“是牧师朗德海先生打电报叫我回来的。”

“谢谢你。”福尔摩斯说，“我大概可以这样回答你刚才提的那个问题。对这个案子在我心里还没有完全弄清楚，但得到某种结论则大有希望。再多说恐怕还为时过早。”

“如果你的怀疑已有了方向，也许你不在意告诉我吧？”

“不，这个我可不好回答了。”

“那我是在浪费我的时间了，不必再拖延这次拜访了。”这位著名的博士大步走出我们的小屋，情绪极坏。5分钟后，福尔摩斯去追他。到了傍晚，我才看见他迈着缓慢的步子回来，那张拉长的脸使我确信，他的调查没有取得进展。他看了一眼等待他的电报，便顺手扔进了炉格子里。

“普利茅斯旅店来的，华生。”他说，“我是从牧师那儿知道店名的，打电报去核实利昂·斯滕代尔博士说的是不是实话。看来，昨晚他的确是在那里过的。他实际上已经把他的部分行李运往非洲了，他同时返回来要见证这次调查工作。你怎么看这件事，华生？”

“和他利益有关。”

"对，利益。这是一条我们没有抓住的线索，一条有可能带领我们走出乱麻的线索。打起精神，华生，因为我可以肯定我们还没有完全掌握材料。一旦材料到手，我们就会很快把困难甩到后头。"

我没有想到福尔摩斯的话会这么快变成现实，也想不到打开一条崭新的调查线索会是那么奇特和险恶。早晨我在窗前剃须的时候，听见嘚嘚的马蹄声，抬头一望，看见一辆单匹马拉的车正从路上向我们这个方向驶来。马车在我们的小屋门前停下，我们的朋友牧师跳下车，冲进我们的花园小路。福尔摩斯已经穿好衣裳，我们赶忙接待这位朋友。

这位来访者激动得一时说不出话，最后才上气不接下气地一口气倾吐出他的悲惨故事。

"我们这儿闹鬼了，福尔摩斯先生！我的这个可怜的教区闹鬼了！"他叫道，"撒旦亲自放出来的！我们都成了他的掌中之物！"他激动得跳舞似的满屋子转，面孔发灰，目光惊愕，荒唐可笑的样子，仿佛变了个人。直到最后，他才道出他带来的可怕新闻。

"莫蒂默·特里金尼斯先生昨天夜里死了，症状和他死去的亲人完全一样。"

福尔摩斯猛地一下跳起来。

"你那辆小车坐得下我们两个吗？"

"坐得下。"

"华生，咱们待会儿再吃早饭吧。朗德海先生，我们全听你的，走吧，快，快，趁现场还没有被破坏。"

那位房客在牧师住宅占了两个房间，两间屋子一间在楼上，一间在楼下，同一个角落。楼下的那间较大，是客厅；楼上那间是他的卧室。人们向外可以看见一块一直延展到窗下的玩棒球的草坪。我们到时医生和警察还没有赶到，所以现场绝对没有遭到任何破坏。让我详细描绘一下我们在3月那个下雾的早晨看到的现场。它们留给我的印象将永远难以从我的心头抹去了。

房间里的气氛是恐怖与压抑的。头一个进入这个房间的仆人已经把窗子全打开，否则一定更加叫人难以忍受。这种感受很可能是因为桌子中央有一盏燃烧并冒烟的灯造成的。桌旁就是那个死去的男人。他仰靠在椅背上，浅浅的胡须翘起，眼镜已推到额头上，扭向窗户方向的干瘦的黑面孔上呈现出的恐怖状同他死去的妹妹完全一样。他的四肢都痉挛了，手指变形，好像死于一瞬间的恐怖。他的穿着齐全，但可以看得出他是在匆忙中穿上衣服的。我们已得知他曾经在床上躺下过，是在凌晨时分才惨遭不测的。

当我在福尔摩斯走进那套发生命案的房间的那一刻起，看出他身上突然发生了变化，那就该知道热情已在他冷漠的外表下开始涌动了。只一瞬间，

那个死去的男人仰靠在椅背上。

他的眼睛亮了，他的表情变得严肃起来，他的四肢都因激动而微微发颤。这就说明他紧张并警觉起来了，进入状态了。他跑到外面的草坪上，从窗户爬进屋里，在屋里转一圈，然后又到楼上的卧室，那表现简直跟一条跳来跳去搜索狐穴的猎犬一样。他在卧室里迅速地扫视了一遍，最后把窗户一下推开，似乎得到了令他兴奋的新东西。因为他把身子探出窗户的时候，高兴地大叫了一声，随即像猎人追赶猎物一样，冲下楼梯，从楼下的窗户爬到外面，脸朝下扑到草地上，然后又跳起来，再次跑进屋里。他用十倍的认真劲儿仔细查看那盏普普通通的灯，测定灯在灯碗里的尺寸。他用放大镜细细查看盖在烟囱上的云母罩，刮下一些它表层上面的灰末，倒进一个信封，然后夹在他的袖珍书中。最后，当医生和警官出现的时候，他点头招呼牧师，我们3个人一块儿来到外面的草地。

“我挺高兴，我的调查总算没有全都白做。”他说，“我不能留下来同警察讨论这件事了，但如果你能代我向他们致敬的话，并请他注意卧室的窗户和那盏灯，我对你就不胜感谢啦，朗德海先生。这两样东西每一样都可深究，然后综合分析，简直就可以得出结论了。如果警方想多了解情况，我很乐意随时在小屋里见到他们。现在么，华生，我看咱们最好到别的地方去看看吧。”

或许警方讨厌一个业余侦探介入此事，或许他们认为他们自己的调查有更好的途径，然而，可以肯定的倒是，在接下去的两天里，我们没有听到他们的任何消息。那两天，福尔摩斯有时在小屋里抽着烟沉思默想；但大多数的时间里，他全是一个人在乡下散步，几个小时后回来，一句话也不提他刚才去了什么地方。有一个实验使我知道了他的调查路子。他买来一盏灯，这盏灯同莫蒂默·特里金尼斯死亡那天在那间屋里点燃的灯一样。他给灯碗里倒上同牧师住宅里使用的同一种油，然后仔细算好它燃烧完毕需用的准确时间。他做的另一个实验其性质则令人不那么愉快了，恐怕我今生都难以释怀了。

“你要记住，华生。”一天下午他说，“在我们接触到的两个不同的事件中，有一个共同的相似点，这就是，每一个事件里都涉及，案发后当时屋里的空气都使最先进入那间屋子的人感到难受。你记不记得莫蒂默·特里金尼斯说他最后一次进他哥哥的房间时，医生一进屋就倒在椅子上？你忘记了？啊，我来解答吧，它是这么回事。现在，请你还要记住，管家波特夫人告诉过我们，她进屋后感觉有点儿头晕，就去打开窗户。在第二个事件中——就是莫蒂默·特里金尼斯本人也死了的事件——这你不会忘记了吧。在我们赶到时，虽然仆人已经打开了窗子，但屋里仍有可怕的窒息感。我在查询中发现那个女仆很虚弱，已经躺到床上了。华生，你得承认，这些事实是非常发人深省的。在两个事件里，在屋里都有毒气；在两个事件里，屋里当时还有东西在燃烧。一个事件中是烧炉子，另一个事件中是点灯。炉子是取暖所必需的，可点灯——天亮已经很久了，何必耗油呢，为什么？燃烧、令人憋闷的空气，再就是那些不幸的人或死或疯，这3件事肯定有关联。这不是很清楚了吗？”

“看来是这样。”

“起码我们可以把这看作有效的假设。这样，我们可以再设想，每个事件中都烧了某种东西，产生一种有毒的气体。对，就是这样。在头一个事件里——就是特里金尼斯家的那个事件，这种东西被放在了炉子里。这时，窗户是关着的，但炉火自然地会把一部分气体带到烟囱里。所以毒气的效果应该比在第二个事件中差一些，在第二个事件里气体挥发得比较少。结果似乎表明应当是这样，因为在第一个事件中只有一个女人死了，也许是女人的感官更敏感。其他两人表现出暂时性的或永久性的精神错乱的状态，显然是药物产生了初步效应之故。在第二个事件中，药物的效应就完全发挥了出来。所以，看来这些事实可以使燃烧产生毒气的说法得以成立。

“按照我脑子里的这条逻辑推理，我当然要查遍莫蒂默·特里金尼斯的房间，想找一些那种东西。要看的地方显然就是那个云母罩和灯的防烟罩。果不其然，我真的取到了一些有用的灰，在边缘周围有一圈褐色的粉末，它就是没有烧着的那种东西。你也看到了，我取了一半，放进了那个信封。”

“为什么只取一半？”

“亲爱的华生，我是不想给警方制造障碍呀。我要把我发现的证据全都留给他们。毒药还残留在云母罩上，留给他们去发现吧。华生，现在咱们点燃咱们的这盏灯，不过，咱们得先打开窗户，别让两个有价值的社会成员过早地去世。你坐在打开的窗户旁那张摇椅上。如果你是一个惜命之徒，决定与此事摆脱干系，那就另当别论。喂，你是会把这个实验做完的，是不是？我认为我是了解我的华生的。我把这把椅子放在你的对面，这样咱俩离毒药就一样远了，面对面坐好。让门留个缝开着。彼此随时观察对方，把这个实验做完，看是否真的会出现那种吓人的症状。听明白了吗？好的，那我拿那些粉末了，就是装进信封里的那些残余物，我从上面把粉末撒在燃烧的灯上。我撒了！好，现在，咱们坐下等着看会发生什么情况。”

没有多久情况就出现了。我还没有在我的椅子里完全坐好，就嗅到一股浓浓的麝香气味飘荡过来，让我感到恶心。刚吸进第一缕香气，我的大脑和思维力就全都不听使唤了。一团浓黑的烟圈在我眼前翻滚，我心里知道，在这团黑云中潜伏着虽然看不见但却要跳上我受到惊吓的理智的东西，是模糊不清的恐惧，是宇宙间畸形的与不可思议的邪恶。在这团黑烟中，一些模糊的形状在翻滚、游动，每一个都是威胁，每一个都警告某种物体正要来临。在门槛上出现了一个不可言说的居住者，他的身影将使我的灵魂爆炸。一阵寒风似的恐惧牢牢抓住了我。我感到我的头发在竖起，眼球在往外凸出，嘴巴张开，舌头好像成了别人的。脑子里一片混乱，肯定是哪个部分被折断了。我想喊，隐隐约约地知道那粗糙嘶哑的声音就是我在喊叫，但又觉得它十分遥远，已不是我的声音了。我在喊的同时，用力挣脱那团可恨的黑烟，妄图逃走。我瞥见了福尔摩斯的面孔，又白又僵硬，已被恐惧扭曲得变了形。那样子跟我看到过的死者脸上的特征完全一样。就是这一景象立即使我有所清醒，并且有了力量。我猛地从椅子里跳起，用胳膊搂住福尔摩斯，两个人一起东倒西歪地走出房门，然后马上便双双倒在草地上，挨在一块儿躺着，只能感觉到阳光穿过在地狱里刚才还包围着我们的恐惧之云灿烂地照射着。恐怖之烟慢慢地升腾，离开了我们的

我们两个人一起东倒西歪地走出房门，然后马上便双双倒在草地上。

灵魂，像一处风景中的迷雾那样散去了。平和与理智渐渐地回来了。我俩在草地上坐起来，揩去额头上的冷汗，不无后怕地互相看着，这些冷汗证明我们确实刚刚经历过那场惊心动魄的事情。

“我的天呀，华生！”福尔摩斯终于用还没有完全复原的声音说话了，“我既要向你表示我的谢意，又要表示我的歉意。这样的实验就是对我本人也是不公正的，对一位朋友更是加倍的不公了。我真的非常歉疚。”

“你要知道啊，”我动情地回答他，因为我在此之前还没有见过福尔摩斯这么动过真情，“能够帮助你是我最大的快乐和荣幸。”

他很快又恢复了他平时对待周围事务半是幽默半是挖苦的一贯做派。“让咱们自己发疯看来是大可不必，我亲爱的华生。”他说，“旁人肯定会说我们在做这个发疯的实验之前，就已经疯了。我得坦白我真没想到效应会来得这么突然，这么猛烈。”他忽然钻进小屋，再次出来时伸直手臂的手里拿着那盏还烧着的灯，一甩手把它丢到荆棘丛中。“我们先让屋里换换空气。华生，对这两起悲剧是怎么产生的，我看你不再有任何怀疑了吧？”

“没有怀疑了。”

“可是其动机仍然和原来一样不明。来，到凉棚底下来，咱们一起讨论讨论这个问题。那种吓人的东西好像还在我的喉咙里不散去。我认为我们得承认，所有的证据都是指向了一个人，就是莫蒂默·特里金尼斯。虽然他在第二个事件中是受害者，但在第一个事件中却是罪犯。我们一定记得，在头一个事件里说到家庭争吵的事，后来又和解了。他们的怨恨有多深，和解又是多么表面，这些都是咱们说不清的。我想到莫蒂默·特里金尼斯，他那张狐狸脸儿；眼珠滴溜溜转的小眼睛，在眼镜后面显得那么狡黠。这些都使我判断他不会是一个对人特别宽容的人。啊，在第二个事件中，你会记得说有个人在花园里动弹，这个说法使我们的注意力偏离了探寻悲剧的真正原因。这个说法就是他散播的。他的动机就是想把我们引入歧途。最后，如果不是他在临离开房间时往炉子里投下毒药，谁还会这么干呢？他刚一离开，事情就发生了。如果有人进过屋子，那些人肯定会从桌旁站起身的。况且，在宁静的康沃尔，人们晚上10点钟以后就不串门了。于是，咱们可以这样说，一切证据都证明莫蒂默·特里金尼斯就是罪犯。”

“那他的死是自杀！”

“啊，华生，从表面上看，这也并非不可能。这个给自己的家庭带来厄运因而灵魂有罪的人或许出于自责，不得安宁吧。然而，有一些无法反驳的理由不利于自杀之说。幸好在英格兰有一个人了解其中的一切，而且我已经做了安排，我们今天下午就会从他口中听到那些事实了。哈！他还没到约定的时间就来了。利昂·斯滕代尔博士，您小心迈步，到这边来。我们才在屋里做过一个实验，使我们的小屋还不适宜接待您这样一位尊贵的客人。”

我已听见花园的门响了，接着就看见那位非洲大探险家的庞大身影出现在园中小路上。他略微有些吃惊地转身朝我们坐在其中的凉棚走来。

“你派人叫我来，福尔摩斯先生。我一小时前收到你的条子，就往这里赶，虽然我真的不知道我为什么要听从你的召唤。”

“也许我们在分手之前就能把问题澄清。”福尔摩斯说，“同时，我要感谢您能以礼相待。您会原谅我们在户外非正规地接待您，但我和华生已经快给叫‘康沃尔恐怖案’的文件增写完一个章节了。我们暂时在外面是喜欢外面的新鲜空气。或许，因为我们将要讨论的事情会涉及您的个人隐私，而且我们也不愿在一个隔墙有耳的地方进行我们的谈话。”

大探险家取下含在口中的雪茄，严峻地注视着我的同伴。

“我听着有点儿糊涂，先生。”他说，“你说你将不得不说到我的个人隐私。”

“莫蒂默·特里金尼斯死了。”福尔摩斯说。

那一时刻，我恨不得身上带着武器。斯滕代尔严峻的面孔刷地一下变成暗红色，眼睛亮了许多，激动得前额上的青筋暴露，与此同时，他向前跃起，攥着双拳冲向我的同伴。然后，他停下脚步，强制自己平静下来，恢复了淡漠而僵硬的冷静。这比他头脑发热时的冲动可能更有危险性。

“我长期生活在野人当中，不管什么法律不法律。”他说，“我做的事就是法律。你应当知道这个，福尔摩斯先生，别忘了，因为我不想伤害你。”

“我也不想伤害你，斯滕代尔博士。我不想伤害你的最清楚不过的证据就是，在我知道了我想知道的情况后，我不是派人去找警察，而是去找你来。”

斯滕代尔坐了下来，有一点儿气喘，可能是他探险生涯中头一回被人镇住了。福尔摩斯镇静自若的风度具有不可抗拒的力量。我们的客人显得很焦躁，把手一会儿张开，一会儿又握紧。

“你这是什么意思？”他最后问道，“假如你这是搞恫吓，福尔摩斯先生，你做这个实验是选错了人。咱们别兜圈子了，你是什么意思？”

斯滕代尔向前跃起，攥着双拳冲向我的同伴。

“我会告诉你的。”福尔摩斯说，“我之所以要告诉你的理由便是，我希望我们之间能以诚相待。我的下一个步骤可能要取决于你自己的答辩性质。”

“我的答辩？”

“是的，先生。”

“我答辩什么？”

“答辩对杀死莫蒂默·特里金尼斯的起诉呀！”

斯滕代尔用手帕擦了擦额头。“说真的，你是在逼我啊！”他说，“你每次成功都靠这种虚张声势的诈唬吗？”

“诈唬的是你，”福尔摩斯严肃地说，“利昂·斯滕代尔博士，而不是我。我将告诉你一些事实作为证据，这些事实是我所做结论的依据。你从普利茅斯回来，却让你的大部分行李继续运往非洲，它除了最早告诉我在设想这场戏剧性事件中，你是必须考虑的因素之外，我还能说什么呢。”

“我回来……”

“我听过你的理由了，认为它们既不可信也不充分，不必再说了。你上次屈尊来这里是问我怀疑的人是谁。我拒绝答复你。你就去了牧师住宅，在外面等了一段时间，最后又回你住的小屋去了。”

“你怎么知道的？”

“我跟踪了你。”

“我没看见人啊！”

“这就是我跟踪你的时候我所看见的：你在你的小屋里过了一个不眠之夜，谋划了一个方案，并且一大早就实施了那个方案。天刚亮你就离开房门，从放在你的大门口旁的石堆里拿了些发红的砾石，装满你的口袋。”

斯滕代尔大吃一惊，惊愕地瞅着福尔摩斯。

“然后，你迅速地走了一英里，赶往牧师住宅。我记得，你当时穿的系带网球鞋，就是你现在穿的这一双。进了牧师住宅，你穿过果园，躲在篱笆边儿上，躲在房客特里金尼斯的窗下。当时天已大亮，但住户还没起床。你从你的口袋里拿出几块石头，扔向楼上的窗子……”

斯滕代尔腾地站了起来。

“我看你本人就是魔鬼！”

对这句赞誉，福尔摩斯以一笑置之。“你大概扔了两把，也许是3把石头子儿，那位房客才起身走到窗前。你招呼他下楼。他匆忙穿上衣服，来到楼下的客厅。而你则从窗户爬进屋里。你们短暂地见面谈了几句话，交谈中你在屋里来回走动着。然后，你走到外面，并把窗户关上，站在门外的草坪上抽了一会儿雪茄，等着查看会出现的情况。最后，在特里金尼斯死后，你抽身走了，就像你来时那样诡秘。现在，斯滕代尔博士，你打算怎样解释你的这番举动？怎样解释你这种行为的动机呢？如果你搪塞我，或者跟我玩小心眼儿，我就给你交交我的底——这件事就将永远不会经我的手而是交给别的人去办了。”

我们的客人在听到对他的这番指责时，面色变得灰白。这时他坐在椅子里，两手捂着脸，考虑了一会儿。然后，他突然做出一个冲动的姿势，从上衣的胸前口袋中抽出一张照片，甩在我们面前的石头桌子上。

“这就是我那么做的原因。”他说。

那是一位十分漂亮的女子的半身玉照。

“她是布伦达·特里金尼斯。”他说。

“对，是布伦达·特里金尼斯。”我们的客人又说了一遍，“我爱她好多年了，她也爱了我好多年。这就是人们奇怪我这个人何以要在康沃尔隐居的秘密。隐居在康沃尔，就是为了与我在这个世上唯一所爱的人离得近一些。我之所以不能跟她结婚，是因为我有一个离开我很多年的妻子，而依照让人伤心的英国法律，我不能跟她离婚。布伦达等了好多年，我等了好多年。现在的这个下场就是我们共同等待的结果。”剧烈的抽泣震撼着他那魁梧的身体，他按住自己斑白胡须下的喉咙，等到用力控制住了情绪后，才重新把话说下去。

“牧师知道这些事情，他知道我们的秘密，他会告诉你她是一个在人间的天使。这就是他为什么给我打来电报，我为什么赶回来的原因。当我得知我爱的人遭到如此横祸时，行李或者非洲，对我还有什么意义呢？你确实找到了我那样行动的线索上正好缺少的那一环节，福尔摩斯先生。”

“继续下去。”我的朋友说。

斯滕代尔从口袋里拿出一个纸包，放在桌面上。纸包外面写着：“Radix pedis diaboli.”包底下还压着张表示是有毒物的红色标签。他把纸包推到我眼前，说：“我知道你是一位医生，先生，你听说过这种药吗？”

“魔鬼的脚跟！不，不，我从来没听说过。”

“这并不反映你的专业水平。”他说，“因为我知道，除了布达①的一家

① 布达：匈牙利首都布达佩斯的缩略称法。——译注

化验室里有一份样品外，欧洲就没有第二份了。药典里和毒理学文献中都还没有收入这种毒药呢。其根像一只脚，一半像人，一半像鬼，所以研究植物的传教士就给它起了这么一个挺形象的名字。在西非的一些地区，巫医把它当作实施神裁法①的毒物使用，而且在他们当中作为不得外传的机密。这一点儿药末我是在乌班吉国②一次极为特殊的情况下弄到的。”说着，他打开纸包，然后倒出一小点儿像是鼻烟的红褐色的粉末。

“就这些吗，先生？”福尔摩斯庄重地问。

“我要把实际发生过的事全都告诉你，福尔摩斯先生，因为你已经非常清楚这事同我的利益有关，所以我要让你知道全部情况。我已经说过我跟特里金尼斯家的关系了。因为妹妹的缘故，我和哥哥们都很友好。为了钱这家人发生了争吵，大家和这个莫蒂默疏远了，但据说又和好了，所以，我后来见到他时和其他人没有两样。他狡猾，阴险，诡计多端，出现的好几件事使我对他产生了怀疑，但却找不到理由跟他当面吵上一架。

“大约两个星期以前的一天，他来到我的住处，我给他出示了一些我收集的非洲古玩，其中就有这包粉末。我告诉他这种药物的奇特效应：它刺激人脑中控制感情和恐惧的中枢，当地土著人在接受所在部落的巫师给他施用的神裁法后，是死是疯全凭碰运气。我还告诉他，没有这种药的欧洲科学界将会研究这种东西。他是怎么拿到这种毒药的，我说不上来，因为我始终没有离开过我的房间。啊，没错儿，他是在我打开标本柜，弯腰放下箱子时偷了一些魔鬼的脚跟的。我清楚地记得他纠缠着问我问题，问需更多少药量以及药力发作需要多长时间，可哪里想得到他这么问是有个人的企图呢。

“我在普利茅斯接到牧师的电报时，才又想起这件事情。这个坏蛋以为我知道这个消息的时候已经在大海上了，然后就会在非洲消失许多年。但是，我

① 神裁法：让受刑者服毒，如果不死，则算神裁定其无罪。——译注

② 乌班吉：在今扎伊尔境内的一个地区。——译注

立马就赶回来了。如果不是觉得肯定是使用了我的那种药，我哪会忍心听完那种种细节。我绕道来见你，是希望你会有某个别的说法。但是两处都使我失望了。我坚信莫蒂默·特里金尼斯就是凶手。为了那笔钱，他或许想到，如果他家的其他成员全得了精神病，他就是他们共有财产的唯一监护人了。于是，他给他们施用了魔鬼的脚跟，使其中两人精神失常，并使他妹妹布伦达致死。而她正是我所爱着的，她也爱着我。这是他犯下的罪恶，那他该受到什么样的惩罚呢？

“我应当诉诸法律吗？我的证据呢？我知道那都是事实，但是我能使乡下人组成的陪审团相信这么一个离奇古怪的故事吗？也许能，也许不能。但是我是输不起的。我的灵魂呼唤我复仇。福尔摩斯先生，我以前对你说过，我这个人大半生生活在没有法律的地方，渐渐习惯了我自己就是法律。现在我就是这样做的。我决定让他也得到他给予别人的厄运。或者那样，或者我亲手给他一个公正。目前，在英格兰，没有一个人比我更不看重自己的生命了。

“我的话至此已经全说完了。剩下的你已经补充了。正如你所说的，我过了一个不眠之夜，很早就离开了我的小屋。我已预见到把他召出来不会那么容易，所以就从你刚才提到的那堆石块里捡了几块石子儿，用来向他的窗户投掷。他下楼并允许我从客厅的窗户进到屋里。我当他的面揭露了他的罪行。我告诉他，我是以法官和执行官的双重身份来的。那个坏蛋一看见我的手枪，就瘫在椅子里了。我点上灯，向火苗上撒上药末，在窗外站了一会儿，如果他想离开屋子，我随时准备实施我的威胁。不到5分钟他就死了。我的上帝，他死了！但我的心像石头一样坚硬，因为与在他之前死去的我爱的那个无辜的人儿的痛苦比，他遭受的根本就不是痛苦。这就是我的故事，福尔摩斯先生。假如你爱过一个女人的话，你也会这么做的。不管怎么说，我现在在你的手中，你想怎么办就怎么办吧。我已经说过，活着的人里没有比我更不怕死的了。”

福尔摩斯坐在那里沉默了一会儿。

“你有什么计划吗？”福尔摩斯最后问。

“我打算去中非隐居，我在那里的工作才做了一半。”

“去做那另一半吧。”福尔摩斯说，“至少，我不想阻拦你去。”斯滕代尔博士那庞大的身躯立了起来，十分庄重地鞠了一个躬，转身离开了凉棚。福尔摩斯点上他的烟斗，把他的烟袋递给我。

“换换口味，抽一点没有毒的烟丝也不坏。”他说，“华生，我想你一定会赞同，我们干预的这个案子不能成立。我们的调查是独立进行的，我们的行动也应该是独立的。你不会去告发这个人吧？”

“当然不会。”我答道。

“华生，我还没有爱过，可是如果我爱过，如果我爱的女人遭到如此的惨死，没准儿我也会像这位不受法律约束的猎狮大王那样行事呢。谁知道呢？是吧，华生？落在窗台上的石头子儿当然是我研究的起点。它们可跟牧师花园里的别的东西不同啊！只是在我的注意力转向斯滕代尔博士和他的住处时，我才发现他那儿也有这种石子儿。大白天点灯，罩子上残留的粉末，都是十分明显的链条上的相关环节。我的亲爱的华生，我认为我们现在可以从心中打消这件事情了，毫无愧疚地回来研究迦勒底语的词根吧，我肯定可以在伟大的凯尔特语的分支康沃尔语里寻找到它们的根源。”

红圈会

“噢，沃伦夫人，我看不出你有什么特别的理由这么不安，也不明白我的时间这么宝贵，不会再介入这件事情。我的确还有别的事情不能脱手呢。”夏洛克·福尔摩斯说着这些话的时候，从他正在为最近的材料编排与做索引的大剪报本上转过身来。

但是这位女房东偏偏固执得很，具有女人的狡黠。她强硬地坚持她的立场。

“您去年调解过我的一位房客的纠纷，”她说，“就是费尔代尔·霍布斯先生的那件事。”

“哈，是呀，一件十分简单的事。”

“可是他总是说起它——说您好心，先生，说您办事有拨云见日的能耐。每当我有了疑难事和不明白的事情时，我就想起他的这些话。我知道只要您愿意，您准办得了。”

福尔摩斯一听好话就心软，并且在人家以诚待他时，他更会尽心尽力。现在沃伦夫人好话说得那么诚恳，他只好让步，放下手中的胶水刷子，坐回椅子上。

“好，好，好，沃伦夫人，给我们讲讲是怎么回事吧。你不反对我抽烟吧？谢谢您，华生——拿火柴来！我理解您的不安，因为新的房客待在他的屋里不出来，您见不着他。啊，祝福您，沃伦夫人，假如我是您的房客，您可要常常几个星期都见不到我啊。”

“是这样，先生，但是这回可不一样。它使我感到害怕，福尔摩斯先生。我害怕得睡不着觉。从一大早就听着他到处快步走路的脚步声，一直听到后半夜，可是又从来看不见他的身影，我实在是受不了。我丈夫和我一样为此紧张得不行，但他一天到晚在外面工作，而我不得安宁。他为什么藏着？他干什么事了？除了那个小姑娘，整天就我一个人和他在家里。这种情况我实在受不了了。”

福尔摩斯向前微微探着身子，把他长而纤细的手指放在这个女人的肩上。在他愿意的时候，他几乎能够发射出催眠的力量。她眼中受惊的状态消失了，激动的五官渐渐恢复了常态。她在他让出的椅子上坐下。

“我要是接手这件事，我就得了解所有的详情。”他说，“慢慢地想吧！最小的地方也许就是最关键的。你说那个男人十天前来时，交付了你两周的食宿费，是吗？”

“他问我有什么条件，我说一星期50先令。有一间小会客室和卧室，一应俱全，在顶层。”

“是吗？”

“他说：‘如果能满足我的条件，我每周给您5英镑。’我是一个穷女人，先生，沃伦先生挣得也很少，这笔钱对我来说可不是个小数。他当时就抽出一张10英镑的票子。‘如果您遵守我的条件，您可以长期每两周拿这么多钱，’他说，‘否则，我就不再同您打交道了。’”

“都是些什么条件？”

“喏，先生，条件是他必须拿着房屋的钥匙。这也是正常的，房客们常拿着钥匙。而他有所不同，他要我完完全全不要管他，绝不许以任何借口打扰他。”

“这没有什么奇怪的吧？”

“从道理上讲，是这样，先生。可到现在已经不合常理了。他已经住了10天了，沃伦先生、我，还有那个小姑娘，都没有看到他一眼。我们早、午、晚都可以听见他上上下下快步走路的声音，但除了头一个夜晚，他再没出过他那个房间一步。”

“啊，他第一天夜晚出去过？”

“是的，很晚才回来——我们都睡下了他才回来。他住下后告诉过我他回来得晚，并要求我不要闩门。我过了半夜才听见他上楼梯。”

“可是他的饭呢？”

“这是他特别关照过的，他按铃后我们才可把饭放在他的房门外的椅子上。他吃完了再按铃，我们再从那把椅子上取走餐具。假如他需要什么东西了，便用印刷体的字写在一张纸上，放在椅子上。”

“用印刷体写字？”

“是呀，先生，用铅笔描的。就写一个字，多一个都不写。我带来一张您看——SOAP（肥皂），这儿还有一个——MATCH（火柴）。这是他第一天早晨扔下的《每日新闻》，我每天早晨送早饭都交给他一份报纸。”

“天哪，华生，”福尔摩斯十分好奇地瞅着女房东递给他的从报纸上撕下后描出来的字，说，“这里面肯定有那么点儿不太寻常。深居简出，还可以理解，但为什么描印刷体字呢？描印刷体字是挺费事的。为什么不直接手写呢？华生，这里有什么提示吗？”

“这提示他是想隐瞒自己的笔迹。”

“但他为什么要隐瞒呢？他的女房东得到他的笔迹对他很重要吗？就是你说的，想隐瞒笔迹。还有，为什么写得这么简略？”

“不可想象。”

“这倒是出了一道有趣的智力测验题：那些字都是用一支样式不寻常的、粗头的、紫色的铅笔描的。你可以看出那纸是写完印刷体字后再从这个边上撕下来的，所以SOAP的S缺了一角。华生，这是不是说明了什么呀？”

“说明他不太谨慎，是吗？”

“正是这样。留下一些很明显的印记，拇指手印等，会使人按此线索查出

福尔摩斯十分好奇地瞅着女房东递给他的从报纸上撕下后描出来的字。

这个人的身份。现在，沃伦夫人，你说那个男人中等身材，黑黑的，留着连鬓胡须。那他大概多大岁数？”

“年纪还轻——不超过30岁。”

“啊，你能再多给我些提示吗？”

“他的英语说得很好，先生。但我从他的口音听得出他是个外国人。”

“他穿得整齐吗？”

“他穿得十分考究，先生——十足的绅士。一身深色服饰——没有特别引人注意的地方。”

“他没有告诉你他的名字吗？”

“没有，先生。”

“他没有收到过信件或者来访的客人吗？”

“没有。”

“但是，你，或者那个小姑娘，肯定在哪一天的早晨进去过他的房间吧？”

“没有，先生，他完全是自己照顾自己。”

“天啊！这肯定是太奇怪了！那他的行李呢？”

“他随身带着一个棕色的大包——此外就一无所有了。”

“好，看来我们得不到更多的有用的材料了。你是说再没有从那间屋子拿出来过任何东西了吗？绝对一点儿都没有拿出来过？”

女房东从她的衣袋里抽出一个信封，又从信封里抖落出两根烧过的火柴和烟头儿到桌子上。

“这些是今天早上从他的烟灰碟里拿的。我拿它们来是因为听说您能够从小东西里看出大问题。”

福尔摩斯耸了耸肩膀。

“这里什么都没有。”他说，“火柴当然用来点香烟，那根显然是烧短的，点一支雪茄或烟斗得费半根火柴。可是，天哪！这个香烟头儿肯定不大对劲啊！你说那位绅士是留着连鬓胡须与小胡髭的吗？”

“是呀，先生。”

“这我就搞不懂了。我应该说，这支烟只能是一个刮光了胡须的人吸过的。嘿，华生，就是你那点儿小胡子也要被燎着的。”

“用烟嘴呢？”

“不会，不会，烟头是被舔过的。我猜想在你的客房里不会是住着两个人吧，沃伦夫人？”

“不会的，先生，他吃得太少，我常怀疑这么少的饭量人怎么能活下去。”

“好，我觉得我们必须等材料多一些再说。你毕竟没有什么可抱怨的，你已经收了他的房租，虽然他肯定不太正常，但也不是一个捣乱的房客。他付款不菲，即使他想藏匿，也与你没有直接关系。我们在得到认为他有犯罪之嫌的理由之前，不宜贸然侵犯他的私事。我已经受理了这件事，就不会对它视而不见，有什么新情况，要随时报告给我。如果需要的话，我会鼎力相助。”

“在这个事件中，确实有些有趣的问题，华生。”在女房东走了以后，他说，“当然，也许是些小事儿，如个人的怪僻个性什么的。也就是说，事情比它的表面现象要复杂得多。使人强烈感受到的第一件事是，极有可能现在在屋里的人并不是早先住进去的那个人。”

“你怎么会有这种想法？”

“好，先不说这个烟头儿，那个房客刚住进去就匆匆出去了，而且仅此一次，这还不能说明什么吗？在没有人可以看见他的时候，他，或者是另一个人回来了。我们没有证据证明回来的那个人就是原先出去的那个人。然后，再就是，租房的那个人的英语说得很好。然而，在另一件事上，他却把应当是复数的MATCHES描成了印刷体的单数。我看这个字是从字典里抄的，而字典里的名词一般不列出复数。简略的写作是为了掩盖其英语水平的欠缺。对，华生，有充足的理由怀疑房客有一个替身。”

“但那可能是为了什么目的呢？”

“哈！这就是要我们解决的问题啊！这里有一条相当明确的调查路线。”他拿起花了一整天用伦敦各种杂志中的寻人广告栏编成的那本大书。“老天！”他翻着页码说，“好一个呻吟、哭喊和废话的集大成！好一个各种奇闻怪事的大杂烩！但这也给研究非常之事的学者提供了寻找最有价值的根据的场所！这个人独来独往，需要绝对隐秘，不会用信件与人交流。他是怎么得到外面的新闻或信息的呢？显然只能通过报纸上的广告，好像没有别的渠道了，幸好我们只需要关心一种报纸就可以了，就是这份《每日新闻》两个星期以来的摘录。‘王子滑冰俱乐部戴黑色羽毛围巾的女士’——这条可以不管；‘吉米当然不会伤他母亲的心’——看来联系不上；‘如果这位在布里克斯顿巴士马车上昏厥的女士’——我对她不感兴趣；‘我每日每时无不心向往之——’废话，华生，十足的大废话！啊，这里有一条似乎有点儿用，我念给你听：‘耐心，将会找到稳妥的联系方式。同在此栏。G.’这条发表在沃伦夫人的房客到后两天。听着是不是有点儿像？那位神秘客即使不会写字，但懂英语。看看咱们是否能再找到线索。对，在这里，是三天以后的了。‘我正在成功地安排着。耐心，谨慎。乌云即将过去。G.’从这条往后一星期中就没有了。在后面的条条里，口气明朗了许多。‘道路正在清除。记住说好的密码：一是A，二是B，依此类推。如有改变，将很快通知你。G.’这是在昨天的报纸上的，今天的报纸没登。这一切都符合沃伦夫人房客的情况。华生，假如咱们再等等，我不怀疑事情将会更加明朗化。”

这被证实了，因为我早上起来发现我的朋友背对着火炉，站在炉前地毯上，脸上露出满意的笑容。

“这是怎么回事，华生？”他叫道，说着拾起桌子上的报纸，“‘白石饰面的红色高房子，第三层，左边第二个窗户。天黑以后。G.’这已经说得很明确了。我看咱们早饭后必须去勘探勘探沃伦夫人的四邻。喂，沃伦夫人！您这么早来，有什么新闻吗？”

我们的委托人突然闯进屋里来，风风火火的劲头已经告诉我们事情有了新的重大发展。

“得让警察管管啦，福尔摩斯先生！”她大声说，“我再也受不了了！我要让他打理行装滚蛋。我要不是想先听听您的高见，早该跟他这么说了。可是我现在已经忍无可忍了，竟然发展到打我的老头子了——”

“打了沃伦先生？”

“反正对他可粗暴了！”

“谁对他粗暴了？”

“嗨！我正想要知道是谁呢！先生，就在今天早晨。在托特纳姆宫廷路的莫顿·惠茨公司当记时员的沃伦先生必须7点钟前离开家门。今天早晨他出门还没走出10步远，背后冲上来两个人用一件大衣蒙住他的头，把他塞进路旁的一辆马车里。他们赶着马车走了一个小时，才打开车门把他扔了出去。他吓蒙了，躺在路上，压根儿没看见马车是怎么回事。当他爬起来的时候，才发现自己是在汉普斯特德荒地上，所以他只好乘了辆巴士马车回家。他这会儿正坐在家中的沙发上休息，我径直来告诉您这件事。”

“非常有意思。”福尔摩斯说，“他没有注意那几个人的样子吗——听没听见他们谈话？”

“没有，他现在还一片茫然呢！他只记得好像被施以魔术似的抬起，又被

“今天早晨他出门还没走出10步远，背后冲上来两个人用一件大衣蒙住他的头，把他塞进路旁的一辆马车里。”

施以魔术似的扔下。这么做时至少有两个人，也许有3个人。”

“你把这件事同你的房客联系到了一起？”

“是的，我们在这里已经住了15年，以前从来没有遇见过这样的事情。他已经让我受够了，钱不是一切，我要他天黑以前滚出我的房子。”

“再等一等嘛，沃伦夫人，不要草率行事。我在刚一接触这件事的时候，就认为它肯定比它表面上看上去要复杂、重要得多。现在已经很清楚，有某种危险正威胁着你的房客。同样很清楚的是，他的敌人正在门口附近埋伏着等他回去。他们在雾蒙蒙的晨光中，错把你丈夫当成了你的房客抓走了。但在发现搞错后，又放了他。如果没有抓错人的话，他们会做出什么事来，我们只能猜测了。”

“那么，福尔摩斯先生，我该怎么办呢？”

“我非常想见见你的这位房客，沃伦夫人。”

“除非破门而入，我不知道您怎样才能看见他。我放下餐碟走开后，下楼梯时总听见他开锁的声音。”

“他必须把餐碟拿进屋里。我们躲藏起来，他拿餐碟的时候肯定可以看见他。”

女房东想了一小会儿。

“好吧，先生。在那门对面有一个小房间，我可以安放上一面镜子，你们躲在门后面，也许就能——”

“棒极了！”福尔摩斯说，“他几点钟吃午饭？”

“大约一点钟，先生。”

“那我和华生先生那个时候赶到。沃伦夫人，那咱们就暂时说再见吧。”

12点半的时候，我们踏上了沃伦夫人家的台阶。它位于大英博物馆东北侧一条叫奥姆大街的狭窄的通道中，是一栋高而单薄的黄砖建筑。它正好在街道的拐角处，俯瞰豪伊大街的俗艳住宅。福尔摩斯咯咯笑着指向其中的一幢，那是一排住宅平台，因为突出一块，很容易引人注意。

“看，华生！”他说，“‘带石头饰面的红色高房子’，没错儿，那里就是密码联络站。我们的任务将会好办得多了。在那扇窗户上挂有一个‘招租’的牌子，显然是那伙人出入的空房子。喂，沃伦夫人。你在干什么呢？”

“我已为你们准备好了。如果你们两位都上去，把你们的靴子留在下面的楼梯拐弯处。我现在就带你们去那儿。”

她安排的这个地方真是个绝好的藏身之所。镜子在黑暗中摆放的位置使我们可以很清晰地看见对面的门。还没等我们完全藏好，沃伦夫人就离开了，因为远处的铃声在宣告：那秘密客按铃了。女房东一会儿端着餐碟上来，把碟子放在关闭的门旁一张椅子上，然后踏着重重的脚步走下楼去。我们蹲挤在可以看见门的角度里，目不转睛地盯着镜子。在女房东的脚步声远去并消失后，突然传出扭动钥匙的响声。门把手转动了，猛地伸出两只纤细的小手，取走椅子上的餐碟。转瞬间，碟子又被匆忙地放回椅子上。我看见一张阴郁的美丽面孔惊恐地瞅了一眼小房间微微开启的门。然后那门又啪的一下关上，跟着又是转动钥匙的声音，然后归于寂静。福尔摩斯拉一拉我的袖子，我们便悄悄下了楼。

“我晚上再来。”他对抱着期望的女房东说，“华生，我看，回咱们那里可以更好地讨论这件事。”

“正像你看到的，我的推测被证明是正确的。”他坐在他那张深深陷下去的椅子里对我说，“房客是有一个替身。我没有预见到的是竟是一个女人。可不是个普通的女人啊，华生！”

“她看见我们了。”

“嗯，她是看见了某个让她惊讶的东西，这是肯定的。事件的总体脉络现在已经十分清晰了，不是吗？是一对情侣为了躲避最令人恐惧和紧迫的危险躲在了伦敦。他们有多么谨慎，那一危险就有多么大。那个男的必须出去做工作，他想在他做工时得把那个女的留在绝对安全的地方。这不是一个容易解决的问题，可是他用一种原始的办法解决了，而且做得很好，连给她送饭的房东

我看见一张阴郁的美丽面孔惊恐地瞅了一眼小房间微微开启的门。

夫人都不知道有这个女人存在。用印刷体字写信息，现在也很清楚了。那是为了防止让人认出字体是出自一个女人之手。那个男的不能接近她，不然就会引来敌人。因为他不便直接与她联系，于是就想出了利用报纸广告栏的办法。至此，事情基本上都清楚了。”

“但是它的根本原因是什么？”

“嗨，是呀，华生——一般来说，这是极为关键的实际问题！这件事的根本原因是什么呢？沃伦夫人的奇思妙想把问题夸大了，并且我们办事的过程中又呈现出罪恶的一面。我们现在把话只能说到这里：这不是一桩普通的私奔事件。你看见那个女人看到危险时脸上的表情了。我们也听说了有过袭击房东的事，无疑是冲房客来的。那惊恐的表情和严格保密的隐匿都说明这是件关系到生死的大事。袭击沃伦先生更表明，罪犯（无论是些什么人）也不知道房客已由男的换成了女的。这件事既奇怪又复杂啊，华生！”

“你为什么还要进行下去？你想从中得到什么呢？”

“什么，真的能得到什么吗？为艺术而艺术，华生。我想你给人看病、研究病情的时候，不会想到收费吧？”

“我是为了学习，福尔摩斯。”

“学无止境嘛，华生！最伟大的人物还要活到老学到老呢。这个案件很有启发性。办理它既不图利又不图名，就是愿意把它弄明白。天黑以后，我们就会发现咱们的调查又迈上了一个新台阶。”

当我们回到沃伦夫人家的时候，伦敦的冬夜已经由微黑变成一块暗灰色的幕布了。只有万家灯火和街头的煤气灯发出的晕光打破这一沉闷单调的颜色。我们从这家客舍黑洞洞的会客室向外窥视，发现在一片昏暗中亮起一道微茫的光。

“有人在那间屋里走动。”福尔摩斯悄悄地说，同时把他瘦削的面孔急忙伸向窗棂。“对了！我能看见他的影子。又是他！他手里拿着蜡烛。现在他正在偷偷窥视外面呢。他想知道她正在往外看。现在他开始晃动蜡烛，也是在用密码联络。华生，我们一起数。晃了一下——当然是A。又来了。你数他晃了多少下？20下，我也是。那应该是T。当然，这是一个词的第二个字母……那么，现在已出来，是TENTA。没有意义。可能没有拼完吧，华生？‘ATTENTA’，也没有意义。也不会是3个字母组成的一个词：‘AT. TEN. TA，’除非T. A. 是一个人名的缩写。他又晃上了！这回是什么？AT-TE——唉，又重复了刚才的信号。怪了，华生，怪了！这不，他又晃上了。AT，他这是第三次重复了。3次晃出‘ATTENTA’！他怎么会重复这么多次呢？不会重复了，好像这是最后一次了。他从窗口缩回了身体。华生，你怎么解释这件事？”

“一种密码信号，福尔摩斯。”

我的同伴突然若有所悟地咯咯笑了。“但并不是一种不可索解的密码，华生。”他说，“喏，它当然是意大利语！‘A’的意思是在对一个女人发信号。‘当心！当心！当心！’是不是这样，华生？”

“我相信你说对了。”

“没错儿，是一个紧急信号，重复3次就是强调它的紧急性的。但是，要她‘当心’什么呢？稍等，他又到窗口上来了。”

我们又看见那个男人爬在窗口的身影，又看见那个小火苗在窗口晃动，这回信号变了。比刚才晃得快了许多——快得数不过来次数。

“‘PERICOLO’——pericolo，嗨，华生，这是什么？危险，是吗？是，天哪，它是个有危险的信号！他又晃了！‘PERI’。啊呀，究竟——”

烛光突然熄灭了，影影绰绰的窗口也随之变黑。这栋高耸建筑的第三层带有一圈透出光的窗帷，这时变成一块围在那里的黑带。发出的最后信号就这样被戛然切断。是被谁，又是怎样切断的呢？我们俩立即同时想到了一起。福尔摩斯从他蹲守的窗旁一跃而起。

“情况严重了，华生。”他叫道，“情况不妙啊！信号怎么能够就这样中止了呢？我看应该同苏格兰场联手处理这个案件。但情况太紧迫，咱们一时不能脱身。”

“那由我去找警方？”

“我们必须先稍稍廓清一下案情，应当不掺偏见地理解它。来，华生，让咱们亲自去一趟，看看我们能了解到什么程度。”

我们快步走到豪伊大街上，我回头望了一眼我们刚刚离开的那座房子。在顶层光线模糊的那扇窗户的轮廓里，我看见一个人头的影子。是一个女人，正呆呆地望着外面的夜色，屏住呼吸，焦急地在等那中断的信号恢复。在豪伊大街住宅的门洞里有一个男人裹着围巾和大衣，正斜靠在围栏上。当门厅射出的光照射在我们的脸上时，把他吓了一跳。

“福尔摩斯！”他叫出声来。

“哟，是葛莱森呀！”我的同伴说着上前同这位苏格兰场的探长握手。“真是有缘千里来相会啊！什么风把你吹到这里来了？”

“我想跟你来这里是一个原因。”葛莱森说，“我想不出你怎么会来办这个案子。”

“线头不同，但都通向同一个线团。我们正在记录信号。”

“信号？”

“对呀，就是从那个窗子发出来的信号。信号发到一半中断了。我们下来查找原因呢。但是既然有你参与进来，这个案子就万无一失了，我看我们可以就此撤退了。”

“且慢！”葛莱森急忙说，“我要说你一句公道话，福尔摩斯先生，因为有你跟我在一起，我在办案中从来没有那么踏实过。这些住房只有一个出口，所以我们可以稳稳地抓获他。”

“他是什么人？”

“嗯，嗯，福尔摩斯先生，我们这一次的比分领先你了。你这一次必须拼命追上我们。”

他在地上重重地敲他的手杖，一个马车夫手握鞭子闻声从一辆四轮马车里跳出来，慢慢地踱过来，站在街道的另一边。“我可以把你介绍给福尔摩斯先生吗？”他对车夫说，“这位是平克顿的美国侦探莱弗顿先生。”

“是破获长岛山洞案的英雄吗？”福尔摩斯说，“认识您不胜荣幸，先生。”那个美国人是一个样子很专业又很安静的年轻人。他瘦长的脸刮得很干净，听到恭维的话后，没开口脸就先红了。“我的生活就是到处奔波，福尔摩斯先生。”他说，“如果能抓住乔吉阿诺——”

“什么！是红圈会的乔吉阿诺吗？”

“啊，他在欧洲也很有名气吗？好，在我们美国，人人听说过他的事情。我们知道他是50起谋杀案的首犯，但还没有可以把他抓捕归案的确凿证据。我从纽约跟踪他到现在，我到伦敦一个星期了，一直在他附近，就等着找一个口实亲自抓他呢。我和葛莱森把他围堵进那所大房子里，只有一个出口，所以这回他是跑不了了。他进去后只出来过3个人，我肯定都不是他。”

“福尔摩斯先生刚才说到信号。”葛莱森说，“我像往常那样，认为他知道许多我们不知道的情况。”

福尔摩斯三言两语就把我们对已经遇到的情况的看法讲清楚了。那个美国人气得两手拍了一下。

“他觉察到我们了！”他叫道。

“你为什么这么想呢？”

“啊，情况难道不是这样吗？他今天就是在向外面的同伙发信号——他们一帮在伦敦有好几个同伙。就是你刚才所说的那样，他告诉同伙有危险的时候，突然停止不发了。他如果不是突然从窗户里看见我们在街上，就是不知怎地觉得某种危险在接近他们。而他要想躲开危险，不立即停下来，还能怎么办呢？您怎么看呢，福尔摩斯先生？”

“我们得马上亲自前去看看。”

“但是我们没有抓他的逮捕证。”

“他是待在无人居住的房宅里，有被怀疑的条件。”葛莱森说，“当下这个理由就足够充分了。我们给他戴上手铐后，就看纽约能不能帮助我们把他关起来了。现在，我承担逮捕他的责任。”

我们这位探长可能有时不太机智，但从不缺乏勇气。葛莱森爬上楼梯去抓那个倒霉的凶犯。他之所以能在苏格兰场的官场阶梯上步步高升，依赖的就是他这时表现出来的沉着与专业。那个平克顿的侦探曾想与他争先，但葛莱森坚决地用胳膊肘把他扒拉到后面去了。伦敦警察有处理伦敦危险的特权。

三层平台上左边的门开着一道小缝儿。葛莱森将门推开，屋里黑洞洞的，毫无声息。我擦着一根火柴，点亮了灯。在我这么做和火苗由小变大的同时，我们几个人全都吃了一惊。在没有地毯的木地板铺成的地面上流出一圈鲜血。红色的脚印正冲着我们，血流向一间关着门的里屋。葛莱森踹开门，先把灯光伸进里面。我们赶紧从他的肩膀上方朝里头观望。

在空屋的中央地板上躺着一个大块头男人的躯体。他刮得干净的黑脸上呈现奇异的恐怖状，看上去有些畸形。殷红的鲜血围着他的脑袋画了一个圆圈，在白色的木地板上浸出一道湿湿的环形。他的双膝蜷曲，两手痛苦地张开，一把白柄刀子从他宽大棕色的喉咙中央捅进后又向上移了一下，深深地插在他的喉咙里。这个人块头很大，在遭此可怕的一刀之前，他一定已经像一头被砍伤的牛一样跌倒了。在他右手旁的地板上，丢弃着一把双刃牛角柄匕首。匕首近旁还有一只黑色的羊皮手套。

“天哪！这是黑乔吉阿诺本人啊！”美国侦探惊呼道，“这一次有人赶在我们的前头了。”

“福尔摩斯先生，窗户这儿有支蜡烛！”葛莱森说，“喂，您干什么呢？”

福尔摩斯已经走过去并点着了蜡烛，举着它在窗框间前后晃动，然后看看外面的黑夜，吹灭蜡烛，扔到地板上。

“我倒认为这将会对我们有所助益呢。”他边说边从窗口走开，站在那里陷入了沉思。那两个专家正在仔细检查那具尸体。“你说你们刚才在楼下等候

“天哪！这是黑乔吉阿诺本人啊！”美国侦探惊呼道。

福尔摩斯走过去并点着了蜡烛，举着它在窗框间前后晃动。

时，从这里出去过3个人。”他最后说，“你们仔细观察他们了吗？”

“是的，观察了。”

“有没有一个中等个头、30岁左右、留着黑胡子、深肤色的男人？”

“有，他是最后一个打我眼前走出去的人。”

“我看那就是你要抓的人。我可以给你描绘描绘他的样子，我们这儿有他的一个极为清晰的脚印。这些材料应当足够你用的了。”

“不够，福尔摩斯先生，伦敦有几百万人呢。”

“也许是不够，所以我才想到最好叫这个女人来帮助你。”

听了这句话，我们全都转过身去。在门洞那里站着一个高个子漂亮女人，就是布鲁姆斯伯里那个神秘的房客。她慢慢走向前，脸色煞白，身体因恐惧而有些佝偻；她的两眼发呆地凝视着前方，惊恐的目光转向倒在地板上的那具尸体。

“你们已经杀了他了！”她喃喃地说了一句。

“噢，Dio mio[①]，你们杀死了他！”这时，我听见她忽然深深地吸了一口气，高兴地叫着一跃而起。她满屋子旋转着跳舞，拍着两手，黑眼睛闪烁着惊喜的光，从她那张美丽的小嘴里倾诉出千万个意大利语的感叹词。目睹一个女人兴奋得如此失态，不禁令人感到可怕和惊讶。突然，她停了下来，用询问的目光盯住我们。

“是你们！你们是警察，是不？你们杀死了朱塞佩·乔吉阿诺。难道不是这样吗？”

“我们是警察，夫人。”

她扭头望望屋里的黑影。

“可真纳罗在哪里呢？”她问，“他是我丈夫真纳罗·卢卡，我是艾米莉亚·卢卡，一起从纽约来的。真纳罗现在在哪里？他从窗户里叫我这个时候

① 意大利语，意为“我的上帝”。——译注

她慢慢走向前，脸色煞白，身体因恐惧而有些佝偻。

来，我是尽量快跑来的。”

“那是我发的信号。”福尔摩斯说。

“是你！你怎么会发信号的？”

“你的简略写法不难解，夫人。你出现在这里是应我之邀来的。我知道我只需晃一个‘Vieni’[1]，你准会过来。”

这个漂亮的意大利女人惊讶地瞅着我的同伴。

“我不知道你怎么知道这些密码的。”她说，“朱塞佩·乔吉阿诺——他怎么——”她停顿了一下，脸上突然焕发出自豪与喜悦的光。“我明白了！是我的真纳罗！我的出色而又英俊的真纳罗干的！他保护我不受任何伤害，用他强有力的大手杀死了这个恶魔！啊，真纳罗，你干得太漂亮了！什么样的女人才配得上你这样的男人呢？”

“好了，卢卡夫人，”深觉无趣的葛莱森说，同时无情地用手捏住这个女人的袖子，好像她是一个诺丁山的女流氓似的，“你是谁，干什么的，我全不清楚，可是你在这里说的足以表明，我们将会要你出庭。”

“慢着，慢着，葛莱森。”福尔摩斯说，“我倒认为这位女士好像同咱们一样着急，正急着告诉咱们更多的情况。夫人，你丈夫因为杀死了躺在我们面前的这个人，有可能被捕并被判刑，你知道不知道呀？你刚才说的话都可以当做证词。但是，如果你认为他的行为不是出于犯罪的动机，而是想了解情况，那你为他能做的最好的事，就是告诉我们这件事的全过程。”

“既然乔吉阿诺已经死了，我们没有什么好怕的了。”她说，“他是一个魔鬼，恶魔！因为杀了他而惩罚我的丈夫，世上不会有这样的法官。”

“在这种情况下，”福尔摩斯说，“我建议我们锁上这个门，里面的东西全都原样不动，跟这女士去她的住处，等听完她给我们讲的故事后，我们自然就会有主意了。”

---

① 意大利语，意为“过来”。——译注

半小时以后，我们4个人全都坐在卢卡夫人的小客厅里，听她对那些罪恶行径的精彩叙述。最后的部分就是我们刚才碰巧见到的。她的英语说得很快，很流利，但不规范。为了清楚起见，我不得不为读者理顺了这些语言的语法。

“我出生在那不勒斯附近的波西利波。”她说道，“是奥古斯托·巴雷利的女儿。我父亲是首席律师，曾经一度当过该地区的代理长官。真纳罗是我父亲的雇员，我渐渐爱上了他，别的女人一定也会爱上他。他可以说是没有钱，也没有地位——只有美德、力量与精神——所以父亲禁止我们来往。我们一起逃跑了，并在巴里结婚。为了弄到我俩去美国的盘缠，我卖掉了自己的首饰。这是4年前的事了，从那以后，我们一直住在纽约。

“一开头，命运对我们还不错。真纳罗在一个叫鲍厄里的地方，从歹徒手中救过一个意大利绅士，算是结交了一个有权势的朋友。这个朋友叫蒂托·卡斯塔洛特，是大公司卡斯塔洛特暨扎姆巴的高级合伙人之一，是纽约最大的水果进口商。扎姆巴先生有病，我们的新朋友卡斯塔洛特掌握了公司内部的大权，雇员超过了300名。他雇用了我丈夫，并任命他做一个部门的领导。他在各个方面都向我丈夫表示出他的善意。卡斯塔洛特先生是一个单身汉，我相信他是把真纳罗当成儿子对待的，我和丈夫也像爱父亲那样爱他。我们在布鲁克林置办并装修了一座小住宅。就在我们相信前程似锦的时候，出现了那块很快就遮蔽了我们天空的乌云。

“一天晚上，真纳罗下班回家，带回来一个本国同胞。这个人就是乔吉阿诺，也是波西利波人。他身材高大，你们已经见过他的尸体，可以证实这点。他不仅身材高大，而且在各个方面都古怪、畸形，令人感到害怕。他的声音在我们的小屋里大得像打雷。他说起话来挥舞大胳膊，几乎占满了屋里的空间。他的想法、感情和热情都很夸张吓人。他说话如同吼叫，滔滔不绝，别人只有坐下恭听的份儿，被他那些强而有力的词语唬得说不出话来。他的眼睛盯你一下，你就得听他的摆布了。他是一个可怕的怪人。谢天谢地，他现在已经死了！

“他一次又一次地来我家。但是我看得出来，真纳罗对他的来访并不比我更高兴。我那可怜的丈夫脸色苍白地坐在那里，无奈地听我们的这位客人没完没了地谈政治与社会问题。这些问题是他谈话的主要内容。真纳罗一言不发，可是我非常了解他，从他的脸上看出我从前从没见过的某种情感。起初，我以为只是厌恶。后来，渐渐的，我看出那不止仅仅是厌恶，那是惧怕，一个极深的秘密，萎缩了的惧怕。那个夜里，就是我看出他恐惧的那个夜里，我搂住他，借他央求我爱他的机会，也央求他对我不要隐瞒，告诉我这个大块头男人为什么令他那么忧郁。

“他告诉了我，听着听着，我的心越来越冷，最后冻成了一块冰。我的可怜的真纳罗在全世界似乎都跟他过不去、他的心被不公正的生活逼到了半疯的那些日子里，他一时狂热，参加了那不勒斯的帮会组织‘红圈会’，一个类似于原来有过的烧炭党[①]那样的组织。这个兄弟帮会的入会誓词和秘密行规都非常吓人，而且一旦加入，便休想脱身。我们逃到美国后，真纳罗原以为从此永远摆脱了它。令他恐惧的是，一天晚上他在街上竟然遇见了在那不勒斯介绍他参加入会的那个巨人乔吉阿诺。这个人在南意大利因为忙于凶杀并杀红了眼而赢得‘死亡’的绰号！他到纽约是为了逃避意大利警方的搜捕，在他的新住地，他已培植了这个可怕帮会的一个分支部门。这些都是真纳罗告诉我的，他并且还让我看了他在当天收到的一张给他发来的传令，（我看见传令上顶头处画有一个红圈）告诉他已定好某天举行一次分会会议，命令他务必到会。

“这已经够糟的了，但更糟的事还在后头。我已经注意了一些时候了，就是当乔吉阿诺像平时那样在晚间来我们家时，他更多的时间是对我说话，而不是跟我丈夫说话，他那双野兽似的贼眼也总是可怕地转向我。他的贼心终于在一个晚上暴露出来。我才明白了他所说的他心中的‘爱情’（一头野兽、一种

① 意大利一秘密地下组织，因诞生于19世纪初的法国占领区那不勒斯王国的烧炭山区而得名。——译注

野人的爱）是怎么回事。真纳罗还没有到家，他就来了。他一下闯进屋里，用他粗壮有力的大手抓住我，把我搂进他那狗熊似的怀里乱吻着我，还想强行把我掳走。我一边挣扎一边尖叫，这时真纳罗进来打他。他打昏了真纳罗，然后逃走了，从此再没进我家的门。那天晚上的事使我们与他结成了死对头。

“几天后，就召开了那次分会会议。他回来时，我从他的脸色上就看出来，一定发生了什么不好的事。而实际上，事情比我们能够想得到的还要糟糕。这个帮会的资金全靠敲诈富有的意大利人筹集，如果他们拒绝掏钱的话，就威胁说要对他们使用暴力。这次看来是摊到我们的朋友和恩人卡斯塔洛特的头上了。他拒绝向威胁让步，并且把敲诈的通知交给了警方。于是，红圈会就决定拿他当典型予以严惩，以儆效尤，防止其他的富豪们学习他的做法。会议决定用炸药炸掉他和他的家。谁去执行这一决定，则由抽签确定。真纳罗在向袋子里伸手取签时，看见我们的对头那张凶残的脸正冲着他奸笑。毫无疑问，一定是事先做了手脚，上面画了红圈的那个签子刚好让他抽上，这是去执行凶杀令的那个要命的签啊！他或者去杀他最好的朋友，或者豁上他自己和我的命向仇敌及其同伙报复。红圈会有一条残酷的行规：害怕或不去执行伤害自己同伙或自己所爱的人的命令，无论是谁，都要受到严厉的惩罚。这条规定造成的恐惧悬在真纳罗的心上，对其后果的忧虑把他都快逼得发疯了。

“我们俩紧紧搂在一起，坐了一宿，为克服面临的困境而互相鼓劲。执行命令的时间就定在第二天晚上。到当天中午的时候，我们已经在前往伦敦的路上了，但在行前已通知我们的恩人他将有危险，也给警方报了信，保护他的生命安全。

“这以后的事，先生们，你们已经知道了。我们深知我们的仇敌会对我们紧追不舍，乔吉阿诺自有他这么做的个人原因，但我们更知道他会多么狡猾，多么残酷，而且不会善罢甘休。意大利人和美国人都知道他行使他可怕权力的全部故事。如果他活着，他现在就会行使。我丈夫利用我们难得的几天清闲日子，给我安排了一个藏身的地方，行动保密，我绝不会有任何危险。他自己则想自由行动，以便和美国与意大利的警方联系。我本人也不知道他在哪里，情况怎样。我知道的情况全都来自报纸的广告栏。但是，有一次，我从窗子里看见有两个意大利人在监视我住的房子，我马上就明白了乔吉阿诺一伙发现了我的藏身处。终于，真纳罗通过报纸告诉我，他会从某个窗口给我打信号。可是在发信号的时候，却只是一个劲儿地告诉我'危险'，并且还突然中断了。我很清楚，这表明他知道乔吉阿诺又跟上他了，感谢上帝！他对他的到来已经有所准备。现在，我想向诸位先生请教，我们从法律来讲有什么可惧怕的？或者法官会为真纳罗犯下的事儿判他有罪吗？"

"啊，葛莱森先生，"那个美国人隔着我对他说，"我不知道你们英国人怎么看，但我猜想，在纽约，这位女士的丈夫会博得人们相当多的感谢和支持。"

"她得跟我走一趟，去见见我们的局长大人。"葛莱森回答道，"如果她说的完全属实，我想她或她丈夫没有什么可惧怕的。但我有点儿摸不着头脑，福尔摩斯先生，您究竟是怎么掺和到这个案件中来的。"

"学习，葛莱森，学习，还想在这所老牌大学里学习点儿知识。好了，华生，你又有了一则悲剧性古怪故事可以写进你的故事集中去了。喂，现在还不到8点呢，在科芬园还有一场瓦格纳音乐晚会呢。赶得上的话，咱们还能看到第二幕。"

弗朗西丝女士失踪

“可为什么是土耳其式的呢？”夏洛克·福尔摩斯先生目不转睛地盯着我的靴子说。我当时向后背靠在藤椅上，我伸出的两只脚引来他从未有过的注意。

“这是英国式的。”我有点儿惊讶地回答道，“我是在牛津大街上的拉提迈尔商店里买的。”

福尔摩斯笑了，露出点儿不耐烦的样子。

“洗澡！”他说，“我说的是洗澡！为什么要虽洗解乏但昂贵的土耳其式浴，而不洗使人精力充沛的国产浴？”

“因为我这几天风湿老病又犯了。土耳其浴是我们在治疗中称之为另类的疗法——是清洗疗法的一个新起点。”

“另外，福尔摩斯，”我说，“我认为我穿的靴子和洗土耳其浴很有关系，对于一个有逻辑的头脑来说，这是不言而喻的。如果你能够指点一二的话，我还应当表示感谢呢。”

“推理的程序不是那么深奥，华生。”福尔摩斯说着诡谲地眨眼一笑，“属于推导法的初级阶段，我来演示给你看。今天早上谁跟你乘同一辆马车？”

“我不承认一种生动描写就是一种解释。”我不服气地说。

“好样的，华生！一次合乎逻辑的愤怒表现。让我想想，是哪些问题呢？把最后一个提到最前面来谈吧——马车。你注意到没有，你左边的袖子和衣服左肩上有溅上的泥水。如果你坐在马车的中间座位，也许就不会被溅上泥水了。那样的话，即使溅上泥，泥也是两边有。所以，问题同样很清楚，有一个人与你为伴来着。”

“这是一个明摆着的证明。”

“平庸得令人可笑，不是吗？”

“但靴子和洗澡呢？”

“同样幼稚可笑。你穿靴系带自有一套习惯。我现在看见它们用双结式系法，系得很精细，不是你平时的那种系法。所以，你脱过靴子。谁系的呢？修鞋匠，要不就是澡堂中的服务生。因为你的靴子还很新，不大可能是修鞋匠系的。喏，接下来是什么来着？是澡堂。挺可笑的是吗？但是不管怎么说，洗土耳其浴还是有目的的。”

“什么目的？”

“你说你洗它是你需要换个疗法。那让我给你提个建议：去洛桑怎么样，我亲爱的华生？头等车厢的票，王侯一级的开销。”

“太棒啦！但为什么要去那儿呢？”

福尔摩斯向后靠坐在他的摇椅里，顺手从口袋里掏出他的笔记本。

“在世界上最危险的人群中，”他说，“漂泊无侣的女人就是一种。她本身是最无害的，往往又是最可利用的生死之交，但也是他人犯罪活动中最离不开的因子。她是无助的，她是漂泊的，她有足够的办法从一个国家漂泊到另一个国家，从一个旅馆转移到另一个旅馆。她常常在无名小店和供膳寄宿处失踪不见。她是豺狼世界里的一只肉鸡，在她被吞噬后，几乎就被人忘了。我十分担忧某种不幸已经降临到了弗朗西丝·卡尔法克斯夫人头上了。”

从泛泛之谈突然转到具体事件，使我松了口气。福尔摩斯查阅着他的笔记本。

“弗朗西丝·卡尔法克斯女士，”他继续说，“是已故鲁夫顿伯爵直系亲属中唯一一个在世的亲人。正如你知道的，不动产给了儿子们，给她留下的遗产虽很有限，但却是非常珍贵的西班牙银质首饰和雕刻精巧的钻石——她非常珍爱这些珍宝，拒不交给银行家保管，老是不离身地带着它们。弗朗西丝女士是个感情脆弱的漂亮女人，虽已届中年，但风韵犹存。一次奇怪的偶然遭际，使12年前的一支庞大舰队只剩下了这一叶扁舟。”

“那她现在出了什么事儿呢？”

“唉，弗朗西丝女士出什么事了呢？她是死是活呢？这正是咱们要回答的问题。她是一位有刻板习惯的女人，4年的时间里，每两个星期给她的家庭女教师杜布妮小姐写一次信。杜布妮小姐退休很久了，住在坎伯韦尔。来咨询我的就是这位杜布妮小姐。快5个星期过去了，没有见到她一个字的来信。最后一封信是从洛桑的国家饭店寄出的。弗朗西丝女士好像已离开了那里，但没有说去哪儿。家里人都很担心，他们都很有钱，如果我们能查清这件事，将不会吝惜花钱。”

“杜布妮小姐是消息唯一的来源吗？她肯定还与别的人通信吧？”

“是有一个有吸引力的通信人，华生，这个人就是银行。单身女人也得活，她们的银行存折就是压缩的日记。她的钱存在西尔维斯特银行，我已见过了她的账户。她在洛桑支付食宿费最后用的是一张支票，但数目较大，在她手中剩下的可能是现款。从那以来，只用过这么一张支票。”

“开给谁了？开到什么地方？”

“开给玛丽·迪瓦恩小姐。支票上没写开往哪里。大约3周前，这张支票在蒙彼利埃的莱纳银行兑现为现款，数目是50英镑。”

“玛丽·迪瓦恩小姐是谁？”

“这个我倒能告诉你，玛丽·迪瓦恩小姐曾是弗朗西丝女士的女佣。我们现在还不清楚她为什么付给她这张支票。但我毫不怀疑，你的调查很快就会理清这个问题。”

“我的调查！”

“这就是你的洛桑康复之行啊！你知道，在老亚伯拉罕目前生命垂危的情况下，我现在不可能离开伦敦。另外，总的来说，我原则上最好不要离开英国。我不在国内，苏格兰场会感到孤独。这种情况也会在犯罪人群中引起不健康的激动。去吧，我亲爱的华生，如果我的陋见还有价值的话，简而言之，一个字值两便士，它们听凭你在欧洲另一头的电报局里不分昼夜地随便使用。”

两天后，我抵达了洛桑的国家饭店，受到了人们熟知的经理莫索先生的款待。他告诉我，弗朗西丝女士在他那里住过几周，凡是见到她的人都很喜欢她。她的年纪不会超过40岁，仍很好看，还留着她年轻时的风范，看得出她那时是一个多么招人喜爱的女人。莫索先生一点儿不知道她有珍宝的事，但有好几个仆人都提到，她房间里放着一个总是精心锁着的大皮箱，显得很是沉重。她的女仆玛丽·迪瓦恩和她一样，与人们关系很好。她实际上已经同这家饭店的一个领班订了婚，要找到她的住址并不难，就是蒙彼利埃的特拉扬路11号。我将调查得来的这些情报记下来，觉得就是福尔摩斯本人收集情报的本领也不过如此吧。只有一个角落还在阴影里，我得不到一线光明来照亮她突然离开饭店的原因。她在洛桑过得很愉快，无论怎么看，都有理由认为她应当继续在她俯视湖水的豪华套间里度过那个季节。而且，她只提前一天通知饭店，使她白白付了一周房租。只有女仆的情人朱尔斯·维巴做过一次提示，认为她的突然离开与她走前一两天来过的、一个留胡子的黑大个儿男人有关系。“那是个野蛮人——一个地地道道的野蛮人！”朱尔斯·维巴叫道。那个男人在城里某处有住房。有人看见过他在湖边的游廊上殷勤地同弗朗西丝女士谈话。后来又拜访过她，但是她拒绝见他。他是英国人，可是没有登记名字。女士是这事发生后立即离去的。朱尔斯·维巴，更重要的是他的情人，都认为他的拜访是因，她的离去是果。只有一件事朱尔斯没能讨论到，这就是玛丽为什么要离开她的主人。对此，他不能或者不愿谈及。如果我想知道的话，我必须去蒙彼利埃问她本人。

我的调查工作的第一篇章就此结束。第二章是寻找弗朗西丝·卡尔法克斯女士离开洛桑后的住处。关于这一点，已有种种迹象肯定了一种看法，即，她的离开是想甩掉某人对她的跟踪。不然，她的行李上为什么不公开贴上运往巴登的标签？她和行李都绕了一个大圈抵达那个莱茵河旅游胜地。这些情况我都是从库克旅游局在该地办事处的经理那里收集到的。于是，我去了巴登。行前，我给福尔摩斯发了一封电报，告诉他我所做的工作，而且还收到他的回电，以半幽默的语气表扬了我几句。

在巴登，不太难就找到了踪迹。弗朗西丝女士在英国饭店滞留了两周。在那段时间里，她认识了一位从南美洲来的传教士施莱辛格博士和他的妻子。同大多数孤身女人一样，弗朗西丝女士是在宗教中找到慰藉和寄托的。施莱辛格博士个性突出，全身心地投入传教事业，他在传教布道中得过病，现在正在康复中，这些事实深深地感动了弗朗西丝女士。她帮助施莱辛格夫人照料这位正在康复的圣者。经理向我描述说，他每天的日子都是坐在阳台上的躺椅里打发掉的，左右两边各有一位女士陪着。他在画一张圣地[1]地图，特别标示出米甸人[2]的王国。他正在写有关这个王国的论文。最后，在身体状况大为好转后，他和妻子就回伦敦了。弗朗西丝女士与他们搭伴走了。这已是3个星期以前的旧闻了，那以后经理就再没有听到他们的消息。至于女仆玛丽，已在他们走之前就走了。她哭得泪人儿似的，其他女仆证实，她说她永远不再干这行了。施莱辛格博士离开前，支付了他一行人的全部费用。

“顺便说一句，”经理总结道，“从她走后到现在，打听弗朗西丝·卡尔法克斯女士的朋友不止你一个人。大约一星期前，我们这儿来过一个目的相同的男子。”

“他留下名字了吗？”

“没有，但他是英国人，虽然做派异常。”

“像个野蛮人？”我说，学着我那位大名鼎鼎的朋友的样子，把我了解的

---

① 圣地：《圣经》中指今巴勒斯坦地区。——译注

② 米甸人：《圣经》中记载的一个阿拉伯人部落。——译注

施莱辛格博士每天都是坐在阳台上的躺椅里打发日子，左右两边各有一位女士陪着。

事情联系起来。

“说的正是！这个词儿用在他身上十分妥帖。他是个留着胡须的大块头，皮肤让太阳晒得很黑，他那做派好像是在农村小客栈里，哪儿是在时髦的大饭店哪。我看他是一个强悍、凶恶的家伙，一个我不能轻易得罪的人。”

谜团开始现出自身，如同人影随着迷雾的逐渐消散而变得越来越清晰。有一个居心不良的恶人如影随形地追逐着这位善良、虔诚的女士。她害怕他，要不然她就不会逃离洛桑。他正在跟踪她；他迟早会抓住她。他已经抓住她了吗？她仍然杳无音讯是不是说明她已被抓住了？她周围的好人为什么没有保护她不受那人的暴力或敲诈？这样长途追踪的背后，有什么可怕的目的和周密的布置？这全是我要解决的问题。

我给福尔摩斯写信，告诉他我已经迅速和有把握地找到了事情的根子。他在给我的回电中要我描绘描绘施莱辛格博士的左耳。福尔摩斯的幽默想法不仅奇怪，而且个别时候还叫人感到是对人不恭，所以我没有理会他不合时宜的俏皮话。真的，在我收到他的回电之前，我跟踪女仆玛丽已经抵达了蒙彼利埃。

我毫不费力地找到了这位原来的女仆，并且听取了她所知道的一切。她是一个尽心尽责的仆人，之所以离开女主人仅仅是因为她认为自己遇到了可以委身的好人，即将来临的结婚不可避免地要分离。她痛苦地承认，她们在巴登期间，女主人对她发过火，有一次甚至好像怀疑她的忠诚似的盘问她。这样一来反倒使原本难分难舍的分别变得容易了很多。弗朗西丝女士送给玛丽50英镑作为礼物。玛丽和我一样，深深地怀疑那个把她的女主人逼离洛桑的陌生人。她亲眼看见他在湖畔的露天游廊上粗暴地握住女主人的手腕。他是一个凶狠可怕的人。她认为，就是为了摆脱这个可怕的人，弗朗西丝女士才同意陪施莱辛格夫妇去伦敦的。她从未对玛丽说到过这一点，但有许多不起眼的迹象使她的女仆相信，她的女主人生活在持续的紧张不安当中。就在她讲到这个地方的时候，她突然从椅子上跳起来，脸上露出惊讶与恐惧。“瞧！”她叫道，“这个坏蛋还跟着我哪！他就是我说的那个人。”

透过客厅开着的窗户，我看见一个留着大黑胡子的黑大汉正慢慢从街心走下来，着急地看一路上的门牌号码。非常清楚，他跟我一样也在跟踪这个女仆。我一时冲动，冲出门去迎上他。

“你是英国人吗？”我问。

“是又怎么了？”他怒目圆睁地反问。

“请问尊姓大名？”

“不告诉你，你也别问。”他语气坚定地说。

局面十分尴尬，但最直接的办法有时就是最好的办法。

“弗朗西丝·卡尔法克斯女士现在何处？”我问。

他惊讶地盯着我。

“你把她怎么样了？你为什么跟踪她？我要你当即回答！”我说。

那个家伙勃然大怒，像只老虎一样扑向我。我用尽力气保卫自己，可是他

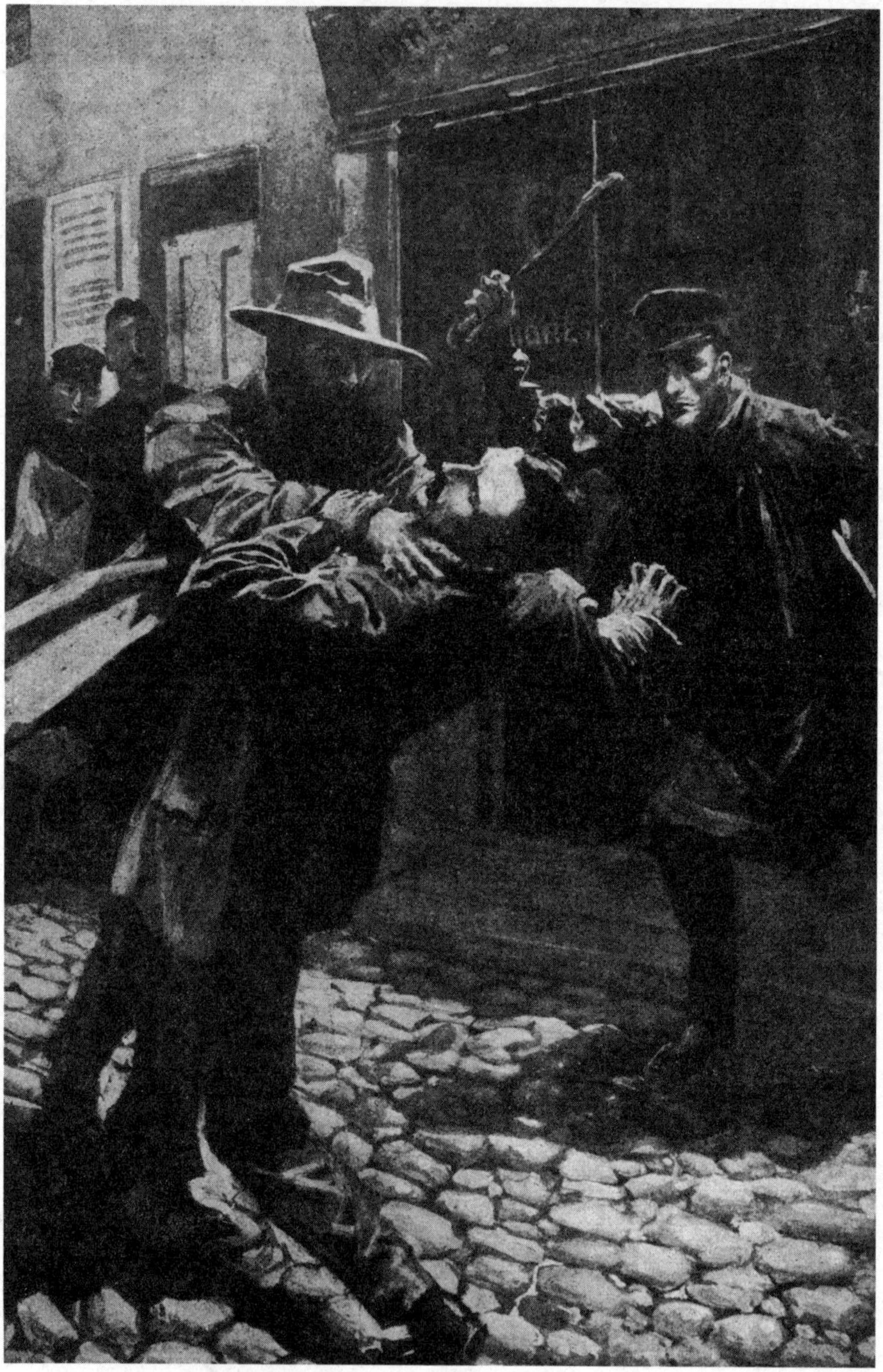

那个家伙勃然大怒，像只老虎一样扑向我，一只手掐住我的喉头。

抓住人就像铁钩一样坚实，还有魔鬼一样的疯狂。他一只手掐住我的喉头，我几乎失去了知觉。从马路对面的一个小酒店里冲出一个穿蓝衣服的、胡子拉碴的法国工人，他手持短棍击向要掐死我的那个家伙的小臂，才使他松开了我。他站在那儿呼呼喘着怒气，拿不定是不是再次向我进攻。待了一会儿，他生气地哼了一声，离开我，走进我刚才出来的那间小屋。我转身感谢解救我的人，他站在路当中我的身边。

“喂，华生，”他说，“你已经把事情弄得相当糟啦！我看你最好和我乘今晚的快车回伦敦吧。”

一个小时后，恢复了便服与平日风度的夏洛克·福尔摩斯已经坐在我在宾馆中的房间里了。他说他突然出现在此地原因很简单，就是他发现他能离开伦敦了，决定赶在我前头，到我显然会到的前一站等我。他化装成一个工人，坐在小酒店里等我出现。

“你做了一次相当连贯的调查工作，我亲爱的华生。”他说，“我现在还想不起你可能有哪些疏忽。你工作的总效果就是想处处发出警报，但却什么也没有发现。”

“你做的话，大概也好不到哪里。”我刻薄地说。

“没有‘大概’，我已经做得比你好了。尊敬的菲利普·格林就在这里，是和你住在一个宾馆的客人。我们将会发现，他就是我们取得更加成功的调查的新起点。”

一张名片随托盘递上来，接着走进来一个人，就是在街上攻击我的那个大胡子歹徒。他看见我时吓了一跳。

“这是怎么回事，福尔摩斯先生？”他问，“我接到您的通知就来了。可是这个人同这件事有什么关系呢？”

“这是我的老朋友和助手华生医生，他正在协助办理这个案件。”

陌生人伸出一只大黑手，说着道歉的话。

“但愿我没有伤着你。你一骂我伤害了她，我就管不住自己了。说实话，这些天里我对自己的行事不能负责，我的神经像带电的电线。可是我不能理解眼前的情况。福尔摩斯先生，我最想知道的是，您究竟怎么打听到有我这么一个人的。”

“我跟弗朗西丝的女家庭教师杜布妮小姐保持着联系。”

“戴着头巾式女帽的老苏珊·杜布妮！我还记得她。”

“她也记得你，在从前的那些日子——就是你发现你最好去南美洲那会儿。”

“唉，我知道了，您知道我的全部经历，我什么也不瞒您了。我可以向您发誓，福尔摩斯先生，世界上的男人爱女人，绝不会像我对弗朗西丝女士的爱这样全心全意。我知道我是一个野小子，跟我的同类人一样坏。可是她的心灵像白雪一样纯洁，她不能承受一丁点儿的粗鲁。所以，当她听说我过去做过的事后，她便不愿再跟我说话了。但是，她爱我——怪就怪在这儿！——她爱我爱到仅仅是为了我的缘故，过着守身如玉的单身生活。也就是在她过单身生活的日子里，我在南非的巴伯顿发了大财。我想有了这笔钱，也许我可以追求她，感化她。我听说她仍没有嫁人。我在洛桑找到了她，用上了我知道的一切办法。她身体衰弱了，但我认为她的意志是坚强的。我第二次去拜访她的时候，她已离开了洛桑。我跟踪她跟到巴登，过了一段时间，听说她的女仆也在当地。我是一个粗人，刚刚从荒莽之地出来，所以在华生先生跟我说话时，我才会一时管不住自己。但是看在上帝的分上，告诉我弗朗西丝女士现在怎么样了。”

“这也是我们要知道的。”夏洛克·福尔摩斯特别庄重地说，“你在伦敦住在哪里，格林先生？”

“到兰姆饭店找我。”

“那么我建议你先回那儿去，随时听我叫你，好吗？我不愿意用虚假的希望鼓舞你，但你尽管放心，为了弗朗西丝女士的安全，凡是能够做到的事，我们都会尽力去做的。我没有多余的话说了。给你一张我们的名片，以便你能够和我们保持联系。华生，你现在是不是可以打点行李了？我要给赫德森夫人发份电报，让她准备明天一早7点半好好接待两个饥肠辘辘的归来人。”

我们回到贝克街的住处时，已经有一封电报在等着我们了。福尔摩斯兴致勃勃地读完后丢给了我。开口处写着“被揭过或撕裂”，寄发地是巴登。

“这是什么？”我问。

“是一切。”福尔摩斯回答，“你应当记得，我问过你一个好像不相关的问题，问那个传教士有没有左耳朵。你没有回答我。”

“我那时已经离开巴登，没法儿回答你。”

“正是这样。因此，我给英国大饭店的经理发了一份电报，他的回电在这里。”

“都说了些什么？”

“我亲爱的华生，他说我们正在同一个极其狡猾和危险的人打交道。那个南美洲来的传教士施莱辛格博士不是别人正是圣彼得斯，一个最恬不知耻的流氓——只有澳大利亚这样年轻的国家才会产生出这种败类。他的拿手戏就是利用单身女人们的宗教感勾引她们。他的那个所谓的‘妻子’是个名叫弗雷泽的英国女人，他的一个好帮手。我从他行事的性质上看穿了他的身份，还有他的一个身体特征——他的一只耳朵在1889年的阿德莱德[1]的一场酒吧间斗殴中被严重咬伤过——证实了我的怀疑。华生，这位可怜的女士落到了这对什么事都干得出来的狗男女手中。说她已经死了也是非常有可能的。她如果没有死，一定处在某种形式的禁闭之中，无法给杜布妮小姐或其他朋友写信。她有可能从来就没来到过伦敦，也有可能过而未留。不过，前一种情况不大可能，因为根据欧洲大陆警方的登记制度，外国人不大容易和他们耍花招；后一种情况也不大可能，因为这几个无赖甭指望找到一个可以轻易藏匿一个人的地方。我的本能告诉我，她就在伦敦，但目前无法说出她所在的地方，只能一步一步地来。

① 阿德莱德：澳大利亚的一个地名。——译注

先吃饭，静下心来耐心等待。傍晚去散步时，我去给苏格兰场的朋友雷斯垂德递个话儿。”

不论是官方的警察还是福尔摩斯，都不能轻易廓清谜团。在伦敦茫茫的人海中寻觅区区3个人，简直比大海捞针还难。试着登过寻人广告，失败了。追踪过线索，却一无所获。凡是跟施莱辛格联系得上的犯罪都查了，全部落空。他的老关系人全被监控着，但是他们根本不跟他联系。在无所作为的一个星期过去后，突然闪出一线光明。在威斯敏斯特路上的贝文顿典当铺里，有人典当过一只旧式的西班牙银耳环。典当的人是个魁梧的、修过面的人，一副牧师的模样。他留下的姓名和住址显然都是假的。没有注意他的耳朵，但从见过他的人对他的描述看，此人肯定是施莱辛格。

我们那个大胡子朋友从兰姆饭店来了3次，问我们有什么发现没有。在第三次来的时候，这个新情况出现还不到一个小时。他穿的衣服在他那庞大的身躯上显得松松垮垮，看来是因为操心而有些瘦削。“你们给我点儿事干多好啊！”他嘴上总挂着这句话。福尔摩斯终于可以满足他的要求了。

“他开始典当首饰了，我们现在应该抓他了。”

“但那是不是意味着弗朗西丝女士已经受到了伤害呢？”

福尔摩斯十分严肃地摇摇头。

“假设他们已经把她关到了现在，很清楚，除非他们自己灭亡，他们是不会放她的。我们要做最坏的准备。”

“我能做什么？”

“那些人都没见过你吗？”

“没有。”

“他有可能过几天去另一家典当铺。如果是那样，我们将必须重新开始。他反而出了很公平的价格，没有被人追问，这样看来，如果他急着用现钱，多半还会回贝文顿当铺。我写个条子给你，你交给当铺，他们会让你在店里等。如果那个家伙来了，你就跟踪他到他的住处。但绝不许鲁莽，无论如何不能动武。我要你保证，在我得到消息之前和没有得到我的允许时，你不得自己行动。”

菲利普·格林先生整整两天没有给我们带来任何消息。（我应该提一句，他的父亲是克里米亚战争中那个指挥阿佐夫舰队的著名的海军上将。）在第三天的傍晚，他面色苍白地闯进我们的客厅，哆哆嗦嗦的，那么高大的身子激动得每一块肌肉都在颤抖。

“我们发现他啦！我们发现他啦！”他喊道。

他激动得前言不搭后语。福尔摩斯好言相慰，同时把他按到摇椅里坐下。

“现在说吧，按前后顺序讲给我们听。”他说。

“她一个小时前刚来过。这次是他的夫人来的。但她拿去的耳环是那个家伙的另一只。她是一个高个子白脸儿女人，一看眼神就知道是贼。”

“正是那个女人。”福尔摩斯说。

“她离开当铺后，我就跟上了她。她走上肯宁顿路，我就在后面跟着。她转眼就进了一家商店。福尔摩斯先生，那是一家殡仪服务商店。”

我的伙伴吃了一惊。“啊？”他话音发颤，这表明在他那张冷静严厉的外表后面的灵魂受到了震动。“她跟柜台后面的女店员说话时，我走了进去。‘已经迟了。’我听见她说了句类似这个意思的话。女店员请求原谅。‘应该在这之前就到那儿，’她回答说，‘用的时间比一般情况长一些。’她俩看见我后，一起都不说话了。我只好随便问了几句话，便离开了。”

“你干得很出色。后来又怎么了？”

“那个女人出来时，我藏在一个门洞里。我觉得她已起了疑心，因为她四下里环顾了一番后，叫了一辆出租马车，坐了进去。还好后面还有一辆马车，所以我有幸坐上去继续跟踪她。她最后在布里克斯顿的布莱特尼广场36号下车。我让我的马车继续往前走，到了广场的拐角处我才下车，监视那所房子。

“你看见什么人了吗？”

“除了底层有一扇窗户外，所有的窗户全是黑洞洞的。百叶窗放下，我根

“我们发现他啦！我们发现他啦！”

本看不见里面。我站在那儿，一时不知下一步该干什么。正在这时，跑来一辆大篷货车，里面跳下来两个人，从车里抬出一样东西，抬上通往大厅的台阶。福尔摩斯先生，他们抬的是一口棺材。”

“啊！”

“我当时差一点儿就要冲上去了。这时门开了，放那两个人和棺材进到屋里去了。开门的正是刚才那个女人。可是我站在那里，被她瞥见了，而且我想她认出了我。因为我看见她吃了一惊的样子，然后立即把门关上了。我记得我对你许下的诺言，所以就回来了。”

“你已经做了非常出色的工作。”福尔摩斯说着，信手在半张纸上划拉了几个字。“没有搜查证，我们就不能采取任何合法的行动。你拿这个条子交给警察局，换一张搜查证回来。这是你能够为案件做得最好的服务。可能会有些困难，但我认为他们出卖首饰应该是一个充足的理由。雷斯垂德，一切细枝末节都会注意到的。”

“但是他们会在这个时间里杀害了她呀！棺材还能意味什么呢？除了她，它还会给谁预备呢？”

“我们将会做一切可能做的事，格林先生。事不宜迟，放心交给我们吧。现在，华生，”在我们的委托人匆匆离开后，他又补充说，“雷斯垂德会调动正规部队，我们跟平时一样是非正规部队，必须按照我们自己的行动规则行事。形势使我感到已经严重到不用非常手段不足以扭转非常之势的地步了。立即出发前往布莱特尼广场。”

“咱们先来分析一下形势。”当我们的马车急驶过议会大厦和威斯敏斯特桥时，他说，“那些坏蛋在挑唆她忠实的女仆离开后，又把这位不幸的女士哄骗到了伦敦。如果她写过信，也都让他们扣下了。他们通过某个同伙租下了那所带家具的房子。一进到屋里，马上就把她囚禁起来。那些珍贵的珠宝首饰也被他们据为已有了。这正是他们一开始的目的。现在，他们以为已经没有人再关注女士的命运了，认为不必担心安全的事了，所以就开始典当这些珠宝了。如果把她放了，她当然会告发他们。所以绝不会放她的。但是他们又不可能永远严密地看守住她，所以，杀死她就成了他们唯一的办法。”

“看来是这么回事。”

“现在咱们再按另一条思路推理。华生，你在循着两条单独的思路考虑问题时，将会发现一个交汇点，这个交汇点应当最接近事实。咱们现在不是从这位女士，而是从棺材入手，倒过来进行论证。我担心的是，这一意外事件证明她已经确死无疑了。这件事还表明，丧葬要遵循传统的习惯埋葬，有医生证明和官方手续。假如女士是被杀死的，他们可以在后花园挖一个洞将她埋葬。可是一切都做得这么公开和正规。这意味着什么呢？可以肯定的是，他们用某种使医生相信是正常死亡的办法弄死了女士——很可能是毒死的。还奇怪的是，他们竟然允许医生接近她。要不然医生就是他们的同伙，不过，这个前提显然难以成立。”

“他们会不会伪造医生证明？”

“难说，华生，很难说。不会，我看他们不大会那么做。停车，车夫！咱们刚刚经过典当铺，这里的一家显然就是殡仪服务商店了。华生，你进去一趟，好吗？你去不会引起怀疑。问问明天布莱特尼广场那家的葬礼几点举行。”

女店员一点儿都不怀疑地答复我说，将在早上8点钟举行。

“你看，华生，一点儿都不遮掩，全都是公开的！毫无疑问，从某个方面看，全都符合法律手续，他们觉得没有什么好怕的。好吧，现在看来除了直接从正面攻击外别无他法了。你武装好了吗？”

“我有拐杖！”

“好，好，我们这就足够了。‘手中有刀，放心大吵。’我们赔不起等警察的工夫，也受不了法律的约束。车夫，你可以驾车走了。华生，现在咱俩又得像以前有时候做的那样，甘苦与共了。”

他把布莱特尼广场中间一所黑乎乎的大住宅的门铃按得暴响。门立即打开了，灯光昏暗的门厅里映出一个高个子女人的身影。“喂，你要干什么？”她在黑暗中瞥着我们，尖声问道。

“我想跟施莱辛格博士谈谈。”福尔摩斯说。

“这儿没有这个人。”她说完就要关门，但福尔摩斯伸出一只脚卡住了门。

“那我要见见住在这里的那个男人，不管他自称什么名字。”福尔摩斯口气坚定地说。

她迟疑了一下，然后才把门打开。“那么，请进去吧！”她说，“我丈夫不怕面对世界上的任何人。”等我们进去后，关上了门。她领我们走进右边的客厅，扭大煤气灯后走开了。“彼得斯先生马上就来见你们。”她说。

她的话果然不假。我们还没有看清刚刚进去的这间落满尘土和满是虫蛀的房间，门就开了，步履轻捷地走进来一个脸刮得精光的大个子男人。他有一张大红脸，两个腮帮子下垂着，表面装出的一副善相却被那张露出杀气的大嘴给破坏了。

“这里面肯定有误会，先生们。”他圆滑地尽量用息事宁人的口吻说，“我觉得你们一定是让人指错了地方了。如果继续往前走，也许……”

“那样也行，我们没有时间可以浪费的了。”我的同伴口气强硬地说，“你是阿德莱德的亨利·彼得斯，后来又叫巴登先生和南美洲的施莱辛格博士。我肯定这个就像肯定我的名字叫夏洛克·福尔摩斯一样。”

彼得斯（我现在得这样称呼他了）吃了一惊，眼睛死死地盯着这个追逐着他的人。“我想，你休想用你的名字吓唬我，福尔摩斯先生。”他冷冷地说，“你唬不住一个良心无愧的人。你到我家有何贵干？”

“我想知道你把从巴登带走的弗朗西丝·卡尔法克斯女士怎么样了。”

“如果你能告诉我这位女士现在在哪里，我将十分高兴。”彼得斯冷冷地答道，“她欠我将近100英镑，除了一对商家不屑一顾的虚有其表的耳环外，她什么也拿不出来了。在巴登时，是她自己跟我夫人和我套近乎的。实际上，我那时还使用着另一个名字。她一直追随着我们，直到我们来到伦敦她才离去。她的费用和车马费都是我支付的。一到伦敦她就溜了，我刚说过了，留给我们那些过时的首饰为她抵账。福尔摩斯先生，你若去找她，我给你出钱。”

“我的来意是要找她，”夏洛克·福尔摩斯说，“我搜查完整个房间，就能找出她。”

“你有搜查证吗？”

福尔摩斯从口袋中掏出一支左轮手枪。“在有更好的东西之前，只好先用

福尔摩斯从口袋中掏出一支左轮手枪。

这个玩意儿。”

“怎么，你是一个粗俗的强盗。”

“你就该这样形容我。”福尔摩斯不无兴奋地说，“我的同伙更是一个暴徒呢。我俩拉帮结伙来抢你家。”

我们的对手打开了门。

“叫警察，安娜！”他说。这时传来女人跑过过道时围裙发出的簌簌声，大厅的门打开又关上了。

“我们的时间有限，华生。”福尔摩斯说，“彼得斯，如果你想阻止我们，你肯定将会受伤。抬到你家的哪口棺材放在哪里了？”

“棺材和你有什么关系？我们已经用上它了，里面已经放进了尸体。”

“我必须看看那具尸体。”

“没有我的允许，绝对不能看。”

“不允许也得允许。”福尔摩斯动作迅速地把那个家伙推到一边，跨进厅里。门立即在我们面前开了一半，我们跨进去。这是间餐厅。那口棺材就放在枝形吊灯下的桌子上。福尔摩斯扭亮了煤气灯，掀开棺材盖。在棺材深深的凹处，躺着一具形容枯槁的尸体。从头上射下的光线照见一张衰老而干瘪的面孔。不论是何种残酷的办法，包括饥饿或疾病，都不可能使仍然风韵美丽的弗朗西丝女士变成这副模样。福尔摩斯的脸上显出一惊，却又松了口气。

“谢天谢地！”他喃喃地说，“是另一个人。”

“哈，夏洛克·福尔摩斯，这回你可栽了。”紧跟着我们进屋的彼得斯说。

“这个死女人是谁？”

“啊，要是你真的想知道的话，她是我妻子的老保姆罗斯·斯彭德。我们是在布里克斯顿收容院里发现她的，随后才把她带到这里，叫费尔班克斯别墅13号的霍尔松医生——你可要记下他的地址啊，福尔摩斯先生——细心地照顾她，尽一个基督教教友的职责。第三天，她死了。死亡证明书上说她是老死的——但这只是医生的个人意见，当然你知道得更多。我们已经定好了由肯宁顿路上的斯蒂姆森公司明天早上8点钟举行她的葬礼。福尔摩斯先生，你看有什么漏洞吗？你已经栽了一个大跟头了，还是乖乖认错吧。你扒开棺材盖想看到弗朗西丝·卡尔法克斯女士，见到的却是个90岁的老夫人。看着你刚才那种目瞪口呆的惊奇样子，我像是看到一张照片似的，真有意思。”

听着对手的冷嘲热讽，福尔摩斯脸上显出从来没有过的平静，但他紧紧攥着的两手却流露出他心中对那人极端的鄙夷之情。

“我要搜查你家。”他说。

“你敢！”彼得斯大叫。这时，过道里传来一个女人的说话声和沉重的脚步声。“我们很快就会搞明白的。这边走，长官，请进。这两人强行闯进我家，我轰不走他们。请帮我把他们赶出去。”

门口出现了一名警官和一名巡警。福尔摩斯从包里拿出一张名片。

“这是我的名字和住址。这位是我的朋友华生医生。”

“啊呀，先生！您的大名如雷贯耳。”警官说，“但是没有搜捕证，您不能待在这里。”

“当然，当然，我完全理解。”

“逮捕他！”彼得斯说。

“如果通缉他的话，我们知道该怎么对付他。”警官郑重其事地说，“但是你们必须离开这里，福尔摩斯先生。”

“好的，华生，我们走吧。”一分钟以后，我俩又回到了街上。福尔摩斯像平时那么平静，我却因为觉得受了羞辱而气呼呼的，一腔愤怒。警官跟在我们后头也出来了。

“十分抱歉，福尔摩斯先生，这是执行法律。”

“很对，警官，你不能违背法律行事。”

“我想您进到他家一定是有充分的理由的。如果您有的话，我可以——”

“理由就是一位女士失踪了，警官，我们认为她就在那个人家里。我现在就去办搜查证。”

“那我将会密切监视他们，福尔摩斯先生。如果有情况，我会立刻通知您。”

现在刚刚9点钟，我们立即展开更大范围的追踪。我们最先奔赴布里克斯顿收容院。我们在那儿果然查到确有一对好心的夫妇前几天去过那里，他们声称一个白痴老夫人是他们从前的保姆，并得到允许将她领走了。当听到那个老夫人走后死亡的消息时，收容院一点儿也不感到惊奇。

我们下一个走访目标是那位医生。他被叫进去的时候，发现那个老夫人濒于死亡纯粹缘于衰老，他见到她时她实际上已经死了，所以就在相关的证书上签了字。“我相信他做的一切都是十分正常的，在这件事情上也没有造假的余地。”他说。除了觉得像他们那样阶层的人家，家中竟没有一个用人外，在那家中实在也是没有任何可以引起他怀疑的地方。医生了解的情况仅此而已。

最后，我们去了苏格兰场。要办一张搜查证谈何容易！耽误一些时间是不可避免的。可能等到第二天早上，也未必能得到首长的签字。要是福尔摩斯9点钟的时候去，没准这时已经同雷斯垂德去执行搜查任务了呢。这一天就这样过去了。只有在将近午夜的时候我们的朋友——那位警官来告诉我们说，黑暗的大房子里的窗户中有灯光闪烁，但不见有人离开，也不见有人进去。我们只能祈祷，耐心等到明天。

夏洛克·福尔摩斯烦躁地不想说话，久久不能入睡。我离开狠劲抽烟的他，任他紧皱黑黑的眉毛，用细细的手指不住地敲打摇椅的扶手。他这是在苦苦思考解决这个案子的办法。这个夜里，我多次听见他在屋里来回踱步。最后，就在我早晨刚被叫醒的时候，他已经闯进我的房间里了。他穿着睡衣，脸色发白，两眼微陷的模样在告诉我，他一整夜都没有入睡。

“葬礼几点钟举行？是不是8点？”他急切地问道，“好，现在是7点20分。上帝啊，华生，我的这个脑子怎么了？快，快，不是死就是活——生死的机遇是1比100。如果我们去晚了，我终生都不能原谅自己！”

我们钻进马车飞也似的离开贝克街时，前后用了还不到5分钟。但即使这么快，我们经过大本钟[①]时，也已7点35了，当我们的车在布里克斯顿街停下来时钟声正好敲响了8下。不过，其他人也同我们一样迟到了。过了10分钟，灵车仍停在那家人的门口。3个人抬的棺材出现在门口时，正赶上我们的马口吐白沫跑到它的跟前。福尔摩斯挺身向前拦住他们的去路。

“抬回去！”他伸臂拦在走在最前头的人的胸部，高叫，“马上抬回去！”

“你是什么意思？我再次问问你，你的搜查证呢？”彼得斯发狂似的叫喊

① 大本钟：旧时伦敦市的象征物。——译注

福尔摩斯挺身向前挡住他们的去路。

道。他的大脸在棺材的另一侧泛着红光。

“搜查证在来的路上呢。我命令把棺材放在屋里，等搜查证来了再说。”

福尔摩斯说话的威严气势吓住了杠夫们。彼得斯突然钻进屋里不见了。杠夫们听从了这一新命令。“快，华生，快点儿！这里有一把改锥！”在把棺材重新放回桌子上时，他大叫着，“这个钉子你起，我的天！如果能在一分钟内打开棺材盖，赏一个金英镑了！别问问题了，快干！出来了一个！还有一个！还有一个！好，现在钉子全都起下来了！用力抬！用力呀！啊，终于打开了！”

在众人的合作下，棺材盖被打开了。棺材盖刚一打开，就从里面冒出来一股强烈的氯气味，让人顿觉有些昏迷。棺材中躺着一具尸体，整个脸缠着泡过麻醉剂的棉纱。福尔摩斯揭去层层棉纱，露出一个中年女人的漂亮面孔，像一尊塑像似的。他马上用一只手臂搂住她，扶她坐起来。

“她死了吗，华生？还有一线希望吗？我们肯定没来晚！”

我们用了差不多半个小时，而由于窒息和氯气中毒，弗朗西丝女士仿佛真的走过了起死回生的界限。后来，给她做人工呼吸，注射乙醚，凡是能想起来的科学手段全用上了，她终于出现了生机，眼皮微微抖动，露出镜子似的微光，这些说明生命正在慢慢地回转过来。一辆马车驶来，福尔摩斯拉开百叶窗望着外面的那辆马车。“雷斯垂德送搜查证了。”他说，“他将发现他要抓的鸟儿早就飞了。不过，”听见沉重的脚步声匆匆走进过道时，他又补充说，“有一个人比我们能更好地照料这位女士。早上好，格林先生，我认为把弗朗西丝女士越早送走越好。同时，葬礼照常举行，送那位仍躺在棺材中的可怜老夫人去她永远孤独安眠的地方。”

“如果你愿把这个案件写进你的编年笔记，亲爱的华生，”当天晚间福尔摩斯说，“也只能是一时失察的一个特例，即使最善于斟酌权衡的人也难免会遇到这样的事。人人都会犯这类失察的错误，最了不起的人就在于他能够认识并改正。我想对这次有失面子的情况再说几句事后的聪明话。我那天夜里被一个想法纠缠着，觉得我刚刚才有了一条线索，一个不可思议的警句，一个奇怪的说法，却又稍纵即逝了。后来，在拂晓时分，有那么几句话突然又回到我的脑子里。就是菲利普·格林报告殡仪服务馆女店员说的那几句话。她说‘它应该在这之前就到那儿，用的时间比一般情况长一些。’她这里说的‘它’是指棺材。‘它用的时间比一般时间长一些’只能是指它是按特殊尺寸制作的。但是，为什么？为什么呢？我忽然想起棺材那么老深，底部却放了一个小小的干瘪躯体。为什么那么小的躯体要做那么大的棺材呢？是为另一具躯体留下地方。一张死亡证明书埋葬两个人。假如我的视野当初没有被蒙蔽的话，事情早就是很清楚的了。8点钟埋葬弗朗西丝女士，我们挽救的唯一机会就是把棺材堵在他家，不让它出门。

“这是我们发现她还活着的不抱希望的最后机会，但它毕竟是一次机会，后来的结果证明了这一点。据我所知，这些人从来不亲手杀人。他们在最后的时刻也会最大限度地缩小暴力。他们可以把她埋葬，但绝不留下她是怎样死去的痕迹，即使是事后挖掘出她来，他们也有机会逃脱罪责。我希望我的这种说法能使他们心悦诚服。你可以好好想想当时的情景，你看见楼上那间恐怖的小屋，那位女士当时就被囚禁在那里。他们冲进去，用氯气麻倒她，把她抬到楼下，塞进棺材，再把麻醉剂倒进棺材以防她醒过来，最后把棺材盖钉死。盘算得很精明啊，华生。在犯罪史上，这是我头一回碰到的新鲜事。如果我们这位前传教士朋友从雷斯垂德眼皮下面逃掉了的话，我相信将来还会听到他们在犯罪生涯中做出某些精彩的事件。”

濒危的侦探

夏洛克·福尔摩斯的女房东赫德森夫人是一位长期操心受累的女人。她家不仅二层楼上的套间房间里经常挤满成群结伙、行止古怪的讨厌房客，而且她的这位有名房客的怪癖与捉摸不定的生活想必已让她忍无可忍。他的邋遢让人不堪忍受；他对音乐的迷恋说来就来，殊无定时；他偶尔还在屋里练习枪法；他还进行奇怪的、常常是发出恶臭味的科学实验；他周围总笼罩着暴力与危险的气氛。以上这种种情形使他成了伦敦城里一个最坏的房客。可是，他出的房租很高，我毫不怀疑，我同他一起居住的这几年里，福尔摩斯交的房租之多已足够买下这所房子的了。

女房东对他带有最深的畏惧，从来不敢干扰他，不论他做的事情多么出格。她又喜欢他，因为他在跟她打交道时总是彬彬有礼，十分谦和。他讨厌和不信任女人，但永远不反对向女人献殷勤。在知道了她多么真诚地关心他之后，在我结婚的第二年，我便认真地倾听她来我家时讲述她的故事。她给我讲了我可怜的朋友病倒后的悲惨境况。

“他快死了，华生医生。”她说，“他卧床已经3天了，我真怀疑他能不能熬过今天。他不让我去请医生。今天早晨，我看见他颧骨都突出来了。他的大眼睛看着我的时候，我都不忍心和他对视。‘不管你让不让，福尔摩斯，我现在都要去给你找一个医生来。’我说。‘那么叫华生来吧！’他说。为了救他，不能耽搁时间了，先生，不然你就见不到活着的他了。”

我吓坏了，因为我从未听说他生病的事。不用说，我立即去拿衣帽，在我们乘车前往的途中，我询问详细情况。

“没有多少可说的，先生，他一直在泰晤士河附近一条小巷中的罗瑟希思处理一宗医疗案，身上带回来这种病。星期三午后上床后，到现在为止就没起来过。他3天不吃不喝了。”

“天哪！你为什么不叫个医生来呢？”

“他不让呀，先生。你知道他是个多么专横的人，我哪敢不服从他呀！但是他将不久于人世了。你在亲自看到他的时候，马上就会看出这一点。”

他真的奄奄一息了。在一个11月的雾天里，光线暗淡，病房是个晦气的场所，那张憔悴瘦削的面孔在病榻上对着我，向我投来的寒气直逼我的心中。他的眼里闪出发烧时才有的那种光，两颊发红，嘴唇变成深色的焦皮，两只搁在被子上的手不住地颤抖着，话音嘶哑发颤。我进屋时他正倦怠地躺在床上，看见我时眼中露出认识我的一线目光。

“噢，华生，看来咱们在走背字。”他说。声音微弱，但还有他那什么都不在乎的老派头。

“我亲爱的伙计！”我叫道，同时向他走去。

“别过来，往后退！”他说道。口气是那么严厉，好像是到了生死存亡的危急时刻。“华生，你要是再往前走，我就要命令你走出这间屋子了。”

“可这是为什么？”

“因为那是我的要求。这还不够吗？”

是这样，赫德森夫人说得没错，他比原来更加专横了。然而，看到他精疲力竭的样子真让人可怜。

“我只想帮助你。”我解释说。

“好吧！照我告诉你的去做就是最好的帮助我了。”

“当然，福尔摩斯。”

他这才改变他那一脸严肃的态度。“你没生气吧？”他费力地喘着气问我。

可怜的家伙，看着他如此凄惨地躺在我的面前，我还能生气吗？

“我这全是为你着想，华生。”他嘶哑着声音说。

“为我着想？”

“我知道我自己怎么了，我得的是一种苏门答腊传来的苦力病——荷兰人比我们更了解这种病，尽管迄今为止，他们得这种病的人数极少。有一点十分肯定，那就是，这是种要命的病，而且传染性极强。”

他是发着高烧说这话的，两只手颤巍巍地示意我不要走近。

“接触传染，华生——就是触摸。你要离我越远越好。”

“天哪，福尔摩斯！你以为你这么说马上就会让我听从你了吗？即使是一个陌生人生了这种病我也不怕，怎么能想象这会阻止我为一个老朋友尽责任呢？”

我朝他走近了一步，他的一脸怒容令我止步不前。

“你如果好好地站在那儿，我会跟你好好地说话。你如果不听我的，那就离开这间屋子。”

我是非常敬重福尔摩斯个人的杰出品质的，即使在我最不理解的时候，也总是服从他的意愿。但是现在，我的职业本能全都觉醒了。在别的地方，我都可以听他的，唯独在这间病房里，他这回得听我的了。

“福尔摩斯，”我说，“你不是你自己了，你是一个病人，一个孩子。所以，我来给你治病。你愿意也好，不愿意也好，我这就要仔细检查你的症状，然后对症下药。”他恶狠狠地盯了我一眼。

“就是我不得不违心地请医生，我至少要请一个我信得过的。”他说。

“这么说你根本信不过我？”

“你我的交情当然没的说，但事实终归是事实，华生。你毕竟是一个经验非常有限、资质一般的普通行医人。开口说这样的话实在是不得已的痛苦事情，可这都是你逼我说的。”

我被深深地刺痛了。

“这样的话实在不该出自你的口，福尔摩斯。这些话清楚地向我表明，你的神经出了毛病。要是你信不过我，我可以不勉强为你诊治，让我带你去见贾斯珀·米克爵士或彭罗斯·费舍尔等伦敦最好的医生。但你必须去看一个医生，这一点是肯定的。如果你以为我会站在这里，自己不救你，也不找人救你，就这么眼睁睁地看着你死去，那你是看错了人了。”

“华生，你的好意我领了。”这个病人像哭又像呻吟地说道。

“还要我揭示你的无知吗？你知道打巴奴里[①]热病吗？你知道台湾黑色败血病吗？”

“这些我全都没有听说过。”

“华生，在东方有许多种疾病，有许多稀奇古怪的治疗方法。”他每说一句话便歇一下，以缓解衰弱的体力。“我最近在研究医学犯罪学，学到了不少这方面的知识。我的这种病就是在研究中得的，你治不了它。”

“可能治不了吧，可我无意间得知，当代治疗热带病的最大权威安斯特里医生目前正住在伦敦。你的一切抗议全都是无用的，福尔摩斯，我现在就去请他来。”我坚定地向门口走去。

我从来没有这么吃惊过！这个濒死的病人转瞬间像只老虎似的跳起来拦住了我的去路。我听见钥匙在孔里扭动的声音。转眼间他又回到了床上，这一往一返超出了他身体的承受力，他躺在床上痛苦地辗转呻吟。

“华生，你从我手里是抢不走钥匙的。我不让你走，我的朋友。你就在这里待着，直到我同意让你走。不过，我会让你高兴的。”这些话都是喘着气断断续续说的。“你从心里为我好，这一点我当然是知道的。我会让你走的，但得给我恢复体力的时间。现在别走，华生，现在别走。现在才4点钟，6点钟时你就可以走了。”

“这么做毫无意义呀，福尔摩斯。”

---

① 印度尼西亚地名。——译注

福尔摩斯跳下来拦住了我的去路，我听见钥匙在孔里扭动的声音。

“只有两个小时，华生。我承诺让你6点钟走，你愿意等吗？”

“看来我没有别的选择了。”

“绝对没有，华生。谢谢你，我不需要整理被褥，你离我远一点儿。华生，现在还有一个我要提出的条件，就是请你去寻求帮助，但不是向你刚才提到的那些人，而是去找一位我选好的人。”

“好的，当然可以。”

“自从你进到这间屋子，只有这两句话说得明白事理。那头有几本书，我无力给你拿。我真想知道电池往非导体里输电时是什么感觉。6点钟，华生，6点钟咱们再谈话。”

但是，等到那个钟点可不是那么好熬的，在此期间我又一次受到不亚于刚才他一跳跃到门口所引起的那种震惊。我站着看了几分钟那个静静地躺在床上的人。他的脸几乎全被被子盖住，好像已经睡着了。由于我当时不能坐下来看书，所以就在屋子里慢慢踱步，观看挂在四面墙上的著名罪犯的画像。最后，我漫无目的地来到壁炉前。壁炉台上散乱地放着一个小烟斗、烟丝口袋、注射器、削铅笔刀、手枪子弹等零零碎碎的东西。其中有一个带推拉小盖的黑白相间的象牙盒子，看上去相当精致。我伸出手去取它，想拿到眼前看得仔细些，正在这时，他发出一声吼叫，连大街上都可以听见他那一声吼叫。他这惊恐的吼叫使我不寒而栗，头发都立起来了。我扭头看见了一张痉挛的脸和惊悚的眼睛。我手持小盒子一时僵立在那里了。

“放下，立即放下，华生——我说了，立即放下！”当我乖乖地把小盒子放回原处后，他的头向后靠在枕头上，大大地舒了一口气。“我讨厌别人动我的东西，华生，这你是知道的呀！你乱摸乱动已经让我难以忍受了。你这个医生都快把病人逼到收容院去了。先生，你坐下，让我休息休息！”

这件事在我心中留下了颇为不快的印象。先是粗鲁和无缘无故的激动，然后又是这番粗鄙的言语，他完全失去了平时的温文儒雅，使我看到他的头脑失常已经多么严重。在所有的毁灭中，最悲惨的莫过于一颗高贵的头脑遭到摧

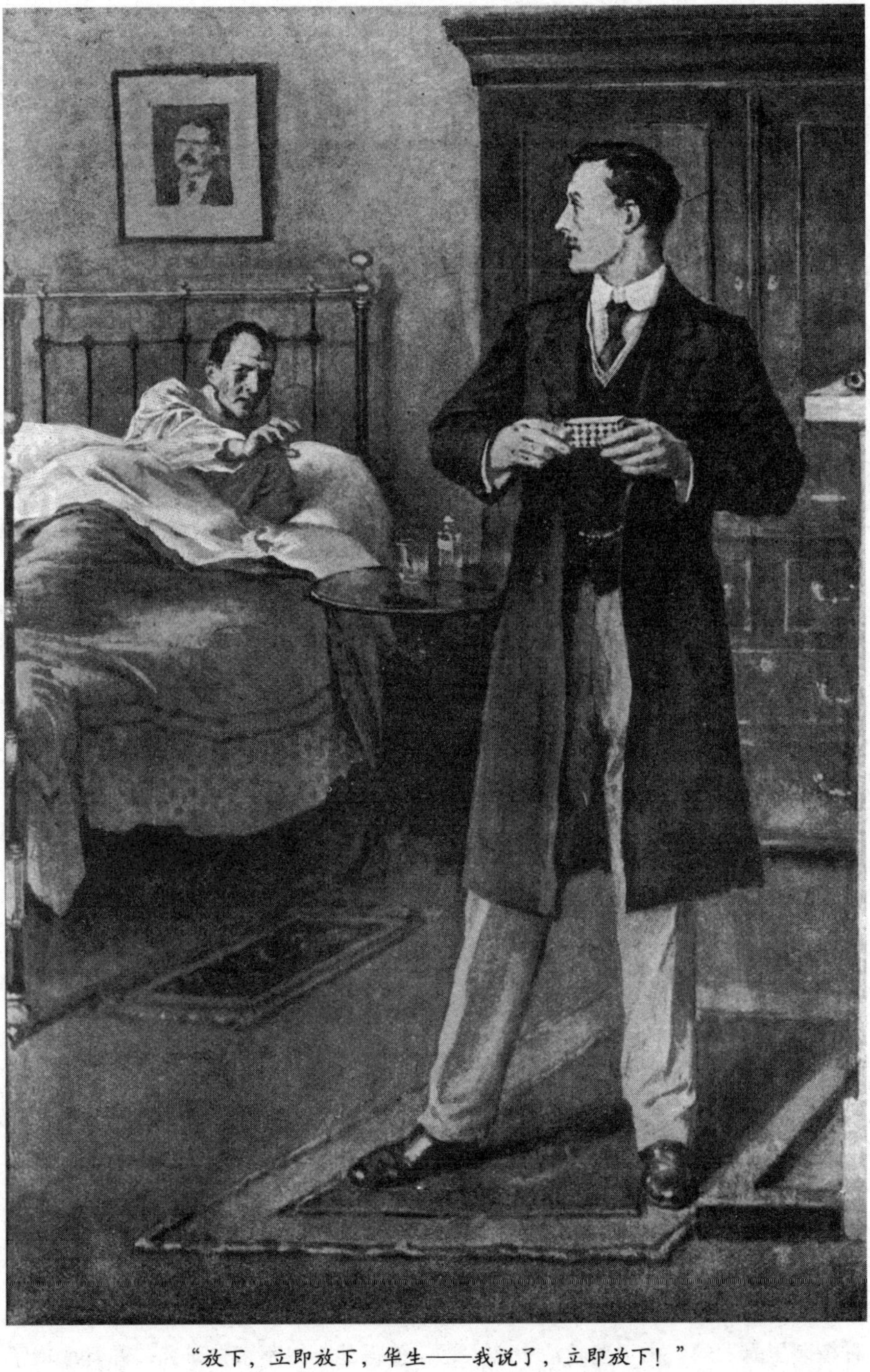

“放下，立即放下，华生——我说了，立即放下！”

残。我无奈地静坐着，一直到规定的时间过去了还坐在那里。他好像也已经在看表了，因为不到6点钟时他便开始用刚才那样的病态语调说话了。

“华生，现在，”他说，“你口袋里有零钱吗？”

“有。”

“是5毛以下的零钱吗？”

“有很多。”

“有多少不到5毛钱的？”

“5个硬币。”

“噢，太少了！太少了！多么不幸啊，华生！但是，尽管少，你就让这些钱待在你的衣袋里，把别处的钱全都放在你的左边裤兜里。谢谢你！这样放会比原来那样放均衡了许多。”这么说话已是语无伦次了。他在发抖，又一次和着咳嗽和抽泣发出声音。

“你现在点上煤气灯，华生。但是要非常小心，一次只能点着半个灯。我恳求你务必小心，华生。谢谢你，你干得太棒了！不，你不必放下百叶窗。现在恳请你把信件和报纸放在桌子上我能够得到的地方。谢谢你！现在给我拿一点儿炉台上的东西。好的，华生！还有那个糖罐。用配的起子小心起开小象牙盒子，把它放在报纸当中。好的！你现在可以去请下贝克街13号的卡尔文顿·史密斯先生去了。”

说实话，我想请医生的愿望已经不那么迫切了，因为可怜的福尔摩斯老说昏话让人不敢离开他。可是他这时急着点名要见那个人，就跟刚才拒绝请医生那么顽固。

“我从来没听说过这个名字。”我说。

“可能没听说过，华生。当你知道这个人是当今世界上最懂得这种疾病的人，但他并不是个医生而是个种植园主时，也许会教你感到吃惊呢。卡尔文顿·史密斯先生是苏门答腊的一位著名人士，现正造访伦敦。这种病是在他的种植园里暴发的，由于离救治中心太远，使得他不得不亲自研究，并且取得了影响深远的成果。他是一个办事很有条理的人，所以我不急着要你6点钟以前去请他，因为我很清楚你那会儿在他的书房里根本找不到他。如果你能说服他来这里，让他告诉咱们他对这种病独一无二的研究成果——他最大的爱好就是进行这项调研工作，我相信他会帮助我的。”

我写出福尔摩斯的这番话的时候，总体上是按条理写的，并不想指出他说这些话时不时被他的喘息所打断，从他紧攥的双手就可以看出他正忍受着病痛。在我同他共处的这两个小时当中，眼瞅着他的样子在每况愈下。热病斑点愈加明显，两眼在深陷的眼窝里闪着光，一滴冷汗渗出他的眉角。可是，他仍然保持着说话的潇洒风度，哪怕一息尚存，他都要摆出一个事事做主的样子。

“你要准确地告诉他你是怎样离开我的。”他说，“传达给他你心中的真实感受———个快死的人———个濒死的、神志已昏迷的人。真的，我真不能想象整个海底为什么不是一整块固体的牡蛎，好像生出好多好多的这种海中生物。啊，我迷糊啦！脑子控制脑子，多么奇怪呀！我在说什么呀，华生？”

“教导我去请卡尔文顿·史密斯先生。”

“哈，对，我想起来了，我的命就靠他救了。恳求他吧，华生。我们之间没有好感。他的侄子，华生。我怀疑有奸诈行为，并让他看见了。那个孩子令人恐怖地死了。他从那时起恨上了我。你去感化他，华生。求他，向他发誓，用一切办法让他到这里来。他能救我——只有他了！”

“要是非把他弄来不可，我就用马车去请他好了。”

“那可不行。你得说服他来，然后还得在他之前回来。只要别和他一同回来，找任何借口都行。别忘了这一点啊，华生。你不会使我失望的，你从来没叫我失望过！毫无疑问，天敌限制着这种生物的增长。我和你，华生，我们做自己的事。这个世界将会爬满牡蛎吗？不，不，太可怕了！你要传达给他你心中的真实感受。”

我离开他的时候，这个大男人活像个傻孩子似的还在那里絮絮叨叨。他已把钥匙交给了我，我接手时心中松了一口气，他不会把自己锁在屋里了。赫德森夫人在走道里等我时，一边发抖一边哭泣。当我从屋里走出来的时候，听见后面福尔摩斯还在尖声高嗓门地说话。我到了楼下招呼出租马车时，一个男人从浓雾中向我走来。

“先生，福尔摩斯先生怎么样了？”他问。

原来是穿着便服的老相识、苏格兰场的侦探莫顿。

“他病得不轻。”我说。

他用一种奇怪的眼神看着我。如果不出于恶意的话，那就是我把扇形窗射出的光线想象成他脸上的喜悦之色了。

“我听说了一些关于他的传言。”他说。

马车这时已启动了，我便离开了他。

下贝克街原来是位于诺丁山和肯宁顿相交处的一条街，两边是一排优雅的住房。车夫把车停在一所住宅前。这座房子有着老式铁栏杆和闪着光芒的折叠大铜门，那气氛给人一种虚假的威严之感。这倒和管家那一脸的假正经刚好相配。他从门中探出身来，背后是电灯发出的粉红色光照。

“是的，卡尔文顿·史密斯先生在家哪！是华生先生啊！太好了，先生，我将收下您的名片。”

卡尔文顿·史密斯先生记不得我的卑名和头衔。我从半开的门听见一声刺耳的高叫声。

“这个人是谁？他想要干什么？唉，斯特普尔斯，我研究问题的时候不要打搅我，这我跟你说过多少回了？”

传来管家甜言蜜语般的柔声细语。

“噢，我不能见他，斯特普尔斯，我不能老让这样的事打断我的研究工作。我不在家，去，就这么说。告诉他，如果他真的想见我，明天早上再来。”

又是一阵低声细语。

“好，好，就这么告诉他。他要么上午来，要么走人。我的工作绝不能受干扰。”

我想到福尔摩斯病在床榻上辗转反侧的痛苦样子，想到他正以分钟计时等我回去救助。现在不是拘守礼节的时候，他的生命全看我能否当机立断了。在抱着歉意的管家还没来得及传达他的话时，我已经把他推到一旁，进到屋里了。

一个人大喝一声，从靠近壁炉的靠椅上站起身来。我看见一张大黄面孔。这张脸上有粗糙的颗粒，油腻腻的，两层下巴沉甸甸地耷拉着，两只愠怒的眼睛从发红的浓眉后面向我射来令人畏惧的凶光。高抬的秃头上罩着一顶天鹅绒的小烟帽[①]，与散在另一边的粉红头发的曲线相配，形成时髦的样式。他的脑壳很大，但向下一瞧，我才吃惊地看到这个人又小又弱，双肩与背部扭曲，好像是个在童年时代得过佝偻病的人。

“这是怎么回事？”他叫道，嗓门又尖又高，“你这样擅自闯进来，算是干什么的？我不是传话让你明天早上来了吗？”

“十分抱歉。”我说，“只是事情很紧急，不容许耽搁时间了。福尔摩斯先生——”

一提我朋友的大名马上对这个小个子发生了奇特的作用。他满脸的怒色立即一扫而光，他的五官显出紧张和警觉的表情。

“你是从福尔摩斯那里来的？”他问。

“我刚刚离开他。”我说。

“福尔摩斯怎么了？他现在怎样？”

“他病得快不行了，这正是我来这里的原因。”

这个人示意我坐下，然后转身也坐下了。就在他转身坐下的瞬间，我从挂在壁炉上的一面镜子里瞥见了他的脸。我敢发誓说，他露出了一个恶意的、狰狞的笑容。可是，我当时对自己说，这种感觉一定是我自己受惊之后紧张过度所致，因为他转瞬间就表现出一副真诚关心的态度。

---

① 当时吸烟人吸烟时戴的帽子。——译注

“这是怎么回事？你这样擅自闯进来，算是干什么的？”

“听到这个消息，我很难过啊！”他说，“我只是在我们做过的业务来往中知道福尔摩斯先生的，但我十分敬重他的才能和人品。他业余研究犯罪学，我业余研究疾病。他的研究对象是坏人，我的研究对象是病菌。这就是我设的监狱。”他指着放在另一张桌上的一排瓶瓶罐罐，说道：“在那些胶质培养物当中，就有世界上最坏的罪犯在服刑。”

“正是因为您有这方面的特殊知识，福尔摩斯先生才要我来见您。他对您的评价很高，认为您是伦敦唯一可以帮助他的人。”

小个子跳起来，那顶时髦的吸烟帽滑落到地上。

“为什么？”他问，“为什么福尔摩斯先生认为我可以帮助生病的他？”

“因为您了解多种东方疾病。”

“但他为什么居然会认为他感染上的病是东方疾病呢？”

“因为他曾在码头上中国水手当中做过专题调查。”

卡尔文顿·史密斯先生高兴地笑了。

“噢，是这样的吗？”他问，“我看事情没有你想的那么严重。他病了多长时间了？”

“大约3天吧。”

“他说胡话吗？”

“偶尔说。”

“啧，啧，这就严重了！若不答应他的要求，那就太不人道了。我非常不愿中断我的工作，华生医生。可是，这一次只好打破惯例了。我马上跟你走一趟。”

我想起福尔摩斯的嘱咐。

“我另有一个约会。”我说。

“很好，我一个人去吧，我有福尔摩斯的地址。你放心去吧，我顶多半个小时内就会赶到他那里。”

我走进福尔摩斯房间的时候，情绪十分低落。我怕在我不在的这段时间里，会发生最坏的情况。使我大为宽慰的是，我不在时他的状况已大大好转。他的外表还和以前一样凄惨，但已经不说胡话了。他说话的声音微弱，但已差不多与平时清醒一样清晰了。

“啊，华生，你见到他了吗？”

“见到了，他正在来的路上。”

“好极了！华生，好极了！你是最好的邮递员。”

“他本想和我一起来的。”

“那可不行，华生，那显然是不可能的。他问我生的是什么病了吗？”

“我对他讲了你到过东区[①]的中国人当中。”

“太好了！好的，华生，你做了一个好朋友能做的事。你现在可以退出这个舞台了。”

“我必须等他来，听听他怎么说，福尔摩斯。”

“你当然得听听喽！可是，如果让他认为只有我一个人在听他讲，我有理由认为他的意见会提得更坦率、更有价值。我床头背后正好还有块空地，华生。”

“我亲爱的福尔摩斯！”

“我恐怕没有别的办法了，华生。这间屋里藏不住人，所以，也最不会引起人家的怀疑。”突然他坐直身子，憔悴的脸上露出专注的神情。“是车轮的响声，华生，快，如果你是真的疼惜我的话，就赶快躲起来。不管出了什么事，你都不要动，听见了吗？别出声，别动！只用你的耳朵听。”说完这几句话，他那突如其来的精力一下就没了，咄咄逼人的说话口气又变成低沉含糊的呻吟，成了一个半昏迷中的胡言乱语的人。

我迅速地藏起来，马上就听见有人踏上楼梯的脚步声，接着又听见门打开又关上的声音。令我惊讶的是，打破长时间沉默的竟然是病人痛苦的喘息声。我想象得出，我们的来访者正站在床边，俯视躺在床上正在受罪的病人。最后，沉默终于被打破了。

“福尔摩斯！”他叫道，“福尔摩斯！”是那种叫人醒来的语气。“你

① 指伦敦东区，是底层人民生活的地区。——译注

听见我叫你了吗，福尔摩斯？”刷刷刷的响声，好像是他正在用力摇晃病人的肩膀。

“是你吗？史密斯先生？”福尔摩斯小声地说，“我几乎不抱希望等你来了。”

“我想还不至于吧。”他说，“你看，我这不是来了吗？我来这里可是以德报怨啊！以德报怨，福尔摩斯！”

“你真好，你真高尚。我赏识你有特殊的知识。”

我们的来访者扑哧笑了。

“你行，整个伦敦市里就是你行。你知道你得的是什么病吗？”

“同样的病。”福尔摩斯说。

“噢，你辨认得出它的症状。”

“太了解了。”

“好，福尔摩斯，我不应当感到惊奇，如果是同一种病的话，你的前景就不大妙了。可怜的维克多得这病第四天就死了——虽然他还是一个年轻的小伙子。正像你说的，他在伦敦市的中心地区感染上了这一罕见的亚洲病，的确叫我感到惊讶。我对这种病进行过专门研究，出奇的巧合呀，福尔摩斯。你以你的聪明注意到了它，但这却无情地意味着，这其中有利有弊的关系。”

“我早就知道是你干的。”

“哦，你早就知道了吗？那好，你证明不了这一点。可是你散布是我做了这件事的流言，现在染上了这种病后又低声下气地来求我帮助你，对这个你又是怎么看的呢？这是哪一门子的游戏——呃？”

我听见病人费力地大声喘着气。“给我口水喝！”他喘息着说。

“你的宝贵生命即将终结，我的朋友。但我不想让你没有听完我的话就走，所以，我才给你拿水喝。拿好，别洒了。好了，你听懂我的话了吗？”

福尔摩斯在呻吟。

“尽力帮我一把吧，过去的事就让它过去吧。”他低声说，“我会忘记说过的一切——我发誓。只愿你救我一命，我会忘记一切宿怨的。”

“忘记什么？”

“噢，忘记维克多·萨维奇的死因。你刚才刚刚承认了，他的死是你造成的。我将忘记这件事。”

“忘记也好，记住也好，随你的便。反正我在证人席上不会再见到你了。我的好福尔摩斯，我相信你会在另一个盒子里的。你知道我的侄子是怎么死的，已与我毫不相关了。我们现在谈的不是他，而是你。”

“好吧，好吧。”

“刚才来找我的那个人——我忘记他的名字了——说你是在东区的水手中感染上这种病的。”

“我现在只能这样推测。”

“福尔摩斯，你是不是为你有个好脑子感到骄傲？认为自己很聪明，是不是？这次你可是遇见一个比你聪明的人了。现在你回头想一想，福尔摩斯，你认为你得这种病就没有别的途径了吗？”

“我想不起来了，我的脑子已经乱了。看在老天的面子上，帮帮我吧！”

“行啊，我会帮你，我将帮你弄懂你现在的境况以及你是怎样落到这个下场的，我要让你死得明白。”

“给我个什么东西缓解一下我的痛苦吧。”

“痛苦，痛苦吗？对了，苦力们死前都要发出长长的哀号声。我想你在抽筋。”

“是的，是的，我是在抽筋。”

“嗯，只要你听得见我在说什么就行。听着！你还记得你在刚刚出现症状的那个时候，你生命中发生过什么反常的事件吗？”

“不记得，什么都不记得了。”

“再想想。”

“我病得什么事也想不起来了。”

“好，那么我来帮你想。你收到过邮件吗？”

“邮件？”

“有没有意外地收到过一个盒子？”

“我不行了——我要死了！”

“听着，福尔摩斯！”发出一阵响动声，好像是他在晃动濒死的病人。但我仍一动不动地躲在我藏身的地方。“你一定得听我说，我要你听我说。你记得一个盒子，一个象牙盒子吗？星期三送来的，你打开了它——你想起来了吧？”

“想起来了，我打开了它，里面有一个尖锐的弹簧，是开玩笑——”

“你将会发现你为此付出的代价，不是笑话。你这个傻瓜，你收下了它，你就得了这种病。谁叫你挡我的路呢？如果你不来妨碍我，我也不会伤害你。”

“我想起来了，”福尔摩斯喘着气说，“弹簧！它扎出了血。就是那个盒子——现在就放在桌子上。”

“对了，正是这个盒子。我可以把它揣在口袋里带走了，带走你最后的一个证据。可是，福尔摩斯，你现在已知道了事实，却要带着知道是我害死你的真相死去。你对维克多·萨里奇的死知道得太多了，所以我才让你跟他同命运共患难的。福尔摩斯，你马上就要死了，我将坐在你面前，看着你死去。”

福尔摩斯的说话声越来越微弱，小到几乎听不见。

“你在说什么？”史密斯说，“扭大煤气灯吗？哈，天开始黑下来了，是吗？好的，我去把灯扭亮一些，这样我可以更清楚地看到你。”他走到屋子的另一头，灯突然大亮了。“我的朋友，我还能为你做点儿小小的事吗？”

“一根火柴，一支香烟。”

高兴与惊讶使我差点儿叫出声来。他已恢复了平时的说话声——也许还有点儿气力不足，但已是我所熟悉的那种声音了。好一阵儿没有应答，我觉出是卡尔文顿·史密斯惊愕地俯视着跟他说话的人，半天说不出话来。

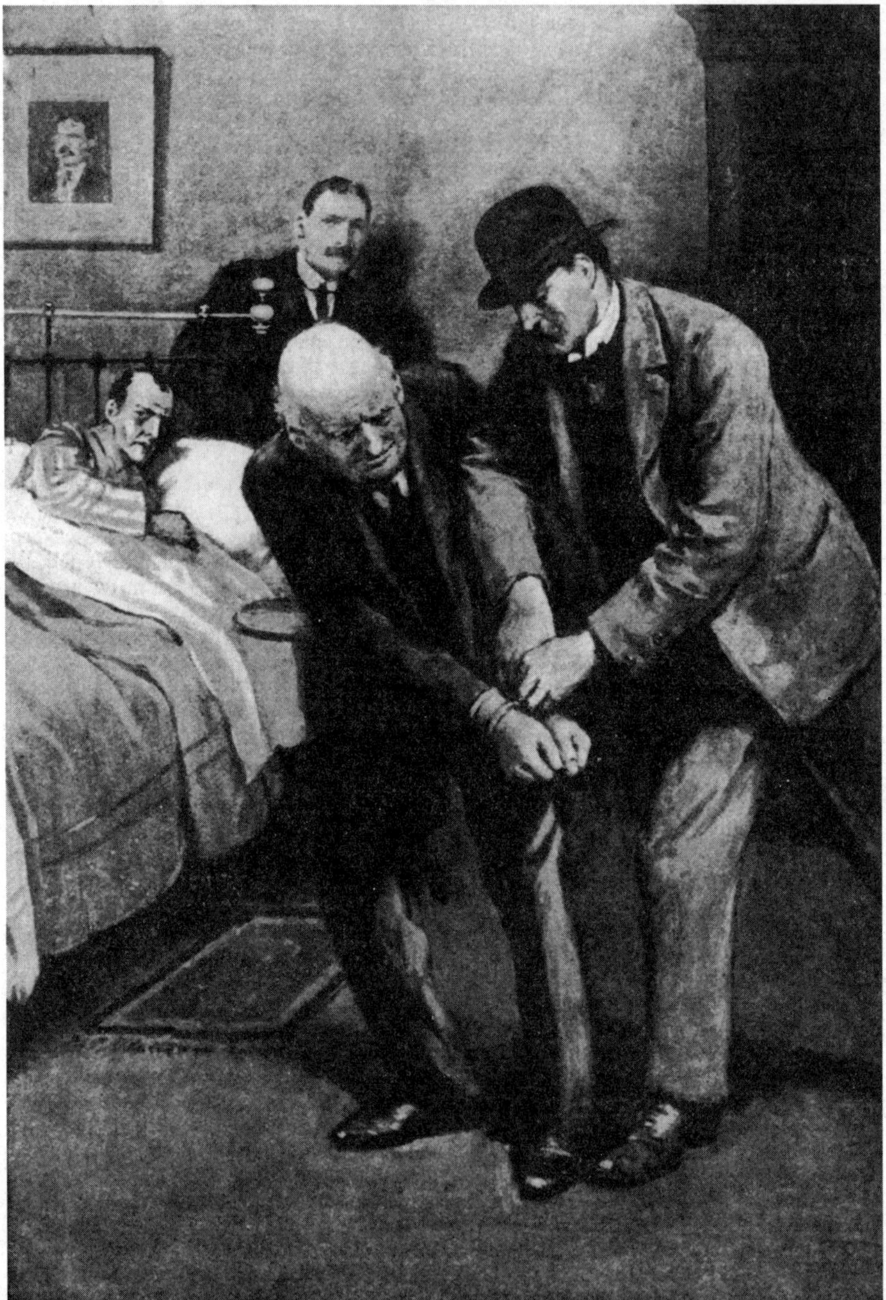

“你这样做只会对你自己不利。”探长说，“好好站着，听见没有？”

“你这是什么意思？”我听见他终于用急躁的声音说话了。

“演好一个角色的最好办法就得是这个样子。”福尔摩斯说，“我告诉你，在你给我倒那杯水前，我已经3天不吃不喝了。可我发觉我最离不开的东西竟然是烟草。哈，这里还有几支香烟。”我听见擦火柴的声音。“这就好得多啦！喂，喂！我听见一个朋友的足音了。”

外面有走路的声音。门开了，露面的是莫顿探长。

“一切都是有条不紊地进行的，这就是你要抓的那个人。”

警官发出逮捕前例行的辞令。“我以指控你谋杀了维克多·萨维奇的名义逮捕你。”这是他说的第一句话。

“你还可以加上他企图谋杀夏洛克·福尔摩斯的罪名。”我的朋友咯咯笑着说，“为一个生病的人，探长，卡尔文顿·史密斯先生好心地扭大了煤气灯，代我们发出了信号。还有，在犯人上衣右边口袋里有一个小盒子，应当先脱下他的上衣。谢谢你！如果我是你的话，我会格外小心地处理这个小盒子的。放在这儿吧！在审讯中，它自有用处。”

突然传来有人向外跑和一阵扭打的响声，接着是铁器相碰的声音与一声痛苦的嚎叫。

“你这样做只会对你自己不利。”探长说，“好好站着，听见没有？”接着一声扣上手铐的当啷声。

“好一个圈套！”高声吼叫之声。“这将会把你，福尔摩斯，而不是我，送上被告席的。他要我来这里给他治病，我出于怜悯就来了。现在，他无疑会瞎说，把我所说的话都说成是他编的那样，以证明他神志不清的猜疑。福尔摩斯，你爱怎么撒谎，就怎么撒谎吧。你说的话其实和我说的话一样不足为凭。”

“天哪！”福尔摩斯大叫一声，“我把他忘了个精光。我亲爱的华生，我要向你道一千个歉，没想到我居然会把你全忘了！我想，既然你们今天下午已经认识了，我就没必要向你介绍卡尔文顿·史密斯先生了吧。马车在下面吗？

我穿好衣服就跟你去，因为我到警察局多少还有点儿用处。”

“我绝不需要多吃了。”福尔摩斯在梳洗期间抽空喝了一杯葡萄酒，吃了几块饼干。“不过你知道的，我的生活习惯就是没有规律。这点儿小小不然的成绩对我算不了什么，虽然对大多数人来说是很了不起的。要紧的是，我要让赫德森夫人知道我的真实情况。因为是她转告你我病了，你又转告给了他。你不生我的气吧，华生？你应该知道，你有许多才能，却没有伪装之才。如果让你知道了我的秘密，你绝不会那么心急火燎地去请史密斯来的。而这又是整个计划中的关键点。我深知此人有报复人的本性，所以有十成把握他一定会来看他的杰作。”

“可是你的样子，福尔摩斯，你那张濒死之人的面孔是怎么回事？”

“禁食3天当然不会容光焕发，华生。一块海绵就可以擦得干干净净。额头上抹上凡士林，眼窝里滴上颠茄，双颊涂上口红，嘴唇抹上蜂蜡，这样就营造出了一种令人非常满意的效果。装病是我老早就想撰写的一个专题论文了。偶尔说说5毛钱零钱、牡蛎之类没头没脑的话，是为了造出昏迷中说胡话的效果。”

“但是，既然没有传染性，你为什么不让我靠近你呢？”

“华生，你问这个吗？你以为我真的不尊重你的治病能力吗？我能认为一个要死的人脉搏与体温却都正常，会骗过你敏锐的判断吗？5步开外，我可以骗过你。一旦骗不了你，我让谁去把史密斯带进我的控制范围里来呢？没有别人，华生。我不会去碰那个盒子的。在你打开它的时候，如果你看的话，从侧面就可以看见那个像蛇信子似的弹簧弹出来。我想，妨碍这个恶魔接受遗产的可怜的萨维奇就是被一个这样的装置害死的。然而，正如你所知道的，我的邮件五花八门，凡送到我手的邮包我都很警惕。不过，有一点我一直很清楚，假装让他觉得他的计划已经实施成功，我就可以出奇制胜，令其招供。我这次装病得以成功就在于它是彻头彻尾的真艺术。谢谢你，华生，你必须帮我把衣服穿上。我想，咱们在局里办完事后，去辛普森饭店撮一顿，不算过分吧！”

恐怖谷（1914—1915）

第一部　伯尔斯通惨剧

警　告

“我认为——”我说。

“我应该这么做。”夏洛克·福尔摩斯不耐烦地说。

我自认为是一个非常有耐性的人，可是我得承认，这样讥讽地打断我的话确实让我生气。

“说真的，福尔摩斯，”我严肃地说，“你有时候有些让人讨厌。”

福尔摩斯却已经陷入了深思中，没有立即回应我的抗议。他一只手撑着头，面前的早餐一口也没有吃，两眼盯着刚刚从信封里抽出来的那张纸条。他又拿起信封，举到灯前，仔细研究着外观和封口。

“这是波洛克的笔迹，”他若有所思地说，“我几乎可以确定这是波洛克的笔迹，虽说我只见过两次。希腊字母‘e’上端独特的花体很有特色。不过，如果真的是波洛克写来的话，那一定是极为重要的事了。”

他其实不是在对我说话，而是在自言自语，不过这些话引起了我的兴趣，我的不快也随之消失了。

“波洛克又是谁？”我问。

“波洛克只是个笔名，华生，是个身份代号，可是这个名字后面却是一个诡计多端、捉摸不定的人。在上一封信里，他坦率地告诉我这不是他的本名，还说我永远不可能在这个茫茫人海的大都市里找到他。波洛克之所以重要，并

密码和破译密码的人

不是因为他本人，而是跟他有联系的那个大人物。想想看，引水鱼和鲨鱼，豺狗和狮子——微不足道的小东西和令人望而生畏的东西联手，不只是令人望而生畏，华生，还凶恶阴险，而且是最凶恶阴险的。我是这样看待他的。你听我提过莫里亚蒂教授吧？”

“那个手段高超的著名罪犯，在同伙中名声大得就像——”

“别言过其实，华生。”福尔摩斯不赞成地嘟囔说。

“我是想说‘就像公众对他毫无所知一个样’。”

“妙，妙极了！”福尔摩斯说，“真想不到你也有这种狡猾的幽默，华生，我可得好好防备着了。不过你说莫里亚蒂是罪犯，从法律上讲，你是在诽谤，但是其中也有荣耀和奇特之处。他是古往今来最大的阴谋家，是一切恶行的组织者，也是黑社会的首脑——可以决定国家存亡的首脑。就是这样一个人！可是从来没有人怀疑过他，从来没有人指责过他——还非常受人尊敬，就凭你刚才说的话，他就可以把你拖上法庭，你得用一年的薪金才能赔偿他的名誉损失。他不就是《小行星动力学》一书的作者吗！这本书上升到了纯数学的罕有高度，据说科学界没有人能对此提出批评。这样的人可以中伤吗？信口胡说的医生和受人诽谤的教授——这就是你们两人分别扮演的角色。这是个天才，华生。不过只要我不被小喽啰们打死，我们总有一天会成功的。”

“真希望能看到那一天！”我热切地喊着，“不过你说的是波洛克这个人。”

“啊，对了，这个所谓的波洛克是整个链条中的一环，离那个大人物不太远。波洛克并不是一个很坚固的环节，也就是咱们俩之间说说而已。目前，就我所能发现的，波洛克是这个链条中唯一薄弱的环节。”

“可是一环薄弱就会全盘崩溃啊！”

“完全正确，亲爱的华生。所以波洛克才会这么重要。他还有一些起码的正义感，我又偶尔暗地里让人送去一张10英镑的钞票，适当地鼓励他一下，他已经有一两次提前给我提供了有价值的消息——最大的价值就是可以让我预见并防止一桩罪行，而不是事后惩罚。我毫不怀疑，只要我们有了密码，就会发现这封信也属于同样性质。”

福尔摩斯又把那张纸条在没有用过的空盘子上铺平。我站起来，从他身后低头看了看那些稀奇古怪的字，上面是这样写的——

534 C2 13 127 36 31 4 17 21 41
DOUGLAS 109 293 5 37 BIRLSTONE
26 BIRLSTONE 9 13 171

“你是怎么想的，福尔摩斯？”

“显然是想传达一个秘密消息。”

“可是没有密码，密码信又有什么用呢？”

“在这种情况下，毫无用处。”

“为什么你说‘在这种情况下’？”

“因为许多密码我读起来就像看报纸广告栏一样轻松。那些原始的方法只能让聪明人觉得好笑，一点儿也不会觉得疲倦。可是这封信完全不同。显然，它指的是某一本书里某一页上的话。没人告诉我是哪一本书、哪一页，我也无能为力。”

“可是为什么有‘道格拉斯’和‘伯尔斯通’呢？”

“显然是因为那一页书上没有这两个词。”

“那他为什么又不说出是哪一本书呢？”

“你天生机敏，亲爱的华生，朋友们喜欢的这种内在的狡黠使你不会把密码和信放在同一个信封里。一旦信送错，你就完了。事实上，只有两者都出了问题，才会惹来麻烦。我们的第二封信现在该到了，它或者透露给我们更多的消息，或者，更有可能的是，指出那些数字所指的书，否则反倒令人奇怪了。

福尔摩斯的猜测几分钟之后就得到了证实，仆人比利进来，带来了我们正在盼望的那封信。“同样的笔迹。”福尔摩斯打开信封时说，“而且还签了名。”他展开信纸时，又兴高采烈地加了一句：“来，我们有进展了，华生。”

可是，福尔摩斯匆匆看信时，却皱起了眉头。

“天哪，太让人失望了！华生，恐怕我们的期望都要化为乌有了。我希望波洛克这个人不要出什么事。”

亲爱的福尔摩斯先生：

这件事我准备到此为止了。太危险了，他怀疑我，我看得出来他怀疑我。我刚把信封上的地址写完，想把密码寄给你，他却突然来了。幸亏我把信封盖上了。如果让他看到，就会对我非常的不利。可是我看出他眼中有怀疑。请把那封密码信烧掉吧，现在对你来说已经毫无用处了。

弗雷德·波洛克

福尔摩斯坐了一会儿，眼睛盯着火苗，手指捻着那封信，皱着眉头。

“毕竟，”他最后说，“也可能根本就没什么事，也许他只是有点儿良心不安。他知道自己是叛徒，所以从那个人的眼睛里看出了谴责的神情。”

“我猜那个人就是莫里亚蒂教授吧？”

“不会是别人。同伙中有谁说到‘他’，都知道是什么意思。可以对他们发号施令的只有一个‘他’。”

“可是他又能做什么？”

“哼！这可是个大问题。欧洲最杰出的一个人跟你作对，他背后还有黑社会的所有势力，什么事情都有可能发生。不管怎么说，我们的朋友波洛克显然是被吓糊涂了。比较一下纸条上和信封上的笔迹，他说信封上的字是在那个人突然来之前写的。一个字迹清晰、有力，另外一个几乎看不清楚。”

“他为什么还要写呢？为什么不干脆扔掉呢？”

“因为他害怕这样一来，我就会去调查他，可能会给他带来麻烦。”

“毫无疑问，”我说，“当然了。”我拿起那封密码信，皱着眉头看了一会儿。“明明知道这张纸条上藏着一个重要秘密，可是谁也破译不了，简直要让人发疯。”

夏洛克·福尔摩斯推开一口也没吃过的早餐，点上毫无味道的烟斗，这是他沉思默想时的良伴。

“我可不这么想。”他往后靠在椅背上，盯着天花板。“也许你那马基雅维利[1]式的才智漏掉了一些东西。我们从单纯推理的角度来考虑一下这个问题吧。这个人指的是一本书，我们应该从这儿开始。”

“这个出发点有些模糊。”

“我们看看能不能再具体点儿。我把注意力集中在这上面时，似乎没有那么高深莫测了。关于这本书，我们有什么指示吗？”

“一点儿也没有。”

“好吧，好吧，当然不会这么糟糕。这封密码信是从534这个大数开始的，对吧？我们可以假设534是密码所在的那一页。那我们的书就是一本厚书了，我们多少也有些进展了。至于这本厚书是什么性质，我们还有别的什么指示吗？第二个符号是C2。你有什么想法，华生？”

“肯定是第二章[2]了。”

“不太可能，华生。我相信你会同意我的看法，如果知道了是哪一页，哪一章就无关紧要了。而且，如果534页在第二章里，那第一章就真是长得让人受不了了。”

“是第几栏！”我喊了一声。

“高明，华生，你今天早晨真是才华横溢啊！如果不是指第几栏，那我就真是误入歧途了。所以，现在你看，我们可以看到是一本厚书，每一页分两栏

---

① 马基雅维利（1469—1527）：意大利政治思想家、历史学家、作家，主张君主专制和意大利的统一，认为为了达到政治目的可以不择手段（即“马基雅维利主义”），著有《君主论》、《佛罗伦萨史》和喜剧《曼陀罗花》等。——译注

② 在英语中，章（Chapter）和栏（Column）的首写字母都是C。——译注

印刷，每一栏都相当长，因为其中一个字在信中的标号是第293号。现在我们的推理是否到头了呢？”

“恐怕是的。”

“你实在太小看你自己了。再放一次光芒吧，亲爱的华生，再动一动脑筋。如果这本书很少见，他就会送一本给我了。相反，在他的计划受挫之前，他还曾想在这封信里把答案告诉我。他在信里是这么说的。这似乎可以说明，他认为这本书我不难找到。他有这本书，而且认为我也有。总之，华生，这是一本很普通的书。”

“你的话听起来确实有道理。”

“这样一来，我们的搜索范围就缩小到了一本厚书，分两栏印刷，而且很常用。”

“是《圣经》！”我得意洋洋地喊着。

“好，华生，好！不过还不够好，如果你能允许我这么说的话。就算我是在自我吹嘘，我不会举出这么一本莫里亚蒂的手下最不可能有的书。除此之外，《圣经》的版本这么多，很难设想两本书的页码完全相同。显然这是一本标准版本的书。他确信他的534页和我的534页是完全一样的。”

“可是这样的书太少了。”

“一点儿不错，这就是我们的出路。我们的查找范围缩小成了人人都有的、标准版本的一本书了。”

“《布拉德肖[①]》！”

“还有问题，华生。《布拉德肖》的词汇简洁、有力，可是很有限，很难从这里面选词来传递普通信息。我们得排除《布拉德肖》。出于同样的原因，字典恐怕也不适合。那么，还有什么书呢？”

---

① 布拉德肖：英国的火车时刻表，由印刷商乔治·布拉德肖1839年在曼彻斯特发行，1961年废止。——译注

“年鉴。”

“妙极了，华生！如果你没有猜中的话，那我就大错特错了！我们仔细考虑一下《惠特克年鉴》的声明吧，这是一本常用的书，有我们需要的页数，是分两栏印刷的。虽然开始时词汇很简洁，如果我没记错的话，快结束时就变得很啰唆了。”他从桌子上拿起那本书。“这是534页，第二栏，看得出，大部分都是关于英属印度的贸易和资源的。把这些词记下来，华生。第13个字是‘马拉地’[①]。恐怕这不是什么好的开始。第127个字是‘政府’，这至少有点儿意义了，尽管跟我们和莫里亚蒂都没有太大关系。我们再试一次。马拉地政府干什么了？天哪！下一个字是‘猪鬃’。我们失败了，我的好华生！这下完了。”

他虽然用开玩笑的口吻说着，可是浓密的眉毛抖动着，却表明了他内心的失望和恼怒。我也无可奈何、闷闷不乐地坐在那儿，盯着火苗。我们沉默了好长时间，福尔摩斯突然欢叫一声，冲到一个柜子前，然后拿了一本发黄的书出来。

“华生，我们太时髦了，所以付出了代价。”福尔摩斯喊着，“我们太超前了，所以受到了应有的惩罚。现在才1月7号，我们已经买了新年鉴了。波洛克很可能是根据旧年鉴写的信。毫无疑问，要是他写了那封解释信的话，他就会告诉我们了。第13个字是‘那儿’，很有希望。第127个字是‘有’——‘那儿有’——福尔摩斯兴奋地两眼放着光，他一个个地数着这些字时，纤细的手指紧张地颤抖着——‘危险’。哈！哈！好极了！记下来，华生。‘那儿有危险——即将——降临——一个——乡村富绅。’然后是这个名字‘道格拉斯——现在伯尔斯通村——伯尔斯通庄园——确定情况紧急。’行了，华生！看看纯粹推理的成果怎么样？如果蔬菜店里有卖桂冠的，我一定让比利买一个回来。”

---

① 马拉地：印度中西部的马拉地人。——译注

福尔摩斯兴奋地两眼放着光，他一个个地数着这些字时，纤细的手指紧张地颤抖着——“‘危险’。哈！哈！好极了！记下来，华生。”

福尔摩斯破译密码时，我只是草草地把它记在膝盖上的一大页纸上，现在我才注视着这条奇怪的消息。

“他这种表达意思的方法多奇怪、多牵强啊！”

“恰恰相反，他干得简直太棒了。”福尔摩斯说，“你想从一栏字里挑

警官突然目瞪口呆地盯着桌子上的一张纸，是我草草记下谜底的那张纸。

出词来表达你的意思时，很难找到你所需要的每个词。你就只能让你的收信人自己去理解了。意思非常清楚，有人想对一个叫道格拉斯的人下手，不管他是谁，信上说他是一个乡村富绅。他确信——他只能找到‘确定’，这是跟‘确信’最接近的——情况紧急。这就是我们的结果，而且是很像样的分析工作呢。”

福尔摩斯像一个真正的艺术家一样，即使他在为没有达到自己所追求的目标遗憾时，他还是会为自己完成较好的工作而感到由衷的欣喜。所以当比利推开门，把苏格兰场的亚历克·麦克唐纳警官带进来时，福尔摩斯还在为自己的成功窃喜呢。

那还是在80年代末期的时候，亚历克·麦克唐纳远没有像现在这样全国闻名。那时，他是侦探界年轻但深受信赖的一员，因为之前交给他的几件案子，他都办得非常出色。他身材高大，骨骼突出，说明有过人的体力，而那硕大的头颅、深陷却炯炯有神的眼睛，也像他浓密的眉毛一样，闪烁着敏锐的光芒。他沉默寡言，一丝不苟，性格倔强，带着浓重的阿伯丁①口音。在他的职业生涯中，福尔摩斯已经两次帮助他成功过，而福尔摩斯所获得的唯一酬劳是用智力解决问题之后的快乐。因此，这个苏格兰人对他的业余同行的爱戴和尊敬是无与伦比的，他每遇到一个难题就老老实实地来向福尔摩斯讨教，就清楚地表明了这一点。平庸之辈看不到比自己更高明的人，有才能的人却立刻能识别出天才来，麦克唐纳对自己的职业有足够的才能，因此他明白，向一个天分和经验在欧洲已经独一无二的人求助，一点儿也不丢人。福尔摩斯不善于交朋友，可他对这个身材高大的苏格兰人并不讨厌，因此看见他便微笑起来。

“你是一只早起的鸟儿，”福尔摩斯说，“希望你运气好，能找到虫子吃②。恐怕这一次是又出什么事了吧？”

---

① 阿伯丁：苏格兰一个港口城市。——译注

② 这是英语中的一句谚语：“早起的鸟儿有虫吃。”——译注

“福尔摩斯先生，我想，如果您说‘希望’而不是‘恐怕’，可能更接近事实。”警官会心地笑着回答说，“对了，喝一小口酒也许就能驱走早晨的寒气了。不，我不抽烟，谢谢您。我得赶紧上路了，因为一件案子刚发生后的几个小时是最重要的，这一点您比谁都清楚。不过——不过——”

警官突然停了下来，目瞪口呆地盯着桌子上的一张纸，是我草草记下谜底的那张纸。

“道格拉斯！”他结结巴巴地说，“伯尔斯通！这是怎么回事，福尔摩斯先生？天哪，这简直是巫术！你们到底从哪儿弄到这两个名字的？”

“这是我和华生医生破译出来的一封密码信。可是为什么——这两个名字有什么不对吗？”

警官目瞪口呆，茫然地看看我，又看看福尔摩斯。

“正是这件事，”他说，“伯尔斯通庄园的道格拉斯先生今天早晨被残忍地谋杀了。”

福尔摩斯的论述

这是又一个富于戏剧性的时刻，我的朋友就是为此而生的。如果说这个突如其来的消息让他感到震惊甚至激动的话，那就有些言过其实了。他独特的脾性中其实并没有一丝残忍，可是由于长期的过度刺激，他无疑变得无动于衷了。可是，即使他的情感变得冷漠了，他的洞察力却极端敏锐。这个简短的消息让我感到恐怖，可是福尔摩斯却不动声色，脸上反而显出平静和兴致勃勃的神情来，就像一个化学家看到晶体从饱和的溶液中分离出来似的。

“不同凡响，”他说，“不同凡响。”

“你好像不太吃惊。”

“是感兴趣，麦克先生，不过并不吃惊。我为什么要吃惊呢？我从某个重要人物那儿收到一封匿名信，警告我说危险正威胁着某个人。不到一个小时，我得知这种危险已经成为事实，那个人死了。我很感兴趣，不过，你也看到了，我并不感到吃惊。”

他简短地向警官解释了信和密码的事。麦克唐纳两手托着下巴坐着，浓密的浅棕色眉毛拧成一团。

“我今天早晨准备去伯尔斯通。”他说，“我本来是想问问你们愿不愿意跟我一起去——你和这位朋友。可是听你刚才一说，我们在伦敦可能干得更好些。”

“我可不这么认为。”福尔摩斯说。

“见鬼了，福尔摩斯先生！”警官喊着，“过一两天，报纸上就全是‘伯尔斯通谜案’了，可是如果伦敦有个人在罪行发生之前就已经预料到了的话，哪还有什么谜案呢？我们只有抓住那个人，其他的就迎刃而解了。”

“毫无疑问，麦克先生。可是你怎么去抓那个所谓的波洛克呢？”

麦克唐纳把福尔摩斯递给他的那封信翻过来。

“从坎伯韦尔[①]寄出的——这对我们没有太大帮助。你说名字也是假的，这当然也没什么进展。可是你不是说曾经给过他钱吗？”

“两次。”

“怎么给的？”

“把纸币寄到坎伯韦尔邮局。”

“你从来没有想办法看看是谁取走钱的？”

“没有。”

警官看上去很吃惊，而且有些震惊。

“为什么没有？”

“因为我一向很讲信誉。他第一次写信时，我就保证过不去追踪他。”

“你认为他背后有人？”

“我知道有。”

“我听你提到过的那位教授？”

“一点儿不错。”

麦克唐纳警官微笑着，他朝我瞟了一眼，眼皮眨了眨。

“不瞒你说，福尔摩斯先生，我们刑事调查部[②]都认为你对这位教授有点儿偏见。我亲自对这件事进行了一些调查。他看上去是一个学识渊博、才华横溢、可亲可敬的人。”

“我很高兴你竟然能赏识这位天才。”

---

① 坎伯韦尔：伦敦郊区，盛产坎伯韦尔蛱蝶。——译注

② 伦敦警察厅刑事调查部，英文简称C. I. D.。——译注

"老兄，你不得不赏识啊！我听过你的看法之后，就千方百计想会一会他。我和他谈了谈日环食的问题——我也想不起来怎么会谈论起这个话题来——不过他拿出反光灯和地球仪，一分钟就讲得清清楚楚了。他还借给我一本书，不过我不在乎跟你说，我其实看不懂，尽管我在阿伯丁受过良好教育。他面容瘦削，头发灰白，说话严肃，完全可以当一个很好的牧师呢。我们分手的时候，他把手放在我肩膀上，就像父亲在你走进冷酷凶险的社会时为你祝福似的。"

福尔摩斯咯咯地笑着，搓着手。"太好了！"他说，"太好了！麦克唐纳，我的朋友，告诉我，这次令人感动的舒舒服服的会见是在教授的书房里进行的吧，我猜？"

"没错。"

"很精致的房间，对不对？"

"非常精致——事实上，非常华丽，福尔摩斯先生。"

"你就坐在他的写字台前？"

"正是这样。"

"阳光照着你的眼睛，他的脸却在阴影里？"

"嗯，当时是晚上，不过我记得灯是照在我脸上的。"

"这是当然的了。你有没有注意过教授头顶上有一幅画？"

"我不会漏掉什么的，福尔摩斯先生。可能我是跟你学的。没错，我看到了一幅画——是一个年轻女人，两手托着头，斜着眼睛看人。"

"那是让-巴蒂斯特·格勒兹[①]的油画。"

警官努力显出很感兴趣的样子。

"让-巴蒂斯特·格勒兹，"福尔摩斯两手指尖相对，仰靠在椅背上继续

① 格勒兹（1725—1805）：法国画家，擅长风俗画和肖像画，其作品多反映中下层妇女和儿童的日常生活，具有道德说教涵义，代表作有《宠坏的儿子》、《乡村里的订婚》等。——译注

说着，“是一位法国艺术家，兴盛时期是从1750年到1800年。当然，我指的是他的绘画生涯。他在当时就享有盛名，而现代对他的评价就更高了。”

警官的眼里显出茫然不解的神情。

“我们最好还是——”他说。

“我们就是在谈正事。”福尔摩斯打断他的话说，“我所说的这一切对你所说的‘伯尔斯通谜案’有非常直接而重要的影响。事实上，从某种意义上来说，正是其核心所在。”

麦克唐纳勉强笑了笑，求助似的看着我。

“你的思路太快了，我有点儿理解不了，福尔摩斯先生。你省略了一两个环节，我就不明白了。这个死了的画家和伯尔斯通发生的事之间究竟有什么关系呢？”

“一切知识对侦探来说都是有用的，”福尔摩斯说，“1865年，格勒兹一幅题名为《牧羊少女》的油画在波塔利斯拍卖时，卖价高达120法郎，合4万多英镑。就连这个微不足道的事实，也可能在你脑中引发一连串思考呢。”

显然，的确是这样。警官看上去是真感兴趣了。

“我可以提醒你，”福尔摩斯继续说，“教授的薪水可以从几本可靠的参考书中得以确定，一年700镑。”

“那他怎么能买得起——”

“的确如此，他怎么买得起呢？”

“啊，值得注意，”警官若有所思地说，“继续说，福尔摩斯先生，我喜欢听，很不错。”福尔摩斯笑了起来。由衷的钦佩总能让他得到鼓励——真正艺术家的特质。

“伯尔斯通怎么办呢？”他问。

“我们还有时间。”警官看了一眼表说，“我有辆马车等在门口，用不了20分钟就可以赶到维多利亚车站。不过关于那幅画——我记得你跟我说过一次，福尔摩斯先生，你从来没有见过莫里亚蒂教授。”

“没有，我从来没见过他。”

“那你怎么知道他房间的情形呢？”

“啊，这是另外一回事了。我到他房间里去过3次，两次是用不同的借口等着他，然后在他回来之前离开了。还有一次——嗯，我不方便对一个官方侦探讲了。最后一次，我擅自翻了他的文件，竟然有了非常意外的发现。”

“你发现什么可疑的东西了？”

“毫无发现，这才让我觉得惊奇。不过，现在你也明白了这幅画的意义了，它说明教授是一个非常富有的人。他怎么得到财富的呢？他没有结婚。弟弟是英格兰西部一个车站的站长。他的职位每年有700英镑，可他却有一张格勒兹的画。”

“怎么了？”

“结论已经很明显了。”

“你是说他有庞大的收入，而他是用非法的手段得来的？”

“一点儿不错。当然了，我这么想还有别的理由——许多细细的蛛丝隐隐约约通向蛛网的中心，那只毒虫就一动不动地藏在里面。我之所以提起格勒兹，是因为你亲眼见到了。”

“嗯，福尔摩斯先生，我承认你所说的很有意思。准确地说，还不仅仅是有意思，简直棒极了。不过如果可以的话，能不能再说得清楚一点儿？是造假、印假钞，还是盗窃？这些钱是从哪儿来的？”

“你读过乔纳森·怀尔德的故事吗？”

“嗯，名字听起来很熟悉，是一本小说里的人物，对吧？我对小说里的侦探一向不感兴趣——这些家伙在办案，可是从来不让你看到他们是怎么办的。那只是灵机一动，不是真正办案。”

“乔纳森·怀尔德不是侦探，也不是小说里的人物，他是一个大案犯，是上个世纪——1750年前后的人物。”

“那他对我来说毫无用处，我是一个讲究实际的人。”

“麦克先生，你这一生中最实际的事就是闭门3个月，每天读12小时的犯罪史。任何事都是循环往复的，莫里亚蒂教授也一样。乔纳森·怀尔德是伦敦罪犯们的幕后力量，他把自己的头脑和组织卖给这些人，从中收取百分之十五的佣金。旧的车轮仍在旋转，同一根辐条还会再转回来。以前所发生的一切，今后还会再次发生。我告诉你一两件有关莫里亚蒂的事，你可能会感兴趣。”

“你会让我非常感兴趣的。”

“我恰好知道莫里亚蒂链条中的第一环：一端是这位误入歧途的拿破仑，另一端则是100个服服帖帖的打手、扒手、勒索犯和赌牌的骗子，两者之间是各种各样的罪行。给他出谋划策的是塞巴斯蒂安·莫兰，这个人也像莫里亚蒂一样，法律对他根本无可奈何。你知道莫里亚蒂付给他多少钱吗？”

“愿闻其详。”

“一年6000英镑。看到了吧，付给智慧的价钱——这是美国的商业原则，比首相的薪水还高呢。这也能让你想象一下莫里亚蒂挣了多少钱，活动的规模有多大。最近，我有意搜集了莫里亚蒂的支票，只是一些普通的正常支票，是他用来支付家庭开支的。这些支票是从6家不同的银行提取的。这能让你有什么想法呢？”

“很奇怪，当然了。不过你又有什么想法呢？”

“他不想让别人议论他的财富，不能让一个人知道他有多少钱。我敢说他有20个银行户头——他的巨大财富极有可能都存在国外的德意志银行或者里昂信贷银行里。以后等你有一两年空闲的时候，我推荐你好好研究研究莫里亚蒂教授。”

随着谈话的继续，麦克唐纳警官变得越来越感兴趣，他已经听得入了神。此时，他的实用型苏格兰人的智慧使他突然又转回到手头的案子上来。

“不管怎么说，他就是这种人。”麦克唐纳说，“你的有趣的逸闻故事把我们都引得离了题，福尔摩斯先生。真正重要的，是你说过的教授和这起案件之间有关联。这是你收到那个波洛克的警告后得出的结论。现在，我们能不能出于目前的实际需要再前进一步呢？”

“关于犯罪的动机，我们可以推测一下。根据你最初所说的，我认为这是一宗无法解释，或者至少未被解释的谋杀。现在，假设犯罪的起因正是我们所怀疑的，就可能有两种不同的动机。首先，我可以告诉你，莫里亚蒂用铁棒统治着手下人。他的纪律非常严明，在他的法典里只有一种惩罚措施，就是处死。现在，我们可以假设这个被谋杀的人——这个叫道格拉斯的，以某种方式背叛了他的首领，而他即将到来的命运被首领的一个手下知道了。接下来就是对他的惩罚，所有的人也都会知道，只要让他们都感觉到死亡的恐怖就行。”

“嗯，这是一种解释，福尔摩斯先生。”

“另外一种解释是莫里亚蒂按这一行的常规做法策划了这起谋杀。哪儿遭抢劫了吗？”

“没听说。”

“如果是，当然就跟第一种解释相反，而接近第二种了。可能莫里亚蒂为了得到部分赃物才策划的这起谋杀，要不然就是有人付给他很多钱让他这么干。两种情况都有可能。不过，无论是哪种情形，甚至可能还有第三种综合因素，我们必须到伯尔斯通寻找答案。我太了解这个人了，他绝不可能在这里留下什么线索好让我们找到他。”

“那我们必须去伯尔斯通了！”麦克唐纳从椅子上跳起来喊着说，“我的天哪！比我原来打算的晚了。我给你们二位5分钟准备，就这样。”

“对我们俩来说足够了。”福尔摩斯一边说，一边跳起来，匆忙脱掉睡衣换上外套。“麦克先生，路上我会请你把一切情况告诉我。”

“一切情况”少得令人失望，不过已足以使我们确信，面前的案子非常值得一位专家的密切关注。福尔摩斯听着那些少得可怜却又值得注意的细节时，面露喜悦，不停地搓着两只纤瘦的手。漫长而无聊的几星期总算过去了，终于有一个适合的案件来发挥那些不凡的才能了，这些才能也像别的特殊禀赋一样，在没有用武之地的时候，就会使主人对其感到厌倦。智慧的刀锋在闲散中变得迟钝、生锈。夏洛克·福尔摩斯两眼炯炯有神，苍白的脸颊增添了一丝红晕，在受到工作的紧急召唤时，脸上变得神采奕奕。在马车里，他身体前倾，聚精会神地听着麦克唐纳简要讲述正在苏塞克斯[1]等候着我们的案子。警官向我们解释说，他是根据送给他的一份草草写成的报告讲的，这份报告是通过当天清晨送牛奶的火车送来的。地方警察怀特·梅森是麦克唐纳的私人朋友，因此当别的地方需要苏格兰场援助时，麦克唐纳得到通知总是比苏格兰场快很多。这件案子线索并不明显，通常需要邀请大城市里的专家来解决。

“亲爱的麦克唐纳警官，”他给我们念着这封信，“要求警察厅援助的正式公文在另外的信封里，这封信是写给你个人的。打电报告诉我你早晨坐哪一趟车到伯尔斯通，我会去接你——或者派人去接你，如果我脱不开身的话。这件案子非比寻常，不要浪费时间，尽快赶来。如果能请福尔摩斯前来，请一定带他来，他会发现合口味的东西。如果不是因为案子中有人死了，你还会以为整件事已经富于戏剧性地解决了呢。天哪，这真是件不寻常的案子啊！”

“你的朋友似乎并不愚蠢。”福尔摩斯说。

“没错，先生，怀特·梅森是一个精力很充沛的人，如果让我来评价的话。”

“嗯，还有别的吗？”

“等见面时，他会把一切细节都告诉我们。”

“那你是怎么知道道格拉斯先生以及他是被残忍地谋杀了呢？”

“这是在信里附上的正式报告中说的。报告中没有说‘残忍地’，这不是正式的公文术语。报告中有约翰·道格拉斯这个名字，还说他头部受伤，是被猎枪打的。报告中还提到案发时间是昨晚接近子夜时分。另外补充说这件案子无疑是一起谋杀，但是还没有逮捕任何人，而且这件案子中有一些非常奇特、令人难解的特征。这就是我们目前所知道的全部情况，福尔摩斯先生。”

---

① 苏塞克斯：原英国英格兰一个郡，位于英格兰东南部。——译注

在马车里，福尔摩斯身体前倾，聚精会神地听着麦克唐纳简要讲述正在苏塞克斯等候着我们的案子。

“那么，如果你同意的话，我们就谈到这儿，麦克先生。在证据不足的情况下企图得出不成熟的理论是我们这一行的大忌。目前，我只能确定两件事：伦敦的一个大人物，苏塞克斯的一名死者。我们要调查的就是这两者之间的关系。”

伯尔斯通惨剧

现在，我得暂时把自己这个无关紧要的人放在一边，先描述一下在我们到来之前发生的事情，这些是我们后来才知道的。只有这样，读者才能了解有关人物以及决定他们命运的奇特背景。

伯尔斯通村是位于苏塞克斯郡北部边界的一个古老的小村落，房屋都是半木结构的。几个世纪以来，村子一直没有什么变化，可是最近几年，这里优美的风景和优越的地理位置吸引了许多富裕的居民，他们的别墅在周围的树林中隐约可见。当地人认为这些树木在威尔德大森林[①]的最边缘，大森林一直延伸到北部的白垩丘陵地带，树木逐渐稀疏。为了满足人口增长的需要，这里出现了几个小商店，伯尔斯通有希望从一个古老的村子发展成一个现代化的小城镇了。这里是一大片乡村的中心，因为离此最近的重要城镇滕布里奇韦尔斯，也在越过肯特郡边界向东10到12英里的地方。

从村子里出去大约半英里的地方，有一座古老的园林，因其巨大的山毛榉树而闻名，古老的伯尔斯通庄园别墅就在其中。这座历史悠久的别墅的一部分可以追溯到第一次十字军东征[②]时期，当时雨果·德·卡皮在英王赐给他的这块土地中心修建了一座小城堡。1543年，城堡被大火烧毁。一直到詹姆

---

① 威尔德地区：英格兰东南部的一片地区，以前森林密布，现为农业区。——译注

② 十字军东征：1095年，罗马教皇乌尔班二世通过关于整顿教会的法规，同年召开克莱蒙会议，号召发动第一次十字军东侵。——译注

斯一世时代[1]，这座封建城堡的废墟上才又建起了一座砖瓦房，曾被烟火熏黑的基石也用上了。庄园别墅有许多山墙和菱形小格子窗，与17世纪早期屋主留下的宅子相比并没有太大改变。原先有两道护城河，保护以前那个好战的主人，外河已经干涸了，成了菜园子。内河还在，宽40英尺，不过只有几英尺深了，环绕着整个庄园。一条小溪流经这里，朝庄园外流去，因此水流尽管浑浊，却不像臭水沟，也不会不卫生。庄园底层的窗户离水面一英尺都不到。通往庄园的唯一方法是一座吊桥，吊桥的铁链和绞盘早已经生锈了。不过，庄园的新住户有着非凡的精力，竟把它修复了，因此吊桥不仅可以吊起来，事实上是每天晚上都吊起来，第二天早晨再放下去。这样一来，又恢复了过去封建时代的传统，庄园别墅晚间就成了一座小岛——这个事实和即将轰动全英国的案件有着直接关系。

这幢房子好多年没人住了，道格拉斯一家住进来的时候，这里已经快成为一座废墟了。这一家只有两个人，约翰·道格拉斯和他妻子。道格拉斯的性格和人品都很引人注目。他年龄约50岁，方方的下巴，粗糙的脸庞，灰白的胡须，极其敏锐的灰眼睛，身体结实而有活力，力量和灵敏性仍和年轻时一样。他总是热情洋溢，和蔼可亲，但举止有些不拘小节，使人感觉他似乎在远低于苏塞克斯郡这样的社会阶层中生活过。不过，尽管颇有教养的邻居们有些好奇而谨慎地看待他，他还是很快就受到了村民们的欢迎，因为他慷慨地为本地所有事务捐款，还参加村民们的烟火音乐会和其他集会。他有非常动听的男高音，随时准备在会上为大家高歌一曲。他似乎很有钱，据说是在加利福尼亚淘金挣来的，据他自己和他妻子说，他曾在美国生活过一段时间。他的慷慨大方和不拘小节给人留下了良好的印象，而他对危险毫不在意的精神又提高了他的声望。虽然他不是一个技艺高超的骑手，可是每次狩猎集会他都要参加，虽然摔了好几跤，仍然决心要与最优秀的骑手较量到底。有一次牧师住宅起火，在

① 詹姆斯一世：英国国王，1603—1625在位。——译注

当地救火队宣布大火已无法扑灭时，他仍然毫不畏惧地再次冲进火海里抢救财物，从而为自己赢得了声誉。因此，庄园别墅的约翰·道格拉斯在不到5年的时间里，在伯尔斯通已经是声名远扬了。

他妻子在相识的人中也很受欢迎，不过在英国传统中，对一个搬来本地居住的陌生人，如果没有人介绍，很少有人前去拜访。这对她来说也无关紧要，因为她生性喜欢独处，而且表面上看来，她只专心于照顾丈夫，料理家务。据说她是位英国女士，在伦敦与道格拉斯先生相遇，道格拉斯先生当时是个鳏夫。她是一个很漂亮的女人，高高的个子，身材苗条，肤色较深，比丈夫大约年轻20岁，年龄的差距似乎并未影响他们幸福的家庭生活。不过，有些深知内情的人偶尔说，两人之间的相互信任并非无懈可击，因为当妻子的对丈夫过去的生活不愿多谈，其实是因为不完全了解。还有一些观察力敏锐的人曾经注意并且谈论过，说道格拉斯夫人有时显得有些神经紧张，如果丈夫回来得特别晚，她就会坐立不安。宁静的乡村总爱传播流言蜚语，庄园主夫人的这一弱点不会被人轻易放过，这些事件的发生留下了特殊的含义，因此在人们的记忆中也就变得更清楚。

不过，另外一个人，事实上，他只是偶尔在庄园里住一住，不过因为我正要讲述的这些奇怪的事件发生的当天，他也在场，因此他的名字便清楚地显现在公众面前了。他就是汉普斯特德地区黑尔斯洛奇的塞西尔·詹姆斯·巴克。在伯尔斯通大街上常常可以看见塞西尔·巴克高大灵活的身躯，因为他经常出入庄园别墅，而且是一个很受欢迎的客人。他还是道格拉斯过去那段不为人知的生活中的朋友，是在英格兰新环境中人们所见到的唯一的一个，因此他也越发引人注意。巴克本人无疑是一个英国人，不过从他的话里可以清楚地知道，他最早认识道格拉斯是在美国，两人在那里关系密切。他也是一个拥有大量财富的人，而且是一个众所周知的单身汉。他的年龄比道格拉斯小得多，最多45岁，身材高大挺拔，肩膀宽阔，脸上刮得精光，像一个职业拳击手，浓密的黑眉毛，咄咄逼人的眼睛，即使不用那双有力的双手，他也能从敌阵中冲出来。他既不骑马也不打猎，却整天嘴里叼着烟斗在村子里闲逛，或者跟男主人一起，男主人不在就跟女主人一起驾着马车在美丽的乡间游玩。“是个出手大方、性情随和的绅士。”管家埃姆斯说，“不过，天哪，我可不敢跟他顶嘴。”他对道格拉斯非常亲切随和，对他妻子也同样友好，这种友谊似乎不止一次地引起当丈夫的恼怒，就连仆人们也能发现他的不快。这就是灾难发生时家里的第三个人。至于旧房子里的其他人，只要提一提古板、可敬又能干的埃姆斯和健壮、快乐的艾伦夫人就足够了，艾伦夫人替道格拉斯夫人分担了一些家务管理的活儿。家里的其他6个仆人与1月6日晚发生的事件都没有什么关联。

当晚11点45分，第一次报警就送到了苏塞克斯管辖区由威尔逊队长负责的当地警察所。塞西尔·巴克非常激动地直冲到警察所门口，拼命地敲起警钟。庄园别墅发生了一桩惨案，约翰·道格拉斯先生被谋杀了。巴克上气不接下气地报告了这个消息，然后他又赶紧跑回庄园，警察队长立即向苏塞克斯郡当局报告发生了这个严重事件，几分钟后也随即赶到，到达犯罪现场时刚过12点。

威尔逊队长到达庄园别墅时，发现吊桥已经放了下来，窗子里灯火通明，整栋宅子里乱成一团，人人惊慌失措。脸色惨白的仆人们挤在大厅里，惊慌失措的管家站在门口搓着双手。只有塞西尔·巴克似乎还能控制住自己的情绪。他打开离入口最近的一扇门，示意队长跟他进去。正在这时，伍德医生也到了，他是村子里忙碌而能干的全能医生。3个人一起走进案发时的房间，惊慌失措的管家紧跟在后面，把房间门关上，不让女仆们看见这可怕的情景。

死者四肢伸开，仰面朝天，躺在房间正中间的地上。他只穿了一件晨衣，里面是睡衣，赤脚穿着一双软拖鞋。医生跪在他身边，拿下原来放在桌子上的灯。医生只瞟了一眼受害人，就知道他毫无救活的可能了。这个人被极其残忍地杀害了。他胸前横着一件很古怪的武器，是一把猎枪，枪管从离扳机一英尺的地方被锯断了。很显然，这支枪是近距离发射的，火药全发射

死者四肢伸开，仰面朝天，躺在房间正中间的地上。医生跪在他身边，拿下来桌子上的灯。

到死者脸上，几乎把他的头炸得粉碎。扳机被捆在一起，目的是为了同时发射，从而更具有杀伤力。

这样重大的责任突然降临到乡村警察身上，他显得非常担忧。

“在长官来前，什么都不许动。”他充满恐惧地盯着那个可怕的头颅低声说。

“到现在为止，什么也没有动过。”塞西尔·巴克说，“我可以保证，你们看到的跟我发现时完全一样。”

“那是什么时候？”警察队长掏出笔记本来。

“刚过11点半。我还没有脱衣服，正坐在卧室里的壁炉边，这时我听到了枪声。声音不大，好像被什么东西捂住了似的。我赶紧冲下楼。我想，到我进房间时，大概也就30秒吧。”

“门是开着的吗？”

“没错，是开着的。可怜的道格拉斯就这样躺在地上。他卧室里的蜡烛还在桌子上燃烧着。几分钟以后，是我把灯点着的。

“你一个人也没看见吗？”

“没有。我听到道格拉斯夫人跟在我后面从楼上下来，我赶紧冲出去，不想让她看到这可怕的情形。女管家艾伦夫人过来把她扶到一边。埃姆斯也来了，我们又一块儿进了房间。”

“不过，我听说吊桥晚上一直是吊起来的。”

“没错，在我放下来之前，一直是吊着的。”

“那杀人凶手又怎么能逃跑呢？这不可能。道格拉斯先生肯定是自杀的。”

“我们一开始也是这么想的，不过你看，”巴克拉开窗帘，菱形的长窗户敞开着。“再看看这个！”他把灯放低，照着木窗台上一块血迹，像一只靴子的鞋跟。“有人踏在这上面跑出去了。”

“你是说有人过了护城河？”

“一点儿不错。”

“那么，如果你在案发后半分钟就赶到这个房间来的话，当时他应该还在水里。”

“我丝毫不怀疑这一点。我当时要是到窗户前看看就好了。可是有窗帘挡着，你也看到了，我根本就没有想到这一点。接着我就听到道格拉斯夫人的脚步声，我不能让她进房间来，那简直是太可怕了！”

“实在是可怕！”医生看着被炸得血肉模糊的头颅和周围那些可怕的血迹说，“自从伯尔斯通火车撞车事件以后，我还没有见过这么可怕的情景呢。”

“不过，我说，”警察小队长说，他那迟钝的、乡村式的感觉还在考虑着那扇敞开的窗户，“你说有个人过护城河逃跑了，这也许不错，可是我想问的是——如果吊桥是吊起来的话，他是怎么进到房子里来的呢？”

“啊，就是这个问题。”巴克说。

“吊桥是几点吊起来的？”

“快6点的时候。”管家埃姆斯说。

“我听说，”威尔逊队长说，“吊桥通常是在太阳落山的时候吊起来。在一年的这个时候，应该接近4点半而不是6点。”

“道格拉斯夫人请了客人来喝茶。”埃姆斯说，“客人不走，我不能把吊桥升起来。后来还是我亲自吊起来的。”

“那就是说，”队长说，“如果有人从外面进来的话——如果真有人进来的话——他们必须在6点之前通过吊桥进来，然后一直藏着，直到道格拉斯先生11点之后进这个房间。”

“就是这样。道格拉斯先生每天晚上都要巡视一遍整个庄园，他临睡前的最后一件事就是看看烛火是否正常，所以他才到这儿来了。那个人正在等他，就开枪打了他，然后扔下枪从窗户逃跑了。我是这么推测的——因为别的解释都和实际情况不符。”

队长从死者身旁的地板上捡起一张卡片。上面用钢笔潦潦草草地写着姓名开头的大写字母V. V.，下面是数字341。

“这是什么？”队长举起卡片问。

巴克好奇地看着卡片。

“我以前从来没见过。”他说，“肯定是杀人凶手扔下的。”

“V. V. 341，我不明白这是什么意思。”

队长不停地来回翻看着这张卡片。

“V. V. 是什么？可能是一个人的姓名缩写。你那边有什么发现，医生？”

壁炉前的小块地毯上放着一把大号铁锤——是一把精心打造的大铁锤。塞西尔·巴克指着壁炉台上装着黄铜头铁钉的盒子。

“道格拉斯先生昨天换照片了。”他说，“我亲眼看见他站在那把椅子上，把这张大照片挂上去。所以铁锤在这儿。”

“我们最好还是把铁锤放回原地吧。”队长困惑地挠着头皮说，“只有最精明的警探才能把事情弄得水落石出，只有伦敦派人来才能解决。”他举起灯，慢慢地在屋子里转来转去。“嗨！”他兴奋地喊了一声，把窗帘拉到一边。“这些窗帘是几点钟拉上的？”

“点灯的时候，”管家说，“刚过4点。”

“有人一直躲在这儿，这是肯定的。”他把灯放低一点儿，墙角里泥泞的靴子印非常清晰。“我敢说，这就证实了你的推测，巴克先生。看来，这个人是4点钟以后窗帘已经拉上，6点钟之前吊桥还没有吊起来的时候进入这间屋子的。他溜进这间屋子，因为这是他看见的第一个房间。他没有别的地方可以躲，于是就躲到窗帘后面。一切似乎都很清楚了，很可能他主要是想抢劫这座房子，但是道格拉斯碰巧撞上了他，于是他就开枪把人打死，然后溜之大吉了。

“我就是这么想的。”巴克先生说，“不过，我说，我们是不是在浪费宝贵的时间？为什么不趁着凶手还没跑远，赶紧开始在村子里仔细搜一搜呢？”

队长想了一会儿。

“早晨6点钟之前没有火车，所以他不可能坐火车逃走。如果他浑身湿淋淋地在公路上走，就可能有人注意到他。不管怎么说，我现在可不能离开这儿，除非有人来换班。不过我想，在事情没有查清楚之前，你们也不能离开。”

医生拿起灯，仔细检查着尸体。

“这是什么记号？”他问，“这跟案子会不会有什么关系呢？”

死者的右胳膊露在外面，一直到胳膊肘。前臂中间有一个奇怪的棕色印记，是一个圆圈，圆圈里面是一个三角形，异常清楚地凸起在灰白色的皮肤上。

“这不是文身。”医生透过眼镜片凝视着那个记号说，“我从来没见过这样的图案。这个人以前被打过烙印，就像在牛身上打烙印一样。有什么含义吗？”

“我不知道这是什么意思。”塞西尔·巴克说，“不过过去这10年，我经常看到道格拉斯身上这个符号。”

“我也是。”管家说，“有好多次，主人卷起袖子时，我就能看到这个记号。我一直不明白有什么意思。”

“那么，不管怎么说，这跟案子没什么关系了。”警察队长说，“不过这事还是很奇怪，跟这件案子有关的事都很奇怪。喂，又出什么事了？”

管家刚刚发出了一声惊叫，这时他指着死者伸出来的右手。

“他们把他的结婚戒指拿走了！”他倒吸了一口气说。

“什么！”

“没错，是真的！主人的小手指上一直戴着纯金的结婚戒指。纯金戒指上端是另一枚带有天然金块的戒指，还有一枚盘蛇金戒指戴在中指上。天然金块和盘蛇都还在，可是结婚戒指却不见了。”

“他说得没错。”巴克说。

“你是说，”警察小队长说，“结婚戒指戴在那枚戒指下面？”

“一直都是！”

“那么，那个杀人凶手，或者不管是别的什么人，先摘掉了你所说的这个天然金块的戒指，把结婚戒指拿走，然后又把有金块的戒指重新给他戴上了。”

“是这样。”

“看起来，我们越早让伦敦处理这件案子越好。”他说，“怀特·梅森是个聪明人。本地的案件没有怀特·梅森办不了的。过不了多久，他就会到这儿帮我们了。不过我想，我们只能靠伦敦把这件案子查清楚了。不管怎么说，我不觉得丢人，像我这样的人是办不了这种案子的。”

黑　暗

早晨3点钟，苏塞克斯郡侦探长接到伯尔斯通威尔逊队长的急电后，坐了一辆轻便马车从总部赶来，马已经累得上气不接下气。他已经通过早晨5点45分的火车将案情报告苏格兰场，又在12点来到伯尔斯通火车站迎接我们。怀特·梅森先生是一个性情安静、面容慈祥的人，穿着宽松的苏格兰花呢套装，脸色红润，胡子刮得精光，身材粗壮，结实的罗圈腿上裹着绑腿，看上去像一个矮个子的农民，或者退了休的猎场看守，或者像别的什么都行，可偏偏不太像一个地方警署的刑事警官。

“确实是件很不寻常的案子，麦克唐纳先生。”他不停地重复着，“等记者们一知道，就会像苍蝇似的赶来了。我希望趁他们还没来问长问短，还没把那些痕迹弄乱之前就把案子查清了。在我的记忆里，还真没有碰到过这样的案子。有些细节你能理解，福尔摩斯先生，要么就是我弄错了。华生医生，你也一样，因为在我们结案之前，医生总要发表一些意见。你们的房间在韦斯特维尔阿姆斯。这儿没别的地方，不过我听说那儿很干净，很不错。仆人会替你们拿行李。请这边走，先生们。”

这个苏塞克斯侦探是一个性格活跃、和蔼可亲的人。不到10分钟，我们就来到了住的地方。又过了10分钟，我们就坐在小旅店的雅座里，听他简明扼要地给我们讲述上一章里已经描述过的事件了。麦克唐纳偶尔做做笔记，福尔摩斯带着惊讶和由衷的钦佩之情专心致志地听着，像植物学家们鉴赏奇花异草一样。

“奇怪！”故事讲完之后，他这么说，“太奇怪了！我想不起来还有什么案子比这更奇怪的了。”

“我就知道你会这么说，福尔摩斯先生，”怀特·梅森兴高采烈地说，“苏塞克斯的情况我们全都知道了。现在我已经把我从威尔逊队长那儿接这件案子时所知道的情况都告诉你了。天哪，我简直拼上这条老命了！不过我其实没有必要这么匆忙，因为没有什么我可以马上着手干的事情。威尔逊队长掌握了全部情况。我核实过了，也考虑过了，还加了几条自己的看法。”

“你是什么看法？”福尔摩斯急不可待地问。

“嗯，我先检查了那把铁锤。伍德医生也在那儿给我帮忙。铁锤上没有发现使用暴力的痕迹。我想，如果道格拉斯是用这把铁锤自卫的话，在他把铁锤扔到地毯上之前，有可能在凶手身上留下痕迹。可是铁锤上没有血迹。”

“当然，这什么也说明不了。”麦克唐纳警官说，“有许多用铁锤行凶的案子，铁锤上都没有留下痕迹。”

“正是这样，这证明不了铁锤没有被使用过。不过上面可能会留下痕迹，这会对我们有所帮助。可事实上，什么也没有留下。我又检查了那支枪。这是大号铅弹枪筒，就像威尔逊队长说的，扳机捆在一起，只要一拉后面的扳机，两支枪筒就会同时发射。不管是谁这么做，肯定是下定决心不想让对手逃脱。锯断的枪最多有两英尺长，可以很容易地藏进大衣里。虽然没有完整的制造商的名字，不过两支枪筒之间的凹槽上印有‘PEN’，其他的就被锯断了。”

“大写的‘P’，上面是花体——‘E’和‘N’小一点儿，对不对？”福尔摩斯问道。

“完全正确。”

“宾夕法尼亚州[1]轻型武器公司——很著名的一家美国公司。”福尔摩斯说。

① 宾夕法尼亚州：美国东部的一个州，其英文的前三个字母为“PEN”。——译注

怀特·梅森盯着我的朋友，就像一个小村庄的医生看着哈莱街[1]专家一样，专家一句话就能解决一直困扰着他的难题。

“这太有帮助了，福尔摩斯先生。无疑你是正确的。太好了！太好了！你记得全世界所有武器制造商的名字吗？”

福尔摩斯一挥手，打发了这个话题。

“不用说，这是一支美国产的猎枪。”怀特·梅森继续说，“我好像在书上看过，美国有些地区就使用锯短的猎枪。除了枪筒上的名字，我还有个想法。这么说来，进这间屋子杀死主人的是一个美国人。”

麦克唐纳摇摇头。“伙计，你想得实在太远了。”他说，“我还没听说有什么证据，说有陌生人进到过庄园里呢。”

“打开的窗户、窗台上的血迹、奇怪的卡片、墙角里的靴子印，还有那支枪。”

“可是这些东西都可以事先安排。道格拉斯是美国人，或者曾在美国住过很长时间。巴克先生也一样。用不着从外面运进一个美国人来解释美国人的所作所为吧。”

“埃姆斯，那个管家——”

“他怎么样？可靠吗？”

“他跟了查尔斯·钱多斯爵士10年——非常可靠。自从道格拉斯5年前买了庄园别墅以后，他就跟了道格拉斯了。他从来没见过家里有过这样的枪。”

“这把枪就是为了便于隐藏，所以枪筒锯断了，随便一个盒子就能装得下。他怎么能保证家里不会有这种枪呢？”

“嗯，不管怎么说，他从来没见过。”

麦克唐纳摇了摇生性固执的苏格兰人的脑袋。“我还是不相信有外人进过这间房子。”他说，“请你们想想”——他辩论兴起的时候，阿伯丁口音就会

① 哈莱街：英国伦敦的一条街道，许多著名的内外科医生都居住于此。——译注

变重——“请你们想想，如果你们说这支枪是别人带进来的，所有这些奇怪的事情都是外人所为的话，会是什么样。哦，伙计，这根本无法想象！跟常识完全相反。我来问问您，福尔摩斯先生，根据我们所听到的来判断。”

“嗯，麦克先生，说说你的看法吧。”福尔摩斯考虑周密地说。

“假设这个人存在的话，他不是来偷东西的。戒指和卡片说明这是由于某种私人恩怨事先策划好的谋杀。很好。这个人溜进屋里蓄意谋杀。他知道，如果他还懂点儿道理的话，想逃走是很困难的，因为房子四周都是水。他会选择什么武器呢？他会选世界上最悄无声息的武器。这样他才有可能在事情完成之后，迅速翻窗而出，过护城河，轻轻松松地逃走。这是可以理解的。可是他竟然带着他所能找到的声音最大的武器，明知道这样会把房子里所有人立即吸引到现场，而他也有可能在过护城河之前就被发现，这怎么理解呢？这可信吗，福尔摩斯先生？”

“嗯，你的说法很有道理。”我的朋友若有所思地回答说，“这确实需要很好的理由。我想问一问，怀特·梅森先生，你有没有立刻搜查护城河对岸，看看有没有那个人从水里爬上岸的迹象？”

“没有什么迹象，福尔摩斯先生。不过对面是石头堤岸，不可能发现什么迹象的。”

“也没有脚印或手印吗？”

“没有。”

“哈！怀特·梅森先生，你反对我们现在立刻到庄园去吗？可能有些小地方能给我们提供点儿线索。”

“我正准备这样提议呢，福尔摩斯先生，不过我想在去之前，应该让你了解所有的情况。我想，如果有什么冒犯你的地方——”怀特·梅森先生怀疑地看着这位业余人士。

“我以前跟福尔摩斯先生共过事，”麦克唐纳警官说，“他知道规矩。”

“至少是我的规矩，”福尔摩斯微笑着说，“我调查案子是为了伸张正义，给警察帮忙。如果我不再跟警方合作的话，那是因为他们先不跟我合作了。我从没有想过要跟他们争功。另外，怀特·梅森先生，我要求用自己的方式来办案，在我认为合适的时间交出结果——自始至终，而不是某个阶段。”

“我相信，您的参与是我们的荣幸，我们一定会向您报告所有情况。”怀特，梅森热情地说，“华生医生，一起来吧，到时候，我们都希望在您的书里拥有一席之地呢。”

我们沿着古雅的乡村街道走着，街道两旁种着一行截去树梢的榆树。再往里面是两座古老的石柱，经风吹日晒已经有些斑驳了。石柱顶上的东西已经看不出形状，以前曾经是伯尔斯通卡皮庄园里两只前爪扬起的石狮子。沿着蜿蜒曲折的车道向前走不远，四周全是草地和橡树，这样的美景只有在英格兰乡村才能见到；然后突然一个转弯，眼前出现了一片长长的低矮的别墅，砖头已经变成了暗褐色，还有一座老式的花园，两旁是修剪得整整齐齐的紫杉树。等我们走近时，在清冷的冬日的阳光下，木质的吊桥，美丽宽阔的护城河像水银一样宁静，闪烁着耀眼的光芒。古老的庄园别墅已经历了3个世纪的岁月风霜，3个世纪的人世沧桑，3个世纪的乡村舞会和打狐狸的猎手们的欢聚。奇怪的是，几百年过去了，这次惨案仍然在古老的城墙上留下了阴影。还有那些奇怪的尖顶房屋和古怪的突出的山墙，最适合掩饰可怕的阴谋。我看到那些阴沉沉的窗户和房前一片颜色暗淡、水流冲刷的情景时，我觉得，发生这种惨案，没有比这里更适合的地方了。

“这就是那扇窗户，”怀特·梅森说，“紧挨着吊桥右边的那扇，像昨晚发现时一样开着。”

“人要是想过去可够窄的。”

“嗯，不管怎么说，那人不胖，我们不需要你的推断来告诉我们这一点，福尔摩斯先生。不过我和你还都能挤过去。”

福尔摩斯走到护城河边，朝对岸看过去。他又检查了石岸和石岸外的草地。

福尔摩斯检查了石岸和石岸外的草地。

“我已经仔细检查过了，福尔摩斯先生。”怀特·梅森说，“什么也没发现，没有人上岸的迹象。不过他为什么要留下迹象呢？”

“说得对，为什么要留下呢？水一直都这么浑浊吗？”

“一直都是这种颜色。水流把泥沙冲下来了。”

“水有多深？”

“岸边都是两英尺，中间也不过三英尺。”

“那我们可以排除在过河时淹死的想法了？”

“对，连孩子都不会淹死。”

我们走过吊桥，一个古怪的、面容粗糙的、干巴巴的人让我们进去，他就是管家——埃姆斯。可怜的老家伙因为受到了惊吓，面色苍白，浑身颤抖着。村里的警察小队长身材高大，行为拘谨，愁容满面，他还在事发现场守卫着。医生已经离开了。

“有新情况吗，威尔逊队长？”怀特·梅森问道。

“没有，先生。”

“那你可以回去了，够辛苦的了。如果有事，我们再派人去找你。管家最好在外面等着，让他先通知塞西尔·巴克、道格拉斯夫人和女管家，我们现在有话问他们。现在，先生们，你们或许会允许我先讲讲我最初的看法，然后你们就可以得出自己的意见了。”

他给我留下了深刻印象，这个乡村专家。他对情况了解非常清楚，头脑冷静，思路清晰，常识丰富，这些应该能使他在这一行里有所发展。福尔摩斯专心致志地听着，丝毫没有这位警察经常流露出来的不耐烦的表情。

“是自杀还是他杀——这是我们的首要问题，对不对，先生们？如果是自杀，我们就不得不相信这个人先摘掉自己的结婚戒指藏了起来，然后又穿着晨衣来到这儿，在窗帘后面的墙角里踩上几个脚泥，好让人以为有人在这儿等着他，打开窗户，把血迹弄在——”

“我们完全可以排除这个想法。”麦克唐纳说。

“我也是这么想。不可能是自杀，那就是凶手干的。我们要确定是外人干的，还是内部人干的。”

“嗯，让我们听听你的看法吧。”

“两种情况都有问题，可是肯定是其中一种。我们先假设是别墅里的某个人或者某些人干的。他们等人们都安静下来但都还没睡觉的时候，把这个人弄到这儿。然后用世界上最奇怪、声音最大的武器作了案，这样所有人都知道发生了什么事——别墅里以前从来没有这件武器。这个解释似乎不太合理，对吗？”

“没错，不太合理。”

“嗯，随后大家又都说，枪响后顶多一分钟，屋子里所有的人——不仅是塞西尔·巴克先生一个人，虽然他说自己是第一个到现场的，还有埃姆斯和别的所有的人——都来到了现场。在这段时间里，凶手还来得及在墙角里留下脚印、打开窗户、在窗台上留下血迹、从死者手上脱掉结婚戒指之类的吗，你们说？根本不可能！”

“你说得非常清楚。”福尔摩斯说，“我同意你的看法。”

“好吧，那么我们就回到另外一种情况，是外人干的。我们也面临几个大问题，不过不管怎么说，不是不可能的。这个人在4点半到6点之间进了别墅——也就是说，从黄昏到吊桥升起来这段时间。当时还有客人，门是开着的，没有什么能阻止他。他可能只是一个普通的窃贼，也许是跟道格拉斯先生有私人恩怨。道格拉斯先生曾在美国住过很长时间，这支枪似乎又是美国生产的，看来私人恩怨更有道理。他溜进这间屋子，因为这是他来的第一个房间，然后藏在窗帘后面。他在那儿一直待到过了夜里11点。这时道格拉斯先生进来了。会面时间很短，如果真的有什么会面的话，因为道格拉斯夫人说她听到枪声时，丈夫才刚刚离开她几分钟。”

“蜡烛证明了这一点。”福尔摩斯说。

“一点儿不错。蜡烛是新的，顶多烧了半英寸。在遭袭击前，他肯定把蜡烛放在桌子上了，不然他摔倒的时候，蜡烛肯定也掉了。这说明他不是一进屋就遭到袭击的。巴克先生来了之后，才点上灯，熄灭了蜡烛。”

“这很清楚。”

“好吧，现在我们可以根据这几条线索描述一下当时的情况。道格拉斯先生进了屋，放下蜡烛。一个男人从窗帘后面出来，手里拿着一把枪。他先要结婚戒指——天才知道到底为什么，不过情况肯定是这样。道格拉斯先生给了他。不知道是出于残忍还是在争斗中——道格拉斯先生可能抓起了我们在地毯上发现的铁锤——他用这种可怕的方式开枪杀了道格拉斯。那人扔下枪，大概还有这张奇怪的卡片‘V. V. 341’——不管这是什么意思吧——然后在塞西尔·巴克先生发现凶杀案的同时，翻过窗户，经过护城河逃跑了。怎么样，福尔摩斯先生？”

“很有意思，不过不太具有说服力。”

“伙计，没有比这更荒唐的了，这简直是一派胡言！”麦克唐纳大声说，“有人杀了这个人，不管是谁，我都可以清楚地向你证明，他本来应该用别的方法干。他为什么要这样切断自己的退路呢？他逃跑的唯一希望是悄无声息，为什么还要用一把猎枪呢？来，福尔摩斯先生，你来给我们指点指点吧，是你说怀特·梅森的解释不够有说服力的。”

在这么长时间的讨论中，福尔摩斯一直坐在那儿聚精会神地听着，一个字都不漏掉，敏锐的眼神左看右看，眉头紧皱着在思考。

“我还需要一些情况才能得出结论，麦克先生。”他在尸体身边跪下来说，“天哪！这些伤口真吓人。能让管家进来一会儿吗？……埃姆斯，我想，你经常在道格拉斯先生的前胳膊上见到这个圆圈里有个三角的奇怪烙印吧？”

“经常见到，先生。”

“你从来没听别人猜测这个记号是什么意思吗？”

“没有，先生。”

“烙这个印的时候，一定非常疼，肯定是用火烙的。埃姆斯，我这会儿发现道格拉斯先生的下巴上有一小块胶布。他活着的时候你发现过吗？”

“发现过，先生，他昨天早晨刮脸时弄破的。”

“你知道他以前刮脸弄伤过吗？”

“很久没见过了，先生。”

“值得研究！”福尔摩斯说，“当然了，这可能只是巧合，也可能是因为紧张，说明他在害怕危险。你发现你的主人昨天举动有什么反常吗，埃姆斯？”

“我觉得他有些激动，有点儿坐卧不安，先生。”

“哈！这次袭击也许并不完全在意料之外。我们似乎的确有一些进展了，

"埃姆斯，我想，你经常在道格拉斯先生的前胳膊上见到这个圆圈里有个三角的奇怪烙印吧？"

对不对？要么你来盘问吧，麦克先生？”

“不用，福尔摩斯先生，你问更好。”

“那好吧，我们再来说这张卡片——‘V. V. 341’，是粗纸硬卡片。别墅里有这样的东西吗？”

“我想没有。”

福尔摩斯走到桌子旁，从每个墨水瓶里吸了点墨水洒到吸墨纸上。“不是在这儿印的。”他说，“这是黑墨水，卡片上的却带点儿紫色。卡片上是粗笔写的，这里却全都是细的。不，肯定是在别的地方写的，我想。你知道这些字是什么意思吗，埃姆斯？”

“不知道，先生，一点儿也不知道。”

“你有什么看法，麦克先生？”

“我觉得像是某个秘密团体，跟胳膊上的记号一样。”

“我也是这么想的。”怀特·梅森说。

“好吧，我们就把这当成可行的假设，看看问题会不会消失。这个团体里的一个特工进到这间屋子里等着道格拉斯先生，用这把枪几乎打爆了他的头，在死者身边扔下一张卡片，然后经过护城河逃跑了。这张卡片日后在报纸上登出来时，其他同伙就知道仇已经报了。这都能解释得通。可是用什么武器不好，为什么偏偏用这把枪呢？”

“一点儿不错。”

“为什么戒指会不见了呢？”

“确实。”

“为什么还没有抓住凶手呢？现在已经过了两点了。我想，天亮之后，方圆40英里的警察都在寻找一个浑身湿淋淋的陌生人吧？”

“是这样，福尔摩斯先生。”

“嗯，除非他在附近有藏身之处，或者准备好了一套要换的衣服，不然警察不会让他跑掉的。可是到现在，他肯定已经跑掉了。”福尔摩斯走到窗户

福尔摩斯走到窗户前，用放大镜检查着窗台上的血迹。

前，用放大镜检查着窗台上的血迹。“显然是一只鞋印，很宽——可能是八字脚。这很奇怪，谁到沾满污泥的墙角来查看脚印，都会说形状不错。不过，当然了，不太清楚。墙边这张桌子底下是什么？”

“是道格拉斯先生的哑铃。”埃姆斯说。

“哑铃——只有一个，另外一个呢？”

“我不知道，福尔摩斯先生。可能本来就只有一个。我好几个月都没见着了。”

“一个哑铃——”福尔摩斯严肃地说，可是他的话被猛烈的敲门声打断了。一个身材高大、皮肤黝黑、脸刮得精光、看上去很能干的人往里面看着我们。我毫不费力地猜出他就是我听说过的塞西尔·巴克。他傲慢的眼光带着一丝疑惑迅速地扫视了一遍每个人。

“对不起，打扰了你们的谈话。”他说，“不过你们应该听一听最新情况。”

“抓住凶手了？”

“没那么好的运气。不过他们找到了凶手的自行车。那家伙把自行车扔下了。来看一看，离大门口只有100码。”

我们看到三四个仆人和几个闲逛的人站在车道上查看那辆自行车，车子一直藏在常青树丛里，后来被拖了出来。那是一辆用得很旧的拉奇-惠特沃斯车，好像赶了很长的路，车上溅得都是泥。车座上有个工具包，里面装着扳手和油壶，可是不知道主人是谁。

“如果这些东西都有登记、编号的话，对警方可就大有帮助了。”警官说，“不过能找到这些，我们也应该谢天谢地了。即使不知道他要去哪儿，至少我们也可能知道他是从哪儿来的。可是这家伙究竟为什么把车子扔了呢？而且没有车子，他到底是怎么逃跑的呢？这案子我们好像看不出什么希望，福尔摩斯先生。”

“是吗？”我的朋友若有所思地回答说，“我倒要看看！”

剧中人物

“书房你们都查完了吗？”我们重新回到屋里时，怀特·梅森问我们。

“暂时查完了。”警官说。福尔摩斯点了点头。

“或许你们愿意听一听庄园里几个人的证词吧？我们可以到餐厅去。埃姆斯，请你先来把知道的情况跟我们讲一讲。”

管家的描述简洁明了，给人的印象非常诚实可靠。他是5年前道格拉斯先生刚到伯尔斯通时雇用的。他知道道格拉斯先生是一个有钱的绅士，钱是在美国挣的。他是一个和蔼可亲、考虑周到的主人——跟埃姆斯所习惯的不太一样，不过人不可能事事顺心。他从来没见过道格拉斯先生有恐慌的时候——相反，道格拉斯先生是他所见过的最大胆的人。他命令每天晚上把吊桥吊起来，因为这是旧庄园的老规矩，而且他愿意保持这种古老的习俗。道格拉斯先生很少去伦敦或者离开村子，可是在案发的前一天，他曾经去滕布里奇韦尔斯买过东西。埃姆斯那天发现道格拉斯先生有点儿坐卧不安，情绪激动，因为他看上去很不耐烦，总想发火，这跟他平时可不一样。那天晚上埃姆斯还没有上床睡觉，正在宅子后面的餐具室收拾餐具，这时他听到铃声猛烈地响了起来。他没有听到枪声，因为餐具室和厨房都在房子最后面，中间还隔着几扇关着的门和一条长长的走廊。女管家听到猛烈的铃声，也从房间里走了出来。他们两人一起跑到宅子的前厅。下楼之后，他看到道格拉斯夫人也下来了。不，她跑得并不很快——埃姆斯觉得她并不是特别惊慌。她一到楼下，巴克先生就从书房里冲了出来。他挡住道格拉斯夫人，央求她先回去。

“看在上帝的分上，快回你房间去！”他喊着，“可怜的杰克[1]死了。你帮不上忙。看在上帝的分上，回去吧！”

在楼梯上劝说了一会儿，道格拉斯夫人就回去了。她没有尖叫，也没有大喊大闹什么的。女管家艾伦夫人扶她上楼，陪她待在卧室里。埃姆斯和巴克先生又一起回到书房，他们看到的情况和警方看到的一模一样。蜡烛当时已经灭了，但是灯还亮着。他们往窗户外面看了看，漆黑一片，什么也看不到，什么也听不到。他们又冲进门厅里，埃姆斯摇着绞盘放下了吊桥。然后巴克先生匆匆跑去找警察了。

这就是管家的简要证词。

女管家艾伦夫人的说法只不过证实了男管家的证词。女管家的房间到前厅的距离比埃姆斯当时干活的餐具室到前厅近。她当时正准备上床睡觉，猛烈的铃声吸引了她的注意力。她耳朵不太好使，可能因此没有听到枪声，不过不管怎么说，书房离得挺远。她记得听到过什么声音，像是“砰”的关门声。这早得多了——至少在铃声响前半个小时。埃姆斯先生往前厅跑，她也在后面跟着。她看见巴克先生从书房子里跑出来，脸色苍白，神情激动。他挡住了道格拉斯夫人，夫人正在下楼。他央求夫人回去，夫人回答了他，可是听不到她说的是什么。

“带她上去，陪着她。”他对艾伦夫人说。

艾伦夫人就把道格拉斯夫人扶到卧室，尽力地安慰她。她非常激动，浑身颤抖着，可是没有再往楼下去。她只穿着晨衣，坐在卧室的壁炉边，两手抱着头。艾伦夫人几乎陪了她一整夜。至于别的用人们，他们都已经睡觉了，警察快来的时候，他们才知道出了事。他们都睡在宅子的最后面，什么也不可能听到。

这就是女管家的证词——除了悲伤和吃惊之外，在盘问中她什么情况也没

---

① 杰克：约翰的爱称，死者全名为约翰·道格拉斯。——译注

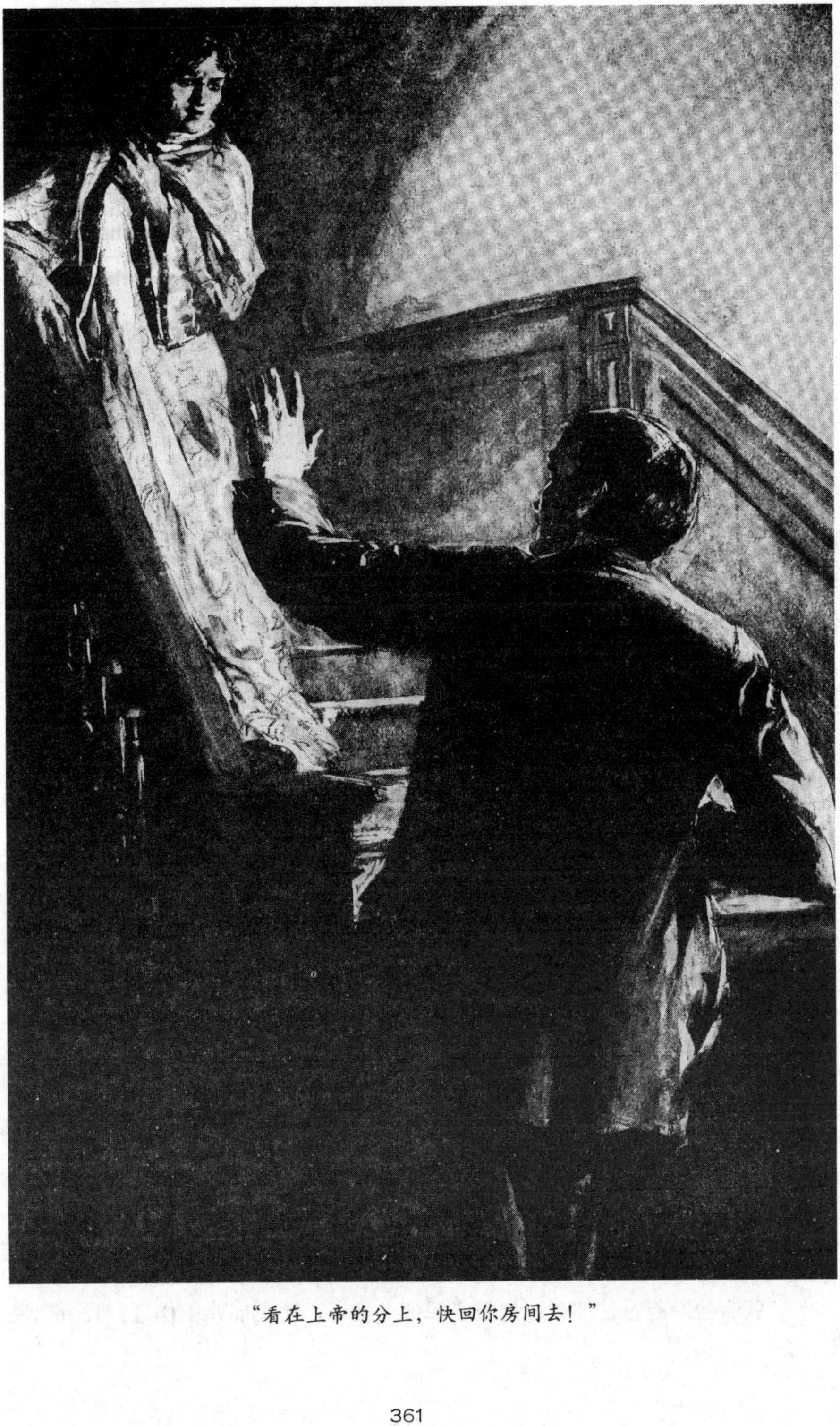

“看在上帝的分上，快回你房间去！”

补充。

艾伦夫人之后是塞西尔·巴克先生做目击证人。至于昨天晚上所发生的事，除了他对警察讲过的之外，也没有别的可以补充。他个人认为凶手是从窗户逃跑的。他认为，窗台上的血迹是很好的证明。此外，吊桥是升起来的，没有其他方法可以逃走。但他无法解释刺客到底哪儿去了，如果自行车真是他的话，为什么不拿走呢？他不可能淹死在护城河里，河水顶多不超过3英尺深。

在他头脑里，他坚信这是一次谋杀。道格拉斯是一个沉默寡言的人，他生活中的一些部分从来没对别人讲过。他还很年轻时，就从爱尔兰移民去了美国。他变得富裕了，巴克最早是在加利福尼亚遇到他的，两人合伙在一个叫贝尼托峡谷的地方成功地申请了一个矿区的产权。生意做得很好，可是道格拉斯却突然把矿区卖掉，并动身前往英格兰。当时他还是个鳏夫。巴克后来也把产业卖了，来到英格兰定居。两人的友谊又恢复了。道格拉斯给他的印象是似乎总有危险在压迫着他，他觉得道格拉斯之所以突然离开加利福尼亚，到英格兰这么偏僻的地方隐居，很可能跟这种危险有关。巴克想象着某个秘密团体，某个不肯饶过他的组织一直在追踪他，除非把他干掉，否则绝不肯罢手。道格拉斯有时说的话使他有了这种想法，不过道格拉斯从来没提过那是个什么组织，他自己也没敢问。他只能推测卡片上的字一定跟这个秘密团体有关系。

“你在加利福尼亚跟道格拉斯住过多长时间？”麦克唐纳警官问。

“一共5年。”

“你说他是个单身汉？”

“是个鳏夫。”

“你听说过他前妻的身世吗？”

“没有。我记得听他说过，她有瑞典血统。我还见过她的画像，她是个很漂亮的女人。我认识道格拉斯的前一年，她得伤寒病去世了。”

“你不知道他过去在美国什么地方吗？”

“我听他说起过芝加哥。他很了解那个城市，还在那儿工作过。我听他说起过那儿的产煤区和铁矿区。他生前游历过很多地方。”

“他是个政治家吗？这个秘密团体和政治有关系吗？”

“不是，他一点儿也不关心政治。”

“你会不会认为是一个犯罪团伙？”

“不可能，我这一生中没见过比他更正直的人了。”

“他在加利福尼亚的生活有什么奇怪的吗？”

“他最喜欢到我们山里的矿区生活、工作。除非不得已，他从来不去别人都去的地方。所以我才会想到有人在追踪他。后来他突然离开美国前往欧洲，我更确信这一点。我相信他收到过警告信一类的东西。他离开不到一个星期，就有六七个人来打听他的去向。”

“什么样的人？”

“嗯，他们看起来都是冷酷无情的人。他们来到矿区，想问他去哪儿了。我告诉他们，他去了欧洲，我也不知道去哪儿找他。很容易看出来，他们是要找他麻烦的。”

“那些人是美国人，加利福尼亚人吗？”

“嗯，我也不了解加利福尼亚人。他们确实是美国人，但不是矿工。我也不知道他们是干什么的，只盼着他们早点儿走。”

“那是6年前的事了？”

“将近7年。”

“这么说，你们在加利福尼亚一起待了5年，那这件事至少也有11年了？”

“是这样。”

“隔了这么长时间还是急不可待地要干掉他，一定是有什么深仇大恨。这样的深仇大恨看来不会是小事情造成的。”

“我想，这件事影响着他的一生，他脑子里从来没有忘记过。”

“可是如果一个人被这样的危险压迫着，而且又知道是什么危险，为什么不去找警察帮忙呢？”

“也许这样的危险连警察也保护不了。有一件事你们应该知道，他出门时随时带着武器，口袋里随时放着把左轮手枪。可是不幸的是，他昨晚穿着晨衣，把手枪忘在卧室里了。吊桥一升起来，我猜他就以为自己安全了。”

“我希望把年代再弄清楚点儿。”麦克唐纳说，“道格拉斯离开加利福尼亚已经6年。第二年你就跟着回来了，对不对？”

“是这样。”

“他再婚5年，你回来的时候也就是他再婚的时候。”

“我是他的男傧相。”

“他们结婚之前，你认识道格拉斯夫人吗？”

“不，我不认识。我离开英格兰已经10年了。”

“不过从那以后你就频繁地见到她了？”

巴克严肃地盯着那个侦探。

“从那以后我就频繁地见到他了。”巴克回答说，“如果我见到她，也是因为你要去拜访一个朋友，就必然会认识他妻子。如果你以为这中间有什么关系——？”

“我什么也没以为，巴克先生。跟这件案子有关系的事，我都有责任问清楚。不过我不打算冒犯你。”

“有些盘问是会冒犯人的。”巴克生气地说。

“我们只想了解事实。弄清事实情况对你、对大家都有好处。道格拉斯先生对你和他夫人之间的友谊就没有一点儿不赞成吗？”

巴克的脸更苍白了，粗壮的两只大手抽搐似的紧握着。

“你没有权力问这样的问题！”他喊叫着，“这跟你们正在调查的事有关系吗？”

“我必须再问一遍。”

“好吧，我拒绝回答。”

“你可以拒绝回答，但你必须清楚，你的拒绝本身就是一种回答，如果你没有什么要隐瞒的话，你就不会拒绝回答。”

巴克脸色严肃地站了一会儿，浓密的黑眉毛垂下来，紧张地思考着，然后微笑着抬起头。“好吧，我想你们这些人毕竟是在执行公务，我也没有权力妨碍你们。我只想请你们别问道格拉斯夫人这个问题，她现在脑子里的问题已经够多的了。我可以告诉你们，可怜的道格拉斯在这个世界上只有一个缺点，那就是妒忌心太强。他很喜欢我——没有人比他对朋友更好的了。他对妻子也是全心全意。他喜欢让我到这儿来，经常还派人去请我来。可是，如果他妻子和我一起谈话或者我们之间有些互相同情的时候，他就醋意大发，勃然大怒，说出最粗野的话来。为此，我曾不止一次发誓说再也不来了，然后他又会写信表示后悔，乞求我，我只好再来。可是，先生们，你们可以相信我的结论，世界上没有比她更爱丈夫、更忠贞的妻子了——我还敢说，世界上没有比我更忠诚的朋友了。”

他的话热情洋溢，充满感情，可是麦克唐纳警官不会轻易放弃这个话题。

“你知道，”警官说，“死者手上的结婚戒指被拿走了吗？”

“好像是这样。”巴克说。

“你说‘好像’是什么意思？你知道这是事实。”

巴克显得有些慌乱不安和犹豫。

“我说‘好像’的意思是说，有可能是他自己摘掉的。”

“可是戒指现在不见了，不管是谁摘掉的，这个情况说明这次惨案和他们的婚姻是有联系的，难道不是吗？”

巴克耸了耸宽阔的肩膀。

“我不能硬说情况说明了什么。”他回答说，“不过，如果你想暗示这件事有损于这位女士的名声”——他眼睛里突然燃起了怒火，然后又努力地控制住了自己的情绪——“那么，你就误入歧途了，仅此而已。”

“目前我没有什么要问的问题了。”麦克唐纳警官冷冷地说。

“还有一个小问题，”夏洛克·福尔摩斯说，“你进房间的时候，桌子上只有一支蜡烛，是吗？”

“没错，是这样。”

“你能借着当时的光线看到可怕的事情发生了？”

“一点儿不错。”

“你立刻按铃找人帮忙了？”

“是的。”

“人来得很快吗？”

“一分钟左右。”

“可是等他们赶到时，蜡烛已经灭了，灯点着了。这似乎很值得研究。”

巴克又表现出犹豫不决的神情。

“我并不认为这有什么值得研究的地方，福尔摩斯先生。”他停了一下说，“蜡烛的光线很暗。我的第一个想法就是让屋子里亮一点儿。灯就在桌子上，我就把灯点着了。”

“还吹灭了蜡烛？”

“没错。”

福尔摩斯没再提问题了，巴克不慌不忙地看了看我们，然后转身离开了，我觉得他的眼神中有一丝蔑视。

麦克唐纳警官派人给道格拉斯夫人送去一张便条，大意是说他将到卧室里拜访她，可是道格拉斯夫人回话说，她会在餐厅见我们。这时，她走了进来，她是一个身材颀长、容貌漂亮的30岁上下的女人，非常矜持，沉着冷静，完全不是我想象中悲痛欲绝、精神恍惚的模样。她确实脸色苍白，面容憔悴，像一个经受巨大打击的人一样，可是她的举止却非常自如，放在桌子边上的纤秀的手也跟我的手一样镇定。她那双忧伤哀怨的眼睛带着好奇的询问神情一个挨一个地看着我们。这种探询的神情突然转化成了出其不意的问话。

“你们发现什么了吗？”她问道。

她问话中的口气更多的是恐惧而不是希望，这是不是我的想象呢？

“我们已经采取了一切可能的措施，道格拉斯夫人。”警官说，“你可以放心，我们什么都不会忽略。”

“请不要担心金钱。”她毫无表情地冷淡地说，“我希望你们能尽一切努力。”

“也许你能告诉我们一些情况，对案情有所帮助。”

“恐怕没有，不过我所知道的会全部告诉你们。”

“据塞西尔·巴克说，你并没有亲眼看见，也就说你并没有进到惨案发生的房间，是吗？”

“没有。他让我回楼上去，他恳求我回房间待着。”

“是这样。你听到枪声，立刻就下来了。”

“我披上晨衣就下了楼。”

“从你听到枪声到被巴克先生阻止住，有多长时间？”

“可能有两分钟吧。那种情况下很难计算时间。他恳求我不要进去，他说我什么也做不了。然后女管家艾伦夫人就扶我上楼了。就像一场噩梦似的。”

“你能不能大致告诉我们，在你听到枪声前，你丈夫下楼多久了？”

“我说不清楚。他是从更衣室出去的，我没听到他走了。他每天晚上都要在房子里转一圈，他害怕会有火灾。我知道这是他唯一害怕的事。”

“这正是我想问的问题，道格拉斯夫人。你是在英格兰才认识你丈夫的，是吗？”

“是，我们结婚5年了。”

“你听他说起过在美国发生的可能危及他生命的事吗？”

道格拉斯夫人认真地想了一会儿才回答。

“听过。”她最后又说，“我一直觉得他在躲避什么危险。他不愿意跟我商量，并不是因为不信任我——我们之间有着最深厚的爱和完完全全的信任——而是他不愿意让我担惊受怕。他觉得一旦让我知道，我就会念念不忘，所以他就一直保持着沉默。”

“你们发现什么了吗？”

“那你又是怎么知道的呢？”

道格拉斯夫人的脸上掠过一丝微笑。

“丈夫一生保持着一个秘密，深爱着他的女人却毫无察觉，这可能吗？我是从许多方面知道的。从他绝不谈论在美国的生活片断，我知道；从他采取的许多措施中，我知道；从他偶尔流露的只言片语中，我知道；从他看待不速之客的态度上，我知道。我完全可以肯定，他的对手非常有势力，他相信那伙人还在找他，他一直在防范那些人。对此我非常肯定，所以好几年了，只要他回家晚了，我就会担惊受怕。”

“我可以问一句吗？”福尔摩斯说，“是什么话引起了你的注意？”

“‘恐怖谷’，”夫人回答说，“我问他时，他就用了这个词。‘我在恐怖谷中待过，直到现在也没出来。’‘我们永远也出不了恐怖谷了吗？’我在他特别沉默时曾这么问过他。‘有时候我想我们永远也出不去了。’他回答说。”

“你肯定问过他恐怖谷是什么意思了吧？”

“我问过。可是他变得非常严肃，只是摇头。‘我们两个人有一个在它的阴影中就够了，’他说，‘上帝保佑它永远不会落到你头上。’是他曾经住过的一个真实的山谷，那儿发生了一些可怕的事——这一点我可以肯定——可我知道的也就这么多了。”

“他从来没有提到过人名吗？”

“提过。3年前，他打猎出了事，发高烧说胡话。当时我记得他不断地说着一个名字，他气愤又有点儿害怕地说着这个名字，名字叫麦金蒂——身主麦金蒂。等他恢复以后，我问过他身主麦金蒂是谁，主管谁的身体。‘永远不会是我的了，感谢上帝！’他大笑着回答说。我从他那儿得到的只有这些。可是身主麦金蒂和恐怖谷之间一定有联系。”

“还有另外一个问题，”麦克唐纳警官说，“你是在伦敦的寄宿舍里遇到道格拉斯先生，然后在那儿和他订了婚，是吗？至于你们的婚事，有什么罗曼史吗？有什么秘密或者神秘的地方吗？”

“有罗曼史，罗曼史总是有的，但没什么神秘的地方。”

“没有情敌吗？”

“没有。我当时是自由身。”

“当然了，你也听说过他的结婚戒指被偷走了。你对此有什么想法吗？假设是他过去生活中的某个敌人发现了他，对他下了毒手，可是为什么非得拿走他的结婚戒指呢？”

我发誓，这个女人的嘴角边飞快地掠过了一丝浅浅的微笑。

“我实在不明白。”她回答说，“这真是一件极不寻常的事。”

“好吧，我们不再耽误你了，抱歉在这样的时候来打扰你。”警官说，“当然还有其他一些问题，不过等出现时，我们再问你吧。”

她站了起来，我再一次看见了她刚才审视我们时那迅速而疑问的眼光：“我的证词给了你们什么印象？”还不如她直截了当地把这句话说出来呢。她鞠了一躬，裙摆拖着地面走出了房间。

“她是个漂亮女人——非常漂亮的女人。”门在她身后关上时，麦克唐纳若有所思地说着，“这个巴克肯定经常到这儿来，他可能很受女人青睐。他承认死者妒忌心很强，也许他心里最清楚死者为什么会妒忌。还有那枚结婚戒指，我们不可能忽略这个问题。从死者手上抢走结婚戒指的那个人——你有什么看法，福尔摩斯先生？”

我的朋友两只手托着脑袋坐着，陷入了深深的思考中。这时，他站起身拉了铃。

“埃姆斯，”管家进来时，他说，“塞西尔·巴克先生在哪儿？”

“我去看看，先生。”

过了一会儿，管家走进来说巴克先生在花园里。

“你还记得吗，埃姆斯，昨天晚上你在书房见到巴克先生时，他脚上穿的是什么？”

“记得，福尔摩斯先生。他穿着一双在卧室里穿的拖鞋。他去找警察时，我才把靴子拿给他。”

“现在拖鞋在哪儿？”

“还在大厅的椅子下面。”

“很好，埃姆斯。当然了，了解哪些脚印是巴克先生的，哪些是外人的，这对我们很重要。”

“我知道，先生。我会说，我发现拖鞋上沾上了血迹，连我自己的鞋子上也是。”

“考虑到屋里当时的情况，这是很自然的。很好，埃姆斯，我们找你时会再拉铃的。”

几分钟后，我们来到了书房。福尔摩斯已经从大厅里拿来了那双地毯拖鞋。正像埃姆斯说的，两只鞋底都沾着黑色的血迹。

“奇怪！”福尔摩斯就着窗前的光线仔仔细细地检查着那双鞋，一边小声嘀咕着，“真是太奇怪了！”

福尔摩斯像猫似的猛地一跳，把拖鞋放在窗台上的血迹上，完全吻合。他不出声地看着几个同行微笑着。

警官兴奋得容光焕发，他喋喋不休地讲着，地方口音像棍子敲打栏杆一样。

“伙计！”他喊着，“毫无疑问了！是巴克自己印在窗台上的，比别的脚印宽得多。我记得你说过这是八字脚，这就是解释。可这是玩什么把戏呢，福尔摩斯先生——这是什么把戏啊？”

“是啊，什么把戏呢？”我的朋友若有所思地重复了一遍。

怀特·梅森咯咯笑着，带着职业上的满足搓着他那双肥厚的手。

“我就说这件案子不一般！”他喊着，“果然不一般！”

福尔摩斯把拖鞋放在窗台上的血迹上，完全吻合。

黎明的曙光

3位侦探有许多细节问题需要调查，我便独自一人回到我们在乡村旅店的住处。回去之前，我在别墅两边古老的花园里散了散步。一排排非常古老的紫杉树修剪成稀奇古怪的形状，环绕在花园四周。花园里是一大片美丽的草坪，中间是一个老式的日晷仪，花园里幽静宜人，我有些紧张的神经因之松弛下来。在这宁静祥和的气氛中，人们可以完全忘记那间阴森森的书房，地板上那个四肢伸开、血迹斑斑的尸体，或者只把它当成一场噩梦。可是正当我绕着花园散步，想让心灵沉浸在这鸟语花香中的时候，一件奇怪的事情发生了，使我又想起了那桩惨案，并在我心里留下了不祥的阴影。

我已经说过一排排紫杉环绕着花园。在花园尽头远离别墅的地方，紫杉更加茂密，形成一道连绵的树篱。树篱后面有一个石凳，从别墅方向过来的人不会看到这儿。当我走近时，我听到有人在说话，先是一个男人深沉的声音，然后是一个女人轻盈的笑声。我很快绕过树篱尽头，眼光落到道格拉斯夫人和巴克身上，他们还没看见我。道格拉斯夫人的外表把我吓了一跳。在餐厅时，她显得端庄而谨慎。现在，所有假装出来的忧伤都已烟消云散。她的眼睛里闪耀着生活的快乐，脸上笑意仍然未褪，是同伴的话使她发笑。巴克先生身体前倾着，两只手握在一起，胳膊放在膝盖上，轮廓清晰的、英俊的脸上也带着明显的笑意。突然之间——可是已经太迟了——他们看见了我，脸上立刻恢复了伪装的严肃。他们俩匆忙说了一两句话，巴克先生就起身朝我走来。

“对不起，先生，”他说，“您是华生医生吗？”

我冷淡地点了点头，我敢说，这很明显地表明了我内心里对他们的印象。

“我们想很可能是您，因为您跟福尔摩斯先生的友谊人尽皆知。您愿意过来跟道格拉斯夫人说句话吗？”

我脸色阴沉地跟在他后面，脑海里清楚地浮现出地板上那具血肉模糊的尸体。惨案发生才几个小时，可是他的妻子和他最亲近的朋友却在曾经是他的花园后面的灌木丛里尽情说笑。我冷淡地和这位女士打了招呼。在餐厅里时，我还怜悯过她的不幸。可是现在我只能用漠然的眼光注视她乞求的眼神。

“恐怕您会认为我是一个冷酷无情、铁石心肠的人吧？”她说。

我耸了耸肩。

“这跟我没有关系。”我说。

“也许有一天您会公平地对待我。只要您能明白——”

“华生医生没有必要明白，”巴克马上说，“就像他自己说的，这跟他没有关系。”

“一点儿不错。”我说，“我得告辞继续散步去了。”

“等一会儿，华生医生！”这个女人用恳求的声音大声喊着，“有一个问题，您比世界上任何人都更有权威来回答，您的回答对我非常重要。您比任何人都了解福尔摩斯先生以及他和警方的关系。假如有人把一件事情秘密地告诉他，他必须把这件事告诉警方吗？”

“没错，就是这个问题。”巴克急切地问，“他是完全自主呢，还是彻底跟警方合作呢？”

“我实在不知道我有没有资格谈论这个问题。”

“我请您——请求您，华生医生。我相信，如果您能指点我们这个问题，您就是大大地帮了我们——帮了我。”

她的声音如此真诚，霎时间，我完全忘记了她的轻浮举止，感动得只能满足她的要求。

“福尔摩斯先生是一个自由独立的侦探，”我说，“一切都是他自己做

“福尔摩斯先生是一个自由独立的侦探，”我说，“一切都是他自己做主。”

主，而且只按他自己的判断处理问题。同时，他自然又忠诚于处理同一件案子的警察，只要是能将罪犯绳之以法的情况，他一概不会隐瞒。除此之外，我没有别的可说的，如果你们想知道更详细的情况，我希望你们去找福尔摩斯先生本人。”

说完，我抬了一下帽子走开了，他们仍然坐在隐蔽的树篱后面。我走到树篱尽头时，回头看看，发现他们仍然在一起热烈地讨论着，而且他们一直在盯着我，显然他们议论的是刚才跟我进行的谈话。

“我可不想听他们的秘密。”我告诉福尔摩斯发生的事时，他这么说。他一下午都待在庄园别墅里，和两个同事一起讨论着，5点左右才回来。我让人给他送来傍晚茶[1]，他狼吞虎咽地吃起来。“别听他们的秘密，华生，如果因为共谋和谋杀的罪名逮捕他们的话，我们就会很尴尬。”

“你觉得会到这一步吗？”

他兴高采烈，非常轻松幽默。

“亲爱的华生，等我消灭完这第四个鸡蛋，我就准备告诉你整个案情。我不是说案情已经完全清楚了——还差得远——不过等我们一找到失踪的哑铃——”

“哑铃！”

“天哪，华生，你竟然没有发现这个案子的关键就是失踪的哑铃，这可能吗？好吧，好吧，你用不着泄气，因为，咱们之间这么说说罢了，不管是麦克警官还是那个精明能干的本地侦探，他们都没有抓住这件事情特殊的重要意义。一个哑铃，华生！想一想，一个运动员只有一个哑铃。想象一下只做单侧锻炼——人很快就会锻炼成脊椎弯曲。吓人哪，华生！吓人哪！”

他坐在那儿，大口大口地吃着面包，眼睛里闪耀着顽皮的神色，看着我绞尽脑汁的模样。只要见到他食欲旺盛，就说明他已经有了成功的把握。我还清清楚楚地记得他茶饭不思的日日夜夜，他面对难题却找不出头绪，人变

① 傍晚茶：傍晚5至6点吃的茶点，常有肉食、糕饼和茶水等。——译注

得烦躁不安，只有像苦行僧似的苦思冥想，瘦削而急切的面容也因此变得愈加憔悴。最后，福尔摩斯点上烟斗，坐在这家古老的乡村小旅店的炉火旁，不慌不忙地随意谈起这件案子来，更像是在自言自语，而不是在进行深思熟虑的陈述。

“这是个谎言，华生，一个天大的、明显的、不折不扣的谎言！这是我们一开始就碰上的，这也是我们的出发点。巴克告诉我们的整个故事都是谎言。可是巴克的故事得到了道格拉斯夫人的证实，所以她也在撒谎。他们两人都在撒谎，而且串通一气。所以现在我们的问题很清楚：他们为什么要撒谎？他们拼命要掩盖的是什么事实？我们试试看，华生，你和我，看我们能不能查出谎言背后的实情来。

“我怎么知道他们在撒谎？因为他们捏造得很不高明，根本就是不可能的事。想想吧！根据提供给我们的情况，凶手在实施谋杀后只有不到一分钟的时间从死者手上摘掉戒指，戒指还压在另外一枚戒指下面，再换上另一枚——凶手肯定不会这么干——还把那张卡片扔在死者身边。我说，这显然是不可能的。你可能会争辩说——不过我很看重你的判断能力，华生，我想你不会这么说——戒指在死者被杀之前已经摘掉了。可事实上，蜡烛只点了很短时间，说明两人会面时间不长。根据我们听说的道格拉斯的无畏性格，他会在这么短的时间内就交出戒指吗？我们能想象出他竟然会交出结婚戒指吗？不，不会，华生。凶手跟死者点着灯单独待了一会儿。这一点我毫不怀疑。可是那把枪显然是致死的原因。因此，开枪时间肯定比告诉我们的时间要早。可是这样的事是不会弄错的。因此，听到枪声的这两个人是在共谋犯罪——也就是巴克先生和道格拉斯夫人。弄清这一点之后，我才能证明窗台上的血迹是巴克先生故意弄上去的，给警方错误的线索，你也承认，案件开始对他不利了。

“现在我们得问自己一个问题了，谋杀的确切时间到底是几点。直到10点半，仆人们还在屋子里忙来忙去，所以肯定不会在此之前。10点45分，仆人们都回房睡觉了，只有埃姆斯例外，他还在餐具室里。今天下午你走了以后，我做了几个试验，如果所有的门都关上，麦克唐纳在书房里弄出的声响，我在餐具室里无论如何也听不到。可是，在女佣的房间里就不一样了。这间房子离走廊不远，如果声音很大，我隐隐约约也能听到。如果是非常近的距离发射的话，猎枪的声音会有些低沉，本案无疑就是这种情况，声音可能不会很响，可是在寂静的夜晚，声音应该很容易就能传到艾伦夫人的房间。她告诉我们，她耳朵有点儿聋，可是尽管如此，她在证词中还是提到，在报警前半个小时，她听到了像关门似的‘砰’的一声响。报警前半个小时，也就是10点45分。我毫不怀疑，她听到的就是枪声，这才是谋杀的真正时间。如果这样的话，假设巴克先生和道格拉斯夫人不是真正的凶手，我们就必须弄清楚，从枪声吸引他们下楼时的10点45分，一直到拉铃叫仆人们来帮忙的11点15分，这段时间里他们可能干了什么。他们在干什么，为什么不立刻报警呢？我们面临的是这个问题，回答了这个问题，我们解决案情就有些进展了。”

“我相信，”我说，“这两人之间是串通好的。丈夫刚死几个小时，她就可以坐在那儿为某个笑话哈哈大笑，这一定是个铁石心肠的人。”

“一点儿不错。她自己讲述案情的时候，也不像受害人的妻子。我并不是一心崇拜女性的人，这你是知道的，华生，可是我的生活经验告诉我，凡是因为别人的话就不去看丈夫的尸体的妻子，很少是对丈夫全心全意的。我如果结婚的话，华生，我希望能给妻子灌输一种感情，当我的灵柩离她只有几步远时，她不会因为别人的话就弃我于不顾。这种安排真拙劣，即使最没有经验的侦探也会为没有女人号啕大哭的情景感到震惊。即使没有别的情况，单这一件事也会让我以为是蓄意谋杀。”

“那么，你确信巴克先生和道格拉斯夫人是杀人凶手了？”

“你的问题直截了当得让人震惊，华生，”福尔摩斯冲我晃着烟斗说，“像子弹一样对着我飞过来。如果你说道格拉斯夫人和巴克知道凶杀的真相，并且合谋隐瞒，我真心同意你的说法，我相信他们是这么做的。不过你这种更击中要害的提议还不够清楚。我们还是先考虑妨碍我们的问题吧。

“我们先假设这两人是因为一种不正当的关系而勾结在一起的，并且决定要除掉挡在中间的这个人。这是很大胆的猜测，因为对仆人和别的人的周密调查都无法证实这一点。相反，倒是有很多证据说道格拉斯夫妇两人非常相爱。”

“我相信这不是真的。”我说着，想起了花园里那张美丽、微笑的脸庞。

“嗯，至少他们给人留下了这种印象。不过，我们假设他们俩极其狡猾，在这一点上，他们欺骗了所有的人，并且合谋杀害道格拉斯先生，而这个丈夫碰巧又面临着危险——”

“我们只是听他们这么说的。”

福尔摩斯看起来若有所思。

“我明白了，华生，你的意思是说，他们所说的一切从一开始就全是假的。根据你的说法，根本就没有什么暗藏的危险，没有什么秘密团体，没有什么‘恐怖谷’，什么麦克老板之类的。嗯，这是一种不错的总归纳，看看这能

“你确信巴克先生和道格拉斯夫人是杀人凶手了？”

给我们带来什么结果。他们编造了这个理论来解释犯罪原因，然后他们又把自行车扔在花园里作为有外人存在的证据，好配合这种说法。窗台上的血迹也是出于同样的想法。尸体上的卡片也一样，可能是在屋里准备好的。这都符合你的假设，华生。可是现在我们碰到这些互相抵触又没法解释的问题了。为什么偏偏是一支锯断的猎枪，而且还是一支美国造的枪呢？他们怎么能这么肯定枪声不会惊动别人呢？艾伦夫人没有过问关门声，事实上这只是一个巧合。你说的这两个罪犯为什么要这么做呢，华生？”

“我得承认我也无法解释。”

“再则，如果一个女人和情人合谋杀死丈夫的话，他们会在他死后炫耀似的把戒指摘走，好让别人都知道是他们干的吗？你觉得这可能吗，华生？”

“不，不太可能。”

“再有，如果你想到丢下一辆藏在外面的自行车，连最笨的警察都知道这显然是个幌子，因为亡命之徒想逃跑，最重要的东西就是自行车，你觉得这么做值得吗？”

“我想不出来怎么解释。”

“但没有任何相互关联的事是人类的智慧无法解释的。让我来想出一条可能的思路吧，只是当作一次思维练习，不管是对还是不对。我承认，这只是单纯的想象，可是想象不是一直都是真理之母吗？

“我们可以假设，道格拉斯的生活中的确有一个罪恶的秘密，一个非常可耻的秘密，所以才有人要杀他。假设这个人是他的仇人——是一个外人。这个仇人出于某种我还无法解释的原因，拿走了死者的戒指。这个仇可以追溯到道格拉斯的第一次婚姻，所以他的戒指才因为某种原因被拿走了。在这个仇人逃走之前，巴克先生和道格拉斯夫人已经进了房间。凶手说服他们，如果他被逮捕，一桩隐秘的丑闻就会被公之于众。因此，他们很可能放下了吊桥，吊桥是可以不声不响地放下来的，然后又把吊桥升上去。凶手逃跑了，又出于某种原因，觉得步行比他骑自行车逃跑更安全。目前为止，我们所说的都是可能的，对不对？”

“嗯，毫无疑问，是有可能。”我稍有保留地说。

“我们必须记住，华生，不管发生的是什么事，一定是极不寻常的事。好了，现在我们继续推测案情。凶手逃走之后，这两个人——并不一定有罪——意识到他们使自己陷入了一个困难的境地，因为他们很难证明他们没有杀人，或者没有共谋杀人。于是他们迅速又笨拙地开始对付这种情况。巴克用沾着血迹的拖鞋在窗台上做了个记号，说明凶手已经逃跑了。他们两人显然肯定听到了枪声，所以就拉铃报警，但当时已经是事发后半个小时了。”

“你打算怎么证明这一切呢？”

“嗯，如果真有一个外人的话，他就有可能被缉拿归案。这将是最有力的证明。可是如果不是——嗯，科学资源还是无穷无尽的。我想，只要让我单独在书房里待一个晚上，我就能有很多发现。”

“单独待一个晚上！”

“我打算现在就去。我已经跟值得敬重的埃姆斯安排好了，他绝不是巴克的心腹。我去坐在那间屋子里，看看房间里的气氛能不能给我灵感。我是相信地方守护神的。你在笑，华生朋友。嗯，我们等着瞧。顺便问一下，你带着那把大雨伞，对吧？”

“在这儿。”

“嗯，如果可以的话，我想借用一下。”

“当然可以——不过这武器多蹩脚啊！如果有什么危险——”

“不会出什么事的，亲爱的华生，不然我就当然应该请你帮忙了。不过我得拿着那把伞。现在，我只是在等候我的同事们从滕布里奇韦尔斯回来，他们正在那儿查找自行车的主人呢。”

直到夜幕降临时，麦克唐纳警官和怀特·梅森才回来，他俩兴高采烈，说调查已经有了很大进展。

“伙计，我得承认，以前我怀疑是否真的有一个外人。”麦克唐纳说，

“不过现在这一切都过去了。我们已经证实了那辆自行车，而且查到了主人的外貌特征，所以这是这次旅途的一大收获。”

“听起来，这个案子好像快结束了。”福尔摩斯说，“我衷心地向你们表示祝贺。”

“嗯，我是从这个事实着手的，道格拉斯先生从前天起就心神不宁，当天他去过滕布里奇韦尔斯，那就是意味着在滕布里奇韦尔斯他意识到了某种危险。因此，如果有一个人骑自行车来的话，可以料想他是从滕布里奇韦尔斯来的，这一点很明显。我们带着自行车去，让各家旅馆看看。伊格尔商业旅馆经理马上认出这辆自行车属于一个叫哈格雷夫的人，他两天前在那儿住过。他全部的行李就是这辆自行车和一个小手提箱。他登记时说是从伦敦来的，不过没有留下地址。手提箱是伦敦产的，里面的东西也都是英国货，不过那个人自己却无疑是个美国人。”

“很好，很好。”福尔摩斯高兴地说，“你们的确干了些实际的工作，而我只不过是坐在这儿和我的朋友一起编造各种推论。这是一次教训，人是应该实际点儿，麦克先生。”

“对，是这样，福尔摩斯先生。”警官满意地说着。

“可是这都符合你的推论啊！”我说。

“可能是，也可能不是。不过让我们听听结尾是什么样的，麦克先生。没有什么能证实那个人的身份吗？”

“很少，所以很明显，他非常小心翼翼，不让别人认出他来。没有文件，没有书信，衣服上也没有标记。卧室里的小桌子上放着一张本郡的自行车路线图。昨天早晨吃过早饭他就骑着自行车离开了旅馆，一直到我们调查时，没有再听到过他的情况。”

“这是让我迷惑不解的地方，福尔摩斯先生。”怀特·梅森说，“如果那个家伙不想引起别人的怀疑，人人都会想到他应该回去待在旅馆里，假装成一个事不关己的游客。事实上，他肯定知道旅馆经理会把他报告给警方，他的失踪也就跟谋杀案联系起来了。”

“别人是会这么想。不过，既然到目前为止都没有抓到他，证明他还是很机智的。可是他的相貌——是什么样的？”

麦克唐纳看着他的笔记本。

“我们是按他们说的记的。他们好像说得不够详细，不过提行李的、管账的和女佣们都说基本上就是这样。他有5英尺9英寸高，年龄在50岁左右，头发有点儿灰白，淡灰色的胡须，鹰钩鼻子，一张脸显得凶狠残暴。”

“很好，除了脸上的表情，这简直描述的是道格拉斯本人。”福尔摩斯

“听起来，这个案子好像快结束了。”福尔摩斯说，“我衷心地向你们表示祝贺。”

说，“他也是刚过50岁，灰白色的头发和胡须，身高也差不多。还有别的情况吗？”

“他穿着一套灰色的厚衣服，一件双排扣夹克，外面是一件黄色的短大衣，戴一顶软帽子。”

“那支枪呢？”

“这支枪长不到两英尺，完全可以放进他的手提箱里，也可以毫不费力地藏进大衣里。”

“你认为这些情况对整件案子有什么影响呢？”

“嗯，福尔摩斯先生，”麦克唐纳说，“等我们抓到这个人——你可以相信，我听到有关他的情况之后，5分钟之内就发出了电报——我们就容易判断了。不过照这个样子看，我们已经前进一大步了。我们知道一个自称叫哈格雷夫的美国人两天前骑着自行车，拎着手提箱来到了滕布里奇韦尔斯。箱子里装着一把锯短的猎枪，所以他来此的目的是蓄意犯罪。昨天早晨，他骑着自行车，大衣里藏着这支枪出发来到这里。据我们所知，没有人看见他来，不过他用不着经过村子到达花园门口，而且路上有很多人骑自行车。有可能他立刻把自行车藏在月桂树丛里了，后来自行车是在那儿发现的，可能他自己也藏在那儿，眼睛盯着别墅，等着道格拉斯先生出来。猎枪在屋子里用不太合适，可是他本来是想在外面用的，这样一来，猎枪的优势就显而易见了，因为这样不会打不中，而且枪声在英格兰猎区里实在太平常了，不会引起人们注意。”

“一切都真相大白了！”福尔摩斯说。

“嗯，道格拉斯先生没有出现。接下来他该怎么办呢？他把自行车扔下，趁着暮色接近了别墅。他发现吊桥放下来了，附近也没有人。他冒了个险，无疑是想在被别人碰到的时候找个借口。一个人也没碰上。他溜进了他最先看见的房间，藏在窗帘后面。从那个位置，他可以发现吊桥升了起来，他知道只能通过护城河逃跑了。他一直等到11点15分，道格拉斯进行睡前的例行检查走进这个房间。他开枪打死了道格拉斯先生，然后根据事先的安排逃跑了。他知道旅馆里的人会说出他的自行车的特征，这是对他不利的一个因素，因此他就把自行车扔在那儿，通过别的方法逃到了伦敦，或者事先安排好的一个安全的藏身之处。这个解释怎么样，福尔摩斯先生？”

“很好，麦克先生，目前为止，很好，也很清楚。这是你的故事结局。我的故事结局是犯罪行为是在报案前的半个小时；道格拉斯夫人和巴克先生合谋隐瞒了某种事实；他们帮助了凶手逃脱——或者说，至少在凶手逃跑前已经到了这间屋子——并捏造证据证明凶手是通过窗户逃跑的，而事实很可能是他们自己放下吊桥放走了凶手。这是我对案子前一半的理解。”

两位侦探摇了摇头。

“好吧，福尔摩斯先生，如果真是这样，那我们就是刚解开了一个谜团，又陷进了另一个谜团中。”

“而且在某些方面是更难解的一个谜。”怀特·梅森加了一句，“道格拉斯夫人从来没去过美国，她会跟这个美国凶手有什么关系，使她要庇护这个凶手呢？”

“我承认是有这些问题。”福尔摩斯说，“我打算今晚亲自去调查一番，也可能会对案情有所帮助。”

“我们能帮什么忙吗，福尔摩斯先生？”

“不用，不用！天色漆黑，再加上华生医生的雨伞。我的要求很简单。还有埃姆斯——忠诚可靠的埃姆斯——他毫无疑问会替我行个方便的。我的所有思路都无一例外地回到这个最基本的问题上来——为什么一个运动员会这么不合情理地使用一个哑铃来锻炼身体呢？”

当天晚上很晚福尔摩斯才独自调查回来。我们住的屋子里有两张床，这已经是乡村旅馆对我们的最大优待了。我已经睡着了，他进门的声音把我吵醒了。

“怎么样，福尔摩斯？”我小声问道，“有什么发现吗？”

他手里拿着蜡烛，站在我旁边，默默无言。然后那高大而瘦削的身材才向我俯下来。

“我说，华生，”他低声说，“跟一个疯子，一个智力开始减退的人，一个脑筋失去控制的白痴住在一个房间里，你害不害怕？”

“一点儿也不。”我惊讶地回答说。

“啊，这太幸运了！”他说着，整个晚上再也没说过一个字。

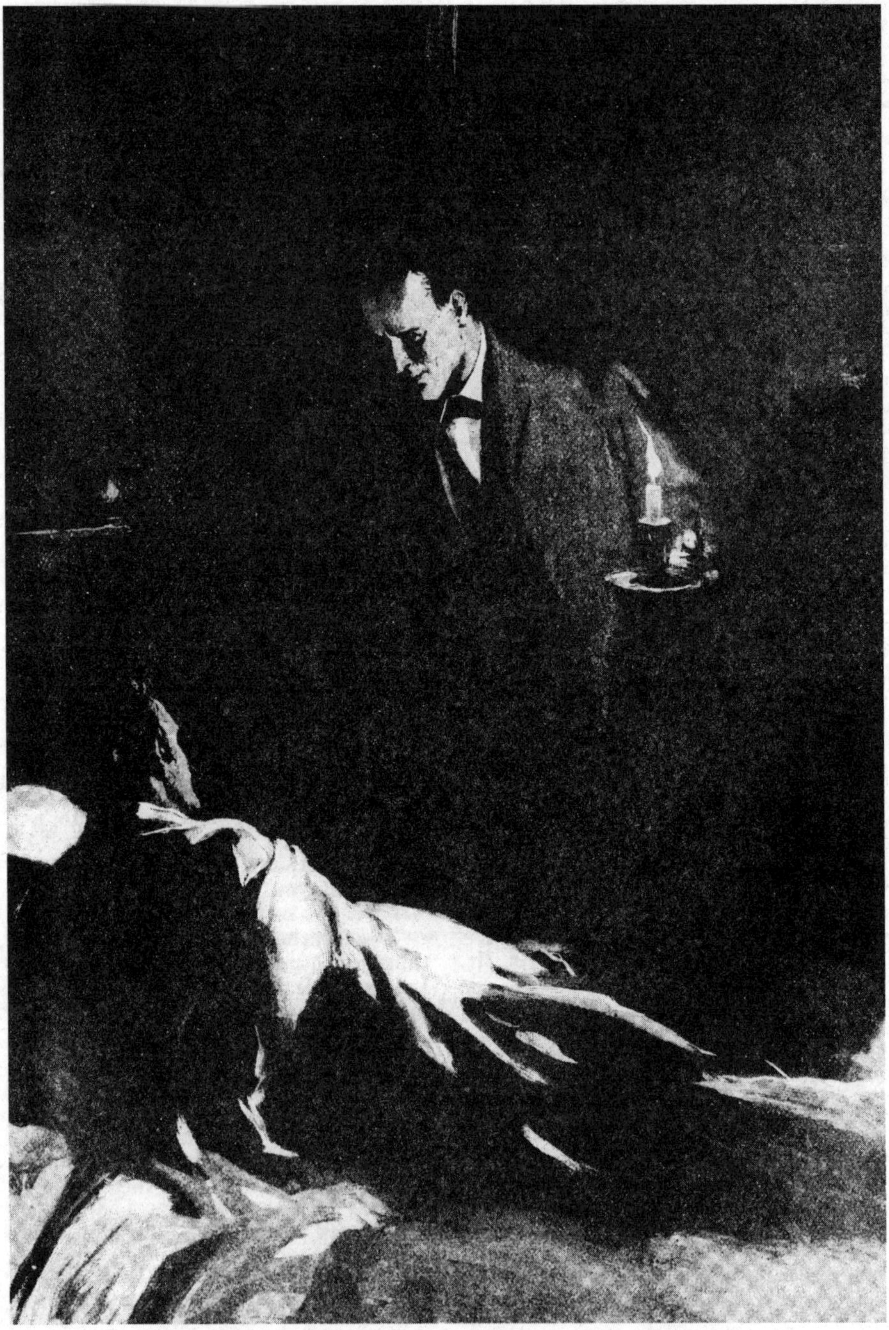

“怎么样，福尔摩斯？”我小声问道，“有什么发现吗？”

谜　底

第二天早晨吃过早饭，我们发现麦克唐纳警官和怀特·梅森先生正在当地警察小队长的小会客室里密切地商量着什么。面前的桌子上堆着许多信件和电报，两人正在仔细地分类和摘录。3份已经被放在一边了。

“还在找那个难以捉摸的自行车主人吗？”福尔摩斯兴冲冲地问道，“关于这个暴徒有什么最新的消息？”

麦克唐纳警官沮丧地指着那一堆信件。

“目前从莱斯特、诺丁汉、南安普敦、德比和东哈姆、里士满等14个城市都有报告送来。在其中3个地方——东哈姆、莱斯特和利物浦——有对他明显不利的情况，事实上他已经被逮捕了。我们国家似乎到处都是穿黄大衣的亡命之徒。”

“天哪！”福尔摩斯同情地说，“现在，麦克，还有你，怀特·梅森先生，我希望能给你们一个非常诚恳的忠告。当初我跟你们一起研究案情时，我曾经提出过条件，这一点你们肯定还记得，我不会告诉你们没有得到充分证实的推论，我要保留并证明自己的见解，直到我自认为这些推论都是正确的。因此，目前我还不能告诉你们我头脑中的所有想法。另一方面，我也说过，我会对你们光明磊落，让你们把精力白白浪费在毫无收获的工作上，我觉得这并不公平。所以今天早晨我来给你们提出建议，我的建议可以总结为3个字：放弃它。”

麦克唐纳和怀特·梅森目瞪口呆地盯着他们这位出名的同行。

“你认为毫无希望了？”警官大声问。

“我认为你们目前的方法毫无希望了，而不是认为找出事实真相毫无希望。”

“可是还有这个骑自行车的人哪，他可不是捏造出来的。我们知道他的模样，还有他的手提箱，他的自行车。这家伙肯定在什么地方，我们为什么不去抓他呢？”

“对，对，他肯定是在什么地方，我们也肯定要抓住他，可是我不想让你们在东哈姆或利物浦浪费精力。我相信我们可以找到一条捷径。”

“你在隐瞒什么，福尔摩斯先生，你这样可就一点儿也不公平了。”警官有些生气。

“你是了解我的工作方式的，麦克先生。不过我会把隐瞒的时间尽量缩短。我只希望用一种方法证实我的推想，这很快就能完成，然后我就会跟你们告别，返回伦敦，把我的结果完全留给你们。不然我欠你们的就太多了，因为在我这一生中，我想不起来还有哪一件案子比这一次更独特、更有趣的了。”

“我简直无法理解，福尔摩斯先生。我们昨晚回来时见了你，你大体上也同意我们的判断。这以后到底发生了什么事，才使你对案情又有了完全不同的看法呢？”

“嗯，既然你问起来，我告诉过你们了，我在庄园别墅里待了几个小时。”

“哦，发生什么事了？”

“啊！眼下我只能大体跟你们讲一讲。顺便说一句，我读过一篇关于庄园的短篇介绍，清楚明了而且非常有趣，这份材料花一便士就能在当地小烟店里买到。”说到这儿，福尔摩斯从马甲口袋里掏出一本小册子，上面印着这栋庄园别墅的粗糙的版画。“当你深受周围环境的历史氛围的感染时，亲爱的麦克先生，就会极大地提高你调查的兴致。别显得那么不耐烦，我可以向你保证，就连这样简短的介绍，也能使人回想起这个庄园昔日的情景。请允许我为你们读上一段。‘伯尔斯通庄园是詹姆斯一世在位第五年时，在一座更古老的建筑物的废墟上修建起来的，是存留下来的詹姆斯一世时代护城河住宅中最完美的典范——’”

“你是在捉弄我们，福尔摩斯先生。”

“啧，啧，麦克先生！——我第一次见到你这么不耐烦。好吧，既然你们对这个话题丝毫不感兴趣，我不再逐字逐句地念了。不过我告诉你们，其中有一段描写说一个议会党人1644年夺到过这个地方，英王查理一世[①]内战期间[②]也曾在这里躲过几天，最后是乔治二世[③]也曾来过这里，你们应该承认，许许多多有趣的联系都跟这座古老的别墅有关。”

“我不怀疑这一点，福尔摩斯先生，可是这跟我们毫无关系。”

“没有吗？没有吗？见多识广的亲爱的麦克先生，这是干我们这一行必须具备的素质。各种概念之间的内在联系以及知识的间接使用都是非常重要的。虽然我只是一个犯罪问题专家，但总比你年长，而且经验可能也更丰富一些，所以你得原谅我说这样的话。”

“我第一个承认这一点，”这位侦探诚恳地说，“我承认你的话很有道理，只是做的时候可就太拐弯抹角了。”

“好吧，好吧，我放下过去的历史，讲讲目前的情况吧。我前面已经说过，我昨天晚上去了庄园别墅。我没有见巴克先生，也没有见道格拉斯夫人。我觉得没有必要打扰他们，不过我很高兴地听说夫人并没有明显的憔悴，而且刚刚吃过一顿丰盛的晚餐。我是特意去看埃姆斯的，跟他亲切地谈了谈，他同意让我单独在书房里待一会儿，没有告诉任何人。”

“什么！跟那个死人一起！”我惊讶地说。

---

① 查理一世（1600—1649）：英国斯图亚特王朝国王（1625—1649），詹姆斯一世之子，对抗国会，压迫清教徒，战败后作为“暴君、杀人犯和国家公敌”被国会判处死刑。——译注

② 内战（1642—1647）：英国国王与国会之间夺取权力的斗争。——译注

③ 乔治二世（1683—1760）：英国国王、汉诺威选帝侯（1727—1760），是英国最后一个亲临战场的国王。——译注

“不，不，一切都收拾妥当了。别人告诉我，说是你同意这么做的，麦克先生。房间跟平时一样，我在里面待了一刻钟，很受启发。”

“你干什么了？”

“嗯，我还是别把简单的事情弄得神神秘秘的，我在里面找那只失踪的哑铃。在我对这件案子的估计中，这个哑铃一直显得很重要。最后我终于找着了。”

“在哪儿？”

“啊！已经快要真相大白了。让我再前进一步，再前进一小步，我保证告诉你们我所知道的一切。”

“好吧，我们只能让你这么做了。”警官说，“不过至于你说让我们放弃这件案子——为什么，看在上帝的分上，我们为什么要放弃这件案子呢？”

“原因很简单，亲爱的麦克先生，你根本不明白自己在调查什么。”

“我们在调查伯尔斯通庄园约翰·道格拉斯先生被谋杀一案。”

“没错，没错，是这样。可是别费劲去找那位骑自行车的先生了。我相信这对你们没什么帮助。”

“那你建议我们该做什么？”

“如果你们愿意，我会详详细细地告诉你们去做什么。”

“好吧，我得说，虽然我总觉得你的方式很奇怪，不过总是有些道理。我会听从你的建议。”

“那你呢，怀特·梅森先生？”

乡村侦探无可奈何地看看这个，又看看另一个。他对福尔摩斯先生本人和他的方法都很陌生。

“嗯，如果警官都觉得很好，那我也没什么意见。”他最后终于说。

“太好了！”福尔摩斯说，“那好吧，我建议你们俩都到乡下好好散散步吧。他们告诉我，从伯尔斯通桥俯瞰威尔德，景色简直美极了。虽然我对乡下不太熟悉，没法给你们推荐一个饭馆，不过你们肯定能找着合适的饭馆吃饭的。到了晚上，疲惫却高高兴兴地——”

“伙计，这个玩笑开得太过分了！”麦克唐纳生气地从椅子上站起来喊着。

“好吧，好吧，随便你们怎么过这一天吧。”福尔摩斯高高兴兴地拍着他的肩膀说，“愿意干什么就干什么，愿意去哪儿就去哪儿，不过务必在天黑前回来见我——务必，麦克先生。”

“这话听起来还算正常。”

“这些都是非常好的建议，不过我也不强迫你们，只要我需要你们的时候，你们能在这儿就行了。不过现在，在我们分手前，我想让你给巴克先生写张便条。”

“嗯？”

“如果你愿意的话，我来口述。准备好了吗？”

“亲爱的先生——我觉得，我们有责任把护城河里的水抽干，这样也许能发现——”

“不可能，”警官说，“我已经查过了。”

“啧，啧，亲爱的先生！写吧，照我说的写吧。”

“好吧，继续。”

“——这样也许能发现对调查有利的情况。我已经安排好了，工人们明天一早就来上班，把河水抽干——”

“不可能！”

“——把河水抽干，所以我想最好还是提前说明一下。”

“现在签上名，派专人4点钟左右送去。到那时，我们还在这个房间里碰面。在此之前，大家可以随便。我可以向你们保证，这一次调查就可以结束了。”

谜底（续）

我们重新聚集在一起时，暮色已在缓缓降临了。福尔摩斯态度非常严肃，我觉得好奇，两个侦探显然极为不满，非常生气。

“好吧，先生们，”我的朋友庄重地说，“现在我请你们全心全意跟我一起去调查，你们就可以自己判断我的观察能不能证实我的结论。今晚很冷，我也不知道这次考察要花多长时间，所以请你们把最暖和的衣服穿上。最重要的是，我们要在天黑之前找好位置。如果你们同意，我们现在立刻出发。”

别墅花园四周围着栏杆，我们沿着栏杆往前走，来到围栏上有一个豁口的地方。我们钻进去，在越来越浓的暮色中，跟着福尔摩斯往前走，一直来到一个灌木丛前，灌木丛几乎就在大门和吊桥的正对面。吊桥还没有升起来。福尔摩斯蹲在月桂树丛后面，我们也照他的样子蹲下来。

“喂，我们现在怎么办？”麦克唐纳有些生硬地问。

“耐心等待，尽量不要出声。”福尔摩斯回答道。

“我们到底在这儿干什么？我真觉得你应该对我们更坦率一点儿。”

福尔摩斯笑了起来。

“华生坚持说我是现实生活中的戏剧大师。”福尔摩斯说，“一种艺术家的情感在我心中澎湃，执拗地要求一次成功的演出。当然了，麦克先生，如果有时候我们不设计场景让自己的成果显得更辉煌，干我们这一行就太单调乏味了。直截了当地指控，严厉地处罚——这样的结局又有什么好处呢？可是敏捷的推断，略施小计，机智地预测即将到来的事件，胜利地证明自己大胆的假设——这些不正是我们毕生的事业中值得骄傲，有价值的地方吗？此时此刻，你们会为目前的情形而激动，像猎人一样心中充满着期待。如果我像一份时间表一样，哪儿来的这份激动呢？我只要求你再耐心一点儿，麦克先生，一切很快就会清楚了。”

“好吧，我希望这种骄傲、这种价值以及别的东西能在我们冻死之前来到。”伦敦来的警官无可奈何地开玩笑说。

我们都很赞成这种愿望，因为我们的守候实在是太长、太难熬了。黑暗渐渐吞噬了这座古堡阴森而狭长的正门。护城河里升起一股阴冷潮湿的水汽，寒冷刺骨，我们的牙齿也开始不停地打战。大门口只挂着一盏灯，那间晦气的书房里一直有一盏球形灯。四周漆黑一片，寂静无声。

“这要持续多长时间？”警官突然问道，“我们守候的到底是什么？”

“我也一样不知道要持续多长时间。”福尔摩斯有些严厉地回答说，“如果罪犯们也像铁路列车一样安排他们的活动的话，对我们来说，倒是方便多了。至于说我们在守候什么——嗯，这就是我们要守候的。”

福尔摩斯说话时，书房里明亮的黄色灯光被挡住了，是有人在灯前来来回回地走。我们躲在后面的月桂树丛正对着窗户，相距不到100英尺。这时，窗户“吱呀”一声开了，我们隐隐约约地看到一个男人的头和肩膀伸出窗外，往黑暗中看着。他向前窥视了几分钟，鬼鬼祟祟、偷偷摸摸的，好像生怕被别人看见，他往前倾着身子。我们屏住呼吸，听到了河水被轻微搅动的声音。他似乎在用手里拿的什么东西搅着护城河水。突然，那男人像渔夫钓鱼似的捞上来一样东西——一个圆圆的大东西，他把东西从窗户拖进去时，灯光又被挡住了。

“快去！”福尔摩斯喊着，“快去！”

我们都站起来，四肢僵硬，摇摇晃晃地跟在福尔摩斯身后，他突然爆发出一种精神力量——这种力量可以把他变成我所见过的最活跃、最强壮的人——飞快地跑过吊桥，拼命地按响了门铃。里面传来拉门闩的“嘎嘎”声，埃姆斯吃惊地站在门口。福尔摩斯一句话也不说，把他推到一边，我们几个紧随其后，一起冲进了我们一直监视着的那个人的房间。

桌上的油灯就是我们刚才从外面看到的灯光。现在正在塞西尔·巴克手里，我们进屋时，他把油灯朝我们举过来。灯光照在他坚强、果断、刮得光光的脸上和那双气势汹汹的眼睛上。

“你们到底是什么意思？”他大喊着，“你们到底在找什么？”

福尔摩斯迅速在屋里扫视了一圈，然后朝一个用绳子捆着的浸湿的包裹猛扑过去，包裹就塞在写字台下面。

“这就是我们要找的东西，巴克先生。这个包裹里面装着一个哑铃，是你刚从护城河里捞上来的。”

巴克盯着福尔摩斯，脸上露出难以置信的神情。

“你究竟怎么知道这些情况的？”他问道。

“很简单，是我放进去的。”

“你放进去的？你！”

“也许我该说‘又放进去’的。”福尔摩斯说，“你应该记得，麦克唐纳警官，丢了一个哑铃，我觉得有点儿奇怪，我提醒你注意，可是因为别的事情的压力，你根本没有时间来考虑这件事，本来你是可以从中得出正确的推论的。如果附近有水，而且一件有重量的东西又不见了，假设这件东西掉进水里就不会太离谱。这个想法至少值得一试，于是我就找埃姆斯帮忙，他允许我待在这间屋子里，我昨天晚上已经用华生医生的伞的伞柄把这个包裹钩出来，而且检查了一番。不过，最重要的事是要证明谁把这个包裹放进水里的。于是我们用了一个很简单的方法，宣布明天要把护城河水抽干，这样一来，不管把包裹扔进水里的是谁，他都会趁着天黑把包裹再取出来。我们有足足4个目击证人，证明是谁利用了这个机会，巴克先生，我想现在应该轮到你说了。”

夏洛克·福尔摩斯把湿淋淋的包裹放在桌上的油灯旁，解开系着包裹的绳子。他从里面拿出一个哑铃，把它和墙角里的另外一个放在一起。他又从里面取出一双靴子。“你们可以看到，这是美国货。”福尔摩斯指着鞋尖说。接着他又把一把带鞘的可以致命的长刀放在桌子上。最后他解开一捆衣服，里面有一整套内衣，袜子，一套灰色的粗花呢衣服，还有一件黄色的短大衣。

“这些衣服都很常见。”福尔摩斯说，“除了那件黄色大衣，这件大衣有很多启示。”他轻轻地把大衣举到灯前，瘦长的手指在大衣上匆匆检查着。“你们看，这件大衣的内口袋一直加长到衬里，这就有足够的地方装那杆被截短了的猎枪。制衣商的标志在领子上——美国维尔米萨谷尼尔服装厂。我曾在一家修道院院长的房间里待过一个下午，很受启发，也增长了见识，知道维尔米萨是美国一个繁荣的小镇，位于一个盛产煤和铁的山谷的谷口。我想起来了，巴克先生，你说起道格拉斯先生的第一位夫人时，提到过产煤地区，因此得出这个结论当然不会相差太远，死者身边那张卡片上的V. V. 可能就指的是维尔米萨谷，或者正是这个山谷派来了刺客，也许这就是我们听说过的恐怖谷。因此，这就非常明显了。现在，巴克先生，我似乎妨碍你来解释了。”

听着这个大侦探解释案情时，塞西尔 · 巴克脸上的表情奇怪极了，一会儿生气，一会儿惊奇，一会儿惊恐，一会儿又犹豫不决。最后，他语带讥讽地说话了。

“你既然知道这么多，福尔摩斯先生，也许你还能再多给我们讲一点儿。”他回答说。

“我当然还能再给你讲很多，巴克先生，不过还是你自己讲体面一些。”

“哦，你是这么想的，是吗？好吧，我只能说，如果这其中有什么秘密的话，那也不是我的秘密，而且这个秘密不应该由我讲出来。”

“好吧，如果你采取这种态度，巴克先生，”警官平静地说，“我们只能先拘留你，直到有逮捕证时再逮捕你了。”

“随你们的便好了。”巴克挑衅似的说。

从他这方面来说，程序似乎已经彻底结束了，只要看看他那张顽强的脸，就会明白，即使对他进行严酷刑讯[①]，他也不会违背自己的意愿。可是，一个女人的声音打破了这场僵局。道格拉斯夫人一直站在半开的门前倾听着，这时她走进屋里来。

“你为我们已经尽心尽力了，塞西尔，”她说，“不管将来是什么样，你已经尽心尽力了。”

“不只尽心尽力，还过分尽力了。”福尔摩斯严肃地说，“我很同情你，夫人，而且我要坚决促使你相信我们判断的常识，并且自愿对警方完全守信。也许这是我的错，没有领会你通过我的朋友华生传来的暗示，可是当时我以为你跟这件案子有直接的关联。现在我明白不是这样。可是，还是有很多问题需要解释清楚，我极力建议你让道格拉斯先生本人给我们讲讲他自己的故事。”

听到福尔摩斯的话，道格拉斯夫人惊叫了一声。我和两位侦探发现似乎有个人从墙里钻了出来，正从黑暗的墙角里往前走，我们也不由得跟着惊叫了一声。道格拉斯夫人转过身，一头扑进那人怀里。巴克抓着他伸出来的一只手。

“这样最好，杰克，”他妻子不停地说，“我相信这样最好。”

“确实是，道格拉斯先生，”夏洛克·福尔摩斯说，“我相信你能发现这样最好。”

这个人刚从黑暗中走到灯光下，眨着昏花的眼睛看着我们。这是一张不同寻常的脸——勇敢的灰色眼睛，剪短的浓密的浅灰色胡须，突出的方下巴，还有一张幽默的嘴。他仔细看了看我们每个人，让我吃惊的是，他朝我走过来，递给我一卷纸。

“我听说过你，”他说，声音不完全像英国人，也不完全像美国人，不过声音圆润而悦耳，“你是这些人中的历史学家。好吧，华生医生，你从来没有

① 英国旧时法律规定对被控重罪者在受审中拒绝作答时所施加的特种刑罚，如单独关押、减少饮食并用大铁块压身直到犯人开口回答或死亡为止，此规定于1772年被废除。——译注

道格拉斯夫人转过身，一头扑进那人怀里。巴克抓着他伸出来的一只手。

听说过这样的故事，跟你笔下的完全不同，我敢拿我的全部财产跟你打赌。你可以用自己的方式讲述，不过这些都是事实，只要你写了这些事实，你就不会让大众兴趣索然。我已经躲藏了两天，白天的时光——在那个鼠笼似的困境中度过的白天——我就把这件事以书面形式记述了下来。你可以随便使用——你和你的读者。这就是恐怖谷的故事。”

“这些都过去了，道格拉斯先生。”夏洛克·福尔摩斯平静地说，“我们现在需要的，就是听听你目前的故事。”

“你会听到的，先生。”道格拉斯说，“我说的时候能抽支烟吗？嗯，谢谢你，福尔摩斯先生，如果我记得没错的话，你也抽烟，你知道那是什么滋味，口袋里装着烟坐了整整两天，可就是不敢抽一口，怕烟味会把自己暴露了。”他靠在壁炉边，抽着福尔摩斯递给他的雪茄。“我听说过你，福尔摩斯先生，我从来没想过能见到你。不过在你读完之前”——他点头示意我手里的纸，“可以说我给你们带来了新鲜东西。”

麦克唐纳警官一直惊讶至极地盯着新来的人。

“喂，这真让我不明白！”他终于喊了一声，“如果你是伯尔斯通庄园的道格拉斯先生的话，我们这两天调查的死者又是谁，现在你又是从哪儿钻出来的呢？我觉得你像玩偶匣的玩偶[1]似的从地板里钻了出来。”

“啊，麦克先生，”福尔摩斯不赞成地晃着食指说，“你不愿意读那本非常不错的地方小册子，上面有国王查理一世藏在这里的故事。那时候，没有可靠的藏身之处是无法藏身的，而且藏身之处用过一次还可以再用第二次。我就相信我们能在这间屋子里找到道格拉斯先生。”

“你捉弄我们多长时间了，福尔摩斯先生？”警官生气地问，“你就让我们白白浪费这么长时间调查你明明知道很荒唐的事情？”

“不是一下子就清楚的，亲爱的麦克先生。我直到昨天晚上才对这件案子

① 玩偶匣：一种游戏，揭开匣子即有玩偶从中跳起。——译注

有了明确的了解。在此之前，那些想法都得不到证实，所以我才请你和你的同事白天一起出去玩一玩。请问，我还能怎么做？当我在护城河里找到那套衣服时，我立刻明白了，我们发现的尸体根本不是道格拉斯先生的，而是从滕布里奇韦尔斯来的那个骑自行车的人的。不可能有别的结论。所以我得弄清楚道格拉斯先生本人在哪儿，而最有可能的是，在妻子和朋友的默许之下，他藏在别墅里对逃亡者最适宜的地方，等待着在最好的时机逃跑。”

“嗯，你的分析很对，”道格拉斯先生赞许地说，“我想，我已经从英国法律下逃脱了，因为我不知道我怎么能忍受英国法律，而且我也看到了一劳永逸地摆脱追踪我的那些猎狗们的机会。不过，我从始至终没有做过什么坏事，而且没有什么事情是不能再做的，可是等我把故事告诉你们之后，你们得自己判断。不用再警告我，警官，我一定会实话实说的。”

“我不打算从头开始讲了，都在这儿了。”他指着我手里的那卷纸，“你们会发现很多稀奇古怪的事，归根到底是一件事：有些人非常恨我，倾家荡产也要抓到我。只要我活着，只要他们活着，我在这个世界上就毫无安全可言。他们从芝加哥追我到加利福尼亚，然后把我赶出了美国，可是当我结了婚，在这个安静的地方定居下来时，我以为可以在这里安度晚年了。我从来没对我妻子讲过这件事。为什么要把她拖进来呢？那她就再也无法获得安宁了，一直幻想着会出事。我猜她也知道一些，因为我偶尔也会流露出一两句——不过一直到昨天，你们这些先生们见过她之后，她还不知道事情的真相。她把知道的一切都告诉你们了，巴克也是，因为当天晚上事情发生的时候，根本没有时间来解释。现在她什么都知道了，我要是聪明，早就应该告诉她了。不过这是一个难题，亲爱的。”道格拉斯握了握妻子的手，“我想要达到的是最好的结果。”

“好了，先生们，在这些事发生的前一天，我到滕布里奇韦尔斯去，看见街上有一个人。只看了一眼，不过我看东西很快，我毫不怀疑这是个什么人。这是我所有敌人里面最厉害的一个——这么多年来，他一直像恶狼追驯鹿似的追着我。我知道麻烦来了，于是我回到家，做好准备。我觉得我可以一个人处理。有一段时间，我在美国的好运气是人人知道的。我毫不怀疑这一次运气仍然和我在一起。

“第二天，我一整天都很警觉，一次也没到花园去。这样好一点儿，不然没等我靠近他，他就会拿一把锯短的猎枪朝我开枪了。到吊桥升起来以后——晚上吊桥一升起来，我就会觉得平静多了——我完全忘了这件事。我从来没有想过他会进屋里等着我。可是等我穿着晨衣按照平时的习惯巡视时，一进书房，我就嗅到了危险。我想，当一个人性命有危险的时候——我一生中就遇到过无数次——第六感就会发出警告。我很清楚地感到了这种信号，可是说不出来为什么。接着，我就看见窗帘下面有双靴子，就很清楚地明白是怎么回事了。

“当时我手里只有一支蜡烛，不过门开着，大厅里的灯光清楚地照了进来。我放下蜡烛，跳过去把放在壁炉上的铁锤拿在手上。这时，他也朝我猛扑过来。我看见刀光一闪，就用铁锤向他砸过去。我打中了他，刀子‘当啷’一声掉在地上。他像条鳗鱼似的绕着桌子跑开了，随即就从大衣底下拔出了那把枪。我听到他打开了机头，趁他还没来得及开火，我一把抓住了那杆枪。我抓的是枪筒，我们一直抢了一分多钟，谁松手谁就没命了。他一直没撒手，可是他一直让枪托朝下。可能是我扣的扳机，也可能是我们俩争夺的时候震动了扳机，不管怎么说，两支枪筒的火力都打在他脸上。我站在那儿，低头看着泰德·鲍德温的样子。我在滕布里奇韦尔斯就认出了他，他向我扑过来时，我也认出了他，不过此时再看到的他，恐怕连他母亲也不认识了。我习惯了干粗活，可是看见他的样子，我也差点儿转身吐了。

“巴克匆忙下楼时，我正靠在桌边。这时我听到我妻子也下了楼，我跑到门口拦住了她，这种情景不应该让女人看见，我答应很快就回到她身边。我对巴克说了一两句话——他马上就明白了怎么回事——我们等着别的人来，可是没有人来。然后我们才明白，他们什么也没听到，刚才发生的一切只有我们自

“我听到他打开了机头，趁他还没来得及开火，我一把抓住了那杆枪。”

已知道。

“正是那个时候，我才有了这个主意。这主意简直太妙了，我有些飘飘然。那个人的袖子卷了上去，胳膊上露出会团的标记。瞧我这儿。”

道格拉斯卷起自己的衣袖，让我们看圆圈里面有个三角的棕色标记，跟我们在死者身上看到的一模一样。

“就是看见这个标记时才使我有了这个主意的，我似乎一眼就明白了。他的身高、头发和体形都跟我差不多。再也不会有人认得他了，可怜的混蛋！我把他这身衣服扒下来，一刻钟后，我和巴克把我身上的睡衣披在他身上，他就这么躺着，跟你们发现他时一样。我们把他的东西都打成一个包裹，用当时能找到的唯一的东西加重了包裹的重量，然后从窗户扔进了护城河。他本来想扔在我尸体旁边的卡片就在他自己身边。我把戒指戴在他手上，可是到摘结婚戒指时，”他伸出那只肌肉发达的手，“你们可以看到，我戴得再紧不过了。从结婚那天起，我就再也没有摘下来过，想摘下来非得用锉刀才行。当时，不知怎么的，我也不知道到底想不想摘下来，就算我真想，当时也是不可能的，所以我们就只好随它去了。另外，我又拿了一小块橡皮膏贴在死者脸上，位置跟我自己脸上的一样。你疏忽了这一点，福尔摩斯先生，虽然你很聪明，如果你揭开那块橡皮膏，就会发现下面并没有伤口。

“好了，这就是当时的情形。如果我能躲一段时间，然后再和我妻子找个地方一起逃跑，我们就终于能平平安安地过完下半辈子了。只要我还活着，这些恶魔就不会让我安生，不过如果他们从报纸上看到鲍德温已经杀了我，我的麻烦就全了结了。我没有时间向巴克和我妻子解释清楚，不过他们所了解的也已经足够帮我的了。我知道这块藏身之处，埃姆斯也知道，不过他从来没把这地方和这件事联系起来。我躲进去，别的就由巴克来做了。

“我想你们可以自己补充一下，他到底做了什么。他打开窗户，在窗台上留下了一个脚印，好让人以为凶手已经逃跑了。这当然很难，不过吊桥已经升起来，没有别的方法可以逃跑。等一切安排妥当之后，他才拼命地拉起铃来。

以后发生了什么事，你们都知道了——因此，先生们，你们爱怎么办就怎么办吧，但是真相我已经都告诉你们了，全部的真相。帮帮我吧，上帝！我现在想问的是，英国法律会如何处罚我？”

大家默不作声，夏洛克·福尔摩斯打破了这种沉默。

“英国法律总体上还是比较公平的。你不会被冤枉判刑的。可是我想问你，那个人怎么知道你住在这儿？怎么进你的房子？又是怎么藏起来找到你的？”

“我毫无所知。”

福尔摩斯的脸非常苍白而严肃。

“恐怕这件事还没有完，”他说，“你会发现还有比英国法律更可怕的危险。我能看见你前面还有麻烦，道格拉斯先生。你得听我的建议，还得继续小心谨慎才行。”

现在，饱受折磨的读者们，我想请你们和我一起离开一段时间，远离苏塞克斯郡的伯尔斯通庄园，也远离我们进行这次重要旅程的这一年，这次旅程是以一个名叫约翰·道格拉斯的人的离奇故事结束的。我希望你们在时间上能回溯到20年前，在空间上向西走几千英里，我会在你们面前展开一个独特而又可怕的故事——如此独特，如此可怕，就算我讲给你们听，就算这事真的发生过，你们还是会觉得难以置信。不要认为我一个故事还没讲完，又穿插了另外一个。接着往下看，你就会发现不是这样。等我详细讲完这些久远的事件之后，等你们解决了这个过去的谜团时，我们再在贝克街那些房间里碰面，就像别的许多离奇的事件一样，这件案子也有它的结局。

第二部　死酷党人

有这么个人

1875年2月4日，这是一个寒冷的冬天，吉尔默顿群山的峡谷里堆着深深的积雪。不过，由于有了蒸汽扫雪机，铁路仍然畅通无阻。连接煤矿和铁矿居住区这条漫长线路的夜间火车缓慢地从山坡上的斯塔格维尔轰轰隆隆地爬上陡峭的山坡，向通往维尔米萨山谷谷口的中心城镇维尔米萨驶去。火车由此开始向下行驶，到达巴顿道口、赫尔姆戴尔，以及农业发达的默顿县。这是一条单轨铁路，不过在每条侧线上都有数不清的一列列满载着煤矿和铁矿的长长的火车，说明了这里矿藏的丰富。丰富的矿藏使美国这个最偏远的角落里也充满了粗野的人们和喧嚣的生活。

这里以前很荒凉。最初穿越这里的拓荒者们怎么也想象不到，与这片遍布黑色岩石和茂密森林的荒凉土地相比，再美丽的草原和水草繁茂的牧场也分文不值。这块荒凉的土地两旁是繁茂得几乎看不见天日的树林，往上是高耸的光秃秃的山顶，白雪覆盖，怪石林立，在中间留下一道曲曲折折的狭长的山谷。这列小小的火车正在山谷中缓慢地爬行着。

第一节车厢里点着油灯，这节车厢很长，也很简陋，里面坐着二三十个人，其中大多数都是在山谷底部劳累了一天的工人，至少有十几个人。从他们积满灰尘的脸和手里拿着的安全灯来看，显然是矿工。这些人坐在一起抽着烟，低声交谈着，偶尔瞟一眼车厢对面坐着的两个人，这两个人身上的制服和徽章说明他们是警察。车厢里还有几个劳动阶层的妇女，一两个可能是当地小旅店店主的房客，只有一个年轻人独自一人坐在角落里。我们所关注的正是这个年轻人。仔细看一看他，因为他值得引起注意。

年轻人充满活力，中等身材，看得出年龄在30岁左右。灰色的大眼睛机敏而富有幽默感，当他从眼镜片后面看着周围的人时，眼睛也不时好奇地转动着。很容易看出，他善于交际，性格可能比较坦率，热衷于和所有人交朋友。任何人一眼就能看出他善于交际的习惯和爱说话的本性，他聪明灵敏，而且时常面带微笑。不过，如果有人仔细研究他，就能发现他的下巴和嘴角透露出刚毅和果断，就知道这是一个思想深沉的人，知道这个棕色头发的、愉快的、年轻爱尔兰人一定会在他所进入的社会中留下或好或坏的名声。

年轻人和离他最近的矿工搭了一两句话，可对方的回答简短而又粗鲁，话不投机，他只好陷入了沉默，脸色盯着窗外渐渐模糊的风景。这种风景也无法让他高兴起来。天色渐渐暗了下去，山坡上闪烁着炉火的红光。两旁隐隐浮现出堆积如山的矿渣和炉渣，煤矿的竖井高高地耸立着。铁路两旁散布着零零落落的破旧的小木屋，窗户里灯光闪烁，开始显露出木屋的轮廓来，不时有停车站出现，站台上挤满了皮肤黝黑的乘客。本地的铁矿和煤矿山谷不是有闲阶层和文化人士的度假胜地。这里到处是为了生存而进行原始搏斗的痕迹，这里只有原始粗笨的劳动和从事这种劳动的粗野的、健壮的工人们。

年轻的旅客凝视着窗外阴暗的乡村景色，脸上带着反感但又好奇的神情，说明这种景象对他是陌生的。他不时从口袋里掏出一封鼓鼓囊囊的信看着，在空白的地方草草写上几个字。有一次，他从马甲背后掏出一样东西，人们不会想到，这样一个性情温和的人会有这样的东西——一支最大号的海军左轮手枪。他把手枪斜对着灯光，弹匣里的紫铜弹药筒边缘闪闪发光，说明里面装满了子弹。他迅速地把枪放回口袋里，可是坐在旁边一张长凳上的工人还是看见了这一幕。

“喂，伙计！”他说，“你好像很小心啊！”

年轻人尴尬地笑了笑。

“没错。”他说，“在我到过的地方，有时候用得着。”

“什么地方啊？”

“我刚从芝加哥来。”

“对这儿还不熟吧？”

“对。”

“你会发现在这儿也用得着。”那个工人说。

“啊！真的吗？”年轻人似乎很感兴趣。

“你没听说过这儿出过什么事吗？”

“没什么不正常的事。”

“我觉得这儿不正常的事太多了，你很快就会听到了。你为什么来这儿？”

“我听说愿意干活儿的人都能找到活儿干。”

“你加入工会了吗？”

“当然了。”

“那你就能找着活儿干了，我想。有朋友吗？”

“还没有，不过我有办法交到朋友。”

“怎么交？”

“我是古自由人会的。没有一个城镇没有它的分会，只要有分会，我就能找到朋友。”

这番话在对方身上产生了独特的作用。那人疑虑地扫视了一遍车厢里的其他人。矿工们还在低声说话。两名警察在打瞌睡。他走过来，坐在年轻人旁边，伸出一只手。

“手伸过来。”他说。

两个人握了握手。

“我看得出来你说的是实话，不过还是确定一下好。”

他把右手举到右边的眉毛上。年轻人立刻把左手举到左边的眉毛上。

“黑夜是不愉快的。”那个工人说。

“没错，对于旅行的异乡人来说。”另一个回答说。

“太好了！我是维尔米萨山谷341分会的斯坎伦兄弟，很高兴在这儿见到你。”

“谢谢。我是芝加哥29分会的约翰·麦克默多兄弟，身主J.H.斯科特。不过我很幸运，这么快就遇上了一个兄弟。”

“嗯，我们这儿有很多兄弟。你会发现在维尔米萨山谷，本会比美国其他任何地方的势力都雄厚。不过，我们需要像你这样的小伙子。我不信，像你这样充满活力的工会会员在芝加哥会找不着工作。”

“我有很多工作做。”麦克默多说。

“那你为什么离开了呢？”

麦克默多朝警察的方向点点头，笑了。

“我想，这些家伙要是知道了，肯定非常高兴。”

斯坎伦同情地哼了一声。

“有麻烦了？”他低声问。

“很大。”

“犯罪了？”

“还有别的。”

“不会是杀了人吧？”

“现在说这些还太早。”麦克默多说，就像是不知不觉已经说过了头儿似的。“我离开芝加哥有自己的理由，你就别多管了。你是谁，有什么权力问来问去的？”

他那双灰色的眼睛透过眼镜片突然露出凶光来。

“好了，伙计，别见怪。不管你干过什么，兄弟们都不会对你有偏见。你现在要往哪儿去？”

“到维尔米萨。”

“是这条线上的第三站。你住哪儿？”

麦克默多取出信封，凑到昏暗的油灯前。

“地址在这儿——谢里丹大街雅各布·沙夫特旅馆，是我在芝加哥认识的一个人介绍的一家旅馆。”

“嗯，我不知道在哪儿，不过维尔米萨我不太熟。我住在霍布森斯帕奇，马上就到了。不过，分手之前，我给你一个建议。如果你在维尔米萨遇到什么麻烦，直接到工会去找首领麦金蒂。他是维尔米萨分会的身主，在这块地盘上，除非布莱克·杰克·麦金蒂想干，不然什么事也干不成。再见了，伙计。说不定我们哪天还能在分会里见到呢。不过记住我的话，遇到什么麻烦，就去找首领麦金蒂。”

斯坎伦下了车，麦克默多再一次陷入沉思中。天已经全黑了，不时能见到火炉，火焰在黑暗中吼叫着，跳跃着。在可怕的火光映照中，伴随着卷扬机或绞盘的动作，和着当啷声和吼叫声的旋律，许多黑色的身影在弯腰、用力、扭动、转身。

“我想地狱一定是这样子。”一个声音说。

麦克默多转过身，看到一个警察在座位上动了动，眼睛盯着外面火红的荒原。

“是的，”另一个警察说，“我认为地狱一定就是这样。不过我不认为，地狱里的恶魔会比我们知道的还坏。年轻人，我想你是刚到这儿来的吧？”

“嗯，是又怎么样？”麦克默多粗鲁地回答。

“是这样，先生，我建议你交朋友一定要小心。我要是你，就不会跟麦克·斯坎伦一伙人交朋友。”

“我和谁交朋友，跟你有什么关系？”麦克默多大吼一声，车厢里的人都转过头来，看着这场争吵。“是我征求你的意见了，还是你觉得我是个笨蛋，非得听听别人的意见？别人跟你说话你再开口，要是我，就在一边等着！”

他扬着脸，像一只狺狺狂吠的狗似的冲警察喊着。

两个身体笨重但脾气温和的警察本来一片好意的提醒竟然遭到如此粗暴的回绝，两人都大吃了一惊。

“请别见怪，陌生人。”一个警察说，“看得出你刚到这个地方来，我们的警告也是为了你好。”

“我是刚到这个地方来，不过我对你们这类人可不陌生。”麦克默多冷冷地说，“我想，你们在哪儿都一样，不管别人需不需要，总想奉劝人。”

“也许用不了多久，我们就能常见到你了。”其中一个警察冷笑着说，“如果让我来说，你真是个百里挑一的大好人。”

“我也是这么想，”另一个说，“我想我们会再见面的。”

“我不怕你们，你们也别指望！”麦克默多大喊着，“我是杰克·麦克默多——知道了？如果你们想找我，就去雅各布·沙夫特旅馆，在维尔米萨谢里丹大街，所以我没向你们隐瞒什么，对吧？不管白天还是夜里，我都敢见你们这类人。别弄错了。”

矿工们窃窃私语，对这个新来的人的大胆的行为表示同情和赞许，两个警察耸了耸肩，继续说起话来。几分钟后，火车开到一个灯光昏暗的车站，空地很大，因为维尔米萨是这条线上最大的城镇了。麦克默多拿起皮革旅行包，准备下车，一个矿工走上前来跟他说话。

“天哪，伙计，你知道怎么跟这些警察说话。”他敬畏地说，“听你说话真过瘾。我替你拿行李，告诉你怎么走。我回家路上正好经过沙夫特的旅馆。”

别的矿工从站台上经过时，也都友好地对他说“晚安”。还没踏进这个地方，麦克默多这个捣乱分子已经成为维尔米萨的一个人物了。

乡村是一个恐怖的地方，城镇本身更让人觉得压抑。沿着那道长长的山谷，火焰冲天，烟雾缥缈，至少还有一种阴沉的壮观，勤劳而强壮的人们在巨大的坑道旁边堆起了一座座小山，这就是他们建立的丰碑。可是城镇却显得无比丑陋和肮脏。来往的车辆把宽阔的大街轧出了一道道泥泞的车辙。人行道狭窄不平。数不清的煤气灯照亮了长长的一排木板房，房子的阳台都对着街道，又脏又乱。两人走进了镇中心，一排店铺灯光明亮，酒馆和赌场里更是灯火辉煌，矿工们在那儿大手大脚地挥霍着自己的血汗钱。

“这就是工会。”这个向导指着一家酒馆说，这家酒馆高耸得几乎像一座饭店。“杰克·麦金蒂是这儿的首领。”

“他是个什么样的人？”麦克默多问。

“什么！你从来没有听说过首领吗？”

“你明知道我刚到这儿来，怎么可能听说过他呢？”

“嗯，我还以为工会里的人都知道他的名字。这名字常出现在报纸上。”

“为什么？”

“嗯——”矿工压低了声音，“——那些事。”

“什么事？”

“天哪，先生，你可真奇怪，但愿我没有冒犯你。在这些地方，你听到的事只有一种，那就是死酷党人的事。”

“噢，天哪，我好像在芝加哥报上读到过关于死酷党人的事，是一伙杀人凶手，对不对？”

“嘘，千万别再说了！”矿工吓呆了，吃惊地盯着自己这位同伴，厉声喊着，“伙计，如果你在大街上说这种话，在这种地方你就活不长。很多人因为比这还小的事就被打死了。”

“嗯，我又不认识他们。这只是我从报纸上看到的。”

“我也没有说你看到的不是事实。”这人一边说，一边担心地往周围看看，紧紧盯着暗处，似乎害怕看到什么暗藏的危险似的。“如果杀人就是谋杀的话，上帝才知道凶杀简直太多了。不过，你可千万别把它和杰克·麦金蒂的名字联系在一起，异乡人，因为所有小声议论都会传回他耳朵里，而他可不是肯轻易饶人的。那就是你要找的地方——街后面那座房子。你会发现，房东老雅各布·沙夫特是镇上的一个老实人。”

“谢谢你！”麦克默多和这位新相识握手告别。然后拎起手提包，吃力地走在通往旅馆的小路上，走到门口，他用力地敲着门。

开门的是一个漂亮出众的年轻小姐。她是个瑞典美人，满头金发，可是与此形成鲜明对比的，是她那双乌黑明亮的大眼睛，正好奇地盯着这位陌生人，白皙的脸上由于害羞而泛起了一抹红晕。她站在门口明亮的灯光下，麦克默多好像从来没有见过比这更美丽的图画了。姑娘的身影与周围污秽阴暗的环境形成鲜明的对比，因此显得更加动人。即使从那些黑煤渣堆里长出一朵美丽的紫

“嘘，千万别再说了！”矿工吓呆了，吃惊地盯着自己这位同伴，厉声喊着。

罗兰，也不会比这景象更让人惊奇。他神魂颠倒地站在那儿，一句话也说不出来，还是姑娘先打破了沉默。

“我还以为是父亲呢。”她带着一点儿悦耳的瑞典口音说，“你是来找他的吗？他到镇上去了。我一直在等着他。”

麦克默多还在仰慕地注视着她，在这位专横的来访者面前，姑娘心慌意乱地低下了头。

“不是的，小姐，”他终于说话了，“我不急着见他。不过有人介绍我到你家来住宿。我觉得这里可能适合我，现在才知道，的确很适合。”

“你决定得也太快了。”姑娘笑着说。

“除非瞎子，谁都会这么做的。”他回答说。

听到这句赞扬，姑娘大笑起来。

“快进来，先生。”她说，“我是埃蒂·沙夫特小姐，沙夫特先生的女儿。我母亲去世了，是我在管理家务。你可以在前屋的火炉边坐下，等我父亲回来。啊，他回来了，你可以马上跟他商量妥当。”

一个笨重的老人沿着小路吃力地走过来。麦克默多几句话就把事情说清楚了。芝加哥有个名叫墨菲的人给了他这个地址，墨菲又是从别人那儿得到这个地址的。老人一口答应。陌生人也没有讨价还价，立刻同意了所有条件，而且显然非常有钱，他每周需要提前支付12美元的食宿费。于是这个自称逃犯的麦克默多就在沙夫特家里住下了，这最初的一步引出了漫长而险恶的一系列事件，而结局却是在一块非常遥远的土地上。

身　主

麦克默多很快就打出了名声。不管他在哪儿，周围的人很快就知道了。不到一个星期，他已经成为沙夫特旅馆里最重要的人物了。那里有10到12位寄宿的客人，不过他们都是诚实的工头或者店铺里的普通店员，跟这个年轻的爱尔兰人完全不同。晚上他们聚在一起时，麦克默多总是有讲不完的笑话，而且妙语连珠，歌声也最为动听。他是一个天生的良伴，具有一种能使周围的人都心情舒畅的魅力。可是他也像在火车车厢里一样，一次次表现出突如其来的暴怒使遇到他的人产生敬畏之情。对于法律以及与法律有关的一切，他都表现出一种强烈的蔑视，这使跟他住在一起的有些人觉得高兴，另外一些则感到不安。

从一开始，他就对房东的女儿公开表示爱慕，从第一眼看到她的美貌和优雅举止时起，姑娘就俘获了他的心，谁都看得出这一点。他不是一个退缩不前的求婚者，第二天他就向姑娘倾诉衷肠，从此以后就不停地说爱她，丝毫不管姑娘可能会说出什么让他泄气的话来。

“别人！”他会喊着说，“好吧，让别人倒霉吧！让他小心点儿！我能把自己一生的机会和全心全意想要的人让给别人吗？你可以一直说‘不行’，埃蒂！总有一天你会说‘行’的，我还年轻，可以等。”

他是一个很危险的求婚者，不仅口齿伶俐，还有一套花言巧语的手段。他还有丰富的经验和一种神秘的魅力，很能吸引女性的注意，最终赢得她的芳心。他会谈起莫纳亨县那些美丽的山谷——他是从那儿来的，还有可爱的远方的小岛、低矮的小山和绿油油的草地，从这个到处是污垢和积雪的地方想象那些景色，更觉得美妙无比。然后他又详细地描述起北方城市里的生活，讲起底特律、密歇根伐木区里的新兴城镇、布法罗，最后是芝加哥，他在那儿的一家锯木厂干过活儿。后来他暗示发生过风流韵事，让人觉得他在那个大都市里遇到了非常离奇的事，这些事太离奇、太隐秘，还是不说为妙。他若有所思地说起自己就这么突然离开，割断与以前的一切联系，来到一个完全陌生的世界，最终来到这个沉闷乏味的山谷。埃蒂在一旁听着，乌黑的大眼睛里闪烁着同情和怜悯的神色——这两种感情会迅速而自然地转化为爱情。

麦克默多找到了一个当记账员的临时工作，因为他受过良好的教育。所以，他白天大多数时间都在外面，还没有找着机会向古自由人会分会首领报到。不过，一天晚上，他在火车上曾经遇到的分会会员麦克·斯坎伦前来拜访，提醒了他的疏忽。斯坎伦个子矮小，面容瘦削，带着黑眼圈，有些神经质，再见到他显得很高兴。喝了一两杯威士忌之后，他说明了自己的来意。

“我说，麦克默多，”斯坎伦说，“我记得你的地址，所以就冒昧地来了。我很吃惊，你竟然还没向身主报到。出什么事了，才让你没去见首领麦金蒂呢？”

“嗯，我得找工作，我一直很忙。”

“就算你没时间干别的任何事，也得先找时间去见他。天哪，伙计，你到这儿的第一天竟然没到工会去登记姓名，你一定是疯了！要是你得罪了他——唉，你可千万不能——那就完了！”

麦克默多显得稍微有点儿吃惊。

“我成为分会会员已经两年了，斯坎伦，可是我从来没有听说过像这么紧急的义务呢。”

“在芝加哥也许没有！”

“嗯，这儿的分会也一样。”

“一样吗？”斯坎伦久久地凝视着他，眼里露出一丝凶光。

“难道不是吗？”

“过一个月你再告诉我。我听说，我下了火车之后，你跟警察们谈了话。”

“你怎么知道的？”

“哦，都传开了——在这个地区，好事坏事传得都快。”

“嗯，没错，我把我对那些家伙的看法告诉他们了。”

“天哪，你一定会成为麦金蒂的心腹的！”

“什么——他也恨警察吗？”

斯坎伦爆发出一阵大笑。

“你去见他吧，小伙子。”他准备离开时说，“如果你不去，他恨的就不是警察而是你了！现在，听我这个朋友的建议，马上去见他！”

巧的是，当天晚上，麦克默多遇到另外一个更紧急的情况，因此他必须马上去做。也许是因为他对埃蒂献殷勤比以前更明显，也许是因为迟钝的瑞典房东渐渐觉察出来了。不过，不管是什么原因，旅馆老板招手让年轻人来到他自己的房间里，直截了当地谈到了这个话题。

“我觉得，先生，”他说，“你看上我们家埃蒂了。是这样吧，还是我看错了？”

“没错，是这样。”年轻人回答说。

“好吧，我想现在就告诉你，这没有用。有人在你之前已经找上她了。”

“她也是这么对我说的。”

“嗯，该相信她说的是实话！可是她有没有告诉你是谁？”

“没有。我问过她，可她不肯说。”

“我敢说她不敢，这个小丫头。可能她是不想把你吓跑了。”

“吓跑！”麦克默多立刻火冒三丈。

“啊，没错，我的朋友！被他吓跑也没什么可耻的。这个人是泰迪·鲍德温。”

“他是什么东西？”

“他是死酷党的一个首领。”

“死酷党！我以前听说过。这儿也是死酷党，那儿也是死酷党，还都不敢大声说！你们都害怕什么！死酷党到底是谁？”

房东本能地降低了声音，和人人谈起这个可怕的社团时的表现一样。

“死酷党，”他说，“就是古自由人会。”

年轻人吓了一跳。

“什么？我也是这个会的成员。”

“你！要是我早知道，我根本不会让你住在我的房子里——就算你一星期交100美元也不行。”

“这个古自由人会有什么不好？它是为了慈善和增进友谊的。规定是这么说的。”

“也许在别的地方是，在这儿不是！”

“在这儿是什么样？”

“是一个暗杀组织，就是这样。”他说

“你怎么证明这一点？”麦克默多难以置信地笑了起来。

“证明！不是有50桩谋杀事件可以做证吗？像米尔曼、范肖斯特、尼科尔森一家、老海厄姆、小比利·詹姆斯，还有别的人不都是证据吗？证明！这个山谷里还有哪一个人不知道的？”

“听着！”麦克默多急切地说，“我希望你收回刚才说的话，或者向我道歉。你必须做到其中一个，然后我就走。你站在我的立场想一想，我来到这儿，是村子里的外来人。我只知道我参加的是一个清清白白的组织。你可以发现全国到处都有，但都是清白的。现在，我本来还想参加这儿的，你却告诉我它就是那个叫‘死酷党’的暗杀组织。我想你要么向我道歉，要么向我解释清楚，沙夫特先生。”

“我只是告诉你全世界都知道的情况，先生。其中一个的首领也是另外一个的首领。如果冒犯了其中一个，另外一个就要报复你。我们见过的太多了。”

“这只是流言蜚语！我需要证据！”麦克默多说。

“如果你在这儿住一段时间，你就有证据了！可是我忘了，你也是他们中的一员，你很快就会跟别的人一样坏。你会找到别的住处的，先生，我不能再让你住了。其中一个来追求我的埃蒂，我都不敢拒绝，这还不够糟糕的，还要让另外一个再住在我的房子里？对，就这样，过了今晚你就不能再住在这儿了！”

于是麦克默多发现自己不仅要从舒服的住处被赶出去，还要被迫离开他深爱的姑娘。那天晚上，他发现姑娘独自待在客厅里，就向她倾诉了所有的苦恼。

“当然了，你父亲已经下了逐客令。”麦克默多说，“如果只是我的住处，我一点儿也不担心。可是说真的，埃蒂，虽然认识你只有一个星期，可你已经成了我的生命，没有你，我就活不下去。”

“嘘，麦克默多先生！别这么说！”姑娘说，“我告诉过你，你来迟了，不是吗？有另外一个人，就算我还没有答应马上嫁给他，可是我不可能再答应别人了。”

“假如我是第一个，埃蒂，我有机会吗？”

姑娘双手捂着脸庞。

“我向上天祈求，希望你是第一个。”埃蒂抽泣着说。

麦克默多立刻跪在她面前。

“看在上帝的分上，埃蒂，别管你的诺言了！”麦克默多哭喊着，“难道就因为这个诺言，你要毁掉我们两人的生活吗？跟着你的心走，我的爱人！在你还不明白自己在说什么之前，它比别的任何诺言都可靠。”

他抓住埃蒂白皙的手放在自己强壮有力的褐色大手中。

“说你是我的，我们一起面对困难。”

“离开这儿？”

“就在这儿。”

“不行，不行，杰克！”麦克默多这时双手已搂住了埃蒂，“不能在这儿。你能带我走吗？”

麦克默多脸上犹豫了一下，最后还是露出了坚定的神情。

“不，就在这儿，”他说，“我会一直保护你，埃蒂，就在这儿。”

“我们为什么不能一块儿离开呢？”

“不行，埃蒂，我不能离开这儿。”

“为什么？”

“如果我觉得自己是被人赶出去的，我就再也抬不起头了。而且，有什么值得害怕的？我们难道不是这个自由国度里的自由人吗？只要你爱我，我也爱你，谁还敢挡在我们中间？”

“你不懂，杰克，你来这儿的时间太短，你不了解这个鲍德温，也不了解麦金蒂和他的死酷党。”

“没错，我是不了解他们，可是我也不怕他们，我也不相信他们！”麦克默多说，“我是跟着粗人长大的，亲爱的，我不仅不怕他们，最后他们往往还怕我呢——往往这样，埃蒂。光看表面，简直不可能！照你父亲说的，如果这些人在这个山谷里一次又一次犯罪，大家又都知道他们的名字，为什么没有一个人被送上法庭呢？你回答我，埃蒂！”

“没有一个目击者敢出庭指证他们。如果那样做，他活不到一个月。还因为他们常常让自己的人做证，说被指控的人根本不在犯罪现场。可是，杰克，你肯定在报纸上看到过！我知道，美国的大小报纸都在报道。”

“嗯，我看到过一些，没错，可是我以为只是故事而已。也许这些人这么做有自己的理由，也许他们被人冤枉了，又没有别的办法。”

“哦，杰克，别让我听到你这么说话！他也是这么说的——那个人！”

“鲍德温——他这么说话，是吗？”

“所以我才这么恨他。哦，杰克，现在我可以跟你说实话了，我从心底里恨他，可我也怕他。我因为自己害怕他，不过我主要是因为父亲才怕他。我知道，如果我敢说真心话，我们父女俩就遭殃了，所以我才半推半就地敷衍他。说真的，这是我们唯一的希望了。不过，如果你带我一起远走高飞，杰克，我们可以把父亲也带走，一辈子摆脱这些恶人的势力。”麦克默多脸上又一次显出犹豫不决的神情，又再次坚定起来。

“你不会有什么危险的，埃蒂——你父亲也不会。至于那些恶人，到时你就会发现，我会以其人之道还治其人之身，直到摆脱他们。”

“不，不，杰克！我相信你，只要不是在这里。”

麦克默多苦笑着。

“上帝啊，你多么不了解我啊！亲爱的，你那颗纯洁的心里甚至都猜不到我脑子里在想什么。可是，喂，谁来了？”

门突然开了，一个年轻人像主人似的大摇大摆走了进来。此人面容俊秀，充满活力，年龄、身材都和麦克默多相似。他戴着一顶宽边黑毡帽，进门也没有摘掉，帽子下面是一张清秀的脸，一双凶狠而又盛气凌人的眼睛，弯曲的鹰钩鼻，恶狠狠地看着火炉边的这对年轻人。埃蒂马上站了起来，迷惑不解，忐忑不安。

“很高兴见到你，鲍德温先生。”她说，“你来得比我想的早了点儿。过来坐下吧。”

鲍德温两手叉腰站着，看着麦克默多。

“这是谁？”他无礼地问。

“是我的一个朋友，鲍德温先生——刚来这儿的一个客人。麦克默多先生，能允许我向你介绍鲍德温先生吗？”

两个年轻人相互敌视地点了点头。

“也许埃蒂小姐告诉过你我们俩的关系了？”鲍德温说。

“我不明白你们俩之间有什么关系。”

“不明白吗？好吧，现在你可以明白了。我可以告诉你，这位女士是我的，你会发现今晚天气很好，很适合散步。”

“谢谢，我不想散步。”

“不想？”那人凶狠的眼睛里燃烧着怒火。“也许你想打一架吧，房客先生？”

“正是！”麦克默多跳起来喊着，“你的话再受欢迎不过了。”

“看在上帝的分上，杰克！哦，看在上帝的分上！”可怜的埃蒂心慌意乱地喊着，“哦，杰克，杰克，他会害你的！”

“哦，你叫他‘杰克’[①]，对吧？”鲍德温咒骂着，“你们已经这么亲热了，是吧？”

“哦，泰德，讲讲道理吧——仁慈点儿吧！看在我的面子上，泰德，如果你爱我，发发慈悲，饶了他吧！”

“我想，埃蒂，如果你让我们俩单独待一会儿，我们就能解决这件事了。”麦克默多平静地说，“要不然，鲍德温先生，你可以跟我一起到街上去。夜色很好，过了下一个街区就有一块空地。”

“我用不着脏了我的手就能把你摆平了。”他的对手说，“在我干掉你之前，你会后悔进过这间房子。”

“没有比现在更合适的时间了！”麦克默多喊着。

“我会选择我自己的时间，先生，你就等着吧。瞧瞧这儿！”他突然卷起袖子，露出前臂上一个特别的标记，像是烙上去的，是一个圆圈，里面有一个三角。“知道这是什么意思吗？”

“我不知道，也不想知道。”

“好吧，你会知道的，我保证你会知道的。你也活不长了，也许小姐可以告诉你一些情况。至于你，埃蒂，你会跪着来求我的。听到了吗，姑娘？跪着！然后我再告诉你，对你的惩罚是什么。你播的种——哼，我就看着你自食其果！”他狂怒地看着他们俩。然后转过身，外面的门“砰”的一声撞上了。

① “约翰”的爱称。——译注

麦克默多和埃蒂默默无言地站了一会儿。埃蒂冲上去抱住他。

“哦，杰克，你真勇敢！可是没有用——你得赶紧跑！就在今晚——杰克——今晚！这是你唯一的希望了。他会要你的命的，我从他可怕的眼睛里看出来了。你有什么能力和他们一伙人对抗呢，首领麦金蒂还有他背后整个分会的力量？”

麦克默多挣脱她的手，吻着她，温柔地把她推到椅子上坐下。

“好了，我的爱人，好了！别为我担惊受怕。我自己也是古自由人会的人，我已经告诉过你父亲了。也许我并不比别的人好，所以别把我当圣人。也许你会恨我，现在我已经把一切都告诉你了。”

“恨你？杰克！只要我活着，就不会恨你。我听说过，除了这儿，在别的地方当古自由人会成员都不干坏事，所以我怎么会把你当成坏人呢？不过既然你也是古自由人会的人，杰克，为什么不快去和麦金蒂首领交个朋友呢？哦，快去，杰克，快去！先让人传个话，不然这些疯狗就会追上你了。”

“我也是这么想的，”麦克默多说，“我马上去处理这件事。你可以告诉你父亲，我今晚住在这儿，明天一早就去找别的地方。”

麦金蒂酒馆的酒吧间像平时一样挤满了人，这是镇上的无赖之徒们最喜欢的地方。麦金蒂很受欢迎，因为他性格粗犷、豪放，形成了一副假面具，大大地掩盖了他的真面目。不过，除了他受爱戴之外，全镇的人还都怕他，而且整个山谷方圆30英里之内，以及山谷两侧山上的人没有不怕他的，因此他的酒吧里总是挤满了人，谁也不敢怠慢他。

人人都知道他手段毒辣地掌管着那些秘密势力，除此之外，他还是高级政府官员、市议会议员、路政长官，这都是那些地痞流氓为了在他手下得到庇护才把他选进政府里的。苛捐杂税繁重，公共事业无人问津，收受贿赂的官员将账目蒙混过关，正直的公民受到恐吓，不得不支付公开的敲诈勒索，而且噤若寒蝉，以免招来横祸。就这样，一年又一年，首领麦金蒂的钻石别针越来越耀眼，身上穿的马甲越来越豪华，挂着的金表链也越来越重，他的酒馆也扩张得

“也许你想打一架吧，房客先生？”

“正是！”麦克默多跳起来喊着，“你的话再受欢迎不过了。”

越来越远，都快要占据整个市场一侧了。

麦克默多推开酒馆的双开式弹簧门，走在人群中。酒馆里烟雾弥漫，充满着酒气。里面灯火辉煌，四周的墙上装饰着巨大的镀金镜子，反映着这里的富丽堂皇，又增添了许多华丽的色彩。几个只穿着衬衫的酒吧侍者在拼命干活，为那些站在宽阔的金属吧台旁的游手好闲的人调酒。另一头站着一个身材高大、体格健壮的人，不是别人，正是著名的麦金蒂本人。他靠在吧台上，嘴角斜叼着一支雪茄烟。这是一个黑巨人，络腮胡子，乱蓬蓬的黑头发一直垂到领子上。他的肤色像意大利人一样黝黑，眼睛乌黑无神，有点儿轻蔑地斜视着，显得尤其凶狠。这个人其他的一切特征，匀称的体形、不凡的相貌、坦率的性格，都符合他伪装出来的豪放、诚实的样子。人们会说，这是一个诚实坦率的人，不管他说话多么粗鲁，他的心地却非常善良。只有当那双乌黑无神的眼睛阴沉而残忍地盯着一个人时，那个人才会感到不寒而栗，觉得他所面对的是无限的灾难，其背后还隐藏着实力、胆量和狡诈，从而使这种灾难更为恐怖。

麦克默多仔细打量了一下这个人，然后像往常一样，满不在乎地大胆地走过去，推开那些阿谀奉承的人，他们正在奉承着权力极大的首领，为他讲的最平淡的笑话大笑不止。年轻的陌生人一双威武的灰眼睛，透过眼镜毫不畏惧地盯着那双严厉地瞪着他的黑眼睛。

“喂，年轻人，我不记得你是谁。”

“我是新来的，麦金蒂先生。”

“就算是新来的，也该懂得用适当的头衔来称呼一位绅士吧？”

“这是麦金蒂议员，年轻人。”人群里一个声音说。

“对不起，议员先生，我还不懂这地方的习惯。不过有人建议我来见您。”

“嗯，你见到我了。就是这样。你有什么看法？”

“嗯，现在说还太早。如果您的心胸能像您的体格一样宏伟，灵魂能像您的面容一样善良，那我就别无所求了。”麦克默多说。

“天哪，你竟然有爱尔兰人的伶牙俐齿呢。”酒吧老板大声说着，不知是

“喂，年轻人，我不记得你是谁。”

在放纵这位大胆的访客，还是在维护自己的尊严。“那你就是认为我的长相合格了？”

“当然。”麦克默多说。

“有人让你来见我？”

“没错。”

“是谁告诉你的？”

“斯坎伦兄弟，维尔米萨第341分会的。为您的健康干杯，议员先生，为了我们更好地相识。”麦克默多把递给他的酒杯举到嘴边，翘起小拇指，一饮而尽。

麦金蒂仔细地打量着他，扬起了浓密的黑眉毛。

“哦，挺像回事，是吧？”他说，“我得再看清楚点儿，你叫——”

“麦克默多。”

“再清楚点儿，麦克默多先生，因为在这个地方，我们不会轻易相信别人，也不会全部相信别人的话。到酒吧后面来一会儿。”

那是一个摆满了酒桶的小房间。麦金蒂小心地关上门，坐在一只酒桶上，若有所思地咬着雪茄，眼睛骨碌碌地打量着对方。他一言不发地坐了好几分钟。

麦克默多高高兴兴地接受着他的打量，一只手插在上衣口袋里，另一只捻着褐色的胡子。麦金蒂突然弯下腰来，拔出一把样式可怕的左轮手枪。

“听着，伙计，”他说，“如果我觉得你在耍我们，这就是你短暂的忏悔时间。”

“这可真少见，”麦克默多庄重地回答说，“一个古自由人分会的身主竟然这么欢迎一个外来的兄弟。”

“是，不过你还是得证明一下。”麦金蒂说，“如果证明不了，但愿上帝保佑你了。你是在哪里入会的？”

“芝加哥第29分会。”

“什么时候？”

“1872年6月24日。”

“谁是身主？”

“詹姆斯·H.斯科特。”

“你们区的主管是谁？”

“巴塞洛缪·威尔逊。”

“唔！你倒真是口齿伶俐。你到这儿来干什么？”

“干活儿挣钱，像您一样，不过穷多了。”

“你回答得够快的。”

“没错，我说话一向快。”

“办事也快吗？”

“在那些最了解我的人里面，我还是有点儿名气的。”

“好吧，我们会尽快试试你的身手。你听说过这地方的分会吗？”

“我听说只有好汉才能加入。”

“说得不错，麦克默多。你为什么离开芝加哥？”

“除非我死了，才会告诉你。”

麦金蒂睁开眼睛。他还不习惯有人这么回答他，觉得有些好笑。

“你为什么不告诉我？”

“因为兄弟之间不能说谎话。”

“那么这事一定是不可告人的了？”

“如果你愿意，可以这么说。”

“听着，先生，我是身主，你不可能指望我让一个不说出自己过去的人入会。”

麦克默多显得很为难。然后从里面的口袋里掏出一张揉皱的剪报。

“你不会再泄露给下一个人了吧？”麦克默多问。

“要是你再对我说这样的话，我就给你一个耳光。”麦金蒂发火说。

“您说得对，议员，”麦克默多温顺地说，“我应该道歉，我是无意中说出来的。好吧，我知道在您手里我是安全的。看看这张剪报。”

麦金蒂粗略地看了一遍那篇报道，一个名叫乔纳斯·平托的人在1974年新年那个星期，在芝加哥市场大街雷克酒馆被人枪杀了。

“你干的？”麦金蒂。

麦克默多点点头。

“你为什么要杀他？”

“我在帮山姆大叔[1]造金币。也许我的金币没他的成色好，可是看上去差不多，而且又便宜。这个叫乔纳斯·平托的人帮助我推销假币——”

“帮你干什么？”

“嗯，就是让假币流通使用。后来我听说他要告密。可能他真告密了。我没有等着看个究竟，我杀了他，然后逃到煤矿区来了。”

“为什么到煤矿区？”

“因为我在报纸上看到过，杀人犯在这种地方不太引人注目。”

麦金蒂大笑起来。

“你先是造假币，然后成了杀人犯。之所以到这种地方来，是因为你觉得自己会受到欢迎吧？”

“大概差不多。”麦克默多回答说。

“嗯，我看你大有前途。喂，你还会造那些假金币吗？”

麦克默多从口袋里掏出6个金币来。“这些从来没经过华盛顿造币厂。”

“不会吧！”麦金蒂伸出像黑猩猩一样毛茸茸的大手抓起这些金币，举到灯前。“真看不出有什么不一样的！天哪，我看你是一个大有作为的兄弟。我们中间得有一两个坏人，麦克默多朋友，因为有时候，我们得自己干。如果我们不把那些推我们的人使劲推回去，我们很快就得撞墙了。”

---

① “山姆大叔”为美国政府的绰号。——译注

“嗯，我想我会和大家一起推的。”

“你看起来很有胆量，我用枪指着你的时候，你一点儿也不害怕。”

“有危险的不是我。”

“那是谁？”

“是您，议员先生。”麦克默多从双排扣上衣的侧口袋里掏出一把打开了机头的手枪。“我一直在瞄准您，我开枪会和您一样快。”

麦金蒂气得满脸通红，接着又爆发出一阵大笑。

“天哪！”他说，“喂，我们这儿很多年没有发生这么危险的事了。我想，整个分会一定会以你为荣的。嗯，你到底想干什么？我就不能单独和一位先生谈5分钟，你非得来打扰我们吗？”

酒吧侍者惶恐地站在那儿。

“对不起，议员先生，是泰德·鲍德温先生，他说他必须马上见您。”

这话已毫无必要，因为那个满脸铁青的人正站在侍者身后。他把侍者推出去，关上门。

“看来，”他气愤地扫视了一眼麦克默多说，“你先到这儿来了，是吧？我想跟您说句话，议员先生，是关于这个人的。”

“那就现在在这儿说，在我面前说。”麦克默多大喊着。

“我要在自己的时间里，用自己的方式说。”

“啧，啧！”麦金蒂从酒桶上站起来说，“这可不行，我们来了个新兄弟，鲍德温，我们可不能用这样的方法欢迎他。伸出你的手，伙计，讲和吧。”

“绝不！”鲍德温怒气冲天地说。

“如果他认为我冤枉了他，我建议决斗。”麦克默多说，“我要用拳头跟他打，如果他还不满意的话，可以用他挑选的任何一种方法。议员，现在就请您作为身主替我们裁决一下吧。”

“这是怎么回事？”

“是一位年轻小姐，她完全可以自己做主。”

“是吗？”鲍德温喊着。

“既然是分会两个兄弟之间，我说她可以这么做。”首领说。

“哦，这就是你的裁决，是吗？”

“是的，没错，泰德·鲍德温。”麦金蒂恶狠狠地盯着他说，“你不满意吗？”

“你竟然要抛弃一个在你身边服侍了5年的人，而袒护一个以前从来没见过面的陌生人吗？你不会一辈子当身主的，下一次选举——”

议员像只猛虎似的朝他扑过去，一只手掐着他的脖子，把他推到一只酒桶上。要不是麦克默多拦着他，他在暴怒之下，肯定会掐死鲍德温了。

“慢点儿，议员！看在老天的分上，放松点儿！”麦克默多大声喊着，把他拉了回来。

麦金蒂松了手，鲍德温吓得奄奄一息，大口大口地喘着粗气，浑身颤抖着，像一个刚刚死里逃生的人，坐在他刚才撞上的酒桶上。

“你这么多天一直在自找麻烦，泰德·鲍德温。现在你满意了。”麦金蒂大声喊着，胸膛剧烈地起伏着。“你是想，如果我被选掉，当不上身主，你就可以坐上我的位置了。只有分会能这么说。不过只要我当着首领，我就不会让别人提高嗓门反对我，违抗我的裁决。”

“我没有反对你。”鲍德温摸着喉咙，嘟嘟囔囔地说。

“那好。”麦金蒂立刻装出很高兴的样子来。“我们又都是好朋友了，这件事就算完了。”他从架子上取下一瓶香槟酒来，拔出瓶塞。

“现在，”他往3只高脚杯里倒满酒说，“让我们为大家和好干杯。你们得明白，从今以后，我们之间不许记仇。那么现在，左手放在喉结上，我对你说，鲍德温，你还生气吗？”

“乌云还很厚。”鲍德温回答说。

“不过它们将永远阳光灿烂。”

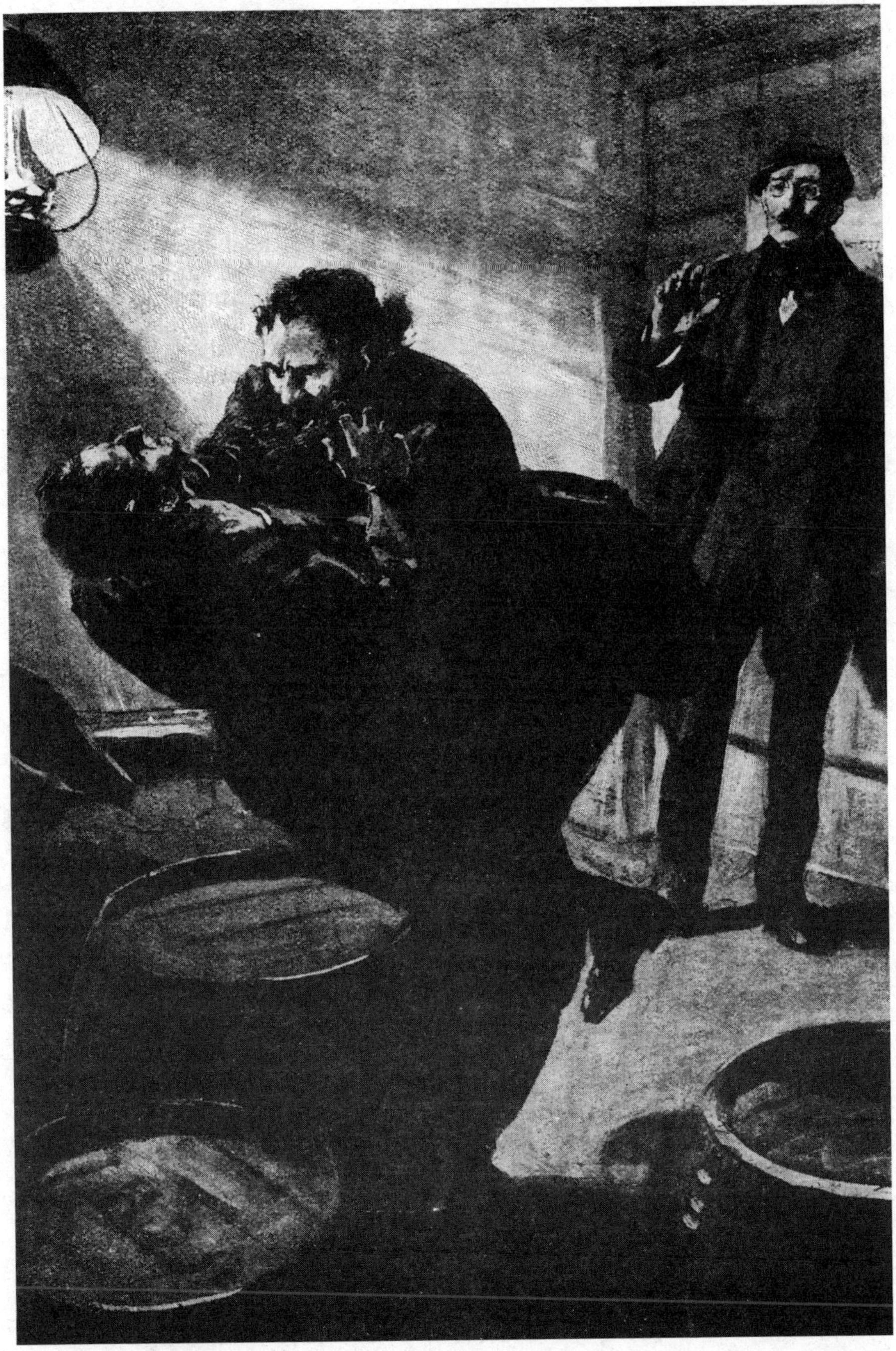

议员像只猛虎似的朝他扑过去，一只手掐着他的脖子，把他推到一只酒桶上。

“我为此发誓。”

3个人喝了酒，鲍德温和麦克默多之间也履行了同样的仪式。

“行了，”麦金蒂搓着手说，“一切怨气都没了。如果再闹下去，你们就会受到分会纪律的处罚，会中纪律严明，这一点鲍德温兄弟很清楚，麦克默多兄弟，如果你自找麻烦，你很快也会发现。”

“相信我，我不会这么做的。”麦克默多说，朝鲍德温伸出手。“我很容易和别人争吵，也很容易原谅别人。爱尔兰人容易感情冲动，人们是这么说的。不过事情已经过去了，我不会记仇的。”

鲍德温只好握了握他的手，因为首领正凶狠地看着他。不过，他那张阴沉的脸仍然说明，对方的话并没有打动他。

麦金蒂拍拍两人的肩膀。

“呸！这些姑娘们，这些姑娘们！”他大声说，“想一想，我的两个弟兄之间竟然夹着这么一个姑娘。真倒霉！好了，只能让那个姑娘自己决定了，即使是身主也裁绝不了啊，感谢上帝！就算没有女人，我们的麻烦也已经够多了。你得加入第341分会，麦克默多兄弟。我们有自己的规矩和办法，跟芝加哥不一样。星期六晚上我们开会，如果你来参加，我们就可以让你在维尔米萨山谷里永远自由。”

维尔米萨第341分会

那天晚上发生了许多激动人心的事件。第二天麦克默多就从雅各布·沙夫特老人家里搬出来，住到镇子尽头麦克纳马拉寡妇家了。他最早在火车上认识的斯坎伦，很快也搬到了维尔米萨，两人便一起合住。这里没有别的房客，女主人是个非常和蔼可亲的老妇人，从不干涉他们，两个人的语言和行动非常自由，这对有同样秘密的人来说，真是再好不过了。沙夫特也做出了让步，如果麦克默多愿意，还可以在他家吃顿饭，这样一来，麦克默多和埃蒂的交往并没有中断。相反，随着时间的流逝，两人反而越来越亲近，越来越亲密了。麦克默多觉得他的新居很安全，便把铸假币的模子拿出来，分会的兄弟们只要发誓不泄密，就可以进来看一看，每个人临走时，口袋里都装着几枚假币，这些假币伪造得那么精巧，毫不费力就花出去了，而且没有任何风险。麦克默多既然有这么好的手艺，为什么还要出去干活，这在同伙的心目中是一个永恒的不解之谜，不过麦克默多也清楚地告诉过问他的人，如果他没有什么公开的收入，警察很快就会找上门来的。

其实，有一个警察已经盯上他了，可是幸运的是，这件事不仅没能伤害这位冒险家，反而使他名声大振。自从第一次和麦金蒂见过面之后，麦克默多晚上很少有不去酒馆的时候，去那儿跟“兄弟们”熟悉熟悉，出没于酒馆里的这伙危险人物彼此都用这种愉快的方式来称呼对方。麦克默多充满活力的举止和毫无顾忌的言谈博得了众人的喜爱。在酒吧里一次自由式拳击比赛中，他迅速而巧妙地击败对手，更赢得了这伙粗野之人的尊敬。不过，还有另外一件事大大提高了兄弟们对他的评价。

一天晚上，客人正多的时候，门开了，进来一个穿着朴素蓝制服的人，头上戴着煤铁矿区警察的尖顶帽子。这是由铁路部门和矿主们捐资建立的一个特殊机构，以补充普通警力的不足，因为该地区有组织的暴行非常猖獗，普通警察对此根本无能为力。这人一进门，屋里顿时安静下来，许多人好奇地看着他，可是在美国，警察和罪犯们之间的关系是非常奇特的，麦金蒂本人站在柜台后面，看见这位警官混进顾客中来，一点儿也不吃惊。

“天太冷了，来点儿纯威士忌。”这位警官说，“我想我们以前没见过面吧，议员先生？”

“你是新来的队长？”麦金蒂说。

“是的。我们希望议员先生您，还有其他重要公民，协助我们维持本镇的法律和秩序。我是马文——煤铁矿警察队长。”

“没有你，我们过得更好，马文队长。”麦金蒂冷冷地说，“我们镇上有自己的警察，用不着什么进口货。你只不过是那些资本家花钱雇来的爪牙，只会用棍棒或枪械对付可怜的老百姓，别的你还能干什么？”

“好吧，好吧，我们不争论这个。”警官好声好气地说，“我希望我们都按自己的方法各尽职责，不过我们的看法不会相同。”他把杯子里的酒喝干，眼睛落在了杰克·麦克默多脸上，麦克默多正在一边咬牙切齿。“喂！喂！”他大声说着，上上下下地打量着麦克默多。“这儿有一个老熟人。”

麦克默多从他身边走开。

“我从来没有你这样的朋友，也没有别的可恶的警察朋友。”麦克默多说。

“熟人不见得都是朋友。”警察队长笑着说，“你是芝加哥来的杰克·麦克默多，太对了，你别不承认。”

麦克默多耸耸肩。

“我没有不承认。”他说，“你以为我会为自己的名字感到羞愧吗？”

“你有理由感到羞愧，不管怎么说。”

“你这么说到底是什么意思？”他握着拳头大声吼着。

“别，别，杰克，又吼又叫对我没用。我到这个该死的煤矿之前，是芝加哥的一个警察，芝加哥的每一个恶棍我都认识。”

麦克默多的脸沉了下来。

“你不会是芝加哥警察总局的马文吧！”他大声喊着。

“就是那个老泰迪·马文，听候你的吩咐。我们还没忘记乔纳斯·平托被谋杀的事。”

“我没杀过他。”

“没有吗？那可是确凿无疑的证据，不是吗？嗯，他的死对你来说大有好处，不然他们就可以因为制造假币把你逮捕归案了。好吧，我们可以忘了这些，我们之间这么说说罢了——也许我说过头了——他们没有明确的证据，明天芝加哥的大门就为你敞开了。”

“我在这儿过得很好。”

“哼，我给你透露了消息，你却像一条发怒的狗，不知道感谢我。”

“好吧，我想你也是一片好意，谢谢你！”麦克默多说着，并没有显出特别感谢的样子。

“只要我看到你正正当当地做人，我就不说出去。”警察队长说，“不过，老天在上，如果以后你不走正道，那就另当别论了！晚安——晚安，议员先生。”

他离开了酒吧，可是已经缔造了一个英雄。麦克默多远在芝加哥的事迹以前就被人议论过。他对所有的问题都是一笑置之，好像不愿意别人把他看得太伟大。可是，现在这件事已经正式证实了。酒吧间里那些游手好闲的人都围在他周围，真诚地和他握手。从这一刻起，他在这伙人里就来去自如了。他酒量很大，而且没有醉意，可是当天晚上，如果不是斯坎伦扶他回去，这个伟大的英雄就只能在酒吧里过夜了。

“我到这个该死的煤矿之前，是芝加哥的一个警察，芝加哥的每一个恶棍我都认识。”

一个星期六的晚上，麦克默多被介绍入会了。他本来以为自己在芝加哥就已经是会员，不需要什么仪式就可以通过了，可是维尔米萨有其引以为傲的独特的仪式，每个申请人必须亲身经历。所有人员在工会里专门进行这种仪式的一个大房间里集合。大概60名成员在维尔米萨集会，但这绝不是该组织的所有成员，因为在山谷里还有几个分会，山谷两边的山上也有分会，一旦举行重要活动时，这些分会之间还互相交换会员，所以犯罪行为就可以由当地人不认识的陌生人来干。总体上，整个矿区散布着不下500个会员。

宽敞的会议室里，人们坐在一张长桌周围。旁边还有一张桌子，上面摆满了酒瓶和酒杯，几个会员早已经垂涎欲滴了。麦金蒂坐在桌子尽头，乱蓬蓬的头发上戴着一顶黑天鹅绒的低顶圆帽，脖子上围着一条紫红色的圣带，像一个主持残酷仪式的祭司。左右两旁是分会的高级官员，性格残忍而容貌清秀的泰德·鲍德温也在其中。这些人都戴着绶带和勋章，表明他们的职位。他们大多数是中年人，剩下的都是18到25岁的年轻人，可以干净利索地完成上级的命令。在这些年龄稍大的人中，从长相上就可以看出，他们内心里都残暴无比，目无法纪，不过再看看那些普通成员，很难让人相信这些热情坦率的年轻人其实是一伙杀人不眨眼的凶手，他们的道德已经完全堕落，对自己杀人的本事引以为荣，并且对那些干活“干净利落”的人推崇备至。他们的本性已经扭曲，他们自告奋勇地去杀害从来没有伤害过他们的人，在许多情况下，甚至是他们从未见过面的人，还认为这是勇敢的侠义精神。坏事干完了，他们甚至还会争吵，究竟是谁做了致命的一击，描述着被害人的惨叫声和痛苦的挣扎来互相取乐。一开始，他们的安排还有些保密，可是这个故事发生的时候，他们的所作所为已经完全公开了。一方面，没有人敢站出来指控他们，另一方面，他们也能找到不计其数的忠诚的证人，还能从满满的宝库里取出钱财聘请州里最好的律师。在他们为非作歹长达10年中，没有一个人被定罪，对死酷党人唯一的威胁，就是受害人自己可以在匪徒们身上留下记号，不管他受到怎样的突然袭击，怎样寡不敌众，而且有几次情况的确是这样。

有人已经警告过麦克默多，严峻的考验就在面前，不过谁也不肯告诉他是什么考验。这时，两个神情严肃的兄弟领他来到外面的一个房间里。透过木板墙，他能听到里面许多人在窃窃私语。有一两次，他还听到别人说起他的名字，他知道这些人都在议论他的入会。后来又进来一个内部警卫，胸前挂着一条绿色洒金绶带。

“身主有令，把他胳膊绑起来，蒙上眼睛带进去。”这人说。过来3个人脱掉他的外衣，卷起他右臂的衣袖，最后拿一条绳子紧紧绑在他的胳膊肘上。他们又把一顶厚厚的黑帽子压在他头上，挡着上半部脸，他什么也看不到了。这时，他才被带进集会大厅。

麦克默多觉得眼前一片漆黑，帽子压得他很难受。虽然耳朵上压着东西，他仍然能听到周围人们的小声议论，这时麦金蒂说话了，他的声音听起来遥远而模糊。

“约翰·麦克默多，”那个声音说，“你已经是古自由人会的成员了吗？”

他点头表示同意。

“你隶属于芝加哥第29分会吗？”

他又点点头。

“黑夜是不愉快的。”那个声音说。

“没错，对于旅行的异乡人来说。”他回答道。

“乌云很厚。”

“对，暴风雨就要来了。”

“兄弟们都满意吗？”身主问。

周围传来一阵同意的低语声。

“兄弟，根据你的手势和暗号，我们知道你的确是我们中的一员。”麦金蒂说，“不过，我们还得让你知道，在我们这个县和这地区别的几个县里，我们有自己的仪式和自己的义务，只有好汉才能做到。你准备好接受考验了吗？”

“准备好了。”

“你是一个坚强不屈的人吗？”

“我是。”

“向前走一步来证明。”

听到这句话，他感觉到两个尖而硬的东西紧紧地顶在他两只眼睛上，似乎只要他往前走，两只眼睛就没了。尽管如此，他还是鼓起勇气，坚定地往前走了一步，压在眼睛上的东西也退缩了。周围传来一阵低低的喝彩声。

“他是一个坚强不屈的人。”那个声音说道，“你能忍受痛苦吗？”

“跟别人一样。”他回答说。

“考验他！”

一阵钻心的疼痛穿过他的胳膊，他拼命忍住没有尖叫出来。突然的刺激使他差点儿晕过去，可是他咬紧嘴唇，握紧拳头，掩饰着自己的疼痛。

“比这再厉害的我也能经受住。”他说。

这一次是大声的喝彩。没有人第一次进会比他表现得更好的了。大家都过来拍着他的后背，压在头上的帽子也被摘掉了。他眨着眼睛站在那儿，微笑地迎接着兄弟们的祝贺。

“最后一句话，麦克默多兄弟，”麦金蒂说，“你已经宣誓忠于分会并保守秘密了，你可知道，一旦破坏了你的誓言，惩罚就是立即处死吗？”

“我知道。”麦克默多说。

“在任何情况下，你都接受身主的纪律吗？”

“我接受。”

“那么，我以维尔米萨第341分会的名义欢迎你入会，享有本会权利，参与本会辩论。你把酒放在桌子上，斯坎伦兄弟，为我们这个优秀的兄弟干杯！”

有人把麦克默多的上衣拿来给他，穿之前，他仔细看了看自己的右胳膊，胳膊上仍然像针扎似的。在他的胳膊上有一个清晰的圆圈，里面是一个三角，烙印又深又红，像是烙铁留下的痕迹。旁边的一两个人也卷起袖子，露出他们的分会记号。

“我们大家都有。”其中一个说，“不过都没你这么勇敢。”

“啧！这算不了什么。”他说，不过胳膊上还是火烧火燎的。

突然的刺激使他差点儿晕过去，可是他咬紧嘴唇，握紧拳头，掩饰着自己的疼痛。“比这再厉害的我也能经受住。”他说道。

入会仪式后，酒都喝完了，接下来是讨论会中事务。麦克默多只熟悉芝加哥那些平淡无奇的事务，竖起耳朵听着，接下来的情况使他非常吃惊，却不敢表现出来。

“议事日程上的第一件事，”麦金蒂说，“是宣读默顿县第249分会区主人温德尔写来的一封信。他说：

阁下先生：

我们必须消灭邻近的雷和斯特马什矿区主人安德鲁·雷。你应该记得，你的分会还欠我一个人情，去年秋天我们派了两个兄弟帮你们解决了那个警察。如果能派两个好手前来，我会的主管希金斯负责接应，你知道他的地址。他会告诉来人何时何地行动。

你的朋友温德尔

D. M. A. O. F.

“我们有事要借一两个人的时候，温德尔从来没拒绝过我们。”麦金蒂停了一下，那双阴沉、恶毒的眼睛四下里看了看。“谁自告奋勇去？”

几个年轻人举起手。身主赞许地笑着，看着他们。

“你去吧，老虎科马克。你要是干得像上次一样好，就不会出差错。还有你，威尔逊。”

“可我没有手枪。”自愿去的人说，他只是个十几岁的孩子。

“这是你第一次干，对不对？唉，你总得有吸取经验的时候。这对你是一个很好的开始。至于手枪嘛，你会发现手枪在等着你，不然就是我说错了。只要你们星期一报到，时间足够了。你们回来的时候，我一定热情欢迎你们。”

“这次有什么报酬吗？”科马克问。这是个体格健壮、脸色黝黑、面目狰狞的年轻人，他的凶狠残暴为他赢得了“老虎”的绰号。

“别管报酬。你只是为了荣誉干这件事。也可能事成之后，会有几块钱给你们。”

“那个人干过什么事？”

小威尔逊问道。

“当然了，像你这样的人没有资格问他干过什么。他们在那儿已经判决过他了。这不关我们的事。我们要做的就是替他们把事情办了，他们也会替我们这么做。说起来，下个星期默顿分会就有两个兄弟来我们这儿办点事儿呢。”

“是谁？”有人问。

“相信我吧，聪明的就别问。如果你什么都不知道，就不用做证，也就不会有任何麻烦。不过等他们来了，你们就会发现他们干活儿可是很干净利落的。”

“也是时候了！”泰德·鲍德温大声说，“这地方的人越来越不听话了。就在上个星期，我们有3个人被工头布莱克给解雇了。早就该好好教训教训他了，到时狠狠教训他一顿。”

“怎么教训？”麦克默多小声问旁边的人。

“给他一颗大号子弹就完了。”那个人大声地笑着说，“你觉得我们的方法怎么样，兄弟？”

麦克默多已经是这个无恶不作的社团的一名成员了，他那可耻的灵魂似乎也被这种精神所同化。

“我非常喜欢。”他说，“这正是适合少年英雄的地方。”

坐在周围的几个人都听到了这句话，一齐鼓起掌来。

“怎么回事？”黑头发的身主在桌子另一头问道。

“是我们新来的弟兄，先生，他发现我们的方法很合他的口味。”

麦克默多立刻站了起来。

“我敢说，尊敬的身主，如果需要人手，我很荣幸能为您效劳。”

众人一起鼓掌喝彩，似乎一轮朝日正从地平线上冉冉升起。对一些年长的人来说，这种进步似乎有点儿太快了。

“我提议，”坐在主席旁边的秘书哈拉韦说，这是个花白胡须、脸像兀鹰的老人，“麦克默多兄弟应该等待，分会很高兴能用上他。”

“当然了，我正是这个意思。随时为您效劳。”麦克默多说。

“你的机会会来的，兄弟。”主席说，“我们已经记下来了，你是个愿意出力的人，我们也相信，在这块地方，你会干得很不错。今晚有一件小事，如果你愿意，也许帮得上忙。”

“我情愿等值得干的事。”

“不管怎么说，今晚你可以来，也可以让你了解一下我们在这个地方的地位。我过一会儿再宣布。同时，”他看了一眼议事日程，“我还有一两件事要在会上讲。首先，请主管先报告一下账目。得给吉姆·卡纳韦的遗孀发抚恤金。他是为了分会被打死的，我们有责任照顾好她。”

“吉姆是上个月被打死的，他们是要去杀马利克里克[①]的切斯特·威尔科克斯。”坐在麦克默多旁边的人告诉他。

“目前资金状况良好。”主管手里拿着银行存折说，“最近，这些公司都很大方。马克斯·林德公司给的500美元还没动用。沃克兄弟公司送了100，不过我自作主张退回去了，要他们拿500。如果到星期三还没有回信，他们的卷扬机就不工作了。去年，我们不得不把他们的轧碎机烧了，他们才变开通了。还有西区煤矿公司也交来了他们的年度捐款。我们手头有足够的资金应付一切债务。”

“阿尔奇·斯温登怎么样？”一个兄弟问。

“他卖掉公司离开这个地区了。这个老魔鬼给我们留了一张便条，说他情愿在纽约当一个扫马路的自由工人，也不愿在一个敲诈勒索集团的势力下当一个大矿主。天哪，要是我们能在他逃走之前收到这张便条就好了！据我看，他

① 马利克里克：由原居住在美国阿拉巴马州、佐治亚州和佛罗里达州北部的穆斯科格北美印第安部落组成的克里克联盟的一部分。边疆开拓者因为该印第安部族聚居处多小河小溪，故而命名。——译注

再也不敢在这个山谷里露面了。”

一个眉毛浓密、面容慈祥、脸上刮得干干净净的老人从主席对面的桌子另一头站了起来。

“主管先生，”他问道，“我能问一下吗，是谁买了我们赶走的那个人的产业？”

“好的，莫里斯兄弟，是州和默顿县铁路公司买下来的。”

“去年出于同样原因卖掉的托德曼和李两家的矿产又是谁买的？”

“是同一家公司，莫里斯兄弟。”

“曼森、舒曼、范德赫尔和阿特伍德几家矿产又是谁买的？”

“都是西吉尔默顿矿业总公司买的。”

“我不明白，莫里斯兄弟，”主席说，“他们又不可能把矿产带出这个区，谁买的对我们来说并不重要。”

“我很尊重您，尊敬的主人，可是我觉得这对我们来说意义重大。这种情况到现在已经有10年了。我们慢慢地把所有的小人物都赶出了这一行。结果会是什么？像铁路公司、铁矿总公司这样的大公司取代了他们的位置，这些大公司的董事们远在纽约或者费城，对我们的恐吓不予理睬。我们可以赶走公司本地的工头儿，可是这只意味着还会派别的人来。而且这对我们自己反而是种威胁。小人物伤害不了我们，他们既没钱又没势，只要我们不把他们榨得太干，他们就可以一直留在我们的势力范围内。可是一旦这些大公司发现我们阻碍了他们的利益，就会不遗余力、不惜金钱地抓住我们，把我们送上法庭。”

听到这些不吉祥的话，屋里顿时安静下来，大家都阴沉着脸，互相交换着沮丧的眼神。他们过去无所不能，从来没有遇到过挫折，因此也从来没有想到过会有因果报应。可是这一番话使最鲁莽的人也感觉到一种寒意。

“我建议，”莫里斯继续说道，“以后对小人物压迫得别太狠了。等到他们都被赶走的那一天，我们这个社团的力量也就被破坏了。”

说真话是不受欢迎的。莫里斯坐下时，许多人在大声斥责他。麦金蒂紧皱着眉头站了起来。

“莫里斯兄弟，”他说，“你就是喜欢报丧。只要我们分会成员团结一心，美国就没有哪种势力敢碰我们。当然了，我们过去在法庭里不是也经常遇到吗？我希望那些大公司能发现付钱比打仗要容易，就像那些小公司一样。现在，兄弟们，”麦金蒂取下黑天绒帽子和圣带说，“今晚分会事务已经进行完毕，分手之前我还会再宣布一件小事。现在是大家共叙兄弟情谊、尽情欢乐的时候了。”

人类的本性真是奇怪。对这些人来说，杀人只不过是家常便饭，他们一次又一次地杀害过一些家庭的家长，他们对这些人并没有私人感情，面对受害人哭泣的妻子和孤苦无依的孩子也没有丝毫的懊悔和怜悯，可是轻柔而哀婉的音乐却能让他们感动得掉下眼泪。麦克默多有着优美的男高音歌喉，如果说他之前还没有得到弟兄们的善意对待的话，他唱的《我坐在篱垣上，玛丽》和《艾伦河畔》已经使他们深受感动，再也抑制不住对他的善意了。在他入会的第一天，这个新来的人已经使自己成为最受兄弟们欢迎的人了，有希望晋升到高位了。不过，除了人缘之外，还需要别的品质才能成为一个优秀的古自由人会成员，晚会还没结束，他已经找到一个榜样了。威士忌酒已经传过好几次了，大家都面红耳赤准备作恶了，身主再一次站起来给他们讲话。

“兄弟们，”麦金蒂说，“这个镇上有一个人要除掉，得由你们来完成。我说的是《先驱报》的詹姆斯·斯坦格。你们都知道他又开始大骂我们了吧？”

下面是一阵赞同的低语声，很多人在低声咒骂。麦金蒂从马甲口袋里掏出一张纸来。

“‘法律和秩序！’（这是他加的标题）‘煤铁矿区的恐怖统治。从最初的暗杀起，证明我们当中有一个犯罪组织，到现在已经过去了12年。从那一天开始，这些暴行从未停止，最近已达到极致，使我们成为文明世界的耻辱。我们伟大的国家衷心欢迎那些从欧洲专制体制下逃出来的外国人，难道就是为了这样的结果吗？难道他们自己也将成为统治那些曾给过他们庇护的人的暴君吗？难道一个没有法律的恐怖政体就要在自由的神圣星条旗的掩盖下建立起来，使我们心中顿生恐惧，仿佛置身于东方最腐朽的君主政体中吗？人人知道这是些什么人。这个组织是完全公开的。我们还要再忍受多久？难道我们要永远生活在——'"

"算了，这种废话我念得够多了！"主席说着，把报纸猛地往桌子上一扔。"他是这么说我们的。我现在要问你们的问题是，我们该对他说什么？"

"杀了他！"十几个狂热的声音说。

"我反对。"长着浓密眉毛、脸上刮得干干净净的莫里斯兄弟说，"我告诉你们，兄弟们，我们对这个山谷下手太重了。到时候，为了自卫，所有人都会联合起来消灭我们。詹姆斯·斯坦格是个老人，他在镇上和这个区里都很受敬重。他的报纸在山谷里有非常稳固的基础。如果这个人被干掉了，全州都会发生骚动，从而导致我们自己的灭亡。"

"他们怎么导致我们的灭亡，懦夫先生？"麦金蒂大吼着，"是警察吗？当然了，他们一半是我们养的，另一半害怕我们。还是法庭和法官？我们以前不是都试过吗，结果是什么？"

"林奇法官可能会审理这个案子。"莫里斯兄弟说。

听到这句话，大家一起愤怒地喊起来。

"我只要伸伸指头，"麦金蒂大声喊着，"就可以派200个人到镇上把他们彻底清除出去！"他突然提高嗓门，紧皱着浓眉说："听着，莫里斯兄弟，我一直注意着你已经有一段时间了。你自己没胆量，还想把别人也吓得没胆量。等你自己的名字也上了分会议事日程那一天，莫里斯兄弟，你就该倒霉了。我觉得，我应该把你的名字放上去。"

莫里斯脸色变得煞白，两条腿似乎也站不住了，他跌回到椅子上。他用颤抖的手举起酒杯喝完，才能开口说话。

“如果我说了不该说的话，尊敬的身主，我向您，还有分会的弟兄们道歉。我是个忠诚的会员，大家都知道，我只是担心分会出事，才说了这些忧虑的话。不过我相信您的裁决胜过相信自己，尊敬的主人，我保证不会再冒犯您了。”

身主听到这谦卑的话，脸上的怒气消失了。

“很好，莫里斯兄弟，真要给你一个教训，我自己都感到难过。不过只要我掌管着分会，我们在言行上都必须是一个团结的分会。现在，兄弟们，”他环视着周围说，“我只说这么多。如果让斯坦格受到完全应有的惩罚，就会造成很多不必要的麻烦。那些编辑们会联合起来，州里的每一家报刊都会向警察和部队呼吁了。不过我认为你能给他一个非常严厉的警告。你能完成这件事吧，鲍德温兄弟？”

“当然了！”年轻人急切地说。

“你带几个人去？”

“6个，两个守在门口。你去，高尔，还有你，曼塞尔，还有你，斯坎伦，再加上威拉比兄弟俩。”

“我答应让新来的兄弟去的。”主席说。

泰德·鲍德温看了看麦克默多，他的眼神表明，他既没有忘记，也没有原谅。

“嗯，他要是想来就来吧！”鲍德温无礼地说，“人够了。我们越快动手越好。”

大家吵着闹着，醉醺醺地哼着小曲散去了。酒吧里仍然挤满了寻欢作乐的人，很多兄弟也留在那儿。奉命执行任务的几个人来到大街上，三三两两地沿人行道走着，以免引起注意。夜晚寒气逼人，清冷的夜空中，月色皎洁，星光闪烁。几个人在一栋大楼前的院子里停下来集合。灯光明亮的窗户上印着“维

“你自己往后退吧！你要是敢碰我，我就立刻开枪。”

尔米萨先驱报”几个烫金字，里面传出印刷机“当啷当啷”的声音。

“你在这儿，”鲍德温对麦克默多说，“你站在下面，守住门口，保证道路畅通无阻，阿瑟·威拉比和你一起。其他的跟我来。兄弟们，别害怕，我们有十几个证人证明我们这会儿正在工会酒吧里呢。”

此时已经将近子夜，街上静悄悄的，只有一两个寻欢作乐后回家的人。几个人穿过马路，推开报社的门，鲍德温带领手下人冲进去，上了面前的楼梯。麦克默多和另外一个人留在下面。楼上房间里传来一声呵斥，一声呼救，然后是脚步的践踏声和椅子翻倒的声响。很快，一个灰白头发的人跑到楼梯平台上。可是没跑多远，他就被抓住了，眼镜叮叮当当地滚到麦克默多脚下。只听"砰"的一声，接着就是呻吟声。那个人脸朝下躺在地上，几根棍棒劈里啪啦打在他身上。他痛苦地扭动着，瘦长的四肢在棍棒下颤抖。别的几个人终于停手了，可是鲍德温那张残忍的脸上狞笑着，朝那人头上一阵乱打，那人徒劳地用胳膊保护着头部，花白的头发上粘着一块块鲜血。鲍德温弯腰看着受害者，看见一块暴露在外面的部分，就凶狠地一击。麦克默多冲上楼梯把他拉了回来。

"你会打死他的，"他说，"住手！"

鲍德温惊奇地看着他。

"该死的！"他喊着，"你是谁，敢拦着我——新入会的家伙？往后退！"他扬起棍棒，可麦克默多从裤兜里"嗖"地拔出一把手枪来。

"你自己往后退吧！"他大喊着，"你要是敢碰我，我就立刻开枪。至于分会，身主下令不许杀他，可你不是杀他是在干什么？"

"他说得不错。"一个手下说。

"老天哪，还是赶紧跑吧！"楼下的人喊着，"窗户都亮了，要不了5分钟，全镇的人都要来追咱们了。"

街上果然传来了喊叫声，几个排字印刷工人在楼下大厅里集合起来，振奋精神，准备行动。罪犯们把编辑僵硬的身体放在楼梯口，冲下楼飞快地沿大街逃跑了。到了工会，其中几个人赶紧混在麦金蒂酒馆的人群中，隔着吧台小声向首领报告，任务完成得很顺利。剩下的几个人，包括麦克默多，冲进小街，绕小道各自回家了。

The Solitary Cyclist
The Dancing Men
The Second Stain
The Boscombe Valley Mystery
The Red-Headed Leagu
The Abbey Grange
The Final Problem
The Bruce-Partington Plan

LONDON
LONDON

福尔摩斯
探案大全集 V

【英】阿瑟·柯南·道尔　著
贺天同等　译

时代文艺出版社

目录

恐怖谷（1914—1915）

他的最后致意（1917）

福尔摩斯探案选辑（1921—1927）

恐怖谷（1914—1915）

第二部　死酷党人

恐怖谷

第二天早晨，麦克默多一醒来就想起了入会的情形。他的头因为喝多了酒而隐隐作痛，烫了烙印的胳膊上仍然又肿又痛。因为自己有特殊的收入来源，他也用不着准时上班，因此他很晚才吃早饭，上午也一直待在家里，给一个朋友写了一封长信。然后他看了看《每日先驱报》上在最后一刻加进去的一个特别专栏写着这样的话："发生在《先驱报》报社的暴行。编辑严重受伤。"这是一段简要报道，这些事实麦克默多比作者本人还要清楚。结尾是这样的：

> 此事现在已由警方处理，但很难指望警方的努力会有什么好结果。其中几个人已被认出，有望定罪。这场暴行的源头，毋庸讳言，是长期奴役该区的声名狼藉的社团，《先驱报》不屈不挠地与之斗争着。斯坦格先生的朋友们听到这一消息会很高兴，虽然他遭受了残酷无情的毒打，头部受伤严重，可是目前并无生命危险。

下面报道说，装备着温切斯特连发步枪[①]的煤铁矿警察已奉命前来保卫报社。

① 一种后膛装填式连发枪，奥利弗·温切斯特（1810—1880）是为美国制造此类枪械的工厂主，因而得名。——译注

麦克默多放下报纸，点上烟斗，手臂仍然因为昨晚的灼伤而有些颤抖。这时门外传来敲门声，房东夫人带给他一张便条，是一个少年刚刚送来的。便条上没有署名，上面写着：

我希望跟你谈谈，但不想在你家里。你可以在米勒山上的旗杆旁找到我。如果你现在肯来，我有重要的事情告诉你。

麦克默多非常吃惊地又看了一遍便条，想象不出是什么意思，也不知道是谁写的。如果是出于女性之手，他也许会以为是另一场奇遇的开始，他过去的生活中不乏此事。可这是一个男人写的，而且是受过良好教育的人。他犹豫再三，最后还是决定去看个究竟。

米勒山是镇中心一个废弃的公园。夏天，这里是人们最喜欢的消夏场所，可到了冬天，这里却一片荒凉。从山顶上往下看，不仅能看到整个肮脏、零零落落的小镇，还能看到下面蜿蜒崎岖的山谷，两旁散布的矿区和工厂染黑了积雪，还能看到树林茂密、白雪覆盖的山顶。麦克默多沿着常青树丛中蜿蜒的小路往上走，来到一家废弃的饭馆，这里是夏季娱乐的中心场所。饭馆旁边是一个光秃秃的旗杆，旗杆下站着一个人，帽子压得很低，大衣领子竖了起来。他转过脸时，麦克默多认出是莫里斯兄弟，头一天晚上，就是他惹恼了身主。两人交换了分会暗号。

“我想跟你说句话，麦克默多先生。”年纪稍大的人犹犹豫豫地说，表明他的处境很微妙。“你能来真是太好了。”

“你为什么不在便条上署名呢？”

“人得小心，先生。谁也不知道在这样的时候会发生什么事，也不知道该信任谁，不该信任谁。”

“当然是应该信任分会的兄弟吧？”

“不，不，不一定！”莫里斯激动地大声喊着，“不管我们说了什么，哪怕想了什么，都会传到那个人的耳朵里，麦金蒂。”

“听着，”麦克默多严厉地说，“就在昨天晚上，你也很清楚，我发誓忠诚于我们的身主。你是想让我破坏自己的誓言吗？”

“如果你这么想，”莫里斯忧伤地说，“我只能说，我很抱歉，麻烦你到这儿来见我。如果两个自由的公民不能互相说说心里话，情况就很糟糕了。”

麦克默多一直在非常仔细地观察对方，这时觉得心里稍微放松了点儿。

“当然了，我只不过在替自己说话。”他说，“你也知道，我是新来的，什么都不熟悉。我不该开口，莫里斯先生，如果你想好了跟我说什么，我听着呢。”

“然后再报告给首领麦金蒂。”莫里斯尖刻地说。

“那你就冤枉我了！”麦克默多大声说，“从我自己来说，我尽忠于分会，我坦白告诉你，可是如果我把你对我说的心里话告诉别的任何人，我就是一个可怜虫。我不会再告诉任何人，不过我警告你，你可能得不到任何帮助或者同情。”

“我已经不再抱这些希望了。”莫里斯说，“我要说的话，可能会把我的命放在你的手心里，可是虽然你很坏——昨天晚上，我觉得你会变成最坏的人——可你毕竟是新来的，你的心肠不会跟别人一样硬，所以我才想跟你谈谈。”

“好吧，你想说什么？”

“你要是出卖我，就会遭到报应！”

“当然了，我说过我不会的。”

“那我问你，你在芝加哥加入古自由人会，宣誓忠诚和博爱时，你有没有想过它会把你引向犯罪呢？”

“如果你把这叫做犯罪的话。”麦克默多回答说。

“叫做犯罪！”莫里斯大喊着，声音激动得颤抖起来。“如果这还不叫犯罪，那就是你见识得太少了。昨天晚上，一个老得能当你父亲的人被打得头上流血，这难道不是犯罪吗？这叫犯罪——还是该叫别的？”

“有些人会说这是战争，”麦克默多说，“两个阶级之间全力以赴的斗争，每一方都尽力打击对方。”

“好吧，你在芝加哥加入古自由人会的时候，想过会发生这样的事吗？”

“没有，我得说没有。”

“我在费城加入的时候，也没有想到过。那只是一个慈善俱乐部，朋友聚会的场所。后来我听说了这个地方——我恨死了第一次听到这个名字的时候！我来了，想让自己过得更好。天哪，让自己过得更好！妻子和3个孩子跟我一起来了。我在市场广场开了一家服装店，生意很好。后来消息传出去，说我是古自由人会的，我被迫加入了本地分会，就像你昨天晚上一样。我胳膊上打上了可耻的烙印，可灵魂上却打上了更丑恶的烙印。我发觉自己受一个黑脸恶棍的指使，陷入了一个犯罪网里。我能怎么办？我所说的每一句话，都是为了把事情办得更好，却被当成是背叛，就像昨天晚上一样。我也不可能逃走，我所有的家当就是我的服装店了。如果我离开了社团，我很清楚自己会被杀死，天知道我的妻子和孩子们会怎么样。哦，伙计，太可怕了，太可怕了！”他双手捂着脸，猛烈地抽泣起来，身体也止不住地颤抖着。

麦克默多耸了耸肩。

“你心肠太软了，”他说，“不适合干这种活儿。”

“我信教，而且有良心，可是他们把我变成了一个罪犯。他们挑我完成一项任务。如果我退缩了，我很清楚会发生什么事。也许我是个胆小鬼，也许就是因为想着我可怜的妻子和孩子们，我才变成这样。不管怎么说，我去了。我想，我一辈子都会良心不安的。那是山那边一栋孤零零的房子，离这儿有20英里。他们让我守在门口，像你昨天晚上一样，他们还不放心让我去干。别的人进去了，出来的时候，他们手上都沾满了鲜血。我们离开时，一个小孩从房子里哭喊着跑出来，追着我们。是个5岁的小男孩，他亲眼看着父亲被杀死了。我吓得几乎晕过去了，可我还得装出一副勇敢的笑脸来。我很清楚，如果不这样，下一次他们就会双手沾满鲜血从我的房子里出来了，轮到我的小弗雷哭喊着要爸爸了。可是当时我已经是一个罪犯了——是谋杀案从犯，在这个世界里永远被遗弃了，而且在另一个世界里也不得超生。我是一个善良的天主教徒，可是牧师听说我是死酷党的，一句话都不愿跟我说，我已经被革除教籍了。这就是我的下场。我看你现在也在走同一条路，我问你，结果会是什么样？你是已经准备好做一个冷血杀手了呢，还是跟我一起做点儿什么来阻止它呢？”

“你要做什么？”麦克默多突然问他，“你不会去告密吧？”

“绝不可能！”莫里斯大喊着，“肯定的，这个想法会要了我的命的。”

“那就好。”麦克默多说，“我一直觉得你是个软弱的人，你把那件事看得太严重了。”

“太严重！等你在这儿再多住一段时间吧。看看下面的山谷，看看笼罩在山谷上的100个烟囱的浓烟。我告诉你，谋杀的阴云比笼罩在人们头顶的烟雾更浓更低。这就是恐怖谷——死亡谷。恐怖从早到晚都在人们心中。等着吧，年轻人，你自己会明白的。”

“好吧，等我见识再多一点儿，我会告诉你我心里的想法。”麦克默多毫不在意地说，“很明显，你不适合待在这儿，你越早把店卖了对你越好，即使只能得到十分之一的价钱。你所说的话我不会告诉任何人，不过，老天在上，如果我知道你去告密——”

“不会，不会！”莫里斯可怜地叫着。

“好吧，就到此为止吧！我会记着你说的话，也许有一天，我还会再来。我希望你对我说这些话是一番好意。现在，我得回去了。”

“走之前还有一句话。”莫里斯说，“可能会有人看见我们在一起了。他们也许想知道我们都谈了些什么。”

“啊，你想得很周到。”

“我想让你到我店里当个店员。”

“而我拒绝了。就是这样。嗯，再见了，莫里斯兄弟，祝你将来走运。”

当天下午，麦克默多坐在客厅的壁炉旁，一边抽烟，一边沉思着，这时门被推开了，门框里塞满了麦金蒂硕大的身躯。他对了暗号，然后在年轻人对面坐下来，目不转睛地看了他一会儿。麦克默多也目不转睛地看着他。

“我轻易不去拜访人，麦克默多兄弟。”麦金蒂终于说话了，“我总是忙着接待那些去拜访我的人。不过我觉得应该破破例，到你家来拜访拜访你。”

“我很荣幸在这儿见到您，议员先生。”麦克默多诚恳地说着，从橱柜里拿出一瓶威士忌。“这是我意料之外的荣耀。”

“胳膊怎么样了？”首领问。

麦克默多做了个鬼脸。

“嗯，我是不会忘的。”他说，“不过很值得。”

“没错，是很值得。”另外一个回答说，“是对那些忠心耿耿、履行义务、帮助分会的人来说。今天上午，你跟莫里斯兄弟在米勒山上谈什么了？”

这个问题来得如此突然，幸亏麦克默多早有准备。他开怀大笑起来。

“莫里斯不知道我在家就可以挣钱。他也不会知道，因为他把我这种人良心估计得过高了。不过他倒是个心眼不错的老家伙。他以为我没有固定职业，想给我帮个忙，让我到他的服装店里当个店员。”

“哦，就这事？”

“对，就这事。”

“你拒绝了？”

“当然了。我在自己屋里干4个小时，挣的钱不是他的10倍吗？”

“是这样。不过，如果我是你，我不会跟莫里斯来往太密切。”

“为什么？”

“嗯，我想是因为我这么告诉你了。在这块地方，对大多数人来说，这个理由足够了。”

“对大多数人也许够了，可对我不够，议员先生。”麦克默多勇敢地说，“如果您会看人，你该知道这一点。”

那个黑巨人怒冲冲地看着他，毛茸茸的爪子猛地抓紧了酒杯，好像要朝对方头上砸过去。后来，他又爽朗而虚伪地大笑起来。

“你真是个奇怪的家伙。”他说，“好吧，你想知道原因，我就告诉你。莫里斯有没有对你说反对分会的事？”

“没有。”

“也没有反对我吗？”

“没有。”

“嗯，那是因为他还不敢相信你。可是在他的内心里，他不是一个忠心耿耿的兄弟。我们很清楚，所以我们一直在注意着他，等候时机警告他。我想这个机会已经不远了。我们的羊圈里没有那些卑鄙绵羊的立足之地。可是如果你跟这样一个不忠的人为伍，我们会认为你也不忠心。明白吗？”

“我不可能跟他这样的人为伍，因为我不喜欢他。”麦克默多回答说，“至于说不忠，要不是您这么说，没人能对我说第二遍。”

“嗯，够了。”麦金蒂说着把杯子里的酒喝完，“我来是想提前跟你说一声，你也听到了。”

“我想知道，”麦克默多说，“您是怎么知道我跟莫里斯说过话的？”

麦金蒂大笑起来。

“知道这个镇上发生了什么事是我的责任。”他说，“我想，你该知道，什么事都逃不过我的耳目的。好了，时间不多了，我只能说——”

可是一件非常意外的情况打断了他告别的话。门“砰”的一声被撞开，三张坚定的、怒气冲冲的面庞正从警察的尖顶帽子下狠狠地盯着他们。麦克默多跳起来，手枪刚拔出一半，胳膊就停了下来，他发觉有两支温切斯特来复枪顶在他头上。一个穿制服的人走进屋里，手里拿着一把6发左轮手枪。是马文队长，以前是芝加哥的，现在是煤铁矿警队的。他皮笑肉不笑地冲麦克默多摇了摇头。

“我想你惹麻烦了，芝加哥的恶棍麦克默多先生。”他说，“你脱不了身

门“砰”的一声被撞开，三张怒气冲冲的面庞正从警察的尖顶帽子下狠狠地盯着他们。

了，对不对？拿上帽子跟我走。”

“我想你会为此付出代价的，马文队长。”麦金蒂说，“我想知道，你们是什么人，竟然这样擅自闯入民宅，骚扰正直守法的公民？”

“您和这件事无关，麦金蒂议员。”警察队长说，“我们不是来抓您，是来抓这个叫麦克默多的人的。您应该帮助我们，而不应该妨碍我们执行公务。”

“他是我的一个朋友，我可以为他的行为负责。”首领说。

“根据各种流传的说法，麦金蒂先生，有一天您得为自己的行为负责了。”警察队长回答说，“这个麦克默多来这儿之前就是一个恶棍，现在也还是。警卫，枪对准他，我来缴他的枪。”

“这是我的手枪。”麦克默多平静地说，“马文队长，如果我和你单独面对面，你不会这么容易抓住我的。”

“你们的拘捕令呢？”麦金蒂问，“天哪！让你这样的人管理警察队伍，我们住在维尔米萨跟住在俄国还有什么区别！这是资本家的暴行，我想你以后听到的会更多。”

“您觉得怎么合适就怎么做，议员先生。我们会管好我们自己的。”

“我犯了什么罪？”麦克默多问。

“涉嫌殴打《先驱报》的老编辑斯坦格。没有指控你杀人，并不是因为你不想杀。”

“喂，如果就因为这么点儿小事，”麦金蒂笑着说，“不如现在罢手，还可以省你们很多麻烦。这个人在我的酒馆里打牌，一直到深夜，我有十几个人可以做证。”

“那是你的事了，我想你可以明天早晨在法庭上解决。另外，麦克默多，如果你不想脑袋开花，就快走，安安静静地走吧。您让开，麦金蒂先生，我警告你，我执行任务的时候，可不允许有任何抵抗。”

队长看上去非常坚决，麦克默多和首领只好接受这种局面。首领设法在分手之前，跟这个囚犯小声说了几句话。

“那个怎么样——”他大拇指猛地向上一指，暗示造币机。

“没问题。”麦克默多小声说，他已经在地板下设计了一个安全的隐藏地点。

“我得说再见了。”首领握着他的手说，“我要去请赖利律师，而且要亲自做证。相信我，他们没办法扣留你。”

“我可不会为这个打赌。你们两个，看好囚犯，他要是耍花招，就开枪。我先搜查房子再走。”

马文在屋子里搜查，但显然没有发现藏起来的造币机的踪影。下了楼，他和手下一起把麦克默多送到总部。天已经黑了，下起了暴风雪，街上几乎没有行人，只有几个闲逛的人跟在这一行人后面，想着没人看见他们，壮起胆子咒骂着这个罪犯。

“处死这个该死的死酷党！”这些人喊着，“处死他！”他们大笑着，嘲弄地看着麦克默多被推进了警察局。主管警官经过短暂的审讯之后，把麦克默多投进了普通牢房。他发现，鲍德温和头一天晚上的其他罪犯也在这儿，当天下午都被抓了进来，等着第二天早晨的审判。

可是就在这种法律森严的堡垒里，古自由人会的胳膊也能伸进来。夜深的时候，一个看守拿了一捆稻草让他们铺着，又从稻草里拿出两瓶威士忌、几个酒杯和一副牌。他们高高兴兴地度过了一个夜晚，毫不担心第二天早晨的折磨。

他们也没有理由担心，案件的结局可以证明。地方法官根据证词不可能给他们判刑，否则案件就要交由更高一级法院审理。一方面，排字工人和印刷工人被迫承认灯光昏暗，他们自己也惊慌失措，很难确凿地认出凶手的样子，尽管他们相信几名被告就在其中。经过麦金蒂聘请的聪明的律师一番盘问，他们的证词就更含糊不清了。被害人已经宣誓证明当时袭击来得太突然，他非常震惊，只记得第一个打他的人留着胡子，别的就什么也不记得了。他补充说，他知道这些人是死酷党的，因为这个区里没有别人恨他，而且由于他经常公开发表的言论，他已经受到很长时间的威胁了。可是另一方面，经过6位证人坚决、一致的证词，其中包括政府高官议员麦金蒂，清楚地证明这些人在工会里打牌，一直到这桩暴行发生后一个多小时才离开。不用说，法官用接近道歉的口气解释了给他们带来的不便，同时含蓄地批评马文队长和警察们过于热情，爱管闲事。

听到这个判决，法庭里响起了一阵热烈的掌声。麦克默多发现了许多熟悉的面孔，分会的兄弟们微笑着向他们挥手。可是当这几个人从被告席上鱼贯而出时，另外一些人却紧闭着嘴，沉思地坐在那儿。刚刚还是罪犯的人从旁边经过时，一个黑胡须、面容坚定的小个子把自己和别人的想法说了出来："你们这些该死的杀人犯！我们会收拾你们的。"

最黑暗的时刻

如果有什么能使杰克·麦克默多在兄弟们中间更受欢迎的话，那就是他的被捕和无罪释放。在入会当晚就做了一件事，被带到法官面前受审，这在社团的历史上可是绝无仅有的。麦克默多本来已经有些声誉，他是一个志趣相投的好伙伴，也是一个兴致勃勃的狂欢者，而且又性情高傲，绝不接受侮辱，哪怕是具有无上权威的首领本人也不行。不过，除此之外，他还给同伙们留下了深刻的印象，在所有兄弟当中，没有一个人的头脑能像他那样随时想出一个残忍的计划，也没有一个人能像他那样利索地把阴谋付诸实施。“他肯定会是个手脚利索的兄弟。”老人们这样议论着，等候时机派他出去干活儿。麦金蒂本来已经有足够的工具了，可是他意识到这个人是最有才干的。他觉得自己像是用皮带拉着凶猛的猎犬的主人。干小事就用那些杂种狗，可是总有一天他会让这个动物去捕获猎物。分会里的几个会员，其中包括泰德·鲍德温，对这个外来人的地位迅速往上升深感不满，甚至怀恨在心，不过他们一直躲避着麦克默多，因为他随时可以轻易地跟人决斗。

不过，如果说麦克默多在同伙中赢得了荣誉的话，在另一个方面，他却有所损失，而且这个方面对他来说更为重要。埃蒂·沙夫特的父亲跟他断绝了关系，不许他再进门。埃蒂虽然深深地爱着他而无法割舍，可是良心也在警告她，如果跟这样一个被当作罪犯的人结婚，不难想象会有什么结果。一天晚上，她彻夜未眠，早晨醒来，她决定去见麦克默多，这也许是最后一次了，要尽力把他从拉他下水的恶势力下解救出来。埃蒂来到麦克默多家，以前麦克默多常这样求她，径直走进他的起居室。麦克默多正背对着她坐在一张桌子前，面前放着一封信。她脑子里突然闪过一个顽皮的念头——毕竟她才只有19岁。她推门进来时，麦克默多并没有听到。她蹑手蹑脚地往前走，轻轻地把手放在他的肩膀上。

如果埃蒂只想吓一吓麦克默多，她当然成功了，可是她自己也被吓了一大跳。麦克默多像老虎似的转过身，右手掐着埃蒂的喉咙。同时，另一只手把面前的纸团成一团。那一刻，他怒气冲冲地站在那儿。他脸上凶狠的表情很快变成了惊喜，然而这种凶狠的表情却把埃蒂吓得直往后退缩，在她平静的生活中，还从来没有遇到过这种事。

“是你！”麦克默多擦着额头上的冷汗说，“你来看我，我最亲爱的，可我竟然差点儿把你掐死！来吧，亲爱的，”他伸出双臂，“让我给你补偿。”

可埃蒂突然从他脸上看到了犯罪后还没能从中恢复过来的惊恐。女人的直觉告诉她，他不只是因为突然受到了惊吓才这么害怕，有罪——就是这个词——有罪才会这么惊恐。

“你出了什么事，杰克？”她喊着，“你为什么这么怕我？哦，杰克，如果你没有良心不安的话，看到我，你不会吓成这个样子。”

“是啊，我在想别的事，你那双漂亮的小脚轻盈地走过来——”

“不是，不是，不止这些，杰克。”她突然感到有些怀疑，“让我看看你写的那封信。”

“啊，埃蒂，不行。”

她的怀疑变成了肯定。

“是写给另外一个女人的！”埃蒂大叫起来，“我就知道。不然为什么不让我看？是写给你夫人的吗？我怎么知道你有没有结过婚——你这个谁也不认识的陌生人？”

“我没有结过婚，埃蒂。你听着，我发誓，你是我唯一的女人，我对着上帝的十字架发誓！”

麦克默多脸色苍白，充满激情急切地说着。埃蒂只能相信他。

“那好吧。”她大声说，“你为什么不让我看那封信？”

“我告诉你，亲爱的，”麦克默多说，“我对人发过誓不能透露，我不会背叛对你说过的话，因此也必须保守我对别人许下的诺言。是分会的事，即使对你也不能说。如果一只手放到我肩膀上，那有可能是一个警察的手，所以我才觉得害怕，这你还理解不了吗？”

埃蒂感觉到他说的是实话。麦克默多把她搂进怀里亲吻着她，驱走了她心中的恐惧和怀疑。

“坐在我身边吧。对王后来说，这是一个奇怪的宝座，可这是你可怜的情人能找到的最好的东西了。我想，总有一天，他会让你过得更幸福的。现在你心里是不是觉得舒服点儿了？”

“我既然知道你是一个罪犯，杰克，心里怎么能平静下来呢——我怎么能想象，你有一天会因为谋杀而站在被告席上呢？麦克默多这个死酷党人——一个房客昨天这么说你。这句话像刀子一样扎在我心上。”

“算了吧，话说得再难听也伤不了骨头。”

“可这都是实话啊！”

“好了，亲爱的，不像你想象的那么坏。我们都只是些穷人，想用自己的方法得到自己的权利。”

埃蒂张开胳膊搂着情人的脖子。

“别干了，杰克！看在我的分上，看在上帝的分上，别干了！我今天来就是为了求你才来的。哦，杰克，你瞧，我跪下来求你了，我在你面前跪下来，求求你别再干了。”

麦克默多扶起埃蒂，让她的手放在自己胸前，安慰着她。

“是啊，亲爱的，你不知道你的要求意味着什么。这样做意味着我要破坏自己的誓言，背弃我的同伴们，我怎么能放弃呢？如果你明白我干的是什么事，你就不会这么要求我了。另外，就算我想，又哪能办得到呢？你以为分会

“别干了，杰克！看在我的分上，看在上帝的分上，别干了！”

能容许一个人带着分会所有的秘密一走了之吗？”

“我想过这一点了，杰克，我都计划好了。父亲攒了点儿钱，他也厌倦这个地方了，对这些人的恐惧使我们的生活黯淡无光，他准备走了。我们一起逃到费城或者纽约，不用再怕他们了。”

麦克默多笑起来。

“分会的手伸得长着呢。你以为它不可能从这儿伸到费城或者纽约吗？”

“那好吧，我们去西方，或者去英国，或者去瑞典，父亲就是那里人。只要离开这个恐怖谷，去哪儿都行。”

麦克默多想起了老莫里斯兄弟。

“是啊，我已经第二次听到有人这么称呼这个山谷了。”麦克默多说，“这种阴影看来的确压在你们这些人身上了。”

“它无时无刻不影响着我们的生活。你以为泰德·鲍德温会放过我们吗？如果不是因为怕你，你想想我们会成什么样？你要是看见他看我时那种阴郁、饥饿的眼光就好了！”

“天哪！要是让我看见，我就好好教训教训他。不过你听着，小姑娘，我不能离开这儿，不能。永远记住我的话。不过如果你让我自己找出路的话，我会努力找一条体面的出路。”

“干这种事没有体面可言。”

“好吧，好吧，这只是你的看法。不过，如果你能给我6个月，我就可以在离开时，毫无愧意地面对任何人。”

姑娘高兴地笑了起来。

“6个月！”她大声喊着，“你保证吗？”

“嗯，也可能是7个月、8个月，不过最多1年，我们就离开这个山谷。”

埃蒂只能得到这些话，不过这已经很不错了。这隐隐约约的光明驱走了眼前的一切阴霾。她回到父亲家里，自从杰克·麦克默多进入她的生活之后，她的心情从来没有这么轻松过。

有人或许会以为，分会成员应该对分会的一切行动了如指掌，可是入会之后，他却很快发现，该组织比他所想象的大得多、复杂得多。就连首领麦金蒂对许多事情也有所不知，因为有一个称为县代表的官员用一种急速而又专横的方法掌管着附近好几个分会，他是住在沿铁路线再往南的霍布森斯帕奇。麦克默多只见过他一次，他是个鬼鬼祟祟、灰白头发的小个子男人，走路偷偷摸摸，总是充满恶意地斜着眼看人。他叫埃文斯·波特，就连首领麦金蒂对他也感到有些厌恶和恐惧，就像体格强壮的丹东[①]对软弱而又危险的罗伯斯庇尔[②]的感觉一样。

一天，跟麦克默多合住的斯坎伦收到麦金蒂的一张便笺，其中附有埃文斯·波特的一封信，说他准备派两名得力干将劳勒和安德鲁斯到邻区来办事，不过，具体的行动对象最好不做说明，问身主能不能为他们做妥善安排，直到行动时间来临。麦金蒂补充说，在工会里不可能保守什么秘密，因此，如果麦克默多和斯坎伦能安排这两人在他们的旅馆里住几天，首领将非常感激。

当天晚上这两人就来了，每人拿着一个手提包。劳勒年龄较大，精明稳重，沉默寡言，穿着一件黑色旧礼服大衣，头戴一顶软毡帽，乱蓬蓬的灰白胡子，看上去像一个巡回传教的传教士。他的同伴叫安德鲁斯，满脸热忱，朝气蓬勃，轻松得像是出来度假，准备尽情地享受每一分钟。两个人都滴酒不沾，行为举止像社会上的模范公民，唯一的区别是他们都是杀手，而且无数次证明了他们是这个谋杀协会的得力干将。劳勒已经执行过14次类似任务了，安德鲁斯也有3次。

麦克默多发现，他们很乐意谈谈自己过去的事迹，带着一些羞怯的得意讲着，似乎他们为社团做过许多无私的奉献。不过，对于手头马上要干的工作，两人都守口如瓶。

“他们选上我们俩，是因为我们俩都不喝酒，”这就是解释，“他们知道不该说的话我们不会说。你们别见怪，我们得服从县代表的命令。”

“当然了，我们都是同党。”4个人坐下来吃晚饭时，麦克默多的伙伴斯坎伦说。

“这是实话，我们可以随便说怎么杀死查理·威廉斯，或者西蒙·伯德，

---

① 丹东（1759—1794）：法国大革命时期的政治活动家，雅各宾派领袖之一，选入国民公会后试图调和吉伦特派和山岳派，后因反对雅各宾派的各项政策被处死。——译注

② 罗伯斯庇尔（1758—1794）：18世纪末法国资产阶级革命时期的著名活动家，雅各宾派革命政府期间（1793年6月—1794年7月）的实际首脑之一。——译注

或者过去的其他案子。可是在事情办完之前，我们什么也不能说。”

“这里有六七个人，我得教训教训他们。”麦克默多骂骂咧咧地说，“我想，你们要找的不是杰克·诺克斯吧？我得看看他怎么受到惩罚。”

“不，还没到他。”

“是赫尔曼·斯特劳斯？”

“不，也不是他。”

“好吧，如果你们不想说，我们也不勉强，不过我很想知道。”

劳勒笑着摇摇头，他是不会开口的。

虽然客人们沉默不语，可麦克默多和斯坎伦还是决定去看看他们所说的“游戏”。

一天凌晨，麦克默多听到他们蹑手蹑脚下了楼梯，于是叫醒斯坎伦，两人匆忙穿上衣服。穿好之后，他们发现另外两人已经溜出去了，房门大开着。天还没亮，借着路灯光，他们发现那两个人在街上不远处。他们小心翼翼地跟在后面，轻手轻脚地走在深深的积雪中。

他们的旅馆靠近小镇边缘，很快他们就到了镇外的十字路口。有3个人正在那儿等着，劳勒和安德鲁斯匆匆跟他们说了几句话。然后几个人一起向前走。这显然是一件需要不少人手的大事。这里有好几条小路通往各个矿区。这些人走向通往克罗山的路，这个大公司由一些精明强干的人管理着，多亏新英格兰经理乔塞亚·邓恩精力充沛而且勇敢无畏，虽然长期处于恐怖统治之下，这里仍然秩序井然，纪律严明。

天已经亮了，工人们三三两两慢慢地沿着黑乎乎的路走着。

麦克默多和斯坎伦跟着别人往前走，始终看得见要跟踪的几个人。他们面前升起一股浓烟，浓烟中突然传来一声汽笛的响声。这是10分钟后开工的信号，到时升降车就要下井，一天的劳动也就开始了。

他们来到矿井周围空旷的地方，已经有100多个工人在那儿等着了，天冷极了，工人们不停地跺着脚，呵着手。斯坎伦和麦克默多爬上一堆煤渣，从这儿可以看到下面的全部情景。他们看见矿区工程师从机房出来，吹着哨子，指挥升降车下去，此人名叫孟席斯，是个大胡子的苏格兰人。这时，一个四肢灵活、脸上刮得干干净净、满脸诚恳的高个子年轻人急急忙忙地朝矿井跑来。他跑到前面，看见一伙人默不作声、一动不动地站在机房前。这些人把帽子压得很低，大衣领子竖起来挡着脸。死亡的预感突然攫住了经理的心房。可是他马上抛开了这个想法，只想尽自己的职责把闯进来的陌生人赶走。

“你们是谁？”他一边向前走，一边问，“在这儿游荡什么？”

没有人回答，可是年轻的安德鲁斯向前一步，朝他腹部开了一枪。正在等候的上百名矿工一动不动、不知所措地站在那儿，似乎已经吓呆了。经理双手捂住伤口，弯下腰来，摇摇晃晃地走开，可是又一个杀手开了一枪，他倒在旁边，在一堆煤渣中挣扎着。苏格兰人孟席斯看到这情景，气愤地大吼一声，手里抓着一个铁扳手朝这些凶手冲过去，可是他脸上立刻中了两枪，倒在凶手脚旁边死去。有些矿工往前冲过去，既同情又气愤地含糊不清地喊了一声，可是两个陌生人朝人群头顶一阵乱射，人群溃散了，有些人疯狂地往维尔米萨的住处跑去。几个最大胆的人重新聚集起来，再回到矿区时，那伙杀人凶手已经消失在清晨的薄雾中了，他们在一百多个目击者面前杀害了两条人命，却没有一个人能认出他们到底是些什么人。

斯坎伦和麦克默多往回走，斯坎伦有些沮丧，这是他第一次亲眼目睹杀人行凶，并不像他以前想象得那么有趣。他们匆忙回到镇上，被害经理的妻子那可怕的号啕声一直萦绕在他们耳边。麦克默多受到很大震动，沉默不语，可是看到同伴如此软弱，他丝毫不以为然。

“当然了，这就像打仗一样。”麦克默多一再说，“我们和他们之间不就是在打仗吗？只要有机会，我们就得尽量回击。”

当天晚上，工会大楼中分会大厅里一片欢声笑语，不仅为了庆祝暗杀克罗山矿区的经理和工程师成功——这场胜利使这一组织对该地区内受勒索和惊恐万分的公司可以为所欲为，同时也是为了庆祝分会在另一地区的成功。县代表当初派5名得力人手到维尔米萨行刺时，也要求维尔米萨秘密选派3个人去暗杀斯塔克罗亚尔公司的威廉·黑尔斯，此人是吉尔默顿地区最有名望、最受爱戴的一个矿主，他在这个世界上不可能有任何敌人，因为无论从哪个方面来看，他都是一个模范雇主。可是他却始终强调工作效率，并因此开除了几个酗酒、游手好闲的雇员，可他们都是这个强大社团的成员。威胁通知挂在他家门口，丝毫也没能动摇他的决心，可是在这个自由文明的国家里，他发现自己已经被

“你们是谁？”他一边向前走，一边问，“在这儿游荡什么？”

判处了死刑。

死刑现已如期执行，就是泰德·鲍德温带领一伙人干的。他爬上了身主身边的荣誉席，他脸色通红，充血而迟钝的眼睛说明他一夜没睡，而且饮酒过量。昨天他和另外两个同伙在山上过了一夜，几个人不修边幅，饱受严寒之苦。可是没有哪些从敢死队归来的英雄们能受到同伙们更热烈的欢迎了。他们一遍又一遍地讲着自己的杰作，同伙们兴高采烈，笑着喊着。被害人直到夜幕降临时才会驾着马车回家，他们就在一个陡峭的山坡上守候着，马车到这里只能缓慢前进。因为天冷，被害人穿着厚厚的毛皮大衣，来不及伸手拿枪。他们把人从马车里拖出来，对着他开了一枪又一枪。

他们谁也不认识这个人，可是杀人有着经久不衰的戏剧性，而且他们也向吉尔默顿的死酷党人证明了维尔米萨的人是可以信

赖的。当时还有一个突发事件：他们还在朝那僵硬的尸体开枪时，一对夫妇正驱车来到这里。有人建议把这夫妇俩一起干掉，可他们是与矿区毫无联系的普通人，所以这伙人就严厉呵斥他们赶紧离开，不许声张，否则就会遭到不幸。那血肉模糊的尸体就留在那儿，作为对所有铁石心肠的矿主们的警告，3名杰出的复仇者匆忙逃往山里，那里是紧挨着熔炉和煤渣堆的、未曾开垦过的蛮荒之地。

这是让死酷党人得意的一天。山谷里的阴霾更浓重了。足智多谋的将军会选择胜利的时机加倍扩大战果，让敌人在灾难后无暇整顿。首领麦金蒂阴险恶毒的眼前浮现出一幅作战场面，谋划出了一个新计划来对付那些反对他的人。当天晚上，喝得半醉的同伙散去之后，他碰了碰麦克默多的胳膊，带他来到两人第一次见面的内室里。

“听着，我的伙计，”他说，“我终于找到一件值得你干的事了，你可以亲手去干了。”

“听到这话，我很骄傲。”麦克默多回答说。

“你可以带两个人去——曼德斯和赖利。我已经吩咐过他们了。不除掉切斯特·威尔科克斯，我们在这个地区就永远不能安心，如果你能除掉他，煤矿区每一个分会都会感谢你的。”

“不管怎么说，我会尽力而为。他是谁？我怎么才能找到他？”

麦金蒂从嘴角边拿下习惯嚼一半、抽一半的雪茄，从笔记本上撕下一张纸，开始画起草图来。

“他是艾恩戴克公司的总工头，是个非常强硬的人，是战争中的老掌旗军士，浑身都是伤，头发灰白。我们两次派人去杀他，都没有成功，吉姆·卡纳韦就是为此丧的命。现在轮到你去解决这件事了。房子就在这儿，孤零零地在艾恩戴克公司的十字路口，就像你在这张图上看到的一样，附近没有别的房子了。白天不行。他带着枪，射击得又快又准，而且连问都不问一句。可是到了晚上——对，有他、他妻子、3个孩子，还有一个用人。你不能挑挑拣拣，要么全干掉，要么一个也别干。如果你能把一包炸药放在门口，连上一根慢慢燃烧的导火线——”

“这个人干了什么事？”

“我不是告诉你他杀了吉姆·卡纳韦吗？”

“他为什么要杀吉姆？”

“这跟你到底有什么关系？吉姆晚上到他家，被他开枪打死了。这对你我来说，已经足够了。你必须把事情处理好。”

“还有两个女人，还有孩子，也得把他们杀了吗？”

“只能杀了他们，不然怎么干掉他呢？”

“这对他们好像太残酷了，他们又没干什么坏事。”

“这是什么话？你是想退缩吗？”

“放松，议员先生，放松。我说了什么，做了什么，让你以为我不想听从自己分会的身主的命令呢？这是对还是错，应该由您来决定。”

“那你愿意去干了？”

“我当然愿意了。”

“什么时候？”

“嗯，您最好能给我一两个晚上，我好先去看看那座房子，计划一下。然后——”

“很好。”麦金蒂说着，握了握他的手。“我就交给你了。你带回来消息的时候，就是一个重要的日子。这是最后一招，以后就可以使他们向我们屈膝投降了。”

麦克默多久久地思索着突然交给他的这项任务。切斯特·威尔科克斯住的那所孤零零的房子在邻近的一个山谷里，大约有5英里远。当天晚上，他一个人出发前去探路。等他侦查回来之后，天已经大亮了。第二天，他跟两个助手曼德斯和赖利商量了一下，这两个人都是性格莽撞的年轻人，兴高采烈得像是去猎鹿一样。两天之后，他们在镇外会面，3个人都带着枪，其中一个带着一包采石场用的炸药。他们来到这座孤零零的房子前时，已是夜里两点。当晚还有风，被风吹散的乌云迅速拂过半轮明月。有人警告过他们要小心猎狗。他们小心翼翼地向前走着，手里的枪已经打开了扳机。可是除了风在怒吼之外，什么声音也没有；除了头顶的树枝在风中摇曳，别的什么动静也没有。麦克默多趴在房门上听了听，里面一片寂静。他又把炸药包放在门边，用刀子挖了一个洞，点上导火索。导火索烧起来了，他和两个同伙站起来，跑到安全的地方，舒舒服服地躲在沟里观看，震耳欲聋的爆炸声伴随着房屋倒塌的低沉的隆隆声，说明他们已经完成了任务。在这个社团的血腥历史上还从来没有人这么干净利落地完成过任务呢。可是，他们精心组织、大胆策划的任务全都白费了！切斯特·威尔科克斯明白许多被害人最后的命运，知道肯定有人要来谋害他，昨天刚把家搬到一个比较安全而又不为人知的地方去了，那里还有一队警察在保护他们。炸药炸毁的只是一座空房子，这位坚定的战争时期的老掌旗军士仍然严格地管理着艾恩戴克的矿工们。

“把他交给我吧！”麦克默多说，“他是我的人，即使等一年，我肯定还是会干掉他的。”

整个分会都投票对他表示了感谢和信任，这件事暂时结束了。几星期后，报纸上报道说威尔科克斯遭到埋伏，被人暗杀了，麦克默多一直在持续着他未完成的工作，这已是众所周知的秘密。

这就是古自由人会所使用的一些手段，这些就是死酷党的所作所为，他们对这片广袤而富裕的地区实行着恐怖统治，他们的恐怖行为使人们长期提心吊胆地生活着。为什么我要用这么多犯罪事实来玷污纸张呢？我说的还不足以说明这是些什么人，他们采用的是什么方法吗？这些行为已经载入历史，人们从一些记录里也能看到详细的情形。读者可以读到亨特和埃文斯两名警察被杀一事，因为他们竟敢冒险逮捕了该社团的两名成员——这种双重暴行由维尔米萨分会策划，并且极为残忍地杀害了这两名孤立无援、手无寸铁的人。读者还可以读到拉贝夫人被枪杀的事，首领麦金蒂下令将她丈夫几乎毒打致死，她紧紧搂着丈夫。老詹金斯被害，不久之后，他弟弟詹姆斯·默多克也惨遭不幸，斯特普豪斯全家被炸死，斯丹达尔一家被杀害。整个可怕的冬天里，惨案一件接着一件。阴霾浓浓地笼罩在恐怖谷上，春天来了，溪水潺潺，草木发芽。长期受到束缚的大自然恢复了勃勃生机，可生活在恐怖统治下的人们却没有任何希望。他们头顶的乌云从未像1875年早春时那么凄惨，那么令人绝望。

危 险

这是恐怖统治的高峰时期。麦克默多已经被任命为内部会长，极有希望有一天继麦金蒂成为身主，现在同伙们都要征求他的意见，如果没有他的帮助和建议，就什么事也干不成。可是，他在古自由人会中的声望越高，他从维尔米萨的大街上走过时，人们对他就越仇视。即使受到恐怖威胁，这里的人民决心团结起来反抗这些压迫者。分会也听到谣言，说《先驱报》报社里有人在秘密集会，并向守法的公民们分发武器。麦金蒂和手下人对这样的报告无动于衷。他们人数众多，态度坚定而且武器精良。对方却像一盘散沙，毫无力量。最终的结果只会跟过去一样，只是漫无目标的空谈，也许会装模作样地逮捕几个人作罢。麦金蒂、麦克默多和那些大胆分子们都是这么说的。

这是5月一个星期六的晚上。分会通常都在星期六开会，麦克默多正准备离开家去开会，这时，古自由人会的懦夫莫里斯兄弟前来见他。他眉头紧皱，慈祥的面孔显得非常憔悴。

"我可以随便跟你谈谈吗，麦克默多先生？"

"当然可以。"

"我从未忘记，有一次我曾向你说过心里话，就连首领亲自来问你，你也一直守口如瓶。"

"你信任我，我还能怎么办？但这并不等于我同意你的话。"

"我很清楚这一点。可是我只能跟你说心里话，而且不怕泄露。我有个秘密。"他把手伸向胸前。"我都快急疯了。真希望这是给别人的，而不是给我的。如果我跟你说了，就一定意味着要杀人了。可是如果我不说，也许我们大家都完了。上帝保佑，可是我实在不知该如何是好了！”

麦克默多诚恳地看着面前这个人。他浑身颤抖着。麦克默多倒了一杯威士忌递给他。

“这就是给你这种人的药。”他说，“现在告诉我吧。”

莫里斯喝下酒，苍白的脸上有了一丝血色。

“我一句话就可以全告诉你，”他说，“有一个侦探在调查我们。”

麦克默多难以置信地盯着他。

莫里斯喝下酒，苍白的脸上有了一丝血色。

“怎么，伙计，你疯了！”他说，“这儿难道不全是警察和侦探吗？他们能把我们怎么样？”

“不，不，不是这个地区的人。就像你说的，我们认识他们，他们什么也干不了。可是你听说过平克顿[①]的侦探吗？”

“我听说过几个人。”

“嗯，我告诉你，等到他们调查你时，你就没指望了。这可不是一个无所谓的政府机构，这是一个非常认真的企业，一心想查出结果，千方百计直到最后水落石出。如果有个平克顿侦探在详细调查这件事，我们就全完了。”

“我们一定得杀了他。”

“唉，你最先想到的就是这个！那你就会在分会里提出来。我不是告诉你，结果肯定是谋杀吗？”

“当然了，谋杀又怎么了？在这儿不是再普通不过了吗？”

“的确是，不过不应该由我来指出哪个人该杀，否则我一辈子也不会安心。可是危险的可能是我们自己啊。上帝，我该怎么办？”他的身体前前后后地摇晃着，不知该如何是好。

可是他的话却深深地触动了麦克默多。不难看出，他认同了对方所说的危险，而且必须马上解决。他抓住莫里斯的肩膀，恳切地摇晃着他。

“听着，伙计，”麦克默多激动得几乎尖叫起来，“你坐在这儿像老夫人哭丧似的，一点儿用也没有。我们说一下情况。这个人是谁？在哪儿？你是怎么听说他的？你为什么要来找我？”

“我来找你，是因为只有你才能给我建议。我跟你说过，我到这儿来之前，在东部有一个商店。我在那儿也有好朋友，其中一个在电报局工作。我昨天收到他一封信。这一页开头写得很清楚。你自己看吧。”

---

① 1850年美国私人侦探艾伦·平克顿（1819—1884）创建了美国第一家私人侦探机构——平克顿侦探公司，专门侦查铁路盗窃案，平克顿著有《侦探生涯三十年》。——译注

下面就是麦克默多看到的内容：

你们那儿的死酷党怎么样了？我们在报纸上看到过很多。只限于我们俩，我希望不久就能得到你的消息。5家大公司和两家铁路局非常认真地处理这件事了。他们说到做到，你可以相信，他们会到那儿的。他们已经在调查了。平克顿已奉命进行调查，他最能干的手下伯迪·爱德华兹正在行动。这件事必须立刻停止了。

再读一读附言。

当然了，我所说的都是从生意场上得到的消息，只能说这么多。他们每天都没完没了地处理的密码，可是却不知道是什么意思。

麦克默多手里拿着这封信，心里焦虑不安，默默地坐了一会儿。一时间，迷雾升起来了，在他面前是一道万丈深渊。

“还有别人知道这件事吗？”他问。

“我没告诉别人。”

“可是这个人——你的朋友——可不可能再写给别人？”

“嗯，我想他还认识别的一两个人。”

“分会里的？”

“很可能。”

“我这么问，因为他有可能描述一下这个叫伯迪·爱德华兹的人的样子，那我们就可以追踪他了。”

“嗯，有可能。不过我认为他并不认识这个人，他只是把生意场中得到的消息转告给我，他怎么可能认识这个平克顿的侦探呢？”

麦克默多猛地跳了起来。

“天哪！”他大喊着，“我知道是谁了。我竟然不知道这件事，真是个傻瓜！上帝，不过我们还算走运！趁他还没能造成伤害之前，我们先收拾他。听着，莫里斯，你能把这件事交给我吗？”

“当然了，只要别连累了我！”

“我来负责，你完全可以退后，让我来办。我连你的名字都不用提，我来承担一切，就说这封信是写给我的。你满意了吗？”

“这正符合我的心愿。”

“那就到此为止，保持缄默。现在我要到分会去了，我们很快就会让老平克顿后悔的。”

“你不会杀这个人吧？”

“你知道的越少，莫里斯朋友，你的良心就会越平静，睡觉也就越安稳。什么也别问了，顺其自然吧。现在让我来处理吧！”

莫里斯忧愁地摇了摇头走了。

“我觉得双手沾满了他的鲜血。”他难过地说。

“不管怎么说，自卫可不算谋杀。”麦克默多狞笑着说，“要么他死，要么我们死。要是我们把这个家伙留在山谷里，我看他们会把我们全毁了。哦，莫里斯兄弟，我们得选你当身主了，是你救了分会。”

可是从他的行动中看得出，虽然他嘴上这么说，头脑里却在十分严肃地思考这条新消息。也许是因为他问心有愧；也许是因为平克顿公司名声显赫；也许是因为得知这些大公司决心铲除死酷党；可是，不管他脑子里怎么想，在行动上他已经做好了最坏的打算。在离开之前，凡是有可能控告他的纸片，他都销毁了。他满意地长舒了一口气，他表面上已经安全了，可是心里还感到危险。在去分会的路上，他在老沙夫特家门口停了下来。老沙夫特严禁他进这栋房子，可是他轻轻敲敲窗户，埃蒂就出来迎接他了。情人眼睛里跳动的爱尔兰式的恶作剧神情不见了。埃蒂从他急切的脸上看出，他遇到危险了。

“出事了？”埃蒂喊着，“哦，杰克，你遇到危险了？”

“对，不过还不太坏，亲爱的。不过在它变坏之前，我们先采取行动，这比较明智。”

“采取行动！”

“我曾经答应过你，总有一天我会走的。我想现在时间到了。我今晚得到消息，一个坏消息，我知道有麻烦了。”

“是警察吗？”

“嗯，是平克顿的一个侦探。不过，当然了，你不知道这是什么东西，我的爱人，也不知道对我们这样的人来说，这意味着什么。我陷得太深了，我得尽早脱离。你说过，如果我走了，你会跟我一起走。”

“哦，杰克，这样你就得救了。”

“在有些事情上我还是个诚实的人，埃蒂。无论给我什么报酬，我绝不会伤害你漂亮脑袋上的一根头发。在我看来，你仿佛坐在云端金色的宝座上，我绝不会把你拉下一丁点儿。你相信我吗？”

埃蒂默默地把手放在他的手中。

“那好吧，听我说，照我说的做，因为这是我们唯一的出路了。山谷里要出事了，我真切地感受到了。许多人都只能自己照顾自己了。不管怎么说，我也是其中之一。如果我走了，不管白天还是黑夜，你一定得和我一起走！”

“我愿意跟上你，杰克。”

“不，不，你得和我一起走。如果我离开这个山谷，就永远不能再回来了。为了逃避警察，我可能连消息都没法送给你，我怎么能把你一个人留在这儿呢？你必须和我一起走。我来的地方有一个好心的妇女，我把你放在那儿，一直到我们结婚。你愿意来吗？”

“愿意，杰克，我愿意来。”

“上帝保佑你，你这么信任我。如果我辜负了你的信任，我就是地狱里出来的恶魔。现在，记着，埃蒂，可能只是一张便条，一收到这张便条，你必须放下一切，立刻到车站候车室等着，我会去那儿找你。”

“不管白天还是夜晚，一收到便条，我马上去，杰克。”

麦克默多自拟的逃跑计划已经启动，心里稍微轻松了点儿，他接着往分会去。人群已经聚集起来了，只有回答出复杂的暗号之后，他才能通过周围的外部和内部警戒。他一走进去，便受到人们的热烈欢迎。长长的房间里挤满了人，透过烟雾，他看见了身主乱蓬蓬的、又长又密的黑头发，还有鲍德温残忍而不友好的表情，秘书哈拉韦兀鹰似的面孔，以及分会的其他十几个领导人。他很高兴，这些人都在，可以讨论一下他带来的消息。

“我们真高兴见到你，兄弟！”首领高喊着，“这儿有件事，需要所罗门[①]来做出公正的裁决呢。”

“是兰德和伊根。”麦克默多坐下来时，旁边的人告诉他说，“他们被分会派去刺杀斯泰尔斯敦的老头子克拉布，两人都要分会的杀头赏金，谁知道是谁开枪打中的？”

麦克默多从座位上站起来，举起手。他脸上的表情使大家都大吃一惊。屋里出现死一样的寂静，等着他说话。

“尊敬的身主，”他庄重地说，“我有要事报告。”

“麦克默多兄弟有要事报告。”麦金蒂说，“根据分会规定，应该优先讨论。现在，兄弟，请说吧。”

麦克默多从口袋里掏出那封信。

“尊敬的身主和兄弟们，”他说，“今天，我带来的是坏消息，可是让大家先知道并且讨论一下，总比毫无准备就被一网打尽要好。我得到消息，州里最有权势、最富裕的一些机构已经联合起来准备摧毁我们，此时此刻，一个叫伯迪·爱德华兹的平克顿侦探正在山谷里搜集证据，准备把绞索套到我们很多人的脖子上，把这个房间里的每一个人送进重刑犯的牢房。这就是我报告的要事，请大家讨论。”

---

① 古以色列国国王大卫之子，以智慧著称。——译注

屋子里一片死寂。还是主席本人打破了沉默。

“你有什么证据，麦克默多兄弟？”主席问。

“在写给我的这封信里。”麦克默多说，“我要守信用，因此我不能再提供这封信的具体细节了，也不能把这封信交给您，不过我向您保证，其中没有其他影响分会利益的事情。我一接到信，就来向您报告了。”

“让我说，主席先生，”一个年长的兄弟说，“我听说过伯迪·爱德华兹，他是平克顿侦探事务所里最能干的人。”

“有谁知道他长什么模样吗？”麦金蒂问。

“有，”麦克默多说，“我知道。”

大厅里传来一阵惊讶的低语声。

“我想我们已经把他掌握在手掌心里了。”麦克默多脸上带着一丝喜悦的笑容说，“如果我们迅速巧妙地行动，就能马上结束这件事。如果能得到您的信任和帮助，我们就没有什么可害怕的。”

“我们有什么可害怕的？他怎么可能知道我们的事？”

“议员先生，如果每个人都像您这么忠诚可靠，您可以这么说。可是这个人背后有那些资本家的百万资本做后盾。您认为我们分会里没有软弱的兄弟被他收买吗？他会得到我们的秘密——也许已经得到了。只有一个可靠的办法。”

“就是他永远也不离开山谷。”鲍德温说。

麦克默多点点头。

“说得好，鲍德温兄弟。”麦克默多恳切地说，“我要向您建议，这是件生死攸关的大事，不便在整个分会面前讨论。我并不是怀疑在座的哪位兄弟，不过只要有一句话传到这个人的耳朵里，我们就再也没有机会干掉他了。我希望分会能组织一个可靠的委员会，主席先生——您本人，如果我能建议的话，鲍德温兄弟，另外再挑5个。这样我就可以详细地说一说我知道的情况，建议大家该怎么做。”

这个提议立刻得到采纳，组织了一个委员会。除了主席和鲍德温，还有兀鹰脸的秘书哈拉韦，残忍的年轻杀手老虎科马克，财务主管卡特，以及无所畏惧的亡命之徒威拉比兄弟俩。

正常的分会会议变得简短而压抑，人们的心头都笼罩着一层乌云，许多人第一次看到，复仇的法则规律的阴云开始在他们久居之地的晴空中飘荡。以前他们只对别人施加恐怖，这已经成为他们生活的一部分了，他们从来没有想过会有因果报应，现在报应来得这么近，愈发使人觉得心惊肉跳。他们很早就散了，留下领导人自己讨论。

“现在说吧，麦克默多。”别人都离开后，麦金蒂说。7个人呆呆地坐在座位上。

“我刚才说我认识伯迪·爱德华兹。”麦克默多说，“用不着我说，你们也明白他在这儿不会用这个名字。他是个勇敢的人，我敢打赌，可他不是疯子。他在这儿的名字叫史蒂夫·威尔逊，隶属于霍布森斯帕奇分会。”

“你怎么知道的？”

“因为我跟他说过话。当时我也没想这么多，要不是因为这封信，我也不会再想起来，不过现在我可以肯定就是这个人。我星期三在火车上碰见了他，他说他是个记者。当时，我相信了他的话。他说他在纽约新闻社工作，想知道关于死酷党的一切情况，以及他所说的‘暴行’。他问了我各种各样的问题，好在报纸上写篇文章。你们可以相信，我什么也没有透露。‘我可以给你钱，而且钱不少，’他说，‘只要能找到编辑想要的材料。’我挑了一些最让他高兴的话说了，他给了我20美元的酬金。‘如果你能提供我所需要的一切信息，’他说，‘我就再加10倍的酬金。’”

“那你告诉他什么了？”

“随便编造了一些。”

“你怎么知道他不是记者呢？”

“我这就告诉你。他在霍布森斯帕奇下了车，我也是。我碰巧要进电报局，他刚从里面出来。”

“‘哼！’他走了以后，接线员说，‘这种电报，我们得收双倍的钱。’‘我想是的。’我说。他填的电报单像中文一样，我们都看不懂。‘他每天发一份这样的电报。’那个职员又说。‘没错，’我说，‘是他给报社写的特别新闻，他怕别人知道。’当时，我和那个接线员都是这么想的，可是现在我不这么想了。”

“天哪，我想你说得对！”麦金蒂说，“可是你认为我们应该怎样处理这件事呢？”

“为什么现在不直接去把他干掉呢？”有人建议说。

“啊，越早越好。”

“我要是知道哪儿能找到他，立刻就去了。”麦克默多说，“他在，可是我不知道哪栋房子。不过，如果你们愿意听我的建议，我倒有个计划。”

“好吧，什么计划？”

“我明天一早就去帕奇，通过接线员找到他，我想接线员能找到他。嗯，然后我就告诉他我自己就是一个古自由人会成员。我会把分会的所有秘密卖给他。他肯定同意。我会告诉他材料都在我家里，到处都有人的时候，我自然不可能让他到我家里来。他应该明白这是一种常识。我让他晚上10点钟来，他就能看到所有的材料。这样我们就能抓住他了，肯定的。”

“然后呢？”

“你们可以自己计划剩下的部分。寡妇麦克纳马拉家是一座孤零零的房子。她绝对可靠，耳朵也全聋了。房子里只有我和斯坎伦。如果我能让他也保密的话——如果行的话，我就告诉你们——我就让你们7个人晚9点到我这儿来。我们会抓住他的。如果他活着逃了出去——嗯，那他下半辈子就可以吹嘘伯迪·爱德华兹有多走运了。”

“这么一来，平克顿公司就该有个空缺了，不然就是我说错了。”麦金蒂说，“就这么办，麦克默多。明天晚上9点，我们去找你。你只要把门在他身后关上，别的就交给我们了。”

诱捕伯迪·爱德华兹

正如麦克默多所说，他住的是一栋孤零零的房子，非常适合他们计划的这次犯罪。房子位于镇子的最边缘，又远离马路。在别的情况下，这些阴谋策划者只要像以前一样，把被害人叫出来，把子弹都射到他身上就完了，可是这一次，他们却得发现这个人究竟知道多少底细，怎么知道的，给雇主送过多少情报。有可能他们下手已经太晚，对方已经把全部情报送走了。如果事实如此，他们至少还可以向做这件事的人复仇。可是他们仍然希望这位侦探并没有得到什么重要情报，不然他根本没有必要把麦克默多给他的那些无关紧要的情报写下来，然后发出去。可是，所有这些他们都要从侦探本人的嘴里得知。一旦抓住他，他们会有办法让他开口的。他们也不是第一次碰上不愿说话的证人。

麦克默多按照事先的安排来到霍布森斯帕奇。那天上午，警察似乎对他格外注意，他在候车室等候时，马文队长——自称麦克默多在芝加哥的一个老熟人——竟然跟他打了个招呼。麦克默多转过身，没有搭理他。下午麦克默多办完事回来，看见麦金蒂站在工会门口。

“他快来了。”麦克默多说。

“好！”麦金蒂说。这个巨人只穿了一件衬衫，表链和议员标记在宽大的马甲前闪烁，钻石别针在又粗又硬的胡须下闪闪发光。开设酒馆、玩弄政治使首领成了一个非常富裕而且有权有势的人。因此，前一天晚上他眼前浮现出的监狱和绞架就显得更可怕了。

“你估计他知道得多吗？”首领焦急地问。

麦克默多沮丧地摇了摇头。

“他到这儿有一段时间了——最少6个星期。我想，他并没有实地看一看。如果他利用铁路资本，这么长时间一直在搜集我们的情况的话，我相信他已经很有收获了，而且已经送出去了。”

“分会里没有意志薄弱的人！”麦金蒂大喊着，“每一个人都坚贞不屈。不过，天哪，有一个可恶的莫里斯。他怎么样？如果真有人出卖我们，那一定是他。我决定派几个兄弟天黑以前去教训教训他，看能不能得到什么情况。”

“嗯，这倒也没什么坏处。”麦克默多回答说，“我不否认我喜欢莫里斯，不忍心看到他受到伤害。他曾跟我说过一两次分会里的情况，虽然他的看法跟你我的也许有些不同，可是他绝不像是一个告密的人。不过，我不该干涉你们俩之间的事。”

“我来修理修理这个老鬼。”麦金蒂咒骂着说，“我已经注意他一年了。”

“嗯，情况你最了解。”麦克默多回答说，“不过不管你想干什么，都得等到明天，因为在平克顿事件结束之前，我们必须不动声色。今天我们无论如何也不能惊动警察。”

“你说得对。”麦金蒂说，“就算我们必须把伯迪·爱德华兹的心挖出来，也要先问清楚他本人到底从哪儿得到消息的。他会不会感觉出这是一个陷阱呢？”

麦克默多大笑起来。

“我看我是抓住了他的弱点。”麦克默多说，“只要能得到死酷党人的踪迹，他就会跟随到底。我拿了他的钱。”麦克默多掏出一大沓钞票，咧着嘴笑着，“等他看到我所有的材料后，钱还会更多。”

“什么材料？”

“哦，根本没有材料。不过我告诉他，分会章程、规定手册、会员表格都在我这里。他以为离开之前，他就能把一切都调查得清清楚楚了。”

“对，他说得一点儿不错。”麦金蒂阴森森地说，“他没问你为什么没带材料吗？”

“我不能随身带着这些东西，而且我是一个受怀疑的人，就在今天，马文队长还在候车室跟我说话了呢。”

“对，我听说了。”麦金蒂说，“我想，你能承担这个重任。我们干掉他以后，可以把他扔进一个旧矿井里，可是不管我们怎么干，我们也没办法瞒过住在霍布森斯帕奇的那个人，而且你今天还去了那儿。”

麦克默多耸了耸肩。“只要我们处理得当，他们找不出杀人的证据来。”他说，“天黑以后，谁也不会看见有人进这所房子，我也要计划好，不让一个人看见他离开。现在，议员先生，我会告诉您我的计划，您再把另外几个人安排好。你们都要早点儿来。很好。他10点钟到。他会在门上敲3下，我去开门。然后我就走在他后面，把门关上。他就是我们的了。”

“这很容易。”

“没错，不过下一步就需要好好考虑了。他是一个很难对付的家伙，而且带足了武器。虽然我能把他骗来，但他很可能会提高警惕。他本来以为只有我一个人，如果我直接把他带进有7个人的房间，肯定会打起来，难免有人受伤。”

“是这样。”

“而且枪声还会把镇上所有该死的警察都吸引过来。”

“我想你说得对。”

“我应该把这个安排好。你们都在一间大屋子里——你跟我谈过话的那间屋子。我去给他开门，把他带到门旁的会客厅里，让他待在那儿，我去取材料。这样我就有机会告诉你们情况怎么样了。然后我再带着假材料回去，趁他看材料的时候，我就冲过去，抓住他的右手，让他没法开枪。你们听到我的叫声，就赶紧冲进来。越快越好，因为他跟我一样强壮，可能我还对付不了他。不过我会抓着他，直到你们进来。”

“这个计划很不错。”麦金蒂说，“分会为此非常感激你。我想，等我不做身主时，我一定提名让你来接替我。”

“议员先生，说实话，我只不过是一个新入会的兄弟。”麦克默多说，不过脸上的表情却说明他很喜欢听这位大人物的表扬。

回到家之后，他开始着手为即将到来可怕的夜晚做些准备。他把那支史密斯韦森牌左轮手枪擦拭干净，上好油，装满子弹。接着检查了一下准备诱捕那位侦探的房间。这是一个很大的房间，中间有一张松木长桌，尽头是一个大炉子。两旁都是窗户。窗户上没有百叶窗，只有拉上的浅色窗帘。麦克默多仔细地检查着。毫无疑问，他觉得这个房间太暴露，不太适合这样的秘密活动。可是因为远离路边，也就没有太大关系了。最后，他跟同屋的人商量了这件事。斯坎伦虽然也是一个死酷党，但他是一个不伤害别人的小人物，他非常软弱，从来不敢反对同伙们的意见，可是他有时被迫参与一些流血事件，暗地里感到非常恐怖。麦克默多简短地告诉他即将发生的事。

“如果我是你，麦克·斯坎伦，我今天晚上就逃走，别跟这事扯上关系。天亮之前，这里肯定要有流血事件发生。”

“真的，杰克。”斯坎伦回答说，“我不是不想，只是因为我没有勇气。当我看见远处那个煤矿的邓恩经理被害时，我简直受不了了。我不适合干这种工作，不像你或者其他人。如果分会不加害于我，我会照你说的逃走，让你们自己去处理晚上的事。”

那些人按计划早早地来了。他们外表上看起来像是值得尊敬的公民，穿着整齐、体面，可是从他们紧闭的嘴角和凶狠的眼睛里，善于观察外貌的人就能看出，伯迪·爱德华兹没有什么希望了。房间里的每一个人的手上都曾十几次沾满了鲜血。他们富有杀人经验，就像屠夫宰羊一样。当然，无论从外貌还是从罪恶上来说，最值得一提的就是令人畏惧的首领了。秘书哈拉韦是一个骨瘦如柴、心狠手辣的人，长着皮包骨的长脖子，四肢神经质地痉挛着——这个人绝对忠诚于古自由人会的财务状况，对别的任何人都没有正义或诚实的概念。财务主管卡特是一个冷漠、沉闷的中年人，皮肤像黄色的羊皮纸。他是一个能

窗玻璃突然破裂，许多闪闪发亮的来复枪从窗户里伸进来，窗帘也被扯了下来。

干的组织者，几乎每一次暴行的细节安排都是从他的脑子里想出来的。威拉比两兄弟都是实干家，身材高大，手脚灵活，神情果断，而他们的同伴老虎科马克则是一个粗壮的黑脸汉子，他的凶狠残暴就连同伙也畏惧三分。就是这些人当晚在麦克默多的住处集合，准备杀害那位平克顿侦探。

主人已在桌子上摆好了威士忌酒，几个人匆忙吃喝起来。鲍德温和科马克已经半醉了，酒精使他们凶狠残暴的本性暴露无遗。科马克把手放在火炉上——因为春天的夜晚依然寒冷，火炉也升起来了。

“这就行了。”他发誓说。

“对，”鲍德温明白他的意思。“只要把他捆起来，我们就能让他说实话。”

“我们会让他说实话的，不用担心。”麦克默多说。这个人天生的铁石心肠，虽然这件事一直压在他心上，可是他的态度仍然和平时一样冷静，毫不在意。其他人都对此表示赞许，鼓着掌。

“只有你能对付他。”首领赞许地说，“一直到你的手掐住他脖子，他都不会起疑心。遗憾的是，你的房子里没有百叶窗。”

麦克默多走过去，把窗帘一个一个地拉紧。

“好了，这下没有人会怀疑我们了。快到时间了。”

“也许他不会来了，也许他嗅到危险了。”秘书说。

“他会来的，不用担心。”麦克默多回答说，“你们急着想见他，他也一样急着想见你们。你们听！”

他们都像蜡人似的坐着不动，有的人手里的杯子正举在嘴边。门上响起3下响亮的敲门声。“嘘！”

麦克默多举手示意大家小心。这些人交换着兴奋的眼神，手放在暗藏的武器上。

“千万不要弄出一点儿声音！”麦克默多小声说着，然后走出屋子，小心地把门在身后关上。这些凶手们竖起耳朵等着。他们数着同伙走向过道的脚步声，接着听到他打开了外面的门。几句寒暄的话。接着听到一阵陌生的脚步声走进来，声音也很陌生。过了一会儿，门“砰”地关上了，钥匙在锁孔里转动着。他们的猎物完全陷入了牢笼。老虎科马克一阵狞笑，首领麦金蒂立刻用大手捂住他的嘴。

“安静点儿，你这个傻瓜！”首领小声说着，“你要坏我们的事了。”

隔壁的房间里传来模糊不清的谈话声，让人难以忍受。接着门开了，麦克默多走进来，手指挡在嘴唇上。

他来到桌子尽头，打量着众人。他身上起了一种微妙的变化，神情像是一个要干大事的人。他的脸上表现出坚决果敢，眼睛从眼镜后面发出激动万分的光彩。他显然已经成为众人的领袖了。他们急切地盯着他，可是他一句话也不说。他仍然一个一个地注视着这些人。

“喂！”麦金蒂终于喊起来，“他来了吗？伯迪·爱德华兹来了吗？”

“来了，”麦克默多缓缓地回答说，“伯迪·爱德华兹来了。我就是伯迪·爱德华兹。”

短短的几句话说完之后，足足10秒钟，整个房间里像空无一人，鸦雀无声。炉子上的水壶突然“嘶嘶”地响了起来，显得尤为刺耳。7个人惊恐得一动不动，7张惨白的面孔一齐往上看着这个正俯视着他们的人。接着，窗玻璃突然破裂，许多闪闪发亮的来复枪从窗户里伸进来，窗帘也被扯了下来。见此情景，首领像一只受伤的熊，他咆哮了一声，向半开着的门口扑去。一支左轮手枪在那儿等着他，煤铁矿警察马文队长严厉的蓝眼睛炯炯有神地盯着他。首领只好后退，跌倒在椅子上。

“您坐在那儿很安全，议员先生。”他们认为是麦克默多的人说，“还有你，鲍德温，如果你还不把手从枪上拿下来，那就用不着刽子手了。把手拿下来，不然我就——放下，这就对了。这座房子已经被40个全副武装的人包围了，你们可以自己算一算，你们有什么机会。缴了他们的手枪，马文！”

在来复枪的威胁下，不可能有任何抵抗的机会。这些人被缴了械。他们仍然坐在桌子旁，脸色阴郁、温顺而又惊讶。

“在我们分手之前，我想跟你们说句话。”诱捕了他们的人说，“我想除了在法庭上，我们不会再见面了。在此期间，我让你们考虑一些事情。现在你们知道我是谁了。我终于可以把我的名片放在桌子上了，我是平克顿事务所的伯迪·爱德华兹。我被挑选来破坏你们这个团伙。我玩的是一个艰难而危险的游戏。除了马文队长和我的雇主们，没有一个人，即使我最亲近、最亲爱的人也不知道我在玩这个游戏。可是今天晚上，这一切都结束了。感谢上帝，我赢了！”

7张惨白、僵硬的面孔抬起来看着他，他们的眼中显出抑制不住的仇恨。他看出了这种冷冷的威胁。

“也许你们认为这个游戏还没完。好吧，我只好碰碰运气了。不管怎么说，有些人的手伸不了太远了，而且除了你们，今天晚上还有60多个人被捕。我告诉你们，在我接受这件工作时，我从来没有想过会有像你们这样的社团。我以为那只是报纸上的无稽之谈，我得证明这一点。他们告诉我这跟古自由人会有关，于是我就去了芝加哥，成了一名会员。我比任何时候都更相信，那只是无稽之谈，因为我发现这个社团并没有做任何坏事，只有好事。不过，我还是得执行自己的任务，于是就来到产煤的山谷里。当我来到这个地方时，我明白我错了，而且这一点都不新鲜。我就留下来查个究竟。在芝加哥，我从来没有杀过人。我一辈子也没有伪造过1美元。我给你们的都是真的，可是这些钱花得是最值得的。我知道怎么迎合你们的兴趣，就假装在被警察追捕。效果跟我想象的一模一样。

“于是我加入了你们的内部分会，还参加了你们的商议活动。也许他们会说，我跟你们一样坏。只要能抓住你们，随便他们怎么说都行。可是真相到底是什么？你们殴打斯坦格老人的那天晚上，我也参加了。我没能事先警告他，因为没有时间，不过你想杀害他的时候，我拦住了你，鲍德温。如果我曾经提过什么建议，从而保证我在你们中的地位的话，那都是些我知道自己能够阻止的事。我没能救邓恩和孟席斯，因为我了解得不够清楚，不过我会让那些杀人犯被绞死的。我事先警告了切斯特·威尔科克斯，所以当我炸掉他家时，他和家人已经藏起来了。还有许多我没能阻止的罪行，但是如果你们回头看一看，想一想为什么你们要杀害的人回家时走了另一条路，或者你们要找的人却在镇上，或者你们以为他要出来的时候，他偏偏待在家里，你们就会明白那些都是我干的。”

“你这个该死的叛徒！”麦金蒂咬牙切齿地说。

“行，约翰·麦金蒂，如果这样你觉得舒服点儿，你可以这么叫我。你们这些人是这些地方的上帝和人民的公敌。得有一个人来阻止你对那些受你们掌握的可怜的人们的压迫。只有一种方法可以这么做，我做了。你说我是‘叛徒’，不过我想，会有成千上万的人说我是下到地狱里拯救他们的‘救命恩人’。我这样过了3个月。即使他们让我在华盛顿的财务部里为所欲为，我也不愿意再过这样的3个月了。我必须等到掌握全部情况，每一个人、每一个秘密。如果不是因为知道我的秘密就要暴露的话，我还会等得再长一点儿。镇上来了一封信，你们大家都会警惕起来。我必须行动，而且要迅速行动。我没有别的要说了，在我临终时，回想起我在这个山谷里的所作所为，我会安然死去。现在，马文，我不再耽搁你了，把他们都带走吧！”

没有别的可说了。斯坎伦奉命把一张封口的便条送到埃蒂·沙夫特小姐处，他挤了一下眼睛，会心地笑着接受了这个任务。次日一大早，一个漂亮女子和一个蒙面男子坐上一辆由铁路公司派来的特别列车，迅速离开了这个危险之地。这是埃蒂和她的情人最后一次涉足恐怖谷。10天之后，他们在芝加哥成婚，老雅各布·沙夫特是他们婚礼的见证人。

对死酷党的审判是在远处进行的，以免他们的党徒恐吓法律卫士们。他们徒劳地挣扎着。为了救他们，分会的钱——靠勒索从整个镇上压榨出来的——像流水似的白白地花掉了。证词客观、清楚、明确，写证词的人了解他们的组织，了解他们生活的每一个细节，虽然辩护人使尽阴谋诡计，可是他们的罪行仍然确凿无疑。经过多年的努力，古自由人会终于土崩瓦解了。山谷上的阴霾永远消散了。麦金蒂上了断头台，最后时刻来临时，他痛哭哀号。8个主要手下也是同样的命运，还有50多个人被判处了不同的刑罚。伯迪·爱德华兹的任务完成了。

可是，正如他所预料的，游戏还未结束，还有别的节目要继续上演，一个接着一个。比如泰德·鲍德温，他逃脱了绞刑架；威拉比兄弟俩，还有同伙中最凶狠的几个人，他们销声匿迹了10年。有一天，他们又重获自由。爱德华兹了解这伙人，他知道这一天意味着他的宁静生活的结束。这些人向所有他们认为神圣的人发誓，一定要杀了他替同伙报仇雪恨。他们立志信守诺言。他们有两次几乎得手，相信第三次就可以杀死他，爱德华兹被迫逃出了芝加哥。他更名改姓，从芝加哥又去了加利福尼亚。埃蒂·爱德华兹去世，他的生命曾经一度失去了光明。他又一次几乎丧命，便改名道格拉斯，在一个人烟稀少的峡谷里和一个名叫巴克的英国人合伙经营矿业，积聚了大笔财富。最后，他发现那些猎狗又一次追踪到他，他立即逃往英格兰——刚刚来得及。约翰·道格拉斯在这里又娶了一位高贵的女子，过了5年苏塞克斯郡乡村绅士的生活——这种生活最后所发生的怪事，我们前边已经听说过了。

尾声

警方的审判已经结束，约翰·道格拉斯一案转到上一级法庭。季审法院[①]判决他是自卫，无罪释放。“无论如何要把他弄出英格兰。”福尔摩斯写信告诉他妻子，“这里有些力量比他刚刚幸免的还要危险。英格兰没有你丈夫的安全之地。”

两个月过去了，我们已经有点儿淡忘这件案子了。可是有一天早晨，我们的信箱里收到了一封莫名其妙的信。“天哪，福尔摩斯先生！天哪！”这封信上写着。上面既没有地址，也没有署名。我笑着这封奇怪的信，可是福尔摩斯却显得异常严肃。

“坏事，华生！”他说着，眉头紧锁，坐了很长时间。

那天夜里很晚的时候，我们的房东夫人赫德森夫人通报，说有位先生想见福尔摩斯，事情极为重要。紧跟着送信人走进来的是塞西尔·巴克先生，我们在护城河畔庄园别墅的朋友。他面色忧郁，形容憔悴。

“我带来了坏消息——可怕的消息，福尔摩斯先生。”他说。

“恐怕是这样。”福尔摩斯先生说。

“你没收到电报吧，对不对？”

“有人给我送来了一张便条。”

“是可怜的道格拉斯。他们告诉我说他叫爱德华兹，不过对我来说，他永

① 季审法院：英国历史上一年开庭4次的法庭，1972年起由刑事法庭取代。——译注

“我带来了坏消息——可怕的消息，福尔摩斯先生。”

远是贝尼托峡谷的杰克·道格拉斯。我告诉过你们，他们3个星期以前乘坐帕尔迈拉号一起前往南非去了。”

“没错。”

“轮船昨晚抵达开普敦。今天早晨我收到道格拉斯夫人的电报：

杰克在圣赫勒拿岛[①]附近不幸失足落水。没有人知道灾难是如何发生的。

艾维·道格拉斯

“哈！原来如此！”福尔摩斯若有所思地说，“嗯，我毫不怀疑这是有人周密安排的。”

“你是说，你觉得这不是什么意外？”

“根本不可能。”

“他是被谋杀的？”

“毫无疑问！”

“我也是这么想的。这些可恶的死酷党，这些该死的一心只想复仇的罪犯们——”

“不，不，我的好先生。”福尔摩斯说，“这里有一个主谋的人。这一次不是靠锯短的枪和笨拙的6发左轮手枪的案子。看得出来，这是一个老手干的。只要看到，我就能认出来是莫里亚蒂的作案手法。这次犯罪是从伦敦开始的，不是从美国。”

“可是有什么动机呢？”

“因为干这件事的人绝不能失败——他的独特之处在于他所做的一切都

① 圣赫勒拿岛：位于南大西洋上，属于英国，1815—1821年拿破仑被放逐至此并死于此。——译注

必须成功。一个有大智慧的人，一个庞大的组织都想消灭的一个人。这是在用锤子砸核桃——简直是浪费精力——可是不管怎么说，核桃最后还是被砸碎了。”

“这个人跟这件事有什么关系呢？”

“我只能说，我们第一次是从他的一个助手那儿听到这件事的。这些美国人是经过周密考虑的。他们要在英国干事，就必须寻找合作伙伴，每一个外国罪犯都会这样，他们就跟这个犯罪大师合作了。从那一刻开始，他们要杀的人的命运就已经注定了。一开始，他会动用手下去寻找受害人；然后他就会指示怎么干这件事；最后，当他看到这个杀手失败的报道之后，他就会自己亲自动手了。你也听到我警告过伯尔斯通庄园别墅的先生，即将到来的危险比过去的还要大。我说得对吧？”

巴克生气地握紧了拳头，砸着自己的头。

“你是说在这种情况下，我们只能干坐着？你是说这个魔王没有一个对手吗？”

“不，我不是这个意思，”福尔摩斯说。他的眼睛似乎在凝望遥远的未来。“我并不是说他不可战胜，可是你必须给我一段时间——你必须给我时间！”

我们默默地坐了几分钟，福尔摩斯那双预见性的眼睛仍然像要穿透那层薄纱似的。

他的最后致意（1917）

夏洛克·福尔摩斯情报战

8月2日晚9点，这是世界历史上最恐怖的8月。人们或许已经想到，上帝的诅咒沉重地压迫在这个堕落的世界上空，因为在闷热而凝重的空气中，似乎有一种可怕的寂静和一种模糊的期待感。太阳早已落山了，可是一道血红色的斑痕，像裂开的伤口似的，低垂在遥远的西天边上。天空里星光熠熠，地上轮船的灯火在海湾里摇曳。两个著名的德国人伫立在花园小径的石栏旁，身后是一长排低矮的山墙房屋，他们低头看着白垩悬崖脚下大片的海滩，冯·博克曾经像一只游荡的鹰隼似的，在此栖息过4年。他们脑袋紧挨在一起站在那儿，低声密谈。从下面往上看，两支闪着红光的雪茄烟头就像恶魔阴森森的眼睛在看着下面的黑暗处。

这个冯·博克是一个很杰出的人——在德国皇帝所有忠诚的谍报人员中，几乎没有人比得上他。由于他的杰出才干，他被派往英国执行任务，这是最重要的一项任务，可是自从他接手之后，对世界上为数不多的五六个了解真相的人来说，他的才干变得越来越突出了。其中之一就是他现在的同伴，公使馆一等秘书冯·赫林男爵，他那辆100马力的奔驰车就停在乡间小路上，准备载主人返回伦敦。

“现在情况进展迅速，跟原先的计划非常一致。根据我对事件趋势的判断，很可能你本周内就可以返回柏林了。”一等秘书说，“等你回去之后，亲爱的冯·博克，你会惊讶于自己受到的热烈欢迎。我碰巧了解到国家最高司令部对你工作的看法。”一等秘书身材高大，说话缓慢而低沉，这一直是他政治生涯中的主要资本。

冯·博克不以为然地笑了笑。

“骗他们并不难，这些英国人。”他说，“没有比他们更温顺、更单纯的人了。”

“这一点我倒不知道。”对方若有所思地说，“他们有非常奇怪、出人意料的限制，人们必须学着遵守这些限制。他们外表的单纯对陌生人来说正是一种陷阱。人们的第一印象是他们很温和。后来你突然遇到严峻的状况，你知道自己已经到达了极限，必须适应这一事实。比如说，他们有自己狭隘的习俗，这是你必须遵守的。”

“你是说‘行为得体’和‘讲究道德’之类的事情吗？”冯·博克像吃过很多苦头似的叹了口气。

“我是说英国式的偏见和行为准则，表现形式稀奇古怪。就说说我自己所犯的最大的一个错误吧——我有资格谈论自己的错误，因为你很了解我的工作，知道我的成就。那是我第一次到英国的时候，我被邀请去参加一位内阁大臣在乡村别墅举行的周末聚会，谈话随便得让人吃惊。”

冯·博克点点头。“我也在那儿。”他干巴巴地说。

“一点儿不错。嗯，我自然把情报向柏林做了简要汇报。不幸的是，我们好心的总理在这些事情上下手有点儿太重，他做了一次广播讲话，谈话中表明他对所说的事情已有所了解。当然了，这直接就查到我头上了。你不知道我吃了多大的亏。我们的英国主人们在这些场合绝不手软，我可以向你保证。我花了两年时间才消除这件事的影响。现在，你又带着这副运动家的姿态——”

“不是，不是，别说这是一种姿态。姿态是人为的，我这是很自然的。我是一个天生的运动家，我喜欢运动。”

“好吧，这样效果就更好了。你跟他们赛艇，打猎，打马球，每一项运动你都可以跟他们比一比。你的单人4马车在奥林匹亚还得了奖。我听说你甚至还和那些年轻军官们打拳击比赛。结果怎么样？谁也没把你当回事。你是一个

‘老运动员’，‘一个作为德国人来说很体面的人’，一个酗酒、逛夜总会、在城里到处闲逛的无忧无虑的年轻人。你这间宁静的乡村住宅一直是一个中心，英国一半的不幸都发生在这里，而你这位爱好运动的乡绅——是整个欧洲最狡猾的特工人员。天才，我亲爱的冯·博克，天才！”

“过奖了，男爵。不过我敢说我在这个国家的4年时间没有白费。我还从来没让你看过我的小储藏室呢。你愿意进来一会儿吗？”

书房门正对着阳台。冯·博克把门推回去，在前面带路，打开了电灯开关。他让跟在后面的大块头进来，然后把门关上，仔细地把格子窗上的窗帘拉严实。所有这些预防措施完成之后，他才把长着鹰钩鼻的晒黑的脸转向客人。

“有些文件已经运走了。”他说，“我妻子和家人昨天离开的，他们把不太重要的文件带走了。当然了，剩下的我必须要求使馆保护。”

“一切都已经安排妥当，你的名字已经作为私人随员列入名单，你和你的行李都不会有什么麻烦。当然，有可能我们根本用不着走。英国也许会坐视法国听天由命。我们相信这两国之间没有约束性条约。”

“比利时呢？”他站着，专注地听对方的回答。

“不错，比利时也一样。”

冯·博克摇摇头。“我不明白这怎么可能。肯定有条约。这就是她的结局——什么样的结局啊！她永远也没法从这个屈辱中恢复过来了。”

“至少她可以暂时得到平静。”

“可是她的荣誉呢？”

“啧，我亲爱的先生，我们生活在一个实用主义的时代。荣誉是中世纪的概念。此外，英国也没有准备好，这简直不可思议。可是虽然我们的战争税高达5000万，人们会以为我们的目标清楚得就像在《泰晤士报》头版上登了广告似的，但还是没能把英国人从他们的睡梦中唤醒。到处都在谈论这个问题，我的责任就是找出答案；到处都出现一股怒气，我的责任就是平息这种怒气。不过我可以向你保证，就关键性问题来说——军需品的储存、准备潜艇进攻、安排制造烈性炸药——都毫无准备。尤其是我们挑起了爱尔兰内战，战火蔓延，英国忙得自顾不暇，她靠什么参战呢？”

“她肯定会想想自己的将来。”

“啊，那就是另外一件事了。我想，将来我们会有关于英国的非常确定的计划，你的情报对我们来说非常重要。对于约翰·布尔先生[①]来说，也就是今天或者明天的事。如果他想在今天，我们已经完全准备就绪，我亲爱的冯·博克，由于你的努力，我们准备得更充分了。如果他想在明天，不用说，我们准备得只会更好。我认为他们和盟军一起作战更为明智，但这是他们自己的事了。不过，我们别再假设了，接着讨论真正的政治吧。你刚刚在说你的文件。”

他坐在扶手椅上，灯光照在他宽阔、秃顶的脑袋上，他悠然自得地抽着雪茄，看着同伴的举动。

房间很大，墙上镶着橡木护墙板，四周摆满了书架，另外一角里挂着窗帘。拉开窗帘，露出一个包黄铜的大保险柜。冯·博克从表链上取下一把小钥匙，拨弄一番之后，他打开了厚厚的柜门。

“瞧！”他站在一边，挥着手说。

灯光清楚地照着打开的保险柜，公使馆秘书聚精会神地盯着保险柜里一排排塞得满满的文件格。每个文件格上都有一个标签，他扫视了一遍，看见一长串标题，如“浅滩”、“港口防御”、“飞机”、“爱尔兰”、“埃及”、“朴次茅斯要塞”、“英吉利海峡”、“罗塞斯”，还有许多别的。每个小格子里都塞满了文件和计划。

“了不起！”秘书说。他放下雪茄，轻轻地拍着两只肥大的手掌。

“都是在4年时间里弄到的，男爵。对这个酗酒、酷爱骑马的乡绅来说，

---

① 约翰·布尔先生是18世纪英国作家约翰·阿布什诺特在《约翰·布尔的历史》中所创造的形象，又译“约翰牛”，为英国的绰号。——译注

还算不坏。不过我的收藏珍品就要到了，已经给它准备好位置了。”他指着写有“海军信号”的空格说。

“可是你这里不是已经有一份卷宗了吗？”

“过时了，成了废纸了。英国海军部已有所察觉，所有的密码全更换了。这是一次打击，男爵，是我整个战役中最严重的挫折。不过，幸亏我有支票簿，还有这个好帮手阿尔塔芒特，今晚一切都会顺利。”

男爵看了看表，喉咙里发出失望的叹息声。

“嗯，我真的不能再等了。你可以想象到，目前，情况正在发展，我们必须坚守岗位。我本来以为可以把你获得巨大成功的消息带回去呢。阿尔塔芒特没说几点来吗？”

冯·博克推过来一封电报：

今天一定带火花塞前来。

阿尔塔芒特

“火花塞，唔？”

“你知道，他假装成一个汽车专家，我开汽车行。在我们的密码中，所有东西可能都用汽车零件指代。如果他说散热器，指的就是一艘战船，如果说油泵，指的就是巡洋舰，等等之类的。火花塞就是指海军信号。”

“正午发自朴次茅斯。”秘书一边查看姓名地址，一边说，“顺便问一问，你给了他什么好处？”

“仅仅干这件事就有500英镑。当然了，他还有工资。”

“贪婪的无赖。这些卖国贼是有用的，不过我舍不得给他们告密的赏钱。”

“我什么都舍得给阿尔塔芒特。他是个非常优秀的工作者。用他自己的话说，只要我给的钱多，至少他可以送货来，而且他也不是叛徒。我敢说，和一个真正怀有满腔仇恨的爱尔兰裔美国人比起来，我们最激烈的泛日耳曼主义贵族也只不过是一只爱好和平的雏鸽。”

“哦，爱尔兰裔美国人？”

“如果你听过他说话，你就不会怀疑了。有时候，我敢说我都理解不了他。他似乎既向国王英语[1]宣战，也向英国国王宣战了。你一定得走吗？他随时可能会到。”

“不行，我很抱歉，我待的时间已经太长了。我们明天早晨等你来，等你从约克公爵台阶的小门里拿到那本信号簿，你在英国的任务就胜利结束了。哎哟！托考伊白葡萄酒[2]！”他指的是放在托盘上封得严严实实、沾满了尘土的酒瓶，酒瓶旁还有两个高脚杯。

“在你上路之前，喝一杯怎么样？”

“不了，谢谢。不过看上去你准备痛饮一番了。”

“阿尔塔芒特对酒很有品味，他很喜欢我的托考伊。他是个急性子，有些小事情上需要迎合他一下。他对我的计划至关重要，我向你保证，我必须好好研究研究他。”他们已经走到外面的阳台上，又一起走到阳台另一头，男爵的司机踩动油门，大轿车抖动着，轰轰隆隆地响着。

“我想，那是哈里奇的灯火吧？”秘书披上风雨衣说，“看上去多么宁静，多么祥和啊！本星期内还会有一些别的灯火，英国海岸就没那么太平了！如果那个好心人答应我们的事都能实现，天空也不会这么平静了。喂，那个人是谁？”

他们身后，只有一个窗户还亮着灯。屋里放着一盏灯，坐在桌子旁边的是一个戴着乡村小帽、脸色红润的老夫人。她低头织着什么，偶尔停下来摸一摸旁边凳子上的一只大黑猫。

“是玛莎，我唯一留下来的用人。”

秘书咯咯地笑了起来。

---

① 国王英语：标准英语或规范英语，女王在位时称“Queen’s English”。——译注

② 托考伊白葡萄酒：产于匈牙利。托考伊为匈牙利的一个城镇，盛产葡萄酒。——译注

“她几乎是大不列颠的化身，”他说，“专心致志，悠闲自在。好了，再见，冯·博克！”他最后挥挥手，跳上汽车，车前灯发出两道金色的光柱，照进前面的黑暗中。秘书靠在豪华轿车后座上，脑子里想的全是欧洲即将到来的悲剧，没有注意到他的车在乡间街道上拐来拐去时，一辆福特小汽车从对面开了过去。

车灯的最后一缕光线消失在远方时，冯·博克慢慢走回书房去。当他经过时，他发现老管家已经熄灯睡觉了。偌大的房子里一片漆黑，寂静无声，这对他来说是从未有过的经历，因为他家里一直人口众多。不过，想到他们都安然无恙，他觉得非常轻松，而且除了在厨房里磨蹭的老夫人以外，整个房子只有他一个人。书房里还需要好好整理整理，他开始动手，直到那张俊秀、激动的脸被烧文件的火光映得通红。桌子旁边放着一个旅行包，他把保险柜里的珍贵文件整齐有序地收拾好，准备放进手提包。可是他才刚刚开始，灵敏的耳朵里就听到远处传来汽车的声音。他满意地喊了一声，扣上手提包，关上保险柜，锁好，然后匆忙来到阳台上。他正好看见一辆小汽车的灯光在门前停了下来。一个人从车里跳出来，快步朝他走来，司机年龄稍大，体格健壮，留着灰胡须，像是要长时间值班似的坐在那儿。

“怎么样？”冯·博克跑上前来迎接这位来访者，急切地问道。

那个人得意洋洋地在头顶挥舞着一个黄纸包作为回答。

“今晚你可以热情欢迎我了，先生！”他喊着，“我终于胜利而归了。”

“信号呢？”

“跟我在电报里说的一样，都是最新的——信号机、信号灯密码、马可尼无线电报，是复印件，我得提醒你，不是原件。卖东西的笨蛋本来想把整本都卖了。太危险了！不过这是真货，你可以相信。”他好像很亲密似的粗鲁地拍了拍德国人的肩膀。德国人躲开了。

“进来。”他说，“房子里只有我一个人。我等的就是这个。当然了，复印件比原件安全。如果原件丢了，他们会把所有密码全更换了。你觉得这本复印件靠得住吗？”

这个爱尔兰裔美国人已经进了书房，舒展了四肢，坐在扶手椅上。他又高又瘦，60岁左右，脸上轮廓清晰，留着一小撮山羊胡子，很像山姆大叔的漫画像。他嘴角叼着一只抽了一半、被唾液沾湿的雪茄，坐下来，划了根火柴，把烟重新点燃。“准备走了吗？”他看看周围问道，“喂，先生。”他又加了一句，眼睛落在窗帘拉开后露出来的保险柜上。“你不会就把文件放在这里面吧？”

“为什么不行呢？”

“天哪，这么敞开的玩意儿！他们会把你当成间谍的。喂，一个美国强盗用一把开罐头的小刀就可以打开。如果我早知道我写的信都是放在这么一个不保险的地方，我还给你写信就是个大傻瓜。”

“你们的强盗很难把这个保险柜打开。”冯·博克回答说，“你用什么工具也切不开这种金属。”

“可是锁呢？”

“不行，这是双重密码锁。你知道怎么回事吗？”

“我可不知道。”这个美国人耸了耸肩说。

“嗯，你得有一个词、一套数字才能把这把锁打开。”他站起身，指着钥匙孔四周的双层闪光圆盘。“外层是字母，里层是数字。”

“好，好，太好了！”

“所以，这并不像你想象得那么简单。这是我4年前找人做的，你猜猜我选的词和数字是什么？”

“我猜不出来。”

“嗯，我选的词是‘8月’，数字是‘1914’，这样就打开了。”

美国人的脸上露出惊讶和钦佩的神情。

“哇，真了不起！你这个玩意儿真不错。”

“对。就是我们自己人要想猜出日期来也不那么容易。再说了，明天早晨我就关门不干了。”

“嗯，我想你也得把我安顿一下了，我可不想一个人孤零零地待在这个该死的国家里。据我看，顶多一个星期，约翰·布尔就要竖起后腿大发雷霆了。我情愿从海对岸看着他。”

“可你是美国公民啊！”

“嗯，杰克·詹姆斯也是美国公民，可他还是在波特兰坐牢。对英国警察说你是美国公民根本没用。‘这里是英国的法律和秩序。’他会这样说。顺便问一下，先生，说起杰克·詹姆斯，我看你好像没有尽力掩护手下人。”

“你这话什么意思？”冯·博克厉声问道。

“嗯，你是他们的雇主，不是吗？你应该保证他们不失败，可是他们确实失败了。你什么时候救过他们？詹姆斯——”

“是詹姆斯自己的错。你也很清楚这一点。他太喜欢自作主张。”

“詹姆斯是个傻瓜——我承认这一点。还有霍利斯。”

“这人是个疯子。”

“嗯，最后他有点儿稀里糊涂了。一个人从早到晚和一百多个想让警察抓住他的家伙打交道，肯定会发疯的。不过还有斯坦纳——”

冯·博克突然吃了一惊，红润的脸变得有些苍白。

“斯坦纳怎么了？”

“嗯，他们抓住他了，就这么回事。他们昨晚突袭了他的商店，他和那些文件都在朴次茅斯监狱里呢。你要跑了，这个可怜人却要吃尽苦头，能保住性命已经是万幸了。所以我才想跟你一样尽快过海。”

冯·博克是一个坚强、有自控力的人，可是显而易见，这个消息让他非常震惊。

“他们怎么可能抓住斯坦纳呢？”他喃喃地说，“这是最大的打击了。”

“嗯，你快看到更糟糕的了，我相信他们要抓我的日子也不远了。”

“不至于吧！”

“肯定的。我在弗拉顿路的房东夫人被盘问过几次了，我听说以后，就知道我得赶紧了。可是我想知道，先生，警察怎么会知道这些事呢？自从我自愿替你干事以来，斯坦纳是你失去的第五个人手了，如果我不快点儿行动，我知道第六个就会是谁。你怎么解释这一点，看着自己的手下一个个失败，你不觉得惭愧吗？”

冯·博克脸涨得通红。

“你怎么敢这么对我说话？”

“如果我不敢，先生，我就不会替你干活儿了。不过我可以直截了当地告诉你我的心里话。我听说你们德国政客们在手下完成任务之后，就会把他甩掉，而不感到难过。”

冯·博克腾地站了起来。

“你竟然敢说是我出卖了自己的手下？”

“我没这个意思，先生，不过好像什么地方有一个暗探或者一个骗局，你有责任查清楚。不管怎么说，我不会再冒险了。我要去荷兰，越快越好。”

冯·博克压制住自己的怒气。

“我们合作了这么长时间，在胜利的时刻，我们千万不能有争执。”他说，“你的工作非常出色，冒了很大的风险，我是不会忘记的。想尽办法去荷兰，你也可以跟我一起去柏林，或者从鹿特丹乘船到纽约。从现在开始一个星期内，一旦冯·提尔皮茨[①]开始行动，就没有别的安全路线了。我们结算清楚吧，阿尔塔芒特。这本书我拿着，跟别的包在一起。”

美国人手里拿着那个小纸包，可是没有给他的意思。

“钱呢？”他问。

“什么？”

---

① 冯·提尔皮兹（1849—1930）：德国海军上将，曾任帝国海军大臣（1897—1916），创建德国远洋舰队，主张殖民扩张政策。——译注

“贿赂，酬金，500英镑。枪手最后翻脸不认人了，我只好又给了他100英镑结算清楚，不然对你我都没有好处。‘不然就不干！’他说。他是说真的，不过最后100英镑起了作用。从开始到最后，总共花了我200英镑，我不可能拿不到钱就把它给你。”

冯·博克苦笑着。“你对我的信誉好像评价不高。”他说。“你是想先要钱，再给我书。”

“嗯，先生，这是做生意嘛！”

“好吧！照你说的办。”冯·博克在桌子旁坐下来，匆忙写了一张支票，从支票簿上撕下来，不过他没有交给对方。“不管怎么说，既然我们是这种关系，阿尔塔芒特先生。”他说，“你不相信我，我又怎么能相信你呢？你明白吗？”他回头看着那个美国人，又补充了一句。“支票就在桌子上。在你把钱拿走之前，我想先检查一下纸包。”

美国人把纸包递给他，一句话也没说。冯·博克解开绳子，打开两层包装纸，面前出现了一本蓝色的小书，他惊讶地默默看了一会儿，封面上是烫金字写着的《养蜂实用手册》。这个间谍头子才刚瞪着这个毫不相干的奇怪书名看了一眼，后脖颈就突然被一只铁钳似的手紧紧扼住，一块浸了氯仿的海绵放到了他扭曲的脸上。

“再来一杯吗，华生？”夏洛克·福尔摩斯先生拿起沾满灰尘的帝国托考伊白葡萄酒说，“我们必须喝酒庆祝这一次重逢。”

坐在桌子旁的粗壮的司机急不可待地把酒杯送了过来。

“真是好葡萄酒，福尔摩斯。”他痛快地喝了一大口说。

“难得的好酒，华生。沙发上躺着的这吵吵嚷嚷的朋友向我保证，这酒是从弗朗兹·约瑟夫[①]在美泉宫的酒窖里拿来的。能麻烦你开一下窗户吗？氯仿

① 弗朗兹·约瑟夫（1830—1916）：奥匈帝国国王，1914年7月29日对塞尔维亚宣战。——译注

冯·博克的后脖颈突然被一只铁钳似的手紧紧扼住，一块浸了氯仿的海绵放到了他扭曲的脸上。

的气味太难闻了。”

保险柜开了一条缝，福尔摩斯站在柜子前，拿出一本本的卷宗，飞快地检查着，然后整整齐齐地放在冯·博克的旅行包里。那个德国人躺在沙发上睡觉，鼾声如雷，一根皮带捆着他的胳膊，另一根绑着双腿。

“我们不用着急，华生，不会有人来打扰我们。你按按铃好吗？除了老玛莎，屋子里没有别的人，玛莎起的作用令人佩服。我一开始处理这件案子，就把情况都告诉了她。啊，玛莎，一切顺利，你听到一定很高兴。”

高兴的老夫人出现在门口，她笑着对福尔摩斯屈膝行礼，可是又忧心忡忡地看了一眼沙发上躺着的人。

“没什么事，玛莎，他一点儿也没有受伤。”

“我很高兴，福尔摩斯先生。从他的情况来看，他是一个很和气的主人。昨天他想让我和他妻子一起去德国，不过这跟你的计划相差太远了，是吧，先生？”

“没错，玛莎。只要你待在这儿，我就放心了。今天晚上我们等你的信号，等得有一会儿。”

“那位秘书来了，先生，从伦敦来的肥胖的绅士。”

“我知道，他的汽车从我们旁边过去了。如果不是你车技高超，华生，我们就成了普鲁士铁蹄下的欧洲了。还有什么，玛莎？”

“我还以为他再也不走了呢。我知道，如果他在这儿，先生，就配合不了你的计划了。”

“的确是。嗯，我们只不过在山上等了半个小时左右，我看到你的灯灭了，知道障碍已经解除了。你明天去伦敦，到克拉里奇饭店向我报告，玛莎。”

“很好，先生。”

“我想你已经准备好离开了？”

“是的，先生。他今天寄出7封信。我有地址，跟平常一样。收到9封，我也有地址。”

“很好，玛莎。我明天再看。”看不见老夫人后，福尔摩斯又接着说，“这些文件不太重要，当然了，因为这些情报早已送给德国政府了。这些都是原件，不可能安全地送出国。”

“那这些就毫无用处了？”

“我不应该这么说，华生。这些文件至少还能让我们的人知道，什么已经被人知道，什么还没有。许多文件都是通过我送给他的，不用说，根本不值得相信。如果能够看到一艘德国巡洋舰按照我提供的雷区计划在索伦海上航行，我的晚年生活将不胜荣耀。可是你，华生”——他停下工作，扶着老朋友的双肩——“我还没有在灯下好好看看你呢。你这几年怎么过的？你还像以前那个无忧无虑的男孩。”

“我觉得年轻了20岁，福尔摩斯。我收到你的电报，让我开车到哈里奇和你见面时，我很少这么高兴过。不过你，福尔摩斯，你也没什么变化，除了那撮可怕的山羊胡子。”

“这是我为祖国所做的牺牲。”福尔摩斯捋着小胡子说，“明天这些就成为可怕的回忆了。我理理发，再修整修整外表，明天再次出现在克拉里奇饭店时，无疑将和我扮演这个美国人之前一模一样——请原谅，华生，在我扮演这个美国人之前，我的英语似乎已经被严重污染了。”

“可是你已经退休了，福尔摩斯。我们听说你过着隐士的生活，在南丘[①]的一个小农场里与蜜蜂和书本为伴。”

“一点儿不错，华生。这就是我悠闲自在的结果，我近年来的杰作！”他从桌子上拿起一本书，念着书的全名，“《养蜂实用手册，兼论隔离蜂王的研究》，我独立完成的。看看我日思夜想、苦心经营的结果，我观察着那些小小的工蜂，就像以前观察伦敦的犯罪世界一样。”

“可是你为什么又开始工作了呢？”

① 英格兰南部的丘陵地带。——译注

"啊！我自己也常常感到诧异。如果只有外交大臣一个人，我还能顶得住，可是首相也打算光临寒舍！事实上，华生，沙发上这位绅士对我们的人民太好了。他带着一伙人。事情一件件地失败，谁也不知道为什么会失败。怀疑有间谍，甚至还逮捕了一些，可是有证据表明，有一股强大的秘密力量。必须揭露他们。有人给了我很大压力来调查这件事。我花了两年时间，华生，不过这两年并不是毫无乐趣。我从芝加哥出发踏上征程，加入了布法罗一个爱尔兰秘密团体，给斯基伯林的警察添了很多麻烦，终于吸引了冯·博克手下的谍报人员的注意，他觉得我有希望，就推荐了我，现在你知道这件事有多复杂了。从那以后，我取得了他的信任，他的大部分计划微妙地出了差错，5个最好的手下进了监狱。我观察着他们，华生，成熟一个我就摘一个。喂，先生，你还好吧？"

最后一句话是对冯·博克说的，他一阵喘气、眨眼之后，安安静静地躺着听福尔摩斯说话。这时，他用德语开始愤怒地大骂起来，脸气得发抖。福尔摩斯仍然在快速地检查着那些文件，长长的、有些神经质的手指打开文件又合上，任凭那个俘虏在谩骂。

"德语虽然没有音乐性，却是所有语言中最有表现力的。"冯·博克累得筋疲力尽地停下来时福尔摩斯说道。"喂！喂！"他又加了一句，使劲盯着一张临摹图的一角，然后才把它放进箱子里。

"有了这个就可以抓住另外一只鸟儿了。我不知道这个出纳员竟然这么卑鄙，不过我已经注意他很长时间了。天哪，冯·博克先生，你有很多问题需要回答啊！"

俘虏有些困难地从沙发上坐起来，有些惊讶又有些仇视地看着捕获他的人。

"我要跟你好好较量较量，阿尔塔芒特。"他郑重其事地说，"就算花掉我一辈子的时间，我也要跟你好好较量较量。"

"多亲切的老调子啊！"福尔摩斯说，"过去我常常听到这句话。这是已

“该死的，你这个双料卖国贼！”那个德国人喊着，使劲想挣脱身上的皮带，狂怒的眼睛里杀气腾腾。

故的伤心的莫里亚蒂教授最爱唱的小调。塞巴斯蒂安·莫兰中校也曾经唱过。可我还活着，还在南丘地区养蜜蜂呢。”

“该死的，你这个双料卖国贼！”德国人喊着，使劲想挣脱身上的皮带，狂怒的眼睛里杀气腾腾。

“不，不，没那么坏。”福尔摩斯笑着说，“我来明明白白地告诉你，芝加哥的阿尔塔芒特先生事实上并不存在。他是造出来的，一个谜，是许多人物中的一个独立部分。我用过他，他已经消失了。”

“那你又是谁？”

“我是谁并不重要，不过既然你对此感兴趣，冯·博克先生，可以说，这并不是我第一次和你家族成员打交道了。过去我曾经在德国做过很多事，我的名字你可能也非常熟悉。”

“我很想知道。”这个普鲁士人严肃地说。

“你堂兄海因里希担任帝国公使时，是我造成了艾琳·阿德勒和前波希米亚国王分居，是我从民粹主义分子克洛普曼手中救出了你母亲的哥哥冯·格拉芬斯坦伯爵，是我——”

冯·博克惊讶地坐了起来。

“只有一个人——”他喊道。

“一点儿不错。”福尔摩斯说。

冯·博克呻吟一声，倒在沙发上。“大部分消息竟然是从你的手里得到的！”他大喊着，“还有什么价值？我干了些什么？我彻底完了！”

“当然有点儿靠不住，”福尔摩斯说，“这些消息需要检查，可你没有时间去检查。你的将军会发现新式机枪比他想象的大，巡洋舰可能也更快一点儿。”

冯·博克绝望地掐住自己的喉咙。

“还有许多别的细节，在必要时自然会披露出来。可是你身上有一种德国人中很少见的优点，冯·博克先生，你是一个运动员，等你意识到，你的智慧

两个朋友分别抓住他的两条胳膊，慢慢让他走到花园小路上。

超越过许多人，可是最后竟然被别人超越时，你就不会对我怀有恶意了。不管怎么说，你已经为祖国尽了力，我也为自己的祖国竭尽所能，还有什么比这更自然的呢？而且，”他把手放在平躺着的那个人的肩膀上，并非不客气地接着说，“这总比倒在某些卑鄙的敌人面前好。这些文件都准备好了，华生。如果你愿意帮我带着这个俘虏，我们现在就可以出发前往伦敦了。”

挪动冯·博克并不容易，他身强力壮，拼命挣扎着。最后，两个朋友一人抓住他一只胳膊，慢慢让他走到花园小路上。仅仅几个小时以前，当他接受那位著名外交官的祝贺时，还仍然踌躇满志。经过短暂的最后挣扎，他手脚依然被绑着抬到了小汽车的空座上。那个宝贵的手提包就塞在他旁边。

“我想这种情况下，你已经很舒服了。”一切安排妥当之后，福尔摩斯说，“我可以自作主张点一支雪茄放进你嘴里吗？”

可是所有这些礼仪在这个怒气冲冲的德国人身上全都白费了。

“我想你应该明白，福尔摩斯先生，”他说，“如果你的政府支持你这么对待我，那就是一种战争行为了！”

“你的政府和这一切行为又该如何解释呢？”福尔摩斯轻轻敲着手提包说。

“你只代表个人，你没有权利逮捕我。整个程序都是非法的粗暴行为。”

“一点儿不错。”福尔摩斯说。

“绑架一个德国公民。”

“还偷走了他的秘密文件。”

“哼，你知道自己干了什么，你和你这位同谋。要是我从村子经过时，大喊救命——”

“我亲爱的先生，我们乡村旅馆的名声本来非常有限，如果你真干出这种蠢事，就会提高我们的声誉，多提供一块‘吊死普鲁士人’的路标。这个英国人本来是很有耐心的，可是现在他有点儿恼火，最好还是别让他太生气。不，冯·博克先生，你必须放明智点儿，安安静静地跟我们到苏格兰场去，到那儿你可以派人去找你的朋友冯·赫林男爵，看看现在你还能不能填补他在使馆随员中替你保留的位置了。至于你，华生，照我看，你还是跟我们一起干你的老本行吧，伦敦离不开你。陪我在阳台上站一会儿吧，这可能是我们最后一次宁静地交谈了。”

两个朋友亲密地谈了几分钟，再一次回想起过去的日子，此时，他们的俘虏拼命想挣脱出来，结果还是徒劳。两人一起往车上走时，福尔摩斯回头指着月光下的大海，若有所思地摇了摇头。

“要刮东风了，华生。”

“我不这么想，福尔摩斯。现在很暖和。”

“好华生！你是这个多变的时代里的固定点。还是要刮东风了，英国还从来没有刮过这种风呢。这股风很冷、很刺骨，华生，我们许多人会在这场狂风中凋谢。可是不管怎么说，这仍然是上帝的风，暴风雨停息后，一个更纯洁、更美好、更强大的国土会屹立在阳光下。开车吧，华生，我们该上路了。我还有一张500英镑的支票要兑现，因为开票人，是完全可以不付的。”

福尔摩斯探案选辑（1921—1927）

王冠宝石

我很高兴又一次回到贝克街二楼这个杂乱无章的房间，许多奇特的冒险旅程都是从这里开始的。我环顾四周，墙上贴着科学图表，药品试验台已经被强酸烧黑了，角落里放着小提琴盒子，煤斗里还装着很久以前的烟斗和烟草。最后，我的眼光落在比利容光焕发的笑脸上，这个用人虽然年轻，却聪明伶俐，多少填补了这位大侦探忧郁的身影周围的寂寞和孤独。

“好像什么都没有变，比利。你也没什么变化。我想他大概也是一样吧？”

比利有些担心地看了一眼紧闭的卧室门。

“我想他大概上床睡觉了吧。”比利说。

这是一个明媚夏日的晚上7点钟，可是我非常熟悉这位老朋友不规律的生活，对此丝毫不觉得奇怪。

“我想，这就说明有案子了？”

“是的，先生，他干得非常辛苦。我很担心他的健康。他越来越苍白，越来越瘦削，什么也不吃。‘您什么时候吃晚饭，福尔摩斯先生？’赫德森夫人问他。‘后天7点半。’他说。你也知道他专心办案时是什么样子。”

“没错，比利，我知道。”

“他在跟踪什么人。昨天他化装成一个出去找工作的工人，今天又化装成一个老夫人，把我都给骗过去了。我现在算是知道他的习惯了。”比利笑着用手指了指靠在沙发旁边的一把皱巴巴的遮阳伞。“这是老夫人的道具之一。”他说。

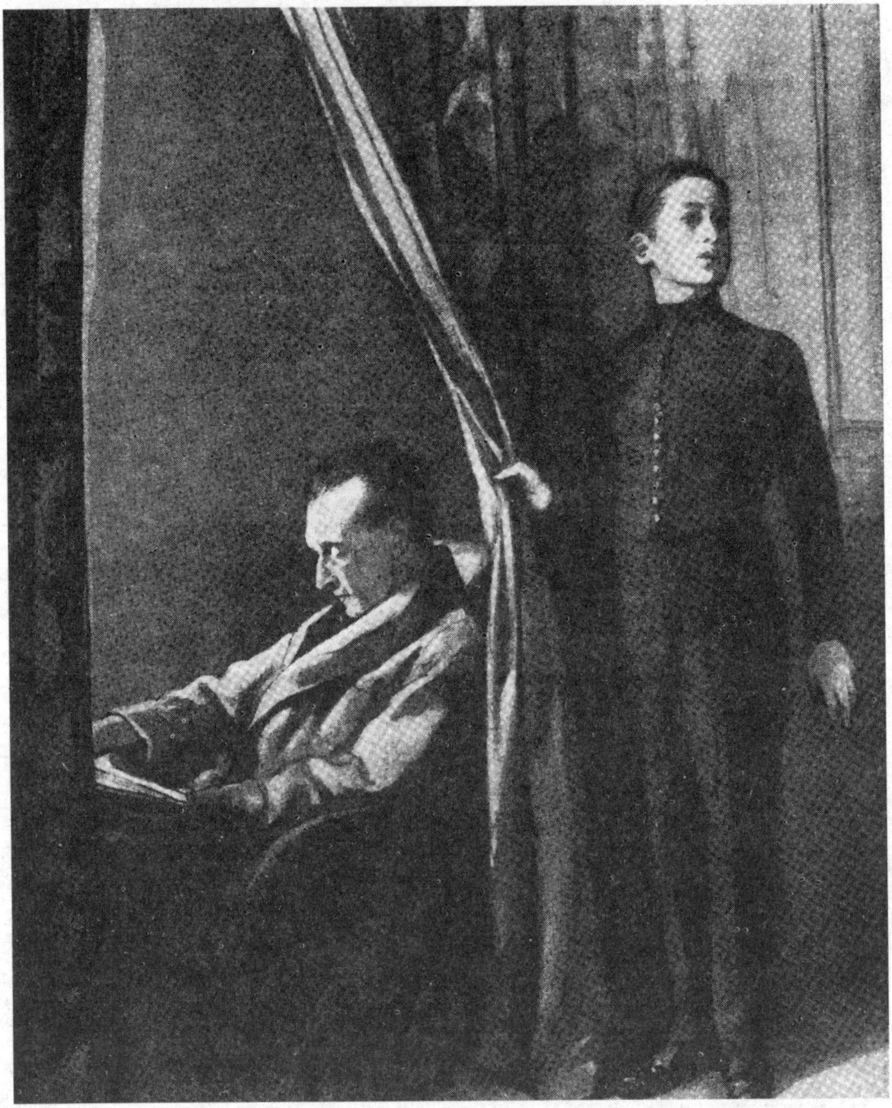

比利走上前去，把挡在凸肚窗壁龛前的帘子拉开。我惊奇地发现那是我老朋友的一尊蜡像，穿着睡衣坐在那儿。

“可这到底是怎么回事，比利？”

比利放低声音，好像要讨论国家机密似的。“我不介意告诉你，先生，不过您可别告诉别人。就是王冠钻石的案子。”

“什么——就是那个10万英镑的盗窃案？”

“是的，先生。他们必须把它找回来，先生。嘿，那天首相和内务大臣就坐在这张沙发上。福尔摩斯先生对他们非常客气。他很快就让他们放下心，保证他一定竭尽所能。可是那个坎特尔米尔勋爵——”

“噢！”

“对，先生，您知道这是什么意思。要让我说，他太傲慢了。我跟首相相处愉快，我不讨厌内务大臣，他是一个有礼貌、热心的人，可是我受不了勋爵大人，福尔摩斯先生也受不了他，先生。您知道，他不相信福尔摩斯先生，也不赞成请他破案，他倒希望福尔摩斯先生失败呢。”

“福尔摩斯先生知道吗？”

“该知道的福尔摩斯先生都知道。”

“嗯，我们都希望他别失败，勋爵就该觉得狼狈了。不过我问你，比利，窗户上挂着帘子干什么？”

“福尔摩斯先生3天前挂上去的。后面有一个好玩的东西。”

比利走上前去，把挡在凸肚窗壁龛前的帘子拉开。

我忍不住惊叫了一声。那是我老朋友的一尊蜡像，穿着睡衣什么的，脸转向窗户，微微低着头，似乎在读一本书，身体深深地坐进扶手椅里。比利取下头部举在空中。

“我们把头部摆成各种角度，这样更像真人。如果百叶窗没拉上，我就不敢碰它。不过拉起窗帘，从对面就可以看到了。”

“我们以前也曾经用过这种东西。”

“那时候我还没来呢。”比利说。他把窗帘拉开，往街上看去。“有人从远处在监视我们，现在我就能看到窗口有一个家伙。你自己看吧。”

我上前一步，这时卧室门开了，出现了福尔摩斯瘦长的身影，他脸色苍白而憔悴，步伐和体态却依然像平时一样矫健。他一个箭步跳到窗前，把百叶窗拉上了。

“别再动了，比利。”他说，“刚才你有生命危险，我的孩子，现在我没有你还不行。喂，华生，很高兴又在老地方见到你了。你来得正是时候。”

“我也是这么想的。”

“你可以走了，比利。这孩子是个问题，华生。我有什么资格让他冒险呢？”

“冒什么险，福尔摩斯？”

“突然死亡。我估计今晚就会出事。”

“什么事？”

“被暗杀，华生。”

“不，不，你是在开玩笑，福尔摩斯。”

“虽然我没有什么幽默感，可也不至于捏造这么个笑话。不过现在，我们还是先舒服舒服吧，怎么样？能喝酒吗？煤气炉和雪茄还在老地方。你还是坐在经常坐的扶手椅上吧。我想，你还没有学会讨厌我的烟斗和糟糕的烟草吧？最近它取代了我的一日三餐呢。”

“可是你为什么不吃饭呢？”

“因为饥饿可以使各项机能变得灵敏。当然了，作为一个医生，亲爱的华生，你也得承认，消化过程所得到的血液供应量就是大脑所损失的量。我就是大脑，华生，身体别的部分只是附件。因此，我必须优先考虑大脑。”

“可是这个危险到底是什么，福尔摩斯？”

“啊，对了，趁现在还没出事，你最好在脑子里记下凶手的姓名和地址。你可以把这些信息交给苏格兰场，连同我的问候和临终祝福。名字是西尔维尔斯——尼格莱托·西尔维尔斯伯爵。写下来，伙计，快写下来！西北区穆尔塞德花园街136号。记下来了吗？”

我的脸因焦急而变得扭曲起来，我太清楚福尔摩斯面临的巨大风险了，也很清楚他刚才所说的话极有可能是轻描淡写，而不是夸大事实。我一直是个行动派，我准备对付这种情况了。

“把我也算上，福尔摩斯，我这一两天没什么事。”

“你的人格可没什么进步，华生。不仅别的毛病没改，还学会了撒谎。一看就知道你是个繁忙的医生，每个小时都有病人求诊。”

“没什么重要病人。可是你为什么不让人逮捕这个家伙呢？”

“没错，我可以让人逮捕他。这也是他不明白的地方。”

“可是你为什么不这么做？”

“因为我还不知道钻石在哪儿。”

“噢！比利告诉过我了——丢失的王冠宝石！”

“没错，就是那颗硕大的黄色马萨林宝石。我已经撒下网，也抓住鱼了，可就是没拿到宝石，抓他们又有什么用？把他们逮捕入狱当然可以为社会除害。可这不是我的目的，我想要的是宝石。”

“西尔维尔斯伯爵也是你的一条鱼吗？”

“没错，他是一只大鲨鱼，会咬人的。另外一个是山姆·默顿，他是个拳击手。山姆人不坏，可是被伯爵利用了。山姆不是鲨鱼，他是一条长着大头的傻鱼，不过他也在我的网里扑腾呢。”

“这个西尔维尔斯伯爵在哪儿？”

“我一上午都在他身边。你以前也见过我化装成老夫人，华生，再像不过了。他还替我捡了一次阳伞呢。‘对不起，夫人！’他说——他有一半意大利血统，你知道吗，心情好的时候有一些南方的风度，可是心情不好时就是魔鬼的化身。人生真是无奇不有，华生。”

“很可能是悲剧呢。”

“嗯，或许有可能。我跟着他来到莫诺利斯的老斯特劳本齐的作坊里。斯特劳本齐是造气枪的——据我看，造得很漂亮，而且我想此刻对面窗户上就有一支。你看见那个蜡人了吗？当然了，比利指给你看过了。嗯，那漂亮的脑袋随时可能被子弹打穿。喂，比利，怎么了？”

比利端着一个托盘进来，托盘上放着一张卡片。福尔摩斯扬起眉毛，有些好笑地看着那张卡片。

“是那个人。我还真没想到。拉网吧，华生！这人有胆量。你或许听说过他在大赛中的射手的名声吧。如果他能杀了我，实在是他优秀的运动记录中一个完满的结局。这说明他也感觉到我在紧跟着他。”

“叫警察吧！”

“恐怕得叫了，不过不是现在。你能不能小心地往窗户外面看一眼，华生？看有没有人在街上闲逛？”

华生警觉地从窗帘角上看了看。

“没错，门口有一个粗鲁的家伙。”

“那是山姆·默顿——忠心耿耿却愚昧无比的山姆。那位先生在哪儿，比利？”

“在候客室，先生。”

“我按铃时，你带他进来。”

“是，先生。”

我等着他关上门，然后迫不及待地转向我的同伴。

“听着，福尔摩斯，这根本不行。这人是个无所顾忌的亡命之徒，他可能会来杀你呢。”

“我不奇怪。”

“我一定要跟你待在一起。”

“你会很碍事的。”

“碍他的事吗？”

“不是，我的伙伴——碍我的事。”

“喂，我不能离开你。”

“不，你得离开，华生，你会的，因为你玩游戏从没让我失望过，我相信你会一直玩到底的。这个人来有他的目的，可是这反而能达到我的目的。”福尔摩斯取出笔记本，草草写了几行字。“坐马车到苏格兰场，把这个交给刑侦部的尤格尔。带着警察回来，这个家伙就该被捕了。”

“我很乐意这么做。”

“在你回来之前，我还有足够的时间查清宝石在哪儿。”他按了铃，“我想我们得从卧室出去了。这个旁门非常有用。我想在他看不到我的情况下我却能看着我的老鲨鱼，你应该还记得，我有自己的办法。”

因此，1分钟后，比利带西尔维尔斯伯爵进的其实是一个空房间。这位著名的猎兽家、运动员、花花公子，身材魁梧，肤色黝黑，留着威武的黑胡子，掩饰着下面凶残的薄嘴唇，上面是长长的鹰钩鼻子。他穿着讲究，但是颜色花哨的领结、闪光的别针和戒指给人一种浮华的感觉。门在他身后关上，他用凶狠而惊奇的眼睛看着周围，仿佛每走一步都是一个陷阱似的。当他发现窗前扶手椅上方的头和睡衣的衣领时，突然吓了一跳。一开始，他的表情纯粹是惊奇。接着，残暴的黑眼睛里闪现出一种可怕的希望的光芒。他又往四周看了一眼，没有人看见他，他踮起脚尖，举起粗拐杖，朝那个安静的人影走过去。他蹲下身来，准备猛扑过去使劲一击，这时一个冷静、讥讽的声音从卧室门口对他说："别打它，伯爵！别打它！"

凶手吓得往后一退，抽搐的脸上满是惊慌之色。一时间，他又一次举起铅头拐杖，好像要把暴力从蜡像转移到真人身上似的，可是福尔摩斯镇静的灰眼睛和嘲讽的笑容使他的手又放了下去。

"这个小玩意儿真不错，"福尔摩斯朝蜡像走过去说，"是法国塑像家塔弗尼尔做的。他做蜡像的技巧就像你的朋友斯特劳本齐做气枪一样好。"

"气枪，先生！你在说什么？"

"把你的帽子和拐杖都放在墙边桌上。谢谢！请坐吧。你愿意把左轮手枪也拿出来吗？哦，好吧，如果你愿意坐在上面也随便。你的来访非常巧，因为我也非常想跟你谈一谈。"伯爵皱着粗眉毛，面带威胁。

"我也想跟你说几句话，福尔摩斯，所以我才到这儿来。我不否认我刚才想伤害你。"

福尔摩斯一条腿放在桌子上。

"我倒是想到你脑子里有这种想法。"福尔摩斯说，"可是你为什么对我个人这么关注呢？"

"因为你惹火了我，因为你派了你的爪牙来跟踪我。"

"我的爪牙！我保证没有！"

"胡说！我让人跟踪了他们。两方都可以这么玩，福尔摩斯。"

西尔维尔斯伯爵蹲下身来，准备猛扑过去使劲一击，这时一个冷静、讥讽的声音从卧室门口对他说：“别打它，伯爵！别打它！”

“这是件小事，西尔维尔斯伯爵，不过你在称呼我时，可以把我的尊称加上。你也知道，在我的日常工作中，只有流氓才这么亲热地叫我的名字，你也同意我的看法，不遵守规则会令人不快。”

“好吧，福尔摩斯先生。”

“好极了！不过我告诉你，你弄错了，我没有所谓的手下。”

西尔维尔斯伯爵轻蔑地笑了。

“你能看见，别人也能看见。昨天是一个行为放荡的老头子，今天又是一个老夫人，他们整天盯着我。”

“先生，你真是在恭维我。道森老男爵昨天还对我说，我干法律是戏剧界的一大损失。现在你也好心地称赞起我小小的化装表演来了！”

“是你——你自己？”

福尔摩斯耸了耸肩。“你可以看到角落里那把阳伞，在莫诺利斯，你开始怀疑之前，还好心地把伞递给我了呢。”

“我要是早知道，你可能永远——”

“再也看不见这个微寒之家了。我很清楚，我们都错过了好机会。可事实上，你并不知道是我，所以我们又见面了！”

伯爵眉头皱得更厉害了，目露凶光。“你的话更糟糕了。不是你的手下，而是你自己在演戏，爱管闲事的人！你承认你跟踪了我。为什么？”

“得了，伯爵，你过去还在阿尔及利亚杀过狮子呢。”

“怎么了？”

“为什么？”

“为什么？这是运动——激动人心——而且危险之至！”

“无疑也是给那个国家除去一害吧？”

“一点儿不错！”

“也正是我的理由。”

伯爵跳了起来，手不由自主地伸进裤子口袋里。

“坐下，先生，坐下！还有另外一个更实际的原因。我想要那颗黄钻石。”

西尔维尔斯伯爵狞笑着靠在椅子上。

“难怪呢！”他说。

“你知道了，我就是为此跟踪你的。你今晚来的真正原因是想查清，这件事我了解多少，消灭我有多大必要。好吧，我应该说，从你的角度来看，绝对有必要，因为我知道所有的一切，除了一件事，这件事得由你来告诉我。”

“哦，真的！请问，你想知道什么？”

“王冠钻石现在何处？”

伯爵严厉地看着对手。“哦，你想知道这个，是吗？我为什么就能告诉你宝石在哪儿？”

“你能，而且会告诉我的。”

“真的！”

“你骗不了我，西尔维尔斯伯爵。”福尔摩斯盯着他，眼睛眯缝起来，越来越亮，最后化成了两刃可怕的刀锋。“你就是一块平板玻璃，我能看穿你的脑袋。”

“那你就应该能看到钻石在哪儿了。”

福尔摩斯高兴地两手一拍，嘲弄地指着他。“那你的确知道了，你已经承认了！”

“我什么也没承认。”

“伯爵，如果你愿意合作，我们可以做一笔交易，否则就会对你不利了。”

西尔维尔斯伯爵两眼瞧着天花板。“你在虚张声势！”

福尔摩斯若有所思地看着他，像一个象棋大师在思考着制胜的一步。然后他打开桌子抽屉，从里面拿出一个厚厚的日记本。

“你知道这本子里记录的是什么吗？”

“不，先生，不知道。”

“你！”

“我？”

“对，先生，你！你的全部经历，每一件罪恶的勾当。”

“福尔摩斯！”伯爵两眼冒着怒火大喊着，“我的忍耐是有限的！”

“全在这儿，伯爵。有老哈罗德夫人的死亡真相，她把布莱默产业留给了你，你很快就赌光了。”

“你在做梦！”

“还有米妮·沃伦德小姐的全部生活史。”

“哼！你什么也捞不到。”

“这儿还有更多呢，伯爵。这是1892年2月13日开往里维埃拉头等列车上的抢劫案，这是同一年在里昂内信贷银行的伪造支票案。”

“不，这个不对。”

“那别的就都对了！现在，伯爵，你是会打牌的人，在对手掌握了全部王牌以后，交出你的牌是最省时间的。”

“这跟你说的宝石有什么关系？”

“等一下，伯爵，控制你的急躁情绪！让我自己简简单单地把话说明白。我掌握着所有对你不利的情况，不过，最主要的是，在王冠宝石一案中，我掌握着对你和你那个打手非常不利的证据。”

“真的？”

“我找到了送你们去怀特霍尔[①]的马车夫，还有带你们离开的马车夫。有一个看门人在案发现场见过你们。还有，艾基·桑德斯他不肯替你切开宝石。艾基已经告发你了，你的事暴露了。”

伯爵额头上青筋暴出，两只毛茸茸的大手紧紧攥着，控制着自己的情绪。他想说话，可是说不出来。

“这是我要打的牌，”福尔摩斯说，“我都放在桌子上。可是少了一张

① 英国伦敦的一条街道，为英国主要政府机关所在地。——译注

牌，就是钻石之王。我不知道宝石在哪儿。”

“你永远也不会知道。”

“不会吗？伯爵，放明白点儿，考虑一下形势，你要被关20年，山姆·默顿也一样。你们要宝石有什么用呢？一点儿用也没有。可是如果你们把宝石交出来——嗯，我们就私了算了。我们不想抓你或者山姆，我们要的是宝石。交出来吧，只要你将来老老实实，我会让你自由的。如果你再出差错——好吧，那就是最后一次。不过这一次，我的任务是拿到宝石，而不是你。”

“如果我拒绝呢？”

“哦，那——哎呀——那就抓你，得不到宝石。”

比利走进来。

“伯爵，我想还是让你的朋友山姆也来一起商量吧。不管怎么说，他的利益也应该有所体现吧。比利，大门口有一位长得很丑的高个子，请他上楼来。”

“如果他不上来呢，先生？”

“不硬来，比利，别对他太粗暴。告诉他西尔维尔斯伯爵想让他上来，他自然就来了。”

“现在你打算怎么办？”比利走了之后，伯爵问道。

“我的朋友华生刚才跟我在一起，我告诉他我的网里有一条大傻鱼和一条鲨鱼；现在我要收网，两条鱼要一起进来了。”

伯爵已经从椅子上站了起来，手放在背后。福尔摩斯抓住睡衣口袋里突出来的一样东西。

“你不得好死，福尔摩斯！”

“我也常常这么想。这很重要吗？不管怎么说，伯爵，你自己的出路倒是躺着比站着的可能性更大。可是担心未来是不利于身心健康的。为什么不让自己尽情享受现在呢？”

这个犯罪高手凶狠的黑眼睛里突然闪过一丝野兽般的凶光。福尔摩斯紧张得戒备起来，身材似乎显得更高大了。

“拿手枪没用，我的朋友。”福尔摩斯平静地说，“你自己非常清楚，就算我给你时间让你拔枪，你也不敢开枪。左轮手枪很危险，噪音又大，伯爵。还是用气枪好。啊！我想我听到你那位可敬的合伙人的脚步声了。你好，默顿先生。在街上很无聊，是吧？”

这个拳击运动员是一个身体结实的年轻小伙子，长着一张固执、愚蠢的扁平脸，他笨拙地站在门口，迷惑地看着四周。福尔摩斯和蔼可亲的态度对他来说是一种新体验，虽然他模模糊糊地感觉到这是种敌意，可是不知道如何反击。他转向那个更狡猾的同伙寻求帮助了。

“这是怎么回事，伯爵？这家伙想干吗？出什么事了？”他的声音低沉而沙哑。

伯爵耸了耸肩，回答的是福尔摩斯。

“如果概括来说，默顿先生，应该说一切都清楚了。”

拳击手仍然对着他的同伙说话。

“这小子是在讲笑话吗，还是怎么了？我可没心情笑。”

“我看也是。”福尔摩斯说，“我可以保证，到了晚上，你会越来越不想笑。听着，西尔维尔斯伯爵，我很忙，没时间耽搁，我要进卧室了。我不在的时候，二位请自便。我不在场，你可以把情况对这位朋友解释清楚。我去练小提琴，拉一支霍夫曼的《威尼斯船夫曲》。5分钟后我再回来听你们最后的答复。你听明白我说的选择了吧？是让我们抓你，还是让我们取回宝石？”

福尔摩斯退了出去，顺手从墙角里拿起那把小提琴。过了一会儿，紧闭的卧室门里传来幽怨哀婉的曲调。

“怎么回事？”同伙转过脸来，默顿焦急地问，“他知道宝石的事了？”

“他知道得太多了。我还不清楚他是不是什么都知道了。”

“天哪！”拳击手瘦削的脸变得有些苍白。

“艾基·桑德斯告发了我们。”

“是他告发的？就算要上绞刑架，我也要杀了他。”

“西尔维尔斯伯爵，我很忙，没时间耽搁，我要进卧室了。我不在的时候，二位请自便。5分钟后我再回来听你们最后的答复。”

“那也没用。我们得赶紧决定怎么办。”

“等一等。”拳击手怀疑地看了看卧室门说，“他是个狡猾的家伙，得小心提防。他不会偷听吧？”

“他还拉着小提琴呢，怎么偷听？”

“说得对，说不定帘子后面有人呢。房间里帘子太多了。”他往四周看了看，突然看到了窗前的蜡像，他吃惊地用手指着，一句话也说不出来。

“哼！只是个蜡像。”伯爵说。

“是假的，是吧？嗯，吓了我一跳！杜莎夫人[①]的蜡像都没法和他相比。跟他一模一样，还穿着睡衣什么的。可是这些帘子，伯爵！”

“哦，别管帘子了！我们在浪费时间，而且也没什么时间了。他可以为宝石的事把我们都抓起来。”

“他才不敢呢！”

“不过只要我们告诉他赃物在哪儿，他就可以放过我们。”

“什么！交出来？交出10万英镑？”

“两条路任选一个。”

默顿挠了挠自己的短头发。

“里面只有他一个人，干掉他。只要他一死，我们就没什么好怕的了。”

伯爵摇摇头。

“他有枪，而且很警惕。如果我们打死他，在这种地方我们很难逃走。除此之外，很可能警察也知道了他的证据。喂！怎么了？”

窗户那儿隐约传来一个声音。两个人立即转过身来，可是什么动静也没有。除了坐在椅子上那个奇怪的蜡像之外，房间的确是空的。

“是街上的声音。”默顿说，“长官，你有头脑，肯定能想出一个解决办

---

① 杜莎夫人（1760—1850）：瑞士蜡像制模师、伦敦杜莎夫人蜡像陈列馆创办人（1835），法国大革命期间曾在狱中翻制被砍头者的人头面模，后移居伦敦（1802）。——译注

法。如果动武不行，那我就听你的。”

“比他还精明的人我也骗过。”伯爵回答说，“宝石就在我的暗口袋里，我不会冒险留在别的地方。今晚就要送出英格兰，星期天之前可以在阿姆斯特丹切成4块。他还不知道范·塞达尔。”

“我还以为范·塞达尔下星期才走呢。”

“本来是，不过现在他必须坐下一班船走。你我必须有一个人带宝石溜到莱姆街告诉他。”

“但是假底座还没做好呢。”

“他只能这么带去冒冒风险了。一刻也不能耽误。”他又一次感觉到了危险，这已经成为这位运动员的本能了，他停下来，狠狠地朝窗户看了看。没错，模模糊糊的声音的确是从大街上传过来的。

“至于福尔摩斯，”他继续说，“我们可以很容易地骗过他。你知道吧，这个可恶的傻瓜只要拿到宝石就不会抓我们。好吧，我们就答应给他宝石，给他一条错误的线索，没等他弄清楚这的确是错误线索，宝石已经到了荷兰，我们也逃出这个国家了。”

“这太好了！”山姆·默顿咧着嘴大喊着。

“你去告诉那个荷兰人赶紧行动。我来对付这个傻瓜，假意忏悔一番。我告诉他宝石在利物浦。这该死的音乐，真烦人！等他发现宝石不在利物浦的时候，宝石已经切成4块了，我们也到了海上了。来吧，躲开门上的锁眼。宝石在这儿。”

“我奇怪你怎么敢把它带在身上。”

“哪儿还能更安全？既然我们能从怀特霍尔偷出来，别人也一样能从我们住的地方偷走。”

“我们好好看看吧。”

西尔维尔斯伯爵不以为然地看了一眼他的同伙，毫不理会他伸出来的脏手。

“怎么，你以为我会抢走吗？先生，我受够你这一套了！”

“好吧，好吧，别发火，山姆。我们可不能吵架。要想好好欣赏这个宝贝，就到窗户这儿来看。对着光！这儿！”

“谢谢！”

福尔摩斯从蜡像椅子上一跃而起，抢过那颗珍贵的宝石。他一只手拿着宝石，另一只手用枪指着伯爵的脑袋。两个歹徒惊讶得倒退了几步。没等他们回过神来，福尔摩斯已经按响了电铃。

“别动武，先生们，别动武，求求你们！看在这些家具的分上！你们也应该知道反抗是根本不可能的，警察在下面等着呢。”

伯爵的困惑超过了他的气愤和恐惧。

“可是到底——？”他喘着气说。

“你们吃惊是很自然的。你们不知道从我的卧室还有一个门通到窗帘后面。我想，你们肯定也听到我搬动蜡像的声音了，不过我运气很好。我有机会听到你们生动的谈话，要是你们发觉我在场，谈话就不得不收敛点儿。”

伯爵做了一个无可奈何的表情。

“你真行，福尔摩斯。我相信你就是魔鬼。”

“别这么说，实不敢当。”福尔摩斯礼貌地微笑着回答说。

山姆·默顿迟钝的头脑这时才渐渐明白了情况。外面楼梯上响起沉重的脚步声时，他才开口说话。

“好样的！”他说，“不过，那琴声是怎么回事？现在还响着呢。”

“哼，哼！”福尔摩斯回答说，“你说得很对。继续放吧！这些现代唱机真是了不起的发明。”

警察蜂拥而入，给罪犯们戴上手铐，把他们带到外面的马车上。华生和福尔摩斯留在后面，祝贺他的侦破史上又增添了光辉的一页。两人的谈话又一次被打断，不动声色的比利端着放名片的托盘进来了。

“是坎特尔米尔勋爵，先生。”

“请他上来，比利。这就是那位代表最高阶层的显贵人士。”福尔摩斯说，“他是一个忠诚、杰出的人物，可是有些迂腐。要不要跟他开个玩笑？稍微放纵一下怎么样？按说刚刚发生的情况他还不知道。”

门开了，进来一个瘦削庄严的人，棱角分明的脸上垂着维多利亚中期式的光亮的黑胡须，跟他浑圆的肩膀、无力的脚步很不相称。福尔摩斯热情地迎上前去，握着他毫无反应的手。

“您好，坎特尔米尔勋爵！这一阵子可真冷，不过屋里很暖和。我帮您脱掉大衣，好吗？”

“不用了，谢谢！我不想脱。”

福尔摩斯坚持把手放在袖子上。

“请不必客气！我的朋友华生医生可以担保，这种温度变化非常不利于健康。”

勋爵大人不耐烦地挣脱开。

“我很舒服，先生。我不会久留，我只是来看看你自告奋勇接受的任务进行得怎么样了。”

“挺困难，非常困难。”

“我就知道你会有这种感觉。”

老大臣的语调里有明显的讥讽口气。

“每个人的能力都有局限，福尔摩斯先生，不过这样至少可以改正我们自满的弱点。”

“没错，先生，我非常着急。”

“这是肯定的。”

“尤其有一件事，也许您能帮帮忙？”

“现在求我帮忙有点儿晚了。我还以为你自己有十全十美的办法呢。不过我还是愿意帮忙。”

“你知道吗，坎特尔米尔勋爵，我们肯定可以起诉实际盗窃犯。”

“抓住盗窃犯的时候。”

“一点儿不错。可问题是，对收赃者我们该怎么处理呢？”

“这个问题是不是有点儿为时过早呢？”

“我们还是计划周密点儿好。您认为，起诉收赃者的最终证据是什么？”

“实际占有宝石。”

“您会因此逮捕他吗？”

“毫无疑问。”

福尔摩斯很少大笑过，不过在我的记忆里，这一次他几乎大笑出来了。

“既然这样，亲爱的先生，我只能建议逮捕您了。”

坎特尔米尔勋爵非常生气，瘦削的脸颊上升起了几朵红云。

“你太放肆了，福尔摩斯先生。在我50年的公务生涯中，还从未遇到过这样的情况。我公务繁忙，先生，处理的都是重要事件，我没有时间也没有兴趣来听这种愚蠢的笑话。我可以直截了当地告诉你，先生，我从来都不相信你的能力，我一直认为由正规警察处理这件案子要安全得多。你的行为证实了我所有的结论。先生，再见。”

福尔摩斯立刻转身，站在勋爵和门之间。

“等一下，先生。”他说，“真的带着王冠宝石离开，比暂时拥有还严重得多。”

“先生，这太不像话了！让我过去！”

“把您的手放进大衣右口袋里。”

“你这是什么意思，先生？”

“行啦，行啦，照我说的做。”

吃惊的勋爵愣住了，眨着眼睛，张口结舌，他颤抖的手掌上正是那颗黄色的大宝石。

“什么！什么！这是怎么回事，福尔摩斯先生？”

“太糟糕了，坎特尔米尔勋爵，太糟糕了！”福尔摩斯大喊着，“我的老朋友会告诉你我有一个恶作剧的坏毛病。我冒昧地，非常冒昧，这一点我承认——在我们一见面时，就把宝石放进了您的口袋里。”

老勋爵看看宝石又看看面前那张笑脸。

“先生，我都糊涂了。不过，对，这确实是王冠宝石。我们对你感激之至，福尔摩斯先生。你的幽默感，就像你所说的，确实有些怪异，而且表现得也特别不合时宜，但是我要收回我刚才所说的对你的专业能力的评价。不过你是怎么——”

“案子才完成一半，细节可以先不谈。坎特尔米尔勋爵，您可以将胜利的消息向上报告，这可以稍微弥补一下我的恶作剧了。比利，送勋爵大人出去，告诉赫德森夫人尽快送上两个人的饭菜来。”

雷神桥（上）

位于查令十字路口的考科斯公司银行的保险库里，有一个久经搬运的破旧的锡制盒子，盒子上刻着我的名字：“约翰·华生，医学博士，前印度军队。里面塞满了纸张，上面记录的几乎都是夏洛克·福尔摩斯先生在不同时期侦破过的各个疑难案件。有些案件非常有趣，却未能成功侦破，无从加以叙述，因为没有最终的结局。没有答案的问题也许会让学生感兴趣，却会使一般读者兴味索然。在这些未完成的案件中，其中一个是关于詹姆斯·菲利莫尔先生的，他回到自己家里取雨伞，从此就在世界上消失了。另一个案子也同样奇特，艾丽西娅号快艇于一个春天的早晨驶入一小团雾气中，从此以后再也没有出现过，也没有快艇和船员们的任何消息。第三个值得注意的案件是关于著名记者和决斗者伊莎多拉·珀萨诺的，他死死地盯着放在面前的一个火柴盒，盒子里装着一条不知名的非常奇特的虫子。除了这些难以解释的案件之外，还有一些案子是涉及家庭隐私的，如果公开出版，势必引起许多上流人士的恐慌。不用说，我是不会泄露这些消息的，既然我的朋友现在有时间，这些记录就应该清理清理，予以销毁了。还剩下相当多的案例，趣味程度不同，如果不是怕写得太多会影响到我最尊重的那个人的名声，本来我可能已经编辑出来了。有些案子涉及我本人，我可以作为目击者来讲述，在别的案子中，我既不在场，又没有充当任何一个小角色，只能由第三者来讲述。下面这个故事就是我的亲身经历。

10月一个狂风大作的早晨，我一边穿着衣服，一边看着后院里那棵挺立的梧桐树的最后几片树叶被狂风卷走。我下楼吃早饭，本以为会看见我的伙伴悲秋感伤，像所有伟大的艺术家一样，他很容易受周围环境的影响。可是情况完全相反，他已经快吃完早饭了，心情尤其开朗愉悦，带着一些他高兴时特有的不祥的欢快之情。

“有案子了，福尔摩斯？”我问道。

“推断的能力是可以传染的，华生。”他回答说，“你也能看出我的秘密了。没错，我有案子了。经过一个月琐碎的小事和碌碌无为，车轮再一次转动起来了。”

“能让我知道吗？”

“没多少可知道的，不过等你吃完新厨师特意为我们煮老的鸡蛋以后，咱们倒是可以讨论讨论。鸡蛋的情况跟我昨天在大厅桌子上见到的那本《家庭杂志》不无关系。即使是煮鸡蛋这样的小事都需要注意计算时间，而这是和那本优秀杂志上的恋爱故事有冲突的。”

一刻钟后，餐桌收拾干净，我们面对面坐下来。他从口袋里掏出一封信。

“你听说过尼尔·吉布森吧，那个黄金大王？”

“你是说那个美国参议员？”

“嗯，他曾经是西部一个州的参议员，不过他更出名的是世界上最大的金矿巨头。”

“对，我知道他。他住在英国有一段时间了。这个名字非常耳熟。”

“没错，他5年前在汉普郡买了一个相当大的农庄。你已经听说过他妻子惨死的事了吧？”

“当然了，我想起来了。难怪名字听起来这么熟悉，可是我记不起来细节了。”

福尔摩斯挥手指着一把椅子上的几张报纸。“我也没想到案子会到我手里，不然我就准备好摘要了。”他说，“虽然这个案子曾经轰动一时，可是却并不复杂。被告的性格非常有意思，可阻碍不了确凿的证据。这是验尸陪审团的观点，也是治安法庭起诉的观点。现在该案已交由温切斯特巡回审判庭审理。我怕这是个出力不讨好的活儿。我可以找出事实，华生，可是我改变不了。除非找出一些新的、意料不到的情况，否则我的当事人就不会有任何希望。”

“你的当事人？”

“噢，我忘了告诉你。我也染上你的毛病了，华生，倒叙着讲故事。你最好先看看这个。”

他递给我一封信，笔迹粗犷，内容如下：

克拉里奇饭店，10月3日

亲爱的夏洛克·福尔摩斯先生：

我不能眼睁睁地看着天下最善良的女人走向死亡而不竭尽全力救她。我不能做任何解释——我也不想解释，可是我毫不怀疑小姐的清白。您知道情况——谁不知道呢？这是全国的新闻。可是没有一个人站出来替她说话！这太不公平了，几乎让我发疯！这位女士的心肠连一只苍蝇都舍不得打死。好吧，我明天11点到，看您能不能从黑暗中找到一线曙光。也许我有线索，可是自己却不知道。不管怎么说，我所知道的一切，我所拥有的一切，我的整个人都随您使用，只要您能救救她。把您生平最大的能力使出来办这个案子吧。

您忠诚的尼尔·吉布森

“就是这封信。”夏洛克·福尔摩斯说着，把早餐后抽完的烟斗里的烟灰倒掉，又慢慢装满。“我等的就是这位先生。至于故事详情，你没有时间看完所有的报纸，如果你对这件案子在逻辑性上感兴趣的话，我必须简要地告诉你。这位先生是世界上最有势力的金融巨头，据我所知，也是最暴躁、最让人害怕的人。他娶了一位妻子，就是这次悲剧的受害者，我对她一无所知，只知道她已过壮年，另有一位漂亮的女教师督导两个年幼孩子的学习，这对女主人更是不幸。相关的人有3个，地点是一座古老的大庄园别墅，是这座具有历史意义的英国庄园的中心。然后就发生了这幕悲剧。妻子深夜在离别墅大约半英里的园地里被人发现，身穿晚礼服，披着披肩，一颗子弹穿过头部。在她附近没有发现武器，也没有凶手的任何线索。附近没有武器，华生，注意这一点！犯罪似乎是在深夜实施的，尸体大约11点时被一位看门人发现，警察和医生都检查了尸体，然后才把尸体抬回去。是不是太简短了，你能听明白吗？”

“很明白。可是为什么怀疑女教师呢？”

“嗯，首先有一些非常直接的证据。在她衣柜下的地板上发现了一支开过的手枪，口径与那颗子弹相同。”他眼睛直直地瞪着，断断续续地重复着，“在—她—卧—室—的—地—板—上—”他陷入了沉默，我看得出他脑子里已经有了一条思路，傻瓜才会去打断他。突然，他又变得活跃起来。“没错，华生，枪找着了。的确可以定罪了，对吧？陪审团也是这么想的。死者身上还有一张便条，约她在那个地方见面，署名是女教师。怎么样？终于有了动机。参议员吉布森是一个英俊潇洒的人。如果妻子死了，除了这位人人都认为已经得到主人青睐的年轻女士，还有谁更有可能接替她的位置呢？爱情、财富、权力，这一切全都系于一个中年女人的生或死。丑恶，华生，太丑恶了！”

“没错，的确如此，福尔摩斯。”

“她也提不出不在场的证据。相反，她承认那个时间她去过雷神桥——就是悲剧现场。她没法否认，因为几个经过的村民在那儿看见过她。”

“这样看来真的可以定案了。”

“可是，亲爱的华生，可是！这座桥，一座宽石桥，两边有栏杆，横跨在一大片又长又深、芦苇包围的湖水中最狭窄的部分上。这个湖叫雷神湖。桥头上躺着那位死去的女士。主要事实就是这样。如果我没有弄错，是我们的当事人来了，他来得早多了。”

吉布森夫人深夜在离别墅大约半英里的园地里被人发现，身穿晚礼服，披着披肩，一颗子弹穿过头部。

比利已经开了门，可是他报上来的姓名却出乎我们的意料。我们两个都不认识马洛·贝茨先生。他是一个瘦弱、神经质的人，惊恐的眼睛，举止急促而犹豫——以我做医生的眼光来看，他已经到了神经崩溃的边缘。

“你太激动了，贝茨先生。”福尔摩斯说，“请坐下。恐怕我只能给你几分钟时间，因为我11点还有个约会。”

“我知道。”客人上气不接下气地只能迸出简短的句子来，“吉布森先生要来。吉布森先生是我的主人，我是他庄园的管家。福尔摩斯先生，他是个恶魔，是个该死的恶魔！”

“你语气很强，贝茨先生。”

“我不得不加强语气，福尔摩斯先生，因为时间有限。我无论如何不能让他发现我在这儿。他现在差不多该到了。他的秘书今天早晨才告诉我他跟你有约会。”

“你是他的管家？”

“我已经提出辞职，再过几个星期，我就可以摆脱他的奴役了。他是个冷酷的人，福尔摩斯先生，对谁都冷酷。那些公共慈善事业不过是一个幌子，来掩盖他的邪恶勾当。可是他妻子是最大的受害者。他对妻子很残忍——没错，先生，很残忍！我不知道她是怎么死的，可是我敢说是他让妻子的生活变得悲惨。她是热带地区的人，巴西人，你当然知道了？”

“不，我没听说过。”

“出生在热带，性格也像热带人，充满阳光，充满激情。她非常爱他，可是在外表的魅力消退之后——我听说她以前非常有魅力——就没有什么能留住他了。我们都喜欢她，同情她，恨他对女主人的态度。可是他能说会道，非常狡猾。我要说的就这么多了。别被他的外表蒙蔽住，背后的东西更多。不，不，不要留我！他就快到了。”

这个奇怪的客人惊恐地看了看表，拔腿往门外跑去了。

“好！好！”福尔摩斯沉默了一会儿说，“吉布森先生看来有一个很忠诚的家庭。不过警告还是有用的，现在我们可以等着他本人出现了。”

11点整，我们听到楼梯上传来沉重的脚步声，那位著名的百万富翁被带进房间里。我注视着他，不仅明白了那个管家对他的恐惧和厌恶，也理解了许多生意对手对他的诅咒。如果我是一个雕塑家，想塑造一个典型的成功企业家，具有钢铁般的意志和坚韧的毅力，我应该选择尼尔·吉布森先生做我的模特。他那高大、瘦削憔悴的身影，显示出饥饿和贪婪，把亚伯拉罕·林肯的高贵替换成卑劣，就大概像他了。他的脸似乎是花岗岩雕成的，坚强、瘦削、冷酷，深深的皱纹代表着岁月的磨难。浓密的眉毛下一双冷冷的灰眼睛，精明地来回打量着我们。福尔摩斯提到我的名字时，他敷衍地弯了弯腰，然后镇定自若地拉过来一把椅子，坐在福尔摩斯正对面，瘦骨嶙峋的膝盖几乎碰到福尔摩斯。

“我直截了当地说吧，福尔摩斯先生，”他开始了，“办这件案子，钱对我不是问题。如果能帮助你发现真相，你可以用火点着钱借光。这个女人是无辜的，一定要证明她无罪，这是你的责任。说出你想要的数额！”

“我的业务收费有固定的标准，”福尔摩斯冷淡地说，“我不会改变，除了有时完全免费。”

“好吧，如果钱对你来说没有什么意义的话，让你成名怎么样？只要你办成这件案子，英国和美国的各家报纸都会吹捧你，你会成为两大洲的新闻人物。”

“谢谢你，吉布森先生。我想我并不需要吹捧。也许你会很吃惊，我情愿默默无闻地工作，吸引我的是案件本身。我们这样只是在浪费时间，我们直接谈论事实经过吧。”

“我想你会在报纸报道中发现主要事实。我不知道还有什么可补充的，能对你有所帮助。可是如果有什么情况需要阐明的——嗯，我可以告诉你。”

“只有一点。”

“哪一点？”

“你和邓巴小姐到底是什么关系？”

黄金大王吓了一跳，差点儿从椅子上站了起来，接着又恢复了他镇定自如的神情。

“也许是在尽你的责任，我想你有权利问这个问题，福尔摩斯先生。”

“我们同意你这个想法。”福尔摩斯说。

“那我可以向你保证，我们的关系完全是，而且永远是雇主和一位年轻女士的关系，除了她陪伴孩子的时候，我们从来没有交谈过，没有见过面。”

福尔摩斯从椅子上站起来。

“我很忙，吉布森先生。”他说，“我没有时间，也没有兴趣进行毫无意义的谈话。再见！”

来访者也站起来，硕大松弛的身躯超过了福尔摩斯。浓密的眉毛下闪着一股怒火，灰黄色的脸颊上出现了一丝红晕。

“你到底什么意思，福尔摩斯？你拒绝接我的案子了？”

“喂，吉布森先生，至少我拒绝你本人。我想我的话已经很清楚了。”

“很清楚，可是字面后是什么意思？是想提高价格，还是怕解决不了，还是别的什么？我有权利要求解释。”

“嗯，你也许有，”福尔摩斯说，“我可以给你解释。这件案子一开始就已经够复杂的了，不要再增添错误消息增加困难程度。”

“你意思是说我在撒谎。”

“嗯，我尽力想表达得委婉一些，不过你坚持用这个词，我也不反对。”

我立刻跳起来，因为那位百万富翁不仅脸上显出恶魔似的神情，还举起了大拳头。福尔摩斯懒洋洋地微笑着，伸手去拿他的烟斗。

“不要吵，吉布森先生。我发现，吃过早饭后，即使小小的口角也有碍消化。我建议你在早晨的空气中散散步，静静地思考一下，这会对你非常有益。”

黄金大王努力控制住自己的怒气。我不得不佩服他非同一般的自制力，一分钟内，盛怒的火焰已经转化成不屑的冷漠。

“好吧，随你的便吧。我想你知道怎么做生意。我不可能强迫你接受这件案子。你今天上午的所作所为对你没有好处，福尔摩斯先生，因为我击败过比你更强大的人，跟我作对的人没有好下场。”

“许多人都这么说过，可我还是这样。”福尔摩斯笑着说，“好吧，再见，吉布森先生。你还有很多需要学习的。”

客人“砰”地撞上门走了，福尔摩斯无动于衷地抽着烟，出神地盯着天花板。

“有什么想法，华生？”他终于问。

我立刻跳起来，因为那位百万富翁不仅脸上显出恶魔似的神情，还举起了大拳头。福尔摩斯懒洋洋地微笑着，伸手去拿他的烟斗。

“噢，福尔摩斯，老实说，我想，这是一个无疑会扫除自己前进道路上的任何障碍的人，而他妻子也是一个障碍，是他不喜欢的人，这是贝茨清楚地告诉我们的，我似乎觉得——”

“一点儿不错，我也一样。”

“可是他跟女教师有什么关系？你是怎么发现的？”

“诈一诈他，华生，诈一诈他！我考虑到他那封信的口气很激烈，不同一般，而且不合情理，这和他不动声色的态度和外表完全相反，显然他的深厚感情是围绕被告的，而不是死者。我们要找出真相，就必须弄清3个人之间的关系。你看到我刚才对他直截了当的进攻，可他又是多么镇定地应战的。我迷惑他，让他以为我完全了解，可事实上我只是十分怀疑。”

“也许他会再回来？”

“他肯定会回来的，他一定会回来，他不可能就这么罢手了。哈！是不是有人在按铃？没错，是他的脚步声。喂，吉布森先生，我刚才还在对华生医生说你回来得晚了点儿。”

黄金大王进门的神情比走时安静多了，他那双仇恨的眼睛里还带着受伤的自尊，可是常识告诉他，如果他想达到目的，就必须屈服。

“我考虑过了，福尔摩斯先生，我觉得刚才误会你的意思实在太鲁莽了。你应该知道事实真相，不管真相是什么，为此我更敬重你了。我和邓巴小姐的关系跟这件案子确实毫无关联。”

“这应该由我来决定，对不对？”

“没错，我想应该是这样。你就像一个外科医生，只有知道一切症状才能做出诊断。”

“确实如此，说得对。病人如果欺骗医生，隐瞒病情，那就是另有目的。”

“可能是这样，不过你也得承认，福尔摩斯先生，大多数人在别人直截了当地问起他与一个女人的关系时，都会回避，尤其是有真感情的时候。我想大多数人在心灵一角都会有一个自己的私人领地，不愿让外人闯进来。你却突然闯进来了。可是你的目标是好的，是为了试着保护她。好吧，篱笆已经推倒，领地已经打开，你可以随便探索了。你想知道什么？”

“真相。”

黄金大王停顿了一下，像在整理思绪。他那冷酷而布满皱纹的脸变得更忧伤、更严肃了。

“我几句话就可以说清楚，福尔摩斯先生。”他最后开口说，“有些事说起来很痛苦，也很困难，我只说说必要的。我在巴西淘金时遇到了我妻子。玛丽亚·平托是马诺斯一位政府官员的女儿，非常漂亮。那时我年轻而热烈，不过，即使现在冷静而又挑剔地回顾过去，她也是一个非常稀有的美人。她性格也非常丰富，具有热情奔放、坚贞忠诚、易于冲动的热带气质，与我知道的美国女性大为不同。好吧，长话短说吧，我爱上了她，跟她结了婚。直到浪漫过去之后——这保持了好几年——我才意识到我们之间根本没有共同语言。我的爱消失了。如果她的爱也消失了，那倒容易点儿。可是你也知道女人的特点！不管我做什么，都不能让她离开我。就算我对她很冷酷，甚至像有些人说的残忍，那也是因为我知道，如果我能扼杀她对我的爱，或者让爱转化成恨，对我们两人都会容易得多。可是什么也改变不了她，她还是深爱着我，在英国的森林中仍像20年前在亚马逊河两岸一样。不管我做什么，她仍然对我一往情深。

“后来格雷斯·邓巴小姐就来了，她应征了我们的广告，成了两个孩子的女教师。也许你在报纸上见过她的照片了。全世界都在说她也是一个漂亮女人。现在，我也不想装得比别人都高尚，我承认我不可能跟这样一个女人生活在同一个屋檐下，每天接触却不对她产生强烈的感情。你怪我吗，福尔摩斯先生？”

“我不怪你有这种感情，可是如果你表达出来，我就应该怪你了，因为这位女士，从某种意义上来说，是处在你的保护之下的。”

“嗯，也许是这样。”百万富翁说，不过这种责备一时间又点燃了他眼睛里的怒火。“我也不想装出很高尚的样子。我想我这一辈子都是一个要什么就伸手去拿的人，而我最想要的就是爱这个女人，占有她。我这样告诉她了。”

“哦，你告诉她了，是吗？”

福尔摩斯动真情时，看上去非常吓人。

“我告诉她，如果可以，我就娶她，可我无能为力。我告诉她，钱不是问题，只要能让她快乐、舒适，我都会去做。”

“非常慷慨，我相信。”福尔摩斯讥讽地说。

“听着，福尔摩斯先生，我来是提供证据的，不是讨论道德问题，我没想征求你的批评。”

“全都是为了那位年轻小姐，我才接这个案子。”福尔摩斯严肃地说，“我想她被指控的任何事都不会比你刚才自己所承认的事更坏，你竟然想毁掉一个在你屋檐下毫无反抗能力的女子。你们这些有钱人应该得到点儿教训，并不是所有人都会被你们收买来宽恕你们的罪过。”

奇怪的是，黄金大王竟然老老实实地接受了这个训斥。

“现在我也有这种感觉。感谢上帝，我的计划没能如期实现。她什么也不想干，想立刻离开这个家。”

“为什么没走呢？”

“噢，首先，还有人靠她养活，放弃职业让他们都无法生活，这对她不是一件容易的事。我当时发誓——的确发过誓——她绝不会再受到骚扰，她才答应留下来。不过还有另外一个原因。她知道自己对我有什么影响，比世界上任何影响力都大。她想利用这个来做好事。”

“怎么做？”

“嗯，她了解我的一部分生意，都是大生意，福尔摩斯先生，普通人是想象不到的。我可以兴建也可以破坏——一般来说是破坏。不仅仅对个人，还对地区、城市甚至国家。做生意是一场生死游戏，弱者就要失败。我是全力以赴地玩这场游戏的。我从来不抱怨，也不在乎别人是否抱怨。可是她的看法不同。我想她说得对。她相信一个人的额外财富不应该建立在成千上万人破产、无法生存的基础上。这是她的看法，我想她能透过金钱看到更长久的东西。她发现我能听她的话，她相信通过影响我的行为，能为社会做好事，于是她就留了下来——接着就发生了这件事。”

“你能解释一下吗？”

黄金大王沉吟片刻，两手捧着头，陷入了沉思中。

“这对她非常不利，我不能否认这一点。女人都有自己的内心生活，所作所为往往超出男人的理解。一开始我很恼火，非常吃惊，我简直以为她过于激动从而做出了完全违背自己本性的事。我脑子里有一种解释，我把它告诉你，福尔摩斯先生，不管有没有用。毫无疑问，我妻子嫉妒心非常强。灵魂的嫉妒可以和肉体的嫉妒一样疯狂，尽管我妻子没有理由——我想她也知道——为肉体而嫉妒，可她知道这个英国女孩对我的心灵、我的行为都有影响，这是她自己所没有的。这是好的影响，可是这根本于事无补。她恨得发疯，她的血液里一直有亚马逊的火热。她本来可能想谋杀邓巴小姐，或者用枪威胁她，逼她离开我们。可能两人扭打起来，手枪走火，反而把拿枪的女人打死了。”

“我也想过这种可能性。”福尔摩斯说，“说实在的，这是除蓄意谋杀外唯一说得通的解释了。”

“可是她完全否认发生过这种情况。”

“嗯，这也不是最后定案，对吧？人们会认为，一个处于这种可怕境地的女人迷迷糊糊地匆忙回家，手里还拿着那把枪。她可能把枪和衣服扔在一起，却不知道自己干了什么，手枪被发现时，她可以完全否认，因为怎么解释都是不可能的。有什么能推翻这种假设呢？”

“邓巴小姐本人。”

“嗯，有可能。”

福尔摩斯看看表。“我相信我们今天上午就可以拿到必要的许可证，晚上就可以坐火车去温切斯特了。等我见到这位年轻小姐，我在这件事上可能会对你有更大帮助，不过我不能保证得出的结论跟你希望的一样。”

取得官方通行证有些耽搁了，我们当天没有赶到温切斯特，却去了雷神湖地区，尼尔·吉布森先生在汉普郡的庄园就在那儿。他没有陪我们来，不过我们有当地警察小队长考文垂的地址，最早调查这件事的就是他。他个子很高，瘦骨嶙峋，神态有些诡异，好像他知道或者怀疑很多事情，却不敢说。他还会突然降低声音，好像要说什么重大的事情似的，其实只是一些非常普通的话。除了这些毛病之外，他很快就显示出他是一个正派、诚实的人，还没有傲慢到不肯承认自己能力有限而需要帮助的地步。

“不管怎么说，我倒情愿你们来，而不是苏格兰场，福尔摩斯先生。”他说，“如果让苏格兰场负责这个案子，地方警察成功了也没有一点儿荣誉，失败了就得受埋怨。我听说你很公平。”

“我根本不必出现。”福尔摩斯说。这位忧郁的警察大为放心。“即使破了案，提都不用提我的名字。”

“嗯，你真是太慷慨了，我敢肯定。还有你的朋友华生医生也值得信任，我也知道。福尔摩斯先生，咱们现在往那个地方走，我想问你一个问题。除了你，我不会对任何人说。”他看看四周，好像不敢说似的，“你有没有想过这件案子可能不利于尼尔·吉布森先生本人呢？”

“我想过。”

“你还没有见过邓巴小姐，她在各方面都是一个非常优秀的女人。他很可能嫌妻子碍事。这些美国人可比我们更喜欢用手枪。那是他的手枪，你是知道的。”

“已经确定了吗？”

“是的，先生，是他的一对手枪里面的一支。”

“一对？那另外一支呢？”

“嗯，那位先生有各种各样的武器。但是，我们没有找到与这支一模一样的——可是枪匣是装一对的。”

“既然是一对，肯定能找到另外一支。”

“我们把所有的枪都摆出来了，你可以去看一看。”

“不急吧。我想我们还是一起去现场看看吧。”

这场谈话是在小队长家简陋的小客厅里进行的，这里也是当地的警察局。走大约半英里，穿过秋风萧瑟、灌木丛生的荒野，草木凋零，原野上一片金黄，我们来到通往雷神湖的一个侧门。我们沿着一条小路穿过雉鸡保留地，来到一大块空地上，就看见山顶上那座占地广阔、半木结构的住宅了，一半都铎王朝风格，一半乔治王朝风格。旁边是一个狭长的长满芦苇的小湖，中心部分最狭窄，马车路沿一道石桥穿过湖面，两侧形成两个小湖。我们的向导在桥头停下来，指着路面。

“吉布森夫人的尸体就躺在这儿。我用那块石头做的记号。”

“你到时，尸体没有被搬动过？”

“没有。他们立刻派人找我了。”

“谁？”

“吉布森先生自己。一有人喊出事，他就和别人一起从房子里跑了出来，他坚持说在警察来之前，什么也不要碰。”

“这是明智的。我从报纸报道中得知枪是从很近的地方开的。”

“是的，先生，非常近。”

“靠近太阳穴？”

“是的，先生。”

“尸体是怎么躺的？”

“仰面，先生。没有挣扎的痕迹，没有火药灼伤，没有武器，左手里紧紧攥着邓巴小姐写的便条。”

“你是说紧紧地攥着？”

“是的，先生。我们很难掰开她的手指。”

“这很重要。这排除了有人在她死后把便条塞进去提供虚假证据的可能性。天哪！那张便条，我记得非常短。‘我9点钟在雷神桥等你。G. 邓巴’是不是这样？”

“没错，先生。”

“邓巴小姐承认写过这张便条吗？”

“承认了，先生。”

“她是怎么解释的？”

“吉布森夫人的尸体就躺在这儿。我用那块石头做的记号。”

“她要在巡回法庭上答辩，她什么也不愿意说。”

“这个问题的确非常有意思。便条的目的非常模糊，是不是？”

“嗯，先生。”向导说，“如果允许我发表意见的话，这张便条是整个案件中唯一清楚的。”

福尔摩斯摇了摇头。

“假设便条是真的，是她写的，显然是在一段时间以前写的——比如一到两个小时之前。那这位女士为什么左手里还紧紧地攥着这张便条？为什么这么小心翼翼？见面时用不着这张便条。这难道不奇怪吗？”

“嗯，先生，既然你这么说，可能真是奇怪。”

“我想我应该静静地坐几分钟，好好想一想。”福尔摩斯坐在桥上的石栏杆上，我能看见他那双敏锐的灰眼睛朝各个方向疑惑地扫视着。他突然又跳起来，跑到对面的石栏杆前，从口袋里掏出放大镜，仔细地检查着。

“真奇怪。”他说。

“没错，先生，我们也看到栏杆上的痕迹了。我想可能是过路人弄的。”

石栏杆是灰色的，可是这个缺口却是白色的，有6便士硬币那么大。仔细看就能发现其表面似乎被用力击打过。

“得用力才行。”福尔摩斯若有所思地说。他举起拐杖敲了栏杆好几次，一点儿痕迹也没有。“没错，的确是用力敲打的。而且是在这样一个奇怪的地方，不是从上面，而是从下面，你们也能看到这是在栏杆下方。”

“可是这儿离尸体至少有15英尺远。”

“对，离尸体有15英尺。可能跟这件事没有关系，不过的确值得注意。我们在这儿找不到什么了。你说也没有脚印？”

“地上像铁板一样硬，先生，一点痕迹也没有。”

“那我们就可以走了。我们先到房子里去看看你说的那些武器，然后再去温切斯特，我想先见见邓巴小姐再说。”

尼尔·吉布森先生还没有回来，不过我们见到了当天上午拜访过我们的那个神经质的贝茨先生。他带着一种邪恶的意味给我们看他主人在整个冒险生涯中收集的数量众多的各种形状和不同大小的武器。

福尔摩斯举起拐杖敲了栏杆好几次，一点儿痕迹也没有。

“吉布森先生有不少敌人，每个认识他、了解他的人都会这么想。”他说，“他睡觉时也在床边的抽屉里放一把装满子弹的左轮手枪。他是一个野蛮人，有时候我们大家都害怕他。我相信去世的夫人也常常被他吓坏了。”

“你见过他对她使用暴力吗？”

“没有，我不能这么说。不过我听说过几乎同样恶毒的话，冷酷，极为不屑，甚至当着用人的面说。”

“我们的百万富翁私生活好像不太高尚。”我们朝车站走时，福尔摩斯说，“好吧，华生，我们了解的事实不少，有些还是新的，可是我暂时还得不出结论。虽然贝茨先生明显地不喜欢他的主人，可是据他说，有人报告出事时，吉布森先生无疑是在书房里。晚饭8点30分结束，到那时为止，一切正常。当然，案件发生在便条上提到的时间。根本没有证据说明吉布森先生5点钟从城里回来之后又出去过。另一方面，据我所知，邓巴小姐也承认她和吉布森夫人约好在桥头见面。除此之外，她什么也没说，因为律师劝她保留辩护直到开庭。我们有几个非常重要的问题要问这位年轻小姐，除非见到她，否则我无法安心。我得承认，要不是因为一件事，这件案子对她非常不利。”

“什么事，福尔摩斯？”

“在她的衣柜里找到手枪。”

“天哪，福尔摩斯！”我喊道，“我觉得这是最不利的证据呢。”

“并非如此，华生。我第一次粗略读到的时候就觉得非常奇怪，现在了解了案情之后，这是我觉得唯一有希望的。我们要找出连贯性。如果找不到，就会有问题。”

“我不太明白。”

“好吧，华生，我们就假设你是一个预谋想除掉对手的女人。你已经都计划好了，写好了一张便条，受害人也来了。你拿起武器，实施了犯罪，非常干净利落。可是在这样巧妙地实施犯罪之后，你会毁掉自己的名声。不把手枪顺手扔进附近的芦苇丛里，永远沉没湖底，反而要小心翼翼地带回家，放在第一个会被搜查的衣柜里吗？最好的朋友不会说你是一个颇有心计的人，不过我觉得你不会做出这么愚蠢的事来。”

“在情绪激动时……”

“不，不，华生，我相信这不可能。既然可以冷静地策划一场罪行，也会冷静地考虑好掩饰的办法。所以我觉得我们处于严重的错觉中。”

“可是还需要大量证据加以解释。”

“嗯，我们着手解释吧。一旦你的观点有所改变，最不利的情况也会变成找出真相的线索。比如说，有一把手枪，邓巴小姐说完全不知情。根据我们的新理论，她说的是实话。因此，是有人把枪放在她衣柜里的。谁放的？想陷害她的人。你瞧，我们一下子就找到一条最有希望的线索了。”

雷神桥（下）

由于手续还没办完，我们只好在温切斯特住了一晚，第二天一早，在崭露头角的辩护律师乔伊斯·卡明斯先生的陪同下，我们获准在牢房里见这位年轻小姐。虽然此前听到过许多传闻，知道我们要见的是一个美人，可是我永远也难以忘记邓巴小姐给我留下的印象。难怪这位专横的百万富翁也发现她身上有更强大的东西——可以控制、指引他的东西。看着她坚强、轮廓清晰却很敏感的脸庞，你会觉得，她可能会做出冲动的事，不过她性格中有一种内在的高贵，可以使人对她产生好的影响。她肤色稍黑，身材苗条，神情端庄而威严，可是黑亮的眼睛里流露出哀婉无助的表情，像一只被追逐的野兽掉进了天罗地网无法逃脱。当她得知我这位著名的朋友来帮助她时，苍白的脸颊泛起了红晕，她看着我们时，眼里闪烁着希望的光芒。

“大概尼尔·吉布森先生告诉过你我们之间发生的事了？”她激动地低声问道。

“对，”福尔摩斯回答说，“你不用再讲这些痛苦的经历了。见到你之后，我相信吉布森先生说的话了，包括你对他的影响以及你和他之间的清白。可是这些情况为什么没有在法庭上说呢？”

“我没想到这个指控会成立。我还以为，只要我们等一等，整件事就会得以澄清，我们也用不着讲家庭内部那些难以启齿的细节了。可是现在不仅没有得到澄清，反而更严重了。”

“我的小姐，”福尔摩斯急切地大喊着，“我劝你别再抱这种幻想了！卡明斯先生可以告诉你，现在所有的情况都对我们不利，我们必须竭尽全力才能获胜。硬说你没有处在极其危险的情况下，那是残酷的欺骗。尽最大努力帮助我吧，帮助我找出真相。”

“我绝不会掩饰任何情况。”

“那请你告诉我们你和吉布森夫人的确切关系。”

“她恨我，福尔摩斯先生，她用热带性格的所有狂热恨着我。她是一个做事彻底的人，她对丈夫的爱有多深，对我的恨也就有多深。也许她误会了我们之间的关系。我不想冤枉她，可是她的爱是强烈的肉体之爱，她根本不理解她丈夫对我的那种精神上，甚至心灵上的依赖，她也根本不会想到，我只是为了向好的方向影响他才留下来的。现在我明白我错了，我根本不应该留下来，是我给她带来了不快乐，可是就算我离开了，她仍然不会快乐。”

“邓巴小姐，”福尔摩斯说，“请你确切地告诉我们当晚发生的情况。”

“我可以把我知道的真相告诉你，福尔摩斯先生，可是我证明不了什么，有些情况——最重要的情况——我既解释不了，又想不出任何解释。”

“只要你能说清事实真相，别人或许可以解释。”

“至于我当晚去雷神桥，是因为那天早晨我收到吉布森夫人的一张便条。便条放在教室桌子上，有可能是她自己亲自放在那儿的。请我晚饭后去那儿见她，说她有重要的事情告诉我，让我把回信放在花园的日晷上，因为她不想让别人知道。我不知道为什么要保密，不过我照她说的做了，答应去见面。她让我把纸条销毁，我就在教室壁炉里把它烧了。她很害怕她丈夫，他对她非常粗暴，我常常批评他，我以为她这么做是不想让他知道我们俩要见面。”

“可是她把你的回信小心地保存起来了？”

“对。听说她死的时候，手里还捏着，我很吃惊。”

“嗯，接着发生了什么事？”

“我按时去了。当我到桥上的时候，她在那儿等着我。直到那时我才明白这个可怜的人到底有多恨我。她像疯了一样——确实，我想她是真疯了，

带着精神病患者所特有的狡诈的欺骗力，不然她怎么能每天见到我时无动于衷，可内心里却有这样的深仇大恨呢？我不想再重复她所说的话。她用最可怕、最疯狂的语言发泄她的暴怒。我一个字也没有回答——我说不出来。她的样子真可怕。我两手捂住耳朵跑了。我离开时，她仍然站在桥头上，嘴里高声咒骂着我。”

“后来她在哪儿被发现的？”

“离桥头几码远。”

“可是，假设她在你离开之后不久就死了，你没有听到枪声吗？”

“没有，我什么也没听到。不过，福尔摩斯先生，我当时那么激动，那么害怕，我一直冲进自己的屋子里，根本不可能注意到发生的事。”

“你说你回了自己的房间。第二天早晨前你又离开过吗？”

“离开过，有人报告说这个可怜的人死了，我跟别人一起跑了出去。”

“你见到吉布森先生了吗？”

“她用最可怕、最疯狂的语言发泄她的暴怒。我一个字也没有回答——我说不出来。我两手捂住耳朵跑了。”

“见到了。我见到他时，他刚刚从桥上回来。他已经派人去找医生和警察了。”

“你觉得他很烦躁吗？”

“吉布森先生是一个很坚强、很有自制力的人。我想他是不会把感情表露出来的。不过我很了解他，看得出来他非常忧虑。”

“那我们就讲一讲最重要的一点。枪是在你的房间里被发现的。你以前见过这支手枪吗？”

“从来没有，我发誓。”

“是什么时候被发现的？”

“第二天早晨，警察来搜查的时候。”

“在你的衣服里发现的？”

“对，在衣服下面，衣柜底板上。”

“你能想得出枪在那儿放了多长时间吗？”

“前一天早晨还没有。”

“你怎么知道？”

“因为我整理了衣柜。”

“这就确定了。有人进了你的房间，把手枪放在那儿想陷害你。”

“肯定是这样。”

“什么时候呢？”

“只可能在吃饭时间，或者是我和孩子们一起在教室的时间。”

“也就是你收到便条的时候？”

“没错。从那时起，整个上午。”

“谢谢你，邓巴小姐。还有别的什么能够帮助我调查的吗？”

“我想不出来了。”

“桥栏杆上有用力击打的痕迹——就在尸体对面，非常新。你有什么解释吗？”

“肯定只是一个巧合。”

“但很奇怪，邓巴小姐，非常奇怪。为什么它会和这件案子同一时间，而且在同一地点呢？”

“可是到底是什么原因呢？只有非常大的力量才能造成这种效果。”

福尔摩斯没有回答，苍白、急切的脸上突然又露出紧张、迷茫的神情，我知道这是他发挥天分的集中体现。显然他的脑子里在紧张地思考着，我们都不敢说话，律师、嫌犯，还有我都坐在那儿，默默地聚精会神地看着他。他突然从椅子上跳起来，身体由于精神紧张和急需行动而微微颤抖着。

“来，华生，来！”他喊着。

“怎么了，福尔摩斯先生？”

“没关系，小姐。卡明斯先生，你就等我的消息吧。借助正义之神的帮助，我会破这个使全英国轰动的案子。明天你就能得到消息了，邓巴小姐，相信我的话，乌云正在消散，真相大白的前景即将到来。”

从温切斯特到雷神湖的行程并不长，可是我因为不耐烦而觉得旅途漫长，而对福尔摩斯来说，显得简直没有尽头。他焦虑不安，根本坐不安稳，只能在车厢里走来走去，或是用细长、敏感的手指敲着旁边的靠垫。

突然，我们快到目的地时，他在我对面坐下来——我们占了一节头等车厢——两只手放在我的膝盖上，带着一种尤为顽皮的神情盯着我，这是他淘气时的表现。

“华生，”他说，“我想起来了，你跟我一起外出办案时总带着手枪。”

我带手枪对他来说有好处，因为他头脑里一旦思索问题，很难考虑自己的安危，所以好几次我的手枪都救了急。我提醒他这个事实。

“没错，没错，我对这些事有点儿心不在焉。不过你现在身上带着手枪吗？”

我从裤子口袋里掏出来一支短小、轻便，但是很管用的小武器。他打开保险，倒出子弹，仔细检查着。

福尔摩斯突然从椅子上跳起来，“来，华生，来！”他喊着，“借助正义之神的帮助，我会破这个使全英国轰动的案子。”

“真沉——太沉了。”他说。

“是啊，很结实。”

他拿着手枪想了一会儿。

“你知道吗，华生，”他说，“我相信你这支枪和我们目前调查的这件案子有非常密切的关系。”

“亲爱的福尔摩斯，你在开玩笑。”

“不，华生，我很认真。我们面前有一个试验。如果试验合格，一切就清楚了。这个试验取决于这支小武器的表现。拿出一枚子弹，剩下的装好，打开保险。好！这就增加了重量，试验就更容易了。”

我丝毫不明白他脑子里在想什么，他也没给我什么启发，只是坐着沉思，直到我们在汉普郡一个小站停下来。我们雇了一辆破马车，一刻钟后赶到我们值得信任的朋友警察小队长家。

“有线索了，福尔摩斯先生？是什么？”

“这完全取决于华生医生的手枪的表现了。”我的朋友说，“就是这支。警官，你能给我一根10码长的绳子吗？”

乡村小店提供了一根结实的细绳子。

“只要有这个就行了，”福尔摩斯说，“如果你们愿意，我们现在就可以开始最后一段行程了。”

太阳正在西沉，连绵的汉普郡荒野变成了一幅美丽的秋天的图画。小队长勉强走在我们旁边，不时用批评怀疑的眼光看着我的同伴，似乎很怀疑他精神是否正常。快到案发现场时，我看得出，虽然我的朋友仍像往常一样冷静，可是他内心里却非常激动。

“没错。”他回答说，“你以前也看见我失败过，华生。我对有些事有直觉，可是有时这种直觉是错误的。它一开始在温切斯特牢房从我脑子里闪过时，似乎非常确定，可是灵敏的头脑的缺陷之一是总能想出不同的选择，这可能会使我们误入歧途。不过，华生，我们试一试就知道了。”

他一边走，一边把绳子一端牢牢地系在手枪柄上。这时，我们已经来到了案发现场。在小队长的指导下，他小心翼翼地划出尸体所躺的位置。然后他在灌木丛里寻找着，找到了一块大石头。他把绳子另一端系在石头上，把石头从栏杆上向下垂到水面上。他站在出事地点，离桥头有一定距离，手里举着手枪，枪与另一头绳子之间的绳子已经绷紧了。

“现在开始！”他喊着。

说话时，他把手枪举到头顶，然后放开手。手枪立刻被石头的重量拖走，砰的清脆的一声撞在栏杆上，越过栏杆掉进水里去了。福尔摩斯跪在栏杆前，一声欢呼，他已经找到了要找的东西。

“还有比这更精确的演示吗？”他大喊着，“瞧，华生，你的手枪解决了这个问题！”他一边说，一边指着另一块痕迹，其大小、形状和石栏杆下部出现的第一块痕迹一模一样。

“我们今晚住在旅店里。”福尔摩斯站起来，对着那位惊讶万分的警察说，“当然了，你可以找一个抓钩，很容易就能捞起我朋友的手枪，你还能从旁边找到一支手枪、绳子和石头。那位报复心强的女士企图掩盖自己的罪行，把谋杀罪嫁祸给一个无辜的受害者。你可以告诉吉布森先生，我明天上午见他，好采取措施证明邓巴小姐是清白的。”

当天晚上很晚了，我们坐在乡村旅店里抽着烟，福尔摩斯简要给我讲述了一下发生的事。

“华生，”他说，“恐怕就算把雷神桥之谜加进你的记录里，也无助于增添我的名气了。我的脑子已经有些迟钝，缺乏把想象和现实结合在一起的能力了，这可是我这一行的基础呢。我承认石栏上的痕迹已经足以说明真相了，都怪我没能早点儿得到答案。

“这位不幸福的女人考虑得非常深沉细致，想揭露她的阴谋并不容易。我想在我们的冒险生涯中，还从来没有碰到过这么奇怪的例子——变态的爱情能导致什么结果。不管邓巴小姐是她肉体上还是仅仅精神意义上的对手，在她眼里都是不可饶恕的。显然，丈夫为了抑制她过于强烈的爱情而做的所有残酷举止和无情的话语，都被她转嫁到这位无辜的小姐身上了。她的第一个解决办法是结束自己的生命。第二个就是要让这位受害者陷入比突然死亡更可怕的命运。

福尔摩斯跪在栏杆前，一声欢呼，他已经找到了要找的东西。

“我们可以非常清楚地理解每一个步骤了，这表明她的头脑相当细密。很巧妙地拿到邓巴小姐的便条，让人以为是她挑选的犯罪现场。由于她过于焦虑，我们可以发现她做得有些过头了，一直到最后，手里仍然紧紧抓着那张便条。仅此一点就应该更早引起我的怀疑。

“然后，她拿出丈夫的一支手枪——你也看见了，房子里有个武器陈列室——留着准备自己用。当天早晨她把相同的一支开过一枪后藏在邓巴小姐的衣柜里，她可以在树林里开枪，不会引起注意。然后她来到桥上，设计了这个极其聪明的消灭武器的方法。邓巴小姐出现时，她用尽最后的气力发泄出自己的仇恨，然后等邓巴小姐跑远之后，实现了她可怕的目的。现在每一个环节都对上了，整个链条完整了。报纸也许会问为什么不首先把池塘抽干，但那不过是事后聪明，不管怎么说，这么一大片长满芦苇的湖水也不容易打捞，除非你知道自己要找的是什么，在哪儿找。好了，华生，我们帮助了一个不平凡的女人，也帮助了一个强有力的男人。如果他们将来联合起来，这并不是不可能的，金融界或许能发现，吉布森先生已经从那个教授人间课程的伤心教室里学到了一些东西。”

爬行人

夏洛克·福尔摩斯先生一直认为，我应该发表与普雷斯伯里教授有关的奇闻，以便永远消除20年前震动整个大学并在伦敦学术界广为流传的丑陋的谣言。可是有些具体的障碍使我未能发表，这件疑案的真正历史一直封存在那个装满了福尔摩斯破案记录的锡盒子里。现在，我们终于获得许可将事实加以公开，这是福尔摩斯退休之前办理的最后几件案子中的一件。即使现在将事实公之于众时，仍然需要谨慎从事，保持一定的缄默。

那是1902年9月初一个星期天的早晨，我收到福尔摩斯的一封短信：

如方便请立即前来——如不方便也请来。

S. H.

在他晚年的时候，我们两人之间的关系非常特别。他是一个受习惯支配的人——细致集中的习惯，我也成了他的习惯之一。我就像他的小提琴、劣质烟丝、陈旧的黑烟斗、索引簿，还有其他一些说不清楚的东西。每当他遇到吃力的案子，需要依赖于一个同伴的勇气时，我的作用就表现得很清楚。可是除此之外，我还有别的用途。我就是他大脑的磨刀石，我可以激发他的灵感。有我在场时，他喜欢自言自语。很难说他是在对我说话——有些话对床架说可能更适合一些。尽管如此，既然养成了这个习惯，有时我能理解，也能插几句话，也是挺有帮助的。如果我的思维方式过于缓慢让他觉得不耐烦的话，这种不耐烦只会使他的火焰般的直觉和印象燃烧得更迅速、更生动。这就是我在我们两人的友谊中起的微不足道的作用。

我来到贝克街时，发现他屈膝蜷缩在扶手椅上，嘴里咬着烟斗，眉头紧皱。显然他正在苦思冥想某个令人苦恼的问题。他向我招招手，让我坐在平时坐惯了的扶手椅上，除此之外，半个小时的时间里，他对我的存在没有任何表示。然后他突然从沉思中醒悟过来，带着常有的那种古怪微笑欢迎我重回故居。

“你得原谅我心不在焉，亲爱的华生。”他说，“过去24小时里，有人给我送来了非常奇怪的信息，这些情况使我思考起更有普遍意义的问题来。我正打算写一篇专题论文，讨论侦探工作中狗的用途。”

“可是福尔摩斯，这个问题已经探讨过了。”我说，“比如猎犬啦，警犬啦——”

“不，不，华生，这方面当然很清楚了，不过另一个方面却微妙得多。你可能还记得那件案子，你用轰动的方法处理了科珀·比奇斯案，我通过观察儿童心理，推断出那位自负、可敬的父亲的犯罪习惯。”

“记得，我记得很清楚。”

“我关于狗的想法也是同样。狗可以反映一个家庭的生活，阴沉沉的家庭里怎么会有活蹦乱跳的狗，欢乐的家庭里又怎么会有忧郁的狗呢？残忍的人养残忍的狗，危险的人养危险的狗。狗的各种情绪也能反映人的情绪。”

我摇摇头。“福尔摩斯，这有点儿牵强了。”我说。

他把烟斗装满继续坐下来，没有理会我的话。

“我刚才说的话实际应用起来，跟我正在调查的问题有很大关系。你知道，这是一团乱麻，我正在找头绪。其中一个可能的头绪是这个问题：为什么普雷斯伯里教授那条忠实的狼狗罗伊竟敢咬他呢？”

我有些失望地靠在椅背上。难道就是为了这么琐碎的一件事才把我召来的吗？福尔摩斯看了我一眼。

“华生还是老样子！”他说，“你一直没学会，最重大的问题也可能就取决于最琐碎的事情。可是，一个稳重的老哲学家，你肯定听说过卡姆福德著名的生理学家普雷斯伯里吧？这样一个人，竟然被一向忠心耿耿的狼狗咬了两次，即使从表面上看，不也非常奇怪吗？你有什么想法？”

“狗病了。”

“嗯，应该考虑到这一点。不过别人它谁也不咬，而且除了特殊情况，平时它也不捣乱。奇怪，华生，太奇怪了！不过，如果按门铃的是年轻的贝内特先生，他就来早了。我本来以为能跟你多谈一会儿呢。”

楼梯上传来急促的脚步声，接着是响亮的敲门声，很快走进来一位新客户。他大约30岁，身材修长，外表英俊，穿着讲究大方，可是举止间有一丝学生的羞怯，没有交际场中的自命不凡的神态。他和福尔摩斯握了握手，有些吃惊地看着我。

“这件事非常敏感，福尔摩斯先生。”他说，“考虑到我和普雷斯伯里教授在工作上和私人间的关系，我实在找不出理由在第三者面前说这些话。”

“不用怕，贝内特先生，华生医生是最谨慎的人，而且在这件事情上，我也很可能需要一些帮助。”

“您看着办吧，福尔摩斯先生。我相信，您能理解我对这件事有所保留。”

“华生，我来介绍，这位年轻的特雷弗·贝内特先生是那位大科学家的助手，就住在教授家，而且和教授唯一的女儿订了婚。我们当然同意，他应当对教授完全忠诚。可是表现忠诚的最好的方式就是采取必要的步骤把这个奇怪的谜团解释清楚。”

“我希望如此，福尔摩斯先生，这是我的目的。华生医生了解情况吗？”

“我还没来得及解释。”

“那也许最好还是由我把基本情况再讲一遍，然后再解释一些新情况。”

“还是我来说吧！”福尔摩斯说，“这样我才能把正确顺序弄清楚。华生，教授在欧洲名气很大。他一生过着学院生活，从来没有半句流言蜚语。他是个鳏夫，只有一个女儿伊迪丝。我想，他的性格刚强、果断，甚至有些好斗。这种情形一直延续到几个月以前。

“他的生活节奏突然被打破了。他已经61岁了，和比较解剖学教授墨菲的女儿订了婚。据我看，这并不是老年人理智的再婚，更像年轻人狂热的求爱，再也没有比他更痴情的情人了。女方艾丽斯·墨菲外貌和心灵臻于完美，因此教授的痴情不足为奇。可是，在教授自己家里，他却没有得到完全的赞同。”

一位新客户走进来了。

“我们觉得这有点儿太过分了。”客人说。

“千真万确。过分，还有点儿过激，违反自然规律。不过普雷斯伯里教授很富有，女方的父亲并不反对。可是女儿却有自己的看法，她手里已经有了几个候选人，他们虽然财产上不太可取，可是年龄上却与她相当。可是教授行为怪异，姑娘似乎仍然很喜欢他。唯一的问题就是年龄的差异。

“正在这时，教授的正常生活突然被一个谜笼罩了。他做出了以前从未有过的举动。他离开了家，没说要去哪儿。两个星期后，他回来了，满脸的疲惫。他也没说自己去了哪儿，而平时他是非常坦率的一个人。碰巧的是，我们这位客户贝内特先生收到布拉格一位同学的来信，说有幸在那儿遇见了普雷斯伯里教授，不过他没能跟教授说话。家人这才知道他去了哪里。

“现在讲关键的一点。从那以后，教授身上发生了奇怪的变化。他变得鬼鬼祟祟的，周围的人都觉得他不是人们以前了解的那个人了，一种阴影笼罩了他原本崇高的品格。他的智力并未受到任何影响，他授课仍像以前一样才华横溢。可是总会有一些新的东西，一些意外而不祥的东西。一直敬爱父亲的女儿多次想试图恢复父女之间的关系，想穿透父亲戴上的面具。据我了解，这位先生也做了同样的努力——可是一切都是白费。现在，贝内特先生，用你自己的话讲讲那些信件吧。”

“您一定明白，华生医生，教授在我面前没有秘密，即使我是他的儿子或者是他弟弟，都不会更多地得到他的信任。作为他的秘书，寄给他的每一封信件都由我经手，由我拆开再加以分类。可是他回来后不久，这一切就都改变了。他告诉我，有些从伦敦寄来的信，邮票下面会有一个十字。这些信要放在一边，由他亲自过目。后来经我的手的确收到几封这样的信，上面有东部中央邮区的邮戳，写信人似乎没有什么文化。如果他真的回信了的话，回信根本没有经我的手，也没有放在我们发信的邮筐里。”

“还有那个盒子。”福尔摩斯说。

“噢，对了，还有那个盒子。教授旅行回来带了一个小木盒子。这件东西说明他曾经去过欧洲大陆，因为那是一个通常跟德国有关的精致的木雕盒子。他把盒子放在工具橱里。有一天，我去找插管，无意中拿起了那个盒子。想不到教授大发雷霆，用非常野蛮的话骂我。这是第一次发生这样的事，我非常难过。我拼命解释说我只是碰巧拿了盒子，可是整个晚上，我发现他一直严厉地瞪着我，他一直耿耿于怀。”贝内特先生从口袋里拿出一个小日记本。“这是在7月2日。”他说。

“你真是一个令人钦佩的证人。”福尔摩斯说，“我可能会要用到你记下来的这些日期。”

“我是从这位伟大的老师身上学会的系统方法和其他知识。从我发现他行为不正常开始，我觉得有责任研究他的情况。所以我就记下来，就在7月2日，教授从书房回到大厅里时，罗伊咬了他。7月11日又发生了类似事件，7月20日我也有记录。之后，我们只好把罗伊关到马厩里去了。罗伊是一条可爱的、通人性的狗——不过你们已经感到厌倦了吧。”

贝内特先生带着自责的口吻说，因为福尔摩斯显然没听他说话。他紧绷着脸，眼睛迷茫地盯着天花板，他努力集中精神。

“奇怪！真是奇怪！”福尔摩斯自言自语地说，“这些细节我都不知道，贝内特先生。我想基本情况已经讲得很清楚了，对吗？可是你说还有些新情况。”

客人开朗愉快的脸阴沉下来，他想起了可怕的事情。“我要讲的事发生在前天夜里。”他说，“大约凌晨两点，我正躺在床上，突然听到过道里传来一种沉闷模糊的声音。我打开门往外看。我应该说清楚，教授睡在过道另一头——”

“那一天是——？”福尔摩斯问。

客人对这个毫不相干的问题显得很不耐烦。

“我已经说了，先生，是前天晚上——也就是9月4日。”

福尔摩斯点头微笑着。

“请继续。”他说。

“他睡在过道另一头，必须经过我的房间才能到楼梯口。那天的情景真是恐怖，福尔摩斯先生。我想我跟别人一样镇定，可是那天的情景把我吓坏了。过道里漆黑一片，只有中间的一个窗户里透出一片灯光。我能看到有东西沿着过道过来了，是一个黑乎乎的蹲着的东西。它突然来到灯光下，我看见了是他。他在地上爬，福尔摩斯先生，在地上爬！他不是用手和膝盖爬，应该说是用手和脚在爬，脑袋垂在两手中间，可是他似乎爬得挺舒服。我吓得呆若木鸡，一直到他来到我门口，我才走上前去，问他要不要帮忙。他的回答非常奇特。他跳起来，冲着我狠狠地骂了一句，急忙从我旁边下楼去了。我等了大约半小时，他没有回来。他再回来时，肯定已经天亮了。”

“嗯，华生，你有什么想法？”福尔摩斯问，就像一个拿着罕有病例的病理学家。

“可能是风湿性腰痛。我知道有一个严重的病人就是这么走路的，而且这个病特别容易让人发脾气。”

“好，华生！你总能让我们脚踏实地。可是我们很难接受风湿性腰痛的解释，因为他马上就站得笔直了。”

“他的健康状况再好不过了。”贝内特说，“事实上，我认识他很多年了，现在是他最强壮的时候。这都是事实，福尔摩斯先生。这种情况我们又不能叫警察，可是我们实在不知如何是好，我们都有种奇怪的感觉，似乎有灾难要发生了。伊迪丝——普雷斯伯里小姐——也和我的感觉一样，我们再也不能被动地等待了。”

“这的确是一个非常奇特而且令人深思的案子。你有什么想法，华生？”

“从医生的角度来讲，”我说，“这似乎是应该由精神病学家来处理的案例。老先生的脑神经受到恋爱的刺激。他去国外旅行，本来是想让自己放弃这场爱情。他的信和盒子也许跟某个私人交易有关——盒子里可能是贷款，或者是股票证券。”

“他跳起来，冲着我狠狠地骂了一句，急忙从我旁边下楼去了。”

“可狼狗无疑反对他的金融交易。不，不，华生，不仅仅这些。现在，我建议——”

夏洛克·福尔摩斯要提什么建议永远无从知晓了，因为这时门开了，一位年轻小姐被领进房间里来。她一出现，贝内特先生就尖叫一声跳起来，伸出双手往前跑着，迎接着她的双手。

“伊迪丝，亲爱的！没出什么事吧？”

“我觉得我非得跟着你了。哦，杰克，我吓坏了！我不敢一个人待着。”

“福尔摩斯先生，这就是我提到的那位年轻小姐，我的未婚妻。”

“我们已经得出这个结论了，不是吗，华生？”福尔摩斯笑着回答说，“小姐，我想这件案子又有新发现了，你觉得应该让我们知道，是不是？”

我们这位新客人是一个传统的、漂亮的英国姑娘，她在贝内特先生身边坐下来，对福尔摩斯微笑着。

“我发现贝内特先生不在旅馆，我想他很可能到这儿来了。当然了，他告诉过我他会找您商量的。不过，哦，福尔摩斯先生，您不能帮帮我可怜的父亲吗？”

“有希望，普雷斯伯里小姐，不过这件案子还不够清楚。也许你要说的情况能说明一些问题。”

“是昨天晚上，福尔摩斯先生。他一整天都特别奇怪。我相信有时候他根本不知道自己在做什么，他像生活在奇怪的梦境里，昨天就是这样。跟我一起生活的不是我父亲，他的外壳还在，可是那并不是真正的他。”

“告诉我发生了什么事。”

“夜里狗叫得很凶，我被吵醒了，可怜的罗伊被拴在马厩旁。我睡觉时一般都锁上门，因为杰克——就是贝内特先生——会告诉您的，我们都感觉到危险在临近。我的房间在三层，当时正好窗户上的百叶窗拉起来了，外面是皎洁的月光。我躺在床上，盯着窗前的月光，听着狗的狂吠声，突然看见父亲的脸，他正在看着我。福尔摩斯先生，我差点儿吓晕过去。他的脸紧贴在窗玻璃上，一只手似乎想把窗户推开。如果窗子真被他推开，我想我非得疯了不可。这不是幻觉，福尔摩斯先生，千万别这么想。我敢说，有20秒钟，我只能一动不动地躺在那儿，看着那张脸。后来就不见了，可我不敢——不敢从床上起来看他去了哪儿。我浑身发冷，颤抖着一直到天亮。早饭时，他态度粗暴，根本没提昨晚发生的事。我也没提，不过我找了个借口进城来了——就到这儿来了。”

福尔摩斯完全被普雷斯伯里小姐的话惊呆了。

“我的小姐，你说你的房间在三层。花园里有长梯子吗？”

“没有，福尔摩斯先生，这是最奇怪的。根本不可能爬到窗户上——可他的确爬上去了。”

“那一天是9月4日。”福尔摩斯说，“这确实使问题更复杂了。”

轮到这位小姐显得吃惊了。

“这是您第二次提到日期了，福尔摩斯先生。”贝内特说，“日期可能跟

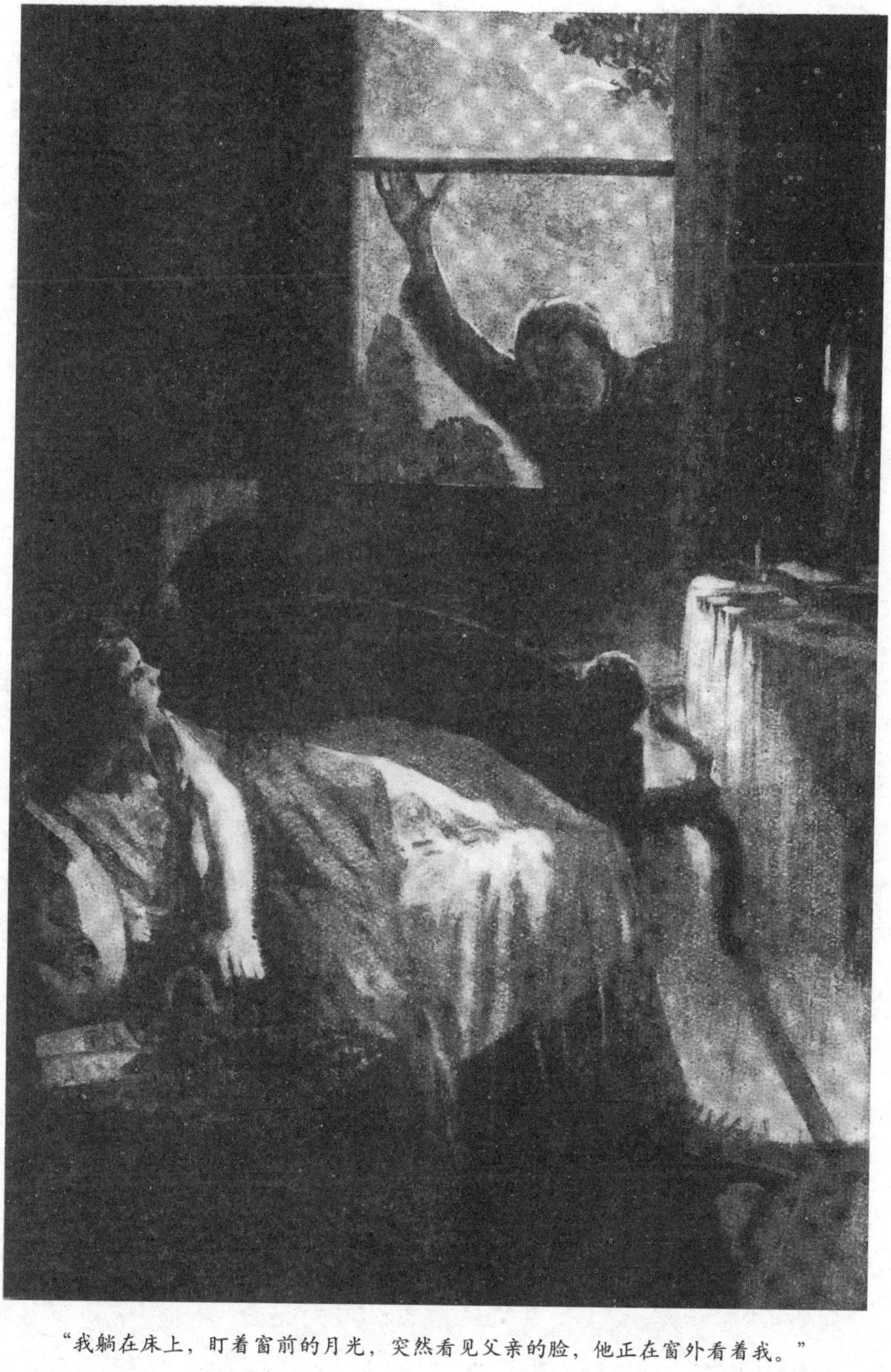

“我躺在床上，盯着窗前的月光，突然看见父亲的脸，他正在窗外看着我。”

这件案子有关吗？”

“可能，非常可能，不过目前我还没有完整的材料。”

“也许您觉得这种不正常跟月相有关？”

“不，我可以担保，这是一个完全不同的思路。也许你可以把日记本留给我，我可以确定一下日期。现在我想，华生，我们的行动方针已经非常清楚了。这位年轻女士告诉我们——而我完全相信她的直觉——她父亲几乎或者完全不记得某几天发生的事。因此，我们可以去拜访他，假装是他约我们去的。他会以为是自己忘了。这样我们就可以开始行动，从近处好好观察他。”

“太棒了！”贝内特先生说，“不过我提醒你们，教授有时候脾气很大，行为粗暴。”

福尔摩斯微笑着。“我们有理由立刻去见他——十足的理由，如果我的理论成立的话。先生，明天你就会在卡姆福德见到我们。如果我没记错的话，那儿有一个旅店叫契克斯，里面的葡萄酒超过中等水平，床单也比较干净。我想，华生，我们未来几天说不定会流落到很糟糕的地方去呢。”

星期一早晨我们就出发前往著名的大学城去了——这对福尔摩斯来说很简单，他没什么要收拾的，我却手忙脚乱地安排一切事务，因为这个时候的就诊量并不小。福尔摩斯一路上都没提这个案子，直到我们把行李存放在他说过的那个古老的旅店里。

“我想，华生，我们午饭前可以找到教授。他11点钟上课，应该在家休息。”

“我们有什么借口去找他呢？”

福尔摩斯看了看日记本。

“8月26日是兴奋期。假设他脑子有点儿不清楚，不知道自己当时做过什么。如果我们坚持说我们约好了跟他见面，我想他不敢反驳我们。你能不能厚着脸皮干下去？”

“只能试试了。”

“太好了，华生！勤勤恳恳又精益求精。只能试试——这是意志坚定者的格言。找个友好的本地人就能带我们去了。”

一个本地人赶着一辆漂亮的双轮马车，带着我们经过一排古老的学院建筑，拐进一条林荫道，在一栋舒适的房子前停下来，房子四周是长满紫藤的草坪。显然，普雷斯伯里教授不仅生活舒适，而且非常奢侈。马车靠近时，我们就看见一个花白头发的人站在落地窗前，浓密的眉毛下那双锐利的眼睛从大玳瑁眼镜后面审视着我们。很快我们就来到他的圣地里，那位神秘的科学家就站在我们面前，就是他的古怪行为把我们从伦敦召到这里来的。可是他的相貌和举止中没有任何怪异的迹象。他体态高大，神情严肃，身穿礼服，带着一个大学教授应有的庄严。最引人注目的是他那双眼睛，敏锐、犀利，聪明到了几乎有些狡猾的地步。

他看着我们的名片。“请坐，先生们。我有什么能效劳的？”

福尔摩斯和蔼地笑着。

“我正想问您这个问题呢，教授。”

“问我，先生？”

“可能有个误会吧。我通过另外一个人，知道卡姆福德的普雷斯伯里教授需要我帮忙。”

“哦，真的！”我似乎觉得那双敏锐的灰眼睛里闪过一丝恶毒的光芒。“您听说的，是吗？能问一问是谁告诉您的吗？”

“对不起，教授，不过这件事非常秘密。就算我弄错了，也没什么害处。我只能表示遗憾。”

“不用介意，我想问清楚点儿。很有意思，有没有纸片、信件或电报什么的，来证实您的话呢？”

“不，我没有。”

“我想您不会以为是我让你们来的吧？”

“我不想回答任何问题。”福尔摩斯说。

“不想，我敢说是这样。”教授厉声说，“不过，这个问题不用你帮忙也很容易就能回答了。”

他走过去按铃。我们在伦敦认识的朋友贝内特先生走了进来。

“进来，贝内特先生。这两位先生从伦敦赶来，以为是我让他们来的。是你处理我的所有信件，你看到过写给一个叫福尔摩斯的人的条子吗？”

“没有，先生。”贝内特红着脸说。

“这就可以肯定了。”教授说着，恶狠狠地盯着我的同伴。“现在，先生”——他两手按在桌子上往前探着身子——“我觉得你的身份非常可疑。”

福尔摩斯先生耸了耸肩。

“我只能再说一遍，我很抱歉白白打扰了您。”

“这可不行，福尔摩斯先生！”老头尖声大喊着，脸上带着极为恶毒的表情。他一边说，一边挡在门口，狂怒地冲我们挥着手。“想走可没那么容易！”他气愤的脸抽搐着，咧着嘴，冲我们乱喊着。我相信，如果不是贝内特先生出面干预，我们只能靠武力冲出这间屋子了。

“亲爱的教授，”他喊着，“考虑一下您的地位！考虑一下学校里的流言蜚语！福尔摩斯先生是一个很有名望的人。您不能这么无礼地对待他。”

我们的主人——如果可以这么称呼他的话——不情愿地让了路。我们很庆幸能离开屋子，来到了宁静的林荫路上。福尔摩斯似乎觉得这件插曲非常有趣。

“这位学识渊博的朋友，神经的确有点儿不太正常。”他说，“也许我们前来打扰有些冒昧，不过毕竟跟他亲自接触了。不过，天哪，华生，他肯定追上来了，这个歹徒还在追我们。”

后面传来跑动声，不过令人欣慰的是，不是可怕的教授出现在马路拐角上，而是他的助教。他气喘吁吁地朝我们走过来。

“我很抱歉，福尔摩斯先生，我向您道歉。”

“亲爱的先生，没有必要。干这一行经常遇到。”

“我从来没见过他情绪这么危险，不过他越来越凶狠了。现在您明白我和他女儿为什么都这么害怕了。但他头脑还非常清楚。”

“太清楚了！”福尔摩斯说，“这一点我估计错了。显然他的记忆力比我想象的好得多。顺便问一下，我们走之前，能看看普雷斯伯里小姐的房间吗？”

贝内特先生分开灌木丛往前走，我们看到了房间侧面。

“就在那儿，左边第二间。”

“天哪，很难往上爬啊！不过你可以看到下面有藤条，上面有水管，可以往上爬。”

“连我都爬不上去。”贝内特先生说。

“很有可能。对任何正常的人来说，都是很危险的运动。”

“还有一件事我想告诉您，福尔摩斯先生，教授往伦敦写信的那个人的地址我找到了。好像是今天早晨写的，我从他的吸墨纸上找到的。一个受信任的秘书干这种事很不道德，可我还能怎么办？”

福尔摩斯看了一眼那张纸，放进口袋里。

“多拉克——名字很怪。是斯拉夫人，我想。嗯，这是一个重要环节。我们今天下午就回伦敦，贝内特先生。我看我们继续留在这儿没有什么意义。我们不能逮捕教授，因为他没有犯罪，也不能限制他的行动，因为还不能证明他行为失常，还不能采取什么行动。”

“那我们到底该怎么办呢？”

“需要一点儿耐心，贝内特先生。事情很快就会发展的。除非我弄错了，不然下星期二就会有大事发生。当然我们那天会在卡姆福德。同时，这段时期肯定会非常不愉快，如果普雷斯伯里小姐能多待一段时间——”

“这个容易。”

“那就让她待下去，一直到我们可以保证危险已经排除。同时，让他随意行动，千万别激怒他。只要他情绪正常，就不会有问题。”

他气愤的脸抽搐着，咧着嘴，冲我们乱喊着。我相信，如果不是贝内特先生出面干预，我们只能靠武力冲出这间屋子了。

“他来了。”贝内特惊恐地低声说。我们从树枝之间看见一个高大笔直的身影从大厅门出来，朝四周看了看。他身体前倾，两手在前面直直地摆着，头部转来转去。秘书最后挥挥手，钻进树林里不见了，一会儿，我们看见他来到教授身旁，两人一起走进房子，似乎在热烈地，甚至激动地交谈着什么。

“我看老先生已经明白是怎么回事了。”我们朝旅店走着，福尔摩斯说，

“我觉得他的头脑非常清楚，逻辑性很强，虽然只是匆匆一面。脾气火爆是肯定的，不过从他的角度来看，有侦探来找他，而且他怀疑是自己家里人干的，他当然会发脾气了。我倒是觉得贝内特朋友的日子不太好过呢。”

路上，福尔摩斯在邮局停下来发了一封电报。晚上就收到了回电，他把电报推给我看。

已去过商业路，见过多拉克。性情温和，波希米亚人，上了年纪。开着大杂货店。

默瑟

“默瑟是你走了以后来的，”福尔摩斯说，“他是照顾日常事务的勤杂工。有必要了解教授秘密与之通信的这个人的情况，他的国籍跟布拉格之行有联系。”

“谢天谢地，总算有东西联系上了。”我说，“目前我们面对的似乎是一长串毫无关联的无法解释的事件。比如，一只发疯的猎犬和波希米亚之行会有什么联系呢？这两者跟一个夜晚在过道上爬行的人有什么关系？至于那些日期，这是最难解的谜了。”

福尔摩斯微笑着搓了搓手。我们坐在古老旅馆的旧客厅里，中间的桌子上摆着一瓶他提到过的著名的葡萄酒。

“嗯，现在我们先说说日期。”福尔摩斯说，他五指并拢，神态似乎是在讲课。“这位杰出的年轻人的日记说明7月2日这天有麻烦，从那以后每次有9天间隔，我记得好像只有一次例外。所以，最后一次是在星期五，9月3日，也符合9天的规律，上一次在8月26日，也是如此。这绝不只是巧合。”

我只能同意。

“我们先假设每九天教授就要服某种烈性药，效果短暂但毒性巨大。他本身的火爆脾气被刺激得更狂暴。他是在布拉格学会服这种药的，现在药由一个在伦敦的波希米亚中介人提供。这些都联系在一起了，华生！”

“可是那只狗呢，窗户上的那张脸，还有过道里的爬行人又怎么解释呢？”

“好吧，好吧，我们已经有了一个良好的开始。我想到下星期二，中间不会有什么新情况了。这期间我们只要跟贝内特保持联系就行了，欣赏一下这个可爱的城市的美景吧。”

第二天一早，贝内特偷偷溜过来，给我们报告最新消息。跟福尔摩斯预计的一样，他的日子不太好过。教授没有明确指责是他把我们找去的，可是说话却严厉而粗暴，显然非常生气。可是今天早晨他又恢复正常了，而且还给许多学生做了跟平时一样精彩的演讲。“除了异常发作外，”贝内特说，“实际上他比以前还精力充沛，头脑也更清晰。可是这并不是他——他不再是我们认识的那个人了。”

“我想，从现在开始至少一个星期以内，你没什么可害怕的。”福尔摩斯回答说，“我很忙，华生医生还有病人要诊治，我们就决定下星期二这个时候再见面吧！下次我们离开时就算还不能解决你的所有麻烦，至少也能解释清楚了，不然我才会觉得吃惊呢。另外，无论发生什么事，随时通知我们。”

接下来的几天，我一直没见到我这位朋友，不过星期一晚上，我接到一封短笺，让我第二天在火车上见他。前往卡姆福德的路上，他告诉我一切都很正常，教授家里的宁静没有受到干扰，教授本人的行为也极为正常。晚上我们在契克斯的老地方安顿下来时，贝内特先生也是这么向我们报告的。“今天他收到伦敦来信。一封信，还有一个小包裹，邮票下面都有一个十字，警告我不能拆开。别的就没有什么了。”

“这可能已经够证明了。”福尔摩斯冷冷地说，“贝内特先生，我想我们今天晚上就可以得出结论了。如果我推断正确的话，我们有机会结束这件事情了。因此我建议你晚上不要睡，小心观察。如果你听到他经过你门口，不要打断他，尽可能悄悄地跟踪他。我和华生医生离得不远。顺便问一下，你说的那个小盒子的钥匙在哪儿？”

“在他的表链上。”

“我想我们的研究应该朝这个方向。出现情况，打开锁应该不会太难。家里还有别的强壮的男人吗？”

“有一个马车夫，麦克费尔。”

“他睡在哪儿？”

“马厩上面。”

“我们可能会需要他。好吧，只有看到情况如何发展，我们才知道该做什么。再见——不过我想天亮之前，我们还会见到你。”

快到午夜时，我们迅速在教授大厅门对面的灌木丛里找好了位置。夜色皎洁，却非常寒冷，幸好我们穿着大衣。起了一阵风，云彩从空中疾驰而过，时不时遮住半个月亮。这场守候本来可能很无聊，幸亏我们一直满怀期待而且异常兴奋，加上我这位朋友一直在旁边保证，我们很可能就要接近这一系列奇怪事件的结尾了。

“如果9天的周期成立的话，今天晚上就是教授发作最厉害的时候。”福尔摩斯说，“这些奇怪的症状是他从布拉格回来之后开始的，他又和伦敦一位波希米亚商人保持秘密联络，今天还刚刚从他那儿收到一个包裹，这些都指着一个方向。他服的是什么药，为什么要服这种药，我们还不清楚，不过这药是从布拉格什么地方运来的已经非常清楚了。他是严格遵照9天一个周期的确切指示服药的，这是吸引我注意的第一点。可是他的症状太奇特了。你们有没有注意过他的指关节？”

我不得不承认我没有注意过。

“关节又粗又有老茧，我以前从来没见过。首先要看手，华生。然后看袖口、膝盖，接着是鞋。非常奇怪的关节，只有行进方式才能解释——”福尔摩斯停下来，突然用手一拍额头。“哦，华生，华生，我怎么这么笨！看上去似乎不可能，可是肯定是对的。一切都只有一个目的。我怎么竟然看不出这些想法之间的联系呢？那些关节——我怎么没看出来呢？还有那只狗！那根藤条！我真应该退回自己梦中的农场去了。快看，华生！他来了！我们可以亲眼看一看。”

大厅的门慢慢地打开，在屋里灯光的映照下，我们可以看到普雷斯伯里教授高大的身影。他穿着睡衣站在门口，虽然站得很直，身子却往前倾着，两只胳膊垂在胸前，和我们上一次见到他时一样。

他往前走到车道上，突然发生了一种非常奇特的变化。他蹲下身子，用手和脚在地上爬着，时不时地跳一下，好像精力过于旺盛似的。他沿房子正面走着，然后转过屋角。他一消失，贝内特也从大厅里溜出来，悄悄地跟在后面。

“来，华生，来！”福尔摩斯低声喊着。我们蹑手蹑脚地走在灌木丛里，来到可以看见房子后面的地方。月光朗朗地照着那里，教授的身影非常清晰地蹲在长满常青藤的墙根下。我们正看着他时，他突然身手敏捷地爬上墙去，简直匪夷所思。他从一根藤条荡到另一根藤条上，抓得非常牢固，他没有明确的目标，显然只是为了发泄多余的精力。睡衣在他身体两旁拍打着，看上去就像一只紧贴在墙壁上的巨大的蝙蝠，在月光照耀的墙壁上形成一个大黑方块。这时，他玩腻了这种游戏，又沿着一根根藤条爬下来，按老样子蹲在地上，朝马厩方向爬了过去，仍然是刚才那种奇怪的姿势。这时，那只猎狗已经出来了，狂吠着，一看见主人，叫得更凶了。它急切地挣着铁链子，狂怒地抖动着。教授故意在它刚刚够不着的地方蹲下来，开始用各种方法挑衅。他从车道上抓起一把一把的石子朝猎狗脸上砸过去，用刚刚拣起来的一根棍子捅它，手在狗大张的嘴面前几英尺的地方晃来晃去，千方百计让那只猎犬更暴怒，猎狗已经不受任何控制了。在我们所有的探险经历中，还从来没有见过比这更奇特的景象了。一个庄重且仍然有些尊严的人像只蛤蟆似的蹲在地上，用各种故意、巧妙的残忍手段去激怒一只已经疯狂的猎狗，猎狗在他面前跳着、狂吠着。

突然，事情发生了！链子并没有断，而是狗脖子滑出了项圈，因为项圈是给粗脖子的纽芬兰狗用的。我们听到金属落地的当啷声，马上狗和人就在地上滚成一团，狗在咆哮，人在异样地尖声惊叫。教授的性命危在旦夕，疯了的猎狗正好咬在他喉咙上，牙齿咬得很深，等我们冲上前去把狗和人分开时，教授已经昏迷不醒了。这对我们本来很危险，幸亏贝内特的声音和威力立刻使那只狗恢复了理智。叫喊声把睡意蒙眬、惊讶万分的马车夫从马厩上的房间里引了下来。“我一点儿都不奇怪，”他摇摇头说，“我见过他这样。狗早晚会咬他。”

猎狗被拴了起来，我们一起把教授抬进房间，贝内特有医学学位，他帮我处理教授被咬伤的喉咙。尖利的犬牙差点儿切断颈动脉，出血非常严重。半个小时后，危险已经过去，我给病人注射了一针吗啡，他陷入了沉睡。这时，直

狗和人在地上滚成一团，狗在咆哮，人在尖声惊叫。

到这时，我们才互相对视着，开始考虑眼前的形势。

“我想得找个最好的外科医生来看他。”我说。

“看在上帝的分上，不行！”贝内特喊着，“目前，这件丑闻只有家里人知道。我们是不会说出去的。一旦传出家门，就永远无法停止了。想想他在大学里的地位，想想他在欧洲的名声，他女儿会有什么感觉。”

“的确是这样。”福尔摩斯说，“我觉得我们可以把这件事保密，既然我们可以随意处理，就应该防止这件事再发生。表链上的钥匙，贝内特先生。让麦克费尔看着病人，有什么变化就通知我们。我们去看一看教授那个神秘的小盒子里到底是什么。”

盒子里东西不多，不过已经足以说明问题：一个小空瓶，另外一瓶几乎还是满的，一个注射器，还有几封字迹歪歪扭扭、外国人写的信。信封上的邮戳说明正是这些信打乱了秘书的日常工作，每一封上都是从商业路发出的，写着“多拉克”，都是些发票，说一瓶新的已经寄给普雷斯伯里教授了，或者是钱已收到的收条。可是还有一封信，是受过教育的人的手迹，上面是一张奥地利邮票，盖着布拉格的邮戳。“这就是我们要找的材料！”福尔摩斯一边喊着，一边撕开信封。

尊敬的同行：

自阁下来访之后，我仔细考虑了您的情况，鉴于您目前的情形，进行这项治疗有几个特殊的原因，可我还是主张谨慎行事，因为我的治疗结果说明，这并不是没有风险的。

类人猿血清应该较好。我已经解释过，我使用的是黑脸叶猴，因为恰好有此类标本。当然，叶猴是爬行、攀登类动物，而类人猿是直立行走的，而且在各个方面更接近人类。

希望您小心谨慎，切勿在不成熟阶段将此疗法告诉外人。我在伦敦还有一个主顾，由多拉克做你们的代理人。

务必将每周情况报告。

您恭敬的洛温斯坦

洛温斯坦！这个名字使我回想起报纸上一段摘录，说一位不知名的科学家正在用一种奇特的方法研究返老还童和长生不老的秘密。布拉格的洛温斯坦！他有一种奇妙的强壮血清，已经被医学界禁用，因为他拒绝公布处方。我把还记得的情况简要讲了一下。贝内特从书架上拿起一本动物学手册。“‘叶猴，’”他读着，“‘是喜马拉雅山麓的大型黑面猴。’还补充了许多细节。嗯，谢谢你，福尔摩斯医生，显然我们已经找到真正的元凶了。”

“真正的元凶，”福尔摩斯说，“当然是这场不合时宜的恋爱，使鲁莽的教授以为只有恢复青春才能达成愿望。如果人想超过自然，他就会堕落到自然以下。即使最高等的人，如果脱离了正确的命运道路，也会变成动物。”他手里拿着小瓶子，坐着沉思了片刻，看着里面透明的液体。“等我给这个人写封信，告诉他我认为他出售这种毒药是犯罪，我们的事就完了。但它可能还会再发生，还会有人想出更高明的办法。但这有危险——这是对人性的真正威胁。华生，想想那些追求物质、感官和世俗享受的人都希望延长他们毫无价值的生命；追求精神价值的人不会躲避更高境界的召唤。这就变成了最不适者的生存，这个世界不就变成污水池了吗？”突然，那个幻想家消失了，行动派的福尔摩斯从椅子上站了起来。“我想没什么要说的了，贝内特先生。各个细节都是为了整个计划。当然，狗发现这些变化比你快得多，是因为它的嗅觉。罗伊攻击的不是教授，而是猴子，惹罗伊发火的也是那只猴子。爬行是猴子的乐趣，我想这只是一种巧合，他才会爬到那位年轻小姐的窗口上。华生，早上有一趟回伦敦的火车，不过我们还是先去契克斯喝杯茶再走吧。”

苏塞克斯吸血鬼

福尔摩斯仔细看过了最后一班邮差送来的一张便条。他咯咯地干笑着，这是他最接近于大笑的态度了，把便条扔给我。

“现代与中世纪、实际与最狂野的幻想的混合，我想这个算是到极致了。”他说，“你有什么看法，华生？”

我读着下面的信：

老犹太街46号，11月19日

关于吸血鬼事宜

敬启者：

位于明辛路的弗格森暨缪尔黑德茶叶经销公司的罗伯特·弗格森先生是我公司客户，今来函咨询有关吸血鬼事宜。因我公司主营机械评估，此项业务不属我公司范围，因此推荐先生前去拜访并求教于阁下。阁下成功破获玛蒂尔达·布里格斯一案，我公司仍记忆犹新。

您忠诚的莫里森，莫里森-多德公司谨启

经手人E. J. C.

“玛蒂尔达·布里格斯不是一个年轻女人的名字，华生，”福尔摩斯回忆说，“那是一艘船，与苏门答腊[1]的巨型老鼠有关。这个故事会让整个世界为之震惊。可是我们对吸血鬼又了解多少呢？难道我们的业务范围包括这一项吗？有活儿干总比无所事事强，可是我们好像一下子进了格林童话。华生，抬抬手，看看字母‘V’都包括些什么。”

我转过身取下他所说的那本大索引。福尔摩斯把书平放在腿上，高兴地慢慢查阅着那些旧案例记录，其中有着他自己毕生积累的知识。

“格洛里亚·斯科特号航行。”他念道，“那是一个非常糟糕的案子。我记得你还记录过，华生，可惜我还不能恭喜你的成果。维克多·林奇，那个造伪钞者。毒蜥蜴或叫吉拉毒蜥[2]，这可是件了不起的案子！女马戏演员维托利亚。范德比尔特和那个窃贼。毒蛇。维戈尔，哈默史密斯的奇迹。好！好！了不起的旧索引，谁也比不上它。听这一条，华生，匈牙利的吸血鬼术，还有特兰西瓦尼亚[3]的吸血鬼。”他急切地一页页翻着，可是找了半天，他失望地哼了一声，扔下了那本书。

“胡扯，华生，都是胡扯！那些只能用木桩穿过心脏钉在棺材里才不再出来走动的僵尸，跟我们又有什么关系呢？实在太愚蠢了！”

“可是，”我说，“吸血鬼不一定都是死人吧？活人也会有这种习惯。我就读到过说老年人专爱喝年轻人的血，这样可以保住青春。”

“你说得对，华生，这本书里有一个案例就提到过这种传说。可是我们能信这种事情吗？我们这个侦探社已经站稳了脚跟，而且必须这样下去。这个世界对我们来说已经足够大了，没有必要再引入鬼魂。恐怕我们不能太相信罗伯特·弗格森先生。这张便条可能是他写的，也许能解释一下让他担忧的到底是什么问题。”

他拿起桌面上另外一封信，他专心致志地看第一封信时，没有注意到这一

① 苏门答腊：位于印度尼西亚西部。——译注

② 吉拉毒蜥：一种有毒蜥蜴，产于美国西南部、墨西哥和中美洲。——译注

③ 特兰西瓦尼亚：旧地区名，罗马尼亚中部一个地区。——译注

“好！好！了不起的旧索引，谁也比不上它。听这一条，华生。”

封。一开始他面带笑意地读着，可是读着读着笑容就渐渐变成了专注关心的表情了。读完以后，他手指夹着那封信，坐着沉思了一会儿。后来他突然从沉思中醒悟过来。

“兰伯利的奇斯曼庄园，兰伯利在哪儿，华生？”

“在苏塞克斯，霍舍姆南部。”

“不太远，唔？”

“我知道那一带，福尔摩斯，全是古老的住宅，是以几个世纪前建造房子的人来命名的，有奥德利庄园、哈维庄园和卡里顿庄园——这些人虽然已经被淡忘，可他们的名字却通过房屋流传下来了。”

“确实如此。”福尔摩斯淡淡地说。这是他骄傲、自制气质的独特之处，尽管他可以迅速准确地在脑子里记录所有新的信息，可是他从来没机会向传达信息的人表示感谢。“我觉得不久我们就会对此有更多的了解。这封信是罗伯特·弗格森写来的，跟我想的一样。顺便说一声，他还说认识你呢。”

“认识我！”

“你还是自己看一看吧。”

他把信递给我。信上就是刚才说的那个地址。

亲爱的福尔摩斯先生：

我的律师建议我跟您联系，可是这件事情实在过于敏感，不知该从何说起。这关系到我代理的一位朋友。这位先生5年前和一位秘鲁小姐结了婚，她是秘鲁的一个商人的女儿，我的朋友是在进口硝酸时跟那个商人认识的。这位小姐非常漂亮，可是国籍和宗教信仰的不同常常导致夫妻之间兴趣和感情的差异，过了一段时间后，他对妻子的爱情有所降温，并且认为两人的结合是一个错误。他认为，妻子性格中的某些方面是他永远无法捉摸或了解的。这是最令人痛苦的，因为她实在是最可爱的妻子了——从各个方面来看都绝对忠诚。

现在讲一讲我的要点，见面时，我会讲得更清楚。说实话，这封信只是让您明白大致情况，以确定您是否愿意接手这件事情。这位小姐开始表现出一些非常奇怪的特征，这与她通常可爱温柔的性格是完全不同的。这位先生结过两次婚，第一个妻子生过一个儿子。男孩现在15岁，非常可爱而且重感情，可惜小时候不幸受过伤。有人发现，这位后母曾经两次非常残忍地打这个孩子，其中一次她用棍子打这个孩子，在他胳膊上留下了一大块伤痕。

可是与她对自己孩子的行为相比，这还算是一件小事，她自己有一个非常可爱的不到一岁的小男孩。大约一个月前，有一次保姆把小男孩单独留下了几分钟。孩子突然疼得大哭起来，保姆赶紧跑过来。她一进房间，就看见女主人趴在孩子身上，好像咬着他的脖子。孩子脖子上有一小块伤，往外淌着血。保姆吓坏了，想叫男主人来，可是女主人求她不要这么做，还给了5英镑让她保密。她从来没解释过为什么，这件事也就过去了。

可是，保姆心里觉得很害怕，从那以后，她开始密切地观察女主人，小心地看护着孩子，因为她真心喜欢这个孩子。她觉得她在观察女主人时，女主人似乎也在观察着她，每次她不得已让孩子一个人待着时，做母亲的就会伺机扑过去。保姆日夜保护着这个孩子，做母亲的也不声不响地日夜等候着，像狼等候羊似的。看到这里，您也许会觉得不可思议，可是请您相信我，因为孩子的性命、男主人的精神正常都取决于此。

可怕的一天终于来了，事实再也瞒不过做丈夫的了。保姆的神经支持不住了，她再也受不了这种压力了，就向男主人和盘托出事实真相。可是，这对男主人来说就像天方夜谭，就像现在您的感觉一样。他知道自己的妻子是一个充满爱心的妻子，而且除了殴打过他前妻的孩子以外，还算是一个充满爱心的母亲。那她为什么要伤害自己的亲生孩子呢？他对保姆说她是在做梦，她的怀疑一点儿也不正常，她对女主人的诽谤也让人无法容忍。他们正在谈话时，突然传来疼痛的哭喊声。男主人和保姆一起冲向婴儿房。想象一下他当时的感觉吧，福尔摩斯先生，竟然看到自己的妻子跪在摇篮边，这时刚刚站起来，孩子的脖子上、床单上都是血迹。他恐怖地喊了一声，把妻子的脸转到灯前，看到她嘴唇周围全是血。是她，无疑就是她，喝了这个可怜的孩子的血。

事情就是这样。她现在关在自己屋子里。没有任何解释。丈夫已经处于半疯癫状态。除了吸血鬼这个名字以外，别的他什么也不知道，我也不了解。我们都以为这只是外国的一个可怕的传说。可是就在英国苏塞克斯郡中心——唉，明天早晨我就可以跟您谈一谈了。您能见我吗？您能用伟大的力量帮助一个精神失常的人吗？如果可以，请致电兰伯利奇斯曼庄园的弗格森，我10点钟到您府上拜访。

您忠诚的罗伯特·弗格森

又及：我想您的朋友华生曾为布莱克希思队打过橄榄球，我当时是里士满队的中卫。这是我唯一的自我介绍。

"我当然记得他，"我放下信说，"大个子鲍勃·弗格森，里士满队最好的中卫。他是个心地善良的小伙子，他就是这样一个人，对朋友的案子也非常关心。"

福尔摩斯若有所思地看看我，摇了摇头。

"我总是摸不透你，华生。"他说，"你总有些出人意料的想法。好吧，寄一封电报吧。'乐意调查你的案子。'"

"你的案子！"

"我们千万不能让他以为这个侦探社都是无能之辈。这当然是他的案子了。把这封电报发给他，这件事就等到明天早晨吧。"

第二天早晨10点整，弗格森大踏步走进我们的房间。在我的记忆里，他还是一个四肢灵活、身体瘦长的人，行动迅速，善于绕过对方后卫的拦截。可是人生中没有比这更悲惨的事了，以前认识的一个全盛时期的优秀运动员，再见面时已经成了一把老骨头。他高大的身躯已经坍塌，亚麻色的头发已经稀疏，两肩也已经低垂了。恐怕我在他心目中也引起了同样的感想。

“你好，华生。”他说，声音仍然低沉而热情。“你可不是我当年在旧迪尔帕克隔着绳子扔到人群里的老模样了。我想我自己也有了点儿变化，不过是过去这一两天改变了我。通过你的电报，福尔摩斯先生，看得出我再假装是某个人的代表根本没有用。”

“直截了当更容易点儿。”福尔摩斯说。

“当然。不过你也可以想象出，谈论一个你应该保护，应该帮助的女人是多么困难。我能怎么做？我怎么能去找警察讲这件事呢？可是我又得保护孩子们的安全。这是精神病吗，福尔摩斯先生？是血统中的遗传吗？你有没有经历过类似的案子？看在上帝的分上，给我些建议吧，我实在是一筹莫展了。”

“这很正常，弗格森先生。坐下来，休息休息，清楚地回答我几个问题。我可以保证，我远没有到一筹莫展的地步，我相信能找到解决办法。首先，告诉我你都采取了哪些措施。还有孩子们在你妻子身边吗？”

“我们大吵了一架。她是一个非常关心体贴的妻子，福尔摩斯先生。她真正全身心地爱着我。我发现这个可怕的、难以置信的秘密后，她的心都碎了。她连话都不想说，她也没有回答我的指责，只是用一种狂野的、绝望的眼神盯着我，然后她就冲进房间，把门反锁上了。从那以后，她再也不肯见我。她结婚以前有一个女佣，名字叫多洛雷斯。与其说是仆人，不如说更像朋友。多洛雷斯每天给她送饭。”

“那个孩子眼前没有危险了？”

“保姆梅森夫人发誓说，无论白天黑夜再也不离开他了。我可以绝对信任她。我更担心可怜的小杰克，因为我在信里也说过，他被她打过两次。”

“可是从来没有受过伤？”

“没有，她打得相当狠。他只是一个跛脚的可怜孩子，这就更可怕了。”弗格森说起自己儿子时，憔悴的面容变得慈祥了。“这个可怜的孩子的情况，谁看了都会心疼的。小时候摔坏了脊椎骨，福尔摩斯先生。可是心地却是最可

“看在上帝的分上，给我些建议吧，我实在是一筹莫展了。”

爱、最善良的。”

福尔摩斯拿起昨天那封信，又看了一遍。“房子里还有些什么人，弗格森先生？”

“两个新来的仆人。一个叫迈克尔的马车夫，也睡在房子里。我、妻子、孩子杰克、小婴儿、多洛雷斯还有梅森夫人。就这些。”

“我想你结婚时对你妻子还不太了解吧？”

“我那时刚刚认识她几个星期。”

“这个叫多洛雷斯的女仆跟她多长时间了？”

“好几年了。”

“那这个多洛雷斯比你更了解你妻子的性格了？”

“没错，可以这么说。”

福尔摩斯记了下来。

“我觉得，”他说，“我在那儿比在这儿更有帮助。这件案子必须亲自调查。如果这位夫人一直待在房间里，我们去也不会打扰她，或让她觉得不方便。当然了，我们住在旅馆里。”

弗格森显得松了一口气。

“这正是我希望的，福尔摩斯先生。如果你能来，两点钟维多利亚站正好有一列豪华列车。”

“我们当然要去。目前我刚好有空。我可以全力以赴办你这个案子。华生当然也跟我们一起去。不过在开始之前，还有一两点我需要弄清楚。据我的理解，这位不幸的女主人对两个孩子都攻击过了，她自己的小婴儿以及你的小儿子，是吗？”

“是这样。”

“可是攻击的方式却不一样，对吧？她是殴打你儿子。”

“一次用棍子，一次用手狠狠地打。”

“她说过为什么要打他吗？”

“没有，只是说恨他。她一次又一次这么说。”

“嗯，这在继母中并不少见。可以说是对死者的嫉妒吧。这位女士天生爱嫉妒吗？”

“是，她嫉妒心很强——带着她强烈的热带爱情来嫉妒。”

“可是这个孩子——我想他是15岁吧，既然身体受到限制，智力很可能发展迅速吧。他没有解释为什么挨打吗？”

“没有，他说什么原因也没有。”

“他们平时相处得愉快吗？”

“不好，两人之间从来没有爱。”

“你不是说他很重感情吗？”

“世界上没有这么忠心的儿子了，我的生命就是他的生命，我的一言一行他都非常关注。”

福尔摩斯又做了记录。他坐着沉思了一会儿。

“在第二次婚姻之前，你和儿子无疑感情深厚。你们在一起非常亲密，是不是？”

“很正确。”

“那个孩子既然重感情，肯定念念不忘自己的母亲了？”

“非常想念。”

“看起来他真是一个非常有意思的孩子。关于这些攻击，还有一个要点。对婴儿的奇怪攻击和殴打你儿子是同时的吗？”

“第一次是，她好像突然发了疯似的把愤怒都发泄在孩子们身上。第二次，只有杰克挨了打。梅森夫人没说婴儿有什么事。”

“这就把问题复杂化了。”

“我不太明白，福尔摩斯先生。”

“可能——我做出了一些假设，只能等待时机或更详细的情况来推翻它们。这是个坏习惯，弗格森先生，但人性总是有弱点的，恐怕你这位老朋友过于夸大了我的科学方法。不过，目前我只能说你的问题并不是无法解决的，你可以两点钟在维多利亚车站等我们。”

这是11月里一个阴沉沉、雾蒙蒙的晚上，我们把行李存放在契克斯旅馆，然后坐马车穿过苏塞克斯郡一条弯曲、泥泞的小路，来到弗格森居住的那栋古老而偏僻的庄园。这是一栋庞大连绵的建筑，中间部分非常古老，两翼则很新，高耸的都铎式烟囱，以及布满苔藓、陡峭的霍舍姆石板瓦屋顶。门前台阶已经磨成了弧形，门廊两侧古老的瓦片上刻着人和奶酪的图画，是根据原房主的名字[①]刻的。房子内的天花板由沉重的橡木柱子支撑，凹凸不平的地板显出深深的弧线。整幢摇摇欲坠的房子散发出陈年和腐败的气息。

弗格森带我们走进一间宽敞的中央大厅。巨大的旧式壁炉前有一个铁栅栏，后面写着1670年，木架在里面燃烧着熊熊的火焰。

我环视四周，这间房子是一个时代和地域的奇特组合。半镶木墙壁很可能是17世纪原来的自耕农做的。可是，墙的下半部分却挂着一排精心挑选的现代水粉画；上半部分却是挂着一排南美的器具和武器，显然是楼上那位秘鲁夫人买的。福尔摩斯站起来，急切的头脑好奇地快速转动着，仔细观察着这些东西。他眼里带着沉思回来了。

“有意思！”他喊着，“真有意思！”

一只狮子狗本来在墙角的篮子里躺着。它慢慢朝主人走过来，行动很吃力。后腿不大正常，尾巴拖在地上。它舔了舔弗格森的手。

“怎么了，福尔摩斯先生？”

“这只狗怎么了？”

“兽医也弄不明白，他觉得可能是脑脊椎膜炎，是一种麻痹症，不过快好了，它很快就没事了——对不对，卡洛？”

① 原房主的姓氏“Cheeseman”是由两个词组合而成的：cheese（奶酪）+man（人）。——译注

这只狗拖在地上的尾巴颤抖了一下，表示同意。那双忧伤的眼睛看看这个，又看看那个。它知道我们在谈论它的病情。

“是突然发生的吗？”

“一夜之间。”

“多久以前？”

“可能是4个月以前。”

“很奇怪，很有启发。”

“你看出什么了，福尔摩斯先生？”

“证实了我的想法。”

“看在上帝的分上，你到底在想什么，福尔摩斯先生？这对你来说也许只是个智力游戏，可是对我生死攸关！我的妻子可能是杀人犯——我的孩子随时处于危险中！别再跟我玩游戏了，福尔摩斯先生。这件事情实在太严肃了！”

高大的橄榄球中卫浑身颤抖着。福尔摩斯安慰地拍拍他的胳膊。

“无论结果是什么，恐怕你都会觉得痛苦，弗格森先生。”他说，“我会尽量解除你的痛苦。目前我还不能多说什么，不过在离开之前，我希望能给你明确的结果。”

“但愿如此！请你们原谅，我要到楼上妻子的房间，去看看有没有什么变化。”

他走了几分钟，福尔摩斯又开始检查起墙上那些稀奇古怪的东西了。男主人回来时，从他阴沉的脸色来看，他并没有什么进展。他带进来一个瘦高个子、棕色皮肤的姑娘。

“茶已经准备好了，多洛雷斯。”弗格森说，“女主人想要什么就给她什么。”

“她病得很厉害！”姑娘两眼怒视着男主人大喊着，“她不吃东西，她病得很厉害，她要看医生，没有医生，我害怕单独跟她待在一起。”

弗格森眼睛询问地看着我。

“我很高兴能帮上忙。”

“你的女主人愿意见华生医生吗？”

“我带他去。我不去问她愿不愿意，她需要医生。”

“我立刻跟你去。”

姑娘激动得微微颤抖着，我跟在她后面上了楼，穿过古老的走廊。走廊尽头是一个大铁门。我看着那扇铁门心里想，即使弗格森想破门而入，也不是件容易的事。姑娘从口袋里掏出一把钥匙，沉重的橡木门板在合页上吱吱呀呀地响着。我走进去，她迅速跟进来，把门在身后闩上。

一个女人躺在床上，显然在发高烧。她已经进入半昏迷状态，不过我走进去时，她还是睁开那双恐惧而美丽的眼睛，担心地怒视着我。看见进来的是陌生人，她放心了，叹了一口气又躺回枕头上。我走上前，说了几句安慰的话，她静静地躺着，我量了她的脉搏和体温。脉搏很快，体温很高，不过我觉得这并不是因为有什么大病，而是精神过于紧张所致。

“她这样躺着有一两天了。我害怕她会死。”姑娘说。

女主人通红、俊俏的脸转向我。

“我丈夫在哪儿？”

“他在楼下，等着想见你。”

“我不见他，我不见他。”她神志似乎开始模糊起来。“恶魔！恶魔！哦，我对这个恶魔该怎么办呢？”

“我能给你帮什么忙吗？”

“不，谁也帮不了我。完了，一切都完了，不管我做什么，一切都完了。”

女主人一定产生了某种奇怪的幻象。我不明白正直的鲍勃·弗格森怎么会是魔鬼，一个恶魔。

“夫人，”我说，“你丈夫非常爱你，他对发生的事非常痛苦。”

她美丽的眼睛再一次转向我。

“他爱我，没错。可是难道我不爱他吗？我爱他甚至可以牺牲自己，也不

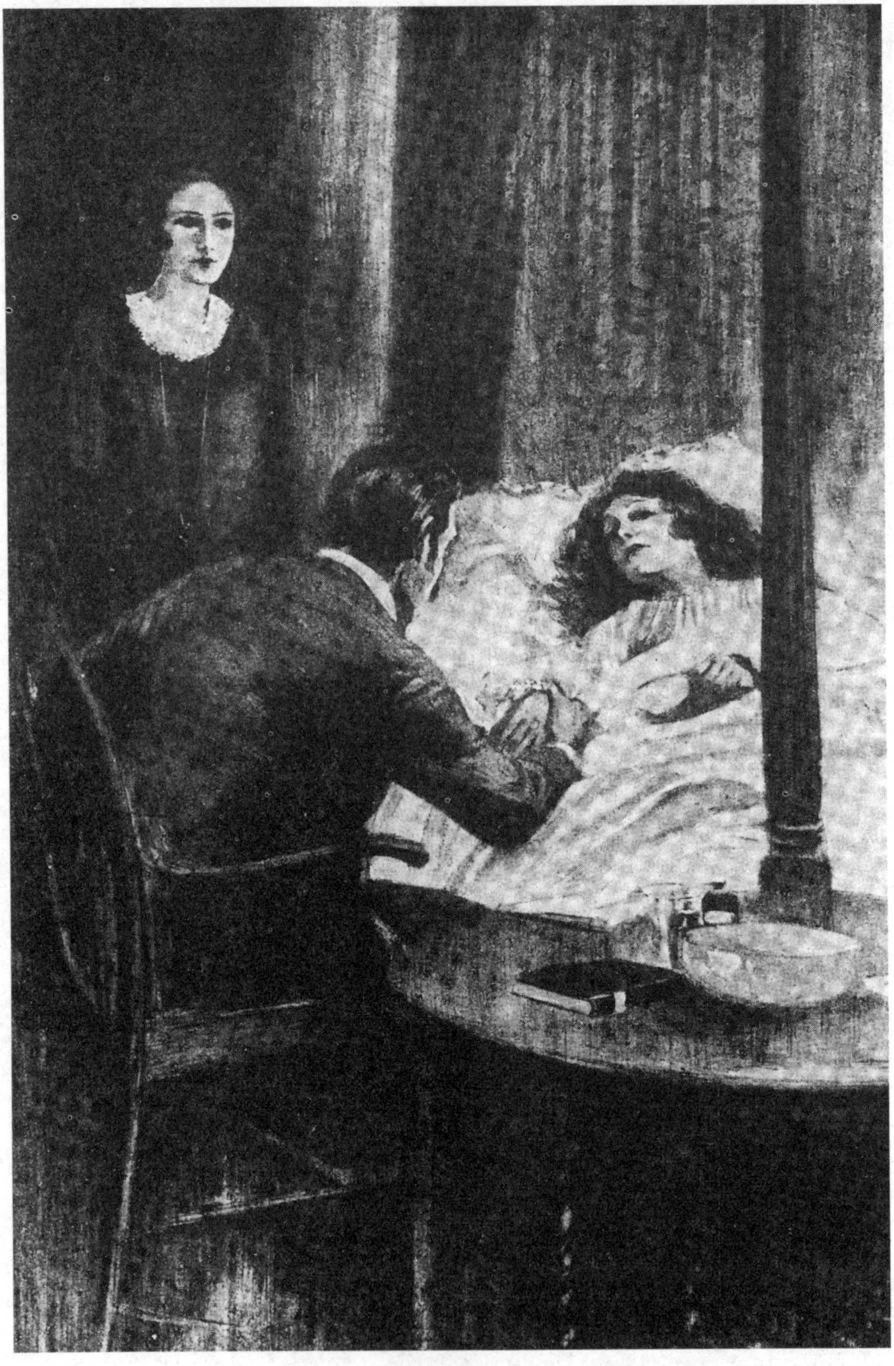

“我丈夫在哪儿？”

愿伤他的心。我是这样爱着他的，可是他居然会那样想我——那样说我。”

“他太伤心了，不过他还不明白。”

“对，他是不明白。不过他应该相信我。”

“你不愿意见他吗？”我问。

“不，不，我忘不了他说的那些可怕的话，还有他脸上的表情，我不想见他。走吧！你帮不了我。告诉他一件事，我想要我的孩子，我有权利要我的孩子，这是我唯一想告诉他的。”她把脸冲着墙，一句话也不想再说了。

我回到楼下的房间，福尔摩斯和弗格森坐在壁炉旁。弗格森忧郁地听我讲着我和他夫人会面的情形。

“我怎么能把孩子送给她呢？”他说，“我怎么知道她会有什么奇怪的举动？我怎么能忘记她从床边站起来，嘴上都是血迹的模样？”他回想起当时的情形，不禁打了个冷战。“孩子跟着梅森夫人很安全，他必须待在那儿。”

一个俏丽的女仆端茶进来，这是我们在这栋房子里见到的唯一时髦之物了。她倒茶时，门开了，一个年轻人走了进来。他是一个不同寻常的孩子，白皙的面孔，金黄的头发，兴奋的淡蓝色的眼睛，一看到父亲，那双眼睛里立即燃起了意外和喜悦的火苗。他猛冲过去，像一个热情的小姑娘似的搂住了父亲的脖子。

“哦，爸爸，”他喊着，“我不知道你已经回来了，我应该在这儿迎接你。哦，见到你我真高兴！”

弗格森有些不好意思地轻轻挣开儿子的胳膊。

“亲爱的小伙子，”他温柔地拍拍儿子亚麻色的头发说，“我这么早回来，是因为说服了我的朋友福尔摩斯先生和华生医生来与我们一起度过一个晚上。”

“这就是大侦探福尔摩斯先生吗？”

“没错。”

年轻人眼光锐利地看着我们，我觉得似乎有些不太友好。

“你的另外一个孩子呢，弗格森先生？”福尔摩斯问，“我能见见那个小婴儿吗？”

“让梅森夫人把婴儿抱下来，”弗格森说。这个孩子拖着奇怪的步子走开了，以我这个医生的眼光来看，他患有脊椎病。不一会儿，他回来了，后面跟着一个瘦高个子的女人，怀里抱着一个非常漂亮的孩子，黑眼睛，金黄的头发，是撒克逊和拉丁血统的完美融合。弗格森显然非常爱这个孩子，他把孩子抱过来，亲切地爱抚着。

“不知道为什么有人想害他呢。”他咕哝着，一边低头看着孩子小天使般的喉咙上可怕的小块伤痕。

正在这时，我无意间看了一眼福尔摩斯，他的神情非常专注，他的脸庞像象牙雕刻的一动不动，看了看父亲和儿子，又十分好奇地紧盯在屋子对面的什么东西上了。我顺着他的视线看去，却只能猜想他是在看窗外阴冷的湿淋淋的花园。实际上百叶窗关了一半，什么也看不到，可是福尔摩斯肯定在专注地盯着窗户。接着他微笑起来，眼光落在婴儿身上，胖乎乎的脖子上有一小块伤痕，福尔摩斯一句话也不说，仔细地看着。最后他摇了摇婴儿在他面前晃着的胖乎乎的小拳头。

“再见了，小伙子。你的人生一开始就很奇特。梅森夫人，我想私下跟你谈谈。”

他把保姆带到旁边，热切地交谈了几分钟。我只能听到最后几个字：“我希望你的担心很快就可以平息了。”保姆似乎是一个脾气怪异、沉默寡言的人，她抱着孩子走了。

“梅森夫人是什么样的人？”福尔摩斯问。

“外表上难给人好感，你也看到了，不过内心非常善良，而且很爱这个孩子。”

“你喜欢她吗，杰克？”福尔摩斯突然问那个男孩。他富于表情的、灵活多变的脸阴沉起来，他摇了摇头。

“杰克有强烈的好恶感。”弗格森用胳膊搂着这个孩子说，“幸亏我是他喜欢的人。”

男孩哼哼着，头靠在父亲怀里。弗格森轻轻拉开他。

“小杰克，玩去吧。”他说着，慈爱的眼神一直看着孩子走远。“福尔摩斯先生，”孩子走开后，他继续说，“我觉得简直让你白跑了一趟，除了同情我之外，别的你又能做什么呢？从你的角度来看，这件事一定非常微妙而且复杂。”

“的确非常微妙，”我的朋友有点儿好笑地说，“不过我还没有觉得太复杂。这本来是一件智力推理的案子，可是当最初的智力推理由许多独立的事件一点一点证实之后，主观变成了客观，可以非常自信地说，我们已经有结果了。事实上，在我们从贝克街出发前，我已经有了结果，剩下的只是观察和证实了。”

弗格森用大手按住布满皱纹的额头。

“看在老天的分上，福尔摩斯，”他喉咙沙哑地说，“如果你知道这件事的真相，就别再让我提心吊胆了。我现在是怎样一种处境？我该怎么做？我不管你是怎么发现的事实，只要是事实就行了。”

“我当然应该给你一个解释，你很快就能听到。不过你允许我用自己的方法来处理这件事吗？夫人能见我们吗，华生？”

“她病了，不过还很清醒。”

“很好，我们只有当她的面才能把这件事澄清。我们上去见她吧。”

“她不愿意见我！”弗格森喊着。

“哦，不，她会见你的。”福尔摩斯说。他草草在纸上写了几行字。“至少你能进去，华生。请你把这张纸条交给女主人吧？”

我又上了楼，把纸条递给小心翼翼来开门的多洛雷斯。一分钟后，里面传来一声大叫，似乎夹杂着喜悦和惊奇。多洛雷斯伸出头来。

“她愿意见你们，她想听一听。”她说。

我叫弗格森和福尔摩斯上楼。一进房间，弗格森朝妻子走了一两步，可是

她伸手阻止了他。弗格森颓然坐在一把扶手椅上，福尔摩斯朝女主人鞠躬后坐在弗格森旁边，女主人睁大眼睛吃惊地看着福尔摩斯。

“我想可以让多洛雷斯出去了。”福尔摩斯说，“哦，好吧，夫人，如果你愿意让她留下来，我也不反对。好吧，弗格森先生，我是个忙人，事务繁多，我的方式必须简明扼要。手术越快，痛苦越小。我先说一说让你放心的

我无意间看了一眼福尔摩斯，他的神情非常专注，看了看父亲和儿子，又十分好奇地紧盯在屋子对面的什么东西上了。

事。你妻子非常善良、体贴，可是却受了很大的冤屈。”

弗格森高兴地大叫了一声。

“只要你能证明，福尔摩斯先生，我一辈子都会感激你。”

“我会这么做的，可是这样一来，我就会在另一个方面伤透你的心。”

“只要你能证明我妻子的清白，我什么都不在乎。与此相比，世界上的一切都是次要的。”

“那我先告诉你我在贝克街时脑子里的推理过程。我觉得吸血鬼的说法太荒唐了，英国犯罪史上还从来没有发生过类似案件。可是你所看到的又是事实，你看见夫人从婴儿的摇篮旁站起来，嘴上都是血。”

“没错。”

“你有没有想过，吸吮流血的伤口，除了吸血之外，还会有别的原因呢？英国历史上不是有一个女王这样吸出伤口里的毒吗？”

“毒！”

“一个南美家族，在我看见墙上这些武器以前，我的直觉就已经感觉到它们的存在了。也许还有别的毒，可我想到的就是这个。看到小鸟弓旁边的空箭匣时，这正是我希望看到的。如果婴儿被这种蘸了箭毒[1]或毒药的箭扎过之后，如果不把毒液吸出来，孩子就会死。

“还有那条狗！如果想用这种毒药的话，难道不会先拿狗来做试验，看看它还有没有毒性吗？我并没有想到还有一条狗，不过至少我明白了，这条狗也证实了我的推理。

“现在你明白了吧？你妻子害怕这种伤害。她看见发生的情况，救了孩子的性命，可是她却不想告诉你真相，因为她知道你太爱那个孩子了，怕这样会让你伤心。”

“杰克！”

“刚才你爱抚婴儿的时候，我注意观察了他。百叶窗正好做了背景，他的脸清晰地反映在窗户玻璃上。在他脸上，我看到了强烈的嫉妒、冷酷的仇恨，这是很少见的。”

“我的杰克！”

“你得面对这个问题，弗格森先生。这是一种扭曲的爱，一种夸张的病态的爱，这可能是对你的，也可能是对死去母亲的爱，才导致了他这种行为，这是更让人痛苦的。他的整个心灵都充满了对这个漂亮婴儿的仇恨，婴儿的健康

---

① 南美印第安人用马钱子的毒液浸制毒箭。——译注

和美丽与他自己的疾病是鲜明的对比。”

“上帝！真让人不敢相信！”

“我说的是实话吗，夫人？”

女主人抽泣着，脸埋在枕头里。这时，她回过头来看着丈夫。

“我怎么能告诉你呢，鲍勃！我能感觉这对你的巨大打击。我只能等着，通过别人的嘴说出来。这位先生仿佛有神奇的魔力，他写了张纸条，说他知道一切时，我太高兴了。”

“我建议让杰克去海上航行一年。”福尔摩斯从椅子上站起来说，“还有一件事不清楚，夫人。我们都能理解你殴打杰克，母亲的忍耐是有限度的。可是你怎么敢离开婴儿两天呢？”

“我告诉梅森夫人了。她知道。”

“一点儿不错，我也是这么想的。”

弗格森站在床边，哽咽着伸出颤抖的双手。

“我想我们该走了，华生。”福尔摩斯小声说，“你扶着忠心耿耿的多洛雷斯一只胳膊，我扶着另外一只，好了。”他把门在身后关上，接着说，“让他们自己解决剩下的问题吧。”

这件案子我还有一句话要补充，是福尔摩斯写给本篇故事开始时那封信的回信。信是这样的——

贝克街，11月21日

关于吸血鬼事宜

敬启者：

接到贵方19日来信，我已调查了位于明辛巷弗格森暨缪尔黑德茶叶经销公司的罗伯特·弗格森先生的案件，现已经圆满结束。谢谢您的推荐。

您忠诚的夏洛克·福尔摩斯

三个加里德布

这可以说是喜剧，也可以说是悲剧。一个人丧失了理智，我受了伤，还有一个则受到了法律的惩罚。不过，其中当然也有喜剧的成分。嗯，还是让读者们自己来判断吧。

我清楚地记得那一天，因为就在同一个月，福尔摩斯拒绝了爵士封号，他由于立功而被封爵的事有一天我也许会写出来。现在我只是顺便提起这件事，因为作为一个合作伙伴和密友，我应该极其小心地避免任何鲁莽行为。不过，我再说一次，是这件事让我记住了那个日期，那是1902年6月底，南非战争刚刚结束。福尔摩斯在床上躺了几天，这是他时不时会有的习惯，可是那天早晨他却起床了，手里拿着一份大裁纸[1]文件，严肃的灰眼睛里闪烁着一丝笑意。

“你有机会挣点儿钱了，华生。”他说，“你听说过加里德布这个姓吗？”

我承认没听说过。

“嗯，你要是能找到一个姓加里德布的，就能挣到钱。”

“为什么？”

“噢，说来话长，而且还有点儿异想天开。我们研究过众多人类的复杂问题，可还从来没碰上过这么奇怪的事。这个家伙马上就要来接受盘问了，等到他来了以后再说吧。不过我们还是要查一查这个姓氏。”

电话簿就放在我旁边的桌子上，我不抱希望地一页页翻着。可是让我吃惊

---

① 大裁纸：一种书写印刷纸规格，英国为13.5×17英寸，美国为13×16英寸。——译注

的是，竟然真的发现了这个姓。我不由兴奋地叫了出来。

“快来看，福尔摩斯！在这儿！”

福尔摩斯从我手里把书拿过去。

“‘N. 加里德布。”他读着，“‘西区赖德小街136号。’对不起，让你失望了，亲爱的华生，这是加里德布本人，这也是他信上写的地址。我们要找另外一个跟他相配的。”

赫德森夫人端着托盘走进来，上面有一张名片。我拿起来看了一眼。

“喂，在这儿！”我惊奇地叫了起来，“这个名字开头的字母不一样，约翰·加里德布，美国堪萨斯州穆尔维尔的律师。”

福尔摩斯看着名片笑了。“恐怕你还得找出一个才行，华生。”他说，“这位先生也是在意料之中的，可是我倒没想到他今天上午来。不过，他可以告诉我们许多我想知道的东西。”

很快那个人就来到房间里。律师约翰·加里德布先生矮矮壮壮，气色很好，像许多做实务的美国人一样，圆圆的脸上刮得干干净净。整体形象胖乎乎的，有些孩子气，给人的印象是一个笑容可掬的年轻人。他的眼睛非常引人注意，我很少看见这样一双充分反映内心世界的眼睛，那么明亮，那么机警，可以迅速地表现每一个思想的变化。他带着美国口音，可是说话并不怪异。

“福尔摩斯先生吗？”他打量着我们俩问道，“噢，对了！照片跟您本人很像，恕我冒昧。我想，您已经收到我的同姓人内森·加里德布先生给您的信了，是吗？”

“请坐下。”夏洛克·福尔摩斯说，“我想，我们要谈的还很多。”他拿出大裁纸文件。“当然了，你就是这份文件里提到的约翰·加里德布先生了。但你到英国已经有一段时间了吧？”

“为什么这么说，福尔摩斯先生？”我似乎看到那双善于表达的眼睛里突然流露出怀疑的神色。

“你的衣着全是英国式的。”

加里德布先生挤出一丝笑容来。“我读到过您的技巧，不过没想到我也成了您研究的对象。您怎么看出来的？”

“你的大衣的肩部剪裁，靴子的足尖——谁会看不出来呢？”

“好，好，我没想到自己看上去这么像英国人。我前一阵因为生意来到英国，所以就像您说的，我的衣着几乎都是伦敦式的了，不过，我想您的时间非常宝贵，用不着讨论我袜子的式样了，直接谈谈您手里的文件怎么样？”

福尔摩斯不知怎么惹怒了这位客人，他圆乎乎的脸上显出不太友善的表情来。

“耐心点儿吧！耐心点儿，加里德布先生！”我的朋友安慰他说，“华生医生可以告诉你，我这些小插曲有时候证明是和事件有关的。不过内森·加里德布先生为什么不跟你一起来呢？”

“他为什么要把您也拖进这件事里来呢？”这位客人突然大发雷霆地说，“您跟这事又有什么关系？这只是两位绅士之间生意上的一点儿小事，可是其中一个突然找来一个侦探！我今天上午看到他，他说他愚弄了我，所以我才到这儿来。可是我还是觉得很生气。”

“这并不影响你的名声，加里德布先生。他只是热心地想达到你的目的罢了——这个目的，照我看来，对你们两人都至关重要。他知道我有办法了解情况，自然就来找我了。”

客人脸上的怒气渐渐消失了。

“好吧，这么说就不一样了。”他说，“我今天上午见到他时，他说他找了一个侦探，我问清您的地址就立刻赶来了。我不希望警察介入私人事务。不过如果您愿意帮助我们找到这个人，也没有什么坏处。”

“嗯，情况正是这样。”福尔摩斯说，“先生，既然你已经来了，我们还是听你本人谈一谈具体情况吧。我这位朋友什么也不知道。”

加里德布先生不太友善地看了我一眼。

“他有必要知道吗？”他问。

“他为什么要把您也拖进这件事里来呢？”这位客人突然大发雷霆地说，“您跟这事又有什么关系？”

“通常我们都一起合作。”

“嗯，也没有必要把这当秘密。我尽量简短地讲一讲基本情况。如果您也是从堪萨斯州来的，我就不用解释亚历山大·汉密尔顿·加里德布是什么人了。他是靠房地产起家的，之后又在芝加哥做小麦仓库生意，可是他把钱都花在买土地上了，在道奇堡以西的堪萨斯河流域，足足有你们的一个郡大。牧场、林场、耕地、矿区，只要是能赚钱的土地他都买。

“他没有亲戚朋友——就算有，我也从来没听说过。不过他很骄傲自己有一个奇特的姓氏，我们因此才认识的。我在托皮卡[1]当律师，有一天，这个老人前来拜访，又结识了一个同姓人，他高兴得合不拢嘴。他有一个古怪的念头，下定决心想找一找世界上还有没有姓加里德布的人。‘再给我找一个！’他说。我告诉他我很忙，没有时间整天去找姓加里德布的人。‘不管怎么说，’他说，‘如果情况按我的预期发展，你不想找也得去找。’我想他只是在开玩笑，可是他的话是非常有深意的，我很快就发现了。

“他说完这话还不到一年就去世了，留下了一份遗嘱。这是堪萨斯州最奇特的遗嘱了。他的财产要分成3份，我可以得到一份，条件是找到另外两个姓加里德布的人一起分享剩下的两份遗产。每份遗产不多不少，500万美元，可是除非3个人全到齐，否则我们分文不得动用。

“这是个重大机会，于是我把法律业务放在一边，着手寻找姓加里德布的人。美国一个也没有。我用细梳子好好梳理了一遍，先生，一个加里德布的也没找到。接着我就来到英国试试。伦敦的电话簿上真有这个姓氏。两天前我找到他，向他说明了情况。可是他独身一人，像我一样，有几个女亲属，却没有男性。遗嘱里要求3个成年男子。您看，我们还少一个人，如果您能帮忙找到，我们立刻给您报酬。”

“嗯，华生，”福尔摩斯微笑着说，“我说过这是异想天开，不是吗？先生，我觉得最简单的办法是在报纸上登广告。”

“我已经登过了，福尔摩斯先生。没有回信。”

“天哪！嗯，这可是一个古怪的小问题了。我有空时可以留心看一下。顺便说一下，很奇怪，你竟然是从托皮卡来的。我以前有一个旧相识——现在已

---

① 托皮卡：美国堪萨斯州首府。——译注

经去世了——就是老桑莱德·斯塔尔博士，他1890年当过市长。”

“是老桑莱德·斯塔尔！”客人说，“他的名字至今仍然受人敬重。嗯，福尔摩斯先生，我想我们只能向您报告，让您知道我们的进展情况。我想您一两天之内就能听到回信了。”说完，这位美国人鞠了一躬就走了。

福尔摩斯点上烟斗，脸上带着奇怪的笑意坐了一会儿。

“怎么了？”我最后问。

“我觉得奇怪，华生——我只是觉得奇怪。”

“奇怪什么？”

“我觉得奇怪，华生，这个人说了这么一大堆谎话，他的目的到底是什么。我差点儿这么问他了——因为有时候单刀直入是最有效的方法——不过我想，让他以为愚弄了我们可能会更好。这个人身上的英国式上衣穿了一年多，袖口都磨了边儿，裤子膝盖也鼓着，可是根据这份文件和他自己的陈述，他是刚到英国的美国外省人。广告栏里也没有广告。你知道那上面的东西我从没漏过。我最喜欢从这里把鸟儿赶出来，我可不会忽略这样一只野鸡。我从来不认识托皮卡的桑莱德·斯塔尔博士。有破绽的地方就试试他。我想这家伙倒真是美国人，不过在伦敦多年，口音已经磨平了。他到底搞什么名堂？假装寻找姓加里德布的人的真正动机又是什么呢？这值得我们注意。假设他是一个恶棍，那也是一个复杂多变、诡计多端的恶棍。我们必须弄清楚另外一个是否也是假的。给他打电话，华生。”

我打了电话，电话另一头传来一个颤抖的细细的声音。

“对，对，我是内森·加里德布。福尔摩斯先生在吗？我想和福尔摩斯先生说句话。”

我的朋友拿过话筒，我像平时一样听着断断续续的对话。

“对，他在这儿。我想，你并不知道他在这儿……多长时间？……才两天！……好，好，当然好，这太好了！你今天晚上在家吗？我想和你同姓的那个不在吧？……很好，我们到时去，因为我想单独和你谈谈……华生医生跟我

“华生医生跟我一起去……我们大概6点钟到。”

一起去……我从你的便条上知道你不爱出去……好，我们大概6点钟到。你用不着跟那位美国律师说……就这样，很好。再见！”

这是一个可爱的春天的黄昏，连小赖德街在落日的余晖中也显出美妙的金黄色泽来，这条街只是埃奇韦尔路的一个小分支，离我们不祥记忆中的老泰伯恩[1]树只有一箭之遥。我们要找的那栋房子是一幢古老的早期乔治式大房子，正面是平砖墙，一楼有两扇凸窗。我们的当事人就住在一楼，那两扇凸窗就在他白天活动的大房间正面。我们从旁边经过时，福尔摩斯指了指刻着那个古怪姓氏的小铜牌。

“有年头了，华生。”他指着掉色的表面说，“不管怎么说，是他的真名，这是值得注意的。”

这栋房子有一个公用楼梯，门厅里漆着一些住户的名字，有些是办公室，有些是私人住房。这不是一栋住宅楼，而是放荡不羁的单身汉住所。我们的当事人亲自开了门，说负责的女工4点钟就走了，并表示道歉。内森·加里德布先生大约60岁，身材很高，肌肉松弛，有些驼背，瘦削而秃顶。他面色憔悴，脸色惨白，从来不锻炼。大大的圆眼镜片，翘着的小山羊胡，再加上他的驼背，使他好像在好奇地窥视什么似的。不过，他虽然看上去古怪，整体感觉却非常和善。

房间也像主人一样怪异，像一个小博物馆。房间又大又深，四周都是各式橱柜，堆满了地质学和解剖学标本。进门两边摆着放蝴蝶和蛾子的箱子。中间一张大桌子上堆着各种各样乱七八糟的东西，一台铜制大显微镜高高地立在中央。我环顾四周，不禁惊讶于此人兴趣的广泛。这里是一箱古钱币，那里是一柜子古石器，中间的桌子后是满架子的化石骨。架子上是一排石膏头骨，下面写着“尼安德特人[2]”、“海德尔堡人[3]”、“克罗马努人[4]”。显然此人是多学科的研究者。这时他站在我们面前，右手拿着一块小羊皮擦拭着一枚古钱币。

---

① 泰伯恩：旧时英国伦敦刑场，位于泰晤士河支流泰伯恩河岸边。——译注

② 尼安德特人：旧石器时代中期古人化石，分布在欧洲、北非、西亚和中亚，最初发现于德国杜塞尔多夫附近的尼安德特河流域。——译注

③ 海德堡人：1907年在德国海德堡附近出土的一具化石，经鉴定属于欧洲直立人，距今约70万年。——译注

④ 克罗马努人：1868年被发现于法国南部克罗马努山洞中，是旧石器时代晚期分布在欧洲各地人的总称。——译注

“锡拉丘兹[1]古币——最鼎盛时期的，”他举起古币解释说，“晚期就大大衰败了。我认为最鼎盛时期是最好的，不过有人推崇亚历山大学派的说法。这儿有把椅子，福尔摩斯先生。请允许我把这些骨头擦完。还有你，先生——哦，对了，华生医生——请你把那个日本花瓶挪开。你们看，这全都是我生活中的小乐趣。医生建议我出去活动活动，可是屋里有这么多东西吸引着我，为什么还要出去呢？我敢说，要把其中一个柜子里的东西做出一个完整的目录就要花上我3个月的时间呢。”

福尔摩斯好奇地看看四周。“你不是想告诉我说你从来不出去吧？”他问。

“我有时坐车到苏富比拍卖行或克里斯蒂拍卖行去，除此之外我就很少离开屋子。我身体不太好，这些研究又非常吸引人。不过您也可以想象，福尔摩斯先生，听到这笔巨大财富时，我是多么震惊啊——高兴但也非常震惊。只要再有一个加里德布就行了，我们肯定能找着一个。我有一个兄弟，可是他已经去世了，女亲属又不合格。不过这世界上肯定还有别的。我听说您侦破过许多奇怪的案子，所以才去找您。当然了，这位美国绅士说得对，我应该先征求他的意见，不过我也没做错。”

“我想你的做法实在是非常明智。”福尔摩斯说，“不过你真想继承一座美国庄园吗？”

“当然不是，先生。什么也不能让我离开我这些收藏。不过这位先生向我担保，只要事情办成，他就买下我的地产，他出价500万美元。目前市场上有十几种标本，我的收藏中还没有，可是我手头没有这几百万美元。您想，我要是有500万美元，能买多少东西啊！唉，我有国家博物馆的基础。我会成为当代的汉斯·斯隆[2]。”

他的眼睛在大眼镜片后闪闪发亮。看来内森·加里德布先生会不顾一切寻

① 锡拉丘兹：美国纽约州中部城市。——译注

② 汉斯·斯隆：英国自然生物学家，曾担任大英博物馆主席，毕生收藏品超过20万件，这些收藏品是大英博物馆展品的核心。——译注

找同姓人的。

“我们只是来和你见见面，没必要打扰你的研究。”福尔摩斯说，“我希望和有业务往来的主顾直接见面。我没什么问题要问了，因为情况都清楚地写在我口袋里这封信上了，那位美国先生的来访又补充了一些内容。据我所知，一直到这个星期，你从来不知道有这么一个人。”

“是这样。他星期二才来找我。”

“他对你说过我们今天见面了吗？”

“说了，他直接到我这儿来了。他非常生气。”

“为什么生气？”

“他可能认为这有损于他的名声。不过他从您那儿回来的时候，似乎又挺高兴的。”

“他建议过怎么行动吗？”

“没有，先生，他没有。”

“他拿过你的钱或问你要过钱吗？”

“没有，先生，从来没有！”

“你看不出他可能有什么其他目的吗？”

“看不出，除了他说的这件事。”

“你告诉他我们打电话约见的事了吗？”

“说了，先生，我告诉他了。”

福尔摩斯陷入了沉思，看得出来他很迷惑。

“你的收藏品中有没有特别值钱的？”

“没有，先生。我不是有钱人。我的收藏品很多，可是没什么值钱的。”

“你不害怕失窃吗？”

“一点儿也不怕。”

“你在这些房间里住了多长时间了？”

“将近5年。”

福尔摩斯的盘问被急促的敲门声打断了。我们的主顾刚一打开门，那位美国先生就激动地冲了进来。

“你们瞧！”他手里高举着一份报纸喊着，“我觉得正好来得及告诉你们。内森·加里德布，恭喜你！你是有钱人了，先生。我们的事圆满结束了，一切顺利。至于您，福尔摩斯先生，我们只能说抱歉，给您增添了不必要的麻烦。”

他把报纸递给我们的主顾，他瞪大了眼睛看着上面的大字广告。我和福尔摩斯站在他身后看着。上面这样写着：

> 霍华德·加里德布
>
> 农业机械制造商，经营捆扎机、收割蒸汽犁、扶手犁、播种机、松土机、农用大车、四轮弹簧座马车及各种设备。
>
> 评估自流井工程。
>
> 地址：阿斯顿格罗夫那建筑区

“太好了！”主人激动地说，“这下3个人都齐了。”

“我在伯明翰开始调查。”美国人说，“代理人把当地报纸上的这则广告寄给了我。我们必须赶紧把这件事办完。我已经给这个人写了一封信，告诉他你明天下午4点去他办公室面谈。”

“你想让我去见他？”

“您觉得怎么样，福尔摩斯先生？您不觉得这样比较明智吗？可我呢，一个到处闲逛的美国人，讲着动人的故事。他为什么要相信我的话呢？可您是一个有稳固社会关系的英国人，他肯定会注意您说的话。要是您希望的话，我可以跟您一起去，可是我明天一天都很忙，只要您遇上麻烦，我会随时听从您的召唤。”

“嗯，可是我很多年都没有出过远门了。”

“你们瞧！”他手里高举着一份报纸喊着，“我觉得正好来得及告诉你们。内森·加里德布，恭喜你！你是有钱人了，先生。”

“没什么，先生。我已经替您算好了，您12点走，下午两点到，当天晚上就可以赶回来。您要做的就是见到那个人，解释这件事情，弄一张宣誓书证明他的存在就行了。天哪！”他激动地加了一句，“想想我可是大老远从美国中部跑来的，您就走几百英里把这件事办好又算得了什么呢？”

“一点儿不错，”福尔摩斯说，“我觉得这位先生说得很有道理。”

内森·加里德布先生无可奈何地耸了耸肩。“好吧，如果你一定让我去，”他说，“我当然很难拒绝你什么，想想你给我生活中带来的巨大希望。”

“那就这么决定了。”福尔摩斯说，“请你们尽快把情况报告给我。”

“没问题。”美国人说。“嗯，”他看看表又说，“我得走了。我明天再来，内森先生，送你去伯明翰。您跟我一起走吗，福尔摩斯先生？那好吧，再见了，我们明天晚上就会有好消息给您了。”

那个美国人离开之后，我注意到我朋友沉思的表情不见了，脸色也变得明朗起来。

“我希望能参观一下你的收藏品，加里德布先生。”他说，“干我这一行，各种生僻知识有一天都会派上用场，你这间屋子就是这些知识的宝库。”

我们的主顾非常高兴，眼睛在大眼镜片后面闪闪发光。

“先生，我一直听说您是一位非常聪明的人。”他说，“如果您有时间，我现在就可以带您看一看。”

“不幸的是，我没有时间了。不过这些标本都清清楚楚地分类了，做好了标签，几乎用不着你亲自解释。如果我明天能来，我想你不反对我看一遍吧？”

“一点儿也不，非常欢迎。当然，我会锁门，不过桑德斯夫人在地下室里一直待到4点，她有钥匙可以带你进来。”

“好，我明天下午正好有空。如果你能跟桑德斯夫人说一声，那就好了。顺便问一下，你的房产经纪人是谁？”

我们的主顾突然听到这个问题时，吃了一惊。

“霍洛韦斯蒂尔房产经纪商，在埃奇韦尔路上。怎么了？”

“说起房子，我自己也有点儿像考古学家。”福尔摩斯说，“我在想，这房子是安妮女王时代的，还是乔治时代的呢？”

“肯定是乔治时代的。”

“是的。我觉得时代还应该再早点儿。不过，这很容易弄清楚。好了，再见，加里德布先生，祝你伯明翰之行一切顺利。”

房产经纪商就在附近，不过今天已经关门了，我们只好回到贝克街。直到晚饭后，福尔摩斯才又回到这个话题上来。

“我们的小问题结束了。”他说，“你脑子里肯定已经有答案了。”

“我根本摸不着头尾。”

“头已经很清楚了，尾明天就能看到。你没注意到那份广告有什么奇怪的地方吗？”

“我注意到‘犁’这个字拼错了。”

“哦，你还真注意到了，对吧？行了，华生，你一直在提高。没错，这在英国是错的，可在美国是对的。排字工人按手稿照排不误。还有‘四轮弹簧座马车’，也是美国才有的。自流井在美国也比在英国普遍。这是一个典型的美国广告，却自称是英国公司。你有什么看法？”

“我只能认为是那个美国律师自己写的。可是他的目的是什么，我还不明白。”

“嗯，这有几种解释。不管怎么说，他想把这个老古董弄到伯明翰去。这一点很清楚。我本来想告诉他，他要白跑这一趟了，不过我又一想，最好还是让他去，把地方腾出来好。明天，华生——嗯，到明天自然就明白了。”

福尔摩斯早早起床出去了，到午饭时才回来，我发现他脸色凝重。

“这比我原先想的还严重，华生。”他说，“我应该告诉你，不过我知道这样会让你又一次陷入危险之中。现在我该了解了。不过的确有危险，华生，你应该知道。”

“嗯，这又不是我们第一次共同冒风险，福尔摩斯，我希望也不是最后一次。这一次是什么具体的危险？”

“我们面对的是一个非常棘手的案子。我证实了律师约翰·加里德布先生的身份，他正是‘杀手’埃文斯，阴险狠毒。”

“我还是不明白。”

“噢，你的职业用不着整天背诵纽盖特监狱[1]大事记。我刚才去拜访了苏格兰场的朋友雷斯垂德。那个地方偶尔缺乏一点儿想象力，不过在办事方法和仔细周到方面还是领先的。我想，他们的档案里也许能找到我们这位美国朋友。果然，我在罪犯照片馆里看见他那张胖乎乎的脸正冲着我笑。下面写着詹姆斯·温特，又名莫尔克罗夫特，又名杀手埃文斯。”福尔摩斯从口袋里掏出一封信。“我从他的档案里抄了一些。48岁，芝加哥人，在美国枪杀过3个人。依靠政治影响而逃出监狱。1893年到伦敦。1895年1月在滑铁卢路一家夜总会因打牌发生口角开枪杀死一人。埃文斯被证明在打斗中先动了手。死者证实叫罗杰·普雷斯伯里，是芝加哥有名的伪币制造者。杀手埃文斯1901年获释。从此受警方监视，但无不良行为。是一个非常危险的人物，常常携带武器，并随时准备使用。这就是我们的鸟儿，华生，一只活跃的鸟儿，你不得不承认。”

“可是他的目标是什么？”

“嗯，开始清楚了。我去过房产经纪人那儿。他告诉我们，我们的主顾在那儿住了5年。之前一年一直空着。前一位住户是一位没有职业的先生，叫沃尔德伦。他还清楚地记得沃尔德伦的外貌。他突然消失，以后再也没人听说过。他个子很高，留着胡子，肤色黝黑。而杀手埃文斯杀死的这个叫普雷斯伯里的人，根据苏格兰场的记录，也是一个高个子，肤色黝黑，留着胡子。假设这个人就是那个美国罪犯普雷斯伯里，而他过去就住在我们这位无辜的朋友现在当博物馆的地方。你看，我们终于找到联系了。”

---

① 伦敦一所著名监狱，1902年被拆毁。——译注

“下面的联系呢？”

“嗯，我们现在就得走，去找找看。”

他从抽屉里拿出一支左轮手枪递给我。

“我还带着这把旧枪。万一我们这位西部朋友想提高自己的名声，我们必须有所防范。我给你一个小时的休息时间，然后就去赖德街探个究竟。”

我们来到内森·加里德布奇怪的住宅时，正好4点钟。看房子的桑德斯夫人正要下班，可她毫不犹豫地让我们进去了。因为门上装的是弹簧锁，福尔摩斯答应走时把门锁好。一会儿，外面的门就关上了，她戴的帽子从窗外过去，我们知道这一层就只剩下我们两人了。福尔摩斯迅速查看了一遍。一个黑暗的角落里放了一个橱柜，离墙有一点儿距离。我们就蹲在柜子后面，福尔摩斯小声讲着他的意图。

“他想把我们那位和气的朋友骗出这栋房子——这一点很清楚，因为这位收藏家从来不出门，这就需要做点儿手脚。编造的整个加里德布故事显然只为了这一个目的。我得承认，华生，编造这一切是有点儿鬼聪明的，尽管这位房客的古怪姓氏的确给了他一个意想不到的开头。他设的诡计实在太狡猾了。”

“可是他想干什么呢？”

“嗯，这就是我们来这儿的目的。根据我的理解，跟我们这位主顾没有任何关系，跟他杀死的那个人有关——有可能是他的同谋犯，房间里有一些犯罪秘密，我是这么理解的。一开始我以为这位朋友的收藏品中有些值钱的东西，而他自己却不知道——值得一个大罪犯注意的东西。可是罪犯罗杰·普雷斯伯里也曾住过这间房子，原因就没那么简单了。好了，华生，我们只有耐心等待，看看会发生什么事。”

我们等待的时间并不长。听到外面门打开又关上的声音，我们紧紧地挤在黑暗处。接着传来金属钥匙清脆的响声，那个美国人进了房间。他轻轻地关上门，眼光敏锐地往四周看了看，然后脱掉大衣，敏捷地走到正中央的桌子旁，似乎很清楚自己要做什么，怎么做。他把桌子推到一边，掀起桌子下面的一块

他的脸迷惑地怒视着我们，可是怒容渐渐变成了尴尬的笑容，因为他意识到，两支手枪正指在他头上。

地毯，卷到一边，然后从内侧口袋里掏出一个小撬棍，跪下来，在地板上使劲撬着。只听到推开木板的声音，地板上立刻出现了一个方洞。杀手埃文斯擦着一根火柴，点亮一截蜡烛，从我们的视线里消失了。

我们的时刻到了。福尔摩斯碰一下我的手腕，我们一起蹑手蹑脚地走向洞口。虽然我们动作很轻，可是旧地板还是“吱呀”响了，那个美国人的头突然从洞口冒了出来，焦急地四处看着。他的脸迷惑地怒视着我们，可是怒容渐渐变成了尴尬的笑容，因为他意识到，两支手枪正指在他头上。

“好，好！”他一边往上爬，一边冷静地说，“你比我强，福尔摩斯先生。我想，你从一开始就看穿了我的把戏，把我当傻瓜耍了。好吧，先生，我投降；你赢了，而且——”

突然他从胸口拔出一把手枪，连开两枪。我突然觉得一热，似乎一只烧红的烙铁正压在大腿上。福尔摩斯的手枪“砰”的一声砸在那个人头上。我看见他脸上流着血趴在地板上，福尔摩斯搜着他身上的武器。接着我朋友结实的胳膊伸过来搂着我，扶我坐到椅子上。

“你没事吧，华生？看在上帝的分上，说你没事！”

这次受伤是值得的，受再多次伤也值得的——终于知道他那冷冰冰的外表下深藏着忠诚和友爱。那双清澈刚毅的眼睛有些模糊了，坚定的嘴唇也颤抖着。只有这一次，我不仅看见了他伟大的头脑，也看见了他伟大的心灵。多年谦恭而忠心的服务在这一刻得到了启示。

“没事儿，福尔摩斯，只擦破了点儿皮。”

他用小刀割开我的裤子。

“说得没错，”他放心地喊了一声，“只是表皮伤。”他铁石般的脸转向那个犯人，他正一脸茫然地坐起来。“算你走运。要是你杀了华生，你就没法活着出这间屋子。你还有什么替自己辩护的？”

他没什么可说的，他只是躺在那儿，怒容满面。我靠在福尔摩斯的胳膊上，两人一起看着已经揭开暗盖的小地窖。埃文斯拿下去的蜡烛还在烧着。我

福尔摩斯的手枪“砰”的一声砸在那个人头上。

们看见一堆生锈的机器，一大捆一大捆的纸，一堆瓶子，还有许多整洁的小包，整整齐齐地摆在小桌上。

“印刷机——造伪钞者的设备。”福尔摩斯说。

“没错，先生，”我们的犯人挣扎着站起来，又颓然坐在椅子上，“是伦敦最大的伪钞制造者，这是普雷斯伯里的机器。桌子上那些小包是2000张假钞，面值都是100英镑的，各地都可以流通。随便拿吧，先生们。咱们做个交易，你们放过我。”

福尔摩斯大笑起来。

“我们不干这样的事，埃文斯先生。这个国家没有你的藏身之处。是你杀死的这个人，普雷斯伯里，对不对？”

“没错，先生，被判了5年，不过一开始是他掏的枪。5年了，我本来应该得到一个盘子一样大的奖章。谁也看不出普雷斯伯里的钱和英国银行的钱有什么不同，如果不是我干掉了他，他会让整个伦敦都充斥着假钞。这个世界上，只有我知道他在哪儿造假钞。我想到这个地方来有什么可奇怪的呢？当我发现这个收藏破烂儿的姓氏古怪的大笨蛋蹲在上面死活不出去时，我只有想办法让他挪一挪，这又有什么可奇怪的呢？如果我把他干掉更明智一些。这很容易，可是我是软心肠，除非对方也有枪，否则我从来不开枪。不过福尔摩斯先生，我又做错了什么？我没有用这些机器，我也没伤害这个老古董。你抓住了我什么错？”

“据我看，只是企图谋杀而已。”福尔摩斯说，“不过这不是我们的事了，下一步该他们管。我们目前需要的就是抓住你这个人。请给苏格兰场打个电话，华生。他们应该有所准备了。”

这就是杀手埃文斯和他杜撰的3个姓加里德布的人的情况。后来，我们听说那位可怜的老朋友因为美梦破灭而精神失常了。空中楼阁坍塌了，他也被埋在下面的废墟里了。听说他最后进了布里克斯顿的疗养院。找到机器的那一天，苏格兰场非常兴奋，虽然他们知道普雷斯伯里的机器还在，可是那个人一死，他们怎么也找不到机器在哪儿。埃文斯的确立了功，使好几个优秀的刑侦人员可以安稳地睡觉了，因为这个造假币的人是危害大众的一个非常高明的罪犯。他们倒是愿意替埃文斯申请他所说的那个盘子大小的奖章，可是法庭却并不欣赏他，这个杀手又回他刚刚离开的牢房去了。

显贵主顾（上）

“现在没有关系了。”夏洛克·福尔摩斯这么说。这是我10年里第十次让他允许我公开下面这个故事。我终于得到了他的许可，把我的朋友职业生涯中最重要的时刻公之于众。我和福尔摩斯都喜欢洗土耳其浴。在蒸汽弥漫的更衣室里那种慵懒舒适的气氛中，我发现他不像在别的地方那么沉默，而且更富有人情味。在诺森伯兰大道浴室的楼上，有一个寂静的角落，并排放着两个长椅，1902年9月3日那一天，我们就躺在这里。我的故事就是从这一天开始的。我问他有没有什么激动人心的事，他突然从裹在身上的床单下面伸出瘦长而灵敏的胳膊，从挂在旁边的大衣内口袋里掏出一封信来。

“这可能是一个大惊小怪、妄自尊大的傻瓜，也可能是生死攸关的大事。”他说着，把那封信递给我。“我只知道信上所说的这些。”

信是从卡尔顿俱乐部发出的，日期是前一天晚上。我读到：

詹姆斯·戴默利爵士谨向夏洛克·福尔摩斯先生致意，并于明天下午4点30分到访。”

詹姆斯爵士说，他与福尔摩斯商议的事情非常敏感，同时也非常重要。因此他相信福尔摩斯先生会尽力安排这次会见，并致电卡尔顿俱乐部告知。

“不用说，我已经跟他约好了，华生。”我把信还给他时，他说，“你认识这个叫戴默利的人吗？”

福尔摩斯伸出胳膊，从挂在旁边的大衣内口袋里掏出一封信来。

“只知道这个名字在社交界是家喻户晓。”

“嗯，我还可以多告诉你一些。他还善于处理那些不宜在报纸上发表的敏感的事情。你可能还记得在哈默福特·威尔一案中，他和乔治·路易斯爵士的谈判吧。他是一个精明世故，天生具有外交才能的人。所以我敢说，他这一次不是虚张声势，而是真的需要我们帮忙。”

“我们？”

“嗯，如果你愿意的话，华生。”

“我非常荣幸。”

“你知道时间了——4点半。在此之前，我们可以先不管这件事。”

当时我住在安妮女王街自己的房子里，不过还没到约定时间，我已经来到贝克街了。4点半整，詹姆斯·戴默利爵士准时来到。用不着再介绍他了，因为许多人都还记得他诚实开朗的个性，刮得干干净净的宽阔的脸膛，还有那悦耳圆润的声音。灰色的爱尔兰人的眼睛里透露出坦率，富于表情的嘴唇边泛起的微笑显出幽默。他头戴明亮的礼帽，身穿黑色的燕尾服。总之，从黑缎领带上的珍珠别针到光亮的皮鞋上的淡紫色鞋罩，每一个地方都显示出他出名的讲究衣着的习惯。这位高大雍容的贵族控制着这个小房间。

“当然了，我准备好在这儿见到华生医生了。”他微微鞠了一躬说，“他的合作也有必要，福尔摩斯先生，因为这一次，我们要对付的是一个经常使用暴力而且毫无顾忌的人。我敢说，欧洲没有比他更危险的人物了。”

“我过去的几位对手都曾有过这样的名声。”福尔摩斯微笑着说，“你不抽烟吗？请允许我点上烟斗吧。如果你说的这个人比已故的莫里亚蒂教授或者尚在人世的塞巴斯蒂安·莫兰上校更危险的话，那他就的确值得一见。请问他叫什么名字？”

“你听说过格鲁纳男爵吗？”

“你是说那个奥地利凶手吗？”

戴默利上校笑着举起戴着羔羊皮手套的手。“什么也瞒不过你，福尔摩斯先生！太好了！那你已经认定他是杀人凶手了？”

“我的业务需要关注欧洲大陆犯罪案件的细节。只要是读过布拉格事件报道的人，谁还会怀疑他没罪呢！只是由于一项纯技术的法律条款和证人的可疑死亡，他才逃脱了惩罚！我相信在斯普吕根山口发生的所谓的‘事故’中，就是他杀死了他妻子，就像我亲眼看见了一样。我也知道他到了英国，而且我有预感，他早晚会给我找点儿事做的。好了，格鲁纳男爵怎么了？我想不是那个旧悲剧又重演了吧？”

“不是，比这还要严重得多。惩罚犯罪固然重要，可是预防犯罪更重要。福尔摩斯先生，眼看着一件可怕的事、一个残酷的情景在你面前上演，而且你很清楚这会导致什么样的结果，却完全无法阻止，这是多么恐怖的事啊！还有什么比这更折磨人的吗？”

“可能没有了。”

“那你也同情我代表的这位主顾了。”

“我还不知道你只是一个中间人。委托人是谁？”

“福尔摩斯先生，我请求你不要再问这个问题了。我必须保证他高贵的姓氏不被牵连进来。他的动机是绝对高尚正直的，可是他不希望被外人知道。当

戴默利上校笑着举起戴着羔羊皮手套的手。“什么也瞒不过你，福尔摩斯先生！太好了！那你已经认定他是杀人凶手了？”

然你的酬劳绝对没有问题，而且你完全可以自由行动。这样一来，主顾的名字就不太重要了吧？”

“我很抱歉，”福尔摩斯说，“我习惯于案件的一头是个谜，可是如果两头都是谜，那就太困难了。詹姆斯爵士，恐怕我只能谢绝这个案子了。”

我们的客人显得非常不安，他那开朗、敏感的脸由于激动和失望而阴沉下来。

“你不明白自己的行为会有什么后果，福尔摩斯先生。”他说，“你使我的处境非常为难，我本以为只要我告诉你实情，你会非常骄傲地接受这个案子，可是我的诺言又不允许我和盘托出。至少让我把知道的一切情形都告诉你吧？”

“完全可以，只要你明白我什么也没答应你。”

“我明白。首先，你肯定听说过德·梅尔维尔将军吧？”

“开伯尔山口[1]一战出名的德·梅尔维尔？对，我听说过。”

“他有个女儿叫瓦奥莱特·德·梅尔维尔，年轻、富有、漂亮、多才，从各个方面来说都是一位难得的女性。我们要尽一切努力从魔掌中救回来的人就是他的这个女儿，这个可爱单纯的姑娘。”

“那么格鲁纳男爵控制了她？”

“对女人来说最强有力的控制——爱情。你可能也听说过，这家伙非常英俊，风度翩翩，声音温柔，还有一种浪漫神秘的气质，对女人是最有吸引力的。据说他可以摆布所有女性，而且充分利用了这一点。”

“可是像他这样的人怎么会遇上瓦奥莱特·德·梅尔维尔小姐这样有身份的人呢？”

“那是在地中海一次乘游艇航行的时候。游客当时虽然有限制，可都是

---

① 开伯尔山口：位于亚洲中部，兴都库什山脉最大的山口，是阿富汗和巴基斯坦之间的交通要道。——译注

自己负责旅费。显然举办者不知道这位男爵真正的品行，等知道时已经太晚了。这个恶棍一直缠着小姐，直到完全彻底地赢得了她的芳心。说小姐爱她远远不够，她溺爱他，迷恋他。世界上除了他之外，什么也没有。对他不利的话，她一个字也不听。我们想尽办法不让她这么疯狂，都是徒劳。总之，她打算下个月就跟他结婚。因为她已经成年，又意志坚定，我们实在不知怎么才能阻止她。”

“她知道奥地利的事吗？”

“这个狡猾的恶魔把他过去的每一件公众丑闻都告诉她了，可是他都把自己描述成一个无辜的受害者。她完全相信他的话，别人的话根本不听。”

“天哪！不过你肯定无意中泄露了这位主顾的名字吧？肯定是德·梅尔维尔将军了。”

我们的客人在椅子上坐立不安。

“我可以骗你说是的，福尔摩斯先生，不过不是这样。德·梅尔维尔已经筋疲力尽了，这个坚强的士兵已经被这件事弄得意志消沉，他已经失去了久经沙场的勇气，变成了一个脆弱、蹒跚的老人了，再也无法和这位英俊、强壮的奥地利恶棍较量了。可是我这位主顾是和将军熟识多年的老朋友，对这个年轻姑娘从小就像自己的亲生女儿一样，他不能眼睁睁地看着悲剧发生而不设法阻止。苏格兰场也帮不上忙。还是他建议说找你，不过我已经说过，特别提出不要把他本人牵涉进案子里来。我毫不怀疑，福尔摩斯先生，以你的力量，你可以非常轻松地找出我背后的主顾，不过我请求你，以名誉为担保，不要这么做，也不要打破他隐姓埋名之谜。”

福尔摩斯异样地笑了。

“这我可以担保。”他说，“我还想说，你的问题让我很感兴趣，我准备调查了。我怎么跟你联系呢？”

“卡尔顿俱乐部能找到我。不过，如果有紧急情况，有一个秘密电话，‘XX. 31’。”

福尔摩斯记下来，还在笑着，腿上放着打开的备忘录。

“请问男爵现在的住址在哪儿？”

“金斯敦附近的弗农宅，是一栋大房子。他不知做什么投机倒把的生意走了运，成了有钱人，这自然使他成为一个更危险的对手了。”

“他目前在家吗？”

“在。”

“除了你说的这些，关于这个人还有什么新情况吗？”

“他生活非常奢侈。喜欢养马。有段时间他还在赫林汉姆打过马球，后来传出了布拉格事件，他只好离开了。他收藏书籍、名画。此人对艺术颇为爱好。据我所知，他是中国陶瓷方面公认的专家，还写了一本这方面的书。”

“复杂的头脑，”福尔摩斯说，“所有大罪犯都有这种才能，我的老朋友查理·皮斯是一个小提琴演奏家，温赖特也不是一个普通的艺术家，还有很多。好了，詹姆斯爵士，你可以通知你的主顾，我会着手研究格鲁纳男爵。目前只能说这些。我有自己的消息来源，我敢说我们会找到调查方法。”

客人走了之后，福尔摩斯坐在那儿，久久地陷入沉思，似乎已经完全忘记了我的存在。可是最后他突然醒悟过来了。

“喂，华生，有什么看法？”他问。

“我想你最好亲自见见那位年轻小姐。”

“亲爱的华生，如果连她的伤心欲绝的可怜老父亲都感动不了她，我一个陌生人又能有什么用呢？不过，如果别的方法都不行，这个建议倒还可以一试。不过我想，我们应该从另外一个角度着手，我倒觉得欣韦尔·约翰逊帮得上忙。”

在这些回忆录里，我还没有机会提到欣韦尔·约翰逊，因为我很少涉及我朋友的后期职业生涯。约翰逊是本世纪最初几年成为福尔摩斯的得力助手的。一开始，他是作为一个非常危险的恶棍出名的，并且两度在帕克赫斯特监狱服刑。后来，他悔过自新，并且跟福尔摩斯联手，在伦敦地下犯罪世界里充当他的耳目，经常得到一些非常重要的消息。如果让约翰逊当警方的“眼线”的话，他很快就会暴露，可是由于他对付的案件从来没有直接上法庭，因此同伙们一直没有识破。由于他有过两次判刑的名声，他可以自由出入任何一家夜总会、小客栈和赌场，他观察敏锐，头脑灵活，使他成为获取消息的理想人手。福尔摩斯现在就是提议找他帮忙。

我不可能随时了解我朋友采取的每一个步骤，因为我还有自己的紧急业务需要处理，不过当天晚上我按照约定时间在辛普森餐馆和他见面。他坐在靠前窗的一张小桌旁，看着下面斯特兰德大街上熙来攘往的人流，告诉我刚刚发生过的事。

“约翰逊正在四处活动。”他说，“说不定能在地下社会阴暗的角落里找到点儿东西，因为我们只能在罪犯的大本营里，搜寻这个人的秘密。”

“可是既然这位小姐连人人都知道的事实都不接受，你找出的新东西又怎么能让她回心转意呢？”

“谁知道呢，华生。女人的心理和头脑对男性来说，始终是不解之谜。杀人或许可以辩解，得到宽恕，可是小过错也许反而会触到痛处。格鲁纳男爵对我说——”

“他对你说！”

“哦，是啊，我还没对你说我的计划呢。对，华生，我喜欢跟对手紧紧拧在一起。我喜欢跟他面对面，亲自观察他到底是什么样的人。我给约翰逊指示之后，就叫了辆马车到金斯敦，发现男爵非常和蔼可亲。”

“他认出你了吗？”

“这不难，因为我递上了我的名片。他是一个非常出色的对手，冷静得像冰块，狠毒得像眼镜蛇，声音柔和温顺得像你那里的一位会诊医生。他很有教养，是一个真正的犯罪贵族，表面上温文尔雅，骨子里却残忍无比。对，我很高兴有人让我注意阿德尔伯特·格鲁纳男爵。”

“你说他非常和蔼可亲？”

“像一只就要抓住耗子的猫在呜呜地叫。某些人的和蔼可亲比粗俗无礼的人使用暴力更可怕。他的寒暄很有特点。‘我觉得我们早晚会见面的，福尔摩斯先生，’他说，‘不用说，你是德·梅尔维尔将军找来企图阻止我和他女儿瓦奥莱特结婚的，是这样吧？’

“我没有反对。

“‘亲爱的先生，’他说，‘你只会毁掉自己的赫赫名声。这个案子你根本不可能成功，你得不到任何结果，不用说还会招来危险。我劝你还是马上撤出吧。’

“‘很奇怪，’我回答说，‘这也正是我打算给你的建议。我很看重你的头脑，男爵，今天首次见面，却也没有丝毫减弱。我说明白点儿吧！谁也不想把你过去的事抖搂出来，让你觉得不自在。过去的已经过去，你现在过得也很平静，可是如果你坚持这门亲事的话，你就会树起许多劲敌，非弄得英国没有你的容身之地不可，值得吗？如果你放过这位女士，还算是明智。如果过去的事让她知道，对你也不愉快。’

“男爵的鼻子下面有两撇油黑的胡须，像昆虫的短触角。他听着我说话时，两撇小胡子也跟着颤动，后来他终于轻轻地笑出声来。

“‘请原谅我发笑，福尔摩斯先生，’他说，‘不过看着你手里拿着一张牌却硬要赌，实在好笑。我想没人能比你做得更好，不过不管怎么说，实在是可怜。你连一张花牌都没有，福尔摩斯先生，只有小得不能再小的牌。’

“‘这是你这么想的。’

“‘我知道就是这样。我再说清楚点儿，我手里的牌非常好，我可以让你看一看。我非常幸运地得到了这位小姐的全部感情。虽然我清清楚楚地告诉了她我过去的一切不幸遭遇，她还是这么爱我。我还告诉她，有些邪恶、别有用心的人——我希望你有自知之明——会来告诉她这些事情，我告诫过她该怎么对付这些人。你也听说过催眠暗示吧，福尔摩斯先生？嗯，你会看到有什么效果，因为一个有性格的人可以使用催眠暗示，而不必用粗俗的手段和无聊的做

法。所以说她准备好了见你，这毫无疑问，因为她很服从父亲的意志——除了那一件小事以外。’

“嗯，华生，好像没别的可说的了，于是我就尽可能冷静庄重地离开了，可是我的手放在门把手上时，他叫住了我。

“‘顺便问一下，福尔摩斯先生，’他说，‘你认识勒布伦吗，那个法国侦探？’

“‘知道。’我说。

“‘你知道他发生什么事了吗？’

“‘我听说他在蒙马特区被一伙流氓打了，成了终身残废。’

“‘说得很对，福尔摩斯先生。巧的是，他一星期前才刚刚调查过我的事。别插手了，福尔摩斯先生，这是个倒霉的差使，好几个人都已经发现了。我最后要对你说的是，你走你的路，我走我的路。再见！’

“就是这样，华生。现在你什么都知道了。”

“这家伙似乎很危险。”

“非常危险。我倒不怕他吓唬人，可是这种人远远不是危言耸听。”

“你一定要管这事吗？他跟那个姑娘结婚真的这么重要吗？”

“想想他无疑杀了他前妻，我觉得还是很重要的。除此之外，还有那位主顾！好吧，好吧，我们用不着谈这个。你喝完咖啡以后，最好跟我一起回家，因为快活的欣韦尔还等着向我报告呢。”

我们果然见到他了，这是一个魁梧、粗鲁、红脸膛、患坏血病的人，一双眼睛乌黑明亮，这是唯一能显示出他内心狡诈的地方。似乎他刚刚跳进他那特有的世界，还带出了一个人，就是坐在他身边的那位身材苗条、脾气火爆的年轻女子，她脸色苍白而紧张，虽然年轻，却因颓废和忧愁而显得憔悴，使人看出可怕的岁月在她身上留下了无情的痕迹。

“这是基蒂·温特小姐。”欣韦尔·约翰逊挥着他的胖手介绍说，“没有她不知道的——好了，她就在这儿，让她自己说吧。福尔摩斯先生，收到你的

“在我把手放在门把上时，他叫住了我。”

消息不到一个小时，我就抓到她了。”

“我很好找，”年轻女子说，“每次都在伦敦的地狱里，波基·欣韦尔也是这个地址。我们是老伙计了，波基，我和你。可是，如果这个世界上还有正义的话，还有一个人应该待在比我们还要深的地狱里！就是你正在调查的那个人，福尔摩斯先生。”

福尔摩斯笑了。“借你的吉言，温特小姐。”

“要是我能帮忙让他得到应有的下场，我就乖乖跟你走。”我们的客人咬牙切齿地说。她那白皙坚定的脸上和怒火的眼睛里有一种极端的仇恨，这是男人永远没有，只有少数女人才会有的仇恨。“你不必问我的过去。可是我这样子都是阿德尔伯特·格鲁纳造成的。要是我能把他拖下来多好！”她两手疯狂地在空中抓着。“要是我能把他也拖进深渊里该多好啊！他往里推进了多少人！”

“你知道目前的情况吗？”

“波基·欣韦尔已经告诉过我了。这一次他在追求另外一个傻瓜，还想跟她结婚。你想阻止这件事。好吧，你当然了解这个坏蛋，任何一个精神正常的正派姑娘都不会跟他接触。”

“她精神不正常，她发疯似的爱着他。一切情况都跟她说过，她什么也不在乎。”

“她知道那次谋杀？”

“知道。”

“天哪，她可真有胆量。”

“她认为这都是诽谤。”

“你不能把事实摆在她愚蠢的眼睛前吗？”

“嗯，你能帮我们这么做吗？”

“我自己不就是证明吗？如果我站在她面前，告诉她，他是怎么利用了我——”

“你愿意这么做吗？”

“愿意吗？我当然愿意！”

“好，那就值得一试。不过大部分坏事他都给她讲过了，也得到了她的宽恕，我想她不会再谈这个话题了。”

“我敢说他没把一切都告诉她。”温特小姐说，“除了轰动整个社会的那一次以外，我还听到过一两次别的谋杀。他用那种柔和的音调说起某某人，然后直直地盯着我的眼睛说：‘我不到一个月就死了。’这些还不是空话。不过我没太注意——你知道，当时我也爱他，不管他做什么，我都不在乎，就像现在这个可怜的傻瓜一样！只有一件事让我震惊。对，我的天哪！如果不是他那张狡猾甜蜜的嘴来解释，安慰我，我当天晚上可能就离开他了。那是一个日记本——棕色皮面日记本，上面有一把锁，外面还有他的金质徽章。那天晚上他有点儿醉了，不然他绝不会给我看。”

“里面有什么？”

“我告诉你，福尔摩斯先生，这家伙搜集女人，而且以此为荣，就像有人搜集蝴蝶标本一样。照片、姓名、具体情况、一切的一切他都收在那个日记本里。这是记录他的兽行的日记本——即使是来自贫民窟的人，都不会干这种事。可这就是阿德尔伯特·格鲁纳的日记本——‘我毁掉的人。’只要他愿意，他甚至可以写在封面上。不过，这些都无关紧要，因为这个本子对你也没什么用，就算有用，你也找不到。”

“本子在哪儿？”

“现在我怎么会知道在哪儿呢？我离开他已经一年多了。当时我知道他放在哪儿。他在许多方面都像一只整洁细心的猫，也许本子还放在内书房一个旧柜子的格子里。你知道他的房子吧？”

“我到过他的书房。”福尔摩斯说。

“你去过？要是你今天早晨才刚刚接手，那你的速度可够快的。也许亲爱的格鲁纳这一次遇到对手了。外书房里摆着中国瓷器——两个窗户之间的一个大玻璃柜子。书桌后面那扇门通往内书房，是他保存文件和其他东西的小房间。”

“他不怕小偷吗？”

“阿德尔伯特可不是胆小鬼，连最恨他的敌人都不会这么说他。他能照顾自己。晚上有一个报警系统。再说，又有什么可偷的呢——偷走那些没用的瓷器吗？”

“是没用。”波基·欣韦尔用专家的口吻坚定地说，“收买赃物的人谁也不想要这种既不能融化又不能卖掉的东西。”

“确实不错。”福尔摩斯说，“好吧，温特小姐，如果明天下午5点你能来一趟，我会考虑是否按你的建议让你和这位小姐见见面。非常感谢你的合作。我的主顾会大方地考虑——”

“用不着，福尔摩斯先生。”年轻女人喊着，“我不是为了钱！让我亲眼看着这个人陷在烂泥里，我就得到最好的报酬了——我要亲自用脚把他的脸踩进烂泥里。这就是我的报酬。明天或者任何一天我再来，只要你在追踪他。波基会告诉你哪儿能找到我。”

一直到第二天晚上，我才见到福尔摩斯，我们又来到斯特兰德大街的餐馆里吃饭。我问他见面情况怎么样，他耸了耸肩。接着他告诉我经过，我就记录在下面。他的叙述有些生硬，干巴巴的，需要稍加编辑才能转化成现实生活中的语言。

“安排会见没有什么困难。”福尔摩斯说，“因为这个姑娘为了弥补她在婚姻大事上违背父命，就竭力想在别的次要事情上表现出对父亲的服从。将军打电话说一切都准备好了，火爆脾气的温特小姐也按时到了，于是5点半时，一辆马车把我们送到贝克莱广场104号老将军的住宅前——那是一幢令人生畏的灰色伦敦古堡，比教堂更显庄重。用人把我们带进一间挂着黄色窗帘的大客厅，那位小姐在那儿等着我们。她脸色苍白，端庄持重，俨然山上一座雪人似的，凛然不可侵犯。

“我不知道怎么才能说清她的样子，华生。也许在案子结束前你能见到她，你可以运用自己的词汇。她很漂亮，可那是一个精神虚幻的虔诚的信徒似的虚无缥缈的美。我在中世纪大师的绘画中见过这样的面孔。一个畜生怎么能把手伸向这样一个仙界里的人，我实在想象不出来。你大概早就发现两个极端互相吸引的例子了吧——高尚的人和动物似的人，野蛮人和天使。没有比这更可怕的例子了。

“她当然知道我们的来意，那个流氓不失时机地让她警惕我们了。温特小姐的出现似乎让她很吃惊，不过她还是挥手让我们落座，就像尊敬的女修道院院长在接见两个麻风病乞丐似的。如果你的脑袋涨得厉害的话，亲爱的华生，可得向瓦奥莱特·德·梅尔维尔小姐好好学习学习。

“‘先生，’她说，声音像来自冰山的寒风，‘久仰你的大名。据我所知，你来是为了中伤我的未婚夫格鲁纳男爵。我是由于父亲的要求才来见你的，我有言在先，不管你说什么，都不会使我的决心有丝毫动摇。’

“我替她感到难过，华生。我当时的感觉就像是对待自己的亲生女儿。我不太善于辞令。我用的是头脑，而不是心。不过那天我真的用了发自内心的所有温暖的话语来求她。我告诉她，如果在成为他的妻子之后才发现他的本性，到时她会处于多么可怕的境地——她不得不屈服于沾满鲜血的双手和淫荡的嘴唇的爱抚。我把一切都告诉了她——耻辱、恐惧、痛苦、无助等等。可是我所有热切的话语没能给她象牙色的脸颊上增添一丝血色，或者使她迷茫的目光中出现一丝热情。我想起了那个流氓所说的催眠影响。她的样子真像是生活在远离尘世的狂热的梦幻中。可是她的回答却非常果断。

“‘我耐心地听你讲完了，福尔摩斯先生，’她说，‘对我的影响跟预料的完全一样。我知道我的未婚夫阿德尔伯特过着坎坷的生活，招来了许多仇恨和不公平的诽谤。许多人都来诽谤他，你是最后一个。你的本意可能是好的，可是我知道你是受雇的侦探，可以反对他，也可以受雇于他。不过不管怎么说，我希望你永远明白，我爱他，他也爱我，全世界的反对意见对我都只不

“那个冷冰冰的声音说，‘我是遵照父亲的命令来见你的，可是我没有必要听这个人的胡言乱语。’温特小姐骂了一句冲上前去，我一把抓住了她的手腕。”

过是耳旁风。如果说他的高贵品质有一丁点儿偏差，那我可能就是上帝特意派来将他的品质提高到真正的崇高水平的。我不清楚，’她眼光落到我同伴的身上，‘这位女士又是谁。’

“我正要回答时，姑娘旋风似的开了腔。如果你想知道火和冰面对面是什么情景，就看看这两位女子。

“‘我会告诉你我是谁！’她大喊着。她从椅子上跳起来，嘴气愤得扭曲着。‘我是他最后一个情妇。我是上百个被他引诱、利用、糟蹋后又抛到垃圾堆里的女人之一，他也会对你这样。你的垃圾堆可能是坟墓，这可能还是最好的。我告诉你，你这个愚蠢的女人，如果你跟他结婚，他就会置你于死地。或者让你心碎，或者让你脖子断，不是这条路就是那条路。我这么说，并不是对你有什么感情。我才不在乎你是死是活。我恨他，我要报复，他对我做过什

一个单腿的小贩正在摆卖他的晚报。

么，我就怎么还给他。不过都一样，你不用这么看我，漂亮的小姐，到时候你会变得比我更低贱。’

“‘我希望不要再讨论这些了。’小姐冷冷地说，‘我再说一次，我知道

我未婚夫的生活中曾经3次被别有用心的女人纠缠，我也相信不管他做过什么坏事，他都已经诚心悔改了。’

“‘3次！’我的同伴尖叫起来，‘你这个傻瓜！你这个不可理喻的傻瓜！’

“‘福尔摩斯先生，请你结束这次会见吧！’那个冷冰冰的声音说，‘我是遵照父亲的命令来见你的，可是我没有必要听这个人的胡言乱语。’

“温特小姐骂了一句冲上前去，要不是我抓住她的手腕，她肯定一把揪住那个让人恼火的女人的头发了。我拖着她往门口走，幸好没有大吵大闹就把她拉进了马车，因为她已经气愤得控制不住自己了。我虽然表面冷静，心里也很生气，华生，我们想拯救的这个女人这种平静的冷淡和极度任性中有种令人非常反感的东西。现在你非常清楚事情的进展了，既然这一招不管用，我得想想新办法了。我会随时跟你联络，华生，我肯定用得着你，不过下一步很可能是他们走，而不是我们。”

的确如此。他们的反击来了——应该说是他的，我从来不相信那位小姐参与了此事。我还可以清楚地告诉你我当时站在什么地方，我的视线落在一块布告牌上，心里突然掠过一阵恐惧。那是在大饭店和查令十字路口车站中间，一个单腿的小贩正在摆卖他的晚报。日期正是上次谈话以后两天。黄底黑字写着那条可怕的消息：

夏洛克·福尔摩斯受到蓄意攻击。

显贵主顾（下）

我站在那儿愣了一会儿。后来我恍恍惚惚记得自己抢过一张报纸，那人还抱怨我不给钱，最后来到一家药店门口，找到了那段可怕的话。上面写着：

> 我们遗憾地得知，著名私人侦探夏洛克·福尔摩斯先生今天上午受到蓄意攻击，情况危急。目前尚未获得准确情况，不过这一事件据说12时左右发生在摄政大街皇家咖啡馆门外。凶手为两名手拿棍棒的歹徒，福尔摩斯先生的头部和身体受伤，据医生说伤势严重。福尔摩斯先生被送到查令十字医院，之后坚持要求把他送回贝克大街的住宅。两名歹徒衣着讲究，事后从人群中穿过皇家咖啡馆向后面的街区逃走。福尔摩斯精明能干，经常揭露那个犯罪团伙，这两人无疑属于这个团伙。

我一遍还没有看完，就跳上一辆马车直奔贝克街。我在大厅里发现了著名外科医生莱斯利·奥克肖特爵士，他的马车就停在门外。

“没有大碍。”他回答说，“两处头皮裂伤，几处严重瘀肿。已经缝了几针，也打过吗啡了，需要静养，不过几分钟的谈话并不是不可以。”

得到他的许可，我蹑手蹑脚地走进昏暗的房间。病人完全清醒着，我听到一个沙哑虚弱的声音叫着我的名字。百叶窗拉下了四分之三，一道阳光斜射进来，照在他裹着绷带的头上。一片殷红的血迹浸透了白色的纱布。我在他旁边

凶手为两名手拿棍棒的歹徒，福尔摩斯先生的头部和身体受伤。

坐下，低着脑袋。

“好了，华生，别这么害怕，”他非常虚弱地说，“并没有看上去那么可怕。”

“谢天谢地！”

“你知道，我是单棍[①]专家。我本来完全可以对付他们的，第二个家伙扑上来我才招架不住了。”

① 指旧时击剑用的单棍。——译注

“我该怎么做，福尔摩斯？肯定是那个家伙唆使他们干的。只要你一句话，我立刻去揭他的皮！”

“好华生！不，我们什么也不能做，除非警察当场抓住他们。不过他们逃跑似乎也是早就准备好的。这一点可以确定。等等，我有计划了。他们会到你那儿打听消息。尽量夸大，华生，就说我能活过这个星期就是命大了——脑震荡，昏迷不醒，随便你怎么说！说得越严重越好。”

“可是莱斯利·奥克肖特爵士呢？”

“哦，没问题，他会看到我最严重的情况。我来想办法。”

“还有别的吗？”

“还有，告诉欣韦尔·约翰逊让那个姑娘躲一躲。那些家伙要找她的麻烦了。他们当然知道她在这个案子里给我帮忙了。既然他们敢动我，不见得会忽略她。很紧急，今天晚上就安排好。”

“我会去的。还有别的吗？”

“把我的烟斗放在桌子上，还有烟叶拖盘。对！每天上午来看我，我们讨论一下作战计划。”

我安排约翰逊当天晚上送温特小姐到偏僻的郊区去，暂时避避风头。

一连6天，公众都以为福尔摩斯已经濒临死亡了。布告牌上说得非常严重，报纸上还有些不祥的报道。可是连续几天的看望使我明白并没有这么严重。他那结实的身体和坚强的意志创造了奇迹。他恢复得很快，有时候我怀疑，他发现自己的恢复速度甚至比对我假装出来的还要快。这个人有一种爱保密的特点，因此才会有许多戏剧性的效果，可是却让他最亲密的朋友也不得不猜测他到底在计划什么。他把这个定理推行到了极致，就是只有独自策划的人才是最安全的。我和他比任何人都亲近，可是我总能感觉到两人之间的距离。

到第七天，伤口拆线了，可是晚报上却报道说他得了丹毒。同一天的晚报上还有一则启事，不管他情况如何，我都要拿给他看。报道简单地说，星期五从利物浦出发的丘纳德轮船“鲁里塔尼亚”号的乘客中，有阿德尔伯特·格鲁纳男爵，他与瓦奥莱特·德·梅尔维尔小姐即将结婚，却要前往美国处理重要生意，梅尔维尔小姐是某某人的独生女，等等。福尔摩斯苍白的脸上显得很冷静，全神贯注地听着这条消息，我知道这对他触动很大。

“星期五！”他喊着，“只有3整天了。我相信这个恶棍是想逃脱危险。可是他办不到，华生！他怎么也逃不了！听着，华生，我想让你替我办点儿事。”

“我来就是为了帮忙的，福尔摩斯。”

“那好，从现在起花24小时全面研究中国瓷器。”

他没有解释为什么，我也没有问，长期的经验使我学会了服从。可是我离开他的房间走在贝克街上时，脑子里开始盘算着怎么才能执行一个这样离奇的命令。最后我坐车来到圣詹姆斯广场的伦敦图书馆，去请教我的朋友洛马克斯副管理员，然后胳膊底下挟着一大本书回到家里。

据说那种仓促研究案情而在星期一就能质问证人的律师不到星期六就把所有的知识全忘了。当然，我现在不敢自称是陶瓷学方面的权威。可是整整一晚上（中间只短暂休息过一次），再加上第二天一上午，我一直在汲取知识，记下所有的名字。我记住了著名艺术装饰家的印章、神秘的甲子纪年法、洪武[①]的标志和永乐[②]的美妙、唐寅[③]的书法以及宋元初期的辉煌。第二天再去见福尔摩斯时，我脑子里装满了这些知识。这时他已经下床了，不过从报纸的报道中你不可能猜到这一点，他一只手托着缠满绷带的脑袋坐在他最喜欢的扶手椅上。

“喂，福尔摩斯，”我说，“要是相信报纸上的话，你快死了呢。”

“这，”他说，“正是我想给人的印象。现在，华生，你学得怎么样了？”

“至少我努力了。”

“好。你可以就这个问题进行深入的谈话了？”

① 洪武（1368—1398）：明太祖朱元璋的年号。——译注

② 永乐（1403—1424）：明成祖朱棣的年号。——译注

③ 唐寅（1470—1523）：明朝四大家之一，字伯虎，号称江南第一才子。——译注

“我相信我可以。”

“那就把壁炉上的小盒子递给我。”

他打开盖子，取出一件用精细的东方丝绸精心包裹的东西来。他打开包裹，露出一个精致的、非常漂亮的、深蓝色的小茶碟。

“这得小心取放，华生。这是真正明朝的雕花瓷器，克里斯蒂市场[①]上也没有比这更好的了。一整套可是价值连城——实际上，除了北京故宫以外，别的地方还有没有真值得怀疑。仅看一眼就能让一个真正的收藏家发狂。”

“我拿它做什么？”

福尔摩斯递给我一张名片，上面印着：“希尔·巴顿医生，哈夫穆恩大街369号。”

“这是你今天晚上的名字，华生。你去见格鲁纳男爵。我了解他的爱好，8点30分他很可能没事。先送一封信去，告诉他你准备前去拜访，准备带给他一件绝无仅有的明朝瓷器。你还是自称医生，这个角色你可以演得很真实。你是一个收藏家，碰巧得到这套瓷器，你听说男爵对此很感兴趣，而且你不反对高价出售这套瓷器。”

“什么价格？”

“问得好，华生。如果你不知道自己货物的价钱，肯定会败得很惨。这个小碟子是詹姆斯爵士给我的，据我所知，是他的主顾的收藏品。说它举世无双也不过分。”

“我可以提议找一个专家来估价。”

“太棒了，华生！你今天真有灵感。建议找克里斯蒂或苏富比拍卖行，你不好自己出价。”

“可是如果他不愿意见我呢？”

“哦，会的，他会见你的，他对收藏已经到了非常狂热的地步了，尤其在

① 克里斯蒂市场：伦敦拍卖艺术品的一个市场。——译注

这一方面，他是一个公认的权威。坐下，华生，我来口授这封信。无需回信，只说你要去，为什么去。”

这封信写得十分得体，简短、有礼，又能激起收藏者的好奇心。我们立即找了一个送信人送去了。当天晚上，我手里拿着那个珍贵的碟子，口袋里装着那张希尔·巴顿医生的名片，我开始了冒险旅程。

正像詹姆斯爵士所说的，漂亮的住宅和庭园说明格鲁纳男爵确实相当富有。一条曲折的甬道，两侧是稀有的灌木，一直通往装饰着雕像的大方场。这个地方原来是一个南非金矿大王在其兴盛时期修建的，低矮的长形房子四角带有角楼，虽说在建筑风格上显得阴沉可怕，可是其规模和坚固性却非常可观。一个有着大主教派头的男管家带我进去，把我交给一位衣着华丽的仆人，然后带我到男爵面前。

他正站在两扇窗户之间的大柜子前，里面是他收藏的一部分中国陶瓷。我进去时，他手里拿着一个棕色小花瓶转过身来。

“请坐，医生。”他说，“我在检阅自己的收藏品，不知道我还能不能出钱再增添一件。这个小花瓶是唐朝出品的，可以追溯到7世纪，你可能会有兴趣。我想你从来没见过比这更精致的工艺，或者比这更美的釉彩。你说的那个明朝的小碟子带来了吗？”

我小心翼翼地打开递给他。他坐在桌子前，把台灯拉过来——因为天色变暗了——然后开始仔细地检查。黄色的灯光照在他脸上，我可以从容地观察他的外表了。

他的确是一个非常英俊的人。他在欧洲享有的美男子的声誉的确不是浪得虚名。他不过中等身材，可是体态优雅而灵活。他肤色黝黑，几乎有些像东方人，乌黑的大眼睛透露出慵懒的神情，对女性颇具诱惑力。他的头发和胡子都乌黑发亮，胡子短短地翘着，精心地上了油。他的五官端正悦目，只有薄薄的嘴唇有些例外。如果我曾见过杀人凶手的嘴，那就是在这儿——这是他脸上一道残忍、冷酷的切口，嘴紧闭着，严酷得令人生畏。他把胡须向上卷起而露出嘴角是很不明智的，这是明显的危险信号，使他的受害人提前警觉。他声音迷人，举止风流。至于年龄，我看他30出头，不过之后的档案里却显示他已经42岁了。

“太好了——实在是太好了！”他最后说，“你说你有6个一套。可奇怪的是，我竟然没有听说过这么卓绝的珍品。我只知道英国有一个可以跟它相配，而且绝不会在市场上出售。你别见怪，希尔·巴顿医生，我想问你是怎么得到这个的？”

“真有那么重要吗？”我尽量漫不经心地说，“你看得出来这是真品，至于价格，我希望找个专家来估价。”

“这太神秘了。”他乌黑的眼睛里迅速闪过一丝怀疑的神色。“买卖这样珍贵的物品，谁都想知道所有的交易细节。这是真品是肯定的，我对此毫不怀疑。可是假如——我必须考虑一切可能的情况——以后证明你没有转卖的权利呢？”

“我可以保证不会有这种事。”

“当然，这就引出另外一个问题，就是你的保证有多大价值。”

“银行会回答这个问题的。”

“不错。可是整个交易让我觉得太不寻常了。”

“你做不做这笔买卖都行。”我毫不在意地说，“我首先来找你，是因为我知道你是个鉴赏家，不过再找别人也不困难。”

“谁告诉你我是个鉴赏家的？”

“我知道你写了一本这方面的书。”

“你读过那本书吗？”

“没有。”

“天哪，这变得让我越来越难以理解了！你是一个鉴赏家、收藏家，收藏着一件价值连城的珍品，可是你竟然从来没看过那本可以告诉你所收藏的东西的真正意义和真正价值的书。这你怎么解释？”

“太好了——实在是太好了！”

“我很忙，我是开业医生。”

“这不算回答。如果一个人有嗜好，他总会钻研的，不管他有什么别的业务。你在信里自称是一个鉴赏家。”

“我就是。”

“我问几个问题来考考你怎么样？我得跟你说，医生——如果你真是医生的话——这件事变得越来越可疑了。我想问问你，你知道圣武天皇[1]吗？他和奈良附近的正仓院[2]有什么关系？怎么，你感到茫然了吗？讲一讲北魏朝代以及它在陶瓷史上的地位。”

我装出很生气的样子从椅子上跳了起来。

“这实在让人忍无可忍，先生，”我说，“我本来是给你帮忙的，不是当小学生让你考问的。我在这些方面的知识也许仅次于你，可是我不想回答这样无礼的提问。”

他盯着我，眼睛里慵懒的神色不见了，他的目光突然变得凶狠起来，残忍的嘴唇间闪现出牙齿。

“这是什么名堂？你是到这儿来当奸细的，你是福尔摩斯的密探，你是在愚弄我。那个家伙快死了，我听说了，所以才派他的爪牙来监视我。你来了就别想走，哼！你会发现进来容易出去难。”

他跳了起来，我退后一步等着他扑上来，因为他已经勃然大怒了。也许从一开始他就怀疑我了，这番盘问更加证实了，可是我显然也没希望能骗过他。他手插进旁边的抽屉里，疯狂地翻着。突然他听到了什么动静，竖起耳朵听着。

“噢！”他喊着，“噢！”然后一个箭步冲进了后面的房间里。

我两步冲到门口，里面的情景我永远也不会忘。通往花园的窗户大开着，旁边站着一个像鬼一样的人，脑袋上裹着血迹斑斑的绷带，脸色惨白，是福尔摩斯。一转眼他就跳过窗户不见了，我听到他的身体撞在月桂树丛里的声音。房子的主人大吼一声，追着他来到窗口。

---

① 圣武天皇：日本奈良时代的一位天皇，724—749年在位，年号神龟、天平。在位时完全由光明皇后在幕后操纵。这一时期也是日本佛教大为兴盛的时期。——译注

② 正仓院：位于日本奈良县境内，县内有许多著名古迹，其中东大寺最为有名，而正仓院为东大寺的仓库，里面保存着奈良时代贵族们用过的物品和法会用过的道具。唐朝通过丝绸之路贸易的货物也来到了这里。正仓院又被称为“丝绸之路的东端”，里面保存的宝物都是通过丝绸之路传来的，有螺钿紫檀五弦琵琶，还有琉璃杯等。——译注

就在这时！只是转眼之间的事，可是我却看得很清楚。一只胳膊——是一只女人的胳膊——从树丛里向外一扬。接着立刻听到男爵一声惨叫——这声惨叫我永远也忘不了。他两手捂着脸在房间里乱跑，头可怕地撞在墙上。然后他跌坐在地板上，翻来滚去，一声声尖叫在屋里回响着。

“水！看在上帝的分上，快拿水来！”他大喊着。

我从小桌上拿起一个水瓶过来帮忙。同时，管家和几个用人也跑进大厅。我跪在受伤的人旁边，把他那张可怕的脸转向灯光时，我记得用人中的一个晕了过去。硫酸已经腐蚀了整张面孔，从耳朵和下巴上往下滴着。一只眼睛已经蒙上了白翳，另一只也红肿起来。几分钟前我还赞叹不已的面孔，现在就像一张漂亮的绘画上被画家胡乱抹了一笔似的。那张脸已经模糊变色，难以辨认，非常可怕。

我简短地解释了有关硫酸的事。几个人爬到窗子上，另外几个冲到外面的草坪上，可是天已经黑了，下着雨。受伤的人一边高声尖叫，一边气愤地骂着那个洒硫酸的人。“是那个女魔鬼，基蒂·温特！”他喊着，“哦，这个魔鬼，她跑不了的！哦，上帝啊，疼死我了！”

我用油给他擦洗脸，包扎好，又打了一针吗啡。受到这场惊吓，他对我的所有怀疑都不翼而飞，他紧紧抓住我的手，似乎我能治好他那只死鱼一样瞪着我的眼睛。如果不是想到是他罪恶的一生才导致了这场可怕的变故，我也会同情他的不幸。他发烫的手紧抓着我，令人厌恶，他的家庭医生和紧随其后的专家赶来时，我才得以脱身。一名警官也赶来了，我递上真正的名片，否则不仅太愚蠢，也毫无用处，因为苏格兰场对我的外表几乎和对福尔摩斯一样熟悉。后来我就离开了那座阴森恐怖的房子。不到一小时，我就来到了贝克街。

福尔摩斯还坐在平时的那把椅子上，面色苍白，筋疲力尽。除了受伤之外，连他这种坚固的神经都被今晚的事震惊了，他带着恐惧听我讲着男爵的情景。

“这就是罪恶的代价，华生——罪恶的代价！”他说，“迟早会来的。天

他一个箭步冲进了后面的房间里。我两步冲到门口，看见那儿站着一个像鬼一样的人，脑袋上裹着血迹斑斑的绷带，脸色惨白，是福尔摩斯。

知道，他作恶够多的了。”他又拿起桌子上一本棕色的本子加了一句。“这就是那个女人说的本子。如果这个还不能拆了这门亲事的话，就没什么可以做到了。不过它肯定可以，华生。必须这样。没有任何一个有自尊心的女人能够忍受这些。”

“这就是他的恋爱日记吗？”

“或者叫他的淫乱日记。随便你怎么叫吧。那个女人刚一说起的时候，

我就知道这是一个有力的武器。当时我什么也没说，因为那个女人也许会泄露出去，可是我一直在考虑。后来我被打伤的事反而给了我机会，让男爵以为不用再防范我了。我本来可以等得再长一点儿，可是他要去美国，我只好下手。他绝不会把这么危险的材料留下来的。因此我们得立即行动。夜间入室盗窃根本不可能，他有防范。可是晚上有一个机会，只要我能保证他的注意力被别的事情吸引住。那就是让你带着那个蓝色碟子进去。可是我得弄清楚那个本子的确切位置，而且我只有几分钟可以动手，因为你对中国瓷器的知识使我的时间非常有限。因此最后一刻我才叫上那个姑娘。我怎么知道她偷偷塞在衣服下面的小包里是什么东西呢？我以为她是来帮我办事的，谁想得到，她还有自己的目的。”

“他猜到了是你派我去的。”

“恐怕是这样。可是你牵制他的时间已经足够我拿到这个本子了，不过没能让我安全逃走。啊，詹姆斯爵士，你来我很高兴！”

这位彬彬有礼的客人是应邀前来的。他非常专注地听福尔摩斯讲述了发生的情况。

“你创造了奇迹——奇迹！”他听完之后说，“不过如果伤势真像华生医生描述的那么可怕的话，我们不用这本可怕的日记也足以阻止这场婚姻了。”

福尔摩斯摇摇头。

“像德·梅尔维尔这样的女人是不会这么做的。她会更爱这个被毁了容的受害者。不行，不行。我们要摧毁的是他的所谓道德，而不是他的肉体。这个本子会让她清醒过来的——别的什么都没用。这是他亲笔写的，她不可能不信。”

詹姆斯带走了那本日记，还有那个珍贵的碟子。我还有别的事要做，因此我和他一起下楼来到街上。一辆马车在等着他。他跳上车，对戴帽徽的车夫匆忙吩咐了一句，车就驶走了。他把大衣垂在窗外，遮住车厢上的纹章，可是借着气窗的灯光，我已经清楚地看到了。我大吃一惊，转身上楼来到福尔摩斯房间里。

“我知道我们的主顾是谁了。”我兴冲冲地报告我的新消息，“喂，福尔摩斯，是——”

“是一位忠诚的朋友，一位慷慨的绅士。”福尔摩斯抬手阻止了我。“这就足够了。”

我不知道那本揭露罪恶的日记怎么用的，可能是詹姆斯爵士负责操办的，更有可能的是这件微妙的事交给小姐的父亲去办了。不管怎么说，最后的结果非常圆满。3天后，《晨报》上登出一条消息，说阿德尔伯特·格鲁纳男爵与瓦奥莱特·德·梅尔维尔小姐的婚礼已经取消。同一家报纸上还登出了基蒂·温特小姐被严重指控泼洒硫酸的第一次庭审报道。但是庭审过程中出现了情有可原的种种情况，因此判刑也是此类犯罪中最轻的。夏洛克·福尔摩斯受到入室盗窃指控的威胁，可是由于目的良好，加上主顾又非常显赫，连死板的英国法律也变得灵活，富有人情味了。我的朋友一直没有被传讯。

三角墙山庄

我觉得在我和夏洛克·福尔摩斯先生的冒险经历中，从来没有像三角墙山庄这一次开始得这么突然，或者如此具有戏剧性。我有几天没见过福尔摩斯了，也不清楚他的活动在朝哪个方向进展。不过，那天上午他颇有谈兴，让我在壁炉一旁低矮的旧扶手椅上坐下，他自己则蜷缩在对面一把椅子上，嘴里叼着烟斗，这时就有人来了。如果我说进来的是一头发疯的公牛，也许能表达得更准确一点儿。

门砰的一声开了，冲进来一个高大的黑人。要不是看上去可怕，他倒是一个很滑稽的人物，因为他穿了一件非常耀眼的灰格子西装，打着一条飘扬的浅橙色领带。他宽阔的脸和扁平的鼻子往前伸着，两只阴沉的黑眼睛里冒着抑制不住的怒火，轮流打量着我们两个人。

“你们哪位是福尔摩斯先生？”他问道。

福尔摩斯懒洋洋地笑着举起了烟斗。

“哦！是你，对吗？”客人用一种令人不愉快的鬼鬼祟祟的步子绕着桌子走过来。“你听着，福尔摩斯先生，别多管闲事，让别人自己管自己的事，明白了吗，福尔摩斯先生？”

“继续说，”福尔摩斯说，“很好。”

“哦！很好，是吗？”这个野蛮人咆哮着，“要是让我教训你一顿，可就没有这么好了。我以前教训过你这种人，教训过一顿，他们看上去可就不好了。瞧瞧这，福尔摩斯先生！”

“你听着，福尔摩斯先生，别多管闲事，让别人自己管自己的事。明白了吗？”

他挥起一个硕大无比的拳头，伸在我朋友的鼻子下面。福尔摩斯非常感兴趣地检查了一番。“你天生就这样吗？”他问道，“还是慢慢长成这样的？”

可能是我朋友异常的冷静，也可能是我拿起拨火棍时的叮当声，不管怎么说，客人的态度变得不那么神气了。

“好吧，我已经警告过你们了。”他说，“我有一个朋友对哈罗的事有兴趣。你知道我什么意思：他不想让你们多管闲事。明白了吗？你不是法律，我也不是法律，要是你多管闲事，我就不客气了。别忘了。”

“我早就想见你了。”福尔摩斯说，“我不让你坐了，因为我不喜欢你身上的气味，不过你不就是史蒂夫·迪克西，那个拳击手吗？”

“这正是我的名字，福尔摩斯先生，要是你说话无礼，我就好好收拾收拾你。”

“这正是你需要的。”福尔摩斯直盯着这位客人丑陋无比的嘴说，“可是在霍尔本酒吧外面杀死小珀金斯的事——怎么，你要走了吗？”

这个黑人一下子缩了回去，脸色铁青。“我不想听这样的话。”他说，“我跟那个珀金斯有什么关系，福尔摩斯先生？那小子出事的时候，我正在伯明翰斗牛场训练呢。”

“没错，你可以跟法官说去，史蒂夫。”福尔摩斯说，“我一直在注意你和巴内·斯托克代尔——”

“我的天哪！福尔摩斯先生——”

“够了。这个就算了。我需要你的时候再说。”

“再见，福尔摩斯先生。我希望今天晚上没有冒犯你吧？”

“除非你告诉我是谁派你来的。”

“喂，这不是什么秘密，福尔摩斯先生，还是你刚才提到的那位先生。”

“是谁指使他的呢？”

“老天！这我就不知道了，福尔摩斯先生。他只是说：‘史蒂夫，你去见福尔摩斯，告诉他要是再查哈罗的事，就有生命危险。’这都是实话。”

没等福尔摩斯再问什么问题，我们的客人几乎像刚进门时一样突然跑了。福尔摩斯暗暗地笑着，磕掉烟斗里的烟灰。

“幸亏你没有敲破他的脑袋，华生，我注意到你拿拨火棍了。不过他其实倒不害人，只不过是一个满身肌肉、愚蠢得只会说大话的孩子，很容易就能吓唬他，你也看到了。他是斯宾塞·约翰一伙的，最近参加了一些卑鄙的活动，有时间我会查清楚的。他的直接上司是巴内·斯托克代尔，是一个很狡猾的家伙。他们专干袭击、恐吓之类的事。我想知道的是，这一次他们背后到底是谁？”

“可是他们为什么要恐吓你呢？”

“是哈罗威尔德的一个案子。这反倒让我决定调查这件事了，既然有人肯花时间挑起这么大麻烦，一定有什么问题。”

“可是到底怎么回事？”

“我刚才正要跟你讲这件事，就发生了这场闹剧。这是梅伯利夫人的信。如果你愿意跟我一起去，我们给她拍一封电报，然后马上动身。”

我读到：

亲爱的福尔摩斯先生：

我遇到一连串奇怪的事情，跟我的房子有关，盼望能得到您的建议。明天我一整天都在家。房子距离威尔德车站不远。我相信我已故的丈夫莫蒂默·梅伯利先生是您早期的主顾之一。

您忠诚的玛丽·梅伯利

地址是“三角墙山庄，哈罗威尔德”。

“就是这样！”福尔摩斯说，“现在，要是你有时间的话，华生，我们立刻上路。”

经过短途火车和更短的马车旅程之后，我们来到了那所房子前，这是一栋砖木结构的别墅，坐落在一英亩见方的天然草场上。上层的窗户上突出3个尖尖的东西，勉强和这个名字相配。后面是一片郁郁葱葱的半高的松树林，这个地方给人的总体印象是落魄，令人不快。不过房内的家具颇为考究，接待我们的是一位非常和蔼可亲的老夫人，富有教养和文化品味。

“我记得你丈夫，夫人，”福尔摩斯说，“不过那还是好几年前他找我帮过一个小忙。”

“很可能你会对我儿子道格拉斯的名字更熟悉。”

福尔摩斯非常感兴趣地盯着她。

“天哪！你是道格拉斯·梅伯利的母亲？我跟他有一面之交。不过，当然了，整个伦敦都认识他。他是个多么高尚的人啊！现在他在哪儿？”

“死了，福尔摩斯先生，死了！他是驻罗马的使馆专员，上个月患肺炎，死在那儿了。”

“我很难过。谁也不会把死亡和这样的人联系在一起。我从来没见过像他那么精力充沛的人。他的生命力非常顽强，非常非常顽强！”

“太顽强了，福尔摩斯先生，就是这个毁了他。你还记得他过去的样子——快活、出众。可是你没见过郁郁寡欢、沉思默想的他，他的心都碎了。一个月里，我眼睁睁地看着自己风度翩翩的儿子变成了一个疲惫不堪、愤世嫉俗的人。”

“是因为恋爱吧——和一个女人？”

“或者说是一个恶魔。唉，我请你来并不是讨论我这个可怜的儿子的，福尔摩斯先生。”

“我和华生医生愿意听您吩咐。”

“发生了好几件奇怪的事。我在这栋房子里住了一年多了，因为我想过一种隐居的生活，所以很少和邻居们见面。3天前来了一个人，自称是房地产经纪人。他说这栋房子非常适合他的一位主顾，如果我愿意卖，钱的方面没有问题。我觉得非常奇怪，因为还有几栋同样条件的房子也在出售，不过他说的我当然很感兴趣。因此我要的价比我当初买房子时还高出500英镑。他立刻就认可了，不过又说他的主顾想把家具也一起买下来，问我是否愿意出售。有些家具是我从旧房子里带过来的，你也看到了，非常好，所以我出价很高。他也立刻同意了。我一直想出去旅游，这笔生意非常值得，看来我的余生应该不成问题了。

“昨天那个人带着起草的合同来。幸运的是，我让我的律师苏特罗先生看了看，他住在哈罗。他对我说：‘这是一份非常奇怪的文件。只要你签了名，法律上来说，你不准带任何东西出去，甚至是你的私人物品，你明白吗？’晚上那个人又来了，我告诉他我只想卖家具。

“‘不行，不行，所有的都得卖。’他说。

“‘可是我的衣服呢？珠宝呢？’

“‘好吧，好吧，你自己的私人物品当然可以考虑。不过任何物品未经检查不得带出去。我的主顾是一个非常慷慨的人，可是他有自己的癖好和做事的方法。要买就全买，要不买就都不买。’

“‘那就只能不卖了。’我说。这就算完了，可是我觉得这件事非常离奇，所以我想——”

这时我们遇到了非常意外的干扰。

福尔摩斯抬手示意我们别出声。然后他走过去，猛地拉开房门，抓住一个又高又瘦的女人的肩膀把她揪了进来。这个女人拼命挣扎着，像一只被抓出鸡笼的小鸡一样扯着嗓子乱叫。

“放开我！你在干什么？”她尖叫起来。

“怎么了，苏珊，这是怎么回事？”

“喂，夫人，我是来问问客人们要不要留下来吃午饭，这个人就突然朝我扑过来了。”

“刚才5分钟我一直在听着她的动静，可是不想打断你颇有意思的叙述。你有点儿气喘，对不对，苏珊？干这种活儿，你喘气喘得太厉害了。”

福尔摩斯猛地拉开房门，抓住一个又高又瘦的女人的肩膀，把她揪了进来。

苏珊一脸怒气，然而又有些好奇地看着抓她的人。“你是谁，有什么权利这样揪住我？”

“我只想当面问你一个问题，梅伯利夫人，你跟别人提过给我写信向我咨询吗？”

“没有，福尔摩斯先生，我没有。”

“谁寄的信？”

“是苏珊。”

“一点儿不错。现在，苏珊，你给谁写信或者送信说你的女主人要找我帮忙了？”

“这是说谎，我没有送过信。”

“苏珊，气喘的人可能活不长，你知道，说谎是没有好结果的。你到底告诉谁了？”

“苏珊！”女主人大喊着，“我知道你是一个狡猾的坏女人。我想起来了，我看见你跟什么人在树篱边说话。”

“是我自己的事。”这个女人生气地说。

“如果我说你是在跟巴内·斯托克代尔说话呢？”福尔摩斯问。

“好吧，既然你知道，干吗还问我呢？”

“我不太肯定，不过现在我知道了。好吧，苏珊，如果你能告诉我巴内背后的人是谁，你就能得到10英镑。”

“你有10英镑，那个人就有1000英镑。”

“那就是一个有钱的男人了？不是吗？你笑了——是一个有钱的女人。现在我们已经知道这么多了，你还是告诉我们，挣到这10英镑吧。”

“我要先看着你进地狱。”

“天哪，苏珊！你说的什么话！”

“我不干了，我受够你们这些人了，我明天早晨叫人来取我的箱子。”她急忙朝门口走去。

“再见，苏珊。别忘了用樟脑鸦片酊……”门在那个脸涨得通红的气冲冲的女人身后关上。福尔摩斯立刻从轻松变得严肃起来。“这伙人要来真的了。你给我的信上是晚上10点钟的邮戳。可是苏珊把话传给了巴内。巴内有时间去找他的主人请示。他或者她——苏珊当时在冷笑，她觉得我犯了错误，所以我认为是‘她’——制订了计划。他们把黑人史蒂夫叫来了，第二天上午11点我就接到了警告。行动真快啊！”

“可是他们想干什么呢？”

“对，问题就在这儿。你之前谁住在这儿？”

“一个退休的海军上校，叫弗格森。”

“他有什么特别的吗？”

“我从来没有听说过。”

“我在想，他是不是埋过什么东西。当然了，现在人们再藏什么宝贝的时候，都会去邮局。可是总有一些不太正常的人。没有他们，这个世界就太乏味了。开始我是想到埋了什么宝贝。可是如果这样，他们为什么要买你的家具呢？你不会是有拉斐尔[①]的原作或者莎士比亚的原稿，自己并不知道吧？”

“不会的，我最值钱的就是一套王室德比[②]茶具了。”

“一套茶具不值得这么神神秘秘。不然，他们为什么不公开说明想要的是什么呢？如果他们想要你的茶具，直接出高价买就是了，没有必要把你的东西全买下来。不是，据我看，是你有自己都不知道的东西，如果知道的话你也不会放手。”

“我也这么认为。”我说。

“华生医生也同意，肯定就是了。”

---

① 拉斐尔（1483—1520）：意大利文艺复兴时期的画家、建筑师，主要作品有梵蒂冈宫中的壁画《圣礼的辩论》和《雅典学派》，其他代表作有《西斯廷圣母》、《基督显圣》等。——译注

② 德比：英国英格兰中部城市。——译注

“嗯，福尔摩斯先生，会是什么呢？”

“让我们看看纯粹靠推理能不能找到更准确的点。你在这栋房子里住了一年？”

“快两年了。”

“很好。在这么长的时间里，没有人想要你的任何东西。突然，这三四天之内，却有人急切地想要。你有什么想法？”

“这只能说，”我说，“他们的目标，不管是什么，刚刚来到这栋房子里。”

“又确定了。”福尔摩斯说，“梅伯利夫人，你有什么刚到的东西吗？”

“没有，这一年我都没买什么新东西。”

“真的！这可就奇怪了。嗯，我们还是等情况清楚点儿之后，再搜集足够的材料。你的律师很能干吧？”

“苏特罗先生非常能干。”

“你还有别的女佣吗，刚才摔门走的那位苏珊是唯一的用人吗？”

“我还有一个年轻姑娘。”

“试试让苏特罗在这里住一两个晚上。你可能需要保护。”

“哪儿来的危险呢？”

“谁知道呢？这件事还很模糊。如果不知道他们想要什么，我就必须从另外一头想办法了，试着找到主谋。那个房地产经纪人留下地址了吗？”

“只有他的名片和职业。海恩斯-约翰逊，拍卖商兼估价商。”

“我想我们不可能在电话簿上找到他的名字。正直的商人是不会隐瞒他们的工作地点的。嗯，有什么新情况随时通知我。我已经接手你这件案子，就一定要办成。”

我们穿过大厅时，福尔摩斯眼睛什么都不会漏过，看到堆在角落里的几个箱子上时，他眼睛亮了起来。箱子上的标签还闪着光。

“‘米兰’，‘卢塞恩’，这是从意大利来的。”

“这是可怜的道格拉斯的东西。”

“你还没有打开吧？到了多长时间了？”

“上个星期到的。”

“可是你说——喂，这就是遗失的一个环节。我们怎么知道这里面没有值钱的东西呢？”

“不可能有，福尔摩斯先生。可怜的道格拉斯只有工资和微薄的年金，他能有什么值钱的东西？”

福尔摩斯陷入了沉思。

“别再耽搁了，梅伯利夫人。”他最后说，“把这些东西抬到楼上你的卧室里。尽快检查，看看里面是什么。我明天再来听你的汇报。”

很明显，三角墙山庄受到了严密监视，因为我们绕过小路尽头高高的树篱时，发现那个黑人拳击手正站在树荫里。我们是突然遇到他的，在这个偏僻的地方更显出他狰狞恐怖的模样。福尔摩斯伸手去摸口袋。

“找你的枪吗，福尔摩斯先生？”

“不是，找我的香水瓶，史蒂夫。”

“你真有意思，福尔摩斯先生，是吧？”

“如果我跟踪你，你就没那么有意思了，史蒂夫。今天上午我已经警告过你了。”

“嗯，福尔摩斯先生，我考虑了你今天上午说的话，我再也不想听人说起珀金斯先生了。如果能帮上忙，福尔摩斯先生，我一定尽力。”

“那好吧，告诉我这件事是谁在背后指使的？”

“我的老天哪！福尔摩斯先生，我跟你说的都是实话。我不知道，我老板巴内给我的命令，就这样。”

“好吧，记住，史蒂夫，房子里的老夫人，房子里的一切都在我的保护之下。千万别忘了。”

“好的，福尔摩斯先生，我会记住的。”

“我已经彻底唬住他让他自己保命了，华生。”我们继续往前走时，福尔摩斯说，“如果他知道指使人是谁，肯定会出卖他的。幸亏我了解一点儿斯宾塞·约翰一伙的事，史蒂夫是其中一个。华生，这个案子用得上兰代尔·派克了，我现在就去找他。等我回来以后，案情应该清楚点儿了。”

我当天没有见到福尔摩斯，不过我可以想象到他是怎么过的，因为兰代尔·派克是他了解所有社会丑闻的活参考书。这个怪异、懒散的家伙清醒的时候一直待在圣詹姆斯大街俱乐部的凸窗里，他是这个大都市所有闲言碎语的接收站，也是转播站。据说他每周给那些垃圾报纸提供的消息可以给他挣到四位数的收入，这些报纸专为迎合那些好打听的人。在伦敦生活污浊的深水中，只要稍有奇怪的漩涡或急流，就会被水面上这台调节器自动准确地记录下来。福尔摩斯谨慎地帮助兰代尔得到消息，偶尔也会得到相应的帮助。

第二天一早我来到福尔摩斯的房间，从他的态度上看得出一切顺利，可是一个非常不愉快的消息在等着我们。是下面这封电报：

我们绕过小路尽头高高的树篱时，发现那个黑人拳击手正站在树荫里。

请即刻赶来。顾主家里被盗。警察已在现场。

苏特罗

福尔摩斯吹了声口哨。“这出戏已经到高潮了，比我预料的还要快。这件事背后有一股强大的势力，这一点我毫不吃惊，华生，因为我昨天听到了点儿消息。当然了，这个苏特罗是她的律师。我犯了个错误，没让你留在那儿守卫。唉，没办法了，还是到哈罗威尔德去一趟吧。”

三角墙山庄不再是昨天整齐有序的模样了。几个看热闹的人聚集在花园门口，还有两个警察在检查种植天竺葵的花床。我们在屋里见到一个灰白头发的老先生，他自我介绍说是律师。旁边还有一位吵吵闹闹、红光满面的警官，他像老朋友似的跟福尔摩斯打招呼。

“嗯，福尔摩斯先生，恐怕这件案子用不着你插手了。只是一件普通的入室盗窃案，可怜的老警察完全可以对付了，用不着专家来。”

“我相信案子正由有能力的警察处理。”福尔摩斯说，“你说这只是一件普通的入室盗窃案？”

“不错。我们很清楚是什么人干的，哪儿能抓到他们。是巴内·斯托克代尔那伙人干的，有那个大个子黑人——人们在这儿附近见过他。”

“太棒了！他们偷到什么了？”

“嗯，好像没偷到太多东西。梅伯利夫人被麻醉了，房子——哦，夫人来了。”

我们昨天那位朋友看上去苍白而虚弱地进了房间，一个小女佣扶着她。

“你给我提过建议了，福尔摩斯先生。”她苦笑着说，“可惜我没有照办。我不想麻烦苏特罗先生，所以才毫无防备。”

“我今天早晨才听说。”律师解释说。

“福尔摩斯先生建议我找个朋友到家里来。我忽略了他的建议，结果就成了这样。”

“你看起来非常虚弱，”福尔摩斯说，“可能没办法告诉我发生了什么事吧。”

“都在这儿。”警官拍着厚厚的日记本说。

“不过，如果这位夫人不是太累的话——”

“其实没什么要说的。我看是那个可恶的苏珊让他们进来的。他们非常了解这栋房子。我还记得捂在我嘴上的氯仿纱布，可是不知道我昏迷了多长时间。等我醒来的时候，一个男人站在床边，另外一个手里拿着一卷纸，从我儿子的行李堆里站起来，行李打开了一部分，弄得地上全是。他还没来得及走，我跳起来抓住了他。”

“你太冒险了。”警官说。

“我紧紧地抓住他，可是他挣开了，肯定是另外一个打了我，因为我什么都不记得了。女佣玛丽听到吵闹声，开始在窗外大叫起来。把警察叫来了，可是那些歹徒却逃走了。”

“他们偷走了什么？”

“唉，没丢什么值钱的东西，我想我儿子的行李中也没有。”

“那些人没留下什么线索吗？”

“我从被我抓住的那个人手里撕下了一页纸，皱巴巴地在地板上，是我儿子的笔迹。”

“这说明没什么太大用处。”警官说，“如果是小偷的——”

“说得好。”福尔摩斯说，“多健全的常识！不过，我还是想看一看。”

“我从来不放过任何东西，不管多细微。”他有些傲慢地说，“这是我给你的建议，福尔摩斯先生。在25年的经历中，我学到了一些东西。总有可能发现指纹或者别的什么。”

福尔摩斯检查着那张纸。

“你有什么想法，警官？”

“据我看，好像是一部古怪小说的结尾。”

“它可能就是一个古怪故事的结尾。”福尔摩斯说，“你注意到上面的页码了吗？245，其他244页呢？”

“嗯，我想是小偷们拿走了。但愿能对他们有用处！”

“侵入别人的住宅就为了偷走这样的东西可是够奇怪的。你觉得这说明什么问题？”

“没错，先生，说明这些歹徒匆忙之中抓到什么就是什么。希望他们能为这东西感到高兴。”

“他们为什么要偷我儿子的东西呢？”梅伯利夫人问。

“嗯，他们在楼下没发现什么值钱的东西，就到楼上来试试运气。我是这么看的。你有什么看法，福尔摩斯先生？”

“我得考虑考虑，警官。到窗户这儿来，华生。”我们站在一起，他开始读着纸上的片断。这是从一句中间开始的，这样写着：

……脸上的刀伤和击伤流了很多血，可是当他看着那张脸庞，那张他已经决心为之牺牲生命的脸庞，此刻正漠然地看着他的痛苦和屈辱时，他的心在更强烈地流血。他抬起头看她，她竟然笑了——没错，天哪！她竟然笑了，像一个铁石心肠的恶魔。正是在这时，爱情死了，仇恨产生了。人活着一定要有目的。如果不是为了你的拥抱，我的小姐，那就是为了你的毁灭和我全部的复仇。

“语法真怪！”福尔摩斯笑着说，把那张纸还给警官。“你注意到了吧，‘他’突然变成了‘我’。作者完全沉浸在自己的故事里，在关键时刻把自己想象成男主角了。”

“写得实在不怎么样。”警官说着，把纸放回本子里。“怎么！你要走了吧，福尔摩斯先生？”

“案子已经由能干的警官处理，这儿没什么需要我的地方了。顺便问一下，梅伯利夫人，你说过想去旅行是吗？”

“这一直是我的梦想，福尔摩斯先生。”

“你想去哪儿？开罗、马德拉群岛[①]，还是里维埃拉[②]？”

“哦！如果有钱，我希望环游世界。”

“是这样，环游世界。好吧，再见了。我晚上可能会给你一封信。”我们经过窗户时，我看见警官微笑着摇了摇头。“这些聪明家伙都有点儿不正常。”这是我从他的微笑里看出来的。

“华生，我们还剩下旅程的最后一段。”我们回到喧嚣的伦敦中部时，福尔摩斯说，“我们最好立刻把这件事结束掉，你跟我一起来吧，跟伊莎多拉·克莱因这样的女士打交道，最好有一位目击证人。”

我们坐了一辆马车朝格罗夫诺广场的某个地方急驰而去。福尔摩斯陷入了沉思，可是他突然又警醒过来。

“对了，华生，你已经都明白了吧？”

“没有，我不能说自己都明白了。我只知道我们要去见那位幕后女士。”

“一点儿不错！可是伊莎多拉·克莱因这个名字你没有什么印象吗？当然了，她就是那位出了名的美女，从来没有一个女人比得上她。她是纯西班牙血统，是真正的西班牙征服者[③]的血统，她的家族已经在伯尔南布科[④]当了好几代名门大户了。她嫁给了德国糖业大王老克莱因，现在是世界上最富有，也是最漂亮的遗孀。后来她有一段为所欲为的时期。她有好几个情人，伦敦最英俊的道格拉斯·梅伯利也是其中一个。根据各种报道来看，他根本不是一时的冒

---

① 马德拉群岛：位于北大西洋中东部，1420年起被葡萄牙占领，后被改为葡萄牙的一个辖区。——译注

② 里维埃拉：南欧地中海一个地区，在法国东南部和意大利西北部，著名的假日旅游胜地。——译注

③ 西班牙征服者：尤其指16世纪在墨西哥、秘鲁等南北美洲地区的西班牙入侵者。——译注

④ 伯尔南布科：巴西东北部的港口城市。——译注

险。他并不是社交场中的花花公子，而是一个坚强骄傲的人，他付出多少，就希望回报多少。可是她却是浪漫小说中冷酷无情的美女。她的欲望得到满足之后，这件事就结束了，如果对方不接受她的意志，她知道该怎么教训对方。”

“那就是他自己的故事了——”

“噢！现在你想通了。我听说她准备嫁给年轻的洛蒙德公爵，公爵差不多可以做她儿子了。公爵的母亲也许可以不在乎年龄的差异，可是如果传出严重的丑闻，那就不一样了，所以才急需——啊！我们到了。”

这是西区最豪华的建筑之一。一个行动机械的仆人拿了我们的名片进去，回话说女主人不在家。“那我们就等她回来。”福尔摩斯高兴地说。

行动机械的仆人慌了神。

“不在家的意思对你们来说就是不在家。”仆人说。

“好吧。”福尔摩斯回答说，“既然这样，我们也用不着再等了。请把这张便条交给你的女主人。”

他从笔记本上撕下一页匆匆写了几个字，折叠起来，递给那个仆人。

“你写的是什么，福尔摩斯？”我问。

“我只不过写了‘那就交给警察吧？’我想有这个我们就可以进去了。”

的确——快得惊人。一分钟后，我们就来到一间天方夜谭似的客厅，大而精美，半明半暗，映衬在非常有情调的粉红色电灯光下。我觉得，这位女士已经到了连最骄傲的美人也喜欢半明半暗的光线的年纪了。我们进来时，她从靠椅上站了起来，体态修长，雍容华贵，身材匀称，漂亮得像面具似的脸庞，两只美丽的西班牙人的眼睛凶狠地看着我们俩。

“这种打扰，还有这侮辱性的便条是什么意思？”她拿起那张纸条问道。

“用不着解释吧，夫人。我相信你的智力不至于愚钝到这种地步。不过我也承认，这种智力最近不太灵敏。”

“为什么，先生？”

“你以为你雇来的流氓可以吓退我。其实如果不是危险在吸引着人们，没有一个人愿意从事我这项职业。是你迫使我去调查年轻的梅伯利的案件的。”

“我不知道你在说什么。我跟那些雇来的流氓有什么关系？”

福尔摩斯不耐烦地转身就走。

“没错，我确实低估了你的智力。好吧，再见！”

“站住！你要去哪儿？”

“苏格兰场。”

“站住！你要去哪儿？”
“苏格兰场。”

我们还没走到门口，她就挡住我们，拉住福尔摩斯的胳膊。她一下子从钢铁变成了天鹅绒。“过来坐下吧，先生们。我们来谈谈这件事。我觉得我可以对你坦率些，福尔摩斯先生。你有绅士的风度。女人的本能对此是多么敏感啊！我会像朋友一样对待你。”

“我不能保证同样对待你，夫人。我不是法律，不过我会尽微薄之力保证法律的公正。我愿意听一听你的说法，然后再告诉你我会怎么做。”

“企图威胁一个像你这么勇敢的人实在是太愚蠢了。”

“夫人，真正愚蠢的是你把自己交给了一群可能敲诈或者出卖你的流氓。”

“不，不！我没那么简单。既然我说过了要对你坦率，我可以说，除了巴内·斯托克代尔和他妻子苏珊以外，谁也不知道他们真正的老板是谁。至于他们俩，嗯，这也不是第一次——”她微笑着，卖弄风情地点了点头，像是很亲密的样子。

“我知道了。你以前就考验过他们。”

“他们是不会走漏风声的猎狗。”

“这样的猎狗早晚会咬伤喂他们的手。他们将因入室盗窃被捕。警察已经跟踪他们了。”

“他们会逆来顺受的。花钱雇他们就是为了这一点。在这件事中我是不会出现的。”

“除非我让你出现。”

“不，不会，你也不会，你是一位绅士。这是一个女人的秘密。”

“首先你必须把那本手稿还回来。”

她迸出银铃一般的笑声，然后走到壁炉前。她用拨火棍拨了拨一堆烧焦的东西。“把这个也还回去吗？”她问。她挑战似的对我们微笑着，看上去那么优雅却无赖，我觉得在福尔摩斯的所有罪犯里，这是他最难对付的一个了。可是福尔摩斯却无动于衷。

“这就决定你的命运了，”他冷冷地说，“你行动非常迅速，夫人，可是这一次你做得太过分了。”

她当啷一声扔下拨火棍。

“你可真残忍！”她大喊着，“要我把整个故事都告诉你吗？”

“我想我也可以告诉你。”

“可是你必须从我的角度来看，福尔摩斯先生，你必须从一个女人的角度来看，她眼睁睁地看着自己一生的雄心壮志在最后一刻要被毁掉。这样的女人保护自己也有错吗？”

“最初的错在你身上。”

“没错，没错！我承认，道格拉斯是一个可爱的孩子，可是他不适合我的计划。他想结婚——结婚，福尔摩斯先生——跟一个身无分文的平民。别的他都不满意。后来他变得蛮不讲理了。以前我付出过，他就认为我还应该继续付出，而且只能给他。最后我只能让他认清现实。”

“雇流氓在你的窗口下打他。”

“你倒真的什么都知道。嗯，是这样。巴内和手下把他赶走了，我承认，我也有点儿太粗鲁了。可是后来他干了什么？一位绅士能做出这样的事情来吗？他写了一本描述自己的经历的书。当然了，我是一只狼，他是一只羊，都在里面，当然是假名了。可是整个伦敦谁看不出来？你有什么想说的，福尔摩斯先生？”

“嗯，他有这个权利。”

“似乎意大利的空气注入到了他的血液里，同时带来了残忍的意大利精神。他写信给我，送给我一本书，好让我备受折磨。书有两本，他说一本给我，一本给他的出版商。”

“你怎么知道出版商还没收到稿子呢？”

“我知道他的出版商是谁。这不只是他的小说，你要知道。我发现他还没有收到意大利的来信。后来就有了道格拉斯突然死亡的消息。只要另外一本书稿还在世上，我就没有安全可言。稿子肯定在他的遗物当中，而这些遗物肯定要寄给他母亲。我派这伙人开始干活儿了，其中一个到他家里当仆人。我希望正正当当地做这件事，我也的确这么做了。我准备把这栋房子买下来，包括房子里的一切物品，我可以出她要求的任何价钱。别的方法都不管用的时候，我才走了另外一条路。现在，福尔摩斯先生，就算我对道格拉斯太狠心——上帝知道，我也会后悔！可是当我的前途处于危险中的时候，我还能怎么做呢？”

夏洛克·福尔摩斯耸了耸肩。

“好吧，好吧！”他说，“看来我还是像平常一样私了这件案子吧！用最上等的方式环游世界需要多少钱呢？”

这位女士吃惊地瞪着他。

“5000英镑够吗？”

“嗯，我看够了，真的！”

“很好。我看你可以签一张5000英镑的支票给我，我负责交给梅伯利夫人。你有责任帮她换换空气。另外，小姐”，他伸出食指警告她，“小心点儿！小心点儿！玩有刀刃的工具总有一天会割伤你优雅的双手的。”

士兵变白

——这是第一件由夏洛克·福尔摩斯本人讲述的奇案

我朋友华生的主意虽然不多，却非常的顽固。很长时间以来，他一直催促我写一写自己的经验。也许这是我自找的，因为我总有机会向他指出，他的描述多么的肤浅，指责他没有遵守严格的事实和数字，而去迁就通俗趣味。“你自己试一试吧，福尔摩斯！”他反驳说。而手中提起笔时，我才不得不承认，只有这时我才开始意识到，内容必须以吸引读者的方式进行表达。下面这件案子看来无疑会吸引读者，因为这是我所经历的最稀奇古怪的案子了，可碰巧华生没有收集在他的记录里。说起我这位老朋友和传记作家，我要借此机会说明，我之所以要在各种微不足道的调查中不厌其烦地加上一个同伴，并不是出于感情用事或异想天开，而是因为华生有他自己的特点，可是由于谦虚以及对我工作的过高评价，这些特点他并没有给予更多注意。一个可以预见你的结论以及行动进程的同伴是很危险的，可是对于一个每一步发展都会使他惊讶不已以及未来对他总是遥不可知的人，这样的人才是理想的合作伙伴。

我从笔记本上发现那是在1903年1月，布尔战争[①]刚刚结束，詹姆斯·多德前来拜访，他是一个高大挺拔、精神饱满、皮肤黝黑的英国人。忠实的华生当时因为结婚而离开了我，这是我们交往中唯一的自私行为。当时我是一

① 布尔战争（1899—1902）：英国人与布尔人之间为了争夺南非殖民地而展开的战争。布尔人指荷兰移民的后裔。——译注

个人。

我的习惯是背靠窗户坐着，让我的客人坐在对面的椅子上，阳光完全照在他们身上。詹姆斯·多德似乎不知该如何开始这次谈话，我也没打算帮助他，因为他的沉默正好可以给我更多的时间好好观察他。我发现使顾主感觉到你的能力是非常明智的，于是我把自己的一些结论告诉了他。

“我看你是从南非来的吧，先生？”

“没错，先生。”他有些吃惊地回答说。

“我想是帝国义勇骑兵队[①]吧？”

“一点儿不错。”

“肯定是米德尔塞克斯郡[②]兵团。”

“是这样。福尔摩斯先生，你简直是一个魔术师。”

我微笑地看着他惊讶的表情。

“一位健壮的绅士来到我家里，晒得这么黑的肤色在英国是不可能的。手帕放在袖口里而不是口袋里，不难猜出他是从哪儿来的。你留着小胡子，说明你不是正规军。你有骑手的体态。至于米德尔塞克斯郡，你的名片上已经告诉我了，你是斯罗格莫顿大街的一位股票经纪人。你还会加入别的兵团吗？”

“你真是明察秋毫。”

“我看到的跟你一样多，只不过我训练出来了。不过，多德先生，你今天上午来找我不是讨论观察术的。塔克斯伯利旧园林里发生什么事了？”

“福尔摩斯先生！”

“亲爱的先生，没什么奇怪的。你的信封上有这个邮戳，而且你非常迫切地要求这次会见，可见某个重要事件突然发生了。”

“没错，的确是这样。可是信是下午写的，许多情况是在那之后发生的。

---

① 义勇骑兵队：1761年由自由民、自耕农等子弟组成，1907年起改编为领土保卫军。——译注

② 米德尔塞克斯郡：英国英格兰原郡名。——译注

如果不是埃姆斯沃思上校把我踢出来的话——”

“把你踢出来！”

“嗯，差不多这样吧。他心肠狠毒，这个埃姆斯沃恩上校。他当年是最厉害的军纪官，而且那个年代流行骂脏话。如果不是看在戈弗雷的面子上，我绝不会容忍埃姆斯沃思上校。”

我点上烟斗，靠在椅背上。

“或者你可以解释一下你的想法。”

我的顾主做了个鬼脸。

“我还以为什么都不用说，你就全知道了呢，”他说，“不过我还是把当时的情况说一说。我真希望你能告诉我这些事实说明了什么问题。我整夜没睡思考着，想得越多，似乎就越难以相信。

“我1901年1月参军。正好两年前。年轻的戈弗雷·埃姆斯沃思也加入了同一个中队。他是埃姆斯沃思上校的独生子——埃姆斯沃思，克里米亚战争[1]中维多利亚十字勋章[2]的获得者。他天生好战，难怪他自愿参军了。兵团里没有比他更强的小伙子了。我们发展了友谊——这种友谊只能在同甘共苦中才会形成。他是我的伙伴，这在军队里有很深的含义。我们在一年的战斗生涯中同生死共患难。在比勒陀利亚[3]外的戴蒙德希尔附近的一次战斗中，他中了大号猎枪子弹。我收到一封从开普敦[4]寄来的信，还有一封是从南安普敦[5]寄来的。从此以后一个字也没有——一个字都没有，福尔摩斯先生，6个月，而他是我最亲密的朋友。

“好吧，战争结束之后，我们都回来了。我写信给他父亲，问他戈弗雷在

---

① 克里米亚战争（1853—1856）：俄国与英、法、土、撒丁王国之间的战争。——译注

② 维多利亚十字勋章：英国维多利亚女王于1856年颁发的铜质勋章，英国军队最高荣誉，授予有杰出功勋的英国军人。——译注

③ 比勒陀利亚：南非（阿扎尼亚）的行政首都。——译注

④ 开普敦：南非（阿扎尼亚）西南部港口城市。——译注

⑤ 南安普敦：英国英格兰南部港口城市。——译注

我点上烟斗，靠在椅背上，说道：“或者你可以解释一下你的想法。”

哪儿。没有回答。我等了一段时间，又写了一封。这次我收到了一封回信，非常简短。戈弗雷环游世界去了，一年之内不会回来。就这么多。

“我不满意，福尔摩斯先生。整件事让我觉得很不正常。他是个善良的小伙子，不会轻易丢下朋友。这不像他。后来我碰巧知道他是一大笔财产的继承人，他和父亲的关系又不太融洽。老人有时候有点儿霸道，戈弗雷又年轻气盛。不行，我不满意，我决心要查个水落石出。可是，由于我两年不在家，自己的事也需要好好整理，所以一直到这个星期，我才开始处理戈弗雷的事。不过既然我开始办理了，我就要放下别的一切事情，把这件事办好。”

詹姆斯·多德先生似乎是那种谁都愿意把他当朋友而不会与之为敌的人。他说话时，蓝色的眼睛非常坚定，方方的下巴也紧绷着。

“好吧，你都做了些什么？”我问他。

“我首先想去他家里，在贝德福德附近的塔克斯伯利旧园林，想亲眼看看情况怎么样。因此我给他母亲写了一封信——我已经受够了那个脾气暴躁的父亲，而且来了一个正面攻击：戈弗雷是我的好朋友，我很有兴趣告诉他我们共同的经历，我就在附近，能否顺便拜访一下，等等。我收到了一封相当热情的回信，邀请我在她家过夜。所以我星期一就去了。

“塔克斯伯利旧园林很偏僻，从哪儿去都要走5英里。车站没有马车，我只好步行，又拿着手提箱，所以直到傍晚才到。那是一栋曲曲折折的房子，坐落在大园林当中。我觉得这是各个时期、各种风格的大杂烩，从伊丽莎白时代半木结构的地基开始，直到维多利亚时代的门廊。屋子里镶着嵌板。墙上挂着壁毯和有些褪色的古画，显得阴森、诡秘。屋里住着老管家拉尔夫，似乎跟这栋房子一样古老，他妻子似乎比他还要老。她以前是戈弗雷的保姆，我听戈弗雷说起过，她是仅次于戈弗雷母亲的人，所以尽管她相貌古怪，我还是觉得她很亲切。我也喜欢他母亲——温柔的小白鼠似的女人。只有上校让我觉得别扭。

“一见面我们就吵了一架，我真想转身回车站，可是我觉得这样也许正遂了他的心愿。我被直接带到他的书房，我看见堆得乱七八糟的桌子后面坐着一个高大、驼背的人，肤色灰黑，乱蓬蓬的灰色胡须，红红的鼻子像鹰嘴似的突出着，两只凶狠的灰眼睛从浓密的眉毛底下瞪着我。我现在明白为什么戈弗雷很少提起他父亲了。

“‘喂，先生，’他声音刺耳地说，‘我有兴趣知道你这次来访的真实原因。’

“我回答说我已经在写给他妻子的信里说得很明白了。

“‘对，对，你说你是在非洲认识了戈弗雷。可是当然了，我们只是听你这么说。’

“‘我口袋里还装着他写给我的信。’

“‘请让我看一看。’

“他看了一眼我递给他的两封信，然后扔在桌子上。

“‘那又怎么样？’他问。

“‘我很喜欢你儿子戈弗雷，先生。共同的经历和回忆联系着我们。他突然音信全无，我感到吃惊，而且想知道他到底怎么样了，这不也是很正常的吗？’

“‘我记起来了，先生，我已经跟你通过信，告诉过你他的情况了。他环游世界去了。他从非洲回来之后，健康状况很不好，我和他母亲都觉得他应该好好休息，换换环境。麻烦你对其他关心这件事的朋友解释一下。’

“‘当然可以，’我回答说，‘不过您也许应该让我知道游轮的名字，他的航线以及航行的时间。这样我就可以写一封信给他。’

“我的要求似乎让主人为难又生气。他粗重的眉毛耷拉在眼睛上，手指不耐烦地在桌子上敲着。最后他抬起头来，就像下象棋时看到对手走了非常危险的一步棋，而他已经想好了如何应对的样子。

“‘多德先生，’他说，‘你的固执会让很多人觉得无礼，认为你已经到了无理取闹的地步。’

“‘你一定要原谅我，先生，因为我是出于对你儿子的友情。’

“‘不错，我已经充分考虑到这一点了。不过，我必须请你放弃这些调查。家家都有自己的事，都有自己的动机，无法向外人说清，不管他们出于什么善意。我妻子很想听听戈弗雷过去的情况，你正好可以跟她说一说，不过我请你不要提起现在和将来。这些调查都是没用的，先生，只会使我们都陷入微妙而复杂的境地。’

“这样我就进了死胡同，福尔摩斯先生。没有办法。我只能假装接受现状，心里却暗暗发誓，一定要查清我朋友的下落，否则绝不善罢甘休。那天晚上十分沉闷。我们3个人在一间阴暗的旧房间里静静地吃了晚饭。夫人急切地问着儿子的情况，老头子却显得满脸不高兴。整件事让我觉得非常无聊，于是我尽早跟主人道别，回到自己的卧室里。这是一楼一个空荡荡的大房间，像别的房间一样阴森森的，可是在非洲南部的草原上生活过一年之后，福尔摩斯先生，谁也不会挑剔住的地方了。我拉开窗帘，看着外面的花园，那是一个晴朗的夜晚，天上一轮皎洁的半月。我坐在熊熊燃烧的壁炉旁，旁边的桌子上放着一盏台灯，打算读小说来分散一下精力。可是老管家拉尔夫却打断了我，他拿来了一些备用煤。

"'我怕你夜里煤不够烧，先生。天很冷，这些房间又不暖和。'

"他没有立刻出去，却在屋里愣了一会儿。我回过头来，他正站在对面，脸上满是皱纹，似乎有话要对我说。

"'请原谅，先生，可是我忍不住听了你吃饭时说起少爷戈弗雷的话。你知道吗，先生，我妻子是他的保姆，我可以说是他的养父，我们当然会感兴趣。你说他表现不错，是吗，先生？'

"'他在兵团里比谁都勇敢。有一次，他还把我从布尔人的枪口下救了出来，不然我今天就不可能来这儿了。'

"老管家搓了搓瘦骨嶙峋的手。

"'没错，先生，没错，戈弗雷少爷就是这样，他一直都很勇敢，花园里的树没有一棵他没爬过的，先生，什么事也挡不住他。他过去是一个好小伙子——哦，先生，也还是一个好男人。'

"我腾地站了起来。

"'听着！'我大喊起来，'你说他过去是，好像他已经死了似的。这到底是怎么回事？戈弗雷·埃姆斯沃思怎么了？'

"我抓住老人的肩膀，可是他退缩开了。

"'我不知道你是什么意思，先生。关于戈弗雷少爷的事，你去问主人吧，他知道。我不应该多嘴。'

"他正要走，我抓住了他的胳膊。

"'听着，'我说，'你要想走，就一定得回答一个问题，不然我就不放手。戈弗雷死了吗？'

"他不敢正视我的眼睛，就像一个被催眠了的人。回答是从他嘴里挤出来

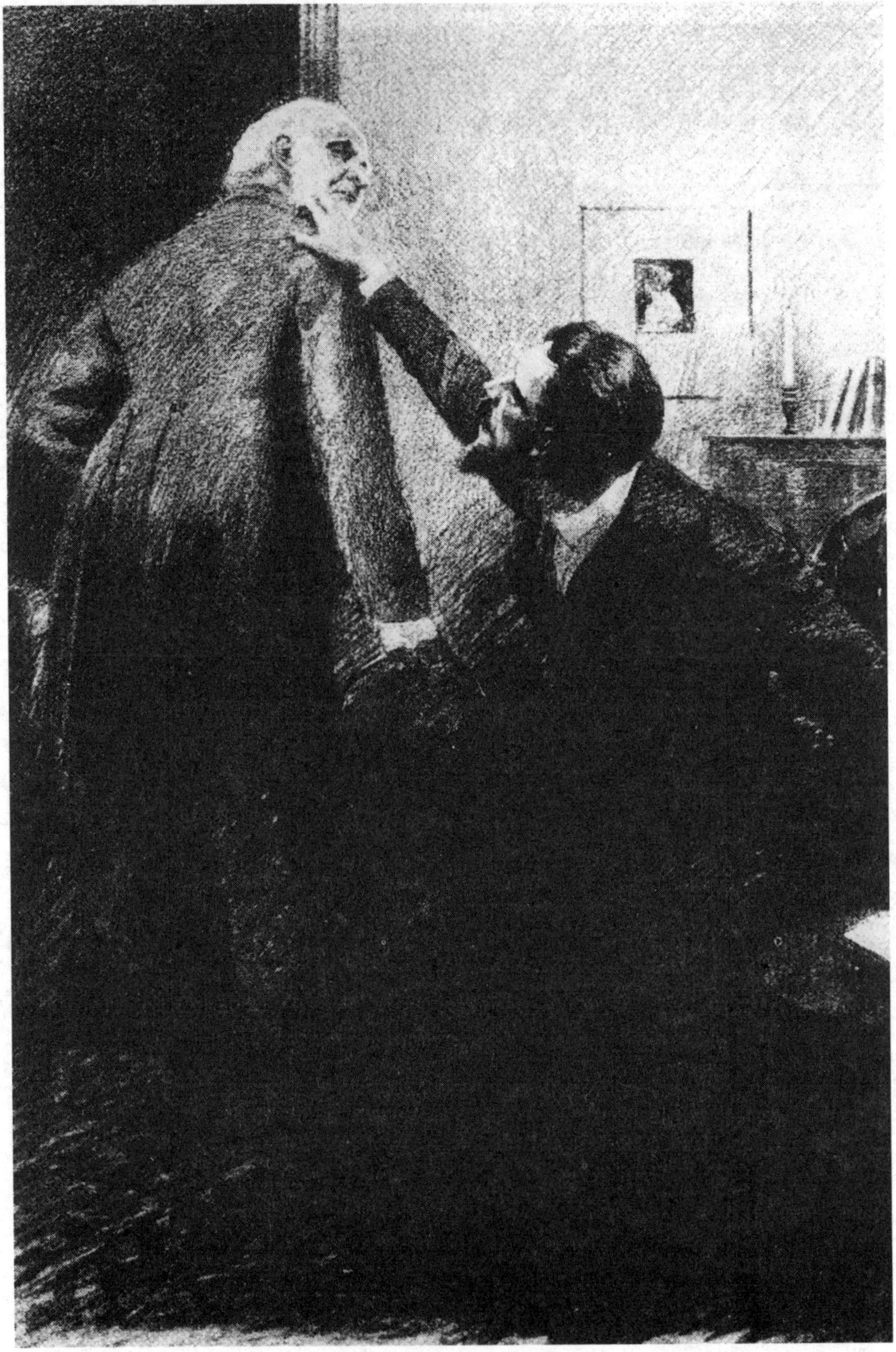

“我抓住老人的肩膀，可是他退缩开了。”

的，那是一个可怕而且出人意料的回答。

“‘我倒但愿他死了！’他喊着，挣脱我的手，从屋子里冲了出去。

“你可以想象得到，福尔摩斯先生，我回到椅子上坐下，心情非常沮丧。对我来说，老人的话似乎只有一种解释。显然，我这位可怜的朋友被牵涉进一桩犯罪事件中，或者至少是什么不名誉的事儿，影响了家族的荣誉。严厉的父亲于是把儿子送走，藏在什么地方，以免丑闻曝光。他是一个冒失鬼，很容易受周围人的影响。显然他落入了坏人之手，误入歧途了。如果真是这样，那就太可惜了！可是即使现在，我也有义务找到他，并设法帮助他。我焦急地思考着这件事，一抬头，突然发现戈弗雷·埃姆斯沃思就在我面前。”

我的主顾停了下来，情绪非常激动。

“请继续。”我说，“你的问题有非常特别之处。”

“他就在窗外，福尔摩斯先生，脸紧贴在玻璃上。我刚才告诉过你，我看过外面的夜色。当时，我就把窗帘拉开了一部分，他就在那儿。窗户是落地的，我能看见他的整个身影，可是让我吃惊的是他的脸。他面色惨白——我从来没见过这么白的人。我想可能是鬼魂吧，可是他的眼睛遇上了我的眼睛，那是活人的眼睛。他一发现我在盯着他看，就往后一跳，消失在黑暗中了。

“这个人有一种让人震惊的地方，福尔摩斯先生，不仅仅是那张在黑暗中像奶酪似的闪闪发光的鬼魂似的脸，比这更微妙。有一种见不得人、鬼鬼祟祟、有罪恶感的东西。他不像我认识的那个坦率果敢的小伙子了。这在我心中留下了一种恐惧。

“可是一个人当了一两年兵，整天跟布尔人打交道，他就会富有胆量，行动迅速。戈弗雷刚刚消失，我就已经来到了窗前。窗户开关不太好用，我花了点儿时间才把它打开。我跳出去，沿着花园小路，朝我认为他逃走的方向追了过去。

“这条路很长，光线也不太好，可我感觉到什么东西在我前面移动。我继续往前跑，一边还叫着他的名字，可是没有用。我跑到小路尽头，这里有几条

“他一发现我在盯着他看，就往后一跳，消失在黑暗中了。”

岔道通向不同的小屋。我正站在那儿犹豫时，清楚地听到了关门的声音。不是我后面的房子，而是前面黑暗中的什么地方。福尔摩斯先生，这已经足以让我相信我所看到的并不是幻象。戈弗雷从我身边逃走了，关上了门。这一点我敢肯定。

“我无计可施，一晚上我都过得很不安宁，一直在脑子里考虑这个问题，想找出一种理论来解释这些事实。第二天，我觉得上校态度缓和多了，他妻子也说附近有一些名胜古迹，我就趁机问，我再停留一晚是否方便。老头子有点儿勉强地默认了，我就有一整天的时间可以好好观察观察了。我完全相信戈弗雷就藏在附近什么地方，至于他藏在哪儿，为什么藏起来还有待解释。

“这栋房子很大，曲曲折折，在里面藏一个兵团都不会有人知道。就算这里藏着什么秘密，我也很难找出真相。我只能到花园看看能不能找出什么东西。这没什么困难，因为那些老人们都在忙自己的事情，我可以一个人去调查。

“花园里有几个小屋，可是尽头有一座稍具规模的独立的建筑——足够园丁或护林人住的了。这会不会就是传来关门声的地方呢？我装作漫不经心地走过去，假装我正在花园里毫无目的地散步。正在这时，一个矮小利落、留着胡子、穿着黑色大衣、戴礼帽的人——根本不是园丁——从门里走了出来。让我感到吃惊的是，他锁上门，把钥匙放进口袋里。这时，他看见了我，显得非常吃惊。

“‘你是这儿的客人吗？’他问。

“我说我是戈弗雷的一个朋友。

“‘遗憾的是他出去旅游去了，不然他一定很高兴见到我。’我接着说。

“‘肯定是这样，一点儿不错。’他有些内疚地说，‘你再找个合适的时间来吧。’他走了过去，可是我转过身时，他正躲在花园尽头的月桂树后注意着我。

“从旁边经过时，我仔细看了看这个小房子，可是窗户上都挂着厚厚的窗帘，看上去似乎是空的。如果我太冒险，可能破坏整个计划，甚至可能从这里被轰出去，因为我意识到我仍然被人监视着。因此，我又走回房子里，等晚上再去探个究竟。天黑了，一切都寂静下来时，我悄悄从窗户溜出去，蹑手蹑脚地往那个神秘的住所走去。

“我已经说过窗户上都挂着厚厚的窗帘，可是我发现这时百叶窗也拉上了。可是，其中一扇窗户里仍然透出一丝光线，我就把注意力集中到它上面了。很幸运，窗帘没有关严，百叶窗里有一个缝隙，可以看见里面的情景。这是一个相当舒适的地方，灯光明亮，炉火熊熊。对面坐着一个小个子，就是我早晨见过的那个人。他抽着烟斗，看着报纸。”

“什么报纸？”我问。

主顾似乎不太高兴我打断他的话。

“这很重要吗？”他问。

“非常重要。”

“我真没有注意。”

“你有可能注意到了那是大张报纸还是像周报一样的小张报纸。”

“听你这么一说，好像不大，可能是《观察家》。不过我没有注意到这些细节，因为还有一个人背对窗户坐着，我敢发誓他就是戈弗雷。我看不到他的脸，可是我很熟悉他肩膀的轮廓。他用肘支着头，似乎非常忧郁，他前倾着身子靠近壁炉。我正犹豫着不知该如何是好时，肩膀上猛地被人拍了一下，埃姆斯沃思上校站在我旁边。

“‘这边来，先生！’他低声说。他默默地走进房子，我跟着他走向自己的卧室。他从大厅里抓起一张时间表来。

“‘8点半有一趟火车去伦敦，’他说，‘马车8点钟在门口等你。’

“他气得脸发白，我也觉得自己的处境太尴尬，只能结结巴巴地说了几句抱歉的话，想找借口说这都是因为替我的朋友担心。

“‘这件事不用再谈了，’他斩钉截铁地说，‘你非常无耻地侵犯了我们家的隐私。你到这儿来是个客人，可你却成了个密探。我没有什么可说的了，先生，我再也不想见到你了。

“听到这话，我也发了火，福尔摩斯先生，我就激动地说了起来。

“‘我见过你儿子了，我相信你出于自己的某种目的把他跟世界隔绝。我不知道你的动机是什么。可是我相信他已经不是个自由人了。我警告你，埃姆斯沃思上校，除非我能确定我朋友的安全和健康，否则我一定要把这件事情查个水落石出，你的所作所为绝对吓不倒我。’

“老家伙变得像恶魔一样，我真以为他要动手了，我说过他是一个瘦削、凶狠、高大的老头子，虽然我觉得自己并不弱小，可是要对付他也并不容易。不过，他狠狠地盯了我很长时间后，转身走出了房间。至于我，我按时坐上了今天早晨的火车，目的就是按我信上所写的，直接到这儿来听取你的意见，求得你的帮助。”

这就是客人摆在我面前的问题。聪明的读者可能已经发现，这个问题并不难解决，因为只需要非常有限的几种选择就可以解释这件事的根源。不过，我之所以把它记录在案，是因为这件案子有非常新奇和有趣的地方。这时我就运用我所熟悉的逻辑分析，缩小可能的答案范围。

“用人们，”我问，“总共有多少？”

“我确信只有老管家和他妻子。他们的生活非常简单。”

“那栋独立的房子里就没有用人了？”

“没有，除了那个留着胡子的人。不过他的地位似乎高得多。”

“这很有启发性。你有没有注意到饭菜是从这个房子送到那个房子去的？”

“听你这么说，我的确看到过拉尔夫拎着篮子在花园小路上朝那栋房子的方向走。当时我没有想到是送饭。”

“你跟当地人谈过吗？”

“谈过。我跟车站站长、村子里的旅馆主人都谈过。我只问他们认不认识我的老朋友。两人都说他环游世界去了。他回过家，然后几乎立刻就出发了。

这种说法显然已经被普遍接受了。”

“你没说你有怀疑吧？”

“没有。”

“这很明智。这件事应该调查。我和你一起回塔克斯伯里旧园林去。”

“今天就去吗？”

当时我正好要了结一件案子，就是我朋友华生叙述过的修道院学校案，这与格雷敏斯特公爵有很大关系。我还受土耳其、苏丹的委托，需要立即行动，如果延误就会发生重大政治事件。因此按照我的记载，直到下星期开始，我才由詹姆斯·多德先生陪同踏上前往贝德福德郡的行程。我们坐车前往尤斯顿时，我们接待了一位沉默寡言、脸色青灰的绅士，我事先已经跟他约好了。

“这是一位老朋友。”我对多德说，“请他到场也许一点儿用都没有，也可能非常有用。目前还用不着深谈这件事。”

读者们无疑已经适应了华生的叙述，以为我在考虑一件案子时，不说废话，也不暴露自己的想法。多德似乎有点儿吃惊，可是没说什么，3个人一起继续往前走。在火车上，我又问了多德一个问题，目的是让那个同伴听一听。

“你说过，你从窗户里清楚地看见了你朋友的脸，所以能确定是他，对吗？”

“我一点儿都不怀疑。他的鼻子紧贴在玻璃上，灯光完全照在他脸上。”

“不可能是别的跟他相似的人吗？”

“不是，不是，就是他。”

“可是你说他有些改变？”

“只是肤色变了。他的脸，我该怎么说呢？是一种鱼肚白，被漂白了。”

“脸上全都一样白吗？”

“我想不是。他的脸紧贴在玻璃上，我看得最清的是他的眉毛。”

“你叫他了吗？”

“当时我既吃惊又害怕。接着我去追他，我告诉过你了，可是没追上。”

我的案子其实已经结束，再需要一件小事就可以完成了。马车又走了很长时间，我们终于来到了主顾所描述的那栋奇怪的曲曲折折的老房子。老管家拉尔夫开的门。马车已被我用一天的价钱租下，就让我们那位年长的朋友待在车里，需要的时候再叫他。老拉尔夫身材矮小，脸上满是皱纹，穿着传统的黑上衣和灰裤子，只有一点很特别，他戴着棕色的皮手套。看见我们，他就摘下手套，放在门厅的桌子上了。就像我的朋友华生说的，我有非常灵敏的感觉，我隐隐闻到了一种刺鼻的气味。似乎是从桌子中间散发出来的。我转过身，把帽子放在桌子上，又把帽子弄到地上，然后弯腰去捡，趁机让鼻子凑近离手套不到一英尺的地方。没错，那种类似柏油的奇怪味道就是从手套上发出来的。这案子就算破了，我走进书房。唉，一讲起自己的故事，我就这么不高明！华生正是靠隐瞒这些环节，才能写得那么引人入胜。

埃姆斯沃思上校不在房间里，不过一收到拉尔夫的消息，他马上就赶来了。我们听到他沉重、急促的脚步声从走道里传出来。他猛地推开门冲进来，胡须直立，五官扭曲，是我见过的最凶狠的老头子了。他手里拿着我们的名片，撕成碎片，踩在脚下。

“我不是警告过你吗，你这个多管闲事的混蛋，再也别想到这儿来！我再也不想看见你那张可恶的脸！你要是再不经我允许就来，我就有权动手。我会杀了你，先生！天哪，我会的！至于你，先生，”他转脸看着我，“我也同样警告你。我很了解你可耻的职业，你可以去别处显示你的本事，我这儿用不着。”

“我不能离开这儿，”我的主顾坚定地说，“除非戈弗雷亲口告诉我他的自由没有受到限制。”

不情愿的主人拉响了铃。

“拉尔夫，”他说，“给县警察局打电话，让中队长派两个警察过来。告诉他，房子里进了贼。”

“等一等。”我说，“你必须明白，先生，在埃姆斯沃思上校家里，上校

他猛地推开门冲进来，胡须直立，五官扭曲，是我见过的最凶狠的老头子了。

是有权利的，我们无权进入他的住宅。另外一方面，他也应该承认，你的行为完全出于对他儿子的关心。我希望，如果能让我和埃姆斯沃思上校谈5分钟，我就能改变他对这件事的看法。”

“我不会轻易改变的。”老士兵说，“拉尔夫，照我说的做。你到底还在等什么？打电话叫警察！”

“不行，”我靠在门上说，“警察的干涉恰恰会带来你最可怕的灾难。”我拿出笔记本，在一张活页纸上写了几个字。我递给埃姆斯沃思上校。“是这件事让我们来的。”

他盯着我写的字，除了惊讶，别的表情全都消失了。

“你怎么知道的？”他沉重地跌坐在椅子上说。

“我的职业就是把事情弄清楚，这是我的业务。”

他坐在那儿思量着，瘦削的手捋着乱蓬蓬的胡须。接着他做了一个无可奈何的手势。

“好吧，你想见就见吧。我不愿意这么做，是你强迫我的。拉尔夫，告诉戈弗雷和肯特先生，我们5分钟后到。”

5分钟后，我们沿着花园小路来到尽头那栋神秘的房子前。一个留着胡子的小个子站在门口，脸上露出非常惊讶的表情。

“这太突然了，埃姆斯沃思上校。”他说，“这会破坏我们所有的计划。”

“我也没有办法，肯特先生，我们是被迫的。戈弗雷先生能见我们吗？”

“可以，他正在里面等着。”他转身领我们来到一间陈设简单的宽敞的房间里。一个人背对着壁炉站着，一看到他，我的主顾伸出双手跑了过去。

“喂，戈弗雷，老伙计，太好了！”

可是对方却挥手让他退后。

“别碰我，吉米，别走近我。对，你就奇怪吧！我看上去不是B中队那个聪明的一等兵埃姆斯沃思了，对吧？”

他的外貌的确非常奇特。看得出，他的确曾经是一个英俊的年轻人，五官端正，皮肤被非洲的太阳晒黑了，可是如今黝黑的皮肤上却夹杂着一片片奇怪的白斑。

“所以我才不见客。”他说，“倒不是我不在乎你，吉米，可是没有你这个朋友，我也能过。我知道你也是出于好意，可是这反而使我处于不利的地位了。”

“我只想确定你安然无恙。你那天晚上往窗户里看时，我见到你了，我不能让这件事算了，一定要弄个清楚。”

“老拉尔夫告诉我你来了，我忍不住想看看你。我希望你看不见我，可是听到开窗子的声音时，我只好跑回自己的小屋里。”

“可是这到底是怎么回事？”

“唉，这个故事并不长。”他点上一支烟说，“你还记得在东方铁路线上比勒陀利亚外布法尔斯普鲁伊特那天早晨的战斗吗？你听说我受伤了吧？”

“没错，我听说了，可是不知道具体情况。”

“我们3个跟别人分开了。你可能还记得，地势很不平。辛普森——我们叫秃头的辛普森——还有那个安德森，再加上我，我们正在追击布尔人。可是他们埋伏起来，把我们3个抓住了。另外两个被打死了。一发猎枪似的子弹打中了我的肩膀。可是我一直紧贴在马背上，马跑了几英里后，我才晕过去，从马背上摔了下来。

“当我苏醒过来时，天已经黑了，我站起来，感觉异常虚弱。让我吃惊的是，附近就有一栋非常大的房子，有游廊和许多窗户。天非常冷。你还记得那种常常晚上袭来的令人手脚麻木的寒冷，那种令人厌恶的、难以忍受的寒冷，和爽快、有益健康的霜冻大为不同。唉，我觉得寒冷刺骨，唯一的希望似乎就是能到那栋房子里去。我摇摇晃晃地站起来，拖着脚步往前走，几乎已经没有知觉了。我模模糊糊地记得自己慢慢爬上了楼梯，进了一扇敞开的门，来到一间有几张床铺的房间里，嘴里满意地哼了一声，就扑倒在一张床上了。床没有收拾，我也管不了那么多了。我把被子往颤抖的身体上一拉，很快就睡着了。

“醒来时，已经是第二天早晨了，我不仅没有进入一个健康的世界，反而像走进了一个奇怪的梦魇中。非洲的阳光倾泻进没有窗帘的大窗户里，这间空阔的白色宿舍里的一切都可以看得清清楚楚。我面前站着一个侏儒似的小个子，圆球似的大脑袋，正在用荷兰语含糊不清地飞快地说着什么，两只可怕的手不停地挥舞着，看上去就像两块棕色的大海绵。他身后站着几个人，似乎都觉得眼前的情况非常有趣，可是我看着他们时，却止不住打了个寒战。没有一个是正常的人，每一个不是歪七扭八就是臃肿变形。这些丑八怪的笑声听起来非常吓人。

“他们好像都不会说英语，可是情况又需要解释清楚，因为大脑袋怪物变得非常生气，像野兽一样喊叫着，他用变了形的手拉着我，把我拖下了床，也不管新鲜的血液正从我的伤口处往外流。这个小怪物力大如牛，要不是一位年长的人被嘈杂声吸引过来，真不知道他要把我弄成什么样子。年长者用荷兰语责备了几句，揪着我的人就躲开了。然后他转过身来，非常吃惊地盯着我。

“‘你怎么会到这个地方来了呢？’他非常吃惊地问，‘等等！我知道你累坏了，受伤的肩膀也需要处理。我是一个医生，我马上让人给你包扎。可是，小伙子！你在这儿可比在战场上危险多了。你是在麻风病医院里，还在麻风病人的床上睡了一夜。’

“‘还用得着再说什么吗，吉米？看来，由于战火临近，所有病人前一天都已经转移了。后来，由于英军前进，他们又被这位医务总监送回了医院。这位医务总监对我说，虽然他自以为有免疫力，也绝不敢像我这样在麻风病人的床上睡一夜。他让我住进了一间私人病房，不到一个星期，我就被转到比勒陀利亚的陆军总医院了。

“这就是我的悲剧。我希望能幸免，可是到家之后，脸上这些可怕的征兆告诉我，我没有能幸免。我能怎么做？我只有待在这间孤零零的房子里。我们有两个可以完全信任的仆人。还有一栋房子可以让我住。肯特先生是一位外

埃姆斯沃思上校指着我，说：“是这位先生逼我这么做的。”

科医生，在发誓保密的条件下，准备跟我一起住。这样处理似乎非常简单。而另一种选择则非常可怕——终生和一群陌生人一起被隔离，永远没有释放的希望。可是这样做必须绝对保密，不然就是在这样偏僻的地方也会引起一片哗然，会把我扭送进麻风病院。就连你，吉米——就连你也不能知道。父亲怎么会让步，我真是想不明白。”

埃姆斯沃思上校指着我。

“是这位先生逼我这么做的。”他打开我在上面写着“麻风病”的那张纸片。“我觉得他已经知道很多了，最安全的办法就是把什么都告诉他。”

“是这样。”我说，“谁知道这也许是件好事呢？我知道只有肯特先生一个人看过病人。先生，请问你是不是热带或亚热带疾病方面的专家呢？”

“我有合格医生的正常知识。”他有点儿僵硬地说。

“我毫不怀疑你完全称职，先生，不过我想你也会同意我的看法，在这种情况下，听一听别人的意见也是非常有价值的。你没有这么做，据我看，是害怕受到压力让你把病人隔离起来。”

“是这样。”埃姆斯沃思上校说。

“我预料到这一点了。”我解释说，“我还带来了一个朋友，他的谨慎是完全可以信任的。我以前曾经替他帮过忙，他也准备作为一个朋友而不是专家来提供意见。他就是詹姆斯·桑德斯爵士。”

肯特先生脸上惊喜万分，即使是准备觐见罗伯茨勋爵[①]的陆军中尉也不会比他更兴奋了。

“我会感到荣幸。”他低声说。

“那我就让詹姆斯爵士进来了。他正在外面的马车里等候。埃姆斯沃思上校，我们可以到你的书房里会面，让我来做必要的解释。”

正是这种时候，我非常想念华生。他善于运用得体的提问和惊奇的话把我简单的艺术夸张为奇迹，其实这只是系统化的常识。让我来讲自己的故事时，就没有这样的效果了。可我还是要讲述一下我的思考过程，就像那天在埃姆斯沃思上校书房里对为数不多的几个听众讲的一样，其中包括戈弗雷的母亲。

“这个过程，”我说，“建立在一种假设上：当你排除了所有不可能的情况时，剩下的不管多么离奇，就一定是事实真相。也可能剩下的有几种解释，在这种情况下，就需要不停地试验，直到剩下一个具有说服力的解释。我们现在就把这个原则应用到这件案子上。我第一次听到案件时，这位先生在他父亲庄园的小屋里被隔离或被禁锢了，这有3种可能的解释。他可能是为了躲避罪责，可能是他精神失常而不愿进疯人院，也可能是因为生病而被隔离。我想不出别的解释了。那么就需要把这几种情况加以筛选和对比。

“犯罪之说是不成立的。本地区并没有尚未破获的案件的报道。我很清楚

① 罗伯茨勋爵（1832—1914）：英国陆军元帅，第二次阿富汗战争和南非战争的指挥官，1901年受封伯爵。——译注

这一点。如果有还没破获的案件，从家族的利益考虑，就会把他弄走或是送到国外。而把他藏在家里，这种行为无法解释。

“精神病的可能性更大一些。小屋里还有第二个人可能是看守人。等出门时把门锁上更证实了这种假设，说明这是强制性的。另一方面，这种强制又不是非常严格，否则这位年轻人不可能跑出去看他的老朋友。你可能还记得我在搜寻证据，多德先生，比如问你肯特先生看的是什么报纸。如果是《柳叶刀》或者《英国医学杂志》，就会对我有所帮助。不过，只要有医生陪同并上报当局，把精神病人留在家里并不违法。那这样拼命保密又是为什么呢？因此这种假设也不能成立。

“那就剩下第三种可能性，虽然少见而且不大可能，却完全符合实际情况。麻风病在南非并不少见。由于特殊的机会，这位年轻人可能患上了这种病。家人就处于非常为难的境地，因为他们不想让他被隔离。这就需要保密，不传出流言蜚语，不让当局干涉。只要报酬合理，很容易找到一位忠实的医生来照顾病人。没有理由不允许病人天黑后出来活动。皮肤变白是这种病的常见病症。这种假设证据充足——非常充足，于是我就把这当成已经证实的情况来行动。一来到这儿，我就发现送饭的拉尔夫戴着浸过消毒水的手套，我最后的怀疑也消除了。先生，我只写了几个字，就让你明白你的秘密已经被发现了。我写出来，而不是说出来，是为了证明你可以信任我的谨慎。”

我说完这个小小的分析时，门开了，那位严肃的伟大的皮肤病学家被领了进来。可是这一次，他那斯芬克斯似的面庞松弛了，眼睛里有一丝温暖的人情味。他走到埃姆斯沃思上校面前，握了握他的手。

“我总给人带来坏消息，很少有好的。”他说，“但今天不坏，不是麻风病。”

“什么？”

“典型的类麻风病，或叫鱼鳞癣，是一种皮肤鳞状感染，影响仪表，而且非常顽固，但还是可以治愈的，而且绝对不传染。没错，福尔摩斯先生，的确非常巧合。可这完全是巧合吗？难道没有我们不了解的微妙力量在起作用吗？会不会是这位年轻人在接触病人以后产生的严重的恐惧心理产生了生理作用，而模拟了他所恐惧的东西呢？不管怎么说，我以职业荣誉担保——可是夫人晕过去了！我想最好让肯特先生陪着她，直到她从兴奋过度的休克中苏醒过来吧。”

狮鬃毛

一件与我在漫长的职业生涯中所遇到的案件同样难解而不寻常的案件竟然会在我退休之后来到我面前，真是非比寻常，而且事实上是找上门来的。这件事发生在我退休回到苏塞克斯郡的小别墅以后。我已经安安心心地过起恬静的田园生活了，这正是我多年生活在阴沉沉的伦敦时所渴望的生活。在这个阶段，华生几乎从我的生活中消失了。他最多偶尔来过一个周末。因此我只好亲自记录案情了。啊！如果他在场，他会怎样描绘紧张刺激的开端，以及我克服种种困难取得了最终的胜利啊！可是现在，我只能用自己平铺直叙的方式来讲述我的故事，把我在探索狮鬃毛之谜的艰难道路上的每一步，都用自己的话展现出来。

我的别墅坐落在丘陵的南麓，面对着辽阔的海峡。在这个地方，海岸线全是白垩岩峭壁，只能沿着一条漫长崎岖、陡峭打滑的小路才能下到海边去。小路尽头是长约100码的布满鹅卵石和砾石的沙滩，即使涨潮也没不了它。但是到处都有弯曲凹陷的地方，形成了天然的游泳池，每一次涨潮时都重新注满了水。这片美丽的海滩向两侧各延伸几英里，只有一个小海湾破坏了这条直线，这就是福尔沃思村。

我的别墅孤零零的，只有我、老管家和蜜蜂住在这栋房子里。可是半英里以外，就是那所著名的哈罗德·斯塔克赫斯特训练学校。带三角墙的山庄非常大，里面有几十个年轻学生，正在为不同的职业进行训练，还有几名教师。斯塔克赫斯特当年是剑桥大学非常有名的划船运动员，也是优秀的全能学生。自从我来到海滨以来，和他的关系就一直不错，我们两人可以在晚上互访而不必事先邀请。

1907年7月底时，刮了一次大风，风从海峡刮起，把海水冲积到峭壁底部，退潮之后形成了一个咸水湖。早晨风停息了，大自然的一切被冲刷得干干净净。在这样愉快的日子里工作是不可能的，于是我在早饭前出来散散步，享受着清新的空气。我沿着从峭壁通往海滩的小路走着。走着走着，我听到身后传来喊声，原来是哈罗德·斯塔克赫斯特在挥手欢呼。

“多好的早晨啊，福尔摩斯先生！我就知道会看见你出来。”

“你是要去游泳吧？”

“又来你那套老把戏了。”他笑着拍了拍鼓鼓的口袋，“没错，麦克弗森早就出来了，我想能在那儿找到他。”

菲茨罗伊·麦克弗森是教科学的教师，是一个体格健康的年轻人，但是风湿热导致的心脏病却削弱了他的生命力。可是他却是一个天生的运动员，在每一项不用花费太多精力的运动上都能出类拔萃。不论冬夏，他都要去游泳，因为我自己也酷爱游泳，所以经常能够遇上他。

这时，我们看见了那个人。他的头从小路尽头的峭壁边上露了出来。接着他的整个身体出现在上面，像喝醉了似的摇摇晃晃的。突然他两手往上一举，痛苦地尖叫一声，扑倒在地上。

我和斯塔克赫斯特赶紧跑上前去——大概有50码远——把他翻过身来。他显然已经不行了，失神下陷的眼睛和可怕的铁青色脸颊只能是死亡的先兆。一丝生命之光突然又回到他脸上，他急切地警告似的说出了两三个字。话音模糊不清，但是我听见从他嘴里蹦出来的最后几个字是“狮鬃毛”。这几个字根本毫不相干，可是实在不可能是别的什么字了。这时，他从地上半抬起身子，手伸到半空中，然后侧身躺下。他死了！

我的同伴被这突如其来的恐怖景象吓得不知所措，而我，正像大家想象的那样，每一根神经都警觉了起来。我只能这样，因为事态很快表明，这是一桩

麦克弗森突然两手往上一举，痛苦地尖叫一声，扑倒在地上。我和斯塔克赫斯特赶紧跑上前去。

非常离奇的案件。那个人只穿着柏帛丽[1]风衣和裤子，脚上是没系鞋带的帆布鞋。他跌下来时，匆匆裹在肩上的柏帛丽风衣滑落下来，露出了他的躯干。我们大吃一惊。他的背上全是暗红色的条纹，就像被人用一根极细的鞭子猛抽过似的。打他的鞭子一定非常有弹性，因为绕着他的肩部和肋骨全都是长长的突起的鞭痕。血从他下巴上滴落下来，因为他在极度的痛苦中咬破了下唇。他那张痉挛扭曲的脸说明了这种痛苦是多么的难以忍受。

我跪在死者身旁，斯塔克赫斯特站在旁边，这时一个影子笼罩过来，原来是伊恩·默多克来到了我们身旁。默多克是学校里的数学教师，高高瘦瘦，黑黑的皮肤，他沉默寡言，性情孤僻，很难说有什么朋友。他似乎生活在圆锥曲线的高深而抽象的世界里，和平凡的生活没有丝毫联系。学生们都把他看成怪物，他本来有可能成为学生们嘲笑的对象，可是他身上又有一种古怪的气质，这不仅表现在他那乌黑的眼睛和黝黑的皮肤上，还表现在他偶尔发作的脾气上，这种脾气只能用狂暴来形容。有一次，麦克弗森的一只小狗把他惹烦了，他抓起可怜的小东西就把它从窗口扔了出去。要不是因为他是一个优秀的教师，斯塔克赫斯特肯定早把他开除了。就是这个奇怪、复杂的人来到了我们身旁。他似乎真的被眼前的情景吓呆了，可是小狗事件却说明他对死者是缺乏同情的。

"可怜的家伙！可怜的家伙！我能做什么？我怎么帮忙？"

"你刚才跟他在一起吗？你能告诉我们发生了什么事吗？"

"不，我没有在场。我今天早晨晚了，我根本没到海滩上来。我是直接从三角墙山庄来的。"

"你马上到福尔沃思的警察局，立刻报告这件事。"

他一句话也没说，立刻飞快地上了路，我接手处理这件案子，被这场悲剧吓呆了的斯塔克赫斯特还待在死者身边。我的第一件任务自然是查清谁在海滩

---

① 柏帛丽：英国知名服装品牌，专门生产用防雨布或大衣呢做的雨衣或风衣。——译注

上。从小路顶端可以看见下面整个海滩，海滩上几乎没什么人，只能看见远处两三个黑黑的人影在朝福尔沃思村的方向移动着。确定这一点之后，我慢慢沿着这条小路走着。白垩的土质中混杂着黏土或者软泥灰，小路上有同一个人上上下下的脚印。那天早晨没有别人从这条路去海滩。在一个地方，我看到了一个手掌印，手指朝着斜坡。这只能说明可怜的麦克弗森是在上坡时摔下来的。还有一些圆形的小坑，说明他曾不止一次跪下来过。小路的下面是退潮时形成的大咸水湖。麦克弗森曾在湖边脱过衣服，因为他的毛巾还放在一块石头上。毛巾叠放着，而且很干燥，说明他根本没下过水。我在硬硬的砾石中搜寻时，在小块沙地上，我有一两次还看到了他的帆布鞋印和赤足的脚印。后者证明他准备下水，可是毛巾却说明他实际上尚未下水。

问题已经很清楚了——是我生平所遇见的最奇怪的问题。这个人来到海滩上最多只有一刻钟。斯塔克赫斯特是从三角墙山庄跟着他来的，所以这一点可以确定。他准备下水，脱掉了衣服，赤足的脚印可以证明。突然他又匆匆忙忙地穿上了衣服，衣服凌乱，而且没有扣好，他没有下水就回来了，或者至少没有擦干身体。他之所以改变主意是因为他受到了惨无人道的鞭打，饱受折磨直到由于痛苦而咬破了自己的嘴唇，他只剩下最后一点儿力气爬着离开那个地方，然后就死了。这么残酷的事情是谁干的？峭壁底部是有一些小洞穴，可是初升的太阳斜射进洞内，根本没有可以藏匿的地方。远处的海滩上也有几个人影。他们距离太远，不可能跟这桩罪行有什么关系，中间还隔着麦克弗森准备游泳的宽阔的咸水湖，湖水一直拍打到峭壁上。海面上还有两三艘渔船，距离并不太远。有时间可以查一查船上的人。目前有几条调查线索，可是没有一条可以达到明确的结果。

我最后回到死者旁边时，发现已经有几个人在围观了。斯塔克赫斯特当然还在那儿，伊恩·默多克刚刚和村子里的警察安德森一起回来。安德森身材高大，留着姜黄色的胡髭，是迟钝、结实的苏塞克斯类型的人——这种人往往外表笨重、沉默，其实却非常明智。他耐心地听着，把我们所说的一切都记录下来，最后他把我拉到一边。

“我需要你的指导，福尔摩斯先生。这对我来说是个大案子，如果出了差错，就得听刘易斯说话了。”

我建议他让人去找他的顶头上司，再找一个医生，还命令在他们到来之前，不许移动现场的任何东西，尽量少走动。同时，我搜查了死者的口袋。里面有他的手帕、一把大刀子，还有一个小折叠名片夹。名片夹里露出一张纸片，我把它打开递给这位警察。上面是一个女性的潦草的笔迹：

我一定会来，你可以放心。

莫德

看来是情人的约会，不过时间、地点不详。警察把纸片放进名片夹，连同其他东西一起放回柏帛丽风衣的口袋里。由于没有别的情况，建议先彻底搜查峭壁底部之后，我就回去吃早饭了。

一两个小时后，斯塔克赫斯特来告诉我警察已经把尸体送回学校，并在那里进行验尸。他还带来了一些重要而确定的消息。正像我预料的一样，峭壁底下什么也没发现，可是他搜查了麦克弗森的书桌，里面有几封和福尔沃思一个叫莫德·贝拉米的小姐的关系密切的信。这样我们就确认了写那张便条的人的身份。

“信已经交给警察了。”他解释说，“我没法把信带来。不过可以肯定这是一场非常认真的恋爱。但我看不出这件事跟那场可怕的事故有什么联系，除了这个姑娘跟他有了一个约会。”

“但总不会是在一个大家常去的游泳场吧。”我说。

“这只是出于偶然。”他说，“那几个学生没跟麦克弗森一起去。”

“真的是出于偶然吗？”

斯塔克赫斯特皱起眉头思考着。

“是伊恩·默多克把他们留下了，”他说，“他非要在早饭前讲解代数。可怜的家伙，他对今天的事非常难过。”

“我还以为他们并不是朋友呢。”

“有一段时间不是。可是这一年多，默多克跟麦克弗森可以说非常接近，他从来没和别人这么亲近过。他的性格不大随和。”

“我明白了。我好像还记得你对我讲过，有一次因为虐待狗的事，两人大吵了一架。”

“那件事早过去了。”

“不过也可能会留下一些怨恨。”

“没有，没有。我相信他们是真正的朋友。”

“那好吧，我们得调查一下那个姑娘的情况。你认识她吗？”

“谁都认识她。她是当地的美人——真正的美人，到哪儿都会吸引人们的注意。我知道麦克弗森喜欢她，可是没想到会发展到信上所说的这种地步。”

“她到底是什么人？”

“她是老汤姆·贝拉米的女儿，福尔沃思所有的渔船和游泳场更衣室都是他的财产。他一开始只是个渔民，现在已经是一个颇有财产的人了。他和儿子威廉一起经营生意。”

“我们要不要去福尔沃思见见他们？”

“有什么借口吗？”

“哦，很容易找到一个借口。不管怎么说，这个可怜人总不至于这么残暴地虐待自己吧。如果他真是被鞭子打伤的话，总会有人手里拿着鞭子。在这个偏僻的地方，他所交往的人是非常有限的。我们各个方向调查一下，总会发现动机，这个动机就能让我们找到罪犯。”

如果不是被亲眼目睹的悲剧堵住心口，在飘荡着麝香草的芳香的丘陵上散步本来应该是非常惬意的。福尔沃思村坐落在海湾周围一个半圆地带里。在老式的小村子后面，依坡修建了几栋现代建筑。斯塔克赫斯特领着我朝其中一栋走去。

“这就是‘避风港’，贝拉米是这么叫的，就是这栋有角楼和石板屋顶的房子。很不错了，一个白手起家的人——嘿，瞧瞧这个！”

“避风港”花园的门打开了，出来一个人。那个高大的、瘦骨嶙峋的、懒懒散散的身影我们是不会弄错的，正是数学家伊恩·默多克。很快我们就在路上和他碰面了。

“你好！”斯塔克赫斯特说。那人点点头，古怪的黑眼睛瞟了我们一眼就想过去，可是校长拉住了他。

“你在这儿干什么？”他问。

默多克气得脸都涨红了。“在学校里我是你的下属，先生。可我不明白我有什么义务向你报告我的私人行动。”

斯塔克赫斯特的神经在经历了一天的事情之后已经绷不住了，否则他会等待的，现在他已经完全失去控制了。

“在这种情况下，你的回答非常放肆，默多克先生。”

“你自己的提问大概也属于同一范畴。”

“我已经不止一次容忍你这样的放肆无礼了，我再也忍受不了了。请你尽快另谋高就。”

“我已经想走了。今天我又失去了唯一使我愿意留在三角墙山庄的人。”

他大踏步地走了，斯塔克赫斯特愤恨地瞪着他。“你见过这么不像话、让人受不了的人吗？”他大喊着。

给我印象最深的一点是，伊恩·默多克先生抓住了第一个能使他逃离现场的机会。我脑子里开始有了模糊的怀疑。也许去贝拉米家访问可以进一步弄清这个问题。斯塔克赫斯特控制住了自己，我们朝那栋房子走去。

贝拉米先生是一个中年人，留着火红的大胡子。他似乎正生着气，脸也像头发一样变得通红起来。

“不，先生，我不想知道什么细节。我儿子”——他指着客厅角落里一个强壮、脸色阴沉的年轻人——“和我都认为麦克弗森先生对莫德的追求是一种侮辱。没错，先生，他从来没提过‘结婚’，可是总是写信，见面，还有许多我们俩都不赞成的做法。她没有母亲，我们是她唯一的监护人。我们决心——”

可是小姐本人进来了，他没有继续说下去。无可否认，她可以为世界上任何一种场合增添光彩。谁会想到这样一朵美丽的鲜花竟然会生长在这样的家庭、这样的环境中呢？女人很少能吸引我，因为我的大脑总是控制着我的心灵，可是看着她完美精致的脸庞，充满着丘陵地带的新鲜血色，我忍不住联想到，每个年轻人在她面前都会成为她的俘虏。就是这样的姑娘打开门，紧张地瞪着大眼睛，站在哈罗德·斯塔克赫斯特面前。

“我知道菲茨罗伊死了。”她说，“请不要顾虑，把详情告诉我吧。”

“是你们另外一位先生告诉我们的。”做父亲的解释说。

“没有理由把我妹妹牵涉到这件事里！”年轻人怒吼着。

妹妹狠狠地瞪了他一眼。“这是我的事，威廉，请你让我用自己的方法来解决吧。从各种情况来看，有人犯了罪。如果我能帮助查出是谁干的，就是我能为死者所尽的微薄的心意。”

她听我的同伴简短地讲述了情况。那镇静而专心的神色让我觉得，她不仅有突出的容貌，也有坚强的性格。在我的记忆里，莫德·贝拉米永远是一个完美而不同寻常的女性。她似乎认识我，因为最后她把脸转向了我。

“把他们送上法庭，福尔摩斯先生。不管他们是谁，你都会得到我的同情和帮助。”我觉得，她一边说话，一边挑战似的看了一眼父亲和哥哥。

“谢谢你！”我说，“在这些事情中，我很重视女人的直觉。你用了‘他们’这个词。你认为不止一个人吗？”

“我很了解麦克弗森先生，他是一个非常勇敢强壮的人。一个人根本不可能这么残暴地对付他。”

“我能单独跟你说句话吗？”

“我告诉你，莫德，别把你自己搅进这件事里。”她父亲生气地大喊着。

她无助地看了我一眼。“我能怎么办？”

“整个世界都快知道这件事了，所以我在这里讨论也不会有什么坏处。”我说，“我本来想单独谈谈，不过既然你父亲不允许，他也只好参加讨论。”然后我就说到在死者口袋里发现的那张纸条。“这张纸条在验尸的时候肯定要公布。你能解释一下吗？”

“这没有什么可保密的。”她回答说，“我们订过婚了，之所以保密，是因为菲茨罗伊的叔叔很老了，据说要死了，如果他不按照叔叔的意愿结婚，就有可能被取消继承权。没有其他原因。”

“你本来可以跟我们说的。”贝拉米先生咆哮着。

“如果你表现出一点儿同情，爸爸，我早就告诉你了。”

“我反对女儿跟社会地位不相当的人打交道。”

“就是因为你对他有偏见，我们才没告诉你。至于那次约会”——她从衣服里掏出一张皱巴巴的纸条——“这是他写给我的回信。”

亲爱的：

星期二太阳落山时海滨上老地方见。我只有那时才能脱身。

F. M.

“星期二就是今天，我本来今天晚上要去见他的。”

我把纸翻过来。“这不是邮寄的。你怎么拿到的呢？”

“我不想回答这个问题。这跟你们正在调查的事情毫无关系。不过只要跟这件事有关的，我很愿意回答。”

她说到做到，可是对我们的调查并没什么帮助。她不认为她的未婚夫有秘密的敌人，不过她承认她有几个热烈的追求者。

“请问伊恩·默多克先生是否也是其中之一？”

她脸红了，看起来有些迷惑。

“这不是邮寄的。你怎么拿到的呢？”
“我不想回答这个问题。”

“有一段时间，我也以为他是。可是当他明白我和菲茨罗伊之间的关系后，一切就全都改变了。”

围绕着那位年轻人的疑团似乎更确定了，必须查一查他的档案，还要秘密检查他的住所。斯塔克赫斯特非常愿意合作，因为他脑子里也有些怀疑。我们从“避风港”回来，觉得这一团乱麻至少有一端的头绪已经在我们手里了。

一个星期过去了。验尸没有什么结果，由于没有进一步的证据，只好暂停。斯塔克赫斯特对他的下属进行了谨慎的调查，还简单地搜查了一下他的房间，也没有结果。我把整个现场亲自搜查了一遍，又在脑子里仔细思考了一下，没有得出新的结论。读者会看到，在我所有的案件记录中，我从来没有像现在这样无能为力过。就连我的想象也无法设想出解决办法。正在这时，发生了狗的事件。

是我的老管家通过那种奇怪的无线电最先听说这件事的，人们就是这样搜集乡村情报的。

“真惨啊，先生，麦克弗森先生的狗。”一天晚上她说。

我平时并不鼓励这样的谈话，可是这些话却吸引了我的注意。

“麦克弗森先生的狗怎么了？”

“死了，先生，为主人太伤心所以死了。”

“谁告诉你的？”

“先生，大家都在谈论这件事。狗变得很激动，一个星期没吃东西。今天，三角墙的两位先生发现它死了——在海滩上，先生，在它的主人死的同一个地方。”

“同一个地方。”这些话在我的记忆里非常突出。我脑子里有一种模糊的感觉，这件事很重要。狗会死是出于善良忠诚的天性。可是“在同一个地方”！这个荒凉的海滩为什么会置它于死地呢？会不会也是复仇的牺牲品呢？会不会是——？这种概念的确非常模糊，可是我头脑里已经有些想法了。几分钟后，我走在前往三角墙的路上，在书房里找到了斯塔克赫斯特。在我的要求下，他派人找来了发现那只狗的两个学生，萨德伯里和布朗特。

“没错，它就躺在水池边上。”其中一个说，“肯定是在追寻死去的主人的踪迹。”

我看见那只忠诚的小东西，那条艾尔谷猎犬①，躺在大厅里的席子上。尸体已经僵硬了，眼睛突出，四肢痉挛，全身都是痛苦的迹象。

我从三角墙走到游泳池边。太阳已经落山了，巨大的峭壁的阴影遮挡在水面上，水面阴暗，像一层铅似的。这里非常荒凉，只有两只海鸟在头顶盘旋鸣叫。在越来越暗的光线中，依稀可以看见小狗围绕着主人放毛巾的岩石在沙滩上留下的足迹。我站在那儿深深地思索了很久，四周的阴影越来越暗了。我的头脑中思绪万千，就像在噩梦中一样。你知道自己在寻找一件非常重要的事，而且明知道在那儿，可偏偏怎么也找不到。那天晚上，我一个人站在那个死亡之地时，心里就是这种感觉。最后，我转身慢慢往家里走。

刚刚来到小路顶端，我突然想起来了，像一道闪电，我一下子想起了我一直在苦苦寻找的东西。读者们应该知道，不然华生就白写了，我的头脑中装了一大堆生僻的知识，杂乱无章，可是需要时却非常有用。我的脑子就像一间储藏室，里面塞满了各式各样的包裹——太多了，所以我也只能模糊地记得里面都有什么东西。我早知道有些东西对这件事有作用。虽然还很含糊，可是至少我知道该怎么弄清楚；虽然离奇，令人难以置信，可是总有可能性。我要做一次彻底的实验。

我的小房子上有一个阁楼，里面塞满了书。我钻进去翻了一个小时。最后，我拿着一本银褐两色的小书出来了。我急切地找着模糊地记得的那一章。没错，这的确是漫无边际、不大可能的猜测，可是除非我弄清楚是否真是这样，不然我无法安心。我睡觉时，已经很晚了，脑子里焦急地等待着明天的实验。

可是这个实验却遇到了烦人的干扰。我刚喝完早茶，准备往海滨走时，苏塞克斯郡警察局的巴德尔中队长就来了——他是一个沉着、稳健而又迟钝的人，若有所思的眼睛此刻正茫然地盯着我。

---

① 一种有黑斑的棕色粗毛大猎犬。——译注

“我知道你富有经验，先生。”他说，“当然这完全是非正式的，只有我们俩知道。不过麦克弗森这件案子让我非常头疼。问题是我到底该不该逮捕呢？”

“你是指伊恩·默多克吗？”

“是的，先生。想到这件案子，不会再有别人。这就是地方偏僻的优点。我们把可疑人物缩小到很小的范围。如果不是他干的，还会是谁呢？”

“你有什么证据指控他？”

他搜集情况的路线与我以前的相同：默多克的性格以及围绕着他的不解之谜，他在小狗事件中表现出来的狂暴的脾气。他过去跟麦克弗森吵过架，而且有理由相信他可能会憎恨麦克弗森追求贝拉米小姐。中队长掌握了我所有的要点，可是没有什么新的，除了默多克已经做好了离开的各种准备。

“有这么多对他不利的证据，如果我这么放他走，我又会处于什么境地呢？”这位粗壮迟钝的警官确实非常苦恼。

“请想一想，”我说，“你的设想中有很多重要的漏洞。案发的当天早晨，他完全可以证明不在现场。他和学生们一直待到最后，麦克弗森出现几分钟后，他才从我们背后出来。其次，请记住，他根本不可能对一个几乎和他一样强壮的人实施这样的暴行。最后，还有行凶时所用的凶器问题。”

“除了软鞭子外，还可能会是什么？”

“你检查过那些伤痕吗？”我问。

“我看过了，医生也看过了。”

“可是我用放大镜仔细检查过了，有很特别的地方。”

“什么特别的，福尔摩斯先生？”

我走到桌前取出一张放大后的照片。“这是我处理这些案件的方法。”我解释说。

“你办事的确非常全面，福尔摩斯先生。”

“否则我也不会成为今天这样一个侦探。现在，我们看一下围着右肩的伤痕。你看出什么特别的了吗？”

“我看不出来。”

“显然这条伤痕的深度不平均。这儿有一个渗血点，那儿也是一个。这条伤痕也是同样。这意味着什么？”

“我不知道。你呢？”

“我可能知道，也可能不知道。很快我就能明确地说出来了。凡是能说明这个渗血点的证据都会大大帮助我们找到凶手。”

“我有一个想法，当然很荒唐。”警察说，“如果把一个烧红的网放在背上，这些比较清楚的血点就代表网线交叉的地方。”

“非常机灵的对比。或者我们可以说是那种有9根皮条的鞭子，上面有许多硬疙瘩的？”

“天哪，福尔摩斯先生，我想你说得非常对。”

“也有可能是完全不同的原因，巴德尔先生。不管怎么说，你的证据根本不够逮捕。此外，还有那最后几个字——‘狮鬃毛’。”

“我在想，是不是伊恩——？”

“是，我也考虑过。第二个字跟默多克是否相似——可是一点儿也不。他几乎是大叫着喊出来的。我相信应该是‘鬃毛’。”

“你有别的设想吗，福尔摩斯先生？”

“可能有，不过我想等有更可靠的依据时再讨论。”

“那是什么时候？”

“一个小时后——或者更短。”

警官揉了揉下巴，怀疑地看着我。

“我真希望知道你脑子里在想什么，福尔摩斯先生，或许是那些渔船吧。”

“不是，不是，那些船太远了。”

“那会不会是贝拉米和他那个粗壮的儿子？他们对麦克弗森先生一向没有好感，会不会是他们害了他？”

“不对，不对，在我准备好之前，你别想让我说出来。”我微笑着说，

我外屋的门突然被撞开，默多克摇摇晃晃地扑进来。“白兰地！白兰地！”他喘着粗气，呻吟着跌倒在沙发上。

“听着，警官，我们都有自己的工作要做。如果你中午能来这儿见我，也许我——？”

这时，我们的谈话遇到了重大干扰，这是本案结束的开始。

我外屋的门突然被撞开，过道里响起跌跌撞撞的脚步声，默多克摇摇晃晃地扑进来，面色苍白，头发松散，衣着凌乱，瘦骨嶙峋的双手抓住家具勉强站立着。“白兰地！白兰地！”他喘着粗气，呻吟着跌倒在沙发上。

他不是单独一人。斯塔克赫斯特跟在他后面进来，没戴帽子，喘着粗气，几乎和他的同伴一样衣着不整。

“对，对，白兰地！”他大喊着，“他已经奄奄一息了，我只能把他带到这儿来。路上他昏倒过两次。”

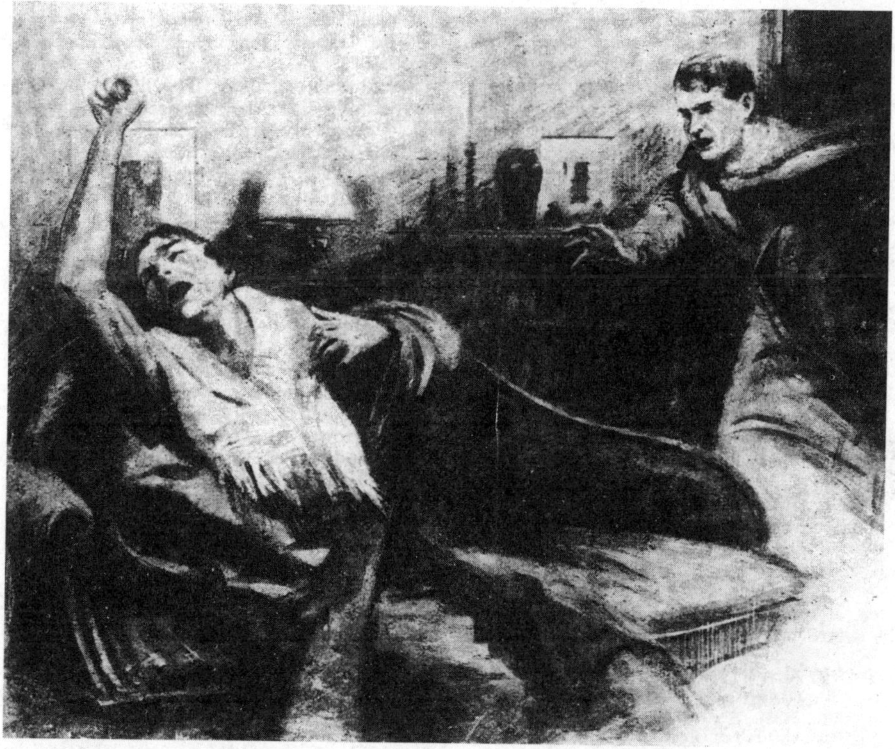

半杯烈酒下肚之后，发生了奇迹般的变化。他一只胳膊撑着抬起身子，把上衣从肩膀上甩了下来。“看在上帝的分上！油，鸦片，吗啡！”他喊着，“只要能止住这难熬的痛苦！”

看到他背上的伤，我和警官都忍不住叫了出来。在他裸露的肩膀上，纵横交错的全是同样奇怪的红肿的网状伤痕，跟菲茨罗伊·麦克弗森身上致死的创伤一样。

这种痛苦显然非常恐怖，而且还不是局部的，因为受伤者的呼吸会暂时停止，他面色转青，两手抓住胸口，使劲喘气，额头上滴着大颗的汗珠。他随时可能死亡。越来越多的白兰地倒进了他的喉咙里，每灌一次就会使他重新苏醒。蘸了菜油的棉花团似乎减轻了那些奇怪的伤口上的疼痛。他的头终于沉重地倒在垫子上，筋疲力尽的本能躲进生命最后的仓库里休息。这半是沉睡半是昏迷，不过至少解除了痛苦。

盘问他是不可能的，他的情况稍一稳定，斯塔克赫斯特喊着："上帝啊！怎么回事，福尔摩斯？怎么回事？"

"你在哪儿发现他的？"

"在海滩上，就在可怜的麦克弗森死的地方。如果这个人的心脏也像麦克弗森的一样虚弱的话，他现在也不可能在这儿。带他来的路上，我不止一次以为他不行了。到三角墙山庄太远，所以我就带他到这儿来了。"

"你在海滩上看见他了吗？"

"我正在峭壁上走，突然听到他的喊叫声。他在水边，像喝醉了似的摇晃着。我赶紧下去，给他披上衣服，就扶他上来了。看在老天的分上，福尔摩斯，运用你所有的能力，一定要解除对这个地方的诅咒，这种情况越来越让人受不了了。你这个举世闻名的人，难道就不能为我们做点儿什么吗？"

"我看有办法，斯塔克赫斯特。现在就跟我来！还有你，警官，也一起来！看看我们能不能把这个凶手交到你手里。"

我让管家照顾昏迷的病人，然后，3个人一起来到致命的咸水湖。石头上有一小堆毛巾和衣服，是受伤的人留下的。我慢慢地沿着水边走，他们俩一前一后跟在后面。湖水大部分很浅，可是在峭壁下面海湾凹进去的地方有四五英尺深。游泳的人自然会到这个地方来，因为这里形成了一个漂亮的游泳场，绿波荡漾，清澈透明。水面上峭壁底部有一排石头。我沿着石头在前面带路，急切地看着水深的地方。我来到湖水最深最安静的地方时，眼睛看见了正要寻找的东西，我禁不住得意地欢呼起来。

"氰水母！"我喊着，"氰水母！快来看狮鬃毛！"

我指着的奇怪东西，那看上去的确像从狮子的鬃毛上扯下来的一团毛。它附着在水面下3英尺深的礁石上，是一个随波飘浮的、颤动着的毛茸茸的怪物，黄色的毛发上有许多银色的条条。它缓慢而沉重地有规律地收缩扩张。

"它造孽太多了，该结果它了！"我大喊着，"帮帮忙，斯塔克赫斯特！快结果了这个凶手！"

礁石上方正好有一块大石头，我们用力去推，石头“哗”地掉进水里，溅起许多水花。当水波散去之后，我们看见它已经被压在下面的石头上了。一片忽闪的黄色黏膜说明我们的目标已经被压在下面了。一股浓浓的黏液从石头下面挤了出来，水也被染了一片，慢慢地升到水面上。

“唉，这东西算是难住我了！”警官喊着，“这是什么，福尔摩斯先生？我生在这儿，长在这儿，可是从来没见过这东西。这不是苏塞克斯本地的。”

“这倒更好。”我说，“可能是西南风把它吹过来的。你们俩到我家里来吧，我给你们讲一讲一个人的可怕经历，他永远也不会忘记他在海上遇见的同样的危险。”

我们回到我的书房，默多克已经恢复得可以坐起来了。他头晕目眩，还不时因疼痛而痉挛起来。他断断续续地说，他不知道到底发生了什么事，只觉得突然的疼痛击中了他，他拼了全力才回到岸上。

“这里有一本书，”我拿起那本小书说，“第一次阐明了似乎永远无法解释的问题。书名是《户外》，是由著名的观察家J. G. 伍德写的。伍德自己有一次碰上这种动物，差点儿死亡，于是他非常详细地描述了它。这种有害动物的全名叫氰水母，其毒性不亚于眼镜蛇，造成的痛苦比眼镜蛇还要大。我大概念一段摘要。

如果游泳者看到一团蓬松圆形的褐色黏膜和纤维，如同一大把狮鬃毛和银色的纸，请注意，这就是可怕的螫刺类动物氰水母。

“这个可怕的东西还能描述得更清楚吗？”

“接下来他讲述了自己有一次在肯特海滩上游泳时与这种动物相遇的经历。他发现，这种动物发射出一种看不见的丝状体，长达50英尺，凡是在此圆周内的人都会有死亡危险。即使在远距离外，伍德也几乎为此丧命。

无数的丝状体使皮肤产生了淡红的条纹，仔细检查则是细小的点或小泡，每一个小点都似有一根烧红的针刺痛着神经。

“据他解释，局部的疼痛只是整个难言的痛苦中最轻微的部分。

剧烈的疼痛刺过胸膛，使我像被子弹打中一样扑倒在地。脉搏停止，然后突然六七次狂跳，心脏似乎要冲出胸腔。

“他几乎死亡，尽管他只是在波动的大海中触及了它，而不是在静止有限的游泳池中。他说中毒之后，他几乎认不出自己，面色苍白，脸上布满皱纹，憔悴变形。他猛喝了一瓶白兰地，才免于一死。就是这本书，警官。你拿着，它充分解释了可怜的麦克弗森的悲剧。”

“而且同时洗刷了我的嫌疑。”伊恩·默多克苦笑着说，“我不怪你，警官，也不怪你，福尔摩斯先生，你们怀疑我是很正常的。我觉得，只因为我在被捕前夜遭到与我那可怜的朋友同样的命运，才洗刷了我的不白之冤。”

“不，默多克先生。我已经明白了，如果我能按计划早一点儿到海滩上去的话，也许你就不会经历这种可怕的灾难了。”

“可是你怎么知道的呢，福尔摩斯先生？”

“我爱读杂书，乱七八糟的事我都记得住。‘狮鬃毛’这个词一直在我脑子里回响。我知道我在什么古怪的地方看见过。你们也看见了，它的确描述了这种动物。我相信见到它时，它正在水面上浮动，只有用这个词他才能警告我们导致他死亡的是这种动物。”

“那至少我是清白的了。”默多克慢慢地站起来说，“我应该说几句话解释一下，因为我知道你们在调查什么。的确，我爱那位小姐，可是从她选择了我的朋友麦克弗森那天起，我唯一的愿望就是能够帮助她得到幸福。我心甘情愿站在一边做他俩的中间人。我常常替他们传递消息，正是因为他们相信我，因为她是我非常亲近的人，我才匆忙前去告诉她我朋友的死讯，免得有人抢在我前面，冷酷而突然地告诉她这条消息。先生，她不会告诉你我们之间的关系，是怕你责备我，让我受委屈。可是我请你允许我回到三角墙山庄去，我只想躺在床上。”

斯塔克赫斯特伸出手来。“我们的神经一直都很紧张。”他说，“过去的事就让它过去吧，默多克，以后我们可以更好地互相了解。”他们友好地拉着手走了出去。警官留了下来，睁着牛一样的大眼睛默默地盯着我。

“喂，你成功了！”最后他才大喊了一声，“我读到过关于你的报道，可我从来不信。你真行！”

我只能摇摇头。接受这样的恭维只能降低自己的标准。

“开始我太迟钝了——迟钝得太不应该。如果尸体是在水里发现的，我肯定不会弄错。是那条毛巾误导了我。可怜的家伙根本没想擦干身体，所以我就以为他根本没下过水。又怎么会想到是水里的怪物在袭击他呢？我就是在这儿误入歧途的。好吧，好吧，警官，过去我常常打趣你们这些警察，这一回氰水母几乎替苏格兰场报仇了。”

退休颜料商

那天上午，夏洛克·福尔摩斯心情忧郁，陷入了沉思。他机警而务实的本性往往会受到这些情绪的影响。

“你见到他了吗？”他问。

“你是说刚刚出去的那个老家伙吗？”

“一点儿不错。”

“见了，我在门口见到他的。”

“你对他有什么看法？”

“一个可怜、没用又潦倒的家伙。”

“对极了，华生，可怜、没用。不过人不都是可怜又没用吗？他的经历不就是整个社会的一个缩影吗？我们追求，我们想得到，可是最后抓在手里的又是什么呢？一个幻影而已，可能还不如幻影——而是痛苦。”

“他是你的主顾吗？”

“嗯，我想我得这么称呼他。他是苏格兰场送来的，就像医生偶尔把治不了的病人送给江湖郎中一样。他们说自己已经无能为力了，无论发生什么情况，病人的情况不会比现在更糟糕了。”

“怎么回事？”

福尔摩斯从桌子上拿起一张油腻的卡片。“乔塞亚·安伯利，他说自己是布里克福尔·安伯利公司的小股东，这个公司是生产艺术材料的，你可以在颜料盒上看见他们的名字。他小有积蓄，61岁退休，在刘易舍姆买了一栋房子，忙碌了一辈子之后想安顿下来。人们都以为他的将来算是有保障了。”

“没错，是这样。”

福尔摩斯瞟了一眼他匆忙记在一张信封背面的笔记。

“1896年退休，华生，1897年初娶了一个比他年轻20岁的女人，而且是一个漂亮女人，如果这张照片没有夸张的话。生活优裕，有妻子，有闲暇，他面前似乎有一条康庄大道。可是不到两年，你也可以看到，他变成了天下最可怜、最潦倒的人了。”

“出什么事了？”

“老生常谈，华生。一个背信弃义的朋友和一个水性杨花的妻子。安伯利生活中似乎有一个嗜好，就是下棋。在刘易舍姆离他不远的地方，住着一位年轻医生，他也酷爱下棋。我记下他的名字叫雷·欧内斯特医生。欧内斯特常常出现在他家里，自然与他和夫人关系密切，因为你必须承认，我们这位不幸的主顾没有什么外在的优点，不管他有什么内在的美德。两人上个周末一起外出——去向不明。而且，不忠的妻子把老头的保险箱当成她自己的私有财产带走了，里面有他一生大部分积蓄。我们能找到这位女士吗？能把钱找回来吗？目前为止这只是一个很普通的问题，可是对乔塞亚·安伯利来说却至关重要。”

“你打算怎么做？”

“嗯，眼前的问题，亲爱的华生，是你打算怎么办？如果你愿意替代我的话。你知道我准备处理两个科普特[①]主教的案子，今天是此案最重要的一天。我实在没有时间去刘易舍姆，可是现场搜集的证据又具有特殊的价值。老家伙非得坚持让我去，可是我说明了我的困难，他同意让我派代表去。”

“没问题。”我回答说，“我承认，我也许帮不上什么忙，不过我愿意尽

① 科普特教：基督教东派教会之一，原为古代埃及国内主要的基督教会，因认为基督的神性、人性已结合为一性，故亦称“基督一性论”派，礼仪时使用科普特语。——译注

最大努力。”

于是，在一个夏日的下午，我就出发前往刘易舍姆了，根本没有想到一个星期之内，我正在参与的案子会成为全英格兰热烈讨论的话题。

那天晚上我回到贝克街报告情况时已经很晚了。福尔摩斯伸展开瘦削的身体，躺在椅子里，嘴里缓缓吐出辛辣的烟圈，睡眼蒙眬，如果不是我在叙述时偶有停顿或者有疑问时，他才半抬起眼睑，两只灰色的眼睛明亮、锐利得像长剑似的，用探索的目光看我一眼，我一定认为他睡着了。

“乔塞亚·安伯利先生的住宅名叫避风港。”我解释说，“我想你也许会感兴趣，福尔摩斯，就像一个沦落到下层社会的吝啬的贵族。你知道那种地方，单调的砖头街道，令人厌倦的郊区公路。就在正中间有一座古色古香的舒适的小岛，那就是他的家，四周围绕着被太阳晒得发黑的高墙，墙上布满苔藓，这种墙——”

“别作诗了，华生。”福尔摩斯严肃地说，“我已经知道那是一道砖头的高墙。”

“一点儿不错。要不是问了一个在街上抽烟的闲人，我还真找不到黑文在哪儿。我有必要提一提他。他高高的个子，黑皮肤，大胡子，像个军人。他对我的询问点了点头，用一种奇特的疑问的眼光扫了我一眼，后来我才回想起来这种眼光。

“我一进大门就看见安伯利先生从车道上走了下来。我今天早晨只扫了他一眼，他给我的印象是非常奇怪的一个人，这时在阳光下见到他，他的外表显得更奇怪了。”

“我当然已经研究过了，可是我很想听一听你的看法。”福尔摩斯说。

“我觉得他的腰是因为太操心才压弯的。他弯着腰，似乎肩负着生活的重压。可是他并不像我一开始想象得那么脆弱，因为虽然他两腿细长，肩膀和胸部的骨架却很大。”

“左脚的鞋皱折，右脚却很平整。”

“我没有注意。”

“对，你不会注意的。我发现他用了假肢。接着说吧。”

“从他的旧草帽下面钻出来的灰白色的头发、他那残酷急切的表情以及布满深深的皱纹的脸，给我留下了很深刻的印象。”

“很好，华生。他说什么了？”

“他开始诉苦。我们一起沿着车道走下来，当然了，我仔细观察了周围。我从来没见过管得这么差的地方。花园里杂草丛生，草木疯长，毫无园艺管理的迹象。我不知道哪个体面的女人能忍受这种情况。房屋也同样破旧不堪，可是这个可怜人似乎自己也知道，正准备努力修整，因为大厅中央放着一桶绿色油漆，他左手里正拿着一把大刷子，正在油漆屋子里的木结构部分。

“他带我来到黑暗的书房，我们进行了一番长谈。当然了，他很失望你没

“别作诗了，华生。”福尔摩斯严肃地说。

有亲自去。‘我也没敢奢望，’他说，‘像我这样卑微的人，尤其在我遭受惨重的经济损失后，能够得到像夏洛克·福尔摩斯这么著名人物的注意。’

“我告诉他这与经济问题无关。‘不，当然了，这对他来讲，是为艺术而艺术，’他说，‘可是即使是在犯罪的艺术性的一面，他也许能在这儿发现一些值得学习的东西。而且人的本性，华生医生——可耻的忘恩负义！我什么时候拒绝过她的任何一个要求了？还有哪个女人比她更受溺爱的？还有那个年轻人——我简直把他当成自己的亲生儿子了，他可以随意出入我家。可是你看他们是怎么对待我的！哦，华生医生，这个世界真可怕啊！’

“这就是他一个多小时诉的苦。好像他没有怀疑过他们会私通。除了一个白天上班、晚上6点下班的女仆之外，他们独自居住。事发当晚，老安伯利为了让妻子开心，特意在海马基特剧场买了两张楼厅后座的票。最后一刻，她抱怨说头疼，不想去。他只好自己去了。这看来是真的，因为他还拿出了给妻子买的那张没用过的票。”

“这值得注意——非常值得注意。”福尔摩斯说，他对此案的兴趣似乎突然增加了。“往下讲，华生。你亲自看过那张票了吗？你没有记住座位号吧？”

“我碰巧记下来了。”我有些骄傲地说，“正好是我以前的学号，31号，所以我记得很牢。”

“好极了，华生！那他的座位就应该是30或者32。”

“是这样。”我有些迷惑不解地回答说，“而且在B区。”

“太让人满意了！别的他还说什么了？”

“他让我看了他的保险库。这可真是一个保险库，像一个银行——铁门，铁窗。他说是为了防盗的。可是，那个女人好像有一把复制的钥匙，他们俩一共拿走了价值7000镑的现金和债券。”

“债券！他们怎么出手呢？”

“他说，他已经给警察局一张清单，希望这些债券无法出售。他大概半夜才从剧院回来，发现家里被掠夺一空，门窗大开，犯人也跑了。没有留下信或者消息，此后他也没有听到一点儿音信。他立刻向警察局报了案。”

福尔摩斯沉思了几分钟。

“你说他在刷油漆。刷什么？”

“嗯，他在刷过道。不过他已经刷完我说的那间房子的门和木架结构了。”

“你不觉得在这种情况下做这种事很奇怪吗？”

“‘人总得做点儿什么才能减轻心里的痛苦。’这是他自己的解释。这很反常，不过他显然就是这种怪人。他当着我的面就撕碎了妻子的一张照片，在一阵暴怒中疯狂地撕着照片。‘我再也不想见到她那副很可恶的嘴脸了。’他尖叫说。”

“还有别的吗，华生？”

“还有，有一件事给我留下了很深的印象。我坐车到布莱克希思站，在那儿坐上了火车，火车正要开动时，我发现有人一个箭步冲进了我旁边的车厢里。无疑就是我在街上打过招呼的那个高个子、黑皮肤的人。在伦敦桥我又见到了他，后来他就消失在人群里不见了。可是我相信他是在跟踪我。”

“肯定是！肯定是！”福尔摩斯说，“你是说一个高个子、黑皮肤、胡子很重、戴着灰色太阳镜的人？”

“福尔摩斯，你简直是一个魔术师。我还没说，不过他的确戴着一副灰色的太阳镜。”

“还别着共济会的领带别针？”

“福尔摩斯！”

“这很简单，亲爱的华生。不过我们还是说点儿实际的吧。我必须承认，我本来觉得这件案子简直荒唐得可笑，根本不值得我注意，但它却很快表现出不同寻常的一面了。虽然你在这次任务中错过了所有重要的细节，不过你注意到的这些东西的确也值得认真的思考。”

“我错过什么了？”

“别难过，亲爱的伙计。你知道我并不是特指你，你比别人做得都好，有些人可能还不如你。可是你显然错过了一些非常重要的东西。邻居们对安伯利和他妻子有什么看法？这当然很重要。人们对欧内斯特医生又有什么看法？会认为他是那种放荡的人吗？华生，凭你天生的便利条件，每位小姐都是你的帮手和同谋。邮政局的姑娘、蔬菜店的老板娘又是怎么说的？我可以想象出你在布卢安克和年轻女士们轻声交谈着温柔的废话，从中得到一些可靠消息的情景。所有这些你都没做。”

“现在还来得及。”

他当着我的面就撕碎了一张妻子的照片，在一阵暴怒中疯狂地撕着照片。

“已经做过了。多亏了苏格兰场的电话和帮助，我足不出户通常就能了解最基本的情况。事实上，我得到的消息证实了那个人的故事。他在当地是一个十分吝啬的人，也是一个粗暴而苛求的丈夫。他的保险库里的确有一大笔钱。那位未婚的年轻的欧内斯特医生跟安伯利一起下棋也是真的，或许还欺骗了他妻子。这一切似乎都再清楚不过了，人们会以为没有什么可说的了。可是！可是！”

“问题在哪儿？”

“或许在我的想象中。嗯，算了吧，华生，我们听听音乐来摆脱这繁重的工作吧。卡琳娜今晚在艾伯特音乐厅演唱，我们还有时间换衣服、吃饭，享受享受。”

早晨我准时起床，可是一些面包屑和空蛋壳告诉我，我的同伴起得更早。我在桌子上看到一张便条：

亲爱的华生：

我有一两件事想跟安伯利先生商量。商量完后，我们就能决定接不接这件案子了。请你在3点钟前准备好，我可能会需要你。

S. H.

一整天我都没见到福尔摩斯，不过在约定的时间，他回来了，面色严肃，心事重重，一言不发。这种时候最好还是别打扰他。

“安伯利来了吗？”

“没有。”

“噢！我正等着他呢。”

他并没有失望，因为很快那个老家伙就来了，严峻的脸上带着焦急而疑惑的表情。

“我收到一封电报，福尔摩斯先生。我不明白这是什么意思。”他把电报递过来，福尔摩斯大声读了出来。

请立即前来。可提供有关你最近损失的消息。

埃尔曼，牧师住宅

"两点过十分由小珀灵顿发出。"福尔摩斯说，"我确信小珀灵顿在埃塞克斯，离弗林顿不远。嗯，当然了，你得立刻出发。这显然是一个值得信赖的人发的，当地的牧师。我的圣职人员名册在哪儿？没错，这就是他。J. C. 埃尔曼，文学硕士，主持莫斯莫尔和小珀灵顿教区。查一查火车时刻表，华生。"

"5点20分有一趟由利物浦大街发出的火车。"

"好极了！你最好跟他一块去，华生，他可能需要帮助或建议。显然这件案子已到紧要关头了。"

可是我们的主顾却一点儿也不着急出发。

"这太荒唐了，福尔摩斯先生。"他说，"这个人怎么可能知道发生了什么事呢？这是在浪费时间，浪费钱。"

"他要不是知道什么事，不会给你拍电报的。立刻回电说你马上就到。"

"我觉得我不应该去。"

福尔摩斯变得严厉起来。

"如果连这样明显的线索你都不愿意追查，安伯利先生，这会给警察和我都造成非常恶劣的印象。我们会觉得你并不想认真调查这个案件。"

我们的主顾似乎非常害怕。

"好吧，如果你这么看，那我当然应该去了。"他说，"表面上看这个牧师可能什么也不知道，不过如果你认为——"

"我的确认为。"福尔摩斯加重语气说，于是我们就出发上路了。临行前，福尔摩斯把我拉到旁边叮嘱了一番，说明他对这件事非常重视。"不管采取什么方法，一定要设法让他去。”福尔摩斯说，“如果他逃走或回来，到最近的电话局给我个消息，说一声‘跑了’就行了。我在这里安排一下，不管我在哪儿都能收到。”

小珀灵顿处于支线上，交通不便。这次旅行给我留下的印象很不愉快：天气炎热，火车缓慢，我的同伴闷闷不乐地沉默着，几乎什么也不说，只是偶尔对我们徒劳无益的旅行发两句牢骚。终于来到小车站，又坐车走了两英里才来到牧师住宅，一个高大、严肃又有些自命不凡的牧师在书房接待了我们。我们的电报就摆在他面前。

“嗯，先生们，”他问道，“我有什么能效劳的？”

“你拍了这封电报，”我解释说，“我们才来的。”

“我拍的电报？我没有拍过电报。”

“我是说你拍给安伯利先生的电报，关于他妻子和他的钱的事。”

“即使是开玩笑，先生，也是一个非常可疑的玩笑。”牧师生气地说，“我从来没有听说过你提到的这位先生，也没给任何人拍过电报。”

我们的主顾和我面面相觑。

“也许弄错了。”我说，“会不会是两个牧师住宅呢？电报在这儿，署名是埃尔曼，发自牧师住宅。”

“这儿只有一个牧师住宅，先生，只有一个牧师，这封电报是可耻的伪造，其来源应该由警方进行调查。同时，我认为没必要再谈下去了。”

我和安伯利先生来到路边，这里似乎是英格兰最原始的村庄了。我们来到电报局，可是已经关门了。幸亏铁路警卫那里有一部电话，我才能和福尔摩斯联系上，对于我们这次旅行的结果，他和我们一样吃惊。

“太奇怪了！”他遥远的声音说，“太不可思议了！亲爱的华生，恐怕今晚没有返回的火车了。没想到会害得你在乡村旅店里过夜。不过，周围都是大自然，华生，大自然和安伯利先生，你可以跟他们做伴了。”挂电话时，我听到他在笑。

“即使是开玩笑，先生，也是一个非常可疑的玩笑。”牧师生气地说道。

很快我就发现这位同伴真是名不虚传的吝啬鬼。他抱怨旅行的花费，坚持要坐三等车厢，现在又因为旅店账单大吵大闹。第二天早晨，我们终于回到伦敦时，很难说我们两人谁的心情更糟糕。

“我们路过贝克街时，你最好去一趟，”我说，“福尔摩斯先生也许会有新的指示。”

“如果跟前一次一样，也不会有什么用。”安伯利恶狠狠地说，不过他还是跟我一起去了。我已经拍电报告诉福尔摩斯我们到达的时间了，可是桌子上放着一封信，说他在刘易舍姆等我们。这很奇怪，可是更奇怪的是，我们发现他并非独自一人坐在我们主顾的客厅里。旁边还坐着一位神情严肃、面无表情的人，他皮肤黝黑，戴着灰边眼镜，领带上还有一个硕大的共济会别针。

“这是我的朋友，贝克先生。”福尔摩斯说，“他本人也对你的事情非常感兴趣，乔塞亚·安伯利先生。虽然我们都在各自进行调查，不过我们都有同一个问题要问你！”

安伯利先生沉重地坐下来，他感觉到危险在逼近，我从他紧张的双眼和抽动的五官上看出来了。

“什么问题，福尔摩斯先生？”

“是这样，尸体你是怎么处理的？”

这个人声嘶力竭地大叫一声跳了起来，两只枯瘦的手在半空里抓着。他张着嘴，霎时间看上去就像一只凶恶的鹰隼。在这一瞬间，我们看见了乔塞亚·安伯利的真面目，一个心灵像肉体一样扭曲的恶魔。他靠在椅子上，手捂住嘴唇，像要抑制咳嗽似的。福尔摩斯像只老虎一样扑上去，掐住他的喉咙，把他的脸按向地面。他气喘吁吁地从嘴里吐出一粒白色的药丸。

“没这么简单，乔塞亚·安伯利。事情要办得体面、利落。怎么样，巴克？”

“我的马车就在门外。”我们那位沉默寡言的同伴说。

“到车站只有几百码远，我们一起去。你留在这儿，华生。我半个小时就回来。”

老颜料商强壮的身躯里有着狮子一般强大的力量，可是在两位经验丰富的擒拿专家手里，他也无可奈何。他不停地扭动着身子，被拖上了等候在门外的马车上。我留下来独自照看这栋不祥的住宅。不过，半个小时不到，福尔摩斯

这个人声嘶力竭地大叫一声跳了起来，两只枯瘦的手在半空里抓着。他张着嘴，霎时间看上去就像一只凶恶的鹰隼。

就回来了，还带着一位年轻精明的警官。

“我让巴克办手续。”他说，“你还没见过巴克，华生。他是我在萨里海滩上最痛恨的对手。当你说一个高个子、黑皮肤的人时，我不难想象出整个情景。他办过几桩漂亮案子，对不对，警官？”

“他的确插手过几次。”警官有所保留地说。

“他的方法无疑不合规矩，像我自己一样。有时不合规矩反而有用，你是知道的。比如，你不得不警告他，无论他说什么都会被作为控诉他的证据，也吓唬不了这个家伙让他招供。”

“也许不行。可我们还是办成了，福尔摩斯先生。不要以为我们对这个案子没有自己的看法，我们拿这个人没办法。当您用我们不能使用的方法插手，抢走我们应得的荣誉时，您应该原谅我们的恼火。”

“我不会抢的，麦金农。我向你保证，今后我再也不出面，至于巴克，除了我吩咐的之外，别的他什么也没做。”

警官似乎大松了一口气。

“您真太慷慨了，福尔摩斯先生。赞扬或批评对您来说无关紧要，可是当报纸开始提问时，对我们来说就至关重要了。”

“的确如此。不过报纸肯定会提问的，所以最好还是先准备好答案。比如说，如果有精明能干的记者问你，到底哪些地方引起了你的怀疑，并让你最终查出准确的事实时，你该怎么回答？”

警官迷惑不解。

“我们还没有准确的事实呢，福尔摩斯先生。您说这个犯人在3位证人面前企图自杀，因此承认谋杀了妻子和她的情人。还有什么事实呢？”

“你安排搜查了吗？”

“3位警察马上就到。”

“那你很快就能得到最清楚的事实了。尸体不会太远，查一查地窖和花园，挖这几个可疑的地方不会花很长时间。这栋房子比自来水管还古老，肯定在什么地方有一个废弃不用的水井，去那儿找找。”

“可是您怎么会知道呢，案子又是怎么做的呢？”

“我先告诉你案子是怎么干的，然后再给你解释，对我这位辛苦、贡献很大的朋友就更应该好好解释一番。不过，首先我得让你们了解一下这个人的心理。他的心理很奇特，非常奇特，所以我认为他的最后归宿很可能是布罗德莫精神病院[①]，而不是绞刑架。他的精神状态非常接近中世纪的意大利人，而不是现代的英国人。他是一个无可救药的吝啬鬼，妻子受不了他的吝啬，随时可能成为任何一个骗子的猎物。这个人碰巧是这个爱下棋的医生。安伯利善于下棋。这是头脑精于谋划的标志，华生。像所有吝啬鬼一样，他也是个好嫉妒的人，他的嫉妒像发疯一样。不管是真是假，他怀疑妻子和别人私通。他决心报复，并用魔鬼般的狡诈做好了计划。到这儿来！”

福尔摩斯满怀信心地带领我们穿过走廊，似乎他就住在这栋房子里，然后在开着门的保险库门前停下来。

“呸！多难闻的油漆味！”警官喊着。

“这是我们的第一个线索，”福尔摩斯说，“你应该感谢华生医生的观察，虽然他没能继续推断下去，但多亏他我才能追踪这条线索。这个人为什么要在这个时候让屋子里充满强烈的味道呢？显然是为了掩盖其他气味——某种让人怀疑的犯罪的气味。然后就是这个有铁门和铁栅栏的房间，一个完全密封的房间。把这件事综合在一起能得出什么结论？我只能决定亲自检查一下这个房间。我已经明白这件案子的严重性了，因为我查过了海马基特剧院的售票图。这是华生医生的又一个重要观察，确信楼厅后座的B30号和B32号当晚都没有人。因此，他也没有去剧院，他不在现场的证据就不存在了。他让我这位精明的朋友看了他给妻子买的票的座号，犯了一个严重的错误。现在的问题是我怎么才能检查他的房子。我派了一个助手到我所能想到的与本案无关的最偏

① 布罗德莫精神病院：英国收治囚犯的精神病医院。——译注

僻的小村庄去，把我的目标召去，确保他在一定时间里根本不可能回来。为了以防万一，我还让华生医生陪他一起去。那位牧师的名字我当然是从圣职人员名册上找到的。我解释得够清楚吗？”

“太精彩了。”警官敬畏地说。

“不必担心有人打扰，我就闯进了这栋房子。如果我愿意，完全可以选择入室盗窃，而且肯定能出人头地。注意我发现了什么。煤气管道沿着壁脚板，很好，顺着墙角往上走，角落里有一个龙头。管道伸进保险库，就像你看到的，最后伸进天花板中心的灰泥花窗里，完全被装饰盖住。这一头大开着。任何时候，只要打开外面的龙头，房间里就会充满煤气。门窗紧闭，加上龙头大开，要不了两分钟，被关在屋子里的任何人都不会再有知觉。我不知道他用了什么卑鄙方法把他们骗进小屋的，不过只要一进去，他们就只能听凭摆布了。”

警官饶有兴趣地检查管道。“有一个警察提到了煤气味。”他说，“不过当时门窗都是开着的，油漆，或者说一部分油漆，已经涂在墙上了。根据他的说法，他头一天已经开始油漆了。下一步呢，福尔摩斯先生？”

“嗯，后来发生了一件我也意料不到的事情。清晨当我从餐具室爬出来时，我感觉有一个人抓住了我的领子，一个声音说：‘你这个流氓，你在这儿干什么？’我挣扎着扭过头，看到了我的朋友兼对手巴克的灰边眼镜。这次奇怪的相遇使我们俩都忍不住笑了起来。他好像是被欧内斯特医生的家人派来进行调查的，他也得出了谋害的结论。他已经监视这里好几天了，还认为华生是来过这儿的一个可疑分子。他没法逮捕华生，可是亲眼见到一个人从餐具室里爬出来，他再也忍无可忍了。当然了，我告诉他目前的情况，我们就一起进行调查了。”

“为什么找他呢？为什么不找我们？”

“因为当时我已经准备进行这个结果如此完满的试验了。我恐怕你们没法这样做。”

“清晨当我从餐具室爬出来时，我感觉有一个人抓住了我的领子，一个声音说：‘你这个流氓，你在这儿干什么？’”

警官微微一笑。

“嗯，恐怕不行。照我的理解，福尔摩斯先生，您答应现在不管这件案子了，而且会把所有的结果都交给我们。”

“当然了，这是我一贯的做法。”

“好，我以警方的名义感谢您。照您说的，现在案情已经非常清楚了，尸体也应该不难找到。”

“我再让你看一些铁的事实，”福尔摩斯说，“我相信自己也从来没有想到过。你可以把自己放在对方的立场，想想你会怎么做，这样就能得出结果，警官。这需要一些想象力，不过很有成效。现在，我们假设你被关在这间小屋里，只有不到两分钟的时间活着，可是你又想报复那个可能正在门外嘲笑你的恶魔。你会怎么做呢？”

“写个条子。”

“一点儿不错。你想让别人知道你是怎么死的。写在纸上没用，会被他看见。如果写在墙上，也许会有人看到。现在，瞧瞧这儿！就在壁脚板的上方有紫铅笔划过的痕迹：‘我们是’。只有这些。”

“您有什么看法？”

“嗯，离地面只有一英尺。可怜的家伙写的时候，躺在地板上奄奄一息，还没写完他就失去了知觉。”

“他是在写：‘我们是被谋杀的。’”

“我也是这么想的。如果你能在死者身上找到一支紫色铅笔——”

“我们会仔细找的，您可以放心。可是那些证券呢？显然根本没有抢劫。他的确有些证券，我们已经证实过了。”

“他肯定是把证券藏到一个安全的地方了。等整个私奔事件成为历史之后，他就可以突然找到这些证券，说那一对私奔的人良心发现，把赃物给他送回来了，或者说他们掉在地上了。”

“看来您的确解决了所有的疑难问题。”警官说，“他当然会来找我们，可是他为什么要去找您，我就想不明白了。”

“纯粹是卖弄！”福尔摩斯回答说，“他觉得自己很聪明，很有自信，他以为谁也不能把他怎么样。他可以对怀疑他的邻居说：‘看看我采取的措施吧。我不仅找了警察，甚至还找了夏洛克·福尔摩斯。’”

警官大笑起来。

“我们只能原谅您的‘甚至’，福尔摩斯先生。”他说，“这是我所知道的最奇妙的一个案子了。”

两天以后，我的朋友扔给我一份《北萨里观察家》双周刊。在一连串以“黑文恐怖案”开头和以“警察杰出的调查”结尾的夸张的大标题下，有满满一栏报道，初次连续报道了事情的经过。结尾的段落非常典型。是这样写的：

> 麦金农警官凭借着其非凡敏锐的观察力，从油漆的气味中辨别出了可能掩饰的其他气味，比如煤气味；并大胆推理出保险库也应该是谋杀室，随后在一口被巧妙地以狗窝掩盖起来的枯井中发现了尸体，这一切将作为职业侦探的聪明才智的典范载入犯罪学史册。

“好，好，麦金农真是好样的。”福尔摩斯宽容地笑着说，“你可以在我们自己的档案中记录下来，华生。总有一天会真相大白的。”

戴面纱的房客

考虑到夏洛克·福尔摩斯频繁的探案活动已经23年，其中17年我被允许和他一起合作，并记录办案经过，显然我手里掌握着大量材料。问题不在于找材料，而在于如何选择。书架上有一长排逐年记录的材料，公文包里装满了文件，对研究犯罪的人，甚至研究维多利亚晚期社会和官方丑闻的人，这是非常完整的资料库。而对后者而言，我可以担保，那些写信来请求保护他们的家庭或者著名祖先的名誉的焦虑的人们，他们没有什么可担心的。我的朋友特有的谨慎和高度的职业感，在我从这些回忆录中做出选择时仍然在起作用，我绝不会滥用别人的信任。可是，我坚决反对最近有人妄图攫取和毁掉这些文件。这些暴行的策划人是谁，我们已经知道。如果再发生类似事件，福尔摩斯先生已授权我宣布，有关那位政客、灯塔以及驯养的鸬鹚的全部秘密都将公之于众。至少有一位读者心里明白是怎么回事。

要求每件案子都能让福尔摩斯尽显他的直觉和观察力以及诸如此类的非凡才华，那是不合情理的。我曾在这些回忆录里不遗余力地描述过，有时他需要付出很大努力才能得到结果，有时结果会自动找上他。可是这些案件里往往涉及最悲惨的人间悲剧，使他根本没有显示个人才能的机会，现在我要讲述的就是这样一件事。在讲述时，我稍稍改变了一下姓名和地址，除此之外，都是真实故事。

一天上午——那是1896年初——我收到福尔摩斯匆匆送来的一张便条，让我立即前去。我到那儿时，发现他坐在烟雾缭绕的屋里，对面的椅子上坐着一位和蔼、丰满的老夫人。

“这是南布里克斯顿的梅里洛夫人。”我的朋友挥着手说，“梅里洛夫人不反对抽烟，华生，你可以尽情享受你的不良嗜好了。梅里洛夫人有一个非常有趣的故事要讲，故事的发展也许需要你在场。”

“如果我能帮忙——”

“你得明白，梅里洛夫人，如果让我去见罗德尔夫人，我需要有一个证人。在我们去之前，你先回去告诉她。”

“上帝保佑你，福尔摩斯先生。”我们的客人说，“她急切地想见你，你可以把整个教区的人都带去！”

“那我们下午早点儿去。在出发前，我们要保证掌握的情况正确。如果我们把这些事实再说一遍，可以帮助华生医生了解情况。你说罗德尔夫人是你的房客已经7年了，可是你只见过她的脸一次。”

“我但愿自己一次也没见过！”梅里洛夫人说。

“据我的理解，她的脸破坏得非常严重。”

“嗯，福尔摩斯先生，那简直不能叫一张脸。给我们送牛奶的人有一次看见她从楼上的窗户往外看，吓得连桶都扔了，牛奶在前面的花园里撒了满地。我看见她时——她碰巧没有提防——她马上把脸盖上，然后说：‘现在，梅里洛夫人，你终于知道我为什么从来不揭开面纱了。’”

“你知道她过去的情况吗？”

“一点儿也不知道。”

“她刚来时有介绍信吗？”

“没有，先生，不过她给的都是现金，而且很多。提前一个季度的租金就放在桌子上，而且不讨价还价。这年头，像我这样可怜的女人不可能放过这样的机会。”

“她选中你的房子，有没有说为什么？”

“我的房子离马路远，而且比大多数房子都安静。另外，我只收一个房客，而且我没有别的家人。我想她也试过别的房子，发现我的最适合她。她想要的就是宁静，而且准备为此出钱。”

“你说她从头至尾没露出过脸来，除了没提防那一次。嗯，这是一个非常奇特的故事，非常奇特，难怪你想调查了。”

“不是我，福尔摩斯先生。只要能收到租金，我就心满意足了。没有比她更安静的房客了，也没有比她麻烦更少的人了。”

“那么又出什么问题了？”

“是她的健康状况，福尔摩斯先生，她好像要死了。而且她像是有可怕的心事。‘杀人了！’她喊着，‘杀人了！’有一次我听到她喊：‘你这个残忍的畜生！你这个魔鬼！’当时是在夜里，喊声整个房子里都听得到，我浑身起了鸡皮疙瘩。于是第二天早晨我就去找她。‘罗德尔夫人，’我说，‘如果你有什么心事，有牧师，还有警察。他们可以帮助你。’‘看在上帝的分上，别叫警察！’她喊着，‘牧师也改变不了过去的事。而且，如果在我死之前，能有人知道真相，我就可以放心了。’‘好吧，’我说，‘如果你不想找正式的警察，还有一个我们经常在报上看到的侦探。’请原谅，福尔摩斯先生。而她呢，特别高兴地同意了。‘就是这个人，’她说，‘我以前怎么就没想到他呢。带他到这儿来，梅里洛夫人，如果他不肯来，告诉他我就是野兽表演团的罗德尔的妻子。告诉他，再给他一个名字，阿巴斯·帕瓦。’这就是她写的‘阿巴斯·帕瓦’。‘如果他就是我知道的那个人，看到这个他一定会来的。’”

“的确如此。”福尔摩斯说，“很好，梅里洛夫人。我想跟华生医生谈一谈。这就是说，要到午饭时间，大概3点钟，你就会在布里克斯顿的家里见到我们了。”

客人刚一像鸭子似的扭出去——没有别的词可以恰当描写梅里洛夫人行走的方式，夏洛克·福尔摩斯就精力旺盛地扑到墙角那一堆摘记簿里去了。几分钟里，只听到哗哗地翻动纸张的声音，随着一声满意的咕哝声，他找到了要找的东西。他兴奋极了，也不站起来，而是像一尊奇怪的佛像似的坐在地板上，盘着两腿，周围全是大本大本的书，膝盖上还放着一本。

“这个案子当时就很让我头疼，华生，这里的旁注可以证明。我承认我解决不了这件案子，可是我又认定验尸官是错误的。你不记得阿巴斯·帕瓦那场悲剧了吗？”

“记不起来了，福尔摩斯。”

福尔摩斯像一尊奇怪的佛像似的坐在地板上，盘着两腿，周围全是大本大本的书，膝盖上还放着一本。

“可是你当时还跟我在一起呢。不过我自己的印象也非常肤浅，因为没有什么明确的结论，当事人都没有找我帮忙。也许你愿意读一读这些报纸？”

“你不能给我讲讲要点吗？”

“这很容易。我一边讲，你可能就回忆起来了。罗德尔当然是一个家喻户晓的名字。他是伍姆韦尔和桑格的竞争对手，桑格是当时最大的马戏班之一。不过当时却有证据表明他已经成了酒鬼，而且在出事时，他和他的马戏班子已经开始走下坡路了。马戏团当晚驻扎在阿巴斯·帕瓦，那是伯克郡的一个小村

庄，悲剧就是在这里发生的。他们正要前往温布尔顿，走的是公路，当时只是露营，没有表演，因为这个地方太小，不值得表演。

“他们带着一只雄壮的北非狮子，名叫撒哈拉之王。罗德尔和妻子都有个习惯，在狮子的笼子里表演。你看，这是一张他们表演时的照片，可以看到罗德尔是一个魁梧、肥猪似的人，而他妻子则是一个非常漂亮的女人。验尸时有人宣誓做证，说当时就有迹象表明狮子已经很危险了，可是像往常一样，熟悉之后就会产生轻视心理，根本没有人注意这些征兆。

“一般来说，罗德尔和妻子都在晚上喂狮子。有时一个人去，有时两个人去，可是他们从来不让别人去，他们认为，只要他们去喂食，狮子就会把他们当恩人，永远不会伤害他们。7年前的那天晚上，两个人一起去了，接着发生了一件非常恐怖的事，其详情从来没能解释清楚。

“将近子夜时分，整个营地几乎都被狮子的吼声和女人的尖叫声吵醒了。马车夫和工人们纷纷拿着手提灯从帐篷里跑出来，借着灯光，看见眼前一片恐怖的景象。罗德尔躺在地上，后脑勺往里塌陷，头皮上有深深的爪子印，离笼子只有10码远，笼门大开。靠近笼门口躺着罗德尔夫人，仰面朝天，那只狮子蹲在她身上吼叫着。狮子拼命地撕扯着她的脸，谁也想不到她还能活下来。在大力士利奥纳多和小丑格里格斯的带领下，几个马戏演员用长杆子把狮子赶走了，狮子顺着长杆子跳回笼子里，笼门立刻被锁上了。它怎么跑出来的一直是个谜。大家猜想，夫妇俩打算进到笼子里，可是门一打开，狮子就扑到他们身上了。证据中没有什么引人注意的，除了那个女人在被抬回他们住的篷车上时，在昏迷中不停地喊着‘胆小鬼！胆小鬼！’6个月之后，她才能做证，可是验尸已如期举行，判决显然是意外致死。”

“还会有别的可能性吗？”我问。

“这样说是有理由的。不过有一两点情况，一直让伯克郡警察局年轻的埃德蒙兹觉得担心。他可是个聪明的小伙子！他后来被派到阿勒哈巴德。我就是这么介入这件事的，他来看望我，边抽烟边谈了这件事。”

“一个瘦瘦的、黄头发的人？”

“一点儿不错。我就知道你很快就会回忆起来了。”

“可是他有什么担心的？”

“嗯，我们俩都很担心。很难想象事情的经过。从狮子的角度来看吧，狮子被放出来了，他都干了什么呢？他往前跳了几步，转向想逃。爪子印是在他背上，可是狮子把他扑倒了。后来，狮子不再往前跳，也没有逃跑，却来到那个女人身边，她就在笼子门口，狮子把她扑倒，咬了她的脸。这时，她的叫喊声似乎暗示她丈夫在某种程度上背弃了她。可怜的家伙又怎么能帮她呢？你看出问题了吧？”

“看得很明显。”

“而且还有另外一件事。现在再重新考虑，我才想起来。还有一些证据，就在狮子吼叫、女人呼喊的时候，一个男人也恐惧地大叫起来。”

“是这个罗德尔，毫无疑问。”

“嗯，如果他已经头骨内陷，他根本不可能再发出声音。至少两个目击者说一个男人的喊声跟一个女人的喊声混杂在一起。”

“我认为整个营地当时都在大喊大叫。至于其他几点，我可以找出答案。”

“我愿意倾听。”

“狮子跑出来时，这两个人在一起，在离笼门口10码远的地方。男的转身想跑，被扑倒了。女人想进笼子里把门关上，这是她唯一安全的地方。她朝笼子跑去，可是刚到门口，狮子从后面冲过来，把她也扑倒了。她恨丈夫转身想跑反而使狮子更加狂暴。如果他们勇敢地和狮子斗争，说不定还可以吓退它。所以她才喊‘胆小鬼’！”

“妙极了，华生！你的钻石只有一个瑕疵。”

“什么瑕疵，福尔摩斯？”

“如果他们都在笼子10步以外，狮子又是怎么跑出来的呢？”

“会不会是哪个敌人把笼子打开的？”

“可是狮子本来一直习惯于跟他们玩耍的，为什么反而会凶狠地攻击他们呢？”

“可能是同一个敌人故意激怒了它。”

福尔摩斯若有所思地沉默了几分钟。

“好吧，华生，可以这样来解释你的理论，罗德尔有许多敌人。埃德蒙兹告诉我，他一喝酒就变得非常可怕。他是一个魁梧的恶棍，碰上谁就一顿乱抽乱骂。我想，客人刚才说罗德尔夫人夜里叫魔鬼，是回想起了死去的亲人。不过，在得到事实之前，我们的推测是没有用的。餐具柜里有一只冷山鹑，华生，还有一瓶蒙特拉谢白葡萄酒[①]。我们在走访她们之前，还是先补充一下精力吧。”

马车停在梅里洛夫人家时，我们发现这位胖老夫人的身体堵在门口，这是一所简单而僻静的房子。显然她的主要用意是不想失去一位宝贵的房客，在带我们上去之前，请求我们不要说，也不要做任何可能导致这种不愉快结果的话或事。我们向她保证之后，跟着她穿过铺着破地毯的直楼梯，被带进那位神秘房客的房间里。

房间里沉闷，发霉，通风不良，这是可以预料的，因为房主人很少出去。这个女人本来是把野兽关在笼子里的，可是奇怪的命运的安排却使她自己成为笼子里的野兽了。她坐在阴暗的屋角里一把破旧的扶手椅上。长年不活动使她的身材变粗了，可是当年她一定非常漂亮，现在也仍然丰满动人。脸上蒙着一层厚厚的黑色面纱，在靠近上唇的地方剪短了，露出轮廓优美的嘴巴和圆润的下巴。我可以想象到，她的确曾是一个风姿绰约的女人。她的声音也抑扬顿挫，悦耳动听。

“我的名字您并不陌生，福尔摩斯先生，”她说，“我想您听到这个名字

① 蒙特拉谢：法国东部一个产酒地区，盛产白葡萄酒。——译注

就会来。”

“是这样，夫人，不过我不知道，你为什么认为我会对你的案子感兴趣。”

“我身体恢复之后，县侦探埃德蒙兹先生前来调查，我就知道了。我对他撒了谎。也许我说实话更明智一点儿。”

“通常说实话都更明智一点儿。不过你为什么对他撒谎呢？”

“因为另外一个人的命运就取决于此。我知道他根本不值得，可是我不愿意亲自毁了他而良心不安。我们过去那么亲密——非常亲密！”

“这个障碍已经排除了吗？”

“是的，先生，我所说的人已经死了。”

“那你为什么现在还不把知道的详情都告诉警察呢？”

“因为还要考虑另外一个人，那个人就是我自己。我忍受不了警察审讯带来的流言蜚语。我活不了多长时间了，可是我希望死时不被人打扰。但我又想找一个头脑清醒的人，把我的可怕经历告诉他，这样等我走了以后，一切就可以真相大白。”

“你是在恭维我，夫人。另外，我还是一个负责任的人。我没法向你保证，等你说完之后，我不把这件事向警方报告。”

“我想不会的，福尔摩斯先生，我太了解您的性格和办案方法了，因为我拜读您的事迹已经好几年了。读书是命运留给我的唯一的乐趣了，世上发生的事情我很少漏过。可是无论如何，我也要冒一冒风险，任您随意利用我的悲剧。说出来我才能放心。”

“我和我朋友乐意听一听。”

那个女人站起来，从抽屉里拿出一张男人的照片。他显然是一个职业的杂技演员，体格健美，两只粗壮的胳膊抱在凸起的胸前，浓密的胡须下流露出一丝微笑——那是一个多次征服异性的自满的笑。

“这就是利奥纳多。”她说。

“就是那个做证的大力士利奥纳多？”

“就是他。这个，这个是我丈夫。”

这是一张丑陋的脸，一只长着人脸的猪，或者说是一只长着人脸的野猪，因为他野性十足。可以想象出这张丑恶的嘴在狂暴的时候格格地嚼着，喷着白沫，那双邪恶的小眼睛里喷射着纯粹的恶毒。无赖、恶魔、野兽，都清楚地写在那张大下巴的脸上了。

“这两张照片可以帮助你们，先生们，了解整个故事。我是一个在木屑地上长大的可怜的马戏团姑娘，还不到10岁就开始表演跳圈了。当我长成大姑娘时，这个男人爱上了我，如果他那种情欲可以叫做爱的话，在一个可怕的时刻，我成了他的妻子。从那一天开始，我就像生活在人间地狱，他就是折磨我的恶魔。马戏团里没有一个人不知道他在虐待我。他背着我去找别的女人。我一抱怨，他就把我绑起来，用马鞭抽我。大家都同情我，都憎恨他，可是他们又能怎么办呢？他们一个个都怕他。因为他任何时候都非常可怕，喝酒之后就更凶狠了。他一次又一次因为打人，因为虐待动物被传讯，可是他有钱，罚款对他来说根本不算什么。好演员都离开我们了，马戏团开始走下坡路。只有我和利奥纳多，还有小丑小吉米·格里格斯才把马戏团维持下来。可怜的家伙，他并没有多少可以逗乐的东西，可是他还是尽量维持局面。

“利奥纳多渐渐走进了我的生活。你们看到他的外表了。我现在知道这个优美的身躯里隐藏着一颗多么卑怯的灵魂了，可是和我的丈夫相比，他简直是加百列天使[①]。他同情我，帮助我，直到最后，这种亲近变成了爱情——深厚、热烈的爱情，是我一直梦想着却从未奢望感觉到的爱情。我丈夫有所怀疑，可是我却觉得他不仅是个恶魔，还是个胆小鬼，他唯一害怕的就是利

① 加百列天使：《圣经》中传达上帝佳音的七大天使之一，也是犹太教信奉的四大天使之一。——译注

奥纳多。他用自己的方式来报复我，比以往更狠地折磨我。有一天夜里我的叫喊声把利奥纳多带到了我们的大篷车门口。那天夜晚我们几乎发生惨案，可是我和情人很快就意识到这是不可避免的。我丈夫不应该活下去，我们计划整死他。

“利奥纳多有一颗非常聪明、善于谋划的头脑。那都是他计划的。我并不想责备他，因为我情愿一步步跟着他。可是我无论如何也想不出这个主意。我们做了一根棒子，是利奥纳多做的，他在铅头上安了5根长钢钉，尖端朝外，正好像伸开的狮子爪。用这根棒子打死我丈夫，并留下证据表明是我们故意放走的狮子干的。

“那天晚上一片漆黑，我像往常一样跟丈夫去喂狮子。我们用锌桶装着生肉。利奥纳多在大篷车的角落里等着，我们到笼子前必须经过那儿。可是他太慢了，我们从旁边走过去了，他还没下手，不过他蹑手蹑脚地跟在我们后面，我听到棒子击碎我丈夫头骨时的声音。听到这声音，我的心欢快地跳起来。我往前冲过去，打开了关着狮子的门闩。

“接着就发生了可怕的事情。你可能听说过这些野兽能迅速地闻到人血的味道而变得异常兴奋。出于一种奇怪的本能，这只野兽立刻知道有人被杀了。我刚一打开栅栏，它就跳出来，眨眼之间就扑到了我身上。利奥纳多本来是可以救我的，只要他冲上前，用那根棒子猛打这只野兽，就有可能吓退它。我听到他恐怖地尖声大叫起来，接着看见他转身逃跑了。这时狮子的牙齿已经咬在我脸上了。它那灼热、臭烘烘的气息已经熏晕了我，我几乎没觉得疼痛。我想用手掌使劲推开它冒着热气、沾满血迹的大嘴巴，尖叫起来，大喊救命。我知道整个营地的人都惊动了，然后模模糊糊地记得利奥纳多、格里格斯和其他几个人把我从狮子的大爪子下救了出来。这是我昏迷好几个月之前最后的记忆了，福尔摩斯先生。当我苏醒过来，看到镜子里自己的模样时，我诅咒着那只狮子——哦，我恨死它了！不是因为它夺走了我的美貌，而是因为它没有夺走我的生命。我只有一个愿望，福尔摩斯先生，而

“我刚一打开栅栏，它就跳出来，眨眼之间就扑到了我身上。”

且有足够的钱来满足这个愿望，就是把自己的脸盖起来，再也不让任何人看见，住在一个没有认识的人能找到我的地方。我只能这么做，而且也的确是这么做的。一只可怜的受伤的野兽爬到洞里结束生命——这就是尤金妮亚·罗德尔的归宿。”

听完这个不幸女人的故事，我们默默地坐了一会儿。福尔摩斯伸出长胳膊，同情地拍了拍她的手，我很少见到他这种举动。

“可怜的姑娘！”他说，“可怜的姑娘！命运真是难以捉摸。如果来世没有补偿，那这个世界就是一场残酷的玩笑。不过利奥纳多怎么样了？”

“我再也没有见过他，也没有他的消息。也许我不该这么恨他。他还不如爱一个我们带到乡村表演的畸形人，也胜过爱我这个狮子嘴里逃生的人。可是女人的爱却不是轻易就能扔下的。他把我扔在狮爪下，在我最需要他的时候遗弃了我，可是我还是不忍心送他上绞刑架。我毫不在乎自己变成什么样。还有什么比我现在的生活更可怕的？可是我却可以决定利奥纳多的命运。”

“他已经死了？”

“他上个月在附近游泳时溺水死了。我在报纸上看到的。”

“他怎么处理那个五爪棒的？这是你整个故事中最独特、最精巧的一部分。”

“我不知道，福尔摩斯先生。营地附近有一个白垩矿坑，底部是一个深绿色的水潭。也许在水潭底部——”

“好，好，这现在并不重要了，这件案子已经结束了。”

“对，”那个女人说，“这件案子已经结束了。”

我们站起身要走，可是那个女人的声音里有一种很奇怪的东西吸引了福尔摩斯的注意。他迅速转过身来。

“你的生命已经不是你自己的了。”他说，“别对自己下手。”

“它对别人还有什么意义吗？”

我们站起身要走，福尔摩斯迅速转过身来。“你的生命已经不是你自己的了。”他说，“别对自己下手。”

“你怎么知道呢？对一个缺乏耐心的世界来说，耐心地忍受就是最宝贵的例子。”

那个女人的回答非常可怕。她拉起面纱，往前走到有光线的地方。

“我想知道你是否能承受。”她说。

太可怕了。没有语言可以描述一张已经没有脸的脸。两只活泼美丽的棕色眼睛忧伤地从那张可怕的脸上往外看，显得更加恐怖。福尔摩斯同情而拒绝地抬起手，我们一起离开了房间。

两天以后，我去看望我的朋友，他骄傲地指着壁炉上一个蓝色的小瓶子。我拿起来。上面有一张红色的毒药标签。我打开瓶子，里面有一股好闻的杏仁味儿。

“氢氰酸？”我问。

“一点儿不错。是寄来的。信上写着：‘我把诱惑我的东西寄去。我会听从您的建议。’华生，我想我们猜得出寄信的那个勇敢女人是谁。”

肖斯库姆古屋

夏洛克·福尔摩斯已经弯腰在一架低倍显微镜上看了很久。这时他直起身来，得意洋洋地看着我。

“是胶水，华生，”他说，“毫无疑问就是胶水。看看这些散布在视野里的东西！”

我俯身到目镜前，调整焦距。

“这些毛状纤维是花呢大衣上的丝线，这些不规则的灰色块是尘土，左边是上皮鳞片，中间这几团褐色的无疑就是胶水。”

“嗯，”我笑着说，“我准备接受你的说法。这能说明什么问题吗？”

“这是一个很好的证明。”他回答说，“你可能还记得，在圣潘克拉斯一案中，在死去的警察身边发现了一顶帽子。被告不承认是他的，可他是一个做画框的商人，经常使用胶水。”

“那是你的案子吗？”

“不，是我的朋友，苏格兰场的梅里韦尔请我调查这件案子的。由于我从他的袖缝中发现锌和铜的碎屑，从而证明他就是伪币制造者，他们开始意识到显微镜的重要性了。”他不耐烦地看看表。“有一个新客户要来，可是时间已经过了。顺便问一下，华生，你懂赛马吗？”

“应该懂。我的受伤抚恤金一半都花在这上面了。”

“那我就让你当我的‘赛马指南’了。罗伯特·诺伯顿爵士呢？你记得这个名字吗？”

"是胶水，华生，"福尔摩斯说，"毫无疑问就是胶水。"

"嗯，应该记得。他住在肖斯库姆古屋里，我很熟悉那个地方，我在那儿待过一个夏天。有一次诺伯顿差点儿进入你的侦探范围。"

"怎么回事？"

"他用马鞭子抽打山姆·布鲁尔，此人是纽马基特希思柯曾街有名的放债人，他差点儿把那人打死。"

"噢，听起来很有趣！他经常这么干吗？"

"嗯，他是一个有名的危险人物。他差不多是全英格兰最胆大妄为的骑手了——几年前在越野障碍赛马[①]中得了第二名。他是一个不属于自己时代的人。如果在摄政时期[②]，他会是一个纨绔子弟——拳击手、运动员、拼命的骑

① 越野障碍赛马：一年一度在英国利物浦举行。——译注

② 摄政时期：1811—1820年间，乔治三世精神失常后由其子执政的时期。——译注

手、漂亮女人的情人，并且沿着下坡路一直走下去，再也回不来。”

“妙极了，华生！你描述得简明扼要，我好像认识了这个人似的。现在，你能告诉我一些肖斯库姆古屋的事吗？”

“我只知道它位于肖斯库姆公园中心，著名的肖斯库姆种马场和训练场都在那儿。”

“训练官，”福尔摩斯说，“是约翰·梅森。你用不着惊讶，我要打开的就是他写来的一封信。不过我们还是再谈谈肖斯库姆吧。我好像遇上了丰富的矿藏。”

“那儿有肖斯库姆长毛狗。”我说，“每一个狗展上你都能听到它们的名字。这是英国最优良的品种。它们是肖斯库姆古屋女主人的骄傲。”

“女主人是罗伯特·诺伯顿爵士的妻子吧？”

“罗伯特爵士没有结过婚。考虑到他的前景，这样倒好了。他跟孀居的姐姐比阿特丽斯·福尔德尔夫人住在一起。”

“你是说她跟他住在一起？”

“不，不，房子属于她已故的丈夫詹姆斯爵士，没有任何产权。这是一种终身权益，以后房子还要还给她丈夫的弟弟。同时，她还可以每年收租金。”

“弟弟罗伯特花掉这些租金了吧？”

“差不多。他是一个魔鬼，肯定会让她过得很不安宁。可是我听说她还非常宠爱这个弟弟。不过肖斯库姆出什么事了？”

“噢，这正是我想知道的。我想能告诉我们的人来了。”

门开了，仆人带进一个高个子，脸上修得很干净，那种坚决、严厉的神情只有在驯马师或专管男孩子的人的脸上才能见到。约翰·梅森这两行都干，而且似乎都很胜任。他泰然自若地鞠了个躬，在福尔摩斯指给他的椅子上坐了下来。

“你收到我的信了，福尔摩斯先生？”

“收到了，可是信上什么也没说。”

“这件事太微妙了，我不能把详情写在纸上。而且也太复杂了，我只能面对面地讲。”

“好吧，我们悉听尊便。”

“首先，福尔摩斯先生，我认为我的主人罗伯特爵士发疯了。”

福尔摩斯挑起了眉毛。“这里是贝克街，不是哈莱街。”他说，“不过你为什么这么说呢？”

“嗯，先生，如果一个人做一件怪事，或者两件怪事，可能有别的意义，可是如果他做的一切事都稀奇古怪，那你就会开始疑心了。我相信是肖斯库姆王子和德比赛马①把他弄得精神失常了。”

“这是你驯的一匹小马吧？”

“是英国最好的，福尔摩斯先生。如果有内行人，那就是我。现在，我可以坦率地对你讲，因为我知道你是一位正直的绅士，这件事不会被传出去。罗伯特爵士一定得赢这次德比赛马。他已经全力以赴了，这是他最后的机会。他把能搞到、能借到的钱都押在这匹马上了——而且投注赔率惊人！现在是1比40，不过等他投注时，会达到将近1比100。”

“如果那匹马真那么好，为什么要这么做呢？”

“公众并不知道这匹马有多好。罗伯特爵士才不会告诉那些探听赛马情况的人。他把王子同父异母的兄弟拉出去兜风，你简直分辨不出来。可是一跑起来，跑一浪②就会相差两匹马的距离。除了马和赛马，别的他什么都不想。他的性命都押在上面了。他可以把债主应付到赛马时。如果王子失败了，他也就完了。”

“这简直是一场不顾一切的赌博，可是你为什么说他发疯了呢？”

“嗯，首先，只要看看他就知道了。我想他晚上根本没睡觉，他整天

---

① 德比赛马：始于1780年，是英国传统赛马之一，每年6月在萨里郡埃普瑟姆唐斯举行。——译注

② 浪：长度单位，1浪等于1/8英里或201.17米。——译注

待在马厩里，两眼发狂，神经也快支持不住了。还有他对比阿特丽斯夫人的行为！”

“噢，怎么回事？”

“他们一直非常要好。他们俩趣味相投，夫人也像他一样爱马。每天同一时间，她都会坐车来看他——而且她最喜欢王子。一听到石子路上的车轮声，它就竖起耳朵，它每天都要小跑着到马车前，吃一块糖。可是现在一切都完了。”

“为什么？”

“唉，她似乎对马完全失去了兴趣。有一个星期了，她天天坐马车从马厩旁经过，可是连一句‘早上好’都不说！”

“你觉得他们吵架了？”

“而且吵得很厉害，凶狠恶毒。不然为什么他还把她像儿子一样宠爱的长毛狗送人了呢？几天前他把狗送给了老巴恩斯，他是3英里以外克伦达尔的格林德拉贡旅馆的老板。”

“这的确很奇怪。”

“当然了，她心脏不好，患有水肿，不可能跟他出去到处跑，不过他每天晚上都在她屋里待两个小时。他完全可以接着做下去，因为她是一个难得的好朋友。可是这一切都完了，他再也不走近她了。她非常伤心，整天心郁闷，还开始喝酒，福尔摩斯先生，简直是毫无节制地喝。”

“在疏远之前她喝酒吗？”

“嗯，她也喝一杯，可是现在一晚上要喝一瓶。管家史蒂芬斯这么对我说的。一切都变了，福尔摩斯先生，简直糟透了。还有，主人深更半夜到老教堂的地下室里干什么？在那儿跟他见面的人又是谁？”

福尔摩斯搓了搓手。

“继续说，梅森先生，你说得越来越有意思了。”

“是管家看见他出去的。夜里12点，雨下得很大。第二天晚上，我来到住宅，主人果然又出去了。我和史蒂芬斯在后面跟着他，这可是让人神经紧张的活儿，如果让他发现我们在跟踪他，那可不得了。谁要是惊动了他，他的拳头可不饶人，不管是谁。我们不敢跟得太近，可是一直跟着他。他朝经常闹鬼的地下室走去，有一个人在那儿等着他。”

“这个闹鬼的地下室是怎么回事？”

“嗯，先生，花园里有一个破败的小教堂，谁也不知道是哪个年代的。教堂下面有一个地下室，我们都知道那儿闹鬼。白天那儿是一个阴暗、潮湿、孤寂的地方，到了晚上，全郡也没几个人敢走近。可是主人不害怕，他一生中从来没怕过什么。可是他晚上去那儿干什么呢？”

“等等！”福尔摩斯说，“你说另外一个人在那儿等他。肯定是你们自己的马车夫或者家里的什么人！你肯定发现了那个人是谁，而且盘问他了？”

“是我不认识的人。”

“你为什么能确定呢？”

“因为我看见他了，福尔摩斯先生，就在第二天晚上。罗伯特爵士转身从我们旁边走过去——我和史蒂芬斯像两只兔子似的躲在灌木丛里发抖，因为当天晚上有一点儿月光。可是我们能听到另一个人在后面走着。我们不怕他，于是等罗伯特爵士离开以后，我们俩站起来，假装在月光下散步的样子，漫不经心地直走到他面前。‘你好，伙计！你是谁？’我问。我猜他没有听到我们走过来，所以他一回头，像见了从地狱里出来的鬼似的。他大叫一声，在黑暗中拔腿就跑。我得说，他跑得真快！一分钟后，他就跑得不见了踪影。他是谁，干什么的，我们一无所知。”

“可是你在月光下清楚地看见了他？”

“对，我可以对着他的黄脸发誓——是个下等人，我敢说。他跟罗伯特爵士又有什么关系呢？”

福尔摩斯沉思着坐了一会儿。

“谁给比阿特丽斯·福尔德尔夫人做伴？”

“我猜他没有听到我们走过来，所以他一回头，像见了从地狱里出来的鬼似的。他大叫一声，撒腿就跑。”

“是她的女佣卡丽·埃文斯，她跟着夫人5年了。”

“无疑她非常忠心了？”

梅森先生有些坐立不安。

“她是很忠心，”最后他回答说，“可我不知道是对谁。”

“噢！”福尔摩斯说。

“我不能背后说人坏话。”

“我很理解，梅森先生。当然了，情况已经非常清楚。根据华生医生对罗伯特爵士的描述，我已经明白，哪个女人在他面前都不安全。你不认为姐弟之间的争吵可能就是因为这个原因吗？”

“嗯，这件丑闻已经有很长时间了。”

“可是她以前也许没有看见过。我们假设她突然发现了，她想除掉这个女人。她弟弟不允许。这个弱者由于有心脏病，又不能走动，所以无法实现自己的心愿。心怀仇恨的女佣还跟她住在一起。夫人拒绝说话，心情忧郁，开始喝酒了。罗伯特爵士一气之下把她最宠爱的长毛狗拿走了。这些不是都联系起来了吗？”

“嗯，差不多——到目前为止。”

“是这样！到目前为止。但这一切和夜晚到地下室有什么关系呢？这一点就解释不通了。”

“不，先生，还有些别的事我也解释不了。罗伯特爵士为什么要把死人的尸体挖出来呢？”福尔摩斯突然坐了起来。

“我们昨天才刚刚发现，就在我写信给你之后。昨天罗伯特爵士去伦敦了，我和史蒂芬斯就到地下室去了。一切照旧，只有一个角落里有一小堆人骨。”

“我想你们报告警察了吧？”

我们的客人冷笑着。

“哼，先生，我想他们对此根本不感兴趣。那只是一具干尸的头和几根骨头，可能有上千年了吧。可是以前不在那儿，我可以发誓，史蒂芬斯也可以。

它被堆在一个角落里，用木板盖着，不过那个角落以前是空的。”

“你们怎么办的？”

“嗯，我们没管它。”

“很明智。你说罗伯特爵士昨天去伦敦了。他回来了吗？”

“应该今天回来。”

“罗伯特爵士什么时候把姐姐的狗送人的？”

“一个星期前的今天。那只小狗老在外边号叫，罗伯特爵士那天早晨正大发脾气。他一把抓起那只小狗，我还以为他要把小狗杀死。接着他把狗交给骑师桑迪·贝恩，让他送给格林德拉贡旅馆的老巴恩斯，因为他再也不想见到这只小狗了。”

福尔摩斯坐在那儿沉思了一会儿，他已经点着了那个最陈旧、烟油最多的烟斗。

“我还不太清楚，在这件事里，你到底想要我做什么，梅森先生。”他最后说，“你不能说得再明确点儿吗？”

“也许这会说得更明确一点儿，福尔摩斯先生。”我们的客人说。

他从口袋里掏出一张纸，小心翼翼地打开，露出一根烧焦的断骨头。

福尔摩斯颇有兴致地检查着。

“你从哪儿弄来的？”

“比阿特丽斯夫人房间下面有一个地窖，地窖里有一个暖气锅炉，已经有一段时间不用了，可是罗伯特爵士说太冷，所以又烧起来了。哈维负责这个——他是我的一个小伙子。今天早晨他拿着这个跑来找我，他是在掏锅炉灰的时候发现的。他觉得看着很不舒服。”

“我也一样。”福尔摩斯说，“这是什么，华生？”

骨头已经烧成了黑色的焦块，不过其解剖学上的特点仍然很清楚。

“这是人腿上的髁骨。”我说。

“不错！”福尔摩斯变得非常严肃，“这个小伙子什么时候去烧炉子？”

“他每天晚上把火烧起来就离开了。”

“那任何人晚上都可以去了？”

“没错，先生。”

“你能从外面进去吗？”

“外面有个门。另外还有一个门，顺着楼梯通向比阿特丽斯夫人房间的过道。”

“这个案子不简单，梅森先生，很不简单，而且很肮脏。你说过罗伯特爵士昨晚不在家？”

“不在，先生。”

“那不管是谁烧的骨头，反正不是他。”

“是这样，先生。”

“你说的那个旅馆叫什么名字？”

“格林德拉贡。”

“伯克郡的那个地方钓鱼很不错吧？”

这位诚实的驯马师脸上流露出的神情，表明他确信他烦恼的生活中又遇到了一个疯子。

“嗯，先生，我听说磨坊引水槽里有鳟鱼，霍尔湖里有狗鱼。”

“很好。我和华生都是有名的钓鱼爱好者。对不对，华生？到时候你有信可以送到格林德拉贡。我们今晚就去。你不用到那儿见我们，梅森先生，写信我们就能收到，如果需要，我可以找到你。等我们对这件事了解得再清楚一点儿，我就可以给你一个成熟的意见了。”

一个明朗的5月的夜晚，我和福尔摩斯单独坐在一节头等车厢里，前往肖斯库姆“招手停”小车站。头顶的架子上堆满了钓鱼竿、鱼线、鱼筐等。到达目的地后，我们又坐了一会马车来到一个旧式的小旅馆，爱好运动的主人乔赛亚·巴恩斯热情地加入了我们的计划，要消灭附近的鱼类。

“去霍尔湖能钓到狗鱼吗？”福尔摩斯问。

旅馆老板的脸突然阴沉下来。

“这可不行，先生。没等你钓到鱼，你就会掉进水里了。”

“这是为什么？”

“是罗伯特爵士，先生。他特别不愿意别人钓他的鳟鱼。你们两个陌生人敢这么靠近他的训练场，他肯定会盯着你们。他从不心存侥幸，罗伯特爵士从不心存侥幸。”

“我听说他有一匹马要参加今年的德比赛马。”

“对，而且是一匹好马。他让我们把钱都押上，罗伯特爵士的钱也都押上了。顺便说一下，”他若有所思地看着我们，“我想你们不是来刺探情报的吧？”

“不是，的确不是。我们只不过是两个急需呼吸伯克郡新鲜空气的疲惫的伦敦人。”

“嗯，那你们可找对地方了，这儿新鲜空气到处都是。不过记住我给你们说过的罗伯特爵士的话。他是先动手后说话的人。别靠近公园。”

“当然了，巴恩斯先生！我们肯定会记住的。顺便问一下，大厅里哀叫的那只长毛狗可真漂亮。”

“我敢说是真漂亮，真正肖斯库姆品种，英国没有比它再好的了。”

“我自己也特别喜欢狗。”福尔摩斯说，“不知这样问是否妥当，像这样的狗值多少钱？”

“我反正付不起，先生。这一只是罗伯特爵士送给我的，所以我才把它拴起来。我要是放开它，它一眨眼就跑到别墅里去了。”

“我们手里有几张牌了，华生。”房东离开之后，福尔摩斯说，“这个牌不好打，不过一两天之内我们就能看清楚了。顺便说一下，我听说罗伯特爵士还在伦敦。也许我们今晚可以到那个神圣的地方去，用不着担心有肢体冲突。有一两件事，我还想证明一下。”

“你有什么道理吗，福尔摩斯？”

“只有一点，华生，一个星期前发生了一件事，极大地影响了肖斯库姆古屋里的生活。这是件什么事呢？我们只能从其影响上猜测是什么事，好像是一件非常奇怪的事。不过这对我们肯定有帮助。只有那种平淡无奇的案件才毫无办法。

“我们考虑一下已经掌握的情况。弟弟再也不去看望亲爱的生病的姐姐了，还把她最喜欢的小狗送走了。送走她的狗，华生！你什么想法也没有吗？”

“我只能看出弟弟的冷酷无情。”

“嗯，可能是这样。或者——嗯，还有别的可能性。现在，我们从吵架时开始回顾整个事件，如果真有吵架这件事的话。夫人一直待在房间里，改变自己的习惯，除了跟女佣一起驾车外出就再也没露过面，拒绝在马厩停车问候她最喜欢的小马，而且显然开始喝酒了。案子就是这样，对不对？”

“除了地下室里的事。”

“这是另外一条线索。线索有两条，请你别把它们弄混了。线索A，有关比阿特丽斯夫人，稍微有一点儿邪恶的味道，是不是？”

“我什么也看不出来。”

“嗯，现在我们来看线索B，跟罗伯特爵士有关。他千方百计要赢德比赛马。他落到了犹太人手里，家产随时会被出售，马厩也会落到债权人手里。他是一个胆大妄为的人，现在又万分绝望。他从姐姐手里拿钱，姐姐的女佣是他随意驱使的工具。至此，我们似乎很有把握，对吧？”

“可是地下室呢？”

“噢，对了，还有地下室！我们假设一下，华生。这只是一种诽谤性的假设，纯粹只是为了辩论而提出的假设——罗伯特爵士杀害了他姐姐。”

“亲爱的福尔摩斯，这是不可能的。”

“很有可能，华生。罗伯特爵士是一个高贵的人。不过偶尔鹰群里也会出乌鸦。我们先来辩论一下这个假设。除非发了财，他是不会逃出这个国家的，而发财就全靠肖斯库姆王子这一次大获全胜了。因此，他必须坚守阵地。为了做到这一点，他必须得把受害者的尸体处理掉，还要找一个人来代替她。有那个女佣做心腹，这并非不可能。那个女人的尸体可能被送到地下室里了，这个地方很少有人去，可以秘密地在晚上把尸体放在炉子里烧毁，留下的证据我们现在已经看到了。你觉得怎么样，华生？”

“嗯，如果认为最初的可怕假设是正确的，这完全可能。”

“我们明天可以做一个小试验，华生，好弄清这件事。另外，如果我们想保持身份，就把主人叫进来喝一杯他自己的葡萄酒，就鳗鱼和鲤鱼跟他好好谈一谈，这似乎是让他高兴的最直接的办法。说不定我们还能听到当地人一些有用的闲聊呢。”

第二天早晨，福尔摩斯发现我们忘记带钓鳟鱼的诱饵了，鱼就钓不成了。大约11点钟，我们出去时，他得到允许带上那只长毛狗一起散步。

“就是这个地方。”当我们来到顶端装饰着鹰头狮身徽章的、两扇高大的花园门前时，福尔摩斯说，“巴恩斯先生告诉我，老夫人大概中午时坐马车出来，花园大门打开时，马车会放慢下来。马车穿过大门后，还没来得及加速时，我想让你找一个理由拦住马车夫，华生。别管我，我会站在冬青树丛后面观察情况。”

守候的时间并不长。不到一刻钟，我们就看见那辆黄色的敞篷四轮马车沿着长长的林荫路驶来，由两匹漂亮矫健的灰色马匹拉着。福尔摩斯带着小狗躲在树丛后。我若无其事地站在路上，挥舞着手杖。一个看门人跑出来，大门打开了。

马车放慢了速度，我可以看清车上的人。一个面色红润的年轻女人坐在左边，头发是亚麻色，目光毫不羞怯。在她右边是一位老人，浑圆的后背，脸和肩上搭着一大圈披肩，说明她体弱多病。马车来到大路上时，我庄重地抬起手，车夫停下马车，我问他罗伯特爵士在不在肖斯库姆古屋里。

就在这时，福尔摩斯走出来，放开那条狗。那条狗欢快地叫了一声，冲到马车前，跳上踏板。可是转眼间，兴奋的迎接变成了气愤，它冲着上面的黑裙

福尔摩斯放开那条狗，它欢快地叫了一声，冲到马车前，跳上踏板。

子使劲叫着。

“开车！开车！”一个沙哑的嗓门尖叫起来。

“好了，华生，行了。”福尔摩斯把链子套在狗脖子上，说，“它本来以为是女主人，却发现是一个陌生人。狗是不会弄错的。”

“可那是男人的声音！”我喊着。

“一点儿不错！我们手里又多了一张牌，华生，不过玩的时候还是要小心。”

我的同伴当天似乎没什么安排了，我们真的在磨坊水槽里用上了鱼钩，晚餐就吃上了鳟鱼。

吃过饭后，福尔摩斯又重新现出活力来。我们又一次来到上午通往公园大门的路上。一个高大、黝黑的身影在那儿等着我们，他是我们在伦敦认识的驯马师约翰·梅森先生。

“晚上好，先生们。”他说，“我收到你的信了，福尔摩斯先生。罗伯特爵士还没有回来，不过我听说他今晚就要到了。”

“地下室离房子有多远？”福尔摩斯问。

“足足四分之一英里。”

“那我们就可以不管罗伯特爵士了。”

“我不能这么做，福尔摩斯先生。他一回来就要见我，想知道肖斯库姆王子的最新消息。”

“我明白了！既然这样，我们只能单独干了，梅森先生。你只要告诉我们地下室在哪儿就可以走了。”

外面漆黑一片，没有月亮，梅森带领我们穿过牧场，直到一团漆黑的东西呈现在我们面前，那就是古老的教堂。我们从以前门廊的缺口处进去，向导跌跌撞撞地在碎石堆中穿行，来到教堂一角，那里有一个陡峭的楼梯通到地下室。他划着一根火柴，照亮了这个阴暗的地方——阴森、恐怖，粗劣雕琢的断壁残垣，一堆堆棺材，有些是铅制的，有些是石头制的，靠着一面墙一直堆到

福尔摩斯点着了手提灯，一束微弱而昏黄的光线照亮了这个阴森的地方。

拱门和穹棱屋顶上，屋顶消失在我们头顶的阴影中。福尔摩斯点着了手提灯，一束微弱而昏黄的光线照亮了这个阴森的地方。光从棺材上的铜板上反射回来，大多数铜板都是用这个古老家族的鹰头狮身徽章装饰的，这个家族甚至在通往死亡的路上仍然保持着它的荣耀。

“你说有人骨，梅森先生，能在走之前告诉我们在哪儿吗？”

“就在这个角落里。”驯马师走过去，我们的灯光转过去时，他却吃惊地待在那儿。“不见了。”他说。

“跟我想的一样。”福尔摩斯咯咯地笑着说，“我想现在还可以在炉子里找到烧了一部分的骨灰。”

“可是为什么有人要烧一个死了一千多年的人的骨头呢？”约翰·梅森问。

“我们到这儿来就是想弄清楚这一点。”福尔摩斯说，“可能要花很长时间，我们就不耽搁你了。我想明天早晨之前，我们就可以找到答案。”

约翰·梅森离开后，福尔摩斯开始仔细地搜查墓穴，从正中央似乎是撒克逊时代的一座古老墓穴开始，穿过一长排诺曼时代雨果们和奥多们的坟墓，最后来到18世纪威廉爵士和丹尼斯·福尔德尔爵士的坟墓。一个多小时后，福尔摩斯来到拱顶入口一具铅棺材前。我听到他满意地叫了一声，从他匆忙可是果断的动作中看出他已经实现了目标。他急切地用放大镜检查着厚厚的盖子边缘。接着他从口袋里掏出一根开箱子用的短撬棍，塞进棺材罩缝，把整个盖子撬了起来，盖子似乎只用几个夹子固定着。棺盖吱吱呀呀地撬开了，可是还没有完全打开，里面的东西露出一部分时，一件意料不到的事打断了我们的行动。

有人在头顶的小教堂里走着。脚步声急促、坚定，走路人目的明确，非常了解他所走的地方。一束灯光从楼梯上照下来，很快，拿灯的人就出现在哥特式的拱门里。这是一个可怕的人，身材高大，举止凶猛。他面前举着一盏大号马灯，灯光映衬出一张胡须浓密的强壮的脸和一双愤怒的眼睛，他的眼光怒视着周围拱顶里的每个角落，最后死死地盯在我和同伴身上。

“你们到底是谁？”他怒吼着，“你们在我的地盘上干什么？”这时，福尔摩斯转过身准备回话时，他又冲上前几步，举起一根粗棍子。“你听到我的话了吗？”他大喊着，“你们是谁？在这儿干什么？”他手中的短棒在空中挥舞着。

可是福尔摩斯不仅没有退缩，反而上前一步面对着他。

“我也有一个问题想问你，罗伯特爵士。”他非常严厉地说，“这是谁？他在这儿干什么？”

他转身掀开身后的棺材盖。在灯光的照耀下，我看见一具从头到脚裹着床单的尸体，面容恐怖，像巫婆一样，只看得见鼻子和下巴，朝一边歪着，毫无血色、皱巴巴的脸上露出一双昏花、呆滞的眼睛。

爵士大叫一声踉跚地往后退，靠在一个石头棺材上。

“你怎么知道这个的？”他大喊着。接着他又恢复了他凶猛的态度。“这跟你有什么关系？”

“我是夏洛克·福尔摩斯。”我的同伴说，“也许你以前听到过。不管怎么说，我的任务，这也是每个其他良好公民的任务——维护法律。我觉得你有很多事情需要解释。”

罗伯特爵士怒视了一会儿，可是福尔摩斯平静的声音和冷静镇定的态度发挥了作用。

“我对上帝发誓，福尔摩斯先生，这不是什么坏事。”他说，“表面情况对我不利，我也承认，可是我没有别的办法。”

“我希望事实真是这样，不过我想你得对警察解释去了。”

罗伯特爵士耸了耸宽阔的肩膀。

“好吧，既然这样，也只好如此。你可以亲自到房子里看看到底是怎么回事。”

一刻钟以后，我们来到了这间古屋的武器室，这是我从玻璃罩里一排排

“我也有一个问题想问你，罗伯特爵士。”福尔摩斯非常严厉地说，“这是谁？他在这儿干什么？”

擦拭锃亮的枪管判断出来的。家具装饰得很合适。罗伯特爵士离开了我们一会儿，回来时，他带来了两个同伴：一个是我们曾看见坐在车上的那个脸色红润的女人；另一个个子矮小，长着一张老鼠脸，举止鬼鬼祟祟。这两个人满脸惊讶，说明男爵还没来得及对他们解释发生了什么事。

“这两位，”罗伯特爵士一挥手说，“是诺莱特夫妇。诺莱特夫人结婚之前姓埃文斯，这几年一直是我姐姐的心腹女佣。我把他们俩带到这儿，是因为我觉得最好的办法还是把实情告诉你们，这个世界上只有他们俩可以为我做证。”

“这有必要吗，罗伯特爵士？你想过你在做什么吗？”女人大声喊。

“至于我，我完全不负任何责任。”她丈夫说。

罗伯特爵士轻蔑地看了他一眼。“我负完全的责任。”他说，“现在，福尔摩斯先生，请听一听事实经过吧。

“你显然对我的事已经插手很深，不然我不会在那儿发现你。因此，你很可能已经知道，我为参加德比赛马养了一匹黑马，而一切都取决于我能否取胜。如果我赢了，一切都好。如果我输了——唉，我简直都不敢想！”

“我了解这种处境。”福尔摩斯说。

“我的一切都靠我姐姐比阿特丽斯夫人。可是众所周知，她的地产收入只够她自己的生活。至于我，我已经债台高筑。我一直都明白，只要我姐姐一死，我的债权人就会像一群秃鹰一样涌到我的地产上。什么都会被拿走，我的马厩、我的马匹——所有财产。唉，福尔摩斯先生，我姐姐一个星期前的确死了。”

“可你谁也没告诉！”

“我能怎么做？我面临着彻底破产。如果我能把事情掩盖3个月，一切都好办。她的女佣的丈夫，就是这个人，是一名演员。我们就想到了这一点，我想到这一点，他可以短期内扮成我姐姐。只要每天坐马车出去一趟就行了，因为除了女佣，没有人进她的房间。这个安排并不难。我姐姐死于长期折磨着她

The Second Stain
The Solitary Cyclist
The Dancing Men
The Hound of the Baskervilles
The Speckled Band
The Reigate Squire
The Boscombe Valley Mystery
The Red-Headed League
The Norwood Builder
The Abbey Grange
The Final Problem
The Bruce-Partington Plans

的水肿。”

“这要由验尸官来决定。”

“她的医生可以证实，几个月以来，她的症状已经预示着这种结果了。”

“好吧，那你做了些什么？”

“尸体不能留在这儿。第一天晚上，我和诺莱特就把它运到老库房，那个库房现在根本不用了。可是，她最宠爱的那只长毛狗却一直跟着我们，在门口不停地狂吠，于是我觉得应该找一个更安全的地方。我把狗送走，我们又把尸体运到教堂地下室。这丝毫没有侮辱和不恭的意思，福尔摩斯先生，我不觉得我做了对不起死者的事。”

“你的行为似乎不可宽恕，罗伯特爵士。”

爵士不耐烦地摇了摇头。“指责别人很容易。”他说，“如果你处在我的位置，你的感觉可能就会不一样了。人总不能眼看着自己的希望和所有的计划在最后一刻坍塌却不努力挽回。我认为，把她暂时放在她丈夫的祖先的棺材中作为安息之处并无不妥，而且这里至今还是一个神圣的场所。我们打开一具棺材，把里面的尸骨移出来，把她的放进去，就像你们看到的。至于取出来的遗骸，我们也不能把它们放在地下室的地上。我和诺莱特带走，晚上他下去到锅炉房里烧掉了。这就是我的故事，福尔摩斯先生，至于你怎么迫使我讲出来的，我却不明白。”

福尔摩斯沉思地坐了一会儿。

“你的叙述里有一个缺陷，罗伯特爵士。”他最后说，“就算债权人抢走了你的地产，可是你赛马的赌注——也就是你未来的希望并不会受影响。”

“马匹也是地产的一部分。你们为什么要关心我的马呢？他们很可能根本不让它跑。不幸的是，我的主要债权人正是我最痛恨的敌人——山姆·布鲁尔，是一个恶棍，我在纽马基特迫不得已揍过他一回。你认为他还会想救我吗？”

“好吧，罗伯特爵士。”福尔摩斯站起来说，“当然了，这件事必须交给警察处理。揭露真相是我的责任，我也只能到此为止。至于你自己的行为是否道德，是否体面，我不应该表达什么意见。快子夜了，华生，我们还是回我们简陋的住所去吧。”

现在大家都知道了，这件奇特案件的结局比罗伯特爵士的行为应得到的好得多。肖斯库姆王子在德比马赛上获胜，马主的赌注净赚了8万英镑，债权人一直到比赛结束才伸手讨债，等付清了他们的账目以后，罗伯特爵士还有足够的钱重过优裕的生活。警察和验尸官对这件事都采取了宽容的态度，除了因未及时注册夫人的死亡而受到温和的责难外，幸运的主人靠这桩投机生意安全脱身，现在早已走出这件事的阴影，最终得享天年高寿。

图书在版编目（CIP）数据

福尔摩斯探案大全集 / (英) 阿瑟 · 柯南 · 道尔著; 贺天同等 译.
—2版. —长春：时代文艺出版社，2018.9

ISBN 978-7-5387-5910-5

Ⅰ.①福… Ⅱ.①阿… ②贺… Ⅲ. ①侦探小说－小说集－英国－现代 Ⅳ. ①I561.45

中国版本图书馆CIP数据核字（2018）第127102号

出 品 人　陈　琛
产品总监　郭力家
选题策划　高晓诗　方　伟
责任编辑　付　娜　刘　敏
装帧设计　孙　俪
排版制作　边永环

福尔摩斯探案大全集

[英] 阿瑟 · 柯南 · 道尔 著　贺天同等 译

出版发行 / 时代文艺出版社
地址 / 长春市泰来街1825号　时代文艺出版社　邮编 / 130011
总编办 / 0431-86012927　发行部 / 0431-86012957　北京开发部 / 010-63108163
官方微博 / weibo.com / tlapress　天猫旗舰店 / sdwycbsgf.tmall.com
印刷 / 三河市万龙印装有限公司
开本 / 710毫米 × 1000毫米　1 / 16　字数 / 1750千字　印张 / 134
版次 / 2018年9月第2版　印次 / 2018年9月第1次印刷　定价 / 298.00元

图书如有印装错误　请寄回印厂调换